OEUVRES

DE LESAGE.

PARIS. — TYPOGRAPHIE DE FIRMIN DIDOT FRÈRES, RUE JACOB, 56.

LESAGE.

OEUVRES
DE LESAGE.

LE DIABLE BOITEUX,

GIL BLAS, LE BACHELIER DE SALAMANQUE,

GUSMAN D'ALFARACHE, THÉATRE.

NOUVELLE ÉDITION,

ORNÉE DE 7 VIGNETTES GRAVÉES PAR FERDINAND, D'APRÈS LES DESSINS
DE NAP. THOMAS.

PRÉCÉDÉE D'UNE NOTICE BIOGRAPHIQUE ET LITTÉRAIRE,
PAR M. PROSPER POITEVIN.

PARIS,

CHEZ FIRMIN DIDOT FRÈRES, LIBRAIRES,

IMPRIMEURS DE L'INSTITUT DE FRANCE,

RUE JACOB, 56.

M DCCC XLV.

NOTICE

BIOGRAPHIQUE ET LITTÉRAIRE

SUR LESAGE.

On a ignoré pendant long-temps quelle ville avoit donné naissance à Lesage; on le savoit originaire de Bretagne, voilà tout; les renseignements précis manquoient, et les biographes, dans l'incertitude où ils se trouvoient placés, attribuoient tantôt à Rhuys, tantôt à Vannes, un honneur qu'aucune ville de la province ne revendiquoit d'ailleurs, et ne songeoit à leur disputer.

Ce n'est qu'en 1819 qu'un philologue distingué, M. Audiffret, tenta de soulever le voile qui couvroit le berceau de Lesage, et résolut d'éclaircir un point d'histoire littéraire resté trop long-temps obscur. Grâce à ses persévérants efforts, à la recommandation bienveillante de deux ministres, et au zèle que le préfet du Morbihan mit à le seconder dans sa tâche laborieuse, M. Audiffret vit peu à peu se dissiper ses incertitudes sur ce point, et il parvint enfin à déterminer d'une manière positive, d'après des titres et des documents incontestables, le jour, l'année et le lieu précis de la naissance de l'immortel auteur de *Gil Blas.*

C'est à Sarzeau (Morbihan), petite ville de la presqu'île de Rhuys, que naquit, le 8 mai 1668, Alain-René Lesage. Chose singulière, celui qui devoit un jour enrichir notre scène de *Crispin rival de son maître,* et de *Turcaret,* naissoit l'année même où Racine donnoit au théâtre ses *Plaideurs* et Molière son *Avare!* Pour un homme que la nature destinoit à suivre la même carrière, c'étoit assurément naître sous de favorables auspices.

René Lesage fut le seul fruit du mariage de Claude Lesage et de Jeanne Brenugat. Son père, qui exerçoit simultanément, auprès de la cour royale de Rhuys, les fonctions d'avocat, de notaire et de greffier, jouissoit d'une honorable aisance; mais cette aisance tenoit bien plus au produit de sa triple charge, qu'à une fortune transmissible, échue ou acquise: aussi, René, ayant perdu sa mère en 1677 et son père cinq ans après, ne fit qu'un très-mince héritage. Orphelin à quatorze ans, il passa sous la tutelle d'un oncle qui, par suite de son administration inhabile, compromit et laissa dépérir le patrimoine de son pupille. Si, malheureusement pour le jeune René, son tuteur négligea sa petite fortune, heureusement pour les lettres il ne négligea pas son éducation. Lesage fut placé au collége des jésuites de Vannes, où il ne tarda pas à se distinguer; il y fit, d'une manière brillante, la plus grande partie de ses études; mais il en sortit, sans les avoir achevées, pour entrer dans les fermes de Bretagne, où il remplit, pendant plusieurs années, un fort modeste emploi. La vie bureaucratique déplut-elle à Lesage, ou bien eut-il à se plaindre d'une injustice, et de la conduite de quelque orgueilleux traitant à son égard, voilà ce qu'on ignore: de ces deux hypothèses également admissibles, la dernière a prévalu. Quoi qu'il en soit, Lesage abandonna en 1692 des fonctions qui ne convenoient ni à ses goûts ni à son caractère, et vint se fixer à Paris.

Alors, il suivit les cours de l'Université, et s'adonna pendant quelque temps à l'étude de la philosophie et à celle du droit. Au collége des jésuites, il fit la connoissance de Danchet, avec lequel il se lia d'une manière intime, et qui lui suggéra plus tard l'idée de son premier ouvrage.

Lesage possédoit, avec un esprit brillant, des dehors distingués, des manières de bonne compagnie qui le firent bien accueillir partout et rechercher de tout le monde: il devint même un homme à la mode, et s'il

faut en croire la chronique du temps, « une
» femme de condition lui donna son cœur, et
» lui fit part d'une fortune qui, toute bornée
» qu'elle étoit, parut considérable vis-à-vis
» celle de Lesage. » C'est aux auteurs de l'Histoire du théâtre français que nous emprun-
tons cette anecdote assez vraisemblable d'ailleurs, mais fort peu authentique, du reste.
Les frères Parfaict ajoutent : « Nous ignorons
» les événements qui suivirent ce commerce
» amoureux ; mais enfin la mort ou l'éloigne-
» ment de cette dame terminèrent cette aven-
» ture. » Si cette histoire est vraie, il paroîtra
du moins étrange que le nom de celle qui en
fut l'héroïne soit resté inconnu. Cette liaison,
en tout cas, dut être de bien courte durée,
puisque Lesage, arrivé en 1692 à Paris,
épousa, le 28 septembre 1694, *Marie-Élisa-
beth* HUYARD, très-jolie personne, dont les
vertus étoient l'unique richesse, et qui étoit
fille d'un bourgeois de la cité.

Peu de temps après son mariage, Lesage
se fit recevoir au parlement. On ignore s'il
exerça, car bientôt il abandonna le titre d'a-
vocat pour prendre celui de bourgeois de Paris. C'est à peu près vers cette époque que
Danchet, qui professoit la philosophie à Chartres, l'engagea à traduire les *Lettres galantes
d'Aristénète*, écrivain du IVᵉ siècle. Lesage
suivit les conseils de son ami ; à l'aide de la
traduction latine de Jacques Bongars, il arran-
gea une sorte d'imitation de l'ouvrage grec
que Danchet fit imprimer à Chartres en 1695,
sous la rubrique de Rotterdam. Cet essai malheureux passa à peu près inaperçu. Lesage,
qui s'étoit bercé de l'espérance d'un succès,
fut un moment découragé : pour se procurer
des ressources qui lui étoient absolument nécessaires, et que sa plume ne pouvoit pas encore lui fournir, il accepta un emploi modique
auquel il renonça peu de temps après l'avoir
obtenu, pour se livrer tout entier aux lettres,
vers lesquelles une passion dominante l'entraînoit.

Le maréchal de Villeroy, qui désiroit se
l'attacher, lui fit faire vainement les propositions les plus avantageuses. Lesage, quoique
pauvre, refusa, bien résolu de ne plus appartenir désormais qu'à lui. L'abbé de Lyonne,
son ami, en lui faisant une pension de six cents
livres, dont il jouit durant sa vie entière, as-

sura à tout jamais à Lesage cette tranquillité
d'esprit si nécessaire à l'homme de lettres, et
cette indépendance sans laquelle l'esprit le plus
vigoureux se sent à chaque pas embarrassé
dans sa marche et gêné dans son allure.

L'abbé de Lyonne ne crut pas encore avoir
assez fait pour son ami : amateur passionné
de la littérature castillane, il voulut lui enseigner la langue espagnole, et l'initier à des
beautés littéraires tout-à-fait nouvelles pour lui.
Si la mine qu'il ouvrit à Lesage étoit riche et
féconde, il est bien certain qu'aucun homme
n'étoit plus capable que lui de la bien exploiter.

Le premier fruit des nouvelles études de
Lesage fut un volume in-12 publié en 1700,
sous ce titre : *Théâtre espagnol, ou les meilleures
comédies des plus fameux auteurs espagnols, traduites en français ;* ce volume contenoit le *Traître
puni*, de don Francisco de Rojas, et *Don Felix
Mendoce*, de Lope de Vega. En 1702, il donna
au théâtre français *le Point d'Honneur*, comédie en cinq actes, imitée d'une pièce de *don
Francisco de Rojas*. Cet ouvrage n'eut que deux
représentations. Lesage le réduisit en trois
actes, et le fit représenter vingt-trois ans
après au théâtre italien, sous le titre de l'*Arbitre des différends*. Malgré les changements
qu'elle avoit subis, cette comédie ne fut pas
mieux accueillie sous sa seconde que sous sa
première forme, et n'obtint pas un plus grand
nombre de représentations.

Loin de se décourager de l'échec qu'avoit
éprouvé le *Point d'honneur*, et d'abandonner
des études dont le résultat s'annonçoit d'une
manière si peu favorable, Lesage se remit
courageusement à l'œuvre, et en 1705 il publia les *Nouvelles Aventures de Don Quichotte*,
traduites d'Avellaneda. Ici, comme dans ses
précédents ouvrages, il ne s'étoit pas assujetti
aux lois d'une traduction purement littérale ;
il avoit arrangé le roman à sa manière, et
l'avoit rendu plus vif et plus amusant. Cependant, quelques heureuses modifications
qu'eût subies l'ouvrage, la traduction n'eut
pas plus de succès à Paris que l'original n'en
avoit eu à Madrid.

Le 15 mars 1707, Lesage fit représenter
dans la même soirée, au théâtre français, deux
pièces, dont le sort fut tout-à-fait différent :
Don César Ursin, comédie en cinq actes, imi-

tée de Calderon, tomba pour ne se relever jamais ; et *Crispin rival de son maître* obtint un succès d'enthousiasme : ces deux ouvrages, joués à la cour quelques jours auparavant, avoient été traités par le noble aréopage d'une toute autre manière : *Crispin rival* avoit été honteusement bafoué, et *Don César Ursin* applaudi avec transports. Rapportez-vous en donc aux jugements des hommes de cour.

Les mœurs de la comédie de *Crispin rival de son maître* pouvoient bien leur paroître étranges; mais la donnée une fois acceptée, comment ne comprirent-ils pas le mérite de l'ouvrage? là, quelle vivacité de dialogue! quelle abondance de plaisanteries! que de gaîté! quel comique franc! Une fourberie de valets, voilà le seul fond de la pièce; eh! qu'importe? quoi qu'on en dise aujourd'hui, dans les ouvrages d'esprit la forme l'emporte toujours sur le fond ; c'est par elle seule qu'ils vivent, qu'ils durent, qu'ils restent; et toute œuvre où l'on en fait mépris est d'avance condamnée à l'oubli.

Ce fut dans la même année (1707), année heureuse dans la vie de notre auteur, qu'il publia le *Diable Boiteux*, roman imité de l'ouvrage de Luis Velez de Guevara, intitulé : *el Diablo Cojuelo*. Ce livre révéla le degré d'élévation que devoit atteindre plus tard le talent de Lesage. Son succès fut prodigieux. Cette satire de tous les états, présentée d'une manière si neuve et si ingénieuse ; cette riche galerie de tableaux, dont tous les personnages posent, s'animent sous les yeux du lecteur, et se succèdent si variés de costume et de physionomie ; cette foule d'anecdotes piquantes, racontées avec tant d'originalité, de grâce et d'esprit; ce style si correct, si pur, si élégant ; enfin, tous les éléments de succès que renferme ce livre, capables isolément d'assurer la fortune d'un ouvrage, devoient, en se trouvant ainsi réunis, procurer au roman du *Diable Boiteux* la vogue prodigieuse qu'il obtint. Deux éditions qu'on en fit furent aussitôt enlevées. Chacun vouloit avoir son exemplaire. La malice de l'auteur stimuloit celle des lecteurs ; tous vouloient à leur tour soulever les masques, pour voir s'ils ne cachoient pas quelques physionomies de connoissance. Combien de gens on crut immolés par les traits piquants, les vives épigrammes du livre, auxquels l'auteur n'avoit pas songé le moins

du monde, et qu'il n'avoit peut-être jamais rencontrés !

Il est une anecdote curieuse que tous les biographes ont racontée, et qui prouve quel prix on attachoit à la possession d'un exemplaire du *Diable Boiteux*. Nous la raconterons à notre tour, mais sans y attacher la moindre importance. Deux jeunes gens de qualité, dit-on, entrèrent au même moment chez un libraire pour y faire emplette du nouveau roman de Lesage : il n'en restoit plus qu'un exemplaire dans la boutique ; chacun prétendoit y avoir droit, et nul n'étoit disposé à le céder à l'autre ; les deux gentilshommes trouvèrent que le meilleur moyen de décider le différend étoit de mettre l'épée à la main : c'est ce qu'ils firent, et le *Diable Boiteux* demeura le prix du vainqueur.

Cet ouvrage devint trop célèbre pour ne pas être immédiatement transporté sur la scène. Dancourt, l'arrangeur du temps, donna d'abord sous le même titre que le roman une comédie en un acte au théâtre français, et le 13 novembre de l'année suivante une comédie en deux actes intitulée : le *Second Chapitre du Diable Boiteux*.

Avant la fin de cette année, Lesage termina une comédie en un acte, qui avoit pour titre : *les Étrennes*. Il désiroit la faire jouer le 1er janvier 1708 ; mais les comédiens la refusèrent sous le singulier prétexte qu'ils n'admettoient point de petits ouvrages depuis la Saint-Martin jusqu'à Pâques. Lesage, qui ne s'attendoit pas à un refus si étrangement motivé, résolut de donner à sa pièce des dimensions telles, qu'on ne pût en aucun temps et sous aucun prétexte lui interdire l'entrée du théâtre ; et de la petite comédie des *Étrennes*, naquit *Turcaret !*

Cet ouvrage, dont la conception hardie, la touche large et vigoureuse rappeloient la bonne comédie qu'on avoit crue morte avec Molière, eut un prodigieux succès dans le monde avant d'avoir subi l'épreuve du théâtre. Certes, c'étoit un événement capable de faire une impression profonde, que l'apparition d'une comédie où l'auteur attaquoit de front, non de petits travers, des ridicules passagers et périssables, mais le vice dominant de son époque, le vice déhonté que son or avoit jusquelà garanti de toute attaque sérieuse, et qui,

pour suivre sans trouble le cours de ses désordres, et vivre en repos dans son infamie,
étoit disposé à acheter la paix à tout prix.
Aussi, à la seule nouvelle de la comédie de
Turcaret, le monde des traitants fut ému;
maltôtiers, agioteurs, financiers de haut et
bas étage, poussèrent à la fois un cri d'a-
larme, et formèrent aussitôt une ligne défen-
sive, bien résolus d'empêcher qu'on égayât
Paris à leurs dépens. Leur crédit étoit grand,
et tout alors cédoit à leur influence. La lutte
de tous les traitants réunis dans un intérêt commun contre un auteur comique isolé,
étoit trop inégale pour que l'avantage restât
d'abord au dernier. Lesage le comprit, et après
avoir inutilement essayé de lever les obstacles
qu'on opposoit à la représentation de son ouvrage, il résolut de lui faire de nombreux partisans, et de mettre son *Financier* sous la
protection de tout ce que Paris comptoit
d'hommes puissants et hostiles aux gens de
finance. Pour arriver à ce but, il lut *Turcaret*
dans les sociétés les plus brillantes; on accouroit à ces lectures avec autant d'empressement
qu'à une représentation; tous ceux qui avoient
entendu l'ouvrage se déclaroient pour lui, et
protestoient hautement contre l'injustice dont
l'auteur étoit victime.

Les adversaires de Lesage s'aperçurent bientôt que l'appui qu'ils avoient trouvé jusque-là
alloit leur manquer; ils cherchèrent alors à
amener l'auteur à composition, et lui offrirent
cent mille francs s'il consentoit à retirer sa
pièce. Lesage avoit trop d'indépendance et de
noblesse de cœur pour accepter une semblable
proposition, et quoique pauvre, il refusa.

Enfin, le 13 octobre 1708, Monseigneur
le grand-dauphin ordonna aux comédiens du
roi de jouer *incessamment* la pièce intitulée
Turcaret ou *le Financier*. Le froid excessif de
l'hiver en retarda encore la représentation, et
la pièce ne put être donnée que le 14 février
1709.

Le succès de *Turcaret* fut complet, en dépit
des murmures de beaucoup de gens, qui crurent se reconnoître, et des efforts d'une cabale que, dans leur désespoir, les maltôtiers
avoient ameutée contre la pièce et contre l'auteur.

Cette comédie, le chef-d'œuvre dramatique de Lesage, a été, comme tous les ouvrages d'un ordre élevé, l'objet de critiques
nombreuses: on a blâmé le défaut d'action et d'intérêt, on s'est récrié contre l'immoralité des personnages; mais l'auteur, en
donnant plus de mouvement à sa pièce, ne
pouvoit que difficilement arriver à donner à
ses portraits cette exactitude et cette vérité de
ressemblance qui les fait vivre, aujourd'hui
que les originaux ont tous depuis long-temps
disparu: quant au second reproche, le défaut
d'intérêt, est-il mieux fondé? Lesage n'a pas
voulu assurément développer une action dont
il pût résulter des surprises, des effets inat-
tendus, et dont le dénouement imprévu fût
l'effet d'une touchante péripétie. Le mérite
et l'intérêt de sa comédie ne résidoient, à ses
yeux, que dans le développement des caractères, dans l'harmonie des scènes, dans la profondeur et la justesse des observations; enfin,
dans le naturel, la vivacité et la gaîté du dialogue.

Sans doute il est heureux, pour un auteur comique, d'intéresser à la fois le cœur et
l'esprit; mais quand l'esprit seul est puissamment saisi et captivé, est-il permis de dire
que le poète n'a accompli que la moitié de sa
tâche, et que son ouvrage pèche par le défaut
d'intérêt: condamner *Turcaret*, n'est-ce pas
condamner le chef-d'œuvre de Molière, *le
Misanthrope?*

En présentant des mœurs mauvaises, Lesage
en fait justice; s'il peint le vice, il le rend ridicule et odieux; et, malgré l'immoralité de ses
personnages, nul doute que sa comédie n'offre
une haute et utile leçon. Les financiers, auxquels elle s'adressoit directement, l'ont reçue
avec humeur, mais cependant ils l'ont com-
prise, et, à l'honneur de Lesage, ils l'ont mise
à profit.

La Tontine, petite comédie de circonstance,
reçue en 1708, ne put être jouée que long-
temps après (1732). Le retard qu'éprouva
cet ouvrage dégoûta Lesage d'une carrière
qu'il étoit appelé à parcourir avec éclat, et
le fit renoncer à travailler pour le théâtre
français.

A cette époque, François Petis de la Croix,
interprète des langues orientales, venoit d'a-
chever une traduction des *Mille et un jours*;
il supplia Lesage, son ami, de revoir son
travail, et de donner à sa version la grâce et
l'élégance qui seules pouvoient en rendre la

lecture agréable et en assurer le succès. Lesage se chargea bien volontiers de ce travail, dans lequel il puisa une foule de sujets qu'il transporta plus tard sur les modestes théâtres de la foire.

L'ouvrage de François Pétis de la Croix, revu et corrigé par notre auteur, parut en 1710, en deux volumes in-12.

Lesage commença alors à écrire pour le théâtre de la foire Saint-Laurent et pour celui de la foire Saint-Germain : quelques opéras-comiques, des divertissements ou prologues qu'il composoit en se jouant, et la plupart en collaboration avec Fuselier et Dorneval, servoient à son esprit d'utile distraction, et le reposoient du long enfantement de l'œuvre à laquelle étoit réservé l'honneur d'immortaliser son nom.

En 1715, parut enfin l'*Histoire de Gil Blas de Santillane*, ou pour mieux dire la première partie de ce merveilleux roman, car Lesage n'en publia la suite qu'en 1724, et la fin qu'en 1735.

L'impression que produisit cet ouvrage sur le public fut immense ; le succès qu'il obtint fut encore plus éclatant que celui du *Diable Boiteux*. Mais comme tout grand succès littéraire éveille l'envie, Lesage ne jouit pas longtemps sans trouble de la joie que lui causa son triomphe. On ne pouvoit, sans une insigne maladresse, attaquer le style du roman ; la mauvaise foi eût été d'ailleurs si évidente, que tout le monde eût pris parti pour l'auteur. Que faire donc ? Contester l'originalité du livre, en attribuer l'idée première, la véritable paternité à quelque auteur espagnol obscur et ignoré, c'étoit le seul moyen de rabaisser le mérite de l'écrivain ; aussi, à défaut de tout autre, la critique s'arrêta à celui-ci. Les premiers détracteurs de *Gil Blas* accusèrent donc Lesage d'avoir tiré son roman d'un livre espagnol, sans indiquer, et pour cause, à quelle source il avoit puisé ; c'étoit pourtant, dans un pareil procès, le fait dont la révélation étoit la plus importante et la plus nécessaire. Bruzen de La Martinière, renouvelant à son tour cette accusation, avança le premier, d'une manière formelle, que Lesage avoit emprunté son ouvrage à la *Vie de l'écuyer don Marcos Obregon*, de Vincent Espinel ; et Voltaire, appuyant cette assertion, ajouta, avec une inconcevable légèreté, que Gil Blas n'étoit qu'une traduction de ce livre.

« Qu'un écrivain, c'est Diderot qui parle, se »garantisse de la fureur d'arracher à son con-»citoyen, et surtout à son contemporain, le »mérite d'une invention, pour en transporter »l'honneur à un homme d'une autre contrée »ou d'un autre siècle. »

Voltaire, qui n'avoit pas lu la *Vie de l'écuyer don Marcos Obregon*, avoit oublié sans doute les lignes que nous venons de citer, quand il prêta, aux attaques dirigées contre Lesage, l'appui de son témoignage et l'autorité de son nom. Quelle ressemblance y a-t-il en effet entre l'ouvrage de Vincent Espinel et celui de Lesage ? aucune ! Comme l'a prouvé d'une manière évidente François de Neufchâteau, dans une dissertation imprimée en tête de l'édition de *Gil Blas* de M. Didot l'aîné, le roman espagnol et le roman français n'ont entre eux aucun rapport : le fond, la forme, le but, tout diffère, et si Lesage a emprunté à Vincent Espinel quelques récits qu'il a arrangés à sa manière, c'est-à-dire embellis, il n'a usé que de son droit. C'est ce qu'avoient fait avant lui Corneille et Molière, c'est ce que fit de son temps, et d'une manière beaucoup moins heureuse, l'auteur de *Zaïre* lui-même, sans que personne ait songé à lui en faire un crime.

Si Lesage n'eût obtenu qu'un succès de coterie, qu'un succès sans conséquence, on lui eût assurément permis de goûter en paix sa petite gloire ; mais quiconque sort des rangs, et aidé de ses seules forces, s'élève au-dessus de la foule et révèle par un chef-d'œuvre la puissance d'un esprit original et supérieur, celui-là soulève toujours les plus basses et les plus ignobles jalousies : la critique s'avance à lui, armée de toutes pièces ; ignorante et haineuse, elle lui conteste un à un ses plus beaux titres de gloire, et s'efforce de souiller un triomphe qu'elle ne se sent pas appelée à obtenir à son tour.

Parmi les écrivains qui ont avancé l'opinion que *Gil Blas* étoit l'œuvre, non de Lesage, mais d'un auteur espagnol, il en est un cependant dont les observations graves et les savantes recherches ont pu jeter quelque doute dans les esprits, et ébranler les convictions les mieux établies en faveur de Lesage : c'est M. Llorente. Son livre mériteroit l'honneur d'une réfutation en forme, qui ne trouveroit point ici sa place ; cependant, nous allons reproduire franchement les principaux arguments sur lesquels repose son long plaidoyer en faveur de don Antonio de Solis.

M. Llorente pose d'abord comme vérité incontestable que *Gil Blas* ne peut, en toute propriété, appartenir à un Français étranger aux mœurs, aux habitudes de l'Espagne, à certains détails historiques qu'un Espagnol seul pouvoit connoître ; puis, passant en revue trente-huit auteurs vivant au dix-septième siècle, il s'arrête à don Antonio de Solis, à qui, par hypothèse, il fait écrire en 1655 un roman du *Bachelier de Salamanque*, dont le manuscrit auroit été vendu en 1657 au marquis de Lyonne, alors ambassadeur extraordinaire de Louis XIV auprès de la cour de Madrid. La position de Solis, la reconnoissance qu'il devoit à Philippe IV, l'obligèrent, dit M. Llorente, à vendre à un étranger un ouvrage qui ne pouvoit être imprimé à Madrid sans exposer l'auteur à la colère du roi et des grands d'Espagne ; et force lui fut, non-seulement de cacher l'existence de son ouvrage à ses amis, dont l'indiscrétion auroit pu le perdre, mais encore de ne communiquer en aucun temps son secret, et de le laisser mourir avec lui.

C'est donc de ce roman du *Bachelier de Salamanque*, échu après la mort du marquis de Lyonne à son fils l'abbé Jules de Lyonne, ami intime de Lesage, qu'auroit été tiré, selon M. Llorente, le canevas de Gil Blas, le texte des épisodes, enfin *Gil Blas* tout entier.

M. Llorente appuie son opinion d'un aveu de Lesage, qui, en publiant après *Gil Blas* un roman du *Bachelier de Salamanque*, ne le donna que comme une traduction d'un manuscrit espagnol inédit. Si cet ouvrage, dit M. Llorente, est inférieur à *Gil Blas*, c'est que l'on a dépouillé l'un au profit de l'autre, et que Lesage n'a laissé au pauvre *Bachelier* que ce qu'il lui étoit impossible de faire entrer dans *Gil Blas* sans mettre la chronologie en opposition complète avec l'histoire de son principal personnage.

Le manuscrit espagnol sur lequel Lesage a fait la traduction du *Bachelier de Salamanque*,

imprimé en 1738, a malheureusement disparu : la pièce la plus importante de ce procès littéraire ne peut donc être produite, et en dépit des suppositions ingénieuses de M. Llorente, Lesage ne peut encore, sans injustice, être dépouillé, en faveur de don Antonio Solis et Ribadeneyra, de ses titres de propriété.

Une vérité seule est établie et constatée par Lesage, c'est qu'il a eu entre les mains un manuscrit inédit intitulé : *Historia de las aventuras del Bachiller de Salamanca don Kerubin de la Ronda* ; mais induire de là qu'avant de publier la traduction de cet ouvrage espagnol, il en a préalablement tiré *Gil Blas* tout entier, c'est avancer un fait dont, je ne dirai pas la fausseté, mais l'impossibilité est de toute évidence : en admettant même que Lesage ait fait de nombreux emprunts au *Bachelier de Salamanque*, qu'il n'en ait pas donné une traduction exacte et fidèle, et que le roman espagnol n'ait pas été reproduit par lui dans son ensemble et sous sa forme primitive et originelle, pourroit-on cependant regarder don Antonio Solis comme le véritable auteur de *Gil Blas?* Non, mille fois non. Lesage lui a fait des emprunts, c'est possible ; mais il en a fait à Vincent Espinel, il en a fait encore à beaucoup d'autres ; il a mis à contribution tous les auteurs espagnols dans lesquels il a trouvé quelque chose à sa convenance ; la littérature castillane étant la seule carrière où il pût trouver les matériaux propres au monument qu'il vouloit élever, ce fut elle qu'il exploita. Polo de Medina, Pedre de Castro, don Diègue de Tovar, Vincent Espinel, Louis de Benavente, Juan Velez de Guevara, Francisco de Santos, enfin don Antonio Solis, peuvent être considérés comme autant de tributaires de Lesage ; mais aucun d'eux, s'il vivoit, ne seroit tenté de revendiquer la moindre part de collaboration au roman de *Gil Blas*. Ce livre, espagnol par le fond, est tout français par la forme ; tel qu'il est, il appartient tout entier à Lesage ; et nous doutons que les littérateurs anglais, allemands, hollandais et italiens, auxquels en appelle M. Llorente, se rangent jamais de son parti et épousent sans réserve son opinion.

Lesage, qui tenoit rancune aux comédiens françois, et qui avoit résolu de ne plus travailler pour eux, fut obligé, pour fournir aux besoins de sa famille, de consacrer vingt-six des plus belles années de sa vie à composer, ou seul, ou avec Fuzelier, Dorneval, Autreau, Lafont, Piron et Fromaget, des divertissements pour les théâtres de la foire. De ces pièces, accueillies pour la plupart avec faveur, aucune n'a survécu. Lesage se donna la peine inutile de faire un choix de ces œuvres éphémères, qu'il publia sous le titre de *Théâtre de la Foire* : c'étoit attacher à de légers ouvrages plus d'importance qu'ils n'en méritoient : aussi, ne croirions-nous rien ajouter à la gloire de Lesage, en citant ici les principales pièces dont ce recueil se compose, et en ajoutant à tous ses titres de gloire celui d'inventeur du genre auquel ces pièces appartiennent.

Lesage ne donnoit pas tout son temps à la composition de ces futiles productions : en 1717, il publia une imitation de l'*Orlando inamorato* de Bojardo ; l'ouvrage original, en passant par les mains du traducteur, a gagné sous le rapport de la raison et du bon goût, mais il a perdu beaucoup de son audace et de son enthousiasme poétiques : en somme, *Roland l'amoureux* ne reproduit ni le caractère ni la physionomie de son modèle. Après cet essai, Lesage renonça prudemment à un projet qu'il avoit conçu, celui de traduire l'*Arioste* ; il revint aux romans.

Il fit paroître, en 1732, l'*Histoire de Guzman d'Alfarache, traduite et purgée des moralités superflues* ; cette imitation de l'ouvrage de Matheo Aleman, sans être tout-à-fait digne de Lesage, est un livre amusant et bien supérieur à l'original. Chapelain et Bremond en avoient donné chacun une traduction, dont on ne parloit plus quand parut celle de Lesage.

Les Aventures de Robert Chevalier, dit de Beauchêne, publiées la même année, sont plutôt les mémoires posthumes d'un aventurier qu'une fiction et un roman ; cet ouvrage fut rédigé sur des manuscrits originaux que communiqua à Lesage la veuve d'un chef de flibustiers tué à Tours par des Anglais, l'année précédente

En 1734, Lesage donna l'*Histoire d'Estevanille de Gonzalez, surnommé le garçon de bonne humeur*, imitation d'un ouvrage espagnol anonyme attribué à Vincent Espinel. On retrouve de temps en temps dans cet ouvrage la gaîté, l'esprit et l'entrain de Gil Blas. Enfin, en

1736, il publia le *Bachelier de Salamanque*, ou *les Mémoires de don Chérubin de la Ronda, tirés d'un manuscrit espagnol*. Ce roman, quoique plus foible que les autres, étoit cependant celui pour lequel Lesage avoit une prédilection marquée. Cette préférence ne tenoit peut-être qu'à une raison : le Bachelier étoit son dernier roman.

Lesage eut trois fils ; l'aîné se fit comédien et se distingua sous le nom de Montménil ; de 1728 jusqu'en 1743, époque de sa mort, il remplit l'emploi des valets et des financiers au théâtre français ; le troisième, poussé par l'exemple et séduit par les succès de son frère, embrassa la même carrière et alla jouer la comédie en province sous le nom de Pittenec ; deux ans après, il revint à Paris, et renonça presque aussitôt à un art qui probablement lui avoit procuré peu de jouissance ; le second, qui avoit choisi l'état ecclésiastique, possédoit un canonicat à la cathédrale de Boulogne-sur-Mer.

Lesage avoit vu avec chagrin l'aîné et le plus jeune de ses fils embrasser une profession que la conduite des comédiens à son égard lui avoit rendue odieuse ; il cessa donc de les voir, et ce ne fut que long-temps après, et par la médiation du bon chanoine, que s'opéra une tendre réconciliation entre Montménil et son père : dès lors ils ne se quittèrent plus, et, à force de soins et de tendresse, Montménil parvint à faire oublier à son père tout le chagrin qu'il lui avoit causé. La mort imprévue et subite de Montménil frappa Lesage jusqu'au fond du cœur : il perdoit en lui son meilleur ami, et sa famille son unique soutien ; Paris lui devint alors un séjour insupportable ; il se hâta de le quitter, et se retira à Boulogne avec sa femme et sa fille. La maison du chanoine devint leur asile, et celui-ci, par ses soins affectueux et touchants, calma le profond chagrin que ressentoit Lesage de la perte de celui de ses fils qu'il aimoit le plus tendrement.

Lesage vécut à Boulogne pendant huit années dans un état d'affaissement cruel. Le comte de Tressan, qui commandoit alors dans la province, raconte que l'esprit de Lesage s'animoit à mesure que le soleil montoit vers le méridien, que, du moment où cet astre inclinoit vers l'horizon, ses sens perdoient peu à peu de leur activité, et qu'enfin Lesage tomboit dans une sorte de léthargie quand le soleil avoit disparu.

Lesage mourut le 17 novembre 1747, presque octogénaire.

Le comte de Tressan assista à ses obsèques avec tout son état-major ; il voulut rendre un hommage mérité et public à l'un des écrivains dont le nom restera éternellement une des gloires de la France.

Lesage ne fut pas admis à l'Académie Française.

Voici l'épitaphe qu'on lui fit :

Sous ce tombeau gît Lesage, abattu
Par le ciseau de la Parque importune :
S'il ne fut pas ami de la fortune,
Il fut toujours ami de la vertu.

PROSPER POITEVIN.

LE DIABLE BOITEUX.

PRÉFACE DE 1726.

AU TRÈS-ILLUSTRE AUTEUR

LUIS VELEZ DE GUEVARA.

C'est à vous, seigneur de Guevara, que j'ai dédié cet ouvrage dans sa nouveauté. Si je me fis un devoir alors de vous rendre cet hommage, rien ne doit me dispenser aujourd'hui de vous le renouveler. J'ai déjà déclaré, et je déclare encore publiquement, que votre *Diablo-Cojuelo* m'en a fourni le titre et l'idée. Ainsi je vous cède l'honneur de l'invention, sans vouloir, comme je vous l'ai dit, approfondir si quelque auteur grec, latin ou italien, ne pourroit pas justement vous le disputer.

J'avouerai même encore qu'en y regardant de près, on reconnoîtroit dans le corps de ce livre quelques-unes de vos pensées. Plût au ciel qu'il y en eût davantage, et que la nécessité de m'accommoder au génie de ma nation m'eût permis de vous copier exactement ! J'aurois fait gloire d'être votre traducteur ; mais j'ai été obligé de m'écarter du texte, ou, pour mieux dire, j'ai fait un ouvrage nouveau sur le même plan.

Sous la forme que je lui ai prêtée d'abord, il a été réimprimé en France je ne sais combien de fois. Nous avons partagé tous deux l'honneur du succès qu'il a eu ; mais, que dis-je, partagé ? J'ai passé à Paris pour votre copiste, et je n'ai été loué qu'en second. Il est vrai, en récompense, qu'à Madrid la copie a été traduite en espagnol, et qu'elle y est devenue un original.

J'en donne aujourd'hui une nouvelle édition, que je vous adresse encore, seigneur Luis Velez ; mais pour le rendre plus digne de revoir le jour, après dix-neuf années, il a fallu le retoucher et le remettre, pour ainsi dire, à la mode. Quoique le monde soit toujours le même, il s'y fait une succession continuelle d'originaux, qui semble y apporter quelque changement. Je n'ai pas seulement corrigé l'ouvrage, je l'ai refondu, et augmenté d'un volume, que les sottises humaines m'ont aisément fourni. C'est une source de tomes inépuisable : mais je n'ai point entrepris de l'épuiser. J'abandonne ce travail immense à quelqu'un de ces auteurs laborieux qui veulent bien employer une longue vie à mériter d'occuper une toise de place dans les bibliothèques. Pour moi, qui borne mon ambition à égayer pendant quelques heures mes lecteurs, je me contente de leur offrir en petit un tableau des mœurs du siècle.

Après avoir reconnu, seigneur de Guevara, que votre Diable a toujours hypothèque sur le mien, il faut encore confesser, pour la décharge de ma conscience, que j'ai emprunté des vers et quelques images de Francisco Santos, auteur du livre intitulé *Dia y Noche de Madrid*. Quoique le larcin ne soit pas de grande importance, je déclare que je l'ai fait, afin que quelque mauvais plaisant ne vienne pas me comparer aux voleurs qui, pour vendre impunément une vaisselle qu'ils ont volée, en ôtent les armoiries.

Puisse le public recevoir aussi favorablement cette dernière édition qu'il a reçu la première ! Je n'oserois me flatter de ce bonheur, quoique l'ouvrage soit plus nourri qu'il n'étoit, et que j'aie fait de mon mieux pour engager ceux qui le liront à y prendre un nouveau goût.

CHAPITRE PREMIER.

Quel diable c'est que le Diable boiteux. Où et par quel hasard don Cleophas Leandro Perez Zambullo fit connoissance avec lui.

Une nuit du mois d'octobre couvroit d'épaisses ténèbres la célèbre ville de Madrid : déjà le peuple, retiré chez lui, laissoit les rues libres aux amants qui vouloient chanter leurs peines ou leurs plaisirs sous les balcons de leurs maîtresses : déjà le son des guitares causoit de l'inquiétude aux pères, et alarmoit les maris jaloux : enfin il étoit près de minuit, lorsque don Cleophas Leandro Perez Zambullo, écolier d'Acala, sortit brusquement par une lucarne d'une maison où le fils indiscret de la déesse de Cythère l'avoit fait entrer. Il tâchoit de conserver sa vie et son honneur, en s'efforçant d'échapper à trois ou quatre spadassins qui le suivoient de près pour le tuer, ou pour lui faire épouser par force une dame avec laquelle ils venoient de le surprendre.

Quoique seul contre eux, il s'étoit défendu vaillamment, et il n'avoit pris la fuite que parce qu'ils lui avoient enlevé son épée dans le combat. Ils le poursuivirent quelque temps sur les toits ; mais il trompa leur poursuite à la faveur de l'obscurité. Il marcha vers une lumière qu'il aperçut de loin, et qui, toute foible qu'elle étoit, lui servit de fanal dans une conjoncture si périlleuse. Après avoir plus d'une fois couru risque de se rompre le cou, il arriva près d'un grenier d'où sortoient les rayons de cette lumière, et il entra dedans par la fenêtre, aussi transporté de joie qu'un pilote qui voit heureusement surgir au port son vaisseau menacé du naufrage.

Il regarda d'abord de toutes parts ; et fort étonné de ne trouver personne dans ce galetas, qui lui parut un appartement assez singulier, il se mit à le considérer avec beaucoup d'attention. Il vit une lampe de cuivre attachée au plafond, des livres et des papiers en confusion sur une table, une sphère et des compas d'un côté, des fioles et des cadrans de l'autre : ce qui lui fit juger qu'il demeuroit au-dessous quelque astrologue qui venoit faire ses observations dans ce réduit.

Il rêvoit au péril que son bonheur lui avoit fait éviter, et délibéroit en lui-même s'il demeureroit là jusqu'au lendemain, ou s'il prendroit un autre parti, quand il entendit pousser un long soupir auprès de lui. Il s'imagina d'abord que c'étoit quelque fantôme de son esprit agité, une illusion de la nuit ; c'est pourquoi, sans s'y arrêter, il continua ses réflexions.

Mais, ayant ouï soupirer une seconde fois, il ne douta plus que ce ne fût une chose réelle ; et bien qu'il ne vît personne dans la chambre, il ne laissa pas de s'écrier : Qui diable soupire ici ? C'est moi, seigneur écolier, lui répondit aussitôt une voix qui avoit quelque chose d'extraordinaire ; je suis depuis six mois dans une de ces fioles bouchées. Il loge en cette maison un savant astrologue, qui est magicien : c'est lui qui, par le pouvoir de son art, me tient enfermé dans cette étroite prison. Vous êtes donc un esprit ? dit don Cleophas, un peu troublé de la nouveauté de l'aventure. Je suis un démon, repartit la voix ; vous venez ici fort à propos pour me tirer d'esclavage. Je languis dans l'oisiveté, car je suis le diable de l'enfer le plus vif et le plus laborieux.

Ces paroles causèrent quelque frayeur au seigneur Zambullo ; mais, comme il étoit naturellement courageux, il se rassura, et dit d'un ton ferme à l'esprit : Seigneur diable, apprenez-moi, s'il vous plaît, quel rang vous tenez parmi vos confrères, si vous êtes un démon noble ou roturier. Je suis un diable d'importance, répondit la voix, et celui de tous qui a le plus de réputation dans l'un et l'autre monde. Seriez-vous par hasard, répliqua don Cleophas, le démon qu'on appelle Lucifer ? Non, repartit l'esprit ; c'est le diable des charlatans. Êtes-vous Uriel ? reprit l'écolier. Fi donc ! interrompit brusquement la voix ; c'est le patron des marchands, des tailleurs, des bouchers, des boulangers et des autres voleurs du tiers-état. Vous êtes peut-être Belzébut ? dit Leandro. Vous moquez-vous ? répondit l'esprit ; c'est le démon des duègnes et des écuyers. Cela m'étonne, dit Zambullo ; je croyois Belzébut un des plus grands personnages de votre compagnie. C'est un de ses moindres sujets, repartit le démon : vous n'avez pas des idées justes de notre enfer.

Il faut donc, reprit don Cleophas, que vous soyez Léviathan, Belphégor ou Astarot. Oh ! pour ces trois-là, dit la voix, ce sont des diables du premier ordre ; ce sont des esprits de cour. Ils entrent dans les conseils des princes, animent les ministres, forment les ligues, excitent les soulèvements dans les états, et allument les flambeaux de la guerre. Ce ne sont point là des maroufles, comme les premiers que vous avez nommés. Eh ! dites-moi, je vous prie, répliqua l'écolier, quelles sont les fonctions de Flagel ? Il est l'âme de la chicane et l'esprit du barreau, repartit le démon. C'est lui qui a composé le protocole des huissiers et des notaires. Il inspire les plaideurs, possède les avocats, et obsède les juges.

Pour moi, j'ai d'autres occupations : je fais des mariages ridicules ; j'unis des barbons avec des mineures, des maîtres avec leurs servantes, des filles mal dotées avec de tendres amants qui n'ont point de fortune. C'est moi qui ai introduit dans le monde le luxe, la débauche, les jeux de hasard et la chimie. Je suis l'inventeur des carrousels, de la danse, de la musique, de la comédie et de toutes les modes nouvelles de France. En un mot, je m'appelle Asmodée, surnommé le Diable boiteux.

Hé quoi! s'écria don Cleophas, vous seriez ce fameux Asmodée dont il est fait une si glorieuse mention dans Agrippa et dans la Clavicule de Salomon? Ah! vraiment, vous ne m'avez pas dit tous vos amusements; vous avez oublié le meilleur. Je sais que vous vous divertissez quelquefois à soulager les amants malheureux : à telles enseignes, que, l'année passée, un bachelier de mes amis obtint, par votre secours, dans la ville d'Alcala, les bonnes grâces de la femme d'un docteur de l'université. Cela est vrai, dit l'esprit; je vous gardois celui-là pour le dernier. Je suis le démon de la luxure, ou, pour parler plus honorablement, le dieu Cupidon ; car les poètes m'ont donné ce joli nom, et ces messieurs me peignent fort avantageusement. Ils disent que j'ai des ailes dorées, un bandeau sur les yeux, un arc à la main, un carquois plein de flèches sur les épaules, et avec cela une beauté ravissante. Vous allez voir tout à l'heure ce qui en est, si vous voulez me mettre en liberté.

Seigneur Asmodée, répliqua Leandro Perez, il y a long-temps, comme vous savez, que je vous suis entièrement dévoué : le péril que je viens de courir en peut faire foi. Je suis bien aise de trouver l'occasion de vous servir; mais le vase qui vous recèle est sans doute un vase enchanté : je tenterois vainement de le déboucher, ou de le briser : ainsi je ne sais pas trop bien de quelle manière je pourrai vous délivrer de prison. Je n'ai pas un grand usage de ces sortes de délivrances ; et, entre nous, si, tout fin diable que vous êtes, vous ne sauriez vous tirer d'affaire, comment un chétif mortel en pourra-t-il venir à bout? Les hommes ont ce pouvoir, répondit le démon. La fiole où je suis retenu n'est qu'une simple bouteille de verre, facile à briser. Vous n'avez qu'à la prendre, et qu'à la jeter par terre, j'apparoîtrai tout aussitôt en forme humaine. Sur ce point là, dit l'écolier, la chose est plus aisée que je ne pensois. Apprenez-moi donc dans quelle fiole vous êtes ; j'en vois un assez grand nombre de pareilles, et je ne puis la démêler. C'est la quatrième du côté de la fenêtre, répliqua l'esprit. Quoique l'empreinte d'un cachet magique soit sur le bouchon, la bouteille ne laissera pas de se casser.

Cela suffit, reprit don Cléophas. Je suis prêt à faire ce que vous souhaitez; il n'y a plus qu'une petite difficulté qui m'arrête : quand je vous aurai rendu le service dont il s'agit, je crains de payer les pots cassés. Il ne vous arrivera aucun malheur, repartit le démon ; au contraire, vous serez content de ma reconnoissance. Je vous apprendrai tout ce que vous voudrez savoir ; je vous instruirai de tout ce qui se passe dans le monde ; je vous découvrirai les défauts des hommes ; je serai votre démon tutélaire ; et, plus éclairé que le génie de Socrate, je prétends vous rendre encore plus savant que ce grand philosophe. En un mot, je me donne à vous avec mes bonnes et mauvaises qualités ; elles ne vous seront pas moins utiles les unes que les autres.

Voilà de belles promesses, répliqua l'écolier ; mais vous autres, messieurs les diables, on vous accuse de n'être pas fort religieux à tenir ce que vous nous promettez. Cette accusation n'est pas sans fondement, repartit Asmodée. La plupart de mes confrères ne se font pas un scrupule de vous manquer de parole. Pour moi, outre que je ne puis trop payer le service que j'attends de vous, je suis esclave de mes serments ; et je vous jure, par tout ce qui les rend inviolables, que je ne vous tromperai point. Comptez sur l'assurance que je vous en donne ; et, ce qui doit vous être bien agréable, je m'offre à vous venger, dès cette nuit, de doña Thomasa, de cette perfide dame qui avoit caché chez elle quatre scélérats pour vous surprendre et vous forcer à l'épouser.

Le jeune Zambullo fut particulièrement charmé de cette dernière promesse. Pour en avancer l'accomplissement, il se hâta de prendre la fiole où étoit l'esprit ; et, sans s'embarrasser davantage de ce qu'il en pourroit arriver, il la laissa tomber rudement. Elle se brisa en mille pièces, et inonda le plancher d'une liqueur noirâtre, qui s'évapora peu à peu, et se convertit en une fumée, laquelle, venant à se dissiper tout-à-coup, fit voir à l'écolier surpris une figure d'homme en manteau, de la hauteur d'environ deux pieds et demi, appuyé sur deux béquilles. Ce petit monstre boiteux avoit des jambes de bouc, le visage long, le menton pointu, le teint jaune et noir, le nez fort écrasé; ses yeux, qui paroissoient très-petits, ressembloient à deux charbons allumés ; sa bouche excessivement fendue étoit surmontée de deux crocs de moustache rousse, et bordée de deux lippes sans pareilles.

Ce gracieux Cupidon avoit la tête enveloppée d'une espèce de turban de crépon rouge, relevé d'un bouquet de plumes de coq et de paon. Il portoit au cou un large collet de toile jaune, sur lequel étoient dessinés divers modèles de colliers et de pendants d'oreilles. Il étoit revêtu d'une robe courte de satin blanc, ceinte par le milieu d'une large bande de parchemin vierge, toute marquée de caractères talismaniques. On voyoit peints sur cette robe plusieurs corps à l'usage des dames, très-avantageux pour la gorge, des écharpes, des tabliers bigarrés, et des coiffures nouvelles, toutes plus extravagantes les unes que les autres.

Mais tout cela n'étoit rien en comparaison de son manteau, dont le fond étoit aussi de satin blanc. Il y avoit dessus une infinité de figures peintes à l'encre de la Chine, avec une si grande liberté de pinceau, et des expressions si fortes, qu'on jugeoit bien qu'il falloit que le diable s'en fût mêlé. On y remarquoit, d'un côté, une dame espagnole couverte de sa mante, qui agaçoit un étranger à la promenade; et de l'autre, une dame française qui étudioit dans un miroir de nouveaux airs de visage pour les essayer sur un jeune abbé qui paroissoit à la portière de sa chambre avec des mouches et du rouge. Ici, des cavaliers italiens chantoient et jouoient de la guitare sous les balcons de leurs maîtresses; et là, des Allemands déboutonnés, tout en désordre, pris de vin et plus barbouillés de tabac que des petits-maîtres français, entouroient une table inondée des débris de leur débauche. On apercevoit dans un endroit un seigneur musulman sortant du bain, et environné de toutes les femmes de son sérail, qui s'empressoient à lui rendre leurs services; on découvroit dans un autre un gentilhomme anglais qui présentoit galamment à sa dame une pipe et de la bière.

On y démêloit aussi des joueurs merveilleusement bien représentés : les uns, animés d'une joie vive, remplissoient leurs chapeaux de pièces d'or et d'argent; et les autres, ne jouant plus que sur leur parole, lançoient au ciel des regards sacriléges, en mangeant leurs cartes de désespoir. Enfin l'on y voyoit autant de choses curieuses que sur l'admirable bouclier que le dieu Vulcain fit à la prière de Thétis; mais il y avoit cette différence entre les ouvrages de ces deux boiteux, que les figures du bouclier n'avoient aucun rapport aux exploits d'Achille, et qu'au contraire celles du manteau étoient autant de vives images de tout ce qui se fait dans le monde par la suggestion d'Asmodée.

CHAPITRE II.

Suite de la délivrance d'Asmodée.

Ce démon, s'apercevant que sa vue ne prévenoit pas en sa faveur l'écolier, lui dit en souriant : Hé bien, seigneur don Cleophas Leandro Perez Zambullo, vous voyez le charmant dieu des amours, ce souverain maître des cœurs. Que vous semble de mon air et de ma beauté? Les poëtes ne sont-ils pas d'excellents peintres? Franchement, répondit don Cleophas, ils sont un peu flatteurs. Je crois que vous ne parûtes pas sous ces traits devant Psyché. Oh! pour cela non, repartit le Diable; j'empruntai ceux d'un petit marquis français, pour me faire aimer brusquement. Il faut bien couvrir le vice d'une apparence agréable, autrement il ne plairoit pas. Je prends toutes les formes que

je veux, et j'aurois pu me montrer à vos yeux sous un plus beau corps fantastique; mais, puisque je me suis donné tout à vous, et que j'ai dessein de ne vous rien déguiser, j'ai voulu que vous me vissiez sous la figure la plus convenable à l'opinion qu'on a de moi et de mes exercices.

Je ne suis pas surpris, dit Leandro, que vous soyez un peu laid : pardonnez, s'il vous plaît, le terme; le commerce que nous allons avoir ensemble demande de la franchise. Vos traits s'accordent fort avec l'idée que j'avois de vous; mais apprenez-moi, de grâce, pourquoi vous êtes boiteux.

C'est, répondit le démon, pour avoir eu autrefois en France un différend avec Pillardoc, le diable de l'intérêt. Il s'agissoit de savoir qui de nous deux posséderoit un jeune Manceau qui venoit à Paris chercher fortune. Comme c'étoit un excellent sujet, un garçon qui avoit de grands talents, nous nous en disputâmes vivement la possession. Nous nous battîmes dans la moyenne région de l'air. Pillardoc fut le plus fort, et me jeta sur la terre, de la même façon que Jupiter, à ce que disent les poëtes, culbuta Vulcain. La conformité de ces aventures fut cause que mes camarades me surnommèrent le Diable boiteux. Ils me donnèrent en raillant ce sobriquet, qui m'est resté depuis ce temps-là. Néanmoins, tout estropié que je suis, je ne laisse pas d'aller bon train. Vous serez témoin de mon agilité.

Mais, ajouta-t-il, finissons cet entretien. Hâtons-nous de sortir de ce galetas. Le magicien y va bientôt monter, pour travailler à l'immortalité d'une belle Sylphide qui le vient trouver ici toutes les nuits. S'il nous surprenoit, il ne manqueroit pas de me remettre en bouteille, et il pourroit bien vous y mettre aussi. Jetons auparavant par la fenêtre les morceaux de la fiole brisée, afin que l'enchanteur ne s'aperçoive pas de mon élargissement.

Quand il s'en apercevroit après notre départ, Zambullo, qu'en arriveroit-il? Ce qu'il en arriveroit? répondit le boiteux; il paroît bien que vous n'avez pas lu le livre de la contrainte. Quand j'irois me cacher aux extrémités de la terre, ou de la région qu'habitent les salamandres enflammées; quand je descendrois chez les gnomes ou dans les plus profonds abîmes des mers, je n'y serois point à couvert de son ressentiment. Il feroit des conjurations si fortes, que tout l'enfer en trembleroit. J'aurois beau vouloir lui désobéir, je serois obligé de paroître, malgré moi, devant lui, pour subir la peine qu'il voudroit m'imposer.

Cela étant, reprit l'écolier, je crains fort que notre liaison ne soit pas de longue durée : ce redoutable nécromancien découvrira bientôt votre fuite. C'est ce que je ne sais point, répliqua l'esprit, parce que nous ne savons pas ce qui doit arriver. Comment, s'écria Leandro Perez, les démons ignorent l'avenir ? Assurément, repartit le Diable ; les personnes qui se fient à nous là-dessus sont de grandes dupes. C'est ce qui fait que les devins et devineresses disent tant de sottises, et en font tant faire aux femmes de qualité qui vont les consulter sur les événements futurs. Nous ne savons que le passé et le présent. J'ignore donc si le magicien s'apercevra bientôt de mon absence ; mais j'espère que non. Il y a ici plusieurs fioles semblables à celle où j'étois enfermé ; il ne soupçonnera pas qu'elle y manque. Je vous dirai de plus que je suis dans son laboratoire comme un livre de droit dans la bibliothèque d'un financier : il ne pense point à moi ; et quand il y penseroit, il ne me fait jamais l'honneur de m'entretenir : c'est le plus fier enchanteur que je connoisse. Depuis le temps qu'il me tient prisonnier, il n'a pas daigné me parler une seule fois.

Quel homme ! dit don Cleophas. Qu'avez-vous donc fait pour vous attirer sa haine ? J'ai traversé un de ses desseins, repartit Asmodée. Il y avoit une place vacante dans certaine académie : il prétendoit qu'un de ses amis l'eût ; je voulois la faire donner à un autre : le magicien fit un talisman composé des plus puissants caractères de la cabale ; moi, je mis mon homme au service d'un grand ministre, dont le nom l'emporta sur le talisman.

Après avoir parlé de cette sorte, le démon ramassa toutes les pièces de la fiole cassée, et les jeta par la fenêtre. Seigneur Zambullo, dit-il ensuite à l'écolier, sauvons-nous au plus vite : prenez le bout de mon manteau, et ne craignez rien. Quelque périlleux que parût ce parti à don Cleophas, il aima mieux l'accepter que de demeurer exposé au ressentiment du magicien ; et il s'accrocha le mieux qu'il put au diable, qui l'emporta dans le moment.

CHAPITRE III.

Dans quel endroit le Diable boiteux transporta l'écolier ; et des premières choses qu'il lui fit voir.

Asmodée n'avoit pas vanté sans raison son agilité. Il fendit l'air comme une flèche décochée avec violence, et s'en alla se percher sur la tour de San Salvador. Dès qu'il y eut pris pied, il dit à son compagnon : Hé bien, seigneur Leandro, quand on dit d'une rude voiture que c'est une voiture de diable, n'est-il pas vrai que cette façon de parler est fausse ? Je viens d'en vérifier la fausseté, répondit poliment Zambullo. Je puis assurer que c'est une voiture plus douce qu'une litière, et avec cela si diligente, qu'on n'a pas le temps de s'ennuyer sur la route.

Oh çà, reprit le démon, vous ne savez pas pourquoi je vous amène ici : je prétends vous montrer tout ce qui se passe dans Madrid ; et comme je veux débuter par ce quartier-ci, je ne pouvois choisir un endroit plus propre à l'exécution de mon dessein. Je vais, par mon pouvoir diabolique, enlever les toits des maisons ; et malgré les ténèbres de la nuit, le dedans va s'ouvrir à vos yeux. A ces mots, il ne fit simplement qu'étendre le bras droit, et aussitôt tous les toits disparurent. Alors l'écolier vit, comme en plein midi, l'intérieur des maisons, de même, dit Luis Velez de Guevara [1], qu'on voit le dedans d'un pâté dont on vient d'ôter la croûte.

Le spectacle étoit trop nouveau pour ne pas attirer son attention tout entière. Il promena sa vue de toutes parts ; et la diversité des choses qui l'environnoient eut de quoi occuper long-temps sa curiosité. Seigneur don Cleophas, lui dit le Diable, cette confusion d'objets que vous regardez avec tant de plaisir est, à la vérité, très-agréable à contempler ; mais ce n'est qu'un amusement frivole. Il faut que je vous le rende utile ; et, pour vous donner une parfaite connoissance de la vie humaine, je veux vous expliquer ce que font toutes ces personnes que vous voyez. Je vais vous découvrir les motifs de leurs actions et vous révéler jusqu'à leurs plus secrètes pensées.

Par où commencerons-nous ? Observons d'abord dans cette maison à ma droite ce vieillard qui compte de l'or et de l'argent. C'est un bourgeois avare. Son carrosse, qu'il a eu presque pour rien à l'inventaire d'un alcade de Corte, est tiré par deux mauvaises mules qui sont dans son écurie, et qu'il nourrit suivant la loi des douze tables, c'est-à-dire qu'il leur donne tous les jours à chacune une livre d'orge ; il les traite comme les Romains traitoient leurs esclaves. Il y a deux ans qu'il est revenu des Indes, chargé d'une grande quantité de lingots, qu'il a changés en espèces. Admirez ce vieux fou ; avec quelle satisfaction il parcourt des yeux ses richesses ! il ne peut s'en rassasier. Mais prenez garde en même temps à ce qui se passe dans une petite salle de la même maison. Y remarquez-vous deux jeunes garçons avec une vieille femme ? Oui, répondit Cleophas. Ce sont apparemment ses enfants ? Non, reprit le Diable, ce sont ses neveux qui doivent en hériter, et qui, dans l'impatience où ils sont de partager ses dépouilles, ont fait venir secrètement une sorcière pour savoir d'elle quand il mourra.

J'aperçois dans la maison voisine deux tableaux assez plaisants. L'un est une coquette surannée qui se couche après avoir laissé ses cheveux, ses

---

[1] L'auteur du Diable boiteux espagnol.

sourcils et ses dents sur sa toilette ; l'autre , un galant sexagénaire qui revient de faire l'amour. Il a déjà ôté son œil et sa moustache postiches, avec sa perruque, qui cachoit une tête chauve. Il attend que son valet lui ôte son bras et sa jambe de bois, pour se mettre au lit avec le reste.

Si je m'en fie à mes yeux, dit Zambullo, je vois dans cette maison une grande et jeune fille faite à peindre. Qu'elle a l'air mignon ! Hé bien, reprit le boiteux, cette jeune beauté qui vous frappe est sœur aînée de ce galant qui va se coucher. On peut dire qu'elle fait la paire avec la vieille coquette qui loge avec elle. Sa taille, que vous admirez, est une machine qui a épuisé les mécaniques. Sa gorge et ses hanches sont artificielles ; et il n'y a pas long-temps qu'étant allée au sermon, elle laissa tomber ses fesses dans l'auditoire. Néanmoins, comme elle se donne un air de mineure, il y a deux jeunes cavaliers qui se disputent ses bonnes grâces. Ils en sont même venus aux mains pour elle. Les enragés ! il me semble que je vois deux chiens qui se battent pour un os.

Riez avec moi de ce concert qui se fait assez près de là dans une maison bourgeoise, sur la fin d'un souper de famille. On y chante des cantates. Un vieux jurisconsulte en a fait la musique, et les paroles sont d'un alguazil[1] qui fait l'aimable, d'un fat qui compose des vers pour son plaisir et pour le supplice des autres. Une cornemuse et une épinette forment la symphonie. Un grand flandrin de chantre à voix claire fait le dessus, et une jeune fille, qui a la voix fort grosse, fait la basse. O la plaisante chose ! s'écria don Cléophas en riant : quand on voudroit donner exprès un concert ridicule, on n'y réussiroit pas si bien.

Jetez les yeux sur cet hôtel magnifique, poursuivit le démon ; vous y verrez un seigneur couché dans un superbe appartement. Il a près de lui une cassette remplie de billets doux. Il les lit pour s'endormir voluptueusement, car ils sont d'une dame qu'il adore, qui lui fait faire tant de dépenses, qu'il sera bientôt réduit à solliciter une vice-royauté.

Si tout repose dans cet hôtel, si tout y est tranquille, en récompense on se donne bien du mouvement dans la maison prochaine à main gauche. Y démêlez-vous une dame dans un lit de damas rouge ? C'est une personne de condition. C'est dona Fabula, qui vient d'envoyer chercher une sage-femme, et qui va donner un héritier au vieux don Torribio, son mari, que vous voyez auprès d'elle. N'êtes-vous pas charmé du bon naturel de cet époux ? Les cris de sa chère moitié lui percent l'âme : il est pénétré de douleur ; il

[1] Un alguazil est ce que sont en France les commissaires, excepté qu'il porte l'épée.

souffre autant qu'elle. Avec quel soin et quelle ardeur il s'empresse à la secourir ! Effectivement, dit Leandro, voilà un homme bien agité ; mais j'en aperçois un autre qui paroît dormir d'un profond sommeil dans la même maison, sans se soucier du succès de l'affaire. La chose doit pourtant l'intéresser, reprit le boiteux, puisque c'est un domestique qui est la cause première des douleurs de sa maîtresse.

Regardez un peu au-delà, continua-t-il, et considérez dans une salle basse cet hypocrite qui se frotte de vieux-oing pour aller à une assemblée de sorciers qui se tient cette nuit entre Saint-Sébastien et Fontarabie. Je vous y porterois tout à l'heure pour vous donner cet agréable passe-temps, si je ne craignois d'être reconnu du démon qui fait le bouc à cette cérémonie.

Ce diable et vous, dit l'écolier, vous n'êtes donc pas bons amis ? Non parbleu, reprit Asmodée. C'est ce même Pillardoc dont je vous ai parlé. Ce coquin me trahiroit ; il ne manqueroit pas d'avertir de ma fuite mon magicien. Vous avez eu peut-être encore quelque démêlé avec ce Pillardoc ? Vous l'avez dit, reprit le démon : il y a deux ans que nous eûmes ensemble un nouveau différend pour un enfant de Paris qui songeoit à s'établir. Nous prétendions tous deux en disposer ; il en vouloit faire un commis, j'en voulois faire un homme à bonnes fortunes ; nos camarades en firent un mauvais moine pour finir la dispute. Après cela on nous réconcilia ; nous nous embrassâmes, et depuis ce temps-là nous sommes ennemis mortels.

Laissons-là cette belle assemblée, dit don Cléophas, je ne suis nullement curieux de m'y trouver ; continuons plutôt d'examiner ce qui se présente à notre vue. Que signifient ces étincelles de feu qui sortent de cette cave ? C'est une des plus folles occupations des hommes, répondit le Diable. Ce personnage qui, dans cette cave, est auprès de ce fourneau embrasé, est un souffleur ; le feu consume peu à peu son riche patrimoine, et il ne trouvera jamais ce qu'il cherche. Entre nous, la pierre philosophale n'est qu'une belle chimère, que j'ai moi-même forgée pour me jouer de l'esprit humain, qui veut passer les bornes qui lui ont été prescrites.

Ce souffleur a pour voisin un bon apothicaire, qui n'est pas encore couché. Vous le voyez qui travaille dans sa boutique avec son épouse surannée et son garçon. Savez-vous ce qu'ils font ? Le mari compose une pilule prolifique pour un vieil avocat qui doit se marier demain. Le garçon fait une tisane laxative, et la femme pile dans un mortier des drogues astringentes.

J'aperçois dans la maison qui fait face à celle de

l'apothicaire, dit Zambullo, un homme qui se lève et s'habille à la hâte. Malpeste! répondit l'esprit, c'est un médecin qu'on appelle pour une affaire bien pressante. On vient le chercher de la part d'un prélat qui, depuis une heure qu'il est au lit, a toussé deux ou trois fois.

Portez la vue au-delà, sur la droite, et tâchez de découvrir dans un grenier un homme qui se promène en chemise, à la sombre clarté d'une lampe. J'y suis, s'écria l'écolier, à telles enseignes, que je ferois l'inventaire des meubles qui sont dans ce galetas : il n'y a qu'un grabat, un placet et une table, et les murs me paroissent tout barbouillés de noir. Le personnage qui loge si haut est un poëte, reprit Asmodée, et ce qui vous paroît noir, ce sont des vers tragiques de sa façon dont il a tapissé sa chambre, étant obligé, faute de papier, d'écrire ses poëmes sur le mur.

A le voir s'agiter et se démener comme il fait en se promenant, dit don Cleophas, je juge qu'il compose quelque ouvrage d'importance. Vous n'avez pas tort d'avoir cette pensée, répliqua le boiteux : il mit hier la dernière main à une tragédie, intitulée le *Déluge universel*. On ne sauroit lui reprocher qu'il n'a point observé l'unité de lieu, puisque toute l'action se passe dans l'arche de Noé.

Je vous assure que c'est une pièce excellente; toutes les bêtes y parlent comme des docteurs. Il a dessein de la dédier; il y a six heures qu'il travaille à l'épître dédicatoire; il en est à la dernière phrase en ce moment. On peut dire que c'est un chef-d'œuvre que cette dédicace : toutes les vertus morales et politiques, toutes les louanges qu'on peut donner à un homme illustre par ses ancêtres et par lui-même, n'y sont point épargnées; jamais auteur n'a tant prodigué l'encens. A qui prétend-il adresser un éloge si magnifique? reprit l'écolier. Il n'en sait rien encore, repartit le Diable; il a laissé le nom en blanc. Il cherche quelque riche seigneur qui soit plus libéral que ceux à qui il a déjà dédié d'autres livres; mais les gens qui paient des épîtres dédicatoires sont bien rares aujourd'hui : c'est un défaut dont les seigneurs se sont corrigés, et par là ils ont rendu un grand service au public, qui étoit accablé de pitoyables productions d'esprit, attendu que la plupart des livres ne se faisoient autrefois que pour le produit des dédicaces.

A propos d'épître dédicatoire, ajouta le démon, il faut que je vous rapporte un trait assez singulier. Une femme de la cour ayant permis qu'on lui dédiât un ouvrage, en voulut voir la dédicace avant qu'on l'imprimât; et ne s'y trouvant pas assez bien louée à son gré, elle prit la peine d'en composer une de sa façon, et de l'envoyer à l'auteur, pour la mettre à la tête de son ouvrage.

Il me semble, s'écria Leandro, que voilà des voleurs qui s'introduisent dans une maison par un balcon. Vous ne vous trompez point, dit Asmodée, ce sont des voleurs de nuit. Ils entrent chez un banquier : suivons-les de l'œil; voyons ce qu'ils feront. Ils visitent le comptoir; ils fouillent partout : mais le banquier les a prévenus; il partit hier pour la Hollande, avec tout ce qu'il avoit d'argent dans ses coffres.

Examinons, dit Zambullo, un autre voleur qui monte par une échelle de soie à un balcon. Celui-là n'est pas ce que vous pensez, répondit le boiteux; c'est un marquis qui tente l'escalade, pour se couler dans la chambre d'une fille qui veut cesser de l'être. Il lui a juré très-légèrement qu'il l'épousera, et elle n'a pas manqué de se rendre à ses serments; car, dans le commerce de l'amour, les marquis sont des négociants qui ont grand crédit sur la place.

Je suis curieux, reprit l'écolier, d'apprendre ce que fait certain homme que je vois en bonnet de nuit et en robe de chambre. Il écrit avec application, et il y a près de lui une petite figure noire qui lui conduit la main en écrivant. L'homme qui écrit, répondit le Diable, est un greffier qui, pour obliger un tuteur très-reconnoissant, altère un arrêt rendu en faveur d'un pupille; et la petite figure noire qui lui conduit la main est Griffaël, le démon des greffiers. Ce Griffaël, répliqua don Cleophas, n'occupe donc cet emploi que par intérim : puisque Flagel est l'esprit du barreau, les greffes, ce me semble, doivent être de son département? Non, repartit Asmodée; les greffiers ont été jugés dignes d'avoir leur diable particulier, et je vous jure qu'il a de l'occupation de reste.

Considérez dans une maison bourgeoise, auprès de celle du greffier, une jeune dame qui occupe le premier appartement. C'est une veuve, et l'homme que vous voyez avec elle est son oncle, qui loge au second étage. Admirez la pudeur de cette veuve : elle ne veut pas prendre sa chemise devant son oncle; elle passe dans un cabinet, pour se la faire mettre par un galant qu'elle y a caché.

Il demeure chez le greffier un gros bachelier boiteux de ses parents, qui n'a pas son pareil au monde pour plaisanter. Volumnius, si vanté par *Cicéron pour les traits piquants et pleins de sel*, n'étoit pas un si fin railleur. Ce bachelier, nommé par excellence dans Madrid le bachelier Donoso, est recherché de toutes les personnes de la cour et de la ville qui donnent à manger; c'est à qui l'aura. Il a un talent tout particulier pour réjouir les convives; il fait les délices d'une table : aussi va-t-il tous les jours dîner dans quelque bonne maison, d'où il ne revient qu'à deux heures après minuit. Il est aujourd'hui chez le marquis d'Alcazinas, où il n'est allé que par hasard. Comment, par hasard? interrompit Leandro. Je vais m'expliquer plus clairement, repartit le Diable. Il y avoit ce matin, sur le midi, à la porte du bachelier, cinq ou six carrosses qui venoient le chercher de la part de différents seigneurs; il a fait monter leurs pages dans son appartement, et leur a dit, en prenant un jeu de cartes : Mes amis, comme je ne puis contenter tous vos maîtres à la fois, et que je n'en veux point préférer un aux autres, ces cartes en vont décider. J'irai dîner chez le roi de trèfle.

Quel dessein, dit don Cleophas, peut avoir, de l'autre côté de la rue, certain cavalier qui se tient assis sur le seuil d'une porte? attend-il qu'une soubrette vienne l'introduire dans la maison? Non, non, répondit Asmodée; c'est un jeune Castillan qui file l'amour parfait : il veut par pure galanterie, à l'exemple des amants de l'antiquité, passer la nuit à la porte de sa maîtresse. Il racle de temps en temps une guitare, en chantant des romances de sa composition; mais son infante, couchée au second étage, pleure, en l'écoutant, l'absence de son rival.

Venons à ce bâtiment neuf qui contient deux corps-de-logis séparés : l'un est occupé par le propriétaire, qui est ce vieux cavalier qui tantôt se promène dans son appartement, et tantôt se laisse tomber dans un fauteuil. Je juge, dit Zambullo, qu'il roule dans sa tête quelque grand projet. Qui est cet homme-là? Si l'on s'en rapporte à la richesse qui brille dans sa maison, ce doit être un grand de la première classe. Ce n'est pourtant qu'un contador, répondit le démon. Il a vieilli dans des emplois très-lucratifs. Il a quatre millions de bien. Comme il n'est pas sans inquiétude sur les moyens dont il s'est servi pour les amasser, et qu'il se voit sur le point d'aller rendre ses comptes dans l'autre monde, il est devenu scrupuleux : il songe à bâtir un monastère; il se flatte qu'après une si bonne œuvre il aura la conscience en repos. Il a déjà obtenu la permission de fonder un couvent; mais il n'y veut mettre que des religieux qui soient tout ensemble chastes, sobres, et d'une extrême humilité. Il est fort embarrassé sur le choix.

Le second corps-de-logis est habité par une belle dame qui vient de se baigner dans du lait, et de se mettre au lit tout à l'heure. Cette voluptueuse personne est veuve d'un chevalier de Saint-Jacques, qui ne lui a laissé pour tout bien qu'un beau nom; mais heureusement elle a pour amis deux conseillers du conseil de Castille, qui font à frais communs la dépense de sa maison.

Oh! oh! s'écria l'écolier, j'entends retentir l'air de cris et de lamentations; viendroit-il d'arriver quelque malheur? Voici ce que c'est, dit l'esprit : deux jeunes cavaliers jouoient ensemble aux cartes, dans ce tripot où vous voyez tant de lampes et de chandelles allumées. Ils se sont échauffés sur un coup, ont mis l'épée à la main, et se sont blessés tous deux mortellement : le plus âgé est marié, et le plus jeune est fils unique; ils vont rendre l'âme. La femme de l'un et le père de l'autre, avertis de ce funeste accident, viennent d'arriver; ils remplissent de cris tout le voisinage. Malheureux enfant, dit le père en apostrophant son fils, qui ne sauroit l'entendre, combien de fois t'ai-je exhorté à renoncer au jeu? Combien de fois t'ai-je prédit qu'il te coûteroit la vie? Je déclare que ce n'est pas ma faute si tu péris misérablement. De son côté, la femme se désespère. Quoique son époux ait perdu au jeu tout ce qu'elle lui a apporté en mariage; quoiqu'il ait vendu toutes les pierreries qu'elle avoit, et jusqu'à ses habits, elle est inconsolable de sa perte; elle maudit les cartes, qui en sont la cause; elle maudit celui qui les a inventées; elle maudit le tripot et tous ceux qui l'habitent.

Je plains fort les gens que la fureur du jeu possède, dit don Cleophas; ils ont souvent l'esprit dans une horrible situation. Grâce au ciel, je ne suis point entiché de ce vice-là. Vous en avez un autre qui le vaut bien, reprit le démon. Est-il plus raisonnable, à votre avis, d'aimer les courtisanes? et n'avez-vous pas couru risque ce soir d'être tué par des spadassins? J'admire messieurs les hommes : leurs propres défauts leur paroissent des minuties, au lieu qu'ils regardent ceux d'autrui avec un microscope.

Il faut encore, ajouta-t-il, que je vous présente des images tristes. Voyez, dans une maison à deux pas du tripot, ce gros homme étendu sur un lit : c'est un malheureux chanoine qui vient de tomber en apoplexie. Son neveu et sa petite nièce, bien loin de lui donner du secours, le laissent mourir, et se saisissent de ses meilleurs effets, qu'ils vont porter chez des recéleurs; après quoi ils auront tout le loisir de pleurer et de se lamenter.

Remarquez-vous près de là deux hommes que l'on ensevelit? Ce sont deux frères; ils étoient malades de la même maladie, mais ils se gouvernoient différemment; l'un avoit une confiance aveugle en son médecin, l'autre a voulu laisser agir la nature; ils sont morts tous deux : celui-là pour avoir pris tous les remèdes de son docteur, celui-ci pour n'avoir rien voulu prendre. Cela est fort embarrassant, dit Leandro. Eh! que faut-il donc que fasse un pauvre malade? C'est ce que je ne puis vous apprendre, répondit le Diable; je sais bien qu'il y a de bons remèdes, mais je ne sais s'il y a de bons médecins.

Changeons de spectacle, poursuivit-il; j'en ai de plus divertissants à vous montrer. Entendez-vous dans la rue un charivari? Une femme de soixante ans a épousé ce matin un cavalier de dix-sept. Tous les rieurs du quartier se sont ameutés pour célébrer ses noces par un concert bruyant de bassins, de poëles et de chaudrons. Vous m'avez dit, interrompit l'écolier, que c'étoit vous qui faisiez les mariages ridicules; cependant vous n'avez point de part à celui-là. Non vraiment, repartit le boiteux, je n'avois garde de le faire, puisque je n'étois pas libre; mais quand je l'aurois été, je ne m'en serois pas mêlé. Cette femme est scrupuleuse : elle ne s'est remariée que pour pouvoir goûter sans remords des plaisirs qu'elle aime. Je ne forme point de pareilles unions; je me plais bien davantage à troubler les consciences qu'à les rendre tranquilles.

Malgré le bruit de cette burlesque sérénade, dit Zambullo, un autre, ce me semble, frappe mon oreille. Celui que vous entendez en dépit du charivari, répondit le boiteux, part d'un cabaret où il y a un gros capitaine flamand, un chantre français, et un officier de la garde allemande, qui chantent en trio. Ils sont à table depuis huit heures du matin, et chacun d'eux s'imagine qu'il y va de l'honneur de sa nation d'enivrer les deux autres.

Arrêtez vos regards sur cette maison isolée vis-à-vis celle du chanoine; vous verrez trois fameuses Galiciennes qui font la débauche avec trois hommes de la cour. Ah! qu'elles me paroissent jolies! s'écria don Cleophas: je ne m'étonne pas si les gens de qualité les courent. Qu'elles font de caresses à ceux-là! il faut qu'elles soient bien amoureuses d'eux! Que vous êtes jeune! répliqua l'esprit: vous ne connoissez guère ces sortes de dames; elles ont le cœur encore plus fardé que le visage. Quelques démonstrations qu'elles fassent, elles n'ont pas la moindre amitié pour ces seigneurs: elles en ménagent un pour avoir sa protection, et les deux autres pour en tirer des contrats de rente. Il en est de même de toutes les coquettes. Les hommes ont beau se ruiner pour elles, ils n'en sont pas plus aimés; au contraire tout payeur est traité comme un mari: c'est une règle que j'ai établie dans les intrigues amoureuses; mais laissons ces seigneurs savourer des plaisirs qu'ils achètent si cher, pendant que leurs valets, qui les attendent dans la rue, se consolent dans la douce espérance de les avoir gratis.

Expliquez-moi, de grâce, interrompit Leandro Perez, un autre tableau qui frappe mes yeux. Tout le monde est encore sur pied dans cette grande maison à gauche. D'où vient quelques uns rient à gorge déployée, et que les autres dansent? On y célèbre quelque fête apparemment? Ce sont des noces, dit le boiteux; tous les domestiques sont dans la joie: il n'y a pas trois jours que dans ce même hôtel on étoit dans une extrême affliction. C'est une histoire qu'il me prend envie de vous raconter : elle est un peu longue, à la vérité; mais j'espère qu'elle ne vous ennuiera point. En même temps il la commença de cette sorte.

CHAPITRE IV.

Histoire des amours du comte de Belflor et de Léonor de Cespèdes.

Le comte de Belflor, un des plus grands seigneurs de la cour, étoit éperdûment amoureux de la jeune Léonor de Cespèdes. Il n'avoit pas dessein de l'épouser; la fille d'un simple gentilhomme ne lui paroissoit pas un parti assez considérable pour lui: il ne se proposoit que d'en faire une maîtresse.

Dans cette vue, il la suivoit partout, et ne perdoit pas une occasion de lui faire connoître son amour par ses regards; mais il ne pouvoit lui parler, ni lui écrire, parce qu'elle étoit incessamment obsédée d'une duègne sévère et vigilante, appelée la dame Marcelle. Il en étoit au désespoir; et sentant irriter ses désirs par les difficultés, il ne cessoit de rêver aux moyens de tromper l'Argus qui gardoit son Io.

D'un autre côté, Léonor, qui s'étoit aperçue de l'attention que le comte avoit pour elle, n'avoit pu se défendre d'en avoir pour lui; et il se forma insensiblement dans son cœur une passion qui devint enfin très-violente. Je ne la fortifiois pourtant pas par mes tentations ordinaires, parce que le magicien, qui me tenoit alors prisonnier, m'avoit interdit toutes mes fonctions; mais il suffisoit que la nature s'en mêlât. Elle n'est pas moins dangereuse que moi ; toute la différence qu'il y a entre nous, c'est qu'elle corrompt peu à peu les cœurs, au lieu que je les séduis brusquement.

Les choses étoient dans cette disposition, lorsque Léonor et son éternelle gouvernante, allant un matin à l'église, rencontrèrent une vieille femme qui tenoit à la main un des plus gros chapelets qu'ait jamais fabriqués l'hypocrisie. Elle les aborda d'un air doux et riant; et adressant la parole à la duègne : Le ciel vous conserve, lui dit-elle, la sainte paix soit avec vous! permettez-moi de vous demander si vous n'êtes pas la dame Marcelle, la chaste veuve du feu seigneur Martin Rosette? La gouvernante répondit qu'oui. Je vous rencontre donc fort à propos, lui dit la vieille, pour vous avertir que j'ai au logis un vieux parent qui voudroit bien vous parler. Il est arrivé de Flandre depuis peu de jours; il a connu particulièrement, mais très-particulièrement, votre mari, et il a des choses de la dernière conséquence à vous communiquer. Il auroit été vous les dire chez vous, s'il ne fût pas tombé malade; mais le pauvre homme est à l'extrémité. Je demeure à deux pas d'ici: prenez, s'il vous plaît, la peine de me suivre.

La gouvernante, qui avoit de l'esprit et de la prudence, craignant de faire quelque fausse démarche, ne savoit à quoi se résoudre; mais la vieille devina le sujet de son embarras, et lui dit: Ma chère madame Marcelle, vous pouvez vous fier à moi en toute assurance. Je me nomme la Chichona. Le licencié Marcos de Figueroa et le bachelier Mira de Mesqua vous répondront de moi comme de leurs grand'mères. Quand je vous propose de venir à ma maison, ce n'est que pour votre bien. Mon parent veut vous restituer certaine somme que votre mari lui a autrefois prêtée. A ce mot de restitution, la dame Marcelle prit son parti. Allons, ma fille, dit-elle à Léonor, allons voir le parent de cette bonne dame; c'est une action charitable que de visiter les malades.

Elles arrivèrent bientôt au logis de la Chichona, qui les fit entrer dans une salle basse, où elles trouvèrent un homme alité, qui avoit une barbe blanche, et qui, s'il n'étoit pas fort malade, paroissoit du moins l'être. Tenez, cousin, lui dit la vieille en lui présentant la gouvernante, voici cette sage dame Marcelle à qui vous souhaitez de parler, la veuve du feu seigneur Martin Rosette, votre ami. A ces paroles, le vieillard, soulevant un peu la tête, salua la duègne, lui fit signe de s'approcher, et lorsqu'elle fut près de son lit, lui dit d'une voix faible: Ma chère madame Marcelle, je rends grâce au ciel de m'avoir laissé vivre jusqu'à ce moment: c'étoit l'unique chose que je désirois; je craignois de mourir sans avoir la satisfaction de vous voir, et de vous remettre en main propre cent ducats que feu votre époux, mon intime ami, me prêta pour me tirer d'une affaire d'honneur que j'eus autrefois à Bruges. Ne vous a-t-il jamais entretenue de cette aventure?

Hélas! non, répondit la dame Marcelle, il ne m'en a point parlé: devant Dieu soit son âme! il étoit si généreux, qu'il oublioit les services qu'il avoit rendus à ses amis; et bien loin de ressembler à ces fanfarons qui se vantent du bien qu'ils n'ont point fait, il ne m'a jamais dit qu'il eût obligé personne. Il avoit l'âme belle assurément, répliqua le vieillard; j'en dois être plus persuadé qu'un autre; et, pour vous le prouver, il faut que je vous raconte l'affaire dont je suis heureusement sorti par son secours; mais, comme j'ai des choses à dire qui sont de la dernière importance

pour la mémoire du défunt, je serois bien aise de ne les révéler qu'à sa discrète veuve.

Hé bien, dit alors la Chichona, vous n'avez qu'à lui faire ce récit en particulier; pendant ce temps-là nous allons passer dans mon cabinet, cette jeune dame et moi. En achevant ces paroles elle laissa la duègne avec le malade, et entraîna Léonor dans une autre chambre, où, sans chercher de détours, elle lui dit: Belle Léonor, les moments sont trop précieux pour les mal employer. Vous connoissez de vue le comte de Belflor: il y a long-temps qu'il vous aime, et qu'il meurt d'envie de vous le dire; mais la vigilance et la sévérité de votre gouvernante ne lui ont pas permis jusqu'ici d'avoir ce plaisir. Dans son désespoir, il a eu recours à mon industrie; je l'ai mise en usage pour lui. Ce vieillard que vous venez de voir est un jeune valet de chambre du comte; et tout ce que j'ai fait n'est qu'une ruse, que nous avons concertée pour tromper votre gouvernante et vous attirer ici.

Comme elle achevoit ces mots, le comte, qui étoit caché derrière une tapisserie, se montra; et courant se jeter aux pieds de Léonor: Madame, lui dit-il, pardonnez ce stratagème à un amant qui ne pouvoit plus vivre sans vous parler. Si cette obligeante personne n'eût pas trouvé moyen de me procurer cet avantage, j'allois m'abandonner à mon désespoir. Ces paroles, prononcées d'un air touchant, par un homme qui ne déplaisoit pas, troublèrent Léonor. Elle demeura quelque temps incertaine de la réponse qu'elle y devoit faire; mais enfin, s'étant remise de son trouble, elle regarda fièrement le comte et lui dit: Vous croyez peut-être avoir beaucoup d'obligation à cette officieuse dame qui vous a si bien servi; mais apprenez que vous tirerez peu de fruit du service qu'elle vous a rendu.

En parlant ainsi, elle fit quelques pas pour rentrer dans la salle. Le comte l'arrêta: Demeurez, dit-il, adorable Léonor; daignez un moment m'entendre. Ma passion est si pure, qu'elle ne doit point vous alarmer. Vous avez sujet, je vous l'avoue, de vous révolter contre l'artifice dont je me sers pour vous entretenir; mais n'ai-je pas jusqu'à ce jour inutilement essayé de vous parler? Il y a six mois que je vous suis aux églises, à la promenade, aux spectacles. Je cherche en vain partout l'occasion de vous dire que vous m'avez charmé. Votre cruelle, votre impitoyable gouvernante a toujours su tromper mes désirs. Hélas! au lieu de me faire un crime d'un stratagème que j'ai été forcé d'employer, plaignez-moi, belle Léonor, d'avoir souffert tous les tourments d'une si longue attente, et jugez par vos charmes des peines mortelles qu'elle a dû me causer.

Belflor ne manqua pas d'assaisonner ce discours de tous les airs de persuasion que les jolis hommes savent si heureusement mettre en pratique : il laissa couler quelques larmes. Léonor en fut émue : il commença, malgré elle, à s'élever dans son cœur des mouvements de tendresse et de pitié : mais, loin de céder à sa foiblesse, plus elle se sentoit attendrir, plus elle marquoit d'empressement à vouloir se retirer. Comte, s'écria-t-elle, tous vos discours sont inutiles, je ne veux point vous écouter ; ne me retenez pas davantage ; laissez-moi sortir d'une maison où ma vertu est alarmée, ou bien je vais par mes cris attirer ici tout le voisinage, rendre votre audace publique. Elle dit cela d'un ton si ferme, que la Chichona, qui avoit de grandes mesures à garder avec la justice, pria le comte de ne pas pousser les choses plus loin. Il cessa de s'opposer au dessein de Léonor. Elle se débarrassa de ses mains ; et, ce qui jusqu'alors n'étoit arrivé à aucune fille, elle sortit de ce cabinet comme elle y étoit entrée.

Elle rejoignit promptement sa gouvernante. Venez, ma bonne, lui dit-elle, quittez ce frivole entretien : on nous trompe ; sortons de cette dangereuse maison. Qu'y a-t-il, ma fille ? répondit avec étonnement la dame Marcelle. Quelle raison vous oblige à vouloir vous retirer si brusquement ? Je vous en instruirai, repartit Léonor. Fuyons : chaque instant que je m'arrête ici me cause une nouvelle peine. Quelque envie qu'eût la duègne de savoir le sujet d'une si brusque sortie, elle ne put s'en éclaircir sur-le-champ, il lui fallut céder aux instances de Léonor. Elles sortirent toutes deux avec précipitation, laissant la Chichona, le comte et son valet de chambre, aussi déconcertés tous trois que des comédiens qui viennent de représenter une pièce que le parterre a mal reçue.

Dès que Léonor se vit dans la rue, elle se mit à raconter avec beaucoup d'agitation à sa gouvernante tout ce qui s'étoit passé dans le cabinet de la Chichona. La dame Marcelle l'écouta fort attentivement ; et lorsqu'elles furent arrivées au logis : Je vous avoue, ma fille, lui dit-elle, que je suis extrêmement mortifiée de ce que vous venez de m'apprendre. Comment ai-je pu être la dupe de cette vieille femme ? J'ai fait d'abord difficulté de la suivre. Que n'ai-je continué ! Je devois me défier de son air doux et honnête ; j'ai fait une sottise qui n'est pas pardonnable à une personne de mon expérience. Ah ! que ne m'avez-vous découvert chez elle cet artifice, je l'aurois dévisagée, j'aurois accablé d'injures le comte de Belflor, et arraché la barbe au faux vieillard qui me contoit des fables. Mais je vais retourner sur mes pas, porter l'argent que j'ai reçu comme une véritable restitution ; et si je les retrouve ensemble, ils ne perdront rien pour avoir attendu. En achevant ces mots, elle reprit sa mante qu'elle avoit quittée, et sortit pour aller chez la Chichona.

Le comte y étoit encore ; il se désespéroit du mauvais succès de son stratagème. Un autre, en sa place, auroit abandonné la partie ; mais il ne se rebuta point. Avec mille bonnes qualités, il en avoit une peu louable, c'étoit de se laisser trop entraîner au penchant qu'il avoit à l'amour. Quand il aimoit une dame, il étoit trop ardent à la poursuite de ses faveurs ; et quoique naturellement honnête homme, il étoit alors capable de violer les droits les plus sacrés pour obtenir l'accomplissement de ses désirs. Il fit réflexion qu'il ne pourroit parvenir au but qu'il se proposoit sans le secours de la dame Marcelle, et il résolut de ne rien épargner pour la mettre dans ses intérêts. Il jugea que cette duègne, toute sévère qu'elle paroissoit, ne seroit point à l'épreuve d'un présent considérable ; et il n'avoit pas tort de faire un pareil jugement. S'il y a des gouvernantes fidèles, c'est que les galants ne sont pas assez riches, ou assez libéraux.

D'abord que la dame Marcelle fut arrivée, et qu'elle aperçut les trois personnes à qui elle en vouloit, il lui prit une fureur de langue : elle dit un million d'injures au comte et à la Chichona, et fit voler la restitution à la tête du valet de chambre. Le comte essuya patiemment cet orage ; et, se mettant à genoux devant la duègne, pour rendre la scène plus touchante, il la pressa de reprendre la bourse qu'elle avoit jetée, et lui offrit mille pistoles de surcroît, en la conjurant d'avoir pitié de lui. Elle n'avoit jamais vu solliciter si puissamment sa compassion ; aussi ne fut-elle pas inexorable : elle eut bientôt quitté les invectives ; et comparant en elle-même la somme proposée avec la médiocre récompense qu'elle attendoit de don Luis de Cespèdes, elle trouva qu'il y avoit plus de profit à écarter Léonor de son devoir, qu'à l'y maintenir. C'est pourquoi, après quelques façons, elle reprit la bourse, accepta l'offre des mille pistoles, promit de servir l'amour du comte, et s'en alla sur-le-champ travailler à l'exécution de sa promesse.

Comme elle connoissoit Léonor pour une fille vertueuse, elle se garda bien de lui donner lieu de soupçonner son intelligence avec le comte, de peur qu'elle n'en avertît don Luis, son père ; et, voulant la perdre adroitement, voici de quelle manière elle lui parla à son retour. Léonor, je viens de satisfaire mon esprit irrité ; j'ai retrouvé nos trois fourbes ; ils étoient encore tout étourdis de votre courageuse retraite. J'ai menacé la Chichona du ressentiment de votre père et de la rigueur de la justice, et j'ai dit au comte de Belflor toutes les injures que la colère a pu me suggérer. J'espère

que ce seigneur ne formera plus de pareils attentats, et que ses galanteries cesseront désormais
d'occuper ma vigilance. Je rends grâce au ciel que
vous ayez, par votre fermeté, évité le piége qu'il
vous avoit tendu. J'en pleure de joie. Je suis ravie
qu'il n'ait tiré aucun avantage de son artifice ; car
les grands seigneurs se font un jeu de séduire de
jeunes personnes. La plupart même de ceux qui se
piquent le plus de probité ne s'en font pas le moindre scrupule, comme si ce n'étoit pas une mauvaise action que de déshonorer des familles. Je
ne dis pas absolument que le comte soit de ce caractère, ni qu'il ait envie de vous tromper ; il ne
faut pas toujours juger mal son prochain ; peut-
être a-t-il des vues légitimes. Quoiqu'il soit d'un
rang à prétendre aux premiers partis de la cour,
votre beauté peut lui avoir fait prendre la résolution de vous épouser. Je me souviens même que
dans les réponses qu'il a faites à mes reproches, il
m'a laissé entrevoir cela.

Que dites-vous, ma bonne ? interrompit Léonor. S'il avoit formé ce dessein, il m'auroit déjà
demandée à mon père, qui ne me refuseroit point
à un homme de sa condition. Ce que vous dites est
juste, reprit la gouvernante ; j'entre dans ce sentiment ; la démarche du comte est suspecte, ou plutôt ses intentions ne sauroient être bonnes ; peu
s'en faut que je ne retourne encore sur mes pas
pour lui dire de nouvelles injures. Non, ma bonne,
repartit Léonor, il vaut mieux oublier ce qui s'est
passé, et nous venger par le mépris. Il est vrai,
dit la dame Marcelle, je crois que c'est le meilleur
parti ; vous êtes plus raisonnable que moi : mais
d'un autre côté, ne jugerions-nous point mal des
sentimens du comte? que savons-nous s'il n'en
use pas ainsi par délicatesse? Avant que d'obtenir
l'aveu d'un père, il veut peut-être vous rendre de
longs services, mériter de vous plaire, s'assurer
de votre cœur, afin que votre union ait plus de
charmes. Si cela étoit, ma fille, seroit-ce un grand
crime que de l'écouter? Découvrez-moi votre
pensée ; ma tendresse vous est connue ; vous sentez-vous de l'inclination pour le comte, ou auriez-
vous de la répugnance à l'épouser?

A cette malicieuse question, la trop sincère
Léonor baissa les yeux en rougissant, et avoua
qu'elle n'avoit nul éloignement pour lui ; mais,
comme sa modestie l'empêchoit de s'expliquer plus
ouvertement, la duègne la pressa de nouveau de
ne lui rien déguiser. Enfin, elle se rendit aux af-
fectueuses démonstrations de la gouvernante. Ma
bonne, lui dit-elle, puisque vous voulez que je
vous parle confidemment, apprenez que Belflor
m'a paru digne d'être aimé. Je l'ai trouvé si bien
fait, et j'en ai ouï parler si avantageusement, que
je n'ai pu me défendre d'être sensible à ses galan-

teries. L'attention infatigable que vous avez à les
traverser m'a souvent fait beaucoup de peine, et je
vous avouerai qu'en secret je l'ai plaint quelquefois, et dédommagé, par mes soupirs, des maux
que votre vigilance lui fait souffrir. Je vous dirai
même qu'en ce moment, au lieu de le haïr après
son action téméraire, mon cœur, malgré moi,
l'excuse, et rejette sa faute sur votre sévérité.

Ma fille, reprit la gouvernante, puisque vous me
donnez lieu de croire que sa recherche vous seroit agréable, je veux vous ménager cet amant. Je
suis très-sensible, repartit Léonor en s'attendrissant, au service que vous voulez me rendre. Quand
le comte ne tiendroit pas un des premiers rangs
à la cour, quand il ne seroit qu'un simple cavalier, je le préférerois à tous les autres hommes ;
mais ne nous flattons point : Belflor est un grand
seigneur, destiné sans doute pour une des plus riches héritières de la monarchie. N'attendons pas
qu'il se borne à la fille de don Luis, qui n'a qu'une
fortune médiocre à lui offrir. Non, non, ajouta-
t-elle, il n'a pas pour moi des sentimens si favorables ; il ne me regarde pas comme une personne
qui mérite de porter son nom ; il ne cherche qu'à
m'offenser.

Eh! pourquoi, dit la duègne, voulez-vous qu'il
ne vous aime pas assez pour vous épouser? l'amour
fait tous les jours de plus grands miracles. Il semble, à vous entendre, que le ciel ait mis entre le
comte et vous une distance infinie. Faites-vous
plus de justice, Léonor ; il ne s'abaissera point
en unissant sa destinée à la vôtre : vous êtes d'une
ancienne noblesse, et votre alliance ne sauroit le
faire rougir. Puisque vous avez du penchant pour
lui, continua-t-elle, il faut que je lui parle ; je veux
approfondir ses vues ; et si elles sont telles qu'elles
doivent être, je le flatterai de quelque espérance.
Gardez-vous-en bien, s'écria Léonor ; je ne suis
point d'avis que vous l'alliez chercher ; s'il me
soupçonnoit d'avoir quelque part à cette démarche, il cesseroit de m'estimer. Oh! je suis plus
adroite que vous ne pensez, répliqua la dame Marcelle. Je commencerai par lui reprocher d'avoir
eu dessein de vous séduire. Il ne manquera pas de
vouloir se justifier ; je l'écouterai ; je le verrai venir : enfin, ma fille, laissez-moi faire, je ménagerai votre honneur comme le mien.

La duègne sortit à l'entrée de la nuit. Elle
trouva Belflor aux environs de la maison de don
Luis. Elle lui rendit compte de l'entretien qu'elle
avoit eu avec sa maîtresse, et n'oublia pas de lui
vanter avec quelle adresse elle avoit découvert
qu'il en étoit aimé. Rien ne pouvoit être plus
agréable au comte que cette découverte ; aussi en
remercia-t-il la dame Marcelle dans les termes les
plus vifs : c'est-à-dire qu'il promit de lui livrer

dès le lendemain les mille pistoles ; et il se répondit à lui-même du succès de son entreprise, parce qu'il savoit bien qu'une fille prévenue est à moitié séduite. Après cela, s'étant séparés fort satisfaits l'un de l'autre, la duègne retourna au logis.

Léonor, qui l'attendoit avec inquiétude, lui demanda ce qu'elle avoit à lui annoncer. La meilleure nouvelle que vous puissiez apprendre, lui répondit la gouvernante : j'ai vu le comte. Je vous le disois bien, ma fille, ses intentions ne sont pas criminelles : il n'a point d'autre but que de se marier avec vous ; il me l'a juré par tout ce qu'il y a de plus sacré parmi les hommes. Je ne me suis pas rendue à cela, comme vous pouvez penser. Si vous êtes dans cette disposition, lui ai-je dit, pourquoi ne faites-vous pas auprès de don Luis la démarche ordinaire ?

Ah ! ma chère Marcelle, m'a-t-il répondu, sans paroître embarrassé de cette demande, approuveriez-vous que, sans savoir de quel œil me regarde Léonor, et ne suivant que les transports d'un aveugle amour, j'allasse tyranniquement l'obtenir de son père ? Non, son repos m'est plus cher que mes désirs, et je suis trop honnête homme pour m'exposer à faire son malheur.

Pendant qu'il parloit de la sorte, continua la duègne, je l'observois avec une extrême attention, et j'employois mon expérience à démêler dans ses yeux s'il étoit effectivement épris de tout l'amour qu'il m'exprimoit. Que vous dirai-je ? il m'a paru pénétré d'une véritable passion ; j'en ai senti une joie que j'ai bien eu de la peine à lui cacher : néanmoins, lorsque j'ai été persuadée de sa sincérité, j'ai cru que, pour vous assurer un amant de cette importance, il étoit à propos de lui laisser entrevoir vos sentiments : Seigneur, lui ai-je dit, Léonor n'a point d'aversion pour vous ; je sais qu'elle vous estime ; et, autant que j'en puis juger, son cœur ne gémira pas de votre recherche. Grand Dieu ! s'est-il alors écrié tout transporté de joie, qu'entends-je ! Est-il possible que la charmante Léonor soit dans une disposition si favorable pour moi ? Que ne vous dois-je point, obligeante Marcelle, de m'avoir tiré d'une si longue incertitude ? Je suis d'autant plus ravi de cette nouvelle, que c'est vous qui me l'annoncez ; vous qui, toujours révoltée contre ma tendresse, m'avez tant fait souffrir de maux ; mais achevez mon bonheur, ma chère Marcelle ; faites-moi parler à la divine Léonor ; je veux lui donner ma foi, et lui jurer devant vous que je ne serai jamais qu'à elle.

A ce discours, poursuivit la gouvernante, il en a ajouté d'autres encore plus touchants. Enfin, ma fille, il m'a priée d'une manière si pressante de lui procurer un entretien secret avec vous, que je n'ai pu me défendre de le lui promettre. Eh !

pourquoi lui avez-vous fait cette promesse ? s'écria Léonor avec quelque émotion. Une fille sage, vous me l'avez dit cent fois, doit absolument éviter ces conversations, qui ne sauroient être que dangereuses. Je demeure d'accord de vous l'avoir dit, répliqua la duègne, et c'est une très-bonne maxime ; mais il vous est permis de ne la pas suivre dans cette occasion, puisque vous pouvez regarder le comte comme votre mari. Il ne l'est point encore, repartit Léonor, et je ne le dois pas voir que mon père n'ait agréé sa recherche.

La dame Marcelle, en ce moment, se repentit d'avoir si bien élevé une fille dont elle avoit tant de peine à vaincre la retenue. Voulant toutefois en venir à bout, à quelque prix que ce fût : Ma chère Léonor, reprit-elle, je m'applaudis de vous voir si réservée. Heureux fruit de mes soins ! Vous avez mis à profit toutes les leçons que je vous ai données. Je suis charmée de mon ouvrage ; mais, ma fille, vous avez enchéri sur ce que je vous ai enseigné : vous outrez ma morale ; je trouve votre vertu un peu trop sauvage. De quelque sévérité que je me pique, je n'approuve point une farouche sagesse qui s'arme indifféremment contre le crime et l'innocence. Une fille ne cesse pas d'être vertueuse pour écouter un amant, quand elle connoît la pureté de ses désirs ; et alors elle n'est pas plus criminelle de répondre à sa passion, que d'y être sensible. Reposez-vous sur moi, Léonor ; j'ai trop d'expérience, et je suis trop dans vos intérêts, pour vous faire faire un pas qui puisse vous nuire.

Eh ! dans quel lieu voulez-vous que je parle au comte, dit Léonor ? Dans votre appartement, repartit la duègne : c'est l'endroit le plus sûr. Je l'introduirai ici demain, pendant la nuit. Vous n'y pensez pas, ma bonne ! répliqua Léonor ; quoi ! je souffrirai qu'un homme...... Oui, vous le souffrirez, interrompit la gouvernante ; ce n'est pas une chose si extraordinaire que vous vous l'imaginez. Cela arrive tous les jours ; et plût au ciel que toutes les filles qui reçoivent de pareilles visites eussent des intentions aussi bonnes que les vôtres ! D'ailleurs, qu'avez-vous à craindre ? ne serai-je pas avec vous ? Si mon père venoit nous surprendre ? reprit Léonor. Soyez en repos là-dessus, repartit la dame Marcelle. Votre père a l'esprit tranquille sur votre conduite : il connoît ma fidélité, il a une entière confiance en moi. Léonor, si vivement poussée par la duègne, et pressée en secret par son amour, ne put résister plus long-temps ; elle consentit à ce qu'on lui proposoit.

Le comte en fut bientôt informé. Il en eut tant de joie, qu'il donna sur-le-champ à son agente cinq cents pistoles, avec une bague de pareille valeur. La dame Marcelle, voyant qu'il tenoit si bien sa parole, ne voulut pas être moins exacte à tenir la sienne. Dès la nuit suivante, quand elle jugea que tout le monde reposoit au logis, elle attacha à un balcon une échelle de soie que le comte lui avoit donnée, et fit entrer par là ce seigneur dans l'appartement de sa maîtresse.

Cependant, cette jeune personne s'abandonnoit à des réflexions qui l'agitoient vivement. Quelque penchant qu'elle eût pour Belflor, et malgré tout ce que pouvoit lui dire sa gouvernante, elle se reprochoit d'avoir eu la facilité de consentir à une visite qui blessoit son devoir : la pureté de ses intentions ne la rassuroit point. Recevoir la nuit, dans sa chambre, un homme qui n'avoit pas l'aveu de son père, et dont elle ignoroit même les véritables sentiments, lui paroissoit une démarche, non seulement criminelle, mais digne encore des mépris de son amant. Cette dernière pensée faisoit sa plus grande peine, et elle en étoit fort occupée, lorsque le comte entra.

Il se jeta d'abord à ses genoux, pour la remercier de la faveur qu'elle lui faisoit. Il parut pénétré d'amour et de reconnoissance, et il l'assura qu'il étoit dans le dessein de l'épouser. Néanmoins comme il ne s'étendoit pas là-dessus autant qu'elle l'auroit souhaité : Comte, lui dit-elle, je veux bien croire que vous n'avez pas d'autres vues que celles-là ; mais, quelques assurances que vous m'en puissiez donner, elles me seront toujours suspectes, jusqu'à ce qu'elles soient autorisées du consentement de mon père. Madame, répondit Belflor, il y a long-temps que je l'aurois demandé, si je n'eusse pas craint de l'obtenir aux dépens de votre repos. Je ne vous reproche point de n'avoir pas encore fait cette démarche, reprit Léonor ; j'approuve même sur cela votre délicatesse : mais rien ne vous retient plus, et il faut que vous parliez au plus tôt à don Luis, ou bien résolvez-vous à ne me revoir jamais.

Hé ! pourquoi, répliqua-t-il, ne vous verrois-je plus, belle Léonor ? Que vous êtes peu sensible aux douceurs de l'amour ! Si vous saviez aussi bien aimer que moi, vous vous feriez un plaisir de recevoir secrètement mes soins, et d'en dérober, du moins pour quelque temps, la connoissance à votre père. Que ce commerce mystérieux a de charmes pour deux cœurs étroitement liés ! Il en pourroit avoir pour vous, dit Léonor ; mais il n'auroit pour moi que des peines. Ce raffinement de tendresse ne convient point à une fille qui a de la vertu. Ne me vantez plus les délices de ce commerce coupable. Si vous m'estimiez, vous ne me l'auriez pas proposé ; et si vos intentions sont telles que vous voulez me le persuader, vous devez, au fond de votre âme, me reprocher de ne m'en être pas offensée. Mais, hélas ! ajouta-t-elle, en laissant échapper quelques pleurs, c'est à ma seule

foiblesse que je dois imputer cet outrage ; je m'en suis rendue digne en faisant ce que je fais pour vous.

Adorable Léonor, s'écria le comte, c'est vous qui me faites une mortelle injure ! Votre vertu trop scrupuleuse prend de fausses alarmes. Quoi ! parce que j'ai été assez heureux pour vous rendre favorable à mon amour, vous craignez que je ne cesse de vous estimer ? Quelle injustice ! Non, madame. je connois tout le prix de vos bontés : elles ne peuvent vous ôter mon estime, et je suis prêt à faire ce que vous exigez de moi. Je parlerai dès demain au Seigneur don Luis ; je ferai tout mon possible pour qu'il consente à mon bonheur ; mais je ne vous le cèle point, j'y vois peu d'apparence. Que dites-vous ! reprit Léonor avec une extrême surprise. Mon père pourra-t-il ne pas agréer la recherche d'un homme qui tient le rang que vous tenez à la cour ? Eh ! c'est ce même rang, repartit Belflor, qui me fait craindre ses refus. Ce discours vous surprend : vous allez cesser de vous étonner.

Il y a quelques jours, poursuivit-il, que le roi me déclara qu'il vouloit me marier. Il ne m'a point nommé la dame qu'il me destine ; il m'a seulement fait comprendre que c'est un des premiers partis de la cour, et qu'il a ce mariage fort à cœur. Comme j'ignorois quels pouvoient être vos sentiments pour moi, car vous savez bien que votre rigueur ne m'a pas permis jusqu'ici de les démêler, je ne lui ai laissé voir aucune répugnance à suivre ses volontés. Après cela, jugez, madame, si don Luis voudra se mettre au hasard de s'attirer la colère du roi, en m'acceptant pour gendre.

Non, sans doute, dit Léonor ; je connois mon père : quelque avantageuse que soit pour lui votre alliance, il aimera mieux y renoncer que de s'exposer à déplaire au roi. Mais quand mon père ne s'opposeroit point à notre union, nous n'en serions pas plus heureux ; car enfin, comte, comment pourriez-vous me donner une main que le roi veut engager ailleurs ? Madame, répondit Belflor, je vous avouerai de bonne foi que je suis encore dans un assez grand embarras de ce côté-là ; j'espère néanmoins qu'en tenant une conduite délicate avec le roi, je ménagerai si bien son esprit et l'amitié qu'il a pour moi, que je trouverai moyen d'éviter le malheur qui me menace : vous pourriez même, belle Léonor, m'aider en cela, si vous me jugiez digne de m'attacher à vous. Eh ! de quelle manière, dit-elle, puis-je contribuer à rompre le mariage que le roi vous a proposé ? Ah ! madame, répliqua-t-il d'un air passionné, si vous vouliez recevoir ma foi, je saurois bien me conserver à vous, sans que ce prince m'en pût savoir mauvais gré.

Permettez, charmante Léonor, ajouta-t-il en

se jetant à ses genoux, permettez que je vous épouse en présence de la dame Marcelle; c'est un témoin qui répondra de la sainteté de notre engagement. Par là je me déroberai sans peine aux tristes nœuds dont on veut me lier; car, si après cela le roi me presse d'accepter la dame qu'il me destine, je me jetterai aux pieds de ce monarque, je lui dirai que je vous aimois depuis long-temps, et que je vous ai secrètement épousée. Quelque envie qu'il puisse avoir de me marier avec une autre, il est trop bon pour vouloir m'arracher à ce que j'adore, et trop juste pour faire cet affront à votre famille.

Que pensez-vous, sage Marcelle, ajouta-t-il en se tournant vers la gouvernante, que pensez-vous de ce projet que l'amour vient de m'inspirer? J'en suis charmée, dit la dame Marcelle; il faut avouer que l'amour est bien ingénieux! Et vous, adorable Léonor, reprit le comte, qu'en dites-vous? Votre esprit, toujours armé de défiance, refusera-t-il de l'approuver? Non, répondit Léonor, pourvu que vous y fassiez entrer mon père; je ne doute pas qu'il n'y souscrive dès que vous l'en aurez instruit.

Il faut bien se garder de lui faire cette confidence, interrompit en cet endroit l'abominable duègne; vous ne connoissez pas le seigneur don Luis: il est trop délicat sur les matières d'honneur, pour se prêter à de mystérieuses amours. La proposition d'un mariage secret l'offensera; d'ailleurs sa prudence ne manquera pas de lui faire appréhender les suites d'une union qui lui paroîtra choquer les desseins du roi. Par cette démarche indiscrète, vous lui donnerez des soupçons, ses yeux seront incessamment ouverts sur toutes nos actions, et il vous ôtera tous les moyens de vous voir.

J'en mourrois de douleur! s'écria notre courtisan. Mais, madame Marcelle, poursuivit-il en affectant un air chagrin, croyez-vous effectivement que don Luis rejette la proposition d'un hymen clandestin? N'en doutez nullement, répondit la gouvernante; mais je veux qu'il l'accepte: régulier et scrupuleux comme il est, il ne consentira point que l'on supprime les cérémonies de l'église; et si on les pratique dans votre mariage, la chose sera bientôt divulguée.

Ah! ma chère Léonor, dit alors le comte, en serrant tendrement la main de sa maîtresse entre les siennes, faut-il, pour satisfaire une vaine opinion de bienséance, nous exposer à l'affreux péril de nous voir séparés pour jamais! Vous n'avez besoin que de vous-même pour vous donner à moi. L'aveu d'un père vous épargneroit peut-être quelques peines d'esprit; mais puisque la dame Marcelle nous a prouvé l'impossibilité de l'obtenir,

rendez-vous à mes innocents désirs. Recevez mon cœur et ma main; et lorsqu'il sera temps d'informer don Luis de notre engagement, nous lui apprendrons les raisons que nous avons eues de le lui cacher. Hé bien, comte, dit Léonor, je consens que vous ne parliez pas sitôt à mon père. Sondez auparavant l'esprit du roi; avant que je reçoive en secret votre main, parlez à ce prince; dites-lui, s'il le faut, que vous m'avez secrètement épousée. Tâchons, par cette fausse confidence... Oh! pour cela non, madame, répondit Belflor; je suis trop ennemi du mensonge pour oser soutenir cette feinte; je ne puis me trahir jusque là. De plus, tel est le caractère du roi, que s'il venoit à découvrir que je l'eusse trompé, il ne me le pardonneroit de sa vie.

Je ne finirois point, seigneur don Cléophas, continua le Diable, si je répétois mot pour mot tout ce que Belflor dit pour séduire cette jeune personne; je vous dirai seulement qu'il lui tint tous les discours passionnés que je souffle aux hommes en pareille occasion: mais il eut beau jurer qu'il confirmeroit publiquement, le plus tôt qu'il lui seroit possible, la foi qu'il lui donnoit en particulier; il eut beau prendre le ciel à témoin de ses serments, il ne put triompher de la vertu de Léonor, et le jour, qui étoit prêt à paroître, l'obligea, malgré lui, à se retirer.

Le lendemain, la duègne, croyant qu'il y alloit de son honneur, ou, pour mieux dire, de son intérêt de ne point abandonner son entreprise, dit à la fille de don Luis: Léonor, je ne sais plus quel discours je dois vous tenir; je vous vois révoltée contre la passion du comte, comme s'il n'avoit pour objet qu'une simple galanterie. N'auriez-vous point remarqué en sa personne quelque chose qui vous en eût dégoûtée? Non, ma bonne, lui répondit Léonor; il ne m'a jamais paru plus aimable, et son entretien m'a fait apercevoir en lui de nouveaux charmes. Si cela est, reprit la gouvernante, je ne vous comprends pas. Vous êtes prévenue pour lui d'une inclination violente, et vous refusez de souscrire à une chose dont on vous a représenté la nécessité?

Ma bonne, répliqua la fille de don Louis, vous avez plus de prudence et plus d'expérience que moi; mais avez-vous bien pensé aux suites que peut avoir un mariage contracté sans l'aveu de mon père? Oui, oui, répondit la duègne, j'ai fait là-dessus toutes les réflexions nécessaires, et je suis fâchée que vous vous opposiez avec tant d'opiniâtreté au brillant établissement que la fortune vous présente. Prenez garde que votre obstination ne fatigue et ne rebute votre amant; craignez qu'il n'ouvre les yeux sur l'intérêt de sa fortune, que la violence de sa passion lui fait négliger. Puisqu'il veut vous donner sa foi, recevez-la sans balancer. Sa parole le lie : il n'y a rien de plus sacré pour un homme d'honneur; d'ailleurs je suis témoin qu'il vous reconnoît pour sa femme; ne savez-vous pas qu'un témoignage tel que le mien suffit pour faire condamner en justice un amant qui oseroit se parjurer?

Ce fut par de semblables discours que la perfide Marcelle ébranla Léonor, qui, se laissant étourdir sur le péril qui la menaçoit, s'abandonna de bonne foi, quelques jours après, aux mauvaises intentions du comte. La duègne l'introduisoit toutes les nuits, par le balcon, dans l'appartement de sa maîtresse, et le faisoit sortir avant le jour.

Une nuit qu'elle l'avoit averti un peu plus tard qu'à l'ordinaire de se retirer, et que déjà l'aurore commençoit à percer l'obscurité, il se mit brusquement en devoir de se couler dans la rue; mais, par malheur, il prit si mal ses mesures, qu'il tomba par terre assez rudement.

Don Luis de Cespèdes, qui étoit couché dans l'appartement au-dessus de sa fille, et qui s'étoit levé ce jour-là de très-grand matin pour travailler à quelques affaires pressantes, entendit le bruit de cette chute. Il ouvrit sa fenêtre pour voir ce que c'étoit. Il aperçut un homme qui achevoit de se relever avec beaucoup de peine, et la dame Marcelle sur le balcon, occupée à détacher l'échelle de soie, dont le comte ne s'étoit pas si bien servi pour descendre que pour monter. Il se frotta les yeux, et prit d'abord ce spectacle pour une illusion; mais, après l'avoir bien considéré, il jugea qu'il n'y avoit rien de plus réel, et que la clarté du jour, toute foible qu'elle étoit encore, ne lui découvroit que trop sa honte.

Troublé de cette fatale vue, transporté d'une juste colère, il descend en robe de chambre dans l'appartement de Léonor, tenant son épée d'une main, et une bougie de l'autre. Il la cherche, elle et sa gouvernante, pour les sacrifier à son ressentiment. Il frappe à la porte de leur chambre, ordonne d'ouvrir; elles reconnoissent sa voix; elles obéissent en tremblant. Il entre d'un air furieux; et montrant son épée nue à leurs yeux éperdus : Je viens, dit-il, laver dans le sang d'une infâme l'affront qu'elle fait à son père, et punir en même temps la lâche gouvernante qui trahit ma confiance.

Elles se jetèrent à genoux devant lui l'une et l'autre, et la duègne prenant la parole : Seigneur, dit-elle, avant que nous recevions le châtiment que vous nous préparez, daignez m'écouter un moment. Hé bien! malheureuse, répliqua le vieillard, je consens de suspendre ma vengeance pour un instant; parle, apprends-moi toutes les circonstances de mon malheur; mais que dis-je, toutes

les circonstances? Je n'en ignore qu'une, c'est le nom du téméraire qui déshonore ma famille. Seigneur, reprit la dame Marcelle, le comte de Belflor est le cavalier dont il s'agit. Le comte de Belflor! s'écria don Luis. Où a-t-il vu ma fille? par quelles voies l'a-t-il séduite? Ne me cache rien. Seigneur, repartit la gouvernante, je vais vous faire ce récit avec toute la sincérité dont je suis capable.

Alors elle lui débita avec un art infini tous les discours qu'elle avoit fait accroire à Léonor que le comte lui avoit tenus. Elle le peignit avec les plus belles couleurs; c'étoit un amant tendre, délicat et sincère. Comme elle ne pouvoit s'écarter de la vérité au dénouement, elle fut obligée de la dire; mais elle s'étendit sur les raisons que l'on avoit eues de faire à son insu ce mariage secret, et elle leur donna un si bon tour, qu'elle apaisa la fureur de don Luis. Elle s'en aperçut bien; et pour achever d'adoucir le vieillard : Seigneur, lui dit-elle, voilà ce que vous vouliez savoir : punissez-nous présentement; plongez votre épée dans le sein de Léonor. Mais qu'est-ce que je dis? Léonor est innocente, elle n'a fait que suivre les conseils d'une personne que vous avez chargée de sa conduite; c'est à moi seule que vos coups doivent s'adresser; c'est moi qui ai introduit le comte dans l'appartement de votre fille; c'est moi qui ai formé les nœuds qui les lient. J'ai fermé les yeux sur ce qu'il y avoit d'irrégulier dans un engagement que vous n'autorisiez pas, pour vous assurer un gendre dont vous savez que la faveur est le canal par où coulent aujourd'hui toutes les grâces de la cour; je n'ai envisagé que le bonheur de Léonor, et l'avantage que votre famille pourroit tirer d'une si belle alliance; l'excès de mon zèle m'a fait trahir mon devoir.

Pendant que l'artificieuse Marcelle parloit ainsi, sa maîtresse ne s'épargnoit point à pleurer; et elle fit paroître une si vive douleur que le bon vieillard n'y put résister. Il en fut attendri : sa colère se changea en compassion; il laissa tomber son épée; et dépouillant l'air d'un père irrité : Ah! ma fille, s'écria-t-il, les larmes aux yeux, que l'amour est une passion funeste! Hélas! vous ne savez pas toutes les raisons que vous avez de vous affliger; la honte seule que vous cause la présence d'un père qui vous surprend excite vos pleurs en ce moment. Vous ne prévoyez pas encore tous les sujets de douleur que votre amant vous prépare peut-être. Et vous, imprudente Marcelle, qu'avez-vous fait? Dans quel précipice nous jette votre zèle indiscret pour ma famille! J'avoue que l'alliance d'un homme tel que le comte a pu vous éblouir, et c'est ce qui vous sauve dans mon esprit; mais, malheureuse que vous êtes, ne falloit-il pas vous défier d'un amant de ce caractère? Plus il a de crédit et de faveur, plus vous deviez être en garde contre lui. S'il ne se fait pas de scrupule de manquer de foi à Léonor, quel parti faudra-t-il que je prenne? Implorerai-je le secours des lois? Une personne de son rang saura bien se mettre à l'abri de leur sévérité. Je veux bien que, fidèle à ses serments, il ait envie de tenir parole à ma fille; si le roi, comme il vous l'a dit, a dessein de lui faire épouser une autre dame, il est à craindre que ce prince ne l'y oblige par son autorité.

Oh! pour l'y obliger, seigneur, interrompit Léonor, ce n'est pas ce qui doit nous alarmer. Le comte nous a bien assuré que le roi ne fera pas une si grande violence à ses sentimens. J'en suis persuadée, dit la dame Marcelle : outre que ce monarque aime trop son favori pour exercer sur lui cette tyrannie, il est trop généreux pour vouloir causer un déplaisir mortel au vaillant don Luis de Cespèdes, qui a donné tous ses beaux jours au service de l'état.

Fasse le ciel, reprit le vieillard en soupirant, que mes craintes soient vaines! Je vais chez le comte lui demander un éclaircissement là-dessus; les yeux d'un père sont pénétrants; je verrai jusqu'au fond de son âme : si je le trouve dans la disposition que je souhaite, je vous pardonnerai le passé; mais, ajouta-t-il d'un ton plus ferme, si dans ses discours je démêle un *cœur perfide*, vous irez toutes deux dans une retraite pleurer votre imprudence le reste de vos jours. A ces mots il ramassa son épée; et les laissant se remettre de la frayeur qu'il leur avoit causée, il remonta dans son appartement pour s'habiller.

Asmodée, en cet endroit de son récit, fut interrompu par l'écolier, qui lui dit : Quelque intéressante que soit l'histoire que vous me racontez, une chose que j'aperçois m'empêche de vous écouter aussi attentivement que je le voudrois. Je découvre dans une maison une femme qui me paroît gentille, entre un jeune homme et un vieillard. Ils boivent tous trois apparemment des liqueurs exquises; et tandis que le cavalier suranné embrasse la dame, la friponne par derrière donne une de ses mains à baiser au jeune homme, qui sans doute est son galant. Tout au contraire, répondit le boiteux, c'est son mari, et l'autre son amant. Ce vieillard est un homme de conséquence, un commandeur de l'ordre militaire de Calatrava. Il se ruine pour cette femme, dont l'époux a une petite charge à la cour : elle fait des caresses par intérêt à son vieux soupirant, et des infidélités en faveur de son mari, par inclination.

Ce tableau est joli, répliqua Zambullo. L'époux ne seroit-il pas français? Non, repartit le Diable, il est espagnol. Oh! la bonne ville de Madrid ne laisse pas d'avoir aussi dans ses murs des maris débonnaires; mais ils n'y fourmillent pas comme dans celle de Paris, qui sans contredit est la cité du monde la plus fertile en pareils habitants. Pardon, seigneur Asmodée, dit don Cléophas, si j'ai coupé le fil de l'histoire de Léonor; continuez-la, je vous prie; elle m'attache infiniment : j'y trouve des nuances de séduction qui m'enlèvent. Le démon la reprit ainsi.

CHAPITRE V.

Suite et conclusion des amours du comte de Belflor.

Don Luis sortit de bon matin, et se rendit chez le comte, qui, ne croyant pas avoir été découvert, fut surpris de cette visite. Il alla au-devant du vieillard; et après l'avoir accablé d'embrassades : Que j'ai de joie, dit-il, de voir ici le seigneur don Luis! Viendroit-il m'offrir l'occasion de le servir? Seigneur, lui répondit don Luis, ordonnez, s'il vous plaît, que nous soyons seuls.

Belflor fit ce qu'il souhaitoit. Ils s'assirent tous deux; et le vieillard prenant la parole : Seigneur, dit-il, mon bonheur et mon repos ont besoin d'un éclaircissement que je viens vous demander. Je vous ai vu ce matin sortir de l'appartement de Léonor. Elle m'a tout avoué : elle m'a dit..... Elle vous a dit que je l'aime, interrompit le comte, pour éluder un discours qu'il ne vouloit pas entendre; mais elle ne vous a que foiblement exprimé tout ce que je sens pour elle; j'en suis enchanté : c'est une fille tout adorable; esprit, beauté, vertu, rien ne lui manque. On m'a dit que vous avez aussi un fils qui achève ses études à Alcala; ressemble-t-il à sa sœur? S'il en a la beauté, et pour peu qu'il tienne de vous d'ailleurs, ce doit être un cavalier parfait; je meurs d'envie de le voir, et je vous offre tout mon crédit pour lui.

Je vous suis redevable de cette offre, dit gravement don Luis; mais venons à ce que.... Il faut le mettre incessamment dans le service, interrompit encore le comte; je me charge de sa fortune : il ne vieillira point dans la foule des officiers subalternes, c'est de quoi je puis vous assurer. Répondez-moi, comte, reprit brusquement le vieillard, et cessez de me couper la parole. Avez-vous dessein, ou non, de tenir la promesse?... Oui, sans doute, interrompit Belflor pour la troisième fois, je tiendrai la promesse que je vous fais d'appuyer votre fils de toute ma faveur : comptez sur moi, je suis homme réel. C'en est trop, comte, s'écria Cespèdes en se levant : après avoir séduit ma fille, vous osez encore m'insulter; mais je suis noble, et l'offense que vous me faites ne demeurera pas impunie. En achevant ces mots, il se retira chez lui, le cœur plein de ressentiment, et roulant dans son esprit mille projets de vengeance.

Dès qu'il y fut arrivé, il dit avec beaucoup d'agitation à Léonor et à la dame Marcelle : Ce n'étoit pas sans raison que le comte m'étoit suspect, c'est un traître dont je veux me venger. Pour vous, dès demain, vous entrerez toutes deux dans un couvent ; vous n'avez qu'à vous y préparer, et rendez grâce au ciel que ma colère se borne à ce châtiment. En disant cela, il alla s'enfermer dans son cabinet pour penser mûrement au parti qu'il avoit à prendre dans une conjoncture aussi délicate.

Quelle fut la douleur de Léonor, quand elle eut entendu dire que Belflor étoit perfide. Elle demeura quelque temps immobile ; une pâleur mortelle se répandit sur son visage ; ses esprits l'abandonnèrent, et elle tomba sans mouvement entre les bras de sa gouvernante, qui crut qu'elle alloit expirer. Cette duègne apporta tous ses soins pour la faire revenir de son évanouissement. Elle y réussit. Léonor reprit l'usage de ses sens, ouvrit les yeux, et voyant sa gouvernante empressée à la secourir : Que vous êtes barbare, lui dit-elle en poussant un profond soupir ; pourquoi m'avez-vous tirée de l'heureux état où j'étois ? Je ne sentois pas l'horreur de ma destinée. Que ne me laissiez-vous mourir ? Vous qui savez toutes les peines qui doivent troubler le repos de ma vie, pourquoi me la voulez-vous conserver ?

Marcelle essaya de la consoler, mais ne fit que l'aigrir davantage. Tous vos discours sont superflus, s'écria la fille de don Luis ; je ne veux rien écouter : ne perdez pas le temps à combattre mon désespoir ; vous devriez plutôt l'irriter, vous qui m'avez plongée dans l'abîme affreux où je suis : c'est vous qui m'avez répondu de la sincérité du comte ; sans vous je ne me serois pas livrée à l'inclination que j'avois pour lui, j'en aurois insensiblement triomphé : il n'en auroit jamais, du moins, tiré le moindre avantage. Mais je ne veux pas, poursuivit-elle, vous imputer mon malheur, et je n'en accuse que moi : je ne devois pas suivre vos conseils, en recevant la foi d'un homme sans la participation de mon père. Quelque glorieuse que fût pour moi la recherche du comte de Belflor, il falloit le mépriser plutôt que de le ménager aux dépens de mon honneur ; enfin je devois me défier de lui, de vous et de moi. Après avoir été assez foible pour me rendre à ses serments perfides, après l'affliction que je cause au malheureux don Luis, et le déshonneur que je fais à ma famille, je me déteste moi-même ; loin de craindre la retraite dont on me menace, je voudrois aller cacher ma honte dans le plus horrible séjour.

En parlant de cette sorte, elle ne se contentoit pas de pleurer abondamment, elle déchiroit ses habits, et s'en prenoit à ses beaux cheveux de l'injustice de son amant. La duègne, pour se conformer à la douleur de sa maîtresse, n'épargna pas les grimaces ; elle laissa couler quelques pleurs de commande, fit mille imprécations contre les hommes en général, et en particulier contre Belflor. Est-il possible, s'écria-t-elle, que le comte, qui m'a paru plein de droiture et de probité, soit assez scélérat pour nous avoir trompées toutes deux. Je ne puis revenir de ma surprise, ou plutôt je ne puis encore me persuader cela.

En effet, dit Léonor, quand je me le représente à mes genoux, quelle fille ne se seroit pas fiée à son air tendre, à ses serments, dont il prenoit si hardiment le ciel à témoin, à ses transports qui se renouveloient sans cesse ? Ses yeux me montroient encore plus d'amour que sa bouche ne m'en exprimoit ; en un mot, il paroissoit charmé de ma vue : non, il ne me trompoit point ; je ne puis le penser. Mon père ne lui aura point parlé peut-être avec assez de ménagement ; ils se seront piqués tous deux, et le comte lui aura moins répondu en amant qu'en grand seigneur. Mais je me flatte aussi peut-être. Il faut que je sorte de cette incertitude : je vais écrire à Belflor, lui mander que je l'attends ici cette nuit ; je veux qu'il vienne rassurer mon cœur alarmé, ou me confirmer lui-même sa trahison.

La dame Marcelle applaudit à ce dessein ; elle conçut même quelque espérance que le comte, tout ambitieux qu'il étoit, pourroit bien être touché des larmes que Léonor répandroit dans cette entrevue, et se déterminer à l'épouser.

Pendant ce temps-là, Belflor, débarrassé du bonhomme don Luis, rêvoit dans son appartement aux suites que pourroit avoir la réception qu'il venoit de lui faire. Il jugea bien que tous les Cespèdes, irrités de l'injure, songeroient à la venger ; mais cela ne l'inquiétoit que foiblement : l'intérêt de son amour l'occupoit bien davantage. Il pensoit que Léonor seroit mise dans un couvent, ou du moins qu'elle seroit désormais gardée à vue ; que, selon toutes les apparences, il ne la reverroit plus. Cette pensée l'affligeoit, et il cherchoit dans son esprit quelque moyen de prévenir ce malheur, lorsque son valet de chambre lui apporta une lettre que la dame Marcelle venoit de lui mettre entre les mains ; c'étoit un billet de Léonor, conçu en ces termes :

« Je dois demain quitter le monde pour aller »m'ensevelir dans une retraite. Me voir désho-»norée, odieuse à ma famille et à moi-même, »c'est l'état déplorable où je suis réduite, pour »vous avoir écouté. Je vous attends encore cette »nuit. Dans mon désespoir, je cherche de nou-»veaux tourments : venez m'avouer que votre

» cœur n'a point eu de part aux serments que vo-
» tre bouche m'a faits, ou venez les justifier par
» une conduite qui peut seule adoucir la rigueur
» de mon destin. Comme il pourroit y avoir quel-
» que péril dans ce rendez-vous, après ce qui s'est
» passé entre vous et mon père, faites-vous accom-
» pagner par un ami. Quoique vous fassiez tout le
» malheur de ma vie, je sens que je m'intéresse
» encore à la vôtre.

» LÉONOR. »

Le comte lut deux ou trois fois cette lettre ; et
se représentant la fille de don Luis dans la situation où elle se dépeignoit, il en fut ému. Il rentra
en lui-même : la raison, la probité, l'honneur dont
sa passion lui avoit fait violer toutes les lois, commencèrent à reprendre sur lui leur empire. Il
sentit tout d'un coup dissiper son aveuglement ;
et, comme un homme sorti d'un violent accès de
fièvre rougit des paroles et des actions extravagantes qui lui sont échappées, il eut honte de tous
les lâches artifices dont il s'étoit servi pour contenter ses désirs.

Qu'ai-je fait? dit-il, malheureux, quel démon
m'a possédé? J'ai promis d'épouser Léonor ; j'en
ai pris le ciel à témoin ; j'ai feint que le roi m'a-
voit proposé un parti ; mensonge, perfidie, sacrilége, j'ai tout mis en usage pour corrompre l'innocence. Quelle fureur ! Ne valoit-il pas mieux
employer mes efforts à détruire mon amour, qu'à
le satisfaire par des voies si criminelles? Cependant voilà une fille de condition séduite ; je l'abandonne à la colère de ses parents, que je déshonore
avec elle, et je la rends misérable pour prix de
m'avoir rendu heureux. Quelle ingratitude ! Ne
dois-je pas plutôt réparer l'outrage que je lui fais?
Oui, je le dois, et je veux, en l'épousant, dégager
la parole que je lui ai donnée. Qui pourroit s'opposer à un dessein si juste? Ses bontés doivent-
elles me prévenir contre sa vertu? Non, je sais
combien sa résistance m'a coûté à vaincre. Elle
s'est moins rendue à mes transports qu'à la foi
jurée... Mais, d'un autre côté, si je me borne à
ce choix, je me fais un tort considérable. Moi,
qui puis aspirer aux plus nobles et aux plus riches
héritières de l'état, je me contenterai de la fille
d'un simple gentilhomme, qui n'a qu'un bien médiocre. Que pensera-t-on de moi à la cour ? On
dira que j'ai fait un mariage ridicule.

Belflor, ainsi partagé entre l'amour et l'ambition, ne savoit à quoi se résoudre ; mais, quoiqu'il
fût encore incertain s'il épouseroit Léonor ou s'il
ne l'épouseroit point, il ne laissa pas de se déterminer à l'aller trouver la nuit prochaine, et il chargea son valet de chambre d'en avertir la dame
Marcelle.

Don Luis, de son côté, passa la journée à songer au rétablissement de son honneur. La conjoncture lui paroissoit fort embarrassante. Recourir aux lois civiles, c'étoit rendre son déshonneur
public, outre qu'il craignoit avec grande raison
que la justice ne fût d'une part et les juges de
l'autre : il n'osoit pas non plus aller se jeter aux
pieds du roi. Comme il croyoit que ce prince avoit
dessein de marier Belflor, il avoit peur de faire
une démarche inutile ; il ne lui restoit donc que
la voie des armes, et ce fut à ce parti qu'il s'arrêta.

Dans la chaleur de son ressentiment, il fut tenté
de faire un appel au comte ; mais, venant à considérer qu'il étoit trop vieux et trop foible pour oser
se fier à son bras, il aima mieux s'en remettre à
son fils, dont il jugea les coups plus sûrs que les
siens. Il envoya donc un de ses domestiques à Alcala, avec une lettre par laquelle il mandoit à son
fils de venir incessamment à Madrid venger une
offense faite à la famille des Cespèdes.

Ce fils, nommé don Pèdre, est un cavalier de
dix-huit ans, parfaitement bien fait, et si brave,
qu'il passe dans la ville d'Alcala pour le plus redoutable écolier de l'université ; mais vous le connoissez, ajouta le Diable, et il n'est pas besoin
que je m'étende sur cela. Il est vrai, dit don
Cléophas, qu'il a toute la valeur et tout le mérite
que l'on puisse avoir.

Ce jeune homme, reprit Asmodée, n'étoit point
alors à Alcala, comme son père se l'imaginoit. Le
désir de revoir une dame qu'il aimoit l'avoit
amené à Madrid. La dernière fois qu'il y étoit
venu voir sa famille, il avoit fait cette conquête
au Prado. Il n'en savoit point encore le nom ; on
avoit exigé de lui qu'il ne feroit aucune démarche
pour s'en informer, et il s'étoit soumis, quoique
avec beaucoup de peine, à cette cruelle nécessité.
C'étoit une fille de condition qui avoit pris de l'a-
mitié pour lui, et qui, croyant devoir se défier
de la discrétion et de la constance d'un écolier,
jugeoit à propos de le bien éprouver avant de se
faire connoître.

Il étoit plus occupé de son inconnue que de la
philosophie d'Aristote, et le peu de chemin qu'il
y a d'ici à Alcala étoit cause qu'il faisoit souvent
comme vous l'école buissonnière, avec cette différence que c'étoit pour un objet qui le méritoit
mieux que votre dona Thomasa. Pour dérober la
connoissance de ses amoureux voyages à don Luis,
son père, il avoit coutume de loger dans une auberge à l'extrémité de la ville, où il avoit soin de
se tenir caché sous un nom emprunté. Il n'en sortoit que le matin à certaine heure, qu'il lui falloit aller à une maison où la dame qui lui faisoit si
mal faire ses études avoit la bonté de se rendre,

2.

accompagnée d'une femme de chambre. Il demeuroit donc enfermé dans son auberge pendant le reste du jour ; mais en récompense, dès que la nuit étoit venue, il se promenoit partout dans la ville.

Il arriva qu'une nuit, comme il traversoit une rue détournée, il entendit des voix et des instruments qui lui parurent dignes de son attention. Il s'arrêta pour les écouter ; c'étoit une sérénade : le cavalier qui la donnoit étoit ivre, et naturellement brutal. Il n'eut pas sitôt aperçu notre écolier, qu'il vint à lui avec précipitation, et sans autre compliment : Ami, lui dit-il d'un ton brusque, passez votre chemin ; les gens curieux sont ici fort mal reçus. Je pourrois me retirer, répondit don Pèdre, choqué de ces paroles, si vous m'en aviez prié de meilleure grâce, mais je veux demeurer pour vous apprendre à parler. Voyons donc, reprit le maître du concert en tirant son épée, qui de nous deux cédera la place à l'autre.

Don Pèdre mit aussi l'épée à la main, et ils commencèrent à se battre. Quoique le maître de la sérénade s'en acquittât avec assez d'adresse, il ne put parer le coup mortel qui lui fut porté, et il tomba sur le carreau. Tous les acteurs du concert, qui avoient déjà quitté leurs instruments, et tiré leurs épées pour accourir à son secours, s'avancèrent pour le venger. Ils attaquèrent tous ensemble don Pèdre, qui, dans cette occasion, montra ce qu'il savoit faire. Outre qu'il paroit avec une agilité surprenante toutes les bottes qu'on lui portoit, il en poussoit de furieuses, et occupoit à la fois tous ses ennemis.

Cependant ils étoient si opiniâtres et en si grand nombre, que, tout habile escrimeur qu'il étoit, il n'auroit pu éviter sa perte, si le comte de Belflor, qui passoit alors par cette rue, n'eût pris sa défense. Le comte avoit du cœur et beaucoup de générosité. Il ne put voir tant de gens armés contre un seul homme sans s'intéresser pour lui. Il tira son épée ; et courant se ranger auprès de don Pèdre, il poussa si vivement avec lui les acteurs de la sérénade, qu'ils s'enfuirent tous, les uns blessés, et les autres de peur de l'être.

Après leur retraite, l'écolier voulut remercier le comte du secours qu'il en avoit reçu ; mais Belflor l'interrompit : Laissons-là les discours, lui dit-il, n'êtes-vous point blessé ? Non, répondit don Pèdre. Éloignons-nous donc d'ici, reprit le comte : je vois que vous avez tué un homme ; il est dangereux de vous arrêter plus long-temps dans cette rue ; la justice pourroit vous y surprendre. Ils marchèrent aussitôt à grands pas, gagnèrent une autre rue ; et quand ils furent loin de celle où s'étoit donné le combat, ils s'arrêtèrent.

Don Pèdre, poussé par les mouvements d'une

juste reconnoissance, pria le comte de ne lui pas cacher le nom du cavalier à qui il avoit tant d'obligation. Belflor ne fit aucune difficulté de le lui apprendre, et il lui demanda aussi le sien ; mais l'écolier, ne voulant pas se faire connoître, répondit qu'il s'appeloit don Juan de Maros, et l'assura qu'il se souviendroit éternellement de ce qu'il avoit fait pour lui.

Je veux, lui dit le comte, vous offrir dès cette nuit une occasion de vous acquitter envers moi. J'ai un rendez-vous qui n'est pas sans péril ; j'allois chercher un ami pour m'y accompagner : je connois votre valeur ; puis-je vous proposer, don Juan, de venir avec moi ? Ce doute m'outrage, repartit l'écolier ; je ne saurois faire un meilleur usage de la vie que vous m'avez conservée, que de l'exposer pour vous. Partons, je suis prêt à vous suivre. Ainsi Belflor conduisit lui-même don Pèdre à la maison de don Luis, et ils entrèrent tous deux par le balcon dans l'appartement de Léonor.

Don Cléophas en cet endroit interrompit le Diable : Seigneur Asmodée, lui dit-il, comment est-il possible que don Pèdre ne reconnût point la maison de son père ? Il n'avoit garde de la reconnoître, répondit le démon ; c'étoit une nouvelle demeure : don Luis avoit changé de quartier, et logeoit dans cette maison depuis huit jours ; ce que don Pèdre ne savoit pas : c'est ce que j'allois vous dire lorsque vous m'avez interrompu. Vous êtes trop vif ; vous avez la mauvaise habitude de couper la parole aux gens : corrigez-vous de ce défaut-là.

Don Pèdre, continua le boiteux, ne croyoit donc pas être chez son père ; il ne s'aperçut pas non plus que la personne qui les introduisoit étoit la dame Marcelle, puisqu'elle les reçut sans lumière dans une antichambre où Belflor pria son compagnon de rester pendant qu'il seroit dans la chambre de sa dame. L'écolier y consentit, et s'assit sur une chaise, l'épée nue à la main, de peur de surprise. Il se mit à rêver aux faveurs dont il jugea que l'amour alloit combler Belflor, et il souhaitoit d'être aussi heureux que lui : quoiqu'il ne fût pas maltraité de sa dame inconnue, elle n'avoit pas encore pour lui toutes les bontés que Léonor avoit pour le comte.

Pendant qu'il faisoit là-dessus toutes les réflexions que peut faire un amant passionné, il entendit qu'on essayoit doucement d'ouvrir une porte qui n'étoit pas celle des amants, et il vit paroître de la lumière par le trou de la serrure. Il se leva brusquement, s'avança vers la porte, qui s'ouvrit, et présenta la pointe de son épée à son père ; car c'étoit lui qui venoit dans l'appartement de Léonor pour voir si le comte n'y seroit point,

Le bonhomme ne croyoit pas, après ce qui s'étoit passé, que sa fille et Marcelle eussent osé le recevoir encore; c'est ce qui l'avoit empêché de les faire coucher dans un autre appartement : il s'étoit toutefois avisé de penser que, devant entrer le lendemain dans un couvent, elles auroient peut-être voulu l'entretenir pour la dernière fois.

Qui que tu sois, lui dit l'écolier, n'entre point ici, ou bien il t'en coûtera la vie. A ces mots, don Luis envisage don Pèdre, qui, de son côté, le regarde avec attention. Ils se reconnoissent. Ah! mon fils, s'écrie le vieillard, avec quelle impatience je vous attendois! Pourquoi ne m'avez-vous pas fait avertir de votre arrivée? craignez-vous de troubler mon repos? Hélas! je n'en puis prendre, dans la cruelle situation où je me trouve! O mon père! dit don Pèdre tout éperdu, est-ce vous que je vois? mes yeux ne sont-ils point déçus par une trompeuse ressemblance? D'où vient cet étonnement? reprit don Luis; n'êtes-vous pas chez votre père? ne vous ai-je pas mandé que je demeure dans cette maison depuis huit jours? Juste ciel! répliqua l'écolier, qu'est-ce que j'entends? je suis donc ici dans l'appartement de ma sœur?

Comme il achevoit ces paroles, le comte, qui avoit entendu du bruit, et qui crut qu'on attaquoit son escorte, sortit l'épée à la main de la chambre de Léonor. Dès que le vieillard l'aperçut, il devint furieux, et le montrant à son fils : Voilà, s'écriat-il, l'audacieux qui a ravi mon repos, et porté à notre honneur une mortelle atteinte. Vengeons-nous; hâtons-nous de punir ce traître. En disant cela, il tira son épée qu'il avoit sous sa robe de chambre, et voulut attaquer Belflor; mais don Pèdre le retint. Arrêtez, mon père, lui dit-il : modérez, je vous prie, les transports de votre colère : quel est votre dessein? Mon fils, répondit le vieillard, vous retenez mon bras! vous croyez sans doute qu'il manque de force pour nous venger. Hé bien! tirez donc raison vous-même de l'offense qu'on nous a faite; aussi bien est-ce pour cela que je vous ai mandé de revenir à Madrid. Si vous périssez, je prendrai votre place; il faut que le comte tombe sous nos coups, ou qu'il nous ôte à tous deux la vie, après nous avoir ôté l'honneur.

Mon père, reprit don Pèdre, je ne puis accorder à votre impatience ce qu'elle attend de moi. Bien loin d'attenter à la vie du comte, je ne suis venu ici que pour la défendre. Ma parole y est engagée; mon honneur le demande. Sortons, comte, poursuivit-il en s'adressant à Belflor. Ah! lâche, interrompit don Luis, en regardant don Pèdre d'un œil irrité; tu t'opposes toi-même à une vengeance qui devroit t'occuper tout entier! Mon fils, mon propre fils est d'intelligence avec le perfide qui a suborné ma fille! Mais n'espère pas

tromper mon ressentiment : je vais appeler tous mes domestiques ; je veux qu'ils me vengent de sa trahison et de ta lâcheté.

Seigneur, répliqua don Pèdre, rendez plus de justice à votre fils. Cessez de le traiter de lâche : il ne mérite point ce nom odieux. Le comte m'a sauvé la vie cette nuit. Il m'a proposé, sans me connoître, de l'accompagner à son rendez-vous. Je me suis offert à partager les périls qu'il y pouvoit courir, sans savoir que ma reconnoissance engageoit imprudemment mon bras contre l'honneur de ma famille. Ma parole m'oblige donc à défendre ici ses jours : par là je m'acquitte envers lui; mais je ne ressens pas moins vivement que vous l'injure qu'il nous a faite; et dès demain vous me verrez chercher à répandre son sang avec autant d'ardeur que vous m'en voyez aujourd'hui à le conserver.

Le comte, qui n'avoit point parlé jusque là, tant il étoit frappé du merveilleux de cette aventure, prit alors la parole : Vous pourriez, dit-il à l'écolier, assez mal venger cette injure par la voie des armes; je veux vous offrir un moyen plus sûr de rétablir votre honneur. Je vous avouerai que jusqu'à ce jour je n'ai pas eu dessein d'épouser Léonor; mais ce matin j'ai reçu de sa part une lettre qui m'a touché, et ses pleurs viennent d'achever l'ouvrage; le bonheur d'être son époux fait à présent ma plus chère envie. Si le roi vous destine une autre femme, dit don Luis, comment vous dispenserez-vous?... Le roi ne m'a proposé aucun parti, interrompit Belflor en rougissant : pardonnez, de grâce, cette fable à un homme dont la raison étoit troublée par l'amour; c'est un crime que la violence de ma passion m'a fait commettre, et que j'expie en vous l'avouant.

Seigneur, reprit le vieillard, après cet aveu, qui sied bien à un grand cœur, je ne doute plus de votre sincérité; je vois que vous voulez en effet réparer l'affront que nous avons reçu; ma colère cède aux assurances que vous m'en donnez : souffrez que j'oublie mon ressentiment dans vos bras. En achevant ces mots, il s'approcha du comte, qui s'étoit avancé pour le prévenir. Ils s'embrassèrent tous deux à plusieurs reprises; ensuite Belflor se tournant vers don Pèdre : Et vous, faux don Juan, lui dit-il, vous qui avez déjà gagné mon estime par une valeur incomparable et par des sentiments généreux, venez, que je vous voue une amitié de frère. En disant cela, il embrassa don Pèdre, qui reçut ses embrassements d'un air soumis et respectueux, et lui répondit : Seigneur, en me promettant une amitié si précieuse, vous acquérez la mienne ; comptez sur un homme qui vous sera dévoué jusqu'au dernier moment de sa vie.

Pendant que ces cavaliers tenoient de semblables discours, Léonor, qui étoit à la porte de sa chambre, ne perdoit pas un mot de tout ce que l'on disoit. Elle avoit d'abord été tentée de se montrer, et de s'aller jeter au milieu des épées, sans savoir pourquoi. Marcelle l'en avoit empêchée ; mais, lorsque cette adroite duègne vit que les affaires se terminoient à l'amiable, elle jugea que la présence de sa maîtresse et la sienne ne gâteroient rien. C'est pourquoi elles parurent toutes deux, le mouchoir à la main, et coururent en pleurant se prosterner devant don Luis. Elles craignoient, avec raison, qu'après les avoir surprises la nuit dernière, il ne leur sût mauvais gré de la récidive ; mais il fit relever Léonor, et lui dit : Ma fille, essuyez vos larmes, je ne vous ferai point de nouveaux reproches ; puisque votre amant veut garder la foi qu'il vous a jurée, je consens d'oublier le passé.

Oui, seigneur don Luis, dit le comte, j'épouserai Léonor ; et, pour réparer encore mieux l'offense que je vous ai faite, pour vous donner une satisfaction plus entière, et à votre fils un gage de l'amitié que je lui ai vouée, je lui offre ma sœur Eugénie. Ah ! seigneur, s'écria don Luis avec transport, que je suis sensible à l'honneur que vous faites à mon fils ! Quel père fut jamais plus content ? Vous me donnez autant de joie que vous m'avez causé de douleur.

Si le vieillard parut charmé de l'offre du comte, il n'en fut pas de même de don Pèdre : comme il étoit fortement épris de son inconnue, il demeura si troublé, si interdit, qu'il ne put dire une parole ; mais Belflor, sans faire attention à son embarras, sortit en disant qu'il alloit ordonner les apprêts de cette double union, et qu'il lui tardoit d'être attaché à eux par des chaînes si étroites.

Après son départ, don Luis laissa Léonor dans son appartement, et monta dans le sien avec don Pèdre, qui lui dit avec toute la franchise d'un écolier : Seigneur, dispensez-moi, je vous prie, d'épouser la sœur du comte ; c'est assez qu'il épouse Léonor : ce mariage suffit pour rétablir l'honneur de notre famille. Hé quoi ! mon fils, répondit le vieillard, auriez-vous de la répugnance à vous marier avec la sœur du comte ? Oui, mon père, repartit don Pèdre, cette union, je vous l'avoue, seroit un cruel supplice pour moi, et je ne vous en cacherai point la cause. J'aime, ou pour mieux dire, j'adore depuis six mois une dame charmante : j'en suis écouté ; elle seule peut faire le bonheur de ma vie.

Que la condition d'un père est malheureuse ! dit alors don Luis : il ne trouve presque jamais ses enfants disposés à faire ce qu'il désire ; mais quelle est donc cette personne qui a fait sur vous une si forte impression ? Je ne le sais point encore lui répondit don Pèdre : elle a promis de me l'apprendre lorsqu'elle sera satisfaite de ma constance et de ma discrétion ; mais je ne doute pas que sa maison ne soit une des plus illustres d'Espagne.

Et vous croyez, répliqua le vieillard en changeant de ton, que j'aurai la complaisance d'approuver votre amour romanesque ? Je souffrirai que vous renonciez au plus glorieux établissement que la fortune puisse vous offrir, pour vous conserver fidèle à un objet dont vous ne savez pas seulement le nom ? N'attendez point cela de ma bonté ; étouffez plutôt les sentiments que vous avez pour une personne qui est peut-être indigne de vous les avoir inspirés, et ne songez qu'à mériter l'honneur que le comte veut vous faire. Tous ces discours sont inutiles, mon père, repartit l'écolier ; je sens que je ne pourrai jamais oublier mon inconnue : rien ne sera capable de me détacher d'elle. Quand on me proposeroit une infante... Arrêtez, s'écria brusquement don Louis, c'est trop insolemment vanter une constance qui excite ma colère : sortez, et ne vous présentez plus devant moi, que vous ne soyez prêt à m'obéir.

Don Pèdre n'osa répliquer à ces paroles, de peur de s'en attirer de plus dures. Il se retira dans une chambre, où il passa le reste de la nuit à faire des réflexions autant tristes qu'agréables. Il pensoit avec douleur qu'il alloit se brouiller avec toute sa famille, en refusant d'épouser la sœur du comte ; mais il en étoit consolé, lorsqu'il venoit à se représenter que son inconnue lui tiendroit compte d'un si grand sacrifice. Il se flattoit même qu'après une si belle preuve de fidélité, elle ne manqueroit pas de lui découvrir sa condition, qu'il s'imaginoit égale pour le moins à celle d'Eugénie.

Dans cette espérance, il sortit dès qu'il fut jour, et alla se promener au Prado, en attendant l'heure de se rendre au logis de dona Juana ; c'est le nom de la dame chez qui il avoit coutume d'entretenir tous les matins sa maîtresse. Il attendit ce moment avec beaucoup d'impatience, et quand il fut venu, il courut au rendez-vous.

Il y trouva l'inconnue, qui s'y étoit rendue de meilleure heure qu'à l'ordinaire ; mais il la trouva qui fondoit en pleurs avec dona Juana, et qui paroissoit agitée d'une vive douleur. Quel spectacle pour un amant ! Il s'approcha d'elle tout troublé ; et se jetant à ses genoux : Madame, lui dit-il, que dois-je penser de l'état où je vous vois ? Quel malheur m'annoncent ces larmes qui me percent le cœur ? Vous ne vous attendez pas, lui répondit-elle, au coup fatal que j'ai à vous porter. La fortune cruelle va nous séparer pour jamais : nous ne nous reverrons plus.

Elle accompagna ces paroles de tant de soupirs,

que je ne sais si don Pèdre fut plus touché des choses qu'elle disoit, que de l'affliction dont elle paroissoit saisie en les disant : Juste ciel ! s'écria-t-il avec un transport de fureur dont il ne fut pas maître, peux-tu souffrir que l'on détruise une union dont tu connois l'innocence ! Mais ! madame, ajouta-t-il, vous avez pris peut-être de fausses alarmes ! Est-il certain qu'on vous arrache au plus fidèle amant qui fut jamais ? Suis-je en effet le plus malheureux de tous les hommes ? Notre infortune n'est que trop assurée, répondit l'inconnue : mon frère, de qui ma main dépend, me marie aujourd'hui ; il vient de me le déclarer lui-même. Eh ! quel est cet heureux époux ? répliqua don Pèdre avec précipitation ; nommez-le-moi, je vais dans mon désespoir..... Je ne sais point encore son nom, interrompit l'inconnue ; mon frère n'a pas voulu m'en instruire ; il m'a dit seulement qu'il souhaitoit que je visse le cavalier auparavant.

Mais, madame, dit don Pèdre, vous soumettrez-vous sans résistance aux volontés d'un frère ? Vous laisserez-vous entraîner à l'autel, sans vous plaindre d'un si cruel sacrifice ? ne ferez-vous rien en ma faveur ? Hélas ! je n'ai pas craint de m'exposer à la colère de mon père pour me conserver à vous : ses menaces n'ont pu ébranler ma fidélité ; et, avec quelque rigueur qu'il puisse me traiter, je n'épouserai point la dame qu'on me propose, quoique ce soit un parti très-considérable. Et qui est cette dame ? dit l'inconnue. C'est la sœur du comte de Belflor, répondit l'écolier. Ah ! don Pèdre, répliqua l'inconnue, en faisant paroître une extrême surprise, vous vous méprenez sans doute ; vous n'êtes point sûr de ce que vous dites. Est-ce en effet Eugénie, la sœur de Belflor, que l'on vous a proposée ?

Oui, madame, repartit don Pèdre, le comte lui-même m'a offert sa main. Hé quoi ! s'écria-t-elle, il seroit possible que vous fussiez ce cavalier à qui mon frère me destine ? Qu'entends-je ! s'écria l'écolier à son tour, la sœur du comte de Belflor seroit mon inconnue ! Oui, don Pèdre, repartit Eugénie. Mais peu s'en faut que je ne croie plus l'être en ce moment, tant j'ai de peine à me persuader du bonheur dont vous m'assurez.

A ces mots, don Pèdre lui embrassa les genoux ; ensuite il lui prit une de ses mains, qu'il baisa avec tous les transports que peut sentir un amant qui passe subitement d'une extrême douleur à un excès de joie. Pendant qu'il s'abandonnoit aux mouvements de son amour, Eugénie, de son côté, lui faisoit mille caresses, qu'elle accompagnoit de mille paroles tendres et flatteuses. Que mon frère, disoit-elle, m'eût épargné de peines, s'il m'eût nommé l'époux qu'il me destine ! Que j'avois déjà conçu d'aversion pour cet époux ! Ah ! mon cher

don Pèdre, que je vous ai haï ! Belle Eugénie, répondit-il, que cette haine a de charmes pour moi ! Je veux la mériter en vous adorant toute ma vie.

Après que ces deux amants se furent donné toutes les marques les plus touchantes d'une tendresse mutuelle, Eugénie voulut savoir comment l'écolier avoit pu gagner l'amitié de son frère. Don Pèdre ne lui cacha point les amours du comte et de sa sœur, et lui raconta tout ce qui s'étoit passé la nuit dernière. Ce fut pour elle un surcroît de plaisir d'apprendre que son frère devoit épouser la sœur de son amant. Dona Juana prenoit trop de part au sort de son amie pour n'être pas sensible à cet heureux événement ; elle lui en témoigna sa joie, aussi bien qu'à don Pèdre, qui se sépara enfin d'Eugénie, après être convenu avec elle qu'ils ne feroient pas semblant tous deux de se connoître quand ils se verroient devant le comte.

Don Pèdre s'en retourna chez son père, qui, le trouvant disposé à lui obéir, en fut d'autant plus réjoui, qu'il attribua son obéissance à la manière ferme dont il lui avoit parlé la nuit. Ils attendoient des nouvelles de Belflor, lorsqu'ils reçurent un billet de sa part. Il leur mandoit qu'il venoit d'obtenir l'agrément du roi pour son mariage et pour celui de sa sœur, avec une charge considérable pour don Pèdre ; que dès le lendemain ces deux mariages se pourroient faire, parce que les ordres qu'il avoit donnés pour cela s'exécutoient avec tant de diligence, que les préparatifs étoient déjà fort avancés. Il vint l'après-dîner confirmer ce qu'il leur avoit écrit, et leur présenter Eugénie.

Don Luis fit à cette dame toutes les caresses imaginables, et Léonor ne se lassoit point de l'embrasser. Pour don Pèdre, de quelques mouvements d'amour et de joie qu'il fût agité, il se contraignit assez pour ne pas donner au comte le moindre soupçon de leur intelligence.

Comme Belflor s'attachoit particulièrement à observer sa sœur, il crut remarquer, malgé la contrainte qu'elle s'imposoit, que don Pèdre ne lui déplaisoit pas. Pour en être plus assuré, il la prit un moment en particulier, et lui fit avouer qu'elle trouvoit le cavalier fort à son gré. Il lui apprit ensuite son nom et sa naissance ; ce qu'il n'avoit pas voulu lui dire auparavant, de peur que l'inégalité des conditions ne la prévînt contre lui ; ce qu'elle feignit d'entendre comme si elle l'eût ignoré.

Enfin, après beaucoup de compliments de part et d'autre, il fut résolu que les noces se feroient chez don Luis. Elles ont été faites ce soir, et ne sont point encore achevées ; voilà pourquoi l'on se réjouit dans cette maison. Tout le monde s'y livre à la joie. La seule dame Marcelle n'a point de part à ces réjouissances : elle pleure en ce moment, tandis que les autres rient; car le comte de Belflor, après son mariage, a tout avoué à don Luis, qui a fait renfermer cette duègne *en monasterio de las arrepentidas*, où les mille pistoles qu'elle a reçues pour séduire Léonor serviront à lui en faire faire pénitence le reste de ses jours.

CHAPITRE VI.

Des nouvelles choses que vit don Cleophas, et de quelle manière il fut vengé de dona Thomasa.

Tournons-nous d'un autre côté, poursuivit Asmodée : parcourons de nouveaux objets. Laissez tomber vos regards sur l'hôtel qui est directement au-dessous de nous, vous y verrez une chose assez rare. C'est un homme chargé de dettes qui dort d'un profond sommeil. Il faut donc que ce soit une personne de qualité? dit Leandro. Justement, répondit le démon. C'est un marquis de cent mille ducats de rente, et dont pourtant la dépense excède le revenu. Sa table et ses maîtresses le mettent dans la nécessité de s'endetter; mais cela ne trouble point son repos; au contraire, quand il veut bien devoir à un marchand, il s'imagine que ce marchand lui a beaucoup d'obligation. C'est chez vous, disoit-il l'autre jour à un drapier, c'est chez vous que je veux désormais prendre à crédit; je vous donne la préférence.

Pendant que ce marquis goûte si tranquillement la douceur du sommeil qu'il ôte à ses créanciers, considérez un homme qui... Attendez, seigneur Asmodée, interrompit brusquement don Cleophas; j'aperçois un carrosse dans la rue, je ne veux pas le laisser passer sans vous demander ce qu'il y a dedans. Chut! lui dit le boiteux en baissant la voix, comme s'il eût craint d'être entendu : apprenez que ce carrosse recèle un des plus graves personnages de la monarchie. C'est un président qui va s'égayer chez une vieille Asturienne dévouée à ses plaisirs. Pour n'être pas reconnu, il a pris la précaution que prenoit Caligula, qui mettoit en pareille occasion une perruque pour se déguiser.

Revenons au tableau que je voulois offrir à vos regards quand vous m'avez interrompu. Regardez, tout au haut de l'hôtel du marquis, un homme qui travaille dans un cabinet rempli de livres et de manuscrits. C'est peut-être, dit Zambullo, l'intendant qui s'occupe à chercher les moyens de payer les dettes de son maître. Bon, répondit le Diable, c'est bien à cela vraiment que s'amusent les intendants de ces sortes de maisons! Ils songent plutôt à profiter du dérangement des affaires qu'à y mettre ordre. Ce n'est donc pas un intendant que vous voyez, c'est un auteur : le marquis le loge dans son hôtel, pour se donner un air de protecteur des gens de lettres. Cet auteur, répli-

qua don Cleophas, est apparemment un grand sujet. Vous allez en juger, repartit le démon. Il est entouré de mille volumes, et il en compose un où il ne met rien du sien. Il pille dans ces livres et ces manuscrits; et quoiqu'il ne fasse qu'arranger et lier ses larcins, il a plus de vanité qu'un véritable auteur.

Vous ne savez pas, continua l'esprit, qui demeure à trois portes au-dessous de cet hôtel? c'est la Chichona, cette même femme dont j'ai fait une si honnête mention dans l'histoire du comte de Belflor. Ah! que je suis ravi de la voir, dit Leandro. Cette bonne personne, si utile à la jeunesse, est sans doute une de ces deux vieilles que j'aperçois dans une salle basse. L'une a les deux coudes appuyés sur une table, et regarde attentivement l'autre, qui compte de l'argent. Laquelle des deux est la Chichona? C'est, dit le démon, celle qui ne compte point. L'autre, nommée la Pebrada, est une honorable dame de la même profession : elles sont associées, et elles partagent en ce moment les fruits d'une aventure qu'elles viennent de mettre à fin.

La Pebrada est la plus achalandée : elle a la pratique de plusieurs veuves riches à qui elle porte tous les jours sa liste à lire. Qu'appelez-vous sa liste? interrompit l'écolier. Ce sont, repartit Asmodée, les noms de tous les étrangers bien faits qui viennent à Madrid, et surtout des Français. D'abord que cette négociatrice apprend qu'il en est arrivé de nouveaux, elle court à leurs auberges s'informer adroitement de quel pays ils sont, de leur naissance, de leur taille, de leur air et de leur âge; puis elle en fait son rapport à ces veuves, qui font leurs réflexions là-dessus; et si le cœur en dit auxdites veuves, elle les abouche avec lesdits étrangers.

Cela est fort commode et juste en quelque façon, répliqua Zambullo en souriant; car enfin, sans ces bonnes dames et leurs agentes, les jeunes étrangers qui n'ont point ici de connoissances perdroient un temps infini à en faire. Mais dites-moi s'il y a de ces veuves et de ces maquignonnes dans les autres pays? Bon, s'il y en a, répondit le boiteux, en pouvez-vous douter? je remplirois bien mal mes fonctions, si je négligeois d'en pourvoir les grandes villes.

Donnez votre attention au voisin de la Chichona, à cet imprimeur qui travaille tout seul dans son imprimerie. Il y a trois heures qu'il a renvoyé ses ouvriers. Il va passer la nuit à imprimer un livre secrètement. Eh! quel est donc cet ouvrage? dit Leandro. Il traite des injures, répondit le démon. Il prouve que la religion est préférable au point d'honneur, et qu'il vaut mieux pardonner que venger une offense. Oh! le maraud d'imprimeur! s'écria l'écolier; il fait bien d'imprimer en secret son infâme livre. Que l'auteur ne s'avise pas de se faire connoître; je serois le premier à le bâtonner. Est-ce que la religion défend de conserver son honneur?

N'entrons pas dans cette discussion, interrompit Asmodée avec un souris malin. Il paroît que vous avez bien profité des leçons de morale qui vous ont été données à Alcala; je vous en félicite. Vous direz ce qu'il vous plaira, interrompit à son tour don Cleophas: que l'auteur de ce *ridicule ouvrage fasse les plus beaux raisonnements du monde, je m'en moque; je suis Espagnol, rien ne me semble si doux que la vengeance; et puisque vous m'avez promis de punir la perfidie de ma maîtresse, je vous somme de me tenir parole.*

Je cède avec plaisir au transport qui vous agite, dit le démon. Que j'aime ces bons naturels qui suivent tous leurs mouvements sans scrupule? Je vais vous satisfaire tout à l'heure: aussi bien le temps de vous venger est arrivé; mais je veux auparavant vous faire voir une chose très-réjouissante. Portez la vue au-delà de l'imprimerie, et observez bien ce qui se passe dans un appartement tapissé de drap musc. J'y remarque, répondit Leandro, cinq ou six femmes qui donnent, comme à l'envi, des bouteilles de verre à une espèce de valet, et elles me paroissent furieusement agitées.

Ce sont, reprit le boiteux, des dévotes qui ont grand sujet d'être émues. Il y a dans cet appartement un inquisiteur malade. Ce vénérable personnage, qui a près de trente-cinq ans, est couché dans une autre chambre que celle où sont ces femmes. Deux de ses plus chères pénitentes le veillent. L'une fait ses bouillons, et l'autre, à son chevet, a soin de lui tenir la tête chaude, et de lui couvrir la poitrine d'une couverture composée de cinquante peaux de mouton. Quelle est donc sa maladie? répliqua Zambullo. Il est enrhumé du cerveau, repartit le Diable; et il est à craindre que le rhume ne lui tombe sur la poitrine.

Ces autres dévotes que vous voyez dans son antichambre accourent avec des remèdes, sur le bruit de son indisposition: l'une apporte, pour la toux, des sirops de jujube, d'althéa, de corail et de tussilage; l'autre, pour conserver les poumons de sa révérence, s'est chargée de sirops de longue vie, de véronique, d'immortelle et d'élixir de propriété; une autre, pour lui fortifier le cerveau et l'estomac, a des eaux de mélisse, de cannelle orgée, de l'eau divine et de l'eau thériacale, avec des essences de muscade et d'ambre gris. Celle-ci vient offrir des confections anacardines et bézoardiques; et celle-là des teintures d'œillets, de corail, de mille-fleurs, de soleil et d'émeraudes. Toutes ces pénitentes zélées vantent au valet de l'inquisiteur les choses qu'elles apportent: elles le tirent à part tour à tour, et chacune, lui mettant un ducat dans la main, lui dit à l'oreille: Laurent, mon cher Laurent, fais en sorte, je te prie, que ma bouteille ait la préférence.

Parbleu! s'écria don Cleophas, il faut avouer que ce sont d'heureux mortels que ces inquisiteurs. Je vous en réponds, reprit Asmodée; peu s'en faut que je n'envie leur sort: et de même qu'Alexandre disoit un jour qu'il auroit voulu être Diogène s'il n'eût pas été Alexandre, je dirois volontiers que si je n'étois pas diable je voudrois être inquisiteur.

Allons, seigneur écolier, ajouta-t-il, allons présentement punir l'ingrate qui a si mal payé votre tendresse. Alors Zambullo saisit le bout du manteau d'Asmodée, qui fendit une seconde fois les airs avec lui, et alla se poser sur la maison de dona Thomasa.

Cette friponne étoit à table avec les quatre spadassins qui avoient poursuivi Leandro sur les gouttières: il frémit de courroux en les voyant manger deux perdreaux et un lapin qu'il avoit payés et fait porter chez la traîtresse, avec quelques bouteilles de bon vin. Pour surcroît de douleur, il s'apercevoit que la joie régnoit dans ce repas, et jugeoit aux démonstrations de dona Thomasa, que la compagnie de ces malheureux étoit plus agréable que la sienne à cette scélérate.. O les bourreaux! s'écria-t-il d'un ton furieux; les voilà qui se régalent à mes dépens! quelle mortification pour moi!

Je conviens, lui dit le démon, que ce spectacle n'est pas fort réjouissant pour vous; mais quand on fréquente les dames galantes, on doit s'attendre à ces aventures: elles sont arrivées mille fois en France aux abbés, aux gens de robe et aux financiers. Si j'avois une épée, reprit don Cleophas, je fondrois sur ces coquins, et troublerois leurs plaisirs. La partie ne seroit pas égale, repartit le boiteux, si vous les attaquiez tout seul: laissez-moi le soin de vous venger; j'en viendrai mieux à bout que vous. Je vais mettre la division parmi ces spadassins, en leur inspirant une fureur luxurieuse: ils vont s'armer les uns contre les autres; vous allez voir un beau vacarme.

A ces mots, il souffla, et il sortit de sa bouche une vapeur violette qui descendit en serpentant comme un feu d'artifice, et se répandit sur la table de dona Thomasa. Aussitôt un des convives, sentant l'effet de ce souffle, s'approcha de la dame, et l'embrassa avec transport: les autres, entraînés par la force de la même vapeur, voulurent lui arracher la grivoise: chacun demande la préférence; ils se la disputent; une jalouse rage s'empare d'eux; ils en viennent aux mains; ils tirent leurs épées, et commencent un rude combat: cependant dona

Thomasa pousse d'horribles cris : tout le voisinage est bientôt en rumeur ; on crie à la justice ; la justice vient ; elle enfonce la porte ; elle entre, et trouve deux de ces bretteurs étendus sur le plancher ; elle se saisit des autres, et les mène en prison avec la courtisane. Cette malheureuse avoit beau pleurer, s'arracher les cheveux et se désespérer, les gens qui la conduisoient n'en étoient pas plus touchés que Zambullo, qui en faisoit de grands éclats de rire avec Asmodée.

Hé bien ! dit ce démon à l'écolier, êtes-vous content ? Non, non, répondit don Cleophas. Pour me donner une entière satisfaction, portez-moi sur les prisons, que j'aie le plaisir d'y voir enfermer la misérable qui s'est jouée de mon amour ; je me sens pour elle plus de haine en ce moment que je n'ai jamais eu de tendresse. Je le veux bien, lui répliqua le Diable ; vous me trouverez toujours prêt à suivre vos volontés, quand elles seroient contraires aux miennes et à mes intérêts, pourvu que ce soit pour votre bien.

Ils volèrent tous deux sur les prisons, où bientôt arrivèrent les deux spadassins, qui furent logés dans un cachot noir. Pour Thomasa, on la mit sur la paille, avec trois ou quatre autres femmes de mauvaise vie qu'on avoit arrêtées le même jour, et qui devoient être transférées le lendemain au lieu destiné pour ces sortes de créatures.

Je suis à présent satisfait, dit Zambullo, j'ai goûté une pleine vengeance ; ma mie Thomasa ne passera pas la nuit aussi agréablement qu'elle se l'étoit promis. Nous irons où il vous plaira continuer nos observations. Nous sommes ici dans un endroit propre à cela, répondit l'esprit. Il y a dans ces prisons un grand nombre de coupables et d'innocents : c'est un séjour qui sert à commencer le châtiment des uns et à purifier la vertu des autres. Il faut que je vous montre quelques prisonniers de ces deux espèces, et que je vous dise pourquoi on les retient dans les fers.

CHAPITRE VII.

Des prisonniers.

Avant que j'entre dans ce détail, observez un peu les guichetiers qui sont à l'entrée de ces horribles lieux. Les poètes de l'antiquité n'ont mis qu'un Cerbère à la porte de leurs enfers ; il y en a ici bien davantage, comme vous voyez. Ces guichetiers sont des hommes qui ont perdu tout sentiment humain : le plus méchant de mes confrères pourroit à peine en remplacer un. Mais je m'aperçois, ajouta-t-il, que vous considérez avec horreur ces chambres où il n'y a pour tous meubles que des grabats : ces cachots affreux vous paroissent autant de tombeaux. Vous êtes juste-ment étonné de la misère que vous y remarquez, et vous déplorez le sort des malheureux que la justice y retient : cependant ils ne sont pas tous également à plaindre ; c'est ce que nous allons examiner.

Premièrement, il y a dans cette grande chambre à droite quatre hommes couchés dans ces deux mauvais lits ; l'un est un cabaretier accusé d'avoir empoisonné un étranger qui creva l'autre jour dans sa taverne. On prétend que la qualité du vin a fait mourir le défunt ; l'hôte soutient que c'est la quantité : et il sera cru en justice, car l'étranger étoit allemand. Eh ! qui a raison du cabaretier ou de ses accusateurs ? dit don Cleophas. La chose est problématique, répondit le Diable. Il est bien vrai que le vin étoit frelaté ; mais, ma foi, le seigneur allemand en a tant bu, que les juges peuvent en conscience remettre en liberté le cabaretier.

Le second prisonnier est un assassin de profession, un de ces scélérats qu'on appelle *valientes*, et qui, pour quatre ou cinq pistoles, prêtent obligeamment leur ministère à tous ceux qui veulent faire cette dépense pour se débarrasser de quelqu'un secrètement ; le troisième, un maître à danser qui s'habille comme un petit-maître, et qui a fait faire un mauvais pas à une de ses écolières ; et le quatrième, un galant qui a été surpris la semaine passée par la *ronda*, dans le temps qu'il montoit par un balcon à l'appartement d'une femme qu'il connoit, et dont le mari est absent. Il ne tient qu'à lui de se tirer d'affaire, en déclarant son commerce amoureux ; mais il aime mieux passer pour un voleur, et s'exposer à perdre la vie, que de commettre l'honneur de sa dame.

Voilà un amant bien discret, dit l'écolier ; il faut avouer que notre nation l'emporte sur les autres en fait de galanterie. Je vais parier qu'un Français, par exemple, ne seroit pas capable, comme nous, de se laisser pendre par discrétion. Non, je vous assure, dit le Diable ; il monteroit plutôt exprès à un balcon pour déshonorer une femme qui auroit des bontés pour lui.

Dans un cabinet auprès de ces quatre hommes, poursuivit-il, est une fameuse sorcière, qui a la réputation de savoir faire des choses impossibles. Par le pouvoir de son art, de vieilles douairières trouvent, dit-on, des jeunes gens qui les aiment but à but ; les maris deviennent fidèles à leurs femmes, et les coquettes véritablement amoureuses des riches cavaliers qui s'attachent à elles ; mais il n'y a rien de plus faux que tout cela. Elle ne possède point d'autre secret que celui de persuader qu'elle en a, et de vivre commodément de cette opinion. Le saint-office réclame cette créature-là, qui pourra être brûlée au premier acte de foi.

Au-dessous du cabinet il y a un cachot noir qui sert de gîte à un jeune cabaretier. Encore un hôte de taverne! s'écria Leandro; ces sortes de gens-là veulent-ils donc empoisonner tout le monde? Celui-ci, reprit Asmodée, n'est pas dans le même cas. On arrêta ce misérable avant-hier, et l'inquisition le réclame aussi. Je vais en peu de mots vous dire le sujet de sa détention.

Un vieux soldat, parvenu par son courage, ou plutôt par sa patience, à l'emploi de sergent dans sa compagnie, vint faire des recrues à Madrid; il alla demander un logement dans un cabaret : on lui dit qu'il y avoit, à la vérité, des chambres vides; mais qu'on ne pouvoit lui en donner aucune, parce qu'il revenoit toutes les nuits dans la maison un esprit qui maltraitoit fort les étrangers, quand ils avoient la témérité d'y vouloir coucher. Cette nouvelle ne rebuta point le sergent. Que l'on me mette, dit-il, dans la chambre qu'on voudra; donnez-moi de la lumière, du vin, une pipe et du tabac, et soyez sans inquiétude sur le reste : les esprits ont de la considération pour les gens de guerre qui ont blanchi sous le harnois.

On mena le sergent dans une chambre, puisqu'il paroissoit si résolu, et on lui porta tout ce qu'il avoit demandé. Il se mit à boire et à fumer. Il étoit déjà plus de minuit, que l'esprit n'avoit point encore troublé le profond silence qui régnoit dans la maison : on eût dit qu'effectivement il respectoit ce nouvel hôte; mais entre une heure et deux, le grivois entendit tout-à-coup un bruit horrible, comme de ferrailles, et vit bientôt entrer dans sa chambre un fantôme épouvantable vêtu de drap noir, et tout entortillé de chaînes de fer. Notre fumeur ne fut pas autrement ému de cette apparition : il tira son épée, s'avança vers l'esprit, et lui en déchargea du plat sur la tête un assez rude coup.

Le fantôme, peu accoutumé à trouver des hôtes si hardis, fit un cri; et, remarquant que le soldat se préparoit à recommencer, il se prosterna très-humblement devant lui, en disant : De grâce, seigneur sergent, ne m'en donnez pas davantage: ayez pitié d'un pauvre diable qui se jette à vos pieds pour implorer votre clémence; je vous en conjure par saint Jacques, qui étoit, comme vous, un grand spadassin. Si tu veux conserver ta vie, répondit le soldat, il faut que tu me dises qui tu es, et que tu me parles sans déguisement, ou bien je vais te fendre en deux, comme les chevaliers du temps passé fendoient les géants qu'ils rencontroient. A ces mots, l'esprit, voyant à qui il avoit affaire, prit le parti d'avouer tout.

Je suis, dit-il au sergent, le maître-garçon de ce cabaret : je m'appelle Guillaume; j'aime Juanilla, qui est la fille unique du logis, et je ne lui déplais pas ; mais comme son père et sa mère ont en vue une alliance plus relevée que la mienne, pour les obliger à me choisir pour gendre, nous sommes convenus, la petite fille et moi, que je ferois toutes les nuits le personnage que je fais : je m'enveloppe le corps d'un long manteau noir, et je me pends au cou une chaîne de tournebroche, avec laquelle je cours toute la maison, depuis la cave jusqu'au grenier, en faisant tout le bruit que vous avez entendu. Quand je suis à la porte de la chambre du maître et de la maîtresse, je m'arrête et m'écrie : « N'espérez pas que je vous laisse en » repos, que vous n'ayez marié Juanilla avec votre » maître-garçon. »

Après avoir prononcé ces paroles d'une voix que j'affecte grosse et cassée, je continue mon carillon, et j'entre ensuite par une fenêtre dans un cabinet où Juanilla couche seule, et je lui rends compte de ce que j'ai fait. Seigneur sergent, continua Guillaume, vous jugez bien que je vous dis la vérité : je sais qu'après cet aveu vous pouvez me perdre, en apprenant à mon maître ce qui se passe; mais si vous voulez me servir, au lieu de me rendre ce mauvais office, je vous jure que ma reconnoissance...... Eh! quel service peux-tu attendre de moi? interrompit le soldat. Vous n'avez, reprit le jeune homme, qu'à dire demain que vous avez vu l'esprit, et qu'il vous a fait si grand'peur... Comment, ventrebleu! grand'peur! interrompit encore le grivois; vous voulez que le sergent Annibal Antonio Quebrantador aille dire qu'il a eu peur? J'aimerois mieux que cent mille diables m'eussent..... Cela n'est pas absolument nécessaire, interrompit à son tour Guillaume; et après tout, il m'importe peu de quelle façon vous parliez, pourvu que vous secondiez mon dessein : lorsque j'aurai épousé Juanilla, et que je serai établi, je promets de vous régaler tous les jours pour rien, vous et tous vos amis. Vous êtes séduisant, monsieur Guillaume, s'écria le grivois : vous me proposez d'appuyer une fourberie; l'affaire ne laisse pas d'être sérieuse; mais vous vous y prenez d'une manière qui m'étourdit sur les conséquences. Allez, continuez de faire du bruit et d'en rendre compte à Juanilla, je me charge du reste.

En effet, dès le lendemain matin, le sergent dit à l'hôte et à l'hôtesse : J'ai vu l'esprit et je l'ai entretenu; il est très-raisonnable. Je suis, m'a-t-il dit, le bisaïeul du maître de ce cabaret. J'avois une fille que je promis au père du grand-père de son garçon; néanmoins, au mépris de ma foi, je la mariai à un autre, et je mourus peu de temps après : je souffre depuis ce temps-là; je porte la peine de mon parjure, et je ne serai point en repos que quelqu'un de ma race n'ait épousé une personne de la famille de Guillaume : c'est pourquoi je reviens toutes les nuits dans cette maison ; cependant j'ai beau dire que l'on marie ensemble Juanilla et le maître-garçon, le fils de mon petit-fils fait la sourde oreille, aussi bien que sa femme ; mais dites-leur, s'il vous plaît, seigneur sergent, que, s'ils ne font au plus tôt ce que je désire, j'en viendrai avec eux aux voies de fait : je les tourmenterai l'un et l'autre d'une étrange façon.

L'hôte est un homme assez simple, il fut ébranlé de ce discours ; et l'hôtesse, encore plus foible que son mari, croyant déjà voir le revenant à ses trousses, consentit à ce mariage, qui se fit dès le jour suivant. Guillaume, peu de temps après, s'établit dans un autre quartier de la ville : le sergent Quebrantador ne manqua pas de le visiter fréquemment ; et le nouveau cabaretier, par reconnoissance, lui donna d'abord du vin à discrétion ; ce qui plaisoit si fort au grivois, qu'il menoit tous ses amis à ce cabaret ; il y faisoit même ses enrôlements, et y enivroit la recrue.

Mais enfin l'hôte se lassa d'abreuver tant de gosiers altérés. Il dit sur cela sa pensée au soldat, qui, sans songer qu'effectivement il passoit la convention, fut assez injuste pour traiter Guillaume de petit ingrat. Celui-ci répondit, l'autre répliqua, et la conversation finit par quelques coups de p'at d'épée que le cabaretier reçut. Plusieurs passants voulurent prendre le parti du bourgeois ; Quebrantador en blessa trois ou quatre, et n'en seroit pas demeuré là, si tout-à-coup il n'eût été assailli par une foule d'archers qui l'arrêtèrent comme un perturbateur du repos public. Ils le conduisirent en prison, où il a déclaré tout ce que je viens de vous dire ; et, sur sa déposition, la justice s'est aussi emparée de Guillaume. Le beau-père demande que le mariage soit cassé ; et le saint-office, informé que Guillaume a de bons effets, veut connoître de cette affaire.

Vive Dieu ! dit don Cleophas, la sainte inquisition est bien alerte. Sitôt qu'elle voit le moindre jour à tirer quelque profit... Doucement, interrompit le boiteux ; gardez-vous bien de vous lâcher contre ce tribunal, il a des espions partout : on lui rapporte jusqu'à des choses qui n'ont jamais été dites ; je n'ose en parler moi-même qu'en tremblant.

Au-dessus de l'infortuné Guillaume, dans la première chambre à gauche, il y a deux hommes dignes de votre pitié ; l'un est un jeune valet de chambre que la femme de son maître traitoit en particulier comme un amant. Un jour le mari les surprit tous deux ; la femme aussitôt se met à crier au secours, et dit que le valet de chambre lui a fait violence. On arrêta ce pauvre malheureux, qui, selon toutes les apparences, sera sacrifié à la réputation de sa maîtresse.

Le compagnon du valet de chambre, encore moins coupable que lui, est sur le point de perdre aussi la vie : il est écuyer d'une duchesse à qui l'on a volé un gros diamant ; on l'accuse de l'avoir pris ; il aura demain la question, où il sera tourmenté jusqu'à ce qu'il confesse avoir fait le vol ; et toutefois la personne qui en est l'auteur est une femme de chambre favorite qu'on n'oseroit soupçonner.

Ah ! seigneur Asmodée, dit Leandro, rendez, je vous prie, service à cet écuyer : son innocence m'intéresse pour lui ; dérobez-le, par votre pouvoir, aux injustes et cruels supplices qui le menacent : il mérite que..... Vous n'y pensez pas, seigneur écolier, interrompit le Diable : pouvez-vous demander que je m'oppose à une action inique, et que j'empêche un innocent de périr. C'est prier un procureur de ne pas ruiner une veuve ou un orphelin.

Oh ! s'il vous plaît, ajouta-t-il, n'exigez pas de moi que je fasse quelque chose qui soit contraire à mes intérêts, à moins que vous n'en tiriez un avantage considérable. D'ailleurs, quand je voudrois délivrer ce prisonnier, le pourrois-je ? Comment donc, répliqua Zambullo, est-ce que vous n'avez pas la puissance d'enlever un homme de la prison ? Non certainement, repartit le boiteux. Si vous aviez lu l'Enchiridion, ou Albert-le-Grand, vous sauriez que je ne puis, non plus que mes confrères, mettre un prisonnier en liberté : moi-même, si j'avois le malheur d'être entre les griffes de la justice, je ne pourrois m'en tirer qu'en finançant.

Dans la chambre prochaine, du même côté, loge un chirurgien convaincu d'avoir, par jalousie, fait à sa femme une saignée comme celle de Sénèque : il a eu aujourd'hui la question ; et, après avoir confessé le crime dont on l'accusoit, il a déclaré que depuis dix ans il s'est servi d'un moyen assez nouveau pour se faire des pratiques. Il blessoit la nuit les passants avec une baïonnette, et se sauvoit chez lui par une petite porte de derrière ; cependant le blessé poussoit des cris qui attiroient les voisins à son secours : le chirurgien y accouroit lui-même comme les autres ; et, trouvant un homme noyé dans son sang, il le faisoit porter dans sa boutique, où il le pansoit de la même main dont il l'avoit frappé.

Quoique ce chirurgien cruel ait fait cette déclaration, et qu'il mérite mille morts, il ne laisse pas de se flatter qu'on lui fera grâce ; et c'est ce qui pourra fort bien arriver, parce qu'il est parent de madame la remueuse de l'infant : outre cela, je vous dirai qu'il a chez lui une eau merveilleuse que lui seul sait composer, une eau qui a la vertu de blanchir la peau, et de faire d'un visage décrépit une face enfantine, et cette eau incomparable sert de fontaine de Jouvence à trois dames du palais qui se sont jointes ensemble pour le sauver. Il compte si fort sur leur crédit, ou si vous voulez, sur son eau, qu'il s'est endormi tranquillement, dans l'espérance qu'à son réveil il recevra l'agréable nouvelle de son élargissement.

J'aperçois sur un grabat, dans la même chambre, dit l'écolier, un autre homme qui dort, ce me semble, aussi d'un sommeil paisible; il faut que son affaire ne soit pas bien mauvaise. Elle est fort délicate, répondit le démon. Ce cavalier est un gentilhomme biscayen qui s'est enrichi d'un coup d'escopette; et voici comment. Il y a quinze jours que, chassant dans une forêt avec son frère aîné, qui jouissoit d'un revenu considérable, il le tua par malheur, en tirant sur des perdreaux. L'heureux *quiproquo* pour un cadet, s'écria don Cleophas en riant. Oui, reprit Asmodée; mais les collatéraux, qui voudroient bien s'approprier la succession du défunt, poursuivent en justice son meurtrier, qu'ils accusent d'avoir fait le coup pour devenir unique héritier de sa famille. Il s'est de lui-même constitué prisonnier; et il paroît si affligé de la mort de son frère, qu'on ne sauroit s'imaginer qu'il ait eu intention de lui ôter la vie. Et n'a-t-il effectivement rien à se reprocher là-dessus que son peu d'adresse? répliqua Leandro. Non, repartit le *boiteux*, il n'a pas eu une mauvaise volonté; *mais lorsqu'un fils aîné possède tout le bien d'une maison, je ne lui conseille pas de chasser avec son cadet.*

Examinez bien ces deux adolescents qui, dans un petit réduit auprès du gentilhomme de Biscaye, s'entretiennent aussi gaîment que s'ils étoient en liberté. Ce sont deux véritables *picaros*. Il y en a principalement un qui pourra donner quelque jour au public un détail de ses espiègleries : c'est un nouveau Guzman d'Alfarache; c'est celui qui a un pourpoint de velours brun, et un plumet à son chapeau.

Il n'y a pas trois mois qu'il étoit dans cette ville page du comte d'Onate, et il seroit encore au service de ce seigneur, sans une fourberie qui est la cause de sa prison, et que je veux vous conter.

Ce garçon, nommé Domingo, reçut un jour chez le comte cent coups de fouet, que l'écuyer de salle, autrement le gouverneur des pages, lui fit rudement appliquer, pour certain tour d'habileté qui le méritoit. Il eut long-temps sur le cœur cette petite correction-là, et il résolut de s'en venger. Il avoit remarqué plus d'une fois que le seigneur don Côme, c'est le nom de l'écuyer, se lavoit les mains avec de l'eau de fleurs d'orange, et se frottoit le corps avec des pâtes d'œillet et de jasmin; qu'il avoit plus de soin de sa personne qu'une

vieille coquette, et qu'enfin c'étoit un de ces fats qui s'imaginent qu'une femme ne sauroit les voir sans les aimer. Cette remarque lui fournit une idée de vengeance qu'il communiqua à une jeune soubrette de son voisinage, de laquelle il avoit besoin pour l'exécution de son projet, et dont il étoit tellement ami, qu'il ne pouvoit le devenir davantage.

Cette suivante, appelée Floretta, pour avoir la liberté de lui parler plus aisément, le faisoit passer *pour son cousin dans la maison de dona Luziana, sa maîtresse, dont le père étoit alors absent.* Le malin Domingo, après avoir *instruit sa fausse parente* de ce qu'elle avoit à faire, entra un matin dans la chambre de don Côme, où il trouva cet écuyer qui essayoit un habit neuf, se regardoit avec complaisance dans un miroir, et paroissoit charmé de sa figure. Le page fit semblant d'admirer ce Narcisse, et lui dit avec un feint transport : En vérité, seigneur don Côme, vous avez la mine d'un prince. Je vois tous les jours des grands superbement vêtus; cependant, malgré leurs riches habits, ils n'ont pas votre prestance. Je ne sais, ajouta-t-il, si, étant votre serviteur autant que je le suis, je vous considère avec des yeux trop prévenus en votre faveur; mais franchement, je ne vois point à la cour de cavalier que vous n'effaciez.

L'écuyer sourit à ce discours qui flattoit agréablement sa vanité, et répondit en faisant l'aimable : *Tu me flattes, mon ami, ou bien il faut en effet que tu m'aimes, et que ton amitié me prête des grâces que la nature m'a refusées.* Je ne le crois pas, répliqua le flatteur; car il n'y a personne qui ne parle de vous aussi avantageusement que moi. Je voudrois que vous eussiez entendu ce que me disoit encore hier une de mes cousines qui sert une fille de qualité.

Don Côme ne manqua pas de demander ce que cette cousine avoit dit. Comment! reprit le page, elle s'étendit sur la richesse de votre taille, sur l'agrément qu'on voit répandu dans toute votre personne; et ce qu'il y a de meilleur, c'est qu'elle me dit confidemment que dona Luziana, sa maîtresse, prenoit plaisir à vous regarder au travers de sa jalousie, toutes les fois que vous passiez devant sa maison.

Qui peut être cette dame? dit l'écuyer, et où demeure-t-elle? Quoi! répondit Domingo, vous ne savez pas que c'est la fille unique du mestre de camp don Fernando, notre voisin? Ah! je suis à présent au fait, reprit don Côme. Je me souviens d'avoir ouï vanter le bien et la beauté de cette Luziana; c'est un excellent parti. Mais seroit-il possible que je me fusse attiré son attention? N'en doutez pas, repartit le page : ma cousine me l'a dit; quoique soubrette, ce n'est point une menteuse, et je vous réponds d'elle comme de moi-même.

Cela étant, dit l'écuyer, il me prend envie d'avoir une conversation particulière avec ta parente, de la mettre dans mes intérêts par quelques petits présents, suivant l'usage; et si elle me conseille de rendre des soins à sa maîtresse, je tenterai la fortune. Pourquoi non? Je conviens qu'il y a de la distance de mon rang à celui de don Fernando; mais je suis gentilhomme une fois, et je possède cinq cents bons ducats de rente. Il se fait tous les jours des mariages plus extravagants que celui-là.

Le page fortifia son gouverneur dans sa résolution, et lui ménagea une entrevue avec sa cousine, qui, trouvant l'écuyer disposé à tout croire, l'assura que sa maîtresse avoit du goût pour lui. Elle m'a souvent interrogée sur votre chapitre, lui dit-elle, et ce que je lui ai répondu là-dessus ne doit pas vous avoir nui; enfin, seigneur écuyer, vous pouvez vous flatter justement que dona Luziana vous aime en secret. Faites-lui hardiment connoître vos légitimes intentions : montrez-lui que vous êtes le cavalier de Madrid le plus galant, comme vous en êtes le plus beau et le mieux fait : donnez-lui surtout des sérénades, rien ne lui sera plus agréable ; de mon côté je lui ferai bien valoir vos galanteries, et j'espère que mes bons offices ne vous seront pas inutiles. Don Côme, transporté de joie de voir la soubrette entrer si chaudement dans ses intérêts, l'accabla d'embrassades; et lui mettant au doigt une bague de peu de valeur, qu'il avoit apportée exprès pour lui faire présent : Ma chère Floretta, lui dit-il, je ne vous donne ce diamant que pour faire connoissance avec vous; j'ai dessein de reconnoître, par une plus solide récompense, les services que vous me rendrez.

On ne sauroit être plus satisfait qu'il le fut de son entretien avec la suivante. Aussi, non seulement il remercia Domingo de le lui avoir procuré, il le gratifia d'une paire de bas de soie et de quelques chemises garnies de dentelles, lui promettant d'ailleurs de ne laisser échapper aucune occasion de lui être utile. Ensuite, le consultant sur ce qu'il avoit à faire : Mon ami, lui dit-il, quel est ton sentiment? Me conseilles-tu de débuter par une lettre passionnée et sublime à dona Luziana? C'est mon avis, répondit le page : faites-lui une déclaration d'amour en haut style; j'ai un pressentiment qu'elle ne la recevra pas mal. Je le crois de même, reprit l'écuyer; je vais à tout hasard commencer par là. Aussitôt il se mit à écrire; et après avoir déchiré pour le moins vingt brouillons, il parvint à faire un billet doux auquel il s'arrêta. Il en fit la lecture à Domingo, qui, l'ayant écouté avec des gestes d'admiration, se chargea de le porter sur-le-champ à sa cousine. Il étoit conçu dans ces termes fleuris et recherchés :

« Il y a long-temps, charmante Luziana , que ,

» sur la foi de la renommée qui publie partout
» vos perfections, je me suis laissé enflammer d'un
» ardent amour pour vous. Néanmoins, malgré
» les feux dont je suis la proie, je n'ai osé hasar-
» der aucun acte de galanterie: mais, comme il
» m'est revenu que vous daignez arrêter vos re-
» gards sur moi quand je passe devant la jalousie
» qui dérobe aux yeux des hommes votre beauté
» céleste, et même que, par une influence de
» votre astre, très-heureuse pour moi, vous in-
» clinez à me vouloir du bien, je prends la liberté
» de me consacrer à votre service. Si je suis assez
» fortuné pour l'obtenir, je renonce à toutes les
» dames passées, présentes et à venir.

» Don CÔME de la Higuera. »

Le page et la suivante ne manquèrent pas de s'égayer aux dépens du seigneur don Côme, et de se divertir de sa lettre. Ils n'en demeurèrent pas là : ils composèrent à frais communs un billet tendre , que la femme de chambre écrivit de sa main , et que Domingo rendit le jour suivant à l'écuyer , comme une réponse de dona Luziana. Il contenoit ces paroles :

« J'ignore qui peut vous avoir si bien instruit
» de mes sentiments secrets. C'est une trahison
» que quelqu'un m'a faite; mais je la lui pardonne,
» puisqu'elle est cause que vous m'apprenez que
» vous m'aimez. De tous les hommes que je vois
» passer dans ma rue, vous êtes celui que je prends
» le plus de plaisir à regarder , et je veux bien que
» vous soyez mon amant; peut-être ne devrois-je
» pas le vouloir , et encore moins vous le dire.
» Si c'est une faute que je fais , votre mérite me
» rend excusable.

« Dona LUZIANA. »

Quoique cette réponse fût un peu vive pour la fille d'un mestre de camp, car les auteurs n'y avoient pas regardé de si près, le présomptueux don Côme ne s'en défia point : il s'estimoit assez pour s'imaginer qu'une dame pouvoit oublier pour lui les bienséances. Ah! Domingo , s'écria-t-il d'un air triomphant, après avoir lu à haute voix la lettre supposée, tu vois, mon ami, si la voisine en tient : je serai bientôt gendre de don Fernando, ou je ne suis pas don Côme de la Higuera.

Il n'en faut pas douter , dit le bourreau de confident; vous avez fait sur sa fille une furieuse impression. Mais à propos, ajouta-t-il, je me souviens que ma parente m'a bien recommandé de vous dire que dès demain , tout au plus tard , il étoit nécessaire que vous donnassiez une sérénade à sa maîtresse, pour achever de la rendre folle de votre seigneurie. Je le veux bien, dit l'écuyer. Tu peux assurer ta cousine que je suivrai son conseil, et que demain, sans faute, elle entendra dans sa rue, au milieu de la nuit, un des plus galants concerts qu'on ait jamais entendus à Madrid. En effet il alla trouver un habile musicien; et après lui avoir communiqué son projet, il le chargea du soin de l'exécution.

Tandis qu'il étoit occupé de sa sérénade, Floretta, que le page avoit prévenue, voyant sa maîtresse en bonne humeur, lui dit : Madame, je vous apprête un agréable divertissement. Luziana lui demanda ce que c'étoit. Oh! vraiment, reprit la soubrette en riant comme une folle, il y a bien des affaires. Un original, nommé don Côme, gouverneur des pages du comte d'Onate, s'est avisé de vous choisir pour la dame souveraine de ses pensées, et doit, demain au soir, afin que vous n'en ignoriez, vous régaler d'un admirable concert de voix et d'instruments. Dona Luziana, qui naturellement étoit fort gaie, et qui d'ailleurs croyoit les galanteries de l'écuyer sans conséquence pour elle, bien loin de prendre son sérieux, se fit par avance un plaisir d'entendre sa sérénade. Ainsi cette dame, sans le savoir, aidoit à confirmer don Côme dans une erreur dont elle se seroit fort offensée, si elle l'eût connue.

Enfin, la nuit du jour suivant, il parut devant le balcon de dona Luziana deux carrosses, d'où sortirent le galant écuyer et son confident, accompagnés de six hommes, tant chanteurs que joueurs d'instruments, qui commencèrent leur concert. Il dura fort long-temps. Ils jouèrent un grand nombre d'airs nouveaux, et chantèrent plusieurs couplets de chansons, qui rouloient tous sur le pouvoir que l'amour a d'unir des amants d'une inégale condition; et à chaque couplet dont la fille du mestre de camp se faisoit l'application, elle rioit de tout son cœur.

Lorsque la sérénade fut finie, don Côme renvoya les musiciens chez eux dans les mêmes carrosses qui les avoient amenés, et demeura dans la rue avec Domingo, jusqu'à ce que les curieux que la musique avoit attirés se furent retirés. Après quoi il s'approcha du balcon, d'où bientôt la suivante, avec la permission de sa maîtresse, lui dit par une petite fenêtre de la jalousie : Est-ce vous, seigneur don Côme? Qui me fait cette question? répondit-il d'une voix doucereuse. C'est, répliqua la soubrette, dona Luziana qui souhaite de savoir si le concert que nous venons d'entendre est un effet de votre galanterie? Ce n'est, repartit l'écuyer, qu'un échantillon des fêtes que mon amour prépare à cette merveille de nos jours, si elle veut bien les recevoir d'un amant sacrifié sur l'autel de sa beauté.

A cette expression figurée, la dame n'eut pas peu d'envie de rire : elle se retint toutefois; et se mettant à la petite fenêtre, elle dit à l'écuyer le plus sérieusement qu'il lui fut possible : Seigneur don Côme, il paroît bien que vous n'êtes pas un galant novice; c'est de vous que les cavaliers amoureux doivent apprendre à servir leurs maîtresses. Je suis très-contente de votre sérénade, je vous en tiendrai compte : mais, ajouta-t-elle, retirez-vous, on peut nous écouter, une autre fois nous aurons un plus long entretien. En achevant ces mots, elle ferma la fenêtre, laissant l'écuyer dans la rue, fort satisfait de la faveur qu'elle venoit de lui faire, et le page bien étonné de la voir jouer un rôle dans cette comédie.

Cette petite fête, en y comprenant les carrosses et la prodigieuse quantité de vin bu par les musiciens, coûta cent ducats à don Côme; et deux jours après, son confident l'engagea dans une nouvelle dépense : voici de quelle manière. Ayant appris que Floretta devoit, la nuit de la Saint-Jean, nuit si célébrée dans cette ville, aller avec d'autres filles de son espèce à *la fiesta del sotillo* ¹, il entreprit de leur donner un déjeûner magnifique aux dépens de l'écuyer.

Seigneur don Côme, lui dit-il la veille de la Saint-Jean, vous savez quelle fête c'est demain. Je vous avertis que dona Luziana se propose d'être à la pointe du jour sur les bords du Mançanarez pour voir le *sotillo ;* je crois qu'il n'est pas besoin d'en dire davantage au coryphée des cavaliers galants; vous n'êtes pas homme à négliger une si belle occasion; je suis persuadé que votre dame et sa compagnie seront demain bien régalées. C'est de quoi je puis te répondre, lui dit son gouverneur; je te rends grâces de l'avis : tu verras si je sais prendre la balle au bond. Effectivement, le lendemain de grand matin, quatre valets de l'hôtel, conduits par Domingo, et chargés de toutes sortes de viandes froides accommodées de différentes façons, avec une infinité de petits pains et de bouteilles de vins délicieux, arrivèrent sur le rivage du Mançanarez, où Floretta et ses compagnes dansoient comme des nymphes au lever de l'aurore.

Elles n'eurent pas peu de joie quand le page vint interrompre leurs danses légères, pour leur offrir un solide déjeûner de la part du seigneur don Côme. Elles s'assirent aussitôt sur l'herbe, et commencèrent à faire honneur au festin, en riant, sans modération, de la dupe qui le donnoit; car la charitable cousine de Domingo n'avoit pas manqué de les mettre au fait.

Comme elles étoient toutes en train de se réjouir, on vit paroître l'écuyer monté sur une haquenée des écuries du comte, et richement vêtu. Il vint joindre son confident et saluer la compagnie, qui,

---

¹ Sorte de danse particulière aux Espagnols.

s'étant levée pour le recevoir plus poliment, le remercia de sa générosité. Il cherchoit des yeux parmi les filles dona Luziana, pour lui adresser la parole, et lui débiter un beau compliment qu'il avoit composé en chemin; mais Floretta le tirant à part, lui dit qu'une indisposition avoit empêché sa maîtresse de se trouver à la fête. Don Côme se montra très-sensible à cette nouvelle, et demanda quel mal avoit sa chère Luziana. Elle est fort enrhumée, répondit la soubrette, et cela pour avoir passé sans voile, sur son balcon, presque toute la nuit de votre sérénade à me parler de vous. L'écuyer, consolé d'un accident qui venoit d'une si belle cause, pria la suivante de lui continuer ses bons offices auprès de sa maîtresse, et regagna son hôtel, en s'applaudissant de plus en plus de sa bonne fortune.

Dans ce temps-là don Côme reçut une lettre de change, et toucha mille écus d'or, qu'on lui envoyoit d'Andalousie, pour sa part de la succession d'un de ses oncles, mort à Séville. Il compta cette somme, et la mit dans un coffre en présence de Domingo, qui fut fort attentif à cette action, et si violemment tenté de s'approprier ces beaux écus d'or, qu'il résolut de les emporter en Portugal. Il fit confidence de sa tentation à Floretta, et lui proposa même d'être du voyage. Quoique la proposition méritât bien d'être pesée, la soubrette, aussi friponne que le page, l'accepta sans balancer. Enfin une nuit, tandis que l'écuyer, enfermé dans un cabinet, s'occupoit à composer une lettre emphatique pour sa maîtresse, Domingo trouva moyen d'ouvrir le coffre où étoient les écus d'or; il les prit, gagna promptement la rue avec sa proie; et s'étant rendu sous le balcon de Luziana, il se mit à contrefaire un chat qui miaule. La suivante, à ce signal dont ils étoient convenus tous deux, ne le fit pas long-temps attendre; et, prête à le suivre partout, elle sortit avec lui de Madrid.

Ils comptoient bien qu'ils auroient le temps d'arriver en Portugal avant qu'on pût les atteindre, si on les poursuivoit; mais, par malheur pour eux, don Côme, dès la nuit même s'étant aperçu du larcin et de la fuite de son confident, eut aussitôt recours à la justice, qui dispersa de toutes parts ses limiers pour découvrir le voleur. On l'attrapa près de Zebreros avec sa nymphe. On les ramena l'un et l'autre; la soubrette a été renfermée aux repenties, et Domingo dans cette prison.

Apparemment, dit don Cleophas, que l'écuyer n'a pas perdu ses écus d'or; ils lui auront sans doute été rendus. Oh! que non, répondit le Diable: ce sont des pièces qui prouvent le vol; la justice ne s'en dessaisira point; et don Côme, dont l'histoire s'est répandue dans la ville, demeure volé, et raillé de tout le monde.

Domingo et cet autre prisonnier qui joue avec lui, continua le boiteux, ont pour voisin un jeune Castillan qui a été arrêté pour avoir, en présence de bons témoins, donné un soufflet à son père. O ciel! s'écria Leandro, que m'apprenez-vous? Quelque mauvais que soit un fils, peut-il lever la main sur son père? Oh! que oui, dit le démon; cela n'est pas sans exemple, et je veux vous en citer un assez remarquable. Sous le règne de don Pèdre Ier, surnommé le Juste et le Cruel, huitième roi de Portugal, un garçon de vingt ans fut mis entre les mains de la justice pour le même fait. Don Pèdre, surpris comme vous de la nouveauté du cas, voulut interroger la mère du coupable, et il s'y prit si adroitement, qu'il lui fit avouer qu'elle avoit eu cet enfant d'une discrète révérence. Si les juges du Castillan interrogeoient aussi sa mère avec la même adresse, ils pourroient en arracher un pareil aveu.

Descendons de l'œil dans un grand cachot au-dessous de ces trois prisonniers que je viens de vous montrer, et considérons ce qui s'y passe. Y voyez-vous ces trois malheureux? Ce sont des voleurs de grand chemin : les voilà qui vont se sauver; on leur a fait tenir une lime sourde dans un pain, et ils ont déjà limé un gros barreau d'une fenêtre, par où ils peuvent se couler dans une cour qui les conduira dans la rue. Il y a plus de dix mois qu'ils sont en prison, et il y en a plus de huit qu'ils devroient avoir reçu la récompense publique qui est due à leurs exploits; mais, grâce à la lenteur de la justice, ils vont encore massacrer des voyageurs.

Suivez-moi dans cette salle basse, où vous apercevrez vingt ou trente hommes couchés sur la paille : ce sont des filous, des gens de toutes sortes de mauvais commerces. En remarquez-vous cinq ou six qui houspillent une espèce de manœuvre qui a été emprisonné aujourd'hui pour avoir blessé un archer d'un coup de pierre? Pourquoi ces prisonniers battent-ils ce manœuvre? dit Zambullo. C'est, répondit Asmodée, parce qu'il n'a pas encore payé sa bienvenue. Mais, ajouta-t-il, laissons là tous ces misérables : éloignons-nous même de cet horrible lieu; allons ailleurs arrêter nos regards sur des objets plus réjouissants.

CHAPITRE VIII.

Asmodée montre à don Cleophas plusieurs personnes, et lui révèle les actions qu'elles ont faites dans la journée.

Ils laissèrent là les prisonniers, et s'envolèrent dans un autre quartier. Ils firent une pause sur un grand hôtel, où le démon dit à l'écolier : Il me prend envie de vous apprendre ce qu'ont fait aujourd'hui toutes ces personnes qui demeurent aux environs de cet hôtel; cela pourra vous divertir. Je n'en doute pas, répondit Leandro. Commencez, je vous prie, par ce capitaine qui se botte; il faut qu'il ait quelque affaire de conséquence qui l'appelle loin d'ici. C'est, repartit le boiteux, un capitaine prêt à sortir de Madrid. Ses chevaux l'attendent dans la rue; il va partir pour la Catalogne, où son régiment est commandé.

Comme il n'avoit point d'argent, il s'adressa hier à un usurier: Seigneur Sanguisuela, lui dit-il, ne pourriez-vous pas me prêter mille ducats? Seigneur capitaine, répondit l'usurier d'un air doux et bénin, je ne les ai pas; mais je me fais fort de trouver un homme qui vous les prêtera, c'est-à-dire qui vous en donnera quatre cents comptant; vous ferez votre billet de mille, et, sur lesdits quatre cents que vous recevrez, j'en toucherai, s'il vous plaît, soixante pour le droit de courtage. L'argent est si rare aujourd'hui!..... Quelle usure! interrompit brusquement l'officier; demander six cent soixante ducats pour trois cent quarante! Quelle friponnerie! il faudroit pendre des hommes si durs.

Point d'emportement, seigneur capitaine, reprit d'un grand sang-froid l'usurier: voyez ailleurs. De quoi vous plaignez-vous? Est-ce que je vous force à recevoir les trois cent quarante ducats? Il vous est libre de les prendre, ou de les refuser. Le capitaine, n'ayant rien à répliquer à ce discours, se retira; mais, après avoir fait réflexion qu'il falloit partir, que le temps pressoit, et qu'enfin il ne pouvoit se passer d'argent, il est retourné ce matin chez l'usurier, qu'il a rencontré à sa porte, en manteau noir, en rabat et en cheveux courts, avec un gros chapelet garni de médailles. Je reviens à vous, seigneur Sanguisuela, lui a-t-il dit; j'accepte vos trois cent quarante ducats; la nécessité où je suis d'avoir de l'argent m'oblige à les prendre. Je vais à la messe, a répondu gravement l'usurier; à mon retour, venez, je vous compterai la somme. Hé! non, répliqua le capitaine; rentrez chez vous, de grâce; cela sera fait dans un moment: expédiez-moi tout à l'heure; je suis fort pressé. Je ne le puis, repartit Sanguisuela; j'ai coutume d'entendre la messe tous les jours avant que je commence aucune affaire; c'est une règle que je me suis faite, et que je veux observer religieusement toute ma vie.

Quelque impatience qu'eût l'officier de toucher son argent, il lui a fallu céder à la règle du pieux Sanguisuela; il s'est armé de patience, et même, comme s'il eût craint que les ducats ne lui échappassent, il a suivi l'usurier à l'église. Il a entendu la messe avec lui; après cela il se préparoit à sortir; mais Sanguisuela, s'approchant de son oreille, ni a dit: Un des plus habiles prédicateurs de

Madrid va prêcher; je ne veux pas perdre son sermon.

Le capitaine, à qui le temps de la messe n'avoit déjà que trop duré, a été au désespoir de ce nouveau retardement; il est pourtant encore demeuré dans l'église. Le prédicateur paroît, et prêche contre l'usure. L'officier en est ravi; et, observant le visage de l'usurier, il dit en lui-même: Si ce juif pouvoit se laisser toucher; s'il me donnoit seulement six cents ducats, je partirois content de lui. Enfin, le sermon fini, l'usurier sort. Le capitaine le joint, et lui dit: Hé bien, que pensez-vous de ce prédicateur? ne trouvez-vous pas qu'il prêche avec beaucoup de force? pour moi, j'en suis tout ému. J'en porte même jugement que vous, répond l'usurier; il a parfaitement traité sa matière, c'est un savant homme: il a fort bien fait son métier; allons-nous-en faire le nôtre.

Hé! qui sont ces deux femmes qui sont couchées ensemble, et qui font de si grands éclats de rire? s'écria don Cleophas: elles me paroissent bien gaillardes. Ce sont, répondit le diable, deux sœurs qui ont fait enterrer leur père ce matin. C'étoit un homme bourru, et qui avoit tant d'aversion pour le mariage, ou plutôt tant de répugnance à établir ses filles, qu'il n'a jamais voulu les marier, quelques partis avantageux qui se soient présentés pour elles. Le caractère du défunt étoit tout à l'heure le sujet de leur entretien. Il est mort enfin, disoit l'aînée, il est mort ce père dénaturé qui se faisoit un plaisir barbare de nous voir filles; il ne s'opposera plus à nos vœux. Pour moi, ma sœur, a dit la cadette, j'aime le solide; je veux un homme riche, fût-il d'ailleurs une bête, et le gros don Blanco sera mon fait. Doucement, ma sœur, a répliqué l'aînée, nous aurons pour époux ceux qui nous sont destinés; car nos mariages sont écrits dans le ciel. Tant pis, vraiment, a reparti la cadette, j'ai bien peur que mon père n'en déchire la feuille. L'aînée n'a pu s'empêcher de rire de cette saillie, et elles en rient encore toutes deux.

Dans la maison qui suit celle des deux sœurs est logée en chambre garnie une aventurière aragonaise. Je la vois qui se mire dans une glace, au lieu de se coucher: elle félicite ses charmes sur une conquête importante qu'ils ont faite aujourd'hui: elle étudie des mines, et elle en a découvert une nouvelle, qui fera demain un grand effet sur son amant. Elle ne peut trop s'appliquer à le ménager: c'est un sujet qui promet beaucoup: aussi a-t-elle dit tantôt à un de ses créanciers qui lui est venu demander de l'argent: Attendez, mon ami; revenez dans quelques jours; je suis en termes d'accommodement avec un des principaux personnages de la douane.

Il n'est pas besoin, dit Leandro, que je vous demande ce qu'a fait certain cavalier qui se présente à ma vue; il faut qu'il ait passé la journée entière à écrire des lettres. Quelle quantité j'en vois sur sa table! Ce qu'il y a de plaisant, répondit le démon, c'est que toutes ces lettres ne contiennent que la même chose. Ce cavalier écrit à tous ses amis absents; il leur mande une aventure qui lui est arrivée cet après-midi. Il aime une veuve de trente ans, belle et prude; il lui rend des soins qu'elle ne dédaigne pas: il propose de l'épouser; elle accepte la proposition. Pendant qu'on fait les préparatifs des noces, il a la liberté de l'aller voir chez elle: il y a été cette après-dînée; et, comme par hasard il ne s'est trouvé personne pour l'annoncer, il est entré dans l'appartement de la dame, qu'il a surprise dans un galant déshabillé, ou, pour mieux dire, presque nue, sur un lit de repos. Elle dormoit d'un profond sommeil. Il s'approche doucement d'elle pour profiter de l'occasion; il lui dérobe un baiser; elle se réveille, et s'écrie en soupirant tendrement: « Encore! ah! je t'en prie, Ambroise, laisse-moi en repos. » Le cavalier, en galant homme, a pris son parti sur-le-champ: il a renoncé à la veuve; il est sorti de l'appartement; il a rencontré Ambroise à la porte: Ambroise, lui a-t-il dit, n'entrez pas; votre maîtresse vous prie de la laisser en repos.

A deux maisons au delà de ce cavalier je découvre dans un petit corps-de-logis un original de mari qui s'endort tranquillement aux reproches que sa femme lui fait d'avoir passé la journée entière hors de chez lui. Elle seroit encore plus irritée si elle savoit à quoi il s'est amusé. Il aura sans doute été occupé de quelque aventure galante? dit Zambullo. Vous y êtes, reprit Asmodée; je vais vous la détailler.

L'homme dont il s'agit est un bourgeois nommé Patrice; c'est un de ces maris libertins qui vivent sans souci, comme s'ils n'avoient ni femme ni enfants: il a pourtant une jeune épouse aimable et vertueuse, deux filles et un fils, tous trois encore dans leur enfance. Il est sorti ce matin de sa maison, sans s'informer s'il y avoit du pain pour sa famille, qui en manque quelquefois. Il a passé par la grande place, où les apprêts du combat des taureaux qui s'est fait aujourd'hui l'ont arrêté: les échafauds étoient déjà dressés tout autour, et déjà les personnes les plus curieuses commençoient à s'y placer.

Pendant qu'il les considéroit les uns et les autres, il aperçoit une dame bien faite et proprement vêtue qui laissoit voir, en descendant d'un échafaud, une belle jambe bien tournée, couverte d'un bas de soie couleur de rose, avec une jarretière d'argent: il n'en a pas fallu davantage pour mettre notre foible bourgeois hors de lui-même. Il s'est avancé vers la dame qu'accompagnoit une autre qui faisoit assez connoître, par son air, qu'elles étoient toutes deux des aventurières: Mesdames, leur a-t-il dit, si je puis vous être bon à quelque chose, vous n'avez qu'à parler, vous me trouverez disposé à vous servir. Seigneur cavalier, a répondu la nymphe aux bas couleur de rose, votre offre n'est pas à rejeter; nous avions déjà pris nos places; mais nous venons de les quitter pour aller déjeûner: nous avons eu l'imprudence de sortir ce matin de chez nous sans prendre notre chocolat; puisque vous êtes assez galant pour nous offrir vos services, conduisez-nous, s'il vous plaît, à quelque endroit où nous puissions manger un morceau, mais que ce soit dans un lieu retiré: vous savez que les filles ne peuvent avoir trop de soin de leur réputation.

A ces mots, Patrice, devenant plus honnête et plus poli que la nécessité, mène ces princesses à la taverne du faubourg, où il demande à déjeûner. Que voulez-vous? lui dit l'hôte; j'ai, de reste d'un grand festin qui s'est donné hier chez moi, des poulets de grain, des perdreaux de Léon, des pigeonneaux de la Castille vieille, et plus de la moitié d'un jambon d'Estramadure. En voilà plus qu'il ne nous en faut, dit le conducteur des vestales. Mesdames, vous n'avez qu'à choisir: que souhaitez-vous? Ce qu'il vous plaira, répondent-elles; nous n'avons pas d'autre goût que le vôtre. Là-dessus le bourgeois commande qu'on serve deux perdreaux et deux poulets froids, et qu'on lui donne une chambre particulière, attendu qu'il est avec des dames très-délicates sur les bienséances.

On le fait entrer, lui et sa compagnie, dans un cabinet écarté, où, un moment après, on leur apporte le plat ordonné, avec du pain et du vin. Nos Lucrèces, comme dames de haut appétit, se jettent avidement sur les viandes, tandis que le benêt, qui devoit payer l'écot, s'amuse à contempler sa Luisita; c'est le nom de la beauté dont il étoit épris: il admire ses blanches mains, où brilloit une grosse bague qu'elle a gagnée en la courant; il lui prodigue les noms d'étoile et de soleil, et ne sauroit manger, tant il est aise d'avoir fait une si bonne rencontre. Il demande à sa déesse si elle est mariée: elle répond que non; mais qu'elle est sous la conduite d'un frère: si elle eût ajouté, du côté d'Adam, elle auroit dit la vérité.

Cependant les deux harpies, non seulement dévoroient chacune un poulet, elles buvoient encore à proportion qu'elles mangeoient. Bientôt le vin manque ; le galant en va chercher lui-même, pour en avoir plus promptement. Il n'est pas hors du cabinet, que Jacinthe, la compagne de Luisita, met la griffe sur les deux perdreaux qui restoient dans le plat, et les serre dans une grande poche de toile qu'elle a sous sa robe. Notre Adonis revient avec du vin frais ; et remarquant qu'il n'y a plus de viande, il demande à sa Vénus si elle ne veut rien davantage. Qu'on nous donne, dit-elle, de ces pigeonneaux dont l'hôte nous a parlé, pourvu qu'ils soient excellents ; autrement un morceau de jambon d'Estramadure suffira. Elle n'a pas prononcé ces paroles, que voilà Patrice qui retourne à la provision, et fait apporter trois pigeonneaux avec une forte tranche de jambon. Nos oiseaux de proie recommencèrent à becqueter ; et tandis que le bourgeois est obligé de disparoître une troisième fois pour aller demander du pain, ils envoient deux pigeonneaux tenir compagnie aux prisonniers de la poche.

Après le repas, qui a fini par les fruits que la saison peut fournir, l'amoureux Patrice a pressé Luisita de lui donner les marques qu'il attendoit de sa reconnoissance : la dame a refusé de contenter ses désirs ; mais elle l'a flatté de quelque espérance, en lui disant qu'il y avoit du temps pour tout, et que ce n'étoit pas dans un cabaret qu'elle vouloit reconnoître le plaisir qu'il lui avoit fait : puis, entendant sonner une heure après midi, elle a pris un air inquiet, et dit à sa compagne : Ah ! ma chère Jacinthe, que nous sommes malheureuses ! Nous ne trouverons plus de place pour voir les taureaux. Pardonnez-moi, a répondu Jacinthe ; ce cavalier n'a qu'à nous remener où il nous a si poliment abordées, et ne vous mettez pas en peine du reste.

Avant que de sortir de la taverne, il a fallu compter avec l'hôte, qui a fait monter la dépense à cinquante réales. Le bourgeois a mis la main à la bourse ; mais n'y trouvant que trente réales, il a été obligé de laisser en gage, pour le reste, son rosaire chargé de médailles d'argent ; ensuite il a reconduit les aventurières où il les avoit prises, et les a placées commodément sur un échafaud, dont le maître, qui est de sa connoissance, lui a fait crédit.

Elles ne sont pas plus tôt assises, qu'elles demandent des rafraîchissements. Je meurs de soif, s'écrie l'une ; le jambon m'a furieusement altérée. Et moi de même, dit l'autre, je boirois bien de la limonade. Patrice, qui n'entend que trop ce que cela veut dire, les quitte pour aller leur chercher des liqueurs ; mais il s'arrête en chemin, et se dit à lui-même : Où vas-tu, insensé ? Ne semble-t-il pas que tu aies cent pistoles dans ta bourse ou dans ta maison ? Tu n'as pas seulement un maravédi.

Que ferai-je ? ajouta-t-il ; de retourner vers la dame sans lui porter ce qu'elle désire, il n'y a pas d'apparence ; d'un autre côté, faut-il que j'abandonne une entreprise si avancée ? je ne puis m'y résoudre.

Dans cet embarras, il aperçoit parmi les spectateurs un de ses amis qui lui avoit souvent fait des offres de services, que, par fierté, il n'avoit jamais voulu accepter. Il perd toute honte en cette occasion. Il le joint avec empressement, et lui emprunte une double pistole, avec quoi, reprenant courage, il vole chez un limonadier, d'où il fait porter à ses princesses tant d'eaux glacées, tant de biscuits et de confitures sèches, que le doublon suffit à peine à cette nouvelle dépense.

Enfin la fête finit avec le jour ; et notre homme va conduire sa dame chez elle, dans l'espérance d'en tirer bon parti. Mais lorsqu'ils sont devant une maison où elle dit qu'elle demeure, il en sort une espèce de servante qui vient au-devant de Luisita, et lui dit avec agitation : Hé ! d'où venez-vous à l'heure qu'il est ? Il y a deux heures que le seigneur don Gaspard Héridor, votre frère, vous attend en jurant comme un possédé. Alors la sœur, feignant d'être effrayée, se tourne vers le galant, et lui dit tout bas en lui serrant la main : Mon frère est un homme d'une violence épouvantable ; mais sa colère ne dure pas : tenez-vous dans la rue, et ne vous impatientez point ; nous allons l'apaiser ; et comme il va tous les soirs souper en ville, d'abord qu'il sera sorti, Jacinthe viendra vous en avertir, et vous introduira dans la maison.

Le bourgeois, que cette promesse console, baise avec transport la main de Luisita, qui lui fait quelques caresses, pour le laisser sur la bonne bouche, puis elle entre dans la maison avec Jacinthe et la servante. Patrice, demeuré dans la rue, prend patience : il s'assied sur une borne à deux pas de la porte, et passe un temps considérable sans s'imaginer qu'on puisse avoir dessein de se jouer de lui ; il s'étonne seulement de ne pas voir sortir don Gaspard, et craint que ce maudit frère n'aille pas souper en ville.

Cependant il entend sonner dix, onze heures, minuit ; alors il commence à perdre une partie de sa confiance, et à douter de la bonne foi de sa dame. Il s'approche de la porte, il entre et suit à tâtons une allée obscure, au milieu de laquelle il rencontre un escalier : il n'ose monter ; mais il écoute attentivement, et son oreille est frappée du concert discordant que peuvent faire ensemble un chien qui aboie, un chat qui miaule, et un enfant qui crie. Il juge enfin qu'on l'a trompé ; et ce qui achève de l'en persuader, c'est qu'ayant voulu pousser jusqu'au fond de l'allée, il s'est trouvé dans une autre rue que celle où il a si long-temps fait le pied de grue.

Il regrette alors son argent, et retourne au logis, en maudissant les bas couleur de rose. Il frappe à sa porte : sa femme, le chapelet à la main et les larmes aux yeux, lui vient ouvrir, et lui dit d'un air touchant : Ah! Patrice, pouvez-vous abandonner ainsi votre maison, et vous soucier si peu de votre épouse et de vos enfants? Qu'avez-vous fait depuis six heures du matin que vous êtes sorti? Le mari, ne sachant que répondre à ce discours, et d'ailleurs tout honteux d'avoir été la dupe de deux friponnes, s'est déshabillé et mis au lit sans dire un mot. Sa femme, qui est en train de moraliser, lui fait un sermon qui l'endort en ce moment.

Jetez la vue, poursuivit Asmodée, sur cette grande maison qui est à côté de celle du cavalier qui écrit à ses amis la rupture de son mariage avec la maîtresse d'Ambroise : n'y remarquez-vous pas une jeune dame couchée dans un lit de satin cramoisi, relevé d'une broderie d'or? Pardonnez-moi, répondit don Cleophas, j'aperçois une personne endormie, et je vois, ce me semble, un livre sur son chevet. Justement, reprit le boiteux. Cette dame est une jeune comtesse fort spirituelle et d'une humeur très-enjouée : elle avoit, depuis six jours, une insomnie qui la fatiguoit extrêmement; elle s'est avisée aujourd'hui de faire venir un médecin des plus graves de la faculté. Il arrive; elle le consulte : il ordonne un remède marqué, dit-il, dans Hippocrate. La dame se met à plaisanter sur son ordonnance. Le médecin, animal hargneux, ne s'est nullement prêté à ses plaisanteries, et lui a dit avec la gravité doctorale : Madame, Hippocrate n'est point un homme à devoir être tourné en ridicule. Ah! seigneur docteur, a répondu la comtesse d'un air sérieux, je n'ai garde de me moquer d'un auteur si célèbre et si docte; j'en fais un si grand cas, que je suis persuadée qu'en l'ouvrant seulement je me guérirai de mon insomnie : j'en ai dans ma bibliothèque une traduction nouvelle du savant Azero; c'est la meilleure : qu'on me l'apporte. En effet, admirez le charme de cette lecture! dès la troisième page la dame s'est endormie profondément.

Il y a dans les écuries de ce même hôtel un pauvre soldat manchot, que les palefreniers, par charité, laissent la nuit coucher sur la paille. Pendant le jour il demande l'aumône, et il a eu tantôt une plaisante conversation avec un autre gueux qui demeure auprès de Buen-Retiro, sur le passage de la cour. Celui-ci fait fort bien ses affaires; il est à son aise, et il a une fille à marier qui passe chez les mendiants pour une riche héritière. Le soldat, abordant ce père aux *maravédis*, lui a dit : *Señor mendigo*, j'ai perdu mon bras droit : je ne puis plus servir le roi et je me vois réduit, pour subsister, à faire, comme vous, des civilités aux passants; je sais bien que, de tous les métiers, c'est celui qui nourrit le mieux son homme, et que tout ce qui lui manque, c'est d'être un peu plus honorable. S'il étoit honorable, a répondu l'autre, il ne vaudroit plus rien; car tout le monde s'en mêleroit.

Vous avez raison, a reprit le manchot : oh çà, je suis donc un de vos confrères, et je voudrois m'allier avec vous. Donnez-moi votre fille. Vous n'y pensez pas, mon ami, a répliqué le richard; il lui faut un meilleur parti : vous n'êtes point assez estropié pour être mon gendre; j'en veux un qui soit dans un état à faire pitié aux usuriers. Eh! ne suis-je pas, dit le soldat, dans une assez déplorable situation? Fi donc! a reparti l'autre brusquement, vous n'êtes que manchot, et vous osez prétendre à ma fille! Savez-vous bien que je l'ai refusée à un cul-de-jatte?

J'aurois tort, continua le Diable, de passer la maison qui joint l'hôtel de la comtesse, et où demeurent un vieux peintre ivrogne et un poëte caustique. Le peintre est sorti de chez lui ce matin, à sept heures, dans le dessein d'aller chercher un confesseur pour sa femme malade à l'extrémité; mais il a rencontré un de ses amis qui l'a entraîné au cabaret, et il n'est revenu au logis qu'à dix heures du soir. Le poëte, qui a la réputation d'avoir eu quelquefois de tristes salaires pour ses vers mordants, disoit tantôt d'un air fanfaron, dans un café, en parlant d'un homme qui n'y étoit pas : C'est un faquin à qui je veux donner cent coups de bâton. Vous pouvez, a dit un railleur, les lui donner facilement, car vous êtes bien en fonds.

Je ne dois pas oublier une scène qui s'est passée aujourd'hui chez un banquier de cette rue, nouvellement établi dans cette ville : il n'y a pas trois mois qu'il est revenu du Pérou avec de grandes richesses. Son père est un honnête *capareto* [1] de Viejo et de Mediana, gros village de la Castille vieille, auprès des montagnes de Sierra d'Avila, où il vit, très-content de son état, avec une femme de son âge, c'est-à-dire de soixante ans.

Il y avoit un temps considérable que leur fils étoit sorti de chez eux pour aller aux Indes chercher une meilleure fortune que celle qu'ils lui pouvoient faire. Plus de vingt années s'étoient écoulées depuis qu'ils ne l'avoient vu; ils prioient le ciel tous les jours de ne le point abandonner, et ils ne manquoient pas, tous les dimanches, de le faire recommander au prône par le curé, qui

[1] Savetier.

étoit de leurs amis. Le banquier, de son côté, ne les mettoit pas en oubli. D'abord qu'il eut fixé son établissement, il résolut de s'informer par lui-même de la situation où ils pouvoient être. Pour cet effet, après avoir dit à ses domestiques de n'être pas en peine de lui, il partit, il y a quinze jours, à cheval, sans que personne l'accompagnât, et il se rendit au lieu de sa naissance.

Il étoit environ dix heures du soir, et le bon savetier dormoit auprès de son épouse, lorsqu'ils se réveillèrent en sursaut, au bruit que fit le banquier en frappant à la porte de leur petite maison. Ils demandèrent qui frappoit. Ouvrez, ouvrez, leur dit-il, c'est votre fils Francillo. A d'autres, répondit le bonhomme : passez votre chemin, voleurs, il n'y a rien à faire ici pour vous : Francillo est présentement aux Indes, s'il n'est pas mort. Votre fils n'est plus aux Indes, répliqua le banquier ; il est revenu du Pérou : c'est lui qui vous parle, ne lui refusez pas l'entrée de votre maison. Levons-nous, Jacques, dit alors la femme, je crois effectivement que c'est Francillo, il me semble le reconnoître à sa voix.

Ils se levèrent aussitôt tous deux : le père alluma une chandelle, et la mère, après s'être habillée à la hâte, alla ouvrir la porte : elle envisagea Francillo, et, ne pouvant le méconnoître, elle se jette à son cou, et le serre étroitement entre ses bras. Maître Jacques, agité des mêmes mouvements que sa femme, embrasse à son tour son fils; et ces trois personnes, charmées de se voir réunies après une si longue absence, ne peuvent se rassasier du plaisir de s'en donner des marques.

Après des transports si doux, le banquier débrida son cheval, et le mit dans une étable où gîtoit une vache, mère nourrice de la maison; ensuite il rendit compte à ses parents de son voyage, et des biens qu'il avoit apportés du Pérou. Le détail fut un peu long, et auroit pu ennuyer des auditeurs désintéressés : mais un fils qui s'épanche en racontant ses aventures ne sauroit lasser l'attention d'un père et d'une mère : il n'y a pas pour eux de circonstance indifférente, ils l'écoutoient avec avidité, et les moindres choses qu'il disoit faisoient sur eux une vive impression de douleur ou de joie.

Dès qu'il eut achevé sa relation, il leur dit qu'il venoit leur offrir une partie de ses biens, et il pria son père de ne plus travailler. Non, mon fils, lui dit maître Jacques, j'aime mon métier, je ne le quitterai pas. Quoi donc! répliqua le banquier, n'est-il pas temps que vous vous reposiez? Je ne vous propose point de venir demeurer à Madrid avec moi; je sais bien que le séjour de la ville n'auroit pas de charme pour vous : je ne prétends pas troubler votre vie tranquille; mais, du moins,

épargnez-vous un travail pénible, et vivez ici commodément, puisque vous le pouvez.

La mère appuya le sentiment du fils, et maître Jacques se rendit. Hé bien, Francillo, dit-il, pour te satisfaire, je ne travaillerai plus pour tous les habitants du village; je raccommoderai seulement mes souliers et ceux de monsieur le curé, notre bon ami. Après cette convention, le banquier avala deux œufs frais qu'on lui fit cuire, puis se coucha près de son père, et s'endormit avec un plaisir que les enfants d'un bon naturel sont seuls capables de s'imaginer.

Le lendemain matin Francillo leur laissa une bourse de trois cents pistoles, et revint à Madrid. Mais il a été bien étonné ce matin de voir tout-à-coup paroître chez lui maître Jacques. Quel sujet vous amène ici, mon père? lui a-t-il dit. Mon fils, a répondu le vieillard, je te rapporte ta bourse : reprends ton argent; je veux vivre de mon métier : je meurs d'ennui depuis que je ne travaille plus. Hé bien, mon père, a répliqué Francillo, retournez au village, continuez d'exercer votre profession; mais que ce soit seulement pour vous désennuyer. Remportez votre bourse, et n'épargnez pas la mienne. Eh! que veux-tu que je fasse de tant d'argent? a repris maître Jacques. Soulagez-en les pauvres, a reparti le banquier; faites-en l'usage que votre curé vous conseillera. Le savetier, content de cette réponse, s'en est retourné à Mediana.

Don Cleophas n'écouta pas sans plaisir l'histoire de Francillo ; et il alloit donner toutes les louanges dues au bon cœur de ce banquier, si dans ce moment même des cris perçants n'eussent attiré son attention. Seigneur Asmodée, s'écria-t-il, quel bruit éclatant se fait entendre? Ces cris qui frappent les airs, répondit le Diable, partent d'une maison où il y a des fous enfermés : ils s'égosillent à force de crier et de chanter. Nous ne sommes pas bien éloignés de cette maison; allons voir ces fous tout à l'heure, répliqua Leandro. J'y consens, repartit le démon : je vais vous donner ce divertissement, et vous apprendre pourquoi ils ont perdu la raison. Il n'eut pas achevé ces paroles, qu'il emporta l'écolier sur *la casa de los locos.*

CHAPITRE IX.

Des fous enfermés.

Zambullo parcourut d'un air curieux toutes les loges; et après qu'il eut observé les folles et les fous qu'elles renfermoient, le Diable lui dit : Vous en voyez de toutes les façons ; en voilà de l'un et de l'autre sexe ; en voilà de tristes et de gais, de jeunes et de vieux : il faut à présent que je vous dise pourquoi la tête leur a tourné : allons de loge en loge, et commençons par les hommes.

Le premier qui se présente, et qui paroît furieux, est un nouvelliste castillan, né dans le sein de Madrid, un bourgeois fier et plus sensible à l'honneur de sa patrie qu'un ancien citoyen de Rome. Il est devenu fou de chagrin d'avoir lu dans la gazette que vingt-cinq Espagnols s'étoient laissé battre par un parti de cinquante Portugais.

Il a pour voisin un licencié qui avoit tant d'envie d'attraper un bénéfice, qu'il a fait l'hypocrite à la cour pendant dix ans ; et le désespoir de se voir toujours oublié dans les promotions lui a brouillé la cervelle ; mais ce qu'il y a d'avantageux pour lui, c'est qu'il se croit archevêque de Tolède. S'il ne l'est pas effectivement, il a du moins le plaisir de s'imaginer qu'il l'est ; et je le trouve d'autant plus heureux, que je regarde sa folie comme un beau songe qui ne finira qu'avec sa vie, et qu'il n'aura point de compte à rendre, en l'autre monde, de l'usage de ses revenus.

Le fou qui suit est un pupille : son tuteur l'a fait passer pour insensé, dans le dessein de s'emparer pour toujours de son bien : le pauvre garçon a véritablement perdu l'esprit, de rage d'être enfermé. Après le mineur est un maître d'école qui en est venu là pour s'être obstiné à vouloir trouver le *paulò post futurum* du verbe grec ; et le quatrième, un marchand dont la raison n'a pu soutenir la nouvelle d'un naufrage, après avoir eu la force de résister à deux banqueroutes qu'il a faites.

Le personnage qui gît dans la loge suivante est le vieux capitaine Zanubio, cavalier napolitain qui s'est venu établir à Madrid. La jalousie l'a mis dans l'état où vous le voyez : apprenez son histoire.

Il avoit une jeune femme nommée Aurore, qu'il gardoit à vue ; sa maison étoit inaccessible aux hommes. Aurore ne sortoit jamais que pour aller à la messe, et encore étoit-elle toujours accompagnée de son vieux Tithon, qui la menoit quelquefois prendre l'air à une terre qu'il a auprès d'Alcantara. Cependant un cavalier appelé don Garcie Pacheco, l'ayant vue par hasard à l'église, avoit conçu pour elle un amour violent : c'étoit un jeune homme entreprenant, et digne de l'attention d'une jolie femme mal mariée.

La difficulté de s'introduire chez Zanubio n'en ôta pas l'espérance à don Garcie. Comme il n'avoit pas encore de barbe, et qu'il étoit assez beau garçon, il se déguisa en fille, prit une bourse de cent pistoles, et se rendit à la terre du capitaine, où il avoit su que ce mari devoit aller incessamment avec sa femme. Il s'adressa à la jardinière, et lui dit d'un ton d'héroïne de chevalerie, poursuivie

par un géant : Ma bonne, je viens me jeter dans vos bras ; je vous prie d'avoir pitié de moi. Je suis une fille de Tolède ; j'ai de la naissance et du bien ; mes parents veulent me marier à un homme que je hais. Je me suis dérobée la nuit à leur tyrannie ; j'ai besoin d'un asile : on ne viendra point me chercher ici ; permettez que j'y demeure jusqu'à ce que ma famille ait pris de plus doux sentiments pour moi. Voilà ma bourse, ajouta-t-il en la lui donnant, recevez-la : c'est tout ce que je puis vous offrir présentement ; mais j'espère que je serai quelque jour plus en état de reconnoître le service que vous m'aurez rendu.

La jardinière, touchée de la fin de ce discours, répondit : Ma fille, je veux vous servir ; je connois de jeunes personnes qui ont été sacrifiées à de vieux hommes, et je sais bien qu'elles ne sont pas fort contentes : j'entre dans leurs peines ; vous ne pouviez mieux vous adresser qu'à moi : je vous mettrai dans une petite chambre particulière où vous serez sûrement.

Don Garcie passa quelques jours dans cette terre, fort impatient d'y voir arriver Aurore. Elle y vint enfin avec son jaloux, qui visita d'abord, selon sa coutume, tous les appartements, les cabinets, les caves et les greniers, pour voir s'il n'y trouveroit point quelque ennemi de son honneur. La jardinière, qui le connoissoit, le prévint, et lui conta de quelle manière une jeune fille lui étoit venue demander une retraite.

Zanubio, quoique très-défiant, n'eut pas le moindre soupçon de la supercherie ; il fut seulement curieux de voir l'inconnue, qui le pria de la dispenser de lui dire son nom, disant qu'elle devoit ce ménagement à sa famille, qu'elle déshonoroit en quelque sorte par sa fuite ; puis elle débita un roman avec tant d'esprit, que le capitaine en fut charmé. Il se sentit naître de l'inclination pour cette aimable personne : il lui offrit ses services ; et, se flattant qu'il en pourroit tirer pied ou aile, il la mit auprès de sa femme.

Dès qu'Aurore vit don Garcie, elle rougit et se troubla sans savoir pourquoi : le cavalier s'en aperçut ; il jugea qu'elle l'avoit remarqué dans l'église où il l'avoit vue : pour s'en éclaircir, il lui dit, sitôt qu'il put l'entretenir en particulier : Madame, j'ai un frère qui m'a souvent parlé de vous : il vous a vue un moment dans une église ; depuis ce moment, qu'il se rappelle mille fois le jour, il est dans un état digne de votre pitié.

A ce discours, Aurore envisagea don Garcie plus attentivement qu'elle n'avoit fait encore, et lui répondit : Vous ressemblez trop à ce frère pour que je sois plus long-temps la dupe de votre stratagème ; je vois bien que vous êtes un cavalier déguisé. Je me souviens qu'un jour, pendant que j’entendois la messe, ma mante s’ouvrit un instant, et que vous me vîtes : je vous examinai par curiosité; vous eûtes toujours les yeux attachés sur moi. Quand je sortis, je crois que vous ne manquâtes pas de me suivre pour apprendre qui j’étois, et dans quelle rue je faisois ma demeure. Je dis je crois, parce que je n’osai tourner la tête pour vous observer ; mon mari, qui m’accompagnoit, auroit pris garde à cette action, et m’en eût fait un crime. Le lendemain, et les jours suivants, je retournai dans la même église, je vous revis, et je remarquai si bien vos traits, que je les reconnois malgré votre déguisement.

Hé bien, madame, répliqua don Garcie, il faut me démasquer : oui, je suis un homme épris de vos charmes; c’est don Garcie Pacheco que l’amour introduit ici sous cet habillement. Et vous espérez sans doute, reprit Aurore, qu’approuvant votre folle ardeur, je favoriserai votre artifice et contribuerai de ma part à entretenir mon mari dans son erreur ? mais c’est ce qui vous trompe : je vais lui découvrir tout ; il y va de mon honneur et de mon repos; d’ailleurs je suis bien aise de trouver une si belle occasion de lui faire voir que sa vigilance est moins sûre que ma vertu, et que, tout jaloux, tout défiant qu’il est, je suis plus difficile à surprendre que lui.

A peine eut-elle prononcé ces derniers mots, que le capitaine parut, et vint se mêler à la conversation. De quoi vous entretenez-vous, mesdames? leur dit-il. Aurore reprit aussitôt la parole : Nous parlions, répondit-elle, des jeunes cavaliers qui entreprennent de se faire aimer de jeunes femmes qui ont de vieux époux; et je disois que si quelqu’un de ces galants étoit assez téméraire pour s’introduire chez vous sous quelque déguisement, je saurois bien punir son audace.

Et vous, madame, reprit Zanubio, en se tournant vers don Garcie, de quelle manière en useriez-vous avec un jeune cavalier en pareil cas? Don Garcie étoit si troublé, si déconcerté, qu’il ne savoit que répondre au capitaine, qui se seroit aperçu de son embarras, si dans ce moment un valet ne fût venu lui dire qu’un homme arrivé de Madrid demandoit à lui parler : il sortit pour aller s’informer de ce qu’on lui vouloit.

Alors don Garcie se jeta aux pieds d’Aurore, et lui dit : Ah ! madame, quel plaisir prenez-vous à m’embarrasser? Seriez-vous assez barbare pour me livrer au ressentiment d’un époux furieux. Non, Pacheco, répondit-elle en souriant; les jeunes femmes qui ont de vieux maris jaloux ne sont pas si cruelles: rassurez-vous ; j’ai voulu me divertir en vous causant un peu de frayeur, mais vous en serez quitte pour cela : ce n’est pas trop vous faire acheter la complaisance que je veux bien avoir de

vous souffrir ici. A des paroles si consolantes, don Garcie sentit évanouir toute sa crainte, et conçut des espérances qu’Aurore eut la bonté de ne pas démentir.

Un jour qu’ils se donnoient tous deux, dans l’appartement de Zanubio, des marques d’une amitié réciproque, le capitaine les surprit : quand il n’auroit pas été le plus jaloux de tous les hommes, il en vit assez pour juger avec fondement que sa belle inconnue étoit un cavalier déguisé. A ce spectacle il devint furieux; il entra dans son cabinet pour prendre des pistolets; mais pendant ce temps-là les amants s’échappèrent, fermèrent par dehors les portes de l’appartement à double tour, emportèrent les clefs, et gagnèrent tous deux en diligence un village voisin, où don Garcie avoit laissé son valet de chambre et deux bons chevaux. Là il quitta ses habits de fille, prit Aurore en croupe, et la conduisit à un couvent où elle le pria de la mener, et où elle avoit une tante supérieure; après cela il s’en retourna à Madrid attendre la suite de cette aventure.

Cependant Zanubio, se voyant enfermé, crie, appelle du monde : un valet accourt à sa voix; mais trouvant les portes fermées, il ne peut les ouvrir. Le capitaine s’efforce de les briser, et n’en venant point à bout assez vite à son gré, il cède à son impatience, se jette brusquement par une fenêtre avec ses pistolets à la main : il tombe à la renverse, se blesse la tête, et demeure étendu par terre sans connoissance. Ses domestiques arrivent, et le portent dans une salle sur un lit de repos : ils lui jettent de l’eau au visage; enfin, à force de le tourmenter, ils le font revenir de son évanouissement; mais il reprend sa fureur avec ses esprits : il demande où est sa femme; on lui répond qu’on l’a vue sortir avec la dame étrangère par une petite porte du jardin. Il ordonne aussitôt qu’on lui rende ses pistolets; on est obligé de lui obéir : il fait seller un cheval; il part sans songer qu’il est blessé, et prend un autre chemin que celui des amants. Il passa la journée à courir en vain; et s’étant arrêté la nuit dans une hôtellerie du village pour se reposer, la fatigue et sa blessure lui causèrent une fièvre avec un transport au cerveau qui pensa l’emporter.

Pour dire le reste en deux mots, il fut quinze jours malade dans ce village; ensuite il retourna dans sa terre, où sans cesse occupé de son malheur, il perdit insensiblement l’esprit. Les parents d’Aurore n’en furent pas plus tôt avertis, qu’ils le firent amener à Madrid pour l’enfermer parmi les fous. Sa femme est encore au couvent, où ils ont résolu de la laisser quelques années pour punir son indiscrétion, ou, si vous voulez, une faute dont on ne doit se prendre qu’à eux.

Immédiatement après Zanubio, continua le Diable, est le seigneur don Blaz Desdichado, cavalier plein de mérite : la mort de son épouse est cause qu'il est dans la situation déplorable où vous le voyez. Cela me surprend, dit don Cleophas. Un mari que la mort de sa femme rend insensé ! je ne croyois pas qu'on pût pousser si loin l'amour conjugal. N'allons pas si vite, interrompit Asmodée ; don Blaz n'est pas devenu fou de douleur d'avoir perdu sa femme ; ce qui lui a troublé l'esprit, c'est que, n'ayant point d'enfants, il a été obligé de rendre aux parents de la défunte cinquante mille ducats qu'il reconnoît dans son contrat de mariage avoir reçus d'elle.

Oh ! c'est une autre affaire, répliqua Leandro ; je ne suis plus étonné de son accident. Et ditesmoi, s'il vous plaît, quel est ce jeune homme qui saute comme un cabri dans la loge suivante, et qui s'arrête de moment en moment pour faire des éclats de rire, en se tenant les côtés ? voilà un fou bien gai. Aussi, repartit le boiteux, sa folie vient d'un excès de joie. Il étoit portier d'une personne de qualité ; et comme il apprit un jour la mort d'un riche contador dont il se trouvoit l'unique héritier, il ne fut point à l'épreuve d'une si joyeuse nouvelle : la tête lui tourna.

Nous voici parvenus à ce grand garçon qui joue de la guitare, et qui l'accompagne de sa voix ; c'est un fou mélancolique, un amant que les rigueurs d'une dame ont réduit au désespoir, et qu'il a fallu enfermer. Ah ! que je plains celui-là ! s'écria l'écolier ; permettez que je déplore son infortune, elle peut arriver à tous les honnêtes gens : si j'étois épris d'une beauté cruelle, je ne sais si je n'aurois pas le même sort. A ce sentiment, reprit le démon, je vous reconnois pour un vrai Castillan ; il faut être né dans le sein de la Castille pour se sentir capable d'aimer jusqu'à devenir fou de chagrin de ne pouvoir plaire. Les Français ne sont pas si tendres ; et si vous voulez savoir la différence qu'il y a entre un Français et un Espagnol sur cette matière, il ne faut que vous dire la chanson que ce fou chante, et qu'il vient de composer tout à l'heure.

CHANSON ESPAGNOLE.

Ardo y lloro sin sosiego :
Llorando y ardiendo tanto,
Que ni el llanto apaga el fuego,
Ni el fuego consume el llanto.

Je brûle et je pleure sans cesse, sans que mes pleurs puissent éteindre mes feux, ni mes feux consumer mes larmes.

C'est ainsi que parle un cavalier espagnol quand il est maltraité de sa dame ; et voici comme un Français se plaignoit en pareil cas ces jours passés.

CHANSON FRANÇAISE.

L'objet qui règne dans mon cœur
Est toujours insensible à mon amour fidèle.
Mes soins, mes soupirs, ma langueur,
Ne sauroient attendrir cette beauté cruelle.
O ciel ! est-il un sort plus affreux que le mien ?
Ah ! puisque je ne puis lui plaire,
Je renonce au jour qui m'éclaire ;
Venez, mes chers amis, m'enterrer chez Payen.

Ce Payen est apparemment un traiteur ? dit don Cleophas. Justement, répondit le Diable. Continuons, examinons les autres fous. Passons plutôt aux femmes, répliqua Leandro, je suis impatient de les voir. Je vais céder à votre impatience, repartit l'esprit ; mais il y a ici deux ou trois infortunés que je suis bien aise de vous montrer auparavant : vous pourrez tirer quelque profit de leur malheur.

Considérez, dans la loge qui suit celle de ce joueur de guitare, ce visage pâle et décharné qui grince les dents, et semble vouloir manger les barreaux de fer qui sont à sa fenêtre : c'est un honnête homme né sous un astre si malheureux, qu'avec tout le mérite du monde, quelques mouvements qu'il se soit donnés pendant vingt années, il n'a pu parvenir à s'assurer du pain. Il a perdu la raison en voyant un très-petit sujet de sa connoissance monter en un jour, par l'arithmétique, au haut de la roue de la fortune.

Le voisin de ce fou est un vieux secrétaire qui a le timbre fêlé pour n'avoir pu supporter l'ingratitude d'un homme de la cour qu'il a servi pendant soixante ans. On ne peut assez louer le zèle et la fidélité de ce serviteur qui ne demandoit jamais rien : il se contentoit de faire parler ses services et son assiduité ; mais son maître, bien loin de ressembler à Archelaüs, roi de Macédoine, qui refusoit lorsqu'on lui demandoit, et donnoit quand on ne lui demandoit pas, est mort sans le récompenser : il ne lui a laissé que ce qu'il lui faut pour passer le reste de ses jours dans la misère, et parmi les fous.

Je ne veux plus vous en faire observer qu'un : c'est celui qui, les coudes appuyés sur sa fenêtre, paroît plongé dans une profonde rêverie. Vous voyez en lui un *señor hidalgo de Tafalla*, petite ville de Navarre : il est venu demeurer à Madrid, où il a fait un bel usage de son bien. Il avoit la rage de vouloir connoître tous les beaux esprits et de les régaler : ce n'étoit chez lui tous les jours que festins ; et quoique les auteurs, nation ingrate et impolie, se moquassent de lui en le grugeant, il n'a pas été content qu'il n'ait mangé avec eux son petit fait. Il ne faut pas douter, dit Zambullo, qu'il ne soit devenu fou de regret de s'être si sottement ruiné. Tout au contraire, reprit

Asmodée, c'est de se voir hors d'état de continuer le même train.

Venons présentement aux femmes, ajouta-t-il. Comment donc, s'écria l'écolier, je n'en vois que sept ou huit ! il y a moins de folles que je ne croyois. Toutes les folles ne sont pas ici, dit le démon en souriant. Je vous porterai, si vous le souhaitez, tout à l'heure, dans un autre quartier de cette ville, où il y a une grande maison qui en est toute pleine. Cela n'est pas nécessaire, répliqua don Cleophas ; je m'en tiens à celle-ci. Vous avez raison, reprit le boiteux ; ce sont presque toutes des filles de distinction : vous jugez bien, à la propreté de leur linge, qu'elles ne sauroient être des personnes du commun. Je vais vous apprendre la cause de leur folie.

Dans la première loge est la femme d'un corrégidor, à qui la rage d'avoir été appelée bourgeoise par une dame de la cour a troublé l'esprit ; dans la seconde, demeure l'épouse d'un trésorier général du conseil des Indes : elle est devenue folle de dépit d'avoir été obligée, dans une rue étroite, de faire reculer son carrosse, pour laisser passer celui de la duchesse de Medina-Cœli ; dans la troisième, fait sa résidence une jeune veuve de famille marchande, qui a perdu le jugement, de regret d'avoir manqué un grand seigneur qu'elle espéroit épouser ; et la quatrième est occupée par une fille de qualité nommée dona Beatrix, dont il faut que je vous raconte le malheur.

Cette dame avoit une amie qu'on appelle dona Mencia : elles se voyoient tous les jours. Un chevalier de l'ordre de Saint-Jacques, homme bien fait et galant, fit connoissance avec elles, et les rendit bientôt rivales : elles se disputèrent vivement son cœur, qui pencha du côté de dona Mencia ; de sorte que celle-ci devint femme du chevalier.

Dona Beatrix, fort jalouse du pouvoir de ses charmes, conçut un dépit mortel de n'avoir pas eu la préférence ; et elle nourrissoit, en bonne Espagnole, au fond de son cœur, un violent désir de se venger, lorsqu'elle reçut un billet de don Jacinthe de Romarate, autre amant de dona Mencia ; et ce cavalier lui mandoit qu'étant aussi mortifié qu'elle du mariage de sa maîtresse, il avoit pris la résolution de se battre contre le chevalier qui la lui avoit enlevée.

Cette lettre fut très-agréable à Béatrix, qui, ne voulant que la mort du pécheur, souhaitoit seulement que don Jacinthe ôtât la vie à son rival. Pendant qu'elle attendoit avec impatience une si chrétienne satisfaction, il arriva que son frère, ayant eu par hasard un différend avec ce même don Jacinthe, en vint aux prises avec lui, et fut percé de deux coups d'épée, desquels il mourut. Il étoit du devoir de dona Béatrix de poursuivre en jus-

tice le meurtrier de son frère ; cependant elle négligea cette poursuite, pour donner le temps à don Jacinthe d'attaquer le chevalier de Saint-Jacques ; ce qui prouve bien que les femmes n'ont point de si cher intérêt que celui de leur beauté. C'est ainsi qu'en use Pallas, lorsque Ajax a violé Cassandre ; la déesse ne punit point à l'heure même le Grec sacrilége qui vient de profaner son temple ; elle veut auparavant qu'il contribue à la venger du jugement de Pâris. Mais hélas ! dona Béatrix, moins heureuse que Minerve, n'a pas goûté le plaisir de la vengeance. Romarate a péri en se battant contre le chevalier ; et le chagrin qu'a eu cette dame de voir son injure impunie a troublé sa raison.

Les deux folles suivantes sont l'aïeule d'un avocat et une vieille marquise : la première, par sa mauvaise humeur, désoloit son petit-fils, qui l'a mise ici fort honnêtement pour s'en débarrasser : l'autre est une femme qui a toujours été idolâtre de sa beauté ; au lieu de vieillir de bonne grâce, elle pleuroit sans cesse en voyant ses charmes tomber en ruine ; et enfin, un jour, en se considérant dans une glace fidèle, la tête lui tourna.

Tant mieux pour cette marquise, dit Leandro : dans le dérangement où est son esprit, elle n'aperçoit peut-être plus le changement que le temps a fait en elle. Non, assurément, répondit le Diable : bien loin de remarquer à présent un air de vieillesse sur son visage, son teint lui paroît un mélange de lis et de roses ; elle voit autour d'elle les Grâces et les Amours ; en un mot, elle croit être la déesse Vénus. Hé bien, répliqua l'écolier, n'est-elle pas plus heureuse d'être folle, que de se voir telle qu'elle est ? Sans doute, repartit Asmodée. Oh ça, il ne nous reste plus qu'une dame à observer ; c'est celle qui habite la dernière loge, et que le sommeil vient d'accabler, après trois jours et trois nuits d'agitation ; c'est dona Emerenciana : examinez-la bien ; qu'en dites-vous ? Je la trouve fort belle, répondit Zambullo. Quel dommage ! faut-il qu'une si charmante personne soit insensée ! Par quel accident est-elle réduite en cet état ? Écoutez-moi avec attention, repartit le boiteux, vous allez entendre l'histoire de son infortune.

Dona Emerenciana, fille unique de don Guillem Stephani, vivoit tranquille à Siguença dans la maison de son père, lorsque don Kimen de Lizana vint troubler son repos par des galanteries qu'il mit en usage pour lui plaire. Elle ne se contenta pas d'être sensible aux soins de ce cavalier, elle eut la foiblesse de se prêter aux ruses qu'il employa pour lui parler, et bientôt elle lui donna sa foi en recevant la sienne.

Ces deux amants étoient d'une égale naissance ;

mais la dame pouvoit passer pour un des meilleurs partis d'Espagne, au lieu que don Kimen n'étoit qu'un cadet. Il y avoit encore un autre obstacle à leur union. Don Guillem haïssoit la famille des Lizana, ce qu'il ne faisoit que trop connoître par ses discours, quand on la mettoit devant lui sur le tapis ; il sembloit même avoir plus d'aversion pour don Kimen que pour. tout le reste de sa race. Emerenciana, vivement affligée de voir son père dans cette disposition, en concevoit pour son amour un triste présage ; elle ne laissa pourtant pas, à bon compte, de s'abandonner à son penchant, et d'avoir des entretiens secrets avec Lizana, qui s'introduisoit de temps en temps chez elle la nuit, par le ministère d'une soubrette.

Il arriva une de ces nuits que don Guillem, qui par hasard étoit éveillé lorsque le galant entra dans sa maison, crut entendre quelque bruit dans l'appartement de sa fille, peu éloigné du sien ; il n'en fallut pas davantage pour inquiéter un père aussi défiant que lui ; néanmoins, tout soupçonneux qu'il étoit, Emerenciana tenoit une conduite si adroite, qu'il ne se doutoit nullement de son intelligence avec don Kimen ; mais n'étant pas un homme à pousser la confiance trop loin, il se leva tout doucement de son lit, alla ouvrir une fenêtre qui donnoit sur la rue, et eut la patience de s'y tenir jusqu'à ce qu'il vit descendre d'un balcon, par une échelle de soie, Lizana, qu'il reconnut à la clarté de la lune.

Quel spectacle pour Stephani, pour le plus vindicatif et le plus barbare mortel qu'ait jamais produit la Sicile, où il avoit pris naissance ! Il ne céda point d'abord à sa colère, et n'eut garde de faire un éclat qui auroit pu dérober à ses coups la principale victime que son ressentiment demandoit : il se contraignit, et attendit que sa fille fût levée le lendemain pour entrer dans son appartement : là, se voyant seul avec elle, et la regardant avec des yeux étincelants de fureur, il lui dit : Malheureuse ! qui, malgré la noblesse de ton sang, n'as pas de honte de commettre des actions infâmes, prépare-toi à souffrir un juste châtiment. Ce fer, ajouta-t-il en tirant de son sein un poignard, ce fer va t'ôter la vie, si tu ne confesses la vérité : nomme-moi l'audacieux qui est venu cette nuit déshonorer ma maison.

Emerenciana demeura tout interdite et si troublée de cette menace, qu'elle ne put proférer une parole. Ah ! misérable, poursuivit le père, ton silence et ton trouble ne m'apprennent que trop ton crime. Eh ! t'imagines-tu, fille indigne de moi, que j'ignore ce qui se passe ? J'ai vu cette nuit le téméraire ; j'ai reconnu don Kimen : ce n'eût pas été assez de recevoir la nuit un cavalier dans ton appartement, il falloit encore que ce cavalier fût

mon plus grand ennemi ; mais sachons jusqu'à quel point je suis outragé : parle sans déguisement ; ce n'est que par ta sincérité que tu peux éviter la mort.

La dame, à ces derniers mots, concevant quelque espérance d'échapper au sort funeste qui la menaçoit, perdit une partie de sa frayeur, et répondit à don Guillem : Seigneur, je n'ai pu me défendre d'écouter Lizana ; mais je prends le ciel à témoin de la pureté de ses sentiments. Comme il sait que vous haïssez sa famille, il n'a point encore osé vous demander votre aveu ; et ce n'est que pour conférer ensemble sur les moyens de l'obtenir, que je lui ai permis quelquefois de s'introduire ici. Eh ! de quelle personne, répliqua Stephani, vous servez-vous l'un et l'autre pour faire tenir vos lettres ? C'est, repartit sa fille, un de vos pages qui nous rend ce service. Voilà, reprit le père, tout ce que je voulois savoir : il s'agit présentement d'exécuter le dessein que j'ai formé. Là-dessus, toujours la dague à la main, il lui fit prendre du papier et de l'encre, et l'obligea d'écrire à son amant ce billet qu'il lui dicta lui-même : « Cher époux, seul délice de ma vie, je » vous avertis que mon père vient de partir tout » à l'heure pour sa terre, d'où il ne reviendra que » demain : profitez de l'occasion, je me flatte que » vous attendrez la nuit avec autant d'impatience » que moi. »

Après qu'Emerenciana eut écrit et cacheté ce billet perfide, don Guillem lui dit : Fais venir le page qui s'acquitte si bien de l'emploi dont tu le charges, et lui ordonne de porter ce papier à don Kimen ; mais n'espère pas me tromper : je vais me cacher dans un endroit de cette chambre, d'où je t'observerai quand tu lui donneras cette commission ; et si tu lui dis un mot, ou lui fais quelque signe qui lui rende le message suspect, je te plongerai aussitôt le poignard dans le cœur. Emerenciana connoissoit trop son père pour oser lui désobéir : elle remit le billet, comme à l'ordinaire, entre les mains du page.

Alors Stephani rengaîna la dague ; mais il ne quitta point sa fille de toute la journée : il ne la laissa parler à personne en particulier, et fit si bien, que Lizana ne put être averti du piége qu'on lui tendoit. Ce jeune homme ne manqua donc pas de se trouver au rendez-vous. A peine fut-il dans la maison de sa maîtresse, qu'il se sentit tout-à-coup saisi par trois hommes des plus vigoureux, qui le désarmèrent sans qu'il pût s'en défendre, lui mirent un linge dans la bouche pour l'empêcher de crier, lui bandèrent les yeux, et lui lièrent les mains derrière le dos : en même temps ils le portèrent en cet état dans un carrosse préparé pour cela, et dans lequel ils montèrent tous trois pour mieux répondre du cavalier, qu'ils conduisirent à la terre de Stephani, située au village de Miedes, à quatre petites lieues de Siguença. Don Guillem partit un moment après dans un autre carrosse, avec sa fille, deux femmes de chambre, et une duègne rébarbative qu'il avoit fait venir chez lui l'après-dîner et prise à son service. Il emmena aussi tout le reste de ses gens, à la réserve d'un vieux domestique qui n'avoit aucune connoissance du ravissement de Lizana.

Ils arrivèrent tous avant le jour à Miedes. Le premier soin du seigneur Stephani fut de faire enfermer don Kimen dans une cave voûtée, qui recevoit une foible lumière par un soupirail si étroit, qu'un homme n'y pouvoit passer : il ordonna ensuite à Julio, son valet de confiance, de donner pour toute nourriture au prisonnier du pain et de l'eau, pour lit une botte de paille, et de lui dire chaque fois qu'il lui porteroit à manger : Tiens, lâche suborneur, voilà de quelle manière don Guillem traite ceux qui sont assez hardis pour oser l'offenser. Ce cruel Sicilien n'en usa pas moins durement avec sa fille : il l'emprisonna dans une chambre qui n'avoit point de vue sur la campagne, lui ôta ses femmes, et lui donna pour geôlière la duègne qu'il avoit choisie, duègne sans égale pour tourmenter les filles commises à sa garde.

Il disposa donc ainsi des deux amants. Son intention n'étoit pas de s'en tenir là : il avoit résolu de se défaire de don Kimen ; mais il vouloit tâcher de commettre ce crime impunément, ce qui paroissoit assez difficile. Comme il s'étoit servi de ses valets pour enlever ce cavalier, il ne pouvoit pas se flatter qu'une action sue de tant de monde demeureroit toujours secrète. Que faire donc pour n'avoir rien à démêler avec la justice ? Il prit son parti en grand scélérat : il assembla tous ses complices dans un corps-de-logis séparé du château ; il leur témoigna combien il étoit satisfait de leur zèle, et leur dit que, pour le reconnoître, il prétendoit leur donner une bonne somme d'argent après les avoir bien régalés. Il les fit asseoir à une table ; et, au milieu du festin, Julio les empoisonna par son ordre : ensuite le maître et le valet mirent le feu au corps-de-logis ; et, avant que les flammes pussent attirer en cet endroit les habitants du village, ils assassinèrent les deux femmes de chambre d'Emerenciana et le petit page dont j'ai parlé ; puis ils jetèrent leurs cadavres parmi les autres : bientôt le corps-de-logis fut enflammé et réduit en cendres, malgré les efforts que les paysans des environs firent pour éteindre l'embrasement. Il falloit voir, pendant ce temps-là, les démonstrations de douleur du Sicilien : il paroissoit inconsolable de la perte de ses domestiques.

S'étant de cette manière assuré de la discrétion des gens qui auroient pu le trahir, il dit à son confident : Mon cher Julio, je suis maintenant tranquille, et je pourrai, quand il me plaira, ôter la vie à don Kimen ; mais, avant que je l'immole à mon honneur, je veux jouir du doux contentement de le faire souffrir : la misère et l'horreur d'une longue prison seront plus cruelles pour lui que la mort. Véritablement, Lizana déploroit sans cesse son malheur ; et, s'attendant à ne jamais sortir de la cave, il souhaitoit d'être délivré de ses peines par un prompt trépas.

Mais c'étoit en vain que Stephani espéroit avoir l'esprit en repos, après l'exploit qu'il venoit de faire. Une nouvelle inquiétude vint l'agiter au bout de trois jours ; il craignoit que Julio, en portant à manger au prisonnier, ne se laissât gagner par des promesses ; et cette crainte lui fit prendre la résolution de hâter la perte de l'un, et de brûler ensuite la cervelle à l'autre d'un coup de pistolet. Julio, de son côté, n'étoit pas sans défiance ; et, jugeant que son maître, après s'être défait de don Kimen, pourroit bien le sacrifier aussi à sa sûreté, conçut le dessein de se sauver une belle nuit avec tout ce qu'il y avoit dans la maison de plus facile à emporter.

Voilà ce que ces deux honnêtes gens méditoient chacun en son particulier, lorsqu'un jour ils furent surpris l'un et l'autre, à cent pas du château, par quinze ou vingt archers de la Sainte-Hermandad, qui les environnèrent tout-à-coup en criant : *De par le roi et la justice*. A cette vue, don Guillem pâlit et se troubla ; néanmoins, faisant bonne contenance, il demanda au commandant à qui il en vouloit ? A vous-même, lui répondit l'officier : on vous accuse d'avoir enlevé don Kimen de Lizana ; je suis chargé de faire dans ce château une exacte recherche de ce cavalier, et de m'assurer même de votre personne. Stephani, par cette réponse, persuadé qu'il étoit perdu, devint furieux ; il tira de ses poches deux pistolets, dit qu'il ne souffriroit point qu'on visitât sa maison, et qu'il alloit casser la tête au commandant, s'il ne se retiroit promptement avec sa troupe. Le chef de la sainte confrérie, méprisant la menace, s'avança sur le Sicilien, qui lui lâcha un coup de pistolet, et le blessa au visage ; mais cette blessure coûta bientôt la vie au téméraire qui l'avoit faite : car deux ou trois archers firent feu sur lui dans le moment, et le jetèrent par terre roide mort, pour venger leur officier. A l'égard de Julio, il se laissa prendre sans résistance ; et il ne fut pas besoin de l'interroger pour savoir de lui si don Kimen étoit dans le château : ce valet avoua tout ; mais voyant son maître sans vie, il le chargea de toute l'iniquité.

Enfin il mena le commandant et ses archers à la cave, où ils trouvèrent Lizana couché sur la paille, bien lié et garrotté. Ce malheureux cavalier, qui vivoit dans une attente continuelle de la mort, crut que tant de gens armés n'entroient dans sa prison que pour le faire mourir ; et il fut agréablement surpris d'apprendre que ceux qu'il prenoit pour ses bourreaux étoient ses libérateurs. Après qu'ils l'eurent délié et tiré de la cave, il les remercia de sa délivrance, et leur demanda comment ils avoient su qu'il étoit prisonnier dans ce château. C'est, lui dit le commandant, ce que je vais vous conter en peu de mots.

La nuit de votre enlèvement, poursuivit-il, un de vos ravisseurs, qui avoit une amie à deux pas de chez don Guillem, étant allé lui dire adieu avant son départ pour la campagne, eut l'indiscrétion de lui révéler le projet de Stephani. Cette femme garda le secret pendant deux ou trois jours ; mais, comme le bruit de l'incendie arrivé à Miedes se répandit dans la ville de Siguença, et qu'il parut étrange à tout le monde que les domestiques du Sicilien eussent tous péri dans ce malheur, elle se mit dans l'esprit que cet embrasement devoit être l'ouvrage de don Guillem. Ainsi, pour venger son amant, elle alla trouver le seigneur don Félix votre père, et lui dit tout ce qu'elle savoit. Don Félix, effrayé de vous voir à la merci d'un homme capable de tout, mena la femme chez le corrégidor, qui, après l'avoir écoutée, ne douta point que Stephani n'eût envie de vous faire souffrir de longs et cruels tourments, et ne fût le diabolique auteur de l'incendie ; ce que voulant approfondir, ce juge m'a ce matin envoyé ordre, à Retortillo, où je fais ma demeure, de monter à cheval, et de me rendre avec ma brigade à ce château ; de vous y chercher, et de prendre don Guillem, mort ou vif. Je me suis heureusement acquitté de ma commission pour ce qui vous regarde ; mais je suis fâché de ne pouvoir conduire à Siguença le coupable vivant. Il nous a mis, par sa résistance, dans la nécessité de le tuer.

L'officier, ayant parlé de cette sorte, dit à don Kimen : Seigneur cavalier, je vais dresser un procès-verbal de tout ce qui vient de se passer ici, après quoi nous partirons pour satisfaire l'impatience que vous devez avoir de tirer votre famille de l'inquiétude que vous lui causez. Attendez, seigneur commandant, s'écria Julio dans cet endroit ; je vais vous fournir une nouvelle matière pour grossir votre procès-verbal : vous avez encore une autre personne prisonnière à mettre en liberté. Dona Emerenciana est enfermée dans une chambre obscure, où une duègne impitoyable lui tient sans cesse des discours mortifiants, et ne la laisse pas un moment en repos.

O ciel ! dit Lizana, le cruel Stephani ne s'est donc pas contenté d'exercer sur moi sa barbarie : allons promptement délivrer cette dame infortunée de la tyrannie de sa gouvernante.

Là-dessus Julio mena le commandant et don Kimen, suivis de cinq ou six archers, à la chambre qui servoit de prison à la fille de don Guillem : ils frappèrent à la porte, et la duègne vint ouvrir. Vous concevez bien le plaisir que Lizana se faisoit de revoir sa maîtresse, après avoir désespéré de la posséder. Il sentoit renaître son espérance, ou plutôt il ne pouvoit douter de son bonheur, puisque la seule personne qui étoit en droit de s'y opposer ne vivoit plus. Dès qu'il aperçut Emerenciana, il courut se jeter à ses pieds ; mais qui pourroit exprimer la douleur dont il fut saisi, lorsqu'au lieu de trouver une amante disposée à répondre à ses transports, il ne vit qu'une dame hors de son bon sens ? En effet, elle avoit été tant tourmentée par la duègne, qu'elle en étoit devenue folle. Elle demeura quelque temps rêveuse ; puis s'imaginant tout-à-coup être la belle Angélique assiégée par les Tartares, dans la forteresse d'Albraque, elle regarda tous les hommes qui étoient dans sa chambre comme autant de paladins qui venoient à son secours. Elle prit le chef de la sainte confrérie pour Roland, Lizana pour Brandimart, Julio pour Hubert du Lion, et les archers pour Antifort, Clarion, Adrien, et les deux fils du marquis Olivier. Elle les reçut avec beaucoup de politesse, et leur dit : Braves chevaliers, je ne crains plus à l'heure qu'il est l'empereur Agrican, ni la reine Marphise ; votre valeur est capable de me défendre contre tous les guerriers de l'univers.

A ce discours extravagant, l'officier et ses archers ne purent s'empêcher de rire. Il n'en fut pas de même de don Kimen : vivement affligé de voir sa dame dans une si triste situation pour l'amour de lui, il pensa perdre à son tour le jugement ; il ne laissa pas toutefois de se flatter qu'elle reprendroit l'usage de sa raison ; et dans cette espérance : Ma chère Emerenciana, lui dit-il tendrement, reconnoissez Lizana : rappelez votre esprit égaré ; apprenez que nos malheurs sont finis : le ciel ne veut pas que deux cœurs qu'il a joints soient séparés ; et le père inhumain qui nous a si maltraités ne peut plus nous être contraire.

La réponse que fit à ces paroles la fille du roi Galafron, fut encore un discours adressé aux vaillants défenseurs d'Albraque, qui pour le coup n'en rirent point. Le commandant même, quoique très-peu pitoyable de son naturel, sentit quelques mouvements de compassion, et dit à don Kimen, qu'il voyoit accablé de douleur : Seigneur cavalier, ne désespérez point de la guérison de votre dame ; vous avez à Siguença des docteurs en médecine qui pourront en venir à bout par leurs remèdes : mais ne nous arrêtons pas ici plus long-temps. Vous, seigneur Hubert du Lion, ajouta-t-il en parlant à Julio ; vous qui savez où sont les écuries de ce château, menez-y avec vous Antifort et les deux fils du marquis Olivier : choisissez les meilleurs coursiers, et les mettez au char de la princesse ; je vais pendant ce temps-là dresser mon procès-verbal.

En disant cela, il tira de ses poches une écritoire et du papier ; et, après avoir écrit tout ce qu'il voulut, il présenta la main à Angélique pour l'aider à descendre dans la cour, où, par les soins des paladins, il se trouva un carrosse à quatre mules prêt à partir : il monta dedans avec la dame et don Kimen, et il y fit entrer aussi la duègne, dont il jugea que le corrégidor seroit bien aise d'avoir la déposition. Ce n'est pas tout : par ordre du chef de la brigade, on chargea de chaînes Julio, et on le mit dans un autre carrosse, auprès du corps de don Guillem. Les archers remontèrent ensuite sur leurs chevaux ; après quoi ils prirent tous ensemble la route de Siguença.

La fille de Stephani dit en chemin mille extravagances, qui furent autant de coups de poignard pour son amant. Il ne pouvoit sans colère envisager la duègne. C'est vous, cruelle vieille, lui disoit-il, c'est vous qui, par vos persécutions, avez poussé à bout Emerenciana et troublé son esprit. La gouvernante se justifioit d'un air hypocrite, et donnoit tout le tort au défunt. C'est au seul don Guillem, répondoit-elle, qu'il faut imputer ce malheur : ce père trop rigoureux venoit chaque jour effrayer sa fille par des menaces qui l'ont fait enfin devenir folle.

En arrivant à Siguença, le commandant alla rendre compte de sa commission au corrégidor, qui sur-le-champ interrogea Julio et la duègne, et les envoya dans les prisons de cette ville, où ils sont encore. Ce juge reçut aussi la déposition de Lizana, qui prit ensuite congé de lui pour se retirer chez son père, où il fit succéder la joie à la tristesse et à l'inquiétude. Pour dona Emerenciana, le corrégidor eut soin de la faire conduire à Madrid, où elle avoit un oncle du côté maternel. Ce bon parent, qui ne demandoit pas mieux que d'avoir l'administration du bien de sa nièce, fut nommé son tuteur. Comme il ne pouvoit honnêtement se dispenser de paroître avoir envie qu'elle guérit, il eut recours aux plus fameux médecins : mais il n'eut pas sujet de s'en repentir ; car, après y avoir perdu leur latin, ils déclarèrent le mal incurable. Sur cette décision, le tuteur n'a pas manqué de faire enfermer ici la pupille, qui, suivant les apparences, y demeurera le reste de ses jours.

La triste destinée ! s'écria don Cléophas ; j'en suis véritablement touché ; dona Emerenciana méritoit d'être plus heureuse. Et don Kimen, ajouta-t-il, qu'est-il devenu ? je suis curieux de savoir quel parti il a pris. Un fort raisonnable, repartit Asmodée : quand il a vu que le mal étoit sans remède, il est allé dans la Nouvelle-Espagne ; il espère qu'en voyageant il perdra peu à peu le souvenir d'une dame que sa raison et son repos veulent qu'il oublie... Mais, poursuivit le Diable, après vous avoir montré des fous qui sont enfermés, il faut que je vous en fasse voir qui mériteroient de l'être.

CHAPITRE X.

Dont la matière est inépuisable.

Regardons du côté de la ville, et à mesure que je découvrirai des sujets dignes d'être mis au nombre de ceux qui sont ici, je vous en dirai le caractère. J'en vois déjà un que je ne veux pas laisser échapper : c'est un nouveau marié. Il y a huit jours que, sur le rapport qu'on lui fit des coquetteries d'une aventurière qu'il aimoit, il alla chez elle plein de fureur, brisa une partie de ses meubles, jeta les autres par les fenêtres, et le lendemain il l'épousa. Un homme de la sorte, dit Zambullo, mérite assurément la première place vacante dans cette maison.

Il a un voisin, reprit le boiteux, que je ne trouve pas plus sage que lui : c'est un garçon de quarante-cinq ans, qui a de quoi vivre, et qui veut se mettre au service d'un grand. J'aperçois la veuve d'un jurisconsulte ; la bonne dame a douze lustres accomplis : son mari vient de mourir ; elle veut se retirer dans un couvent, afin, dit-elle, que sa réputation soit à l'abri de la médisance.

Je découvre aussi deux pucelles, ou, pour mieux dire, deux filles de cinquante ans : elles font des vœux au ciel pour qu'il ait la bonté d'appeler leur père, qui les tient enfermées comme des mineures ; elles espèrent qu'après sa mort elles trouveront de jolis hommes qui les épouseront par inclination. Pourquoi non ? dit l'écolier ; il y a des hommes d'un goût si bizarre ! J'en demeure d'accord, répondit Asmodée : elles peuvent trouver des épouseurs ; mais elles ne doivent pas s'en flatter : c'est en cela que consiste leur folie.

Il n'y a point de pays où les femmes se rendent justice sur leur âge. Il y a un mois qu'à Paris une fille de quarante-huit ans, et une femme de soixante-neuf, allèrent en témoignage chez un commissaire pour une veuve de leurs amies dont on attaquoit la vertu. Le commissaire interrogea d'abord la femme mariée, et lui demanda son âge : quoiqu'elle eût son extrait baptistaire écrit sur son front, elle ne laissa pas de dire hardiment qu'elle n'avoit que quarante ans. Après qu'il l'eut interrogée, il s'adressa à la fille : Et vous, mademoiselle, lui dit-il, quel âge avez-vous? Passons aux autres questions, monsieur le commissaire, lui répondit-elle; on ne doit point nous demander cela. Vous n'y pensez pas, reprit-il; ignorez-vous qu'en justice... Oh! il n'y a pas de justice qui tienne, interrompit brusquement la fille; eh! qu'importe à la justice de savoir l'âge que j'ai? Ce ne sont pas ses affaires. Mais je ne puis recevoir, dit-il, votre déposition, si votre âge n'y est pas; c'est une circonstance requise. Si cela est absolument nécessaire, répliqua-t-elle, regardez-moi donc avec attention, et mettez mon âge en conscience.

Le commissaire la considéra, et fut assez poli pour ne marquer que vingt-huit ans. Il lui demanda ensuite si elle connoissoit la veuve depuis long-temps. Avant son mariage, répondit-elle. J'ai donc mal coté votre âge, reprit-il, car je ne vous ai donné que vingt-huit ans, et il y en a vingt-neuf que la veuve est mariée. Hé bien! s'écria la fille, écrivez-donc que j'en ai trente : j'ai pu à un an connoître la veuve. Cela ne seroit pas régulier, répliqua-t-il; ajoutons-en une douzaine. Non pas, s'il vous plaît, dit-elle; tout ce que je puis faire pour contenter la justice, c'est d'y mettre encore une année; mais je n'y mettrai pas un mois avec, quand il s'agiroit de mon honneur.

Lorsque les deux déposantes furent sorties de chez le commissaire, la femme dit à la fille : Admirez, je vous prie, ce nigaud, qui nous croit assez sottes pour lui aller dire notre âge au juste; c'est bien assez vraiment qu'il soit marqué sur les registres de nos paroisses, sans qu'il l'écrive encore sur ses papiers, afin que tout le monde en soit instruit. Ne seroit-il pas bien gracieux pour nous d'entendre lire en plein barreau : « Madame » Richard, âgée de soixante et tant d'années, et » mademoiselle Perinelle, âgée de quarante-cinq » ans, déposent telles et telles choses? » Pour moi, je me moque de cela : j'ai supprimé vingt années, à bon compte; vous avez fort bien fait d'en user de même.

Qu'appelez-vous de même? répondit la fille d'un ton brusque; je suis votre servante : je n'ai tout au plus que trente-cinq ans. Hé! ma petite, répliqua l'autre d'un air malin, à qui le dites-vous? je vous ai vue naître; je parle de long-temps; je me souviens d'avoir vu votre père : lorsqu'il mourut il n'étoit pas jeune, et il y a près de quarante ans qu'il est mort. Oh! mon père, mon père, interrompit avec précipitation la fille, irritée de la franchise de la femme; quand mon père épousa ma mère, il étoit si vieux, qu'il ne pouvoit plus faire d'enfants.

Je remarque dans une maison, poursuivit l'esprit, deux hommes qui ne sont pas trop raisonnables : l'un est un enfant de famille, qui ne sauroit garder d'argent, ni s'en passer; il a trouvé un bon moyen d'en avoir toujours. Quand il est en fonds, il achète des livres, et dès qu'il est à sec, il s'en défait pour la moitié de ce qu'ils lui ont coûté. L'autre est un peintre étranger qui fait des portraits de femmes; il est habile : il dessine correctement, il peint à merveille, et attrape la ressemblance; mais il ne flatte point, et il s'imagine qu'il aura la presse. *Inter stultos referatur.*

Comment donc, dit l'écolier, vous parlez latin! Cela doit-il vous étonner? répondit le Diable. Je parle parfaitement toutes sortes de langues : je sais l'hébreu, le turc, l'arabe et le grec; cependant je n'en ai pas l'esprit plus orgueilleux ni plus pédantesque : j'ai cet avantage sur vos érudits.

Voyez, dans ce grand hôtel, à main gauche, une dame malade, qu'entourent plusieurs femmes qui la veillent : c'est la veuve d'un riche et fameux architecte, une femme entêtée de noblesse. Elle vient de faire son testament : elle a des biens immenses, qu'elle donne à des personnes de la première qualité, qui ne la connoissent seulement pas; elle leur fait des legs à cause de leurs grands noms. On lui a demandé si elle ne vouloit rien laisser à un certain homme qui lui a rendu des services considérables. Hélas! non, a-t-elle répondu d'un air triste, et j'en suis fâchée : je ne suis point assez ingrate pour refuser d'avouer que je lui ai beaucoup d'obligation; mais il est roturier, son nom déshonoreroit mon testament.

Seigneur Asmodée, interrompit Leandro, apprenez-moi, de grâce, si ce vieillard que je vois occupé à lire dans un cabinet ne seroit point par hasard un homme à mériter d'être ici. Il le mériteroit sans doute, répondit le démon : ce personnage est un vieux licencié qui lit une épreuve d'un livre qu'il a sous la presse. C'est apparemment quelque ouvrage de morale ou de théologie, dit don Cleophas. Non, repartit le boiteux, ce sont des poésies gaillardes, qu'il a composées dans sa jeunesse : au lieu de les brûler, ou du moins de les laisser périr avec lui, il les fait imprimer de son vivant, de peur qu'après sa mort ses héritiers ne soient tentés de les mettre au jour, et que, par respect pour son caractère, ils n'en ôtent tout le sel et l'agrément.

J'aurois tort d'oublier une petite femme qui demeure chez ce licencié : elle est si persuadée qu'elle plaît aux hommes, qu'elle met tous ceux qui lui parlent au nombre de ses amants.

Mais venons à un riche chanoine que je vois à deux pas de là. Il a une folie fort singulière : s'il vit frugalement, ce n'est ni par mortification, ni par sobriété; s'il se passe d'équipage, ce n'est point par avarice. Hé! pourquoi donc ménage-t-il son revenu? C'est pour amasser de l'argent. Qu'en veut-il faire? des aumônes? Non : il en achète des tableaux, des meubles précieux, des bijoux. Et vous croyez que c'est pour en jouir pendant sa vie? vous vous trompez; c'est uniquement pour en parer son inventaire.

Ce que vous dites est outré, interrompit Zambullo : y a-t-il au monde un homme de ce caractère-là. Oui, vous dis-je, reprit le Diable, il a cette manie : il se fait un plaisir de penser qu'on admirera son inventaire. A-t-il acheté, par exemple, un beau bureau, il le fait empaqueter proprement, et serrer dans un garde-meuble, afin qu'il paroisse tout neuf aux yeux des fripiers qui viendront le marchander après sa mort.

Passons à un de ses voisins que vous ne trouverez pas moins fou : c'est un vieux garçon venu depuis peu des îles Philippines à Madrid, avec une riche succession que son père, qui étoit auditeur de l'audience de Manille, lui a laissée. Sa conduite est assez extraordinaire : on le voit toute la journée dans les antichambres du roi et du premier ministre. Ne le prenez pas pour un ambitieux qui brigue quelque charge importante; il n'en souhaite aucune, et ne demande rien. Hé quoi! me direz-vous, il n'iroit dans cet endroit-là simplement que pour faire sa cour? Encore moins; il ne parle jamais au ministre; il n'en est pas même connu, et ne se soucie nullement de l'être. Quel est donc son but? Le voici : il voudroit persuader qu'il a du crédit.

Le plaisant original! s'écria l'écolier en éclatant de rire; c'est se donner bien de la peine pour peu de chose; vous avez raison de le mettre au rang des fous à enfermer. Oh! reprit Asmodée, je vais vous en montrer beaucoup d'autres qu'il ne seroit pas juste de croire plus sensés. Considérez dans cette grande maison, où vous apercevez tant de bougies allumées, trois hommes et deux femmes autour d'une table : ils ont soupé ensemble, et jouent présentement aux cartes, pour achever de passer la nuit, après quoi ils se sépareront. Telle est la vie que mènent ces dames et ces cavaliers : ils s'assemblent régulièrement tous les soirs, et se quittent au lever de l'aurore, pour aller dormir jusqu'à ce que les ténèbres reviennent chasser le jour; ils ont renoncé à la vue du soleil et des beautés de la nature. Ne diroit-on pas, à les voir ainsi environnés de flambeaux, que ce sont des morts qui attendent qu'on leur rende les derniers devoirs. Il n'est pas besoin d'enfermer ces fous-là, dit don Cleophas, ils le sont déjà.

Je vois dans les bras du sommeil, reprit le boiteux, un homme que j'aime, et qui m'affectionne aussi beaucoup, un sujet pétri d'une pâte de ma façon : c'est un vieux bachelier qui idolâtre le beau sexe. Vous ne sauriez lui parler d'une jolie dame, sans remarquer qu'il vous écoute avec un extrême plaisir : si vous lui dites qu'elle a une petite bouche, des lèvres vermeilles, des dents d'ivoire, un teint d'albâtre; en un mot, si vous la lui peignez en détail, il soupire à chaque trait, il tourne les yeux, il lui prend des élans de volupté. Il y a deux jours, qu'en passant dans la rue d'Alcala, devant la boutique d'un cordonnier de femmes, il s'arrêta tout court pour regarder une petite pantoufle qu'il y aperçut : après l'avoir considérée avec plus d'attention qu'elle n'en méritoit, il dit d'un air pâmé à un cavalier qui l'accompagnoit : Ah! mon ami, voilà une pantoufle qui m'enchante l'imagination! que le pied pour lequel on l'a faite doit être mignon! je prends trop de plaisir à la voir; éloignons-nous promptement, il y a du péril à passer par ici.

Il faut marquer de noir ce bachelier-là, dit Leandro Perez. C'est juger sainement de lui, reprit le Diable, et l'on ne doit pas non plus marquer de blanc son plus proche voisin, un original d'auditeur, qui, parce qu'il a un équipage, rougit de honte quand il est obligé de se servir d'un carrosse de louage. Faisons une accolade de cet auditeur avec un licencié de ses parents, qui possède une dignité d'un grand revenu dans une église de Madrid, et qui va presque toujours en carrosse de louage pour en ménager deux fort propres, et quatre belles mules qu'il a chez lui.

Je découvre dans le voisinage de l'auditeur et du bachelier un homme à qui l'on ne peut, sans injustice, refuser une place parmi les fous. C'est un cavalier de soixante ans qui fait l'amour à une jeune femme : il la voit tous les jours, et croit lui plaire en l'entretenant des bonnes fortunes qu'il a eues dans ses beaux jours; il veut qu'elle lui tienne compte d'avoir été autrefois aimable.

Mettons avec ce vieillard un autre qui repose à dix pas de nous; un comte français qui est venu à Madrid pour voir la cour d'Espagne : ce vieux seigneur est dans son quatorzième lustre; il a brillé dans ses belles années à la cour de son roi : tout le monde y admiroit jadis sa taille, son air galant, et l'on étoit surtout charmé du goût qu'il y avoit dans la manière dont il s'habilloit. Il a conservé tous ses habits, et il les porte depuis cinquante ans, en dépit de la mode, qui change tous les jours dans son pays; mais ce qu'il y a de plus plaisant, c'est qu'il s'imagine avoir encore aujourd'hui les mêmes grâces qu'on lui trouvoit dans sa jeunesse.

Il n'y a point à hésiter, dit don Cleophas, plaçons ce seigneur français parmi les personnes qui sont dignes d'être pensionnaires dans *la casa de los locos*. J'y retiens une loge, reprit le démon, pour une dame qui demeure dans un grenier à côté de l'hôtel du comte : c'est une vieille veuve qui, par un excès de tendresse pour ses enfants, a eu la bonté de leur faire une donation de tous ses biens, moyennant une petite pension alimentaire que lesdits enfants sont obligés de lui faire, et que, par reconnoissance, ils ont grand soin de ne lui pas payer.

J'y veux envoyer aussi un vieux garçon de bonne famille, lequel n'a pas plus tôt un ducat qu'il le dépense, et qui, ne pouvant se passer d'espèces, est capable de tout faire pour en avoir. Il y a quinze jours que sa blanchisseuse, à qui il devoit trente pistoles, vint les lui demander, en disant qu'elle en avoit besoin pour se marier à un valet de chambre qui la recherchoit. Tu as donc d'autre argent, lui dit-il ; car où diable est le valet de chambre qui voudra devenir ton mari pour trente pistoles ? Hé ! mais, répondit-elle, j'ai encore outre cela deux cents ducats. Deux cents ducats, répliqua-t-il avec émotion, malepeste ! Tu n'as qu'à me les donner à moi, je t'épouse, et nous voilà quitte à quitte. Il fut pris au mot, et sa blanchisseuse est devenue sa femme.

Retenons trois places pour ces trois personnes qui reviennent de souper en ville, et qui rentrent dans cet hôtel à main droite, où elles font leur résidence. L'un est un comte qui se pique d'aimer les belles-lettres ; l'autre est son frère licencié ; et le troisième, un bel esprit attaché à eux. Ils ne se quittent presque point : ils vont tous trois ensemble partout en visite. Le comte n'a soin que de se louer ; son frère le loue et se loue aussi lui-même ; mais le bel esprit est chargé de trois soins, de les louer tous deux, et de mêler ses louanges avec les leurs.

Encore deux places, l'une pour un vieux bourgeois fleuriste qui, n'ayant pas de quoi vivre, veut entretenir un jardinier et une jardinière, pour avoir soin d'une douzaine de fleurs qu'il a dans son jardin. L'autre, pour un histrion qui, plaignant les désagréments attachés à la vie comique, disoit l'autre jour à quelques-uns de ses camarades : Ma foi, mes amis, je suis bien dégoûté de la profession ; oui, j'aimerois mieux n'être qu'un petit gentilhomme de campagne, de mille ducats de rente.

De quelque côté que je tourne la vue, continua l'esprit, je ne découvre que des cerveaux malades. J'aperçois un chevalier de Calatrava, qui est si fier et si vain d'avoir des entretiens secrets avec la fille d'un grand, qu'il se croit de niveau avec les premières personnes de la cour. Il ressemble à Villius, qui s'imaginoit être gendre de Sylla, parce qu'il étoit bien avec la fille de ce dictateur ; cette comparaison est d'autant plus juste, que ce chevalier a, comme le Romain, un *Longarenus,* c'est-à-

dire un rival de néant, qui est encore plus favorisé que lui.

On diroit que les mêmes hommes renaissent de temps en temps sous de nouveaux traits. Je reconnois, dans ce commis de ministre, Bollanus, qui ne gardoit de mesures avec personne, et qui rompoit en visière à tous ceux dont l'abord lui étoit désagréable. Je revois, dans ce vieux président, Fufidius, qui prêtoit son argent à cinq pour cent par mois ; et Marsæus, qui donna sa maison paternelle à la comédienne Origo, revit dans ce garçon de famille qui mange avec une femme de théâtre une maison de campagne qu'il a près de l'Escurial.

Asmodée alloit poursuivre ; mais comme il entendit tout-à-coup accorder des instruments de musique, il s'arrêta, et dit à don Cleophas : Il y a au bout de cette rue des musiciens qui vont donner une sérénade à la fille d'un *alcade de corte :* si vous voulez voir cette fête de près, vous n'avez qu'à parler. J'aime fort ces sortes de concerts, répondit Zambullo ; approchons-nous de ces symphonistes, peut-être y a-t-il des voix parmi eux. Il n'eut pas achevé ces mots, qu'il se trouva sur une maison voisine de l'alcade.

Les joueurs d'instruments jouèrent d'abord quelques airs italiens ; après quoi, deux chanteurs chantèrent alternativement les couplets suivants :

> Si de tu hermosura quieres
> Una copia con mil gracias ;
> Escucha, porque pretendo
> El pintarla.

Si vous voulez une copie de vos grâces et de votre beauté, écoutez-moi, car je prétends en faire le portrait.

> Es tu frente toda nieve
> Y el alabastro, batallas
> Offreció al Amor, haziendo
> En ella vaya.

Votre visage, tout de neige et d'albâtre, a fait des défis à l'Amour, qui se moquoit de lui.

> Amor labró de tus cejas
> Dos arcos para su aljava ;
> Y debaxo ha descubierto
> Quien le mata.

L'Amour a fait de vos sourcils deux arcs pour son carquois ; mais il a découvert le dessous qui le tue.

> Eres dueña de el lugar
> Vandolera de las almas,
> Iman de los alvedrios,
> Linda alhaja.

Vous êtes souveraine de ce séjour, la voleuse des cœurs, l'aimant des désirs, un joli bijou.

> Un rasgo de tu hermosura
> Quisiera yo retratarla ;
> Que es estrella, es cielo, es sol ;
> No es sino el alva.

Je voudrois d'un seul trait peindre votre beauté : c'est une étoile, un ciel, un soleil ; non, ce n'est qu'une aurore.

Les couplets sont galants et délicats, s'écria l'écolier. Ils vous semblent tels, dit le démon, parce que vous êtes Espagnol : s'ils étoient traduits en français, par exemple, ils ne jetteroient pas un trop beau coton ; les lecteurs de cette nation n'en approuveroient pas les expressions figurées, et y trouveroient une bizarrerie d'imagination qui les feroit rire. Chaque peuple est entêté de son goût et de son génie : mais laissons là ces couplets, continuat-il ; vous allez entendre une autre musique.

Suivez de l'œil ces quatre hommes qui paroissent subitement dans la rue : les voici qui viennent fondre sur les symphonistes. Ceux-ci se font des boucliers de leurs intruments, lesquels, ne pouvant résister à la force des coups, volent en éclats. Voyez arriver à leur secours deux cavaliers, dont l'un est le patron de la sérénade. Avec quelle furie ils chargent les agresseurs ! Mais ces derniers, qui les égalent en adresse et en valeur, les reçoivent de bonne grâce. Quel feu sort de leurs épées ! Remarquez qu'un défenseur de la symphonie tombe ; c'est celui qui a donné le concert ; il est mortellement blessé. Son compagnon, qui s'en aperçoit, prend la fuite : les agresseurs, de leur côté, se sauvent, et tous les musiciens disparoissent ; il ne reste sur la place que l'infortuné cavalier, dont la mort est le prix de sa sérénade. Considérez en même temps la fille de l'alcade : elle est à sa jalousie, d'où elle a observé tout ce qui vient de se passer ; cette dame est si fière et si vaine de sa beauté, quoique assez commune, qu'au lieu d'en déplorer les effets funestes, la cruelle s'en applaudit, et s'en croit plus aimable.

Ce n'est pas tout, ajouta-t-il : regardez un autre cavalier qui s'arrête dans la rue, auprès de celui qui est noyé dans son sang, pour le secourir, s'il est possible ; mais, pendant qu'il s'occupe d'un soin si charitable, prenez garde qu'il est surpris par la ronde qui survient : la voilà qui le mène en prison, où il demeurera long-temps, et il ne lui en coûtera guère moins que s'il étoit le meurtrier du mort.

Que de malheurs il arrive cette nuit ! dit Zambullo. Celui-ci, reprit le Diable, ne sera pas le dernier. Si vous étiez présentement à la porte du Soleil, vous seriez effrayé d'un spectacle qui s'y prépare. Par la négligence d'un domestique, le feu est dans un hôtel, où il a déjà réduit en cendres beaucoup de meubles précieux ; mais quelques riches effets qu'il puisse consumer, don Pèdre de Escolano, à qui appartient cet hôtel magnifique, n'en regrettera point la perte, s'il peut sauver Séraphine, sa fille unique, qui se trouve en danger de périr.

Don Cléophas souhaita de voir cet incendie, et le boiteux le transporta dans l'instant même à la porte du Soleil, sur une grande maison qui faisoit face à celle où étoit le feu.

CHAPITRE XI.

De l'incendie, et de ce que fit Asmodée en cette occasion par amitié pour don Cléophas.

Ils entendirent d'abord les voix confuses de plusieurs personnes, dont les unes crioient au feu, et les autres demandoient de l'eau. Ils remarquèrent, peu de temps après, qu'un grand escalier, par où l'on montoit aux principaux appartements de l'hôtel de don Pèdre, étoit tout enflammé : ils virent ensuite sortir par les fenêtres des tourbillons de flamme et de fumée.

L'incendie est dans sa fureur, dit le démon : déjà le feu, parvenu jusqu'au toit, commence à s'y faire un passage, et remplit l'air d'étincelles. L'embrasement devient tel, que le peuple, qui accourt de toutes parts pour l'éteindre, ne peut s'occuper qu'à le regarder. Démêlez dans la foule des spectateurs un vieillard en robe de chambre ; c'est le seigneur de Escolano. Entendez-vous ses cris et ses lamentations ? Il s'adresse aux hommes qui l'environnent, et les conjure d'aller délivrer sa fille ; mais il a beau leur promettre une grosse récompense, aucun ne veut exposer sa vie pour cette dame, qui n'a que seize ans, et dont la beauté est incomparable. Voyant qu'il implore en vain leur assistance, il s'arrache les cheveux et la moustache ; il se frappe la poitrine ; l'excès de sa douleur lui fait faire des actions insensées. D'un autre côté, Séraphine, abandonnée de ses femmes, s'est évanouie de frayeur dans son appartement, où bientôt une épaisse fumée va l'étouffer : aucun mortel ne peut la secourir.

Ah ! seigneur Asmodée, s'écria Leandro Perez, entraîné par les mouvements d'une généreuse compassion, cédez à la pitié dont je me sens saisi, et ne rejetez pas la prière que je vous fais de sauver cette jeune dame de la mort prochaine qui la menace : c'est ce que je vous demande pour prix du service que je vous ai rendu. Ne vous opposez point, comme tantôt, à mon envie ; j'en aurois un chagrin mortel.

Le Diable sourit en entendant parler ainsi l'écolier. Seigneur Zambullo, lui dit-il, vous avez toutes les qualités d'un bon chevalier errant : vous êtes courageux, compatissant aux peines d'autrui, et très-prompt au service des jeunes demoiselles. Ne seriez-vous pas homme à vous jeter au milieu de ces flammes, comme un Amadis, pour aller délivrer Séraphine, et la rendre saine et sauve à son père ? Plût au ciel ! répondit don Cléophas, que la chose fût possible, je l'entreprendrois sans balancer. Votre mort, reprit le boiteux, seroit tout le salaire d'un si bel exploit. Je vous l'ai déjà dit, la valeur humaine ne peut rien dans cette occasion, et il faut bien que je m'en mêle pour vous contenter : regardez de quelle façon je vais m'y prendre ; observez d'ici toutes mes opérations.

Il n'eut pas sitôt dit ces paroles, qu'empruntant la figure de Leandro Perez, au grand étonnement de cet écolier, il se glissa parmi le peuple, traversa la presse, et se lança dans le feu, comme dans son élément, à la vue des spectateurs, qui furent effrayés de cette action, et qui la blâmèrent par un cri général. Quel extravagant ! disoit l'un ; comment l'intérêt a-t-il pu l'aveugler jusque là ? S'il n'étoit pas entièrement fou, la récompense promise ne l'auroit nullement tenté. Il faut, disoit l'autre, que ce jeune téméraire soit un amant de la fille de don Pèdre, et que, dans la douleur qui le possède, il ait résolu de sauver sa maîtresse, ou de se perdre avec elle.

Enfin ils comptoient tous qu'il auroit le sort d'Empédocle [1], lorsqu'une minute après ils le virent sortir des flammes avec Séraphine entre ses bras. L'air retentit d'acclamations, le peuple donna mille louanges au brave cavalier qui avoit fait un si beau coup. Quand la témérité est heureuse, elle ne trouve plus de censeurs, et ce prodige parut à la nation un effet très-naturel du courage espagnol.

Comme la dame étoit encore évanouie, son père n'osa se livrer à la joie : il craignoit qu'après avoir été si heureusement délivrée du feu, elle ne mourût à ses yeux de l'impression terrible qu'avoit dû faire en son cerveau le péril qu'elle avoit couru ; mais il fut bientôt rassuré, elle revint de son évanouissement par les soins qu'on prit de le dissiper. Elle envisagea le vieillard, et lui dit d'un air tendre : Seigneur, je serois plus affligée que réjouie de voir mes jours conservés, si les vôtres ne l'étoient pas. Ah ! ma fille, lui répondit-il en l'embrassant, puisque je ne vous ai pas perdue, je suis consolé de tout le reste. Remercions, poursuivit-il, en lui présentant le faux don Cleophas, remercions tous deux ce jeune cavalier. C'est votre libérateur ; c'est à lui que vous devez la vie ; nous ne pouvons lui témoigner assez de reconnoissance, et la somme que j'ai promise ne sauroit nous acquitter envers lui.

Le Diable prit alors la parole, et dit à don Pèdre d'un air poli : Seigneur, la récompense que vous avez proposée n'a eu aucune part au service que j'ai eu le bonheur de vous rendre : je suis noble et Castillan, le plaisir d'avoir essuyé vos

larmes, et arraché aux flammes l'objet charmant qu'elles alloient consumer, est un salaire qui me suffit.

Le désintéressement et la générosité du libérateur firent concevoir pour lui une estime infinie au seigneur de Escolano, qui le pria de le venir voir, et lui demanda son amitié, en lui offrant la sienne. Après bien des compliments de part et d'autre, le père et la fille se retirèrent dans un corps-de-logis qui étoit au bout du jardin ; ensuite le démon rejoignit l'écolier, qui, le voyant revenir sous sa première forme, lui dit : Seigneur Diable, mes yeux m'auroient-ils trompé ? n'étiez-vous pas tout à l'heure sous ma figure ? Pardonnez-moi, répondit le boiteux ; et je vais vous apprendre le motif de cette métamorphose. J'ai formé un grand dessein : je prétends vous faire épouser Séraphine ; je lui ai déjà inspiré, sous vos traits, une passion violente pour votre seigneurie. Don Pèdre est aussi très-satisfait de vous, parce que je lui ai dit fort poliment qu'en délivrant sa fille, je n'avois eu en vue que de leur faire plaisir à l'un et à l'autre, et que l'honneur d'avoir heureusement mis à fin une si périlleuse aventure étoit une assez belle récompense pour un gentilhomme espagnol. Le bonhomme a l'âme noble : il ne voudra pas demeurer en reste de générosité ; et je vous dirai qu'en ce moment il délibère en lui-même s'il vous fera son gendre, pour mesurer sa reconnoissance au service qu'il s'imagine que vous lui avez rendu.

En attendant qu'il s'y détermine, ajouta le boiteux, gagnons un endroit plus favorable que celui-ci, pour continuer nos observations. A ces mots, il emporta l'écolier sur une haute église remplie de mausolées.

CHAPITRE XII.

Des tombeaux, des ombres et de la mort.

Avant que nous poursuivions l'examen des vivants, dit le démon, troublons pour quelques moments le repos des morts de cette église ; parcourons tous ces tombeaux ; dévoilons ce qu'ils recèlent ; voyons ce qui les a fait élever.

Le premier de ceux qui sont à main droite contient les tristes restes d'un officier général qui, comme un autre Agamemnon, trouva, au retour de la guerre, un Égiste dans sa maison. Il y a dans le second un jeune cavalier de noble race, qui, voulant montrer son adresse et sa vigueur à sa dame un jour de combat de taureaux, fut cruellement occis par un de ces animaux-là. Et dans le troisième gît un vieux prélat sorti de ce monde assez brusquement, pour avoir fait son testament en pleine santé, et l'avoir lu à ses domestiques, à qui, comme un bon maître,

---

[1] Poète et philosophe sicilien, qui se jeta dans les flammes du mont Etna.

il léguoit quelque chose. Son cuisinier fut impatient de recevoir son legs.

Il repose dans le quatrième mausolée un courtisan qui ne s'est jamais fatigué qu'à faire sa cour; on le vit pendant soixante ans, tous les jours au lever, au dîner, au souper et au coucher du roi, qui le combla de bienfaits pour récompenser son assiduité. Au reste, dit don Cleophas, ce courtisan étoit-il homme à rendre service ? A personne, répondit le Diable : il promettoit volontiers de faire plaisir; mais il ne tenoit jamais ses promesses. Le misérable ! répliqua Leandro : si l'on vouloit retrancher de la société civile les hommes qui y sont de trop, il faudroit commencer par les courtisans de ce caractère-là.

Le cinquième tombeau, reprit Asmodée, renferme la dépouille mortelle d'un seigneur zélé pour la nation espagnole, et jaloux de la gloire de son maître : il fut toute sa vie ambassadeur à Rome ou en France, en Angleterre ou en Portugal; il se ruina si bien dans ses ambassades, qu'il n'avoit pas de quoi se faire enterrer quand il mourut; mais le roi en fit la dépense pour reconnoître ses services.

Passons aux monuments qui sont de l'autre côté. Le premier est celui d'un gros négociant qui laissa de grandes richesses à ses enfants; mais de peur qu'elles ne leur fissent oublier de qui ils étoient sortis, il fit graver sur son tombeau son nom et sa qualité : ce qui ne plaît guère aujourd'hui à ses descendants.

Le mausolée qui suit, et qui surpasse tous les autres en magnificence, est un morceau que les voyageurs regardent avec admiration. En effet, dit Zambullo, il me paroît admirable : je suis enchanté surtout de ces deux représentations qui sont à genoux : voilà des figures bien travaillées ! Que le sculpteur qui les a faites étoit un habile ouvrier ! Mais apprenez-moi, de grâce, ce que les personnes qu'elles représentent ont été pendant leur vie ?

Le boiteux reprit : Vous voyez un duc et son épouse : ce seigneur étoit grand sommelier du corps; il remplissoit sa charge avec honneur, et sa femme vivoit dans une haute dévotion. Il faut que je vous rapporte un trait de cette bonne duchesse; vous le trouverez un peu gaillard pour une dévote. Le voici.

Cette dame avoit pour directeur, depuis long-temps, un religieux de la Merci, nommé don Jérôme d'Aguilar, homme de bien, et fameux prédicateur : elle en étoit très-satisfaite, lorsqu'il parut à Madrid un dominicain qui se mit à prêcher de façon que tout le peuple en fut enchanté. Ce nouvel orateur s'appeloit le frère Placide : on couroit à ses sermons comme à ceux du cardinal Ximenès; et,

sur sa réputation, la cour, ayant voulu l'entendre, en fut encore plus contente que la ville.

Notre duchesse se fit d'abord un point d'honneur de tenir bon contre la renommée, et de résister à la curiosité d'aller juger par elle-même de l'éloquence du frère Placide. Elle en usoit ainsi pour prouver à son directeur, qu'en pénitente délicate et sensible elle entroit dans les sentiments de dépit et de jalousie que ce nouveau venu pouvoit lui causer : il n'y eut pourtant pas moyen de s'en défendre toujours; le dominicain fit tant de bruit, qu'elle céda enfin à la tentation de le voir : elle le vit, l'entendit prêcher, le goûta, le suivit; et la petite inconstante forma le projet de se mettre sous sa direction.

Il falloit auparavant se débarrasser du religieux de la Merci; cela n'étoit pas facile : un guide spirituel ne se quitte pas comme un amant; une dévote ne veut point passer pour volage, ni perdre l'estime d'un directeur qu'elle abandonne. Que fit la duchesse? elle alla trouver don Jérôme, et lui dit d'un air aussi triste que si elle eût été véritablement affligée : Mon père, je suis au désespoir ; vous me voyez dans un étonnement, dans une affliction, dans une perplexité d'esprit inconcevables. Qu'avez-vous donc, madame, répondit d'Aguilar ? Le croirez-vous ? reprit-elle ; mon mari, qui a toujours eu une parfaite confiance en ma vertu, après m'avoir vue si long-temps sous votre conduite, sans faire paroître la moindre inquiétude sur la mienne, se livre tout-à-coup à des soupçons jaloux, et ne veut plus que vous soyez mon directeur. Avez-vous jamais ouï parler d'un pareil caprice? J'ai eu beau lui reprocher qu'il offensoit avec moi un homme d'une piété profonde et délivré de la tyrannie des passions, je n'ai fait qu'augmenter sa méfiance en prenant votre parti.

Don Jérôme, malgré tout son esprit, donna dans ce rapport : il est vrai qu'elle le lui avoit fait avec des démonstrations à tromper toute la terre. Quoique fâché de perdre une pénitente de cette importance, il ne laissa pas de l'exhorter à se conformer aux volontés de son époux; mais sa révérence ouvrit enfin les yeux, et fut au fait, lorsqu'elle apprit que cette dame avoit choisi le frère Placide pour directeur.

Après ce grand sommelier du corps et son adroite épouse, continua le Diable, un mausolée plus modeste recèle depuis peu de temps le bizarre assemblage d'un doyen du conseil des Indes et de sa jeune femme. Ce doyen, dans sa soixante-troisième année, épousa une fille de vingt ans : il avoit d'un premier lit deux enfants, dont il étoit prêt à signer la ruine, lorsqu'une apoplexie l'emporta : sa femme mourut vingt-quatre heures après lui, de regret qu'il ne fût pas mort trois jours plus tard.

Nous voici arrivés au monument de cette église le plus respectable : les Espagnols ont autant de vénération pour ce tombeau que les Romains en avoient pour celui de Romulus. De quel grand personnage renferme-t-il donc la cendre ? dit Leandro Perez. D'un premier ministre de la couronne d'Espagne, répondit Asmodée : jamais la monarchie n'en aura peut-être un pareil. Le roi se reposa du soin du gouvernement sur ce grand homme, qui sut si bien s'en acquitter, que le monarque et les sujets en furent très-contents. L'état, sous son ministère, fut toujours florissant, et les peuples heureux ; enfin, cet habile ministre eut beaucoup de religion et d'humanité : cependant, quoiqu'il n'eût rien à se reprocher en mourant, la délicatesse de son poste ne laissa pas de le faire trembler.

Un peu au-delà de ce ministre si digne d'être regretté, démêlez dans un coin une table de marbre noir attachée à un pilier. Voulez-vous que j'ouvre le sépulcre qui est dessous pour vous montrer ce qui reste d'une fille bourgeoise qui mourut à la fleur de son âge, et dont la beauté charmoit tous les yeux? ce n'est plus que de la poussière ; c'étoit de son vivant une personne si aimable, que son père avoit de continuelles alarmes que quelque amant ne la lui enlevât ; ce qui auroit bien pu arriver, si elle eût vécu plus longtemps. Trois cavaliers qui l'idolâtroient furent inconsolables de sa perte, et se donnèrent la mort pour signaler leur désespoir. Leur tragique histoire est gravée en lettres d'or sur cette table de marbre, avec trois petites figures qui représentent ces trois galants désespérés : ils sont prêts à se défaire eux-mêmes ; l'un avale un verre de poison, l'autre se perce de son épée, et le troisième se passe au cou une ficelle pour se pendre.

Le démon remarquant en cet endroit que l'écolier rioit de tout son cœur, et trouvoit fort plaisant qu'on eût orné de ces trois figures l'épitaphe de la bourgeoise, lui dit : Puisque cette imagination vous réjouit, peu s'en faut qu'en cet instant je ne vous transporte sur les bords du Tage, pour vous montrer le monument qu'un auteur dramatique a fait construire dans l'église d'un village auprès d'Almaraz, où il s'étoit retiré après avoir mené à Madrid une longue et joyeuse vie. Cet auteur a donné au théâtre un grand nombre de comédies pleines de gravelures et de gros sel ; mais il s'en est repenti avant sa mort ; et pour expier le scandale qu'elles ont causé, il a fait peindre sur son tombeau une espèce de bûcher composé de livres qui représentent quelques-unes de ses pièces, et l'on voit la Pudeur qui tient un flambeau allumé pour y mettre le feu.

Outre les morts qui sont dans les mausolées que je viens de vous faire observer, il y en a une infinité d'autres qui ont été enterrés ici fort simplement. Je vois errer toutes leurs ombres : elles se promènent, passent et repassent sans cesse les unes après les autres, sans troubler le profond repos qui règne dans ce lieu saint. Elles ne se parlent point ; mais je lis dans leur silence toutes leurs pensées. Que je suis mortifié, s'écria don Cleophas, de ne pouvoir jouir, comme vous, du plaisir de les apercevoir ! Je puis encore vous donner ce contentement, lui dit Asmodée ; rien n'est plus facile pour moi. En même temps ce démon lui toucha les yeux, et, par un prestige, lui fit voir un grand nombre de fantômes blancs.

A l'apparition de ces spectres, Zambullo frémit. Comment donc, lui dit le Diable, vous frémissez? Ces ombres vous font-elles peur? Que leur habillement ne vous épouvante point ; accoutumez-vous-y dès à présent : vous le porterez à votre tour ; c'est l'uniforme des mânes ; rassurez-vous donc, et ne craignez rien. Pouvez-vous manquer de fermeté dans cette occasion, vous, qui avez eu l'assurance de soutenir ma vue ? ces gens-ci ne sont pas si méchants que moi.

L'écolier, à ces paroles, rappelant tout son courage, regarda les fantômes assez hardiment. Considérez attentivement toutes ces ombres, lui dit le boiteux : celles qui ont des mausolées sont confondues avec celles qui n'ont qu'une misérable bière pour tout monument : la subordination qui les distinguoit les unes des autres pendant leur vie ne subsiste plus : le grand sommelier du corps, et le premier ministre, ne sont pas plus présentement que les plus vils citoyens enterrés dans cette église. La grandeur de ces nobles mânes a fini avec leurs jours, comme celle d'un héros de théâtre finit avec la pièce.

Je fais une remarque, dit Leandro : je vois une ombre qui se promène toute seule, et semble fuir la compagnie des autres. Dites plutôt que les autres évitent la sienne, répondit le Démon, et vous direz la vérité : savez-vous bien quelle est cette ombre-là? c'est celle d'un vieux notaire, lequel a eu la vanité de se faire enterrer dans un cercueil de plomb ; ce qui a choqué toutes les autres mânes de bourgeois, dont les cadavres ont été mis en terre ici plus modestement. Ils ne veulent point, pour mortifier son orgueil, que son ombre se mêle parmi eux.

Je viens de faire encore une observation, reprit don Cleophas : deux ombres, en passant l'une devant l'autre, se sont arrêtées un moment pour se regarder, ensuite elles ont continué leur chemin. Ce sont, repartit le Diable, celles de deux amis intimes, dont l'un étoit peintre, et l'autre musicien : ils étoient un peu ivrognes, à cela près fort honnêtes gens. Ils cessèrent de vivre dans la même année : quand leurs mânes se rencontrent, frappés du souvenir de leurs plaisirs, ils se disent, par leur triste silence : Ah ! mon ami, nous ne boirons plus.

Miséricorde ! s'écria l'écolier, qu'est-ce que je vois ? je découvre au bout de cette église deux ombres qui se promènent ensemble : qu'elles me semblent mal appareillées ! leurs tailles et leurs allures sont bien différentes : l'une est d'une hauteur démesurée, et marche fort gravement, au lieu que l'autre est petite, et a l'air évaporé. La grande, reprit le boiteux, est celle d'un Allemand qui perdit la vie pour avoir bu, dans une débauche, trois santés avec du tabac dans son vin ; et la petite est celle d'un Français, lequel, suivant l'esprit galant de sa nation, s'avisa, en entrant dans une église, de présenter poliment de l'eau bénite à une jeune dame qui en sortoit : dès le même jour, pour prix de sa politesse, il fut couché par terre d'un coup d'escopette.

De mon côté, dit Asmodée, je considère trois ombres remarquables que je démêle dans la foule : il faut que je vous apprenne de quelle façon elles ont été séparées de leur matière. Elles animoient les jolis corps de trois comédiennes qui faisoient autant de bruit à Madrid, dans leur temps, qu'Origo, Cytheris et Arbuscula en ont fait à Rome dans le leur, et qui possédoient, aussi bien qu'elles, l'art de divertir les hommes en public, et de les ruiner en particulier. Voici quelle fut la fin de ces fameuses comédiennes espagnoles : l'une creva subitement d'envie, au bruit des applaudissements du parterre, au début d'une actrice nouvelle; l'autre trouva, dans l'excès de la bonne chère, l'infaillible mort qui le suit ; et la troisième, venant de s'échauffer sur la scène à jouer le rôle d'une vestale, mourut d'une fausse couche derrière le théâtre.

Mais laissons en repos toutes ces ombres, poursuivit le démon ; nous les avons assez examinées : je veux présenter à votre vue un nouveau spectacle qui doit faire sur vous une impression encore plus forte que celui-ci. Je vais, par la même puissance qui vous a fait apercevoir ces mânes, vous rendre la mort visible. Vous allez contempler cette cruelle ennemie du genre humain, laquelle tourne sans cesse autour des hommes sans qu'ils la voient ; qui parcourt en un clin d'œil toutes les parties du monde, et fait dans un même moment sentir son pouvoir aux divers peuples qui les habitent.

Regardez du côté de l'Orient ; la voilà qui s'offre à vos yeux : une troupe nombreuse d'oiseaux de mauvais augure vole devant elle avec la terreur, et annonce son passage par des cris funèbres. Son infatigable main est armée de la faux terrible sous laquelle tombent successivement toutes les générations. Sur une de ses ailes sont peints la guerre, la peste, la famine, le naufrage, l'incendie, avec les autres accidents funestes qui lui fournissent à chaque instant une nouvelle proie ; et l'on voit sur l'autre aile de jeunes médecins qui se font recevoir docteurs, en présence de la mort, qui leur donne le bonnet, après leur avoir fait jurer qu'ils n'exerceront jamais la médecine autrement qu'on la pratique aujourd'hui.

Quoique don Cleophas fût persuadé qu'il n'y avoit aucune réalité dans tout ce qu'il voyoit, et que c'étoit seulement pour lui faire plaisir que le diable lui montroit la mort sous cette forme, il ne pouvoit la considérer sans frayeur ; il se rassura néanmoins, et dit au démon : Cette figure épouvantable ne passera pas seulement par-dessus la ville de Madrid, elle y laissera sans doute des marques de son passage. Oui certainement, répondit le boiteux : elle ne vient pas ici pour rien ; il ne tiendra qu'à vous d'être témoin de la besogne qu'elle va faire. Je vous prends au mot, répliqua l'écolier : volons sur ses traces ; voyons sur quelles familles malheureuses sa fureur tombera. Que de larmes vont couler ! Je n'en doute pas, reprit Asmodée ; mais il y en aura bien de commande. La mort, malgré l'horreur qui l'accompagne, cause autant de joie que de douleur.

Nos deux spectateurs prirent leur vol, et suivirent la mort pour l'observer. Elle entra d'abord dans une maison bourgeoise, dont le chef étoit malade à l'extrémité : elle le toucha de sa faux, et il expira au milieu de sa famille, qui forma aussitôt un concert touchant de plaintes et de lamentations. Il n'y a point ici de tricherie, dit le démon : la femme et les enfants de ce bourgeois l'aimoient tendrement ; d'ailleurs ils avoient besoin de lui pour subsister ; leurs pleurs ne sauroient être perfides.

Il n'en est pas de même de ce qui se passe dans cette autre maison, où vous voyez la mort qui frappe un vieillard alité. C'est un conseiller qui a toujours vécu dans le célibat, et fait très-mauvaise chère pour amasser des biens considérables qu'il laisse à trois neveux, qui se sont assemblés chez lui dès qu'ils ont appris qu'il tiroit à sa fin. Ils ont fait paroître une extrême affliction, et fort bien joué leurs rôles ; mais les voilà qui lèvent le masque, et se préparent à faire des actes d'héritiers, après avoir fait des grimaces de parents : ils vont fouiller partout. Qu'ils trouveront d'or et d'argent ! Quel plaisir ! vient de dire tout à l'heure un de ces héritiers aux autres, quel plaisir pour des neveux d'avoir de vieux ladres d'oncles qui renoncent aux douceurs de la vie pour les leur procurer ! La belle oraison funèbre ! dit Leandro Perez.

Oh ! ma foi, reprit le Diable, la plupart des pères qui sont riches, et qui vivent long-temps, n'en doivent point attendre une autre de leurs propres enfants.

Tandis que ces héritiers pleins de joie cherchent les trésors du défunt, la mort vole vers un grand hôtel, où demeure un jeune seigneur qui a la petite vérole. Ce seigneur, le plus aimable de la cour, va périr au commencement de ses beaux jours, malgré le fameux médecin qui le gouverne, ou peut-être parce qu'il est gouverné par ce docteur.

Remarquez avec quelle rapidité la mort fait ses opérations : elle a déjà tranché la destinée de ce jeune seigneur, et je la vois prête à faire une autre expédition. Elle s'arrête sur un couvent, elle descend dans une cellule, fond sur un bon religieux, et coupe le fil de la vie pénitente et mortifiée qu'il mène depuis quarante ans. La mort, toute terrible qu'elle est, ne l'a point épouvanté ; mais, en récompense, elle entre dans un hôtel qu'elle va remplir d'effroi. Elle s'approche d'un licencié de condition, nommé depuis peu à l'évêché d'Albarazin. Ce prélat n'est occupé que des préparatifs qu'il fait pour se rendre à son diocèse avec toute la pompe qui accompagne aujourd'hui les princes de l'église. Il ne songe à rien moins qu'à mourir ; néanmoins, il va tout à l'heure partir pour l'autre monde, où il arrivera sans suite comme le religieux ; et je ne sais s'il y sera reçu aussi favorablement que lui.

O ciel ! s'écria Zambullo, la mort va passer par-dessus le palais du roi ! je crains que d'un coup de faux la barbare ne jette toute l'Espagne dans la consternation. Vous avez raison de trembler, dit le boiteux, car elle n'a pas plus de considération pour les rois que pour leurs valets de pied ; mais, rassurez-vous, ajouta-t-il un moment après, elle n'en veut point encore au monarque : elle va tomber sur un de ses courtisans, sur un de ces seigneurs dont l'unique occupation est de le suivre et de faire leur cour : ce ne sont pas les hommes de l'état les plus difficiles à remplacer.

Mais il me semble, répliqua l'écolier, que la mort ne se contente pas d'avoir enlevé ce courtisan, elle fait encore une pause sur le palais, du côté de l'appartement de la reine. Cela est vrai, repartit le Diable, et c'est pour faire une très-bonne œuvre ; elle va couper le sifflet à une mauvaise femme qui se plaît à semer la division dans la cour de la reine, et qui est tombée malade de chagrin de voir deux dames qu'elle avoit brouillées se réconcilier de bonne foi.

Vous allez entendre des cris perçants, continua le Démon, la mort vient d'entrer dans ce bel hôtel à main gauche ; il va s'y passer la plus triste scène que l'on puisse voir sur le théâtre du monde :

arrêtez vos yeux sur ce déplorable spectacle. Effectivement, dit don Cleophas, j'aperçois une dame qui s'arrache les cheveux, et se débat entre les bras de ses femmes. Pourquoi paroît-elle si affligée ? Regardez dans l'appartement qui est vis-à-vis de celui-là, répondit le Diable, vous en découvrirez la cause. Remarquez un homme étendu sur un lit magnifique : c'est son mari qui expire ; elle est inconsolable. Leur histoire est touchante, et mériteroit d'être écrite : il me prend envie de vous la conter.

Vous me ferez plaisir, répliqua Leandro : le pitoyable ne m'attendrit pas moins que le ridicule me réjouit. Elle est un peu longue, reprit Asmodée ; mais elle est trop intéressante pour vous ennuyer. D'ailleurs, je vous l'avouerai, tout démon que je suis, je me lasse de suivre la mort ; laissons-la chercher de nouvelles victimes. Je le veux bien, dit Zambullo : je suis plus curieux d'entendre l'histoire dont vous me faites fête, que de voir périr tous les humains l'un après l'autre. Alors le boiteux en commença le récit en ces termes, après avoir transporté l'écolier sur une des plus hautes maisons de la rue d'Alcala.

CHAPITRE XIII.

LA FORCE DE L'AMITIÉ.

HISTOIRE.

Un jeune cavalier de Tolède, suivi de son valet de chambre, s'éloignoit à grandes journées du lieu de sa naissance, pour éviter les suites d'une tragique aventure. Il étoit à deux petites lieues de la ville de Valence, lorsqu'à l'entrée d'un bois il rencontra une dame qui descendoit d'un carrosse avec précipitation : aucun voile ne couvroit son visage, qui étoit d'une éclatante beauté ; et cette charmante personne paroissoit si troublée, que le cavalier, jugeant qu'elle avoit besoin de secours, ne manqua pas de lui offrir celui de sa valeur.

Généreux inconnu, lui dit la dame, je ne refuserai point l'offre que vous me faites : il semble que le ciel vous ait envoyé ici pour détourner le malheur que je crains. Deux cavaliers se sont donné rendez-vous dans ce bois ; je viens de les y voir entrer tout à l'heure, ils vont se battre ; suivez-moi, s'il vous plaît ; venez m'aider à les séparer. En achevant ces mots, elle s'avança dans le bois, et le Tolédan, après avoir laissé son cheval à son valet, se hâta de la joindre.

A peine eurent-ils fait cent pas, qu'ils entendirent un bruit d'épées, et bientôt ils découvrirent entre les arbres deux hommes qui se battoient avec fureur. Le Tolédan courut à eux pour les séparer ; et en étant venu à bout par ses prières et par ses efforts, il leur demanda le sujet de leur différend.

Brave inconnu, lui dit un des deux cavaliers, je m'appelle don Fadrique de Mendoce, et mon ennemi se nomme don Alvaro Ponce. Nous aimons dona Théodora, cette dame que vous accompagnez : elle a toujours fait peu d'attention à nos soins, et quelques galanteries que nous ayons pu imaginer pour lui plaire, la cruelle ne nous en a pas mieux traités. Pour moi, j'avois dessein de continuer à la servir, malgré son indifférence ; mais mon rival, au lieu de prendre le même parti, s'est avisé de me faire un appel.

Il est vrai, interrompit don Alvaro, que j'ai jugé à propos d'en user ainsi : je crois que, si je n'avois point de rival, dona Theodora pourroit m'écouter ; je veux donc tâcher d'ôter la vie à don Fadrique, pour me défaire d'un homme qui s'oppose à mon bonheur.

Seigneur cavalier, dit alors le Tolédan, je n'approuve point votre combat ; il offense dona Theodora ; on saura bientôt dans le royaume de Valence que vous vous serez battus pour elle ; l'honneur de votre dame vous doit être plus cher que votre repos et votre vie. D'ailleurs, quel fruit le vainqueur peut-il attendre de sa victoire ? Après avoir exposé la réputation de sa maîtresse, pense-t-il qu'elle le verra d'un œil plus favorable ? Quel aveuglement ! Croyez-moi, faites plutôt sur vous, l'un et l'autre, un effort plus digne des noms que vous portez : rendez-vous maîtres de vos transports furieux, et, par un serment inviolable, engagez-vous tous deux à souscrire à l'accommodement que j'ai à vous proposer ; votre querelle peut se terminer sans qu'il en coûte de sang.

Eh ! de quelle manière ? s'écria don Alvaro. Il faut que cette dame se déclare, répliqua le Tolédan ; qu'elle fasse choix de don Fadrique ou de vous, et que l'amant sacrifié, loin de s'armer contre son rival, lui laisse le champ libre. J'y consens, dit don Alvaro, et j'en jure par tout ce qu'il y a de plus sacré : que dona Theodora se détermine, qu'elle me préfère, si elle veut, mon rival ; cette préférence me sera moins insupportable que l'affreuse incertitude où je suis. Et moi, dit à son tour don Fadrique, j'en atteste le ciel : si ce divin objet que j'adore ne prononce point en ma faveur, je vais m'éloigner de ses charmes ; et si je ne puis les oublier, du moins je ne les verrai plus.

Alors le Tolédan se tournant vers dona Theodora : Madame, lui dit-il, c'est à vous de parler : vous pouvez, d'un seul mot, désarmer ces deux rivaux ; vous n'avez qu'à nommer celui dont vous voulez récompenser la constance. Seigneur cavalier, répondit la dame, cherchez un autre tem-

pérament pour les accorder. Pourquoi me rendre la victime de leur accommodement ? J'estime, à la vérité, don Fadrique et don Alvaro ; mais je ne les aime point ; et il n'est pas juste que, pour prévenir l'atteinte que leur combat pourroit porter à ma gloire, je donne des espérances que mon cœur ne sauroit avouer.

La feinte n'est plus de saison, madame, reprit le Tolédan ; il faut, s'il vous plaît, vous déclarer. Quoique ces deux cavaliers soient également bien faits, je suis assuré que vous avez plus d'inclination pour l'un que pour l'autre : je m'en fie à la frayeur mortelle dont je vous ai vue agitée.

Vous expliquez mal cette frayeur, repartit dona Theodora : la perte de l'un ou de l'autre de ces cavaliers me toucheroit sans doute, et je me la reprocherois sans cesse, quoique je n'en fusse que la cause innocente ; mais si je vous ai paru alarmée, sachez que le péril qui menace ma réputation a fait toute ma crainte.

Don Alvaro Ponce, qui étoit naturellement brutal, perdit enfin patience : C'en est trop, dit-il d'un ton brusque ; puisque madame refuse de terminer la chose à l'amiable, le sort des armes en va donc décider ; et, parlant de cette sorte, il se mit en devoir de pousser don Fadrique, qui, de son côté, se disposa à le bien recevoir.

Alors la dame, plus effrayée par cette action, que déterminée par son penchant, s'écria tout éperdue : Arrêtez, seigneurs cavaliers ; je vais vous satisfaire. S'il n'y a pas d'autre moyen d'empêcher un combat qui intéresse mon honneur, je déclare que c'est à don Fadrique de Mendoce que je donne la préférence.

Elle n'eut pas achevé ces paroles, que le disgracié Ponce, sans dire un seul mot, courut délier son cheval, qu'il avoit attaché à un arbre, et disparut, en jetant des regards furieux sur son rival et sur sa maîtresse. L'heureux Mendoce, au contraire, étoit au comble de sa joie : tantôt il se mettoit à genoux devant dona Theodora, tantôt il embrassoit le Tolédan, et ne pouvoit trouver d'expressions assez vives pour leur marquer toute la reconnoissance dont il se sentoit pénétré.

Cependant la dame, devenue plus tranquille après l'éloignement de don Alvaro, songeoit avec quelque douleur qu'elle venoit de s'engager à souffrir les soins d'un amant dont à la vérité elle estimoit le mérite, mais pour qui son cœur n'étoit pas prévenu.

Seigneur don Fadrique, lui dit-elle, j'espère que vous n'abuserez pas de la préférence que je vous ai donnée : vous la devez à la nécessité où je me suis trouvée de prononcer entre vous et don Alvaro : ce n'est pas que je n'aie toujours fait beaucoup plus de cas de vous que de lui ; je sais bien qu'il n'a pas toutes les bonnes qualités que vous avez : vous êtes le cavalier de Valence le plus parfait, c'est une justice que je vous rends; je dirai même que la recherche d'un homme tel que vous peut flatter la vanité d'une femme; mais, quelque glorieuse qu'elle soit pour moi, je vous avouerai que je la vois avec si peu de goût, que vous êtes à plaindre de m'aimer aussi tendrement que vous le faites paroître. Je ne veux pourtant pas vous ôter toute espérance de toucher mon cœur; mon indifférence n'est peut-être qu'un effet de la douleur qui me reste encore de la perte que j'ai faite depuis un an de don André de Cifuentes, mon mari. Quoique nous n'ayons pas été long-temps ensemble et qu'il fût dans un âge avancé lorsque mes parents, éblouis de ses richesses, m'obligèrent à l'épouser, j'ai été fort affligée de sa mort : je le regrette encore tous les jours.

Eh! n'est-il pas digne de mes regrets? ajouta-t-elle : il ne ressembloit nullement à ces vieillards chagrins et jaloux qui, ne pouvant se persuader qu'une jeune femme soit assez sage pour leur pardonner leur foiblesse, sont eux-mêmes des témoins assidus de tous ses pas, ou la font observer par une duègne dévouée à leur tyrannie. Hélas! il avoit en ma vertu une confiance dont un jeune mari adoré seroit à peine capable. D'ailleurs sa complaisance étoit infinie, et j'ose dire qu'il faisoit son unique étude d'aller au-devant de tout ce que je paroissois souhaiter : tel étoit don André de Cifuentes. Vous jugez bien, Mendoce, que l'on n'oublie pas aisément un homme d'un caractère si aimable : il est toujours présent à ma pensée, et cela ne contribue pas peu sans doute à détourner mon attention de tout ce que l'on fait pour me plaire.

Don Fadrique ne put s'empêcher d'interrompre en cet endroit dona Theodora : Ah! madame, s'écria-t-il, que j'ai de joie d'apprendre de votre propre bouche que ce n'est pas par aversion pour ma personne que vous avez méprisé mes soins! j'espère que vous vous rendrez un jour à ma constance. Il ne tiendra point à moi que cela n'arrive, reprit la dame, puisque je vous permets de me venir voir et de me parler quelquefois de votre amour : tâchez de me donner du goût pour vos galanteries; faites en sorte que je vous aime : je ne vous cacherai point les sentiments favorables que j'aurai pris pour vous; mais si, malgré tous vos efforts, vous n'en pouvez venir à bout, souvenez-vous, Mendoce, que vous ne serez pas en droit de me faire des reproches.

Don Fadrique voulut répliquer; mais il n'en eut pas le temps, parce que la dame prit la main du Tolédan, et tourna brusquement ses pas du côté de son équipage. Il alla détacher son cheval, qui étoit attaché à un arbre; et le tirant après lui par la bride, il suivit dona Theodora, qui monta dans son carrosse avec autant d'agitation qu'elle en étoit descendue : la cause toutefois en étoit bien différente. Le Tolédan et lui l'accompagnèrent à cheval jusqu'aux portes de Valence, où ils se séparèrent. Elle prit le chemin de sa maison, et don Fadrique emmena dans la sienne le Tolédan.

Il le fit reposer; et après l'avoir bien régalé, il lui demanda en particulier ce qui l'amenoit à Valence, et s'il se proposoit d'y faire un long séjour. J'y serai le moins de temps qu'il me sera possible, lui répondit le Tolédan : j'y passe seulement pour aller gagner la mer, et m'embarquer dans le premier vaisseau qui s'éloignera des côtes d'Espagne; car je me mets peu en peine dans quel lieu du monde j'acheverai le cours d'une vie infortunée, pourvu que ce soit loin de ces funestes climats.

Que dites-vous? répliqua don Fadrique avec surprise : qui peut vous révolter contre votre patrie, et vous faire haïr ce que tous les hommes aiment naturellement? Après ce qui m'est arrivé, repartit le Tolédan, mon pays m'est odieux, et je n'aspire qu'à le quitter pour jamais. Ah! seigneur cavalier, s'écria Mendoce attendri de compassion, que j'ai d'impatience de connoître vos malheurs! si je ne puis soulager vos peines, je suis du moins disposé à les partager. Votre physionomie m'a d'abord prévenu pour vous, vos manières me charment, et je sens que je m'intéresse déjà vivement à votre sort.

C'est la plus grande consolation que je puisse recevoir, seigneur don Fadrique, répondit le Tolédan; et pour reconnoître en quelque sorte les bontés que vous me témoignez, je vous dirai aussi qu'en vous voyant tantôt avec don Alvaro Ponce, j'ai penché de votre côté. Un mouvement d'inclination, que je n'ai jamais senti à la première vue de personne, me fit craindre que dona Theodora ne vous préférât votre rival; et j'eus de la joie lorsqu'elle se fut déterminée en votre faveur. Vous avez depuis si bien fortifié cette première impression, qu'au lieu de vouloir vous cacher mes ennuis, je cherche à m'épancher, et trouve une douceur secrète à vous découvrir mon âme : apprenez donc mes malheurs.

Tolède m'a vu naître, et don Juan de Zarate est mon nom. J'ai perdu, presque dès mon enfance, ceux qui m'ont donné le jour; de manière que je commençai de bonne heure à jouir de quatre mille ducats de rente qu'ils m'ont laissés. Comme je pouvois disposer de ma main, et que je me croyois assez riche pour ne devoir consulter que mon cœur dans le choix que je ferois d'une femme, j'épousai une fille d'une beauté parfaite, sans m'arrêter au peu de bien qu’elle avoit, ni à l’inégalité de nos conditions : j’étois charmé de mon bonheur ; et pour mieux goûter le plaisir de posséder une personne que j’aimois, je la menai, peu de jours après mon mariage, à une terre que j’ai à quelques lieues de Tolède.

Nous y vivions tous deux dans une union charmante, lorsque le duc de Naxera, dont le château est dans le voisinage de ma terre, vint, un jour qu’il chassoit, se rafraîchir chez moi. Il vit ma femme, et en devint amoureux : je le crus du moins ; et ce qui acheva de me le persuader, c’est qu’il rechercha bientôt mon amitié avec empressement ; ce qu’il avoit jusque-là fort négligé : il me mit de ses parties de chasse, me fit force présents, et encore plus d’offres de services.

Je fus d’abord alarmé de sa passion ; je pensai retourner à Tolède avec mon épouse ; et le ciel sans doute m’inspiroit cette pensée : effectivement, si j’eusse ôté au duc toutes les occasions de voir ma femme, j’aurois évité tous les malheurs qui me sont arrivés ; mais la confiance que j’avois en elle me rassura. Il me parut qu’il n’étoit pas possible qu’une personne que j’avois épousée sans dot, et tirée d’un état obscur, fût assez ingrate pour oublier mes bontés. Hélas ! que je la connoissois mal ! l’ambition et la vanité, qui sont deux choses si naturelles aux femmes, étoient les plus grands défauts de la mienne.

Dès que le duc eut trouvé moyen de lui apprendre ses sentiments, elle se sut bon gré d’avoir fait une conquête si importante. L’attachement d’un homme que l’on traitoit d’Excellence chatouilla son orgueil, et remplit son esprit de fastueuses chimères : elle s’en estima davantage, et m’en aima moins. Ce que j’avois fait pour elle, au lieu d’exciter sa reconnoissance, ne fit plus que m’attirer ses mépris : elle me regarda comme un mari indigne de sa beauté, et il lui sembla que si ce grand seigneur, qui étoit épris de ses charmes, l’eût vue avant son mariage, il n’auroit pas manqué de l’épouser. Enivrée de ces folles idées, et séduite par quelques présents qui la flattoient, elle se rendit aux secrets empressements du duc.

Ils s’écrivoient assez souvent, et je n’avois pas le moindre soupçon de leur intelligence ; mais enfin je fus assez malheureux pour sortir de mon aveuglement. Un jour je revins de la chasse de meilleure heure qu’à l’ordinaire : j’entrai dans l’appartement de ma femme ; elle ne m’attendoit pas si tôt : elle venoit de recevoir une lettre du duc, et se préparoit à lui faire réponse. Elle ne put cacher son trouble à ma vue : j’en frémis, et voyant sur une table du papier et de l’encre, je jugeai qu’elle me trahissoit. Je la pressai de me montrer ce qu’elle écrivoit ; mais elle s’en défendit ; de sorte que je fus obligé d’employer jusqu’à la violence pour satisfaire ma jalouse curiosité : je tirai de son sein, malgré toute sa résistance, une lettre qui contenoit ces paroles :

« Languirai-je toujours dans l’attente d’une » seconde entrevue ? Que vous êtes cruelle de me » donner les plus douces espérances, et de tant » tarder à les remplir ! Don Juan va tous les jours » à la chasse ou à Tolède : ne devrions-nous pas » profiter de ces occasions ? Ayez plus d’égard à » la vive ardeur qui me consume. Plaignez-moi, » madame : songez que si c’est un plaisir d’obtenir » ce qu’on désire, c’est un tourment d’en attendre » long-temps la possession. »

Je ne pus achever de lire ce billet sans être transporté de rage : je mis la main sur ma dague, et, dans mon premier mouvement, je fus tenté d’ôter la vie à l’infidèle épouse qui m’ôtoit l’honneur ; mais, faisant réflexion que c’étoit me venger à demi, et que mon ressentiment demandoit encore une autre victime, je me rendis maître de ma fureur : je dissimulai : je dis à ma femme, avec le moins d’agitation qu’il me fut possible : Madame, vous avez eu tort d’écouter le duc : l’éclat de son rang ne devoit point vous éblouir ; mais les jeunes personnes aiment le faste : je veux croire que c’est là tout votre crime, et que vous ne m’avez point fait le dernier outrage ; c’est pourquoi j’excuse votre indiscrétion, pourvu que vous rentriez dans votre devoir, et que désormais, sensible à ma seule tendresse, vous ne songiez qu’à la mériter.

Après lui avoir tenu ce discours, je sortis de son appartement, autant pour la laisser se remettre du trouble où étoient ses esprits, que pour chercher la solitude dont j’avois besoin moi-même pour calmer la colère qui m’enflammoit. Si je ne pus reprendre ma tranquillité, j’affectai du moins un air tranquille pendant deux jours ; et le troisième, feignant d’avoir à Tolède une affaire de la dernière conséquence, je dis à ma femme que j’étois obligé de la quitter pour quelque temps, et que je la priois d’avoir soin de sa gloire pendant mon absence.

Je partis ; mais, au lieu de continuer mon chemin vers Tolède, je revins secrètement chez moi à l’entrée de la nuit, et me cachai dans la chambre d’un domestique fidèle, d’où je pouvois voir tout ce qui entroit dans ma maison. Je ne doutois point que le duc n’eût été informé de mon départ, et je m’imaginois qu’il ne manqueroit pas de vouloir profiter de la conjoncture : j’espérois les surprendre ensemble ; je me promettois une entière vengeance.

Néanmoins je fus trompé dans mon attente ; loin de remarquer qu’on se disposât au logis à recevoir un galant, je m’aperçus au contraire, que l'on fermoit les portes avec exactitude ; et trois jours s'étant écoulés sans que le duc eût paru, ni même aucun de ses gens, je me persuadai que mon épouse s'étoit repentie de sa faute, et qu'elle avoit enfin rompu tout commerce avec son amant.

Prévenu de cette opinion, je perdis le désir de me venger ; et me livrant aux mouvements d'un amour que la colère avoit suspendu, je courus à l'appartement de ma femme, je l'embrassai avec transport, et lui dis : Madame, je vous rends mon estime et mon amitié. Je vous avoue que je n'ai point été à Tolède ; j'ai feint ce voyage pour vous éprouver. Vous devez pardonner ce piége à un mari dont la jalousie n'étoit pas sans fondement ; je craignois que votre esprit, séduit par de superbes illusions, ne fût pas capable de se détromper ; mais, grâces au ciel, vous avez reconnu votre erreur, et j'espère que rien ne troublera plus notre union.

Ma femme me parut touchée de ces paroles ; et laissant couler quelques pleurs : Que je suis malheureuse, s'écria-t-elle, de vous avoir donné sujet de soupçonner ma fidélité ! J'ai beau détester ce qui vous a si justement irrité contre moi ; mes yeux, depuis deux jours, sont vainement ouverts aux larmes ; toute ma douleur, tous mes remords seront inutiles ; je ne regagnerai jamais votre confiance. Je vous la redonne, madame, interrompis-je tout attendri de l'affliction qu'elle faisoit paroître ; je ne veux plus me souvenir du passé, puisque vous vous en repentez.

En effet, dès ce moment j'eus pour elle les mêmes égards que j'avois auparavant, et je recommençai à goûter des plaisirs qui avoient été si cruellement troublés : ils devinrent même plus piquants ; car ma femme, comme si elle eût voulu effacer de mon esprit toutes les traces de l'offense qu'elle m'avoit faite, prenoit plus de soin de me plaire qu'elle n'en avoit jamais pris : je trouvois plus de vivacité dans ses caresses, et peu s'en falloit que je ne fusse bien aise du chagrin qu'elle m'avoit causé.

Je tombai malade en ce temps-là. Quoique ma maladie ne fût point mortelle, il n'est pas concevable combien ma femme en parut alarmée : elle passoit le jour auprès de moi ; et la nuit, comme j'étois dans un appartement séparé, elle me venoit voir deux ou trois fois, pour apprendre par elle-même de mes nouvelles : enfin elle montroit une extrême attention à courir au-devant de tous les secours dont j'avois besoin ; il sembloit que sa vie fût attachée à la mienne. De mon côté, j'étois si sensible à toutes les marques de tendresse qu'elle me donnoit, que je ne pouvois me lasser de le lui témoigner. Cependant, seigneur Mendoce, elles n'étoient pas aussi sincères que je me l'imaginois.

Une nuit, ma santé commençoit alors à se rétablir, mon valet de chambre vint me réveiller : Seigneur, me dit-il tout ému, je suis fâché d'interrompre votre repos ; mais je vous suis trop fidèle pour vouloir vous cacher ce qui se passe dans ce moment chez vous : le duc de Naxera est avec madame.

Je fus si étourdi de cette nouvelle, que je regardai quelque temps mon valet sans pouvoir lui parler : plus je pensois au rapport qu'il me faisoit, plus j'avois de peine à le croire véritable. Non, Fabio, m'écriai-je, il n'est pas possible que ma femme soit capable d'une si grande perfidie ! tu n'es point assuré de ce que tu dis. Seigneur, reprit Fabio, plût au ciel que j'en pusse encore douter ; mais de fausses apparences ne m'ont point trompé. Depuis que vous êtes malade, je soupçonne qu'on introduit presque toutes les nuits le duc dans l'appartement de madame : je me suis caché pour éclaircir mes soupçons, et je ne suis que trop persuadé qu'ils sont justes.

A ce discours je me levai tout furieux ; je pris ma robe de chambre et mon épée, et marchai vers l'appartement de ma femme, accompagné de Fabio, qui portoit la lumière. Au bruit que nous fîmes en entrant, le duc, qui étoit assis sur le lit, se leva, et prenant un pistolet qu'il avoit à sa ceinture, il vint au-devant de moi et me tira ; mais ce fut avec tant de trouble et de précipitation, qu'il me manqua. Alors je m'avançai sur lui brusquement, et lui enfonçai mon épée dans le cœur. Je m'adressai ensuite à ma femme, qui étoit plus morte que vive : Et toi, lui dis-je, infâme ! reçois le prix de toutes tes perfidies. En disant cela, je lui plongeai dans le sein mon épée toute fumante du sang de son amant.

Je condamne mon emportement, seigneur don Fadrique, et j'avoue que j'aurois pu assez punir une épouse infidèle, sans lui ôter la vie ; mais quel homme pourroit conserver sa raison dans une pareille conjoncture ? Peignez-vous cette perfide femme attentive à ma maladie ; représentez-vous toutes ses démonstrations d'amitié, toutes les circonstances, toute l'énormité de sa trahison, et jugez si l'on ne doit point pardonner sa mort à un mari qu'une si juste fureur animoit.

Pour achever cette tragique histoire en deux mots : après avoir pleinement assouvi ma vengeance, je m'habillai à la hâte ; je jugeai bien que je n'avois pas de temps à perdre, que les parents du duc me feroient chercher par toute l'Espagne, et que le crédit de ma famille ne pouvant balancer le leur, je ne serois en sûreté que dans un pays étranger : c'est pourquoi je choisis deux de mes meilleurs chevaux, et avec tout ce que j'avois d'argent et de pierreries, je sortis de ma maison avant le jour, suivi du valet qui m'avoit si bien prouvé sa fidélité : je pris la route de Valence , dans le dessein de me jeter dans le premier vaisseau qui feroit voile vers l'Italie. Comme je passois aujourd'hui près du bois où vous étiez, j'ai rencontré dona Theodora, qui m'a prié de la suivre et de l'aider à vous séparer.

Après que le Tolédan eut achevé de parler, don Fadrique lui dit : Seigneur don Juan, vous vous êtes justement vengé du duc de Naxera : soyez sans inquiétude sur les poursuites que ses parents pourront faire : vous demeurerez, s'il vous plaît, chez moi , en attendant l'occasion de passer en Italie. Mon oncle est gouverneur de Valence ; vous serez plus en sûreté ici qu'ailleurs , et vous y serez avec un homme qui veut être uni désormais avec vous d'une étroite amitié.

Zarate répondit à Mendoce dans des termes pleins de reconnoissance, et accepta l'asile qu'il lui présentoit. Admirez la force de la sympathie, seigneur don Cleophas, poursuivit Asmodée ; ces deux jeunes cavaliers se sentirent tant d'inclination l'un pour l'autre, qu'en peu de jours il se forma entre eux une amitié comparable à celle d'Oreste et de Pylade. Avec un mérite égal, ils avoient ensemble un tel rapport d'humeur , que ce qui plaisoit à don Fadrique ne manquoit pas de plaire à don Juan ; c'étoit le même caractère : enfin, ils étoient faits pour s'aimer. Don Fadrique surtout étoit enchanté des manières de son ami : il ne pouvoit même s'empêcher de les vanter à tout moment à dona Theodora.

Ils alloient souvent tous deux chez cette dame, qui voyoit toujours avec indifférence les soins et les assiduités de Mendoce. Il en étoit très-mortifié, et s'en plaignoit quelquefois à son ami, qui, pour le consoler, lui disoit que les femmes les plus insensibles se laissoient enfin toucher ; qu'il ne manquoit aux amants que la patience d'attendre ce temps favorable ; qu'il ne perdît point courage ; que sa dame, tôt ou tard, récompenseroit ses services. Ce discours, quoique fondé sur l'expérience, ne rassuroit point le timide Mendoce , qui craignoit de ne pouvoir jamais plaire à la veuve de Cifuentes. Cette crainte le jeta dans une langueur qui faisoit pitié à don Juan ; mais don Juan fut bientôt plus à plaindre que lui.

Quelque sujet qu'eût ce Tolédan d'être révolté contre les femmes, après l'horrible trahison de la sienne , il ne put se défendre d'aimer dona Theodora ; cependant, loin de s'abandonner à une passion qui offensoit son ami, il ne songea qu'à la combattre ; et persuadé qu'il ne la pouvoit vaincre qu'en s'éloignant des yeux qui l'avoient fait naître, il résolut de ne plus voir la veuve de Cifuentes : ainsi, lorsque Mendoce le vouloit mener chez elle, il trouvoit toujours quelque prétexte pour s'en excuser.

D'une autre part, don Fadrique n'alloit pas une fois chez la dame, qu'elle ne lui demandât pourquoi don Juan ne la venoit plus voir. Un jour, qu'elle lui faisoit cette question, il lui répondit en souriant que son ami avoit ses raisons. Et quelles raisons peut-il avoir de me fuir ? dit dona Theodora. Madame, repartit Mendoce, comme je voulois aujourd'hui vous l'amener, et que je lui marquois quelque surprise sur ce qu'il refusoit de m'accompagner, il m'a fait une confidence qu'il faut que je vous révèle pour le justifier. Il m'a dit qu'il avoit fait une maîtresse, et que , n'ayant pas beaucoup de temps à demeurer dans cette ville, les moments lui étoient chers.

Je ne suis point satisfaite de cette excuse, reprit en rougissant la veuve de Cifuentes ; il n'est pas permis aux amants d'abandonner leurs amis. Don Fadrique remarqua la rougeur de dona Theodora ; il crut que la vanité seule en étoit la cause, et que ce qui faisoit rougir la dame n'étoit qu'un simple dépit de se voir négligée. Il se trompoit dans sa conjecture : un mouvement plus vif que la vanité excitoit l'émotion qu'elle laissoit paroître ; mais de peur qu'il ne démêlât ses sentiments, elle changea de discours, et affecta, pendant le reste de l'entretien, un enjouement qui auroit mis en défaut la pénétration de Mendoce , quand il n'auroit pas d'abord pris le change.

Aussitôt que la veuve de Cifuentes se trouva seule, elle tomba dans une profonde rêverie : elle sentit alors toute la force de l'inclination qu'elle avoit conçue pour don Juan ; et la croyant plus mal récompensée qu'elle ne l'étoit : Quelle injuste et barbare puissance, dit-elle en soupirant, se plaît à enflammer des cœurs qui ne s'accordent pas ! Je n'aime pas don Fadrique, qui m'adore, et je brûle pour don Juan, dont une autre que moi occupe la pensée ! Ah ! Mendoce , cesse de me reprocher mon indifférence, ton ami t'en venge assez.

A ces mots, un vif sentiment de douleur et de jalousie lui fit répandre quelques larmes ; mais l'espérance, qui sait adoucir les peines des amants, vint bientôt présenter à son esprit de flatteuses images. Elle se représenta que sa rivale pouvoit n'être pas fort dangereuse, que don Juan étoit peut-être moins arrêté par ses charmes qu'amusé par ses bontés, et que de si foibles liens n'étoient pas difficiles à rompre. Pour juger elle-même de ce qu'elle en devoit croire, elle résolut d'entretenir en particulier le Tolédan. Elle le fit avertir de se trouver chez elle : il s'y rendit ; et quand ils furent tous deux seuls, dona Theodora prit ainsi la parole :

Je n'aurois jamais pensé que l'amour pût faire oublier à un galant homme ce qu'il doit aux dames ; néanmoins, don Juan, vous ne venez plus chez moi depuis que vous êtes amoureux. J'ai sujet, ce me semble, de me plaindre de vous. Je veux croire toutefois que ce n'est point de votre propre mouvement que vous me fuyez ; votre dame vous aura sans doute défendu de me voir. Avouez-le-moi, don Juan, et je vous excuse : je sais que les amants ne sont pas libres dans leurs actions, et qu'ils n'oseroient désobéir à leurs maîtresses.

Madame, répondit le Tolédan, je conviens que ma conduite doit vous étonner ; mais, de grâce, ne souhaitez pas que je me justifie : contentez-vous d'apprendre que j'ai raison de vous éviter. Quelle que puisse être cette raison, reprit dona Theodora tout émue, je veux que vous me la disiez. Hé bien, madame, repartit don Juan, il faut vous obéir ; mais ne vous plaignez pas si vous en entendez plus que vous n'en voulez savoir.

Don Fadrique, poursuivit-il, vous a raconté l'aventure qui m'a fait quitter la Castille. En m'éloignant de Tolède, le cœur plein de ressentiment contre les femmes, je les défiois toutes de me jamais surprendre. Dans cette fière disposition, je m'approchai de Valence ; je vous rencontrai, et, ce que personne encore n'a pu faire peut-être, je soutins vos premiers regards sans en être troublé ; je vous ai revue même depuis impunément ; mais, hélas ! que j'ai payé cher quelques jours de fierté ! Vous avez enfin vaincu ma résistance : votre beauté, votre esprit, tous vos charmes se sont exercés sur un rebelle ; en un mot, j'ai pour vous tout l'amour que vous êtes capable d'inspirer.

Voilà, madame, ce qui m'écarte de vous. La personne dont on vous a dit que j'étois occupé n'est qu'une dame imaginaire : c'est une fausse confidence que j'ai faite à Mendoce, pour prévenir les soupçons que j'aurois pu lui donner, en refusant toujours de vous venir voir avec lui.

Ce discours, à quoi dona Theodora ne s'étoit point attendue, lui causa une si grande joie, qu'elle ne put l'empêcher de paroître. Il est vrai qu'elle ne se mit point en peine de la cacher, et qu'au lieu d'armer ses yeux de quelque rigueur, elle regarda le Tolédan d'un air assez tendre, et lui dit : Vous m'avez appris votre secret, don Juan ; je veux aussi vous découvrir le mien : écoutez-moi.

Insensible aux soupirs d'Alvaro Ponce, peu touchée de l'attachement de Mendoce, je menois une vie douce et tranquille, lorsque le hasard vous fit passer près du bois où nous nous rencontrâmes. Malgré l'agitation où j'étois alors, je ne laissai pas de remarquer que vous m'offriez votre secours de très-bonne grâce ; et la manière avec laquelle vous sûtes séparer deux rivaux furieux me fit concevoir une opinion fort avantageuse de votre adresse et de votre valeur. Le moyen que vous proposâtes pour les accorder me déplut : je ne pouvois, sans beaucoup de peine, me résoudre à choisir l'un ou l'autre ; mais, pour ne vous rien déguiser, je crois que vous aviez un peu de part à ma répugnance : car dans le moment que, forcée par la nécessité, ma bouche nomma don Fadrique, je sentis que mon cœur se déclaroit pour l'inconnu. Depuis ce jour, que je dois appeler heureux, après l'aveu que vous m'avez fait, votre mérite a augmenté l'estime que j'avois pour vous.

Je ne vous fais pas, continua-t-elle, un mystère de mes sentiments : je vous les déclare avec la même franchise que j'ai dit à Mendoce que je ne l'aimois point. Une femme qui a le malheur de se sentir du penchant pour un amant qui ne sauroit être à elle a raison de se contraindre, et de se venger du moins de sa foiblesse par un silence éternel ; mais je crois que l'on peut, sans scrupule, découvrir une tendresse innocente à un homme qui n'a que des vues légitimes. Oui, je suis ravie que vous m'aimiez, et j'en rends grâces au ciel, qui nous a sans doute destinés l'un pour l'autre.

Après ce discours, la dame se tut pour laisser parler don Juan, et lui donner lieu de faire éclater tous les transports de joie et de reconnoissance qu'elle croyoit lui avoir inspirés ; mais, au lieu de paroître enchanté des choses qu'il venoit d'entendre, il demeura triste et rêveur.

Que vois-je, don Juan ? lui dit-elle. Quand, pour vous faire un sort qu'un autre que vous pourroit trouver digne d'envie, j'oublie la fierté de mon sexe, et vous montre une âme charmée, vous résistez à la joie que doit vous causer une déclaration si obligeante ! vous gardez un silence glacé ! je vois même de la douleur dans vos yeux. Ah ! don Juan, quel étrange effet produisent en vous mes bontés !

Eh ! quel autre effet, madame, répondit tristement le Tolédan, peuvent-elles faire sur un cœur comme le mien ? Je suis d'autant plus misérable, que vous me témoignez plus d'inclination. Vous n'ignorez pas ce que Mendoce fait pour moi : vous savez quelle tendre amitié nous lie ; pourrois-je établir mon bonheur sur la ruine de ses plus douces espérances ? Vous avez trop de délicatesse, dit dona Theodora : je n'ai rien promis à don Fadrique ; je puis vous offrir ma foi sans mériter ses reproches, et vous pouvez la recevoir sans lui faire un larcin. J'avoue que l'idée d'un ami malheureux doit vous causer quelque peine ; mais, don Juan, est-elle capable de balancer l'heureux destin qui vous attend ?

Oui, madame, répliqua-t-il d'un ton ferme ; un

ami tel que Mendoce a plus de pouvoir sur moi que vous ne pensez. S'il vous étoit possible de concevoir toute la tendresse, toute la force de notre amitié, que vous me trouveriez à plaindre ! Don Fadrique n'a rien de caché pour moi ; mes intérêts sont devenus les siens : les moindres choses qui me regardent ne sauroient échapper à son attention, ou, pour tout dire en un mot, je partage son âme avec vous.

Ah ! si vous vouliez que je profitasse de vos bontés, il falloit me les laisser voir avant que j'eusse formé les nœuds d'une amitié si forte. Charmé du bonheur de vous plaire, je n'aurois alors regardé Mendoce que comme un rival : mon cœur, en garde contre l'affection qu'il me marquoit, n'y auroit pas répondu, et je ne lui devrois pas aujourd'hui tout ce que je lui dois ; mais, madame, il n'est plus temps : j'ai reçu tous les services qu'il a voulu me rendre ; j'ai suivi le penchant que j'avois pour lui : la reconnoissance et l'inclination me lient, et me réduisent enfin à la cruelle nécessité de renoncer au sort glorieux que vous me présentez.

En cet endroit, dona Theodora, qui avoit les yeux couverts de larmes, prit son mouchoir pour s'essuyer. Cette action troubla le Tolédan ; il sentit chanceler sa constance ; il commençoit à ne répondre plus de rien. Adieu, madame, continua-t-il d'une voix entrecoupée de soupirs, adieu ; il faut vous fuir pour sauver ma vertu ; je ne puis soutenir vos pleurs ; ils vous rendent trop redoutable. Je vais m'éloigner de vous pour jamais, et pleurer la perte de tant de charmes, que mon inexorable amitié veut que je lui sacrifie. En achevant ces paroles, il se retira avec un reste de fermeté qu'il n'avoit pas peu de peine à conserver.

Après son départ, la veuve de Cifuentes fut agitée de mille mouvements confus : elle eut honte de s'être déclarée à un homme qu'elle n'avoit pu retenir ; mais, ne pouvant douter qu'il ne fût fortement épris, et que le seul intérêt d'un ami ne lui fît refuser la main qu'elle lui offroit, elle fut assez raisonnable pour admirer un si rare effort d'amitié, au lieu de s'en offenser. Néanmoins, comme on ne sauroit s'empêcher de s'affliger quand les choses n'ont pas le succès que l'on désire, elle résolut d'aller dès le lendemain à la campagne pour dissiper ses chagrins, ou plutôt pour les augmenter ; car la solitude est plus propre à fortifier l'amour qu'à l'affoiblir.

Don Juan, de son côté, n'ayant pas trouvé Mendoce au logis, s'étoit enfermé dans son appartement pour s'abandonner en liberté à sa douleur : après ce qu'il avoit fait en faveur d'un ami, il crut qu'il lui étoit permis du moins d'en soupirer ; mais don Fadrique vint bientôt interrompre sa rêverie ;

et jugeant à son visage qu'il étoit indisposé, il en témoigna tant d'inquiétude, que don Juan, pour le rassurer, fut obligé de lui dire qu'il n'avoit besoin que de repos. Mendoce sortit aussitôt pour le laisser reposer ; mais il sortit d'un air si triste, que le Tolédan en sentit plus vivement son infortune. O ciel ! dit-il en lui-même, pourquoi faut-il que la plus tendre amitié du monde fasse tout le malheur de ma vie ?

Le jour suivant, don Fadrique n'étoit pas encore levé, qu'on le vint avertir que dona Theodora étoit partie, avec tout son domestique, pour son château de Villaréal, et qu'il y avoit apparence qu'elle n'en reviendroit pas sitôt. Cette nouvelle le chagrina moins à cause des peines que fait souffrir l'éloignement d'un objet aimé, que parce qu'on lui avoit fait mystère de ce départ. Sans savoir ce qu'il en devoit penser, il en conçut un funeste présage.

Il se leva pour aller voir son ami, tant pour l'entretenir là-dessus, que pour apprendre l'état de sa santé. Mais comme il achevoit de s'habiller, don Juan entra dans sa chambre, en lui disant : Je viens dissiper l'inquiétude que je vous cause ; je me porte assez bien aujourd'hui. Cette bonne nouvelle, répondit Mendoce, me console un peu de la mauvaise que j'ai reçue. Le Tolédan demanda quelle étoit cette mauvaise nouvelle ; et don Fadrique, après avoir fait sortir ses gens, lui dit : Dona Theodora est partie ce matin pour la campagne, où l'on croit qu'elle sera long-temps. Ce départ m'étonne : pourquoi me l'a-t-on caché ? qu'en pensez-vous, don Juan ? n'ai-je pas raison d'être alarmé ?

Zarate se garda bien de lui dire sur cela sa pensée, et tâcha de lui persuader que dona Theodora pouvoit être allée à la campagne sans qu'il eût sujet de s'en effrayer. Mais Mendoce, peu content des raisons que son ami employoit pour le rassurer, l'interrompit : Tous ces discours, dit-il, ne sauroient dissiper le soupçon que j'ai conçu ; j'aurai fait peut-être imprudemment quelque chose qui aura déplu à dona Theodora : pour m'en punir, elle me quitte, sans daigner seulement m'apprendre mon crime.

Quoi qu'il en soit, je ne puis demeurer plus long-temps dans l'incertitude. Allons, don Juan, allons la trouver ; je vais faire préparer des chevaux. Je vous conseille, lui dit le Tolédan, de ne mener personne avec vous ; cet éclaircissement se doit faire sans témoin. Don Juan ne sauroit être de trop, reprit don Fadrique ; dona Theodora n'ignore point que vous savez tout ce qui se passe dans mon cœur : elle vous estime ; et loin de m'embarrasser, vous m'aiderez à l'apaiser en ma faveur.

Non, non, Fadrique, répliqua-t-il, ma présence

ne peut vous être utile. Partez tout seul, je vous en conjure. Non, mon cher don Juan, repartit Mendoce, nous irons ensemble; j'attends cette complaisance de votre amitié. Quelle tyrannie! s'écria le Tolédan d'un air chagrin; pourquoi exigez-vous de mon amitié ce qu'elle ne doit pas vous accorder?

Ces paroles, que don Fadrique ne comprenoit pas, et le ton brusque dont elles avoient été prononcées, le surprirent étrangement. Il regarda son ami avec attention : Don Juan, lui dit-il, que signifie ce que je viens d'entendre? Quel affreux soupçon naît dans mon esprit! Ah! c'est trop vous contraindre et me gêner; parlez. Qui cause la répugnance que vous marquez à m'accompagner?

Je voulois vous la cacher, répondit le Tolédan; mais puisque vous m'avez forcé vous-même à la laisser paroître, il ne faut plus que je dissimule : cessons, mon cher don Fadrique, de nous applaudir de la conformité de nos affections; elle n'est que trop parfaite : les traits qui vous ont blessé n'ont point épargné votre ami. Dona Theodora..... Vous seriez mon rival! interrompit Mendoce en pâlissant. Dès que j'ai connu mon amour, repartit don Juan, je l'ai combattu. J'ai fui constamment la veuve de Cifuentes : vous le savez; vous m'en avez vous-même fait reproche : je triomphois du moins de ma passion, si je ne pouvois la détruire.

Mais hier cette dame me fit dire qu'elle souhaitoit de me parler chez elle. Je m'y rendis. Elle me demanda pourquoi je semblois vouloir l'éviter. J'inventai des excuses; elle les rejeta. Enfin, je fus obligé de lui en découvrir la véritable cause. Je crus qu'après cette déclaration elle approuveroit le dessein que j'avois de la fuir; mais, par un bizarre effet de mon étoile, vous le dirai-je? oui, Mendoce, je dois vous le dire, je trouvai Theodora prévenue pour moi.

Quoique don Fadrique eût l'esprit du monde le plus doux et le plus raisonnable, il fut saisi d'un mouvement de fureur à ce discours, et interrompant encore son ami en cet endroit : Arrêtez, don Juan, lui dit-il, percez-moi plutôt le sein que de poursuivre ce fatal récit. Vous ne vous contentez pas de m'avouer que vous êtes mon rival, vous m'apprenez encore qu'on vous aime! Juste ciel! quelle confidence que vous m'osez faire! Vous mettez notre amitié à une épreuve trop rude. Mais que dis-je, notre amitié? vous l'avez violée, en conservant les sentiments perfides que vous me déclarez.

Quelle était mon erreur! Je vous croyois généreux, magnanime, et vous n'êtes qu'un faux ami, puisque vous avez été capable de concevoir un amour qui m'outrage. Je suis accablé de ce coup imprévu : je le sens d'autant plus vivement, qu'il m'est porté par une main... Rendez-moi plus de

justice, interrompit à son tour le Tolédan; donnez-vous un moment de patience; je ne suis rien moins qu'un faux ami. Écoutez-moi, et vous vous repentirez de m'avoir appelé de ce nom odieux.

Alors il lui raconta ce qui s'étoit passé entre la veuve de Cifuentes et lui, le tendre aveu qu'elle lui avoit fait, et les discours qu'elle lui avoit tenus pour l'engager à se livrer sans scrupule à sa passion. Il lui répéta ce qu'il avoit répondu à ce discours; et à mesure qu'il parloit de la fermeté qu'il avoit fait paroître, don Fadrique sentoit évanouir sa fureur. Enfin, ajouta don Juan, l'amitié l'emporta sur l'amour : je refusai la foi de dona Théodora. Elle en pleura de dépit; mais, grand Dieu! que ses pleurs excitèrent de trouble dans mon âme! je ne puis m'en ressouvenir sans trembler encore du péril que j'ai couru. Je commençois à me trouver barbare; et pendant quelques instants, Mendoce, mon cœur vous devint infidèle. Je ne cédai pas pourtant à ma foiblesse, et je me dérobai, par une prompte fuite, à des larmes si dangereuses. Mais ce n'est pas assez d'avoir évité ce danger, il faut craindre pour l'avenir. Il faut hâter mon départ; je ne veux plus m'exposer aux regards de Theodora. Après cela, don Fadrique m'accusera-t-il encore d'ingratitude et de perfidie?

Non, lui répondit Mendoce en l'embrassant, je vous rends toute votre innocence. J'ouvre les yeux; pardonnez un injuste reproche au premier transport d'un amant qui se voit ravir toutes ses espérances. Hélas! devois-je croire que dona Theodora pourroit vous voir long-temps sans vous aimer, sans se rendre à ces charmes dont j'ai moi-même éprouvé le pouvoir? Vous êtes un véritable ami. Je n'impute plus mon malheur qu'à la fortune, et loin de vous haïr, je sens augmenter pour vous ma tendresse. Hé quoi! vous renoncez pour moi à la possession de dona Theodora! Vous faites à notre amitié un si grand sacrifice, et je n'en serois pas touché! Vous pouvez dompter votre amour, et je ne ferois pas un effort pour vaincre le mien! Je dois répondre à votre générosité, don Juan; suivez le penchant qui vous entraîne; épousez la veuve de Cifuentes; que mon cœur, s'il veut, en gémisse; Mendoce vous en presse.

Vous m'en pressez en vain, répliqua Zarate. J'ai pour elle, je le confesse, une passion violente; mais votre repos m'est plus cher que mon bonheur. Et le repos de Theodora, reprit don Fadrique, vous doit-il être indifférent? Ne nous flattons point : le penchant qu'elle a pour vous décide de mon sort. Quand vous vous éloigneriez d'elle; quand, pour me la céder, vous iriez loin de ses yeux traîner une vie déplorable, je n'en serois pas mieux : puisque je n'ai pu lui plaire jusqu'ici, je ne lui plairai jamais; le ciel n'a réservé cette gloire qu'à vous seul. Elle vous a aimé dès le premier moment qu'elle vous a vu ; elle a pour vous une inclination naturelle ; en un mot, elle ne sauroit être heureuse qu'avec vous : recevez donc la main qu'elle vous présente ; comblez ses désirs et les vôtres ; abandonnez-moi à mon infortune ; et ne faites pas trois misérables, lorsqu'un seul peut épuiser toute la rigueur du destin.

Asmodée, en cet endroit, fut obligé d'interrompre son récit, pour écouter l'écolier, qui lui dit : Ce que vous me racontez est surprenant. Y a-t-il en effet des gens d'un si beau caractère ? Je ne vois dans le monde que des amis qui se brouillent, je ne dis pas pour des maîtresses comme dona Theodora, mais pour des coquettes fieffées. Un amant peut-il renoncer à un objet qu'il adore, et dont il est aimé, de peur de rendre un ami malheureux ? Je ne croyois cela possible que dans la nature du roman, où l'on peint les hommes tels qu'ils devroient être, plutôt que tels qu'ils sont. Je demeure d'accord, répondit le Diable, que ce n'est pas une chose fort ordinaire ; mais elle est non seulement dans la nature du roman, elle est aussi dans la belle nature de l'homme. Cela est si vrai, que depuis le déluge j'en ai vu deux exemples, y compris celui-ci. Revenons à mon histoire.

Les deux amis continuèrent à se faire un sacrifice de leur passion ; et l'un ne voulant point céder à la générosité de l'autre, leurs sentiments amoureux demeurèrent suspendus pendant quelques jours. Ils cessèrent de s'entretenir de Theodora ; ils n'osoient plus même prononcer son nom. Mais tandis que l'amitié triomphoit ainsi de l'amour dans la ville de Valence, l'amour, comme pour s'en venger, régnoit ailleurs avec tyrannie, et se faisoit obéir sans résistance.

Dona Theodora s'abandonnoit à sa tendresse dans son château de Villaréal, situé près de la mer. Elle pensoit sans cesse à don Juan, et ne pouvoit perdre l'espérance de l'épouser, quoiqu'elle ne dût pas s'y attendre, après les sentiments d'amitié qu'il avoit fait éclater pour don Fadrique.

Un jour, après le coucher du soleil, comme elle prenoit sur le bord de la mer le plaisir de la promenade avec une de ses femmes, elle aperçut une petite chaloupe qui venoit gagner le rivage. Il lui sembla d'abord qu'il y avoit dedans sept à huit hommes de fort mauvaise mine ; mais après les avoir vus de plus près, et considérés avec plus d'attention, elle jugea qu'elle avoit pris des masques pour des visages. En effet c'étoient des gens masqués, et tous armés d'épées et de baïonnettes.

Elle frémit à leur aspect ; et ne tirant pas bon augure de la descente qu'ils se préparoient à faire, elle tourna brusquement ses pas vers le château. Elle regardoit de temps en temps derrière elle pour les observer ; et remarquant qu'ils avoient pris terre, et qu'ils commençoient à la poursuivre, elle se mit à courir de toute sa force ; mais comme elle ne couroit pas si bien qu'Atalante, et que les masques étoient légers et vigoureux, ils la joignirent à la porte du château, et l'arrêtèrent.

La dame et la fille qui l'accompagnoit poussèrent de grands cris qui attirèrent aussitôt quelques domestiques ; et ceux-ci, donnant l'alarme au château, tous les valets de dona Theodora accoururent bientôt, armés de fourches et de bâtons. Cependant, deux hommes des plus robustes de la troupe masquée, après avoir pris entre leurs bras la maîtresse et la suivante, les emportoient vers la chaloupe, malgré leur résistance, pendant que les autres faisoient tête aux gens du château, qui commencèrent à les presser vivement. Le combat fut long ; mais enfin les hommes masqués exécutèrent heureusement leur entreprise, et regagnèrent leur chaloupe en se battant en retraite. Il étoit temps qu'ils se retirassent ; car ils n'étoient pas encore tous embarqués, qu'ils virent paroître, du côté de Valence, quatre ou cinq cavaliers qui piquoient à outrance, et sembloient vouloir venir au secours de Theodora. A cette vue, les ravisseurs se hâtèrent si bien de prendre le large, que l'empressement des cavaliers fut inutile.

Ces cavaliers étoient don Fadrique et don Juan. Le premier avoit reçu ce jour-là une lettre par laquelle on lui mandoit que l'on avoit appris de bonne part qu'Alvaro Ponce étoit dans l'île de Majorque ; qu'il avoit équipé une espèce de tartane, et qu'avec une vingtaine de gens qui n'avoient rien à perdre, il se proposoit d'enlever la veuve de Cifuentes, la première fois qu'elle seroit dans son château. Sur cet avis, le Tolédan et lui, avec leurs valets de chambre, étoient partis de Valence sur-le-champ, pour venir apprendre cet attentat à dona Theodora. Ils avoient découvert de loin, sur le bord de la mer, un assez grand nombre de personnes qui paroissoient combattre les unes contre les autres ; et soupçonnant que ce pouvoit être ce qu'ils craignoient, ils poussoient leurs chevaux à toute bride pour s'opposer au projet de don Alvaro. Mais quelque diligence qu'ils pussent faire, ils n'arrivèrent que pour être témoins de l'enlèvement qu'ils vouloient prévenir.

Pendant ce temps-là, Alvaro Ponce, fier du succès de son audace, s'éloignoit de la côte avec sa proie, et sa chaloupe alloit joindre un petit vaisseau armé qui l'attendoit en pleine mer. Il n'est pas possible de sentir une plus vive douleur que celle qu'eurent Mendoce et don Juan. Ils firent mille imprécations contre don Alvaro, et remplirent l'air de plaintes aussi pitoyables que vaines. Tous les domestiques de Theodora, animés par un si bel exemple, n'épargnèrent point les lamentations : tout le rivage retentissoit de cris ; la fureur, le désespoir, la désolation, régnoient sur ces tristes bords. Le ravissement d'Hélène ne causa point dans la cour de Sparte une si grande consternation.

CHAPITRE XIV.

Du démêlé d'un poète tragique avec un auteur comique.

L'écolier ne put s'empêcher d'interrompre le Diable en cet endroit : Seigneur Asmodée, lui dit-il, il n'y a pas moyen de résister à la curiosité que j'ai de savoir ce que signifie une chose qui attire mon attention, malgré le plaisir que je prends à vous écouter. Je remarque dans une chambre deux hommes en chemise qui se tiennent à la gorge et aux cheveux, et plusieurs personnes en robe de chambre qui s'empressent à les séparer : apprenez-moi, je vous prie, ce que cela veut dire. Le démon, qui ne cherchoit qu'à le contenter, lui donna sur-le-champ cette satisfaction de la manière suivante.

Les personnages que vous voyez en chemise et qui se battent, lui dit-il, sont deux auteurs français ; et les gens qui les séparent sont deux Allemands, un Flamand et un Italien. Ils demeurent tous dans la même maison, qui est un hôtel garni, où il ne loge guère que des étrangers. L'un de ces auteurs fait des tragédies, et l'autre des comédies. Le premier, pour quelque désagrément qu'il a essuyé en France, est venu en Espagne ; et le dernier, peu content de sa condition à Paris, a fait le même voyage, dans l'espérance de trouver à Madrid une meilleure fortune.

Le poète tragique est un esprit vain et présomptueux, qui s'est fait, en dépit de la plus saine partie du public, une assez grande réputation dans son pays. Pour tenir sa muse en haleine, il compose tous les jours : ne pouvant dormir cette nuit, il a commencé une pièce dont il a tiré le sujet de l'Iliade. Il en a fait une scène ; et comme son moindre défaut est d'avoir, ainsi que ses confrères, une démangeaison continuelle d'assassiner les gens du récit de ses ouvrages, il s'est levé, a pris sa chandelle, et, tout en chemise, est venu frapper rudement à la porte de l'auteur comique, qui, faisant un meilleur usage de son temps, dormoit d'un profond sommeil.

Celui-ci s'est éveillé au bruit, et est allé ouvrir à l'autre, qui, d'un air de possédé, lui a dit en entrant : Tombez, mon ami, tombez à mes genoux ; adorez un génie que Melpomène favorise. Je viens d'enfanter des vers...., mais, que dis-je, je viens ? c'est Apollon lui-même qui me les a dictés : si j'étois à Paris, j'irois les lire aujourd'hui de maison en maison ; j'attends qu'il soit jour pour en aller charmer monsieur notre ambassadeur, aussi bien que tous les Français qui sont à Madrid. Avant que je les montre à personne, je veux vous les réciter.

Je vous remercie de la préférence, a répondu l'auteur comique, en bâillant de toute sa force : ce qu'il y a de fâcheux, c'est que vous prenez mal votre temps ; je me suis couché fort tard : le sommeil m'accable, et je ne réponds pas que j'entende, sans me rendormir, tous les vers que vous avez à me dire. Oh ! j'en réponds bien, moi, a repris le poète tragique : quand vous seriez mort, la scène que je viens de composer seroit capable de vous rappeler à la vie. Ma versification n'est point un assemblage de sentiments communs et d'expressions triviales que la rime seule soutienne ; c'est une poésie mâle qui émeut le cœur et frappe l'esprit. Je ne suis pas de ces poëtereaux dont les pitoyables nouveautés ne font que passer sur la scène comme des ombres, et vont à Utique divertir les Africains ; mes pièces, dignes d'être consacrées avec ma statue dans la bibliothèque palatine, ont encore la foule après trente représentations : mais venons, ajouta ce poëte modeste, venons aux vers dont je veux vous donner l'étrenne.

Voici ma tragédie : *La mort de Patrocle.* Scène première. Briséis et les autres captives d'Achille paroissent : elles s'arrachent les cheveux et se frappent le sein, pour témoigner la douleur qu'elles ont de la mort de Patrocle. Elles ne peuvent pas même se soutenir ; abattues par leur désespoir elles se laissent tomber sur le théâtre. Vous me direz que cela est un peu hasardé ; mais c'est ce que je cherche. Que les petits génies se tiennent dans les bornes étroites de l'imitation, sans oser les franchir, à la bonne heure ; il y a de la prudence dans leur timidité : pour moi, j'aime le nouveau, et je tiens que, pour émouvoir et ravir les spectateurs, il faut leur présenter des images auxquelles ils ne s'attendent point.

Les captives sont donc couchées par terre. Phénix, gouverneur d'Achille, est avec elles : il les aide à se relever l'une après l'autre ; ensuite il commence la protase par ces vers :

Priam va perdre Hector et sa superbe ville ;
Les Grecs veulent venger le compagnon d'Achille,
Le fier Agamemnon, le divin Camélus,
Nestor, pareil aux dieux, le vaillant Eumélus,
Léonte, de la pique adroit à l'exercice,
Le nerveux Diomède, et l'éloquent Ulysse.
Achille s'y prépare, et déjà ce héros
Pousse vers Ilium ses immortels chevaux ;
Pour arriver plus tôt où sa fureur l'entraîne,

Quoique l'œil qui les voit ne les suive qu'à peine,
Il leur dit : Chers Xanthus, Balius, avancez ;
Et, lorsque vous serez du carnage lassés,
Quand les Troyens fuyant rentreront dans leur ville,
Regagnez notre camp, mais non pas sans Achille.
Xanthus baisse la tête, et répond par ces mots :
Achille, vous serez content de vos chevaux,
Ils vont aller au gré de votre impatience ;
Mais de votre trépas l'instant fatal s'avance.
Junon aux yeux de bœuf ainsi le fait parler,
Et d'Achille aussitôt le char semble voler.
Les Grecs, en le voyant, de mille cris de joie
Soudain font retentir le rivage de Troie.
Ce prince, revêtu des armes de Vulcain,
Paroît plus éclatant que l'astre du matin,
Ou tel que le soleil, commençant sa carrière,
S'élève pour donner au monde la lumière ;
Ou brillant comme un feu que les villageois font
Pendant l'obscure nuit sur le sommet du mont.

Je m'arrête, a poursuivi l'auteur tragique, pour vous laisser respirer un moment ; car si je vous récitois toute ma scène de suite, la beauté de ma versification, et le grand nombre de traits brillants et de pensées sublimes qu'elle contient, vous suffoqueroient. Remarquez la justesse de cette comparaison : *Plus éclatant qu'un feu que les villageois font....* Tout le monde ne sent point cela ; mais vous, qui avez de l'esprit, et du véritable, vous en devez être enchanté. Je le suis, sans doute, a répondu l'auteur comique en souriant d'un air malin ; rien n'est si beau, et je suis persuadé que vous ne manquerez pas de parler aussi, dans votre tragédie, du soin que prenoit Thétis de chasser les mouches troyennes qui s'approchoient du corps de Patrocle. Ne pensez pas vous en moquer, a répliqué le tragique : un poëte qui a de l'habileté peut tout risquer ; cet endroit-là est peut-être celui de ma pièce le plus propre à me fournir des vers pompeux ; je ne le raterai pas, sur ma parole.

Tous mes ouvrages, a-t-il continué sans façon, sont marqués au bon coin : aussi quand je les lis, il faut voir comme on les applaudit ; je m'arrête à chaque vers pour recevoir des louanges. Je me souviens qu'un jour je lisois à Paris une tragédie dans une maison où il va tous les jours des beaux-esprits à l'heure du dîner, et dans laquelle, sans vanité, je ne passe pas pour un Pradon : la grande comtesse de Vieille-Brune y étoit ; elle a le goût fin et délicat ; je suis son poëte favori. Elle pleuroit à chaudes larmes dès la première scène ; elle fut obligée de changer de mouchoir au second acte ; elle ne fit que sangloter au troisième ; elle se trouva mal au quatrième ; et je crus, à la catastrophe, qu'elle alloit mourir avec le héros de ma pièce.

A ces mots, quelque envie qu'eût l'auteur comique de garder son sérieux, il lui est echappé un éclat de rire. Ah ! que je reconnois bien, dit-il, cette bonne comtesse à ce trait-là : c'est une femme qui ne peut souffrir la comédie ; elle a tant d'aversion pour le comique, qu'elle sort or linairement de sa loge après la grande pièce, pour emporter toute sa douleur. La tragédie est sa belle passion : que l'ouvrage soit bon ou mauvais, pourvu que vous y fassiez parler des amants malheureux, vous êtes sûr d'attendrir la dame. Franchement, si je composois des poëmes sérieux, je voudrois avoir d'autres approbateurs qu'elle

Oh ! j'en ai d'autres aussi, dit le poëte tragique : j'ai l'approbation de mille personnes de qualité, tant mâles que femelles... Je me défierois encore du suffrage de ces personnes-là, interrompit l'auteur comique ; je serois en garde contre leurs jugements. Savez-vous bien pourquoi ? c'est que ces sortes d'auditeurs sont distraits, pour la plupart, pendant une lecture, et qu'ils se laissent prendre à la beauté d'un vers, ou à la délicatesse d'un sentiment : cela suffit pour leur faire louer tout un ouvrage, quelque imparfait qu'il puisse être d'ailleurs. Tout au contraire, entendent-ils quelques vers dont la platitude ou la dureté leur blesse l'oreille, il ne leur en faut pas davantage pour décrier une bonne pièce.

Hé bien ! a repris l'auteur sérieux, puisque vous voulez que ces juges-là me soient suspects, je m'en fie donc aux applaudissements du parterre. Hé ! ne me vantez pas, s'il vous plaît, votre parterre, a répliqué l'autre ; il fait paroître trop de caprice dans ses décisions. Il se trompe quelquefois si lourdement aux représentations des pièces nouvelles, qu'il sera des deux mois entiers sottement enchanté d'un mauvais ouvrage. Il est vrai que, dans la suite, l'impression le désabuse, et que l'auteur demeure déshonoré après un heureux succès.

C'est un malheur qui n'est pas à craindre pour moi, a dit le tragique : on réimprime mes pièces aussi souvent qu'elles sont représentées. J'avoue qu'il n'en est pas de même des comédies : l'impression découvre leur foiblesse : les comédies n'étant que des bagatelles, que de petites productions d'esprit... Tout beau, monsieur l'auteur tragique, interrompit l'autre, tout beau : vous ne songez pas que vous vous échauffez ; parlez, de grâce, devant moi, de la comédie avec un peu moins d'irrévérence. Pensez-vous qu'une pièce comique soit moins difficile à composer qu'une tragédie ? Détrompez-vous : il n'est pas plus aisé de faire rire les honnêtes gens, que de les faire pleurer. Sachez qu'un sujet ingénieux, dans les mœurs de la vie ordinaire, ne coûte pas moins à traiter que le plus beau sujet héroïque

Ah ! parbleu, s'écrie le poëte sérieux d'un ton railleur, je suis ravi de vous entendre parler dans ces termes. Hé bien ! monsieur Calidas, pour éviter la dispute, je veux désormais autant estimer vos ouvrages, que je les ai méprisés jusqu'ici. Je me soucie fort peu de vos mépris, monsieur Giblet, reprend avec précipitation l'auteur comique; et pour répondre à vos airs insolents, je vais vous dire nettement ce que je pense des vers que vous venez de me réciter : ils sont ridicules, et les pensées, quoique tirées d'Homère, n'en sont pas moins plates. Achille parle à ses chevaux; ses chevaux lui répondent : il y a là-dedans une image basse, de même que dans la comparaison du feu que les villageois font sur une montagne. Ce n'est pas faire honneur aux anciens que de les piller de cette sorte : ils sont, à la vérité, remplis de choses admirables; mais il faut avoir plus de goût que vous n'en avez pour faire un heureux choix de celles qu'on doit emprunter d'eux.

Puisque vous n'avez pas assez d'élévation de génie, a répliqué Giblet, pour apercevoir les beautés de ma poésie, et pour vous punir d'avoir osé critiquer ma scène, je ne vous en lirai pas la suite. Je ne suis que trop puni d'en avoir entendu le commencement, a reparti Calidas : il vous sied bien à vous de mépriser mes comédies. Apprenez que la plus mauvaise que je puisse faire sera toujours fort au-dessus de vos tragédies, et qu'il est plus facile de prendre l'essor et de se guinder sur de grands sentimens, que d'attraper une plaisanterie fine et délicate.

Grâce au ciel, dit le tragique d'un air dédaigneux, si j'ai le malheur de n'avoir pas votre estime, je crois devoir m'en consoler. La cour juge plus favorablement de moi que vous ne faites; et la pension dont elle m'a bien voulu..... Eh ! ne croyez pas m'éblouir avec vos pensions de cour, interrompit Calidas : je sais trop de quelle manière on les obtient, pour en faire plus de cas de vos ouvrages. Encore une fois, ne vous imaginez pas mieux valoir que les auteurs comiques : et pour vous prouver même que je suis convaincu qu'il est plus aisé de composer des poëmes dramatiques sérieux que d'autres, c'est que si je retourne en France, et que je n'y réussisse pas dans le comique, je m'abaisserai à faire des tragédies.

Pour un composeur de farces, dit le poëte tragique, vous avez bien de la vanité. Pour un versificateur qui ne doit sa réputation qu'à de faux brillants, dit l'auteur comique, vous vous en faites bien accroire. Vous êtes un insolent, a répliqué l'autre. Si je n'étais pas chez vous, mon petit monsieur Calidas, la péripétie de cette aventure vous apprendroit à respecter le cothurne. Que cette considération ne vous retienne point, mon grand monsieur Giblet, a répondu Calidas : si vous avez envie de vous faire battre, je vous battrai aussi bien chez moi qu'ailleurs.

En même temps ils se sont pris tous deux à la gorge et aux cheveux, et les coups de poings et de pieds n'ont pas été épargnés de part et d'autre. Un Italien, couché dans la chambre voisine, a entendu tout ce dialogue; et au bruit que les auteurs faisoient en se battant, il a jugé qu'ils étoient aux prises. Il s'est levé, et par compassion pour ces Français, quoique Italien, il a appelé du monde. Un Flamand et deux Allemands, qui sont ces personnes que vous voyez en robes de chambre, viennent avec l'Italien séparer les combattants.

Ce démêlé me paroît plaisant, dit don Cléophas. Mais, à ce que je vois, les auteurs tragiques, en France, s'imaginent être des personnages plus importants que ceux qui ne font que des comédies. Sans doute, répondit Asmodée. Les premiers se croient autant au-dessus des autres, que les héros des tragédies sont au dessus des valets des pièces comiques. Eh ! sur quoi fondent-ils leur orgueil, répliqua l'écolier? Est-ce qu'il seroit en effet plus difficile de faire une tragédie qu'une comédie? La question que vous me faites, repartit le Diable, a cent fois été agitée, et l'est encore tous les jours. Pour moi, voici comment je la décide, n'en déplaise aux hommes qui ne sont pas de mon sentiment : je dis qu'il n'est pas plus facile de composer une pièce comique qu'une tragique ; car si la dernière étoit plus difficile que l'autre, il faudroit conclure de là qu'un faiseur de tragédies seroit plus capable de faire une comédie que le meilleur auteur comique; ce qui ne s'accorderoit pas avec l'expérience. Ces deux sortes de poëmes demandent donc deux génies d'un caractère différent, mais d'une égale habileté.

Il est temps, ajouta le boiteux, de finir la digression : je vais reprendre le fil de l'histoire que vous avez interrompue.

CHAPITRE XV.

Suite et conclusion de l'histoire de la force de l'amitié.

Si les valets de dona Théodora n'avoient pu empêcher son enlèvement, ils s'y étoient du moins opposés avec courage, et leur résistance avoit été fatale à une partie des gens d'Alvaro Ponce. Ils en avoient entre autres blessé un si dangereusement, que ses blessures ne lui ayant pas permis de suivre ses camarades, il étoit demeuré presque sans vie étendu sur le sable.

On reconnut ce malheureux pour un valet de don Alvaro; et comme on s'aperçut qu'il respiroit encore, on le porta au château, où l'on n'épargna rien pour lui faire reprendre ses esprits. On en vint à bout, quoique le sang qu'il avoit perdu l'eût laissé dans une extrême foiblesse. Pour l'engager à parler, on lui promit d'avoir soin de ses jours, et de ne point le livrer à la rigueur de la justice, pourvu qu'il voulût dire où son maître emmenoit dona Theodora.

Il fut flatté de cette promesse, bien qu'en l'état où il étoit il dût avoir peu d'espérance d'en profiter. Il rappela le peu de force qui lui restoit, et, d'une voix foible, confirma l'avis que don Fadrique avoit reçu. Il ajouta ensuite que don Alvaro avoit dessein de conduire la veuve de Cifuentes à Sassari, dans l'île de Sardaigne, où il avoit un parent dont la protection et l'autorité lui promettoient un sûr asile.

Cette déposition soulagea le désespoir de Mendoce et du Tolédan : ils laissèrent le blessé dans le château, où il mourut quelques heures après, et ils s'en retournèrent à Valence, en songeant au parti qu'ils avoient à prendre. Ils résolurent d'aller chercher leur ennemi commun dans sa retraite : ils s'embarquèrent bientôt tous deux sans suite, à Dénia, pour passer au Port-Mahon, ne doutant pas qu'ils n'y trouvassent une commodité pour aller à l'île de Sardaigne. Effectivement, ils ne furent pas plus tôt arrivés au Port-Mahon qu'ils apprirent qu'un vaisseau frété pour Cagliari devoit incessamment mettre à la voile : ils profitèrent de l'occasion.

Le vaisseau partit avec un vent tel qu'ils le pouvoient souhaiter; mais cinq ou six heures après leur départ, il survint un calme; et la nuit, le vent étant devenu contraire, ils furent obligés de louvoyer, dans l'espérance qu'il changeroit. Ils naviguèrent de cette sorte pendant trois jours; le quatrième, sur les deux heures après midi, ils découvrirent un vaisseau qui venoit droit à eux les voiles tendues. Ils le prirent d'abord pour un vaisseau marchand; mais voyant qu'il s'avançoit presque sous leur canon, sans arborer aucun pavillon, ils ne doutèrent plus que ce ne fût un corsaire.

Ils ne se trompoient pas : c'étoit un pirate de Tunis qui croyoit que les chrétiens alloient se rendre sans combattre; mais lorsqu'il s'aperçut qu'ils brouilloient les voiles et préparoient leur canon, il jugea que l'affaire seroit plus sérieuse qu'il n'avoit pensé : c'est pourquoi il s'arrêta, brouilla aussi ses voiles, et se disposa au combat.

Ils commencèrent de part et d'autre à se canonner, et les chrétiens sembloient avoir quelque avantage; mais un corsaire d'Alger, avec un vaisseau plus grand et mieux armé que les deux autres, arrivant au milieu de l'action, prit le parti du pirate de Tunis. Il s'approcha du bâtiment espagnol à pleines voiles, et le mit entre deux feux.

Les chrétiens perdirent courage à cette vue; et ne voulant pas continuer un combat qui devenoit trop inégal, ils cessèrent de tirer. Alors il parut, sur la poupe du navire d'Alger, un esclave qui se mit à crier en espagnol aux gens du vaisseau chrétien qu'ils eussent à se rendre pour Alger, s'ils vouloient qu'on leur fît quartier. Après ce cri, un Turc, qui tenoit une banderole de taffetas vert, parsemée de demi-lunes d'argent entrelacées, la fit flotter dans l'air. Les chrétiens, considérant que toute leur résistance ne pouvoit être qu'inutile, ne songèrent plus à se défendre : ils se livrèrent à toute la douleur que l'idée de l'esclavage peut causer à des hommes libres; et le maître, craignant qu'un plus long retardement n'irritât des vainqueurs barbares, ôta la banderole de la poupe, se jeta dans l'esquif avec quelques-uns de ses matelots, et alla se rendre au corsaire d'Alger.

Ce pirate envoya une partie de ses soldats visiter le bâtiment espagnol, c'est-à-dire piller tout ce qu'il y avoit dedans. Le corsaire de Tunis, de son côté, donna le même ordre à quelques-uns de ses gens; de sorte que tous les passagers de ce malheureux navire furent en un instant désarmés et fouillés, et on les fit passer ensuite dans le vaisseau algérien, où les deux pirates en firent un partage qui fut réglé par le sort.

C'eût été du moins une consolation pour Mendoce et pour son ami de tomber tous deux au pouvoir du même corsaire : ils auroient trouvé leurs chaînes moins pesantes, s'ils avoient pu les porter ensemble; mais la fortune, qui vouloit leur faire éprouver toute sa rigueur, soumit don Fadrique au corsaire de Tunis, et don Juan à celui d'Alger. Peignez-vous le désespoir de ces amis, quand il leur fallut se quitter : ils se jetèrent aux pieds des pirates, pour les conjurer de ne point les séparer; mais ces corsaires, dont la barbarie étoit à l'épreuve des spectacles les plus touchants, ne se laissèrent point fléchir : au contraire, jugeant que ces deux captifs étoient des personnes considérables, et qu'ils pourraient payer une grosse rançon, ils résolurent de les partager

Mendoce et Zarate, voyant qu'ils avoient affaire à des cœurs impitoyables, se regardoient l'un l'autre, et s'exprimoient par leurs regards l'excès de leur affliction. Mais lorsque l'on eut achevé le partage du butin, et que le pirate de Tunis voulut regagner son bord avec les esclaves qui lui étoient échus, ces deux amis pensèrent expirer de douleur. Mendoce s'approcha du Tolédan, et le serrant entre ses bras : Il faut donc, lui dit-il, que nous nous séparions! quelle affreuse nécessité! Ce n'est pas assez que l'audace d'un ravisseur demeure impunie, on nous défend même d'unir nos plaintes et nos regrets. Ah! don Juan, qu'avons-nous fait au ciel pour éprouver si cruellement sa colère? Ne cherchez point ailleurs la cause de nos disgrâces, répondit don Juan; il ne les faut imputer qu'à moi. La mort des deux personnes que je me suis immolées, quoique excusable aux yeux des hommes, aura sans doute irrité le ciel, qui vous punit aussi d'avoir pris de l'amitié pour un misérable que poursuit sa justice.

En parlant ainsi, ils répandoient tous deux des larmes si abondamment, et soupiroient avec tant de violence, que les autres esclaves n'en étoient pas moins touchés que de leur propre infortune. Mais les soldats de Tunis, encore plus barbares que leur maître, remarquant que Mendoce tardoit à sortir du vaisseau, l'arrachèrent brutalement des bras du Tolédan, et l'entraînèrent avec eux, en le chargeant de coups. Adieu, cher ami, s'écria-t-il, je ne vous reverrai plus : dona Theodora n'est point vengée; les maux que ces cruels m'apprêtent seront les moindres peines de mon esclavage.

Don Juan ne put répondre à ces paroles; le traitement qu'il voyait faire à son ami lui causa un saisissement qui lui ôta l'usage de la voix. Comme l'ordre de cette histoire demande que nous suivions le Tolédan, nous laisserons don Fadrique dans le navire de Tunis.

Le corsaire d'Alger retourna vers son port, où, étant arrivé, il mena ses nouveaux esclaves chez le bacha, et de là au marché où l'on a coutume de les vendre. Un officier du dey Mezzomorto acheta don Juan pour son maître, chez qui l'on employa ce nouvel esclave à travailler dans les jardins du harem [1]. Cette occupation, quoique pénible pour un gentilhomme, ne laissa pas de lui être agréable, à cause de la solitude qu'elle demandoit. Dans la situation où il se trouvoit, rien ne pouvoit le flatter davantage que la liberté de s'occuper de ses malheurs. Il y pensoit sans cesse; et son esprit, loin de faire quelque effort pour se détacher des images les plus affligeantes, sembloit prendre plaisir à se les retracer.

Un jour que, sans apercevoir le dey qui se promenoit dans le jardin, il chantoit une chanson triste en travaillant, Mezzomorto s'arrêta pour l'écouter : il fut assez content de sa voix; et s'approchant de lui par curiosité, il lui demanda comment il se nommoit : le Tolédan lui répondit qu'il s'appeloit Alvaro. En entrant chez le dey, il avoit jugé à propos de changer de nom, suivant la coutume des esclaves, et il avoit pris celui-là, parce qu'ayant continuellement dans l'esprit l'enlèvement de Theodora par Alvaro Ponce, il lui étoit venu à la bouche plus tôt qu'un autre. Mezzomorto, qui savoit passablement l'espagnol, lui fit plusieurs questions sur les coutumes d'Espagne, et particulièrement sur la conduite que les hommes y tien-

nent pour se rendre agréables aux femmes : à quoi don Juan répondit d'une manière dont le dey fut très-satisfait.

Alvaro, lui dit-il, tu parois avoir de l'esprit, et je ne te crois pas un homme du commun; mais qui que tu puisses être, tu as le bonheur de me plaire, et je veux t'honorer de ma confiance. Don Juan, à ces mots, se prosterna aux pieds du dey, et se leva après avoir porté le bas de sa robe à sa bouche, à ses yeux et ensuite sur sa tête.

Pour commencer à t'en donner des marques, reprit Mezzomorto, je te dirai que j'ai dans mon sérail les plus belles femmes de l'Europe. J'en ai une entre autres à qui rien n'est comparable; je ne crois pas que le grand-seigneur même en possède une si parfaite, quoique ses vaisseaux lui en apportent tous les jours de tous les endroits du monde. Il semble que son visage soit le soleil réfléchi; et sa taille paroît être la tige du rosier planté dans le jardin d'Éram. Tu m'en vois enchanté.

Mais ce miracle de la nature, avec une beauté si rare, conserve une tristesse mortelle que le temps et mon amour ne sauroient dissiper. Bien que la fortune l'ait soumise à mes désirs, je ne les ai point encore satisfaits; je les ai toujours domptés; et, contre l'usage ordinaire de mes pareils, qui ne recherchent que les plaisirs des sens, je me suis attaché à gagner son cœur par une complaisance et par des respects que le dernier des musulmans auroit honte d'avoir pour une esclave chrétienne.

Cependant, tous mes soins ne font qu'aigrir sa mélancolie, dont l'opiniâtreté commence enfin à me lasser. L'idée de l'esclavage n'est point gravée dans l'esprit des autres avec des traits si profonds : mes regards favorables l'ont bientôt effacée; cette longue douleur fatigue ma patience. Toutefois, avant que je cède à mes transports, il faut que je fasse un effort encore : je veux me servir de ton entremise. Comme l'esclave est chrétienne, et même de ta nation, elle pourra prendre de la confiance en toi, et tu la persuaderas mieux qu'un autre. Vante-lui mon rang et mes richesses : représente-lui que je la distinguerai de toutes mes esclaves; fais-lui même envisager, s'il le faut, qu'elle peut aspirer à l'honneur d'être un jour la femme de Mezzomorto, et dis-lui que j'aurai pour elle plus de considération que je n'en aurois pour une sultane dont sa hautesse voudroit m'offrir la main.

Don Juan se prosterna une seconde fois devant le dey, et, quoique peu satisfait de cette commission, l'assura qu'il feroit tout son possible pour s'en bien acquitter. C'est assez, répliqua Mezzomorto, abandonne ton ouvrage et me suis : je vais, contre nos usages, te faire parler en particulier à cette belle esclave. Mais crains d'abuser de ma

[1] C'est le nom que l'on donne à tous les sérails des particuliers; il n'y a que le sérail du grand-seigneur qui soit appelé *sérail*.

confiance; des supplices inconnus aux Turcs mêmes puniroient ta témérité. Tâche de vaincre sa tristesse, et songe que ta liberté est attachée à la fin de mes souffrances. Don Juan quitta son travail, et suivit le dey, qui avoit pris les devants pour aller disposer la captive affligée à recevoir son agent.

Elle étoit avec deux vieilles esclaves qui se retirèrent d'abord qu'elles virent paroître Mezzomorto. La belle esclave le salua avec beaucoup de respect, mais elle ne put s'empêcher de frémir : ce qui lui arrivoit toutes les fois qu'il s'offroit à sa vue. Il s'en aperçut, et pour la rassurer : Aimable captive, lui dit-il, je ne viens ici que pour vous avertir qu'il y a parmi mes esclaves un Espagnol que vous serez peut-être bien aise d'entretenir : si vous souhaitez le voir, je lui accorderai la permission de vous parler, et même sans témoins.

La belle esclave témoigna qu'elle le vouloit bien. Je vais vous l'envoyer, reprit le dey : puisse-t-il par ses discours soulager vos ennuis ! En achevant ces paroles, il sortit; et rencontrant le Tolédan qui arrivoit, il lui dit tout bas : Tu peux entrer; et, après que tu auras entretenu la captive, tu viendras dans mon appartement me rendre compte de cet entretien.

Zarate entra aussitôt dans la chambre, poussa la porte, salua l'esclave sans attacher ses yeux sur elle, et l'esclave reçut son salut sans le regarder fixement; mais, venant tout-à-coup à s'envisager l'un l'autre avec attention, ils firent un cri de surprise et de joie. O ciel! dit le Tolédan en s'approchant d'elle, n'est-ce point une image vaine qui me séduit? est-ce en effet dona Theodora que je vois? Ah! don Juan, s'écria la belle esclave, est-ce vous qui me parlez? Oui, madame, répondit-il en baisant tendrement une de ses mains, c'est don Juan lui-même. Reconnoissez-moi à ces pleurs que mes yeux, charmés de vous revoir, ne sauroient retenir, à ces transports que votre présence seule est capable d'exciter : je ne murmure plus contre la fortune, puisqu'elle vous rend à mes vœux..... Mais où m'emporte une joie immodérée ? J'oublie que vous êtes dans les fers. Par quel nouveau caprice du sort y êtes-vous tombée? comment avez-vous pu vous sauver de la téméraire ardeur de don Alvaro? Ah! qu'elle m'a causé d'alarmes ! et que je crains d'apprendre que le ciel n'ait pas assez protégé la vertu !

Le ciel, dit dona Theodora, m'a vengée d'Alvaro Ponce. Si j'avois le temps de vous raconter..... Vous en avez tout le loisir, interrompit don Juan : le dey me permet d'être avec vous, et, ce qui doit vous surprendre, de vous entretenir sans témoins. Profitons de ces heureux moments; instruisez-moi de tout ce qui vous est arrivé depuis votre enlève-

ment jusqu'ici. Eh! qui vous a dit, reprit-elle, que c'est par don Alvaro que j'ai été enlevée? Je ne le sais que trop bien, repartit don Juan. Alors il lui conta succinctement de quelle manière il l'avoit appris, et comme Mendoce et lui s'étant embarqués pour aller chercher son ravisseur, ils avoient été pris par des corsaires. Dès qu'il eut achevé son récit, Theodora commença le sien en ces termes

Il n'est pas besoin de vous dire que je fus fort étonnée de me voir saisie par une troupe de gens masqués : je m'évanouis entre les bras de celui qui me portoit; et quand je revins de mon évanouissement, qui fut sans doute très-long, je me trouvai seule avec Inès, une de mes femmes, en pleine mer, dans la chambre de poupe d'un vaisseau qui avoit les voiles au vent.

La malheureuse Inès se mit à m'exhorter à prendre patience, et j'eus lieu de juger, par ses discours, qu'elle étoit d'intelligence avec mon ravisseur. Il osa se montrer devant moi; et venant se jeter à mes pieds : Madame, me dit-il, pardonnez à don Alvaro le moyen dont il se sert pour vous posséder : vous savez quels soins je vous ai rendus, et par quel attachement j'ai disputé votre cœur à don Fadrique, jusqu'au jour que vous lui avez donné la préférence. Si je n'avois eu pour vous qu'une passion ordinaire, je l'aurois vaincue; et je me serois consolé de mon malheur; mais mon sort est d'adorer vos charmes : tout méprisé que je suis, je ne saurois m'affranchir de leur pouvoir. Ne craignez rien pourtant de la violence de mon amour : je n'ai point attenté à votre liberté pour effrayer votre vertu par d'indignes efforts; et je prétends que, dans la retraite où je vous conduis, un nœud éternel et sacré unisse nos cœurs.

Il me tint encore d'autres discours dont je ne puis bien me ressouvenir; mais, à l'entendre, il sembloit qu'en me forçant à l'épouser, il ne me tyrannisoit pas, et que je devois moins le regarder comme un ravisseur insolent, que comme un amant passionné. Pendant qu'il parla, je ne fis que pleurer et me désespérer; c'est pourquoi il me quitta, sans perdre le temps à me persuader; mais en se retirant il fit un signe à Inès, et je compris que c'étoit pour qu'elle appuyât adroitement les raisons dont il avoit voulu m'éblouir.

Elle n'y manqua point : elle me représenta même qu'après l'éclat d'un enlèvement, je ne pourrois guère me dispenser d'accepter la main d'Alvaro Ponce, quelque aversion que j'eusse pour lui; que ma réputation ordonnoit ce sacrifice à mon cœur. Ce n'étoit pas le moyen d'essuyer mes larmes, que de me faire voir la nécessité de ce mariage affreux; aussi étois-je inconsolable. Inès ne savoit plus que me dire, lorsque tout-à-coup nous entendîmes sur le tillac un grand bruit qui attira toute notre attention.

Ce bruit, que faisoient les gens de don Alvaro, étoit causé par la vue d'un gros vaisseau qui venoit fondre sur nous à voiles déployées : comme le nôtre n'étoit pas si bon voilier que celui-là, il nous fut impossible de l'éviter. Il s'approcha de nous, et bientôt nous entendîmes crier : *Arrive ! arrive !* Mais Alvaro Ponce et ses gens, aimant mieux mourir que de se rendre, furent assez hardis pour vouloir combattre. L'action fut très-vive : je ne vous en ferai point le détail ; je vous dirai seulement que don Alvaro et tous les siens y périrent, après s'être battus comme des désespérés. Pour nous, l'on nous fit passer dans le gros vaisseau, qui appartenoit à Mezzomorto, et que commandoit Aby Aly Osman, un de ses officiers.

Aby Aly me regarda long-temps avec quelque surprise ; et connoissant à mes habits que j'étois Espagnole, il me dit en langue castillane : Modérez votre affliction : consolez-vous d'être tombée dans l'esclavage ; ce malheur étoit inévitable pour vous ; mais que dis-je, ce malheur ? c'est un avantage dont vous devez vous applaudir. Vous êtes trop belle pour vous borner aux hommages des chrétiens. Le ciel ne vous a point fait naître pour ces misérables mortels ; vous méritez les vœux des premiers hommes du monde : les seuls musulmans sont dignes de vous posséder. Je vais, ajouta-t-il, reprendre la route d'Alger : quoique je n'aie point fait d'autre prise, je suis persuadé que le dey mon maître sera satisfait de ma course. Je ne crains pas qu'il condamne l'impatience que j'aurai eue de remettre entre ses mains une beauté qui va faire ses délices, et tout l'ornement de son sérail.

A ce discours, qui me faisoit connoître ce que j'avois à redouter, je redoublai mes pleurs. Aby Aly, qui voyoit d'un autre œil que moi le sujet de ma frayeur, n'en fit que rire, et cingla vers Alger, tandis que je m'affligeois sans modération. Tantôt j'adressois mes soupirs au ciel et j'implorois son secours ; tantôt je souhaitois que quelques vaisseaux chrétiens vinssent nous attaquer, ou que les flots nous engloutissent ; après cela, je souhaitois que mes larmes et ma douleur me rendissent si effroyable, que ma vue pût faire horreur au dey : vains souhaits que ma pudeur alarmée me faisoit former. Nous arrivâmes au port : on me conduisit dans ce palais ; je parus devant Mezzomorto.

Je ne sais point ce que dit Aby Aly en me présentant à son maître, ni ce que son maître lui répondit, parce qu'ils se parlèrent en turc ; mais je crus m'apercevoir, aux gestes et aux regards du dey, que j'avois le malheur de lui plaire ; et les choses qu'il me dit ensuite en espagnol achevèrent

de me mettre au désespoir, en me confirmant dans cette opinion.

Je me jetai vainement à ses pieds, et lui promis tout ce qu'il vouloit pour ma rançon : j'eus beau tenter son avarice par l'offre de tous mes biens, il me dit qu'il m'estimoit plus que toutes les richesses du monde. Il me fit préparer cet appartement, qui est le plus magnifique de son palais ; et depuis ce temps-là il n'a rien épargné pour bannir la tristesse dont il me voit accablée. Il m'amène tous les esclaves de l'un et de l'autre sexe qui savent chanter ou jouer de quelque instrument. Il m'a ôté Inès, dans la pensée qu'elle ne faisoit que nourrir mes chagrins ; et je suis servie par de vieilles esclaves qui m'entretiennent sans cesse de l'amour de leur maître, et de tous les différents plaisirs qui me sont réservés.

Mais tout ce qu'on met en usage pour me divertir produit un effet tout contraire : rien ne peut me consoler. Captive dans ce détestable palais, qui retentit tous les jours des cris de l'innocence opprimée, je souffre encore moins de la perte de ma liberté que de la terreur que m'inspire l'odieuse tendresse du dey. Quoique je n'aie trouvé en lui jusqu'à ce jour qu'un amant complaisant et respectueux, je n'en ai pas moins d'effroi, et je crains que, lassé d'un respect qui le gêne déjà peut-être, il n'abuse enfin de son pouvoir : je suis agitée sans relâche de cette affreuse crainte, et chaque instant de ma vie m'est un supplice nouveau.

Dona Theodora ne put achever ces paroles sans verser des pleurs. Don Juan en fut pénétré. Ce n'est pas sans raison, madame, lui dit-il, que vous vous faites de l'avenir une si horrible image ; j'en suis autant épouvanté que vous. Le respect du dey est plus prêt à se démentir que vous ne pensez ; cet amant soumis dépouillera bientôt sa feinte douceur, je ne le sais que trop, et je vois tous les dangers que vous courez.

Mais, continua-t-il en changeant de ton, je n'en serai point un témoin tranquille. Tout esclave que je suis, mon désespoir est à craindre : avant que Mezzomorto vous outrage, je veux enfoncer dans son sein..... Ah ! don Juan, interrompit la veuve de Cifuentes, quel projet osez-vous concevoir ? gardez-vous bien de l'exécuter. De quelles cruautés cette mort seroit suivie ! Les Turcs ne la vengeroient-ils pas ? les tourments les plus effroyables..... Je ne puis y penser sans frémir ! D'ailleurs, n'est-ce pas vous exposer à un péril superflu ? En ôtant la vie au dey, me rendriez-vous la liberté ? Hélas ! je serois vendue à quelque scélérat peut-être, qui auroit moins de respect pour moi que Mezzomorto. C'est à toi, ciel, à montrer ta justice ! tu connois la brutale envie du dey ; tu me défends le fer et le poison; c'est donc à toi de prévenir un crime qui t'offense

Oui, madame, reprit Zarate, le ciel le préviendra; je sens déjà qu'il m'inspire; ce qui me vient dans l'esprit en ce moment est sans doute un avis secret qu'il me donne. Le dey ne m'a permis de vous voir que pour vous porter à répondre à son amour. Je dois aller lui rendre compte de notre conversation; il faut le tromper. Je vais lui dire que vous n'êtes pas inconsolable; que la conduite qu'il tient avec vous commence à soulager vos peines; et que s'il continue, il doit tout espérer : secondez-moi de votre côté. Quand il vous reverra, qu'il vous trouve moins triste qu'à l'ordinaire : feignez de prendre quelque sorte de plaisir à ses discours.

Quelle contrainte! interrompit dona Theodora. Comment une âme franche et sincère pourra-t-elle se trahir jusque là! et quel sera le fruit d'une feinte si pénible? Le dey, répondit-il, s'applaudira de ce changement, et voudra, par sa complaisance, achever de vous gagner; pendant ce temps-là je travaillerai à votre liberté. L'ouvrage, j'en conviens, est difficile; mais je connois un esclave adroit, dont j'espère que l'industrie ne nous sera pas inutile.

Je vous laisse, poursuivit-il; l'affaire veut de la diligence : nous nous reverrons. Je vais trouver le dey, et tâcher d'amuser par des fables son impétueuse ardeur. Vous, madame, préparez-vous à le recevoir : dissimulez, efforcez-vous; que vos regards, que sa présence blesse, soient désarmés de haine et de rigueur; que votre bouche, qui ne s'ouvre tous les jours que pour déplorer votre infortune, tienne un langage qui le flatte : ne craignez point de lui paraître trop favorable; il faut tout promettre pour ne rien accorder. C'est assez, repartit Theodora, je ferai tout ce que vous me dites, puisque le malheur qui me menace m'impose cette cruelle nécessité. Allez, don Juan, employez tous vos soins à finir mon esclavage; ce sera un surcroît de joie pour moi si je tiens de vous ma liberté.

Le Tolédan, suivant l'ordre de Mezzomorto, se rendit auprès de lui. Hé bien! Alvaro, lui dit ce dey avec beaucoup d'émotion, quelles nouvelles m'apportes-tu de la belle esclave? l'as-tu disposée à m'écouter? Si tu m'apprends que je ne dois point me flatter de vaincre sa farouche douleur, je jure, par la tête du grand-seigneur, mon maître, que j'obtiendrai dès aujourd'hui par la force ce que l'on refuse à ma complaisance. Seigneur, lui répondit don Juan, il n'est pas besoin de faire ce serment inviolable : vous ne serez point obligé d'avoir recours à la violence pour satisfaire votre amour. L'esclave est une jeune dame qui n'a point encore aimé; elle est si fière, qu'elle a rejeté les vœux des premiers seigneurs d'Espagne : elle vi-

voit en souveraine dans son pays : elle se voit captive ici; une âme orgueilleuse doit sentir long-temps la différence de ces conditions. Cependant cette superbe Espagnole s'accoutumera comme les autres à l'esclavage; j'ose même vous dire que déjà ses fers commencent à lui moins peser : ces déférences attentives que vous avez pour elle, ces soins respectueux qu'elle n'attendoit pas de vous, adoucissent ses déplaisirs, et triomphent peu à peu de sa fierté. Ménagez, seigneur, cette favorable disposition; continuez, achevez de charmer cette belle esclave par de nouveaux respects, et vous la verrez bientôt, rendue à vos désirs, perdre dans vos bras l'amour de la liberté.

Tu me ravis par ce discours, s'écria le dey : l'espoir que tu me donnes peut tout sur moi. Oui, je retiendrai mon impatiente ardeur pour mieux la satisfaire; mais ne me trompes-tu point, ou ne t'es-tu pas trompé toi-même? Je vais tout à l'heure entretenir l'esclave : je veux voir si je démêlerai dans ses yeux ces flatteuses apparences que tu y as remarquées. En disant ces paroles, il alla trouver Theodora, et le Tolédan retourna dans le jardin, où il rencontra le jardinier, qui étoit cet esclave adroit dont il prétendoit employer l'industrie pour tirer d'esclavage la veuve de Cifuentes.

Le jardinier, nommé Francisque, étoit Navarrois : il connoissoit parfaitement Alger pour y avoir servi plusieurs patrons avant que d'être au dey. Francisque, mon ami, lui dit don Juan, vous me voyez très-affligé. Il y a dans ce palais une jeune dame des plus considérables de Valence : elle a prié Mezzomorto de taxer lui-même sa rançon; mais il ne veut pas qu'on la rachète, parce qu'il en est amoureux. Et pourquoi cela vous chagrine-t-il si fort? lui dit Francisque. C'est que je suis de la même ville, repartit le Tolédan : ses parents et les miens sont intimes amis; il n'est rien que je ne fusse capable de faire pour contribuer à la mettre en liberté.

Quoique ce ne soit pas une chose aisée, répliqua Francisque, j'ose vous assurer que j'en viendrois à bout, si les parents de la dame étoient d'humeur à bien payer ce service. N'en doutez pas, repartit don Juan; je réponds de leur reconnoissance, et surtout de la sienne. On la nomme dona Theodora : elle est veuve d'un homme qui lui a laissé de grands biens, et elle est aussi généreuse que riche; en un mot, je suis Espagnol et noble, ma parole doit vous suffire.

Hé bien! reprit le jardinier, sur la foi de votre promesse, je vais chercher un renégat catalan que je connois, et lui proposer....... Que dites-vous? interrompit le Tolédan tout surpris; vous pourriez vous fier à un misérable qui n'a pas eu honte d'abandonner sa religion pour......Quoique renégat, interrompit à son tour Francisque, il ne laisse pas d'être honnête homme; il me paroît plus digne de pitié que de haine, et je le trouverois excusable, si son crime pouvoit recevoir quelque excuse. Voici son histoire en deux mots :

Il est natif de Barcelone, et chirurgien de profession. Voyant qu'il ne faisoit pas trop bien ses affaires à Barcelone, il résolut d'aller s'établir à Carthagène, dans la pensée qu'en changeant de lieu il deviendroit plus heureux qu'il n'étoit. Il s'embarqua donc pour Carthagène avec sa mère ; mais ils rencontrèrent un pirate d'Alger qui les prit, et les amena dans cette ville. Ils furent vendus, sa mère à un Maure, et lui à un Turc qui le maltraita si fort, qu'il embrassa le mahométisme pour finir son cruel esclavage, comme aussi pour procurer la liberté à sa mère, qu'il voyoit traitée avec beaucoup de rigueur chez le Maure son patron. En effet, s'étant mis à la solde du bacha, il alla plusieurs fois en course, et amassa quatre cents patagons : il en employa une partie au rachat de sa mère; et, pour faire valoir le reste, il se mit en tête d'écumer la mer pour son compte.

Il se fit capitaine, il acheta un petit vaisseau sans pont; et, avec quelques soldats turcs qui voulurent bien se joindre à lui, il alla croiser entre Alicante et Carthagène; il revint chargé de butin. Il retourna encore, et ses courses lui réussirent si bien, qu'il se vit enfin en état d'armer un gros vaisseau, avec lequel il fit des prises considérables : mais il cessa d'être heureux. Un jour il attaqua une frégate française qui maltraita tellement son vaisseau, qu'il eut de la peine à regagner le port d'Alger. Comme on juge en ce pays-ci du mérite des pirates par le succès de leurs entreprises, le renégat tomba par ses disgrâces dans le mépris des Turcs. Il en eut du dépit et du chagrin : il vendit son vaisseau, et se retira dans une maison hors de la ville, où depuis ce temps-là il vit du bien qui lui reste, avec sa mère, et plusieurs esclaves qui les servent.

Je le vais voir souvent : nous avons demeuré ensemble chez le même patron ; nous sommes fort amis ; il me découvre ses plus secrètes pensées ; et il n'y a pas trois jours qu'il me disoit, les larmes aux yeux, qu'il ne pouvoit être tranquille depuis qu'il avoit eu le malheur de renier sa foi; que pour apaiser les remords qui le déchiroient sans relâche, il étoit quelquefois tenté de fouler aux pieds le turban, et, au hasard d'être brûlé tout vif, de réparer, par un aveu public de son repentir, le scandale qu'il avoit causé aux chrétiens.

Tel est le renégat à qui je veux m'adresser, continua Francisque ; un homme de cette sorte ne vous doit pas être suspect. Je vais sortir, sous prétexte d'aller au bagne (1) : je me rendrai chez lui ; je lui représenterai qu'au lieu de se laisser consumer de regret de s'être éloigné du sein de l'Eglise, il doit songer au moyen d'y rentrer ; qu'il n'a, pour cet effet, qu'à équiper un vaisseau, comme si, ennuyé de sa vie oisive, il vouloit retourner en course, et qu'avec ce bâtiment nous gagnerons la côte de Valence, où dona Theodora lui donnera de quoi passer agréablement le reste de ses jours à Barcelone.

Oui, mon cher Francisque, s'écria don Juan transporté de l'espérance que l'esclave navarrois lui donnoit, vous pouvez tout promettre à ce renégat; vous et lui soyez sûrs d'être bien récompensés. Mais croyez-vous que ce projet s'exécute de la manière que vous le concevez? Il peut y avoir des difficultés qui ne s'offrent point à mon esprit, repartit Francisque ; mais nous les lèverons, le renégat et moi. Alvaro, ajouta-t-il en le quittant, j'augure bien de notre entreprise, et j'espère qu'à mon retour j'aurai de bonnes nouvelles à vous annoncer.

Ce ne fut pas sans inquiétude que le Tolédan attendit Francisque, qui revint trois ou quatre heures après, et qui lui dit : J'ai parlé au renégat, je lui ai proposé notre dessein ; et après une longue délibération, nous sommes convenus qu'il achètera un petit vaisseau tout équipé; que, comme il est permis de prendre pour matelots des esclaves, il se servira de tous les siens ; que, de peur de se rendre suspect, il engagera douze soldats turcs, de même que s'il avoit effectivement envie d'aller en course ; mais que, deux jours avant celui qu'il leur assignera pour le départ, il s'embarquera la nuit avec ses esclaves, lèvera l'ancre sans bruit, et viendra nous prendre avec son esquif à une petite porte de ce jardin, qui n'est pas éloignée de la mer. Voilà le plan de notre entreprise : vous pouvez en instruire la dame esclave, et l'assurer que dans quinze jours, au plus tard, elle sera hors de captivité.

Quelle joie pour Zarate d'avoir une si agréable assurance à donner à dona Theodora ! Pour obtenir la permission de la voir, il chercha le jour suivant Mezzomorto; et l'ayant rencontré : Pardonnez-moi, seigneur, lui dit-il, si j'ose vous demander comment vous avez trouvé la belle esclave : êtes-vous plus satisfait........ J'en suis charmé, interrompit le dey : ses yeux n'ont point évité hier mes plus tendres regards; ses discours, qui n'étoient auparavant que des réflexions éternelles sur son état, n'ont été mêlés d'aucune plainte, et même elle a paru prêter aux miens une attention obligeante

<hr>

¹ Lieu où s'assemblent les esclaves.

C'est à tes soins, Alvaro, que je dois ce changement; je vois que tu connois bien les femmes de ton pays. Je veux que tu l'entretiennes encore, pour achever ce que tu as si heureusement commencé. Epuise ton esprit et ton adresse pour hâter mon bonheur, je romprai aussitôt tes chaînes; et je jure, par l'âme de notre grand prophète, que je te renverrai dans ta patrie, chargé de tant de bienfaits, que les chrétiens, en te revoyant, ne pourront croire que tu reviennes de l'esclavage.

Le Tolédan ne manqua pas de flatter l'erreur de Mezzomorto : il feignit d'être sensible à ses promesses; et, sous prétexte d'en vouloir avancer l'accomplissement, il s'empressa d'aller voir la belle esclave. Il la trouva seule dans son appartement ; les vieilles qui la servoient étoient occupées ailleurs. Il lui apprit ce que le Navarrois et le renégat avoient comploté ensemble, sur la foi des promesses qui leur avoient été faites.

Ce fut une grande consolation pour la dame d'entendre qu'on avoit pris de si bonnes mesures pour sa délivrance. Est-il possible, s'écria-t-elle dans l'excès de sa joie, qu'il me soit permis d'espérer de revoir encore Valence, ma chère patrie! Quel bonheur, après tant de périls et d'alarmes, d'y vivre en repos avec vous! Ah! don Juan, que cette pensée m'est agréable! en partagez-vous le plaisir avec moi? songez-vous qu'en m'arrachant au dey, c'est votre femme que vous lui enlevez?

Hélas ! répondit Zarate, en poussant un profond soupir; que ces paroles flatteuses auroient de charmes pour moi, si le souvenir d'un amant malheureux n'y venoit point mêler une amertume qui en corrompt toute la douceur! Pardonnez-moi, madame, cette délicatesse; avouez même que Mendoce est digne de votre pitié. C'est pour vous qu'il est sorti de Valence, qu'il a perdu la liberté; et je ne doute point qu'à Tunis il ne soit moins accablé du poids de ses chaînes, que du désespoir de ne vous avoir pas vengée.

Il méritoit sans doute un meilleur sort, dit dona Theodora : je prends le ciel à témoin que je suis pénétrée de tout ce qu'il a fait pour moi; je ressens vivement les peines que je lui cause : mais, par un cruel effet de la malignité des astres, mon cœur ne sauroit être le prix de ses services.

Cette conversation fut interrompue par l'arrivée de deux vieilles qui servoient la veuve de Cifuentes. Don Juan changea de discours; et faisant le personnage du confident du dey : Oui, charmante esclave, dit-il à Theodora, vous avez enchaîné celui qui vous retient dans les fers. Mezzomorto, votre maître et le mien, le plus amoureux et le plus aimable de tous les Turcs, est très-content de vous; continuez à le traiter favorablement, et vous verrez bientôt la fin de vos déplaisirs. Il sortit

en prononçant ces derniers mots, dont le vrai sens ne fut compris que par cette dame.

Les choses demeurèrent huit jours dans cette disposition au palais du dey. Cependant le renégat catalan avoit acheté un petit vaisseau presque tout équipé, et il faisoit les préparatifs du départ; mais, six jours avant qu'il fût en état de se mettre en mer, don Juan eut de nouvelles alarmes.

Mezzomorto l'envoya chercher, et l'ayant fait entrer dans son cabinet : Alvaro, lui dit-il, tu es libre, tu partiras quand tu voudras pour t'en retourner en Espagne : les présents que je t'ai promis sont prêts. J'ai vu la belle esclave aujourd'hui : qu'elle m'a paru différente de cette personne dont la tristesse me faisoit tant de peine! chaque jour le sentiment de sa captivité s'affoiblit ; je l'ai trouvée si charmante, que je viens de prendre la résolution de l'épouser : elle sera ma femme dans deux jours.

Don Juan changea de couleur à ces paroles; et, quelque effort qu'il fît pour se contraindre, il ne put cacher son trouble et sa surprise au dey, qui lui en demanda la cause.

Seigneur, lui répondit le Tolédan dans son embarras, je suis sans doute fort étonné qu'un des plus considérables personnages de l'empire ottoman veuille s'abaisser jusqu'à épouser une esclave : je sais bien que cela n'est pas sans exemple parmi vous; mais enfin, l'illustre Mezzomorto, qui peut prétendre aux filles des premiers officiers de la Porte.... J'en demeure d'accord, interrompit le dey; je pourrois même aspirer à la fille du grand-vizir, et me flatter de succéder à l'emploi de mon beau-père; mais j'ai des richesses immenses, et peu d'ambition. Je préfère le repos et les plaisirs dont je jouis ici au vizirat, à ce dangereux honneur où nous ne sommes pas plus tôt montés, que la crainte des sultans ou la jalousie des envieux qui les approchent nous en précipitent : d'ailleurs j'aime mon esclave, et sa beauté la rend assez digne du rang où ma tendresse l'appelle.

Mais il faut, ajouta-t-il, qu'elle change aujourd'hui de religion, pour mériter l'honneur que je veux lui faire. Crois-tu que des préjugés ridicules le lui fassent mépriser? Non, seigneur, repartit don Juan; je suis persuadé qu'elle sacrifiera tout à un rang si beau. Permettez-moi pourtant de vous dire que vous ne devez point l'épouser brusquement, ne précipitez rien. Il ne faut pas douter que l'idée de quitter une religion qu'elle a sucée avec le lait ne la révolte d'abord; donnez-lui le temps de faire des réflexions. Quand elle se représentera qu'au lieu de la déshonorer, et de la laisser tristement vieillir parmi le reste de vos captives, vous l'attachez à vous par un mariage qui la comble de gloire, sa reconnoissance et sa vanité vaincront peu à peu ses scrupules. Différez de huit jours seulement l'exécution de votre dessein.

Le dey demeura quelque temps rêveur, le délai que son confident lui proposoit n'étoit guère de son goût; néanmoins le conseil lui parut fort judicieux. Je cède à tes raisons, Alvaro, lui dit-il, quelque impatience que j'aie de posséder l'esclave; j'attendrai donc encore huit jours : va la voir tout à l'heure, et la dispose à remplir mes désirs après ce temps-là. Je veux que ce même Alvaro, qui m'a si bien servi auprès d'elle, ait l'honneur de lui offrir ma main.

Don Juan courut à l'appartement de Theodora, et l'instruisit de ce qui venoit de se passer entre Mezzomorto et lui, afin qu'elle se réglât là-dessus. Il lui apprit aussi que dans six jours le vaisseau du renégat seroit prêt; et comme elle témoignoit être fort en peine de savoir de quelle manière elle pourroit sortir de son appartement, attendu que toutes les portes des chambres qu'il falloit traverser pour gagner l'escalier étoient bien fermées : C'est ce qui doit peu vous embarrasser, madame, lui dit-il; une fenêtre de votre cabinet donne sur le jardin; c'est par là que vous descendrez avec une échelle que j'aurai soin de vous fournir.

En effet, les six jours s'étant écoulés, Francisque avertit le Tolédan que le renégat se préparoit à partir la nuit prochaine : vous jugez bien qu'elle fut attendue avec beaucoup d'impatience. Elle arriva enfin, et, pour comble de bonheur, elle devint très-obscure. Dès que le moment d'exécuter l'entreprise fut venu, don Juan alla poser l'échelle sous la fenêtre du cabinet de la belle esclave, qui l'observoit, et qui descendit aussitôt avec beaucoup d'empressement et d'agitation; ensuite elle s'appuya sur le Tolédan, qui la conduisit vers la petite porte du jardin qui ouvroit sur la mer.

Ils marchoient tous deux à pas précipités, et goûtoient déjà par avance le plaisir de se voir hors d'esclavage; mais la fortune, avec qui ces amants n'étoient pas encore bien réconciliés, leur suscita un malheur plus cruel que tous ceux qu'ils avoient éprouvés jusqu'alors, et celui qu'ils auroient le moins prévu.

Ils étoient déjà hors du jardin, et ils s'avançoient sur le rivage pour s'approcher de l'esquif qui les attendoit, lorsqu'un homme, qu'ils prirent pour un compagnon de leur fuite, et dont ils n'avoient aucune défiance, vint tout droit à don Juan, l'épée nue, et la lui enfonçant dans le sein : Perfide Alvaro Ponce, s'écria-t-il, c'est ainsi que don Fadrique de Mendoce doit punir un lâche ravisseur; tu ne mérites point que je t'attaque en brave homme.

Le Tolédan ne put résister à la force du coup qui le porta par terre; et en même temps dona

Theodora, qu'il soutenoit, saisie à la fois d'étonnement, de douleur et d'effroi, tomba évanouie d'un autre côté. Ah! Mendoce, dit don Juan, qu'avez-vous fait? c'est votre ami que vous venez de percer. Juste ciel! reprit don Fadrique, seroit-il bien possible que j'eusse assassiné?.... Je vous pardonne ma mort, interrompit Zarate; le destin seul en est coupable, ou plutôt il a voulu par là finir nos malheurs. Oui, mon cher Mendoce, je meurs content, puisque je remets entre vos mains dona Theodora, qui peut vous assurer que mon amitié pour vous ne s'est jamais démentie.

Trop généreux ami, dit don Fadrique, emporté par un mouvement de désespoir, vous ne mourrez point seul; le même fer qui vous a frappé va punir votre assassin : si mon erreur peut faire excuser mon crime, elle ne sauroit m'en consoler. A ces mots, il tourna la pointe de son épée contre son estomac, la plongea jusqu'à la garde, et tomba sur le corps de don Juan, qui s'évanouit, moins affoibli par le sang qu'il perdoit, que surpris de la fureur de son ami.

Francisque et le renégat, qui étoient à dix pas de là, et qui avoient eu leurs raisons pour n'aller pas secourir l'esclave Alvaro, furent fort étonnés d'entendre les dernières paroles de don Fadrique, et de voir sa dernière action. Ils connurent qu'il s'étoit mépris, et que les blessés étoient deux amis, et non de mortels ennemis, comme ils l'avoient cru : alors ils s'empressèrent à les secourir; mais les trouvant sans sentiment, aussi bien que Theodora, qui étoit toujours évanouie, ils ne savoient quel parti prendre. Francisque étoit d'avis que l'on se contentât d'emporter la dame, et qu'on laissât les cavaliers sur le rivage, où, selon toutes les apparences, ils mourroient bientôt, s'ils n'étoient déjà morts. Le renégat ne fut pas de cette opinion; il dit qu'il ne falloit point abandonner les blessés, dont les blessures n'étoient peut-être pas mortelles, et qu'il les panseroit dans son vaisseau, où il avoit tous les instruments de son premier métier, qu'il n'avoit point oublié. Francisque se rendit à ce sentiment.

Comme ils n'ignoroient pas de quelle importance il étoit de se hâter, le renégat et le Navarrois, à l'aide de quelques esclaves, portèrent dans l'esquif la malheureuse veuve de Cifuentes avec ses deux amants, encore plus infortunés qu'elle. Ils joignirent en peu de moments leur vaisseau, où, d'abord qu'ils furent tous entrés, les uns tendirent les voiles, pendant que les autres, à genoux sur le tillac, imploroient la faveur du ciel par les plus ferventes prières que leur pouvoit suggérer la crainte d'être poursuivis par les navires de Mezzomorto.

Pour le renégat, après avoir chargé du soin de

la manœuvre un esclave françois , qui l'entendoit parfaitement , il donna sa première attention à dona Theodora : il lui rendit l'usage de ses sens, et fit si bien , par ses remèdes, que don Fadrique et le Tolédan reprirent aussi leurs esprits. La veuve de Cifuentes, qui s'étoit évanouie lorsqu'elle avoit vu frapper don Juan , fut fort étonnée de trouver là Mendoce ; et quoiqu'à le voir elle jugeât bien qu'il s'étoit blessé lui-même de douleur d'avoir percé son ami , elle ne pouvoit le regarder que comme l'assassin d'un homme qu'elle aimoit.

C'étoit la chose du monde la plus touchante que de voir ces trois personnes revenues à elles-mêmes : l'état d'où l'on venoit de les tirer, quoique semblable à la mort, n'étoit pas si digne de pitié. Dona Theodora envisageoit don Juan avec des yeux où étoient peints tous les mouvements d'une âme que possèdent la douleur et le désespoir ; et les deux amis attachoient sur elle leurs regards mourants, en poussant de profonds soupirs.

Après avoir gardé quelque temps un silence aussi tendre que funeste, don Fadrique le rompit ; il adressa la parole à la veuve de Cifuentes : Madame, lui dit-il, avant que de mourir j'ai la satisfaction de vous voir hors d'esclavage ; plût au ciel que vous me dussiez la liberté ! mais il a voulu que vous eussiez cette obligation à l'amant que vous chérissez. J'aime trop ce rival pour en murmurer, et je souhaite que le coup que j'ai eu le malheur de lui porter ne l'empêche pas de jouir de votre reconnoissance. La dame ne répondit rien à ce discours. Loin d'être sensible en ce moment au triste sort de don Fadrique, elle sentoit pour lui des mouvements d'aversion que lui inspiroit l'état où étoit le Tolédan.

Cependant le chirurgien se préparoit à visiter et à sonder les plaies. Il commença par celle de Zarate ; il ne la trouva pas dangereuse, parce que le coup n'avoit fait que glisser au-dessous de la mamelle gauche, et n'offensoit aucune des parties nobles. Le rapport du chirurgien diminua l'affliction de Theodora, et causa beaucoup de joie à don Fadrique, qui, tournant la tête vers cette dame : Je suis content, lui dit-il ; j'abandonne sans regret la vie, puisque mon ami est hors de péril : je ne mourrai point chargé de votre haine.

Il prononça ces paroles d'un air si touchant, que la veuve de Cifuentes en fut pénétrée. Comme elle cessa de craindre pour don Juan, elle cessa de haïr don Fadrique ; et ne voyant plus en lui qu'un homme qui méritoit toute sa pitié : Ah ! Mendoce, lui répondit-elle, emportée par un transport généreux, souffrez que l'on panse votre blessure ; elle n'est peut-être pas plus considérable que celle de votre ami. Prêtez-vous au soin que l'on veut avoir de vos jours : vivez ; si je ne puis vous rendre heu-reux, du moins je ne ferai pas le bonheur d'un autre. Par compassion et par amitié pour vous je retiendrai la main que je voulois donner à don Juan ; je vous fais le même sacrifice qu'il vous a fait.

Don Fadrique alloit répliquer ; mais le chirurgien, qui craignoit qu'en parlant il n'irritât son mal, l'obligea de se taire, et visita sa plaie : elle lui parut mortelle, attendu que l'épée avoit pénétré dans la partie supérieure du poumon : ce qu'il jugeoit par une hémorrhagie ou perte de sang, dont la suite étoit à craindre. D'abord qu'il eut mis le premier appareil, il laissa reposer les cavaliers dans la chambre de poupe, sur deux petits lits l'un auprès de l'autre, et emmena ailleurs dona Theodora, dont il jugea que la présence leur pouvoit être nuisible.

Malgré toutes ces précautions, la fièvre prit à Mendoce, et sur la fin de la journée l'hémorrhagie augmenta. Le chirurgien lui déclara alors que le mal étoit sans remède, et l'avertit que, s'il avoit quelque chose à dire à son ami ou à dona Theodora, il n'avoit point de temps à perdre. Cette nouvelle causa une étrange émotion au Tolédan : pour don Fadrique, il la reçut avec indifférence. Il fit appeler la veuve de Cifuentes, qui se rendit auprès de lui dans un état plus aisé à concevoir qu'à représenter.

Elle avoit le visage couvert de pleurs, et elle sanglotoit avec tant de violence, que Mendoce en fut fort agité : Madame, lui dit-il, je ne vaux pas ces précieuses larmes que vous répandez ; arrêtez-les, de grâce, pour m'écouter un moment. Je vous fais la même prière, mon cher Zarate, ajouta-t-il, en remarquant la vive douleur que son ami faisoit éclater ; je sais bien que cette séparation vous doit être rude : votre amitié m'est trop connue pour en douter ; mais attendez l'un et l'autre que ma mort soit arrivée pour l'honorer de tant de marques de tendresse et de pitié

Suspendez jusque-là votre affliction ; je la sens plus que la perte de ma vie. Apprenez par quels chemins le sort qui me poursuit a su cette nuit me conduire sur le fatal rivage que j'ai teint du sang de mon ami et du mien. Vous devez être en peine de savoir comment j'ai pu prendre don Juan pour don Alvaro : je vais vous en instruire, si le peu de temps qui me reste encore à vivre me permet de vous donner ce triste éclaircissement.

Quelques heures après que le vaisseau où j'étois eut quitté celui où j'avois laissé don Juan, nous rencontrâmes un corsaire français qui nous attaqua : il se rendit maître du vaisseau de Tunis, et nous mit à terre auprès d'Alicante. Je ne fus pas sitôt libre, que je songeai à racheter mon ami. Pour cet effet, je me rendis à Valence, où je fis de l'argent comptant ; et sur l'avis qu'on me donna, qu'à Barcelone il y avoit des frères de la Rédemption qui se préparoient à faire voile vers Alger, je m'y rendis ; mais avant que de sortir de Valence, je priai le gouverneur, don Francisco de Mendoce, mon oncle, d'employer tout le crédit qu'il peut avoir à la cour d'Espagne, pour obtenir la grâce de Zarate, que j'avois dessein de ramener avec moi, et de faire rentrer dans ses biens, qui ont été confisqués depuis la mort du duc de Naxera.

Sitôt que nous fûmes arrivés à Alger, j'allai dans les lieux que fréquentent les esclaves ; mais j'avois beau les parcourir tous, je n'y trouvois point ce que je cherchois. Je rencontrai le renégat catalan, à qui ce navire appartient : je le reconnus pour un homme qui avoit autrefois servi mon oncle. Je lui dis le motif de mon voyage, et le priai de vouloir faire une exacte recherche de mon ami. Je suis fâché, me répondit-il, de ne pouvoir vous être utile : je dois partir d'Alger, cette nuit, avec une dame de Valence, qui est esclave du dey. Et comment appelez-vous cette dame ? lui dis-je. Il repartit qu'elle se nommoit Theodora.

La surprise que je fis paroître à cette nouvelle apprit par avance au renégat que je m'intéressois pour cette dame. Il me découvrit le dessein qu'il avoit formé pour la tirer d'esclavage ; et comme en son récit il fit mention de l'esclave Alvaro, je ne doutai point que ce ne fût Alvaro Ponce lui-même. Servez mon ressentiment, dis-je avec transport au renégat : donnez-moi les moyens de me venger de mon ennemi. Vous serez bientôt satisfait, me répondit-il ; mais comptez-moi auparavant le sujet que vous avez de vous plaindre de cet Alvaro. Je lui appris toute notre histoire ; et lorsqu'il l'eut entendue : C'est assez, reprit-il, vous n'aurez cette nuit qu'à m'accompagner, on vous montrera votre rival ; et après que vous l'aurez puni, vous prendrez sa place, et viendrez avec nous à Valence conduire dona Theodora.

Néanmoins mon impatience ne me fit point oublier don Juan : je laissai de l'argent pour sa rançon entre les mains d'un marchand italien, nommé Francisco Capati, qui réside à Alger, et qui me promit de le racheter, s'il venoit à le découvrir. Enfin la nuit arriva ; je me rendis chez le renégat, qui me mena sur le bord de la mer. Nous nous arrêtâmes devant une petite porte, d'où il sortit un homme qui vint droit à nous, et qui nous dit, en nous montrant du doigt un homme et une femme qui marchoient sur ses pas : Voilà Alvaro et dona Théodora qui me suivent.

A cette vue je deviens furieux ; je mets l'épée à la main, je cours au malheureux Alvaro ; et, persuadé que c'est un rival odieux que je vais frapper, je perce cet ami fidèle que j'étois venu chercher. Mais, grâces au ciel, continua-t-il en s'attendris-

sant, mon erreur ne lui coûtera point la vie, ni d'éternelles larmes à dona Theodora !

Ah ! Mendoce, interrompit la dame, vous faites injure à mon affliction ; je ne me consolerai jamais de vous avoir perdu : quand même j'épouserois votre ami, ce ne seroit que pour unir nos douleurs ; votre amour, votre amitié, vos infortunes, feroient tout notre entretien. C'en est trop, madame, répliqua don Fadrique ; je ne mérite pas que vous me regrettiez si long-temps : souffrez, je vous en conjure, que Zarate vous épouse, après qu'il vous aura vengée d'Alvaro Ponce. Don Alvaro n'est plus, dit la veuve de Cifuentes : le même jour qu'il m'enleva, il fut tué par le corsaire qui me prit.

Madame, reprit Mendoce, cette nouvelle me fait plaisir ; mon ami en sera plus tôt heureux : suivez sans contrainte votre penchant l'un et l'autre. Je vois avec joie approcher le moment qui va lever l'obstacle que votre compassion et sa générosité mettent à votre commun bonheur : puissent tous vos jours couler dans un repos, dans une union, que la jalousie de la fortune n'ose troubler ! Adieu, madame, adieu, don Juan ; souvenez-vous quelquefois tous deux d'un homme qui n'a rien tant aimé que vous.

Comme la dame et le Tolédan, au lieu de lui répondre, redoubloient leurs pleurs, don Fadrique, qui s'en aperçut, et qui se sentoit très-mal, poursuivit ainsi : Je me laisse trop attendrir ; déjà la mort m'environne, et je ne songe pas à supplier la bonté divine de me pardonner d'avoir moi-même borné le cours d'une vie dont elle seule devoit disposer. Après avoir achevé ces paroles, il leva les yeux au ciel avec toutes les apparences d'un véritable repentir, et bientôt l'hémorrhagie causa une suffocation qui l'emporta.

Alors don Juan, possédé de son désespoir, porte la main sur sa plaie ; il arrache l'appareil, il veut la rendre incurable ; mais Francisque et le renégat se jettent sur lui, et s'opposent à sa rage. Theodora est effrayée de ce transport : elle se joint au renégat et au Navarrois pour détourner don Juan de son dessein. Elle lui parle d'un air si touchant, qu'il rentre en lui-même ; il souffre que l'on rebande sa plaie ; et enfin l'intérêt de l'amant calme peu à peu la fureur de l'ami. Mais s'il reprit sa raison, il ne s'en servit que pour prévenir les effets insensés de sa douleur, et non pour en affoiblir le sentiment.

Le renégat, qui, parmi plusieurs choses qu'il emportoit en Espagne, avoit de l'excellent baume d'Arabie et de précieux parfums, embauma le corps de Mendoce, à la prière de la dame et de don Juan, qui témoignèrent qu'ils souhaitoient de lui rendre à Valence les honneurs de la sépulture.

Ils ne cessèrent de gémir et de soupirer pendant toute la navigation. Il n'en fut pas de même du reste de l'équipage : comme le vent étoit toujours favorable, il ne tarda guère à découvrir les côtes d'Espagne.

A cette vue tous les esclaves se livrèrent à la joie ; et, quand le vaisseau fut heureusement arrivé au port de Dénia, chacun prit son parti. La veuve de Cifuentes et le Tolédan envoyèrent un courrier à Valence, avec des lettres pour le gouverneur et pour la famille de dona Theodora. La nouvelle du retour de cette dame fut reçue de tous ses parents avec beaucoup de joie. Pour don Francisco de Mendoce, il sentit une vive affliction quand il apprit la mort de son neveu.

Il le fit bien paroître, lorsque, accompagné des parents de la veuve de Cifuentes, il se rendit à Dénia, et qu'il voulut voir le corps du malheureux don Fadrique : ce bon vieillard le mouilla de ses pleurs, en faisant des plaintes si pitoyables, que tous les spectateurs en furent attendris. Il demanda par quelle aventure son neveu se trouvoit dans cet état.

Je vais vous la conter, seigneur, lui dit le Tolédan ; loin de chercher à l'effacer de ma mémoire, je prends un funeste plaisir à me la rappeler sans cesse, et à nourrir ma douleur. Il lui dit alors comment étoit arrivé ce triste accident ; et ce récit, en lui arrachant de nouvelles larmes, redoubla celles de don Francisco. A l'égard de Theodora, ses parents lui marquèrent la joie qu'ils avoient de la revoir, et la félicitèrent sur la manière miraculeuse dont elle avoit été délivrée de la tyrannie de Mezzomorto.

Après un entier éclaircissement de toutes ces choses, on mit le corps de don Fadrique dans un carrosse, et on le conduisit à Valence ; mais il n'y fut point enterré, parce que le temps de la viceroyauté de don Francisco étant près d'expirer, ce seigneur se préparoit à s'en retourner à Madrid, où il résolut de faire transporter son neveu.

Pendant que l'on faisoit les préparatifs du convoi, la veuve de Cifuentes combla de biens Francisque et le renégat. Le Navarrois se retira dans sa province, et le renégat retourna avec sa mère à Barcelone, où il rentra dans le christianisme, et où il vit encore aujourd'hui fort commodément. Dans ce temps-là, don Francisco reçut un paquet de la cour, dans lequel étoit la grâce de don Juan, que le roi, malgré la considération qu'il avoit pour la maison de Naxera, n'avoit pu refuser à tous les Mendoce, qui s'étoient joints pour la lui demander. Cette nouvelle fut d'autant plus agréable au Tolédan, qu'elle lui procuroit la liberté d'accompagner le corps de son ami ; ce qu'il n'auroit osé faire sans cela.

Enfin le convoi partit, suivi d'un grand nombre de personnes de qualité ; et sitôt qu'il fut arrivé à Madrid, on enterra le corps de don Fadrique dans une église, où Zarate et dona Theodora, avec la permission des Mendoce, lui firent élever un magnifique tombeau. Ils n'en demeurèrent point là ; ils portèrent le deuil de leur ami durant une année entière, pour éterniser leur douleur et leur amitié.

Après avoir donné des marques si célèbres de leur tendresse pour Mendoce, ils se marièrent ; mais, par un inconcevable effet du pouvoir de l'amitié, don Juan ne laissa pas de conserver longtemps une mélancolie que rien ne pouvoit bannir. Don Fadrique, son cher don Fadrique, étoit toujours présent à sa pensée : il le voyoit toutes les nuits en songe, et le plus souvent tel qu'il l'avoit vu rendant les derniers soupirs. Son esprit pourtant commençoit à se distraire de ces tristes images : les charmes de Theodora, dont il étoit toujours épris, triomphoient peu à peu d'un souvenir funeste ; enfin, don Juan alloit vivre heureux et content ; mais ces jours passés il tomba de cheval en chassant ; il se blessa à la tête, il s'y est formé un abcès. Les médecins ne l'ont pu sauver : il vient de mourir ; et Theodora, qui est cette dame que vous voyez entre les bras de deux femmes qui veillent sur son désespoir, pourra le suivre bientôt.

CHAPITRE XVI.

Des songes.

Lorsque Asmodée eut fini le récit de cette histoire, don Cleophas lui dit : Voilà un très-beau tableau de l'amitié ; mais s'il est rare de voir deux hommes s'aimer autant que don Juan et don Fadrique, je crois que l'on auroit encore plus de peine à trouver deux amies rivales, qui pussent se faire si généreusement un sacrifice réciproque d'un amant aimé.

Sans doute, répondit le Diable, c'est ce que l'on n'a point encore vu, et ce que l'on ne verra peut-être jamais. Les femmes ne s'aiment point. J'en suppose deux parfaitement unies ; je veux même qu'elles ne disent pas le moindre mal l'une de l'autre en leur absence, tant elles sont amies : vous les voyez toutes deux ; vous penchez d'un côté, la rage se met de l'autre ; ce n'est pas que l'enragée vous aime ; mais elle vouloit la préférence. Tel est le caractère des femmes : elles sont trop jalouses les unes des autres pour être capables d'amitié.

L'histoire de ces deux amis sans pairs, reprit Leandro Perez, est un peu romanesque, et nous a menés bien loin. La nuit est fort avancée : nous allons voir dans un moment paroître les premiers rayons du jour; j'attends de vous un nouveau plaisir. J'aperçois un grand nombre de personnes endormies; je voudrois, par curiosité, que vous me dissiez les divers songes qu'elles peuvent faire. Très-volontiers, repartit le démon : vous aimez les tableaux changeants; je veux vous contenter.

Je crois, dit Zambullo, que je vais entendre des songes bien ridicules. Pourquoi ? répondit le boiteux : vous, qui possédez votre Ovide, ne savez-vous pas que ce poëte dit que c'est vers la pointe du jour que les songes sont plus vrais, parce que, dans ce temps-là, l'âme est dégagée des vapeurs des aliments. Pour moi, répliqua don Cleophas, quoi qu'en puisse dire Ovide, je n'ajoute aucune foi aux songes. Vous avez tort, reprit Asmodée; il ne faut ni les traiter de chimère, ni les croire tous : ce sont des menteurs qui disent quelquefois la vérité. L'empereur Auguste, dont la tête valoit bien celle d'un écolier, ne méprisoit pas les songes dans lesquels il étoit intéressé; et bien lui en prit, à la bataille de Philippe, de quitter sa tente, sur le récit qu'on lui fit d'un rêve qui le regardoit. Je pourrois vous citer mille autres exemples qui vous feroient connoître votre témérité; mais je les passe sous silence, pour satisfaire le nouveau désir qui vous presse.

Commençons par ce bel hôtel à main droite. Le maître du logis, que vous voyez couché dans ce riche appartement, est un comte libéral et galant. Il rêve qu'il est à un spectacle où il entend chanter une jeune actrice, et qu'il se rend à la voix de cette sirène.

Dans l'appartement parallèle repose la comtesse, sa femme, qui aime le jeu à la fureur. Elle rêve qu'elle n'a point d'argent, et qu'elle met en gage des pierreries chez un joaillier qui lui prête trois cents pistoles moyennant un très-honnête profit.

Dans l'hôtel le plus proche, du même côté, demeure un marquis du même caractère que le comte, et qui est amoureux d'une fameuse coquette. Il rêve qu'il emprunte une somme considérable pour lui en faire présent; et son intendant, couché tout au haut de l'hôtel, songe qu'il s'enrichit à mesure que son maître se ruine. Hé bien ! que pensez-vous de ces songes-là? vous paroissent-ils extravagants? Non, ma foi, répondit don Cleophas, je vois bien qu'Ovide a raison; mais je suis curieux de savoir qui est cet homme que je remarque : il a la moustache en papillottes, et conserve en dormant un air de gravité qui me fait juger que ce ne doit pas être un cavalier du commun. C'est un gentilhomme de province, répondit le démon, un vicomte aragonnais, un esprit vain et fier; son âme, en ce moment, nage dans la joie : il rêve

qu'il est avec un grand qui lui cède le pas dans une cérémonie publique.

Mais je découvre dans la même maison deux frères médecins qui font des songes bien mortifiants. L'un rêve que l'on publie une ordonnance qui défend de payer les médecins quand ils n'auront pas guéri leurs malades, et son frère songe qu'il est ordonné que les médecins mèneront le deuil à l'enterrement de tous les malades qui mourront entre leurs mains. Je souhaiterois, dit Zambullo, que cette ordonnance fût réelle, et qu'un médecin se trouvât aux funérailles de son malade, comme un lieutenant criminel assiste en France au supplice d'un coupable qu'il a condamné. J'aime la comparaison, dit le Diable : on pourroit dire, en ce cas-là, que l'un va faire exécuter sa sentence, et que l'autre a déjà fait exécuter la sienne.

Oh ! oh ! s'écria l'écolier, qui est ce personnage qui se frotte les yeux en se levant avec précipitation? C'est un homme de qualité qui sollicite un gouvernement dans la Nouvelle-Espagne. Un rêve effrayant vient de le réveiller : il songeoit que le premier ministre le regardoit de travers. Je vois aussi une jeune dame qui se réveille, et qui n'est pas contente d'un songe qu'elle vient d'avoir. C'est une fille de condition, une personne aussi sage que belle, qui a deux amants dont elle est obsédée : elle en chérit un tendrement, et a pour l'autre une aversion qui va jusqu'à l'horreur. Elle voyoit tout à l'heure en songe, à ses genoux, le galant qu'elle déteste; il étoit si passionné, si pressant, que, si elle ne se fût réveillée, elle alloit le traiter plus favorablement qu'elle n'a jamais fait celui qu'elle aime : la nature, pendant le sommeil, secoue le joug de la raison et de la vertu.

Arrêtez les yeux sur la maison qui fait le coin de cette rue : c'est le domicile d'un procureur. Le voilà couché avec sa femme, dans la chambre où il y a une vieille tenture de tapisserie à personnages et deux lits jumeaux. Il rêve qu'il va visiter un de ses clients à l'hôpital, pour l'assister de ses propres deniers; et la procureuse songe que son mari chasse un grand clerc dont il est devenu jaloux

J'entends ronfler autour de nous, dit Leandro Perez, et je crois que c'est ce gros homme que je démêle dans un petit corps-de-logis attenant à la demeure du procureur. Justement, répondit Asmodée; c'est un chanoine qui rêve qu'il dit son *Benedicite.*

Il a pour voisin un marchand d'étoffes de soie qui vend sa marchandise fort cher, mais à crédit, aux personnes de qualité. Il est dû à ce marchand plus de cent mille ducats. Il rêve que tous ses débiteurs lui apportent de l'argent, et ses correspondants, de leur côté, songent qu'il est sur le point de faire banqueroute. Ces deux songes, dit l'écolier, ne sont pas sortis du temple du Sommeil par la même porte. Non, je vous assure, répondit le démon : le premier, à coup sûr, est sorti par la porte d'ivoire, et le second par la porte de corne.

La maison qui joint celle de ce marchand est occupée par un fameux libraire. Il a, depuis peu, imprimé un livre qui a eu beaucoup de succès. En le mettant au jour, il promit à l'auteur de lui donner cinquante pistoles, s'il réimprimoit son ouvrage ; et il rêve actuellement qu'il en fait une seconde édition sans l'en avertir.

Oh ! pour ce songe-là, dit Zambullo, il n'est pas besoin de demander par quelle porte il est sorti ; je ne doute pas qu'il n'ait son plein et entier effet. Je connois messieurs les libraires : ils ne se font pas un scrupule de tromper les auteurs. Rien n'est plus véritable, reprit le boiteux ; mais apprenez à connoître aussi messieurs les auteurs : ils ne sont pas plus scrupuleux que les libraires. Une petite aventure, arrivée il n'y a pas cent ans à Madrid, va vous le prouver.

Trois libraires soupoient ensemble au cabaret : la conversation tomba sur la rareté des bons livres nouveaux. Mes amis, dit là-dessus un des convives, je vous dirai confidemment que j'ai fait un beau coup ces jours passés : j'ai acheté une copie qui me coûte un peu cher à la vérité; mais elle est d'un auteur !... c'est de l'or en barre. Un autre libraire prit alors la parole, et se vanta pareillement d'avoir fait une emplette excellente le jour précédent. Et moi, messieurs, s'écria le troisième à son tour, je ne veux pas demeurer en reste de confiance avec vous : je vais vous montrer la perle des manuscrits ; j'en ai fait aujourd'hui l'heureuse acquisition. En même temps chacun tira de sa poche la précieuse copie qu'il disoit avoir achetée ; et comme il se trouva que c'étoit une nouvelle pièce de théâtre, intitulée *le Juif errant*, ils furent fort étonnés quand ils virent que c'étoit le même ouvrage qui leur avoit été vendu à tous trois séparément.

Je découvre dans une autre maison, poursuivit le Diable, un amant timide et respectueux qui vient de se réveiller. Il aime une veuve toute des plus vives : il rêvoit qu'il étoit avec elle au fond d'un bois, où il lui tenoit des discours tendres, et qu'elle lui a répondu : Ah ! que vous êtes séduisant ! vous me persuaderiez si je n'étois pas en garde contre les hommes ; mais ce sont des trompeurs : je ne me fie point à leurs paroles ; je veux des actions. Hé ! quelles actions, madame, exigez-vous de moi ? a repris l'amant ; faut-il, pour vous prouver la violence de mon amour, entreprendre les douze travaux d'Hercule ? Hé, non ! don Ni-

caise, non, a reparti la dame, je ne vous en demande pas tant. Là-dessus il s'est réveillé.

Apprenez-moi, de grâce, dit l'écolier, pourquoi cet homme couché dans un lit brun se débat comme un possédé. C'est, répondit le boiteux, un habile licencié qui fait un songe dont il est terriblement agité. Il rêve qu'il dispute et soutient l'immortalité de l'âme contre un petit docteur en médecine qui est aussi bon catholique qu'il est bon médecin. Au second étage, chez le licencié, loge un gentilhomme d'Estramadure, nommé don Baltazar Fanfarronico, qui est venu en poste à la cour demander une récompense pour avoir tué un Portugais d'un coup d'escopette. Savez-vous quel songe il fait ? Il rêve qu'on lui donne le gouvernement d'Antequère, et encore n'est-il pas content : il croit mériter une vice-royauté.

Je découvre dans un hôtel garni deux personnes de conséquence qui rêvent bien désagréablement. L'un, qui est gouverneur d'une place forte, songe qu'il est assiégé dans sa forteresse, et qu'après une légère résistance, il est obligé de se rendre prisonnier de guerre avec sa garnison. L'autre est l'évêque de Murcie ; la cour a chargé ce prélat éloquent de faire l'éloge funèbre d'une princesse, et il doit le prononcer dans deux jours. Il rêve qu'il est en chaire, et qu'il demeure court après l'exorde de son discours. Il n'est pas impossible, dit don Cleophas, que ce malheur lui arrive en effet. Non vraiment, répondit le Diable, et il n'y a pas même long-temps que cela est arrivé à sa grandeur en pareille occasion.

Voulez-vous que je vous montre un somnambule ? vous n'avez qu'à regarder dans les écuries de cet hôtel : qu'y voyez-vous ? J'aperçois, dit Leandro Perez, un homme en chemise qui marche, et tient, ce me semble, une étrille à la main. Hé bien ! reprit le démon, c'est un palefrenier qui dort. Il a coutume toutes les nuits de se lever de son lit, et, tout en dormant, d'étriller ses chevaux; après quoi il se recouche. On s'imagine dans l'hôtel que c'est l'ouvrage d'un esprit follet, et le palefrenier lui-même le croit comme les autres

Dans une grande maison, vis-à-vis l'hôtel garni, demeure un vieux chevalier de la Toison, lequel a jadis été vice-roi du Mexique. Il est tombé malade; et comme il craint de mourir, sa viceroyauté commence à l'inquiéter : il est vrai qu'il l'a exercée d'une manière qui justifie son inquiétude. Les chroniques de la Nouvelle-Espagne ne font pas une mention honorable de lui. Il vient de faire un songe dont toute l'horreur n'est point encore dissipée, et qui sera peut-être cause de sa mort. Il faut donc, dit Zambullo, que ce songe soit bien extraordinaire. Vous allez l'entendre, reprit Asmodée; il a quelque chose, en effet, de singulier. Ce seigneur rêvoit tout à l'heure qu'il étoit dans la vallée des morts, où tous les Mexicains qui ont été les victimes de son injustice et de sa cruauté sont venus fondre sur lui, en l'accablant de reproches et d'injures : ils ont même voulu le mettre en pièces ; mais il a pris la fuite, et s'est dérobé à leur fureur. Après quoi il s'est trouvé dans une grande salle toute tendue de drap noir, où il a vu son père et son aïeul assis à une table sur laquelle il y avoit trois couverts. Ces deux tristes convives lui ont fait signe de s'approcher d'eux ; et son père lui a dit, avec la gravité qu'ont tous les défunts : Il y a long-temps que nous t'attendons ; viens prendre ta place auprès de nous.

Le vilain rêve ! s'écria l'écolier : je pardonne au malade d'en avoir l'imagination blessée. En récompense, dit le boiteux, sa nièce, qui est couchée dans un appartement au-dessus du sien, passe la nuit délicieusement ; le sommeil lui présente les plus agréables idées. C'est une fille de vingt-cinq à trente ans, laide et mal faite. Elle rêve que son oncle, dont elle est l'unique héritière, ne vit plus, et qu'elle voit autour d'elle une foule d'aimables seigneurs qui se disputent la gloire de lui plaire.

Si je ne me trompe, dit don Cleophas, j'entends rire derrière nous. Vous ne vous trompez point, reprit le Diable ; c'est une femme qui rit en dormant à deux pas d'ici ; une veuve qui fait la prude, et qui n'aime rien tant que la médisance. Elle songe qu'elle s'entretient avec une vieille dévote, dont la conversation lui fait beaucoup de plaisir.

Je ris à mon tour, en voyant, dans une chambre au-dessous de cette femme, un bourgeois qui a de la peine à vivre honnêtement du peu de bien qu'il possède. Il rêve qu'il ramasse des pieces d'or et d'argent, et que plus il en ramasse, plus il en trouve à ramasser ; il en a déjà rempli un grand coffre. Le pauvre garçon ! dit Leandro ; il ne jouira pas long-temps de son trésor. A son réveil, reprit le boiteux, il sera comme un vrai riche qui se meurt ; il verra disparoître ses richesses.

Si vous êtes curieux de savoir les songes de deux comédiennes qui sont voisines, je vais vous les dire. L'une rêve qu'elle prend des oiseaux à la pipée, qu'elle les plume à mesure qu'elle les prend, mais qu'elle les donne à dévorer à un beau matou dont elle est folle, et qui en a tout le profit. L'autre songe qu'elle chasse de sa maison des lévriers et des chiens danois dont elle a fait long-temps ses délices, et qu'elle ne veut plus avoir qu'un petit roquet des plus gentils qu'elle a pris en amitié.

Voilà deux songes bien fous, s'écria l'écolier : je crois que s'il y avoit à Madrid, comme autre-fois à Rome, des interprètes des songes, ils seroient fort embarrassés à expliquer ceux-là. Pas trop, répondit le Diable : pour peu qu'ils fussent au fait de ce qui se passe aujourd'hui chez la gent comique, ils y trouveroient bientôt un sens clair et net.

Pour moi, je n'y comprends rien, répliqua don Cleophas, et je ne m'en soucie guère ; j'aime mieux apprendre qui est cette dame endormie dans un superbe lit de velours jaune, garni de franges d'argent, et auprès de laquelle il y a, sur un guéridon, un livre et un flambeau. C'est une femme titrée, repartit le démon ; une dame qui a un équipage très-galant, et qui se plaît à faire porter sa livrée par des jeunes hommes de bonne mine. Une de ses habitudes est de lire en se couchant ; sans cela elle ne pourroit fermer l'œil de la nuit. Hier au soir elle lisoit les métamorphoses d'Ovide ; et cette lecture est cause qu'elle fait en cet instant un songe où il y a de l'extravagance : elle rêve que Jupiter est devenu amoureux d'elle, et qu'il se met à son service sous la forme d'un grand page des mieux bâtis.

A propos de cette métamorphose, en voici une autre qui me paroît plus plaisante. J'aperçois un histrion qui goûte, dans un profond sommeil, la douceur d'un songe qui le flatte agréablement. Cet acteur est si vieux, qu'il n'y a tête d'homme à Madrid qui puisse dire l'avoir vu débuter. Il y a si long-temps qu'il paroît sur le théâtre, qu'il est pour ainsi dire théâtrifié. Il a du talent, et il en est si fier et si vain, qu'il s'imagine qu'un personnage tel que lui est au-dessus d'un homme. Savez-vous le songe que fait ce superbe héros de coulisse ? Il rêve qu'il se meurt, et qu'il voit toutes les divinités de l'Olympe assemblées pour décider de ce qu'elles doivent faire d'un mortel de son importance. Il entend Mercure qui expose au conseil des dieux que ce fameux comédien, après avoir eu l'honneur de représenter si souvent sur la scène Jupiter et les autres principaux immortels, ne doit pas être assujetti au sort commun à tous les humains, et qu'il mérite d'être reçu dans la troupe céleste. Momus applaudit au sentiment de Mercure ; mais quelques autres dieux et quelques déesses se révoltent contre la proposition d'une apothéose si nouvelle ; et Jupiter, pour les mettre tous d'accord, change le vieux comédien en une figure de décoration.

Le Diable alloit continuer ; mais Zambullo l'interrompit en lui disant : Halte-là, seigneur Asmodée, vous ne prenez pas garde qu'il est jour ; j'ai peur qu'on ne vous aperçoive sur le haut de cette maison. Si la populace vient une fois à remarquer votre seigneurie, nous entendrons des huées qui ne finiront pas sitôt.

On ne nous verra point, lui répondit le démon; j'ai le même pouvoir que ces divinités fabuleuses dont je viens de parler; et, tout ainsi que sur le mont Ida l'amoureux fils de Saturne se couvrit d'un nuage pour cacher à l'univers les caresses qu'il vouloit faire à Junon, je vais former autour de nous une épaisse vapeur que la vue des hommes ne pourra percer, et qui ne vous empêchera pas de voir les choses que je voudrai vous faire observer. En effet, ils furent tout-à-coup environnés d'une fumée, qui, bien que des plus opaques, ne déroboit rien aux yeux de l'écolier.

Retournons aux songes, poursuivit le boiteux... Mais je ne fais pas réflexion, ajouta-t-il, que la manière dont je vous ai fait passer la nuit doit vous avoir fatigué. Je suis d'avis de vous transporter chez vous, et de vous y laisser reposer quelques heures; pendant ce temps-là je vais parcourir les quatre parties du monde, et faire quelque tour de mon métier; après cela je vous rejoindrai pour m'égayer avec vous sur de nouveaux frais. Je n'ai nulle envie de dormir, et je ne suis point las, répondit don Cleophas; au lieu de me quitter, faites-moi le plaisir de m'apprendre les divers desseins qu'ont ces personnes que je vois déjà levées, et qui se disposent, ce me semble, à sortir. Que vont-elles faire de si grand matin? Ce que vous souhaitez de savoir, reprit le démon, est une chose digne d'être observée. Vous allez voir un tableau des soins, des mouvements, des peines que les pauvres mortels se donnent pendant cette vie, pour remplir le plus agréablement qu'il leur est possible ce petit espace qui est entre leur naissance et leur mort.

CHAPITRE XVII.

Où l'on verra plusieurs originaux qui ne sont pas sans copie.

Observons d'abord cette troupe de gueux que vous voyez déjà dans la rue. Ce sont des libertins, la plupart de bonne famille, qui vivent en communauté comme des moines, et passent presque toutes les nuits à faire la débauche dans leur maison, où il y a toujours une ample provision de pain, de viande et de vin. Les voilà qui vont se séparer pour aller jouer leurs rôles dans les églises; et ce soir ils se rassembleront pour boire à la santé des personnes charitables qui contribuent pieusement à leur dépense. Admirez, je vous prie, comme ces fripons savent se mettre et se travestir pour inspirer de la pitié: les coquettes ne savent pas mieux s'ajuster pour donner de l'amour.

Regardez attentivement les trois qui vont ensemble du même côté. Celui qui s'appuie sur des béquilles, qui fait trembler tout son corps et semble marcher avec tant de peine, qu'à chaque pas vous diriez qu'il va tomber sur le nez, quoiqu'il ait une longue barbe blanche et un air décrépit, est un jeune homme si alerte et si léger, qu'il passeroit un daim à la course. L'autre, qui fait le teigneux, est un bel adolescent dont la tête est couverte d'une peau qui cache une chevelure de page de cour. Et l'autre, qui paroît en cul-de-jatte, est un drôle qui a l'art de tirer de sa poitrine des sons si lamentables, qu'à ces tristes accents il n'y a point de vieille qui ne descende d'un quatrième étage pour lui apporter un maravédis.

Tandis que ces fainéants vont, sous le masque de la pauvreté, attraper l'argent du public, je remarque bien des artisans laborieux, quoique Espagnols, qui s'apprêtent à gagner leur vie à la sueur de leurs corps. J'aperçois de toutes parts des hommes qui se lèvent et s'habillent pour aller remplir leurs différents emplois. Combien de projets formés cette nuit vont s'exécuter ou s'évanouir en ce jour! Que de démarches l'intérêt, l'amour et l'ambition vont faire faire!

Que vois-je dans la rue? interrompit don Cleophas. Qui est cette femme chargée de médailles, qui conduit un laquais, et qui marche avec précipitation? elle a sans doute quelque affaire fort pressante. Oui certainement, répondit le Diable: c'est une vénérable matrone qui court à une maison où l'on a besoin de son ministère. Elle y va trouver une comédienne qui pousse des cris, et auprès d'elle il y a deux cavaliers bien embarrassés. L'un est le mari, et l'autre un homme de condition qui s'intéresse à ce qui va se passer; car les couches des femmes de théâtre ressemblent à celles d'Alcmène: il y a toujours un Jupiter et un Amphytrion qui sont auteurs du parti.

Ne diroit-on pas, à voir ce cavalier à cheval avec sa carabine, que c'est un chasseur qui va faire la guerre aux lièvres et aux perdreaux des environs de Madrid? cependant il n'a aucune envie de prendre le divertissement de la chasse: il est occupé d'un autre dessein; il va gagner un village où il se déguisera en paysan pour s'introduire, sous cet habit, dans une ferme où est sa maîtresse, sous la conduite d'une mère sévère et vigilante.

Ce jeune bachelier, qui passe et marche à pas précipités, a coutume d'aller tous les matins faire sa cour à un vieux chanoine qui est son oncle, et dont il couche en joue la prébende. Regardez, dans cette maison vis-à-vis de nous, un homme qui prend son manteau et se dispose à sortir, c'est un honnête et riche bourgeois qu'une affaire assez sérieuse inquiète. Il a une fille unique à marier; il ne sait s'il doit la donner à un jeune procureur qui la recherche, ou bien à un fier *hidalgo* qui lu demande. Il va consulter ses amis là-dessus ; et, dans le fond, rien n'est plus embarrassant. Il craint, en choisissant le gentilhomme , d'avoir un gendre qui le méprise ; et il a peur , s'il s'en tient au procureur, de mettre dans sa maison un ver qui en ronge tous les meubles.

Considérez un voisin de ce père embarrassé, et démêlez, dans ce corps de logis où il y a de superbes ameublements, un homme en robe de chambre de brocard rouge à fleurs d'or : c'est un bel esprit qui fait le seigneur en dépit de sa basse origine. Il y a dix ans qu'il n'avoit pas vingt maravédis, et il jouit à présent de dix mille ducats de rente. Il a un équipage très-joli ; mais il en rabat l'entretien sur sa table, dont la frugalité est telle, qu'il mange ordinairement le petit poulet en son particulier : il ne laisse pas pourtant de régaler quelquefois, par ostentation, des personnes de qualité. Il donne aujourd'hui à dîner à des conseillers d'état ; et, pour cet effet, il vient d'envoyer chercher un pâtissier et un rôtisseur ; il va marchander avec eux sou à sou, après quoi il écrira sur des cartes les services dont ils seront convenus. Vous me parlez là d'un grand crasseux ! dit Zambullo. Hé, mais ! répondit Asmodée, tous les gueux que la fortune enrichit brusquement deviennent avares ou prodigues : c'est la règle.

Apprenez-moi , dit l'écolier, qui est une belle dame que je vois à sa toilette, et qui s'entretient avec un cavalier fort bien fait. Ah ! vraiment, s'écria le boiteux, ce que vous remarquez là mérite bien votre attention. Cette femme est une veuve allemande qui vit à Madrid de son douaire, et voit très-bonne compagnie, et le jeune homme qui est avec elle est un seigneur nommé don Antoine de Monsalve.

Quoique ce cavalier soit d'une des premières maisons d'Espagne, il a promis à la veuve de l'épouser : il lui a même fait un dédit de trois mille pistoles ; mais il est traversé dans ses amours par ses parents , qui menacent de le faire enfermer s'il ne rompt tout commerce avec l'Allemande , qu'ils regardent comme une aventurière. Le galant, mortifié de les voir tous révoltés contre son penchant, vint hier au soir chez sa maîtresse, qui, s'apercevant qu'il avoit quelque chagrin, lui en demanda la cause : il la lui apprit, en l'assurant que toutes les contradictions qu'il auroit à essuyer de la part de sa famille ne pourroient jamais ébranler sa constance. La veuve parut charmée de sa fermeté, et ils se séparèrent tous deux à minuit, très-contents l'un de l'autre.

Monsalve est revenu ce matin : il a trouvé la dame à sa toilette, et il s'est mis sur nouveaux frais à l'entretenir de son amour. Pendant la conversation, l'Allemande a ôté ses papillotes ; le cavalier en a pris une sans réflexion, l'a dépliée, et y voyant de son écriture : Comment donc, madame, a-t-il dit en riant, est-ce là l'usage que vous faites des billets doux qu'on vous envoie ? Oui, Monsalve, a-t-elle répondu ; vous voyez à quoi me servent les promesses des amants qui veulent m'épouser en dépit de leurs familles ; j'en fais des papillotes. Quand le cavalier a reconnu que c'étoit effectivement son dédit que la dame avoit déchiré, il n'a pu s'empêcher d'admirer le désintéressement de sa veuve, et il lui jure de nouveau une éternelle fidélité.

Jetez les yeux, poursuivit le Diable, sur ce grand homme sec qui passe au-dessous de nous : il a un grand registre sous son bras, une écritoire pendue à sa ceinture, et une guitare sur le dos. Ce personnage, dit l'écolier, a un air ridicule ; je gagerois que c'est un original. Il est certain, reprit le démon , que c'est un mortel assez singulier. Il y a des philosophes cyniques en Espagne : en voilà un. Il va vers le Buen-Retiro se mettre dans une prairie où il y a une claire fontaine dont l'eau pure forme un ruisseau qui serpente parmi les fleurs. Il demeurera là toute la journée à contempler les richesses de la nature, à jouer de la guitare et à faire des réflexions qu'il écrira sur son registre. Il a dans ses poches sa nourriture ordinaire, c'est-à-dire quelques oignons avec un morceau de pain : telle est la vie sobre qu'il mène depuis dix ans ; et si quelque Aristippe lui disoit comme à Diogène : Si tu savois faire ta cour aux grands, tu ne mangerois pas des oignons, ce philosophe moderne lui répondroit : Je ferois ma cour aux grands aussi bien que toi, si je voulois abaisser un homme jusqu'à le faire ramper devant un autre homme.

En effet, ce philosophe a autrefois été attaché aux grands seigneurs : ils lui firent même sa fortune ; mais ayant senti que leur amitié n'étoit pour lui qu'une honorable servitude, il rompit tout commerce avec eux. Il avoit un carrosse qu'il quitta, parce qu'il fit réflexion qu'il éclaboussoit des gens qui valoient mieux que lui : il a même donné presque tous ses biens à ses amis indigents ; il s'est seulement réservé de quoi vivre de la manière qu'il vit : car il ne lui paroît pas moins honteux pour un philosophe d'aller mendier son pain parmi le peuple que chez les grands seigneurs.

Plaignez le cavalier qui suit ce philosophe, et que vous voyez accompagné d'un chien : il peut se vanter d'être d'une des meilleures maisons de Castille. Il a été riche ; mais il s'est ruiné comme le Timon de Lucien, en régalant tous les jours ses amis, et surtout en faisant des fêtes superbes aux naissances, aux mariages des princes et princesses, en un mot, à chaque occasion qu'a eue l'Espagne de faire des réjouissances. Dès que les parasites ont vu sa marmite renversée, ils ont disparu de chez lui; tous ses amis l'ont abandonné : un seul lui est resté fidèle : c'est son chien.

Dites-moi, seigneur Diable, s'écria Leandro Perez, à qui appartient cet équipage que je vois arrêté devant une maison? C'est, répondit le démon, le carrosse d'un riche contador qui va tous les matins dans cette maison, où demeure une beauté galicienne dont ce vieux pécheur de race maure a soin, et qu'il aime éperdument. Il apprit hier au soir qu'elle lui avoit fait une infidélité : dans la fureur que lui causa cette nouvelle, il lui écrivit une lettre pleine de reproches et de menaces. Vous ne devineriez pas quel parti la coquette s'est avisée de prendre : au lieu d'avoir l'imprudence de nier le fait, elle a mandé ce matin au trésorier qu'il est justement irrité contre elle; qu'il ne doit plus la regarder qu'avec mépris, puisqu'elle a été capable de trahir un si galant homme; qu'elle reconnoît sa faute, qu'elle la déteste, et que, pour s'en punir, elle a déjà coupé ses beaux cheveux dont il sait bien qu'elle est idolâtre; enfin, qu'elle est dans la résolution d'aller dans une retraite consacrer le reste de ses jours à la pénitence.

Le vieux soupirant n'a pu tenir contre les prétendus remords de sa maîtresse : il s'est levé aussitôt pour se rendre chez elle; il l'a trouvée dans les pleurs; et cette bonne comédienne a si bien joué son rôle, qu'il vient de lui pardonner le passé; il fera plus : pour la consoler du sacrifice de sa chevelure, il lui promet en ce moment de la faire dame de paroisse, en lui achetant une belle maison de campagne qui est actuellement à vendre auprès de l'Escurial.

Toutes les boutiques sont ouvertes, dit l'écolier, et j'aperçois déjà un cavalier qui entre chez un traiteur. Ce cavalier, reprit Asmodée, est un garçon de famille qui a la rage d'écrire, et de vouloir absolument passer pour auteur; il ne manque pas d'esprit : il en a même assez pour critiquer tous les ouvrages qui paroissent sur la scène; mais il n'en a point assez pour en composer un raisonnable. Il entre chez le traiteur pour ordonner un grand repas; il donne à dîner aujourd'hui à quatre comédiens qu'il veut engager à protéger une mauvaise pièce de sa façon, qu'il est sur le point de présenter à leur compagnie.

A propos d'auteurs, continua-t-il, en voilà deux qui se rencontrent dans la rue. Remarquez qu'ils se saluent avec un ris moqueur : ils se méprisent mutuellement, et ils ont raison. L'un écrit aussi facilement que le poëte Crispinus, qu'Horace compare aux soufflets des forges; et l'autre emploie bien du temps à faire des ouvrages froids et insipides.

Qui est ce petit homme qui descend de carrosse à la porte de cette église? dit Zambullo. C'est, répondit le boiteux, un personnage digne d'être remarqué. Il n'y a pas dix ans qu'il abandonna l'étude d'un notaire où il étoit maître-clerc, pour s'aller jeter dans la chartreuse de Saragosse. Au bout de six mois de noviciat il sortit de son couvent, reparut à Madrid; mais ceux qui le connoissoient furent étonnés de le voir devenir tout-à-coup un des principaux membres du conseil des Indes. On parle encore aujourd'hui d'une fortune si subite. Quelques-uns disent qu'il s'est donné au diable; d'autres veulent qu'il ait été aimé d'une riche douairière, et d'autres enfin qu'il ait trouvé un trésor. Vous savez ce qui en est, interrompit don Cleophas. Oh! pour cela oui, repartit le démon, et je vais vous révéler le mystère.

Pendant que notre moine étoit novice, il arriva qu'un jour, en faisant dans son jardin une profonde fosse pour y planter un arbre, il aperçut une cassette de cuivre qu'il ouvrit : il y avoit dedans une boîte d'or qui contenoit une trentaine de diamants d'une grande beauté. Quoique le religieux ne se connût pas autrement en pierreries, il ne laissa pas de juger qu'il venoit de faire un bon coup de filet; et prenant aussitôt le parti que prend, dans une comédie de Plaute, ce Gripus qui renonce à la pêche après avoir trouvé un trésor, il quitta le froc, et revint à Madrid, où, par l'entremise d'un joaillier de ses amis, il changea ses pierres précieuses en pièces d'or, et ses pièces d'or en une charge qui lui donne un beau rang dans la société civile.

CHAPITRE XVIII.

Ce que le Diable fit encore remarquer à don Cleophas.

Il faut, poursuivit Asmodée, que je vous fasse rire en vous apprenant un trait de cet homme qui entre chez un marchand de liqueurs. C'est un médecin biscayen; il va prendre une tasse de chocolat, après quoi il passera toute la journée à jouer aux échecs.

Pendant ce temps-là, ne craignez pas pour ses malades, il n'en a point; et quand il en auroit, les moments qu'il emploie à jouer ne seroient pas les plus mauvais pour eux. Il ne manque pas d'aller tous les soirs chez une belle et riche veuve qu'il voudroit épouser, et dont il fait semblant d'être fort amoureux. Quand il est avec elle, un fripon de valet, qu'il a pour tout domestique, et avec lequel il s'entend, lui apporte une fausse liste qui contient les noms de plusieurs personnes de qualité, de la part desquelles on est venu chercher ce docteur. La veuve prend tout cela au pied de la lettre, et notre joueur d'échecs est sur le point de gagner la partie.   6.

Arrêtons-nous devant cet hôtel auprès duquel nous sommes; je ne veux point passer outre sans vous faire remarquer les personnes qui l'habitent. Parcourez des yeux les appartements; qu'y découvrez-vous? J'y démêle des dames dont la beauté m'éblouit, répondit l'écolier. J'en vois quelques-unes qui se lèvent, et d'autres qui sont déjà levées. Que de charmes elles offrent à mes regards! Je m'imagine voir les nymphes de Diane, telles que les poëtes nous les représentent.

Si ces femmes que vous admirez, reprit le boiteux, ont les attraits des nymphes de Diane, elles n'en ont assurément pas la chasteté. Ce sont quatre ou cinq aventurières qui vivent ensemble à frais communs. Aussi dangereuses que ces belles demoiselles de chevalerie qui arrêtoient par leurs appas les chevaliers qui passoient devant leurs châteaux, elles attirent les jeunes gens chez elles. Malheur à ceux qui s'en laissent charmer! Pour avertir du péril que courent les passants, il faudroit faire mettre devant cette maison des balises, comme on en met dans les rivières pour marquer les endroits dont il ne faut pas s'approcher.

Je ne vous demande pas, dit Leandro Perez, où vont ces seigneurs que je vois dans leurs carrosses : ils vont sans doute au lever du roi. Vous l'avez dit, reprit le Diable : et si vous voulez y aller aussi, je vous y conduirai; nous ferons là quelques remarques réjouissantes. Vous ne pouvez rien me proposer qui me soit plus agréable, répliqua Zambullo; je m'en fais par avance un grand plaisir.

Alors le démon, prompt à satisfaire don Cleophas, l'emporta vers le palais du roi; mais, avant que d'y arriver, l'écolier, apercevant des manœuvres qui travailloient à une porte fort haute, demanda si c'étoit un portail d'église qu'ils faisoient. Non, lui répondit Asmodée, c'est la porte d'un nouveau marché; elle est magnifique, comme vous voyez. Cependant, quand ils l'élèveroient jusqu'aux nues, jamais elle ne sera digne des deux vers latins qu'on doit mettre dessus.

Que me dites-vous? s'écria Leandro; quelle idée vous me donnez de ces deux vers! je meurs d'envie de les savoir. Les voici, reprit le démon; préparez-vous à les admirer.

Quàm benè Mercurius nunc merces vendit opimas.
Momus ubi fatuos vendidit antè sales!

Il y a dans ces deux vers un jeu de mots le plus joli du monde. Je n'en sens point encore toute la beauté, dit l'écolier; je ne sais pas bien ce que signifient ces *fatuos sales.* Vous ignorez donc, repartit le Diable, que la place où l'on bâtit ce marché, pour y vendre des denrées, fut autrefois un collége de moines qui enseignoient à la jeunesse les humanités. Les régents de ce collége y faisoient

représenter par leurs écoliers des drames, des pièces de théâtre fades, et entremêlées de ballets si extravagants, qu'on y voyoit danser jusqu'aux prétérits et aux supins. Oh! ne m'en dites pas davantage, interrompit Zambullo; je sais bien quelle drogue c'est que les pièces de colléges. L'inscription me paroît admirable.

A peine Asmodée et don Cleophas furent-ils sur l'escalier du palais du roi, qu'ils virent plusieurs courtisans qui montoient les degrés. A mesure que ces seigneurs passoient auprès d'eux, le Diable faisoit le nomenclateur : Voilà, disoit-il à Leandro Perez, en les lui montrant du doigt l'un après l'autre, voilà le comte de Villalonso, de la maison de la Puebla d'Elleréna : voici le marquis de Castro Fueste; celui-là c'est don Lopez de Los Rios, président du conseil des finances; celui-ci le comte de Villa Hombrosa. Il ne se contentoit pas de les nommer, il faisoit leur éloge; mais ce malin esprit y ajoutoit toujours quelque trait satirique : il leur donnoit à chacun son lardon.

Ce seigneur, disoit-il de l'un, est affable et obligeant; il vous écoute avec un air de bonté. Implorez-vous sa protection, il vous l'accorde généreusement, et vous offre son crédit. C'est dommage qu'un homme qui aime tant à faire plaisir ait la mémoire si courte, qu'un quart-d'heure après que vous lui avez parlé il oublie ce que vous lui avez dit.

Ce duc, disoit-il en parlant d'un autre, est un des seigneurs de la cour du meilleur caractère : il n'est pas, comme la plupart de ses pareils, différent de lui-même d'un moment à un autre : il n'y a point de caprice, point d'inégalité dans son humeur. Ajoutez à cela qu'il ne paie pas d'ingratitude l'attachement qu'on a pour sa personne, ni les services qu'on lui rend; mais par malheur il est trop lent à les reconnoître. Il laisse désirer si long-temps ce qu'on attend de lui, qu'on croit l'avoir bien acheté lorsqu'on l'a obtenu.

Après que le démon eut fait connoître à l'écolier les bonnes et les mauvaises qualités d'un grand nombre de seigneurs, il l'emmena dans une salle où il y avoit des hommes de toutes sortes de conditions, et particulièrement tant de chevaliers, que don Cleophas s'écria : Que de chevalaliers! parbleu, il faut qu'il y en ait bien en Espagne! Je vous en réponds, dit le boiteux, et cela n'est pas surprenant; puisque pour être chevalier de Saint-Jacques ou de Calatrava, il n'est pas nécessaire, comme autrefois, pour devenir chevalier romain, d'avoir vingt-cinq mille écus de patrimoine : aussi s'aperçoit-on que c'est une marchandise bien mêlée.

Envisagez, continua-t-il, la mine plate qui est derrière vous. Parlez plus bas, interrompit Zambullo, cet homme vous entend. Non, non, répondit le Diable; le même charme qui nous rend invisibles ne permet pas qu'on nous entende. Regardez cette figure-là : c'est un Catalan qui revient des îles Philippines , où il étoit flibustier. Diriez-vous à le voir que c'est un foudre de guerre? Il a pourtant fait des actions prodigieuses de valeur. Il va ce matin présenter au roi un placet, par lequel il demande certain poste pour récompense de ses services; mais je doute fort qu'il l'obtienne, puisqu'il ne s'adresse pas auparavant au premier ministre.

Je vois à la main droite de ce flibustier, dit Leandro Perez, un gros et grand homme qui paroît faire l'important : à juger de sa condition par l'orgueil qu'il y a dans son maintien, il faut que ce soit quelque riche seigneur. Ce n'est rien moins que cela, repartit Asmodée : c'est un hidalgo des plus pauvres, qui, pour subsister, donne à jouer sous la protection d'un grand.

Mais je remarque un licencié qui mérite bien que je vous le fasse observer. C'est celui que vous voyez qui s'entretient auprès de la première fenêtre avec un cavalier vêtu de velours gris-blanc. Ils parlent tous deux d'une affaire qui fut hier jugée par le roi : je vais vous en faire le détail.

Il y a deux mois que ce licencié, qui est académicien de l'académie de Tolède, donna au public un livre de morale qui révolta tous les vieux auteurs castillans : ils le trouvèrent plein d'expressions trop hardies et de mots trop nouveaux. Les voilà qui se liguent contre cette production singulière : ils s'assemblent et dressent un placet qu'ils présentent au roi , pour le supplier de condamner ce livre comme contraire à la pureté et à la netteté de la langue espagnole.

Le placet parut digne d'attention à sa majesté, qui nomma trois commissaires pour examiner l'ouvrage. Ils estimèrent que le style en étoit effectivement répréhensible, et d'autant plus dangereux, qu'il étoit plus brillant. Sur leur rapport, voici de quelle manière le roi a décidé : il a ordonné, sous peine de désobéissance, que ceux des académiciens de Tolède qui écrivent dans le goût de ce licencié ne composeront plus de livres à l'avenir, et que même , pour mieux conserver la pureté de la langue castillane, ces académiciens ne pourront être remplacés après leur mort que par des personnes de la première qualité.

Cette décision est merveilleuse, s'écria Zambullo en riant : les partisans du langage ordinaire n'ont plus rien à craindre. Pardonnez-moi , repartit le démon : les auteurs ennemis de cette noble simplicité qui fait le charme des lecteurs sensés ne sont pas tous de l'académie de Tolède.

Don Cleophas fut curieux d'apprendre qui étoit le cavalier habillé de velours gris-blanc, qu'il voyoit en conversation avec le licencié. C'est, lui dit le boiteux, un cadet catalan , officier de la garde espagnole ; je vous assure que c'est un garçon très-spirituel. Je veux, pour vous faire juger de son esprit, vous citer une repartie qu'il fit hier à une dame en fort bonne compagnie; mais, pour l'intelligence de ce bon mot, il faut savoir qu'il a un frère nommé don André de Prada, qui étoit, il y a quelques années , officier comme lui dans le même corps.

Il arriva qu'un jour un gros fermier des domaines du roi aborda ce don André, et lui dit : Seigneur de Prada, je porte même nom que vous ; mais nos familles sont différentes. Je sais que vous êtes d'une des meilleures maisons de Catalogne, et en même temps que vous n'êtes pas riche. Moi, je suis riche et d'une naissance peu illustre. N'y auroit-il pas moyen de nous faire part mutuellement de ce que nous avons de bon l'un et l'autre? Avez-vous vos titres de noblesse? Don André répondit qu'oui. Cela étant, répliqua le fermier, si vous voulez me les communiquer, je les mettrai entre les mains d'un habile généalogiste qui travaillera là-dessus, et nous rendra parents en dépit de nos aïeux. De mon côté, par reconnoissance, je vous ferai présent de trente mille pistoles. Sommes-nous d'accord ? Don André fut ébloui de la somme : il accepta la proposition, confia ses pancartes au fermier, et, de l'argent qu'il en reçut, acheta une terre considérable en Catalogne, où il vit depuis ce temps-là.

Or, son cadet, qui n'a rien gagné à ce marché, étoit hier à une table où l'on parla par hasard du seigneur de Prada, fermier des domaines du roi ; et là-dessus une dame de la compagnie, adressant la parole à ce jeune officier, lui demanda s'il n'étoit pas parent de ce fermier? Non, madame, lui répondit-il; je n'ai pas cet honneur-là : c'est mon frère.

L'écolier fit un éclat de rire à cette repartie , qui lui parut des plus plaisantes. Puis apercevant tout-à-coup un petit homme qui suivoit un courtisan, il s'écria: Hé bon Dieu! que ce petit homme, qui suit ce seigneur , lui fait de révérences! Il a sans doute quelque grâce à lui demander. Ce que vous remarquez là , reprit le Diable , vaut bien la peine que je vous dise la cause de ces civilités. Ce petit homme est un honnête bourgeois qui a une assez belle maison de campagne aux environs de Madrid, dans un endroit où il y a des eaux minérales qui sont en réputation. Il a prêté sans intérêt cette maison pour trois mois à ce seigneur, qui y a été prendre les eaux : le bourgeois, en ce moment, prie très-affectueusement ledit seigneur de le servir dans une occasion qui s'en présente, et le seigneur refuse fort poliment de lui rendre service.

Il ne faut pas que je laisse échapper ce cavalier de race plébéienne, lequel fend la presse en tranchant de l'homme de condition. Il est devenu excessivement riche en peu de temps, par la science des nombres : il y a dans sa maison autant de domestiques que dans l'hôtel d'un grand, et sa table l'emporte sur celle d'un ministre pour la délicatesse et l'abondance. Il a un équipage pour lui, un pour sa femme, et un autre pour ses enfants. On voit dans ses écuries les plus belles mules et les plus beaux chevaux du monde. Il acheta même, ces jours passés, et paya, argent comptant, un superbe attelage que le prince d'Espagne avoit marchandé, et trouvé trop cher. Quelle insolence ! dit Leandro. Un Turc qui verroit ce drôle-là dans un état si florissant, ne manqueroit pas de le croire à la veille d'essuyer quelque fâcheux revers de fortune. J'ignore l'avenir, dit Asmodée ; mais je ne puis m'empêcher de penser comme un Turc.

Ah ! qu'est-ce que je vois ? continua le démon avec surprise. Peu s'en faut que je ne doute du rapport de mes yeux ! Je démêle dans cette salle un poëte qui n'y devroit pas être. Comment ose-t-il se montrer ici, après avoir fait des vers qui offensent des grands seigneurs espagnols ? il faut qu'il compte bien sur le mépris qu'ils ont pour lui.

Considérez attentivement ce respectable personnage qui entre appuyé sur un écuyer. Remarquez comme, par considération, tout le monde se range pour lui faire place. C'est le seigneur don Joseph de Reynaste et Ayala, grand juge de police : il vient rendre compte au roi de ce qui est arrivé cette nuit dans Madrid. Regardez ce bon vieillard avec admiration.

Véritablement, dit Zambullo, il a l'air d'être un homme de bien. Il seroit à souhaiter, reprit le boiteux, que tous les corrégidors le prissent pour modèle. Ce n'est pas un de ces esprits violents qui n'agissent que par humeur et par impétuosité ; il ne fera point arrêter un homme sur le simple rapport d'un alguazil, d'un secrétaire ou d'un commis. Il sait trop bien que ces sortes de gens, pour la plupart, ont l'âme vénale, et sont capables de faire un honteux trafic de son autorité. C'est pourquoi, lorsqu'il est question d'enfermer un accusé, il approfondit l'accusation jusqu'à ce qu'il ait démêlé la vérité. Aussi n'envoie-t-il jamais des innocents dans les prisons ; il n'y fait mettre que des coupables ; encore n'abandonne-t-il pas ceux-ci à la barbarie qui règne dans les cachots. Il va voir lui-même ces misérables, et a soin d'empêcher qu'on n'ajoute l'inhumanité aux justes rigueurs des lois.

Le beau caractère, s'écria Leandro ; l'aimable mortel ! Je serois curieux de l'entendre parler au roi. Je suis bien mortifié, répondit le Diable, d'être obligé de vous dire que je ne puis contenter ce nouveau désir, sans m'exposer à recevoir une insulte. Il ne m'est pas permis de m'introduire auprès des souverains : ce seroit empiéter sur les droits de Léviathan, de Belphégor et d'Astaroth. Je vous l'ai déjà dit, ces trois esprits sont en possession d'obséder les princes. Il est défendu aux autres démons de paroître dans les cours, et je ne sais à quoi je pensois, lorsque je me suis avisé de vous amener ici : c'est avoir fait, je l'avoue, une démarche bien téméraire. Si ces trois diables m'apercevoient, ils viendroient avec fureur fondre sur moi ; et, entre nous, je ne serois pas le plus fort.

Puisque cela est, répliqua l'écolier, éloignons-nous promptement de ce palais ; j'aurois une mortelle douleur de vous voir houspiller par vos confrères, sans pouvoir vous secourir ; car si je me mettois de la partie, je crois que vous n'en seriez guère mieux. Non, sans doute, répondit Asmodée ; ils ne sentiroient point vos coups, et vous péririez sous les leurs.

Mais, ajouta-t-il, pour vous consoler de ce que je ne vous fais pas entrer dans le cabinet de votre grand monarque, je vais vous procurer un plaisir qui vaudra bien celui que vous perdez. En achevant ces paroles, il prit par la main don Cleophas, et fendit avec lui les airs du côté de la Merci.

CHAPITRE XIX.

Des captifs.

Ils s'arrêtèrent tous deux sur une maison voisine de ce monastère, à la porte duquel il y avoit un grand concours de personnes de l'un et de l'autre sexe. Que de monde ! dit Leandro Perez. Quelle cérémonie assemble ici tout le peuple ? C'est, répondit le démon, une cérémonie que vous n'avez jamais vue, quoiqu'elle se fasse à Madrid de temps en temps. Trois cents esclaves, tous sujets du roi d'Espagne, vont arriver dans un moment : ils reviennent d'Alger, où les pères de la Rédemption les ont été racheter. Toutes les rues par où ils doivent passer vont se remplir de spectateurs.

Il est vrai, répliqua Zambullo, que je n'ai pas été jusqu'ici fort curieux de voir un semblable spectacle ; et si c'est là celui que votre seigneurie me réserve, je vous dirai franchement que vous ne deviez pas tant m'en faire fête. Je vous connois trop bien, repartit le Diable, pour ignorer que ce n'est pas pour vous un agréable passe-temps que d'observer des misérables ; mais, quand vous saurez qu'en vous les faisant considérer, j'ai dessein de vous révéler les particularités remarquables qu'il y a dans la captivité des uns, et les embarras où vont se trouver quelques autres à leur retour chez eux, je suis persuadé que vous ne serez pas fâché que je vous donne ce divertissement. Oh ! pour cela non, reprit l'écolier : ce que vous dites là change la thèse, et vous me ferez un vrai plaisir de tenir votre promesse.

Pendant qu'ils s'entretenoient de cette sorte, ils entendirent tout-à-coup de grands cris que poussa la populace à la vue des captifs qui marchoient en cet ordre. Ils alloient à pied, deux à deux, sous leurs habits d'esclaves, et chacun ayant sa chaîne sur ses épaules. Un assez grand nombre de religieux de la Merci, qui avoient été au-devant d'eux, les précédoient, montés sur des mules caparaçonnées d'étamine noire, comme s'ils eussent mené un deuil, et un de ces bons pères portoit l'étendard de la Rédemption. Les plus jeunes captifs étoient à la tête ; les vieux les suivoient ; derrière ceux-ci paroissoit, sur un petit cheval, un religieux du même ordre que les premiers, lequel avoit tout l'air d'un prophète. Aussi étoit-ce le chef de la mission. Il s'attiroit les yeux des assistants par sa gravité, ainsi que par une longue barbe grise qui le rendoit vénérable ; et on lisoit sur le visage de ce Moïse espagnol la joie inexprimable qu'il ressentoit de ramener tant de chrétiens dans leur patrie.

Ces captifs, dit le boiteux, ne sont pas tous également ravis d'avoir recouvré la liberté. S'il y en a qui se réjouissent d'être sur le point de revoir leurs parents, il en est d'autres qui craignent d'apprendre que, pendant leur absence, il ne soit arrivé dans leurs familles des événements plus cruels pour eux que l'esclavage.

Par exemple, les deux qui marchent les premiers sont dans le dernier cas. L'un, natif de la petite ville de Velilla en Aragon, après avoir été dix ans dans la servitude des Turcs, sans recevoir aucunes nouvelles de sa femme, va la retrouver mariée en secondes noces, et mère de cinq enfants qui ne sont pas de son bail. L'autre, fils d'un marchand de laine de Ségovie, fut enlevé par un corsaire, il y a près de quatre lustres. Il appréhende que, depuis tant d'années, sa famille n'ait changé de face, et sa crainte n'est pas sans fondement : son père et sa mère sont morts, et ses frères, qui ont partagé tout le bien, l'ont dissipé par leur mauvaise conduite.

J'envisage avec attention un esclave, dit l'écolier, et je juge à son air qu'il est charmé de n'être plus exposé à la bastonnade. Le captif que vous regardez, répondit le Diable, a grand sujet d'être joyeux de sa délivrance ; il sait qu'une tante,

dont il est unique héritier, vient de mourir, et qu'il va jouir d'une fortune brillante : cela l'occupe bien agréablement, et lui donne cet air de satisfaction que vous lui remarquez.

Il n'en est pas de même du malheureux cavalier qui marche à son côté : une cruelle inquiétude l'agite sans relâche, et en voici la cause. Lorsqu'il fut pris par un pirate d'Alger, en voulant passer d'Espagne en Italie, il aimoit une dame et en étoit aimé ; il a peur que, pendant qu'il étoit dans les fers, la fidélité de la belle n'ait pas été inébranlable. Et a-t-il été long-temps esclave ? dit Zambullo. Dix-huit mois, répondit Asmodée. Oh ! parbleu, répliqua Leandro Perez, je crois que ce galant se livre à une vaine terreur ; il n'a pas mis la constance de sa dame à une assez forte épreuve pour devoir tant s'alarmer. C'est ce qui vous trompe, repartit le boiteux : sa princesse n'a pas sitôt su qu'il étoit captif en Barbarie, qu'elle s'est pourvue d'un autre amant.

Diriez-vous, continua le démon, que ce personnage qui suit immédiatement les deux que nous venons d'observer, et qu'une épaisse barbe rousse rend effroyable à voir, fut un fort joli homme ? Rien pourtant n'est plus véritable ; et vous voyez, dans cette figure hideuse, le héros d'une histoire assez singulière que je vais vous conter.

Ce grand garçon se nomme Fabricio. Il avoit à peine quinze ans, lorsque son père, riche laboureur de Cinquello, gros bourg du royaume de Léon, mourut, et il perdit aussi sa mère peu de temps après ; de sorte qu'étant fils unique, il demeura maître d'un bien considérable, dont l'administration fut confiée à un de ses oncles, qui avoit de la probité. Fabricio acheva ses études déjà commencées à Salamanque : il y apprit ensuite à monter à cheval et à faire des armes ; en un mot il ne négligea rien de tout ce qui pouvoit concourir à le rendre digne d'être regardé favorablement de doña Hipolita, sœur d'un petit gentilhomme qui avoit sa chaumière à deux portées d'escopette de Cinquello.

Cette dame étoit parfaitement belle, et à peu près de l'âge de Fabricio, qui, l'ayant vue dès son enfance, avoit sucé, pour ainsi dire, avec le lait, l'amour dont il brûloit pour elle. Hipolita, de son côté, s'étoit bien aperçue qu'il n'étoit pas mal fait ; mais le connoissant pour le fils d'un laboureur, elle ne daignoit pas le considérer avec beaucoup d'attention : elle étoit d'une fierté insupportable, aussi bien que son frère don Thomas de Xaral, qui n'avoit peut-être pas son pareil en Espagne, pour être gueux et entêté de sa noblesse.

Cet orgueilleux gentilhomme de campagne habitoit une maison qu'il appeloit son château, et qui n'étoit, à parler proprement, qu'une masure, tant elle menaçoit ruine de toutes parts. Cependant, quoique ses facultés ne lui permissent pas de la faire réparer, quoiqu'il eût de la peine à vivre, il ne laissoit pas d'avoir un valet pour le servir, et de plus, il y avoit une femme maure auprès de sa sœur.

C'étoit une chose réjouissante que de voir paroître don Thomas dans le bourg, les fêtes et les dimanches, avec un habit de velours cramoisi tout pelé, et un petit chapeau garni d'un vieux plumet jaune, qu'il conservoit chez lui comme des reliques, pendant les autres jours de la semaine. Paré de ces guenilles, qui lui sembloient autant de preuves de sa noble origine, il tranchoit du seigneur, et croyoit assez payer les profondes révérences qu'on lui faisoit, lorsqu'il vouloit bien y répondre par un regard. Sa sœur n'étoit pas moins folle que lui de l'antiquité de sa race; et elle joignoit à ce ridicule celui d'être si vaine de sa beauté, qu'elle vivoit dans la glorieuse espérance que quelque grand viendroit la demander en mariage.

Tels étoient les caractères de don Thomas et d'Hipolita. Fabricio le savoit bien; et pour s'insinuer auprès de deux personnes si altières, il prit le parti de flatter leur vanité par de faux respects; ce qu'il fit avec tant d'adresse, que le frère et la sœur enfin trouvèrent bon qu'il eût l'honneur de leur aller souvent rendre ses hommages. Comme il ne connoissoit pas moins leur misère que leur orgueil, il avoit envie tous les jours de leur offrir sa bourse; mais la crainte de révolter contre lui leur fierté l'en empêchoit : néanmoins son ingénieuse générosité trouva moyen de les aider, sans les exposer à rougir. Seigneur, dit-il un jour en particulier au gentilhomme, j'ai deux mille ducats à mettre en dépôt; ayez la bonté de me les garder; que je vous aie cette obligation-là.

Il n'est pas besoin de demander si Xaral y consentit : outre qu'il étoit mal en argent, il avoit la conscience d'un dépositaire. Il se chargea volontiers de cette somme, et il ne l'eut pas sitôt entre les mains, qu'il en employa sans façon une bonne partie à faire réparer sa chaumière et à se donner toutes ses petites commodités : un habit neuf d'un très-beau velours bleu fut levé et fait à Salamanque, et une plume verte qu'on y acheta vint ravir au vieux plumet jaune la gloire dont il étoit en possession immémoriale d'orner le noble chef de don Thomas. La belle Hipolita eut aussi sa paraguante, et fut parfaitement bien nippée. C'est ainsi que Xaral dissipoit les ducats qui lui avoient été confiés, sans penser qu'ils ne lui appartenoient point, et que jamais il ne pourroit les restituer. Il ne se fit pas le moindre scrupule d'en user ainsi; il crut même qu'il étoit juste qu'un roturier payât

l'honneur d'être en commerce avec un gentilhomme.

Fabricio avoit bien prévu cela; mais en même temps il s'étoit flatté qu'en faveur de ses espèces don Thomas vivroit avec lui familièrement, qu'Hipolita peu à peu s'accoutumeroit à souffrir ses soins, et lui pardonneroit enfin l'audace d'avoir élevé sa pensée jusqu'à elle. Véritablement il en eut auprès d'eux un accès plus libre; ils lui firent plus d'amitié qu'ils ne lui en avoient fait auparavant. Un homme riche est toujours gracieusé des grands, quand il se rend leur vache à lait. Xaral et sa sœur, qui jusqu'alors n'avoient connu les richesses que de nom, n'eurent pas plus tôt senti leur utilité, qu'ils jugèrent que Fabricio méritoit d'être ménagé : ils eurent pour lui des égards et des attentions qui le charmèrent. Il crut que sa personne ne leur déplaisoit pas, et qu'assurément ils avoient fait réflexion que tous les jours des gentilshommes, pour soutenir leur noblesse, étoient obligés d'avoir recours à des alliances roturières. Dans cette opinion, qui flattoit son amour, il se résolut à demander Hipolita en mariage.

Dès la première occasion favorable qu'il put trouver de parler à don Thomas, il lui dit qu'il souhaitoit passionnément d'être son beau-frère; et que, pour avoir cet honneur, non-seulement il lui abandonneroit le dépôt, mais il lui feroit encore présent d'un millier de pistoles. Le superbe Xaral rougit à cette proposition, qui réveilla son orgueil; et dans son premier mouvement, peu s'en fallut qu'il ne fît éclater tout le mépris qu'il avoit pour le fils d'un laboureur. Néanmoins, quelque indigné qu'il fût de la témérité de Fabricio, il se contraignit; et, sans témoigner aucun dédain, il lui répondit qu'il ne pouvoit sur-le-champ se déterminer dans une pareille affaire; qu'il étoit à propos de consulter là-dessus Hipolita, et de faire même une assemblée de parents.

Il renvoya le galant avec cette réponse, et convoqua effectivement une diète composée de quelques hidalgos de son voisinage, lesquels étoient de ses parents, et qui tous avoient, comme lui, la rage de la *hidalguia*. Il tint conseil avec eux, non pour leur demander s'ils étoient d'avis qu'il accordât sa sœur à don Fabricio, mais pour délibérer de quelle façon il falloit punir ce jeune insolent, qui, malgré la bassesse de sa naissance, osoit aspirer à la possession d'une fille de la qualité d'Hipolita.

Dès qu'il eut exposé cette audace à l'assemblée, au seul nom de Fabricio et de fils de laboureur, vous eussiez vu les yeux de tous ces nobles s'allumer de fureur : chacun vomit feu et flamme contre l'audacieux; les uns ainsi que les autres veulent qu'il expire sous le bâton, pour expier l'outrage qu'il a fait à leur famille par la proposition d'un si honteux hyménée. Cependant, après qu'on eut considéré la chose plus mûrement, le résultat de la diète fut qu'on laisseroit vivre le coupable; mais que, pour lui apprendre à ne se plus méconnoître, on lui feroit un tour dont il auroit sujet de se souvenir long-temps.

On proposa diverses fourberies, et celle-ci prévalut. On décida qu'Hipolita feindroit d'être sensible à l'attachement de Fabricio, et que, sous prétexte de vouloir consoler ce malheureux amant du refus que don Thomas feroit de le prendre pour beau-frère, elle lui donneroit une nuit rendez-vous au château, où, dans le temps qu'il seroit introduit par la femme maure, des gens apostés le surprendroient avec cette soubrette, qu'on lui feroit épouser par force.

La sœur de Xaral se prêta d'abord sans répugnance à cette supercherie : il lui sembla qu'il y alloit de sa gloire de regarder comme une injure la recherche d'un homme d'une condition si inférieure à la sienne. Mais cette orgueilleuse disposition fit bientôt place à des mouvements de pitié; ou plutôt l'amour se rendit tout-à-coup maître de la fierté d'Hipolita.

Dès ce moment, elle vit les choses d'un autre œil : elle trouva l'obscure origine de Fabricio compensée par les belles qualités qu'il avoit, et n'aperçut plus en lui qu'un cavalier digne de toute son affection. Admirez, seigneur écolier, admirez le prodigieux changement que cette passion est capable de produire : cette même fille qui s'imaginoit qu'un prince à peine méritoit de la posséder, s'entête en un instant d'un fils de laboureur, et s'applaudit de ses prétentions, après les avoir envisagées comme une ignominie.

Elle s'abandonna au penchant qui l'entraînoit; et, bien loin de servir le ressentiment de son frère, elle entretint avec Fabricio une secrète intelligence, par l'entremise de la femme maure, qui le faisoit entrer quelquefois la nuit dans la chaumière. Mais don Thomas eut quelque soupçon de ce qui se passoit : sa sœur lui devint suspecte; il l'observa, et fut convaincu, par ses propres yeux, qu'au lieu de répondre aux intentions de la famille, elle les trahissoit. Il en avertit promptement deux de ses cousins, qui, prenant feu à cette nouvelle, commencèrent à crier : Vengeance, don Thomas! vengeance !.... Xaral, qui n'avoit pas besoin d'être excité à tirer raison d'une offense de cette nature, leur dit, avec une modestie espagnole, qu'ils verroient l'usage qu'il savoit faire de son épée, quand il s'agissoit de l'employer à venger son honneur : ensuite, il les pria de se rendre chez lui à l'entrée d'une nuit qu'il leur marqua.

Ils furent très-exacts à s'y trouver. Il les intro-

duisit et les cacha dans une petite chambre, sans que personne de la maison s'en aperçût; puis il les quitta en leur disant qu'il reviendroit les joindre aussitôt que le galant seroit entré dans le château, supposé qu'il s'avisât d'y venir cette nuit-là : ce qui ne manqua pas d'arriver, la mauvaise étoile de nos amants ayant voulu qu'ils choisissent cette même nuit pour s'entretenir.

. Don Fabricio étoit avec sa chère Hipolita. Ils commençoient à se tenir des discours qu'ils s'étoient déjà tenus cent fois, mais qui, bien que répétés sans cesse, ont toujours le charme de la nouveauté, lorsqu'ils furent désagréablement interrompus par les cavaliers qui veilloient pour les surprendre. Don Thomas et ses cousins vinrent fondre tous trois courageusement sur Fabricio, qui n'eut que le temps de se mettre en défense, et qui, jugeant à leur action qu'ils vouloient l'assassiner, se battit en désespéré. Il les blessa tous trois, et leur présentant toujours la pointe de son épée, il eut le bonheur de gagner la porte et de se sauver

Alors Xaral, voyant que son ennemi lui échappoit après avoir impunément déshonoré sa maison, tourna sa fureur contre la malheureuse Hipolita, et lui plongea son épée dans le cœur; et ses deux parents, très-mortifiés du mauvais succès de leur complot, se retirèrent chez eux avec leurs blessures.

Demeurons-en là, poursuivit Asmodée; quand nous aurons vu passer tous les captifs, j'achèverai l'histoire de celui-ci. Je vous raconterai de quelle sorte, après que la justice se fut emparée de tous ses biens, à l'occasion de ce funeste événement, il eut le malheur d'être fait esclave en voyageant sur mer.

Pendant que vous me faisiez le récit que vous avez fait, dit don Cleophas, j'ai remarqué parmi ces infortunés un jeune homme qui avoit l'air si triste, si languissant, qu'il s'en est peu fallu que je ne vous aie interrompu pour vous en demander la cause. Vous n'y perdrez rien, répondit le démon; je puis vous apprendre ce que vous souhaitez de savoir. Ce captif, dont l'abattement vous a frappé, est un enfant de famille de Valladolid. Il étoit en esclavage depuis deux ans chez un patron qui a une femme très-jolie : elle aimoit violemment cet esclave, qui payoit son amour du plus vif attachement. Le patron, s'en étant douté, s'est hâté de vendre le chrétien, de peur qu'il ne travaillât chez lui à la propagation des Turcs. Le tendre Castillan, depuis ce temps-là, pleure sans cesse la perte de sa patronne; la liberté ne peut l'en consoler.

Un vieillard de bonne mine attire mes regards, dit Leandro Perez : qui est cet homme-là? Le

Diable répondit : c'est un barbier, natif de Gui-puscoa, qui va s'en retourner en Biscaye, après quarante ans de captivité. Lorsqu'il tomba au pou-voir d'un corsaire, en allant de Valence à l'île de Sardaigne, il avoit une femme, deux garçons et une fille : il ne lui reste plus de tout cela qu'un fils, qui, plus heureux que lui, a été au Pérou, d'où il est revenu avec des biens immenses dans son pays, où il a fait l'acquisition de deux belles terres. Quelle satisfaction ! reprit l'écolier, quel ravissement pour ce fils de revoir son père, et d'être en état de rendre ses derniers jours agréa-bles et tranquilles !

Vous parlez, repartit le boiteux, en enfant plein de tendresse et de sentiment : le fils du barbier biscayen est d'un naturel plus coriace. L'arrivée imprévue de son père lui causera plus de chagrin que de joie : au lieu de le retenir dans sa maison à Guipuscoa, et de ne rien épargner pour lui mar-quer qu'il est ravi de le posséder, il pourra bien le faire concierge d'une de ses terres.

Derrière ce captif qui vous paroît de si bonne mine, il y en a un autre qui ressemble comme deux gouttes d'eau à un vieux singe : c'est un petit mé-decin aragonais ; il n'a pas été quinze jours à Alger. Dès que les Turcs ont su de quelle profession il étoit, ils n'ont pas voulu le garder parmi eux ; ils ont mieux aimé le remettre sans rançon aux pères de la Merci, qui ne l'auroient assurément pas ra-cheté, et qui ne l'ont ramené qu'à regret en Es-pagne.

Vous qui êtes si compatissant aux peines d'au-trui, ah ! que vous plaindriez cet autre esclave qui a sur sa tête chauve une calotte de drap brun, si vous saviez tous les maux qu'il a soufferts à Al-ger, pendant douze ans, chez un renégat anglais, son patron. Et qui est ce pauvre captif? dit Zam-bullo. C'est un cordelier de Navarre, répondit le démon : je vous avoue que je suis bien aise qu'il ait pâti comme un misérable, puisqu'il a, par ses discours de morale, empêché plus de cent esclaves chrétiens de prendre le turban.

Je vous dirai avec la même franchise, répliqua don Cleophas, que je suis fâché que ce bon père ait été si long-temps à la merci d'un barbare. Vous avez tort de vous en affliger, et moi de m'en réjouir, repartit Asmodée. Ce bon religieux a si bien mis à profit ses douze années de souffrances, qu'il est plus avantageux pour lui d'avoir passé tout ce temps-là dans les tourments, que dans sa cellule à combattre des tentations qu'il n'auroit pas toujours vaincues.

Le premier captif après ce cordelier, dit Lean-dro Perez, a l'air bien tranquille pour un homme qui revient de l'esclavage : il excite ma curiosité à vous demander ce que c'est que ce personnage.

Vous me prévenez, répondit le boiteux, j'allois vous le faire remarquer. Vous voyez en lui un bourgeois de Salamanque, un père infortuné, un mortel devenu insensible aux malheurs à force d'en avoir éprouvé. Je suis tenté de vous appren-dre sa pitoyable histoire et de laisser là le reste des captifs ; aussi bien, après celui-ci, il y en a peu dont les aventures méritent de vous être ra-contées.

L'écolier, qui déjà commençoit à s'ennuyer de voir passer tant de tristes figures, témoigna qu'il ne demandoit pas mieux. Aussitôt le Diable lui fit le récit contenu dans le chapitre suivant.

CHAPITRE XX.

De la dernière histoire qu'Asmodée raconta : comment, en la finissant, il fut tout-à-coup interrompu, et de quelle manière désagréable pour ce démon don Cleo-phas et lui furent séparés.

Pablos de Bahabon, fils d'un alcade de village de la Castille-Vieille, après avoir partagé avec un frère et une sœur la modique succession que leur père, quoique des plus avares, leur avoit laissée, partit pour Salamanque dans le dessein d'aller grossir le nombre des écoliers de l'université. Il étoit bien fait, il avoit de l'esprit, et il entroit alors dans sa vingt-troisième année.

Avec un millier de ducats qu'il possédoit, et une disposition prochaine à les manger, il ne tarda guère à faire parler de lui dans la ville. Tous les jeunes gens recherchèrent à l'envi son amitié ; c'é-toit à qui seroit des parties de plaisir que don Pablos faisoit tous les jours : je dis don Pablos, parce qu'il avoit pris le *don*, pour être en droit de vivre plus familièrement avec des écoliers dont la noblesse auroit pu l'obliger à se contraindre. Il aimoit tant la joie et la bonne chère, et il ménagea si peu sa bourse, qu'au bout de quinze mois l'argent lui manqua. Il ne laissa pas toutefois de rouler en-core, tant par le crédit qu'on lui fit, que par quelques pistoles qu'il emprunta ; mais cela ne put le mener loin, et il demeura bientôt sans res-source.

Alors ses amis, le voyant hors d'état de faire de la dépense, cessèrent de le voir, et ses créanciers commencèrent à le tourmenter. Quoiqu'il assurât ceux-ci qu'il alloit incessamment recevoir des let-tres de change de son pays, quelques-uns s'impa-tientèrent, et le poursuivirent même si vivement en justice, qu'ils étoient sur le point de le faire emprisonner, lorsqu'en se promenant sur les bords de la rivière de Tormès, il rencontra une personne de sa connoissance qui lui dit : Seigneur don Pa-blos, prenez garde à vous ; je vous avertis qu'il y a un alguazil et des archers à vos trousses ; ils prétendent vous mettre la main sur le collet quand vous rentrerez dans la ville.

Bahabon, effrayé d'un avis qui ne s'accordoit que trop avec l'état de ses affaires, prit sur-le-champ la fuite et le chemin de Corita ; mais il quitta la route de ce bourg pour gagner un bois qu'il aperçut dans la campagne, et dans lequel il s'enfonça, résolu de s'y tenir caché jusqu'à ce que la nuit vînt lui prêter ses ombres pour continuer sa marche plus sûrement. C'étoit dans la saison où les arbres sont parés de toutes leurs feuilles : il choisit le plus touffu pour y monter, et s'y assit sur des branches qui l'enveloppoient de leurs feuillages.

Se croyant en sûreté dans cet endroit, il perdit peu à peu la crainte de l'alguazil ; et comme les hommes font ordinairement les plus belles réflexions du monde quand les fautes sont commises, il se représenta toute sa mauvaise conduite, et se promit bien à lui-même, si jamais il se revoyoit en fonds, de faire un meilleur usage de son argent. Il jura surtout qu'il ne seroit jamais la dupe de ces faux amis qui entraînent un jeune homme dans la débauche, et dont l'amitié se dissipe avec les fumées du vin.

Tandis qu'il s'occupoit des différentes pensées qui se succédoient les unes aux autres dans son esprit, la nuit survint. Alors, se démêlant d'entre les branches et les feuilles qui le couvroient, il étoit prêt à se couler en bas, lorsqu'à la foible clarté d'une nouvelle lune, il crut discerner une figure d'homme. A cette vue, qui lui rendit sa première peur, il s'imagina que c'étoit l'alguazil qui, l'ayant suivi à la piste, le cherchoit dans ce bois ; et sa frayeur redoubla, quand il vit qu'au pied du même arbre sur lequel il étoit, cet homme s'assit, après en avoir fait le tour deux ou trois fois.

Le Diable boiteux s'interrompit lui-même en cet endroit de son récit : Seigneur Zambullo, dit-il à don Cleophas, permettez-moi de jouir un peu de l'embarras où je mets votre esprit en ce moment. Vous êtes fort en peine de savoir qui pouvoit être ce mortel qui se trouvoit là si mal à propos, et ce qui l'y amenoit ; c'est ce que vous apprendrez bientôt ; je n'abuserai point de votre patience.

Cet homme, après s'être assis au pied de l'arbre dont l'épais feuillage déroboit à ses yeux don Pablos, s'y reposa quelques instants ; puis il se mit à creuser la terre avec un poignard, et fit une profonde fosse où il enterra un sac de buffle : ensuite, il combla la fosse, la recouvrit proprement de gazon, et se retira. Bahabon, qui avoit observé tout avec une extrême attention, et dont les alarmes s'étoient changées en transports de joie, attendit que l'homme se fût éloigné pour descendre de son arbre et aller déterrer le sac, où il ne doutoit pas

qu'il n'y eût de l'or ou de l'argent. Il se servit pour cela de son couteau ; mais quand il n'en auroit pas eu, il se sentoit tant d'ardeur pour ce travail, qu'avec ses seules mains il auroit pénétré jusqu'aux entrailles de la terre.

D'abord qu'il eut le sac en sa puissance, il se mit à le tâter ; et, persuadé qu'il y avoit dedans des espèces, il se hâta de sortir du bois avec sa proie, craignant alors beaucoup moins la rencontre de l'alguazil que celle de l'homme à qui le sac appartenoit. Dans le ravissement où cet écolier étoit d'avoir fait un si bon coup, il marcha légèrement toute la nuit, sans tenir de route assurée, sans se sentir fatigué ni incommodé du fardeau qu'il portoit. Mais à la pointe du jour il s'arrêta sous des arbres, assez près du bourg de Molorido, moins, à la vérité, pour se reposer, que pour satisfaire enfin la curiosité qu'il avoit de savoir ce que son sac renfermoit. Il le délia donc avec ce frémissement agréable qui vous saisit au moment que vous allez prendre un grand plaisir : il y trouva de bonnes doubles pistoles ; et, pour comble de joie, il en compta jusqu'à deux cent cinquante.

Après les avoir contemplées avec volupté, il rêva fort sérieusement à ce qu'il devoit faire ; et lorsqu'il eut formé sa résolution, il serra ses doublons dans ses poches, jeta le sac de buffle, et se rendit à Molorido. Il s'y fit enseigner une hôtellerie, où, tandis qu'on lui préparoit à déjeûner, il loua une mule, sur laquelle il retourna dès le jour même à Salamanque.

Il s'aperçut bien, à la surprise qu'on y fit paroître en le revoyant, que l'on n'ignoroit pas pourquoi il s'étoit éc ipsé ; mais il avoit sa fable toute prête : il dit qu'ayant besoin d'argent, et que n'en recevant point de son pays, quoiqu'il eût écrit vingt fois pour qu'on lui en envoyât, il s'étoit déterminé à y faire un tour, et que le soir précédent, comme il arrivoit à Molorido, il avoit rencontré son fermier qui lui apportoit des espèces, de manière qu'il se trouvoit dans une situation à détromper tous ceux qui le croyoient un homme sans bien. Il ajouta qu'il prétendoit faire connoître à ses créanciers qu'ils avoient eu tort de pousser à bout un honnête homme, qui les auroit depuis long-temps contentés, s'il eût eu des fermiers plus exacts à lui faire toucher ses revenus.

Il ne manqua pas effectivement d'assembler chez lui, dès le lendemain, tous ses créanciers, et de les payer jusqu'au dernier sou. Les mêmes amis qui l'avoient abandonné dans sa misère ne surent pas plus tôt qu'il avoit de l'argent frais, qu'ils revinrent à la charge ; ils recommencèrent à le flatter, dans l'espérance de se divertir encore à ses dépens ; mais il se moqua d'eux à son tour. Fidèle au serment qu'il avoit fait dans le bois, il leur rompit en visière. Au lieu de reprendre son premier train, il ne songea plus qu'à faire des progrès dans la science des lois, et l'étude devint son unique occupation.

Cependant, me direz-vous, il dépensoit toujours à bon compte des doubles pistoles qui n'étoient point à lui. J'en demeure d'accord; il faisoit ce que les trois quarts et demi des humains feroient aujourd'hui en pareil cas. Il avoit pourtant dessein de les restituer quelque jour, si par hasard il découvroit à qui elles appartenoient : mais se reposant sur sa bonne intention, il les dissipoit sans scrupule; en attendant patiemment cette découverte, qu'il fit néanmoins une année après.

Le bruit courut dans Salamanque qu'un bourgeois de cette ville, nommé Ambrosio Piquillo, ayant été dans un bois pour y chercher un sac rempli de pièces d'or qu'il y avoit enterré, n'avoit trouvé que la fosse où il s'étoit avisé de le cacher, et que ce malheur réduisoit enfin ce pauvre homme à la mendicité.

Je dirai, à la louange de Bahabon, que les reproches secrets que sa conscience lui fit à cette nouvelle ne furent pas inutiles. Il s'informa où demeuroit Ambrosio, et l'alla voir dans une petite salle basse où il y avoit pour tous meubles une chaise et un grabat. Mon ami, lui dit-il d'un air hypocrite, j'ai appris par la voix publique le fâcheux accident qui vous est arrivé, et la charité nous obligeant à nous aider les uns et les autres à proportion de notre pouvoir, je viens vous apporter un petit secours; mais je voudrois savoir de vous-même votre triste aventure.

Seigneur cavalier, répondit Piquillo, je vais vous la conter en deux mots. J'avois un fils qui me voloit; je m'en aperçus; et craignant qu'il ne mît la main sur un sac de buffle dans lequel il y avoit deux cent cinquante doublons bien comptés, je crus ne pouvoir mieux faire que de les aller enterrer dans le bois où j'ai eu l'imprudence de les porter. Depuis ce jour malheureux, mon fils m'a pris tout ce que j'avois, et a disparu avec une femme qu'il a enlevée. Me voyant dans un déplorable état par le libertinage de ce mauvais enfant, ou plutôt par ma sotte bonté pour lui, j'ai voulu recourir à mon sac de buffle; mais hélas! cette seule ressource qui me restoit pour subsister m'a cruellement été ravie.

Cet homme ne put achever ces paroles sans sentir renouveler son affliction, et il répandit des pleurs en abondance. Don Pablos en fut attendri, et lui dit : Mon cher Ambrosio, il faut se consoler de toutes les traverses qui arrivent dans la vie : vos larmes sont inutiles; elles ne vous feront pas retrouver vos doubles pistoles, qui véritablement sont perdues pour vous, si quelque fripon les pos-

sède. Mais que sait-on? elles peuvent être tombées entre les mains d'un homme de bien, qui ne manquera pas de vous les rapporter dès qu'il apprendra qu'elles sont à vous. Elles vous seront donc peut-être rendues, vivez dans cette espérance; et en attendant une restitution si juste, ajouta-t-il en lui donnant dix doublons de ceux mêmes qui avoient été dans le sac de buffle, prenez ceci, et me venez voir dans huit jours. Après lui avoir parlé de cette sorte, il lui dit son nom et sa demeure, et sortit tout confus des remercîments que lui faisoit Ambrosio, et des bénédictions qu'il en recevoit. Telles sont, pour la plupart, les actions généreuses : on se garderoit bien de les admirer, si l'on en pénétroit les motifs.

Au bout de huit jours, Piquillo, qui n'avoit pas oublié ce que don Pablos lui avoit dit, alla chez lui. Bahabon lui fit un très-bon accueil, et lui dit affectueusement : Mon ami, sur les bons témoignages qui m'ont été rendus de vous, j'ai résolu de contribuer autant qu'il me seroit possible à vous remettre sur pied : j'y veux employer mon crédit et ma bourse.

Pour commencer à rétablir vos affaires, continua-t-il, savez-vous ce que j'ai déjà fait? Je connois quelques personnes de distinction qui sont très-charitables; j'ai été les trouver, et j'ai si bien su leur inspirer de la compassion pour vous, que j'en ai tiré deux cents écus que je vais vous donner. En même temps il entra dans son cabinet, d'où il sortit un moment après avec un sac de toile où il avoit mis cette somme en argent, et non en doublons, de peur que le bourgeois, en recevant de lui tant de doubles pistoles, ne s'avisât de soupçonner la vérité; au lieu que, par cette adresse, il parvenoit plus sûrement à son but, qui étoit de faire la restitution d'une manière qui conciliât sa réputation avec sa conscience.

Aussi Ambrosio étoit-il bien éloigné de penser que ces écus fussent de l'argent restitué : il les prit de bonne foi pour le produit d'une quête faite en sa faveur; et après avoir remercié de nouveau don Pablos, il regagna sa petite salle basse, en bénissant le ciel d'avoir trouvé un cavalier qui s'intéressoit pour lui si vivement.

Il rencontra le lendemain dans la rue un de ses amis qui n'étoit guère mieux que lui dans ses affaires, et qui lui dit : Je pars dans deux jours pour aller m'embarquer à Cadix, où bientôt un vaisseau doit mettre à la voile pour la Nouvelle-Espagne : je ne suis pas content de ma condition dans ce pays-ci, et le cœur me dit que je serai plus heureux au Mexique. Je vous conseillerois de m'accompagner si vous aviez devant vous cent écus seulement.

Je ne serois pas en peine d'en avoir deux cents,

répondit Piquillo : j'entreprendrois volontiers ce voyage si j'étois sûr de gagner ma vie aux Indes. Là-dessus son ami lui vanta la fertilité de la Nouvelle-Espagne, et lui fit envisager tant de moyens de s'y enrichir, qu'Ambrosio, se laissant persuader, ne pensa plus qu'à se préparer à partir avec lui pour Cadix. Mais avant que de quitter Salamanque, il eut soin de faire tenir une lettre à Bahabon, par laquelle il lui mandoit que, trouvant une belle occasion de passer aux Indes, il vouloit en profiter, pour voir si la fortune lui seroit plus favorable ailleurs que dans son pays; qu'il prenoit la liberté de lui donner cet avis, en l'assurant qu'il conserveroit éternellement le souvenir de ses bontés.

Le départ d'Ambrosio causa quelque chagrin à don Pablos, qui voyoit par là déconcerter le plan qu'il avoit de s'acquitter peu à peu; mais considérant que dans quelques années ce bourgeois pourroit revenir à Salamanque, il se consola insensiblement, et s'attacha plus que jamais à l'étude du droit civil et du droit canon. Il y fit de si grands progrès, tant par son application que par la vivacité de son esprit, qu'il devint le plus brillant sujet de l'université, qui le choisit enfin pour son recteur. Il ne se contenta pas de soutenir cette dignité par une profonde science; il travailla si fort sur lui, qu'il acquit toutes les vertus d'un homme de bien.

Pendant son rectorat, il apprit qu'il y avoit dans les prisons de Salamanque un jeune garçon accusé de rapt, et près de perdre la vie. Alors se ressouvenant que le fils de Piquillo avoit enlevé une femme, il s'informa qui étoit le prisonnier; et ayant découvert que c'étoit le fils d'Ambrosio lui-même, il entreprit sa défense. Ce qu'il y a d'admirable dans la science des lois, c'est qu'elle fournit des armes pour et contre; et comme notre recteur la possédoit à fond, il s'en servit utilement pour l'accusé : il est bien vrai qu'il joignit à cela le crédit de ses amis et les plus fortes sollicitations; ce qui opéra plus que tout le reste.

Le coupable sortit donc de cette affaire plus blanc que neige. Il alla remercier son libérateur, qui lui dit : C'est à la considération de votre père que je vous ai rendu service. Je l'aime; et pour vous en donner une nouvelle marque, si vous voulez demeurer dans cette ville, et y mener une vie d'honnête homme, j'aurai soin de votre fortune; si, à l'exemple d'Ambrosio, vous souhaitez de faire le voyage des Indes, vous pouvez compter sur cinquante pistoles; je vous en fais bon. Le jeune Piquillo lui répondit : Puisque j'ai le bonheur d'être protégé de votre seigneurie, j'aurois tort de m'éloigner d'un séjour où je jouis d'un si grand avantage : je ne sortirai point de Salamanque, et je vous proteste d'y tenir une conduite dont vous serez satisfait. Sur cette assurance, le recteur lui mit dans la main une vingtaine de pistoles, en lui disant : Tenez, mon ami, attachez-vous à quelque honnête profession; employez bien votre temps, et soyez sûr que je ne vous abandonnerai point.

Deux mois après cette aventure, il arriva que le jeune Piquillo, qui de temps en temps venoit faire sa cour à don Pablos, parut un jour tout en pleurs devant lui. Qu'avez-vous? lui dit Bahabon. Seigneur, répondit le fils d'Ambrosio, je viens d'apprendre une nouvelle qui me déchire le cœur. Mon père a été pris par un corsaire algérien, et il est actuellement dans les fers : un vieillard de Salamanque, qui revient d'Alger, où il a été dix ans captif, et que les pères de la Merci ont racheté depuis peu, m'a dit tout à l'heure l'avoir laissé dans l'esclavage. Hélas! ajouta-t-il en se frappant la poitrine, et s'arrachant les cheveux, misérable que je suis! c'est moi, dont le libertinage a réduit mon père à cacher son argent, et à se bannir de sa patrie! C'est moi qui l'ai livré au barbare qui l'accable de chaînes! Ah! seigneur don Pablos, pourquoi m'avez-vous tiré des mains de la justice? Puisque vous aimez mon père, il falloit être son vengeur, et me laisser expier, par ma mort, le crime d'avoir causé tous ses malheurs.

A ce discours, qui marquoit un fripon de fils converti, le recteur fut touché de la douleur que le jeune Piquillo faisoit paroître. Mon enfant, lui dit-il, je vois avec plaisir que vous vous repentez de vos fautes passées : essuyez vos larmes; il suffit que je sache ce qu'Ambrosio est devenu, pour vous assurer que vous le reverrez; sa délivrance ne dépend que d'une rançon dont je me charge; quelques maux qu'il puisse avoir soufferts, je suis persuadé qu'à son retour, trouvant en vous un fils sage et plein de tendresse pour lui, il ne se plaindra plus de son mauvais sort.

Don Pablos, par cette promesse, renvoya le fils d'Ambrosio tout consolé; et trois ou quatre jours après il partit pour Madrid, où étant arrivé, il remit aux religieux de la Merci une bourse où il y avoit cent pistoles, avec un petit papier sur lequel ces paroles étoient écrites : « Cette somme est » donnée aux pères de la Rédemption pour le rachat d'un pauvre bourgeois de Salamanque, appelé Ambrosio Piquillo, captif à Alger. » Ces bons religieux, dans ce voyage qu'ils viennent de faire à Alger, n'ont pas manqué de suivre l'intention du recteur; ils ont racheté Ambrosio, qui est cet esclave dont vous avez admiré l'air tranquille.

Mais il me semble, dit don Cleophas, que Bahabon n'en doit plus guère de reste à ce bourgeois. Don Pablos pense autrement que vous, répondit Asmodée. Il restituera le principal et les intérêts;

la délicatesse de sa conscience va jusqu'à se faire un scrupule de posséder le bien qu'il a gagné depuis qu'il est recteur; et quand il reverra Piquillo, il a dessein de lui dire : Ambrosio, mon ami, ne me regardez plus comme votre bienfaiteur; vous ne voyez en moi que le fripon qui a déterré l'argent que vous aviez caché dans un bois : ce n'est point assez que je vous rende vos deux cent cinquante doublons, puisque je m'en suis servi pour parvenir au rang que je tiens dans le monde; tous mes effets vous appartiennent; je n'en veux retenir que ce qu'il vous plaira que.... Le Diable boiteux s'arrêta tout court en cet endroit; il lui prit un frisson, et il changea de visage.

Qu'avez-vous? lui dit l'écolier; quel mouvement extraordinaire vous agite et vous coupe subitement la parole? Ah! seigneur Leandro, s'écria le démon d'une voix tremblante, quel malheur pour moi! Le magicien qui me tenoit prisonnier dans une bouteille vient de s'apercevoir que je ne suis plus dans son laboratoire : il va me rappeler par des conjurations si fortes, que je n'y pourrai résister. Que j'en suis mortifié! dit don Cleophas tout attendri : quelle perte je vais faire! Hélas! nous allons nous séparer pour jamais. Je ne le crois pas, répondit Asmodée : le magicien peut avoir besoin de mon ministère; et si j'ai le bonheur de lui rendre quelque service, peut-être par reconnoissance me remettra-t-il en liberté : si cela arrive, comme je l'espère, comptez que je vous rejoindrai aussitôt, à condition que vous ne révélerez à personne ce qui s'est passé cette nuit entre nous; car si vous aviez l'indiscrétion d'en faire confidence à quelqu'un, je vous avertis que vous ne me reverriez plus.

Ce qui me console un peu d'être obligé de vous quitter, poursuivit-il, c'est que du moins j'ai fait votre fortune. Vous épouserez la belle Séraphine, que j'ai rendue folle de vous : le seigneur don Pèdre de Escolano, son père, est dans la résolution de vous la donner en mariage; ne laissez point échapper un si bel établissement. Mais, miséricorde! ajouta-t-il, j'entends déjà le magicien qui me conjure : tout l'enfer est effrayé des paroles terribles que prononce ce redoutable cabaliste. Je ne puis demeurer plus long-temps avec votre seigneurie : jusqu'au revoir, cher Zambullo. En achevant ces mots, il embrassa don Cleophas, et disparut après l'avoir transporté dans son appartement.

CHAPITRE XXI.

De ce que fit don Cleophas après que le Diable boiteux se fut éloigné de lui, et de quelle façon l'auteur de cet ouvrage a jugé à propos de le finir.

Un moment après la retraite d'Asmodée, l'éco-

lier, se sentant fatigué d'avoir été toute la nuit sur ses jambes, et de s'être donné beaucoup de mouvement, se déshabilla et se mit au lit pour prendre quelque repos. Dans l'agitation où étoient ses esprits, il eut bien de la peine à s'endormir · mais enfin, payant avec usure à Morphée le tribut que lui doivent tous les mortels, il tomba dans un assoupissement léthargique, où il passa la journée et la nuit suivante.

Il y avoit déjà vingt-quatre heures qu'il étoit dans cet état, quand don Luis de Lujan, jeune cavalier de ses amis, entra dans sa chambre en criant de toute sa force : Holà ho! seigneur don Cleophas, debout! A ce bruit, Zambullo se réveilla. Savez-vous, lui dit don Luis, que vous êtes couché depuis hier matin? Cela n'est pas possible, répondit Leandro. Rien n'est plus vrai, répliqua son ami; vous avez fait deux fois le tour du cadran. Toutes les personnes de cette maison me l'ont assuré.

L'écolier, étonné d'un si long sommeil, craignit d'abord que son aventure avec le Diable boiteux ne fût qu'une illusion; mais il ne pouvoit le croire; et lorsqu'il se rappeloit certaines circonstances, il ne doutoit plus de la réalité de ce qu'il avoit vu; cependant, pour en être plus certain, il se leva, s'habilla promptement, et sortit avec don Luis, qu'il mena vers la porte du Soleil, sans lui dire pourquoi. Quand ils furent arrivés là, et que don Cleophas aperçut l'hôtel de don Pèdre presque tout réduit en cendres, il feignit d'en être surpris. Que vois-je! dit-il. Quel ravage le feu a fait ici! A qui appartenoit cette malheureuse maison? y a-t-il long-temps qu'elle est brûlée?

Don Luis de Lujan répondit à ces deux questions, et lui dit ensuite : Cet incendie fait moins de bruit dans la ville, par le dommage considérable qu'il a causé, que par une particularité que je vais vous apprendre. Le seigneur don Pèdre de Escolano a une fille unique qui est belle comme le jour; on dit qu'elle étoit dans une chambre pleine de flamme et de fumée, où elle devoit périr nécessairement, et que néanmoins elle a été sauvée par un jeune cavalier dont je ne sais pas encore le nom; cela fait le sujet de tous les entretiens de Madrid. On élève jusqu'aux nues la valeur de ce cavalier, et l'on croit que, pour prix d'une action si hardie, quoiqu'il ne soit qu'un simple gentilhomme, il pourra bien obtenir la fille du seigneur don Pèdre.

Leandro Perez écouta don Luis sans faire semblant de prendre le moindre intérêt à ce qu'il disoit; puis se débarrassant bientôt de lui sous un prétexte spécieux, il gagna le Prado, où, s'étant assis sous des arbres, il se plongea dans une profonde rêverie. Le Diable boiteux vint d'abord occuper sa pensée. Je ne puis, disoit-il, trop regretter mon cher Asmodée ; il m'auroit fait faire le tour du monde en peu de temps, et j'aurois voyagé sans éprouver les incommodités des voyages : je fais sans doute une grande perte ; mais, ajouta-t-il un moment après, elle n'est peut-être pas irréparable : pourquoi désespérer de revoir ce démon ? Il peut arriver, comme il me l'a dit lui-même, que le magicien lui rende incessamment la liberté. Pensant ensuite à don Pèdre et à sa fille, il prit la résolution d'aller chez eux, poussé par la seule curiosité de voir la belle Séraphine.

Dès qu'il parut devant don Pèdre, ce seigneur courut à lui les bras ouverts, en disant : Soyez le bienvenu, généreux cavalier, je commençois à me plaindre de vous. Hé quoi ! disois-je, don Cleophas, après les instances que je lui ai faites de me venir voir, est encore à s'offrir à mes yeux ! qu'il répond mal à l'impatience que j'ai de lui témoigner l'estime et l'amitié que je sens pour lui !

Zambullo baissa respectueusement la tête à ce reproche obligeant, et dit au vieillard, pour s'excuser, qu'il avoit craint de l'incommoder dans l'embarras où il avoit jugé qu'il devoit être le jour précédent. Je ne suis pas satisfait de cette excuse, répliqua don Pèdre ; vous ne sauriez être incommode dans une maison où l'on seroit, sans votre secours, dans une plus grande tristesse. Mais, ajouta-t-il, suivez-moi, s'il vous plaît : vous avez d'autres remercîments que les miens à recevoir. En parlant de cette sorte, il le prit par la main, et le conduisit à l'appartement de Séraphine.

Cette dame venoit de faire la *sieste*. Ma fille, lui dit son père, je viens vous présenter le gentilhomme qui vous a si courageusement sauvé la vie : marquez-lui jusqu'à quel point vous êtes pénétrée de ce qu'il a fait pour vous, puisque l'état où vous étiez avant-hier ne vous le permit pas. Alors la senora Seraphina, ouvrant une bouche de rose, adressa la parole à Leandro Perez, et lui fit un compliment qui charmeroit tous mes lecteurs, si je pouvois le rapporter mot pour mot ; mais comme il ne m'a point été rendu fidèlement, j'aime mieux le passer sous silence que de le défigurer.

Je dirai seulement que don Cleophas crut voir et entendre une divinité ; qu'il fut pris en même temps par les yeux et par les oreilles : il conçut aussitôt pour elle un amour violent ; mais bien loin de la regarder comme une personne qu'il ne pouvoit manquer d'épouser, il douta, malgré tout ce que le démon lui avoit dit, que l'on voulût payer d'un si beau prix le service qu'on s'imaginoit qu'il avoit rendu. Plus il la trouvoit charmante, moins il osoit se flatter de l'obtenir.

Ce qui acheva de le rendre tout-à-fait incertain d'un si grand avantage, c'est que don Pèdre, dans

la longue conversation qu'ils eurent ensemble, ne toucha point cette corde-là, et ne fit que l'accabler d'honnêtetés, sans lui laisser entrevoir qu'il eût la moindre envie d'être son beau-père. De son côté, Séraphine, aussi polie que son père, tint des discours pleins de reconnoissance, sans se servir d'aucune expression qui pût donner sujet à Zambullo de penser qu'elle fût amoureuse de lui ; de sorte qu'il sortit de chez le seigneur Escolano avec beaucoup d'amour et fort peu d'espérance.

Asmodée, mon ami, disoit-il en s'en retournant au logis, comme s'il eût été encore avec ce Diable, quand vous m'avez assuré que don Pèdre étoit dans la disposition de me faire son gendre, et que Séraphine brûloit d'une vive ardeur que vous lui avez inspirée pour moi, il faut que vous ayez voulu vous égayer à mes dépens, ou bien que vous ne sachiez pas mieux le présent que l'avenir.

Notre écolier fut fâché d'avoir été chez cette dame ; et regardant la passion qu'il avoit pour elle comme un amour malheureux qu'il falloit vaincre, il résolut de ne rien épargner pour cela : il fit plus, il se reprocha le désir qu'il avoit eu de pousser sa pointe, supposé qu'il eût trouvé le père disposé à lui accorder sa fille ; et il se représenta qu'il étoit honteux de devoir son bonheur à un artifice.

Il étoit encore plein de ces réflexions, lorsque don Pèdre, l'ayant envoyé chercher le jour suivant, lui dit : Seigneur Leandro Perez, il est temps que je vous prouve par des actions, qu'en m'obligeant vous n'avez pas fait plaisir à un de ces courtisans qui se contenteroient, à ma place, de vous donner de l'eau bénite de cour ; je veux que Séraphine soit elle-même la récompense du péril que vous avez couru pour elle ; je l'ai consultée là-dessus, et je la vois prête à m'obéir sans répugnance : je vous dirai même que j'ai reconnu mon sang quand je lui ai proposé pour époux son libérateur. Elle en a marqué sa joie par un transport qui m'a fait connoître que sa générosité répondoit à la mienne. C'est donc une chose résolue, vous épouserez ma fille.

Après avoir ainsi parlé, le bon seigneur de Escolano, qui s'attendoit avec raison que don Cleophas lui rendroit de très-humbles grâces d'une si grande faveur, fut assez surpris de le trouver interdit et embarrassé. Parlez, Zambullo, lui dit-il : que faut-il que je pense du désordre où vous met la proposition que je vous fais ? qui peut vous révolter contre elle ? Un simple gentilhomme doit-il se refuser à une alliance dont un grand se tiendroit honoré ? La noblesse de ma maison a-t-elle quelque tache que j'ignore ?

Seigneur, répondit Leandro, je ne sais que trop la distance que le ciel a mise entre nous. Pourquoi donc, reprit don Pèdre, paroissez-vous si peu content d'un mariage qui vous fait tant d'honneur ? Avouez-le-moi, don Cleophas, vous aimez quelque dame qui a reçu votre foi ; et son intérêt s'oppose en ce moment à votre fortune. Si j'avois une maîtresse à qui je fusse lié par des serments, répondit l'écolier, rien sans doute ne seroit capable de me les faire trahir. Mais ce n'est point cette raison qui m'empêche de profiter de vos bontés : un sentiment de délicatesse veut que je renonce au glorieux établissement que vous me proposez ; et loin de vouloir abuser de votre erreur, je vais vous détromper : je ne suis point le libérateur de Séraphine.

Qu'entends-je ! s'écria le vieillard fort étonné : ce n'est pas vous qui l'avez délivrée des flammes qui l'alloient consumer ? ce n'est point vous qui avez fait une action si hardie ? Non, seigneur, répondit Zambullo, tout mortel l'auroit vainement entrepris, et je veux bien vous apprendre que c'est un diable qui a sauvé votre fille.

Ces paroles augmentèrent la surprise de don Pèdre, qui, ne croyant pas les devoir prendre au pied de la lettre, pria l'écolier de parler plus clairement. Alors Leandro, sans se soucier de perdre l'amitié d'Asmodée, raconta tout ce qui s'étoit passé entre ce démon et lui. Après quoi le vieillard reprit la parole, et dit à don Cleophas : La confidence que vous venez de me faire me confirme dans le dessein de vous donner ma fille ; vous êtes son premier libérateur. Si vous n'eussiez pas prié le Diable boiteux de l'arracher à la mort qui la menaçoit, il n'auroit pas manqué de la laisser périr. C'est donc vous qui avez conservé les jours de Séraphine : en un mot, vous la méritez, et je vous l'offre avec la moitié de mon bien.

Leandro Perez, à ces mots qui levoient tous ses scrupules, se jeta aux pieds de don Pèdre pour le remercier de ses bontés. Peu de temps après, ce mariage se fit avec une magnificence convenable à l'héritier du seigneur de Escolano, et à la grande satisfaction des parents de notre écolier, lequel demeura par là bien payé de quelques heures de liberté qu'il avoit procurées au Diable boiteux.

FIN DU DIABLE BOITEUX.

HISTOIRE DE GIL BLAS.

DÉCLARATION DE L'AUTEUR

CONTRE LES APPLICATIONS ET LES PRÉTENDUES CLEFS DE GIL BLAS.

Comme il y a des personnes qui ne sauroient lire sans faire des applications des caractères vicieux ou ridicules qu'elles trouvent dans les ouvrages, je déclare à ces lecteurs malins qu'ils auroient tort d'appliquer les portraits qui sont dans le présent livre. J'en fais un aveu public : je ne me suis proposé que de représenter la vie des hommes telle qu'elle est ; à Dieu ne plaise que j'aie eu dessein de désigner quelqu'un en particulier. Qu'aucun lecteur ne prenne donc pour lui ce qui peut convenir à d'autres aussi bien qu'à lui ; autrement, comme dit Phèdre, il se fera connoître mal à propos ; *Stultè nudabit animi conscientiam.*

On voit, en Castille comme en France, des médecins dont la méthode est de faire un peu trop saigner les malades. On voit partout les mêmes originaux. J'avoue que je n'ai pas toujours exactement suivi les mœurs espagnoles ; et ceux qui savent dans quel désordre vivent les comédiennes de Madrid pourroient me reprocher de n'avoir pas fait une peinture assez forte de leurs déréglements ; mais j'ai cru devoir les adoucir, pour les conformer à nos manières.

GIL BLAS AU LECTEUR.

ALLÉGORIE REMARQUABLE.

Avant que d'entendre l'histoire de ma vie, écoute, ami lecteur, un conte que je vais te faire.

Deux écoliers alloient ensemble de Peñafiel à Salamanque. Se sentant las et altérés, ils s'arrêtèrent au bord d'une fontaine qu'ils rencontrèrent sur leur chemin. Là, tandis qu'ils se délassoient après s'être désaltérés, ils aperçurent par hasard auprès d'eux, sur une pierre à fleur de terre, quelques mots déjà un peu effacés par le temps et par les pieds des troupeaux qu'on venoit abreuver à cette fontaine. Ils jetèrent de l'eau sur la pierre pour la laver, et ils lurent ces paroles castillanes : *A qui està encerrada el alma del licenciado Pedro Garcias;* ICI EST ENFERMÉE L'AME DU LICENCIÉ PIERRE GARCIAS.

Le plus jeune des écoliers, qui étoit vif et étourdi, n'eut pas achevé de lire l'inscription, qu'il dit en riant de toute sa force : Rien n'est plus plaisant. Ici est enfermée l'âme..... Une âme enfermée !..... Je voudrois savoir quel original a pu faire une si ridicule épitaphe. En achevant ces paroles, il se leva pour s'en aller. Son compagnon, plus judicieux, dit en lui-même : Il y a là-dessous quelque mystère ; je veux demeurer ici pour l'éclaircir. Celui-ci laissa donc partir l'autre, et, sans perdre de temps, se mit à creuser avec son couteau tout autour de la pierre. Il trouva dessous une bourse de cuir qu'il ouvrit. Il y avoit dedans cent ducats, avec une carte sur laquelle étoient écrites ces paroles en latin : *Sois mon héritier, toi qui as eu assez d'esprit pour démêler le sens de l'inscription, et fais un meilleur usage que moi de mon argent.* L'écolier, ravi de cette découverte, remit la pierre comme elle étoit auparavant, et reprit le chemin de Salamanque avec l'âme du licencié.

Qui que tu sois, ami lecteur, tu vas ressembler à l'un de ces deux écoliers. Si tu lis mes aventures sans prendre garde aux instructions morales qu'elles renferment, tu ne tireras aucun fruit de cet ouvrage ; mais si tu le lis avec attention, tu y trouveras, suivant le précepte d'Horace, l'utile mêlé avec l'agréable.

LIVRE PREMIER.

CHAPITRE PREMIER.

De la naissance de Gil Blas et de son éducation.

Blas de Santillane mon père, après avoir long-temps porté les armes pour le service de la monarchie espagnole, se retira dans la ville où il avoit pris naissance. Il y épousa une femme de chambre qui n'étoit plus dans sa première jeunesse, et je vins au monde dix mois après leur mariage. Ils allèrent ensuite demeurer à Oviédo, où ils furent obligés de se mettre en condition; ma mère devint femme de chambre et mon père écuyer. Comme ils n'avoient pour tout bien que leurs gages, j'aurois couru risque d'être assez mal élevé, si je n'eusse pas eu dans la ville un oncle chanoine. Il se nommoit Gil Perez. Il étoit frère aîné de ma mère, et mon parrain. Représentez-vous un petit homme haut de trois pieds et demi, extraordinairement gros, avec une tête enfoncée entre les deux épaules : voilà mon oncle. Au reste, c'étoit un ecclésiastique qui ne songeoit qu'à bien vivre, c'est-à-dire qu'à faire bonne chère ; et sa prébende, qui n'étoit pas mauvaise, lui en fournissoit les moyens.

Il me prit chez lui dès mon enfance, et se chargea de mon éducation. Je lui parus si éveillé, qu'il résolut de cultiver mon esprit. Il m'acheta un alphabet, et entreprit de m'apprendre lui-même à lire : ce qui ne lui fut pas moins utile qu'à moi ; car, en me faisant connoître mes lettres, il se remit à la lecture, qu'il avoit toujours fort négligée ; et, à force de s'y appliquer, il parvint à lire couramment son bréviaire ; ce qu'il n'avoit jamais fait auparavant. Il auroit encore bien voulu m'enseigner la langue latine : c'eût été autant d'argent épargné pour lui : mais, hélas ! le pauvre Gil Perez ! il n'en avoit de sa vie su les premiers principes, c'étoit peut-être (car je n'avance pas cela comme un fait certain) le chanoine du chapitre le plus ignorant. Aussi j'ai ouï dire qu'il n'avoit point obtenu son bénéfice par son érudition : il le devoit uniquement à la reconnoissance de quelques bonnes religieuses dont il avoit été le discret commissionnaire, et qui avoient eu le crédit de lui faire donner l'ordre de prêtrise sans examen.

Il fut donc obligé de me mettre sous la férule d'un maître : il m'envoya chez le docteur Godi-nez, qui passoit pour le plus habile pédant d'Oviédo. Je profitai si bien des instructions qu'on me donna, qu'au bout de cinq à six années j'entendis un peu les auteurs grecs, et assez bien les poètes latins. Je m'appliquai aussi à la logique, qui m'apprit à raisonner beaucoup. J'aimois tant la dispute, que j'arrêtois les passants, connus ou inconnus, pour leur proposer des arguments. Je m'adressois quelquefois à des figures hibernoises qui ne demandoient pas mieux ; et il falloit alors nous voir disputer ! Quels gestes ! quelles grimaces ! quelles contorsions ! Nos yeux étoient pleins de fureur, et nos bouches écumantes : on nous devoit plutôt prendre pour des possédés que pour des philosophes.

Je m'acquis toutefois par-là, dans la ville, la réputation de savant. Mon oncle en fut ravi, parce qu'il fit réflexion que je cesserois bientôt de lui être à charge. Ho ça ! Gil Blas, me dit-il un jour, le temps de ton enfance est passé. Tu as déjà dix-sept ans, et te voilà devenu habile garçon : il faut songer à te pousser. Je suis d'avis de t'envoyer à l'université de Salamanque : avec l'esprit que je te vois, tu ne manqueras pas de trouver un bon poste. Je te donnerai quelques ducats pour faire ton voyage, avec ma mule qui vaut bien dix à douze pistoles ; tu la vendras à Salamanque, et tu en emploieras l'argent à t'entretenir jusqu'à ce que tu sois placé.

Il ne pouvoit rien me proposer qui me fût plus agréable ; car je mourois d'envie de voir le pays. Cependant j'eus assez de force sur moi pour cacher ma joie ; et lorsqu'il fallut partir, ne paroissant sensible qu'à la douleur de quitter un oncle à qui j'avois tant d'obligations, j'attendris le bon homme, qui me donna plus d'argent qu'il ne m'en auroit donné s'il eût pu lire au fond de mon âme. Avant mon départ, j'allai embrasser mon père et ma mère, qui ne m'épargnèrent pas les remontrances. Ils m'exhortèrent à prier Dieu pour mon oncle, à vivre en honnête homme, à ne point m'engager dans de mauvaises affaires, et, sur toutes choses, à ne point prendre le bien d'autrui. Après qu'ils m'eurent très-long-temps harangué, ils me firent présent de leur bénédiction, qui étoit le seul bien que j'attendois d'eux. Aussitôt je montai sur ma mule, et sortis de la ville.

Ils tirent leurs épées et commencèrent un réel combat

Chap. II

CHAPITRE II.

Des alarmes qu'il eut en allant à Peñaflor; de ce qu'il fit en arrivant dans cette ville, et avec quel homme il soupa.

Me voilà donc hors d'Oviédo, sur le chemin de Peñaflor, au milieu de la campagne, maître de mes actions, d'une mauvaise mule et de quarante bons ducats, sans compter quelques réaux que j'avois volés à mon très-honoré oncle. La première chose que je fis fut de laisser ma mule aller à discrétion, c'est-à-dire au petit pas. Je lui mis la bride sur le cou, et tirant de ma poche mes ducats, je commençai à les compter et recompter dans mon chapeau. Je n'étois pas maître de ma joie : je n'avois jamais vu tant d'argent; je ne pouvois me lasser de le regarder et de le manier. Je le comptois peut-être pour la vingtième fois, quand tout-à-coup ma mule, levant la tête et les oreilles, s'arrêta au milieu du grand chemin. Je jugeai que quelque chose l'effrayoit; je regardai ce que ce pouvoit être : j'aperçus sur la terre un chapeau renversé, sur lequel il y avoit un rosaire à gros grains, et en même temps j'entendis une voix lamentable qui prononça ces paroles : Seigneur passant, ayez pitié, de grâce, d'un pauvre soldat estropié; jetez, s'il vous plaît, quelques pièces d'argent dans ce chapeau; vous en serez recompensé dans l'autre monde. Je tournai aussitôt les yeux du côté d'où partoit la voix; je vis au pied d'un buisson, à vingt ou trente pas de moi, une espèce de soldat qui, sur deux bâtons croisés, appuyoit le bout d'une escopette qui me parut plus longue qu'une pique, et avec laquelle il me couchoit en joue. A cette vue qui me fit trembler pour le bien de l'Eglise, je m'arrêtai tout court; je serrai promptement mes ducats, je tirai quelques réaux, et m'approchant du chapeau disposé à recevoir la charité des fidèles effrayés, je les jetai dedans l'un après l'autre, pour montrer au soldat que j'en usois noblement. Il fut satisfait de ma générosité, et me donna autant de bénédictions que je donnai de coups de pied dans les flancs de ma mule, pour m'éloigner promptement de lui ; mais la maudite bête, trompant mon impatience, n'en alla pas plus vite : la longue habitude qu'elle avoit de marcher pas à pas sous mon oncle lui avoit fait perdre l'usage du galop.

Je ne tirai pas de cette aventure une augure trop favorable pour mon voyage. Je me représentai que je n'étois pas encore à Salamanque, et que je pourrois bien faire une plus mauvaise rencontre. Mon oncle me parut très-imprudent de ne m'avoir pas mis entre les mains d'un muletier. C'étoit sans doute ce qu'il auroit dû faire, mais il avoit songé qu'en me donnant sa mule, mon voyage me coûteroit moins, et il avoit plus pensé à cela qu'aux périls que je pouvois courir en chemin. Ainsi, pour réparer sa faute, je résolus, si j'avois le bonheur d'arriver à Peñaflor, d'y vendre ma mule, et de prendre la voie du muletier pour aller à Astorga, d'où je me rendrois à Salamanque par la même voiture. Quoique je ne fusse jamais sorti d'Oviédo, je n'ignorois pas le nom des villes par où je devois passer ; je m'en étois fait instruire avant mon départ.

J'arrivai heureusement à Peñaflor : je m'arrêtai à la porte d'une hôtellerie d'assez bonne apparence. Je n'eus pas mis pied à terre, que l'hôte vint me recevoir fort civilement. Il détacha lui-même ma valise, la chargea sur ses épaules, et me conduisit à une chambre, pendant qu'un de ses valets menoit ma mule à l'écurie. Cet hôte, le plus grand babillard des Asturies, et aussi prompt à conter sans nécessité ses propres affaires que curieux de savoir celles d'autrui, m'apprit qu'il se nommoit André Corcuelo; qu'il avoit servi long-temps dans les armées du roi en qualité de sergent, et que depuis quinze mois il avoit quitté le service pour épouser une fille de Castropol, qui, bien que tant soit peu basanée, ne laissoit pas de faire valoir le bouchon. Il me dit encore une infinité d'autres choses que je me serois fort bien passé d'entendre. Après cette confidence, se croyant en droit de tout exiger de moi, il me demanda d'où je venois, où j'allois, et qui j'étois. A quoi il me fallut répondre article par article, parce qu'il accompagnoit d'une profonde révérence chaque question qu'il me faisoit, en me priant d'un air si respectueux d'excuser sa curiosité, que je ne pouvois me défendre de la satisfaire. Cela m'engagea dans un long entretien avec lui et me donna lieu de parler du dessein et des raisons que j'avois de me défaire de ma mule, pour prendre la voie du muletier. Ce qu'il approuva fort, non succinctement; car il me représenta là-dessus tous les accidents fâcheux qui pouvoient m'arriver sur la route; il me rapporta même plusieurs histoires sinistres de voyageurs. Je croyois qu'il ne finiroit point. Il finit pourtant, en disant que, si je voulois vendre ma mule, il connoissoit un honnête maquignon qui l'achèteroit. Je lui témoignai qu'il me feroit plaisir de l'envoyer chercher : il y alla sur-le-champ lui-même avec empressement.

Il revint bientôt accompagné de son homme, qu'il me présenta, et dont il loua fort la probité. Nous entrâmes tous trois dans la cour, où l'on amena ma mule. On la fit passer et repasser devant le maquignon, qui se mit à l'examiner depuis les pieds jusqu'à la tête. Il ne manqua pas d'en dire beaucoup de mal, j'avoue qu'on n'en pouvoit dire beaucoup de bien : mais, quand ç'auroit été la mule du pape, il y auroit trouvé à redire. Il assuroit donc qu'elle avoit tous les défauts du monde, et, pour mieux me le persuader, il en attestoit l'hôte, qui sans doute avoit ses raisons pour en convenir. Eh bien! me dit froidement le maquignon, combien prétendez-vous vendre ce vilain animal-là? Après l'éloge qu'il en avoit fait, et l'attestation du seigneur Corcuelo, que je croyois homme sincère et bon connoisseur, j'aurois donné ma mule pour rien: c'est pourquoi je dis au marchand que je m'en rapportois à sa bonne foi; qu'il n'avoit qu'à priser la bête en conscience, et que je m'en tiendrois à la prisée. Alors, faisant l'homme d'honneur, il me répondit qu'en intéressant sa conscience, je le prenois par son foible. Ce n'étoit pas effectivement par son fort; car, au lieu de faire monter l'estimation à dix ou douze pistoles, comme mon oncle, il n'eut pas honte de la fixer à trois ducats, que je reçus avec autant de joie que si j'eusse gagné à ce marché-là.

Après m'être si avantageusement défait de ma mule, l'hôte me mena chez un muletier qui devoit partir le lendemain pour Astorga. Ce muletier me dit qu'il partiroit avant le jour, et qu'il auroit soin de me venir réveiller. Nous convînmes de prix, tant pour le louage d'une mule que pour ma nourriture; et quand tout fut réglé entre nous, je m'en retournai vers l'hôtellerie avec Corcuelo, qui, chemin faisant, se mit à me raconter l'histoire de ce muletier. Il m'apprit tout ce qu'on en disoit dans la ville. Enfin il alloit de nouveau m'étourdir de son babil importun, si par bonheur un homme assez bien fait ne fût venu l'interrompre en l'abordant avec beaucoup de civilité. Je les laissai ensemble, et continuai mon chemin, sans soupçonner que j'eusse la moindre part à leur entretien.

Je demandai à souper dès que je fus dans l'hôtellerie. C'étoit un jour maigre: on m'accommoda des œufs. Pendant qu'on me les apprêtoit, je liai conversation avec l'hôtesse, que je n'avois point encore vue. Elle me parut assez jolie; et je trouvois ses allures si vives, que j'aurois bien jugé, quand son mari ne me l'auroit pas dit, que ce cabaret devoit être fort achalandé. Lorsque l'omelette qu'on me faisoit fut en état de m'être servie, je m'assis tout seul à une table. Je n'avois pas encore mangé le premier morceau, que l'hôte entra, suivi de l'homme qui l'avoit arrêté dans la rue. Ce cavalier portoit une longue rapière, et pouvoit bien avoir trente ans. Il s'approcha de moi d'un air empressé. Seigneur écolier, me dit-il, je viens d'apprendre que vous êtes le seigneur Gil Blas de Santillane, l'ornement d'Oviédo et le flambeau de la philosophie. Est-il bien possible que vous soyez ce savantissime, ce bel esprit dont la réputation est si grande en ce pays-ci? Vous ne savez pas,

continua-t-il en s'adressant à l'hôte et à l'hôtesse, vous ne savez pas ce que vous possédez: vous avez un trésor dans votre maison. Vous voyez dans ce jeune gentilhomme la huitième merveille du monde. Puis, se tournant de mon côté et me jetant les bras au cou: Excusez mes transports, ajouta-t-il; je ne suis point maître de la joie que votre présence me cause.

Je ne pus lui répondre sur-le-champ, parce qu'il me tenoit si serré, que je n'avois pas la respiration libre; et ce ne fut qu'après que j'eus la tête dégagée de l'embrassade, que je lui dis: Seigneur cavalier, je ne croyois pas mon nom connu à Peñaflor. Comment, connu? reprit-il sur le même ton; nous tenons registre de tous les grands personnages qui sont à vingt lieues à la ronde. Vous passez ici pour un prodige; et je ne doute pas que l'Espagne ne se trouve un jour aussi vaine de vous avoir produit, que la Grèce d'avoir vu naître ses sept sages. Ces paroles furent suivies d'une nouvelle accolade, qu'il me fallut encore essuyer, au hasard d'avoir le sort d'Antée. Pour peu que j'eusse eu d'expérience, je n'aurois pas été la dupe de ses démonstrations ni de ses hyperboles; j'aurois bien connu, à ses flatteries outrées, que c'étoit un de ces parasites que l'on trouve dans toutes les villes, et qui, dès qu'un étranger arrive, s'introduisent auprès de lui pour remplir leur ventre à ses dépens; mais ma jeunesse et ma vanité m'en firent juger tout autrement. Mon admirateur me parut un fort honnête homme, et je l'invitai à souper avec moi. Ah! très-volontiers, s'écria-t-il; je sais trop bon gré à mon étoile de m'avoir fait rencontrer l'illustre Gil Blas de Santillane, pour ne pas jouir de ma bonne fortune le plus long-temps que je pourrai. Je n'ai pas grand appétit, poursuivit-il; je vais me mettre à table pour vous tenir compagnie seulement, et je mangerai quelques morceaux par complaisance.

En parlant ainsi, mon panégyriste s'assit vis-à-vis de moi. On lui apporta un couvert. Il se jeta d'abord sur l'omelette avec tant d'avidité, qu'il sembloit n'avoir mangé de trois jours. A l'air complaisant dont il s'y prenoit, je vis bien qu'elle seroit bientôt expédiée. J'en ordonnai une seconde, qui fut faite si promptement qu'on nous la servit comme nous achevions, ou plutôt comme il achevoit de manger la première. Il y procédoit pourtant d'une vitesse toujours égale, et trouvoit moyen, sans perdre un coup de dent, de me donner louanges sur louanges, ce qui me rendoit fort content de ma petite personne. Il buvoit aussi fort souvent: tantôt c'étoit à ma santé, et tantôt à celle de mon père et de ma mère, dont il ne pouvoit assez vanter le bonheur d'avoir un fils tel que moi. En même temps il versoit du vin dans mon verre, et m'excitoit à lui faire raison. Je ne répondois point mal aux santés qu'il me portoit ; ce qui, avec ses flatteries, me mit insensiblement de si belle humeur, que, voyant notre seconde omelette à moitié mangée, je demandai à l'hôte s'il n'avoit pas de poisson à nous donner. Le seigneur Corcuelo, qui, selon toutes les apparences, s'entendoit avec le parasite, me répondit : J'ai une truite excellente ; mais elle coûtera cher à ceux qui la mangeront : c'est un morceau trop friand pour vous. Qu'appelez-vous, trop friand ? dit alors mon flatteur d'un ton de voix élevé : vous n'y pensez pas, mon ami : apprenez que vous n'avez rien de trop bon pour le seigneur Gil Blas de Santillane, qui mérite d'être traité comme un prince.

Je fus bien aise qu'il eût relevé les dernières paroles de l'hôte ; et il ne fit en cela que me prévenir. Je m'en sentois offensé, et je dis fièrement à Corcuelo : Apportez-nous votre truite, et ne vous embarrassez pas du reste. L'hôte, qui ne demandoit pas mieux, se mit à l'apprêter, et ne tarda guère à nous la servir. A la vue de ce nouveau plat, je vis briller une grande joie dans les yeux du parasite, qui fit paroître une nouvelle complaisance, c'est-à-dire qu'il donna sur le poisson comme il avoit donné sur les œufs. Il fut pourtant obligé de se rendre, crainte d'accident ; car il en avoit jusqu'à la gorge. Enfin, après avoir bu et mangé tout son saoul, il voulut finir la comédie. Seigneur Gil Blas, me dit-il en se levant de table, je suis trop content de la bonne chère que vous m'avez faite, pour vous quitter sans vous donner un avis important dont vous me paroissez avoir besoin. Soyez désormais en garde contre les louanges. Défiez-vous des gens que vous ne connoîtrez point. Vous en pourrez rencontrer d'autres qui voudront, comme moi, se divertir de votre crédulité, et peut-être pousser les choses encore plus loin ; n'en soyez point la dupe, et ne vous croyez point, sur leur parole, la huitième merveille du monde. En achevant ces mots, il me rit au nez, et s'en alla.

Je fus aussi sensible à cette baie, que je l'ai été dans la suite aux plus grandes disgrâces qui me sont arrivées. Je ne pouvois me consoler de m'être laissé tromper si grossièrement, ou pour mieux dire, de sentir mon orgueil humilié. Eh quoi ! dis-je, le traître s'est donc joué de moi ? Il n'a tantôt abordé mon hôte que pour lui tirer les vers du nez, ou plutôt ils étoient d'intelligence tous deux. Ah ! pauvre Gil Blas, meurs de honte d'avoir donné à ces fripons un juste sujet de te tourner en ridicule. Ils vont composer de tout ceci une belle histoire qui pourra bien aller jusqu'à Oviédo, et qui t'y fera beaucoup d'honneur. Tes parents se repentiront sans doute d'avoir tant ha-

rangué un sot : loin de m'exhorter à ne tromper personne, ils devoient me recommander de ne me pas laisser duper. Agité de ces pensées mortifiantes, enflammé de dépit, je m'enfermai dans ma chambre et me mis au lit ; mais je ne pus dormir, et je n'avois pas encore fermé l'œil lorsque le muletier me vint avertir qu'il n'attendoit plus que moi pour partir. Je me levai aussitôt, et, pendant que je m'habillois, Corcuelo arriva avec un mémoire de la dépense, où la truite n'étoit pas oubliée ; et non-seulement il m'en fallut passer par où il voulut, mais j'eus encore le chagrin, en lui livrant mon argent, de m'apercevoir que le bourreau se ressouvenoit de mon aventure. Après avoir bien payé un souper dont j'avois fait si désagréablement la digestion, je me rendis chez le muletier avec ma valise, en donnant à tous les diables le parasite, l'hôtel et l'hôtellerie.

CHAPITRE III.

De la tentation qu'eut le muletier sur la route ; quelle en fut la suite, et comment Gil Blas tomba dans Carybde en voulant éviter Scylla.

Je ne me trouvois pas seul avec le muletier ; il y avoit deux enfants de famille de Peñaflor, un petit chantre de Mondonedo, qui couroit le pays, et un jeune bourgeois d'Astorga, qui s'en retournoit chez lui avec une jeune personne qu'il venoit d'épouser à Verco. Nous fîmes tous connoissance en peu de temps, et chacun eut bientôt dit d'où il venoit et où il alloit. La nouvelle mariée, quoique jeune, étoit si noire et si peu piquante, que je ne prenois pas grand plaisir à la regarder : cependant sa jeunesse et son embonpoint donnèrent dans la vue du muletier, qui résolut de faire une tentative pour obtenir ses bonnes grâces. Il passa la journée à méditer ce beau dessein, et il en remit l'exécution à la dernière couchée. Ce fut à Cacabelos. Il nous fit descendre à la première hôtellerie en entrant. Cette maison étoit plus dans la campagne que dans le bourg, et il en connoissoit l'hôte pour un homme discret et complaisant. Il eut soin de nous faire conduire dans une chambre écartée, où il nous laissa souper tranquillement ; mais sur la fin du repas, nous le vîmes entrer d'un air furieux : Par la mort ! s'écria-t-il, on m'a volé. J'avois dans un sac de cuir cent pistoles ; il faut que je les retrouve. Je vais chez le juge du bourg, qui n'entend pas raillerie là-dessus, et vous allez tous avoir la question, jusqu'à ce que vous ayez confessé le crime et rendu l'argent. En disant cela d'un air fort naturel, il sortit, et nous demeurâmes dans un extrême étonnement.

Il ne nous vint pas dans l'esprit que ce pouvoit être une feinte, parce que nous ne nous connoissions point assez pour répondre les uns des autres. Je dirai plus : je soupçonnai même le petit chantre d'avoir fait le coup, comme il eut peut-être de moi la même pensée. D'ailleurs nous étions tous de jeunes sots. Nous ne savions pas quelles formalités s'observent en pareil cas : nous crûmes de bonne foi qu'on commenceroit par nous mettre à la gêne. Ainsi, cédant à notre frayeur, nous sortîmes de la chambre fort brusquement. Les uns gagnent la rue, les autres le jardin; chacun cherche son salut dans la fuite : et le jeune bourgeois d'Astorga, aussi troublé que nous de l'idée de la question, se sauva comme un autre Énée, sans s'embarrasser de sa femme. Alors le muletier, à ce que j'appris dans la suite, plus incontinent que ses mulets, ravi de voir que son stratagème produisoit l'effet qu'il en avoit attendu, alla vanter cette ruse ingénieuse à la bourgeoise, et tâcher de profiter de l'occasion ; mais cette Lucrèce des Asturies, à qui la mauvaise mine de son tentateur prêtoit de nouvelles forces, fit une vigoureuse résistance, et poussa de grands cris. La patrouille, qui par hasard en ce moment se trouva près de l'hôtellerie, qu'elle connoissoit pour un lieu digne de son attention, y entra, et demanda la cause de ces cris. L'hôte, qui chantoit dans sa cuisine et feignoit de ne rien entendre, fut obligé de conduire le commandant et ses archers à la chambre de la personne qui crioit. Ils arrivèrent bien à propos ; l'Asturienne n'en pouvoit plus. Le commandant, homme grossier et brutal, ne vit pas plutôt de quoi il s'agissoit, qu'il donna cinq ou six coups du bois de sa hallebarde sur l'amoureux muletier, en l'apostrophant dans des termes dont la pudeur n'étoit guère moins blessée que de l'action même qui les lui suggéroit. Ce ne fut pas tout ; il se saisit du coupable, et le mena devant le juge avec l'accusatrice, qui, malgré le désordre où elle étoit, voulut aller elle-même demander justice de cet attentat. Le juge l'écouta ; et l'ayant attentivement considérée, jugea que l'accusé étoit indigne de pardon. Il le fit dépouiller sur-le-champ et fustiger en sa présence ; puis il ordonna que le lendemain, si le mari de l'Asturienne ne paroissoit point, deux archers, aux frais et dépens du délinquant, escorteroient la complaignante jusqu'à la ville d'Astorga.

Pour moi, plus épouvanté peut-être que tous les autres, je gagnai la campagne; je traversai je ne sais combien de champs et de bruyères; et, sautant tous les fossés que je trouvois sur mon passage, j'arrivai enfin auprès d'une forêt. J'allois m'y jeter et me cacher dans le plus épais hallier, lorsque deux hommes s'offrirent tout-à-coup au devant de mes pas. Ils crièrent : Qui va là? et comme ma surprise ne me permit pas de répondre sur-le-

champ, ils s'approchèrent de moi; et, me mettant chacun un pistolet sur la gorge, ils me sommèrent de leur apprendre qui j'étois, d'où je venois, ce que je voulois aller faire en cette forêt, et surtout de ne leur rien déguiser. A cette manière d'interroger, qui me parut bien valoir la question dont le muletier nous avoit fait fête, je leur répondis que j'étois un jeune homme d'Oviédo qui alloit à Salamanque : je leur contai même l'alarme qu'on venoit de nous donner, et j'avouai que la crainte d'être appliqué à la torture m'avoit fait prendre la fuite. Ils firent un éclat de rire à ce discours, qui marquoit ma simplicité ; et l'un des deux me dit : Rassure-toi, mon ami, viens avec nous, et ne crains rien ; nous allons te mettre en sûreté. A ces mots, il me fit monter en croupe sur son cheval, et nous nous enfonçâmes dans la forêt.

Je ne savois ce que je devois penser de cette rencontre ; je n'en augurois cependant rien de sinistre. Si ces gens-ci, disois-je en moi-même, étoient des voleurs, ils m'auroient volé, et peut-être assassiné. Il faut que ce soient de bons gentilshommes de ce pays-ci, qui me voyant effrayé, ont pitié de moi, et m'emmènent chez eux par charité. Je ne fus pas long-temps dans l'incertitude. Après quelques détours que nous fîmes dans un grand silence, nous nous trouvâmes au pied d'une colline, où nous descendîmes de cheval. C'est ici que nous demeurons, me dit un des cavaliers. J'avois beau regarder de tous côtés, je n'apercevois ni maison, ni cabane, pas la moindre apparence d'habitation. Cependant ces deux hommes levèrent une grande trappe de bois, couverte de terre et de broussailles, qui cachoit l'entrée d'une longue allée en pente et souterraine, où les chevaux se jetèrent d'eux-mêmes, comme des animaux qui y étoient accoutumés. Les cavaliers m'y firent entrer avec eux ; puis, baissant la trappe avec des cordes qui y étaient attachées pour cet effet, voilà le digne neveu de mon oncle Perez pris comme un rat dans une ratière.

CHAPITRE IV.
Description du souterrain, et quelles choses y vit Gil Blas.

Je connus alors avec quelle sorte de gens j'étois, et l'on doit bien juger que cette connoissance m'ôta ma première crainte. Une frayeur plus grande et plus juste vint s'emparer de mes sens ; je crus que j'allois perdre la vie avec mes ducats. Ainsi, me regardant comme une victime qu'on conduit à l'autel, je marchois, déjà plus mort que vif, entre mes deux conducteurs, qui, sentant bien que je tremblois, m'exhortoient inutilement à ne rien craindre. Quand nous eûmes fait environ deux cents pas, en tournant et en descendant toujours, nous entrâmes dans une écurie qu'éclairoient deux grosses lampes de fer pendues à la voûte. Il y avoit une bonne provision de paille, et plusieurs tonneaux remplis d'orge. Vingt chevaux y pouvoient être à l'aise; mais il n'y avoit alors que les deux qui venoient d'arriver. Un vieux nègre, qui paroissoit pourtant assez vigoureux, se mit à les attacher au râtelier.

Nous sortîmes de l'écurie; et, à la triste lueur de quelques autres lampes qui sembloient n'éclairer ces lieux que pour en montrer l'horreur, nous parvînmes à une cuisine où une vieille femme faisoit rôtir des viandes sur des brasiers, et préparoit le souper. La cuisine étoit ornée des ustensiles nécessaires, et tout auprès on voyoit une office pourvue de toutes sortes de provisions. La cuisinière (il faut que j'en fasse le portrait) étoit une personne de soixante et quelques années. Elle avoit eu dans sa jeunesse les cheveux d'un blond très-ardent; car le temps ne les avoit pas si bien blanchis, qu'ils n'eussent encore quelques nuances de leur première couleur. Outre un teint olivâtre, elle avoit un menton pointu et relevé, avec des lèvres fort enfoncées; un grand nez aquilin lui descendoit sur la bouche, et ses yeux paroissoient être d'un très-beau rouge pourpré.

Tenez, dame Léonarde, dit un des cavaliers en me présentant à ce bel ange des ténèbres, voici un jeune garçon que nous amenons. Puis il se tourna de mon côté, et remarquant que j'étois pâle et défait : Mon ami, me dit-il, reviens de ta frayeur, on ne te veut faire aucun mal. Nous avions besoin d'un valet pour soulager notre cuisinière; nous t'avons rencontré, cela est heureux pour toi. Tu tiendras ici la place d'un garçon qui s'est laissé mourir depuis quinze jours. C'étoit un jeune homme d'une complexion très-délicate. Tu me parois plus robuste que lui, tu ne mourras pas sitôt. Véritablement tu ne reverras plus le soleil; mais, en récompense, tu feras bonne chère et bon feu. Tu passeras tes jours avec Léonarde, qui est une créature fort humaine : tu auras toutes tes petites commodités. Je veux te faire voir, ajouta-t-il, que tu n'es pas ici avec des gueux. En même temps il prit un flambeau, et m'ordonna de le suivre.

Il me mena dans une cave, où je vis une infinité de bouteilles et de pots de terre bien bouchés, qui étaient pleins, disoit-il, d'un vin excellent. Ensuite il me fit traverser plusieurs chambres. Dans les unes, il y avait des pièces de toile; dans les autres, des étoffes de laine et des étoffes de soie. J'aperçus dans une autre de l'or et de l'argent, sans compter beaucoup de vaisselle à diverses armoiries. Après cela, je le suivis dans un grand salon que trois lustres de cuivre éclairoient, et qui servoit de communication à d'autres chambres. Il me fit là de nouvelles questions. Il me demanda comment je me nommois, pourquoi j'étois sorti d'Oviédo; et lorsque j'eus satisfait sa curiosité : Eh bien ! Gil Blas, me dit-il, puisque tu n'as quitté ta patrie que pour chercher quelque bon poste, il faut que tu sois né coiffé pour être tombé entre nos mains. Je te l'ai déjà dit, tu vivras ici dans l'abondance, et rouleras sur l'or et sur l'argent. D'ailleurs, tu y seras en sûreté. Tel est ce souterrain, que les officiers de la sainte Hermandad viendroient cent fois dans cette forêt sans le découvrir. L'entrée n'en est connue que de moi seul et de mes camarades. Peut-être me demanderas-tu comment nous l'avons pu faire, sans que les habitants des environs s'en soient aperçus; mais apprends, mon ami, que ce n'est point notre ouvrage, et qu'il est fait depuis long-temps. Après que les Maures se furent rendus maîtres de Grenade, de l'Aragon et de presque toute l'Espagne, les chrétiens qui ne voulurent point subir le joug des infidèles prirent la fuite, et vinrent se cacher dans ce pays-ci, dans la Biscaye et dans les Asturies, où le vaillant don Pélage s'étoit retiré. Fugitifs et dispersés par pelotons, ils vivoient dans les montagnes ou dans les bois. Les uns demeuroient dans les cavernes, et les autres firent plusieurs souterrains, du nombre desquels est celui-ci. Ayant ensuite eu le bonheur de chasser d'Espagne leurs ennemis, ils retournèrent dans les villes. Depuis ce temps-là leurs retraites ont servi d'asile aux gens de notre profession. Il est vrai que la sainte Hermandad en a découvert et détruit quelques-unes; mais il en reste encore; et, grâce au ciel, il y a près de quinze années que j'habite impunément celle-ci. Je m'appelle le capitaine Rolando. Je suis chef de la compagnie; et l'homme que tu as vu avec moi est un de mes cavaliers.

CHAPITRE V.

De l'arrivée de plusieurs autres voleurs dans le souterrain, et de l'agréable conversation qu'ils eurent tous ensemble.

Comme le seigneur Rolando achevoit de parler de cette sorte, il parut dans le salon six nouveaux visages. C'étoit le lieutenant avec cinq hommes de la troupe, qui revenoient chargés de butin. Ils apportoient deux mannequins remplis de sucre, de cannelle, de poivre, de figues, d'amandes et de raisins secs. Le lieutenant adressa la parole au capitaine, et lui dit qu'il venoit d'enlever ces mannequins à un épicier de Bénavente, dont il avoit aussi pris le mulet. Après qu'il eut rendu compte de son expédition au bureau, les dépouilles de l'épicier furent portées dans l'office. Alors il ne fut plus question que de se réjouir. On dressa dans le salon une grande table, et l'on me renvoya dans la cuisine, où la dame Léonarde m'instruisit de ce que j'avois à faire. Je cédai à la nécessité, puisque mon mauvais sort le vouloit ainsi ; et, dévorant ma douleur, je me préparai à servir ces honnêtes gens

Je débutai par le buffet, que je parai de tasses d'argent et de plusieurs bouteilles de terre pleines de ce bon vin que le seigneur Rolando m'avoit vanté : j'apportai ensuite deux ragoûts, qui ne furent pas plus tôt servis que tous les cavaliers se mirent à table. Ils commencèrent à manger avec beaucoup d'appétit ; et moi, debout derrière eux, je me tins prêt à leur verser du vin. Je m'en acquittai avec si bonne grâce, que j'eus le bonheur de m'attirer des compliments. Le capitaine, en peu de mots, leur conta mon histoire qui les divertit fort. Ensuite il leur parla de moi fort avantageusement : mais j'étois alors revenu des louanges, et j'en pouvois entendre sans péril. Là-dessus ils me louèrent tous ; ils dirent que je paroissois né pour être leur échanson, que je valois cent fois mieux que mon prédécesseur. Et comme, depuis sa mort, c'étoit la señora Léonarda qui avoit l'honneur de présenter le nectar à ces dieux infernaux, ils la privèrent de ce glorieux emploi, pour m'en revêtir. Ainsi, nouveau Ganimède, je succédai à cette vieille Hébé.

Un grand plat de rôt, servi peu de temps après les ragoûts, vint achever de rassasier les voleurs, qui, buvant à proportion qu'ils mangeoient, furent bientôt de belle humeur, et firent un beau bruit. Les voilà qui parlent tous à la fois. L'un commence une histoire, l'autre rapporte un bon mot ; un autre crie, un autre chante ; ils ne s'entendent point. Enfin Rolando, fatigué d'une scène où il mettoit inutilement du sien, le prit d'un ton si haut, qu'il imposa silence à la compagnie. Messieurs, leur dit-il d'un ton de maître, écoutez ce que j'ai à vous proposer. Au lieu de nous étourdir les uns les autres en parlant tous ensemble, ne ferions-nous pas mieux de nous entretenir comme des gens raisonnables ? Il me vient une pensée. Depuis que nous sommes associés, nous n'avons pas eu la curiosité de nous demander quelles sont nos familles, et par quel enchaînement d'aventures nous avons embrassé notre profession. Cela me paroît toutefois digne d'être su. Faisons-nous cette confidence, pour nous divertir. Le lieutenant et les autres, comme s'ils avoient eu quelque chose de beau à raconter, acceptèrent avec de grandes démonstrations de joie la proposition du capitaine, qui parla le premier dans ces termes :

Messieurs, vous saurez que je suis fils unique d'un riche bourgeois de Madrid. Le jour de ma naissance fut célébré dans la famille par des réjouissances infinies. Mon père, qui étoit déjà vieux, sentit une joie extrême de se voir un héritier, et ma mère entreprit de me nourrir de son propre lait. Mon aïeul maternel vivoit encore en ce temps-là. C'étoit un bon vieillard qui ne se mêloit plus de rien que de dire son rosaire et de raconter ses exploits guerriers ; car il avoit longtemps porté les armes. Je devins insensiblement l'idole de ces trois personnes ; j'étois sans cesse dans leurs bras. De peur que l'étude ne me fatiguât dans mes premières années, on me les laissa passer dans les amusements les plus puérils. Il ne faut pas, disoit mon père, que les enfants s'appliquent sérieusement avant que le temps ait un peu mûri leur esprit. En attendant cette maturité, je n'apprenois ni à lire ni à écrire ; mais je ne perdois pas pour cela mon temps. Mon père m'enseignoit mille sortes de jeux. Je connoissois parfaitement les cartes, je savois jouer aux dés, et mon grand-père m'apprenoit des romances sur les expéditions militaires où il s'étoit trouvé. Il me chantoit tous les jours les mêmes couplets ; et, lorsque, après avoir répété pendant trois mois dix ou onze vers, je venois à les réciter sans faute, mes parents admiroient ma mémoire. Ils ne paroissoient pas moins contents de mon esprit, quand, profitant de la liberté que j'avois de tout dire, j'interrompois leur entretien, pour parler à tort et à travers. Ah ! qu'il est joli ! s'écrioit mon père en me regardant avec des yeux charmés. Ma mère m'accabloit aussitôt de caresses, et mon grand-père en pleuroit de joie. Je faisois aussi devant eux impunément les actions les plus indécentes ; ils me pardonnoient tout : ils m'adoroient. Cependant j'entrois déjà dans ma douzième année, que je n'avois point encore eu de maître. On m'en donna un ; mais il reçut en même temps des ordres précis de m'enseigner, sans en venir aux voies de fait ; on lui permit seulement de me menacer quelquefois, pour m'inspirer un peu de crainte. Cette permission ne fut pas fort salutaire ; car, ou je me moquois des menaces de mon précepteur, ou bien, les larmes au yeux, j'allois m'en plaindre à ma mère ou à mon aïeul, et je leur disois qu'il m'avoit maltraité. Le pauvre diable avoit beau venir me démentir, il passoit pour un brutal, et l'on me croyoit toujours plutôt que lui. Il arriva même un jour que je m'égratignai moi-même ; puis je me mis à crier comme si l'on m'eût écorché : ma mère accourut, et chassa le maître sur-le-champ, quoiqu'il protestât et prît le ciel à témoin qu'il ne m'avoit pas touché.

Je me défis ainsi de tous mes précepteurs, jusqu'à ce qu'il vînt s'en présenter un tel qu'il me le falloit. C'étoit un bachelier d'Alcala. L'excellent maître, pour un enfant de famille ! Il aimoit les femmes, le jeu et le cabaret : je ne pouvois être en meilleures mains. Il s'attacha d'abord à gagner mon esprit par la douceur : il y réussit, et par-là se fit aimer de mes parents, qui m'abandonnèrent à sa conduite. Ils n'eurent pas sujet de s'en repentir ; il me perfectionna de bonne heure dans la science du monde. A force de me mener avec lui dans tous les lieux qu'il aimoit, il m'en inspira si bien le goût, qu'au latin près, je devins un garçon universel. Dès qu'il vit que je n'avois plus besoin de ses préceptes, il alla les offrir ailleurs.

Si dans mon enfance j'avois vécu au logis fort librement, ce fut bien autre chose quand je commençai à devenir maître de mes actions. Je me moquois à tout moment de mon père et de ma mère. Ils ne faisoient que rire de mes saillies, et plus elles étoient vives, plus ils les trouvoient agréables. Cependant je faisois toutes sortes de débauches avec des jeunes gens de mon humeur ; et, comme nos parents ne nous donnoient point assez d'argent pour continuer une vie aussi délicieuse, chacun déroboit chez lui ce qu'il pouvoit prendre ; et cela ne suffisant point encore, nous commençâmes à voler la nuit. Malheureusement le corrégidor apprit de nos nouvelles. Il voulut nous faire arrêter ; mais on nous avertit de son mauvais dessein. Nous eûmes recours à la fuite, et nous nous mîmes à exploiter sur les grands chemins. Depuis ce temps-là, messieurs, Dieu m'a fait la grâce de vieillir dans la profession, malgré les périls qui y sont attachés.

Le capitaine cessa de parler en cet endroit, et le lieutenant prit ainsi la parole : Messieurs, une éducation tout opposée à celle du seigneur Rolando a produit le même effet. Mon père étoit boucher à Tolède ; il passoit avec justice pour le plus grand brutal de la ville, et ma mère n'avoit pas un naturel plus doux. Ils me fouettoient dans mon enfance comme à l'envi l'un de l'autre ; j'en recevois tous les jours mille coups. La moindre faute que je commettois étoit suivie des plus rudes châtiments. J'avois beau demander grâce les larmes aux yeux, et protester que je me repentois de ce que j'avois fait, on ne me pardonnoit rien, et le plus souvent on me frappoit sans raison. Quand mon père me battoit, ma mère, comme s'il ne s'en fût pas bien acquitté, se mettoit de la partie, au lieu d'intercéder pour moi. Ces traitements m'inspirèrent tant d'aversion pour la maison paternelle, que je la quittai avant que j'eusse atteint ma quatorzième année. Je pris le chemin d'Aragon, et me rendis à Saragosse en demandant l'aumône. Là je me faufilai avec des gueux qui menoient une vie assez heureuse. Ils m'apprirent à contrefaire l'aveugle, à paroître estropié, à mettre sur les jambes des ulcères postiches, etc. Le matin, comme des acteurs qui se préparent à jouer une comédie,

nous nous disposions à faire nos personnages. Chacun couroit à son poste ; et le soir, nous réunissant tous, nous nous réjouissions pendant la nuit aux dépens de ceux qui avoient eu pitié de nous pendant le jour. Je m'ennuyai pourtant d'être avec ces misérables ; et, voulant vivre avec de plus honnêtes gens, je m'associai avec des chevaliers d'industrie. Ils m'apprirent à faire de bons tours : mais il nous fallut bientôt sortir de Saragosse, parce que nous nous brouillâmes avec un homme de justice qui nous avoit toujours protégés. Chacun prit son parti. Pour moi, j'entrai dans une troupe d'hommes courageux qui faisoient contribuer les voyageurs ; et je me suis si bien trouvé de leur façon de vivre, que je n'en ai pas voulu d'autre depuis ce temps-là. Je sais donc, messieurs, très-bon gré à mes parents de m'avoir si maltraité ; car, s'ils m'avoient élevé un peu plus doucement, je ne serois présentement sans doute qu'un malheureux boucher ; au lieu que j'ai l'honneur d'être votre lieutenant.

Messieurs, dit alors un jeune voleur qui étoit assis entre le capitaine et le lieutenant, les histoires que nous venons d'entendre ne sont pas si composées ni si curieuses que la mienne. Je dois le jour à une paysanne des environs de Séville. Trois semaines après qu'elle m'eut mis au monde (elle étoit encore jeune, propre et bonne nourrice), on lui proposa un nourrisson. C'étoit un enfant de qualité, un fils unique qui venoit de naître dans Séville. Ma mère accepta volontiers la proposition ; elle alla chercher l'enfant. On le lui confia ; et elle ne l'eût pas sitôt apporté dans son village, que, trouvant quelque ressemblance entre nous, cela lui inspira le dessein de me faire passer pour l'enfant de qualité, dans l'espérance qu'un jour je reconnoîtrois bien ce bon office. Mon père, qui n'étoit pas plus scrupuleux qu'un autre paysan, approuva la supercherie ; de sorte, qu'après nous avoir fait changer de langes, le fils de don Rodrigue de Herrera fut envoyé, sous mon nom, à une autre nourrice, et ma mère me nourrit sous le sien.

Malgré tout ce qu'on peut dire de l'instinct et de la force du sang, les parents du petit gentilhomme prirent aisément le change. Ils n'eurent pas le moindre soupçon du tour qu'on leur avoit joué ; et jusqu'à l'âge de sept ans je fus toujours dans leurs bras. Leur intention étant de me rendre un cavalier parfait, ils me donnèrent toutes sortes de maîtres : mais j'avois peu de dispositions pour les exercices qu'on m'apprenoit, et encore moins de goût pour les sciences qu'on me vouloit enseigner. J'aimois beaucoup mieux jouer avec les valets, que j'allois chercher à tous moments dans les cuisines ou dans les écuries. Le jeu ne fut pas toutefois long-temps ma passion dominante : je n'avois pas dix-sept ans, que je m'enivrois tous les jours. J'agaçois aussi toutes les femmes du logis. Je m'attachai principalement à une servante de cuisine, qui me parut mériter mes premiers soins. C'étoit une grosse joufflue, dont l'enjouement et l'embonpoint me plaisoient fort. Je lui faisois l'amour avec si peu de circonspection, que don Rodrigue même s'en aperçut. Il m'en reprit aigrement, me reprocha la bassesse de mes inclinations; et, de peur que la vue de l'objet aimé ne rendît ses remontrances inutiles, il mit ma princesse à la porte.

Ce procédé me déplut; je résolus de m'en venger. Je volai les pierreries de la femme de don Rodrigue; et, courant chercher ma belle Hélène, qui s'étoit retirée chez une blanchisseuse de ses amies, je l'enlevai en plein midi, afin que personne n'en ignorât. Je passai plus avant; je la menai dans son pays, où je l'épousai solennellement, tant pour faire plus de dépit aux Herrera, que pour laisser aux enfants de famille un si bel exemple à suivre. Trois mois après ce mariage, j'appris que don Rodrigue étoit mort. Je ne fus pas insensible à cette nouvelle. Je me rendis promptement à Séville pour demander son bien; mais j'y trouvai du changement. Ma mère n'étoit plus, et en mourant elle avoit eu l'indiscrétion d'avouer tout, en présence du curé de son village et d'autres bons témoins. Le fils de don Rodrigue tenoit déjà ma place, ou plutôt la sienne, et il venoit d'être reconnu avec d'autant plus de joie, qu'on étoit moins satisfait de moi; de manière que n'ayant rien à espérer de ce côté-là, et ne me sentant plus de goût pour ma grosse femme, je me joignis à des chevaliers de la fortune, avec qui je commençai mes caravanes.

Le jeune voleur ayant achevé son histoire, un autre dit qu'il étoit fils d'un marchand de Burgos; que dans sa jeunesse, poussé d'une dévotion indiscrète, il avoit pris l'habit et fait profession dans un ordre fort austère, et que quelques années après il avoit apostasié. Enfin les huit voleurs parlèrent tour à tour; et lorsque je les eus tous entendus, je ne fus pas surpris de les voir ensemble. Ils changèrent ensuite de discours. Ils mirent sur le tapis divers projets pour la campagne prochaine; et après avoir formé une résolution, ils se levèrent de table pour s'aller coucher. Ils allumèrent des bougies, et se retirèrent dans leurs chambres. Je suivis le capitaine Rolando dans la sienne, où pendant que je l'aidois à se déshabiller : Eh bien! Gil Blas, me dit-il, tu vois de quelle manière nous vivons. Nous sommes toujours dans la joie; la haine ni l'envie ne se glissent point parmi nous; nous n'avons jamais ensemble le moindre démêlé;

nous sommes plus unis que des moines. Tu vas, mon enfant, poursuivit-il, mener ici une vie bien agréable, car je ne te crois pas assez sot pour te faire une peine d'être avec des voleurs. Eh! voit-on d'autres gens dans le monde? Non, mon ami, tous les hommes aiment à s'approprier le bien d'autrui; c'est un sentiment général; la manière seule en est différente. Les conquérants, par exemple, s'emparent des états de leurs voisins. Les personnes de qualité empruntent et ne rendent point. Les banquiers, trésoriers, agents de change, commis, et tous les marchands, tant gros que petits, ne sont pas fort scrupuleux. Pour les gens de justice, je n'en parlerai point; on n'ignore pas ce qu'ils savent faire. Il faut pourtant avouer qu'ils sont plus humains que nous; car souvent nous ôtons la vie aux innocents, et eux quelquefois la sauvent aux coupables.

CHAPITRE VI.

De la tentative que fit Gil Blas pour se sauver, et quel en fut le succès.

Après que le capitaine des voleurs eut fait ainsi l'apologie de sa profession, il se mit au lit; et moi je retournai dans le salon, où je desservis et remis tout en ordre. J'allai ensuite à la cuisine, où Domingo (c'étoit le nom du vieux nègre) et la dame Léonarde soupoient en m'attendant. Quoique je n'eusse point d'appétit, je ne laissai pas de m'asseoir auprès d'eux. Je ne pouvois manger; et, comme je paroissois aussi triste que j'avois sujet de l'être, ces deux figures équivalentes entreprirent de me consoler. Pourquoi vous affligez-vous, mon fils, me dit la vieille? vous devez plutôt vous réjouir de vous voir ici. Vous êtes jeune, et vous paroissez facile; vous vous seriez bientôt perdu dans le monde. Vous y auriez rencontré des libertins qui vous auroient engagé dans toutes sortes de débauches, au lieu que votre innocence se trouve ici dans un port assuré. La dame Léonarde a raison, dit gravement à son tour le vieux nègre, et l'on peut ajouter à cela qu'il n'y a dans le monde que des peines. Rendez grâce au ciel, mon ami, d'être tout d'un coup délivré des périls, des embarras et des afflictions de la vie.

J'essuyai tranquillement ce discours, parce qu'il ne m'eût servi de rien de m'en fâcher. Enfin Domingo, après avoir bien bu et bien mangé, se retira dans son écurie. Léonarde prit aussitôt une lampe, et me conduisit dans un caveau qui servoit de cimetière aux voleurs qui mouroient de leur mort naturelle, et où je vis un grabat qui avoit plus l'air d'un tombeau que d'un lit. Voilà votre chambre, me dit-elle. Le garçon dont vous avez le bonheur d'occuper la place y a couché tant qu'il

Soyez désormais en garde contre les louanges.

Livre 6, Chap. 2.

a vécu parmi nous, et il y repose encore après sa
mort. Il s'est laissé mourir à la fleur de son âge;
ne soyez pas assez simple pour suivre son exemple. En achevant ces paroles, elle me donna la
lampe, et retourna dans sa cuisine. Je posai la
lampe à terre, et me jetai sur le grabat, moins
pour prendre du repos que pour me livrer tout
entier à mes réflexions. O ciel! m'écriai-je, est-il
une destinée aussi affreuse que la mienne? On veut
que je renonce à la vue du soleil; et, comme si ce
n'étoit pas assez d'être enterré tout vif à dix-huit
ans, il faut encore que je sois réduit à servir des
voleurs, à passer le jour avec des brigands, et la
nuit avec des morts! Ces pensées, qui me sembloient très-mortifiantes, et qui l'étoient en effet,
me faisoient pleurer amèrement. Je maudis cent
fois l'envie que mon oncle avoit eue de m'envoyer
à Salamanque; je me repentis d'avoir craint la
justice de Cacabelos; j'aurois voulu être à la question. Mais, considérant que je me consumois en
plaintes vaines, je me mis à rêver aux moyens de
me sauver. Eh quoi! dis-je, est-il donc impossible
de me tirer d'ici? Les voleurs dorment; la cuisinière et le nègre en feront bientôt autant : pendant
qu'ils seront tous endormis, ne puis-je, avec cette
lampe, trouver l'allée par où je suis descendu dans
cet enfer? Il est vrai que je ne me crois pas assez
fort pour lever la trappe qui est à l'entrée. Cependant voyons; je ne veux rien avoir à me reprocher.
Mon désespoir me prêtera des forces, et j'en viendrai peut-être à bout.

Je formai donc ce grand dessein. Je me levai
quand je jugeai que Léonarde et Domingo reposoient. Je pris la lampe, et sortis du caveau en me
recommandant à tous les saints du paradis. Ce ne
fut pas sans peine que je démêlai les détours de ce
nouveau labyrinthe. J'arrivai pourtant à la porte
de l'écurie, et j'aperçus enfin l'allée que je cherchois. Je marche, je m'avance vers la trappe avec
autant de légèreté que de joie : mais hélas! au
milieu de l'allée je rencontrai une maudite grille
de fer bien fermée, et dont les barreaux étoient
si près l'un de l'autre qu'on y pouvoit à peine passer la main. Je me trouvai bien sot à la vue de ce
nouvel obstacle, dont je ne m'étois point aperçu
en entrant, parce que la grille étoit alors ouverte.
Je ne laissai pas pourtant de tâter les barreaux.
J'examinai la serrure, je tâchois même de la forcer, lorsque tout-à-coup je me sentis appliquer
entre les deux épaules cinq ou six bons coups de
nerf de bœuf. Je poussai un cri si perçant que le
souterrain en retentit; et, regardant aussitôt derrière moi, je vis le vieux nègre en chemise, qui,
d'une main, tenoit une lanterne sourde, et de
l'autre l'instrument de mon supplice. Ah! ah!
dit-il, petit drôle, vous voulez vous sauver? Oh!

ne pensez pas que vous puissiez me surprendre;
je vous ai bien entendu. Vous avez cru la grille
ouverte, n'est-ce pas? Apprenez, mon ami, que
vous la trouverez désormais toujours fermée.
Quand nous retenons ici quelqu'un malgré lui,
il faut qu'il soit plus fin que vous s'il nous échappe.

Cependant, au cri que j'avois fait, deux ou trois
voleurs se réveillèrent en sursaut; et, ne sachant
si c'étoit la sainte Hermandad qui venoit fondre
sur eux, ils se levèrent et appelèrent leurs camarades. Dans un instant ils sont tous sur pied. Ils
prennent leurs épées et leurs carabines, et s'a-
vancent presque nus jusqu'à l'endroit où j'étois
avec Domingo. Mais sitôt qu'ils surent la cause du
bruit qu'ils avoient entendu, leur inquiétude se
convertit en éclats de rire. Comment donc, Gil
Blas, me dit le voleur apostat, il n'y a pas six
heures que tu es avec nous, et tu veux déjà t'en
aller? Il faut que tu aies bien de l'aversion pour
la retraite. Eh! que ferois-tu donc si tu étois
chartreux? Va te coucher. Tu en seras quitte cette
fois-ci pour les coups que Domingo t'a donnés;
mais s'il t'arrive jamais de faire un nouvel effort
pour te sauver, par saint Barthélemi! nous t'écor-
cherons tout vif. A ces mots, il se retira. Les autres voleurs s'en retournèrent aussi dans leurs
chambres. Le vieux nègre, fort satisfait de son
expédition, rentra dans son écurie; et je regagnai
mon cimetière, où je passai le reste de la nuit à
soupirer et à pleurer.

CHAPITRE VII.

De ce que fit Gil Blas, ne pouvant faire mieux.

Je pensai succomber les premiers jours au chagrin qui me dévoroit. Je ne faisois que traîner une
vie mourante; mais enfin mon bon génie m'inspira
la pensée de dissimuler. J'affectai de paroître moins
triste; je commençai à rire et à chanter, quoique
je n'en eusse aucune envie : en un mot, je me
contraignis si bien que Léonarde et Domingo y furent trompés. Ils crurent que l'oiseau s'accoutu-
moit à la cage. Les voleurs s'imaginèrent la même
chose. Je prenois un air gai en leur versant à boire,
et je me mêlois à leur entretien, quand je trouvois
occasion d'y placer quelque plaisanterie. Ma liberté,
loin de leur déplaire, les divertissoit. Gil Blas, me
dit le capitaine, un soir que je faisois le plaisant,
tu as bien fait, mon ami, de bannir la mélancolie;
je suis charmé de ton humeur et de ton esprit. On
ne connoît pas d'abord les gens : je ne te croyois
pas si spirituel ni si enjoué.

Les autres me donnèrent aussi mille louanges.
Ils me parurent si contents de moi, que, profitant
d'une si bonne disposition, Messieurs, leur dis-je,
permettez que je vous découvre mes sentiments.

Depuis que je demeure ici, je me sens tout autre qu’auparavant. Vous m’avez défait des préjugés de mon éducation; j’ai pris insensiblement votre esprit. J’ai du goût pour votre profession : je meurs d’envie d’avoir l’honneur d’être un de vos confrères, et de partager avec vous les périls de vos expéditions. Toute la compagnie applaudit à ce discours. On loua ma bonne volonté. Puis il fut résolu tout d’une voix qu’on me laisseroit servir encore quelque temps pour éprouver ma vocation; qu’ensuite on me feroit faire mes caravanes; après quoi on m’accorderoit la place honorable que je demandois.

Il fallut donc continuer de me contraindre, et d’exercer mon emploi d’échanson. J’en fus très-mortifié; car je n’aspirois à devenir voleur que pour avoir la liberté de sortir comme les autres; et j’espérois qu’en faisant des courses avec eux, je leur échapperois quelque jour. Cette seule espérance soutenoit ma vie. L’attente néanmoins me paroissoit longue, et je ne laissai pas d’essayer plus d’une fois de surprendre la vigilance de Domingo : mais il n’y eut pas moyen; il étoit trop sur ses gardes. J’aurois défié cent Orphées de charmer ce Cerbère. Il est vrai aussi que, de peur de me rendre suspect, je ne faisois pas tout ce que j’aurois pu faire pour le tromper. Il m’observoit, et j’étois obligé d’agir avec beaucoup de circonspection, pour ne me pas trahir. Je m’en remettois donc au temps que les voleurs m’avoient prescrit pour me recevoir dans leur troupe, et j’attendois avec autant d’impatience que si j’eusse dû entrer dans une compagnie de traitants.

Grâces au ciel, six mois après, ce temps arriva. Le seigneur Rolando dit à ses cavaliers : Messieurs, il faut tenir la parole que nous avons donnée à Gil Blas. Je n’ai pas mauvaise opinion de ce garçon-là; je crois que nous en ferons quelque chose. Je suis d’avis que nous le menions demain avec nous cueillir des lauriers sur les grands chemins. Prenons soin nous-mêmes de le dresser à la gloire. Les voleurs furent tous du sentiment de leur capitaine; et, pour me faire voir qu’ils me regardoient déjà comme un de leurs compagnons, dès ce moment ils me dispensèrent de les servir. Ils rétablirent la dame Léonarde dans l’emploi qu’on lui avoit ôté pour m’en charger. Ils me firent quitter mon habillement, qui consistoit en une simple soutanelle fort usée, et ils me parèrent de toute la dépouille d’un gentilhomme nouvellement volé. Après cela, je me disposai à faire ma première campagne.

CHAPITRE VIII.

Gil Blas accompagne les voleurs. Quel exploit il fait sur les grands chemins.

Ce fut sur la fin d’une nuit du mois de sep-tembre que je sortis du souterrain avec les voleurs. J’étois armé, comme eux, d’une carabine, de deux pistolets, d’une épée et d’une baïonnette, et je montois un assez bon cheval, qu’on avoit pris au même gentilhomme dont je portois les habits. Il y avoit si long-temps que je vivois dans les ténèbres, que le jour naissant ne manqua pas de m’éblouir; mais peu à peu mes yeux s’accoutumèrent à le souffrir.

Nous passâmes auprès de Pontferrada, et nous allâmes nous mettre en embuscade dans un petit bois qui bordoit le grand chemin de Léon. Là, nous attendions que la fortune nous offrît quelque bon coup à faire, quand nous aperçûmes un religieux de l’ordre de saint Dominique, monté, contre l’ordinaire de ces bons pères, sur une mauvaise mule. Dieu soit loué! s’écria le capitaine en riant, voici le chef-d’œuvre de Gil Blas. Il faut qu’il aille détrousser ce moine : voyons comme il s’y prendra. Tous les voleurs jugèrent qu’effectivement cette commission me convenoit, et ils m’exhortèrent à m’en bien acquitter. Messieurs, leur dis-je, vous serez contents; je vais mettre ce père nu comme ma main, et vous amener ici sa mule. Non, non, dit Rolando, elle n’en vaut pas la peine : apporte-nous seulement la bourse de sa révérence; c’est tout ce que nous exigeons de toi. Là-dessus, je sortis du bois et poussai vers le religieux, en priant le ciel de me pardonner l’action que j’allois faire. J’aurois bien voulu m’échapper dès ce moment-là; mais la plupart des voleurs étoient encore mieux montés que moi : s’ils m’eussent vu fuir, ils se seroient mis à mes trousses, et m’auroient bientôt rattrapé, ou peut-être auroient-ils fait sur moi une décharge de leurs carabines, dont je me serois fort mal trouvé. Je n’osai donc hasarder une démarche si délicate. Je joignis le père et lui demandai la bourse, en lui présentant le bout du pistolet. Il s’arrêta tout court pour me considérer; et, sans paroître fort effrayé : Mon enfant, me dit-il, vous êtes bien jeune; vous faites de bonne heure un vilain métier. Mon père, lui répondis-je, tout vilain qu’il est, je voudrois l’avoir commencé plus tôt. Ah! mon fils, répliqua le bon religieux, qui n’avoit garde de comprendre le vrai sens de mes paroles, que dites-vous? quel aveuglement! souffrez que je vous représente l’état malheureux..... Oh! mon père, interrompis-je avec précipitation, trève de morale, s’il vous plaît; je ne viens pas sur les grands chemins pour entendre des sermons : je veux de l’argent. De l’argent? me dit-il d’un air étonné; vous jugez bien mal de la charité des Espagnols, si vous croyez que les personnes de mon caractère aient besoin d’argent pour voyager en Espagne. Détrompez-vous. On nous reçoit agréablement partout, on nous loge, on nous nourrit, et l'on ne nous demande pour cela que des prières. Enfin nous ne portons point d'argent sur la route, nous nous abandonnons à la Providence. Eh! non, non, lui repartis-je, vous ne vous y abandonnez pas; vous avez toujours de bonnes pistoles pour être plus sûrs de la Providence. Mais, mon père, ajoutai-je, finissons ; mes camarades, qui sont dans ce bois, s'impatientent, jetez tout à l'heure votre bourse à terre, ou bien je vous tue.

A ces mots, que je prononçai d'un air menaçant, le religieux sembla craindre pour sa vie. Attendez, me dit-il, je vais donc vous satisfaire, puisqu'il le faut absolument. Je vois bien qu'avec vous autres les figures de rhétorique sont inutiles. En disant cela, il tira de dessous sa robe une grosse bourse de peau de chamois, qu'il laissa tomber à terre. Alors je lui dis qu'il pouvoit continuer son chemin, ce qu'il ne me donna pas la peine de répéter. Il pressa les flancs de sa mule, qui, démentant l'opinion que j'avois, car je ne la croyois pas meilleure que celle de mon oncle, prit tout-à-coup un assez bon train. Tandis qu'il s'éloignoit, je mis pied à terre. Je ramassai la bourse, qui me parut pesante. Je remontai sur ma bête et regagnai promptement le bois, où les voleurs m'attendoient avec impatience, pour me féliciter de ma victoire. A peine me donnèrent-ils le temps de descendre de cheval, tant ils s'empressoient de m'embrasser. Courage, Gil Blas, me dit Rolando; tu viens de faire des merveilles. J'ai eu les yeux sur toi pendant ton expédition ; j'ai observé ta contenance ; je te prédis que tu deviendras un excellent voleur de grands chemins. Le lieutenant et les autres applaudirent à la prédiction, et m'assurèrent que je ne pouvois manquer de l'accomplir quelque jour. Je les remerciai de la haute idée qu'ils avoient de moi, et leur promis de faire tous mes efforts pour la soutenir.

Après qu'ils m'eurent d'autant plus loué, que je méritois moins de l'être, il leur prit envie d'examiner le butin dont je revenois chargé. Voyons, dirent-ils, voyons ce qu'il y a dans la bourse du religieux. Elle doit être bien garnie, continue l'un d'entre eux, car ces bons pères ne voyagent pas en pèlerins. Le capitaine délia la bourse, l'ouvrit, et en tira deux ou trois poignées de petites médailles de cuivre, entremêlées d'*Agnus-Dei*, avec quelques scapulaires. A la vue d'un larcin si nouveau, tous les voleurs éclatèrent en rires immodérés. Vive Dieu! s'écria le lieutenant, nous avons bien de l'obligation à Gil Blas; il vient, pour son coup d'essai, de faire un vol fort salutaire à la compagnie. Cette plaisanterie en attira d'autres. Ces scélérats, et particulièrement celui qui avoit apostasié, commencèrent à s'égayer sur la matière.

Il leur échappa mille traits qui marquoient bien le déréglement de leurs mœurs. Moi seul, je ne riois point. Il est vrai que les railleurs m'en ôtoient l'envie, en se réjouissant ainsi à mes dépens. Chacun me lança son trait, et le capitaine me dit : Ma foi, Gil Blas, je te conseille en ami de ne te plus jouer aux moines, ce sont des gens trop fins et trop rusés pour toi.

CHAPITRE IX.

De l'événement sérieux qui suivit cette aventure.

Nous demeurâmes dans le bois la plus grande partie de la journée, sans apercevoir aucun voyageur qui pût payer pour le religieux. Enfin nous en sortîmes pour retourner au souterrain, bornant nos exploits à ce risible événement, qui faisoit encore le sujet de notre entretien, lorsque nous découvrîmes de loin un carrosse à quatre mules. Il venoit à nous au grand trot, et il étoit accompagné de trois hommes à cheval qui nous parurent bien armés et bien disposés à nous recevoir si nous étions assez hardis pour les insulter. Rolando fit faire halte à la troupe, pour tenir conseil là-dessus, et le résultat fut qu'on attaqueroit. Aussitôt il nous rangea de la manière qu'il voulut, et nous marchâmes en bataille au devant du carrosse. Malgré les applaudissements que j'avois reçus dans le bois, je me sentis saisi d'un grand tremblement, et bientôt il sortit de tout mon corps une sueur froide qui ne me présageoit rien de bon. Pour surcroît de bonheur, j'étois au front de la bataille, entre le capitaine et le lieutenant, qui m'avoient placé là pour m'accoutumer au feu tout d'un coup. Rolando, remarquant jusqu'à quel point nature pâtissoit chez moi, me regarda de travers, et me dit d'un air brusque : Écoute, Gil Blas, songe à faire ton devoir ; je t'avertis que si tu recules, je te casserai la tête d'un coup de pistolet. J'étais trop persuadé qu'il le feroit comme il le disoit, pour négliger l'avertissement, c'est pourquoi je ne pensai plus qu'à recommander mon âme à Dieu.

Pendant ce temps-là le carrosse et les cavaliers s'approchoient. Ils connurent quelle sorte de gens nous étions; et, devinant notre dessein à notre contenance, ils s'arrêtèrent à la portée d'une escopette. Ils avoient aussi bien que nous des carabines et des pistolets. Tandis qu'ils se préparoient à nous recevoir, il sortit du carrosse un homme bien fait et richement vêtu. Il monta sur un cheval de main, dont un des cavaliers tenoit la bride, et il se mit à la tête des autres. Il n'avoit pour armes que son épée et deux pistolets. Encore qu'ils ne fussent que quatre contre neuf, car le cocher demeura sur son siège, ils s'avancèrent avec une audace qui redoubla mon effroi. Je ne laissois pas pourtant, bien que tremblant de tous mes membres, de me tenir prêt à tirer mon coup : mais, pour dire les choses comme elles sont, je fermai les yeux et tournai la tête en déchargeant ma carabine ; et, de la manière que je tirai, je ne dois point avoir ce coup-là sur la conscience.

Je ne ferai point le détail de l'action : quoique présent, je ne voyois rien ; et ma peur, en me troublant l'imagination, me cachoit l'horreur du spectacle même qui m'effrayoit. Tout ce que je sais, c'est qu'après un grand bruit de mousquetades, j'entendis mes compagnons crier à pleines têtes : *Victoire ! victoire !* A cette acclamation, la terreur qui s'étoit emparée de mes sens se dissipa, et j'aperçus sur le champ de bataille les quatre cavaliers étendus sans vie. De notre côté, nous n'eûmes qu'un homme de tué. Ce fut l'apostat, qui n'eut en cette occasion que ce qu'il méritoit pour son apostasie, et pour ses mauvaises plaisanteries sur les scapulaires. Le lieutenant reçut au bras une blessure ; mais elle se trouva très-légère, le coup n'ayant fait qu'effleurer la peau.

Le seigneur Rolando courut d'abord à la portière du carrosse. Il y avoit dedans une dame de vingt-quatre à vingt-cinq ans, qui lui parut très-belle, malgré le triste état où il la voyoit. Elle s'étoit évanouie pendant le combat, et son évanouissement duroit encore. Tandis qu'il s'occupoit à la regarder, nous songeâmes nous autres au butin. Nous commençâmes par nous assurer des chevaux des cavaliers tués ; car ces animaux, épouvantés du bruit des coups, s'étoient un peu écartés, après avoir perdu leurs guides. Pour les mules, elles n'avoient pas branlé, quoique durant l'action le cocher eût quitté son siége pour se sauver. Nous mîmes pied à terre pour les dételer, et nous les chargeâmes de plusieurs malles que nous trouvâmes attachées devant et derrière le carrosse. Cela fait, on prit, par ordre du capitaine, la dame qui n'avoit point encore rappelé ses esprits, et on la mit à cheval entre les mains d'un voleur des mieux montés ; puis, laissant sur le grand chemin le carrosse et les morts dépouillés, nous emmenâmes avec nous la dame, les mules et les chevaux.

CHAPITRE X.

De quelle manière les voleurs en usèrent avec la dame. Du grand dessein que forma Gil Blas, et quel en fut l'événement.

Il y avoit déjà plus d'une heure qu'il étoit nuit, quand nous arrivâmes au souterrain. Nous menâmes d'abord les bêtes à l'écurie, où nous fûmes obligés nous-mêmes de les attacher au râtelier et d'en avoir soin, parce que le vieux nègre étoit au lit depuis trois jours. Outre que la goutte l'avoit pris violemment, un rhumatisme le tenoit entre-

pris de tous ses membres. Il ne lui restoit rien de libre que la langue, qu'il employoit à témoigner son impatience par d'horribles blasphèmes. Nous laissâmes ce misérable jurer et blasphémer, et nous allâmes à la cuisine, où nous donnâmes toute notre attention à la dame. Nous fîmes si bien, que nous vînmes à bout de la tirer de son évanouissement. Mais quand elle eut repris l'usage de ses sens, et qu'elle se vit entre les bras de plusieurs hommes qui lui étoient inconnus, elle sentit son malheur ; elle en frémit. Tout ce que la douleur et le désespoir ensemble peuvent avoir de plus affreux parut peint dans ses yeux, qu'elle leva au ciel, comme pour lui reprocher les indignités dont elle étoit menacée. Puis, cédant tout-à-coup à ces images épouvantables, elle retombe en défaillance, sa paupière se referme, et les voleurs s'imaginent que la mort va leur enlever leur proie. Alors le capitaine, jugeant plus à propos de l'abandonner à elle-même que de la tourmenter par de nouveaux secours, la fit porter sur le lit de Léonarde, où on la laissa toute seule, au hasard de ce qu'il en pouvoit arriver.

Nous passâmes dans le salon, où un des voleurs, qui avoit été chirurgien, visita le bras du lieutenant et le frotta de baume. L'opération faite, on voulut voir ce qu'il y avoit dans les malles. Les unes se trouvèrent remplies de dentelles et de linges, les autres d'habits : mais la dernière qu'on ouvrit renfermait quelques sacs pleins de pistoles ; ce qui réjouit infiniment messieurs les intéressés. Après cet examen, la cuisinière dressa le buffet, mit le couvert et servit. Nous nous entretînmes d'abord de la grande victoire que nous avions remportée. Sur quoi Rolando m'adressant la parole : avoue, Gil Blas, me dit-il, avoue que tu as eu grand'peur. Je répondis que j'en demeurois d'accord de bonne foi ; mais que je me battrois comme un paladin, quand j'aurois fait seulement deux ou trois campagnes. Là-dessus, toute la compagnie prit mon parti, en disant qu'on devoit me le pardonner ; que l'action avoit été vive ; et que, pour un jeune homme qui n'avoit jamais vu le feu, je ne m'étois point mal tiré d'affaire.

La conversation tomba ensuite sur les mules et les chevaux que nous venions d'amener au souterrain. Il fut arrêté que le lendemain, avant le jour, nous partirions tous pour les aller vendre à Mansilla, où probablement on n'auroit point encore entendu parler de notre expédition. Cette résolution prise, nous achevâmes de souper ; puis nous retournâmes à la cuisine pour voir la dame. Nous la trouvâmes dans la même situation. Néanmoins, quoiqu'elle parût à peine jouir d'un reste de vie, quelques voleurs ne laissèrent pas de jeter sur elle un œil profane, et de témoigner une brutale envie, qu'ils auroient satisfaite si Rolando ne les en eût empêchés, en leur représentant qu'ils devoient du moins attendre que la dame fût sortie de cet accablement de tristesse, qui lui ôtoit tout sentiment. Le respect qu'ils avoient pour leur capitaine retint leur incontinence ; sans cela, rien ne pouvoit sauver la dame ; sa mort même n'auroit peut-être pas mis son honneur en sûreté.

Nous laissâmes encore cette malheureuse femme dans l'état où elle étoit. Rolando se contenta de charger Léonarde d'en avoir soin, et chacun se retira dans sa chambre. Pour moi, lorsque je fus couché, au lieu de me livrer au sommeil, je ne fis que m'occuper du malheur de la dame. Je ne doutois point que ce ne fût une personne de qualité, et j'en trouvois son sort plus déplorable. Je ne pouvois, sans frémir, me peindre les horreurs qui l'attendoient ; et je m'en sentois aussi vivement touché que si le sang ou l'amitié m'eût attaché à elle. Enfin, après avoir bien plaint sa destinée, je rêvois aux moyens de préserver son honneur du péril où il étoit, et de me tirer en même temps du souterrain. Je songeai que le vieux nègre ne pouvoit se remuer, et que depuis son indisposition la cuisinière avoit la clef de la grille. Cette pensée m'échauffa l'imagination, et me fit concevoir un projet que je digérai bien : puis j'en commençai sur-le-champ l'exécution de la manière suivante :

Je feignis d'avoir la colique. Je poussai d'abord des plaintes et des gémissements, ensuite, élevant la voix, je jetai de grands cris. Les voleurs se réveillent et sont bientôt auprès de moi. Ils me demandent ce qui m'oblige à crier ainsi. Je répondis que j'avois une colique horrible ; et, pour mieux les persuader, je me mis à grincer des dents, à faire des grimaces et des contorsions effroyables, et à m'agiter d'une étrange façon. Après cela je devins tout à coup tranquille, comme si mes douleurs m'eussent donné quelque relâche. Un instant après, je me remis à faire des bonds sur mon grabat et à me tordre les bras. En un mot, je jouai si bien mon rôle, que les voleurs, tout fins qu'ils étoient, s'y laissèrent tromper, et crurent qu'en effet je sentois des tranchées violentes. Aussitôt ils s'empressent tous à me soulager. L'un m'apporte une bouteille d'eau-de-vie, et m'en fait avaler la moitié ; l'autre me donne, malgré moi, un lavement d'huile d'amandes douces ; un autre va chauffer une serviette, et vient me l'appliquer toute brûlante sur le ventre. J'avois beau crier miséricorde, ils imputoient mes cris à ma colique, et continuoient à me faire souffrir des maux véritables, en voulant m'en ôter un que je n'avois point. Enfin, ne pouvant plus y résister, je fus obligé de leur dire que je ne sentois plus de

tranchées, et que je les conjurois de me donner quartier. Ils cessèrent de me fatiguer de leurs remèdes, et je me gardai bien de me plaindre davantage, de peur d'éprouver encore leur secours.

Cette scène dura près de trois heures, après quoi les voleurs, jugeant que le jour ne devoit pas être fort éloigné, se préparèrent à partir pour Mansilla. Je voulus me lever, pour leur faire croire que j'avois grande envie de les accompagner, mais ils m'en empêchèrent. Non, non, Gil Blas, me dit le seigneur Rolando, demeure ici, mon fils ; ta colique pourroit te reprendre. Tu viendras une autre fois avec nous ; pour aujourd'hui, tu n'es pas en état de nous suivre. Je ne crus pas devoir insister fort sur cela, de crainte qu'on ne se rendît à mes instances ; je parus seulement très-mortifié de ne pouvoir être de la partie : ce que je fis d'un air si naturel, qu'ils sortirent tous du souterrain, sans avoir le moindre soupçon de mon projet. Après leur départ, que j'avois tâché de hâter par mes vœux, je me dis à moi-même : Oh ça, Gil Blas, c'est à présent qu'il faut avoir de la résolution. Arme-toi de courage pour achever ce que tu as si heureusement commencé. Domingo n'est point en état de s'opposer à ton entreprise, et Léonarde ne peut t'empêcher de l'exécuter : saisis cette occasion de t'échapper, tu n'en trouveras jamais peut-être une plus favorable. Ces réflexions me remplirent de confiance. Je me levai. Je pris mon épée et mes pistolets, et j'allai d'abord à la cuisine ; mais, avant que d'y entrer, comme j'entendis parler Léonarde, je m'arrêtai pour l'écouter. Elle parloit à la dame inconnue, qui avoit repris ses esprits, et qui, considérant toute son infortune, pleuroit alors et se désespéroit. Pleurez, ma fille, lui disoit-elle, fondez en larmes, n'épargnez point les soupirs ; cela vous soulagera. Votre saisissement étoit dangereux ; mais il n'y a plus rien à craindre puisque vous versez des pleurs. Votre douleur s'apaisera peu à peu, et vous vous accoutumerez à vivre ici avec nos messieurs, qui sont d'honnêtes gens. Vous serez mieux traitée qu'une princesse ; ils auront pour vous mille complaisances, et vous témoigneront tous les jours de l'affection. Il y a bien des femmes qui voudroient être à votre place.

Je ne donnai pas le temps à Léonarde d'en dire davantage. J'entrai ; et, lui mettant un pistolet sur la gorge, je la pressai d'un air menaçant de me remettre la clef de la grille. Elle fut troublée de mon action ; et, quoique très-avancée dans sa carrière, elle se sentit encore assez attachée à la vie pour n'oser me refuser ce que je lui demandois. Lorsque j'eus la clef entre mes mains, j'adressai la parole à la dame affligée : Madame, lui dis-je, le ciel vous envoie un libérateur, levez-vous pour me suivre; je vais vous mener où il vous plaira que je vous conduise. La dame ne fut pas sourde à ma voix; et mes paroles firent tant d'impression sur son esprit, que, rappelant tout ce qui lui restoit de forces, elle se leva, vint se jeter à mes pieds, et me conjura de conserver son honneur. Je la relevai, et l'assurai qu'elle pouvoit compter sur moi. Ensuite je pris des cordes que j'aperçus dans la cuisine; et, à l'aide de la dame, je liai Léonarde aux pieds d'une grosse table, en lui protestant que je la tuerois si elle poussoit le moindre cri. Après cela, j'allumai de la bougie, et j'allai avec l'inconnue à la chambre où étoient les espèces d'or et d'argent. Je mis dans mes poches autant de pistoles et de doubles pistoles qu'il y en put tenir; et pour obliger la dame à s'en charger aussi, je lui représentai qu'elle ne faisoit que reprendre son bien. Quand nous en eûmes une bonne provision, nous marchâmes vers l'écurie, où j'entrai seul, avec mes pistolets en état. Je comptois bien que le vieux nègre, malgré sa goutte et son rhumatisme, ne me laisseroit pas tranquillement seller et brider mon cheval, et j'étois dans la résolution de le guérir pour jamais de ses maux, s'il s'avisoit de vouloir faire le méchant : mais, par bonheur, il étoit alors si accablé des douleurs qu'il avoit souffertes et de celles qu'il souffroit encore, que je tirai mon cheval de l'écurie sans même qu'il parût s'en apercevoir. La dame m'attendoit à la porte. Nous enfilâmes promptement l'allée par où l'on sortoit du souterrain. Nous arrivons à la grille, nous l'ouvrons, et nous parvenons enfin à la trappe. Nous eûmes beaucoup de peine à la lever, ou plutôt, pour en venir à bout, nous eûmes besoin de la force nouvelle que nous prêta l'envie de nous sauver.

Le jour commençoit à paroître lorsque nous nous vîmes hors de cet abîme. Nous songeâmes aussitôt à nous éloigner. Je me jetai en selle : la dame monta derrière moi, et, suivant au galop le premier sentier qui se présenta, nous sortîmes bientôt de la forêt. Nous entrâmes dans une plaine coupée de plusieurs routes; nous en prîmes une au hasard. Je mourois de peur qu'elle ne nous conduisît à Mansilla, et que nous ne rencontrassions Rolando et ses camarades. Heureusement ma crainte fut vaine. Nous arrivâmes à la ville d'Astorga sur les deux heures après-midi. J'aperçus des gens qui nous regardoient avec une extrême attention, comme si c'eût été pour eux un spectacle nouveau de voir une femme à cheval derrière un homme. Nous descendîmes à la première hôtellerie. J'ordonnai d'abord qu'on mît à la broche une perdrix et un lapereau. Pendant qu'on exécutoit mes ordres, je conduisis la dame à une chambre, où nous commençâmes à nous

entretenir; ce que nous n'avions pu faire en chemin, parce que nous étions venus trop vite. Elle me témoigna combien elle étoit sensible au service que je venois de lui rendre, et me dit qu'après une action si généreuse, elle ne pouvoit se persuader que je fusse un compagnon des brigands à qui je l'avois arrachée. Je lui contai mon histoire, pour confirmer la bonne opinion qu'elle avoit conçue de moi. Par-là, je l'engageai à me donner sa confiance, et à m'apprendre ses malheurs, qu'elle me raconta comme je vais le dire dans le chapitre suivant.

CHAPITRE XI.

Histoire de dona Mencia de Mosquera.

Je suis née à Valladolid, et je m'appelle dona Mencia de Mosquera. Dom Martin mon père, après avoir consumé presque tout son patrimoine dans le service, fut tué en Portugal à la tête d'un régiment qu'il commandoit. Il me laissa si peu de bien, que j'étois un assez mauvais parti, quoique je fusse fille unique. Je ne manquai pas toutefois d'amants, malgré la médiocrité de ma fortune. Plusieurs cavaliers des plus considérables d'Espagne me recherchèrent en mariage. Celui qui s'attira mon attention, fut dom Alvar de Mello. Véritablement il étoit mieux fait que ses rivaux; mais des qualités plus solides me déterminèrent en sa faveur. Il avoit de l'esprit, de la discrétion, de la valeur et de la probité. D'ailleurs, il pouvoit passer pour l'homme du monde le plus galant. Falloit-il donner une fête, rien n'étoit mieux entendu, et s'il paroissoit dans les joûtes, il y faisoit toujours admirer sa force et son adresse. Je le préférai donc à tous les autres, et je l'épousai.

Peu de jours après notre mariage il rencontra, dans un endroit écarté, dom André de Baësa, qui avoit été un de ses rivaux. Ils se piquèrent l'un l'autre, et mirent l'épée à la main: Il en coûta la vie à dom André. Comme il étoit neveu du corrégidor de Valladolid, homme violent et mortel ennemi de la maison de Mello, dom Alvar crut ne pouvoir assez tôt sortir de la ville. Il revint promptement au logis, où, pendant qu'on lui préparoit un cheval, il me conta ce qui venoit de lui arriver. Ma chère Mencia, me dit-il ensuite, il faut nous séparer. Vous connoissez le corrégidor; ne nous flattons point, il va me poursuivre vivement. Vous n'ignorez pas quel est son crédit; je ne serai pas en sûreté dans le royaume. Il étoit si pénétré de sa douleur et de celle dont il me voyoit saisie, qu'il n'en put dire davantage. Je lui fis prendre de l'or et quelques pierreries; puis il me tendit les bras, et nous ne fîmes pendant un quart-d'heure que confondre nos soupirs et nos larmes. Il s'arrache d'auprès de moi; il part et me laisse dans un état qu'on ne sauroit représenter : heureuse si l'excès de mon affliction m'eût alors fait mourir! Que ma mort m'auroit épargné de peines et d'ennuis! Quelques heures après que don Alvar fut parti, le corrégidor apprit sa fuite. Il le fit poursuivre, n'épargna rien pour l'avoir en sa puissance. Mon époux, toutefois, trompa sa poursuite, et sut se mettre en sûreté; de manière que le juge, se voyant réduit à borner sa vengeance à la seule satisfaction d'ôter les biens à un homme dont il auroit voulu verser le sang, il n'y travailla pas en vain. Tout ce que don Alvar pouvoit avoir de fortune fut confisqué.

Je demeurai dans une situation très-affligeante; j'avois à peine de quoi subsister. Je commençai à mener une vie retirée, n'ayant qu'une femme pour tout domestique. Je passai les jours à pleurer, non une indigence que je supportois patiemment, mais l'absence d'un époux chéri, dont je ne recevois aucune nouvelle. Il m'avoit pourtant promis, dans nos tristes adieux, qu'il auroit soin de m'informer de son sort, dans quelque endroit du monde où sa mauvaise étoile pût le conduire. Cependant sept années s'écoulèrent sans que j'entendisse parler de lui. L'incertitude où j'étois de sa destinée me causoit une profonde tristesse. Enfin j'appris qu'en combattant pour le roi de Portugal, dans le royaume de Fez, il avoit perdu la vie dans une bataille; un homme, revenu depuis peu d'Afrique, me fit ce rapport, en m'assurant qu'il avoit parfaitement connu don Alvar de Mello; qu'il avoit servi dans l'armée portugaise avec lui, et qu'il l'avoit vu périr dans l'action; il ajoutoit à cela d'autres circonstances encore qui achevèrent de me persuader que mon époux n'étoit plus.

Dans ce temps-là don Ambrosio Mesia Carillo, marquis de la Guardia, vint à Valladolid. C'étoit un de ces vieux seigneurs qui, par leurs manières galantes et polies, font oublier leur âge, et savent encore plaire aux femmes. Un jour, on lui conta par hasard l'histoire de don Alvar; et, sur le portrait qu'on lui fit de moi, il eut envie de me voir. Pour satisfaire sa curiosité, il gagna une de mes parentes qui m'attira chez elle. Il s'y trouva. Il me vit, et je lui plus, malgré l'impression de douleur qu'on remarquoit sur mon visage : mais que dis-je, malgré? peut-être ne fut-il touché que de mon air triste et languissant, qui le prévenoit en faveur de ma fidélité. Ma mélancolie peut-être fit naître son amour. Aussi bien il me dit plus d'une fois qu'il me regardoit comme un prodige de constance, et même qu'il envioit le sort de mon mari, quelque déplorable qu'il fût d'ailleurs.

En un mot il fut frappé de ma vue, et il n'eut pas besoin de me voir une seconde fois pour prendre la résolution de m'épouser.

Il choisit l'entremise de ma parente pour me faire agréer son dessein. Elle me vint trouver, et me représenta que mon époux ayant achevé son destin dans le royaume de Fez, comme on nous l'avoit rapporté, il n'étoit pas raisonnable d'ensevelir plus long-temps mes charmes; que j'avois assez pleuré un homme avec qui je n'avois été unie que quelques moments, et que je devois profiter de l'occasion qui se présentoit; que je serois la plus heureuse femme du monde. Là-dessus elle me vanta la noblesse du vieux marquis, ses grands biens et son bon caractère; mais elle eut beau s'étendre avec éloquence sur tous les avantages qu'il possédoit, elle ne put me persuader. Ce n'est pas que je doutasse de la mort de don Alvar, ni que la crainte de le voir tout-à-coup, lorsque j'y penserois le moins, m'arrêtât. Le peu de penchant, ou plutôt la répugnance que je me sentois pour un second mariage, après tous les malheurs du premier, faisoit le seul obstacle que ma parente eût à lever. Aussi ne se rebuta-t-elle point, au contraire son zèle pour don Ambrosio en redoubla. Elle engagea toute ma famille dans les intérêts de ce vieux seigneur. Mes parents commencèrent à me presser d'accepter un parti si avantageux : j'en étois à tout moment obsédée, importunée, tourmentée. Il est vrai que ma misère, qui devenoit de jour en jour plus grande, ne contribua pas peu à laisser vaincre ma résistance.

Je ne pus donc m'en défendre; je cédai à leurs pressantes instances, et j'épousai le marquis de la Guardia, qui, dès le lendemain de mes noces, m'emmena dans un très-beau château qu'il a auprès de Burgos, entre Grajal et Rodillas. Il conçut pour moi un amour violent : je remarquois dans toutes ses actions une envie de me plaire; il s'étudioit à prévenir mes moindres désirs. Jamais époux n'a eu tant d'égards pour une femme, et jamais amant n'a fait voir tant de complaisances pour une maîtresse. J'aurois passionnément aimé don Ambrosio, malgré la disproportion de nos âges, si j'eusse été capable d'aimer quelqu'un après don Alvar. Mais les cœurs constants ne sauroient avoir qu'une passion. Le souvenir de mon premier époux rendoit inutiles tous les soins que le second prenoit pour me plaire. Je ne pouvois donc payer sa tendresse que de purs sentiments de reconnoissance.

J'étois dans cette disposition, quand prenant l'air un jour à une fenêtre de mon appartement, j'aperçus dans le jardin une manière de paysan qui me regardoit avec attention. Je crus que c'étoit un garçon jardinier. Je pris peu garde à lui ; mais le lendemain, m'étant remise à la fenêtre, je le vis au même endroit, et il me parut encore fort attaché à me considérer. Cela me frappa. Je l'envisageai à mon tour ; et, après l'avoir observé quelque temps, il me sembla reconnoître les traits du malheureux don Alvar. Cette apparition excita dans tous mes sens un trouble inconcevable : je poussai un grand cri. J'étois alors, par bonheur, seule avec Inès, celle de toutes mes femmes qui avoit le plus de part à ma confiance. Je lui dis le soupçon qui agitoit mes esprits. Elle ne fit qu'en rire, et elle s'imagina qu'une légère ressemblance avoit frappé mes yeux. Rassurez-vous, madame, me dit-elle, et ne pensez pas que vous avez vu votre premier époux. Quelle apparence y a-t-il qu'il soit ici sous une forme de paysan ? est-il même croyable qu'il vive encore ? Je vais, ajouta-t-elle, descendre au jardin et parler à ce villageois. Je saurai quel homme c'est, et je reviendrai dans un moment vous en instruire. Inès alla donc au jardin ; et peu de temps après je la vis rentrer dans mon appartement fort émue : Madame, dit-elle, votre soupçon n'est que trop bien éclairci ; c'est don Alvar lui-même que vous venez de voir ; il s'est découvert d'abord, et il vous demande un entretien secret.

Comme je pouvois à l'heure même recevoir don Alvar, parce que le marquis étoit à Burgos, je chargeai ma suivante de me l'amener dans mon cabinet par un escalier dérobé. Vous jugez bien que j'étois dans une terrible agitation. Je ne pus soutenir la vue d'un homme qui étoit en droit de m'accabler de reproches : je m'évanouis dès qu'il se présenta devant moi. Ils me secoururent promptement, Inès et lui ; et quand ils m'eurent fait revenir de mon évanouissement, don Alvar me dit : Madame, remettez-vous de grâce ; que ma présence ne soit pas un supplice pour vous ; je n'ai pas dessein de vous faire la moindre peine. Je ne viens point en époux furieux vous demander compte de la foi jurée, et vous faire un crime du second engagement que vous avez contracté. Je n'ignore pas que c'est l'ouvrage de votre famille : toutes les persécutions que vous avez souffertes à ce sujet me sont connues. D'ailleurs on a répandu dans Valladolid le bruit de ma mort ; et vous l'avez cru avec d'autant plus de fondement, qu'aucune lettre de ma part ne vous assuroit du contraire. Enfin je sais de quelle manière vous avez vécu depuis notre cruelle séparation, et que la nécessité, plutôt que l'amour, vous a jetée dans les bras..... Ah ! seigneur, interrompis-je en pleurant, pourquoi voulez-vous excuser votre épouse ? elle est coupable puisque vous vivez. Que ne suis-

je encore dans la misérable situation où j'étois avant que d'épouser don Ambrosio ! Funeste hyménée ! hélas ! j'aurois du moins, dans ma misère, la consolation de vous revoir sans rougir.

Ma chère Mencia, reprit don Alvar d'un air qui marquoit jusqu'à quel point il étoit pénétré de mes larmes, je ne me plains pas de vous ; et bien loin de vous reprocher l'état brillant où je vous trouve, je jure que j'en rends grâces au ciel. Depuis le triste jour de mon départ de Valladolid, j'ai toujours eu la fortune contraire : ma vie n'a été qu'un enchaînement d'infortunes ; et, pour comble de malheurs, je n'ai pu vous donner de mes nouvelles. Trop sûr de votre amour, je me représentois sans cesse la situation où ma fatale tendresse vous avoit réduite ; je me peignois dona Mencia dans les pleurs ; vous faisiez le plus grand de mes maux. Quelquefois, je l'avouerai, je me suis reproché comme un crime le bonheur de vous avoir plu. J'ai souhaité que vous eussiez penché vers quelqu'un de mes rivaux, puisque la préférence que vous m'aviez donnée sur eux vous coûtoit si cher. Cependant, après sept années de souffrance, plus épris de vous que jamais, j'ai voulu vous revoir. Je n'ai pu résister à cette envie ; et la fin d'un long esclavage m'ayant permis de la satisfaire, j'ai été sous ce déguisement à Valladolid, au hasard d'être découvert. Là, j'ai tout appris. Je suis venu ensuite à ce château, et j'ai trouvé moyen de m'introduire chez le jardinier, qui m'a retenu pour travailler dans les jardins. Voilà de quelle manière je me suis conduit pour parvenir à vous parler secrètement. Mais ne vous imaginez pas que j'aie dessein de troubler, par mon séjour ici, la félicité dont vous jouissez. Je vous aime plus que moi-même ; je respecte votre repos, et je vais, après cet entretien, achever loin de vous de tristes jours que je vous sacrifie.

Non, don Alvar, non, m'écriai-je à ces paroles ; je ne souffrirai pas que vous me quittiez une seconde fois ; je veux partir avec vous ; il n'y a que la mort qui puisse désormais nous séparer. Croyez-moi, reprit-il, vivez avec don Ambrosio ; ne vous associez point à mes malheurs ; laissez-m'en soutenir le poids. Il me dit encore d'autres choses semblables ; mais plus il paroissoit vouloir s'immoler à mon bonheur, moins je me sentois disposée à y consentir. Lorsqu'il me vit ferme dans la résolution de le suivre, il changea tout-à-coup de ton ; et prenant un air plus content : Madame, me dit-il, puisque vous aimez encore assez don Alvar pour préférer sa misère à la prospérité où vous êtes, allons donc demeurer à Bétancos, dans le fond du royaume de Galice. J'ai là une retraite assurée. Si mes disgrâces m'ont ôté tous mes biens, elles ne m'ont point fait perdre tous mes amis; il m'en reste encore de fidèles, qui m'ont mis en état de vous enlever. J'ai fait faire un carrosse à Zamora par leurs secours; j'ai acheté des mules et des chevaux, et je suis accompagné de trois Galiciens des plus résolus. Ils sont armés de carabines et de pistolets, et ils attendent mes ordres dans le village de Rodillas. Profitons, ajouta-t-il, de l'absence de don Ambrosio. Je vais faire venir le carrosse jusqu'à la porte de ce château, et nous partirons dans le moment. J'y consentis. Don Alvar vola vers Rodillas, et revint en peu de temps, avec ses trois cavaliers, m'enlever au milieu de mes femmes, qui, ne sachant que penser de cet enlèvement, se sauvèrent fort effrayées. Inès seule étoit au fait : mais elle refusa de lier son sort au mien, parce qu'elle aimoit un valet de chambre de don Ambrosio.

Je montai donc en carrosse avec don Alvar, n'emportant que mes hardes et quelques pierreries que j'avois avant mon second mariage; car je ne voulus rien prendre de tout ce que le marquis m'avoit donné en m'épousant. Nous prîmes la route du royaume de Galice, sans savoir si nous serions assez heureux pour y arriver. Nous avions sujet de craindre que don Ambrosio, à son tour, se mît sur nos traces avec un grand nombre de personnes, et ne nous joignît. Cependant nous marchâmes pendant deux jours, sans voir paroître à nos trousses aucun cavalier. Nous espérions que la troisième journée se passeroit de même, et déjà nous nous entretenions fort tranquillement. Don Alvar me contoit la triste aventure qui avoit donné lieu au bruit de sa mort; comment, après cinq années d'esclavage, il avoit recouvré la liberté, quand nous rencontrâmes hier sur le chemin de Léon les voleurs avec qui vous étiez. C'est lui qu'ils ont tué avec tous ses gens, et c'est lui qui fait couler les pleurs que vous me voyez répandre en ce moment

CHAPITRE XII.

De quelle manière désagréable Gil Blas et la dame furent interrompus.

Dona Mencia fondit en larmes après avoir achevé ce récit. Bien loin d'entreprendre de la consoler par des discours dans le genre de Sénèque, je la laissai donner un libre cours à ses soupirs; je pleurai même aussi, tant il est naturel de s'intéresser pour les malheureux, et particulièrement pour une belle personne affligée. J'allois lui demander quel parti elle vouloit prendre dans la conjoncture où elle se trouvoit, et peut-être alloit-elle me consulter là-dessus, si notre conversation n'eût pas été interrompue; mais nous entendîmes dans l'hôtellerie un grand bruit qui, malgré nous, attira notre attention. Ce bruit étoit causé par l'arrivée du corrégidor, suivi de deux alguazils et de plusieurs archers. Ils vinrent dans la chambre où nous étions. Un jeune cavalier, qui les accompagnoit, s'approcha de moi le premier, et se mit à regarder de près mon habit. Il n'eut pas besoin de l'examiner long-temps. Par saint Jacques, s'écria-t-il, voilà mon pourpoint! c'est lui-même; il n'est pas plus difficile à reconnoître que mon cheval. Vous pouvez arrêter ce galant sur ma parole; c'est un de ces voleurs qui ont une retraite inconnue en ce pays-ci

A ce discours, qui m'apprenoit que ce cavalier étoit le gentilhomme volé, dont j'avois, par malheur, toute la dépouille, je demeurai surpris, confus, déconcerté. Le corrégidor, que sa charge obligeoit plutôt à tirer une mauvaise conséquence de mon embarras, qu'à l'expliquer favorablement, jugea que l'accusation n'étoit pas mal fondée; et présumant que la dame pouvoit être complice, il nous fit emprisonner tous deux séparément. Ce juge n'étoit pas de ceux qui ont le regard terrible; il avoit l'air doux et riant. Dieu sait s'il en valoit mieux pour cela ! Sitôt que je fus en prison, il y vint avec ses deux furets, c'est-à-dire ses deux alguazils. Ils n'oublièrent pas leur bonne coutume; ils commencèrent par me fouiller. Quelle aubaine pour ces messieurs ! Ils n'avoient jamais peut-être fait un si beau coup. A chaque poignée de pistoles qu'ils tiroient, je voyois leurs yeux étinceler de joie. Le corrégidor surtout paroissoit hors de lui-même. Mon enfant, me disoit-il d'un ton de voix plein de douceur, nous faisons notre charge ; mais ne crains rien : si tu n'es pas coupable, on ne te fera point de mal. Cependant ils vidèrent tout doucement mes poches, et me prirent ce que les voleurs mêmes avoient respecté, je veux dire les quarante ducats de mon oncle. Ils n'en demeurèrent pas là : leurs mains avides et infatigables me parcoururent depuis la tête jusqu'aux pieds; ils me tournèrent de tous côtés, et me dépouillèrent pour voir si je n'avois point d'argent entre la peau et la chemise. Après qu'ils eurent si bien fait leur charge, le corrégidor m'interrogea. Je lui contai ingénument tout ce qui m'étoit arrivé. Il fit écrire ma déposition ; puis il sortit avec ses gens et mes espèces, et me laissa tout nu sur la paille.

O vie humaine! m'écriai-je quand je me vis seul et dans cet état, que tu es remplie d'aventures bizarres et de contre-temps! Depuis que je suis sorti d'Oviédo, je n'éprouve que des disgrâces : à peine suis-je hors d'un péril, que je retombe dans un autre. En arrivant dans cette ville, j'étois bien éloigné de penser que j'y ferois bientôt connoissance avec le corrégidor. En faisant ces réflexions inutiles, je remis le maudit pourpoint et le reste de l'habillement qui m'avoit porté malheur ; puis, m'exhortant moi-même à prendre courage : Allons, dis-je, Gil Blas, aie de la fermeté. Te sied-il bien de te désespérer dans une prison ordinaire, après avoir fait un si pénible essai de patience dans le souterrain ? Mais, hélas ! ajoutai-je tristement, je m'abuse, comment pourrai-je sortir d'ici ? on vient de m'en ôter les moyens. En effet, j'avois raison de parler ainsi ; un prisonnier sans argent est un oiseau à qui l'on a coupé les ailes.

Au lieu de la perdrix et du lapereau que j'avois fait mettre à la broche, on m'apporta un petit pain bis avec une cruche d'eau, et on me laissa ronger mon pain dans mon cachot. J'y demeurai quinze jours entiers sans voir personne que le concierge, qui avoit soin de venir tous les matins renouveler ma provision. Dès que je le voyois, j'affectois de lui parler, je tâchois de lier conversation avec lui pour me désennuyer un peu : mais ce personnage ne me répondoit rien à tout ce que je lui disois ; il ne me fut pas possible d'en tirer une parole ; il entroit même et sortoit le plus souvent sans me regarder. Le seizième jour, le corrégidor parut, et me dit : Tu peux t'abandonner à la joie ; je viens t'annoncer une agréable nouvelle. J'ai fait conduire à Burgos la dame qui étoit avec toi ; je l'ai interrogée avant son départ, et ses réponses vont à ta décharge. Tu seras élargi dès aujourd'hui, pourvu que le muletier avec qui tu es venu de Peñaflor à Cacabelos, comme tu me l'as dit, confirme ta déposition. Il est dans Astorga. Je l'ai envoyé chercher ; je l'attends : s'il convient de l'aventure de la question, je te mettrai sur-le-champ en liberté.

Ces paroles me réjouirent. Dès ce moment je me crus hors d'affaire. Je remerciai le juge de la bonne et brève justice qu'il vouloit me rendre ; et je n'avois pas encore achevé mon compliment, que le muletier, conduit par deux archers, arriva. Je le reconnus aussitôt ; mais le muletier, qui sans doute avoit vendu ma valise avec tout ce qui étoit dedans, craignant d'être obligé de restituer l'argent qu'il en avoit touché, s'il avouoit qu'il me connoissoit, dit effrontément qu'il ne savoit qui j'étois, et qu'il ne m'avoit jamais vu. Ah ! traître, m'écriai-je, confesse plutôt que tu as vendu mes hardes, et rends témoignage à la vérité. Regarde-moi bien : je suis un de ces jeunes gens que tu menaças de la question dans le bourg de Cacabelos, et à qui tu fis si grand'peur. Le muletier répondit d'un air froid, que je lui parlois d'une chose dont il n'avoit aucune connoissance ; et, comme il soutint jusqu'au bout que je lui étois inconnu, mon élargissement fut remis à une autre fois. Il fallut m'armer d'une nouvelle patience, me

résoudre à jeûner encore au pain et à l'eau, et à voir le silencieux concierge. Quand je songeois que je ne pouvois me tirer des griffes de la justice, bien que je n'eusse pas commis le moindre crime, cette pensée me mettoit au désespoir ; je regrettois le souterrain. Dans le fond, disois-je, j'y avois moins de désagrément que dans ce cachot : je faisois bonne chère avec les voleurs, je m'entretenois avec eux, et je vivois dans la douce espérance de m'échapper ; au lieu que, malgré mon innocence, je serai peut-être trop heureux de sortir d'ici pour aller aux galères

CHAPITRE XIII.

Par quel hasard Gil Blas sortit enfin de prison, et où il alla.

Tandis que je passois les jours à m'égayer dans mes réflexions, mes aventures, telles que je les avois dictées dans ma déposition, se répandirent dans la ville. Plusieurs personnes me voulurent voir par curiosité. Ils venoient l'un après l'autre se présenter à une petite fenêtre par où le jour entroit dans ma prison, et lorsqu'ils m'avoient considéré quelque temps, ils s'en alloient. Je fus surpris de cette nouveauté. Depuis que j'étois prisonnier, je n'avois pas vu un seul homme se montrer à cette fenêtre, qui donnoit sur une cour où régnoient le silence et l'horreur. Je compris par là que je faisois du bruit dans la ville, mais je ne savois si j'en devois concevoir un bon ou un mauvais présage.

Un de ceux qui s'offrirent des premiers à ma vue, fut le petit chantre de Mondoñedo, qui avoit, aussi bien que moi, craint la question et pris la fuite. Je le reconnus, et il ne feignit point de me méconnoître. Nous nous saluâmes de part et d'autre ; puis nous nous engageâmes dans un long entretien. Je fus obligé de faire un nouveau détail de mes aventures. De son côté, le chantre me conta ce qui s'étoit passé dans l'hôtellerie de Cacabelos, entre le muletier et la jeune femme, après qu'une terreur panique nous en eut écartés ; en un mot, il m'apprit tout ce que j'en ai dit ci-devant. Ensuite, prenant congé de moi, il me promit que, sans perdre de temps, il alloit travailler à ma délivrance. Alors tous ceux qui étoient venus là comme lui par curiosité me témoignèrent que mon malheur excitoit leur compassion ; ils m'assurèrent même qu'ils se joindroient au petit chantre, et feroient tout leur possible pour me procurer la liberté.

Ils tinrent effectivement leur promesse. Ils parlèrent en ma faveur au corrégidor, qui, ne doutant plus de mon innocence, surtout lorsque le chantre lui eut conté ce qu'il savoit, vint trois semaines après dans ma prison. Gil Blas, me dit-il, je ne veux pas traîner les choses en longueur : va, tu es libre ; tu peux sortir quand il te plaira. Mais, dis-moi, poursuivit-il, si l'on te menoit dans la forêt où est le souterrain, ne pourrois-tu pas le découvrir ? Non, seigneur, lui répondis-je : comme je n'y suis entré que la nuit, et que j'en suis sorti avant le jour, il me seroit impossible de reconnoître l'endroit où il est. Là-dessus le juge se retira, en disant qu'il alloit ordonner au concierge de m'ouvrir les portes. En effet, un moment après, le geôlier vint dans mon cachot avec un de ses guichetiers qui portoit un paquet de toile. Ils m'ôtèrent tous deux d'un air grave, et sans me dire un seul mot, mon pourpoint et mon haut-de-chausses qui étoient d'un drap fin et presque neuf ; puis, m'ayant revêtu d'une vieille souquenille, ils me mirent dehors par les épaules.

La confusion que j'avois de me voir si mal équipé modéroit la joie qu'ont ordinairement les prisonniers de recouvrer leur liberté. J'étois tenté de sortir de la ville à l'heure même, pour me soustraire aux yeux du peuple, dont je ne soutenois les regards qu'avec peine. Ma reconnoissance pourtant l'emporta sur ma honte : j'allai remercier le petit chantre à qui j'avois tant d'obligation. Il ne put s'empêcher de rire lorsqu'il m'aperçut. Comme vous voilà ! me dit-il. La justice, à ce que je vois, vous en a donné de toutes les façons. Je ne me plains pas de la justice, lui répondis-je ; elle est très-équitable ; je voudrois seulement que tous ses officiers fussent d'honnêtes gens : ils devoient du moins me laisser mon habit ; il me semble que je ne l'avois pas mal payé. J'en conviens, reprit-il ; mais on vous dira que ce sont des formalités qui s'observent. Hé ! vous imaginez-vous, par exemple, que votre cheval ait été rendu à son premier maître ? Non pas, s'il vous plaît ; il est actuellement dans les écuries du greffier, où il a été déposé comme une preuve du vol : je ne crois pas que le pauvre gentilhomme en retire seulement la croupière. Mais changeons de discours, continua-t-il : quel est votre dessein ? que prétendez-vous faire présentement ? J'ai envie, lui dis-je, de prendre le chemin de Burgos : j'irai trouver la dame dont je suis le libérateur ; elle me donnera quelques pistoles ; j'achèterai une soutanelle neuve, et me rendrai à Salamanque, où je tâcherai de mettre mon latin à profit. Tout ce qui m'embarrasse, c'est que je ne suis pas encore à Burgos : il faut vivre sur la route. Je vous entends, répliqua-t-il, et je vous offre ma bourse : elle est un peu plate à la vérité ; mais vous savez qu'un chantre n'est pas un évêque. En même temps il la tira, et me la mit entre les mains de si bonne grâce, que je ne pus me défendre de la retenir telle qu'elle

étoit. Je le remerciai comme s'il m'eût donné tout l'or du monde, et lui fis mille protestations de services qui n'ont jamais eu d'effet. Après cela, je le quittai, et sortis de la ville sans aller voir les autres personnes qui avoient contribué à mon élargissement ; je me contentai de leur donner en moi-même mille bénédictions.

Le petit chantre avoit eu raison de ne me pas vanter sa bourse ; j'y trouvai fort peu d'argent : par bonheur, j'étois accoutumé depuis deux mois à une vie très-frugale, et il me restoit encore quelques réaux lorsque j'arrivai au bourg de Ponte de Mula, qui n'est pas éloigné de Burgos. Je m'y arrêtai pour demander des nouvelles de dona Mencia. J'entrai dans une hôtellerie dont l'hôtesse étoit une petite femme fort sèche, vive et hagarde. Je m'aperçus d'abord, à la mauvaise mine qu'elle me fit, que ma souquenille n'étoit guère de son goût ; ce que je lui pardonnai volontiers. Je m'assis à une table, je mangeai du pain et du fromage, et bus quelques coups d'un vin détestable qu'on m'apporta. Pendant ce repas, qui s'accordoit assez avec mon habillement, je voulus entrer en conversation avec l'hôtesse. Je la priai de me dire si elle connoissoit le marquis de la Guardia, si son château étoit éloigné du bourg, et surtout si elle savoit ce que la marquise sa femme pouvoit être devenue. Vous demandez bien des choses, me répondit-elle d'un air dédaigneux. Elle m'apprit pourtant, quoique de fort mauvaise grâce, que le château de don Ambrosio n'étoit qu'à une petite lieue de Ponte de Mula.

Après que j'eus achevé de boire et de manger, comme il étoit nuit, je témoignai que je souhaitois de me reposer, et je demandai une chambre. A vous une chambre ! me dit l'hôtesse en me lançant un regard plein de mépris et de fierté ; je n'ai point de chambre pour les gens qui font leur souper d'un morceau de fromage. Tous mes lits sont retenus. J'attends des cavaliers d'importance, qui doivent venir loger ici ce soir. Tout ce que je puis faire pour votre service, c'est de vous mettre dans ma grange ; ce ne sera pas, je pense, la première fois que vous aurez couché sur la paille. Elle ne croyoit pas si bien dire qu'elle disoit. Je ne répliquai rien à son discours, et je pris sagement le parti de gagner le pailler, où je m'endormis bientôt, comme un homme qui depuis long-temps étoit fait à la fatigue.

CHAPITRE XIV.

De la réception que dona Mencia lui fit à Burgos.

Je ne fus pas paresseux à me lever le lendemain matin. J'allai compter avec l'hôtesse, qui étoit déjà sur pied, et qui me parut un peu moins fière et de meilleure humeur que le soir précédent ; ce que j'attribuai à la présence de trois honnêtes archers de la sainte Hermandad, qui s'entretenoient avec elle d'une façon très-familière. Ils avoient couché dans l'hôtellerie ; et c'étoient sans doute par ces cavaliers d'importance que tous les lits avoient été retenus.

Je demandai dans le bourg le chemin du château où je voulois me rendre. Je m'adressai par hasard à un homme du caractère de mon hôte de Peñaflor. Il ne se contenta pas de répondre à la question que je lui faisois ; il m'apprit que don Ambrosio étoit mort depuis trois semaines, et que la marquise sa femme avoit pris le parti de se retirer dans un couvent de Burgos, qu'il me nomma. Je marchai aussitôt vers cette ville, au lieu de suivre la route du château, comme j'en avois dessein auparavant, et je volai d'abord au monastère où demeuroit dona Mencia. Je priai la tourière de dire à cette dame qu'un jeune homme nouvellement sorti des prisons d'Astorga souhaitoit de lui parler. La tourière alla sur-le-champ faire ce que je désirois. Elle revint, et me fit entrer dans un parloir où je ne fus pas long-temps sans voir paroître en grand deuil, à la grille, la veuve de don Ambrosio.

Soyez le bien-venu, me dit cette dame. Il y a quatre jours que j'ai écrit à une personne d'Astorga. Je lui mandois de vous aller voir de ma part, et de vous dire que je vous priois instamment de me venir trouver au sortir de votre prison. Je ne doutois pas qu'on ne vous élargît bientôt : les choses que j'avois dites au corrégidor à votre décharge suffisant pour cela. Aussi m'at-on fait réponse que vous aviez recouvré la liberté, mais qu'on ne savoit ce que vous étiez devenu. Je craignois de ne plus vous revoir, et d'être privée du plaisir de vous témoigner ma reconnoissance. Consolez-vous, ajouta-t-elle, en remarquant la honte que j'avois de me présenter à ses yeux sous un si misérable habillement ; que l'état où je vous vois ne vous fasse point de peine. Après le service important que vous m'avez rendu, je serois la plus ingrate de toutes les femmes, si je ne faisois rien pour vous. Je prétends vous tirer de la mauvaise situation où vous êtes ; je le dois, et je le puis. J'ai des biens assez considérables pour pouvoir m'acquitter envers vous sans m'incommoder.

Vous savez, continua-t-elle, mes aventures jusqu'au jour où nous fûmes emprisonnés tous deux : je vais vous conter ce qui m'est arrivé depuis. Lorsque le corrégidor d'Astorga m'eut fait conduire à Burgos, après avoir entendu de ma bouche un fidèle récit de mon histoire, je me rendis au château d'Ambrosio. Mon retour y causa une

extrême surprise : mais on me dit que je revenois trop tard ; que le marquis, frappé de ma fuite comme d'un coup de foudre, étoit tombé malade, et que les médecins désespéroient de sa vie. Ce fut pour moi un nouveau sujet de me plaindre de ma destinée. Cependant je le fis avertir que je venois d'arriver. Puis j'entrai dans sa chambre, et courus me jeter à genoux au chevet de son lit, le visage couvert de larmes et le cœur pressé de la plus vive douleur. Qui vous ramène ici ? me dit-il dès qu'il m'aperçut ; venez-vous contempler votre ouvrage ? Ne vous suffit-il pas de m'ôter la vie ? Faut-il, pour vous contenter, que vos yeux soient témoins de ma mort ? Seigneur, lui répondis-je, Inès a dû vous dire que je fuyois avec mon premier époux ; et, sans le triste accident qui me l'a fait perdre, vous ne m'auriez jamais revue. En même temps, je lui appris que don Alvar avoit été tué par des voleurs, qu'ensuite on m'avoit menée dans un souterrain. Je racontai tout le reste ; et lorsque j'eus achevé de parler, don Ambrosio me tendit la main. C'est assez, me dit-il tendrement, je cesse de me plaindre de vous. Eh ! dois-je en effet vous faire des reproches ? Vous retrouvez un époux chéri ; vous m'abandonnez pour le suivre : puis-je blâmer cette conduite ? Non, madame, j'aurois tort d'en murmurer. Aussi n'ai-je point voulu qu'on vous poursuivît. Je respectois dans votre ravisseur ses droits sacrés, et le penchant même que vous aviez pour lui. Enfin je vous fais justice, et par votre retour ici vous regagnez toute ma tendresse. Oui, ma chère Mencia, votre présence me comble de joie ; mais, hélas ! je n'en jouirai pas long-temps. Je sens approcher ma dernière heure. A peine m'êtes-vous rendue qu'il faut vous dire un éternel adieu. A ces paroles touchantes, mes pleurs redoublèrent. Je sentis et fis éclater une affliction immodérée. Je doute que la mort de don Alvar, que j'adorois, m'ait fait verser plus de larmes. Don Ambrosio n'avoit pas un faux pressentiment de sa mort ; il mourut dès le lendemain, et je demeurai maîtresse du bien considérable dont il m'avoit avantagée en m'épousant. Je n'en prétends pas faire un mauvais usage. On ne me verra point, quoique je sois jeune encore, passer dans les bras d'un troisième époux. Outre que cela ne convient, ce me semble, qu'à des femmes sans pudeur et sans délicatesse, je vous dirai que je n'ai plus de goût pour le monde ; je veux finir mes jours dans ce couvent, et en devenir une bienfaitrice.

Tel fut le discours que me tint dona Mencia. Puis elle tira de dessous sa robe une bourse qu'elle me mit entre les mains, en me disant : Voilà cent ducats que je vous donne seulement pour vous faire habiller. Revenez me voir après cela ; je n'ai pas dessein de borner ma reconnoissance à si peu de chose. Je rendis mille grâces à la dame, et lui jurai que je ne sortirois point de Burgos, sans prendre congé d'elle. Ensuite de ce serment, que je n'avois pas envie de violer, j'allai chercher une hôtellerie. J'entrai dans la première que je rencontrai. Je demandai une chambre ; et, *pour prévenir la mauvaise opinion que ma souquenille pouvoit encore donner de moi, je dis à l'hôte, que, tel qu'il me voyoit, j'étois en état de bien payer mon gîte.* A ces mots, l'hôte, appelé Manjuelo, grand railleur de son naturel, me parcourant des yeux depuis le haut jusqu'en bas, me répondit d'un air froid et malin, qu'il n'avoit pas besoin de cette assurance *pour être persuadé que je ferois beaucoup de dépense chez lui ; qu'au travers de mon habillement, il démêloit en moi quelque chose de noble, et qu'enfin il ne doutoit pas que je ne fusse un gentilhomme fort aisé.* Je vis bien que le traître me railloit ; et, pour mettre fin tout-à-coup à ses plaisanteries, je lui montrai ma bourse. Je comptai même devant lui mes ducats sur une table, et je m'aperçus que mes espèces le disposoient à juger de moi favorablement. Je le priai de me faire venir un tailleur. Il vaut mieux, me dit-il, envoyer chercher un fripier ; il vous apportera toutes sortes d'habits, et vous serez habillé sur-le-champ. J'approuvai ce conseil, et *résolus de le suivre ; mais, comme le jour étoit prêt à se fermer, je remis l'emplète au lendemain, et je ne songeai qu'à bien souper, pour me dédommager des mauvais repas que j'avois faits depuis ma sortie du souterrain*

CHAPITRE XV.

De quelle façon s'habilla Gil Blas, *du nouveau présent qu'il reçut de la dame, et dans quel équipage il partit de Burgos.*

On me servit une copieuse fricassée de pieds de mouton, que je mangeai presque tout entière. Je bus à proportion : puis je me couchai. J'avois un assez bon lit, et j'espérois qu'un profond sommeil ne tarderoit guère à s'emparer de mes sens. Je ne *pus toutefois fermer l'œil ; je ne fis que rêver à l'habit que je devois prendre. Que faut-il que je fasse ?* dis-je : *suivrai-je mon premier dessein ? Acheterai-je une soutanelle pour aller à Salamanque chercher une place de précepteur ? Pourquoi m'habiller en licencié ? Ai-je envie de me consacrer à l'état ecclésiastique ? Y suis-je entraîné par mon penchant ? Non ; je me sens même des inclinations très-opposées à ce parti-là. Je veux porter l'épée, et tâcher de faire fortune dans le monde.*

Je me résolus à prendre un habit de cavalier : j'attendis le jour avec la dernière impatience, et

ses premiers rayons ne frappèrent pas plutôt mes yeux, que je me levai. Je fis tant de bruit dans l'hôtellerie, que je réveillai tous ceux qui dormoient. J'appelai les valets qui étoient encore au lit, et qui ne répondirent à ma voix qu'en me chargeant de malédictions. Ils furent pourtant obligés de se lever, et je ne leur donnai point de repos, qu'ils ne m'eussent fait venir un fripier. J'en vis bientôt paroître un qu'on m'amena. Il étoit suivi de deux garçons qui portoient chacun un gros paquet de toile verte. Il me salua fort civilement, et me dit : Seigneur cavalier, vous êtes bien heureux qu'on se soit adressé à moi plutôt qu'à un autre. Je ne veux point ici décrier mes confrères ; à Dieu ne plaise que je fasse le moindre tort à leur réputation ! Mais, entre nous, il n'y en a pas un qui ait de la conscience ; ils sont tous plus durs que des juifs. Je suis le seul fripier qui ait de la morale. Je me borne à un profit raisonnable : je me contente de la livre pour sou ; je veux dire, du sou pour livre. Grâces au ciel, j'exerce rondement ma profession.

Le fripier, après ce préambule, que je pris sottement au pied de la lettre, dit à ses garçons de défaire leurs paquets. On me montra des habits de toutes sortes de couleurs. On m'en fit voir plusieurs de drap tout uni. Je les rejetai avec mépris, parce que je les trouvai trop modestes ; mais ils m'en firent essayer un qui sembloit avoir été fait exprès pour ma taille, et qui m'éblouit, quoiqu'il fût un peu passé. C'étoit un pourpoint à manches tailladées, avec un haut-de-chausses et un manteau, le tout de velours bleu et brodé d'or. Je m'attachai à celui-là, et je marchandai. Le fripier, qui s'aperçut qu'il me plaisoit, me dit que j'avois le goût délicat. Vive Dieu ! s'écria-t-il ; on voit bien que vous vous y connoissez. Apprenez que cet habit a été fait pour un des plus grands seigneurs du royaume, qui ne l'a pas porté trois fois. Examinez-en le velours : il n'y en a point de plus beau ; et pour la broderie, avouez que rien n'est mieux travaillé. Combien, lui dis-je, voulez-vous le vendre ? Soixante ducats, répondit-il : je les ai refusés, ou je ne suis pas honnête homme. L'alternative étoit convaincante. J'en offris quarante-cinq ; il en valoit peut-être la moitié. Seigneur gentilhomme, reprit froidement le fripier, je ne surfais point ; je n'ai qu'un mot. Tenez, continua-t-il en me présentant les habits que j'avois rebutés, prenez ceux-ci ; je vous en ferai meilleur marché. Il ne faisoit qu'irriter par-là l'envie que j'avois d'acheter celui que je marchandois ; et comme je m'imaginai qu'il ne vouloit rien rabattre, je lui comptai soixante ducats. Quand il vit que je les donnois si facilement, je crois que, malgré sa morale, il fut bien fâché de n'en avoir pas demandé davantage. Assez satisfait pourtant d'avoir gagné la livre pour sou, il sortit avec ses garçons, que je n'avois pas oubliés.

J'avois donc un manteau, un pourpoint et un haut-de-chausses fort propres. Il fallut songer au reste de l'habillement; ce qui m'occupa toute la matinée. J'achetai du linge, un chapeau, des bas de soie, des souliers et une épée, après quoi je m'habillai. Quel plaisir j'avois de me voir si bien équipé! Mes yeux ne pouvoient, pour ainsi dire, se rassasier de mon ajustement. Jamais paon n'a regardé son plumage avec plus de complaisance. Dès ce jour-là je fis une seconde visite à dona Mencia, qui me reçut encore d'un air très-gracieux. Elle me remercia de nouveau du service que je lui avois rendu. Là-dessus grands compliments de part et d'autre. Puis, me souhaitant toutes sortes de prospérités, elle me dit adieu, et se retira sans me donner rien autre chose qu'une bague de trente pistoles, qu'elle me pria de garder pour me souvenir d'elle.

Je demeurai bien sot avec ma bague : j'avois compté sur un présent plus considérable. Ainsi, peu content de la générosité de la dame, je regagnai mon hôtellerie en rêvant : mais comme j'y entrois, il y arriva un homme qui marchoit sur mes pas, et qui tout-à-coup, se débarrassant de son manteau qu'il avoit sur le nez, laissa voir un gros sac qu'il portoit sous l'aisselle. A l'apparition du sac qui avoit tout l'air d'être plein d'espèces, j'ouvris de grands yeux, aussi bien que quelques personnes qui étoient présentes; et je crus entendre la voix d'un séraphin, lorsque cet homme me dit, en posant le sac sur une table : Seigneur Gil Blas, voilà ce que madame la marquise vous envoie. Je fis de profondes révérences au porteur : je l'accablai de civilités; et dès qu'il fut hors de l'hôtellerie, je me jetai sur le sac, comme un faucon sur sa proie, et l'emportai dans ma chambre. Je le déliai sans perdre de temps, et j'y trouvai mille ducats. J'achevois de les compter, quand l'hôte, qui avoit entendu les paroles du porteur, entra pour savoir ce qu'il y avoit dans le sac. La vue de mes espèces étalées sur une table le frappa vivement. Comment diable, s'écria-t-il, voilà bien de l'argent! Il faut, poursuivit-il en souriant d'un air malicieux, que vous sachiez tirer bon parti des femmes. Il n'y a pas vingt-quatre heures que vous êtes à Burgos, et vous avez déjà des marquises sous contribution !

Ce discours ne me déplut point; je fus tenté de laisser Majuelo dans son erreur; je sentois qu'elle me faisoit plaisir. Je ne m'étonne pas si les jeunes gens aiment à passer pour hommes à bonnes fortunes. Cependant l'innocence de mes mœurs l'emporta sur ma vanité. Je désabusai mon hôte. Je

lui contai l'histoire de dona Mencia, qu'il écouta fort attentivement. Je lui dis ensuite l'état de mes affaires; et, comme il paroissoit entrer dans mes intérêts, je le priai de m'aider de ses conseils. Il rêva quelque temps, puis il me dit d'un air sérieux : Seigneur Gil Blas, j'ai de l'inclination pour vous; et puisque vous avez assez de confiance en moi pour me parler à cœur ouvert, je vais vous dire sans flatterie à quoi je vous crois propre. Vous me semblez né pour la cour; je vous conseille d'y aller, et de vous attacher à quelque grand seigneur : mais tâchez de vous mêler de ses affaires, ou d'entrer dans ses plaisirs; autrement, vous perdrez votre temps chez lui. Je connois les grands; ils comptent pour rien le zèle et l'attachement d'un honnête homme; ils ne se soucient que des personnes qui leur sont nécessaires. Vous avez encore une ressource, continua-t-il; vous êtes jeune, bien fait, et quand vous n'auriez pas d'esprit, c'est plus qu'il n'en faut pour entêter une riche veuve ou quelque jolie femme mal mariée. Si l'amour ruine des hommes qui ont du bien, il en fait souvent subsister d'autres qui n'en ont pas. Je suis donc d'avis que vous alliez à Madrid; mais il ne faut pas que vous y paroissiez sans suite. On juge, là comme ailleurs, sur les apparences, et vous n'y serez considéré qu'à proportion de la figure qu'on vous verra faire. Je veux vous donner un valet, un domestique fidèle, un garçon sage, en un mot, un homme de ma main. Achetez deux mules, l'une pour vous, l'autre pour lui, et partez le plus tôt possible.

Ce conseil étoit trop de mon goût pour ne pas le suivre. Dès le lendemain, j'achetai deux belles mules, et j'arrêtai le valet dont on m'avoit parlé. C'étoit un garçon de trente ans, qui avoit l'air simple et dévôt. Il me dit qu'il étoit du royaume de Galice, et qu'il se nommoit Ambroise de Lamela. Au lieu que les autres domestiques sont fort intéressés, celui-ci ne se soucioit point de gagner de bons gages; il me témoigna même qu'il étoit homme à se contenter de ce que je voudrois bien avoir la bonté de lui donner. J'achetai aussi des bottines, avec une valise pour serrer mon linge et mes ducats. Ensuite je satisfis mon hôte; et le jour suivant, je partis de Burgos avant l'aurore, pour aller à Madrid.

CHAPITRE XVI.

Qui fait voir qu'on ne doit pas trop compter sur la prospérité.

Nous couchâmes à Duenas la première journée, et nous arrivâmes la seconde à Valladolid, sur les quatre heures après-midi. Nous descendîmes à une hôtellerie qui me parut devoir être une des meilleures de la ville. Je laissai le soin des mules à mon valet, et montai dans une chambre où je fis porter ma valise par un garçon du logis. Comme je me sentois un peu fatigué, je me jetai sur mon lit sans ôter mes bottines, et je m'endormis insensiblement. Il étoit presque nuit lorsque je me réveillai. J'appelai Ambroise. Il ne se trouva point dans l'hôtellerie; mais il arriva bientôt. Je lui demandai d'où il venoit : il me répondit d'un air pieux qu'il sortoit d'une église, où il étoit allé remercier le ciel de nous avoir préservés de tout mauvais accident depuis Burgos jusqu'à Valladolid. J'approuvai son action; ensuite je lui ordonnai de faire mettre à la broche un poulet pour mon souper.

Dans le temps que je lui donnois des ordres, mon hôte entra dans ma chambre un flambeau à la main. Il éclairoit une dame qui me parut plus belle que jeune, et très-richement vêtue. Elle s'appuyoit sur un vieil écuyer, et un petit Maure lui portoit la queue. Je ne fus pas peu surpris quand cette dame, après m'avoir fait une profonde révérence, me demanda si par hasard je n'étois point le seigneur Gil Blas ? Je n'eus pas sitôt répondu qu'oui, qu'elle quitta la main de son écuyer, pour venir m'embrasser avec un transport de joie qui redoubla mon étonnement. Le ciel, s'écria-t-elle, soit à jamais béni de cette aventure ! C'est vous, seigneur cavalier, c'est vous que je cherche. A ce début, je me ressouvins du parasite de Peñaflor, et j'allois soupçonner la dame d'être une franche aventurière; mais ce qu'elle ajouta m'en fit juger plus avantageusement. Je suis, poursuivit-elle, cousine germaine de dona Mencia de Mosquera, qui vous a tant d'obligations. J'ai reçu ce matin une lettre de sa part. Elle me mande qu'ayant appris que vous alliez à Madrid, elle me prie de vous bien régaler, si vous passez par ici. Il y a deux heures que je parcours toute la ville. Je vais d'hôtellerie en hôtellerie m'informer des étrangers qui y sont; et j'ai jugé, sur le portrait que votre hôte m'a fait de vous, que vous pouviez être le libérateur de ma cousine. Ah ! puisque je vous ai rencontré, continua-t-elle, je veux vous faire voir combien je suis sensible aux services qu'on rend à ma famille, et particulièrement à ma chère cousine. Vous viendrez, s'il vous plaît, dès ce moment loger chez moi; vous y serez plus commodément qu'ici. Je voulus m'en défendre, et représenter à la dame que je pourrois l'incommoder chez elle ; mais il n'y eut pas moyen de résister à ses instances. Il y avoit à la porte de l'hôtellerie un carrosse qui nous attendoit. Elle prit soin elle-même de faire mettre ma valise dedans, parce qu'il y avoit, disoit-elle, bien des fripons à Valladolid; ce qui n'étoit que trop véritable. Enfin je montai en carrosse avec elle et son vieil écuyer, et

je me laissai, de cette manière, enlever de l'hôtellerie, au grand déplaisir de l'hôte, qui se voyoit par-là sevré de la dépense qu'il avoit compté que je ferois chez lui.

Notre carrosse, après avoir quelque temps roulé, s'arrêta. Nous descendîmes pour entrer dans une assez grande maison, et nous montâmes dans un appartement qui n'étoit pas mal propre, et que vingt ou trente bougies éclairoient. Il y avoit là plusieurs domestiques à qui la dame demanda d'abord si don Raphaël étoit arrivé ; ils répondirent que non. Alors m'adressant la parole : Seigneur Gil Blas, me dit-elle, j'attends mon frère qui doit revenir ce soir d'un château que nous avons à deux lieues d'ici. Quelle agréable surprise pour lui de trouver dans sa maison un homme à qui toute notre famille est si redevable ! Dans le moment qu'elle achevoit de parler ainsi, nous entendîmes du bruit, et nous apprîmes en même temps qu'il étoit causé par l'arrivée de don Raphaël. Ce chevalier parut bientôt. Je vis un jeune homme de belle taille et de fort bon air. Je suis ravie de votre retour, mon frère, lui dit la dame ; vous m'aiderez à bien recevoir le seigneur Gil Blas. Nous ne saurions assez reconnoître ce qu'il a fait pour dona Mencia, notre parente. Tenez, ajouta-t-elle en lui présentant une lettre, lisez ce qu'elle m'écrit. Don Raphaël ouvrit le billet, et lut tout haut ces mots : « Ma chère » Camille, le seigneur Gil Blas, qui m'a sauvé » l'honneur et la vie, vient de partir pour la coar. » Il passera sans doute par Valladolid. Je vous conjure par le sang, et plus encore par l'amitié qui » nous unit, de le régaler et de le retenir quelque » temps chez vous. Je me flatte que vous me don» nerez cette satisfaction, et que mon libérateur » recevra de vous, et de don Raphaël, mon cousin, » toutes sortes de bons traitements. A Burgos, votre » affectionnée cousine, DONA MENCIA. »

Comment ! s'écria don Raphaël après avoir lu la lettre, c'est à ce cavalier que ma parente doit l'honneur et la vie ? Ah ! je rends grâces au ciel de cette heureuse rencontre. En parlant de cette sorte, il s'approcha de moi ; et me serrant étroitement entre ses bras : Quelle joie, poursuivit-il, j'ai de voir ici le seigneur Gil Blas ! Il n'étoit pas besoin que ma cousine la marquise nous recommandât de vous régaler; elle n'avoit seulement qu'à nous mander que vous deviez passer par Valladolid, cela suffisoit. Nous savons bien, ma sœur Camille et moi, comme il en faut user avec un jeune homme qui a rendu le plus grand service du monde à la personne de notre famille que nous aimons le plus tendrement. Je répondis le mieux qu'il me fut possible à ces discours, qui furent suivis de beaucoup d'autres semblables, et entremêlés de mille caresses. Après quoi, s'apercevant que j'avois encore mes bottines, il me les fit ôter par ses valets.

Nous passâmes ensuite dans une chambre où l'on avoit servi. Nous nous mîmes à table, le cavalier, la dame et moi. Ils me dirent mille choses obligeantes pendant le souper. Il ne m'échappoit pas un mot qu'ils ne relevassent comme un trait admirable; et il falloit voir l'attention qu'ils avoient tous deux à me présenter de tous les mets. Don Raphaël buvoit souvent à la santé de dona Mencia. Je suivois son exemple; et il me sembloit quelquefois que Camille, qui trinquoit avec nous, me lançoit des regards qui signifioient quelque chose. Je crus même remarquer qu'elle prenoit son temps pour cela, comme si elle eût craint que son frère ne s'en aperçût. Il n'en fallut pas davantage pour me persuader que la dame en tenoit; et je me flattai de profiter de cette découverte, pour peu que je demeurasse à Valladolid. Cette espérance fut cause que je me rendis sans peine à la prière qu'ils me firent de vouloir bien passer quelques jours chez eux. Ils me remercièrent de ma complaisance; et la joie qu'en témoigna Camille confirma l'opinion que j'avois qu'elle me trouvoit fort à son gré.

Don Raphaël, me voyant déterminé à faire quelque séjour chez lui, me proposa de me mener à son château. Il m'en fit une description magnifique, et me parla des plaisirs qu'il prétendoit m'y donner. Tantôt, disoit-il, nous prendrons le divertissement de la chasse, tantôt celui de la pêche; et, si vous aimez la promenade, nous avons des bois et des jardins délicieux. D'ailleurs nous aurons bonne compagnie : j'espère que vous ne vous ennuierez point. J'acceptai la proposition, et il fut résolu que nous irions à ce beau château dès le jour suivant. Nous nous levâmes de table en formant un si agréable dessein. Don Raphaël en parut transporté de joie. Seigneur Gil Blas, dit-il en m'embrassant, je vous laisse avec ma sœur. Je vais de ce pas donner les ordres nécessaires, et faire avertir toutes les personnes que je veux mettre de la partie. A ces paroles, il sortit de la chambre où nous étions ; et je continuai de m'entretenir avec la dame, qui ne démentit point par ses discours les douces œillades qu'elle m'avoit jetées. Elle me prit la main, et regardant ma bague : Vous avez là, dit-elle, un diamant assez joli; mais il est bien petit. Vous connoissez-vous en pierreries? Je répondis que non. J'en suis fâchée, reprit-elle; car vous me diriez ce que vaut celle-ci. En achevant ces mots, elle me montra un gros rubis qu'elle avoit au doigt; et, pendant que je le considérois, elle me dit : Un de mes oncles, qui a été gouverneur dans les habitations que les Espagnols ont aux îles Philippines, m'a donné ce rubis. Les joailliers de Valladolid l'estiment trois

cents pistoles. Je le croirois bien, lui dis-je; je le trouve parfaitement beau. Puisqu'il vous plaît, répliqua-t-elle, je veux faire un troc avec vous. Aussitôt elle prit ma bague, et me mit la sienne au petit doigt. Après ce troc, qui me parut une manière galante de faire un présent, Camille me serra la main et me regarda d'un air tendre; puis tout-à-coup rompant l'entretien, elle me donna le bon soir, et se retira toute confuse, comme si elle eût eu honte de me faire trop connoître ses sentiments.

Quoique galant des plus novices, je sentis tout ce que cette retraite précipitée avoit d'obligeant pour moi; je jugeai que je ne passerois point mal le temps à la campagne. Plein de cette idée flatteuse et de l'état brillant de mes affaires, je m'enfermai dans la chambre où je devois coucher, après avoir dit à mon valet de me venir réveiller de bonne heure le lendemain. Au lieu de songer à me reposer, je m'abandonnai aux réflexions agréables que ma valise, qui étoit sur ma table, et mon rubis m'inspirèrent. Grâces au ciel, disois-je, si j'ai été malheureux, je ne le suis plus. Mille ducats d'un côté, une bague de trois cents pistoles de l'autre : me voilà pour long-temps en fonds. Majuelo ne m'a point flatté, je le vois bien : j'enflammerai mille femmes à Madrid, puisque j'ai plu si facilement à Camille. Les bontés de cette généreuse dame se présentoient à mon esprit avec tous leurs charmes, et je goûtois aussi par avance les divertissements que don Raphaël me préparoit dans son château. Cependant, parmi tant d'images de plaisir, le sommeil ne laissa pas de venir répandre sur moi ses pavots. Dès que je me sentis assoupi, je me déshabillai et me couchai.

Le lendemain matin, lorsque je me réveillai, je m'aperçus qu'il étoit déjà tard. Je fus assez surpris de ne pas voir paroître mon valet, après l'ordre qu'il avoit reçu de moi. Ambroise, dis-je en moi-même, mon fidèle Ambroise est à l'église, ou bien il est aujourd'hui fort paresseux. Mais je perdis bientôt cette opinion de lui, pour en prendre une plus mauvaise; car m'étant levé, et ne voyant plus ma valise, je le soupçonnai de l'avoir volée pendant la nuit. Pour éclaircir mes soupçons, j'ouvris la porte de ma chambre, et j'appelai l'hypocrite à plusieurs reprises. Il vint à ma voix un vieillard qui me dit : Que souhaitez-vous, seigneur? Tous vos gens sont sortis de ma maison avant le jour. Comment de votre maison ! m'écriai-je; est-ce que je ne suis pas ici chez don Raphaël? Je ne sais ce que c'est que ce cavalier, dit-il. Vous êtes dans un hôtel garni, et j'en suis l'hôte. Hier au soir, une heure avant votre arrivée, la dame qui a soupé avec vous vint ici, et arrêta cet appartement pour un grand seigneur, disoit-elle, qui voyage *incognito*. Elle m'a même payé d'avance.

Je fus alors au fait. Je sus ce que je devois penser de Camille et de don Raphaël; et je compris que mon valet ayant une entière connoissance de mes affaires, m'avoit vendu à ces fourbes. Au lieu de n'imputer qu'à moi ce triste incident, et de songer qu'il ne me seroit point arrivé si je n'eusse point eu l'indiscrétion de m'ouvrir à Majuelo sans nécessité, je m'en pris à la fortune innocente, et maudis cent fois mon étoile. Le maître de l'hôtel garni, à qui je contai l'aventure, qu'il savoit peut-être aussi bien que moi, se montra sensible à ma douleur. Il me plaignit et me témoigna qu'il étoit très-mortifié que cette scène se fût passée chez lui; mais je crois, malgré ses démonstrations, qu'il n'avoit pas moins de part à cette fourberie que mon hôte de Burgos, à qui j'ai toujours attribué l'honneur de l'invention.

CHAPITRE XVII.

Quel parti prit Gil Blas après l'aventure de l'hôtel garni.

Lorsque j'eus bien déploré mon malheur, je fis réflexion qu'au lieu de céder à mon chagrin, je devois plutôt me roidir contre mon mauvais sort. Je rappelai mon courage, et, pour me consoler, je disois en m'habillant : Je suis encore trop heureux que les fripons n'aient pas emporté mes habits et quelques ducats que j'ai dans mes poches. Je leur tenois compte de cette discrétion. Ils avoient même été assez généreux pour me laisser mes bottines, que je donnai à l'hôte pour un tiers de ce qu'elles m'avoient coûté. Enfin je sortis de l'hôtel garni, sans avoir, Dieu merci, besoin de personne pour porter mes hardes. La première chose que je fis fut d'aller voir si mes mules ne seroient pas dans l'hôtellerie où j'étois descendu le jour précédent. Je jugeois bien qu'Ambroise ne les y avoit pas laissées; et plût au ciel que j'eusse toujours jugé aussi sainement de lui! J'appris que dès le soir même il avoit eu soin de les en retirer. Ainsi, comptant de ne les plus revoir non plus que ma valise, je marchois tristement dans les rues, en rêvant au parti que je devois prendre. Je fus tenté de retourner à Burgos, pour avoir encore une fois recours à dona Mencia; mais, considérant que ce seroit abuser des bontés de cette dame, et que d'ailleurs je passerois pour une bête, j'abandonnai cette pensée. Je jurai bien aussi que dans la suite je serois en garde contre les femmes : je me serois alors défié de la chaste Suzanne. Je jetois de temps en temps les yeux sur ma bague; et, quand je venois à songer que c'étoit un présent de Camille, j'en soupirois de douleur. Hélas !

disois-je en moi-même, je ne me connois point en rubis; mais je connois les gens qui les troquent. Je ne crois pas qu'il soit nécessaire que j'aille chez un joaillier pour être persuadé que je suis un sot.

Je ne laissai pas toutefois de vouloir m'éclaircir de ce que valoit ma bague, et je l'allai montrer à un lapidaire qui l'estima trois ducats. A cette estimation, quoiqu'elle ne m'étonnât point, je donnai au diable la nièce du gouverneur des îles Philippines, ou plutôt je ne fis que lui en renouveler le don. Comme je sortois de chez le lapidaire, il passa près de moi un jeune homme qui s'arrêta pour me considérer. Je ne le remis pas d'abord, bien que je le connusse parfaitement. Comment donc, Gil Blas, me dit-il, feignez-vous d'ignorer qui je suis? ou deux années ont-elles si fort changé le fils du barbier Nunez, que vous le méconnoissiez? Ressouvenez-vous de Fabrice, votre compatriote et votre compagnon d'école. Nous avons si souvent disputé chez le docteur Godinez sur les universaux et les degrés métaphysiques.

Je le reconnus avant qu'il eût achevé ces paroles, et nous nous embrassâmes tous deux avec transport. Eh ! mon ami, reprit-il ensuite, que je suis ravi de te rencontrer ! je ne puis t'exprimer la joie que j'en ressens..... Mais, poursuivit-il d'un air surpris, dans quel état t'offres-tu à ma vue ? Vive Dieu ! te voilà vêtu comme un prince ! Une belle épée, des bas de soie, un pourpoint et un manteau de velours, relevés d'une broderie d'argent ! Malepeste ! cela sent diablement les bonnes fortunes. Je vais parier que quelque vieille femme libérale te fait part de ses largesses. Tu te trompes, lui dis-je ; mes affaires ne sont pas si florissantes que tu te l'imagines. A d'autres, répliqua-t-il, à d'autres : tu veux faire le discret. Et ce beau rubis que je vous vois au doigt, monsieur Gil Blas, d'où vous vient-il, s'il vous plaît ! Il me vient, lui répondis-je, d'une franche friponne. Fabrice, mon cher Fabrice, bien loin d'être la coqueluche des femmes de Valladolid, apprends, mon ami, que j'en suis la dupe.

Je prononçai ces dernières paroles si tristement, que Fabrice vit bien qu'on m'avoit joué quelque tour. Il me pressa de lui dire pourquoi je me plaignois ainsi du beau sexe. Je me résolus sans peine à contenter sa curiosité; mais comme j'avois un assez long récit à faire, et que d'ailleurs nous ne voulions pas nous séparer sitôt, nous entrâmes dans un cabaret, pour nous entretenir plus commodément. Là, je lui contai, en déjeûnant, tout ce qui m'étoit arrivé depuis ma sortie d'Oviédo. Il trouva mes aventures assez bizarres; et après m'avoir témoigné qu'il prenoit beaucoup de part à la fâcheuse situation où j'étois, il me dit : il faut se consoler, mon enfant, de tous les malheurs de la vie. Un homme d'esprit est-il dans la misère, il attend avec patience un temps plus heureux. Jamais, comme dit Cicéron, il ne doit se laisser abattre jusqu'à ne se plus souvenir qu'il est homme. Pour moi, je suis de ce caractère-là : mes disgrâces ne m'accablent point ; je suis toujours au-dessus de la mauvaise fortune. Par exemple, j'aimois une fille de famille d'Oviédo, j'en étois aimé : je la demandai en mariage à son père, il me la refusa. Un autre en seroit mort de douleur ; moi, admire la force de mon esprit ! j'enlevai la petite personne. Elle étoit vive, étourdie, coquette ; le plaisir par conséquent la déterminoit toujours au préjudice du devoir. Je la promenai pendant six mois dans le royaume de Galice ; de là, comme je l'avois mise dans le goût de voyager, elle eut envie d'aller en Portugal ; mais elle prit un autre compagnon de voyage : autre sujet de désespoir. Je ne succombai point encore sous le poids de ce nouveau malheur ; et, plus sage que Ménélas, au lieu de m'armer contre le Pâris qui m'avoit soufflé mon Hélène, je lui sus bon gré de m'en avoir défait. Après cela, ne voulant plus retourner dans les Asturies, pour éviter toute discussion avec la justice, je m'avançai dans le royaume de Léon, dépensant de ville en ville l'argent qui me restoit de l'enlèvement de mon infante ; car nous avions tous deux fait notre main en partant d'Oviédo. J'arrivai à Palencia avec un seul ducat, sur quoi je fus obligé d'acheter une paire de souliers. Le reste ne me mena pas bien loin. Ma situation devint embarrassante ; je commençois déjà même à faire diète : il fallut promptement prendre un parti. Je résolus de me mettre dans le service. Je me plaçai d'abord chez un gros marchand de drap qui avoit un fils libertin : j'y trouvai un asile contre l'abstinence, et en même temps un grand embarras. Le père m'ordonna d'épier son fils, et le fils me pria de l'aider à tromper son père : il falloit opter. Je préférai la prière au commandement, et cette préférence me fit donner mon congé. Je passai ensuite au service d'un vieux peintre, qui voulut, par amitié, m'enseigner les principes de son art ; mais, en me les montrant, il me laissa mourir de faim. Cela me dégoûta de la peinture et du séjour de Palencia. Je vins à Valladolid, où par le plus grand bonheur du monde, j'entrai dans la maison d'un administrateur de l'hôpital ; j'y demeure encore, et je suis charmé de ma condition. Le seigneur Manuel Ordonnez, mon maître, est un homme d'une piété profonde. Il marche toujours les yeux baissés, avec un gros rosaire à la main. On dit que dès sa jeunesse, n'ayant en vue que le bien des pauvres,

il s'y est attaché avec un zèle infatigable. Aussi ses soins ne sont-ils pas demeurés sans récompense : tout lui a prospéré. Quelle bénédiction ? en faisant les affaires des pauvres, il s'est enrichi.

Quand Fabrice m'eut tenu ce discours, je lui dis : Je suis bien aise que tu sois satisfait de ton sort ; mais, entre nous, tu pourrois, ce me semble, faire un plus beau rôle dans le monde. Tu n'y penses pas, Gil Blas, me répondit-il ; sache que pour un homme de mon humeur, il n'y a point de situation plus agréable que la mienne. Le métier de laquais est pénible, je l'avoue, pour un imbécile ; mais il n'a que des charmes pour un garçon d'esprit. Un génie supérieur, qui se met en condition, ne fait pas son service matériellement comme un nigaud. Il entre dans une maison pour commander plutôt que pour servir. Il commence par étudier son maître ; il se prête à ses défauts, gagne sa confiance, et le mène ensuite par le nez. C'est ainsi que je me suis conduit chez mon administrateur. Je connus d'abord le pélerin : je m'aperçus qu'il vouloit passer pour un saint personnage ; je feignis d'en être la dupe ; cela ne coûte rien : je fis plus, je le copiai, et jouant devant lui le même rôle qu'il fait devant les autres, je trompai le trompeur, et je suis devenu peu à peu son *factotum*. J'espère que quelque jour je pourrai, sous ses auspices, me mêler des pauvres. Je ferai peut-être fortune aussi ; car je me sens autant d'amour que lui pour leur bien.

Voilà de belles espérances, repris-je, mon cher Fabrice ; et je t'en félicite. Pour moi, je reviens à mon premier dessein. Je vais convertir mon habit brodé en soutanelle, me rendre à Salamanque, et là, me rangeant sous les drapeaux de l'université, remplir l'emploi de précepteur. Beau projet ! s'écria Fabrice, l'agréable imagination ! Quelle folie de vouloir, à ton âge, te faire pédant ! Sais-tu bien, malheureux, à quoi tu t'engages en prenant ce parti ? Sitôt que tu seras placé, toute la maison t'observera, tes moindres actions seront scrupuleusement examinées. Il faudra que tu te contraignes sans cesse, que tu te pares d'un extérieur hypocrite, et paroisses posséder toutes les vertus. Tu n'auras presque pas un moment à donner à tes plaisirs. Censeur éternel de ton écolier, tu passeras les journées à lui enseigner le latin, et à le reprendre quand il dira ou fera des choses contre la bienséance. Après tant de peine et de contrainte, quel sera le fruit de tes soins ? Si le petit gentilhomme est un mauvais sujet, on dira que tu l'auras mal élevé ; et les parents te renverront sans récompense, peut-être même sans te payer les appointements qui te seront dus. Ne me parle point d'un poste de précepteur ; c'est un bénéfice à charge d'ames. Mais parle-moi de l'emploi d'un laquais ; c'est un bénéfice simple, qui n'engage à rien. Un maître a-t-il des vices, le génie supérieur qui le sert les flatte, et souvent même les fait tourner à son profit. Un valet vit sans inquiétude dans une bonne maison. Après avoir bu et mangé tout son soûl, il s'endort tranquillement comme un enfant de famille, sans s'embarrasser du boucher ni du boulanger.

Je ne finirois point, mon enfant, poursuivit-il, si je voulois dire tous les avantages des valets. Crois-moi, Gil Blas, perds pour jamais l'envie d'être précepteur, et suis mon exemple. Oui; mais, Fabrice, lui repartis-je, on ne trouve pas tous les jours des administrateurs; et si je me résolvois à servir, je voudrois du moins n'être pas mal placé. Oh! tu as raison, me dit-il, et j'en fais mon affaire. Je te réponds d'une bonne condition, quand ce ne seroit que pour arracher un galant homme à l'université.

La prochaine misère dont j'étois menacé, et l'air satisfait qu'avoit Fabrice, me persuadant encore plus que ses raisons, je me déterminai à me mettre dans le service. Là-dessus, nous sortîmes du cabaret, et mon compatriote me dit : Je vais de ce pas te conduire chez un homme à qui s'adressent la plupart des laquais qui sont sur le pavé; il a des grisons qui l'informent de tout ce qui se passe dans les familles. Il sait où l'on a besoin de valets, et il tient un registre exact, non-seulement des places vacantes, mais même des bonnes et des mauvaises qualités des maîtres. C'est un homme qui a été frère dans je ne sais quel couvent de religieux. Enfin c'est lui qui m'a placé.

En nous entretenant d'un bureau d'adresse si singulier, le fils du barbier Nunez me mena dans un cul-de-sac. Nous entrâmes dans une petite maison, où nous trouvâmes un homme de cinquante et quelques années, qui écrivoit sur une table. Nous le saluâmes, assez respectueusement même; mais, soit qu'il fût fier de son naturel, soit que, n'ayant coutume de voir que des laquais et des cochers, il eût pris l'habitude de recevoir son monde cavalièrement, il ne se leva point; il se contenta de nous faire une légère inclination de tête. Il me regarda pourtant avec attention. Je vis bien qu'il étoit surpris qu'un jeune homme en habit de velours brodé voulût devenir laquais, il avoit plutôt lieu de penser que je venois lui en demander un. Il ne put toutefois douter long-temps de mon intention, puisque Fabrice lui dit d'abord : Seigneur Arias de Londona, vous voulez bien que je vous présente le meilleur de mes amis. C'est un garçon de famille, que ses malheurs réduisent à la nécessité de servir. Enseignez-lui, de grâce, une bonne condition, et comptez sur sa reconnoissance. Messieurs, répondit froidement Arias, voilà comme

vous êtes tous; avant qu'on vous place, vous faites les plus belles promesses du monde; êtes-vous bien placés, vous ne vous en souvenez plus. Comment donc, reprit Fabrice, vous plaignez-vous de moi? N'ai-je pas bien fait les choses? Vous auriez pu les faire encore mieux, repartit Arias : votre condition vaut un emploi de commis et vous m'avez payé comme si je vous eusse mis chez un auteur. Je pris alors la parole, et je dis au seigneur Arias, que pour lui faire connoître que je n'étois pas ingrat, je voulois que la reconnoissance précédât le service. En même temps je tirai de mes poches deux ducats que je lui donnai, avec promesse de n'en pas demeurer là si je me voyois dans une bonne maison.

Il parut content de mes manières. J'aime, dit-il, qu'on en use de la sorte avec moi. Il y a, continua-t-il, d'excellents postes vacants; je vais vous les nommer, et vous choisirez celui qui vous plaira. En achevant ces paroles, il mit ses lunettes, ouvrit un registre qui étoit sur la table, tourna quelques feuillets, et commença de lire dans ces termes : Il faut un laquais au capitaine Torbellino, homme emporté, brutal et fantasque; il gronde sans cesse, jure, frappe, et le plus souvent estropie ses domestiques. Passons à un autre, m'écriai-je à ce portrait; ce capitaine-là n'est pas de mon goût. Ma vivacité fit sourire Arias, qui poursuivit ainsi sa lecture : Dona Manuela de Sandoval, douairière surannée, hargneuse et bizarre, est actuellement sans laquais; elle n'en a qu'un d'ordinaire, encore ne le peut-elle garder un jour entier. Il y a dans la maison, depuis dix ans, un habit qui sert à tous les valets qui entrent, de quelque taille qu'ils soient : on peut dire qu'ils ne font que l'essayer : car il est encore tout neuf, quoique deux mille laquais l'aient porté. Il manque un valet au docteur Alvar Fañez; c'est un médecin chimiste. Il nourrit bien ses domestiques, les entretient proprement, leur donne même de gros gages; mais il fait sur eux l'épreuve de ses remèdes. Il y a souvent des places de laquais à remplir chez cet homme-là.

Oh! je le crois bien, interrompit Fabrice en riant. Vive Dieu! vous nous en enseignez-là de bonnes conditions! Patience, dit Arias de Londona; nous ne sommes pas au bout : il y a de quoi vous contenter. Là-dessus il continua de lire de cette sorte : Dona Alfonsa de Solis, vieille dévote, qui passe les deux tiers de la journée dans l'église, et veut que son valet y soit toujours auprès d'elle, n'a point de laquais depuis trois semaines. Le licencié Sédillo, vieux chanoine du chapitre de cette ville, chassa hier au soir son valet...... Halte-là, seigneur Arias de Londona, s'écria Fabrice en cet endroit; nous nous en tenons à ce dernier poste. Le licencié Sédillo est des amis de mon maître, et je le connois parfaitement. Je sais qu'il a pour gouvernante une vieille béate qu'on nomme la dame Jacinte, et qui dispose de tout chez lui. C'est une des meilleures maisons de Valladolid. On y vit doucement et l'on y fait très-bonne chère. D'ailleurs, le chanoine est un homme infirme, un vieux goutteux qui fera bientôt son testament : il y a un legs à espérer. La charmante perspective pour un valet ! Gil Blas, ajouta-t-il en se tournant de mon côté, ne perdons point de temps, mon ami ; allons tout à l'heure chez le licencié. Je veux te présenter moi-même, et te servir de répondant. A ces mots, de crainte de manquer une si belle occasion, nous prîmes brusquement congé du seigneur Arias, qui m'assura, pour mon argent, que si cette condition m'échappoit, je pouvois compter qu'il m'en feroit trouver une aussi bonne.

·LIVRE SECOND.

CHAPITRE PREMIER.

Fabrice mène et fait recevoir Gil Blas chez le licencié Sédillo. Dans quel état étoit ce chanoine. Portrait de sa gouvernante.

Nous avions si grand peur d'arriver trop tard chez le vieux licencié, que nous ne fîmes qu'un saut du cul-de-sac à sa maison. Nous en trouvâmes la porte fermée : nous frappâmes. Une fille de dix ans, que la gouvernante faisoit passer pour sa nièce, en dépit de la médisance, vint ouvrir ; et comme nous lui demandions si l'on pouvoit parler au chanoine, la dame Jacinte parut. C'étoit une personne déjà parvenue à l'âge de discrétion, mais belle encore, et j'admirai particulièrement la fraîcheur de son teint. Elle portoit une longue robe d'une étoffe de laine des plus communes, avec une large ceinture de cuir, d'où pendoit d'un côté un trousseau de clefs, et de l'autre un chapelet à gros grains. D'abord que nous l'aperçûmes, nous la saluâmes avec beaucoup de respect ; elle nous rendit le salut fort civilement, mais d'un air modeste et les yeux baissés.

J'ai appris, lui dit mon camarade, qu'il faut un honnête garçon au seigneur licencié Sédillo, et je viens lui en présenter un dont j'espère qu'il sera content. La gouvernante leva les yeux à ces paroles, me regarda fixement ; et, ne pouvant accorder ma broderie avec le discours de Fabrice, elle demanda si c'étoit moi qui recherchois la place vacante. Oui, lui dit le fils de Nunez, c'est ce jeune homme. Tel que vous le voyez, il lui est arrivé des disgrâces qui l'obligent à se mettre en condition ; il se consolera de ses malheurs, ajouta-t-il d'un ton doucereux, s'il a le bonheur d'entrer dans cette maison, et de vivre avec la vertueuse Jacinte, qui mériteroit d'être la gouvernante du patriarche des Indes. A ces mots, la vieille béate cessa de me regarder, pour considérer le gracieux personnage qui lui parloit ; et, frappée de ses traits qu'elle crut ne lui pas être inconnus, j'ai une idée confuse de vous avoir vu, lui dit-elle ; aidez-moi à la débrouiller. Chaste Jacinte, lui répondit Fabrice, il m'est bien glorieux de m'être attiré vos regards. Je suis venu deux fois dans cette maison avec mon maître le seigneur Manuel Ordonnez, administrateur de l'hôpital. Eh ! justement, répliqua la gouvernante, je m'en souviens, et je vous remets. Ah ! puisque vous appartenez au seigneur Ordonnez, il faut que vous soyez un garçon de bien et d'honneur. Votre condition fait votre éloge ; et ce jeune homme ne sauroit avoir un meilleur répondant que vous. Venez, poursuivit-elle, je vais vous faire parler au seigneur Sédillo. Je crois qu'il sera bien aise d'avoir un garçon de votre main.

Nous suivîmes la dame Jacinte. Le chanoine étoit logé par bas, et son appartement consistoit en quatre pièces de plain-pied, bien boisées. Elle nous pria d'attendre un moment dans la première, et nous y laissa pour passer dans la seconde où étoit le licencié. Après y avoir demeuré quelque temps en particulier avec lui, pour le mettre au fait, elle vint nous dire que nous pouvions entrer. Nous aperçûmes le vieux podagre enfoncé dans un fauteuil, un oreiller sous la tête, des coussins sous les bras, et les jambes appuyées sur un gros carreau plein de duvet. Nous nous approchâmes de lui sans ménager les révérences ; et Fabrice, portant encore la parole, ne se contenta pas de redire ce qu'il avoit dit à la gouvernante, il se mit à vanter mon mérite, et s'étendit principalement sur l'honneur que je m'étois acquis chez le docteur Godinez dans les disputes de philosophie ; comme s'il eût fallu que je fusse un grand philosophe pour être valet d'un chanoine. Cependant, par le bel éloge qu'il fit de moi, il ne laissa pas de jeter de la poudre aux yeux du licencié, qui, remarquant d'ailleurs que je ne déplaisois pas à la dame Jacinte, dit à mon répondant : L'ami, je reçois à mon service le garçon que tu m'amènes ; il me revient assez, et je juge favorablement de ses mœurs, puisqu'il m'est présenté par un domestique du seigneur Ordonnez.

D'abord que Fabrice vit que j'étois arrêté, il fit une grande révérence au chanoine, une autre encore plus profonde à la gouvernante, et se retira fort satisfait, après m'avoir dit tout bas que nous nous reverrions, et que je n'avois qu'à rester là. Dès qu'il fut sorti, le licencié me demanda comment je m'appelois, pourquoi j'avois quitté ma patrie ; et par ses questions il m'engagea, devant la dame Jacinte, à raconter mon histoire. Je les *divertis tous deux*, surtout par le récit de ma dernière aventure. Camille et don Raphaël leur donnèrent une si forte envie de rire, qu'il en pensa coûter la vie au vieux goutteux : car, comme il rioit de toute sa force, il lui prit une toux si violente, que je crus qu'il alloit passer. Il n'avoit pas encore fait son testament, jugez si la gouvernante fut alarmée ! Je la vis tremblante, éperdue, courir au secours du bon homme, et, faisant ce qu'on fait pour soulager les enfants qui toussent, lui frotter le front et lui taper le dos. Ce ne fut pourtant qu'une fausse alarme : le vieillard cessa de tousser, et sa gouvernante de le tourmenter. Alors je voulus achever mon récit ; mais la dame Jacinte, craignant une seconde toux, s'y opposa. Elle m'emmena même de la chambre du chanoine dans une garde-robe où, parmi plusieurs habits, étoit celui de mon prédécesseur. Elle me le fit prendre, et mit à sa place le mien, que je n'étois pas fâché de conserver, dans l'espérance qu'il me serviroit encore. Nous allâmes ensuite tous deux préparer le dîner.

Je ne parus pas neuf dans l'art de faire la cuisine. Il est vrai que j'en avois fait l'heureux apprentissage sous la dame Léonarde, qui pouvoit passer pour une bonne cuisinière ; elle n'étoit pas toutefois comparable à la dame Jacinte. Celle-ci l'emportoit peut-être sur le cuisinier même de l'archevêque de Tolède. Elle excelloit en tout : on trouvoit ses bisques exquises, tant elle savoit bien choisir et mêler les sucs de viandes qu'elle y faisoit entrer ; et ses hachis étoient assaisonnés d'une manière qui les rendoit très-agréables au goût. Quand le dîner fut prêt, nous retournâmes dans la chambre du chanoine, où, pendant que je dressois une table auprès de son fauteuil, la gouvernante passa sous le menton du vieillard une serviette, et la lui

attacha aux épaules. Un moment après, je servis un potage qu'on auroit pu présenter au plus fameux directeur de Madrid, et deux entrées qui auroient eu de quoi piquer la sensualité d'un vice-roi, si la dame Jacinte n'y eût pas épargné les épices, de peur d'irriter la goutte du licencié. A la vue de ces bons plats, mon vieux maître, que je croyois perclus de tous ses membres, me montra qu'il n'avoit pas entièrement perdu l'usage de ses bras. Il s'en aida pour se débarrasser de son oreiller et de ses coussins, et se disposa gaîment à manger. Quoique la main lui tremblât, elle ne refusa pas le service. Il la faisoit aller et venir assez librement, de façon pourtant qu'il répandoit sur la nappe et sur sa serviette la moitié de ce qu'il portoit à sa bouche. J'ôtai la bisque lorsqu'il n'en voulut plus, et j'apportai une perdrix flanquée de deux cailles rôties, que la dame Jacinte lui dépeça. Elle avoit aussi soin de lui faire boire de temps en temps de grands coups de vin un peu trempé, dans une coupe d'argent large et profonde, qu'elle lui tenoit comme à un enfant de quinze mois. Il s'acharna sur les entrées, et ne fit pas moins d'honneur aux petits-pieds. Quand il se fut bien empiffré, la béate lui détacha sa serviette, lui remit son oreiller et ses coussins ; puis, le laissant dans son fauteuil goûter tranquillement le repos qu'on prend d'ordinaire après le dîner, nous desservîmes, et nous allâmes manger à notre tour.

Voilà de quelle manière dînoit tous les jours notre chanoine, qui étoit peut-être le plus grand mangeur du chapitre. Mais il soupoit plus légèrement ; il se contentoit d'un poulet et de quelques compotes de fruits. Je faisois bonne chère dans cette maison, j'y menois une vie très-douce ; je n'y avois qu'un désagrément, c'est qu'il me falloit veiller mon maître et passer la nuit comme un garde-malade. Outre une rétention d'urine, qui l'obligeoit à demander dix fois par heure son pot de chambre, il étoit sujet à suer, et quand cela arrivoit, je lui changeois de chemise. Gil Blas, me dit-il dès la seconde nuit, tu as de l'adresse et de l'activité ; je prévois que je m'accommoderai bien de ton service. Je te recommande seulement d'avoir de la complaisance pour la dame Jacinte ; c'est une fille qui me sert depuis quinze années avec un zèle tout particulier ; elle a eu un soin de ma personne, que je ne puis assez reconnoître. Aussi, je te l'avoue, elle m'est plus chère que toute ma famille. J'ai chassé de chez moi, pour l'amour d'elle, mon neveu, le fils de ma propre sœur. Il n'avoit aucune considération pour cette pauvre fille ; et, bien loin de rendre justice à l'attachement sincère qu'elle a pour moi, l'insolent la traitoit de fausse dévote : car aujourd'hui la vertu ne paroît qu'hypocrisie aux jeunes gens. Grâce au ciel, je me suis défait de ce maraud-là. Je préfère aux droits du sang l'affection qu'on me témoigne, et je ne me laisse prendre seulement que par le bien qu'on me fait. Vous avez raison, monsieur, dis-je alors au licencié; la reconnoissance doit avoir plus de force sur nous que les lois de la nature. Sans doute, reprit-il; et mon testament fera bien voir que je ne me soucie guère de mes parents. Ma gouvernante y aura bonne part; et tu n'y seras point oublié, si tu continues comme tu commences à me servir. Le valet que j'ai mis dehors hier a perdu, par sa faute, un bon legs. Si ce misérable ne m'eût pas obligé, par ses manières, à lui donner son congé, je l'aurois enrichi; mais c'étoit un orgueilleux qui manquoit de respect à la dame Jacinte, un paresseux qui craignoit la peine. Il n'aimoit point à me veiller, et c'étoit pour lui une chose bien fatigante que de passer les nuits à me soulager. Ah! le malheureux, m'écriai-je, comme si le génie de Fabrice m'eût inspiré, il ne méritoit pas d'être auprès d'un si honnête homme que vous. Un garçon qui a le bonheur de vous appartenir doit avoir un zèle infatigable; il doit se faire un plaisir de son devoir, et ne se pas croire occupé, lors même qu'il sue sang et eau pour vous.

Je m'aperçus que ces paroles plurent fort au licencié. Il ne fut pas moins content de l'assurance que je lui donnai d'être toujours parfaitement soumis aux volontés de la dame Jacinte. Voulant donc passer pour un valet que la fatigue ne pouvoit rebuter, je faisois mon service de la meilleure grâce qu'il m'étoit possible. Je ne me plaignois point d'être toutes les nuits sur pied. Je ne laissois pas pourtant de trouver cela très-désagréable, et sans le legs dont je repaissois mon espérance, je me serois bientôt dégoûté de ma condition. Je me reposois, à la vérité, quelques heures pendant le jour. La gouvernante, je lui dois cette justice, avoit beaucoup d'égards pour moi; ce qu'il falloit attribuer au soin que je prenois de gagner ses bonnes grâces par des manières complaisantes et respectueuses. Étois-je à table avec elle, et sa nièce qu'on appeloit Inésille, je leur changeois d'assiette, je leur versois à boire, j'avois une attention toute particulière à les servir. Je m'insinuai par-là dans leur amitié. Un jour que la dame Jacinte étoit sortie pour aller à la provision, me voyant seul avec Inésille, je commençai à l'entretenir. Je lui demandai si son père et sa mère vivoient encore. Oh! que non, me répondit-elle; il y a bien long-temps, bien long-temps qu'ils sont morts; car ma bonne tante me l'a dit, et je ne les ai jamais vus. Je crus pieusement la petite fille, quoique sa réponse ne fût pas catégorique; et je la mis si bien en train de parler, qu'elle m'en dit plus que je n'en

voulois savoir. Elle m'apprit, ou plutôt je compris par les naïvetés qui lui échappèrent, que sa bonne tante avoit un bon ami, qui demeuroit aussi auprès d'un vieux chanoine dont il administroit le temporel; et que ces heureux domestiques comptoient d'assembler les dépouilles de leurs maîtres par un hyménée dont ils goûtoient les douceurs par avance. J'ai déjà dit que la dame Jacinte, bien qu'un peu surannée, avoit encore de la fraîcheur. Il est vrai qu'elle n'épargnoit rien pour se conserver : outre qu'elle prenoit tous les matins un clystère, elle avaloit pendant le jour, et en se couchant, d'excellents coulis. De plus, elle dormoit tranquillement la nuit, tandis que je veillois mon maître. Mais ce qui peut-être contribuoit encore plus que toutes ces choses à lui rendre le teint frais, c'étoit, à ce que me dit Inésille, une fontaine qu'elle avoit à chaque jambe.

CHAPITRE II.

De quelle manière le chanoine, étant tombé malade, fut traité; ce qu'il en arriva; et ce qu'il laissa par testament à Gil Blas.

Je servis pendant trois mois le licencié Sédillo, sans me plaindre des mauvaises nuits qu'il me faisoit passer. Au bout de ce temps-là, il tomba malade. La fièvre le prit; et avec le mal qu'elle lui causoit, il sentit irriter sa goutte. Pour la première fois de sa vie, qui avoit été longue, il eut recours aux médecins. Il demanda le docteur Sangrado, que tout Valladolid regardoit comme un Hippocrate. La dame Jacinte auroit mieux aimé que le chanoine eût commencé par faire son testament: elle lui en toucha même quelques mots; mais, outre qu'il ne se croyoit pas encore proche de sa fin, il avoit de l'opiniâtreté dans certaines choses. J'allai donc chercher le docteur Sangrado; je l'amenai au logis. C'étoit un grand homme sec et pâle, et qui depuis quarante ans, pour le moins, occupoit le ciseau des Parques. Ce savant médecin avoit l'extérieur grave; il pesoit ses discours, et donnoit de la noblesse à ses expressions. Ses raisonnements paroissoient géométriques, et ses opinions fort singulières.

Après avoir observé mon maître, il lui dit d'un air doctoral : Il s'agit ici de suppléer au défaut de la transpiration arrêtée. D'autres, à ma place, ordonneroient sans doute des remèdes, salins, urineux, volatils, et qui, pour la plupart, participent du soufre et du mercure : mais les purgatifs et les sudorifiques sont des drogues pernicieuses; toutes les préparations chimiques ne semblent faites que pour nuire. J'emploie des moyens plus simples et plus sûrs. A quelle nourriture, continua-t-il, êtes-vous accoutumé? Je mange ordinairement, répondit le chanoine, des bisques et des viandes succulentes. Des bisques et des viandes succulentes! s'écria le docteur avec surprise. Ah, vraiment, je ne m'étonne point si vous êtes malade? Les mets délicieux sont des plaisirs empoisonnés; ce sont des piéges que la volupté tend aux hommes pour les faire périr plus sûrement. Il faut que vous renonciez aux aliments de bon goût; les plus fades sont les meilleurs pour la santé. Comme le sang est insipide, il veut des mets qui tiennent de sa nature. Et buvez-vous du vin? ajouta-t-il. Oui, dit le licencié, du vin trempé. Oh, trempé tant qu'il vous plaira, reprit le médecin. Quel déréglement! voilà un régime épouvantable! Il y a long-temps que vous devriez être mort. Quel âge avez-vous! J'entre dans ma soixante-neuvième année, répondit le chanoine. Justement, répliqua le médecin, une vieillesse anticipée est toujours le fruit de l'intempérance. Si vous n'eussiez bu que de l'eau claire toute votre vie, et que vous vous fussiez contenté d'une nourriture simple, de pommes cuites, par exemple, vous ne seriez pas présentement tourmenté de la goutte, et tous vos membres feroient encore facilement leurs fonctions. Je ne désespère pas toutefois de vous remettre sur pied, pourvu que vous vous abandonniez à mes ordonnances. Le licencié promit de lui obéir en toutes choses.

Alors Sangrado m'envoya chercher un chirurgien qu'il me nomma, et fit tirer à mon maître six bonnes palettes de sang, pour commencer à suppléer au défaut de la transpiration. Puis il dit au chirurgien : Maître Martin Onez, revenez dans trois heures en faire autant, et demain vous recommencerez. C'est une erreur de penser que le sang soit nécessaire à la conservation de la vie; on ne peut trop saigner un malade. Comme il n'est obligé à aucun mouvement ou exercice considérable, et qu'il n'a rien à faire que de ne point mourir, il ne lui faut pas plus de sang pour vivre qu'à un homme endormi; la vie, dans tous les deux, ne consiste que dans le pouls et dans la respiration. Lorsque le docteur eut ordonné de fréquentes et copieuses saignées, il dit qu'il falloit aussi donner au chanoine de l'eau chaude à tout moment, assurant que l'eau bue en abondance pouvoit passer pour le véritable spécifique contre toutes sortes de maladies. Il sortit ensuite, en disant d'un air de confiance à la dame Jacinte et à moi, qu'il répondoit de la vie du malade, si on le traitoit de la manière qu'il venoit de prescrire. La gouvernante, qui jugeoit peut-être autrement que lui de sa méthode, protesta qu'on la suivroit avec exactitude. En effet, nous mîmes promptement de l'eau chauffer; et, comme le médecin nous avoit recommandé sur toutes choses de ne la point épar-

gner, nous en fîmes d'abord boire à mon maître deux ou trois pintes à longs traits. Une heure après, nous réitérâmes; puis, retournant encore de temps en temps à la charge, nous versâmes dans son estomac un déluge d'eau. D'un autre côté, le chirurgien nous secondant par la quantité de sang qu'il tiroit, nous réduisîmes, en moins de deux jours, le vieux chanoine à l'extrémité.

Ce bon ecclésiastique n'en pouvant plus, comme je voulois lui faire avaler encore un grand verre du spécifique, me dit d'une voix foible : Arrête, Gil Blas; ne m'en donne pas davantage, mon ami. Je vois bien qu'il faut mourir, malgré la vertu de l'eau; et, quoiqu'il me reste à peine une goutte de sang, je ne m'en porte pas mieux pour cela; ce qui prouve bien que le plus habile médecin du monde ne sauroit prolonger nos jours quand leur terme fatal est arrivé. Va me chercher un notaire; je veux faire mon testament. A ces derniers mots, que je n'étois pas fâché d'entendre, j'affectai de paroître fort triste; et cachant l'envie que j'avois de m'acquitter de la commission qu'il me donnoit: Eh! mais, monsieur, lui dis-je, vous n'êtes pas si bas, Dieu merci, que vous ne puissiez vous relever. Non, non, repartit-il, mon enfant, c'en est fait; je sens que la goutte remonte et que la mort s'approche : hâte-toi d'aller où je t'ai dit. Je m'aperçus effectivement qu'il changeoit à vue d'œil, et la chose me parut si pressante, que je sortis vite pour faire ce qu'il m'ordonnoit, laissant auprès de lui la dame Jacinte, qui craignoit encore plus que moi qu'il ne mourût sans tester. J'entrai dans la maison du premier notaire dont on m'enseigna la demeure, et le trouvant chez lui : Monsieur, lui dis-je, le licencié Sédillo, mon maître, tire à sa fin; il veut faire écrire ses dernières volontés; il n'y a pas un moment à perdre. Le notaire étoit un petit vieillard gai, qui se plaisoit à railler : il me demanda quel médecin voyoit le chanoine. Je lui répondis que c'étoit le docteur Sangrado. A ce nom, prenant brusquement son manteau et son chapeau : Vive Dieu! s'écria-t-il, partons donc en diligence; car ce docteur est si expéditif, qu'il ne donne pas le temps à ses malades d'appeler des notaires. Cet homme-là m'a bien soufflé des testaments.

En parlant de cette sorte, il s'empressa de sortir avec moi, et, pendant que nous marchions tous deux à grands pas pour prévenir l'agonie, je lui dis : Monsieur, vous savez qu'un testateur mourant manque souvent de mémoire; si par hasard mon maître vient à m'oublier, je vous prie de le faire souvenir de mon zèle. Je le veux bien, mon enfant, me répondit le petit notaire; tu peux compter là-dessus. Je l'exhorterai même à te donner quelque chose de considérable, pour peu qu'il soit disposé à reconnoître tes services. Le licencié, quand nous arrivâmes dans sa chambre, avoit encore tout son bon sens. La dame Jacinte, le visage baigné de pleurs de commande, étoit auprès de lui. Elle venoit de jouer son rôle, et de préparer le bonhomme à lui faire beaucoup de bien. Nous laissâmes le notaire seul avec mon maître, et passâmes, elle et moi, dans l'antichambre, où nous rencontrâmes le chirurgien, que le médecin envoyoit pour faire une nouvelle et dernière saignée. Nous l'arrêtâmes. Attendez, maître Martin, lui dit la gouvernante, vous ne sauriez entrer présentement dans la chambre du seigneur Sédillo. Il va dicter ses dernières volontés à un notaire qui est avec lui; vous le saignerez quand il aura fait son testament.

Nous avions grand'peur, la béate et moi, que le licencié ne mourût en testant; mais, par bonheur, l'acte qui causoit mon inquiétude se fit. Nous vîmes sortir le notaire, qui, me trouvant sur son passage, me frappa sur l'épaule, et me dit en souriant : On n'a point oublié Gil Blas. A ces mots, je ressentis une joie toute des plus vives; et je sus si bon gré à mon maître de s'être souvenu de moi, que je me promis de bien prier Dieu pour lui après sa mort, qui ne manqua pas d'arriver bientôt; car le chirurgien l'ayant encore saigné, le pauvre vieillard, qui n'étoit déjà que trop affoibli, expira presque dans le moment. Comme il rendoit les derniers soupirs, le médecin parut, et demeura un peu sot, malgré l'habitude qu'il avoit de dépêcher ses malades. Cependant loin d'imputer la mort du chanoine à la boisson et aux saignées, il sortit en disant d'un air froid, qu'on ne lui avoit pas tiré assez de sang ni fait boire assez d'eau chaude. L'exécuteur de la haute médecine, je veux dire le chirurgien, voyant aussi qu'on n'avoit plus besoin de son ministère, suivit le docteur Sangrado.

Sitôt que nous vîmes le patron sans vie, nous fîmes, la dame Jacinte, Inésille et moi, un concert de cris funèbres qui fut entendu de tout le voisinage. La béate surtout, qui avoit le plus grand sujet de se réjouir, poussoit des accents si plaintifs, qu'elle sembloit être la personne du monde la plus touchée. La chambre, en un instant, se remplit de gens, moins attirés par la compassion que par la curiosité. Les parents du défunt n'eurent pas plus tôt vent de sa mort, qu'ils vinrent fondre au logis, et faire mettre le scellé partout. Ils trouvèrent la gouvernante si affligée, qu'ils crurent d'abord que le chanoine n'avoit point fait de testament : mais ils apprirent bientôt qu'il y en avoit un, revêtu de toutes les formalités nécessaires; et lorsqu'on vint à l'ouvrir, et qu'ils virent que le testateur avoit disposé de ses meilleurs effets en faveur de la dame Jacinte et de la petite fille, ils firent son oraison funèbre dans des termes peu honorables à sa mémoire. Ils apostrophèrent en même temps la béate, et me donnèrent aussi quelques louanges. Il faut avouer que je les méritois bien. Le licencié, devant Dieu soit son ame! pour m'engager à me souvenir de lui toute ma vie, s'expliquoit ainsi pour mon compte, par un article de son testament : « Item, puisque Gil »Blas est un garçon qui a déjà de la littérature, »pour achever de le rendre savant, je lui laisse »ma bibliothèque, tous mes livres et mes manus- »crits, sans aucune exception. »

J'ignorois où pouvoit être cette prétendue bibliothèque; je ne m'étois point aperçu qu'il y en eût dans la maison. Je savois seulement qu'il y avoit quelques papiers, avec cinq ou six volumes, sur deux petits ais de sapin dans le cabinet de mon maître : c'étoit là mon legs; encore les livres ne me pouvoient-ils être d'une grande utilité : l'un avoit pour titre : *le Cuisinier parfait;* l'autre traitoit de l'indigestion et de la manière de la guérir; et les autres étoient les quatre parties du bréviaire, que les vers avoient à demi rongées. A l'égard des manuscrits, le plus curieux contenoit toutes les pièces d'un procès que le chanoine avoit eu autrefois pour sa prébende. Après avoir examiné mon legs avec plus d'attention qu'il n'en méritoit, je l'abandonnai aux parents qui me l'avoient tant envié. Je leur remis même l'habit dont j'étois revêtu, et je repris le mien, bornant à mes gages le fruit de mes services. J'allai chercher ensuite une autre maison. Pour la dame Jacinte, outre les sommes qui lui avoient été léguées, elle eut encore de bonnes nippes, qu'à l'aide de son bon ami elle avoit détournées pendant la maladie du licencié.

CHAPITRE III.

Gil Blas s'engage au service du docteur Sangrado, et devient un célèbre médecin.

Je résolus d'aller trouver le seigneur Arias de Londona, et de choisir dans son registre une nouvelle condition; mais, comme j'étois près d'entrer dans le cul-de-sac où il demeuroit, je rencontrai le docteur Sangrado, que je n'avois point vu depuis le jour de la mort de mon maître, et je pris la liberté de le saluer. Il me remit dans le moment, quoique j'eusse changé d'habit; et témoignant quelque joie de me voir : Eh! te voilà mon enfant, me dit-il; je pensois à toi tout à l'heure. J'ai besoin d'un bon garçon pour me servir, et je songeois que tu serois bien mon fait, si tu savois lire et écrire. Monsieur, lui répondis-je, sur ce pied- là je suis donc votre affaire. Cela étant, reprit-il, tu es l'homme qu'il me faut. Viens chez moi, tu n'y auras que de l'agrément, je te traiterai avec distinction. Je ne te donnerai point de gages ; mais rien ne te manquera. J'aurai soin de t'entretenir proprement, et je t'enseignerai le grand art de guérir toutes les maladies. En un mot, tu seras plutôt mon élève que mon valet.

J'acceptai la proposition du docteur, dans l'espérance que je pourrois, sous un si savant maître, me rendre illustre dans la médecine. Il me mena chez lui sur-le-champ, pour m'installer dans l'emploi qu'il me destinoit ; et cet emploi consistoit à écrire le nom et la demeure des malades qui l'envoyoient chercher pendant qu'il étoit en ville. Il y avoit pour cet effet au *logis* un registre, dans lequel une vieille servante, qu'il avoit pour tout domestique, marquoit les adresses ; mais, outre qu'elle ne savoit point l'orthographe, elle écrivoit si mal, qu'on ne pouvoit, le plus souvent, déchiffrer son écriture. Il me chargea du soin de tenir ce livre, qu'on pouvoit justement appeler un registre mortuaire, puisque les gens dont je prenois les noms mouroient presque tous. J'inscrivois, pour ainsi parler, les personnes qui vouloient partir pour l'autre monde, comme un commis, dans un bureau de voiture publique, écrit le nom de ceux qui retiennent des places. J'avois souvent la plume à la main, parce qu'il n'y avoit point en ce temps-là de médecin à Valladolid plus accrédité que le docteur Sangrado. Il s'étoit mis en réputation dans le public par un verbiage spécieux, soutenu d'un air imposant, et par quelques cures heureuses, qui lui avoient fait plus d'honneur qu'il n'en méritoit.

Il ne manquoit pas de pratique, ni par conséquent de bien. Il n'en faisoit pas toutefois meilleure chère : on vivoit chez lui très-frugalement. Nous ne mangions d'ordinaire que des pois, des fèves, des pommes cuites ou du fromage. Il disoit que ces aliments étoient les plus convenables à l'estomac, comme étant les plus propres à la trituration, c'est-à-dire à être broyés plus aisément. Néanmoins, bien qu'il les crût de facile digestion, il ne vouloit point qu'on s'en rassasiât, en quoi, certes, il se montroit fort raisonnable. Mais s'il nous défendoit, à la servante et à moi, de manger beaucoup, en récompense il nous permettoit de boire de l'eau à discrétion. Bien loin de nous prescrire des bornes là-dessus, il nous disoit quelquefois : Buvez, mes enfants ; la santé consiste dans la souplesse et l'humectation des parties. Buvez de l'eau abondamment ; c'est un dissolvant universel ; l'eau fond tous les sels. Le cours du sang est-il ralenti, elle le précipite ; est-il trop rapide, elle en arrête l'impétuosité. Notre docteur étoit de si bonne foi sur cela, qu'il ne buvoit jamais lui-même que de l'eau, bien qu'il fût dans un âge avancé. Il définissoit la vieillesse, une phthisie naturelle qui nous dessèche et nous consume ; et sur cette définition, il déploroit l'ignorance de ceux qui nomment le vin le lait des vieillards. Il soutenoit que le vin les use et les détruit, et disoit fort éloquemment que cette liqueur funeste est, pour eux comme pour tout le monde, un ami qui trahit et un plaisir qui trompe.

Malgré ces beaux raisonnements, après avoir été huit jours dans cette maison, il me prit un cours de ventre, et je commençai à sentir de grands maux d'estomac, que j'eus la témérité d'attribuer au dissolvant universel et à la mauvaise nourriture que je prenois. Je m'en plaignis à mon maître, dans la pensée qu'il pourroit se relâcher et me donner un peu de vin à mes repas ; mais il *étoit* trop ennemi de cette liqueur pour me l'accorder. Si tu te sens, me dit-il, quelque dégoût pour l'eau pure, il y a des secours innocents pour soutenir l'estomac contre la fadeur des boissons aqueuses. La sauge, par exemple, et la véronique leur donnent un goût délectable ; et si tu veux les rendre encore plus délicieuses, tu n'as qu'à y mêler de la fleur d'œillet, de romarin ou de coquelicot.

Il avoit beau vanter l'eau, et m'enseigner le secret d'en composer des breuvages exquis, j'en buvois avec tant de modération, que, s'en étant aperçu, il me dit : Eh ! vraiment, Gil Blas, je ne m'étonne point si tu ne jouis pas d'une parfaite santé ; tu ne bois pas assez, mon ami. L'eau prise en petite quantité ne sert qu'à développer les parties de la bile, et qu'à leur donner plus d'activité ; au lieu qu'il les faut noyer par un délayant copieux. Ne crains pas, mon enfant, que l'abondance de l'eau affoiblisse ou refroidisse ton estomac : loin de toi cette terreur panique que tu te fais peut-être de la boisson fréquente. Je te garantis de l'événement ; et si tu ne me trouves pas bon pour t'en répondre, Celse même t'en sera garant. Cet oracle latin fait un éloge admirable de l'eau : ensuite il dit en termes exprès que ceux qui, pour boire du vin, s'excusent sur la foiblesse de leur estomac, font une injustice manifeste à ce viscère, et cherchent à couvrir leur sensualité.

Comme j'aurois eu mauvaise grâce de me montrer indocile en rentrant dans la carrière de la médecine, je parus persuadé qu'il avoit raison ; j'avouerai même que je le crus effectivement. Je continuai donc à boire de l'eau sur la garantie de Celse, ou plutôt je commençai à noyer la bile en buvant copieusement de cette liqueur ; et quoique de jour en jour je m'en sentisse plus incommodé, le préjugé l'emportoit sur l'expérience. J'avois, comme l'on voit, une heureuse disposition à devenir médecin. Je ne pus pourtant résister toujours à la violence de mes maux, qui s'accrurent à un point, que je pris enfin la résolution de sortir de chez le docteur Sangrado. Mais il me chargea d'un nouvel emploi qui me fit changer de sentiment. Ecoute, mon enfant, me dit-il un jour, je ne suis point de ces maîtres durs et ingrats qui laissent vieillir leurs domestiques dans la servitude avant que de les récompenser. Je suis content de toi, je t'aime ; et, sans attendre que tu m'aies servi plus long-temps, je vais faire ton bonheur. Je veux tout-à-l'heure te découvrir le fin de l'art salutaire que je professe depuis tant d'années. Les autres médecins en font consister la connoissance dans mille sciences pénibles ; et moi, je prétends t'abréger un chemin si long, et t'épargner la peine d'étudier la physique, la pharmacie, la botanique et l'anatomie. Sache, mon ami, qu'il ne faut que saigner et faire boire de l'eau chaude : voilà le secret de guérir toutes les maladies du monde. Oui, ce merveilleux secret que je te révèle, et que la nature impénétrable à mes confrères n'a pu dérober à mes observations, est renfermé dans ces deux points, dans la saignée et dans la boisson fréquente. Je n'ai plus rien à t'apprendre, tu sais la médecine à fond : et profitant du fruit de ma longue expérience, tu deviens tout d'un coup aussi habile que moi. Tu peux, continua-t-il, me soulager présentement : tu tiendras le matin notre registre, et l'après-midi tu sortiras pour aller voir une partie de mes malades. Tandis que j'aurai soin de la noblesse et du clergé, tu iras pour moi dans les maisons du tiers-état où l'on m'appellera, et lorsque tu auras travaillé quelque temps, je te ferai agréger à notre corps. Tu es savant, Gil Blas, avant que d'être médecin, au lieu que les autres sont long-temps médecins, et la plupart toute leur vie, avant que d'être savants.

Je remerciai le docteur de m'avoir si promptement rendu capable de lui servir de substitut ; et, pour reconnoître les bontés qu'il avoit pour moi, je l'assurai que je suivrois toute ma vie ses opinions, quand elles seroient contraires à celles d'Hippocrate. Cette assurance pourtant n'étoit pas tout-à-fait sincère. Je désapprouvois son sentiment sur l'eau, et je me proposois de boire du vin tous les jours en allant voir mes malades. Je pendis au croc une seconde fois mon habit, pour en prendre un de mon maître et me donner l'air d'un médecin. Après quoi, je me disposai à exercer la médecine aux dépens de qui il appartiendroit. Je débutai par un alguazil qui avoit une pleurésie : J'ordonnai qu'on le saignât sans miséricorde, et qu'on ne lui plaignît point l'eau. J'entrai ensuite chez un pâtissier à qui la goutte faisoit pousser de grands cris. Je ne ménageai pas plus son sang que celui de l'alguazil, et je ne lui défendis point la boisson. Je reçus douze réaux pour mes ordonnances ; ce qui me fit prendre tant de goût à la profession, que je ne demandai plus que plaies et bosses. En sortant de la maison du pâtissier, je rencontrai Fabrice, que je n'avois point vu depuis la mort du licencié Sédillo. Il me regarda pendant quelques moments avec surprise ; puis il se mit à rire de toute sa force, en se tenant les côtés. Ce n'étoit pas sans raison : j'avois un manteau qui traînoit à terre, avec un pourpoint et un haut-dechausses quatre fois plus longs et plus larges qu'il ne falloit. Je pouvois passer pour une figure originale et grotesque. Je le laissai s'épanouir la rate, non sans être tenté de suivre son exemple ; mais je me contraignois pour garder le *decorum* dans la rue, et mieux contrefaire le médecin, qui n'est pas un animal risible. Si mon air ridicule avoit excité les ris de Fabrice, mon sérieux les redoubla ; et lorsqu'il s'en fut bien donné : Vive Dieu ! Gil Blas, me dit-il, te voilà plaisamment équipé. Qui diable t'a déguisé de la sorte ? Tout beau, mon ami, lui répondis-je, tout beau ; respecte un nouvel Hippocrate. Apprends que je suis le substitut du docteur Sangrado, qui est le plus fameux médecin de Valladolid. Je demeure chez lui depuis trois semaines. Il m'a montré la médecine à fond ; et, comme il ne peut fournir à tous les malades qui le demandent, j'en vois une partie pour le soulager. Il va dans les grandes maisons, et moi dans les petites. Fort bien, reprit Fabrice, c'est-à-dire qu'il t'abandonne le sang du peuple, et se réserve celui des personnes de qualité. Je te félicite de ton partage ; il vaut mieux avoir affaire à la populace qu'au grand monde. Vive un médecin de faubourg ! ses fautes sont moins en vue, et ses assassinats ne font point de bruit. Oui, mon enfant, ajouta-t-il, ton sort me paroît digne d'envie ; et, pour parler comme Alexandre, si je n'étois pas Fabrice, je voudrois être Gil Blas.

Pour faire voir au fils du barbier Nunez qu'il n'avoit pas tort de vanter le bonheur de ma condition présente, je lui montrai les réaux de l'alguazil et du pâtissier ; puis nous entrâmes dans un cabaret pour en boire une partie. On nous apporta d'assez bon vin, que l'envie d'en goûter me fit trouver encore meilleur qu'il n'étoit. J'en bus à longs traits, et, n'en déplaise à l'oracle latin, à mesure que j'en versois dans mon estomac, je sentois que ce viscère ne me savoit pas mauvais gré des injustices que je lui faisois. Nous demeurâmes long-temps dans ce cabaret, Fabrice et moi ; nous y rîmes bien aux dépens de nos maîtres, comme cela se pratique entre valets. Ensuite, voyant que la nuit approchoit, nous nous séparâmes, après nous être mutuellement promis que le jour suivant, l'après-dînée, nous nous retrouverions au même lieu.

CHAPITRE IV.

Gil Blas continue d'exercer la médecine avec autant de succès que de capacité. Aventure de la bague retrouvée.

Je ne fus pas sitôt au logis, que le docteur Sangrado y arriva. Je lui parlai des malades que j'avois vus, et lui remis entre les mains huit réaux qui me restoient des douze que j'avois reçus pour mes ordonnances. Huit réaux, me dit-il, après les avoir comptés, c'est peu de chose pour deux visites : mais il faut tout prendre. Aussi les prit-il presque tous. Il en garda six, et me donna les deux autres : Tiens, Gil Blas, poursuivit-il, voilà pour commencer à te faire un fonds ; je t'abandonne le quart de ce que tu m'apporteras. Tu seras bientôt riche, mon ami, car il y aura, s'il plaît à Dieu, bien des maladies cette année.

J'avois lieu d'être content de mon partage, puisque, ayant dessein de retenir toujours le quart de ce que je recevrois en ville, et touchant encore le quart du reste, c'étoit, si l'arithmétique est une science certaine, la moitié de tout qui me revenoit. Cela m'inspira une nouvelle ardeur pour la médecine. Le lendemain, après que j'eus dîné, je repris mon habit de substitut, et me remis en campagne. Je visitai plusieurs malades que j'avois inscrits, et je les traitai tous de la même manière, bien qu'ils eussent des maux différents. Jusque-là les choses s'étoient passées sans bruit, et personne, grâce au ciel, ne s'étoit encore révolté contre mes ordonnances : mais quelque excellente que soit la pratique d'un médecin, elle ne sauroit manquer de censeurs. J'entrai chez un marchand épicier qui avoit un fils hydropique. J'y trouvai un petit médecin brun, qu'on nommoit le docteur Cuchillo, et qu'un parent du maître de la maison venoit d'amener. Je fis de profondes révérences à tout le monde, et particulièrement au personnage que je jugeai qu'on avoit appelé pour le consulter sur la maladie dont il s'agissoit. Il me salua d'un air grave : puis, m'ayant envisagé quelques moments avec beaucoup d'attention : Seigneur docteur, me dit-il, je vous prie d'excuser ma curiosité : je croyois connoître tous les médecins de Valladolid, mes confrères, et je vous avoue que vos traits me sont inconnus. Il faut que depuis très-peu de temps vous soyez venu vous établir dans cette ville. Je répondis que j'étois un jeune praticien, et que je ne travaillois encore que sous les auspices du docteur Sangrado. Je vous félicite, reprit-il poliment, d'avoir embrassé la méthode d'un si grand homme. Je ne doute point que vous ne soyez déjà très-habile, quoique vous paroissiez fort jeune. Il dit cela

d'un air si naturel, que je ne savois s'il avoit parlé sérieusement, ou s'il s'étoit moqué de moi ; et je rêvois à ce que je devois lui répliquer, lorsque l'épicier, prenant ce moment pour parler, nous dit : Messieurs, je suis persuadé que vous savez parfaitement l'un et l'autre l'art de la médecine : examinez, s'il vous plaît, mon fils, et ordonnez ce que vous jugerez à propos qu'on fasse pour le guérir.

Là-dessus le petit médecin se mit à observer le malade ; et après m'avoir fait remarquer tous les symptômes qui découvroient la nature de la maladie, il me demanda de quelle manière je pensois qu'on dût le traiter. Je suis d'avis, répondis-je, qu'on le saigne tous les jours, et qu'on lui fasse boire de l'eau chaude abondamment. A ces paroles, le petit médecin me dit en souriant d'un air plein de malice : Et vous croyez que ces remèdes lui sauveront la vie ? N'en doutez pas, m'écriai-je d'un ton ferme ; ils doivent produire cet effet, puisque ce sont des spécifiques contre toutes sortes de maladies. Demandez au seigneur Sangrado. Sur ce pied-là, reprit-il, Celse a grand tort d'assurer que pour guérir plus facilement un hydropique, il est à propos de lui faire souffrir la soif et la faim. Oh ! Celse, lui repartis-je, n'est pas mon oracle ; il se trompoit comme un autre, et quelquefois je me sais bon gré d'aller contre ses opinions. Je reconnois à vos discours, me dit Cuchillo, la pratique sûre et satisfaisante dont le docteur Sangrado veut insinuer la méthode aux jeunes praticiens. La saignée et la boisson font sa médecine universelle. Je ne suis pas surpris si tant d'honnêtes gens périssent entre ses mains..... N'en venons point aux invectives, interrompis-je assez brusquement : un homme de votre profession a bonne grâce de faire de pareils reproches ! Allez, allez, monsieur le docteur, sans saigner et sans faire boire de l'eau chaude, on envoie bien des malades en l'autre monde ; et vous en avez peut-être vous-même expédié plus qu'un autre. Si vous en voulez au seigneur Sangrado, écrivez contre lui ; il vous répondra, et nous verrons de quel côté seront les rieurs. Par saint Jacques et par saint Denis ! interrompit-il à son tour avec emportement, vous ne connoissez guère le docteur Cuchillo. Sachez, mon ami, que j'ai bec et ongles, et que je ne crains nullement Sangrado, qui, malgré sa présomption et sa vanité, n'est qu'un original. La figure du petit médecin me fit mépriser sa colère. Je lui répliquai avec aigreur ; il me repartit de la même sorte, et bientôt nous en vînmes aux gourmades. Nous eûmes le temps de nous donner quelques coups de poing, et de nous arracher l'un à l'autre une poignée de cheveux, avant que l'épicier et son parent pussent nous séparer. Lorsqu'ils en furent venus à bout, ils me payèrent ma visite, et retinrent mon antagoniste, qui leur parut apparemment plus habile que moi.

Après cette aventure, peu s'en fallut qu'il ne m'en arrivât une autre. J'allai voir un gros chantre qui avoit la fièvre. Sitôt qu'il m'entendit parler d'eau chaude, il se montra si récalcitrant contre ce spécifique, qu'il se mit à jurer. Il me dit un million d'injures, et me menaça même de me jeter par les fenêtres. Je sortis de chez lui plus vite que je n'y étois entré. Je ne voulus plus voir de malades ce jour-là, et je gagnai l'hôtellerie, où j'avois donné rendez-vous à Fabrice. Il y étoit déjà. Comme nous nous trouvâmes en humeur de boire, nous fîmes la débauche, et nous nous en retournâmes chez nos maîtres en bon état, c'est-à-dire entre deux vins. Le seigneur Sangrado ne s'aperçut point de mon ivresse, parce que je lui racontai avec tant d'action le démêlé que j'avois eu avec le petit docteur, qu'il prit ma vivacité pour un effet de l'émotion qui me restoit encore de mon combat. D'ailleurs, il entroit pour son compte dans le rapport que je lui faisois ; et se sentant piqué contre Cuchillo : Tu as bien fait, Gil Blas, me dit-il, de défendre l'honneur de nos remèdes contre ce petit avorton de la faculté. Il prétend donc qu'on ne doit pas permettre les boissons aqueuses aux hydropiques ? l'ignorant ! Je soutiens, moi, qu'il faut leur en accorder l'usage. Oui, l'eau, poursuivit-il, peut guérir toute sorte d'hydropisies, comme elle est bonne pour les rhumatismes et pour les pâles-couleurs ; elle est encore excellente dans ces fièvres où l'on brûle et glace tout à la fois, et merveilleuse même dans ces maladies qu'on impute à des humeurs froides, séreuses, flegmatiques et pituiteuses. Cette opinion paroît étrange aux jeunes médecins tels que Cuchillo ; mais elle est très-soutenable en bonne médecine, et si ces gens-là étoient capables de raisonner en philosophes, au lieu de me décrier comme ils font, ils deviendroient mes plus zélés partisans.

Il ne me soupçonna donc point d'avoir bu, tant il étoit en colère ; car, pour l'aigrir encore davantage contre le petit docteur, j'avois mis dans mon rapport quelques circonstances de mon crû. Cependant, tout occupé qu'il étoit de ce que je venois de lui dire, il ne laissa pas de s'apercevoir que je buvois ce soir-là plus d'eau qu'à l'ordinaire.

Effectivement, le vin m'avoit fort altéré. Tout autre que Sangrado se seroit défié de la soif qui me pressoit, et des grands coups que j'avalois ; mais lui, il s'imagina bonnement que je commençois à prendre goût aux boissons aqueuses. A ce que je vois, Gil Blas, dit-il en souriant, tu n'as plus tant d'aversion pour l'eau. Vive Dieu ! tu la bois comme du nectar. Cela ne m'étonne point, mon ami, je savois bien que tu t'accoutumerois

à cette liqueur. Monsieur, lui répondis-je, chaque chose a son temps : je donnerois à l'heure qu'il est un muid de vin pour une pinte d'eau. Cette réponse charma le docteur, qui ne perdit pas une si belle occasion de relever l'excellence de l'eau. Il entreprit d'en faire un nouvel éloge, non en orateur froid, mais en enthousiaste. Mille fois, s'écria-t-il, mille et mille fois plus estimables et plus innocents que les cabarets de nos jours, ces thermopoles des siècles passés, où l'on n'alloit pas honteusement prostituer son bien et sa vie en se gorgeant de vin, mais où l'on s'assembloit pour s'amuser honnêtement et sans risque à boire de l'eau chaude ! On ne peut trop admirer la sage prévoyance de ces anciens maîtres de la vie civile, qui avoient établi des lieux publics où l'on donnoit de l'eau à boire à tout venant, et qui renfermoient le vin dans les boutiques des apothicaires, pour n'en permettre l'usage que par l'ordonnance des médecins. Quel trait de sagesse ! C'est sans doute, ajouta-t-il, par un heureux reste de cette ancienne frugalité digne du siècle d'or, qu'il se trouve encore aujourd'hui des personnes qui, comme toi et moi, ne boivent que de l'eau, et qui croient se préserver ou se guérir de tous maux, en buvant de l'eau chaude qui n'a pas bouilli ; car j'ai observé que l'eau, quand elle a bouilli, est plus pesante et moins commode à l'estomac.

Tandis qu'il tenoit ce discours éloquent, je pensai plus d'une fois éclater de rire. Je gardai pourtant mon sérieux. Je fis plus, j'entrai dans les sentiments du docteur. Je blâmai l'usage du vin, et plaignis les hommes d'avoir malheureusement pris goût à une boisson si pernicieuse. Ensuite, comme je ne me sentois pas encore bien désaltéré, je remplis d'eau un grand gobelet, et après avoir bu à longs traits : Allons, monsieur, dis-je à mon maître, abreuvons-nous de cette liqueur bienfaisante. Faisons revivre dans votre maison ces anciens thermopoles que vous regrettez si fort. Il applaudit à ces paroles, et m'exhorta pendant une heure entière à ne boire jamais que de l'eau. Pour m'accoutumer à cette boisson, je lui promis d'en boire une grande quantité tous les soirs ; et, pour tenir plus facilement ma promesse, je me couchai dans la résolution d'aller tous les jours au cabaret.

Le désagrément que j'avois eu chez l'épicier ne m'empêcha pas d'ordonner, dès le lendemain, des saignées et de l'eau chaude. Au sortir d'une maison où je venois de voir un poète qui avoit la frénésie, je rencontrai dans la rue une vieille femme qui m'aborda pour me demander si j'étois médecin. Je lui répondis qu'oui. Cela étant, reprit-elle, je vous supplie très-humblement de venir avec moi :

ma nièce est malade depuis hier, et j'ignore quelle est sa maladie. Je suivis la vieille, qui me conduisit à sa maison, et me fit entrer dans une chambre assez propre, où je vis une personne alitée. Je m'approchai d'elle pour l'observer. D'abord ses traits me frappèrent; et après l'avoir envisagée quelques moments, je reconnus, à n'en pouvoir douter, que c'étoit l'aventurière qui avoit si bien fait le rôle de Camille. Pour elle, il ne me parut point qu'elle me remît, soit qu'elle fût accablée de son mal, soit que mon habit de médecin me rendît méconnoissable à ses yeux. Je lui pris le bras, pour lui tâter le pouls; et j'aperçus ma bague à son doigt. Je fus terriblement ému à la vue d'un bien dont j'étois en droit de me saisir, et j'eus grande envie de faire un effort pour le reprendre; mais considérant que ces femmes se mettroient à crier, et que don Raphaël ou quelque autre défenseur du beau sexe pourroit accourir à leurs cris, je me gardai de céder à la tentation. Je songeai qu'il valoit mieux dissimuler, et consulter là-dessus Fabrice. Je m'arrêtai à ce dernier parti. Cependant la vieille me pressoit de lui apprendre de quel mal sa nièce étoit atteinte. Je ne fus pas assez sot pour avouer que je n'en savois rien; au contraire, je fis le capable, et copiant mon maître, je dis gravement que le mal provenoit de ce que la malade ne transpiroit point; qu'il falloit par conséquent se hâter de la saigner, parce que la saignée étoit le substitut naturel de la transpiration : et j'ordonnai aussi de l'eau chaude, pour faire les choses suivant nos règles.

J'abrégeai ma visite le plus qu'il me fut possible, et je courus chez le fils de Nunez, que je rencontrai comme il sortoit pour aller faire une commission dont son maître venoit de le charger. Je lui contai ma nouvelle aventure, et lui demandai s'il jugeoit à propos que je fisse arrêter Camille par des gens de justice. Eh non, me répondit-il; ce ne seroit pas le moyen de ravoir ta bague. Ces gens-là n'aiment point à faire des restitutions. Souviens-toi de ta prison d'Astorga, ton cheval, ton argent, jusqu'à ton habit, tout n'est-il pas demeuré entre leurs mains? Il faut plutôt nous servir de notre industrie pour rattraper ton diamant. Je me charge du soin de trouver quelque ruse pour cet effet. Je vais y rêver en allant à l'hôpital, où j'ai deux mots à dire au pourvoyeur de la part de mon maître. Toi, va m'attendre à notre cabaret, et ne t'impatiente point; je t'y joindrai dans peu de temps.

Il y avoit pourtant déjà plus de trois heures que j'étois au rendez-vous, quand il arriva. Je ne le reconnus pas d'abord. Outre qu'il avoit changé d'habit et natté ses cheveux, une moustache postiche lui couvroit la moitié du visage. Il portoit une grande épée dont la garde avoit pour le moins trois pieds de circonférence, et marchoit à la tête de cinq hommes qui avoient, comme lui, l'air déterminé, des moustaches épaisses, avec de longues rapières. Serviteur au seigneur Gil Blas, dit-il en m'abordant; il voit en moi un alguazil de nouvelle fabrique; et dans ces braves gens qui m'accompagnent, des archers de la même trempe. Il n'a qu'à nous mener chez la femme qui a volé un diamant, et nous le lui ferons rendre, sur ma parole. J'embrassai Fabrice à ce discours, qui me faisoit connoître le stratagème qu'il prétendoit employer pour moi, et je lui témoignai que j'approuvois fort l'expédient qu'il avoit imaginé. Je saluai aussi les faux archers. C'étoient trois domestiques et deux garçons barbiers de ses amis, qu'il avoit engagés à faire ce personnage. J'ordonnai qu'on apportât du vin pour abreuver la brigade, et nous allâmes tous ensemble chez Camille à l'entrée de la nuit. Nous frappâmes à la porte, que nous trouvâmes fermée. La vieille vint ouvrir; et, prenant les personnes qui étoient avec moi pour des levriers de justice, qui n'entroient pas dans cette maison sans sujet, elle demeura fort effrayée. Rassurez-vous, ma bonne mère, lui dit Fabrice; nous ne venons ici que pour une petite affaire qui sera bientôt terminée, car nous sommes des gens expéditifs. A ces mots nous nous avançâmes, et gagnâmes la chambre de la malade, conduits par la vieille qui marchoit devant nous, et à la faveur d'une bougie qu'elle tenoit dans un flambeau d'argent. Je pris ce flambeau, je m'approchai du lit; et, faisant remarquer mes traits à Camille : Perfide, lui dis-je, reconnoissez ce trop crédule Gil Blas que vous avez trompé. Ah! scélérate, je vous rencontre enfin! Le corrégidor a reçu ma plainte, et il a chargé cet alguazil de vous arrêter. Allons, monsieur l'officier, dis-je à Fabrice, faites votre charge. Il n'est pas besoin, répondit-il en grossissant sa voix, de m'exhorter à remplir mon devoir. Je me remets cette créature-là : il y a long-temps qu'elle est marquée en lettres rouges sur mes tablettes. Levez-vous, ma princesse, ajouta-t-il; habillez-vous promptement; je vais vous servir d'écuyer, et vous conduire aux prisons de cette ville, si vous l'avez pour agréable.

A ces paroles, Camille, toute malade qu'elle étoit, s'apercevant que deux archers à grandes moustaches se préparoient à la tirer de son lit par force, se mit d'elle-même sur son séant, joignit les mains d'une manière suppliante; et, me regardant avec des yeux où la frayeur étoit peinte, Seigneur Gil Blas, me dit-elle, ayez pitié de moi; je vous en conjure par la chaste mère à qui vous devez le jour. Quoique je sois très-coupable, je suis encore plus malheureuse. Je vais vous rendre votre diamant, et ne me perdez point. En parlant de cette sorte, elle tira de son doigt ma bague, et me la donna. Mais je lui répondis que mon diamant ne suffisoit point, et que je voulois qu'on me restituât encore les mille ducats qui m'avoient été volés dans l'hôtel garni. Oh! pour vos ducats, seigneur, répliqua-t-elle, ne me les demandez point. Le traître don Raphaël, que je n'ai pas vu depuis ce temps-là, les emporta dès la nuit même. Eh! petite mignonne, dit alors Fabrice, n'y a-t-il qu'à dire, pour vous tirer d'intrigue, que vous n'avez pas eu de part au gâteau? Vous n'en serez pas quitte à si bon marché. C'est assez que vous soyez des complices de don Raphaël, pour mériter qu'on vous demande compte de votre vie passée : vous devez bien avoir des choses sur la conscience. Vous viendrez, s'il vous plaît, en prison faire une confession générale. J'y veux mener aussi, continua-t-il, cette bonne vieille; je juge qu'elle sait une infinité d'histoires curieuses que monsieur le corrégidor ne sera pas fâché d'entendre.

Les deux femmes, à ces mots, mirent tout en usage pour nous attendrir. Elles remplirent la chambre de cris, de plaintes et de lamentations. Tandis que la vieille à genoux, tantôt devant l'alguazil et tantôt devant les archers, tâchoit d'exciter la compassion, Camille me prioit, de la manière du monde la plus touchante, de la sauver des mains de la justice. Je feignis de me laisser fléchir. Monsieur l'officier, dis-je au fils de Nunez, puisque j'ai mon diamant, je me console du reste. Je ne souhaite pas qu'on fasse de la peine à cette pauvre femme; je ne veux point la mort du pécheur. Fi donc, répondit-il, vous avez de l'humanité! vous ne seriez pas bon à être exempt. Il faut, poursuivit-il, que je m'acquitte de ma commission. Il m'est expressément ordonné d'arrêter ces infantes; monsieur le corrégidor en veut faire un exemple. Eh! de grâce, repris-je, ayez quelque égard à ma prière, et relâchez-vous un peu de votre devoir en faveur du présent que ces dames vont vous offrir. Oh! c'est une autre affaire, repartit-il; voilà ce qui s'appelle une figure de rhétorique bien placée. Çà, voyons, qu'ont-elles à me donner? J'ai un collier de perles, lui dit Camille, et des pendants d'oreilles d'un prix considérable. Oui, mais, interrompit-il brusquement, si cela vient des îles Philippines, je n'en veux point. Vous pouvez le prendre en assurance, reprit-elle; je vous les garantis fins. En même temps elle se fit apporter par la vieille une petite boîte d'où elle tira le collier et les pendants, qu'elle mit entre les mains de monsieur l'alguazil. Bien qu'il ne se connût guère mieux que moi en pierreries, il ne douta pas que celles qui composoient les pendants ne fussent fines, aussi bien que les perles. Ces

bijoux, dit-il, après les avoir considérés alternativement, me paroissent de bon aloi; et si l'on ajoute à cela le flambeau d'argent que tient le seigneur Gil Blas, je ne réponds pas de ma fidélité. Je ne crois pas, dis-je alors à Camille, que vous vouliez, pour une bagatelle, rompre un accommodement si avantageux pour vous. En prononçant ces dernières paroles, j'ôtai la bougie que je remis à la vieille, et livrai le flambeau à Fabrice, qui, s'en tenant là peut-être parce qu'il n'apercevoit plus rien dans la chambre qui se pût aisément emporter, dit aux deux femmes : Adieu, mes princesses, demeurez tranquilles. Je vais parler à monsieur le corrégidor, et vous rendre plus blanches que la neige. Nous savons lui tourner les choses comme il nous plaît, et nous ne lui faisons des rapports fidèles que quand rien ne nous oblige à lui en faire de faux.

CHAPITRE V.

Suite de l'aventure de la bague retrouvée. Gil Blas abandonne la médecine et le séjour de Valladolid.

Après avoir exécuté de cette manière le projet de Fabrice, nous sortîmes de chez Camille, en nous applaudissant d'un succès qui surpassoit notre attente; car nous n'avions compté que sur la bague. Nous emportions sans façon tout le reste. Bien loin de nous faire un scrupule d'avoir volé des courtisanes, nous nous imaginions avoir fait une action méritoire. Messieurs, nous dit Fabrice lorsque nous fûmes dans la rue, je suis d'avis que nous regagnions notre cabaret, où nous passerons la nuit à nous réjouir. Demain nous vendrons le flambeau, le collier, les pendants d'oreilles, et nous en partagerons l'argent en frères; après chacun reprendra le chemin de sa maison, et s'excusera du mieux qu'il lui sera possible auprès de son maître. La pensée de monsieur l'alguazil nous parut très-judicieuse. Nous retournâmes tous au cabaret, les uns jugeant qu'ils trouveroient facilement une excuse pour avoir découché, et les autres ne se souciant guère d'être chassés de chez eux.

Nous fûmes apprêter un bon souper, et nous nous mîmes à table avec autant d'appétit que de gaîté. Le repas fut assaisonné de mille discours agréables. Fabrice surtout, qui savoit donner de l'enjouement à la conversation, divertit fort la compagnie. Il lui échappa je ne sais combien de traits pleins de sel castillan, qui vaut bien le sel attique; mais dans le temps que nous étions le plus en train de rire, notre joie fut tout-à-coup troublée par un événement imprévu et des plus désagréables. Il entra dans la chambre où nous soupions un homme assez bien fait, suivi de deux autres de très-mauvaise mine.

Après ceux-là trois autres parurent, et nous en comptâmes jusqu'à douze qui survinrent ainsi trois à trois. Ils portoient des carabines, avec des épées et des baïonnettes. Nous vîmes bien que c'étoient des archers de la patrouille, et il ne nous fut pas difficile de juger de leur intention. Nous eûmes d'abord quelque envie de résister; mais ils nous enveloppèrent en un instant, et nous tinrent en respect, tant par leur nombre que par leurs armes à feu. Messieurs, nous dit le commandant d'un air railleur, je sais par quel ingénieux artifice vous venez de retirer une bague des mains de certaine aventurière. Certes, le trait est excellent, et mérite bien une récompense publique; aussi ne peut-elle vous échapper. La justice, qui vous destine chez elle un logement, ne manquera pas de reconnoître un si bel effort de génie. Toutes les personnes à qui ce discours s'adressoit en furent déconcertées. Nous changeâmes de contenance, et sentîmes à notre tour la même frayeur que nous avions inspirée chez Camille. Fabrice, pourtant, quoique pâle et défait, voulut nous justifier. Seigneur, dit-il, nous n'avons pas eu une mauvaise intention, et par conséquent on doit nous pardonner cette petite supercherie. Comment diable! répliqua le commandant avec colère, vous appelez cela une petite supercherie? Savez-vous bien qu'il y va de la corde? Outre qu'il n'est pas permis de se rendre justice soi-même, vous avez emporté un flambeau, un collier et des pendants d'oreilles, et, qui pis est, pour faire ce vol, vous vous êtes travestis en archers. Des misérables se déguiser en honnêtes gens pour mal faire! Je vous trouverai trop heureux si l'on ne vous condamne qu'à faucher le grand pré. Lorsqu'il nous eut fait comprendre que la chose étoit encore plus sérieuse que nous ne l'avions pensé d'abord, nous nous jetâmes tous à ses pieds, et le priâmes d'avoir pitié de notre jeunesse; mais nos prières furent inutiles. Il rejeta de plus la proposition que nous fîmes de lui abandonner le collier, les pendants et le flambeau; il refusa même ma bague, parce que je la lui offrois peut-être en trop bonne compagnie; enfin il se montra inexorable. Il fit désarmer mes compagnons, et nous emmena tous ensemble aux prisons de la ville. Comme on nous y conduisoit, un des archers m'apprit que la vieille qui demeuroit avec Camille, nous ayant soupçonnés de n'être pas de véritables valets de pied de la justice, elle nous avoit suivis jusqu'au cabaret; et que là, ses soupçons s'étant tournés en certitude, elle en avoit averti la patrouille, pour se venger de nous.

On nous fouilla d'abord partout. On nous ôta le collier, les pendants et le flambeau : on m'arracha pareillement ma bague, avec les rubis des îles Philippines, que j'avois, par malheur dans mes poches; on ne me laissa pas seulement les réaux que j'avois reçus ce jour-là pour mes ordonnances; ce qui me prouva que les gens de justice de Valladolid savoient aussi bien faire leur charge que ceux d'Astorga et que tous ces messieurs avoient des manières uniformes. Tandis qu'on me spolioit de mes bijoux et de mes espèces, l'officier de la patrouille, qui étoit présent, contoit notre aventure aux ministres de la spoliation. Le fait leur parut si grave, que la plupart d'entre eux nous trouvoient dignes du dernier supplice. Les autres, moins sévères, disoient que nous pourrions en être quittes pour chacun deux cents coups de fouet, avec quelques années de service sur mer. En attendant la décision de monsieur le corrégidor, on nous enferma dans un cachot, où nous nous couchâmes sur la paille, dont il étoit presque aussi jonché qu'une écurie où l'on a fait la litière aux chevaux. Nous aurions pu y demeurer long-temps, et n'en sortir que pour aller aux galères, si, dès le lendemain, le seigneur Manuel Ordonez n'eût entendu parler de notre affaire, et résolu de tirer Fabrice de prison; ce qu'il ne pouvoit faire sans nous délivrer tous avec lui. C'étoit un homme fort estimé dans la ville : il n'épargna point les sollicitations, et, tant par son crédit que par celui de ses amis, il obtint au bout de trois jours notre élargissement. Mais nous ne sortîmes point de ce lieu-là comme nous y étions entrés : le flambeau, le collier, les pendants, ma bague et les rubis, tout y resta. Cela me fit souvenir de ces vers de Virgile, qui commencent par *Sic vos non vobis*.

D'abord que nous fûmes en liberté, nous retournâmes chez nos maîtres. Le docteur Sangrado me reçut bien : mon pauvre Gil Blas, me dit-il, je n'ai su que ce matin ta disgrâce. Je me préparois à solliciter fortement pour toi. Il faut te consoler de cet accident, mon ami, et t'attacher plus que jamais à la médecine. Je répondis que j'étois dans ce dessein; et véritablement je m'y donnai tout entier. Bien loin de manquer d'occupation, il arriva, comme mon maître l'avoit si heureusement prédit, qu'il y eut bien des maladies. La petite vérole et des fièvres malignes commencèrent à régner dans la ville et dans les faubourgs. Tous les médecins de Valladolid eurent de la pratique, et nous particulièrement. Il ne se passoit point de jour que nous ne vissions chacun huit ou dix malades; ce qui suppose bien de l'eau bue et du sang répandu. Mais je ne sais comment cela se faisoit : ils mouroient tous, soit que nous les traitassions fort mal, soit que leurs maladies fussent incurables. Nous faisions rarement trois visites à un même malade : dès la seconde, ou nous apprenions qu'il venoit d'être enterré, ou nous le trouvions à l'agonie. Comme je n'étois qu'un jeune médecin qui n'avoit pas encore eu le temps de s'endurcir au meurtre, je m'affligeois des événements funestes qu'on pouvoit m'imputer. Monsieur, dis-je un soir au docteur Sangrado, j'atteste ici le ciel que je suis exactement votre méthode ; cependant tous mes malades vont en l'autre monde : on diroit qu'ils prennent plaisir à mourir, pour décréditer notre médecine. J'en ai rencontré aujourd'hui deux qu'on portoit en terre. Mon enfant, me répondit-il, je pourrois te dire à peu près la même chose ; je n'ai pas souvent la satisfaction de guérir les personnes qui tombent entre mes mains ; et, si je n'étois pas aussi sûr de mes principes que je le suis, je croirois mes remèdes contraires à presque toutes les maladies que je traite. Si vous m'en voulez croire, monsieur, repris-je, nous changerons de pratique. Donnons, par curiosité, des préparations chimiques à nos malades : le pis qu'il en puisse arriver, c'est qu'elles produisent le même effet que notre eau chaude et nos saignées. Je ferois volontiers cet essai, répliqua-t-il, si cela ne tiroit point à conséquence ; mais j'ai publié un livre où je vante la fréquente saignée et l'usage de la boisson : veux-tu que j'aille décrier mon ouvrage ? Oh ! vous avez raison, lui repartis-je, il ne faut point accorder ce triomphe à vos ennemis : ils diroient que vous vous laissez désabuser ; ils vous perdroient de réputation. Périssent plutôt le peuple, la noblesse et le clergé ! Allons donc toujours notre train. Après tout, nos confrères, malgré l'aversion qu'ils ont pour la saignée, ne savent pas faire de plus grands miracles que nous ; et je crois que leurs drogues valent bien nos spécifiques.

Nous continuâmes à travailler sur nouveaux frais, et nous y procédâmes de manière qu'en moins de six semaines nous fîmes autant de veuves et d'orphelins que le siége de Troie. Il sembloit que la peste fût dans Valladolid, tant on y faisoit de funérailles. Il venoit tous les jours au logis quelque père nous demander compte d'un fils que nous lui avions enlevé, ou bien quelque oncle qui nous reprochoit la mort de son neveu. Pour les neveux et les fils dont les oncles et les pères s'étoient mal trouvés de nos remèdes, ils ne paroissoient point chez nous. Les maris étoient aussi fort discrets ; ils ne nous chicanoient point sur la perte de leurs femmes. Les personnes affligées dont il nous falloit essuyer les reproches avoient quelquefois une douleur brutale ; ils nous appeloient ignorants, assassins ; ils ne ménageoient point les termes. J'étois ému de leurs épithètes ; mais mon maître, qui étoit fait à cela, les écoutoit de sang-froid. J'aurois pu, comme lui, m'accoutumer aux injures, si le ciel, pour ôter sans doute aux malades de Valladolid un de leurs fléaux, n'eût fait naître une occasion de me dégoûter de la médecine que je pratiquois avec si peu de succès.

Il y avoit dans notre voisinage un jeu de paume où les fainéants de la ville s'assembloient chaque jour. On y voyoit un de ces braves de profession qui s'érigent en maîtres, et décident les différends dans les tripots. Il étoit de Biscaye, et se faisoit appeler don Rodrigue de Mondragon. Il paroissoit avoir trente ans. C'étoit un homme d'une taille ordinaire, mais sec et nerveux. Outre deux petits yeux étincelants qui lui rouloient dans la tête, et sembloient menacer tous ceux qu'il regardoit, un nez fort épaté lui tomboit sur une moustache rousse qui s'élevoit en croc jusqu'à la tempe. Il avoit la parole si rude et si brusque, qu'il n'avoit qu'à parler pour inspirer de l'effroi. Ce casseur de raquettes s'étoit rendu le tyran du jeu de paume : il jugeoit impérieusement les contestations qui survenoient entre les joueurs ; et il ne falloit point qu'on appelât de ses jugements à moins que l'appelant ne voulût se résoudre à recevoir de lui, le lendemain, un cartel de défi. Tel que je viens de représenter le seigneur don Rodrigue, que le *don* qu'il mettoit à la tête de son nom n'empêchoit pas d'être roturier, il fit une tendre impression sur la maîtresse du tripot. C'étoit une femme de quarante ans, riche, assez agréable, et veuve depuis quinze mois. J'ignore comment il put lui plaire : ce ne fut pas sans doute par sa beauté ; ce fut apparemment par ce je ne sais quoi qu'on ne sauroit dire. Quoi qu'il en soit, elle eût du goût pour lui, et forma le dessein de l'épouser ; mais dans le temps qu'elle se préparoit à consommer cette affaire, elle tomba malade ; et, malheureusement pour elle, je devins son médecin. Quand sa maladie n'auroit pas été une fièvre maligne, mes remèdes suffisoient pour la rendre dangereuse. Au bout de quatre jours, je remplis de deuil le tripot. La paumière alla où j'envoyois tous mes malades, et ses parents s'emparèrent de son bien. Don Rodrigue, au désespoir d'avoir perdu sa maîtresse, ou plutôt l'espérance d'un mariage très-avantageux pour lui, ne se contenta pas de jeter feu et flamme contre moi ; il jura qu'il me passeroit son épée au travers du corps, et m'extermineroit à la première vue. Un voisin charitable m'avertit de ce serment, et me conseilla de ne point sortir du logis, de peur de rencontrer ce diable d'homme. Cet avis, quoique je n'eusse pas envie de le négliger, me remplit de trouble et de frayeur ; je m'imaginois sans cesse que je voyois entrer dans notre maison le Biscayen furieux : je ne pouvois goûter un moment de repos. Cela me détacha de la médecine, et je ne songeai plus qu'à m'affranchir de mon inquiétude. Je repris mon habit brodé ; et, après avoir dit adieu à mon maître qui ne put me retenir, je sortis de la ville à la

CHAPITRE VI.

Quelle route il prit en sortant de Valladolid, et quel homme le joignit en chemin.

pointe du jour, non sans crainte de trouver don Rodrigue en mon chemin.

Je marchois fort vite, et regardois de temps en temps derrière moi, pour voir si ce redoutable Biscayen ne suivoit point mes pas : j'avois l'imagination si remplie de cet homme-là, que je prenois pour lui tous les arbres et les buissons : je sentois à tout moment mon cœur tressaillir d'effroi. Je me rassurai pourtant après avoir fait une bonne lieue, et je continuai plus doucement mon chemin vers Madrid, où je me proposois d'aller. Je quittois sans peine le séjour de Valladolid ; tout mon regret étoit de me séparer de Fabrice, mon cher Pylade, à qui je n'avois pu même faire mes adieux. Je n'étois nullement fâché d'avoir renoncé à la médecine ; au contraire, je demandois pardon à Dieu de l'avoir exercée. Je ne laissai pas de compter avec plaisir l'argent que j'avois dans mes poches, bien que ce fût le salaire de mes assassinats. Je ressemblois aux femmes qui cessent d'être libertines, mais qui gardent toujours à bon compte le profit de leur libertinage. J'avois, en réaux, à peu près la valeur de cinq ducats : c'étoit là tout mon bien. Je me promettois avec cela de me rendre à Madrid, où je ne doutois point que je ne trouvasse quelque bonne condition. D'ailleurs, je souhaitois passionnément d'être dans cette superbe ville, qu'on m'avoit vantée comme l'abrégé de toutes les merveilles du monde.

Tandis que je rappelois tout ce que j'en avois ouï dire, et que je jouissois par avance des plaisirs qu'on y prend, j'entendis la voix d'un homme qui marchoit sur mes pas, et qui chantoit à plein gosier. Il avoit sur le dos un sac de cuir, une guitare pendue au cou, et il portoit une assez longue épée. Il alloit si bon train, qu'il me joignit en peu de temps. C'étoit un des deux garçons barbiers avec qui j'avois été en prison pour l'aventure de la bague. Nous nous reconnûmes d'abord l'un l'autre, quoique nous eussions changé d'habit, et nous demeurâmes fort étonnés de nous rencontrer inopinément sur un grand chemin. Si je lui témoignai que j'étois ravi de l'avoir pour compagnon de voyage, il me parut de son côté sentir une extrême joie de me revoir. Je lui contai pourquoi j'abandonnois Valladolid ; et lui, pour me faire la même confidence, m'apprit qu'il avoit eu du bruit avec son maître, et qu'ils s'étoient dit tous deux réciproquement un éternel adieu. Si j'eusse voulu, ajouta-t-il, demeurer plus long-temps à Valladolid, j'y aurois trouvé dix boutiques pour

une ; car sans vanité, j'ose dire qu'il n'est point de barbier en Espagne qui sache mieux que moi raser à poil et à contre-poil, et mettre une moustache en papillotes. Mais je n'ai pu résister davantage au violent désir que j'ai de retourner dans ma patrie, d'où il y a dix années entières que je suis sorti. Je veux respirer un peu l'air du pays, savoir dans quelle situation sont mes parents. Je serai chez eux après-demain, puisque l'endroit qu'ils habitent, et qu'on appelle Olmédo, est un gros village en-deçà de Ségovie.

Je résolus d'accompagner ce barbier jusque chez lui, et d'aller à Ségovie chercher quelque commodité pour Madrid. Nous commençâmes à nous entretenir de choses indifférentes en poursuivant notre route. Ce jeune homme étoit de bonne humeur et avoit l'esprit agréable. Au bout d'une heure de conversation, il me demanda si je me sentois de l'appétit. Je lui répondis qu'il le verroit à la première hôtellerie. En attendant que nous y arrivions, me dit-il, nous pouvons faire une pause : j'ai dans mon sac de quoi déjeûner. Quand je voyage, j'ai toujours soin de porter des provisions. Je ne me charge point d'habits, de linge ni d'autres hardes inutiles : je ne veux rien de superflu. Je ne mets dans mon sac que des munitions de bouche, avec mes rasoirs et une savonnette. Je louai sa prudence, et consentis de bon cœur à la pause qu'il proposoit. J'avois faim, et je me préparois à faire un bon repas : après ce qu'il venoit de dire, je m'y attendois. Nous nous détournâmes un peu du grand chemin, pour nous asseoir sur l'herbe. Là, mon garçon barbier étala ses vivres, qui consistoient dans cinq ou six oignons, avec quelques morceaux de pain et de fromage : mais ce qu'il produisit comme la meilleure pièce du sac, fut une petite outre, remplie, disoit-il, d'un vin délicat et friand. Quoique les mets ne fussent pas bien savoureux, la faim qui nous pressoit l'un et l'autre ne nous permit pas de les trouver mauvais ; et nous vidâmes aussi l'outre, où il y avoit environ deux pintes d'un vin qu'il se seroit fort bien passé de me vanter. Nous nous levâmes après cela, et nous nous remîmes en marche avec beaucoup de gaîté. Le barbier, à qui Fabrice avoit dit qu'il m'étoit arrivé des aventures très-particulières, me pria de les lui apprendre moi-même. Je crus ne pouvoir rien refuser à un homme qui m'avoit si bien régalé : je lui donnai la satisfaction qu'il me demandoit. Ensuite je lui dis que, pour reconnoître ma complaisance, il falloit qu'il me contât aussi l'histoire de sa vie. Oh ! pour mon histoire, s'écria-t-il, elle ne mérite guère d'être entendue : elle ne contient que de simples faits. Néanmoins, ajouta-t-il, puisque nous n'avons rien de meilleur à faire, je vais vous la raconter telle qu'elle est. En même temps, il en fit le récit à peu près de cette sorte.

CHAPITRE VII.

Histoire du garçon barbier.

Fernand Perès de la Fuente, mon grand père (je prends la chose de loin), après avoir été pendant cinquante ans barbier du village d'Olmédo, mourut, et laissa quatre fils. L'aîné, nommé Nicolas, s'empara de sa boutique, et lui succéda dans sa profession. Bertrand, le puîné, se mettant le commerce en tête, devint marchand mercier ; et Thomas, qui étoit le troisième, se fit maître d'école. Pour le quatrième, qu'on appeloit Pédro, comme il se sentoit né pour les belles-lettres, il vendit une petite pièce de terre qu'il avoit eue pour son partage, et alla demeurer à Madrid, où il espéroit qu'un jour il se feroit distinguer par son savoir et par son esprit. Ses trois autres frères ne se séparèrent point : ils s'établirent à Olmédo, en se mariant avec des filles de laboureurs, qui leur apportèrent en mariage peu de bien, mais en récompense une grande fécondité. Elles firent des enfants comme à l'envi l'une de l'autre. Ma mère, femme du barbier, en mit au monde six pour sa part, dans les cinq premières années de son mariage. Je fus du nombre de ceux-là. Mon père m'apprit de très-bonne heure à raser ; et lorsqu'il me vit parvenu à l'âge de quinze ans, il me chargea les épaules de ce. sac que vous voyez, me ceignit d'une longue épée, et me dit : Va, Diégo, tu es en état présentement de gagner ta vie ; va courir le pays. Tu as besoin de voyager, pour te dégourdir et te perfectionner dans ton art. Pars, et ne reviens à Olmédo qu'après avoir fait le tour de l'Espagne ; que je n'entende point parler de toi avant ce temps-là. En achevant ces paroles, il m'embrassa de bonne amitié, et me poussa hors du logis.

Tels furent les adieux de mon père. Pour ma mère, qui avoit moins de rudesse dans ses mœurs, elle parut plus sensible à mon départ. Elle laissa couler quelques larmes, et me glissa même dans la main un ducat à la dérobée. Je sortis donc ainsi d'Olmédo, et pris le chemin de Ségovie. Je n'eus pas fait deux cents pas, que je m'arrêtai pour visiter mon sac. J'eus envie de voir ce qu'il y avoit dedans, et de connoître précisément ce que je possédois. J'y trouvai une trousse où étoient deux rasoirs qui sembloient avoir rasé dix générations, tant ils étoient usés, avec une bandelette de cuir pour les repasser, et un morceau de savon. Outre cela, une chemise de chanvre toute neuve, une vieille paire de souliers de mon père, et ce qui me réjouit plus que le reste, une vingtaine de

réaux enveloppés dans un chiffon de linge. Voilà quelles étoient mes facultés. Vous jugez bien par là que maître Nicolas le barbier comptoit beaucoup sur mon savoir faire, puisqu'il me laissoit partir avec si peu de chose. Cependant la possession d'un ducat et de vingt réaux ne manqua pas d'éblouir un jeune homme qui n'avoit jamais eu d'argent. Je crus mes finances inépuisables ; et, transporté de joie, je continuai mon chemin, en regardant de moment en moment la garde de ma rapière, dont la lame me battoit à chaque pas le mollet, ou s'embarrassoit dans mes jambes.

J'arrivai sur le soir au village d'Ataquinès, avec un très-rude appétit. J'allai loger à l'hôtellerie ; et, comme si j'eusse été en état de faire de la dépense, je demandai, d'un ton haut, à souper. L'hôte me considéra quelque temps ; et, voyant à qui il avoit à faire, il me dit d'un air doux : Çà, mon gentilhomme, vous serez satisfait ; on va vous traiter comme un prince. En parlant de cette sorte, il me mena dans une chambre, où il m'apporta, un quart d'heure après, un civet de matou, que je mangeai avec la même avidité que s'il eût été de lièvre ou de lapin. Il accompagna cet excellent ragoût d'un vin qui étoit si bon, disoit-il, que le roi n'en buvoit pas de meilleur. Je m'aperçus pourtant que c'étoit du vin gâté ; mais cela ne m'empêcha pas de lui faire autant d'honneur qu'au matou. Il fallut ensuite, pour achever d'être traité comme un prince, que je me couchasse dans un lit plus propre à causer l'insomnie qu'à l'ôter. Peignez-vous un grabat fort étroit, et si court que je ne pouvois étendre les jambes, tout petit que j'étois. D'ailleurs, il n'avoit pour matelas et lit de plume qu'une simple paillasse piquée, et couverte d'un drap mis en double, qui, depuis le dernier blanchissage, avoit servi peut-être à cent voyageurs. Néanmoins dans ce lit que je viens de représenter, l'estomac plein du civet et de ce vin délicieux que l'hôte m'avoit donné, grâces à ma jeunesse et à mon tempérament, je dormis d'un profond sommeil, et passai la nuit sans indigestion.

Le jour suivant, lorsque j'eus déjeûné et bien payé la bonne chère qu'on m'avoit faite, je me rendis tout d'une traite à Ségovie. Je n'y fus pas sitôt que j'eus le bonheur de trouver une boutique, où l'on me reçut pour ma nourriture et mon entretien ; mais je n'y demeurai que six mois : un garçon barbier, avec qui j'avois fait connoissance et qui vouloit aller à Madrid, me débaucha, et je partis pour cette ville avec lui. Je me plaçai là sans peine sur le même pied qu'à Ségovie. J'entrai dans une boutique des plus achalandées. Il est vrai qu'elle étoit auprès de l'église de Sainte-Croix, et que la proximité du *Théâtre du prince* y attiroit bien de la pratique. Mon maître, deux grands garçons et moi, nous ne pouvions presque suffire à servir les hommes qui venoient s'y faire raser. J'en voyois de toutes sortes de conditions, mais, entre autres, des comédiens et des auteurs. Un jour, deux personnages de cette dernière espèce s'y trouvèrent ensemble. Ils commencèrent à s'entretenir des poètes et des poésies du temps, et je leur entendis prononcer le nom de mon oncle : cela me rendit plus attentif à leurs discours que je ne l'avois été. Don Juan de Zavaleta, disoit l'un, est un auteur sur lequel il me paroît que le public ne doit pas conter. C'est un esprit froid, un homme sans imagination : sa dernière pièce l'a furieusement décrié. Et Louis Velez de Guévara, disoit l'autre, ne vient-il pas de donner un bel ouvrage au public? A-t-on jamais rien vu de plus misérable? Ils nommèrent encore je ne sais combien d'autres poètes dont j'ai oublié les noms; je me souviens seulement qu'ils en dirent beaucoup de mal. Pour mon oncle, ils en firent une mention plus honorable : ils convinrent tous deux que c'étoit un garçon de mérite. Oui, dit l'un, don Pédro de la Fuente est un auteur excellent : il y a dans ses livres une fine plaisanterie, mêlée d'érudition, qui les rend piquants et pleins de sel. Je ne suis pas surpris s'il est estimé de la cour et de la ville, et si plusieurs grands lui font des pensions. Il y a déjà bien des années, dit l'autre, qu'il jouit d'un assez gros revenu. Il a sa nourriture et son logement chez le duc de Médina Celi; il ne fait point de dépense; il doit être fort bien dans ses affaires.

Je ne perdis pas un mot de tout ce que ces poètes dirent de mon oncle. Nous avions appris dans la famille qu'il faisoit du bruit à Madrid par ses ouvrages : quelques personnes, en passant par Olmédo, nous l'avoient dit; mais, comme il négligeoit de nous donner de ses nouvelles, et qu'il paroissoit fort détaché de nous, de notre côté nous vivions dans une très-grande indifférence pour lui. Bon sang toutefois ne peut mentir : dès que j'entendis dire qu'il étoit dans une belle passe, et que je sus où il demeuroit, je fus tenté de l'aller trouver. Une chose m'embarrassoit : les auteurs l'avoient appelé don Pédro. Ce *don* me fit quelque peine, et je craignis que ce ne fût un autre poète que mon oncle. Cette crainte pourtant ne m'arrêta point; je crus qu'il pouvoit être devenu noble ainsi que bel-esprit, et je résolus de le voir. Pour cet effet, avec la permission de mon maître, je m'ajustai un matin le mieux que je pus, et je sortis de notre boutique, un peu fier d'être neveu d'un homme qui s'étoit acquis tant de réputation par son génie. Les barbiers ne sont pas les gens du monde les moins susceptibles de vanité. Je

commençai à concevoir une grande opinion de moi; et, marchant d'un air présomptueux, je me fis enseigner l'hôtel du duc de Médina Celi. Je me présentai à la porte, et je dis que je souhaitois de parler au seigneur don Pédro de la Fuente. Le portier me montra du doigt, au fond d'une cour, un petit escalier, et me répondit : Montez par là, puis frappez à la première porte que vous rencontrerez à main droite. Je fis ce qu'il me disoit : je frappai à une porte. Un jeune homme vint m'ouvrir, et je lui demandai si c'étoit là que logeoit le seigneur don Pédro de la Fuente. Oui, me répondit-il; mais vous ne sauriez lui parler présentement. Je serois bien aise, lui dis-je, de l'entretenir; je viens lui apprendre des nouvelles de sa famille. Quand vous auriez, repartit-il, des nouvelles du pape à lui dire, je ne vous introduirois pas dans sa chambre en ce moment; il compose, et, lorsqu'il travaille, il faut bien se garder de le distraire de son ouvrage. Il ne sera visible que sur le midi : allez faire un tour, et revenez dans ce temps-là.

Je sortis, et me promenai toute la matinée dans la ville, en songeant sans cesse à la réception que mon oncle me feroit. Je crois, disois-je en moi-même, qu'il sera ravi de me voir. Je jugeois de ses sentiments par les miens, et je me préparois à une reconnoissance fort touchante. Je retournai chez lui, en diligence, à l'heure qu'on m'avoit marquée. Vous arrivez à propos, me dit son valet; mon maître va bientôt sortir. Attendez ici un instant : je vais vous annoncer. A ces mots, il me laissa dans l'antichambre. Il y revint un moment après, et me fit entrer dans la chambre de son maître, dont le visage me frappa d'abord par un air de famille. Il me sembloit que c'étoit mon oncle Thomas, tant ils se ressembloient tous deux. Je le saluai avec un profond respect, et lui dis que j'étois fils de maître Nicolas de la Fuente, barbier d'Olmédo : je lui appris aussi que j'exerçois à Madrid, depuis trois semaines, le métier de mon père en qualité de garçon, et que j'avois dessein de faire le tour de l'Espagne pour me perfectionner. Tandis que je parlois, je m'aperçus que mon oncle rêvoit. Il doutoit apparemment s'il me désavoueroit pour son neveu, ou s'il se déferoit adroitement de moi : il choisit ce dernier parti. Il affecta de prendre un air riant, et me dit : Eh bien! mon ami, comment se portent ton père et tes oncles? dans quel état sont leurs affaires? Je commençai là-dessus à lui représenter la propagation copieuse de notre famille; je lui en nommai tous les enfants mâles et femelles, et je compris, dans cette liste, jusqu'à leurs parrains et leurs marraines. Il ne parut pas s'intéresser infiniment à ce détail; et venant à ses fins, Diégo, reprit-il, j'approuve fort que tu coures le pays pour te rendre parfait dans ton art; et je te conseille de ne point t'arrêter plus long-temps à Madrid : c'est un séjour pernicieux pour la jeunesse; tu t'y perdrois, mon enfant. Tu feras mieux d'aller dans les autres villes du royaume : les mœurs n'y sont pas si corrompues. Va-t-en, poursuivit-il; et, quand tu seras prêt à partir, viens me revoir. Je te donnerai une pistole pour t'aider à faire le tour de l'Espagne. En disant ces paroles, il me mit doucement hors de sa chambre, et me renvoya.

Je n'eus pas l'esprit de m'apercevoir qu'il ne cherchoit qu'à m'éloigner de lui. Je regagnai notre boutique, et rendis compte à mon maître de la visite que je venois de faire. Il ne pénétra pas mieux que moi l'intention du sieur don Pédro, et il me dit : Je ne suis pas du sentiment de votre oncle; au lieu de vous exhorter à courir le pays, il devroit plutôt, ce me semble, vous engager à demeurer dans cette ville. Il voit tant de personnes de qualité : il peut aisément vous placer dans une grande maison, et vous mettre en état de faire peu à peu une grosse fortune. Frappé de ce discours qui me présentoit de flatteuses images, j'allai, deux jours après, retrouver mon oncle, et je lui proposai d'employer son crédit pour me faire entrer chez quelque seigneur de la cour. Mais la proposition ne fut pas de son goût. Un homme vain qui entroit librement chez les grands, et mangeoit tous les jours avec eux, n'étoit pas bien aise, pendant qu'il seroit à la table des maîtres, qu'on vît son neveu à la table des valets : le petit Diégo auroit fait rougir le seigneur don Pédro. Il ne manqua donc pas de m'éconduire, et même très-rudement. Comment, petit libertin, me dit-il d'un air furieux, tu veux quitter ta profession? Va, je t'abandonne aux gens qui te donnent de si pernicieux conseils. Sors de mon appartement, et n'y remets jamais le pied; autrement je te ferai châtier comme tu le mérites. Je fus bien étourdi de ces paroles, et plus encore du ton sur lequel mon oncle le prenoit. Je me retirai les larmes aux yeux, et fort touché de la dureté qu'il avoit pour moi. Cependant, comme j'ai toujours été vif et fier de mon naturel, j'essuyai bientôt mes pleurs. Je passai même de la douleur à l'indignation, et je résolus de laisser là ce mauvais parent, dont je m'étois bien passé jusqu'à ce jour.

Je ne pensai plus qu'à cultiver mon talent : je m'attachai au travail. Je rasois toute la journée; et le soir, pour donner quelque récréation à mon esprit, j'apprenois à jouer de la guitare. J'avois pour maître de cet instrument un vieux *senor Escudero* à qui je faisois la barbe. Il me montroit aussi la musique, qu'il savoit parfaitement. Il est vrai qu'il avoit été chantre autrefois dans une

cathédrale. Il se nommoit Marcos de Obregon. C'étoit un homme sage, qui avoit autant d'esprit que d'expérience, et qui m'aimoit comme si j'eusse été son fils. Il servoit d'écuyer à la femme d'un médecin qui demeuroit à trente pas de notre maison. Je l'allois voir sur la fin du jour, aussitôt que j'avois quitté l'ouvrage, et nous faisions tous deux, assis sur le seuil de la porte, un petit concert qui ne déplaisoit pas au voisinage. Ce n'est pas que nous eussions des voix fort agréables; mais, en raclant le boyau, nous chantions l'un et l'autre méthodiquement notre partie, et cela suffisoit pour donner du plaisir aux personnes qui nous écoutoient. Nous divertissions particulièrement dona Mergelina, femme du médecin; elle venoit dans l'allée nous entendre, et nous obligeoit quelquefois à recommencer les airs qui se trouvoient le plus de son goût. Son mari ne l'empêchoit pas de prendre ce divertissement. C'étoit un homme qui, bien qu'Espagnol et déjà vieux, n'étoit nullement jaloux : d'ailleurs, sa profession l'occupoit tout entier; et, comme il revenoit, le soir, fatigué d'avoir été chez ses malades, il se couchoit de très-bonne heure, sans s'inquiéter de l'attention que sa femme donnoit à nos concerts. Peut-être aussi qu'il ne les croyoit pas fort capables de faire de dangereuses impressions. Il faut ajouter à cela qu'il ne pensoit pas avoir le moindre sujet de crainte, Mergelina étant une dame, jeune et belle à la vérité, mais d'une vertu si sauvage qu'elle ne pouvoit souffrir les regards des hommes. Il ne lui faisoit donc pas un crime d'un passe-temps qui lui paroissoit innocent et honnête, et il nous laissoit chanter tant qu'il nous plaisoit.

Un soir, comme j'arrivois à la porte du médecin, dans l'intention de me réjouir à mon ordinaire, j'y trouvai le vieil écuyer qui m'attendoit. Il me prit par la main; il me dit qu'il vouloit faire un tour de promenade avec moi, avant que de commencer notre concert. En même temps il m'entraîna dans une rue détournée, où, voyant qu'il pouvoit m'entretenir en liberté : Diégo, mon fils, me dit-il d'un air triste, j'ai quelque chose de particulier à vous apprendre. Je crains fort, mon enfant, que nous ne nous repentions l'un et l'autre de nous amuser tous les soirs à faire des concerts à la porte de mon maître. J'ai sans doute beaucoup d'amitié pour vous : je suis bien aise de vous avoir montré à jouer de la guitare et à chanter; mais, si j'avois prévu le malheur qui nous menace, vive Dieu ! j'aurois choisi un autre endroit pour vous donner des leçons. Ce discours m'effraya. Je priai l'écuyer de s'expliquer plus clairement, et de me dire ce que nous avions à craindre; car je n'étois pas homme à braver le péril, et je n'avois pas encore fait mon tour d'Espagne. Je vais, reprit-il, vous conter ce qu'il est nécessaire que vous sachiez pour bien comprendre le danger où nous sommes.

Lorsque j'entrai, poursuivit-il, au service du médecin, et il y a de cela une année, il me dit un matin, après m'avoir conduit devant sa femme : Voyez, Marcos, voyez votre maîtresse ; c'est cette dame que vous devez accompagner partout. J'admirai dona Mergelina : je la trouvai merveilleusement belle, faite à peindre, et je fus particulièrement charmé de l'air agréable qu'elle a dans son port. Seigneur, répondis-je au médecin, je suis trop heureux d'avoir à servir une dame si charmante. Ma réponse déplut à Mergelina, qui me dit d'un ton brusque : « Voyez donc celui-là ; il » s'émancipe vraiment. Oh ! je n'aime point qu'on » me dise des douceurs, moi. » Ces paroles, sorties d'une si belle bouche, me surprirent étrangement ; je ne pouvois concilier ces façons de parler rustiques et grossières avec l'agrément que je voyois répandu dans toute la personne de ma maîtresse. Pour son mari, il y étoit accoutumé ; et, s'applaudissant même d'avoir une épouse d'un si rare caractère, Marcos, me dit-il, ma femme est un prodige de vertu. Ensuite, comme il s'aperçut qu'elle se couvroit de sa mante, et se disposoit à sortir pour aller entendre la messe, il me dit de la mener à l'église. Nous ne fûmes pas plus tôt dans la rue que nous rencontrâmes, ce qui n'est pas extraordinaire, des hommes qui, frappés du bon air de dona Mergelina, lui dirent, en passant des choses fort flatteuses. Elle leur répondoit ; mais vous ne sauriez imaginer jusqu'à quel point ses réponses étoient sottes et ridicules. Ils en demeuroient tout étonnés, et ne pouvoient concevoir qu'il y eût au monde une femme qui trouvât mauvais qu'on la louât. Ah ! madame, lui dis-je d'abord, ne faites point attention aux discours qui vous sont adressés ; il vaut mieux garder le silence que de parler avec aigreur. Non, non, me repartit-elle ; je veux apprendre à ces insolents que je ne suis point femme à souffrir qu'on me manque de respect. Enfin, il lui échappa tant d'impertinences que je ne pus m'empêcher de lui dire tout ce que je pensois, au hasard de lui déplaire. Je lui représentai, avec le plus de ménagement toutefois qu'il me fut possible, qu'elle faisoit tort à la nature, et gâtoit mille bonnes qualités par son humeur sauvage ; qu'une femme douce et polie pouvoit se faire aimer sans le secours de la beauté, au lieu qu'une belle personne, sans la douceur et la politesse, devenoit un objet de mépris. J'ajoutai à ces raisonnements je ne sais combien d'autres semblables, qui avoient tous pour but la correction de ses mœurs. Après avoir bien moralisé, je craignois que ma franchise n'excitât la colère de

ma maîtresse, et ne m'attirât quelque désagréable repartie ; néanmoins elle ne se révolta point contre ma remontrance ; elle se contenta de la rendre inutile, de même que celles qu'il me prit sottement envie de lui faire les jours suivants.

Je me lassai de l'avertir en vain de ses défauts, et je l'abandonnai à la férocité de son naturel. Cependant, le croirez-vous ? cet esprit farouche, cette orgueilleuse femme est depuis deux mois entièrement changée d'humeur. Elle a de l'honnêteté pour tout le monde et des manières très-agréables. Ce n'est plus cette même Mergelina qui ne répondoit que des sottises aux hommes qui lui tenoient des discours obligeants ; elle est devenue sensible aux louanges qu'on lui donne ; elle aime qu'on lui dise qu'elle est belle, qu'un homme ne peut la voir impunément : les flatteries lui plaisent ; elle est présentement comme une autre femme. Ce changement est à peine concevable ; et ce qui doit encore vous étonner davantage, c'est d'apprendre que vous êtes l'auteur d'un si grand miracle. Oui, mon cher Diégo, continua l'écuyer, c'est vous qui avez ainsi métamorphosé dona Mergelina ; vous avez fait une brebis de cette tigresse ; en un mot, vous vous êtes attiré son attention. Je m'en suis aperçu plus d'une fois ; et je me connois mal en femmes, ou bien elle a conçu pour vous un amour très-violent. Voilà, mon fils, la triste nouvelle que j'avois à vous annoncer, et la fâcheuse conjoncture où nous nous trouvons.

Je ne vois pas, dis-je alors au vieillard, qu'il y ait là-dedans un si grand sujet d'affliction pour nous, ni que ce soit un malheur pour moi d'être aimé d'une jolie dame. Ah ! Diégo, répliqua-t-il, vous raisonnez en jeune homme ; vous ne voyez que l'appât, vous ne prenez point garde à l'hameçon ; vous ne regardez que le plaisir, et moi j'envisage tous les désagréments qui le suivent. Tout éclate à la fin ; si vous continuez de venir chanter à notre porte, vous irriterez la passion de Mergelina, qui, perdant peut-être toute retenue, laissera voir sa foiblesse au docteur Oloroso son mari ; et ce mari qui se montre aujourd'hui si complaisant, parce qu'il ne croit pas avoir sujet d'être jaloux, deviendra furieux, se vengera d'elle, et pourra nous faire, à vous et à moi, un fort mauvais parti. Eh bien ! repris-je, seigneur Marcos, je me rends à vos raisons et m'abandonne à vos conseils. Prescrivez-moi la conduite que je dois tenir, pour prévenir tout sinistre accident. Nous n'avons qu'à ne plus faire de concerts, repartit-il. Cessez de paroître devant ma maîtresse : quand elle ne vous verra plus, elle reprendra sa tranquillité. Demeurez chez votre maître, j'irai vous y trouver, et nous jouerons là de la guitare sans péril. J'y consens, lui dis-je, et je vous promets de ne plus mettre le pied chez vous. Effectivement, je résolus de ne plus aller chanter à la porte du médecin, et de me tenir désormais renfermé dans ma boutique, puisque j'étois un homme si dangereux à voir.

Cependant le bon écuyer Marcos, avec toute sa prudence, éprouva, peu de jours après, que le moyen qu'il avoit imaginé pour éteindre le feu de dona Mergelina produisoit un effet tout contraire. La dame, dès la seconde nuit, ne m'entendant point chanter, lui demanda pourquoi nous avions discontinué nos concerts, et pour quelle raison elle ne me voyoit plus. Il répondit que j'étois si occupé, que je n'avois pas un moment à donner à mes plaisirs. Elle parut se contenter de cette excuse, et pendant trois autres jours encore elle soutint mon absence avec assez de fermeté; mais au bout de ce temps-là, ma princesse perdit patience, et dit à son écuyer : Vous me trompez, Marcos; Diégo n'a pas cessé sans sujet de venir. Il y a là-dessous un mystère que je veux éclaircir. Parlez, je vous l'ordonne, ne me cachez rien. Madame, lui répondit-il en la payant d'une autre défaite, puisque vous souhaitez de savoir les choses, je vous dirai qu'il lui est souvent arrivé, après nos concerts, de trouver chez lui la table desservie; il n'ose plus s'exposer à se coucher sans souper. Comment, sans souper ! s'écria-t-elle avec chagrin; que ne m'avez-vous dit cela plus tôt. Se coucher sans souper ! ah, le pauvre enfant ! Allez le voir tout à l'heure, et qu'il revienne dès ce soir; il ne s'en retournera plus sans manger; il y aura toujours ici un plat pour lui.

Qu'entends-je ? lui dit l'écuyer en feignant d'être surpris de ce discours : quel changement, ô ciel ! Est-ce vous, madame, qui me tenez ce langage ? Eh ! depuis quand êtes-vous si pitoyable et si sensible ? Depuis, répondit-elle brusquement, depuis que vous demeurez dans cette maison, ou plutôt depuis que vous avez condamné mes manières dédaigneuses, et que vous vous êtes efforcé d'adoucir la rudesse de mes mœurs. Mais, hélas ! ajouta-t-elle en s'attendrissant, j'ai passé de l'une à l'autre extrémité : d'altière et d'insensible que j'étois, je suis devenue trop douce et trop tendre : j'aime votre jeune ami Diégo, sans que je puisse m'en empêcher; et son absence, bien loin d'affoiblir mon amour, semble lui donner de nouvelles forces. Est-il possible, reprit le vieillard, qu'un jeune homme qui n'est ni beau ni bien fait soit l'objet d'une passion si forte? Je vous pardonnerois vos sentiments, s'ils vous avoient été inspirés par quelque cavalier d'un mérite brillant..... Ah ! Marcos, interrompit Mergelina, je ne ressemble donc point aux autres personnes de mon sexe : ou bien, malgré votre longue expérience, vous ne les

connoissez guère, si vous croyez que le mérite les détermine à faire un choix. Si j'en juge par moi-même, elles s'engagent sans délibération. L'amour est un déréglement d'esprit qui nous entraîne vers un objet, et nous y attache malgré nous ; c'est une maladie qui nous vient comme la rage aux animaux. Cessez donc de me représenter que Diégo n'est pas digne de ma tendresse ; il suffit que je l'aime pour trouver en lui mille belles qualités qui ne frappent point votre vue, et qu'il ne possède peut-être pas. Vous avez beau me dire que ses traits et sa taille ne méritent pas la moindre attention ; il me paroît fait à ravir et plus beau que le jour. De plus, il a dans la voix une douceur qui me touche ; et il joue, ce me semble, de la guitare avec une grâce toute particulière. Mais, madame, répliqua Marcos, songez-vous à ce qu'est Diégo..... Je ne suis guère plus que lui, interrompit-elle encore ; et quand même je serois une femme de qualité, je ne prendrois pas garde à cela.

Le résultat de cet entretien fut que l'écuyer, jugeant qu'il ne gagneroit rien alors sur l'esprit de sa maîtresse, cessa de combattre son entêtement, comme un adroit pilote cède à la tempête qui l'écarte du port où il s'est proposé d'aller. Il fit plus : pour satisfaire sa passion, il vint me chercher, me prit à part, et après m'avoir conté ce qui s'était passé entre elle et lui : Vous voyez, Diégo, me dit-il, que nous ne saurions nous dispenser de continuer nos concerts à la porte de Mergelina. Il faut absolument, mon ami, que cette dame vous revoie, autrement elle pourroit faire quelque folie qui nuiroit plus que toute autre chose à sa réputation. Je ne fis point le cruel ; je répondis à Marcos que je me rendrois chez lui sur la fin du jour avec ma guitare ; qu'il pouvoit aller porter cette agréable nouvelle à sa maîtresse. Il n'y manqua pas ; et ce fut pour cette amante passionnée un grand sujet de ravissement d'apprendre qu'elle auroit ce soir-là le plaisir de me voir et de m'entendre.

Peu s'en fallut pourtant qu'un accident assez désagréable ne la frustrât de cette espérance. Je ne pus sortir de chez mon maître avant la nuit, qui, pour mes péchés, se trouva très-obscure. Je marchois à tâtons dans la nuit ; et j'avois fait peut-être la moitié de mon chemin, lorsque d'une fenêtre on me coiffa d'une cassolette qui ne chatouilloit point l'odorat. Je puis dire même que je n'en perdis rien, tant je fus bien ajusté. Dans cette situation, je ne savois à quoi me résoudre : de retourner sur mes pas, quelle scène pour mes camarades ! c'étoit me livrer à toutes les mauvaises plaisanteries du monde : d'aller aussi chez Mergelina dans le bel état où j'étois, cela me faisoit de la peine. Je pris le parti de gagner la maison du médecin. Je rencontrai à la porte le vieil écuyer qui m'attendoit. Il me dit que le docteur Oloroso venoit de se coucher, et que nous pouvions librement nous divertir. Je répondis qu'il falloit auparavant nettoyer mes habits; en même temps je lui contai ma disgrâce. Il y parut sensible, et me fit entrer dans une salle où étoit sa maîtresse. D'abord que cette dame sut mon aventure, et me vit tel que j'étois, elle me plaignit autant que si les plus grands malheurs me fussent arrivés; puis, apostrophant la personne qui m'avoit accommodée de cette manière, elle lui donna mille malédictions. Eh! madame! lui dit Marcos, modérez vos transports; considérez que cet événement est un pur effet du hasard; il n'en faut point avoir un ressentiment si vif. Pourquoi, s'écria-t-elle avec emportement, pourquoi ne voulez-vous pas que je ressente vivement l'offense qu'on a faite à ce petit agneau, à cette colombe sans fiel, qui ne se plaint seulement pas de l'outrage qu'il a reçu? Ah! que ne suis-je homme en ce moment pour le venger!

Elle dit une infinité d'autres choses encore qui marquoient bien l'excès de son amour, qu'elle ne fit pas moins éclater par ses actions; car, tandis que Marcos s'occupoit à m'essuyer avec une serviette, elle courut dans sa chambre, et en apporta une boîte remplie de toutes sortes de parfums. Elle brûla des drogues odoriférantes, et en parfuma mes habits; après quoi elle répandit sur eux des essences abondamment. La fumigation et l'aspersion finies, cette charitable femme alla chercher elle-même, dans la cuisine, du pain, du vin et quelques morceaux de mouton rôti qu'elle avoit mis à part pour moi. Elle m'obligea de manger; et, prenant plaisir à me servir, tantôt elle me coupoit ma viande, et tantôt elle me versoit à boire, malgré tout ce que nous pouvions faire, Marcos et moi, pour l'en empêcher. Quand j'eus soupé, messieurs de la symphonie se préparèrent à bien accorder leur voix avec leur guitare. Nous fîmes un concert qui charma Mergelina. Il est vrai que nous affections de chanter des airs dont les paroles flattoient son amour; et il faut remarquer qu'en chantant je la regardois quelquefois du coin de l'œil, d'une manière qui mettoit le feu aux étoupes; car le jeu commençoit à me plaire. Le concert, quoiqu'il durât long-temps, ne m'ennuyoit point. Pour la dame, à qui les heures paroissoient des moments, elle auroit volontiers passé la nuit à nous entendre, si le vieil écuyer, à qui les moments paroissoient des heures, ne l'eût fait souvenir qu'il étoit tard. Elle lui donna bien dix fois la peine de répéter cela. Mais elle avoit affaire à un homme infatigable là-dessus; il ne la laissa point en repos que je ne fusse sorti. Comme il

étoit sage et prudent, et qu'il voyoit sa maîtresse abandonnée à une folle passion, il craignit qu'il ne nous arrivât quelque traverse. Sa crainte fut bientôt justifiée: le médecin, soit qu'il se doutât de quelque intrigue secrète, soit que le démon de la jalousie, qui l'avoit respecté jusqu'alors, voulût l'agiter, s'avisa de blâmer nos concerts. Il fit plus: il les défendit en maître; et, sans dire les raisons qu'il avoit d'en user de cette sorte, il déclara qu'il ne souffriroit pas davantage qu'on reçût chez lui des étrangers.

Marcos me signifia cette déclaration, qui me regardoit particulièrement, et dont je fus trèsmortifié. J'avois conçu des espérances que j'étois fâché de perdre. Néanmoins, pour rapporter les choses en fidèle historien, je vous avouerai que je pris mon mal en patience. Il n'en fut pas de même de Mergelina: ses sentiments en devinrent plus vifs. Mon cher Marcos, dit-elle à son écuyer, c'est de vous seul que j'attends du secours. Faites en sorte, je vous prie, que je puisse voir secrètement Diégo. Que me demandez-vous? répondit le vieillard avec colère. Je n'ai eu que trop de complaisance pour vous. Je ne prétends point, pour satisfaire votre ardeur insensée, contribuer à déshonorer mon maître, à vous perdre de réputation, et me couvrir d'infamie, moi qui ai toujours passé pour un domestique d'une conduite irréprochable. J'aime mieux sortir de votre maison que d'y servir d'une manière si honteuse. Ah! Marcos, interrompit la dame tout effrayée de ces dernières paroles, vous me percez le cœur quand vous me parlez de vous retirer. Cruel, vous songez à m'abandonner après m'avoir réduite dans l'état où je suis? Rendez-moi donc auparavant mon orgueil et cet esprit sauvage que vous m'avez ôté. Que n'ai-je encore ces heureux défauts! je serois aujourd'hui tranquille; au lieu que vos remontrances indiscrètes m'ont ravi le repos dont je jouissois. Vous avez corrompu mes mœurs en voulant les corriger... Mais, poursuivit-elle en pleurant, que dis-je, malheureuse? pourquoi vous faire d'injustes reproches? Non, mon père, vous n'êtes point l'auteur de mon infortune; c'est mon mauvais sort qui me préparoit tant d'ennuis. Ne prenez point garde, je vous en conjure, aux discours extravagants qui m'échappent. Hélas! ma passion me trouble l'esprit: ayez pitié de ma foiblesse; vous êtes toute ma consolation; et si ma vie vous est chère, ne me refusez point votre assistance.

A ces mots, ses pleurs redoublèrent, de sorte qu'elle ne put continuer. Elle tira son mouchoir; et, s'en couvrant le visage, elle se laissa tomber sur une chaise comme une personne qui succombe à son affliction. Le vieux Marcos, qui étoit peutêtre la meilleure pâte d'écuyer qu'on vit jamais, ne résista point à un spectacle si touchant; il en fut vivement pénétré; il confondit même ses larmes avec celles de sa maîtresse, et lui dit d'un air attendri : Ah! madame, que vous êtes séduisante! Je ne puis tenir contre votre douleur; elle vient de vaincre ma vertu. Je vous promets mon secours. Je ne m'étonne plus si l'amour a la force de vous faire oublier votre devoir, puisque la compassion seule est capable de m'écarter du mien. Ainsi donc l'écuyer, malgré sa conduite irréprochable, se dévoua fort obligeamment à la passion de Mergelina. Il vint un matin m'instruire de tout cela; et il me dit, en me quittant, qu'il concertoit déjà dans son esprit ce qu'il avoit à faire pour me procurer une secrète entrevue avec la dame. Il ranima par-là mon espérance; mais j'appris, deux heures après, une très-mauvaise nouvelle. Un garçon apothicaire du quartier, une de nos pratiques, entra pour se faire faire la barbe. Tandis que je me disposois à le raser, il me dit : Seigneur Diégo, comment gouvernez-vous le vieil écuyer Marcos de Obregon, votre ami? Savez-vous qu'il va sortir de chez le docteur Oloroso? Je répondis que non. C'est une chose certaine, reprit-il; on doit aujourd'hui lui donner son congé. Son maître et le mien viennent devant moi, tout à l'heure, de s'entretenir à ce sujet; et voici, poursuivit-il, quelle a été leur conversation. Seigneur Apuntador, a dit le médecin, j'ai une prière à vous faire. Je ne suis pas content d'un vieil écuyer que j'ai dans ma maison, et je voudrois bien mettre ma femme sous la conduite d'une duègne fidèle, sévère et vigilante. Je vous entends, a interrompu mon maître. Vous auriez besoin de la dame Melancia, qui a servi de gouvernante à mon épouse, et qui, depuis six semaines que je suis veuf, demeure encore chez moi. Quoiqu'elle me soit utile dans mon ménage, je vous la cède à cause de l'intérêt particulier que je prends à votre honneur. Vous pouvez vous reposer sur elle de la sûreté de votre front : c'est la perle des duègnes, un vrai dragon pour garder la pudicité du sexe. Pendant douze années entières qu'elle a été auprès de ma femme, qui, comme vous savez, avoit de la jeunesse et de la beauté, je n'ai pas vu l'ombre d'un galant dans ma maison. Oh! vive Dieu! il ne falloit pas s'y jouer. Je vous dirai même que la défunte, dans les commencements, avoit une grande propension à la coquetterie; mais la dame Melancia la refondit bientôt, et lui inspira du goût pour la vertu. Enfin c'est un trésor que cette gouvernante, et vous me remercierez plus d'une fois de vous avoir fait ce présent. Là-dessus le docteur a témoigné que ce discours lui donnoit bien de la joie; et ils sont convenus, le seigneur Apuntador et lui, que la duègne iroit, dès ce jour, remplir la place du vieil écuyer.

Cette nouvelle, que je crus véritable, et qui l'étoit en effet, troubla les idées de plaisir dont je recommençois à me repaître; Marcos, l'après-dîner, acheva de les confondre, en me confirmant le rapport du garçon apothicaire. Mon cher Diégo, me dit le bon écuyer, je suis ravi que le docteur Oloroso m'ait chassé de sa maison; il m'épargne par là bien des peines. Outre que je me voyois à regret chargé d'un vilain emploi, il m'auroit fallu imaginer des ruses et des détours pour vous faire parler en secret à Mergelina. Quel embarras! Grâce au ciel, je suis délivré de ces soins fâcheux et du danger qui les accompagnoit. De votre côté, mon fils, vous devez vous consoler de la perte de quelques doux moments qui auroient pu être suivis de mille chagrins. Je goûtai la morale de Marcos, parce que je n'espérois plus rien; et je quittai la partie. Je n'étois pas, je l'avoue, de ces amants opiniâtres qui se roidissent contre les obstacles; mais quand je l'aurois été, la dame Melancia m'eût fait lâcher prise. Le caractère qu'on donnoit à cette duègne me paroissoit capable de désespérer tous les galants. Cependant, avec quelques couleurs qu'on me l'eût peinte, je ne laissai pas, deux ou trois jours après, d'apprendre que la femme du médecin avoit endormi cet Argus, ou corrompu sa fidélité. Comme je sortis pour aller raser un de nos voisins, une bonne vieille m'arrêta dans la rue, et me demanda si je m'appelois Diégo de la Fuente. Je répondis qu'oui. Cela étant, reprit-elle, c'est à vous que j'ai affaire. Trouvez-vous cette nuit à la porte de dona Mergelina; et quand vous y serez, faites-le connoître par quelque signal, et l'on vous introduira dans la maison. Eh bien! lui dis-je, il faut convenir du signal que je donnerai. Je sais contrefaire le chat à ravir; je miaulerai à diverses reprises. C'est assez, répliqua la messagère de galanterie; je vais porter votre réponse. Votre servante, seigneur Diégo; que le ciel vous conserve! Ah! que vous êtes gentil! Par sainte Agnès, je voudrois n'avoir que quinze ans, je ne vous chercherois pas pour les autres! A ces paroles, l'officieuse vieille s'éloigna de moi.

Vous vous imaginez bien que ce message m'agita furieusement : adieu la morale de Marcos. J'attendis la nuit avec impatience, et, quand je jugeai que le docteur Oloroso reposoit, je me rendis à sa porte. Là je me mis à faire des miaulements qu'on devoit entendre de loin, et qui sans doute faisoient honneur au maître qui m'avoit enseigné un si bel art. Un moment après Mergelina vint elle-même ouvrir doucement la porte, et la referma dès que je fus dans la maison. Nous gagnâmes la salle où notre dernier concert avoit été fait, et qu'une petite lampe, qui brûloit dans la cheminée, éclairoit foiblement. Nous nous assîmes à côté l'un de l'autre pour nous entretenir, tous deux fort émus, avec cette différence que le plaisir seul causoit toute son émotion, et qu'il entroit un peu de frayeur dans la mienne. Ma princesse m'assuroit vainement que nous n'avions rien à craindre de la part de son mari, je sentis un frisson qui troubloit ma joie. Madame, lui dis-je, comment avez-vous pu tromper la vigilance de votre gouvernante? Après ce que j'ai ouï dire de la dame Melancia, je ne croyois pas qu'il vous fût possible de trouver les moyens de me donner de vos nouvelles, encore moins de me voir en particulier. Dona Mergelina sourit à ce discours, et me répondit: Vous cesserez d'être surpris de la secrète entrevue que nous avons cette nuit ensemble, lorsque je vous aurai conté ce qui s'est passé entre ma duègne et moi. Lorsqu'elle entra dans cette maison, mon mari lui fit mille caresses, et me dit: Mergelina, je vous abandonne à la conduite de cette discrète dame, qui est un précis de toutes les vertus; c'est un miroir que vous aurez incessamment devant vous pour vous former à la sagesse. Cette admirable personne a gouverné pendant douze années la femme d'un apothicaire de mes amis; mais gouverné..... comme on ne gouverne point; elle en a fait une espèce de sainte.

Cet éloge, que la mine sévère de la dame Melancia ne démentoit point, me coûta bien des pleurs et me mit au désespoir. Je me représentai les leçons qu'il me faudroit écouter depuis le matin jusqu'au soir, et les réprimandes que j'aurois à essuyer tous les jours. Enfin, je m'attendois à devenir la femme du monde la plus malheureuse. Ne ménageant rien dans une si cruelle attente, je dis d'un air brusque à la duègne, d'abord que je me vis seule avec elle: Vous vous préparez sans doute à me bien faire souffrir; mais je ne suis pas fort patiente, je vous en avertis. Je vous donnerai de mon côté toutes les mortifications possibles. Je vous déclare que j'ai dans le cœur une passion que vos remontrances n'en arracheront pas: vous pouvez prendre vos mesures là-dessus. Redoublez vos soins vigilants; je vous avoue que je n'épargnerai rien pour les tromper. A ces mots, la duègne renfrognée (je crus qu'elle m'alloit bien haranguer pour son coup d'essai) se dérida le front, et me dit d'un air riant: Vous êtes d'une humeur qui me charme, et votre franchise excite la mienne. Je vois que nous sommes faites l'une pour l'autre. Ah! belle Mergelina, que vous me connoissez mal, si vous jugez de moi par le bien que le docteur votre époux vous en a dit, ou sur ma vue rébarbative! Je ne suis rien moins qu'une ennemie des plaisirs, et je ne me rends ministre de la jalousie des maris que pour servir les jolies

femmes. Il y a long-temps que je possède le grand art de me masquer, et je puis dire que je suis doublement heureuse, puisque je jouis tout ensemble de la commodité du vice et de la réputation que donne la vertu. Entre nous, le monde n'est guère vertueux que de cette façon. Il en coûte trop pour acquérir le fond des vertus: on se contente aujourd'hui d'en avoir les apparences.

Laissez-moi vous conduire, poursuivit la gouvernante, nous allons bien en faire accroire au vieux docteur Oloroso. Il aura, par ma foi, le même destin que le seigneur Apuntador. Le front d'un médecin ne me paroît pas plus respectable que celui d'un apothicaire. Le pauvre Apuntador! que nous lui avons joué de tours, sa femme et moi! que cette dame étoit aimable! le bon petit naturel! Le ciel lui fasse paix! Je vous réponds qu'elle a bien passé sa jeunesse. Elle a eu je ne sais combien d'amants que j'ai introduits dans sa maison, sans que son mari s'en soit jamais aperçu. Regardez-moi donc, madame, d'un œil plus favorable, et soyez persuadée, quelque talent qu'eût le vieil écuyer qui vous servoit, que vous ne perdez rien au change. Je vous serai peut-être encore plus utile que lui.

Je vous laisse à penser, Diégo, continua Mergelina, si je sus bon gré à la duègne de se découvrir à moi si franchement. Je la croyois d'une vertu austère. Voilà comme on juge mal des femmes. Elle me gagna d'abord par ce caractère de sincérité. Je l'embrassai avec un transport de joie qui lui marqua d'avance que j'étois charmée de l'avoir pour gouvernante. Je lui fis ensuite une confidence entière de mes sentiments, et je la priai de me ménager au plus tôt un entretien secret avec vous. Elle n'y a pas manqué. Dès ce matin elle a mis en campagne cette vieille qui vous a parlé, et qui est une intrigante qu'elle a souvent employée pour la femme de l'apothicaire. Mais ce qu'il y a de plus plaisant dans cette aventure, ajouta-t-elle en riant, c'est que Melancia, sur le rapport que je lui ai fait de l'habitude que mon époux a de passer la nuit fort tranquillement, s'est couchée auprès de lui, et tient ma place en ce moment. Tant pis, madame, dis-je alors à Mergelina: je n'applaudis point à l'invention. Votre mari peut fort bien se réveiller et s'apercevoir de la supercherie. Il ne s'en apercevra point, répondit-elle avec précipitation: soyez sur cela sans inquiétude, et qu'une vaine crainte n'empoisonne pas le plaisir que vous devez avoir d'être avec une jeune dame qui vous veut du bien.

La femme du vieux docteur, remarquant que ce discours ne m'empêchoit pas de craindre, n'oublia rien de tout ce qu'elle crut capable de me rassurer; et elle s'y prit de tant de façons, qu'elle en vint à bout. Je ne pensai plus qu'à profiter de l'occasion ; mais dans le temps que le dieu Cupidon, suivi des ris et des jeux, se disposoit à faire mon bonheur, nous entendîmes frapper rudement à la porte de la rue. Aussitôt l'amour et sa suite s'envolèrent, ainsi que des oiseaux timides qu'un grand bruit effarouche tout-à-coup. Mergelina me cacha promptement sous une table qui étoit dans la salle ; elle souffla la lampe ; et, comme elle en étoit convenue avec sa gouvernante, en cas que ce contre-temps arrivât, elle se rendit à la porte de la chambre où reposoit son mari. Cependant on continuoit de frapper à grands coups redoublés, qui faisoient retentir toute la maison. Le médecin s'éveille en sursaut, et appelle Melancia. La duègne s'élance hors du lit, bien que le docteur, qui la prenoit pour sa femme, lui criât de ne point se lever ; elle joignit sa maîtresse, qui, la sentant à ses côtés, appelle aussi Melancia, et lui dit d'aller voir qui frappe à la porte. Madame, lui répond la gouvernante, me voici : recouchez-vous, s'il vous plaît ; je vais savoir ce que c'est. Pendant ce temps-là Mergelina s'étant déshabillée, se mit au lit auprès du docteur, qui n'eut pas le moindre soupçon qu'on le trompât. Il est vrai que cette scène venoit d'être jouée dans l'obscurité par deux actrices, dont l'une étoit incomparable, et l'autre avoit beaucoup de disposition à le devenir.

La duègne, couverte d'une robe-de-chambre, parut bientôt après, tenant un flambeau à la main : Seigneur docteur, dit-elle à son maître, prenez la peine de vous lever. Le libraire Fernandez de Buendia, notre voisin, est tombé en apoplexie : on vous demande de sa part ; courez à son secours. Le médecin s'habilla le plus tôt qu'il lui fut possible, et sortit. Sa femme, en robe-de-chambre, vint avec la duègne dans la salle où j'étois. Elles me retirèrent de dessous la table plus mort que vif. Vous n'avez rien à craindre, Diégo, me dit Mergelina ; remettez-vous. En même temps elle m'apprit en deux mots comment les choses s'étoient passées. Elles voulut ensuite renouer avec moi l'entretien qui avoit été interrompu ; mais la gouvernante s'y opposa. Madame, lui dit-elle, votre époux trouvera peut-être le libraire mort, et reviendra sur ses pas. D'ailleurs, ajouta-t-elle en me voyant transi de peur, que feriez-vous de ce pauvre garçon-là ? Il n'est pas en état de soutenir la conversation. Il vaut mieux le renvoyer, et remettre la partie à demain. Doña Mergelina n'y consentit qu'à regret, tant elle aimoit le présent ; et je crois qu'elle fut bien mortifiée de n'avoir pu faire prendre à son docteur le nouveau bonnet qu'elle lui destinoit.

Pour moi, moins affligé d'avoir manqué les plus précieuses faveurs de l'amour, que bien aise d'être hors de péril, je retournai chez mon maître, où je passai le reste de la nuit à faire des réflexions sur mon aventure. Je doutai quelque temps si j'irois au rendez-vous la nuit suivante. Je n'avois pas meilleure opinion de cette seconde équipée que de l'autre ; mais le diable, qui nous obsède toujours, ou plutôt nous possède dans de pareilles conjonctures, me représenta que je serois un grand sot d'en demeurer en si beau chemin. Il offrit même à mon esprit Mergelina avec de nouveaux charmes, et releva le prix des plaisirs qui m'attendoient. Je résolus de poursuivre ma pointe ; et, me promettant bien d'avoir plus de fermeté, je me rendis le lendemain, dans cette belle disposition, à la porte du docteur, entre onze heures et minuit. Le ciel étoit très-obscur ; je n'y voyois pas briller une étoile. Je miaulai deux ou trois fois pour avertir que j'étois dans la rue ; et, comme personne ne venoit ouvrir, je ne me contentai pas de recommencer, je me mis à contrefaire tous les différents cris de chat qu'un berger d'Olmédo m'avoit appris ; et je m'en acquittai si bien, qu'un voisin qui rentroit chez lui, me prenant pour un de ces animaux dont j'imitois les miaulements, ramassa un caillou qui se trouva sous ses pieds, et me le jeta de toute sa force, en disant : Maudit soit le matou ! Je reçus le coup à la tête, et j'en fus si étourdi dans le moment, que je pensai tomber à la renverse. Je sentis que j'étois bien blessé. Il ne m'en fallut pas davantage pour me dégoûter de la galanterie ; et, perdant mon amour avec mon sang, je regagnai notre maison, où je réveillai et fis lever tout le monde. Mon maître visita et pansa ma blessure, qu'il jugea dangereuse. Elle n'eut pas pourtant de mauvaises suites, et il n'y paroissoit plus trois semaines après. Pendant tout ce temps-là, je n'entendis point parler de Mergelina. Il est à croire que la dame Melancia, pour la détacher de moi, lui fit faire quelque bonne connoissance. Mais c'est de quoi je ne m'embarrassois guère, puisque je sortis de Madrid pour continuer mon tour d'Espagne, d'abord que je me vis parfaitement guéri.

CHAPITRE VIII.

De la rencontre que Gil Blas et son compagnon firent d'un homme qui trempoit des croûtes de pain dans une fontaine, et de l'entretien qu'ils eurent avec lui.

Le seigneur Diégo de la Fuente me raconta d'autres aventures encore qui lui étoient arrivées depuis ; mais elles me semblent si peu dignes d'être rapportées, que je les passerai sous silence. Je fus pourtant obligé d'en entendre le récit, qui ne laissa pas d'être fort long ; il nous mena jusqu'à Ponte de Duero. Nous nous arrêtâmes dans ce

Bourg le reste de la journée. Nous fîmes faire dans l'hôtellerie une soupe aux choux, et mettre à la broche un lièvre que nous eûmes grand soin de vérifier. Nous poursuivîmes notre chemin dès la pointe du jour suivant, après avoir rempli notre outre d'un vin assez bon, et notre sac de quelques morceaux de pain, avec la moitié du lièvre qui nous restoit de notre souper.

Lorsque nous eûmes fait environ deux lieues, nous nous sentîmes de l'appétit; et, comme nous aperçûmes à deux cents pas du grand chemin plusieurs gros arbres qui formoient dans la campagne un ombrage très-agréable, nous allâmes faire halte en cet endroit. Nous y rencontrâmes un homme de vingt-sept à vingt-huit ans, qui trempoit des croûtes de pain dans une fontaine. Il avoit auprès de lui une longue rapière étendue sur l'herbe avec un havresac dont il s'étoit déchargé les épaules. Il nous parut mal vêtu, mais bien fait et de bonne mine. Nous l'abordâmes civilement, il nous salua de même. Ensuite il nous présenta de ses croûtes, et nous demanda, d'un air riant, si nous voulions être de la partie. Nous lui répondîmes que oui, pourvu qu'il trouvât bon que, pour rendre le repas plus solide, nous joignissions notre déjeûner au sien. Il y consentit fort volontiers, et nous exhibâmes aussitôt nos denrées, ce qui ne déplut point à l'inconnu. Comment donc, messieurs, s'écria-t-il tout transporté de joie, voilà bien des munitions? Vous êtes, à ce que je vois, des gens de prévoyance. Je ne voyage pas avec tant de précaution, moi; je donne beaucoup au hasard. Cependant, malgré l'état où vous me trouvez, je puis dire, sans vanité, que je fais quelquefois une figure assez brillante. Savez-vous bien qu'on me traite ordinairement de prince, et que j'ai des gardes à ma suite? Je vous entends, dit Diégo; vous voulez nous faire comprendre par-là que vous êtes comédien. Vous l'avez deviné, répondit l'autre; je fais la comédie depuis quinze années pour le moins. Je n'étois encore qu'un enfant, que je jouois déjà de petits rôles. Franchement, répliqua le barbier en branlant la tête, j'ai de la peine à vous croire. Je connois les comédiens; ces messieurs-là ne font pas, comme vous, des voyages à pied, ni des repas de saint Antoine; je doute même que vous mouchiez les chandelles. Vous pouvez, repartit l'histrion, penser de moi tout ce qu'il vous plaira; mais je ne laisse pas de jouer les premiers rôles; je fais les rôles amoureux. Cela étant, dit mon camarade, je vous en félicite, et je suis ravi que le seigneur Gil Blas et moi, nous ayons l'honneur de déjeûner avec un personnage d'une si grande importance.

Nous commençâmes alors à ronger nos grignons et les restes précieux du lièvre, en donnant à l'outre de si rudes accolades que nous l'eûmes bientôt vidée. Nous étions si occupés tous trois de ce que nous faisions, que nous ne parlâmes presque point pendant ce temps-là; mais, après avoir mangé, nous reprîmes ainsi la conversation : Je suis surpris, dit le barbier au comédien, que vous paroissiez si mal dans vos affaires. Pour un héros de théâtre, vous avez l'air bien indigent! Pardonnez si je vous dis si librement ma pensée. Si librement! s'écria l'acteur; ah! vraiment, vous ne connoissez pas Melchior Zapata. Grâces à Dieu, je n'ai point un esprit à contre-poil. Vous me faites plaisir de me parler avec tant de franchise; car j'aime à dire aussi tout ce que j'ai sur le cœur. J'avoue de bonne foi que je ne suis pas riche. Tenez, poursuivit-il en nous faisant remarquer que son pourpoint étoit doublé d'affiches de comédie, voilà l'étoffe ordinaire qui me sert de doublure; et, si vous êtes curieux de voir ma garde-robe, je vais satisfaire votre curiosité. En même temps il tira de son havresac un habit couvert de vieux passements d'argent faux, une mauvaise capeline, avec quelques vieilles plumes; des bas de soie tout pleins de trous, et des souliers de maroquin rouge fort usés. Vous voyez, nous dit-il ensuite, que je suis passablement gueux. Cela m'étonne, répliqua don Diégo : vous n'avez donc ni femme ni fille? J'ai une femme belle et jeune, repartit Zapata, et je n'en suis pas plus avancé. Admirez la fatalité de mon étoile : j'épouse une aimable actrice, dans l'espérance qu'elle ne me laissera pas mourir de faim; et, pour mon malheur, elle a une sagesse incorruptible. Qui diable n'y auroit pas été trompé comme moi? Il faut que, parmi les comédiennes de campagne, il s'en trouve une vertueuse, et qu'elle me tombe entre les mains. C'est assurément jouer de malheur, dit le barbier. Aussi, que ne preniez-vous une actrice de la grande troupe de Madrid? vous auriez été sûr de votre fait. J'en demeure d'accord, reprit l'histrion; mais, malpeste, il n'est pas permis à un petit comédien de campagne d'élever sa pensée jusqu'à ces fameuses héroïnes. C'est tout ce que pourroit faire un acteur même de la troupe du prince; encore y en a-t-il qui sont obligés de se pourvoir en ville. Heureusement pour eux la ville est bonne, et l'on y rencontre souvent des sujets qui valent bien des princesses de coulisses.

Eh! n'avez-vous jamais songé, lui dit mon compagnon, à vous introduire dans cette troupe? Est-il besoin d'un mérite infini pour y entrer? Bon! répondit Melchior, vous moquez-vous, avec votre mérite infini? Il y a vingt acteurs : demandez de leurs nouvelles au public, vous en entendrez parler dans de jolis termes. Il y en a plus de la moitié qui mériteroient de porter encore le havresac. Malgré tout cela, néanmoins, il n'est pas aisé d'être reçu parmi eux. Il faut des espèces ou de puissants amis pour suppléer à la médiocrité du talent. Je dois le savoir, puisque je viens de débuter à Madrid, où j'ai été hué et sifflé comme tous les diables, quoique je dusse être fort applaudi; car j'ai crié, j'ai pris des tons extravagants, et suis sorti cent fois de la nature; de plus, j'ai mis, en déclamant, le poing sous le menton de ma princesse; en un mot, j'ai joué dans le goût des grands acteurs de ce pays-là, et cependant le même public, qui trouve en eux ces manières fort agréables, n'a pu les souffrir en moi. Voyez ce que c'est que la prévention! Ainsi donc, ne pouvant plaire par mon jeu, et n'ayant pas de quoi me faire recevoir, en dépit de ceux qui m'ont sifflé, je m'en retourne à Zamora. J'y vais rejoindre ma femme et mes camarades, qui n'y font pas trop bien leurs affaires. Puissions-nous n'être pas obligés d'y quêter, pour nous mettre en état de nous rendre dans une autre ville, comme cela nous est arrivé plus d'une fois.

À ces mots, le prince dramatique se leva, reprit son havresac et son épée, et nous dit d'un air grave en nous quittant: Adieu, messieurs; puissent les dieux sur vous épuiser leurs faveurs! Et vous, lui répondit Diégo du même ton, puissiez-vous retrouver à Zamora votre femme changée et bien établie! Dès que le seigneur Zapata nous eut tourné les talons, il se mit à gesticuler et à déclamer en marchant. Aussitôt le barbier et moi nous commençâmes à le siffler, pour lui rappeler son début. Nos sifflements frappèrent ses oreilles; il crut entendre encore les sifflets de Madrid. Il regarda derrière lui; et, voyant que nous prenions plaisir à nous égayer à ses dépens, loin de s'offenser de ce trait bouffon, il entra de bonne grâce dans la plaisanterie, et continua son chemin en faisant de grands éclats de rire. De notre côté, nous nous en donnâmes à cœur-joie. Puis nous regagnâmes le grand chemin et poursuivîmes notre route.

CHAPITRE IX.

Dans quel état Diégo retrouva sa famille, et après quelles réjouissances Gil Blas et lui se séparèrent.

Nous allâmes, ce jour-là, coucher entre Moyados et Valpuesta, dans un petit village dont j'ai oublié le nom, et le lendemain nous arrivâmes, sur les onze heures du matin, dans la plaine d'Olmédo. Seigneur Gil Blas, me dit mon camarade, voici le lieu de ma naissance; je ne puis le revoir sans transport, tant il est naturel d'aimer sa patrie. Seigneur Diégo, lui répondis-je, un homme qui témoigne tant d'amour pour son pays en devoit parler, ce me semble, un peu plus avantageusement que vous n'avez fait. Olmédo me paroît une ville, et vous m'avez dit que c'étoit un village; il falloit du moins le traiter de gros bourg. Je lui fais réparation d'honneur, reprit le barbier; mais je vous dirai qu'après avoir vu Madrid, Tolède, Sarragosse et toutes les autres grandes villes où j'ai demeuré en faisant le tour de l'Espagne, je regarde les petites comme des villages. À mesure que nous avancions dans la plaine, il nous paroissoit que nous apercevions beaucoup de monde auprès d'Olmédo; et, lorsque nous fûmes plus à portée de discerner les objets, nous trouvâmes de quoi occuper nos regards.

Il y avoit trois pavillons tendus à quelque distance l'un de l'autre; et tout auprès un grand nombre de cuisiniers et de marmitons qui préparoient un festin. Ceux-ci mettoient des couverts sur de longues tables dressées sous les tentes; ceux-là remplissoient de vin des cruches de terre. Les autres faisoient bouillir des marmites; et les autres enfin tournoient des broches où il y avoit toutes sortes de viandes. Mais je considérai plus attentivement que tout le reste un grand théâtre qu'on avoit élevé. Il étoit orné d'une décoration de carton peint de diverses couleurs, et chargé de devises grecques et latines. Le barbier n'eut pas plus tôt vu ces inscriptions qu'il me dit: Tous ces mots grecs sentent furieusement mon oncle Thomas; je vais parier qu'il y aura mis la main; car, entre nous, c'est un habile homme. Il sait par cœur une infinité de livres de collége. Tout ce qui me fâche, c'est qu'il en rapporte sans cesse des passages dans la conversation; ce qui ne plaît pas à tout le monde. Outre cela, continua-t-il, mon oncle a traduit des poètes latins et des auteurs grecs. Il possède l'antiquité, comme on peut le voir dans les belles remarques qu'il a faites. Sans lui nous ne saurions pas que, dans la ville d'Athènes, les enfants pleuroient quand on leur donnoit le fouet: nous devons cette découverte à sa profonde érudition.

Après que, mon camarade et moi, nous eûmes regardé toutes les choses dont je viens de parler, il nous prit envie d'apprendre pourquoi l'on faisoit de pareils préparatifs. Nous allions nous en informer, lorsque, dans un homme qui avoit l'air de l'ordonnateur de la fête, Diégo reconnut le seigneur Thomas de la Fuente, que nous joignîmes avec empressement. Le maître d'école ne remit pas d'abord le jeune barbier, tant il le trouva changé depuis dix années. Ne pouvant toutefois le méconnoître, il l'embrassa cordialement, et lui dit d'un air affectueux: Eh! te voilà Diégo, mon cher neveu, te voilà donc de retour dans la ville qui t'a vu naître ? Tu viens revoir tes dieux pénates, et le ciel te rend sain et sauf à ta famille. O jour trois et quatre fois heureux ! jour digne d'être marqué d'une pierre blanche ! Il y a bien des nouvelles, mon ami, poursuivit-il : ton oncle Pédro, le bel esprit, est devenu la victime de Pluton ; il y a trois mois qu'il est mort. Cet avare, pendant sa vie, craignoit de manquer des choses les plus nécessaires : *Argenti pallebat amore.* Outre les grosses pensions que quelques grands lui faisoient, il ne dépensoit pas dix pistoles chaque année pour son entretien ; il étoit même servi par un valet qu'il ne nourrissoit point. Ce fou, plus insensé que le Grec Aristippe, qui fit jeter au milieu de la Libye *toutes les richesses que portoient ses esclaves, comme un fardeau qui les incommodoit dans leur marche*, entassoit tout l'or et l'argent qu'il pouvoit amasser. Et pour qui ? pour des héritiers qu'il ne vouloit pas voir. Il étoit riche de trente mille ducats, que ton père, ton oncle Bertrand et moi, nous avons partagés. Nous sommes en état de bien établir nos enfants. Mon frère Nicolas a déjà disposé de ta sœur Thérèse ; il vient de la marier avec le fils d'un de nos alcades : *Connubio junxit stabili, propriamque dicavit.* C'est cet hymen, formé sous les plus heureux auspices, que nous célébrons depuis deux jours avec tant d'appareil. Nous avons fait dresser dans la plaine ces pavillons. Les trois héritiers de Pédro ont chacun le sien, et font tour-à-tour la dépense d'une journée. Je voudrois que tu fusses arrivé plus tôt, tu aurois vu le commencement de nos réjouissances. Avant-hier, jour du mariage, ton père faisoit les frais. Il donna un festin superbe, qui fut suivi d'une course de bague. Ton oncle le mercier mit hier la nappe, et nous régala d'une fête pastorale. Il habilla en bergers dix garçons des mieux faits, et dix jeunes filles ; il employa tous les rubans et toutes les aiguillettes de sa boutique à les parer. Cette brillante jeunesse forma diverses danses, et chanta mille chansonnettes tendres et légères. Néanmoins, quoique rien n'ait jamais été plus galant, cela ne fit pas un grand effet : il faut qu'on n'aime plus la pastorale.

Pour aujourd'hui, continua-t-il, tout roule sur mon compte, et je dois fournir aux bourgeois d'Olmédo un spectacle de mon invention : *Finis coronat opus.* J'ai fait élever un théâtre, sur lequel, Dieu aidant, je ferai représenter, par mes disciples, une pièce que j'ai composée ; elle a pour titre : *Les Amusements de Muley Bugentuf, roi de Maroc.* Elle sera parfaitement bien jouée, parce que j'ai des écoliers qui déclament comme les comédiens de Madrid. Ce sont des enfants de famille de Penafiel et de Ségovie, que j'ai en pension chez moi. Les excellents acteurs ! Il est vrai

que je les ai exercés : leur déclamation paroîtra frappée au coin du maître, *ut ita dicam.* A l'égard de la pièce, je ne t'en parlerai point ; je veux te laisser le plaisir de la surprise. Je dirai simplement qu'elle doit enlever tous les spectateurs. C'est un de ces sujets tragiques qui remuent l'âme par les images de mort qu'ils offrent à l'esprit. Je suis du sentiment d'Aristote : il faut exciter la terreur. Ah ! si je m'étois attaché au théâtre, je n'aurois jamais mis sur la scène que des princes sanguinaires, que des héros assassins ; je me serois baigné dans le sang. On auroit toujours vu périr dans mes tragédies, non-seulement les principaux personnages, mais les gardes mêmes ; j'aurois égorgé jusqu'au souffleur : enfin, je n'aime que l'effroyable ; c'est mon goût. Aussi ces sortes de poëmes entraînent la multitude, entretiennent le luxe des comédiens, et font rouler tout doucement les auteurs.

Dans le temps qu'il achevoit ces paroles, nous vîmes sortir du village et entrer dans la plaine un grand concours de personnes de l'un et de l'autre sexe. C'étoient les deux époux, accompagnés de leurs parents et de leurs amis, et précédés de dix à douze joueurs d'instruments qui, jouant tous ensemble, formoient un concert très-bruyant. Nous allâmes au-devant d'eux, et Diégo se fit connoître. Des cris de joie s'élevèrent aussitôt dans l'assemblée, et chacun s'empressa de courir à lui. Il n'eut pas peu d'affaires à recevoir tous les témoignages d'amitié qu'on lui donna. Toute sa famille, et tous ceux même qui étoient présents, l'accablèrent d'embrassades, après quoi son père lui dit : Sois le bien-venu, Diégo. Tu retrouves tes parents un peu engraissés, mon ami ; je ne t'en dis pas davantage présentement ; je t'expliquerai cela tantôt par le menu. Cependant tout le monde s'avança dans la plaine, se rendit sous les tentes, et s'assit autour des tables qu'on y avoit dressées. Je ne quittai pas mon compagnon, et nous dînâmes tous deux avec les nouveaux mariés, qui me parurent bien assortis. Le repas fut assez long, parce que le maître d'école eut la vanité de le vouloir donner à trois services, pour l'emporter sur ses frères qui n'avoient pas fait les choses si magnifiquement.

Après le festin, tous les convives témoignèrent une grande impatience de voir représenter la pièce du seigneur Thomas, ne doutant pas, disoient-ils, que la production d'un aussi beau génie que le sien ne méritât d'être entendue. Nous nous approchâmes du théâtre, au-devant duquel tous les joueurs d'instruments s'étoient déjà placés pour jouer dans les entr'actes. Comme chacun, dans un grand silence, attendoit qu'on commençât, les acteurs parurent sur la scène ; et l'auteur, le poëme à la main, s'assit dans les coulisses, à portée de souffier. Il avoit eu raison de nous dire que la pièce étoit tragique; car, dans le premier acte, le roi de Maroc, par manière de récréation, tua cent esclaves maures à coup de flèches; dans le second, il coupa la tête à trente officiers portugais qu'un de ses capitaines avoit faits prisonniers de guerre; et dans le troisième enfin, ce monarque, soûl de ses femmes, mit le feu lui-même à un palais isolé où elles étoient enfermées, et le réduisit en cendres avec elles. Les esclaves maures, de même que les officiers portugais, étoient des figures d'osier faites avec beaucoup d'art; et le palais, composé de carton, parut tout embrasé par un feu d'artifice. Cet embrasement, accompagné de mille cris plaintifs qui sembloient sortir du milieu des flammes, dénoua la pièce, et ferma le théâtre d'une façon très-divertissante. Toute la plaine retentit du bruit des applaudissements que reçut une si belle tragédie; ce qui justifia le bon goût du poète, et fit connoître qu'il savoit bien choisir ses sujets.

Je m'imaginois qu'il n'y avoit plus rien à voir après *les Amusements de Muley Bugentuf,* mais je me trompois. Des tymbales et des trompettes nous annoncèrent un nouveau spectacle : c'étoit la distribution des prix; car Thomas de la Fuente, pour rendre la fête plus solennelle, avoit fait composer tous ses écoliers, tant externes que

pensionnaires; et il devoit ce jour-là donner, à ceux qui avoient le mieux réussi, des livres achetés de ses propres deniers à Ségovie. On apporta donc tout-à-coup sur le théâtre deux longs bancs d'école, avec une armoire à livres, remplie de bouquins proprement reliés. Alors tous les acteurs revinrent sur la scène, et se rangèrent tout autour du seigneur Thomas, qui tenoit aussi bien sa morgue qu'un préfet de collège. Il avoit à la main une feuille de papier où étoient écrits les noms de ceux qui devoient remporter des prix. Il la donna au roi de Maroc, qui commença de la lire à haute voix. Chaque écolier qu'on nommoit alloit respectueusement recevoir un livre des mains du pédant; puis il étoit couronné de lauriers, et on le faisoit asseoir sur un des deux bancs, pour l'exposer aux regards de l'assistance admirative. Quelque envie toutefois qu'eût le maître d'école de renvoyer les spectateurs contents, il ne put en venir à bout, parce qu'ayant distribué tous les prix aux pensionnaires, ainsi que cela se pratique, les mères de quelques externes prirent feu là-dessus, et accusèrent le pédant de partialité : de sorte que cette fête, qui jusqu'à ce moment avoit été si glorieuse pour lui, pensa finir aussi mal que le festin des Lapithes.

LIVRE TROISIÈME.

CHAPITRE PREMIER.

De l'arrivée de Gil Blas à Madrid, et du premier maître qu'il servit dans cette ville.

Je fis quelque séjour chez le jeune barbier. Je me joignis ensuite à un marchand de Ségovie qui passa par Olmédo. Il revenoit, avec quatre mules, de transporter des marchandises à Valladolid, et s'en retournoit à vide. Nous fîmes connoissance sur la route, et il prit tant d'amitié pour moi, qu'il voulut absolument me loger lorsque nous fûmes arrivés à Ségovie. Il me retint deux jours dans sa maison; et quand il me vit prêt à partir pour Madrid par la voie du muletier, il me chargea d'une lettre, en me priant de la rendre en main propre à son adresse, sans me dire que ce fut une lettre de recommandation. Je ne manquai pas de la porter au seigneur Mathéo Melendez. C'étoit un marchand de drap qui demeuroit à la porte du Soleil, au coin de la rue des Bahutiers. Il n'eut pas sitôt ouvert le paq et   lu ce qui étoit contenu dedans,

qu'il me dit d'un air gracieux : Seigneur Gil Blas, Pedro Palacio, mon correspondant, m'écrit en votre faveur d'une manière si pressante, que je ne puis me dispenser de vous offrir un logement chez moi. De plus, il me prie de vous trouver une bonne condition; c'est une chose dont je me charge avec plaisir. Je suis persuadé qu'il ne me sera pas bien difficile de vous placer avantageusement.

J'acceptai l'offre de Melendez avec d'autant plus de joie, que mes finances diminuoient à vue d'œil; mais je ne lui fus pas long-temps à charge. Au bout de huit jours, il me dit qu'il venoit de me proposer à un cavalier de sa connoissance, qui avoit besoin d'un valet de chambre, et que, selon toutes les apparences, ce poste ne m'échapperoit pas. En effet, ce cavalier étant survenu dans le moment : Seigneur, lui dit Melendez en me montrant, vous voyez le jeune homme dont je vous ai parlé. C'est un garçon qui a de l'honneur et de la morale; je vous en réponds comme de moi-même. Le cavalier me regarda fixement, dit que ma phy-

sionomie lui plaisoit, et qu'il me prenoit à son service. Il n'a qu'à me suivre, ajouta-t-il ; je vais
l'instruire de ses devoirs. A ces mots, il donna le
bonjour au marchand, et m'emmena dans la
grande rue, tout devant l'église de Saint-Philippe.
Nous entrâmes dans une assez belle maison, dont
il occupoit une aile ; nous montâmes un escalier
de cinq ou six marches, puis il m'introduisit dans
une chambre fermée de deux bonnes portes qu'il
ouvrit, et dont la première avoit au milieu une
petite fenêtre grillée. De cette chambre nous passâmes dans une autre, où il y avoit un lit et
d'autres meubles qui étoient plus propres que
riches.

Si mon nouveau maître m'avoit bien considéré
chez Melendez, je l'examinai à mon tour avec
beaucoup d'attention. C'étoit un homme de cinquante et quelques années, qui avoit l'air froid et
sérieux. Il me parut d'un naturel doux, et je ne jugeai point mal de lui. Il me fit plusieurs questions
sur ma famille ; et, satisfait de mes réponses : Gil
Blas, me dit-il, je te crois un garçon fort raisonnable ; je suis bien aise de t'avoir à mon service.
De ton côté, tu seras content de ta condition. Je
te donnerai par jour six réaux, tant pour ta nourriture et pour ton entretien que pour tes gages,
sans préjudice des petits profits que tu pourras
faire chez moi. D'ailleurs je ne suis pas difficile
à servir ; je ne fais point d'ordinaire ; je mange
en ville. Tu n'auras le matin qu'à nettoyer mes
habits, et tu seras libre tout le reste de la journée.
Je te recommande seulement d'avoir soin de te retirer le soir de bonne heure, et de m'attendre à
ma porte ; voilà tout ce que j'exige de toi. Après
m'avoir prescrit mon devoir, il tira de sa poche
six réaux, qu'il me donna pour commencer à garder les conventions. Nous sortîmes ensuite tous
deux ; il ferma les portes lui-même ; et emportant
les clefs : Mon ami, me dit-il, ne me suis point ;
va-t'en où il te plaira, promène-toi dans la ville ;
mais quand je reviendrai ce soir, que je te retrouve sur cet escalier. En achevant ces paroles il
me quitta, et me laissa disposer de moi comme je
le jugerois à propos.

En bonne foi, Gil Blas, me dis-je alors à moi-
même, tu ne pouvois trouver un meilleur maître !
Quoi ! tu rencontres un homme qui, pour épous-
seter ses habits et faire sa chambre le matin, te
donne six réaux par jour, avec la liberté de te
promener et de te divertir comme un écolier dans
les vacances ! Vive Dieu ! il n'est point de situation
plus heureuse. Je ne m'étonne plus si j'avois tant
d'envie d'être à Madrid ; je pressentois sans doute
le bonheur qui m'y attendoit. Je passai le jour à
courir les rues, en m'amusant à regarder les
choses qui étoient nouvelles pour moi ; ce qui ne

me donna pas peu d'occupation. Le soir, quand
j'eus soupé dans une auberge qui n'étoit pas éloignée de notre maison, je gagnai promptement le
lieu où mon maître m'avoit ordonné de me rendre.
Il y arriva trois quarts d'heure après moi ; il parut
content de mon exactitude. Fort bien, me dit-il,
cela me plaît ; j'aime les domestiques attentifs à
leur devoir. A ces mots il ouvrit les portes de son
appartement, et les referma sur nous d'abord que
nous fûmes entrés. Comme nous étions sans lumière, il prit une pierre à fusil avec de la mèche,
et alluma une bougie ; je l'aidai ensuite à se déshabiller. Lorsqu'il fut au lit, j'allumai, par son
ordre, une lampe qui étoit dans la cheminée, et
j'emportai la bougie dans l'antichambre, où je me
couchai dans un petit lit sans rideaux. Il se leva le
lendemain matin entre neuf et dix heures ; j'é-
poussetai ses habits. Il me compta mes six réaux,
et me renvoya jusqu'au soir. Il sortit aussi, non
sans avoir grand soin de fermer ses portes ; et
nous voilà partis l'un et l'autre pour toute la
journée.

Tel étoit notre train de vie, que je trouvois
très-agréable. Ce qu'il y avoit de plus plaisant,
c'est que j'ignorois le nom de mon maître. Melendez ne le savoit pas lui-même. Il ne connoissoit ce cavalier que pour un homme qui venoit
quelquefois dans sa boutique, et à qui de temps
en temps il vendoit du drap. Nos voisins ne purent pas mieux satisfaire ma curiosité ; ils m'assurèrent tous que mon maître leur étoit inconnu,
bien qu'il demeurât depuis deux ans dans le
quartier. Ils me dirent qu'il ne fréquentoit personne dans le voisinage ; et quelques-uns, accoutumés à tirer témérairement des conséquences,
concluoient de là que c'étoit un personnage dont
on ne pouvoit porter un jugement avantageux. On
alla même plus loin dans la suite : on le soupçonna
d'être un espion du roi de Portugal, et l'on m'a-
vertit de prendre mes mesures là-dessus. L'avis
me troubla : je me représentai que, si la chose
étoit véritable, je courois risque de voir les prisons
de Madrid que je ne croyois pas plus agréables
que les autres. Mon innocence ne pouvoit me
rassurer : mes disgrâces passées me faisoient
craindre la justice. J'avois éprouvé deux fois que,
si elle ne fait pas mourir les innocents, du moins
elle observe si mal à leur égard les lois de l'hospitalité, qu'il est toujours fort triste de faire
quelque séjour chez elle.

Je consultai Melendez dans une conjoncture si
délicate. Il ne savoit quel conseil me donner. S'il
ne pouvoit croire que mon maître fût un espion, il
n'avoit pas lieu non plus d'être ferme sur la négative.
Je résolus d'observer le patron, et de le quitter
si je m'apercevois que ce fût effectivement un cu-

nemi de l'état : mais il me sembla que la prudence et l'agrément de ma condition demandoient que je fusse auparavant bien sûr de mon fait. Je commençai donc à examiner ses actions ; et, pour le sonder : Monsieur, lui dis-je un soir en le déshabillant, je ne sais comment il faut vivre pour se mettre à couvert des coups de langue. Le monde est bien méchant ! Nous avons, entre autres, des voisins qui ne valent pas le diable. Les mauvais esprits ! Vous ne devineriez jamais de quelle manière ils parlent de nous. Bon ! Gil Blas, me répondit-il. Eh ! qu'en peuvent-ils dire, mon ami ? Ah ! vraiment, repris-je, la médisance ne manque point de matière ; la vertu même lui fournit des traits. Nos voisins disent que nous sommes des gens dangereux ; que nous méritons l'attention de la cour ; en un mot, vous passez ici pour un espion du roi de Portugal. En prononçant ces paroles j'envisageai mon maître, comme Alexandre regarda son médecin, et j'employai toute ma pénétration à démêler l'effet que mon rapport produisoit en lui. Je crus remarquer dans mon patron un frémissement qui s'accordoit fort avec les conjectures du voisinage, et je le vis tomber dans une rêverie que je n'expliquai point favorablement. Il se remit pourtant de son trouble, et me dit d'un air assez tranquille : Gil Blas, laissons raisonner nos voisins, sans faire dépendre notre repos de leurs raisonnements. Ne nous mettons point en peine de l'opinion qu'on a de nous, quand nous ne donnons pas sujet d'en avoir une mauvaise.

Il se coucha là-dessus, et je fis la même chose, sans savoir à quoi je devois m'en tenir. Le jour suivant, comme nous nous disposions le matin à sortir, nous entendîmes frapper rudement à la première porte sur l'escalier. Mon maître ouvrit l'autre, et regarda par la petite fenêtre grillée. Il vit un homme bien vêtu, qui lui dit : Seigneur cavalier, je suis alguazil, et je viens ici pour vous dire que monsieur le corrégidor souhaite de vous parler. Que me veut-il ? répondit mon patron. C'est ce que j'ignore, seigneur, répliqua l'alguazil ; mais vous n'avez qu'à aller le trouver, et vous en serez bientôt instruit. Je suis son serviteur, repartit mon maître, je n'ai rien à démêler avec lui. En achevant ces mots, il referma brusquement la seconde porte ; puis, s'étant promené quelque temps comme un homme à qui, ce me sembloit, le discours de l'alguazil donnoit beaucoup à penser, il me mit en main mes six réaux, et me dit : Gil Blas, tu peux sortir, mon ami, et aller passer la journée où tu voudras ; pour moi, je ne sortirai pas si tôt, et je n'ai pas besoin de toi ce matin. Il me fit juger par ces paroles qu'il avoit peur d'être arrêté, et que cette crainte l'obligeoit à demeurer dans son appartement. Je l'y laissai ; et, pour voir si je me trompois dans mes soupçons, je me cachai dans un endroit où je pouvois le remarquer s'il sortoit. J'aurois eu la patience de me tenir là toute la matinée, s'il ne m'en eût épargné la peine. Mais une heure après, je le vis marcher dans la rue avec un air d'assurance qui confondit d'abord ma pénétration. Loin de me rendre toutefois à ces apparences, je m'en défiai ; car il n'avoit point en moi un juge favorable. Je songeai que sa contenance pouvoit être étudiée ; je m'imaginai même qu'il n'étoit resté chez lui que pour prendre tout ce qu'il avoit d'or ou de pierreries, et que probablement il alloit, par une prompte fuite, pourvoir à sa sûreté. Je n'espérai plus le revoir, et je doutai si j'irois le soir l'attendre à sa porte, tant j'étois persuadé que dès ce jour-là il sortiroit de la ville pour se sauver du péril qui le menaçoit. Je n'y manquai pas pourtant ; ce qui me surprit, mon maître revint à son ordinaire. Il se coucha sans faire paroître la moindre inquiétude, et il se leva le lendemain avec autant de tranquillité.

Comme il achevoit de s'habiller, on frappa tout-à-coup à la porte. Mon maître regarda par la petite grille. Il reconnoît l'alguazil du jour précédent, et lui demande ce qu'il veut. Ouvrez, lui répond l'alguazil, c'est monsieur le corrégidor. A ce nom redoutable mon sang se glaça dans mes veines. Je craignois diablement ces messieurs-là depuis que j'avois passé par leurs mains, et j'aurois voulu dans ce moment être à cent lieues de Madrid. Pour mon patron, il fut moins effrayé que moi ; il ouvrit la porte, et reçut le juge avec respect. Vous voyez, lui dit le corrégidor, que je ne viens point chez vous avec une grosse suite ; je veux faire les choses sans éclat. Malgré les bruits fâcheux qui courent de vous dans la ville, je crois que vous méritez quelque ménagement. Apprenez-moi comment vous vous appelez, et ce que vous faites à Madrid. Seigneur, lui répondit mon maître, je suis de la Castille-Nouvelle, et je me nomme don Bernard de Castil Blazo. A l'égard de mes occupations, je me promène, je fréquente les spectacles, et je me réjouis tous les jours avec un petit nombre de personnes d'un commerce agréable. Vous avez sans doute, reprit le juge, un gros revenu ? Non, seigneur, interrompit mon patron, je n'ai ni rentes, ni terres, ni maisons. Et de quoi vivez-vous donc ? répliqua le corrégidor. De ce que je vais vous faire voir, repartit don Bernard. En même temps il leva une tapisserie, ouvrit une porte que je n'avois pas remarquée, puis encore une autre qui étoit derrière, et fit entrer le juge dans un cabinet où il y avoit un grand coffre tout rempli de pièces d'or qu'il lui montra.

Seigneur, lui dit-il ensuite, vous savez que les Espagnols sont ennemis du travail ; cependant, quelque aversion qu'ils aient pour la peine, je puis dire que j'enchéris sur eux là-dessus : j'ai un fond de paresse qui me rend incapable de tout emploi. Si je voulois ériger mes vices en vertu, j'appellerois ma paresse une indolence philosophique, je dirois que c'est l'ouvrage d'un esprit revenu de tout ce qu'on recherche dans le monde avec ardeur ; mais j'avouerai de bonne foi que je suis paresseux par tempérament, et si paresseux, que, s'il me falloit travailler pour vivre, je crois que je me laisserois mourir de faim. Ainsi, pour mener une vie convenable à mon humeur, pour n'avoir pas la peine de ménager mon bien, et plus encore pour me passer d'intendant, j'ai converti en argent comptant tout mon patrimoine, qui consistoit en plusieurs héritages considérables. Il y a dans ce coffre cinquante mille ducats. C'est plus qu'il ne m'en faut pour le reste de mes jours, quand je vivrois au-delà d'un siècle, puisque je n'en dépense pas mille chaque année, et que j'ai déjà passé mon dixième lustre. Je ne crains donc point l'avenir, parce que je ne me suis adonné, grâces au ciel, à aucune des trois choses qui ruinent ordinairement les hommes. J'aime peu la bonne chère, je ne joue que pour m'amuser, et je suis revenu des femmes. Je n'appréhende point que, dans ma vieillesse, on me compte parmi ces barbons voluptueux à qui les coquettes vendent leurs bontés au poids de l'or.

Que je vous trouve heureux ! lui dit alors le corrégidor. On vous soupçonne bien mal à propos d'être un espion : ce personnage ne convient point à un homme de votre caractère. Allez, don Bernard, ajouta-t-il, continuez de vivre comme vous vivez. Loin de vouloir troubler vos jours tranquilles, je m'en déclare le défenseur ; je vous demande votre amitié et vous offre la mienne. Ah ! seigneur, s'écria mon maître pénétré de ces paroles obligeantes, j'accepte avec autant de joie que de respect l'offre précieuse que vous me faites. En me donnant votre amitié, vous augmentez mes richesses, et mettez le comble à mon bonheur. Après cette conversation, que l'alguazil et moi nous entendîmes de la porte du cabinet, le corrégidor prit congé de don Bernard, qui ne pouvoit assez à son gré lui marquer de reconnoissance. De mon côté, pour seconder mon maître et l'aider à faire les honneurs de chez lui, j'accablai de civilités l'alguazil : je lui fis mille révérences profondes, quoique dans le fond de mon âme je sentisse pour lui le mépris et l'aversion que tout honnête homme a naturellement pour un alguazil.

CHAPITRE II.

De l'étonnement où fut Gil Blas de rencontrer à Madrid le capitaine Rolando ; et des choses curieuses que ce voleur lui raconta.

Don Bernard de Castil Blazo, après avoir conduit le corrégidor jusque dans la rue, revint vite sur ses pas fermer son coffre-fort et toutes les portes qui en faisoient la sûreté ; puis nous sortîmes l'un et l'autre très-satisfaits, lui, de s'être acquis un ami puissant, et moi, de me voir assuré de mes six réaux par jour. L'envie de conter cette aventure à Melendez me fit prendre le chemin de sa maison ; mais, comme j'étois près d'y arriver, j'aperçus le capitaine Rolando. Ma surprise fut extrême de le retrouver là, et je ne pus m'empêcher de frémir à sa vue. Il me reconnut aussi, m'aborda gravement, et, conservant encore son air de supériorité, il m'ordonna de le suivre. J'obéis en tremblant, et dis en moi-même : Hélas ! il veut sans doute me faire payer tout ce que je lui dois. Où va-t-il me mener ? il a peut-être dans cette ville quelque souterrain. Malepeste ! si je le croyois, je lui ferois voir tout à l'heure que je n'ai pas la goutte aux pieds. Je marchois donc derrière lui, en donnant toute mon attention au lieu où il s'arrêteroit, résolu de m'en éloigner à toutes jambes, pour peu qu'il me parût suspect.

Rolando dissipa bientôt ma crainte. Il entra dans un fameux cabaret : je l'y suivis. Il demanda du meilleur vin, et dit à l'hôte de nous préparer à dîner. Pendant ce temps-là nous passâmes dans une chambre, où le capitaine, se voyant seul avec moi, me tint ce discours : Tu dois être étonné, Gil Blas, de revoir ici ton ancien commandant, et tu le seras bien davantage encore quand tu sauras ce que j'ai à te raconter. Le jour que je te laissai dans le souterrain, et que je partis avec tous mes cavaliers pour aller vendre à Mansilla les mules et les chevaux que nous avions pris le soir précédent, nous rencontrâmes le fils du corrégidor de Léon, accompagné de quatre hommes à cheval et bien armés, qui suivoient son carrosse. Nous fîmes mordre la poussière à deux de ses gens, et les deux autres s'enfuirent. Alors le cocher, craignant pour son maître, nous cria d'une voix suppliante : Eh ! mes chers seigneurs, au nom de Dieu, ne tuez point le fils unique de monsieur le corrégidor de Léon ! Ces mots n'attendrirent pas mes cavaliers ; au contraire, ils leur inspirèrent une espèce de fureur. Messieurs, nous dit l'un d'entre eux, ne laissons point échapper le fils du plus grand ennemi de nos pareils. Combien son père a-t-il fait mourir de gens de notre profession ! Vengeons-les, immolons cette victime à leurs mânes, qui semblent en ce moment nous la demander. Mes autres cavaliers applaudirent à ce sentiment, et mon lieutenant même se préparoit à servir de grand-prêtre dans ce sacrifice, lorsque je lui retins le bras. Arrêtez, lui dis-je ; pourquoi sans nécessité vouloir répandre du sang ? Contentons-nous de la bourse de ce jeune homme. Puisqu'il ne résiste point, il y auroit de la barbarie à l'égorger. D'ailleurs il n'est point responsable des actions de son père ; et son père ne fait que son devoir lorsqu'il nous condamne à la mort, comme nous faisons le nôtre en détroussant les voyageurs.

J'intercédai donc pour le fils du corrégidor, et mon intercession ne lui fut pas inutile. Nous prîmes seulement tout l'argent qu'il avoit, et nous emmenâmes les chevaux des deux hommes que nous avions tués. Nous les vendîmes avec ceux que nous conduisions à Mansilla. Nous nous en retournâmes ensuite au souterrain, où nous arrivâmes le lendemain quelques moments avant le jour. Nous ne fûmes pas peu surpris de trouver la trappe levée ; et notre surprise devint encore plus grande lorsque nous vîmes dans la cuisine Léonarde liée. Elle nous mit au fait en deux mots. Le souvenir de ta colique nous fit rire ; nous admirâmes comment tu avois pu nous tromper : nous ne t'aurions jamais cru capable de nous jouer un si bon tour, et nous te le pardonnâmes à cause de l'invention. Dès que nous eûmes détaché la cuisinière, je lui donnai ordre de nous apprêter à manger. Cependant nous allâmes soigner nos chevaux à l'écurie, où le vieux nègre, qui n'avoit reçu aucun secours depuis vingt-quatre heures, étoit à l'extrémité. Nous souhaitions de le soulager, mais il avoit perdu connoissance ; et il nous parut si bas, que, malgré notre bonne volonté, nous laissâmes ce pauvre diable entre la vie et la mort. Cela ne nous empêcha pas de nous mettre à table ; et, après avoir amplement déjeûné, nous nous retirâmes dans nos chambres, où nous reposâmes toute la journée. A notre réveil, Léonarde nous apprit que Domingo ne vivoit plus. Nous le portâmes dans le caveau où tu dois te souvenir d'avoir couché, et là nous lui fîmes des funérailles comme s'il eût eu l'honneur d'être un de nos compagnons.

Cinq ou six jours après, il arriva que, voulant faire une course, nous rencontrâmes un matin, à la sortie du bois, trois brigades d'archers de la sainte Hermandad, qui sembloient nous attendre pour nous charger. Nous n'en aperçûmes d'abord qu'une. Nous la méprisâmes, bien que supérieure en nombre à notre troupe, et nous l'attaquâmes ; mais, dans le temps que nous étions aux mains avec elle, les deux autres, qui avoient trouvé moyen de se tenir cachées, vinrent tout-à-coup fondre sur nous ; de sorte que notre valeur ne nous

servit de rien. Il fallut céder à tant d'ennemis. Notre lieutenant et deux de nos cavaliers périrent dans cette occasion. Les deux autres et moi nous fûmes enveloppés et serrés de si près, que les archers nous prirent ; et, tandis que deux brigades nous conduisoient à Léon, la troisième alla détruire notre retraite, qui avoit été découverte de la manière que je vais te le dire. Un paysan de Luceno, en traversant la forêt pour s'en retourner chez lui, aperçut par hasard la trappe de notre souterrain que tu n'avois pas abattue ; car c'étoit justement le jour que tu en sortis avec la dame. Il se douta bien que c'étoit notre demeure. Il n'eut pas le courage d'y entrer. Il se contenta d'observer les environs ; et, pour mieux remarquer l'endroit, il écorça légèrement avec son couteau quelques arbres voisins, et d'autres encore de distance en distance, jusqu'à ce qu'il fût hors du bois. Il se rendit ensuite à Léon pour faire part de cette découverte au corrégidor, qui en eut d'autant plus de joie, que son fils venoit d'être volé par notre compagnie. Ce juge fit assembler trois brigades pour nous arrêter, et le paysan leur servit de guide.

Mon arrivée dans la ville de Léon y fut un spectacle pour tous les habitants. Quand j'aurois été un général portugais fait prisonnier de guerre, le peuple ne se seroit pas plus empressé de me voir. Le voilà, disoit-on, le voilà, ce fameux capitaine, la terreur de cette contrée ! Il mériteroit d'être démembré avec des tenailles, de même que ses deux camarades. On nous mena devant le corrégidor, qui commença de m'insulter. Eh bien ! me dit-il, scélérat, le ciel, las des désordres de ta vie, t'abandonne à ma justice ! Seigneur, lui répondis-je, si j'ai commis bien des crimes, du moins je n'ai pas la mort de votre fils unique à me reprocher ; j'ai conservé ses jours ; vous m'en devez quelque reconnoissance. Ah ! misérable, s'écriat-il, c'est bien avec des gens de ton caractère qu'il faut garder un procédé généreux ! Et quand même je voudrois te sauver, le devoir de ma charge ne me le permettroit pas. Lorsqu'il eut parlé de cette sorte, il nous fit enfermer dans un cachot, où il ne laissa pas languir mes compagnons. Ils en sortirent au bout de trois jours pour aller jouer un rôle tragique dans la grande place. Pour moi, je demeurai dans les prisons trois semaines entières. Je crus qu'on ne différoit mon supplice que pour le rendre plus terrible ; et je m'attendois enfin à un genre de mort tout nouveau, quand le corrégidor, m'ayant fait ramener en sa présence, me dit : Écoute ton arrêt ! Tu es libre. Sans toi, mon fils unique auroit été assassiné sur les grands chemins. Comme père j'ai voulu reconnoître ce service ; et comme juge, ne pouvant t'absoudre, j'ai écrit à

la cour en ta faveur ; j'ai demandé ta grâce, et je
l'ai obtenue. Va donc où il te plaira ! Mais, ajouta-
t-il, crois-moi, profite de cet heureux événement.
Rentre en toi-même, et quitte pour jamais le brigandage.

Je fus pénétré de ces paroles, et je pris la route
de Madrid, dans la résolution de faire une fin, et
de vivre doucement dans cette ville. J'y ai trouvé
mon père et ma mère morts, et leur succession
entre les mains d'un vieux parent qui m'en a rendu
un compte fidèle, comme font tous les tuteurs. Je
n'en ai pu tirer que trois mille ducats, ce qui peut-
être ne fait pas la quatrième partie de mon bien.
Mais que faire à cela ? Je ne gagnerois rien à le
chicaner. Pour éviter l'oisiveté, j'ai acheté une
charge d'alguazil, que j'exerce comme si toute ma
vie je n'eusse fait autre chose. Mes confrères se
seroient par bienséance opposés à ma réception,
s'ils eussent su mon histoire. Heureusement ils
l'ignorent ou feignent de l'ignorer, ce qui est la
même chose ; car, dans cet honorable corps, chacun a intérêt de cacher ses faits et gestes. On n'a,
Dieu merci, rien à se reprocher les uns aux autres. Au diable soit le meilleur ! Cependant, mon
ami, continua Rolando, je veux te découvrir ici
le fond de mon âme. La profession que j'ai embrassée n'est guère de mon goût ; elle demande
une conduite trop délicate et trop mystérieuse :
on n'y sauroit faire que des tromperies secrètes et
subtiles. Oh ! je regrette mon premier métier.
J'avoue qu'il y a plus de sûreté dans le nouveau ;
mais il y a plus d'agrément dans l'autre ; et j'aime
la liberté. J'ai bien la mine de me défaire de ma
charge, et de partir un beau matin pour aller
gagner les montagnes qui sont aux sources du
Tage. Je sais qu'il y a dans cet endroit une retraite habitée par une troupe nombreuse, et remplie de sujets catalans : c'est faire son éloge en un
mot. Si tu veux m'accompagner, nous irons grossir le nombre de ces grands hommes. Je serai,
dans leur compagnie, capitaine en second ; et pour
t'y faire recevoir avec agrément, j'assurerai que
je t'ai vu dix fois combattre à mes côtés. J'élèverai
ta valeur jusqu'aux nues ; je dirai plus de bien de
toi qu'un général n'en dit d'un officier qu'il veut
avancer. Je me garderai bien de dire la supercherie que tu as faite : cela te rendroit suspect ;
je tairai l'aventure. Eh bien ! ajouta-t-il, es-tu prêt
à me suivre ? J'attends ta réponse.

Chacun a ses inclinations, dis-je alors à Rolando ; vous êtes né pour les entreprises hardies,
et moi pour une vie douce et tranquille. Je vous
entends, interrompit-il ; la dame que l'amour vous
a fait enlever vous tient encore au cœur ; et sans
doute vous menez avec elle à Madrid cette vie
douce que vous aimez. Avouez, M. Gil Blas, que

vous l'avez mise dans ses meubles, et que vous
mangez ensemble les pistoles que vous avez emportées du souterrain. Je lui dis qu'il étoit dans
l'erreur, et que, pour le désabuser, je voulois en
dînant lui conter l'histoire de la dame ; ce que je
fis effectivement ; et je lui appris aussi tout ce qui
m'étoit arrivé depuis que j'avois quitté la troupe.
Sur la fin du repas, il me remit encore sur les
sujets catalans. Il m'avoua même qu'il avoit résolu
de les aller joindre, et fit une nouvelle tentative
pour m'engager à prendre le même parti. Mais,
voyant qu'il ne pouvoit me persuader, il changea
tout-à-coup de contenance et de ton ; il me regarda
d'un air fier, et me dit fort sérieusement : Puisque
tu as le cœur assez bas pour préférer ta condition
servile à l'honneur d'entrer dans une compagnie
de braves gens, je t'abandonne à la bassesse de
tes inclinations. Mais écoute bien les paroles que
je vais te dire ; qu'elles demeurent gravées dans ta
mémoire ! Oublie que tu m'as rencontré aujour-
d'hui, et ne t'entretiens jamais de moi avec personne ; car, si j'apprends que tu me mêles dans
tes discours....., tu me connois : je ne t'en dis pas
davantage. A ces mots il appela l'hôte, paya l'écot,
et nous nous levâmes de table pour nous en
aller.

CHAPITRE III.

Il sort de chez don Bernard de Castil Blazo, et va servir un petit-maître.

Comme nous sortions du cabaret, et que nous
prenions congé l'un de l'autre, mon maître passa
dans la rue. Il me vit, et je m'aperçus qu'il regarda plus d'une fois le capitaine. Je jugeai qu'il
étoit surpris de me rencontrer avec un semblable
personnage. Il est certain que la vue de Rolando
ne prévenoit point en faveur de ses mœurs. C'étoit
un homme fort grand : il avoit le visage long, avec
un nez de perroquet ; et, quoiqu'il n'eût pas mauvaise mine, il ne laissoit pas d'avoir l'air d'un
franc fripon.

Je ne m'étois point trompé dans mes conjectures. Le soir je trouvai don Bernard occupé de
la figure du capitaine, et très-disposé à croire
toutes les belles choses que je lui en aurois pu
dire si j'eusse osé parler. Gil Blas, me dit-il, qui
est ce grand escogriffe que j'ai vu tantôt avec toi ?
Je répondis que c'étoit un alguazil, et je m'imaginois que, satisfait de cette réponse, il en demeureroit là : mais il me fit bien d'autres questions ;
et, comme je lui parus embarrassé, parce que je
me souvenois des menaces de Rolando, il rompit
tout-à-coup la conversation et se coucha. Le lendemain matin, lorsque je lui eus rendu mes services ordinaires, il me compta six ducats au lieu
de six réaux, et me dit : Tiens, mon ami, voilà

ce que je te donne pour m'avoir servi jusqu'à ce jour. Va chercher une autre maison : je ne puis m'accommoder d'un valet qui a de si belles connoissances. Je m'avisai de lui représenter, pour ma justification, que je connoissois cet alguazil pour lui avoir fourni certains remèdes à Valladolid, dans le temps que j'y exerçois la médecine. Fort bien, reprit mon maître, la défaite est ingénieuse : tu devois me répondre cela hier au soir, et non pas te troubler. Monsieur, lui repartis-je, en vérité, je n'osois vous le dire par discrétion ; c'est çe qui a causé mon embarras. Certes, répliqua-t-il en me frappant doucement sur l'épaule, c'est être bien discret ! Je ne te croyois pas si rusé. Va, mon enfant, je te donne ton congé : un garçon qui fraie avec des alguazils n'est point du tout mon fait.

J'allai sur-le-champ apprendre cette mauvaise nouvelle à Melendez, qui me dit, pour me consoler, qu'il prétendoit me faire entrer dans une meilleure maison. En effet, quelques jours après, il me dit : Gil Blas, mon ami, vous ne vous attendez pas au bonheur que j'ai à vous annoncer ! Vous aurez le poste du monde le plus agréable. Je vais vous mettre auprès de don Mathias de Silva. C'est un homme de la première qualité, un de ces jeunes seigneurs qu'on appelle petits-maîtres. J'ai l'honneur d'être son marchand. Il prend chez moi des étoffes, à crédit à la vérité ; mais il n'y a rien à perdre avec ces seigneurs : ils épousent souvent de riches héritières qui paient leurs dettes ; et quand cela n'arrive pas, un marchand qui entend son métier leur vend toujours si cher, qu'il se sauve en ne touchant même que le quart de ses parties. L'intendant de don Mathias, poursuivit-il, est mon intime ami. Allons le trouver. Il doit vous présenter lui-même à son maître ; et vous pouvez compter qu'à ma considération il aura beaucoup d'égards pour vous.

Comme nous étions en chemin pour nous rendre à l'hôtel de don Mathias, le marchand me dit : Il est à propos, ce me semble, que je vous apprenne de quel caractère est l'intendant, afin que vous vous régliez là-dessus : il s'appelle Gregorio Rodriguez. Entre nous, c'est un homme de rien, qui, se sentant né pour les affaires, a suivi son génie, et s'est enrichi dans deux maisons ruinées, dont il a été l'intendant. Je vous avertis qu'il est fort vain ; il aime à voir ramper devant lui les autres domestiques. C'est à lui qu'ils doivent d'abord s'adresser quand ils ont la moindre grâce à demander à leur maître ; car, s'il arrive qu'ils l'aient obtenue sans sa participation, il a toujours des détours tout prêts pour faire révoquer la grâce ou pour la rendre inutile. Réglez-vous sur cela, Gil Blas : faites votre cour au seigneur Rodriguez,

préférablement à votre maître même, et mettez tout en usage pour lui plaire. Son amitié vous sera d'une grande utilité. Il vous paiera vos gages exactement ; et, si vous êtes assez adroit pour gagner sa confiance, il pourra vous donner quelques petits os à ronger. Il en a tant ! don Mathias est un jeune seigneur qui ne songe qu'à ses plaisirs, et qui ne veut prendre aucune connoissance de ses propres affaires. Quelle maison pour un intendant !

Lorsque nous fûmes arrivés à l'hôtel, nous demandâmes à parler au seigneur Rodriguez. On nous dit que nous le trouverions dans son appartement. Il y étoit en effet, et nous vimes avec lui une manière de paysan qui tenoit un sac de toile bleue rempli d'espèces. L'intendant, qui me parut plus pâle et plus jaune qu'une fille fatiguée du célibat, vint au-devant de Melendez en lui tendant les bras : le marchand, de son côté, ouvrit les siens, et ils s'embrassèrent tous deux avec des démonstrations d'amitié où il y avoit beaucoup plus d'art que de naturel. Après cela il fut question de moi. Rodriguez m'examina depuis les pieds jusqu'à la tête ; puis il me dit fort poliment que j'étois tel qu'il falloit être pour convenir à don Mathias, et qu'il se chargeoit avec plaisir de me présenter à ce seigneur. Là-dessus Melendez fit connoître jusqu'à quel point il s'intéressoit pour moi : il pria l'intendant de m'accorder sa protection ; et, me laissant avec lui après force compliments, il se retira. Dès qu'il fut sorti, Rodriguez me dit : Je vous conduirai à mon maître d'abord que j'aurai expédié ce bon laboureur. Aussitôt il s'approcha du paysan ; et, lui prenant son sac : Talego [1], lui dit-il, voyons si les cinq cents pistoles sont là-dedans. Il compta lui-même les pièces. Il trouva le compte juste, donna quittance de la somme au laboureur, et le renvoya. Il remit ensuite les espèces dans le sac. Alors s'adressant à moi : Nous pouvons présentement, me dit-il, aller au-devant de mon maître. Il sort du lit ordinairement sur le midi ; il est près d'une heure ; il doit être jour dans son appartement.

Don Mathias venoit en effet de se lever. Il étoit encore en robe de chambre, et renversé dans un fauteuil, sur un bras duquel il avoit une jambe étendue ; il se balançoit en râpant du tabac [2]. Il s'entretenoit avec un laquais, qui, remplissant par *interim* l'emploi de valet de chambre, se tenoit là tout prêt à le servir. Seigneur, lui dit l'intendant, voici un jeune homme que je prends la li-

[1] *Talego*, sac à mettre de l'argent.
[2] A l'époque où Le Sage composoit ce roman, la mode étoit encore que chaque preneur de tabac fût muni d'une râpe, avec du tabac en carotte qu'il mettoit en poudre lui-même.

berté de vous présenter pour remplacer celui que
vous chassâtes avant-hier. Melendez, votre marchand, en répond; il assure que c'est un garçon
de mérite, et je crois que vous en serez fort satisfait. C'est assez, répondit le jeune seigneur; puisque c'est vous qui le produisez auprès de moi, je
le reçois aveuglément à mon service. Je le fais
mon valet de chambre, c'est une affaire finie. Rodriguez, ajouta-t-il, parlons d'autres choses. Vous
arrivez à propos, j'allois vous envoyer chercher.
J'ai une mauvaise nouvelle à vous apprendre, mon
cher Rodriguez. J'ai joué de malheur cette nuit;
avec cent pistoles que j'avois, j'en ai encore perdu
deux cents sur ma parole. Vous savez de quelle
conséquence il est pour des personnes de condition
de s'acquitter de cette sorte de dette. C'est proprement la seule que le point d'honneur nous oblige
à payer avec exactitude. Aussi ne payons-nous pas
les autres religieusement. Il faut donc trouver deux
cents pistoles tout à l'heure, et les envoyer à la
comtesse de Pedrosa. Monsieur, dit l'intendant,
cela n'est pas si difficile à dire qu'à exécuter. Où
voulez-vous, s'il vous plaît, que je prenne cette
somme? Je ne touche pas un maravédis [1] de vos
fermiers, quelque menace que je puisse leur faire.
Cependant il faut que j'entretienne honnêtement
votre domestique, et que je sue sang et eau pour
fournir à votre dépense. Il est vrai que jusqu'ici,
grâces au ciel, j'en suis venu à bout; mais je ne
sais plus à quel saint me vouer; je suis réduit à
l'extrémité. Tous ces discours sont inutiles, interrompit don Mathias, et ces détails ne font que
m'ennuyer. Ne prétendez-vous pas, Rodriguez,
que je change de conduite, et que je m'amuse à
prendre soin de mon bien? L'agréable amusement
pour un homme de plaisir comme moi! Patience,
répliqua l'intendant, au train que vont les choses
je prévois que vous serez bientôt débarrassé pour
toujours de ce soin-là. Vous me fatiguez, repartit
brusquement le jeune seigneur; vous m'assassinez.
Laissez-moi me ruiner sans que je m'en aperçoive.
Il me faut, vous dis-je, deux cents pistoles; il me
les faut. Je vais donc, dit Rodriguez, avoir recours au petit vieillard qui vous a déjà prêté de
l'argent à grosse usure? Ayez recours, si vous
voulez, au diable, répondit don Mathias; pourvu
que j'aie deux cents pistoles, je ne me soucie pas
du reste.

Dans le moment qu'il prononçoit ces mots d'un
air brusque et chagrin, l'intendant sortit: et un
jeune homme de qualité, nommé don Antonio de
Centelles, entra. Qu'as-tu, mon ami? dit ce
dernier à mon maître. Je te trouve l'air nébuleux;

[1] *Maravédis*, très-petite monnoie d'Espagne, valant
un *denier* et *demi*, et faisant la moitié du *liarte*, qui
vaut trois deniers.

je vois sur ton visage une impression de colère!
Qui peut t'avoir mis de mauvaise humeur? Je vais
parier que c'est ce maroufle qui sort. Oui, répondit don Mathias; c'est mon intendant. Toutes les
fois qu'il vient me parler, il me fait-passer quelques mauvais quarts-d'heure. Il m'entretient de
mes affaires; il dit que je mange le fonds de mes
revenus......... L'animal! ne diroit-on pas qu'il y
perd, lui? Mon enfant, reprit don Antonio, je
suis dans le même cas. J'ai un homme d'affaires
qui n'est pas plus raisonnable que ton intendant.
Quand le faquin, pour obéir à mes ordres réitérés,
m'apporte de l'argent, vous diriez qu'il donne du
sien. Il me fait toujours de grands raisonnements.
Monsieur, me dit-il, vous vous abîmez; vos revenus sont saisis. Je suis obligé de lui couper la
parole pour abréger ses sots discours. Le malheur,
dit don Mathias, c'est que nous ne saurions nous
passer de ces gens-là; c'est un mal nécessaire. J'en
conviens, répliqua Centelles......... Mais attends,
poursuivit-il en riant de toute sa force, il me vient
une idée assez plaisante. Rien n'a jamais été mieux
imaginé. Nous pouvons rendre comiques les scènes
*sérieuses que nous avons avec eux, et nous diver-
tir de ce qui nous chagrine. Ecoute : il faut que
ce soit moi qui demande à ton intendant tout l'argent dont tu auras besoin. Tu en useras de même
avec mon homme d'affaires. Qu'ils raisonnent* alors
*tous deux tant qu'il leur plaira; nous les écoute-
rons de sang-froid. Ton intendant viendra me
rendre ses comptes; mon homme d'affaires ira te
rendre les siens. Je n'entendrai parler que de tes
dissipations; tu ne verras que les miennes. Cela
nous réjouira.*

Mille traits brillants suivirent cette saillie, et
mirent en joie les jeunes seigneurs, qui continuèrent de s'entretenir avec beaucoup de vivacité.
Leur conversation fut interrompue par Gregorio
Rodriguez, qui rentra suivi d'un petit vieillard
qui n'avoit presque point de cheveux, tant il étoit
chauve. Don Antonio voulut sortir. Adieu, don
Mathias, dit-il; nous nous reverrons tantôt. Je te
laisse avec ces messieurs; vous avez sans doute
quelque affaire sérieuse à démêler ensemble. Eh !
non, non, lui répondit mon maître, demeure; tu
n'es pas de trop. Ce discret vieillard que tu vois
est un honnête homme qui me prête de l'argent
au denier cinq. Comment au denier cinq! s'écria
Centelles d'un air étonné. Vive Dieu! je te félicite
d'être en si bonnes mains. Je ne suis pas traité
si doucement, moi; j'achète l'argent au poids de
l'or. J'emprunte d'ordinaire au denier trois. Quelle
usure! dit alors le vieil usurier; les fripons! son-
gent-ils qu'il y a un autre monde? Je ne suis plus
surpris si l'on déclame tant contre les personnes
qui prêtent à intérêts. C'est le profit exorbitant

que quelques-uns d'eux tirent de leurs espèces qui nous perd d'honneur et de réputation. Si tous mes confrères me ressembloient, nous ne serions pas si décriés; car pour moi, je ne prête uniquement que pour faire plaisir au prochain. Ah! si le temps étoit aussi bon que je l'ai vu autrefois, je vous offrirois ma bourse sans intérêts; et peu s'en faut même, quelle que soit aujourd'hui la misère, que je ne me fasse un scrupule de prêter au denier cinq. Mais on diroit que l'argent est rentré dans le sein de la terre : on n'en trouve plus, et sa rareté oblige enfin ma morale à se relâcher.

De combien avez-vous besoin? poursuivit-il en s'adressant à mon maître. Il me faut deux cents pistoles, répondit don Mathias. J'en ai quatre cents dans un sac, répliqua l'usurier; il n'y a qu'à vous en donner la moitié. En même temps il tira de dessous son manteau un sac de toile bleue, qui me parut être le même que le paysan Talego venoit de laisser avec cinq cents pistoles à Rodriguez. Je sus bientôt ce qu'il en falloit penser, et je vis bien que Melendez ne m'avoit pas vanté sans raison le savoir-faire de cet intendant. Le vieillard vida le sac, étala les espèces sur une table, et se mit à les compter. Cette vue alluma la cupidité de mon maître; il fut frappé de la totalité de la somme. Seigneur Descomulgado [1], dit-il à l'usurier, je fais une réflexion judicieuse : je suis un grand sot. Je n'emprunte que ce qu'il faut pour dégager ma parole, sans songer que je n'ai pas le sou; je serai obligé demain de recourir encore à vous. Je suis d'avis de rafler les quatre cents pistoles pour vous épargner la peine de revenir. Seigneur, répondit le vieillard, je destinois une partie de cet argent à un bon licencié qui a de gros héritages qu'il emploie charitablement à retirer du monde de petites filles, et à meubler leurs retraites; mais, puisque vous avez besoin de la somme entière, elle est à votre service, vous n'avez seulement qu'à songer aux assurances..... Oh! pour des assurances, interrompit Rodriguez en tirant de sa poche un papier, vous en aurez de bonnes. Voilà un billet que le seigneur don Mathias n'a qu'à signer. Il vous donne cinq cents pistoles à prendre sur un de ses fermiers, sur Talego, riche laboureur de Mondejar. Cela est bon, répliqua l'usurier : je ne fais point le difficultueux, moi; pour peu que les propositions qu'on me fait soient raisonnables, je les accepte sans façon dans le moment. Alors l'intendant présenta une plume à mon maître, qui, sans lire le billet, écrivit, en sifflant, son nom au bas.

Cette affaire consommée, le vieillard dit adieu

à mon patron, qui courut l'embrasser en lui disant : Jusqu'au revoir, seigneur usurier; je suis tout à vous. Je ne sais pas pourquoi vous passez, vous autres, pour des fripons; je vous trouve très-nécessaires à l'état; vous êtes la consolation de mille enfants de famille, et la ressource de tous les seigneurs dont la dépense excède les revenus. Tu as raison, s'écria Centelles. Les usuriers sont d'honnêtes gens qu'on ne peut assez honorer; et je veux à mon tour embrasser celui-ci à cause du denier cinq. A ces mots, il s'approcha du vieillard pour l'accoler; et ces deux petits maîtres, pour se divertir, commencèrent à se le renvoyer l'un à l'autre, comme deux joueurs de paume qui pelotent une balle. Après qu'ils l'eurent bien balloté, ils le laissèrent sortir avec l'intendant, qui méritoit mieux que lui ces embrassades, et même quelque chose de plus.

Lorsque Rodriguez et son âme damnée furent sortis, don Mathias envoya, par le laquais qui étoit avec moi dans la chambre, la moitié de ses pistoles à la comtesse de Pedrosa, et serra l'autre dans une longue bourse brochée d'or et de soie, qu'il portoit ordinairement dans sa poche. Fort satisfait de se revoir en fonds, il dit d'un air gai à don Antonio : Que ferons-nous aujourd'hui? tenons conseil là-dessus. C'est parler en homme de bon sens, répondit Centelles; je le veux bien, délibérons. Dans le temps qu'ils alloient rêver à ce qu'ils deviendroient ce jour-là, deux autres seigneurs arrivèrent. C'étoient don Alexo Segiar et don Fernand de Gamboa; l'un et l'autre à peu près de l'âge de mon maître, c'est-à-dire de vingt-huit à trente ans. Ces quatre cavaliers débutèrent par de vives accolades qu'ils se firent; on eût dit qu'ils ne s'étoient point vus depuis dix ans. Après cela, don Fernand, qui étoit un gros réjoui, adressa la parole à don Mathias et à don Antonio : Messieurs, leur dit-il, où dînez-vous aujourd'hui? Si vous n'êtes point engagés, je vais vous mener dans un cabaret où vous boirez du vin des dieux. J'y ai soupé, et j'en suis sorti ce matin entre cinq et six heures [1]. Plût au ciel, s'écria mon maître, que j'eusse passé la nuit aussi sagement! je n'aurois pas perdu mon argent.

Pour moi, dit Centelles, je me suis donné hier au soir un divertissement nouveau; car j'aime à

---

[1] *Descomulgado*, excommunié. On voit que ce mot est choisi exprès pour nommer un usurier, *l'âme damnée* d'un intendant.

[1] Telles étoient à la lettre, vers la fin du règne de Louis XIV, les mœurs de la belle jeunesse, par opposition à ce vernis d'hypocrisie et de fausse dévotion qu'on étoit forcé d'affecter pour paroître à la cour. L'esprit licencieux qui éclata sous la régence ne fit que mettre au jour cette corruption, qui avoit été comprimée, et qui sembla gagner même la bonne compagnie. La première édition de Gil Blas est de 1715. Le Sage a donc copié fidèlement ce qu'il voyoit.

changer de plaisirs. Aussi n'y a-t-il que la variété des amusements qui rende la vie agréable. Un de mes amis m'entraîna chez un de ces seigneurs qui lèvent les impôts et font leurs affaires avec celles de l'état. J'y vis de la magnificence, du bon goût, et le repas me parut assez bien entendu; mais je trouvai dans les maîtres du logis un ridicule qui me réjouit. Le partisan, quoique des plus roturiers de sa compagnie, tranchoit du grand; et sa femme, bien qu'horriblement laide, faisoit l'adorable, et disoit mille sottises assaisonnées d'un accent biscayen qui leur donnoit du relief. Ajoutez à cela qu'il y avoit à table quatre ou cinq enfants avec un précepteur. Jugez si ce souper de famille me divertit!

Et moi, messieurs, dit don Alexo Segiar, j'ai soupé chez une comédienne, chez Arsénie. Nous étions six à table : Arsénie, Florimonde avec une coquette de ses amies, le marquis de Zenette, don Juan de Moncade et votre serviteur. Nous avons passé la nuit à boire et à dire des gueulées. Quelle volupté! il est vrai qu'Arsénie et Florimonde ne sont pas de grands génies; mais elles ont un usage de débauche qui leur tient lieu d'esprit. Ce sont des créatures enjouées, vives, folles : cela ne vaut-il pas mieux cent fois que des femmes raisonnables?

CHAPITRE IV.

De quelle manière Gil Blas fit connoissance avec les valets des petits-maîtres; du secret admirable qu'ils lui enseignèrent pour avoir, à peu de frais, la réputation d'homme d'esprit, et du serment singulier qu'ils lui firent faire.

Ces seigneurs continuèrent à s'entretenir de cette sorte, jusqu'à ce que don Mathias, que j'aidois à s'habiller pendant ce temps-là, fût en état de sortir. Alors il me dit de le suivre; et tous ces petits-maîtres prirent ensemble le chemin du cabaret où don Fernand de Gamboa se proposoit de les conduire. Je commençai donc à marcher derrière eux avec trois autres valets; car chacun de ces cavaliers avoit le sien. Je remarquai avec étonnement que ces trois domestiques copioient leurs maîtres, et se donnoient les mêmes airs. Je les saluai comme leur nouveau camarade. Ils me saluèrent aussi; et l'un d'entre eux, après m'avoir regardé quelques moments, me dit : Frère, je vois à votre allure que vous n'avez jamais encore servi de jeune seigneur. Hélas! non, lui répondis-je, et il n'y a pas long-temps que je suis à Madrid. C'est ce qu'il me semble, répliqua-t-il; vous sentez la province; vous paroissez timide et embarrassé; il y a de la bourre dans votre action. Mais n'importe, nous vous aurons bientôt dégourdi, sur ma parole. Vous me flattez peut-être? lui dis-

je. Non, repartit-il, non; il n'y a point de sot que nous ne puissions façonner; comptez là-dessus.

Il n'eut pas besoin de m'en dire davantage pour me faire comprendre que j'avois pour confrères de bons enfants, et que je ne pouvois être en meilleures mains pour devenir joli garçon. En arrivant au cabaret, nous y trouvâmes un repas tout préparé, que le seigneur don Fernand avoit eu la précaution d'ordonner dès le matin. Nos maîtres se mirent à table, et nous nous disposâmes à les servir. Les voilà qui s'entretiennent avec beaucoup de gaîté. J'avois un extrême plaisir à les entendre. Leur caractère, leurs pensées, leurs expressions me divertissoient. Que de feu! que de saillies d'imagination! Ces gens-là me parurent une espèce nouvelle. Lorsqu'on en fut au fruit, nous leur apportâmes une copieuse quantité de bouteilles des meilleurs vins d'Espagne, et nous les quittâmes pour aller dîner dans une petite salle où l'on nous avoit dressé une table.

Je ne tardai guère à m'apercevoir que les chevaliers de ma quadrille avoient encore plus de mérite que je ne me l'étois imaginé d'abord. Ils ne se contentoient pas de prendre les manières de leurs maîtres; ils en affectoient même le langage; et ces marauds les rendoient si bien, qu'à un air de qualité près c'étoit la même chose. J'admirois leur air libre et aisé : j'étois encore plus charmé de leur esprit, et je désespérois d'être jamais aussi agréable qu'eux. Le valet de don Fernand, attendu que c'étoit son maître qui régaloit les nôtres, fit les honneurs du repas; et, voulant que rien n'y manquât, il appela l'hôte, et lui dit : Monsieur le maître, donnez-nous dix bouteilles de votre plus excellent vin; et, comme vous avez coutume de faire, vous les ajouterez à celles que nos messieurs auront bues. Très-volontiers, répondit l'hôte; mais, monsieur Gaspard, vous savez que le seigneur don Fernand me doit déjà bien des repas. Si par votre moyen j'en pouvois tirer quelques espèces..... Oh! interrompit le valet, ne vous mettez point en peine de ce qui vous est dû; je vous en réponds, moi : c'est de l'or en barre que les dettes de mon maître. Il est vrai que quelques discourtois créanciers ont fait saisir nos revenus; mais nous obtiendrons main-levée au premier jour, et nous vous paierons sans examiner le mémoire que vous nous fournirez. L'hôte nous apporta du vin, malgré les saisies; et nous en bûmes en attendant la main-levée. Il falloit voir comme nous nous portions des santés à tous moments, en nous donnant les uns aux autres les surnoms de nos maîtres. Le valet de don Antonio appeloit Gamboa celui de don Fernand, et le valet de don Fernand appeloit Centelles celui de don

Antonio : ils me nommoient de même Silva ; et nous nous enivrions peu à peu sous ces noms empruntés, tout aussi bien que les seigneurs qui les portoient véritablement.

Quoique je fusse moins brillant que mes convives, ils ne laissèrent pas de me témoigner qu'ils étoient assez contents de moi. Silva, me dit un des plus dessalés, nous ferons quelque chose de toi, mon ami : je m'aperçois que tu as un fonds de génie ; mais tu ne sais pas le faire valoir. La crainte de mal parler t'empêche de rien dire au hasard ; et toutefois ce n'est qu'en hasardant des discours, que mille gens s'érigent aujourd'hui en beaux esprits. Veux-tu briller ? tu n'as qu'à te livrer à ta vivacité, et risquer indifféremment tout ce qui pourra te venir à la bouche : ton étourderie passera pour une noble hardiesse. Quand tu débiterois cent impertinences, pourvu qu'avec cela il t'échappe seulement un bon mot, on oubliera les sottises ; on retiendra le trait [1], et l'on concevra une haute opinion de ton mérite. C'est ce que pratiquent si heureusement nos maîtres ; et c'est ainsi qu'en doit user tout homme qui vise à la réputation d'un esprit distingué.

Outre que je ne souhaitois que trop de passer pour un beau génie, le secret qu'on m'enseignoit pour y réussir me paroissoit si facile, que je ne crus pas devoir le négliger. Je l'éprouvai sur-le-champ, et le vin que j'avois bu rendit l'épreuve heureuse ; c'est-à-dire que je parlai à tort et à travers, et que j'eus le bonheur de mêler parmi beaucoup d'extravagances quelques pointes d'esprit qui m'attirèrent des applaudissements. Ce coup d'essai me remplit de confiance ; je redoublai de vivacité pour produire quelque bonne saillie, et le hasard voulut encore que mes efforts ne fussent pas inutiles.

Eh bien ! me dit alors celui de mes confrères qui m'avoit adressé la parole dans la rue, ne commences-tu pas à te décrasser ? Il n'y a pas deux heures que tu es avec nous, et te voilà déjà tout autre que tu n'étois : tu changeras tous les jours à vue d'œil. Vois ce que c'est que de servir des personnes de qualité ! cela élève l'esprit : les conditions bourgeoises ne font pas cet effet. Sans doute, lui répondis-je ; aussi je veux désormais consacrer mes services à la noblesse. C'est fort bien dit, s'écria le valet de don Fernand entre deux vins. Il n'appartient pas aux bourgeois de posséder des génies supérieurs comme nous. Allons, messieurs, ajouta-t-il, faisons serment que nous ne servirons jamais ces gredins-là ; jurons-en par le Styx ! Nous lui applaudîmes ; et, le verre

à la main, nous fîmes tous ce burlesque serment. Nous demeurâmes à table jusqu'à ce qu'il plût à nos maîtres de se retirer. Ce fut à minuit ; ce qui parut à mes camarades un excès de sobriété. Il est vrai que ces seigneurs ne sortoient de si bonne heure du cabaret que pour aller chez une fameuse coquette qui logeoit dans le quartier de la cour, et dont la maison étoit nuit et jour ouverte aux gens de plaisir. C'étoit une femme de trente-cinq à quarante ans, parfaitement belle encore, amusante, et si consommée dans l'art de plaire, qu'elle vendoit, disoit-on, plus cher les restes de sa beauté qu'elle n'en avoit vendu les prémices. Il y avoit toujours chez elle deux ou trois autres coquettes du premier ordre, qui ne contribuoient pas peu au grand concours de seigneurs qu'on y voyoit. Ils y jouoient l'après-dîner ; ils soupoient ensuite, et passoient la nuit à boire et à se réjouir. Nos maîtres demeurèrent là jusqu'au jour, et nous aussi, sans nous ennuyer ; car, tandis qu'ils étoient avec les maîtresses, nous nous amusions avec les soubrettes. Enfin, nous nous séparâmes tous au lever de l'aurore, et nous allâmes nous reposer chacun de son côté.

Mon maître s'étant levé à son ordinaire, sur le midi, s'habilla. Il sortit. Je le suivis, et nous entrâmes chez don Antonio Centelles, où nous trouvâmes un certain don Alvaro de Acuña. C'étoit un vieux gentilhomme, un professeur de débauche. Tous les jeunes gens qui vouloient devenir des hommes agréables se mettoient entre ses mains. Il les formoit au plaisir, leur enseignoit à briller dans le monde et à dissiper leur patrimoine. Il n'appréhendoit plus de manger le sien, l'affaire en étoit faite. Après que ces trois cavaliers se furent embrassés, Centelles dit à mon maître : Parbleu, don Mathias, tu ne pouvois arriver ici plus à propos ! Don Alvar vient me prendre pour me mener chez un bourgeois qui donne à dîner au marquis de Zenette et à don Juan de Moncade : je veux que tu sois de la partie. Et comment, dit don Mathias, nomme-t-on ce bourgeois ? Il s'appelle Gregorio de Noriega, dit alors don Alvar, et je vais vous apprendre en deux mots ce que c'est que ce jeune homme. Son père, qui est un riche joaillier, est allé négocier des pierreries dans les pays étrangers, et lui a laissé en partant la jouissance d'un gros revenu. Gregorio est un sot qui a une disposition prochaine à manger tout son bien, qui tranche du petit-maître, et veut passer pour homme d'esprit en dépit de la nature. Il m'a prié de le conduire. Je le gouverne ; et je puis vous assurer, messieurs, que je le mène bon train. Le fonds de son revenu est déjà bien entamé. Je n'en doute pas, s'écria Centelles ; je vois le bourgeois à l'hôpital. Allons, don Mathias, continua-t-il, faisons connoissance avec cet homme-là, et contribuons

---

[1] *Le trait*, par ellipse, pour signifier *le trait d'esprit :* cette expression heureuse paroît ici employée pour la première fois.

à le ruiner. J'y consens, répondit mon maître; aussi bien j'aime à voir renverser la fortune de ces petits seigneurs roturiers, qui s'imaginent qu'on les confond avec nous. Rien, par exemple, ne me divertit tant que la disgrâce de ce fils de publicain, à qui le jeu et la vanité de figurer avec les grands ont fait vendre jusqu'à sa maison. Oh! pour celui-là, reprit Antonio, il ne mérite pas qu'on le plaigne : il n'est pas moins fat dans sa misère qu'il l'étoit dans sa prospérité.

Centelles et mon maître se rendirent avec don Alvar chez Gregorio de Noriega. Nous y allâmes aussi, Mogicon et moi, tous deux ravis de trouver une franche lippée, et de contribuer de notre part à la ruine du bourgeois. En entrant, nous aperçûmes plusieurs hommes occupés à préparer le dîner; et il sortoit des ragoûts qu'ils faisoient une fumée qui prévenoit l'odorat en faveur du goût. Le marquis de Zenette et don Juan de Moncade venoient d'arriver. Le maître du logis me parut un grand benêt. Il affectoit en vain de prendre l'allure des petits-maîtres; c'étoit une très-mauvaise copie de ces excellents originaux; ou, pour mieux dire, un imbécille qui vouloit se donner un air délibéré. Représentez-vous un homme de ce caractère entre cinq railleurs qui avoient tous pour but de se moquer de lui, et de l'engager dans de grandes dépenses. Messieurs, dit don Alvar après les premiers compliments, je vous donne le seigneur Gregorio de Noriega pour un cavalier des plus parfaits. Il possède mille belles qualités. Savez-vous qu'il a l'esprit très-cultivé? Vous n'avez qu'à choisir : il est également fort sur toutes les matières, depuis la logique la plus fine et la plus serrée jusqu'à l'orthographe. Oh! cela est trop flatteur, interrompit le bourgeois en riant de fort mauvaise grâce. Je pourrois, seigneur Alvaro, vous rétorquer l'argument. C'est vous qui êtes ce qu'on appelle un puits d'érudition. Je n'avois pas dessein, reprit don Alvar, de m'attirer une louange si spirituelle; mais en vérité, messieurs, poursuivit-il, le seigneur Gregorio ne sauroit manquer de s'acquérir du nom dans le monde. Pour moi, dit don Antonio, ce qui me charme en lui, et ce que je mets même au-dessus de l'orthographe, c'est le choix judicieux qu'il fait des personnes qu'il fréquente. Au lieu de se borner au commerce des bourgeois, il ne veut voir que de jeunes seigneurs, sans s'embarrasser de ce qu'il lui en coûtera. Il y a là-dedans une élévation de sentiments qui m'enchante; et voilà ce qu'on appelle dépenser avec goût et avec discernement!

Ces discours ironiques ne firent que précéder mille autres semblables. Le pauvre Gregorio fut accommodé de toutes pièces. Les petits-maîtres lui lançoient tour à tour des traits dont le sot ne

sentoit point l'atteinte; au contraire, il prenoit au pied de la lettre tout ce qu'on lui disoit, et il paroissoit fort content de ses convives; il lui sembloit même qu'en le tournant en ridicule, ils lui faisoient encore grâce. Enfin, il leur servit de jouet pendant qu'ils furent à table, et ils y demeurèrent le reste du jour et la nuit tout entière. Nous bûmes à discrétion, de même que nos maîtres; et nous étions bien conditionnés les uns et les autres, quand nous sortîmes de chez le bourgeois.

CHAPITRE V.

Gil Blas devient homme à bonnes fortunes. Il fait connoissance avec une jolie personne.

Après quelques heures de sommeil, je me levai en bonne humeur, et me souvenant des avis que Melendez m'avoit donnés, j'allai, en attendant le réveil de mon maître, faire ma cour à notre intendant, dont la vanité me parut un peu flattée de l'attention que j'avois à lui rendre mes respects. Il me reçut d'un air gracieux, et me demanda si je m'accommodois du genre de vie des jeunes seigneurs. Je répondis qu'il étoit nouveau pour moi, mais que je ne désespérois pas de m'y accoutumer dans la suite.

Je m'y accoutumai effectivement, et bientôt même. Je changeai d'humeur et d'esprit. De sage et posé que j'étois auparavant, je devins vif, étourdi, turlupin. Le valet de don Antonio me fit compliment sur ma métamorphose, et me dit que, pour être un illustre, il ne me manquoit plus que d'avoir de bonnes fortunes. Il me représenta que c'étoit une chose absolument nécessaire pour achever un joli homme; que tous nos camarades étoient aimés de quelque belle personne; et que lui, pour sa part, possédoit les bonnes grâces de deux femmes de qualité. Je jugeai que le maraud mentoit. Monsieur Mogicon [1], lui dis-je, vous êtes sans doute un garçon bien fait et fort spirituel, vous avez du mérite; mais je ne comprends pas comment des femmes de qualité, chez qui vous ne demeurez point, ont pu se laisser charmer d'un homme de votre condition. Oh! vraiment, me répondit-il, elles ne savent pas qui je suis. C'est sous les habits de mon maître, et même sous son nom que j'ai fait ces conquêtes. Voici comment. Je m'habille en jeune seigneur, j'en prends les manières; je vais à la promenade; j'agace toutes les femmes que je vois, jusqu'à ce que j'en rencontre une qui réponde à mes mines. Je suis celle-là, et fais si bien que je lui parle. Je me dis don Antonio Centelles. Je demande un rendez-vous, la

[1] *Mogicon*, coup de poing sous le nez; nom d'un valet impudent.

dame fait des façons ; je la presse, elle me l'accorde, *et cætera*. C'est ainsi, mon enfant, continua-t-il, que je me conduis pour avoir de bonnes fortunes, et je te conseille de suivre mon exemple.

J'avois trop d'envie d'être un illustre pour n'écouter pas ce conseil : outre cela, je ne me sentois pas de répugnance pour une intrigue amoureuse. Je formai donc le dessein de me travestir en jeune seigneur, pour aller chercher des aventures galantes. Je n'osois me déguiser dans notre hôtel, de peur que cela ne fût remarqué. Je pris un bel habillement complet dans la garde-robe de mon maître, et j'en fis un paquet, que j'emportai chez un petit barbier de mes amis, où je jugeai que je pourrois m'habiller et me déshabiller commodément. Là, je me parai le mieux qu'il me fut possible. Le barbier mit aussi la main à mon ajustement ; et, quand nous crûmes qu'on n'y pouvoit plus rien ajouter, je marchai vers le pré de Saint-Jérôme, d'où j'étois bien persuadé que je ne reviendrois pas sans avoir trouvé quelque bonne fortune. Mais je ne fus pas obligé de courir si loin pour en ébaucher une des plus brillantes.

Comme je traversois une rue détournée, je vis sortir d'une petite maison, et monter dans un carrosse de louage, qui étoit à la porte, une dame richement habillée, et parfaitement bien faite. Je m'arrêtai tout court pour la considérer, et je la saluai d'un air à lui faire comprendre qu'elle ne me déplaisoit pas. De son côté, pour me faire voir qu'elle méritoit encore plus que je ne pensois mon attention, elle leva pour un moment son voile, et offrit à ma vue un visage des plus agréables. Cependant le carrosse partit, et je demeurai dans la rue, un peu étourdi des traits que je venois de voir. La jolie figure ! disois-je en moi-même : peste ! il faudroit cela pour m'achever. Si les deux dames qui aiment Mogicon sont aussi belles que celle-ci, voilà un faquin bien heureux. Je serois charmé de mon sort si j'avois une pareille maîtresse. En faisant cette réflexion, je jetai les yeux par hasard sur la maison d'où j'avois vu sortir cette aimable personne, et j'aperçus à la fenêtre d'une salle basse une vieille femme qui me fit signe d'entrer.

Je volai aussitôt dans la maison, et je trouvai dans une salle assez propre cette vénérable et discrète vieille, qui, me prenant pour un marquis tout au moins, me salua respectueusement, et me dit : Je ne doute pas, seigneur, que vous n'ayez mauvaise opinion d'une femme qui, sans vous connoître, vous fait signe d'entrer chez elle ; mais vous jugerez peut-être plus favorablement de moi, quand vous saurez que je n'en use pas de cette sorte avec tout le monde. Vous me paroissez un seigneur de la cour. Vous ne vous trompez pas,

ma mie, interrompis-je en étendant la jambe droite et penchant le corps sur la hanche gauche ; je suis, sans vanité, d'une des plus grandes maisons d'Espagne. Vous en avez bien la mine, reprit-elle ; et je vous avouerai que j'aime à faire plaisir aux personnes de qualité : c'est mon foible. Je vous ai observé par ma fenêtre. Vous avez regardé très-attentivement, ce me semble, une dame qui vient de me quitter. Vous sentiriez-vous du goût pour elle ? dites-le moi confidemment. Foi d'homme de cour ! lui répondis-je, elle m'a frappé : je n'ai jamais rien vu de plus piquant que cette créature-là. Faufilez-nous ensemble, ma bonne, et comptez sur ma reconnoissance. Il fait bon rendre ces sortes de services à nous autres grands seigneurs : ce ne sont pas ceux que nous payons le plus mal.

Je vous l'ai déjà dit, répliqua la vieille, je suis toute dévouée aux personnes de condition ; je me plais à leur être utile. Je reçois ici, par exemple, certaines femmes que des dehors de vertu empêchent de voir leurs galants chez elles. Je leur prête ma maison pour concilier leur tempérament avec la bienséance. Fort bien, lui dis-je ; et vous venez apparemment de faire ce plaisir à la dame dont il s'agit ? Non, répondit-elle, c'est une jeune veuve de qualité qui cherche un amant ; mais elle est si difficile là-dessus, que je ne sais si vous lui conviendrez, malgré tout le mérite que vous pouvez avoir. Je lui ai déjà présenté trois cavaliers bien bâtis, qu'elle a dédaignés. Oh ! parbleu, ma chère, m'écriai-je d'un air de confiance, tu n'as qu'à me mettre à ses trousses ; je t'en rendrai bon compte, sur ma parole ! Je suis curieux d'avoir un tête-à-tête avec une beauté difficile : je n'en ai point encore rencontré de ce caractère-là. Eh bien ! me dit la vieille, vous n'avez qu'à venir ici demain à la même heure, vous satisferez votre curiosité. Je n'y manquerai pas, lui repartis-je : nous verrons si un jeune seigneur tel que moi peut rater une conquête.

Je retournai chez le petit barbier, sans vouloir chercher d'autres aventures, et fort impatient de la suite de celle-là. Ainsi, le jour suivant, après m'être encore bien ajusté, je me rendis chez la vieille une heure plus tôt qu'il ne falloit. Seigneur, me dit-elle, vous êtes ponctuel, et je vous en sais bon gré. Il est vrai que la chose en vaut bien la peine. J'ai vu notre jeune veuve et nous nous sommes fort entretenues de vous. On m'a défendu de parler ; mais j'ai pris tant d'amitié pour vous, que je ne puis me taire. Vous avez plu, et vous allez devenir un heureux seigneur. Entre nous, la dame est un morceau tout appétissant : son mari n'a pas vécu long-temps avec elle ; il n'a fait que passer comme une ombre ; elle a tout le mérite d'une fille. La bonne vieille, sans doute, vouloit dire d'une de ces filles d'esprit qui savent vivre sans ennui dans le célibat.

L'héroïne du rendez-vous arriva bientôt en carrosse de louage comme le jour précédent, et vêtue de superbes habits. D'abord qu'elle parut dans la salle, je débutai par cinq ou six révérences de petit-maître, accompagnées de leurs plus gracieuses contorsions. Après quoi je m'approchai d'elle d'un air très-familier et lui dis : Ma princesse, vous voyez un seigneur qui en a dans l'aile. Votre image, depuis hier, s'offre incessamment à mon esprit, et vous avez expulsé de mon cœur une duchesse qui commençoit à y prendre pied. Le triomphe est trop glorieux pour moi, répondit-elle, en ôtant son voile ; mais je n'en ressens pas une joie pure. Un jeune seigneur aime le changement, et son cœur est, dit-on, plus difficile à garder que la pistole volante. Eh ! ma reine, repris-je, laissons là, s'il vous plaît l'avenir ; ne songeons qu'au présent. Vous êtes belle, je suis amoureux. Si mon amour vous est agréable, engageons-nous sans réflexion. Embarquons-nous comme les matelots ; n'envisageons point les périls de la navigation, n'en regardons que les plaisirs.

En achevant ces paroles, je me jetai avec transport aux genoux de ma nymphe ; et, pour mieux imiter les petits-maîtres, je la pressai d'une manière pétulante de faire mon bonheur. Elle me parut un peu émue de mes instances, mais elle ne crut pas devoir s'y rendre encore, et me repoussant : Arrêtez-vous, me dit-elle, vous êtes trop vif ; vous avez l'air libertin. J'ai bien peur que vous ne soyez un petit débauché. Fi donc ! madame, m'écriai-je ; pouvez-vous haïr ce qu'aiment les femmes hors du commun ? Il n'y a plus que quelques bourgeoises qui se révoltent contre la débauche. C'en est trop, reprit-elle, je me rends à une raison si forte. Je vois bien qu'avec vous autres seigneurs les grimaces sont inutiles : il faut qu'une femme fasse la moitié du chemin. Apprenez donc votre victoire, ajouta-t-elle avec une apparence de confusion, comme si sa pudeur eût souffert de cet aveu ; vous m'avez inspiré des sentiments que je n'ai jamais eus pour personne, et je n'ai plus besoin que de savoir qui vous êtes, pour me déterminer à vous choisir pour mon amant. Je vous crois un jeune seigneur, et même un honnête homme : cependant je n'en suis point assurée ; et quelque prévenue que je sois en votre faveur, je ne veux pas donner ma tendresse à un inconnu.

Je me souvins alors de quelle façon le valet de don Antonio m'avoit dit qu'il sortoit d'un pareil embarras ; et voulant à son exemple passer pour mon maître : Madame, dis-je à ma veuve, je ne me défendrai point de vous apprendre mon nom ; il est assez beau pour mériter d'être avoué. Avez-vous entendu parler de don Mathias de Silva ? Oui, répondit-elle ; je vous dirai même que je l'ai vu chez une personne de ma connoissance. Quoique déjà effronté, je fus un peu troublé de cette réponse. Je me rassurai toutefois dans le moment ; et, faisant force de génie pour me tirer de là : Eh bien ! mon ange, repris-je, vous connoissez un seigneur..... que..... je connois aussi..... Je suis de sa maison, puisqu'il faut vous le dire. Son aïeul épousa la belle-sœur d'un oncle de mon père. Nous sommes, comme vous voyez, assez proches parents. Je m'appelle don César. Je suis fils unique de l'illustre don Fernand de Ribera, qui fut tué, il y a quinze ans, dans une bataille qui se donna sur les frontières de Portugal. Je vous ferois bien un détail de l'action ; elle fut diablement vive ; mais ce seroit perdre des moments précieux que l'amour veut que j'emploie plus agréablement.

Je devins pressant et passionné après ce discours ; ce qui ne me mena pourtant à rien. Les faveurs que ma déesse me laissa prendre ne servirent qu'à me faire soupirer après celles qu'elle me refusa. La cruelle regagna son carrosse, qui l'attendoit à la porte. Je ne laissai pas néanmoins de me retirer très-satisfait de ma bonne fortune, bien que je ne fusse pas encore parfaitement heureux. Si, disois-je en moi-même, je n'ai obtenu que des demi-bontés, c'est que ma dame est une personne qualifiée, qui n'a pas cru devoir céder à mes transports dans une première entrevue. La fierté de sa naissance a retardé mon bonheur ; mais il n'est différé que de quelques jours. Il est bien vrai que je me représentai aussi que ce pouvoit être une matoise des plus raffinées. Cependant j'aimai mieux regarder la chose du bon côté que du mauvais, et je conservai l'avantageuse opinion que j'avois conçue de ma veuve. Nous étions convenus en nous quittant de nous revoir le sur-lendemain ; et l'espérance de parvenir au comble de mes vœux me donnoit un avant-goût des plaisirs dont je me flattois.

L'esprit plein des plus riantes images, je me rendis chez mon barbier. Je changeai d'habit, et j'allai joindre mon maître dans un tripot où je savois qu'il étoit. Je le trouvai engagé au jeu, et je m'aperçus qu'il gagnoit, car il ne ressembloit pas à ces joueurs froids qui s'enrichissent ou se ruinent sans changer de visage. Il étoit railleur et insolent dans la prospérité, et fort bourru dans la mauvaise fortune. Il sortit fort gai du tripot, et prit le chemin du *Théâtre du Prince*. Je le suivis jusqu'à la porte de la comédie ; là, me mettant un ducat dans la main : Tiens, Gil Blas, me dit-il, puisque j'ai gagné aujourd'hui, je veux que tu t'en ressentes : va te divertir avec tes camarades, et viens me prendre à minuit chez Arsénie, où je dois souper avec don Alexo Segiar. A ces mots, il rentra, et je demeurai à rêver avec qui je pourrois dépenser mon ducat, selon l'intention du fondateur. Je ne rêvai pas long-temps. Clarin, valet de don Alexo, se présenta tout-à-coup devant moi. Je le menai au premier cabaret, et nous nous y amusâmes jusqu'à minuit. De là nous nous rendîmes à la maison d'Arsénie, où Clarin avoit ordre aussi de se trouver. Un petit laquais nous ouvrit la porte, et nous fit entrer dans une salle basse, où la femme de chambre d'Arsénie et celle de Florimonde rioient à gorge déployée en s'entretenant ensemble, tandis que leurs maîtresses étoient en haut avec nos maîtres.

L'arrivée de deux vivants qui venoient de bien souper ne pouvoit pas être désagréable à des soubrettes, et à des soubrettes de comédiennes encore : mais quel fut mon étonnement lorsque, dans une de ces suivantes, je reconnus ma veuve, mon adorable veuve, que je croyois comtesse ou marquise ! Elle ne parut pas moins étonnée de voir son cher don César de Ribera changé en valet de petit-maître. Nous nous regardâmes toutefois l'un et l'autre sans nous déconcerter; il nous prit même à tous deux une envie de rire, que nous ne pûmes nous empêcher de satisfaire. Après quoi Laure (c'est ainsi qu'elle s'appeloit), me tirant à part tandis que Clarin parloit à sa compagne, me tendit gracieusement la main, et me dit tout bas : Touchez là, seigneur don César; au lieu de nous faire des reproches réciproques, faisons-nous des compliments, mon ami ! Vous avez fait votre rôle à ravir, et je ne me suis point mal non plus acquittée du mien. Qu'en dites-vous ? Avouez que vous m'avez prise pour une de ces jolies femmes de qualité qui se plaisent à faire des équipées ? Il est vrai, lui répondis-je; mais qui que vous soyez, ma reine, je n'ai point changé de sentiment en changeant de forme. Agréez, de grâce, mes services, et permettez que le valet de chambre de don Mathias achève ce que don César a si heureusement commencé. Va, reprit-elle, je t'aime encore mieux dans ton naturel qu'autrement. Tu es en homme ce que je suis en femme : c'est la plus grande louange que je puisse te donner. Je te reçois au nombre de mes adorateurs. Nous n'avons plus besoin du ministère de la vieille : tu peux venir ici me voir librement. Nous autres dames de théâtre, nous vivons sans contrainte et pêle-mêle avec les hommes. Je conviens qu'il y paroît quelquefois; mais le public en rit, et nous sommes faites, comme tu sais, pour le divertir.

Nous en demeurâmes là, parce que nous n'étions pas seuls. La conversation devint générale, vive, enjouée, et pleine d'équivoques claires. Chacun y mit du sien. La suivante d'Arsénie,

surtout, mon aimable Laure, brilla fort, et fit paroître beaucoup plus d'esprit que de vertu. D'un autre côté, nos maîtres et les comédiennes poussoient souvent de longs éclats de rire que nous entendions; ce qui suppose que leur entretien étoit aussi raisonnable que le nôtre. Si l'on eût écrit toutes les belles choses qui se dirent cette nuit chez Arsénie, on en auroit, je crois, composé un livre très-instructif pour la jeunesse. Cependant l'heure de la retraite, c'est-à-dire le jour, arriva : il fallut se séparer. Clarin suivit don Alexo, et je me retirai avec don Mathias.

CHAPITRE VI.

De l'entretien de quelques seigneurs sur les comédiens de la troupe du Prince.

Ce jour-là mon maître, à son lever, reçut un billet de don Alexo Segiar, qui lui mandoit de se rendre chez lui. Nous y allâmes, et nous trouvâmes avec lui le marquis de Zenette, et un autre jeune seigneur de bonne mine que je n'avois jamais vu. Don Mathias, dit Ségiar à mon patron, en lui présentant ce cavalier que je ne connoissois point, vous voyez don Pompeyo de Castro, mon parent. Il est presque dès son enfance à la cour de Pologne. Il arriva hier au soir à Madrid, et il s'en retourne dès demain à Varsovie. Il n'a que cette journée à me donner : je veux profiter d'un temps si précieux, et j'ai cru que, pour le lui faire trouver agréable, j'avois besoin de vous et du marquis de Zenette. Là-dessus mon maître et le parent de don Alexo s'embrassèrent, et se firent l'un à l'autre force compliments. Je fus très-satisfait de ce que dit don Pompeyo; il me parut avoir l'esprit solide et délié.

On dîna chez Segiar, et ces seigneurs, après le repas, jouèrent pour s'amuser jusqu'à l'heure de la comédie. Alors ils allèrent tous ensemble, au *Théâtre du Prince*, voir représenter une tragédie nouvelle, qui avoit pour titre *la Reine de Carthage*. La pièce finie, ils revinrent souper au même endroit où ils avoient dîné; et leur conversation roula d'abord sur le poëme qu'ils venoient d'entendre, ensuite sur les acteurs. Pour l'ouvrage, s'écria don Mathias, je l'estime peu; j'y trouve Énée encore plus fade que dans l'Énéide. Mais il faut convenir que la pièce a été jouée divinement. Qu'en pense le seigneur don Pompeyo ? Il n'est pas, ce me semble, de mon sentiment. Messieurs, dit ce cavalier en souriant, je vous ai vus tantôt si charmés de vos acteurs, et particulièrement de vos actrices, que je n'oserois vous avouer que j'en ai jugé tout autrement que vous. C'est fort bien fait, interrompit don Alexo en plaisantant, vos censures seroient ici fort mal reçues. Respectez nos actrices devant les trompettes de leur réputation. Nous buvons tous les jours avec elles; nous les garantissons parfaites : nous en donnerons, si l'on veut, des certificats. Je n'en doute point, lui répondit son parent; vous en donneriez même de leurs vie et mœurs, tant vous me paroissez amis!

Vos comédiennes polonaises, dit en riant le marquis de Zenette, sont sans doute beaucoup meilleures? Oui certainement, répliqua don Pompeyo, elles valent mieux. Il y en a du moins quelques-unes qui n'ont pas le moindre défaut. Celles-là, reprit le marquis, peuvent compter sur vos certificats? Je n'ai point de liaisons avec elles, repartit don Pompeyo. Je ne suis point de leurs débauches : je puis juger de leur mérite sans prévention. En bonne foi, poursuivit-il, croyez-vous avoir une troupe excellente? Non, parbleu, dit le marquis, je ne le crois pas, et je ne veux défendre qu'un très-petit nombre d'acteurs : j'abandonne tout le reste. Ne conviendrez-vous pas que l'actrice qui a joué le rôle de Didon est admirable? N'a-t-elle pas représenté cette reine avec toute la noblesse et tout l'agrément convenables à l'idée que nous en avons? Et n'avez-vous pas admiré avec quel art elle attache un spectateur, et lui fait sentir les mouvements de toutes les passions qu'elle exprime? On peut dire qu'elle est consommée dans les raffinements de la déclamation. Je demeure d'accord, dit don Pompeyo, qu'elle sait émouvoir et toucher; jamais comédienne n'eut plus d'entrailles, et c'est une belle représentation ; mais ce n'est point une actrice sans défaut. Deux ou trois choses m'ont choqué dans son jeu. Veut-elle marquer de la surprise ? elle roule les yeux d'une manière outrée ; ce qui sied mal à une princesse. Ajoutez à cela qu'en grossissant le son de sa voix, qui est naturellement doux, elle en corrompt la douceur, et forme un creux assez désagréable. D'ailleurs il m'a semblé, dans plus d'un endroit de la pièce, qu'on pouvoit la soupçonner de ne pas trop bien entendre ce qu'elle disoit. J'aime mieux pourtant croire qu'elle étoit distraite, que de l'accuser de manquer d'intelligence.

A ce que je vois, dit alors don Mathias au censeur, vous ne seriez pas homme à faire des vers à la louange de nos comédiennes? Pardonnez-moi, répondit don Pompeyo. Je découvre beaucoup de talent au travers de leurs défauts. Je vous dirai même que je suis enchanté de l'actrice qui a fait la suivante dans les intermèdes[1]. Le beau naturel! avec quelle grâce elle occupe la scène! A-t-elle quelque bon mot à débiter? elle l'assaisonne d'un

souris malin et plein de charmes, qui lui donne un nouveau prix. On pourroit lui reprocher qu'elle se livre quelquefois un peu trop à son feu, et passe les bornes d'une honnête hardiesse ; mais il ne faut pas être si sévère. Je voudrois seulement qu'elle se corrigeât d'une mauvaise habitude. Souvent, au milieu d'une scène, dans un endroit sérieux, elle interrompt tout-à-coup l'action, pour céder à une folle envie de rire qui lui prend. Vous me direz que le parterre l'applaudit dans ces moments mêmes : cela est heureux.

Et que pensez-vous des hommes? interrompit le marquis : vous devez tirez sur eux à cartouches, puisque vous n'épargnez pas les femmes. Non, dit don Pompeyo; j'ai trouvé quelques jeunes acteurs qui promettent ; et je suis surtout assez content de ce gros comédien qui a joué le rôle du premier ministre de Didon. Il récite très-naturellement, et c'est ainsi qu'on déclame en Pologne. Si vous êtes satisfait de ceux-là, dit Ségiar, vous devez être charmé de celui qui a fait le personnage d'Énée. Ne vous a-t-il pas paru un grand comédien, un acteur original ? Fort original, répondit le censeur; il a des tons qui lui sont particuliers, et il en a de bien aigus. Presque toujours hors de la nature, il précipite les paroles qui renferment le sentiment, et appuie sur les autres ; il fait même des éclats sur des conjonctions. Il m'a fort diverti, et particulièrement lorsqu'il exprimoit à son confident la violence qu'il se faisoit d'abandonner sa princesse : on ne sauroit témoigner de la douleur plus comiquement. Tout beau, cousin ! répliqua don Alexo; tu nous ferois croire à la fin qu'on n'est pas de trop bon goût à la cour de Pologne. Sais-tu bien que l'acteur dont nous parlons est un sujet rare ? N'as-tu pas entendu les battements de mains qu'il a excités ? Cela prouve qu'il n'est pas si mauvais. Cela ne prouve rien, repartit don Pompeyo. Messieurs, ajouta-t-il, laissons-là, je vous prie, les applaudissements du parterre; il en donne souvent aux acteurs fort mal à propos. Il applaudit même plus rarement au vrai mérite qu'au faux, comme Phèdre nous l'apprend par une fable ingénieuse. Permettez-moi de vous la rapporter; la voici :

Tout le peuple d'une ville s'étoit assemblé dans une grande place, pour voir jouer des pantomimes. Parmi ces acteurs, il y en avoit un qu'on applaudissoit à chaque moment. Ce bouffon, sur la fin du jeu, voulut fermer le théâtre par un spectacle nouveau. Il parut seul sur la scène, se baissa, se couvrit la tête de son manteau, et se mit à contrefaire le cri d'un cochon de lait. Il s'en acquitta de manière qu'on s'imagina qu'il en avoit un véritablement sous ses habits. On lui cria de

---

[1] Éloge de mademoiselle Desmares.

secouer son manteau et sa robe; ce qu'il fit : et, comme il ne se trouva rien dessous, les applaudissements se renouvelèrent avec plus de fureur dans l'assemblée. Un paysan, qui étoit du nombre des spectateurs, fut choqué de ces témoignages d'admiration. Messieurs, s'écria-t-il, vous avez tort d'être charmés de ce bouffon; il n'est pas si bon acteur que vous le croyez. Je sais mieux faire que lui le cochon de lait; et, si vous en doutez, vous n'avez qu'à revenir ici demain à la même heure. Le peuple, prévenu en faveur du pantomime, se rassembla le jour suivant en plus grand nombre, et plutôt pour siffler le paysan que pour voir ce qu'il savoit faire. Les deux rivaux parurent sur le théâtre. Le bouffon commença, et fut encore plus applaudi que le jour précédent. Alors le villageois, s'étant baissé à son tour et enveloppé de son manteau, tira l'oreille à un véritable cochon qu'il tenoit sous son bras, et lui fit pousser des cris perçants. Cependant l'assistance ne laissa pas de donner le prix au pantomime, et chargea de huées le paysan, qui, montrant tout-à-coup le cochon de lait aux spectateurs : Messieurs, leur dit-il, ce n'est pas moi que vous sifflez, c'est le cochon lui-même. Voyez quels juges vous êtes[1] !

Cousin, dit don Alexo, ta fable est un peu vive ! Néanmoins, malgré ton cochon de lait, nous n'en démordrons pas. Changeons de matière, poursuivit-il; celle-ci m'ennuie. Tu pars donc demain, quelque envie que j'aie de te posséder plus long-temps ? Je voudrois, répondit son parent, pouvoir faire ici un plus long séjour; mais je ne le puis, je vous l'ai déjà dit; je suis venu à la cour d'Espagne pour une affaire d'état. Je parlai hier, en arrivant, au premier ministre; je dois le voir encore demain matin, et je partirai un moment après pour m'en retourner à Varsovie. Te voilà devenu Polonais, répliqua Segiar, et, selon toutes les apparences, tu ne reviendras point demeurer à Madrid ! Je crois que non, repartit don Pompeyo; j'ai le bonheur d'être aimé du roi de Pologne; j'ai beaucoup d'agréments à sa cour. Quelque bonté pourtant qu'il ait pour moi, croiriez-vous que j'ai été sur le point de sortir pour jamais de ses états? Eh ! par quelle aventure? dit le marquis. Contez-nous cela, je vous prie. Très-volontiers, répondit don Pompeyo; et c'est en même temps mon histoire dont je vais vous faire le récit.

CHAPITRE VII.

Histoire de don Pompeyo de Castro.

Don Alexo, poursuivit-il, sait qu'au sortir de

mon enfance je voulus prendre le parti des armes, et que, voyant notre pays tranquille, j'allai en Pologne, à qui les Turcs venoient alors de déclarer la guerre. Je me fis présenter au roi, qui me donna de l'emploi dans son armée. J'étois un cadet des moins riches d'Espagne; ce qui m'imposoit la nécessité de me signaler par des exploits qui m'attirassent l'attention du général. Je fis si bien mon devoir, qu'après une assez longue guerre, la paix ayant été faite, le roi, sur les bons témoignages que les officiers généraux lui rendirent de moi, me gratifia d'une pension considérable. Sensible à la générosité de ce monarque, je ne perdois pas une occasion de lui en témoigner ma reconnoissance par mon assiduité. J'étois devant lui à toutes les heures où il est permis de se présenter à ses regards. Par cette conduite, je me fis insensiblement aimer de ce prince, et j'en reçus de nouveaux bienfaits.

Un jour que je me distinguai dans une course de bague, et dans un combat de taureaux qui la précéda, toute la cour loua ma force et mon adresse; et lorsque, comblé d'applaudissements, je fus de retour chez moi, j'y trouvai un billet par lequel on me mandoit qu'une dame, dont la conquête devoit plus me flatter que tout l'honneur que je m'étois acquis ce jour-là, souhaitoit de m'entretenir, et que je n'avois, à l'entrée de la nuit, qu'à me rendre à certain lieu qu'on me marquoit. Cette lettre me fit plus de plaisir que toutes les louanges qu'on m'avoit données, et je m'imaginai que la personne qui m'écrivoit devoit être une femme de la première qualité. Vous jugez bien que je volai au rendez-vous ! Une vieille, qui m'y attendoit pour me servir de guide, m'introduisit par une petite porte du jardin dans une grande maison, et m'enferma dans un riche cabinet, en me disant : demeurez ici; je vais avertir ma maîtresse de votre arrivée. J'aperçus bien des choses précieuses dans ce cabinet, qu'éclairoient une grande quantité de bougies; mais je n'en considérai la magnificence que pour me confirmer dans l'opinion que j'avois déjà conçue de la noblesse de la dame. Si tout ce que je voyois sembloit m'assurer que ce ne pouvoit être qu'une personne du premier rang, quand elle parut elle acheva de me le persuader par son air noble et majestueux. Cependant ce n'étoit pas ce que je pensois.

Seigneur cavalier, me dit-elle, après la démarche que je fais en votre faveur, il seroit inutile de vouloir vous cacher que j'ai de tendres sentiments pour vous. Le mérite que vous avez fait paroître aujourd'hui devant toute la cour ne me les a point inspirés; il en précipite seulement le témoignage. Je vous ai vu plus d'une fois, je me

---

[1] Tout le monde connoît cette fable de Phèdre. Elle n'a jamais été rendue en français avec plus de précision et de vérité que dans ce passage de Gil Blas.

suis informée de vous, et le bien qu'on m'en a dit m'a déterminée à suivre mon penchant. Ne croyez pas, poursuivit-elle, avoir fait la conquête d'une altesse, je ne suis que la veuve d'un simple officier des gardes du roi; mais ce qui rend votre victoire glorieuse, c'est la *préférence* que je vous donne sur un des plus grands seigneurs du royaume. Le prince de Radzivill m'aime, et n'épargne rien pour me plaire. Il n'y peut toutefois réussir, et je ne souffre ses empressements que par vanité.

Quoique je visse bien à ce discours que j'avois affaire à une coquette, je ne laissai pas de savoir bon gré de cette aventure à mon étoile. Dona Hortensia (c'est ainsi que se nommoit la dame) étoit encore dans sa première jeunesse, et sa beauté m'éblouit. De plus, on m'offroit la possession d'un cœur qui se refusoit aux soins d'un prince : quel triomphe pour un cavalier espagnol ! Je me prosternai aux pieds d'Hortense, pour la remercier de ses bontés. Je lui dis tout ce qu'un homme galant pouvoit lui dire, et elle eut lieu d'être satisfaite des transports de reconnoissance que je fis éclater. Aussi nous séparâmes-nous tous deux les meilleurs amis du monde, après être convenus que nous nous verrions tous les soirs que le prince ne pourroit venir chez elle; ce qu'on promit de me faire savoir très-exactement. On n'y manqua pas, et je devins enfin l'Adonis de cette nouvelle Vénus.

Mais les plaisirs de la vie ne sont pas d'éternelle durée. Quelques mesures que prît la dame pour dérober la connoissance de notre commerce à mon rival, il ne laissa pas d'apprendre tout ce qu'il nous importoit fort qu'il ignorât : une servante mécontente le mit au fait. Ce seigneur, naturellement généreux, mais fier, jaloux et violent, fut indigné de mon audace. La colère et la jalousie lui troublèrent l'esprit; et, ne consultant que sa fureur, il résolut de se venger de moi d'une manière infâme. Une nuit que j'étois chez Hortense, il vint m'attendre à la petite porte du jardin, avec tous ses valets armés de bâtons. Dès que je sortis, il me fit saisir par ces misérables, et leur ordonna de m'assommer. Frappez, leur dit-il, que le téméraire périsse sous vos coups ! c'est ainsi que je veux punir son insolence. Il n'eut pas achevé ces paroles, que ses gens m'assaillirent tous ensemble, et me donnèrent tant de coups de bâton, qu'ils m'étendirent sans sentiment sur la place; après quoi ils se retirèrent avec leur maître, pour qui cette cruelle exécution avoit été un spectacle bien doux. Je demeurai le reste de la nuit dans l'état où ils m'avoient mis. A la pointe du jour il passa près de moi quelques personnes qui, s'apercevant que je respirois encore, eurent la charité de me porter chez un chirurgien. Par bonheur mes blessures ne se trouvèrent pas mortelles, et je tombai

entre les mains d'un habile homme, qui me guérit en deux mois parfaitement. Au bout de ce temps-là je reparus à la cour, et repris mes premières brisées, excepté que je ne retournai plus chez Hortense, qui de son côté ne fit aucune démarche pour me revoir, parce que le prince, à ce prix-là, lui avoit pardonné son infidélité.

Comme mon aventure n'étoit ignorée de personne, et que je ne passois pas pour un lâche, tout le monde s'étonnoit de me voir aussi tranquille que si je n'eusse pas reçu un affront; car je ne disois pas ce que je pensois, et je semblois n'avoir aucun ressentiment. On ne savoit que s'imaginer de ma fausse *insensibilité*. Les uns croyoient que, malgré mon courage, le rang de l'offenseur me tenoit en respect et m'obligeoit à dévorer l'offense; les autres, avec plus de raison, se défioient de mon silence, et regardoient comme un calme trompeur la situation paisible où je paroissois être. Le roi jugea, comme ces derniers, que je n'étois pas homme à laisser un outrage impuni, et que je ne manquerois pas de me venger sitôt que j'en trouverois une occasion favorable. Pour savoir s'il devinoit ma pensée, il me fit entrer un jour dans son cabinet, où il me dit : Don Pompeyo, je sais l'accident qui vous est arrivé, et je suis surpris, je l'avoue, de votre tranquillité : vous dissimulez certainement. Sire, lui répondis-je, j'ignore qui peut être l'offenseur; j'ai été attaqué la nuit par des gens inconnus : c'est un malheur dont il faut bien que je me console. Non, non, répliqua le roi, je ne suis point la dupe de ce discours peu sincère; on m'a tout dit. Le prince de Radzivill vous a mortellement offensé. Vous êtes noble et Castillan; je sais à quoi ces deux qualités vous engagent. Vous avez formé la résolution de vous venger. Faites-moi confidence du parti que vous avez pris; je le veux. Ne craignez point de vous repentir de m'avoir confié votre secret.

Puisque votre majesté me l'ordonne, lui repartis-je, il faut donc que je lui découvre mes sentiments. Oui, seigneur, je songe à tirer vengeance de l'affront qu'on m'a fait. Tout homme qui porte un nom pareil au mien en est comptable à sa race. Vous savez l'indigne traitement que j'ai reçu; et je me propose d'assassiner le prince, pour me venger d'une manière qui réponde à l'offense. Je lui plongerai un poignard dans le sein, ou lui casserai la tête d'un coup de pistolet, et je me sauverai, si je puis, en Espagne; voilà quel est mon dessein.

Il est violent, dit le roi; néanmoins je ne saurois le condamner. Après le cruel outrage que Radzivill vous a fait, il est digne du châtiment que vous lui réservez. Mais n'exécutez pas sitôt votre entreprise; laissez-moi chercher un tempérament pour vous accommoder tous deux. Ah! seigneur, m'écriai-je avec chagrin, pourquoi m'avez-vous obligé de vous révéler mon secret? Quel tempérament peut..... Si je n'en trouve pas qui vous satisfasse, interrompit-il, vous pourrez faire ce que vous avez résolu. Je ne prétends point abuser de la confidence que vous m'avez faite : je ne trahirai point votre honneur ; soyez sans inquiétude là-dessus.

J'étois assez en peine de savoir par quel moyen le roi prétendoit terminer cette affaire à l'amiable; voici comme il s'y prit. Il entretint en particulier mon rival. Prince, lui dit-il, vous avez offensé don Pompeyo de Castro. Vous n'ignorez pas que c'est un homme d'une naissance illustre, un cavalier que j'aime, et qui m'a bien servi. Vous lui devez une satisfaction. Je ne suis pas d'humeur à la lui refuser, répondit le prince. S'il se plaint de mon emportement, je suis prêt à lui en faire raison par la voie des armes. Il faut une autre réparation, reprit le roi; un gentilhomme espagnol entend trop bien le point d'honneur pour vouloir se battre noblement avec un lâche assassin. Je ne puis vous appeler autrement; et vous ne sauriez expier l'indignité de votre action qu'en présentant vous-même un bâton à votre ennemi, et qu'en vous offrant à ses coups. O ciel! s'écria mon rival; quoi! sire, vous voulez qu'un homme de mon rang s'abaisse, qu'il s'humilie devant un simple cavalier, et qu'il en reçoive même des coups de bâton! Non, repartit le monarque, j'obligerai don Pompeyo à me promettre qu'il ne vous frappera point. Demandez-lui seulement pardon de votre violence en lui présentant un bâton; c'est tout ce que j'exige de vous. Et c'est trop attendre de moi, sire, interrompit brusquement Radzivill : j'aime mieux demeurer exposé aux traits cachés que son ressentiment me prépare. Vos jours me sont chers, dit le roi, et je voudrois que cette affaire n'eût point de mauvaises suites. Pour la finir avec moins de désagrément pour vous, je serai seul témoin de cette satisfaction que je vous ordonne de faire à l'Espagnol.

Le roi eut besoin de tout le pouvoir qu'il avoit sur le prince pour obtenir de lui qu'il fît une démarche si mortifiante. Ce monarque pourtant en vint à bout : ensuite il m'envoya chercher. Il me conta l'entretien qu'il venoit d'avoir avec mon ennemi, et me demanda si je serois content de la réparation dont ils étoient convenus tous deux. Je répondis que oui; et je donnai ma parole que, bien loin de frapper l'offenseur, je ne prendrois pas même le bâton qu'il me présenteroit. Cela étant réglé de cette sorte, le prince et moi, nous nous trouvâmes un jour à certaine heure chez le roi, qui s'enferma dans son cabinet avec

nous. Allons, dit-il à Radzivill, reconnoissez votre faute, et méritez qu'on vous la pardonne! Alors mon ennemi me fit des excuses, et me présenta un bâton qu'il avoit à la main. Don Pompeyo, me dit le monarque en ce moment, prenez ce bâton, et que ma présence ne vous empêche pas de satisfaire votre honneur outragé! Je vous rends la parole que vous m'avez donnée de ne point frapper votre ennemi. Non, seigneur, lui répondis-je, il suffit qu'il se mette en état de recevoir des coups de bâton : un Espagnol offensé n'en demande pas davantage. Eh bien! reprit le roi, puisque vous êtes content de cette satisfaction, vous pouvez présentement tous deux suivre la franchise d'un procédé régulier. Mesurez vos épées, pour terminer noblement votre querelle. C'est ce que je désire avec ardeur, s'écria le prince d'un ton brusque; et cela seul est capable de me consoler de la honteuse démarche que je viens de faire.

A ces mots, il sortit plein de rage et de confusion; et deux heures après il m'envoya dire qu'il m'attendoit dans un endroit écarté. Je m'y rendis, et je trouvai ce seigneur disposé à se bien battre. Il n'avoit pas quarante-cinq ans; il ne manquoit ni de courage ni d'adresse : on peut dire que la partie étoit égale entre nous. Venez, don Pompeyo, me dit-il, finissons ici notre différend. Nous devons l'un et l'autre être en fureur, vous du traitement que je vous ai fait, et moi de vous en avoir demandé pardon. En achevant ces paroles, il mit si brusquement l'épée à la main, que je n'eus pas le temps de lui répondre. Il me poussa d'abord très-vivement; mais j'eus le bonheur de parer tous les coups qu'il me porta. Je le poussai à mon tour : je sentis que j'avois affaire à un homme qui savoit aussi bien se défendre qu'attaquer; et je ne sais ce qu'il en seroit arrivé, s'il n'eût pas fait un faux pas en reculant, et ne fût tombé à la renverse. Je m'arrêtai aussitôt, et dis au prince : Relevez-vous! Pourquoi m'épargner? répondit-il; votre pitié me fait injure. Je ne veux point, lui répliquai-je, profiter de votre malheur; je ferois tort à ma gloire. Encore une fois, relevez-vous, et continuons notre combat.

Don Pompeyo, dit-il en se relevant, après ce trait de générosité l'honneur ne me permet pas de me battre contre vous. Que diroit-on de moi si je vous perçois le cœur? Je passerois pour un lâche d'avoir arraché la vie à un homme qui me la pouvoit ôter. Je ne puis donc plus m'armer contre vos jours; et je sens que la reconnoissance fait succéder de doux transports aux mouvements furieux qui m'agitoient. Don Pompeyo, continuat-il, cessons de nous haïr l'un l'autre. Passons même plus avant; soyons amis. Ah! seigneur, m'écriai-je, j'accepte avec joie une proposition si agréable. Je vous voue une amitié sincère ; et, pour commencer à vous en donner des marques, je vous promets de ne plus remettre le pied chez dona Hortensia, quand elle voudroit me revoir. C'est moi, dit-il, qui vous cède cette dame ; il est plus juste que je vous l'abandonne, puisqu'elle a naturellement de l'inclination pour vous. Non, non, interrompis-je ; vous l'aimez. Les bontés qu'elle auroit pour moi pourroient vous faire de la peine ; je les sacrifie à votre repos. Ah ! trop généreux Castillan, reprit Radzivill en me serrant entre ses bras, vos sentiments me charment. Qu'ils produisent de remords dans mon âme ! Avec quelle douleur, avec quelle honte je me rappelle l'outrage que vous avez reçu ! La satisfaction que je vous en ai faite dans la chambre du roi me paroît trop légère en ce moment. Je veux mieux réparer cette injure ; et, pour en effacer entièrement l'infamie, je vous offre une de mes nièces, dont je puis disposer. C'est une riche héritière, qui n'a pas quinze ans, et qui est encore plus belle que jeune.

Je fis là-dessus au prince tous les compliments que l'honneur d'entrer dans son alliance me put inspirer, et j'épousai sa nièce peu de jours après. Toute la cour félicita ce seigneur d'avoir fait la fortune d'un cavalier qu'il avoit couvert d'ignominie, et mes amis se réjouirent avec moi de l'heureux dénoûment d'une aventure qui devoit avoir une plus triste fin. Depuis ce temps, messieurs, je vis agréablement à Varsovie ; je suis aimé de mon épouse, et j'en suis encore amoureux. Le prince Radzivill me donne tous les jours de nouveaux témoignages d'amitié, et j'ose me vanter d'être assez bien dans l'esprit du roi de Pologne. L'importance du voyage que je fais par son ordre à Madrid m'assure de son estime.

CHAPITRE VIII.

Quel accident obligea Gil Blas à chercher une nouvelle condition.

Telle fut l'histoire que don Pompeyo raconta, et que nous entendîmes, le valet de don Alexo et moi, bien qu'on eût pris la précaution de nous renvoyer avant qu'il en commençât le récit. Au lieu de nous retirer nous nous étions arrêtés à la porte, que nous avions laissée entr'ouverte, et de là nous n'en avions pas perdu un mot. Après cela ces seigneurs continuèrent de boire ; mais ils ne poussèrent pas la débauche jusqu'au jour, attendu que don Pompeyo, qui devoit parler le matin au premier ministre, étoit bien aise auparavant de se reposer un peu. Le marquis de Zenette et mon maître embrassèrent ce cavalier, lui dirent adieu, et le laissèrent avec son parent.

Nous nous couchâmes pour le coup avant le lever de l'aurore, et don Mathias, à son réveil, me chargea d'un nouvel emploi. Gil Blas, me dit-il, prends du papier et de l'encre pour écrire deux ou trois lettres que je veux te dicter ; je te fais mon secrétaire. Bon ! dis-je en moi-même, surcroît de fonctions. Comme laquais, je suis mon maître partout, comme valet de chambre je l'habille, et j'écrirai sous lui comme secrétaire : le ciel en soit loué ! Je vais, comme la triple Hécate, faire trois personnages différents. Tu ne sais pas, continua-t-il, quel est mon dessein ? Le voici : mais sois discret, il y va de ta vie. Comme je trouve quelquefois des gens qui me vantent leurs bonnes fortunes, je veux, pour leur damer le pion, avoir dans mes poches de fausses lettres de femmes que je leur lirai. Cela me divertira pour un moment ; et plus heureux que ceux de mes pareils qui ne font des conquêtes que pour avoir le plaisir de les publier, j'en publierai que je n'aurai pas eu la peine de faire. Mais, ajouta-t-il, déguise ton écriture de manière que les billets ne paroissent pas tous d'une même main.

Je pris donc du papier, une plume et de l'encre, et je me mis en devoir d'obéir à don Mathias, qui me dicta d'abord un poulet en ces termes : « Vous » ne vous êtes point trouvé cette nuit au rendez-» vous. Ah ! don Mathias, que direz-vous pour » vous justifier ? Quelle étoit mon erreur ! et que » vous me punissez bien d'avoir eu la vanité de » croire que tous les amusements et toutes les » affaires du monde devoient céder au plaisir de » voir dona Clara de Mendoce ! » Après ce billet il m'en fit écrire un autre, comme d'une femme qui lui sacrifioit un prince ; et un autre enfin, par lequel une dame lui mandoit que, si elle étoit assurée qu'il fût discret, elle feroit avec lui le voyage de Cythère. Il ne se contentoit pas de me dicter de si belles lettres, il m'obligeoit de mettre au bas des noms de personnes qualifiées. Je ne pus m'empêcher de lui témoigner que je trouvois cela très-délicat ; mais il me pria de ne lui donner des avis que lorsqu'il m'en demanderoit. Je fus obligé de me taire et d'expédier ses commandements. Cela fait, il se leva, et je l'aidai à s'habiller. Il mit les lettres dans ses poches ; il sortit ensuite. Je le suivis, et nous allâmes dîner chez don Juan de Moncade, qui régaloit ce jour là cinq ou six cavaliers de ses amis.

On y fit grande chère, et la joie, qui est le meilleur assaisonnement des festins, régna dans le repas. Tous les convives contribuèrent à égayer la conversation, les uns par des plaisanteries, et les autres en racontant des histoires dont ils se disoient les héros. Mon maître ne perdit pas une si belle occasion de faire valoir les lettres qu'il m'avoit fait écrire. Il les lut à haute voix, et d'un air si imposant, qu'à l'exception de son secrétaire tout le monde peut-être en fut la dupe. Parmi les cavaliers devant qui se faisoit effrontément cette lecture, il y en avoit un qu'on appeloit don Lope de Velasco. Celui-ci, homme fort grave, au lieu de se réjouir comme les autres des prétendues bonnes fortunes du lecteur, lui demanda froidement si la conquête de dona Clara lui avoit coûté beaucoup. Moins que rien, lui répondit don Mathias; elle a fait toutes les avances. Elle me voit à la promenade ; je lui plais. On me suit par son ordre; on apprend qui je suis. Elle m'écrit et me donne rendez-vous chez elle à une heure de la nuit où tout reposoit dans sa maison. Je m'y trouvai ; on m'introduisit dans son appartement.... Je suis trop discret pour vous dire le reste.

A ce récit laconique, le seigneur de Velasco fit paroître une grande altération sur son visage. Il ne fut pas difficile de s'apercevoir de l'intérêt qu'il prenoit à la dame en question. Tous ces billets, dit-il à mon maître en le regardant d'un air furieux, sont absolument faux, et surtout celui que vous vous vantez d'avoir reçu de dona Clara de Mendoce. Il n'y a point en Espagne de fille plus réservée qu'elle. Depuis deux ans un cavalier, qui ne vous cède ni en naissance ni en mérite personnel, met tout en usage pour s'en faire aimer. A peine en a-t-il obtenu les plus innocentes faveurs ; mais il peut se flatter que, si elle étoit capable d'en accorder d'autres, ce ne seroit qu'à lui seul. Eh ! qui vous dit le contraire? interrompit don Mathias d'un air railleur. Je conviens avec vous que c'est une fille très-honnête. De mon côté, je suis un fort honnête garçon. Par conséquent vous devez être persuadé qu'il ne s'est rien passé entre nous que de très-honnête. Ah ! c'en est trop, interrompit don Lope à son tour ; laissons là les railleries. Vous êtes un imposteur. Jamais dona Clara ne vous a donné de rendez-vous la nuit. Je ne puis souffrir que vous osiez noircir sa réputation. Je suis aussi trop discret pour vous dire le reste. En achevant ces mots, il rompit en visière à toute la compagnie, et se retira d'un air qui me fit juger que cette affaire pourroit bien avoir de mauvaises suites. Mon maître, qui étoit assez brave pour un seigneur de son caractère, méprisa les menaces de don Lope. Le fat ! s'écria-t-il en faisant un éclat de rire. Les chevaliers errants soutenoient la beauté de leurs maîtresses ; il veut, lui, soutenir la sagesse de la sienne : cela me paroît encore plus extravagant.

La retraite de Velasco, à laquelle Moncade avait en vain voulu s'opposer, ne troubla point la fête. Les cavaliers, sans y faire beaucoup d'attention, continuèrent de se réjouir, et ne se séparè-

rent qu'à 'a pointe du jour suivant. Nous nous couchâmes, mon maître et moi, sur les cinq heures du matin. Le sommeil m'accabloit, et je comptois de bien dormir ; mais je comptois sans mon hôte, ou plutôt sans notre portier, qui vint me réveiller une heure après, pour me dire qu'il y avoit à la porte un garçon qui me demandoit. Ah ! maudit portier, m'écriai-je en bâillant, songez-vous que je viens de me mettre au lit tout à l'heure? Dites à ce garçon que je repose, et qu'il revienne tantôt. Il veut, me répliqua-t-il, vous parler en ce moment ; il assure que la chose presse. A ces mots je me levai ; je mis seulement mon haut-de-chausses et mon pourpoint, et j'allai, en jurant, trouver le garçon qui m'attendoit. Ami, lui dis-je, apprenez-moi, s'il vous plaît, quelle affaire pressante me procure l'honneur de vous voir de si grand matin. J'ai, me répondit-il, une lettre à donner en main propre au seigneur don Mathias, et il faut qu'il la lise tout présentement ; cela est de la dernière conséquence pour lui : il vous prie de m'introduire dans sa chambre. Comme je crus qu'il s'agissoit d'une affaire importante, je pris la liberté d'aller réveiller mon maître. Pardon, lui dis-je, si j'interromps votre repos; mais l'importance...... Que me veux-tu, interrompit-il brusquement. Seigneur, lui dit alors le garçon qui m'accompagnoit, c'est une lettre que j'ai à vous rendre de la part de don Lope de Velasco. Don Mathias prit le billet, l'ouvrit ; et, après l'avoir lu, dit au valet de don Lope : Mon enfant, je ne me leverois jamais avant midi, quelque partie de plaisir qu'on me pût proposer ; juge si je me leverai à six heures du matin pour me battre ! Tu peux dire à ton maître que, s'il est encore à midi et demi dans l'endroit où il m'attend, nous nous y verrons ; va lui porter cette réponse. A ces mots il s'enfonça dans son lit, et ne tarda guère à se rendormir.

Il se leva et s'habilla fort tranquillement entre onze heures et midi ; puis il sortit, en me disant qu'il me dispensoit de le suivre ; mais j'étois trop tenté de voir ce qu'il deviendroit, pour lui obéir. Je marchai sur ses pas jusqu'au pré de Saint-Jérôme, où j'aperçus don Lope de Velasco, qui l'attendoit de pied ferme. Je me cachai pour les observer tous deux ; et voici ce que je remarquai de loin. Ils se joignirent, et commencèrent à se battre un moment après. Leur combat fut long. Ils se poussèrent tour à tour l'un l'autre avec beaucoup d'adresse et de vigueur. Cependant la victoire se déclara pour don Lope : il perça mon maître, l'étendit par terre, et s'enfuit fort satisfait de s'être si bien vengé. Je courus au malheureux don Mathias ; je le trouvai sans connoissance et presque déjà sans vie. Ce spectacle m'attendrit, et je ne pus m'empêcher de pleurer une mort à laquelle, sans y penser, j'avois servi d'instrument. Néanmoins, malgré ma douleur, je ne laissai pas de songer à mes petits intérêts. Je m'en retournai promptement à l'hôtel sans rien dire, je fis un paquet de mes hardes, où je mis par mégarde quelques nippes de mon maître; et quand j'eus porté cela chez le barbier, où mon habit d'homme à bonnes fortunes étoit encore, je répandis dans la ville l'accident funeste dont j'avois été témoin. Je le contai à qui voulut l'entendre, et surtout je ne manquai pas d'aller l'annoncer à Rodriguez. Il en parut moins affligé qu'occupé des mesures qu'il avoit à prendre là-dessus. Il assembla ses domestiques, leur ordonna de le suivre, et nous nous rendîmes tous au pré de Saint-Jérôme. Nous enlevâmes don Mathias, qui respiroit encore, mais qui mourut trois heures après qu'on l'eut transporté chez lui. Ainsi périt le seigneur don Mathias de Silva, pour s'être avisé de lire mal à propos des billets doux supposés.

CHAPITRE IX.

Quelle personne il alla servir après la mort de don Mathias de Silva.

Quelques jours après les funérailles de don Mathias, tous ses domestiques furent payés et congédiés. J'établis mon domicile chez le petit barbier, avec qui je commençois à vivre dans une étroite liaison. Je m'y promettois plus d'agrément que chez Melendez. Comme je ne manquois pas d'argent, je ne me hâtai point de chercher une nouvelle condition; d'ailleurs j'étois devenu difficile sur cela. Je ne voulois plus servir que des personnes hors du commun; encore avois-je résolu de bien examiner les postes qu'on m'offriroit. Je ne croyois pas le meilleur trop bon pour moi, tant le valet d'un jeune seigneur me paroissoit alors préférable aux autres valets!

En attendant que la fortune me présentât une maison telle que je m'imaginois la mériter, je pensai que je ne pouvois mieux faire que de consacrer mon oisiveté à ma belle Laure, que je n'avois point vue depuis que nous nous étions si plaisamment détrompés. Je n'osai m'habiller en don Cesar de Ribera; je ne pouvois, sans passer pour un extravagant, mettre cet habit que pour me déguiser. Mais, outre que le mien n'avoit pas encore l'air trop malpropre, j'étois bien chaussé et bien coiffé. Je me parai donc, à l'aide du barbier, d'une manière qui tenoit un milieu entre don Cesar et Gil Blas. Dans cet état je me rendis à la maison d'Arsénie. Je trouvai Laure seule dans la même salle où je lui avois déjà parlé. Ah! c'est vous, s'écriait-elle aussitôt qu'elle m'aperçut; je vous croyois perdu. Il y a sept ou huit jours que je vous ai permis de me venir voir : vous n'abusez point, à ce que je vois, des libertés que les dames vous donnent.

Je m'excusai sur la mort de mon maître, sur les occupations que j'avois eues; et j'ajoutai fort poliment que, dans mes embarras mêmes, mon aimable Laure avoit toujours été présente à ma pensée. Cela étant, me dit-elle, je ne vous ferai plus de reproches, et je vous avouerai que j'ai aussi songé à vous. D'abord que j'ai appris le malheur de don Mathias, j'ai formé un projet qui ne vous déplaira peut-être point. Il y a long-temps que j'entends dire à ma maîtresse qu'elle veut avoir chez elle une espèce d'homme d'affaires, un garçon qui entende bien l'économie, et qui tienne un registre exact des sommes qu'on lui donnera pour faire la dépense de la maison. J'ai jeté les yeux sur votre seigneurie; il me semble que vous ne remplirez point mal cet emploi. Je sens, lui répondis-je, que je m'en acquitterai à merveille. J'ai lu les Économiques d'Aristote; et pour tenir des registres, c'est mon fort..... Mais, mon enfant, poursuivis-je, une difficulté m'empêche d'entrer au service d'Arsénie. Quelle difficulté? me dit Laure. J'ai juré, lui répliquai-je, de ne plus servir de bourgeois; j'en ai même juré par le Styx! Si Jupiter n'osoit violer ce serment, jugez si un valet doit le respecter! Qu'appelles-tu des bourgeois? repartit fièrement la soubrette : pour qui prends-tu les comédiennes? Les prends-tu pour des avocates ou pour des procureuses? Oh! sache, mon ami, que les comédiennes sont nobles, archinobles, par les alliances qu'elles contractent avec les grands seigneurs.

Sur ce pied-là, lui dis-je, mon infante, je puis accepter la place que vous me destinez; je ne dérogerai point. Non, sans doute, répondit-elle : passer de chez un petit-maître au service d'une héroïne de théâtre, c'est être toujours dans le même monde. Nous allons de pair avec les gens de qualité. Nous avons des équipages comme eux, nous faisons aussi bonne chère; et dans le fond on doit nous confondre ensemble dans la vie civile. En effet, ajouta-t-elle, à considérer un marquis et un comédien dans le cours d'une journée, c'est presque la même chose. Si le marquis, pendant les trois quarts du jour, est par son rang au-dessus du comédien, le comédien, pendant l'autre quart, s'élève encore davantage au-dessus du marquis par un rôle d'empereur ou de roi qu'il représente. Cela fait, ce me semble, une compensation de noblesse et de grandeur qui nous égale aux personnes de la cour. Oui vraiment, repris-je, vous êtes de niveau, sans contredit, les uns aux autres. Peste! les comédiens ne sont pas des maroufles comme je le croyois, et vous me donnez une forte envie de servir de si honnêtes gens. Eh bien ! repartit-elle, tu n'as qu'à revenir dans deux jours. Je ne te demande que ce temps-là pour disposer ma maîtresse à te prendre : je lui parlerai en ta faveur. J'ai quelque ascendant sur son esprit ; je suis persuadée que je te ferai entrer ici.

Je remerciai Laure de sa bonne volonté. Je lui témoignai que j'en étois pénétré de reconnoissauce, et je l'en assurai avec des transports qui ne lui permirent pas d'en douter. Nous eûmes tous deux un assez long entretien, qui auroit encore duré, si un petit laquais ne fût venu dire à ma princesse qu'Arsénie la demandoit. Nous nous séparâmes. Je sortis de chez la comédienne, dans la douce espérance d'y avoir bientôt bouche à cour, et je ne manquai pas d'y retourner deux jours après. Je t'attendois, me dit la suivante, pour t'assurer que tu es commensal dans cette maison. Viens, suis-moi ; je vais te présenter à ma maîtresse. A ces paroles, elle me mena dans un appartement composé de cinq à six pièces de plain-pied, toutes plus richement meublées les unes que les autres.

Quel luxe ! quelle magnificence ! Je me crus chez une vice-reine, ou, pour mieux dire, je m'imaginai voir toutes les richesses du monde amassées dans un même lieu. Il est vrai qu'il y en avoit de plusieurs nations, et qu'on pouvoit définir cet appartement le temple d'une déesse où chaque voyageur apportoit pour offrande quelques raretés de son pays. J'aperçus la divinité assise sur un gros carreau de satin ; je la trouvai charmante, et grasse de la fumée des sacrifices. Elle étoit dans un déshabillé galant, et ses belles mains s'occupoient à préparer une coiffure nouvelle pour jouer son rôle ce jour-là. Madame, lui dit la soubrette, voici l'économe en question ; je puis vous assurer que vous ne sauriez avoir un meilleur sujet. Arsénie me regarda très-attentivement, et j'eus le bonheur de ne lui pas déplaire. Comment donc, Laure, s'écria-t-elle, mais voilà un fort joli garçon ! je prévois que je m'accommoderai fort bien de lui. Ensuite, m'adressant la parole : Mon enfant, ajouta-t-elle, vous me convenez, et je n'ai qu'un mot à vous dire : vous serez content de moi si je le suis de vous. Je lui répondis que je ferois tous mes efforts pour la servir à son gré. Comme je vis que nous étions d'accord, je sortis sur-le-champ pour aller chercher mes hardes, et je revins m'installer dans cette maison.

CHAPITRE X.

Qui n'est pas plus long que le précédent.

Il étoit à peu près l'heure de la comédie ; ma maîtresse me dit de la suivre avec Laure au théâtre. Nous entrâmes dans sa loge, où elle ôta son habit de ville, et en prit un autre plus magnifique pour paroître sur la scène. Quand le spectacle commença, Laure me conduisit et se plaça près de moi dans un endroit d'où je pouvois voir et entendre parfaitement bien les acteurs. Ils me déplurent pour la plupart, à cause sans doute que don Pompeyo m'avoit prévenu contre eux. On ne laissoit pas d'en applaudir plusieurs, et quelques-uns de ceux-là me firent souvenir de la fable du cochon.

Laure m'apprenoit le nom des comédiens et des comédiennes à mesure qu'ils s'offroient à nos yeux. Elle ne se contentoit pas de les nommer ; la médisante en faisoit de jolis portraits ! Celui-ci, disoit-elle, a le cerveau creux ; celui-là est un insolent. Cette mignonne que vous voyez, et qui a l'air plus libre que gracieux, s'appelle Rosarda : mauvaise acquisition pour la compagnie ! on devroit mettre cela dans la troupe qu'on lève par ordre du vice-roi de la Nouvelle-Espagne, et qu'on va faire incessamment partir pour l'Amérique. Regardez bien cet astre lumineux qui s'avance, ce beau soleil couchant : c'est Casilda. Si, depuis qu'elle a des amants, elle avoit exigé de chacun d'eux une pierre de taille pour en bâtir une pyramide, comme fit autrefois une princesse d'Égypte, elle en pourroit faire élever une qui iroit jusqu'au troisième ciel. Enfin Laure déchira tout le monde par des médisances. Ah ! la méchante langue ! Elle n'épargna pas même sa maîtresse.

Cependant j'avouerai mon foible ; j'étois charmé de ma soubrette, quoique son caractère ne fût pas moralement bon. Elle médisoit avec un agrément qui me faisoit aimer jusqu'à sa malignité. Elle se levoit dans les entr'actes pour aller voir si Arsénie n'avoit pas besoin de ses services ; mais, au lieu de venir promptement reprendre sa place, elle s'amusoit derrière le théâtre à recueillir les fleurettes des hommes qui la cajoloient. Je la suivis une fois pour l'observer, et je remarquai qu'elle avoit bien des connoissances. Je comptai jusqu'à trois comédiens qui l'arrêtèrent pour lui parler, et ils me parurent s'entretenir avec elle très-familièrement. Cela ne me plut point ; et pour la première fois de ma vie je sentis ce que c'est que d'être jaloux. Je retournai à ma place si rêveur et si triste, que Laure s'en aperçut aussitôt qu'elle m'eut rejoint. Qu'as-tu, Gil Blas ? me dit-elle avec étonnement ; quelle humeur noire s'est emparée de toi depuis que je t'ai quitté ? Tu as l'air sombre et chagrin. Ma princesse, lui répondis-je, ce n'est pas sans raison ; vos allures sont un peu vives. Je viens de vous voir avec des comédiens... Ah ! le plaisant sujet de tristesse ! interrompit-elle en riant. Quoi! cela te fait de la peine? Oh! vraiment tu n'es pas au bout; tu verras bien d'autres choses parmi nous. Il faut que tu t'accoutumes à nos manières aisées. Point de jalousie, mon enfant! les jaloux, chez le peuple comique, pas ent pour des ridicules. Aussi n'y en a-t-il presque point. Les pères, les maris, les frères, les oncles et les cousins sont les gens du monde les plus commodes, et souvent même ce sont eux qui établissent leurs familles.

Après m'avoir exhorté à ne prendre ombrage de personne et à regarder tout tranquillement, elle me déclara que j'étois l'heureux mortel qui avoit trouvé le chemin de son cœur. Puis elle m'assura qu'elle m'aimeroit toujours uniquement. Sur cette assurance dont je pouvois douter sans passer pour un esprit trop défiant, je lui promis de ne plus m'alarmer, et je lui tins parole. Je la vis, dès le soir même, s'entretenir en particulier et rire avec des hommes. A l'issue de la comédie, nous nous en retournâmes avec notre maîtresse au logis, où Florimonde arriva bientôt avec trois vieux seigneurs et un comédien, qui y venoient souper. Outre Laure et moi, il y avoit pour domestiques dans cette maison une cuisinière, un cocher et un petit laquais. Nous nous joignîmes tous cinq pour préparer le repas. La cuisinière, qui n'étoit pas moins habile que la dame Jacinte, apprêta les viandes avec le cocher. La femme de chambre et le petit laquais mirent le couvert, et je dressai le buffet, composé de la plus belle vaisselle d'argent et de plusieurs vases d'or, autres offrandes que la déesse du temple avoit reçues. Je le parai de bouteilles de différents vins, et je servis d'échanson, pour montrer à ma maîtresse que j'étois un homme à tout. J'admirois la contenance des comédiennes pendant le repas, elles faisoient les dames d'importance; elles s'imaginoient être des femmes du premier rang. Bien loin de traiter d'*excellence* les seigneurs, elles ne leur donnoient pas même de la *seigneurie;* elles les appeloient simplement par leur nom. Il est vrai que c'étoient eux qui les gâtoient et qui les rendoient si vaines, en se familiarisant un peu trop avec elles. Le comédien, de son côté, comme un acteur accoutumé à faire le héros, vivoit avec eux sans façon; il buvoit à leur santé, et tenoit, pour ainsi dire, le haut bout. Parbleu, dis-je en moi-même, quand Laure m'a démontré que le marquis et le comédien sont égaux pendant le jour, elle pouvoit ajouter qu'ils le sont encore davantage pendant la nuit, puisqu'ils la passent tout entière à boire ensemble.

Arsénie et Florimonde étoient naturellement enjouées. Il leur échappa mille discours hardis, entremêlés de menues faveurs et de minauderies qui furent bien savourées par ces vieux pécheurs.

Tandis que ma maîtresse en amusoit un par un badinage innocent, son amie, qui se trouvoit entre les deux autres, ne faisoit point avec eux la Susanne. Dans le temps que je considérois ce tableau, qui n'avoit que trop de charmes pour un vieil adolescent, on apporta le fruit. Alors je mis sur la table des bouteilles de liqueurs et des verres, et je disparus pour aller souper avec Laure qui m'attendoit. Eh bien! Gil Blas, me dit-elle, que penses-tu de ces seigneurs que tu viens de voir? Ce sont, sans doute, lui répondis-je, des adorateurs d'Arsénie et de Florimonde. Non, reprit-elle, ce sont de vieux voluptueux qui vont chez les coquettes sans s'y attacher. Ils n'exigent d'elles qu'un peu de complaisance, et ils sont assez généreux pour bien payer les petites bagatelles qu'on leur accorde. Grâces au ciel, Florimonde et ma maîtresse sont à présent sans amants; je veux dire qu'elles n'ont pas de ces amants qui s'érigent en maris et veulent faire tous les plaisirs d'une maison, parce qu'ils en font toute la dépense. Pour moi, j'en suis bien aise; et je soutiens qu'une coquette sensée doit fuir ces sortes d'engagements. Pourquoi se donner un maître? Il vaut mieux gagner sou à sou un équipage que de l'avoir tout d'un coup à ce prix-là.

Lorsque Laure étoit en train de parler, et elle y étoit presque toujours, les paroles ne lui coûtoient rien. Quelle volubilité de langue! Elle me conta mille aventures arrivées aux actrices de la troupe du prince; et je conclus de tous ses discours que je ne pouvois être mieux placé pour connoître parfaitement les vices. Malheureusement j'étois dans un âge où ils ne font guère d'horreur; et il faut ajouter que la soubrette savoit si bien peindre les déréglements, que je n'y envisageois que des délices. Elle n'eut pas le temps de m'apprendre seulement la dixième partie des exploits des comédiennes; car il n'y avoit pas plus de trois heures qu'elle en parloit. Les seigneurs et le comédien se retirèrent avec Florimonde, qu'ils conduisirent chez elle.

Après qu'ils furent sortis, ma maîtresse me dit en me mettant de l'argent entre les mains : Tenez, Gil Blas, voilà dix pistoles pour aller demain matin à la provision. Cinq ou six de nos messieurs et de nos dames doivent dîner ici; ayez soin de nous faire faire bonne chère. Madame, lui répondis-je, avec cette somme, je promets d'apporter de quoi régaler toute la troupe même. Mon ami, reprit Arsénie, corrigez, s'il vous plaît, vos expressions. sachez qu'il ne faut point dire la troupe, il faut dire la compagnie. On dit bien une troupe de bandits, une troupe de gueux, une troupe d'auteurs; mais apprenez qu'on doit dire une compagnie de comédiens : les acteurs de Madrid surtout méritent bien qu'on appelle leur corps une compagnie. Je demandai pardon à ma maîtresse de m'être servi d'un terme si peu respectueux; je la suppliai très-humblement d'excuser mon ignorance. Je lui protestai que dans la suite, quand je parlerois de messieurs les comédiens de Madrid d'une manière collective, je dirois toujours la compagnie [1].

CHAPITRE XI.

Comment les comédiens vivoient ensemble, et de quelle manière ils traitoient les auteurs.

Je me mis donc en campagne le lendemain matin pour commencer l'exercice de mon emploi d'économe. C'étoit un jour maigre; j'achetai par ordre de ma maîtresse de bons poulets gras, des lapins, des perdreaux, et d'autres petits pieds. Comme messieurs les comédiens ne sont pas contents des manières de l'Église à leur égard, ils n'en observent pas avec exactitude les commandements. J'apportai au logis plus de viandes qu'il n'en faudroit à douze honnêtes gens pour bien passer les trois jours du carnaval. La cuisinière eut de quoi s'occuper toute la matinée. Pendant qu'elle préparoit le dîner, Arsénie se leva, et demeura jusqu'à midi à sa toilette. Alors les seigneurs Rosimiro et Ricardo, comédiens, arrivèrent. Il survint ensuite deux comédiennes, Constance et Celinaura ; et un moment après parut Florimonde, accompagnée d'un homme qui avoit tout l'air d'un *señor cavallero* des plus lestes. Il avoit les cheveux galamment noués, un chapeau relevé d'un bouquet de plumes feuille-morte, un haut de chausses bien étroit, et l'on voyoit aux ouvertures de son pourpoint une chemise fine avec une fort belle dentelle. Ses gants et son mouchoir étoient dans la concavité de la garde de son épée, et il portoit son manteau avec une grâce toute particulière.

Néanmoins, quoiqu'il eût bonne mine et fût très-bien fait, je trouvai d'abord en lui quelque chose de singulier. Il faut, dis-je en moi-même, que ce gentilhomme-là soit un original. Je ne me trompois point; c'étoit un caractère marqué. Dès qu'il entra dans l'appartement d'Arsénie, il courut, les bras ouverts, embrasser les actrices et les acteurs l'un après l'autre, avec des démonstrations plus outrées que celles des petits-maîtres. Je ne changeai point de sentiment lorsque je l'entendis parler : il appuyoit sur toutes les syllabes, et pro-

nonçoit ses paroles d'un ton emphatique, avec des gestes et des yeux accommodés au sujet. J'eus la curiosité de demander à Laure ce que c'étoit que ce cavalier. Je te pardonne, me dit-elle, ce mouvement curieux : il est impossible de voir et d'entendre pour la première fois le seigneur Carlos Alonso de la Ventoleria [1] sans avoir l'envie qui te presse ; je vais te le peindre au naturel. Premièrement, c'est un homme qui a été comédien. Il a quitté le théâtre par fantaisie, et s'en est depuis repenti par raison. As-tu remarqué ses cheveux noirs ? ils sont teints aussi bien que ses sourcils et sa moustache. Il est plus vieux que Saturne ; cependant, comme au temps de sa naissance ses parents ont négligé de faire écrire son nom sur les registres de sa paroisse, il profite de leur négligence, et se dit plus jeune qu'il n'est de vingt bonnes années pour le moins. D'ailleurs c'est le personnage d'Espagne le plus rempli de lui-même. Il a passé les douze premiers lustres de sa vie dans une ignorance crasse ; mais pour devenir savant, il a pris un précepteur qui lui a montré à épeler en grec et en latin. De plus, il sait par cœur une infinité de bons contes qu'il a récités tant de fois comme de son crû, qu'il est parvenu à se figurer qu'ils en sont effectivement. Il les fait venir dans la conversation, et on peut dire que son esprit brille aux dépens de sa mémoire. Au reste, on dit que c'est un grand acteur. Je veux le croire pieusement ; je t'avouerai toutefois qu'il ne me plaît point. Je l'entends quelquefois déclamer ici; et je lui trouve, entre autres défauts, une prononciation trop affectée avec une voix tremblante qui donne un air antique et ridicule à sa déclamation.

Tel fut le portrait que ma soubrette me fit de cet histrion honoraire; et véritablement je n'ai jamais vu de mortel d'un maintien plus orgueilleux. Il faisoit aussi le beau parleur. Il ne manqua pas de tirer de son sac deux ou trois contes qu'il débita d'un air imposant et bien étudié. D'une autre part, les comédiennes et les comédiens, qui n'étoient point venus là pour se taire, ne furent pas muets. Ils commencèrent à s'entretenir de leurs camarades absents d'une manière peu charitable, à la vérité ; mais c'est une chose qu'il faut pardonner aux comédiens comme aux auteurs. La conversation s'échauffa donc contre le prochain. Vous ne savez pas, mesdames, dit Rosimiro, un nouveau trait de Cesarino, notre cher confrère. Il a

[1] Cette discussion sur le choix de ces mots de *troupe* ou de *compagnie*, en parlant des comédiens, avoit été souvent répétée. Il y avoit à cet égard des anecdotes fort connues. Le premier président de Harlay avoit dit aux comédiens qu'il rendroit compte à sa *troupe* de ce qu'ils lui demandoient au nom de leur *compagnie*.

[1] Il est impossible de ne pas voir que ce portrait s'applique au fameux acteur François-Michel Baron, qui avoit quitté le théâtre en 1696; il y remonta depuis, à l'âge de soixante-huit ans. Le Sage en fait ici un grand ignorant. Cependant on a de Baron des pièces de théâtre; mais on croit qu'elles sont d'un jésuite de beaucoup d'esprit (le père La Rue), qui ne pouvoit les donner sous son nom.

ce matin acheté des bas de soie, des rubans et des dentelles qu'il s'est fait apporter à l'assemblée par un petit page, comme de la part d'une comtesse. Quelle friponnerie! dit le seigneur de la Ventoleria, en souriant d'un air fat et vain. De mon temps on étoit de meilleure foi; nous ne songions pas à composer de pareilles fables. Il est vrai que les femmes de qualité nous en épargnoient l'invention; elles faisoient elles-mêmes les emplettes; elles avoient cette fantaisie-là[1]. Parbleu! dit Ricardo du même ton, cette fantaisie les tient bien encore; et s'il étoit permis de s'expliquer là-dessus..... Mais il faut taire ces sortes d'aventures, surtout quand des personnes d'un certain rang y sont intéressées.

Messieurs, interrompit Florimonde, laissez-là, de grâce, vos bonnes fortunes; elles sont connues de toute la terre. Parlons d'Isménie. On dit que ce seigneur qui a fait tant de dépense pour elle vient de lui échapper. Oui vraiment, s'écria Constance; et je vous dirai de plus qu'elle perd un petit homme d'affaires qu'elle auroit indubitablement ruiné. Je sais la chose d'original. Son mercure a fait un *quiproquo* : il a porté au seigneur un billet qu'elle écrivoit à l'homme d'affaires, et à l'homme d'affaires une lettre qui s'adressoit au seigneur. Voilà de grandes pertes, ma mignonne, reprit Florimonde. Oh! pour celle du seigneur, repartit Constance, elle est peu considérable. Le cavalier a mangé presque tout son bien; mais le petit homme d'affaires ne faisoit que d'entrer sur les rangs. Il n'a point encore passé par les mains des coquettes : c'est un sujet à regretter.

Ils s'entretinrent à peu près de cette sorte avant le dîner, et leur entretien roula sur la même matière lorsqu'ils furent à table. Comme je ne finirois point, si j'entreprenois de rapporter tous les autres discours pleins de médisance ou de fatuité que j'entendis, le lecteur trouvera bon que je les supprime, pour lui conter de quelle façon fut reçu un pauvre diable d'auteur qui arriva chez Arsénie sur la fin du repas.

Notre petit laquais vint dire tout haut à ma maîtresse : Madame, un homme en linge sale, crotté jusqu'à l'échine, et qui, sauf votre respect, a tout l'air d'un poète, demande à vous parler. Qu'on le fasse monter, répondit Arsénie. Ne bougeons, messieurs; c'est un auteur. Effectivement c'en étoit un dont on avoit accepté une tragédie, et qui apportoit un rôle à ma maîtresse. Il s'appeloit Pedro de Moya. Il fit en entrant cinq ou six profondes révérences à la compagnie, qui ne se leva ni

même ne le salua point. Arsénie répondit seulement par une simple inclination de tête aux civilités dont il l'accabloit. Il s'avança dans la chambre d'un air tremblant et embarrassé. Il laissa tomber ses gants et son chapeau. Il les ramassa, s'approcha de ma maîtresse, et lui présentant un papier plus respectueusement qu'un plaideur ne présente un placet à son juge : Madame, lui dit-il, agréez de grâce le rôle que je prends la liberté de vous offrir. Elle le reçut d'une manière froide et méprisante, et ne daigna pas même répondre au compliment.

Cela ne rebuta point notre auteur, qui, se servant de l'occasion pour distribuer d'autres personnages, en donna un à Rosimiro et un autre à Florimonde, qui n'en usèrent pas plus honnêtement avec lui qu'Arsénie. Au contraire, le comédien, fort obligeant de son naturel, comme ces messieurs le sont pour la plupart, l'insulta par de piquantes railleries. Pedro de Moya les sentit. Il n'osa toutefois les relever, de peur que sa pièce n'en pâtit. Il se retira sans rien dire, mais vivement touché, à ce qu'il me parut, de la réception que l'on venoit de lui faire. Je crois que, dans son dépit, il ne manqua pas d'apostropher en lui-même les comédiens comme ils le méritoient; et les comédiens, de leur côté, quand il fut sorti, commencèrent à parler des auteurs avec beaucoup de respect. Il me semble, dit Florimonde, que le seigneur Pedro de Moya ne s'en va pas fort satisfait.

Eh! madame, s'écria Rosimiro, de quoi vous inquiétez-vous? Les auteurs sont-ils dignes de notre attention? Si nous allions de pair avec eux, ce seroit le moyen de les gâter. Je connois ces petits messieurs, je les connois; ils s'oublieroient bientôt. Traitons-les toujours en esclaves, et ne craignons point de lasser leur patience. Si leurs chagrins les éloignent de nous quelquefois, la fureur d'écrire nous les ramène, et ils sont encore trop heureux que nous voulions bien jouer leurs pièces. Vous avez raison, dit Arsénie; nous ne perdons que les auteurs dont nous faisons la fortune. Pour ceux-là, sitôt que nous les avons bien placés, l'aise les gagne, et ils ne travaillent plus. Heureusement la compagnie s'en console, et le public n'en souffre point.

On applaudit à ces beaux discours; et il se trouva que les auteurs, malgré les mauvais traitements qu'ils recevoient des comédiens, leur en devoient encore de reste. Ces histrions les mettoient au-dessous d'eux, et certes ils ne pouvoient les mépriser davantage.

---

[1] Ce trait de fatuité convient parfaitement à Baron, dont on a dit, au sujet de sa comédie de l'*Homme à bonnes fortunes*, qu'il étoit dans cette pièce le héros, l'auteur et l'acteur.

CHAPITRE XII.

Gil Blas se met dans le goût du théâtre ; il s'abandonne aux délices de la vie comique, et s'en dégoûte peu de temps après.

Les convives demeurèrent à table jusqu'à ce qu'il fallût aller au théâtre. Alors ils s'y rendirent tous. Je les suivis, et je vis encore la comédie ce jour-là. J'y pris tant de plaisir, que je résolus de la voir tous les jours. Je n'y manquai pas, et insensiblement je m'accoutumai à voir les acteurs. Admirez la force de l'habitude ! J'étois particulièrement charmé de ceux qui brailloient et gesticuloient le plus sur la scène, et je n'étois pas seul dans ce goût-là.

La beauté des pièces ne me touchoit pas moins que la manière dont on les représentoit. Il y en avoit quelques-unes qui m'enlevoient ; et j'aimois, entre autres, celles où l'on faisoit paroître tous les cardinaux ou les douze pairs de France. Je retenois des morceaux de ces poèmes incomparables. Je me souviens que j'appris par cœur en deux jours une comédie entière qui avoit pour titre *La Reine des Fleurs*. La Rose, qui étoit la reine, avoit pour confidente la Violette, et pour écuyer le Jasmin. Je ne trouvois rien de plus ingénieux que ces ouvrages, qui me sembloient faire beaucoup d'honneur à l'esprit de notre nation[1].

Je ne me contentois pas d'orner ma mémoire des plus beaux traits de ces chefs-d'œuvre dramatiques ; je m'attachai à me perfectionner le goût ; et, pour y parvenir sûrement, j'écoutois avec une avide attention tout ce que disoient les comédiens. S'ils louoient une pièce, je l'estimois ; leur paroissoit-elle mauvaise, je la méprisois. Je m'imaginois qu'ils se connoissoient en pièces de théâtre comme les joailliers en diamants. Néanmoins la tragédie de Pedro de Moya eut un très-grand succès, quoiqu'ils eussent jugé qu'elle ne réussiroit point. Cela ne fut pas capable de me rendre leurs jugements suspects, et j'aimai mieux penser que le public n'avoit pas le sens commun, que de douter de l'infaillibilité de la compagnie. Mais on m'assura de toutes parts qu'on applaudissoit ordinairement les pièces nouvelles dont les comédiens n'avoient pas bonne opinion, et qu'au contraire celles qu'ils recevoient avec applaudissement étoient presque toujours sifflées. On me dit que c'étoit une de leurs règles de juger si mal des ouvrages ; et là-dessus on me cita mille succès de pièces qui avoient démenti leurs décisions. J'eus besoin de toutes ces preuves pour me désabuser.

Je n'oublierai jamais ce qui arriva un jour qu'on représentoit pour la première fois une comédie nouvelle. Les comédiens l'avoient trouvée froide et ennuyeuse ; ils avoient même jugé qu'on ne l'achèveroit pas. Dans cette pensée, ils en jouèrent le premier acte, qui fut fort applaudi. Cela les étonna. Ils jouent le second acte ; le public le reçoit encore mieux que le premier. Voilà mes acteurs déconcertés ! Comment, diable ! dit Rosimiro, cette comédie prend ! Enfin ils jouent le troisième acte, qui plut encore davantage. Je n'y comprends rien, dit Ricardo ; nous avons cru que cette pièce ne seroit pas goûtée ; voyez le plaisir qu'elle fait à tout le monde ! Messieurs, dit alors un comédien fort naïvement, c'est qu'il y a dedans mille traits d'esprit que nous n'avons pas remarqués[1].

Je cessai donc de regarder les comédiens comme d'excellents juges, et je devins un juste appréciateur de leur mérite. Ils justifioient parfaitement tous les ridicules qu'on leur donnoit dans le monde. Je voyois des actrices et des acteurs que les applaudissements avoient gâtés, et qui, se considérant comme des objets d'admiration, s'imaginoient faire grâce au public lorsqu'ils jouoient. J'étois choqué de leurs défauts ; mais par malheur je trouvois un peu trop à mon gré leur façon de vivre, et je me plongeai dans la débauche. Comment aurois-je pu m'en défendre ? Tous les discours que j'entendois parmi eux étoient pernicieux pour la jeunesse, et je ne voyois rien qui ne contribuât à me corrompre. Quand je n'aurois pas su ce qui se passoit chez Casilda, chez Constance et chez les autres comédiennes, la maison d'Arsénie toute seule n'étoit que trop capable de me perdre. Outre les vieux seigneurs dont j'ai parlé, il y venoit des petits-maîtres, des enfants de famille que les usuriers mettoient en état de faire de la dépense ; et quelquefois on y recevoit aussi des traitants qui, bien loin d'être payés, comme dans leurs assemblées, pour leur droit de présence, payoient là pour avoir droit d'être présents.

Florimonde, qui demeuroit dans une maison voisine, dînoit et soupoit tous les jours avec Arsénie. Elles paroissoient toutes deux dans une union qui surprenoit bien des gens. On étoit étonné que des coquettes fussent en si bonne intelligence, et l'on s'imaginoit qu'elles se brouille-

---

[1] Ici la scène est en Espagne, et la critique touche directement aux pièces du théâtre castillan, sans aucune application au théâtre et au goût français. Ce fut Michel Cervantes qui introduisit le premier sur la scène espagnole des figures morales, pour personnifier allégoriquement les sentiments de l'âme. Cette innovation eut beaucoup de succès, mais ce succès n'a pas franchi les limites des Pyrénées.

[1] La scène ici revient en France. Le trait plaisant de cette pièce, dont les comédiens avoient mal auguré, et dont la réussite les confondit d'étonnement, est une anecdote connue au Théâtre-Français. Il s'agissoit d'un des ouvrages les plus piquants de Dufresny.

roient tôt ou tard pour quelque cavalier ; mais on connoissoit mal ces amies parfaites. Une solide amitié les unissoit. Au lieu d'être jalouses comme les autres femmes, elles vivoient en commun. Elles aimoient mieux partager les dépouilles des hommes que de s'en disputer sottement les soupirs.

Laure, à l'exemple de ces deux illustres associées, profitoit aussi de ses beaux jours. Elle m'avoit bien dit que je verrois de belles choses. Cependant je ne fis point le jaloux ; j'avois promis de prendre là-dessus l'esprit de la compagnie. Je dissimulai pendant quelques jours. Je me contentois de lui demander le nom des hommes avec qui je la voyois en conversation particulière. Elle me répondoit toujours que c'étoit un oncle ou un cousin. Qu'elle avoit de parents ! Il falloit que sa famille fût plus nombreuse que celle du roi Priam. La soubrette ne s'en tenoit pas même à ses oncles et à ses cousins ; elle alloit encore quelquefois amorcer des étrangers et faire la veuve de qualité chez la bonne vieille dont j'ai parlé. Enfin Laure, pour en donner au lecteur une idée juste et précise, étoit aussi jeune, aussi jolie et aussi coquette que sa maîtresse, qui n'avoit point d'autre avantage sur elle que celui de divertir publiquement le public.

Je cédai au torrent pendant trois semaines. Je me livrai à toutes sortes de voluptés. Mais je dirai en même temps qu'au milieu des plaisirs je sentois souvent naître en moi des remords qui venoient de mon éducation, et qui mêloient une amertume à mes délices. La débauche ne triompha point de ces remords ; au contraire, ils augmentoient à mesure que je devenois plus débauché ; et, par un effet de mon heureux naturel, les désordres de la vie comique commencèrent à me faire horreur. Ah ! misérable, me dis-je à moi-même, est-ce ainsi que tu remplis l'attente de ta famille ? N'est-ce pas assez de l'avoir trompée en prenant un autre parti que celui de précepteur ? Ta condition servile te doit-elle empêcher de vivre en honnête homme ? Te convient-il d'être avec des gens si vicieux ? L'envie, la colère et l'avarice règnent chez les uns ; la pudeur est bannie de chez les autres ; ceux-ci s'abandonnent à l'intempérance et à la paresse ; et l'orgueil de ceux-là va jusqu'à l'insolence. C'en est fait ; je ne veux pas demeurer plus long-temps avec les sept péchés mortels.

LIVRE QUATRIÈME.

CHAPITRE I.

Gil Blas, ne pouvant s'accoutumer aux mœurs des comédiennes, quitte le service d'Arsénie, et trouve une plus honnête maison.

Un reste d'honneur et de religion, que je ne laissois pas de conserver parmi des mœurs si corrompues, me fit résoudre non-seulement à quitter Arsénie, mais à rompre même tout commerce avec Laure, que je ne pouvois pourtant cesser d'aimer, quoique je susse bien qu'elle me faisoit mille infidélités. Heureux qui peut ainsi profiter des moments de raison qui viennent troubler les plaisirs dont il est trop occupé ! Un beau matin je fis mon paquet, et, sans compter avec Arsénie, qui ne me devoit à la vérité presque rien, sans prendre congé de ma chère Laure, je sortis de cette maison où l'on ne respiroit qu'un air de débauche. Je n'eus pas plus tôt fait cette bonne action que le ciel m'en récompensa. Je rencontrai l'intendant de feu don Mathias mon maître ; je le saluai : il me reconnut, et s'arrêta pour me demander qui je servois. Je lui répondis que depuis un instant j'étois hors de condition ; qu'après avoir demeuré près d'un mois chez Arsénie, dont les mœurs ne me convenoient point, je venois d'en sortir de mon propre mouvement, pour sauver mon innocence. L'intendant, comme s'il eût été scrupuleux de son naturel, approuva ma délicatesse, et me dit qu'il vouloit me placer lui-même avantageusement, puisque j'étois un garçon si plein d'honneur. Il accomplit sa promesse, et me mit dès ce jour-là chez don Vincent de Guzman, dont il connoissoit l'homme d'affaires.

Je ne pouvois entrer dans une meilleure maison ; aussi ne me suis-je point repenti dans la suite d'y avoir demeuré. Don Vincent étoit un vieux seigneur fort riche, qui vivoit heureux depuis plusieurs années sans procès et sans femme, les médecins lui ayant ôté la sienne, en voulant la défaire d'une toux qu'elle auroit encore pu conserver long-temps si elle n'eût pas pris leurs remèdes. Au lieu de songer à se remarier, il s'étoit donné tout entier à l'éducation d'Aurore, sa fille unique, qui entroit alors dans sa vingt-sixième année, et pouvoit passer pour une personne accomplie. Avec une beauté peu commune, elle avoit un esprit excellent et très-cultivé. Son père étoit un petit génie; mais il avoit le talent de bien gouverner ses affaires. Il avoit un défaut qu'on doit pardonner aux vieillards : il aimoit à parler, et principalement de guerre et de combat. Si par malheur on venoit à toucher cette corde en sa présence, il embouchoit dans le moment la trompette héroïque, et ses auditeurs se trouvoient trop heureux quand ils en étoient quittes pour la relation de deux siéges et de trois batailles. Comme il avoit consumé les deux tiers de sa vie dans le service, sa mémoire étoit une source inépuisable de faits divers, qu'on n'entendoit pas toujours avec autant de plaisir qu'il les racontoit. Ajoutez à cela qu'il étoit bègue et diffus; ce qui ne rendoit pas sa manière de conter fort agréable. Au reste, je n'ai point vu de seigneur d'un si bon caractère; il avoit l'humeur égale; il n'étoit ni entêté ni capricieux : j'admirois cela dans un homme de qualité. Quoiqu'il fût bon ménager de son bien, il vivoit honorablement. Son domestique étoit composé de plusieurs valets, et de trois femmes qui servoient Aurore. Je reconnus bientôt que l'intendant de don Mathias m'avoit procuré un bon poste, et je ne songeai qu'à m'y maintenir. Je m'attachai à connoître le terrain; j'étudiai les inclinations des uns et des autres; puis, réglant ma conduite là-dessus, je ne tardai guère à prévenir en ma faveur mon maître et tous les domestiques.

Il y avoit déjà plus d'un mois que j'étois chez don Vincent, lorsque je crus m'apercevoir que sa fille me distinguoit de tous les valets du logis. Toutes les fois que ses yeux venoient à s'arrêter sur moi, il me sembloit y remarquer une sorte de complaisance que je ne voyois point dans les regards qu'elle laissoit tomber sur les autres. Si je n'eusse pas fréquenté des petits-maîtres et des comédiens, je ne me serois jamais avisé de m'imaginer qu'Aurore pensât à moi; mais je m'étois un peu gâté parmi ces messieurs, chez qui les dames mêmes les plus qualifiées ne sont pas toujours dans un trop bon prédicament. Si, disois-je, on en croit quelques-uns de ces histrions, il prend quelquefois à des femmes de qualité certaines fantaisies dont ils profitent; que sais-je si ma maîtresse n'est point sujette à ces fantaisies-là? Mais non, ajoutai-je un moment après, je ne puis me le persuader. Ce n'est point une de ces Messalines qui, démentant la fierté de leur naissance, abaissent indignement leurs regards jusque dans la poussière, et se déshonorent sans rougir : c'est plutôt une de ces filles vertueuses, mais tendres, qui, satisfaites des bornes que leur vertu prescrit à leur tendresse, ne se font pas un scrupule d'inspirer et de sentir une passion délicate qui les amuse sans péril.

Voilà comme je jugeois de ma maîtresse, sans savoir précisément à quoi je devois m'arrêter. Cependant, lorsqu'elle me voyoit, elle ne manquoit pas de me sourire et de témoigner de la joie. On pouvoit, sans passer pour fat, donner dans de si belles apparences; aussi n'y eut-il pas moyen de m'en défendre. Je crus Aurore fortement éprise de mon mérite, et je ne me regardai plus que comme un de ces heureux domestiques à qui l'amour rend la servitude si douce. Pour paroître en quelque façon moins indigne du bien que ma bonne fortune me vouloit procurer, je commençai d'avoir plus de soin de ma personne que je n'en avois eu jusqu'alors. Je m'attachai à chercher ce qui pouvoit me donner quelque agrément. Je dépensai en linge, en pommades et en essences tout ce que j'avois d'argent. La première chose que je faisois le matin, c'étoit de me parer et de me parfumer, pour n'être point en négligé s'il falloit me présenter devant ma maîtresse. Avec cette attention que j'apportois à m'ajuster, et les autres mouvements que je me donnois pour plaire, je me flattois que mon bonheur n'étoit pas fort éloigné.

Parmi les femmes d'Aurore, il y en avoit une qu'on appeloit Ortiz. C'étoit une vieille personne qui demeuroit depuis plus de vingt années chez don Vincent. Elle avoit élevé sa fille, et conservoit encore la qualité de duègne; mais elle n'en remplissoit plus l'emploi pénible. Au contraire, au lieu d'éclairer comme autrefois les actions d'Aurore, elle ne s'occupoit alors qu'à les cacher. Enfin elle possédoit toute la confiance de sa maîtresse. Un soir, la dame Ortiz, ayant trouvé l'occasion de me parler sans qu'on pût nous entendre, me dit tout bas que, si j'étois sage et discret, je n'avois qu'à me rendre à minuit dans le jardin, qu'on m'apprendroit là des choses que je ne serois pas fâché de savoir. Je répondis à la duègne, en lui serrant la main, que je ne manquerois pas d'y aller; et nous nous séparâmes vite, de peur d'être surpris. Je ne doutai plus que je n'eusse fait une tendre impression sur la fille de don Vincent, et j'en ressentis une joie que je n'eus pas peu de peine à contenir. Que le temps me dura depuis ce moment jusqu'au souper, quoiqu'on soupât de fort bonne heure, et depuis le souper jusqu'au coucher de mon maître! Il me sembloit que tout se faisoit ce soir-là dans la maison avec une lenteur extraordinaire. Pour surcroît d'ennui, lorsque don Vincent fut retiré dans son appartement, au lieu de songer à se reposer, il se mit à rebattre ses campagnes de Portugal, dont il m'avoit déjà souvent étourdi. Mais, ce qu'il n'avoit point encore fait, et ce qu'il me gardoit pour ce soir-là, il me nomma tous les officiers qui s'étoient distingués de son temps ; il me raconta même leurs exploits. Que je souffris à l'écouter jusqu'au bout ! Il acheva pourtant de parler, et se coucha. Je passai aussitôt dans une petite chambre où étoit mon lit, et d'où l'on descendoit dans le jardin par un escalier dérobé. Je me frottai tout le corps de pommade, je pris une chemise blanche après l'avoir bien parfumée ; et, quand je n'eus rien oublié de tout ce qui me parut pouvoir contribuer à flatter l'entêtement de ma maîtresse, j'allai au rendez-vous.

Je n'y trouvai point Ortiz. Je jugeai qu'ennuyée de m'attendre elle avoit regagné son appartement, et que l'heure du berger étoit passée. Je m'en pris à don Vincent : mais comme je maudissois ses campagnes, j'entendis sonner dix heures. Je crus que l'horloge alloit mal, et qu'il étoit impossible qu'il ne fût pas du moins une heure après minuit. Cependant je me trompois si bien qu'un gros quart d'heure après je comptai encore dix heures à une autre horloge. Fort bien, dis-je alors en moi-même ; je n'ai plus que deux heures entières à garder le mulet. On ne se plaindra pas du moins de mon peu d'exactitude. Que vais-je devenir jusqu'à minuit ? Promenons-nous dans ce jardin, et songeons au rôle que je dois jouer : il est assez nouveau pour moi. Je ne suis point encore fait aux fantaisies des femmes de qualité. Je sais de quelle manière on en use avec les grisettes et les comédiennes. Vous les abordez d'un air familier et vous brusquez sans façon l'aventure ; mais il faut une autre manœuvre avec une personne de condition. Il faut, ce me semble, que le galant soit poli, complaisant, tendre et respectueux, sans pourtant être timide. Au lieu de vouloir hâter son bonheur par ses emportements, il doit l'attendre d'un moment de foiblesse.

C'est ainsi que je raisonnois, et je me promettois bien de tenir cette conduite avec Aurore. Je me représentois qu'en peu de temps j'aurois le plaisir de me voir aux pieds de cette aimable dame, et de lui dire mille choses passionnées. Je rappelai même dans ma mémoire tous les endroits de nos pièces de théâtre dont je pouvois me servir dans notre tête-à-tête, et me faire honneur. Je comptois de les bien appliquer ; et j'espérois qu'à l'exemple de quelques comédiens de ma connoissance, je passerois pour avoir de l'esprit, quoique je n'eusse que de la mémoire. En m'occupant de toutes ces pensées, qui amusoient plus agréablement mon impatience que les récits militaires de mon maître, j'entendis sonner onze heures. Bon, dis-je alors, je n'ai plus que soixante minutes à attendre ; armons-nous de patience. Je pris courage, et me replongeai dans ma rêverie, tantôt en continuant de me promener, et tantôt assis dans

un cabinet de verdure qui étoit au bout du jardin. L'heure enfin que j'attendois depuis si longtemps, minuit sonna. Quelques instants après, Ortiz, aussi ponctuelle, mais moins impatiente que moi, parut. Seigneur Gil Blas, me dit-elle en m'abordant, combien y a-t-il que vous êtes ici ? Deux heures, lui répondis-je. Ah ! vraiment, reprit-elle en faisant un éclat de rire à mes dépens, vous êtes bien exact : c'est un plaisir de vous donner des rendez-vous la nuit. Il est vrai, continua-t-elle d'un air sérieux, que vous ne sauriez trop payer le bonheur que j'ai à vous annoncer. Ma maîtresse veut avoir un entretien particulier avec vous, et elle m'a ordonné de vous introduire dans son appartement, où elle vous attend. Je ne vous en dirai pas davantage, le reste est un secret que vous ne devez apprendre que de sa propre bouche. Suivez-moi ; je vais vous conduire. A ces mots la duègne me prit la main ; et, par une petite porte dont elle avoit la clef, elle me mena mystérieusement dans la chambre de sa maîtresse.

CHAPITRE II.

Comment Aurore reçut Gil Blas, et quel entretien ils eurent ensemble.

Je trouvai Aurore en deshabillé ; cela me fit plaisir. Je la saluai fort respectueusement, et de la meilleure grâce qu'il me fut possible. Elle me reçut d'un air riant, me fit asseoir auprès d'elle malgré moi, et, ce qui acheva de me ravir, elle dit à son ambassadrice de passer dans une autre chambre et de nous laisser seuls. Après cela, m'adressant la parole : Gil Blas, me dit-elle, vous avez dû vous apercevoir que je vous regarde favorablement, et vous distingue de tous les autres domestiques de mon père ; et, quand mes regards ne vous auroient point fait juger que j'ai quelque bonne volonté pour vous, la démarche que je fais cette nuit ne vous permettroit pas d'en douter.

Je ne lui donnai pas le temps de m'en dire davantage. Je crus qu'en homme poli je devois épargner à sa pudeur la peine de s'expliquer plus formellement. Je me levai avec transport ; et, me jetant aux pieds d'Aurore, comme un héros de théâtre qui se met à genoux devant sa princesse, je m'écriai d'un ton de déclamateur : Ah ! madame, l'ai-je bien entendu ! est-ce à moi que ce discours s'adresse ? seroit-il possible que Gil Blas, jusqu'ici le jouet de la fortune et le rebut de la nature entière, eût le bonheur de vous avoir inspiré des sentiments..... Ne parlez pas si haut, interrompit en riant ma maîtresse ; vous allez réveiller mes femmes, qui dorment dans la chambre prochaine. Levez-vous, reprenez votre place, et m'écoutez jusqu'au bout sans me couper la parole. Oui, Gil

Blas, poursuivit-elle en reprenant son sérieux, je vous veux du bien ; et, pour vous prouver que je vous estime, je vais vous faire confidence d'un secret d'où dépend le repos de ma vie. J'aime un jeune cavalier, beau, bien fait, et d'une naissance illustre. Il se nomme don Louis Pacheco. Je le vois quelquefois à la promenade et aux spectacles ; mais je ne lui ai jamais parlé. J'ignore même de quel caractère il est, et s'il n'a point de mauvaises qualités. C'est de quoi pourtant je voudrois bien être instruite. J'aurois besoin d'un homme qui s'enquît soigneusement de ses mœurs, et m'en rendît un compte fidèle. Je fais choix de vous préférablement à tous nos autres domestiques. Je crois que je ne risque rien à vous charger de cette commission. J'espère que vous vous en acquitterez avec tant d'adresse et de discrétion, que je ne me repentirai point de vous avoir mis dans ma confidence.

Ma maîtresse cessa de parler en cet endroit pour entendre ce que je lui répondrois là-dessus. J'avois d'abord été déconcerté d'avoir pris si désagréablement le change : mais je me remis promptement l'esprit ; et, surmontant la honte que cause toujours la témérité quand elle est malheureuse, je témoignai à la dame tant de zèle pour ses intérêts, je me dévouai avec tant d'ardeur à son service, que, si je ne lui ôtai pas la pensée que je m'étois follement flatté de lui avoir plu, du moins je lui fis connoître que je savois bien réparer une sottise. Je ne demandai que deux jours pour lui rendre bon compte de don Luis. Après quoi la dame Ortiz, que sa maîtresse rappela, me remena dans le jardin, et me dit d'un air railleur en me quittant : Bonsoir, Gil Blas, je ne vous recommande point de vous trouver de bonne heure au premier rendez-vous, je connois trop votre ponctualité là-dessus pour en être en peine.

Je retournai dans ma chambre, non sans quelque dépit de voir mon attente trompée. Je fus néanmoins assez raisonnable pour m'en consoler. Je fis réflexion qu'il me convenoit mieux d'être le confident de ma maîtresse que son amant. Je songeai même que cela pourroit me mener à quelque chose ; que les courtiers d'amour étoient ordinairement bien payés de leurs peines ; et je me couchai dans la résolution de faire ce qu'Aurore exigeoit de moi. Je sortis pour cet effet le lendemain. La demeure d'un cavalier tel que don Luis ne fut pas difficile à découvrir. Je m'informai de lui dans le voisinage ; mais les personnes à qui je m'adressai ne purent pleinement satisfaire ma curiosité ; ce qui m'obligea le jour suivant à recommencer mes perquisitions. Je fus plus heureux. Je rencontrai par hasard dans la rue un garçon de ma connoissance : nous nous arrêtâmes pour nous

parler. Il passa dans ce moment un de ses amis, qui nous aborda, et nous dit qu'il venoit d'être chassé de chez don Joseph Pacheco, père de don Luis, pour un quartaut de vin qu'on l'accusoit d'avoir bu. Je ne perdis pas une si belle occasion de m'informer de tout ce que je souhaitois d'apprendre ; et je fis tant par mes questions que je m'en retournai au logis fort content d'être en état de tenir parole à ma maîtresse. C'étoit la nuit prochaine que je devois la revoir, à la même heure et de la même manière que la première fois. Je n'eus pas ce soir-là tant d'inquiétude ; et, bien loin de souffrir impatiemment les discours de mon vieux patron, je le remis sur ses campagnes. J'attendis minuit avec la plus grande tranquillité du monde ; et ce ne fut qu'après l'avoir entendu sonner à plusieurs horloges, que je descendis dans le jardin, sans me pommader et me parfumer : je me corrigeai encore de cela.

Je trouvai au rendez-vous la très-fidèle duègne, qui me reprocha malicieusement que j'avois bien rabattu de ma diligence. Je ne lui répondis point, et je me laissai conduire à l'appartement d'Aurore, qui me demanda, dès que je parus, si je m'étois bien informé de don Luis, et si j'avois appris bien des choses. Oui, madame, lui dis-je, et j'ai de quoi satisfaire votre curiosité. Je vous dirai premièrement qu'il est sur le point de partir pour s'en retourner à Salamanque achever ses études. C'est, à ce qu'on m'a dit, un jeune cavalier rempli d'honneur et de probité. Pour du courage, il n'en sauroit manquer, puisqu'il est gentilhomme et Castillan. De plus, il a beaucoup d'esprit et les manières fort agréables ; mais ce qui peut-être ne sera guère de votre goût, et ce que je ne puis pourtant me dispenser de vous dire, c'est qu'il tient un peu trop de la nature des jeunes seigneurs ; il est diablement libertin. Savez-vous qu'à son âge il a déjà eu à bail deux comédiennes ? Que m'apprenez-vous ? reprit Aurore. Quelles mœurs ! Mais êtes-vous bien assuré, Gil Blas, qu'il mène une vie si licencieuse ? Oh ! je n'en doute pas, madame, lui repartis-je. Un valet qu'on a chassé de chez lui ce matin me l'a dit ; et les valets sont fort sincères quand ils s'entretiennent des défauts de leurs maîtres. D'ailleurs il fréquente don Alexo Segiar, don Antonio Centelles et don Fernand de Gamboa : cela seul prouve démonstrativement son libertinage. C'est assez, Gil Blas, dit alors ma maîtresse en soupirant ; je vais, sur votre rapport, combattre mon indigne amour. Quoiqu'il ait déjà de profondes racines dans mon cœur, je ne désespère pas de l'en arracher. Allez, poursuivit-elle, en me mettant entre les mains une petite bourse qui n'étoit pas vide, voilà ce que je vous donne pour vos peines. Gardez-vous bien de révéler mon secret : songez que je l'ai confié à votre silence.

J'assurai ma maîtresse que j'étois l'Harpocrate des valets confidents, et qu'elle pouvoit demeurer tranquille là-dessus. Après cette assurance, je me retirai, fort impatient de savoir ce qu'il y avoit dans la bourse. J'y trouvai vingt pistoles. Aussitôt je pensai qu'Aurore m'en auroit sans doute donné davantage si je lui eusse annoncé une nouvelle agréable, puisqu'elle en payoit si bien une chagrinante. Je me repentis de n'avoir pas imité les gens de justice, qui fardent quelquefois la vérité dans leurs procès-verbaux. J'étois fâché d'avoir détruit, dans sa naissance, une galanterie qui m'eût été très-utile dans la suite, si je ne me fusse pas sottement piqué d'être sincère. J'avois pourtant la consolation de me voir dédommagé de la dépense que j'avois faite si mal à propos en pommades et en parfums.

CHAPITRE III.

Du grand changement qui arriva chez don Vincent, et de l'étrange résolution que l'amour fit prendre à la belle Aurore.

Il arriva peu de temps après cette aventure que le seigneur don Vincent tomba malade. Quand il n'auroit pas été dans un âge fort avancé, les symptômes de sa maladie parurent si violents, qu'on eût craint un événement funeste. Dès le commencement du mal, on fit venir les deux plus fameux médecins de Madrid. L'un s'appeloit le docteur Andros, et l'autre le docteur Oquetos. Ils examinèrent attentivement le malade, et convinrent tous deux, après une exacte observation, que les humeurs étoient en fougue; mais ils ne s'accordèrent qu'en cela l'un et l'autre. L'un vouloit qu'on purgeât le malade dès ce jour-là, et l'autre étoit d'avis qu'on différât la purgation. Il faut, dit Andros, se hâter de purger les humeurs, quoique crues, pendant qu'elles sont dans une agitation violente de flux et reflux, de peur qu'elles ne se fixent sur quelque partie noble. Oquetos soutint au contraire qu'il falloit attendre que les humeurs fussent cuites avant d'employer le purgatif. Mais votre méthode, reprit le premier, est directement opposée à celle du prince de la médecine. Hippocrate avertit de purger dans la plus ardente fièvre dès les premiers jours, et dit en termes formels qu'il faut être prompt à purger quand les humeurs sont en *orgasme*, c'est-à-dire en fougue. Oh! c'est ce qui vous trompe, repartit Oquetos. Hippocrate, par le mot d'*orgasme*, n'entend pas la fougue; il entend plutôt la coction des humeurs.

Là-dessus nos docteurs s'échauffent. L'un rapporte le texte grec, et cite tous les auteurs qui l'ont expliqué comme lui; l'autre, s'en fiant à une traduction latine, le prend sur un ton encore plus haut. Qui des deux croire? Don Vincent n'étoit pas homme à décider la question. Cependant, se voyant obligé d'opter, il donna sa confiance à celui des deux qui avoit le plus expédié de malades; je veux dire au plus vieux. Aussitôt Andros, qui étoit le plus jeune, se retira, non sans lancer à son ancien quelques traits railleurs sur l'*orgasme*. Voilà donc Oquetos triomphant. Comme il étoit dans les principes du docteur Sangrado, il commença par faire saigner abondamment le malade, attendant, pour le purger, que les humeurs fussent cuites; mais la mort, qui craignoit sans doute qu'une purgation si sagement différée ne lui enlevât sa proie, prévint la coction et emporta mon maître. Telle fut la fin du seigneur don Vincent, qui perdit la vie parce que son médecin ne savoit pas le grec.

Aurore, après avoir fait à son père des funérailles dignes d'un homme de sa naissance, entra dans l'administration de son bien. Devenue maîtresse de ses volontés, elle congédia quelques domestiques, en leur donnant des récompenses proportionnées à leurs services, et se retira bientôt à un château qu'elle avoit sur les bords du Tage, entre Sacedon et Buendia. Je fus du nombre de ceux qu'elle retint et qui la suivirent à la campagne; j'eus même le bonheur de lui devenir nécessaire. Malgré le rapport fidèle que je lui avois fait de don Louis, elle aimoit encore ce cavalier; ou plutôt, n'ayant pu vaincre son amour, elle s'y étoit entièrement abandonnée. Elle n'avoit plus besoin de prendre des précautions pour me parler en particulier. Gil Blas, me dit-elle en soupirant, je ne puis oublier don Luis; quelque effort que je fasse pour le bannir de ma pensée, il s'y présente sans cesse, non tel que tu me l'as peint, plongé dans toutes sortes de désordres, mais tel que je voudrois qu'il fût, tendre, amoureux, constant. Elle s'attendrit en disant ces paroles, et ne put s'empêcher de répandre quelques larmes. Peu s'en fallut que je ne pleurasse aussi, tant je fus touché de ses pleurs. Je ne pouvois mieux lui faire ma cour, que de paroître si sensible à ses peines. Mon ami, continua-t-elle, après avoir essuyé ses beaux yeux, je vois que tu es d'un très-bon naturel, et je suis si satisfaite de ton zèle, que je te promets de le bien récompenser. Ton secours, mon cher Gil Blas, m'est plus nécessaire que jamais. Il faut que je te découvre un dessein qui m'occupe; tu vas le trouver fort bizarre. Apprends que je veux partir au plus tôt pour Salamanque. Là je prétends me déguiser en cavalier, et, sous le nom de don Félix, faire connoissance avec Pacheco; je tâcherai de gagner sa confiance et son amitié; je lui parlerai souvent d'Aurore de Guzman, dont je passerai pour cousin. Il souhaitera peut être de la voir, et c'est où je l'attends. Nous aurons deux logements à Salamanque : dans l'un, je serai don Félix ; dans l'autre, Aurore ; et m'offrant aux yeux de don Louis, tantôt travestie en homme, tantôt sous mes habits naturels, je me flatte que je pourrai peu à peu l'amener à la fin que je me propose. Je demeure d'accord, ajouta-t-elle, que mon projet est extravagant ; mais ma passion m'entraîne, et l'innocence de mes intentions achève de m'étourdir sur la démarche que je veux hasarder.

J'étois fort du sentiment d'Aurore sur la nature de son dessein. Il me paroissoit insensé. Cependant, quelque déraisonnable que je le trouvasse, je me gardai bien de faire le pédagogue. Au contraire je commençai à dorer la pilule, et j'entrepris de prouver que ce projet fou n'étoit qu'un jeu d'esprit agréable et sans conséquence. Je ne me souviens plus de ce que je lui dis pour lui prouver cela ; mais elle se rendit à mes raisons, les amants étant bien aises qu'on flatte leurs plus folles imaginations. Nous ne regardâmes donc plus cette entreprise téméraire que comme une comédie dont il ne falloit songer qu'à bien concerter la représentation. Nous choisîmes nos acteurs dans le domestique, puis nous distribuâmes les rôles, ce qui se passa sans clameurs et sans querelles, parce que nous n'étions pas des comédiens de profession. Il fut résolu que la dame Ortiz feroit la tante d'Aurore, sous le nom de dona Ximena de Guzman ; qu'on lui donneroit un valet et une suivante ; et qu'Aurore travestie en cavalier, m'auroit pour valet de chambre, avec une de ses femmes, déguisée en page, pour la servir en particulier. Les personnages ainsi réglés, nous retournâmes à Madrid, où nous apprîmes que don Luis étoit encore, mais qu'il ne tarderoit guère à partir pour Salamanque. Nous fîmes faire en diligence les habits dont nous avions besoin. Lorsqu'ils furent achevés, ma maîtresse les fit emballer promptement, attendu que nous ne devions les mettre qu'en temps et lieu. Puis, laissant le soin de sa maison à son homme d'affaires, elle partit dans un carrosse à quatre mules, et prit le chemin du royaume de Léon, avec tous ceux de ses domestiques qui avoient quelque rôle à jouer dans cette pièce.

Nous avions déjà traversé la Castille vieille, quand l'essieu du carrosse se rompit. C'étoit entre Avila et Villaflor, à trois ou quatre cents pas d'un château qu'on apercevoit au pied d'une montagne. La nuit approchoit, et nous étions fort embarrassés. Mais il passa par hasard auprès de nous un paysan qui nous tira d'embarras sans qu'il y mît beaucoup du sien. Il nous apprit que le château qui s'offroit à notre vue appartenoit à dona Elvira, veuve de don Pedro de Pinarès ; et il nous dit tant

de bien de cette dame, que ma maîtresse m'envoya au château demander de sa part un logement pour cette nuit. Elvire ne démentit point le rapport du paysan ; il est vrai que je m'acquittai de ma commission d'une manière qui l'auroit déterminée à nous recevoir dans son château quand elle n'auroit pas été la personne du monde la plus polie ; elle me reçut d'un air gracieux, et fit à mon compliment la réponse que je désirois là-dessus. Nous nous rendîmes tous au château, où les mules traînèrent doucement le carrosse. Nous rencontrâmes à la porte la veuve de don Pèdre, qui venoit au-devant de ma maîtresse. Je passerai sous silence les discours que la civilité obligea de tenir de part et d'autre en cette occasion. Je dirai seulement qu'Elvire étoit une vieille dame qui savoit mieux que femme du monde remplir les devoirs de l'hospitalité. Elle conduisit Aurore dans un appartement superbe, où, la laissant reposer quelques moments, elle vint donner son attention jusqu'aux moindres choses qui nous regardoient. Ensuite, quand le souper fut prêt, elle ordonna qu'on servît dans la chambre d'Aurore, où toutes deux elles se mirent à table. La veuve de don Pèdre n'étoit pas de ces personnes qui font mal les honneurs d'un repas, en prenant un air rêveur ou chagrin. Elle avoit l'humeur gaie, et soutenoit agréablement la conversation. Elle s'exprimoit noblement et en beaux termes : j'admirois son esprit, et le tour fin qu'elle donnoit à ses pensées. Aurore en paroissoit aussi charmée que moi. Elles lièrent amitié l'une avec l'autre, et se promirent réciproquement d'avoir ensemble un commerce de lettres. Comme notre carrosse ne pouvoit être raccommodé que le jour suivant, et que nous courions risque de partir fort tard, il fut arrêté que nous demeurerions au château le lendemain. On nous servit à notre tour des viandes avec profusion, et nous ne fûmes pas plus mal couchés que nous avions été régalés.

Le jour d'après, ma maîtresse trouva de nouveaux charmes dans l'entretien d'Elvire. Elles dînèrent dans une grande salle où il y avoit plusieurs tableaux. On en remarquoit un, entre autres, dont les figures étoient merveilleusement bien représentées ; mais il offroit aux yeux un spectacle bien tragique. Un cavalier mort, couché à la renverse et noyé dans son sang, y étoit peint ; et tout mort qu'il paroissoit, il avoit un air menaçant. On voyoit auprès de lui une jeune dame dans une autre attitude, quoiqu'elle fût aussi étendue par terre. Elle avoit une épée plongée dans son sein, et rendoit les derniers soupirs, en attachant ses regards mourants sur un jeune homme qui sembloit avoir une douleur mortelle de la perdre. Le peintre avoit encore chargé son tableau d'une figure qui n'échappa point à mon attention. C'étoit un vieillard de bonne mine, qui, vivement touché des objets qui frappoient sa vue, ne s'y montroit pas moins sensible que le jeune homme. On eût dit que ces images sanglantes leur faisoient sentir à tous deux les mêmes atteintes, mais qu'ils en recevoient différemment les impressions. Le vieillard, plongé dans une profonde tristesse, en paroissoit comme accablé, au lieu qu'il y avoit de la fureur mêlée avec l'affliction du jeune homme. Toutes ces choses étoient peintes avec des expressions si fortes, que nous ne pouvions nous lasser de les regarder. Ma maîtresse demanda quelle triste histoire ce tableau représentoit. Madame, lui dit Elvire, c'est une peinture fidèle des malheurs de ma famille. Cette réponse piqua la curiosité d'Aurore, qui témoigna un si grand désir d'en savoir davantage, que la veuve de don Pèdre ne put se dispenser de lui promettre la satisfaction qu'elle souhaitoit. Cette promesse, qui se fit devant Ortiz, ses deux compagnes et moi, nous arrêta tous quatre dans la salle après le repas. Ma maîtresse voulut nous renvoyer; mais Elvire, qui s'aperçut bien que nous mourions d'envie d'entendre l'explication du tableau, eut la bonté de nous retenir, en disant que l'histoire qu'elle alloit raconter n'étoit pas de celles qui demandent du secret. Un moment après elle commença son récit dans ces termes,

CHAPITRE IV.

LE MARIAGE DE VENGEANCE.

NOUVELLE [1].

Roger, roi de Sicile, avoit un frère et une sœur. Ce frère, appelé Mainfroi, se révolta contre lui, et alluma dans le royaume une guerre qui fut dangereuse et sanglante; mais il eut le malheur de perdre deux batailles et de tomber entre les mains du roi, qui se contenta de lui ôter la liberté, pour le punir de sa révolte. Cette clémence ne servit qu'à faire passer Roger pour un barbare dans l'esprit d'une partie de ses sujets. Ils

disoient qu'il n'avoit sauvé la vie à son frère que pour exercer sur lui une vengeance lente et inhumaine. Tous les autres, avec plus de fondement, n'imputoient les traitements durs que Mainfroi souffroit dans sa prison qu'à sa sœur Mathilde. Cette princesse avoit en effet toujours haï ce prince, et ne cessa point de le persécuter tant qu'il vécut. Elle mourut peu de temps après lui, et l'on regarda sa mort comme une juste punition de ses sentiments dénaturés.

Mainfroi laissa deux fils; ils étoient encore dans l'enfance. Roger eut quelque envie de s'en défaire, de crainte que, parvenus à un âge plus avancé, le désir de venger leur père ne les portât à relever un parti qui n'étoit pas si bien abattu qu'il ne pût causer de nouveaux troubles dans l'état. Il communiqua son dessein au sénateur Léontio Siffredi, son ministre, qui ne l'approuva point, et qui, pour l'en détourner, se chargea de l'éducation du prince Enrique, qui étoit l'aîné, et lui conseilla de confier au connétable de Sicile la conduite du plus jeune, qu'on appeloit don Pèdre. Roger, persuadé que ses neveux seroient élevés par ces deux hommes dans la soumission qu'ils lui devoient, les leur abandonna, et prit soin lui-même de Constance, sa nièce. Elle étoit de l'âge d'Enrique, et fille unique de la princesse Mathilde. Il lui donna des femmes et des maîtres, et n'épargna rien pour son éducation.

Léontio Siffredi avoit un château à deux petites lieues de Palerme, dans un lieu nommé Belmonte. C'étoit là que ce ministre s'attachoit à rendre Enrique digne de monter un jour sur le trône de Sicile. Il remarqua d'abord dans ce prince des qualités si aimables, qu'il s'y attacha comme s'il n'avoit point eu d'enfant : il avoit pourtant deux filles. L'aînée, qu'on nommoit Blanche, plus jeune d'une année que le prince, étoit pourvue d'une beauté parfaite; et la cadette, appelée Porcie, après avoir en naissant causé la mort de sa mère, étoit encore au berceau. Blanche et le prince Enrique sentirent de l'amour l'un pour l'autre dès qu'ils furent capables d'aimer; mais ils n'avoient pas la liberté de s'entretenir en par-

[1] Cet épisode de Gil Blas, fondé en partie sur l'histoire, a fait naître deux tragédies : savoir, *Tancrède et Sigismonde,* en anglais, par Thompson (le chantre des Saisons); l'autre, intitulée *Blanche et Guiscard,* par feu Saurin. La tragédie anglaise, traduite par La Place, remplit les Mercures de France des mois de janvier et février 1761. Saurin l'a imitée. « La dernière » scène de cette tragédie présente le tableau qui, dans » *Gil Blas,* excite la curiosité de dona Aurore et occa- » sione le récit de la nouvelle. L'auteur tragique a suivi » presque entièrement la marche du romancier. Enri- » que, dont il a fait Guiscard, est de même élevé par » Siffredi; seulement il n'apprend le secret de sa nais- » sance qu'au moment de la mort du roi. Constance, » dans la tragédie, est la sœur et non la nièce du roi » auquel succède Guiscard. Au reste, l'auteur a rendu » tous les autres détails racontés dans la nouvelle, ce » qui l'a obligé de renfermer un grand nombre d'événe- » ments dans un court espace de temps. » *Extrait de l'avertissement qui précède la tragédie de* Blanche et Guiscard.

La pièce de Saurin, jouée pour la première fois le 27 septembre 1763, réussit moins pourtant par le mérite de l'ouvrage que par le talent des acteurs. L'avertissement de l'auteur finit par cet aveu modeste : « Il seroit à souhaiter, pour ceux qui me liront et » pour moi, qu'on pût imprimer avec la pièce le jeu » inimitable de mademoiselle Clairon; elle n'a jamais » été plus admirable. »

ticulier. Le prince néanmoins ne laissa pas quelquefois d'en trouver l'occasion ; il sut même si bien profiter de ces moments précieux , qu'il engagea la fille de Siffredi à lui permettre d'exécuter un projet qu'il méditoit. Il arriva justement dans ce temps-là que Léontio fut obligé, par ordre du roi, de faire un voyage dans une province des plus reculées de l'île. Pendant son absence, Enrique fit faire une ouverture au mur de son appartement qui répondoit à la chambre de Blanche. Cette ouverture étoit couverte d'une coulisse de bois qui se fermoit et s'ouvroit sans qu'elle parût, parce qu'elle étoit si étroitement jointe au lambris, que les yeux ne pouvoient apercevoir l'artifice. Un habile architecte, que le prince avoit mis dans ses intérêts, fit cet ouvrage avec autant de diligence que de secret [1].

L'amoureux Enrique s'introduisoit par là quelquefois dans la chambre de sa maîtresse ; mais il n'abusoit point de ses bontés. Si elle avoit eu l'imprudence de lui permettre une entrée secrète dans son appartement, du moins ce n'avoit été que sur les assurances qu'il lui avoit données qu'il n'exigeroit jamais d'elle que les faveurs les plus innocentes. Une nuit il la trouva fort inquiète ; elle avoit appris que Roger étoit très-malade, et qu'il venoit de mander Siffredi, comme grand chancelier du royaume, pour le rendre dépositaire de ses dernières volontés. Elle se représentoit déjà sur le trône son cher Enrique ; et, craignant de le perdre dans ce haut rang, cette crainte lui causoit une étrange agitation ; elle avoit même les larmes aux yeux lorsqu'il parut devant elle. Vous pleurez, madame ? lui dit-il : que dois-je penser de la tristesse où je vous vois plongée ? Seigneur, lui répondit Blanche, je ne puis vous cacher mes alarmes ; le roi votre oncle cessera bientôt de vivre, et vous allez remplir sa place. Quand j'envisage combien votre nouvelle grandeur va vous éloigner de moi, je vous avoue que j'ai de l'inquiétude. Un monarque voit les choses d'un autre œil qu'un amant ; et ce qui faisoit tous ses désirs quand il reconnoissoit un pouvoir au-dessus du sien , ne le touche que foiblement sur le trône. Soit pressentiment, soit raison, je sens s'élever dans mon cœur des mouvements qui

m'agitent, et que ne peut calmer toute la confiance que je dois à vos bontés. Je ne me défie point de la fermeté de vos sentiments ; je ne me défie que de mon bonheur. Adorable Blanche , réplique le prince, vos craintes sont obligeantes et justifient mon attachement à vos charmes ; mais l'excès où vous portez vos défiances offense mon amour, et, si je l'ose dire, l'estime que vous me devez. Non, non, ne pensez pas que ma destinée puisse être séparée de la vôtre ; croyez plutôt que vous seule ferez toujours ma joie et mon bonheur. Perdez donc une crainte vaine : faut-il qu'elle trouble des moments si doux ? Ah ! seigneur, reprit la fille de Léontio, dès que vous serez couronné, vos sujets pourront vous demander pour reine une princesse descendue d'une longue suite de rois, et dont l'hymen éclatant joigne de nouveaux états aux vôtres ; et peut-être, hélas ! répondrez-vous à leur attente, même aux dépens de vos plus doux vœux. Eh ! pourquoi, reprit Enrique avec emportement, pourquoi, trop prompte à vous tourmenter, vous faire une image affligeante de l'avenir ? Si le ciel dispose du roi mon oncle, et me rend maître de la Sicile, je jure de me donner à vous dans Palerme, en présence de toute ma cour. J'en atteste tout ce qu'on reconnoît de plus sacré parmi nous.

Les protestations d'Enrique rassurèrent un peu la fille de Siffredi. Le reste de leur entretien roula sur la maladie du roi. Enrique fit voir la bonté de son naturel ; il plaignit le sort de son oncle, quoiqu'il n'eût pas sujet d'en être fort touché ; et la force du sang lui fit regretter un prince dont la mort lui promettoit une couronne. Blanche ne savoit pas encore tous les malheurs qui la menaçoient. Le connétable de Sicile, qui l'avoit rencontrée comme elle sortoit de l'appartement de son père, un jour qu'il étoit venu au château de Belmonte pour quelques affaires importantes , en avoit été frappé. Il en fit dès le lendemain la demande à Siffredi, qui agréa sa recherche ; mais la maladie de Roger étant survenue dans ce temps-là, ce mariage demeura suspendu, et Blanche n'en avoit point entendu parler.

Un matin, comme Enrique achevoit de s'habiller, il fut surpris de voir entrer dans son appartement Léontio suivi de Blanche. Seigneur, lui dit ce ministre, la nouvelle que je vous apporte aura de quoi vous affliger ; mais la consolation qui l'accompagne doit modérer votre douleur. Le roi votre oncle vient de mourir ; il vous laisse, par sa mort, héritier de son sceptre. La Sicile vous est soumise. Les grands du royaume attendent vos ordres à Palerme : ils m'ont chargé de les recevoir de votre bouche ; et je viens, seigneur, avec ma fille, vous rendre les premiers et plus sincères

[1] Ces ouvertures en coulisses, qui communiquent en secret d'un appartement dans un autre, ont été quelquefois pratiquées dans le monde (la cheminée tournante du maréchal de Richelieu), et transportées sur le théâtre avec plus ou moins de succès, mais surtout dans les comédies. L'*Esprit follet* de Hauteroche est fondé sur cet artifice, qui produit des scènes plaisantes dans cette comédie, mais qui ne donne lieu ici qu'à des événements tragiques. Dans la tragédie de Saurin, Guiscard lui-même dit à Blanche :

J'ai su me procurer une secrète entrée.

hommages que vous doivent vos nouveaux sujets. Le prince, qui savoit bien que Roger, depuis deux mois, étoit atteint d'une maladie qui le détruisoit peu à peu, ne fut pas étonné de cette nouvelle. Cependant, frappé du changement subit de sa condition, il sentit naître dans son cœur mille mouvements confus. Il rêva quelque temps ; puis, rompant le silence, il adressa ces paroles à Léontio : Sage Siffredi, je vous regarde comme mon père. Je ferai gloire de me régler par vos conseils, et vous régnerez plus que moi dans la Sicile. A ces mots, s'approchant d'une table sur laquelle étoit une écritoire, et prenant une feuille blanche, il écrivit son nom au bas de la page. Que voulez-vous faire, seigneur ? lui dit Siffredi. Vous marquer ma reconnoissance et mon estime, répondit Enrique. Ensuite ce prince présenta la feuille à Blanche, et lui dit : Recevez, madame, ce gage de ma foi, et de l'empire que je vous donne sur mes volontés. Blanche la prit en rougissant, et fit cette réponse au prince. Seigneur, je reçois avec respect les grâces de mon roi ; mais je dépends d'un père ; et vous trouverez bon, s'il vous plaît, que je remette votre billet entre ses mains, pour en faire l'usage que sa prudence lui conseillera.

Elle donna effectivement à son père la signature d'Enrique. Alors Siffredi remarqua ce qui jusqu'à ce moment étoit échappé à sa pénétration. Il démêla les sentiments du prince, et lui dit : Votre majesté n'aura point de reproche à me faire. Je n'abuserai point de la confiance..... Mon cher Léontio, interrompit Enrique, ne craignez point d'en abuser. Quelque usage que vous fassiez de mon billet, j'en approuverai la disposition. Mais allez, continua-t-il, retournez à Palerme, ordonnez-y les apprêts de mon couronnement, et dites à mes sujets que je vais sur vos pas recevoir le serment de leur fidélité, et les assurer de mon affection. Ce ministre obéit aux ordres de son nouveau maître, et prit avec sa fille le chemin de Palerme.

Quelques heures après leur départ, le prince partit aussi de Belmonte, plus occupé de son amour que du haut rang où il alloit monter. Lorsqu'on le vit arriver dans la ville, on poussa mille cris de joie ; il entra parmi les acclamations du peuple dans le palais, où tout étoit déjà prêt pour la cérémonie. Il y trouva la princesse Constance vêtue de longs habillements de deuil. Elle paroissoit fort touchée de la mort de Roger. Comme ils se devoient un compliment réciproque sur la mort de ce monarque, ils s'en acquittèrent l'un et l'autre avec esprit, mais avec un peu plus de froideur de la part d'Enrique que de celle de Constance, qui, malgré les démêlés de leur famille, n'avoit pu haïr ce prince. Il se plaça sur le trône, et la princesse s'assit à ses côtés, sur un fauteuil un peu moins élevé. Les grands du royaume prirent leur place, chacun selon son rang. La cérémonie commença ; et Léontio, comme grand chancelier de l'état et dépositaire du testament du feu roi, en ayant fait l'ouverture, se mit à le lire à haute voix. Cet acte contenoit en substance que Roger, se voyant sans enfant, nommoit pour son successeur le fils aîné de Mainfroi, à condition qu'il épouseroit la princesse Constance, et que, s'il refusoit sa main, la couronne de Sicile à son exclusion, tomberoit sur la tête de l'infant don Pèdre, son frère, à la même condition.

Ces paroles surprirent étrangement Enrique. Il en sentit une peine incroyable, et cette peine devint encore plus vive lorsque Léontio, après avoir achevé la lecture du testament, dit à toute l'assemblée : Seigneurs, ayant rapporté les dernières intentions du feu roi à notre nouveau monarque, ce généreux prince consent d'honorer de sa main la princesse Constance sa cousine. A ces mots Enrique interrompit le chancelier. Léontio, lui dit-il, souvenez-vous de l'écrit que Blanche vous..... Seigneur, interrompit avec précipitation Siffredi, sans donner le temps au prince de s'expliquer, le voici. Les grands du royaume, poursuivit-il en montrant le billet à l'assemblée, y verront, par l'auguste seing de votre majesté, l'estime que vous faites de la princesse, et la déférence que vous avez pour les dernières volontés du feu roi votre oncle.

Ayant achevé ces paroles, il se mit à lire le billet dans les termes dont il l'avoit rempli lui-même. Le nouveau roi y faisoit à ses peuples, dans la forme la plus authentique, une promesse d'épouser Constance, conformément aux intentions de Roger. La salle retentit de longs cris de joie. Vive notre magnanime roi Enrique ! s'écrièrent tous ceux qui étoient présents. Comme on n'ignoroit pas l'aversion que ce prince avoit toujours marquée pour la princesse, on avoit craint, avec raison, qu'il ne se révoltât contre la condition du testament, et ne causât des mouvements dans le royaume ; mais la lecture du billet, en rassurant là-dessus les grands et le peuple, excitoit ses acclamations générales qui déchiroient en secret le cœur du monarque.

Constance, qui, par l'intérêt de sa gloire et par un sentiment de tendresse, y prenoit plus de part que personne, choisit ce temps pour l'assurer de sa reconnoissance. Le prince eut beau vouloir se contraindre ; il reçut le compliment de la princesse avec tant de trouble, il étoit dans un si grand désordre, qu'il ne put même lui répondre ce que la bienséance exigeoit de lui. Enfin, cé-

dant à la violence qu'il se faisoit, il s'approcha de
Siffredi, que le devoir de sa charge obligeoit de
se tenir assez près de sa personne, et lui dit tout
bas : Que faites-vous, Léontio? L'écrit que j'ai
mis entre les mains de votre fille n'étoit point destiné pour cet usage. Vous trahissez.....

Seigneur, interrompit encore Siffredi d'un ton
ferme, songez à votre gloire. Si vous refusez de
suivre les volontés du roi votre oncle, vous perdez
la couronne de Sicile. Il n'eut pas achevé de parler
ainsi, qu'il s'éloigna du roi, pour l'empêcher de
lui répliquer. Enrique demeura dans un embarras
extrême; il se sentoit agité de mille mouvements
contraires. Il étoit irrité contre Siffredi; il ne
pouvoit se résoudre à quitter Blanche; et partagé
entre elle et l'intérêt de sa gloire, il fut assez
long-temps incertain du parti qu'il avoit à prendre.
Il se détermina pourtant, et crut avoir trouvé le
moyen de conserver la fille de Siffredi sans renoncer au trône. Il feignit de vouloir se soumettre
aux volontés de Roger, se proposant, tandis qu'on
solliciteroit à Rome la dispense de son mariage
avec sa cousine, de gagner par ses bienfaits les
grands du royaume, et d'établir si bien sa puissance, qu'on ne pût l'obliger à remplir la condition du testament.

Dès qu'il eut formé ce dessein, il devint plus
tranquille; et, se tournant vers Constance, il lui
confirma ce que le grand chancelier avoit lu devant toute l'assemblée. Mais, au moment même
qu'il se trahissoit jusqu'à lui offrir sa foi, Blanche
arriva dans la salle du conseil. Elle y venoit, par
ordre de son père, rendre ses devoirs à la princesse; et ses oreilles, en entrant, furent frappées
des paroles d'Enrique. Outre cela Léontio, ne
voulant pas qu'elle pût douter de son malheur,
lui dit en la présentant à Constance : Ma fille,
rendez vos hommages à votre reine; souhaitez-lui
les douceurs d'un règne florissant et d'un heureux
hyménée. Ce coup terrible accabla l'infortunée
Blanche. Elle entreprit inutilement de cacher sa
douleur; son visage rougit et pâlit successivement,
et tout son corps frissonna. Cependant la princesse
n'en eut aucun soupçon; elle attribua le désordre
de son compliment à l'embarras d'une jeune personne élevée dans un désert, et peu accoutumée
à la cour. Il n'en fut pas ainsi du jeune roi : la
vue de Blanche lui fit perdre contenance, et le
désespoir qu'il remarquoit dans ses yeux le mettoit
hors de lui-même. Il ne doutoit pas que, jugeant
sur les apparences, elle ne le crût infidèle. Il auroit eu moins d'inquiétude s'il eût pu lui parler;
mais comment en trouver les moyens, lorsque
toute la Sicile, pour ainsi dire, avoit les yeux sur
lui? D'ailleurs, le cruel Siffredi lui en ôta l'espérance. Ce ministre, qui lisoit dans le cœur de

ces deux amants, et vouloit prévenir les malheurs
que la violence de leur amour pouvoit causer dans
l'état, fit adroitement sortir sa fille de l'assemblée,
et reprit avec elle le chemin de Belmonte, résolu,
pour plus d'une raison, de la marier au plus tôt.

Lorsqu'ils y furent arrivés, il lui fit connoître
toute l'horreur de sa destinée. Il lui déclara qu'il
l'avoit promise au connétable. Juste ciel! s'écria-
t-elle, emportée par un mouvement de douleur
que la présence de son père ne put réprimer, à
quels affreux supplices réserviez-vous la malheureuse Blanche? Son transport même fut si violent,
que toutes les puissances de son âme en furent
suspendues. Son corps se glaça; et, devenant froide
et pâle, elle tomba évanouie entre les bras de son
père. Il fut touché de l'état où il la voyoit. Néanmoins, quoiqu'il ressentît vivement ses peines, sa
première résolution n'en fut point ébranlée. Blanche reprit enfin ses esprits, plus par le vif ressentiment de sa douleur que par l'eau que Siffredi lui
jeta sur le visage; et, lorsqu'en ouvrant ses yeux
languissants elle l'aperçut qui s'empressoit à la
secourir : Seigneur, lui dit-elle d'une voix presque
éteinte, j'ai honte de vous laisser voir ma foiblesse;
mais la mort, qui ne peut tarder à finir mes tourments, va bientôt vous délivrer d'une malheureuse
fille qui a pu disposer de son cœur sans votre aveu.
Non, ma chère Blanche, répondit Léontio, vous
ne mourrez point, et votre vertu reprendra sur
vous son empire. La recherche du connétable vous
fait honneur; c'est le parti le plus considérable de
l'état... J'estime sa personne et son mérite, interrompit Blanche; mais, seigneur, le roi m'avoit fait
espérer... Ma fille, interrompit à son tour Siffredi,
je sais tout ce que vous pouvez dire là-dessus.
Je n'ignore pas votre tendresse pour ce prince, et
je ne la désapprouverois pas dans d'autres conjonctures. Vous me verriez même ardent à vous assurer la main d'Enrique, si l'intérêt de sa gloire
et celui de l'état ne l'obligeoient pas à la donner
à Constance. C'est à la condition seule d'épouser
cette princesse que le feu roi l'a désigné son successeur. Voulez-vous qu'il vous préfère à la couronne de Sicile? Croyez que je gémis avec vous
du coup mortel qui vous frappe. Cependant, puisque nous ne pouvons aller contre les destinées,
faites un effort généreux; il y va de votre gloire de
ne pas laisser voir à tout le royaume que vous vous
êtes flattée d'une espérance frivole. Votre sensibilité
pour le roi donneroit même lieu à des bruits désavantageux pour vous, et le seul moyen de vous
en préserver, c'est d'épouser le connétable. Enfin,
Blanche, il n'est plus temps de délibérer. Le roi
vous cède pour un trône, il épouse Constance.
Le connétable a ma parole; dégagez-la, je vous
en prie; et s'il est nécessaire, pour vous y résou-

dre, que je me serve de mon autorité, je vous l'ordonne.

En achevant ces paroles il la quitta pour lui laisser faire ses réflexions sur ce qu'il venoit de lui dire. Il espéroit qu'après avoir pesé les raisons dont il s'étoit servi pour soutenir sa vertu contre le penchant de son cœur, elle se détermineroit d'elle-même à se donner au connétable. Il ne se trompa point : mais combien en coûta-t-il à la triste Blanche pour prendre cette résolution ! Elle étoit dans l'état du monde le plus digne de pitié. La douleur de voir ses pressentiments sur l'infidélité d'Enrique tournés en certitude, et d'être contrainte, en le perdant, de se livrer à un homme qu'elle ne pouvoit aimer, lui causoit des transports d'affliction si violents, que tous ses moments devenoient pour elle des supplices nouveaux. Si mon malheur est certain, s'écrioit-elle, comment y puis-je résister sans mourir ? Impitoyable destinée, pourquoi me repaissois-tu des plus douces espérances, si tu devois me précipiter dans un abîme de maux ? Et toi, perfide amant, tu te donnes à une autre, quand tu me promets une éternelle fidélité. As-tu donc pu sitôt mettre en oubli la foi que tu m'as jurée ? Pour te punir de m'avoir si cruellement trompée, fasse le ciel que le lit conjugal, que tu vas souiller par un parjure, soit moins le théâtre de tes plaisirs que de tes remords ! que les caresses de Constance versent un poison dans ton cœur infidèle ! puisse ton hymen devenir aussi affreux que le mien ! Oui, traître, je vais épouser le connétable, que je n'aime point, pour me venger de moi-même, pour me punir d'avoir si mal choisi l'objet de ma folle passion. Puisque ma religion me défend d'attenter à ma vie, je veux que les jours qui me restent à vivre ne soient qu'un tissu malheureux de peines et d'ennuis. Si tu conserves encore pour moi quelque sentiment d'amour, ce sera me venger aussi de toi, que de me jeter à tes yeux entre les bras d'un autre ; et si tu m'as entièrement oubliée, la Sicile du moins pourra se vanter d'avoir produit une femme qui s'est punie elle-même d'avoir trop légèrement disposé de son cœur.

Ce fut dans une pareille situation que cette triste victime de l'amour et du devoir passa la nuit qui précéda son mariage avec le connétable. Siffredi, la trouvant le lendemain prête à faire ce qu'il souhaitoit, se hâta de profiter de cette disposition favorable. Il fit venir le connétable à Belmonte le jour même, et le maria secrètement avec sa fille dans la chapelle du château. Quelle journée pour Blanche ! Ce n'étoit point assez de renoncer à une couronne, de perdre un amant aimé, et de se donner à un objet haï ; il falloit encore qu'elle contraignît ses sentiments devant un mari prévenu pour elle de la passion la plus ardente, et naturel-

lement jaloux. Cet époux, charmé de la posséder, étoit sans cesse à ses genoux. Il ne lui laissoit pas seulement la triste consolation de pleurer en secret ses malheurs. La nuit arrivée, la fille de Léontio sentit redoubler son affliction. Mais que devint-elle lorsque ses femmes, après l'avoir déshabillée, la laissèrent seule avec le connétable ? Il lui demanda respectueusement la cause de l'abattement où elle sembloit être. Cette question embarrassa Blanche, qui feignit de se trouver mal. Son époux y fut d'abord trompé ; mais il ne demeura pas long-temps dans cette erreur. Comme il étoit véritablement inquiet de l'état où il la voyoit, et qu'il la pressoit de se mettre au lit, ses instances, qu'elle expliqua mal, présentèrent à son esprit une image si cruelle, que, ne pouvant plus se contraindre, elle donna un libre cours à ses soupirs et à ses larmes. Quelle vue pour un homme qui s'étoit cru au comble de ses vœux ! Il ne douta plus que l'affliction de sa femme ne renfermât quelque chose de sinistre pour son amour. Néanmoins, quoique cette connoissance le mît dans une situation presque aussi déplorable que celle de Blanche, il eut assez de force sur lui pour cacher ses soupçons. Il redoubla ses empressements, et continua de presser son épouse de se coucher, l'assurant qu'il lui laisseroit prendre tout le repos dont elle avoit besoin. Il s'offrit même d'appeler ses femmes, si elle jugeoit que leur secours pût apporter quelque soulagement à son mal. Blanche s'étant rassurée sur cette promesse, lui dit que le sommeil seul lui étoit nécessaire dans la foiblesse où elle se sentoit. Il feignit de la croire. Ils se mirent tous deux au lit, et passèrent une nuit bien différente de celle que l'amour et l'hyménée accordent à deux amants charmés l'un de l'autre.

Pendant que la fille de Siffredi se livroit à sa douleur, le connétable cherchoit en lui-même ce qui pouvoit lui rendre son mariage si rigoureux. Il jugeoit bien qu'il avoit un rival ; mais quand il vouloit le découvrir, il se perdoit dans ses idées. Il savoit seulement qu'il étoit le plus malheureux de tous les hommes. Il avoit déjà passé les deux tiers de la nuit dans ces agitations, lorsqu'un bruit sourd frappa ses oreilles. Il fut surpris d'entendre quelqu'un traîner lentement ses pas dans la chambre. Il crut se tromper ; car il se souvint qu'il avoit fermé la porte lui-même, après que les femmes de Blanche furent sorties. Il ouvrit le rideau pour s'éclaircir par ses propres yeux de la cause du bruit qu'il entendoit ; mais la lumière qu'on avoit laissée dans la cheminée s'étoit éteinte : et bientôt il ouït une voix foible et languissante qui appela Blanche à plusieurs reprises. Alors ses soupçons jaloux le transportèrent de fureur ; et, son honneur alarmé l'obligeant à se lever pour prévenir un affront ou pour en tirer vengeance, il prit son épée, il marcha du côté que la voix lui sembloit partir. Il sent une épée nue qui s'oppose à la sienne. Il avance, on se retire. Il poursuit, on se dérobe à sa poursuite. Il cherche celui qui semble le fuir par tous les endroits de la chambre, autant que l'obscurité le peut permettre, et ne le trouve plus. Il s'arrête; il écoute, et n'entend plus rien. Quel enchantement! Il s'approche de la porte, dans la pensée qu'elle avoit favorisé la fuite de ce secret ennemi de son honneur; mais elle étoit fermée au verrou comme auparavant. Ne pouvant rien comprendre à cette aventure, il appela ceux de ses gens qui étoient le plus à portée d'entendre sa voix; et, comme il ouvrit la porte pour cela, il en ferma le passage, et se tint sur ses gardes, craignant de laisser échapper ce qu'il cherchoit.

A ces cris redoublés, quelques domestiques accoururent avec des flambeaux. Il prend une bougie, et fait une nouvelle recherche dans la chambre en tenant son épée nue. Il n'y trouva toutefois personne, ni aucune marque apparente qu'on y fût entré. Il n'aperçut point de porte secrète, ni d'ouverture par où l'on eût pu passer; il ne pouvoit pourtant s'aveugler lui-même sur les circonstances de son malheur. Il demeura dans une étrange confusion de pensées. De recourir à Blanche, elle avoit trop d'intérêt à déguiser la vérité, pour qu'il en dût attendre le moindre éclaircissement. Il prit le parti d'aller ouvrir son cœur à Léontio, après avoir renvoyé ses gens, en leur disant qu'il croyoit avoir entendu quelque bruit dans la chambre, et qu'il s'étoit trompé. Il rencontra son beau-père, qui sortoit de son appartement au bruit qu'il avoit ouï, et lui racontant ce qui venoit de se passer, il fit ce récit avec toutes les marques d'une extrême agitation et d'une profonde tristesse.

Siffredi fut surpris de l'aventure. Quoiqu'elle ne lui parût pas naturelle, il ne laissa pas de la croire véritable; et jugeant tout possible à l'amour du roi, cette pensée l'affligea vivement. Mais, bien loin de flatter les soupçons jaloux de son gendre, il lui représenta d'un air d'assurance que cette voix qu'il s'imaginoit avoir entendue, et cette épée qui s'étoit opposée à la sienne, ne pouvoient être que des fantômes d'une imagination séduite par la jalousie; qu'il étoit impossible que quelqu'un fût entré dans la chambre de sa fille; qu'à l'égard de la tristesse qu'il avoit remarquée dans son épouse, quelque indisposition l'avoit peut-être causée; que l'honneur ne devoit point être responsable des altérations du tempérament; que le changement d'état d'une fille accoutumée à vivre dans un désert, et qui se voit brusquement

livrée à un homme qu'elle n'a pas eu le temps de connoître et d'aimer, pouvoit bien être la cause de ces pleurs, de ces soupirs et de cette vive affliction dont il se plaignoit; que l'amour, dans le cœur des filles d'un sang noble, ne s'allumoit que par le temps et par les services; qu'il l'exhortoit à calmer ses inquiétudes, à redoubler sa tendresse et ses empressements pour disposer Blanche à devenir plus sensible; et qu'il le prioit enfin de retourner vers elle, persuadé que ses défiances et son trouble offensoient sa vertu.

Le connétable ne répondit rien aux raisons de son beau-père, soit qu'en effet il commençât à croire qu'il pouvoit s'être trompé dans le désordre où étoit son esprit, soit qu'il jugeât plus à propos de dissimuler, que d'entreprendre inutilement de convaincre le vieillard d'un événement si dénué de vraisemblance. Il retourna dans l'appartement de sa femme, se remit auprès d'elle, et tâcha d'obtenir du sommeil quelque relâche à ses inquiétudes. Blanche, de son côté, la triste Blanche n'étoit pas plus tranquille; elle n'avoit que trop entendu les mêmes choses que son époux, et ne pouvoit prendre pour illusion une aventure dont elle savoit le secret et les motifs. Elle étoit surprise qu'Enrique cherchât à s'introduire dans son appartement, après avoir donné si solennellement sa foi à la princesse Constance. Au lieu de s'applaudir de cette démarche et d'en sentir quelque joie, elle la regardoit comme un nouvel outrage, et son cœur en étoit tout enflammé de colère.

Tandis que la fille de Siffredi, prévenue contre le jeune roi, le croyoit le plus coupable des hommes, ce malheureux prince, plus épris que jamais de Blanche, souhaitoit de l'entretenir pour la rassurer contre les apparences qui le condamnoient. Il seroit venu plus tôt à Belmonte pour cet effet, si tous les soins dont il avoit été obligé de s'occuper le lui eussent permis; mais il n'avoit pu avant cette nuit se dérober à sa cour. Il connoissoit trop bien les détours d'un lieu où il avoit été élevé pour être en peine de se glisser dans le château de Siffredi; et même il conservoit encore la clef d'une porte secrète par où l'on entroit dans les jardins. Ce fut par là qu'il gagna son ancien appartement, et qu'ensuite il passa dans la chambre de Blanche. Imaginez-vous quel dut être l'étonnement de ce prince d'y trouver un homme et de sentir une épée opposée à la sienne. Peu s'en fallut qu'il n'éclatât, et ne fît punir à l'heure même l'audacieux qui osoit lever sa main sacrilége sur son propre roi; mais le ménagement qu'il devoit à la fille de Léontio suspendit son ressentiment. Il se retira de la même manière qu'il étoit venu; et, plus troublé qu'auparavant, il reprit le chemin de Palerme. Il arriva quelques moments devant le jour, et s'enferma dans son appartement. Il étoit trop agité pour y prendre du repos. Il ne songeoit qu'à retourner à Belmonte. Sa sûreté, son honneur et surtout son amour ne lui permettoient pas de différer l'éclaircissement de toutes les circonstances d'une si cruelle aventure.

Dès qu'il fut jour, il commanda son équipage de chasse ; et, sous prétexte de prendre ce divertissement, il s'enfonça dans la forêt de Belmonte avec ses piqueurs et quelques-uns de ses courtisans. Il suivit quelque temps la chasse pour cacher son dessein ; et, lorsqu'il vit que chacun couroit avec ardeur à la queue des chiens, il s'écarta de tout le monde, et prit seul le chemin du château de Léontio. Il connoissoit trop les routes de la forêt pour pouvoir s'y égarer ; et, son impatience ne lui permettant pas de ménager son cheval, il eut en peu de temps parcouru tout l'espace qui le séparoit de l'objet de son amour. Il cherchoit dans son esprit quelque prétexte plausible pour se procurer un entretien secret avec la fille de Siffredi, quand, traversant une petite route qui aboutissoit à une des portes du parc, il aperçut auprès de lui deux femmes assises qui s'entretenoient au pied d'un arbre. Il ne douta point que ces personnes ne fussent du château, et cette vue lui causa de l'émotion ; mais il fut bien plus agité, lorsque ces deux femmes s'étant tournées de son côté au bruit que son cheval faisoit en courant, il reconnut sa chère Blanche. Elle s'étoit échappée du château avec Nise, celle de ses femmes qui avoit le plus de part à sa confiance, pour pleurer du moins son malheur en liberté.

Il vola, il se précipita pour ainsi dire à ses pieds ; et, voyant dans ses yeux tous les signes de la plus profonde affliction, il en fut attendri. Belle Blanche, lui dit-il, suspendez les mouvements de votre douleur. Les apparences, je l'avoue, me peignent coupable à vos yeux ; mais quand vous serez instruite du dessein que j'ai formé pour vous, ce que vous regardez comme un crime vous paroîtra une preuve de mon innocence et de l'excès de mon amour. Ces paroles, qu'Enrique croyoit capables de modérer l'affliction de Blanche, ne servirent qu'à la redoubler. Elle voulut répondre ; mais les sanglots étouffèrent sa voix. Le prince, étonné de son saisissement, lui dit : Quoi ! madame, je ne puis calmer votre trouble ? Par quel malheur ai-je perdu votre confiance, moi qui mets en péril ma couronne et même ma vie pour me conserver à vous ? Alors la fille de Léontio, faisant un effort sur elle pour s'expliquer, lui dit : Seigneur, vos promesses ne sont plus de saison. Rien désormais ne peut lier ma destinée à la vôtre. Ah ! Blanche, interrompit brusquement Enrique, quelles paroles cruelles me

faites-vous entendre ? Qui peut vous enlever à mon amour ? qui voudra s'opposer à la fureur d'un roi qui mettroit en feu toute la Sicile, plutôt que de vous laisser ravir à ses espérances ? Tout votre pouvoir, seigneur, reprit languissamment la fille de Siffredi, devient inutile contre les obstacles qui nous séparent. Je suis femme du connétable.

Femme du connétable ! s'écria le prince en reculant de quelques pas. Il ne put continuer, tant il fut saisi. Accablé de ce coup imprévu, ses forces l'abandonnèrent. Il se laissa tomber au pied d'un arbre qui se trouva derrière lui. Il étoit pâle, tremblant, défait, et n'avoit de libre que les yeux, qu'il attacha sur Blanche d'une manière à lui faire comprendre combien il étoit sensible au malheur qu'elle lui annonçoit. Elle le regardoit de son côté d'un air qui lui faisoit assez connoître que ses mouvements étoient peu différents des siens ; et ces deux amants infortunés gardoient entre eux un silence qui avoit quelque chose d'affreux. Enfin le prince, revenant un peu de son désordre par un effort de courage, reprit la parole, et dit à Blanche en soupirant : Madame, qu'avez-vous fait ? Vous m'avez perdu, et vous vous êtes perdue vous-même par votre crédulité.

Blanche fut piquée de ce que le prince sembloit lui faire des reproches lorsqu'elle croyoit avoir les plus fortes raisons de se plaindre de lui. Quoi ! seigneur, répondit-elle, vous ajoutez la dissimulation à l'infidélité ! Vouliez-vous que je démentisse mes yeux et mes oreilles, et que, malgré leur rapport, je vous crusse innocent ? Non, seigneur, je vous l'avoue, je ne suis point capable de cet effort de raison. Cependant, madame, répliqua le roi, ces témoins qui vous paroissent si fidèles vous en ont imposé. Ils ont aidé eux-mêmes à vous trahir ; et il n'est pas moins vrai que je suis innocent et fidèle, qu'il est vrai que vous êtes l'épouse du connétable. Eh quoi ! seigneur, reprit-elle, je ne vous ai point entendu confirmer à Constance le don de votre main et de votre cœur ? vous n'avez point assuré les grands de l'état que vous rempliriez les volontés du feu roi ? et la princesse n'a pas reçu les hommages de vos nouveaux sujets en qualité de reine et d'épouse du prince Enrique ? Mes yeux étoient-ils donc fascinés ? Dites, dites plutôt, infidèle, que vous n'avez pas cru que Blanche dût balancer dans votre cœur l'intérêt d'un trône ; et, sans vous abaisser à feindre ce que vous ne sentez plus, et ce que vous n'avez peut-être jamais senti, avouez que la couronne de Sicile vous a paru plus assurée avec Constance qu'avec la fille de Léontio. Vous avez raison, seigneur : un trône éclatant ne m'étoit pas plus dû que le cœur d'un prince tel que vous. J'étois trop vaine d'oser prétendre à l'un et à l'autre ; mais vous ne deviez pas m'entretenir dans cette erreur. Vous savez les alarmes que je vous ai témoignées sur votre perte, qui me sembloit presque infaillible pour moi. Pourquoi m'avez-vous rassurée? Falloit-il dissiper mes craintes? J'aurois accusé le sort plutôt que vous, et du moins vous auriez conservé mon cœur, au défaut d'une main qu'un autre n'eût jamais obtenue de moi. Il n'est plus temps présentement de vous justifier. Je suis l'épouse du connétable; et, pour m'épargner la suite d'un entretien qui fait rougir ma gloire, souffrez, seigneur, que, sans manquer au respect que je vous dois, je quitte un prince qu'il ne m'est plus permis d'écouter.

A ces mots elle s'éloigna d'Enrique avec toute la précipitation dont elle pouvoit être capable dans l'état où elle se trouvoit. Arrêtez, madame, s'écria-t-il, ne désespérez point un prince plus disposé à renverser un trône que vous lui reprochez de vous avoir préféré, qu'à répondre à l'attente de ses nouveaux sujets. Ce sacrifice est présentement inutile, repartit Blanche. Il falloit me ravir au connétable avant que de faire éclater des transports si généreux. Puisque je ne suis plus libre, il m'importe peu que la Sicile soit réduite en cendres, et à qui vous donniez votre main. Si j'ai eu la foiblesse de laisser surprendre mon cœur, du moins j'aurai la fermeté d'en étouffer les mouvements, et de faire voir au nouveau roi de Sicile que l'épouse du connétable n'est plus l'amante du prince Enrique. En parlant de cette sorte, comme elle touchoit à la porte du parc, elle y entra brusquement avec Nise; et, fermant après elle cette porte, elle laissa le prince accablé de douleur. Il ne pouvoit revenir du coup que Blanche lui avoit porté par la nouvelle de son mariage. Injuste Blanche, s'écrioit-il, vous avez perdu la mémoire de notre engagement! Malgré mes serments et les vôtres, nous sommes séparés! L'idée que je m'étois faite de posséder vos charmes n'étoit donc qu'une vaine illusion! Ah! cruelle, que j'achète chèrement l'avantage de vous avoir fait approuver mon amour!

Alors l'image du bonheur de son rival vint s'offrir à son esprit avec toutes les horreurs de la jalousie; et cette passion prit sur lui tant d'empire pendant quelques moments, qu'il fut sur le point d'immoler à son ressentiment le connétable et Siffredi même. La raison toutefois calma peu à peu la violence de ses transports. Cependant l'impossibilité où il se voyoit d'ôter à Blanche les impressions qu'elle avoit de son infidélité le mettoit au désespoir. Il se flattoit de les effacer s'il pouvoit l'entretenir en liberté. Pour y parvenir, il jugea qu'il falloit éloigner le connétable; et il se résolut à le faire arrêter comme un homme suspect dans les conjonctures où l'état se trouvoit. Il en donna l'ordre au capitaine de ses gardes, qui se rendit à Belmonte, s'assura de sa personne à l'entrée de la nuit, et le mena au château de Palerme.

Cet incident répandit à Belmonte la consternation. Siffredi partit sur-le-champ pour aller répondre au roi de l'innocence de son gendre, et lui représenter les suites fâcheuses d'un pareil emprisonnement. Ce prince, qui s'étoit bien attendu à cette démarche de son ministre, et qui vouloit au moins se ménager une libre entrevue avec Blanche avant que de relâcher le connétable, avoit expressément défendu que personne lui parlât jusqu'au lendemain. Mais Léontio, malgré cette défense, fit si bien, qu'il entra dans la chambre du roi. Seigneur, dit-il, en se présentant devant lui, s'il est permis à un sujet respectueux et fidèle de se plaindre de son maître, je viens me plaindre à vous de vous-même. Quel crime a commis mon gendre? Votre majesté a-t-elle bien réfléchi sur l'opprobre éternel dont elle couvre ma famille, et sur les suites d'un emprisonnement qui peut aliéner de votre service les personnes qui remplissent les postes de l'état les plus importants? J'ai des avis certains, répondit le roi, que le connétable a des intelligences criminelles avec l'infant don Pèdre. Des intelligences criminelles! interrompit avec surprise Léontio. Ah! seigneur, ne le croyez pas: l'on abuse votre majesté. La trahison n'eut jamais d'entrée dans la famille de Siffredi; et il suffit au connétable qu'il soit mon gendre, pour être à couvert de tout soupçon. Le connétable est innocent, mais des vues secrètes vous ont porté à le faire arrêter.

Puisque vous me parlez si ouvertement, repartit le roi, je vais vous parler de la même manière. Vous vous plaignez de l'emprisonnement du connétable? Eh! n'ai-je point à me plaindre de votre cruauté? C'est vous, barbare Siffredi, qui m'avez ravi mon repos, et réduit, par vos soins officieux, à envier le sort des plus vils mortels; car ne vous flattez pas que j'entre dans vos idées. Mon mariage avec Constance est vainement résolu..... Quoi! seigneur, interrompit en frémissant Léontio, vous pourriez ne point épouser la princessse, après l'avoir flattée de cette espérance aux yeux de tous vos peuples! Si je trompe leur attente, répliqua le roi, ne vous en prenez qu'à vous. Pourquoi m'avez-vous mis dans la nécessité de leur promettre ce que je ne pouvois leur accorder? Qui vous obligeoit à remplir du nom de Constance un billet que j'avois fait à votre fille? Vous n'ignoriez pas mon intention: falloit-il tyranniser le cœur de Blanche en lui faisant épouser un homme qu'elle n'aimoit pas? Et quel droit avez-vous sur le mien, pour en disposer en faveur d'une princesse que je hais? Avez-vous oublié qu'elle est fille de cette cruelle Mathilde qui, foulant aux pieds les droits du sang et de l'humanité, fit expirer mon père dans les rigueurs d'une dure captivité? Et je l'épouserois! Non, Siffredi, perdez cette espérance; avant que de voir allumer le flambeau de cet affreux hymen, vous verrez toute la Sicile en flammes, et ses sillons inondés de sang.

L'ai-je bien entendu? s'écria Léontio. Ah! seigneur, que me faites-vous envisager? Quelles terribles menaces! Mais je m'alarme mal à propos, continua-t-il en changeant de ton. Vous chérissez trop vos sujets pour leur procurer une si triste destinée. Vous ne vous laisserez point surmonter par l'amour; vous ne ternirez pas vos vertus en tombant dans les foiblesses des hommes ordinaires. Si j'ai donné ma fille au connétable, je ne l'ai fait, seigneur, que pour acquérir à votre majesté un sujet vaillant, qui pût appuyer de son bras et de l'armée, dont il dispose, vos intérêts contre ceux du prince don Pèdre. J'ai cru qu'en le liant à ma famille par des nœuds si étroits..... Eh! ce sont ces nœuds, s'écria le prince Enrique, ce sont ces funestes nœuds qui m'ont perdu. Cruel ami, pourquoi me porter un coup si sensible? Vous avois-je chargé de ménager mes intérêts aux dépens de mon cœur? Que ne me laissiez-vous soutenir mes droits moi-même? Manqué-je de courage pour réduire ceux de mes sujets qui voudront s'y opposer? J'aurois bien su punir le connétable, s'il m'eût désobéi. Je sais que les rois ne sont pas des tyrans, que le bonheur de leurs peuples est leur premier devoir; mais doivent-ils être les esclaves de leurs sujets? et du moment que le ciel les choisit pour gouverner, perdent-ils le droit que la nature accorde à tous les hommes de disposer de leurs affections? Ah! s'ils n'en peuvent jouir comme les derniers des mortels, reprenez, Siffredi, cette souveraine puissance que vous m'avez voulu assurer aux dépens de mon repos.

Vous ne pouvez ignorer, seigneur, répliqua le ministre, que c'est au mariage de la princesse que le feu roi votre oncle attache la succession de la couronne. Et quel droit, repartit Enrique, avoit-il lui-même d'établir cette disposition! Avoit-il reçu cette indigne loi du roi Charles son frère, lorsqu'il lui succéda? Deviez-vous avoir la foiblesse de vous soumettre à une condition si injuste? Pour un grand chancelier, vous êtes bien mal instruit de nos usages. En un mot, quand j'ai promis ma main à Constance, cet engagement n'a pas été volontaire. Je ne prétends point tenir ma promesse; et si don Pèdre fonde sur mon refus l'espérance de monter au trône, sans engager les peuples dans un démêlé qui coûteroit trop de sang, l'épée pourra décider entre nous qui des

deux sera le plus digne de régner. Léontio n'osa le presser davantage, et se contenta de lui demander à genoux la liberté de son gendre; ce qu'il obtint. Allez, lui dit le roi, retournez à Belmonte, le connétable vous y suivra bientôt. Le ministre sortit, et regagna Belmonte, persuadé que son gendre marcheroit incessamment sur ses pas. Il se trompoit. Enrique vouloit voir Blanche cette nuit; et pour cet effet il remit au lendemain matin l'élargissement de son époux.

Pendant ce temps-là, le connétable faisoit de cruelles réflexions. Son emprisonnement lui avoit ouvert les yeux sur la véritable cause de son malheur. Il s'abandonna tout entier à sa jalousie, et, démentant la fidélité qui l'avoit jusqu'alors rendu si recommandable, il ne respiroit plus que vengeance. Comme il jugeoit bien que le roi ne manqueroit pas cette nuit d'aller trouver Blanche, pour les surprendre ensemble, il pria le gouverneur du château de Palerme de le laisser sortir de prison, l'assurant qu'il y rentreroit le lendemain avant le jour. Le gouverneur, qui lui étoit tout dévoué, y consentit d'autant plus facilement, qu'il avoit déjà su que Siffredi avoit obtenu sa liberté. et même il lui fit donner un cheval pour se rendre à Belmonte. Le connétable y étant arrivé, attacha son cheval à un arbre, entra dans le parc par une petite porte dont il avoit la clef, et fut assez heureux pour se glisser dans le château sans rencontrer personne. Il gagna l'appartement de sa femme, et se cacha dans l'antichambre, derrière un paravent qu'il y trouva sous sa main. Il se proposoit d'observer de là tout ce qui se passeroit, et de paroître subitement dans la chambre de Blanche, au moindre bruit qu'il y entendroit. Il en vit sortir Nise, qui venoit de quitter sa maîtresse pour se retirer dans un cabinet où elle couchoit.

La fille de Siffredi, qui avoit pénétré sans peine le motif de l'emprisonnement de son mari, jugeoit bien qu'il ne reviendroit pas cette nuit à Belmonte, quoique son père lui eût dit que le roi l'avoit assuré que le connétable partiroit bientôt après lui. Elle ne doutoit pas qu'Enrique ne voulût profiter de la conjoncture pour la voir et l'entretenir en liberté. Dans cette pensée, elle attendoit ce prince, pour lui reprocher une action qui pouvoit avoir de terribles suites pour elle. Effectivement, peu de temps après la retraite de Nise, la coulisse s'ouvrit, et le roi vint se jeter aux genoux de Blanche. Madame, lui dit-il, ne me condamnez point sans m'entendre. Si j'ai fait emprisonner le connétable, songez que c'étoit le seul moyen qui me restoit pour me justifier. N'imputez donc qu'à vous seule cet artifice. Pourquoi ce matin refusiez-vous de m'entendre? Hélas! demain votre époux sera libre. et je ne pourrai plus vous parler. Écoutez-moi donc pour la dernière fois. Si votre perte rend mon sort déplorable, accordez-moi du moins la triste consolation de vous apprendre que je ne me suis point attiré ce malheur par mon infidélité. Si j'ai confirmé à Constance le don de ma main, c'est que je ne pouvois m'en dispenser dans la situation où votre père avoit réduit les choses. Il falloit tromper la princesse, pour votre intérêt et pour le mien, pour vous assurer la couronne et la main de votre amant. Je me promettois d'y réussir; j'avois déjà pris des mesures pour rompre cet engagement; mais vous avez détruit mon ouvrage; et, disposant de vous trop légèrement, vous avez préparé une éternelle douleur à deux cœurs qu'un parfait amour auroit rendus contents.

Il acheva ce discours avec des signes si visibles d'un véritable désespoir, que Blanche en fut touchée. Elle ne douta plus de son innocence : elle en eut d'abord de la joie, ensuite le sentiment de son infortune en devint plus vif. Ah! seigneur, dit-elle au prince, après la disposition que le destin a faite de nous, vous me causez une peine nouvelle en m'apprenant que vous n'étiez pas coupable. Qu'ai-je fait, malheureuse? mon ressentiment m'a séduite; je me suis crue abandonnée; et dans mon dépit j'ai reçu la main du connétable, que mon père m'a présentée. J'ai fait le crime et nos malheurs. Hélas! dans le temps que je vous accusois de me tromper, c'étoit donc moi, trop crédule amante, qui rompois des nœuds que j'avois juré de rendre éternels? Vengez-vous, seigneur, à votre tour : haïssez l'ingrate Blanche..... Oubliez..... Eh! le puis-je, madame? interrompit tristement Enrique : le moyen d'arracher de mon cœur une passion que votre injustice même ne sauroit éteindre! Il faut pourtant vous faire cet effort, seigneur, reprit en soupirant la fille de Siffredi..... Et serez-vous capable de cet effort, vous-même? répliqua le roi. Je ne me promets pas d'y réussir, repartit-elle; mais je n'épargnerai rien pour en venir à bout. Ah! cruelle, dit le prince, vous oublierez facilement Enrique, puisque vous pouvez en former le dessein. Quelle est donc votre pensée? dit Blanche d'un ton plus ferme. Vous flattez-vous que je puisse vous permettre de continuer à me rendre des soins? Non, seigneur, renoncez à cette espérance. Si je n'étois pas née pour être reine, le ciel ne m'a pas non plus formée pour écouter un amour illégitime. Mon époux est comme vous, seigneur, de la noble maison d'Anjou; et quand ce que je lui dois n'opposeroit pas un obstacle insurmontable à vos galanteries, ma gloire m'empêcheroit de les souffrir. Je vous conjure de vous retirer : il ne faut plus nous voir. Quelle barbarie! s'écria le roi. Ah! Blanche, est-il possible que vous me traitiez avec tant de rigueur? Ce n'est donc point assez pour m'accabler que vous

soyez entre les bras du connétable, vous voulez encore m'interdire votre vue, la seule consolation qui me reste? Fuyez plutôt, répondit la fille de Siffredi en versant quelques larmes, la vue de ce qu'on a tendrement aimé n'est plus un bien lorsqu'on a perdu l'espérance de le posséder. Adieu, seigneur, fuyez-moi; vous devez cet effort à votre gloire et à ma réputation. Je vous le demande aussi pour mon repos; car enfin, quoique ma vertu ne soit point alarmée des mouvements de mon cœur, le souvenir de votre tendresse me livre des combats si cruels, qu'il m'en coûte trop pour les soutenir.

Elle prononça ces paroles avec tant de vivacité, qu'elle renversa, sans y penser, un flambeau qui étoit sur une table derrière elle; la bougie s'éteignit en tombant. Blanche la ramasse; et, pour la rallumer, elle ouvre la porte de l'antichambre, et gagne le cabinet de Nise, qui n'étoit pas encore couchée : puis elle revient avec de la lumière. Le roi, qui attendoit son retour, ne la vit pas plus tôt, qu'il se remit à la presser de souffrir son attachement. A la voix de ce prince, le connétable, l'épée à la main, entra brusquement dans la chambre presque en même temps que son épouse; et s'avançant vers Enrique avec tout le ressentiment que sa rage lui inspiroit : C'en est trop, tyran, lui cria-t-il; ne crois pas que je sois assez lâche pour endurer l'affront que tu fais à mon honneur. Ah! traître, lui répondit le roi en se mettant en défense, ne t'imagine pas toi-même pouvoir impunément exécuter ton dessein. A ces mots, ils commencèrent un combat qui fut trop vif pour durer long-temps. Le connétable, craignant que Siffredi et ses domestiques n'accourussent trop vite aux cris que poussoit Blanche, et ne s'opposassent à sa vengeance, ne se ménagea point. Sa fureur lui ôta le jugement; il prit si mal ses mesures, qu'il s'enferra lui-même dans l'épée de son ennemi; elle lui entra dans le corps jusqu'à la garde. Il tomba, et le roi s'arrêta dans le moment.

La fille de Léontio, touchée de l'état où elle voyoit son époux, et surmontant la répugnance naturelle qu'elle avoit pour lui, se jeta à terre, et s'empressa de le secourir. Mais ce malheureux époux étoit trop prévenu contre elle pour se laisser attendrir aux témoignages qu'elle lui donnoit de sa douleur et de sa compassion. La mort, dont il sentoit les approches, ne put étouffer les transports de sa jalousie. Il n'envisagea, dans ces derniers moments, que le bonheur de son rival; et cette idée lui parut si affreuse, que, rappelant tout ce qui lui restoit de force, il leva son épée qu'il tenoit encore, et la plongea dans le sein de Blanche. Meurs, lui dit-il en la perçant; meurs, infidèle épouse, puisque les nœuds de l'hyménée n'ont pu me conserver une foi que tu m'avois jurée sur les autels! Et toi, poursuivit-il, Enrique, ne t'applaudis point de ta destinée! Tu ne saurois jouir de mon malheur; je meurs content. En achevant de parler de cette sorte, il expira; et son visage, tout couvert qu'il étoit des ombres de la mort, avoit encore quelque chose de fier et de terrible. Celui de Blanche offroit un spectacle bien différent. Le coup qui l'avoit frappée étoit mortel. Elle tomba sur le corps mourant de son époux; et le sang de l'innocente victime se confondoit avec celui de son meurtrier, qui avoit si brusquement exécuté sa cruelle résolution, que le roi n'en avoit pu prévenir l'effet.

Ce prince infortuné fit un cri en voyant tomber Blanche; et, plus frappé qu'elle du coup qui l'arrachoit à la vie, il se mit en devoir de lui rendre les mêmes soins qu'elle avoit voulu prendre, et dont elle avoit été si mal récompensée. Mais elle lui dit d'une voix mourante : Seigneur, votre peine est inutile; je suis la victime que le sort impitoyable demandoit. Puisse-t-elle apaiser sa colère, et assurer le bonheur de votre règne! Comme elle achevoit ces paroles, Léontio, attiré par les cris qu'elle avoit poussés, arriva dans la chambre; et, saisi des objets qui se présentoient à ses yeux, il demeura immobile. Blanche, sans l'apercevoir, continua de parler au roi. Adieu, prince, lui dit-elle, conservez chèrement ma mémoire; ma tendresse et mes malheurs vous y obligent. N'ayez point de ressentiment contre mon père. Ménagez ses jours et sa douleur, et rendez justice à son zèle. Surtout faites-lui connoître mon innocence; c'est ce que je vous recommande plus que toute autre chose. Adieu, mon cher Enrique.... je meurs.... recevez mon dernier soupir.

A ces mots, elle mourut. Le roi garda quelque temps un morne silence. Ensuite il dit à Siffredi, qui paroissoit dans un accablement mortel : Voyez, Léontio, contemplez votre ouvrage; considérez dans ce tragique événement le fruit de vos soins officieux et de votre zèle pour moi. Le vieillard ne répondit rien, tant il étoit pénétré de douleur. Mais pourquoi m'arrêter à décrire des choses qu'aucuns termes ne peuvent exprimer? Il suffit de dire qu'ils firent l'un et l'autre les plaintes du monde les plus touchantes, dès que leur affliction leur permit de faire éclater leurs mouvements.

Le roi conserva toute sa vie un tendre souvenir de son amante. Il ne put se résoudre d'épouser Constance. L'infant don Pèdre se joignit à cette princesse, et tous deux ils n'épargnèrent rien pour faire valoir la disposition du testament de Roger; mais ils furent enfin obligés de céder au prince Enrique, qui vint à bout de ses ennemis. Pour Siffredi, le chagrin qu'il eut d'avoir causé tant de malheurs

le détacha du monde, et lui rendit insupportable le séjour de sa patrie. Il abandonna la Sicile; et, passant en Espagne avec Porcie, la fille qui lui restoit, il acheta ce château. Il vécut ici près de quinze années après la mort de Blanche, et il eut, avant que de mourir, la consolation de marier Porcie. Elle épousa don Jérôme de Silva, et je suis l'unique fruit de ce mariage. Voilà, poursuivit la veuve de don Pedro de Pinarès, l'histoire de ma famille, et un fidèle récit des malheurs qui sont représentés dans ce tableau, que Léontio, mon aïeul, fit faire pour laisser à sa postérité un monument de cette funeste aventure.

CHAPITRE V.

De ce que fit Aurore de Gusman lorsqu'elle fut à Salamanque.

Ortiz, ses compagnes et moi, après avoir entendu cette histoire, nous sortîmes de la salle, où nous laissâmes Aurore avec Elvire. Elles y passèrent le reste de la journée à s'entretenir. Elles ne s'ennuyoient point l'une avec l'autre; et le lendemain, quand nous partîmes, elles eurent autant de peine à se quitter que deux amies qui se sont fait une douce habitude de vivre ensemble.

Enfin nous arrivâmes sans accident à Salamanque. Nous y louâmes d'abord une maison toute meublée; et la dame Ortiz, ainsi que nous en étions convenus, prit le nom de doña Kimena de Guzman. Elle avoit été trop long-temps duègne pour n'être pas une bonne actrice. Elle sortit un matin avec Aurore, une femme de chambre et un valet, et se rendit à un hôtel garni où nous avions appris que Pacheco logeoit ordinairement. Elle demanda s'il y avoit quelque appartement à louer. On lui répondit qu'oui, et on lui en montra un assez propre qu'elle arrêta. Elle donna même de l'argent d'avance à l'hôtesse, en lui disant que c'étoit pour un de ses neveux qui venoit de Tolède étudier à Salamanque, et qui devoit arriver ce jour-là.

La duègne et ma maîtresse, après s'être assurées de ce logement, revinrent sur leurs pas; et la belle Aurore, sans perdre de temps, se travestit en cavalier. Elle couvrit ses cheveux noirs d'une fausse chevelure blonde, se teignit les sourcils de la même couleur, et s'ajusta de sorte qu'elle pouvoit fort bien passer pour un jeune seigneur. Elle avoit l'action libre et aisée; et à la réserve de son visage, qui étoit un peu trop beau pour un homme, rien ne trahissoit son déguisement. La suivante, qui devoit lui servir de page, s'habilla aussi, et nous n'appréhendions point qu'elle fît mal son personnage : outre qu'elle n'étoit pas des plus jolies, elle avoit un petit air effronté qui convenoit fort à son rôle. L'après-dîner, ces deux actrices se trouvant en état de paroître sur la scène, c'est-à-dire dans l'hôtel garni, j'en pris le chemin avec elles. Nous y allâmes tous trois en carrosse, et nous y portâmes toutes les hardes dont nous avions besoin.

L'hôtesse, appelée Bernarda Ramirez, nous reçut avec beaucoup de civilité, et nous conduisit à notre appartement, où nous commençâmes à l'entretenir. Nous convînmes de la nourriture qu'elle auroit soin de nous fournir, et de ce que nous lui donnerions pour cela tous les mois. Nous lui demandâmes ensuite si elle avoit bien des pensionnaires. Je n'en ai pas présentement, nous répondit-elle : je n'en manquerois point si j'étois d'humeur à prendre toute sorte de personnes ; mais je ne veux que de jeunes seigneurs. J'en attends ce soir un qui vient de Madrid ici achever ses études. C'est don Luis Pacheco, un cavalier de vingt ans tout au plus ; si vous ne le connoissez pas personnellement, vous pouvez en avoir entendu parler. Non, dit Aurore : je n'ignore pas qu'il est d'une illustre famille ; mais je ne sais quel homme c'est, et vous me ferez plaisir de me l'apprendre, puisque je dois demeurer avec lui. Seigneur, reprit l'hôtesse en regardant ce faux cavalier, c'est une figure toute brillante ; il est fait à peu près comme vous. Ah ! que vous serez bien ensemble l'un et l'autre ! Par saint Jacques ! je pourrai me vanter d'avoir chez moi les deux plus gentils seigneurs d'Espagne. Ce don Luis, répliqua ma maîtresse, a sans doute dans ce pays-ci des bonnes fortunes ? Oh ! je vous en assure, repartit la vieille ; c'est un vert galant, sur ma parole : il n'a qu'à se montrer pour faire des conquêtes. Il a charmé, entre autres, une dame qui a de la jeunesse et de la beauté : on la nomme Isabelle. C'est la fille d'un vieux docteur en droit. Elle est si entêtée, qu'elle en perdra l'esprit assurément. Et dites-moi, ma bonne, interrompit Aurore avec précipitation, est-il de son côté fort amoureux d'elle ? Il l'aimoit, répondit Bernarda Ramirez, avant son départ pour Madrid : mais je ne sais s'il l'aime encore ; car il est un peu sujet à caution. Il court de femme en femme, comme tous les jeunes cavaliers ont coutume de faire.

La bonne veuve n'avoit pas achevé de parler, que nous entendîmes du bruit dans la cour. Nous regardâmes aussitôt par la fenêtre, et nous aperçûmes deux hommes qui descendoient de cheval. C'étoit don Luis Pacheco lui-même, qui arrivoit de Madrid avec un valet de chambre. La vieille nous quitta pour aller le recevoir ; et ma maîtresse se disposa, non sans émotion, à jouer le rôle de don Félix. Nous vîmes bientôt entrer dans notre appartement don Luis encore tout botté. Je viens

d'apprendre, dit-il en saluant Aurore, qu'un jeune seigneur tolédan est logé dans cet hôtel ; il veut bien que je lui témoigne la joie que j'ai de loger avec lui ? Pendant que ma maîtresse répondoit à ce compliment, Pacheco me parut surpris de trouver un cavalier si aimable. Aussi ne put-il s'empêcher de lui dire qu'il n'en avoit jamais vu de si beau ni de si bien fait. Après force discours pleins de politesse de part et d'autre, don Luis se retira dans l'appartement qui lui étoit destiné.

Tandis qu'il y faisoit ôter ses bottes, et changeoit d'habit et de linge, une espèce de page, qui le cherchoit pour lui rendre une lettre, rencontra par hasard Aurore sur l'escalier. Il la prit pour don Luis ; et lui remettant le billet dont il étoit chargé : Tenez, seigneur cavalier, lui dit-il ; quoique je ne connoisse pas le seigneur Pacheco, je ne crois pas avoir besoin de vous demander si vous l'êtes ; sur le portrait qu'on m'a fait de ce seigneur, je suis persuadé que je ne me trompe point. Non, mon ami, répondit ma maîtresse avec une présence d'esprit admirable, vous ne vous trompez pas assurément. Vous vous acquittez de vos commissions à merveille. Vous avez fort bien deviné que je suis don Luis Pacheco. Allez, j'aurai soin de faire tenir ma réponse. Le page disparut ; et Aurore, s'enfermant avec sa suivante et moi, ouvrit la lettre, et nous lut ces paroles : « Je viens » d'apprendre que vous êtes à Salamanque. Avec » quelle joie j'ai reçu cette nouvelle ! J'en ai pensé » devenir folle. Mais aimez-vous encore Isabelle? » Hâtez-vous de l'assurer que vous n'avez point » changé. Je crois qu'elle mourra de plaisir si elle » vous retrouve fidèle. »

Le billet est passionné, dit Aurore ; il marque une âme bien éprise. Cette dame est une rivale qui doit m'alarmer. Il faut que je n'épargne rien pour en détacher don Luis, et pour empêcher même qu'il ne la revoie. L'entreprise, je l'avoue, est difficile ; et cependant je ne désespère pas d'en venir à bout. Ma maîtresse se mit à rêver là-dessus ; et un moment après elle ajouta : Je vous les garantis brouillés en moins de vingt-quatre heures. En effet, Pacheco s'étant un peu reposé dans son appartement, vint nous retrouver dans le nôtre, et renoua l'entretien avec Aurore avant le souper. Seigneur cavalier, lui dit-il en plaisantant, je crois que les maris et les amants ne doivent pas se réjouir de votre arrivée à Salamanque ; vous allez leur causer de l'inquiétude. Pour moi, je tremble pour mes conquêtes. Écoutez, lui répondit ma maîtresse sur le même ton, votre crainte n'est pas mal fondée. Don Félix de Mendoce est un peu redoutable, je vous en avertis. Je suis déjà venu dans ce pays-ci ; je sais que les femmes n'y sont pas insensibles. Quelle preuve en avez-vous? interrompit don Luis avec vivacité. Une preuve démonstrative, repartit la fille de don Vincent; il y a un mois que je passai par cette ville : je m'y arrêtai huit jours, et je vous dirai confidemment que j'enflammai la fille d'un vieux docteur en droit.

Je m'aperçus, à ces paroles, que don Luis se troubla. Peut-on sans indiscrétion, reprit-il, vous demander le nom de la dame? Comment, sans indiscrétion? s'écria le faux don Félix; pourquoi vous ferois-je un mystère de cela? Me croyez-vous plus discret que les autres seigneurs de mon âge? Ne me faites point cette injustice-là. D'ailleurs l'objet, entre nous, ne mérite pas tant de ménagement; ce n'est qu'une petite bourgeoise. Vous savez bien qu'un homme de qualité ne s'occupe pas sérieusement d'une grisette, et qu'il croit même lui faire honneur en la déshonorant. Je vous apprendrai donc sans façon que la fille du docteur se nomme Isabelle. Et le docteur, interrompit impatiemment Pacheco, s'appelleroit-il le seigneur Murcia de la Llana [1]? Justement, répliqua ma maîtresse. Voici une lettre qu'elle m'a fait tenir tout à l'heure; lisez-la et vous verrez si la dame me veut du bien. Don Luis jeta les yeux sur le billet; et reconnoissant l'écriture, il demeura confus et interdit. Que vois-je? poursuivit alors Aurore d'un air étonné; vous changez de couleur? Je crois, Dieu me pardonne, que vous prenez intérêt à cette personne. Ah! que je me veux du mal de vous avoir parlé avec tant de franchise

Je vous en sais très-bon gré, moi, dit don Luis avec un transport mêlé de dépit et de colère. La perfide! la volage! Don Félix, que ne vous dois-je point! Vous me tirez d'une erreur que j'aurois peut-être conservée encore long-temps. Je m'imaginois être aimé, que dis-je, aimé? je croyois être adoré d'Isabelle. J'avois quelque estime pour cette créature-là, et je vois bien que ce n'est qu'une coquette digne de tout mon mépris. J'approuve votre ressentiment, dit Aurore en marquant à son tour de l'indignation. La fille d'un docteur en droit devroit bien se contenter d'avoir pour amant un jeune seigneur aussi aimable que vous l'êtes. Je ne puis excuser son inconstance; et bien loin d'agréer le sacrifice qu'elle me fait de vous, je prétends, pour la punir, dédaigner désormais ses bontés. Pour moi, reprit Pacheco, je ne la reverrai de ma vie; c'est la seule vengeance que j'en dois tirer. Vous avez raison, s'écria le faux Mendoce. Néanmoins, pour lui faire connoître jusqu'à quel point nous la méprisons tous

deux, je suis d'avis que nous lui écrivions chacun un billet insultant. J'en ferai un paquet que je lui enverrai pour réponse à sa lettre. Mais avant que nous en venions à cette extrémité, consultez votre cœur; le sentez-vous assez détaché de votre infidèle pour ne craindre pas de vous repentir un jour de lui avoir rompu en visière? Non, non, interrompit don Luis, je n'aurai jamais cette foiblesse; et je consens que, pour mortifier l'ingrate, nous fassions ce que vous me proposez.

Aussitôt j'allai chercher du papier et de l'encre, et ils se mirent à composer l'un et l'autre des billets fort obligeants pour la fille du docteur Murcia de la Llana. Pacheco surtout ne pouvoit trouver de termes assez forts à son gré pour exprimer ses sentiments; et il déchira cinq ou six lettres commencées, parce qu'elles ne lui parurent pas assez dures. Il en fit pourtant une dont il fut content, et dont il avoit sujet de l'être. Elle contenoit ces paroles : « Apprenez à vous connoître, ma reine, »et n'ayez plus la vanité de croire que je vous »aime. Il faut un autre mérite que le vôtre pour »m'attacher. Vous n'êtes pas même assez agréable »pour m'amuser quelques moments. Vous n'êtes »propre qu'à faire l'amusement des derniers éco»liers de l'université. » Il écrivit donc ce billet gracieux; et lorsque Aurore eut achevé le sien, qui n'étoit guère moins offensant, elle les cacheta tous deux, y mit une enveloppe, et me donnant le paquet : tiens, Gil Blas, me dit-elle, fais en sorte qu'Isabelle reçoive cela ce soir. Tu m'entends bien? ajouta-t-elle en me faisant des yeux un signe que je compris parfaitement. Oui, seigneur, lui répondis-je, vous serez servi comme vous le souhaitez.

Je sortis en même temps; et quand je fus dans la rue, je me dis : Oh ça! monsieur Gil Blas, on met votre génie à l'épreuve; vous faites donc le valet dans cette comédie? Eh bien! mon ami, montrez que vous avez assez d'esprit pour remplir un rôle qui en demande beaucoup. Le seigneur don Félix s'est contenté de vous faire un signe. Il compte, comme vous voyez, sur votre intelligence. A-t-il tort? Non. Je conçois ce qu'il attend de moi. Il veut que je fasse tenir seulement le billet de don Luis; c'est ce que signifie ce signe-là; rien n'est plus intelligible. Persuadé que je ne me trompois pas, je ne balançai point à défaire le paquet. Je tirai la lettre de Pacheco, et je la portai chez le docteur Murcia, dont j'eus bientôt appris la demeure. Je trouvai à la porte de sa maison le petit page qui étoit venu à l'hôtel garni. Frère, lui dis-je, ne seriez-vous point par hasard domestique de la fille de monsieur le docteur Murcia! Il me répondit qu'oui, d'un air qui marquoit assez qu'il étoit dans l'habitude de porter et de recevoir des lettres.

galantes. Vous avez, lui répliquai-je, la physionomie si officieuse, que j'ose vous prier de rendre ce billet doux à votre maîtresse

Le petit page me demanda de quelle part je l'apportois, et je ne lui eus pas sitôt reparti que c'étoit de celle de don Luis Pacheco, qu'il me dit : Cela étant, suivez-moi ; j'ai ordre de vous faire entrer ; Isabelle veut vous entretenir. Je me laissai introduire dans un cabinet, où je ne tardai guère à voir paroître la señora. Je fus frappé de la beauté de son visage : je n'ai point vu de traits plus délicats. Elle avoit un air mignon et enfantin ; mais cela n'empêchoit pas que, depuis trente bonnes années pour le moins, elle ne marchât sans lisière. Mon ami, me dit-elle d'un air riant, appartenez-vous à don Luis Pacheco ? Je lui répondis que j'étois son valet de chambre depuis trois semaines. Ensuite je lui remis le billet fatal dont j'étois chargé. Elle le relut deux ou trois fois : il sembloit qu'elle se défiât du rapport de ses yeux. Effectivement elle ne s'attendoit à rien moins qu'à une pareille réponse. Elle éleva ses regards vers le ciel, se mordit les lèvres, et pendant quelque temps sa contenance rendit témoignage des peines de son cœur. Puis tout-à-coup m'adressant la parole : Mon ami, me dit-elle, don Luis est-il devenu fou depuis notre séparation ? je ne comprends rien à son procédé. Apprenez-moi, si vous le savez, pourquoi il m'écrit si galamment. Quel démon peut l'agiter ? S'il veut rompre avec moi, ne sauroit-il le faire sans m'outrager par des lettres si brutales ?

Madame, lui dis-je en affectant un air plein de sincérité, mon maître a tort assurément ; mais il a été en quelque façon forcé de le faire. Si vous me promettiez de garder le secret, je vous découvrirois tout le mystère. Je vous le promets, interrompit-elle avec précipitation ; ne craignez point que je vous commette : expliquez-vous hardiment. Eh bien ! repris-je, voici le fait en deux mots : un moment après votre lettre reçue, il est entré dans notre hôtel une dame couverte d'une mante des plus épaisses. Elle a demandé le seigneur Pacheco, lui a parlé quelque temps en particulier ; et, sur la fin de la conversation, j'ai entendu qu'elle lui a dit : Vous me jurez que vous ne la reverrez jamais ; ce n'est pas tout, il faut, pour ma satisfaction, que vous lui écriviez tout à l'heure un billet que je vais vous dicter : j'exige cela de vous. Don Luis a fait ce qu'elle désiroit ; puis, me mettant le papier entre les mains : informe-toi, m'a-t-il dit, où demeure le docteur Murcia de Llana, et fais adroitement tenir ce poulet à sa fille Isabelle.

Vous voyez bien, madame, poursuivis-je, que cette lettre désobligeante est l'ouvrage d'une rivale, et que par conséquent mon maître n'est pas si coupable. Oh ciel ! s'écria-t-elle, il l'est encore plus que je ne pensois. Son infidélité m'offense plus que les mots piquants que sa main a tracés. Ah ! l'infidèle ! il a pu former d'autres nœuds !... Mais, ajouta-t-elle en prenant un air fier, qu'il s'abandonne sans contrainte à son nouvel amour ; je ne prétends point le traverser. Dites-lui, je vous prie, qu'il n'avoit pas besoin de m'insulter pour m'obliger à laisser le champ libre à ma rivale, et que je méprise trop un amant volage pour avoir la moindre envie de le rappeler. A ce discours, elle me congédia, et se retira fort irritée contre don Luis.

Je sortis de chez le docteur Murcia de la Llana fort satisfait de moi, et je compris que, si je voulois me mettre dans le génie, je deviendrois un habile fourbe. Je m'en retournai à notre hôtel, où je trouvai les seigneurs Mendoce et Pacheco qui soupoient ensemble et s'entretenoient comme s'ils se fussent connus de longue main. Aurore s'aperçut, à mon air content, que je ne m'étois point mal acquitté de ma commission. Te voilà donc de retour, Gil Blas, me dit-elle ; rends-nous compte de ton message. Il fallut encore payer d'esprit. Je dis que j'avois donné le paquet en main propre, et qu'Isabelle, après avoir lu les deux billets doux qu'il contenoit, au lieu d'en paroître déconcertée, s'étoit mise à rire comme une folle, en disant : Par ma foi, les jeunes seigneurs ont un joli style ; il faut avouer que les autres personnes n'écrivent pas si agréablement. C'est fort bien se tirer d'embarras, s'écria ma maîtresse, et voilà certainement une coquette des plus consommées dans son art. Pour moi, dit don Luis, je ne reconnois point Isabelle à ces traits-là ; il faut qu'elle ait changé de caractère pendant mon absence. J'aurois jugé d'elle aussi tout autrement, reprit Aurore. Convenons qu'il y a des femmes qui savent prendre toutes sortes de formes. J'en ai aimé une de celles-là, et j'en ai été long-temps la dupe. Gil Blas vous le dira ; elle avoit un air de sagesse à tromper toute la terre. Il est vrai, dis-je en me mêlant à la conversation, que c'étoit un minois à piper les plus fins ; j'y aurois moi-même été attrapé.

Le faux Mendoce et Pacheco firent de grands éclats de rire en m'entendant parler ainsi ; et loin de trouver mauvais que je prisse la liberté de me joindre à leur entretien, ils m'adressèrent souvent la parole pour se réjouir de mes réponses. Nous continuâmes à nous entretenir des femmes qui ont l'art de se masquer ; et le résultat de tous nos discours fut qu'Isabelle demeura dûment atteinte et convaincue d'être une franche coquette. Don Luis protesta de nouveau qu'il ne la reverroit jamais ; et don Félix, à son exemple, jura qu'il auroit toujours pour elle un parfait mépris. Ensuite de ces protestations, ils se lièrent d'amitié tous deux, et se promirent mutuellement de n'avoir rien de caché l'un pour l'autre. Ils passèrent l'après-soupée à se dire des choses gracieuses, et enfin ils se séparèrent pour s'aller reposer chacun dans son appartement. Je suivis Aurore dans le sien, où je lui rendis un compte exact de l'entretien que j'avois eu avec la fille du docteur ; je n'oubliai pas la moindre circonstance ; j'en dis même plus qu'il n'y en avoit, pour mieux faire ma cour à ma maîtresse, qui fut charmée de mon rapport. Peu s'en fallut qu'elle ne m'embrassât de joie. Mon cher Gil Blas, me dit-elle, je suis enchantée de ton esprit. Quand on a le malheur d'être engagée dans une passion qui nous oblige de recourir à des stratagèmes, quel avantage d'avoir dans ses intérêts un garçon aussi spirituel que toi ! Courage, mon ami, nous venons d'écarter une rivale qui pouvoit nous embarrasser ; cela ne va pas mal. Mais, comme les amants sont sujets à d'étranges retours, je suis d'avis de brusquer l'aventure, et de mettre en jeu dès demain Aurore de Guzman. J'approuvai cette pensée ; et laissant le seigneur don Félix avec son page, je me retirai dans un cabinet où étoit mon lit.

CHAPITRE VI.

Quelles ruses Aurore mit en usage pour se faire aimer
de don Luis de Pacheco.

Les deux nouveaux amis se rassemblèrent le lendemain matin ; ce fut leur premier soin. Ils commencèrent la journée par des embrassades qu'Aurore fut obligée de donner et de recevoir, pour bien jouer le rôle de don Félix. Ils allèrent ensemble se promener dans la ville, et je les accompagnai avec Chilindron [1], valet de don Luis. Nous nous arrêtâmes auprès de l'Université, pour regarder quelques affiches de livres qu'on venoit d'attacher à la porte. Plusieurs personnes s'amusoient aussi à les lire, et j'aperçus parmi celles-là un petit homme qui disoit son sentiment sur ces ouvrages affichés. Je remarquai qu'on l'écoutoit avec une extrême attention, et je jugeai en même temps qu'il croyoit mériter qu'on l'écoutât. Il paroissoit vain, et il avoit l'esprit décisif, comme l'ont la plupart des petits hommes. Cette *nouvelle traduction d'Horace* [2], disoit-il, que vous voyez annoncée au public en si gros caractères, est un ouvrage en prose composé par un vieil auteur du collège. C'est un livre fort estimé des écoliers ; ils en ont consumé eux seuls quatre éditions. Il n'y a pas un honnête homme qui en ait acheté un

exemplaire. Il ne portoit pas des jugements plus avantageux des autres livres ; il les frondoit tous sans charité. C'étoit apparemment quelque auteur [1]. Je n'aurois pas été fâché de l'entendre jusqu'au bout : mais il me fallut suivre don Luis et don Félix, qui, ne prenant pas plus de plaisir à ses *discours que d'intérêt aux livres qu'il critiquoit*, s'éloignèrent de lui et de l'Université.

Nous revînmes à notre hôtel à l'heure du dîner. Ma maîtresse se mit à table avec Pacheco, et fit adroitement tomber la conversation sur sa famille. Mon père, dit-elle, est un cadet de la maison de Mendoce, qui s'est établi à Tolède, et ma mère est propre sœur de dona Kimena de Guzman, qui, depuis quelques jours, est venue à Salamanque pour une affaire importante, avec sa nièce Aurore, fille unique de don Vincent de Guzman, que vous avez peut-être connu. Non, répondit don Luis, mais on m'en a souvent parlé, ainsi que d'Aurore votre cousine. Dois-je croire ce qu'on dit de cette jeune dame ? On assure que rien n'égale son esprit et sa beauté. Pour de l'esprit, reprit don Félix, elle n'en manque pas ; elle l'a même *assez cultivé*. Mais ce n'est point une si belle personne ; on trouve que nous nous ressemblons beaucoup. Si cela est, s'écria Pacheco, elle justifie sa réputation. Vos traits sont réguliers, votre teint est parfaitement beau ; votre cousine doit être charmante. Je voudrois bien la voir et l'entretenir. Je m'offre à satisfaire votre curiosité, repartit le faux Mendoce, et même dès ce jour. Je vous mène cette après-dinée chez ma tante.

Ma maîtresse changea tout-à-coup de matière, et parla de choses indifférentes. L'après-midi, pendant qu'ils se disposoient tous deux à sortir pour aller chez dona Kimena, je pris les devants, et courus avertir la duègne de se préparer à cette visite. Je revins ensuite sur mes pas pour accompagner don Félix, qui conduisit enfin chez sa tante le seigneur don Luis. Mais à peine furent-ils entrés dans la maison, qu'ils rencontrèrent la dame Chimène, qui leur fit signe de ne point faire de bruit. Paix, paix, leur dit-elle d'une voix basse, vous réveillerez ma nièce. Elle a depuis hier une migraine effroyable qui ne fait que de la quitter, et la pauvre enfant repose depuis un quart d'heure. Je suis fâché de ce contre-temps, dit Mendoce en affectant un air mortifié ; j'espérois que nous verrions ma cousine. J'avois fait fête de ce plaisir à mon ami Pacheco. Ce n'est pas une affaire si pres-

---

[1] *Chilindron* est le nom d'un jeu de cartes assez plaisant usité en Espagne.

[2] Cette *traduction d'Horace*, si bien vendue dans les colléges et si peu connue dans le monde, étoit celle qu'avoit donnée le père Tarteron, jésuite.

[1] Cet *auteur* qui disoit du mal de tous les *livres affichés* étoit le caustique Boindin, censeur impitoyable, et qui déchiroit tout le monde. Voltaire l'a représenté sous le nom de *M. Dardou, qui toujours parle, argue et contredit.*

sée, répondit en souriant Ortiz, vous pouvez la remettre à demain. Les cavaliers eurent une conversation fort courte avec la vieille, et se retirèrent.

Don Luis nous mena chez un jeune gentilhomme de ses amis qu'on appeloit don Gabriel de Pedros. Nous y passâmes le reste de la journée; nous y soupâmes même, et nous n'en sortîmes que sur les deux heures après minuit, pour nous en retourner au logis. Nous avions peut-être fait la moitié du chemin, lorsque nous rencontrâmes sous nos pieds, dans la rue, deux hommes étendus par terre. Nous jugeâmes que c'étoient des malheureux qu'on venoit d'assassiner, et nous nous arrêtâmes pour les secourir s'il en étoit encore temps. Comme nous cherchions à nous instruire, autant que l'obscurité de la nuit nous le pouvoit permettre, de l'état où ils se trouvoient, la patrouille arriva. Le commandant nous prit d'abord pour des assassins, et nous fit environner par ses gens; mais il eut meilleure opinion de nous lorsqu'il nous eut entendus parler, et qu'à la faveur d'une lanterne sourde il vit les traits de Mendoce et de Pacheco. Ses archers, par son ordre, examinèrent les deux hommes que nous nous imaginions avoir été tués; et il se trouva que c'étoit un gros licencié avec son valet, tous deux pris de vin, ou plutôt ivres-morts. Messieurs, s'écria un des archers, je reconnois ce gros vivant. Eh! c'est le seigneur licencié Guyomar [1], recteur de notre université. Tel que vous le voyez c'est un grand personnage, un génie supérieur. Il n'y a point de philosophe qu'il ne terrasse dans une dispute; il a un flux de bouche sans pareil. C'est dommage qu'il aime un

[1] *Guyomar*, ce nom retourné désigne Dagoumer Guillaume), célèbre professeur au collége d'Harcourt, et recteur de l'université de Paris, auteur d'un Cours de philosophie, etc., etc. Dans le Dictionnaire de l'abbé Ladvocat, il est dit que ce Dagoumer est le Guyomar de Gil Blas.

Plus tard, Le Sage auroit trouvé dans la conduite d'un autre professeur de l'Université le sujet d'une allusion plus piquante et plus singulière. Un recteur, nommé Montempuis, se déguisa en femme pour aller voir jouer Zaïre. Il n'avoit pu tenir à tout ce qu'on disoit du charme des vers de Voltaire et du jeu enchanteur de mademoiselle Gaussin. Suivant le préjugé du temps, un personnage grave ne pouvoit assister aux représentations de nos chefs-d'œuvre dramatiques. Celui-ci se mit en femme, et s'affubla de deux lourds paniers; mais peu accoutumé à cet équipage bizarre, il attacha mal ses paniers, qui tombèrent et le trahirent à la descente de son fiacre et à la porte du spectacle. Dieu sait comme il fut bafoué! on fit un malin vaudeville, dont le refrain étoit :

> Doit-on dire mademoiselle,
> Ou bien monsieur de Montempuis?

On pouvoit plaisanter de cette mascarade. Il eût mieux valu réformer cette prévention barbare qui ne permettoit pas à un homme de lettres d'aller, comme tout autre, jouir du plaisir le plus noble que les lettres puissent donner au public assemblé.

peu trop le vin, le procès et la grisette. Il revient de souper de chez son Isabelle, où, par malheur, son guide s'est enivré comme lui. Ils sont tombés l'un et l'autre dans le ruisseau. Avant que le bon licencié fût recteur, cela lui arrivoit assez souvent. Les honneurs, comme vous voyez, ne changent pas toujours les mœurs. Nous laissâmes ces ivrognes entre les mains de la patrouille, qui eut soin de les porter chez eux. Nous regagnâmes notre hôtel, et chacun ne songea qu'à se reposer.

Don Félix et don Luis se levèrent sur le midi; et s'étant tous deux rejoints, Aurore de Guzman fut la première chose dont ils s'entretinrent. Gil Blas, me dit ma maîtresse, va chez ma tante dona Kimena, et lui demande de ma part si nous pouvons aujourd'hui, le seigneur Pacheco et moi, voir ma cousine. Je sortis pour m'acquitter de cette commission, ou plutôt pour concerter avec la duègne ce que nous avions à faire; et, quand nous eûmes pris ensemble de justes mesures, je vins rejoindre le faux Mendoce. Seigneur, lui dis-je, votre cousine Aurore se porte à merveille, elle m'a chargé elle-même de vous témoigner de sa part que votre visite ne lui sauroit être que très-agréable; et dona Kimena m'a dit d'assurer le seigneur Pacheco qu'il sera toujours parfaitement bien reçu chez elle sous vos auspices.

Je m'aperçus que ces dernières paroles firent plaisir à don Luis. Ma maîtresse le remarqua de même, et en conçut un heureux présage. Un moment avant le dîner, le valet de la señora Kimena parut, et dit à don Félix : Seigneur, un homme de Tolède est venu vous demander chez madame votre tante, et y a laissé ce billet. Le faux Mendoce l'ouvrit, et y trouva ces mots qu'il lut à haute voix : «Si vous avez envie d'apprendre des nou-»velles de votre père et des choses de conséquence »pour vous, ne manquez pas, aussitôt la présente »reçue, de vous rendre au Cheval noir, auprès »de l'Université.» Je suis, dit-il, trop curieux de savoir ces choses importantes, pour ne pas satisfaire ma curiosité tout à l'heure. Sans adieu, Pacheco, continua-t-il; si je ne suis point de retour ici dans deux heures, vous pourrez aller seul chez ma tante : j'irai vous y rejoindre dans l'après-dînée. Vous savez ce que Gil Blas vous a dit de la part de dona Kimena; vous êtes en droit de faire cette visite. Il sortit en parlant de cette sorte, et m'ordonna de le suivre.

Vous vous imaginez bien qu'au lieu de prendre la route du Cheval noir, nous enfilâmes celle de la maison où étoit Ortiz. D'abord que nous y fûmes arrivés, nous nous préparâmes à représenter notre pièce; Aurore ôta sa chevelure blonde, lava et frotta ses sourcils, mit un habit de femme, et devint une belle brune, telle qu'elle l'étoit naturellement. On peut dire que son déguisement la changeoit à un point, qu'Aurore et don Félix paroissoient deux personnes différentes; il sembloit même qu'elle fût beaucoup plus grande en femme qu'en homme : il est vrai que ses chappins[1], car elle en avoit d'une hauteur excessive, n'y contribuoient pas peu. Lorsqu'elle eut ajouté à ses charmes tous les secours que l'art pouvoit leur prêter, elle attendit don Luis avec une agitation mêlée de crainte et d'espérance. Tantôt elle se fioit à son esprit et à sa beauté, et tantôt elle appréhendoit de n'en faire qu'un essai malheureux. Ortiz, de son côté, se prépara de son mieux à seconder ma maîtresse. Pour moi, comme il ne falloit pas que Pacheco me vît dans cette maison, et que, semblable aux acteurs qui ne paroissent qu'au dernier acte d'une pièce, je ne devois me montrer que sur la fin de la visite, je sortis aussitôt que j'eus dîné.

Enfin, tout étoit en état quand don Luis arriva. Il fut reçu très-agréablement de la dame Chimène, et il eut avec Aurore une conversation de deux ou trois heures; après quoi j'entrai dans la chambre où ils étoient, et m'adressant au cavalier : Seigneur, lui dis-je, don Félix mon maître ne viendra point ici d'aujourd'hui; il vous prie de l'excuser; il est avec trois hommes de Tolède, dont il ne peut se débarrasser. Ah! le petit libertin! s'écria dona Kimena; il est sans doute en débauche. Non, madame, repris-je, il s'entretient avec eux d'affaires fort sérieuses. Il a un véritable chagrin de ne pouvoir se rendre ici; il m'a chargé de vous le dire, aussi bien qu'à dona Aurora. Oh! je ne reçois point ses excuses, dit ma maîtresse en plaisantant : il sait que j'ai été indisposée; il devoit marquer un peu plus d'empressement pour les personnes à qui le sang le lie. Pour le punir, je ne le veux voir de quinze jours. Eh! madame, dit alors don Luis, ne formez point une si cruelle résolution; don Félix est assez à plaindre de ne vous avoir pas vue.

Ils plaisantèrent quelque temps là-dessus; ensuite Pacheco se retira. La belle Aurore change aussitôt de forme, et reprend son habit de cavalier. Elle retourne à l'hôtel garni le plus promptement qu'il lui est possible. Je vous demande pardon, cher ami, dit-elle à don Luis, de ne vous avoir pas été trouver chez ma tante; mais je n'ai pu me défaire des personnes avec qui j'étois. Ce qui me console, c'est que vous avez eu du moins tout le loisir de satisfaire vos désirs curieux. Eh bien! que pensez-vous de ma cousine? dites-le-moi sans complaisance. J'en suis enchanté, répon-

dit Pacheco. Vous aviez raison de dire que vous vous ressemblez tous deux. Je n'ai jamais vu de traits plus semblables; c'est le même tour de visage; vous avez les mêmes yeux, la même bouche, le même son de voix. Il y a pourtant quelque différence : Aurore est plus grande que vous; elle est brune, et vous êtes blond; vous êtes enjoué, elle est sérieuse : voilà tout ce qui vous distingue l'un de l'autre. Pour de l'esprit, continua-t-il, je ne crois pas qu'une substance céleste puisse en avoir plus que votre cousine. En un mot, c'est une personne d'un mérite infini.

Le seigneur Pacheco prononça ces dernières paroles avec tant de vivacité, que don Félix lui dit en souriant : Ami, je me repens de vous avoir fait faire connoissance avec dona Kimena; et, si vous m'en croyez, vous n'irez plus chez elle; je vous le conseille pour votre repos. Aurore de Guzman pourroit vous faire voir du pays, et vous inspirer une passion......

Je n'ai pas besoin de la revoir, interrompit-il, pour en devenir amoureux; l'affaire en est faite. J'en suis fâché pour vous, répliqua le faux Mendoce; car vous n'êtes pas un homme à vous attacher; et ma cousine n'est pas une Isabelle, je vous en avertis. Elle ne s'accommoderoit pas d'un amant qui n'auroit pas des vues légitimes. Des vues légitimes, repartit don Luis! peut-on en avoir d'autres sur une fille de son sang? C'est me faire une offense que de me croire capable de jeter sur elle un œil profane; connoissez-moi mieux, mon cher Mendoce : hélas! je m'estimerois le plus heureux de tous les hommes, si elle approuvoit ma recherche et vouloit lier sa destinée à la mienne.

En le prenant sur ce ton-là, reprit don Félix, vous m'intéressez à vous servir. Oui, j'entre dans vos sentiments. Je vous offre mes bons offices auprès d'Aurore; et je veux dès demain essayer de gagner ma tante, qui a beaucoup de crédit sur son esprit. Pacheco rendit mille grâces au cavalier qui lui faisoit de si belles promesses, et nous nous aperçûmes avec joie que notre stratagème ne pouvoit aller mieux. Le jour suivant nous augmentâmes encore l'amour de don Luis par une nouvelle invention. Ma maîtresse, après avoir été trouver dona Kimena comme pour la rendre favorable à ce cavalier, vint le rejoindre. J'ai parlé à ma tante, lui dit-elle, et je n'ai pas eu peu de peine à la mettre dans vos intérêts. Elle étoit furieusement prévenue contre vous. Je ne sais qui vous a fait passer dans son esprit pour un libertin; mais il est constant que quelqu'un lui a fait de vous un portrait désavantageux; heureusement j'ai entrepris votre apologie, et j'ai pris si vivement votre parti, que j'ai détruit enfin la mauvaise impression qu'on lui avoit donnée de vos mœurs.

[1] *Chappin*, claque, espèce de sandale que les femmes espagnoles mettent par dessus leurs souliers.

Ce n'est pas tout, poursuivit Aurore, je veux que vous ayez, en ma présence, un entretien avec ma tante; nous achèverons de vous assurer son appui. Pacheco témoigna une extrême impatience d'entretenir dona Kimena, et cette satisfaction lui fut accordée le lendemain matin. Le faux Mendoce le conduisit à la dame Ortiz, et ils eurent tous trois une conversation où don Luis fit voir qu'en peu de temps il s'étoit laissé fort enflammer. L'adroite Kimena feignit d'être touchée de toute la tendresse qu'il faisoit paroître, et promit au cavalier de faire tous ses efforts pour engager sa nièce à l'épouser. Pacheco se jeta aux pieds d'une si bonne tante, pour la remercier de ses bontés. Là-dessus don Félix demanda si sa cousine étoit levée. Non, répondit la duègne, elle repose encore, et vous ne sauriez la voir présentement; mais revenez cette après-dînée, et vous lui parlerez à loisir. Cette réponse de la dame Chimène redoubla, comme vous pouvez croire, la joie de don Luis, qui trouva le reste de la matinée bien long. Il regagna l'hôtel garni avec Mendoce, qui ne prenoit pas peu de plaisir à l'observer, et à remarquer en lui toutes les apparences d'un véritable amour.

Ils ne s'entretinrent que d'Aurore; et, lorsqu'ils eurent dîné, don Félix dit à Pacheco : Il me vient une idée. Je suis d'avis d'aller chez ma tante quelques moments avant vous; je veux parler en particulier à ma cousine, et découvrir, s'il est possible, dans quelle disposition son cœur est à votre égard. Don Luis approuva cette pensée; il laissa sortir son ami, et ne partit qu'une heure après lui. Ma maîtresse profita si bien de ce temps-là, qu'elle étoit habillée en femme quand son amant arriva. Je croyois, dit ce cavalier après avoir salué Aurore et la duègne, je croyois trouver ici don Félix. Vous le verrez dans un instant, répondit dona Kimena; il écrit dans mon cabinet. Pacheco parut se payer de cette défaite, et lia conversation avec les dames. Cependant, malgré la présence de l'objet aimé, il s'aperçut que les heures s'écouloient sans que Mendoce se montrât; et, comme il ne pût s'empêcher d'en témoigner quelque surprise, Aurore changea tout-à-coup de contenance, se mit à rire, et dit à don Luis : Est-il possible que vous n'ayez pas encore le moindre soupçon de la supercherie qu'on vous fait? Une fausse chevelure blonde et des sourcils teints me rendent-ils si différente de moi-même, qu'on puisse jusque-là s'y tromper? Désabusez-vous donc, Pacheco, continua-t-elle en reprenant son sérieux : apprenez que don Félix de Mendoce et Aurore de Guzman ne sont qu'une même personne.

Elle ne se contenta pas de le tirer de cette erreur; elle avoua la foiblesse qu'elle avoit pour lui, et toutes les démarches qu'elle avoit faites pour l'amener au point où elle le vouloit. Don Luis ne fut pas moins charmé que surpris de ce qu'il venoit d'entendre; il se jeta aux pieds de ma maîtresse, et lui dit avec transport : Ah! belle Aurore, croirai-je en effet que je suis l'heureux mortel pour qui vous avez eu tant de bontés? Que puis-je faire pour les reconnoître? Un éternel amour ne sauroit assez les payer. Ces paroles furent suivies de mille autres discours tendres et passionnés; après quoi les amants parlèrent des mesures qu'ils avoient à prendre pour parvenir à l'accomplissement de leurs désirs. Il fut résolu que nous partirions tous incessamment pour Madrid, où nous dénouerions notre comédie par un mariage. Ce dessein fut presque aussitôt exécuté que conçu; don Luis, quinze jours après, épousa ma maîtresse, et leurs noces donnèrent lieu à des fêtes et à des réjouissances infinies.

CHAPITRE VII.

Gil Blas change de condition, et il passe au service de don Gonzale Pacheco.

Trois semaines après ce mariage, ma maîtresse voulut récompenser les services que je lui avois rendus. Elle me fit présent de cent pistoles, et me dit : Gil Blas, mon ami, je ne vous chasse point de chez moi; je vous laisse la liberté d'y demeurer tant qu'il vous plaira; mais un oncle de mon mari, don Gonzale Pacheco, souhaite de vous avoir pour valet de chambre. Je lui ai parlé si avantageusement de vous, qu'il m'a témoigné que je lui ferois plaisir de vous donner à lui. C'est un seigneur de la vieille cour, ajouta-t-elle, un homme d'un très-bon caractère; vous serez parfaitement bien auprès de lui.

Je remerciai Aurore de ses bontés; et, comme elle n'avoit plus besoin de moi, j'acceptai d'autant plus volontiers le poste qui se présentoit, que je ne sortois point de la famille. J'allai donc un matin, de la part de la nouvelle mariée, chez le seigneur don Gonzale. Il étoit encore au lit, quoiqu'il fût près de midi. Lorsque j'entrai dans sa chambre, je le trouvai qui prenoit un bouillon qu'un page venoit de lui apporter. Le vieillard avoit la moustache en papillottes, les yeux presque éteints, avec un visage pâle et décharné. C'étoit un de ces vieux garçons qui ont été fort libertins dans leur jeunesse, et qui ne sont guère plus sages dans un âge plus avancé. Il me reçut agréablement, et me dit que, si je voulois le servir avec autant de zèle que j'avois servi sa nièce, je pouvois compter qu'il me feroit un heureux sort. Sur cette assurance, je promis d'avoir pour lui le même attachement que j'avois eu pour elle, et dès ce moment il me retint à son service.

Me voilà donc à un nouveau maître, et Dieu

sait quel homme c'étoit! Quand il se leva, je crus voir la résurrection du Lazare. Imaginez-vous voir un grand corps si sec, qu'en le voyant à nu on auroit fort bien pu apprendre l'ostéologie. Il avoit les jambes si menues, qu'elles me parurent encore très-fines après qu'il eut mis trois ou quatre paires de bas l'une sur l'autre. Outre cela, cette momie vivante étoit asthmatique, et toussoit à chaque parole qui lui sortoit de la bouche. Il prit d'abord du chocolat. Il demanda ensuite du papier et de l'encre, écrivit un billet qu'il cacheta, et le fit porter à son adresse par le page qui lui avoit donné un bouillon; puis se tournant de mon côté : Mon ami, me dit-il, c'est toi que je prétends désormais charger de mes commissions, et particulièrement de celles qui regarderont dona Eufrasia. Cette dame est une jeune personne que j'aime et dont je suis tendrement aimé.

Bon Dieu! dis-je aussitôt en moi-même; eh! comment les jeunes gens pourront-ils s'empêcher de croire qu'on les aime, puisque ce vieux pénard s'imagine qu'on l'idolâtre? Gil Blas, poursuivit-il, je te mènerai chez elle dès aujourd'hui : j'y soupe presque tous les soirs. Tu verras une personne tout aimable, tu seras charmé de son air sage et retenu. Bien loin de ressembler à ces petites étourdies qui donnent dans la jeunesse et s'engagent sur les apparences, elle a l'esprit déjà mûr et judicieux; elle veut des sentiments dans un homme, et préfère aux figures les plus brillantes un amant qui sait aimer. Le seigneur don Gonzale ne borna point là l'éloge de sa maîtresse : il entreprit de la faire passer pour l'abrégé de toutes les perfections; mais il avoit un auditeur assez difficile à persuader là-dessus. Après toutes les manœuvres que j'avois vu faire aux comédiennes, je ne croyois pas les vieux seigneurs fort heureux en amour. Je feignis pourtant, par complaisance, d'ajouter foi à tout ce que me dit mon maître; je fis plus, je vantai le discernement et le bon goût d'Eufrasie. Je fus même assez impudent pour avancer qu'elle ne pouvoit avoir de galant plus aimable. Le bonhomme ne sentoit point que je lui donnois de l'encensoir par le nez; au contraire, il s'applaudit de mes paroles : tant il est vrai qu'un flatteur peut tout risquer avec les grands! Ils se prêtent jusqu'aux flatteries les plus outrées.

Le vieillard, après avoir écrit, s'arracha quelques poils de la barbe avec des pincettes; puis il se lava les yeux, pour ôter une épaisse chassie dont ils étoient pleins. Il lava aussi ses oreilles, ensuite ses mains; et, quand il eut fait toutes ses ablutions, il teignit en noir sa moustache, ses sourcils et ses cheveux. Il fut plus long-temps à sa toilette qu'une vieille douairière qui s'étudie à cacher l'outrage des années. Comme il achevoit de s'ajuster, il entra un autre vieillard de ses amis, qu'on nommoit le comte d'Asumar. Quelle différence i y avoit entre eux! Celui-ci laissoit voir ses cheveux blancs, s'appuyoit sur un bâton, et sembloit se faire honneur de sa vieillesse, au lieu de vouloir paroître jeune. Seigneur Pacheco, dit-il en entrant, je viens vous demander à dîner. Soyez le bien-venu, comte, répondit mon maître. En même temps ils s'embrassèrent l'un l'autre, s'assirent, et commencèrent à s'entretenir en attendant qu'on servît.

Leur conversation roula d'abord sur une course de taureaux qui s'étoit faite depuis peu de jours. Ils parlèrent des cavaliers qui y avoient montré le plus d'adresse et de vigueur; et là-dessus le vieux comte, tel que Nestor, à qui toutes les choses présentes donnoient occasion de louer les choses passées, dit en soupirant : Hélas! je ne vois point aujourd'hui d'hommes comparables à ceux que j'ai vus autrefois, ni les tournois ne se font pas avec autant de magnificence qu'on les faisoit dans ma jeunesse. Je riois en moi-même de la prévention du bon seigneur d'Asumar, qui ne s'en tint pas aux tournois; je me souviens, quand il fut à table et qu'on apporta le fruit, qu'il dit en voyant de fort belles pêches qu'on avoit servies : De mon temps, les pêches étoient bien plus grosses qu'elles ne le sont à présent; la nature s'affoiblit de jour en jour. Sur ce pied-là, dis-je alors en moi-même en souriant, les pêches du temps d'Adam devoient être d'une grosseur merveilleuse.

Le comte d'Asumar demeura presque jusqu'au soir avec mon maître, qui ne se vit pas plus tôt débarrassé de lui, qu'il sortit en me disant de le suivre. Nous allâmes chez Eufrasie, qui logeoit à cent pas de notre maison, et nous la trouvâmes dans un appartement des plus propres. Elle étoit galamment habillée, et avoit un air de jeunesse qui me la fit prendre pour une mineure, bien qu'elle eût trente bonnes années pour le moins. Elle pouvoit passer pour jolie, et j'admirai bientôt son esprit. Ce n'étoit pas une de ces coquettes qui n'ont qu'un babil brillant avec des manières libres : elle avoit de la modestie dans son action comme dans ses discours, et elle parloit le plus spirituellement du monde, sans paroître se donner pour spirituelle. Je la considérois avec un extrême étonnement. O ciel! disois-je, est-il possible qu'une personne qui se montre si réservée soit capable de vivre dans le libertinage? Je m'imaginois que toutes les femmes galantes devoient être effrontées. J'étois surpris d'en voir une modeste en apparence, sans faire réflexion que ces créatures savent se composer et se conformer au caractère des gens riches et des seigneurs qui tombent entre leurs mains. Ces payeurs veulent-ils de l'emportement ? elles sont vives et pétulantes. Aiment-ils la retenue ? elles se parent d'un extérieur sage et vertueux. Ce sont de vrais caméléons, qui changent de couleurs suivant l'humeur et le génie des hommes qui les approchent.

Don Gonzale n'étoit pas du goût des seigneurs qui demandent des beautés hardies ; il ne pouvoit souffrir celles-là, et il falloit, pour le piquer, qu'une femme eût un air de vestale : aussi Eufrasie, se réglant là-dessus, faisoit voir que les bonnes comédiennes n'étoient pas toutes à la comédie. Je laissai mon maître avec sa nymphe, et je descendis dans une salle, où je trouvai une vieille femme de chambre, que je reconnus pour une soubrette qui avoit été suivante d'une comédienne. De son côté elle me remit, et nous fîmes une scène de reconnoissance digne d'être employée dans une pièce de théâtre : Eh ! vous voilà, seigneur Gil Blas ! me dit cette soubrette transportée de joie ; vous êtes donc sorti de chez Arsénie, comme moi de chez Constance ? Oh vraiment, lui répondis-je, il y a long-temps que je l'ai quittée ; j'ai même servi depuis une fille de condition. La vie des personnes de théâtre n'est guère de mon goût. Je me suis donné mon congé moi-même, sans daigner avoir le moindre éclaircissement avec Arsénie. Vous avez bien fait, reprit la soubrette, nommée Béatrix. J'en ai usé à peu près de la même manière avec Constance. Un beau matin je lui rendis mes comptes froidement ; elle les reçut sans me dire une syllabe, et nous nous séparâmes assez cavalièrement.

Je suis ravi, lui dis-je, que nous nous retrouvions dans une maison plus honorable. Dona Eufrasia me paroît une façon de femme de qualité, et je la crois d'un très-bon caractère. Vous ne vous trompez pas, me répondit la vieille suivante ; elle a de la naissance, ce qui se voit assez par ses manières ; et pour son humeur, je puis vous assurer qu'il n'y en a point de plus égale ni de plus douce. Elle n'est point de ces maîtresses emportées et difficiles qui trouvent à redire à tout, qui crient sans cesse, tourmentent leurs domestiques, et dont le service, en un mot, est un enfer. Je ne l'ai pas encore entendue gronder une seule fois, tant elle aime la douceur ! Quand il m'arrive de ne pas faire les choses à sa fantaisie, elle me reprend sans colère, et jamais il ne lui échappe de ces épithètes dont les dames violentes sont si libérales. Mon maître, repris-je, est aussi fort doux ; il se familiarise avec moi, et me traite comme son égal plutôt que comme son laquais ; en un mot, c'est le meilleur de tous les humains ; et sur ce pied-là nous sommes, vous et moi, beaucoup mieux que nous n'étions chez nos comédiennes. Mille fois mieux, repartit Béatrix ; je menois une

vie tumultueuse, au lieu que je vis présentement dans la retraite. Il ne vient pas d'autre homme ici que le seigneur don Gonzale. Je ne verrai que vous dans ma solitude, et j'en suis bien aise. Il y a long-temps que j'ai de l'affection pour vous ; et j'ai plus d'une fois envié le bonheur de Laure de vous avoir pour ami ; mais enfin j'espère que je ne serai pas moins heureuse qu'elle. Si je n'ai pas sa jeunesse et sa beauté, en récompense je hais la coquetterie, ce que les hommes ne sauroient assez payer ; je suis une tourterelle pour la fidélité.

Comme la bonne Béatrix étoit une de ces personnes qui sont obligées d'offrir leurs faveurs, parce qu'on ne les leur demanderoit pas, je ne fus nullement tenté de profiter de ses avances. Je ne voulus pas pourtant qu'elle s'aperçût que je la méprisois, et même j'eus la politesse de lui parler de manière qu'elle ne perdît pas toute espérance de m'engager à l'aimer. Je m'imaginai donc que j'avois fait la conquête d'une vieille suivante, et me trompai encore dans cette occasion. La soubrette n'en usoit pas ainsi avec moi seulement pour mes beaux yeux : son dessein étoit de m'inspirer de l'amour pour me mettre dans les intérêts de sa maîtresse, pour qui elle se sentoit si zélée, qu'elle ne s'embarrassoit point de ce qu'il lui en coûteroit pour la servir. Je reconnus mon erreur dès le lendemain matin, que je portai, de la part de mon maître, un billet doux à Eufrasie. Cette dame me fit un accueil gracieux, me dit mille choses obligeantes ; et la femme de chambre aussi s'en mêla. L'une admiroit ma physionomie ; l'autre me trouvoit un air de sagesse et de prudence. A les entendre, le seigneur don Gonzale possédoit en moi un trésor. En un mot, elles me louèrent tant, que je me défiai des louanges qu'elles me donnèrent. J'en pénétrai le motif ; mais je les reçus en apparence avec toute la simplicité d'un sot ; et par cette contre-ruse je trompai les friponnes, qui levèrent enfin le masque.

Écoute, Gil Blas, me dit Eufrasie, il ne tiendra qu'à toi de faire ta fortune. Agissons de concert, mon ami. Don Gonzale est vieux et d'une santé si délicate, que la moindre fièvre, aidée d'un bon médecin, l'emportera. Ménageons les moments qui lui restent ; et faisons en sorte qu'il me laisse la meilleure partie de son bien. Je t'en ferai bonne part, je te le promets ; et tu peux compter sur cette promesse comme si je te la faisois par devant tous les notaires de Madrid. Madame, lui répondis-je, disposez de votre serviteur. Vous n'avez qu'à me prescrire la conduite que je dois tenir, et vous serez satisfaite. Eh bien ! reprit-elle, il faut observer ton maître, et me rendre compte de tous ses pas. Quand vous vous entretiendrez tous deux, ne manque pas de faire tomber la conversation sur les femmes; et de là prends, mais avec art, occasion de lui dire du bien de moi : occupe-le d'Eufrasie autant qu'il te sera possible. Ce n'est pas tout ce que j'exige de toi, mon ami; je te recommande encore d'être fort attentif à ce qui se passe dans la famille des Pacheco. Si tu t'aperçois que quelque parent de don Gonzale ait de grandes assiduités auprès de lui, et couche en joue sa succession, tu m'en avertiras aussitôt : je ne t'en demande pas davantage; je le coulerai à fond en peu de temps. Je connois les divers caractères des parents de ton maître : je sais quels portraits ridicules on lui peut faire d'eux, et j'ai déjà mis assez mal dans son esprit tous ses neveux et ses cousins.

Je jugeai par ces instructions, et par d'autres qu'y joignit Eufrasie, que cette dame étoit de celles qui s'attachent aux vieillards généreux. Elle avoit depuis peu obligé don Gonzale à vendre une terre dont elle avoit touché l'argent. Elle tiroit de lui tous les jours de bonnes nippes, et de plus elle espéroit qu'il ne l'oublieroit pas dans son testament. Je feignis de m'engager volontiers à faire tout ce qu'on attendoit de moi; et, pour ne rien dissimuler, je doutai, en m'en retournant au logis, si je contribuerois à tromper mon maître, ou si j'entreprendrois de le détacher de sa maîtresse. Ce dernier parti me paroissoit plus honnête que l'autre, et je me sentois plus de penchant à remplir mon devoir qu'à le trahir. D'ailleurs Eufrasie ne m'avoit rien promis de positif, et cela peut-être étoit cause qu'elle n'avoit pas corrompu ma fidélité. Je me résolus donc à servir don Gonzale avec zèle, et je me persuadai que, si j'étois assez heureux pour l'arracher à son idole, je serois mieux payé de cette bonne action que des mauvaises que je pourrois faire.

Pour parvenir à la fin que je me proposois, je me montrai tout dévoué au service de doña Eufrasia. Je lui fis accroire que je parlois d'elle incessamment à mon maître; et là-dessus je lui débitois des fables qu'elle prenoit pour argent comptant. Je m'insinuai si bien dans son esprit, qu'elle me crut entièrement dans ses intérêts. Pour mieux lui en imposer encore, j'affectai de paroître amoureux de Béatrix, qui, ravie à son âge de voir un jeune homme à ses trousses, ne se soucioit guère d'être trompée, pourvu que je la trompasse bien [1]. Lorsque nous étions auprès de nos princesses, mon maître et moi, cela faisoit deux tableaux différents dans le même goût. Don

Gonzale, sec et pâle comme je l'ai peint, avoit l'air d'un agonisant quand il vouloit faire les doux yeux; et mon infante, à mesure que je me montrois plus passionné, prenoit des manières enfantines, et faisoit tout le manége d'un vieille coquette : aussi avoit-elle quarante ans d'école pour le moins. Elle s'étoit raffinée au service de quelques-unes de ces héroïnes de galanterie, qui savent plaire jusque dans leur vieillesse, et qui meurent chargées des dépouilles de deux ou trois générations.

Je ne me contentois pas d'aller tous les soirs avec mon maître chez Eufrasie, j'y allois quelquefois tout seul pendant le jour, et je m'attendois toujours à trouver dans cette maison quelque jeune galant caché; mais à quelque heure que j'y entrasse, je n'y rencontrai jamais d'homme, pas même de femme d'un air équivoque. Je n'y découvrois pas la moindre trace d'infidélité; ce qui ne m'étonnoit pas peu; car, quoique Béatrix m'eût assuré que sa maîtresse ne recevoit aucune visite masculine, je ne pouvois penser qu'une si jolie dame fût exactement fidèle à don Gonzale. En quoi certes je ne faisois pas un jugement téméraire; et la belle Eufrasie, comme vous le verrez bientôt, pour attendre plus patiemment la succession de mon maître, s'étoit pourvue d'un amant plus convenable à une femme de son âge.

Un matin, je portois à mon ordinaire un billet doux à la princesse. J'aperçus, tandis que j'étois dans sa chambre, les pieds d'un homme caché derrière une tapisserie. Je me gardai bien de faire connoître que je les voyois; et, sitôt que j'eus fait ma commission, je sortis sans faire semblant de les avoir remarqués; mais, quoique cet objet dût peu me surprendre, et que la chose ne roulât pas sur mon compte, je ne laissai pas d'en être fort ému. Ah! perfide, disois-je avec indignation, scélérate Eufrasie! tu n'es pas satisfaite d'imposer à un bon vieillard en lui persuadant que tu l'aimes; il faut que tu te livres à un autre pour mettre le comble à ta trahison! Que j'étois fat, quand j'y pense, de raisonner de la sorte! Il falloit plutôt rire de cette aventure, et la regarder comme une compensation des ennuis et des langueurs qu'il y avoit dans le commerce de mon maître. J'aurois du moins mieux fait de n'en dire mot, que de me servir de cette occasion pour faire le bon valet. Mais au lieu de modérer mon zèle, j'entrai avec chaleur dans les intérêts de don Gonzale, et lui fis un fidèle rapport de ce que j'avois vu; j'ajoutai même à cela qu'Eufrasie m'avoit voulu séduire. Je ne dissimulai rien de tout ce qu'elle m'avoit dit, et il ne tint qu'à lui de connoître parfaitement sa maîtresse. Il me fit quelques questions comme s'il n'eût pas entièrement ajouté

---

[1] Saint-Lambert a placé cette idée dans une chanson sur *sa maîtresse* :

Dans le sein des faveurs de la beauté que j'aime,
Je déteste les traits dont l'amour m'a frappé.
Mon rival, plus heureux, goûte un bonheur suprême;
On nous trompe tous deux : mais il est mieux trompé.

foi à ce que je venois de lui rapporter ; mais telles furent mes réponses, qu'elles lui ôtèrent la satisfaction d'en pouvoir douter. Il en fut frappé malgré le sang-froid qu'il conservoit dans toute autre chose, et une petite émotion de colère qui parut sur son visage sembla présager que la dame ne lui seroit pas impunément infidèle. C'est assez, Gil Blas, me dit-il ; je suis très-sensible à l'attachement que je te vois à mon service, et la fidélité me plaît. Je vais tout à l'heure chez Eufrasie. Je veux l'accabler de reproches, et rompre avec l'ingrate. A ces mots, il sortit effectivement pour se rendre chez elle ; et il me dispensa de le suivre, pour m'épargner le mauvais rôle que j'aurois eu à jouer pendant leur éclaircissement.

J'attendis le plus impatiemment du monde que mon maître fût de retour. Je ne doutois point qu'ayant un aussi grand sujet qu'il en avoit de se plaindre de sa nymphe, il ne revînt détaché de ses attraits, ou tout au moins résolu d'y renoncer. Dans cette pensée, je m'applaudissois de mon ouvrage. Je me représentois le plaisir qu'auroient les héritiers naturels de don Gonzale, quand ils apprendroient que leur parent n'étoit plus le jouet d'une passion si contraire à leurs intérêts. Je me flattois qu'ils m'en tiendroient compte, et qu'enfin j'allois me distinguer des autres valets de chambre, qui sont ordinairement plus disposés à maintenir leurs maîtres dans la débauche qu'à les en retirer. J'aimois l'honneur, et je pensois avec plaisir que je passerois pour le coryphée des domestiques ; mais une idée si agréable s'évanouit quelques heures après. Mon patron arriva. Mon ami, me dit-il, je viens d'avoir un entretien très-vif avec Eufrasie. Je l'ai traitée d'ingrate et de perfide ; je l'ai accablée de reproches. Sais-tu bien ce qu'elle m'a répondu ? que j'avois tort d'écouter des valets. Elle soutient que tu m'as fait un faux rapport. Tu n'es, si on l'en croit, qu'un imposteur, qu'un valet dévoué à mes neveux, pour l'amour de qui tu n'épargnerois rien pour me brouiller avec elle. J'ai vu couler de ses yeux des pleurs, mais des pleurs véritables. Elle m'a juré, par ce qu'il y a de plus sacré, qu'elle ne t'a fait aucune proposition, et qu'elle ne voit pas un homme. Béatrix, qui me paroît une bonne fille, incapable de mentir, m'a protesté la même chose, de sorte que malgré moi ma colère s'est apaisée.

Eh quoi ! monsieur, interrompis-je avec douleur, doutez-vous de ma sincérité ? vous défiez-vous..... Non, mon enfant, interrompit-il à son tour ; je te rends justice. Je ne te crois point d'accord avec mes neveux. Je suis persuadé que mon intérêt seul te touche, et je t'en sais bon gré : mais, après tout, les apparences sont trompeuses ; peut-être n'as tu pas vu effectivement ce que tu t'imaginois

voir ; et, dans ce cas, juge jusqu'à quel point ton accusation doit être désagréable à Eufrasie ! Quoi qu'il en soit, c'est une femme que je ne puis m'empêcher d'aimer ; c'est mon sort : il faut même que je lui fasse le sacrifice qu'elle exige de mon amour, et ce sacrifice est de te donner ton congé. J'en suis fâché, mon pauvre Gil Blas, poursuivit-il, et je t'assure que je n'y ai consenti qu'à regret : mais je ne saurois faire autrement ; compâtis à ma foiblesse ; ce qui doit te consoler, c'est que je ne te renverrai pas sans récompense. De plus, je prétends te placer chez une dame de mes amies, où tu seras fort agréablement.

Je fus bien mortifié de voir tourner ainsi mon zèle contre moi. Je maudis Eufrasie, et déplorai la foiblesse de don Gonzale de s'en être laissé posséder. Le bon vieillard sentoit assez qu'en me congédiant pour plaire seulement à sa maîtresse, il ne faisoit pas une action des plus viriles ; aussi, pour compenser sa mollesse et me mieux faire avaler la pilule, il me donna cinquante ducats, et me mena le jour suivant chez la marquise de Chaves, à laquelle il dit en ma présence que j'étois un jeune homme qui n'avoit que de bonnes qualités, qu'il m'aimoit, et que des raisons de famille ne lui permettant pas de me retenir à son service, il la prioit de me prendre au sien. Elle me reçut dès ce moment au nombre de ses domestiques ; si bien que je me trouvai tout-à-coup dans une nouvelle maison.

CHAPITRE VIII.

De quel caractère étoit la marquise de Chaves, et quelles personnes alloient ordinairement chez elle.

La marquise de Chaves étoit une veuve de trente-cinq ans, belle, grande et bien faite ; elle jouissoit d'un revenu de dix mille ducats, et n'avoit point d'enfants. Je n'ai jamais vu de femme plus sérieuse, ni qui parlât moins. Cela ne l'empêchoit pas de passer pour la dame de Madrid la plus spirituelle. Le grand concours de personnes de qualité et de gens de lettres qu'on voyoit chez elle tous les jours contribuoit peut-être plus que son mérite à lui donner cette réputation. C'est une chose que je ne déciderai point. Je me contenterai de dire que son nom emportoit une idée de génie supérieur, et que sa maison étoit appelée par excellence, dans la ville, le bureau des ouvrages d'esprit [1]

---

[1] Ce bureau d'esprit réunit beaucoup de traits qui peignent la maison de la marquise de Lambert. Elle tenoit un cercle où se faisoient des lectures graves et sérieuses ; aucun des écrivains comiques du temps n'étoit admis chez elle.

Effectivement, on y lisoit chaque jour, tantôt des poëmes dramatiques, et tantôt d'autres poésies. Mais on n'y faisoit guère que des lectures sérieuses ; les pièces comiques y étoient méprisées. On n'y regardoit la meilleure comédie, ou le roman le plus ingénieux et le plus égayé, que comme une foible production qui ne méritoit aucune louange ; au lieu que le moindre ouvrage sérieux, une ode, une églogue, un sonnet, y passoit pour le plus grand effort de l'esprit humain. Il arrivoit souvent que le public ne confirmoit pas les jugements du bureau, et que même il siffloit quelquefois impoliment les pièces qu'on y avoit fort applaudies.

J'étois maître de salle dans cette maison ; c'est-à-dire que mon emploi consistoit à tout préparer dans l'appartement de ma maîtresse pour recevoir la compagnie, à ranger des chaises pour les hommes et des carreaux pour les femmes : après quoi je me tenois à la porte de la chambre, pour annoncer [1] et introduire les personnes qui arrivoient. Le premier jour, à mesure que je les faisois entrer, le gouverneur des pages, qui par hasard étoit alors dans l'antichambre avec moi, me les dépeignoit agréablement. Il se nommoit André Molina. Il étoit naturellement froid et railleur, et ne manquoit pas d'esprit. D'abord un évêque se présenta. Je l'annonçai ; et, quand il fut entré, le gouverneur me dit : Ce prélat est d'un caractère assez plaisant. Il a quelque crédit à la cour ; mais il voudroit bien persuader qu'il en a beaucoup. Il fait des offres de services à tout le monde, et ne sert personne. Un jour il rencontre chez le roi un cavalier qui le salue ; il l'arrête, l'accable de civilités, et lui serrant la main : Je suis, lui dit-il, tout acquis à votre seigneurie. Mettez-moi, de grâce, à l'épreuve ; je ne mourrai point content si je ne trouve une occasion de vous obliger. Le cavalier le remercia d'une manière pleine de reconnoissance ; et, quand ils furent tous deux séparés, le prélat dit à un de ses officiers qui le suivoit : Je crois connoître cet homme-là ; j'ai une idée confuse de l'avoir vu quelque part.

Un moment après l'évêque, le fils d'un grand parut ; et lorsque je l'eus introduit dans la chambre de ma maîtresse : Ce seigneur, me dit Molina, est encore un original. Imaginez-vous qu'il entre souvent dans une maison pour traiter d'une affaire importante avec le maître du logis, qu'il quitte sans se souvenir de lui en parler. Mais, ajouta le gouverneur, en voyant arriver deux femmes, voici

dona Angela de Penafiel et dona Margarita de Montalvan. Ce sont deux dames qui ne se ressemblent nullement. Dona Margarita se pique d'être philosophe ; elle va tenir tête aux plus profonds docteurs de Salamanque, et jamais ses raisonnements ne céderont à leurs raisons. Pour dona Angela, elle ne fait point la savante, quoiqu'elle ait l'esprit cultivé. Ses discours ont de la justesse, ses pensées sont fines, ses expressions délicates, nobles et naturelles. Ce dernier caractère est aimable, dis-je à Molina ; mais l'autre ne convient guère, ce me semble, au beau sexe. Pas trop, répondit-il en souriant ; il y a même bien des hommes qu'il rend ridicules. Madame la marquise, notre maîtresse, continua-t-il, est aussi un peu grippée de philosophie [1]. Qu'on va disputer ici aujourd'hui ! Dieu veuille que la religion ne soit pas intéressée dans la dispute !

Comme il achevoit ces mots, nous vîmes entrer un homme sec, qui avoit l'air grave et renfrogné. Mon gouverneur ne l'épargna point. Celui-ci, me dit-il, est un de ces esprits sérieux qui veulent passer pour de grands génies, à la faveur de leur silence ou de quelques sentences tirées de Sénèque, et qui ne sont que de sots personnages, à les examiner fort sérieusement. Il vint ensuite un cavalier d'assez belle taille, qui avoit la mine grecque ; c'est-à-dire le maintien plein de suffisance. Je demandai qui c'étoit. C'est un poète dramatique, me dit Molina. Il a fait cent mille vers en sa vie, qui ne lui ont pas rapporté quatre sous ; mais en récompense, il vient, avec six lignes de prose, de se faire un établissement considérable.

J'allois m'éclaircir de la nature d'une fortune faite à si peu de frais, quand j'entendis un grand bruit sur l'escalier. Bon, s'écria le gouverneur, voici le licencié Campanario [2]. Il s'annonce lui-même avant qu'il paroisse. Il se met à parler dès la porte de la rue, et en voilà jusqu'à ce qu'il soit sorti de la maison. En effet tout retentissoit de la voix du bruyant licencié, qui entra enfin dans l'antichambre avec un bachelier de ses amis, et qui ne déparla point tant que dura sa visite. Le seigneur Campanario, dis-je à Molina, est apparemment un beau génie. Oui, me répondit mon gouverneur, c'est un homme qui a des saillies brillantes, des expressions détournées ; il est réjouissant. Mais, outre que c'est un parleur impitoyable, il ne laisse pas de se répéter ; et, pour n'estimer les choses qu'autant qu'elles valent, je crois que l'air agréable et comique dont il assaisonne ce qu'il dit en fait le plus grand mérite. La

---

[1] M. Smollett, qui a traduit Gil Blas en langue anglaise, a placé ici une note sur le rôle du domestique qui prononce tout haut le nom des personnes qui entrent. Il l'appelle *the Announcer ;* mais nous ne disons *l'Annonceur* qu'en parlant d'un comédien.

[1] *Grippée,* entêtée, entichée. Ce mot, très-familier, a été un temps à la mode.

[2] *Campanario,* clocher, carillon.

meilleure partie de ses traits ne feroit pas grand 'honneur à un recueil de bons mots.

Il vint encore d'autres personnes dont Molina me fit de plaisants portraits. Il n'oublia pas de me peindre aussi la marquise, et sa peinture fut de mon goût. Je vous donne, me dit-il, notre patronne pour un esprit assez uni, malgré sa philosophie. Elle n'est point d'une humeur difficile, et on a peu de caprices à essuyer en la servant. C'est une femme de qualité des plus raisonnables que je connoisse; elle n'a même aucune passion. Elle est sans goût pour le jeu comme pour la galanterie, et n'aime que la conversation. Sa vie seroit bien ennuyeuse pour la plupart des dames. Le gouverneur, par cet éloge, me prévint en faveur de ma maîtresse. Cependant, quelques jours après, je ne pus m'empêcher de la soupçonner de n'être pas si ennemic de l'amour; et je vais dire sur quel fondement je conçus ce soupçon.

Un matin, pendant qu'elle étoit à sa toilette, il se présenta devant moi un petit homme de quarante ans, désagréable de sa figure, plus crasseux que l'auteur Pedro de Moya, et fort bossu par dessus le marché. Il me dit qu'il vouloit parler à madame la marquise. Je lui demandai de quelle part. De la mienne, répondit-il fièrement. Dites-lui que je suis le cavalier dont elle s'entretint hier avec dona Anna de Velasco. Je l'introduisis dans l'appartement de ma maîtresse, et je l'annonçai. La marquise fit aussitôt une exclamation, et dit avec un transport de joie qu'il pouvoit entrer. Elle ne se contenta pas de le recevoir favorablement, elle obligea toutes ses femmes à sortir de la chambre; de sorte que le petit bossu, plus heureux qu'un honnête homme, y demeura seul avec elle. Les soubrettes et moi nous rîmes un peu de ce beau tête-à-tête, qui dura près d'une heure; après quoi ma patronne congédia le bossu, en lui faisant des civilités qui marquoient qu'elle étoit très-contente de lui.

Elle avoit effectivement pris tant de plaisir à son entretien, qu'elle me dit le soir en particulier : Gil Blas, quand le bossu reviendra, faites-le entrer dans mon appartement le plus secrètement que vous pourrez. Ce commandement, je l'avoue, me donna d'étranges soupçons; néanmoins, suivant l'ordre de la marquise, dès que le petit homme revint, et ce fut le lendemain matin, je le conduisis par un escalier dérobé jusque dans la chambre de madame. Je fis pieusement la même chose deux ou trois fois, et je conclus de là que la marquise avoit des inclinations bizarres, ou que le bossu faisoit le personnage d'un entremetteur.

Ma foi, disois-je, prévenu de cette opinion, si ma maîtresse aime quelque homme bien fait, je le lui pardonne; mais si elle est entêtée de ce ma-

got, franchement je ne puis excuser cette dépravation de goût. Que je jugeois mal de la patronne! Le petit bossu se mêloit de magie; et, comme on avoit vanté son savoir à la marquise, qui se prêtoit volontiers aux prestiges des charlatans, elle avoit des entretiens particuliers avec lui. Il faisoit voir dans le verre, montroit à tourner le sas, et révéloit, pour de l'argent, tous les mystères de la cabale; ou bien, pour parler plus juste, c'étoit un fripon qui subsistoit aux dépens des personnes trop crédules; et l'on disoit qu'il avoit sous contribution plusieurs femmes de qualité [1].

CHAPITRE IX.

Par quel incident Gil Blas sortit de chez la marquise de Chaves, et ce qu'il devint.

Il y avoit six mois que je demeurois chez la marquise de Chaves, et j'étois fort content de ma condition. Mais la destinée que j'avois à remplir ne me permit pas de faire un plus long séjour dans la maison de cette dame, ni même à Madrid. Voici l'aventure qui m'obligea de m'en éloigner.

Parmi les femmes de ma maîtresse, il y en avoit une qu'on appeloit Porcie. Outre qu'elle étoit jeune et belle, je la trouvai d'un si bon caractère, que je m'y attachai, sans savoir qu'il me faudroit disputer son cœur. Le secrétaire de la marquise, homme fier et jaloux, étoit épris de ma belle. Il s'aperçut pas plus tôt de mon amour, que, sans chercher à s'éclaircir de quel œil Porcie me voyoit, il résolut de me faire tirer l'épée. Pour cet effet, il me donna rendez-vous un matin dans un endroit

[1] C'étoit un foible assez commun chez les femmes de qualité du siècle de Louis XIV, que la croyance à la magie et la fureur de consulter les diseurs de bonne aventure. Les histoires de la Voisin n'avoient été que trop célèbres. En 1672, La Fontaine avoit fait sa fable des *Devineresses* (livre VII, fable 15). En 1700, la Duverger étoit une devineresse fort en vogue à Paris. Dancourt en parle expressément dans une comédie qui fut jouée cette année-là :

LA GREFFIÈRE.

« Qu'on blâme les devineresses tant qu'on voudra, je « suis fort contente de la Duverger, pour moi.

LISETTE.

« Comment donc, madame?

LA GREFFIÈRE

« Nous y voilà parvenues, ma pauvre Lisette : nous « y touchons du bout du doigt, ma chère enfant.

LISETTE

« Et à quoi madame?

LA GREFFIÈRE.

« A cet heureux temps que la Duverger m'a tant « promis à la fin du siècle, et à mon bonheur. » (*Les Bourgeoises de qualité*, acte II, scène 3.)

écarté. Comme c'étoit un petit homme qui m'arrivoit à peine aux épaules, et qui me paroissoit très-foible, je ne le crus pas un rival fort dangereux. Je me rendis avec confiance au lieu où il m'avoit appelé. Je comptois bien de remporter une victoire aisée, et de m'en faire un mérite auprès de Porcie; mais l'événement ne répondit point à mon attente. Le petit secrétaire, qui avoit deux ou trois ans de salle, me désarma comme un enfant; et me présentant la pointe de son épée : Prépare-toi, me dit-il, à recevoir le coup de la mort, ou bien donne-moi ta parole d'honneur que tu sortiras aujourd'hui de chez la marquise de Chaves, et que tu ne penseras plus à Porcie. Je lui fis volontiers cette promesse, et je la tins sans répugnance. Je me faisois une peine de paroître devant les domestiques de notre hôtel, après avoir été vaincu, et surtout devant la belle Hélène qui avoit fait le sujet de notre combat. Je ne retournai au logis que pour y prendre tout ce que j'avois de nippes et d'argent, et dès le même jour je marchai vers Tolède, la bourse assez bien garnie, et le dos chargé d'un paquet composé de toutes mes hardes. Quoique je ne me fusse point engagé à quitter le séjour de Madrid, je jugeai à propos de m'en écarter, du moins pour quelques années. Je formai la résolution de parcourir l'Espagne, et de m'arrêter de ville en ville. L'argent que j'ai, disois-je, me mènera loin ; je ne le dépenserai pas indiscrètement, et, quand je n'en aurai plus, je me remettrai à servir. Un garçon fait comme je suis trouvera des conditions de reste quand il lui plaira d'en chercher ; je n'aurai qu'à choisir.

J'avois particulièrement envie de voir Tolède; j'y arrivai au bout de trois jours. J'allai loger dans une bonne hôtellerie, où je passai pour un cavalier d'importance, à la faveur de mon habit d'homme à bonnes fortunes, dont je ne manquai pas de me parer; et, par des airs de petit-maître que j'affectai de me donner, il dépendit de moi de lier commerce avec de jolies femmes qui demeuroient dans mon voisinage : mais ayant appris qu'il falloit débuter chez elles par une grande dépense, cela brida mes désirs, et me sentant toujours du goût pour les voyages, après avoir vu tout ce qu'on voit de curieux à Tolède, j'en partis un jour au lever de l'aurore, et pris le chemin de Cuença, dans le dessein d'aller en Aragon. J'entrai la seconde journée dans une hôtellerie que je trouvai sur la route ; et, dans le temps que je commençois à m'y rafraîchir, il survint une troupe d'archers de la sainte Hermandad. Ces messieurs demandèrent du vin, se mirent à boire, et j'entendis qu'en buvant ils faisoient le portrait d'un jeune homme qu'ils avoient ordre d'arrêter. Le cavalier, disoit l'un d'entre eux, n'a pas plus de vingt-trois ans ; il a de

longs cheveux noirs, une belle taille, le nez aquilin, et il est monté sur un cheval bai-brun.

Je les écoutai sans paroître faire quelque attention à ce qu'ils disoient, et véritablement je ne m'en souciois guère. Je les laissai dans l'hôtellerie, et continuai mon chemin. Je n'eus pas fait un demi-quart de lieue, que je rencontrai un jeune cavalier fort bien fait, et monté sur un cheval châtain. Par ma foi, dis-je en moi-même, voici l'homme que les archers cherchent, ou je suis bien trompé. Il a une longue chevelure noire et le nez aquilin; c'est assurément lui qu'on veut pincer. Il faut que je lui rende un bon office. Seigneur, lui dis-je, permettez-moi de vous demander si vous n'avez point sur les bras quelque affaire d'honneur. Le jeune homme, sans me répondre, jeta les yeux sur moi, et parut surpris de ma question. Je l'assurai que ce n'étoit point par curiosité que je venois de lui adresser ces paroles. Il en fut bien persuadé quand je lui eus rapporté tout ce que j'avois entendu dans l'hôtellerie. Généreux inconnu, me dit-il, je ne vous dissimulerai point que j'ai sujet de croire qu'effectivement c'est à moi que ces archers en veulent; ainsi je vais suivre une autre route pour les éviter. Je suis d'avis, lui répliquai-je, que nous cherchions un endroit où vous soyez sûrement, et où nous puissions nous mettre à couvert d'un orage que je vois dans l'air, et qui va bientôt tomber. En même temps nous découvrîmes et gagnâmes une allée d'arbres assez touffus, qui nous conduisit au pied d'une montagne, où nous trouvâmes un ermitage.

C'étoit une grande et profonde grotte que le temps avoit percée dans la montagne ; et la main des hommes y avoit ajouté un avant-corps de logis bâti de rocailles et de coquillages, et tout couvert de gazon. Les environs étoient parsemés de mille sortes de fleurs qui parfumoient l'air ; et l'on voyoit auprès de la grotte une petite ouverture dans la montagne, par où sortoit avec bruit une source d'eau qui couroit se répandre dans une prairie. Il y avoit à l'entrée de cette maison solitaire un bon ermite qui paroissoit accablé de vieillesse. Il s'appuyoit d'une main sur un bâton, et de l'autre il tenoit un rosaire à gros grains, de vingt dixaines pour le moins. Il avoit la tête enfoncée dans un bonnet de laine brune à longues oreilles, et sa barbe, plus blanche que la neige, lui descendoit jusqu'à la ceinture. Nous nous approchâmes de lui. Mon père, lui dis-je, voulez-vous bien que nous vous demandions un asile contre l'orage qui nous menace? Venez, mes enfants, répondit l'anachorète après m'avoir regardé avec attention; cet ermitage vous est ouvert, et vous y pourrez demeurer tant qu'il vous plaira. Pour votre cheval, ajouta-t-il en nous montrant l'avant-corps de logis, il sera fort bien là. Le cavalier qui m'accompagnoit y fit entrer son cheval, et nous suivîmes le vieillard dans la grotte.

Nous n'y fûmes pas plus tôt, qu'il tomba une grosse pluie, entremêlée d'éclairs et de coups de tonnerre épouvantables. L'ermite se mit à genoux devant une image de saint Pacôme [1] qui étoit collée contre un mur, et nous en fîmes autant à son exemple. Cependant le tonnerre cessa. Nous nous levâmes; mais comme la pluie continuoit, et que la nuit n'étoit pas fort éloignée, le vieillard nous dit : Mes enfants, je ne vous conseille pas de vous remettre en chemin par ce temps-là, à moins que vous n'ayez des affaires bien pressantes. Nous répondîmes, le jeune homme et moi, que nous n'en avions point qui nous défendissent de nous arrêter, et que, si nous n'appréhendions pas de l'incommoder, nous le prierions de nous laisser passer la nuit dans son ermitage. Vous ne m'incommoderez point, répliqua l'ermite. C'est vous seuls qu'il faut plaindre. Vous serez fort mal couchés, et je n'ai à vous offrir qu'un repas d'anachorète.

Après avoir ainsi parlé, le saint homme nous fit asseoir à une petite table, et nous présentant quelques ciboules, avec un morceau de pain et une cruche d'eau : Mes enfants, reprit-il, vous voyez mes repas ordinaires : mais je veux aujourd'hui faire un excès pour l'amour de vous. A ces mots, il alla prendre un peu de fromage et deux poignées de noisettes qu'il étala sur la table. Le jeune homme, qui n'avoit pas grand appétit, ne fit guère d'honneur à ces mets. Je m'aperçois, lui dit l'ermite, que vous êtes accoutumés à de meilleures tables que la mienne, ou plutôt que la sensualité a corrompu votre goût naturel. J'ai été comme vous dans le monde. Les viandes les plus délicates, les ragoûts les plus exquis n'étoient pas trop bons pour moi; mais depuis que je vis dans la solitude, j'ai rendu à mon goût toute sa pureté. Je n'aime présentement que les racines, les fruits, le lait, en un mot, que ce qui faisoit toute la nourriture de nos premiers pères.

Tandis qu'il parloit de la sorte, le jeune homme tomba dans une profonde rêverie. L'ermite s'en aperçut. Mon fils, lui dit-il, vous avez l'esprit embarrassé? Ne puis-je savoir ce qui vous occupe? Ouvrez-moi votre cœur. Ce n'est point par curiosité que je vous en presse, c'est la seule charité qui m'anime. Je suis dans un âge à donner des conseils, et vous êtes peut-être dans une situation à en avoir besoin. Oui, mon père, répondit le cavalier en soupirant, j'en ai besoin sans doute, et je veux suivre les vôtres, puisque vous

avez la bonté de me les offrir. Je crois que je ne risque rien à me découvrir à un homme tel que vous. Non, mon fils, dit le vieillard, vous n'avez rien à craindre; on peut me faire toute sorte de confidences. Alors le cavalier lui parla dans ces termes.

CHAPITRE X.

Histoire de don Alphonse et de la belle Séraphine.

Je ne vous déguiserai rien, mon père, non plus qu'à ce cavalier qui m'écoute : après la générosité qu'il a fait paroître, j'aurois tort de me défier de lui. Je vais vous apprendre mes malheurs. Je suis de Madrid, et voici mon origine. Un officier de la garde allemande, nommé le baron de Steinbach, rentrant un soir dans sa maison, aperçut au pied de l'escalier un paquet de linge blanc. Il le prit et l'emporta dans l'appartement de sa femme, où il se trouva que c'étoit un enfant nouveau-né, enveloppé dans une toilette fort propre, avec un billet par lequel on assuroit qu'il appartenoit à des personnes de qualité qui se feroient connoître un jour; et l'on ajoutoit qu'il avoit été baptisé et nommé Alphonse. Je suis cet enfant malheureux, et c'est tout ce que je sais. Victime de l'honneur ou de l'infidélité, j'ignore si ma mère ne m'a point exposé seulement pour cacher de honteuses amours, ou si, séduite par un amant parjure, elle s'est trouvée dans la cruelle nécessité de me désavouer.

Quoi qu'il en soit, le baron et sa femme furent touchés de mon sort; et comme ils n'avoient point d'enfants, ils se déterminèrent à m'élever sous le nom de don Alphonse. A mesure que j'avançois en âge, ils se sentoient attacher à moi. Mes manières flatteuses et complaisantes excitoient à tous moments leurs caresses. Enfin j'eus le bonheur de m'en faire aimer. Ils me donnèrent toute sorte de maîtres. Mon éducation devint leur unique étude; et loin d'attendre impatiemment que mes parents se découvrissent, il sembloit au contraire qu'ils souhaitassent que ma naissance demeurât toujours inconnue. Dès que le baron me vit en état de porter les armes, il me mit dans le service. Il obtint pour moi une enseigne, me fit faire un petit équipage; et, pour mieux m'animer à chercher les occasions d'acquérir de la gloire, il me représenta que la carrière de l'honneur étoit ouverte à tout le monde, et que je pouvois dans la guerre me faire un nom d'autant plus glorieux que je ne le devrois qu'à moi seul. En même temps il me révéla le secret de ma naissance, qu'il m'avoit caché jusque là. Comme je passois pour son fils dans Madrid, et que j'avois cru l'être effectivement, je vous avouerai que cette confidence me fit beau-

---

[1] Saint Pacôme, célèbre parmi les pères du désert, peupla la Thébaïde de saints solitaires, et eut sous sa conduite plus de cinq mille moines.

coup de peine. Je ne pouvois et ne puis encore y penser sans honte. Plus mes sentiments semblent m'assurer d'une noble origine, plus j'ai de confusion de me voir abandonné des personnes à qui je dois le jour.

J'allai servir dans les Pays-Bas, mais la paix se fit fort peu de temps après ; et, l'Espagne se trouvant sans ennemis, mais non sans envieux, je revins à Madrid, où je reçus du baron et de sa femme de nouvelles marques de tendresse. Il y avoit déjà deux mois que j'étois de retour, lorsqu'un petit page entra dans ma chambre un matin, et me présenta un billet à peu près conçu dans ces termes : « Je ne suis ni laide ni mal faite, et cependant vous » me voyez souvent à mes fenêtres sans m'agacer. » Ce procédé répond mal à votre air galant ; et j'en » suis si piquée, que je voudrois bien, pour m'en » venger, vous donner de l'amour. »

Après avoir lu ce billet, je ne doutai point qu'il ne fût d'une veuve appelée Léonor, qui demeuroit vis-à-vis de notre maison, et qui avoit la réputation d'être fort coquette. Je questionnai là-dessus le petit page, qui voulut d'abord faire le discret ; mais, pour un ducat que je lui donnai, il satisfit ma curiosité. Il se chargea même d'une réponse par laquelle je mandois à sa maîtresse que je reconnoissois mon crime, et que je sentois déjà qu'elle étoit à demi vengée.

Je ne fus pas insensible à cette façon de conquête. Je ne sortis point le reste de la journée, et j'eus grand soin de me tenir à mes fenêtres pour observer la dame, qui n'oublia pas de se montrer aux siennes. Je lui fis des mines. Elle y répondit ; et dès le lendemain elle me manda par son petit page, que si je voulois la nuit prochaine me trouver dans la rue entre onze heures et minuit, je pourrois l'entretenir à la fenêtre d'une salle basse. Quoique je ne me sentisse pas fort amoureux d'une veuve si vive, je ne laissai pas de lui faire une réponse très-passionnée, et d'attendre la nuit avec autant d'impatience que si j'eusse été bien touché. Lorsqu'elle fut venue, j'allai me promener au Prado [1] jusqu'à l'heure du rendez-vous. Je n'y étois pas encore arrivé, qu'un homme monté sur un beau cheval mit tout-à-coup pied à terre auprès de moi ; et m'abordant d'un air brusque : Cavalier, me dit-il, n'êtes-vous pas fils du baron de Steinbach? Oui, lui répondis-je. C'est donc vous, reprit-il, qui devez cette nuit entretenir Léonor à sa fenêtre? J'ai vu ses lettres et vos réponses ; son page me les a montrées ; et je vous ai suivi ce soir depuis votre maison jusqu'ici, pour vous apprendre que vous avez un rival dont la

[1] *Prado* veut dire *pré* ; mais ce mot, à Madrid, désigne une promenade publique plantée d'arbres comme le Parc à Londres.

vanité s'indigne d'avoir un cœur à disputer avec vous. Je crois qu'il n'est pas besoin de vous en dire davantage. Nous sommes dans un endroit écarté ; battons-nous, à moins que, pour éviter le châtiment que je vous apprête, vous ne me promettiez de rompre tout commerce avec Léonor. Sacrifiez-moi les espérances que vous avez conçues, ou bien je vais vous ôter la vie. Il falloit, lui dis-je, demander ce sacrifice, et non pas l'exiger. J'aurois pu l'accorder à vos prières ; mais je le refuse à vos menaces.

Eh bien ! répliqua-t-il après avoir attaché son cheval à un arbre, battons-nous donc. Il ne convient point à une personne de ma qualité de s'abaisser à prier un homme de la vôtre. La plupart même de mes pareils, à ma place, se vengeroient de vous d'une manière moins honorable. Je me sentis choqué de ces dernières paroles ; et voyant qu'il avoit déjà tiré son épée, je tirai aussi la mienne. Nous nous battîmes avec tant de furie, que le combat ne dura pas long-temps. Soit qu'il s'y prît avec trop d'ardeur, soit que je fusse plus adroit que lui, je le perçai bientôt d'un coup mortel. Je le vis chanceler et tomber. Alors ne songeant plus qu'à me sauver, je montai sur son propre cheval, et pris la route de Tolède. Je n'osai pas retourner chez le baron de Steinbach, jugeant bien que mon aventure ne feroit que l'affliger ; et, quand je me représentois tout le péril où j'étois, je croyois ne pouvoir assez tôt m'éloigner de Madrid.

En faisant là-dessus les plus tristes réflexions, je marchai le reste de la nuit et toute la matinée. Mais sur le midi il fallut m'arrêter pour faire reposer mon cheval et laisser passer la chaleur, qui devenoit insupportable. Je demeurai dans un village jusqu'au coucher du soleil ; après quoi, voulant aller tout d'une traite à Tolède, je continuai mon chemin. J'avois déjà gagné Illescas et deux lieues par delà, lorsque, environ sur le minuit, un orage pareil à celui d'aujourd'hui vint me surprendre au milieu de la campagne. Je m'approchai des murs d'un jardin que je découvris à quelques pas de moi, et, ne trouvant pas d'abri plus commode, je me rangeai avec mon cheval, le mieux qu'il me fut possible, auprès de la porte d'un cabinet qui étoit au bout du mur, et au-dessus de laquelle il y avoit un balcon. Comme je m'appuyois contre la porte, je sentis qu'elle étoit ouverte ; ce que j'attribuai à la négligence des domestiques. Je mis pied à terre ; et, moins par curiosité que pour être mieux à couvert de la pluie, qui ne laissoit pas de m'incommoder sous le balcon, j'entrai dans le bas du cabinet avec mon cheval que je tirois par la bride.

Je m'attachai, pendant l'orage, à observer les lieux où j'étois, et, quoique je n'en pusse guère juger qu'à la faveur des éclairs, je connus bien que c'étoit une maison qui ne devoit point appartenir à des personnes du commun. J'attendois toujours que la pluie cessât, pour me remettre en chemin; mais une grande lumière que j'aperçus de loin me fit prendre une autre résolution. Je laissai mon cheval dans le cabinet, dont j'eus soin de fermer la porte; je m'avançai vers cette lumière, persuadé que l'on étoit encore sur pied dans cette maison, et résolus d'y demander un logement pour cette nuit. Après avoir traversé quelques allées, j'arrivai près d'un salon dont je trouvai aussi la porte ouverte. J'y entrai; et, quand j'en eus vu toute la magnificence à la faveur d'un beau lustre de cristal où il y avoit quelques bougies, je ne doutai point que je ne fusse chez un grand seigneur. Le pavé en étoit de marbre, le lambris fort propre et artistement décoré, la corniche admirablement bien travaillée, et le plafond me parut l'ouvrage des plus habiles peintres. Mais ce que je regardai particulièrement, ce fut une infinité de bustes de héros espagnols, que soutenoient des escabellons de marbre jaspé qui régnoient autour du salon. J'eus le loisir de considérer toutes ces choses; car j'avois beau de temps en temps prêter une oreille attentive, je n'entendois aucun bruit, ni ne voyois paroître personne.

Il y avoit à l'un des côtés du salon une porte qui n'étoit que poussée; je l'entr'ouvris, et j'aperçus une enfilade de chambres dont la dernière seulement étoit éclairée. Que dois-je faire? dis-je alors en moi-même. M'en retournerai-je, ou serai-je assez hardi pour pénétrer jusqu'à cette chambre? Je pensois bien que le parti le plus judicieux c'étoit de retourner sur mes pas; mais je ne pus résister à ma curiosité, ou, pour mieux dire, à la force de mon étoile qui m'entraînoit. Je m'avance, je traverse les chambres, et j'arrive à celle où il y avoit de la lumière, c'est-à-dire une bougie qui brûloit sur une table de marbre dans un flambeau de vermeil. Je remarquai d'abord un ameublement d'été très-propre et très-galant; mais bientôt, jetant les yeux sur un lit dont les rideaux étoient à demi ouverts à cause de la chaleur, je vis un objet qui attira mon attention tout entière. C'étoit une jeune dame, qui, malgré le bruit du tonnerre qui venoit de se faire entendre, dormoit d'un profond sommeil. Je m'approchai d'elle tout doucement; et, à la clarté que la bougie me prêtoit, je démêlai un teint et des traits qui m'éblouirent. Mes esprits tout-à-coup se troublèrent à sa vue. Je me sentis saisir, transporter; mais, quelques mouvements qui m'agitassent, l'opinion que j'avois de la noblesse de son sang m'empêcha de former une pensée téméraire, et le res-

pect l'emporta sur le sentiment. Pendant que je m'enivrois du plaisir de la contempler, elle se réveilla.

Imaginez-vous quelle fut sa surprise de voir dans sa chambre et au milieu de la nuit un homme qu'elle ne connoissoit point. Elle frémit en m'apercevant, et fit un grand cri. Je m'efforçai de la rassurer; et mettant un genou à terre: Madame, lui dis-je, ne craignez rien; je ne viens point ici pour vous nuire. J'allois continuer; mais elle étoit si effrayée qu'elle ne m'écouta point. Elle appelle ses femmes à plusieurs reprises; et, comme personne ne lui répondoit, elle prend une robe de chambre légère qui étoit au pied de son lit, se lève brusquement, et passe dans les chambres que j'avois traversées, en appelant encore les filles qui la servoient, aussi bien qu'une sœur cadette qu'elle avoit sous sa conduite. Je m'attendois à voir arriver tous les valets; et j'avois lieu d'appréhender que, sans vouloir m'entendre, ils ne me fissent un mauvais traitement; mais, par bonheur pour moi, elle eut beau crier, il ne vint à ses cris qu'un vieux domestique qui ne lui auroit pas été d'un grand secours si elle eût eu quelque chose à craindre. Néanmoins, devenue un peu plus hardie par sa présence, elle me demanda fièrement qui j'étois, par où et pourquoi j'avois eu l'audace d'entrer dans sa maison. Je commençai alors à me justifier; et je ne lui eus pas sitôt dit que j'avois trouvé la porte du cabinet du jardin ouverte, qu'elle s'écria dans le moment: Juste ciel! quel soupçon me vient dans l'esprit!

En disant ces paroles, elle alla prendre la bougie sur la table; elle parcourut toutes les chambres l'une après l'autre, et elle n'y vit ni ses femmes ni sa sœur; elle remarqua même qu'elles avoient emporté toutes leurs hardes. Ses soupçons ne lui paroissant alors que trop bien éclaircis, elle vint à moi avec beaucoup d'émotion, et me dit: Perfide, n'ajoute pas la feinte à la trahison. Ce n'est pas le hasard qui t'a fait entrer ici: tu es de la suite de don Fernand de Leyva, et tu as part à son crime. Mais n'espère pas m'échapper; il me reste encore assez de monde pour t'arrêter. Madame, lui dis-je, ne me confondez point avec vos ennemis. Je ne connois point don Fernand de Leyva; j'ignore même qui vous êtes. Je suis un malheureux qu'une affaire d'honneur oblige à s'éloigner de Madrid; et je jure, par tout ce qu'il y a de plus sacré, que, sans l'orage qui m'a surpris, je ne serois point venu chez vous. Jugez donc de moi plus favorablement: au lieu de me croire complice du crime qui vous offense, croyez-moi plutôt disposé à vous venger. Ces derniers mots, et le ton dont je les prononçai, apaisèrent la dame, qui sembla ne plus me regarder comme son ennemi : mais si elle perdit sa colère, ce ne fut que pour se livrer à sa douleur. Elle se mit à pleurer amèrement. Ses larmes m'attendrirent ; et je n'étois guère moins affligé qu'elle, bien que je ne susse pas encore le sujet de son affliction. Je ne me contentai pas de pleurer avec elle ; impatient de venger son injure, je me sentis saisir d'un mouvement de fureur. Madame, m'écriai-je, quel outrage avez-vous reçu ? Parlez : j'épouse votre ressentiment. Voulez-vous que je coure après don Fernand et que je lui perce le cœur ? Nommez-moi tous ceux qu'il faut vous immoler : commandez. Quelques périls, quelques malheurs qui soient attachés à votre vengeance, cet inconnu, que vous croyez d'accord avec vos ennemis, va s'y exposer pour vous.

Ce transport surprit la dame et arrêta le cours de ses pleurs. Ah ! seigneur, me dit-elle, pardonnez ce soupçon à l'état cruel où je me vois. Ces sentiments généreux détrompent Séraphine ; ils m'ôtent jusqu'à la honte d'avoir un étranger pour témoin d'un affront fait à ma famille. Oui, noble inconnu, je reconnois mon erreur, et je ne rejette pas votre secours ; mais je ne demande point la mort de don Fernand. Eh bien ! madame, repris-je, quels services pouvez-vous attendre de moi ? Seigneur, repartit Séraphine, voici de quoi je me plains. Don Fernand de Leyva est amoureux de ma sœur Julie, qu'il a vue par hasard à Tolède, où nous demeurons ordinairement. Il y a trois mois qu'il en fit la demande au comte de Polan mon père, qui lui refusa son aveu, à cause d'une vieille inimitié qui règne entre nos maisons. Ma sœur n'a pas encore quinze ans ; elle aura eu la foiblesse de suivre les mauvais conseils de mes femmes, que don Fernand a sans doute gagnées ; et ce cavalier, averti que nous étions toutes seules en cette maison de campagne, a pris ce temps pour enlever Julie. Je voudrois du moins savoir quelle retraite il lui a choisie, afin que mon père et mon frère, qui sont à Madrid depuis deux mois, puissent prendre des mesures là-dessus. Au nom de Dieu, ajouta-t-elle, donnez-vous la peine de parcourir les environs de Tolède ; faites une exacte recherche de cet enlèvement : que ma famille vous ait cette obligation-là.

La dame ne songeoit pas que l'emploi dont elle me chargeoit ne convenoit guère à un homme qui ne pouvoit trop tôt sortir de Castille ; mais comment y auroit-elle fait réflexion ? je n'y pensois pas moi-même. Charmé du bonheur de me voir nécessaire à la plus aimable personne du monde, j'acceptai la commission avec transport, et promis de m'en acquitter avec autant de zèle que de diligence. En effet je n'attendis pas qu'il fût jour pour aller accomplir ma promesse ; je quittai sur-le-

champ Séraphine, en la conjurant de me pardonner la frayeur que je lui avois causée, et l'assurant qu'elle auroit bientôt de mes nouvelles. Je sortis par où j'étois entré, mais si occupé de la dame, qu'il ne me fut pas difficile de juger que j'en étois déjà fort épris. Je m'en aperçus encore mieux à l'empressement que j'avois de courir pour elle, et aux amoureuses chimères que je formai. Je me représentois que Séraphine, quoique possédée de sa douleur, avoit remarqué mon amour naissant, et qu'elle ne l'avoit peut-être pas vu sans plaisir. Je m'imaginois même que si je pouvois lui porter des nouvelles certaines de sa sœur, et que l'affaire tournât au gré de ses souhaits, j'en aurois tout l'honneur.

Don Alphonse interrompit en cet endroit le fil de son histoire, et dit au vieil ermite : Je vous demande pardon, mon père, si, trop plein de ma passion, je m'étends sur des circonstances qui vous ennuient sans doute. Non, mon fils, répondit l'anachorète, elles ne m'ennuient pas ; je suis même bien aise de savoir jusqu'à quel point vous êtes épris de cette jeune dame dont vous m'entretenez : je réglerai là-dessus mes conseils.

L'esprit échauffé de ces flatteuses images, reprit le jeune homme, je cherchai pendant deux jours le ravisseur de Julie ; mais j'eus beau faire toutes les perquisitions imaginables, il ne me fut pas possible d'en découvrir les traces. Très-mortifié de n'avoir recueilli aucun fruit de mes recherches, je retournai chez Séraphine, que je me peignois dans une extrême inquiétude. Cependant elle étoit plus tranquille que je ne pensois. Elle m'apprit qu'elle avoit été plus heureuse que moi ; qu'elle savoit ce que sa sœur étoit devenue ; qu'elle avoit reçu une lettre de don Fernand même, qui lui mandoit qu'après avoir secrètement épousé Julie, il l'avoit conduite dans un couvent de Tolède. J'ai envoyé sa lettre à mon père, poursuivit Séraphine. J'espère que la chose pourra se terminer à l'amiable, et qu'un mariage solennel éteindra bientôt la haine qui sépare depuis si long-temps nos maisons.

Lorsque la dame m'eut instruit du sort de sa sœur, elle parla de la fatigue qu'elle m'avoit causée, et du péril où elle pouvoit m'avoir imprudemment jeté en m'engageant à poursuivre un ravisseur, sans se souvenir que je lui avois dit qu'une affaire d'honneur me faisoit prendre la fuite. Elle m'en fit des excuses dans les termes les plus obligeants. Comme j'avois besoin de repos, elle me mena dans le salon, où nous nous assîmes tous deux. Elle avoit une robe de chambre de taffetas blanc à raies noires, avec un petit chapeau de la même étoffe et des plumes noires ; ce qui me fit juger qu'elle pouvoit être veuve. Mais elle me paroissoit si jeune, que je ne savois ce que j'en devois penser.

Si j'avois envie de m'en éclaircir, elle n'en avoit pas moins de savoir qui j'étois. Elle me pria de lui apprendre mon nom, ne doutant pas, disoit-elle, à mon air noble, et encore plus à la pitié généreuse qui m'avoit fait entrer si vivement dans ses intérêts, que je ne fusse d'une famille considérable. La question m'embarrassa : je rougis, je me troublai; et j'avouerai que, trouvant moins de honte à mentir qu'à dire la vérité, je répondis que j'étois fils du baron de Steinbach, officier de la garde allemande. Dites-moi encore, reprit la dame, pourquoi vous êtes sorti de Madrid. Je vous offre par avance tout le crédit de mon père, aussi bien que celui de mon frère don Gaspard. C'est la moindre marque de reconnoissance que je puisse donner à un cavalier qui, pour me servir, a négligé jusqu'au soin de sa propre vie. Je ne fis point de difficulté de lui raconter toutes les circonstances de mon combat : elle donna le tort au cavalier que j'avois tué, et promit d'intéresser pour moi toute sa maison.

Quand j'eus satisfait sa curiosité, je la priai de contenter la mienne. Je lui demandai si sa foi étoit libre ou engagée. Il y a trois ans, répondit-elle, que mon père me fit épouser don Diègue de Lara, et je suis veuve depuis quinze mois. Madame, lui dis-je, quel malheur vous a sitôt enlevé votre époux? Je vais vous l'apprendre, seigneur, repartit la dame, pour répondre à la confiance que vous venez de me marquer.

Don Diègue de Lara, poursuivit-elle, étoit un cavalier fort bien fait; mais, quoiqu'il eût pour moi une passion violente, et que chaque jour il mît en usage pour me plaire tout ce que l'amant le plus tendre et le plus vif fait pour se rendre agréable à ce qu'il aime, quoiqu'il eût mille bonnes qualités, il ne put toucher mon cœur. L'amour n'est pas toujours l'effet des empressements ni du mérite connu. Hélas! ajouta-t-elle, une personne que nous ne connoissons point nous enchante souvent dès la première vue. Je ne pouvois donc l'aimer. Plus confuse que charmée des témoignages de sa tendresse, et forcée d'y répondre sans penchant, si je m'accusois en secret d'ingratitude, je me trouvois aussi fort à plaindre. Pour son malheur et pour le mien, il avoit encore plus de délicatesse que d'amour. Il démêloit dans mes actions et dans mes discours mes mouvements les plus cachés. Il lisoit au fond de mon âme. Il se plaignoit à tous moments de mon indifférence, et s'estimoit d'autant plus malheureux de ne pouvoir me plaire, qu'il savoit bien qu'aucun rival ne l'en empêchoit, car j'avois à peine seize ans; et, avant que de m'offrir sa foi, il avoit gagné toutes mes

femmes, qui l'avoient assuré que personne ne s'étoit encore attiré mon attention. Oui, Séraphine, me disoit-il souvent, je voudrois que vous fussiez prévenue pour un autre, et que cela seul fût la cause de votre insensibilité pour moi. Mes soins et votre vertu triompheroient de cet entêtement; mais je désespère de vaincre votre cœur, puisqu'il ne s'est pas rendu à tout l'amour que je vous ai témoigné. Fatiguée de l'entendre répéter les mêmes discours, je lui disois qu'au lieu de troubler son repos et le mien par trop de délicatesse, il feroit mieux de s'en remettre au temps. Effectivement, à l'âge que j'avois, je n'étois guère propre à goûter les raffinements d'une passion si délicate; et c'étoit le parti que don Diègue devoit prendre : mais, voyant qu'une année entière s'étoit écoulée sans qu'il fût plus avancé qu'au premier jour, il perdit patience, ou plutôt il perdit la raison ; et, feignant d'avoir à la cour une affaire importante, il partit pour aller servir dans les Pays-Bas en qualité de volontaire; et bientôt il trouva dans les périls ce qu'il y cherchoit, c'est-à-dire la fin de sa vie et de ses tourments.

Après que la dame eut fait ce récit, le caractère singulier de son mari devint le sujet de notre entretien. Nous fûmes interrompus par l'arrivée d'un courrier qui vint remettre à Séraphine une lettre du comte de Polan. Elle me demanda permission de la lire; et je remarquai qu'en la lisant elle devenoit pâle et tremblante. Après l'avoir lue, elle leva les yeux au ciel, poussa un long soupir, et son visage en un moment fut couvert de larmes. Je ne vis point tranquillement sa douleur. Je me troublai; et comme si j'eusse pressenti le coup qui m'alloit frapper, une crainte mortelle vint glacer mes esprits. Madame, lui dis-je d'une voix presque éteinte, puis-je vous demander quels malheurs vous annonce ce billet? Tenez, seigneur, me répondit tristement Séraphine en me donnant la lettre; lisez vous-même ce que mon père m'écrit. Hélas! vous n'y êtes que trop intéressé.

A ces mots, qui me firent frémir, je pris la lettre en tremblant, et j'y trouvai ces paroles : « Don Gaspard, votre frère, se battit hier au Prado. » Il reçut un coup d'épée dont il est mort aujour- » d'hui; et il a déclaré, en mourant, que le cava- » lier qui l'a tué est fils du baron de Steinbach, » officier de la garde allemande. Pour surcroît de » malheur, le meurtrier m'est échappé. Il a pris la » fuite; mais en quelque lieu qu'il aille se cacher, » je n'épargnerai rien pour le découvrir. Je vais » écrire à quelques gouverneurs qui ne manque- » ront pas de le faire arrêter s'il passe par les villes » de leur juridiction; et je vais, par d'autres let- » tres, achever de lui fermer tous les chemins.

» Le comte DE POLAN. »

Figurez-vous dans quel désordre ce billet jeta tous mes sens. Je demeurai quelques moments immobile et sans avoir la force de parler. Dans mon accablement j'envisage ce que la mort de don Gaspard a de cruel pour mon amour. J'entre tout-à-coup dans un vif désespoir. Je me jetai aux pieds de Séraphine, et lui présentant mon épée nue : Madame, lui dis-je, épargnez au comte de Polan le soin de chercher un homme qui pourroit se dérober à ses coups. Vengez vous-même votre frère, immolez-lui son meurtrier de votre propre main : frappez. Que ce même fer qui lui a ôté la vie devienne funeste à son malheureux ennemi. Seigneur, me répondit Séraphine un peu émue de mon action, j'aimois don Gaspard; quoique vous l'ayez tué en brave homme, et qu'il se soit attiré lui-même son malheur, vous devez être persuadé que j'entre dans le ressentiment de mon père. Oui, don Alphonse, je suis votre ennemie, et je ferai contre vous tout ce que le sang et l'amitié peuvent exiger de moi : mais je n'abuserai point de votre mauvaise fortune; elle a beau vous livrer à ma vengeance; si l'honneur m'arme contre vous, il me défend aussi de me venger lâchement. Les droits de l'hospitalité doivent être inviolables, et je ne veux point payer d'un assassinat le service que vous m'avez rendu. Fuyez; échappez, si vous pouvez, à nos poursuites et à la rigueur des lois, et sauvez votre tête du péril qui la menace.

Eh quoi ! madame, repris-je, vous pouvez vous-même vous venger, et vous vous en remettez à des lois qui tromperont peut-être votre ressentiment! Ah! percez plutôt un misérable qui ne mérite pas que vous l'épargniez. Non, madame, ne gardez point avec moi un procédé si noble et si généreux. Savez-vous qui je suis? Tout Madrid me croit fils du baron de Steinbach, et je ne suis qu'un malheureux qu'il a élevé chez lui par pitié. J'ignore même quels sont les auteurs de ma naissance. N'importe, interrompit Séraphine avec précipitation, comme si mes dernières paroles lui eussent fait une nouvelle peine, quand vous seriez le dernier des hommes, je ferai ce que l'honneur me prescrit. Eh bien! madame, lui dis-je, puisque la mort d'un frère n'est pas capable de vous exciter à répandre mon sang, je veux irriter votre haine par un nouveau crime dont j'espère que vous n'excuserez point l'audace. Je vous adore : je n'ai pu voir vos charmes sans en être ébloui, et, malgré l'obscurité de mon sort, j'avois formé l'espérance d'être à vous. J'étois assez amoureux, ou plutôt assez vain pour me flatter que le ciel, qui peut-être me fait grâce en me cachant mon origine, me la découvriroit un jour, et que je pourrois sans rougir vous apprendre mon nom. Après

cet aveu qui vous outrage, balancerez-vous encore à me punir?

Ce téméraire aveu, répliqua la dame, m'offenseroit sans doute dans un autre temps; mais je le pardonne au trouble qui vous agite. D'ailleurs, dans la situation où je suis moi-même, je fais peu d'attention aux discours qui vous échappent. Encore une fois, don Alphonse, ajouta-t-elle en versant quelques larmes, partez, éloignez-vous d'une maison que vous remplissez de douleur; chaque moment que vous y demeurez augmente mes peines. Je ne résiste plus, madame, repartis-je en me relevant; il faut m'éloigner de vous; mais ne pensez pas que, soigneux de conserver une vie qui vous est odieuse, j'aille chercher un asile où je puisse être en sûreté. Non, non, je me dévoue à votre ressentiment. Je vais attendre avec impatience à Tolède le destin que vous me préparez; et, me livrant à vos poursuites, j'avancerai moi-même la fin de mes malheurs.

Je me retirai en achevant ces paroles. On me donna mon cheval, et je me rendis à Tolède, où je demeurai huit jours, et où véritablement je pris si peu de soin de me cacher, que je ne sais comment je n'ai point été arrêté; car je ne puis croire que le comte de Polan, qui ne songe qu'à me fermer tous les passages, n'ait pas jugé que je pouvois passer par Tolède. Enfin je sortis hier de cette ville, où il sembloit que je m'ennuyasse d'être en liberté; et, sans tenir de route assurée, je suis venu jusqu'à cet ermitage, comme un homme qui n'auroit rien eu à craindre. Voilà, mon père, ce qui m'occupe. Je vous prie de m'aider de vos conseils [1].

CHAPITRE XI.

Quel homme c'étoit que le vieil ermite, et comment Gil Blas s'aperçut qu'il étoit en pays de connoissance.

Quand don Alphonse eut achevé le triste récit de ses malheurs, le vieil ermite lui dit : Mon fils, vous avez eu bien de l'imprudence de demeurer si long-temps à Tolède. Je regarde d'un autre œil que vous tout ce que vous m'avez raconté, et votre amour pour Séraphine me paroît une pure folie. Croyez-moi, ne vous aveuglez point, il faut oublier cette jeune dame, qui ne sauroit être à vous. Cédez de bonne grâce aux obstacles qui vous séparent d'elle, et vous livrez à votre étoile, qui, selon toutes les apparences, vous promet bien d'autres aventures. Vous trouverez sans doute quelque

[1] On trouvera la suite de l'histoire de don Alphonse et de la belle Séraphine, ci-après, livre V, chap. 2, et livre VI, chap. 3.

jeune personne qui fera sur vous la même impression, et dont vous n'aurez pas tué le frère.

Il alloit ajouter à cela beaucoup d'autres choses pour exhorter don Alphonse à prendre patience, lorsque nous vîmes entrer dans l'ermitage un autre ermite chargé d'une besace fort enflée. Il revenoit de faire une copieuse quête dans la ville de Cuença. Il paroissoit plus jeune que son compagnon, et il avoit une barbe rousse et fort épaisse. Soyez le bien-venu, frère Antoine, lui dit le vieil anachorète : quelles nouvelles apportez-vous de la ville ? D'assez mauvaises, répondit le frère rousseau, en lui mettant entre les mains un papier plié en forme de lettre ; ce billet va vous en instruire. Le vieillard l'ouvrit, et, après l'avoir lu avec toute l'attention qu'il méritoit, il s'écria : Dieu soit loué ! puisque la mèche est découverte, nous n'avons qu'à prendre notre parti. Changeons de style, poursuivit-il, seigneur don Alphonse, en adressant la parole au jeune cavalier ; vous voyez un homme en butte comme vous aux caprices de la fortune. On me mande de Cuença, qui est une ville à une lieue d'ici, qu'on m'a noirci dans l'esprit de la justice, dont tous les suppôts doivent dès demain se mettre en campagne pour venir dans cet ermitage s'assurer de ma personne. Mais ils ne trouveront point le lièvre au gîte. Ce n'est pas la première fois que je me suis vu dans de pareils embarras. Grâces à Dieu, je m'en suis presque toujours tiré en homme d'esprit. Je vais me montrer sous une nouvelle forme ; car, tel que vous me voyez, je ne suis rien moins qu'un ermite et qu'un vieillard.

En parlant de cette manière, il se dépouilla de la longue robe qu'il portoit ; et l'on vit dessous un pourpoint de serge noire avec des manches tailladées. Puis il ôta son bonnet, détacha un cordon qui tenoit sa barbe postiche, et prit tout-à-coup la figure d'un homme de vingt-huit à trente ans. Le frère Antoine, à son exemple, quitta son habit d'ermite, se défit, de la même manière que son compagnon, de sa barbe rousse, et tira d'un vieux coffre de bois à demi pourri, une méchante soutanelle dont il se revêtit. Mais représentez-vous ma surprise, lorsque je reconnus dans le vieil anachorète le seigneur don Raphaël, et dans le frère Antoine mon très-cher et très-fidèle valet Ambroise de Lamela. Vive Dieu ! m'écriai-je aussitôt, je suis ici, à ce que je vois, en pays de connoissance. Cela est vrai, seigneur Gil Blas, me dit don Raphaël en riant, vous retrouvez deux de vos amis lorsque vous vous y attendiez le moins. Je conviens que vous avez quelque sujet de vous plaindre de nous ; mais oublions le passé, et rendons grâces au ciel qui nous rassemble. Ambroise et moi nous vous offrons nos services ; ils ne sont point à mépri-

ser. Ne nous croyez pas de méchantes gens. Nous n'attaquons, nous n'assassinons personne ; nous ne cherchons seulement qu'à vivre aux dépens d'autrui ; et si voler est une action injuste, la nécessité en corrige l'injustice. Associez-vous avec nous, et vous mènerez une vie errante. C'est un genre de vie fort agréable, quand on sait se conduire prudemment. Ce n'est pas que, malgré toute notre prudence, l'enchaînement des causes secondes ne soit tel quelquefois qu'il nous arrive de mauvaises aventures. N'importe, nous en trouvons les bonnes meilleures. Nous sommes accoutumés à la variété des temps, aux alternatives de la fortune.

Seigneur cavalier, poursuivit le faux ermite en parlant à don Alphonse, nous vous faisons la même proposition, et je ne crois pas que vous deviez la rejeter dans la situation où vous paroissez être ; car, sans parler de l'affaire qui vous oblige à vous cacher, vous n'avez pas sans doute beaucoup d'argent ? Non, vraiment, dit don Alphonse ; et cela, je l'avoue, augmente mes chagrins. Eh bien ! reprit don Raphaël, ne nous quittez donc point. Vous ne sauriez mieux faire que de vous joindre à nous. Rien ne vous manquera, et nous rendrons inutiles toutes les recherches de vos ennemis. Nous connoissons presque toute l'Espagne, pour l'avoir parcourue. Nous savons où sont les bois, les montagnes, tous les endroits propres à servir d'asile contre les brutalités de la justice. Don Alphonse les remercia de leur bonne volonté ; et, se trouvant effectivement sans argent, sans ressource, il se résolut à les accompagner. Je m'y déterminai aussi, parce que je ne voulus point quitter ce jeune homme, pour qui je me sentis naître beaucoup d'inclination.

Nous convînmes tous quatre d'aller ensemble, et de ne nous point séparer. Cela étant arrêté entre nous, il fut mis en délibération si nous partirions à l'heure même, ou si nous donnerions auparavant quelque atteinte à une outre [1] pleine d'un excellent vin, que le frère Antoine avoit apportée de la ville de Cuença le jour précédent ; mais Raphaël, comme celui qui avoit le plus d'expérience, représenta qu'il falloit, avant toutes choses, penser à notre sûreté ; qu'il étoit d'avis que nous marchassions toute la nuit pour gagner un bois fort épais qui étoit entre Villardesa et Almodabar ; que nous ferions halte en cet endroit, où, nous voyant sans inquiétude, nous passerions la journée à nous reposer. Cet avis fut approuvé. Alors les faux ermites firent deux paquets de toutes les hardes

[1] L'outre est une peau de bouc cousue et préparée, dans laquelle les Espagnols mettent communément du vin ou des liqueurs, à l'exemple des anciens.

et provisions qu'ils avoient, et les mirent en équilibre sur le cheval de don Alphonse. Cela se fit avec une extrême diligence, après quoi nous nous éloignâmes de l'ermitage, laissant en proie à la justice les deux robes d'ermite, avec la barbe blanche et la barbe rousse, deux grabats, une table, un mauvais coffre, deux vieilles chaises de paille et l'image de saint Pacôme.

Nous marchâmes toute la nuit, et nous commencions à nous sentir fort fatigués, lorsqu'à la pointe du jour nous aperçûmes le bois où tendoient nos pas. La vue du port donne une vigueur nouvelle aux matelots lassés d'une longue navigation. Nous prîmes courage, et nous arrivâmes enfin au bout de notre carrière avant le lever du soleil. Nous nous enfonçâmes dans le plus épais du bois, et nous nous arrêtâmes dans un endroit fort agréable, sur un gazon entouré de plusieurs gros chênes, dont les branches entrelacées formoient une voûte que la chaleur du jour ne pouvoit percer. Nous débridâmes le cheval pour le laisser paître, après l'avoir déchargé. Nous nous assîmes ; nous tirâmes de la besace du frère Antoine quelques grosses pièces de pain avec plusieurs morceaux de viandes rôties, et nous nous mîmes à nous en escrimer comme à l'envi l'un de l'autre. Néanmoins, quelque appétit que nous eussions, nous cessions souvent de manger pour donner des accolades à l'outre, qui ne faisoit que passer des bras de l'un entre les bras de l'autre.

Sur la fin du repas, don Raphaël dit a don Alphonse : Seigneur cavalier, après la confidence que vous m'avez faite, il est juste que je vous raconte aussi l'histoire de ma vie avec la même sincérité. Vous me ferez plaisir, répondit le jeune homme. Et à moi particulièrement, m'écriai-je.

J'ai une extrême curiosité d'entendre vos aventures ; je ne doute pas qu'elles ne soient dignes d'êtres écoutées. Je vous en réponds, répliqua Raphaël ; et je prétends bien les écrire un jour. Ce sera l'amusement de ma vieillesse ; car je suis encore jeune, et je veux grossir le volume. Mais nous sommes fatigués ; délassons-nous par quelques heures de sommeil. Pendant que nous dormirons tous trois, Ambroise veillera de peur de surprise, et tantôt à son tour il dormira. Quoique nous soyons, ce me semble, ici fort en sûreté, il est toujours bon de se tenir sur ses gardes. En achevant ces mots, il s'étendit sur l'herbe. Don Alphonse fit la même chose. Je suivis leur exemple ; et Lamela se mit en sentinelle.

Don Alphonse, au lieu de prendre quelque repos, s'occupa de ses malheurs, et je ne pus fermer l'œil. Pour don Raphaël, il s'endormit bientôt. Mais il se réveilla une heure après ; et, nous voyant disposés à l'écouter, il dit à Lamela : Mon ami Ambroise, tu peux présentement goûter la douceur du sommeil. Non, non, répondit Lamela, je n'ai point envie de dormir ; et, bien que je sache tous les événements de votre vie, ils sont si instructifs pour les personnes de notre profession [1], que je serai bien aise de les entendre encore raconter. Aussitôt don Raphaël commença dans ces termes l'histoire de sa vie.

[1] Ambroise, par ces mots, caractérise bien d'avance l'histoire singulière qui remplira le livre v, et qui est selon lui instructive..... pour les fripons. C'est un des morceaux de Gil Blas les plus piquants, à double titre, par la variété des tableaux qu'il présente et la rapidité de la narration. Le vice s'y montre dépeint d'une touche légère ; mais sa franchise audacieuse inspire elle-même au lecteur bien des réflexions. La morale directe ne seroit pas si amusante, ni peut-être si efficace.

LIVRE CINQUIÈME.

CHAPITRE PREMIER.

Histoire de don Raphaël.

Je suis fils d'une comédienne de Madrid, fameuse par sa déclamation, et plus encore par ses galanteries ; elle se nommoit Lucinde. Pour un père, je ne puis sans témérité m'en donner un. Je dirois bien quel homme de qualité étoit amoureux de ma mère lorsque je suis venu au monde ; mais cette époque ne seroit pas une preuve convaincante qu'il fût l'auteur de ma naissance. Une personne de la profession de ma mère est si sujette à caution, que, dans le temps même qu'elle paroît le plus attachée à un seigneur, elle lui donne presque toujours quelque substitut pour son argent.

Rien n'est tel que de se mettre au-dessus de la médisance. Lucinde, au lieu de me faire élever chez elle dans l'obscurité, me prenoit sans façon par la main, et me menoit au théâtre fort honnêtement, sans se soucier des discours qu'on tenoit sur son compte, ni des ris malins que ma vue ne manquoit pas d'exciter. Enfin je faisois ses délices, et j'étois caressé de tous les hommes qui venoient au logis : on eût dit que le sang parloit en eux en ma faveur.

On me laissa passer les douze premières années de ma vie dans toutes sortes d'amusements frivoles. A peine me montra-t-on à lire et à écrire : on s'attacha moins encore à m'enseigner les principes de ma religion. J'appris seulement à danser, à chanter et à jouer de la guitare : c'est tout ce que je savois faire, lorsque le marquis de Léganez me demanda pour être auprès de son fils unique, qui avoit à peu près mon âge. Lucinde y consentit volontiers, et ce fut alors que je commençai à m'occuper sérieusement. Le jeune Léganez n'étoit pas plus avancé que moi : ce petit seigneur ne paroissoit pas né pour les sciences ; il ne connoissoit presque pas une lettre de son alphabet, bien qu'il eût un précepteur depuis quinze mois. Ses autres maîtres n'en tiroient pas meilleur parti ; il poussoit à bout leur patience. Il est vrai qu'il ne leur étoit pas permis d'user de rigueur à son égard : ils avoient un ordre exprès de l'instruire sans le tourmenter ; cet ordre joint à la mauvaise disposition du sujet rendoit les leçons assez inutiles.

Mais le précepteur, ainsi que vous l'allez voir, imagina un bel expédient pour intimider ce jeune seigneur sans aller contre la défense de son père ; il résolut de me fouetter quand le petit Léganez mériteroit d'être puni, et il ne manqua pas d'exécuter sa résolution. Je ne trouvai point l'expédient de mon goût ; je m'échappai, et m'allai plaindre à ma mère d'un traitement si injuste. Cependant, quelque tendresse qu'elle se sentît pour moi, elle eut la force de résister à mes larmes ; et, considérant que c'étoit un grand avantage pour son fils d'être chez le marquis de Léganez, elle m'y fit remener sur-le-champ. Me voilà donc livré au précepteur. Comme il s'étoit aperçu que son invention avoit produit un bon effet, il continua de me fouetter à la place du petit seigneur ; et, pour faire plus d'impression sur lui, il m'étrilloit très-rudement. J'étois sûr de payer tous les jours pour le jeune Léganez. Je puis dire qu'il n'a pas appris une lettre de son alphabet qui ne m'ait coûté cent coups de fouet ; jugez à combien me revient son rudiment !

Le fouet n'étoit pas le seul désagrément que j'eusse à essuyer dans cette maison : comme tout le monde m'y connoissoit, les moindres domestiques, jusqu'aux marmitons, me reprochoient ma naissance. Cela me déplut à un point, que je m'enfuis un jour, après avoir trouvé moyen de me saisir de tout ce que le précepteur avoit d'argent comptant ; ce qui pouvoit bien aller à cent cinquante ducats. Telle fut la vengeance que je tirai des coups de fouet qu'il m'avoit donnés si injuste-

ment ; et je crois que je n'en pouvois prendre une plus affligeante pour lui. Je fis ce tour de main avec beaucoup de subtilité, quoique ce fût mon coup d'essai ; et j'eus l'adresse de me dérober aux perquisitions qu'on fit de moi pendant deux jours. Je sortis de Madrid, et me rendis à Tolède sans voir personne à mes trousses.

J'entrois alors dans ma quinzième année. Quel plaisir, à cet âge, d'être indépendant et maître de ses volontés ! J'eus bientôt fait connoissance avec des jeunes gens qui me dégourdirent, et m'aidèrent à manger mes ducats. Je m'associai ensuite avec des chevaliers d'industrie, qui cultivèrent si bien mes heureuses dispositions, que je devins en peu de temps un des plus forts de l'ordre. Au bout de cinq années, l'envie de voyager me prit : je quittai mes confrères ; et, voulant commencer mes voyages par l'Estramadure, je gagnai Alcantara ; mais, avant que d'y arriver, je trouvai une occasion d'exercer mes talents, et je ne la laissai point échapper. Comme j'étois à pied, et de plus chargé d'un havresac assez pesant, je m'arrêtois de temps en temps pour me reposer sous les arbres qui m'offroient leur ombrage à quelques pas du grand chemin. Je rencontrai deux enfants de famille qui s'entretenoient avec gaîté sur l'herbe en prenant le frais. Je les saluai très-civilement, et, ce qui me parut ne leur pas déplaire, j'entrai dans leur conversation. Le plus vieux n'avoit pas quinze ans ; ils étoient tous deux bien ingénus. Seigneur cavalier, me dit le plus jeune, nous sommes fils de deux riches bourgeois de Placencia. Nous avons une extrême envie de voir le royaume de Portugal ; et, pour satisfaire notre curiosité, nous avons pris chacun cent pistoles à nos parents. Bien que nous voyagions à pied, nous ne laisserons pas d'aller loin avec cet argent. Qu'en pensez-vous ? Si j'en avois autant, lui répondis-je, Dieu sait où j'irois ! Je voudrois parcourir les quatre parties du monde. Comment diable ! deux cents pistoles ! c'est une somme immense ; vous n'en verrez jamais la fin. Si vous l'avez pour agréable, messieurs, ajoutai-je, j'aurai l'honneur de vous accompagner jusqu'à la ville d'Almerin, où je vais recueillir la succession d'un oncle qui, depuis vingt années ou environ, s'étoit établi là.

Les jeunes bourgeois me témoignèrent que ma compagnie leur feroit plaisir. Ainsi, lorsque nous nous fûmes tous trois un peu délassés, nous marchâmes vers Alcantara, où nous arrivâmes longtemps avant la nuit. Nous allâmes loger à une bonne hôtellerie. Nous demandâmes une chambre, et on nous en donna une où il y avoit une armoire qui fermoit à clef. Nous ordonnâmes d'abord le souper ; et pendant qu'on nous l'apprêtoit, je proposai à mes compagnons de voyage de nous promener dans la ville; ils acceptèrent la proposition. Nous serrâmes nos havresacs dans l'armoire, dont un des bourgeois prit la clef, et nous sortîmes de l'hôtellerie. Nous allâmes visiter les églises; et, dans le temps que nous étions dans la principale, je feignis tout-à-coup d'avoir une affaire importante. Messieurs, dis-je à mes camarades, je viens de me souvenir qu'une personne de Tolède m'a chargé de dire de sa part deux mots à un marchand qui demeure auprès de cette église. Attendez-moi, de grâce, ici; je serai de retour dans un moment. A ces mots, je m'éloignai d'eux. Je cours à l'hôtellerie, je vole à l'armoire, j'en force la serrure; et, fouillant dans les havresacs de mes jeunes bourgeois, j'y trouve leurs pistoles. Les pauvres enfants! je ne leur en laissai pas seulement une pour payer leur gîte; je les emportai toutes. Après cela, je sortis promptement de la ville et pris la route de Mérida, sans m'embarrasser de ce qu'ils deviendroient.

Cette aventure, dont je ne fis que rire, me mit en état de voyager avec agrément. Quoique jeune, je me sentois capable de me conduire prudemment. Je puis dire que j'étois bien avancé pour mon âge. Je résolus d'acheter une mule; ce que je fis en effet au premier bourg. Je convertis même mon havresac en valise, et je commençai à faire un peu plus l'homme d'importance. La troisième journée, je rencontrai un homme qui chantoit vêpres à pleine tête sur le grand chemin. Je jugeai à son air que c'étoit un chantre, et je lui dis : Courage, seigneur bachelier, cela va le mieux du monde! Vous avez, à ce que je vois, le cœur au métier. Seigneur, me répondit-il, je suis chantre, pour vous rendre mes très-humbles services, et je suis bien aise de tenir ma voix en haleine.

Nous entrâmes de cette manière en conversation. Je m'aperçus que j'étois avec un personnage des plus spirituels et des plus agréables. Il avoit vingt-quatre ou vingt-cinq ans. Comme il étoit à pied, je n'allois que le petit pas pour avoir le plaisir de l'entretenir. Nous parlâmes entre autres choses de Tolède. Je connois parfaitement cette ville, me dit le chantre; j'y ai fait un assez long séjour, j'y ai même quelques amis. Et dans quel endroit, interrompis-je, demeuriez-vous à Tolède? Dans la rue Neuve, répondit-il. J'y demeurois avec don Vincent de Buena Garra [1], don Mathias de Cordel, et deux ou trois autres honnêtes cavaliers. Nous logions, nous mangions ensemble; nous passions fort bien le temps. Ces paroles me surprirent; car il faut observer que les gentilshommes

<hr>

[1] *De buena garra*, de bonne griffe. *De cordel*, du cordeau, de la corde. Ces noms sont faits exprès pour désigner des *aigrefins*, comme don Raphaël les appelle modestement.

dont il me citoit les noms étoient les aigrefins avec qui j'avois été faufilé à Tolède. Seigneur chantre, m'écriai-je, ces messieurs que vous venez de nommer sont de ma connoissance, et j'ai demeuré aussi avec eux dans la rue Neuve. Je vous entends, reprit-il en souriant; c'est-à-dire que vous êtes entré dans la compagnie depuis trois ans que j'en suis sorti. Je viens, lui repartis-je, de quitter ces seigneurs, parce que je me suis mis dans le goût des voyages. Je veux faire le tour d'Espagne. J'en vaudrai mieux quand j'aurai plus d'expérience. Sans doute, me dit-il, pour se perfectionner l'esprit, il faut voyager. C'est aussi pour cette raison que j'abandonnai Tolède, quoique j'y vécusse fort agréablement. Je rends grâce au ciel, poursuivit-il, qui m'a fait rencontrer un chevalier de mon ordre, lorsque j'y pensois le moins. Unissons-nous : voyageons ensemble; attentons sur la bourse du prochain; profitons de toutes les occasions qui se présenteront d'exercer notre savoir-faire.

Il me fit cette proposition si franchement et de si bonne grâce, que je l'acceptai. Il gagna tout-à-coup ma confiance en me donnant la sienne. Nous nous ouvrîmes l'un à l'autre. Je lui contai mon histoire, et il ne me déguisa point ses aventures. Il m'apprit qu'il venoit de Portalègre, d'où une fourberie, déconcertée par un contre-temps, l'avoit obligé de se sauver avec précipitation, et sous l'habillement que je lui voyois. Après qu'il m'eut fait une entière confidence de ses affaires, nous résolûmes d'aller tous deux à Mérida tenter la fortune, d'y faire quelque bon coup si nous pouvions, et d'en décamper aussitôt pour nous rendre ailleurs. Dès ce moment nos biens devinrent communs entre nous. Il est vrai que Moralès (ainsi se nommoit mon compagnon) ne se trouvoit pas dans une situation fort aisée; tout ce qu'il possédoit ne consistant qu'en cinq ou six ducats, avec quelques hardes qu'il portoit dans un bissac; mais si j'étois mieux que lui en argent comptant, il étoit en récompense plus consommé que moi dans l'art de tromper les hommes. Nous montions ma mule alternativement, et nous arrivâmes de cette manière à Mérida.

Nous nous arrêtâmes dans une hôtellerie du faubourg, où mon camarade tira de son bissac un habit dont il ne fut pas sitôt revêtu, que nous allâmes faire un tour dans la ville pour reconnoître le terrain, et voir s'il ne s'offriroit point quelque occasion de travailler. Nous considérions fort attentivement tous les objets qui se présentoient à nos regards. Nous ressemblions, comme auroit dit Homère, à deux milans qui cherchent des yeux dans la campagne des oiseaux dont ils puissent faire leur proie. Nous attendions enfin que le hasard nous fournît quelque sujet d'employer no tre industrie, lorsque nous aperçûmes dans la rue un cavalier à cheveux gris qui avoit l'épée à la main, et qui se battoit contre trois hommes qui le poussoient vigoureusement. L'inégalité de ce combat me choqua; et, comme je suis naturellement ferrailleur, je volai au secours du vieillard. Moralès, pour me montrer que je ne m'étois point associé avec un lâche, suivit mon exemple. Nous chargeâmes les trois ennemis du cavalier, et nous les obligeâmes à prendre la fuite.

Après leur retraite, le vieillard se répandit en discours reconnoissants. Nous sommes ravis, lui dis-je, de nous être trouvés ici si à propos pour vous secourir; mais que nous sachions du moins à qui nous avons eu le bonheur de rendre service; et dites-nous, de grâce, pourquoi ces trois hommes vouloient vous assassiner. Messieurs, nous répondit-il, je vous ai trop d'obligation pour refuser de satisfaire votre curiosité. Je m'appelle Jérôme de Moyadas[1], et je vis de mon bien dans cette ville. L'un de ces assassins dont vous m'avez délivré est un amant de ma fille. Il me la fit demander en mariage ces jours passés; et comme il ne put obtenir mon aveu, il vient de me faire mettre l'épée à la main pour s'en venger. Et peut-on, repris-je, vous demander encore pour quelles raisons vous n'avez point accordé votre fille à ce cavalier? Je vais vous l'apprendre, me dit-il. J'avois un frère marchand dans cette ville; il se nommoit Augustin. Il y a deux mois qu'il étoit à Calatrava, logé chez Juan Velez de la Membrilla[2], son correspondant. Ils étoient tous deux amis intimes; et mon frère, pour fortifier encore davantage leur amitié, promit Florentine, ma fille unique, au fils de son correspondant, ne doutant point qu'il n'eût assez de crédit sur moi pour m'obliger à dégager sa promesse. Comme en effet, mon frère, étant de retour à Mérida, ne m'eut pas plus tôt parlé de ce mariage, que j'y consentis pour l'amour de lui. Il envoya le portrait de Florentine à Calatrava : mais hélas! il n'a pas eu la satisfaction d'achever son ouvrage; il est mort depuis trois semaines. En mourant, il me conjura de ne disposer de ma fille qu'en faveur du fils de son correspondant. Je le lui promis; et voilà pourquoi j'ai refusé Florentine au cavalier qui vient de m'attaquer, quoique ce soit un parti fort avantageux. Je suis esclave de ma parole, et j'attends à tout moment le fils de Juan Velez de la Membrilla pour en faire mon gendre, bien que je ne l'aie jamais vu, non plus que son père. Je vous demande pardon, continua Jérôme de Moyadas, si je vous fais cette narration; mais vous l'avez exigée de moi.

[1] *De Moyadas*, des mouillures.
[2] *De la Membrilla*, du coing tendre.

J'écoutai ce récit avec beaucoup d'attention; et m'arrêtant à une supercherie qui me vint tout-à-coup dans l'esprit[1], j'affectai un grand étonnement; je levai les yeux au ciel. Ensuite me tournant vers le vieillard, je lui dis d'un ton pathétique : Ah! seigneur de Moyadas, est-il possible qu'en arrivant à Mérida je sois assez heureux pour sauver la vie à mon beau-père? Ces paroles causèrent une étrange surprise au vieux bourgeois, et n'étonnèrent pas moins Moralès, qui me fit connoître par sa contenance que je lui paroissois un grand fripon. Que m'apprenez-vous? me répondit le vieillard. Quoi! vous seriez le fils du correspondant de mon frère? Oui, seigneur Jérôme de Moyadas, lui répliquai-je en payant d'audace et en lui jetant les bras au cou, je suis le fortuné mortel à qui l'adorable Florentine est destinée. Mais, avant que je vous témoigne la joie que j'ai d'entrer dans votre famille, permettez que je répande dans votre sein les larmes que renouvelle ici le souvenir de votre frère Augustin. Je serois le plus ingrat de tous les hommes, si je n'étois vivement touché de la mort d'une personne à qui je dois le bonheur de ma vie. En achevant ces mots, j'embrassai encore le bon homme Jérôme, et je passai ensuite la main sur mes yeux, comme pour essuyer mes pleurs. Moralès, qui comprit tout d'un coup l'avantage que nous pouvions tirer d'une pareille tromperie, ne manqua pas de me seconder. Il voulut passer pour mon valet, et il se mit à renchérir sur le regret que je marquois de la mort du seigneur Augustin. Monsieur Jérôme, s'écria-t-il, quelle perte vous avez faite en perdant votre frère! C'étoit un si honnête homme, le phénix du commerce, un marchand désintéressé, un marchand de bonne foi, un marchand comme on n'en voit point.

Nous avions affaire à un homme simple et crédule; bien loin d'avoir quelque soupçon de notre fourberie, il s'y prêta de lui-même. Eh pourquoi, me dit-il, n'êtes-vous pas venu tout droit chez moi? Il ne falloit point aller loger dans une hôtellerie. Dans les termes où nous en sommes, on ne doit point faire de façon. Monsieur, lui dit Moralès en prenant la parole pour moi, mon maître est un peu cérémonieux; il a ce défaut-là; il me permettra de le lui reprocher. Ce n'est pas, ajouta-t-il, qu'il ne soit excusable en quelque manière de n'avoir pas voulu paroître devant vous en l'état où il est. Nous avons été volés sur la route; on

[1] Ici, Le Sage va reprendre le canevas d'une partie de sa charmante comédie de *Crispin rival de son maître*, jouée avec tant de succès en 1707, et qui est toujours applaudie; mais il saura y ajouter de nouveaux développements, de manière à n'avoir pas l'air de se recopier lui-même. On va voir son récit renchérir sur sa pièce.

nous a pris toutes nos hardes. Ce garçon, interrompis-je, vous dit la vérité, seigneur de Moyadas. Ce malheur a été cause que je ne suis point allé descendre chez vous. Je n'osois me présenter sous cet habit aux yeux d'une maîtresse qui ne m'a point encore vu; et j'attendois pour cela le retour d'un valet que j'ai envoyé à Calatrava. Cet accident, reprit le vieillard, ne devoit point vous empêcher de venir demeurer dans ma maison, et je prétends que vous y preniez tout à l'heure un logement.

En parlant de cette sorte, il m'emmena chez lui; mais avant que d'y arriver nous nous entretînmes du prétendu vol qu'on m'avoit fait, et je témoignai que mon plus grand chagrin étoit d'avoir perdu, avec mes hardes, le portrait de Florentine. Le bourgeois, là-dessus, me dit en riant qu'il falloit me consoler de cette perte, et que l'original valoit mieux que la copie. En effet, dès que nous fûmes dans sa maison, il appela sa fille, qui n'avoit pas plus de seize ans, et qui pouvoit passer pour une personne accomplie. Vous voyez, me dit-il, la dame que feu mon frère vous a promise. Ah! seigneur, m'écriai-je d'un air passionné, il n'est pas besoin de me dire que c'est l'aimable Florentine qui s'offre à mes yeux : ces traits charmants sont gravés dans ma mémoire, et encore plus dans mon cœur. Si le portrait que j'ai perdu, et qui n'étoit qu'une foible ébauche de tant d'attraits, a pu m'embraser de mille feux, jugez quels transports doivent m'agiter en ce moment! Ce discours est trop flatteur, me dit Florentine, et je ne suis point assez vaine pour m'imaginer que je le justifie. Continuez vos compliments, interrompit alors le père. En même temps il me laissa seul avec sa fille, et prenant Moralès en particulier : Mon ami, lui dit-il, les voleurs vous ont donc emporté toutes vos hardes, et sans doute votre argent, car ils commencent toujours par là? Oui, monsieur, répondit mon camarade; une nombreuse troupe de bandits est venue fondre sur nous auprès de Castil-Blazo, ils ne nous ont laissé que les habits que nous avons sur le corps; mais nous recevrons incessamment des lettres de change, et nous allons nous remettre sur pied.

En attendant vos lettres de change, répliqua le vieillard en tirant de sa poche une bourse, voici cent pistoles dont vous pouvez disposer. Oh! monsieur, s'écria Moralès, mon maître ne voudra point les accepter. Vous ne le connoissez pas. Tudieu! c'est un homme délicat sur cette matière. Ce n'est point un de ces enfants de famille qui sont prêts à prendre de toutes mains. Il n'aime pas à s'endetter, tout jeune qu'il est. Il demanderoit plutôt l'aumône, que d'emprunter un maravédis. Tant

mieux, dit le bourgeois, je l'en estime davantage. Je ne puis souffrir que l'on contracte des dettes. Je pardonne cela aux personnes de qualité, parce que c'est une chose dont elles sont en possession. Je ne veux pas, ajouta-t-il, contraindre ton maître; et, si c'est lui faire de la peine que de lui offrir de l'argent, il n'en faut plus parler. En disant ces paroles, il voulut remettre la bourse dans sa poche; mais mon compagnon lui retint le bras. Attendez, seigneur de Moyadas, lui dit-il : quelque aversion que mon maître ait pour les emprunts, je ne désespère pas de lui faire agréer vos cent pistoles. Il n'y a que manière de s'y prendre avec lui. Après tout, ce n'est que des étrangers qu'il n'aime point à emprunter; il n'est pas si façonnier avec sa famille. Il demande même fort bien à son père tout l'argent dont il a besoin. Ce garçon, comme vous voyez, sait distinguer les personnes, et il doit vous regarder, monsieur, comme un second père.

Moralès, par de semblables discours, s'empara de la bourse du vieillard, qui vint nous rejoindre, et qui nous trouva, sa fille et moi, engagés dans les compliments. Il rompit notre entretien. Il apprit à Florentine l'obligation qu'il m'avoit; et sur cela il me tint des propos qui me firent connoître combien il en étoit reconnoissant. Je profitai d'une si favorable disposition. Je dis au bourgeois que la plus touchante marque de reconnoissance qu'il pût me donner étoit de hâter mon mariage avec sa fille. Il céda de bonne grâce à mon impatience. Il m'assura que dans trois jours au plus tard je serois l'époux de Florentine; il ajouta même qu'au lieu de six mille ducats qu'il avoit promis pour sa dot, il en donneroit dix mille, pour me témoigner jusqu'à quel point il étoit pénétré du service que je lui avois rendu.

Nous étions donc, Moralès et moi, chez le bon homme Jérôme de Moyadas, bien traités, et dans l'agréable attente de toucher dix mille ducats, avec quoi nous nous proposions de nous éloigner promptement de Mérida. Une crainte pourtant troubloit notre joie : nous appréhendions qu'avant trois jours le véritable fils de Juan Velez de la Membrilla ne vînt traverser notre bonheur, ou plutôt le détruire en paroissant tout-à-coup. Cette crainte n'étoit pas mal fondée. Dès le lendemain une espèce de paysan, chargé d'une valise, arriva chez le père de Florentine. Je ne m'y trouvai point alors, mais mon camarade y étoit. Seigneur, dit le paysan au vieillard, j'appartiens au cavalier de Calatrava qui doit être votre gendre, au seigneur Pedro de la Membrilla. Nous venons tous deux d'arriver dans cette ville : il sera ici dans un instant; j'ai pris les devants pour vous en avertir. À peine eut-il achevé ces mots, que son maître parut; ce qui surprit fort le vieillard, et déconcerta un peu Moralès.

Le jeune Pedro étoit un garçon des mieux faits. Il adressa la parole au père de Florentine; mais le bonhomme ne lui donna pas le temps de finir son discours, et se tournant vers mon compagnon, il lui demanda ce que cela signifioit. Alors Moralès, qui ne cédoit en effronterie à personne du monde, prit un air d'assurance, et dit au vieillard: Monsieur, ces deux hommes que vous voyez sont de la troupe des voleurs qui nous ont détroussés sur le grand chemin; je les reconnois, et particulièrement celui qui a l'audace de se dire fils du seigneur Juan Velez de la Membrilla. Le vieux bourgeois, sans hésiter, crut Moralès; et, persuadé que les nouveaux venus étoient des fripons, il leur dit: Messieurs, vous arrivez trop tard; on vous a prévenus. Pedro de la Membrilla est chez moi depuis hier. Prenez garde à ce que vous dites, lui répondit le jeune homme de Calatrava; on vous trompe; vous avez dans votre maison un imposteur. Sachez que Juan Velez de la Membrilla n'a point d'autre fils que moi. A d'autres, répliqua le vieillard; je n'ignore pas qui vous êtes. Ne remettez-vous pas ce garçon, et ne vous ressouvenez-vous plus de son maître que vous avez volé sur le chemin de Calatrava! Comment voler! repartit Pedro; ah! si je n'étois pas chez vous, je couperois les oreilles à ce fourbe qui a l'insolence de me traiter de voleur. Qu'il rende grâces à votre présence, qui retient ma colère. Seigneur, poursuivit-il, je vous le répète, on vous trompe. Je suis le jeune homme à qui votre frère Augustin a promis votre fille. Voulez-vous que je vous montre toutes les lettres qu'il a écrites à mon père au sujet de ce mariage? En croirez-vous le portrait de Florentine, qu'il m'envoya quelque temps avant sa mort?

Non, interrompit le vieux bourgeois; le portrait ne me persuadera pas plus que les lettres. Je sais bien de quelle manière il est tombé entre vos mains, et je vous conseille charitablement de sortir au plus tôt de Mérida, de peur d'éprouver le châtiment que méritent vos semblables. C'en est trop, interrompit à son tour le jeune cavalier. Je ne souffrirai pas qu'on me vole impunément mon nom, ni qu'on me fasse passer pour un brigand. Je connois quelques personnes dans cette ville; je vais les chercher, et je reviendrai avec eux confondre l'imposture qui vous prévient contre moi. A ces mots il se retira suivi de son valet, et Moralès demeura triomphant. Cette aventure même fut cause que Jérôme de Moyadas résolut de me faire épouser sa fille dès ce jour-là; et sur-le-champ il alla donner les ordres nécessaires pour consommer cet ouvrage.

Quoique mon camarade fût bien aise de voir le père de Florentine dans des dispositions si favorables pour nous, il n'étoit pas sans inquiétude. Il craignoit la suite des démarches qu'il jugeoit bien que Pedro ne manqueroit pas de faire, et il m'attendoit avec impatience pour m'informer de ce qui se passoit. Je le trouvai plongé dans une profonde rêverie. Qu'y a-t-il, mon ami? lui dis-je; tu me parois bien occupé. Ce n'est pas sans raison, me répondit-il. En même temps il me mit au fait. Tu vois, ajouta-t-il ensuite, si j'ai tort de rêver. C'est toi, téméraire, qui nous as jetés dans cet embarras. L'entreprise, je l'avoue, étoit brillante, et t'auroit comblé de gloire si elle eût réussi; mais, selon toutes les apparences, elle finira mal; et je serois d'avis, pour prévenir les éclaircissements, que nous prissions la fuite avec la plume que nous avons tirée de l'aile du bon homme.

Monsieur Moralès, repris-je à ce discours, n'allons pas si vite, vous cédez bien promptement aux difficultés. Vous ne faites guère d'honneur à don Mathias de Cordel, ni aux autres cavaliers avec qui vous avez demeuré à Tolède. Quand on a fait son apprentissage sous de si grands maîtres, on ne doit pas si facilement s'alarmer. Pour moi, qui veux marcher sur les traces de ces héros, et prouver que j'en suis un digne élève, je me roidis contre l'obstacle qui vous épouvante, et je me fais fort de le lever. Si vous en venez à bout, me dit mon compagnon, je vous mettrai au-dessus de tous les grands hommes de Plutarque.

Comme Moralès achevoit de parler, Jérôme de Moyadas entra. Je viens, me dit-il, de tout disposer pour votre mariage; vous serez mon gendre dès ce soir. Votre valet, ajouta-t-il, doit vous avoir conté ce qui vient d'arriver. Que dites-vous de l'effronterie du fripon qui m'a voulu persuader qu'il étoit fils du correspondant de mon frère? Moralès étoit bien en peine de savoir comment je me tirerois de ce mauvais pas, et il ne fut pas peu surpris de m'entendre, lorsque, regardant tristement Moyadas, je répondis d'un air ingénu à ce bourgeois: Seigneur, il ne tiendroit qu'à moi de vous entretenir dans votre erreur et d'en profiter; mais je sens que je ne suis pas né pour soutenir un mensonge. Il faut vous faire un aveu sincère. Je ne suis point fils de Juan Velez de la Membrilla [1]. Qu'entends-je? interrompit le vieillard avec autant

---

[1] C'est ici que commence une nouvelle fourberie dont il n'y a point de vestiges dans *Crispin rival de son maître*. Feu M. Mailly, de Dijon avoit été frappé du comique de ces détails; il en avoit tiré une comédie en un acte, qui ne ressembloit nullement à celle de *Crispin rival*, et qui étoit d'ailleurs fort bien écrite en vers. Elle fut présentée aux comédiens en 1770; mais nous ne savons pas ce qu'elle est devenue.

de précipitation que de surprise. Eh quoi! vous n'êtes pas le jeune homme à qui mon frère.... De grâce, seigneur, interrompis-je aussi, puisque j'ai commencé un récit fidèle et sincère, daignez m'écouter jusqu'au bout. Il y a huit jours que j'aime votre fille, et que l'amour m'arrête à Mérida. Hier, après vous avoir secouru, je me préparois à vous la demander en mariage; mais vous me fermâtes la bouche en m'apprenant que vous la destiniez à un autre. Vous me dites que votre frère, en mourant, vous conjura de la donner à Pedro de la Membrilla; que vous le lui promîtes, et qu'enfin vous étiez esclave de votre parole. Ce discours, je l'avoue, m'accabla, et mon amour, réduit au désespoir, m'inspira le stratagème dont je me suis servi. Je vous dirai pourtant que je me le suis secrètement reproché; mais j'ai cru que vous me le pardonneriez quand je vous le découvrirois, et quand vous sauriez que je suis un prince italien qui voyage *incognito*. Mon père est souverain de certaines vallées qui sont entre les Suisses, le Milanais et la Savoie. Je m'imaginois même que vous seriez agréablement surpris lorsque je vous révélerois ma naissance; et je me faisois un plaisir d'époux délicat et charmé de la déclarer à Florentine après l'avoir épousée. Le ciel, poursuivis-je en changeant de ton, n'a pas voulu permettre que j'eusse tant de joie. Pedro de la Membrilla paroît; il faut lui restituer son nom, quelque chose qu'il m'en coûte à le lui rendre. Votre promesse vous engage à le choisir pour votre gendre; je ne puis qu'en gémir; je ne puis m'en plaindre : vous devez me le préférer sans avoir égard à mon rang, sans avoir pitié de la situation cruelle où vous m'allez réduire. Je ne vous représenterai point que votre frère n'étoit que l'oncle de votre fille, que vous en êtes le père, et qu'il seroit plus juste de vous acquitter envers moi de l'obligation que vous m'avez, que de vous piquer de l'honneur de tenir une parole qui ne vous lie que foiblement.

Oui, sans doute, cela est bien plus juste, s'écria Jérôme de Moyadas; aussi je ne prétends point balancer entre vous et Pedro de la Membrilla. Si mon frère Augustin vivoit encore, il ne trouveroit pas mauvais que je donnasse la préférence à un homme qui m'a sauvé la vie, et, qui plus est, à un prince qui ne dédaigne pas mon alliance et veut bien descendre jusqu'à moi. Il faudroit que je fusse ennemi de mon bonheur, et que j'eusse entièrement perdu l'esprit, si je ne vous donnois pas ma fille, et si je ne pressois pas même un mariage si avantageux pour elle. Seigneur, repris-je, n'agissez point par impétuosité, ne faites rien qu'après une mûre délibération; ne consultez que vos seuls intérêts; et, mal-

gré la noblesse de mon sang..... Vous vous moquez de moi, interrompit-il, dois-je hésiter un moment? Non, mon prince; et je vous supplie de vouloir bien, dès ce soir, honorer de votre main l'heureuse Florentine. Eh bien ! lui dis-je, soit : allez vous-même lui porter cette nouvelle et l'instruire de son destin glorieux.

Tandis que le bon bourgeois s'empressoit d'aller dire à sa fille qu'elle avoit fait la conquête d'un prince, Moralès, qui avoit entendu toute la conversation, se mit à genoux devant moi, et me dit: Monsieur le prince italien, fils du souverain des vallées qui sont entre les Suisses, le Milanais et la Savoie, souffrez que je me jette aux pieds de votre altesse, pour lui témoigner le ravissement où je suis. Foi de fripon, je vous regarde comme un prodige. Je me croyois le premier homme du monde, mais franchement je mets pavillon bas devant vous, quoique vous ayez moins d'expérience que moi. Tu n'as donc plus, lui dis-je, d'inquiétude ? Oh ! pour cela, non, répondit-il; je ne crains plus le seigneur Pedro; qu'il vienne présentement ici tant qu'il lui plaira. — Nous voilà, Moralès et moi, fermes sur nos étriers. Nous commençâmes à régler la route que nous prendrions avec la dot, sur laquelle nous comptions si bien, que si nous l'eussions déjà touchée nous n'aurions pas cru être plus sûrs de l'avoir. Nous ne la tenions pas toutefois encore, et le dénoûment de l'aventure ne répondit pas à notre confiance.

Nous vîmes bientôt revenir le jeune homme de Calatrava. Il étoit accompagné de deux bourgeois, et d'un alguazil, aussi respectable par sa moustache et sa mine brune que par sa charge. Le père de Florentine étoit avec nous. Seigneur de Moyadas, lui dit Pedro, voici trois honnêtes gens que je vous amène; ils me connoissent, et peuvent vous dire qui je suis. Oui, certes, s'écria l'alguazil, je puis le dire; je le certifie à tous ceux qu'il appartiendra, je vous connois : vous vous appelez Pedro, et vous êtes fils unique de Juan Velez de la Membrilla; quiconque ose soutenir le contraire est un imposteur. Je vous crois, monsieur l'alguazil, dit alors le bon homme Jérôme de Moyadas. Votre témoignage est sacré pour moi, aussi bien que celui des seigneurs marchands qui sont avec vous. Je suis pleinement convaincu que le jeune cavalier qui vous a conduit ici est le fils unique du correspondant de mon frère. Mais que m'importe ? Je ne suis plus dans la résolution de lui donner ma fille; j'ai changé de sentiment.

Oh ! c'est une autre affaire, dit l'alguazil. Je ne viens dans votre maison que pour vous assurer que ce jeune homme m'est connu. Vous êtes certainement maître de votre fille, et l'on ne sauroit vous contraindre à la marier malgré vous. Je ne prétends pas non plus, interrompit Pedro, faire violence aux volontés du seigneur Moyadas, qui peut disposer de sa fille comme bon lui semblera ; mais il me permettra de lui demander pourquoi il a changé de sentiment. A-t-il quelque sujet de se plaindre de moi ? Ah ! du moins qu'en perdant la douce espérance d'être son gendre, j'apprenne que je ne l'ai point perdue par ma faute. Je ne me plains pas de vous, répondit le bon vieillard ; je vous le dirai même, c'est à regret que je me vois dans la nécessité de vous manquer de parole, et je vous conjure de me le pardonner. Je suis persuadé que vous êtes trop généreux pour me savoir mauvais gré de vous préférer un rival qui m'a sauvé la vie. Vous le voyez, poursuivit-il en me montrant, c'est ce seigneur qui m'a tiré d'un grand péril ; et, pour m'excuser encore mieux auprès de vous, je vous apprends que c'est un prince italien qui, malgré l'inégalité de nos conditions, veut bien épouser Florentine, dont il est devenu amoureux.

A ces dernières paroles, Pedro demeura muet et confus. Les deux marchands ouvrirent de grands yeux, et parurent fort surpris. Mais l'alguazil, accoutumé à regarder les choses du mauvais côté, soupçonna cette merveilleuse aventure d'être une fourberie où il y avoit à gagner pour lui. Il m'envisagea fort attentivement ; et comme mes traits, qui lui étoient inconnus, mettoient en défaut sa bonne volonté, il examina mon camarade avec la même attention. Malheureusement pour mon altesse, il reconnut Moralès ; et, se ressouvenant de l'avoir vu dans les prisons de Ciudad-Réal : Ah ! ah ! s'écria-t-il, voici une de mes pratiques. Je remets ce gentilhomme, et je vous le donne pour un des plus parfaits fripons qui soient dans les royaumes et principautés d'Espagne. Allons, bride en main, monsieur l'alguazil, dit Jérôme de Moyadas ; ce garçon, dont vous nous faites un si mauvais portrait, est un domestique du prince. Fort bien, repartit l'alguazil ; je n'en veux pas davantage pour savoir à quoi m'en tenir. Je juge du maître par le valet. Je ne doute pas que ces galants ne soient deux fourbes qui s'accordent pour vous tromper. Je me connois en pareil gibier ; et, pour vous faire voir que ces drôles sont des aventuriers, je vais les mener en prison tout à l'heure. Je prétends leur ménager un tête-à-tête avec monsieur le corrégidor ; après quoi ils sentiront que tous les coups de fouet n'ont point encore été donnés. Halte-là, monsieur l'officier, reprit le vieillard, ne poussons pas l'affaire si loin. Vous ne craignez pas, vous autres, messieurs, de faire de la peine à un honnête homme. Ce valet ne sauroit-il être un fourbe, sans que son maître

le soit ? Est-il nouveau de voir des fripons au service des princes ? Vous moquez-vous, avec vos princes ? interrompit l'alguazil. Ce jeune homme est un intrigant, sur ma parole, et je l'arrête *de par le roi*, de même que son camarade. J'ai vingt archers à la porte, qui les traîneront à la prison s'ils ne s'y laissent pas conduire de bonne grâce. Allons, mon prince, me dit-il ensuite, marchons.

Je fus étourdi de ces paroles, ainsi que Moralès ; et notre trouble nous rendit suspects à Jérôme de Moyadas, ou plutôt nous perdit dans son esprit. Il jugea bien que nous l'avions voulu tromper. Il prit pourtant dans cette occasion le parti que devoit prendre un galant homme. Monsieur l'officier, dit-il à l'alguazil, vos soupçons peuvent être faux ; peut-être aussi ne sont-ils que trop véritables. Quoi qu'il en soit, n'approfondissons point cela. Que ces deux jeunes cavaliers sortent, et se retirent où ils voudront. Ne vous opposez point, je vous prie, à leur retraite : c'est une grâce que je vous demande, pour m'acquitter envers eux de l'obligation que je leur ai. Si je faisois ce que je dois, répondit l'alguazil, j'emprisonnerois ces messieurs, sans avoir égard à vos prières ; mais je veux bien relâcher de mon devoir pour l'amour de vous, à condition que dès ce moment ils sortiront de cette ville ; car si je les rencontre demain, vive Dieu ! ils verront ce qui leur arrivera.

Lorsque nous entendîmes dire, Moralès et moi, qu'on nous laissoit libres, nous nous remîmes un peu. Nous voulûmes parler avec fermeté, et soutenir que nous étions des personnes d'honneur ; mais l'alguazil nous regarda de travers, et nous imposa silence. Je ne sais pourquoi ces gens-là ont un ascendant sur nous. Il fallut donc abandonner Florentine et la dot à Pedro de la Membrilla, qui sans doute devint gendre de Jérôme de Moyadas. Je me retirai avec mon camarade. Nous prîmes le chemin de Truxillo, avec la consolation d'avoir du moins gagné cent pistoles à cette aventure. Une heure avant la nuit nous passâmes par un petit village, résolus d'aller coucher plus loin. Nous aperçûmes une hôtellerie d'assez belle apparence pour ce lieu-là. L'hôte et l'hôtesse étoient à la porte, assis sur de longues pierres. L'hôte, grand homme sec et déjà suranné, râcloit une mauvaise guitare pour divertir sa femme, qui paroissoit l'écouter avec plaisir. Messieurs, nous cria l'hôte, lorsqu'il vit que nous ne nous arrêtions point, je vous conseille de faire halte en cet endroit. Il y a trois mortelles lieues d'ici au premier village que vous trouverez, et vous n'y serez pas si bien que dans celui-ci, je vous en avertis. Croyez-moi, entrez dans ma maison ; je vous y ferai bonne chère, et à juste prix. Nous nous laissâmes persuader. Nous nous approchâmes de l'hôte et de l'hôtesse ; nous les saluâmes ; et, nous étant assis auprès d'eux, nous commençâmes à nous entretenir tous quatre de choses indifférentes. L'hôte se disoit officier de la sainte Hermandad, et l'hôtesse étoit une grosse réjouie qui avoit l'air de savoir bien vendre ses denrées.

Notre conversation fut interrompue par l'arrivée de douze à quinze cavaliers montés les uns sur des mules, les autres sur des chevaux, et suivis d'une trentaine de mulets chargés de ballots. Ah ! que de princes ! s'écria l'hôte à la vue de tant de monde ; où pourrai-je les loger tous ? Dans un instant le village se trouva rempli d'hommes et d'animaux. Il y avoit par bonheur auprès de l'hôtellerie une vaste grange où l'on mit les mulets et les ballots ; les mules et les chevaux des cavaliers furent placés dans d'autres endroits. Pour les hommes, ils songèrent moins à chercher des lits qu'à se faire apprêter un bon repas. L'hôte, l'hôtesse et une jeune servante qu'ils avoient ne s'y épargnèrent point. Ils firent main-basse sur toute la volaille de leur basse-cour. Cela joint à quelques civets de lapins et de matous, et à une copieuse soupe aux choux faite avec du mouton, il y en eut pour tout l'équipage.

Nous regardions, Moralès et moi, ces cavaliers, qui de temps en temps nous envisageoient aussi. Enfin nous liâmes conversation, et nous leur dîmes que, s'ils le vouloient bien, nous souperions avec eux. Ils nous témoignèrent que cela leur feroit plaisir. Nous voilà donc tous à table ensemble. Il y en avoit un parmi eux qui ordonnoit, et pour qui les autres, quoique d'ailleurs ils en usassent assez familièrement avec lui, ne laissoient pas de marquer des déférences. Il est vrai que celui-là tenoit le haut bout : il parloit d'un ton de voix élevé ; il contredisoit même quelquefois d'un air cavalier les autres qui, bien loin de lui rendre la pareille, sembloient respecter ses opinions. L'entretien tomba par hasard sur l'Andalousie ; et, comme Moralès s'avisa de louer Séville, l'homme dont je viens de parler lui dit : Seigneur cavalier, vous faites l'éloge de la ville où j'ai pris naissance ; ou du moins je suis né aux environs, puisque le bourg de Mayrena m'a vu naître. Je vous dirai la même chose, lui répondit mon compagnon. Je suis aussi de Mayrena, et il n'est pas possible que je ne connoisse point vos parents, moi qui connois depuis l'alcade jusqu'aux dernières personnes du bourg. De qui êtes-vous fils ? D'un honnête notaire, repartit le cavalier, de Martin Moralès. De Martin Moralès ! s'écria mon camarade avec autant de joie que de surprise ; par ma foi, l'aventure est fort singulière ! vous êtes

donc mon frère aîné Manuel Moralès ? Justement, dit l'autre ; et vous êtes apparemment, vous, mon petit frère Luis, que je laissai au berceau quand j'abandonnai la maison paternelle ? Vous m'avez nommé, répondjt mon camarade. A ces mots, ils se levèrent de table tous deux, et s'embrassèrent à plusieurs reprises. Ensuite le seigneur Manuel dit à la compagnie : Messieurs, cet événement est tout-à-fait merveilleux. Le hasard veut que je rencontre et reconnoisse un frère que je n'ai point vu depuis plus de vingt années pour le moins : permettez que je vous le présente. Alors tous les cavaliers, qui par bienséance se tenoient debout, saluèrent le cadet Moralès, et l'accablèrent d'embrassades. Après cela on se remit à table, et l'on y demeura toute la nuit. On ne se coucha point. Les deux frères s'assirent l'un auprès de l'autre, et s'entretinrent tout bas de leur famille, pendant que les autres convives buvoient et se réjouissoient.

Luis eut une longue conversation avec Manuel ; et me prenant ensuite en particulier, il me dit : Tous ces cavaliers sont des domestiques du comte de Montanos, que le roi a nommé depuis peu à la vice-royauté de Mayorque. Ils conduisent l'équipage du vice-roi à Alicante, où ils doivent s'embarquer. Mon frère, qui est devenu intendant de ce seigneur, m'a proposé de m'emmener avec lui, et sur la répugnance que je lui ai témoignée que j'avois à vous quitter, il m'a dit que, si vous voulez être du voyage, il vous fera donner un bon emploi. Cher ami, poursuivit-il, je te conseille de ne pas dédaigner ce parti. Allons ensemble à l'île de Mayorque. Si nous y avons de l'agrément, nous y resterons ; et si nous ne nous y plaisons point, nous reviendrons en Espagne.

J'acceptai volontiers la proposition. Nous nous joignîmes, le jeune Moralès et moi, aux officiers du comte, et nous partîmes avec eux de l'hôtellerie avant le lever de l'aurore. Nous nous rendîmes à grandes journées à la ville d'Alicante, où j'achetai une guitare et me fis faire un habit fort propre avant l'embarquement. Je ne pensois plus à rien qu'à l'île de Mayorque, et Luis Moralès étoit dans la même disposition. Il sembloit que nous eussions renoncé aux friponneries. Il faut dire la vérité : nous voulions passer pour honnêtes gens parmi les cavaliers avec qui nous étions, et cela tenoit nos génies en respect. Enfin nous nous embarquâmes gaîment, et nous nous flattions d'être bientôt à Mayorque ; mais à peine fûmes-nous hors du golfe d'Alicante, qu'il survint une bourrasque effroyable. J'aurois, dans cet endroit de mon récit, une occasion de vous faire une belle description de tempête, de peindre l'air tout en feu, de faire gronder la foudre, siffler les vents, soulever les flots, etc.; mais, laissant à part toutes ces fleurs de rhétorique, je vous dirai que l'orage fut violent, et nous obligea de relàcher à la pointe de l'île de Cabrera[1]. C'est une île déserte, où il y a un petit fort qui étoit alors gardé par cinq ou six soldats, et par un officier qui nous reçut fort honnêtement.

Comme il nous falloit passer là plusieurs jours à raccommoder nos voiles et nos cordages, nous cherchâmes diverses sortes d'amusements pour éviter l'ennui. Chacun suivoit ses inclinations : les uns jouoient à la prime, les autres s'amusoient autrement; et moi j'allois me promener dans l'île avec ceux de nos cavaliers qui aimoient la promenade; c'étoit là mon plaisir. Nous sautions de rocher en rocher; car le terrain est inégal, plein de pierres partout, et l'on y voit fort peu de terre. Un jour, tandis que nous considérions ces lieux secs et arides, et que nous admirions le caprice de la nature, qui se montre féconde et stérile où il lui plaît, notre odorat fut saisi tout-à-coup d'une senteur agréable. Nous nous tournâmes aussitôt du côté de l'orient, d'où venoit cette odeur; et nous aperçûmes avec étonnement entre des rochers un grand rond de verdure de chèvre-feuilles plus beaux et plus odorants que ceux mêmes qui croissent dans l'Andalousie. Nous nous approchâmes volontiers de ces arbrisseaux charmants qui parfumoient l'air aux environs, et il se trouva qu'ils bordoient l'entrée d'une caverne très-profonde. Cette caverne étoit large et peu sombre; nous descendîmes au fond en tournant, par des degrés de pierres dont les extrémités étoient parées de fleurs, et qui formoient naturellement un escalier en limaçon. Lorsque nous fûmes en bas, nous vîmes serpenter, sur un sable plus jaune que l'or, plusieurs petits ruisseaux qui tiroient leurs sources des gouttes d'eau que les rochers distilloient sans cesse en dedans, et qui se perdoient sous la terre. L'eau nous parut si belle, que nous en voulûmes boire; et nous la trouvâmes si fraîche, que nous résolûmes de venir le jour suivant dans cet endroit, et d'y apporter quelques bouteilles de vin, persuadés qu'on ne les boiroit point là sans plaisir.

Nous ne quittâmes qu'à regret un lieu si agréable; et, lorsque nous fûmes de retour au fort, nous ne manquâmes pas de vanter à nos camarades une si belle découverte : mais le commandant de la forteresse nous dit qu'il nous avertissoit en ami de ne plus aller à la caverne dont nous étions si charmés. Eh pourquoi cela? lui dis-je; y a-t-il quelque chose à craindre? Sans doute, me

répondit-il. Les corsaires d'Alger et de Tripoli descendent quelquefois dans cette île, et viennent faire provision d'eau à cette fontaine. Ils y surprirent un jour deux soldats de ma garnison, qu'ils firent esclaves. L'officier eut beau parler d'un air très-sérieux, il ne put nous persuader. Nous crûmes qu'il plaisantoit, et dès le lendemain je retournai à la caverne avec trois cavaliers de l'équipage. Nous y allâmes même sans armes à feu, pour faire voir que nous n'appréhendions rien. Le jeune Moralès ne voulut point être de la partie; il aima mieux, aussi bien que son frère, demeurer à jouer dans le fort.

Nous descendîmes au fond de l'antre comme le jour précédent, et nous fîmes rafraîchir dans les ruisseaux quelques bouteilles de vin que nous avions apportées. Pendant que nous les buvions délicieusement, en jouant de la guitare et en nous entretenant avec gaîté, nous vîmes paroître au haut de la caverne plusieurs hommes qui avoient des moustaches épaisses, des turbans, et des habits à la turque. Nous nous imaginâmes que c'étoit une partie de l'équipage et le commandant du fort, qui s'étoient ainsi déguisés pour nous faire peur. Prévenus de cette pensée, nous nous mîmes à rire, et nous en laissâmes descendre jusqu'à dix sans songer à notre défense. Nous fûmes bientôt tristement désabusés, et nous connûmes que c'étoit un corsaire qui venoit avec ses gens nous enlever. *Rendez-vous, chiens*, nous cria-t-il en langue castillane, *ou bien vous allez tous mourir!* En même temps les hommes qui l'accompagnoient nous couchèrent en joue avec des carabines qu'ils portoient; et nous aurions essuyé une belle décharge, si nous eussions fait la moindre résistance; mais nous fûmes assez sages pour n'en faire aucune. Nous préférâmes l'esclavage à la mort : nous donnâmes nos épées au pirate. Il nous fit charger de chaînes, et conduire à son vaisseau, qui n'étoit pas loin de là; puis mettant à la voile, il cingla vers Alger.

C'est de cette manière que nous fûmes justement punis d'avoir négligé l'avertissement de l'officier de la garnison. La première chose que fit le corsaire fut de nous fouiller et de prendre ce que nous avions d'argent. La bonne capture pour lui! Les deux cents pistoles des bourgeois de Placencia, les cent que Moralès avoit reçues de Jérôme de Mayadas, et dont par malheur j'étois chargé, tout cela me fut raflé sans miséricorde. Mes compagnons avoient aussi la bourse bien garnie; enfin c'étoit un excellent coup de filet. Le pirate en paroissoit tout réjoui; et le bourreau ne se contentoit pas de nous enlever nos espèces, il nous insultoit par des railleries que nous sentions beaucoup moins que la nécessité de les souffrir.

[1] *Cabrera* ou *Capraria*, île des chèvres; petite île de l'Espagne, dans la Méditerranée.

Après mille plaisanteries, et pour se moquer de nous d'une autre façon, il se fit apporter les bouteilles de vin que nous avions fait rafraîchir à la fontaine, et que ses gens avoient eu soin d'emporter. Il se mit à les vider avec eux, et à boire à notre santé par dérision.

Pendant ce temps-là, mes camarades avoient une contenance qui rendoit témoignage de ce qui se passoit en eux. Ils étoient d'autant plus mortifiés de leur esclavage, qu'ils s'étoient fait une idée plus douce d'aller dans l'île de Mayorque, où ils avoient compté qu'ils mèneroient une vie délicieuse. Pour moi, j'eus la fermeté de prendre mon parti, et, moins consterné que les autres, je liai conversation avec le railleur ; j'entrai même de bonne grâce dans ses plaisanteries : ce qui lui plut. Jeune homme, me dit-il, j'aime le caractère de ton esprit ; et, dans le fond, au lieu de gémir et de soupirer, il vaut mieux s'armer de patience et s'accommoder au temps. Joue-nous un petit air, continua-t-il, en voyant que je portois une guitare : voyons ce que tu sais faire. Je lui obéis dès qu'il m'eut fait délier les bras, et je commençai à jouer de la guitare d'une manière qui m'attira ses applaudissements. Il est vrai que je jouois assez bien de cet instrument. Je chantai aussi, et l'on ne fut pas moins satisfait de ma voix. Tous les Turcs qui étoient dans le vaisseau témoignèrent par des gestes admiratifs le plaisir qu'ils avoient eu à m'entendre ; ce qui me fit juger qu'en matière de musique, ils n'étoient pas sans goût. Le pirate me dit à l'oreille que je ne serois pas un esclave malheureux, et qu'avec mes talents je pouvois compter sur un emploi qui rendroit ma captivité très-supportable.

Je sentis quelque joie à ces paroles ; mais, toutes flatteuses qu'elles étoient, je ne laissois pas d'avoir des inquiétudes sur l'occupation dont le corsaire me faisoit fête : j'appréhendois qu'elle ne fût pas de mon goût. Quand nous arrivâmes au port d'Alger, nous vîmes un grand nombre de personnes assemblées pour nous voir ; et nous n'avions pas encore débarqué, qu'ils poussèrent mille cris de joie. Ajoutez à cela que l'air retentissoit du son confus des trompettes, des flûtes moresques et d'autres instruments dont on se sert en ce pays-là ; ce qui formoit une symphonie plus bruyante qu'agréable. La cause de ces réjouissances étoit un faux bruit qu'on avoit répandue dans la ville. On avoit ouï dire que le renégat Méhémet[1] (ainsi se nommoit notre pirate) avoit péri en attaquant un gros vaisseau gé-

nois ; de sorte que tous ses parents et ses amis, informés de son retour, s'empressoient de lui en témoigner leur joie.

Nous n'eûmes pas mis pied à terre, qu'on me conduisit avec tous mes compagnons au palais du bacha Soliman[1], où un écrivain chrétien, nous interrogeant chacun en particulier, nous demanda nos noms, nos âges, notre patrie, notre religion et nos talents. Alors Méhémet, me montrant au bacha, lui vanta ma voix, et lui dit qu'avec cela je jouois de la guitare à ravir. Il n'en fallut pas davantage pour déterminer Soliman à me choisir pour son service. Je fus donc réservé pour son sérail, où l'on me conduisit pour m'installer dans l'emploi qui m'étoit destiné. Les autres captifs furent menés dans une place publique, et vendus suivant la coutume. Ce que Méhémet m'avoit prédit dans le vaisseau m'arriva ; j'éprouvai un heureux sort. Je ne' fus point livré aux gardes des prisons, ni employé aux ouvrages pénibles. Soliman bacha, par distinction, me fit mettre dans un lieu particulier, avec cinq ou six esclaves de qualité qui devoient incessamment être rachetés, et à qui l'on ne donnoit que de légers travaux. On me chargea du soin d'arroser dans les jardins les orangers et les fleurs. Je ne pouvois avoir une plus douce occupation : aussi j'en rendis grâce à mon étoile, et je pressentis, sans savoir pourquoi, que je ne serois pas malheureux chez Soliman.

Ce bacha (il faut que j'en fasse le portrait) étoit un homme de quarante ans, bien fait de sa personne, fort poli et fort galant pour un Turc. Il avoit pour favorite une Cachemirienne qui, par son esprit et par sa beauté, s'étoit acquis un empire absolu sur lui. Il l'aimoit jusqu'à l'idolâtrie. Il la régaloit tous les jours de quelque fête nouvelle, tantôt d'un concert de voix et d'instruments, et tantôt d'une comédie à la manière des Turcs ; ce qui suppose des poèmes dramatiques où la pudeur et la bienséance n'étoient pas plus respectées que les règles d'Aristote. La favorite, qui s'appeloit Farrukhnaz[2], aimoit passionnément ces spectacles ; elle faisoit même quelquefois représenter par ses

---

[1] *Du Bacha Soliman.* Lisez : *Soléiman Pâchâ.* Le dernier mot, particulier à la langue turque, a été changé en *Bâchâ* par les écrivains arabes, qui n'ont pas de P dans leur langue, et en *Bassa* par les Grecs, qui cherchent toujours à adoucir les mots étrangers, et qui ne peuvent prononcer ni le J ni le CH. Ils substituent constamment à ces deux prononciations celles du Z et de l'S dure : de là les mots de *Bassa*, au lieu de *Pâchâ* ; *Saracin*, au lieu de *Chérâkin*, etc. La Fontaine a donc eu raison d'intituler *le Bassa et le Marchand* une de ses fables, dont la scène est en Grèce (livre VIII, table XVIII), puisque c'est ainsi que parlent les Grecs.

[2] *Farrukhnaz*, ce nom est composé de deux mots persans, adoptés par les Turcs, et qu'on peut traduire par *aimable coquetterie, charmante coquette.*

---

[1] *Méhémet* est la prononciation adoptée par les Turcs du nom de Mohammed, dont nous avons fait Mahomet. Ce nom vient d'un mot arabe, qui signifie *louable, célèbre, fameux.*

femmes des pièces arabes devant le bacha[1]. Elle y jouoit des rôles elle-même, et charmoit tous les spectateurs par la grâce et la vivacité qu'il y avoit dans son action. Un jour que j'étois parmi les musiciens à une de ces représentations, Soliman m'ordonna de jouer de la guitare, et de chanter tout seul dans un entr'acte. J'eus le bonheur de plaire à Soliman; il m'applaudit, non-seulement par des battements de mains, mais même de vive voix; et la favorite, à ce qu'il me parut, me regarda d'un œil favorable.

Le lendemain de ce jour-là, comme j'arrosois des orangers dans les jardins, il passa près de moi un eunuque qui, sans s'arrêter ni me rien dire, jeta un billet à mes pieds. Je le ramassai avec un trouble mêlé de plaisir et de crainte. Je me couchai par terre, de peur d'être aperçu des fenêtres du sérail, et me cachant derrière des caisses d'orangers, j'ouvris ce billet. J'y trouvai un diamant d'un assez grand prix, et ces paroles en bon castillan : « Jeune chrétien, rend grâce » au ciel de ta captivité. L'amour et la fortune » la rendront heureuse : l'amour, si tu es sensible » aux charmes d'une belle personne ; et la fortune » si tu as le courage de mépriser toutes sortes de » périls »

Je ne doutai pas un moment que la lettre ne fût de la sultane favorite; le style et le diamant me le persuadèrent. Outre que je ne suis pas naturellement timide, la vanité d'être bien avec la maîtresse d'un grand seigneur, et, plus encore, l'espérance de tirer d'elle quatre fois plus d'argent qu'il ne m'en falloit pour ma rançon, tout cela me fit former le dessein d'éprouver cette aventure, quelque danger qu'il y eût à courir. Je continuai mon travail en rêvant aux moyens d'entrer dans l'appartement de Farrukhnaz, ou plutôt en attendant qu'elle m'en ouvrît les chemins ; car je jugeois bien qu'elle n'en demeureroit point là, et qu'elle feroit plus de la moitié des frais. Je ne me trompois pas. Le même eunuque qui avoit passé près de moi repassa une heure après, et me dit : Chrétien, as-tu fait tes réflexions, et auras-tu la hardiesse de me suivre ? Je répondis qu'oui. Eh bien! reprit-il, le ciel te conserve! tu me reverras demain dans la matinée, tiens-toi prêt à te laisser conduire. En parlant de cette sorte, il se retira. Le jour suivant, je le vis en effet reparoître sur les huit heures du matin.

Il me fit signe d'aller à lui; je le joignis et il me mena dans une salle où il y avoit un grand rouleau de toile qu'un autre eunuque et lui venoient d'apporter là, et qu'ils devoient porter chez la sultane, pour servir à la décoration d'une pièce arabe qu'elle préparoit pour le bacha.

Les deux eunuques, me voyant disposé à faire tout ce qu'on voudroit, ne perdirent point de temps; ils déroulèrent la toile, me firent mettre dedans tout de mon long; puis, au hasard de m'étouffer, ils la roulèrent de nouveau, et m'enveloppèrent dedans. Ensuite, la prenant chacun par un bout, ils me portèrent ainsi impunément jusque dans la chambre où couchoit la belle Cachemirienne. Elle étoit seule avec la vieille esclave dévouée à ses volontés. Elles déroulèrent toutes deux la toile ; et Farrukhnaz, à ma vue, fit éclater des transports de joie qui découvroient bien le génie des femmes de son pays. Tout hardi que j'étois naturellement, je ne pus me voir tout-à-coup transporté dans l'appartement secret des femmes sans sentir un peu de frayeur. La dame s'en aperçut bien; et, pour dissiper ma crainte : Jeune homme, me dit-elle, n'appréhende rien. Soliman vient de partir pour sa maison de campagne ; il y sera toute la journée; nous pouvons nous entretenir ici librement.

Ces paroles me rassurèrent, et me firent prendre une contenance qui redoubla la joie de la favorite. Vous m'avez plu, poursuivit-elle, et je prétends adoucir la rigueur de votre esclavage. Je vous crois digne des sentiments que j'ai conçus pour vous. Quoique sous les habits d'un esclave, vous avez un air noble et galant qui fait connoître que vous n'êtes point une personne du commun. Parlez-moi confidemment; dites-moi qui vous êtes. Je sais bien que les captifs qui ont de la naissance déguisent leur condition pour être rachetés à meilleur marché; mais vous êtes dispensé d'en user de la sorte avec moi; et même ce seroit une précaution qui m'offenseroit, puisque je vous promets votre liberté. Soyez donc sincère, et m'avouez que vous êtes un jeune homme de bonne maison. Effectivement, madame, lui répondis-je, il me siéroit mal de payer vos bontés de dissimulation. Vous voulez absolument que je vous découvre ma qualité; il faut vous satisfaire. Je suis fils d'un grand d'Espagne. Je disois peut-être la vérité, du moins la sultane le crut; et, s'applaudissant d'avoir jeté les yeux sur un cavalier d'importance, elle m'assura qu'il ne tiendroit pas à elle que nous ne nous vissions souvent en particulier. Nous eûmes ensemble un fort long entretien. Je n'ai jamais vu de femme plus amusante. Elle savoit plusieurs langues, et surtout la castillane, qu'elle parloit assez bien. Lorsqu'elle jugea qu'il

<hr>

[1] La comédie des Turcs consiste principalement dans ce spectacle d'enfants que nous nommons les ombres chinoises, *Ckhayâl-zill*, chez les Turcs. Les hommes qui tiennent les fils de ces petites figures leur prêtent les propos les plus obscènes et leur impriment des mouvements analogues à leurs discours.

étoit temps de nous séparer, je me mis par son ordre, dans une grande corbeille d'osier, couverte d'un ouvrage de soie fait de sa main ; puis les deux esclaves qui m'avoient apporté furent appelés, et ils me remportèrent comme un présent que la favorite envoyoit au bacha ; ce qui est sacré pour tous les hommes commis à la garde des femmes.

Nous trouvâmes, Farrukhnaz et moi, d'autres moyens encore de nous parler ; et cette aimable captive m'inspira peu à peu autant d'amour qu'elle en avoit pour moi. Notre intelligence fut secrète pendant deux mois, quoiqu'il soit fort difficile que dans un sérail les mystères amoureux échappent long-temps aux argus. Mais un contre-temps dérangea nos petites affaires, et ma fortune changea de face entièrement. Un jour que, dans le corps d'un dragon artificiel qu'on avoit fait pour un spectacle, j'avois été introduit chez la sultane, et que je m'entretenois avec elle, Soliman, que je croyois occupé hors de la ville, survint. Il entra si brusquement dans l'appartement de sa favorite, que la vieille esclave eut à peine le temps de nous avertir de son arrivée. J'eus encore moins le loisir de me cacher. Ainsi je fus le premier qui s'offrit à la vue du bacha.

Il parut fort étonné de me voir, et ses yeux tout-à-coup s'allumèrent de fureur. Je me regardai comme un homme qui touchoit à son dernier moment, et je m'imaginois être déjà dans les supplices. Pour Farrukhnaz, je m'aperçus à la vérité qu'elle étoit effrayée ; mais au lieu d'avouer son crime et d'en demander pardon, elle dit à Soliman : Seigneur, avant que vous prononciez mon arrêt, daignez m'écouter. Les apparences sans doute me condamnent, et je semble vous faire une trahison digne des plus horribles châtiments. J'ai fait venir ici ce jeune captif ; et, pour l'introduire dans mon appartement, j'ai employé les mêmes artifices dont je me serois servie si j'eusse eu pour lui un amour bien violent. Cependant, et j'en atteste notre grand prophète, malgré ces démarches, je ne vous suis point infidèle. J'ai voulu entretenir cet esclave chrétien pour le détacher de sa secte, et l'engager à suivre celle des croyans. J'ai trouvé en lui une résistance à laquelle je m'étois bien attendue. J'ai toutefois vaincu ses préjugés, et il vient de me promettre qu'il embrassera le mahométisme.

Je conviens que je devois démentir la favorite, sans avoir égard à la conjoncture dangereuse où je me trouvois ; mais dans l'accablement où j'avois l'esprit, touché du péril où je voyois une femme que j'aimois, et tremblant encore plus pour moi-même, je demeurai interdit et confus. Je ne pus proférer une parole ; et le bacha, persuadé par mon silence que ma maîtresse ne disoit rien qui ne fût

véritable, se laissa désarmer. Madame, répondit-il, je veux croire que vous ne m'avez point offensé, et que l'envie de faire une chose agréable au prophète a pu vous engager à hasarder une action si délicate. J'excuse donc votre imprudence, pourvu que ce captif prenne tout à l'heure le turban. Aussitôt il fit venir un marabout [1]. On me revêtit d'un habit à la turque. Je fis tout ce qu'on voulut, sans que j'eusse la force de m'en défendre ; ou, pour mieux dire, je ne savois ce que je faisois, dans le désordre où étoient mes sens. Que de chrétiens auroient été aussi lâches que moi dans cette occasion !

Après la cérémonie, je sortis du sérail pour aller, sous le nom de Sidy Hally [2], exercer un petit emploi que Soliman me donna. Je ne revis plus la sultane ; mais un de ses eunuques vint un jour me trouver. Il m'apporta de sa part des pierreries pour deux mille sultanins d'or, avec un billet par lequel la dame m'assuroit qu'elle n'oublieroit jamais la généreuse complaisance que j'avois eue de me faire mahométan pour lui sauver la vie. Véritablement, outre les présents que j'avois reçus de Farrukhnaz, j'obtins par son canal un emploi plus considérable que le premier, et je devins en moins de six à sept années un des plus riches renégats de la ville d'Alger.

Vous vous imaginez bien que, si j'assistois aux prières que les musulmans font dans leurs mosquées, et remplissois les autres devoirs de leur religion, ce n'étoit que par pure grimace. Je conservois une volonté déterminée de rentrer dans le sein de l'Église ; et pour cet effet je me proposois de me retirer un jour en Espagne ou en Italie, avec les richesses que j'aurois amassées. En attendant, je vivois fort agréablement. J'étois logé dans une belle maison, j'avois des jardins superbes, un grand nombre d'esclaves, et de fort jolies femmes dans mon sérail. Quoique l'usage du vin soit défendu en ce pays-là aux mahométans, ils ne laissent pas pour la plupart d'en boire en secret. Pour moi, j'en buvois sans façon, comme font tous les renégats. Je me souviens que j'avois deux compagnons de débauche, avec qui je passois souvent la nuit à table. L'un étoit Juif et l'autre Arabe. Je les croyois honnêtes gens ; et, dans cette opinion, je vivois avec eux sans contrainte. Un soir je les invitai à souper chez moi. Il m'étoit mort ce jour-

----

[1] *Marabout*, corruption du mot arabe *marboreth* ; lié, attaché à Dieu. Un marabout est le desservant d'une mosquée, surtout en Afrique.

[2] *Sidy* signifie *monsieur* en arabe. *Syd*, ou *cid*, comme l'a écrit Corneille, est équivalent de sieur, ou seigneur.

Ils l'ont nommé tous deux leur Cid en ma présence. Puisque Cid en leur langue est autant que seigneur, etc.

là un chien que j'aimois passionnément ; nous lavâmes son corps, et l'enterrâmes avec toute la cérémonie qui s'observe aux funérailles des mahométans. Ce que nous en faisions n'étoit pas pour tourner en ridicule la religion musulmane ; c'étoit seulement pour nous réjouir, et satisfaire une folle envie qui nous prit, dans la débauche, de rendre les derniers devoirs à mon chien.

Cette action pourtant me pensa perdre, comme vous l'allez voir. Le lendemain il vint chez moi un homme qui me dit : Seigneur Sidy Hally, une affaire importante m'amène chez vous. Monsieur le cadi veut vous parler ; prenez, s'il vous plaît, la peine de venir chez lui tout à l'heure. Apprenez-moi de grâce ce qu'il me veut, lui répondis-je. Il vous l'apprendra lui-même, reprit-il ; tout ce que je puis vous dire, c'est qu'un marchand arabe qui soupa hier avec vous lui a donné avis de certaine impiété par vous commise à l'occasion d'un chien que vous avez enterré ; vous savez bien de quoi il s'agit ; c'est pour cela que je vous somme de comparoître aujourd'hui devant ce juge, faute de quoi je vous avertis qu'il sera procédé criminellement contre vous. Il sortit en achevant ces paroles, et me laissa fort étourdi de sa sommation. L'Arabe n'avoit aucun sujet de se plaindre de moi, et je ne pouvois comprendre pourquoi ce traître m'avoit joué ce tour-là. La chose néanmoins méritoit quelque attention. Je connoissois le cadi pour un homme sévère en apparence, mais au fond peu scrupuleux, et de plus avare. Je mis deux cents sultanins d'or dans ma bourse, et j'allai trouver ce juge. Il me fit entrer dans son cabinet, et me dit d'un air rébarbatif : Vous êtes un impie, un sacrilège, un homme abominable. Vous avez enterré un chien comme un musulman ! quelle profanation ! Est-ce donc ainsi que vous respectez nos cérémonies les plus saintes ? et ne vous êtes-vous fait mahométan que pour vous moquer de nos pratiques de dévotion ? Monsieur le cadi, lui répondis-je, l'Arabe qui vous a fait un si mauvais rapport, ce faux ami, est complice de mon crime, si c'en est un d'accorder les honneurs de la sépulture à un fidèle domestique, à un animal qui possédoit mille bonnes qualités. Il aimoit tant les personnes de mérite et de distinction, qu'en mourant même il a voulu leur donner des marques de son amitié. Il leur laisse tous ses biens par un testament qu'il a fait, et dont je suis exécuteur. Il lègue à l'un vingt écus, trente à l'autre ; et il ne vous a point oublié, monseigneur, poursuivis-je en tirant ma bourse : voilà deux cents sultanins d'or qu'il m'a chargé de vous remettre. Le cadi, à ce discours, perdit sa gravité ; il ne put s'empêcher de rire ; et comme nous étions seuls, il prit sans façon la bourse, et me dit en me renvoyant : Allez, seigneur Sidy

Hally, vous avez fort bien fait d'inhumer avec pompe et avec honneur un chien qui avoit tant de considération pour les honnêtes gens.

Je me tirai d'affaire par ce moyen ; et si cela ne me rendit pas plus sage, j'en devins du moins plus circonspect. Je ne fis plus de débauche avec l'Arabe ni même avec le Juif. Je choisis pour boire avec moi un jeune gentilhomme de Livourne, qui étoit mon esclave. Il s'appeloit Azarini. Je ne ressemblois point aux autres renégats, qui font plus souffrir de maux aux esclaves chrétiens que les Turcs mêmes : tous mes captifs attendoient assez patiemment qu'on les rachetât. Je les traitois, à la vérité, si doucement, que quelquefois ils me disoient qu'ils appréhendoient plus de changer de patron qu'ils ne soupiroient après la liberté, quelques charmes qu'elle ait pour les personnes qui sont dans l'esclavage.

Un jour les vaisseaux du bacha revinrent avec des prises considérables. Ils annonçoient plus de cent esclaves de l'un et de l'autre sexe, qu'ils avoient enlevés sur les côtes d'Espagne. Soliman n'en garda qu'un très-petit nombre, et tout le reste fut vendu. J'arrivai dans la place où la vente s'en faisoit, et j'achetai une petite espagnole de dix à douze ans. Elle pleuroit à chaudes larmes et se désespéroit. J'étois surpris de la voir, à son âge, si sensible à sa captivité. Je lui dis en castillan de modérer son affliction, et je l'assurai qu'elle étoit tombée entre les mains d'un maître qui ne manquoit pas d'humanité, quoiqu'il eût un turban. La petite personne, toujours occupée du sujet de sa douleur, ne m'écoutoit pas ; elle ne faisoit que gémir, que se plaindre du sort, et de temps en temps elle s'écrioit d'un air attendri : O ma mère ! pourquoi sommes-nous séparées ? Je prendrois patience, si nous étions toutes deux ensemble. En prononçant ces mots, elle tournoit sa vue vers une femme de quarante-cinq à cinquante ans, que l'on voyoit à quelques pas d'elle, et qui, les yeux baissés, attendoit dans un morne silence que quelqu'un l'achetât. Je demandai à la jeune fille si la personne qu'elle regardoit étoit sa mère. Hélas ! oui, seigneur, me répondit-elle ; au nom de Dieu, faites que je ne la quitte point ! Eh bien ! mon enfant, lui dis-je, si, pour vous consoler, il ne faut que vous réunir l'une à l'autre, vous serez bientôt satisfaite. En même temps je m'approchai de la mère pour la marchander ; mais je ne l'eus pas sitôt envisagée, que je reconnus, avec toute l'émotion que vous pouvez penser, les traits, les propres traits de Lucinde. Juste ciel ! dis-je en moi-même, c'est ma mère, je n'en saurois douter. Pour elle, soit qu'un vif ressentiment de ses malheurs ne lui fît voir que des ennemis dans les objets qui l'environnoient, soit que mon habit me déguisât, ou bien que je fusse changé depuis douze années que je ne l'avois vue, elle ne me remit point. Après l'avoir aussi achetée, je la menai avec sa fille à ma maison.

Là, je voulus leur donner le plaisir d'apprendre qui j'étois. Madame, dis-je à Lucinde, est-il possible que mon visage ne vous frappe point? Ma moustache et mon turban vous font-ils méconnoître Raphaël votre fils? Ma mère tressaillit à ces paroles, me considéra, me reconnut, et nous nous embrassâmes tendrement. J'embrassai ensuite sa fille, qui ne savoit peut-être pas plus qu'elle eût un frère que je savois que j'avois une sœur. Avouez, dis-je à ma mère, que dans toutes vos pièces de théâtre vous n'avez pas une reconnoissance aussi parfaite que celle-ci. Mon fils, me répondit-elle en soupirant, j'ai d'abord eu de la joie de vous revoir; mais ma joie se convertit en douleur. Dans quel état, hélas! vous retrouvé-je! Mon esclavage me fait mille fois moins de peine que l'habillement odieux.... Ah! parbleu, madame, interrompis-je en riant, j'admire votre délicatesse : j'aime cela dans une comédienne. Eh! bon Dieu, ma mère, vous êtes donc bien changée, si ma métamorphose vous blesse si fort la vue. Au lieu de vous révolter contre mon turban, regardez-moi plutôt comme un acteur qui représente sur la scène un rôle de Turc. Quoique renégat, je ne suis pas plus musulman que je l'étois en Espagne; et dans le fond je me sens toujours attaché à ma religion. Quand vous saurez toutes les aventures qui me sont arrivées en ce pays-ci, vous m'excuserez. L'amour a fait mon crime; je sacrifie à ce dieu. Je tiens un peu de vous, je vous en avertis. Une autre raison encore, ajoutai-je, doit modérer en vous le déplaisir de me voir dans la situation où je suis. Vous vous attendiez à n'éprouver dans Alger qu'une captivité rigoureuse, et vous trouvez dans votre patron un fils tendre, respectueux, et assez riche pour vous faire vivre ici dans l'abondance, jusqu'à ce que nous saisissions l'occasion de retourner sûrement en Espagne. Demeurez d'accord de la vérité du proverbe qui dit qu'à quelque chose malheur est bon.

Mon fils, me dit Lucinde, puisque vous avez dessein de repasser un jour dans votre pays et d'y abjurer le mahométisme, je suis toute consolée. Grâces au ciel, continua-t-elle, je pourrai ramener saine et sauve en Castille votre sœur Béatrix! Oui, madame, m'écriai-je, vous le pourrez. Nous irons tous trois, le plus tôt qu'il nous sera possible, rejoindre le reste de notre famille; car vous avez apparemment encore en Espagne d'autres marques de votre fécondité? Non, dit ma mère, je n'ai que vous deux d'enfants; et vous saurez que Béatrix est le fruit d'un mariage des plus légiti-

mes. Et pourquoi, repris-je, avez-vous donné à ma petite sœur cet avantage-là sur moi? Comment avez-vous pu vous résoudre à vous marier? Je vous ai cent fois entendu dire dans mon enfance que vous ne pardonniez point à une jolie femme de prendre un mari. D'autres temps, d'autres soins, mon fils, repartit-elle; les hommes les plus fermes dans leurs résolutions sont sujets à changer, et vous voulez qu'une femme soit inébranlable dans les siennes! Je vais, poursuivit-elle, vous conter mon histoire depuis votre sortie de Madrid. Alors elle me fit le récit suivant, que je n'oublierai jamais. Je ne veux pas vous priver d'une narration si curieuse.

Il y a, dit ma mère, s'il vous en souvient, près de treize ans que vous quittâtes le jeune Léganez. Dans ce temps-là, le duc de Médina Céli me dit qu'il vouloit un soir souper en particulier avec moi. Il me marqua le jour. J'attendis ce seigneur : il vint, et je lui plus. Il me demanda le sacrifice de tous les rivaux qu'il pouvoit avoir. Je le lui accordai dans l'espérance qu'il me le paieroit bien. Il n'y manqua pas. Dès le lendemain je reçus de lui des présents, qui furent suivis de plusieurs autres qu'il me fit dans la suite. Je craignois de ne pouvoir retenir long-temps dans mes chaînes un homme d'un si haut rang; et j'appréhendois cela d'autant plus, que je n'ignorois pas qu'il étoit échappé à des beautés fameuses, dont il avoit aussitôt rompu que porté les fers. Cependant, loin de prendre de jour en jour moins de goût à mes complaisances, il sembloit plutôt y trouver un plaisir nouveau. Enfin j'avois l'art de l'amuser, et d'empêcher son cœur, naturellement volage, de se laisser aller à son penchant.

Il y avoit déjà trois mois qu'il m'aimoit, et j'avois lieu de me flatter que son amour seroit de longue durée, lorsqu'une femme de mes amies et moi nous nous rendîmes à une assemblée où il étoit avec la duchesse son épouse. Nous y allions pour entendre un concert de voix et d'instruments qu'on y faisoit. Nous nous plaçâmes par hasard assez près de la duchesse, qui s'avisa de trouver mauvais que j'osasse paroître dans un lieu où elle étoit. Elle m'envoya dire par une de ses femmes qu'elle me prioit de sortir promptement. Je fis une réponse brutale à la messagère. La duchesse irritée s'en plaignit à son époux, qui vint à moi lui-même, et me dit : Sortez, Lucinde; quand de grands seigneurs s'attachent à de petites créatures comme vous, elles ne doivent pas pour cela s'oublier; si nous vous aimons plus que nos femmes, nous honorons nos femmes plus que vous; et toutes les fois que vous serez assez insolentes pour vouloir vous mettre en comparaison avec elles, vous aurez toujours la honte d'être traitées avec indignité[1].

Heureusement le duc me tint ce cruel discours d'un ton de voix si bas, qu'il ne fut point entendu des personnes qui étoient autour de nous. Je me retirai toute honteuse, et je pleurai de dépit d'avoir essuyé cet affront. Pour surcroît de chagrin, les comédiens et les comédiennes apprirent cette aventure dès le soir même. On diroit qu'il y a chez ces gens-là un démon qui se plaît à rapporter aux uns tout ce qui arrive aux autres. Un comédien, par exemple, a-t-il fait dans une débauche quelque action extravagante; une comédienne vient-elle de passer bail avec un riche galant; la troupe en est aussitôt informée. Tous mes camarades surent donc ce qui s'étoit passé au concert, et Dieu sait s'ils se réjouirent bien à mes dépens. Il règne parmi eux un esprit de charité qui se manifeste dans ces sortes d'occasions. Je me mis pourtant au-dessus de leurs caquets, et je me consolai de la perte du duc de Médina Céli; car je ne le revis plus chez moi, et j'appris même peu de jours après qu'une chanteuse en avoit fait la conquête.

Lorsqu'une dame de théâtre a le bonheur d'être en vogue, les amants ne sauroient lui manquer; et l'amour d'un grand seigneur, ne durât-il que trois jours, lui donne un nouveau prix. Je me vis obsédée d'adorateurs, sitôt qu'il fut notoire à Madrid que le duc avoit cessé de me voir. Les rivaux que je lui avois sacrifiés, plus épris de mes charmes qu'auparavant, revinrent en foule sur les rangs; je reçus encore l'hommage de mille autres cœurs. Je n'avois jamais été tant à la mode. De tous les hommes qui briguoient mes bonnes grâces, un gros Allemand, gentilhomme du duc d'Ossune, me parut un des plus empressés. Ce n'étoit pas une figure fort aimable; mais il s'attira mon attention par un millier de pistoles qu'il avoit amassées au service de son maître, et qu'il prodigua pour mériter d'être sur la liste de mes amants fortunés. Ce bon sujet se nommoit Brutandorf. Tant qu'il fit de la dépense, je le reçus favorablement; dès qu'il fut ruiné, il trouva ma porte fermée. Mon procédé lui déplut. Il vint me chercher à la comédie pendant le spectacle. J'étois derrière le théâtre. Il voulut me faire des reproches; je lui ris au nez. Il se mit en colère et me donna un soufflet en franc Allemand. Je poussai un grand cri : j'interrompis l'action. Je parus sur le théâtre, et m'adressant au duc d'Ossune, qui ce jour-là

étoit à la comédie avec la duchesse sa femme, je lui demandai justice des manières germaniques de son gentilhomme. Le duc ordonna de continuer la comédie, et dit qu'il entendroit les parties quand on auroit achevé la pièce. D'abord qu'elle fut finie, je me représentai fort émue devant le duc, et j'exposai vivement mes griefs. Pour l'Allemand, il n'employa que deux mots pour sa défense; il dit qu'au lieu de se repentir de ce qu'il avoit fait, il étoit homme à recommencer. Parties ouïes, le duc d'Ossune dit au Germain : Brutandorf, je vous chasse de chez moi et vous défends de paroître à mes yeux, non pour avoir donné un soufflet à une comédienne, mais pour avoir manqué de respect à votre maître et à votre maîtresse, et avoir osé troubler le spectacle en leur présence.

Ce jugement me demeura sur le cœur. Je conçus un dépit mortel de ce qu'on ne chassoit pas l'Allemand pour m'avoir insultée. Je m'imaginois qu'une pareille offense faite à une comédienne devoit être aussi sévèrement punie qu'un crime de lèse-majesté, et j'avois compté que le gentilhomme subiroit une peine afflictive. Ce désagréable événement me détrompa, et me fit connoître que le monde ne confond pas les acteurs avec les rôles qu'ils représentent. Cela me dégoûta du théâtre; je résolus de l'abandonner, et d'aller vivre loin de Madrid. Je choisis la ville de Valence pour le lieu de ma retraite; et je m'y rendis *incognito*, avec la valeur de vingt mille ducats que j'avois tant en argent qu'en pierreries; ce qui me parut plus que suffisant pour m'entretenir le reste de mes jours, puisque j'avois dessein de mener une vie retirée. Je louai à Valence une petite maison, et pris pour mes domestiques une femme et un page à qui je n'étois pas moins inconnue qu'à toute la ville. Je me donnai pour veuve d'un officier de chez le roi, et je dis que je venois m'établir à Valence, sur la réputation que ce séjour avoit d'être un des plus agréables d'Espagne. Je ne voyois que très-peu de monde, et je tenois une conduite si régulière, qu'on ne me soupçonna point d'avoir été comédienne. Malgré pourtant le soin que je prenois de me cacher, je m'attirai les regards d'un gentilhomme qui avoit un château près de Paterna. C'étoit un cavalier assez bien fait, de trente-cinq à quarante ans, mais un noble fort endetté; ce qui n'est pas plus rare dans le royaume de Valence que dans beaucoup d'autres pays.

Ce seigneur *Hidalgo*[1], trouvant ma personne

---

[1] C'est vraiment à Paris qu'un grand seigneur a dit à une actrice charmante et insolente, qui vouloit imiter l'impertinence de Lucinde et ridiculiser l'épouse de ce grand seigneur : *Aimable vice, respectez la vertu!*

[1] *Hidalgo*, composé de deux mots *hijo*, fils, et *algo*, quelque chose. Cette étymologie du mot de noble en espagnol n'est pas la plus reçue. D'autres disent que *Hidalgo* signifie descendant des Goths, et caractérise une race qui remonte au-delà des Maures.

à son gré, voulut savoir si d'ailleurs j'étois son fait. Il découpla des grisons pour courir aux enquêtes, et il eut le plaisir d'apprendre par leur rapport qu'avec un minois peu dégoûtant, j'étois une douairière assez opulente. Là-dessus, jugeant que je lui convenois, il envoya bientôt chez moi une bonne vieille, qui me dit de sa part que, charmé de ma vertu autant que de ma beauté, il m'offroit sa foi, et qu'il étoit prêt à me conduire à l'autel, si je voulois bien devenir sa femme. Je demandai trois jours pour me consulter là-dessus. Je m'informai du gentilhomme; et le bien qu'on me dit de lui, quoiqu'on ne me célât point l'état de ses affaires, me détermina sans peine à l'épouser peu de temps après.

Don Manuel de Xerica (c'est ainsi que mon époux s'appeloit) me mena d'abord à son château, qui avoit un air antique dont il étoit fort vain. Il prétendoit qu'un de ses ancêtres l'avoit autrefois fait bâtir, et il concluoit de là qu'il n'y avoit point de maison plus ancienne en Espagne que celle de Xerica. Mais un si beau titre de noblesse alloit être détruit par le temps; le château, étayé en plusieurs endroits, menaçoit ruine : quel bonheur pour don Manuel de m'avoir épousée ! La moitié de mon argent fut employée aux réparations, et le reste servit à nous mettre en état de faire une brillante figure dans le pays. Me voilà donc, pour ainsi dire, dans un nouveau monde, changée en nymphe de château, en dame de paroisse : quelle métamorphose ! J'étois trop bonne actrice pour ne pas bien soutenir la splendeur que mon rang répandoit sur moi. Je prenois de grands airs, des airs de théâtre, qui faisoient concevoir dans le village une haute opinion de ma naissance. Qu'on se seroit égayé à mes dépens, si l'on eût été au fait sur mon compte ! La noblesse des environs m'auroit donné mille brocards, et les paysans auroient bien rabattu des respects qu'ils me rendoient.

Il y avoit déjà près de six années que je vivois fort heureuse avec don Manuel, lorsqu'il mourut. Il me laissa des affaires à débrouiller et votre sœur Béatrix qui avoit quatre ans passés. Le château, qui étoit notre unique bien, se trouva par malheur engagé à plusieurs créanciers, dont le principal se nommoit Bernard Astuto [1]. Qu'il soutenoit bien son nom ! Il exerçoit à Valence une charge de procureur, qu'il remplissoit en homme consommé dans la procédure, et qui même avoit étudié en droit pour apprendre à mieux faire des injustices. Le terrible créancier ! Un château sous la griffe d'un semblable procureur est comme une colombe dans les serres d'un milan; aussi le

seigneur Astuto, dès qu'il sut la mort de mon mari, ne manqua pas de former le siége du château. Il l'auroit indubitablement fait sauter par les mines que la chicane commençoit à faire, si mon étoile ne s'en fût mêlée; mais mon bonheur voulut que l'assiégeant devînt mon esclave. Je le charmai dans une entrevue que j'eus avec lui au sujet de ses poursuites. Je n'épargnai rien, je l'avoue, pour lui donner de l'amour; et l'envie de sauver ma terre me fit essayer sur lui tous les airs de visage qui m'avoient tant de fois si bien réussi. Avec tout mon savoir-faire, je craignois de rater le procureur. Il étoit si enfoncé dans son métier, qu'il ne paroissoit pas susceptible d'une amoureuse impression. Cependant ce sournois, ce grimaud, ce gratte-papier prenoit plus de plaisir que je ne pensois à me regarder. Madame, me dit-il, je ne sais point faire l'amour. Je me suis toujours tellement appliqué à ma profession, que cela m'a fait négliger d'apprendre les us et coutumes de la galanterie. Je n'ignore pourtant pas l'essentiel ; et, pour venir au fait, je vous dirai que, si vous voulez m'épouser, nous brûlerons toute la procédure ; j'écarterai les créanciers qui se sont joints à moi pour faire vendre votre terre; vous en aurez le revenu , et votre fille la propriété. L'intérêt de Béatrix et le mien ne me permirent pas de balancer. J'acceptai la proposition. Le procureur tint sa promesse; il tourna ses armes contre les autres créanciers, et m'assura la possession de mon château. C'étoit peut-être la première fois de sa vie qu'il eût bien servi la veuve et l'orphelin.

Je devins donc procureuse sans toutefois cesser d'être dame de paroisse. Mais ce nouveau mariage me perdit dans l'esprit de la noblesse de Valence. Les femmes de qualité me regardèrent comme une personne qui avoit dérogé, et ne voulurent plus me voir. Il fallut m'en tenir au commerce des bourgeoises; ce qui ne laissa pas d'abord de me faire un peu de peine, parce que j'étois accoutumée depuis six ans à ne fréquenter que des dames de distinction. Je m'en consolai pourtant bientôt. Je fis connoissance avec une greffière et deux procureuses dont les caractères étoient fort plaisants. Il y avoit dans leurs manières un ridicule qui me réjouissoit. Ces petites demoiselles se croyoient des femmes hors du commun. Hélas ! disois-je quelquefois en moi-même, quand je les voyois s'oublier, voilà le monde ! chacun s'imagine être au-dessus de son voisin. Je pensois qu'il n'y avoit que les comédiennes qui se méconnussent ; les bourgeoises, à ce que je vois, ne sont pas plus raisonnables. Je voudrois, pour les punir, qu'on les obligeât à garder dans leurs maisons les portraits de leurs aïeux. Mort de ma vie ! elles ne

<hr>

[1] *Astusto*, fin, rusé, subtil.

les placeroient pas dans l'endroit le plus éclairé.

Après quatre années de mariage, le seigneur Bernard Astuto tomba malade, et mourut sans enfants. Avec le bien dont il m'avoit avantagée en m'épousant, et celui que je possédois déjà, je me vis une riche douairière. Aussi j'en avois la réputation ; et sur ce bruit un gentilhomme sicilien, nommé Colifichini, résolut de s'attacher à moi pour me ruiner ou pour m'épouser. Il me laissa la préférence. Il étoit venu de Palerme pour voir l'Espagne ; et, après avoir satisfait sa curiosité, il attendoit, disoit-il, à Valence l'occasion de repasser en Sicile. Le cavalier n'avoit pas vingt-cinq ans ; il étoit bien fait, quoique petit, et sa figure enfin me revenoit. Il trouva moyen de me parler en particulier ; et, je vous l'avouerai franchement, j'en devins folle dès le premier entretien que j'eus avec lui. De son côté, le petit fripon se montra fort épris de mes charmes. Je crois, Dieu me pardonne, que nous nous serions mariés sur-le-champ, si la mort du procureur, encore toute récente, m'eût permis de contracter si tôt un nouvel engagement. Mais, depuis que je m'étois mise dans le goût des hyménées, je gardois des mesures avec le monde.

Nous convînmes donc de différer notre mariage de quelque temps par bienséance. Cependant Colifichini me rendoit des soins, et son amour, loin de se ralentir, sembloit devenir plus vif de jour en jour. Le pauvre garçon n'étoit pas trop bien en argent comptant. Je m'en aperçus, et il ne manqua plus d'espèces. Outre que j'avois presque deux fois son âge, je me souvenois d'avoir fait contribuer les hommes dans ma jeunesse, et je regardois ce que je donnois comme une façon de restitution qui acquittoit ma conscience. Nous attendîmes le plus patiemment qu'il nous fut possible le temps que le respect humain prescrit aux veuves pour se remarier. Lorsqu'il fut arrivé, nous allâmes à l'autel, où nous nous liâmes l'un à l'autre par des nœuds éternels. Nous nous retirâmes ensuite dans mon château, et je puis dire que nous y vécûmes pendant deux années moins en époux qu'en tendres amants. Mais, hélas ! nous n'étions pas unis tous deux pour être long-temps si heureux : une pleurésie emporta mon cher Colifichini.

J'interrompis en cet endroit ma mère. Eh quoi ! madame, lui dis-je, votre troisième époux mourut encore ? Il faut que vous soyez une place bien meurtrière. Que voulez-vous, mon fils ? me répondit-elle ; puis-je prolonger des jours que le ciel a comptés ? Si j'ai perdu trois maris, je n'y saurois que faire. J'en ai fort regretté deux. Celui que j'ai le moins pleuré, c'est le procureur. Comme je ne l'avois épousé que par intérêt, je me

consolai facilement de sa perte. Mais, continuat-elle, pour revenir à Colifichini, je vous dirai que, quelques mois après sa mort, je voulus aller voir par moi-même, auprès de Palerme une maison de campagne qu'il m'avoit assignée pour douaire dans notre contrat de mariage. Je m'embarquai avec ma fille pour passer en Sicile ; mais nous avons été prises sur la route par les vaisseaux du bacha d'Alger. On nous a conduites dans cette ville. Heureusement pour nous, vous vous êtes trouvé dans la place où l'on vouloit nous vendre. Sans cela nous serions tombées entre les mains de quelque patron barbare qui nous auroit maltraitées, et chez qui peut-être nous aurions été toute notre vie en esclavage, sans que vous eussiez entendu parler de nous.

Tel fut le récit que fit ma mère. Après quoi, messieurs, je lui donnai le plus bel appartement de ma maison, avec la liberté de vivre comme il lui plairoit ; ce qui se trouva fort de son goût. Elle avoit une habitude d'aimer formée par tant d'actes réitérés, qu'il lui falloit absolument un amant ou un mari. Elle jeta d'abord les yeux sur quelques-uns de mes esclaves ; mais Haïly Pégelin, renégat grec, qui venoit quelquefois au logis, attira bientôt toute son attention. Elle conçut pour lui plus d'amour qu'elle n'en avoit jamais eu pour Colifichini, et elle étoit si stylée à plaire aux hommes, qu'elle trouva le secret de charmer encore celui-là. Je ne fis pas semblant de m'apercevoir de leur intelligence ; je ne songeois alors qu'à m'en retourner en Espagne. Le bacha m'avoit déjà permis d'armer un vaisseau pour aller en course et faire le pirate. Cet armement m'occupoit ; et, huit jours devant qu'il fût achevé, je dis à Lucinde : Madame, nous partirons d'Alger incessamment ; nous allons perdre de vue ce séjour que vous détestez.

Ma mère pâlit à ces paroles, et garda un silence glacé. J'en fus étrangement surpris. Que vois-je ? lui dis-je : d'où vient que vous m'offrez un visage épouvanté ? Il semble que je vous afflige, au lieu de vous causer de la joie. Je croyois vous annoncer une nouvelle agréable en vous apprenant que j'ai tout disposé pour notre départ. Est-ce que vous ne souhaiteriez pas de repasser en Espagne ? Non, mon fils, je ne le souhaite plus, répondit ma mère. J'y ai eu tant de chagrin, que j'y renonce pour jamais. Qu'entends-je ? m'écriai-je avec douleur ; ah ! dites plutôt que c'est l'amour qui vous en détache. Quel changement, ô ciel ! Quand vous arrivâtes dans cette ville, tout ce qui se présentoit à vos regards vous étoit odieux ; mais Haïly Pégelin vous a mise dans une autre disposition. Je ne m'en défends pas, repartit Lucinde : j'aime ce renégat, et j'en veux faire mon quatrième époux. Quel projet, interrompis-je avec horreur ; vous, épouser un musulman ! Vous oubliez que vous êtes chrétienne, ou plutôt vous ne l'avez été jusqu'ici que de nom. Ah ! ma mère, que me faites-vous envisager ? Vous avez résolu votre perte. Vous allez faire volontairement ce que je n'ai fait que par nécessité.

Je lui tins bien d'autres discours encore pour la détourner de son dessein ; mais je la haranguai fort inutilement ; elle avoit pris son parti. Elle ne se contenta pas même de suivre son mauvais penchant, et de me quitter pour aller vivre avec ce renégat, elle voulut emmener avec elle Béatrix. Je m'y opposai. Ah ! malheureuse Lucinde, lui dis-je, si rien n'est capable de vous retenir, abandonnez-vous du moins toute seule à la fureur qui vous possède ; n'entraînez point une jeune innocente dans le précipice où vous courez vous jeter. Lucinde s'en alla sans répliquer. Je crus qu'un reste de raison l'éclairoit et l'empêchoit de s'obstiner à demander sa fille. Que je connoissois mal ma mère ! Un de mes esclaves me dit deux jours après : Seigneur, prenez garde à vous. Un captif de Pégelin vient de me faire une confidence dont vous ne sauriez trop tôt profiter. Votre mère a changé de religion ; et, pour vous punir de lui avoir refusé Béatrix, elle a formé la résolution d'avertir le bacha de votre fuite. Je ne doutai pas un moment que Lucinde ne fût femme à faire ce que mon esclave me disoit. J'avois eu le temps d'étudier la dame, et je m'étois aperçu qu'à force de jouer des rôles sanguinaires dans les tragédies, elle s'étoit familiarisée avec le crime. Elle m'auroit fort bien fait brûler tout vif ; et je ne crois pas qu'elle eût été plus sensible à ma mort qu'à la catastrophe d'une pièce de théâtre.

Je ne voulus donc pas négliger l'avis que me donnoit mon esclave. Je pressai mon embarquement. Je pris des Turcs, selon la coutume des corsaires d'Alger qui vont en course ; mais je n'en pris seulement que ce qu'il me falloit pour ne pas me rendre suspect, et je sortis du port le plus tôt qu'il me fut possible avec tous mes esclaves et ma sœur Béatrix. Vous jugez bien que je n'oubliai pas d'emporter en même temps ce que j'avois d'argent et de pierreries ; ce qui pouvoit monter à la valeur de six mille ducats. Lorsque nous fûmes en pleine mer, nous commençâmes par nous assurer des Turcs. Nous les enchaînâmes facilement, parce que mes esclaves étoient en plus grand nombre. Nous eûmes un vent si favorable, que nous gagnâmes en peu de temps les côtes d'Italie. Nous arrivâmes le plus heureusement du monde au port de Livourne, où je crois que toute la ville accourut pour nous voir débarquer. Le père de mon esclave Azarini se trouva, par hasard ou par curiosité, parmi les spectateurs. Il considéroit attentivement tous mes captifs à mesure qu'ils mettoient pied à terre ; mais, quoiqu'il cherchât en eux les traits de son fils, il ne s'attendoit pas à le revoir. Que de transports ! que d'embrassements suivirent leur reconnoissance, quand ils vinrent tous deux à se reconnoître !

Sitôt qu'Azarini eut appris à son père qui j'étois et ce qui m'amenoit à Livourne, le vieillard m'obligea, de même que Béatrix, à prendre un logement chez lui. Je passerai sous silence le détail de mille choses qu'il me fallut faire pour rentrer dans le sein de l'Église ; je dirai seulement que j'abjurai le mahométisme de meilleure foi que je ne l'avois embrassé. Après m'être entièrement purgé de ma gale d'Alger, je vendis mon vaisseau, et donnai la liberté à tous mes esclaves. Pour les Turcs, on les retint dans les prisons de Livourne, pour les échanger contre des chrétiens. Je reçus de l'un et de l'autre Azarini toutes sortes de bons traitements ; le fils épousa même ma sœur Béatrix, qui n'étoit pas à la vérité un mauvais parti pour lui, puisqu'elle étoit fille d'un gentilhomme, et qu'elle avoit le château de Xerica, que ma mère avoit pris soin de donner à bail à un riche laboureur de Paterna, lorsqu'elle voulut passer en Sicile.

De Livourne, après y avoir demeuré quelque temps, je partis pour Florence, que j'avois envie de voir. Je n'y allai pas sans lettres de recommandation. Azarini le père avoit des amis à la cour du grand-duc, et il me recommandoit à eux comme un gentilhomme espagnol qui étoit son allié. J'ajoutai le *don* à mon nom, imitant en cela bien des Espagnols roturiers qui prennent sans façon ce titre d'honneur hors de leur pays. Je me faisois donc effrontément appeler don Raphaël ; et, comme j'avois apporté d'Alger de quoi soutenir dignement ma noblesse, je parus à la cour avec éclat. Les cavaliers à qui le vieil Azarini avoit écrit en ma faveur y publièrent que j'étois une personne de qualité : si bien que leurs témoignages et les airs que je me donnois me firent passer pour un homme d'importance. Je me faufilai bientôt avec les principaux seigneurs, qui me présentèrent au grand-duc. J'eus le bonheur de lui plaire. Je m'attachai à faire ma cour à ce prince et à l'étudier. J'écoutois attentivement ce que les plus vieux courtisans lui disoient, et par leurs discours je démêlai ses inclinations. Je remarquai, entre autres choses, qu'il aimoit les plaisanteries, les bons contes et les bons mots. Je me réglai là-dessus. J'écrivois tous les matins, sur mes tablettes, les histoires que je voulois lui conter dans la journée. J'en savois une grande quantité ; j'en avois, pour ainsi dire, un sac tout plein. J'eus beau toutefois les ménager, mon sac se vida peu à peu, de sorte que j'aurois été obligé de me répéter, ou de faire voir que j'étois au bout de mes apophthegmes, si mon génie fertile en fictions ne m'en eût pas abondamment fourni ; mais je composai des contes galants et comiques qui divertirent beaucoup le grand-duc ; et, ce qui arrive souvent aux beaux-esprits de profession, je mettois le matin sur mon agenda des bons mots que je donnois l'après-dînée pour des impromptus.

Je m'érigeai même en poète, et je consacrai ma muse aux louanges du prince. Je demeure d'accord de bonne foi que mes vers n'étoient pas bons ; aussi ne furent-ils pas critiqués : mais quand ils auroient été meilleurs, je doute qu'ils eussent été mieux reçus du grand-duc. Il en paroissoit très-content. La matière peut-être l'empêchoit de les trouver mauvais. Quoi qu'il en soit, ce prince prit insensiblement tant de goût pour moi, que cela donna de l'ombrage aux courtisans. Ils voulurent découvrir qui j'étois. Ils n'y réussirent point. Ils apprirent seulement que j'avois été renégat. Ils ne manquèrent pas de le dire au prince, dans l'espérance de me nuire. Ils n'en vinrent pourtant pas à bout ; au contraire, le grand-duc un jour m'obligea de lui faire une relation fidèle de mon voyage d'Alger. Je lui obéis, et mes aventures, que je ne lui déguisai point, le réjouirent infiniment.

Don Raphaël, me dit-il, après que j'en eus achevé le récit, j'ai de l'amitié pour vous, et je veux vous en donner une marque qui ne vous permettra pas d'en douter. Je vous fais dépositaire de mes secrets ; et, pour commencer à vous mettre dans ma confidence, je vous dirai que j'aime la femme d'un de mes ministres. C'est la dame de ma cour la plus aimable, mais en même temps la plus vertueuse. Renfermée dans son domestique, uniquement attachée à un époux qui l'idolâtre, elle semble ignorer le bruit que ses charmes font dans Florence. Jugez si cette conquête est difficile ! Cependant cette beauté, tout inaccessible qu'elle est aux amants, a quelquefois entendu mes soupirs. J'ai trouvé moyen de lui parler sans témoins. Elle connoît mes sentiments. Je ne me flatte point de lui avoir inspiré de l'amour ; elle ne m'a point donné sujet de former une si agréable pensée. Je ne désespère pas toutefois de lui plaire par ma constance et par la conduite mystérieuse que je prends soin de tenir.

La passion que j'ai pour cette dame, continuat-il, n'est connue que d'elle seule. Au lieu de suivre mon penchant sans contrainte, et d'agir en souverain, je dérobe à tout le monde la connoissance de mon amour. Je crois devoir ce ménagement à Mascarini : c'est l'époux de la personne que j'aime. Le zèle et l'attachement qu'il a

pour moi, ses services et sa probité m'obligent à me conduire avec beaucoup de secret et de circonspection. Je ne veux pas enfoncer un poignard dans le sein de ce mari malheureux en me déclarant amant de sa femme. Je voudrois qu'il ignorât toujours, s'il est possible, l'ardeur dont je me sens brûler ; car je suis persuadé qu'il mourroit de douleur s'il savoit la confidence que je vous fais en ce moment. Je cache donc mes démarches, et j'ai résolu de me servir de vous pour exprimer à Lucrèce tous les maux que me fait souffrir la contrainte que je m'impose. Vous serez l'interprète de mes sentiments. Je ne doute point que vous ne vous acquittiez à merveille de cette commission. Liez commerce avec Mascarini ; attachez-vous à gagner son amitié. Introduisez-vous chez lui, et vous ménagez la liberté de parler à sa femme. Voilà ce que j'attends de vous, et ce que je suis assuré que vous ferez avec toute l'adresse et la discrétion que demande un emploi si délicat.

Je promis au grand-duc de faire tout mon possible pour répondre à sa confiance et contribuer au bonheur de ses feux. Je lui tins bientôt parole. Je n'épargnai rien pour plaire à Mascarini, et j'en vins à bout sans peine. Charmé de voir son amitié recherchée par un homme aimé du prince, il fit la moitié du chemin. Sa maison me fut ouverte, j'eus un libre accès auprès de son épouse, et j'ose dire que je me composai si bien, qu'il n'eut pas le moindre soupçon de la négociation dont j'étois chargé. Il est vrai qu'il étoit peu jaloux pour un Italien ; il se reposoit sur la vertu de sa Lucrèce ; et, s'enfermant dans son cabinet, il me laissoit souvent seul avec elle. Je fis d'abord les choses rondement. J'entretins la dame de l'amour du grand-duc, et lui dis que je ne venois chez elle que pour lui parler de ce prince. Elle ne me parut pas éprise de lui, et je m'aperçus néanmoins que la vanité l'empêchoit de rejeter ses soupirs. Elle prenoit plaisir à les entendre, sans vouloir y répondre. Elle avoit de la sagesse ; mais elle étoit femme, et je remarquois que sa vertu cédoit insensiblement à l'image superbe de voir un souverain dans ses fers. Enfin le prince pouvoit justement se flatter que, sans employer la violence de Tarquin, il verroit Lucrèce rendue à son amour. Un incident toutefois, auquel il se seroit le moins attendu, détruisit ses espérances, comme vous l'allez apprendre.

Je suis naturellement hardi avec les femmes ; j'ai contracté cette habitude, bonne ou mauvaise, chez les Turcs. Lucrèce étoit belle. J'oubliai que je ne devois faire que le personnage d'ambassadeur. Je parlai pour mon compte. J'offris mes services à la dame le plus galamment qu'il me fut possible. Au lieu de paroître choquée de mon audace et de me répondre avec colère , elle me dit en souriant : Avouez, don Raphaël, que le grand-duc a fait choix d'un agent fort fidèle et fort zélé ! Vous le servez avec une intégrité qu'on ne peut assez louer. Madame , dis-je sur le même ton , n'examinons point les choses scrupuleusement. Laissons, je vous prie, les réflexions ; je sais bien qu'elles ne me sont pas favorables ; mais je m'abandonne au sentiment. Je ne crois pas, après tout, être le premier confident de prince qui ait trahi son maître en matière de galanterie. Les grands seigneurs ont souvent dans leurs mercures des rivaux dangereux. Cela se peut, reprit Lucrèce ; pour moi je suis fière , et tout autre qu'un prince ne sauroit me toucher. Réglez - vous là - dessus , poursuivit-elle en prenant son sérieux, et changeons d'entretien. Je veux bien oublier ce que vous venez de me dire, à condition qu'il ne vous arrivera plus de me tenir de pareils propos ; autrement, vous pourrez vous en repentir.

Quoique cela fût un avis au lecteur , et que je dusse en profiter, je ne cessai point d'entretenir de ma passion la femme de Mascarini. Je la pressai même avec plus d'ardeur qu'auparavant de répondre à ma tendresse, et je fus assez téméraire pour vouloir prendre des libertés. La dame alors, s'offensant de mes discours et de mes manières musulmanes, me rompit en visière. Elle me menaça de faire savoir au grand-duc mon insolence, en m'assurant qu'elle le prieroit de me punir comme je le méritois. Je fus piqué de ces menaces à mon tour. Mon amour se changea en haine ; je résolus de me venger du mépris que Lucrèce m'avoit témoigné. J'allai trouver son mari ; et après l'avoir obligé de jurer qu'il ne me commettroit point, je l'informai de l'intelligence que sa femme avoit avec le prince, dont je ne manquai pas de la peindre fort amoureuse pour rendre la scène plus intéressante. Le ministre, pour prévenir tout accident, renferma , sans autre forme de procès , son épouse dans un appartement secret , où il la fit étroitement garder par des personnes affidées. Tandis qu'elle étoit environnée d'argus qui l'observoient et l'empêchoient de donner de ses nouvelles au grand-duc, j'annonçai d'un air triste à ce prince qu'il ne devoit plus penser à Lucrèce : je lui dis que Mascarini avoit sans doute découvert tout, puisqu'il s'avisoit de veiller sur sa femme ; que je ne savois pas ce qui pouvoit lui avoir donné lieu de me soupçonner , attendu que je croyois m'être toujours conduit avec beaucoup d'adresse ; que la dame peut-être avoit elle-même avoué tout à son époux, et que, de concert avec lui, elle s'étoit laissé renfermer pour se dérober à des poursuites qui alarmoient sa vertu. Le prince parut fort affligé de mon rapport. Je fus touché de sa

douleur, et je me repentis plus d'une fois de ce que j'avois fait ; mais il n'étoit plus temps. D'ailleurs, je le confesse, je sentois une maligne joie quand je me représentois la situation où j'avois réduit l'orgueilleuse qui avoit dédaigné mes vœux.

Je goûtois impunément le plaisir de la vengeance, qui est si doux à tout le monde, et principalement aux Espagnols, lorsqu'un jour le grand-duc, étant avec cinq ou six seigneurs de sa cour et moi, nous dit : De quelle manière jugeriez-vous à propos qu'on punît un homme qui auroit abusé de la confidence de son prince et voulu lui ravir sa maîtresse ? Il faudroit, dit un des courtisans, le faire tirer à quatre chevaux. Un autre fut d'avis qu'on l'assommât et le fît mourir sous le bâton. Le moins cruel de ces Italiens , et celui qui opina le plus favorablement pour le coupable, dit qu'il se contenteroit de le faire précipiter du haut d'une tour en bas. Et don Raphaël, reprit alors le grand-duc, de quelle opinion est-il ? Je suis persuadé que les Espagnols ne sont pas moins sévères que les Italiens dans de semblables conjonctures.

Je compris bien, comme vous pouvez penser, que Mascarini n'avoit pas gardé son serment, ou que sa femme avoit trouvé moyen d'instruire le prince de ce qui s'étoit passé entre elle et moi. On remarquoit sur mon visage le trouble qui m'agitoit. Cependant, tout troublé que j'étois, je répondis d'un ton ferme au grand-duc : Seigneur , les Espagnols sont plus généreux ; ils pardonneroient en cette occasion au confident , et feraient naître, par cette bonté, dans son âme un regret éternel de les avoir trahis. Eh bien ! me dit le prince, je me sens capable de cette générosité ; je pardonne au traître : aussi bien je ne dois m'en prendre qu'à moi - même d'avoir donné ma confiance à un homme que je ne connoissois point, et dont j'avois sujet de me défier, après tout ce qu'on m'en avoit dit. Don Raphaël, ajouta-t-il, voici de quelle manière je veux me venger de vous. Sortez incessamment de mes états, et ne paroissez plus devant moi. Je me retirai sur-le-champ, moins affligé de ma disgrâce que ravi d'en être quitte à si bon marché. Je m'embarquai le lendemain dans un vaisseau de Barcelone, qui sortit du port de Livourne pour s'en retourner.

J'interrompis don Raphaël dans cet endroit de son histoire. Pour un homme d'esprit, lui dis-je, vous fîtes, ce me semble , une grande faute de ne pas quitter Florence immédiatement après avoir découvert à Mascarini l'amour du prince pour Lucrèce. Vous deviez bien vous imaginer que le grand-duc ne tarderoit pas à savoir votre trahison. J'en demeure d'accord, répondit le fils de Lucinde : aussi, malgré l'assurance que le ministre me donna de ne me point exposer au ressentiment du prince, je me proposois de disparoître au plus tôt.

J'arrivai à Barcelone, continua-t-il, avec le reste des richesses que j'avois apportées d'Alger, et dont j'avois dissipé la meilleure partie à Florence en faisant le gentilhomme espagnol. Je ne demeurai pas long-temps en Catalogne. Je mourois d'envie de revoir Madrid, le lieu charmant de ma naissance; et je satisfis le plus tôt qu'il me fut possible le désir qui me pressoit. En arrivant dans cette ville, j'allai loger par hasard dans un hôtel garni où demeuroit une dame qu'on appeloit Camille. Quoiqu'elle fût hors de minorité, c'étoit une créature fort piquante: j'en atteste le seigneur Gil Blas, qui l'a vue à Valladolid presque dans le même temps. Elle avoit encore plus d'esprit que de beauté, et jamais aventurière n'a eu plus de talent pour amorcer les dupes. Mais elle ne ressembloit point à ces coquettes qui mettent à profit la reconnoissance de leurs amants. Venoit-elle de dépouiller un homme d'affaires, elle en partageoit les dépouilles avec le premier chevalier de tripot qu'elle trouvoit à son gré.

Nous nous aimâmes l'un l'autre dès que nous nous vîmes, et la conformité de nos inclinations nous lia si étroitement, que nous fûmes bientôt en communauté de biens. Nous n'en avions pas, à la vérité, de considérables, et nous les mangeâmes en peu de temps. Nous ne songions par malheur tous deux qu'à nous plaire, sans faire le moindre usage des dispositions que nous avions à vivre aux dépens d'autrui. La misère enfin réveilla nos génies, que le plaisir avoit engourdis. Mon cher Raphaël, me dit Camille, faisons diversion, mon ami; cessons de garder une fidélité qui nous ruine. Vous pouvez entêter une riche veuve, je puis charmer quelque vieux seigneur: si nous continuons à nous être fidèles, voilà deux fortunes manquées! Belle Camille, lui répondis-je, vous me prévenez; j'allois vous faire la même proposition. J'y consens, ma reine. Oui, pour mieux entretenir notre mutuelle ardeur, tentons d'utiles conquêtes. Les infidélités que nous nous ferons deviendront des triomphes pour nous.

Cette convention faite, nous nous mîmes en campagne. Nous nous donnâmes d'abord de grands mouvements sans pouvoir rencontrer ce que nous cherchions. Camille ne trouvoit que des petits-maîtres, ce qui suppose des amants qui n'avoient pas le sou; et moi que des femmes qui aimoient mieux lever des contributions que d'en payer. Comme l'amour se refusoit à nos besoins, nous eûmes recours aux fourberies. Nous en fîmes tant et tant, que le corrégidor en entendit parler; et ce juge, sévère en diable, chargea un de ses al-

guazils de nous arrêter: mais l'alguazil, aussi bon que le corrégidor étoit mauvais, nous laissa le loisir de sortir de Madrid pour une petite somme que nous lui donnâmes. Nous prîmes la route de Valladolid, et nous allâmes nous établir dans cette ville. J'y louai une maison où je logeai avec Camille, que je fis passer pour ma sœur, de peur de scandale. Nous tînmes d'abord notre industrie en bride, et nous commençâmes d'étudier le terrain avant que de former aucune entreprise.

Un jour un homme m'aborda dans la rue, me salua très-civilement, et me dit: Seigneur don Raphaël, me reconnoissez-vous? Je lui répondis que non. Et moi, reprit-il, je vous remets parfaitement. Je vous ai vu à la cour de Toscane, et j'étois alors garde du grand-duc. Il y a quelques mois, ajouta-t-il, que j'ai quitté le service de ce prince. Je suis venu en Espagne avec un Italien des plus subtils; nous sommes à Valladolid depuis trois semaines. Nous demeurons avec un Castillan et un Galicien qui sont, sans contredit, deux honnêtes garçons. Nous vivons ensemble du travail de nos mains. Nous faisons bonne chère, et nous nous divertissons comme des princes. Si vous voulez vous joindre à nous, vous serez agréablement reçu de mes confrères, car vous m'avez toujours paru un galant homme, peu scrupuleux de votre naturel, et profès dans notre ordre.

La franchise de ce fripon excita la mienne. Puisque vous me parlez à cœur ouvert, lui dis-je, vous méritez que je m'explique de même avec vous. Véritablement je ne suis pas novice dans votre profession; et si ma modestie me permettoit de conter mes exploits, vous verriez que vous n'avez pas jugé trop avantageusement de moi; mais je laisse là les louanges, et je me contenterai de vous dire, en acceptant la place que vous m'offrez dans votre compagnie, que je ne négligerai rien pour vous prouver que je n'en suis pas indigne. Je n'eus pas sitôt dit à cet ambidextre que je consentois d'augmenter le nombre de ses camarades, qu'il me conduisit où ils étoient, et là je fis connoissance avec eux. C'est dans cet endroit que je vis pour la première fois l'illustre Ambroise de Lamela. Ces messieurs m'interrogèrent sur l'art de s'approprier finement le bien du prochain. Ils voulurent savoir si j'avois des principes; mais je leur montrai bien des tours qu'ils ignoroient et qu'ils admirèrent. Ils furent encore plus étonnés lorsque, méprisant la subtilité de ma main, comme une chose trop ordinaire, je leur dis que j'excellois dans les fourberies qui demandent de l'esprit. Pour le leur persuader, je leur racontai l'aventure de Jérôme de Moyadas; et sur le simple récit que j'en fis ils me trouvèrent un génie si supérieur, qu'ils me choisirent d'une commune voix pour leur chef. Je justifiai bien leur choix par une infinité de friponneries que nous fîmes, et dont je fus, pour ainsi parler, la cheville ouvrière. Quand nous avions besoin d'une actrice pour nous seconder, nous nous servions de Camille, qui jouoit à ravir tous les rôles qu'on lui donnoit.

Dans ce temps-là, notre confrère Ambroise fut tenté de revoir sa patrie. Il partit pour la Galice, en nous assurant que nous pouvions compter sur son retour. Il contenta son envie; et comme il s'en revenoit, étant allé à Burgos pour y faire quelque coup, un hôtelier de sa connoissance le mit au service du seigneur Gil Blas de Santillane, dont il n'oublia pas de lui apprendre les affaires. Seigneur Gil Blas, poursuivit don Raphaël en m'adressant la parole, vous savez de quelle manière nous vous dévalisâmes dans un hôtel garni de Valladolid; je ne doute pas que vous n'ayez soupçonné Ambroise d'avoir été le principal instrument de ce vol, et vous avez eu raison. Il vint nous trouver en arrivant; il nous exposa l'état où vous étiez, et messieurs les *entrepreneurs* se réglèrent là-dessus. Mais vous ignorez les suites de cette aventure; je vais vous en instruire. Nous enlevâmes, Ambroise et moi, votre valise; et, tous deux montés sur vos mules, nous prîmes le chemin de Madrid, sans nous embarrasser de Camille ni de nos camarades, qui furent sans doute aussi surpris que vous de ne nous pas revoir le lendemain.

Nous changeâmes de dessein la seconde journée. Au lieu d'aller à Madrid, d'où je n'étois pas sorti sans raison, nous passâmes par Zebreros, et continuâmes notre route jusqu'à Tolède. Notre premier soin, dans cette ville, fut de nous habiller fort proprement; puis, nous donnant pour deux frères galliciens qui voyageoient par curiosité, nous connûmes bientôt de fort honnêtes gens. J'étois si accoutumé à faire l'homme de qualité, qu'on s'y méprit aisément; et comme on éblouit d'ordinaire par la dépense, nous jetâmes de la poudre aux yeux de tout le monde par les fêtes galantes que nous commençâmes à donner aux dames. Parmi les femmes que je voyois, il y en eut une qui me toucha. Je la trouvai plus belle que Camille et beaucoup plus jeune. Je voulus savoir qui elle étoit; j'appris qu'elle se nommoit Violante, et qu'elle avoit épousé un cavalier qui, déjà las de ses caresses, couroit après celles d'une courtisane qu'il aimoit. Je n'eus pas besoin qu'on m'en dît davantage pour me déterminer à établir Violante dame souveraine de mes pensées.

Elle ne tarda guère à s'apercevoir de sa conquête. Je commençai à suivre partout ses pas, et à faire cent folies pour lui persuader que je ne demandois pas mieux que de la consoler des infidélités de son époux. La belle fit là-dessus ses réflexions, qui furent telles que j'eus enfin le plaisir de connoître que mes intentions étoient approuvées. Je reçus d'elle un billet en réponse de plusieurs que je lui avois fait tenir par une de ces vieilles qui sont d'une si grande commodité en Espagne et en Italie. La dame me mandoit que son mari soupoit tous les soirs chez sa maîtresse, et ne revenoit au logis que fort tard. Je compris bien ce que cela signifioit. Dès la même nuit j'allai sous les fenêtres de Violante, et je liai avec elle une conversation des plus tendres. Avant que de nous séparer, nous convînmes que toutes les nuits, à pareille heure, nous pourrions nous entretenir de la même manière, sans préjudice de tous les autres actes de galanterie qu'il nous seroit permis d'exercer le jour.

Jusque-là don Baltazar (ainsi se nommoit l'époux de Violante) en avoit été quitte à bon marché; mais je voulois aimer physiquement, et je me rendis un soir sous les fenêtres de la dame, dans le dessein de lui dire que je ne pouvois plus vivre si je n'avois un tête-à-tête avec elle dans un lieu plus convenable à l'excès de mon amour; ce que je n'avois pu encore obtenir d'elle. Mais comme j'arrivois, je vis venir dans la rue un homme qui sembloit m'observer. En effet c'étoit le mari, qui revenoit de chez sa courtisane de meilleure heure qu'à l'ordinaire, et qui, remarquant un cavalier près de sa maison, au lieu d'y entrer, se promenoit dans la rue. J'y demeurai quelque temps incertain de ce que je devois faire. Enfin je pris le parti d'aborder don Baltazar, que je ne connoissois point et dont je n'étois pas connu. Seigneur cavalier, lui dis-je, laissez-moi, je vous prie, la rue libre pour cette nuit; j'aurai une autre fois la même complaisance pour vous. Seigneur, me répondit-il, j'allois vous faire la même prière. Je suis amoureux d'une fille que son frère fait soigneusement garder, et qui demeure à vingt pas d'ici. Je souhaiterois qu'il n'y eût personne dans la rue. Il y a, repris-je, moyen de nous satisfaire tous deux sans nous incommoder; car, ajoutai-je en lui montrant sa propre maison, la dame que je sers loge là. Il faut même que nous nous secourions, si l'un ou l'autre vient à être attaqué. J'y consens, repartit-il; je vais à mon rendez-vous; et nous nous épaulerons s'il en est besoin. A ces mots, il me quitta, mais c'étoit pour mieux m'observer; ce que l'obscurité de la nuit lui permettoit de faire impunément.

Pour moi, je m'approchai de bonne foi du balcon de Violante. Elle parut bientôt, et nous commençâmes à nous entretenir. Je ne manquai pas de presser ma reine de m'accorder un entretien secret dans quelque endroit particulier. Elle résista un peu à mes instances, pour augmenter le prix de la grâce que je demandois; puis me jetant un billet qu'elle tira de sa poche : Tenez, me dit-elle, vous trouverez dans cette lettre la promesse d'une chose dont vous m'importunez tant. Ensuite elle se retira, parce que l'heure à laquelle son mari revenoit ordinairement approchoit. Je serrai le billet, et je m'avançai vers le lieu où don Baltazar m'avoit dit qu'il avoit affaire. Mais cet époux, qui s'étoit fort bien aperçu que j'en voulois à sa femme, vint au-devant de moi, et me dit : Eh bien! seigneur cavalier, êtes-vous content de votre bonne fortune? J'ai sujet de l'être, lui répondis-je. Et vous, qu'avez-vous fait? l'amour vous a-t-il favorisé? Hélas! non, repartit-il : le maudit frère de la beauté que j'aime est de retour d'une maison de campagne d'où nous avions cru qu'il ne reviendroit que demain. Ce contre-temps m'a sevré du plaisir dont je m'étois flatté.

Nous nous fîmes, don Baltazar et moi, des protestations d'amitié; et nous nous donnâmes rendez-vous le lendemain matin dans la grande place. Ce cavalier, après que nous nous fûmes séparés, entra chez lui, et ne fit nullement connoître à Violante qu'il sût de ses nouvelles. Il se trouva le jour suivant dans la grande place; j'y arrivai un moment après lui. Nous nous saluâmes avec des démonstrations d'amitié aussi perfides d'un côté que sincères de l'autre. Ensuite l'artificieux don Baltazar me fit une fausse confidence de son intrigue avec la dame dont il m'avoit parlé la nuit précédente. Il me raconta là-dessus une longue fable qu'il avoit composée; et tout cela pour m'engager à lui dire à mon tour de quelle façon j'avois fait connoissance avec Violante. Je ne manquai pas de donner dans le piége; j'avouai tout avec la plus grande franchise du monde. Je montrai même le billet que j'avois reçu d'elle, et je lus ces paroles qu'il contenoit. « J'irai demain dîner chez dona » Inès. Vous savez où elle demeure. C'est dans la » maison de cette fidèle amie que je prétends avoir » un tête-à-tête avec vous. Je ne puis vous refuser » plus long-temps cette faveur que vous me parois » sez mériter. »

Voilà, dit don Baltazar, un billet qui vous promet le prix de vos feux. Je vous félicite par avance du bonheur qui vous attend. Il ne laissoit pas, en parlant de la sorte, d'être un peu déconcerté; mais il déroba facilement à mes yeux son trouble et son embarras. J'étois si plein de mes espérances, que je ne me mettois guère en peine d'observer mon confident, qui fut obligé toutefois de me quitter, de peur que je ne m'aperçusse enfin de son agitation. Il courut avertir son beau-frère de cette aventure. J'ignore ce qui se passa entre eux; je sais seulement que don Baltazar vint frapper à la porte de dona Inès dans le temps que j'étois

chez cette dame avec Violante. Nous sûmes que c'étoit lui, et je me sauvai par une porte de derrière avant qu'il fût entré. D'abord que j'eus disparu, les femmes, que l'arrivée imprévue de ce mari avoit un peu troublées, se rassurèrent, et l reçurent avec tant d'effronterie, qu'il se doute bien qu'on m'avoit caché ou fait évader. Je n vous dirai point ce qu'il dit à dona Inès et à sa femme; c'est une chose qui n'est pas venue à ma connoissance.

Cependant, sans soupçonner encore que je fusse la dupe de don Baltazar, je sortis en le maudissant, et je retournai à la grande place, où j'avois donné rendez-vous à Lamela. Je ne l'y trouvai point. Il avoit aussi ses petites affaires, et le fripon étoit plus heureux que moi. Comme je l'attendois, je vis arriver mon perfide confident, qui avoit un air gai. Il me joignit, et me demanda en riant des nouvelles de mon tête-à-tête avec ma nymphe chez dona Inès. Je ne sais, lui dis-je, quel démon jaloux de mes plaisirs se plaît à les traverser; mais tandis que, seul avec ma dame, je la pressois de faire mon bonheur, son mari, que le ciel confonde, est venu frapper à la porte de la maison. Il a fallu promptement songer à me retirer. Je suis sorti par une porte de derrière, en donnant à tous les diables le fâcheux qui rompoit toutes mes mesures. J'en ai un véritable chagrin, s'écria don Baltazar, qui sentoit une secrète joie de voir ma peine. Voilà un impertinent mari : je vous conseille de ne lui point faire de quartier. Oh! je suivrai vos conseils, lui répliquai-je, et je puis vous assurer que son honneur passera le pas cette nuit. Sa femme, quand je l'ai quittée, m'a dit de ne me pas rebuter pour si peu de chose; que je ne manque pas de me rendre sous ses fenêtres de meilleure heure qu'à l'ordinaire; qu'elle est résolue à me faire entrer chez elle, mais qu'à tout hasard j'aie la précaution de me faire escorter par deux ou trois amis, de crainte de surprise. Que cette dame est prudente! dit-il. Je m'offre à vous accompagner. Ah! mon cher ami, m'écriai-je tout transporté de joie, et jetant mes bras au cou de don Baltazar, que je vous ai d'obligation! Je ferai plus, reprit-il; je connois un jeune homme qui est un César : il sera de la partie, et vous pourrez alors vous reposer hardiment sur une pareille escorte.

Je ne savois que dire à ce nouvel ami pour le remercier, tant j'étois charmé de son zèle. Enfin j'acceptai les secours qu'il m'offroit; et, nous donnant rendez-vous sous le balcon de Violante, à l'entrée de la nuit, nous nous séparâmes. Il alla trouver son beau-frère, qui étoit le César en question; et moi je me promenai jusqu'au soir avec Lamela, qui, bien qu'étonné de l'ardeur avec laquelle don Baltazar entroit dans mes intérêts, ne s'en défia pas plus que moi. Nous donnions tête baissée dans le panneau. Je conviens que cela n'étoit guère pardonnable à des gens comme nous. Quand je jugeai qu'il étoit temps de me présenter devant les fenêtres de Violante, Ambroise et moi nous y parûmes armés de bonnes rapières. Nous y trouvâmes le mari de ma dame avec un autre homme; ils nous attendoient de pied ferme. Don Baltazar m'aborda, et, me montrant son beau-frère, il me dit : Seigneur, voici le cavalier dont je vous ai tantôt vanté la bravoure. Introduisez-vous chez votre maîtresse, et qu'aucune inquiétude ne vous empêche de jouir d'une parfaite félicité.

Après quelques compliments de part et d'autre, je frappai à la porte de Violante. Une espèce de duègne vint ouvrir. J'entrai; et, sans prendre garde à ce qui se passoit derrière moi, je m'avançai dans une salle où étoit cette dame. Pendant que je la saluois, les deux traîtres qui m'avoient suivi dans la maison, et qui en avoient fermé la porte si brusquement après eux, qu'Ambroise étoit resté dans la rue, se découvrirent. Vous vous imaginez bien qu'il en fallut alors découdre. Ils me chargèrent tous deux en même temps; mais je leur fis voir du pays. Je les occupai l'un et l'autre de manière qu'ils se repentirent peut-être de n'avoir pas pris une voie plus sûre pour se venger. Je perçai l'époux. Son beau-frère, le voyant hors de combat, gagna la porte, que la duègne et Violante avoient ouverte pour se sauver tandis que nous nous battions. Je le poursuivis jusque dans la rue, où je rejoignis Lamela, qui, n'ayant pu tirer un seul mot des femmes qu'il avoit vues fuir, ne savoit précisément ce qu'il devoit juger du bruit qu'il venoit d'entendre. Nous retournâmes à notre auberge. Nous prîmes ce que nous avions de meilleur; et, montant sur nos mules, nous sortîmes de la ville sans attendre le jour.

Nous comprîmes bien que cette affaire pourroit avoir des suites, et qu'on feroit dans Tolède des perquisitions que nous n'avions pas tort de prévenir. Nous allâmes coucher à Villarubia. Nous logeâmes dans une hôtellerie où, quelque temps après nous, il arriva un marchand de Tolède qui alloit à Ségorbe. Nous soupâmes avec lui. Il nous conta l'aventure tragique du mari de Violante; et il étoit si éloigné de nous soupçonner d'y avoir part, que nous lui fîmes hardiment toutes sortes de questions. Messieurs, nous dit-il, comme je partois ce matin, j'ai appris ce triste événement. On cherchoit partout Violante; et l'on m'a dit que le corrégidor, qui est parent de don Baltazar, a résolu de ne rien épargner pour découvrir les auteurs de ce meurtre. Voilà tout ce que je sais.

Je ne fus guère alarmé des recherches du corrégidor de Tolède. Cependant je formai la résolution de sortir promptement de la Castille nouvelle. Je fis réflexion que Violante retrouvée avoueroit tout, et que, sur le portrait qu'elle feroit de ma personne à la justice, on mettroit des gens à mes trousses. Cela fut cause que dès le jour suivant nous évitâmes le grand chemin par précaution. Heureusement Lamela connoissoit les trois quarts de l'Espagne, et savoit par quels détours nous pouvions sûrement nous rendre en Aragon. Au lieu d'aller tout droit à Cuença, nous nous engageâmes dans les montagnes qui sont devant cette ville; et, par des sentiers qui n'étoient pas inconnus à mon guide, nous arrivâmes devant une grotte qui me parut avoir tout l'air d'un ermitage. Effectivement, c'étoit celui où vous êtes venus hier au soir me demander un asile.

Pendant que j'en considérois les environs, qui offroient à ma vue un paysage des plus charmants, mon compagnon me dit : Il y a six ans que je passai par ici. Dans ce temps-là, cette grotte servoit de retraite à un vieil ermite qui me reçut charitablement. Il me fit part de ses provisions. Je me souviens que c'étoit un saint homme, et qu'il me tint des discours qui pensèrent me détacher du monde. Il vit peut-être encore; je vais m'en éclaircir. En achevant ces mots, le curieux Ambroise descendit de dessus sa mule et entra dans l'ermitage. Il y demeura quelques moments, puis il revint, et m'appelant : Venez, me dit-il, don Raphaël, venez voir une chose très-touchante. Je mis aussitôt pied à terre. Nous attachâmes nos mules à des arbres, et je suivis Lamela dans la grotte, où j'aperçus sur un grabat un vieil anachorète tout étendu pâle et mourant. Une barbe blanche et fort épaisse lui couvroit l'estomac, et l'on voyoit dans ses mains jointes un grand rosaire entrelacé. Au bruit que nous fîmes en nous approchant de lui, il ouvrit des yeux que la mort déjà commençoit à fermer; et après nous avoir envisagés un instant : « Qui que vous soyez, » nous dit-il, mes frères, profitez du spectacle » qui se présente à vos regards. J'ai passé quarante » années dans le monde, et soixante dans cette so- » litude. Ah! qu'en ce moment le temps que j'ai » donné à mes plaisirs me paroît long, et qu'au » contraire celui que j'ai consacré à la pénitence me » semble court! Hélas! je crains que les austérités » du frère Juan n'aient pas assez expié les péchés » du licencié don Juan de Solis. »

Il n'eut pas achevé ces mots, qu'il expira. Nous fûmes frappés de cette mort. Ces sortes d'objets font toujours quelque impression sur les plus grands libertins même; mais nous n'en fûmes pas long-temps touchés. Nous oubliâmes bientôt ce qu'il venoit de nous dire, et nous commençâmes à faire un inventaire de tout ce qui étoit dans l'ermitage ; ce qui ne nous occupa pas infiniment, tous les meubles consistant dans ceux que vous avez pu remarquer dans la grotte. Le frère Juan n'étoit pas seulement mal meublé, il avoit encore une très-mauvaise cuisine. Nous ne trouvâmes chez lui, pour toutes provisions, que des noisettes et quelques grignons de pain d'orge fort durs, que les gencives du saint homme n'avoient apparemment pu broyer. Je dis ses gencives, car nous remarquâmes que toutes les dents lui étoient tombées. Tout ce que cette demeure solitaire contenoit, tout ce que nous considérions nous faisoit regarder ce bon anachorète comme un saint. Une chose seule nous choqua : nous ouvrîmes un papier plié en forme de lettre qu'il avoit mis sur une table, et par lequel il prioit la personne qui liroit ce billet de porter son rosaire et ses sandales à l'évêque de Cuença. Nous ne savions dans quel esprit ce nouveau père du désert pouvoit avoir envie de faire un pareil présent à son évêque : cela nous sembloit blesser l'humilité, et nous paroissoit d'un homme qui vouloit trancher du bienheureux. Peut-être aussi n'y avoit-il là-dedans que de la simplicité ; c'est ce que je ne déciderai point [1].

En nous entretenant là-dessus, il vint une idée assez plaisante à Lamela. Demeurons, me dit-il, dans cet ermitage. Déguisons-nous en ermites. Enterrons le frère Juan. Vous passerez pour lui ; et moi, sous le nom de frère Antoine, j'irai quêter dans les villes et les bourgs voisins. Outre que nous serons à couvert des perquisitions du corrégidor, car je ne pense pas qu'on s'avise de nous venir chercher ici, j'ai à Cuença de bonnes connoissances que nous pourrons entretenir. J'approuvai cette bizarre imagination, moins pour les raisons qu'Ambroise me disoit, que par fantaisie, et comme pour jouer un rôle dans une pièce de théâtre. Nous fîmes une fosse à trente ou quarante pas de la grotte, et nous y enterrâmes modestement le vieil anachorète, après l'avoir dépouillé de ses habits, c'est-à-dire d'une simple robe que nouoit par le milieu une ceinture de cuir. Nous lui coupâmes aussi la barbe pour m'en faire une postiche ; et enfin, après ses funérailles, nous prîmes possession de l'ermitage.

Nous fîmes fort mauvaise chère le premier jour, il nous fallut vivre des provisions du défunt ; mais le lendemain, avant le lever de l'aurore, Lamela

[1] Dans le premier plan de l'auteur, *les sandales du frère Juan* devoient contenir ses Mémoires cousus dans les doubles semelles, idée piquante, et canevas que Le Sage gardoit pour un autre roman, mais qu'il a laissé à remplir.

se mit en campagne avec les deux mules, qu'il alla vendre à Toralva, et le soir il revint chargé de vivres et d'autres choses qu'il avoit achetées. Il en apporta tout ce qui étoit nécessaire pour se travestir. Il se fit lui-même une robe de bure et une petite barbe rousse de crin de cheval, qu'il s'attacha si artistement aux oreilles, qu'on eût juré qu'elle étoit naturelle. Il n'y a point de garçon au monde plus adroit que lui. Il tressa aussi la barbe du frère Juan ; il me l'appliqua, et mon bonnet de laine brune achevoit de couvrir l'artifice. On peut dire que rien ne manquoit à notre déguisement. Nous nous trouvions l'un et l'autre si plaisamment équipés, que nous ne pouvions sans rire nous regarder sous ces habits, qui véritablement ne nous convenoient guère. Avec la robe du frère Juan, j'avois son rosaire et ses sandales, dont je ne me fis pas un scrupule de priver l'évêque de Cuença.

Il y avoit déjà trois jours que nous étions dans l'ermitage, sans y avoir vu paroître personne ; mais le quatrième il entra dans la grotte deux paysans. Ils apportoient du pain, du fromage et des oignons au défunt, qu'ils croyoient encore vivant. Je me jetai sur notre grabat dès que je les aperçus, et il ne me fut pas difficile de les tromper. Outre qu'on ne voyoit point assez pour pouvoir bien distinguer mes traits, j'imitai le mieux que je pus le son de la voix du frère Juan, dont j'avois entendu les dernières paroles. Ils n'eurent aucun soupçon de cette supercherie. Ils parurent seulement étonnés de rencontrer là un autre ermite ; mais Lamela, remarquant leur surprise, leur dit d'un air hypocrite : Mes frères, ne soyez pas surpris de me voir dans cette solitude. J'ai quitté un ermitage que j'avois en Aragon pour venir ici tenir compagnie au vénérable et discret frère Juan, qui, dans l'extrême vieillesse où il est, a besoin d'un camarade qui puisse pourvoir à ses besoins. Les paysans donnèrent à la charité d'Ambroise des louanges infinies, et témoignèrent qu'ils étoient bien aises de pouvoir se vanter d'avoir deux saints personnages dans leur contrée.

Lamela, chargé d'une grande besace qu'il n'avoit pas oublié d'acheter, alla pour la première fois quêter dans la ville de Cuença, qui n'est éloignée de l'ermitage que d'une petite lieue. Avec l'extérieur pieux qu'il a reçu de la nature, et l'art de le faire valoir, qu'il possède au suprême degré, il ne manqua pas d'exciter les personnes charitables à lui faire l'aumône. Il remplit sa besace de leurs libéralités. Monsieur Ambroise, lui dis-je à son retour, je vous félicite de l'heureux talent que vous avez pour attendrir les âmes chrétiennes. Vive Dieu ! l'on diroit que vous avez été frère quêteur chez les capucins. J'ai fait bien

autre chose que remplir mon bissac, me répondit-
il. Vous saurez que j'ai déterré certaine nymphe
appelée Barbe, que j'aimois autrefois. Je l'ai
trouvée bien changée : elle s'est mise comme nous
dans la dévotion. Elle demeure avec deux ou trois
autres béates qui édifient le monde en public, et
mènent une vie scandaleuse en particulier. Elle
ne me reconnoissoit pas d'abord. Comment donc !
lui ai-je dit, madame Barbe, est-il possible que
vous ne remettiez point un de vos anciens amis,
votre serviteur Ambroise? Par ma foi, seigneur
de Lamela, s'est-elle écriée, je ne me serois jamais
attendue à vous revoir sous les habits que vous
portez. Par quelle aventure êtes-vous devenu ermite? C'est ce que je ne puis vous raconter présentement, lui ai-je reparti. Le détail est un peu
long, mais je reviendrai demain au soir satisfaire
votre curiosité. De plus, je vous amènerai le frère
Juan, mon compagnon. Le frère Juan, a-t-elle
interrompu, ce bon ermite qui a un ermitage auprès de cette ville ? Vous n'y pensez pas ; on dit
qu'il a plus de cent ans. Il est vrai, lui ai-je dit,
qu'il a eu cet âge-là ; mais il est bien rajeuni depuis quelques jours. Il n'est pas plus vieux que
moi. Eh bien! qu'il vienne avec vous, a répliqué Barbe. Je vois bien qu'il y a du mystère là-
dessous.

Nous ne manquâmes pas le lendemain, dès qu'il
fut nuit, d'aller chez ces bigotes, qui, pour nous
mieux recevoir, avoient préparé un grand repas.
Nous ôtâmes d'abord nos barbes et nos habits d'a-
nachorètes, et sans façon nous fîmes connoître à ces
princesses qui nous étions. De leur côté, de peur
de demeurer en reste de franchise avec nous, elles
nous montrèrent de quoi sont capables de fausses
dévotes, quand elles bannissent la grimace. Nous
passâmes presque toute la nuit à table, et nous ne
nous retirâmes à notre grotte qu'un moment avant le
jour. Nous y retournâmes bientôt après, ou, pour
mieux dire, nous fîmes la même chose pendant
trois mois, et nous mangeâmes avec ces créatures
plus des deux tiers de nos espèces. Mais un jaloux, qui a tout découvert, en a informé la justice, qui doit aujourd'hui se transporter à l'ermitage pour se saisir de nos personnes. Hier
Ambroise, en quêtant à Cuenca, rencontra une
de nos béates qui lui donna un billet, et lui dit :
Une femme de mes amies m'écrit cette lettre, que
j'allois vous envoyer par un homme exprès. Mon-
trez-la au frère Juan; et prenez vos mesures là-
dessus. C'est ce billet, messieurs, que Lamela
m'a mis entre les mains devant vous, et qui nous
a si brusquement fait quitter notre demeure solitaire.

CHAPITRE II.

*Du conseil que don Raphaël et ses auditeurs tinrent
ensemble, et de l'aventure qui lui arriva lorsqu'ils
voulurent sortir du bois.*

Quand don Raphaël eut achevé de conter son
histoire, dont le récit me parut un peu long, don
Alphonse, par politesse, lui témoigna qu'elle l'a-
voit fort diverti. Après cela, le seigneur Ambroise
prit la parole, et s'adressant au compagnon de ses
exploits : Don Raphaël, lui dit-il, songez que le
soleil se couche. Il seroit à propos, ce me semble,
de délibérer sur ce que nous avons à faire. Vous
avez raison, lui répondit son camarade ; il faut déterminer l'endroit où nous voulons aller. Pour
moi, reprit Lamela, je suis d'avis que nous nous
remettions en chemin sans perdre de temps, que
nous gagnions Requena cette nuit, et que demain
nous entrions dans le royaume de Valence, où nous
donnerons l'essor à notre industrie. Je pressens
que nous y ferons de bons coups. Son confrère, qui
croyoit là-dessus ses pressentiments infaillibles,
se rangea de son opinion. Pour don Alphonse et
moi, comme nous nous laissions conduire par ces
deux honnêtes gens, nous attendîmes, sans rien
dire, le résultat de la conférence.

Il fut donc résolu que nous prendrions la route
de Requena, et nous commençâmes à nous y disposer. Nous fîmes un repas semblable à celui du
matin, puis nous chargeâmes le cheval de l'outre
et du reste de nos provisions. Ensuite, la nuit qui
survint nous prêtant l'obscurité dont nous avions
besoin pour marcher sûrement, nous voulûmes
sortir du bois; mais nous n'eûmes pas fait cent
pas, que nous découvrîmes entre les arbres une
lumière qui nous donna beaucoup à penser. Que
signifie cela? dit don Raphaël ; ne seroit-ce point
les furets de la justice de Cuenca qu'on auroit mis
sur nos traces, et qui, nous sentant dans cette forêt, nous y viendroient chercher? Je ne le crois pas,
dit Ambroise, ce sont plutôt des voyageurs. La
nuit les aura surpris, et ils seront entrés dans ce
bois pour y attendre le jour. Mais, ajouta-t-il, je
puis me tromper; je vais reconnoître ce que
c'est. Demeurez-ici tous trois; je serai de retour
dans un moment. A ces mots, il s'avance vers la
lumière, qui n'étoit pas fort éloignée ; il s'en approche à pas de loup. Il écarte doucement les
feuilles et les branches qui s'opposent à son passage, et regarde avec toute l'attention que la chose
lui paroît mériter. Il vit sur l'herbe, autour d'une
chandelle qui brûloit dans une motte de terre,
quatre hommes assis qui achevoient de manger
un pâté et de vider une assez grosse outre qu'ils
baisoient à la ronde. Il aperçut encore à quelques

pas d'eux une femme et un cavalier attachés à des arbres, et un peu plus loin une chaise roulante, avec deux mules richement caparaçonnées. Il jugea d'abord que les hommes assis devoient être des voleurs; et les discours qu'il leur entendit tenir lui firent connoître qu'il ne se trompoit pas dans sa conjecture. Les quatre brigands faisoient voir une égale envie de posséder la dame qui étoit tombée entre leurs mains, et ils parloient de la tirer au sort. Lamela, instruit de ce que c'étoit, vint nous rejoindre, et nous fit un fidèle rapport de tout ce qu'il avoit vu et entendu.

Messieurs, dit alors don Alphonse, cette dame et ce cavalier que les voleurs ont attachés à des arbres *sont peut-être des personnes de la première qualité. Souffrirons-nous que des brigands les fassent servir de victimes à leur barbarie et à leur brutalité? Croyez-moi, chargeons ces bandits;* qu'ils tombent sous nos coups. J'y consens, dit don Raphaël. Je ne suis pas moins prêt à faire une bonne action qu'une mauvaise. Ambroise, de son côté, témoigna qu'il ne demandoit pas mieux que de prêter la main à une entreprise si louable, et dont il prévoyoit, disoit-il, que nous serions bien payés. J'ose dire aussi qu'en cette occasion le péril ne m'épouvanta point, et que jamais aucun chevalier errant ne se montra plus prompt au service des demoiselles. Mais, pour dire les choses sans trahir la vérité, le danger n'étoit pas grand; car Lamela nous ayant rapporté que les armes des voleurs étoient toutes en un monceau à dix ou douze pas d'eux, il ne nous fut pas fort difficile d'exécuter notre dessein. Nous liâmes notre cheval à un arbre, et nous nous approchâmes à petit bruit de l'endroit où étoient les brigands. Ils s'entretenoient avec beaucoup de chaleur, et faisoient un bruit qui nous aidoit à les surprendre. Nous nous rendîmes maîtres de leurs armes avant qu'ils nous découvrissent; puis, tirant sur eux à bout portant, nous les étendîmes tous sur la place.

Pendant cette expédition, la chandelle s'éteignit, de sorte que nous demeurâmes dans l'obscurité. Nous ne laissâmes pas toutefois de délier l'homme et la femme, que la crainte tenoit saisis à un point qu'ils n'avoient pas la force de nous remercier de ce que cous venions de faire pour eux. Il est vrai qu'ils ignoroient encore s'ils devoient nous regarder comme leurs libérateurs, ou comme de nouveaux bandits qui ne les enlevoient point aux autres pour les mieux traiter. Mais nous les rassurâmes en leur disant que nous allions les conduire jusqu'à une hôtellerie qu'Ambroise soutenoit être à une demi-lieue de là, et qu'ils pourroient en cet endroit prendre toutes les précautions néces-

saires pour se rendre sûrement où ils avoient affaire. Après cette assurance, dont ils parurent très-satisfaits, nous les remîmes dans leur chaise, et les tirâmes hors du bois en tenant la bride de leurs mules. Nos anachorètes visitèrent ensuite les poches des vaincus. Puis nous allâmes reprendre le cheval de don Alphonse. Nous prîmes aussi ceux des voleurs, que nous trouvâmes attachés à des arbres auprès du champ de bataille. Puis, emmenant avec nous tous ces chevaux, nous suivîmes le frère Antoine, qui monta sur une des mules pour mener la chaise à l'hôtellerie, où nous n'arrivâmes pourtant que deux heures après, quoiqu'il eût assuré qu'elle n'étoit pas fort éloignée du bois:

Nous frappâmes rudement à la porte. Tout le monde étoit déjà couché dans la maison. L'hôte et l'hôtesse se levèrent à la hâte, et ne furent nullement fâchés de voir troubler leur repos par l'arrivée d'un équipage qui paroissoit devoir faire chez eux beaucoup plus de dépense qu'il n'en fit. Toute l'hôtellerie fut éclairée dans un moment. Don Alphonse et l'illustre fils de Lucinde donnèrent la main au cavalier et à la dame pour les aider à descendre de la chaise; ils leur servirent même d'écuyers jusqu'à la chambre où l'hôte les conduisit. Il se fit là bien des compliments, et nous ne fûmes pas peu étonnés quand nous apprîmes que c'étoit le comte de Polan lui-même et sa fille Séraphine que nous venions de délivrer. On ne sauroit dire quelle fut la surprise de cette dame, non plus que celle de don Alphonse, lorsqu'ils se reconnurent tous deux. Le comte n'y prit pas garde, tant il étoit occupé d'autres choses. Il se mit à nous raconter de quelle manière les voleurs l'avoient attaqué, et comment ils s'étoient saisis de sa fille et de lui, après avoir tué son postillon, un page et un valet de chambre. Il finit en nous disant qu'il sentoit vivement l'obligation qu'il nous avoit, et que, si nous voulions l'aller trouver à Tolède, où il seroit dans un mois, nous éprouverions s'il étoit ingrat ou reconnoissant.

La fille de ce seigneur n'oublia pas de nous remercier aussi de son heureuse délivrance; et, comme nous jugeâmes, Raphaël et moi, que nous ferions plaisir à don Alphonse si nous lui donnions le moyen de parler un moment en particulier à cette jeune veuve, nous y réussîmes en amusant le comte de Polan. Belle Séraphine, dit tout bas don Alphonse à la dame, je cesse de me plaindre du sort qui m'oblige à vivre comme un homme banni de la société civile, puisque j'ai eu le bonheur de contribuer au service important qui vous a été rendu. Eh quoi! lui répondit-elle en soupirant, c'est vous qui m'avez sauvé la vie et l'honneur! c'est à vous que nous sommes, mon père et moi, si redèvables! Ah! don Alphonse, pourquoi avez-vous tué mon frère? Elle ne lui en dit pas davantage; mais il comprit assez par ces paroles et par le ton dont elles furent prononcées, que s'il aimoit éperdûment Séraphine, il n'en étoit guère moins aimé.

LIVRE SIXIÈME.

CHAPITRE PREMIER.

Ce que Gil Blas et ses compagnons firent après avoir quitté le comte de Polan; projet important qu'Ambroise forma, et de quelle manière il fut exécuté.

Le comte de Polan, après avoir passé la moitié de la nuit à nous remercier et à nous assurer que nous pouvions compter sur sa reconnoissance, appela l'hôte pour le consulter sur les moyens de se rendre sûrement à Turis, où il avoit dessein d'aller. Nous laissâmes ce seigneur prendre ses mesures là-dessus. Nous sortîmes ensuite de l'hôtellerie, et suivîmes la route qu'il plut à Lamela de choisir.

Après deux heures de chemin, le jour nous surprit auprès de Campillo. Nous gagnâmes promptement les montagnes qui sont entre ce bourg et Requena. Nous y passâmes la journée à nous reposer et à compter nos finances, que l'argent des voleurs avoit fort augmentées; car on avoit trouvé dans leurs poches plus de trois cents pistoles en toutes sortes d'espèces. Nous nous remîmes en marche au commencement de la nuit, et le lendemain matin nous entrâmes dans le royaume de Valence. Nous nous retirâmes dans le premier bois qui s'offrit à nos yeux. Nous nous y enfonçâmes, et nous arrivâmes à un endroit où couloit un ruisseau d'une onde cristalline qui alloit joindre lentement les eaux du Guadalaviar. L'ombre que les arbres nous prêtoient, et l'herbe que le lieu fournissoit abondamment à nos chevaux, nous auroient déterminés à nous y arrêter, quand nous n'aurions pas été dans cette résolution. Nous n'eûmes donc garde de passer outre.

Nous mîmes là pied à terre, et nous nous disposâmes à passer la journée fort agréablement; mais lorsque nous voulûmes déjeûner, nous nous aperçûmes qu'il nous restoit très-peu de vivres. Le pain commençoit à nous manquer, et notre outre étoit devenue un corps sans âme. Messieurs, nous dit Ambroise, les plus charmantes retraites ne plaisent guère sans Bacchus et sans Cérès. Je suis d'avis que nous renouvelions aujourd'hui nos provisions. Je vais pour cet effet à Xelva. C'est une assez belle ville qui n'est qu'à deux petites lieues d'ici. J'aurai bientôt fait ce voyage. En parlant de cette sorte, il chargea un cheval de l'outre et de la besace, monta dessus, et sortit du bois avec une vitesse qui promettoit un prompt retour.

Nous avions tout lieu de l'espérer, et nous attendions de moment en moment Lamela : cependant il ne revint pas sitôt. Plus de la moitié du jour s'écoula; la nuit même déjà s'apprêtoit à couvrir les arbres de ses ailes noires, quand nous revîmes notre pourvoyeur, dont le retardement commençoit à nous donner de l'inquiétude. Il trompa notre attente par la quantité de choses dont il revint chargé. Il apportoit non-seulement l'outre pleine d'un vin excellent, et la besace remplie de pain et de toutes sortes de gibiers rôtis; il y avoit encore sur son cheval un gros paquet de hardes que nous regardâmes avec beaucoup d'attention. Il s'en aperçut, et nous dit en souriant : Messieurs, vous considérez ces hardes avec surprise, et je vous le pardonne; vous ne savez pas pourquoi je viens de les acheter à Xelva. Je le donnerois à deviner à don Raphaël et à toute la terre ensemble. En disant ces paroles, il défit le paquet pour nous montrer en détail ce que nous considérions en gros. Il nous fit voir un manteau et une robe noire fort longue, deux pourpoints avec leurs hauts-de-chausses; une de ces écritoires composées de deux pièces liées par un cordon, et dont le cornet est séparé de l'étui où l'on met les plumes; une main de beau papier blanc; un cadenas avec un gros cachet et de la cire verte; et lorsqu'il nous eut enfin exhibé toutes ses emplettes, don Raphaël lui dit en plaisantant : Vive Dieu! monsieur Ambroise, il faut avouer que vous avez fait là un bon achat. Quel usage, s'il vous plaît, en prétendez-vous faire? Un admirable, répondit Lamela. Toutes ces choses ne m'ont coûté que dix doublons, et je suis persuadé que nous en retirerons plus de cinq cents; comptez là-dessus. Je ne suis pas homme à me charger de nippes inutiles; et, pour vous prouver que je n'ai point acheté tout cela comme un sot, je vais vous communiquer un projet que j'ai formé; un projet qui, sans contredit, est un des plus ingénieux que puisse concevoir l'esprit humain. Vous en allez juger ; je suis sûr que je vais vous ravir en vous l'apprenant. Écoutez-moi.

Après avoir fait ma provision de pain, poursuivit-il, je suis entré chez un rôtisseur, où j'ai ordonné qu'on mît à la broche six perdrix, autant de poulets et de lapereaux. Tandis que ces viandes cuisent, il arrive un homme en colère, et qui, se plaignant hautement des manières d'un marchand de la ville à son égard, dit au rôtisseur : Par Saint Jacques ! Samuel Simon est le marchand de Xelva le plus ridicule. Il vient de me faire un affront en pleine boutique. Le ladre n'a pas voulu me faire crédit de six aunes de drap ; cependant il sait bien que je suis un artisan solvable, et qu'il n'y a rien à perdre avec moi. N'admirez-vous pas cet animal ? Il vend volontiers à crédit aux personnes de qualité. Il aime mieux hasarder avec eux que d'obliger un honnête bourgeois sans rien risquer. Quelle manie ! Le maudit juif ! puisse-t-il y être attrapé ! Mes souhaits seront accomplis quelque jour ; il y a bien des marchands qui m'en répondroient.

En entendant parler ainsi cet artisan, qui a dit beaucoup d'autres choses encore, il me prit fantaisie de le venger et de jouer un tour à Samuel Simon. Mon ami, dis-je à l'homme qui se plaignoit de ce marchand, de quel caractère est ce personnage dont vous parlez ? D'un très-mauvais caractère, répondit-il brusquement. Je vous le donne pour un usurier tout des plus vifs, quoiqu'il affecte le maintien d'un homme d'honneur : c'est un juif qui s'est fait catholique ; mais, dans le fond de l'âme, il est encore juif comme Pilate, car on dit qu'il a fait abjuration par intérêt.

Je prêtai une oreille attentive à tous les discours de l'artisan, et je ne manquai pas, au sortir de chez le rôtisseur, de m'informer de la demeure de Samuel Simon. Une personne me l'enseigne, on me la montre. Je parcours des yeux sa boutique, j'examine tout ; et mon imagination, prompte à m'obéir, enfante une fourberie que je digère, et qui me paroît digne du valet du seigneur Gil Blas. Je vais à la friperie, où j'achète ces habits que j'apporte, l'un pour jouer le rôle d'inquisiteur, l'autre pour représenter un greffier, et le troisième enfin pour faire le personnage d'un alguazil. Voilà ce que j'ai fait, messieurs, ajouta-t-il, et ce qui a un peu retardé mon arrivée.

Ah ! mon cher Ambroise, interrompit en cet endroit don Raphaël tout transporté de joie, la merveilleuse idée ! le beau plan ! Je suis jaloux de l'invention. Je donnerois volontiers les plus grands traits de ma vie pour un effort d'esprit si heureux. Oui, Lamela, poursuivit-il, je vois, mon ami, toute la richesse de ton dessein, et l'exécution ne doit pas t'inquiéter. Tu as besoin de deux

bons acteurs qui te secondent ; ils sont tout trouvés. Tu as un air de béat, tu feras fort bien l'inquisiteur ; moi, je représenterai le greffier ; et le seigneur Gil Blas, s'il lui plaît, jouera le rôle de l'alguazil. Voilà, continua-t-il, les personnages distribués ; demain nous jouerons la pièce, et je réponds du succès, à moins qu'il n'arrive quelqu'un de ces contre-temps qui confondent les desseins les mieux concertés.

Je ne concevois encore que très-confusément le projet que don Raphaël trouvoit si beau ; mais on me mit au fait en soupant, et le tour me parut ingénieux. Après avoir expédié une partie du gibier et fait à notre outre de copieuses saignées, nous nous étendîmes sur l'herbe, et nous fûmes bientôt endormis. Mais notre sommeil ne fut pas de longue durée, et l'impitoyable Ambroise l'interrompit une heure après. Debout ! debout ! s'écria-t-il avant le jour ; des gens qui ont une grande entreprise à exécuter ne doivent pas être paresseux. Malepeste ! monsieur l'inquisiteur, lui dit don Raphaël en se réveillant en sursaut, que vous êtes alerte ! Cela ne vaut pas le diable pour M. Samuel Simon. J'en demeure d'accord, reprit Lamela. Je vous dirai de plus, ajouta-t-il en riant, que j'ai rêvé cette nuit que je lui arrachois des poils de la barbe. N'est-ce pas là un vilain songe pour lui, monsieur le greffier ? Ces plaisanteries furent suivies de mille autres qui nous mirent tous de belle humeur. Nous déjeûnâmes gaiement, et nous nous disposâmes ensuite à faire nos personnages. Ambroise se revêtit de la longue robe et du manteau, en sorte qu'il avoit tout l'air d'un commissaire du saint-office. Nous nous habillâmes aussi, don Raphaël et moi, de façon que nous ne ressemblions point mal aux greffiers et aux alguazils. Nous employâmes bien du temps à nous déguiser ; nous déjeûnâmes ensuite amplement ; si bien qu'il étoit plus de deux heures après midi lorsque nous sortîmes du bois pour nous rendre à Xelva. Il est vrai que rien ne nous pressoit, et que nous ne devions commencer la comédie qu'à l'entrée de la nuit. Aussi nous n'allâmes qu'au petit pas, et nous nous arrêtâmes même aux portes de la ville pour y attendre la fin du jour.

Dès qu'elle fut arrivée, nous laissâmes nos chevaux dans cet endroit sous la garde de don Alphonse, qui se sut bon gré de n'avoir point d'autre rôle à faire. Don Raphaël, Ambroise et moi, nous allâmes d'abord, non chez Samuel Simon, mais chez un cabaretier qui demeuroit à deux pas de sa maison. Monsieur l'inquisiteur marchoit le premier. Il entre, et dit gravement à l'hôte : Maître, je voudrois vous parler en particulier ; j'ai à vous communiquer une affaire qui regarde le service de l'inquisition, et qui par conséquent est très-importante. L'hôte nous mena dans une salle, où Lamela, le voyant seul avec nous, lui dit : Je suis commissaire du saint-office. A ces paroles, le cabaretier pâlit, et répondit, d'une voix tremblante, qu'il ne croyoit pas avoir donné sujet à la sainte inquisition de se plaindre de lui. Aussi, reprit Ambroise d'un air doux, ne songe-t-elle point à vous faire de la peine. A Dieu ne plaise que, trop prompte à punir, elle confonde le crime avec l'innocence! Elle est sévère, mais toujours juste; en un mot, pour éprouver ses châtiments, il faut les avoir mérités. Ce n'est donc pas vous qui m'amenez à Xelva, c'est un certain marchand qu'on appelle Samuel Simon. Il nous a été fait de lui et de sa conduite un très-mauvais rapport. Il est, dit-on, toujours juif; et il n'a embrassé le christianisme que par des motifs purement humains. Je vous ordonne, de la part du saint-office, de me dire ce que vous savez de cette homme-là. Gardez-vous, comme son voisin, et peut-être son ami, de vouloir l'excuser; car, je vous le déclare, si j'aperçois dans votre témoignage le moindre ménagement pour lui, vous êtes perdu vous-même. Allons, greffier, poursuivit-il en se tournant vers Raphaël, faites votre devoir.

Monsieur le greffier, qui déjà tenoit à la main son papier et son écritoire, s'assit à une table, et se prépara, de l'air du monde le plus sérieux, à écrire la déposition de l'hôte, qui de son côté protesta qu'il ne trahiroit point la vérité. Cela étant, lui dit le commissaire inquisiteur, nous n'avons qu'à commencer. Répondez seulement à mes questions; je ne vous en demande pas davantage. Voyez-vous Samuel Simon fréquenter les églises? C'est à quoi je n'ai pas pris garde, répondit le cabaretier; je ne me souviens pas de l'avoir vu à l'église. Bon, s'écria l'inquisiteur, écrivez qu'on ne le voit jamais dans les églises. Je ne dis pas cela, monsieur, répliqua l'hôte; je dis seulement que je ne l'y ai point vu. Il peut être dans une église où je serai, sans que je l'aperçoive. Mon ami, reprit Lamela, vous oubliez qu'il ne faut point dans votre interrogatoire excuser Samuel Simon; je vous en ai dit les conséquences. Vous ne devez dire que des choses qui soient contre lui, et pas un mot en sa faveur. Sur ce pied-là, seigneur licencié, repartit l'hôte, vous ne tirerez pas grand fruit de ma déposition. Je ne connois point le marchand dont il s'agit, je n'en puis dire ni bien ni mal; mais si vous voulez savoir comment il vit dans son domestique, je vais faire venir ici Gaspard, son garçon, que vous interrogerez. Ce garçon vient ici quelquefois boire avec ses amis; je puis vous assurer qu'il a une bonne langue; il babillera tant que vous voudrez, il vous

dira toute la vie de son maître, et donnera, sur ma parole, de l'occupation à votre greffier.

J'aime votre franchise, dit alors Ambroise; et c'est témoigner du zèle pour le saint-office que de m'enseigner un homme instruit des mœurs de Simon. J'en rendrai compte à l'inquisition. Hâtez-vous donc, continua-t-il, d'aller chercher ce Gaspard dont vous parlez : mais faites les choses discrètement; que son maître ne se doute point de ce qui se passe. Le cabaretier s'acquitta de sa commission avec beaucoup de secret et de diligence. Il amena le garçon marchand. C'étoit effectivement un jeune homme des plus babillards, et tel qu'il nous le falloit. Soyez le bienvenu, mon enfant, lui dit Lamela. Vous voyez en moi un inquisiteur nommé par le saint-office pour informer contre Samuel Simon, que l'on accuse de judaïser. Vous demeurez chez lui; par conséquent vous êtes témoin de la plupart de ses actions. Je ne crois pas qu'il soit nécessaire de vous avertir que vous êtes obligé de déclarer ce que vous savez de lui, quand je vous l'ordonnerai de la part de la sainte inquisition. Seigneur licencié, répondit le garçon marchand, vous ne pouviez vous adresser à un homme plus disposé à vous instruire de ce que vous voulez savoir; je suis tout prêt à vous contenter là-dessus, sans que vous me l'ordonniez de la part du saint-office. Si l'on mettoit mon maître sur mon chapitre, je suis persuadé qu'il ne m'épargneroit point; ainsi, je ne le ménagerai pas non plus, et je vous dirai premièrement que c'est un sournois dont il est impossible de démêler les secrets sentiments; un homme qui affecte tous les dehors d'un saint personnage, et qui dans le fond n'est nullement vertueux. Il va tous les soirs chez une petite grisette..... Je suis bien aise d'apprendre cela, interrompit Ambroise, et je vois, par ce que vous me dites, que c'est un homme de mauvaises mœurs : mais répondez précisément aux questions que je vais vous faire. C'est particulièrement sur la religion que je suis chargé de savoir quels sont ses sentiments. Dites-moi, mangez-vous du porc dans votre maison? Je ne pense pas, répondit Gaspard, que nous en ayons mangé deux fois depuis une année que j'y demeure. Fort bien, reprit monsieur l'inquisiteur; écrivez, greffier, qu'on ne mange jamais de porc chez Samuel Simon. En récompense, continua-t-il, on y mange sans doute quelquefois de l'agneau? Oui, quelquefois, repartit le garçon; nous en avons, par exemple, mangé un aux dernières fêtes de Pâques. L'époque est heureuse, s'écria le commissaire; écrivez, greffier, que Simon fait la pâque. Cela va le mieux du monde, et il me paroît que nous avons reçu de bons mémoires.

Apprenez-moi encore , mon ami, poursuivit Lamela , si vous n'avez jamais vu votre maître caresser de petit enfants. Mille fois, répondit Gaspard. Lorsqu'il voit passer de petits garçons devant notre boutique, pour peu qu'ils soient jolis, il les arrête et les flatte. Écrivez , greffier, interrompit l'inquisiteur, que Samuel Simon est violemment soupçonné d'attirer chez lui les enfants des chrétiens pour les égorger. L'aimable prosélyte! Oh! oh! monsieur Simon, vous aurez affaire au saint-office, sur ma parole! Ne vous imaginez pas qu'il vous laisse impunément faire vos barbares sacrifices. Courage, zélé Gaspard, dit-il au garçon marchand, déclarez tout ; achevez de faire connoître que ce faux catholique est attaché plus que jamais aux coutumes et aux cérémonies des Juifs. N'est-il pas vrai que dans la semaine vous le voyez un jour dans un inaction totale ? Non, répondit Gaspard , je n'ai point remarqué celui-là. Je m'aperçois seulement qu'il y a des jours où il s'enferme dans son cabinet, et qu'il y demeure très-longtemps. Eh! nous y voilà, s'écria le commissaire ; il fait le sabbat, ou je ne suis pas inquisiteur. Marquez, greffier, marquez qu'il observe religieusement le jeûne du sabbat Ah! l'abominable homme ! Il ne me reste plus qu'une chose à demander. Ne parle-t-il pas aussi de Jérusalem ? Fort souvent, repartit le garçon. Il nous conte l'histoire des Juifs, et de quelle manière fut détruit le temple de Jérusalem ? Justement, reprit Ambroise : ne laissez pas échapper ce trait-là , greffier; écrivez, en gros caractères, que Samuel Simon ne respire que la restauration du temple , et qu'il médite jour et nuit le rétablissement de la nation. Je n'en veux pas savoir davantage, et il est inutile de faire d'autres questions. Ce que vient de déposer le véridique Gaspard suffiroit pour faire brûler toute une juiverie[1].

Après que monsieur le commissaire du saint-office eut interrogé de cette sorte le garçon marchand, il lui dit qu'il pouvoit se retirer ; mais il lui ordonna, de la part de la sainte inquisition , de ne point parler à son maître de ce qui venoit de se passer. Garpard promit d'obéir, et s'en alla. Nous ne tardâmes guère à le suivre ; nous sortîmes de l'hôtellerie aussi gravement que nous y étions entrés, et nous allâmes frapper à la porte de Samuel Simon. Il vint lui-même ouvrir ; et, s'il fut étonné de voir chez lui trois figures comme les nôtres, il le fut bien davantage quand Lamela, qui portoit la parole, lui dit d'un ton impératif : Maître Samuel, je vous ordonne, de la part de la

sainte inquisition , dont j'ai l'honneur d'être commissaire, de me donner tout à l'heure la clef de votre cabinet. Je veux voir si je ne trouverai point de quoi justifier les mémoires qui nous ont été présentés contre vous.

Le marchand, que ce discours déconcerta, fit deux pas en arrière , comme si on lui eut donné une bourrade dans l'estomac. Bien loin de se douter de quelque supercherie de notre part , il s'imagina de bonne foi qu'un ennemi secret l'avoit voulu rendre suspect au saint-office ; peut-être aussi que, ne se sentant pas trop bon catholique, il avoit sujet d'appréhender une information. Quoi qu'il en soit , je n'ai jamais vu d'homme plus troublé. Il obéit sans résistance, et avec le respect que peut avoir un homme qui craint l'inquisition. Il nous ouvrit son cabinet. Du moins, lui dit Ambroise en y entrant, du moins recevez sans rébellion les ordres du saint-office. Mais, ajouta-t-il, retirez-vous dans une autre chambre, et me laissez librement remplir mon emploi. Samuel ne se révolta pas plus contre cet ordre que contre le premier ; il se tint dans sa boutique, et nous entrâmes tous trois dans son cabinet, où, sans perdre de temps, nous nous mîmes à chercher ses espèces. Nous les trouvâmes sans peine ; elles étoient dans un coffre ouvert, et il y en avoit beaucoup plus que nous n'en pouvions emporter. Elles consistoient en un grand nombre de sacs amoncelés, mais le tout en argent. Nous aurions mieux aimé de l'or ; cependant, les choses ne pouvant être autrement, il fallut s'accommoder à la nécessité; nous remplîmes nos poches de ducats, nous en mîmes dans nos chausses, et dans tous les autres endroits que nous jugeâmes propres à les recéler ; enfin , nous en étions pesamment chargés sans qu'il y parût, et cela par l'adresse d'Ambroise et par celle de don Raphaël, qui me firent voir par là qu'il n'est rien tel que de savoir son métier.

Nous sortîmes du cabinet, après y avoir si bien fait notre main ; et alors, pour une raison que le lecteur devinera fort aisément, monsieur l'inquisiteur tira son cadenas qu'il voulut attacher lui-même à la porte ; ensuite il y mit le scellé ; puis il dit à Simon : Maître Samuel, je vous défends, de la part de la sainte inquisition, de toucher à ce cadenas, de même qu'à ce sceau que vous devez respecter, puisque c'est le sceau du saint-office. Je reviendrai demain ici à la même heure pour le lever, et vous apporter des ordres. A ces mots, il se fit ouvrir la porte de la rue, que nous enfilâmes joyeusement l'un après l'autre. Dès que nous eûmes fait une cinquantaine de pas, nous commençâmes à marcher avec tant de vitesse et de légèreté, qu'à peine touchions-nous la terre, malgré le far-

[1] Quartier où demeurent les juifs dans les villes où ils habitent des quartiers séparés. Il y a encore des villes où l'on appelle juiverie le quartier des fripiers, parce que les juifs autrefois exerçoient tous la friperie.

deau que nous portions. Nous fûmes bientôt hors de la ville ; et, remontant sur nos chevaux, nous les poussâmes vers Ségorbe, en rendant grâces au dieu Mercure d'un si heureux événement.

CHAPITRE II.

De la résolution que don Alphonse et Gil Blas prirent après cette aventure.

Nous allâmes toute la nuit, selon notre louable coutume ; et nous nous trouvâmes, au lever de l'aurore, auprès d'un petit village à deux lieues de Ségorbe. Comme nous étions tous fatigués, *nous quittâmes volontiers le grand chemin, pour gagner des saules que nous aperçûmes au pied d'une colline à dix ou douze cents pas du village, où nous ne jugeâmes point à propos de nous arrêter. Nous trouvâmes que ces saules faisoient un agréable ombrage, et qu'un ruisseau lavoit le pied de ces arbres. L'endroit nous plut, et nous résolûmes d'y passer la journée. Nous mîmes donc pied à terre. Nous débridâmes nos chevaux pour les laisser paître, et nous nous couchâmes sur l'herbe. Nous nous y reposâmes un peu, ensuite nous achevâmes de vider notre besace et notre outre.* Après un ample déjeûner, nous nous amusâmes à compter tout l'argent que nous avions pris à Samuel Simon, ce qui se montoit à trois mille ducats ; de sorte qu'avec cette somme et celle que nous avions déjà, nous pouvions nous vanter de n'être point mal en fonds.

Comme il falloit aller à la provision, Ambroise et don Raphaël, après avoir quitté leurs habits d'inquisiteur et de greffier, dirent qu'ils vouloient se charger de ce soin-là tous deux ; que l'aventure de Xelva ne faisoit que les mettre en goût, et qu'ils avoient envie de se rendre à Ségorbe, pour voir s'il ne se présenteroit pas quelque occasion de faire un nouveau coup. *Vous n'avez,* ajouta le fils de Lucinde, *qu'à nous attendre sous ces saules ; nous ne tarderons pas à vous venir rejoindre. A d'autres, seigneur don Raphaël,* m'écriai-je en riant ; *dites-nous plutôt de vous attendre sous l'orme !* Si vous nous quittez, nous avons bien la mine de ne vous revoir de long-temps. Ce soupçon nous offense, répliqua le seigneur Ambroise ; mais nous méritons que vous nous fassiez cet outrage. Vous êtes excusables de vous défier de nous, après ce que nous avons fait à Valladolid, et de vous imaginer que nous ne nous ferions pas plus de scrupule de vous abandonner que les camarades que nous avons laissés dans cette ville. Vous vous trompez pourtant. Les confrères à qui nous avons faussé compagnie étoient des personnes d'un fort mauvais caractère, et dont la société commençoit à nous devenir insupportable. Il faut rendre

cette justice aux gens de notre profession, qu'il n'y a point d'associés dans la vie civile que l'intérêt divise moins ; mais quand il n'y a pas entre nous de conformité d'inclinations, notre bonne intelligence peut s'altérer comme celle du reste des hommes. Ainsi, seigneur Gil Blas, poursuivit Lamela, je vous prie, vous et le seigneur don Alphonse, d'avoir un peu plus de confiance en nous, et de vous mettre l'esprit en repos sur l'envie que nous avons, don Raphaël et moi, d'aller à Ségorbe.

Il est bien aisé, dit alors le fils de Lucinde, de leur ôter là-dessus tout sujet d'inquiétude : ils n'ont qu'à demeurer maîtres de la caisse, ils auront entre leurs mains une bonne caution de notre retour. Vous voyez, seigneur Gil Blas, ajouta-t-il, que nous allons d'abord au fait. *Vous serez tous deux nantis, et je puis vous assurer que nous partirons, Ambroise et moi, sans appréhender que vous ne nous soufflicz ce précieux nantissement.* Après une marque si certaine de notre bonne foi, ne vous fierez-vous pas entièrement à nous ? Oui, messieurs, leur dis-je, et vous pouvez présentement faire tout ce qu'il vous plaira. Ils partirent sur-le-champ, chargés de l'outre et de la besace, et me laissèrent sous les saules avec don Alphonse, qui me dit après leur départ : Il faut, seigneur Gil Blas, il faut que je vous ouvre mon cœur. Je me reproche d'avoir eu la complaisance de venir jusqu'ici avec ces deux fripons. Vous ne sauriez croire combien de fois je m'en suis déjà repenti. Hier au soir, pendant que je gardois les chevaux, j'ai fait mille réflexions mortifiantes. J'ai pensé qu'il ne convenoit point à un jeune homme qui a des principes d'honneur de vivre avec des gens aussi vicieux que Raphaël et Lamela ; que si par malheur un jour, et cela peut fort bien arriver, le succès d'une fourberie est tel que nous tombions entre les mains de la justice, j'aurai la honte d'être puni avec eux comme un voleur, et d'éprouver un châtiment infâme. Ces images s'offrent sans cesse à mon esprit, et je vous avouerai que j'ai résolu, *pour n'être plus complice des mauvaises actions qu'ils feront, de me séparer d'eux pour jamais.* Je ne crois pas, continua-t-il, que vous désapprouviez mon dessein. Non, je vous assure, lui répondis-je ; quoique vous m'ayez vu faire le personnage d'alguazil dans la comédie de Samuel Simon, ne vous imaginez pas que ces sortes de pièces soient de mon goût. Je prends le ciel à témoin qu'en jouant un si beau rôle, je me suis dit à moi-même : Ma foi, monsieur Gil Blas, si la justice venoit à vous saisir au collet présentement, vous mériteriez bien le salaire qui vous en reviendroit ! Je ne me sens donc pas plus disposé que vous, seigneur don Alphonse, à demeurer en si mauvaise compagnie ; et, si vous le trouvez bon, je vous accompagnerai. Quand ces messieurs seront de retour, nous leur demanderons à partager nos finances, et demain matin, ou dès cette nuit même, nous prendrons congé d'eux.

L'amant de la belle Séraphine approuva ce que je proposois. Gagnons, me dit-il, Valence, et nous nous embarquerons pour l'Italie, où nous pourrons nous engager au service de la république de Venise. Ne vaut-il pas mieux embrasser le parti des armes que de mener la vie lâche et coupable que nous menons? Nous serons même en état de faire une assez bonne figure avec l'argent que nous aurons. Ce n'est pas, ajouta-t-il, que je me serve sans remords d'un bien si mal acquis; mais outre que la nécessité m'y oblige, si jamais je fais la moindre fortune dans la guerre, je jure que je dédommagerai Samuel Simon. J'assurai don Alphonse que j'étois dans les mêmes sentiments, et nous résolûmes enfin de quitter nos camarades dès le lendemain avant le jour. Nous ne fûmes point tentés de profiter de leur absence, c'est-à-dire de déménager sur-le-champ avec la caisse; la confiance qu'ils nous avoient marquée en nous laissant maîtres des espèces ne nous permit pas seulement d'en avoir la pensée, quoique le tour de l'hôtel garni eût en quelque manière rendu ce vol excusable.

Ambroise et don Raphaël revinrent de Ségorbe sur la fin du jour. La première chose qu'ils nous dirent fut que leur voyage avoit été très-heureux; qu'ils venoient de jeter les fondements d'une fourberie qui, selon toutes les apparences, nous seroit encore plus utile que celle du soir précédent. Et là-dessus le fils de Lucinde voulut nous mettre au fait; mais don Alphonse prit alors la parole, et leur déclara poliment que, ne se sentant pas né pour vivre comme ils faisoient, il étoit dans la résolution de se séparer d'eux. Je leur appris de mon côté que j'avois le même dessein. Ils firent vainement tout leur possible pour nous engager à les accompagner dans leurs expéditions ; nous prîmes congé d'eux le lendemain matin, après avoir fait un partage égal de nos espèces, et nous tirâmes vers Valence.

CHAPITRE III.

Après quel désagréable incident don Alphonse se trouva au comble de la joie, et par quelle aventure Gil Blas se vit tout à coup dans une heureuse situation.

Nous poussâmes gaiement jusqu'à Bunol, où par malheur il fallut nous arrêter. Don Alphonse tomba malade. Il lui prit une grosse fièvre avec des redoublements qui me firent craindre pour sa vie. Heureusement il n'y avoit point là de méde-

cins, et j'en fus quitte pour la peur. Il se trouva hors de danger au bout de trois jours, et mes soins achevèrent de le rétablir. Il se montra très-sensible à tout ce que j'avois fait pour lui, et, comme nous nous sentions véritablement de l'inclination l'un pour l'autre, nous nous jurâmes une éternelle amitié.

Nous nous remîmes en chemin, toujours résolus, quand nous serions à Valence, de profiter de la première occasion qui s'offriroit de passer en Italie. Mais le ciel, qui nous préparoit une heureuse destinée, disposa de nous autrement. Nous vîmes à la porte d'un beau château des paysans de l'un et l'autre sexe qui dansoient en rond et se réjouissoient. Nous nous approchâmes d'eux pour voir leur fête; et don Alphonse ne s'attendoit à rien moins qu'à la surprise dont il fut tout-à-coup saisi. Il aperçut le baron de Steinbach, qui, de son côté l'ayant reconnu, vint à lui les bras ouverts, et lui dit avec transport : Ah! don Alphonse, c'est vous! l'agréable rencontre! Pendant qu'on vous cherche partout, le hasard vous présente à mes yeux.

Mon compagnon descendit de cheval aussitôt, et courut embrasser le baron, dont la joie me parut immodérée. Venez, mon fils, lui dit ensuite ce bon vieillard, vous allez apprendre qui vous êtes, et jouir du plus heureux sort. En achevant ces paroles, il l'emmena dans le château. J'y entrai avec eux, car j'avois aussi mis pied à terre et attaché nos chevaux à un arbre. Le maître du château fut la première personne que nous rencontrâmes. C'étoit un homme de cinquante ans et de très-bonne mine. Seigneur, lui dit le baron de Steinbach en lui présentant don Alphonse, vous voyez votre fils. A ces mots, don César de Leyva (ainsi se nommoit le maître du château) jeta ses bras au cou d'Alphonse, et, pleurant de joie : Mon cher fils, lui dit-il, reconnoissez l'auteur de vos jours! Si je vous ai laissé ignorer si long-temps votre condition, croyez que je me suis fait en cela une cruelle violence. J'en ai mille fois soupiré de douleur, mais je n'ai pu faire autrement. J'avois épousé votre mère par inclination; elle étoit d'une naissance fort inférieure à la mienne. Je vivois sous l'autorité d'un père dur, qui me réduisoit à la nécessité de tenir secret un mariage contracté sans son aveu. Le baron de Steinbach seul étoit dans ma confidence, et c'est de concert avec moi qu'il vous a élevé. Enfin, mon père n'est plus, et je puis déclarer que vous êtes mon unique héritier. Ce n'est pas tout, ajouta-t-il, je vous marie avec une jeune dame dont la noblesse égale la mienne. Seigneur, interrompit don Alphonse, ne me faites point payer trop cher le bonheur que vous m'annoncez. Ne puis-je savoir que j'ai l'honneur d'être votre fils sans apprendre en même temps que vous voulez me rendre malheureux ! Ah! seigneur, ne soyez pas plus cruel que votre père. S'il n'a point approuvé vos amours, du moins il ne vous a point forcé de prendre une femme. Mon fils, répliqua don César, je ne prétends pas non plus tyranniser vos désirs. Mais ayez la complaisance de voir la dame que je vous destine; c'est tout ce que j'exige de votre obéissance. Quoique ce soit une personne charmante et un parti fort avantageux pour vous, je promets de ne pas vous contraindre à l'épouser. Elle est dans ce château. Suivez-moi; vous allez convenir qu'il n'y a point d'objet plus aimable. En disant cela, il conduisit don Alphonse dans un appartement où je m'introduisis après eux avec le baron de Steinbach.

Là était le comte de Polan avec ses deux filles Séraphine et Julie, et don Fernand de Leyva son gendre, qui étoit neveu de don César. Il y avoit encore d'autres dames et d'autres cavaliers. Don Fernand, comme on l'a dit, avoit enlevé Julie, et c'étoit à l'occasion du mariage de ces deux amants que les paysans des environs s'étoient assemblés ce jour-là pour se réjouir. Sitôt que don Alphonse parut, et que son père l'eut présenté à la compagnie, le comte de Polan se leva et courut l'embrasser en disant : Que mon libérateur soit le bienvenu! Don Alphonse, poursuivit-il en lui adressant la parole, connoissez le pouvoir que la vertu a sur les âmes généreuses! Si vous avez tué mon fils, vous m'avez sauvé la vie. Je vous sacrifie mon ressentiment, et vous donne cette même Séraphine à qui vous avez sauvé l'honneur. Par là, je m'acquitte envers vous. Le fils de don César ne manqua pas de témoigner au comte de Polan combien il était pénétré de ses bontés; et je ne sais s'il eut plus de joie d'avoir découvert sa naissance que d'apprendre qu'il alloit devenir l'époux de Séraphine. Effectivement, ce mariage se fit quelques jours après, au grand contentement des parties les plus intéressées.

Comme j'étois aussi un des libérateurs du comte de Polan, ce seigneur, qui me reconnut, me dit qu'il se chargeoit du soin de faire ma fortune; mais je le remerciai de sa générosité, et je ne voulus point quitter don Alphonse, qui me fit intendant de sa maison, et m'honora de sa confiance. A peine fut-il marié qu'ayant sur le cœur le tour qui avoit été fait à Samuel Simon, il m'envoya porter à ce marchand tout l'argent qui lui avoit été volé. J'allai donc faire une restitution : c'étoit commencer le métier d'intendant par où 'on devroit le finir.

LIVRE SEPTIÈME.

AVERTISSEMENT

(Qui se trouve dans l'édition de 1735) sur les anachronismes qu'on a remarqués dans Gil Blas.

On a marqué dans ce troisième tome une époque qui ne s'accorde pas avec l'histoire de don Pompeyo de Castro, qu'on lit dans le premier volume. Il paroît là que Philippe II n'a pas encore fait la conquête du Portugal[1]; et l'on voit ici tout d'un coup ce royaume sous la domination de Philippe III[1], sans que Gil Blas en soit beaucoup plus vieux. C'est une faute de chronologie dont l'auteur s'est aperçu trop tard, mais qu'il promet de corriger dans la suite, avec quantité d'autres, si l'on fait une nouvelle édition de son ouvrage.

[1] Cette conquête eut lieu en 1580, et fut l'ouvrage du duc d'Albe.

[1] Philippe III commença son règne en 1598, et mourut en 1621.

CHAPITRE PREMIER.

Des amours de Gil Blas et de la dame Lorença Sephora.

J'allai donc à Xelva porter au bon Samuel Simon les trois mille ducats que nous lui avions volés. J'avouerai franchement que je fus tenté sur la route de m'approprier cet argent pour commencer mon intendance sous d'heureux auspices. Je pouvois faire ce coup impunément; je n'avois qu'à voyager cinq ou six jours, et m'en retourner ensuite comme si je me fusse acquitté de ma commission. Don Alphonse et son père étoient trop prévenus en ma faveur pour soupçonner ma fidélité. Tout me favorisoit. Je ne succombai pourtant point à la tentation, je puis même dire que je la surmontai en garçon d'honneur; ce qui n'étoit pas peu louable dans un jeune homme qui avoit fréquenté de grands fripons. Bien des personnes qui ne voient que d'honnêtes gens ne sont pas si scrupuleuses; celles surtout à qui l'on a confié des dépôts qu'elles peuvent retenir sans intéresser leur réputation pourroient en dire des nouvelles.

Après avoir fait la restitution au marchand, qui ne s'y étoit nullement attendu, je revins au château de Leyva. Le comte de Polan n'y étoit plus; il avoit repris le chemin de Tolède avec Julie et don Fernand. Je trouvai mon nouveau maître plus épris que jamais de sa Séraphine, sa Séraphine enchantée de lui, et don César charmé de les posséder tous deux. Je m'attachai à gagner l'amitié de ce tendre père, et j'y réussis. Je devins l'intendant de la maison; c'étoit moi qui réglois tout; je recevois l'argent des fermiers; je faisois la dépense, et j'avois sur les valets un empire despotique : mais, contre l'ordinaire de mes pareils, je n'abusois point de mon pouvoir. Je ne chassois pas les domestiques qui me déplaisoient, ni n'exigeois pas des autres qu'ils me fussent entièrement dévoués. S'ils s'adressoient directement à don César ou à son fils pour leur demander des grâces, bien loin de les traverser, je parlois en leur faveur. D'ailleurs, les marques d'affection que mes deux maîtres me donnoient à toute heure m'inspiroient un zèle pur pour leur service. Je n'avois en vue que leur intérêt : aucun tour de passe-passe dans mon administration; j'étois un intendant comme on n'en voit point.

Pendant que je m'applaudissois du bonheur de ma condition, l'amour, comme s'il eût été jaloux de ce que la fortune faisoit pour moi, voulut aussi que j'eusse quelques grâces à lui rendre; il fit naître dans le cœur de la dame Lorença Séphora, première femme de Séraphine, une inclination violente pour monsieur l'intendant. Ma conquête, pour dire les choses en fidèle historien, faisoit la cinquantaine. Cependant, un air de fraîcheur, un visage agréable, et deux beaux yeux, dont elle savoit habilement se servir, pouvoient la faire encore passer pour une espèce de bonne fortune. Je lui aurois souhaité seulement un teint plus vermeil, car elle étoit fort pâle; ce que je ne manquois pas d'attribuer à l'austérité du célibat.

La dame m'agaça long-temps par des regards où son amour étoit peint; mais, au lieu de répondre à ses œillades, je fis d'abord semblant de ne pas m'apercevoir de son dessein. Par là je lui parus un

galant tout neuf; ce qui ne lui déplut point. S'imaginant donc ne devoir pas s'en tenir au langage des yeux avec un jeune homme qu'elle croyoit moins éclairé qu'il ne l'étoit, dès le premier entretien que nous eûmes ensemble, elle me déclara ses sentiments en termes formels, afin que je n'en ignorasse. Elle s'y prit en femme qui avoit de l'école : elle feignit d'être déconcertée en me parlant; et, après m'avoir dit à bon compte tout ce qu'elle vouloit me dire, elle se cacha le visage, pour me faire croire qu'elle avoit honte de me laisser voir sa foiblesse. Il fallut bien me rendre ; et quoique la vanité me déterminât plus que le sentiment, je me montrai fort sensible à ses marques d'affection. J'affectai même d'être pressant, et je fis si bien le passionné, que je m'attirai des reproches. Lorença me prit avec tant de douceur, qu'en me recommandant d'avoir de la retenue, elle ne paroissoit pas fâchée que j'en eusse manqué. J'aurois poussé les choses encore plus loin, si l'objet aimé n'eût pas craint de me donner mauvaise opinion de sa vertu, en m'accordant une victoire trop facile. Ainsi, nous nous séparâmes jusqu'à une nouvelle entrevue; Séphora, persuadée que sa fausse résistance la faisoit passer pour une vestale dans mon esprit, et moi plein de la douce espérance de mettre bientôt cette aventure à fin.

Mes affaires étoient dans cette heureuse disposition, lorsqu'un laquais de don César m'apprit une nouvelle qui modéra ma joie. Ce garçon étoit un de ces domestiques curieux qui s'appliquent à découvrir ce qui se passe dans une maison. Comme il me faisoit assidûment sa cour, et qu'il me régaloit de quelque nouveauté tous les jours, il me vint dire un matin qu'il avoit fait une plaisante découverte; qu'il vouloit m'en faire part, à condition que je garderois le secret, attendu que cela regardoit la dame Lorença Sephora, dont il craignoit, disoit-il, de s'attirer le ressentiment. J'avois trop d'envie d'apprendre ce qu'il avoit à me dire pour ne lui pas promettre d'être discret; mais, sans paroître y prendre le moindre intérêt, je lui demandai, le plus froidement qu'il me fut possible, ce que c'étoit que la découverte dont il me faisoit fête. Lorença, me dit-il, fait secrètement entrer tous les soirs dans son appartement le chirurgien du village, qui est un jeune homme des mieux bâtis, et le drôle y demeure assez long-temps. Je veux croire, ajouta-t-il d'un air malin, que cela peut fort bien être innocent; mais vous conviendrez qu'un garçon qui se glisse mystérieusement dans la chambre d'une fille dispose à mal juger d'elle.

Quoique ce rapport me fît autant de peine que si j'eusse été véritablement amoureux, je me gardai bien de le faire connoître ; je me contraignis jusqu'à rire de cette nouvelle qui me perçoit l'âme. Mais je me dédommageai de cette contrainte dès que je me vis sans témoins. Je pestai, je jurai ; je rêvai au parti que je prendrois. Tantôt, méprisant Lorença, je me proposois de l'abandonner, sans daigner seulement m'éclaircir avec la coquette ; et tantôt, m'imaginant qu'il y alloit de mon honneur de donner la chasse au chirurgien, je formois le dessein de l'appeler en duel. Cette dernière résolution prévalut. Je me mis en embuscade sur le soir, et je vis effectivement mon homme entrer d'un air mystérieux dans l'appartement de ma duègne. Il falloit cela pour entretenir ma fureur, qui se seroit peut-être ralentie. Je sortis du château, et m'allai poster sur le chemin par où le galant devoit s'en retourner. Je l'attendois de pied ferme, et chaque moment irritoit l'envie que j'avois de me battre. Enfin mon ennemi parut. Je fis quelques pas en matamore pour l'aller joindre ; mais je ne sais comment diable cela se fit, je me sentis tout-à-coup saisir, comme un héros d'Homère, d'un mouvement de crainte qui m'arrêta. Je demeurai aussi troublé que Pâris quand il se présenta pour combattre Ménélas. Je me mis à considérer mon homme, qui me sembla fort et vigoureux, et je trouvai son épée d'une longueur excessive. Tout cela faisoit sur moi son effet ; néanmoins, par point d'honneur ou autrement, quoique je visse le péril avec des yeux qui le grossissoient encore, et malgré la nature qui s'opiniâtroit à m'en détourner, j'eus l'assurance de m'avancer vers le chirurgien et de mettre flamberge au vent.

Mon action le surprit. Qu'y a-t-il donc, seigneur Gil Blas ? s'écria-t-il. Pourquoi des démonstrations de chevalier errant ? Vous voulez rire apparemment. Non, monsieur le barbier, lui répondis-je, non : rien n'est plus sérieux. Je veux savoir si vous êtes aussi brave que 'galant. N'espérez pas que je vous laisse posséder tranquillement les bonnes grâces de la dame que vous venez de voir en secret au château. Par saint Côme ! reprit le chirurgien en faisant un éclat de rire, voici une plaisante aventure ! Vive Dieu ! les apparences sont bien trompeuses. A ces mots, m'imaginant qu'il n'avoit pas plus d'envie que moi de se battre, je devins plus insolent. A d'autres, interrompis-je, mon ami, à d'autres. Ne pensez pas que je me paie d'une simple négative. Je vois bien, répliqua-t-il, que je serai obligé de parler pour prévenir le malheur qui arriveroit à vous ou à moi. Je vais donc vous révéler un secret, quoique les hommes de notre profession ne puissent pas être trop discrets. Si la dame Lorença me fait entrer à la sourdine dans son appartement,

c'est pour cacher aux domestiques la connoissance de son mal. Elle a au dos un cancer invétéré que je vais panser tous les soirs. Voilà le sujet de ces visites qui vous alarment. Ayez donc désormais l'esprit en repos là-dessus. Mais, poursuivit-il, si vous n'êtes pas satisfait de cet éclaircissement, et que vous vouliez que nous en venions absolument aux mains, vous n'avez qu'à parler ; je ne suis pas homme à refuser le collet. En disant ces paroles, il tira sa longue rapière, qui me fit frémir, et se mit en garde d'un air qui ne me promettoit rien de bon. C'est assez, lui dis-je en rengaînant mon épée ; je ne suis pas un brutal à n'écouter aucune raison ; après ce que vous venez de m'apprendre, vous n'êtes plus mon ennemi. Embrassons-nous ! A ce discours, qui lui fit assez connoître que je n'étois pas si méchant que j'avois paru d'abord, il remit en riant sa flamberge, me tendit les bras, et ensuite nous nous séparâmes les meilleurs amis du monde.

Depuis ce moment-là, Sephora ne s'offrit plus que désagréablement à ma pensée. J'éludai toutes les occasions qu'elle me donna de l'entretenir en particulier ; ce que je fis avec tant de soin et d'affectation qu'elle s'en aperçut. Étonnée d'un si grand changement, elle en voulut savoir la cause ; et, trouvant enfin le moyen de me parler à l'écart : Monsieur l'intendant, me dit-elle, apprenez-moi, de grâce, pourquoi vous fuyez jusqu'à mes regards. Au lieu de chercher comme auparavant l'occasion de m'entretenir, vous prenez soin de m'éviter. Il est vrai que j'ai fait les avances, mais vous y avez répondu : rappelez-vous, s'il vous plaît, la conversation particulière que nous avons eue ensemble : vous y étiez tout de feu ; vous êtes à présent tout de glace. Qu'est-ce que cela signifie ? La question n'étoit pas peu délicate pour un homme naturel. Aussi je fus fort embarrassé. Je ne me souviens plus de la réponse que je fis à la dame ; je me souviens seulement qu'elle lui déplut infiniment. Sephora, quoique à son air doux et modeste on l'eût prise pour un agneau, étoit un tigre quand la colère la dominoit. Je croyois, me dit-elle en me lançant un regard plein de dépit et de rage, je croyois faire beaucoup d'honneur à un petit homme comme vous, en lui découvrant des sentiments que de nobles cavaliers feroient gloire d'exciter. Je suis bien punie de m'être indignement abaissée jusqu'à un malheureux aventurier.

Elle n'en demeura pas là ; j'en aurois été quitte à trop bon marché. Sa langue, cédant à la fureur, me donna cent épithètes qui enchérissoient les unes sur les autres. Je sais bien que j'aurais dû les recevoir de sang-froid, et faire réflexion qu'en dédaignant le triomphe d'une vertu que j'avois tentée, je commettois un crime que les femmes ne pardonnent point. Mais j'étois trop vif pour souffrir des injures dont un homme sensé n'auroit fait que rire à ma place, et la patience m'échappa. Madame, lui dis-je, ne méprisons personne! Si ces nobles cavaliers dont vous parlez vous avoient vu le dos, je suis sûr qu'ils borneroient là leur curiosité. Je n'eus pas sitôt lancé ce trait que la furieuse duègne m'appliqua le plus rude soufflet qu'ait jamais donné femme outragée. Je n'en attendis pas un second, et j'évitai par une prompte fuite une grêle de coups qui seroient tombés sur moi.

Je rendois grâces au ciel de me voir hors de ce mauvais pas, et je m'imaginois n'avoir plus rien à craindre, puisque la dame s'étoit vengée. Il me sembloit que, pour son honneur, elle devoit taire l'aventure : effectivement, quinze jours s'écoulèrent sans que j'en entendisse parler. Je commençois moi-même à l'oublier, quand j'appris que Sephora étoit malade. Je fus assez bon pour m'affliger de cette nouvelle. J'eus pitié de la dame. Je pensai que, ne pouvant vaincre un amour si mal payé, cette malheureuse amante y avoit succombé. Je me représentois avec douleur que j'étois la cause de sa maladie, et je plaignois du moins la duègne, si je ne pouvois l'aimer. Que je jugeois mal d'elle! Sa tendresse changée en haine ne songeoit alors qu'à me nuire

Un matin que j'étois avec don Alphonse, je trouvai ce jeune cavalier triste et rêveur. Je lui demandai respectueusement ce qu'il avoit. Je suis chagrin, me dit-il, de voir Séraphine foible, injuste, ingrate. Cela vous étonne, ajouta-t-il en remarquant que je l'écoutois avec surprise; cependant rien n'est plus véritable. J'ignore quel sujet vous avez pu donner à la dame Lorença de vous haïr; mais je puis vous assurer que vous lui êtes devenu odieux à un point que, si vous ne sortez au plus vite de ce château, sa mort, dit-elle, est certaine. Vous ne devez pas douter que Séraphine, à qui vous êtes cher, ne se soit d'abord révoltée contre une haine qu'elle ne peut servir sans injustice et sans ingratitude. Mais enfin c'est une femme. Elle aime tendrement Sephora, qui l'a élevée. C'est pour elle une mère que cette gouvernante, dont elle croiroit avoir le trépas à se reprocher, si elle n'avoit la foiblesse de la satisfaire. Pour moi, quelque amour qui m'attache à Séraphine, je n'aurai jamais la lâche complaisance d'adhérer à ses sentiments là-dessus. Périssent toutes les duègnes d'Espagne avant que je consente à l'éloignement d'un garçon que je regarde plutôt comme un frère que comme un domestique!

Lorsque don Alphonse eut ainsi parlé, je lui dis : Seigneur, je suis né pour être le jouet de la fortune. J'avois compté qu'elle cesseroit de me per-sécuter chez vous, où tout me promettoit des jours heureux et tranquilles. Il faut pourtant me résoudre à m'en bannir, quelque agrément que j'y trouve. Non, non, s'écria le généreux fils de don César; laissez-moi faire entendre raison à Séraphine! Il ne sera pas dit que vous aurez été sacrifié aux caprices d'une duègne, pour qui d'ailleurs on n'a que trop de considération. Vous ne serez, lui répliquai-je, seigneur, qu'aigrir Séraphine en résistant à ses volontés. J'aime mieux me retirer que de m'exposer par un plus long séjour ici à mettre la division entre deux époux si parfaits. Ce seroit un malheur dont je ne me consolerois de ma vie.

Don Alphonse me défendit de prendre ce parti; et je le vis si ferme dans le dessein de me soutenir, qu'indubitablement Lorença en auroit eu le démenti, si j'eusse voulu tenir bon; ce que j'aurois fait si je n'eusse écouté que mon ressentiment. Il y avoit des moments où, piqué contre la duègne, j'étois tenté de ne la point ménager; mais quand je venois à considérer qu'en révélant sa honte, ce seroit poignarder une pauvre créature dont je causois tout le malheur, et que deux maux sans remède conduisoient visiblement au tombeau, je ne me sentois plus que de la compassion pour elle. Je jugeai, puisque j'étois un mortel si dangereux, que je devois en conscience rétablir par ma retraite la tranquillité dans le château; ce que j'exécutai dès le lendemain avant le jour, sans dire adieu à mes deux maîtres, de peur qu'ils ne s'opposassent à mon départ par amitié pour moi. Je me contentai de laisser dans ma chambre un écrit qui contenoit un compte exact que je leur rendois de mon administration.

CHAPITRE II.

Ce que devint Gil Blas après sa sortie du château de Leyva, et des heureuses suites qu'eut le mauvais succès de ses amours.

J'étois monté sur un bon cheval qui m'appartenoit, et je portois dans ma valise deux cents pistoles, dont la meilleure partie me venoit des bandits tués et des trois mille ducats volés à Samuel Simon; car don Alphonse, sans me faire rendre ce que j'avois touché, avoit restitué cette somme entière de ses propres deniers. Ainsi, regardant mes effets comme un bien devenu légitime par cette restitution, j'en jouissois sans scrupule. Je possédois donc un fonds qui ne me permettoit pas de m'embarrasser de l'avenir, outre la confiance qu'on a toujours en son mérite à l'âge que j'avois. D'ailleurs, Tolède m'offroit un asile agréable. Je ne doutois point que le comte de Polan ne se fît un plaisir de bien recevoir un de ses libérateurs, et de lui donner un logement dans sa maison. Mais j'envisageois ce seigneur comme mon pis-aller; et je résolus, avant que d'avoir recours à lui, de dépenser une partie de mon argent à voyager dans les royaumes de Murcie et de Grenade, que j'avois particulièrement envie de voir. Dans ce dessein, je pris le chemin d'Almanza, d'où, poursuivant ma route, j'allai de ville en ville jusqu'à celle de Grenade, sans qu'il m'arrivât aucune mauvaise aventure. Il sembloit que la fortune, satisfaite de tant de tours qu'elle m'avoit joués, voulût enfin me laisser en repos. Mais la traîtresse m'en préparoit bien d'autres, comme on le verra dans la suite.

Une des premières personnes que je rencontrai dans les rues de Grenade fut le seigneur don Fernand de Leyva, gendre, ainsi que don Alphonse, du comte de Polan. Nous fûmes également surpris l'un et l'autre de nous trouver là. Comment donc, Gil Blas, s'écria-t-il, vous dans cette ville! qui vous amène ici? Seigneur, lui dis-je, si vous êtes étonné de me voir en ce pays-ci, vous le serez bien davantage quand vous saurez pourquoi j'ai quitté le service du seigneur don César et de son fils. Alors je lui contai tout ce qui s'étoit passé entre Sephora et moi, sans lui rien déguiser. Il en rit de bon cœur, puis, reprenant son sérieux : Mon ami, me dit-il, je vous offre ma médiation dans cette affaire. Je vais écrire à ma belle-sœur... Non, non, seigneur, interrompis-je, ne lui écrivez point, je vous prie! Je ne suis pas sorti du château de Leyva pour y retourner. Faites, s'il vous plaît, un autre usage de la bonté que vous avez pour moi. Si quelqu'un de vos amis a besoin d'un secrétaire ou d'un intendant, je vous conjure de lui parler en ma faveur. J'ose vous assurer qu'il ne vous reprochera pas de lui avoir donné un mauvais sujet. Très-volontiers, répondit-il; je ferai ce que vous souhaitez. Je suis venu à Grenade pour voir une vieille tante malade : j'y serai encore trois semaines, après quoi je partirai pour me rendre à mon château de Lorqui, où j'ai laissé Julie. Je demeure dans cette maison, poursuivit-il en me montrant un hôtel qui étoit à cent pas de nous. Venez me trouver dans quelques jours; je vous aurai peut-être déjà déterré un poste convenable.

Effectivement, dès la première fois que nous nous revîmes, il me dit : Monsieur l'archevêque de Grenade, mon parent et mon ami, voudroit avoir près de lui un homme qui eût de la littérature et une bonne main pour mettre au net ses écrits; car c'est un grand auteur. Il a composé je ne sais combien d'homélies, et il en fait encore tous les jours qu'il prononce avec applaudissement. Comme je vous crois son fait, je vous ai proposé, et il m'a promis de vous prendre. Allez vous présenter à lui de ma part; vous jugerez par la réception qu'il vous fera, si je lui ai parlé de vous avantageusement.

La condition me parut telle que je la pouvois désirer. Ainsi, m'étant préparé de mon mieux à paroître devant le prélat, je me rendis un matin à l'archevêché. Si j'imitois les faiseurs de romans, je ferois une pompeuse description du palais épiscopal de Grenade; je m'étendrois sur la structure du bâtiment; je vanterois la richesse des meubles; je parlerois des statues et des tableaux qui y étoient; je ne ferois pas grâce au lecteur de la moindre des histoires qu'ils représentoient : mais je me contenterai de dire qu'il égaloit en magnificence le palais de nos rois.

Je trouvai dans les appartements un peuple d'ecclésiastiques et de gens d'épée, dont la plupart étoient des officiers de monseigneur, ses aumôniers, ses gentilshommes, ses écuyers ou ses valets de chambre. Les laïques avoient tous des habits superbes; on les auroit plutôt pris pour des seigneurs que pour des domestiques. Ils étoient fiers et faisoient les hommes de conséquence. Je ne pus m'empêcher de rire en les considérant, et de m'en moquer en moi-même. Parbleu! disois-je, ces gens-ci sont bien heureux de porter le joug de la servitude sans le sentir; car enfin, s'ils le sentoient, il me semble qu'ils auroient des manières moins orgueilleuses. Je m'adressai à un grave et gros personnage qui se tenoit à la porte du cabinet de l'archevêque pour l'ouvrir et la fermer quand il le falloit. Je lui demandai civilement s'il n'y avoit pas moyen de parler à monseigneur. Attendez, me dit-il, d'un air sec; sa Grandeur va sortir pour aller entendre la messe; elle vous donnera en passant un moment d'audience. Je ne répondis pas un mot; je m'armai de patience, et je m'avisai de vouloir lier conversation avec quelques-uns des officiers; mais ils commencèrent à m'examiner depuis les pieds jusqu'à la tête, sans daigner me répondre une syllabe, après quoi ils se regardèrent les uns les autres en souriant avec orgueil de la liberté que j'avois prise de me mêler à leur entretien.

Je demeurai, je l'avoue, tout déconcerté de me voir traiter ainsi par des valets. Je n'étois pas encore bien remis de ma confusion, quand la porte du cabinet s'ouvrit. L'archevêque parut. Il se fit aussitôt un profond silence parmi ses officiers, qui quittèrent tout-à-coup leur maintien insolent pour en prendre un respectueux devant leur maître. Ce prélat étoit dans sa soixante-neuvième année, fait à peu près comme mon oncle le chanoine Gil Perez, c'est-à-dire gros et court. Il avoit par dessus le marché les jambes fort tournées en dedans, et il étoit si chauve, qu'il ne lui restoit qu'un toupet de cheveux par derrière ; ce qui l'obligeoit d'emboîter sa tête dans un bonnet de laine fine à longues oreilles. Malgré tout cela, je lui trouvois l'air d'un homme de qualité, sans doute parce que je savois qu'il en étoit un. Nous autres personnes du commun nous regardons les grands seigneurs avec une prévention qui leur prête souvent un air de grandeur que la nature leur a refusé.

L'archevêque s'avança vers moi d'abord, et me demanda d'un ton de voix plein de douceur ce que je souhaitois. Je lui dis que j'étois le jeune homme dont le seigneur don Fernand de Leyva lui avoit parlé. Il ne me donna pas le temps de lui en dire davantage. Ah ! c'est vous, s'écria-t-il, c'est vous dont il m'a fait un si bel éloge ? Je vous retiens à mon service ; vous êtes une bonne acquisition pour moi. Vous n'avez qu'à demeurer ici. A ces mots il s'appuya sur deux écuyers, et sortit après avoir écouté des ecclésiastiques qui avoient quelque chose à lui communiquer. A peine fut-il hors de la chambre où nous étions, que les mêmes officiers qui avoient dédaigné ma conversation vinrent la rechercher. Les voilà qui m'environnent, qui me gracieusent, et me témoignent de la joie de me voir devenir commensal de l'archevêché. Ils avoient entendu les paroles que leur maître m'avoit dites, et ils mouroient d'envie de savoir sur quel pied j'allois être auprès de lui ; mais j'eus la malice de ne pas contenter leur curiosité pour me venger de leur mépris.

Monseigneur ne tarda guère à revenir. Il me fit entrer dans son cabinet pour m'entretenir en particulier. Je jugeai bien qu'il avoit dessein de tâter mon esprit. Je me tins sur mes gardes, et me préparai à mesurer tous mes mots. Il m'interrogea d'abord sur les humanités. Je ne répondis pas mal à ses questions ; il vit que je connoissois assez les auteurs grecs et latins. Il me mit ensuite sur la dialectique, c'est où je l'attendois. Il me trouva là-dessus ferré à glace. Votre éducation, me dit-il avec quelque sorte de surprise, n'a point été négligée. Voyons présentement votre écriture. J'en tirai de ma poche une feuille que j'avois apportée exprès. Mon prélat n'en fut pas mal satisfait. Je suis content de votre main, s'écria-t-il, et plus encore de votre esprit. Je remercierai mon neveu don Fernand de m'avoir donné un si joli garçon ; c'est un vrai présent qu'il m'a fait.

Nous fûmes interrompus par l'arrivée de quelques seigneurs grenadins qui venoient dîner avec l'archevêque. Je les laissai ensemble, et me retirai parmi les officiers, qui me prodiguèrent alors les honnêtetés. J'allai manger avec eux quand il en fut temps ; et s'ils m'observèrent pendant le repas, je les examinai bien aussi. Quelle sagesse il y avoit dans l'extérieur des ecclésiastiques ! Ils me parurent de saints personnages, tant le lieu où j'étois tenoit mon esprit en respect ! Il ne me vint pas seulement en pensée que c'étoit de la fausse monnoie, comme si l'on n'en pouvoit pas voir chez les princes de l'Église !

J'étois assis auprès d'un vieux valet de chambre nommé Melchior de la Ronda. Il prenoit soin de me servir de bons morceaux. L'attention qu'il avoit pour moi m'en donna pour lui, et ma politesse le charma. Seigneur cavalier, me dit-il tout bas après le dîner, je voudrois bien avoir une conversation particulière avec vous. En même temps, il me mena dans un endroit du palais où personne ne pouvoit nous entendre ; et là il me tint ce discours : Mon fils, dès le premier instant que je vous ai vu, je me suis senti pour vous de l'inclination. Je veux vous en donner une marque certaine en vous faisant une confidence qui vous sera d'une grande utilité. Vous êtes ici dans une maison où les vrais et les faux dévots vivent pêle-mêle. Il vous faudroit un temps infini pour connoître le terrain. Je vais vous épargner une si longue et si désagréable étude, en vous découvrant les caractères des uns et des autres. Après cela, vous pourrez facilement vous conduire.

Je commencerai, poursuivit-il, par monseigneur. C'est un prélat fort pieux, qui s'occupe sans cesse à édifier le peuple, à le porter à la vertu par des sermons pleins d'une morale excellente, qu'il compose lui-même. Il a depuis vingt années quitté la cour pour s'abandonner entièrement au zèle qu'il a pour son troupeau. C'est un savant personnage, un grand orateur : il met tout son plaisir à prêcher, et ses auditeurs sont ravis de l'entendre. Peut-être y a-t-il un peu de vanité dans son fait ; mais outre que ce n'est point aux hommes à pénétrer les cœurs, il me siéroit mal d'éplucher les défauts d'une personne dont je mange le pain. S'il m'étoit permis de reprendre quelque chose dans mon maître, je blâmerois sa sévérité. Au lieu d'avoir de l'indulgence pour les foibles ecclésiastiques, il les punit avec trop de rigueur. Il persécute surtout sans miséricorde ceux qui, comptant sur leur innocence, entreprennent de se justifier juridiquement, au mépris de son autorité. Je lui trouve encore un autre défaut qui lui est commun avec bien des personnes de qualité : quoiqu'il aime ses domestiques, il ne fait aucune attention à leurs services, et il les laissera vieillir dans sa maison sans songer à leur procurer quelqu'établissement. Si quelquefois il leur fait des gratifications, ils ne les doivent qu'à la bonté de quelqu'un qui aura parlé pour eux : il ne s'aviseroit jamais de lui-même de leur faire le moindre bien.

Voilà ce que le vieux valet de chambre me dit de son maître. Il me dit après cela ce qu'il pensoit des ecclésiastiques avec qui nous avions dîné. Il m'en fit des portraits qui ne s'accordoient guère avec leur maintien. Il ne me les donna pas à la vérité pour de malhonnêtes gens, mais seulement pour d'assez mauvais prêtres. Il en excepta pourtant quelques-uns dont il me vanta fort la vertu. Je ne fus plus embarrassé de ma contenance avec ces messieurs. Dès le soir même, en soupant, je me parai comme eux d'un dehors sage. Cela ne coûte rien. Il ne faut pas s'étonner s'il y a tant d'hypocrites.

CHAPITRE III.

Gil Blas devient le favori de l'archevêque de Grenade, et le canal de ses grâces.

J'avois été dans l'après-dînée chercher mes hardes et mon cheval à l'hôtellerie où j'étois logé, après quoi j'étois revenu souper à l'archevêché, où l'on m'avoit préparé une chambre fort propre et un lit de duvet. Le jour suivant, monseigneur me fit appeler de bon matin. C'étoit pour me donner une homélie à transcrire. Mais il me recommanda de la copier avec toute l'exactitude possible. Je n'y manquai pas; je n'oubliai ni accent, ni point, ni virgule. Aussi la joie qu'il en témoigna fut mêlée de surprise. Père éternel! s'écria-t-il avec transport lorsqu'il eut parcouru des yeux tous les feuillets de ma copie, vit-on jamais rien de plus correct? Vous êtes trop bon copiste pour n'être pas grammairien. Parlez-moi confidemment, mon ami : n'avez-vous rien trouvé en écrivant qui vous ait choqué? quelque négligence dans le style, ou quelque terme impropre? Cela peut fort bien m'être échappé dans le feu de la composition. Oh! monseigneur, lui répondis-je d'un air modeste, je ne suis point assez éclairé pour faire des observations critiques; et quand je le serois, je suis persuadé que les ouvrages de votre grandeur braveroient ma censure. Le prélat sourit de ma réponse. Il ne répliqua point; mais il me laissa voir, au travers de toute sa piété, qu'il n'étoit pas auteur impunément.

J'achevai de gagner ses bonnes grâces par cette flatterie. Je lui devins plus cher de jour en jour; et j'appris enfin de don Fernand, qui le venoit voir très-souvent, que j'en étois aimé de manière que je pouvois compter ma fortune faite. Cela me fut confirmé peu de temps après par mon maître même; et voici à quelle occasion. Un soir il répéta devant moi avec enthousiasme, dans son cabinet, une homélie qu'il devoit prononcer le lendemain dans la cathédrale. Il ne se contenta pas de me demander ce que j'en pensois en géné-ral, il m'obligea de lui dire les endroits qui m'avoient le plus frappé. J'eus le bonheur de lui citer ceux qu'il estimoit davantage, ses morceaux favoris. Par là je passai dans son esprit pour un homme qui avoit une connoissance délicate des vraies beautés d'un ouvrage. Voilà, s'écria-t-il, ce qu'on appelle avoir du goût et du sentiment! Va, mon ami, tu n'as pas, je t'assure, l'oreille béotienne. En un mot il fut si content de moi, qu'il me dit avec vivacité : Sois, Gil Blas, sois désormais sans inquiétude sur ton sort; je me charge de t'en faire un des plus agréables. Je t'aime; et pour te le prouver, je te fais mon confident.

Je n'eus pas sitôt entendu ces paroles, que je tombai aux pieds de sa grandeur tout pénétré de reconnoissance. J'embrassai de bon cœur ses jambes cagneuses, et je me regardai comme un homme qui étoit en train de s'enrichir. Oui, mon enfant, reprit l'archevêque, dont mon action avoit interrompu le discours, je veux te rendre dépositaire de mes plus secrètes pensées. Écoute avec attention ce que je vais te dire. Je me plais à prêcher. Le Seigneur bénit mes homélies; elles touchent les pécheurs, les font rentrer en eux-mêmes, et recourir à la pénitence. J'ai la satisfaction de voir un avare, effrayé des images que je présente à sa cupidité, ouvrir ses trésors et les répandre d'une prodigue main; d'arracher un voluptueux aux plaisirs, de remplir d'ambitieux les ermitages, et d'affermir dans son devoir une épouse ébranlée par un amant séducteur. Ces conversions, qui sont fréquentes, devroient toutes seules m'exciter au travail. Néanmoins, je t'avouerai ma foiblesse; je me propose encore un autre prix, un prix que la délicatesse de ma vertu me reproche inutilement; c'est l'estime que le monde a pour les écrits fins et limés. L'honneur de passer pour un parfait orateur a des charmes pour moi. On trouve mes ouvrages également forts et délicats; mais je voudrois bien éviter le défaut des bons auteurs qui écrivent trop long-temps, et me sauver avec toute ma réputation.

Ainsi, mon cher Gil Blas, continua le prélat, j'exige une chose de ton zèle : quand tu t'apercevras que ma plume sentira la vieillesse, lorsque tu me verras baisser, ne manque pas de m'en avertir. Je ne me fie point à moi là-dessus; mon amour-propre pourroit me séduire. Cette remarque demande un esprit désintéressé. Je fais choix du tien, que je connois bon; je m'en rapporterai à ton jugement. Grâces au ciel, lui dis-je, monseigneur, vous êtes encore fort éloigné de ce temps-là. De plus, un esprit de la trempe de celui de votre grandeur se conservera beaucoup mieux qu'un autre, ou, pour parler plus juste, vous serez toujours le même. Je vous regarde comme un autre cardinal Ximenès [1], dont le génie supérieur, au lieu de s'affoiblir par les années, sembloit en recevoir de nouvelles forces. Point de flatterie, interrompit-il, mon ami ! Je sais que je puis tomber tout d'un coup. A mon âge on commence à sentir les infirmités, et les infirmités du corps altèrent l'esprit. Je te le répète, Gil Blas, dès que tu jugeras que ma tête s'affoiblira, donne-m'en aussitôt avis. Ne crains pas d'être franc et sincère ; je recevrai cet avertissement comme une marque d'affection pour moi. D'ailleurs il y va de ton intérêt : si par malheur pour toi il me revenoit qu'on dît dans la ville que mes discours n'ont plus leur force ordinaire, et que je devrois me reposer, je te le déclare tout net, tu perdrois avec mon amitié la fortune que je t'ai promise. Tel seroit le fruit de ta sotte discrétion.

Le patron cessa de parler en cet endroit pour entendre ma réponse, qui fut une promesse de faire ce qu'il souhaitoit. Depuis ce moment-là il n'eut plus rien de caché pour moi ; je devins son favori. Tous les domestiques, excepté Melchior de la Ronda, ne s'en aperçurent pas sans envie. C'étoit une chose à voir que la manière dont les gentilshommes et les écuyers vivoient alors avec le confident de monseigneur : ils n'avoient pas honte de faire des bassesses pour captiver ma bienveillance ; je ne pouvois croire qu'ils fussent Espagnols. Je ne laissai pas de leur rendre service, sans être la dupe de leurs politesses intéressées. Monsieur l'archevêque, à ma prière, s'employa pour eux. Il fit donner à l'un une compagnie, et le mit en état de faire figure dans les troupes. Il en envoya un autre au Mexique remplir un emploi considérable qu'il lui fit avoir, et j'obtins pour mon ami Melchior une bonne gratification. J'éprouvai par là que, si le prélat ne prévenoit pas, du moins il refusoit rarement ce qu'on lui demandoit.

Mais ce que je fis pour un prêtre me paroît mériter un détail. Un jour certain licencié, appelé Louis Garcias, homme jeune encore et de très-bonne mine, me fut présenté par notre maître d'hôtel, qui me dit : Seigneur Gil Blas,

[1] Ximenès, d'abord cordelier, puis archevêque de Tolède, cardinal et régent d'Espagne, l'un des plus grands ministres de cette monarchie, mourut à quatre-vingt-un ans, en 1517, disgrâcié ou même empoisonné, pour récompense de tout le bien qu'il avoit fait. Son âge n'avoit rien ôté à la fermeté de son âme, et c'est par là que l'on gouverne. Ce ministre croyoit que l'ignorance est le fléau le plus dangereux des états, et principalement la peste de la religion ; qu'il faut éclairer les chrétiens ; que s'ils étoient instruits, l'on n'auroit plus besoin des ressorts violents de l'inquisition contre le judaïsme et le mahométisme, etc. Ces idées ne sont pas celles d'un esprit rétréci, ni d'un homme ordinaire, si l'on veut bien avoir égard au temps où vivoit Ximenès, et à la robe qu'il portoit.

vous voyez un de mes meilleurs amis dans cet honnête ecclésiastique. Il a été aumônier chez des religieuses. La médisance n'a point épargné sa vertu. On l'a noirci dans l'esprit de monseigneur, qui l'a interdit, et qui par malheur est si prévenu contre lui, qu'il ne veut écouter aucune sollicitation en sa faveur. Nous avons inutilement employé les premières personnes de Grenade pour le faire réhabiliter : notre maître est inflexible.

Messieurs, leur dis-je, voilà une affaire bien gâtée. Il vaudroit mieux qu'on n'eût point sollicité pour le seigneur licencié. On lui a rendu un mauvais office en voulant le servir. Je connois monseigneur : les prières et les recommandations ne font qu'aggraver dans son esprit la faute d'un ecclésiastique ; il n'y a pas long-temps que je le lui ai ouï dire à lui-même. Plus, disoit-il, un prêtre qui est tombé dans l'irrégularité engage de personnes à me parler pour lui, plus il augmente le scandale, et plus j'ai de sévérité. Cela est fâcheux, reprit le maître d'hôtel, et mon ami seroit bien embarrassé s'il n'avoit pas une bonne main. Heureusement il écrit à ravir, et il se tire d'intrigue par ce talent. Je fus curieux de voir si l'écriture qu'on me vantoit valoit mieux que la mienne. Le licencié, qui en avoit sur lui, m'en montra une page que j'admirai : il sembloit que ce fût un exemple de maître écrivain. En considérant une si belle écriture il me vint une idée. Je priai Garcias de me laisser ce papier, en lui disant que j'en pourrois faire quelque chose qui lui seroit utile ; que je ne m'expliquois pas dans ce moment, mais que le lendemain je lui en dirois davantage. Le licencié, à qui le maître d'hôtel avoit apparemment fait l'éloge de mon esprit, se retira aussi content que s'il eût déjà été remis dans ses fonctions.

J'avois véritablement envie qu'il le fût et dès le jour même j'y travaillai de la manière que je vais le dire. J'étois seul avec l'archevêque ; je lui fis voir l'écriture de Garcias. Mon patron en parut charmé. Alors, profitant de l'occasion : Monseigneur, lui dis-je, puisque vous ne voulez pas faire imprimer vos homélies, je souhaiterois du moins qu'elles fussent écrites comme cela.

Je suis satisfait de ton écriture, me répondit le prélat ; mais je t'avoue que je ne serois pas fâché d'avoir de cette main-là une copie de mes ouvrages. Votre grandeur, lui répliquai-je, n'a qu'à parler. L'homme qui peint si bien est un licencié de ma connoissance. Il sera d'autant plus ravi de vous faire ce plaisir, qu'il pourra par ce moyen intéresser votre clémence à le tirer de la triste situation où il a le malheur de se trouver présentement.

Le prélat ne manqua pas de demander comment

se nommoit ce licencié. Il s'appelle, lui dis-je, Louis Garcias. Il est au désespoir de s'être attiré votre disgrâce. Ce Garcias, interrompit-il a, si je ne me trompe, été aumônier dans un couvent de filles. Il a encouru les censures ecclésiastiques. Je me souviens encore des mémoires qui m'ont été donnés contre lui. Ses mœurs ne sont pas fort bonnes. Monseigneur, interrompis-je à mon tour, je n'entreprendrai point de le justifier ; mais je sais qu'il a des ennemis. Il prétend que les auteurs des mémoires que vous avez vus se sont plus attachés à lui rendre de mauvais offices qu'à dire la vérité. Cela peut être, reprit l'archevêque : il y a dans le monde des esprits bien dangereux. D'ailleurs je veux que sa conduite n'ait pas toujours été irréprochable : il peut s'en être repenti ; enfin à tout péché miséricorde. Amène-moi ce licencié ; je lève l'interdiction.

C'est ainsi que les hommes les plus sévères rabattent de leur sévérité quand leur plus cher intérêt s'y oppose. L'archevêque accorda sans peine au vain plaisir d'avoir ses œuvres bien écrites, ce qu'il avoit refusé aux plus puissantes sollicitations. Je portai promptement cette nouvelle au maître d'hôtel, qui la fit savoir à son ami Garcias. Ce licencié, dès le jour suivant, vint me faire des remercîments proportionnés à la grâce obtenue. Je le présentai à mon maître, qui se contenta de lui faire une légère réprimande, et lui donna des homélies à mettre au net. Garcias s'en acquitta si bien, qu'il fut rétabli dans son ministère. Il obtint même la cure de Gabie, gros bourg aux environs de Grenade ; ce qui prouve bien que les bénéfices ne se donnent pas toujours à la vertu.

CHAPITRE IV.

L'archevêque tombe en apoplexie. De l'embarras où se trouve Gil Blas, et de quelle façon il en sort.

Tandis que je rendois ainsi service aux uns et aux autres, don Fernand de Leyva se disposoit à quitter Grenade. J'allai voir ce seigneur avant son départ, pour le remercier de nouveau de l'excellent poste qu'il m'avoit procuré. Je lui en parus si satisfait, qu'il me dit : Mon cher Gil Blas, je suis ravi que vous soyez content de mon oncle l'archevêque. Je suis charmé de ce grand prélat, lui répondis-je, et je dois l'être. Outre que c'est un seigneur fort aimable, il a pour moi des bontés que je ne puis assez reconnoître. Il ne m'en falloit pas moins pour me consoler de n'être plus auprès du seigneur don César et de son fils. Je suis persuadé, reprit-il, qu'ils sont aussi tous deux mortifiés de vous avoir perdu. Mais vous n'êtes pas peut-être séparés pour jamais ; la fortune pourra quelque jour vous rassembler. Je

n'entendis pas ces paroles sans m'attendrir. J'en soupirai ; et je sentis dans ce moment-là que j'aimois tant don Alphonse, que j'aurois volontiers abandonné l'archevêque et les belles espérances qu'il m'avoit données, pour m'en retourner au château de Leyva, si l'on eût levé l'obstacle qui m'en avoit éloigné. Don Fernand s'aperçut des mouvements qui m'agitoient, et m'en sut si bon gré, qu'il m'embrassa en me disant que toute sa famille prendroit toujours part à ma destinée.

Deux mois après que ce cavalier fut parti, dans le temps de ma plus grande faveur, nous eûmes une chaude alarme au palais épiscopal ; l'archevêque tomba en apoplexie. On le secourut si promptement et on lui donna de si bons remèdes, que quelques jours après il n'y paroissoit plus. Mais son esprit en reçut une rude atteinte. Je le remarquai bien dès la première homélie qu'il composa. Je ne trouvai pas toutefois la différence qu'il y avoit de celle-là aux autres assez sensible pour conclure que l'orateur commençoit à baisser. J'attendis encore une homélie pour mieux savoir à quoi m'en tenir. Oh ! pour celle-là, elle fut décisive. Tantôt le bon prélat se rebattoit, tantôt il s'élevoit trop haut ou descendoit trop bas. C'étoit un discours diffus, une rhétorique de régent usé, une capucinade.

Je ne fus pas le seul qui y prit garde. La plupart des auditeurs, comme s'ils eussent été aussi gagés pour l'examiner, se disoient tout bas les uns aux autres : Voilà un sermon qui sent l'apoplexie. Allons, monsieur l'arbitre des homélies, me dis-je alors à moi-même, préparez-vous à faire votre office. Vous voyez que monseigneur tombe ; vous devez l'en avertir, non-seulement comme dépositaire de ses pensées, mais encore de peur que quelqu'un de ses amis ne fût assez franc pour vous prévenir. En ce cas-là vous savez ce qu'il en arriveroit ; vous seriez biffé de son testament, où il y aura sans doute pour vous un meilleur legs que la bibliothèque du licencié Sédillo.

Après ces réflexions j'en faisois d'autres toutes contraires : l'avertissement dont il s'agissoit me paroissoit délicat à donner. Je jugeois qu'un auteur entêté de ses ouvrages pourroit le recevoir mal ; mais, rejetant cette pensée, je me représentois qu'il étoit impossible qu'il le prît en mauvaise part, après l'avoir exigé de moi d'une manière si pressante. Ajoutons à cela que je comptois bien de lui parler avec adresse, et de lui faire avaler la pilule tout doucement. Enfin, trouvant que je risquois davantage à garder le silence qu'à le rompre, je me déterminai à parler.

Je n'étois plus embarrassé que d'une chose ; je ne savois de quelle façon entamer la parole. Heureusement l'orateur lui-même me tira de cet em-

barras, en me demandant ce qu'on disoit de lui
dans le monde, et si l'on étoit satisfait de son dernier discours. Je répondis qu'on admiroit toujours
ses homélies; mais qu'il me sembloit que la dernière n'avoit pas si bien que les autres affecté l'auditoire. Comment donc, mon ami, répliqua-t-il
avec étonnement, auroit-elle trouvé quelque Aris-
tarque? Non, monseigneur, lui répartis-je, non.
Ce ne sont pas des ouvrages tels que les vôtres
que l'on ose critiquer : il n'y a personne qui n'en
soit charmé. Néanmoins, puisque vous m'avez
recommandé d'être franc et sincère, je prendrai
la liberté de vous dire que votre dernier discours
ne me paroît pas tout-à-fait de la force des précédents. Ne pensez-vous pas cela comme moi?

Ces paroles firent pâlir mon maître, qui me
me dit avec un souris forcé : Monsieur Gil Blas,
cette pièce n'est donc pas de votre goût? Je ne
dis pas cela, monseigneur, interrompis-je tout
déconcerté. Je la trouve excellente, quoique un
peu au-dessous de vos autres ouvrages. Je vous
entends, répliqua-t-il. Je vous parois bien baisser,
n'est-ce pas? Tranchez le mot. Vous croyez qu'il
est temps que je songe à la retraite? Je n'aurois
pas été assez hardi, lui dis-je, pour vous parler
si librement, si votre grandeur ne me l'eût ordonné. Je ne fais donc que lui obéir, et je la supplie très-humblement de ne me point savoir de
mauvais gré de ma hardiesse. A Dieu ne plaise,
interrompit-il avec précipitation, à Dieu ne plaise
que je vous la reproche! Il faudrait que je fusse
bien injuste. Je ne trouve point du tout mauvais
que vous me disiez votre sentiment. C'est votre
sentiment seul que je trouve mauvais. J'ai été furieusement la dupe de votre intelligence bornée.

Quoique démonté, je voulus chercher quelque
modification pour rajuster les choses; mais le
moyen d'apaiser un auteur irrité, et de plus un
auteur accoutumé à s'entendre louer! N'en parlons plus, dit-il, mon enfant. Vous êtes encore
trop jeune pour démêler le vrai du faux. Apprenez
que je n'ai jamais composé de meilleure homélie
que celle qui a le malheur de n'avoir pas votre
approbation. Mon esprit, grâces au ciel, n'a rien
encore perdu de sa vigueur. Désormais je choi-
sirai mieux mes confidents; j'en veux de plus capables que vous de décider. Allez, poursuivit-il
en me poussant par les épaules hors de son cabinet, allez dire à mon trésorier qu'il vous compte
cent ducats, et que le ciel vous conduise avec
cette somme! Adieu, monsieur Gil Blas, je vous
souhaite toutes sortes de prospérités, avec un peu
plus de goût.

CHAPITRE V.

*Du parti que prit Gil Blas après que l'archevêque lui
eut donné son congé. Par quel hasard il rencontra le
licencié qui lui avoit tant d'obligation, et quelles
marques de reconnoissance il en reçut*

Je sortis du cabinet en maudissant le caprice,
ou, pour mieux dire, la foiblesse de l'archevêque, et plus en colère contre lui qu'affligé d'a-
voir perdu ses bonnes grâces. Je doutai même
quelque temps si j'irois toucher mes cent ducats;
mais, après y avoir bien réfléchi, je ne fus pas
assez sot pour n'en rien faire. Je jugeois que cet
argent ne m'ôteroit pas le droit de donner un ridicule à mon prélat; à quoi je me promettois bien
de ne pas manquer toutes les fois qu'on mettroit
devant moi ses homélies sur le tapis.

J'allai donc demander cent ducats au trésorier,
sans lui dire un seul mot de ce qui venoit de se
passer entre son maître et moi. Je cherchai ensuite
Melchior de la Ronda pour lui dire un éternel
adieu. Il m'aimoit trop pour n'être pas sensible à
mon malheur. Pendant que je lui en faisois le récit, je remarquois que la douleur s'imprimoit sur
son visage. Malgré tout le respect qu'il devoit à
l'archevêque, il ne put s'empêcher de le blâmer;
mais comme, dans la colère où j'étois, je jurai que
le prélat me le paieroit, et que je réjouirois toute
la ville à ses dépens, le sage Melchior me dit :
Croyez-moi, mon cher Gil Blas, dévorez plutôt
votre chagrin. Les hommes du commun doivent
toujours respecter les personnes de qualité, quelque sujet qu'ils aient de s'en plaindre. Je conviens
qu'il y a de forts plats seigneurs, qui ne méritent
guère qu'on ait de la considération pour eux; mais
ils peuvent nuire, il faut les craindre.

Je remerciai le vieux valet de chambre du bon
conseil qu'il me donnoit, et je lui promis d'en profiter. Après cela il me dit : Si vous allez à Madrid,
voyez-y Joseph Navarro, mon neveu. Il est chef
d'office chez le seigneur don Baltazar de Zuniga,
et j'ose vous dire que c'est un garçon digne de
votre amitié. Il est franc, vif, officieux, prévenant; je souhaite que vous fassiez connoissance ensemble. Je lui répondis que je ne manquerois pas
d'aller voir ce Joseph Navarro sitôt que je serois
à Madrid, où je comptois bien de retourner. Ensuite je sortis du palais épiscopal pour n'y remettre
jamais le pied. Si j'eusse encore eu mon cheval, je
serois peut-être parti sur-le-champ pour Tolède;
mais je l'avois vendu dans le temps de ma faveur,
croyant que je n'en aurois plus besoin. Je pris le
parti de louer une chambre garnie, faisant mon
plan de demeurer encore un mois à Grenade, et
de me rendre après cela auprès du comte de
Polan.

Comme l'heure du dîner approchoit, je demandai à mon hôtesse s'il n'y avoit pas quelque auberge dans le voisinage. Elle me répondit qu'il y en avoit une excellente à deux pas de sa maison, que l'on y étoit bien servi, et qu'il y alloit quantité d'honnêtes gens. Je me la fis enseigner, et je m'y rendis bientôt. J'entrai dans une grande salle qui ressembloit assez à un réfectoire. Dix à douze hommes, assis à une longue table couverte d'une nappe malpropre, s'y entretenoient en mangeant chacun sa petite portion. L'on m'apporta la mienne, qui dans un autre temps sans doute m'auroit fait regretter la table que je venois de perdre. Mais j'étois alors si piqué contre l'archevêque, que la frugalité de mon auberge me paroissoit préférable à la bonne chère qu'on faisoit chez lui. Je blâmois l'abondance des mets dans les repas ; et, raisonnant en docteur de Valladolid : Malheur, disois-je, à ceux qui fréquentent ces tables pernicieuses où il faut sans cesse être en garde contre sa sensualité, de peur de trop charger son estomac ! Pour peu que l'on mange, ne mange-t-on pas toujours assez ? Je louois dans ma mauvaise humeur des aphorismes que j'avois jusqu'alors fort négligés.

Dans le temps que j'expédiois mon ordinaire, sans craindre de passer les bornes de la tempérance, le licencié Louis Garcias, devenu curé de Gabie de la manière que je l'ai dit ci-devant, arriva dans la salle. Du moment qu'il m'aperçut, il vint me saluer d'un air empressé, ou plutôt en faisant toutes les démonstrations d'un homme qui sent une joie excessive. Il me serra entre ses bras, et je fus obligé d'essuyer un très-long compliment sur le service que je lui avois rendu. Il me fatiguoit à force de se montrer reconnoissant. Il se plaça près de moi en me disant : Oh ! vive Dieu ! mon cher patron, puisque ma bonne fortune veut que je vous rencontre, nous ne nous séparerons pas sans boire. Mais, comme il n'y a pas de bon vin dans cette auberge, je vous mènerai, s'il vous plaît, après notre petit dîner, dans un endroit où je vous régalerai d'une bouteille de Lucène des plus secs, et d'un muscat de Foncaral exquis. Il faut que nous fassions cette débauche ; ne me refusez pas, je vous prie, cette satisfaction. Que n'ai-je le bonheur de vous posséder quelques jours seulement dans mon presbytère de Gabie ! vous y seriez reçu comme un généreux Mécène à qui je dois la vie aisée et tranquille que j'y mène.

Pendant qu'il me tenoit ce discours, on lui apporta sa portion. Il se mit à manger, sans pourtant cesser de me dire par intervalles quelque chose de flatteur. Je saisis ce temps-là pour parler à mon tour, et, comme il n'oublia pas de me demander des nouvelles de son ami le maître d'hôtel,

je ne lui fis pas un mystère de ma sortie de l'archevêché. Je lui contai même jusqu'aux moindres circonstances de ma disgrâce, qu'il écouta fort attentivement. Après tout ce qu'il venoit de me dire, qui ne se seroit pas attendu à l'entendre, pénétré d'une douleur reconnoissante, déclamer contre l'archevêque ? Mais c'est à quoi il ne pensoit nullement ; au contraire, il devint froid et rêveur, acheva de dîner sans me dire une parole ; puis, se levant de table brusquement, il me salua d'un air glacé, et disparut. L'ingrat, ne me voyant plus en état de lui être utile, s'épargnoit jusqu'à la peine de me cacher ses sentiments. Je ne fis que rire de son ingratitude ; et, le regardant avec tout le mépris qu'il méritoit, je lui criai d'un ton assez haut pour être entendu : Holà ! ho ! sage aumônier de religieuses, allez faire rafraîchir ce délicieux vin de Lucène dont vous m'avez fait fête !

CHAPITRE VI.

Gil Blas va voir jouer les comédiens de Grenade. De l'étonnement où le jeta la vue d'une actrice, et de ce qu'il en arriva.

Garcias n'étoit pas hors de la salle, qu'il y entra deux cavaliers fort proprement vêtus, qui vinrent s'asseoir auprès de moi. Ils commencèrent à s'entretenir des comédiens de la troupe de Grenade, et d'une comédie nouvelle qu'on jouoit alors. Cette pièce, suivant leurs discours, faisoit grand bruit dans la ville. Il me prit envie de l'aller voir représenter dès ce jour-là. Je n'avois point été à la comédie depuis que j'étois à Grenade. Comme j'avois presque toujours demeuré à l'archevêché, où ce spectacle étoit frappé d'anathème, je n'avois eu garde de me donner ce plaisir-là. Les homélies avoient fait tout mon amusement.

Je me rendis donc dans la salle des comédiens lorsqu'il en fut temps, et j'y trouvai une nombreuse assemblée. J'entendis faire autour de moi des dissertations sur la pièce avant qu'elle commençât, et je remarquai que tout le monde se mêloit d'en juger. L'un se déclaroit pour, l'autre contre. A-t-on jamais vu un ouvrage mieux écrit ? disoit-on à ma droite. Le pitoyable style ! s'écrioit-on à ma gauche. — En vérité, s'il y a bien de mauvais auteurs, il faut convenir qu'il y a encore plus de mauvais critiques. Et quand je pense aux dégoûts que les poëtes dramatiques ont à essuyer, je m'étonne qu'il y en ait d'assez hardis pour braver l'ignorance de la multitude, et la censure dangereuse des demi-savants, qui corrompent quelquefois le jugement du public.

Enfin le *Gracioso* se présenta pour ouvrir la scène. Dès qu'il parut, il excita un battement de mains général ; ce qui me fit connoître que c'étoit un de ces acteurs gâtés à qui le parterre pardonne tout. Effectivement ce comédien ne disoit pas un mot, ne faisoit pas un geste, sans s'attirer des applaudissements. On lui marquoit trop le plaisir qu'on prenoit à le voir : aussi en abusoit-il. Je m'aperçus qu'il s'oublioit quelquefois sur la scène, et mettoit à une trop forte épreuve la prévention où l'on étoit en sa faveur. Si on l'eût sifflé au lieu de l'applaudir, on lui auroit souvent rendu justice.

On battit aussi des mains à la vue de quelques autres acteurs, et particulièrement d'une actrice qui faisoit un rôle de suivante. Je m'attachai à la considérer; et il n'y a point de termes qui puissent exprimer quelle fut ma surprise, quand je reconnus en elle Laure, ma chère Laure, que je croyois encore à Madrid auprès d'Arsénie. Je ne pouvois douter que ce ne fût elle. Sa taille, ses traits, le son de sa voix, tout m'assuroit que je ne me trompois point. Cependant, comme si je me fusse défié du rapport de mes yeux et de mes oreilles, je demandai son nom à un cavalier qui étoit à côté de moi. Eh! de quel pays venez-vous? me dit-il. Vous êtes apparemment un nouveau débarqué, puisque vous ne connoissez pas la belle Estelle.

La ressemblance étoit trop parfaite pour prendre le change. Je compris bien que Laure, en changeant d'état, avoit aussi changé de nom, et curieux de savoir ses affaires, car le public n'ignore guère celles des personnes de théâtre, je m'informai du même homme si cette Estelle avoit quelque amant d'importance. Il me répondit que depuis deux mois il y avoit à Grenade un grand seigneur portugais, nommé le marquis de Marialva, qui faisoit beaucoup de dépense pour elle. Il m'en auroit dit davantage, si je n'eusse pas craint de le fatiguer de mes questions. J'étois plus occupé de la nouvelle que ce cavalier venoit de m'apprendre que de la comédie; et qui m'eût demandé le sujet de la pièce, quand je sortis, m'auroit fort embarrassé. Je ne faisois que rêver à Laure, à Estelle, et je me promettois bien d'aller chez cette actrice le jour suivant. Je n'étois pas sans inquiétude sur la réception qu'elle me feroit : j'avois lieu de penser que ma vue ne lui feroit pas grand plaisir dans la situation brillante où étoient ses affaires; je jugeois même qu'une si bonne comédienne, pour se venger d'un homme dont certainement elle avoit sujet d'être mécontente, pourroit bien faire semblant de ne le pas connoître. Tout cela ne me rebuta point. Après un léger repas, car on n'en faisoit pas d'autres dans mon auberge, je me retirai dans ma chambre, très-impatient d'être au lendemain.

Je dormis peu cette nuit, et je me levai à la pointe du jour. Mais, comme il me sembla que la maîtresse d'un grand seigneur ne devoit pas être visible de si bon matin, avant que d'aller chez elle je passai trois ou quatre heures à me parer, à me faire raser, poudrer et parfumer. Je voulois me présenter devant elle dans un état qui ne lui donnât pas lieu de rougir en me revoyant. Je sortis sur les dix heures, et me rendis chez elle, après avoir été demander sa demeure à l'hôtel des comédiens. Elle logeoit dans un grande maison où elle occupoit le premier appartement. Je dis à une femme de chambre qui vint m'ouvrir la porte, qu'un jeune homme souhaitoit de parler à la dame Estelle. La femme de chambre rentra pour m'annoncer, et j'entendis aussitôt sa maîtresse qui lui dit d'un ton de voix fort élevé : Qui est ce jeune homme? que me veut-il? qu'on le fasse entrer.

Je jugeai par là que j'avois mal pris mon temps, que son amant portugais étoit à sa toilette, et qu'elle ne parloit si haut que pour lui persuader qu'elle n'étoit pas fille à recevoir des messages suspects. Ce que je pensois étoit véritable; le marquis de Marialva passoit avec elle presque toutes les matinées. Ainsi je m'attendois à un mauvais compliment, lorsque cette originale actrice, me voyant paroître, accourut à moi les bras ouverts en s'écriant comme par enthousiasme : Ah! mon frère, est-ce vous que je vois? A ces mots elle m'embrassa à plusieurs reprises; puis, se tournant vers le Portugais : Seigneur, lui dit-elle, pardonnez si en votre présence je cède à la force du sang. Après trois ans d'absence, je ne puis revoir un frère que j'aime tendrement, sans lui donner des marques de mon amitié. Eh bien! mon cher Gil Blas, continua-t-elle en m'apostrophant de nouveau, dites-moi des nouvelles de la famille : dans quel état l'avez-vous laissée?

Ce discours m'embarrassa d'abord; mais j'y démêlai bientôt les intentions de Laure; et, secondant son artifice, je lui répondis d'un air accommodé à la scène que nous allions jouer tous deux : Grâces au ciel, ma sœur, nos parents sont en bonne santé. Je ne doute pas, reprit-elle, que vous ne soyez étonné de me voir comédienne à Grenade; mais ne me condamnez pas sans m'entendre. Il y a trois années, comme vous savez, que mon père crut m'établir avantageusement en me donnant au capitaine don Antonio Cœllo, qui m'amena des Asturies à Madrid, où il avoit pris naissance. Six mois après que nous y fûmes arrivés, il eut une affaire d'honneur qu'il s'attira par son humeur violente. Il tua un cavalier qui s'étoit avisé de faire quelque attention à moi. Le cavalier appartenoit à des personnes de qualité qui avoient beaucoup de crédit. Mon mari, qui n'en avoit guère, se sauva en Catalogne avec tout ce qui se trouva au logis de pierreries et d'argent comptant. Il s'embarque à Barcelone, passe en Italie, se met au service des Vénitiens, et perd enfin la vie dans la Morée en combattant contre les Turcs. Pendant ce temps-là, une terre que nous avions pour tout bien fut confisquée, et je devins une douairière des plus minces. A quoi me résoudre dans une si fâcheuse extrémité? Une jeune veuve qui a de l'honneur se trouve bien embarrassée. Il n'y avoit pas moyen de m'en retourner dans les Asturies. Qu'y aurois-je fait? Je n'aurois reçu de ma famille que des condoléances pour toute consolation. D'un autre côté, j'avois été trop bien élevée pour être capable de me laisser tomber dans le libertinage. A quoi donc me déterminer? Je me suis fait comédienne pour conserver ma réputation.

Il me prit une si forte envie de rire, lorsque j'entendis Laure finir ainsi son roman, que je n'eus pas peu de peine à m'en empêcher. J'en vins pourtant à bout, et même je lui dis d'un air grave : Ma sœur, j'approuve votre conduite, et je suis bien aise de vous retrouver à Grenade si honnêtement établie.

Le marquis de Marialva, qui n'avoit pas perdu un mot de tous ces discours, prit au pied de la lettre ce qu'il plut à la veuve de don Antonio de débiter. Il se mêla même à l'entretien : il me demanda si j'avois quelque emploi à Grenade ou ailleurs. Je doutai un moment si je mentirois; mais, ne jugeant pas cela nécessaire, je dis la vérité. Je contai de point en point comment j'étois entré à l'archevêché, et de quelle façon j'en étois sorti; ce qui divertit infiniment le seigneur portugais. Il est vrai que, malgré la promesse faite à Melchior, je m'égayai un peu aux dépens de l'archevêque. Ce qu'il y a de plaisant, c'est que Laure, qui s'imaginoit que je composois une fable à son exemple, faisoit des éclats de rire qu'elle n'auroit pas faits si elle eût su que je ne mentois point.

Après avoir achevé mon récit, que je finis par la chambre que j'avois louée, on vint avertir qu'on avoit servi. Je voulus aussitôt me retirer pour aller dîner à mon auberge ; mais Laure m'arrêta. Quel est votre dessein, mon frère ? me dit-elle. Vous dînerez avec moi. Je ne souffrirai pas même que vous soyez plus long-temps dans une chambre garnie. Je prétends que vous mangiez dans ma maison, et que vous y logiez. Faites apporter vos hardes ce soir ; il y a ici un lit pour vous.

Le seigneur portugais, à qui peut-être cette hospitalité ne faisoit pas plaisir, prit alors la parole, et dit à Laure : Non, Estelle, vous n'êtes pas logée ici assez commodément pour recevoir quelqu'un chez vous. Votre frère, ajouta-t-il, me pa-

roît un joli garçon ; et l'avantage qu'il a de vous toucher de si près m'interresse pour lui. Je veux le prendre à mon service. Ce sera celui de mes secrétaires que je chérirai le plus ; j'en ferai mon homme de confiance. Qu'il ne manque pas de venir dès cette nuit coucher chez moi : j'ordonnerai qu'on lui prépare un logement. Je lui donne quatre cents ducats d'appointements ; et si dans la suite j'ai sujet, comme je l'espère, d'être content de lui, je le mettrai en état de se consoler d'avoir été trop sincère avec son archevêque.

Les remercîments que je fis là-dessus au marquis furent suivis de ceux de Laure, qui enchérirent sur les miens. Ne parlons plus de cela, interrompit-il ; c'est une affaire finie. En achevant ces paroles, il salua sa princesse de théâtre, et sortit. Elle me fit aussitôt passer dans un cabinet, où, se voyant seule avec moi : J'étoufferois, s'écria-t-elle, si je résistois plus long-temps à l'envie que j'ai de rire. Alors elle se renversa dans un fauteuil ; et, se tenant les côtés, elle s'abandonna comme une folle à des ris immodérés. Il me fut impossible de ne pas suivre son exemple ; et, quand nous nous en fûmes bien donné : Avoue, Gil Blas, me dit-elle, que nous venons de jouer une plaisante comédie ! Mais je ne m'attendois pas au dénoûment. J'avois dessein seulement de te ménager une table et un logement ; et pour te les offrir avec bienséance, je t'ai fait passer pour mon frère. Je suis ravie que le hasard t'ai présenté un si bon poste. Le marquis de Marialva est un seigneur généreux, qui fera plus encore pour toi qu'il n'a promis de faire. Une autre que moi, poursuivit-elle, n'auroit peut-être pas reçu si gracieusement un homme qui quitte ses amis sans leur dire adieu. Mais je suis de ces bonnes pâtes de filles qui revoient toujours avec plaisir un fripon qu'elles ont aimé.

Je demeurai d'accord de bonne foi de mon impolitesse, et je lui en demandai pardon. Après quoi elle me conduisit dans une salle à manger très-propre. Nous nous mîmes à table ; et, comme nous avions pour témoins une femme de chambre et un laquais, nous nous traitâmes de frère et de sœur. Lorsque nous eûmes dîné, nous repassâmes dans le même cabinet où nous nous étions entretenus. Là mon incomparable Laure, se livrant à toute sa gaîté naturelle, me demanda compte de tout ce qui m'étoit arrivé depuis notre séparation. Je lui en fis un fidèle rapport ; et, quand j'eus satisfait sa curiosité, elle contenta la mienne, en me faisant le récit de son histoire dans ces termes.

CHAPITRE VII.

Histoire de Laure.

Je vais te conter le plus succinctement qu'il me sera possible par quel hasard j'ai embrassé la profession comique.

Après que tu m'eus si honnêtement quittée, il arriva de grands événements. Arsénie, ma maîtresse, plus fatiguée que dégoûtée du monde, abjura le théâtre, et m'emmena avec elle à une belle terre qu'elle venoit d'acheter auprès de Zamora en monnoies étrangères. Nous eûmes bientôt fait des connoissances dans cette ville-là. Nous y allions assez souvent; nous y passions un jour ou deux. Nous venions ensuite nous renfermer dans notre château.

Dans un de ces petits voyages, don Félix Maldonado, fils unique du corrégidor, me vit par hasard, et je lui plus. Il chercha l'occasion de me parler sans témoin; et, pour ne te rien céler, je contribuai un peu à la lui faire trouver. Le cavalier n'avoit pas vingt ans; il étoit beau comme l'Amour même, fait à peindre, et plus séduisant encore par ses manières galantes et généreuses que par sa figure. Il m'offrit de si bonne grâce et avec tant d'instances un gros brillant qu'il avoit au doigt, que je ne pus me défendre de l'accepter. Je ne me sentois pas d'aise d'avoir un galant si aimable. Mais quelle imprudence aux grisettes de s'attacher aux enfants de famille dont les pères ont de l'autorité! Le corrégidor, le plus sévère de ses pareils, averti de notre intelligence, se hâta d'en prévenir les suites. Il me fit enlever par une troupe d'alguazils qui me menèrent, malgré mes cris, à l'hôpital de la Pitié.

Là, sans autre forme de procès, la supérieure me fit ôter ma bague et mes habits, et revêtir d'une longue robe de serge grise, ceinte par le milieu d'une large courroie de cuir noir, d'où pendoit un rosaire à gros grains qui me descendoit jusqu'aux talons. On me conduisit après cela dans une salle où je trouvai un vieux moine de je ne sais quel ordre, qui se mit à me prêcher la pénitence, à peu près comme la dame Léonarde t'exhorta dans le souterrain à la patience. Il me dit que j'avois bien de l'obligation aux personnes qui me faisoient enfermer; qu'elles m'avoient rendu un grand service en me retirant des filets du démon, dans lesquels j'étois malheureusement engagée. J'avouerai franchement mon ingratitude : bien loin de me sentir redevable à ceux qui m'avoient fait ce plaisir-là, je les chargeois d'imprécations.

Je passai huit jours à me désoler; mais le neuvième, car je comptois jusqu'aux minutes, mon sort parut vouloir changer de face. En traversant une petite cour, je rencontrai l'économe de la maison, personnage à qui tout étoit soumis; la supérieure même lui obéissoit. Il ne rendoit compte de son économat qu'au corrégidor, de qui seul il dépendoit, et qui avoit une entière confiance en lui. Il se nommoit Pedro Zendono; et le bourg de Salsedon, en Biscaye, l'avoit vu naître. Représente-toi un grand homme pâle et décharné, une figure à servir de modèle pour peindre le bon larron. A peine paroissoit-il regarder les sœurs. Tu n'as jamais vu de face si hypocrite, quoique tu aies demeuré à l'archevêché.

Je rencontrai donc, poursuivit-elle, le seigneur Zendono, qui m'arrêta en me disant : Consolez-vous, ma fille, je suis touché de vos malheurs. Il n'en dit pas davantage, et il continua son chemin, me laissant faire les commentaires qu'il me plairoit sur un texte si laconique. Comme je le croyois un homme de bien, je m'imaginai bonnement qu'il s'étoit donné la peine d'examiner pourquoi j'avois été enfermée; et que, ne me trouvant pas assez coupable pour mériter d'être traitée avec tant d'indignité, il vouloit me servir auprès du corrégidor. Je ne connoissois pas le Biscayen; il avoit bien d'autres intentions. Il rouloit dans son esprit un projet de voyage dont il me fit confidence quelques jours après. Ma chère Laure, me dit-il, je suis si sensible à vos peines, que j'ai résolu de les finir. Je n'ignore pas que c'est vouloir me perdre; mais je ne suis plus à moi, et je ne veux vivre que pour vous. La situation où je vous vois me perce l'âme. Je prétends dès demain vous tirer de votre prison, et vous conduire moi-même à Madrid. Je veux tout sacrifier au plaisir d'être votre libérateur.

Je pensai m'évanouir de joie à ces paroles de Zendono, qui, jugeant par mes remercîments que je ne demandois pas mieux que de me sauver, eut l'audace, le jour suivant, de m'enlever devant tout le monde, ainsi que je vais le rapporter. Il dit à la supérieure qu'il avoit ordre de me mener au corrégidor, qui étoit à une maison de plaisance à deux lieues de la ville, et me fit effrontément monter avec lui dans une chaise de poste tirée par deux bonnes mules qu'il avoit achetées exprès. Nous n'avions pour tout domestique qu'un valet qui conduisoit la chaise, et qui étoit entièrement dévoué à l'économe. Nous commençâmes à rouler non du côté de Madrid, comme je me l'imaginois, mais vers les frontières de Portugal, où nous arrivâmes en moins de temps qu'il n'en falloit au corrégidor de Zamora pour apprendre notre fuite et mettre ses lévriers sur nos traces.

Avant que d'entrer dans Bragance, le Biscayen me fit prendre un habit de cavalier, dont il avoit eu la précaution de se pourvoir; et, me comptant embarquée avec lui, il me dit dans une hôtellerie où nous allâmes loger : Belle Laure, ne me sachez pas mauvais gré de vous avoir amenée en Portugal. Le corrégidor de Zamora nous fera chercher dans notre patrie, comme deux criminels à qui l'Espagne ne doit point accorder d'asile. Mais, ajouta-t-il, nous pouvons nous mettre à couvert de son ressentiment dans ce royaume étranger, quoiqu'il soit maintenant soumis à la domination espagnole. Nous y serons du moins plus en sûreté que dans notre pays. Laissez-vous persuader, mon ange ; suivez un homme qui vous adore. Allons nous établir à Coïmbre. Là, je me ferai espion du saint-office ; et, à l'ombre de ce tribunal redoutable, nous verrons impunément couler nos jours dans de tranquilles plaisirs.

Une proposition si vive me fit connoître que j'avois affaire à un chevalier qui n'aimoit pas à servir de conducteur aux infantes pour la gloire de la chevalerie. Je compris qu'il comptoit beaucoup sur ma reconnoissance, et plus encore sur ma misère. Cependant, quoique ces deux choses me parlassent en sa faveur, je rejetai fièrement ce qu'il me proposoit. Il est vrai que, de mon côté, j'avois deux fortes raisons pour me montrer si réservée : je ne me sentois point de goût pour lui, et je ne le croyois pas riche. Mais lorsque, revenant à la charge, il s'offrit de m'épouser au préalable, et qu'il me fit voir réellement que son économat l'avoit mis en fonds pour long-temps, je ne le cèle pas, je commençai à l'écouter. Je fus éblouie de l'or et des pierreries qu'il étala devant moi, et j'éprouvai que l'intérêt sait faire des métamorphoses aussi bien que l'amour. Mon Biscayen devint peu à peu un autre homme à mes yeux. Son grand corps sec prit la forme d'une taille fine ; son teint pâle me parut d'un beau blanc ; je donnai un nom favorable jusqu'à son air hypocrite. Alors j'acceptai sans répugnance sa main devant le ciel qu'il prit à témoin de notre engagement. Après cela, il n'eut plus de contradiction à essuyer de ma part. Nous nous remîmes à voyager ; et Coïmbre vit bientôt dans ses murs un nouveau ménage.

Mon mari m'acheta des habits de femme assez propres, et me fit présent de plusieurs diamants, parmi lesquels je reconnus celui de don Félix Maldonado. Il ne m'en fallut pas davantage pour deviner d'où venoient toutes les pierres précieuses que j'avois vues, et pour être persuadée que je n'avois pas épousé un rigide observateur du septième article du Décalogue. Mais, me considérant comme la cause première de ses tours de mains, je les lui pardonnois. Une femme excuse jusqu'aux mauvaises actions que sa beauté fait commettre. Sans cela, qu'il m'eût paru un méchant homme !

Je fus assez contente de lui pendant deux ou trois mois. Il avoit toujours des manières galantes,

et sembloit m'aimer tendrement. Néanmoins les marques d'amitié qu'il me donnoit n'étoient que de fausses apparences : le fourbe me trompoit, et me préparoit le traitement que toute fille séduite par un malhonnête homme doit attendre de lui. Un matin, à mon retour de la messe, je ne trouvai plus au logis que les murailles ; les meubles, et jusqu'à mes hardes, tout avoit été emporté. Zendono et son fidèle valet avoient si bien pris leurs mesures, qu'en moins d'une heure le dépouillement entier de la maison avoit été fait et parfait ; de manière qu'avec le seul habit dont j'étois vêtue, et la bague de don Félix qu'heureusement j'avois au doigt, je me vis, comme une autre Ariane, abandonnée par un ingrat. Mais je t'assure que je ne m'amusai point à faire des élégies sur mon infortune. Je bénis plutôt le ciel de m'avoir délivrée d'un scélérat qui ne pouvoit manquer de tomber tôt ou tard entre les mains de la justice. Je regardai le temps que nous avions passé ensemble comme un temps perdu que je ne tarderois guère à réparer. Si j'eusse voulu demeurer en Portugal, et m'attacher à quelque femme de condition, j'en aurois trouvé de reste ; mais, soit que j'aimasse mon pays, soit que je fusse entraînée par la force de mon étoile, qui m'y préparoit une meilleure fortune, je ne songeai plus qu'à revoir l'Espagne. Je m'adressai à un joaillier qui me compta la valeur de mon brillant en espèces d'or, et je partis avec une vieille dame espagnole qui alloit à Séville dans une chaise roulante.

Cette dame, qui s'appeloit Dorothée, revenoit de voir une de ses parentes établie à Coïmbre, et s'en retournoit à Séville, où elle faisoit sa résidence. Il se trouva tant de sympathie entre elle et moi, que nous nous attachâmes l'une à l'autre dès la première journée ; et notre liaison se fortifia si bien sur la route, que la dame ne voulut point, à notre arrivée, que je logeasse ailleurs que dans sa maison. Je n'eus pas sujet de me repentir d'avoir fait une pareille connoissance. Je n'ai jamais vu de femme d'un meilleur caractère. On jugeoit encore à ses traits et à la vivacité de ses yeux, qu'elle devoit avoir fait racler bien des guitares. Aussi étoit-elle veuve de plusieurs maris de noble race, et vivoit honorablement de ses douaires.

Entre autres excellentes qualités, elle avoit celle d'être très-compatissante aux malheurs des filles. Quand je lui fis confidence des miens, elle entra si chaudement dans mes intérêts, qu'elle donna mille malédictions à Zendono. Les chiens d'hommes ! dit-elle d'un ton à faire juger qu'elle avoit rencontré en son chemin quelque économe ; les misérables ! il y a comme cela dans le monde des fripons qui se font un jeu de tromper les femmes. Ce qui me console, ma chère enfant, continua-t-elle, c’est que, suivant votre récit, vous n’êtes nullement liée au parjure Biscayen. Si votre mariage avec lui est assez bon pour vous servir d’excuse, en récompense il est assez mauvais pour vous permettre d’en contracter un meilleur quand vous en trouverez l’occasion.

Je sortois tous les jours avec Dorothée pour aller à l’église, ou bien en visites d’amis; c’étoit le moyen d’avoir bientôt quelque aventure. Je m’attirai les regards de plusieurs cavaliers. Il y en eut qui voulurent sonder le gué. Ils firent parler à ma vieille hôtesse; mais les uns n’avoient pas de quoi fournir aux frais de l’établissement, et les autres n’avoient pas encore pris la robe virile; ce qui suffisoit pour m’ôter toute envie de les écouter. J’en savois les conséquences. Un jour il nous vint en fantaisie, à Dorothée et à moi, d’aller voir jouer les comédiens de Séville. Ils avoient affiché qu’ils représenteroient *la famosa Comedia, el Embaxador de si-mismo* [1], composée par Lope de Vega Carpio.

Parmi les actrices qui parurent sur la scène, je démêlai une de mes anciennes amies. Je reconnus Phénice, cette grosse réjouie que tu as vue femme de chambre de Florimonde, et avec qui tu as quelquefois soupé chez Arsénie. Je savois bien que Phénice étoit hors de Madrid depuis plus de deux ans, mais j’ignorois qu’elle fût comédienne. J’avois une impatience de l’embrasser qui me fit trouver la pièce fort longue. C’étoit peut-être aussi la faute de ceux qui la représentoient, et qui ne jouoient pas assez bien ou assez mal pour m’amuser. Car pour moi, qui suis une rieuse, je t’avouerai qu’un acteur tout-à-fait ridicule ne me divertit pas moins qu’un excellent.

Enfin le moment que j’attendois étant arrivé, c’est-à-dire la fin de *la famosa Comedia*, nous allâmes, ma veuve et moi, derrière le théâtre, où nous aperçûmes Phénice qui faisoit la tout aimable, et écoutoit en minaudant le doux ramage d’un jeune oiseau qui s’étoit apparemment laissé prendre à la glu de sa déclamation. Sitôt qu’elle m’eut remarquée, elle le quitta d’un air gracieux, vint à moi les bras ouverts, et me fit toutes les amitiés imaginables : de mon côté je l’embrassai de tout mon cœur. Nous nous témoignâmes mutuellement la joie que nous avions de nous revoir; mais le temps et le lieu ne nous permettant pas de nous répandre en de longs discours, nous remîmes au lendemain à nous entretenir chez elle plus amplement.

Le plaisir de parler est une des plus vives passions des femmes, et particulièrement la mienne.

Je ne pus fermer l’œil de toute la nuit, tant j’avois envie d’être aux prises avec Phénice, et de lui faire question sur questions. Dieu sait si je fus paresseuse à me lever pour me rendre où elle m’avoit enseigné qu’elle demeuroit! Elle étoit logée avec toute la troupe dans un grand hôtel garni. Une servante que je rencontrai en entrant, et que je priai de me conduire à l’appartement de Phénice, me fit monter à un corridor, le long duquel régnoient dix à douze petites chambres, séparées seulement par des cloisons de sapin et occupées par la bande joyeuse. Ma conductrice frappa à une porte que Phénice, à qui la langue démangeoit autant qu’à moi, vint ouvrir. A peine nous donnâmes-nous le temps de nous asseoir pour caqueter. Nous voilà en train d’en découdre. Nous avions à nous interroger sur tant de choses, que les demandes et les réponses se succédoient avec une volubilité surprenante.

Après avoir raconté nos aventures de part et d’autre, et nous être instruites de l’état présent de nos affaires, Phénice me demanda quel parti je voulois prendre; car enfin, me dit-elle, il faut bien faire quelque chose : il n’est pas permis à une personne de ton âge d’être inutile dans la société. Je lui répondis que j’avois résolu, en attendant mieux, de me placer auprès de quelque fille de qualité. Fi donc! s’écria mon amie, tu n’y penses pas. Est-il possible, ma mignonne, que tu ne sois pas encore dégoûtée de la servitude? n’es-tu pas lasse de te voir soumise aux volontés des autres, de respecter leurs caprices, de t’entendre gronder; en un mot d’être esclave? Que n’embrasses-tu plutôt, à mon exemple, la vie comique? Rien n’est plus convenable aux personnes d’esprit qui manquent de bien et de naissance. C’est un état qui tient un milieu entre la noblesse et la bourgeoisie, une condition libre et affranchie des bienséances les plus incommodes de la vie civile. Nos revenus nous sont payés en espèces par le public qui en possède le fonds. Nous vivons toujours dans la joie, et dépensons notre argent comme nous le gagnons.

Le théâtre, poursuivit-elle, est favorable surtout aux femmes. Dans le temps que je demeurois chez Florimonde, j’en rougis quand j’y pense, j’étois réduite à écouter les gagistes de la troupe du prince; pas un honnête homme ne faisoit attention à ma figure. D’où vient cela ? c’est que je n’étois point vue. Le plus beau tableau qui n’est pas dans son jour ne frappe point. Mais depuis que je suis sur mon piédestal, c’est-à-dire sur la scène, quel changement ! Je vois à mes trousses la plus brillante jeunesse des villes par où nous passons. Une comédienne a donc beaucoup d’agrément dans son métier. Si elle est sage, je veux dire si elle ne favorise qu’un amant à la fois, cela lui fait

---

[1] La fameuse comédie, l’*Ambassadeur de soi-même*. Les Espagnols cultivent peu la tragédie; toutes leurs pièces de théâtre sont intitulées *comédies*.

tout l'honneur du monde. On loue sa retenue ; et lorsqu'elle change de galant, on la regarde comme une véritable veuve qui se remarie. Encore voit-on celle-ci avec mépris quand elle convole en troisièmes noces ; on diroit qu'elle blesse la délicatesse des hommes : au lieu que l'autre semble devenir plus précieuse, à mesure qu'elle grossit le nombre de ses favoris. Après cent galanteries, c'est un ragoût de seigneur.

A qui dites-vous cela? interrompis-je en cet endroit. Pensez-vous que j'ignore ces avantages? Je me les suis souvent représentés, et, je ne t'en fais pas mystère, ils ne flattent que trop une fille de mon caractère. Je me sens même de l'inclination pour la comédie ; mais cela ne suffit pas. Il faut du talent, et je n'en ai point. J'ai quelquefois voulu réciter des tirades de pièces devant Arsénie, elle n'a pas été contente de moi ; cela m'a dégoûtée du métier. Tu n'es pas difficile à rebuter, reprit Phénice. Ne sais-tu pas que ces grandes actrices-là sont ordinairement jalouses? Elles craignent, malgré toute leur vanité, qu'il ne vienne des sujets qui les effacent. Enfin je ne m'en rapporterois pas là-dessus à Arsénie; elle n'a pas été sincère. Je te dirai, moi, sans flatterie, que tu es née pour le théâtre. Tu as du naturel, l'action libre et pleine de grâces, le son de la voix doux, une bonne poitrine, et avec cela un minois! ah ! friponne, que tu charmeras de cavaliers si tu te fais comédienne !

Elle me tint encore d'autres discours séduisants, et me fit déclamer quelques vers, seulement pour me faire juger moi - même de la belle disposition que j'avois à débiter du comique. Lorsqu'elle m'eut entendue, ce fut bien autre chose. Elle me donna de grands applaudissements, et me mit au-dessus de toutes les actrices de Madrid. Après cela, je n'aurois pas été excusable de douter de mon mérite. Arsénie demeura atteinte et convaincue de jalousie et de mauvaise foi, Il me fallut convenir que j'étois un sujet tout admirable, Deux comédiens qui arrivèrent dans le moment, et devant qui Phénice m'obligea de répéter les vers que j'avois déjà récités, tombèrent dans une espèce d'extase, d'où ils ne sortirent que pour me combler de louanges. Sérieusement, quand ils se seroient défiés tous trois à qui me loueroit davantage, ils n'auroient pas employé d'expressions plus hyperboliques. Ma modestie ne fut point à l'épreuve de tant d'éloges. Je commençai à croire que je valois quelque chose; et voilà mon esprit tourné du côté de la comédie.

Oh çà, ma chère, dis-je à Phénice, c'en est fait ; je veux suivre ton conseil et entrer dans ta troupe, si elle l'a pour agréable. A ces paroles, mon amie transportée de joie m'embrassa, et ses deux camarades ne me parurent pas moins ravis

qu'elle de me voir ces sentiments. Nous convînmes que le jour suivant je me rendrois au théâtre dans la matinée, et ferois voir à la troupe assemblée le même échantillon que je venois de montrer de mon talent. Si j'avois fait concevoir une opinion avantageuse de moi chez Phénice, tous les comédiens en jugèrent encore plus favorablement, lorsque j'eus dit en leur présence une vingtaine de vers seulement. Ils me reçurent volontiers dans leur compagnie. Après quoi je ne fus plus occupée que de mon début. Pour le rendre plus brillant, j'employai tout ce qui me restoit d'argent de ma bague ; et si je n'en eus pas assez pour me mettre superbement, du moins je trouvai l'art de suppléer à la magnificence par un goût tout galant.

Je parus enfin sur la scène pour la première fois. Quels battements de mains ! quels éloges ! Il y a de la modération, mon ami, à te dire simplement que je ravis les spectateurs. Il faudroit avoir été témoin du bruit que je fis dans Séville pour y ajouter foi. Je devins l'entretien de toute la ville, qui pendant trois semaines entières vint en foule à la comédie ; de sorte que la troupe rappela par cette nouveauté le public qui commençoit à l'abandonner. Je débutai donc d'une manière qui charma tout le monde. Or, débuter ainsi, c'étoit comme si j'eusse fait afficher que j'étois à donner au plus offrant et dernier enchérisseur. Vingt cavaliers de toutes sortes d'âges et de conditions s'offrirent à l'envi de prendre soin de moi. Si j'eusse suivi mon inclination, j'aurois choisi le plus jeune et le plus joli ; mais nous ne devons nous autres consulter que l'intérêt et l'ambition lorsqu'il s'agit de nous établir : c'est une règle de théâtre. C'est pourquoi don Ambrosio de Nisana, homme déjà vieux et mal fait, mais riche, généreux, et l'un des plus puissants seigneurs d'Andalousie, eut la préférence. Il est vrai que je la lui fis bien acheter. Il me loua une belle maison, la meubla très-magnifiquement, me donna un bon cuisinier, deux laquais, une femme de chambre, et mille ducats par mois à dépenser. Il faut ajouter à cela de riches habits, avec une assez grande quantité de pierreries. Jamais Arsénie n'avoit été dans un état plus brillant. Quel changement dans ma fortune ! Mon esprit ne put le soutenir. Je me parus tout-à-coup à moi-même une autre personne. Je ne m'étonne plus s'il y a des filles qui oublient en peu de temps le néant et la misère d'où un caprice de seigneur les a tirées. Je t'en fais un aveu sincère : les applaudissements du public, les discours flatteurs que j'entendois de toutes parts, et la passion de don Ambrosio m'inspirèrent une vanité qui alla jusqu'à l'extravagance. Je regardai mon talent comme un titre de noblesse. Je pris les airs d'une femme de qualité; et, devenant aussi

avare de regards agaçants que j'en avois jusqu'a-
lors été prodigue, je résolus de n'arrêter ma vue
que sur des ducs, des comtes et des marquis.

Le seigneur de Nisana venoit souper chez moi
tous les soirs avec quelques-uns de ses amis. De
mon côté j'avois soin d'assembler les plus amusantes de nos comédiennes, et nous passions une
bonne partie de la nuit à rire et à boire. Je m'accommodois fort d'une vie si agréable, mais elle
ne dura que six mois. Les seigneurs sont sujets à
changer; sans cela ils seroient trop aimables. Don
Ambrosio me quitta pour une jeune coquette gre-
nadine qui venoit d'arriver à Séville avec des grâces, et le talent de les mettre à profit. Je n'en fus
pourtant affligée que vingt-quatre heures. Je choisis pour remplir sa place un cavalier de vingt-
deux ans, don Louis d'Alcacer [1], à qui peu d'Espagnols pouvoient être comparés pour la bonne
mine.

Tu me demanderas sans doute, et tu auras raison, pourquoi je pris pour amant un si jeune seigneur, moi qui savois que le commerce de cette
sorte de galants est dangereux. Mais, outre que
don Louis n'avoit plus ni père ni mère et qu'il
jouissoit déjà de son bien, je te dirai que ces commerces ne sont à craindre que pour les filles d'une
condition servile, ou pour de malheureuses aventurières. Les femmes de notre profession sont des
personnes titrées : nous ne sommes point respon-
sables des effets que produisent nos charmes; tant
pis pour les familles dont nous plumons les héritiers !

Nous nous attachâmes si fortement l'un à l'autre, d'Alcacer et moi, que jamais aucun amour
n'a, je crois, égalé celui dont nous nous laissâmes enflammer tous deux. Nous nous aimions avec
tant de fureur, qu'il sembloit qu'on eût jeté un
sort sur nous. Ceux qui savoient notre intelligence
nous croyoient les plus heureux amants du monde,
et nous en étions peut-être les plus malheureux.
Si don Louis avoit une figure tout aimable, il étoit
en même temps si jaloux, qu'il me désoloit à
chaque instant par d'injustes soupçons. Il ne me
servoit de rien, pour m'accommoder à sa foiblesse, de me contraindre jusqu'à n'oser envisager un homme; sa défiance ingénieuse à me trouver des crimes rendoit ma contrainte inutile. Si
j'étois sur la scène, je lui semblois, en jouant,
lancer des œillades agaçantes sur quelques jeunes
cavaliers, et il m'accabloit de reproches; en un
mot, nos plus tendres entretiens étoient toujours
mêlés de querelles. Il n'y eut pas moyen d'y résister; la patience nous échappa de part et d'autre,

et nous rompîmes à l'amiable. Croiras-tu bien
que le dernier jour de notre commerce en fut le
plus charmant pour nous? Tous deux également
fatigués des maux que nous avions soufferts, nous
ne fîmes éclater que de la joie dans nos adieux.
Nous étions comme deux misérables captifs qui
recouvrent leur liberté après un rude esclavage.

Depuis cette aventure je suis bien en garde
contre l'amour. Je ne veux plus d'attachement qui
trouble mon repos. Il ne nous sied point à nous
de soupirer comme les autres. Nous ne devons pas
sentir en particulier une passion dont nous faisons
voir en public le ridicule.

Je donnois pendant ce temps-là de l'occupation
à la renommée ; elle répandoit partout que j'étois
une actrice inimitable. Sur la foi de cette déesse,
les comédiens de Grenade m'écrivirent pour me
proposer d'entrer dans leur troupe ; et, pour me
faire connoître que la proposition n'étoit pas à
rejeter, ils m'envoyèrent un état de leurs frais
journaliers et de leurs abonnements, par lequel
il me parut que c'étoit un parti avantageux pour
moi. Aussi je l'acceptai, quoique dans le fond je
fusse fâchée de quitter Phénice et Dorothée, que
j'aimois autant qu'une femme est capable d'en aimer d'autres. Je laissai la première à Séville, occupée à fondre la vaisselle d'un petit marchand
orfèvre, qui vouloit par vanité avoir une comédienne pour maîtresse. J'ai oublié de te dire qu'en
m'attachant au théâtre, je changeai par fantaisie
le nom de Laure en celui d'Estelle; et c'est sous
ce dernier nom que je partis pour venir à Grenade.

Je n'y débutai pas moins heureusement qu'à
Séville, et je me vis bientôt environnée de soupirants. Mais, n'en voulant favoriser aucun qu'à
bonnes enseignes, je gardai avec eux une retenue
qui leur jeta de la poudre aux yeux. Néanmoins, de
peur d'être la dupe d'une conduite qui ne menoit
à rien et qui ne m'étoit pas naturelle, j'allois me
déterminer à écouter un jeune Oydor [1] de race
bourgeoise, qui fait le seigneur en vertu de sa
charge, d'une bonne table et d'un équipage, quand
je vis pour la première fois le marquis de Marialva. Ce seigneur portugais, qui voyage en Espagne par curiosité, passant par Grenade, s'y arrêta. Il vint à la comédie. Je ne jouois point ce
jour-là. Il regarda fort attentivement les actrices
qui s'offrirent à ses yeux. Il en trouva une à son
gré. Il fit connoissance avec elle dès le lendemain ;
et il étoit près de passer bail, lorsque je parus sur
le théâtre. Ma vue et mes minauderies firent tout-

---

[1] *Alcacer*, moisson de grains en herbe, orge coupée
en vert, dragée pour les bêtes.

[1] *Oydor*, auditeur des comptes, conseiller des finances.

à coup tourner la girouette; mon Portugais ne s'attacha plus qu'à moi. Il faut dire la vérité; comme je n'ignorois pas que ma camarade eût plu à ce seigneur, je n'épargnai rien pour le lui souffler, et j'eus le bonheur d'en venir à bout. Je sais bien qu'elle m'en veut du mal; mais je n'y saurois que faire. Elle devroit songer que c'est une chose si naturelle aux femmes, que les meilleures amies ne s'en font pas le moindre scrupule.

CHAPITRE VIII.

De l'accueil que les comédiens de Grenade firent à Gil Blas, et d'une nouvelle reconnoissance qui se fit dans les foyers de la comédie.

Dans le moment que Laure achevoit de raconter son histoire, il arriva une vieille comédienne de ses voisines, qui venoit la prendre en passant pour aller à la comédie. Cette vénérable héroïne de théâtre eût été propre à jouer le personnage de la déesse Cotys. Ma sœur ne manqua pas de présenter son frère à cette figure surannée, et là-dessus grands compliments de part et d'autre.

Je les laissai toutes deux, en disant à la veuve de l'économe que je la rejoindrois au théâtre aussitôt que j'aurois fait porter mes hardes chez le marquis de Marialva, dont elle m'enseigna la demeure. J'allai d'abord à la chambre que j'avois louée, d'où, après avoir satisfait mon hôtesse, je me rendis avec un homme chargé de ma valise à un grand hôtel garni où mon nouveau maître étoit logé. Je rencontrai à la porte son intendant, qui me demanda si je n'étois point le frère de la dame Estelle. Je répondis qu'oui. Soyez donc le bienvenu, reprit-il, seigneur cavalier. Le marquis de Marialva, dont j'ai l'honneur d'être intendant, m'a ordonné de vous bien recevoir. On vous a préparé une chambre; je vais, s'il vous plaît, vous y conduire pour vous en apprendre le chemin. Il me fit monter tout au haut de la maison, et entrer dans une chambre si petite, qu'un lit assez étroit, une armoire et deux chaises la remplissoient. C'étoit là mon appartement. Vous ne serez pas ici fort au large, me dit mon conducteur; mais en récompense je vous promets qu'à Lisbonne vous serez superbement logé. J'enfermai ma valise dans l'armoire, dont j'emportai la clef, et je demandai à quelle heure on soupoit. Il fut répondu à cela que le seigneur portugais ne faisoit pas d'ordinaire chez lui, et qu'il donnoit à chaque domestique une certaine somme par mois pour se nourrir. Je fis encore d'autres questions, et j'appris que les gens du marquis étoient d'heureux fainéants. Après un entretien assez court, je quittai l'intendant pour aller trouver Laure, en m'occupant agréablement du présage que je concevois de ma nouvelle condition.

Sitôt que j'arrivai à la porte de la comédie, et que je me dis frère d'Estelle, tout me fut ouvert. Vous eussiez vu les gardes s'empresser à me faire un passage, comme si j'eusse été un des plus considérables seigneurs de Grenade. Tous les gagistes, receveurs de marques et de contre-marques que je rencontrai sur mon chemin, me firent de profondes révérences. Mais ce que je voudrois pouvoir bien peindre au lecteur, c'est la réception sérieuse que l'on me fit comiquement dans les foyers, où je trouvai la troupe tout habillée et prête à commencer. Les comédiens et les comédiennes, à qui Laure me présenta, vinrent fondre sur moi. Les hommes m'accablèrent d'embrassades; et les femmes à leur tour, appliquant leurs visages enluminés sur le mien, le couvrirent de rouge et de blanc. Aucun ne voulant être le dernier à me faire compliment, ils se mirent tous ensemble à me parler. Je ne pouvois suffire à leur répondre; mais ma sœur vint à mon secours, et sa langue exercée ne me laissa en reste avec personne.

Je n'en fus pas quitte pour les accolades des acteurs et des actrices : il me fallut essuyer les civilités du décorateur, des violons, du souffleur, du moucheur et du sous-moucheur de chandelles, enfin de tous les valets de théâtre, qui, sur le bruit de mon arrivée, accoururent pour me considérer. Il sembloit que tous ces gens-là fussent des enfants trouvés qui n'avoient jamais vu de frère.

Cependant on commença la pièce. Alors quelques gentilshommes qui étoient dans les foyers coururent se placer pour l'entendre; et moi, en enfant de la balle, je continuai de m'entretenir avec ceux des acteurs qui n'étoient pas sur la scène. Il y en avoit un parmi ces derniers qu'on appela devant moi Melchior. Ce nom me frappa. Je considérai avec attention le personnage qui le portoit, et il me sembla que je l'avois vu quelque part. Je me le remis enfin, et le reconnus pour Melchior Zapata, ce pauvre comédien de campagne, qui, comme je l'ai dit dans les premiers volumes de mon histoire, trempoit des croûtes de pain dans une fontaine.

Je le pris aussitôt en particulier, et je lui dis : *Je suis bien trompé si vous n'êtes pas ce seigneur Melchior avec qui j'ai eu l'honneur de déjeuner un jour au bord d'une claire fontaine, entre Valladolid et Ségovie. J'étois avec un garçon barbier. Nous portions quelques provisions que nous joignîmes aux vôtres, et nous fîmes tous trois un petit repas qui fut assaisonné de mille agréables discours.* Zapata se mit à rêver quelques moments, ensuite il me répondit : *Vous me parlez d'une* chose que j'ai peu de peine à me rappeler. Je revenois alors de débuter à Madrid, et je retournois à Zamora. Je me souviens même que j'étois fort mal dans mes affaires. Je m'en souviens bien aussi, lui répliquai-je; à telles enseignes que vous portiez un pourpoint doublé d'affiches de comédie. Je n'ai pas oublié non plus que vous vous plaigniez dans ce temps-là d'avoir une femme trop sage. Oh ! je ne m'en plains plus à présent, dit avec précipitation Zapata. Vive Dieu ! la commère s'est bien corrigée de cela, aussi en ai-je le pourpoint mieux doublé.

J'allois le féliciter sur ce que sa femme étoit devenue raisonnable, lorsqu'il fut obligé de me quitter pour paroître sur la scène. Curieux de connoître sa femme, je m'approchai d'un comédien pour le prier de me la montrer; ce qu'il fit en me disant : Vous la voyez, c'est Narcissa, la plus jolie de nos dames après votre sœur. Je jugeai que cette actrice devoit être celle en faveur de qui le marquis de Marialva s'étoit déclaré avant que d'avoir vu son Estelle, et ma conjecture ne fut que trop vraie. A la fin de la pièce je conduisis Laure à son domicile, où j'aperçus en arrivant plusieurs cuisiniers qui préparoient un grand repas. Tu peux souper ici, me dit-elle. Je n'en ferai rien, lui répondis-je; le marquis sera peut-être bien aise d'être seul avec vous. Oh ! que non, reprit-elle ; il va venir avec deux de ses amis et un de nos messieurs; il ne tiendra qu'à toi de faire le sixième. Tu sais bien que chez les comédiennes les secrétaires ont le privilége de manger avec leurs maîtres. Il est vrai, lui dis-je, mais ce seroit de trop bonne heure me mettre sur le pied de ces secrétaires favoris. Il faut auparavant que je fasse quelque commission de confident pour mériter ce droit honorifique. En parlant ainsi, je sortis de chez Laure, et gagnai mon auberge, où je comptois d'aller tous les jours, puisque mon maître n'avoit point de ménage.

CHAPITRE IX.

Avec quel homme extraordinaire il soupa ce soir-là, et de ce qui se passe entre eux.

Je remarquai dans la salle une espèce de vieux moine, vêtu de bure grise, qui soupoit tout seul dans un coin. J'allai par curiosité m'asseoir vis-àvis de lui; je le saluai fort civilement, et il ne se montra pas moins poli que moi. On m'apporta ma pitance que je commençai à expédier avec beaucoup d'appétit. Pendant que je mangeois sans dire mot, je regardois souvent ce personnage, dont je trouvois toujours les yeux attachés sur moi. Fatigué de son attention opiniâtre à me regarder, je lui adressai ainsi la parole : Père, nous serions-

nous vus par hasard ailleurs qu'ici? Vous m'observez comme un homme qui ne vous seroit pas entièrement inconnu.

Il me répondit gravement : Si j'arrête sur vous mes regards, ce n'est que pour admirer la prodigieuse variété d'aventures qui sont marquées dans les traits de votre visage. A ce que je vois, lui disje d'un air railleur, votre révérence donne dans la métoposcopie [1] ? Je pourrois me vanter de la posséder, répondit le moine, et d'avoir fait des prédictions que la suite n'a pas démenties. Je ne sais pas moins la chiromancie [2], et j'ose dire que mes oracles sont infaillibles, quand j'ai confronté l'inspection de la main avec celle du visage.

Quoique ce vieillard eût toute l'apparence d'un homme sage, je le trouvai si fou, que je ne pus m'empêcher de lui rire au nez. Au lieu de s'offenser de mon impolitesse, il en sourit, et continua de parler dans ces termes, après avoir promené sa vue dans la salle, et s'être assuré que personne ne nous écoutoit : Je ne m'étonne pas de vous voir si prévenu contre deux sciences qui passent aujourd'hui pour frivoles ; l'étude longue et pénible qu'elles demandent décourage tous les savants, qui y renoncent, et qui les décrient de dépit de n'avoir pu les acquérir. Pour moi, je ne me suis point rebuté de l'obscurité qui les enveloppe, non plus que des difficultés qui se succèdent sans cesse dans la recherche des secrets chimiques, et dans l'art merveilleux de transmuter les métaux en or.

Mais je ne pense pas, poursuivit-il en se reprenant, que je parle à un jeune cavalier à qui mes discours doivent en effet paroître des rêveries. Un échantillon de mon savoir-faire vous disposera mieux que tout ce que je pourrois dire, à juger de moi plus favorablement. A ces mots il tira de sa poche une fiole remplie d'une liqueur vermeille. Ensuite il me dit : Voici un élixir que j'ai composé ce matin des sucs de certaines plantes distillées à l'alambic; car j'ai employé presque toute ma vie, comme Démocrite, à trouver les propriétés des simples et des minéraux. Vous allez éprouver sa vertu. Le vin que nous buvons à notre souper est très-mauvais; il va devenir excellent. En même temps il mit deux gouttes de son élixir dans ma bouteille, qui rendirent mon vin plus délicieux que les meilleurs qui se boivent en Espagne.

Le merveilleux frappe l'imagination, et quand une fois elle est gagnée, on ne se sert plus de son jugement. Charmé d'un si beau secret, et per-

---

[1] La métoposcopie est l'art prétendu qui enseigne à connoître le tempérament et les mœurs par l'inspection des traits du visage.

[2] La chiromancie est un autre art prétendu de deviner et de prédire par l'inspection de la main.

suadé qu'il falloit être un peu plus que diable pour l'avoir trouvé, je m'écriai plein d'admiration : O mon père ! pardonnez-moi, de grâce, si je vous ai pris d'abord pour un vieux fou. Je vous rends justice présentement. Je n'ai pas besoin d'en voir davantage pour être assuré que vous feriez, si vous vouliez, tout à l'heure, un lingot d'or d'une barre de fer. Que je serois heureux si je possédois cette admirable science ! Le ciel vous préserve de l'avoir jamais ! interrompit le vieillard en poussant un profond soupir. Vous ne savez pas, mon fils, ce que vous souhaitez. Au lieu de me porter envie, plaignez-moi plutôt de m'être donné tant de peine pour me rendre malheureux. Je suis toujours dans l'inquiétude. Je crains d'être découvert, et qu'une prison perpétuelle ne devienne le salaire de tous mes travaux. Dans cette appréhension, je mène une vie errante, déguisé tantôt en prêtre ou en moine, et tantôt en cavalier ou en paysan. Est-ce donc un avantage de savoir faire de l'or à ce prix-là ? et les richesses ne sont-elles pas un vrai supplice pour les personnes qui n'en jouissent pas tranquillement ?

Ce discours me paroît fort sensé, dis-je alors au philosophe. Rien n'est tel que de vivre en repos. Vous me dégoutez de la pierre philosophale. Je me contenterai d'apprendre de vous ce qui doit m'arriver. Très-volontiers, me répondit-il, mon enfant. J'ai déjà fait des observations sur vos traits ; voyons à présent votre main. Je la lui présentai avec une confiance qui ne me fera guère d'honneur dans l'esprit de quelques lecteurs, qui peut-être à ma place en auroient fait autant. Il l'examina fort attentivement, et dit ensuite avec enthousiasme : Ah ! que de passages de la douleur à la joie, et de la joie à la douleur ! Quelle succession bizarre de disgrâces et de prospérités ! Mais vous avez déjà éprouvé une grande partie de ces alternatives de fortune. Il ne vous reste plus guère de malheurs à essuyer, et un seigneur vous fera une agréable destinée qui ne sera point sujette au changement.

Après m'avoir assuré que je pouvois compter sur cette prédiction, il me dit adieu, et sortit de l'auberge, où il me laissa fort occupé des choses que je venois d'entendre. Je ne doutois point que le marquis de Marialva ne fût le seigneur en question ; et par conséquent rien ne me paroissoit plus possible que l'accomplissement de la prédiction. Mais quand je n'y aurois pas vu la moindre apparence, cela ne m'eût point empêché de donner au faux moine une entière créance, tant il s'étoit acquis, par son élixir, d'autorité sur mon esprit. De mon côté, pour avancer le bonheur qui m'étoit prédit, je résolus de m'attacher au marquis plus que je n'avois fait à aucun de mes maîtres.

Ayant pris cette résolution, je me retirai à notre hôtel avec une gaîté que je ne puis exprimer ; jamais femme n'est sortie si contente de chez une devineresse.

CHAPITRE X.

De la commission que le marquis de Marialva donna à Gil Blas, et comment ce fidèle secrétaire s'en acquitta.

Le marquis n'étoit pas encore revenu de chez sa comédienne, et je trouvai dans son appartement ses valets de chambre qui jouoient à la prime en attendant son retour. Je fis connoissance avec eux, et nous nous amusâmes à rire jusqu'à deux heures après minuit que notre maître arriva. Il fut un peu surpris de me voir, et me dit d'un air de bonté qui me fit juger qu'il revenoit très-satisfait de sa soirée : Comment donc, Gil Blas, vous n'êtes pas encore couché ? Je répondis que j'avois voulu savoir auparavant s'il n'avoit rien à m'ordonner. J'aurai peut-être, reprit-il, une commission à vous donner demain matin ; mais il sera temps alors de vous apprendre mes volontés. Allez vous reposer, et souvenez-vous que je vous dispense de m'attendre le soir ; je n'ai besoin que de mes valets de chambre.

Après cet avertissement, qui dans le fond me faisoit plaisir, puisqu'il m'épargnoit la sujétion que j'aurois quelquefois désagréablement sentie, je laissai le marquis dans son appartement, et me retirai à mon galetas. Je me mis au lit. Mais, ne pouvant dormir, je m'avisai de suivre le conseil que nous donne Pythagore, de rappeler le soir ce que nous avons fait dans la journée, pour nous applaudir de nos bonnes actions ou pour nous blâmer de nos mauvaises.

Je ne me sentois pas la conscience assez nette pour être content de moi ; aussi je me reprochai d'avoir appuyé l'imposture de Laure. J'avois beau me dire, pour m'excuser, que je n'avois pu honnêtement donner un démenti à une fille qui n'avoit en vue que de me faire plaisir, et qu'en quelque façon je m'étois trouvé dans la nécessité de me rendre complice de la supercherie ; peu satisfait de cette excuse, je répondois que je ne devois donc pas pousser les choses plus loin, et qu'il falloit que je fusse bien effronté pour vouloir demeurer auprès d'un seigneur dont je payois si mal la confiance. Enfin, après un sévère examen, je tombai d'accord avec moi-même que, si je n'étois pas un fripon, il ne s'en falloit guère.

De là passant aux conséquences, je me représentai que je jouois gros jeu en trompant un homme de condition qui, pour mes péchés, peut-être ne tarderoit guère à découvrir la fourberie. Une si judicieuse réflexion jeta quelque terreur dans mon esprit; mais des idées de plaisir et d'intérêt l'eurent bientôt dissipée. D'ailleurs la prophétie de l'homme à l'élixir auroit suffi pour me rassurer. Je me livrai donc à des images tout agréables. Je me mis à faire des règles d'arithmétique, à compter en moi-même la somme que me feroient mes gages au bout de dix années de service. J'ajoutois à cela les gratifications que je recevrois de mon maître; et, les mesurant à son humeur libérale, ou plutôt à mes désirs, j'avois une intempérance d'imagination, si l'on peut parler ainsi, qui ne mettoit point de bornes à ma fortune. Tant de bien peu à peu m'assoupit, et je m'endormis en bâtissant des châteaux en Espagne.

Je me levai le lendemain sur les huit heures pour aller recevoir les ordres de mon patron; mais comme j'ouvrois ma porte pour sortir, je fus tout étonné de le voir paroître devant moi en robe de chambre et en bonnet de nuit. Il étoit tout seul. Gil Blas, me dit-il, hier au soir, en quittant votre sœur, je lui promis de passer chez elle ce matin; mais une affaire de conséquence ne me permet pas de lui tenir parole. Allez lui témoigner de ma part que je suis bien mortifié de ce contre-temps, et assurez-la que je souperai encore aujourd'hui avec elle. Ce n'est pas tout, ajouta-t-il en me mettant entre les mains une bourse, avec une petite boîte de chagrin enrichie de pierreries, portez-lui mon portrait, et gardez cette bourse, où il y a cinquante pistoles que je vous donne pour marque de l'amitié que j'ai déjà pour vous. Je pris d'une main le portrait, et de l'autre la bourse que je méritois si peu. Je courus sur-le-champ chez Laure, en disant dans l'excès de la joie qui me transportoit : « Bon, la prédiction s'accomplit à » vue d'œil. Quel bonheur d'être frère d'une fille » belle et galante! C'est dommage qu'il n'y ait » pas autant d'honneur à cela que de profit et d'a- » grément. »

Laure, contre l'ordinaire des personnes de sa profession, avoit coutume de se lever matin. Je la surpris à sa toilette, où, en attendant son Portugais, elle joignoit à sa beauté naturelle tous les charmes auxiliaires que l'art des coquettes pouvoit lui prêter. Aimable Estelle, lui dis-je en entrant, l'aimant des étrangers, je puis, à l'heure qu'il est, manger avec mon maître, puisqu'il m'a honoré d'une commission qui me donne cette prérogative, et dont je viens m'acquitter. Il n'aura pas le plaisir de vous entretenir ce matin, comme il se l'étoit proposé; mais, pour vous en consoler, il soupera ce soir avec vous; et il vous envoie son portrait, qui me paroît avoir quelque chose encore de plus consolant.

Je lui remis aussitôt la boîte, qui, par le vif éclat des brillants dont elle étoit garnie, lui réjouit infiniment la vue. Elle l'ouvrit; et l'ayant fermée, après avoir considéré la peinture par manière d'acquit, elle revint aux pierreries. Elle en vanta la beauté, et me dit en souriant : Voilà des copies que les femmes de théâtre aiment mieux que les originaux.

Je lui appris ensuite que le généreux Portugais, en me chargeant du portrait, m'avoit gratifié d'une bourse de cinquante pistoles. Je t'en fais mon compliment, me dit-elle; ce seigneur commence par où même il est rare que les autres finissent. C'est à vous, mon adorable, lui répondis-je, que je dois ce présent; le marquis ne me l'a fait qu'à cause de la fraternité. Je voudrois, répliqua-t-elle, qu'il t'en fît de semblables chaque jour. Je ne puis te dire jusqu'à quel point tu m'es cher. Dès le premier instant que je t'ai vu, je me suis attachée à toi par un lien si fort, que le temps n'a pu le rompre. Lorsque je te perdis à Madrid, je ne désespérai pas de te retrouver; et hier, en te revoyant, je te reçus comme un homme qui revenoit à moi nécessairement. En un mot, mon ami, le ciel nous a destinés l'un pour l'autre. Tu seras mon mari; mais il faut nous enrichir auparavant. La prudence demande que nous commencions par là. Je veux avoir encore trois ou quatre galanteries pour te mettre à ton aise.

Je la remerciai poliment de la peine qu'elle vouloit bien prendre pour moi, et nous nous engageâmes insensiblement dans un entretien qui dura jusqu'à midi. Alors je me retirai, pour aller rendre compte à mon maître de la manière dont on avoit reçu son présent. Quoique Laure ne m'eût point donné d'instruction là-dessus, je ne laissai pas de composer en chemin un beau compliment que je me proposois de faire de sa part; mais ce fut autant de bien perdu. Car lorsque j'arrivai à l'hôtel, on me dit que le marquis venoit de sortir; et il étoit décidé que je ne le reverrois plus, ainsi qu'on le peut lire dans le chapitre suivant.

CHAPITRE XI.

De la nouvelle que Gil Blas apprit, et qui fut un coup de foudre pour lui.

Je me rendis à mon auberge, où, rencontrant deux hommes d'une agréable conversation, je dînai et demeurai à table avec eux jusqu'à l'heure de la comédie. Alors nous nous séparâmes. Ils allèrent à leurs affaires, et moi je pris le chemin du théâtre. Il faut remarquer en passant que j'avois tout sujet d'être de belle humeur : la joie avoit régné dans l'entretien que je venois d'avoir avec ces cavaliers : la face de ma fortune étoit des plus riantes; et pourtant je me laissois aller à la tristesse, sans pouvoir m'en défendre. Qu'on dise après cela qu'on ne pressent point les malheurs qui nous menacent !

Comme j'entrois dans les foyers, Melchior Zapata vint à moi, et me dit tout bas de le suivre. Il me mena dans un endroit particulier de l'hôtel, et me tint ce discours : Seigneur cavalier, je me fais un devoir de vous donner un avis très-important. Vous savez que le marquis de Marialva s'étoit d'abord senti du goût pour Narcissa, mon épouse ; il avoit même déjà pris jour pour venir manger de mon aloyau, lorsque l'artificieuse Estelle trouva moyen de rompre la partie, et d'attirer chez elle ce seigneur portugais. Vous jugez bien qu'une comédienne ne perd pas une si bonne proie sans dépit. Ma femme a cela sur le cœur. Il n'y a rien qu'elle ne fût capable de faire pour se venger ; et, par malheur pour vous, elle en a une belle occasion. Hier, si vous vous en souvenez, tous nos gagistes accoururent pour vous voir. Le sous-moucheur de chandelles dit à quelques personnes de la troupe qu'il vous reconnoissoit, et que vous n'étiez rien moins que le frère d'Estelle.

Ce bruit, ajouta Melchior, est venu aujourd'hui aux oreilles de Narcissa, qui n'a pas manqué d'en interroger l'auteur ; et ce gagiste le lui a confirmé. Il vous a, dit-il, connu valet d'Arsénie dans le temps qu'Estelle, sous le nom de Laure, la servoit à Madrid. Mon épouse, charmée de cette découverte, en fera part au marquis de Marialva, qui doit venir ce soir à la comédie ; réglez-vous là-dessus. Si vous n'êtes pas effectivement frère d'Estelle, je vous conseille en ami, et à cause de notre ancienne connoissance, de pourvoir à votre sûreté. Narcissa, qui ne demande qu'une victime, m'a permis de vous avertir de prévenir par une prompte fuite quelque sinistre accident.

Il y auroit eu du superflu à m'en dire davantage. Je rendis grâce de cet avertissement à l'histrion, qui vit bien à mon air effrayé que je n'étois pas homme à donner un démenti au sous-moucheur de chandelles ; comme en effet je ne me sentois nullement d'humeur à porter jusque-là l'effronterie. Je ne fus pas même tenté d'aller dire adieu à Laure, de peur qu'elle ne voulût m'engager à payer d'audace. Je concevois bien qu'elle étoit assez bonne comédienne pour se tirer d'un si mauvais pas ; mais je ne voyois qu'un châtiment infaillible pour moi, et je n'étois pas assez amoureux pour le braver. Je ne songeai qu'à me sauver avec mes dieux pénates, je veux dire avec mes hardes. Je disparus de l'hôtel en un clin d'œil, et je fis en moins de rien enlever et transporter ma valise chez un muletier qui devoit le jour suivant partir à trois heures du matin pour Tolède.

J'aurois souhaité d'être déjà chez le comte de Polan, dont la maison me paroissoit le seul asile qui fût sûr pour moi. Mais je n'y étois pas encore ; et je ne pouvois sans inquiétude penser au temps qui me restoit à passer dans une ville où j'appréhendois qu'on ne me cherchât dès la nuit même.

Je ne laissai pas d'aller souper à mon auberge, quoique je fusse aussi troublé qu'un débiteur qui sait qu'il y a des alguazils à ses trousses. Ce que je mangeai ce soir-là ne fit pas, je crois, un excellent chyle dans mon estomac. Misérable jouet de la crainte, j'examinois toutes les personnes qui entroient dans la salle ; et quand par malheur il y venoit des gens de mauvaise mine, ce qui n'est pas rare dans ces endroits-là, je frissonnois de peur. Après avoir soupé dans de continuelles alarmes, je me levai de table, et m'en retournai chez mon muletier, où je me jetai sur de la paille fraîche jusqu'à l'heure du départ.

On peut dire que ma patience fut bien exercée pendant ce temps-là ; mille désagréables pensées vinrent m'assaillir. Si quelquefois je m'assoupissois, je voyois le marquis furieux qui meurtrissoit de coups le beau visage de Laure, et brisoit tout chez elle ; ou bien je l'entendois ordonner à ses domestiques de me faire mourir sous le bâton. Je me réveillois là-dessus en sursaut ; et le réveil, qui est ordinairement si doux après un songe affreux, me devenoit plus cruel encore que mon songe.

Heureusement le muletier me retira d'une si grande peine, en venant m'avertir que ses mules étoient prêtes. Je fus aussitôt sur pied, et grâces au ciel je partis radicalement guéri de Laure et de la chiromancie. A mesure que nous nous éloignions de Grenade, mon esprit reprenoit sa tranquillité. Je commençai à m'entretenir avec le muletier ; je ris de quelques plaisantes histoires qu'il me raconta, et je perdis insensiblement toute ma frayeur. Je dormis d'un sommeil paisible à Ubeda, où nous allâmes coucher la première journée, et la quatrième nous arrivâmes à Tolède. Mon premier soin fut de m'informer de la demeure du comte de Polan, et je m'y rendis bien persuadé qu'il ne souffriroit pas que je fusse logé ailleurs que chez lui. Mais je comptois sans mon hôte. Je ne trouvai au logis que le concierge, qui me dit que son maître étoit parti la veille pour le château de Leyva, d'où on lui avoit mandé que Séraphine étoit dangereusement malade.

Je ne m'étois point attendu à l'absence du comte : elle diminua la joie que j'avois d'être à Tolède, et fut cause que je pris un autre dessein. Me voyant si près de Madrid, je résolus d'y aller. Je fis réflexion que je pourrois me pousser à la cour, où un génie supérieur, à ce que j'avois ouï dire, n'étoit pas absolument nécessaire pour s'avancer. Dès le lendemain, je me servis de la commodité d'un cheval de retour pour me conduire à cette capitale de l'Espagne. La fortune m'y conduisoit pour me faire jouer de plus grands rôles que ceux qu'elle m'avoit déjà fait faire.

CHAPITRE XII.

Gil Blas va loger dans un hôtel garni; il y fait connoissance avec le capitaine Chinchilla. Quel homme c'étoit que cet officier, et quelle affaire l'avoit amené à Madrid.

D'abord que je fus à Madrid, j'établis mon domicile dans un hôtel garni où demeuroit entre autres personnes un vieux capitaine, qui des extrémités de la Castille nouvelle étoit venu solliciter à la cour une pension, qu'il croyoit n'avoir que trop méritée. Il s'appeloit don Annibal de Chinchilla. Ce ne fut pas sans étonnement que je le vis pour la première fois. C'étoit un homme de soixante ans, d'une taille gigantesque, et d'une maigreur extraordinaire. Il portoit une épaisse moustache qui s'élevoit en serpentant des deux côtés jusqu'aux tempes. Outre qu'il lui manquoit un bras et une jambe, il avoit la place d'un œil couverte d'un large emplâtre de taffetas vert, et son visage en plusieurs endroits paroissoit balafré. A cela près, il étoit fait comme un autre. De plus, il ne manquoit pas d'esprit, et moins encore de gravité. Il poussoit la morale jusqu'au scrupule, et se piquoit surtout d'être délicat sur le point d'honneur.

Après avoir eu avec lui deux ou trois conversations, il m'honora de sa confiance. Je sus bientôt toutes ses affaires. Il me conta dans quelles occasions il avoit laissé un œil à Naples, un bras en Lombardie, et une jambe dans les Pays-Bas. Ce que j'admirai dans les relations de batailles et de siéges qu'il me fit, c'est qu'il ne lui échappa aucun trait de fanfaron, pas un mot à sa louange, quoique je lui eusse volontiers pardonné de vanter la moitié qui lui restoit de lui-même, pour se dédommager de la perte de l'autre. Les officiers qui reviennent de la guerre sains et saufs ne sont pas tous si modestes.

Mais il me dit que ce qui lui tenoit le plus au cœur, c'étoit d'avoir dissipé des biens considérables dans ses campagnes; de sorte qu'il n'avoit plus que cent ducats de rente, ce qui suffisoit à peine pour entretenir sa moustache, payer son logement et faire écrire ses placets. Car enfin, seigneur cavalier, ajouta-t-il en haussant les épaules, j'en présente, Dieu merci, tous les jours, sans qu'on y fasse la moindre attention. Vous diriez qu'il y a une gageure entre le premier ministre et moi; et que c'est à qui de nous deux se lassera, moi d'en donner, ou lui d'en recevoir. J'ai aussi l'honneur d'en présenter souvent au roi; mais le curé ne chante pas mieux que son vicaire; et pendant ce temps-là mon château de Chinchilla tombe en ruine, faute de réparations.

Il ne faut désespérer de rien, dis-je alors au capitaine; vous n'ignorez pas que les grâces de la cour se font ordinairement un peu attendre; vous êtes peut-être à la veille de voir payer avec usure vos peines et vos travaux. Je ne dois pas me flatter de cette espérance, répondit don Annibal. Il n'y a pas trois jours que j'ai parlé à un des secrétaires du ministre; et si j'en crois ses discours, je n'ai qu'à me tenir gaillard. Et que vous a-t-il donc dit, repris-je, seigneur officier? Est-ce que l'état où vous êtes ne lui a pas paru digne d'une récompense? Vous en allez juger, repartit Chinchilla. Ce secrétaire m'a dit tout net: Seigneur gentilhomme, ne vantez pas tant votre zèle et votre fidélité; vous n'avez fait que votre devoir en vous exposant aux périls pour votre patrie. La seule gloire qui est attachée aux belles actions les paie assez, et doit suffire principalement à un Espagnol. Il faut donc vous détromper, si vous regardez comme une dette la gratification que vous sollicitez. Si on vous l'accorde, vous devrez uniquement cette grâce à la bonté du roi, qui veut bien se croire redevable à ceux de ses sujets qui ont bien servi l'état. Vous voyez par là, poursuivit le capitaine, que j'en dois encore de reste, et que j'ai bien la mine de m'en retourner comme je suis venu.

On s'intéresse pour un brave homme qu'on voit souffrir. Je l'exhortai à tenir bon; je m'offris à lui mettre au net gratuitement ses placets. J'allai même jusqu'à lui ouvrir ma bourse, et à le conjurer d'y prendre tout l'argent qu'il voudroit. Mais il n'étoit pas de ces gens qui ne se le font pas dire deux fois dans une pareille occasion. Tout au contraire, se montrant très-délicat là-dessus, il me remercia fièrement de ma bonne volonté. Ensuite il me dit que, pour n'être à charge à personne, il s'étoit accoutumé peu à peu à vivre avec tant de sobriété, que le moindre aliment suffisoit pour sa subsistance; ce qui n'étoit que trop véritable. Il ne vivoit que de ciboules et d'ognons. Aussi n'avoit-il que la peau et les os. Pour n'avoir aucun témoin de ses mauvais repas, il s'enfermoit ordinairement dans sa chambre pour les faire. J'obtins pourtant de lui, à force de prières, que nous dînerions et souperions ensemble; et trompant sa fierté par une ingénieuse compassion, je me fis apporter beaucoup plus de viande et de vin qu'il n'en falloit pour moi. Je l'excitai à boire et à manger. Il voulut d'abord faire des façons; mais enfin il se rendit à mes instances. Après quoi, devenant insensiblement plus hardi, il m'aida de lui-même à rendre mon plat net et à vider ma bouteille.

Lorsqu'il eut bu quatre ou cinq coups, et réconcilié son estomac avec une bonne nourriture : En vérité, me dit-il d'un air gai, vous êtes bien séduisant, seigneur Gil Blas ; vous me faites faire tout ce qu'il vous plaît. Vous avez des manières engageantes, et qui m'ôtent jusqu'à la crainte d'abuser de votre humeur bienfaisante. Mon capitaine me parut alors si défait de sa honte, que, si j'eusse voulu saisir ce moment-là pour le presser encore d'accepter ma bourse, je crois qu'il ne l'auroit pas refusée. Je ne le remis point à cette épreuve ; je me contentai de l'avoir fait mon commensal, et de prendre la peine non-seulement d'écrire ses placets, mais de les composer même avec lui. A force d'avoir mis des homélies au net, j'avois appris à tourner une phrase ; j'étois devenu une espèce d'auteur. Le vieil officier, de son côté, se piquoit de savoir bien coucher par écrit. De sorte que, travaillant tous deux par émulation, nous faisions des morceaux d'éloquence dignes des plus célèbres régents de Salamanque. Mais nous avions beau l'un et l'autre épuiser notre esprit à semer des fleurs de rhétorique dans ces placets, c'étoit, comme on dit, semer sur le sable. Quelque tour que nous prissions pour faire valoir les services de don Annibal, la cour n'y avoit aucun égard ; ce qui n'engageoit pas ce vieil invalide à faire l'éloge des officiers qui se ruinent à la guerre. Dans sa mauvaise humeur il maudissoit son étoile, et donnoit au diable Naples, la Lombardie et les Pays-Bas.

Par surcroît de mortification, il arriva un jour qu'à sa barbe un poète produit par le duc d'Albe, ayant récité devant le roi un sonnet sur la naissance d'une infante, fut gratifié d'une pension de cinq cents ducats. Je crois que le capitaine mutilé en seroit devenu fou, si je n'eusse pris soin de lui remettre l'esprit. Qu'avez-vous ? lui dis-je en le voyant hors de lui-même. Il n'y a rien là-dedans qui doive vous révolter. Depuis un temps immémorial les poètes ne sont-ils pas en possession de rendre les princes tributaires de leurs muses ? Il n'est point de tête couronnée qui n'ait quelques-uns de ces messieurs pour pensionnaires. Et, entre nous, ces sortes de pensions étant rarement ignorées de l'avenir, consacrent la libéralité des rois, au lieu que les autres qu'ils font sont souvent en pure perte pour leur renommée. Combien Auguste a-t-il donné de récompenses ? combien a-t-il fait de pensions dont nous n'avons aucune connoissance ? Mais la postérité la plus reculée saura comme nous que Virgile a reçu de cet empereur plus de deux cent mille écus de bienfaits.

Quelque chose que je pusse dire à don Anni-

bal, le fruit du sonnet lui demeura sur l'estomac comme un plomb ; et, ne pouvant le digérer, il se résolut à tout abandonner. Il voulut néanmoins auparavant, pour jouer de son reste, présenter encore un placet au duc de Lerme. Nous allâmes pour cet effet tous deux chez ce premier ministre. Nous y rencontrâmes un jeune homme qui, après avoir salué le capitaine, lui dit d'un air affectueux : Mon cher et ancien maître, est-ce vous que je vois ? Quelle affaire vous amène chez monseigneur ? Si vous avez besoin d'une personne qui ait du crédit, ne m'épargnez pas ; je vous offre mes services. Comment donc, Pédrille, lui répondit l'officier, à vous entendre il semble que vous occupiez quelque poste important dans cette maison ? Du moins, répliqua le jeune homme, y ai-je assez de pouvoir pour faire plaisir à un honnête *Hidalgo* comme vous. Cela étant, reprit le capitaine avec un souris, j'ai recours à votre protection. Je vous l'accorde, repartit Pédrille. Vous n'avez qu'à m'apprendre de quoi il est question, et je promets de vous faire tirer pied ou aile du premier ministre.

Nous n'eûmes pas sitôt mis au fait ce garçon si plein de bonne volonté, qu'il demanda où demeuroit don Annibal ; puis, nous ayant assuré que nous aurions de ses nouvelles le jour suivant, il disparut sans nous instruire de ce qu'il prétendoit faire, ni même nous dire s'il étoit domestique du duc de Lerme. Je fus curieux de savoir ce que c'étoit que ce Pédrille qui me paroissoit si éveillé. C'est, me dit le capitaine, un garçon qui me servoit il y a quelques années, et qui, me voyant dans l'indigence, m'y laissa pour aller chercher une meilleure condition. Je ne lui sais point mauvais gré de cela ; il est fort naturel de changer pour être mieux. C'est un drôle qui ne manque pas d'esprit, et qui est intrigant comme tous les diables. Mais, malgré tout son savoir faire, je ne compte pas beaucoup sur le zèle qu'il vient de témoigner pour moi. Peut-être, lui dis-je, ne vous sera-t-il pas inutile. S'il appartenoit, par exemple, à quelqu'un des principaux officiers du duc, il pourroit vous rendre service. Vous n'ignorez pas que tout se fait par brigue et par cabale chez les grands ; qu'ils ont des domestiques favoris qui les gouvernent, et que ceux-ci à leur tour sont gouvernés par leurs valets.

Le lendemain, dans la matinée, nous vîmes arriver Pédrille à notre hôtel. Messieurs, nous dit-il, si je ne m'expliquai pas hier sur les moyens que j'avois de servir le capitaine Chinchilla, c'est que nous n'étions pas dans un endroit qui me permît de vous faire une pareille confidence. De plus, j'étois bien aise de sonder le gué, avant que de m'ouvrir à vous. Sachez donc que je suis le laquais de confiance du seigneur don Rodrigue de Calderone, premier secrétaire du duc de Lerme. Mon maître, qui est fort galant, va presque tous les soirs souper avec un rossignol d'Aragon, qu'il tient en cage dans le quartier de la cour. C'est une jeune fille d'Albarazin, des plus jolies. Elle a de l'esprit, et chante à ravir ; aussi se nomme-t-elle la señora Sirena. Comme je lui porte tous les matins un billet doux, je viens de la voir. Je lui ai proposé de faire passer le seigneur don Annibal pour son oncle, et d'engager par cette supposition son galant à le protéger. Elle veut bien entreprendre cette affaire. Outre le petit profit qu'elle y envisage, elle sera charmée qu'on la croie nièce d'un brave gentilhomme.

Le seigneur de Chinchilla fit la grimace à ce discours. Il témoigna de la répugnance à se rendre complice d'une espièglerie, et encore plus à souffrir qu'une aventurière le déshonorât en se disant de sa famille. Il n'en étoit pas seulement blessé par rapport à lui ; il voyoit pour ainsi dire là-dedans une ignominie rétroactive pour ses aïeux. Cette délicatesse parut hors de saison à Pédrille, qui en fut choqué. Vous moquez-vous, s'écria-t-il, de le prendre sur ce ton-là ? Voilà comme vous êtes faits, vous autres nobles à chaumières ! vous avez une vanité ridicule. Seigneur cavalier, poursuivit-il en m'adressant la parole, n'admirez-vous pas les scrupules qu'il se fait ! Vive Dieu ! c'est bien à la cour qu'il y faut regarder de si près ! Sous quelque vilaine forme que la fortune s'y présente, on ne la laisse point échapper.

J'applaudis à ce que dit Pédrille ; et nous haranguâmes si bien tous deux le capitaine, que nous le fîmes malgré lui devenir oncle de Sirena. Quand nous eûmes gagné cela sur son orgueil, ce qui ne nous fut pas aisé, nous nous mîmes tous trois à faire pour le ministre un nouveau placet, qui fut revu, augmenté et corrigé. Je l'écrivis ensuite proprement, et Pédrille le porta à l'Aragonaise, qui dès le soir même en chargea le seigneur don Rodrigue, à qui elle parla de façon que ce secrétaire, la croyant véritablement nièce du capitaine, promit de s'employer pour lui. Peu de jours après, nous vîmes l'effet de cette manœuvre. Pédrille revint à notre hôtel d'un air triomphant. Bonne nouvelle ! dit-il à Chinchilla. Le roi fera une distribution de commanderies, de bénéfices et de pensions, où vous ne serez pas oublié ; c'est de quoi je suis chargé de vous assurer. Mais j'ai ordre de vous demander en même temps quel présent vous prétendez faire à Sirena. Pour moi, je vous déclare que je ne veux rien ; je préfère à tout l'or du monde le plaisir d'avoir contribué à améliorer la fortune de mon ancien maître. Il n'en est pas de même de notre nymphe

d'Albarazin : elle est un peu juive lorsqu'il s'agit d'obliger le prochain ; elle a ce petit défaut-là, elle prendroit l'argent de son propre père ; jugez si elle refusera celui d'un oncle supposé !

Elle n'a qu'à dire ce qu'elle exige de moi, répondit don Annibal. Si elle veut tous les ans le tiers de la pension que j'obtiendrai, je le lui promets ; et cela doit lui suffire, quand il s'agiroit de tous les revenus de sa majesté catholique. Je me fierois bien à votre parole, moi, répliqua le Mercure de don Rodrigue ; je sais bien qu'elle vaut le jeu : mais vous avez affaire à une petite personne naturellement fort défiante. D'ailleurs elle aimera beaucoup mieux que vous lui donniez, une fois pour toutes, les deux tiers d'avance en argent comptant. Eh ! où diable veut-elle que je les prenne ? interrompit brusquement l'officier ; me croit-elle un contador-mayor [1] ? Il faut que vous ne l'ayez pas instruite de ma situation. Pardonnez-moi, repartit Pédrille : elle sait bien que vous êtes plus gueux que Job ; après ce que je lui ai dit, elle ne sauroit l'ignorer. Mais ne vous mettez pas en peine ; je suis un homme fertile en expédients. Je connois un vieux coquin d'oydor qui se plaît à prêter ses espèces à dix pour cent. Vous lui ferez par-devant notaire un transport avec garantie de la première année de votre pension, pour pareille somme que vous reconnoîtrez avoir reçue de lui, et que vous toucherez en effet, à l'intérêt près. A l'égard de la garantie, le prêteur se contentera de votre château de Chinchilla, tel qu'il est : vous n'aurez point de dispute là-dessus.

Le capitaine protesta qu'il accepteroit ces conditions s'il étoit assez heureux pour avoir quelque part aux grâces qui seroient distribuées le lendemain. Ce qui ne manqua pas d'arriver. Il fut gratifié d'une pension de trois cents pistoles sur une commanderie. Aussitôt qu'il eut appris cette nouvelle, il donna toutes les sûretés qu'on exigea de lui, fit ses petites affaires, et s'en retourna dans la Castille nouvelle avec quelques pistoles de reste.

CHAPITRE XIII.

Gil Blas rencontre à la cour son cher ami Fabrice. Grande joie de part et d'autre. Où ils allèrent tous deux, et de la curieuse conversation qu'ils eurent ensemble.

Je m'étois fait une habitude d'aller tous les matins chez le roi, où je passois deux ou trois heures entières à voir entrer et sortir les grands, qui me paroissoient là sans cet éclat dont ils sont ailleurs environnés.

Un jour que je me promenois et me carrois dans les appartements, y faisant, comme beaucoup d'au-

[1] *Contador-mayor*, grand-trésorier.

tres, une assez sotte figure, j'aperçus Fabrice, que j'avois laissé à Valladolid au service d'un administrateur d'hôpital. Ce qui m'étonna, c'est qu'il s'entretenoit familièrement avec le duc de Medina-Sidonia et le marquis de Sainte-Croix. Ces deux seigneurs, à ce qu'il me sembloit, prenoient plaisir à l'entendre. Avec cela, il étoit vêtu aussi proprement qu'un noble cavalier.

Ne me tromperois-je point? disois-je en moimême; est-ce bien là le fils du barbier Nunez? C'est peut-être quelque jeune courtisan qui lui ressemble. Je ne demeurai pas long-temps dans le doute. Les seigneurs s'en allèrent; j'abordai Fabrice. Il me reconnut dans le moment, me prit par la main, et, après m'avoir fait percer la foule avec lui pour sortir des appartements : Mon cher *Gil Blas, me dit-il en m'embrassant, je suis ravi de te revoir. Que fais-tu à Madrid? es-tu encore en condition? as-tu quelque charge à la cour? dans quel état sont tes affaires? Rends-moi compte de tout ce qui t'est arrivé depuis ton départ précipité de Valladolid.* Tu me demandes bien des choses à la fois, lui répondis-je; et nous ne sommes pas dans un lieu propre à conter des aventures. Tu as raison, reprit-il; nous serons mieux chez moi. Viens, je vais t'y mener. Ce n'est pas loin d'ici. Je suis libre, agréablement logé, parfaitement bien dans mes meubles; je vis content, et suis heureux, puisque je crois l'être [1].

J'acceptai le parti, et me laissai entraîner par Fabrice, qui me fit arrêter devant une maison de belle apparence, où il me dit qu'il demeuroit. Nous traversâmes une cour, où il y avoit d'un côté un grand escalier qui conduisoit à des appartements superbes; et de l'autre une petite montée aussi obscure qu'étroite, par où nous montâmes au logement qui m'avoit été vanté. Il consistoit en une seule chambre, de laquelle mon ingénieux ami s'en étoit fait quatre séparées par des cloisons de sapin. La première servoit d'antichambre à la seconde où il couchoit : il faisoit son cabinet de la troisième, et sa cuisine de la dernière. La chambre et l'anti-

chambre étoient tapissées de cartes géographiques, de thèses de philosophie, et les meubles répondoient à la tapisserie. C'étoit un grand lit de brocard tout usé, de vieilles chaises de serge jaune, garnies d'une frange de soie de Grenade de la même couleur, une table à pieds dorés, couverte d'un cuir qui paroissoit avoir été rouge, et bordée d'une crépine de faux or devenu noir par le laps de temps, avec une armoire d'ébène, ornée de figures grossièrement sculptées. Il avoit pour bureau, dans son cabinet, une petite table; et sa bibliothèque étoit composée de quelques livres, avec plusieurs liasses de papiers qu'on voyoit sur des ais disposés par étages le long du mur. Sa cuisine, qui ne déparoit pas le reste, contenoit de la poterie et d'autres ustensiles nécessaires.

Fabrice, après m'avoir donné le loisir de considérer son appartement, me dit : Que penses-tu de mon ménage et de mon logement? n'en es-tu pas enchanté? Oui, ma foi, lui répondis-je en souriant. Il faut que tu ne fasses pas mal tes affaires à Madrid pour y être si bien nippé. Tu as sans doute quelque commission? Le ciel m'en préserve! répliqua-t-il. Le parti que j'ai pris est au-dessus de tous les emplois. Un homme de distinction, à qui cet hôtel appartient, m'y a donné une chambre dont j'ai fait quatre pièces que j'ai meublées comme tu vois. Je ne m'occupe que de choses qui me font plaisir, et je ne sens pas la nécessité. Parle-moi plus clairement, interrompis-je : tu irrites l'envie que j'ai d'apprendre ce que tu fais. Eh bien! me dit-il, je vais te contenter. Je suis devenu auteur, je me suis jeté dans le bel esprit; j'écris en vers et en prose; je suis au poil et à la plume.

Toi, favori d'Apollon! m'écriai-je en riant; voilà ce que je n'aurois jamais deviné; je serois moins surpris de te voir toute autre chose. Quels charmes as-tu donc pu trouver dans la condition des poètes? Il me semble que ces gens-là sont méprisés dans la vie civile, et qu'ils n'ont pas un ordinaire réglé. Eh fi! s'écria-t-il à son tour. Tu me parles de ces misérables auteurs dont les ouvrages sont le rebut des libraires et des comédiens. Faut-il s'étonner si l'on n'estime pas de semblables écrivains? Mais les bons, mon ami, sont sur un meilleur pied dans le monde; et je puis dire, sans vanité, que je suis du nombre de ceux-ci. Je n'en doute pas, lui dis-je; tu es un garçon plein d'esprit; ce que tu composes ne doit pas être mauvais. Je ne suis en peine que de savoir comment la rage d'écrire a pu te prendre; cela me paroît digne de ma curiosité.

Ton étonnement est juste, reprit Nunez. J'étois si content de mon état chez le seigneur Manuel Ordonnez, que je n'en souhaitois pas d'autre. Mais mon génie s'élevant peu à peu, comme celui de

---

[1] Ce tableau du bonheur, facile et peu coûteux, qui contente un homme de lettres, avoit grand nombre de modèles à Paris dans le temps où Le Sage écrivoit, à commencer par lui et son ami Danchet. Un revenu plus que modique fit subsister long-temps le géomètre Varignon et l'abbé de Saint-Pierre. Ceux qui ne peuvent soupçonner les jouissances ineffables de l'esprit et de la pensée ne concevront jamais comment les gens de lettres travaillent, se tourmentent, pour courir après des chimères et obtenir, au bout d'une carrière si pénible,

       L'indigence, peut-être, et l'immortalité.

Cependant, écoutez Fabrice! Il n'a rien, *mais il vit content; il est heureux puisqu'il croit l'être.* Ce personnage de Fabrice, qui s'appelle lui-même *un petit Aristippe,* est le pendant inverse de celui de Gil Blas.

Plaute, au-dessus de la servitude, je composai une comédie que je fis représenter par des comédiens qui jouoient à Valladolid. Quoiqu'elle ne valût pas le diable, elle eut un fort grand succès. Je jugeai par là que le public étoit une bonne vache à lait qui se laissoit aisément traire. Cette réflexion et la fureur de faire de nouvelles pièces me détachèrent de l'hôpital. L'amour de la poésie m'ôta celui des richesses. Je résolus de me rendre à Madrid, comme au centre des beaux esprits, pour y former mon goût. Je demandai mon congé à l'administrateur, qui ne me le donna qu'à regret, tant il avoit d'affection pour moi. Fabrice, me dit-il, pourquoi veux-tu me quitter? t'aurois-je donné, sans y penser, quelque sujet de mécontentement? Non, lui répondis-je, seigneur; vous êtes le meilleur de tous les maîtres, et je suis pénétré de vos bontés; mais vous savez qu'il faut suivre son étoile. Je me sens né pour éterniser mon nom par des ouvrages d'esprit. Quelle folie! me répliqua ce bon bourgeois. Tu as déjà pris racine à l'hôpital; tu es du bois dont on fait les économes, et quelquefois même les administrateurs. Tu veux quitter le solide pour t'occuper de fadaises. Tant pis pour toi, mon enfant.

L'administrateur, voyant qu'il combattoit inutilement mon dessein, me paya mes gages, et me fit présent d'une cinquantaine de ducats pour reconnoître mes services. De manière qu'avec cela, et ce que je pouvois avoir grapillé dans les petites commissions dont on avoit chargé mon intégrité, je fus en état, en arrivant à Madrid, de me mettre proprement; ce que je ne manquai pas de faire, quoique les écrivains de notre nation ne se piquent guère de propreté. Je connus bientôt *Lope de Vega Miguel Carpio* [1], *Cervantes de Saavedra* [2] et les autres fameux auteurs; mais, préférablement à ces grands hommes, je choisis pour mon précepteur un jeune bachelier cordouan, l'incomparable *don Louis de Gongora* [3], le plus beau

---

[1] Cet auteur prodigieux par sa fécondité, a fait, entre autres ouvrages, dix-huit cents pièces de théâtre, dont on a trois cents d'imprimées.

[2] Auteur incomparable, et encore plus malheureux, de l'Histoire de Don Quichotte. Il fut dans sa jeunesse un très-bon poète comique. Le duc de Lerme le traita cependant assez mal. Cervantes fit, pour se venger, son chef-d'œuvre de don Quichotte, satire du premier ministre, ridiculement entêté de la chevalerie. Cervantes fut persécuté, et mourut de misère à Madrid en 1616. C'est assez le sort des grands hommes; et l'on doit remarquer cette fatale destinée des deux premiers génies du Portugal et de l'Espagne.

> Lisbonne avec raison se vante
> Du Camoëns, qui fut sans pain.
> L'Espagne est fière de Cervantes,
> Qu'elle a laissé mourir de faim.

[3] Gongora, plein d'esprit et avide de gloire, hasarda

génie que l'Espagne ait jamais produit. Il ne veut pas que ses ouvrages soient imprimés de son vivant; il se contente de les lire à ses amis. Ce qu'il a de particulier, c'est que la nature l'a doué du rare talent de réussir dans toutes sortes de poésies. Il excelle principalement dans les pièces satiriques : voilà son fort. Ce n'est pas, comme Lucilius [1], un fleuve bourbeux qui entraîne avec lui beaucoup de limon; c'est le Tage qui roule des eaux pures sur un sable d'or.

Tu me fais, dis-je à Fabrice, un beau portrait de ce bachelier, et je ne doute pas qu'un personnage de ce mérite-là n'ait bien des envieux. Tous les auteurs, répondit-il, tant bons que mauvais, se déchaînent contre lui. Il aime l'enflure, dit l'un, les pointes, les métaphores et les transpositions. Ses vers, dit un autre, ont l'obscurité de ceux que les prêtres saliens chantoient dans leurs processions, et que personne n'entendoit. Il y en a même qui lui reprochent de faire tantôt des sonnets ou des romances, tantôt des comédies, des dizains et des létrilles [2], comme s'il avoit follement entrepris d'effacer les meilleurs écrivains dans tous les genres. Mais tous ces traits de jalousie ne font que s'émousser contre une muse chérie des grands et de la multitude

C'est donc sous un si habile maître que j'ai fait mon apprentissage, et j'ose dire, sans vanité, qu'il y paroît. J'ai si bien pris son esprit, que je compose déjà des morceaux abstraits qu'il avoueroit. Je vais, à son exemple, débiter ma marchandise dans les grandes maisons, où l'on me reçoit à merveille, et où j'ai affaire à des gens qui ne sont pas fort difficiles. Il est vrai que j'ai le débit séduisant; ce qui ne nuit pas à mes compositions. Enfin je suis aimé de plusieurs seigneurs, et je vis surtout avec le duc de Medina Sidonia comme Horace vivoit avec Mecenas. Voilà, poursuivit Fabrice, de quelle manière j'ai été métamorphosé en auteur. Je n'ai plus rien à te conter. C'est à toi, Gil Blas, à chanter tes exploits!

Alors je pris la parole, et, supprimant toute circonstance indifférente, je lui fis le détail qu'il demandoit. Après cela, il fut question de dîner.

---

des ouvrages hérissés d'antithèses. Ces faux brillants gâtèrent le style poétique autant que Gracian défigura la prose, par la prétention d'un style énigmatique. Gongora-y-Argora, *le prince des poètes*, mourut en 1627. Baltazar Gracian mourut en 1658.

[1] Lucilius, auteur des satires latines, dont Horace a dit qu'il couloit en effet comme un fleuve bourbeux, mais dont il y avoit pourtant quelque chose à tirer.

> *Cùm flueret lutulentus, erat quod tollere velles.*
>
> HORAT. Sat. I. L. IV.

[2] *Létrille*, mot particulier à la poésie espagnole, pour exprimer des madrigaux, de petits compliments, de petites lettres en vers.

Il tira de son armoire d'ébène des serviettes, du pain, un reste d'épaule de mouton rôti, une bouteille d'excellent vin, et nous nous mîmes à table avec toute la gaîté de deux amis qui se rencontrent après une longue séparation. Tu vois, me dit-il, ma vie libre et indépendante. Si je voulois suivre l'exemple de mes confrères, j'irois tous les jours manger chez les personnes de qualité; mais, outre que l'amour du travail me retient souvent au logis, je suis un petit Aristippe. Je m'accommode également du grand monde et de la retraite, de l'abondance et de la frugalité.

Nous trouvâmes le vin si bon, qu'il fallut tirer de l'armoire une seconde bouteille. Entre la poire et le fromage, je lui témoignai que je serois bien aise de voir quelqu'une de ses productions. Aussitôt il chercha parmi ses papiers un sonnet qu'il me lut d'un air emphatique. Néanmoins, malgré le charme de la lecture, je trouvai l'ouvrage si obscur, que je n'y compris rien du tout. Il s'en aperçut. Ce sonnet, me dit-il, ne te paroît pas fort clair, n'est-ce pas? Je lui avouai que j'y aurois voulu un peu plus de netteté. Il se mit à rire à mes dépens. Si ce sonnet, reprit-il, n'est guère intelligible, tant mieux, mon ami! Les sonnets, les odes et les autres ouvrages qui veulent du sublime ne s'accommodent pas du simple et du naturel; c'est l'obscurité qui en fait tout le mérite. Il suffit que le poète croie s'y entendre. Tu te moques de moi, interrompis-je. Il faut du bon sens et de la clarté dans toutes les poésies, de quelque nature qu'elles soient; et si ton incomparable Gongora n'écrit pas plus clairement que toi, je t'avoue que j'en rabats bien. C'est un poète qui ne peut tout au plus tromper que son siècle. Voyons présentement de ta prose.

Nunez me fit voir une préface qu'il prétendoit, disoit-il, mettre à la tête d'un recueil de comédies qu'il avoit sous la presse. Ensuite il me demanda ce que j'en pensois. Je ne suis pas, lui dis-je, plus satisfait de ta prose que de tes vers. Ton sonnet n'est qu'un pompeux galimatias; et il y a dans ta préface des expressions trop recherchées, des mots qui ne sont point marqués au coin du public, des phrases entortillées, pour ainsi dire. En un mot, ton style est singulier. Les livres de nos bons et anciens auteurs ne sont pas écrits comme cela. Pauvre ignorant, s'écria Fabrice, tu ne sais pas que tout *prosateur* [1] qui aspire aujourd'hui à la réputation d'une plume délicate, affecte cette singularité de style, ces expressions détournées qui te choquent. Nous sommes cinq ou six novateurs

hardis [1] qui avons entrepris de changer la langue du blanc au noir; et nous en viendrons à bout, s'il plaît à Dieu, en dépit de Lope de Vega, de Solis, de Cervantes, et de tous les autres beaux esprits qui nous chicanent sur nos nouvelles façons de parler. Nous sommes secondés par un nombre de partisans de distinction; nous avons dans notre cabale jusqu'à des théologiens.

Après tout, continua-t-il, notre dessein est louable; et, le préjugé à part, nous valons mieux que ces écrivains naturels qui parlent comme le commun des hommes. Je ne sais pas pourquoi il y a tant d'honnêtes gens qui les estiment. Cela étoit fort bon à Athènes et à Rome, où tout le monde étoit confondu; et c'est pourquoi Socrate dit à Alcibiade que le peuple est un excellent maître de langue. Mais à Madrid nous avons un bon et un mauvais usage, et nos courtisans s'expriment autrement que nos bourgeois. Tu peux m'en croire; enfin notre style nouveau l'emporte sur celui de nos antagonistes. Je veux par un seul trait te faire sentir la différence qu'il y a de la gentillesse de notre diction à la platitude de la leur. Ils diroient, par exemple, tout uniment : *Les intermèdes embellissent une comédie;* et nous, nous disons plus joliment : *Les intermèdes font beauté dans une comédie.* Remarque bien ce *font beauté.* En sens-tu tout le brillant, toute la délicatesse, tout le mignon?

J'interrompis mon novateur par un éclat de rire. Va, Fabrice, lui dis-je, tu es un original avec ton langage précieux. Et toi, me répondit-il, tu n'es qu'une bête avec ton style naturel. « Allez, » poursuivit-il en m'appliquant ces paroles de l'archevêque de Grenade, « allez trouver mon tréso-» rier; qu'il vous compte cent ducats, et que le » ciel vous conduise avec cette somme. Adieu, mon-» sieur Gil Blas; je vous souhaite un peu plus de » goût. » Je renouvelai mes ris à cette saillie; et Fabrice, me pardonnant d'avoir parlé avec irrévérence de ses écrits, ne perdit rien de sa belle humeur. Nous achevâmes de boire notre seconde bouteille; après quoi nous nous levâmes de table tous deux assez bien conditionnés. Nous sortîmes dans le dessein de nous aller promener au Prado; mais, en passant devant la porte d'un marchand de liqueurs, il nous prit fantaisie d'entrer chez lui.

---

[1] Ce mot étoit nouveau lorsque Le Sage l'employoit, et il l'a mis en italique. Le mot a fait fortune, mais il est resté isolé. Nous n'avons pas de verbe qui soit à *prosateur* ce que *versifier* est à *versificateur.*

[1] *Cinq ou six novateurs hardis, etc.* Ceci peut s'appliquer sans doute à la langue espagnole, du temps de Gongora et de Baltazar Gracian; mais Le Sage en vouloit bien plus à MM. de Lamotte, de Fontenelle, Marivaux, etc. Il est certain qu'on se plaignoit dans le temps où il écrivoit, de la corruption du style, et des *néologismes,* dont on fit un dictionnaire. Il y a une épître du P. Ducerceau à M. Joly de Fleury, avocat-général, sur *la Décadence du bon goût,* qui date de la même époque et roule absolument sur le même sujet.

Il y avoit ordinairement bonne compagnie dans cet endroit-là. Je vis dans deux salles séparées des cavaliers qui s'amusoient différemment. Dans l'une on jouoit à la prime et aux échecs, et dans l'autre dix ou douze personnes étoient fort attentives à écouter deux beaux esprits de profession qui disputoient. Nous n'eûmes pas besoin de nous approcher d'eux pour entendre qu'une proposition de métaphysique faisoit le sujet de leur dispute ; car ils parloient avec tant de chaleur et d'emportement, qu'ils avoient l'air de deux possédés. Je m'imagine que si on leur eût mis sous le nez l'anneau d'Éléazar[1], on auroit vu sortir des démons par leurs narines. Eh ! bon Dieu ! dis-je à mon compagnon, quelle vivacité ! quels poumons ! Ces disputeurs étoient nés pour être des crieurs publics. La plupart des hommes sont déplacés. Oui vraiment, répondit-il : ces gens-ci sont apparemment de la race de Novius, ce banquier romain dont la voix s'élevoit au-dessus du bruit des charretiers[2]. Mais, ajouta-t-il, ce qui me dégoûteroit le plus de leurs discours, c'est qu'on en a les oreilles infructueusement étourdies. Nous nous éloignâmes de ces métaphysiciens bruyants, et par là je fis avorter une migraine qui commençoit à me prendre. Nous allâmes nous placer dans un coin de l'autre salle, d'où, en buvant des liqueurs rafraîchissantes, nous nous mîmes à examiner les cavaliers qui entroient et ceux qui sortoient. Nunez les connoissoit presque tous. Vive Dieu ! s'écria-t-il, la dispute de nos philosophes ne finira pas sitôt ; voici des troupes fraîches qui arrivent. Ces trois hommes qui entrent vont se mettre de la partie. Mais vois-tu ces deux originaux qui sortent ? Ce petit personnage basané, sec, et dont les cheveux plats et longs lui descendent par égale portion par devant et par derrière, s'appelle don Julien de Villanuno. C'est un jeune oydor qui tranche du petit-maître. Nous allâmes, un de mes amis et moi, dîner chez lui l'autre jour. Nous le surprîmes dans une occupation assez singulière. Il se divertissoit dans son cabinet à jeter et à se faire apporter par un grand lévrier les sacs d'un procès dont il est rapporteur, et que le chien déchiroit à belles dents. Ce licencié qui l'accompagne, cette face rubiconde, se nomme don Chérubin Tonto[3]. C'est un chanoine de l'église de Tolède, le plus imbécile mortel qu'il y ait au monde. Cependant, à son air

riant et spirituel, vous lui donneriez beaucoup d'esprit. Il a des yeux brillants, avec un rire fin et malicieux. On diroit qu'il pense très-finement. Lit-on devant lui un ouvrage délicat, il l'écoute avec une attention que vous croyez pleine d'intelligence, et toutefois il n'y comprend rien. Il étoit du repas chez l'oydor. On y dit mille jolies choses, une infinité de bons mots. Don Chérubin ne parla pas ; mais il applaudissoit avec des grimaces et des démonstrations qui paroissoient supérieures aux saillies mêmes qui nous échappoient.

Connois-tu, dis-je à Nunez, ces deux malpeignés qui, les coudes appuyés sur une table, s'entretiennent tout bas dans ce coin, en se soufflant au nez leurs haleines ? Non, me répondit-il ; ces visages-là me sont inconnus. Mais, selon toutes les apparences, ce sont des politiques de cafés qui censurent le gouvernement. Considère ce gentil cavalier qui siffle en se promenant dans cette salle, et en se soutenant tantôt sur un pied et tantôt sur un autre. C'est don Augustin Moreto, un jeune poète qui n'est pas né sans talent, mais que les flatteurs et les ignorants ont rendu presque fou. L'homme que tu vois qu'il aborde est un de ses confrères qui fait de la prose rimée, et que Diane a aussi frappé.

Encore des auteurs ! s'écria-t-il en me montrant deux hommes d'épée qui entroient. Il semble qu'ils se soient tous donné le mot pour venir ici passer en revue devant toi. Tu vois don Bernard Deslenguado[1] et don Sébastien de Villa Viciosa. Le premier est un esprit plein de fiel, un auteur né sous l'étoile de Saturne, un mortel malfaisant qui se plaît à haïr tout le monde, et qui n'est aimé de personne. Pour don Sébastien, c'est un garçon de bonne foi, un auteur qui ne veut rien avoir sur la conscience. Il a depuis peu mis au théâtre une pièce qui a eu une réussite extraordinaire, et il l'a fait imprimer pour n'abuser pas plus long-temps de l'estime du public.

Le charitable élève de Gongora se préparoit à continuer de m'expliquer les figures du tableau changeant que nous avions devant les yeux, lorsqu'un gentilhomme du duc de Medina Sidonia vint l'interrompre en lui disant : Seigneur don Fabricio, je vous cherchois pour vous avertir que monsieur le duc voudroit bien vous parler. Il vous attend chez lui. Nunez, qui savoit qu'on ne peut satisfaire assez tôt un grand seigneur qui souhaite quelque chose, me quitta dans le moment même pour aller trouver son Mécénas, me laissant fort étonné de l'avoir entendu traiter de don, et de le voir ainsi devenu noble, en dépit de maître Chrysostôme le barbier son père.

<hr>

[1] Éléazar étoit un fameux magicien qui exorcisoit les démons en attachant au nez du possédé un certain anneau mystique dont le démon n'avoit pas plus tôt senti la puissance, qu'il abandonnoit le patient.

[2] Novius, devenu opulent à force d'usures, avoit été esclave. Horace l'a rendu célèbre.

[3] *Tonto*, lourdaud, idiot, benêt.

[1] *Deslenguado*, qui donne carrière à sa langue, médisant, mal embouché.

CHAPITRE XIV.

Fabrice place Gil Blas auprès du comte Galiano, seigneur sicilien.

J'avois trop d'envie de revoir Fabrice, pour n'être pas chez lui le lendemain de grand matin. Je donne le bon jour, dis-je en entrant, au seigneur don Fabricio, la fleur ou plutôt le champignon de la noblesse asturienne. A ces paroles il se mit à rire. Tu as donc remarqué, s'écria-t-il, qu'on m'a traité de don? Oui, mon gentilhomme, lui répondis-je; et vous me permettrez de vous dire qu'hier, en me contant votre métamorphose, vous oubliâtes le meilleur. D'accord, répliqua-t-il; mais en vérité si j'ai pris ce titre d'honneur, c'est moins pour contenter ma vanité que pour m'accommoder à celle des autres. Tu connois les Espagnols; ils ne font aucun cas d'un honnête homme, s'il a le malheur de manquer de bien et de naissance. Je te dirai de plus que je vois tant de gens, et Dieu sait quelles sortes de gens, qui se font appeler don François, don Gabriel, don Pèdre, ou don comme tu voudras, qu'il faut convenir que la noblesse est une chose bien commune, et qu'un roturier qui a du mérite lui fait honneur quand il veut bien s'y agréger.

Mais changeons de matière, ajouta-t-il. Hier au soir, au souper du duc de Medina Sidonia, où, entre autres convives, étoit le comte Galiano, grand seigneur sicilien, la conversation tomba sur les effets ridicules de l'amour-propre. Charmé d'avoir de quoi réjouir la compagnie là-dessus, je la régalai de l'histoire des homélies. Tu t'imagines bien qu'on en a ri, et qu'on en a donné de toutes les façons à ton archevêque; ce qui n'a pas produit un mauvais effet pour toi, car on t'a plaint; et le comte Galiano, après m'avoir fait force questions sur ton chapitre, auxquelles tu peux croire que j'ai répondu comme il falloit, m'a chargé de te mener chez lui. J'allois te chercher tout à l'heure pour t'y conduire. Il veut apparemment te proposer d'être un de ses secrétaires. Je te conseille pas de rejeter ce parti : tu seras parfaitement bien chez ce seigneur; il est riche, et fait à Madrid une dépense d'ambassadeur. On dit qu'il est venu à la cour pour conférer avec le duc de Lerme sur des biens royaux que ce ministre a dessein d'aliéner en Sicile. Enfin le comte Galiano, quoique Sicilien, paroît généreux, plein de droiture et de franchise. Tu ne saurois mieux faire que de t'attacher à ce seigneur-là. C'est lui probablement qui doit t'enrichir, suivant ce qu'on t'a prédit à Grenade.

J'avois résolu, dis-je à Nunez, de battre un peu le pavé et de me donner du bon temps avant que de me remettre à servir; mais tu me parles du comte sicilien d'une manière qui me fait changer de résolution. Je voudrois déjà être auprès de lui. Tu y seras bientôt, reprit-il, ou je suis fort trompé. Nous sortîmes en même temps tous deux pour aller chez le comte, qui occupoit la maison de don Sanche d'Avila son ami, qui étoit alors à la campagne.

Nous trouvâmes dans la cour je ne sais combien de pages et de laquais qui portoient une livrée aussi riche que galante, et dans l'antichambre plusieurs écuyers, gentilshommes et autres officiers. Ils avoient tous des habits magnifiques, mais avec cela des faces si baroques, que je crus voir une troupe de singes vêtus à l'espagnole. Il faut avouer qu'il y a des mines d'hommes et de femmes pour qui l'art ne peut rien.

On annonça don Fabricio, qui fut introduit un moment après dans la chambre, où je le suivis. Le comte en robe de chambre étoit assis sur un sopha, et prenoit son chocolat. Nous le saluâmes avec toutes les démonstrations d'un profond respect; et il nous fit de son côté une inclination de tête, accompagnée de regards si gracieux que je me sentis d'abord gagner l'âme. Effet admirable, et pourtant ordinaire, que fait sur nous l'accueil favorable des grands! Il faut qu'ils nous reçoivent bien mal, quand ils nous déplaisent.

Après avoir pris son chocolat, il s'amusa quelque temps à badiner avec un gros singe qu'il avoit auprès de lui, et qu'il appeloit Cupidon. Je ne sais pourquoi on avoit donné le nom de ce dieu à cet animal, si ce n'est à cause qu'il en avoit toute la malice; car il ne lui ressembloit nullement d'ailleurs. Il ne laissoit pas, tel qu'il étoit, de faire les délices de son maître, qui étoit si charmé de ses gentillesses, qu'il le tenoit sans cesse dans ses bras. Nunez et moi, quoique peu divertis des gambades du singe, nous fîmes semblant d'en être enchantés. Cela plut fort au Sicilien, qui suspendit le plaisir qu'il prenoit à ce passe-temps, pour me dire : Mon ami, il ne tiendra qu'à vous d'être un de mes secrétaires. Si le parti vous convient, je vous donnerai deux cents pistoles tous les ans. Il suffit que don Fabricio vous présente et qu'il réponde de vous. Oui, seigneur, s'écria Nunez, je suis plus hardi que Platon, qui n'osoit répondre d'un de ses amis qu'il envoyoit à Denis-le-Tyran. Je ne crains pas de m'attirer des reproches.

Je remerciai par une révérence le poète des Asturies de sa hardiesse obligeante. Puis m'adressant au patron, je l'assurai de mon zèle et de ma fidélité. Ce seigneur ne vit pas plutôt que sa proposition m'étoit agréable, qu'il fit appeler son intendant à qui il parla tout bas; ensuite il me dit : Gil Blas, je vous apprendrai tantôt à quoi je prétends vous employer. Vous n'avez en attendant qu'à suivre mon homme d'affaires; il vient de recevoir des ordres qui vous regardent. J'obéis, laissant Fabrice avec le comte et Cupidon.

L'intendant, qui étoit un Messinois des plus fins, me conduisit à son appartement en m'accablant d'honnêtetés. Il envoya chercher le tailleur qui avoit habillé toute la maison, et lui ordonna de me faire promptement un habit de la même magnificence que ceux des principaux officiers. Le tailleur prit ma mesure et se retira. Pour votre logement, me dit le Messinois, je sais une chambre qui vous conviendra. Eh! avez-vous déjeuné? poursuivit-il. Je répondis que non. Ah! pauvre garçon que vous êtes, reprit-il; que ne parlez-vous? Vous êtes ici dans une maison où il n'y a qu'à dire ce qu'on souhaite pour l'avoir. Venez, je vais vous mener dans un endroit où, grâces au ciel, rien ne manque.

A ces mots il me fit descendre à l'office, où nous trouvâmes le maître d'hôtel, qui étoit un Napolitain qui valoit bien un Messinois. On pouvoit dire de lui et de l'intendant: Jean danse mieux que Pierre, Pierre danse mieux que Jean. Cet honnête maître d'hôtel étoit avec cinq ou six de ses amis qui s'empiffroient de jambons, de langues de bœuf et d'autres viandes salées qui les obligeoient à boire coup sur coup. Nous nous joignîmes à ces vivants, et les aidâmes à fesser les meilleurs vins de monsieur le comte. Pendant que ces choses se passoient à l'office, il s'en passoit d'autres à la cuisine. Le cuisinier régaloit aussi trois ou quatre bourgeois de sa connoissance qui n'épargnoient pas plus que nous le vin, et qui se remplissoient l'estomac de pâtés de lapins et de perdrix : il n'y avoit pas jusqu'aux marmitons qui ne se donnassent au cœur joie de tout ce qu'ils pouvoient escamoter. Je me crus dans une maison abandonnée au pillage; cependant ce n'étoit rien que cela. Je ne voyois que des bagatelles, en comparaison de ce que je ne voyois pas.

CHAPITRE XV.

Des emplois que le comte Galiano donna dans sa maison à Gil Blas.

Je sortis pour aller chercher mes hardes, et les faire apporter à ma nouvelle demeure. Quand je revins, le comte étoit à table avec plusieurs seigneurs et le poète Nunez, lequel d'un air aisé se faisoit servir et se mêloit à la conversation. Je remarquai même qu'il ne disoit pas un mot qui ne fît plaisir à la compagnie. Vive l'esprit! quand on en a, on fait bien tous les personnages qu'on veut.

Pour moi je dînai avec les officiers, qui furent traités, à peu de chose près, comme le patron. Après le repas, je me retirai dans ma chambre, où je me mis à réfléchir sur ma condition. Hé bien! me dis-je, Gil Blas, te voilà donc auprès d'un comte sicilien dont tu ne connois pas le caractère! A juger sur les apparences, tu seras dans sa maison comme le poisson dans l'eau. Mais il ne faut jurer de rien, et tu dois te défier de ton étoile, dont tu n'as que trop souvent éprouvé la malignité. Outre cela, tu ignores à quoi il te destine. Il a des secrétaires et un intendant; quels services veut-il donc que tu lui rendes? Apparemment qu'il a dessein de te faire porter le caducée. A la bonne heure : on ne sauroit être sur un meilleur pied chez un seigneur pour faire son chemin en poste. En rendant de plus honnêtes services, on ne marche que pas à pas, et encore n'arrive-t-on pas toujours à son but.

Tandis que je faisois de si belles réflexions, un laquais vint me dire que tous les cavaliers qui avoient dîné à l'hôtel venoient de sortir pour s'en retourner chez eux, et que monsieur le comte me demandoit. Je volai aussitôt à son appartement, où je le trouvai couché sur un sopha, et prêt à faire la *sieste* avec son singe qui étoit à côté de lui.

Approchez, Gil Blas, me dit-il, prenez un siége et m'écoutez. Je fis ce qu'il m'ordonnoit, et il me parla dans ces termes : Don Fabricio m'a dit qu'entre autres bonnes qualités vous aviez celle de vous attacher à vos maîtres, et que vous étiez un garçon plein d'intégrité. Ces deux choses m'ont déterminé à vous proposer d'être à moi. J'ai besoin d'un domestique affectionné qui épouse mes intérêts et mette toute son attention à conserver mon bien. Je suis riche, à la vérité; mais ma dépense va tous les ans fort au-delà de mes revenus. Et pourquoi? c'est qu'on me vole, c'est qu'on me pille. Je suis dans ma maison comme dans un bois rempli de voleurs. Je soupçonne mon maître d'hôtel et mon intendant de s'entendre ensemble; et si je ne me trompe point, en voilà plus qu'il n'en faut pour me ruiner de fond en comble. Vous me direz que, si je les crois fripons, je n'ai qu'à les chasser. Mais où en prendre d'autres qui soient pétris d'un meilleur limon? Il faut donc que je me contente de les faire observer l'un et l'autre par un homme qui ait droit d'inspection sur leur conduite; et c'est vous que je choisis pour remplir cette commission. Si vous vous en acquittez bien, soyez sûr que vous ne servirez pas un ingrat. J'aurai soin de vous établir en Sicile très-avantageusement.

Après m'avoir tenu ce discours, il me renvoya; et dès le soir même, devant tous les domestiques, je fus proclamé surintendant de la maison. Le Messinois et le Napolitain n'en furent pas d'abord fort mortifiés, parce que je leur paroissois un gaillard de bonne composition, et qu'ils comptoient qu'en partageant avec moi le gâteau, ils iroient toujours leur train. Mais ils se trouvèrent bien sots le jour suivant lorsque je leur déclarai que j'étois un homme ennemi de toute malversation. Je demandai au maître d'hôtel un état des provisions. Je visitai la cave. Je pris connoissance de tout ce qu'il y avoit dans l'office, je veux dire de l'argenterie et du linge. Je les exhortai ensuite tous deux à ménager le bien du patron, à user d'épargne dans la dépense, et je finis mon exhortation en leur protestant que j'avertirois ce seigneur de toutes les mauvaises manœuvres que je verrois faire chez lui.

Je n'en demeurai pas là. Je voulus avoir un espion pour découvrir s'il y avoit de l'intelligence entre eux. Je jetai les yeux sur un marmiton qui, s'étant laissé gagner par mes promesses, me dit que je ne pouvois mieux m'adresser qu'à lui pour être instruit de tout ce qui se passoit au logis; que le maître d'hôtel et l'intendant étoient d'accord ensemble et brûloient la chandelle par les deux bouts; qu'ils détournoient tous les jours la moitié des viandes qu'on achetoit pour la maison; que le Napolitain avoit soin d'une dame qui demeuroit vis-à-vis le collége de Saint-Thomas, et que le Messinois en entretenoit une autre à la porte du Soleil; que ces deux messieurs faisoient porter tous les matins chez leurs nymphes toutes sortes de provisions; que le cuisinier de son côté envoyoit de bons plats à une veuve qu'il connoissoit dans le voisinage, et qu'en faveur des services qu'il rendoit aux deux autres, à qui il étoit tout dévoué, il disposoit comme eux des vins de la cave; enfin que ces trois domestiques étoient cause qu'il se faisoit une dépense horrible chez monsieur le comte. Si vous doutez de mon rapport, ajouta le marmiton, donnez-vous la peine de vous trouver demain matin sur les sept heures auprès du collége de Saint-Thomas, vous me verrez chargé d'une hotte qui changera votre doute en certitude. Tu es donc, lui dis-je, commissionnaire de ces galants pourvoyeurs? Je suis, répondit-il, employé par le maître d'hôtel, et un de mes camarades fait les messages de l'intendant.

Ce rapport me parut valoir la peine d'être vérifié. J'eus la curiosité le lendemain de me rendre à l'heure marquée auprès du collége de Saint-Thomas. Je n'attendis pas long-temps mon espion. Je le vis bientôt arriver avec une grande hotte toute pleine de viande de boucherie, de volaille et de gibier. Je fis l'inventaire des pièces, et j'en dressai sur mes tablettes un petit procès-verbal que j'allai montrer à mon maître, après avoir dit au fouille-au-pot qu'il pouvoit, comme à son ordinaire, s'acquitter de sa commission.

Le seigneur sicilien, qui étoit fort vif de son naturel, voulut dans son premier mouvement chasser le Napolitain et le Messinois; mais, après y avoir fait réflexion, il se contenta de se défaire du dernier, dont il me donna la place. Ainsi ma charge de surintendant fut supprimée peu de temps après sa création, et franchement je n'y eus point de regret. Ce n'étoit, à proprement parler, qu'un emploi honorable d'espion, qu'un poste qui n'avoit rien de solide, au lieu qu'en devenant monsieur l'intendant, je me voyois maître du coffre-fort, et c'est là le principal. C'est toujours ce domestique-là qui tient le premier rang dans une grande maison; et il y a tant de petits bénéfices attachés à son administration, qu'il s'enrichiroit infailliblement, quand même il seroit honnête homme.

Mon Napolitain, qui n'étoit pas au bout de ses finesses, remarquant que j'avois un zèle brutal, et que je me mettois sur le pied de voir tous les matins les viandes qu'il achetoit et d'en tenir registre, cessa d'en détourner; mais le bourreau continua d'en prendre la même quantité chaque jour. Par cette ruse, augmentant le profit qu'il tiroit de la déserte de la table qui lui appartenoit de droit, il se mit en état d'envoyer du moins de la viande cuite à sa mignonne, s'il ne pouvoit plus lui en envoyer de crue. Le diable n'y perdoit rien, et le comte n'étoit guère plus avancé d'avoir le phénix des intendants. L'abondance excessive que je vis alors régner dans les repas me fit deviner ce nouveau tour; et j'y mis bon ordre aussitôt en retranchant le superflu de chaque service; ce que je fis toutefois avec tant de prudence, qu'on n'y aperçut point un air d'épargne. On eût dit que c'étoit toujours la même profusion; et néanmoins par cette économie je ne laissai pas de diminuer considérablement la dépense. Voilà ce que le patron demandoit; il vouloit ménager sans paroître moins magnifique. Son avarice étoit subordonnée à son ostentation.

Je n'en demeurai point là; je réformai un autre abus : trouvant que le vin alloit bien vite, je soupçonnai qu'il y avoit encore de la tricherie de ce côté-là. Effectivement, s'il y avoit, par exemple, douze cavaliers à la table du seigneur, il se buvoit cinquante et quelquefois soixante bouteilles. Cela m'étonnoit; je consultai là-dessus mon oracle, c'est-à-dire mon marmiton, avec qui j'avois des entretiens secrets, et qui me rapportoit fidèlement tout ce qui se disoit et se faisoit dans la cuisine, où il n'étoit suspect à personne. Il m'apprit que le dégât dont je me plaignois venoit d'une nouvelle ligue faite entre le maître d'hôtel, le cuisinier et les laquais qui versoient à boire; que ceux-ci remportoient les bouteilles à demi-pleines, qui se partageoient ensuite entre les confédérés. Je parlai aux laquais; je les menaçai de les mettre à la porte s'ils s'avisoient de récidiver, et il n'en fallut pas davantage pour les faire rentrer dans leur devoir. Mon maître, que j'avois grand soin d'informer des moindres choses que je faisois pour son bien, me combloit de louanges et prenoit de jour en jour plus d'affection pour moi. De mon côté, pour récompenser le marmiton qui me rendoit de si bons offices, je le fis aide de cuisine. C'est ainsi que dans les bonnes maisons un fidèle domestique fait son chemin.

Le Napolitain enrageoit de me rencontrer partout; et ce qui le mortifioit cruellement, c'étoit les contradictions qu'il avoit à essuyer de ma part toutes les fois qu'il s'agissoit de me rendre ses comptes; car, pour mieux lui rogner les ongles, je me donnois la peine d'aller dans les marchés pour savoir le prix des denrées. De sorte que je le voyois venir après cela; et, comme il ne manquoit pas de vouloir ferrer la mule, je le relançois vigoureusement. J'étois bien persuadé qu'il me maudissoit cent fois le jour; mais le sujet de ses malédictions m'empêchoit de craindre qu'elles ne fussent exaucées. Je ne sais comment il pouvoit résister à mes persécutions et ne pas quitter le service du seigneur sicilien. Sans doute que malgré tout cela il y trouvoit son compte.

Fabrice, que je voyois de temps en temps, et à qui je contois toutes mes prouesses d'intendant, jusqu'alors inouïes, étoit plus disposé à blâmer ma conduite qu'à l'approuver. Dieu veuille, me dit-il un jour, qu'après tout ceci ton désintéressement soit bien récompensé! Mais entre nous, si tu n'étois pas si roide avec le maître d'hôtel, je crois que tu n'en ferois pas plus mal. Eh quoi! lui répondis-je, ce voleur mettra effrontément, dans un état de dépense, à dix pistoles un poisson qui ne lui en aura coûté que quatre, et tu veux que je lui passe cet article? Pourquoi non? répliqua-t-il froidement : il n'a qu'à te donner la moitié du surplus, et il fera les choses dans les règles. Sur ma foi, notre ami, continua-t-il en branlant la tête, pour un homme d'esprit, vous vous y prenez bien mal; vous êtes un vrai gâte-maison, et vous avez bien la mine de servir long-temps, puisque vous n'écorchez pas l'anguille pendant que vous la tenez. Apprenez que la fortune ressemble à ces coquettes vives et légères qui échappent aux galants qui ne les brusquent pas.

Je ne fis que rire des discours de Nunez; il en rit lui-même à son tour, et voulut me persuader qu'il ne me les avoit pas tenus sérieusement. Il avoit honte de m'avoir donné inutilement un mauvais conseil. Je demeurai ferme dans la résolution d'être toujours fidèle et zélé. Je ne me démentis point, et j'ose dire qu'en quatre mois, par mon

épargne, je fis profit à mon maître de trois mille ducats pour le moins.

CHAPITRE XVI.

De l'accident qui arriva au singe du comte Galiano; du chagrin qu'en eut ce seigneur. Comment Gil Blas tomba malade, et quelle fut la suite de sa maladie.

Au bout de ce temps-là, le repos qui régnoit à l'hôtel fut étrangement troublé par un accident qui ne paroîtra qu'une bagatelle au lecteur, et qui devint pourtant une chose fort sérieuse pour les domestiques et surtout pour moi. Cupidon, ce singe dont j'ai parlé, cet animal si chéri du patron, en voulant un jour sauter d'une fenêtre à une autre, s'en acquitta si mal, qu'il tomba dans la cour et se démit une jambe. Le comte ne sut pas sitôt ce malheur, qu'il poussa des cris comme une femme; et dans l'excès de sa douleur, s'en prenant à tous ses gens sans exception, peu s'en fallut qu'il ne fît maison nette. Il borna toutefois sa fureur à maudir notre négligence, et à nous apostropher sans ménager les termes. Il envoya chercher sur-le-champ les chirurgiens de Madrid les plus habiles pour les fractures et dislocations des os. Ils visitèrent la jambe du blessé, la lui remirent et la bandèrent. Mais, quoiqu'ils assurassent tous que ce n'étoit rien, cela n'empêcha pas que mon maître ne retînt un d'entre eux pour demeurer auprès de l'animal jusqu'à parfaite guérison.

J'aurois tort de passer sous silence les peines et les inquiétudes qu'eut le seigneur sicilien pendant tout ce temps-là. Croira-t-on bien que le jour il ne quittoit point son cher Cupidon? il étoit présent quand on le pansoit, et la nuit il se levoit deux ou trois fois pour le voir. Ce qu'il y avoit de plus fâcheux, c'est qu'il falloit que tous les domestiques, et moi principalement, nous fussions toujours sur pied pour être prêts à courir où l'on jugeroit à propos de nous envoyer pour le service du singe. En un mot nous n'eûmes aucun repos dans l'hôtel jusqu'à ce que la maudite bête, ne se ressentant plus de sa chute, se remit à faire ses bonds et ses culbutes ordinaires. Après cela, refuserons-nous d'ajouter foi au rapport de Suétone, lorsqu'il dit que Caligula aimoit tant son cheval, qu'il lui donna une maison richement meublée avec des officiers pour le servir, et qu'il en vouloit même faire un consul? Mon patron n'étoit pas moins charmé de son singe; il en auroit volontiers fait un corrégidor.

Ce qu'il y eut de malheureux pour moi, c'est que j'avois enchéri sur tous les valets pour mieux faire ma cour au seigneur; et je m'étois donné de si grands mouvements pour son Cupidon, que j'en tombai malade. La fièvre me prit violemment, et mon mal devint tel, que je perdis toute connoissance. J'ignore ce qu'on fit de moi pendant quinze jours que je fus entre la vie et la mort. Je sais seulement que ma jeunesse lutta si bien contre la fièvre, et peut-être contre les remèdes qu'on me donna, que je repris enfin mes sens. Le premier usage que j'en fis fut de m'apercevoir que j'étois dans une autre chambre que la mienne. Je voulus savoir pourquoi; je le demandai à une vieille femme qui me gardoit : mais elle me répondit qu'il ne falloit pas que je parlasse, que le médecin l'avoit expressément défendu. Quand on se porte bien, on se moque ordinairement de ces docteurs; est-on malade? on se soumet docilement à leurs ordonnances.

Je pris donc le parti de me taire, quelque envie que j'eusse de m'entretenir avec ma garde. Je faisois des réflexions là-dessus, lorsqu'il entra deux manières de petits-maîtres fort lestes. Ils avoient des habits de velours, avec de très-beau linge garni de dentelles. Je m'imaginai que c'étoient des seigneurs amis de mon maître, lesquels par considération pour lui me venoient voir. Dans cette pensée je fis un effort pour me mettre en mon séant, et j'ôtai par respect mon bonnet; mais ma garde me recoucha tout de mon long, en me disant que ces seigneurs étoient mon médecin et mon apothicaire.

Le docteur s'approcha de moi, me tâta le pouls, observa mon visage; et remarquant tous les signes d'une prochaine guérison, il prit un air de triomphe comme s'il y eût mis beaucoup du sien, et dit qu'il ne falloit plus qu'une médecine pour achever son ouvrage; qu'après cela il pourroit se vanter d'avoir fait une belle cure. Quand il eut parlé de cette sorte, il fit écrire par l'apothicaire une ordonnance qu'il lui dicta en se regardant dans un miroir, en rajustant ses cheveux, et en faisant des grimaces dont je ne pouvois m'empêcher de rire malgré l'état où j'étois. Ensuite il me salua de la tête fort cavalièrement, et sortit plus occupé de sa figure que des drogues qu'il avoit ordonnées.

Après son départ, l'apothicaire, qui n'étoit pas venu chez moi pour rien, se prépara, on juge bien à quoi faire. Soit qu'il craignît que la vieille ne s'en acquittât pas adroitement, soit pour mieux faire valoir la marchandise, il voulut opérer lui-même; mais avec toute son adresse, je ne sais comment cela se fit; l'opération fut à peine achevée, que, rendant à l'opérant ce qu'il m'avoit donné, je mis son habit de velours dans un bel état. Il regarda cet accident comme un malheur attaché à la pharmacie. Il prit une serviette, s'essuya sans dire un mot, et s'en alla bien résolu de me faire payer le dégraisseur, à qui sans doute il fut obligé d'envoyer son habit.

Il revint le lendemain matin vêtu plus modestement, quoiqu'il n'eût rien à risquer ce jour-là, m'apporter la médecine que le docteur avoit ordonnée la veille. Outre que je me sentois mieux de moment en moment, j'avois tant d'aversion, depuis le jour précédent, pour les médecins et les apothicaires, que je maudissois jusqu'aux universités où ces messieurs reçoivent le pouvoir de tuer les hommes impunément. Dans cette disposition, je déclarai en jurant que je ne voulois plus de remèdes, et que je donnois au diable Hippocrate et sa séquelle. L'apothicaire, qui ne se soucioit nullement de ce que je ferois de sa composition, pourvu qu'elle lui fût payée, la laissa sur la table, et se retira sans me dire une syllabe.

Je fis sur-le-champ jeter par les fenêtres cette chienne de médecine, contre laquelle je m'étois si fort prévenu, que j'aurois cru être empoisonné si je l'eusse avalée. A ce trait de désobéissance j'en ajoutai un autre; je rompis le silence, et dis d'un ton ferme à ma garde que je prétendois absolument qu'elle m'apprît des nouvelles de mon maître. La vieille, qui appréhendoit d'exciter en moi une émotion dangereuse en me satisfaisant, ou qui peut-être aussi ne s'obstinoit que pour irriter mon mal, hésitoit à me parler; mais je la pressai si vivement de m'obéir, qu'elle me répondit enfin : Seigneur cavalier, vous n'avez plus d'autre maître que vous-même. Le comte Galiano s'en est retourné en Sicile.

Je ne pouvois croire ce que j'entendois; il n'y avoit pourtant rien de plus véritable. Ce seigneur, dès le second jour de ma maladie, craignant que je ne mourusse chez lui, avoit eu la bonté de me faire transporter avec mes petits effets dans une chambre garnie, où il m'avoit abandonné sans façon à la Providence et aux soins d'une garde. Sur ces entrefaites, ayant reçu un ordre de la cour qui l'obligeoit à repasser en Sicile, il étoit parti avec tant de précipitation, qu'il n'avoit plus songé à moi, soit qu'il me comptât déjà parmi les morts, soit que les personnes de qualité soient sujettes à ces fautes de mémoire.

Ma garde me fit ce détail, et m'apprit que c'étoit elle qui avoit été chercher un médecin et un apothicaire, afin que je ne périsse pas sans leur assistance. Je tombai dans une profonde rêverie à ces belles nouvelles. Adieu mon établissement avantageux en Sicile! adieu mes plus douces espérances ! Quand il vous arrivera quelque grand malheur, dit un pape, examinez-vous bien, et vous verrez qu'il y aura toujours de votre faute. N'en déplaise à ce saint père, je ne vois pas comment dans cette occasion je contribuai à mon infortune.

Lorsque je vis évanouir les flatteuses chimères dont je m'étois rempli la tête, la première chose dont je m'embarrassai l'esprit fut ma valise, que je fis apporter sur mon lit pour la visiter. Je soupirai en m'apercevant qu'elle étoit ouverte. Hélas ! ma chère valise, m'écriai-je, mon unique consolation ! vous avez été, à ce que je vois, à la merci des mains étrangères. Non, non, seigneur Gil Blas, me dit alors la vieille, rassurez-vous ; on ne vous a rien volé. J'ai conservé votre malle comme mon honneur.

J'y trouvai l'habit que j'avois en entrant au service du comte ; mais j'y cherchai vainement celui que le Messinois m'avoit fait faire. Mon maître n'avoit pas jugé à propos de me le laisser, ou bien quelqu'un se l'étoit approprié. Toutes mes autres hardes y étoient, et même une grande bourse de cuir qui renfermoit mes espèces ; je les comptai deux fois, ne pouvant croire la première qu'il n'y eût que cinquante pistoles de reste de deux cent soixante qu'il y avoit dedans avant ma maladie. Que signifie ceci, ma bonne mère? dis-je à ma garde. Voilà mes finances bien diminuées. Personne pourtant n'y a touché que moi, répondit la vieille, et je les ai ménagées autant qu'il m'a été possible. Mais les maladies coûtent beaucoup ; il faut toujours avoir l'argent à la main. Voici, ajouta cette bonne ménagère, en tirant de sa poche un paquet de papiers, voici un état de dépense qui est juste comme l'or, et qui vous fera voir que je n'ai pas employé un denier mal à propos.

Je parcourus des yeux le mémoire, qui contenoit bien quinze ou vingt pages. Miséricorde ! que de volaille achetée pendant que j'avois été sans connoissance ! Il falloit qu'en bouillons seulement il y eût pour le moins douze pistoles. Les autres articles répondoient à celui-là. On ne sauroit dire combien elle avoit dépensé en bois, en chandelle, en eau, en balais, etc. Cependant, quelque enflé que fût son mémoire, toute la somme alloit à peine à trente pistoles, et par conséquent il devoit y en avoir encore cent quatre-vingts de reste. Je lui représentai cela ; mais la vieille, d'un air ingénu, commença d'attester tous les saints qu'il n'y avoit dans la bourse que quatre-vingts pistoles lorsque le maître-d'hôtel du comte lui avoit confié ma valise. Que dites-vous, ma bonne? interrompis-je avec précipitation. C'est le maître-d'hôtel qui vous a remis mes hardes entre les mains? Sans doute, répondit-elle, c'est lui ; à telles enseignes qu'en me les donnant il me dit : Tenez, bonne mère, quand le seigneur Gil Blas sera frit à l'huile, ne manquez pas de le régaler d'un bel enterrement ; il y a dans cette valise de quoi en faire les frais.

Ah ! maudit Napolitain ! m'écriai-je alors. Je ne suis plus en peine de savoir ce qu'est devenu l'argent qui me manque. Vous l'avez raflé pour ré-compenser une partie des vols que je vous ai empêché de faire. Après cette apostrophe, je rendis grâce au ciel de ce que le fripon n'avoit pas tout emporté. Quelque sujet pourtant que j'eusse d'accuser le maître-d'hôtel de m'avoir volé, je ne laissai pas de penser que ma garde pouvoit fort bien être la voleuse. Mes soupçons tomboient tantôt sur l'un et tantôt sur l'autre ; mais c'étoit toujours la même chose pour moi. Je n'en témoignai rien à la vieille ; je ne la chicanai pas même sur les articles de son beau mémoire. Je n'aurois rien gagné à cela, et il faut bien que chacun fasse son métier. Je bornai mon ressentiment à la payer et à la renvoyer trois jours après.

Je m'imagine qu'en sortant de chez moi elle alla donner avis à l'apothicaire qu'elle venoit de me quitter, et que je me portois assez bien pour prendre la clé des champs sans compter avec lui ; car un moment après je le vis arriver tout essoufflé. Il me présenta son mémoire, dans lequel, sous des noms qui m'étoient inconnus, quoique j'eusse été médecin, il avoit écrit tous les prétendus remèdes qu'il m'avoit fournis dans le temps que j'étois sans sentiment. On pouvoit appeler ce mémoire-là de vraies parties d'apothicaire. Aussi nous eûmes une dispute lorsqu'il fut question du paiement. Je prétendois qu'il rabattît la moitié de la somme qu'il demandoit. Il jura qu'il n'en rabattroit pas même une obole. Considérant toutefois qu'il avoit affaire à un jeune homme qui dès ce jour-là pouvoit s'éloigner de Madrid, il aima mieux se contenter de ce que je lui offrois, c'est-à-dire de trois fois au-delà de ce que valoient ses drogues, que de s'exposer à perdre tout. Je lui lâchai des espèces à mon grand regret, et il se retira bien vengé du petit chagrin que je lui avois causé le jour du lavement.

Le médecin parut presque aussitôt ; car ces animaux-là sont toujours à la queue l'un de l'autre. J'escomptai ses visites, qui avoient été très-fréquentes, et je le renvoyai content. Mais avant que de me quitter, pour me prouver qu'il avoit bien gagné son argent, il me détailla les inconvénients mortels qu'il avoit prévenus dans ma maladie. Ce qu'il fit en fort beaux termes et d'un air agréable ; mais je n'y compris rien du tout. Lorsque je me fus défait de lui, je me crus débarrassé de tous les ministres des Parques. Je me trompois ; il entra un chirurgien que je n'avois vu de ma vie. Il me salua fort civilement, et me témoigna de la joie de me voir échappé du danger que j'avois couru ; ce qu'il attribuoit, disoit-il, à deux saignées abondantes qu'il m'avoit faites, et aux ventouses qu'il avoit eu l'honneur de m'appliquer. Autre plume qu'on me tira de l'aile. Il me fallut aussi cracher au bassin du chirurgien. Après tant d'évacuations, ma bourse se trouva si débile, qu'on pouvoit dire que c'étoit un corps confisqué, tant il y restoit peu d'humide radical.

Je commençai à perdre courage en me voyant retombé dans une situation misérable. Je m'étois, chez mes derniers maîtres, trop affectionné aux commodités de la vie; je ne pouvois plus, comme autrefois, envisager l'indigence en philosophe cynique. J'avouerai pourtant que j'avois tort de me laisser aller à la tristesse, après avoir tant de fois éprouvé que la fortune ne m'avoit pas plus tôt renversé qu'elle me relevoit; je n'aurois dû regarder l'état fâcheux où j'étois que comme une occasion prochaine de prospérité.

LIVRE HUITIÈME.

CHAPITRE PREMIER.

Gil Blas fait une bonne connoissance, et trouve un poste qui le console de l'ingratitude du comte Gallano. Histoire de don Valerio de Luna.

J'étois si surpris de n'avoir point entendu parler de Nunez pendant tout ce temps-là, que je jugeai qu'il devoit être à la campagne. Je sortis pour aller chez lui dès que je pus marcher, et j'appris en effet qu'il étoit depuis trois semaines en Andalousie avec le duc de Médina Sidonia.

Un matin à mon réveil, Melchior de la Ronda me vint dans l'esprit; et me ressouvenant que je lui avois promis à Grenade d'aller voir son neveu si jamais je retournois à Madrid, je m'avisai de vouloir tenir ma promesse ce jour-là même. Je m'informai de l'hôtel de don Baltazar de Zuniga, et je m'y rendis. Je demandai le seigneur Joseph Navarro, qui parut un moment après. Je le saluai, et il me reçut d'un air honnête, mais froid, quoique j'eusse décliné mon nom. Je ne pouvois concilier cet accueil glacé avec le portrait qu'on m'avoit fait de ce chef d'office. J'allois me retirer dans la résolution de ne lui pas faire une seconde visite, lorsque, prenant tout-à-coup un air ouvert et riant, il me dit avec beaucoup de vivacité : Ah! seigneur Gil Blas de Santillane, pardonnez-moi de grâce la réception que je viens de vous faire. Ma mémoire a trahi la disposition où je suis à votre égard. J'avois oublié votre nom, et je ne pensois plus à ce cavalier dont il est fait mention dans une lettre que j'ai reçue de Grenade il y a plus de quatre mois.

Que je vous embrasse! ajouta-t-il en se jetant à mon cou avec transport. Mon oncle Melchior, que j'aime et que j'honore comme mon propre père, me mande que si par hasard j'ai l'honneur de vous voir, il me conjure de vous faire le même traitement que je ferois à son fils, et d'employer, s'il le faut, pour vous, mon crédit et celui de mes amis. Il me fait l'éloge de votre cœur et de votre esprit dans des termes qui m'intéresseroient à vous servir, quand sa recommandation ne m'y engageroit pas. Regardez-moi donc, je vous prie, comme un homme à qui mon oncle a communiqué par sa lettre tous les sentiments qu'il a pour vous. Je vous donne mon amitié; ne me refusez pas la vôtre.

Je répondis avec la reconnoissance que je devois à la politesse de Joseph; et tous deux, en gens vifs et sincères, nous formâmes à l'heure même une étroite liaison. Je n'hésitai point à lui découvrir la situation de mes affaires. Ce que je n'eus pas sitôt fait, qu'il me dit : Je me charge du soin de vous placer; et en attendant, ne manquez pas de venir manger ici tous les jours. Vous y aurez un meilleur ordinaire qu'à votre auberge. L'offre flattoit trop un convalescent mal en espèces et accoutumé aux bons morceaux pour être rejetée. Je l'acceptai, et je me refis si bien dans cette maison, qu'au bout de quinze jours j'avois déjà une face de bernardin. Il me parut que le neveu de Melchior faisoit là ses orges à merveille. Mais comment ne les auroit-ils pas faites? il avoit trois cordes à son arc : il étoit à la fois sommelier, chef d'office et maître-d'hôtel. De plus, notre amitié à part, je crois que l'intendant du logis et lui s'accordoient fort bien ensemble.

J'étois parfaitement rétabli, lorsque mon ami Joseph, me voyant un jour arriver à l'hôtel de Zuniga pour dîner, selon ma coutume, vint au-devant de moi et me dit d'un air gai : Seigneur Gil Blas, j'ai une assez bonne condition à vous proposer. Vous saurez que le duc de Lerme, premier ministre de la couronne d'Espagne, pour se donner entièrement à l'administration des affaires de l'état, se repose sur deux personnes de l'embarras des siennes. Il a chargé du soin de recueillir ses revenus don Diègue de Monteser, et il fait faire la dépense de sa maison par don Rodrigue de Calderone. Ces deux hommes de confiance exercent leur emploi avec une autorité absolue et sans dépendre l'un de l'autre. Don Diègue a d'ordinaire sous lui deux intendants qui font la recette; et, comme j'ai appris ce matin qu'il en avoit chassé un, j'ai été demander sa place pour vous. Le seigneur de Monteser, qui me connoît, et dont je puis me vanter d'être aimé, me l'a sans peine accordée, sur les bons témoignages que je lui ai rendus de vos mœurs et de votre capacité. Nous irons chez lui cette après-dînée.

Nous n'y manquâmes pas. Je fus reçu très-gracieusement, et installé dans l'emploi de l'intendant qui avoit été congédié. Cet emploi consistoit à visiter nos fermes, à y faire faire les réparations, à toucher l'argent des fermiers; en un mot, je me mêlois des biens de la campagne, et tous les mois je rendois mes comptes à don Diègue, qui, malgré tout le bien que mon chef d'office lui avoit dit de moi, les épluchoit avec beaucoup d'attention. C'étoit ce que je demandois. Quoique ma droiture eût été si mal payée chez mon dernier maître, j'avois résolu de la conserver toujours.

Un jour nous apprîmes que le feu avoit pris au château de Lerme, et que plus de la moitié étoit réduite en cendres. Je me transportai aussitôt sur les lieux pour examiner le dommage. Là, m'étant informé avec exactitude des circonstances de l'incendie, j'en composai une ample relation que Monteser fit voir au duc de Lerme. Ce ministre, malgré le chagrin qu'il avoit d'apprendre une si mauvaise nouvelle, fut frappé de la relation, et ne put s'empêcher de demander qui en étoit auteur. Don Diègue ne se contenta pas de le lui dire; il lui parla de moi si avantageusement, que son excellence s'en ressouvint six mois après, à l'occasion d'une histoire que je vais raconter, et sans laquelle peut-être je n'aurois jamais été employé à la cour. La voici :

Il demeuroit alors dans la rue des Infantes une vieille dame appelée Inésile de Cantarilla. On ne savoit pas certainement de quelle naissance elle étoit. Les uns la disoient fille d'un faiseur de luths, et les autres d'un commandeur de l'ordre de Saint-Jacques. Quoi qu'il en soit, c'étoit une personne prodigieuse. La nature lui avoit donné le privilége singulier de charmer les hommes pendant le cours de sa vie, qui duroit encore après quinze lustres accomplis. Elle avoit été l'idole des seigneurs de la vieille cour, et elle se voyoit adorée de ceux de la nouvelle. Le temps, qui n'épargne pas la beauté, s'exerçoit en vain sur la sienne; il la flétrissoit sans lui ôter le pouvoir de plaire. Un air de noblesse, un esprit enchanteur et des grâces naturelles lui faisoient faire des passions jusque dans sa vieillesse.

Un cavalier de vingt-cinq ans, don Valerio de Luna, un des secrétaires du duc de Lerme, voyoit Inésile; il en devint amoureux. Il se déclara, fit le passionné, et poursuivit sa proie avec toute la fureur que l'amour et la jeunesse sont capables d'inspirer. La dame, qui avoit ses raisons pour ne vouloir pas se rendre à ses désirs, ne savoit que faire pour les modérer. Elle crut pourtant un jour en avoir trouvé le moyen : elle fit passer le jeune homme dans son cabinet, et là, lui montrant une pendule qui étoit sur une table : Voyez, lui dit-elle, l'heure qu'il est ! Il y a aujourd'hui soixante-quinze ans que je vins au monde à pareille heure. En bonne foi, me siéroit-il d'avoir des galanteries à mon âge ? Rentrez en vous-même, mon enfant; étouffez des sentiments qui ne conviennent ni à vous ni à moi. A ce discours sensé, le cavalier, qui ne reconnoissoit plus l'autorité de la raison, répondit à la dame avec toute l'impétuosité d'un homme possédé des mouvements qui l'agitoient : Cruelle Inésile, pourquoi avez-vous recours à ces frivoles adresses? Pensez-vous qu'elles puissent vous changer à mes yeux ? Ne vous flattez pas d'une si fausse espérance. Que vous soyez telle que je vous vois, ou qu'un charme trompe ma vue, je ne cesserai point de vous aimer. Hé bien, reprit-elle, puisque vous êtes assez opiniâtre pour persister dans la résolution de me fatiguer de vos soins, ma maison désormais ne sera plus ouverte pour vous. Je vous l'interdis, et vous défends de paroître jamais devant moi.

Vous croyez peut-être, après cela, que don Valerio, déconcerté de ce qu'il venoit d'entendre, fit une honnête retraite. Au contraire, il n'en devint que plus importun. L'amour fait dans les amants le même effet que le vin dans les ivrognes. Le cavalier pria, gémit; et, passant tout-à-coup des prières aux emportements, il voulut avoir par la force ce qu'il ne pouvoit obtenir autrement. Mais la dame, le repoussant avec courage, lui dit d'un air irrité : Arrêtez, téméraire; je vais mettre un frein à votre folle ardeur. Apprenez que vous êtes mon fils. •

Don Valerio fut étourdi de ces paroles; il suspendit sa violence. Mais, s'imaginant qu'Inésile ne parloit ainsi que pour se soustraire à ses sollicitations, il lui répondit : Vous inventez cette fable pour vous dérober à mes désirs. Non, non, interrompit-elle, je vous révèle un mystère que je vous aurois toujours caché, si vous ne m'eussiez pas réduite à la nécessité de vous le découvrir. Il y a vingt-six ans que j'aimois don Pèdre de Luna, votre père, qui étoit alors gouverneur de Ségovie; vous devîntes le fruit de nos amours : il vous reconnut, vous fit élever avec soin; et, outre qu'il n'avoit point d'autre enfant, vos bonnes qualités le déterminèrent à vous laisser du bien. De mon côté, je ne vous ai pas abandonné; sitôt que je vous ai vu entrer dans le monde, je vous ai attiré chez moi pour vous inspirer ces manières polies qui sont si nécessaires à un galant homme, et que les femmes seules peuvent donner aux jeunes cavaliers. J'ai plus fait : j'ai employé tout mon crédit pour vous mettre chez le premier ministre. Enfin, je me suis intéressée pour vous comme je le devois pour un fils. Après cet aveu, prenez votre parti. Si vous pouvez épurer vos sentiments, et ne regarder en moi qu'une mère, je ne vous bannis point de ma présence, et j'aurai pour vous toute la tendresse que j'ai eue jusqu'ici. Mais si vous n'êtes pas capable de cet effort, que la nature et la raison exigent de vous, fuyez dès ce moment, et me délivrez de l'horreur de vous voir.

Inésile parla de cette sorte. Pendant ce temps-là don Valerio gardoit un morne silence : on eût dit qu'il rappeloit sa vertu, et qu'il alloit se vaincre lui-même. C'est à quoi il ne pensoit nullement. Il méditoit un autre dessein, et préparoit à sa mère un spectacle bien différent. Ne pouvant se consoler de l'obstacle qui s'opposoit à son bonheur, il céda lâchement à son désespoir. Il tira son épée et se l'enfonça dans le sein. Il se punit comme un autre Œdipe, avec cette différence que le Thébain s'aveugla de regret d'avoir consommé le crime, et qu'au contraire le Castillan se perça de douleur de ne le pouvoir commettre.

Le malheureux don Valerio ne mourut pas sur-le-champ du coup qu'il s'étoit porté. Il eut le temps de se reconnoître et de demander pardon au ciel de s'être lui-même ôté la vie. Comme il laissa par sa mort un poste de secrétaire vacant chez le duc de Lerme, ce ministre, qui n'avoit pas oublié ma relation d'incendie, non plus que l'éloge qu'on lui avoit fait de moi, me choisit pour remplacer ce jeune homme.

CHAPITRE II.

Gil Blas est présenté au duc de Lerme, qui le reçoit au nombre de ses secrétaires; ce ministre le fait travailler, et est content de son travail.

Ce fut Monteser qui m'annonça cette agréable nouvelle, et me dit : Ami Gil Blas, quoique je ne vous perde pas sans regret, je vous aime trop pour n'être pas ravi que vous succédiez à don Valerio. Vous ne manquerez pas de faire une belle fortune, pourvu que vous suiviez les deux conseils que j'ai à vous donner : le premier, c'est de paroître tellement attaché à son excellence, qu'elle ne doute pas que vous ne lui soyez entièrement dévoué; et le second, c'est de bien faire votre cour au seigneur don Rodrigue de Calderone; car

cet homme-là manie comme une cire molle l'esprit de son maître. Si vous avez le bonheur de vous acquérir la bienveillance de ce secrétaire favori, vous irez loin en peu de temps ; c'est une chose dont j'ose hardiment vous répondre.

Seigneur, dis-je à don Diègue, après lui avoir rendu grâces de ses bons avis, apprenez-moi, s'il vous plaît, de quel caractère est don Rodrigue. J'en ai quelquefois entendu parler dans le monde. On me l'a peint comme un assez mauvais sujet; mais je me défie des portraits que le peuple fait des personnes qui sont en place à la cour, quoiqu'il en juge sainement quelquefois. Dites-moi donc, je vous prie, ce que vous pensez du seigneur Calderone. Vous me demandez une chose délicate, répondit le surintendant avec un souris malin. Je dirois à un autre que vous, sans hésiter, que c'est un très-honnête gentilhomme, et qu'on n'en sauroit dire que du bien ; mais je veux avoir de la franchise avec vous. Outre que je vous crois un garçon fort discret, il me semble que je vous dois parler à cœur ouvert de don Rodrigue, puisque je vous ai conseillé de le bien ménager; autrement ce seroit ne vous obliger qu'à demi.

Vous saurez donc, poursuivit-il, que de simple domestique qu'il étoit de son excellence, lorsqu'elle ne portoit encore que le nom de don François de Sandoval, il est parvenu par degrés au poste de premier secrétaire. On n'a jamais vu d'homme plus fier. Il ne répond guère aux politesses qu'on lui fait, à moins que de fortes raisons ne l'y obligent. En un mot il se regarde comme un collègue du duc de Lerme ; et dans le fond, on diroit qu'il partage avec lui l'autorité de premier ministre, puisqu'il fait donner des charges et des gouvernements à qui bon lui semble. Le public en murmure souvent; mais c'est de quoi il ne se met guère en peine : pourvu qu'il tire des paraguantes d'une affaire[1], il se soucie fort peu des épilogueurs. Vous concevez bien par ce que je viens de vous dire, ajouta don Diègue, quelle conduite vous avez à tenir avec un mortel si orgueilleux. Oh ! qu'oui, lui dis-je; laissez-moi faire. Il y aura bien du malheur si je ne me fais pas aimer de lui. Quand on connoît le défaut d'un homme à qui l'on veut plaire, il faut être bien maladroit pour n'y pas réussir. Cela étant, reprit Monteser, je vais vous présenter tout-à-l'heure au duc de Lerme.

Nous allâmes dans le moment chez ce ministre, que nous trouvâmes dans une grande salle, occupé à donner audience. Il y avoit là plus de

[1] *Paraguantes,* pour les gants, parce qu'on ne donnoit d'abord pour un présent honnête qu'une paire de gants. C'est ce qu'on appelle en français pot-de-vin et tour de bâton.

monde que chez le roi. Je vis des commandeurs et des chevaliers de Saint-Jacques et de Calatrava, qui sollicitoient des gouvernements et des vice-royautés ; des évêques qui, ne se portant pas bien dans leurs diocèses, vouloient, seulement pour changer d'air, devenir archevêques ; et de bons pères de Saint-Dominique et de Saint-François, qui demandoient humblement des évêchés. Je remarquai aussi des officiers réformés qui faisoient le même rôle qu'y avoit fait ci-devant le capitaine Chinchilla, c'est-à-dire qui se morfondoient dans l'attente d'une pension. Si le duc ne satisfaisoit pas leurs désirs, il recevoit du moins leurs placets d'un air affable ; et je m'aperçus qu'il répondoit fort poliment aux personnes qui lui parloient.

Nous eûmes la patience d'attendre qu'il eût expédié tous ces suppliants. Alors don Diègue lui dit : Monseigneur, voici Gil Blas de Santillane, ce jeune homme dont votre excellence a fait choix pour remplir la place de don Valerio. A ces mots le duc jeta les yeux sur moi, en disant obligeamment que je l'avois déjà méritée par les services que je lui avois rendus. Il me fit ensuite entrer dans son cabinet pour m'entretenir en particulier, ou plutôt pour juger de mon esprit par ma conversation. D'abord il voulut savoir qui j'étois, et la vie que j'avois menée jusque là. Il exigea même de moi là-dessus une narration sincère. Quel détail c'étoit me demander ! De mentir devant un premier ministre d'Espagne, il n'y avoit pas d'apparence. D'une autre part, j'avois tant de choses à dire aux dépens de ma vanité, que je ne pouvois me résoudre à une confession générale. Comment sortir de cet embarras ? Je pris le parti de farder la vérité dans les endroits où elle auroit fait peur toute nue. Mais il ne laissa pas de la démêler, malgré tout mon art. Monsieur de Santillane, me dit-il en souriant à la fin de mon récit, à ce que je vois, vous avez été tant soit peu *picaro*[1]. Monseigneur, lui répondis-je en rougissant, votre excellence m'a ordonné d'avoir de la sincérité ; je lui ai obéi. Je t'en sais bon gré, répliqua-t-il. Va, mon enfant, tu en es quitte à bon marché : je m'étonne que le mauvais exemple ne t'ait pas entièrement perdu. Combien y a-t-il d'honnêtes gens qui deviendroient de grands fripons si la fortune les mettoit aux mêmes épreuves !

Ami Santillane, continua le ministre, ne te souviens plus du passé ; songe que tu es présentement au roi, et que tu seras désormais occupé pour lui. Tu n'as qu'à me suivre ; je vais t'apprendre en quoi consisteront les occupations. A ces mots le duc me mena dans un petit cabinet qui

joignoit le sien, et où il y avoit sur des tablettes une vingtaine de registres in-folio fort épais. C'est ici, me dit-il, que tu travailleras. Tous ces registres que tu vois composent un dictionnaire de toutes les familles nobles qui sont dans les royaumes et principautés de la monarchie d'Espagne. Chaque livre contient par ordre alphabétique l'histoire abrégée de tous les gentilshommes d'un royaume, dans laquelle sont détaillés les services qu'eux et leurs ancêtres ont rendus à l'état, aussi bien que les affaires d'honneur qui peuvent leur être arrivées. On y fait encore mention de leurs biens, de leurs mœurs, en un mot, de toutes leurs bonnes et mauvaises qualités ; en sorte que lorsqu'ils viennent demander des grâces à la cour, je vois d'un coup d'œil s'ils les méritent. Pour savoir exactement toutes ces choses, j'ai partout des pensionnaires qui ont soin de s'en informer et de m'en instruire par des mémoires qu'ils m'envoient ; mais, comme ces mémoires sont diffus et remplis de façons de parler provinciales, il faut les rédiger et en polir la diction, parce que le roi se fait lire quelquefois ces registres. C'est à ce travail, qui demande un style net et concis, que je veux t'employer dès ce moment même.

En parlant ainsi, il tira d'un grand porte-feuille plein de papiers un mémoire qu'il me mit entre les mains ; puis il sortit de mon cabinet, pour m'y laisser faire mon coup d'essai en liberté. Je lus le mémoire, qui me parut non-seulement farci de termes barbares, mais même trop passionné. C'étoit pourtant un moine de la ville de Solsonne qui l'avoit composé. Sa révérence, en affectant le style d'un homme de bien, y déchiroit impitoyablement une bonne famille catalane, et Dieu sait s'il disoit la vérité ! Je crus lire un libelle diffamatoire, et je me fis d'abord un scrupule de travailler sur cela ; je craignois de me rendre complice d'une calomnie : néanmoins, tout neuf que j'étois à la cour, je passai outre, aux péril et fortune de l'âme du bon religieux ; et, mettant sur son compte toute l'iniquité, s'il y en avoit, je commençai à déshonorer en belles phrases castillanes deux ou trois générations d'honnêtes gens peut-être.

J'avois déjà fait quatre à cinq pages, quand le duc, impatient de savoir comment je m'y prenois, revint, et me dit : Santillane, montre-moi ce que tu as fait ; je suis curieux de le voir. En même temps, jetant la vue sur mon ouvrage, il en lut le commencement avec beaucoup d'attention. Il en parut si content, que j'en fus surpris. Tout prévenu que j'étois en ta faveur, reprit-il, je t'avoue que tu as surpassé mon attente. Tu n'écris pas seulement avec toute la netteté et la précision que je désirois, je trouve encore ton style léger et en-

---

[1] *Picaro*, fripon, coquin, vaurien. *Picarello*, petit fripon.

joué. Tu justifies bien le choix que j'ai fait de ta plume, et tu me consoles de la perte de ton prédécesseur. Le ministre n'auroit pas borné là mon éloge, si le comte de Lémos, son neveu, ne fût venu l'interrompre en cet endroit. Son excellence l'embrassa plusieurs fois, et le reçut d'une manière qui me fit connoître qu'elle l'aimoit tendrement. Ils s'enfermèrent tous deux pour s'entretenir en secret d'une affaire de famille, dont je parlerai dans la suite, et dont le duc étoit alors plus occupé que de celles du roi.

Pendant qu'ils étoient ensemble, j'entendis sonner midi. Comme je savois que les secrétaires et les commis quittoient à cette heure-là leurs bureaux pour aller dîner où il leur plaisoit, je laissai là mon chef-d'œuvre, et sortis pour me rendre non chez Monteser, parce qu'il m'avoit payé mes appointements et que j'avois pris congé de lui, mais chez le plus fameux traiteur du quartier de la cour. Une auberge ordinaire ne me convenoit plus. *Songe que tu es présentement au roi :* ces paroles que le duc m'avoit dites s'offroient sans cesse à ma mémoire, et devenoient des semences d'ambition qui germoient d'instant en instant dans mon esprit.

CHAPITRE III.

Il apprend que son poste n'est pas sans désagrément. De l'inquiétude que lui cause cette nouvelle, et de la conduite qu'elle l'oblige à tenir.

J'eus grand soin, en entrant, d'apprendre au traiteur que j'étois un secrétaire du premier ministre ; et, en cette qualité, je ne savois que lui ordonner de m'apprêter pour mon dîner. J'avois peur de demander quelque chose qui sentît l'épargne, et je lui dis de me donner ce qu'il lui plairoit. Il me régala bien, et l'on me servit avec des marques de considération qui me faisoient encore plus de plaisir que la bonne chère. Quand il fut question de payer, je jetai sur la table une pistole, dont j'abandonnai aux valets un quart pour le moins qu'il y avoit de reste à me rendre. Après quoi je sortis de chez le traiteur en faisant des écarts de poitrine comme un jeune homme fort content de sa personne.

Il y avoit à vingt pas de là un grand hôtel garni, où logeoient d'ordinaire des seigneurs étrangers. J'y louai un appartement de cinq à six pièces bien meublées. Il sembloit que j'eusse déjà deux à trois mille ducats de rente. Je donnai même le premier mois d'avance. Après cela je retournai au travail, et je m'occupai toute l'après-dînée à continuer ce que j'avois commencé le matin. Il y avoit dans un cabinet voisin du mien deux autres secrétaires ; mais ceux-ci ne faisoient que mettre au net ce que le duc leur portoit lui-même à copier. Je fis con-

noissance avec eux dès ce soir-là même en nous retirant ; et pour mieux gagner leur amitié, je les entraînai chez mon traiteur, où j'ordonnai les meilleures viandes pour la saison, avec les vins les plus délicats et les plus estimés en Espagne.

Nous nous mîmes à table, et nous commençâmes à nous entretenir avec plus de gaîté que d'esprit ; car, pour rendre justice à mes convives, je m'aperçus bientôt qu'ils ne devoient pas à leur génie les places qu'ils remplissoient dans leur bureau. Ils se connoissoient, à la vérité, en belles lettres rondes et bâtardes ; mais ils n'avoient pas la moindre teinture de celles qu'on enseigne dans les universités.

En récompense ils entendoient à merveille leurs petits intérêts, et ils me firent connoître qu'ils n'étoient pas si enivrés de l'honneur d'être chez le premier ministre, qu'ils ne se plaignissent de leur condition. Il y a, disoit l'un, déjà cinq mois que nous exerçons notre emploi à nos dépens. Nous ne touchons pas nos appointements, et, qui pis est, nos appointements ne sont pas réglés. Nous ne savons sur quel pied nous sommes. Pour moi, disoit l'autre, je voudrois avoir reçu vingt coups d'étrivières pour appointements, et qu'on me laissât la liberté de prendre un parti ailleurs ; car je n'oserois me retirer de moi-même ni demander mon congé, après les choses secrètes que j'ai écrites. Je pourrois bien aller voir la tour de Ségovie ou le château d'Alicante.

Comment faites-vous donc pour vivre? leur dis-je. Vous avez du bien apparemment ? Ils me répondirent qu'ils en avoient fort peu, mais qu'heureusement pour eux ils étoient logés chez une honnête veuve qui leur faisoit crédit, et les nourrissoit pour cent pistoles chacun par année. Tous ces discours, dont je ne perdis pas un mot, abaissèrent dans le moment mes orgueilleuses fumées. Je me représentai qu'on n'auroit pas sans doute plus d'attention pour moi que pour les autres ; que par conséquent je ne devois pas être si charmé de mon poste ; qu'il étoit moins solide que je ne l'avois cru, et qu'enfin je ne pouvois assez ménager ma bourse. Ces réflexions me guérirent de la rage de dépenser. Je commençai à me repentir d'avoir amené là ces secrétaires, à souhaiter la fin du repas ; et, lorsqu'il fallut compter, j'eus avec le traiteur une dispute pour l'écot.

Nous nous séparâmes à minuit, mes confrères et moi, parce que je ne les pressai pas de boire davantage. Ils s'en allèrent chez leur veuve, et je me retirai à mon superbe appartement, que j'enrageois pour lors d'avoir loué, et que je me promettois bien de quitter à la fin du mois. J'eus beau me coucher dans un bon lit, mon inquiétude en écarta le sommeil. Je passai le reste de la nuit à

19.

rêver aux moyens de ne pas travailler pour le roi généreusement. Je m'en tins là-dessus aux conseils de Monteser. Je me levai dans la résolution d'aller faire la révérence à don Rodrigue de Calderone. J'étois dans une disposition très-propre à paroître devant un homme si fier : car je sentois que j'avois besoin de lui. Je me rendis donc chez ce secrétaire.

Son logement communiquoit à celui du duc de Lerme, et l'égaloit en magnificence. On auroit eu de la peine à distinguer par les ameublements le maître du valet. Je me fis annoncer comme successeur de don Valerio, ce qui n'empêcha pas qu'on ne me fit attendre plus d'une heure dans l'antichambre. Monsieur le nouveau secrétaire, me disois-je pendant ce temps-là, prenez, s'il vous plaît, patience. Vous croquerez bien le marmot avant que vous le fassiez croquer aux autres.

On ouvrit pourtant la porte de la chambre. J'entrai, et m'avançai vers don Rodrigue, qui, venant d'écrire un billet doux à sa charmante Sirène, le donnoit à Pédrille dans ce moment-là. Je n'avois pas paru devant l'archevêque de Grenade, ni devant le comte Galiano, ni même devant le premier ministre, si respectueusement que je me présentai aux yeux du seigneur de Calderone. Je le saluai en baissant la tête jusqu'à terre, et lui demandant sa protection dans des termes dont je ne puis me souvenir sans honte, tant ils étoient pleins de soumission. Ma bassesse auroit tourné contre moi dans l'esprit d'un homme qui eût eu moins de fierté. Pour lui, il s'accommoda fort de mes manières rampantes, et me dit d'un air même assez honnête qu'il ne laisseroit échapper aucune occasion de me faire plaisir.

Là-dessus, le remerciant avec de grandes démonstrations de zèle des sentiments favorables qu'il me marquoit, je lui vouai un éternel attachement. Ensuite, de peur de l'incommoder, je sortis, en le priant de m'excuser si je l'avois interrompu dans ses importantes occupations. Sitôt que j'eus fait une si indigne démarche, je me retirai plein de confusion, et je gagnai mon bureau, où j'achevai l'ouvrage qu'on m'avoit chargé de faire. Le duc ne manqua pas d'y venir dans la matinée. Il ne fut pas moins content de la fin de mon travail qu'il l'avoit été du commencement, et il me dit : Voilà qui est bien. Écris toi-même, le mieux que tu pourras, cette histoire abrégée sur le registre de Catalogne. Après quoi, tu prendras dans le portefeuille un autre mémoire, que tu rédigeras de la même manière. J'eus une assez longue conversation avec son excellence, dont l'air doux et familier me charmoit. Quelle différence il y avoit d'elle à Calderone ! C'étoient deux figures bien contrastées.

Je dînai ce jour-là dans une auberge où l'on mangeoit à juste prix, et je résolus d'y aller tous les jours *incognito*, jusqu'à ce que je visse l'effet que mes complaisances et mes souplesses produiroient. J'avois de l'argent pour trois mois tout au plus. Je me prescrivis ce temps-là pour travailler aux dépens de qui il appartiendroit, me proposant, les plus courtes folies étant les meilleures, d'abandonner après cela la cour et son clinquant, si je n'en recevois aucun salaire. Je fis donc ainsi mon plan. Je n'épargnai rien pendant deux mois pour plaire à Calderone : mais il me tint si peu de compte de tout ce que je faisois pour y réussir, que je désespérai d'en venir à bout. Je changeai de conduite à son égard : je cessai de lui faire la cour ; et je ne m'attachai plus qu'à mettre à profit les moments d'entretien que j'avois avec le duc.

CHAPITRE IV.

Gil Blas gagne la faveur du duc de Lerme, qui le rend dépositaire d'un secret important.

Quoique monseigneur ne fît, pour ainsi dire, que paroître et disparoître à mes yeux tous les jours, je ne laissai pas insensiblement de me rendre si agréable à son excellence, qu'elle me dit une après-dînée : Écoute, Gil Blas, j'aime le caractère de ton esprit, et j'ai de la bienveillance pour toi. Tu es un garçon zélé, fidèle, plein d'intelligence et de discrétion. Je ne crois pas mal placer ma confiance en la donnant à un pareil sujet. Je me jetai à ses genoux lorsque j'eus entendu ces paroles ; et après avoir baisé respectueusement une de ses mains qu'il me tendoit pour me relever, je lui répondis : Est-il bien possible que votre excellence daigne m'honorer d'une si grande faveur? Que vos bontés vont me faire d'ennemis secrets! Mais il n'y a qu'un homme dont je redoute la haine, c'est don Rodrigue de Calderone.

Tu ne dois rien appréhender de ce côté-là, reprit le duc. Je connois Calderone. Il est attaché à moi depuis son enfance. Je puis dire que ses sentiments sont si conformes aux miens, qu'il chérit tout ce que j'aime, comme il hait tout ce qui me déplaît. Au lieu de craindre qu'il n'ait de l'aversion pour toi, tu dois au contraire compter sur son amitié. Je compris par là que le seigneur don Rodrigue étoit un fin matois, qu'il s'étoit emparé de l'esprit de son excellence, et que je ne pouvois trop garder de mesures avec lui.

Pour commencer, poursuivit le duc, à te mettre en possession de ma confiance, je vais te découvrir un dessein que je médite. Il est nécessaire que tu en sois instruit, pour te bien acquitter des commissions dont je prétends te charger dans la suite. Il y a déjà long-temps que je vois mon autorité généralement respectée, mes décisions aveuglément suivies, et que je dispose à mon gré des charges, des emplois, des gouvernements, des vice-royautés et des bénéfices. Je règne, si j'ose le dire, en Espagne. Je ne puis pousser ma fortune plus loin. Mais je voudrois la mettre à l'abri des tempêtes qui commencent à la menacer; et pour cet effet, je souhaiterois d'avoir pour successeur au ministère le comte de Lemos mon neveu.

Le ministre, en cet endroit de son discours, remarquant que j'étois extrêmement surpris de ce que j'entendois, me dit : Je vois bien, Santillane, je vois bien ce qui t'étonne. Il te semble fort étrange que je préfère mon neveu au duc d'Uzède mon propre fils. Mais apprends que ce dernier a le génie trop borné pour occuper ma place, et que d'ailleurs je suis son ennemi. Il a trouvé le secret de plaire au roi, qui en veut faire son favori; et c'est ce que je ne puis souffrir. La faveur d'un souverain ressemble à la possession d'une femme qu'on adore; c'est un bonheur dont on est si jaloux, qu'on ne peut se résoudre à le partager avec un rival, quelque uni qu'on soit avec lui par le sang ou par l'amitié.

Je te montre ici, continua-t-il, le fond de mon cœur. J'ai déjà tenté de détruire le duc d'Uzède dans l'esprit du roi; et, comme je n'ai pu en venir à bout, j'ai dressé une autre batterie. Je veux que le comte de Lemos, de son côté, s'insinue dans les bonnes grâces du prince d'Espagne. Étant gentilhomme de sa chambre, il a occasion de lui parler à toute heure; et, outre qu'il a de l'esprit, je sais un moyen sûr de le faire réussir dans cette entreprise. Par ce stratagème j'opposerai mon neveu à mon fils. Je ferai naître entre ces cousins une division qui les obligera tous deux à rechercher mon appui; et le besoin qu'ils auront de moi me les rendra soumis l'un et l'autre. Voilà quel est mon projet, ajouta-t-il; ton entremise ne m'y sera pas inutile. C'est toi que j'enverrai secrètement au comte de Lemos, et qui me rapporteras de sa part tout ce qu'il aura à me faire savoir.

Après cette confidence, que je regardai comme de l'argent comptant, je n'eus plus d'inquiétude. Enfin, me disois-je, me voici sous la gouttière; une pluie d'or va tomber sur moi. Il est impossible que le confident d'un homme qui gouverne la monarchie d'Espagne ne soit pas bientôt comblé de richesses. Plein d'une si douce espérance, je voyois d'un œil indifférent ma pauvre bourse tirer à sa fin.

CHAPITRE V.

Où l'on verra Gil Blas comblé de joie, d'honneur et de misère.

On s'aperçut bientôt à la cour de l'affection que le ministre avoit pour moi. Il affecta d'en donner des marques publiquement, en me chargeant de son portefeuille, qu'il avoit coutume de porter lui-même lorsqu'il alloit au conseil. Cette nouveauté, me faisant regarder comme un petit favori, excita l'envie de plusieurs personnes, et fut cause que je reçus de l'eau bénite de cour. Mes deux voisins les secrétaires ne furent pas des derniers à me complimenter sur ma prochaine grandeur, et ils m'invitèrent à souper chez leur veuve, moins par représailles, que dans la vue de m'engager à leur rendre service dans la suite. On me faisoit fête de toutes parts. Le fier don Rodrigue même changea de manières avec moi. Il ne m'appela plus que *seigneur de Santillane*, lui qui jusqu'alors ne m'avoit traité que de *vous*, sans jamais se servir du terme de *seigneurie*. Il m'accabloit de civilités, surtout lorsqu'il jugeoit que notre patron pouvoit le remarquer. Mais je vous assure qu'il n'avoit pas affaire à un sot. Je répondis à ses honnêtetés d'autant plus poliment, que j'avois plus de haine pour lui : un vieux courtisan ne s'en seroit pas mieux acquitté que moi.

J'accompagnois aussi le duc mon seigneur lorsqu'il alloit chez le roi, et il y alloit ordinairement trois fois le jour. Il entroit le matin dans la chambre de sa majesté lorsqu'elle étoit éveillée. Il se mettoit à genoux au chevet de son lit, l'entretenoit des choses qu'elle avoit à faire dans la journée, et lui dictoit celles qu'elle avoit à dire. Ensuite il se retiroit. Il y retournoit aussitôt qu'elle avoit dîné, non pour lui parler d'affaires, il ne lui tenoit alors que des discours réjouissants. Il la régaloit de toutes les aventures plaisantes qui arrivoient dans Madrid, et dont il étoit toujours le premier instruit par des personnes pensionnées pour cet effet. Et enfin, le soir, il revoyoit le roi pour la troisième fois, lui rendoit compte, comme il lui plaisoit, de ce qu'il avoit fait ce jour-là, et lui demandoit par manière d'acquit ses ordres pour le lendemain. Tandis qu'il étoit avec le roi, je me tenois dans l'antichambre, où je voyois des personnes de qualité, dévouées à la faveur, rechercher ma conversation, et s'applaudir de ce que je voulois bien me prêter à la leur. Comment aurois-je pu, après cela, ne me pas croire un homme de conséquence? Il y a bien des gens à la cour qui ont, encore pour moins, cette opinion-là d'eux.

Un jour j'eus un plus grand sujet de vanité. Le roi, à qui le duc avoit parlé fort avantageusement de mon style, fut curieux d'en voir un échantillon. Son excellence me fit prendre le registre de Catalogne, me mena devant ce monarque, et me d't de lire le premier mémoire que j'avois rédigé. Si la présence du prince me troubla d'abord, celle du ministre me rassura bientôt, et je fis la lecture de mon ouvrage, que sa majesté n'entendit pas sans plaisir. Elle eut la bonté de témoigner qu'elle étoit contente de moi, et de recommander même à son ministre d'avoir soin de ma fortune. Cela ne diminua rien de l'orgueil que j'avois déjà; et l'entretien que j'eus peu de jours après avec le comte de Lemos acheva de me remplir la tête d'ambitieuses idées.

J'allai trouver ce seigneur de la part de son oncle chez le prince d'Espagne, et je lui présentai une lettre de créance, par laquelle le duc lui mandoit qu'il pouvoit s'ouvrir à moi comme à un homme qui avoit une entière connoissance de leur dessein, et qui étoit choisi pour être leur messager commun. Après avoir lu ce billet, le comte me conduisit dans une chambre où nous nous enfermâmes tous deux, et là ce jeune seigneur me tint ce discours : Puisque vous avez la confiance du duc de Lerme, je ne doute pas que vous ne la méritiez, et je ne dois faire aucune difficulté de vous donner la mienne. Vous saurez donc que les choses vont le mieux du monde. Le prince d'Espagne me distingue de tous les seigneurs qui sont attachés à sa personne, et qui s'étudient à lui plaire. J'ai eu ce matin une conversation particulière avec lui, dans laquelle il m'a paru chagrin de se voir, par l'avarice du roi, hors d'état de suivre les mouvements de son cœur généreux, et même de faire une dépense convenable à un prince. Sur cela je n'ai pas manqué de le plaindre; et, profitant de ce moment-là, j'ai promis de lui porter demain à son lever mille pistoles, en attendant de plus grosses sommes que je me suis fait fort de lui fournir incessamment. Il a été charmé de ma promesse; et je suis bien sûr de captiver sa bienveillance, si je lui tiens parole. Allez dire, ajouta-t-il, toutes ces circonstances à mon oncle, et revenez m'apprendre ce soir ce qu'il pense là-dessus.

Je quittai le comte de Lemos dès qu'il m'eut parlé de cette sorte, et je rejoignis le duc de Lerme, qui, sur mon rapport, envoya demander à Calderone mille pistoles, dont on me chargea le soir, et que j'allai remettre au comte, en disant en moi-même : Ho, ho ! je vois bien à présent quel est l'infaillible moyen qu'a le ministre pour réussir dans son entreprise ! Il a parbleu raison; et, selon toutes les apparences, ces prodigalités ne le ruineront point. Je devine aisément dans quels coffres il prend ces belles pistoles; mais après tout,

n'est-il pas juste que ce soit le père qui entretienne le fils? Le comte de Lemos, lorsque je me séparai de lui, me dit tout bas : Adieu, notre cher confident! Le prince d'Espagne aime un peu les dames; il faudra que nous ayons vous et moi au premier jour une conférence là-dessus; je prévois que j'aurai bientôt besoin de votre ministère Je m'en retournai en rêvant à ces mots, qui n'étoient nullement ambigus, et qui me remplissoient de joie. Comment diable ! disois-je, me voilà prêt à devenir le Mercure de l'héritier de la monarchie ! Je n'examinois point si cela étoit bon ou mauvais; la qualité du galant étourdissoit ma morale. Quelle gloire pour moi d'être ministre des plaisirs d'un grand prince ! Oh ! tout beau, monsieur Gil Blas, me dira-t-on : il ne s'agissoit pour vous que d'être ministre en second. J'en demeure d'accord; mais dans le fond ces deux postes font autant d'honneur l'un que l'autre, le profit seul en est différent.

En m'acquittant de ces nobles commissions, en me mettant de jour en jour plus avant dans les bonnes grâces du premier ministre, avec les plus belles espérances du monde, que j'eusse été heureux si l'ambition m'eût préservé de la faim ! Il y avoit plus de deux mois que je m'étois défait de mon magnifique appartement, et que j'occupois une petite chambre garnie des plus modestes. Quoique cela me fît de la peine, comme j'en sortois de bon matin et que je n'y rentrois que la nuit pour y coucher, je prenois patience. J'étois toute la journée sur mon théâtre, c'est-à-dire chez le duc. J'y jouois un rôle de seigneur. Mais quand j'étois retiré dans mon taudis, le seigneur s'évanouissoit, et il ne restoit que le pauvre Gil Blas, sans argent, et qui pis est, sans avoir de quoi en faire. Outre que j'étois trop fier pour découvrir à quelqu'un mes besoins, je ne connoissois personne qui pût m'aider que don Navarro, que j'avois trop négligé depuis que j'étois à la cour, pour oser m'adresser à lui. J'avois été obligé de vendre mes hardes pièce à pièce. Je n'avois plus que celles dont je ne pouvois absolument me passer. Je n'allois plus à l'auberge, faute d'avoir de quoi payer mon ordinaire. Que faisois-je donc pour subsister? Je vais vous le dire. Tous les matins, dans nos bureaux, on nous apportoit pour déjeûner un petit pain et un doigt de vin; c'étoit tout ce que le ministre nous faisoit donner. Je ne mangeois que cela dans la journée, et le soir le plus souvent je me couchois sans souper.

Telle étoit la situation d'un homme qui brilloit à la cour, quoiqu'il y dût faire plus de pitié que d'envie. Je ne pus néanmoins résister à ma misère, et je me déterminai enfin à la découvrir finement au duc de Lerme, si j'en trouvois l'occasion. Par bonheur elle s'offrit à l'Escurial, où le roi et le prince d'Espagne allèrent quelques jours après.

CHAPITRE VI.

Comment Gil Blas fit connoître sa misère au duc de Lerme, et de quelle façon ce ministre en usa avec lui.

Lorsque le roi étoit à l'Escurial, il y défrayoit tout le monde, de manière que je ne sentois point là où le bât me blessoit. Je couchois dans une garde-robe auprès de la chambre du duc. Ce ministre, un matin s'étant levé à son ordinaire au point du jour, me fit prendre quelques papiers avec une écritoire, et me dit de le suivre dans les jardins du palais. Nous allâmes nous asseoir sous des arbres, où je me mis par son ordre dans l'attitude d'un homme qui écrit sur la forme de son chapeau; et lui, il tenoit à la main un papier qu'il faisoit semblant de lire. Nous paroissions de loin occupés d'affaires fort sérieuses, et toutefois nous ne parlions que de bagatelles, car son excellence ne les haïssoit pas.

Il y avoit plus d'une heure que je la réjouissois par toutes les saillies que mon humeur enjouée me fournissoit, quand deux pies vinrent se poser sur des arbres qui nous couvroient de leur ombrage. Elles commencèrent à caqueter d'une façon si bruyante, qu'elles attirèrent notre attention. Voilà des oiseaux, dit le duc, qui semblent se quereller. Je serois assez curieux pour savoir le sujet de leur querelle. Monseigneur, lui dis-je, votre curiosité me fait souvenir d'une fable indienne que j'ai lue dans Pilpay ou dans un autre auteur fabuliste. Le ministre me demanda quelle étoit cette fable, et je la lui racontai dans ces termes :

Il régnoit autrefois dans la Perse un bon monarque, qui, n'ayant pas assez d'étendue d'esprit pour gouverner lui-même ses états, en laissoit le soin à son grand-vizir. Ce ministre, nommé Atalmuc, avoit un génie supérieur. Il soutenoit le poids de cette vaste monarchie sans en être accablé : il la maintenoit dans une paix profonde. Il avoit même l'art de rendre aimable l'autorité royale en la faisant respecter, et les sujets avoient un père affectionné dans un vizir fidèle au prince. Atalmuc avoit parmi ses secrétaires un jeune Cachemirien, appelé Zéangir, qu'il aimoit plus que les autres. Il prenoit plaisir à son entretien, le menoit avec lui à la chasse, et lui découvroit jusqu'à ses plus secrètes pensées. Un jour qu'ils chassoient ensemble dans un bois, le vizir, voyant deux corbeaux qui croassoient sur un arbre, dit à son secrétaire : Je voudrois bien savoir ce que ces oiseaux se disent en leur langage. Seigneur, lui

répondit le Cachemirien, vos souhaits peuvent s'accomplir. Eh ! comment cela ? reprit Atalmuc. C'est, repartit Zéangir, qu'un derviche cabaliste m'a enseigné la langue des oiseaux. Si vous le souhaitez, j'écouterai ceux-ci, et je vous répéterai mot pour mot ce que je leur aurai entendu dire.

Le vizir y consentit. Le Cachemirien s'approcha des corbeaux, et parut leur prêter une oreille attentive. Après quoi, revenant à son maître, Seigneur, lui dit-il, le croiriez-vous ? nous faisons le sujet de leur conversation. Cela n'est pas possible, s'écria le ministre persan. Eh ! que disent-ils de nous ? Un des deux, reprit le secrétaire, a dit : Le voilà lui-même, ce grand-vizir Atalmuc, cet aigle tutélaire qui couvre de ses ailes la Perse comme son nid, et qui veille sans cesse à sa conservation ! Pour se délasser de ses pénibles travaux, il chasse dans ce bois avec son fidèle ami Zéangir. Que ce secrétaire est heureux de servir un maître qui a mille bontés pour lui ! Doucement, a interrompu l'autre corbeau, doucement, ne vantez pas tant le bonheur de ce Cachemirien ! Atalmuc, il est vrai, s'entretient avec lui familièrement, l'honore de sa confiance, et je ne doute pas même qu'il n'ait dessein de lui donner quelque jour un emploi considérable; mais avant ce temps-là Zéangir mourra de faim. Ce pauvre diable est logé dans une petite chambre garnie, où il manque des choses les plus nécessaires. En un mot, il mène une vie misérable, sans que personne s'en aperçoive à la cour. Le grand-vizir ne s'avise pas de s'informer s'il est bien ou mal dans ses affaires; et content d'avoir pour lui de bons sentiments, il le laisse en proie à la pauvreté.

Je cessai de parler en cet endroit pour voir venir le duc de Lerme, qui me demanda en souriant quelle impression cet apologue avoit faite sur l'esprit d'Atalmuc, et si ce grand-vizir ne s'étoit point offensé de la hardiesse de son secrétaire. Non, monseigneur, lui répondis-je un peu troublé de sa question; la fable dit au contraire qu'il le combla de bienfaits. Cela est heureux, reprit le duc d'un air sérieux; il y a des ministres qui ne trouveroient pas bon qu'on leur fît des leçons. Mais, ajouta-t-il en rompant l'entretien et en se levant, je crois que le roi ne tardera guère à se réveiller; mon devoir m'appelle auprès de lui. A ces mots il marcha vers le palais à grands pas sans me parler davantage, et très-mal affecté, à ce qu'il me sembloit, de ma fable indienne.

Je le suivis jusqu'à la porte de la chambre de sa majesté, après quoi j'allai remettre les papiers dont j'étois chargé à l'endroit où je les avois pris. J'entrai dans un cabinet où nos deux secrétaires copistes travailloient, car ils étoient aussi du voyage. Qu'avez-vous, seigneur de Santillane? dirent-ils en me voyant. Vous êtes bien ému! Vous seroit-il arrivé quelque désagréable accident?

J'étois trop plein du mauvais succès de mon apologue, pour leur cacher ma douleur. Je leur fis le récit des choses que j'avois dites au duc, et ils se montrèrent sensibles à la vive affliction dont je leur parus saisi. Vous avez sujet d'être chagrin, me dit l'un des deux. Monseigneur quelquefois prend les choses de travers. Cela n'est que trop vrai, dit l'autre. Puissiez-vous être mieux traité que ne le fut un secrétaire du cardinal Spinosa! Ce secrétaire, las de ne rien recevoir depuis quinze mois qu'il étoit occupé par son éminence, prit un jour la liberté de lui représenter ses besoins, et de demander quelque argent pour vivre. Il est juste, lui dit le ministre, que vous soyez payé. Tenez, poursuivit-il en lui mettant entre les mains une ordonnance de mille ducats, allez toucher cette somme au trésor royal; mais souvenez-vous en même temps que je vous remercie de vos services. Le secrétaire se seroit consolé d'être congédié s'il eût recu ses mille ducats, et qu'on l'eût laissé chercher de l'emploi ailleurs; mais en sortant de chez le cardinal il fut arrêté par un alguazil, et conduit à la tour de Ségovie, où il a été long-temps prisonnier.

Ce trait historique redoubla ma frayeur. Je me crus perdu; et, ne pouvant m'en consoler, je commençai à me reprocher mon impatience, comme si je n'eusse pas été assez patient. Hélas! disois-je, pourquoi faut-il que j'aie hasardé cette malheureuse fable qui a déplu au ministre? Il étoit peut-être sur le point de me tirer de mon état misérable; peut-être même allois-je faire une de ces fortunes subites qui étonnent tout le monde. Que de richesses, que d'honneurs m'échappent par mon étourderie! Je devois bien faire réflexion qu'il y a des grands qui n'aiment pas qu'on les prévienne, et qui veulent qu'on reçoive d'eux comme des grâces jusqu'aux moindres choses qu'ils sont obligés de donner. Il eût mieux valu continuer ma diète sans en rien témoigner au duc; je devois même me laisser mourir de faim pour mettre tout le tort de son côté.

Quand j'aurois encore conservé quelque espérance, mon maître, que je vis l'après-dînée, me l'eût fait perdre entièrement. Il fut fort sérieux avec moi contre son ordinaire, et il ne me parla point du tout; ce qui me causa le reste du jour une inquiétude mortelle. Je ne passai pas la nuit plus tranquillement: le regret de voir évanouir mes agréables illusions, et la crainte d'augmenter le nombre des prisonniers d'état, ne me permirent que de soupirer et de faire des lamentations.

Le jour suivant fut le jour de crise. Le duc me fit appeler le matin. J'entrai dans sa chambre, plus tremblant qu'un criminel qu'on va juger. Santillane, me dit-il en me montrant un papier qu'il avoit à la main, prends cette ordonnance... Je frémis à ce mot d'ordonnance, et dis en moi-même: O ciel! voici le cardinal Spinosa; la voiture est prête pour Ségovie. La frayeur qui me saisit dans ce moment fut telle que j'interrompis le ministre, et, me jetant à ses pieds: Monseigneur, lui dis-je tout en pleurs, je supplie très-humblement votre excellence de me pardonner ma hardiesse; c'est la nécessité qui m'a forcé de vous apprendre ma misère.

Le duc ne put s'empêcher de rire du désordre où il me voyoit. Console-toi, Gil Blas, me répondit-il, et m'écoute! Quoiqu'en me découvrant tes besoins ce soit me reprocher de ne les avoir pas prévenus, je ne t'en sais point mauvais gré, mon ami. Je me veux plutôt du mal à moi-même de ne t'avoir pas demandé comme tu vivois. Mais, pour commencer à réparer cette faute d'attention, je te donne une ordonnance de quinze cents ducats, qui te seront comptés à vue au trésor royal. Ce n'est pas tout, je t'en promets autant chaque année; et de plus, quand des personnes riches et généreuses te prieront de leur rendre service, je ne te défends pas de me parler en leur faveur.

Dans le ravissement où me jetèrent ces paroles, je baisai les pieds du ministre, qui, m'ayant commandé de me relever, continua de s'entretenir familièrement avec moi. Je voulus de mon côté rappeler ma belle humeur; mais je ne pus passer si subitement de la douleur à la joie. Je demeurai aussi troublé qu'un malheureux qui entend crier grâce au moment qu'il croit recevoir le coup de la mort. Mon maître attribua toute mon agitation à la seule crainte de lui avoir déplu, quoique la peur d'une prison perpétuelle n'y eût pas moins de part. Il m'avoua qu'il avoit affecté de me paroître refroidi pour voir si je serois bien sensible à ce changement; qu'il jugeoit par là de la vivacité de mon attachement à sa personne, et qu'il m'en aimoit davantage.

CHAPITRE VII.

Du bon usage qu'il fit de ses quinze cents ducats; de la première affaire dont il se mêla, et quel profit il lui en revint.

Le roi, comme s'il eût voulu servir mon impatience, retourna dès le lendemain à Madrid. Je volai d'abord au trésor royal, où je touchai sur-le-champ la somme contenue dans mon ordonnance. Il est rare que la tête ne tourne pas à un gueux qui passe subitement de la misère à l'opulence. Je changeai tout-à-coup avec la fortune. Je n'écoutai plus que mon ambition et ma vanité. J'abandonnai ma misérable chambre garnie aux secrétaires qui ne savoient pas encore la langue des oiseaux, et je louai pour la seconde fois mon bel appartement, qui par bonheur ne se trouva point occupé. J'envoyai chercher un fameux tailleur qui habilloit presque tous les petits-maîtres. Il prit ma mesure, et me mena chez un marchand où il leva cinq aunes de drap qu'il falloit, disoit-il, pour me faire un habit. Cinq aunes pour un habit à l'espagnole! juste ciel!..... Mais n'épiloguons pas là dessus; les tailleurs qui sont en réputation en prennent toujours plus que les autres. J'achetai ensuite du linge, dont j'avois grand besoin, des bas de soie, avec un castor bordé d'un point d'Espagne.

Après cela, ne pouvant honnêtement me passer de laquais, je priai Vincent Forero[1], mon hôte, de m'en donner un de sa main. La plupart des étrangers qui venoient loger chez lui avoient coutume, en arrivant à Madrid, de prendre à leur service des valets espagnols, ce qui ne manquoit pas d'attirer dans cet hôtel tous les laquais qui se trouvoient hors de condition. Le premier qui se présenta étoit un garçon d'une mine si douce et si dévote, que je n'en voulus point; je crus voir Ambroise de Lamela. Je n'aime pas, dis-je à Forero, les valets qui ont un air si vertueux; j'y ai été attrapé.

A peine eus-je éconduit ce laquais, que j'en vis arriver un autre. Celui-ci paroissoit fort éveillé, plus hardi qu'un page de cour, et avec cela un peu fripon. Il me plut. Je lui fis des questions; il y répondit avec esprit; il me parut même né pour l'intrigue. Je le regardai comme un sujet qui me convenoit : je l'arrêtai. Je n'eus pas lieu de m'en repentir; je m'aperçus bientôt que j'avois fait une admirable acquisition. Comme le duc m'avoit permis de lui parler en faveur des personnes à qui je voudrois rendre service, et que j'étois dans le dessein de ne pas négliger cette permission, il me falloit un chien de chasse pour découvrir le gibier; c'est-à-dire un drôle qui eût de l'industrie, et fût propre à déterrer et à m'amener des gens qui auroient des grâces à demander au premier ministre. C'étoit justement le fort de Scipion : ainsi se nommoit mon laquais. Il sortoit de chez dona Anna de Guevara, nourrice du prince d'Espagne, où il avoit bien exercé ce talent-là; cette dame étant de celles qui, se voyant du crédit à la cour, aiment à le mettre à profit.

Aussitôt que je fis savoir à Scipion que je pouvois obtenir des grâces du roi, il se mit en campagne, et dès le même jour il me dit : Seigneur, j'ai fait une assez bonne découverte. Il vient d'arriver à Madrid un jeune gentilhomme grenadin, appelé don Roger de Rada. Il a eu une affaire d'honneur qui l'oblige à rechercher la protection du duc de Lerme, et il est disposé à bien payer le plaisir qu'on lui fera. Je lui ai parlé. Il avoit envie de s'adresser à don Rodrigue de Calderone, dont on lui a vanté le pouvoir; mais je l'en ai détourné, en lui faisant entendre que ce secrétaire vendoit ses bons offices au poids de l'or, au lieu que vous vous contentiez pour les vôtres d'une honnête marque de reconnoissance; que vous feriez même les choses pour rien, si vous étiez dans une situation qui vous permît de suivre votre inclination généreuse et désintéressée. Enfin je lui ai parlé de manière que vous verrez demain matin ce gentilhomme à votre lever. Comment donc, lui dis-je, monsieur Scipion, vous avez déjà fait bien de la besogne! Je m'aperçois que vous n'êtes pas neuf en matière d'intrigues. Je m'étonne que vous n'en soyez pas plus riche. C'est ce qui ne doit pas vous surprendre, me répondit-il : j'aime à faire circuler les espèces; je ne thésaurise point.

Don Roger de Rada vint effectivement chez moi. Je le reçus avec une politesse mêlée de fierté. Seigneur cavalier, lui dis-je, avant que je m'engage à vous servir, je veux savoir l'affaire d'honneur qui vous amène à la cour; car elle pourroit être telle, que je n'oserois parler pour vous au premier ministre. Faites m'en donc, s'il vous plaît, un rapport fidèle, et soyez persuadé que j'entrerai vivement dans vos intérêts, si un galant homme peut les épouser. Très-volontiers, me répondit le jeune Grenadin, je vais vous conter sincèrement mon histoire. En même temps il m'en fit le récit de cette sorte.

CHAPITRE VIII.

Histoire de don Roger de Rada.

Don Anastasio de Rada, gentilhomme grenadin, vivoit heureux dans la ville d'Antequerre avec dona Estephania, son épouse, qui joignoit à une vertu solide un esprit doux et une extrême beauté. Si elle aimoit tendrement son mari, elle en étoit aimée éperdûment. Il étoit de son naturel fort porté à la jalousie; et quoiqu'il n'eût aucun sujet de douter de la fidélité de sa femme, il ne laissoit pas d'avoir de l'inquiétude. Il appréhendoit que quelque secret ennemi de son repos n'attentât à son honneur. Il se défioit de tous ses amis, excepté de don Huberto de Hordalès, qui venoit librement dans sa maison en qualité de cousin d'Estéphanie, et qui étoit le seul homme dont il dût se défier.

Effectivement don Huberto devint amoureux de sa cousine, et osa lui déclarer son amour, sans

____
[1] *Forero*, droit légal, conforme à la justice.

avoir égard au sang qui les unissoit, ni à l'amitié particulière que don Anastasio avoit pour lui. La dame, qui étoit prudente, au lieu de faire un éclat qui auroit eu de fâcheuses suites, reprit son parent avec douceur, lui représenta jusqu'à quel point il étoit coupable de vouloir la séduire et déshonorer son mari, et lui dit fort sérieusement qu'il ne devoit point se flatter de l'espérance d'y réussir.

Cette modération ne servit qu'à enflammer davantage le cavalier, qui, s'imaginant qu'il falloit pousser à bout une femme de ce caractère-là, commença d'avoir avec elle des·manières peu respectueuses, et eut l'audace un jour de la presser de satisfaire ses désirs. Elle le repoussa d'un air sévère, et le menaça de faire punir sa témérité par don Anastasio. Le galant, effrayé de la menace, promit de ne plus parler d'amour; et sur la foi de cette promesse, Estéphanie lui pardonna le passé.

Don Huberto, qui naturellement étoit un très-méchant homme, ne put voir sa passion si mal payée sans concevoir une lâche envie de s'en venger. Il connoissoit don Anastasio pour un jaloux susceptible de toutes les impressions qu'il voudroit lui donner. Il n'eut besoin que de cette connoissance pour former le dessein le plus noir dont un scélérat puisse être capable. Un soir qu'il se promenoit seul avec ce foible époux, il lui dit de l'air du monde le plus triste : Mon cher ami, je ne puis vivre plus long-temps sans vous révéler un secret que je n'aurois garde de vous découvrir, si votre honneur ne vous étoit pas plus cher que votre repos. Votre délicatesse et la mienne en matières d'offenses ne me permettent pas de vous cacher ce qui se passe chez vous. Préparez-vous à entendre une nouvelle qui vous causera autant de douleur que de surprise. Je vais vous frapper par l'endroit le plus sensible.

Je vous entends, interrompit don Anastasio déjà tout troublé, votre cousine m'est infidèle. Je ne la reconnois plus pour ma cousine, reprit Hordalès d'un air emporté; je la désavoue, et elle est indigne de vous avoir pour mari. C'est trop me faire languir, s'écria don Anastasio : parlez, qu'a fait Estéphanie? Elle vous a trahi, repartit don Huberto. Vous avez un rival qu'elle écoute en secret, mais que je ne puis vous nommer : car l'adultère, à la faveur d'une épaisse nuit, s'est dérobé aux yeux qui l'observoient. Tout ce que je sais, c'est qu'on vous trompe : c'est un fait dont je suis certain. L'intérêt que je dois prendre à cette affaire ne vous répond que trop de la vérité de mon rapport. Puisque je me déclare contre Estéphanie, il faut que je sois bien convaincu de son infidélité.

Il est inutile, continua-t-il en remarquant que ses discours faisoient l'effet qu'il en attendoit, il est

inutile de vous en dire davantage. Je m'aperçois que vous êtes indigné de l'ingratitude dont on ose payer votre amour, et que vous méditez une juste vengeance. Je ne m'y opposerai point. N'examinez pas quelle est la victime que vous allez frapper; montrez à toute la ville qu'il n'est rien que vous ne puissiez immoler à votre honneur.

Le traître animoit ainsi un époux trop crédule contre une femme innocente; et il lui peignit avec de si vives couleurs l'infamie dont il demeureroit couvert s'il laissoit l'affront impuni, qu'il le mit enfin en fureur. Voilà don Anastasio qui perd le jugement; il semble que les furies l'agitent. Il retourne chez lui dans la résolution de poignarder sa malheureuse épouse. Elle étoit prête à se mettre au lit quand il arriva. Il se contraignit d'abord, et attendit que les domestiques fussent retirés. Alors, sans être retenu par la crainte de la colère céleste, ni par le déshonneur qui alloit rejaillir sur une honnête famille, ni même par la pitié naturelle qu'il devoit avoir d'un enfant de six mois que sa femme portoit dans ses flancs, il s'approcha de sa victime, et lui dit d'un ton furieux : Il faut périr, misérable! et tu n'as plus qu'un moment à vivre, que ma bonté te laisse pour prier le ciel de te pardonner l'outrage que tu m'as fait. Je ne veux pas que tu perdes ton âme comme tu as perdu ton honneur.

En disant cela il tira son poignard. Son action et son discours épouvantèrent Estéphanie, qui, se jetant à ses genoux, lui dit les mains jointes et tout éperdue : Qu'avez-vous, seigneur? Quel sujet de mécontentement ai-je eu le malheur de vous donner, pour vous porter à cette extrémité? Pourquoi voulez-vous arracher la vie à votre épouse? Si vous la soupçonnez de ne vous être pas fidèle, vous êtes dans l'erreur.

Non, non, reprit brusquement le jaloux; je ne suis que trop assuré de votre trahison. Les personnes qui m'en ont averti sont dignes de foi. Don Huberto... Ah! seigneur, interrompit-elle avec précipitation, vous devez vous défier de don Huberto. Il est moins votre ami que vous ne pensez. S'il vous a dit quelque chose au désavantage de ma vertu, ne le croyez pas. Taisez-vous, infâme que vous êtes! répliqua don Anastasio. En voulant me prévenir contre Hordalès, vous justifiez mes soupçons au lieu de les dissiper. Vous tâchez de me rendre ce parent suspect, parce qu'il est instruit de votre mauvaise conduite. Vous voudriez bien affoiblir son témoignage; mais cet artifice est inutile, et redouble l'envie que j'ai de vous punir. Mon cher époux, reprit l'innocente Estéphanie en pleurant amèrement, craignez votre aveugle colère. Si vous en suivez les mouvements, vous commettrez une action dont vous ne pourrez vous consoler quand vous en aurez reconnu l'injustice. Au nom de Dieu, calmez vos transports! Donnez-vous du moins le temps d'éclaircir vos soupçons; vous rendrez plus de justice à une femme qui n'a rien à se reprocher.

Tout autre que don Anastasio auroit été touché de ces paroles, et encore plus de l'affliction de la personne qui venoit de les prononcer; mais le cruel, loin d'en paroître attendri, dit à la dame, une seconde fois, de se recommander promptement à Dieu, et leva même le bras pour la frapper. Arrête, barbare! lui cria-t-elle. Si l'amour que tu as eu pour moi est entièrement éteint, si les marques de tendresse que je t'ai prodiguées sont effacées de ton souvenir, si mes larmes ne sauroient te détourner de ton exécrable dessein, respecte ton propre sang! N'arme pas ta main furieuse contre un innocent qui n'a point encore vu la lumière. Tu ne peux devenir son bourreau sans offenser le ciel et la terre. Pour moi, je te pardonne ma mort; mais, n'en doute pas, la sienne demandera justice d'un si horrible forfait!

Quelque déterminé que fût don Anastasio à ne faire aucune attention à ce que pourroit lui dire Estéphanie, il ne laissa pas d'être ému des images affreuses que ces derniers mots présentèrent à son esprit. Aussi, comme s'il eût craint que son émotion ne trahît son ressentiment, il se hâta de profiter de la fureur qui lui restoit, et plongea son poignard dans le côté droit de sa femme. Elle tomba dans le moment. Il la crut morte; il sortit aussitôt de sa maison, et disparut d'Antequerre.

Cependant cette épouse infortunée fut si étourdie du coup qu'elle avoit reçu, qu'elle demeura quelques instants à terre comme une personne sans vie. Ensuite, reprenant ses esprits, elle fit des plaintes et des lamentations qui attirèrent auprès d'elle une vieille femme qui la servoit. Dès que cette bonne vieille vit sa maîtresse dans un si pitoyable état, elle poussa des cris qui dissipèrent le sommeil des autres domestiques, et même des plus proches voisins. La chambre fut bientôt remplie de monde. On appela des chirurgiens. Ils visitèrent la plaie, et n'en eurent pas mauvaise opinion. Ils ne se trompèrent point dans leur conjecture; ils guérirent même en assez peu de temps Estéphanie, qui accoucha fort heureusement d'un fils trois mois après cette cruelle aventure; et c'est ce fils, seigneur Gil Blas, que vous voyez en moi; je suis le fruit de ce triste enfantement.

Quoique la médisance n'épargne guère la vertu des femmes, elle respecta pourtant celle de ma mère; et cette scène sanglante ne passa dans la ville que pour le transport d'un mari jaloux. Il est vrai que mon père y étoit connu pour un homme violent, et fort sujet à prendre trop facilement ombrage. Hordalès jugea bien que sa parente le soupçonnoit d'avoir troublé par des fables l'esprit de don Anastasio; et, satisfait de s'être du moins à demi vengé d'elle, il cessa de la voir. De peur d'ennuyer votre seigneurie, je ne m'étendrai point sur l'éducation qu'on m'a donnée. Je dirai seulement que ma mère s'est principalement attachée à me faire apprendre l'escrime, et que j'ai long-temps fait des armes dans les plus célèbres salles de Grenade et de Séville. Elle attendoit avec impatience que je fusse en âge de mesurer mon épée à celle de don Huberto, pour m'instruire du sujet qu'elle avoit de se plaindre de lui; et, me voyant enfin dans ma dix-huitième année, elle m'en fit confidence, non sans répandre des pleurs abondamment, ni paroître saisie d'une vive douleur. Quelle impression ne fait pas une mère en cet état sur un fils qui a du courage et du sentiment? J'allai sur-le-champ trouver Hordalès; je l'attirai dans un endroit écarté, où, après un assez long combat, je le perçai de trois coups d'épée, et le jetai sur le carreau.

Don Huberto, se sentant mortellement blessé, attacha sur moi ses derniers regards, et me dit qu'il recevoit la mort que je lui donnois comme une juste punition du crime qu'il avoit commis contre l'honneur de ma mère. Il confessa que c'étoit pour se venger de ses rigueurs qu'il s'étoit résolu à la perdre. Puis il expira en demandant pardon de sa faute au ciel, à don Anastasio, à Estéphanie et à moi. Je ne jugeai point à propos de retourner au logis pour informer ma mère de cet événement; j'en laissai le soin à la renommée. Je passai les montagnes, et me rendis à la ville de Malaga, où je m'embarquai avec un armateur qui sortoit du port pour aller en course. Je lui parus ne pas manquer de cœur; il consentit volontiers que je me joignisse aux enfants de bonne volonté qu'il avoit sur son bord.

Nous ne tardâmes guère à trouver une occasion de nous signaler. Nous rencontrâmes aux environs de l'île d'Albouran un corsaire de Melilla qui retournoit vers les côtes d'Afrique avec un bâtiment espagnol qu'il avoit pris à la hauteur de Carthagène, et qui étoit richement chargé. Nous attaquâmes vivement l'Africain, et nous nous rendîmes maîtres de ces deux vaisseaux, où il y avoit quatre-vingts chrétiens qu'il emmenoit esclaves en Barbarie. Alors, profitant d'un vent qui s'éleva, et qui nous étoit favorable pour gagner la côte de Grenade, nous arrivâmes en peu de temps à Punta de Helena.

Comme nous demandions aux esclaves que nous avions délivrés de quel endroit ils étoient, je fis cette question à un homme de très-bonne mine, et qui pouvoit bien avoir cinquante ans. Il me répondit en soupirant qu'il étoit d'Antequerre. Je me sentis ému de sa réponse sans savoir pourquoi; et mon émotion, dont il s'aperçut, excita en lui un trouble que je remarquai. Je suis, lui dis-je, votre concitoyen. Peut-on vous demander le nom de votre famille? Hélas! me répondit-il, vous renouvelez ma douleur en exigeant de moi que je satisfasse votre curiosité. Il y a dix-huit années que j'ai quitté le séjour d'Antequerre, où l'on ne doit se souvenir de moi qu'avec horreur. Vous n'avez peut-être vous-même que trop entendu parler de moi. Je me nomme don Anastasio de Rada. Juste ciel! m'écriai-je, dois-je croire ce que j'entends? Quoi! vous seriez don Anastasio! seroit-ce mon père que je verrois? Que dites-vous, jeune homme? s'écria-t-il à son tour en me considérant avec surprise. Seroit-il bien possible que vous fussiez cet enfant malheureux qui étoit encore dans les flancs de sa mère quand je la sacrifiai à ma fureur? Oui, mon père, lui dis-je; c'est moi que la vertueuse Estéphanie a mis au monde trois mois après la nuit funeste où vous la laissâtes noyée dans son sang.

Don Anastasio n'attendit pas que j'eusse achevé ces paroles pour se jeter à mon cou. Il me serra entre ses bras, et nous ne fîmes pendant un quart d'heure que confondre nos soupirs et nos larmes. Après nous être abandonnés aux tendres mouvements qu'une pareille reconnoissance ne pouvoit manquer d'exciter en nous, mon père leva les yeux au ciel pour le remercier d'avoir sauvé la vie à Estéphanie; mais un moment après, comme s'il eût craint de lui rendre grâce mal à propos, il m'adressa la parole, et me demanda de quelle manière on avoit reconnu l'innocence de sa femme. Seigneur, lui répondis-je, personne que vous n'en a jamais douté. La conduite de votre épouse a toujours été sans reproche. Il faut que je vous désabuse. Sachez que c'est don Huberto qui vous a trompé. En même temps je lui contai toute la perfidie de ce parent, quelle vengeance j'en avois tirée, et ce qu'il m'avoit avoué en mourant.

Mon père fut moins sensible au plaisir d'avoir recouvré la liberté qu'à celui d'entendre les nouvelles que je lui annonçois. Il recommença, dans l'excès de la joie qui le transportoit, à m'embrasser tendrement. Il ne pouvoit se lasser de me témoigner combien il étoit content de moi. Allons, mon fils, me dit-il, prenons vite le chemin d'Antequerre! Je brûle d'impatience de me jeter aux pieds d'une épouse que j'ai si indignement traitée. Depuis que vous m'avez fait connoître mon injustice, j'ai des remords qui me déchirent le cœur.

J'avois trop d'envie de rassembler ces deux personnes qui m'étoient si chères pour en retarder le doux moment. Je quittai l'armateur; et de l'argent que je reçus pour ma part de la prise que nous avions faite, j'achetai à Adra deux mules, mon père ne voulant plus s'exposer aux périls de la mer. Il eut tout le loisir sur la route de me raconter ses aventures, que j'écoutai avec cette avide attention que prêta le prince d'Ithaque au récit de celles du roi son père. Enfin, après plusieurs journées, nous nous rendîmes au bas de la montagne la plus voisine d'Antequerre, et nous fîmes halte en cet endroit. Comme nous voulions arriver secrètement au logis, nous n'entrâmes dans la ville qu'au milieu de la nuit.

Je vous laisse à imaginer la surprise où fut ma mère de revoir un mari qu'elle croyoit avoir perdu pour jamais; et la manière pour ainsi dire miraculeuse dont il lui étoit rendu devenoit encore pour elle un autre sujet d'étonnement. Il lui demanda pardon de sa barbarie avec des marques si vives de repentir, qu'elle ne put se défendre d'en être touchée. Au lieu de le regarder comme un assassin, elle ne vit plus en lui qu'un homme à qui le ciel l'avoit soumise, tant le nom d'époux est sacré pour une femme qui a de la vertu! Estéphanie avoit été si en peine de moi, qu'elle fut charmée de mon retour. Elle n'en ressentit pas toutefois une joie pure. Une sœur de Hordalès procédoit criminellement contre le meurtrier de son frère; elle me faisoit chercher partout; de sorte que ma mère, ne me voyant pas en sûreté dans notre maison, n'étoit pas sans inquiétude. Cela m'obligea dès cette nuit-là même de partir pour la cour, où je viens, seigneur, solliciter ma grâce, que j'espère obtenir, puisque vous voulez bien parler en ma faveur au premier ministre, et m'appuyer de tout votre crédit.

Le vaillant fils de don Anastasio finit là son récit; après quoi je lui dis d'un air important: C'est assez, seigneur don Roger; le cas me paroît graciable. Je me charge de détailler votre affaire à son excellence, dont j'ose vous promettre la protection. Le Grenadin, sur cela, se répandit en remercîments qui ne m'auroient fait qu'entrer par une oreille et sortir par l'autre, s'il ne m'eût assuré que sa reconnoissance suivroit de près le service que je lui rendrois. Mais d'abord qu'il eut touché cette corde-là, je me mis en mouvement. Dès le jour même je contai cette histoire au duc, qui, m'ayant permis de lui présenter le cavalier, lui dit: Don Roger, je suis instruit de l'affaire d'honneur qui vous a fait venir à la cour; Santillane m'en a dit toutes les circonstances. Ayez l'esprit tranquille: vous n'avez rien fait qui ne soit excusable; et c'est particulièrement aux gentilshommes qui vengent leur honneur offensé que sa majesté aime à faire grâce. Il faut pour la forme vous mettre en prison ; mais soyez assuré que vous n'y demeurerez pas long-temps. Vous avez dans Santillane un bon ami qui se chargera du reste ; il hâtera votre élargissement.

Don Roger fit une profonde révérence au ministre, sur la parole duquel il alla se constituer prisonnier. Ses lettres de grâce furent bientôt expédiées par mes soins. En moins de dix jours j'envoyai ce nouveau Télémaque rejoindre son Ulysse et sa Pénélope ; au lieu que s'il n'eût pas eu de protecteur et d'argent, il n'en auroit peut-être pas été quitte pour une année de prison. Je ne tirai pourtant de ce service rendu que cent pistoles. Ce n'étoit point là un grand coup de filet ; mais je n'étois pas encore un Calderone pour mépriser les petits.

CHAPITRE IX.

Par quels moyens Gil Blas fit en peu de temps une fortune considérable , et des grands airs qu'il se donna.

Cette affaire me mit en goût, et dix pistoles que je donnai à Scipion pour son droit de courtage l'encouragèrent à faire de nouvelles recherches. J'ai déjà vanté ses talents là-dessus ; on auroit pu l'appeler à juste titre le grand Scipion. Il m'amena pour second chaland un imprimeur de livres de chevalerie, qui s'étoit enrichi en dépit du bon sens. Cet imprimeur avoit contrefait un ouvrage d'un de ses confrères, et son édition avoit été saisie. Pour trois cents ducats je lui fis avoir main-levée de ses exemplaires, et lui sauvai une grosse amende. Quoique cela ne regardât point le premier ministre, son excellence voulut bien à ma prière interposer son autorité. Après l'imprimeur, il me passa par les mains un négociant, et voici de quoi il s'agissoit. Un vaisseau portugais avoit été pris par un corsaire de Barbarie, et repris ensuite par un armateur de Cadix. Les deux tiers des marchandises dont il étoit chargé appartenoient à un marchand de Lisbonne, qui, les ayant inutilement revendiquées, venoit à la cour d'Espagne chercher un protecteur qui eût assez de crédit pour les lui faire rendre. Il eut le bonheur de le trouver en moi. Je m'intéressai pour lui, et il rattrapa ses effets moyennant la somme de quatre cents pistoles dont il fit présent à la protection.

Il me semble que j'entends un lecteur qui me crie en cet endroit : Courage, monsieur de Santillane ! mettez du foin dans vos bottes. Vous êtes en beau chemin ; poussez votre fortune. Oh ! que je n'y manquerai pas. Je vois, si je ne me trompe, arriver mon valet avec un nouveau *quidam* qu'il vient d'accrocher. Justement, c'est Scipion. Ecoutons-le. Seigneur, me dit-il, souffrez que je vous présente ce fameux opérateur. Il demande un privilége pour débiter ses drogues pendant l'espace de dix années dans toutes les villes de la monarchie d'Espagne, à l'exclusion de tous autres, c'est-à-dire qu'il soit défendu aux personnes de sa profession de s'établir dans les lieux où il sera. Par reconnoissance il comptera deux cents pistoles à celui qui lui remettra le privilége expédié. Je dis au saltimbanque, en tranchant du protecteur : Allez, mon ami, je ferai votre affaire. Véritablement peu de jours après je le renvoyai avec des patentes qui lui permettoient de tromper le peuple exclusivement dans tous les royaumes d'Espagne [1].

J'éprouvai la vérité du proverbe qui dit que l'appétit vient en mangeant ; mais outre que je me sentois plus avide à mesure que je devenois plus riche, j'avois obtenu de son excellence si facilement les quatre grâces dont je viens de parler, que je ne balançai point à lui en demander une cinquième. C'étoit le gouvernement de la ville de Vera, sur la côte de Grenade, pour un chevalier de Calatrava qui m'en offroit mille pistoles. Le ministre se prit à rire en me voyant si âpre à la curée. Vive Dieu ! ami Gil Blas, me dit-il, comme vous y allez ! Vous aimez furieusement à obliger votre prochain. Écoutez, lorsqu'il ne sera question que de bagatelles, je n'y regarderai pas de si près ; mais quand vous voudrez des gouvernements ou d'autres choses considérables, vous vous contenterez , s'il vous plaît, de la moitié du profit ; vous me tiendrez compte de l'autre. Vous ne sauriez vous imaginer, continua-t-il, la dépense que je suis obligé de faire, ni combien de ressources il me faut pour soutenir la dignité de mon poste ; car, malgré le désintéressement dont je me pare aux yeux du monde, je vous avoue que je ne suis point assez imprudent pour vouloir déranger mes affaires domestiques. Réglez-vous sur cela.

Mon maître, par ce discours, m'ôtant la crainte de l'importuner, ou plutôt m'excitant à retourner souvent à la charge, me rendit encore plus affamé de richesses que je ne l'étois auparavant. J'aurois alors volontiers fait afficher que tous ceux qui souhaitoient obtenir des grâces à la cour n'avoient qu'à s'adresser à moi. J'allois d'un côté, Scipion de l'autre. Je ne cherchois qu'à faire plaisir pour de l'argent. Mon chevalier de Calatrava eut le gouvernement de Vera pour ses mille pistoles ; et j'en fis bientôt accorder un autre pour le même

[1] En France, ces *permissions de tromper* tout le monde par des drogues secrètes se vendoient jadis au profit du premier médecin du roi.

prix à un chevalier de Saint-Jacques. Je ne me contentai pas de faire des gouverneurs, je donnai des ordres de chevalerie, je convertis quelques bons roturiers en mauvais gentilshommes par d'excellentes lettres de noblesse. Je voulus aussi que le clergé se ressentît de mes bienfaits. Je conférai de petits bénéfices, des canonicats, et quelques dignités ecclésiastiques. A l'égard des évêchés et des archevêchés, c'étoit don Rodrigue de Calderone qui en étoit le collateur. Il nommoit encore aux magistratures, aux commanderies et aux vice-royautés; ce qui suppose que les grandes places n'étoient pas mieux remplies que les petites; car les sujets que nous choisissions pour occuper les postes dont nous faisions un si honnête trafic n'étoient pas toujours les plus habiles gens du monde, ni les plus réglés. Nous savions bien que dans Madrid les railleurs s'égayoient là-dessus à nos dépens; mais nous ressemblions aux avares, qui se consolent des huées du peuple en revoyant leur or.

Isocrate a raison d'appeler l'intempérance et la folie les compagnes inséparables des riches. Quand je me vis maître de trente mille ducats, et en état d'en gagner peut-être dix fois autant, je crus devoir faire une figure digne d'un confident de premier ministre. Je louai un hôtel entier que je fis meubler proprement. J'achetai le carrosse d'un *escrivano* qui se l'étoit donné par ostentation, et qui cherchoit à s'en défaire par le conseil de son boulanger. Je pris un cocher, trois laquais; et, comme il est juste d'avancer ses anciens domestiques, j'élevai Scipion au triple honneur d'être mon valet de chambre, mon secrétaire et mon intendant. Mais ce qui mit le comble à mon orgueil, c'est que le ministre trouva bon que mes gens portassent sa livrée. J'en perdis ce qui me restoit de jugement. Je n'étois guère moins fou que les disciples de Porcius Latro, qui, lorsqu'à force d'avoir bu du cumin, ils s'étoient rendus aussi pâles que leur maître, s'imaginoient être aussi savants que lui; peu s'en falloit que je ne crusse parent du duc de Lerme. Je me mis dans la tête que je passerois pour tel, ou peut-être pour un de ses bâtards; ce qui me flattoit infiniment.

Ajoutez à cela qu'à l'exemple de son excellence, qui tenoit table ouverte, je résolus de donner aussi à manger. Pour cet effet, je chargeai Scipion de me déterrer un habile cuisinier, et il m'en trouva un qui étoit comparable peut-être à celui du Romain Nomentanus, de friande mémoire. Je remplis ma cave de vins délicieux; et, après avoir fait mes autres provisions, je commençai à recevoir compagnie. Il venoit souper chez moi tous les soirs quelques-uns des principaux commis du bureau du ministre, qui prenoient fièrement la qualité de secrétaires d'état. Je leur faisois très-bonne chère, et les renvoyois toujours bien abreuvés. De son côté, Scipion (car tel maître tel valet) avoit aussi sa table dans l'office, où il régaloit à mes dépens les personnes de sa connoissance. Mais outre que j'aimois ce garçon-là, comme il contribuoit à me faire gagner du bien, il me paroissoit en droit de m'aider à le dépenser. D'ailleurs je regardois ces dissipations en jeune homme, je ne voyois pas le tort qu'elles me faisoient; je ne considérois que l'honneur qui m'en revenoit. Une autre raison encore m'empêchoit d'y prendre garde : les bénéfices et les emplois ne cessoient pas de faire venir l'eau au moulin. Je voyois mes finances augmenter de jour en jour. Je m'imaginois pour le coup avoir attaché un clou à la roue de la fortune.

Il ne manquoit plus à ma vanité que de rendre Fabrice témoin de ma vie fastueuse. Je ne doutois pas qu'il ne fût de retour d'Andalousie; et, pour me donner le plaisir de le surprendre, je lui fis tenir un billet anonyme, par lequel je lui mandois qu'un seigneur sicilien de ses amis l'attendoit à souper : je lui marquois le jour, l'heure et le lieu où il falloit qu'il se trouvât. Le rendez-vous étoit chez moi. Nunez y vint, et fut extraordinairement étonné d'apprendre que j'étois le seigneur étranger qui l'avoit invité à souper. Oui, lui dis-je, mon ami, je suis le maître de cet hôtel! J'ai un équipage, une bonne table, et de plus un coffre-fort. Est-il possible, s'écria-t-il avec vivacité, que je te retrouve dans l'opulence? Que je me sais bon gré de t'avoir placé auprès du comte Galiano! Je te disois bien que c'étoit un seigneur généreux, et qu'il ne tarderoit guère à te mettre à ton aise. Tu auras sans doute, ajouta-t-il, suivi le sage conseil que je t'avois donné de lâcher un peu la bride au maître d'hôtel; je t'en félicite. Ce n'est qu'en tenant cette prudente conduite que les intendants deviennent si gras dans les grandes maisons.

Je laissai Fabrice s'applaudir tant qu'il lui plut de m'avoir mis chez le comte Galiano. Après quoi, pour modérer la joie qu'il sentoit de m'avoir procuré un si bon poste, je lui détaillai les marques de reconnoissance dont ce seigneur avoit payé mes services. Mais, m'apercevant que mon poëte, pendant que je lui faisois ce détail, chantoit en lui-même la palinodie, je lui dis : Je pardonne au Sicilien son ingratitude. Entre nous, j'ai plutôt sujet de m'en louer que de m'en plaindre. Si le comte n'en eût pas mal usé avec moi, je l'aurois suivi en Sicile, où je le servirois encore dans l'attente d'un établissement incertain. En un mot, je ne serois pas confident du duc de Lerme.

Nunez fut si vivement frappé de ces derniers mots, qu'il demeura quelques instants sans pouvoir proférer une parole. Puis, rompant tout-à-coup le silence : L'ai-je bien entendu ? me dit-il. Quoi ! vous avez la confiance du premier ministre ? Je la partage, lui répondis-je, avec don Rodrigue de Calderone ; et selon toutes les apparences, j'irai loin. En vérité, seigneur de Santillane, répliqua-t-il, je vous admire. Vous êtes capable de remplir toute sorte d'emplois. Que de talents vous réunissez en vous ! ou plutôt, pour me servir d'une expression de notre tripot, vous avez l'*outil universel*, c'est-à-dire vous êtes propre à tout. Au reste, seigneur, poursuivit-il, je suis ravi de la prospérité de votre seigneurie. Oh ! que diable, interrompis-je, monsieur Nunez, trêve de seigneur et de seigneurie ! Bannissons ces termes-là, et vivons toujours ensemble familièrement. Tu as raison, reprit-il ; je ne dois pas te regarder d'un autre œil qu'à l'ordinaire, quoique tu sois devenu riche ; mais ajouta-t-il, je t'avouerai ma foiblesse ; en m'annonçant ton heureux sort, tu m'as ébloui ; par bonheur mon éblouissement se passe, et je ne vois plus en toi que mon ami Gil Blas.

Notre entretien fut troublé par quatre ou cinq commis qui arrivèrent. Messieurs, leur dis-je en leur montrant Nunez, vous souperez avec le seigneur don Fabricio, qui fait des vers dignes du roi Numa, et qui écrit en prose comme on n'écrit point. Par malheur je parlois à des gens qui faisoient si peu de cas de la poésie que le poëte en pâlit. A peine daignèrent-ils jeter les yeux sur lui. Il eut beau, pour s'attirer leur attention, dire des choses très-spirituelles, ils ne les sentirent pas. Il en fut si piqué, qu'il prit une licence poétique. Il s'échappa subtilement de la compagnie, et disparut. Nos commis ne s'aperçurent pas de sa retraite, et se mirent à table sans même s'informer de ce qu'il étoit devenu

Comme j'achevois de m'habiller le lendemain matin, et me disposois à sortir, le poète des Asturies entra dans ma chambre. Je te demande pardon, mon ami, me dit-il, si j'ai hier au soir rompu en visière à tes commis ; mais, franchement, je me suis trouvé parmi eux si déplacé, que je n'ai pu y tenir. Les fastidieux personnages avec leur air suffisant et empesé ! Je ne comprends pas comment toi, qui as l'esprit si délié, tu peux t'accommoder de convives si lourds. Je veux dès aujourd'hui t'en amener de plus légers. Tu me feras plaisir, lui répondis-je, et je m'en fie à ton goût là-dessus. Tu as raison, répliqua-t-il. Je te promets des génies supérieurs et des plus amusants. Je vais de ce pas chez un marchand de liqueurs où ils vont s'assembler dans un moment. Je les retiendrai de peur qu'ils ne s'engagent ailleurs ; car c'est à qui les aura à dîner ou à souper, tant ils sont réjouissants.

A ces paroles il me quitta ; et le soir, à l'heure du souper, il revint accompagné seulement de six auteurs, qu'il me présenta l'un après l'autre en me faisant leur éloge. A l'entendre, ces beaux esprits surpassoient ceux de la Grèce et de l'Italie ; et leurs ouvrages, disoit-il, méritoient d'être imprimés en lettres d'or. Je reçus ces messieurs très-poliment. J'affectai même de les combler d'honnêtetés ; car la nation des auteurs est un peu vaine et glorieuse. Quoique je n'eusse pas recommandé à Scipion d'avoir soin que l'abondance régnât dans ce repas, comme il savoit quelle sorte de gens je devois ce jour-là régaler, il avoit fait renforcer les services.

Enfin nous nous mîmes à table fort gaîment. Mes poètes commencèrent à s'entretenir d'eux-mêmes et à se louer. Celui-ci, d'un air fier, *citoit* les grands seigneurs et les femmes de qualité dont sa muse faisoit les délices. Celui-là, blâmant le choix qu'une académie de gens de lettres venoit de faire de deux sujets, disoit modestement que c'étoit lui qu'elle auroit dû choisir. Il n'y avoit pas moins de présomption dans les discours des autres. Au milieu du souper, les voilà qui m'assassinent de vers et de prose. Ils se mettent à réciter à la ronde chacun un morceau de ses écrits. L'un débite un sonnet, l'autre déclame une scène tragique, et un autre lit la critique d'une comédie. Un quatrième, voulant à son tour faire la lecture d'une ode d'Anacréon, traduite en mauvais vers espagnols, est interrompu par un de ses confrères qui lui dit qu'il s'est servi d'un terme impropre. L'auteur de la traduction n'en convient nullement ; de là naît une dispute dans laquelle tous les beaux esprits prennent parti. Les opinions sont partagées, les disputeurs s'échauffent ; ils en viennent aux invectives : passe encore pour cela ; mais ces furieux se lèvent de table et se battent à coups de poing. Fabrice, Scipion, mon cocher, mes laquais et moi, nous n'eûmes pas peu de peine à leur faire lâcher prise. Lorsqu'ils se virent séparés, ils sortirent de ma maison comme d'un cabaret, sans me faire la moindre excuse de leur impolitesse.

Nunez, sur la parole de qui je m'étois fait de ce repas une idée agréable, demeura fort étourdi de cette aventure. Eh bien, lui dis-je, notre ami, me vanterez-vous encore vos convives ? Par ma foi, vous m'avez amené là de vilaines gens ! Je m'en tiens à mes commis, ne me parlez plus d'auteurs. Je n'ai garde, me répondit-il, de t'en présenter d'autres ; tu viens de voir les plus raisonnables.

CHAPITRE X.

Les mœurs de Gil Blas se corrompent entièrement à la cour. De la commission dont le chargea le comte de Lemos, et de l'intrigue dans laquelle ce seigneur et lui s'engagèrent.

Lorsque je fus connu pour un homme chéri du duc de Lerme, j'eus bientôt une cour. Tous les matins mon antichambre se trouvoit pleine de monde, et je donnois mes audiences à mon lever. Il venoit chez moi deux sortes de gens: les uns pour m'engager, en payant, à demander des grâces au ministre; et les autres pour m'exciter par des supplications à leur faire obtenir *gratis* ce qu'ils souhaitoient. Les premiers étoient sûrs d'être écoutés et bien servis; à l'égard des seconds, je m'en débarrassois sur-le-champ par des défaites, ou bien je les amusois si long-temps, que je leur faisois perdre patience. Avant que je fusse à la cour, j'étois compatissant et charitable de mon naturel; mais on n'a plus là de foiblesse humaine, et j'y devins plus dur qu'un caillou. Je me guéris aussi par conséquent de ma sensibilité pour mes amis; je me dépouillai de toute affection pour eux. La manière dont j'en usai avec Joseph Navarro, dans une conjoncture que je vais rapporter, en peut faire foi.

Ce Navarro, à qui j'avois tant d'obligation, et qui, pour tout dire en un mot, étoit la cause première de ma fortune, vint un jour chez moi. Après m'avoir témoigné beaucoup d'amitié, ce qu'il avoit coutume de faire quand il me voyoit, il me pria de demander pour un de ses amis certain emploi au duc de Lerme, en me disant que le cavalier pour lequel il me sollicitoit étoit un garçon fort aimable et d'un grand mérite, mais qu'il avoit besoin d'un poste pour subsister. Je ne doute pas, ajouta Joseph, bon et obligeant comme je vous connois, que vous ne soyez ravi de faire plaisir à un honnête homme qui n'est pas riche; son indigence est un titre pour mériter votre appui; je suis sûr que vous me savez bon gré de vous donner une occasion d'exercer votre humeur bienfaisante. C'étoit me dire nettement qu'on attendoit de moi ce service pour rien. Quoique cela ne fût guère de mon goût, je ne laissai pas de paroître fort disposé à faire ce qu'on désiroit. Je suis charmé, répondis-je à Navarro, de pouvoir vous marquer la vive reconnoissance que j'ai de tout ce que vous avez fait pour moi. Il suffit que vous vous intéressiez pour quelqu'un; il n'en faut pas davantage pour me déterminer à le servir. Votre ami aura cet emploi que vous voulez qu'il ait, comptez là-dessus; ce n'est plus votre affaire, c'est la mienne.

Sur cette assurance Joseph s'en alla très-satisfait de moi; néanmoins la personne qu'il m'avoit recommandée n'eut pas le poste en question. Je le fis accorder à un autre homme pour mille ducats que je mis dans mon coffre-fort. Je préférai cette somme aux remercîments que m'auroit faits mon chef d'office, à qui je dis d'un air mortifié quand nous nous revîmes: Ah! mon cher Navarro, vous vous êtes avisé trop tard de me parler. Caldérone m'a prévenu; il a fait donner l'emploi que vous savez. Je suis au désespoir de n'avoir pas une meilleure nouvelle à vous apprendre.

Joseph me crut de bonne foi, et nous nous quittâmes plus amis que jamais; mais je crois qu'il découvrit bientôt la vérité, car il ne revint plus chez moi. Au lieu de sentir quelques remords d'en avoir usé de la sorte avec un ami véritable, et à qui j'avois tant d'obligation, j'en fus charmé. Outre que les services qu'il m'avoit rendus me pesoient, il me sembloit que, dans la passe où j'étois alors à la cour, il ne me convenoit plus de fréquenter des maîtres d'hôtel.

Il y a long-temps que je n'ai parlé du comte de Lemos; venons présentement à ce seigneur. Je le voyois quelquefois. Je lui avois porté mille pistoles, comme je l'ai dit ci-devant, et je lui en portai mille autres encore par ordre du duc son oncle, de l'argent que j'avois à son excellence. Le comte de Lemos ce jour-là voulut avoir un long entretien avec moi. Il m'apprit qu'il étoit enfin parvenu à son but, et qu'il possédoit entièrement les bonnes grâces du prince d'Espagne, dont il étoit l'unique confident. Ensuite il me chargea d'une commission fort honorable, et à laquelle il m'avoit déjà préparé. Ami Santillane, me dit-il, c'est maintenant qu'il faut agir. N'épargnez rien pour découvrir quelque jeune beauté qui soit digne d'amuser ce prince galant. Vous avez de l'esprit; je ne vous en dis pas davantage. Allez, courez, cherchez, et quand vous aurez fait une heureuse découverte, vous viendrez m'en avertir. Je promis au comte de ne rien négliger pour bien m'acquitter de cet emploi, qui ne doit pas être fort difficile à exercer, puisqu'il y a tant de gens qui s'en mêlent.

Je n'avois pas un grand usage de ces sortes de recherches; mais je ne doutois point que Scipion ne fût encore admirable pour cela. En arrivant au logis, je l'appelai et lui dis en particulier: Mon enfant, j'ai une confidence importante à te faire. Sais-tu bien qu'au milieu des faveurs de la fortune je sens qu'il me manque quelque chose? Je devine aisément ce que c'est, interrompit-il sans me donner le temps d'achever ce que je voulois lui dire; vous avez besoin d'une nymphe agréable pour vous dissiper un peu et vous égayer. Et en effet il est étonnant que vous n'en ayez pas dans le prin-

temps de vos jours, pendant que de graves barbons ne sauroient s'en passer. J'admire ta pénétration, repris-je en souriant. Oui, mon ami, c'est
une maîtresse qu'il me faut, et je veux l'avoir
de ta main. Mais je t'avertis que je suis très-délicat sur la matière : je te demande une jolie personne qui n'ait pas de mauvaises mœurs. Ce que
vous souhaitez, repartit Scipion en souriant, est
un peu rare. Cependant nous sommes, Dieu
merci, dans une ville où il y a de tout; et j'espère que j'aurai bientôt trouvé votre fait.

Véritablement trois jours après il me dit : J'ai
découvert un trésor. Une jeune dame nommée
Catalina [1], de bonne famille et d'une beauté ravissante, demeure, sous la conduite de sa tante, dans
une petite maison où elles vivent toutes deux fort
honnêtement de leur bien qui n'est pas considérable. Elle sont servies par une soubrette que je
connois, et qui vient de m'assurer que leur porte,
quoique fermée à tout le monde, pourroit s'ouvrir à un galant riche et libéral, pourvu qu'il voulût bien, de peur de scandale, n'entrer chez elles
que la nuit et sans faire aucun éclat. Là-dessus je
vous ai peint comme un cavalier qui méritoit de
trouver l'huis ouvert, et j'ai prié la soubrette de
vous proposer aux deux dames. Elle m'a promis
de le faire, et de me rapporter demain matin la
réponse dans un endroit dont nous sommes convenus. Cela est bon, lui répondis-je ; mais je crains
que la femme de chambre à qui tu viens de parler
ne t'en ait fait accroire. Non, non, répliqua-t-il,
ce n'est point à moi qu'on en donne à garder : j'ai
déjà interrogé les voisins; et je conclus de tout ce
qu'ils m'ont dit que la señora Catalina est telle que
vous la pouvez désirer, c'est-à-dire une Danaé chez
laquelle il vous sera permis d'aller faire le Jupiter,
à la faveur d'une grêle de pistoles que vous y laisserez tomber

Tout prévenu que j'étois contre ces sortes de
bonnes fortunes, je me prêtai à celle-là; et comme
la femme de chambre vint dire le jour suivant à
Scipion qu'il ne tiendroit qu'à moi d'être introduit dès ce soir-là même dans la maison de ses
maîtresses, je m'y glissai entre onze heures et minuit. La soubrette me reçut sans lumière, et me
prit par la main pour me conduire dans une salle
assez propre, où je trouvai les deux dames galamment habillées, et assises sur des carreaux de
satin. Aussitôt qu'elles m'aperçurent, elles se levèrent et me saluèrent d'une manière toute grâ-
cieuse : je crus voir deux personnes de qualité. La

[1] *Catalina*, ce nom souverainement malhonnête, semble choisi exprès. *Catalina*, en espagnol, est le nom de
la maladie sœur de la petite-vérole.

En adoptant ce nouveau nom, Le Sage a tout sacrifié à l'esprit malin et caustique dont il imprime le
cachet à ses dénominations.

tante qu'on appeloit la señora Mencia, quoique
belle encore, n'attiroit pas moins mon attention. Il
est vrai qu'on ne pouvoit regarder que la nièce,
qui me parut une déesse. A l'examiner pourtant à
la rigueur, on auroit pu dire que ce n'étoit pas une
beauté parfaite ; mais elle avoit des grâces, avec un
air piquant et voluptueux qui ne permettoit guère
aux yeux des hommes de remarquer ses défauts.

Aussi sa vue troubla mes sens. J'oubliai que je
ne venois là que pour faire l'office de procureur :
je parlai en mon propre et privé nom, et tins tous
les discours d'un homme passionné. La petite fille,
à qui je trouvai trois fois plus d'esprit qu'elle n'en
avoit, tant elle me paroissoit aimable, acheva de
m'enchanter par ses réponses. Je commençois à ne
plus me posséder, lorsque la tante, pour modérer
mes transports, prit la parole et me dit : Seigneur
de Santillane, je vais m'expliquer franchement
avec vous. Sur l'éloge que l'on m'a fait de votre
seigneurie, je vous ai permis d'entrer chez moi,
sans affecter, par des façons, de vous faire valoir
cette faveur : mais ne pensez pas pour cela que
vous en soyez plus avancé; j'ai jusqu'ici élevé ma
nièce dans la retraite, et vous êtes, pour ainsi dire,
le premier cavalier aux regards de qui je l'expose.
Si vous la jugez digne d'être votre épouse, je serai
ravie qu'elle ait cet honneur; voyez si elle vous
convient à ce prix-là, vous ne l'aurez point à meilleur marché.

Ce coup tiré à bout portant effaroucha l'amour
qui m'alloit décocher une flèche. Pour parler
sans métaphore, un mariage proposé si crûment
me fit rentrer en moi-même; je redevins tout-à-
coup l'agent fidèle du comte de Lemos; et, changeant de ton, je répondis à la señora Mencia : Madame, votre franchise me plaît, et je veux l'imiter.
Quelque figure que je fasse à la cour, je ne vaux
pas l'incomparable Catalina ; j'ai pour elle en main
un parti plus brillant: je lui destine le prince d'Espagne. Il suffisoit de refuser ma nièce, reprit la
tante froidement; ce refus, ce me semble, étoit
assez désobligeant; il n'étoit pas nécessaire de l'accompagner d'un trait railleur. Je ne raille point,
madame, m'écriai-je, rien n'est plus sérieux; j'ai
ordre de chercher une personne qui mérite d'être
honorée des visites secrètes du prince d'Espagne ;
je la trouve dans votre maison, je vous marque à
la craie.

La señora Mencia fut fort étonnée d'entendre
ces paroles; et je m'aperçus qu'elles ne lui déplurent point. Néanmoins, croyant devoir faire la réservée, elle me répliqua de cette manière : Quand
je prendrois au pied de la lettre ce que vous me
dites, apprenez que je ne suis pas d'un caractère à
m'applaudir de l'infâme honneur de voir ma nièce
maîtresse d'un prince. Ma vertu se révolte contre

l’idée..... Que vous êtes bonne, interrompis-je, avec votre vertu! Vous pensez comme une sotte bourgeoise. Vous moquez-vous de considérer ces choses-là dans un point de vue moral? C’est leur ôter tout ce qu’elles ont de beau; il faut les regarder d’un œil charmé. Envisagez l’héritier de la monarchie aux pieds de l’heureuse Catalina; représentez-vous qu’il l’adore et la comble de présents, et songez enfin qu’il naîtra d’elle peut-être un héros qui rendra le nom de sa mère immortel avec le sien.

Quoique la tante ne demandât pas mieux que d’accepter ce que je proposois, elle feignit de ne savoir à quoi se résoudre; et Catalina, qui auroit déjà voulu tenir le prince d’Espagne, affecta une grande indifférence; ce qui fut cause que je me mis sur nouveaux frais à presser la place, jusqu’à ce qu’enfin la señora Mencia, me voyant rebuté et prêt à lever le siége, battit la chamade, et nous dressâmes une capitulation qui contenoit les deux articles suivants. *Primo*, que si le prince d’Espagne, sur le rapport qu’on lui feroit des agréments de Catalina, prenoit feu et se déterminoit à lui faire une visite nocturne, j’aurois soin d’en informer les dames; comme aussi de la nuit qui seroit choisie pour cet effet. *Secundo*, que le prince ne pourroit s’introduire chez lesdites dames qu’en galant ordinaire, et accompagné seulement de moi et de son Mercure en chef.

Après cette convention, la tante et la nièce me firent toutes les amitiés du monde; elles prirent avec moi un air de familiarité, à la faveur duquel je hasardai quelques accolades qui ne furent pas trop mal reçues; et lorsque nous nous séparâmes, elles m’embrassèrent d’elles-mêmes en me faisant toutes les caresses imaginables. C’est une chose merveilleuse que la facilité avec laquelle il se forme une liaison entre les courtiers de galanterie et les femmes qui ont besoin d’eux. On auroit dit, en me voyant sortir de là si favorisé, que j’eusse été plus heureux que je ne l’étois.

Le comte de Lemos sentit une extrême joie quand je lui annonçai que j’avois fait une découverte telle qu’il la pouvoit souhaiter. Je lui parlai de Catalina dans des termes qui lui donnèrent envie de la voir. Je le menai chez elle la nuit suivante, et il m’avoua que j’avois fort bien rencontré. Il dit aux dames qu’il ne doutoit nullement que le prince d’Espagne ne fût fort satisfait de la maîtresse que je lui avois choisie, et qu’elle, de son côté, auroit sujet d’être contente d’un tel amant; que ce jeune prince étoit généreux, plein de douceur et de bonté; enfin il les assura que, dans quelques jours, il le leur amèneroit de la façon qu’elles le désiroient, c’est-à-dire sans suite et sans bruit. Ce seigneur prit là-dessus congé d’elles, et je me re-

tirai avec lui. Nous rejoignîmes son équipage dans lequel nous étions venus tous deux, et qui nous attendoit au bout de la rue. Ensuite, il me conduisit à mon hôtel, en me chargeant d’instruire le lendemain son oncle de cette aventure ébauchée, et de le prier de sa part de lui envoyer un millier de pistoles pour la mettre à fin.

Je ne manquai pas le jour suivant d’aller rendre au duc de Lerme un compte exact de tout ce qui s’étoit passé. Je ne lui cachai qu’une chose. Je ne lui parlai point de Scipion; je me donnai pour l’auteur de la découverte de Catalina : car on se fait honneur de tout auprès des grands.

Je m’attirai par là des compliments à mi-sucre. Monsieur Gil Blas, me dit le ministre d’un air railleur, je suis ravi qu’avec tous vos autres talents vous ayez encore celui de déterrer les beautés obligeantes! Quand j’en voudrai quelques-unes, vous trouverez bon que je m’adresse à vous. Monseigneur, lui répondis-je sur le même ton, je vous remercie de la préférence; mais vous me permettrez de vous dire que je me ferois un scrupule de procurer ces sortes de plaisirs à votre excellence. Il y a si long-temps que le seigneur don Rodrigue est en possession de cet emploi-là, qu’il y auroit de l’injustice à l’en dépouiller. Le duc sourit de ma réponse; puis, changeant de discours, il me demanda si son neveu n’avoit pas besoin d’argent pour cette équippée. Pardonnez-moi, lui dis-je, il vous prie de lui envoyer mille pistoles. Eh bien! reprit le ministre, tu n’as qu’à les lui porter; dis-lui qu’il ne les ménage point, et qu’il applaudisse à toutes les dépenses que le prince souhaitera de faire.

CHAPITRE XI.

De la visite secrète et des présents que le prince d’Espagne fit à Catalina.

J’allai porter à l’heure même cinq cents doubles pistoles au comte de Lemos. Vous ne pouviez venir plus à propos, me dit ce seigneur. J’ai parlé au prince; il a mordu à la grappe; il brûle d’impatience de voir Catalina. Dès la nuit prochaine il veut se dérober secrètement de son palais pour se rendre chez elle, c’est une chose résolue; nos mesures sont déjà prises pour cela. Avertissez-en les dames, et leur donnez l’argent que vous m’apportez; il est bon de leur faire connoître que ce n’est point un amant ordinaire qu’elles ont à recevoir; d’ailleurs les bienfaits des princes doivent devancer leurs galanteries. Comme vous l’accompagnerez avec moi, poursuivit-il, ayez soin de vous trouver ce soir à son coucher; il faudra de plus que votre carrosse, car je juge à propos de nous en servir, nous attende à minuit aux environs du palais.

Je me rendis aussitôt chez les dames. Je ne vis point Catalina ; on me dit qu'elle reposoit. Je ne parlai qu'à la señora Mencia. Madame, lui dis-je, excusez-moi de grâce si je parois dans votre maison pendant le jour ; mais je ne puis faire autrement ; il faut bien que je vous avertisse que le prince d'Espagne viendra chez vous cette nuit ; et voici, ajoutai-je en lui mettant entre les mains un sac où étoient les espèces, voici une offrande qu'il envoie au temple de Cythère pour s'en rendre les divinités favorables. Je ne vous ai pas, comme vous voyez, engagée dans une mauvaise affaire. Je vous en suis redevable, répondit-elle ; mais apprenez-moi, seigneur de Santillane, si le prince aime la musique. Il l'aime, repris-je, à la folie. Rien ne le divertit tant qu'une belle voix accompagnée d'un luth touché délicatement. Tant mieux ! s'écria-t-elle toute transportée de joie ; vous me charmez en me disant cela, car ma nièce a un gosier de rossignol et joue du luth à ravir : elle danse même parfaitement. Vive Dieu ! m'écriai-je à mon tour, voilà bien des perfections, ma tante : il n'en faut pas tant à une fille pour faire fortune ; un seul de ces talents lui suffit pour cela.

Ayant ainsi préparé les voies, j'attendis l'heure du coucher du prince. Lorsqu'elle fut arrivée, je donnai mes ordres à mon cocher, et je rejoignis le comte de Lemos, qui me dit que le prince, pour se défaire plus tôt de tout le monde, alloit feindre une légère indisposition, et même se mettre au lit pour mieux persuader qu'il étoit malade ; mais qu'il se relèveroit une heure après, et gagneroit par une porte secrète un escalier dérobé qui conduisoit dans les cours.

Lorsqu'il m'eut instruit de ce qu'ils avoient concerté tous deux, il me posta dans un endroit par où il m'assura qu'ils passeroient. J'y gardai si long-temps le mulet, que je commençai à croire que notre galant avoit pris par un autre chemin ou perdu l'envie de voir Catalina ; comme si les princes perdoient ces sortes de fantaisies avant que de les avoir satisfaites ! Enfin je m'imaginois qu'on m'avoit oublié, quand il parut deux hommes qui m'abordèrent. Les ayant reconnus pour ceux que j'attendois, je les menai à mon carrosse, dans lequel ils montèrent l'un et l'autre ; pour moi, je me mis auprès du cocher pour lui servir de guide, et je le fis arrêter à cinquante pas de chez les dames. Je donnai la main au prince d'Espagne et à son compagnon, pour les aider à descendre, et nous marchâmes vers la maison où nous voulions nous introduire. La porte s'ouvrit à notre approche, et se referma dès que nous fûmes entrés.

Nous nous trouvâmes d'abord dans les mêmes ténèbres où je m'étois trouvé la première fois,
quoiqu'on eût pourtant par distinction attaché une petite lampe à un mur. La lumière qu'elle répandoit étoit si sombre, que nous l'apercevions seulement sans en être éclairés. Tout cela ne servoit qu'à rendre l'aventure plus agréable à son héros, qui fut vivement frappé de la vue des dames lorsqu'elles le reçurent dans la salle, où la clarté d'un grand nombre de bougies compensoit l'obscurité qui régnoit dans la cour. La tante et la nièce étoient dans un déshabillé galant où il y avoit une intelligence de coquetterie qui ne les laissoit pas regarder impunément. Notre prince se seroit fort bien contenté de la señora Mencia, s'il n'eût pas eu à choisir ; mais les charmes de la jeune Catalina, comme de raison, eurent la préférence.

Eh bien ! mon prince, lui dit le comte de Lemos, pouvions-nous vous procurer le plaisir de voir deux personnes plus jolies ? Je les trouve toutes deux ravissantes, répondit le prince ; et je n'ai garde de remporter d'ici mon cœur, puisqu'il n'échapperoit point à la tante, si la nièce le pouvoit manquer.

Après un compliment si gracieux pour une tante, il dit mille choses flatteuses à Catalina, qui lui répondit très-spirituellement. Comme il est permis aux honnêtes gens qui font le personnage que je faisois dans cette occasion, de se mêler à l'entretien des amants, pourvu que ce soit pour attiser le feu, je dis au galant que sa nymphe chantoit et jouoit du luth à merveille. Il fut ravi d'apprendre qu'elle eut ces talents ; il la pressa de lui en montrer un échantillon. Elle se rendit de bonne grâce à ses instances, prit un luth tout accordé, joua quelques airs tendres, et chanta d'une manière si touchante, que le prince se laissa tomber à ses genoux tout transporté d'amour et de plaisir. Mais finissons là ce tableau, et disons seulement que, dans la douce ivresse où l'héritier de la monarchie espagnole étoit plongé, les heures s'écoulèrent comme des moments, et qu'il nous fallut l'arracher de cette dangereuse maison à cause du jour qui s'approchoit. Messieurs les entrepreneurs le ramenèrent promptement au palais et le remirent dans son appartement. Ils se retirèrent ensuite chez eux, aussi contents de l'avoir appareillé avec une aventurière, que s'ils eussent fait son mariage avec une princesse.

Je contai le lendemain matin cette aventure au duc de Lerme, car il vouloit tout savoir. Dans le temps que je lui en achevois le récit, le comte de Lemos arriva et nous dit : Le prince d'Espagne est si occupé de Catalina, il a pris tant de goût pour elle, qu'il se propose de la voir souvent et de s'y attacher. Il voudroit lui envoyer aujourd'hui pour deux mille pistoles de pierreries, mais il n'a pas le sou. Il s'est adressé à moi. Mon cher Lemos, m'a-t-il dit, il faut que vous me trouviez tout à l'heure cette somme-là. Je sais bien que je vous incommode, que je vous épuise ; aussi mon cœur vous en tient-il un grand compte ; et si jamais je me vois en état de reconnoître d'une autre manière que par le sentiment tout ce que vous avez fait pour moi, vous ne vous repentirez point de m'avoir obligé. Mon prince, lui ai-je répondu en le quittant sur-le-champ, j'ai des amis et du crédit, je vais vous chercher ce que vous souhaitez.

Il n'est pas difficile de le satisfaire, dit alors le duc à son neveu. Santillane va vous porter cet argent ; ou bien, si vous voulez, il achètera lui-même les pierreries, car il s'y connoît parfaitement, et surtout en rubis. N'est-il pas vrai, Gil Blas ? ajouta-t-il en me regardant d'un air malin. Que vous êtes malicieux, monseigneur ! lui répondis-je. Je vois bien que vous avez envie de faire rire monsieur le comte à mes dépens. Cela ne manqua d'arriver. Le neveu demanda quel mystère il y avoit là-dessous. Ce n'est rien, répliqua l'oncle en riant. C'est qu'un jour Santillane s'avisa de troquer un diamant contre un rubis, et que ce troc ne tourna ni à son honneur ni à son profit.

J'aurois été trop heureux si le ministre n'en eût pas dit davantage ; mais il prit la peine de conter le tour que Camille et don Raphaël m'avoient joué dans un hôtel garni, et de s'étendre particulièrement sur les circonstances les plus désagréables pour moi. Son excellence, après s'être bien égayée, m'ordonna d'accompagner le comte de Lemos, qui me mena chez un joaillier où nous choisîmes des pierreries que nous allâmes montrer au prince d'Espagne ; après quoi elles me furent confiées pour être remises à Catalina. J'allai ensuite prendre chez moi deux mille pistoles de l'argent du duc, pour payer le marchand.

On ne doit pas demander si la nuit suivante je fus gracieusement reçu des dames, lorsque j'exhibai les présents de mon ambassade, lesquels consistoient en une belle paire de boucles d'oreilles avec les pendants pour la nièce. Charmées l'une et l'autre de ces marques de l'amour et de la générosité du prince, elles se mirent à jaser comme deux commères et à me remercier de leur avoir procuré une si bonne connoissance. Elles s'oublièrent dans l'excès de leur joie. Il leur échappa quelques paroles qui me firent soupçonner que je n'avois produit qu'une fripponne au fils de notre grand monarque. Pour savoir précisément si j'avois fait ce beau chef-d'œuvre, je me retirai dans le dessein d'avoir un éclaircissement avec Scipion.

CHAPITRE XII.

Qui étoit Catalina. Embarras de Gil Blas, son inquiétude, et quelle précaution il fut obligé de prendre pour se mettre l'esprit en repos.

En rentrant chez moi, j'entendis un grand bruit. J'en demandai la cause. On me dit que c'étoit Scipion qui ce soir-là donnoit à souper à une demi-douzaine de ses amis. Ils chantoient à gorge déployée et faisoient de longs éclats de rire. Ce repas n'étoit assurément pas le banquet des sept sages.

Le maître du festin, averti de mon arrivée, dit à sa compagnie : Messieurs, ce n'est rien, c'est le patron qui revient ; que cela ne vous gêne pas ! Continuez de vous réjouir ; je vais lui dire deux mots ; je vous rejoindrai dans un moment. A ces mots il vint me trouver. Quel tintamarre ! lui dis-je. Quelle sorte de personnes régalez-vous donc là-bas ? Sont-ce des poètes ? Non pas, s'il vous plaît, me répondit-il. Ce seroit dommage de donner votre vin à boire à ces gens-là ; j'en fais un meilleur usage. Il y a parmi mes convives un homme jeune très-riche qui veut obtenir un emploi par votre crédit et pour son argent. C'est pour lui que la fête se fait. A chaque coup qu'il boit, j'augmente de dix pistoles le bénéfice qui doit vous en revenir. Je veux le faire boire jusqu'au jour. Sur ce pied-là, repris-je, va te remettre à table, et ne ménage point le vin de ma cave.

Je ne jugeai point à propos de l'entretenir alors de Catalina ; mais le lendemain à mon lever je lui parlai de cette sorte : Ami Scipion, tu sais de quelle manière nous vivons ensemble. Je te traite plutôt en camarade qu'en domestique : tu aurois tort par conséquent de me tromper comme un maître. N'ayons donc point de secret l'un pour l'autre. Je vais t'apprendre une chose qui te surprendra, et toi de ton côté tu me diras ce que tu penses des femmes que tu m'as fait connoître. Entre nous, je les soupçonne d'être deux matoises d'autant plus raffinées, qu'elles affectent plus de simplicité. Si je leurs rends justice, le prince d'Espagne n'a pas grand sujet de se louer de moi ; car, je te l'avouerai, c'est pour lui que je t'ai demandé une maîtresse. Je l'ai mené chez Catalina, et il en est devenu amoureux. Seigneur, me répondit Scipion, vous en usez trop bien avec moi pour que je manque de sincérité avec vous. J'eus hier un tête-à-tête avec la suivante de ces deux princesses ; elle m'a conté leur histoire, qui m'a paru divertissante : je vais vous en faire succinctement le récit, que vous ne serez pas fâché d'avoir écouté.

Catalina, poursuivit-il, est fille d'un petit gentilhomme aragonais. Se trouvant à quinze ans une

on ne doit pas demander si la nuit suivante je fus gracieusement reçu
[...] des dames etc.

orpheline aussi pauvre que jolie, elle écouta un vieux commandeur qui la conduisit à Tolède, où il mourut au bout de six mois après lui avoir plutôt servi de père que d'époux. Elle recueillit sa succession, qui consistoit en quelques nippes et en trois cents pistoles d'argent comptant ; puis elle se joignit à la señora Mencia, qui étoit encore à la mode, quoiqu'elle fût déjà sur le retour. Ces deux bonnes amies demeurèrent ensemble, et commencèrent à tenir une conduite dont la justice voulut prendre connaissance. Cela déplut aux dames, qui de dépit ou autrement abandonnèrent brusquement Tolède pour venir s'établir à Madrid, où, depuis environ deux ans, elles vivent sans fréquenter aucune dame du voisinage. Mais écoutez le meilleur : elles ont loué deux petites maisons séparées seulement par un mur ; on peut entrer de l'une dans l'autre par un escalier de communication qu'il y a dans les caves. La señora Mencia demeure avec une jeune soubrette dans l'une de ces maisons, et la douairière du commandeur occupe l'autre avec un vieille duègne qu'elle fait passer pour sa grand'mère ; de façon que notre Aragonaise est tantôt une nièce élevée par sa tante, et tantôt une pupille sous l'aile de son aïeule. Quand elle fait la nièce, elle s'appelle Catalina ; et lorsquelle fait la petite-fille, elle se nomme Sirena.

Au nom de Sirena, j'interrompis en pâlissant Scipion. Que m'apprends-tu ? lui dis-je ; tu me fais trembler. Hélas ! j'ai bien peur que cette maudite Aragonaise ne soit la maîtresse de Calderone. Eh ! vraiment, répondit-il, c'est elle-même ! Je croyais vous réjouir en vous annonçant cette nouvelle. Tu n'y penses pas, lui répliquai-je. Elle est plus propre à me causer du chagrin que de la joie ; n'en vois-tu pas bien les conséquences ? Non, ma foi, repartit Scipion. Quel malheur en peut-il arriver ? Il n'est pas sûr que don Rodrigue découvre ce qui se passe ; et si vous craignez qu'il n'en soit instruit, vous n'avez qu'à prévenir le premier ministre. Contez-lui la chose tout naturellement ; il verra votre bonne foi ; et si après cela Calderone veut vous rendre quelques mauvais offices auprès de son excellence, elle verra bien qu'il ne cherche à vous nuire que par un esprit de vengeance.

Scipion m'ôta ma crainte par ce discours. Je suivis ce conseil. J'avertis le duc de Lerme de cette fâcheuse découverte. J'affectai même de lui en faire le détail d'un air triste, pour lui persuader que j'étois mortifié d'avoir innocemment livré au prince la maîtresse de don Rodrigue ; mais le ministre, loin de plaindre son favori, en fit des railleries. Ensuite il me dit d'aller toujours mon train ; et qu'après tout il étoit glorieux pour Calderone d'aimer la même dame que le prince d'Espagne, et de n'en être pas plus maltraité que lui. Je mis aussi au fait le comte de Lemos, qui m'assura de sa protection si le premier secrétaire venoit à découvrir l'intrigue, et qu'il entreprît de me perdre dans l'esprit du duc.

Croyant avoir par cette manœuvre délivré le bateau de ma fortune du péril de s'ensabler, je ne craignis plus rien. J'accompagnai encore le prince chez Catalina, autrement la belle Sirène, qui avoit l'art de trouver des défaites pour écarter de sa maison don Rodrigue, et lui dérober les nuits qu'elle étoit obligée de donner à son illustre rival.

<h3 style="text-align:center">CHAPITRE XIII.</h3>

Gil Blas continue de faire le seigneur. Il apprend des nouvelles de sa famille : quelle impression elles font sur lui. Il se brouille avec Fabrice.

J'ai déjà dit que le matin il y avoit ordinairement dans mon antichambre une foule de personnes qui venoient me faire des propositions ; mais je ne voulois pas qu'on me les fît de vive voix ; et suivant l'usage de la cour, ou plutôt pour faire l'important, je disois à chaque solliciteur : Donnez-moi un mémoire. Je m'étois si bien accoutumé à cela, qu'un jour je répondis ces paroles au propriétaire de mon hôtel, qui vint me faire souvenir que je lui devois une année de loyer. Pour mon boucher et mon boulanger, ils m'épargnoient la peine de leur demander des mémoires, tant ils étoient exacts à m'en apporter tous les mois. Scipion, qui me copioit si bien qu'on pouvoit dire que la copie approchoit fort de l'original, n'en usoit pas autrement avec les personnes qui s'adressoient à lui pour le prier de m'engager à les servir.

J'avois encore un autre ridicule dont je ne prétends point me faire grâce : j'étois assez fat pour parler des plus grands seigneurs comme si j'eusse été un homme de leur étoffe. Si j'avois, par exemple, à citer le duc d'Albe, le duc d'Ossone ou le duc de Medina Sidonia, je disois sans façon, d'Albe, d'Ossone et Medina Sidonia. En un mot, j'étois devenu si fier et si vain, que je n'étois plus le fils de mon père et de ma mère. Hélas ! pauvre duègne et pauvre écuyer, je ne m'informois pas si vous viviez heureux ou misérables dans les Asturies ! c'est à quoi je ne pensois point du tout ! je ne songeois pas seulement à vous ! La cour a la vertu du fleuve Léthé pour nous faire oublier nos parents et nos amis quand ils sont dans une mauvaise situation.

Je ne me souvenois donc plus de ma famille, lorsqu'un matin il entra chez moi un jeune homme qui me dit qu'il souhaitoit de me parler un moment en particulier. Je le fis passer dans mon cabinet, où, sans lui offrir une chaise, parce qu'il me paroissoit un homme du commun, je lui demandai ce qu'il me vouloit. Seigneur Gil Blas, me dit-il, quoi! vous ne me remettez point? J'eus beau le considérer attentivement, je fus obligé de lui répondre que ses traits m'étoient tout-à-fait inconnus. Je suis, reprit-il, un de vos compatriotes, natif d'Oviédo même, et fils de Bertrand Muscada, l'épicier voisin de votre oncle le chanoine. Je vous reconnois bien, moi. Nous avons joué mille fois tous deux à la *gallina ciega*[1].

Je n'ai, lui répondis-je, qu'une idée très-confuse des amusements de mon enfance; les soins dont j'ai depuis été occupé m'en ont fait perdre la mémoire. Je suis venu, dit-il, à Madrid pour compter avec le correspondant de mon père. J'ai entendu parler de vous. On m'a dit que vous étiez sur un bon pied à la cour, et déjà riche comme un juif. Je vous en fais mes compliments; et je vais, à mon retour au pays, combler de joie votre famille en lui annonçant une si agréable nouvelle.

Je ne pouvois honnêtement me dispenser de lui demander dans quelle situation il avoit laissé mon père, ma mère et mon oncle; mais je m'acquittai si froidement de ce devoir, que je ne donnai pas sujet à mon épicier d'admirer la force du sang. Il me le fit bien connoître. Il parut choqué de l'indifférence que j'avois pour des personnes qui me devoient être si chères; et comme c'étoit un garçon franc et grossier : Je vous croyois, me dit-il crûment, plus de tendresse et de sensibilité pour vos proches. De quel air glacé m'interrogez-vous sur leur compte! Il semble que vous les ayez mis en oubli. Savez-vous quelle est leur situation? Apprenez que votre père et votre mère sont toujours dans le service, et que le bon chanoine Gil Pérès, accablé de vieillesse et d'infirmités, n'est pas éloigné de sa fin. Il faut avoir du naturel, poursuivit-il; et puisque vous êtes en état de faire du bien à vos parents, je vous conseille en ami de leur envoyer deux cents pistoles tous les ans. Par ce secours, vous leur procurerez une vie douce et heureuse, sans vous incommoder.

Au lieu d'être touché de la peinture qu'il me faisoit de ma famille, je ne sentis que la liberté qu'il prenoit de me conseiller sans que je l'en priasse. Avec plus d'adresse peut-être m'auroit-il persuadé; mais il ne fit que me révolter par sa franchise. Il s'en aperçut bien au silence mécontent que je gardai; et, continuant son exhortation avec moins de charité que de malice, il m'impatienta. Oh! c'en est trop, répondis-je avec em-

portement. Allez, monsieur de Muscada, ne vous mêlez que de ce qui vous regarde. Allez trouver le correspondant de votre père et compter avec lui. Il vous convient bien de me dicter mon devoir! je sais mieux que vous ce que j'ai à faire dans cette occasion. En achevant ces mots, je poussai l'épicier hors de mon cabinet, et le renvoyai à Oviédo vendre du poivre et du girofle.

Ce qu'il venoit de me dire ne laissa pas de s'offrir à mon esprit; et me reprochant moi-même que j'étois un fils dénaturé, je m'attendris. Je rappelai les soins qu'on avoit eus de mon enfance et de mon éducation; je me représentai ce que je devois à mes parents; et mes réflexions furent accompagnées de quelques transports de reconnoissance, qui pourtant n'aboutirent à rien. Mon ingratitude les étouffa bientôt, et leur fit succéder un profond oubli. Il y a bien des pères qui ont de pareils enfants.

L'avarice et l'ambition qui me possédoient changèrent entièrement mon humeur. Je perdis toute ma gaîté; je revins distrait et rêveur, en un mot, un sot animal. Fabrice, me voyant tout occupé du soin de sacrifier à la fortune, et fort détaché de lui, ne venoit plus chez moi que rarement. Il ne put même s'empêcher de me dire un jour : En vérité, Gil Blas, je ne te reconnois plus. Avant que tu fusses à la cour, tu avois toujours l'esprit tranquille. A présent je te vois sans cesse agité. Tu formes projet sur projet pour t'enrichir, et plus tu amasses de bien, plus tu veux en amasser. Outre cela, te le dirai-je? tu n'as plus avec moi ces épanchements de cœur, ces manières libres qui font le charme des liaisons. Tout au contraire, tu t'enveloppes, et me caches le fond de ton âme. Je remarque même de la contrainte dans les honnêtetés que tu me fais. Enfin, Gil Blas n'est plus ce même Gil Blas que j'ai connu.

Tu plaisantes sans doute, lui répondis-je d'un air assez froid. Je n'aperçois en moi aucun changement. Ce n'est point à tes yeux, répliqua-t-il, qu'on doit s'en rapporter; ils sont fascinés. Crois-moi, ta métamorphose n'est que trop véritable. En bonne foi, mon ami, parle : vivons-nous ensemble comme autrefois? Quand j'allois le matin frapper à ta porte, tu venois m'ouvrir toi-même encore tout endormi le plus souvent, et j'entrois dans ta chambre sans façon. Aujourd'hui, quelle différence! Tu as des laquais. On me fait attendre dans ton antichambre, et il faut qu'on m'annonce avant que je puisse te parler. Après cela, comment me reçois-tu? avec une politesse glacée, et en tranchant du seigneur. On diroit que mes visites commencent à te peser. Crois-tu qu'une pareille réception soit agréable à un homme qui

[1] C'est le jeu de Colin-Maillard. *Gallina ciega*, à la lettre, *la poule aveugle.*

t'a vu son camarade? Non, Santillane, non; elle ne me convient nullement. Adieu, séparons-nous à l'amiable. Défaisons-nous tous deux, toi d'un censeur de tes actions, et moi d'un nouveau riche qui se méconnoît.

Je me sentis plus aigri que touché de ses reproches, et je le laissai s'éloigner sans faire le moindre effort pour le retenir. Dans la situation où étoit mon esprit, l'amitié d'un poète ne me paroissoit pas une chose assez précieuse pour devoir m'affliger de sa perte. Je trouvois de quoi m'en consoler dans le commerce de quelques petits officiers du roi, auxquels un rapport d'humeur me lioit depuis peu étroitement. Ces nouvelles connoissances étoient des hommes dont la plupart venoient de je ne sais où, et que leur heureuse étoile avoit fait parvenir à leurs postes. Ils étoient déjà tous à leur aise; et ces misérables, n'attribuant qu'à leur mérite les bienfaits dont la bonté du roi les avoit comblés, s'oublioient de même que moi. Nous nous imaginions être des personnages bien respectables.

O fortune! voilà comme tu dispenses tes faveurs le plus souvent. Le stoïcien Épictète n'a pas tort de te comparer à une fille de condition qui s'abandonne à des valets.

LIVRE NEUVIÈME.

CHAPITRE PREMIER.

Scipion veut marier Gil Blas, et lui propose la fille d'un riche et fameux orfèvre. Des démarches qui se firent en conséquence.

Un soir, après avoir renvoyé la compagnie qui étoit venue souper chez moi, me voyant seul avec Scipion, je lui demandai ce qu'il avoit fait ce jour-là. Un coup de maître, me répondit-il. Je vous ménage un riche établissement. Je veux vous marier à la fille unique d'un orfèvre de ma connoissance.

La fille d'un orfèvre! m'écriai-je d'un air dédaigneux; as-tu perdu l'esprit? Peux-tu me proposer une bourgeoise? Quand on a un certain mérite, et qu'on est à la cour sur un certain pied, il me semble qu'on doit avoir des vues plus élevées. Eh! monsieur, me repartit Scipion, ne le prenez point sur ce ton-là! Songez que c'est le mâle qui anoblit, et ne soyez pas plus délicat que mille seigneurs que je pourrois vous citer. Savez-vous bien que l'héritière dont il s'agit est un parti de cent mille ducats pour le moins? N'est-pas là un beau morceau d'orfévrerie? Lorsque j'entendis parler d'une grosse somme, je devins plus traitable. Je me rends, dis-je à mon secrétaire; la dot me détermine. Quand veux-tu me la faire toucher? Doucement, monsieur, me répondit-il; un peu de patience. Il faut auparavant que je communique la chose au père, et que je la lui fasse agréer. Bon! repris-je en éclatant de rire, tu en es encore là? Voilà un mariage bien avancé! Beaucoup plus que vous ne pensez, répliqua-t-il. Je ne veux qu'une heure de conversation avec l'orfèvre, et je vous réponds de son consentement. Mais, avant que nous allions plus loin, composons, s'il vous plaît. Supposé que je vous fasse donner cent mille ducats, combien m'en reviendra-t-il? Vingt mille, lui repartis-je. Le ciel en soit loué! dit-il. Je bornois votre reconnoissance à dix mille; vous êtes une fois plus généreux que moi. Allons, j'entrerai dès demain dans cette négociation; et vous pouvez compter qu'elle réussira, ou je ne suis qu'une bête.

Effectivement, deux jours après il me dit : J'ai parlé au seigneur Gabriel de Salero [1] (ainsi se nommoit mon orfèvre). Je lui ai tant vanté votre crédit et votre mérite, qu'il a prêté l'oreille à la proposition que je lui ai faite de vous accepter pour gendre. Vous aurez sa fille avec cent mille ducats, pourvu que vous lui fassiez voir clairement que vous possédez les bonnes grâces du ministre. S'il ne tient qu'à cela, dis-je alors à Scipion, je serai bientôt marié. Mais, à propos de la fille, l'as-tu vue? est-elle belle? Pas si belle que la dot. Entre nous, cette riche héritière n'est pas une fort jolie personne. Par bonheur vous ne vous en souciez guère. Ma foi non, lui répliquai-je, mon enfant. Nous autres gens de cour [2] nous n'é-

---

[1] *Salero,* salière.

[2] *Nous autres gens de cour....* Notez que c'est Gil Blas qui parle; mais il se ressouvient de ce qu'on lui a dit *qu'il appartient au roi,* et qu'en lui parlant on le nomme *seigneur de Santillane.*

pousons que pour épouser seulement. Nous ne cherchons la beauté que dans les femmes de nos amis ; et, si par hasard elle se trouve dans les nôtres, nous y faisons si peu d'attention, que c'est fort bien fait quand elles nous en punissent.

Ce n'est pas tout, reprit Scipion : le seigneur Gabriel vous donne à souper ce soir. Nous sommes convenus que vous ne parlerez pas du mariage projeté. Il doit inviter plusieurs marchands de ses amis à ce repas, où vous vous trouverez comme un simple convive, et demain il viendra souper chez vous de la même manière. Vous voyez par là que c'est un homme qui veut vous étudier avant que de passer outre. Il sera bon que vous vous observiez un peu devant lui. Oh ! parbleu, interrompis-je d'un air de confiance, qu'il m'examine tant qu'il lui plaira, je ne puis que gagner à cet examen.

Cela s'exécuta de point en point. Je me fis conduire chez l'orfèvre, qui me reçut aussi familièrement que si nous nous fussions déjà vus plusieurs fois. C'étoit un bon bourgeois qui étoit, comme nous disons, poli [1] *hasta porfiar*. Il me présenta la señora Eugenia sa femme, et la jeune Gabriela sa fille. Je leur fis force compliments, sans contrevenir au traité. Je leur dis des *riens* en fort beaux termes, des phrases de courtisan.

Gabriela, quoi que m'en eût dit mon secrétaire, ne me parut pas désagréable, soit à cause qu'elle étoit extrêmement parée, soit que je ne la regardasse qu'au travers de la dot. La bonne maison que celle du seigneur Gabriel ! Il y a, je crois, moins d'argent dans les mines du Pérou qu'il n'y en avoit dans cette maison-là. Ce métal s'y offroit à la vue de toutes parts, sous mille formes différentes. Chaque chambre, et particulièrement celle où nous nous étions mis à table, étoit un trésor. Quel spectacle pour les yeux d'un gendre ! Le beau-père, pour faire plus d'honneur à son repas, avoit assemblé chez lui cinq ou six marchands, tous personnages graves et ennuyeux. Ils ne parlèrent que de commerce ; et l'on peut dire que leur conversation fut plutôt une conférence de négociants qu'un entretien d'amis qui soupent ensemble.

Je régalai l'orfèvre à mon tour le lendemain au soir. Ne pouvant l'éblouir par mon argenterie, j'eus recours à une autre illusion. J'invitai à souper ceux de mes amis qui faisoient la plus belle figure à la cour, et que je connoissois pour des ambitieux qui ne mettoient point de bornes à leurs désirs. Ces gens-ci ne s'entretinrent que des grandeurs, que des postes brillants et lucratifs auxquels ils aspiroient ; ce qui fit son effet. Le bourgeois Gabriel, étourdi de leurs grandes idées, ne se sen-

[1] Jusqu'à être fatigant. (*Hasta*, jusqu'à, *porfiar*, disputer opiniâtrément.)

toit, malgré tout son bien, qu'un petit mortel en comparaison de ces messieurs. Pour moi, faisant l'homme modéré, je dis que je me contenterois d'une fortune médiocre, comme de vingt mille ducats de rente ; sur quoi ces affamés d'honneurs et de richesses s'écrièrent que j'aurois tort, et qu'étant aimé autant que je l'étois du premier ministre, je ne devois pas m'en tenir à si peu de chose. Le beau-père ne perdit pas une de ces paroles ; et je crus remarquer, quand il se retira, qu'il étoit fort satisfait.

Scipion ne manqua pas de l'aller voir le jour suivant dans la matinée, pour lui demander s'il étoit content de moi. J'en suis charmé, lui répondit le bourgeois ; ce garçon-là m'a gagné le cœur. Mais, seigneur Scipion, ajouta-t-il, je vous conjure, par notre ancienne connoissance, de me parler sincèrement. Nous avons tous notre foible, comme vous savez. Apprenez-moi celui du seigneur de Santillane. Est-il joueur ? est-il galant ? Quelle est son inclination vicieuse ? Ne me la cachez pas, je vous en prie. Vous m'offensez, seigneur Gabriel, en me faisant cette question, repartit l'entremetteur. Je suis plus dans vos intérêts que dans ceux de mon maître. S'il avoit quelque mauvaise habitude qui fût capable de rendre votre fille malheureuse, est-ce que je vous l'aurois proposé pour gendre ? Non, parbleu ! je suis trop votre serviteur. Mais, entre nous, je ne lui trouve point d'autre défaut que celui de n'en avoir aucun. Il est trop sage pour un jeune homme. Tant mieux, reprit l'orfèvre ; cela me fait plaisir. Allez, mon ami, vous pouvez l'assurer qu'il aura ma fille, et que je la lui donnerois quand il ne seroit pas chéri du ministre.

Aussitôt que mon secrétaire m'eut rapporté cet entretien, je courus chez Salero, pour le remercier de la disposition favorable où il étoit pour moi. Il avoit déjà déclaré ses volontés à sa femme et à sa fille, qui me firent connoître, par la manière dont elles me reçurent, qu'elles y étoient soumises sans répugnance. Je menai le beau-père au duc de Lerme, que j'avois prévenu la veille, et je le lui présentai. Son excellence lui fit un accueil des plus gracieux, et lui témoigna de la joie de ce qu'il avoit choisi pour gendre un homme qu'elle affectionnoit beaucoup, et qu'elle prétendoit avancer. Elle s'étendit ensuite sur mes bonnes qualités, et dit tant de bien de moi, que le bon Gabriel crut avoir rencontré dans ma seigneurie le meilleur parti d'Espagne pour sa fille. Il en étoit si aise qu'il en avoit la larme à l'œil. Il me serra fortement entre ses bras lorsque nous nous séparâmes, en me disant : Mon fils, j'ai tant d'impatience de vous voir l'époux de Gabriela, que vous le serez dans huit jours tout au plus tard.

CHAPITRE II.

Par quel hasard Gil Blas se ressouvint de don Alphonse de Leyva, et du service qu'il lui rendit par vanité.

Laissons-là mon mariage pour un moment. L'ordre de mon histoire le demande, et veut que je raconte le service que je rendis à don Alphonse, mon ancien maître. J'avois entièrement oublié ce cavalier, et voici à quelle occasion j'en rappelai le souvenir.

Le gouvernement de la ville de Valence vint à vaquer dans ce temps-là. En apprenant cette nouvelle, je pensai à don Alphonse de Leyva. Je fis réflexion que cet emploi lui conviendroit à merveille; et, moins peut-être par amitié que par ostentation, je résolus de le demander pour lui. Je me représentai que si je l'obtenois, cela me feroit un honneur infini. Je m'adressai donc au duc de Lerme. Je lui dis que j'avois été intendant de don César de Leyva et de son fils, et qu'ayant tous les sujets du monde de me louer d'eux, je prenois la liberté de le supplier d'accorder à l'un ou à l'autre le gouvernement de Valence. Le ministre me répondit : Très-volontiers, Gil Blas. J'aime à te voir reconnoissant et généreux. D'ailleurs tu me parles pour une famille que j'estime. Les Leyva sont de bons serviteurs du roi; ils méritent bien cette place. Tu peux en disposer à ton gré; je te la donne pour présent de noces.

Ravi d'avoir réussi dans mon dessein, j'allai sans perdre de temps chez Calderone faire dresser des lettres patentes pour don Alphonse. Il y avoit un grand nombre de personnes qui attendoient dans un silence respectueux que don Rodrigue vînt leur donner audience. Je traversai la foule, et me présentai à la porte du cabinet, qu'on m'ouvrit. J'y trouvai je ne sais combien de chevaliers, de commandeurs, et d'autres gens de conséquence que Calderone écoutoit tour à tour. C'étoit une chose remarquable que la manière différente dont il les recevoit. Il se contentoit de faire à ceux-ci une légère inclination de tête; il honoroit ceux-là d'une révérence, et les conduisoit jusqu'à la porte de son cabinet. Il mettoit, pour ainsi dire, des nuances de considération dans les civilités qu'il faisoit. D'un autre côté j'apercevois des cavaliers qui, choqués du peu d'attention qu'il avoit pour eux, maudissoient dans leur âme la nécessité qui les obligeoit de ramper devant ce visage. J'en voyois d'autres, au contraire, qui rioient en eux-mêmes de son air fat et suffisant. J'avois beau faire ces observations, je n'étois pas capable d'en profiter. J'en usois chez moi comme lui, et je ne me soucios guère qu'on approuvât ou qu'on blamât mes manières orgueilleuses, pourvu qu'elles fussent respectées.

Don Rodrigue, ayant par hasard jeté les yeux sur moi, quitta brusquement un gentilhomme qui lui parloit, et vint m'embrasser avec des démonstrations d'amitié qui me surprirent. Ah! mon cher confrère, s'écria-t-il, quelle affaire me procure le plaisir de vous voir ici? qu'y a-t-il pour votre service? Je lui appris le sujet qui m'amenoit, et là-dessus il m'assura, dans les termes les plus obligeants, que le lendemain à pareille heure ce que je demandois seroit expédié. Il ne borna point là sa politesse; il me conduisit jusqu'à la porte de son antichambre, où il ne conduisoit jamais que des grands seigneurs, et là il m'embrassa de nouveau.

Que signifient toutes ces honnêtetés? disois-je en m'en allant; que me présagent-elles? Calderone méditeroit-il ma perte? ou bien auroit-il envie de gagner mon amitié? ou, pressentant que sa faveur est sur son déclin, me ménageroit-il dans la vue de me prier d'intercéder pour lui auprès de notre patron? Je ne savois à laquelle de ces conjectures je devois m'arrêter. Le jour suivant, lorsque je retournai chez lui, il me traita de la même façon; il m'accabla de caresses et de civilités. Il est vrai qu'il les rabattit sur la réception qu'il fit aux autres personnes qui se présentoient pour lui parler. Il brusqua les uns, battit froid aux autres; il mécontenta presque tout le monde. Mais ils furent tous assez vengés par une aventure qui arriva, et que je ne dois point passer sous silence. Ce sera un avis au lecteur pour les commis et les secrétaires qui la liront.

Un homme vêtu fort simplement, et qui ne paroissoit pas ce qu'il étoit, s'approcha de don Calderone, et lui parla d'un certain mémoire qu'il disoit avoir présenté au duc de Lerme. Don Rodrigue ne regarda pas seulement le cavalier, et lui dit d'un ton brusque : Comment vous appelle-t-on, mon ami? L'on m'appeloit Francillo dans mon enfance, lui répondit de sang-froid le cavalier; on m'a depuis nommé don Francisco de Zuniga[1]; et je me nomme aujourd'hui le comte de Pedrosa. Calderone, étonné de ces paroles, et voyant qu'il avoit affaire à un homme de la première qualité, voulut s'excuser : Seigneur, dit-il au comte, je vous demande pardon, si, ne vous connoissant pas... Je ne veux point de tes excuses, interrompit avec hauteur Francillo; je les méprise autant que tes malhonnêtetés. Apprends qu'un secrétaire de ministre doit recevoir honnêtement toutes sortes de personnes. Sois, si tu veux, assez vain pour te regarder comme le substitut de ton maître; mais n'oublie pas que tu n'es que son valet.

Le superbe don Rodrigue fut fort mortifié de

---

[1] *Zuniga* est le nom d'une des plus illustres et de plus anciennes familles castillanes.

cet incident. Il n'en devint toutefois pas plus raisonnable. Pour moi, je marquai cette chasse-là [1]. Je résolus de prendre garde à qui je parlerois dans mes audiences, et de n'être insolent qu'avec des muets. Comme les patentes de don Alphonse se trouvoient expédiées, je les emportai, et les envoyai par un courrier extraordinaire à ce jeune seigneur, avec une lettre du duc de Lerme, par laquelle son excellence lui donnoit avis que le roi venoit de le nommer au gouvernement de Valence. Je ne lui mandai point la part que j'avois à cette nomination; je ne voulus pas même lui écrire, me faisant un plaisir de la lui apprendre de bouche, et de lui causer une agréable surprise lorsqu'il viendroit à la cour prêter serment pour son emploi.

CHAPITRE III.

Des préparatifs qui se firent pour le mariage de Gil Blas, et du grand événement qui les rendit inutiles.

Revenons à ma belle Gabrielle. Je devois donc l'épouser dans huit jours. Nous nous préparâmes de part et d'autre à cette cérémonie. Salero fit faire de riches habits pour la mariée, et j'arrêtai pour elle une femme de chambre, un laquais et un vieil écuyer, tout cela choisi par Scipion, qui attendoit avec encore plus d'impatience que moi le jour qu'on me devoit compter la dot.

La veille de ce jour si désiré, je soupai chez le beau-père avec des oncles et des tantes, des cousins et des cousines. Je jouai parfaitement bien le personnage d'un gendre hypocrite. J'eus mille complaisances pour l'orfèvre et pour sa femme; je contrefis le passionné auprès de Gabrielle; je gracieusai toute la famille, dont j'écoutai sans m'impatienter les plats discours et les raisonnements bourgeois. Aussi, pour prix de ma patience, j'eus le bonheur de plaire à tous les parents. Il n'y en eut pas un qui ne parût s'applaudir de mon alliance.

Le repas fini, la compagnie passa dans une grande salle où on la régala d'un concert de voix et d'instruments qui ne fut pas mal exécuté, quoiqu'on n'eût pas choisi les meilleurs sujets de Madrid. Plusieurs airs gais, dont nos oreilles furent agréablement frappées, nous mirent de si belle humeur, que nous commençâmes à former des danses. Dieu sait de quelle façon nous nous en acquittâmes, puisqu'on me prit pour un élève

de Terpsichore, moi qui n'avois de principes de cet art que deux ou trois leçons que j'avois reçues chez la duchesse de Chaves, d'un petit maître à danser qui venoit montrer aux pages! Après nous être bien divertis, il fallut songer à se retirer chez soi. Je prodiguai les révérences et les accolades. Adieu, mon gendre, me dit Salero en m'embrassant; j'irai chez vous demain matin porter la dot en belles espèces d'or. Vous y serez le bienvenu, lui répondis-je, mon cher beau-père. Ensuite, donnant le bonsoir à la famille, je gagnai mon équipage qui m'attendoit à la porte, et je pris le chemin de mon hôtel.

J'étois à peine à deux cents pas de la maison du seigneur Gabriel, que quinze ou vingt hommes, les uns à pied, les autres à cheval, tous armés d'épées et de carabines, entourèrent mon carrosse et l'arrêtèrent en criant : *De par le roi !* Ils m'en firent descendre brusquement pour me jeter dans une chaise roulante, où le principal de ces cavaliers étant monté avec moi dit au cocher de toucher vers Ségovie. Je jugeai bien que c'étoit un honnête alguazil que j'avois à mon côté. Je voulus le questionner pour savoir le sujet de mon emprisonnement; mais il me répondit sur le ton de ces messieurs-là, je veux dire brutalement, qu'il n'avoit point de compte à me rendre. Je lui dis que peut-être il se méprenoit. Non, non, repartit-il, je suis sûr de mon fait. Vous êtes le seigneur de Santillane; c'est vous que j'ai ordre de conduire où je vous mène. N'ayant rien à répliquer à ces paroles, je pris le parti de me taire. Nous roulâmes le reste de la nuit le long du Mançanarez dans un profond silence. Nous changeâmes de chevaux à Colmenar, et nous arrivâmes sur le soir à Ségovie, où l'on m'enferma dans la tour.

CHAPITRE IV.

Comment Gil Blas fut traité dans la tour de Ségovie, et de quelle manière il apprit la cause de sa prison.

On commença par me mettre dans un cachot, où l'on me laissa sur la paille comme un criminel digne du dernier supplice. Je passai la nuit non pas à me désoler, car je ne sentois pas encore tout mon mal, mais à chercher dans mon esprit ce qui pouvoit avoir causé mon malheur. Je ne doutois pas que ce ne fût l'ouvrage de Calderone. Cependant j'avois beau le soupçonner d'avoir tout découvert, je ne concevois pas comment il avoit pu porter le duc de Lerme à me traiter si cruellement. Tantôt je m'imaginois que c'étoit à l'insu de son excellence que j'avois été arrêté; et tantôt je pensois que c'étoit elle-même qui, pour quelque raison politique, m'avoit fait emprisonner,

---

[1] Métaphore empruntée du jeu de paume; on y *marque la chasse*, c'est-à-dire l'endroit du jeu où est tombée la balle, et au-delà duquel l'autre joueur doit la pousser s'il veut gagner le coup.

ainsi que les ministres en usent quelquefois avec leurs favoris.

J'étois vivement agité de mes diverses conjectures, quand la clarté du jour, perçant au travers d'une petite fenêtre grillée, vint offrir à ma vue toute l'horreur du lieu où je me trouvois. Je m'affligeai alors sans modération, et mes yeux devinrent deux sources de larmes que le souvenir de ma prospérité rendoit intarissables. Pendant que je m'abandonnois à ma douleur, il vint dans mon cachot un guichetier qui m'apportoit un pain et une cruche d'eau pour ma journée. Il me regarda, et remarquant que j'avois le visage baigné de pleurs, tout guichetier qu'il étoit, il sentit un mouvement de pitié : Seigneur prisonnier, me dit-il, ne vous désespérez point. Il ne faut pas être si sensible aux traverses de la vie. Vous êtes jeune ; après ce temps-ci vous en verrez un autre. En attendant, mangez de bonne grâce le pain du roi.

Mon consolateur sortit en achevant ces paroles, auxquelles je ne répondis que par des plaintes et des gémissements ; et j'employai tout le jour à maudire mon étoile, sans songer à faire honneur à mes provisions, qui, dans l'état où j'étois, me sembloient moins un présent de la bonté du roi qu'un effet de sa colère, puisqu'elles servoient plutôt à prolonger qu'à soulager les peines des malheureux.

La nuit vint pendant ce temps-là, et bientôt un grand bruit de clefs attira mon attention. La porte de mon cachot s'ouvrit, et un moment après il entra un homme qui portoit une bougie. Il s'approcha de moi, et me dit : Seigneur Gil Blas, vous voyez un de vos anciens amis. Je suis ce don André de Tordesillas qui demeuroit avec vous à Grenade, et qui étoit gentilhomme de l'archevêque dans le temps que vous possédiez les bonnes grâces de ce prélat. Vous le priâtes, s'il vous en souvient, d'employer son crédit pour moi, et il me fit nommer pour aller remplir un emploi au Mexique ; mais, au lieu de m'embarquer pour les Indes, je m'arrêtai dans la ville d'Alicante. J'y épousai la fille du capitaine du château, et, par une suite d'aventures dont je vous ferai tantôt le récit, je suis devenu le châtelain de la tour de Ségovie. C'est un bonheur pour vous, continua-t-il, de rencontrer dans un homme chargé de vous maltraiter un ami qui n'épargnera rien pour adoucir la rigueur de votre prison. Il m'est expressément ordonné de ne vous laisser parler à personne, de vous faire coucher sur la paille, et de ne vous donner pour toute nourriture que du pain et de l'eau. Mais, outre que j'ai trop d'humanité pour ne pas compatir à vos maux, vous m'avez rendu service, et ma re-

connoissance l'emporte sur les ordres que j'ai reçus. Loin de servir d'instrument à la cruauté qu'on veut exercer sur vous, je prétends vous traiter le mieux qu'il me sera possible. Levez-vous et venez avec moi.

Quoique le seigneur châtelain méritât bien quelques remercîments, mes esprits étoient si troublés que je ne pus lui répondre un seul mot. Je ne laissai pas de le suivre. Il me fit traverser une cour, et monter par un escalier fort étroit à une petite chambre qui étoit tout au haut de la tour. Je ne fus pas peu surpris, en entrant dans cette chambre, de voir sur une table deux chandelles qui brûloient dans des flambeaux de cuivre, et deux couverts assez propres. Dans un moment, me dit Tordesillas, on va vous apporter à manger. Nous allons souper ici tous deux. C'est ce réduit que je vous ai destiné pour logement ; vous y serez mieux que dans votre cachot. Vous verrez de votre fenêtre les bords fleuris de l'Eréma, et la vallée délicieuse qui, du pied des montagnes qui séparent les deux Castilles, s'étend jusqu'à Coca. Je ne doute pas que d'abord vous ne soyez peu sensible à une si belle vue ; mais quand le temps aura fait succéder une douce mélancolie à la vivacité de votre douleur, vous prendrez plaisir à promener vos regards sur des objets si agréables. Outre cela, comptez que le linge et les autres choses qui sont nécessaires à un homme qui aime la propreté ne vous manqueront pas. De plus vous serez bien couché, bien nourri, et je vous fournirai des livres tant que vous en voudrez ; en un mot, tous les agréments qu'un prisonnier peut avoir.

A des offres si obligeantes, je me sentis un peu soulagé. Je pris courage, et rendis mille grâces à mon geôlier. Je lui dis qu'il me rappeloit à la vie par son procédé généreux, que je souhaitois de me retrouver en état de lui en témoigner ma reconnoissance. Eh ! pourquoi ne vous y retrouveriez-vous pas ! me répondit-il. Croyez-vous avoir perdu pour jamais la liberté ? Si vous vous imaginez cela, vous êtes dans l'erreur, et j'ose vous assurer que vous en serez quitte pour quelques mois de prison. Que dites-vous, seigneur don André ? m'écriai-je. Il semble que vous sachiez le sujet de mon infortune. Je vous avonerai, me repartit-il, que je ne l'ignore pas. L'alguazil qui vous a conduit ici m'a confié ce secret que je puis vous révéler. Il m'a dit que le roi, informé que vous aviez la nuit, le comte de Lemos et vous, mené le prince d'Espagne chez une dame suspecte, venoit, pour vous en punir, d'exiler le comte, et vous envoyoit, vous, à la tour de Ségovie, pour y être traité avec toute la rigueur que vous avez éprouvée depuis que vous y êtes.

Comment, lui dis-je, cela est-il venu à la connoissance du roi? C'est particulièrement de cette circonstance que je voudrois être instruit. Et c'est, répondit-il, ce que l'alguazil ne m'a point appris, et ce qu'apparemment il ne sait pas lui-même.

Dans cet endroit de notre conversation, plusieurs valets qui apportoient le souper entrèrent. Ils mirent sur la table du pain, deux tasses, deux bouteilles et trois grands plats, dans l'un desquels il y avoit un civet de lièvre avec beaucoup d'ognon, d'huile et de safran; dans l'autre une *olla podrida* [1]; et dans le troisième un dindonneau sur une marmelade de *berengena* [2]. Lorsque Tordesillas vit que nous avions tout ce qu'il nous falloit, il renvoya ses domestiques, ne voulant pas qu'ils entendissent notre entretien. Il ferma la porte, et nous nous assîmes tous deux vis-à-vis l'un de l'autre. Commençons, me dit-il, par le plus pressé. Vous devez avoir bon appétit après deux jours de diète. En parlant de cette sorte, il chargea mon assiette de viande. Il s'imaginoit servir un affamé, et il avoit effectivement sujet de penser que j'allois m'empiffrer de ses ragoûts : néanmoins je trompai son attente. Quelque besoin que j'eusse de manger, les morceaux me restoient dans la bouche, tant j'avois le cœur serré de ma condition présente. Pour écarter de mon esprit les images cruelles qui venoient sans cesse l'affliger, mon châtelain avoit beau m'exciter à boire et vanter l'excellence de son vin, m'eût-il donné du nectar, je l'aurois alors bu sans plaisir. Il s'en aperçut, et, s'y prenant d'une autre façon, il se mit à me conter d'un style égayé l'histoire de son mariage. Il y réussit encore moins par là. J'écoutai son récit avec tant de distraction, que je n'aurois pu dire, lorsqu'il l'eut fini, ce qu'il venoit de me raconter. Il jugea bien qu'il entreprenoit trop de vouloir ce soir-là faire quelque diversion à mes chagrins. Il se leva de table après avoir achevé de souper, et me dit : Seigneur de Santillane, je vais vous laisser reposer, ou plutôt rêver en liberté à votre malheur. Mais, je vous le répète, il ne sera pas de longue durée. Le roi est bon naturellement. Quand sa colère sera passée, et qu'il se représentera la situation déplorable où il croit que vous êtes, vous lui paroîtrez assez puni. A ces mots, le seigneur châtelain descendit, et fit monter ses valets pour desservir. Ils emportèrent jusqu'aux flambeaux, et je me couchai à la sombre clarté d'une lampe qui étoit attachée au mur.

[1] *Olla podrida* est un composé de toutes sortes de viandes. (*Olla pudrida*, pot-pourri ; mais ce que nous entendons par ce mot, en français, n'est pas si composé que l'*olla pudrida*, mets favori des Espagnols.)

[2] *Berengena*, petite citrouille appelée pomme d'amour.

CHAPITRE V.

Des réflexions qu'il fit cette nuit avant que de s'endormir, et du bruit qui le réveilla.

Je passai deux heures pour le moins à réfléchir sur ce que Tordesillas m'avoit appris. Je suis donc ici, disois-je, pour avoir contribué aux plaisirs de l'héritier de la couronne ! Quelle imprudence aussi d'avoir rendu de pareils services à un prince si jeune ! car c'est sa grande jeunesse qui fait tout mon crime : s'il étoit dans un âge plus avancé, le roi peut-être n'auroit fait que rire de ce qui l'a si fort irrité. Mais qui peut avoir donné un semblable avis à ce monarque, sans appréhender le ressentiment du prince ni celui du duc de Lerme? Ce ministre voudra venger sans doute le comte de Lemos son neveu. Comment le roi a-t-il découvert cela ? C'est ce que je ne comprends point.

J'en revenois toujours là. L'idée pourtant la plus affligeante pour moi, celle qui me désespéroit, et dont mon esprit ne pouvoit se détacher, c'étoit le pillage auquel je m'imaginois bien que tous mes effets avoient été abandonnés. Mon coffre-fort, m'écriois-je, où êtes-vous? mes chères richesses, qu'êtes-vous devenues? dans quelles mains êtes-vous tombées? Hélas ! je vous ai perdues en moins de temps encore que je ne vous avois gagnées ! Je me peignois le désordre qui devoit régner dans ma maison, et je faisois sur cela des réflexions toutes plus tristes les unes que les autres. La confusion de tant de pensées différentes me jeta dans un accablement qui me devint favorable : le sommeil, qui m'avoit fui la nuit précédente, vint répandre sur moi ses pavots. La bonté du lit, la fatigue que j'avois soufferte, ainsi que la fumée des viandes et du vi··· v contribuèrent aussi. Je m'endormis profondément; et, selon toutes les apparences, le jour m'auroit surpris dans cet état, si je n'eusse été réveillé tout-à-coup par un bruit assez extraordinaire dans les prisons. J'entendis le son d'une guitare, et la voix d'un homme en même temps. J'écoute avec attention ; je n'entends plus rien ; je crois que c'est un songe. Mais un instant après mon oreille fut frappée du son du même instrument, et de la même voix qui chantoit les vers suivants :

> *Ay de mi ! un año felice*
> *Parece un soplo ligero;*
> *Pero sin dicha in instante*
> *Es un siglo de tormento* [1].

[1] Hélas ! une année de plaisir passe comme un vent léger ; mais un moment de malheur est un siècle de tourment.

Un poète français a exprimé la même idée :

> Le temps, qui fuit sur nos plaisirs,
> Semble s'arrêter sur nos peines.

Ce couplet, qui paroissoit avoir été fait exprès pour moi, irrita mes ennuis. Je n'éprouve que trop, disois-je, la vérité de ces paroles. Il me semble que le temps de mon bonheur s'est écoulé bien vite, et qu'il y a déjà un siècle que je suis en prison. Je me replongeai dans une affreuse rêverie, et je recommençai à me désoler·comme si j'y eusse pris plaisir. Mes lamentations finirent avec la nuit ; et les premiers rayons du soleil, dont ma chambre fut éclairée, calmèrent un peu mes inquiétudes. Je me levai pour aller ouvrir ma fenêtre, et donner de l'air à ma chambre. Je regardai dans la campagne, dont je me souvins que le seigneur châtelain m'avoit fait une belle description. Je ne trouvai pas de quoi justifier ce qu'il m'en avoit dit. L'Érêma, que je croyois du moins égal au Tage, ne me parut qu'un ruisseau. L'ortie seule et le chardon paroient *ses bords fleuris ;* et la prétendue *vallée délicieuse* n'offrit à ma vue que des terres dont la plupart étoient incultes. Apparemment que je n'en étois pas encore à cette douce mélancolie qui devoit me faire voir les choses autrement que je ne les voyois alors.

Je commençai à m'habiller, et déjà j'étois à demi vêtu, quand Tordesillas arriva, suivi d'une vieille servante qui m'apportoit des chemises et des serviettes. Seigneur Gil Blas, me dit-il, voici du linge. Ne le ménagez pas ; j'aurai soin que vous en ayez toujours de reste. Eh bien ! ajouta-t-il, comment avez-vous passé la nuit ? Le sommeil a-t-il suspendu vos peines pour quelques moments ? Je dormirois peut-être encore, lui répondis-je, si je n'eusse pas été réveillé par une voix accompagnée d'une guitare. Le cavalier qui a troublé votre repos, reprit-il, est un prisonnier d'état qui a sa chambre à côté de la vôtre. Il est chevalier de l'ordre militaire de Calatrava, et il a une figure tout aimable. Il s'appelle don Gaston de Cogollos [1]. Vous pourrez vous voir tous deux, et manger ensemble. Vous trouverez une consolation mutuelle dans vos entretiens. Vous vous serez l'un à l'autre d'un grand agrément. Je témoignai à don André que j'étois très-sensible à la permission qu'il me donnoit d'unir ma douleur avec celle de ce cavalier ; et, comme je marquois quelque impatience de connoître ce compagnon de malheur, notre obligeant châtelain me procura cette satisfaction dès ce jour-là même. Il me fit dîner avec don Gaston, qui me surprit par sa bonne mine et par sa beauté. Jugez quel homme ce devoit être pour éblouir des yeux accoutumés à voir la plus brillante jeunesse de la cour. Imaginez-vous un homme fait à plaisir, un de ces héros de

romans qui n'avoient qu'à se montrer pour causer des insomnies aux princesses. Ajoutons à cela que la nature, qui mêle ordinairement ses dons, avoit doué Cogollos de beaucoup d'esprit et de valeur. C'étoit un cavalier parfait.

Si ce cavalier me charma, j'eus de mon côté le bonheur de ne lui pas déplaire. Il ne chanta plus la nuit, de peur de m'incommoder, quelques prières que je lui fisse de ne se pas contraindre pour moi. Une liaison est bientôt formée entre deux personnes qu'un mauvais sort opprime. Une tendre amitié suivit de près notre connoissance, et devint plus forte de jour en jour. La liberté que nous avions de nous parler quand il nous plaisoit nous fut très-utile, puisque, par nos conversations, nous nous aidâmes réciproquement tous deux à prendre notre mal en patience.

Une après-dînée, j'entrai dans sa chambre comme il se disposoit à jouer de la guitare. Pour l'écouter plus commodément, je m'assis sur une sellette qu'il y avoit là pour tout siége ; et lui s'étant mis sur le pied de son lit, il joua un air fort touchant, et chanta dessus des paroles qui exprimoient le désespoir où la cruauté d'une dame réduisoit un amant. Lorsqu'il les eut chantées, je lui dis en souriant : Seigneur chevalier, voilà des vers que vous ne serez jamais obligé d'employer dans vos galanteries. Vous n'êtes pas fait pour trouver des femmes cruelles. Vous avez trop bonne opinion de moi, me répondit-il. J'ai composé pour mon compte les vers que vous venez d'entendre, pour amollir un cœur que je croyois de diamant, pour attendrir une dame qui me traitoit avec une extrême rigueur. Il faut que je vous fasse le récit de cette histoire ; vous apprendrez en même temps celle de mes malheurs.

CHAPITRE VI.

Histoire de don Gaston de Cogollos et de dona Helena de Galisteo.

Il y aura bientôt quatre ans que je partis de Madrid pour aller à Coria voir dona Éléonor de Laxarilla, ma tante, qui est une des plus riches douairières de la Castille vieille, et qui n'a point d'autre héritier que moi. Je fus à peine arrivé chez elle, que l'amour y vint troubler mon repos. Elle me donna un appartement dont les fenêtres faisoient face aux jalousies d'une dame qui demeuroit vis-à-vis, et que je pouvois facilement remarquer, tant ses grilles étoient peu serrées et la rue étroite. Je ne négligeai pas cette possibilité ; et je trouvai ma voisine si belle que j'en fus d'abord enchanté. Je le lui marquai aussitôt par des œillades si vives, qu'il n'y avoit pas à s'y méprendre. Elle s'en aperçut bien ; mais elle n'étoit pas

---

[1] *Cogollos*, ornements d'architecture dans la frise d'un bâtiment.

fille à faire trophée d'une pareille observation, et encore moins à répondre à mes minauderies.

Je voulus savoir le nom de cette dangereuse personne qui troubloit si promptement les cœurs. J'appris qu'on la nommoit dona Helena; qu'elle étoit fille unique de don Georges de Galisteo, qui possédoit à quelques lieues de Coria un fief dominant d'un revenu considérable; qu'il se présentoit souvent des partis pour elle, mais que son père les rejetoit tous, par ce qu'il étoit dans le dessein de la marier à don Augustin de Olighera son neveu, qui, en attendant ce mariage, avoit la liberté de voir et d'entretenir tous les jours sa cousine. Cela ne me découragea point : au contraire, j'en devins plus amoureux; et l'orgueilleux plaisir de supplanter un rival aimé m'excita peut-être encore plus que mon amour à pousser ma pointe. Je continuai donc de lancer à mon Hélène des regards enflammés. J'en adressai aussi de suppliants à Félicia sa suivante, comme pour implorer son secours; je fis même parler mes doigts. Mais ces galanteries furent inutiles; je ne tirai pas plus de raisons de la soubrette que de la maîtresse : elles firent toutes deux les cruelles et les inaccessibles.

Puisqu'elles refusoient de répondre au langage de mes yeux, j'eus recours à d'autres interprètes. Je mis des gens en campagne pour déterrer les connoissances que Félicia pouvoit avoir dans la ville. Ils découvrirent qu'une vieille dame, appelée Théodora, étoit sa meilleure amie, et qu'elles se voyoient fort souvent. Ravi de cette découverte, j'allai moi-même trouver Théodora, que j'engageai par des présents à me servir. Elle prit parti pour moi, promit de me ménager chez elle un entretien secret avec son amie, et tint sa promesse dès le lendemain.

Je cesse d'être malheureux, dis-je à Félicia, puisque mes peines ont excité votre pitié. Que ne dois-je point à votre amie, de vous avoir disposée à m'accorder la satisfaction de vous entretenir! Seigneur, me répondit-elle, Théodora peut tout sur moi. Elle m'a mise dans vos intérêts; et, si je pouvois faire votre bonheur, vous seriez bientôt au comble de vos vœux : mais avec toute ma bonne volonté, je ne sais si je vous serai d'un grand secours. Il ne faut point vous flatter : vous n'avez jamais formé d'entreprise plus difficile. Vous aimez une dame prévenue pour un autre cavalier, et quelle dame encore! Une dame si fière et si dissimulée, que si, par votre constance et par vos soins, vous parvenez à lui arracher des soupirs, ne pensez pas que sa fierté vous donne le plaisir de les entendre. Ah! ma chère Félicia, m'écriai-je avec douleur, pourquoi me faites-vous connoître tous les obstacles que j'ai à surmonter? Ce détail

m'assassine. Trompez-moi plutôt que de me désespérer. A ces mots je pris une de ses mains, je la pressai entre les miennes, et lui mis au doigt un diamant de trois cents pistoles, en lui disant des choses si touchantes, que je la fis pleurer.

Elle étoit trop émue de mon discours et trop contente de mes manières pour me laisser sans consolation. Elle aplanit un peu les difficultés. Seigneur, me dit-elle, ce que je viens de vous représenter ne doit pas vous ôter toute espérance. Votre rival, il est vrai, n'est pas haï. Il vient au logis voir librement sa cousine. Il lui parle quand il lui plaît, et c'est ce qui vous est favorable. L'habitude où ils sont tous deux d'être ensemble tous les jours rend leur commerce un peu languissant. Ils me paroissent se quitter sans peine et se revoir sans plaisir. On diroit qu'ils sont déjà mariés. En un mot je ne vois point que ma maîtresse ait une passion violente pour don Augustin. D'ailleurs il y a entre vous et lui, pour les qualités personnelles, une différence qui ne doit pas être inutilement remarquée par une fille aussi délicate que dona Helena. Ne perdez donc pas courage. Continuez vos galanteries. Je ne laisserai pas échapper une occasion de faire valoir à ma maîtresse tout ce que vous ferez pour lui plaire. Elle aura beau se déguiser, à travers sa dissimulation je démêlerai bien ses sentiments.

Nous nous séparâmes, Félicia et moi, fort satisfaits l'un de l'autre après cette conversation. Je m'apprêtai sur nouveaux frais à lorgner la fille de don Georges; je la régalai d'une sérénade dans laquelle je fis chanter par une belle voix les vers que vous venez d'entendre. Après le concert, la suivante, pour sonder sa maîtresse, lui demanda si elle s'étoit divertie. La voix, dit dona Helena, m'a fait plaisir. Et les paroles qu'elle a chantées, répliqua la soubrette, ne sont-elles pas fort touchantes? C'est à quoi, repartit la dame, je n'ai fait aucune attention. Je ne me suis attachée qu'au chant. Je n'ai nullement pris garde aux vers, et ne me soucie guère de savoir qui m'a donné cette sérénade. Sur ce pied-là, s'écria la suivante, le pauvre don Gaston de Cogollos est très-éloigné de son compte, et bien fou de passer son temps à regarder nos jalousies. Ce n'est peut-être pas lui, dit la maîtresse d'un air froid; c'est quelque autre cavalier qui vient par ce concert de me déclarer sa passion : vous êtes dans l'erreur. Pardonnez-moi, répondit Félicia, c'est don Gaston lui-même, à telles enseignes qu'il m'a ce matin abordée dans la rue; il m'a même priée de vous dire de sa part qu'il vous adore, malgré les rigueurs dont vous payez son amour; et qu'enfin il s'estimeroit le plus heureux de tous les hommes si vous lui permettiez de vous marquer sa tendresse par ses soins et par des fêtes galantes. Ces discours, poursuivit-elle, vous prouvent assez que je ne me trompe pas.

La fille de don Georges changea tout-à-coup de visage, et, regardant sa suivante d'un air sévère : Vous auriez bien pu, lui dit-elle, vous passer de me rapporter cet impertinent entretien. Qu'il ne vous arrive plus, s'il vous plaît, de me venir faire de pareils rapports; et, si ce jeune téméraire ose encore vous parler, je vous ordonne de lui dire qu'il s'adresse à une personne qui fasse plus de cas de ses galanteries, et qu'il choisisse un plus honnête passe-temps que celui d'être toute la journée à ses fenêtres à observer ce que je fais dans mon appartement.

Tout cela me fut fidèlement détaillé dans une seconde entrevue par Félicia, qui, prétendant qu'il ne falloit pas prendre au pied de la lettre les paroles de sa maîtresse, vouloit me persuader que mes affaires alloient le mieux du monde. Pour moi, qui n'y entendois pas finesse, et qui ne croyois pas qu'on pût expliquer le texte en ma faveur, je me défiois des commentaires qu'elle me faisoit. Elle se moqua de ma défiance, demanda du papier et de l'encre à son amie, et me dit : Seigneur chevalier, écrivez tout à l'heure à dona Helena en amant désespéré. Peignez-lui vivement vos souffrances, et surtout plaignez-vous de la défense qu'elle vous fait de paroître à vos fenêtres. Promettez d'obéir; mais assurez qu'il vous en coûtera la vie. Tournez-moi cela comme vous le savez si bien faire, vous autres cavaliers; et je me charge du reste. J'espère que l'événement fera plus d'honneur que vous n'en faites à ma pénétration.

J'aurois été le premier amant qui, trouvant une si belle occasion d'écrire à sa maîtresse, n'en eût pas profité. Je composai une lettre des plus pathétiques. Avant que de la plier, je la montrai à Félicia, qui sourit après l'avoir lue, et me dit que si les femmes savoient l'art d'entêter les hommes, en récompense les hommes n'ignoroient pas celui d'enjôler les femmes. La soubrette prit mon billet, en m'assurant qu'il ne tiendroit pas à elle qu'il ne produisît un bon effet; puis, m'ayant recommandé d'avoir soin que mes fenêtres fussent fermées pendant quelques jours, elle retourna chez don Georges.

Madame, dit-elle en arrivant à dona Helena, j'ai rencontré don Gaston. Il n'a pas manqué de venir à moi, et de vouloir me tenir des discours flatteurs. Il m'a demandé d'une voix tremblante, et comme un coupable qui attend son arrêt, si je vous avois parlé de sa part. Alors, prompte à exécuter vos ordres, je lui ai coupé brusquement la parole. Je me suis déchaînée contre lui. Je l'ai chargée d'injures, et laissé dans la rue, étourdi de ma pétulance. Je suis ravie, répondit dona Helena, que

vous m'ayez débarrassée de cet importun; mais il n'étoit pas nécessaire de lui parler brutalement. Il faut toujours qu'une fille ait de la douceur. Madame, répliqua la suivante, on ne se défait pas d'un amant passionné par des paroles prononcées d'un air doux. On n'en vient pas même toujours à bout par des fureurs et des emportements. Don Gaston, par exemple, ne s'est pas rebuté. Après l'avoir accablé d'injures, comme je vous l'ai dit, j'ai été chez votre parente où vous m'avez envoyée. Cette dame par malheur m'a retenue trop long-temps. Je dis trop long-temps, puisqu'en revenant j'ai retrouvé mon homme. Je ne m'attendois plus à le revoir. Sa vue m'a troublée, mais si troublée, que ma langue, qui ne me manque jamais dans l'occasion, n'a pu me fournir une parole. Pendant ce temps-là, qu'a-t-il fait? Il a profité de mon silence, ou plutôt de mon désordre; il m'a glissé dans la main un papier que j'ai gardé sans savoir ce que je faisois, et il a disparu dans le moment.

En parlant ainsi, elle tira de son sein ma lettre, qu'elle remit tout en badinant à sa maîtresse, qui, l'ayant prise comme pour s'en divertir, la lut à bon compte, et fit ensuite la réservée. En vérité, Félicia, dit-elle d'un air sérieux à sa suivante, vous êtes une étourdie, une folle, d'avoir reçu ce billet. Que peut penser de cela don Gaston? et qu'en dois-je croire moi-même? Vous me donnez lieu, par votre conduite, de me défier de votre fidélité, et à lui de me soupçonner d'être sensible à sa passion. Hélas! peut-être s'imagine-t-il en cet instant que je lis et relis avec plaisir les caractères qu'il a tracés. Voyez à quelle honte vous exposez ma fierté. Oh! que non, madame, lui répondit la soubrette, il ne sauroit avoir cette pensée; et, supposé qu'il l'eût, il ne l'aura pas long-temps. Je lui dirai, à la première vue, que je vous ai montré sa lettre, que vous l'avez regardée d'un air glacé, et qu'enfin, sans la lire, vous l'avez déchirée avec un mépris froid. Vous pourrez hardiment, reprit dona Helena, lui jurer que je ne l'ai point lue. Je serois bien embarrassée s'il me falloit seulement en dire deux paroles. La fille de don Georges ne se contenta pas de parler de cette sorte, elle déchira mon billet, et défendit à sa suivante de l'entretenir jamais de moi.

Comme j'avois promis de ne plus faire le galant à mes fenêtres, puisque ma vue déplaisoit, je les tins fermées pendant plusieurs jours pour rendre mon obéissance plus touchante. Mais au défaut des mines qui m'étoient interdites, je me préparai à donner de nouvelles sérénades à ma cruelle Hélène. Je me rendis une nuit sous son balcon avec des musiciens, et déjà les guitares se faisoient entendre, lorsqu'un cavalier, l'épée à la main, vint troubler le concert, en frappant à droite et à gauche sur les concertants, qui prirent aussitôt la fuite. La fureur qui animoit cet audacieux excita la mienne. Je m'avance pour le punir, et nous commençons un rude combat. Dona Helena et sa suivante entendent le bruit des épées. Elles regardent au travers de leurs jalousies, et voient deux hommes qui sont aux mains. Elles poussent de grands cris, qui obligent don Georges et ses valets à se lever. Ils sont bientôt sur pied, et ils accourent, de même que plusieurs voisins, pour séparer les combattants. Mais il arrivèrent trop tard : ils ne trouvèrent sur le champ de bataille qu'un cavalier noyé dans son sang et presque sans vie ; ils reconnurent que j'étois ce cavalier infortuné. On m'emporta chez ma tante, où les plus habiles chirurgiens de la ville furent appelés.

Tout le monde me plaignit, et particulièrement dona Helena, qui laissa voir alors le fond de son cœur. Sa dissimulation céda au sentiment. Le croirez-vous? Ce n'étoit plus cette fille qui se faisoit un point d'honneur de paroître insensible à mes galanteries ; c'étoit une tendre amante qui s'abandonnoit sans réserve à sa douleur. Elle passa le reste de la nuit à pleurer avec sa suivante, et à maudire son cousin don Augustin de Olighera, qu'elles jugeoient devoir être l'auteur de leurs larmes ; comme en effet c'étoit lui qui avoit si désagréablement interrompu la sérénade. Aussi dissimulé que sa cousine, il s'étoit aperçu de mes intentions, sans en rien témoigner ; et, s'imaginant qu'elle y répondoit, il avoit fait cette action vigoureuse pour montrer qu'il étoit moins endurant qu'on ne le croyoit. Néanmoins ce triste accident fut peu de temps après suivi d'une joie qui le fit oublier. Tout dangereusement blessé que j'étois, l'habileté des chirurgiens me tira d'affaire. Je gardois encore la chambre, quand dona Éléonor, ma tante, alla trouver don Georges, et lui demanda pour moi dona Helena. Il consentit d'autant plus volontiers à ce mariage, qu'il regardoit alors don Augustin comme un homme qu'il ne reverroit peut-être jamais. Le bon vieillard appréhendoit que sa fille n'eût de la répugnance à se donner à moi, à cause que le cousin Olighera avoit eu la liberté de la voir, et tout le loisir de s'en faire aimer ; mais elle parut si disposée à obéir en cela à son père, qu'on peut conclure de là qu'en Espagne, ainsi qu'ailleurs, c'est un avantage d'être un nouveau venu auprès des femmes.

Sitôt que je pus avoir une conversation particulière avec Félicia, j'appris jusqu'à quel point sa maîtresse avoit été sensible au malheureux succès de mon combat. Si bien que, ne pouvant plus douter que je ne fusse le Pâris de mon Hélène[1], je

---

[1] Le nom de dona Helena peut amener sans doute

bénissois ma blessure, puisqu'elle avoit de si heureuses suites pour mon amour. J'obtins du seigneur don Georges la permission de parler à sa fille en présence de la suivante. Que cet entretien fut doux pour moi ! Je priai, je pressai tellement la dame de me dire si son père, en la livrant à ma tendresse, ne faisoit aucune violence à ses sentiments, qu'elle m'avoua que je ne la devois point à sa seule obéissance. Depuis cet aveu plein de charmes, je ne m'occupai que du soin de plaire, et d'imaginer des fêtes galantes en attendant le jour de nos noces, qui devoit être célébré par une magnifique cavalcade, où toute la noblesse de Coria et des environs se préparoit à briller.

Je donnai un grand repas à une superbe maison de plaisance que ma tante avoit aux portes de la ville du côté de Manroi. Don Georges et sa fille avec tous leurs parents et leurs amis en étoient. On y avoit préparé par mon ordre un concert de voix et d'instruments, et fait venir une troupe de comédiens de campagne pour y représenter une comédie. Au milieu du festin, on me vint dire qu'il y avoit dans une salle un homme qui demandoit à me parler d'une affaire très-importante pour moi. Je me levai de table pour aller voir qui c'étoit. Je trouvai un inconnu qui avoit l'air d'un valet de chambre. Il me présenta un billet que j'ouvris, et qui contenoit ces paroles : « Si l'hon-» neur vous est cher, comme il le doit être à tout » chevalier de votre ordre, vous ne manquerez pas » demain matin de vous rendre dans la plaine de » Manroi. Vous y trouverez un cavalier qui veut » vous faire raison de l'offense que vous avez reçue » de lui, et vous mettre, s'il le peut, hors d'état » d'épouser dona Helena. »

DON AUGUSTIN DE OLIGHERA.

Si l'amour a beaucoup d'empire sur les Espagnols, la vengeance en a encore bien davantage. Je ne lus pas ce billet d'un cœur tranquille. Au seul nom de don Augustin, il s'alluma dans mes veines un feu qui me fit presque oublier les devoirs indispensables que j'avois à remplir ce jour-

---

cette comparaison, d'ailleurs très-peu flatteuse, de Pâris et d'Hélène. Dans le fait, Pâris fut un lâche ; sa belle Hélène pis encore. Pour elle la Grèce et l'Asie luttèrent l'une contre l'autre ; un million d'hommes périrent. Troie fut brûlée et saccagée ; on n'épargna personne, excepté cette Hélène, cause honteuse de la guerre,

> . . . . *Teterrima belli*
> *Causa.*   HORAT.

Le Sage a déjà mis cette citation d'Hélène dans le premier récit que Fabrice fait à Gil Blas (livre I, chapitre XVII) ; mais Fabrice n'en fait qu'une plaisanterie qui est placée dans son histoire, et qui ne convient pas si bien à une aventure d'un genre tragique et relevé comme celle de Cogollos.

là. Je fus tenté de me dérober à la compagnie pour aller chercher sur-le-champ mon ennemi. Je me contraignis pourtant, de peur de troubler la fête, et dis à l'homme qui m'avoit remis la lettre : Mon ami, vous pouvez dire au cavalier qui vous envoie que j'ai trop d'envie de me revoir aux prises avec lui, pour n'être pas demain avant le lever du soleil dans l'endroit qu'il me marque.

Après avoir renvoyé le messager avec cette réponse, je rejoignis mes convives, et repris ma place à la table, où je composai si bien mon visage, que personne n'eut aucun soupçon de ce qui se passoit en moi. Je parus, pendant le reste de la journée, occupé comme les autres des plaisirs de la fête, qui finit enfin au milieu de la nuit. L'assemblée se sépara, et chacun rentra dans la ville de la même manière qu'il en étoit sorti. Pour moi, je demeurai dans la maison de plaisance, sous prétexte d'y vouloir prendre le frais le lendemain matin ; mais ce n'étoit que pour me trouver plus tôt au rendez-vous. Au lieu de me coucher, j'attendis avec impatience la pointe du jour. Sitôt que je l'aperçus, je montai sur mon meilleur cheval, et je partis tout seul comme pour me promener dans la campagne. Je m'avance vers Manroi. Je découvre dans la plaine un homme à cheval qui vient de mon côté à bride abattue. Je vole à sa rencontre pour lui épargner la moitié du chemin. Nous nous joignons bientôt. C'était mon rival. Chevalier, me dit-il insolemment, c'est à regret que j'en viens aux mains une seconde fois avec vous; mais c'est votre faute. Après l'aventure de la sérénade, vous auriez dû renoncer de bonne grâce à la fille de don Georges, ou bien vous tenir pour dit que vous n'en seriez pas quitte pour cela si vous persistiez dans le dessein de lui plaire. Vous êtes trop fier, lui repondis-je, d'un avantage que vous devez peut-être moins à votre adresse qu'à l'obscurité de la nuit. Vous ne songez pas que les armes sont journalières. Elles ne le sont pas pour moi, répliqua-t-il d'un air arrogant; et je vais vous faire voir que le jour comme la nuit je sais punir les chevaliers audacieux qui vont sur mes brisées.

Je ne repartis à cet orgueilleux discours qu'en mettant promptement pied à terre. Don Augustin fit la même chose. Nous attachâmes nos chevaux à un arbre, et nous commençâmes à nous battre avec une égale vigueur. J'avouerai de bonne foi que j'avois affaire à un ennemi qui savoit mieux faire des armes que moi, bien que j'eusse deux années de salle. Il étoit consommé dans l'escrime. Je ne pouvois exposer ma vie à un plus grand péril. Néanmoins, comme il arrive assez souvent que le plus fort est vaincu par le plus foible, mon rival, malgré toute son habileté, reçut un coup d'é-

pée dans le cœur, et tomba roide mort un moment après.

Je retournai aussitôt à la maison de plaisance, où j'appris ce qui venoit de se passer à mon valet de chambre, dont la fidélité m'étoit connue. Ensuite je lui dis : Mon cher Ramire, avant que la justice puisse avoir connoissance de cet événement, prends un bon cheval, et va informer ma tante de cette aventure. Demande-lui de ma part de l'or et des pierreries, et viens me joindre à Placencia. Tu me trouveras dans la première hôtellerie en entrant dans la ville.

Ramire s'acquitta de sa commission avec tant de diligence, qu'il arriva trois heures après moi à Placencia. Il me dit que dona Éléonor avoit été plus réjouie qu'affligée d'un combat qui réparoit l'affront que j'avois reçu au premier, et qu'elle m'envoyoit tout son or et toutes ses pierreries pour me faire voyager agréablement dans les pays étrangers, en attendant qu'elle eût accommodé mon affaire.

Pour supprimer les circonstances superflues, je vous dirai que je traversai la Castille nouvelle pour aller dans le royaume de Valence m'embarquer à Denia. Je passai en Italie, où je me mis en état de parcourir les cours et d'y paroître avec agrément.

Tandis que, loin de mon Hélène, je me disposois à tromper, autant qu'il me seroit possible, mon amour et mes ennuis, cette dame à Coria pleuroit en secret mon absence. Au lieu d'applaudir aux poursuites que sa famille faisoit contre moi au sujet de la mort d'Olighera, elle souhaitoit au contraire qu'un prompt accommodement les fît cesser et hâtât mon retour. Six mois s'étoient déjà écoulés depuis qu'elle m'avoit perdu, et je crois que sa constance auroit toujours triomphé du temps, si elle n'eût eu que le temps à combattre; mais elle eut des ennemis encore plus puissants. Don Blas de Combados, gentilhomme de la côte occidentale de Galice, vint à Coria recueillir une riche succession qui lui avoit été vainement disputée par don Miguel de Caprara, son cousin, et il s'établit dans ce pays-là, le trouvant plus agréable que le sien. Combados étoit bien fait. Il paroissoit doux et poli, et il avoit l'esprit du monde le plus insinuant. Il eut bientôt fait connoissance avec tous les honnêtes gens de la ville, et sut toutes les affaires des uns et des autres.

Il n'ignora pas long-temps que don Georges avoit une fille dont la beauté dangereuse sembloit n'enflammer les hommes que pour leur malheur. Cela piqua sa curiosité; il eut envie de voir une dame si redoutable. Il recherchea pour cet effet l'amitié de son père, et sut si bien la gagner, que le vieillard, le regardant déjà comme un gendre, lui donna l'entrée de sa maison, et la liberté de parler en sa présence à dona Helena. Le Galicien ne tarda guère à devenir amoureux d'elle : c'étoit un sort inévitable. Il ouvrit son cœur à don Georges, qui lui dit qu'il agréoit sa recherche ; mais que ne voulant pas contraindre sa fille, il la laissoit maîtresse de sa main. Là-dessus don Blas mit en usage toutes les galanteries dont il put s'aviser pour plaire à cette dame, qui n'y fut aucunement sensible, tant elle étoit occupée de moi. Félicia étoit pourtant dans les intérêts du cavalier, qui l'avoit engagée par des présents à servir son amour. Elle y employoit toute son adresse. D'un autre côté, le père secondoit la suivante par des remontrances ; et néanmoins ils ne firent tous deux, pendant une année entière, que tourmenter dona Helena sans pouvoir me la rendre infidèle.

Combados, voyant que don Georges et Félicia s'intéressoient en vain pour lui, leur proposa un expédient pour vaincre l'opiniâtreté d'une amante si prévenue. Voici, leur dit-il, ce que j'ai imaginé. Nous supposerons qu'un marchand de Coria vient de recevoir une lettre d'un négociant italien, dans laquelle, après un détail de choses qui concerneront le commerce, on lira les paroles suivantes : « Il est arrivé depuis peu à la cour de Parme un » cavalier espagnol nommé don Gaston de Cogol-» los. Il se dit neveu et unique héritier d'une riche » veuve qui demeure à Coria sous le nom de dona » Éléonor de Laxarilla. Il recherche la fille d'un » puissant seigneur ; mais on ne veut pas la lui ac-» corder qu'on ne soit informé de la vérité. Je suis » chargé de m'adresser à vous pour cela. Mandez-» moi donc, je vous prie, si vous connoissez ce » don Gaston, et en quoi consistent les biens de sa » tante. Votre réponse décidera de ce mariage. A » Parme, ce, etc. »

Cette fourberie ne parut au vieillard qu'un jeu d'esprit, qu'une ruse pardonnable aux amants ; et la soubrette, encore moins scrupuleuse que le bon homme, l'approuva fort. L'invention leur sembla d'autant meilleure qu'ils connoissoient Hélène pour une fille fière et capable de prendre son parti sur-le-champ, pourvu qu'elle n'eût aucun soupçon de la supercherie. Don Georges se chargea de lui annoncer lui-même mon changement ; et, pour rendre la chose encore plus naturelle, de lui faire parler au marchand qui auroit reçu de Parme la prétendue lettre. Ils exécutèrent ce projet comme ils l'avoient formé. Le père, avec une émotion où il y avoit en apparence de la colère et du dépit, dit à dona Helena : Ma fille, je ne vous dirai plus que nos parents me prient tous les jours de ne permettre jamais que le meurtrier de don Augustin entre dans notre famille ; j'ai aujourd'hui une raison plus forte à vous dire pour vous détacher de

don Gaston. Mourez de honte de lui être si fidèle ! C'est un volage, un perfide. Voici une preuve certaine de son infidélité. Lisez vous-même cette lettre qu'un marchand de Coria vient de recevoir d'Italie. La tremblante Hélène prend ce papier supposé, en fait des yeux la lecture, en pèse tous les termes, et demeure accablée de la nouvelle de mon inconstance. Un sentiment de tendresse lui fit en suite répandre quelques larmes ; mais bientôt, rappelant toute sa fierté, elle essuya ses pleurs, et dit d'un ton ferme à son père : Seigneur, vous venez d'être témoin de ma foiblesse ; soyez-le aussi de la victoire que je vais remporter sur moi. C'en est fait, je n'ai plus que du mépris pour don Gaston ; je ne vois en lui que le dernier des hommes. N'en parlons plus. Allons, rien ne me retient plus ; je suis prête à suivre don Blas à l'autel. Que mon hymen précède celui du perfide qui a si mal répondu à mon amour ! Don Georges, transporté de joie à ces paroles, embrassa sa fille, loua la vigoureuse résolution qu'elle prenoit, et, s'applaudissant de l'heureux succès du stratagème, il se hâta de combler les vœux de mon rival.

Dona Helena me fut ainsi ravie. Elle se livra brusquement à Combados, sans vouloir entendre l'amour qui lui parloit pour moi au fond de son cœur, sans douter même un instant d'une nouvelle qui auroit dû trouver dans une amante moins de crédulité. L'orgueilleuse n'écouta que sa présomption. Le ressentiment de l'injure qu'elle s'imaginoit que j'avois faite à sa beauté l'emporta sur l'intérêt de sa tendresse. Elle eut pourtant, peu de jours après son mariage, quelques remords de l'avoir précipité : il lui vint dans l'esprit que la lettre du marchand pouvoit avoir été supposée, et ce soupçon lui causa de l'inquiétude. Mais l'amoureux don Blas ne laissoit point à sa femme le temps de nourrir des pensées contraires à son repos ; il ne songeoit qu'à l'amuser, et il y réussissoit par une succession continuelle de plaisirs différents qu'il avoit l'art d'inventer.

Elle paroissoit très-contente d'un époux si galant, et ils vivoient tous deux dans une parfaite union, lorsque ma tante accommoda mon affaire avec les parents de don Augustin. Elle m'écrivit aussitôt en Italie pour m'en donner avis. J'étois alors à Reggio, dans la Calabre ultérieure. Je passai en Sicile, de là en Espagne, et je me rendis enfin à Coria sur les ailes de l'amour. Dona Éléonor, qui ne m'avoit pas mandé le mariage de la fille de don Georges, me l'apprit à mon arrivée ; et, remarquant qu'il m'affligeoit : Vous avez tort, me dit-elle, mon neveu, de vous montrer sensible à la perte d'une dame qui n'a pu vous demeurer fidèle. Croyez-moi, bannissez de votre cœur et de votre mémoire une personne qui n'est plus digne de vous occuper.

Comme ma tante ignoroit qu'on eût trompé dona Helena, elle avoit raison de me parler ainsi, et elle ne pouvoit me donner un conseil plus sage. Aussi je me promis bien de le suivre, ou du moins d'affecter un air d'indifférence, si je n'étois pas capable de vaincre ma passion. Je ne pus toutefois résister à la curiosité de savoir de quelle manière ce mariage avoit été fait. Pour en être instruit, je résolus de m'adresser à l'amie de Félicia, c'est-à-dire à la dame Théodora, dont je vous ai déjà parlé. J'allai chez elle; j'y trouvai par hasard Félicia, qui, ne s'attendant à rien moins qu'à ma vue, en fut troublée, et voulut sortir pour éviter l'éclaircissement qu'elle jugeoit bien que je lui demanderois. Je l'arrêtai. Pourquoi me fuyez-vous? lui dis-je. La parjure Hélène n'est-elle pas contente de m'avoir sacrifié? Vous a-t-elle défendu d'écouter mes plaintes? ou cherchez-vous seulement à m'échapper pour vous faire un mérite auprès de l'ingrate d'avoir refusé de les entendre?

Seigneur, me répondit la suivante, je vous avoue ingénument que votre présence me rend confuse. Je ne puis vous revoir sans me sentir déchirée de mille remords. On a séduit ma maîtresse, et j'ai eu le malheur d'être complice de la séduction. Après cela, puis-je sans honte vous voir paroître devant moi? O ciel! répliquai-je avec surprise, que m'osez-vous dire? expliquez-vous plus clairement. Alors la soubrette me fit le détail du stratagème dont s'étoit servi Combados pour m'enlever dona Helena; et, s'apercevant que son récit me perçoit le cœur, elle s'efforça de me consoler. Elle m'offrit ses bons offices auprès de sa maîtresse, me promit de la désabuser, de lui peindre mon désespoir, en un mot de ne rien épargner pour adoucir la rigueur de ma destinée; enfin elle me donna des espérances qui soulagèrent un peu mes peines.

Je passe les contradictions infinies qu'elle eut à essuyer de la part de dona Helena pour la faire consentir à me voir. Elle en vint pourtant à bout. Il fut résolu entre elles qu'on me feroit entrer secrètement chez don Blas, la première fois qu'il iroit à une terre où il alloit de temps en temps chasser, et où il demeuroit ordinairement un jour ou deux. Ce dessein s'exécuta bientôt. Le mari partit pour la campagne; on eut soin de m'en avertir, et de m'introduire une nuit dans l'appartement de sa femme.

Je voulus commencer la conversation par des reproches; on me ferma la bouche. Il est inutile de rappeler le passé, me dit la dame. Il ne s'agit point ici de nous attendrir l'un l'autre, et vous êtes dans l'erreur si vous me croyez disposée à flatter vos sentiments. Je vous le déclare, don Gaston, je n'ai prêté mon consentement à cette secrète entrevue, je n'ai cédé aux instances qu'on m'en a faites, que pour vous dire de vive voix que vous ne devez songer désormais qu'à m'oublier. Peut-être serois-je plus satisfaite de mon sort s'il étoit lié au vôtre; mais, puisque le ciel en a ordonné autrement, je veux obéir à ses arrêts.

Eh! quoi! madame, lui répondis-je, ce n'est pas assez de vous avoir perdue, ce n'est pas assez de voir l'heureux don Blas posséder tranquillement la seule personne que je puisse aimer, il faut encore que je vous bannisse de ma pensée! Vous voulez m'arracher mon amour, m'enlever l'unique bien qui me reste! Ah! cruelle, pensez-vous qu'il soit possible à un homme que vous avez une fois charmé de reprendre son cœur? Connoissez-vous mieux que vous ne faites, et cessez de m'exhorter vainement à vous ôter de mon souvenir. Eh bien! répliqua-t-elle avec précipitation, cessez donc aussi d'espérer que je paie votre passion de quelque reconnoissance. Je n'ai qu'un mot à vous dire; l'épouse de don Blas ne sera point l'amante de don Gaston, prenez sur cela votre parti. Fuyez, ajouta-t-elle. Finissons promptement un entretien que je me reproche malgré la pureté de mes intentions, et que je me ferois un crime de prolonger.

A ces paroles, qui m'ôtoient toute espérance, je tombai aux genoux de la dame. Je lui tins des discours touchants. J'employai jusqu'aux larmes pour l'attendrir. Mais tout cela ne servit qu'à exciter peut-être quelques sentiments de pitié qu'on se garda bien de laisser paroître, et qui furent sacrifiés au devoir. Après avoir infructueusement épuisé les expressions tendres, les prières et les pleurs, ma tendresse se changea tout-à-coup en fureur. Je tirai mon épée pour m'en percer aux yeux de l'inexorable Hélène, qui ne s'aperçut pas plus tôt de mon action, qu'elle se jeta sur moi pour en prévenir les suites. Arrêtez, Cogollos! me dit-elle. Est-ce ainsi que vous ménagez ma réputation? En vous ôtant ainsi la vie, vous allez me déshonorer et faire passer mon mari pour un assassin.

Dans le désespoir qui me possédoit, bien loin de donner à ces mots l'attention qu'ils méritoient, je ne songeois qu'à tromper les efforts que faisoient la maîtresse et la suivante pour me sauver de ma funeste main; et je n'y aurois sans doute réussi que trop tôt, si don Blas, qui avoit été averti de notre entrevue, et qui, au lieu d'aller à la campagne, s'étoit caché derrière une tapisserie pour entendre notre entretien, ne fût vite venu se joindre à elles. Don Gaston, s'écria-t-il en me retenant le bras, rappelez votre raison égarée, et ne cédez point lâchement au transport furieux qui vous agite! J'interrompis Combados. Est-ce à vous, lui dis-je, à me détourner de ma résolution? Vous deviez plutôt me plonger vous-même un poignard dans le sein. Mon amour, tout malheureux qu'il est, vous offense. N'est-ce pas assez que vous me surpreniez la nuit dans l'appartement de votre femme? en faut-il davantage pour vous exciter à la vengeance? Percez-moi pour vous défaire d'un homme qui ne peut cesser d'adorer dona Hélena qu'en cessant de vivre. C'est en vain, me répondit don Blas, que vous tâchez d'intéresser mon honneur à vous donner la mort. Vous êtes assez puni de votre témérité; et je sais si bon gré à mon épouse de ses sentiments vertueux, que je lui pardonne l'occasion où elle les a fait éclater. Croyez-moi, Cogollos, ajouta-t-il, ne vous désespérez pas comme un foible amant, soumettez-vous avec courage à la nécessité.

Le prudent Galicien, par de semblables discours, calma peu à peu ma fureur, et réveilla ma vertu. Je me retirai dans le dessein de m'éloigner d'Hélène et des lieux qu'elle habitoit. Deux jours après je retournai à Madrid; là, ne voulant plus m'occuper que du soin de ma fortune, je commençai à paroître à la cour et à m'y faire des amis. Mais j'ai eu le malheur de m'attacher particulièrement au marquis de Villaréal, grand seigneur portugais, qui, pour avoir été soupçonné de songer à délivrer le Portugal de la domination des Espagnols, est présentement au château d'Alicante. Comme le duc de Lerme a su que j'avois été dans une étroite liaison avec ce seigneur, il m'a fait aussi arrêter et conduire ici. Ce ministre croit que je puis être complice d'un pareil projet; il ne sauroit faire un outrage plus sensible à un homme qui est noble et Castillan.

Don Gaston cessa de parler en cet endroit. Après quoi, je lui dis pour le consoler : Seigneur chevalier, votre honneur ne peut recevoir aucune atteinte de cette disgrâce, qui tournera sans doute dans la suite à votre profit. Quand le duc de Lerme sera instruit de votre innocence, il ne manquera pas de vous donner un emploi considérable pour rétablir la réputation d'un gentilhomme injustement accusé de trahison.

CHAPITRE VII.

Scipion vient trouver Gil Blas à la tour de Ségovie, et lui apprend bien des nouvelles.

Notre conversation fut interrompue par Tordesillas, qui entra dans la chambre et me dit : Seigneur Gil Blas, je viens de parler à un jeune homme qui s'est présenté à la porte de cette prison. Il m'a demandé si vous n'étiez pas prisonnier;

et, sur le refus que j'ai fait de contenter sa curiosité : Noble châtelain, m'a-t-il dit les larmes aux yeux, ne rejetez pas la très-humble prière que je vous fais de m'apprendre si le seigneur de Santillane est ici. Je suis son premier domestique, et vous ferez une action charitable si vous me permettez de le voir. Vous passez dans Ségovie pour un gentilhomme plein d'humanité; j'espère que vous ne me refuserez pas la grâce d'entretenir un instant mon cher maître, qui est plus malheureux que coupable. Enfin, continua don André, ce garçon m'a témoigné tant d'envie de vous parler, que j'ai promis de lui donner ce soir cette satisfaction.

J'assurai Tordesillas qu'il ne pouvoit me faire un plus grand plaisir que de m'amener ce jeune homme, qui probablement avoit à me dire des choses qu'il m'importoit fort de savoir. J'attendis avec impatience le moment qui devoit offrir à mes yeux mon fidèle Scipion; car je ne doutois pas que ce ne fût lui, et je ne me trompois point. On le fit entrer sur le soir dans la tour; et sa joie, que la mienne seule pouvoit égaler, éclata par des transports extraordinaires lorsqu'il m'aperçut. De mon côté, dans le ravissement où je me sentis à sa vue, je lui tendis les bras, et il me serra sans façon entre les siens. Le maître et le secrétaire se confondirent dans cette embrassade, tant ils étoient aises de se revoir.

Quand nous nous fûmes un peu démêlés tous deux, j'interrogeai Scipion sur l'état où il avoit laissé mon hôtel. Vous n'avez plus d'hôtel, me répondit-il; et, pour vous épargner la peine de me faire question sur question, je vais vous dire en deux mots ce qui s'est passé chez vous. Vos effets ont été pillés tant par des archers que par vos propres domestiques, qui, vous regardant déjà comme un homme entièrement perdu, ont pris à compte sur leurs gages tout ce qu'ils ont pu emporter. Par bonheur pour vous, j'ai eu l'adresse de sauver de leurs griffes deux grands sacs de doubles pistoles que j'ai tirés de votre coffre-fort, et qui sont en sûreté. Salero, que j'en ai fait dépositaire, vous les remettera quand vous serez sorti de cette tour, où je ne vous crois pas pour long-temps pensionnaire de sa majesté, puisque vous avez été arrêté sans la participation du duc de Lerme.

Je demandai à Scipion comment il savoit que son excellence n'avoit point de part à ma disgrâce. Oh! vraiment, me répondit-il, c'est une chose dont je suis bien instruit. Un de mes amis, qui a la confiance du duc d'Uzède, m'a conté toutes les circonstances de votre emprisonnement. Calderone, m'a-t-il dit, ayant découvert par le ministère d'un valet que la señora Sirena recevoit sous en autre nom le prince d'Espagne pendant la nuit, et que c'étoit le comte de Lemos qui conduisoit cette intrigue par l'entremise du seigneur de Santillane, résolut de se venger d'eux et de sa maîtresse. Pour y réussir, il va trouver secrètement le duc d'Uzède, et lui découvre tout. Ce duc, ravi d'avoir en main une si belle occasion de perdre son ennemi, ne manque pas d'en profiter. Il informe le roi de ce qu'on vient de lui apprendre, et lui représente vivement les périls auxquels le prince a été exposé. Cette nouvelle excite la colère de sa majesté, qui fait enfermer sur-le-champ Sirena dans la maison des *Repenties,* exile le comte de Lemos, et condamne Gil Blas à une prison perpétuelle.

Voilà, poursuivit Scipion, ce que m'a dit mon ami. Vous voyez par là que votre malheur est l'ouvrage du duc d'Uzède, ou pour mieux dire de Calderone[1].

Je jugeai par ce discours que mes affaires pourroient se rétablir avec le temps; que le duc de Lerme, piqué de l'exil de son neveu, mettroit tout en œuvre pour faire revenir ce seigneur à la cour; et je me flattai que son excellence ne m'oublieroit point. La belle chose que l'espérance! Elle me consola tout-à-coup de la perte de mes effets volés, et me rendit aussi gai que si j'eusse eu sujet de l'être. Loin de regarder ma prison comme une demeure malheureuse où je finirois peut-être mes jours, elle me parut plutôt un moyen dont la fortune vouloit se servir pour m'élever à quelque grand poste; car voici de quelle manière je raisonnois en moi-même. Le premier ministre a pour partisans don Fernand de Borgia, le père Jérôme de Florence, et surtout le frère Louis d'Aliaga, qui lui est redevable de la place qu'il occupe auprès du roi. Avec le secours de ces amis puissants, son excellence coulera tous ses ennemis à fond, ou bien l'état pourra bientôt changer de face. Sa majesté est fort valétudinaire. Dès qu'elle ne sera plus, le prince son fils commencera par rappeler le comte de Lemos, qui me tirera aussitôt d'ici pour me présenter au nouveau monarque, qui m'accablera de bienfaits pour compenser les peines que j'aurai souffertes. Ainsi, déjà plein des plaisirs de l'avenir, je ne sentois presque plus les maux présents. Je crois bien que les deux sacs de doublons que mon secrétaire disoit avoir mis en dépôt chez l'orfèvre contribuèrent autant que l'espérance au changement subit qui se fit en moi.

J'étois trop content du zèle et de l'intégrité de Scipion pour ne le lui pas témoigner. Je lui offris la moitié de l'argent qu'il avoit préservé du pillage; ce qu'il refusa. J'attends de vous, me dit-il, une autre marque de reconnaissance. Aussi étonné de son discours que de ses refus, je lui demandai ce que je pouvois faire pour lui. Ne nous séparons point, me répondit-il. Souffrez que j'attache ma fortune à la vôtre. Je me sens pour vous une amitié que je n'ai jamais eue pour aucun maître. Et moi, lui dis-je, mon enfant, je puis t'assurer que tu n'aimes pas un ingrat. Du premier moment que tu vins t'offrir à mon service, tu me plus. Il faut que nous soyons nés l'un et l'autre sous la Balance ou sous les Jumeaux, qui sont, à ce qu'on dit, les deux constellations qui unissent les hommes. J'accepte volontiers la société que tu me proposes; et pour la commencer, je vais prier le seigneur châtelain de t'enfermer avec moi dans cette tour. Cela me fera plaisir, s'écria-t-il. Vous me prévenez, j'allois vous conjurer de lui demander cette grâce. Votre compagnie m'est plus chère que la liberté. Je sortirai seulement quelquefois pour aller prendre à Madrid l'air du bureau, et voir s'il ne sera point arrivé à la cour quelque changement qui puisse vous être favorable. De sorte que vous aurez en moi tout ensemble un confident, un courrier et un espion.

Ces avantages étoient trop considérables pour m'en priver. Je retins donc auprès de moi un homme si utile, avec la permission de l'obligeant châtelain, qui ne voulut pas me refuser une si douce consolation.

CHAPITRE VIII.

Du premier voyage que Scipion fit à Madrid : quels en furent le motif et le succès. Gil Blas tombe malade. Suite de sa maladie.

Si nous disons ordinairement que nous n'avons pas de plus grands ennemis que nos domestiques, nous devons dire aussi que ce sont nos meilleurs amis quand ils nous sont fidèles et bien affectionnés. Après le zèle que Scipion avoit fait paroître, je ne pouvois plus voir en lui qu'un autre moi-même. Ainsi plus de subordination entre Gil Blas et son secrétaire, plus de façons entre eux. Ils chambrèrent ensemble, et n'eurent qu'un lit et qu'une table.

Il y avoit dans l'entretien de Scipion beaucoup de gaîté : on auroit pu le surnommer à juste titre le garçon de bonne humeur. Outre cela, il étoit homme de tête, et je me trouvai bien de ses conseils. Mon ami, lui dis-je un jour, il me semble que je ne ferois point mal d'écrire au duc de Lerme; cela ne sauroit produire un mauvais effet. Quelle est là-dessus ta pensée? Eh! mais, répondit-il, les grands sont si différents d'eux-mêmes,

---

[1] Calderone a réussi à faire emprisonner Gil Blas; mais il ne pourra pas se soutenir lui-même. Nous verrons ci-après la fin de son histoire qui n'est pas un roman, livre XI, chapitre IV.

d'un moment à un autre, que je ne sais pas trop bien comment votre lettre seroit reçue. Cependant je suis d'avis que vous écriviez toujours à bon compte. Quoique le ministre vous aime, il ne faut pas vous reposer sur son amitié du soin de le faire souvenir de vous. Ces sortes de protecteurs oublient aisément les personnes dont ils n'entendent plus parler.

Quoique cela ne soit que trop vrai, lui répliquai-je, juge mieux de mon patron. Sa bonté m'est connue. Je suis persuadé qu'il compatit à mes peines, et qu'elles se présentent sans cesse à son esprit. Il attend apparemment, pour me faire sortir de prison, que la colère du roi soit passée. A la bonne heure, reprit-il, je souhaite que vous jugiez sainement de son excellence. Implorez donc son secours par une lettre fort touchante. Je la lui porterai, et je vous promets de la lui remettre en main propre. Je demandai aussitôt du papier et de l'encre. Je composai un morceau d'éloquence que Scipion trouva pathétique, et que Tordesillas mit au-dessus des homélies mêmes de l'archevêque de Grenade.

Je me flattois que le duc de Lerme seroit ému de compassion en lisant le triste détail que je lui faisois d'un état misérable où je n'étois point; et, dans cette confiance, je fis partir mon courrier, qui ne fut pas sitôt à Madrid, qu'il alla chez ce ministre. Il rencontra un valet de chambre de mes amis, qui lui ménagea l'occasion de parler au duc. Monseigneur, dit Scipion à son excellence en lui présentant le paquet dont il étoit chargé, un de vos plus fidèles serviteurs, qui est couché sur la paille dans un sombre cachot de la tour de Ségovie, vous supplie très-humblement de lire cette lettre qu'un guichetier par pitié lui a donné le moyen d'écrire. Le ministre ouvrit la lettre, et la parcourut des yeux. Mais, quoiqu'il y vit un tableau capable d'attendrir l'âme la plus dure, bien loin d'en paroître touché, il éleva la voix et dit d'un air furieux au courrier devant quelques personnes qui pouvoient l'entendre : Ami, dites à Santillane que je le trouve bien hardi d'oser s'adresser à moi, après l'indigne action qu'il a faite, et pour laquelle il est si justement châtié. C'est un malheureux qui ne doit plus compter sur mon appui, et que j'abandonne au ressentiment du roi.

Scipion, tout effronté qu'il étoit, fut troublé de ce discours. Il ne laissa pourtant pas, malgré son trouble, de vouloir intercéder pour moi. Monseigneur, répliqua-t-il, ce pauvre prisonnier mourra de douleur quand il apprendra la réponse de votre excellence. Le duc ne repartit à mon intercesseur qu'en le regardant de travers et lui tournant le dos. C'est ainsi que ce ministre me traitoit pour mieux cacher la part qu'il avoit eue

à l'amoureuse intrigue du prince d'Espagne; et c'est à quoi doivent s'attendre tous les petits agents dont les grands seigneurs se servent dans leurs secrètes et périlleuses négociations.

Lorsque mon secrétaire fut de retour à Ségovie, et qu'il m'eut appris le succès de sa commission, me voilà replongé dans l'abîme affreux où je m'étois trouvé le premier jour de ma prison. Je me crus même encore plus malheureux, puisque je n'avois plus la protection du duc de Lerme. Mon courage s'abattit; et, quelque chose qu'on me pût dire pour le relever, je redevins la proie des plus vifs chagrins, qui me causèrent insensiblement une maladie aiguë.

Le seigneur châtelain, qui s'intéressoit à ma conservation, s'imaginant ne pouvoir mieux faire que d'appeler des médecins à mon secours, m'en amena deux qui avoient tout l'air d'être de grands serviteurs de la déesse Libitine [1]. Seigneur Gil Blas, dit-il en me les présentant, voici deux Hippocrates qui viennent vous voir, et qui vous remettront sur pied en peu de temps. J'étois si prévenu contre tous les docteurs en médecine, que j'aurois certainement fort mal reçu ceux-là, pour peu que j'eusse été attaché à la vie; mais je me sentois alors si las de vivre, que je sus bon gré à Tordesillas de me vouloir mettre entre leurs mains.

Seigneur cavalier, me dit un de ces médecins, il faut avant toute chose que vous ayez de la confiance en nous. J'en ai une parfaite, lui répondis-je; avec votre assistance, je suis sûr que je serai dans peu de jours guéri de tous mes maux. Oui, Dieu aidant, reprit-il, vous le serez. Nous ferons du moins ce qu'il faudra faire pour cela. Effectivement ces messieurs s'y prirent à merveille, et me menèrent si bon train, que je m'en allois dans l'autre monde a vue d'œil. Déjà don André, désespérant de ma guérison, avoit fait venir un religieux de saint François pour me disposer à bien mourir ; déjà ce bon père, après s'être acquitté de cet emploi, s'étoit retiré; et moi-même, croyant que je touchois à ma dernière heure, je fis signe à Scipion de s'approcher de mon lit. Mon cher ami, lui dis-je d'une voix presque éteinte, tant les médecines et les saignées m'avoient affaibli, je te laisse un des sacs qui sont chez Gabriel, et te conjure de porter l'autre dans les Asturies à mon père et à ma mère, qui doivent en avoir besoin s'ils sont encore vivants. Mais, hélas! je crains bien qu'ils n'aient pu tenir contre mon ingratitude. Le rapport que Muscada leur aura fait sans doute de ma dureté leur a peut-être causé la mort. Si le ciel les a conservés malgré l'indifférence dont j'ai payé

---

[1] C'étoit la déesse qui présidoit aux funérailles.

leur tendresse, tu leur donneras le sac de doublons, en les priant de me pardonner si je n'en
ai pas mieux usé avec eux; et, s'ils ne respirent
plus, je te charge d'employer cet argent à faire
prier le ciel pour le repos de leurs âmes et de la
mienne! En disant cela, je lui tendis une main
qu'il mouilla de ses larmes, sans pouvoir me répondre un mot, tant le pauvre garçon étoit affligé
de ma perte. Ce qui prouve que les pleurs d'un
héritier ne sont pas toujours des ris cachés sous
un masque.

Je m'attendois donc à passer le pas; néanmoins
mon attente fut trompée. Mes docteurs m'ayant
abandonné, et laissé le champ libre à la nature,
me sauvèrent par ce moyen. La fièvre, qui selon
leur pronostic devoit m'emporter, me quitta
comme pour leur en donner le démenti. Je me
rétablis peu à peu, par le plus grand bonheur
du monde : une parfaite tranquillité d'esprit devint le fruit de ma maladie. Je n'eus point alors
besoin d'être consolé. Je gardois pour les richesses et pour les honneurs tout le mépris que l'opinion d'une mort prochaine m'en avoit fait concevoir; et, rendu à moi-même, je bénis mon
malheur. J'en remerciai le ciel comme d'une
grâce particulière qu'il m'avoit faite; et je pris
une ferme résolution de ne plus retourner à la
cour, quand le duc de Lerme voudroit m'y rappeler. Je me proposai plutôt, si jamais je sortois
de prison, d'acheter une chaumière, et d'y aller
vivre en philosophe.

Mon confident applaudit à mon dessein, et me
dit que, pour en hâter l'exécution, il prétendoit
retourner à Madrid pour y solliciter mon élargissement. Il me vient une idée, ajouta-t-il. Je connois une personne qui pourra vous servir; c'est
la suivante favorite de la nourrice du prince, une
fille d'esprit. Je veux la faire agir auprès de sa
maîtresse. Je vais tout tenter pour vous tirer de
cette tour, qui n'est toujours qu'une prison, quelque bon traitement qu'on vous y fasse. Tu as raison, répondis-je. Va, mon ami, sans perdre de
temps, commencer cette négociation. Plût au ciel
que nous fussions déjà dans notre retraite!

CHAPITRE IX.

Scipion retourne à Madrid. Comment et à quelles conditions il fit mettre Gil Blas en liberté. Où ils allèrent tous deux en sortant de la tour de Ségovie, et
quelle conversation ils eurent ensemble.

Scipion partit donc encore pour Madrid; et
moi, en attendant son retour, je m'attachai à la
lecture. Tordesillas me fournissoit plus de livres
que je n'en voulois. Il les empruntoit d'un vieux
commandeur qui ne savoit pas lire, et qui ne lais-

soit pas d'avoir une belle bibliothèque, pour se
donner un air de savant. J'aimois surtout les bons
ouvrages de morale, parce que j'y trouvois à tout
moment des passages qui flattoient mon aversion
pour la cour et mon goût pour la solitude.

Je passai trois semaines sans entendre parler de
mon négociateur, qui revint enfin, et me dit d'un
air gai : Pour le coup, seigneur de Santillane, je
vous apporte de bonnes nouvelles! Madame la
nourrice [1] s'intéresse pour vous. Sa suivante [2], à
ma prière et pour une centaine de pistoles que
j'ai consignées, a eu la bonté de l'engager à prier
le prince d'Espagne de vous faire relâcher; et ce
prince, qui, comme je vous l'ai dit souvent, ne
peut rien lui refuser, a promis de demander au roi
son père votre élargissement. Je suis venu au
plus vite vous en avertir, et je vais retourner sur
mes pas pour mettre la dernière main à mon ouvrage. A ces mots il me quitta pour reprendre le
chemin de la cour.

Son troisième voyage ne fut pas long. Au bout
de huit jours je vis revenir mon homme, qui m'apprit que le prince avoit, non sans peine, obtenu
du roi ma liberté; ce qui me fut confirmé dès le
même jour par le seigneur châtelain, qui vint me
dire en m'embrassant : Mon cher Gil Blas, grâces
au ciel, vous êtes libre! Les portes de cette prison vous sont ouvertes; mais c'est à deux conditions qui vous feront peut-être beaucoup de peine,
et que je me vois à regret obligé de vous faire savoir. Sa majesté vous défend de vous montrer à
la cour, et vous ordonne de sortir des deux Cas-

[1] *Dona Anna de Guevara*, dont l'avarice sera peinte
des plus vives couleurs dans l'histoire de Scipion, livre
x, chapitre xii, vers la fin du chapitre.

[2] Cette soubrette s'appeloit aussi *Catalina*, et il en
sera reparlé dans l'histoire de Scipion, livre x, chapitre xii. Ici cette suivante avide vend le crédit de sa
maîtresse, et *cent pistoles consignées* sont le prix de
l'ordre du roi qui met Gil Blas en liberté : mais il ne
faut pas croire que Le Sage ait été réduit à chercher
en Espagne les modèles et les exemples de cette pros-
titution des faveurs de l'autorité. Il a rappelé simplement ce qui se passoit à Versailles sous madame de
Maintenon. « La favorite qui gouvernoit si despotique-
» ment la France et le monarque étoit elle-même as-
» sez rudement gouvernée par *Nanon Babbien*, vieille
» servante qu'elle avoit conservée *du ménage de Scar-
» ron*, et qui, par la force de l'habitude et des soins
» domestiques, avoit pris sur elle un irrésistible ascen-
» dant. Cette fille grossière, avide, inabordable, étoit re-
» cherchée par les plus grands seigneurs. On a su que
» la nomination de la duchesse de Lude à la place de
» dame d'honneur de la dauphine, qui viola tant de
» promesses et surprit si fort la cour, avoit été négociée
» avec cette *Nanon* par l'entremise d'une autre vieille
» servante, moyennant 60,000 francs. J'ai bien cher-
» ché si à cette époque du grand règne il n'avoit pas
» existé en France quelque autre pouvoir encore supé-
» rieur ; mais j'avoue qu'il ne m'a pas été possible de
» monter plus haut que *Nanon Babbien*. » (M. LÉMON-
TEY, *Monarchie de Louis XIV*, pag. 423.)

tilles dans un mois. Je suis très-mortifié qu'on vous interdise la cour. Et moi j'en suis ravi, lui répondis-je. Dieu sait ce que j'en pense. Je n'attendois du roi qu'une grâce, il m'en fait deux.

Étant donc assuré que je n'étois plus prisonnier, je fis louer deux mules, sur lesquelles nous montâmes le lendemain, mon confident et moi, après que j'eus dit adieu à Cogollos, et remercié mille fois Tordesillas de tous les témoignages d'amitié que j'avois reçus de lui [1]. Nous prîmes gaiement la route de Madrid, pour aller retirer des mains du seigneur Gabriel nos deux sacs, où il y avoit dans chacun cinq cents doublons. Chemin faisant, mon associé me dit : Si nous ne sommes pas assez riches pour acheter une terre magnifique, nous pourrons en avoir du moins une raisonnable. Quand nous n'aurions qu'une cabane, lui répondis-je, j'y serois satisfait de mon sort. Quoique je sois à peine au milieu de ma carrière, je me sens revenu du monde, et je ne prétends plus vivre que pour moi. Outre cela, je te dirai que je me suis formé des agréments de la vie champêtre une idée qui m'enchante, et qui m'en fait jouir par avance. Il me semble déjà que je vois l'émail des prairies, que j'entends chanter les rossignols et murmurer les ruisseaux : tantôt je crois prendre le divertissement de la chasse, et tantôt celui de la pêche. Imagine-toi, mon ami, tous les différents plaisirs qui nous attendent dans la solitude, et tu en seras charmé comme moi. A l'égard de notre nourriture, la plus simple sera la meilleure. Un morceau de pain pourra nous contenter ; quand nous serons pressés de la faim, nous le mangerons avec un appétit qui nous le fera trouver excellent. La volupté n'est point dans la bonté des aliments exquis, elle est toute en nous ; et cela est si vrai, que mes repas les plus délicieux ne sont pas ceux où je vois régner la délicatesse et l'abondance. La frugalité est une source de délices merveilleuses pour la santé.

Avec votre permission, seigneur Gil Blas, interrompit mon secrétaire, je ne suis pas tout à fait de votre sentiment sur la prétendue frugalité dont vous voulez me faire fête. Pourquoi nous nourrir comme des Diogènes ? Quand nous ne ferons pas si mauvaise chère, nous ne nous en porterons pas plus mal. Croyez-moi, puisque nous avons, Dieu merci, de quoi rendre notre retraite agréable, n'en faisons pas le séjour de la faim et de la pauvreté. Sitôt que nous aurons une terre, il faudra la munir de bons vins, et de toutes les autres provisions convenables à des gens d'esprit qui ne quittent pas le commerce des

hommes pour renoncer aux commodités de la vie, mais plutôt pour en jouir avec plus de tranquillité. « Ce qu'on a dans sa maison, dit Hésiode, ne » nuit pas, au lieu que ce qu'on n'y a point peut » nuire. Il vaut mieux, ajoute-t-il, posséder chez » soi les choses nécessaires, que de souhaiter de les » avoir. »

Comment diable, monsieur Scipion, interrompis-je à mon tour, vous connoissez les poètes grecs ! Eh ! où avez-vous fait connoissance avec Hésiode ? Chez un savant, me répondit-il. J'ai servi quelque temps à Salamanque un pédant qui étoit un grand commentateur. Il vous faisoit en moins de rien un gros volume. Il le composoit de passages hébreux, grecs et latins, qu'il tiroit des livres de sa bibliothèque et traduisoit en castillan. Comme j'étois son copiste, j'ai retenu je ne sais combien de sentences aussi remarquables que celles que je viens de citer. Cela étant, lui répliquai-je, vous avez la mémoire bien ornée. Mais, pour revenir à notre projet, dans quel royaume d'Espagne jugez-vous à propos que nous allions établir notre résidence philosophique ? J'opine pour l'Aragon, repartit mon confident. Nous y trouverons des endroits charmants, où nous pourrons mener une vie délicieuse. Eh bien ! lui dis-je, soit ; arrêtons nous à l'Aragon : j'y consens. Puissions-nous y déterrer un séjour qui me fournisse tous les plaisirs dont se repaît mon imagination !

<h2 style="text-align:center">CHAPITRE X.</h2>

Ce qu'ils firent en arrivant à Madrid. Quel homme Gil Blas rencontra dans la rue ; et de quel événement cette rencontre fut suivie.

Lorsque nous fûmes arrivés à Madrid, nous allâmes descendre à un petit hôtel garni où Scipion avoit logé dans ses voyages ; et la première chose que nous fîmes fut de nous rendre chez Salero, pour retirer de ses mains nos doublons. Il nous reçut parfaitement bien, et me témoigna beaucoup de joie de me voir en liberté. Je vous proteste, ajouta-t-il, que j'ai été sensible à votre disgrâce, qu'elle m'a dégoûté de l'alliance des gens de cour. Leurs fortunes sont trop en l'air. J'ai marié ma fille Gabriela à un riche négociant. Vous avez fort bien fait, lui répondis-je : outre que cela est plus solide, c'est qu'un bourgeois qui devient beau-père d'un homme de qualité n'est pas toujours content de monsieur son gendre.

Puis changeant de discours, et venant au fait : Seigneur Gabriel, poursuivis-je, ayez, s'il vous plaît, la bonté de nous remettre les deux mille pistoles que... Votre argent est tout prêt, interrompit l'orfèvre, qui, nous ayant fait passer dans

---

[1] Le bon Tordesillas reparoîtra dans cette histoire, et Gil Blas lui rendra service, ci-après, livre XI, chapitre XIII.

son cabinet, nous montra deux sacs où ces mots étoient inscrits sur des étiquettes. *Ces sacs de doublons appartiennent au seigneur Gil Blas de Santillane.* Voilà, me dit-il, le dépôt tel qu'il m'a été confié.

Je rendis grâces à Salero du plaisir qu'il m'avoit fait; et, fort consolé d'avoir perdu sa fille, nous emportâmes les sacs à notre hôtel, où nous nous mîmes à visiter nos doubles pistoles. Le compte s'y trouva à cinquante près, qui avoient été employées aux frais de mon élargissement. Nous ne songeâmes plus qu'à nous mettre en état de partir pour l'Aragon. Mon secrétaire se chargea du soin d'acheter une chaise roulante et deux mules. De mon côté, je fis provision de linge et d'habits. Pendant que j'allois et venois dans les rues et faisant mes emplettes, je rencontrai le baron de Steinbach, cet officier de la garde allemande chez lequel don Alphonse avoit été élevé.

Je saluai ce cavalier allemand, qui m'ayant aussi reconnu, vint à moi et m'embrassa. Ma joie est extrême, lui dis-je, de revoir votre seigneurie dans la meilleure santé du monde, et de trouver en même temps l'occasion d'apprendre des nouvelles de mes chers seigneurs don César et don Alphonse de Leyva. Je puis vous en dire de certaines, me répondit-il, puisqu'il sont tous deux actuellement à Madrid, et de plus logés dans ma maison. Il y a plus de trois mois qu'il sont venus dans cette ville pour remercier le roi d'un bienfait que don Alphonse a reçu en reconnoissance des services que ses aïeux ont rendus à l'état. Il a été fait gouverneur de la ville de Valence, sans qu'il ait demandé ce poste, ni prié personne de le solliciter pour lui. Rien n'est *plus gracieux*, et cela fait voir que notre monarque aime à récompenser la valeur.

Quoique je susse mieux que Steinbach ce qu'il en falloit penser, je ne fis pas semblant d'avoir la moindre connoissance de ce qu'il me contoit. Je lui témoignai une si vive impatience de saluer mes anciens maîtres, que pour la satisfaire il me mena chez lui sur-le-champ. J'étois curieux d'éprouver don Alphonse, et de juger, par la réception qu'il me feroit, s'il lui restoit encore quelque affection pour moi. Je le trouvai dans une salle où il jouoit aux échecs avec la baronne de Steinbach. Il quitta le jeu et se leva dès qu'il m'aperçut. Il s'avança vers moi avec transport, et me pressant la tête entre ses bras : Santillane, me dit-il d'un air qui marquoit une véritable joie, vous m'êtes donc enfin rendu! J'en suis charmé. Il n'a pas tenu à moi que nous n'ayons toujours été ensemble. Je vous avois prié, s'il vous en souvient, de ne vous pas retirer du château de Leyva. Vous n'avez point eu d'égard à ma prière. Je ne vous en

fais pourtant pas un crime, je vous sais même bon gré du motif de votre retraite. Mais depuis ce temps-là vous auriez dû me donner de vos nouvelles, et m'épargner la peine de vous faire chercher inutilement à Grenade, où don Fernand, mon beau-frère m'avoit mandé que vous étiez.

Après ce petit reproche, continua-t-il, apprenez-moi ce que vous faites à Madrid. Vous y avez apparemment quelque emploi. Soyez persuadé que je prends plus de part que jamais à ce qui vous regarde. Seigneur, lui répondis-je, il n'y a pas quatre mois que j'occupois à la cour un poste assez considérable. J'avois l'honneur d'être secrétaire et confident du duc de Lerme. Seroit-il possible! s'écria don Alphonse avec un extrême étonnement; quoi! vous auriez été dans la confidence de ce premier ministre? J'ai gagné sa faveur, repris-je, et je l'ai perdue de la manière que je vais vous le dire. Alors je lui racontai toute cette histoire ; et je finis mon récit par la résolution que j'avois prise d'acheter, du peu de bien qui me restoit de ma prospérité passée, une chaumière pour y aller mener une vie retirée.

Le fils de don César, après m'avoir écouté avec beaucoup d'attention, me répliqua : Mon cher Gil Blas, vous savez que je vous ai toujours aimé. Vous m'êtes encore plus cher que jamais, et il faut que je vous en donne des marques, puisque le ciel m'a mis en état d'augmenter vos biens. Vous ne serez plus le jouet de la fortune. Je veux vous affranchir de son pouvoir, en vous rendant maître d'un bien qu'elle ne pourra vous ôter. Puisque vous êtes dans le dessein de vivre à la campagne, je vous donne une petite terre que nous avons auprès de Lirias, à quatre lieues de Valence. Vous la connoissez. C'est un présent que nous pouvons vous faire sans nous incommoder. J'ose vous répondre que mon père ne me désavouera point, et que cela fera un vrai plaisir à Séraphine.

Je me jetai aux genoux de don Alphonse, qui me releva dans le moment. Je lui baisai la main, et, plus charmé de son bon cœur que de son bienfait : Seigneur, lui dis-je, vos manières m'enchantent. Le don que vous me faites m'est d'autant plus agréable, qu'il précède la connoissance d'un service que je vous ai rendu ; et j'aime mieux le devoir à votre générosité qu'à votre reconnoissance. Mon gouverneur fut un peu surpris de ce discours, et ne manqua pas de me demander ce que c'étoit que ce prétendu service. Je le lui appris, et lui fis un détail qui redoubla son étonnement. Il étoit bien éloigné de penser, aussi bien que le baron de Steinbach, que le gouvernement de la ville de Valence lui eût été donné par mon crédit. Néanmoins n'en pouvant plus douter : Gil Blas, me dit-il, puisque c'est à vous que je dois mon poste, je ne prétends point m'en tenir à la petite terre de Lirias. Je vous offre avec cela deux mille ducats de pension.

Halte-là! seigneur don Alphonse, interrompis-je en cet endroit. Ne réveillez pas mon avarice. Les biens ne sont propres qu'à corrompre mes mœurs; je ne l'ai que trop éprouvé. J'accepte volontiers votre terre de Lirias; j'y vivrai commodément avec le bien que j'ai d'ailleurs. Mais cela me suffit; et loin d'en désirer davantage, je consentirois plutôt de perdre tout ce qu'il y a de superflu dans ce que je possède. Les richesses sont un fardeau dans une retraite où l'on ne cherche que de la tranquillité.

Pendant que nous nous entretenions de cette sorte, don César arriva. Il ne fit guère moins paroître de joie que son fils en me voyant; et, lorsqu'il fut informé de l'obligation que sa famille m'avoit, il me pressa d'accepter la pension, ce que je refusai de nouveau. Enfin le père et le fils me menèrent sur-le-champ chez un notaire, où ils firent dresser la donation, qu'il signèrent tous deux avec plus de plaisir qu'ils n'auroient signé un acte à leur profit. Quand le contrat fut expédié, ils me le remirent entre les mains, en me disant que la terre de Lirias n'étoit plus à eux, et que j'en pourrois aller prendre possession quand il me plairoit. Ils s'en retournèrent ensuite chez le baron de Steinbach; et moi je volai vers notre hôtel, où je ravis d'admiration mon secrétaire, lorsque je lui annonçai que nous avions une terre dans le royaume de Valence, et que je lui contai de quelle manière je venois de faire cette acquisition. Combien peut valoir ce petit domaine? me dit-il. Cinq cents ducats de rentes, lui répondis-

je, et je puis t'assurer que c'est une aimable solitude. Je la connois pour y avoir été plusieurs fois en qualité d'intendant des seigneurs de Leyva. C'est une petite maison sur les bords de Guadalaviar, dans un hameau de cinq ou six feux, et dans un pays charmant.

Ce qui m'en plaît davantage, s'écria Scipion, c'est que nous aurons là de bon gibier, avec du vin de Benicarlo et d'excellent muscat. Allons, mon patron, hâtons-nous de quitter le monde et de gagner notre ermitage. Je n'ai pas moins d'envie d'y être que toi, lui repartis-je, mais il faut auparavant que je fasse un tour aux Asturies. Mon père et ma mère n'y sont pas dans une heureuse situation. Je prétends les aller chercher pour les conduire à Lirias, où ils passeront en repos leurs derniers jours. Le ciel ne m'a peut-être fait trouver cet asile que pour les y recevoir, et il me puniroit si j'y manquois. Scipion loua fort mon dessein; il m'excita même à l'exécuter. Ne perdons point de temps, me dit-il : je me suis assuré déjà d'une chaise roulante; achetons vite des mules, et prenons le chemin d'Oviédo. Oui, mon ami, lui répondis-je, partons le plus tôt qu'il nous sera possible. Je me fais un devoir indispensable de partager les douceurs de ma retraite avec les auteurs de ma naissance. Nous nous verrons bientôt dans notre hameau; et, je veux, en y arrivant, écrire sur la porte de ma maison ces deux vers latins en lettres d'or :

Inveni portum: Spes et Fortuna, valete!
Sat me lusistis; ludite nunc alios [1]!

[1] C'étoit par cet adieu aux illusions de ce monde que finissoit d'abord l'histoire de Gil Blas, publiée en neuf livres en 1724.

LIVRE DIXIÈME.

CHAPITRE PREMIER.

Gil Blas part pour les Asturies; il passe par Valladolid, où il va voir le docteur Sangrado son ancien maître. Il rencontre par hasard le seigneur Manuel Ordonez, administrateur de l'hôpital.

Dans le temps que je me disposois à partir de Madrid avec Scipion pour me rendre aux Asturies, Paul V nomma le duc de Lerme au cardinalat. Ce pape, voulant établir l'inquisition dans le royaume de Naples, revêtit de la pourpre ce ministre, pour l'engager à faire agréer au roi Philippe un si louable dessein. Tous ceux qui connoissoient parfaitement ce nouveau membre du sacré collége, trouvèrent, comme moi, que l'Église venoit de faire une belle acquisition.

Scipion, qui auroit mieux aimé me revoir dans un poste brillant à la cour, qu'enterré dans une solitude, me conseilla de me présenter devant le nouveau cardinal. Peut-être, me dit-il, que son éminence, vous voyant hors de prison par ordre du roi, ne croira plus devoir affecter de paroître irritée contre vous, et pourra vous reprendre à son service. Monsieur Scipion, lui répondis-je, vous oubliez apparemment que je n'ai obtenu la liberté qu'à condition que je sortirois incessamment des deux Castilles. D'ailleurs me croyez-vous déjà dégoûté de mon château de Lirias? Je vous l'ai déjà dit et je vous le répète, quand le duc de Lerme me rendroit ses bonnes grâces, quand il m'offriroit la place même de don Rodrigue de Calderone, je la refuserois. Mon parti est pris; je veux aller à Oviédo chercher mes parents, et me retirer avec eux auprès de la ville de Valence. Pour toi, mon ami, si tu te repens d'avoir lié ton sort au mien, tu n'as qu'à me le dire; je suis prêt à te donner la moitié de mes espèces, avec quoi tu demeureras à Madrid, où tu pousseras ta fortune le plus loin qu'il te sera possible.

Comment donc, reprit mon secrétaire, un peu touché de ces paroles, pouvez-vous me soupçonner d'avoir quelque répugnance à vous suivre dans votre retraite? Ce soupçon blesse mon zèle et mon attachement. Quoi! Scipion, ce fidèle serviteur qui, pour partager vos peines, auroit volontiers passé le reste de ses jours avec vous dans la tour de Ségovie, ne vous accompagneroit qu'à regret dans un séjour qui lui promet mille délices! Non, monsieur, non, je n'ai pas envie de vous détourner de votre résolution. Il faut que je vous avoue ma malice : lorsque je vous ai conseillé de vous montrer au duc de Lerme, c'est que j'ai été bien aise de vous sonder, pour savoir s'il ne restoit point encore en vous quelques semences d'ambition. Eh bien! puisque vous êtes si détaché des grandeurs, abandonnons donc promptement la cour pour aller jouir de ces plaisirs innocents et délicieux dont nous nous formons une si charmante idée.

Nous partîmes en effet bientôt après tous deux, dans une chaise tirée par deux bonnes mules, conduites par un garçon dont je jugeai à propos d'augmenter ma suite. Nous couchâmes le premier jour à Alcala de Henarès, et le second à Ségovie, d'où, sans m'arrêter à voir le généreux châtelain Tordesillas, je gagnai Peñafiel sur le Duero, et le lendemain Valladolid. A la vue de cette dernière ville, je ne pus m'empêcher de pousser un profond soupir. Mon compagnon, qui l'entendit, m'en demanda la cause. Mon enfant, lui dis-je, c'est que j'ai long-temps exercé ici la médecine. Je n'y puis penser tranquillement. Ma conscience m'en fait dans ce moment de secrets reproches. Que dis-je? il me semble que tous les malades que j'ai tués sortent de leurs tombeaux pour venir me mettre en pièces! Quelle imagination! dit mon secrétaire. En vérité, seigneur de Santillane, vous êtes trop bon. Pourquoi vous repentir d'avoir fait votre métier? Voyez les plus vieux médecins, ont-ils de pa-

reils remords? Oh que non! ils vont toujours leur train, rejetant sur la nature les accidents funestes, et se faisant honneur des événements heureux.

Il est vrai, repris-je, que le docteur Sangrado, de qui je suivois fidèlement la méthode, étoit de ce caractère-là. Il avoit beau voir périr tous les jours vingt personnes entre ses mains, il étoit si persuadé de l'excellence de la saignée et de la fréquente boisson, qu'il appeloit ses deux spécifiques pour toutes sortes de maladies, qu'au lieu de s'en prendre à ses remèdes, il croyoit que les malades ne mouroient que faute d'avoir assez bu et d'avoir été assez saignés. Vive Dieu! s'écria Scipion en faisant un éclat de rire, vous me parlez là d'un personnage incomparable. Si tu es curieux de le voir et de l'entendre, lui dis-je, tu pourras dès demain satisfaire ta curiosité, pourvu que Sangrado vive encore, et qu'il soit à Valladolid : ce que j'ai de la peine à croire; car il étoit déjà vieux quand je le quittai, et il s'est écoulé bien des années depuis ce temps-là.

Notre premier soin, en arrivant dans l'hôtellerie où nous allâmes descendre, fut de nous informer de ce docteur. Nous apprîmes qu'il n'étoit pas encore mort, mais que, ne pouvant plus à son âge faire de visites ni se donner de grands mouvements, il avoit abandonné le pavé à trois ou quatre autres docteurs qui s'étoient mis en réputation par une nouvelle pratique qui ne valoit guère mieux que la sienne. Nous résolûmes donc de nous arrêter à Valladolid le jour suivant, tant pour laisser reposer nos mules, que pour voir le seigneur Sangrado. Nous nous rendîmes chez lui sur les dix heures du matin : nous le trouvâmes assis dans un fauteuil, un livre à la main. Il se leva sitôt qu'il nous aperçut, vint au-devant de nous d'un pas assez ferme pour un septuagénaire, et nous demanda ce que nous lui voulions. Monsieur le docteur, lui dis-je, regardez-moi, je vous prie, attentivement; est-ce que vous ne me remettez point? J'ai pourtant l'honneur d'être un de vos élèves. Ne vous souvient-il plus d'un certain Gil Blas qui étoit autrefois votre commensal et votre substitut? Quoi! c'est vous, Santillane? me répondit-il en m'embrassant d'un air affectueux; je ne vous aurois pas reconnu. Je suis bien aise de vous revoir. Qu'avez-vous fait depuis notre séparation? Vous avez sans doute toujours pratiqué la médecine? C'est à quoi, repris-je, j'avois assez de penchant; mais de fortes raisons m'en ont empêché.

Tant pis, reprit Sangrado; avec les principes que vous aviez reçus de moi, vous seriez devenu un habile médecin, pourvu que le ciel vous eût fait la grâce de vous préserver de l'amour dangereux de la chimie. Ah! mon fils, poursuivit-il d'un ton douloureux et déclamateur, quel changement dans la médecine depuis quelques années ! Vous m'en voyez surpris et indigné avec raison. On ôte à cet art l'honneur et la dignité. Cet art, qui dans tous les temps a respecté la vie des hommes, est présentement en proie à la témérité, à la présomption et à l'*impéritie;* car les faits parlent, et bientôt les pierres crieront contre le brigandage des nouveaux praticiens ; *lapides clamabunt.* On voit dans cette ville des médecins, ou soi-disant tels, qui se sont attelés au char de triomphe de l'antimoine : *currus triumphalis antimonii.* Des échappés de l'école de Paracelse, des adorateurs du *kermès,* des guérisseurs de hasard, qui font consister toute la science de la médecine à savoir préparer des drogues chimiques. Que vous dirai-je ? tout est méconnoissable dans leur méthode. La saignée du pied, par exemple, jadis si rare, est aujourd'hui presque la seule qui soit en usage. Les purgatifs, autrefois doux et benins, sont changés en émétique et en kermès. Ce n'est plus qu'un chaos où chacun se permet ce qu'il veut, et franchit les bornes de l'ordre et de la sagesse que nos premiers maîtres ont posées.

Quelque envie que j'eusse de rire en entendant une si comique déclamation, j'eus la force d'y résister ; je fis plus, je déclamai contre le kermès sans savoir ce que c'étoit, et donnai au diable à tout hasard ceux qui l'ont inventé. Scipion, remarquant que je m'égayois dans cette scène, y voulut mettre aussi du sien. Monsieur le docteur, dit-il à Sangrado, comme je suis petit-neveu d'un médecin de la vieille école, qu'il me soit permis de me révolter avec vous contre les remèdes de la chimie. Feu mon grand-oncle, à qui Dieu fasse miséricorde, étoit si chaud partisan d'Hippocrate, qu'il s'est souvent battu contre les empiriques qui ne parloient pas avec assez de respect de ce roi de la médecine. Bon sang ne peut mentir : je servirois volontiers de bourreau à ces novateurs ignorants dont vous vous plaignez avec tant de justice et d'éloquence. Quel désordre ces misérables ne causent-ils pas dans la société civile !

Ce désordre, dit le docteur, va plus loin que vous ne pensez. Il ne m'a servi de rien de publier un livre contre le brigandage de la médecine[1] ; au contraire, il augmente de jour en jour. Les chirurgiens, dont la rage est de vouloir faire les médecins, se croient capables de l'être, dès qu'il ne faut que donner du kermès et de l'émétique, à quoi ils joignent des saignées du pied à leur fantaisie. Ils vont même jusqu'à mêler le kermès dans les apozèmes et les potions cordiales, et les

voilà de pair avec les grands faiseurs en médecine. Cette contagion se répand jusque dans les cloîtres. Il y a parmi les moines des frères qui sont tout ensemble apothicaires et chirurgiens. Ces singes de médecins s'appliquent à la chimie, et font des drogues pernicieuses avec lesquelles ils abrègent la vie de leurs révérends pères. Enfin il y a dans Valladolid plus de soixante monastères, tant d'hommes que de filles : jugez du ravage qu'y fait le kermès, avec l'émétique et la saignée du pied ! Seigneur Sangrado, lui dis-je alors, vous avez bien raison d'être en colère contre ces empoisonneurs ; je gémis avec vous, et partage vos alarmes sur la vie des hommes, manifestement menacée par une méthode si différente de la vôtre. Je crains fort que la chimie n'occasionne un jour la perte de la médecine, comme la fausse monnoie cause la ruine des états. Fasse le ciel que ce jour fatal ne soit pas près d'arriver !

Dans cet endroit de notre conversation, nous vîmes paroître une vieille servante qui apportoit au docteur une soucoupe sur laquelle il y avoit un petit pain mollet, un verre avec deux carafes, dont l'une étoit pleine d'eau et l'autre de vin. Après qu'il eut mangé un morceau, il but un coup, où il y avoit à la vérité les trois quarts d'eau ; mais cela ne le sauva point des reproches qu'il me donnoit sujet de lui faire. Ah ! ah ! lui dis-je, monsieur le docteur, je vous prends sur le fait. Vous buvez du vin, vous qui vous êtes toujours déclaré contre cette boisson, vous qui pendant les trois quarts de votre vie n'avez bu que de l'eau, et qui êtes cause que depuis dix ans je n'ai pas bu une goutte de vin ! Depuis quand êtes-vous devenu si contraire à vous-même ! Vous ne sauriez vous excuser sur votre âge, puisque, dans un endroit de vos écrits, vous définissez la vieillesse comme une phthisie naturelle qui nous dessèche et nous consume ; que, sur cette définition, vous déplorez l'ignorance des personnes qui appellent le vin le lait des vieillards. Que direz-vous donc pour vous justifier ?

Vous me faites la guerre bien injustement, me répondit le vieux médecin. Si je buvois du vin pur, vous auriez raison de me regarder comme un infidèle observateur de ma propre méthode ; mais vous voyez que mon vin est bien trempé. Autre contradiction, lui répliquai-je, mon cher maître ; souvenez-vous que vous trouviez mauvais que le chanoine Sédillo bût du vin, quoiqu'il y mêlât beaucoup d'eau. Avouez de bonne grâce que vous avez reconnu votre erreur, et que le vin n'est pas une funeste liqueur[1], comme vous l'avez

---

[1] *Le brigandage de la médecine* étoit précisément le titre d'un ouvrage du médecin Hecquet, publié à Paris en 1732.

[1] Nouvelle allusion précise au médecin Hecquet, qui avoit publié un Traité étendu sur les *vertus de l'eau commune.*

avancé dans vos ouvrages, pourvu qu'on n'en boive qu'avec modération.

Ces paroles embarrassèrent un peu notre docteur. Il ne pouvoit nier qu'il eût défendu dans ses livres l'usage du vin; mais la honte et la vanité l'empêchant de convenir que je lui faisois un juste reproche, il ne savoit que me répondre, et il en étoit tout confus. Pour le tirer d'embarras, je changeai de matière; et un moment après je pris congé de lui, en l'exhortant à tenir toujours bon contre les nouveaux praticiens. Courage, lui dis-je, seigneur Sangrado; ne vous lassez point de décrier le kermès, et frondez sans cesse la saignée du pied. Si, malgré votre zèle et votre amour pour l'*orthodoxie* médicale, cette engeance empirique vient à bout de ruiner la discipline, vous aurez du moins la consolation d'avoir fait tous vos efforts pour la maintenir. .

Comme nous nous en retournions à l'hôtellerie, mon secrétaire et moi, nous entretenant tous deux du caractère réjouissant et original de ce docteur, il passa près de nous dans la rue un homme de cinquante-cinq à soixante ans, qui marchoit les yeux baissés, tenant un gros chapelet à la main. Je le considérai attentivement, et le reconnus sans peine pour le seigneur Manuel Ordonez, ce bon administrateur d'hôpital, dont il est fait une mention si honorable dans le premier tome de mon histoire. Je l'abordai avec de grandes démonstrations de respect, en disant : Serviteur au vénérable et discret seigneur Manuel Ordonez, l'homme du monde le plus propre à conserver le bien des pauvres. A ces mots, il me regarda fixement, et me répondit que mes traits ne lui étoient pas inconnus, mais qu'il ne pouvoit se rappeler où il m'avoit vu. Je n'en suis point étonné, repris-je; il n'est pas surprenant que vous n'ayez pas fait attention à moi; j'allois chez vous dans le temps que vous aviez à votre service un de mes amis, nommé Fabrice Nunez. Ah! je m'en souviens présentement, repartit l'administrateur avec un sourire malin, à telles enseignes que vous étiez tous deux de bons enfants; vous avez fait ensemble bien des tours de jeunesse. Eh! qu'est-il devenu, ce pauvre Fabrice? Toutes les fois que je pense à lui, j'ai de l'inquiétude sur ses petites affaires.

C'est pour vous en apprendre des nouvelles, dis-je au seigneur Manuel, que j'ai pris la liberté de vous arrêter dans la rue. Fabrice est à Madrid, où il s'occupe de faire des œuvres mêlées? Qu'appelez-vous des œuvres mêlées? me répliqua-t-il. Cela me paroît équivoque. Je veux dire, lui repartis-je, qu'il écrit en vers et en prose; il fait des comédies et des romans; en un mot, c'est un garçon qui a du génie, et qui est reçu fort agré-

blement dans les bonnes maisons. Mais, dit l'administrateur, comment est-il avec son boulanger? Pas si bien, lui répondis-je, qu'avec les personnes de condition; entre nous, je ne le crois pas fort riche. Oh! je n'en doute nullement, reprit Ordonez. Qu'il fasse sa cour aux grands seigneurs tant qu'il lui plaira; ses complaisances, ses flatteries, ses bassesses, lui rapporteront encore moins que ses ouvrages. Je vous le prédis, vous le verrez quelque jour à l'hôpital.

Cela pourra bien être, lui répliquai-je; la poésie en a amené là bien d'autres. Mon ami Fabrice auroit beaucoup mieux fait de demeurer attaché à votre seigneurie; il rouleroit aujourd'hui sur l'or. Il seroit du moins fort à son aise, dit Manuel. Je l'aimois; et j'allois, en l'élevant de poste en poste, lui procurer dans la maison des pauvres un établissement solide, lorsqu'il lui prit fantaisie de donner dans le bel-esprit. L'insensé! il composa une comédie qu'il fit représenter par des comédiens qui étoient dans cette ville; la pièce réussit, et la tête tourna dès ce moment à l'auteur. Il se crut un nouveau Lope de Vega; et, préférant la fumée des applaudissements du public aux avantages réels que mon amitié lui préparoit, il me demanda son congé. Je voulus, par compassion, lui faire changer de sentiments; je lui remontrai vainement qu'il laissoit l'os pour courir après l'ombre; je ne pus retenir ce fou que la fureur d'écrire entraînoit. Il ne connoissoit pas son bonheur, ajouta l'administrateur; le garçon que j'ai pris après lui pour me servir en peut rendre un bon témoignage : plus raisonnable que Fabrice avec moins d'esprit, il ne s'est appliqué qu'à bien s'acquitter de ses commissions et qu'à me plaire. Aussi l'ai-je poussé comme il le méritoit; il remplit actuellement à l'hôpital deux emplois, dont le moindre est plus que suffisant pour faire subsister un honnête homme chargé d'une grosse famille.

CHAPITRE II.

Gil Blas continue son voyage, et arrive heureusement à Oviédo. Dans quel était il retrouva ses parents. Mort de son père; suites de cette mort.

De Valladolid nous nous rendîmes en quatre jours à Oviédo, sans avoir fait en chemin aucune mauvaise rencontre, malgré le proverbe qui dit que les voleurs sentent de loin l'argent des voyageurs. Il y auroit eu pourtant un assez beau coup à faire pour eux, et deux habitants seulement d'un souterrain nous auroient sans peine enlevé nos doublons; car je n'avois pas appris à la cour à devenir brave; et Bertrand, mon *Moço de mulas* [1],

1 *Mozo de mulas*, celui qui a soin des mules. *Mozo* se prononce *moço*, comme Le Sage l'a écrit.

ne paroissoit pas d'humeur à se faire tuer pour défendre la bourse de son maître. Il n'y avoit que Scipion qui fût un peu spadassin.

Il étoit nuit quand nous arrivâmes dans la ville. Nous allâmes loger dans une hôtellerie tout auprès de chez mon oncle le chanoine Gil Perez. J'étois bien aise de m'informer dans quel état se trouvoient mes parents, avant que de me présenter devant eux, et, pour le savoir, je ne pouvois mieux m'adresser qu'à l'hôte ou qu'à l'hôtesse de ce cabaret, que je connoissois pour des gens qui ne pouvoient ignorer les affaires de leurs voisins. En effet l'hôte, m'ayant reconnu après m'avoir envisagé avec attention, s'écria : Par saint Antoine de Pade[1] ! voici le fils du bon écuyer Blas de Santillane. Oui vraiment, dit l'hôtesse, c'est lui-même; je le reconnois bien ; il n'a presque point changé : c'est ce petit éveillé de Gil Blas qui avoit plus d'esprit qu'il n'étoit gros. Il me semble que je le vois encore, qui vient avec sa bouteille chercher ici du vin pour le souper de son oncle.

Madame, lui dis-je, vous avez une heureuse mémoire ; mais de grâce apprenez-moi des nouvelles de ma famille. Mon père et ma mère ne sont pas sans doute dans une agréable situation. Cela n'est que trop véritable, répondit l'hôtesse : dans quelque état fâcheux que vous puissiez vous les représenter, vous ne sauriez vous imaginer des personnes qui soient plus à plaindre. Le bon homme Gil Perez est devenu paralytique de la moitié du corps, et n'ira pas loin, selon toutes les apparences : votre père, qui demeure depuis peu chez ce chanoine, a une fluxion de poitrine, ou, pour mieux dire, il est dans ce moment entre la vie et la mort ; et votre mère, qui ne se porte pas trop bien, est obligée de servir de garde à l'un et à l'autre : telle est leur situation.

Sur ce rapport, qui me fit sentir que j'étois fils, je laissai Bertrand avec mon équipage à l'hôtellerie ; et, suivi de mon secrétaire, qui ne voulut point m'abandonner, je me rendis chez mon oncle. D'abord que je parus devant ma mère, une émotion que je lui causai lui annonça ma présence avant que ses yeux eussent démêlé mes traits. Mon fils, me dit-elle tristement après m'avoir embrassé, venez voir mourir votre père ; vous venez assez à temps pour être frappé de ce cruel spectacle. En achevant ces paroles, elle me mena dans une chambre où le malheureux Blas de Santillane, couché dans un lit qui marquoit bien la pauvreté d'un écuyer, touchoit à son dernier moment. Quoique environné des ombres de la mort, il avoit encore quelque connoissance. Mon cher ami, lui

dit ma mère, voici Gil Blas votre fils, qui vous prie de lui pardonner les chagrins qu'il vous a causés, et qui vous demande votre bénédiction. A ce discours, mon père ouvrit des yeux qui commençoient à se fermer pour jamais ; il les attacha sur moi ; et remarquant, malgré l'accablement où il se trouvoit, que j'étois touché de sa perte, il fut attendri de ma douleur. Il voulut parler, mais il n'en eut pas la force. Je pris une de ses mains ; et, tandis que je la baignois de larmes, sans pouvoir prononcer un mot, il expira, comme s'il n'eût attendu que mon arrivée pour rendre le dernier soupir.

Ma mère étoit trop préparée à cette mort pour s'en affliger sans modération ; j'en fus peut-être plus pénétré qu'elle, quoique mon père ne m'eût donné de sa vie la moindre marque d'amitié. Outre qu'il suffisoit pour le pleurer que je fusse son fils, je me reprochois de ne l'avoir point secouru ; et, quand je pensois que j'avois eu cette dureté, je me regardois comme un monstre d'ingratitude, ou plutôt comme un parricide. Mon oncle, que je vis ensuite étendu sur un autre grabat et dans un état pitoyable, me fit éprouver de nouveaux remords. Toutes les obligations que je lui avois vinrent s'offrir à mon esprit. Fils dénaturé, me dis-je à moi-même, considère pour ton supplice la misère où sont tes parents. Si tu leur avois fait quelque part du superflu des biens que tu possédois avant ta prison, tu leur aurois procuré des commodités que le revenu de la prébende ne peut leur fournir, et tu aurois peut-être prolongé la vie de ton père.

L'infortuné Gil Perez étoit retombé en enfance. Il n'avoit plus de mémoire, plus de jugement. Il ne me servit de rien de le presser entre mes bras, et de lui donner des témoignages de ma tendresse ; il n'y parut pas sensible. Ma mère avoit beau lui dire que j'étois son neveu Gil Blas, il m'envisageoit d'un air imbécille sans répondre rien. Quand le sang et la reconnoissance ne m'auroient pas obligé à plaindre un oncle à qui je devois tant, je n'aurois pu m'en défendre en le voyant dans une situation si digne de pitié.

Pendant ce temps-là, Scipion gardoit un morne silence, partageoit mes peines, et confondoit par amitié ses soupirs avec les miens. Comme je jugeai que ma mère, après une si longue absence, voudroit m'entretenir, et que la présence d'un homme qu'elle ne connoissoit pas pourroit la gêner, je le tirai à part, et lui dis : Va, mon enfant, va te reposer à l'hôtellerie, et me laisse ici avec ma mère, nous allons avoir ensemble un entretien qui durera long-temps ; la bonne dame, si tu restois avec nous, te croiroit peut-être de trop dans une conversation qui ne roulera que sur des affaires de

---

[1] Saint Antoine de Padoue, le Thaumaturge de son siècle, étoit né à Lisbonne. Il a une grande réputation en Espagne et en Portugal.

famille. Scipion se retira de peur de nous contraindre ; et j'eus effectivement avec ma mère un entretien qui dura toute la nuit. Nous nous rendîmes mutuellement un compte fidèle de ce qui nous étoit arrivé à l'un et à l'autre depuis ma sortie d'Oviédo. Elle me fit un ample détail des chagrins qu'elle avoit essuyés dans des maisons où elle avoit été duègne, et me dit là-dessus une infinité de choses que je n'aurois pas été bien aise que mon secrétaire eût entendues, quoique je n'eusse rien de caché pour lui. Avec tout le respect que je dois à la mémoire de ma mère, la dame étoit un peu prolixe dans ses récits ; elle m'auroit fait grâce des trois quarts de son histoire, si elle en eût supprimé les circonstances inutiles.

Elle finit enfin sa narration, et je commençai la mienne. Je passai légèrement sur toutes mes aventures ; mais lorsque je parlai de la visite que le fils de Bertrand Muscada, épicier d'Oviédo, m'étoit venu faire à Madrid, je m'étendis fort sur cet article. Je vous l'avouerai, dis-je à ma mère, je reçus très-mal ce garçon, qui, pour s'en venger, vous aura fait sans doute un affreux portrait de moi. Il n'y a pas manqué, répondit-elle. Il vous trouva, nous dit-il, si fier de la faveur du premier ministre de la monarchie, qu'à peine daignâtes-vous le reconnoître ; et, quand il vous détailla nos misères, vous l'écoutâtes d'un air glacé. Comme les pères et les mères, ajouta-t-elle, cherchent toujours à excuser leurs enfants, nous ne pûmes croire que vous eussiez un si mauvais cœur. Votre arrivée à Oviédo justifie la bonne opinion que nous avions de vous, et la douleur dont je vous vois saisi achève de faire votre apologie.

Vous jugez de moi trop favorablement, lui répliquai-je ; il y a du vrai dans le rapport du jeune Muscada. Lorsqu'il vint me voir, je n'étois occupé que de ma fortune ; et l'ambition qui me dominoit ne me permettoit guère de penser à mes parents. Il ne faut donc pas s'étonner si dans cette disposition je fis un accueil peu gracieux à un homme qui, m'abordant d'un air grossier, me dit brutalement qu'ayant appris que j'étois plus riche qu'un juif, il venoit me conseiller de vous envoyer de l'argent, attendu que vous en aviez grand besoin ; il me reprocha même dans des termes peu mesurés mon indifférence pour ma famille. Je fus choqué de sa franchise, et, perdant patience, je le poussai par les épaules hors de mon cabinet. Je conviens que j'eus tort dans cette rencontre ; j'aurois dû faire réflexion que ce n'étoit pas votre faute si l'épicier manquoit de politesse, et que son conseil ne laissoit pas d'être bon à suivre, quoiqu'il eût été donné malhonnêtement.

C'est ce que je me représentai un moment après que j'eus chassé Muscada. Malgré la colère qui me

dominoit, la voix du sang se fit entendre ; je me rappelai tous mes devoirs envers mes parents ; et, rougissant de honte de les remplir si mal, je sentis des remords dont je ne puis néanmoins me faire honneur auprès de vous, puisqu'ils furent bientôt étouffés par l'avarice et par l'ambition. Mais dans la suite, ayant été enfermé par ordre du roi dans la tour de Ségovie, j'y tombai dangereusement malade ; et c'est cette heureuse maladie qui vous a rendu votre fils. Oui, c'est ma maladie et ma prison qui ont fait reprendre à la nature tous ses droits, et qui m'ont entièrement détaché de la cour. Je suis revenu de cette vie tumultueuse, je ne respire plus que la solitude, et je ne suis venu aux Asturies que pour vous prier de vouloir bien partager avec moi les douceurs d'une vie retirée. Si vous ne rejetez pas ma prière, je vous conduirai à une terre que j'ai dans le royaume de Valence, et nous vivrons là très-commodément. Vous jugez bien que je me proposois d'y mener aussi mon père ; mais puisque le ciel en a ordonné autrement, que j'aie du moins la satisfaction de posséder chez moi ma mère, et de pouvoir réparer par toutes les attentions imaginables le temps que j'ai passé sans lui être utile.

Je vous sais très-bon gré de vos louables intentions, me dit alors ma mère, et je m'en irois avec vous sans balancer, si je n'y trouvois des difficultés. Je n'abandonnerai pas votre oncle mon frère dans l'état où il est, et je suis trop accoutumée à ce pays-ci pour m'en éloigner ; cependant, comme la chose mérite d'être mûrement examinée, je veux y rêver à loisir. Ne nous occupons présentement que du soin des funérailles de votre père. Chargeons-en, lui dis-je, ce jeune homme que vous avez vu avec moi ; c'est mon secrétaire ; il a de l'esprit et du zèle ; nous pouvons nous en reposer sur lui.

A peine eus-je prononcé ces paroles, que Scipion revint ; il étoit déjà jour. Il nous demanda si nous n'avions pas besoin de son ministère dans l'embarras où nous étions. Je répondis qu'il arrivoit fort à propos pour recevoir un ordre important que j'avois à lui donner. Dès qu'il sut de quoi il s'agissoit : Cela suffit, me dit-il, j'ai déjà toute cette cérémonie arrangée dans ma tête ; vous pouvez vous en fier à moi. Prenez garde, lui dit ma mère, de faire un enterrement qui ait un air pompeux ; il ne sauroit être trop modeste pour mon époux, que toute la ville a connu pour un écuyer des plus malaisés. Madame, repartit Scipion, quand il auroit été encore plus pauvre, je n'en rabattrois pas deux maravédis. Je ne regarde là-dedans que mon maître : il a été favori du duc de Lerme, son père doit être enterré noblement.

J'approuvai le dessein de mon secrétaire ; je lui

recommandai même de ne point épargner l'argent.
Un reste de vanité que je conservois encore se réveilla dans cette occasion. Je me flattai qu'en faisant de la dépense pour un père qui ne me laissoit
aucun héritage, je ferois admirer mes manières
généreuses. De son côté, ma mère, quelque contenance de modestie qu'elle affectât, n'étoit point
fâchée que son mari fût inhumé avec éclat. Nous
donnâmes donc carte blanche à Scipion, qui, sans
perdre de temps, alla prendre toutes les mesures
nécessaires pour rendre les funérailles superbes.

Il n'y réussit que trop bien. Il fit des obsèques
si magnifiques, qu'il révolta contre moi la ville et
les faubourgs ; tous les habitants d'Oviédo, depuis
le plus grand jusqu'au plus petit, furent choqués de
mon ostentation, et firent là-dessus des gloses peu
honorables pour moi. Ce ministre fait à la hâte,
disoit l'un, a de l'argent pour enterrer son père,
mais il n'en avoit point pour le nourrir Il auroit
mieux valu, disoit l'autre, qu'il eût fait plaisir à
son père vivant, que de lui faire tant d'honneurs
après sa mort. Enfin les coups de langue ne me furent point épargnés ; chacun lança son trait. Ils
n'en demeurèrent pas là : ils nous insultèrent Scipion, Bertrand et moi, quand nous sortîmes de
l'église ; ils nous chargèrent d'injures, nous accablèrent de huées, et conduisirent Bertrand à l'hôtellerie à coups de pierres. Pour dissiper la canaille
qui s'étoit attroupée devant la maison de mon oncle, il fallut que ma mère se montrât, et protestât
publiquement qu'elle étoit fort contente de moi.
Il y en eut d'autres qui coururent au cabaret où
étoit ma chaise, dans le dessein de la briser ; ce
qu'ils auroient fait indubitablement, si l'hôte et
l'hôtesse n'eussent trouvé moyen d'apaiser ces esprits furieux, et de les détourner de leur résolution.

Tous ces affronts qu'on me faisoit, et qui étoient
autant d'effets des discours que le jeune épicier
avoit tenus de moi dans la ville, m'inspirèrent tant
d'aversion pour mes compatriotes, que je me déterminai à quitter bientôt Oviédo, où sans cela
j'aurois fait peut-être un assez long séjour. Je le
déclarai tout net à ma mère, qui, se sentant elle-
même très-mortifiée de l'accueil dont le peuple
m'avoit régalé, ne s'opposa point à un si prompt
départ. Il ne fut plus question que de savoir de
quelle sorte j'en userois avec elle. Ma mère, lui
dis-je, puisque mon oncle a besoin de votre assistance, je ne vous presserai plus de m'accompagner ; mais comme il ne paroît pas éloigné de sa
fin, promettez-moi de venir me rejoindre à ma
terre aussitôt qu'il ne sera plus. J'attends de vous
cette marque d'affection.

Je ne vous ferai point cette promesse, répondit
ma mère, car je ne la tiendrois pas ; je veux pas-

ser le reste de mes jours dans les Asturies, et dans
une parfaite indépendance. Ne serez-vous pas toujours, lui répliquai-je, maîtresse absolue dans mon
château ? Je n'en sais rien, repartit-elle ; vous n'a-
vez qu'à devenir amoureux de quelque petite fille,
vous l'épouserez ; elle sera ma bru, je serai sa belle-
mère ; nous ne pourrons vivre ensemble. Vous
prévoyez, lui dis-je, les malheurs de trop loin. Je
n'ai aucune envie de me marier ; mais quand la
fantaisie m'en prendroit, je vous réponds que j'o-
bligerois bien ma femme à se soumettre aveuglément à vos volontés. C'est me répondre témérairement, reprit ma mère ; et je demanderois caution
de la caution. Je craindrois que votre complaisance
pour votre épouse ne l'emportât sur la force du
sang, et je ne voudrois pas jurer que dans nos
brouilleries vous ne prissiez plutôt le parti de votre femme que le mien, quelque tort qu'elle pût
avoir.

Vous parlez à merveille, madame, s'écria mon
secrétaire en se mêlant à la conversation ; je crois,
comme vous, que les brus dociles sont bien rares.
Cependant, pour vous accorder vous et mon maître, puisque vous voulez absolument demeurer,
vous dans les Asturies, et lui dans le royaume de
Valence, il faut qu'il vous fasse une pension de
cent pistoles que je vous apporterai ici tous les ans.
Par ce moyen, la mère et le fils vivront fort satisfaits à deux cents lieues l'un de l'autre. Les deux
parties intéressées approuvèrent la convention proposée ; après quoi je payai la première année d'a-
vance ; et je sortis d'Oviédo le lendemain avant le
jour, de peur d'être traité par la populace comme
un saint Étienne. Telle fut la réception que l'on
me fit dans ma patrie. Belle leçon pour les hommes du commun, lesquels, après s'être enrichis
hors de leur pays, y veulent retourner pour y faire
les gens d'importance ! Plus ils y feront briller de
richesses, plus ils seront haïs de leurs compatriotes.

CHAPITRE III.

Gil Blas prend la route du royaume de Valence, et arrive enfin à Lirias ; description de son château ; comment il y fut reçu, et quelles gens il y trouva.

Nous prîmes le chemin de Léon, ensuite celui
de Palencia ; et continuant notre voyage à petites
journées, nous arrivâmes au bout de la dixième à
la ville de Ségorbe, d'où le lendemain dans la matinée nous nous rendîmes à ma terre, qui n'en est
éloignée que de trois lieues. A mesure que nous
nous en approchions, je prenois plaisir à voir mon
secrétaire observer avec beaucoup d'attention tous
les châteaux qui s'offroient à sa vue, à droite et à
gauche dans la campagne. Lorsqu'il en apercevoit un de grande apparence, il ne manquoit pas

de me dire, en me le montrant du doigt : Je voudrois bien que ce fût là notre retraite.

Je ne sais, lui dis-je, mon ami, quelle idée tu as de notre habitation ; mais si tu t’imagines que c’est une maison magnifique, une terre de grand seigneur, je t’avertis que tu te trompes furieusement.

Si tu veux n’être pas la dupe de ton imagination, représente-toi la petite maison qu’Horace avoit dans le pays des Sabines près de Tibur, et qui lui fut donnée par Mécénas ; don Alphonse m’a fait à peu près le même présent. Tant pis, s’écria Scipion ; je ne dois donc m’attendre qu’à voir une chaumière. Ce n’en est pas tout-à-fait une, lui répondis-je ; mais souviens-toi que je t’en ai toujours fait une description très-modeste ; et, dès ce moment, tu peux juger par toi-même si j’en ai fait une fidèle peinture. Jette les yeux du côté du Guadalaviar, et regarde sur ses bords, auprès de ce hameau de neuf à dix feux , cette maison qui a quatre petits pavillons ; c’est mon château.

Comment diable ! dit alors mon secrétaire d’un ton de voix admiratif, c’est un bijou que cette maison. Outre l’air de noblesse que lui donnent ses pavillons, on peut dire qu’elle est bien située, bien bâtie, et entourée de pays plus charmants que les environs même de Séville, appelés par excellence le paradis terrestre. Quand nous aurions choisi ce séjour, il ne seroit pas plus de mon goût ; en vérité, je le trouve charmant ; une rivière l’arrose de ses eaux ; un bois épais prête son ombrage quand on veut se promener au milieu du jour. L’aimable solitude ! Ah ! mon cher maître , nous avons bien la mine de demeurer ici long-temps ! Je suis ravi, lui dis-je, que tu sois content de notre asile , dont tu ne connois pas encore tous les agréments.

En nous entretenant de cette sorte, nous nous avançâmes vers la maison, dont la porte nous fut ouverte , aussitôt que Scipion eut dit que c’étoit le seigneur Gil Blas de Santillane qui venoit prendre possession de son château. A ce nom, si respecté des personnes qui l’entendirent prononcer, on laissa entrer ma chaise dans une grande cour où je mis pied à terre ; puis m’appuyant pesamment sur Scipion, et faisant le gros dos, je gagnai une salle où je fus à peine arrivé, que sept à huit domestiques parurent. Ils me dirent qu’ils venoient me présenter leurs hommages comme à leur nouveau patron ; que don César et don Alphonse de Leyva les avoient choisis pour me servir, l’un en qualité de cuisinier, l’autre d’aide de cuisine, un autre de marmiton, celui-ci de portier, et ceux-là de laquais ; avec défense de recevoir de moi aucun argent, ces deux seigneurs prétendant faire tous les frais de mon ménage. Le

cuisinier, nommé maître Joachim, étoit le principal de ces domestiques, et portoit la parole ; il faisoit l’agréable : il me dit qu’il avoit fait une ample provision de toutes sortes d’excellents vins ; et que, pour la bonne chère, il espéroit qu’un garçon comme lui, qui avoit été six ans cuisinier de monseigneur l’archevêque de Valence, sauroit composer des ragoûts qui piqueroient ma sensualité. Je vais, ajouta-t-il, me préparer à vous donner un échantillon de mon savoir-faire. Promenezvous, seigneur, en attendant le dîner ; visitez votre château ; voyez si vous le trouvez en état d’être habité par votre seigneurie.

Je laisse à penser si je négligeai cette visite ; et Scipion, encore plus curieux que moi de la faire, m’entraîna de chambre en chambre. Nous parcourûmes toute la maison, depuis le haut jusqu’en bas ; il n’échappa pas, du moins à ce que nous crûmes, le moindre endroit à notre curiosité intéressée ; et j’eus partout occasion d’admirer la bonté que don César et son fils avoient pour moi. Je fus frappé, entre autres choses, de deux appartements qui étoient aussi bien meublés qu’ils pouvoient l’être sans magnificence. Dans l’un , il y avoit une tapisserie des Pays-Bas, avec un lit et des chaises de velours, le tout propre encore, quoique fait du temps que les Maures occupoient le royaume de Valence. Les meubles de l’autre appartement étoient dans le même goût ; c’étoit une vieille tenture de damas de Gênes jaune, avec un lit et des fauteuils de la même étoffe, garnis de franges de soie bleue. Tous ces effets, qui dans un inventaire auroient été peu prisés, paroissoient là très-considérables.

Après avoir bien examiné toutes ces choses, nous revînmes, mon secrétaire et moi, dans la salle où étoit dressée une table sur laquelle étoient deux couverts ; nous nous y assîmes, et dans le moment on nous servit une *olla podrida* si délicieuse, que nous plaignîmes l’archevêque de Valence de n’avoir plus le cuisinier qui l’avoit faite. Nous avions à la vérité beaucoup d’appétit, ce qui ne nous la faisoit pas trouver plus mauvaise. A chaque morceau que nous mangions, mes laquais de nouvelle date nous présentoient de grands verres qu’ils remplissoient jusqu’aux bords d’un vin de la Manche exquis. Scipion en étoit charmé ; mais n’osant devant eux faire éclater la satisfaction intérieure qu’il ressentoit, il me le témoignoit par des regards parlants, et je lui faisois connoître par les miens que j’étois aussi content que lui. Un plat de rôti, composé de deux cailles grasses, qui flanquoient un petit levraut d’un fumet admirable, nous fit quitter le pot-pourri, et acheva de nous rassasier. Lorsque nous eûmes mangé comme deux affamés , et bu à proportion, nous nous levâmes de table pour aller au jardin faire voluptueusement la sieste dans quelque endroit frais et agréable.

Si mon secrétaire avoit paru jusque là fort satisfait de ce qu'il avoit vu, il le fut encore davantage quand il vit le jardin. Il le trouva comparable à celui de l'Escurial. Il ne pouvoit se lasser de le parcourir des yeux. Il est vrai que don César, qui venoit de temps en temps à Lirias, prenoit plaisir à le faire cultiver et embellir. Toutes les allées bien sablées et bordées d'orangers, un grand bassin de marbre blanc, au milieu duquel un lion de bronze vomissoit de l'eau à gros bouillons, la beauté des fleurs, la diversité des fruits, tous ces objets ravirent Scipion ; mais il fut particulièrement enchanté d'une longue allée qui conduisoit, en descendant toujours, au logement du fermier, et que des arbres touffus couvroient de leur épais feuillage. En faisant l'éloge d'un lieu si propre à servir d'asile contre la chaleur, nous nous y arrêtâmes et nous nous assîmes au pied d'un ormeau, où le sommeil eut peu de peine à surprendre deux gaillards qui venoient de bien dîner.

Nous nous réveillâmes en sursaut deux heures après, au bruit de plusieurs coups d'escopettes, lesquelles se firent entendre si près de nous, que nous en fûmes effrayés. Nous nous levâmes brusquement ; et pour nous informer de la cause de ce bruit, nous nous rendîmes à la maison du fermier. Nous y trouvâmes huit ou dix villageois, tous habitants du hameau, qui, s'étant assemblés là, t roient et dérouilloient leurs armes à feu pour célébrer mon arrivée, dont ils venoient d'être avertis. Ils me connoissoient la plupart pour m'avoir vu plus d'une fois dans le château exercer l'emploi d'intendant. Ils ne m'aperçurent pas plus tôt, qu'ils crièrent tous ensemble : Vive notre nouveau seigneur ! qu'il soit le bienvenu à Lirias ! Ensuite ils rechargèrent leurs escopettes, et me régalèrent d'une décharge générale. Je leur fis l'accueil le plus gracieux qu'il me fut possible, avec gravité pourtant, ne jugeant pas devoir trop me familiariser avec eux. Je les assurai de ma protection ; je leur lâchai même une vingtaine de pistoles ; et ce ne fut pas, je crois, celle de mes manières qui leur plut le moins. Après cela je leur laissai la liberté de jeter encore de la poudre au vent, et je me retirai avec mon secrétaire dans le bois, où nous nous promenâmes jusqu'à la nuit, sans nous lasser de voir des arbres ; tant la possession d'un bien nouvellement acquis a d'abord de charmes pour nous !

Le cuisinier, l'aide de cuisine et le marmiton n'étoient pas oisifs pendant ce temps-là ; ils travailloient à nous préparer un repas supérieur à celui que nous avions fait ; et nous fûmes dans le dernier étonnement lorsque, étant entrés dans la même salle où nous avions dîné, nous vîmes mettre sur la table un plat de quatre perdreaux rôtis, avec un civet de lapin d'un côté, et un chapon en ragoût de l'autre. Ils nous servirent ensuite pour entremets des oreilles de cochon, des poulets marinés et du chocolat à la crème. Nous bûmes copieusement du vin de Lucène et de plusieurs autres sortes de vins délicieux ; et quand nous sentîmes que nous ne pouvions boire davantage sans exposer notre santé, nous songeâmes à nous aller coucher. Alors mes laquais, prenant des flambeaux, me conduisirent au plus bel appartement, où ils s'empressèrent à me déshabiller ; mais quand ils m'eurent donné ma robe de chambre et mon bonnet de nuit, je les renvoyai en leur disant d'un air de maître : Retirez-vous, messieurs, je n'ai pas besoin de vous pour le reste.

Je les fis sortir tous, et, retenant Scipion pour m'entretenir un peu avec lui, nous commençâmes par nous réjouir de l'heureux état où nous nous trouvions. On ne peut exprimer la joie que mon secrétaire fit éclater. Eh bien ! lui dis-je, mon ami, que penses-tu du traitement qu'on me fait par ordre des seigneurs de Leyva ? Ma foi, me répondit-il, je pense qu'on ne peut vous en faire un meilleur ; je souhaite seulement que cela soit de longue durée. Je ne le souhaite pas, moi, lui répliquai-je ; il ne me convient pas de souffrir que mes bienfaiteurs fassent pour moi tant de dépense ; ce seroit abuser de leur générosité. De plus, je ne m'accommoderois point de valets aux gages d'autrui : je croirois n'être pas dans ma maison. D'ailleurs je ne suis point venu ici pour vivre avec tant de fracas. Quelle folie ! Avons-nous besoin d'un si grand nombre de domestiques ? Non, il ne nous faut, avec Bertrand, qu'un cuisinier, un marmiton et un laquais ; cela nous suffira. Quoique mon secrétaire n'eût pas été fâché de subsister toujours aux dépens du gouverneur de Valence, il ne combattit point ma délicatesse là-dessus ; et, se conformant à mes sentiments, il approuva la réforme que je voulois faire. Cela étant décidé, il sortit de mon appartement, et se retira dans le sien.

CHAPITRE IV.

Il part pour Valence, et va voir les seigneurs de Leyva ; de l'entretien qu'il eut avec eux, et du bon accueil que lui fit Séraphine

J'achevai de me déshabiller, et je me mis au lit, où, ne me sentant aucune envie de dormir, je m'abandonnai à mes réflexions. Je me représentai l'amitié dont les seigneurs de Leyva payoient

l'attachement que j'avois pour eux; et, pénétré
des nouvelles marques qu'ils m'en donnoient, je
pris la résolution de les aller trouver dès le lendemain, pour satisfaire l'impatience que j'avois de
les en remercier. Je me faisois aussi par avance un
plaisir de revoir Séraphine; mais ce plaisir n'é-
toit pas pur : je ne pouvois penser sans peine que
j'aurois en même temps à soutenir les regards
de la dame Lorença Séphora, qui, se souvenant
peut-être encore de l'aventure du soufflet, ne se-
ro't pas fort aise de me revoir. L'esprit fatigué de
toutes ces idées différentes, je m'assoupis enfin, et
ne me réveillai le jour suivant qu'après le lever
du soleil.

Je fus bientôt sur pied; et, tout occupé du
voyage que je méditois , je m'habillai à la hâte.
Comme j'achevois de m'ajuster, mon secrétaire
entra dans ma chambre. Scipion , lui dis-je, tu
vois un homme qui se dispose à partir pour Valence : je ne crois pas que tu désapprouves mon
dessein; je ne puis aller trop tôt saluer les seigneurs à qui je dois ma petite fortune; chaque
moment que je diffère à m'acquitter de ce devoir
semble m'accuser d'ingratitude. Pour toi, mon
ami, je te dispense de m'accompagner ; demeure
ici pendant mon absence : je reviendrai te joindre
au bout de huit jours. Allez, monsieur, répondit-
il; faites bien votre cour à don Alphonse et à son
père : ils me paroissent sensibles au zèle qu'on a
pour eux, et très-reconnoissants des services qu'on
leur a rendus : les personnes de qualité de ce caractère-là sont si rares, qu'on ne peut assez les
ménager. Je fis avertir Bertrand de se tenir prêt à
partir; et, tandis qu'il préparoit les mules, je pris
mon chocolat. Ensuite je montai dans ma chaise,
après avoir recommandé à mes gens de regarder
Scipion comme un autre moi-même, et de suivre
ses ordres ainsi que les miens.

Je me rendis à Valence en moins de quatre
heures. J'allai descendre tout droit aux écuries du
gouverneur : j'y laissai mon équipage, et je me fis
conduire à l'appartement de ce seigneur, qui y
étoit alors avec don César son père. J'ouvris la
porte sans façon, j'entrai, et, les abordant tous
deux avec respect : Les valets, leur dis-je, ne se
font point annoncer à leurs maîtres; voici un de
vos anciens serviteurs qui vient vous rendre ses
devoirs. A ces mots, je voulus me prosterner devant eux; mais ils m'en empêchèrent, et m'embrassèrent l'un et l'autre avec tous les témoignages d'une véritable affection. Eh bien! mon cher
Santillane, me dit don Alphonse, avez-vous été
à Lirias prendre possession de votre terre? Oui,
seigneur, lui répondis-je; et je vous prie de trouver bon que je vous la rende. Pourquoi donc cela?
répliqua-t-il; a-t-elle quelque désagrément qui

vous en dégoûte? Non par elle-même, lui repartis-je; au contraire, j'en suis enchanté : tout ce
qui m'en déplaît, c'est d'y voir des cuisiniers
d'archevêque, avec trois fois plus de domestiques
qu'il ne m'en faut, et qui ne servent là qu'à vous
faire faire une dépense aussi considérable qu'i-
nutile.

Si vous eussiez, dit don César, accepté la pension de deux mille ducats que nous vous offrîmes
à Madrid, nous nous serions contentés de vous
donner le château tel qu'il est; mais vous savez
que vous la refusâtes, et nous avons cru devoir
faire en récompense ce que nous avons fait. C'en
est trop, lui répondis-je; votre bonté doit s'en
tenir au don de cette terre, qui a de quoi combler
mes désirs. Vous dirai-je tout ce que j'en pense?
Indépendamment de ce qu'il vous en coûte pour
entretenir tant de monde, je vous proteste que
ces gens-là me gênent et m'incommodent. En un
mot, ajoutai-je, messeigneurs, reprenez votre
bien, ou daignez m'en laisser jouir à ma volonté.
Je prononçai d'un air si vif ces dernières paroles,
que le père et le fils, qui ne prétendoient nullement me contraindre, me permirent enfin d'en
user comme il me plairoit dans mon château.

Je les remerciois de m'avoir accordé cette liberté, sans laquelle je ne pouvois être heureux,
lorsque don Alphonse m'interrompit en me disant : Mon cher Gil Blas, je veux vous présenter
à une dame qui sera bien aise de vous voir. En
parlant de cette sorte, il me prit par la main, et me
mena dans l'appartement de Séraphine, qui poussa
un cri de joie en m'apercevant. Madame, lui dit le
gouverneur, je crois que l'arrivée de notre ami
Santillane à Valence ne vous est pas moins agréable qu'à moi. C'est de quoi, répondit-elle, il doit
être bien persuadé; le temps ne m'a point fait
perdre le souvenir du service qu'il m'a rendu;
et j'ajoute à la reconnoissance que j'en ai celle que
je dois à un homme à qui vous avez obligation. Je
dis à madame la gouvernante que je n'étois que
trop payé du péril que j'avois partagé avec ses libérateurs en exposant ma vie pour elle; et, après
force compliments de part et d'autre, don Alphonse m'emmena hors de l'appartement de Séraphine. Nous rejoignîmes don César, que nous
trouvâmes dans une salle avec plusieurs personnes
de qualité qui venoient dîner chez lui.

Tous ces messieurs me saluèrent fort poliment :
ils me firent d'autant plus de civilités, que don
César leur dit que j'avois été un des principaux secrétaires du duc de Lerme. Peut-être même que
la plupart d'entre eux n'ignoroient pas que c'étoit
par mon crédit que don Alphonse avoit obtenu le
gouvernement du royaume de Valence, car tout se
sait. Quoi qu'il en soit, quand nous fûmes à table,

on ne parla que du nouveau cardinal. Les uns en faisoient ou affectoient d'en faire de grands éloges; et les autres ne lui donnoient que des louanges ironiques. Je jugeai bien qu'ils vouloient par là m'engager à me répandre sur le compte de son éminence, et à les égayer à ses dépens. Je me l'imaginai du moins, et je ne fus pas peu tenté de dire ce que j'en pensois; mais je retins ma langue, et cette petite victoire que je remportai sur moi me fit passer dans l'esprit de la compagnie pour un garçon fort discret.

Les convives, après le dîner, se retirèrent chez eux pour faire la sieste; don César et son fils, pressés de la même envie, s'enfermèrent dans leurs appartements.

Pour moi, plein d'impatience de voir une ville dont j'avois souvent entendu vanter la beauté, je sortis du palais du gouverneur dans le dessein de me promener dans les rues. Je rencontrai à la porte un homme qui vint, d'un air respectueux, m'aborder en me disant : Le seigneur de Santillane veut bien me permettre de le saluer? Je lui demandai qui il étoit. Je suis, me répondit-il, valet de chambre de don César; j'étois un de ses laquais dans le temps que vous étiez son intendant; je vous faisois régulièrement tous les matins ma cour, et vous aviez bien des bontés pour moi. Je vous informois de ce qui se passoit au logis. Vous souvient-il, par exemple, qu'un jour je vous appris que le chirurgien du village de Leyva s'introduisoit secrètement dans la chambre de la dame Lorença Séphora? C'est ce que je n'ai point oublié, lui répliquai-je. Mais à propos de cette duègne, qu'est-elle devenue? Hélas! repartit-il, la pauvre créature après votre départ tomba en langueur, et mourut plus regrettée de Séraphine que de don Alphonse, qui parut peu touché de sa mort.

Le valet de chambre de don César, m'ayant instruit ainsi de la triste fin de Séphora, me fit des excuses de m'avoir arrêté, et me laissa continuer mon chemin. Je ne pus m'empêcher de soupirer en me rappelant cette duègne infortunée; et, m'attendrissant sur son sort, je m'imputai son malheur, sans songer que c'étoit plutôt à son cancer qu'à mon mérite qu'on devoit l'attribuer.

J'observois avec plaisir tout ce qui me sembloit digne d'être remarqué dans la ville. Le palais de marbre de l'Archevêché occupa mes yeux agréablement, aussi-bien que les beaux portiques de la Bourse; mais une grande maison que j'aperçus, et dans laquelle il entroit beaucoup de monde, attira toute mon attention. Je m'en approchai pour apprendre pourquoi je voyois là un si grand concours d'hommes et de femmes, et bientôt je fus au fait en lisant ces paroles écrites en lettres d'or sur une table de marbre noir qu'il y avoit au-dessus de la porte : *La posada de los representantes* [1]. Et les comédiens marquoient dans leur affiche qu'ils joueroient ce jour-là pour la première fois une tragédie nouvelle de don Gabriel Triaquero.

CHAPITRE V.

Gil Blas va à la comédie, où il voit jouer une tragédie nouvelle. Succès de la pièce. Génie du public de Valence.

Je m'arrêtai quelques moments à la porte pour considérer les personnes qui entroient. J'en remarquai de toutes les façons. Je vis des cavaliers de bonne mine et richement habillés, et des figures aussi plates que mal vêtues. J'aperçus des dames titrées, qui descendoient de leurs carrosses pour aller occuper les loges qu'elles avoient fait retenir, et des aventurières qui alloient amorcer des dupes. Ce concours confus de toute sorte de spectateurs m'inspira l'envie d'en augmenter le nombre. Comme je me disposois à prendre un billet pour entrer, le gouverneur et son épouse arrivèrent. Ils me démêlèrent dans la foule, et m'ayant fait appeler, ils m'entraînèrent dans leur loge, où je me plaçai derrière eux, de manière que je pouvois facilement parler à l'un et à l'autre.

Je trouvai la salle remplie de monde depuis le haut jusqu'en bas, un parterre très-serré, et un théâtre chargé de chevaliers des trois ordres militaires. Voilà, dis-je à don Alphonse, une nombreuse assemblée. Il ne faut pas vous étonner, me répondit-il; la tragédie qu'on va représenter est de la composition de don Gabriel Triaquero, surnommé le poète à la mode. Dès que l'affiche des comédiens annonce une nouveauté de cet auteur, toute la ville de Valence est en l'air. Les hommes ainsi que les femmes ne s'entretiennent que de cette pièce : toutes les loges sont retenues; et le jour de la première représentation, on se tue à la porte pour entrer, quoique toutes les places soient au double [2], à la réserve du parterre, qu'on respecte trop pour oser le mettre de mauvaise humeur. Quelle rage! dis-je au gouverneur. Cette vive curiosité du public, cette furieuse impatience qu'il a d'entendre tout ce que don Gabriel produit de nouveau, me donne une haute idée du génie de ce poète. N'allez pas si vite, répondit don Alphonse; il faut être en garde contre la prévention; le public s'aveugle quelquefois sur des pièces où il y a de faux brillants, et il n'en connoît le prix qu'après l'impression.

[1] Les comédiens. (*La posada*, la maison ; *de los representantes*, des acteurs.)

[2] C'est ce qui étoit arrivé pour les représentations de *Zaïre*, en 1752, d'*Adélaïde du Guesclin*, en 1734, et d'*Alzire*, jouée au mois de janvier 1736.

Dans cet endroit de notre conversation, les acteurs parurent. Nous cessâmes aussitôt de parler, pour les écouter avec attention. Les applaudissements commencèrent dès la protase ; à chaque vers c'étoit un *brouhaha,* et à la fin de chaque acte un battement de mains à faire croire que la salle s'abîmoit. Après la pièce, on me montra l'auteur, qui alloit de loge en loge présenter modestement sa tête aux lauriers dont les seigneurs et les dames se préparoient à la couronner.

Nous retournâmes au palais du gouverneur, où bientôt arrivèrent trois ou quatre chevaliers. Il y vint aussi deux vieux auteurs estimés dans leur genre, avec un gentilhomme de Madrid qui avoit de l'esprit et du goût. Ils avoient tous été à la comédie. Il ne fut question pendant le souper que de la pièce nouvelle. Messieurs, dit un chevalier de Saint-Jacques, que pensez-vous de cette tragédie ? N'en êtes-vous pas affectés comme moi ? n'est-ce pas là ce qui s'appelle un ouvrage achevé ? Pensées sublimes, tendres sentiments, versification virile, rien n'y manque. En un mot, c'est un poème sur le ton de la bonne compagnie. Je ne crois pas que personne en puisse penser autrement, dit un chevalier d'Alcantara. Cette pièce est pleine de tirades qu'Apollon semble avoir dictées, et de situations filées avec un art infini. Je m'en rapporte à monsieur, dit-il en adressant la parole au gentilhomme castillan ; il me paroît connoisseur ; je parie qu'il est de mon sentiment. Ne pariez point, monsieur le chevalier, lui répondit le gentilhomme avec un souris malin. Je ne suis point de ce pays-ci : nous ne décidons point à Madrid si promptement. Bien loin de juger d'une pièce que nous entendons pour la première fois, nous nous défions de ses beautés tant qu'elle n'est que dans la bouche des acteurs ; quelque bien affectés que nous en soyons, nous suspendons notre jugement jusqu'à ce que nous l'ayons lue ; et véritablement elle ne nous fait pas toujours, sur le papier, le même plaisir qu'elle nous a fait sur la scène.

Nous examinons donc scrupuleusement, poursuivit-il, un poème avant que de l'estimer ; la réputation de son auteur, quelque grande qu'elle puisse être, ne peut nous éblouir. Quand Lope de Vega même et Calderon donnoient des nouveautés, ils trouvoient des juges sévères dans leurs admirateurs, qui ne les ont élevés au comble de la gloire qu'après avoir jugé qu'ils en étoient dignes.

Oh parbleu ! interrompit le chevalier de Saint-Jacques, nous ne sommes pas si timides que messieurs les Castillans. Nous n'attendons point, pour décider, qu'une pièce soit imprimée. Dès la première représentation nous en connoissons tout le prix. Il n'est pas même besoin que nous l'écou-tions fort attentivement. Il suffit que nous sachions que c'est une production de don Gabriel, pour être persuadés qu'elle est sans défaut. Les ouvrages de ce poète doivent servir d'époque à la naissance du bon goût. Les Lope et les Calderon n'étoient que des apprentis en comparaison de ce grand maître du théâtre. Le gentilhomme, qui regardoit Lope et Calderon comme les Sophocles et les Euripides des Espagnols, fut choqué de ce discours téméraire. Il s'échauffa. Quel sacrilége dramatique ! s'écria-t-il d'un ton animé. Puisque vous m'obligez, messieurs, à juger sur une première représentation, je vous dirai que je ne suis pas content de la tragédie nouvelle de votre don Gabriel. Loin de la regarder comme un chef-d'œuvre, je la trouve fort défectueuse. C'est un poème farci de traits plus brillants que solides. Les trois quarts des vers sont mauvais ou mal rimés, les caractères mal formés ou mal soutenus, et les pensées souvent très-obscures.

Les deux auteurs qui étoient à table, et qui, par une retenue aussi louable que rare, n'avoient rien dit de peur d'être soupçonnés de jalousie, ne purent s'empêcher d'applaudir des yeux au sentiment du gentilhomme ; ce qui me fit juger que leur silence étoit moins un effet de la perfection de l'ouvrage que de leur politique. Pour les chevaliers, ils recommencèrent à louer don Gabriel ; ils le placèrent même parmi les dieux. Cette apothéose extravagante et cette aveugle idolâtrie firent perdre patience au Castillan, qui, levant les mains au ciel, s'écria tout-à-coup comme par enthousiasme : O divin Lope de Vega, rare et sublime génie, qui avez laissé un espace immense entre vous et tous les Gabriels qui voudront vous atteindre ! et vous, moelleux Calderon, dont la douceur élégante et purgée d'épique est inimitable, ne craignez point tous deux que vos autels soient abattus par ce nouveau nourrisson des muses ! Il sera bien heureux si la postérité, dont vous ferez les délices comme vous faites les nôtres, entend parler de lui.

Cette plaisante apostrophe, à laquelle personne ne s'étoit attendu, fit rire toute la compagnie, qui se leva de table en belle humeur et s'en alla. On me conduisit, par ordre de don Alphonse, à l'appartement qui m'avoit été préparé. J'y trouvai un bon lit, où ma seigneurie s'étant couchée, s'endormit en déplorant, aussi bien que le gentilhomme castillan, l'injustice que les ignorants faisoient à Lope et à Calderon.

CHAPITRE VI.

Gil Blas, en se promenant dans les rues de Valence, rencontre un religieux qu'il croit reconnoître ; quel homme c'étoit que ce religieux.

Comme je n'avois pu voir toute la ville le jour précédent, je me levai et je sortis le lendemain dans l'intention de m'y promener encore. J'aperçus dans la rue un chartreux qui sans doute alloit vaquer aux affaires de sa communauté. Il marchoit les yeux baissés, et il avoit l'air si dévot, qu'il s'attiroit les regards de tout le monde. Il passa fort près de moi, et je crus voir en lui don Raphaël, cet aventurier qui tient une place si honorable dans les deux premiers volumes de mon histoire.

Je fus si étonné de cette rencontre, qu'au lieu d'aborder le moine, je demeurai immobile pendant quelques moments ; ce qui lui donna le temps de s'éloigner de moi. Juste ciel ! dis-je en moi-même, vit-on jamais deux visages plus ressemblants ? Que faut-il que je pense ? dois-je croire que c'est don Raphaël ? puis-je m'imaginer que ce n'est pas lui ? Je me sentis trop curieux de savoir la vérité, pour en demeurer là. Je me fis enseigner le chemin du couvent des chartreux, où je me rendis sur-le-champ, dans l'espérance d'y revoir mon homme quand il y reviendroit, et bien résolu de l'arrêter pour lui parler. Je n'eus pas besoin de l'attendre pour être au fait : en arrivant à la porte du couvent, un autre visage de ma connoissance tourna mon doute en certitude ; je reconnus dans le frère portier Ambroise de Lamela, mon ancien valet. Vous vous imaginez bien que ce ne fut pas sans un extrême étonnement.

Notre surprise fut égale de part et d'autre ae nous retrouver dans cet endroit. N'est-ce pas une illusion ? lui dis-je en le saluant. Est-ce en effet un de mes amis qui s'offre à ma vue ? Il ne me reconnut pas d'abord, ou bien il feignit de ne me pas remettre ; ce qui est plus vraisemblable : mais, considérant que la feinte étoit inutile, il prit l'air d'un homme qui tout-à-coup se ressouvient d'une chose oubliée. Ah ! seigneur Gil Blas, s'écria-t-il, pardon si j'ai pu vous méconnoître. Depuis que je vis dans ce lieu saint, et que je m'attache à remplir les devoirs prescrits par nos règles, je perds insensiblement la mémoire de ce que j'ai vu dans le monde ; les images du siècle s'effacent de mon souvenir.

J'ai, lui dis-je, une véritable joie de vous revoir, après dix ans, sous un habit si respectable. Et moi, répondit-il, j'ai honte d'en paroître revêtu devant un homme qui a été témoin de la coupable vie que j'ai menée. Cet habit me la reproche sans cesse. Hélas ! ajouta-t-il en poussant un soupir, pour être digne de le porter, il faudroit que j'eusse

toujours vécu dans l'innocence. A ce discours qui me charme, lui répliquai-je, mon cher frère, on voit clairement que le doigt du Seigneur vous a touché. Je vous le répète, j'en suis ravi, et je meurs d'envie d'apprendre de quelle manière miraculeuse vous êtes entrés dans la bonne voie, vous et don Raphaël ; car je suis persuadé que c'est lui que je viens de rencontrer dans la ville, habillé en chartreux. Je me suis repenti de ne l'avoir pas arrêté dans la rue pour lui parler, et je suis venu ici l'attendre pour réparer ma faute quand il rentrera.

Vous ne vous êtes point trompé, me dit Lamela, c'est don Raphaël lui-même que vous avez vu ; et quant au détail que vous demandez, le voici : Après nous être séparés de vous auprès de Ségorbe, nous prîmes, le fils de Lucinde et moi, la route de Valence, dans le dessein d'y faire quelque nouveau tour de notre métier. Le hasard voulut un jour que nous entrassions dans l'église des chartreux, dans le temps que les religieux psalmodioient dans le chœur. Nous nous attachâmes à les considérer, et nous éprouvâmes que les méchants ne peuvent se défendre d'honorer la vertu. Nous admirâmes la ferveur avec laquelle ils prioient Dieu, leur air mortifié et détaché des plaisirs du siècle, de même que la sérénité qui régnoit sur leurs visages, et qui marquoit si bien le repos de leurs consciences.

En faisant ces observations, nous tombâmes l'un et l'autre dans une rêverie qui nous devint salutaire : nous comparâmes en nous-mêmes nos mœurs avec celles de ces bons religieux, et la différence que nous y trouvâmes nous remplit de trouble et d'inquiétude. Lamela, me dit don Raphaël lorsque nous fûmes hors de l'église, comment te sens-tu affecté de ce que nous venons de voir ? Pour moi, je ne puis te le céler, je n'ai pas l'esprit tranquille. Des mouvements qui me sont inconnus m'agitent, et, pour la première fois de ma vie, je me reproche mes iniquités. Je suis dans la même disposition, lui répondis-je : les mauvaises actions que j'ai faites se soulèvent dans cet instant contre moi, et mon cœur, qui n'avoit jamais senti de remords, en est présentement déchiré. Ah ! cher Ambroise, reprit mon camarade, nous sommes deux brebis égarées que le Père céleste, par pitié, veut ramener au bercail ! C'est lui, mon enfant, c'est lui qui nous appelle. Ne soyons point sourds à sa voix ; renonçons aux fourberies, quittons le libertinage où nous vivons, et commençons dès aujourd'hui à travailler sérieusement au grand ouvrage de notre salut ; il faut passer le reste de nos jours dans ce couvent, et les consacrer à la pénitence.

J'applaudis au sentiment de Raphaël, continua

le frère Ambroise, et nous formâmes la généreuse résolution de nous faire chartreux. Pour l'exécuter, nous nous adressâmes au père prieur, qui ne sut pas sitôt notre dessein, que, pour éprouver notre vocation, il nous fit donner des cellules et traiter comme des religieux pendant une année entière. Nous suivîmes les règles avec tant d'exactitude et de constance, qu'on nous reçut parmi les novices. Nous étions si contents de notre état et si pleins d'ardeur, que nous soutînmes courageusement les travaux du noviciat. Nous fîmes ensuite profession; après quoi don Raphaël, ayant paru doué d'un génie propre aux affaires, fut choisi pour soulager un vieux père qui étoit alors procureur. Le fils de Lucinde, qui ne respiroit que le recueillement intérieur, auroit mieux aimé employer tout son temps à la prière; mais il fut obligé de sacrifier son goût pour l'oraison au besoin qu'on avoit de lui. Il acquit une si parfaite connoissance des intérêts de la maison, qu'on le jugea capable de remplacer le vieux procureur, qui mourut trois ans après. Don Raphaël exerce actuellement cet emploi; et l'on peut dire qu'il s'en acquitte au grand contentement de tous nos pères, qui louent fort sa conduite dans l'administration de notre temporel. Ce qu'il y a de plus surprenant, c'est que, malgré le soin dont il est chargé de recueillir nos revenus, il ne paroît occupé que de l'éternité. Les affaires lui laissent-elles un moment de repos, il se plonge dans de profondes méditations. En un mot, c'est un des meilleurs sujets de ce monastère.

J'interrompis dans cet endroit Lamela par un transport de joie que je fis éclater à la vue de Raphaël qui arriva. Le voici, m'écriai-je, le voici ce saint procureur que j'attendois avec impatience! En même temps je courus au-devant de lui, et je le tins pendant quelques moments embrassé. Il se prêta de bonne grâce à l'accolade, et, sans témoigner le moindre étonnement de me rencontrer, il me dit d'un ton de voix plein de douceur : Dieu soit loué, seigneur de Santillane, Dieu soit loué du plaisir que j'ai de vous revoir! En vérité, repris-je, mon cher Raphaël, je prends toute la part possible à votre bonheur : le frère Ambroise m'a raconté l'histoire de votre conversion, et ce récit m'a charmé. Quel avantage pour vous deux, mes amis, de pouvoir vous flatter d'être de ce petit nombre d'élus qui doivent jouir d'une éternelle félicité!

Deux misérables tels que nous, repartit le fils de Lucinde, d'un air qui marquoit beaucoup d'humilité, ne devroient pas concevoir une pareille espérance; mais le repentir des pécheurs leur fait trouver grâce auprès du Père des miséricordes. Et vous, seigneur Gil Blas, ajouta-t-il, ne songez-

vous pas aussi à mériter qu'il vous pardonne les offenses que vous lui avez faites? Quelles affaires vous amènent à Valence? N'y rempliriez-vous point par malheur quelque emploi dangereux? Non, Dieu merci, lui répondis-je : depuis que j'ai quitté la cour, je mène une vie d'honnête homme; tantôt dans une terre que j'ai à quelques lieues de cette ville, je prends tous les plaisirs de la campagne; et tantôt je viens me réjouir avec le gouverneur de Valence, qui est mon ami, et que vous connoissez tous deux parfaitement.

Alors je leur contai l'histoire de don Alphonse de Leyva. Ils l'écoutèrent avec attention; et quand je leur dis que j'avois porté, de la part de ce seigneur, à Samuel Simon les trois mille ducats que nous lui avions volés, Lamela m'interrompit; et, adressant la parole à Raphaël : Père Hilaire, lui dit-il, à ce compte-là ce bon marchand ne doit plus se plaindre d'un vol qui lui a été restitué avec usure, et nous devons tous deux avoir la conscience bien en repos sur cet article. Effectivement, dit le saint procureur, le frère Ambroise et moi, avant que d'entrer dans ce couvent, nous fîmes secrètement tenir quinze cents ducats à Samuel Simon, par un honnête ecclésiastique qui voulut bien se donner la peine d'aller à Xelva faire cette restitution : tant pis pour Samuel, s'il a été capable de toucher cette somme, après avoir été remboursé du tout par le seigneur de Santillane! Mais, leur dis-je, vos quinze cents ducats lui ont-ils été fidèlement remis? Sans doute, s'écria don Raphaël, je répondrois de l'intégrité de l'ecclésiastique comme de la mienne. J'en serois aussi la caution, dit Lamela; c'est un saint prêtre accoutumé à ces sortes de commissions, et qui a eu, pour des dépôts à lui confiés, deux ou trois procès qu'il a gagnés avec dépens. Cela étant, repris-je, il ne faut pas douter que la restitution n'ait été faite avec une scrupuleuse fidélité.

Notre conversation dura quelque temps encore; ensuite nous nous séparâmes, eux, en m'exhortant à avoir toujours devant les yeux la crainte du Seigneur, et moi, en me recommandant à leurs bonnes prières. J'allai sur-le-champ trouver don Alphonse. Vous ne devineriez jamais, lui dis-je, avec qui je viens d'avoir un long entretien. Je quitte deux vénérables chartreux de votre connoissance; l'un se nomme le père Hilaire, et l'autre le frère Ambroise. Vous vous trompez, me répondit don Alphonse; je ne connois aucun chartreux. Pardonnez-moi, lui répliquai-je; vous avez vu à Xelva le frère Ambroise commissaire de l'inquisition, et le père Hilaire greffier. Oh ciel! s'écria le gouverneur avec surprise, seroit-il possible que Raphaël et Lamela fussent devenus chartreux? Oui vraiment, lui répondis-je : il y a déjà quelques années qu'ils ont fait profession. Le premier est procureur de la maison, et le second est portier. L'un est maître de la caisse, et l'autre de la porte.

Le fils de don César rêva quelques moments, puis branlant la tête : Monsieur le commissaire de l'inquisition et son greffier, dit-il, m'ont bien la mine de jouer ici une nouvelle comédie. Cela peut être, lui répondis-je; pour moi, qui les ai entretenus, je vous avouerai que je juge d'eux plus favorablement. Il est vrai qu'on ne voit point le fond des cœurs; mais, selon toutes les apparences, ce sont deux fripons convertis. Cela se peut, reprit don Alphonse; il y a bien des libertins qui, après avoir scandalisé le monde par leurs déréglements, s'enferment dans les cloîtres pour en faire une rigoureuse pénitence : je souhaite que nos deux moines soient de ces libertins-là.

Eh ! pourquoi, lui dis-je, n'en seroient-ils pas ? Ils ont volontairement embrassé l'état monastique, et il y a déjà long-temps qu'ils vivent en bons religieux. Vous me direz tout ce qu'il vous plaira, me repartit le gouverneur, je n'aime pas que la caisse du couvent soit entre les mains de ce père Hilaire, dont je ne puis m'empêcher de me défier. Quand je me souviens de ce beau récit qu'il nous fit de ses aventures, je tremble pour les chartreux. Je veux croire avec vous qu'il a pris le froc de très-bonne foi; mais la vue de l'or peut réveiller sa cupidité. Il ne faut pas mettre dans une cave un ivrogne qui a renoncé au vin.

La défiance de don Alphonse fut pleinement justifiée peu de jours après : le père procureur et le frère portier disparurent avec la caisse. Cette nouvelle, qui se répandit aussitôt dans la ville, ne manqua pas d'égayer les railleurs, qui se réjouissent toujours du mal qui arrive aux moines rentés. Pour le gouverneur et moi, nous plaignîmes les chartreux, sans nous vanter de connoître les deux apostats.

CHAPITRE VII.

Gil Blas retourne à son château de Lirias ; de la nouvelle agréable que Scipion lui apprit, et de la réforme qu'ils firent dans leur domestique.

Je passai huit jours à Valence dans le grand monde, vivant comme les comtes et les marquis. Spectacles, bals, concerts, festins, conversations avec les dames, tous ces amusements me furent procurés par monsieur et par madame la gouvernante, auxquels je fis si bien ma cour, qu'ils me virent à regret partir pour m'en retourner à Lirias. Ils m'obligèrent même auparavant de leur promettre de me partager entre eux et ma solitude. Il fut arrêté que je demeurerois pendant l'hiver à Valence, et pendant l'été dans mon châ-

teau. Après cette convention, mes bienfaiteurs me laissèrent la liberté de les quitter pour aller jouir de leurs bienfaits. Je repris donc le chemin de Lirias, fort satisfait de mon voyage.

Scipion, qui attendoit impatiemment mon retour, fut ravi de me revoir; et je redoublai sa joie par la fidèle relation que je lui fis de tout ce qui m'étoit arrivé. Et toi, mon ami, lui dis-je ensuite, quel usage as-tu fait ici des jours de mon absence? T'es-tu bien diverti? Autant, répondit-il, que le peut faire un serviteur qui n'a rien de si cher que la présence de son maître. Je me suis promené en long et en large dans nos petits états; tantôt assis sur le bord de la fontaine qui est dans le bois, j'ai pris plaisir à contempler la beauté de ses eaux, qui sont aussi pures que celles de la fontaine sacrée, dont le bruit faisoit retentir la vaste forêt d'Albunea ; et tantôt couché au pied d'un arbre, j'ai entendu chanter les fauvettes et les rossignols. Enfin j'ai chassé, j'ai pêché; et, ce qui m'a plus satisfait encore que tous ces amusements, j'ai lu plusieurs livres aussi utiles que divertissants.

J'interrompis avec précipitation mon secrétaire, pour lui demander où il avoit pris ces livres. Je les ai trouvés, me dit-il, dans une belle bibliothèque qu'il y a dans ce château, et que maître Joachim m'a fait voir. Eh ! dans quel endroit, repris-je, peut-elle être cette prétendue bibliothèque? N'avons-nous pas visité toute la maison le jour de notre arrivée? Vous vous l'imaginez, me repartit-il; mais apprenez que nous ne parcourûmes que trois pavillons, et que nous oubliâmes le quatrième. C'est là que don César, lorsqu'il venoit à Lirias, employoit une partie de son temps à la lecture. Il y a dans cette bibliothèque de très-bons livres qu'on vous a laissés comme une ressource assurée contre l'ennui, quand nos jardins dépouillés de fleurs et nos bois de feuilles n'auront plus de quoi vous en préserver. Les seigneurs de Leyva n'ont pas fait les choses à demi : ils ont songé à la nourriture de l'esprit aussi bien qu'à celle du corps.

Cette nouvelle me causa une véritable joie. Je me fis conduire au quatrième pavillon, qui m'offrit un spectacle bien agréable. Je vis une chambre dont je résolus à l'heure même de faire mon appartement, comme don César en avoit fait le sien. Le lit de ce seigneur y étoit encore avec tous les ameublements, c'est-à-dire avec une tapisserie à personnages qui représentoit les Sabines enlevées par les Romains. De la chambre je passai dans un cabinet où régnoient tout autour des armoires basses remplies de livres, sur lesquelles étoient les portraits de tous nos rois. Il y avoit auprès d'une fenêtre, d'où l'on découvroit une campagne toute riante, un bureau d'ébène devant un grand sofa de maroquin noir. Mais je donnai principalement mon attention à la bibliothèque. Elle étoit composée de philosophes, de poètes, d'historiens et d'un grand nombre de romans de chevalerie. Je jugeai que don César aimoit cette dernière sorte d'ouvrages, puisqu'il en avoit fait une si bonne provision. J'avouerai à ma honte que je ne haïssois pas non plus ces productions, malgré toutes les extravagances dont elles sont tissues, soit que je ne fusse pas alors un lecteur à y regarder de si près, soit que le merveilleux rende les Espagnols trop indulgents. Je dirai néanmoins pour ma justification que je prenois plus de plaisir aux livres de morale enjouée, et que Lucien, Horace, Érasme, devinrent mes auteurs favoris.

Mon ami, dis-je à Scipion lorsque j'eus parcouru des yeux ma bibliothèque, voilà de quoi nous amuser; mais avant toute chose, nous en avons une autre à faire; il faut réformer notre domestique. C'est un soin, me dit-il, que je veux vous épargner. Pendant votre absence, j'ai bien étudié vos gens, et j'ose me vanter de les connoître. Commençons par maître Joachim; je le crois un parfait fripon, et je ne doute point qu'il n'ait été chassé de l'archevêché pour des fautes d'arithmétique qu'il aura faites dans ses mémoires de dépenses. Cependant il faut le conserver pour deux raisons : la première, c'est qu'il est bon cuisinier, et la seconde, c'est que j'aurai toujours l'œil sur lui; j'épierai ses actions, et il faudra qu'il soit bien fin si j'en suis la dupe. Je lui dis hier que vous aviez dessein de renvoyer les trois quarts de vos domestiques, et je remarquai que cette nouvelle lui fit de la peine; il me témoigna même que, se sentant porté d'inclination à vous servir, il se contenteroit de la moitié des gages qu'il a aujourd'hui plutôt que de vous quitter; ce qui me fait soupçonner qu'il y a dans ce hameau quelque petite fille dont il voudroit bien ne pas s'éloigner. Pour l'aide de cuisine, poursuivit-il, c'est un ivrogne, et le portier un brutal dont nous n'avons pas besoin, non plus que du tireur. Je remplirai fort bien la place de ce dernier, comme je vous le ferai voir dès demain, puisque nous avons ici des fusils, de la poudre et du plomb. À l'égard des laquais, il y en a un qui est Aragonais, et qui me paroît bon enfant. Nous garderons celui-là; tous les autres sont de si mauvais sujets, que je ne vous conseillerois pas de les retenir, quand même il vous faudroit une centaine de valets.

Après avoir amplement délibéré sur cela, nous résolûmes de nous en tenir au cuisinier, au marmiton, à l'Aragonais, et de nous défaire honnêtement de tout le reste : ce qui fut exécuté dès le jour même, moyennant quelques pistoles que Scipion tira de notre coffre-fort, et leur donna de ma part. Quand nous eûmes fait cette réforme, nous établîmes un ordre dans le château; nous réglâmes les fonctions de chaque domestique, et nous commençâmes à vivre à nos dépens. Je me serois volontiers contenté d'un ordinaire frugal; mais mon secrétaire, qui aimoit les ragoûts et les bons morceaux, n'étoit pas homme à laisser inutile le savoir-faire de maître Joachim. Il le mit si bien en œuvre, que nos diners et nos soupers devinrent des repas de bernardins.

CHAPITRE VIII.

Des amours de Gil Blas et de la belle Antonia.

Deux jours après mon retour de Valence à Lirias, Basile le laboureur, mon fermier, vint à mon lever me demander la permission de me présenter Antonia sa fille, qui souhaitoit, disoit-il, avoir l'honneur de saluer son nouveau maître. Je lui répondis que cela me feroit plaisir. Il sortit et revint bientôt avec sa belle Antonia. Je crois pouvoir donner cette épithète à une fille de seize à dix-huit ans, qui joignoit à des traits réguliers le plus beau teint et les plus beaux yeux du monde. Elle n'étoit vêtue que de serge; mais une riche taille, un port majestueux et des grâces qui n'accompagnent pas toujours la jeunesse, relevoient la simplicité de son habillement. Elle n'avoit point de coiffure, ses cheveux étoient seulement noués par derrière avec un bouquet de fleurs, à la façon des Lacédémoniennes.

Lorsque je la vis entrer dans ma chambre, je fus aussi frappé de sa beauté, que les paladins de la cour de Charlemagne le furent des appas d'Angélique, lorsque cette princesse parut devant eux. Au lieu de recevoir Antonia d'un air aisé et de lui dire des choses flatteuses, au lieu de féliciter son père sur le bonheur d'avoir une si charmante fille, je demeurai étonné, troublé, interdit; je ne pus prononcer un seul mot. Scipion, qui s'aperçut de mon désordre, prit pour moi la parole, et fit les frais des louanges que je devois à cette aimable personne. Pour elle, qui ne fut point éblouie de ma figure en robe de chambre et en bonnet de nuit, elle me salua sans être embarrassée de sa contenance, et me fit un compliment qui acheva de m'enchanter, quoiqu'il fût des plus communs. Cependant, tandis que mon secrétaire, Basile et sa fille se faisoient réciproquement des civilités, je revins à moi, et, comme si j'eusse voulu compenser le stupide silence que j'avois gardé jusque là, je passai d'une extrémité à l'autre. Je me répandis en discours galants, et parlai avec tant de vivacité, que j'alarmai Basile, qui, me considérant déjà comme un homme qui alloit tout mettre en usage pour séduire Antonia, se hâta de sortir avec elle de mon appartement, dans la résolution peut-être de la soustraire à mes yeux pour jamais.

Scipion, se voyant seul avec moi, me dit en souriant : Seigneur de Santillane, autre ressource pour vous contre l'ennui ! Je ne savois pas que votre fermier eût une fille si jolie ; je ne l'avois point encore vue, j'ai pourtant été deux fois chez lui. Il faut qu'il ait grand soin de la tenir cachée, et je le lui pardonne. Malepeste ! voilà un morceau bien friand ! Mais, ajouta-t-il, je ne crois pas qu'il soit nécessaire qu'on vous le dise ; elle vous a d'abord ébloui ; je m'en suis aperçu. Je ne m'en défends pas, lui répondis-je. Ah ! mon enfant, j'ai cru voir une substance céleste : elle m'a tout-à-coup embrasé d'amour ; la foudre est moins prompte que le trait qu'elle a lancé dans mon cœur.

Vous me ravissez, reprit mon secrétaire avec transport, en m'apprenant que vous êtes enfin devenu amoureux. Il vous manquoit une maîtresse pour jouir d'un parfait bonheur dans votre solitude. Grâces au ciel, vous y avez présentement toutes vos commodités ! Je sais bien, continua-t-il, que nous aurons un peu de peine à tromper la vigilance de Basile, mais c'est mon affaire ; et je prétends avant trois jours vous procurer un entretien secret avec Antonia. Monsieur Scipion, lui dis-je, peut-être pourriez-vous bien ne me pas tenir parole, quelque talent que vous ayez pour les amoureuses négociations ; mais c'est ce que je ne suis pas curieux d'éprouver. Je ne veux point tenter la vertu de cette fille, qui me paroît mériter que j'aie d'autres sentiments pour elle. Ainsi, loin d'exiger de votre zèle que vous m'aidiez à la déshonorer, j'ai dessein de l'épouser par votre entremise, pourvu que son cœur ne soit pas prévenu pour un autre. Je ne m'attendois pas, dit-il, à vous voir prendre si brusquement le parti de vous marier. Tous les seigneurs de village, à votre place, n'en useroient pas si honnêtement ; ils n'auroient sur Antonia des vues légitimes qu'après en avoir eu d'autres inutilement. Au reste, ajouta-t-il, ne vous imaginez point que je condamne votre amour ; au contraire, je l'approuve fort. La fille de votre fermier mérite l'honneur que vous lui voulez faire, si elle peut vous donner un cœur tout neuf et sensible à vos bontés. C'est, ajouta-t-il, ce que je saurai dès aujourd'hui par la conversation que j'aurai avec son père, et peut-être avec elle.

Mon confident étoit un homme exact à tenir ses promesses. Il alla voir secrètement Basile, et le soir il vint me trouver dans mon cabinet, où je l'attendois avec une impatience mêlée de crainte. Il avoit un air gai dont je tirai un bon augure. Si j'en crois, lui dis-je, ton visage riant, tu viens m'annoncer que je serai bientôt au comble de mes désirs. Oui, mon cher maître, me répondit-il, tout vous rit. J'ai entretenu Basile et sa fille ; je leur ai déclaré vos intentions. Le père est ravi que vous ayez envie d'être son gendre ; et je puis vous assurer que vous êtes du goût d'Antonia. O ciel ! interrompis-je tout transporté de joie ; quoi ! j'aurois le bonheur de plaire à cette aimable personne ? N'en doutez pas, reprit-il, elle vous aime déjà. Je n'ai pas, à la vérité, tiré cet aveu de sa bouche ; mais je m'en fie à la gaieté qu'elle a fait paroître quand elle a su votre dessein. Cependant, poursuivit-il, vous avez un rival. Un rival ! m'écriai-je en pâlissant. Que cela ne vous alarme point, me dit-il, ce rival ne vous enlèvera point le cœur de votre maîtresse ; c'est maître Joachim, votre cuisinier. Ah ! le pendard, dis-je en faisant un éclat de rire ; voilà donc pourquoi il a marqué tant de répugnance à quitter mon service ! Justement, répondit Scipion, il a ces jours passés demandé en mariage Antonia, qui lui a été poliment refusée. Sauf ton meilleur avis, lui répliquai-je, il est à propos, ce me semble, de nous défaire de ce drôle-là avant qu'il apprenne que je veux épouser la fille de Basile ; un cuisinier, comme tu sais, est un rival dangereux. Vous avez raison, repartit mon confident, il faut en purger notre domestique par précaution ; je lui donnerai son congé dès demain matin, avant qu'il se mette à l'ouvrage, et vous n'aurez plus rien à craindre ni de ses sauces ni de son amour. Je suis pourtant, continua-t-il, un peu fâché de perdre un si bon cuisinier, mais je sacrifie ma gourmandise à votre sûreté. Tu ne dois pas, lui dis-je, tant le regretter ; sa perte n'est point irréparable ; je vais faire venir de Valence un cuisinier qui le vaudra bien. En effet, j'écrivis aussitôt à don Alphonse ; je lui mandai que j'avois besoin d'un cuisinier, et dès le jour suivant il m'en envoya un qui consola d'abord Scipion.

Quoique ce zélé secrétaire m'eût dit qu'il s'étoit aperçu qu'Antonia s'applaudissoit au fond de son âme d'avoir fait la conquête de son seigneur, je n'osois me fier à son rapport. J'appréhendois qu'il ne se fût laissé tromper par de fausses apparences. Pour en être plus sûr, je résolus de parler moi-même à la belle Antonia. Dans ce dessein, je me rendis chez Basile, à qui je confirmai ce que mon ambassadeur lui avoit dit. Ce bon laboureur, homme simple et plein de franchise, après m'avoir écouté, me témoigna que c'étoit avec une extrême satisfaction qu'il m'accordoit sa fille ; mais, ajouta-t-il, ne croyez pas au moins que ce soit à cause de votre titre de seigneur de village. Quand vous ne seriez encore qu'intendant de don

César et de don Alphonse, je vous préférerois à tous les autres amoureux qui se présenteroient ; j'ai toujours eu de l'inclination pour vous ; et tout ce qui me fâche, c'est qu'Antonia n'ait pas une grosse dot à vous apporter. Je ne lui en demande aucune, lui dis-je, sa personne est le seul bien où j'aspire. Votre serviteur très-humble, s'écria-t-il, ce n'est point là mon compte ; je ne suis point un gueux pour marier ainsi ma fille. Basile de Buenotrigo [1] est en état, Dieu merci, de la doter ; et je veux qu'elle vous donne à souper, si vous lui donnez à dîner. En un mot, le revenu de ce château n'est que de cinq cents ducats, je le ferai monter à mille en faveur de ce mariage.

J'en passerai par tout ce qu'il vous plaira, mon cher Basile, lui répliquai-je ; nous n'aurons point ensemble de dispute d'intérêt. Nous sommes tous deux d'accord ; il ne s'agit plus que d'avoir le consentement de votre fille. Vous avez le mien, me dit-il, est-ce que cela ne suffit point ? Pas tout-à-fait, lui répondis-je ; si le vôtre m'est nécessaire, le sien l'est aussi. Le sien dépend du mien, reprit-il ; je voudrois bien qu'elle osât souffler devant moi ! Antonia, lui repartis-je, soumise à l'autorité paternelle, est prête sans doute à vous obéir aveuglément, mais je ne sais si dans cette occasion elle le fera sans répugnance ; et, pour peu qu'elle en eût, je ne me consolerois jamais d'avoir fait son malheur ; enfin, ce n'est pas assez que j'obtienne de vous sa main, il faut qu'elle souscrive au don que vous m'en faites. Oh dame ! dit Basile, je n'entends pas toutes ces philosophies : parlez vous-même à Antonia, et vous verrez, ou je me trompe fort, qu'elle ne demande pas mieux que d'être votre femme. En achevant ces paroles, il appela sa fille, et me laissa un moment avec elle.

Pour profiter d'un temps si précieux, j'entrai d'abord en matière : Belle Antonia, lui dis-je, décidez de mon sort. Quoique j'aie l'aveu de votre père, ne vous imaginez pas que je veuille m'en prévaloir pour faire violence à vos sentiments. Quelque charmante que soit votre possession, j'y renonce si vous me dites que je ne la devrai qu'à votre seule obéissance. C'est ce que je n'ai garde de vous dire, me répondit Antonia en rougissant un peu ; votre recherche m'est trop agréable pour qu'elle me puisse faire de la peine, et j'applaudis au choix de mon père, au lieu d'en murmurer. Je ne sais, continua-t-elle, si je fais bien ou mal de vous parler ainsi ; mais si vous me déplaisiez, je serois assez franche pour vous l'avouer ; pourquoi ne pourrois-je pas vous dire le contraire aussi librement ?

A ces mots, que je ne pus entendre sans en être charmé, je mis un genou à terre devant Antonia ; et, dans l'excès de mon ravissement, lui prenant une de ses belles mains, je la baisai d'un air tendre et passionné. Ma chère Antonia, lui dis-je, votre franchise m'enchante ; continuez, que rien ne vous contraigne ; vous parlez à votre époux, que votre âme se découvre tout entière à ses yeux. Je puis donc me flatter que vous ne me verrez pas sans plaisir lier votre fortune à la mienne. Basile, qui arriva dans cet instant, m'empêcha de poursuivre. Impatient de savoir ce que sa fille m'avoit répondu, et prêt à la gronder si elle eût marqué la moindre aversion pour moi, il vint me rejoindre. Eh bien ! me dit-il, êtes-vous content d'Antonia ? J'en suis si satisfait, lui répondis-je, que je vais dès ce moment m'occuper des apprêts de mon mariage. En disant cela, je quittai le père et la fille pour aller tenir conseil là-dessus avec mon secrétaire.

CHAPITRE IX.

Noces de Gil Blas et de la belle Antonia ; de quelle façon elles se firent ; quelles personnes y assistèrent, et de quelles réjouissances elles furent suivies.

Quoique je n'eusse pas besoin de la permission des seigneurs de Leyva pour me marier, nous jugeâmes, Scipion et moi, que je ne pouvois honnêtement me dispenser de leur communiquer le dessein que j'avois d'épouser la fille de Basile, et de leur en demander même leur agrément par politesse.

Je partis aussitôt pour Valence, où l'on fut aussi surpris de me voir que d'apprendre le sujet de mon voyage. Don César et don Alphonse, qui connoissoient Antonia pour l'avoir vue plus d'une fois, me félicitèrent de l'avoir choisie pour femme. Don César surtout m'en fit compliment avec tant de vivacité, que si je ne l'eusse pas cru un seigneur revenu de certains amusements, je l'aurois soupçonné d'avoir été quelquefois à Lirias moins pour y voir son château que sa petite fermière. Pour peu que j'eusse été défiant et jaloux de mon naturel, j'aurois pu faire des réflexions désagréables là-dessus ; ce que je ne fis point, tant j'étois persuadé de la sagesse de ma future. Séraphine, de son côté, après m'avoir assuré qu'elle prendroit toujours beaucoup de part à ce qui me regarderoit, me dit qu'elle avoit entendu parler d'Antonia très-avantageusement ; mais, ajouta-t-elle par malice, et comme pour me reprocher l'indifférence dont j'avois payé l'amour de Séphora, quand on ne m'auroit pas vanté sa beauté, je m'en fierois bien à votre goût, dont je connois la délicatesse.

---

[1] De *Bueno trigo*, de bon froment.

Don César et son fils ne se contentèrent pas d'approuver mon mariage, ils me déclarèrent qu'ils en vouloient faire tous les frais. Reprenez, me dirent-ils, le chemin de Lirias, et demeurez-y tranquille jusqu'à ce que vous entendiez parler de nous. Ne faites point de préparatifs pour vos noces, c'est un soin dont nous nous chargeons. Pour me conformer à leurs volontés, je retournai à mon château. J'avertis Basile et sa fille des intentions de nos protecteurs, et nous attendîmes de leurs nouvelles le plus patiemment qu'il nous fut possible. Nous n'en reçûmes point pendant huit jours. En récompense, le neuvième nous vîmes arriver un carrosse à quatre mulets, dans lequel il y avoit des couturiers qui apportoient de belles étoffes de soie pour habiller la mariée, et qu'escortoient plusieurs gens de livrée, montés sur de très-beaux chevaux. L'un d'entre eux me remit une lettre de la part de don Alphonse. Ce seigneur me mandoit qu'il seroit le lendemain à Lirias avec son père et son épouse, et que la cérémonie de mon mariage se feroit le jour suivant par le grand-vicaire de Valence. Véritablement don César, son fils et Séraphine ne manquèrent pas de se rendre à mon château avec cet ecclésiastique, tous quatre dans un carrosse à six chevaux, précédé d'un autre à quatre, où étoient les femmes de Séraphine, et suivi des gardes du gouverneur.

Madame la gouvernante fut à peine arrivée au château, qu'elle témoigna une extrême impatience de voir Antonia, qui de son côté ne sut pas plus tôt la venue de Séraphine, qu'elle accourut pour la saluer et lui baiser la main, ce qu'elle fit de si bonne grâce, que toute la compagnie l'admira. Eh bien! madame, dit don César à sa belle-fille, que pensez-vous d'Antonia? Santillane pouvoit-il faire un meilleur choix? Non : répondit Séraphine; ils sont tous deux dignes l'un de l'autre; je ne doute pas que leur union ne soit très-heureuse. Enfin chacun donna des louanges à ma future; et, si on la loua fort sous son habit de serge, on en fut encore plus charmé lorsqu'elle parut sous un plus riche habillement. Il sembloit qu'elle n'en eût jamais porté d'autres, tant son air étoit noble et son action aisée.

Le moment où je devois par un doux hymen voir attacher mon sort au sien étant arrivé, don Alphonse me prit par la main pour me conduire à l'autel, et Séraphine fit le même honneur à la mariée. Nous nous rendîmes tous deux dans cet ordre à la chapelle du hameau, où le grand vicaire nous attendoit pour nous marier; et cette cérémonie se fit aux acclamations des habitants de Lirias et de tous les riches laboureurs des environs, que Basile avoit invités aux noces d'Antonia. Ils avoient avec eux leurs filles, qui s'étoient parées de rubans et de fleurs, et qui tenoient dans leurs mains des tambours de basque. Nous retournâmes ensuite au château, où, par les soins de Scipion, l'ordonnateur du festin, il se trouva trois tables dressées, l'une pour les seigneurs, l'autre pour les personnes de leur suite, et la troisième, qui étoit la plus grande, pour tous ceux qui avoient été conviés. Antonia fut de la première, madame la gouvernante l'ayant ainsi voulu; je fis les honneurs de la seconde, et Basile se mit à celle des villageois. Pour Scipion, il ne s'assit à aucune table : il ne faisoit qu'aller et venir de l'une à l'autre, donnant son attention à faire bien servir et contenter tout le monde.

C'étoit par les cuisiniers du gouverneur que le repas avoit été préparé; ce qui suppose qu'il n'y manquoit rien. Les bons vins dont maître Joachim avoit fait provision pour moi y furent prodigués; les convives commençoient à s'échauffer, l'allégresse régnoit partout, quand elle fut tout-à-coup troublée par un incident qui m'alarma. Mon secrétaire, étant dans la salle où je mangeois avec les principaux officiers de don Alphonse et les femmes de Séraphine, tomba subitement en foiblesse et perdit toute connoissance. Je me levai pour aller à son secours; et, tandis que je m'occupois à lui faire reprendre ses esprits, une de ces femmes s'évanouit aussi. Toute la compagnie jugea que ce double évanouissement renfermoit quelque mystère, comme en effet il en cachoit un qui ne tarda guère à s'éclaircir; car bientôt après Scipion, étant revenu à lui, me dit tout bas : Faut-il que le plus beau de vos jours soit le plus désagréable des miens? On ne peut éviter son malheur, ajouta-t-il; je viens de retrouver ma femme dans une suivante de Séraphine.

Qu'entends-je! m'écriai-je, cela n'est pas possible. Quoi! tu serois l'époux de cette dame qui vient de se trouver mal en même temps que toi? Oui, monsieur, me répondit-il, je suis son mari; et la fortune, je vous jure, ne pouvoit me jouer un plus vilain tour que de la présenter à mes yeux. Je ne sais, repris-je, mon ami, quelles raisons tu as de te plaindre de ton épouse; mais, quelque sujet qu'elle t'en ait donné, de grâce, contrains-toi; si je te suis cher, ne trouble point cette fête en laissant éclater ton ressentiment. Vous serez content de moi, repartit Scipion; vous allez voir si je ne sais pas bien dissimuler.

En parlant de cette sorte, il s'avança vers sa femme, à qui ses compagnes avoient aussi rendu l'usage des sens; et, l'embrassant avec autant de vivacité que s'il eût été ravi de la revoir : Ah! ma chère Béatrix, lui dit-il, le ciel enfin nous rejoint après dix ans de séparation! O moment plein de douceur pour moi! J'ignore, lui répondit son épouse, si vous avez effectivement quelque joie de me rencontrer; mais du moins suis-je bien persuadée que je ne vous ai donné aucun juste sujet de m'abandonner. Quoi! vous me trouvez une nuit avec le seigneur don Fernand de Leyva, qui étoit amoureux de Julie ma maîtresse, et dont je servois la passion; vous vous mettez dans l'esprit que je l'écoute aux dépens de votre honneur et du mien; là-dessus la jalousie vous renverse la cervelle, vous quittez Tolède, et me fuyez comme un monstre, sans me demander un éclaircissement! Qui de nous deux, s'il vous plaît, est le plus en droit de se plaindre? C'est vous, sans contredit, lui répliqua Scipion. Sans doute, reprit-elle, c'est moi. Don Fernand, peu de temps après votre départ de Tolède, épousa Julie, auprès de qui j'ai demeuré tant qu'elle a vécu; et, depuis qu'une mort prématurée nous l'a ravie, je suis au service de madame sa sœur, qui peut vous répondre, aussi bien que toutes ses femmes, de la pureté de mes mœurs.

Mon secrétaire, à ce discours dont il ne pouvoit prouver la fausseté, prit son parti de bonne grâce. Encore une fois, dit-il à son épouse, je reconnois ma faute, et je vous en demande pardon devant cette honorable assistance. Alors, intercédant pour lui, je priai Béatrix d'oublier le passé, l'assurant que son mari ne songeroit désormais qu'à lui donner de la satisfaction. Elle se rendit à ma prière, et toute la compagnie applaudit à la réunion de ces deux époux. Pour mieux la célébrer, on les fit asseoir à table l'un auprès de l'autre; on leur porta des *brindes;* chacun leur fit fête : on eût dit que le festin se faisoit plutôt à l'occasion de leur raccommodement que de mes noces.

La troisième table fut la première que l'on abandonna. Les jeunes villageois, préférant l'amour à la bonne chère, la quittèrent pour former des danses avec les jeunes paysannes, qui, par le *bruit* de leurs tambours de basque, attirèrent bientôt les personnes des autres tables, et leur inspirèrent l'envie de suivre leur exemple. Voilà tout le monde en mouvement : les officiers du gouverneur se mirent à danser avec les soubrettes de la gouvernante : les seigneurs mêmes se mêlèrent parmi les danseurs; don Alphonse dansa une sarabande avec Séraphine, et don César une autre avec Antonia, qui vint ensuite me prendre, et qui ne s'en acquitta pas mal pour une personne qui n'avoit que quelques principes de danse qu'elle avoit reçus à Albarazin chez une bourgeoise de ses parentes. Pour moi, qui, comme je l'ai déjà dit, avois appris à danser chez la marquise de Chaves, je parus à l'assemblée un grand danseur. A l'égard de Béatrix et de Scipion, ils commencèrent à s'entretenir en particulier, pour se ren-

dre compte mutuellement de ce qui leur étoit arrivé pendant qu'ils avoient été séparés; mais leur conversation fut interrompue par Séraphine, qui, venant d'être informée de leur reconnoissance, les fit appeler pour leur en témoigner sa joie. Mes enfants, leur dit-elle, dans ce jour de réjouissance, c'est un surcroît de satisfaction pour moi de vous voir tous deux rendus l'un à l'autre. Ami Scipion, ajouta-t-elle, je vous remets votre épouse en vous protestant qu'elle a toujours tenu une conduite irréprochable; vivez ici avec elle en bonne intelligence. Et vous, Béatrix, attachez-vous à Antonia, et ne lui soyez pas moins dévouée que votre mari l'est au seigneur de Santillane. Scipion, ne pouvant plus après cela regarder sa femme que comme une autre Pénélope, promit d'avoir pour elle toutes les considérations imaginables.

Les villageois et les villageoises, aprèssavoir dansé toute la journée, se retirèrent dans leurs maisons; mais on continua la fête dans le château. Il y eut un magnifique souper; et, lorsqu'il y fut question de s'aller coucher, le grand-vicaire bénit le lit nuptial; Séraphine déshabilla la mariée, et les seigneurs de Leyva me firent le même honneur. Ce qu'il y a de plaisant, c'est que les officiers de don Alphonse et les femmes de la gouvernante s'avisèrent, pour se réjouir, de faire la même cérémonie; ils déshabillèrent Béatrix et Scipion, qui, pour rendre la scène plus comique, se laissèrent gravement dépouiller et mettre au lit.

CHAPITRE X.

Suite du mariage de Gil Blas et de la belle Antonia. Commencement de l'histoire de Scipion

Dès le lendemain de mes noces, les seigneurs de Leyva retournèrent à Valence, après m'avoir donné mille nouvelles marques d'amitié, si bien que mon secrétaire et moi, nous demeurâmes seuls au château avec nos femmes et nos valets.

Le soin que nous prîmes l'un et l'autre de plaire à ces dames ne fut pas inutile; j'inspirai en peu de temps à mon épouse autant d'amour que j'en avois pour elle, et Scipion fit oublier à la sienne les chagrins qu'il lui avoit causés. Béatrix, qui avoit l'esprit souple et liant, s'insinua sans peine dans les bonnes grâces de sa nouvelle maîtresse, et gagna sa confiance. Enfin nous nous accordâmes tous quatre à merveille, et nous commençâmes à jouir d'un sort fort digne d'envie. Tous nos jours couloient dans les plus doux amusements. Antonia étoit fort sérieuse, mais nous étions très-gais, Béatrix et moi; et quand nous ne l'aurions pas été, il suffisoit que Scipion fût avec nous pour ne point engendrer de mélancolie. C'étoit un homme incomparable pour la société, un de ces personnages comiques qui n'ont qu'à se montrer pour égayer une compagnie.

Un jour qu'il nous prit fantaisie, après le dîner, d'aller faire la sieste dans l'endroit le plus agréable du bois, mon secrétaire se trouva de si belle humeur, qu'il nous ôta l'envie de dormir par ses discours réjouissants. Tais-toi, lui dis-je, mon ami; il n'y a pas moyen de s'assoupir en t'écoutant, ou bien, puisque tu nous empêches de nous livrer au sommeil, fais-nous donc quelque récit digne de notre attention. Très-volontiers, monsieur, me répondit-il. Voulez-vous que je vous raconte l'histoire du roi Pélage? J'aimerois mieux entendre la tienne, lui répliquai-je; mais c'est un plaisir que tu n'as pas jugé à propos de me donner depuis que nous vivons ensemble, et que je n'aurai jamais apparemment. D'où vient? me dit-il. Si je ne vous ai pas conté mon histoire, c'est que vous ne m'avez pas témoigné le moindre désir de la savoir; ce n'est donc pas ma faute si vous ignorez mes aventures; et pour peu que vous soyez curieux de les apprendre, je suis prêt à contenter votre curiosité. Antonia, Béatrix et moi nous le prîmes au mot, et nous nous disposâmes à prêter une oreille attentive à son récit, qui ne pouvoit faire sur nous qu'un bon effet, soit en nous divertissant, soit en nous excitant au sommeil.

Je serois, dit Scipion, fils d'un grand de la première classe, ou tout au moins de quelque chevalier de Saint-Jacques ou d'Alcantara, si cela eût dépendu de moi : mais comme on ne se choisit point un père, vous saurez que le mien, nommé Torribio Scipion, étoit un honnête archer de la sainte Hermandad. En allant et venant sur les grands chemins où sa profession l'obligeoit d'être presque toujours, il rencontra par hasard un jour, entre Cuença et Tolède, une jeune Bohémienne qui lui parut fort jolie. Elle étoit seule, à pied, et portoit avec elle toute sa fortune dans une espèce de havresac qu'elle avoit sur le dos. Où allez-vous ainsi, ma mignonne? lui dit-il en adoucissant sa voix, qu'il avoit naturellement très-rude. Seigneur cavalier, lui répondit-elle, je vais à Tolède, où j'espère gagner ma vie de façon ou d'autre en vivant honnêtement. Vos intentions sont louables, reprit-il, et je ne doute pas que vous n'ayez plus d'une corde à votre arc. Oui, Dieu merci, repartit-elle; j'ai plusieurs talents; entre autres je sais composer des pommades et des essences fort utiles aux dames; je dis la bonne aventure; je fais tourner le sas pour retrouver les choses perdues, et montre tout ce qu'on veut dans le miroir ou dans le verre.

Torribio, jugeant qu'une pareille fille étoit un parti très-avantageux pour un homme tel que lui, qui avoit de la peine à vivre de son emploi, quoiqu'il sût fort bien le remplir, lui proposa de l'épouser; la Bohémienne n'eut garde de mépriser les vœux d'un officier de la sainte confrérie; elle accepta la proposition avec plaisir. Cela étant arrêté entre eux, ils se rendirent tous deux en diligence à Tolède, où ils se marièrent, et vous voyez en moi le digne fruit de ce noble hyménée. Ils s'établirent dans un faubourg où ma mère commença par débiter des pommades et des essences; mais, ne trouvant pas ce trafic assez lucratif, elle fit la devineresse. C'est alors qu'on vit pleuvoir chez elle les écus et les pistoles : mille dupes de l'un et de l'autre sexe mirent bientôt en réputation la Coscolina; c'est ainsi que se nommoit la Bohémienne. Il venoit tous les jours quelqu'un la prier d'employer pour lui son ministère : tantôt c'étoit un neveu indigent qui vouloit savoir quand son oncle, dont il étoit l'unique héritier, partiroit pour l'autre monde; et tantôt c'étoit une fille qui souhaitoit d'apprendre si un cavalier dont elle reconnoissoit les soins, et qui lui promettoit de l'épouser, lui tiendroit parole.

Vous observerez, s'il vous plaît, que les prédictions de ma mère étoient toujours favorables aux personnes à qui elle les faisoit; si par hasard elles s'accomplissoient, à la bonne heure; et si l'on venoit lui reprocher que le contraire de ce qu'elle avoit prédit étoit arrivé, elle répondoit froidement qu'il falloit s'en prendre au démon, qui, malgré la force des conjurations qu'elle employoit pour l'obliger à révéler l'avenir, avoit quelquefois la malice de la tromper.

Lorsque, pour l'honneur du métier, ma mère croyoit devoir faire paroître le diable dans ses opérations, c'étoit Torribio Scipion qui faisoit ce personnage, et qui s'en acquittoit parfaitement bien, la rudesse de sa voix et la laideur de son visage lui donnant un air convenable à ce qu'il représentoit. Pour peu qu'on fût crédule, on étoit épouvanté de la figure de mon père. Mais un jour, par malheur il vint un brutal de capitaine qui voulut voir le diable, et qui lui passa son épée au travers du corps. Le saint-office, informé de la mort du diable, envoya ses officiers chez la Coscolina, dont ils se saisirent aussi bien que de tous ses effets; et moi, qui n'avois alors que sept ans, je fus mis à l'hôpital de *los Ninos* [1]. Il y avoit dans cette maison de charitables ecclésiastiques, qui, bien payés pour avoir soin de l'éducation des pauvres orphelins, prenoient la peine de leur montrer à lire et à écrire. Ils crurent remarquer que je promettois beaucoup; ce qui fut cause qu'ils me distinguèrent des autres, et me choisirent pour faire leurs com-

[1] Des orphelins.

missions. Ils m'envoyoient en ville porter leurs lettres, j'allois et venois pour eux, et c'étoit moi qui répondois leurs messes. Par reconnoissance, ils entreprirent de m'enseigner la langue latine; mais ils s'y prirent trop rudement, et me traitèrent avec tant de rigueur, malgré les petits services que je leur rendois, que, ne pouvant y résister, je m'échappai un beau jour en faisant une commission; et, bien loin de retourner à l'hôpital, je sortis même de Tolède par le faubourg du côté de Séville.

Quoique j'eusse à peine alors neuf ans accomplis, je sentois déjà le plaisir d'être libre et maître des mes actions. J'étois sans argent et sans pain, n'importe; je n'avois point de leçons à étudier ni de thèmes à composer. Après avoir marché pendant deux heures, mes petites jambes commencèrent à refuser le service. Je n'avois point encore fait de si longs voyages. Il fallut m'arrêter pour me reposer. Je m'assis au pied d'un arbre qui bordoit le grand chemin; là, pour m'amuser, je tirai mon rudiment, que j'avois dans ma poche, et le parcourus en badinant; puis, venant à me souvenir des férules et des coups de fouet qu'il m'avoit fait recevoir, j'en déchirai les feuillets en disant avec colère: Ah! chien de livre, tu ne me feras plus répandre de pleurs! Tandis que j'assouvissois ma vengeance, en jonchant autour de moi la terre de déclinaisons et de conjugaisons, il passa par là un ermite à barbe blanche, qui portoit de larges lunettes, et qui avoit un air vénérable. Il s'approcha de moi; et, s'il me considéra fort attentivement, je l'examinai bien aussi. Mon petit homme, me dit-il avec un souris, il me semble que nous venons tous deux de nous regarder bien tendrement, et que nous ne ferions point mal de demeurer ensemble dans mon ermitage, qui n'est qu'à deux cents pas d'ici. Je suis votre serviteur, lui répondis-je assez brusquement, je n'ai aucune envie d'être ermite. A cette réponse, le bon vieillard fit un éclat de rire, et me dit en m'embrassant: Il ne faut pas, mon fils, que mon habit vous fasse peur; s'il n'est pas beau, il est utile; il me rend seigneur d'une retraite charmante et des villages voisins, dont les habitants m'aiment ou plutôt m'idolâtrent. Venez avec moi, ajouta-t-il, et ne craignez rien; je vous revêtirai d'une jaquette semblable à la mienne. Si vous vous en trouvez bien, vous partagerez avec moi les douceurs de la vie que je mène; et, si vous ne vous en accommodez point, non-seulement il vous sera permis de me quitter, mais vous pouvez même compter qu'en nous séparant je ne manquerai pas de vous faire du bien.

Je me laissai persuader, et je suivis le vieil ermite, qui, chemin faisant, me fit plusieurs questions, auxquelles je répondis avec une ingénuité que je n'ai pas toujours eue dans la suite. En arrivant à l'ermitage, il me présenta quelques fruits que je dévorai, n'ayant rien mangé de toute la journée qu'un morceau de pain sec, dont j'avois déjeûné le matin à l'hôpital. Le solitaire, me voyant si bien jouer des mâchoires, me dit: Courage, mon enfant, ne ménage point mes fruits; j'en ai, grâce au ciel, une ample provision. Je ne t'ai pas amené ici pour te faire mourir de faim. Ce qui étoit très-véritable, car une heure après notre arrivée il alluma du feu, embrocha un gigot de mouton; et, tandis que je tournois la broche, il dressa une petite table qu'il couvrit d'une serviette assez malpropre, et sur laquelle il mit deux couverts, l'un pour lui, et l'autre pour moi.

Quand la viande fut cuite, il la tira de la broche, et en coupa quelques pièces pour notre souper, qui ne fut pas un repas de brebis, puisque nous bûmes d'un excellent vin dont il avoit aussi bonne provision. Eh bien! mon poulet, me dit-il lorsque nous fûmes hors de table, es-tu content de mon ordinaire? ne vaut-il pas bien celui de ton hôpital? Voilà de quelle façon tu seras traité tous les jours, si tu demeures avec moi. Au reste, poursuivit-il, tu ne feras dans cet ermitage que ce qu'il te plaira. J'exige de toi seulement que tu m'accompagnes toutes les fois que j'irai quêter dans les *villages voisins; tu me serviras à conduire un bourriquet chargé de deux paniers que les paysans charitables remplissent ordinairement d'œufs, de pain, de viande et de poisson. Je ne te demande que cela. Il me semble que ce n'est pas trop exiger de toi. Oh! je ferai, lui dis-je, tout ce que vous voudrez, pourvu que vous ne m'obligiez point à apprendre le latin. Le frère Chrysostôme, c'étoit le nom du vieil ermite, ne put s'empêcher de rire de ma naïveté, et m'assura de nouveau qu'il ne prétendoit pas gêner mes inclinations.

Nous allâmes dès le lendemain à la quête avec l'ânon, que je menois par le licou. Nous fîmes une copieuse récolte, chaque paysan se faisant un plaisir de mettre quelque chose dans nos paniers. L'un y jetoit un pain entier, l'autre une grosse pièce de lard; celui-ci une oie farcie, celui-là une perdrix. Que vous dirai-je? Nous apportâmes au logis des vivres pour plus de huit jours; ce qui marquoit bien l'estime et l'amitié que les villageois avoient pour le frère. Il est vrai qu'il leur étoit d'une grande utilité: il leur donnoit des conseils quand ils venoient le consulter; il remettoit la paix dans les ménages où régnoit la discorde, et marioit les filles qui lui paroissoient fatiguées du célibat; savoit-il que deux riches laboureurs étoient mal ensemble? il les alloit voir, et il faisoit si bien qu'il les réconcilioit; enfin, il avoit des remèdes pour mille sortes de maladies, et apprenoit des oraisons aux femmes qui souhaitoient d'avoir des enfants.

Vous voyez, par ce que je viens de dire, que j'étois bien nourri dans mon ermitage. Je n'y étois pas plus mal couché : étendu sur de bonne paille fraîche, ayant sous ma tête un coussin de bure, et sur le corps une couverture de la même étoffe, je ne faisois qu'un somme qui duroit toute la nuit. Le frère Chrysostôme, qui m'avoit fait fête d'un habillement d'ermite, m'en fit un lui-même d'une de ses vieilles robes, et me nomma le petit frère Scipion. Sitôt que je parus dans les villages sous cet habit d'ordonnance, on me trouva si gentil, que le bourriquet en fut plus chargé. C'étoit à qui en donneroit davantage au petit frère, tant on prenoit plaisir à voir sa figure!

La vie molle et fainéante que je menois avec le vieil ermite ne pouvoit déplaire à un garçon de mon âge. Aussi j'y pris tant de goût, que je l'aurois toujours continuée, si les Parques ne m'eussent pas filé d'autres jours fort différents ; mais la destinée que j'avois à remplir m'arracha bientôt à la mollesse, et me fit quitter le frère Chrysostôme de la manière que je vais vous raconter.

Je voyois souvent ce vieillard travailler au coussin qui lui servoit d'oreiller ; il ne faisoit que le découdre et le recoudre, et je remarquai un jour qu'il mit de l'argent dedans. Cette observation fut suivie d'un mouvement curieux, que je me promis de satisfaire dès le premier voyage qu'il feroit à Tolède, où il avoit coutume d'aller tout seul une fois la semaine. J'en attendis le jour impatiemment, sans avoir encore toutefois d'autre dessein que de contenter ma curiosité. Enfin le bon homme partit, et je défis son oreiller, où je trouvai, parmi la laine qui le remplissoit, la valeur peut-être de cinquante écus en toutes sortes d'espèces.

Ce trésor apparemment étoit la reconnoissance des paysans que l'ermite avoit guéris par ses remèdes, et des paysannes qui avoient eu des enfants par la vertu de ses oraisons. Quoi qu'il en soit, je ne vis pas plus tôt que c'étoit de l'argent que je pouvois impunément m'approprier, que mon naturel bohémien se déclara. Il me prit une envie de le voler, qu'on ne pouvoit attribuer qu'à la force du sang qui couloit dans mes veines. Je cédai sans résistance à la tentation ; je serrai l'argent dans un sac de bure où nous mettions nos peignes et nos bonnets de nuit ; ensuite, après avoir quitté mon habit d'ermite et repris celui d'orphelin, je m'éloignai de l'ermitage, croyant emporter dans mon sac toutes les richesses des Indes.

Vous venez d'entendre mon coup d'essai, continua Scipion, et je ne doute pas que vous ne vous attendiez à une suite de faits de la même nature. Je ne tromperai point votre attente ; j'ai encore d'autres pareils exploits à vous conter avant que j'en vienne à mes actions louables ; mais j'y viendrai, et vous verrez par mon récit qu'un fripon peut fort bien devenir un honnête homme.

Tout enfant que j'étois, je ne fus point assez sot pour reprendre le chemin de Tolède ; c'eût été m'exposer au hasard de rencontrer le frère Chrysostôme, qui m'auroit fait rendre désagréablement son magot. Je suivis une autre route qui me conduisit au village de Galves, où je m'arrêtai dans une hôtellerie dont l'hôtesse étoit une veuve de quarante ans qui avoit toutes les qualités requises pour bien faire ses petites affaires. Cette femme n'eut pas plus tôt jeté les yeux sur moi, que, jugeant à mon habillement que je devois être un échappé de l'hôpital des orphelins, elle me demanda qui j'étois et où j'allois. Je lui répondis qu'ayant perdu mon père et ma mère, je cherchois une condition. Mon enfant, me dit-elle, sais-tu lire? Je l'assurai que je lisois, et même que j'écrivois à merveille. Véritablement je formois mes lettres, et je les liois de façon que cela ressembloit un peu à de l'écriture ; et c'en étoit assez pour les expéditions d'une taverne de village. Je te retiens donc à mon service, me répliqua l'hôtesse. Tu ne me seras pas inutile ; tu tiendras ici le registre de mes dettes actives et passives. Je ne te donnerai point de gages, ajouta-t-elle, attendu qu'il vient dans cette hôtellerie d'honnêtes gens qui n'oublient pas les valets. Tu peux compter sur de bons petits profits.

J'acceptai le parti, me réservant, comme vous pouvez croire, le droit de changer d'air sitôt que le séjour de Galves cesseroit de m'être agréable. Dès que je me vis arrêté pour servir dans cette hôtellerie, je me sentis l'esprit travaillé d'une grande inquiétude, et plus j'y pensois, plus ma crainte me sembloit bien fondée. Je ne voulois pas qu'on sût que j'avois de l'argent, et j'étois bien en peine de savoir où je le cacherois, pour qu'il fût à couvert de toute main étrangère. Je ne connoissois pas encore assez la maison pour me fier aux endroits les plus propres à le recéler. Que les richesses causent d'embarras! J'étois dans de continuelles alarmes. Je me déterminai pourtant à mettre mon sac dans un coin de notre grenier, où il y avoit de la paille ; et le croyant là plus en sûreté qu'ailleurs, je me tranquillisai autant qu'il me fut possible.

Nous étions trois domestiques dans cette maison : un gros garçon d'écurie, une jeune servante de Galice et moi. Chacun de nous tiroit tout ce qu'il pouvoit des voyageurs qui s'y arrêtoient. J'attrapois toujours de ces messieurs quelques pièces de menue monnoie, quand j'allois leur porter le mémoire de leur dépense. Ils donnoient aussi quelque chose au valet d'écurie, pour avoir eu soin de leurs montures; mais pour la Galicienne, qui étoit l'idole des muletiers qui passoient par là, elle gagnoit plus d'écus que nous de maravédis. Je n'avois pas sitôt reçu un sou, que je le portois au grenier pour en grosssir mon trésor; et plus je voyois augmenter mon bien, plus je sentois que mon petit cœur s'y attachoit. Je baisois quelquefois mes espèces; je les contemplois avec un ravissement qui ne peut être compris que par les avares.

L'amour que j'avois pour mon trésor m'obligeoit à l'aller visiter trente fois par jour. Je rencontrois souvent sur l'escalier l'hôtesse, laquelle étant très-défiante de son naturel, fut curieuse un jour de savoir ce qui pouvoit à tout moment m'attirer au grenier. Elle y monta et se mit à fureter partout, s'imaginant que je cachois peut-être dans ce galetas des choses que je dérobois dans sa maison. Elle n'oublia pas de remuer la paille qui couvroit mon sac, et elle le trouva. Elle l'ouvrit; et, voyant qu'il y avoit dedans des écus et des pistoles, elle crut ou fit semblant de croire que je lui avois volé cet argent. Elle s'en saisit à bon compte. Puis, m'appelant petit misérable, petit coquin, elle ordonna au garçon d'écurie, tout dévoué à ses volontés, de m'appliquer une cinquantaine de bons coups de fouet; et, après m'avoir si bien fait étriller, elle me mit à la porte, en disant qu'elle ne vouloit point souffrir chez elle de fripon. J'eus beau protester que je n'avois point volé l'hôtesse, elle soutint le contraire, et on la crut plutôt que moi. C'est ainsi que les espèces du frère Chrysostôme passèrent des mains d'un voleur dans celles d'une voleuse.

Je pleurai la perte de mon argent, comme on pleure la mort d'un fils unique; et si mes larmes ne me firent pas rendre ce que j'avois perdu, elles furent cause du moins que j'excitai la compassion de quelques personnes qui les virent couler, et entre autres du curé de Galves, qui passa près de moi par hasard. Il parut touché du triste état où j'étois, et m'emmena au presbytère avec lui. Là, pour gagner ma confiance, ou plutôt pour me tirer les vers du nez, il commença par me plaindre. Que ce pauvre enfant, s'écria-t-il d'un air plein de compassion, est digne de pitié de n'avoir personne qui prenne soin de lui! Faut-il s'étonner si, livré à lui-même dans un âge si tendre, il a commis une mauvaise action? Les hommes, pendant le cours de leur vie, ont bien de la peine à s'en défendre. Ensuite, m'adressant la parole : Mon fils, ajouta-t-il, de quel endroit d'Espagne êtes-

vous, et qui sont vos parents? Vous avez l'air d'un garçon de famille. Parlez-moi confidemment, et comptez que je ne vous abandonnerai point.

Le curé, par ce discours politique et charitable, m'engagea insensiblement à lui découvrir toutes mes affaires, ce que je fis avec beaucoup d'ingénuité. Je lui avouai tout, après quoi il me dit : Mon ami, quoiqu'il ne convienne guère aux ermites de thésauriser, cela ne diminue pas votre faute : en volant le frère Chrysostôme, vous avez toujours péché contre l'article du Décalogue qui défend de dérober; mais ce qui doit vous consoler, c'est que je me charge d'obliger l'hôtesse à rendre l'argent, et de le faire tenir au frère dans son ermitage : vous pouvez dès à présent avoir la conscience en repos là-dessus. C'étoit, je vous l'avoue, de quoi je ne m'inquiétois guère. Le curé, qui avoit son dessein, n'en demeura pas là. Mon enfant, poursuivit-il, je veux m'intéresser pour vous, et vous procurer une bonne condition. Je vous enverrai dès demain, par un muletier, à mon neveu le chanoine de la cathédrale de Tolède. Il ne refusera pas, à ma prière, de vous recevoir au nombre de ses laquais, qui sont chez lui comme autant de bénéficiers qui vivent grassement du revenu de sa prébende : vous serez là parfaitement bien; c'est une chose dont je puis vous assurer.

Cette assurance fut si consolante pour moi, que je ne songeai plus ni à mon sac, ni aux coups de fouet que j'avois reçus. Je ne m'occupai l'esprit que du plaisir de vivre en bénéficier. Le jour suivant, tandis qu'on me faisoit déjeûner, il arriva, selon les ordres du curé, un muletier au presbytère avec deux mules bâtées et bridées. On m'aida à monter sur l'une, le muletier s'élança sur l'autre, et nous prîmes la route de Tolède. Mon compagnon de voyage étoit un homme de belle humeur, et qui ne demandoit qu'à se réjouir aux dépens du prochain. Mon petit cadet, me dit-il, vous avez un bon ami dans monsieur le curé de Galves. Il vous le fait bien voir. Il ne pouvoit vous donner une meilleure preuve de son affection, que de vous placer auprès de son neveu le chanoine, que j'ai l'honneur de connoître, et qui sans contredit est la perle de son chapitre. Ce n'est point un de ces dévots dont le visage pâle et maigre prêche la mortification; c'est une grosse face, un teint fleuri, une mine réjouie, un vivant qui ne se refuse point au plaisir qui se présente, et qui surtout aime la bonne chère. Vous serez dans sa maison comme un petit coq en pâte.

Le bourreau de muletier, s'apercevant que je l'écoutois avec une grande satisfaction, continua de me vanter le bonheur dont je jouirois quand je serois valet du chanoine. Il ne cessa de m'en par-

ler jusqu'à ce qu'étant arrivés au village d'Obisa, nous nous y arrêtâmes pour faire un peu reposer nos mules. Là, par le plus grand bonheur du monde pour moi, j'appris qu'on me trompoit. Voici de quelle façon je fis cette découverte. Le muletier, allant et venant dans l'hôtellerie, laissa tomber par hasard de sa poche un papier que j'eus l'adresse de ramasser sans qu'il y prît garde, et que je trouvai moyen de lire pendant qu'il étoit à l'écurie. C'étoit une lettre adressée aux prêtres de l'hôpital des orphelins, et conçue dans ces termes :
« Messieurs, j'ai cru que la charité m'obligeoit à
» remettre entre vos mains un petit fripon qui s'est
» échappé de votre hôpital; il me paroît avoir de
» l'esprit, et mériter que vous ayez la bonté de le
» tenir enfermé chez vous. Je ne doute point qu'à
» force de corrections vous n'en fassiez un garçon
» raisonnable. Que Dieu conserve vos pieuses et cha-
» ritables seigneuries !   LE CURÉ DE GALVES. »

Lorsque j'eus achevé de lire cette lettre, qui m'apprenoit les bonnes intentions de monsieur le curé, je ne demeurai pas incertain du parti que j'avois à prendre : sortir de l'hôtellerie et gagner les bords du Tage à plus d'une lieue de là, fut l'ouvrage d'un moment. La crainte me prêta des ailes pour fuir les prêtres de l'hôpital des orphelins, où je ne voulois point absolument retourner, tant j'étois dégoûté de la manière dont on y enseignoit le latin. J'entrai dans Tolède aussi gaiement que si j'eusse su où aller boire et manger. Il est vrai que c'est une ville de bénédiction, et dans laquelle un homme d'esprit, réduit à vivre aux dépens d'autrui, ne sauroit mourir de faim. Mais j'étois encore bien jeune pour pouvoir me promettre de trouver moyen d'y subsister; néanmoins la fortune me favorisa. Je fus à peine dans la grande place, qu'un cavalier bien vêtu, auprès de qui je passai, me retint par le bras et me dit : Petit garçon, veux-tu me servir? je serois bien aise d'avoir un laquais tel que toi. Et moi, lui répondis-je, un maître comme vous. Cela étant, reprit-il, tu es à moi dès ce moment, et tu n'as qu'à me suivre; ce que je fis sans répliquer.

Ce cavalier, qui pouvoit avoir trente ans, se nommoit don Abel; il logeoit dans un hôtel garni, où il occupoit un assez bel appartement. C'étoit un joueur de profession; et voici de quelle sorte nous vivions ensemble : le matin je lui hachois du tabac pour fumer cinq ou six pipes; je lui nettoyois ses habits et j'allois lui chercher un barbier pour le raser et lui redresser sa moustache; après quoi il sortoit pour courir les tripots, d'où il ne revenoit au logis qu'entre onze heures et minuit. Mais tous les matins, avant que de sortir, il avoit soin de tirer de sa poche trois réaux qu'il me don-

noit à dépenser par jour, me laissant la liberté de faire ce qu'il me plairoit jusqu'à dix heures du soir : pourvu que je fusse à l'hôtel quand il y rentroit, il étoit fort content de moi. Il me fit faire un pourpoint et un haut-de-chausses de livrée, avec quoi j'avois tout l'air d'un petit commissionnaire de coquettes. Je m'accommodois bien de ma condition, et certainement je n'en pouvois trouver une plus convenable à mon humeur.

Il y avoit déjà près d'un mois que je menois une vie si heureuse, lorsque mon patron me demanda si j'étois satisfait de lui; et, sur la réponse que je fis qu'on ne pouvoit l'être davantage : Eh bien ! reprit-il, nous partirons donc demain pour Séville, où mes affaires m'appellent. Tu ne seras pas fâché de voir cette capitale de l'Andalousie. *Qui n'a pas vu Séville*, dit le proverbe, *n'a rien vu*. Je lui témoignai que j'étois prêt à le suivre partout. Dès le même jour, le messager de Séville vint prendre à l'hôtel garni un grand coffre où étoient toutes les nippes de mon maître, et le lendemain nous partîmes pour l'Andalousie.

Le seigneur don Abel étoit si heureux au jeu, qu'il ne perdoit que quand il vouloit; ce qui l'obligeoit à changer souvent de lieu pour se dérober au ressentiment des dupes, et ce qui étoit la cause de notre voyage. Étant arrivés à Séville, nous prîmes un logement dans un hôtel garni auprès de la porte de Cordoue, et nous recommençâmes à vivre comme à Tolède. Mais mon patron trouva de la différence entre ces deux villes. Il rencontra des joueurs qui jouoient aussi heureusement que lui dans les tripots de Séville; de sorte qu'il en revenoit quelquefois fort chagrin. Un matin qu'il étoit encore de mauvaise humeur d'avoir perdu cent pistoles le jour précédent, il me demanda pourquoi je n'avois pas porté son linge sale chez une dame qui avoit soin de le blanchir et de le parfumer. Je répondis que je ne m'en étois pas souvenu. Là-dessus, se mettant en colère, il m'appliqua sur le visage une demi-douzaine de soufflets si rudement, qu'il me fit voir plus de lumières qu'il n'y en avoit dans le temple de Salomon. Tenez, petit malheureux, me dit-il, voilà pour vous apprendre à devenir attentif à vos devoirs. Faudra-t-il donc que je sois après vous sans cesse pour vous avertir de ce que vous avez à faire? Pourquoi n'êtes-vous pas aussi habile à servir qu'à manger? Ne sauriez-vous, puisque vous n'êtes pas une bête, prévenir mes ordres et mes besoins? A ces mots il sortit de son appartement, où il me laissa très-mortifié d'avoir reçu des soufflets pour une faute si légère, et bien résolu d'en tirer vengeance si l'occasion s'en présentoit.

Je ne sais quelle aventure lui arriva peu de temps après dans un tripot; mais un soir il revint fort échauffé. Scipion, me dit-il, j'ai résolu d'aller en Italie, et je dois m'embarquer après-demain sur un vaisseau qui s'en retourne à Gênes. J'ai mes raisons pour faire ce voyage ; je crois que tu voudras bien m'accompagner, et profiter d'une si belle occasion de voir le plus charmant pays qu'il y ait au monde. Je fis réponse que je ne demandois pas mieux ; je témoignai même de l'impatience de voir l'Italie, mais en même temps je me promis bien de disparoître au moment qu'il faudroit partir. Je m'imaginois par là me venger de mon maître, et je trouvois ce projet très-ingénieux. J'en étois si content, que je ne pus m'empêcher de le communiquer à un vaillant de profession que je rencontrai dans la rue. Depuis que j'étois à Séville, j'avois fait quelques mauvaises connoissances, et principalement celle-là. Je lui contai de quelle manière et pourquoi j'avois été souffleté, ensuite je lui dis le dessein que j'avois de quitter don Abel lorsqu'il seroit prêt à s'embarquer, et je lui demandai ce qu'il pensoit de ma résolution.

Le brave fronça les sourcils en m'écoutant, et releva les crocs de sa moustache ; puis, blâmant gravement mon maître : Petit bon homme, me dit-il, vous êtes un garçon déshonoré pour jamais, si vous vous en tenez à la frivole vengeance que vous méditez. Il ne suffit pas de laisser don Abel partir tout seul, ce ne seroit point assez le punir ; il faut proportionner le châtiment à l'outrage. Il n'y a point à balancer, enlevons-lui ses hardes et son argent, que nous partagerons en frères après son départ. Quoique j'eusse un penchant naturel à dérober, je fus effrayé de la proposition d'un vol de cette importance.

Cependant l'archifripon qui me la faisoit ne laissa pas de me persuader ; et voici quel fut le succès de nôtre entreprise. Le brave, qui étoit un homme grand et robuste, vint le lendemain, sur la fin du jour, me trouver à l'hôtel garni. Je lui montrai le coffre où mon maître avoit déjà serré ses nippes, et je lui demandai s'il pourroit lui seul porter un coffre si pesant. Si pesant ! me dit-il ; apprenez que lorsqu'il s'agit d'enlever le bien d'autrui, j'emporterois l'arche de Noé. En achevant ces paroles, il s'approcha du coffre, le mit sans peine sur ses épaules, et descendit l'escalier d'un pas léger. Je le suivis du même pas ; et nous étions près d'enfiler la porte de la rue, quand don Abel, que son heureuse étoile amena là si à propos pour lui, se présenta tout-à-coup devant nous.

Où vas-tu avec ce coffre ? me dit-il. Je fus si troublé, que je demeurai muet ; et le brave, voyant le coup manqué, jeta le coffre à terre, et prit la fuite pour éviter les éclaircissements. Où vas-tu donc avec ce coffre ? me dit mon maître pour la seconde fois. Monsieur, lui répondis-je plus mort que vif, je vais le faire porter au vaisseau sur lequel vous devez demain vous embarquer pour l'Italie. Eh ! sais-tu, me répliqua-t-il, sur quel vaisseau je dois faire ce voyage ? Non, monsieur, lui repartis-je, mais qui a langue va à Rome ; je m'en serois informé sur le port, et quelqu'un me l'auroit appris. A cette réponse, qui lui fut suspecte, il me lança un regard furieux. Je crus qu'il m'alloit encore souffleter. Qui vous a commandé, s'écria-t-il, de faire emporter mon coffre hors de cet hôtel ? C'est vous-même, lui dis-je. Qui ? moi, répondit-il avec surprise, je t'ai donné cet ordre ? Assurément, repris-je ; souvenez-vous du reproche que vous me fîtes il y a quelques jours. Ne me dîtes-vous pas, en me maltraitant, que vous vouliez que je prévinsse vos ordres, et fisse de mon chef ce qu'il y auroit à faire pour votre service ? Or, pour me régler là-dessus, je faisois porter votre coffre au vaisseau. Alors le joueur, remarquant que j'avois plus de malice qu'il n'avoit cru, me dit, en me donnant mon congé d'un air froid : Allez, monsieur Scipion, que le ciel vous conduise ! vous avez trop d'esprit pour votre âge. Je n'aime point à jouer avec des gens qui ont tantôt une carte de plus et tantôt une carte de moins. Otez-vous de devant mes yeux, ajouta-t-il en changeant de ton, de peur que je ne vous fasse chanter sans solfier.

Je lui épargnai la peine de me dire deux fois de me retirer. Je m'éloignai de lui dans le moment, mourant de peur qu'il ne me fît quitter mon habit, qu'heureusement il me laissa. Je marchois le long des rues en rêvant où je pourrois, avec deux réaux que j'avois pour tout bien, aller gîter. J'arrivai à la porte de l'archevêché ; et, comme on travailloit alors au souper de monseigneur, il sortoit des cuisines une agréable odeur qui se faisoit sentir d'une lieue à la ronde. Peste ! dis-je en moi-même, je m'accommoderois volontiers de quelqu'un de ces ragoûts qui prennent au nez ; je me contenterois même d'y tremper les quatre doigts et le pouce. Mais quoi ! ne puis-je imaginer un moyen de goûter de ces bonnes viandes dont je ne fais que humer la fumée ? Pourquoi non ? cela ne paroît pas impossible. Je m'échauffai l'imagination là-dessus ; et, à force de rêver, il me vint dans l'esprit une ruse que j'employai sur-le-champ, et qui réussit. J'entrai dans la cour du palais archiépiscopal en courant vers les cuisines, et en criant de toute ma force : *Au secours ! au secours !* comme si quelqu'un m'eût poursuivi pour m'assassiner.

A mes cris redoublés, maître Diégo, le cuisinier de l'archevêque, accourut avec trois ou quatre marmitons pour en savoir la cause ; et, ne voyant personne que moi, il me demanda pour quel sujet je criois si fort. Ah ! seigneur, lui répondis-je en faisant toutes les démonstrations d'un homme épouvanté, par saint Polycarpe! sauvez-moi, je vous prie, de la fureur d'un spadassin qui veut me tuer. Où est-il donc, ce spadassin? s'écria Diego. Vous êtes tout seul de votre compagnie, et je ne vois pas un chat à vos trousses. Allez, mon enfant, rassurez-vous; c'est apparemment quelqu'un qui a voulu vous faire peur pour se divertir, et qui a bien fait de ne pas vous suivre dans ce palais, car nous lui aurions pour le moins coupé les oreilles. Non, non, dis-je au cuisinier, ce n'est pas pour rire qu'il m'a poursuivi. C'est un grand pendard qui vouloit me dépouiller, et je suis sûr qu'il m'attend dans la rue. Il vous y attendra donc long-temps, reprit-il, puisque vous demeurerez ici jusqu'à demain. Vous y souperez et coucherez avec nos marmitons, qui vous feront faire bonne chère.

Je fus transporté de joie quand j'entendis ces dernières paroles; et ce fut pour moi un spectacle ravissant, lorsque ayant été conduit par maître Diego dans les cuisines, j'y vis les préparatifs pour le souper de monseigneur. Je comptai jusqu'à quinze personnes qui en étoient occupées; mais je ne pus nombrer les mets qui s'offrirent à ma vue, tant la Providence avoit soin d'en pourvoir l'archevêché! Ce fut alors que, respirant à plein nez la fumée des ragoûts que je n'avois sentis que de loin, j'appris à connoître la sensualité. J'eus l'honneur de souper et de coucher avec les marmitons, qui véritablement me régalèrent, et dont je gagnai si bien l'amitié, que le jour suivant, lorsque j'allai remercier maître Diego de m'avoir donné si généreusement un asile, il me dit : Nos garçons de cuisine m'ont témoigné tous qu'ils seroient ravis de vous avoir pour camarade, tant ils trouvent à leur gré votre humeur. De votre côté, seriez-vous bien aise d'être leur compagnon? Je répondis que si j'avois ce bonheur-là, je me croirois au comble de mes vœux. Si cela est, reprit-il, mon ami, regardez-vous dès à présent comme un officier de l'archevêché. A ces mots, il me conduisit et me présenta au majordome, qui, sur mon air éveillé, me jugea digne d'être reçu parmi les fouille-au-pot.

Je ne fus pas plus tôt en possession d'un emploi si honorable, que maître Diego, suivant l'usage des cuisiniers des grandes maisons qui envoient secrètement des viandes à leurs mignonnes, me choisit pour porter chez une dame du voisinage tantôt des longes de veau, et tantôt de la volaille ou du gibier. Cette bonne dame étoit une veuve de trente ans tout au plus, très-jolie, très-vive, qui avoit tout l'air de n'être pas exactement fidèle à son cuisinier. Cependant il ne se contentoit pas de lui fournir de la viande, du pain, du sucre et de l'huile; il faisoit aussi sa provision de vin, et tout cela aux dépens de monseigneur l'archevêque.

J'achevai de me dégourdir dans le palais de sa grandeur, où je fis un tour assez plaisant, et dont on parle encore aujourd'hui dans Séville. Les pages et quelques autres domestiques, pour célébrer l'anniversaire de monseigneur, s'avisèrent de vouloir représenter une comédie. Ils choisirent celle des *Benavides;* et, comme il leur falloit un garçon de mon âge pour faire le rôle du jeune roi de Léon, ils jetèrent les yeux sur moi. Le majordome, qui se piquoit de déclamation, se chargea de m'exercer; et, après m'avoir donné quelques leçons, il assura que je ne serois pas celui qui s'en acquitteroit le plus mal. Comme c'étoit le patron qui faisoit la dépense de la fête, vous vous imaginez bien qu'on n'épargna rien pour la rendre magnifique. On construisit dans la plus grande salle du palais un théâtre qui fut bien décoré. On fit dans les ailes un lit de gazon, sur lequel je devois paroître endormi, quand les Maures viendroient se jeter sur moi pour me faire prisonnier. Lorsque les acteurs furent en état de représenter la pièce, l'archevêque fixa le jour de la représentation, et se fit un plaisir de prier les seigneurs et dames les plus considérables de la ville de s'y trouver.

Ce jour venu, chaque acteur ne s'occupa que de son habillement. Pour le mien, il me fut apporté par un tailleur accompagné de notre majordome, qui, s'étant donné la peine de me faire répéter mon rôle, se faisoit un devoir de me voir habiller. Le tailleur me revêtit d'une riche robe de velours bleu, garnie de galons et de boutons d'or, avec des manches pendantes, ornées de franges du même métal; et le majordome lui-même me posa sur la tête une couronne de carton, parsemée de quantité de perles fines mêlées de faux diamants. De plus ils me mirent une ceinture de soie couleur de rose à fleurs d'argent; et à chaque chose dont ils me paroient, il me sembloit qu'ils me prêtoient des ailes pour m'envoler et m'en aller. Enfin la comédie commença sur la fin du jour. Le jeune roi de Léon paroît d'abord dans la pièce et fait un long monologue; comme c'étoit moi qui faisois ce personnage, j'ouvris la scène par une tirade de vers qui aboutissoit à dire que, ne pouvant me défendre des charmes du sommeil, j'allois m'y abandonner. En même temps je me retirai dans les coulisses, et me jetai sur le lit de gazon qui m'y avoit été préparé; mais, au lieu de m'y endormir, je me mis à rêver au moyen de pouvoir gagner la rue, et me sauver avec mes habits royaux. Un petit escalier dérobé, par où l'on descendoit sur le théâtre et dans la salle, me parut propre à l'exécution de mon dessein. Je me levai légèrement; et, voyant que personne ne prenoit garde à moi, j'enfilai cet escalier qui me conduisit dans la salle, dont je gagnai la porte en criant : *Place! place! je vais changer d'habit.* Chacun se rangea pour me laisser passer; de sorte qu'en moins d'une minute je sortis impunément du palais à la faveur de la nuit, et me rendis à la maison du vaillant, mon ami.

Il fut dans le dernier étonnement de me voir vêtu comme j'étois. Je le mis au fait, et il en rit de tout son cœur. Puis, m'embrassant avec d'autant plus de joie qu'il se flattoit de la douce espérance d'avoir part aux dépouilles du roi de Léon, il me félicita d'avoir fait un si beau coup, et me dit que, si je ne me démentois pas dans la suite, je ferois un jour du bruit dans le monde par mon esprit. Après nous être égayés tous deux et bien épanoui la rate, je dis au brave : Que ferons-nous de ce riche habillement? Que cela ne vous embarrasse point, me répondit-il. Je connois un honnête fripier qui, sans témoigner la moindre curiosité, achète tout ce qu'on veut lui vendre, pourvu qu'il y trouve bien son compte. Demain matin j'irai le chercher, et je vous l'amènerai ici. En effet, le jour suivant le brave sortit de grand matin de sa chambre, où il me laissa au lit, et revint deux heures après avec le fripier, qui portoit un paquet de toile jaune. Mon ami, me dit-il, je vous présente le seigneur Ybagnez de Ségovie, fripier plein d'honneur et de bonne foi s'il en fut jamais, et qui, malgré le mauvais exemple que ses confrères lui donnent, se pique de la plus scrupuleuse intégrité. Il va vous dire au juste ce que vaut l'habillement dont vous voulez vous défaire, et vous pourrez vous en tenir à son estimation. Oh! pour cela oui, dit le fripier. Il faudroit que je fusse un grand misérable pour priser une chose au-dessous de sa valeur. C'est ce qu'on ne m'a point encore reproché, Dieu merci, et ce qu'on ne reprochera jamais à Ybagnez de Ségovie. Voyons un peu, ajouta-t-il, les hardes que vous avez envie de vendre; je vous dirai en conscience ce qu'elles valent. Les voici, lui dit le brave en les lui montrant; convenez que rien n'est plus magnifique : remarquez la beauté de ce velours de Gênes et la richesse de cette garniture. J'en suis enchanté, répondit le fripier après avoir examiné l'habit avec beaucoup d'attention; rien n'est plus beau. Et que pensez-vous des perles fines qui sont à cette couronne? reprit mon ami. Si elles étoient plus rondes, repartit Ybagnez, elles seroient inestimables; cependant, telles qu'elles sont, je les trouve fort belles, et j'en suis aussi content que du reste. J'en demeure d'accord, continua-t-il, et j'aime à rendre justice. Un fourbe de fripier, à

ma place, affecteroit de mépriser la marchandise pour l'avoir à vil prix, et n'auroit pas honte d'en offrir vingt pistoles; mais moi, qui ai de la morale, j'en donnerai quarante.

Quand Ybagnez auroit dit cent, il n'eût pas encore été un juste estimateur, puisque les perles seules en valoient bien deux cents. Le brave, qui s'entendoit avec lui, me dit : Voyez le bonheur que vous avez d'être tombé entre les mains d'un honnête homme. Le seigneur Ybagnez apprécie les choses comme s'il étoit à l'article de la mort. Cela est vrai, dit le fripier; aussi n'y a-t-il pas une obole à rabattre ou à augmenter avec moi. Eh bien ! ajouta-t-il, est-ce une affaire finie ? n'y a-t-il qu'à vous compter l'espèce ? Attendez, lui répondit le brave, il faut auparavant que mon petit ami essaie l'habit que je vous ai fait apporter ici pour lui : je suis bien trompé s'il n'est pas convenable à sa taille. Alors le fripier, ayant défait son paquet, me montra un pourpoint avec un haut-de-chausses d'un beau drap musc avec des boutons d'argent, le tout à demi usé. Je me levai pour essayer cet habillement, lequel, quoique trop large et trop long, parut à ces messieurs fait exprès pour moi. Ybagnez le prisa dix pistoles, et, comme il n'y avoit rien à rabattre avec lui, il fallut en passer par là. De sorte qu'il tira de sa bourse trente pistoles qu'il étala sur la table; après quoi il fit un autre paquet de ma robe royale et de ma couronne, qu'il emporta, s'applaudissant sans doute en lui-même d'avoir si bien commencé la journée.

Lorsqu'il fut sorti, le vaillant me dit : Je suis très-satisfait de ce fripier. Il avoit bien raison de l'être; car je suis sûr qu'il tira de lui pour le moins une centaine de pistoles de bénéfice. Mais il ne se contenta point de cela, il prit sans façon la moitié de l'argent qui étoit sur la table, et me laissa l'autre en me disant : Mon petit ami Scipion, avec ces quinze pistoles qui vous restent, je vous conseille de sortir incessamment de cette ville, où vous jugez bien qu'on ne manquera pas de vous chercher par ordre de monseigneur l'archevêque. Je serois au désespoir qu'après vous être signalé par une action qui fera honneur à votre histoire, vous vous fissiez sottement mettre en prison. Je lui répondis que j'avois bien résolu de m'éloigner de Séville : comme en effet, après avoir acheté un chapeau et quelques chemises, je gagnai la vaste et délicieuse campagne qui conduit, entre des vignes et des oliviers, à l'ancienne cité de Carmonne; et trois jours après j'arrivai à Cordoue.

J'allai loger dans une hôtellerie à l'entrée de la grande place où demeurent les marchands. Je me donnai pour un enfant de famille de Tolède qui voyageoit pour son plaisir; j'étois assez proprement vêtu pour le faire croire, et quelques pistoles que j'affectai de laisser voir comme par hasard à l'hôte achevèrent de le persuader. Peut-être aussi que ma grande jeunesse lui fit penser que je pouvois être aussi quelque petit libertin qui couroit le pays après avoir volé ses parents. Quoi qu'il en soit, il ne parut point curieux d'en savoir plus que je ne lui en disois, de peur apparemment que sa curiosité ne m'obligeât à changer de logement. Pour six réaux par jour, on étoit bien dans cette hôtellerie, où il y avoit beaucoup de monde ordinairement. Je comptai le soir au souper jusqu'à douze personnes à table. Ce qu'il y a de plaisant, c'est que chacun mangeoit sans rien dire, à la réserve d'un seul homme, qui, parlant sans cesse à tort et à travers, compensoit par son babil le silence des autres. Il faisoit le bel esprit, débitoit des contes, et s'efforçoit par de bons mots de réjouir la compagnie, qui de temps en temps éclatoit de rire, moins à la vérité pour applaudir à ses saillies que pour s'en moquer.

Pour moi, je faisois si peu d'attention aux discours de cet original, que je me serois levé de table sans pouvoir rendre compte de ce qu'il avoit dit, s'il n'eût trouvé moyen de m'intéresser dans ses discours. Messieurs, s'écria-t-il sur la fin du repas, tout ce que je vous ai dit n'est rien en comparaison de ce que je vais vous dire; je vous garde pour la bonne bouche une histoire des plus divertissantes, une aventure arrivée ces jours passés à l'archevêché de Séville. Je la tiens d'un bachelier de ma connoissance, qui en a, dit-il, été témoin. Ces paroles me causèrent quelque émotion, je ne doutai point que cette aventure ne fût la mienne, et je n'y fus pas trompé. Ce personnage en fit un récit fidèle, et m'apprit même ce que j'ignorois, c'est-à-dire ce qui s'étoit passé dans la salle après mon départ : je vais vous le raconter.

A peine eus-je pris la fuite, que les Maures, qui, suivant l'ordre de la pièce qu'on représentoit, devoient m'enlever, parurent sur la scène dans le dessein de venir me surprendre sur le lit de gazon où ils me croyoient endormi; mais quand ils voulurent se jeter sur le roi Léon, ils furent bien étonnés de ne trouver ni roi ni roc. Aussitôt la comédie fut interrompue. Voilà tous les acteurs en peine : les uns m'appellent, les autres me font chercher : celui-ci crie, et celui-là me donne à tous les diables. L'archevêque, apercevant que le trouble et la confusion régnoient derrière le théâtre, en demanda la cause. A la voix du prélat, un page, qui faisoit le *Gracioso* dans la pièce, accourut, et dit à sa grandeur : Monseigneur, ne

craignez plus que les Maures fassent prisonnier le roi de Léon, il vient, grâces à Dieu, de se sauver avec son habillement royal. Le ciel en soit loué ! s'écria l'archevêque. Il a parfaitement bien fait de fuir les ennemis de notre religion et d'échapper aux fers qu'ils lui préparoient. Il sera sans doute retourné à Léon, la capitale de son royaume. Puisse-t-il y arriver sans malencontre ! Au reste, je défends qu'on suive ses pas; je serois fâché que sa majesté reçût quelque mortification de ma part. Le prélat ayant parlé de cette sorte, ordonna qu'on lût mon rôle, et qu'on achevât la comédie.

CHAPITRE XI.

Suite de l'histoire de Scipion.

Tant que j'eus de l'argent mon hôte me fit bonne mine, et eut de grands égards pour moi ; mais du moment qu'il s'aperçut que je n'en avois plus guère, il me battit froid, me fit une querelle d'Allemand, et me pria un beau matin de sortir de sa maison pour aller loger ailleurs. Je le quittai fièrement, et j'entrai dans l'église des pères de Saint-Dominique, où, pendant que j'entendois la messe, un vieux mendiant vint me demander l'aumône. Je tirai de ma poche deux ou trois maravédis que je lui donnai, en lui disant : Mon ami, priez Dieu qu'il me fasse trouver bientôt quelque bonne place; si votre prière est exaucée, vous ne vous repentirez pas de l'avoir faite; comptez sur ma reconnoissance.

A ces mots le gueux me considéra fort attentivement, et me répondit d'un air sérieux : Quel poste souhaiteriez-vous d'avoir ? Je voudrois, lui répliquai-je, être laquais dans quelque maison où je fusse bien. Il me demanda si la chose pressoit. On ne peut pas davantage, lui dis-je; car si je n'ai pas au plus tôt le bonheur d'être placé, il n'y a point de milieu, il faudra que je meure de faim ou que je devienne un de vos confrères. Si vous étiez réduit à cette nécessité, reprit-il, cela seroit fâcheux pour vous, qui n'êtes pas fait à nos manières; mais, pour peu que vous y fussiez accoutumé, vous préféreriez notre état à la servitude, qui sans contredit est inférieure à la gueuserie. Cependant, puisque vous aimez mieux servir que de mener, comme moi, une vie libre et indépendante, vous aurez un maître incessamment. Tel que vous me voyez, je puis vous être utile. Je vais dès aujourd'hui m'employer pour vous. Soyez ici demain à la même heure, je vous rendrai compte de ce que j'aurai fait.

Je n'eus garde d'y manquer. Je revins le jour suivant au même endroit, où je ne fus pas longtemps sans apercevoir le mendiant, qui vint me joindre, et qui me dit de prendre la peine de le suivre. Je le suivis. Il me conduisit à une cave qui n'étoit pas éloignée de l'église, et où il faisoit résidence. Nous y entrâmes tous deux; et nous étant assis sur un long banc qui avoit pour le moins cent ans de service, il me tint ce discours : Une bonne action trouve toujours sa récompense; vous me donnâtes hier l'aumône, et cela m'a déterminé à vous procurer une condition; ce qui sera bientôt fait, s'il plaît au Seigneur. Je connois un vieux dominicain, nommé le père Alexis, qui est un saint religieux, un grand directeur. J'ai l'honneur d'être son commissionnaire, et je m'acquitte de cet emploi avec tant de discrétion et de fidélité, qu'il ne refuse point d'employer son crédit pour moi et pour mes amis. Je lui ai parlé de vous, et je l'ai mis dans la disposition de vous rendre service. Je vous présenterai à sa révérence quand il vous plaira.

Il n'y a pas un moment à perdre, dis-je au vieux mendiant, allons voir tout à l'heure ce bon religieux. Le pauvre y consentit, et me mena sur-le-champ au père Alexis, que nous trouvâmes occupé dans sa chambre à écrire des lettres spirituelles. Il interrompit son travail pour me parler. Il me dit qu'à la prière du mendiant il vouloit bien s'intéresser pour moi. Ayant appris, poursuivit-il, que le seigneur Baltazar Velasquez avoit besoin d'un laquais, je lui ai écrit ce matin en votre faveur, et il vient de me faire réponse qu'il vous recevroit aveuglément de ma main. Vous pouvez dès ce jour le voir de ma part; c'est mon pénitent et mon ami. Là-dessus le moine m'exhorta pendant trois bons quarts d'heure à bien remplir mes devoirs. Il s'étendit principalement sur l'obligation où j'étois de servir Velasquez avec zèle; après quoi il m'assura qu'il auroit soin de me maintenir dans mon poste, pourvu que mon maître n'eût point de reproches à me faire.

Après avoir remercié le religieux des bontés qu'il avoit pour moi, je sortis du monastère avec le mendiant, qui me dit que le seigneur Baltazar Velasquez étoit un vieux marchand de drap, un homme riche, simple et débonnaire. Je ne doute pas, ajouta-t-il, que vous ne soyez parfaitement bien dans sa maison, qu'à votre place je préférerois à une maison de qualité. Je m'informai de la demeure du bourgeois, et je m'y rendis sur-le-champ, après avoir promis au gueux de reconnoître ses bons offices sitôt que j'aurois pris racine dans ma condition. J'entrai dans une boutique, où deux jeunes garçons marchands proprement vêtus se promenoient en long et en large, et faisoient les agréables en attendant la pratique. Je leur demandai si le maître y étoit, et leur dis que j'avois à lui parler de la part du père Alexis.

A ce nom respectable on me fit passer dans une arrière-boutique, où le marchand feuilletoit un gros registre qui étoit sur un bureau. Je le saluai respectueusement : Seigneur, lui dis-je, vous voyez le jeune homme que le révérend père Alexis vous a proposé pour laquais. Ah! mon enfant, me répondit-il, sois le bien venu. Il suffit que tu me sois envoyé par ce saint homme; je te reçois à mon service préférablement à trois ou quatre laquais qu'on me veut donner. C'est une affaire décidée; tes gages courent dès ce jour.

Je n'eus pas besoin d'être long-temps chez ce bourgeois pour m'apercevoir qu'il étoit tel qu'on me l'avoit dépeint. Il me parut même d'une si grande simplicité, que je ne pus m'empêcher de penser que j'aurois bien de la peine à m'abstenir de lui jouer quelque tour. Il étoit veuf depuis quatre années, et il avoit deux enfants, un garçon qui achevoit son cinquième lustre, et une fille qui commençoit son troisième. La fille, élevée par une duègne sévère, et dirigée par le père Alexis, marchoit dans le sentier de la vertu; mais Gaspard Velasquez, son frère, quoiqu'on n'eût rien épargné pour en faire un honnête homme, avoit tous les vices d'un jeune libertin. Il passoit quelquefois des deux ou trois jours hors du logis; et si à son retour son père s'avisoit de lui en faire des reproches, Gaspard lui imposoit silence, en le prenant sur un ton plus haut que le sien.

Scipion, me dit un jour le vieillard, j'ai un fils qui fait toute ma peine. Il est plongé dans toutes sortes de débauches : cela m'étonne, car son éducation n'a pas été négligée. Je lui ai donné de bons maîtres; et le père Alexis, mon ami, a fait tous ses efforts pour le mettre dans le bon chemin; mais, hélas! il n'a pu en venir à bout : Gaspard s'est jeté dans le libertinage. Tu me diras peut-être que je l'ai traité avec trop de douceur dans sa puberté, et que c'est cela qui l'a perdu. Mais non, il a été châtié quand j'ai jugé à propos d'user de rigueur; car, tout débonnaire que je suis, je ne laisse pas d'avoir de la fermeté dans les occasions qui en demandent. Je l'ai même fait enfermer dans une maison de force, et il n'en est devenu que plus méchant. En un mot, c'est un de ces mauvais sujets que le bon exemple, les remontrances et les châtiments même ne sauroient corriger. Il n'y a que le ciel qui puisse faire ce miracle.

Si je ne fus pas fort touché de la douleur de ce malheureux père, du moins je fis semblant de l'être. Que je vous plains, monsieur! lui dis-je. Un homme de bien comme vous méritoit d'avoir un meilleur fils. Que veux-tu, mon enfant? me répondit-il. Dieu m'a voulu priver de cette consolation. Entre les sujets que Gaspard me donne de me plaindre de lui, poursuivit-il, je te dirai confidemment qu'il y en a un qui me cause beaucoup d'inquiétude ; c'est l'envie qu'il a de me voler, et qu'il ne trouve que trop souvent moyen de satisfaire, malgré ma vigilance. Le laquais à qui tu succèdes s'entendoit avec lui, et c'est pour cela que j'ai chassé ce domestique. Pour toi, je compte que tu ne te laisseras pas corrompre par mon fils. Tu épouseras mes intérêts ; je ne doute pas que le père Alexis ne te l'ait bien recommandé. Je vous en réponds, lui dis-je ; sa révérence m'a exhorté pendant une heure à n'avoir en vue que votre bien ; mais je puis vous assurer que je n'avois pas besoin pour cela de son exhortation. Je me sens disposé à vous servir fidèlement, et je vous promets enfin un zèle à toute épreuve.

Qui n'entend qu'une partie n'entend rien. Le jeune Velasquez, petit-maître en diable, jugeant à ma physionomie que je ne serois pas plus difficile à séduire que mon prédécesseur, m'attira dans un endroit écarté, et me parla dans ces termes : Écoute, mon cher, je suis persuadé que mon père t'a chargé de m'espionner ; il n'y a pas manqué : mais prends-y garde, je t'en avertis, cet emploi n'est pas sans désagrément. Si je viens à m'apercevoir que tu m'observes, je te ferai mourir sous le bâton ; au lieu que si tu veux m'aider à tromper mon père, tu peux tout attendre de ma reconnoissance. Faut-il te parler plus clairement? tu auras ta part dans les coups de filet que nous ferons ensemble. Tu n'as qu'à choisir : déclare-toi dans le moment pour le père ou pour le fils ; point de quartier.

Monsieur, lui répondis-je, vous me serrez furieusement le bouton ; je vois bien que je ne pourrai me défendre de me ranger de votre parti, quoique dans le fond je me sente de la répugnance à trahir le seigneur Velasquez. Tu ne dois t'en faire aucun scrupule, reprit Gaspard ; c'est un vieil avare qui voudroit encore me mener à la lisière ; un vilain qui me refuse mon nécessaire, en refusant de fournir à mes plaisirs, car les plaisirs sont des besoins à vingt-cinq ans. C'est dans ce point de vue' qu'il faut que tu regardes mon père. Voilà qui est fini, monsieur, lui dis-je ; il n'y a pas moyen de tenir contre un si juste sujet de plainte. Je me déclare pour vous, et je m'offre à vous seconder dans vos louables entreprises ; mais cachons bien tous deux notre intelligence, de peur qu'on ne mette à la porte votre fidèle adjoint. Vous ne ferez point mal, ce me semble, d'affecter de me haïr : parlez-moi brutalement devant tout le monde : ne mesurez pas les termes. Quelques soufflets même et quelques coups de pied au cul ne gâteront rien ; au contraire, plus vous me donnerez de marques d'aversion, plus le seigneur

Baltazar aura de confiance en moi. De mon côté, je ferai semblant d'éviter votre conversation. En vous servant à table, je paroîtrai ne m'en acquitter qu'à regret ; et, quand je m'entretiendrai de votre seigneurie, ne trouvez pas mauvais que je dise pis que pendre de vous. Vous verrez que tout le monde au logis sera la dupe de cette conduite, et qu'on nous croira tous deux ennemis mortels.

Vive Dieu ! s'écria le jeune Velasquez à ces dernières paroles, je t'admire, mon ami ; tu fais paroître à ton âge un génie étonnant pour l'intrigue : j'en conçois pour moi le plus heureux présage. J'espère qu'avec le secours de ton esprit, je ne laisserai pas une pistole à mon père. Vous me faites trop d'honneur, lui dis-je, de tant compter sur mon industrie. Je ferai mon possible pour justifier la bonne opinion que vous en avez ; et si je ne puis y réussir, ce ne sera pas ma faute.

Je ne tardai guère à faire connoître à Gaspard que j'étois effectivement l'homme qu'il lui falloit ; et voici quel fut le premier service que je lui rendis. Le coffre-fort de Baltazar étoit dans la chambre de ce bon homme, à la ruelle de son lit, et lui servoit de prie-dieu. Toutes les fois que je le regardois, il me réjouissoit la vue, et je lui disois souvent en moi-même : Coffre-fort mon ami, seras-tu toujours fermé pour moi? n'aurai-je jamais le plaisir de contempler le trésor que tu recèles? Comme j'allois quand il me plaisoit dans la chambre, dont l'entrée n'étoit interdite qu'à Gaspard, il arriva un jour que j'aperçus son père, qui, croyant n'être vu de personne, après avoir ouvert et refermé son coffre-fort, en cacha la clef derrière une tapisserie. Je remarquai bien l'endroit, et fis part de cette découverte à mon jeune maître, qui me dit en m'embrassant de joie : Ah ! mon cher Scipion, que viens-tu de m'apprendre ! Notre fortune est faite, mon enfant. Je te donnerai dès aujourd'hui de la cire, tu prendras l'empreinte de la clef, et tu me la remettras entre les mains. Je n'aurai pas de peine à trouver un serrurier obligeant dans Cordoue, qui n'est pas la ville d'Espagne où il y a le moins de fripons.

Eh ! pourquoi, dis-je à Gaspard, voulez-vous faire faire une fausse clef quand nous pouvons nous servir de la véritable? Tu as raison, me répondit-il ; mais je crains que mon père, par défiance ou autrement, ne s'avise de la cacher ailleurs, et le plus sûr est d'en avoir une qui soit à nous. J'approuvai sa crainte, et, me rendant à son sentiment, je me préparai à prendre l'empreinte de la clef ; ce qui fut exécuté un beau matin, tandis que mon vieux patron faisoit une visite au père Alexis, avec lequel il avoit ordinairement de fort longs entretiens. Je n'en demeurai pas là : je me servis de la clef pour ouvrir le coffre-fort, qui, se trouvant rempli de grands et de petits sacs, me jeta dans un embarras charmant. Je ne savois lequel choisir, tant je me sentois d'affection pour les uns et pour les autres; néanmoins, comme la peur d'être surpris ne me permettoit pas de faire un long examen, je me saisis à tout hasard d'un des plus gros. Ensuite, ayant refermé le coffre et remis la clef derrière la tapisserie, je sortis de la chambre avec ma proie, que j'allai cacher dans une petite garde-robe, en attendant que je pusse la remettre au jeune Velasquez qui m'attendoit dans une maison où il m'avoit donné rendez-vous, et que je rejoignis promptement en lui apprenant ce que je venois de faire. Il fut si content de moi, qu'il m'accabla de caresses, et m'offrit généreusement la moitié des espèces qui étoient dans le sac; ce que je refusai. Non, non, monsieur, lui dis-je, ce premier sac est pour vous seul; servez-vous-en pour vos besoins. Je retournerai incessamment au coffre-fort, où, grâces au ciel, il y a de l'argent pour nous deux. En effet, trois jours après j'enlevai un second sac, où il y avoit, ainsi que dans le premier, cinq cents écus, desquels je ne voulus accepter que le quart, quelques instances que me fît Gaspard pour m'obliger à les partager avec lui fraternellement.

Sitôt que ce jeune homme se vit si bien en fonds, et par conséquent en état de satisfaire la passion qu'il avoit pour les femmes et pour le jeu, il s'y abandonna tout entier; il eut le malheur de s'entêter d'une de ces fameuses coquettes qui dévorent et engloutissent en peu de temps les plus gros patrimoines. Il se jeta pour elle dans une dépense effroyable, ce qui me mit dans la nécessité de rendre tant de visites au coffre-fort, que le vieux Velasquez s'aperçut enfin qu'on le voloit. Scipion, me dit-il un matin, il faut que je te découvre mon cœur : quelqu'un me vole, mon ami; on a ouvert mon coffre-fort; on en a tiré plusieurs sacs; c'est un fait constant. Qui dois-je accuser de ce larcin? ou plutôt, quel autre que mon fils peut l'avoir fait? Gaspard sera furtivement entré dans ma chambre, ou bien tu l'y auras toi-même introduit; car je suis tenté de te croire d'accord avec lui, quoique vous paroissiez tous deux fort mal ensemble. Néanmoins, ajouta-t-il, je ne veux pas écouter ce soupçon, puisque le père Alexis m'a répondu de ta fidélité. Je répondis que, grâces à Dieu, le bien d'autrui ne me tentoit point, et j'accompagnai ce mensonge d'une grimace hypocrite qui me servit d'apologie.

Effectivement le vieillard ne m'en parla plus; mais il ne laissa pas de m'envelopper dans sa défiance; et, prenant des précautions contre nos attentats, il fit mettre à son coffre-fort une nouvelle serrure, dont il porta toujours depuis la clef dans ses poches. Par ce moyen, tout commerce étant rompu entre nous et les sacs, nous demeurâmes fort sots, particulièrement Gaspard, qui, ne pouvant plus faire la même dépense pour sa nymphe, craignit d'être obligé de ne la plus voir. Il eut pourtant l'esprit d'imaginer un expédient qui le fit rouler pendant quelques jours, et cet ingénieux expédient fut de s'approprier, par forme d'emprunt, tout ce qui m'étoit revenu des saignées que j'avois faites au coffre-fort. Je lui donnai jusqu'à la dernière pièce; ce qui pouvoit, ce me semble, passer pour une restitution anticipée que je faisois au vieux marchand dans la personne de son héritier.

Ce jeune homme, lorsqu'il eut épuisé cette ressource, considérant qu'il n'en avoit plus aucune autre, tomba dans une profonde et noire mélancolie qui troubla peu à peu sa raison. Il ne regarda son père que comme un homme qui faisoit tout le malheur de sa vie. Il entra dans un vif désespoir, et, sans être retenu par la voix du sang, le misérable conçut l'horrible dessein de l'empoisonner. Il ne se contenta pas de me faire confidence de cet exécrable projet, il me proposa même de servir d'instrument à sa vengeance. A cette proposition, je me sentis saisi d'effroi. Monsieur, lui dis-je, est-il possible que vous soyez assez abandonné du ciel pour avoir formé cette abominable résolution? Quoi! vous seriez capable de donner la mort à l'auteur de vos jours? On verroit en Espagne, dans le sein du christianisme, commettre un crime dont la seule idée feroit horreur aux nations les plus barbares! Non, mon cher maître, ajoutai-je en me mettant à ses genoux, non, vous ne ferez point une action qui souleveroit contre vous toute la terre, et qui seroit suivie d'un infâme châtiment.

Je tins encore d'autres discours à Gaspard pour le détourner d'une entreprise si coupable. Je ne sais où j'allai prendre tous les raisonnements d'honnête homme dont je me servis pour combattre son désespoir; mais il est certain que je lui parlai comme un docteur de Salamanque, tout jeune et tout fils que j'étois de la Coscolina. Cependant j'eus beau lui représenter qu'il devoit rentrer en lui-même, et rejeter courageusement les pensées détestables dont son esprit étoit assailli, toute mon éloquence fut inutile. Il baissa la tête sur son estomac; et, gardant un morne silence, quelque chose que je pusse faire et dire, il me fit juger qu'il n'en démordroit point.

Là-dessus, prenant mon parti, je résolus de révéler tout à mon vieux maître; je lui demandai un secret entretien, il me l'accorda; et nous étant tous deux enfermés : Monsieur, lui dis-je, souffrez que je me jette à vos pieds, et que j'implore votre miséricorde! En achevant ces paroles, je me prosternai devant lui avec beaucoup d'émotion, et le visage baigné de larmes. Le marchand, surpris de mon action et de mon air troublé, me demanda ce que j'avois fait. Une faute dont je me repens, lui répondis-je, et que je me reprocherai toute ma vie. J'ai eu la foiblesse d'écouter votre fils, et de l'aider à vous voler. En même temps je lui fis un aveu sincère de tout ce qui s'étoit passé à ce sujet; après quoi je lui rendis compte de la conversation que je venois d'avoir avec Gaspard, dont je lui révélai le dessein sans oublier la moindre circonstance.

Quelque mauvaise opinion que le vieux Velasquez eût de son fils, à peine pouvoit-il ajouter foi à ce discours. Néanmoins, ne doutant nullement que mon rapport ne fût véritable : Scipion, me dit-il en me relevant, car j'étois toujours à ses pieds, je te pardonne en faveur de l'avis important que tu viens de me donner. Gaspard, poursuivit-il en élevant la voix, Gaspard en veut à mes jours! Ah! fils ingrat, monstre qu'il eût mieux valu étouffer en naissant que laisser vivre pour devenir un parricide, quel sujet as-tu d'attenter sur ma vie? Je te fournis tous les ans une somme raisonnable pour tes plaisirs, et tu n'es pas content! Faut-il donc, pour te satisfaire, que je te permette de ruiner ta sœur et de dissiper tous mes biens ? Ayant fait cette apostrophe amère, il me recommanda le secret, et me dit de le laisser seul songer à ce qu'il avoit à faire dans une conjoncture si délicate.

J'étois fort en peine de savoir quelle résolution prendroit ce père infortuné, lorsque le même jour il fit appeler Gaspard, et lui tint ce discours sans lui rien témoigner de ce qu'il avoit dans l'âme : Mon fils, j'ai reçu une lettre de Mérida, d'où l'on me mande que si vous voulez vous marier, on vous offre une fille de quinze ans, parfaitement belle, et qui vous apportera une riche dot. Si vous n'avez point de répugnance pour le mariage, nous partirons demain au lever de l'aurore pour Mérida ; nous verrons la personne qu'on vous propose; si elle est de votre goût, vous l'épouserez ; et si elle ne l'est pas, il ne sera plus parlé de ce mariage. Gaspard, entendant parler d'une riche dot, et croyant déjà la tenir, répondit sans hésiter qu'il étoit prêt à faire ce voyage ; si bien qu'ils partirent le lendemain dès la pointe du jour, tous deux seuls, et montés sur de bonnes mules.

Quand ils furent dans les montagnes de Fésira, et dans un endroit aussi chéri des voleurs que redouté des passants, Baltazar mit pied à terre, en disant à son fils d'en faire autant. Le jeune homme obéit, et demanda pourquoi, dans ce lieu-là, on le faisoit descendre de sa mule. Je vais te l'apprendre, lui répondit le vieillard en l'envisageant avec des yeux où sa douleur et sa colère étoient peintes : nous n'irons point à Mérida ; et l'hymen dont je t'ai parlé n'est qu'une fable que j'ai inventée pour t'attirer ici. Je n'ignore pas, fils ingrat et dénaturé, le forfait que tu médites. Je sais qu'un poison préparé par tes soins me doit être présenté ; mais insensé que tu es, as-tu pu te flatter que tu m'ôterois de cette façon impunément la vie? Quelle erreur ! Songe que ton crime seroit bientôt découvert, et que tu périrois par la main du bourreau. Il est, continua-t-il, un moyen plus sûr de contenter ta rage sans t'exposer à une mort ignominieuse ; nous sommes ici sans témoins, et dans un endroit où se commettent tous les jours des assassinats ; puisque tu es si altéré de mon sang, enfonce ton poignard dans mon sein : on imputera ce meurtre à des brigands. A ces mots Baltazar, découvrant sa poitrine, et marquant la place de son cœur à son fils : Tiens, Gaspard, ajouta-t-il, porte moi là un coup mortel, pour me punir d'avoir produit un scélérat comme toi.

Le jeune Velasquez, frappé de ces paroles comme d'un coup de tonnerre, bien loin de chercher à se justifier, tomba tout-à-coup sans sentiment aux pieds de son père. Ce bon vieillard, le voyant dans cet état, qui lui parut un commencement de repentir, ne put s'empêcher de céder à la foiblesse de la paternité ; il s'empressa de le secourir ; mais Gaspard n'eut pas sitôt repris l'usage de ses sens, que, ne pouvant soutenir la présence d'un père si justement irrité, il fit un effort pour se relever ; il remonta promptement sur sa mule, et s'éloigna sans dire une parole. Baltazar le laissa disparoître ; et, l'abandonnant à ses remords, revint à Cordoue, où six mois après il apprit qu'il s'étoit jeté dans la chartreuse de Séville, pour y passer le reste de ses jours dans la pénitence.

CHAPITRE XII.

Fin de l'histoire de Scipion.

Le mauvais exemple produit quelquefois de très-bons effets. La conduite que le jeune Velasquez avoit tenue me fit faire de sérieuses réflexions sur la mienne. Je commençai à combattre mes inclinations furtives, et à vivre en garçon d'honneur. L'habitude que j'avois de me saisir de tout l'argent que je pouvois prendre étoit formée par tant d'actes réitérés, qu'elle n'étoit pas aisée à vaincre. Cependant j'espérois en venir à bout, ayant souvent ouï dire que, pour devenir vertueux, il ne falloit que le vouloir véritablement. J'entrepris donc ce grand ouvrage, et le ciel sembla bénir mes efforts ; je cessai de regarder d'un œil de cupidité le coffre-fort du vieux marchand ; je crois même qu'il n'eût tenu qu'à moi d'en tirer des sacs, que je n'en aurois rien fait. J'avouerai pourtant qu'il y auroit eu de l'imprudence à mettre à cette épreuve mon intégrité naissante ; aussi Velasquez s'en garda bien.

Don Manrique de Medrano, jeune gentilhomme, et chevalier de l'ordre d'Alcantara, venoit souvent au logis. Nous avions sa pratique, qui étoit une de nos plus nobles, si elle n'étoit pas une de nos meilleures. J'eus le bonheur de plaire à ce cavalier, qui, toutes les fois qu'il me rencontroit, m'agaçoit toujours pour me faire parler, et paroissoit m'écouter avec plaisir. Scipion, me dit-il un jour, si j'avois un laquais de ton humeur, je croirois posséder un trésor ; et si tu n'appartenois pas à un homme que je considère, je n'épargnerois rien pour te débaucher. Monsieur, lui répondis-je, vous auriez peu de peine à y réussir ; car j'aime d'inclination les personnes de qualité, c'est mon foible : leurs manières aisées m'enlèvent. Cela étant, reprit don Manrique, je veux prier le seigneur Baltazar de consentir que tu passes de son service au mien : je ne crois pas qu'il me refuse cette grâce. Véritablement Velasquez la lui accorda d'autant plus facilement, qu'il ne croyoit pas la perte d'un laquais fripon irréparable. De mon côté je fus bien aise de ce changement, le valet d'un bourgeois ne me paroissant qu'un gredin en comparaison du valet d'un chevalier d'Alcantara.

Pour vous faire un portrait fidèle de mon nouveau patron, je vous dirai que c'étoit un cavalier doué de la plus aimable figure, et qui revenoit à tout le monde par la douceur de ses mœurs et par son bon esprit. D'ailleurs, il avoit beaucoup de valeur et de probité : il ne lui manquoit que du bien ; mais, cadet d'une maison plus illustre que riche, il étoit obligé de vivre aux dépens d'une vieille tante qui demeuroit à Tolède, et qui, l'aimant comme un fils, avoit soin de lui faire tenir l'argent dont il avoit besoin pour s'entretenir. Il étoit toujours vêtu proprement : on le recevoit fort bien partout. Il voyoit les principales dames de la ville, et entre autres la marquise d'Alménara. C'étoit une veuve de soixante-douze ans, qui, par ses manières engageantes et les agréments de son esprit, attiroit chez elle toute la noblesse de Cordoue : les hommes ainsi que les femmes se plaisoient à son entretien, et l'on appeloit sa maison *la bonne compagnie.*

Mon maître étoit un des plus assidus courtisans de cette dame. Un soir qu'il venoit de la quitter, il me parut avoir un air animé qui ne lui étoit pas ordinaire. Seigneur, lui dis-je, vous paroissez bien agité ; votre fidèle serviteur peut-il vous en demander la cause ? Ne vous seroit-il point arrivé quel-

que chose d'extraordinaire ? Le chevalier sourit à cette question, et m'avoua qu'effectivement il étoit occupé d'une conversation sérieuse qu'il venoit d'avoir avec la marquise d'Alménara. Je voudrois bien, lui dis-je en souriant, que cette mignonne septuagénaire vous eût fait une déclaration d'amour. Ne pense pas te moquer, me répondit-il ; apprends, mon ami, que la marquise m'aime. Chevalier, m'a-t-elle dit, je connois votre peu de fortune comme votre noblesse ; j'ai de l'inclination pour vous, et j'ai résolu de vous épouser pour vous mettre à votre aise, ne pouvant honnêtement vous enrichir d'une autre manière. Je sais bien que ce mariage me donnera dans le monde un ridicule, qu'on tiendra sur mon compte des discours médisants, et qu'enfin je passerai pour une vieille folle qui veut se remarier. N'importe, je prétends mépriser les caquets pour vous faire un sort agréable : tout ce que je crains, a-t-elle ajouté, c'est que vous n'ayez de la répugnance à répondre à mes intentions.

Voilà, poursuivit le chevalier, ce que m'a dit la marquise ; j'en suis d'autant plus étonné, que c'est la femme de Cordoue la plus sage et la plus raisonnable ; aussi lui ai-je fait réponse que j'étois surpris qu'elle me fît l'honneur de me proposer sa main, elle qui avoit toujours persisté dans la résolution de soutenir jusqu'au bout son veuvage. A quoi elle a reparti qu'ayant des biens considérables, elle étoit bien aise de son vivant d'en faire part à un honnête homme qu'elle chérissoit. Vous êtes apparemment, repris-je, déterminé à sauter le fossé ? En peux-tu douter ? me répondit-il. La marquise a des biens immenses, avec les qualités du cœur et de l'esprit. Il faudroit que j'eusse perdu le jugement pour laisser échapper un établissement si avantageux pour moi.

J'approuvai fort le dessein où mon maître étoit de profiter d'une si belle occasion de faire sa fortune, et même je lui conseillai de brusquer les choses, tant je craignois de les voir changer. Heureusement la dame avoit encore plus que moi cette affaire à cœur ; et bien loin de la négliger, elle donna de si bons ordres, que les préparatifs de son hyménée furent bientôt faits. Dès qu'on sut dans Cordoue que la vieille marquise d'Alménara se disposoit à épouser le jeune don Manrique de Medrano, les railleurs commencèrent à s'égayer aux dépens de cette veuve ; mais ils eurent beau s'épuiser en mauvaises plaisanteries, ils ne la détournèrent point de son entreprise ; elle laissa parler toute la ville, et suivit son chevalier à l'autel. Leurs noces furent célébrées avec un éclat qui fournit une nouvelle matière à la médisance. La mariée, disoit-on, auroit du moins dû par pudeur et par bienséance supprimer la pompe et le fracas, qui ne conviennent point du tout aux vieilles veuves qui prennent de jeunes époux.

La marquise, au lieu de se montrer honteuse d'être à son âge femme du chevalier, se livroit sans contrainte à la joie qu'elle en ressentoit. Il y eut chez elle un grand repas accompagné de symphonie, et la fête finit par un bal où se trouva toute la noblesse de Cordoue de l'un et de l'autre sexe. Sur la fin du bal, nos nouveaux mariés s'échappèrent pour gagner un appartement où ils s'enfermèrent avec une femme de chambre et moi ; ce qui fournit à la compagnie un nouveau sujet d'accuser la marquise d'avoir du tempérament ; mais cette dame étoit dans une disposition bien différente de celle où ils la croyoient tous. Aussitôt qu'elle se vit en particulier avec mon maître, elle lui adressa ces paroles : Don Manrique, voici votre appartement ; le mien est dans un autre endroit de cette maison ; nous passerons la nuit dans des chambres séparées, et le jour nous vivrons ensemble comme une mère et son fils. Le chevalier y fut trompé d'abord : il crut que la dame ne parloit ainsi que pour l'engager à lui faire une douce violence ; et, s'imaginant devoir par politesse paroître passionné, il s'approcha d'elle et s'offrit avec empressement à lui servir de valet de chambre ; mais, bien loin de lui permettre de la déshabiller, elle le repoussa d'un air sérieux, et lui dit : Arrêtez, don Manrique ; si vous me prenez pour une de ces tendres vieilles qui se remarient par fragilité, vous êtes dans l'erreur : je ne vous ai point épousé pour vous faire acheter les avantages que je vous fais par notre contrat de mariage ; ce sont des dons purs de mon cœur, et je n'exige de votre reconnoissance que des sentiments d'amitié. A ces mots elle nous laissa, mon maître et moi, dans notre appartement, et se retira dans le sien avec sa suivante, en défendant absolument au chevalier de l'accompagner.

Après sa retraite, nous demeurâmes, don Manrique et moi, fort étourdis de ce que nous venions d'entendre. Scipion, me dit mon maître, te serois-tu attendu au discours que la marquise vient de me tenir ? Que penses-tu d'une pareille dame ? Je pense, monsieur, que c'est une femme comme il n'y en a point. Quel bonheur pour vous de l'avoir ! C'est posséder un bénéfice sans être tenu d'acquitter les charges. Pour moi, reprit don Manrique, j'admire une épouse d'un caractère si estimable, et je prétends compenser par toutes les attentions imaginables le sacrifice qu'elle fait à sa délicatesse. Nous continuâmes à nous entretenir de la dame, et nous allâmes ensuite nous reposer, moi sur un grabat dans une garde-robe, et mon maître dans un beau lit qu'on lui avoit préparé,

et où je crois qu'au fond de son âme il ne fut pas fâché de coucher seul, quoiqu'il se sentît assez reconnoissant pour oublier l'âge d'une femme si généreuse.

Les réjouissances recommencèrent le jour suivant, et la nouvelle mariée parut de si belle humeur, qu'elle donna beau jeu aux mauvais plaisants. Elle rioit toute la première de ce qu'ils disoient ; elle excitoit même les rieurs à s'égayer, en se prêtant de bonne grâce à leurs saillies. Le chevalier, de son côté, ne se montroit pas moins content que son épouse ; et l'on eût dit, à l'air tendre dont il la regardoit et lui parloit, qu'il étoit dans le goût de la vieillesse. Les deux époux eurent le soir une nouvelle conversation, où il fut décidé que, sans se gêner l'un l'autre, ils vivroient de la même façon qu'ils avoient vécu avant leur mariage. Cependant il faut donner cette louange à don Manrique, qu'il fit, par considération pour sa femme, ce que peu de maris eussent fait à sa place ; il abandonna une petite bourgeoise qu'il aimoit et dont il étoit aimé, ne voulant pas entretenir un commerce qui eût semblé insulter à la conduite délicate que son épouse tenoit avec lui.

Tandis qu'il donnoit de si fortes marques de reconnoissance à cette vieille dame, elle les payoit avec usure, quoiqu'elle les ignorât. Elle le rendit maître de son coffre-fort, qui valoit mieux que celui de Velasquez. Comme elle avoit réformé sa maison pendant son veuvage, elle la remit sur le même pied où elle avoit été du vivant de son premier époux ; elle grossit son domestique, remplit ses écuries de chevaux et de mules ; en un mot, par ses généreuses bontés, le chevalier le plus gueux de l'ordre d'Alcantara en devint le plus riche. Vous me demanderez peut-être ce que je gagnai à tout cela : je reçus cinquante pistoles de ma maîtresse, et cent de mon maître, qui de plus me fit son secrétaire avec quatre cents écus d'appointements ; il eut même assez de confiance en moi pour vouloir que je fusse son trésorier.

Son trésorier ! m'écriai-je en interrompant Scipion dans cet endroit, et en faisant un éclat de rire. Oui, monsieur, répliqua-t-il d'un air froid et sérieux, oui, son trésorier ; j'ose même dire que je me suis acquitté de cet emploi avec honneur. Il est vrai que je suis peut-être redevable de quelque chose à la caisse ; car, comme je prenois dedans mes gages d'avance, et que j'ai quitté brusquement le service du chevalier, il n'est pas impossible que le comptable soit en reste ; en tout cas, c'est le dernier reproche qu'on ait à me faire, puisque j'ai toujours été depuis ce temps-là plein de droiture et de probité.

J'étois donc, poursuivit le fils de la Coscolina,

secrétaire et trésorier de don Manrique, qui paroissoit aussi content de moi que j'étois satisfait de lui, lorsqu'il reçut de Tolède une lettre par laquelle on lui mandoit que dona Théodora Muscoso sa tante étoit à l'extrémité. Il fut si sensible à cette nouvelle, qu'il partit sur-le-champ pour se rendre auprès de cette dame, qui lui servoit de mère depuis plusieurs années. Je l'accompagnai dans ce voyage, avec un valet de chambre et un laquais seulement; et tous quatre, montés sur les meilleurs chevaux de nos écuries, nous gagnâmes en diligence Tolède, où nous trouvâmes dona Théodora dans un état à nous faire espérer qu'elle ne mourroit point de sa maladie; et véritablement nos pronostics, quoique contraires à celui d'un vieux médecin qui la gouvernoit, ne furent pas démentis par l'événement.

Pendant que la santé de notre bonne tante se rétablissoit à vue d'œil, moins peut-être par les remèdes qu'on lui faisoit prendre que par la présence de son cher neveu, monsieur le trésorier passoit son temps le plus agréablement qu'il lui étoit possible, avec des jeunes gens dont la connoissance étoit fort propre à lui procurer des occasions de dépenser son argent. Outre les fêtes galantes qu'ils m'obligeoient à donner aux dames dont ils me procuroient la connoissance, ils m'entraînoient quelquefois dans les tripots, où ils m'engageoient à jouer avec eux; et, n'étant pas aussi habile joueur que mon maître don Abel, je perdois beaucoup plus souvent que je ne gagnois. Je prenois goût insensiblement au jeu, et si je me fusse entièrement livré à cette passion, elle m'auroit réduit sans doute à tirer de la caisse quelques quartiers d'avance; mais heureusement l'amour sauva la caisse et ma vertu. Un jour, comme je passois auprès de l'église *de los Royès*, j'aperçus au travers d'une jalousie, dont les rideaux étoient ouverts, une jeune fille qui me parut moins une mortelle qu'une divinité. Je me servirois d'un terme encore plus fort s'il y en avoit, pour mieux vous exprimer l'impression que sa vue fit sur moi. Je m'informai d'elle, et, à force de perquisitions, j'appris qu'elle se nommoit Béatrix, et qu'elle étoit *suivante de dona Julia*, fille cadette du comte de Polan.

Béatrix interrompit Scipion en riant à gorge déployée; puis adressant la parole à ma femme: Charmante Antonia, lui dit-elle, regardez-moi bien, je vous prie; n'ai-je pas à votre avis l'air d'une divinité? Vous l'aviez alors à mes yeux, lui dit Scipion; et, depuis que votre fidélité ne m'est plus suspecte, vous me paroissez plus belle que jamais. Mon secrétaire, après une repartie si galante, poursuivit ainsi son histoire:

Cette découverte acheva de m'enflammer, non

à la vérité d'une ardeur légitime. J'en fais un aveu sincère; je m'imaginai que je triompherois facilement de sa vertu, si je la tentois par des présents capables de l'ébranler; mais je jugeois mal de la chaste Béatrix. J'eus beau lui faire proposer par des femmes mercenaires ma bourse et mes soins, elle rejeta fièrement mes propositions. Sa résistance, au lieu d'éteindre mes désirs, les *irrita*. J'eus recours au dernier expédient; je lui fis offrir ma main, qu'elle accepta lorsqu'elle sut que j'étois secrétaire et trésorier de don Manrique. Comme nous trouvâmes à propos de cacher *notre mariage pendant quelque temps*, nous nous mariâmes secrètement en présence de la dame Lorença Sephora, gouvernante de Séraphine, et devant quelques autres domestiques du comte de Polan. Je n'eus pas plus tôt épousé Béatrix, qu'elle me facilita les moyens de la voir le jour, et de l'entretenir la nuit dans le jardin, où je m'introduisois par une petite porte dont elle me donna une clef. Jamais deux époux n'ont été plus contents que nous l'étions l'un et l'autre. Béatrix et moi, nous attendions avec une égale impatience l'heure du rendez-vous; nous y courions avec le même empressement, et le temps que nous passions ensemble, quoiqu'il fût quelquefois assez long, nous sembloit toujours trop court. Enfin, nous vivions plutôt en amants qu'en époux; mais la fortune jalouse troubla bientôt notre félicité. Une nuit, qui fut aussi cruelle pour moi que les précédentes avoient été douces, je fus surpris, en voulant entrer dans le jardin, de trouver la petite porte ouverte. Cette nouveauté m'alarma; j'en tirai un mauvais augure; je devins pâle et tremblant, comme si j'eusse pressenti ce qui m'alloit arriver; et m'avançant dans l'obscurité vers un cabinet de verdure, où j'avois accoutumé de parler à mon épouse, j'entendis la voix d'un homme. Je m'arrêtai tout-à-coup pour mieux ouïr, et mon oreille fut aussitôt frappée de ces paroles: « Ne me faites donc point languir, ma » chère Béatrix, achevez mon bonheur; songez » que votre fortune y est attachée. » Au lieu d'avoir la patience d'écouter encore, je crus n'avoir pas besoin d'en entendre davantage; une fureur jalouse s'empara de mon âme, et, ne respirant que vengeance, je tirai mon épée et j'entrai brusquement dans le cabinet. Ah! lâche suborneur! m'écriai-je, qui que tu sois, il faut que tu m'arraches la vie avant que tu m'ôtes l'honneur. En disant ces mots, je chargeai le cavalier qui s'entretenoit avec Béatrix. Il se mit promptement en défense, et se battit en homme qui savoit mieux faire des armes que moi, qui n'avois reçu que quelques leçons d'escrime à Cordoue. Cependant, tout grand spadassin qu'il étoit, il ne put parer un coup que je lui portai, ou plutôt il fit un faux pas ; je le vis tomber ; et, m'imaginant l'avoir mortellement blessé, je m'enfuis à toutes jambes, sans vouloir répondre à Béatrix, qui m'appeloit à haute voix.

Oui vraiment, interrompit la femme de Scipion en nous adressant la parole, je l'appelois pour le tirer d'erreur. Le cavalier avec qui je m'entretenois dans le cabinet étoit don Fernand de Leyva. Ce seigneur, qui aimoit Julie ma maîtresse, avoit formé la résolution de l'enlever, croyant ne pouvoir l'obtenir que par ce moyen, et je lui avois moi-même donné rendez-vous dans le jardin pour concerter avec lui cet enlèvement, dont il m'assuroit que dépendoit ma fortune ; mais j'eus beau crier pour rappeler mon époux, aveuglé par sa colère, il s'éloigna de moi comme d'une femme infidèle.

Dans l'état où je me trouvois, reprit Scipion, j'étois capable de tout. Ceux qui savent par expérience ce que c'est que la jalousie, et quelles extravagances elle fait faire aux meilleurs esprits, ne seront point étonnés du désordre qu'elle produisit dans mon foible cerveau ; je passai dans le moment d'une extrémité à l'autre : je sentis succéder des mouvements de haine aux sentiments de tendresse que j'avois un instant auparavant pour mon épouse. Je fis serment de l'abandonner, et de la bannir pour jamais de ma mémoire. D'ailleurs je croyois avoir tué un cavalier ; et, dans cette opinion, craignant de tomber entre les mains de la justice, j'éprouvois ce trouble funeste qui suit partout, comme une furie, un homme qui vient de faire un mauvais coup. Dans cette horrible situation, ne songeant qu'à me sauver, je ne retournai point au logis, et je sortis à l'heure même de Tolède, n'ayant point d'autres hardes que l'habit dont j'étois revêtu. Il est vrai que j'avois dans mes poches une soixantaine de pistoles ; ce qui ne laissoit pas d'être une assez bonne ressource pour un jeune homme qui se résolvoit à vivre toujours dans la servitude.

Je marchai toute la nuit, ou, pour mieux dire, je courus ; car l'image des alguazils, toujours présente à mon esprit, me donnoit sans cesse une nouvelle vigueur. L'aurore me découvrit entre Rodillas et Maqueda. Lorsque je fus à ce dernier bourg, me trouvant un peu fatigué, j'entrai dans l'église qu'on venoit d'ouvrir, et après y avoir fait une prière, je m'assis sur un banc pour me reposer. Je me mis à rêver à l'état de mes affaires, qui n'avoient que trop de quoi m'occuper ; mais je n'eus pas le temps de faire bien des réflexions. J'entendis retentir l'église de trois ou quatre coups de fouet, qui me firent juger qu'il passoit par là quelque muletier. Je me levai aussitôt pour aller

voir si je ne me trompois pas ; et, quand je fus à la porte, j'en aperçus un qui, monté sur une mule, en menoit deux autres à vide. Arrêtez, mon ami, lui dis-je ; où vont ces mules ? A Madrid, me répondit-il. J'ai amené de là ici deux bons religieux de Saint-Dominique, et je m'en retourne.

L'occasion qui se présentoit de faire le voyage de Madrid m'en inspira l'envie ; je fis marché avec le muletier ; je montai sur une de ses mules, et nous poussâmes vers Illescas, où nous devions aller coucher. A peine fûmes-nous hors de Maqueda, que le muletier, homme de trente-cinq à quarante ans, commença d'entonner des chants d'église à pleine tête. Il débuta par les prières que les chanoines disent à matines, ensuite il chanta le *Credo*, comme on le chante aux grandes messes ; puis, passant aux vêpres, il les dit sans me faire grâce du *Magnificat*. Quoique le faquin m'étourdît les oreilles, je ne pouvois m'empêcher de rire ; je l'excitois même à continuer quand il étoit obligé de s'arrêter pour reprendre haleine. Courage, l'ami, lui disois-je ; poursuivez. Si le ciel vous a donné de bons poumons, vous n'en faites pas un mauvais usage. Oh ! pour cela, non, s'écria-t-il ; je ne ressemble pas, Dieu merci, à la plupart des voituriers qui ne chantent que des chansons infâmes ou impies ; je ne chante même jamais de romances sur nos guerres contre les Maures ; car si ces choses-là ne sont pas déshonnêtes, vous conviendrez du moins qu'elles sont frivoles, et qu'un bon chrétien ne doit pas s'en occuper. Vous avez, lui répliquai-je, une pureté de cœur que les muletiers ont rarement ; mais dites-moi, mon ami, avec votre extrême délicatesse sur le choix de vos chants, avez-vous aussi fait vœu de chasteté dans les hôtelleries où il y a de jeunes servantes ? Assurément, me repartit-il, la continence est encore une chose dont je me pique dans ces sortes de lieux ; je n'y songe qu'au soin que je dois avoir de mes mules. Je ne fus pas peu étonné d'entendre parler de cette sorte ce phénix des muletiers ; et, le tenant pour un homme de bien et d'esprit, je liai avec lui conversation après qu'il eut chanté tout son soûl.

Nous arrivâmes à Illescas sur la fin de la journée. Lorsque nous fûmes à l'hôtellerie, je laissai à mon compagnon le soin des mules, et j'entrai dans la cuisine, où j'ordonnai à l'hôte de nous préparer un bon souper ; ce qu'il promit de faire si bien, que je me souviendrois, dit-il, toute ma vie d'avoir logé chez lui. Demandez, ajouta-t-il, demandez à votre muletier quel homme je suis. Vive Dieu, je défierois tous les cuisiniers de Madrid et de Tolède de faire une *olla podrida* comparable aux miennes. Je veux vous régaler ce soir d'un civet de lapereau de ma façon ; vous verrez si j'ai tort de vanter mon savoir-faire. Là-dessus, me montrant une casserole où il y avoit, à ce qu'il disoit, un lapin déjà tout haché : Voilà, continua-t-il, ce que je prétends vous donner pour votre souper avec une épaule de mouton rôtie. Quand j'aurai mis là-dedans du poivre, du sel, du vin, un paquet de fines herbes, et quelques autres ingrédients que j'emploie dans mes sauces, j'espère que je vous servirai tantôt un ragoût digne d'un contador mayor.

L'hôte, après avoir ainsi fait son éloge, commença d'apprêter le souper. Pendant qu'il y travailloit, j'entrai dans une salle, où, m'étant couché sur un grabat que j'y trouvai, je m'endormis de fatigue, n'ayant pris aucun repos la nuit précédente. Au bout de deux heures, le muletier vint me réveiller : Mon gentilhomme, me dit-il, votre souper est prêt; venez, s'il vous plaît, vous mettre à table. Il y en avoit dans la salle une sur laquelle étoient deux couverts. Nous nous y assîmes le muletier et moi, et l'on nous apporta le civet. Je me jetai dessus avidement; je le trouvai d'un goût exquis, soit que la faim m'en fît juger trop favorablement, soit que ce fût véritablement un effet des ingrédients du cuisinier. On nous servit ensuite un morceau de mouton rôti ; et, remarquant que le muletier ne faisoit honneur qu'à ce dernier plat, je lui demandai pourquoi il ne touchoit point à l'autre. Il me répondit en souriant qu'il n'aimoit pas les ragoûts. Cette réponse, ou plutôt le souris dont il l'avoit accompagnée, me parut mystérieux. Vous me cachez, lui dis-je, la véritable raison qui vous empêche de manger de ce civet; faites-moi le plaisir de me l'apprendre. Puisque vous êtes si curieux de le savoir, reprit-il, je vous dirai que j'ai de la répugnance à me bourrer l'estomac de ces sortes de ragoûts, depuis qu'en allant de Tolède à Cuença, on me servit un soir dans une hôtellerie, pour un lapin de garenne, un matou en hachis ; cela m'a dégoûté des fricassées.

Le muletier ne m'eut pas sitôt dit ces paroles, que, malgré la faim qui me dévoroit, l'appétit me manqua tout-à-coup. Je me mis en tête que je venois de manger d'un lapin supposé, et je ne regardai plus le ragoût qu'en faisant la grimace. Mon compagnon ne me guérit pas l'esprit là-dessus, en me disant que les maîtres d'hôtellerie en Espagne faisoient assez souvent ce *quiproquo*, de même que les pâtissiers. Ce discours, comme vous voyez, étoit fort consolant; aussi je n'eus plus aucune envie de retourner au civet, pas même de toucher au plat de rôti, de peur que le mouton ne fût pas mieux vérifié que le lapin. Je me levai de table en maudissant le ragoût, l'hôte et l'hôtellerie; et, m'étant recouché sur le grabat, j'y passai la nuit plus tranquillement que je ne m'y étois attendu.

Le jour suivant, de grand matin, après avoir payé mon hôte aussi grassement que s'il m'eût fort bien traité, je m'éloignai d'Illescas, l'imagination encore si remplie du civet, que je prenois pour des chats tous les animaux que j'apercevois.

J'arrivai de bonne heure à Madrid, où, sitôt que j'eus satisfait mon muletier, je louai une chambre garnie auprès de la porte du Soleil. Mes yeux, quoique accoutumés au grand monde, ne laissèrent pas d'être éblouis du concours de seigneurs qu'on voit ordinairement dans le quartier de la cour. J'admirai la prodigieuse quantité de carrosses, et le nombre infini de gentilshommes, de pages et de laquais qui étoient à la suite des grands. Mon admiration redoubla, lorsque, étant allé au lever du roi, j'aperçus ce monarque environné de *ses courtisans*. Je fus charmé de ce spectacle, et je dis en moi-même : Quel éclat! quelle grandeur! *Je ne m'étonne plus d'avoir ouï dire qu'il faut voir la cour de Madrid pour en concevoir toute la magnificence; je suis ravi d'y être venu, j'ai un pressentiment que j'y ferai quelque chose. Je n'y fis pourtant rien, que quelques connoissances infructueuses. Je dépensai peu à peu mon argent, et je fus trop heureux de me donner avec tout mon mérite à un pédant de Salamanque, qu'une affaire de famille avoit attiré à Madrid où il étoit né, et que le hasard me fit connoître. Je devins son fac-totum, et je le suivis à son université lorsqu'il y retourna.*

Mon nouveau patron se nommoit don Ignacio de Ipigna. Il prenoit le *don* pour avoir été précepteur d'un duc qui lui faisoit par reconnoissance une pension à vie; ce n'est pas tout, il en avoit une autre comme professeur émérite du collége; et, de plus, il avoit tous les ans du public un revenu de deux ou trois cents pistoles par les livres de morale dogmatique qu'il avoit coutume de faire imprimer. La manière dont il composoit ses ouvrages mérite bien qu'on en fasse mention. L'illustre don Ignacio passoit presque toute la journée à lire les auteurs hébreux, grecs et latins, et à mettre sur un petit carré de papier chaque apophthegme ou pensée brillante qu'il y trouvoit. A mesure qu'il remplissoit des carrés, il m'employoit à les enfiler dans un fil de fer en forme de guirlande, et chaque guirlande faisoit un tome. Que nous faisions de mauvais livres! il ne se passoit guère de mois que nous ne fissions pour le moins deux volumes; et aussitôt la presse en gémissoit : ce qu'il y a de plus surprenant, c'est que ces compilations se donnoient pour des nouveautés; et, si les critiques s'avisoient de reprocher à l'auteur qu'il pilloit les anciens, il leur répondoit avec une orgueilleuse effronterie : *Furto lætamur in ipso.*

Il étoit aussi grand commentateur, et il y avoit tant d'érudition dans ses commentaires, qu'il faisoit souvent des remarques sur des choses qui n'étoient pas dignes d'être remarquées ; comme sur ces carrés de papier il écrivoit quelquefois très-mal à propos des passages d'Hésiode et d'autres auteurs ; néanmoins, avec tout cela, je ne laissai pas de profiter chez ce savant ; il y auroit de l'ingratitude à n'en pas convenir. J'y perfectionnai mon écriture à force de copier ses ouvrages ; et si me traitant en élève plutôt qu'en valet, il eut soin de me former l'esprit, il ne négligea point mes mœurs. Scipion, me disoit-il, quand par hasard il entendoit dire que quelque domestique avoit fait une friponnerie, prends bien garde, mon enfant, de suivre le mauvais exemple de ce fripon. Il faut qu'un valet serve son maître avec autant de fidélité que de zèle, et s'efforce de devenir vertueux par le travail, s'il a le malheur de ne l'être point par nature. En un mot, don Ignacio ne perdoit aucune occasion de me porter à la vertu ; et ses exhortations faisoient sur moi un si bon effet, que je n'eus pas la moindre tentation de lui jouer quelque tour pendant quinze mois que je demeurai chez lui.

J'ai déjà dit que le docteur de Ipigna étoit originaire de Madrid ; il y avoit une parente, appelée Catalina, qui étoit femme de chambre de madame la nourrice. Cette soubrette, qui est la même dont je me suis servi depuis pour tirer de la tour de Ségovie le seigneur de Santillane, ayant envie de rendre service à don Ignacio, engagea sa maîtresse à demander pour lui un bénéfice au duc de Lerme. Ce ministre le fit nommer à l'archidiaconat de Grenade, lequel étant en pays conquis est à la nomination du roi. Nous partîmes pour Madrid sitôt que nous eûmes appris cette nouvelle, le docteur voulant remercier ses bienfaitrices avant que d'aller à Grenade. J'eus plus d'une occasion de voir Catalina et de lui parler. Mon humeur enjouée et mon air aisé lui plurent ; de mon côté, je la trouvai si fort à mon gré, que je ne pus me défendre de répondre aux petites marques d'amitié qu'elle me donna ; enfin nous nous attachâmes l'un à l'autre. Pardonnez-moi cet aveu, ma chère Béatrix ; comme je vous croyois infidèle, cette erreur doit me sauver de vos reproches.

Cependant le docteur don Ignacio se préparoit à partir pour Grenade. Sa parente et moi, effrayés de la prochaine séparation qui nous menaçoit, nous eûmes recours à un expédient qui nous en préserva : je feignis d'être malade, je me plaignis de la tête, je me plaignis de la poitrine, et je fis toutes les démonstrations d'un homme accablé de tous les maux du monde. Mon maître appela un médecin, ce qui me fit trembler, m'imaginant que cet Hippocrate alloit s'apercevoir que je n'étois point malade ; mais heureusement, et comme s'il eût été d'accord avec moi, il me dit bonnement, après m'avoir bien observé, que ma maladie étoit plus sérieuse qu'on ne pensoit, et que selon toutes les apparences, je garderois long-temps la chambre. Le docteur, impatient de se rendre à sa cathédrale, ne jugea point à propos de retarder son départ ; il aima mieux prendre un autre garçon pour le servir ; il se contenta de m'abandonner aux soins d'une garde, à laquelle il laissa une somme d'argent pour m'enterrer si je mourois, ou pour récompenser mes services si je revenois de ma maladie.

Sitôt que je sus don Ignacio parti pour Grenade, je fus guéri de tous mes prétendus maux. Je me levai, je congédiai mon médecin qui avoit tant de pénétration, et je me défis de ma garde, qui me vola plus de la moitié des espèces qu'elle devoit me remettre. Tandis que je faisois ce personnage, Catalina en jouoit un autre auprès de dona Anna de Guevara sa maîtresse, à laquelle faisant entendre que j'étois admirable pour l'intrigue, elle lui mit dans l'esprit de me choisir pour un de ses agents. Madame la nourrice, à qui l'amour des richesses faisoit souvent former des entreprises lucratives, ayant besoin de pareils sujets, me reçut parmi ses domestiques, et ne tarda guère à m'éprouver. Elle me donna des commissions qui demandoient un peu d'adresse, et sans vanité je ne m'en acquittai point mal ; aussi fut-elle autant satisfaite de moi que j'eus lieu d'être mécontent d'elle. La dame étoit si avare qu'elle ne me faisoit pas la moindre part des fruits qu'elle recueilloit de mon industrie et de mes peines. Elle s'imaginoit qu'en me payant exactement mes gages, elle en usoit avec moi assez généreusement. Cet excès d'avarice me déplut, et m'auroit bientôt fait sortir de chez cette dame, si je n'y eusse été retenu par les bontés de Catalina, qui, s'enflammant de plus en plus tous les jours, me proposa formellement de l'épouser.

Doucement, lui dis-je, mon adorable, cette cérémonie ne se peut faire entre nous si promptement ; il faut auparavant que j'apprenne la mort d'une jeune personne qui vous a prévenue, et dont je suis devenu l'époux pour mes péchés. A d'autres, me répondit Catalina ; je ne suis point assez crédule pour ajouter foi à ce que vous dites ; vous voulez me faire accroire que vous êtes marié, et pourquoi ? pour me cacher poliment la répugnance que vous avez à me prendre pour votre épouse. Je lui protestai vainement que je lui disois la vérité ; mon aveu sincère lui parut une défaite, et, s'en trouvant offensée, elle changea de manières à mon égard. Nous ne nous brouillâmes point; mais notre commerce se refroidit à vue d'œil, et nous n'eûmes plus l'un pour l'autre que des égards de bienséance et d'honnêteté.

Dans cette conjoncture j'appris qu'il falloit un laquais au seigneur Gil Blas de Santillane, secrétaire du premier ministre de la couronne d'Espagne; et ce poste me flatta d'autant plus, qu'on m'en parla comme du plus gracieux que je pusse occuper. Le seigneur de Santillane, me dit-on, est un cavalier plein de mérite, un garçon chéri du duc de Lerme, et qui, par conséquent, ne sauroit manquer de pousser loin sa fortune : d'ailleurs il a le cœur généreux; en faisant ses affaires, vous ferez fort bien les vôtres. Je ne négligeai point cette occasion; j'allai me présenter au seigneur Gil Blas, pour qui d'abord je me sentis naître de l'inclination, et qui m'arrêta sur ma physionomie. Je ne balançai point à quitter pour lui madame la nourrice; et il sera, s'il plaît au ciel, le dernier de mes maîtres.

Scipion finit son histoire en cet endroit. Puis, m'adressant la parole : Seigneur de Santillane, continua-t-il, c'est à vous que je m'adresse à présent; faites-moi la grâce de témoigner à ces dames que vous m'avez toujours connu pour un serviteur aussi fidèle que zélé. J'ai besoin de votre témoignage pour leur persuader que le fils de la Coscolina a purgé ses mœurs, et fait succéder de vertueux sentiments à ses mauvaises inclinations.

Oui, mesdames, dis-je alors, c'est de quoi je puis vous répondre. Si dans son enfance Scipion a été un vrai *Picaro*, il s'est depuis si bien corrigé, qu'il est devenu le modèle d'un parfait domestique. Bien loin d'avoir quelques reproches à lui faire sur la conduite qu'il a tenue avec moi, je dois plutôt avouer que je lui ai de grandes obligations. La nuit qu'on m'enleva pour me conduire à la tour de Ségovie, il sauva du pillage et mit en sûreté une partie de mes effets, qu'il pouvoit impunément s'approprier; il ne se contenta pas même de songer à conserver mon bien, il vint par pure amitié s'enfermer avec moi dans ma prison, préférant aux charmes de la liberté le triste plaisir de partager mes peines.

LIVRE ONZIÈME.

CHAPITRE PREMIER.

De la plus grande joie que Gil Blas ait jamais sentie, et du triste accident qui la troubla. Des changements qui arrivèrent à la cour, et qui furent cause que Santillane y retourna.

J'ai déjà dit qu'Antonia et Béatrix s'accordoient ensemble parfaitement bien; l'une étant accoutumée à vivre en soubrette soumise, et l'autre s'accoutumant volontiers à faire la maîtresse. Nous étions, Scipion et moi, des maris trop galants et trop chéris de nos femmes, pour n'avoir pas bientôt la satisfaction d'être pères; elles devinrent enceintes presque en même temps. Béatrix accoucha la première, mit au monde une fille; et peu de jours après Antonia nous combla tous de joie en me donnant un fils. Ravi d'un si heureux événement, j'envoyai mon secrétaire à Valence en porter la nouvelle au gouverneur, qui vint à Lirias avec Séraphine et la marquise de Pliego[1] tenir les enfants sur les fonts, se faisant un plaisir d'ajouter ce témoignage d'affection à tous ceux que j'avois déjà reçus de lui. Mon fils, qui eut pour parrain ce seigneur, et pour marraine la marquise, fut nommé Alphonse; et madame la gouvernante, voulant que j'eusse l'honneur d'être doublement son compère, tint avec moi la fille de Scipion, à laquelle nous donnâmes le nom de Séraphine.

La naissance de mon fils ne réjouit pas seulement les personnes du château, les habitants de Lirias la célébrèrent aussi par des fêtes qui firent connoître que tout le hameau prenoit part au plaisir de son seigneur. Mais hélas! nos réjouissances ne furent pas de longue durée, ou, pour mieux dire, elles se convertirent tout-à-coup en gémissements, en plaintes, en lamentations, par un événement que plus de vingt années n'ont pu me faire oublier, et qui sera toujours présent à ma pensée. Mon fils mourut; et sa mère, quoiqu'elle fût heureusement accouchée de lui, le suivit de près; une fièvre violente emporta ma chère épouse après quatorze mois de mariage. Que le lecteur conçoive, s'il est possible, la douleur dont je fus saisi! je tombai dans un accablement stupide; à force de sentir la perte que je faisois, j'y paroissois comme insensible. Je fus cinq ou six jours dans cet état;

[1] *Pliego,* feuille de papier, pli.

je ne voulois prendre aucune nourriture; et je crois que sans Scipion je me serois laissé mourir de faim, ou que la tête m'auroit tourné : mais cet adroit secrétaire sut tromper ma douleur en s'y conformant : il trouvoit le secret de me faire avaler des bouillons en me les présentant d'un air si mortifié, qu'il sembloit me les donner moins pour conserver ma vie que pour nourrir mon affliction.

Cet affectionné serviteur écrivit à don Alphonse, pour l'informer du malheur qui m'étoit arrivé et de la situation pitoyable où je me trouvois. Ce seigneur tendre et compatissant, cet ami généreux se rendit bientôt à Lirias. Je ne puis sans m'attendrir rappeler le moment où il s'offrit à mes yeux. Mon cher Santillane, me dit-il en m'embrassant, je ne viens point ici pour vous consoler; j'y viens pleurer avec vous Antonia, comme vous pleureriez avec moi Séraphine si la Parque me l'eût ravie. Effectivement il répandit des larmes, et confondit ses soupirs avec les miens. Tout accablé que j'étois de ma tristesse, je ne laissois pas de ressentir vivement les bontés de ce seigneur.

Don Alphonse eut avec Scipion un long entretien sur ce qu'il y avoit à faire pour vaincre ma douleur. Ils jugèrent qu'il falloit pour quelque temps m'éloigner de Lirias, où tout me retraçoit sans cesse l'image d'Antonia. Sur quoi le fils de don César me proposa de m'emmener à Valence, et mon secrétaire appuya si bien la proposition, que je l'acceptai. Je laissai Scipion et sa femme au château, dont le séjour véritablement ne servoit qu'à irriter mes ennuis, et je partis avec le gouverneur. Lorsque je fus à Valence, don César et sa belle-fille n'épargnèrent rien pour faire diversion à mon chagrin; ils mirent tour à tour en usage les amusements les plus propres à me dissiper; mais, malgré tous leurs soins, je demeurai plongé dans une mélancolie dont ils ne purent me tirer. Il ne tenoit pas non plus à Scipion que je ne reprisse ma tranquillité : il venoit souvent de Lirias à Valence pour savoir de mes nouvelles; il s'en retournoit d'autant plus triste ou d'autant plus gai qu'il me voyoit plus ou moins de disposition à me consoler. Je ne faisois pas en lui cette remarque sans plaisir; je lui tenois compte des mouvements d'amitié qu'il laissoit éclater, et je m'applaudissois d'avoir un domestique si attaché à moi.

Il entra un matin dans ma chambre. Monsieur, me dit-il d'un air fort agité, il se répand dans la ville un bruit qui intéresse toute la monarchie : on dit que Philippe III ne vit plus, et que le prince son fils est sur le trône. On ajoute à cela, poursuivit-il, que le cardinal duc de Lerme a perdu son poste, qu'il lui est même défendu de paroître

à la cour, et que don Gaspard de Guzman, comte d'Olivarès, est présentement premier ministre. Je me sentis un peu ému de cette nouvelle sans savoir pourquoi. Scipion s'en aperçut, et me demanda si je ne prenois aucune part à ce grand changement. Eh ! quelle part veux-tu que j'y prenne, lui répondis-je, mon enfant? J'ai quitté la cour; tous les changements qui peuvent y arriver me doivent être indifférents.

Pour un homme de votre âge, reprit le fils de la Coscolina, vous êtes bien détaché du monde. A votre place j'aurois un désir curieux. Quel désir? interrompis-je. Ma foi, reprit-il, j'irois à Madrid montrer mon visage au jeune monarque, pour voir s'il me remettroit; c'est un plaisir que je me donnerois. Je t'entends, lui dis-je; tu voudrois que je retournasse à la cour pour y tenter de nouveau la fortune, ou plutôt pour y redevenir un avare et un ambitieux. Pourquoi vos mœurs s'y corromproient-elles encore? me repartit Scipion. Ayez plus de confiance que vous n'en avez en votre vertu. Je vous réponds de vous-même. Les saines réflexions que votre disgrâce vous a fait faire sur la cour ne vous permettent point d'en redouter les dangers. Rembarquez-vous hardiment sur une mer dont vous connoissez tous les écueils. Taistoi, flatteur, m'écriai-je en souriant; es-tu las de me voir mener une vie tranquille? Je croyois que mon repos t'étoit plus cher.

Dans cet endroit de notre conversation, don César et son fils arrivèrent. Ils me confirmèrent la nouvelle de la mort du roi, ainsi que le malheur du duc de Lerme. Ils m'apprirent de plus que ce ministre, ayant fait demander la permission de se retirer à Rome, n'avoit pu l'obtenir, et qu'il lui étoit ordonné de se rendre à son marquisat de Dénia. Ensuite, comme s'ils eussent agi de concert avec mon secrétaire, ils me conseillèrent d'aller à Madrid me présenter aux yeux du nouveau roi, puisque j'en étois connu, et que je lui avois même rendu des services que les grands récompensent assez volontiers. Pour moi, dit don Alphonse, je ne doute pas qu'il ne les reconnoisse. Philippe IV doit payer les dettes du prince d'Espagne. J'ai le même pressentiment, dit don César, et je regarde le voyage de Santillane à la cour comme une occasion pour lui de parvenir aux grands emplois.

En vérité, messeigneurs, m'écriai-je, vous ne pensez pas bien à ce que vous dites! Il semble, à vous entendre l'un et l'autre, que je n'ai qu'à me rendre à Madrid pour avoir la clef d'or, ou quelque gouvernement; vous êtes dans l'erreur. Je suis au contraire bien persuadé que le roi ne feroit aucune attention à ma figure si je m'offrois à ses regards. J'en ferai, si vous le souhaitez, l'épreuve pour vous désabuser. Les seigneurs de Leyva me prirent au mot, et je ne pus me défendre de leur promettre que je partirois incessamment pour Madrid. Sitôt que mon secrétaire me vit déterminé à faire ce voyage, il en ressentit une joie immodérée; il s'imaginoit que je ne paroîtrois pas plutôt devant le nouveau monarque, que ce prince me démêleroit dans la foule, et m'accableroit d'honneurs et de biens. Là-dessus, se berçant des plus brillantes chimères, il m'élevoit aux premières charges de l'état, et se poussoit à la faveur de mon élévation.

Je me disposai donc à retourner à la cour, non dans la vue d'y sacrifier encore à la fortune, mais pour contenter don César et son fils, qui avoient dans l'esprit que je posséderois bientôt les bonnes grâces du souverain. Il est vrai que je me sentois au fond de l'âme quelque envie d'éprouver si ce jeune prince me reconnoîtroit. Entraîné par ce mouvement curieux, sans espérance et sans dessein de tirer quelque avantage du nouveau règne, je pris le chemin de Madrid avec Scipion, abandonnant le soin de mon château à Béatrix, qui étoit une très-bonne ménagère.

CHAPITRE II.

Gil Blas se rend à Madrid ; il paroît à la cour ; le roi le reconnoît et le recommande à son premier ministre. Suite de cette recommandation.

Nous nous rendîmes à Madrid en moins de huit jours, don Alphonse nous ayant donné deux de ses meilleurs chevaux pour faire plus de diligence. Nous allâmes descendre à un hôtel garni où j'avois déjà logé, chez Vincent Forrero, mon ancien hôte, qui fut bien aise de me revoir.

Comme c'étoit un homme qui se piquoit de savoir tout ce qui se passoit tant à la cour que dans la ville, je lui demandai ce qu'il y avoit de nouveau. Bien des choses, me répondit-il. Depuis la mort de Philippe III, les amis et les partisans du cardinal duc de Lerme se sont bien remués pour maintenir son éminence dans le ministère, mais leurs efforts ont été vains : le comte d'Olivarès l'a emporté sur eux. On prétend que l'Espagne ne perd point au change, et que ce nouveau premier ministre a le génie d'une si vaste étendue, qu'il seroit capable de gouverner le monde entier : Dieu le veuille ! Ce qu'il y a de certain, continuat-il, c'est que le peuple a conçu la plus haute opinion de sa capacité; nous verrons dans la suite si le duc de Lerme est bien ou mal remplacé. Forrero, s'étant mis en train de parler, me fit un détail de tous les changements qui s'étoient faits à la cour depuis que le comte d'Olivarès tenoit le gouvernail du vaisseau de la monarchie.

Deux jours après mon arrivée à Madrid, j'allai chez le roi l'après-dînée, et je me mis sur son passage comme il entroit dans son cabinet : il ne me regarda point. Je retournai le lendemain au même endroit, et je ne fus pas plus heureux. Le surlendemain il jeta sur moi les yeux en passant, mais il ne parut pas faire la moindre attention à ma personne. Là-dessus je pris mon parti : Tu vois, dis-je à Scipion qui m'accompagnoit, que le roi ne me reconnoît point, ou que, s'il me remet, il ne se soucie guère de renouveler connoissance avec moi. Je crois que nous ne ferons point mal de reprendre le chemin de Valence. N'allons pas si vite, monsieur, me répondit mon secrétaire; vous savez mieux que moi qu'on ne réussit à la cour que par la patience. Ne vous lassez pas de vous montrer au prince; à force de vous offrir à ses regards, vous l'obligerez à vous considérer plus attentivement, et à se rappeler les traits de son agent auprès de la belle Catalina.

Afin que Scipion n'eût rien à me reprocher, j'eus la complaisance de continuer le même manége pendant trois semaines; et un jour enfin il arriva que le monarque, frappé de ma vue, me fit appeler. J'entrai dans son cabinet, non sans être troublé de me trouver tête à tête avec mon roi. Qui êtes-vous? me dit-il; vos traits ne me sont pas inconnus. Où vous ai-je vu? Sire, lui répondis-je en tremblant, j'ai eu l'honneur de conduire une nuit votre majesté avec le comte de Lemos chez.... Ah ! je m'en souviens, interrompit le prince, vous étiez secrétaire du duc de Lerme; et, si je ne me trompe, Santillane est votre nom. Je n'ai pas oublié que dans cette occasion vous me servîtes avec beaucoup de zèle, et que vous fûtes assez mal payé de vos peines. N'avez-vous pas été en prison pour cette aventure? Oui, sire, lui repartis-je, j'ai été six mois à la tour de Ségovie; mais vous avez eu la bonté de m'en faire sortir. Cela, reprit-il, ne m'acquitte point envers Santillane : il ne suffit point de l'avoir fait remettre en liberté, je dois lui tenir compte des maux qu'il a soufferts pour l'amour de moi.

Comme le prince achevoit ces paroles, le comte d'Olivarès entra dans le cabinet. Tout fait ombrage aux favoris : il fut étonné de voir là un inconnu, et le roi redoubla sa surprise en lui disant : Comte, je mets ce jeune homme entre vos mains, occupez-le; je vous charge du soin de l'avancer. Le ministre affecta de recevoir cet ordre d'un air gracieux, en me considérant depuis les pieds jusqu'à la tête, et fort en peine de savoir qui j'étois. Allez, mon ami, ajouta le monarque en m'adressant la parole et en me faisant signe de me retirer, le comte ne manquera pas de vous employer utilement pour mon service et pour vos intérêts.

Je sortis aussitôt du cabinet et rejoignis le fils de la Coscolina, qui, très-impatient d'apprendre ce que le roi m'avoit dit, étoit dans une agitation inconcevable. Mais remarquant sur mon visage un air de satisfaction : Si j'en crois mes yeux, me dit-il, au lieu de retourner à Valence, nous avons bien la mine de demeurer à la cour. Cela pourroit bien être, lui répondis-je ; en même temps je le ravis en lui racontant mot pour mot le petit entretien que je venois d'avoir avec le monarque. Mon cher maître, me dit alors Scipion dans l'excès de sa joie, prendrez-vous une autre fois de mes almanachs ? Avouez que vous ne me savez pas à présent mauvais gré de vous avoir exhorté à faire le voyage de Madrid. Je vous vois déjà dans un poste éminent ; vous deviendrez le Calderone du comte d'Olivarès. C'est ce que je ne souhaite point du tout, interrompis-je ; cette place est environnée de trop de précipices pour exciter mon envie. Je voudrois un bon emploi où je n'eusse aucune occasion de faire des injustices ni un honteux trafic des bienfaits du prince. Après l'usage que j'ai fait de ma faveur passée, je ne puis être assez en garde contre l'avarice et contre l'ambition. Allez, monsieur, reprit mon secrétaire, le ministre vous donnera quelque bon poste que vous pourrez remplir sans cesser d'être honnête homme.

Plus pressé par Scipion que par ma curiosité, je me rendis le jour suivant chez le comte d'Olivarès avant le lever de l'aurore, ayant appris que tous les matins, soit en été, soit en hiver, il écoutoit à la clarté des bougies tous ceux qui avoient à lui parler. Je me mis modestement dans un coin de la salle, et de là j'observai bien le comte quand il parut, car j'avois fait peu d'attention à lui dans le cabinet du roi. Je vis un homme d'une taille au-dessus de la médiocre, et qui pouvoit passer pour gros dans un pays où il est rare de voir des personnes qui ne soient pas maigres. Il avoit les épaules si élevées, que je le crus bossu, quoiqu'il ne le fût pas ; sa tête, qui étoit d'une grosseur excessive, lui tomboit sur la poitrine ; ses cheveux étoient noirs et plats, son visage long, son teint olivâtre, sa bouche enfoncée, et son menton pointu et fort relevé.

Tout cela ensemble ne faisoit pas un beau-seigneur : néanmoins comme je le croyois dans une disposition obligeante pour moi, je le regardois avec indulgence, je le trouvois agréable. Il est vrai qu'il recevoit tout le monde d'un air affable et débonnaire, et qu'il prenoit gracieusement les placets qu'on lui présentoit ; ce qui sembloit lui tenir lieu de bonne mine. Cependant, lorsqu'à mon tour je m'avançai pour le saluer et me faire connoître, il me lança un regard rude et menaçant ; puis, me tournant le dos sans daigner m'en-

tendre, il rentra dans son cabinet. Je trouvai alors ce seigneur encore plus laid qu'il n'étoit naturellement ; je sortis de la salle fort étourdi d'un accueil si farouche, et ne sachant ce que j'en devois penser.

Ayant rejoint Scipion qui m'attendoit à la porte : Sais-tu bien, lui dis-je, la réception qu'on m'a faite ? Non, me répondit-il ; mais elle n'est pas difficile à deviner : le ministre, prompt à se conformer aux volontés du prince, vous aura proposé sans doute un emploi considérable. C'est ce qui te trompe, lui répliquai-je : en même temps je lui appris de quelle façon j'avois été reçu. Il m'écouta fort attentivement, et me dit : Vous m'étonnez ! Il faut que le comte ne vous ait pas remis, ou qu'il vous ait pris pour un autre. Je vous conseille de le revoir ; je ne doute pas qu'il ne vous fasse meilleure mine. Je suivis le conseil de mon secrétaire ; je me montrai pour la seconde fois devant le ministre, qui, me traitant encore plus mal que la première, fronça le sourcil en m'envisageant, comme si ma vue lui eût fait de la peine ; puis il détourna de moi ses regards, et se retira sans me dire mot.

Je fus piqué de ce procédé jusqu'au vif, et tenté de partir sur-le-champ pour retourner à Valence ; mais c'est à quoi Scipion ne manqua pas de s'opposer, ne pouvant se résoudre à renoncer aux espérances qu'il avoit conçues. Ne vois-tu pas, lui dis-je, que le comte veut m'écarter de la cour ? Le monarque lui a témoigné de la bonne volonté pour moi, cela ne suffit-il pas pour m'attirer l'aversion de son favori ? Cédons, mon enfant, cédons de bonne grâce au pouvoir d'un ennemi si redoutable. Monsieur, répondit-il en colère contre le comte d'Olivarès, je n'abandonnerois pas si facilement le terrain. Je voudrois même avoir raison d'un accueil si offensant. J'irois me plaindre au roi du peu de cas que le ministre fait de sa recommandation. Mauvais conseil, lui dis-je, mon ami : si je faisois cette démarche imprudente, je ne tarderois guère à m'en repentir. Je ne sais même si je ne cours pas quelque péril à m'arrêter dans cette ville.

Mon secrétaire, à ce discours, rentra en lui-même, et, considérant qu'en effet nous avions affaire à un homme qui pouvoit nous faire revoir la tour de Ségovie, il partagea ma crainte. Il ne combattit plus l'envie que j'avois de quitter Madrid, d'où je résolus de m'éloigner dès le lendemain.

CHAPITRE III.

*De ce qui empêcha Gil Blas d'exécuter la résolution où
il étoit d'abandonner la cour, et du service important
que Joseph Navarro lui rendit.*

En m'en retournant à mon hôtel garni, je rencontrai Joseph Navarro, chef d'office de don Baltazar de Zuniga, et mon ancien ami. Je doutai quelques moments si je ne ferois pas semblant de ne le pas voir, ou si je l'aborderois pour lui demander pardon d'en avoir si mal agi avec lui. Je m'arrêtai à ce dernier parti. Je saluai Navarro, et l'abordant fort poliment : Me reconnoissez-vous ? lui dis-je ; et serez-vous encore assez bon pour vouloir parler à un misérable qui a payé d'ingratitude l'amitié que vous aviez pour lui ? Vous avouez donc, me répondit-il, que vous n'en avez pas trop bien usé avec moi ? Oui, lui repartis-je, et vous êtes en droit de m'accabler de reproches ; je le mérite, si toutefois je n'ai pas expié mon crime par les remords qui l'ont suivi. Puisque vous vous êtes repenti de votre faute, reprit Navarro en m'embrassant, je ne dois plus m'en ressouvenir. De mon côté, je pressai Joseph entre mes bras ; et tous deux nous reprîmes l'un pour l'autre nos premiers sentiments.

Il avoit appris mon emprisonnement et la déroute de mes affaires ; mais il ignoroit tout le reste. Je l'en informai ; je lui racontai jusqu'à la conversation que j'avois eue avec le roi, et je ne lui cachai point la mauvaise réception que le ministre venoit de me faire, non plus que le dessein où j'étois de me retirer dans ma solitude. Gardez-vous bien de vous en aller ! me dit-il ; puisque le monarque a témoigné de l'amitié pour vous, il faut bien que cela vous serve à quelque chose. Entre nous, le comte d'Olivarès a l'esprit un peu fantasque et singulier ; c'est un seigneur plein de caprices : quelquefois, comme dans cette occasion, il agit d'une manière qui révolte ; et lui seul a la clef de ses actions hétéroclites. Au reste, quelques raisons qu'il ait de vous avoir mal reçu, tenez ici pied à boule ; il n'empêchera pas que vous ne profitiez des bontés du prince ; c'est de quoi je puis vous assurer. J'en dirai deux mots ce soir au seigneur don Baltazar de Zuniga mon maître, qui est oncle du comte d'Olivarès, et qui partage avec lui les soins du gouvernement. Navarro m'ayant ainsi parlé, me demanda où je demeurois, et là-dessus nous nous séparâmes.

Je ne fus pas long-temps sans le revoir ; il vint le jour suivant me retrouver. Seigneur de Santillane, me dit-il, vous avez un protecteur ; mon maître veut vous prêter son appui : sur le bien que je lui ai dit de votre seigneurie, il m'a promis de parler pour vous au comte d'Olivarès son neveu ; je ne doute pas qu'il ne le prévienne en votre faveur, et j'ose vous dire que vous pouvez compter sur cela. Mon ami Navarro, ne voulant pas me servir à demi, me présenta deux jours après à don Baltazar, qui me dit d'un air gracieux : Seigneur de Santillane, votre ami Joseph m'a fait votre éloge dans des termes qui m'ont mis dans vos intérêts. Je fis une profonde révérence au seigneur de Zuniga, et lui répondis que je sentirois vivement toute ma vie l'obligation que j'avois à Navarro de m'avoir procuré la protection d'un ministre qu'on appeloit à juste titre *le Flambeau du conseil*. Don Baltazar, à cette réponse flatteuse, me frappa sur l'épaule en riant, et reprit de cette sorte : Vous pouvez dès demain retourner chez le comte Olivarès, vous serez plus content de lui.

Je reparus donc pour la troisième fois devant le premier ministre, qui, m'ayant démêlé dans la foule, jeta sur moi un regard accompagné d'un souris dont je tirai bon augure. Cela va bien, dis-je en moi-même, l'oncle a fait entendre raison au neveu. Je ne m'attendis plus qu'à un accueil favorable, et mon attente fut remplie. Le comte, après avoir donné audience à tout le monde, me fit passer dans son cabinet, où il me dit d'un air familier : Ami Santillane, pardonne-moi l'embarras où je t'ai mis pour me divertir ; je me suis fait un plaisir de t'inquiéter pour éprouver ta prudence, et voir ce que tu ferois dans ta mauvaise humeur. Je ne doute pas que tu ne te sois imaginé que tu me déplaisois ; mais au contraire, mon enfant, je t'avouerai que ta personne me revient on ne peut pas davantage. Oui, Santillane, tu me plais ; quand le roi mon maître ne m'auroit pas ordonné de prendre soin de ta fortune, je le ferois par ma propre inclination. D'ailleurs don Baltazar de Zuniga mon oncle, à qui je ne puis rien refuser, m'a prié de te regarder comme un homme pour lequel il s'intéresse ; il n'en faut pas davantage pour me déterminer à t'attacher à moi.

Ce début fit une si vive impression sur mes sens, qu'ils en furent troublés. Je me prosternai aux pieds du ministre, qui, m'ayant dit de me relever, poursuivit de cette manière : Reviens ici cette après-dînée, et demande mon intendant ; il t'apprendra les ordres dont je l'aurai chargé. A ces mots son excellence sortit de son cabinet pour aller entendre la messe, ce qu'elle avoit coutume de faire tous les jours après avoir donné audience ; ensuite elle se rendoit au lever du roi.

CHAPITRE IV.

Gil Blas se fait aimer du comte d'Olivarès.

Je ne manquai pas de retourner l'après-dînée chez le premier ministre, et de demander son intendant, qui s'appeloit don Raimond Caporis. Je ne lui eus pas sitôt décliné mon nom, que me saluant avec des marques de considération : Seigneur, me dit-il, suivez-moi s'il vous plaît; je vais vous conduire à l'appartement qui vous est destiné dans cet hôtel. Après avoir dit ces paroles, il me mena, par un petit escalier, à une enfilade de cinq à six pièces de plain-pied qui composoient le second étage d'une aile du logis, et qui étoient assez modestement meublées. Vous voyez, reprit-il, le logement que monseigneur vous donne, et vous y aurez une table de six couverts entretenue à ses dépens. Vous serez servi par ses propres domestiques; il y aura toujours un carrosse à vos ordres. Ce n'est pas tout, ajouta-t-il; son excellence m'a fortement recommandé d'avoir pour vous les mêmes attentions que si vous étiez de la maison de Guzman.

Que diable signifie tout ceci? dis-je en moi-même. Comment dois-je prendre ces distinctions? N'y auroit-il point de la malice là-dedans, et ne seroit-ce pas encore pour se divertir que le ministre me feroit un traitement si honorable? C'est ce que je suis tenté de croire; car enfin convient-il au ministre de la monarchie d'Espagne d'en user de cette sorte avec moi? Pendant que j'étois dans cette incertitude, flottant entre la crainte et l'espérance, un page vint m'avertir que le comte me demandoit. Je me rendis dans le moment auprès de monseigneur, qui étoit tout seul dans son cabinet. Eh bien! Santillane, me dit-il, es-tu satisfait de ton appartement et des ordres que j'ai donnés à don Raimond? Les bontés de votre excellence, lui répondis-je, me paroissent excessives, et je ne m'y prête qu'en tremblant. Pourquoi donc? répliqua-t-il; puis-je faire trop d'honneur à un homme que le roi m'a confié, et dont il veut que je prenne soin? Non, sans doute; je ne fais que mon devoir en te traitant honorablement. Ne t'étonne donc plus de ce que je fais pour toi, et compte qu'une fortune brillante et solide ne sauroit t'échapper, si tu m'es aussi attaché que tu l'étois au duc de Lerme.

Mais à propos de ce seigneur, poursuivit-il, on dit que tu vivois familièrement avec lui. Je suis curieux de savoir comment vous fîtes tous deux connoissance, et quel emploi ce ministre te fit exercer. Ne me déguise rien, j'exige de toi un récit sincère. Je me souvins alors de l'embarras où je m'étois trouvé avec le duc de Lerme en pareil cas, et de quelle façon je m'en étois tiré; ce que je pratiquai encore fort heureusement, c'est-à-dire que dans ma narration j'adoucis les endroits rudes, et passai légèrement sur les choses qui me faisoient peu d'honneur. Je ménageai aussi le duc de Lerme, quoiqu'en ne l'épargnant point du tout j'eusse fait peut-être plus de plaisir à mon auditeur. Pour don Rodrigue de Calderone, je ne lui fis grâce de rien. Je détaillai tous les beaux coups que je savois qu'il avoit faits dans le trafic des commanderies, des bénéfices et des gouvernements.

Ce que tu m'apprends de Calderone, interrompit le ministre, est conforme à certains mémoires qui m'ont été présentés contre lui, et qui contiennent des chefs d'accusation encore plus importants. On va bientôt lui faire son procès; et, si tu souhaites qu'il succombe dans cette affaire, je crois que tes vœux seront satisfaits. Je ne désire point sa mort, lui dis-je, quoiqu'il n'ait point tenu à lui que je n'aie trouvé la mienne dans la tour de Ségovie, où il a été cause que j'ai fait un assez long séjour. Comment! reprit son excellence avec étonnement, c'est don Rodrigue qui a causé ta prison? voilà ce que j'ignorois. Don Baltazar, à qui Navarro a raconté ton histoire, m'a bien dit que le feu roi te fit emprisonner pour te punir d'avoir mené la nuit le prince d'Espagne dans un lieu suspect, mais je n'en sais pas davantage, et je ne puis deviner quel rôle Calderone a joué dans cette pièce. Le rôle d'un amant qui se venge d'un outrage reçu, lui répondis-je. En même temps je lui fis un détail de l'aventure, qu'il trouva si divertissante, que, tout grave qu'il étoit, il ne put s'empêcher d'en rire, ou plutôt d'en pleurer de plaisir. Catalina, tantôt nièce et tantôt petite-fille, le réjouit infiniment, aussi bien que la part qu'avoit eue à tout cela le duc de Lerme.

Lorsque j'eus achevé mon récit, le comte me renvoya, en me disant que le lendemain il ne manqueroit pas de m'occuper. Je courus aussitôt à l'hôtel de Zuniga pour remercier don Baltazar de ses bons offices, et pour rendre compte à mon ami Joseph de l'entretien que je venois d'avoir avec le premier ministre, et de la disposition favorable où son excellence étoit pour moi.

CHAPITRE V.

De l'entretien secret que Gil Blas eut avec Navarro, et de la première occupation que le comte d'Olivarès lui donna.

D'abord que je vis Joseph, je lui dis avec agitation que j'avois bien des choses à lui apprendre. Il me mena dans un endroit particulier, où, l'ayant mis au fait, je lui demandai ce qu'il pensoit de ce que je venois de lui dire. Je pense, me répondit-il, que vous êtes en train de faire une grosse fortune. Tout vous rit : vous plaisez au premier ministre ; et, ce qui ne doit pas être compté pour rien, c'est que je puis vous rendre le même service que vous rendit mon oncle Melchior de la Ronda, quand vous entrâtes à l'archevêché de Grenade. Il vous épargna la peine d'étudier le prélat et ses principaux officiers, en vous découvrant leurs différents caractères ; je veux, à son exemple, vous faire connoître le comte, la comtesse son épouse, et doña Maria de Guzman leur fille unique.

Commençons par le ministre : il a l'esprit vif, pénétrant, et propre à former de grands projets. Il se donne pour un homme universel, parce qu'il a une légère teinture de toutes les sciences ; il se croit capable de décider de tout. Il s'imagine être un profond jurisconsulte, un grand capitaine, et un politique des plus raffinés. Avec cela, il est si entêté de ses opinions, qu'il les veut toujours suivre préférablement à celles des autres, de peur de paroître déférer aux lumières de quelqu'un. Entre nous, ce défaut peut avoir d'étranges suites, dont le ciel veuille préserver la monarchie ! J'ajoute à cela qu'il brille dans le conseil par une éloquence naturelle, et qu'il écriroit aussi bien qu'il parle, s'il n'affectoit pas, pour donner plus de dignité à son style, de le rendre obscur et trop recherché. Il pense singulièrement ; et, comme je crois vous l'avoir déjà dit, il est capricieux et chimérique. Tel est le portrait de son esprit ; faisons celui de son cœur. Il est généreux et bon ami. On le dit vindicatif, mais quel Espagnol ne l'est pas ? De plus, on l'accuse d'ingratitude pour avoir fait exiler le duc d'Uzède et le frère Louis Aliaga, auxquels il avoit, dit-on, de grandes obligations ; c'est ce qu'il faut encore lui pardonner : l'envie d'être premier ministre dispense d'être reconnoissant.

Doña Agnès de Zuniga è Vélasco, comtesse d'Olivarès, poursuivit Joseph, est une dame à qui je ne connois que le défaut de vendre au poids de l'or les grâces qu'elle fait obtenir. Pour doña Maria de Guzman, qui sans contredit est aujourd'hui le premier parti d'Espagne, c'est une personne accomplie et l'idole de son père. Réglez-vous là-dessus ; faites bien votre cour à ces deux dames, et paroissez encore plus dévoué au comte d'Olivarès que vous ne l'étiez au duc de Lerme avant votre voyage de Ségovie : vous deviendrez par ce moyen un homme comblé d'honneurs et de richesses.

Je vous conseille encore, ajouta-t-il, de voir de temps en temps don Baltazar mon maître ; quoique vous n'ayez plus besoin de lui pour vous avan-
cer, ne laissez pas de le ménager. Vous êtes bien dans son esprit ; conservez son estime et son amitié ; il peut dans l'occasion vous servir. Comme l'oncle et le neveu, dis-je à Navarro, gouvernent ensemble l'état, n'y auroit-il point un peu de jalousie entre ces deux collègues ? Non, me répondit-il, ils sont au contraire dans la plus parfaite union. Sans don Baltazar, le comte d'Olivarès ne seroit peut-être pas premier ministre ; car enfin, après la mort de Philippe III, tous les amis et les partisans de la maison de Sandoval se donnèrent de grands mouvements, les uns en faveur du cardinal, et les autres pour son fils ; mais mon maître, le plus délié des courtisans, et le comte, qui n'est guère moins fin que lui, rompirent leurs mesures, et en prirent de si justes pour s'assurer cette place, qu'ils l'emportèrent sur leurs concurrents. Le comte d'Olivarès, étant devenu premier ministre, a fait part de son administration à don Baltazar son oncle ; il lui a laissé le soin des affaires du dehors, et s'est réservé celles du dedans ; de sorte que, resserrant par là les nœuds de l'amitié qui doit naturellement lier les personnes d'un même sang, ces deux seigneurs, indépendants l'un de l'autre, vivent dans une intelligence qui me paroît inaltérable.

Telle fut la conversation que j'eus avec Joseph, et dont je me promis bien de profiter ; après cela j'allai remercier le seigneur de Zuniga de ce qu'il avoit eu la bonté de faire pour moi. Il me dit fort poliment qu'il saisiroit toujours les occasions où il s'agiroit de me faire plaisir, et qu'il étoit bien aise que je fusse satisfait de son neveu, auquel il m'assura qu'il parleroit encore en ma faveur, voulant du moins, disoit-il, me faire voir par là que mes intérêts lui étoient chers, et qu'au lieu d'un protecteur j'en avois deux. C'est ainsi que don Baltazar, par amitié pour Navarro, prenoit ma fortune à cœur.

Dès ce soir-là même j'abandonnai mon hôtel garni pour aller loger chez le premier ministre, où je soupai avec Scipion dans mon appartement. C'étoit une chose à voir que notre contenance ! Nous y fûmes servis tous deux par les domestiques du logis, qui, pendant le repas, tandis que nous affections une gravité imposante, rioient peut-être en eux-mêmes du respect de commande qu'ils avoient pour nous. Lorsqu'ils se furent retirés après avoir desservi, mon secrétaire, cessant de se contraindre, me dit mille folies que son humeur gaie et ses espérances lui inspirèrent. Pour moi, quoique ravi de la brillante situation où je commençois à me voir, je ne me sentois encore aucune disposition à m'en laisser éblouir. Aussi, m'étant couché, je m'endormis tranquillement, sans livrer mon esprit aux idées agréables dont je pouvois l'occuper, au lieu que l'ambitieux Scipion prît peu de repos. Il passa plus de la moitié de la nuit à thésauriser pour marier sa fille Séraphine.

J'étois à peine habillé le lendemain matin, qu'on me vint chercher de la part de monseigneur. Je fus bientôt auprès de son excellence, qui me dit : Oh ça! Santillane, voyons un peu ce que tu sais faire. Tu m'as dit que le duc de Lerme te donnoit des mémoires à rédiger; j'en ai un que je te destine pour ton coup d'essai. Je vais t'en dire la matière; écoute-moi attentivement : il est question de composer un ouvrage qui prévienne le public en faveur de mon ministère. J'ai déjà fait courir le bruit secrètement que j'ai trouvé les affaires fort dérangées, il s'agit présentement d'exposer aux yeux de la cour et de la ville le misérable état où la monarchie est réduite. Il faut faire là-dessus un tableau qui frappe le peuple, et l'empêche de regretter mon prédécesseur. Après cela, tu vanteras les mesures que j'ai prises pour rendre le règne du roi glorieux, ses états florissants, et ses sujets parfaitement heureux.

Après que monseigneur m'eut parlé de cette sorte, il me mit entre les mains un papier qui contenoit les justes sujets qu'on avoit de se plaindre de l'administration précédente; et je me souviens qu'il y avoit dix articles, dont le moins important étoit capable d'alarmer les bons Espagnols; puis, m'ayant fait passer dans un petit cabinet voisin du sien, il m'y laissa travailler en liberté. Je commençai donc à composer mon mémoire le mieux qu'il me fut possible. J'exposai d'abord le mauvais état où se trouvoit le royaume : les finances dissipées, les revenus royaux engagés à des partisans, et la marine ruinée. Je rapportai ensuite les fautes commises par ceux qui avoient gouverné l'état sous le dernier règne, et les suites fâcheuses qu'elles pouvoient avoir. Enfin je peignis la monarchie en péril, et censurai si vivement le précédent ministère, que la perte du duc de Lerme étoit, suivant mon mémoire, un grand bonheur pour l'Espagne. Pour dire la vérité, quoique je n'eusse aucun ressentiment contre ce seigneur, je ne fus pas fâché de lui rendre ce bon office. Voilà l'homme!

Enfin, après une peinture effrayante des maux qui menaçoient l'Espagne, je rassurois les esprits en faisant avec art concevoir aux peuples de belles espérances pour l'avenir. Pour cet effet, je faisois parler le comte d'Olivarès comme un restaurateur envoyé du ciel pour le salut de la nation; je promettois monts et merveilles. En un mot j'entrai si bien dans les vues du nouveau ministre, qu'il parut surpris de mon ouvrage lorsqu'il l'eut lu tout entier. Santillane, me dit-il, je ne t'aurois pas cru capable de composer un pareil mémoire. Sais-tu bien que tu viens de faire un morceau digne d'un secrétaire d'état? Je ne m'étonne plus si le duc de Lerme exerçoit ta plume. Ton style est concis et même élégant; mais je le trouve un peu trop naturel. En même temps, m'ayant fait remarquer les endroits qui n'étoient pas de son goût, il les changea; et je jugeai par ses corrections qu'il aimoit, comme Navarro me l'avoit dit, les expressions recherchées et l'obscurité. Néanmoins, quoiqu'il voulût de la noblesse, ou, pour mieux dire, du précieux dans la diction, il ne laissa pas de conserver les deux tiers de mon mémoire; et pour me témoigner jusqu'à quel point il en étoit satisfait, il m'envoya par don Raimond trois cents pistoles à l'issue de mon dîner.

CHAPITRE VI.

De l'usage que Gil Blas fit de ces trois cents pistoles, et des soins dont il chargea Scipion. Succès du mémoire dont on vient de parler.

Ce bienfait du ministre fournit à Scipion un nouveau sujet de me féliciter d'être venu à la cour : ce qu'il ne manqua pas de faire. Vous voyez, me dit-il, que la fortune a de grands desseins sur votre seigneurie. Êtes-vous fâché présentement d'avoir quitté votre solitude? Vive le comte d'Olivarès! c'est bien un autre patron que son prédécesseur. Le duc de Lerme, quoique vous lui fussiez fort attaché, vous laissa languir plusieurs mois sans vous faire présent d'une pistole; et le comte vous a déjà fait une gratification que vous n'auriez osé espérer qu'après de longs services.

Je voudrois bien, ajouta-t-il, que les seigneurs de Leyva fussent témoins du bonheur dont vous jouissez, ou du moins qu'ils le sussent. Il est temps de les en informer, lui répondis-je, et c'est de quoi j'allois te parler. Je ne doute pas qu'ils n'aient une extrême impatience d'apprendre de mes nouvelles; mais j'attendois, pour leur en donner, que je me visse dans un état fixe, et que je pusse leur mander positivement si je demeurerois ou non à la cour. A présent que je sais bien à quoi m'en tenir, tu peux partir pour Valence quand il te plaira, pour aller instruire ces seigneurs de ma situation présente, que je regarde comme leur ouvrage, puisqu'il est certain que sans eux je ne me serois jamais déterminé à faire le voyage de Madrid. Cela étant, s'écria le fils de la Coscolina, don César et don Alphonse seront bientôt informés de l'état présent de vos affaires. Que je vais leur causer de joie en leur racontant ce qui vous est arrivé! Que ne suis-je déjà aux portes de Valence! mais j'y serai en peu de jours. Les deux chevaux de don Alphonse sont tout prêts. Je vais me mettre en chemin avec un laquais de monseigneur. Outre que je serai bien aise d'avoir un compagnon sur la route, vous savez que la livrée d'un premier ministre jette de la poudre aux yeux.

Je ne pus m'empêcher de rire de la sotte vanité de mon secrétaire; et cependant, plus vain peutêtre encore que lui, je le laissai faire ce qu'il voulut. Pars, lui dis-je, et reviens promptement; car j'ai une autre commission à te donner. Je veux t'envoyer aux Asturies porter de l'argent à ma mère. J'ai par négligence laissé passer le temps auquel j'ai promis de lui faire tenir cent pistoles, que tu t'es obligé de lui remettre toi-même en main-propre. Ces sortes de paroles doivent être si sacrées pour un fils, que je me reproche mon peu d'exactitude à les garder. Vous avez raison, monsieur, me répondit Scipion, et je me sais mauvais gré de ne vous en avoir pas fait souvenir; mais patience, dans six semaines au plus tard je vous rendrai compte de ces deux commissions; j'aurai parlé aux seigneurs de Leyva, fait un tour à votre château, et revu la ville d'Oviédo, dont je ne puis me rappeler le souvenir sans donner au diable les trois quarts et demi de ses habitants. Je comptai donc au fils de la Coscolina cent pistoles pour la pension de ma mère, avec cent autres pour lui, voulant qu'il fît gracieusement le long voyage qu'il alloit entreprendre.

Quelques jours après son départ, monseigneur fit imprimer notre mémoire, qui ne fut pas plus tôt rendu public, qu'il devint le sujet de toutes les conversations de Madrid. Le peuple, ami de la nouveauté, fut charmé de cet écrit; l'épuisement des finances, qui étoit peint avec de vives couleurs, le révolta contre le duc de Lerme; et si les coups de griffe qu'y recevoit ce ministre ne furent pas applaudis de tout le monde, du moins ils trouvèrent des approbateurs. Quant aux magnifiques promesses que le comte d'Olivarès y faisoit, et entre autres celle de fournir par une sage économie aux dépenses de l'état sans incommoder les sujets, elles éblouirent les citoyens en général, et les confirmèrent dans la grande opinion qu'ils avoient déjà de ses lumières : si bien que toute la ville retentit de ses louanges.

Ce ministre, ravi de se voir parvenu à son but, qui n'avoit été, dans cet ouvrage, que de s'attirer l'affection publique, voulut la mériter véritablement par une action louable et qui fût utile au roi. Pour cet effet, il eut recours à l'invention de l'empereur Galba, c'est-à-dire qu'il fit rendre gorge aux particuliers qui s'étoient enrichis, Dieu sait comment, dans les régies royales.

Quand il eut tiré de ces sangsues le sang qu'elles avoient sucé, et qu'il en eut rempli les coffres du roi, il entreprit de l'y conserver, en faisant supprimer toutes les pensions, sans en excepter la sienne, aussi bien que les gratifications qui se faisoient des deniers du prince. Pour réussir dans ce dessein, qu'il ne pouvoit exécuter sans changer la face du gouvernement, il me chargea de composer un nouveau mémoire dont il me dit la substance et la forme. Ensuite il me recommanda de m'élever autant qu'il me seroit possible au-dessus de la simplicité ordinaire de mon style, pour donner plus de noblesse à mes phrases. Cela suffit, monseigneur, lui dis-je; votre excellence veut du sublime et du lumineux, elle en aura. Je m'enfermai dans le même cabinet où j'avois déjà travaillé; et là je me mis à l'ouvrage, après avoir invoqué le génie éloquent de l'archevêque de Grenade.

Je débutai par représenter qu'il falloit garder avec soin tout l'argent qui étoit dans le trésor royal, et qu'il ne devoit être employé qu'aux seuls besoins de la monarchie, comme étant un fonds sacré qu'il étoit à propos de réserver pour tenir en respect les ennemis de l'Espagne. Ensuite je faisois voir au monarque, car c'étoit à lui que s'adressoit le mémoire, qu'en ôtant toutes les pensions et les gratifications qui se prenoient sur ses revenus ordinaires, il ne se priveroit point pour cela du plaisir de récompenser ceux de ses sujets qui se rendroient dignes de ses grâces, puisque, sans toucher à son trésor, il étoit en état de leur donner de grandes récompenses : qu'il avoit pour les uns des vice-royautés, des gouvernements, des ordres de chevalerie, des emplois militaires; pour les autres, des commanderies ou des pensions dessus, des titres avec des magistratures; et enfin toutes sortes de bénéfices pour les personnes consacrées au culte des autels.

Ce mémoire, qui étoit beaucoup plus long que le premier, m'occupa près de trois jours; mais heureusement je le fis à la fantaisie de mon maître, qui, le trouvant écrit avec emphase et farci de métaphores, m'accabla de louanges. Je suis bien content de cela, me dit-il en me montrant les endroits les plus enflés; voilà des expressions marquées au bon coin. Courage, mon ami, je prévois que tu me seras d'une grande utilité. Cependant, malgré les applaudissements qu'il me prodigua, il ne laissa pas de retoucher le mémoire. Il y mit beaucoup du sien, et fit une pièce d'éloquence qui charma le roi et toute la cour. La ville y joignit son approbation, augura bien pour l'avenir, et se flatta que la monarchie reprendroit son ancien lustre sous le ministère d'un si grand personnage. Son excellence, voyant que cet écrit lui faisoit beaucoup d'honneur, voulut, pour la part que j'y avois, que j'en recueillisse quelque fruit; elle me fit donner une pension de cinq cents écus sur la commanderie de Castille : ce qui me parut une réconpense honnête de mon travail, et me fut d'autant plus agréable, que ce n'étoit pas un bien mal acquis, quoique je l'eusse gagné bien aisément.

CHAPITRE VII.

Par quel hasard, dans quel endroit et dans quel état Gil Blas retrouva son ami Fabrice, et de l'entretien qu'ils eurent ensemble.

Rien ne faisoit plus de plaisir à monseigneur que d'apprendre ce qu'on pensoit à Madrid de la conduite qu'il tenoit dans son ministère. Il me demandoit tous les jours ce qu'on disoit de lui dans le monde. Il avoit même des espions qui, pour son argent, lui rendoient un compte exact de tout ce qui se passoit dans la ville. Ils lui rapportoient jusqu'aux moindres discours qu'ils avoient entendus; et, comme il leur ordonnoit d'être sincères, son amour-propre en souffroit quelquefois, car le peuple a une intempérance de langue qui ne respecte rien.

Quand je m'aperçus que le comte aimoit qu'on lui fît des rapports, je me mis sur le pied d'aller l'après-dînée dans des lieux publics, et de me mêler à la conversation des honnêtes gens, quand il s'y en trouvoit. Lorsqu'ils parloient du gouvernement, je les écoutois avec attention; et s'ils disoient quelque chose qui méritât d'être redit à son excellence, je ne manquois pas de lui en faire part. Mais il faut observer que je ne lui rapportois rien qui ne fût à son avantage. Il me sembloit que j'en devois user ainsi avec un homme du caractère de ce ministre.

Un jour, en revenant de l'un de ces endroits, je passai devant la porte d'un hôpital. Il me prit envie d'y entrer. Je parcourus deux ou trois salles remplies de malades alités, en promenant ma vue de toutes parts. Parmi ces malheureux, que je ne regardois pas sans compassion, j'en remarquai un qui me frappa; je crus reconnoître en lui Fabrice, mon ancien camarade et mon compatriote. Pour le voir de plus près, je m'approchai de son lit, et ne pouvant douter que ce ne fût le poète Nunez, je demeurai quelques moments à le considérer sans rien dire. De son côté, il me remit aussi et m'envisagea de la même façon. Enfin, rompant le silence : Mes yeux, lui dis-je, ne me trompent-ils point? est-ce en effet Fabrice que je rencontre ici? C'est lui-même, répondit-il froidement, et tu ne dois pas t'en étonner. Depuis que je t'ai quitté, j'ai toujours fait le métier d'auteur, j'ai composé des romans, des comédies, toutes sortes d'ouvrages d'esprit. J'ai fait mon chemin; je suis à l'hôpital.

Je ne pus m'empêcher de rire de ces paroles, et encore plus de l'air sérieux dont il les avoit ac-compagnées. Eh quoi! m'écriai-je, ta muse t'a conduit dans ce lieu! elle t'a joué ce vilain tour-là! Tu le vois! répondit-il, cette maison sert souvent de retraite aux beaux esprits. Tu as bien fait, mon enfant, poursuivit-il, de prendre une autre route que moi. Mais tu n'es plus, ce me semble, à la cour, et tes affaires ont changé de face : je me souviens même d'avoir ouï dire que tu étois en prison par ordre du roi. On t'a dit la vérité, lui répliquai-je; la situation charmante où tu me laissas quand nous nous séparâmes fut peu de temps après suivie d'un revers de fortune qui m'enleva mes biens et ma liberté. Cependant, mon ami, *post nubila Phœbus;* tu me revois dans un état plus brillant encore que celui où tu m'as vu. Cela n'est pas possible, dit Nunez; ton maintien est sage et modeste; tu n'as pas l'air vain et insolent que donne ordinairement la prospérité. Les disgrâces, repris-je, ont purifié ma vertu; et j'ai appris à l'école de l'adversité à jouir des richesses sans m'en laisser posséder.

Dis-moi donc, interrompit Fabrice en se mettant avec transport à son séant, quel peut être ton emploi? Que fais-tu présentement? Serois-tu intendant d'un grand seigneur ruiné, ou de quelque veuve opulente? J'ai un meilleur poste, lui repartis-je; mais dispense-moi, je te prie, de t'en dire davantage à présent, je satisferai une autre fois ta curiosité. Je me contente en ce moment de t'apprendre que je suis en état de te faire plaisir, ou plutôt de te mettre à ton aise pour le reste de tes jours, pourvu que tu me promettes de ne plus composer d'ouvrages d'esprit, soit en vers, soit en prose. Te sens-tu capable de me faire un si grand sacrifice? Je l'ai déjà fait au ciel, me dit-il, dans une maladie mortelle dont tu me vois échappé. Un père de Saint-Dominique m'a fait abjurer la poésie, comme un amusement qui, s'il n'est pas criminel, détourne du moins du but de la sagesse.

Je t'en félicite, lui repartis-je, mon cher Nunez; tu as fort bien fait, mon ami, mais gare la rechute! Oh! me repartit-il d'un air résolu, c'est ce que je n'appréhende point du tout. J'ai pris une ferme résolution d'abandonner les muses : quand tu es entré dans cette salle, je composois des vers pour leur dire un éternel adieu. Monsieur Fabrice, lui dis-je alors en branlant la tête, je ne sais si nous devons, le père de Saint-Dominique et moi, nous fier à votre abjuration : vous me paroissez furieusement épris de ces doctes pucelles. Non, non, me répondit-il, j'ai rompu tous les nœuds qui m'attachoient à elles. J'ai plus fait, j'ai pris le public en aversion, et ma haine est juste. Il ne mérite pas qu'il y ait des auteurs qui veuillent lui consacrer leurs travaux; je serois fâché de faire quelque production qui lui plût. Ne crois pas, continua-t-il, que le chagrin me dicte ce langage ; je te parle de sang-froid. Je méprise autant les applaudissements du public que ses sifflets. On ne sait qui gagne ou qui perd avec lui : c'est un capricieux qui pense aujourd'hui d'une façon, et qui demain pensera d'une autre. Que les poëtes dramatiques sont fous de tirer vanité de leurs pièces quand elles réussissent ! Quelque bruit qu'elles fassent dans leur nouveauté sur la scène, elles se soutiennent rarement après l'impression ; et, si on les remet au théâtre vingt ans après, elles sont pour la plupart assez mal reçues. La génération présente accuse de mauvais goût celle qui l'a précédée, et ses jugements sont contredits à leur tour par ceux de la génération suivante. C'est ce que j'ai toujours remarqué, et de là je conclus que les auteurs qui sont applaudis présentement doivent s'attendre à être sifflés dans la suite. Il en est de même des romans et des autres livres amusants qu'on met au jour ; quoiqu'ils aient d'abord une approbation générale, ils tombent insensiblement dans le mépris. L'honneur qui nous revient de l'heureux succès d'un ouvrage n'est donc qu'une pure chimère, qu'une illusion de l'esprit, qu'un feu de paille dont la fumée se dissipe bientôt dans les airs.

Quoique je jugeasse bien que le poète des Asturies ne parloit ainsi que par mauvaise humeur, je ne fis pas semblant de m'en apercevoir. Je suis ravi, lui dis-je, que tu sois dégoûté du bel esprit, et radicalement guéri de la rage d'écrire. Tu peux compter que je te ferai donner incessamment un emploi où tu pourras t'enrichir sans être obligé de faire une grande dépense de génie. Tant mieux, s'écria-t-il, l'esprit me pue, et je le regarde à l'heure qu'il est comme le présent le plus funeste que le ciel puisse faire à l'homme. Je souhaite, repris-je, mon cher Fabrice, que tu conserves toujours les sentiments où tu es. Si tu persistes à vouloir quitter la poésie, je te le répète, je te ferai obtenir bientôt un poste honnête et lucratif. Mais en attendant que je te rende ce service, ajoutai-je en lui présentant une bourse où il y avoit une soixantaine de pistoles, je te prie de recevoir cette petite marque d'amitié.

O généreux ami ! s'écria le fils du barbier Nunez, transporté de joie et de reconnoissance ; quelles grâces n'ai-je pas à rendre au ciel de t'avoir fait entrer dans cet hôpital, d'où je vais dès ce jour sortir par ton assistance ! comme effectivement il se fit transporter dans une chambre garnie. Mais avant que de nous séparer, je lui enseignai ma demeure, et l'invitai à me venir voir aussitôt que sa santé seroit rétablie. Il fit paroître une extrême surprise lorsque je lui dis que j'étois logé chez le comte d'Olivarès. O trop heureux Gil Blas ! me dit-il, dont le sort est de plaire aux ministres, je me réjouis de ton bonheur, puisque tu en fais un si bon usage.

CHAPITRE VIII.

Gil Blas se rend de jour en jour plus cher à son maître. Du retour de Scipion à Madrid, et de la relation qu'il fit de son voyage à Santillane.

Le comte d'Olivarès, que j'appellerai désormais le *comte-duc*, parce qu'il plut au roi dans ce temps-là de l'honorer de ce titre, avoit un foible que je ne découvris pas infructueusement ; c'étoit de vouloir être aimé. Dès qu'il s'apercevoit que quelqu'un s'attachoit à lui par inclination, il le prenoit en amitié. Je n'eus garde de négliger cette observation. Je ne me contentois pas de bien faire ce qu'il me commandoit, j'exécutois ses ordres avec des démonstrations de zèle qui le ravissoient. J'étudiois son goût en toutes choses pour m'y conformer, et prévenois ses désirs autant qu'il m'étoit possible.

Par cette conduite, qui mène presque toujours au but, je devins insensiblement le favori de mon maître, qui, de son côté, comme j'avois le même foible que lui, me gagna l'âme par les marques d'affection qu'il me donna. Je m'insinuai si avant dans ses bonnes grâces, que je parvins à partager sa confiance avec le seigneur Carnero[1], son premier secrétaire.

Carnero s'étoit servi du même moyen que moi pour plaire à son excellence ; et il y avoit si bien réussi, qu'elle lui faisoit part des mystères du cabinet. Nous étions donc, ce secrétaire et moi, les deux confidents du premier ministre et les dépositaires de ses secrets : avec cette différence qu'il ne parloit à Carnero que d'affaires d'état, et qu'il ne m'entretenoit que de ses intérêts particuliers ; ce qui faisoit, pour ainsi dire, deux départements séparés dont nous étions également satisfaits l'un et l'autre. Nous vivions ensemble sans jalousie comme sans amitié. J'avois sujet d'être content de ma place, qui, me donnant sans cesse occasion d'être avec le comte-duc, me mettoit à portée de voir le fond de son âme, que, tout dissimulé qu'il étoit naturellement, il cessa de me cacher, lorsqu'il ne douta plus de la sincérité de mon attachement pour lui.

Santillane, me dit-il un jour, tu as vu le duc de Lerme jouir d'une autorité qui ressembloit moins à celle d'un ministre favori qu'à la puissance d'un monarque absolu : cependant je suis encore plus heureux qu'il n'étoit au plus haut

----

[1] *Carnero*, mouton.

point de sa fortune. Il avoit deux ennemis redoutables dans le duc d'Uzède, son propre fils, et
dans le confesseur de Philippe III; au lieu que je
r e vois personne auprès du roi qui ait assez de crédit pour me nuire, ni même que je soupçonne de
mauvaise volonté pour moi.

Il est vrai, poursuivit-il, qu'à mon avénement
au ministère, j'ai eu grand soin de ne souffrir auprès du prince que des sujets à qui le sang ou
l'amitié me lient. Je me suis défait par des vice-
royautés ou par des ambassades de tous les seigneurs qui, par leur mérite personnel, auroient
pu m'enlever quelque portion des bonnes grâces
du souverain, que je veux posséder entièrement;
de sorte que je puis dire, à l'heure qu'il est,
qu'aucun grand ne fait ombre à mon crédit. Tu
vois, Gil Blas, ajouta-t-il, que je te découvre mon
cœur. Comme j'ai lieu de penser que tu m'es tout
dévoué, je t'ai choisi pour mon confident. Tu as
de l'esprit; je te crois sage, prudent, discret : en
un mot tu me parois propre à te bien acquitter
de vingt sortes de commissions qui demandent un
garçon plein d'intelligence.

Je ne fus point à l'épreuve des images flatteuses que ces paroles offrirent à mon esprit. Quelques vapeurs d'avarice et d'ambition me montèrent subitement à la tête, et réveillèrent en moi
des sentiments dont je croyois avoir triomphé. Je
protestai au ministre que je répondrois de tout
mon pouvoir à ses intentions, et je me tins prêt à
exécuter sans scrupule tous les ordres dont il jugeroit à propos de me charger.

Pendant que j'étois ainsi disposé à dresser de
nouveaux autels à la fortune, Scipion revint de
son voyage. Je n'ai pas, me dit-il, un long récit
à vous faire. J'ai charmé les seigneurs de Leyva
en leur apprenant l'accueil que le roi vous a fait
lorsqu'il vous a reconnu, et la manière dont le
comte d'Olivarès en use avec vous.

J'interrompis Scipion : Mon ami, lui dis-je, tu
leur aurois fait encore plus de plaisir si tu leur
avois pu dire sur quel pied je suis aujourd'hui auprès de monseigneur. C'est une chose prodigieuse
que la rapidité des progrès que j'ai faits depuis
ton départ dans le cœur de son excellence. Dieu
en soit loué, mon cher maître! me répondit-il :
je pressens que nous aurons de belles destinées à
remplir.

Changeons de matière, lui dis-je; parlons d'O-
viédo : tu as été aux Asturies. Dans quel état y
as-tu laissé ma mère? Ah! monsieur, me repartit-il en prenant tout-à-coup un air triste, je n'ai
que des nouvelles affligeantes à vous annoncer de
ce côté-là. Oh ciel! m'écriai-je, ma mère est
morte assurément! Il y a six mois, dit mon secrétaire, que la bonne dame a payé le tribut à la

nature, aussi bien que le seigneur Gil Perez, votre
oncle.

La mort de ma mère me causa une vive affliction, quoique dans mon enfance je n'eusse point
reçu d'elle ces caresses dont les enfants ont grand
besoin pour devenir reconnoissants dans la suite.
Je donnai aussi au bon chanoine les larmes que je
lui devois pour le soin qu'il avoit eu de mon éducation. Ma douleur, à la vérité, ne fut pas longue,
et dégénéra bientôt en un souvenir tendre que j'ai
toujours conservé de mes parents.

CHAPITRE IX.

Comment et à qui le comte-duc maria sa fille unique; et
des fruits amers que ce mariage produisit.

Peu de temps après le retour du fils de la Coscolina, le comte-duc tomba dans une rêverie où
il demeura plongé pendant huit jours. Je m'imaginois qu'il méditoit quelque grand coup d'état;
mais ce qui le faisoit rêver ne regardoit que sa
famille. Gil Blas, me dit-il une après-dînée, tu
dois t'être aperçu que j'ai l'esprit embarrassé.
Oui, mon enfant, je suis occupé d'une affaire d'où
dépend le repos de ma vie. Je veux bien t'en faire
confidence.

Dona Maria, ma fille, continua-t-il, est nubile,
et il se présente un grand nombre de seigneurs
qui se la disputent. Le comte de Niéblès, fils aîné
du duc de Médina Sidonia, chef de la maison de
Guzman, et don Louis de Haro, fils aîné du marquis de Carpio et de ma sœur aînée, sont les deux
concurrents qui paroissent le plus en droit d'obtenir la préférence. Le dernier surtout a un mérite
si supérieur à celui de ses rivaux, que toute la
cour ne doute pas que je ne fasse choix de lui
pour mon gendre. Néanmoins, sans entrer dans
les raisons que j'ai de lui donner l'exclusion, de
même qu'au comte de Niéblès, je te dirai que
j'ai jeté les yeux sur don Ramire Nunez de
Guzman, marquis de Toral, chef de la maison
des Guzmans d'Abrados. C'est à ce jeune seigneur et aux enfants qu'il aura de ma fille que je
prétends laisser tous mes biens, et les annexer
au titre de comte d'Olivarès, auquel je joindrai la
grandesse; de manière que mes petits-fils et
leurs descendants sortis de la branche d'Abrados
et de celle d'Olivarès passeront pour les aînés de
la maison de Guzman.

Eh bien! Santillane, ajouta-t-il, n'approuves-
tu pas mon dessein? Pardonnez-moi, monseigneur, lui répondis-je, ce projet est digne du
génie qui l'a formé; mais qu'il me soit permis de
représenter une chose à votre excellence sur cette
disposition. Je crains que le duc de Médina Sido-

nia n'en murmure. Qu'il en murmure s'il veut, reprit le ministre, je m'en mets fort peu en peine. Je n'aime point sa branche, qui a usurpé sur celle d'Abrados le droit d'aînesse et les titres qui y sont attachés. Je serai moins sensible à ses plaintes qu'au chagrin qu'aura la marquise de Carpio, ma sœur, de voir échapper ma fille à son fils. Mais, après tout, je veux me satisfaire, et don Ramire l'emportera sur ses rivaux ; c'est une chose décidée.

Le comte-duc, m'ayant appris cette resolution, ne l'exécuta pas sans donner une nouvelle marque de sa politique singulière. Il présenta un mémoire au roi, pour le prier, aussi bien que la reine, de vouloir bien eux-mêmes marier sa fille, en leur exposant les qualités des seigneurs qui la recherchoient, et s'en remettant entièrement au choix que feroient leurs majestés : mais il ne laissoit pas, en parlant du marquis de Toral, de faire connoître que c'étoit celui de tous qui lui étoit le plus agréable. Aussi le roi, qui avoit une complaisance aveugle pour son ministre, lui fit cette réponse : « Je » crois don Ramire Nunez digne de dona Ma-»ria : cependant choisissez vous-même. Le parti »qui vous conviendra le mieux sera celui qui me »plaira davantage.

» LE ROI, »

Le ministre affecta de montrer cette réponse; et, feignant de la regarder comme un ordre du prince, il se hâta de marier sa fille au marquis de Toral. Ce mariage précipité piqua vivement la marquise de Carpio, de même que tous les Guzmans, qui s'étoient flattés de l'espérance d'épouser dona Maria. Néanmoins les uns et les autres, ne pouvant empêcher cette union, affectèrent de la célébrer avec les plus grandes démonstrations de joie. On eût dit que toute la famille en étoit charmée ; mais les mécontents furent bientôt vengés d'une manière très-cruelle pour le comte-duc. Dona Maria accoucha au bout de dix mois d'une fille qui mourut en naissant, et peu de jours après elle fut elle-même la victime de sa couche.

Quelle perte pour un père qui n'avoit, pour ainsi dire, des yeux que pour sa fille, et qui voyoit avorter par là le dessein d'ôter le droit d'aînesse à la branche de Médina Sidonia ! Il en fut si pénétré, qu'il s'enferma pendant quelques jours, et ne voulut voir personne que moi, qui, me conformant à sa vive douleur, parus aussi touché que lui. Il faut dire la vérité, je me servis de cette occasion pour donner de nouvelles larmes à la mémoire d'Antonia. Le rapport que sa mort avoit avec celle de la marquise de Toral rouvrit une plaie mal fermée, et me mit si bien en train de m'affliger, que le ministre, tout accablé qu'il étoit de sa propre douleur, fut frappé de la mienne. Il étoit étonné de me voir entrer, comme je faisois, dans ses chagrins. Gil Blas, me dit-il un jour que je lui parus plongé dans une tristesse mortelle, c'est une assez douce consolation pour moi d'avoir un confident si sensible à mes peines. Ah ! monseigneur, lui répondis-je en lui faisant tout l'honneur de mon affliction, il faudroit que je fusse bien ingrat et d'un naturel bien dur, si je ne les sentois pas vivement. Puis-je penser que vous pleurez une fille d'un mérite accompli, et que vous aimiez si tendrement, sans mêler mes pleurs aux vôtres? Non, monseigneur, je suis trop plein de vos bontés pour ne partager pas toute ma vie vos plaisirs et vos ennuis.

CHAPITRE X.

Gil Blas rencontre par hasard le poète Nunez, qui lui apprend qu'il a fait une tragédie qui doit être incessamment représentée sur le théâtre du Prince. Du malheureux succès de cette pièce, et du bonheur étonnant dont il fut suivi.

Le ministre commençoit à se consoler, et moi par conséquent à reprendre ma bonne humeur, lorsqu'un soir je sortis tout seul en carrosse pour aller à la promenade. Je rencontrai en chemin le poète des Asturies, que je n'avois pas revu depuis sa sortie de l'hôpital. Il étoit fort proprement vêtu. Je l'appelai, je le fis monter dans mon carrosse, et nous nous promenâmes ensemble dans le pré Saint-Jérôme.

Monsieur Nunez, lui dis-je, il est heureux pour moi de vous avoir rencontré par hasard ; sans cela je n'aurois pas le plaisir que j'ai de.... Point de reproches, Santillane, interrompit-il avec précipitation, je t'avouerai de bonne foi que je n'ai pas voulu t'aller voir : je vais t'en dire la raison. Tu m'as promis un bon poste, pourvu que j'abjurasse la poésie; et j'en ai trouvé un très-solide, à condition que je ferai des vers. J'ai accepté ce dernier comme le plus convenable à mon humeur. Un de mes amis m'a placé auprès de don Bertrand Gomez del Ribero, trésorier des galères du roi. Ce don Bertrand, qui vouloit avoir un bel esprit à ses gages, ayant trouvé ma versification très-brillante, m'a choisi préférablement à cinq ou six auteurs qui se présentoient pour remplir l'emploi de secrétaire de ses commandements.

J'en suis ravi, mon cher Fabrice, lui dis-je ; car ce don Bertrand est apparemment fort riche. Comment, riche ! me répondit-il; on dit qu'il ignore lui-même jusqu'à quel point il l'est. Quoi qu'il en soit, voici en quoi consiste l'emploi que j'occupe chez lui. Comme il se pique d'être galant, et qu'il veut passer pour homme d'esprit, il est en commerce de lettres avec plusieurs dames fort spirituelles, et je lui prête ma plume pour composer des billets remplis de sel et d'agrément. J'écris à l'une en vers, à l'autre en prose, et je porte quelquefois les lettres moi-même, pour faire voir la multiplicité de mes talents.

Mais tu ne m'apprends pas, lui dis-je, ce que je souhaite le plus de savoir. Es-tu bien payé de tes épigrammes épistolaires? Très-grassement, répondit-il. Les gens riches ne sont pas tous généreux, et j'en connois qui sont de francs vilains: mais don Bertrand en use avec moi fort noblement. Outre deux cents pistoles de gages fixes, je reçois de lui de temps en temps de petites gratifications; ce qui me met en état de faire le seigneur, et de bien passer mon temps avec quelques auteurs ennemis comme moi du chagrin. Au reste, repris-je, ton trésorier a-t-il assez de goût pour sentir les beautés d'un ouvrage d'esprit, et pour en apercevoir les défauts? Oh que non! me répondit Nunez; quoiqu'il ait un babil imposant, ce n'est point un connoisseur. Il ne laisse pas de se donner pour un *Tarpa*. Il décide hardiment, et soutient son opinion d'un ton si haut et avec tant d'opiniâtreté, que le plus souvent, lorsqu'il dispute, on est obligé de lui céder, pour éviter une grêle de traits désobligeants dont il a coutume d'accabler ses contradicteurs.

Tu peux croire, poursuivit-il, que j'ai grand soin de ne le contredire jamais, quelque sujet qu'il m'en donne; car, outre les épithètes désagréables que je ne manquerois pas de m'attirer, je pourrois fort bien me faire mettre à la porte. J'approuve donc prudemment ce qu'il loue, et je désapprouve de même tout ce qu'il trouve mauvais. Par cette complaisance, qui ne me coûte guère, possédant, comme je fais, l'art de m'accommoder au caractère des personnes qui me sont utiles, j'ai gagné l'estime et l'amitié de mon patron. Il m'a engagé à composer une tragédie, dont il m'a donné l'idée. Je l'ai faite sous ses yeux; et si elle réussit, je devrai à ses bons avis une partie de ma gloire.

Je demandai à notre poète le titre de sa tragédie. C'est, répondit-il, le *Comte de Saldagne*. Cette pièce sera représentée dans trois jours sur le théâtre du Prince. Je souhaite, lui répliquai-je, qu'elle ait une grande réussite, et j'ai assez bonne opinion de ton génie pour l'espérer. Je l'espère bien aussi, me dit-il; mais il n'y a point d'espérance plus trompeuse que celle-là, tant les auteurs sont incertains de l'événement d'un ouvrage dramatique; tous les jours ils y sont trompés.

Enfin, le jour de la première représentation, je ne pus aller à la comédie, monseigneur m'ayant chargé d'une commission qui m'en empêcha. Tout ce que je pus faire fut d'y envoyer Scipion, pour savoir du moins dès le soir même le succès d'une pièce à laquelle je m'intéressois. Après l'avoir impatiemment attendu, je le vis revenir d'un air qui me fit concevoir un mauvais présage. Eh bien! lui dis-je, comment le *Comte de Saldagne* a-t-il été reçu du public? Fort brutalement, répondit-il; jamais pièce n'a été plus cruellement traitée : je suis sorti indigné de l'insolence du parterre. Et moi je le suis, lui répliquai-je, de la fureur que Nunez a de composer des poèmes dramatiques. Quel enragé! Ne faut-il pas qu'il ait perdu le jugement, pour préférer les huées ignominieuses des spectateurs à l'heureux sort que je puis lui faire? C'est ainsi que par amitié je pestois contre le poète des Asturies, et que je m'affligeois du malheur de sa pièce pendant qu'il s'en applaudissoit.

En effet, je le vis deux jours après entrer chez moi, tout transporté de joie. Santillane, s'écria-t-il, je viens te faire part du ravissement où je suis. J'ai fait ma fortune, mon ami, en faisant une mauvaise pièce. Tu sais l'étrange accueil qu'on a fait au *Comte de Saldagne*. Tous les spectateurs à l'envi se sont déchaînés contre lui; et c'est à ce déchaînement général que je dois le bonheur de ma vie.

Je fus assez étonné d'entendre parler de cette manière le poète Nunez. Comment donc, Fabrice, lui dis-je, seroit-il possible que la chute de ta tragédie eût de quoi justifier ta joie immodérée? Oui, sans doute, répondit-il : je t'ai déjà dit que don Bertrand avoit mis du sien dans ma pièce; par conséquent il la trouvoit excellente. Il a été outré de voir les spectateurs d'un sentiment contraire au sien. Nunez, m'a-t-il dit ce matin, *Victrix causa Diis placuit, sed victa Catoni*. Si ta pièce a déplu au public, en récompense elle me plaît à moi, et cela doit te suffire. Pour te consoler du mauvais goût du siècle, je te donne deux mille écus de rente à prendre sur tous mes biens: allons de ce pas chez mon notaire en passer le contrat. Nous y avons été sur-le-champ : le trésorier a signé l'acte de la donation, et m'a payé la première année d'avance.

Je félicitai Fabrice sur la malheureuse destinée du *Comte de Saldagne*, puisqu'elle avoit tourné au profit de l'auteur. Tu as bien raison, continua-t-il, de me faire compliment là-dessus. Sais-tu bien qu'il ne pouvoit m'arriver un plus grand bonheur que d'avoir déplu au parterre? Que je suis heureux d'avoir été sifflé à double carillon! Si le public, plus bénévole, m'eût honoré de ses applaudissements, à quoi cela m'auroit-il mené? à rien. Je n'aurois tiré de mon travail qu'une somme assez médiocre, au lieu que les sifflcts m'ont mis tout d'un coup à mon aise pour le reste de mes jours.

CHAPITRE XI.

Santillane fait donner un emploi à Scipion, qui part pour la Nouvelle-Espagne.

Mon secrétaire ne regarda pas sans envie le bonheur inopiné du poète Nunez : il ne cessa de m'en parler pendant huit jours. J'admire, disoit-il, le caprice de la fortune, qui se plaît quelquefois à combler de biens un détestable auteur, tandis qu'elle en laisse de bons dans la misère. Je voudrois bien qu'elle s'avisât de m'enrichir aussi du soir au lendemain. Cela pourra bien arriver, lui disois-je, et plus tôt que tu ne penses. Tu es ici dans son temple; car il me semble qu'on peut appeler le temple de la fortune la maison d'un premier ministre, où l'on accorde souvent des grâces qui engraissent tout-à-coup ceux qui les obtiennent. Cela est véritable, monsieur, me répondit-il, mais il faut avoir la patience de les attendre. Encore une fois, Scipion, lui répliquai-je, sois tranquille ; peut-être es-tu sur le point d'avoir quelque bonne commission. Effectivement il s'offrit peu de jours après une occasion de l'employer utilement au service du comte-duc, et je ne la laissai point échapper

Je m'entretenois un matin avec don Raimond Caporis, intendant de ce premier ministre, et notre conversation rouloit sur les revenus de son excellence. Monseigneur jouit, disoit-il, des commanderies de tous les ordres militaires, ce qui lui vaut par an quarante mille écus; et il n'est obligé que de porter la croix d'Alcantara. De plus, ses trois charges de grand-chambellan, de grand-écuyer et de grand-chancelier des Indes, lui rapportent deux cent mille écus; et tout cela n'est rien encore en comparaison des sommes immenses qu'il tire des Indes : savez-vous bien de quelle manière? Lorsque les vaisseaux du roi partent de Séville ou de Lisbonne pour ce pays-là, il y fait embarquer du vin, de l'huile et des grains que lui fournit sa comté d'Olivarès : il ne paie point de port. Avec cela il vend dans les Indes ces marchandises quatre fois plus qu'elles ne valent en Espagne; ensuite il en emploie l'argent à acheter des épiceries, des couleurs, et d'autres choses qu'on a presque pour rien dans le Nouveau-Monde, et qui se vendent fort cher en Europe. Il a déjà par ce trafic gagné plusieurs millions sans faire le moindre tort au roi.

Ce qui ne doit pas vous paroître étonnant, continua-t-il, c'est que les personnes employées à faire ce commerce reviennent toutes chargées de richesses, monseigneur trouvant bon qu'elles fassent leurs affaires avec les siennes.

Le fils de la Coscolina, qui écoutoit notre entretien, ne put entendre parler ainsi don Raimond sans l'interrompre. Parbleu! seigneur Caporis, s'écria-t-il, je serois ravi d'être une de ces personnes-là; aussi bien il y a long-temps que je souhaite de voir le Mexique. Votre curiosité sera bientôt satisfaite, lui dit l'intendant, si le seigneur de Santillane ne s'oppose point à votre envie. Quelque délicat que je sois sur le choix des gens que j'envoie aux Indes faire ce trafic (car c'est moi qui les choisis), je vous mettrai aveuglément sur mon registre, si votre maître le veut. Vous me ferez plaisir, dis-je à don Raimond; donnez-moi cette marque d'amitié. Scipion est un garçon que j'aime, d'ailleurs très-intelligent, et qui se gouvernera de façon qu'on n'aura pas le moindre reproche à lui faire. En un mot, j'en réponds comme de moi-même.

Cela suffit, reprit Caporis, il n'a qu'à se rendre incessamment à Séville; les vaisseaux doivent mettre à la voile dans un mois pour les Indes. Je le chargerai à son départ d'une lettre pour un homme qui lui donnera toutes les instructions nécessaires pour s'enrichir, sans porter aucun préjudice aux intérêts de son excellence, qui doivent être sacrés pour lui.

Scipion, charmé d'avoir cet emploi, se hâta de partir pour Séville, avec mille écus que je lui comptai, pour acheter dans l'Andalousie du vin et de l'huile, et le mettre en état de trafiquer pour son compte dans les Indes. Cependant, tout ravi qu'il étoit de faire un voyage dont il espéroit tirer tant de profit, il ne put me quitter sans répandre des pleurs; et je ne vis pas de sang-froid son départ.

CHAPITRE XII.

Don Alphonse de Leyva vient à Madrid ; motif de son voyage. De l'affliction qu'eut Gil Blas, et de la joie qui la suivit.

A peine eus-je perdu Scipion, qu'un page du ministre m'apporta un billet qui contenoit ces paroles : « Si le seigneur de Santillane veut se don- »ner la peine de se rendre à l'image de Saint-Ga- »briel, dans la rue de Tolède, il y verra un de ses »meilleurs amis. »

Quel peut être cet ami qui ne se nomme point? dis-je en moi-même. Pourquoi me cache-t-il son nom? il veut apparemment me causer le plaisir de la surprise. Je sortis sur-le-champ, je pris le chemin de la rue de Tolède; et, en arrivant au lieu marqué, je ne fus pas peu étonné d'y trouver don Alphonse de Leyva. Que vois-je! m'écriai-je. Vous ici, seigneur ! Oui, mon cher Gil Blas, répondit-il en me serrant étroitement entre ses bras; c'est don Alphonse lui-même qui s'offre à votre vue. Eh! qui vous amène à Madrid? lui dis-je. Je vais vous surprendre, me repartit-il, et vous affliger, en vous apprenant le sujet de mon voyage. On m'a ôté le gouvernement de Valence, et le premier ministre me mande à la cour pour rendre compte de ma conduite. Je demeurai un quart d'heure dans un stupide silence; puis, reprenant la parole : De quoi, lui dis-je, vous accuse-t-on? Il faut bien que vous ayez fait quelque chose imprudemment. J'impute, répondit-il, ma disgrâce à la visite que j'ai faite, il y a trois semaines, au cardinal duc de Lerme, qui depuis un mois est relégué dans son château de Denia.

Oh vraiment, interrompis-je, vous avez raison d'attribuer votre malheur à cette visite indiscrète! n'en cherchez point la cause ailleurs, et permettez-moi de vous dire que vous n'avez pas consulté votre prudence ordinaire lorsque vous avez été voir ce ministre disgracié. La faute en est faite, me dit-il, et j'ai pris de bonne grâce mon parti : je vais me retirer avec ma famille au château de Leyva, où je passerai dans un profond repos le reste de mes jours. Tout ce qui me fait de la peine, ajouta-t-il, c'est d'être obligé de paroître devant un superbe ministre, qui pourra me recevoir peu gracieusement. Quelle mortification pour un Espagnol! Cependant c'est une nécessité; mais avant que de m'y soumettre, j'ai voulu vous parler. Seigneur, lui dis-je, laissez-moi faire ; ne vous présentez pas devant le ministre, que je n'aie su auparavant de quoi l'on vous accuse; le mal n'est peut-être pas sans remède. Quoi qu'il en soit, vous trouverez bon, s'il vous plaît, que je me donne pour vous tous les mouvements qu'exigent de moi la reconnaissance et l'amitié. A ces mots, je le laissai dans son hôtellerie, en l'assurant qu'il auroit incessamment de mes nouvelles.

Comme je ne me mêlois plus d'affaires d'état depuis les deux mémoires dont il a été fait une si éloquente mention, j'allai trouver Carnero, pour lui demander s'il étoit vrai qu'on eût ôté à don Alphonse de Leyva le gouvernement de la ville de Valence. Il me répondit qu'oui, mais qu'il en ignoroit la raison. Là-dessus, je pris sans balancer la résolution de m'adresser à monseigneur même pour apprendre de sa propre bouche les sujets qu'il pouvoit avoir de se plaindre du fils de don César.

J'étois si pénétré de ce fâcheux événement, que je n'eus pas besoin d'affecter un air de tristesse pour paroître affligé aux yeux du comte-duc. Qu'as-tu donc, Santillane? me dit-il aussitôt qu'il me vit. J'aperçois sur ton visage une impression de chagrin; je vois même des larmes prêtes à couler de tes yeux. Qu'est-ce que cela signifie? ne me déguise rien. Quelqu'un t'auroit-il fait quelque offense? Parle, tu seras bientôt vengé. Monseigneur, lui répondis-je en pleurant, quand je voudrois vous cacher ma douleur, je ne le pourrois pas : je suis au désespoir. On vient de me dire que don Alphonse de Leyva n'est plus gouverneur de Valence; on ne pouvoit m'annoncer une nouvelle plus capable de me causer une mortelle affliction. Que dis-tu, Gil Blas? reprit le ministre étonné; quel intérêt peux-tu prendre à ce don Alphonse et à son gouvernement? Alors je lui fis un détail des obligations que j'avois aux seigneurs de Leyva ; ensuite, je lui racontai de quelle façon j'avois obtenu du duc de Lerme, pour le fils de don César, le gouvernement dont il s'agissoit.

Quand son excellence m'eut écouté jusqu'au bout avec une attention pleine de bonté pour moi, il me dit : Essuie tes pleurs, mon ami. Outre que j'ignorois ce que tu viens de m'apprendre, je t'avouerai que je regardois don Alphonse comme une créature du cardinal de Lerme. Je te mets à ma place : la visite qu'il a faite à cette éminence ne te l'auroit-il pas rendu suspect? Je veux bien croire pourtant qu'ayant été pourvu de son emploi par ce ministre, il peut avoir fait cette démarche par un pur mouvement de reconnoissance, et je la lui pardonne. Je suis fâché d'avoir déplacé un homme qui te devoit son poste; mais si j'ai détruit ton ouvrage, je puis le réparer. Je veux même encore plus faire pour toi que le duc de Lerme. Don Alphonse, ton ami, n'étoit que gouverneur de la ville de Valence, je le fais vice-roi du royaume d'Aragon : c'est ce que je te permets de lui faire savoir, et tu peux lui mander de venir prêter serment.

Lorsque j'eus entendu ces paroles, je passai d'une extrême douleur à un excès de joie qui me troubla l'esprit à un point, qu'il y parut au remercîment que je fis à monseigneur : mais le désordre de mon discours ne lui déplut point; et, comme je lui appris que don Alphonse étoit à Madrid, il me dit que je pouvois le lui présenter dès ce jour-là même. Je courus aussitôt à l'image Saint-Gabriel, où je ravis le fils de don César en lui annonçant son nouvel emploi. Il ne pouvoit croire ce que je lui disois, tant il avoit de peine à se persuader que le premier ministre, quelque amitié qu'il eût pour moi, fût capable de donner des vice-royautés à ma considération. Je le menai au comte-duc, qui le reçut très-poliment, et qui lui dit : Don Alphonse, vous vous êtes si bien conduit dans votre gouvernement de la ville de Valence, que le roi, vous jugeant propre à remplir une plus grande place, vous a nommé à la vice-royauté d'Aragon. Cette dignité, ajouta-t-il, n'est point au-dessus de votre naissance, et la noblesse aragonaise ne sauroit murmurer contre le choix de la cour.

Son excellence ne fit aucune mention de moi, et le public ignora la part que j'avois à cette affaire; ce qui sauva don Alphonse et le ministre des mauvais discours qu'on auroit pu tenir dans le monde sur un vice-roi de ma façon.

Sitôt que le fils de don César fut sûr de son fait, il dépêcha un exprès à Valence pour en informer son père et Séraphine, qui se rendirent bientôt à Madrid. Leur premier soin fut de me venir trouver pour m'accabler de remercîments. Quel spectacle touchant et glorieux pour moi, de voir les trois personnes du monde qui m'étoient les plus chères m'embrasser à l'envi! Aussi sensibles à mon zèle et à mon affection qu'à l'honneur que le poste de vice-roi alloit faire rejaillir sur leur maison, ils ne pouvoient se lasser de me tenir des discours reconnoissants. Ils me parloient même comme s'ils eussent parlé à un homme d'une condition égale à la leur; il sembloit qu'ils eussent oublié qu'ils avoient été mes maîtres; ils croyoient ne pouvoir me témoigner assez d'amitié. Pour supprimer les circonstances inutiles, don Alphonse, après avoir reçu ses patentes, remercié le roi et son ministre, et prêté le serment ordinaire, partit de Madrid avec sa famille, pour aller établir son séjour à Saragosse. Il y fit son entrée avec toute la magnificence imaginable; et les Aragonais firent connoître, par leurs acclamations, que je leur avois donné un vice-roi qui leur étoit fort agréable.

CHAPITRE XIII.

Gil Blas rencontre chez le roi don Gaston de Cogollos et don André de Tordesillas; où ils allèrent tous trois. Fin de l'histoire de don Gaston et de dona Helena de Galisteo. Quel service Santillane rendit à Tordesillas.

Je nageois dans la joie d'avoir si heureusement changé en vice-roi un gouverneur déplacé; les seigneurs de Leyva mêmes en étoient moins ravis que moi. J'eus bientôt encore une autre occasion d'employer mon crédit pour un ami; ce que je crois devoir rapporter, pour faire connoître à mes lecteurs que je n'étois plus ce même Gil Blas qui, sous le ministère précédent, vendoit les grâces de la cour.

J'étois un jour dans l'antichambre du roi, où je m'entretenois avec des seigneurs qui, me connoissant pour un homme chéri du premier ministre, ne dédaignoient pas ma conversation. J'aperçus dans la foule don Gaston de Cogollos, ce prisonnier d'état que j'avois laissé dans la tour de Sé-

govie. Il étoit avec le châtelain don André de Tordesillas. Je quittai volontiers ma compagnie pour aller embrasser ces deux amis. S'ils furent étonnés de me revoir là, je le fus bien davantage de les y rencontrer. Après de vives accolades de part et d'autre, don Gaston me dit : Seigneur de Santillane, nous avons bien des questions à nous faire mutuellement, et nous ne sommes pas ici dans un lieu commode pour cela : permettez que je vous emmène dans un endroit où, le seigneur Tordesillas et moi, nous serons bien aises d'avoir avec vous un long entretien. J'y consentis; nous fendîmes la presse, et nous sortîmes du palais. Nous trouvâmes le carrosse de don Gaston qui l'attendoit dans la rue; nous y montâmes tous trois, et nous nous rendîmes à la grande place du marché où se font les courses de taureaux. Là demeuroit Cogollos, dans un fort bel hôtel.

Seigneur Gil Blas, me dit don André lorsque nous fûmes dans une salle magnifiquement meublée, il me semble qu'à votre départ de Ségovie vous haïssiez la cour, et que vous étiez dans la résolution de vous en éloigner pour jamais. C'étoit en effet mon dessein, lui répondis-je; et tant qu'a vécu le feu roi, je n'ai pas changé de sentiment; mais quand j'ai su que le prince son fils étoit sur le trône, j'ai voulu voir si le nouveau monarque me reconnoîtroit. Il m'a reconnu, et j'ai eu le bonheur d'en être reçu favorablement; il m'a recommandé lui-même au premier ministre, qui m'a pris en amitié, et avec qui je suis beaucoup mieux que je ne l'ai jamais été avec le duc de Lerme. Voilà, seigneur don André, ce que j'avois à vous apprendre. Et vous, dites-moi si vous êtes toujours châtelain de la tour de Ségovie? Non vraiment, me répondit-il; le comte-duc en a mis un autre à ma place. Il m'a cru apparemment tout dévoué à son prédécesseur. Et moi, dit alors don Gaston, j'ai été mis en liberté par une raison contraire : le premier ministre n'a pas sitôt su que j'étois dans les prisons de Ségovie par ordre du duc de Lerme, qu'il m'en a fait sortir. Il s'agit à présent, seigneur Gil Blas, de vous conter ce qui m'est arrivé depuis que je suis libre.

La première chose que je fis, poursuivit-il, après avoir remercié don André des attentions qu'il avoit eues pour moi pendant ma prison, fut de me rendre à Madrid. Je me présentai devant le comte-duc d'Olivarès, qui me dit : Ne craignez pas que le malheur qui vous est survenu fasse le moindre tort à votre réputation; vous êtes pleinement justifié : je suis d'autant plus assuré de votre innocence, que le marquis de Villaréal, dont on vous a soupçonné d'être complice, n'étoit pas coupable. Quoique Portugais, et parent même du duc de Bragance, il est moins dans ses intérêts que dans ceux du roi mon maître. On n'a donc point dû vous faire un crime de votre liaison avec ce marquis; et, pour réparer l'injustice qu'on vous a faite en vous accusant de trahison, le roi vous donne une lieutenance dans sa garde espagnole. J'acceptai cet emploi, en suppliant son excellence de me permettre, avant que d'entrer en exercice, d'aller à Coria pour y voir dona Éléonor de Laxarilla, ma tante. Le ministre m'accorda un mois pour faire ce voyage, et je partis accompagné d'un seul laquais.

Nous avions déjà passé Colménar, et nous étions engagés dans un chemin creux entre deux montagnes, quand nous aperçûmes un cavalier qui se défendoit vaillamment contre trois hommes qui l'attaquoient tous ensemble. Je ne balançai point à le secourir; je me hâtai de le joindre, et je me mis à son côté. Je remarquai en me battant que nos ennemis étoient masqués, et que nous avions affaire à de vigoureux spadassins. Cependant, malgré leur force et leur adresse, nous demeurâmes vainqueurs : je perçai un des trois; il tomba de cheval; et les deux autres prirent la fuite à l'instant. Il est vrai que la victoire ne nous fut guère moins funeste qu'au malheureux que j'avois tué, puisque après l'action nous nous trouvâmes, mon compagnon et moi, dangereusement blessés. Mais représentez-vous quelle fut ma surprise, lorsque dans ce cavalier je reconnus Combados, le mari de dona Helena. Il ne fut pas moins étonné de voir que j'étois son défenseur. Ah! don Gaston, s'écria-t-il, quoi! c'est vous qui venez me secourir! Quand vous avez si généreusement pris mon parti, vous ignoriez que c'étoit celui d'un homme qui vous a enlevé votre maîtresse. Je l'ignorois en effet, lui répondis-je; mais quand je l'aurois su, pensez-vous que j'eusse balancé à faire ce que j'ai fait? Jugeriez-vous assez mal de moi pour me croire une âme si basse? Non, non, reprit-il, j'ai meilleure opinion de vous; et, si je meurs des blessures que je viens de recevoir, je souhaite que les vôtres ne vous empêchent point de profiter de ma mort. Combados, lui dis-je, quoique je n'aie pas encore oublié dona Helena, sachez que je ne désire point sa possession aux dépens de votre vie; je m'applaudis même d'avoir contribué à vous sauver des coups de trois assassins, puisqu'en cela j'ai fait une action agréable à votre épouse.

Pendant que nous nous parlions de cette sorte, mon laquais descendit de cheval; et, s'étant approché du cavalier qui étoit étendu sur la poussière, il lui ôta son masque, et nous fit voir des traits que Combados reconnut d'abord. C'est Caprara, s'écria-t-il, ce perfide cousin qui, de dépit d'avoir manqué une riche succession qu'il m'avoit injustement disputée, nourrissoit depuis long-

temps le désir de m'assassiner, et avoit enfin choisi ce jour pour le satisfaire; mais le ciel a permis qu'il ait été la victime de son attentat.

Cependant notre sang couloit à bon compte, et nous nous affoiblissions à vue d'œil. Néanmoins, tout blessés que nous étions, nous eûmes la force de gagner le bourg de Villaréjo, qui n'est qu'à deux portées de fusil du champ de bataille. En arrivant à la première hôtellerie, nous demandâmes des chirurgiens. Il en vint un qu'on nous dit être fort habile. Il visita nos plaies, qu'il trouva très-dangereuses. Il nous pansa, et le lendemain il nous dit, après avoir levé l'appareil, que les blessures de don Blas étoient mortelles. Il jugea des miennes plus favorablement, et ses pronostics ne furent point faux.

Combados, se voyant condamné à la mort, ne songea plus qu'à s'y préparer. Il dépêcha un exprès à sa femme, pour l'informer de ce qui s'étoit passé, et du triste état où il se trouvoit. Dona Helena fut bientôt à Villaréjo. Elle y arriva l'esprit travaillé d'une inquiétude qui avoit deux causes différentes ; le péril que couroit la vie de son époux, et la crainte de sentir, en me revoyant, rallumer un feu mal éteint. Cela lui causoit une agitation terrible. Madame, lui dit don Blas lorsqu'elle fut en sa présence, vous arrivez assez à temps pour recevoir mes adieux. Je vais mourir, et je regarde ma mort comme une punition du ciel, de vous avoir, par une tromperie, arrachée à don Gaston ; bien loin d'en murmurer, je vous exhorte moi-même à lui rendre un cœur que je lui ai ravi. Dona Helena ne lui répondit que par des pleurs ; et véritablement c'étoit la meilleure réponse qu'elle lui pût faire, n'étant pas encore assez détachée de moi pour avoir oublié l'artifice dont il s'étoit servi pour la déterminer à me manquer de foi.

Il arriva, comme le chirurgien l'avoit pronostiqué, qu'en moins de trois jours Combados mourut de ses blessures, au lieu que les miennes annonçoient une prochaine guérison. La jeune veuve, uniquement occupée du soin de faire transporter à Coria le corps de son époux, pour lui rendre tous les honneurs qu'elle devoit à sa cendre, partit de Villaréjo pour s'en retourner, après s'être informée, comme par pure politesse, de l'état où je me trouvois. Dès que je pus la suivre, je pris le chemin de Coria, où j'achevai de me rétablir. Alors dona Éléonor, ma tante, et don Georges de Galisteo, résolurent de nous marier promptement, Helena et moi, de peur que la fortune ne nous séparât encore par quelque nouvelle traverse. Ce mariage se fit sans éclat, à cause de la mort trop récente de don Blas; et peu de jours après je revins à Madrid avec dona Helena. Comme j'avois passé le temps prescrit par le comte-duc pour mon voyage, je craignois que ce ministre n'eût donné à un autre la lieutenance qu'il m'avoit promise ; mais il n'en avoit point disposé, et il eut la bonté de recevoir les excuses que je lui fis de mon retardement.

Je suis donc, poursuivi Cogollos, lieutenant de la garde espagnole, et j'ai de l'agrément dans mon poste. J'ai fait des amis d'un commerce agréable, et je vis content avec eux. Je voudrois pouvoir en dire autant, s'écria don André ; mais je suis bien éloigné d'être satisfait de mon sort : j'ai perdu mon emploi, qui ne laissoit pas de m'être fort utile, et je n'ai point d'amis qui aient assez de crédit pour m'en procurer un solide. Pardonnez-moi, seigneur don André, interrompis-je en souriant, vous avez en moi un ami qui peut vous être bon à quelque chose. Je vous ai déjà dit que je suis encore plus aimé du comte-duc que je ne l'étois du duc de Lerme, et vous osez me dire en face que vous n'avez personne qui puisse vous faire obtenir un solide emploi ! Ne vous ai-je pas déjà rendu un pareil service ? Souvenez-vous que, par le crédit de l'archevêque de Grenade, je vous fis nommer pour aller remplir au Mexique un poste où vous auriez fait votre fortune si l'amour ne vous eût point arrêté dans la ville d'Alicante. Je suis bien plus en état de vous servir présentement, que j'ai l'oreille du premier ministre. Je m'abandonne donc à vous, répliqua Tordesillas ; mais, ajouta-t-il en souriant à son tour, ne m'envoyez pas, de grâce, à la Nouvelle-Espagne ; je n'y voudrois point aller, quand on m'y voudroit faire président de l'audience[1] même du Mexique.

Nous fûmes interrompus dans cet endroit de notre entretien par dona Helena, qui arriva dans la salle, et dont la personne toute gracieuse remplit l'idée charmante que je m'en étois formée. Madame, lui dit Cogollos, je vous présente le seigneur de Santillane, dont je vous ai parlé quelquefois, et dont l'aimable compagnie a souvent dans ma prison suspendu mes ennuis. Oui, madame, dis-je à dona Helena, don Gaston vous dit la vérité. Ma conversation lui plaisoit, parce que vous en faisiez toujours la matière. La fille de Georges répondit modestement à ma politesse ; après quoi je pris congé de ces deux époux, en leur protestant que j'étois ravi que l'hymen eût enfin succédé à leurs longues amours. Ensuite, m'adressant à Tordesillas, je le priai de m'apprendre sa demeure ; et lorsqu'il me l'eut enseignée : Sans adieu, lui dis-je, don André ; j'espère qu'avant huit jours vous verrez que je joins le pouvoir à la bonne volonté.

Je n'en eus pas le démenti. Dès le lendemain même le comte-duc me fournit une occasion d'obliger ce châtelain. Santillane, me dit son excellence, la place de gouverneur de la prison royale de Valladolid est vacante : elle rapporte plus de trois cents pistoles par an ; il me prend envie de te la donner. Je n'en veux point, monseigneur, lui répondis-je, valût-elle dix mille ducats de rente ; je renonce à tous les postes que je ne puis occuper sans m'éloigner de vous. Mais, reprit le ministre, tu peux fort bien remplir celui-là sans être obligé de quitter Madrid, que pour aller de temps en temps à Valladolid visiter la prison ; cela, comme tu vois, n'est pas incompatible. Vous direz, lui repartis-je, tout ce qu'il vous plaira ; je ne veux de cet emploi qu'à condition qu'il me sera permis de m'en démettre en faveur d'un brave gentilhomme appelé don André de Tordesillas, ci-devant châtelain de la tour de Ségovie : j'aimerois à lui faire ce présent, pour reconnoître les bons traitements qu'il m'a faits pendant ma prison.

Ce discours fit rire le ministre, qui me dit : C'est-à-dire, Gil Blas, que tu veux faire un gouverneur de prison royale comme tu as fait un vice-roi. Eh bien ! soit, mon ami, je t'accorde la place vacante pour Tordesillas ; mais, dis-moi tout naturellement quel profit il doit t'en revenir ; car je ne te crois pas assez sot pour vouloir employer ton crédit pour rien. Monseigneur, lui répondis-je, ne faut-il pas payer ses dettes ? Don André m'a fait sans intérêt tous les plaisirs qu'il a pu, ne dois-je pas lui rendre la pareille ? Vous êtes devenu bien désintéressé, monsieur de Santillane, me répliqua son excellence en riant ; il me semble que vous l'étiez beaucoup moins sous le dernier ministère. J'en conviens, lui repartis-je : le mauvais exemple corrompit mes mœurs : comme tout se vendoit alors, je me conformai à l'usage ; et, comme aujourd'hui tout se donne, j'ai repris mon intégrité.

Je fis donc pourvoir don André de Tordesillas du gouvernement de la prison royale de Valladolid, et je l'envoyai bientôt dans cette ville aussi satisfait de son nouvel établissement que je l'étois de m'être acquitté envers lui des obligations que je lui avois.

---

[1] Les *audiences* sont les cours supérieures de justice et de police, dont les membres sont des personnages fort considérables dans les colonies espagnoles.

CHAPITRE XIV.

Santillane va chez le poète Nunez. Quelles personnes il y trouva, et quels discours y furent tenus.

Il me prit envie, une après-dînée, d'aller voir le poète des Asturies, me sentant fort curieux de savoir de quelle façon il étoit logé. Je me rendis à l'hôtel du seigneur don Bertrand Gomez del Ribero, et j'y demandai Nunez. Il ne demeure plus ici, me dit un laquais qui étoit à la porte; c'est là qu'il loge à présent, ajouta-t-il en me montrant une maison voisine; il occupe un corps-de-logis sur le derrière. J'y allai; et, après avoir traversé une petite cour, j'entrai dans une salle toute nue, où je trouvai mon ami Fabrice encore à table, avec cinq ou six de ses confrères qu'il régaloit ce jour-là.

Ils étoient sur la fin du repas, et par conséquent en train de disputer; mais aussitôt qu'ils m'aperçurent, ils firent succéder un profond silence à leurs bruyants entretiens. Nunez se leva d'un air empressé pour me recevoir, en s'écriant : Messieurs, voilà le seigneur de Santillane qui veut bien m'honorer d'une de ses visites; rendez avec moi vos hommages au favori du premier ministre. A ces paroles, tous les convives se levèrent aussi pour me saluer, et, en faveur du titre qui m'avoit été donné, ils me firent des civilités très-respectueuses. Quoique je n'eusse besoin ni de boire ni de manger, je ne pus me défendre de me mettre à table avec eux, et même de faire raison à une *brinde* qu'ils me portèrent.

Comme il me parut que ma présence les empêchoit de continuer à s'entretenir librement : Messieurs, leur dis-je, que je ne vous gêne point, s'il vous plaît; il me semble que j'ai interrompu votre entretien; reprenez-le, de grâce, ou je m'en vais. Ces messieurs, dit alors Fabrice, parloient de l'*Iphigénie* d'Euripide. Le bachelier Melchior de Villégas, qui est un savant du premier ordre, demandoit au seigneur don Jacinte de Romarate ce qui l'intéressoit dans cette tragédie. Oui, dit don Jacinte, et je lui ai répondu que c'étoit le péril où se trouvoit Iphigénie. Et moi, dit le bachelier, je lui ai répliqué (ce que je suis prêt à démontrer) que ce n'est point ce péril qui fait le véritable intérêt de la pièce. Qu'est-ce que c'est donc? s'écria le vieux licencié Gabriel de Léon. C'est le vent, repartit le bachelier.

Toute la compagnie fit un éclat de rire à cette repartie, que je ne crus pas sérieuse; je m'imaginai que Melchior ne l'avoit faite que pour égayer la conversation. Je ne connoissois pas ce savant : c'étoit un homme qui n'entendoit nullement raillerie. Riez tant qu'il vous plaira, messieurs, reprit-il froidement; je vous soutiens que c'est le vent seul qui doit intéresser, frapper, émouvoir le spectateur, et non le péril d'Iphigénie. Représentez-vous, poursuivit-il, une nombreuse armée qui s'est assemblée pour aller faire le siége de Troie : concevez toute l'impatience qu'ont les chefs et les soldats d'exécuter leur entreprise, pour s'en retourner promptement dans la Grèce, où ils ont laissé ce qu'ils ont de plus cher, leurs dieux domestiques, leurs femmes et leurs enfants; cependant un maudit vent contraire les retient en Aulide, semble les clouer au port; et, s'il ne change point, ils ne pourront aller assiéger la ville de Priam. C'est donc le vent qui fait l'intérêt de cette tragédie. Je prends parti pour les Grecs, j'épouse leur dessein; je ne souhaite que le départ de leur flotte, et je vois d'un œil indifférent Iphigénie dans le péril, puisque sa mort est un moyen d'obtenir des dieux un vent favorable.

Sitôt que Villégas eut achevé de parler, les ris se renouvelèrent à ses dépens. Nunez eut la malice d'appuyer son sentiment, pour donner encore plus beau jeu aux railleurs, qui se mirent à faire à l'envi de mauvaises plaisanteries sur les vents. Mais le bachelier, les regardant tous d'un air flegmatique et orgueilleux, les traita d'ignorants et d'esprits vulgaires. Je m'attendois à tous moments à voir ces messieurs s'échauffer et se prendre aux crins, fin ordinaire de leurs dissertations : cependant je fus trompé dans mon attente; ils se contentèrent de se dire des injures réciproquement, et se retirèrent quand ils eurent bu et mangé à discrétion.

Après leur retraite, je demandai à Fabrice pourquoi il ne demeuroit plus chez son trésorier, et s'ils étoient brouillés tous deux. Brouillés! me répondit-il, le ciel m'en préserve ! je suis mieux que jamais avec le seigneur don Bertrand, qui m'a permis de loger en mon particulier : ainsi j'ai loué ce corps-de-logis pour y recevoir mes amis, et me réjouir avec eux en toute liberté; ce qui m'arrive fort souvent, car tu sais bien que je ne suis pas d'humeur à vouloir laisser de grandes richesses à mes héritiers; et, ce qu'il y a d'heureux pour moi, je suis présentement en état de faire tous les jours des parties de plaisir. J'en suis ravi, repris-je, mon cher Nunez; et je ne puis m'empêcher de te féliciter encore sur le succès de ta dernière tragédie; les huit cents pièces dramatiques du grand Lope ne lui ont point rapporté le quart de ce que t'a valu ton *Comte de Saldagne*.

LIVRE DOUZIÈME.

CHAPITRE PREMIER.

Gil Blas est envoyé par le ministre à Tolède. Du motif et du succès de son voyage.

Il y avoit déjà près d'un mois que monseigneur me disoit tous les jours : Santillane, le temps approche où je veux mettre ton adresse en œuvre, et ce temps ne venoit point. Il arriva pourtant, et son excellence enfin me parla dans ces termes : On dit qu'il y a dans la troupe des comédiens de Tolède une jeune actrice qui fait du bruit par ses talents; on prétend qu'elle danse et chante divinement, et qu'elle enlève le spectateur par sa déclamation : on assure même qu'elle a de la beauté. Un pareil sujet mérite bien de paroître à la cour. Le roi aime la comédie, la musique et la danse; il ne faut pas qu'il soit privé du plaisir de voir et d'entendre une personne d'un mérite si rare. J'ai donc résolu de t'envoyer à Tolède, pour juger par toi-même si c'est en effet une actrice si merveilleuse : je m'en tiendrai à l'impression qu'elle aura faite sur toi; je m'en fie à ton discernement.

Je répondis à monseigneur que je lui rendrois bon compte de cette affaire, et je me disposai à partir avec un seul laquais, à qui je fis quitter la livrée du ministre, pour faire les choses plus mystérieusement; ce qui fut fort du goût de son excellence. Je pris donc le chemin de Tolède, où, étant arrivé, j'allai descendre à une hôtellerie près du château. A peine eus-je mis pied à terre, que l'hôte, me prenant sans doute pour un gentilhomme du pays, me dit: Seigneur cavalier, vous venez apparemment dans cette ville pour voir l'auguste cérémonie de l'*auto-da-fé* qui doit se faire demain. Je lui répondis qu'oui, jugeant plus à propos de le lui laisser croire, que de lui donner occasion de me questionner sur ce qui m'amenoit à Tolède. Vous verrez, reprit-il, une des plus belles processions qui aient jamais été faites; il y a, dit-on, plus de cent prisonniers, parmi lesquels on en compte plus de dix qui doivent être brûlés.

Véritablement le lendemain, avant le lever du soleil, j'entendis sonner toutes les cloches de la ville; et l'on faisoit ce carillon pour avertir le peuple qu'on alloit commencer l'*auto-da-fé*. Curieux de voir cette effrayante fête, que je n'avois pas encore vue, je m'habillai à la hâte et me rendis à l'inquisition. Il y avoit tout auprès, et le long des rues par où la procession devoit passer, des échafauds, sur l'un desquels je me plaçai pour mon argent. J'aperçus bientôt les Dominicains qui marchoient les premiers, précédés de la bannière de l'inquisition. Ces bons pères étoient immédiatement suivis des tristes victimes que le saint-office vouloit immoler ce jour-là. Ces malheureux alloient l'un après l'autre, la tête et les pieds nus, ayant chacun un cierge à la main, et son parrain [1] à son côté. Les uns avoient un grand scapulaire de toile jaune, parsemé de croix de saint André peintes en rouge, et appelé *sambenito*; les autres portoient des *carochas*, qui sont des bonnets de carton élevés en forme de pain de sucre, et couverts de flammes et de figures diaboliques.

Comme je regardois de tous mes yeux ces infortunés avec une compassion que je me gardois bien de laisser paroître, de peur qu'on ne m'en fît un crime, je crus reconnoître, parmi ceux qui avoient la tête ornée de *carochas*, le révérend père Hilaire et son compagnon le frère Ambroise. Ils passèrent si près de moi, que, ne pouvant m'y tromper : Que vois-je? dis-je en moi-même. Le ciel, las des désordres de la vie de ces deux scélérats, les a donc livrés à la justice de l'inquisition ! En parlant de cette sorte, je me sentis saisir d'effroi; il me prit un tremblement universel, et mes esprits se troublèrent au point que je pensai m'évanouir. La liaison que j'avois eue avec ces fripons, l'aventure de Xelva, enfin tout ce que nous avions fait ensemble, vint dans ce moment s'offrir à ma pensée, et je m'imaginai ne pouvoir assez remercier Dieu de m'avoir préservé du scapulaire et des *carochas*.

Lorsque la cérémonie fut achevée, je m'en retournai à mon hôtellerie, tout tremblant du spectacle affreux que je venois de voir ; mais les images affligeantes dont j'avois l'esprit rempli se dissipèrent insensiblement, et je ne pensai plus qu'à me bien acquitter de la commission dont mon maître m'avoit chargé. J'attendis avec impatience l'heure de la comédie pour y aller, jugeant que c'étoit

---

[1] On appelle *parrains* toutes les personnes que l'inquisiteur nomme pour accompagner les prisonniers dans l'*auto-da-fé*, et qui sont obligées d'en répondre. (*Note de Le Sage.*)

par là que je devois commencer ; et, sitôt qu'elle fut venue, je me rendis au théâtre, où je m'assis auprès d'un chevalier d'Alcantara. J'eus bientôt lié conversation avec lui. Seigneur, lui dis-je, est-il permis à un étranger d'oser vous faire une question ? Seigneur cavalier, me répondit-il fort poliment, c'est de quoi je me tiendrai fort honoré. On m'a vanté, repris-je, les comédiens de Tolède ; auroit-on eu tort de m'en dire du bien ? Non, repartit le chevalier, leur troupe n'est pas mauvaise ; il y a même parmi eux de grands sujets : vous verrez entre autres la belle Lucrèce, une actrice de quatorze ans, qui vous étonnera. Vous n'aurez pas besoin, lorsqu'elle se montrera sur la scène, que je vous la fasse remarquer ; vous la démêlerez aisément. Je demandai au chevalier si elle joueroit ce jour-là. Il me répondit qu'oui, et même qu'elle avoit un rôle très-brillant dans la pièce qu'on alloit représenter.

La comédie commença. Il parut deux actrices qui n'avoient rien négligé de tout ce qui pouvoit contribuer à les rendre charmantes ; mais, malgré l'éclat de leurs diamants, je ne pris ni l'une ni l'autre pour celle que j'attendois. Le chevalier d'Alcantara m'avoit si fort prévenu en faveur de Lucrèce, que je ne pouvois la deviner qu'en la voyant elle-même. Enfin cette belle Lucrèce sortit du fond du théâtre, et son arrivée sur la scène fut annoncée par un battement de mains long et général. Ah ! la voici, dis-je en moi-même. Quel air de noblesse ! que de grâces ! les beaux yeux ! la piquante créature ! Effectivement j'en fus fort satisfait, ou plutôt sa personne me frappa vivement. Dès la première tirade de vers qu'elle récita, je lui trouvai du naturel, du feu, une intelligence au-dessus de son âge, et je joignis volontiers mes applaudissements à ceux qu'elle reçut de toute l'assemblée pendant la pièce. Eh bien ! me dit le chevalier, vous voyez comme Lucrèce est avec le public ? Je n'en suis pas surpris, lui répondis-je. Vous le seriez encore moins, me répliqua-t-il, si vous l'entendiez chanter ; c'est une sirène : malheur à ceux qui l'écoutent sans avoir pris la précaution d'Ulysse ! Sa danse, poursuivit-il, n'est pas moins redoutable ; ses pas, aussi dangereux que sa voix, charment les yeux, et forcent les cœurs à se rendre. Sur ce pied-là, m'écriai-je, il faut donc avouer que c'est un prodige. Quel heureux mortel a le plaisir de se ruiner pour une si aimable fille ? Elle n'a point d'amant déclaré, me dit-il, et la médisance même ne lui donne aucune intrigue secrète : cependant, ajouta-t-il, elle pourroit en avoir ; car Lucrèce est sous la conduite de sa tante Estelle, qui sans contredit est la plus adroite de toutes les comédiennes.

Au nom d'Estelle, j'interrompis avec précipitation le chevalier, pour lui demander si cette Estelle étoit une actrice de la troupe de Tolède. C'en est une des meilleures, me dit-il. Elle n'a pas joué aujourd'hui, et nous n'y avons pas gagné ; elle fait ordinairement la suivante, et c'est un emploi qu'elle remplit admirablement bien. Qu'elle fait voir d'esprit dans son jeu ! peut-être même en met-elle trop ; mais c'est un beau défaut qui doit trouver grâce. Le chevalier me dit donc des merveilles de cette Estelle ; et, sur le portrait qu'il me fit de sa personne, je ne doutai point que ce ne fût Laure, cette même Laure dont j'ai tant parlé dans mon histoire, et que j'avois laissée à Grenade.

Pour en être plus sûr, je passai derrière le théâtre après la comédie. Je demandai Estelle ; et, la cherchant des yeux partout, je la trouvai dans les foyers, où elle s'entretenoit avec quelques seigneurs, qui ne regardoient peut-être en elle que la tante de Lucrèce. Je m'avançai pour saluer Laure ; mais, soit par fantaisie, soit pour me punir de mon départ précipité de la ville de Grenade, elle ne fit pas semblant de me connoître, et reçut mes civilités d'un air si sec, que j'en fus un peu déconcerté. Au lieu de lui reprocher en riant son accueil glacé, je fus assez sot pour m'en fâcher ; je me retirai même brusquement, et je résolus dans ma colère de m'en retourner à Madrid dès le lendemain. Pour me venger de Laure, disois-je, je ne veux pas que sa nièce ait l'honneur de paroître devant le roi ; je n'ai pour cela qu'à faire au ministre le portrait qu'il me plaira de Lucrèce : je n'ai qu'à lui dire qu'elle danse de mauvaise grâce, qu'il y a de l'aigreur dans sa voix, et qu'enfin ses charmes ne consistent que dans sa jeunesse, je suis assuré que son excellence perdra l'envie de l'attirer à la cour.

Telle étoit la vengeance que je me promettois de tirer du procédé de Laure à mon égard ; mais mon ressentiment ne fut pas de longue durée. Le jour suivant, comme je me préparois à partir, un petit laquais entra dans ma chambre, et me dit : Voici un billet que j'ai à remettre au seigneur de Santillane. C'est moi, mon enfant, lui répondis-je en prenant la lettre que j'ouvris, et qui contenoit ces paroles : « Oubliez la manière dont vous »fûtes reçu hier au soir dans les foyers comiques, »et laissez-vous conduire où le porteur vous mè-»nera. » Je suivis aussitôt le petit laquais, qui, quand nous fûmes auprès de la comédie, m'introduisit dans une fort belle maison, où, dans un appartement des plus propres, je trouvai Laure à sa toilette.

Elle se leva pour m'embrasser, en me disant : Seigneur Gil Blas, je sais bien que vous n'avez pas sujet d'être content de la réception que je vous ai faite quand vous m'êtes venu saluer dans nos foyers : un ancien ami comme vous étoit en droit d'attendre de moi un accueil plus gracieux ; mais je vous dirai pour m'excuser que j'étois de la plus mauvaise humeur du monde. Lorsque vous vous êtes montré à mes yeux, j'étois occupée de certains discours médisants qu'un de nos messieurs a tenus sur le compte de ma nièce, dont l'honneur m'intéresse plus que le mien. Votre brusque retraite, ajouta-t-elle, me fit tout-à-coup apercevoir de ma distraction, et dans le moment je chargeai mon petit laquais de vous suivre pour savoir votre demeure, dans le dessein de réparer aujourd'hui ma faute. Elle est toute réparée, lui dis-je, ma chère Laure ; n'en parlons plus : apprenons-nous plutôt mutuellement ce qui nous est arrivé depuis le jour malheureux où la crainte d'un juste châtiment me fit sortir de Grenade avec précipitation. Je vous laissai, s'il vous en souvient, dans un assez grand embarras : comment vous en tirâtes-vous ? Malgré tout l'esprit que vous avez, avouez que ce ne fut pas sans peine. N'est-il pas vrai que vous eûtes besoin de toute votre adresse pour apaiser votre amant portugais ? Point du tout, répondit Laure ; ne savez-vous pas bien qu'en pareil cas les hommes sont si foibles, qu'ils épargnent quelquefois aux femmes jusqu'à la peine de se justifier ?

Je soutins, continua-t-elle, au marquis de Marialva que tu étois mon frère. Pardonnez-moi, monsieur de Santillane, si je vous parle aussi familièrement qu'autrefois ; mais je ne puis me défaire de mes vieilles habitudes. Je te dirai donc que je payai d'audace. Ne voyez-vous pas, dis-je au seigneur portugais, que tout ceci est l'ouvrage de la jalousie et de la fureur? Narcissa, ma camarade et ma rivale, enragée de me voir posséder tranquillement un cœur qu'elle a manqué, m'a joué ce tour-là, que je lui pardonne ; car enfin il est naturel à une femme jalouse de se venger. Elle a corrompu le sous-moucheur de chandelles, qui, pour servir son ressentiment, a l'effronterie de dire qu'il m'a vue à Madrid femme de chambre d'Arsénie. Rien n'est plus faux : la veuve de don Antonio Coello a toujours eu des sentiments trop relevés pour vouloir se mettre au service d'une fille de théâtre. D'ailleurs ce qui prouve la fausseté de cette accusation et le complot de mes accusateurs, c'est la retraite précipitée de mon frère ; s'il étoit présent, il pourroit confondre la calomnie ; mais Narcissa sans doute aura employé quelque nouvel artifice pour le faire disparoître.

Quoique ces raisons, poursuivit Laure, ne fissent pas trop bien mon apologie, le marquis eut la bonté de s'en contenter ; et ce débonnaire sei-

gneur continua de m'aimer jusqu'au jour qu'il partit de Grenade pour retourner en Portugal. Véritablement son départ suivit de fort près le tien, et la femme de Zapata eut le plaisir de me voir perdre l'amant que je lui avois enlevé. Après cela, je demeurai encore quelques années à Grenade ; ensuite la division s'étant mise dans notre troupe (ce qui arrive quelquefois parmi nous), tous les comédiens se séparèrent : les uns s'en allèrent à Séville, les autres à Cordoue, et moi je vins à Tolède, où je suis depuis dix ans avec ma nièce Lucrèce, que tu as vue jouer hier au soir, puisque tu étois à la comédie.

Je ne pus m'empêcher de rire dans cet endroit. Laure m'en demanda la cause. Ne la devinez-vous pas bien ? lui dis-je. Vous n'avez ni frère ni sœur, par conséquent vous ne pouvez être tante de Lucrèce. Outre cela, quand je calcule en moi-même le temps qui s'est écoulé depuis notre dernière séparation, et que je confronte ce temps avec le visage de votre nièce, il me semble que vous pourriez être toutes deux encore plus proches parentes.

Je vous entends, monsieur Gil Blas, reprit en rougissant un peu la veuve de don Antonio ; comme vous saisissez les époques ! Il n'y a pas moyen de vous en faire accroire. Eh bien oui, mon ami, Lucrèce est fille du marquis de Marialva et la mienne : elle est le fruit de notre union ; je ne saurois te le celer plus long-temps. Le grand effort que vous faites, lui dis-je, ma princesse, en me révélant ce secret, après m'avoir fait confidence de vos équipées avec l'économe de l'hôpital de Zamora ! Je vous dirai de plus que Lucrèce est un sujet d'un mérite si singulier, que le public ne peut assez vous remercier de lui avoir fait ce présent. Il seroit à souhaiter que toutes vos camarades ne lui en fissent pas de plus mauvais.

Si quelque lecteur malin, rappelant ici les entretiens particuliers que j'eus à Grenade avec Laure lorsque j'étois secrétaire du marquis de Marialva, me soupçonne de pouvoir disputer à ce seigneur l'honneur d'être père de Lucrèce, c'est un soupçon dont je veux bien, à ma honte, lui avouer l'injustice.

Je rendis compte à mon tour à Laure de mes principales aventures, et de l'état présent de mes affaires. Elle écouta mon récit avec une attention qui me fit connoître qu'il ne lui étoit pas indifférent. Ami Santillane, me dit-elle quand je l'eus achevé, vous jouez, à ce que je vois, un assez beau rôle sur le théâtre du monde : vous ne sauriez croire jusqu'à quel point j'en suis ravie. Lorsque je mènerai Lucrèce à Madrid pour la faire entrer dans la troupe du prince, j'ose me flatter qu'elle trouvera dans le seigneur de San-

tillane un puissant protecteur. N'en doutez nullement, lui répondis-je; vous pouvez compter sur
moi : je ferai recevoir votre fille et vous dans la
troupe du prince quand il vous plaira; c'est ce
que je puis vous promettre sans trop présumer de
mon pouvoir. Je vous prendrois au mot, reprit
Laure, et je partirois dès demain pour Madrid,
si je n'étois pas liée ici par des engagements avec
ma troupe. Un ordre de la cour peut rompre vos
liens, lui repartis-je, et c'est de quoi je me charge;
vous le recevrez avant huit jours. Je me fais un
plaisir d'enlever Lucrèce aux Tolédans : une actrice si jolie est faite pour les gens de cour; elle
nous appartient de droit.

Lucrèce entra dans la chambre au moment que
j'achevois ces paroles. Je crus voir la déesse Hébé,
tant elle étoit mignonne et gracieuse. Elle venoit
de se lever; et sa beauté naturelle, brillant sans
le secours de l'art, présentoit à la vue un objet
ravissant. Venez, ma nièce, lui dit sa mère, venez
remercier monsieur de la bonne volonté qu'il a
pour nous : c'est un de mes anciens amis qui a
beaucoup de crédit à la cour, et qui se fait fort de
nous mettre toutes deux dans la troupe du prince.
Ce discours parut faire plaisir à la petite fille, qui
me fit une profonde révérence, et me dit avec un
souris enchanteur : Je vous rends de très-humbles grâces de votre obligeante intention; mais,
seigneur, je ne sais si elle ne tournera pas contre
moi. En voulant m'ôter à un public qui m'aime,
êtes-vous sûr que je ne déplairai point à celui de
Madrid? Je perdrai peut-être au change. Je me
souviens d'avoir ouï dire à ma tante qu'elle a vu
des acteurs briller dans une ville, et révolter dans
une autre; cela me fait peur : craignez de m'exposer au mépris de la cour, et vous à ses reproches. Belle Lucrèce, lui répondis-je, c'est ce que
nous ne devons appréhender ni l'un ni l'autre :
je crains plutôt qu'enflammant tous les cœurs,
vous ne causiez de la division parmi nos grands.
La frayeur de ma nièce, me dit Laure, est mieux
fondée que la vôtre; mais j'espère qu'elles seront
vaines toutes deux : si Lucrèce ne peut faire de
bruit par ses charmes, en récompense elle n'est
pas assez mauvaise actrice pour devoir être méprisée.

Nous continuâmes encore quelque temps cette
conversation, et j'eus lieu de juger, par tout ce
que Lucrèce y mit du sien, que c'étoit une fille
d'un esprit supérieur; ensuite je pris congé de
ces deux dames, en leur protestant qu'elles auroient incessamment un ordre de la cour pour se
rendre à Madrid.

CHAPITRE II.

*Santillane rend compte de sa commission au ministre,
qui le charge du soin de faire venir Lucrèce à Madrid. De l'arrivée de cette comédienne, et de son
début à la cour.*

A mon retour à Madrid, je trouvai le comte-
duc fort impatient d'apprendre le succès de mon
voyage. Gil Blas, me dit-il, as-tu vu la comédienne en question? vaut-elle la peine qu'on la
fasse venir à la cour? Monseigneur, lui répondis-
je, la renommée, qui loue ordinairement plus
qu'il ne faut les belles personnes, ne dit pas assez
de bien de la jeune Lucrèce; c'est un sujet admirable, tant pour sa beauté que pour ses talents.

Est-il possible, s'écria le ministre avec une
satisfaction intérieure que je lus dans ses yeux, et
qui me fit penser que c'étoit pour son propre
compte qu'il m'avoit envoyé à Tolède, est-il possible qu'elle soit aussi aimable que tu le dis?
Quand vous la verrez, lui repartis-je, vous avouerez qu'on ne peut faire son éloge qu'au rabais de
ses charmes. Santillane, reprit son excellence,
fais-moi une fidèle relation de ton voyage, je
serai bien aise de l'entendre. Alors, prenant la
parole pour contenter mon maître, je lui contai
jusqu'à l'histoire de Laure inclusivement. Je lui
appris que cette actrice avoit eu Lucrèce du marquis de Marialva, seigneur portugais, qui, s'é-
tant arrêté à Grenade en voyageant, étoit devenu
amoureux d'elle. Enfin, quand j'eus fait à monseigneur un détail de ce qui s'étoit passé entre ces
comédiennes et moi, il me dit : Je suis ravi que
Lucrèce soit fille d'un homme de qualité; cela
m'intéresse pour elle encore davantage : il faut
l'attirer ici. Mais, mon ami, je te recommande
une chose; continue, ajouta-t-il, comme tu as
commencé; ne me mêle point là-dedans : que
tout roule sur Gil Blas de Santillane.

J'allai trouver Carnero, à qui je dis que son
excellence vouloit qu'il expédiât un ordre par lequel le roi recevoit dans sa troupe Estelle et Lucrèce, actrices de la comédie de Tolède. Oui-dà,
seigneur de Santillane, répondit Carnero avec un
souris malin, vous serez bientôt servi, puisque,
selon toutes les apparences, vous vous intéressez
pour ces deux dames. Au reste, j'espère qu'en
faisant ce que vous souhaitez, le public y trouvera
aussi son compte. En même temps ce secrétaire
dressa l'ordre lui-même et m'en délivra l'expédition, que j'envoyai sur-le-champ à Estelle par le
même laquais qui m'avoit accompagné à Tolède.
Huit jours après, la mère et la fille arrivèrent à
Madrid. Elles allèrent loger dans un hôtel garni, à
deux pas de la troupe du prince, et leur premier
soin fut de m'en donner avis par un billet. Je me

rendis dans le moment à cet hôtel, où, après mille offres de service de ma part, et autant de remercîments de la leur, je les laissai se préparer à leur début, que je leur souhaitai heureux et brillant.

Elles se firent annoncer au public comme deux actrices nouvelles que la troupe du prince venoit de recevoir par ordre de la cour. Elles débutèrent dans une comédie qu'elles avoient coutume de jouer à Tolède avec applaudissement.

Dans quel endroit du monde n'aime-t-on pas la nouveauté en fait de spectacles? Il se trouva ce jour-là, dans la salle des comédiens, un concours extraordinaire de spectateurs. On juge bien que je ne manquai pas cette représentation. Je souffris un peu avant que la pièce commençât. Tout prévenu que j'étois en faveur des talents de la mère et de la fille, je tremblai pour elles, tant j'étois dans leurs intérêts. Mais à peine eurent-elles ouvert la bouche, qu'elles m'ôtèrent toute ma crainte par les applaudissements qu'elles reçurent. On regarda Estelle comme une actrice consommée dans le comique, et Lucrèce comme un prodige pour les rôles d'amoureuses. Cette dernière enleva tous les cœurs. Les uns admirèrent la beauté de ses yeux, les autres furent touchés de la douceur de sa voix; et tous, frappés de ses grâces et du vif éclat de sa jeunesse, sortirent enchantés de sa personne.

Le comte-duc, qui prenoit encore plus de part que je ne croyois au début de cette actrice, étoit à la comédie ce soir-là. Je le vis sortir sur la fin de la pièce, fort satisfait, à ce qu'il me parut, de nos deux comédiennes. Curieux de savoir s'il en étoit véritablement bien affecté, je le suivis chez lui; et m'introduisant dans son cabinet, où il venoit d'entrer : Eh bien! monseigneur, lui dis-je, votre excellence est-elle contente de la petite Marialva? Mon excellence, répondit-il en souriant, seroit bien difficile, si elle refusoit de joindre son suffrage à celui du public. Oui, mon enfant, ton voyage de Tolède a été heureux. Je suis charmé de ta Lucrèce, et je ne doute pas que le roi ne prenne plaisir à la voir.

CHAPITRE III.

Lucrèce fait grand bruit à la cour, et joue devant le roi, qui en devient amoureux. Suites de cet amour.

Le début des deux actrices nouvelles fit bientôt du bruit à la cour; dès le lendemain il en fut parlé au lever du roi. Quelques seigneurs vantèrent surtout la jeune Lucrèce : ils en firent un si beau portrait, que le monarque en fut frappé; mais, dissimulant l'impression que leurs discours faisoient sur lui, il gardoit le silence, et sembloit n'y prêter aucune attention.

Cependant, d'abord qu'il se trouva seul avec le comte-duc, il lui demanda ce que c'étoit que certaine actrice qu'on louoit tant. Le ministre lui répondit que c'étoit une jeune comédienne de Tolède, qui avoit débuté le soir précédent avec beaucoup de succès. Cette actrice, ajouta-t-il, se nomme Lucrèce, nom fort convenable aux personnes de sa profession : elle est de la connoissance de Santillane, qui m'a dit d'elle tant de bien, que j'ai jugé à propos de la recevoir dans la troupe de votre majesté. Le roi sourit en entendant prononcer mon nom; peut-être qu'il se ressouvint dans ce moment que c'étoit moi qui lui avois fait connoître Catalina, et qu'il eut un pressentiment que je lui rendrois le même service dans cette occasion. Comte, dit-il au ministre, je veux voir jouer dès demain cette Lucrèce; je vous charge du soin de le lui faire savoir.

Le comte-duc, m'ayant rapporté cet entretien et appris l'intention du roi, m'envoya chez nos deux comédiennes pour les en avertir. Je m'y rendis en diligence. Je viens, dis-je à Laure, que je rencontrai la première, vous annoncer une grande nouvelle : vous aurez demain parmi vos spectateurs le souverain de la monarchie; c'est de quoi le ministre m'a ordonné de vous informer. Je ne doute pas que vous ne fassiez tous vos efforts, votre fille et vous, pour répondre à l'honneur que ce monarque veut vous faire; mais je vous conseille de choisir une pièce où il y ait de la danse et de la musique, pour lui faire admirer tous les talents que Lucrèce possède. Nous suivrons votre conseil, me répondit Laure; nous n'avons garde d'y manquer, et il ne tiendra pas à nous que le prince ne soit satisfait. Il ne sauroit manquer de l'être, lui dis-je en voyant arriver Lucrèce dans un déshabillé qui lui prêtoit plus de charmes que ses habits de théâtre les plus superbes : il sera d'autant plus content de votre aimable nièce, qu'il aime plus que toute autre chose la danse et le chant; il pourroit bien même être tenté de lui jeter le mouchoir. Je ne souhaite point du tout, reprit Laure, qu'il ait cette tentation; tout puissant monarque qu'il est, il pourroit trouver des obstacles à l'accomplissement de ses désirs. Lucrèce, quoique élevée dans les coulisses d'un théâtre, a de la vertu; et quelque plaisir qu'elle prenne à se voir applaudir sur la scène, elle aime encore mieux passer pour honnête fille que pour bonne actrice.

Ma tante, dit alors la petite Marialva en se mêlant à la conversation, pourquoi se faire des monstres pour les combattre! Je ne serai jamais à la peine de repousser les soupirs du roi; la délicatesse de son goût le sauvera des reproches qu'il mériteroit s'il abaissoit jusqu'à moi ses regards. Mais, charmante Lucrèce, lui dis-je, s'il arrivoit que ce prince voulût s'attacher à vous et vous choisir pour sa maîtresse, seriez-vous assez cruelle pour le laisser languir dans vos fers comme un amant ordinaire? Pourquoi non? répondit-elle; oui, sans doute; et, vertu à part, je sens que ma vanité seroit plus flattée d'avoir résisté à sa passion que si je m'y étois rendue. Je ne fus pas peu étonné d'entendre parler de cette sorte une élève de Laure; et je quittai ces dames en louant la dernière d'avoir donné à l'autre une si belle éducation.

Le jour suivant, le roi, impatient de voir Lucrèce, se rendit à la comédie. On joua une pièce entremêlée de chants et de danses, et dans laquelle notre jeune actrice brilla beaucoup. Depuis le commencement jusqu'à la fin j'eus les yeux attachés sur le monarque, et je m'appliquai à démêler dans les siens ce qu'il pensoit; mais il mit en défaut ma pénétration, par un air de gravité qu'il affecta de conserver toujours. Je ne sus que le lendemain ce que j'étois en peine de savoir. Santillane, me dit le ministre, je viens de quitter le roi, qui m'a parlé de Lucrèce avec tant de vivacité, que je ne doute pas qu'il ne soit épris de cette jeune comédienne; et, comme je lui ai dit que c'est toi qui l'as fait venir de Tolède, il m'a témoigné qu'il seroit bien aise de t'entretenir là-dessus en particulier : va de ce pas te présenter à la porte de sa chambre, où l'ordre de te faire entrer est déjà donné; cours, et reviens promptement me rendre compte de cette conversation.

Je volai d'abord chez le roi, que je trouvai seul. Il se promenoit à grands pas en m'attendant, et paroissoit avoir la tête embarrassée. Il me fit plusieurs questions sur Lucrèce, dont il m'obligea de lui conter l'histoire; ensuite il me demanda si la petite personne n'avoit pas déjà eu quelque galanterie. J'assurai hardiment que non, malgré la témérité de ces sortes d'assurances; ce qui me parut faire au prince un fort grand plaisir. Cela étant, reprit-il, je te choisis pour mon agent auprès de Lucrèce; je veux que ce soit de ta bouche qu'elle apprenne sa victoire. Va la lui annoncer de ma part, ajouta-t-il en me mettant entre les mains un écrin où il y avoit pour plus de cinquante mille écus de pierreries, et dis-lui que je la prie d'accepter ce présent, en attendant de plus solides marques de ma passion.

Avant que de m'acquitter de cette commission, j'allai rejoindre le comte-duc, à qui je fis un fidèle rapport de ce que le roi m'avoit dit. Je m'imaginois que ce ministre en seroit plus affligé que réjoui; car je croyois qu'il avoit des vues amou-

reuses sur Lucrèce, et qu'il apprendroit avec chagrin que son maître étoit devenu son rival; mais je me trompois. Bien loin d'en paroître mortifié, il en eut une si grande joie, que, ne pouvant la contenir, il laissa échapper quelques paroles qui ne tombèrent point à terre. « Oh! parbleu, Philippe, s'écria-t-il, je vous tiens; c'est pour le coup que les affaires vont vous faire peur. » Cette apostrophe me découvrit toute la manœuvre du comte-duc : je vis par là que ce seigneur, craignant que le prince ne voulût s'occuper de choses sérieuses, cherchoit à l'amuser par les plaisirs les plus convenables à son humeur. Santillane, me dit-il ensuite, ne perds point de temps; hâte-toi, mon ami, d'aller exécuter l'ordre important qu'on t'a donné, et dont il y a bien des seigneurs à la cour qui feroient gloire d'être chargés. Songe, poursuivit-il, que tu n'as point ici de comte de Lemos qui t'enlève la meilleure partie de l'honneur du service rendu; tu l'auras tout entier, et de plus tout le profit.

C'est ainsi que son excellence me dora la pilule, que j'avalai tout doucement, non sans en sentir l'amertume; car depuis ma prison je m'étois accoutumé à regarder les choses dans un point de vue moral, et je ne trouvois pas l'emploi de Mercure en chef aussi honorable qu'on me le disoit. Cependant, si je n'étois point assez vicieux pour m'en acquitter sans remords, je n'avois pas non plus assez de vertu pour refuser de le remplir. J'obéis donc d'autant plus volontiers au roi que je voyois en même temps que mon obéissance seroit agréable au ministre, à qui je ne songeois qu'à plaire.

Je jugeai à propos de m'adresser d'abord à Laure, et de l'entretenir en particulier. Je lui exposai ma mission en termes mesurés, et sur la fin de mon discours je lui présentai l'écrin en forme de péroraison. A la vue des pierreries, la dame, ne pouvant cacher sa joie, la fit éclater en liberté. Seigneur Gil Blas, s'écria-t-elle, ce n'est pas devant le meilleur et le plus ancien de mes amis que je dois me contraindre; j'aurois tort de me parer d'une fausse sévérité de mœurs, et de faire des grimaces avec vous. Oui, n'en doutez pas, continua-t-elle, je suis ravie que ma fille ait fait une conquête si précieuse; j'en conçois tous les avantages. Mais, entre nous, je crains que Lucrèce ne les regarde d'un autre œil que moi : quoique fille de théâtre, je vous l'ai dit, elle a la sagesse si fort en recommandation, qu'elle a déjà rejeté les vœux de deux jeunes seigneurs aimables et riches. Vous me direz, poursuivit-t-elle, que ces deux seigneurs ne sont pas des rois : j'en conviens, et vraisemblablement l'amour d'un amant couronné doit étourdir la vertu de Lucrèce; néanmoins je ne puis m'empêcher de vous dire que la chose est incertaine, et je vous déclare que je ne contraindrai pas ma fille. Si, bien loin de se croire honorée de la tendresse passagère du roi, elle envisage cet honneur comme une infamie, que ce grand prince ne lui sache pas mauvais gré de s'y dérober. Revenez demain, ajouta-t-elle, je vous dirai s'il faut lui rendre une réponse favorable ou ses pierreries.

Je ne doutois point du tout que Laure n'exhortât plutôt Lucrèce à s'écarter de son devoir qu'à s'y maintenir, et je comptois fort sur cette exhortation. Néanmoins j'appris avec surprise le jour suivant que Laure avoit eu autant de peine à porter sa fille au mal, que les autres mères en ont à porter les leurs au bien; et ce qu'il y a de plus étonnant encore, c'est que Lucrèce, après avoir eu quelques entretiens secrets avec le monarque, eut tant de regrets de s'être livrée à ses désirs, qu'elle quitta tout-à-coup le monde, et s'enferma dans le monastère de l'Incarnation, où bientôt elle tomba malade et mourut de chagrin. Laure, de son côté, ne pouvant se consoler de la perte de sa fille, et d'avoir sa mort à se reprocher, se retira dans le couvent des Filles pénitentes, pour y pleurer les plaisirs de ses beaux jours. Le roi fut touché de la retraite inopinée de Lucrèce; mais ce jeune prince, n'étant pas d'humeur à s'affliger long-temps, s'en consola peu à peu. Pour le comte-duc, quoiqu'il ne parût guère sensible à cet incident, il ne laissa pas d'en être très-mortifié; ce que le lecteur n'aura pas de peine à croire.

CHAPITRE IV.

Du nouvel emploi que le ministre donna à Santillane.

Je sentis aussi très-vivement le malheur de Lucrèce; et j'eus tant de remords d'y avoir contribué, que, me regardant comme un infâme, malgré la qualité de l'amant dont j'avois servi les amours, je résolus d'abandonner pour jamais le caducée; je témoignai même au ministre la répugnance que j'avois à le porter, et je le priai de m'employer à toute autre chose. Il parut étonné de ma vertu. Santillane, me dit-il, ta délicatesse me charme; et, puisque tu es un si honnête garçon, je veux te donner une occupation plus convenable à ta sagesse. Voici ce que c'est : écoute attentivement la confidence que je vais te faire.

Quelques années avant que je fusse en faveur, continua-t-il, le hasard offrit un jour à ma vue une dame qui me parut si bien faite et si belle, que je la fis suivre. J'appris que c'étoit une Génoise, nommée dona Margarita Spinola, qui vivoit à Madrid du revenu de sa beauté : on me dit même que don Francisco de Valéasar[1], alcade de cour, homme riche, vieux et marié, faisoit pour cette coquette une dépense considérable. Ce rapport, qui n'auroit dû m'inspirer que du mépris pour elle, me fit concevoir un désir violent de partager ses bonnes grâces avec Valéasar. J'eus cette fantaisie; et, pour la satisfaire, j'eus recours à une médiatrice d'amour, qui eut l'adresse de me ménager en peu de temps une secrète entrevue avec la Génoise; et cette entrevue fut suivie de plusieurs autres, si bien que mon rival et moi nous étions également bien traités pour nos présents. Peut-être même avoit-elle encore quelque autre galant aussi heureux que nous.

Quoi qu'il en soit, Marguerite, en recevant tant d'hommages confus, devint insensiblement mère, et mit au monde un garçon dont elle voulut faire honneur à chacun de ses amants en particulier; mais aucun, ne pouvant en conscience se vanter d'être père de cet enfant, ne voulut le reconnoître; de sorte que la Génoise fut obligée de le nourrir du fruit de ses galanteries : ce qu'elle a fait pendant dix-huit années, au bout desquelles étant morte, elle a laissé son fils sans bien, et, qui pis est, sans éducation.

Voilà, poursuivit monseigneur, la confidence que j'avois à te faire, et je vais présentement t'instruire du grand dessein que j'ai formé. Je veux tirer du néant cet enfant malheureux, et, le faisant passer d'une extrémité à l'autre, le reconnoître pour mon fils, et l'élever aux honneurs.

A ce projet extravagant, il me fut impossible de me taire. Comment, seigneur, m'écriai-je, votre excellence peut-elle avoir pris une résolution si étrange? Pardonnez-moi ce terme; il échappe à mon zèle. Tu la trouveras raisonnable, reprit-il avec précipitation, quand je t'aurai dit les raisons qui m'ont déterminé à la prendre. Je ne veux point que mes collatéraux soient mes héritiers. Tu me diras que je ne suis point encore dans un âge assez avancé pour désespérer d'avoir des enfants de madame d'Olivarès. Mais chacun se connoît : qu'il te suffise d'apprendre que la chimie n'a pas de secrets que je n'aie inutilement mis en usage pour redevenir père. Ainsi, puisque la fortune, suppléant au défaut de la nature, me présente un enfant dont peut-être dans le fond je suis le véritable père, je l'adopte, c'est une chose résolue.

Quand je vis que le ministre avoit en tête cette adoption, je cessai de le contredire, le connoissant pour un homme capable de faire une sottise plutôt que de démordre de son sentiment. Il ne s'agit plus, ajouta-t-il, que de donner de l'éducation à don Henri-Philippe de Guzman (car c'est le nom

[1] *Valéasar*, valeur du hasard.

que je prétends qu'il porte dans le monde, jusqu'à ce qu'il soit en état de posséder les dignités qui l'attendent). C'est toi, mon cher Santillane, que je choisis pour le conduire : je me repose sur ton esprit et sur ton attachement pour moi du soin de faire sa maison, de lui donner toutes sortes de maîtres, en un mot de le rendre un cavalier accompli. Je voulus me défendre d'accepter cet emploi, en représentant au comte-duc qu'il ne me convenoit guère d'élever de jeunes seigneurs, n'ayant jamais fait ce métier, qui demandoit plus de lumière et de mérite que je n'en avois; mais il m'interrompit, et me ferma la bouche en me disant qu'il prétendoit absolument que je fusse le gouverneur de ce fils adopté, qu'il destinoit aux premières charges de la monarchie. Je me préparai donc à remplir cette place pour contenter monseigneur, qui, pour prix de ma complaisance, grossit mon petit revenu d'une pension de mille écus qu'il me fit obtenir, ou plutôt qu'il me donna sur la commanderie de Mambra.

CHAPITRE V.

Le fils de la Génoise est reconnu par acte authentique, et nommé don Henri-Philippe de Guzman. Santillane fait la maison de ce jeune seigneur, et lui donne toutes sortes de maîtres.

Effectivement, le comte-duc ne tarda guère à reconnoître le fils de dona Margarita Spinola, et l'acte de reconnoissance s'en fit avec l'agrément et sous le bon plaisir du roi. Don Henri-Philippe de Guzman (c'est le nom qu'on donna à cet enfant de plusieurs pères) y fut déclaré unique héritier de la comté d'Olivarès et du duché de San-Lucar. Le ministre, afin que personne n'en ignorât, fit savoir par Carnero cette déclaration aux ambassadeurs et aux grands d'Espagne, qui n'en furent pas peu surpris. Les rieurs de Madrid en eurent pour long-temps à s'égayer, et les poètes satiriques ne perdirent pas une si belle occasion de faire couler le fiel de leur plume.

Je demandai au comte-duc où étoit le sujet qu'il vouloit confier à mes soins. Il est dans cette ville, me répondit-il, sous la conduite d'une tante à qui je l'ôterai d'abord que tu auras fait préparer une maison pour lui; ce qui fut bientôt exécuté. Je louai un hôtel que je fis meubler magnifiquement. J'arrêtai des pages, un portier, des estafiers, et, à l'aide de Caporis, je remplis les places d'officiers. Quand j'eus tout mon monde, j'allai en avertir son excellence, qui, sur-le-champ, envoya chercher l'équivoque et nouveau rejeton de la tige des Guzman. Je vis un grand garçon, d'une figure assez agréable. Don Henri, lui dit monseigneur en me montrant au doigt, ce cavalier que vous voyez est le guide que j'ai choisi pour vous conduire dans la carrière du monde; j'ai une entière confiance en lui, et je lui donne un pouvoir absolu sur vous. Oui, Santillane, ajouta-t-il en m'adressant la parole, je vous l'abandonne, et je ne doute pas que vous ne m'en rendiez bon compte. A ce discours le ministre en joignit encore d'autres pour exhorter le jeune homme à se conformer à mes volontés; après quoi j'emmenai don Henri avec moi à son hôtel.

Aussitôt que nous y fûmes arrivés, je fis passer en revue devant lui tous ses domestiques, en lui disant l'emploi que chacun avoit dans sa maison. Il ne parut point étourdi du changement de sa condition; et, se prêtant volontiers au respect et aux déférences attentives qu'on avoit pour lui, il sembloit avoir toujours été ce qu'il étoit devenu par hasard. Il ne manquoit pas d'esprit, mais il étoit d'une ignorance crasse; à peine savoit-il lire et écrire. Je mis auprès de lui un précepteur pour lui enseigner les éléments de la langue latine, et j'arrêtai un maître de géographie, un maître d'histoire avec un maître d'escrime. On juge bien que je n'eus garde d'oublier un maître à danser: je ne fus embarrassé que sur le choix; il y en avoit dans ce temps-là un grand nombre de fameux à Madrid, et je ne savois auquel je devois donner la préférence.

Tandis que j'étois dans cet embarras, je vis entrer dans la cour de notre hôtel un homme richement vêtu. On me dit qu'il demandoit à me parler. J'allai au-devant de lui, m'imaginant que c'étoit tout au moins un chevalier de Saint-Jacques ou d'Alcantara. Je lui demandai ce qu'il y avoit pour son service. Seigneur de Santillane, me répondit-il après m'avoir fait plusieurs révérences qui sentoient bien son métier, comme on m'a dit que c'est votre seigneurie qui choisit les maîtres du seigneur don Henri, je viens vous offrir mes services : je m'appelle Martin Ligero, et j'ai, grâces au ciel, quelque réputation. Je n'ai pas coutume d'aller mendier des écoliers; cela ne convient qu'à de petits maîtres à danser. J'attends ordinairement qu'on me vienne chercher; mais, montrant au duc de Médina Sidonia, à don Louis de Haro et à quelques autres seigneurs de la maison de Guzman, dont je suis en quelque façon le serviteur-né, je me fais un devoir de vous prévenir. Je vois par ce discours, lui répondis-je, que vous êtes l'homme qu'il nous faut. Combien prenez-vous par mois? Quatre doubles pistoles, reprit-il; c'est le prix courant, et je ne donne que deux leçons par semaine. Quatre doublons par mois! m'écriai-je; c'est beaucoup. Comment, beaucoup! répliqua-t-il d'un air étonné, vous donneriez bien une pistole par mois à un maître de philosophie!

Il n'y eut pas moyen de tenir contre une si plai-

sante réplique ; j'en ris de bon cœur, et je demandai au seigneur Ligero s'il croyoit véritablement
qu'un homme de son métier fût préférable à un
maître de philosophie. Je le crois sans doute, me
dit-il, nous sommes dans le monde d'une plus
grande utilité que ces messieurs. Que sont les
hommes avant qu'ils passent par nos mains? Des
corps tout d'une pièce, des ours mal léchés ; mais
nos leçons les développent peu à peu, et leur font
prendre insensiblement une forme ; en un mot,
nous leur enseignons à se mouvoir avec grâce,
nous leur donnons des attitudes avec des airs de
noblesse et de gravité.

Je me rendis aux raisons de ce maître à danser,
et je le retins pour montrer à don Henri sur le
pied de quatre doubles pistoles par mois, puisque
c'étoit un prix fait par les grands maîtres de l'art.

CHAPITRE VI.

Scipion revient de la Nouvelle-Espagne. Gil Blas le
place auprès de don Henri. Des études de ce jeune
seigneur. Des honneurs qu'on lui fit, et à quelle dame
le comte-duc le maria. Comment Gil Blas fut fait noble malgré lui.

Je n'avois point encore fait la moitié de la maison de don Henri, lorsque Scipion revint du Mexique. Je lui demandai s'il étoit satisfait de son
voyage. Je dois l'être, me répondit-il, puisque
avec trois mille ducats en espèces j'ai apporté pour
deux fois autant en marchandises de défaite en ce
pays-ci. Je t'en félicite, repris-je, mon enfant :
voilà ta fortune commencée ; il ne tiendra qu'à toi
de l'achever, en retournant aux Indes l'année prochaine : ou bien, si tu préfères à la peine d'aller
si loin amasser du bien un poste agréable à Madrid,
tu n'as qu'à parler ; j'en ai un à te donner. Oh !
parbleu, dit le fils de la Coscolina, il n'y a point
à balancer ; j'aime mieux remplir un bon emploi
auprès de votre seigneurie que de m'exposer de
nouveau aux périls d'une longue navigation, quelques avantages qu'il m'en pût revenir. Expliquez-
vous, mon maître, quelle occupation destinez-vous
à votre serviteur?

Pour mieux le mettre au fait, je lui contai l'histoire du petit seigneur que le comte-duc venoit
d'introduire dans la maison de Guzman. Après lui
avoir fait ce détail curieux, et lui avoir appris que
ce ministre m'avoit nommé gouverneur de don
Henri, je lui dis que je voulois le faire valet de
chambre de ce fils adopté. Scipion, qui ne demandoit pas mieux, accepta volontiers ce poste, et le
remplit si bien, qu'en moins de trois ou quatre
jours il s'attira la confiance et l'amitié de son nouveau maître.

Je m'étois imaginé que les pédagogues dont j'a-
vois fait choix pour endoctriner le fils de la Génoise y perdroient leur latin, le croyant à son âge
un sujet peu disciplinable ; néanmoins je me trompai. Il comprenoit et retenoit aisément tout ce
qu'on lui enseignoit ; ses maîtres en étoient très-
contents. J'allai avec empressement annoncer cette
nouvelle au comte-duc, qui la reçut avec une joie
excessive. Santillane, s'écria-t-il avec transport,
tu me ravis en m'apprenant que don Henri a beaucoup de mémoire et de pénétration : je reconnois
en lui mon sang ; et, ce qui achève de me persuader qu'il est mon fils, c'est que je me sens autant
de tendresse pour lui que si je l'eusse eu de madame d'Olivarès. Tu vois par là, mon ami, que la
nature se déclare. Je n'eus garde de dire à monseigneur ce que je pensois là-dessus ; et, respectant
sa foiblesse, je le laissai jouir du plaisir de se croire
père de don Henri.

Quoique tous les Guzmans eussent une haine
mortelle pour ce jeune seigneur de fraîche date,
ils la dissimulèrent par politique ; il y en eut même
qui affectèrent de rechercher son amitié : les ambassadeurs et les grands qui étoient alors à Madrid
le visitèrent, et lui firent tous les honneurs qu'ils
auroient rendus à un enfant légitime du comte-duc.
Ce ministre, ravi de voir encenser son idole, ne
tarda guère à la parer de dignités. Il commença
par demander au roi, pour don Henri, la croix
d'Alcantara, avec une commanderie de dix mille
écus. Peu de temps après il le fit recevoir gentilhomme de la chambre ; ensuite, ayant pris la résolution de le marier, et voulant lui donner une
dame de la plus noble maison d'Espagne, il jeta
les yeux sur dona Juanna de Vélasco, fille du duc
de Castille, et il eut assez d'autorité pour la lui faire
épouser en dépit de ce duc et de ses parents.

Quelques jours avant ce mariage, monseigneur,
m'ayant envoyé chercher, me dit en me mettant
des papiers entre les mains : Tiens, Gil Blas, j'ai
un nouveau présent à te faire. Je crois qu'il ne te
sera pas désagréable ; voici des lettres de noblesse
que j'ai fait expédier pour toi. Monseigneur, lui
répondis-je assez surpris de ces paroles, votre excellence sait que je suis fils d'une duègne et d'un
écuyer ; ce seroit, ce me semble, profaner la noblesse que de m'y agréger ; et c'est de toutes les
grâces que sa majesté me peut faire celle que je
mérite et que je désire le moins. Ta naissance, reprit le ministre, est un obstacle facile à lever. Tu
as été occupé des affaires de l'état sous le ministère
du duc de Lerme et sous le mien ; d'ailleurs, ajouta-t-il avec un souris, n'as-tu pas rendu au monarque des services qui méritent une récompense?
En un mot, Santillane, tu n'es pas indigne de
l'honneur que j'ai voulu te faire : de plus, et cette
raison est sans réplique, le rang que tu tiens au-

près de mon fils demande que tu sois noble ; je t'avouerai même que c'est à cause de cela que je t'ai donné des lettres de noblesse. Je me rends, monseigneur, lui répliquai-je, puisque votre excellence le veut absolument. En achevant ces mots, je sortis avec mes patentes que je serrai dans ma poche.

Je suis donc présentement gentilhomme ! dis-je en moi-même lorsque je fus dans la rue ; me voilà noble sans que j'en aie l'obligation à mes parents : je pourrai, quand il me plaira, me faire appeler don Gil Blas ; et, si quelqu'un de ma connoissance s'avise de me rire au nez en me nommant ainsi, je lui ferai signifier mes lettres. Mais lisons-les, continuai-je en les tirant de ma poche ; voyons un peu de quelle façon on y décrasse le vilain. Je lus donc mes patentes, qui portoient en substance : Que le roi, pour reconnoître le zèle que j'avois fait paroître en plus d'une occasion pour son service et pour le bien de l'état, avoit jugé à propos de me gratifier de lettres de noblesse. J'ose dire, à ma louange, qu'elles ne m'inspirèrent aucun orgueil. Ayant toujours devant les yeux la bassesse de mon origine, cet honneur m'humilioit au lieu de me donner de la vanité : aussi je me promis bien de renfermer mes patentes dans un tiroir, sans me vanter d'en être pourvu.

CHAPITRE VII.

Gil Blas rencontre encore Fabrice par hasard. De la dernière conversation qu'ils eurent ensemble, et de l'avis important que Nunez donna à Santillane.

Le poète des Asturies, comme on a dû le remarquer, me négligeoit assez volontiers. De mon côté, mes occupations ne me permettoient guère de l'aller voir ; de sorte que je ne l'avois point revu depuis le jour de la dissertation sur l'*Iphigénie* d'Euripide. Le hasard me le fit encore rencontrer près de la porte du Soleil. Il sortoit d'une imprimerie. Je l'abordai en lui disant : Oh ! oh ! monsieur Nunez, vous venez de chez un imprimeur : cela semble menacer le public d'un nouvel ouvrage de votre composition.

C'est à quoi il doit en effet s'attendre, me répondit-il ; je te dirai que je me suis avisé de composer une brochure qui est sous la presse actuellement, et qui doit faire grand bruit dans la république des lettres. Je ne doute pas du mérite de ta production, lui-répliquai-je ; mais je m'étonne que tu t'amuses à composer des brochures : il me semble que ce sont des colifichets qui ne font pas grand honneur à l'esprit. Il y en a quelquefois de bonnes, repartit Fabrice. La mienne, par exemple, est de ce nombre, quoiqu'elle ait été faite à la hâte ; car je t'avouerai que c'est un enfant de la nécessité. La faim, comme tu sais, fait sortir le loup hors du bois.

Comment ! m'écriai-je, la faim ! Est-ce l'auteur du *Comte de Saldagne* qui me tient ce discours ? Un homme qui a deux mille écus de rente peut-il parler ainsi ? Doucement, mon ami, interrompit Nunez, je ne suis plus ce poète fortuné qui jouissoit d'une pension bien payée. Le désordre s'est mis subitement dans les affaires du trésorier don Bertrand : il a manié, dissipé les deniers du roi ; tous ses biens sont saisis, et ma pension est allée à tous les diables. Cela est triste, lui dis-je ; mais ne te reste-t-il pas encore quelque espérance de ce côté-là ? Pas la moindre, me répondit-il ; le seigneur Gomez del Ribero, aussi gueux que son bel esprit, est abîmé : il ne reviendra, dit-on, jamais sur l'eau.

Sur ce pied-là, lui répliquai-je, mon ami, il faut que je te fasse donner quelque poste qui te console de la perte de ta pension. Je te dispense de ce soin-là, me dit-il ; quand tu m'offrirois dans les bureaux du ministère un emploi de trois mille écus d'appointements, je le refuserois : des occupations de commis ne conviennent pas au génie d'un nourrisson des Muses ; il me faut des amusements littéraires. Que te dirai-je, enfin ? Je suis né pour vivre et mourir en poète, et je veux remplir mon sort.

Au reste, continua-t-il, ne t'imagine pas que nous soyons fort malheureux ; outre que nous vivons dans une parfaite indépendance, nous sommes des gaillards sans souci. On croit que nous faisons souvent des repas de Démocrite, et l'on est làdessus dans l'erreur. Il n'y a pas un de mes confrères, sans en excepter les faiseurs d'almanachs, qui ne soit commensal dans quelques bonnes maisons ; pour moi, j'en ai deux où l'on me reçoit avec plaisir. J'ai deux couverts assurés ; l'un chez un gros directeur des fermes, à qui j'ai dédié un roman ; et l'autre chez un riche bourgeois de Madrid, qui a la rage de vouloir toujours avoir à sa table de beaux esprits : heureusement il n'est pas fort délicat sur le choix, et la ville lui en fournit autant qu'il en veut.

Je cesse donc de te plaindre, dis-je au poète des Asturies, puisque tu es content de ta condition. Quoi qu'il en soit, je te proteste de nouveau que tu as toujours dans Gil Blas un ami à l'épreuve de ta négligence à le cultiver ; si tu as besoin de ma bourse, viens hardiment à moi : qu'une mauvaise honte ne te prive point d'un secours infaillible, et ne me ravisse point le plaisir de t'obliger.

A ce sentiment généreux, s'écria Nunez, je te reconnois, Santillane, et je te rends mille grâces de la disposition favorable où je te vois pour moi ; il faut, par reconnoissance, que je te donne un avis salutaire. Pendant que le comte-duc peut tout encore, et que tu possèdes ses bonnes grâces, profite du temps, hâte-toi de t'enrichir; car ce ministre, à ce qu'on m'a dit, branle dans le manche. Je demandai à Fabrice s'il savoit cela de bonne part, et il me répondit : Je tiens cette nouvelle d'un vieux chevalier de Calatrava, qui a un talent tout particulier pour découvrir les choses les plus secrètes : on écoute cet homme comme un oracle, et voici ce que je lui entendis dire hier : Le comte-duc a un grand nombre d'ennemis qui se réunissent tous pour le perdre; il compte trop sur l'ascendant qu'il a sur l'esprit du roi; ce monarque, à ce qu'on prétend, commence à prêter l'oreille aux plaintes qui déjà vont jusqu'à lui. Je remerciai Nunez de son avertissement; mais j'y fis peu d'attention, et je m'en retournai au logis, persuadé que l'autorité de mon maître étoit inébranlable, le regardant comme un de ces vieux chênes qui ont pris racine dans une forêt, et que les orages ne sauroient abattre.

CHAPITRE VIII.

Comment Gil Blas apprit que l'avis de Fabrice n'étoit point faux. Du voyage que le roi fit à Saragosse.

Cependant ce que le poète des Asturies m'avoit dit n'étoit pas sans fondement. Il y avoit au palais une confédération furtive contre le comte-duc, de laquelle on prétendoit que la reine étoit le chef; et toutefois il ne transpiroit rien dans le public des mesures que les confédérés prenoient pour déplacer ce ministre. Il s'écoula même depuis ce temps-là plus d'une année, sans que je m'aperçusse que sa faveur eût reçu la moindre atteinte.

Mais la révolte des Catalans soutenus par la France, et les mauvais succès de la guerre contre ces rebelles, excitèrent les murmures du peuple, qui se plaignit du gouvernement. Ces plaintes donnèrent lieu à la tenue d'un conseil en présence du roi, qui voulut que le marquis de Grana, ambassadeur de l'empereur à la cour d'Espagne, s'y trouvât. Il y fut mis en délibération s'il étoit plus à propos que le roi demeurât en Castille, ou qu'il passât en Aragon pour se faire voir à ses troupes. Le comte-duc, qui avoit envie que ce prince ne partît point pour l'armée, parla le premier. Il représenta qu'il étoit plus convenable à la majesté royale de ne pas sortir du centre de ses états, et il appuya son sentiment de toutes les raisons que son éloquence put lui fournir. Il n'eut pas plus tôt achevé son discours, que son avis fut généralement suivi de toutes les personnes du conseil, à la réserve du marquis de Grana, qui, n'écoutant que son zèle pour la maison d'Autriche, et se laissant aller à la franchise de sa nation, combattit le sentiment du premier ministre, et soutint l'avis contraire avec tant de force, que le roi, frappé de la solidité de ses raisonnements, embrassa son opinion, quoiqu'elle fût opposée à toutes les voix du conseil, et marqua le jour de son départ pour l'armée.

C'étoit pour la première fois de sa vie que ce monarque avoit osé penser autrement que son favori, qui, regardant cette nouveauté comme un sanglant affront, en fut très-mortifié. Dans le temps que ce ministre alloit se retirer dans son cabinet pour y ronger en liberté son frein, il m'aperçut, m'appela, et, m'ayant fait entrer avec lui, il me raconta d'un air agité ce qui s'étoit passé au conseil; ensuite, comme un homme qui ne pouvoit revenir de sa surprise : Oui, Santillane, continua-t-il, le roi, qui depuis plus de vingt ans ne parle que par ma bouche et ne voit que par mes yeux, a préféré l'avis de Grana au mien : et de quelle manière encore? en comblant d'éloges cet ambassadeur, et surtout en louant son zèle pour la maison d'Autriche, comme si cet Allemand en avoit plus que moi !

Il est aisé de juger par là, poursuivit le ministre, qu'il y a un parti formé contre moi, et j'ai tout lieu de penser que la reine est à la tête. Eh! monseigneur, lui dis-je, de quoi vous inquiétez-vous? Pouvez-vous craindre la reine? Cette princesse, depuis plus de douze ans, n'est-elle pas accoutumée à vous voir maître des affaires, et n'avez-vous pas mis le roi dans l'habitude de ne la pas consulter? A l'égard du marquis de Grana, le monarque peut s'être rangé de son sentiment par l'envie qu'il a de voir son armée et de faire une campagne. Tu n'y es pas, interrompit le comte-duc; dis plutôt que mes ennemis espèrent que le roi, étant parmi ses troupes, sera toujours environné des grands qui l'auront suivi, et qu'il s'en trouvera plus d'un assez mécontent de moi pour oser lui tenir des discours injurieux à mon ministère. Mais ils se trompent, ajouta-t-il; je saurai bien pendant le voyage rendre ce prince inaccessible à tous les grands; ce qu'il fit en effet d'une manière qui mérite bien d'être détaillée.

Le jour du départ du roi étant venu, ce monarque, après avoir chargé la reine du soin du gouvernement en son absence, se mit en chemin pour Saragosse; mais avant que d'y arriver, il passa par Aranjuez, dont il trouva le séjour si délicieux, qu'il s'y arrêta près de trois semaines. D'Aranjuez, le ministre le fit aller à Cuença, où il l'amusa encore plus long-temps par les divertissements qu'il lui donna. Ensuite les plaisirs de la chasse occupèrent ce prince à Molina d'Aragon, après quoi il fut conduit à Saragosse. Son armée n'étoit pas loin de là, et il se préparoit à s'y rendre; mais le comte-duc lui en ôta l'envie, en lui faisant accroire qu'il se mettroit en danger d'être pris par les Français, qui étoient maîtres de la plaine de Monçon; de sorte que le roi, épouvanté d'un péril qu'il n'avoit nullement à craindre, prit le parti de demeurer enfermé chez lui comme dans une prison. Le ministre, profitant de sa terreur, et sous prétexte de veiller à sa sûreté, le garda, pour ainsi dire, à vue; si bien que les grands, qui avoient fait une excessive dépense pour se mettre en état de suivre leur souverain, n'eurent pas même la satisfaction d'obtenir de lui une audience particulière. Philippe enfin, s'ennuyant d'être mal logé à Saragosse, d'y passer encore plus mal son temps, ou, si vous voulez, d'être prisonnier, s'en retourna bientôt à Madrid. Ce monarque finit ainsi sa campagne, laissant au marquis de los Velez, général de ses troupes, le soin de soutenir l'honneur des armes d'Espagne.

CHAPITRE IX.

De la révolution de Portugal, et de la disgrâce du comte-duc.

Peu de jours après le retour du roi, il se répandit à Madrid une fâcheuse nouvelle : on apprit que les Portugais, regardant la révolte des Catalans comme une belle occasion que la fortune leur offroit de secouer le joug espagnol, s'en étoient saisis; qu'ils avoient pris les armes, et choisi pour leur roi le duc de Bragance; qu'ils étoient dans la résolution de le maintenir sur le trône, et qu'ils comptoient bien de n'en pas avoir le démenti, l'Espagne ayant alors sur les bras des ennemis en Allemagne, en Italie, en Flandre et en Catalogne. Ils ne pouvoient effectivement trouver une conjoncture plus favorable pour s'affranchir d'une domination qu'ils détestoient.

Ce qu'il y a de singulier, c'est que le comte-duc, dans le temps que la cour et la ville paroissoient consternées de cette nouvelle, en voulut plaisanter avec le roi aux dépens du duc de Bragance; mais les traits railleurs déplacés tournent ordinairement contre ceux qui les ont lancés. Philippe, bien loin de se prêter à ses mauvaises plaisanteries, prit un air sérieux qui le déconcerta et lui fit pressentir sa disgrâce. Ce ministre ne douta plus de sa chute quand il apprit que la reine s'étoit ouvertement déclarée contre lui, et qu'elle l'accusoit hautement d'avoir, par sa mauvaise administration, causé la révolte du Portugal. La plupart des grands, et surtout ceux qui avoient été à Saragosse, ne s'aperçurent pas plus tôt qu'il se formoit un orage sur la tête du comte-duc, qu'ils se joignirent à la reine; et, ce qui porta le dernier coup à sa faveur, c'est que la duchesse douairière de Mantoue, ci-devant gouvernante de Portugal, revint de Lisbonne à Madrid, et fit voir clairement au roi que la révolution de ce royaume n'étoit arrivée que par la faute de son premier ministre.

Les discours de cette princesse firent toute l'impression qu'ils pouvoient faire sur l'esprit du monarque, qui, revenant enfin de son entêtement pour son favori, se dépouilla de toute l'affection qu'il avoit pour lui. Lorsque ce ministre fut informé que le roi écoutoit ses ennemis, il s'avisa de lui écrire un billet pour lui demander la permission de se démettre de son emploi, et de s'éloigner de la cour, puisqu'on lui faisoit l'injustice de lui imputer tous les malheurs arrivés à la monarchie pendant le cours de son ministère. Il s'imaginoit que cette lettre feroit un grand effet, croyant que le prince conservoit encore pour lui assez d'amitié pour ne vouloir pas consentir à son éloignement; mais toute la réponse que lui fit sa majesté fut qu'elle lui accordoit la permission qu'il lui demandoit, et qu'il pouvoit se retirer où bon lui sembleroit.

Ces paroles écrites de la main du roi furent un coup de tonnerre pour monseigneur, qui ne s'y étoit nullement attendu. Néanmoins, quoiqu'il en fût étourdi, il affecta un air de constance, et me demanda ce que je ferois à sa place. Je prendrois, lui dis-je, aisément mon parti; j'abandonnerois la cour, et j'irois à quelqu'une de mes terres passer tranquillement le reste de mes jours. Tu penses sainement, répliqua mon maître, et je prétends bien aller finir ma carrière à Locches, après que j'aurai seulement une fois entretenu le monarque : je suis bien aise de lui remontrer que j'ai fait humainement tout ce que j'ai pu pour bien soutenir le pesant fardeau dont j'étois chargé, mais qu'il n'a pas dépendu de moi de prévenir les tristes événements dont on me fait un crime, n'étant point en cela plus coupable qu'un habile pilote qui, malgré tout ce qu'il peut faire, voit son vaisseau emporté par les vents et par les flots. Ce ministre se flattoit encore qu'en parlant au prince il pourroit rajuster les choses, et regagner le terrain qu'il avoit perdu; mais il ne put en avoir audience, et de plus, on lui envoya demander la clef dont il se servoit pour entrer, quand il lui plaisoit, dans l'appartement de sa majesté.

Jugeant alors qu'il n'y avoit plus d'espérance pour lui, il se détermina tout de bon à la retraite. Il visita ses papiers, dont il brûla prudemment une grande quantité; ensuite il nomma les officiers de sa maison et les valets dont il vouloit être suivi, donna des ordres pour son départ, et en fixa le jour au lendemain. Comme il craignoit d'être insulté par la populace en sortant du palais, il s'échappa de grand matin par la porte des cuisines, monta dans un méchant carrosse avec son confesseur et moi, et prit impunément la route de Loeches, village dont il étoit seigneur, et où la comtesse son épouse a fait bâtir un magnifique couvent de religieuses de l'ordre de Saint-Dominique. Nous nous y rendîmes en moins de quatre heures, et toutes les personnes de sa suite y arrivèrent peu de temps après nous.

CHAPITRE X.

De l'inquiétude et des soins qui troublèrent d'abord le repos du comte-duc, et de l'heureuse tranquillité qui leur succéda. Des occupations de ce ministre dans sa retraite.

Madame d'Olivarès laissa partir son mari pour Loeches, et demeura quelques jours après lui à la cour, dans le dessein d'essayer si, par ses prières et par ses larmes, elle ne pourroit pas le faire rappeler ; mais elle eut beau se prosterner devant leurs majestés, le roi n'eut aucun égard à ses remontrances, quoique préparées avec art ; et la reine, qui la haïssoit mortellement, vit avec plaisir couler ses pleurs. L'épouse du ministre ne se rebuta point ; elle s'humilia jusqu'à implorer les bons offices des dames de la reine ; mais le fruit qu'elle recueillit de ses bassesses fut de s'apercevoir qu'elles excitoient le mépris plutôt que la pitié. Désolée d'avoir fait en vain tant de démarches humiliantes, elle alla rejoindre son époux, pour s'affliger avec lui de la perte d'une place qui, sous un règne tel que celui de Philippe IV, étoit peut-être la première de la monarchie.

Le rapport que cette dame fit de l'état où elle avoit laissé Madrid redoubla le chagrin du comte-duc. Vos ennemis, lui dit-elle en pleurant, le duc de Medina-Céli et les autres grands qui vous haïssent, ne cessent de louer le roi de vous avoir ôté du ministère ; et le peuple célèbre votre disgrâce avec une joie insolente, comme si la fin des malheurs de l'état étoit attachée à celle de votre administration. Madame, lui dit mon maître, suivez mon exemple, dévorez vos chagrins ; il faut céder à l'orage qu'on ne peut détourner. J'avois cru, il est vrai, que je pourrois perpétuer ma faveur jusqu'à la fin de ma vie : illusion ordinaire des ministres et des favoris, qui oublient que leur sort dépend de leur souverain. Le duc de Lerme n'y a-t-il pas été trompé aussi bien que moi, quoiqu'il s'imaginât que la pourpre dont il étoit revêtu fût un sûr garant de l'éternelle durée de son autorité ?

C'est de cette façon que le comte-duc exhortoit son épouse à s'armer de patience, pendant qu'il étoit lui-même dans une agitation qui se renouveloit tous les jours par les dépêches qu'il recevoit de don Henri, lequel étant demeuré à la cour pour observer ce qui s'y passeroit, avoit soin de l'en informer exactement. C'étoit Scipion qui apportoit les lettres de ce jeune seigneur, auprès de qui il étoit encore, et avec qui je ne demeurois plus depuis son mariage avec dona Juanna. Les dépêches de ce fils adopté étoient toujours remplies de fâcheuses nouvelles, et malheureusement on n'en attendoit pas d'autres de lui. Tantôt il mandoit que les grands ne se contentoient pas de se réjouir publiquement de la retraite du comte-duc, qu'ils s'étoient tous réunis pour faire chasser ses créatures des charges et des emplois qu'elles possédoient et les faire remplacer par ses ennemis. Une autre fois il écrivoit que don Louis de Haro commençoit d'entrer en faveur, et que, suivant toutes les apparences, il alloit devenir premier ministre. De toutes les choses chagrinantes que mon maître apprit, celle qui parut l'affliger davantage fut le changement qui se fit dans la vice-royauté de Naples, que la cour, pour le mortifier seulement, ôta au duc de Medina de las Torrès, qu'il aimoit, pour la donner à l'amirante de Castille, qu'il avoit toujours haï.

On peut dire que, pendant trois mois, monseigneur ne sentit dans la solitude que trouble et que chagrin ; mais son confesseur, qui étoit un religieux de l'ordre de Saint-Dominique, et qui joignoit à une solide piété une mâle éloquence, eut le pouvoir de le consoler. A force de lui représenter avec énergie qu'il ne devoit plus penser qu'à son salut, il eut, avec le secours de la grâce, le bonheur de détacher son esprit de la cour. Son excellence ne voulut plus savoir de nouvelles de Madrid, et n'eut plus d'autre soin que de se disposer à bien mourir. Madame d'Olivarès, de son côté, faisant un assez bon usage de sa retraite, trouva dans le couvent dont elle étoit fondatrice une consolation préparée par la Providence : il y eut, parmi les religieuses, de saintes filles dont les discours pleins d'onction tournèrent insensiblement en douceur l'amertume de sa vie. A mesure que mon maître détournoit sa pensée des affaires du monde, il devenoit plus tranquille. Voici de quelle manière il régloit sa journée : il passoit presque toute la matinée à entendre des messes dans l'église des religieuses, ensuite il revenoit dîner ; après quoi il s'amusoit pendant deux heures à jouer à toutes sortes de jeux avec moi et quelques-uns de ses plus affectionnés domestiques ; puis il se retiroit ordinairement tout seul dans un cabinet, où il demeuroit jusqu'au coucher du soleil ; alors il faisoit le tour de son jardin, ou bien il alloit en carrosse se promener aux environs de son château, accompagné tantôt de son confesseur, et tantôt de moi.

Un jour que j'étois seul avec lui, et que j'admirois la sérénité qui brilloit sur son visage, je pris la liberté de lui dire : Monseigneur, permettez-moi de laisser éclater ma joie; à l'air de satisfaction que je vous vois, je juge que votre excellence commence à s'accoutumer à la retraite. J'y suis déjà tout accoutumé, me répondit-il; et, quoique je sois depuis long-temps dans l'habitude de m'occuper d'affaires, je te proteste, mon enfant, que je prends de jour en jour plus de goût à la vie douce et paisible que je mène ici.

CHAPITRE XI.

Le comte-duc devient tout-à-coup triste et rêveur. Du sujet étonnant de sa tristesse, et de la suite fâcheuse qu'elle eut.

Monseigneur, pour varier ses occupations, s'amusoit aussi quelquefois à cultiver son jardin. Un jour que je le regardois travailler, il me dit en plaisantant : Tu vois, Santillane, un ministre banni de la cour devenu jardinier à Locches. Monseigneur, lui répondis-je sur le même ton, je m'imagine voir Denys de Syracuse maître d'école à Corinthe. Mon maître sourit de ma réponse, et ne me sut pas mauvais gré de la comparaison.

Nous étions tous ravis au château de voir le patron, supérieur à sa disgrâce, trouver des charmes dans une vie si différente de celle qu'il avoit toujours menée, lorsque nous nous aperçûmes avec douleur qu'il changeoit à vue d'œil. Il devint sombre, rêveur, et tomba dans une mélancolie profonde. Il cessa de jouer avec nous, et ne parut plus sensible à tout ce que nous pouvions inventer pour le divertir. Il s'enfermoit après son dîner dans son cabinet, où il demeuroit tout seul jusqu'au soir. Nous nous imaginions que sa tristesse étoit causée par des retours de sa grandeur passée; et, dans cette opinion, nous lâchions après lui le père dominicain, dont pourtant l'éloquence ne pouvoit triompher de la mélancolie de monseigneur, laquelle, au lieu de diminuer, sembloit aller en augmentant.

Il me vint dans l'esprit que la tristesse de ce ministre pouvoit avoir une cause particulière qu'il ne vouloit pas dire; ce qui me fit former le dessein de lui arracher son secret. Pour y parvenir, j'épiai le moment de lui parler sans témoin; et, l'ayant trouvé : Monseigneur, lui dis-je d'un air mêlé de respect et d'affection, est-il permis à Gil Blas d'oser faire une question à son maître? Tu peux parler, me répondit-il, je te le permets. Qu'est devenu, repris-je, cet air content qui paroissoit sur le visage de votre excellence? N'auriez-vous plus l'ascendant que vous aviez pris sur la fortune. Votre faveur perdue exciteroit-elle en vous de nouveaux regrets? Seriez-vous replongé dans cet abîme d'ennui d'où votre vertu vous avoit tiré? Non, grâces au ciel, repartit le ministre, ma mémoire n'est plus occupée du personnage que j'ai fait à la cour, et j'ai pour jamais oublié les honneurs qu'on m'y a rendus. Eh ! pourquoi donc, lui répliquai-je, si vous avez la force de n'en plus rappeler le souvenir, avez-vous la foiblesse de vous abandonner à une mélancolie qui nous alarme tous? Qu'avez-vous, mon cher maître? poursuivis-je en me jetant à ses genoux; vous avez sans doute un secret chagrin qui vous dévore : pouvez-vous en faire un mystère à Santillane, dont vous connoissez la discrétion, le zèle et la fidélité ? Par quel malheur ai-je perdu votre confiance?

Tu la possèdes toujours, me dit monseigneur; mais je t'avouerai que j'ai de la répugnance à te révéler ce qui fait le sujet de la tristesse où tu me vois enseveli; cependant je ne puis tenir contre les instances d'un serviteur et d'un ami tel que toi. Apprends donc ce qui fait ma peine; ce n'est qu'au seul Santillane que je puis me résoudre à faire une pareille confidence. Oui, continua-t-il, je suis la proie d'une noire mélancolie qui consume peu à peu mes jours : je vois presque à tout moment un spectre qui se présente devant moi sous une forme effroyable. J'ai beau me dire à moi-même que ce n'est qu'une illusion, qu'un fantôme qui n'a rien de réel, ses apparitions continuelles me blessent la vue et m'inquiètent. Si j'ai la tête assez forte pour être persuadé qu'en voyant ce spectre je ne vois rien, je suis assez foible pour m'affliger de cette vision. Voilà ce que tu m'as forcé de te dire, ajouta-t-il; juge à présent si j'ai tort de vouloir cacher à tout le monde la cause de ma mélancolie.

J'appris avec autant de douleur que d'étonnement une chose si extraordinaire, et qui supposoit un dérangement dans la machine. Monseigneur, dis-je au ministre, cela ne viendroit-il point du peu de nourriture que vous prenez? car votre sobriété est excessive. C'est ce que j'ai pensé d'abord, répondit-il; et, pour éprouver si c'étoit à la diète que je m'en devois prendre, je mange depuis quelques jours plus qu'à l'ordinaire; et tout cela est inutile, le fantôme ne disparoît point. Il disparoîtra, repris-je pour le consoler; et si votre excellence vouloit un peu se dissiper en jouant encore avec ses fidèles serviteurs, je crois qu'elle ne tarderoit guère à se voir délivrée de ses noires vapeurs.

Peu de temps après cet entretien, monseigneur tomba malade; et, sentant que l'affaire deviendroit sérieuse, il envoya chercher deux notaires à Madrid, pour leur faire faire son testament. Il fit venir aussi trois fameux médecins qui avoient la réputation de guérir quelquefois leurs malades. Aussitôt que le bruit de l'arrivée de ces derniers se répandit dans le château, on n'y entendit que des plaintes et des gémissements; on y regarda la mort du maître comme prochaine, tant on y étoit prévenu contre ces messieurs! Ils avoient amené avec eux un apothicaire et un chirurgien, ordinaires exécuteurs de leurs ordonnances. Ils laissèrent d'abord les notaires faire leur métier, après quoi ils se disposèrent à faire le leur. Comme ils étoient dans les principes du docteur Sangrado, dès la première consultation ils ordonnèrent saignées sur saignées, en sorte qu'au bout de six jours ils réduisirent le comte-duc à l'extrémité, et le septième ils le délivrèrent de sa vision.

Après la mort de ce ministre, il régna dans le château de Loeches une vive et sincère douleur. Tous ses domestiques le pleurèrent amèrement. Bien loin de se consoler de sa perte par la certitude d'être compris dans son testament, il n'y en avoit pas un qui n'eût volontiers renoncé à son legs pour le rappeler à la vie. Pour moi, qu'il avoit le plus chéri, et qui m'étois attaché à lui par pure inclination pour sa personne, j'en fus encore plus touché que les autres. Je doute qu'Antonia m'ait coûté plus de larmes que le comte-duc.

CHAPITRE XII.

De ce qui se passa au château de Loeches après la mort du comte-duc, et du parti que prit Santillane.

Le ministre, ainsi qu'il l'avoit ordonné, fut inhumé sans pompe et sans éclat dans le monastère des religieuses, au bruit de nos lamentations. Après les funérailles, madame d'Olivarès nous fit lire le testament, dont tous les domestiques eurent sujet d'être satisfaits. Chacun avoit un legs proportionné à la place qu'il occupoit, et le moindre legs étoit de deux mille écus : le mien étoit le plus considérable de tous; monseigneur me laissoit dix mille pistoles, pour marquer l'affection singulière qu'il avoit eue pour moi. Il n'oublia pas les hôpitaux, et fonda des services annuels dans plusieurs couvents.

Madame d'Olivarès renvoya tous les domestiques à Madrid toucher leurs legs chez l'intendant don Raimond Caporis, qui avoit ordre de les leur délivrer; mais je ne pus partir avec eux : une grosse fièvre, fruit de mon affliction, me retint au château sept à huit jours. Pendant ce temps-là le père de Saint-Dominique ne m'abandonna point. Ce bon religieux m'avoit pris en amitié; et, s'intéressant à mon salut, il me demanda, quand il me vit convalescent, ce que je voulois devenir. Je n'en sais rien, lui répondis-je, mon révérend père, je ne suis point encore d'accord avec moimême là-dessus : il y a des moments où je suis tenté de m'enfermer dans une cellule pour y faire pénitence. Moments précieux! s'écria le dominicain; seigneur de Santillane, vous feriez bien d'en profiter. Je vous conseille en ami, sans que vous cessiez pour cela d'être séculier, de vous retirer dans notre couvent de Madrid, par exemple; de vous en rendre bienfaiteur par une donation de tous vos biens, et d'y mourir sous l'habit de Saint-Dominique. Il y a bien des personnes qui expient une vie mondaine par une pareille fin.

Dans la disposition où étoit mon esprit, le conseil du religieux ne me révolta point, et je répondis à sa révérence que je ferois sur cela mes réflexions. Mais ayant consulté là-dessus Scipion, que je vis un moment après le moine, il s'éleva contre cette pensée, qui lui parut une idée de malade. Fi donc! seigneur de Santillane, me ditil, une semblable retraite peut-elle vous flatter? Votre château de Lirias ne vous en offre-t-il pas une plus agréable? Si vous en étiez autrefois charmé, vous en goûterez encore mieux les douceurs présentement, que vous êtes dans un âge plus propre à vous laisser toucher des beautés de la nature.

Le fils de la Coscolina n'eut pas de peine à me faire changer de sentiment. Mon ami, lui disje, tu l'emportes sur le père de Saint-Dominique. Je vois bien en effet que je ferai mieux de retourner à mon château; je m'arrête à ce parti. Nous regagnerons Lirias aussitôt que je serai en état d'en reprendre le chemin : ce qui arriva bientôt; car n'ayant plus de fièvre, je me sentis en peu de temps assez fort pour exécuter cette résolution. Nous nous rendîmes à Madrid, Scipion et moi. La vue de cette ville ne me fit plus autant de plaisir qu'elle m'en avoit fait auparavant. Comme je savois que presque tous ses habitants avoient en horreur la mémoire d'un ministre dont je conservois le plus tendre souvenir, je ne pouvois la regarder de bon œil : aussi je n'y demeurai que cinq ou six jours, que Scipion employa aux préparatifs de notre départ pour Lirias. Pendant qu'il songeoit à notre équipage, j'allai trouver Caporis, qui me donna mon legs en doublons. Je vis aussi les receveurs des commanderies sur lesquelles j'avois des pensions; je pris des arrangements avec eux pour le paiement : en un mot, je mis ordre à toutes mes affaires.

La veille de notre départ, je demandai au fils de la Coscolina s'il avoit pris congé de don Henri. Oui, me répondit-il, nous nous sommes séparés ce matin tous deux à l'amiable : il m'a pourtant témoigné qu'il étoit fâché que je le quittasse; mais s'il étoit content de moi, je ne l'étois guère de lui. Ce n'est point assez que le valet plaise au maître, il faut en même temps que le maître plaise au valet; autrement ils sont l'un et l'autre fort mal ensemble. D'ailleurs, ajouta-t-il, don Henri ne fait plus à la cour qu'une pitoyable figure; il y est tombé dans le dernier mépris : on le montre au doigt dans les rues, et on ne l'appelle plus que le fils de la Génoise. Jugez s'il est gracieux pour un garçon d'honneur de servir un homme déshonoré.

Nous partîmes enfin de Madrid un beau jour au lever de l'aurore, et nous prîmes la route de Cuença. Voici dans quel ordre et dans quel équipage : nous étions, mon confident et moi, dans une chaise tirée par deux mules conduites par un postillon; trois mulets chargés de nos hardes et de notre argent, et menés par deux palefreniers, nous suivoient immédiatement; et deux grands laquais, choisis par Scipion, venoient ensuite montés sur deux mules et armés jusqu'aux dents : les palefreniers, de leur côté, portoient des sabres, et le postillon avoit deux bons pistolets à l'arçon de sa selle. Comme nous étions sept hommes dont il y en avoit six fort résolus, je me mis gaiement en chemin, sans appréhender pour mon legs. Dans les villages par où nous passions, nos mulets faisoient orgueilleusement entendre leurs sonnettes; les paysans accouroient à leurs portes pour voir défiler notre équipage, qui leur paroissoit tout au moins celui d'un grand qui alloit prendre possession d'une vice-royauté.

CHAPITRE XIII.

Du retour de Gil Blas dans son château. De la joie qu'il eut de trouver Séraphine sa filleule nubile, et de quelle dame il devint amoureux.

J'employai quinze jours à me rendre à Lirias, rien ne m'obligeant d'y aller à grandes journées; tout ce que je souhaitois, c'étoit d'y arriver heureusement; et mon souhait fut exaucé. La vue de mon château m'inspira d'abord quelques pensées tristes, en me rappelant le souvenir d'Antonia : mais je sus bientôt m'en distraire, ne voulant m'occuper que de ce qui pouvoit me faire plaisir, outre que vingt-deux ans, qui s'étoient écoulés depuis sa mort, en avoient fort affoibli le sentiment.

Sitôt que je fus entré dans le château, Béatrix et sa fille vinrent me saluer d'un air empressé; ensuite le père, la mère et la fille s'accablèrent d'accolades avec des transports de joie qui me charmèrent. Après tant d'embrassements, je dis,

en regardant avec attention ma filleule, que je trouvai fort aimable : Est-il possible que ce soit là cette Séraphine que je laissai au berceau quand je partis de Lirias? je suis ravi de la revoir si grande et si jolie; il faut que nous songions à l'établir. Comment donc, mon cher parrain, s'écria ma filleule en rougissant un peu de mes dernières paroles, il n'y a qu'un instant que vous me voyez, et vous songez déjà à vous défaire de moi ! Non, ma fille, lui répliquai-je, nous ne prétendons point vous perdre en vous mariant; nous voulons un mari qui vous possède sans qu'il vous enlève à vos parents, et qui vive, pour ainsi dire, avec nous.

Il s'en présente un de cette espèce, dit alors Béatrix. Un gentilhomme de ce pays-ci a vu Séraphine un jour à la messe dans la chapelle de ce hameau, et en est devenu amoureux. Il m'est venu voir, m'a déclaré sa passion, et demandé mon aveu; vous jugez bien quelle réponse je lui ai faite. Quand vous auriez mon agrément, lui ai-je dit, vous n'en seriez pas plus avancé; Séraphine dépend de son père et de son parrain, qui seuls peuvent disposer d'elle : tout ce que je puis pour vous, c'est de leur écrire pour les informer de votre recherche, qui fait honneur à ma fille. Effectivement, messieurs, poursuivit-elle, c'est ce que j'allois incessamment vous mander; mais vous voilà revenus, vous ferez ce que vous jugerez à propos.

Au reste, dit Scipion, de quel caractère est cet hidalgo? Ne ressemble-t-il pas à la plupart de ses pareils? n'est-il pas fier de sa noblesse, et insolent avec les roturiers? Oh ! pour cela non, répondit Béatrix; c'est un garçon d'une douceur et d'une politesse achevées, de bonne mine d'ailleurs, et qui n'a pas encore trente ans accomplis. Vous nous faites, dis-je à Béatrix, un assez beau portrait de ce cavalier; comment s'appelle-t-il? Don Juan de Jutella, repartit la femme de Scipion ; il n'y a pas long-temps qu'il a recueilli la succession de son père, et il vit dans son château, éloigné d'ici d'une lieue, avec une sœur cadette qu'il a sous sa conduite. J'ai autrefois, repris-je, entendu parler de la famille de ce gentilhomme; c'est une des plus nobles du royaume de Valence. J'estime moins la noblesse, s'écria Scipion, que les qualités du cœur et de l'esprit; et ce don Juan nous conviendra si c'est un honnête homme. Il en a la réputation, dit Séraphine en se mêlant à l'entretien; les habitants de Lirias qui le connoissent en disent tous les biens du monde. A ces paroles de ma filleule, je regardai avec un souris son père, qui, les ayant saisies aussi bien que moi, jugea que le galant ne déplaisoit point à sa fille.

Ce cavalier apprit bientôt notre arrivée à Lirias,

Nap. Thomas del.   Leclerc. sc.

Il nous présenta une dame qu'il appelait sa sœur Dorothée.

puisque deux jours après nous le vîmes paroître au château ; il nous aborda de bonne grâce ; et bien loin de démentir par sa présence ce que Béatrix nous avoit dit de lui, il nous fit concevoir une haute idée de son mérite. Il nous dit qu'en qualité de voisin il venoit nous féliciter sur notre heureux retour. Nous le reçûmes le plus gracieusement qu'il nous fut possible : mais cette visite ne fut que de pure civilité ; elle se passa tout en compliments de part et d'autre ; et don Juan, sans nous dire un mot de son amour pour Séraphine, se retira en nous priant seulement de lui permettre de nous revenir voir, et de profiter d'un voisinage qu'il prévoyoit lui devoir être d'un grand agrément. Lorsqu'il nous eut quittés, Béatrix nous demanda ce que nous pensions de ce gentilhomme. Nous lui répondîmes qu'il nous avoit prévenus en sa faveur, et qu'il nous sembloit que la fortune ne pouvoit offrir à Séraphine un meilleur parti.

Dès le jour suivant, je sortis après le dîner avec le fils de la Coscolina pour aller rendre la visite que nous devions à don Juan. Nous prîmes la route de son château, conduits par un guide, qui nous dit, après trois quarts d'heure de chemin : Voici le château du seigneur don Juan de Jutella. Nous eûmes beau regarder de tous nos yeux dans la campagne, nous fûmes long-temps sans l'apercevoir ; nous ne le découvrîmes qu'en y arrivant, attendu qu'il étoit situé au pied d'une montagne, au milieu d'un bois dont les arbres élevés le déroboient à notre vue. Il avoit un air antique et délabré, qui prouvoit moins l'opulence de son maître que sa noblesse. Néanmoins quand nous y fûmes entrés, nous y trouvâmes la caducité du bâtiment compensée par la propreté des meubles.

Don Juan nous reçut dans une salle bien ornée, où il nous présenta une dame qu'il appela devant nous sa sœur Dorothée, et qui pouvoit avoir dix-neuf à vingt ans. Elle étoit fort parée, comme une personne qui, s'étant attendue à notre visite, avoit envie de nous paroître aimable ; et s'offrant à ma vue avec tous ses charmes, elle fit sur moi la même impression qu'Antonia, c'est-à-dire que je fus troublé ; mais je cachai si bien mon trouble, que Scipion même ne le remarqua pas. Notre conversation roula, comme celle du jour précédent, sur le plaisir mutuel que nous nous faisions de nous voir quelquefois, et de vivre ensemble en bons voisins. Il ne nous parla point encore de Séraphine, et nous ne lui dîmes rien qui pût l'engager à nous déclarer son amour ; nous étions bien aises de le voir venir là-dessus. Pendant notre entretien, je jetois souvent la vue sur Dorothée, quoique j'affectasse de l'envisager le moins qu'il m'étoit possible ; et toutes les fois que mes regards rencontroient les siens, c'étoient autant de traits nouveaux qu'elle me lançoit dans le cœur. Je dirai pourtant, pour rendre une exacte justice à l'objet aimé, que ce n'étoit point une beauté parfaite : si elle avoit la peau d'une blancheur éblouissante et la bouche plus vermeille que la rose, son nez étoit un peu trop long et ses yeux trop petits : cependant le tout ensemble m'enchantoit.

Enfin, je ne sortis point du château de Jutella comme j'y étois entré ; et m'en retournant à Lirias l'esprit rempli de Dorothée, je ne voyois qu'elle, je ne parlois que d'elle. Comment donc, mon maître, me dit Scipion en me considérant d'un air étonné, vous êtes bien occupé de la sœur de don Juan ! vous auroit-elle inspiré de l'amour ? Oui, mon ami, lui répondis-je, et j'en rougis de honte. O ciel ! moi qui depuis la mort d'Antonia ai regardé mille jolies personnes avec indifférence, faut-il que j'en rencontre une qui m'enflamme à mon âge, sans que je puisse m'en défendre ? Eh bien ! monsieur, reprit le fils de la Coscolina, vous devez vous applaudir de l'aventure, au lieu de vous en plaindre ; vous êtes encore dans un âge où il n'y a point de ridicule à brûler d'une amoureuse ardeur, et le temps n'a point assez flétri votre front pour vous ôter l'espérance de plaire. Croyez-moi, quand vous reverrez don Juan, demandez-lui hardiment sa sœur : il ne peut la refuser à un homme comme vous ; et d'ailleurs, s'il faut absolument être gentilhomme pour épouser Dorothée, ne l'êtes-vous pas ? Vous avez des lettres de noblesse, cela suffit pour votre postérité : lorsque le temps aura mis sur ces lettres le voile épais dont il couvre l'origine de toutes les maisons, après quatre ou cinq générations, la race des Santillane sera des plus illustres.

CHAPITRE XIV.

Du double mariage qui fut fait à Lirias, et qui finit
enfin l'histoire de Gil Blas de Santillane.

Scipion m'encouragea par ce discours à me déclarer amant de Dorothée, sans songer qu'il m'exposoit à essuyer un refus. Je ne m'y déterminai néanmoins qu'en tremblant. Quoique je ne parusse pas avoir mon âge, et que je pusse me donner dix bonnes années de moins que je n'en avois, je ne laissois pas de me croire bien fondé à douter que je plusse à une jeune beauté. Je pris pourtant la résolution d'en risquer la demande sitôt que je verrois son frère, qui, de son côté n'étant pas sûr d'obtenir ma filleule, n'étoit pas sans inquiétude.

Il revint à mon château le lendemain matin dans le temps que j'achevois de m'habiller. Seigneur de Santillane, me dit-il, je viens aujourd'hui à Lirias pour vous parler d'une affaire sérieuse. Je le fis passer dans mon cabinet, où d'abord entrant en matière : Je crois, continua-t-il, que vous n'ignorez pas le sujet qui m'amène : j'aime Séraphine ; vous pouvez tout sur son père ; je vous prie de me le rendre favorable ; faites-moi obtenir l'objet de mon amour : que je vous doive le bonheur de ma vie. Seigneur don Juan, lui répondis-je, comme vous allez d'abord au fait, vous ne trouverez pas mauvais que je suive votre exemple, et qu'après vous avoir promis mes bons offices auprès du père de ma filleule, je vous demande les vôtres auprès de votre sœur.

A ces derniers mots, don Juan laissa éclater une agréable surprise, dont je tirai un augure favorable. Seroit-il possible, s'écria-t-il ensuite, que Dorothée eût fait hier la conquête de votre cœur ? Elle m'a charmé, lui dis-je, et je me croirai le plus heureux de tous les hommes si ma recherche vous plaît à l'un et à l'autre. C'est de quoi vous devez être assuré, me répliqua-t-il ; tout nobles que nous sommes, nous ne dédaignerons pas votre alliance. Je suis bien aise, lui repartis-je, que vous ne fassiez pas difficulté de recevoir pour beau-frère un roturier, je vous en estime davantage ; vous montrez en cela votre bon esprit : mais quand vous seriez assez vain pour ne vouloir accorder la main de votre sœur qu'à un noble, sachez que j'ai de quoi contenter votre vanité. J'ai travaillé vingt ans dans les bureaux du ministère ; et le roi, pour récompenser les services que j'ai rendus à l'état, m'a gratifié des lettres de noblesse que je vais vous faire voir. En achevant ces paroles, je tirai mes patentes d'un tiroir où je les tenois humblement cachées, et je les présentai au gentilhomme, qui les lut d'un bout à l'autre attentivement avec une extrême satisfaction. Voilà qui est bon, reprit-il en me les rendant : Dorothée est à vous. Et vous, m'écriai-je, comptez sur Séraphine.

Ces deux mariages furent donc ainsi résolus entre nous. Il ne fut plus question que de savoir si les futures y consentiroient de bonne grâce ; car don Juan et moi, également délicats, nous ne prétendions point les obtenir malgré elles. Ce gentilhomme retourna au château de Jutella pour me proposer à sa sœur ; et moi j'assemblai Scipion, Béatrix et ma filleule, pour leur faire part de l'entretien que je venois d'avoir avec ce cavalier. Béatrix fut d'avis qu'on l'acceptât pour époux sans hésiter ; et Séraphine fit connoître par son silence qu'elle étoit du sentiment de sa mère. Pour le père, il ne fut pas à la vérité d'une autre opinion ; mais il témoigna quelque inquiétude sur la dot qu'il faudroit, disoit-il, donner à un gentilhomme dont le château avoit un si pressant besoin de réparations. Je fermai la bouche à Scipion,

en lui disant que cela me regardoit, et que je faisois présent à ma filleule de quatre mille pistoles pour payer sa dot.

Je revis don Juan dès le soir même. Vos affaires, lui dis-je, vont à merveille ; je souhaite que les miennes ne soient pas dans un plus mauvais état. Elles vont aussi le mieux du monde, me répondit-il ; je n'ai pas été à la peine d'employer l'autorité pour avoir le consentement de Dorothée : votre personne lui revient, et vos manières lui plaisent. Vous appréhendiez de n'être pas de son goût, et elle craint, avec plus de raison, que n'ayant à vous offrir que son cœur et sa main..... Que voudrois-je de plus ? interrompis-je tout transporté de joie. Puisque la charmante Dorothée n'a point de répugnance à lier son sort au mien, c'est tout ce que je demande : je suis assez riche pour l'épouser sans dot, et sa seule possession comblera tous mes vœux.

Don Juan et moi, fort satisfaits d'avoir heureusement amené les choses jusque-là, nous résolûmes, pour hâter nos noces, d'en supprimer les cérémonies superflues. J'abouchai ce gentilhomme avec les parents de Séraphine ; et après qu'ils furent convenus des conditions du mariage, il prit congé de nous, en nous promettant de revenir le lendemain avec Dorothée. L'envie que j'avois de paroître agréable à cette dame me fit employer trois bonnes heures pour le moins à m'ajuster, à m'adoniser ; encore ne pus-je parvenir à me rendre content de ma personne. Pour un adolescent qui se prépare à voir sa maîtresse, ce n'est qu'un plaisir ; mais pour un homme qui commence à vieillir, c'est une occupation. Cependant je fus plus heureux que je ne le méritois : je revis la sœur de don Juan, et j'en fus regardé d'un œil si favorable, que je m'imaginai valoir encore quelque chose. J'eus avec elle un long entretien. Je fus charmé du caractère de son esprit, et je jugeai qu'avec de bonnes façons et beaucoup de complaisance, je deviendrois un époux chéri. Plein d'une si douce espérance, j'envoyai chercher deux notaires à Valence, qui firent le contrat de mariage ; puis nous eûmes recours au curé de Paterna, qui vint à Lirias, et nous maria, don Juan et moi, à nos maîtresses.

Je fis donc allumer pour la seconde fois le flambeau de l'hyménée, et je n'eus pas sujet de m'en repentir. Dorothée, en femme vertueuse, se fit un plaisir de son devoir ; et sensible au soin que je prenois d'aller au-devant de ses désirs, elle s'attacha bientôt à moi comme si j'eusse été jeune. D'une autre part, don Juan et ma filleule s'enflammèrent d'une ardeur mutuelle, et ce qu'il y a de singulier, les deux belles sœurs conçurent l'une pour l'autre la plus vive et la plus sincère amitié.

De mon côté, je trouvai dans mon beau-frère tant de bonnes qualités, que je me sentis naître pour lui une véritable affection, qu'il ne paya point d'ingratitude. Enfin, l'union qui régnoit entre nous étoit telle, que le soir, lorsqu'il falloit nous quitter pour nous rassembler le lendemain, cette séparation ne se faisoit pas sans peine ; ce qui fut cause que des deux familles nous résolûmes de n'en faire qu'une, qui demeureroit tantôt au château de Lirias, et tantôt à celui de Jutella, auquel, pour cet effet, on fit de grandes réparations des pistoles de son excellence.

Il y a déjà trois ans, ami lecteur, que je mène une vie délicieuse avec des personnes si chères. Pour comble de satisfaction, le ciel a daigné m'accorder deux enfants, dont l'éducation va devenir l'amusement de mes vieux jours, et dont je crois pieusement être le père.

FIN DU GIL BLAS.

HISTOIRE

DE

GUZMAN D'ALFARACHE.

PRÉFACE DU TRADUCTEUR.

Les auteurs espagnols mettent presque toujours à la tête des productions d'esprit qu'ils donnent au public des sonnets ou des acrostiches, ou bien des éloges en prose qui leur sont adressés par leurs amis; ce qui d'ordinaire ne fait pas plus d'effet sur les Castillans que les obligeantes approbations de nos livres en font sur les Français.

On a suivi cet usage lorsqu'on a imprimé l'histoire de Guzman d'Alfarache. Nous voyons, au commencement de la première partie, un long discours à la louange de ce roman et du célèbre Mateo Aleman, son auteur. Ce discours est d'un certain Alphonse de Barros, qui s'efforce de faire concevoir une grande opinion de cet ouvrage. Il loue d'abord les peintres qui gardent avec autant de soin dans leurs cabinets les portraits des insignes fripons que ceux des hommes vertueux. Il prétend que les premiers ne sont pas moins propres que ceux-ci à la correction des mœurs, parce que si les uns, par leur vertu, nous excitent à les imiter, les autres, par leurs mauvaises actions, nous inspirent de l'horreur pour le vice. « L'histoire de Guzman d'Alfarache, dit-il ensuite, parlant par enthousiasme, est admirable par la vraisemblance dont elle ne sort jamais, et par la variété des bonheurs et des disgrâces qui arrivent successivement au héros. » Il ajoute que Mateo Aleman mérite les titres « d'excellent historien et de prudent philosophe, par les instructions politiques et morales qu'il cache en habile

peintre sous des ombres; et qu'enfin il a mêlé l'utile et l'agréable, selon le conseil d'Horace. »

A la tête de la seconde partie, il y a un autre éloge d'Aleman, composé par Louis de Valdès, enseigne de la garde espagnole. Ce nouveau panégyriste nous apprend que ce fameux auteur étoit des environs de Séville; qu'après avoir exercé pendant plus de vingt années la charge de *Contador de resultas*, sous le règne de Philippe II, il quitta la cour, et fit entre autres ouvrages l'histoire fabuleuse de son Guzman.

Si l'on en croit ce Valdès, lorsqu'elle parut pour la première fois en Espagne, elle y fut reçue si favorablement, qu'on appela par excellence son auteur *le divin Espagnol*. Il en a été fait depuis ce temps-là vingt-six éditions. Elle a été traduite en italien, en françois; en allemand; et elle n'a guère moins plu dans toutes ces langues que dans la sienne. Il ne faut pas s'en étonner : tous les romans de cette espèce, pour peu qu'ils aient de sel et de gaîté, ont ordinairement une approbation générale.

D'où vient cela? c'est que les faits qu'ils contiennent sont des tableaux de la vie civile, des portraits qui corrigent sans qu'on s'en aperçoive, en offrant aux yeux des images qui, passant dans l'âme, y font plus d'impression que n'en pourroient faire tous les préceptes de la morale. En un mot, ils instruisent par l'exemple; et instruire ainsi, comme dit si joliment M. Dacier, c'est la fine fleur de la philosophie[1].

Véritablement il y a dans l'histoire de Guzman d'Alfarache beaucoup d'instructions de cette nature-là. Tantôt, par la peinture fidèle d'une action humaine, on vous avertit, en vous divertissant, que vous ne sauriez être trop en garde contre les femmes; et tantôt, dans un caractère ridicule, vous vous voyez comme dans un miroir. Mais l'auteur devoit s'en tenir à ces leçons ingénieuses, que Perse appelle parfaitement bien *une règle qui trompe*[2], et ne pas couper à tout moment le fil des aventures de son héros, pour se jeter dans de longues déclamations contre les mœurs. D'où il arrive que la plupart des lecteurs qui veulent suivre l'aventurier, voyant qu'il s'arrête à chaque pas pour leur faire essuyer un sermon, l'abandonnent comme un babillard qui les fatigue et les ennuie, malgré tout son esprit et la vivacité de ses censures.

Il me semble qu'un pareil précepteur de morale, quoi qu'en puisse dire Alphonse de Barros son ami, n'est pas un de ces habiles peintres qui cachent leurs leçons sous des ombres, et que ce n'est point de cette façon qu'Horace veut qu'on mêle l'utile avec l'agréable. *Quidquid præcipies, esto brevis,* dit ce grand poète. Que vos discours instructifs soient courts, autrement on ne les retiendra point. *Omne supervacuum pleno de pectore manat.* Tout ce qu'il y a de trop s'écoule. C'est autant de bien perdu. Au lieu qu'une instruction laconique, ne faisant que donner matière à des réflexions, laisse aux lecteurs le secret plaisir de les faire.

Aleman a donc trop chargé de moralités son Guzman d'Alfarache. Pour surcroît d'ennui, M. Bremont, qui l'a traduit, les a encore augmentées : surtout dans les endroits qui regardent les gens de justice, il ne finit point. Quand il tient par exemple un juge ou un greffier, il ne les lâche point qu'il n'en ait dit tout le mal qu'on en peut penser. Mais il faut le lui pardonner; on sait qu'il a fait sa traduction dans les prisons de Hollande : un prisonnier s'égaie volontiers aux dépens de ces messieurs; cela le soulage. Il n'est donc pas

étonnant que les trois quarts et demi du monde, perdant patience en lisant cet ouvrage, demeurent dégoûtés d'un livre qui deviendroit plus utile et plus amusant, si, sans lui rien ôter de ce qu'il a de solide, on pouvoit le dépouiller de son air dogmatique.

C'est ce que j'ai voulu essayer, après avoir été excité à ce travail par plusieurs personnes d'esprit, qui m'ont enfin déterminé à l'entreprendre, en m'assurant que je ferois plaisir au public de lui donner une traduction de Guzman d'Alfarache purgée des moralités superflues. Il m'a fallu, pour cet effet, abréger ou même retrancher les écarts de morale qui font perdre de vue le héros. M. Bremont auroit bien dû nous les ôter; mais il aimoit trop lui-même le verbiage, pour pouvoir se résoudre à nous rendre ce service : car ce n'étoit pas un traducteur assez timide pour respecter ce qui lui auroit déplu dans son original, comme on peut le voir par sa préface, où il s'applaudit des changements qu'il a faits. « J'ai, dit-il, passé le rabot sur plusieurs choses, et ajouté *de petites façons,* qui, sans vanité, n'ont pas gâté l'ouvrage. Ce n'est pas une petite affaire que d'un habit à l'espagnole en faire un à la française, et surtout d'un habit vieux. »

Il est constant que la différence des génies des deux nations peut justifier une grande partie des licences qu'il a prises. Sa traduction n'auroit pas été supportable, si elle eût été littérale. Aussi ne l'est-elle point du tout; et au lieu de ce qu'il a dit, il devoit plutôt dire qu'il a coupé en plein drap. Examinons en quoi consistent *ces petites façons,* qu'il se sait si bon gré d'avoir ajoutées à son original. Premièrement, il s'écarte presque à tout moment du texte, pour y faire des suppléments, qui sont à la vérité quelquefois si nécessaires, qu'il faut lui en tenir compte, quoiqu'il les fasse le plus souvent d'une manière trop diffuse.

Il est vrai que Mateo est quelquefois trop concis. S'il s'étend presque toujours plus qu'il ne faudroit lorsqu'il moralise, il rabat cela sur les actions comiques, qu'il raconte trop succinctement. On diroit qu'il appréhende que ses lecteurs ne lui sachent mauvais gré de chercher à les divertir. Il revient vite à ses réflexions sérieuses. Le copiste, pour éviter ce défaut, tombe dans un autre, en

<hr>

[1] M. Dacier, dans ses Remarques sur la satire IX du livre Ier d'Horace.

[2] *Fallere solers regula.* Perse, Sat. V.

mettant beaucoup du sien dans les aventures comiques ; ce qui va souvent si loin, que le *divin Espagnol* n'y a que la moindre part. J'en veux donner un exemple. C'est le tour que Fabia, dame romaine, joue à Guzman, quand il va lui parler la nuit de l'amour que l'ambassadeur d'Espagne a pour elle. M. Bremont en a fait l'épouse du comte Gabrieli des Ursins ; et oubliant sa qualité de traducteur, il a composé l'aventure à sa fantaisie. J'ai été plus scrupuleux que lui. J'ai copié Aleman dans cet endroit. Je crois que le public n'y perdra point assez pour m'en faire un reproche.

Je ne pense pas non plus qu'il s'avise de me chicaner sur la suppression de l'histoire de don Louis de Castro et de don Rodrigue de Montalve. Comme M. Scarron l'a tirée du livre de Guzman d'Alfarache, et qu'il en a fait une de ses meilleures nouvelles, il me siéroit mal d'être plus hardi que M. Bremont, qui, malgré *les petites façons* qu'il sait donner aux ouvrages espagnols, n'a pas osé courir le risque de la comparaison.

A l'égard de l'histoire de Daraxa, quoiqu'il ne l'ait pas fidèlement traduite, on ne laisse pas d'y reconnoître presque partout son modèle, et même il l'a fort embellie, en l'augmentant de quelques incidents agréables que j'ai conservés ; mais pour me servir de ses propres termes, j'ai passé à mon tour le rabot sur ses additions.

Pour l'histoire de Dorido et de Clorinia, qu'il appelle le comte de Palviano et Éléonore, il l'a chargée de tant d'événements de son invention, que ce n'est plus l'ouvrage de l'auteur espagnol, c'est le sien. Cependant cette histoire, telle que Mateo l'a écrite, toute simple qu'elle est, ne me paroît pas avoir besoin d'être plus composée ; aussi l'ai-je traduite presque à la lettre ; et l'on jugera peut-être, après qu'on l'aura lue, que M. Bremont auroit pu se passer de l'allonger.

Ce n'est pas que je fasse peu de cas des choses qui y sont ajoutées par ce traducteur ; au contraire j'avoue qu'elles sont ingénieusement imaginées, et qu'il a répandu partout un goût galant. Je dirai même encore à sa gloire que sa traduction, en général, est fort égayée et remplie d'expressions si heureuses, que si j'eusse affecté de les éviter toutes, mes lecteurs n'y auroient pas gagné. Je lui rends cette justice, et je déclare que je me suis moins attaché à parler autrement que lui, qu'à faire un ouvrage où les faits de Guzman fussent détaillés tous de suite, sans être interrompus par les dogmes éternels dans lesquels ils sont noyés.

C'est cela que je me suis proposé. Je n'ignore point qu'en retranchant toute la morale superflue de mon auteur espagnol je m'expose à révolter les esprits singuliers, qui ne manqueront pas de me faire un crime d'avoir hasardé une si grande opération : j'en connois entre autres quelques-uns qui n'aiment rien dans Guzman d'Alfarache que les moralités. Au lieu que presque tous les lecteurs les sautent, pour suivre les aventures du héros, ils passent eux les aventures, pour en venir aux déclamations. Vous avez beau combattre leur goût, bien loin de vouloir se laisser persuader, ils ne vous font pas même l'honneur de se défier de leur sentiment. Encore ceux-ci sont-ils du moins de bonne foi, puisqu'ils disent ce qu'ils pensent. Il y en a d'autres qui vantent les tirades de morale, quoiqu'ils n'aient jamais eu la patience de les lire.

Mais qu'il me soit permis de représenter à ces messieurs que je n'ai point fait pour eux ma traduction. Qu'ils s'en tiennent à la première, qui certainement a de quoi les contenter, et qu'ils souffrent sans murmure que la mienne amuse toutes les autres personnes qui ne sont pas de leur goût, c'est-à-dire tout le reste du monde.

LIVRE PREMIER.

CHAPITRE PREMIER.

AVANT-PROPOS.

Curieux lecteur, j'avois tant d'impatience de te conter mes aventures, qu'il s'en est peu fallu que je n'aie débuté par là, sans faire aucune mention de ma famille. Ce que quelque pointilleux dialecticien n'auroit pas manqué de me reprocher : N'allons pas si vite, ami Guzman, m'auroit-il dit ; commençons, s'il vous plaît, par la définition, avant que d'en venir au défini. Apprenez-nous d'abord quelles gens furent vos parents ; ensuite vous nous entretiendrez à loisir de ces beaux faits dont vous avez si grande démangeaison de parler.

Hé bien, pour faire les choses dans l'ordre, je vais donc mettre sur le tapis mes parents. Si je te racontois leur histoire, je suis sûr que tu la trouverois plus réjouissante que la mienne ; mais ne t'imagine pas que j'aille me donner carrière à leurs dépens, révéler tout ce que je sais d'eux : qu'un autre batte s'il veut les cartes, et se nourrisse de corps morts, comme la hyène ; pour moi je prétends, par respect pour la mémoire de mes parents, passer sous silence les choses qu'il ne me conviendroit pas de dire. Je veux même farder si bien celles que je rapporterai, qu'on dise de moi : *Béni soit l'homme qui couvre ainsi les défauts de ses proches.*

Véritablement leur conduite n'a pas toujours été irréprochable, et quelques-unes de leurs actions, entre autres, ont fait tant de bruit dans le monde, que j'entreprendrois en vain de les rendre blancs comme neige. Je démentirai seulement les gloses qui ont été faites sur le texte, car, Dieu merci, on aime aujourd'hui à commenter. Tout homme qui fait un conte, soit par malice, soit par vanité, y mêle ordinairement du sien, et toujours plus que moins. Telle est la bonne nature de notre esprit : il faut qu'il ajoute des choses de son propre fonds à celles qu'on attend de lui. Je veux t'en citer un exemple.

J'ai connu à Madrid un gentilhomme étranger qui aimoit les chevaux d'Espagne. Il en avoit deux fort beaux ; un aubère et un gris-pommelé. Il auroit souhaité de les emmener dans sa patrie ; mais il ne lui étoit pas permis ni même possible, à cause qu'il étoit d'un pays trop éloigné : il voulut du moins les emporter en peinture, pour sa propre satisfaction et pour les montrer à ses amis. Il chargea deux peintres fameux d'en peindre chacun un, leur promettant, outre le prix qu'ils conviendroient, de faire un présent à celui qui s'en acquitteroit le mieux.

L'un de ces grands ouvriers peignit l'aubère merveilleusement bien, et remplit le reste de sa toile de clairs et d'ombres. L'autre peintre ne tira pas le gris-pommelé avec tant de perfection ; mais, en récompense, il orna le haut de son tableau d'arbres, de nuages, d'admirables lointains, d'édifices ruinés ; et il peignit au bas une campagne pleine d'arbrisseaux, de prairies et de précipices. On voyoit encore dans un endroit un tronc d'arbre d'où pendoit un harnois de cheval, et au pied une selle à la genette, si bien représentée, que l'art ne pouvoit aller plus loin.

Quand le gentilhomme vit ces deux tableaux, il fut, avec raison, plus frappé de l'aubère que de l'autre, et commençant par payer celui-là, il donna sans marchander ce que l'ouvrier lui demanda, avec une bague par-dessus le marché. L'autre peintre voyant l'étranger si libéral, et croyant mériter encore mieux d'être récompensé que son confrère, mit son ouvrage à un prix excessif. Le cavalier en fut surpris, et lui dit : Mon ami, vous n'y pensez pas ; pourquoi voulez-vous que j'achète plus cher votre tableau, qui, sans contredit, est au-dessous de l'autre ? Au-dessous ! répondit le peintre. A la bonne heure pour le cheval : mon confrère peut m'avoir surpassé en cela ; mais les seuls arbrisseaux et les ruines qui sont dans mon tableau valent autant que le sien. Il n'étoit pas besoin, répondit le gentilhomme, que vous fissiez ces arbres et ces bâtiments ruinés ; il n'y a que trop de tout cela dans mon pays. En un mot, je ne vous ai ordonné que de peindre mon cheval.

Là-dessus le peintre lui voulut persuader qu'un cheval tout seul n'auroit pu faire qu'un très-mauvais effet dans un si grand tableau, au lieu que les ornements dont il l'avoit accompagné lui donnoient beaucoup de relief. D'ailleurs, ajouta-t-il, je n'ai pas cru devoir laisser le cheval sans selle et sans bride, et celles que j'ai faites sont telles, que je ne les troquerois pas contre d'autres toutes d'or. Encore une fois, dit l'étranger, je ne vous ai demandé qu'un cheval, et je veux bien vous payer le vôtre comme bon : à l'égard de la selle et de la bride, vous n'avez qu'à les vendre à qui vous voudrez. Ainsi l'ouvrier, pour avoir plus fait qu'on n'avoit exigé de lui, ne fut pas payé de sa peine.

Qu'il y a de peintres semblables dans le monde! On ne leur demande simplement qu'un cheval, et ils veulent absolument faire une selle et une bride. Encore une fois, les commentaires sont à la mode, et l'on n'épargne personne. Juge, lecteur, si l'on a respecté mes parents.

CHAPITRE II.

Quels furent les parents de Guzman, et particulièrement son père.

Mes aïeux et mon père étoient originaires du Levant, mais je les appellerai Génois, attendu que s'étant venus établir à Gênes, ils y furent agrégés à la noblesse. Ils s'attachèrent au négoce du change et du rechange, emploi ordinaire des nobles de cette ville. Il est vrai qu'ils s'en acquittèrent de façon qu'ils furent bientôt décriés. On les accusa d'usure. Ils prêtoient, disoit-on, de l'argent à gros intérêts sur de bonne argenterie pour un temps limité, passé lequel les gages, si l'on n'avoit pas été exact à les retirer, leur restoient : quelquefois même ils payoient de défaites les personnes qui venoient pour les reprendre dans le temps marqué, et l'on étoit presque toujours obligé de les appeler en justice pour les ravoir.

Mes parents s'entendirent plus d'une fois reprocher ces infamies ; mais comme ils étoient prudents et pacifiques, ils alloient toujours leur train : ils laissoient parler les médisants. En effet, quand on fait bien, pourquoi s'embarrasser du reste? Mon père fréquentoit les églises, portoit un rosaire de quinze dixaines, et dont les grains étoient plus gros que des noisettes. Il falloit le voir à la messe! Humblement prosterné devant l'autel, les mains jointes et les yeux tournés vers le ciel, il poussoit des soupirs avec tant d'ardeur, qu'il inspiroit de la dévotion à tous ceux qui se trouvoient autour de lui. N'est-ce pas lui faire une horrible injustice, que de croire, sur de si beaux dehors, qu'il étoit capable des vilains trafics dont on l'accusoit? Ce n'est point aux hommes, mais à Dieu seul, qu'il appartient de juger du cœur d'un homme. J'avoue que si pendant la nuit je voyois un religieux armé d'une épée entrer par une fenêtre dans une maison suspecte, je pourrois le soupçonner de n'avoir pas de bonnes intentions; mais que l'on taxe d'hypocrisie un homme en lui voyant faire des actions chrétiennes, c'est une malignité que je ne puis souffrir.

Quoique mon père se fût bien promis de mépriser tous les bruits qu'on faisoit courir de lui dans Gênes, il n'en eut pourtant pas toujours la force. Pour les faire cesser, ou du moins pour ne plus les entendre, il résolut de s'éloigner de cette ville. Il eut encore, à la vérité, un autre sujet de prendre cette résolution : il apprit que son correspondant à Séville venoit de faire banqueroute, et lui emportoit une somme assez considérable. A cette fâcheuse nouvelle, voulant courir après le fripon, il s'embarqua sur le premier vaisseau qui partit pour l'Espagne; mais, pour son malheur, il rencontra des corsaires d'Alger qui le firent esclave, avec toutes les personnes qui étoient avec lui.

Le voilà donc dans les fers, fort affligé d'avoir perdu la liberté et de se voir hors d'espérance de rattraper son argent. Dans son désespoir il prit le turban, et, par des manières insinuantes qui produisent partout un bon effet, ayant eu le bonheur de plaire à une riche dame d'Alger, il l'épousa.

Cependant on apprit à Gênes qu'il avoit été enlevé par des pirates, et cette nouvelle parvint jusqu'aux oreilles de son correspondant à Séville. Ce voleur en eut d'autant plus de joie, qu'il crut le Génois en esclavage pour toute sa vie. Ainsi, se regardant comme débarrassé d'un homme qui étoit son principal créancier, et se voyant de l'argent de reste pour satisfaire les autres tant bien que mal, il ne tarda guère à s'accommoder avec eux. De sorte qu'après avoir payé ses dettes, suivant le tarif des banqueroutiers, il se trouva plus en état que jamais de reprendre son premier train.

D'une autre part, mon père, sans cesse occupé de la banqueroute de son correspondant, ne manquoit pas d'écrire en Espagne toutes les fois qu'il en avoit occasion. Il apprit un jour que son débiteur avoit rajusté ses affaires, et qu'il étoit dans une plus belle passe qu'auparavant. Cela réjouit un peu notre captif, qui se flatta dès ce moment d'en tirer pied ou aile. Il est vrai qu'il avoit endossé l'habit turc et pris pour femme une Algérienne; mais rien ne lui paroissoit plus aisé que de sortir de cet embarras. Il commença par persuader à la dame de faire de l'argent comptant de tous ses effets, parce qu'il avoit envie, lui dit-il, de se mettre en état de commercer. A l'égard des pierreries qu'elle pouvoit avoir, il n'étoit nullement en peine de les lui ravir, sans qu'elle eût le moindre soupçon de son dessein.

Lorsqu'il eut tout disposé pour faire son coup de ce côté-là, il ne songea plus qu'à s'assurer de quelque capitaine chrétien qui voulût bien, par compassion et pour quelque argent, le jeter sur les côtes d'Espagne, et il fut assez heureux pour en rencontrer un. C'étoit un Anglois, homme très-pitoyable et fort pieux, comme ceux de sa nation le sont pour la plupart. Ils prirent ensemble de si justes mesures, que mon père étoit déjà bien loin avec son trésor, avant que sa femme s'aperçût de sa fuite. Pour surcroît de bonheur, le vaisseau alloit à Malaga, d'où il n'y a jusqu'à Séville que trois petites journées. Mon père s'imaginoit tenir déjà son banqueroutier, et cette imagination lui causoit une joie qui devint parfaite quand il fut à terre. Il se réconcilia d'abord avec l'Église, moins peut-être de peur d'être puni de sa faute en l'autre monde que d'être obligé d'en faire pénitence en celui-ci.

Dès qu'il se vit hors d'une affaire si importante, il s'occupa tout entier de celle de Séville, où il ne manqua pas de se rendre en diligence. On avoit eu nouvelle dans cette ville qu'il avoit embrassé le mahométisme, et son correspondant en étoit si persuadé, qu'il jouissoit de son argent sans avoir la moindre crainte d'être un jour contraint à le lui restituer. Aussi c'est une chose plaisante à se représenter que la surprise où il fut de voir le Génois un beau matin entrer chez lui d'un air et sous un habillement qui ne sentoit point l'esclave. Il crut, pendant quelques moments, que c'étoit un fantôme qui lui apparoissoit sous la figure de son principal créancier; mais ayant reconnu, malgré lui, que c'étoit mon père en chair et en os, il demeura bien sot. Il fallut en venir aux éclaircissements. Alors le banqueroutier, payant d'audace, convint qu'il étoit juste de compter; mais ils avoient eu ensemble un si grand commerce, que cela demandoit une longue discussion : j'ajouterai même, et je le puis hardiment, que dans ce commerce ils avoient fait l'un et l'autre mille friponneries dont eux seuls avoient connoissance; et comme les tours de passe-passe ne se marquent pas sur les livres, mon scélérat de correspondant eut la hardiesse d'en nier les trois quarts, contre cette bonne foi que les voleurs se gardent si religieusement les uns aux autres.

Que te dirai-je enfin? Après bien des paperasses lues et relues, après une infinité de demandes et de réponses accompagnées de reproches et d'injures réciproques, l'accommodement fut que le banqueroutier rendroit une partie, et que son créancier ne perdroit pas tout. De l'eau tombée on en ramasse ce qu'on peut, et certainement mon père

avoit agi fort prudemment de s'être fait guérir à Malaga de sa gale d'Alger. S'il n'eût pas pris cette précaution, il ne tenoit rien; il n'auroit pas touché une blanque de sa dette. Un homme du caractère de son correspondant auroit bien pu lui jouer quelque mauvais tour à Séville : peut-être eût-il donné la moitié de sa dette aux bons religieux de la Sainte-Inquisition pour lui faire faire son procès. On peut juger de la disposition où il étoit à son égard par tous les bruits désavantageux qu'il répandit de lui dans cette capitale de l'Andalousie. Quelles sottises ne dit-il pas à tous les marchands du change, au sujet de deux misérables banqueroutes que le Génois avoit faites, et qui véritablement avoient été un peu frauduleuses ! Mais les négociants en font-ils d'autres? et faut-il tant crier contre un malheureux commerçant qui, pour raccommoder ses affaires dérangées, a recours à une petite banqueroute? Ce n'est rien entre marchands; ils ne font que se le prêter et se le rendre les uns aux autres. Dans le fond, si c'étoit un si grand mal, la justice ne prendroit-elle pas soin d'y remédier? Sans doute. Nous la voyons bien quelquefois, tant elle est sévère, faire fouetter et envoyer des pauvres aux galères pour moins de cinq ou six réaux.

Notre enragé de correspondant ne fut pas satisfait d'avoir diffamé mon père en divulguant les deux banqueroutes; il poussa la malignité jusqu'à vouloir lui donner un ridicule dans le monde, en disant qu'il avoit plus de soin de sa personne qu'une vieille coquette, et que son visage étoit toujours couvert de rouge et de blanc. Je conviens que mon père se frisoit et se parfumoit; il étoit idolâtre de ses dents et de ses mains: enfin il s'aimoit, et, ne haïssant pas les femmes, il ne négligeoit rien de tout ce qu'il croyoit devoir leur rendre sa personne agréable. Il donna par là beau jeu à notre correspondant, qui lui fit d'abord quelque tort; mais sitôt que mon père fut un peu plus connu dans Séville, il sut effacer toutes les mauvaises impressions que la médisance avoit faites. Il se conduisit d'une manière si honnête, et affecta de montrer dans ses actions tant de droiture et de bonne foi, qu'il gagna l'estime et l'amitié des meilleurs marchands de cette ville.

Il pouvoit bien avoir en tout la valeur de quarante mille livres, tant de ce qu'il avoit arraché des griffes de son correspondant que de ce qu'il avoit apporté d'Alger : ce qui n'étoit pas une petite somme pour lui, qui savoit à merveille trancher du gros négociant. Personne à la bourse ne faisoit autant de bruit que lui; si bien, qu'après quelques années il fut en état d'acheter une maison à la ville et une autre à la campagne. Il les meubla toutes deux magnifiquement, et surtout sa maison de plaisance qui étoit à Saint-Jean d'Alfarache, dont j'ai pris la seigneurie. Mais comme il aimoit fort les plaisirs, cette maison le ruina par les fréquentes occasions qu'elle lui fournit de faire de la dépense. Insensiblement il négligea ses affaires, s'en reposa sur des commis, et, pour soutenir la figure qu'il faisoit, il s'avisa de jouer et de faire jouer chez lui de riches marchands qu'il engageoit au jeu, après les avoir régalés, et qui avoient toujours le malheur de perdre leur argent.

CHAPITRE III.

Guzman raconte comment son père fit connoissance avec une dame, et ce qu'il en arriva.

Telle étoit la vie que menoit mon père, lorsque, se trouvant un jour dans la place du Change avec plusieurs de ses confrères, il découvrit de loin un baptême qui alloit à Saint-Sauveur, et qui paroissoit être de personnes de condition. Tout le monde s'empressa d'abord à le voir passer, et cet empressement venoit de ce qu'on disoit tout bas que c'étoit un enfant de qualité qu'on portoit à l'église pour y être baptisé à petit bruit.

Mon père le suivit comme les autres jusque dans Saint-Sauveur. Il s'approcha des fonts de baptême, moins pour être spectateur de la cérémonie qui se préparoit, que pour observer une dame qu'un vieux commandeur conduisoit, et qui, selon toutes les apparences, devoit nommer l'enfant avec ce cavalier suranné. La dame avoit la taille belle et très-bon air. Le Génois en fut frappé. Quoiqu'en négligé, elle avoit des grâces qu'il admiroit; et comme elle se découvrit un instant, il vit un visage qui acheva de le charmer. Aussi n'y avoit-il point à Séville de femme plus aimable. Il eut toujours la vue attachée sur la dame, qui s'en aperçut avec plaisir; car les belles ne sont pas fâchées qu'un homme les regarde, quand il seroit de la lie du peuple. Elle examina de son côté le marchand avec beaucoup d'attention; et ne le jugeant pas indigne d'être favorisé d'un tendre regard, elle lui en lança un qui fit sur lui tout l'effet qu'elle désiroit. Il en fut si troublé, si hors de lui-même, qu'il ne savoit plus où il en étoit. Il n'oublia pas néanmoins, malgré le désordre où il se trouvoit, de la faire suivre après la cérémonie, pour être informé de sa demeure et de sa condition. Il apprit qu'elle étoit la maîtresse de ce commandeur, qui la logeoit chez lui et l'entretenoit à grands frais du bien des pauvres, je veux dire des biens ecclésiastiques qu'il retiroit de deux ou trois gros bénéfices qu'il possédoit.

Mon père fut d'autant plus satisfait de cette heureuse découverte, qu'il étoit persuadé qu'une pareille commère ne pouvoit pas être fort contente

de son vieux compère. Dans cette pensée, il chercha toutes les occasions de la revoir et de lui parler; mais il eut beau tous les matins courir les églises, dans l'espérance de la retrouver, il ne put jamais la rencontrer sans son amoureux vieillard, qui ne pouvoit la perdre de vue. Toutes ces difficultés ne servirent qu'à irriter les feux du nouveau galant et qu'à lui aiguiser l'esprit. Il fit si bien, à force de présents et encore plus de promesses, qu'il gagna une duègne telle qu'il la lui falloit pour réussir dans son entreprise. C'étoit une bonne vieille qui entroit librement chez le commandeur, à la faveur d'un rosaire qu'elle avoit toujours à la main. Tout vieux routier qu'il étoit, il ne se défioit nullement d'elle. Cette fausse dévote, vrai suppôt de Satan, mit le feu aux étoupes en parlant sans cesse à la dame de l'amour et de la persévérance du Génois, dont elle ne manquoit pas de lui exagérer le mérite. La dame n'étoit pas tigresse : elle prêta volontiers l'oreille aux discours de la vieille, et la chargea même de dire au nouvel amant qu'il pouvoit tout espérer. Il est constant qu'elle penchoit plus de ce côté-là que de l'autre. Le commandeur étoit un personnage fort dégoûtant, incommodé de la gravelle et souvent de la goutte; et le marchand paroissoit un jeune gaillard alerte et vigoureux. Il n'y avoit point à balancer entre eux pour une jolie femme. Mais comme la prudente dame aimoit encore plus par intérêt que par tendresse de cœur, elle ne laissa pas de se trouver embarrassée. Elle faisoit trop bien ses affaires avec son vieillard, pour avoir envie de perdre sa pratique, et en même temps, se voyant jour et nuit obsédée de ce jaloux, elle désespéroit de pouvoir impunément entretenir un commerce secret avec le Génois.

Cependant cette dame et celui-ci convinrent de leurs faits par l'entremise de la duègne; après quoi, il ne fut plus question que du moyen dont ils se serviroient pour avoir une entrevue et de l'endroit où ils l'auroient : mais rien n'est impossible à l'amour. Dès que deux amants sont d'accord, les montagnes mêmes se séparent pour leur ouvrir un passage. La dame, qui étoit une maîtresse femme, imagina l'expédient que je vais te rapporter. Elle proposa au bon commandeur de s'aller promener à Gelves, où il avoit une maison de plaisance, et d'y passer la journée. C'étoit dans le beau temps. Le galant suranné accepta la proposition, moins par complaisance que parce qu'elle étoit fort de son goût. Ils avoient déjà fait tous deux cette partie plus d'une fois, et le vieillard se plaisoit infiniment à cette campagne. L'Andalousie, sans contredit, est le plus agréable pays de toute l'Espagne, et l'Andalousie n'a point de quartier si charmant, ni qu'on puisse appeler à plus juste titre le paradis terrestre, que Gelves et Saint-Jean d'Alfarache, qui sont deux villages voisins, que le Guadalquivir arrose de ses eaux. Cette fameuse rivière fait tant de détours autour d'eux, qu'on diroit qu'elle s'en éloigne à regret : aussi trouvez-vous là des jardins, des fleurs, des fruits, des bocages, des fontaines, des grottes, des cascades, en un mot, tout ce qui peut délicieusement flatter la vue, le goût et l'odorat.

La partie faite, on en arrêta le jour; et quand il fut arrivé, on envoya de grand matin des domestiques à Gelves, pour y préparer toutes choses. Quelques heures après, le commandeur et sa mignonne se mirent en chemin avec la duègne, qui étoit de toutes les fêtes et qui ne fut point de trop à celle-là, tous trois montés sur de pacifiques mules et suivis de deux valets. Lorsqu'ils furent à quatre ou cinq cents pas de la maison de plaisance de mon père, devant laquelle il falloit passer, il prit tout-à-coup à la jeune dame une colique de commande si violente, qu'elle pria le vieillard d'ordonner qu'on fît halte là, s'il ne vouloit la voir mourir; puis, se laissant aller de dessus sa selle tout doucement à terre, comme une personne à demi-morte, elle demanda d'une voix foible qu'on la délaçât, en disant qu'elle n'en pouvoit plus. Le vieux soupirant, qui faisoit assez connoître la vive douleur dont son âme étoit saisie, ne savoit que dire, ni encore moins que faire, pour secourir sa maîtresse; mais la vieille, jouant alors son rôle, représenta d'un air prude à la dame, que la bienséance ne permettoit pas de la soulager sur un grand chemin; outre que le lieu n'étoit pas commode pour cela, qu'il valoit beaucoup mieux qu'elle se traînât comme elle pourroit, ou se laissât porter jusqu'à la maison qu'ils voyoient assez près de là, et qui, selon toutes les apparences, appartenoit à d'honnêtes gens : qu'ils ne refuseroient pas, s'ils étoient chrétiens, de donner quelque secours à une dame qui en avoit si grand besoin. Le commandeur approuva l'avis de la duègne; et la bonne pièce de malade dit là-dessus qu'on fît d'elle tout ce qu'on voudroit; mais qu'il ne lui étoit pas possible, avec les cruelles douleurs qu'elle sentoit, de marcher jusque-là. Aussitôt les deux valets la prirent entre leurs bras pour la porter, tandis que le vieillard affligé alloit devant pour parler aux personnes de cette maison, et les engager, par ses prières, à y recevoir sa dame pour quelques heures.

Je t'ai déjà dit, ami lecteur, que cette maison étoit celle de mon père. Il y avoit dedans une vieille gouvernante à laquelle il en avoit confié le soin, et qui en savoit pour le moins aussi long que lui. Il n'eut pas besoin de lui donner d'amples instructions sur ce qu'elle devoit faire pour le servir. D'abord qu'elle entendit frapper à la porte,

elle y courut; et feignant d'être étonnée de voir un homme qu'elle ne connoissoit point, elle lui demanda, comme en tremblant, ce qu'il souhaitoit. Je voudrois, lui répondit le cavalier, qu'une dame que je conduis à Gelves, et qui vient de se trouver mal à quelques pas d'ici, pût, sans vous incommoder, se reposer un moment chez vous, et que vous nous permissiez de la soulager par quelque remède. S'il ne s'agit que de cela, reprit la gouvernante, vous aurez tout lieu d'être content; il n'y a dans cette maison que des gens de bien, et qui se plaisent à exercer la charité. Comme elle achevoit ces paroles, la prétendue malade, que les deux valets apportoient, arriva. Vous la voyez, s'écria douloureusement le commandeur; il vient de lui prendre tout à l'heure une maudite colique dont elle est prête à mourir. Entrez, seigneur cavalier; entrez, madame, dit la gouvernante. Soyez tous deux les bienvenus; je suis fâchée seulement que mon maître ne soit pas ici pour vous recevoir : il n'épargneroit rien pour vous traiter de la manière dont vous paroissez mériter de l'être; mais, en son absence, je vais remplir le mieux qu'il me sera possible les devoirs de l'hospitalité.

La première chose que fit la gouvernante fut de faire porter la malade dans une fort belle chambre où il y avoit un magnifique lit, qui n'étoit qu'à demi garni, et qu'on avoit exprès mis en cet état, pour ôter au vieux jaloux tout sujet de soupçonner le tour qu'on lui jouoit. Mais tout étant prêt, draps parfumés, oreillers fins et couvertures de satin piquées, on eût bientôt préparé le lit, et couché dedans la dame, qui ne cessoit de se plaindre de l'opiniâtreté de son mal. La gouvernante et la duègne, également disposées à faire de bonnes œuvres, commencèrent, comme à l'envi, à chauffer des linges, que la dame poussoit doucement vers ses pieds, à mesure qu'on les lui mettoit sur le ventre; sans quoi elle auroit été indubitablement incommodée de cette chaleur, puisque, malgré tout le soin qu'elle prenoit de s'en défendre, peu s'en fallut qu'elle n'eût des vapeurs. On lui fit aussi avaler du vin chaud, dont elle se seroit fort bien passée; de sorte que, pour prévenir quelque autre remède qui auroit pu lui être encore plus désagréable, elle témoigna qu'elle se sentoit soulagée, et que, si on la laissoit en repos seulement un quart d'heure, elle seroit entièrement guérie. Le bon vieillard fut bien aise qu'elle eût envie de reposer : cela lui parut une marque certaine qu'elle se portoit mieux. Ainsi, pour lui donner la satisfaction qu'elle demandoit, il sortit de la chambre, dont il n'oublia pas de fermer la porte, recommandant aux domestiques de ne point faire de bruit. La duègne seule demeura par son ordre auprès de la malade, comme une garde dont elle pourroit avoir affaire. Pour lui, il alla se promener dans le jardin, en attendant l'heureux moment de revoir sa chère maîtresse délivrée de sa colique.

Il est, je crois, inutile de te dire que mon père pendant ce temps-là étoit dans cette maison, où je puis t'assurer qu'il ne dormoit pas. Il se tenoit caché dans un cabinet, d'où, après avoir entendu tout, et aperçu par une fenêtre le commandeur dans le jardin, il se glissa dans la chambre de la jeune dame par une petite porte que couvroit une tapisserie. La duègne, de peur de surprise, se mit en sentinelle d'un côté, tandis que de l'autre la gouvernante, suivant les ordres qu'elle avoit reçus, observoit le vieux jaloux. Alors les deux amants, croyant n'avoir rien à craindre, eurent ensemble une tendre et vive conversation, qui dura deux bonnes heures, et à laquelle, si je ne me trompe, je dois la naissance.

Déjà le soleil commençoit à se faire sentir dans le jardin, malgré l'ombrage des bosquets et la fraîcheur des eaux. Le vieux galant, n'y pouvant plus résister, et avec cela plein d'impatience d'apprendre des nouvelles de sa nymphe, prit le parti de regagner la maison; mais il y retourna d'un pas si grave, que les deux surveillantes eurent tout le loisir d'en avertir le Génois, qui se renferma promptement dans le cabinet. La dame, que je puis désormais appeler ma mère, fit semblant d'être encore toute endormie, quand le vieillard entra dans sa chambre; et comme si le bruit qu'il avoit fait en entrant l'eût réveillée, elle se plaignit de ce qu'il n'avoit pas la complaisance de la laisser reposer un quart d'heure. Comment, un quart d'heure! s'écria-t-il. Par vos beaux yeux, ma mie, il y a plus de deux mortelles heures que vous dormez. Non, non, répliqua-t-elle, il n'y en a pas seulement une demie; il me semble que je ne fais que de m'endormir : mais quelque temps qu'il y ait, ajouta-t-elle, je sens que je n'ai jamais eu plus besoin de repos. Peut-être disoit-elle la vérité, quoiqu'elle ne parlât ainsi que pour mentir. Elle prit pourtant un air gai, en assurant le commandeur qu'elle se portoit beaucoup mieux, grâces aux remèdes qu'on lui avoit donnés : ce qui causoit une joie infinie au bon homme. Il proposa lui-même à sa fidèle maîtresse de passer la journée en cet endroit, attendu que la chaleur étoit devenue trop grande pour qu'ils osassent se remettre en chemin, et que d'ailleurs ils se trouvoient dans une maison plus jolie que celle où ils avoient compté d'aller. La dame fut assez complaisante pour y consentir, à condition toutefois que les personnes du logis l'auroient pour agréable. Là-dessus le vieux galant en demanda la permission à la gouvernante, qui lui répondit qu'il pouvoit faire dans cette maison tout ce qu'il jugeroit à propos: que son maître, bien loin de le trouver mauvais, en seroit ravi. Les voilà donc résolus de s'arrêter là. Aussitôt ils envoyèrent un de leurs valets à leur maison de Gelves, avec ordre de dire aux autres domestiques, qui y étoient déjà, de se rendre auprès d'eux avec leurs provisions.

Tandis que le commandeur s'occupoit de ces soins, mon père sortit de la maison à la dérobée, monta vite à cheval et piqua vers Séville, pour se montrer seulement à la bourse, et s'en revenir ensuite souper et coucher à Saint-Jean d'Alfarache : ce qu'il avoit coutume de faire presque tous les soirs. Le temps lui parut un peu long; mais outre qu'il devoit être assez content de sa journée, il hâta son retour et arriva sur les six heures à sa maison de plaisance. Son rival suranné s'empressa d'aller au-devant de lui pour le prier d'excuser la liberté qu'il avoit prise. Grands compliments de part et d'autre, surtout de celle de mon père, à qui les belles paroles ne coûtoient rien, et qui, par ses manières honnêtes et polies, enleva tout-à-coup le cœur du vieillard. Ce bon homme le conduisit lui-même à la dame, qui venoit d'entrer dans le jardin, où, si l'on ne pouvoit pas encore se promener, on n'étoit pas du moins fort incommodé du soleil. Le rusé marchand la salua comme une personne qui lui auroit été inconnue; elle le reçut avec tant de dissimulation, qu'on eût dit qu'elle ne l'avoit vu de sa vie

En attendant l'heure de la promenade, ils entrèrent tous trois dans un cabinet de verdure, où il faisoit d'autant plus frais, qu'il étoit sur le bord de la rivière. Ils se mirent à jouer à la prime, et la dame gagna; le Génois étant trop galant pour ne pas se laisser perdre. Après le jeu, ils firent plusieurs tours d'allées, et le plaisir de la promenade fut suivi d'un bon souper, qui dura si longtemps, qu'ils ne se levèrent de table que pour s'en retourner par eau à Séville, dans une petite barque ornée de feuillages et de fleurs. Cette barque appartenoit à mon père, qui l'avoit fait ajuster ainsi pour se rendre plus agréablement de sa maison de campagne à la ville : ce qui lui arrivoit quelquefois. Pour comble de satisfaction, ils entendirent des concerts de musique agréables, formés par des chanteurs et des joueurs d'instruments qui descendoient comme eux le Guadalquivir dans un bateau qui suivoit le leur. Enfin la dame et son vieux galant, après s'être fort réjouis, remercièrent le marchand de la généreuse réception qu'il leur avoit faite. Le commandeur particulièrement en étoit si pénétré de reconnoissance, qu'il s'imaginoit ne pouvoir assez le lui témoigner; et je crois qu'il n'auroit jamais pu se résoudre à le quitter, sans l'espérance qu'il avoit de le revoir le lendemain, tant il avoit conçu d'amitié pour lui dès ce jour-là.

Cette amitié fut si bien ménagée par la dame et par le Génois, qu'elle ne finit qu'avec la vie du commandeur, lequel, à la vérité, n'alla pas loin depuis ce temps-là. C'étoit un corps usé, un vieux pêcheur qui avoit fait un usage immodéré des plaisirs, sans s'embarrasser si l'on trouveroit cela bon dans ce monde, et sans craindre qu'on le trouvât mauvais dans l'autre. J'avois déjà quatre ans quand il mourut; mais je n'étois pas son seul héritier au logis. Le bon homme avoit eu d'autres enfants de quelques maîtresses qu'il avoit entretenues avant ma mère, et nous étions tous chez lui comme des pains de dîmes, chacun de sa fournée. Dans le fond, peut-être n'étoit-il pas plus leur père que le mien. Quoi qu'il en soit, comme j'étois le plus jeune de mes frères, et que la foiblesse de mon âge ne me permettoit pas de me servir de mes mains aussi bien qu'eux, j'aurois eu peu de part à l'héritage du défunt, si je n'avois pas eu dans ma mère une personne fort propre à suppléer à ce défaut. Mais c'étoit une femme d'Andalousie, c'est tout dire. Elle n'avoit point attendu, pour faire son paquet, que le vieillard fût mort. Dès qu'elle l'avoit vu abandonné des médecins, elle s'étoit saisie du plus beau et du meilleur, ne laissant à mes cohéritiers que des guenilles. Étant maîtresse dans la maison, et ayant les clefs de tout, il lui avoit été facile de divertir les effets les plus précieux. Le jour qu'il mourut, on fit un ravage effroyable dans sa maison. Dans le temps qu'il rendoit l'âme, on lui prit jusqu'aux draps de son lit. Dans ses derniers moments tout fut pillé et enlevé. Il ne restoit que les quatre murailles, lorsque les parents arrivèrent la gueule, comme on dit, enfarinée. Ils eurent beau regarder partout, ils virent bien qu'on les avoit prévenus, et il leur fallut encore, par honneur, faire les frais des funérailles. Elles furent, je l'avoue, très-modestes, et l'on n'y répandit point de larmes. On ne pleure pas les morts qui ne laissent rien : c'est aux héritiers seuls à paroître affligés; ils sont payés pour cela.

Les parents du commandeur avoient pourtant compté sur une riche succession. Ils ne pouvoient comprendre comment un homme qui avoit plus de quinze mille livres de rente en bénéfices mouroit dans un état si misérable. Ils avoient vu sa maison meublée d'une manière convenable à sa qualité. Ils ne doutèrent point qu'on n'eût volé ses effets. Ils firent faire sur cela de grandes informations. Peine inutile ! Ils eurent recours ensuite aux monitoires, qui furent affichés aux portes des églises, où ils sont encore. Les voleurs ont l'estomac bon ; ils ne rendent jamais ce qu'ils ont pris :

les excommunications ne les épouvantent point. Après tout, ma mère avoit une très-bonne raison pour posséder sans inquiétude les nippes du commandeur; car, peu de temps avant qu'il mourût, il lui disoit quelquefois, quand il visitoit son coffre-fort ou ses bijoux, ou qu'il faisoit emplette de quelque beau meuble : « Tenez, mon cher cœur, » tout ceci vous appartient. » Quand ces donations, qu'elle regardoit comme faites en bonne forme, n'auroient pas été capables de lui mettre la conscience en repos, elle croyoit qu'une jolie femme, qui avoit pu se résoudre à passer quelques années avec un vieillard dégoûtant, méritoit bien d'en être l'héritière. Aussi d'habiles docteurs, qu'elle consulta sur ce point, levèrent tous ses scrupules, en l'assurant que c'étoit une chose qui lui étoit due.

CHAPITRE IV.

Le père de Guzman se marie, et meurt peu de temps après son mariage. Suite de cette mort.

Après la mort du commandeur, à qui Dieu fasse miséricorde, sa chaste veuve eut un galant, et moi un père tout retrouvé, dans la personne du Génois, qui devint à son tour le patron de la case. Cette habile femme avoit eu l'adresse de leur persuader à tous deux en particulier que j'étois leur fils, tantôt en disant à l'un que j'étois sa vivante image, et tantôt en disant à l'autre que lui et moi nous nous ressemblions comme deux œufs. Heureusement je ne pouvois manquer d'être d'un sang noble, soit que je dusse mon existence au commandeur, soit que je fusse de la façon du Génois. Pour du côté maternel, je suis d'une noblesse incontestable. J'ai cent fois ouï dire à ma mère que mon aïeule, qui toute sa vie s'étoit piquée de chasteté comme elle, comptoit parmi ses alliés tant d'illustres seigneurs, qu'on auroit pu faire de sa famille un arbre généalogique aussi grand que celui de la maison de Tolède.

Malgré tout cela, je ne voudrois pas jurer que ma discrète mère n'eût point un troisième galant de race roturière : une femme qui ne se fait pas une affaire de tromper un homme est bien capable d'en tromper deux. Mais par instinct, ou sur la bonne foi de ma mère, j'ai toujours regardé le noble Génois comme le véritable auteur de ma naissance. Je puis t'assurer que de son côté, mon père ou non, il nous aimoit, ma mère et moi, avec une extrême tendresse. Il le fit assez connoître par la résolution hardie qu'il s'avisa de prendre : il résolut d'épouser cette dame, que l'on appeloit, dans Séville, *la commandeuse*. Il n'ignoroit pas la réputation qu'elle avoit, ni qu'il alloit se faire montrer au doigt dans la ville. Qu'importe ? c'étoit un homme qui savoit bien ce qu'il faisoit.

Dès le temps qu'il lia connoissance avec elle, ses affaires commençoient à se gâter, et cette galanterie ne servit pas à les améliorer. La dame, qui étoit fort ménagère, et encore plus friponne, avoit si bien su mettre à profit les faveurs qu'elle avoit accordées, qu'elle possédoit au moins dix mille bons ducats. Avec une somme si considérable, mon père se sauva d'une nouvelle banqueroute qu'il étoit sur le point de faire, et se trouva plus en état que jamais de figurer parmi les gros négociants. Il aimoit le faste, l'éclat et le bruit; c'étoit là sa passion dominante : mais comme il ne pouvoit la satisfaire long-temps sans retomber dans le même embarras d'où l'argent de ma mère l'avoit tiré, il arriva, quelques années après son mariage, qu'il se vit obligé de faire sa dernière banqueroute. Je dis sa dernière, car, se voyant alors sans ressource, et dans l'impuissance d'entretenir sa famille sur un bon pied, il aima mieux se laisser mourir de chagrin que de survivre à sa prospérité.

La vie eut plus de charmes pour ma mère, qui soutint avec assez de fermeté le changement de notre fortune. Cependant la mort de mon père l'affligea vivement. Nos maisons n'étoient plus à nous : il avoit fallu les abandonner aux créanciers. Il ne nous restoit de tous nos biens que quelques bijoux avec une grande quantité de meubles assez beaux ; ma mère en fit de l'argent, et prit le triste parti de se retirer dans une petite maison pour y vivre tranquillement. Ce n'est pas qu'elle n'eût pu soutenir encore notre ménage par de nouvelles galanteries : quoiqu'elle eût déjà quarante ans, elle s'étoit toujours si bien conservée, que ce n'étoit pas une conquête à dédaigner; mais elle auroit été obligée de faire les avances, et c'est à quoi elle ne pouvoit se résoudre, après avoir vu toute sa vie les hommes rechercher ses bonnes grâces avec empressement. Cette noble fierté s'accordoit si mal avec nos affaires domestiques, qu'elles empiroient à vue d'œil.

Je ne doute pas que ma mère n'ait mille et mille fois souhaité d'avoir une fille au lieu de moi, et véritablement cela eût été plus avantageux pour elle; une fille lui auroit servi de support, comme elle avoit été elle-même celui de ma grand'mère, dont il faut que je te fasse un éloge détaillé. Mon aïeule maternelle étoit dans ses beaux jours une des plus belles personnes du royaume; elle avoit beaucoup d'esprit et entendoit son monde parfaitement bien. Elle ne recevoit ordinairement dans sa maison que de jeunes seigneurs qui avoient envie de se polir ; et l'on pouvoit dire qu'ils savoient vivre quand ils avoient pris de ses leçons pendant quelques années. Mais ce qu'on doit le plus admirer, c'est qu'elle avoit le rare talent de faire régner entre ses écoliers une parfaite union ; ils n'avoient jamais ensemble le moindre démêlé. Pendant qu'elle s'attachoit à façonner ces jeunes gens, il arriva qu'elle eut ma mère par un coup de hasard ; elle ne manqua pas de leur en faire honneur à chacun en particulier, et de trouver que sa fille leur ressembloit à tous par quelque endroit. Voilà votre bouche, disoit-elle à celui-ci ; voilà vos yeux, disoit-elle à celui-là ; vous ne sauriez désavouer cette enfant. Pour mieux le leur persuader encore, lorsqu'elle tenoit ma mère entre ses bras, elle affectoit toujours de l'appeler du nom du cavalier qui étoit présent ; et, supposé qu'il y en eût deux, ce qui n'étoit pas extraordinaire, elle l'appeloit tout court *Dona Marcella*, qui étoit le nom propre de ma mère : il y auroit aussi de l'injustice à lui contester le *Dona*, puisqu'on ne peut la soupçonner de n'être pas une fille de qualité. Mais pour t'apprendre quelque chose de plus positif touchant sa naissance, tu sauras que ma grand'mère, parmi ses galants, en avoit un qu'elle aimoit plus que tous les autres; et, comme ce seigneur étoit un Guzman, elle jugea qu'elle pouvoit en conscience faire descendre sa fille d'une aussi grande maison. C'est du moins ce que mon aïeule a dit confidemment à ma mère, en l'assurant même qu'elle la croyoit fille d'un seigneur parent fort proche des ducs de Médina Sidonia.

Tu vois donc bien que ma grand'mère étoit une femme admirable pour les intrigues d'amour ; néanmoins, aimant autant la dépense qu'elle l'aimoit, bien loin d'amasser des richesses immenses dans le trafic des plaisirs, elle auroit couru risque dans sa vieillesse de sentir l'indigence, si la fleur de la beauté de sa fille n'eût commencé d'éclore à mesure que celle de la sienne se flétrissoit. La bonne dame avoit beaucoup d'impatience de voir sa petite Marcelle assez formée pour être établie ; et la trouvant à douze ans fort avancée pour son âge, elle ne différa point à la pourvoir. Un marchand nouvellement arrivé du Pérou, et plus riche qu'un juif, en devint le premier possesseur, moyennant quatre mille ducats dont il fit présent à mon aïeule, qui, donnant chaque jour au marchand quelque successeur libéral, vécut par ce moyen toute sa vie dans l'abondance.

Il eût donc fallu à ma mère une fille à ma place, ou du moins avec moi ; ma sœur nous auroit servi de port dans notre naufrage, et nous aurions bientôt fait fortune avec une pareille marchandise à Séville, où il y a des marchands pour tout. C'est la retraite des honnêtes gens qui n'ont pour tout bien que de l'esprit; c'est la mère des orphelins et le manteau des pécheurs. En tout cas, si cette ville eût trompé notre attente, nous aurions été tout droit à Madrid, où l'on peut dire qu'on est en fonds quand on possède un semblable joyau. Si d'abord nous n'eussions pas trouvé à le vendre, nous aurions pu du moins le mettre en gage, et faire toujours à bon compte une chère de prince. Je ne suis pas plus maladroit qu'un autre, et je crois qu'avec une jolie sœur je n'aurois pas manqué de parvenir à quelque bon emploi; mais enfin le ciel en voulut ordonner autrement, et me rendre fils unique pour mes péchés.

J'entrois alors dans ma quatorzième année, et comme j'avois déjà du sentiment, la misère dont nous étions menacés me fit prendre la résolution d'abandonner ma mère et ma patrie pour aller chercher fortune ailleurs. Je me proposai de voyager pour apprendre à connoître le monde, et j'avois raison de vouloir commencer de bonne heure. Ma plus grande envie toutefois étoit de passer à Gênes pour y voir mes parents paternels. Si bien qu'un beau jour, ne pouvant résister plus longtemps au désir qui me pressoit d'exécuter mon dessein, je sortis de Séville la tête pleine de chimères et la bourse presque vide d'argent.

CHAPITRE V.

Guzman quitte sa mère et sort de Séville. Sa première aventure dans une hôtellerie.

Comme je me souvenois d'avoir ouï dire qu'il importoit aux aventuriers de se parer de noms de conséquence, sans quoi ils passoient pour des misérables dans les pays étrangers, je me donnai le nom de Guzman que portoit ma mère, et qui sans doute étoit le plus honorable de notre maison : j'y ajoutai la seigneurie d'Alfarache. Cela me sembla fort bien imaginé; et me voilà déjà dans mon esprit l'illustre seigneur Guzman d'Alfarache.

Ce seigneur de fraîche date, ne s'étant mis en chemin que l'après-dînée, n'alla pas fort loin le premier jour, quoiqu'il marchât aussi vite que si on l'eût poursuivi, ou qu'il eût cru ne pouvoir assez tôt s'éloigner de Séville. Effectivement je bornai ma journée à la chapelle de Saint-Lazare, à une demi-lieue de cette ville. J'étois déjà las; je m'assis sur les degrés de l'église, où, remarquant que la nuit approchoit, je commençai à m'attrister et à sentir quelque inquiétude sur ce que je deviendrois. Là-dessus il me vint une idée pieuse que je contentai : j'entrai dans la chapelle, où je me mis à prier Dieu de m'inspirer. Ma prière fut fervente, mais courte, car on ne me donna pas le temps de la faire longue. L'heure de fermer l'église arriva; l'on m'obligea de sortir, et on me laissa sur le perron, où je demeurai fort en peine de ma personne.

Représente-toi en effet, pour un moment, à la porte de cette chapelle, un enfant de famille, aussi chéri qu'un fils de marchand de Tolède, et nourri dans l'abondance; considère que je ne savois où aller ni à quoi me déterminer. Il n'y avoit là ni près de là aucune hôtellerie; je ne voyois que de l'eau claire qui couloit à quelques pas de moi : le mauvais commencement de voyage ! Pour comble de misère, mon ventre m'avertissoit qu'il étoit temps de souper. Je connus alors la différence qu'il y a entre un homme qui a faim et un homme rassasié; entre celui qui se voit à une bonne table et celui qui n'a pas un morceau de pain à manger. Ne sachant donc que faire, ni à quelle porte aller frapper, je me résolus à passer la nuit sur le perron, puisque la nécessité le vouloit ainsi. Je m'y couche tout de mon long, le nez et les yeux couverts de mon manteau, mais non sans appréhension d'être dévoré par les loups, que je m'imaginois quelquefois entendre autour de moi.

Le sommeil pourtant vint suspendre mes inquiétudes, et se rendit si bien maître de mes sens, que je ne me réveillai que deux heures après le lever du soleil; encore ne fut-ce qu'au bruit que firent avec des tambours plusieurs paysannes qui alloient en chantant et en dansant apparemment à quelque fête. Je me levai promptement, n'ayant aucune peine à quitter mon gîte; et trouvant en cet endroit divers chemins qui m'étoient également inconnus, je choisis le plus beau, en disant : Puisse cette route, que je prends au hasard, me conduire tout droit au temple de la fortune ! Je faisois comme cet ignorant médecin de la Manche, qui portoit ordinairement un sac rempli d'ordonnances, et qui, quand il étoit auprès d'un malade, en tiroit la première qui se rencontroit sous sa main, et disoit : *Dieu te la donne bonne.* Mes pieds faisoient l'office de ma tête, et je les suivois sans savoir où ils me conduisoient.

Je fis deux petites lieues cette matinée : ce n'étoit pas peu pour un garçon qui n'en avoit jamais tant fait; je croyois déjà être arrivé aux Antipodes, et avoir découvert un nouveau monde, comme le fameux Christophe Colomb. Ce nouveau monde pourtant n'étoit rien autre chose qu'une misérable taverne, où j'entrai tout en sueur, couvert de poussière, fatigué et mourant de faim. Je demandai d'abord à dîner; on me dit qu'il n'y avoit que des œufs frais : Des œufs frais ! m'écriai-je; soit, je m'en contenterai; hâtez-vous de m'en accommoder une demi-douzaine; faites-m'en une omelette. L'hôtesse, qui étoit une effroyable vieille, se mit à me considérer avec attention. Elle vit bien que j'étois un cadet de haut appétit; et je lui parus si neuf, qu'elle jugea qu'on pouvoit impunément me servir pour œufs frais des demi-poussins. Dans cette confiance, elle s'approcha de moi, et, me riant au nez : D'où êtes-vous, mon fils? me dit-elle d'un air gai. Je lui répondis que j'étois de Séville, et je la pressai de nouveau de m'apprêter les œufs; mais avant que de faire ce que je lui disois, elle me passa sa vilaine main sous le menton, en disant : Et où va le petit badin de Séville? En même temps elle voulut me baiser; mais je détournai la tête brusquement pour esquiver l'accolade. Je ne fus pourtant pas assez adroit pour l'éviter entièrement : la vieille me fit sentir son haleine, et il me sembla qu'elle venoit de me communiquer sa vieillesse et ses infirmités; heureusement je n'avois que du vent dans l'estomac ; sans cela je lui aurois rendu des poires pour des prunes.

Je lui dis que j'allois à la cour, et je la priai de me donner promptement à manger. Alors elle me fit asseoir sur une escabelle boiteuse, devant une table de pierre, qu'elle couvrit d'une nappe qui avoit tout l'air d'un écouvillon de four ; ensuite elle me présenta quelques grains de sel dans le cul d'un pot de terre cassé, et de l'eau dans un vaisseau de la même matière, où ses poules buvoient ordinairement, avec un morceau de gâteau aussi noir que la nappe. Après m'avoir fait attendre un bon quart-d'heure, elle me servit, sur une assiette plus noire que de l'encre, une omelette, ou pour mieux dire, un cataplasme d'œufs. L'omelette, l'assiette, le pain, le pot, la salière, le sel, la nappe et l'hôtesse paroissoient de la même couleur. Mon cœur auroit dû se soulever contre des choses si dégoûtantes; mais outre que j'étois un voyageur tout neuf, il falloit entendre le bruit que mes boyaux faisoient dans mon ventre creux; on eût dit qu'ils s'entre-mangeoient. Cependant, malgré la malpropreté du couvert et le mauvais assaisonnement des œufs, je me jetai sur l'omelette comme un cochon sur le gland; j'eus beau la sentir deux ou trois fois croquer sous mes dents, quoique cela dût me devenir suspect, je ne laissai pas de passer outre; néanmoins, lorsque j'en fus aux derniers morceaux, il me sembla que cette omelette n'avoit pas tout-à-fait le même goût que celles qu'on mangeoit chez ma mère; ce que j'attribuai bonnement à la différence des climats, m'imaginant que les œufs pouvoient n'avoir pas la même qualité dans tous les pays : comme si j'eusse été à cinq cents lieues du mien. Enfin, quand j'eus expédié cet excellent mets, je me sentis tout autre que je n'étois auparavant, et je m'estimois trop heureux d'avoir fait ce repas : tant il est vrai qu'à bon appétit il ne faut point de sauce !

Le pain m'amusa plus long-temps que les œufs, attendu qu'il étoit très-mauvais, et que pour l'avaler il falloit, en dépit de moi, y aller lentement, ou bien j'aurois joué à m'étrangler; il n'y avoit pas de milieu, surtout lorsque, après avoir mangé la croûte, ce que je fis d'abord, je voulus en venir à la mie, qui étoit encore tout en pâte; j'en sortis pourtant à mon honneur, mais ce fut à l'aide du vin, qui, dans ce quartier-là, est délicieux. Je me levai de table d'abord que j'eus achevé de dîner; je payai mon hôtesse et me remis gaiement en chemin. Mes pieds, qui avoient commencé à refuser le service en arrivant à l'hôtellerie, reprirent une nouvelle vigueur.

J'étois déjà pour le moins à une bonne lieue de la taverne, et tout alloit bien jusque là, quand la digestion, qui se faisoit, excita peu à peu dans mon estomac un tumulte qui fut suivi de rapports dont je tirai un très-mauvais augure ; je repassai dans mon esprit la résistance que mes dents avoient trouvée en broyant les œufs, et je fis là-dessus des réflexions qui me mirent au fait : je ne doutai plus que je n'eusse mangé une omelette amphibie. Aussi, ne pouvant la porter plus loin, je fus obligé de m'arrêter pour me soulager.

CHAPITRE VI.

Il rencontre un ânier et deux ecclésiastiques. De la conversation qu'ils eurent ensemble, et de quelle façon l'ânier et lui furent régalés dans une hôtellerie à Cantillana.

Je demeurai quelque temps appuyé contre une muraille qui servoit d'enclos à une vigne; j'étois pâle et abattu des efforts que j'avois faits. Il passa par cet endroit un ânier, avec plusieurs ânes qui n'étoient point chargés; il s'arrêta pour me regarder; et, touché de compassion en me voyant dans l'état où j'étois, il me demanda ce que j'avois. Je lui contai l'accident qui venoit de m'arriver; mais je ne lui eus pas sitôt dit que je l'imputois à certaine omelette que j'avois mangée dans la dernière hôtellerie, qu'il se mit à rire, mais à rire d'une si grande force, que, s'il ne se fût pas tenu à deux mains au bât de son âne, mon homme en seroit infailliblement descendu la tête la première.

Quand nous sommes affligés, nous n'aimons pas qu'on se moque de notre affliction. Mon visage, qui étoit plus pâle que la mort, devint plus rouge que le feu : je regardai de travers ce maraud, et lui fis connoître, par un petit air mécontent, que son procédé ne me plaisoit point du tout; je ne fis par là que l'exciter à continuer ses ris : alors, jugeant que plus je me fâcherois, plus il auroit envie de rire, je le laissai s'en donner tout son soûl; aussi bien je n'avois ni épée ni bâton pour en venir avec lui aux voies de fait, et je crois qu'à coups de poing je n'aurois pas été le plus fort; cette considération fut cause que je filai doux, en quoi je marquai bien de la prudence. Il est d'un homme d'esprit, quelque offensé qu'il soit, de ne pas faire le brave pour s'en repentir; d'ailleurs je voulois ménager l'ânier à cause de ses ânes, dont je comptois bien que quelqu'un me porteroit jusqu'à la couchée, qui étoit encore assez loin de là. Néanmoins je ne pus m'empêcher de lui dire : Hé bien, mon ami, pourquoi tous ces éclats de rire? Est-ce que j'ai le nez de travers? Pour toute réponse à ces paroles, le voilà qui renouvelle ses ris immodérés.

Il plut pourtant à Dieu que cela finît. L'ânier, n'en pouvant plus, reprit peu à peu son sérieux, et me dit tout essoufflé : Mon petit seigneur, je ne me moque point de votre aventure : elle est assurément bien triste pour vous; mais c'est qu'en me la racontant, vous m'avez fait ressouvenir d'une autre qui vient d'arriver, dans la même hôtellerie, à cette vieille sorcière qui vous a si mal traité. Deux soldats qu'elle a régalés comme vous, lui ont fait payer le tout ensemble. Puisque nous allons le même chemin, ajouta-t-il, vous n'avez qu'à monter sur un de mes ânes, et je vais à loisir vous conter cette histoire. Je ne me le fis pas dire deux fois; je montai sur un de ces animaux, et me préparai à entendre ce que l'ânier avoit à me dire de ces deux soldats, que j'avois effectivement vus entrer dans l'hôtellerie dans le temps que j'en sortois.

Ces deux grivois, me dit-il, ont demandé à l'hôtesse ce qu'elle avoit à leur donner. Elle leur a répondu ainsi qu'à vous qu'elle n'avoit que des œufs; là-dessus ils ont ordonné qu'on leur fît une omelette, et la vieille leur en a, peu de temps après, apporté une. Ils ont voulu la couper, et, trouvant quelque chose qui résistoit au couteau, ils l'ont examinée attentivement; ils ont aperçu trois petits paquets qui ressembloient fort à trois têtes mal formées de poussins, et dont les becs déjà un peu fermes ne permettoient nullement de douter de ce que c'étoit. Les soldats, après avoir fait une si belle découverte, sans en rien témoigner, ont couvert l'omelette d'une assiette, et demandé à l'hôtesse si elle n'avoit pas quelque autre chose qu'ils pussent manger : elle leur a proposé deux ruelles d'une alose qu'elle venoit de faire griller : ils les ont acceptées et expédiées à la sauce blanche; après cela, l'un des deux grivois s'étant approché d'un air doucereux de la vieille, comme pour compter avec elle, lui a appliqué sur le visage l'omelette qu'il tenoit dans sa main, et lui en a si bien frotté les yeux et le nez, qu'elle s'est mise à pousser de grands cris; alors l'autre soldat, feignant de blâmer son camarade et d'avoir pitié de cette malheureuse femme, a couru à elle, sous prétexte de la consoler, et lui a passé sur la face ses mains barbouillées de suie; ensuite ils sont sortis tous deux de la taverne en chargeant encore d'injures la vieille, qui n'a point reçu d'eux d'au-

tre paiement. Je vous assure, poursuivit l'ânier, que c'étoit une chose à voir que l'hôtesse en cet état, et les mines agréables qu'elle faisoit en pleurant et en criant!

Le récit de cette ridicule aventure me consola un peu de la mienne, et me fit oublier les ris de l'ânier, qui ne manqua pas de se remettre à rire aussitôt qu'il eut achevé de parler; sans cela, il n'auroit pas été content de sa narration. Pendant ce temps-là nous avancions toujours; nous rencontrâmes deux ecclésiastiques qui, nous ayant aperçus de loin, nous attendoient pour profiter de la commodité des ânes. Ces bons prêtres, qui étoient fatigués, en avoient un très-grand besoin pour se rendre à Caçalla, où ils alloient aussi bien que l'ânier. Ils eurent bientôt fait leur marché avec lui. Ils montèrent chacun sur un âne, et nous continuâmes tous quatre notre chemin.

Le maître des montures étoit encore trop occupé du plaisir qu'il avoit eu dans l'hôtellerie de la vieille pour n'en plus parler. Il ne put s'empêcher de dire qu'il y avoit dans cette histoire à rire pour lui pendant le reste de ses jours : et moi, m'écriai-je, en l'interrompant brusquement, je me repentirai toute ma vie de n'avoir pas fait pis que ces soldats à cette vieille empoisonneuse; mais patience, elle n'est pas encore morte, et tout se paie à la fin. Les ecclésiastiques prirent garde à la vivacité avec laquelle je prononçai ces paroles, et furent curieux de savoir pourquoi je les avois dites : l'ânier, qui ne demandoit pas mieux que de recommencer cette histoire, pour avoir une nouvelle occasion de rire, en fit part à ces messieurs; et, comme il étoit en train, il leur conta aussi la mienne; ce qui ne fut pas un petit sujet de mortification pour moi.

Les ecclésiastiques désapprouvèrent fort la conduite de la vieille hôtesse, et ne blâmèrent pas moins mon ressentiment : Mon fils, me dit le plus âgé des deux, vous êtes jeune, un sang bouillant vous emporte et vous ôte l'usage de la raison; sachez que c'est un aussi grand crime d'être fâché d'avoir manqué l'occasion d'en commettre un, que de l'avoir commis en effet. Le prêtre ne borna point là sa remontrance; il me fit un long discours sur la colère et sur le désir de se venger : il sembloit que ce fût un sermon; je suis persuadé même que c'en étoit un qu'il avoit prêché plus d'une fois, et qu'il étoit bien aise de répéter pour s'en rafraîchir la mémoire. Il est certain que la plupart des choses qu'il me débita étoient au-dessus de ma portée et de celle de notre ânier, qui, toujours plein de sa vieille, rioit sous cape pendant que le prédicateur perdoit son temps à me prêcher. Enfin nous arrivâmes à Cantillana; les deux ecclésiastiques mirent pied à terre, prirent congé de nous jusqu'au lendemain matin, et allèrent loger chez un de leurs amis.

Pour moi, je n'abandonnai point l'ânier, qui me dit : Je vais vous mener dans une des meilleures hôtelleries de cette ville ; l'hôte est un excellent cuisinier, et l'on ne nous donnera point là des œufs couvés. Cette assurance me fit d'autant plus de plaisir, que mon estomac avoit besoin d'un bon repas pour se rétablir. Nous allâmes descendre à la porte d'une maison d'assez belle apparence, et dont le maître vint nous accabler de civilités : c'étoit bien le plus grand fripon qu'il y eût peut-être dans ces quartiers-là, et je ne fis que sauter, comme on dit, de la poêle à frire dans le feu. L'ânier conduisit ses bêtes à l'écurie, où il demeura quelque temps à pourvoir à leurs besoins ; et moi je me couchai par terre comme un homme qui avoit les cuisses rompues et la plante des pieds enflée, pour avoir été trois ou quatre heures sur un âne sans étriers. Je me reposai dans cette situation jusqu'à ce que l'ânier, m'étant revenu joindre, me dit : Voulez-vous bien que nous soupions? J'ai résolu de partir demain dès la pointe du jour, pour arriver avant la nuit à Caçalla ; je serois bien aise de me coucher de bonne heure. Je lui répondis que je ne demandois pas mieux que de me mettre à table, pourvu qu'il voulût bien m'aider à me relever, et même à marcher, attendu que je ne pouvois me soutenir ; il me rendit ce service avec une complaisance dont je lui sus très-bon gré.

Nous appelâmes l'hôte, à qui nous dîmes que nous avions envie de bien souper : Messeigneurs, nous répondit le matois, il ne tiendra qu'à vous de faire bonne chère, vous n'avez qu'à parler ; j'ai chez moi d'excellentes provisions. Sa réponse fut fort de mon goût ; mais il avoit l'air fourbe, et paroissoit hâbleur en diable : il n'importe, dis-je en moi-même, qu'il soit tout ce qu'il lui plaira, et qu'il nous serve bien. Il faisoit aussi le plaisant et l'homme de belle humeur. Souhaitez-vous, poursuivit-il, que je vous présente une partie de la fressure d'un veau que j'ai tué hier ? Je vous en ferai un ragoût des dieux ; c'étoit un veau, ajouta-t-il en me prenant les mains d'une manière caressante, le meilleur petit veau que vous ayez jamais vu. J'ai été fort mortifié d'être obligé de lui ôter la vie, mais je n'ai pu faire autrement ; il me coûtoit trop à nourrir dans ce temps de sécheresse. Pour imposer silence à ce maudit babillard, nous le priâmes, si la fressure étoit apprêtée, de nous en apporter promptement un morceau. Elle est prête, nous dit-il, et tout assaisonnée. A ces mots, il courut

à la cuisine en faisant des gambades, et revint quelques moments après avec deux plats, dans l'un desquels il y avoit de la salade, et dans l'autre une partie de la fressure de ce bon petit veau si regretté.

Je laissai mon compagnon se jeter sur la salade dont je ne me souciois guère, et je commençai à manger de la fressure : elle n'avoit pas mauvaise mine ; et ce qui m'en déplaisoit, c'est que je trouvois qu'il y en avoit bien peu pour deux ventres affamés : j'avois plus tôt avalé un morceau que je ne l'avois dans la bouche, et la faim ne me permettoit pas de juger de ce que je mangeois. L'ânier remarquant, à la façon dont je m'y prenois, que bientôt il n'y auroit plus rien dans le plat de viande, quitta la salade pour venir du moins me disputer les derniers morceaux, qui disparurent dans le moment. Nous demandâmes encore de la fressure ; le bourreau d'hôte nous en apporta moins que la première fois, pour irriter notre appétit et nous en faire souhaiter davantage. En effet, le second plat ne nous amusa pas long-temps, et fut suivi d'un troisième.

Il n'en fut pas tout-à-fait de celui-ci comme des deux autres. Étant alors à demi rassasié, j'y allai un peu plus doucement, et je pouvois rendre plus de justice à la fressure ; je ne la trouvai plus si bonne, et je dis à l'hôte que, s'il avoit quelque autre mets à nous servir, je le priois de nous l'apporter : il répondit que, si nous voulions de la cervelle du même veau, il nous en feroit dans un instant un ragoût exquis, et qu'en attendant il nous donneroit une andouille faite des tripes et de la fraise de la même bête ; ce qui, disoit-il, étoit un morceau très-friand. Je n'en portai pas un jugement si favorable lorsque j'en eus goûté ; elle sentoit si fort la paille pourrie, que j'en fis d'abord la grimace : je ne m'en plaignis pourtant point : je me contentai de lâcher prise et de laisser faire mon camarade, qui, mangeant toujours de la même force, dévora l'andouille en moins de rien.

Enfin la cervelle arriva ; j'espérois qu'elle réveilleroit mon appétit : elle étoit accommodée avec des œufs, de manière que c'étoit une espèce d'omelette ; ce que l'indiscret ânier n'eut pas sitôt remarqué, qu'il fit un éclat de rire : cela me chagrina ; je m'imaginai que c'étoit pour me dégoûter de cette omelette, en me faisant souvenir de celle de la dînée : je lui reprochai sa malice ; mais il n'en rabattit pas un ris, ce qui produisit une assez plaisante scène : car l'hôte, qui ne savoit pourquoi l'un rioit tant, ni pourquoi l'autre se fâchoit, nous écoutoit en homme qui se croyoit intéressé dans cette affaire ; ne se sentant pas la conscience nette sur la cervelle, ñon plus que sur l'andouille et la fressure, il se troubla comme un criminel à qui tout fait peur, et son trouble redoubla quand il m'entendit dire en colère à l'ânier que, s'il continuoit à se moquer de moi, je jetterois la cervelle contre le mur. L'hôte pâlit à ces paroles; il lui sembla qu'on lui reprochoit son crime; mais voulant paroître ferme et résolu, il affecta de nous envisager tous deux, et de nous dire d'un air de fureur, en enfonçant son bonnet : Vive Dieu! il ne faut point tant rire; je vous soutiens, et vous soutiendrai toujours, que c'est une bonne cervelle de veau : si vous ne voulez pas m'en croire, je m'offre à vous le prouver par témoins; il y a plus de cent personnes qui m'ont vu tuer le veau.

Nous ne fûmes pas peu surpris, mon compagnon et moi, de cet emportement d'un homme à qui nous ne pensions point du tout; ce fut pour l'ânier un sujet de rire sur nouveaux frais; et pour le coup je ne pus m'empêcher de suivre son exemple, quoique d'ailleurs je n'en eusse aucune envie : nous achevâmes par là de déconcerter notre hôte, qui, ne doutant plus que nous n'eussions découvert la mèche, en devint plus furieux. Il ôta brusquement le plat de dessus la table, en nous disant : Allez rire et manger ailleurs; je ne loge point de gens qui se moquent de moi à ma barbe : vous n'avez qu'à me payer et sortir de ma maison, après quoi je vous permets de rire tant qu'il vous plaira.

Mon camarade, qui se sentoit de l'appétit, ne vit pas sans peine emporter le plat. Il prit son sérieux, et dit à l'hôte d'un ton aigre-doux : A qui en avez-vous, cousin? Qui vous demande votre âge? et qui vous appelle grosse tête? Grosse tête ou non, répliqua l'hôte; je dis que c'est une tête de veau bien fraîche et des meilleures. Il prononça ces mots avec toutes les démonstrations d'un homme qui se préparoit à nous battre; mais l'ânier, qui le connoissoit mieux que moi, et qui étoit bon pour lui, se levant de table, et faisant à son tour le rodomont : Par saint Jacques! s'écria-t-il, est-ce qu'il y a quelque ordonnance qui règle de quoi l'on doit rire dans cette hôtellerie? ou si l'on a mis une taxe là-dessus? Je ne vous dis pas cela, répondit l'hôte d'un air radouci; je dis seulement que je ne souffrirai pas qu'on me tourne en ridicule chez moi, ni qu'on me fasse passer pour un homme qui traite mal ses hôtes. Qui vous parle de mauvais traitement? reprit l'ânier. Qui songe à se moquer de vous? Remettez promptement sur la table la cervelle, vous verrez que ce n'est point de cela que nous rions. Croyez-moi, laissez rire et pleurer les gens chez vous sans y trouver à redire.

Ce discours de l'ânier fit son effet; le délicieux ragoût, qui nous avoit été comme arraché des mains, nous fut rendu, et nous voilà tous d'accord. Mon compagnon reprit sa place, et continuant de parler à l'hôte : Apprenez, lui dit-il, que si je me moquois de vous, je ne vous en cacherois pas la cause, tant je suis franc; c'est mon caractère : ce n'est donc pas de vous que nous rions; c'est de cette façon d'omelette que vous nous donnez-là; elle m'a fait souvenir de certaine aventure que mon petit camarade que vous voyez a eue aujourd'hui dans une taverne où nous avons dîné. Si l'ânier en fût demeuré là, j'en aurois été quitte à bon marché; mais il me fallut avoir la patience d'essuyer pour la troisième fois l'histoire des deux soldats et la mienne, dont il fit impitoyablement le récit à notre hôte dans des termes et avec de si grandes démonstrations de joie, qu'il sembloit se baigner en eau rose en faisant cette narration.

L'hôte eut tout le loisir de reprendre ses esprits pendant un si long détail, et jugeant qu'il avoit pris l'alarme mal à propos, il s'avisa de jouer un autre personnage. Il interrompoit à tout moment l'ânier par des *Sainte Vierge! Grand Dieu du ciel!* et autres semblables exclamations dont toute la maison retentissoit, et qu'il accompagnoit de grimaces hypocrites : *Que Dieu punisse,* dit-il, quand l'autre eut cessé de parler : *Que Dieu punisse toute personne qui fait mal son devoir!* Comme le sien étoit de voler, et qu'il s'en acquittoit fort bien, il ne se croyoit pas apparemment intéressé dans cette imprécation. Après avoir achevé ces mots, il se tut et se promena quelques moments dans la salle; puis tout-à-coup reprenant la parole d'une voix tonnante : « Comment est-il possible, s'écria-t-il, que la terre n'ait encore pas englouti cette méchante vieille, et que sa maison ne soit pas abîmée? Il n'y a pas un voyageur qui ne se plaigne de cette créature-là et de ce qu'elle donne à manger. Il ne sort pas de chez elle un passager qui ne la maudisse et ne fasse serment de ne plus s'arrêter dans sa taverne. Si les officiers de justice, qui, par le devoir de leurs charges, sont obligés de mettre ordre à ses friponneries, les souffrent sans rien dire, ils savent bien pourquoi. O ciel! dans quel temps vivons-nous! »

Cet honnête homme, en cet endroit, poussa un profond soupir et garda le silence, mais d'un air à nous persuader qu'il en pensoit encore plus qu'il n'en avoit dit. Je comptois qu'il ne nous étourdiroit plus de pareils discours; je comptois sans mon hôte. Il se remit de plus belle sur la friperie de la vieille, et, sans exagération, nous en eûmes pour une grosse demi-heure. Après quoi il finit en disant : « Je rends un million de grâces au ciel de ne pas ressembler à cette maudite hôtesse, et d'être un homme de bien et d'honneur. Je vais tête levée par tout le monde, sans craindre que quelqu'un m'ose faire le moindre reproche. Tout pauvre que je suis, il ne se fait point de semblables trafics dans ma maison. Toute chose, Dieu merci, s'y vend pour ce qu'elle est : un chat n'y passe pas pour un lièvre, ni une vieille brebis pour un agneau. Que personne ne songe à tromper les autres; c'est s'abuser soi-même. Qui mal fait, mal trouvera. »

Heureusement pour l'ânier et pour moi, l'hôte manquant d'haleine fut obligé de s'arrêter là; je saisis ce moment pour lui demander s'il n'avoit point de fruits. Il répondit qu'il lui étoit arrivé depuis peu de très-bonnes olives : tandis qu'il nous en alla chercher, mon camarade acheva de dévorer la cervelle. J'avois fait peu d'honneur à ce ragoût, ne l'ayant pas trouvé meilleur que l'andouille; cela n'empêcha pas qu'il ne fût expédié comme tout le reste. Jamais loup affamé n'a mangé avec tant de fureur que l'ânier; il ne pouvoit se rassasier : il y avoit pour le moins une heure que nous étions à table, et l'on eût dit, à le voir, qu'il ne faisoit que de s'y mettre. Pour moi, je m'accommodai fort bien des olives, qui étoient excellentes; de même que le vin. A l'égard du pain, quoique assez méchant, il pouvoit passer pour bon en comparaison de celui de la dînée.

Tel fut notre souper. Comme nous devions partir de grand matin le jour suivant, nous recommandâmes à notre hôte de nous préparer de bonne heure à déjeûner; ensuite nous allâmes nous coucher sur de la vieille paille, après avoir étendu dessus quelques couvertures pour nous servir de matelas. La fatigue de la journée et la quantité de vin que j'avois bu me procurèrent un sommeil si profond, que les puces, dont je fus la proie toute la nuit, n'eurent pas le pouvoir de le troubler; je crois que j'aurois dormi jusqu'au lendemain au soir, si l'ânier ne m'eût réveillé au lever de l'aurore, pour m'avertir qu'il étoit temps de songer à notre départ. Je fus bientôt prêt, je n'eus qu'à me secouer, et qu'à ôter de mes cheveux les brins de paille dont ils étoient mêlés; j'avois tout l'air d'un petit monstre, dans l'état où les puces m'avoient réduit. Elles m'avoient tellement défiguré le visage, qu'on m'auroit pu prendre pour un garçon qui avoit la rougeole; si dans ce moment-là j'eusse été transporté dans la place de Séville, je doute que quelqu'un m'eût reconnu.

Ce jour-là étoit un dimanche : nous commençâmes par aller entendre la messe, puis nous revînmes à l'hôtellerie, où mon gourmand de camarade n'oublia point le déjeûner; ce fut le premier soin dont il s'embarrassa. Messeigneurs, nous dit l'hôte, j'ai mis en ragoût un morceau de ce même veau dont vous avez soupé hier au soir, et je puis dire que j'ai employé tout mon art pour en composer un plat digne de vous être présenté. L'ânier, à qui ce discours faisoit venir l'eau à la bouche, courut se mettre à table, et se jeta sur le ragoût, qui lui parut aussi bon que s'il eût été de chair de paon : je demeurai quelques moments à le regarder, sans me sentir la moindre envie de l'imiter, soit que mon appétit ne fût pas ouvert de si bon matin, soit que j'eusse encore mon souper sur l'estomac; mais il y alloit d'une manière à persuader qu'il mangeoit la meilleure chose du monde. Outre cela, craignant de me repentir à la dînée de n'avoir pas profité d'un si bon déjeûner, je fis un effort pour avaler quelques morceaux : bien loin de trouver le veau aussi ragoûtant que mon camarade le disoit, le goût m'en parut désagréable; quant à la sauce, comme l'hôte avoit eu ses raisons pour y prodiguer le poivre et le sel, elle prenoit si fort à la gorge, qu'il m'y fallut renoncer aussitôt que j'en eus tâté; de plus, la viande étoit si dure, que je ne pus m'empêcher de dire : Voilà un veau bien coriace; j'ajoutai même qu'il n'avoit pas le goût de son espèce. Notre hôte qui m'entendoit prit la parole, en rougissant un peu malgré son impudence : Ne voyez-vous pas, dit-il, qu'il n'est pas assez mortifié? L'ânier, croyant ce qu'avançoit l'hôte, ou du moins que j'avois tort d'être si délicat, s'écria d'un ton railleur : Ce n'est pas cela, c'est que notre jeune cadet de Séville a toujours été nourri d'œufs frais et de craquelins; toute autre chose est mauvaise pour lui.

Je haussai les épaules à ce trait de mon camarade, et ne dis pas un mot; ne sachant si je n'étois pas effectivement trop difficile, ou plutôt m'imaginant être déjà dans un autre monde : cependant je ne pus me résoudre à mettre la main au plat, et je commençai à faire des réflexions qui n'étoient pas d'un homme de mon âge. Je me rappelai l'emportement de l'hôte lorsqu'il nous avoit vu rire le soir au souper; le serment qu'il nous avoit fait sans nécessité; et comme toute personne qui veut se justifier avant qu'on l'accuse se rend suspecte, je jugeai qu'il y avoit de la friponnerie là-dedans. Dès que mon imagination fut une fois prévenue contre lui, la vue et l'odeur de son vilain veau commencèrent à me faire mal au cœur; je ne pus demeurer plus long-temps à table, et je me levai en attendant qu'il plût à l'ânier d'en faire autant; ce qui arriva bientôt. Quoique le morceau de veau fût une pièce de résistance, mon compagnon n'en fit qu'un fort léger repas : après quoi je lui dis de compter avec l'hôte, pour savoir ce que nous devions; mais il me répondit d'un air honnête que c'était si peu de chose qu'il se chargeoit de le satisfaire, que je ne devois point m'embarrasser de cela.

Ce procédé noble d'un ânier me surprit extrêmement, ou pour mieux dire me charma; si j'eusse été bien en espèces, je me serois sans doute piqué d'honneur : je n'aurois pas souffert qu'il eût payé pour moi; mais ma bourse étoit si plate, qu'il ne me convenoit point de disputer de générosité : je le laissai donc sans façon faire tous les frais; par reconnoissance je l'aidai à étriller, à frotter, à mener boire ses ânes, à leur faire manger leur orge, et à les accommoder. Il n'y avoit rien que je ne fusse prêt à faire pour lui marquer jusqu'à quel point j'étois pénétré de ses belles manières à mon égard.

CHAPITRE VII.

L'hôte vole le manteau de Guzman. Grande rumeur dans l'hôtellerie.

Pour être plus propre à rendre service à mon ami l'ânier, et mieux l'aider à mettre ses ânes en état de partir, je fis un paquet de mon manteau que je posai sur un banc; mais, peut-être un quart-d'heure après, ayant jeté la vue de ce côté-là, je m'aperçus que mon manteau n'y étoit plus : cela m'alarma d'abord; néanmoins je ne m'en mis pas fort en peine, croyant que l'hôte ou l'ânier l'avoit caché exprès pour me le faire chercher et se divertir un peu de l'inquiétude que cela me causeroit.

Je ne pouvois soupçonner que ces deux hommes de m'avoir fait ce tour, attendu qu'il n'y avoit qu'eux qui fussent entrés dans l'écurie où mon manteau avoit été pris. Je le demandai premièrement à mon camarade, qui me dit qu'il ne s'amusoit point à ces sortes de jeux. Je m'adressai ensuite à l'hôte, qui d'abord eut recours aux serments pour me persuader qu'il n'avoit aucune part au vol dont je lui parlois : là-dessus je me mis à chercher mon manteau dans la maison; je la parcourus depuis le bas jusqu'en haut, sans oublier le moindre endroit qui pouvoit le recéler : j'accusois de ce larcin, dans le fond de mon âme, notre hôte, dont la seule physionomie justifioit mon accusation.

J'entrai par hasard dans une arrière-cour, dont je n'ouvris pas sans peine la porte, et là j'aperçus des objets qui détournèrent pour quelques instants ma pensée de mon manteau : je vis sur le pavé une grande mare de sang fraîchement répandu, et à côté la peau d'un jeune mulet étendue avec les quatre pieds qui y tenoient encore,

aussi bien que les oreilles et la tête, qu'on avoit ouverte pour en tirer la cervelle et couper la langue. Je considérai ce spectacle, non sans horreur, et je dis en moi-même : Voilà donc la dépouille de notre excellent veau; il est juste que mon compagnon la voie de ses propres yeux; il y a pour le moins autant d'intérêt que moi. J'allai vite à l'écurie retrouver l'ânier, à qui je dis tout bas que je voulois lui faire voir quelque chose qui en valoit bien la peine. Il me suivit. Je le menai à l'arrière-cour, où lui montrant les restes des deux bons repas que nous avions faits : Hé bien, mon ami, lui dis-je, que pensez-vous de tout ceci? est-ce que je ne me nourris que de craquelins et d'œufs frais? Contemplez avec volupté ce veau délicat dont l'hôte vous a fait ces ragoûts que vous avez trouvés si friands. Voyez de quoi cet habile cuisinier nous a régalés.

Le bon ânier demeura si honteux qu'il ne put me répondre : C'est donc là, poursuivis-je, cet homme de bien qui ne vend pas des chats pour des lièvres, ni des brebis pour des agneaux, mais qui ne se fait pas un scrupule de nous donner du mulet pour du veau! Mon compagnon, triste et rêveur, regagna l'écurie, et moi je cherchai l'hôte pour lui parler vigoureusement. Je m'imaginois que, pour l'obliger à me restituer mon manteau, je n'avois qu'à lui faire connoître que j'avois tout découvert, et le menacer d'en avertir la justice : comme en effet il est défendu, par une loi expresse et sous de grosses peines, en Andalousie, d'avoir chez soi de pareilles bêtes, et de faire couvrir les juments par des ânes. Il se soucioit peu d'observer cette loi, ayant eu depuis huit jours un mulet d'un âne et d'une petite jument galicienne, qu'il mettoit sur leur bonne foi dans la même écurie : il s'étoit imaginé qu'il pouvoit impunément le présenter pour du veau à des passagers, qui d'ordinaire ne manquent pas d'appétit.

Je le rencontrai dans la cour auprès du puits, où il s'occupoit à laver une pièce du veau supposé; il la cacha sitôt qu'il m'aperçut. Je l'abordai d'un air d'assurance, et lui dis d'un ton ferme de me rendre mon manteau, ou bien que j'irois me plaindre à la justice. A ces mots, qui ne l'épouvantèrent point, il me regarda d'un œil méprisant, m'appela petit fat, et me dit qu'il me donneroit le fouet.

Je fus moins sensible à la perte de mon manteau qu'à la manière dont il me traitoit : je m'abandonnai à mon ressentiment; et, sans avoir égard à l'inégalité de nos forces, je lui répondis qu'il n'étoit qu'un voleur et qu'un fripon; que je le défiois d'oser mettre la main sur moi. Il parut piqué de ma réponse, et s'avança comme pour me maltraiter ; mais sans attendre ce géant, car c’en étoit un par rapport à moi, je lui jetai à la tête une pierre que j’avois ramassée : par bonheur pour lui elle ne fit que friser ses oreilles. Alors, au lieu de me venir joindre pour m’accabler du poids de son corps, il courut à sa chambre, d’où il revint un instant après avec une longue épée nue à la main. Loin de fuir devant ce matamore, je me mis à l’apostropher dans des termes injurieux, jusqu’à le traiter de lâche et de poltron, qui n’avoit pas honte de se servir d’une rapière contre un enfant qui n’avoit point d’autres armes que des pierres pour se défendre.

Au bruit de mon apostrophe, les valets et les servantes accoururent, et furent tout effrayés de voir leur maître armé d’une épée ; d’un autre côté, mon camarade, irrité contre le fripon auquel il en vouloit pour les ragoûts détestables qu’il lui avoit fait manger, vint à mon secours avec une fourche ; de sorte que l’ânier et moi d’une part, l’hôte, sa femme, ses enfants et ses domestiques de l’autre, nous faisions un vacarme de tous les diables ; on eût dit de dehors qu’indubitablement il se passoit une sanglante scène dans l’hôtellerie : tous les voisins en sont en peine, tout le monde accourt ; on frappe, à la porte, qui étoit encore fermée ; on l’enfonce pour être plus tôt au fait de cet effroyable bruit qu’on entend : une troupe de gens de justice paroît, des archers, des greffiers et des alcades ; car, pour les péchés des habitans, il y avoit deux juges dans la ville de Cantillana.

Ces alcades ne furent pas plus tôt dans la maison avec toute leur séquelle, que chacun d’eux prétendit que la connoissance de cette affaire lui appartenoit ; ce qui forma deux partis. Les greffiers et les archers se divisèrent aussi selon leurs divers intérêts, et leur partage sur la compétence excita une furieuse dispute entre eux. Nouvelle guerre, nouveau bruit ; on ne s’entend plus : voilà les juges et les greffiers qui s’échauffent les uns contre les autres ; ils se font des reproches, se disent d’horribles vérités ; ils en viennent aux injures, et des injures ils en seroient peut-être venus aux mains, si quelques honnêtes bourgeois de la ville, qui étoient entrés avec eux dans l’hôtellerie pour savoir de quoi il s’agissoit, ne se fussent entremis pour les accorder ; ce qui ayant été fait, Dieu sait comment, il ne fut plus question que de notre querelle : on débuta, comme de raison, par me saisir ; c’est toujours par l’endroit le plus foible que la corde se rompt. J’étois un étranger sans appui et sans connoissance ; la justice ne pouvoit manquer de commencer par moi.

Il faut pourtant que je rende justice à ces alcades ; ils voulurent bien m’entendre avant que de

me faire emprisonner : je leur contai tout naturellement le sujet de mon démêlé avec l’hôte pour mon manteau ; ensuite, les ayant tirés à part, j’ajoutai à cette histoire celle du mulet ; je leur dis qu’ils trouveroient encore la peau de cet animal dans l’arrière-cour, et quelques morceaux en étuvée dans la cuisine. Sur ce dernier article de ma déposition, les juges laissèrent là mon manteau pour courir à l’arrière-cour, après avoir, par provision, fait arrêter l’hôte, qui n’en fit que rire, s’imaginant que c’étoit au sujet du manteau, que personne ne lui avoit vu prendre ; mais lorsqu’on lui produisit la peau du mulet avec toutes les autres pièces justificatives, il devint pâle comme un criminel confondu ; et dans l’interrogatoire qu’on lui fit subir, il en dit plus qu’on ne lui en demandoit ; il ne marqua de la fermeté que sur mon manteau : le scélérat, par un esprit de vengeance, ne voulut jamais convenir qu’il l’eût volé.

Les alcades envoyèrent ce misérable en prison ; ce qui me causa quelque joie au milieu de mes peines : je dis au milieu, car je n’étois pas encore au bout. Les greffiers, gens aussi humains que désintéressés, jugeant que j’étois un garçon de famille, et que je pouvois avoir un père riche, conseillèrent chrétiennement aux juges de me faire arrêter aussi à tout hasard : ce conseil, qui se trouva fort du goût des alcades, alloit être suivi, si les bourgeois qui étoient présents ne se fussent opposés à une si grande injustice, en disant tout haut que si cela s’exécutoit, le battu paieroit l’amende. Les murmures de ces honnêtes gens l’emportèrent pour le coup sur la bonne volonté des officiers de justice, qui me firent grâce par politique.

D’une autre part, l’ânier, triste témoin de tout ce qui se passoit, et mourant de peur qu’on ne se saisît de ses ânes et de lui, me dit à l’oreille de nous éloigner promptement de ce pays de bénédiction, où le moindre malheur qui pouvoit arriver à un homme de bien étoit de perdre son manteau. J’approuvai fort son avis : nous montâmes à la hâte sur nos bêtes, et nous sortîmes de l’hôtellerie.

CHAPITRE VIII.

Il arrive un nouveau malheur à Guzman et à l’ânier.

Nous avions tant d’envie d’être hors de la ville, que nous commençâmes à donner du talon à nos ânes, qui servirent bien notre impatience : il sembloit qu’à notre exemple ils eussent pris en aversion cette hôtellerie, et qu’ils craignissent d’y laisser leur peau ; mais quand nous fûmes dans la campagne, nous n’allâmes plus qu’au petit pas, tous deux gardant un profond silence, et chacun occupé de ses pensées. Il faisoit beau voir alors la contenance de mon ami l'ânier : il n'avoit plus envie de rire depuis qu'il avoit vu la dépouille du mulet ; il n'étoit nullement tenté de me railler sur nos admirables repas, il craignoit trop les reparties que j'aurois pu lui faire ; il avoit mangé six fois plus que moi de l'andouille et de la cervelle ; et pour le ragoût du matin, il l'avoit encore tout entier dans le ventre : enfin j'aurois eu de quoi triompher, s'il se fût avisé de vouloir plaisanter ; mais il étoit bien éloigné d'y penser.

S'il avoit sujet de rêver désagréablement, je n'étois pas plus satisfait des images qui venoient s'offrir à mon esprit. O ciel ! disois-je, quelle étoile malheureuse m'a tiré de la maison de ma mère ? A peine ai-je mis le pied dehors, que tout m'est devenu contraire ; un malheur n'a fait que m'en présager un autre. Pour premier gîte, il m'a fallu coucher à la porte d'une chapelle, et cela sans souper ; le lendemain j'ai dîné d'une omelette aux poussins, et l'on m'a régalé le soir de divers ragoûts de mulet travesti en veau ; la nuit j'ai été dévoré des puces, heureusement je n'en ai rien senti ; aujourd'hui il n'a tenu qu'à moi de faire aussi bonne chère, et qui pis est, on m'a volé mon manteau : il ne me manquoit plus que d'aller en prison tenir compagnie aux voleurs, et il n'a pas tenu aux greffiers que cela ne me soit arrivé.

Toutes les fois que je pensois à ce vol, je soupirois amèrement ; son souvenir m'affligeoit plus que tout le reste : en effet j'avois bien raison d'en être touché ; l'estomac peut se remettre d'un mauvais repas ; une désagréable nuit est réparée par une bonne : mais le moyen de réparer la perte d'un manteau, quand on a aussi peu d'argent que j'en avois ? Néanmoins le mal étant sans remède, je me résolus à prendre patience ; j'avois ouï dire que la vie de l'homme étoit un mélange de bonheur et de malheur, de plaisir et de peine : si cela est, disois-je, console-toi, Guzman ; tu es sur le point de trouver quelque bonne fortune, puisque tu n'as éprouvé que des disgrâces depuis ton départ de Séville.

Plein d'une si douce espérance, je commençois à reprendre courage, lorsque deux hommes, qui avoient l'air de ce qu'ils étoient, et qui venoient derrière nous au grand trot sur des mules, nous ayant atteints, me considérèrent avec attention, comme des gens qui cherchoient quelqu'un qui me ressembloit ; leur figure toute seule n'étoit que trop capable de me troubler : jamais la Sainte-Hermandad, dont ils avoient l'honneur d'être membres, n'a peut-être eu de confrères d'une mine plus effroyable. Je leur parus surpris, et même un peu effrayé de ce qu'ils me regardoient

entre deux yeux : il ne leur en fallut pas davantage pour sauter à terre ; en même temps ils vinrent fondre sur moi l'un et l'autre ; ils me jetèrent à coups de poing de mon âne en bas ; puis, me saisissant par un bras, l'un des deux me dit d'un ton d'archer : Ah ! te voilà, fripon de voleur, nous te tenons enfin : allons, petit misérable, rends cet argent, rends ces pierreries, ou bien nous te pendrons tout à l'heure à cet arbre que tu vois à deux pas d'ici. A ces mots, quelque chose que je pusse dire pour ma défense, ils se mirent à me houspiller et à me souffleter d'une manière qu'un soufflet n'attendoit pas l'autre.

Le trop charitable ânier, touché de compassion de me voir traiter si cruellement, voulut représenter à ces furieux que sans doute ils se méprenoient : il fut fort mal payé de sa remontrance ; ils lui tombèrent sur le corps, et quand ils furent las de le battre, ils lui dirent qu'il étoit mon recéleur, et l'arrêtèrent avec tous ses ânes, en lui demandant où il avoit mis cet argent et ces pierreries. Comme il ne pouvoit leur répondre autre chose, sinon qu'il ignoroit de quel argent et de quelles pierreries ils nous parloient, ce fut un nouvel orage de coups de bâton qui creva sur lui. Je confesse ici ma mauvaise inclination, je ressentis une maligne joie en voyant maltraiter ainsi ce pauvre diable, à qui je portois guignon ; je m'imaginois que c'étoit à lui que je devois imputer la perte de mon manteau et notre horrible souper. Après qu'ils nous eurent bien étrillés, ils nous fouillèrent exactement ; et, ne trouvant pas ce qu'ils cherchoient, ils nous lièrent les mains avec des cordes, dans le dessein de nous mener en laisse à Séville. Nous étions déjà tous deux attachés comme des lévriers, lorsque celui des archers qui m'avoit lié les mains dit avec surprise à son compagnon : Holà, ho ! camarade, nous faisons les choses avec bien de la précipitation ; je crois, Dieu me pardonne, que nous nous sommes trompés : le drôle que nous poursuivons n'a point de pouce à la main gauche, et il ne manque pas un doigt à celui-ci. L'autre archer sur cela s'avisa de tirer de sa poche leurs instructions, et de les lire à haute voix : le voleur après lequel ils couroient y étoit peint d'une façon qui ne s'accordoit point avec ma figure ; outre qu'il y étoit marqué qu'il lui manquoit un pouce, il étoit dit qu'il avoit dix-neuf à vingt ans, et des cheveux noirs et longs qui lui tomboient sur le dos en queue de cheval ; au lieu qu'on ne pouvoit me donner tout au plus que quatorze ans, et que j'avois des cheveux très-courts, roux et crépés. Ils virent bien qu'ils avoient fait un quiproquo ; ils nous délièrent, prirent pour leurs vacations quelques réaux que l'ânier avoit dans sa poche, nous firent des excuses en nous riant au nez, et remontèrent sur leurs mules, laissant les battus tout roués de coups, principalement mon ami l'ânier, dont les épaules épaisses ·et robustes avoient été moins ménagées que les ·miennes : en récompense, j'avois la bouche pleine de sang, et les dents ébranlées des coups de poing que j'avois reçus.

Cela ne nous empêcha pourtant pas de nous remettre sur nos ânes et de continuer notre route, mais aussi tristement que tu le pourrois faire dans une semblable conjoncture; quand nous fûmes à un quart de lieue du village del Pedoso, nous aperçûmes et joignîmes nos deux ecclésiastiques, qui marchoient pas à pas en nous attendant.

Je leur appris le sujet de notre retardement; car dans l'état où étoit l'ânier, il n'avoit pas le courage de desserrer les dents. Les bons prêtres nous plaignirent fort ; la dernière de nos aventures surtout leur parut la plus fâcheuse, et donna occasion à un de ces messieurs de dire: Dieu garde tout honnête homme de trois saintes qui sont en Espagne; savoir: la sainte Inquisition , la sainte Hermandad et la sainte Cruzada ! Dieu préserve un innocent particulièrement de la sainte Hermandad ! Il y a encore quelque espérance de justice avec les deux autres; mais tout ce que je puis dire de celle-là : Bienheureux sont ceux qui ne tombent point entre ses mains !

L'ecclésiastique qui m'avoit régalé d'un sermon le jour précédent, et qui se sentoit une grande démangeaison de prêcher encore, fit adroitement rouler la conversation sur les plaisirs du monde, pour avoir occasion de nous dire qu'il n'y en a que de faux sur la terre, et que, si l'on en vouloit trouver de véritables, il falloit les aller chercher au ciel ; que toutes les fêtes même où l'on se promettoit les plus grands plaisirs étoient toujours accompagnées ou suivies de quelques chagrins. Monsieur le bachelier, ajouta-t-il en s'adressant à son camarade , souhaitez-vous que je vous raconte à ce propos une fable qui me semble digne d'être écoutée? Vous ne serez pas fâché de la savoir; la voici. En même temps il la débita dans ces termes , sans attendre la réponse de son compagnon.

« Jupiter, n'étant pas content d'avoir créé pour les hommes tout ce qui se voit sur la terre, par un excès d'amour pour eux, envoya dès les premiers temps le dieu du plaisir résider dans ce bas monde, uniquement pour les réjouir. Mais les hommes, et encore plus les femmes, s'attachant à ce nouveau dieu qui les charmoit par ses attraits, résolurent de ne reconnoître que lui pour leur divinité; ils se flattèrent qu'il avoit de quoi combler tous leurs vœux : ainsi, croyant pouvoir se passer de tous les autres dieux du ciel, ils commencèrent à les oublier: les prières, les sacrifices,

les victimes, tout ne fut plus que pour le dieu du plaisir. Jupiter, comme le plus offensé, fut si sensible à l'ingratitude de ses créatures, qu'il crut devoir se venger d'elles : il assembla les immortels pour les consulter, de peur qu'on ne l'accusât de n'avoir écouté que sa colère.

» Tous les dieux en général blamèrent le procédé des hommes plus ou moins, selon les sentiments que chacun avoit pour eux. Les plus débonnaires représentèrent à Jupiter que des mortels n'étoient que des mortels, c'est-à-dire des créatures foibles, pleines de défauts, et desquelles on ne devoit attendre que de l'imprudence et de l'indiscrétion; que le maître des dieux, bien loin de voir leur foiblesse d'un œil irrité, il lui convenoit plutôt d'en avoir pitié, et de leur pardonner, au lieu de songer à les punir. Si nous étions hommes comme eux, ajoutèrent-ils , nous ne nous conduirions pas autrement, peut-être même ferions-nous pis; d'ailleurs, considérez quel dieu vous leur avez donné; voyez de quelle sorte il en use avec eux : il ne les abandonne point, il flatte leurs désirs, et a des manières ravissantes dont ils sont enchantés. Vous, au contraire, vous ne vous montrez que de temps en temps, et presque toujours la foudre en main ; en un mot, vous les effrayez, et vous ne devez pas être étonné s'ils vous aiment moins qu'ils ne vous craignent: au reste, ils peuvent se corriger et rentrer en eux-mêmes, quand on les aura sérieusement avertis du tort que fait aux immortels, et principalement à vous, l'aveugle attachement qu'ils ont pour cette divinité.

» Lorsque les dieux pacifiques eurent fait cette remontrance à Jupiter, Momus, qui haïssoit les hommes , lui en voulut faire une autre toute contraire; mais il la commença dans des termes si libres, que le souverain des cieux lui ferma la bouche en lui disant qu'il parleroit à son tour. D'autres divinités, qui n'étoient pas mieux intentionnées pour le genre humain que Momus, voulurent persuader au fils de Saturne qu'il devoit détruire les hommes; que c'étoient des êtres inutiles, et dont les dieux n'avoient pas besoin. D'autres immortels, moins emportés, croyant lui donner un avis admirable, lui conseillèrent de réduire en poudre ces coupables humains, et d'en créer d'autres plus parfaits, puisque c'étoit une chose qu'il pouvoit faire d'un souffle : alors Apollon demanda permission de parler, et dit, avec cet air de douceur qu'on lui attribue, ces paroles au père des dieux :

» Jupiter, divinité remplie d'amour et de bonté, tu es si justement irrité contre les hommes, que, quelque vengeance cruelle qu'il te prît envie d'en tirer, aucun habitant de l'Olympe n'oseroit s'opposer à ta volonté : il n'est pas moins de l'intérêt de tous les dieux en général que du tien, que les mortels ne paient pas d'ingratitude les grâces et les bienfaits qu'ils reçoivent de nous tous les jours. Mais, après tout, je ne puis m'empêcher de te remontrer que si tu fais périr les humains, c'est ton propre ouvrage que tu détruis. Ce monde, que tu as créé et embelli de mille choses admirables que tu y as fait naître, ne sera plus d'aucune utilité ; nous ne quitterons pas le ciel pour aller l'habiter. De détruire les hommes pour en faire de nouveaux, cela ne te fera point d'honneur ; on dira que tu ne peux qu'en deux fois rendre tes œuvres parfaites : laisse le genre humain tel qu'il est ; il y va de ta gloire de le maintenir comme tu l'as créé : je ne sais pas même s'il seroit de l'intérêt des dieux que les hommes n'eussent aucune imperfection : s'ils n'étoient pas foibles et pleins de misères, auroient-ils besoin de nous?

» Cependant, poursuivit-il, ce sont des ingrats qu'il faut punir ; tu leur as fait présent du dieu du plaisir, et ils s'y sont trop attachés : hé bien! il n'y a qu'à le leur arracher, et leur envoyer à sa place le dieu du déplaisir son frère ; ce sera les châtier par le même endroit qu'ils t'ont offensé : ils reconnoîtront bientôt leur faute, et tu les verras recourir à ta bonté, pour la supplier de leur pardonner leur aveuglement ; tu seras alors pleinement vengé, et tu pourras leur faire grâce, ou les abandonner à la tyrannie de leur nouvelle divinité. Voilà, grand Jupiter, ce qui me semble convenir à ta gloire en cette occasion ; mais le maître du ciel et de la terre sait mieux que moi quelle résolution il doit prendre.

» Apollon cessa de parler, et Momus, qui avoit préparé un discours que sa haine pour les hommes lui avoit suggéré, voulut aggraver leur faute ; il ne laissa pas toutefois d'être la dupe de sa mauvaise volonté : tous les autres immortels, qui connoissoient son aversion pour les humains, rejetèrent son avis, et furent de celui d'Apollon. Mercure, suivant le résultat de l'assemblée céleste, fendit l'air aussitôt, et descendit sur la terre, où il trouva les hommes occupés, charmés, possédés du dieu du plaisir ; mais quand il se mit en devoir d'exécuter l'ordre qu'il avoit de le leur enlever, ce fut un soulèvement général, tant du côté des femmes que de celui des hommes ; on ne vit jamais une telle fureur : ils se rangèrent tous autour de leur divinité chérie, en protestant qu'ils mouroient tous plutôt que de souffrir qu'on la leur ôtât.

» Mercure remonta au ciel en diligence, pour informer de ce désordre Jupiter, dont la mauvaise humeur contre les hommes fut augmentée par cette nouvelle ; néanmoins Apollon, qui les aimoit toujours, intercéda pour eux encore auprès de lui, et fit si bien, qu'il l'empêcha de lancer la foudre sur ces malheureux : Maître de l'Olympe, lui dit-il, ayez pitié de ces foibles créatures. Au lieu de laisser tomber votre tonnerre sur ces insensés, permettez que je vous propose un moyen de les rendre plus raisonnables ; trompons-les par un tour d'adresse : arrachons-leur le dieu du plaisir sans qu'ils s'en aperçoivent, en mettant à sa place et sous sa figure le dieu du déplaisir.

» Le stratagème fut approuvé, et Apollon voulut lui-même s'employer à le faire réussir : il descendit sur la terre avec le déplaisir déguisé ; il trouva les femmes et les hommes en armes auprès du plaisir, pour le défendre envers et contre tous : il leur fascina les yeux, et fit aisément l'échange qu'il avoit dessein de faire ; après quoi il retourna vers les immortels pour rire avec eux de l'erreur où il venoit de jeter les humains, qui depuis ce temps-là, croyant avoir encore le dieu du plaisir, sacrifient à son frère sans le connoître. »

Cette fable fut applaudie du bachelier, qui convint, avec l'ecclésiastique qui venoit de la conter, qu'effectivement les plaisirs de la vie nous séduisent par de belles apparences sans avoir aucune réalité. Hélas! disois-je en moi-même pendant qu'ils raisonnoient là-dessus, cela n'est que trop véritable. Quand je me suis mis en tête de voyager, je me formois une idée charmante de mon voyage, je me repaissois l'esprit de mille agréables images dont je ne connois déjà que trop la fausseté. Après que les ecclésiastiques eurent assez long-temps moralisé sur cette matière, le bachelier dit à son compagnon : Pour égayer un peu l'entretien, et nous désennuyer sur la route, je vais, si vous voulez bien me le permettre, vous raconter une histoire du temps de nos guerres avec les Maures. L'autre ecclésiastique parut curieux de l'entendre, et, autant qu'il m'en peut souvenir, le bachelier en fit le récit à peu près de cette manière.

CHAPITRE IX.

Histoire d'Ozmin et de la belle Daraxa.

Pendant que leurs majestés catholiques Ferdinand et Isabelle assiégeoient Baëça, l'on peut dire que les Maures donnèrent bien de l'occupation aux chrétiens, et qu'il se fit de part et d'autre des actions de la dernière valeur. La place, avantageusement située et en bon état, étoit défendue par une garnison composée des meilleures troupes du roi de Grenade, Mahomet, surnommé *El Chiquito*, c'est-à-dire le très-petit, et avoit pour gouverneur un homme fort expérimenté dans la guerre. Isabelle, à Jaën, s'occupoit à faire pourvoir de munitions l'armée des chrétiens, que Ferdinand commandoit en personne, et qui étoit partagée en deux corps, dont l'un faisoit le siége, tandis que l'autre le soutenoit.

Comme les Maures n'épargnoient rien pour rendre difficile la communication des deux camps, il ne se passoit point de jour qu'il n'y eût quelque escarmouche, qui devenoit toujours sanglante. Il arriva dans une de ces occasions que les assiégés combattirent avec tant de fureur, qu'ils auroient entièrement défait les assiégeants, si la chose eût été possible ; mais ceux-ci, animés par la présence et par l'exemple de leur roi, qui s'étoit mis de la partie, et renforcés à tout moment par de nouveaux secours, firent prendre enfin la fuite aux infidèles, et les poursuivirent si vivement, qu'ils entrèrent pêle-mêle dans le faubourg de Baëça.

Le gouverneur n'auroit pas manqué de profiter de l'ardeur indiscrète des chrétiens, s'il eût eu assez de monde pour faire alors une vigoureuse sortie ; mais voyant alors sa garnison trop affoiblie pour oser l'entreprendre, il se contenta prudemment de faire feu sur eux, pour les empêcher de se loger dans le faubourg ; ensuite il fit fermer les portes de la ville, de peur qu'elle ne fût emportée d'assaut. On eut beau lui venir dire que sa fille unique étoit malheureusement allée prendre l'air dans un jardin qu'il avoit au faubourg, et qu'il étoit à craindre qu'elle ne tombât entre les mains des ennemis, il répondit, en consul romain, qu'il aimoit mieux perdre sa fille qu'une place dont son roi lui avoit confié la défense.

Parmi les seigneurs de l'armée chrétienne qui entrèrent dans le faubourg avec les Maures, don Alonse de Zuniga fut un de ceux qui se signalèrent le plus. Ce cavalier, qui pouvoit avoir dix-huit ans, faisoit sa première campagne ; il aimoit la gloire, et il n'étoit venu au siége de Baëça que pour mériter l'estime de Ferdinand par quelque action d'éclat. La fortune favorisa son dessein : comme il poursuivoit les ennemis, passant au fil de l'épée ceux qui vouloient lui résister, il arriva près d'une maison de fort belle apparence, qu'il jugea devoir appartenir à une personne de qualité ; curieux de savoir ce qu'il y avoit dedans, il fit enfoncer les portes à coups de hache : il se présenta d'abord une douzaine d'hommes armés seulement de sabres pour en défendre l'entrée ; mais quatre ou cinq d'entre eux, ayant été jetés par terre, abattirent le courage des autres, qui se sauvèrent par-dessus les murs du jardin.

Les cavaliers de don Alonse, ravis de trouver une maison richement meublée, ne songèrent qu'à la piller ; pour lui, qui ne cherchoit que l'occasion de la gloire, il parcourut cette maison l'épée à la main avec cinq ou six de ses gens, brisant et enfonçant toutes les portes fermées, pour voir s'il ne rencontreroit pas quelque Maure qu'il

fallût combatire. Comme il alloit ainsi d'appartement en appartement, il entendit des cris et des gémissements à l'entrée du dernier : en même temps il aperçut cinq femmes, dont quatre tout en pleurs et fort effrayées vinrent tomber à ses pieds, en le conjurant de leur sauver l'honneur et la vie ; mais la cinquième, qui faisoit assez connoître par son air et par ses habits qu'elle étoit la maitresse des autres, au lieu de s'humilier devant son ennemi, tenoit un poignard, et gardoit une contenance assurée : Arrête, lui dit-elle fièrement, en langue castillane, lorsqu'il voulut s'approcher d'elle, ce fer punira l'insolent qui osera mettre la main sur moi.

Don Alonse n'eut pas sitôt envisagé la dame qui venoit de lui adresser ces paroles courageuses, qu'il fut ébloui de sa beauté ; il sentit les premiers mouvements que l'amour excite dans les cœurs qu'il soumet à son empire ; et déjà tout enflammé de son ardeur naissante, il leva la visière de son casque, remit son épée, et dit à la dame, avec autant de douceur que de respect, qu'une personne comme elle n'avoit rien à craindre d'un cavalier tel que lui ; qu'il étoit bien mortifié de l'alarme qu'il lui causoit, mais qu'en même temps il s'estimoit trop heureux que le sort l'eût conduit auprès d'elle pour la sauver des malheurs qui la menaçoient ; qu'il la supplioit seulement de prendre une entière confiance en lui, et de souffrir qu'il l'emmenât promptement pour prévenir la fureur du soldat, qui, dans ces occasions, ne reconnoissant aucune autorité, pourroit le mettre hors d'état de la préserver de toutes sortes d'outrages.

A ces mots, dont elle ne sentit que trop la force, elle accepta le secours qu'il lui offroit ; aussitôt il ordonna aux gens de sa suite d'avoir soin des autres femmes, et de leur laisser emporter tout ce qu'elles jugeroient pouvoir leur être utile : après quoi il présenta la main à sa captive, qui, malgré le trouble où étoient ses esprits, ne laissoit pas d'être un peu rassurée par la politesse et par la vue de ce jeune cavalier ; il est vrai que, tout armé qu'il étoit, à voir son beau vivage et ses longs cheveux qui flottoient par boucles sur sa cuirasse, on l'auroit plutôt pris pour une fille que pour un homme de guerre.

La charmante Maure, qui, sans contredit, étoit la plus piquante beauté du royaume de Grenade, se nommoit Daraxa ; c'étoit la fille du gouverneur de la place : dès qu'elle avoit appris que l'on repoussoit les Maures jusque dans le faubourg, elle avoit voulu regagner la ville ; mais en ayant trouvé les portes fermées, elle avoit été obligée de revenir au jardin.

Quoique ce fût une grande consolation pour

elle d'être tombée entre les mains de don Alonse, néanmoins elle ne pouvoit penser qu'elle devenoit esclave des chrétiens, sans en être pénétrée de douleur. Malgré toute sa fermeté, cette réflexion lui arrachoit des larmes; elle n'eut pas la force de répondre au discours obligeant de son généreux ennemi; elle lui donna seulement la main pour lui marquer sa confiance. Le jeune guerrier, attendri par les pleurs de sa prisonnière, n'oublioit rien de tout ce qu'il croyoit propre à la consoler; et comme il parloit de l'abondance du cœur, ce qu'il disoit avoit un caractère de tendresse qui auroit fait plus d'impression sur sa belle captive, si elle eût été moins accablée de son malheur; mais quoiqu'elle fût sensible aux efforts qu'il faisoit pour adoucir son infortune, les marques de reconnoissance qu'elle en donnoit ne répondoient guère à la vivacité du consolateur.

D'abord qu'il fut averti qu'on battoit la retraite par ordre du roi, et que déjà les chrétiens commençoient à défiler pour regagner leur camp, il céda son cheval à la dame, qui monta dessus légèrement, sans le secours de personne, et fit bien voir qu'elle savoit manier un cheval: il rassembla ensuite à la hâte la meilleure partie de ses cavaliers, au milieu desquels il plaça la belle **Maure** avec ses femmes; puis, s'étant mis à la tête de ce petit corps, qui avoit plutôt l'air d'un cortége que d'une escorte, il suivit les autres troupes qui défiloient.

Il n'étoit pas encore arrivé au camp, que le roi savoit déjà son aventure; il l'avoit apprise avec d'autant plus de joie, qu'il affectionnoit particulièrement ce cavalier, qui lui paroissoit un jeune homme d'une grande espérance. Ce monarque, impatient de voir une prisonnière de la race des rois de Grenade, et pour lui faire plus d'honneur, alla au devant d'elle aussitôt qu'il sut qu'elle s'approchoit de sa tente avec don Alonse, qui l'amenoit pour la lui présenter. Elle aborda le roi d'un air si majestueux et avec tant de grâce, qu'elle charma tous ceux qui en furent témoins: elle voulut se prosterner devant lui; mais il s'y opposa si poliment, et la reçut d'une manière dont elle fut tellement satisfaite, qu'elle lui dit avec une espèce de transport: Ah! seigneur, que l'honneur de saluer le grand Ferdinand auroit de charmes pour moi, si le ciel ne l'eût point attaché au plus cruel de tous les malheurs qui me pouvoient arriver! Madame, lui répondit le roi d'un air gracieux, vous ne devez point regarder comme un malheur d'être devenue prisonnière de don Alonse de Zuniga: c'est un aimable cavalier qui aura pour vous tous les égards qu'on vous doit; il n'épargnera rien pour vous consoler de votre disgrâce; et de mon côté, je vous prépare de si bons trai-

tements, que vous cesserez peut-être bientôt de vous plaindre de la fortune.

Le monarque, après lui avoir parlé dans ces termes, ajouta qu'il lui permettoit d'écrire au gouverneur son père, pour l'assurer qu'elle seroit toujours traitée avec toute la considération que méritoit une fille de sa naissance. Ensuite il dit à don Alonse en souriant: Continuez d'avoir soin de Daraxa, menez-la sous ma propre tente, qu'elle s'y repose cette nuit avec ses femmes, et demain vous la conduirez vous-même à Jaën; elle sera plus agréablement auprès de la reine que dans un camp.

Tous les officiers de l'armée qui avoient vu la belle Maure en parlèrent aux autres si avantageusement, qu'ils leur donnèrent envie de la voir; pour cet effet, ils s'adressoient tous à Zuniga, de qui cela dépendoit, le roi lui en ayant confié la garde: mais don Alonse, jaloux de son bonheur, refusoit de satisfaire leur curiosité, et les écartoit de la tente royale par des défaites. Ils le persécutèrent vivement pour obtenir de lui cette satisfaction, et il n'avoit pas peu de peine à se défendre de la leur accorder; heureusement la persécution ne dura que ce jour-là. Dès le lendemain, suivant l'ordre de Ferdinand, il partit pour Jaën, où il arriva le soir avec sa charmante captive, qu'il alla présenter à la reine. Cette princesse, à qui le roi avoit envoyé un courrier la nuit précédente, étoit déjà informée de tout: elle fit un accueil très-gracieux à Daraxa, et prit un extrême plaisir à la voir; elle lui trouvoit dans les yeux un feu brillant qu'on avoit de la peine à soutenir, et elle n'admira pas moins son esprit que sa beauté lorsqu'elle l'eut entretenue quelque temps, de sorte qu'elle ne pouvoit se lasser de la regarder ni de l'entendre.

Cependant don Alonse, s'étant acquitté de sa commission, se vit obligé de s'en retourner à l'armée: il sentit alors, pour la première fois, que si l'amour a des douceurs, il est aussi accompagné de chagrins, et que ce dieu fait payer bien cher ses moindres plaisirs: il ne pouvoit penser sans une extrême douleur qu'il alloit se séparer de sa belle Maure; mais ce qui faisoit sa plus grande peine, c'étoit de ne lui avoir pas encore découvert ses sentiments, quoiqu'il en eût eu plus d'une occasion favorable, soit par une timidité qu'ont quelquefois les amants les plus hardis, soit que, faute d'expérience, il eût pris le parti de ne faire paroître son amour que par ses actions: néanmoins, comme il savoit que c'étoit aux hommes à parler les premiers, il résolut enfin de se déclarer; il n'étoit plus embarrassé que de la manière dont il feroit cet aveu; il y rêva long-temps; et n'étant pas satisfait de ce qui lui venoit sur cela dans l'esprit, il se proposa de faire ce que sa passion lui inspireroit.

Dans ce dessein il se rendit chez la reine pour recevoir ses ordres, et lui demander la permission de dire adieu à Daraxa. La reine, qui se doutoit bien que ce jeune seigneur n'avoit pu voir impunément pendant deux jours une personne aussi aimable que la belle Maure, voulut avoir le plaisir d'être témoin de leur séparation. Ce que vous souhaitez est juste, dit-elle à don Alonse, puisque Daraxa est votre prisonnière ; mais elle est sous ma garde : je dois veiller sur toutes ses actions, et vous ne pouvez l'entretenir qu'en ma présence. Ces paroles le troublèrent, et lui ôtèrent presque toute espérance de faire connoître à sa captive qu'en s'éloignant d'elle il alloit s'éloigner de ce qu'il avoit de plus cher au monde.

Il arriva toutefois que ce qu'il envisageoit comme un obstacle à l'accomplissement de ses désirs servit plutôt à les satisfaire. La reine, ayant fait venir la belle Maure, lui dit : Ma fille, car c'est ainsi qu'elle l'appeloit déjà par amitié, vous voyez un jeune guerrier que je crois plus à plaindre et plus prisonnier que vous ; il se fait un devoir de prendre congé de sa captive avant que de retourner au camp : je suis de ses amies, et je lui permets de découvrir devant moi les tendres sentiments qu'il peut et doit avoir conçus pour elle. Daraxa rougit à ce discours ; elle avoit été jusqu'alors tellement occupée de son malheur, qu'elle ne s'étoit point encore attachée à démêler les mouvements de don Alonse, ou, si elle y avoit fait quelque attention, elle s'étoit imaginée que la pitié, qui n'est jamais sans tendresse, la faisoit agir toute seule : outre cela, elle avoit le cœur prévenu pour un autre ; elle ne pouvoit voir Zuniga que d'un œil indifférent.

Elle ne laissa pas de répondre à la reine qu'elle n'oublieroit jamais les obligations qu'elle avoit à ce cavalier, et que, n'étant pas en état de les reconnoître autrement que par des vœux, elle souhaitoit qu'il n'eût pas le malheur d'être fait prisonnier, ou que, si cette infortune lui arrivoit, il fût du moins aussi bien traité qu'elle l'étoit. La reine, curieuse d'entendre la réponse que don Alonse feroit à ce compliment, ne voulut point répliquer, pour lui donner lieu de parler ; mais ce jeune seigneur, dont on admiroit tous les jours à la cour les reparties brillantes, demeura comme embarrassé, soit que l'amour dans ce moment l'agitât avec trop de violence, soit qu'il fût gêné par la présence de la reine. Il répondit seulement à Daraxa que, quelque disgrâce qu'il pût éprouver, il se croiroit trop heureux s'il pouvoit avoir l'honneur de se dire son chevalier, et qu'il venoit

avant son départ la prier de lui accorder cette grâce. Cela ne se refuse point dans ce pays-ci, dit alors la reine, tant pour échauffer la conversation que pour faire plaisir à Zuniga ; et Daraxa pourroit trouver en elle-même plus d'une raison pour y donner son consentement. Madame, répondit la belle Maure, j'en trouverois de reste à prendre pour mon chevalier un homme du mérite et de la qualité de don Alonse ; mais si les lois de la chevalerie sont les mêmes chez les chrétiens et chez les Maures, comment voulez-vous que je m'intéresse pour un guerrier qui va porter les armes contre ma patrie ?

Quoique cette réponse parût judicieuse à la reine, cette princesse ne laissa pas de retourner à la charge, en représentant à la belle Maure que c'étoit par un cas particulier ; qu'elle pouvoit sans scrupule prendre part à la gloire et à la fortune d'un cavalier à qui elle croyoit avoir de grandes obligations ; que cela lui serviroit d'excuse : de plus, qu'elle engageroit par là don Alonse à traiter avec plus de douceur les Maures qui pourroient tomber entre ses mains. Zuniga étoit charmé de voir la reine entrer avec tant de bonté dans ses intérêts ; et Daraxa, craignant de se trop découvrir si elle s'opiniâtroit à combattre les raisons de cette princesse, aima mieux garder le silence, comme si par respect elle eût consenti à ce qu'on attendoit d'elle.

Ce n'est pas tout, reprit la reine pour achever son ouvrage ; quand une dame, chez les chrétiens, choisit un chevalier, elle a coutume de lui donner une marque de son choix, comme une écharpe, son portrait, un mouchoir, un ruban, ou quelque autre semblable galanterie. C'étoit bien aussi la coutume des Maures ; mais Daraxa ne vouloit point s'engager si avant : néanmoins, comme les désirs de la reine étoient pour elle des lois, elle fit présent à don Alonse d'un nœud de rubans qu'elle avoit sur la tête, d'un beau tissu à la mauresque. Ce cavalier le reçut un genou à terre et en baisant la main qui le lui présentoit ; après quoi, suivant l'usage des amants de ce temps-là, il jura de ne jamais rien faire qui fût indigne de l'honneur de servir sa dame. Ensuite de cette cérémonie, qui fit un extrême plaisir à la reine, cette princesse dit à Zuniga qu'elle ne doutoit nullement qu'il ne se signalât bientôt par de glorieux faits d'armes, pour prouver qu'il méritoit bien la faveur dont il venoit d'être gratifié. Il répondit que c'étoit à la fortune à lui en fournir les occasions, et que s'il les manquoit, ou qu'elles fussent malheureuses pour lui, ce ne seroit pas du moins par la faute de son cœur.

Après qu'il eut parlé de cette sorte, il remercia la reine de toutes ses bontés ; puis, s'adressant à la belle Maure, il la supplia de vouloir bien se souvenir quelquefois d'un chevalier qui mettoit toute sa gloire à servir le roi catholique son maître, et à se rendre digne d'être estimé d'elle. A ces mots il se retira, et partit pour l'armée.

Il apprit en arrivant que les rois Ferdinand et Mahomet avoient eu ensemble une entrevue ; que Baëça venoit de capituler, et qu'il étoit dit par un article de la capitulation que tous les prisonniers faits pendant le siége seroient relâchés de part et d'autre. Cette nouvelle affligea l'amoureux don Alonse, qui, dès ce moment-là, se crut privé pour toujours de la vue de la belle Maure ; mais comme si la reine eût entrepris de faire le bonheur de ce cavalier, elle ne voulut point se défaire de Daraxa, pour qui elle avoit conçu une amitié si forte, qu'elle ne pouvoit plus vivre sans cette aimable personne. Le gouverneur maure, son père, eut beau la demander avec de grandes instances, cette princesse lui fit écrire dans des termes si obligeants, pour le prier de la lui laisser, que, malgré la tendresse qu'il avoit pour sa fille, il ne put se défendre de la lui abandonner, bien persuadé qu'il n'auroit pas sujet de se repentir de cette complaisance.

Le roi, voyant la campagne finie, prit la résolution d'aller passer l'hiver à Séville. Il manda son dessein à la reine, qui s'y rendit deux ou trois jours avant lui. Jamais la cour de ce monarque n'avoit été plus magnifique ; tous les seigneurs à l'envi se mirent en dépense pour y faire une brillante figure : don Alonse surtout, qui en étoit un des plus riches, et dont l'absence avoit irrité l'amour, n'épargna rien pour avoir un train et un équipage dignes du *Chevalier de la belle Maure*, nom qu'il s'étoit donné et dont il se faisoit honneur à la cour, de même que du nœud de rubans qu'il avoit reçu de cette dame, et qu'il portoit à son jupon, avec un cordon d'or, en forme d'ordre

Ce qu'il y avoit de malheureux pour lui, c'est que tout cela étoit compté pour rien par Daraxa, qui le traitoit avec autant d'indifférence que les autres seigneurs, qui étoient aussi devenus ses amants ; comme don Rodrigue de Padilla, don Juan de Urena, et don Diègue de Castro. Ce que don Alonse avoit par-dessus ses rivaux, c'étoit la liberté de voir sa maîtresse, et de lui parler plus souvent qu'eux ; avantage dont il étoit redevable aux seules bontés de la reine, qui, désirant avec ardeur que la belle Maure se fît chrétienne, pour la marier ensuite dans sa cour et l'y retenir, avoit jeté les yeux sur lui, comme sur le parti le plus avantageux pour elle.

La reine, ayant donc dessein d'engager cette dame à changer de religion, en cherchoit tous les moyens. Elle lui dit un jour : Ma chère Daraxa, j'ai une curiosité : je serois bien aise de vous voir vêtue à l'espagnole ; je m'imagine que cet habit vous siéroit encore mieux que le vôtre ; je vous en donnerai un que j'ai porté moi-même ; je crois que pour me faire plaisir vous voudrez bien l'essayer. Cette princesse espéroit par là lui inspirer insensiblement l'envie d'aller plus avant. Daraxa, qui trouvoit l'habillement des femmes espagnoles fort à son gré, et qui ne cherchoit qu'à plaire à la reine, consentit de bonne grâce à lui donner cette satisfaction : elle enchanta Ferdinand et toute sa cour, lorsqu'elle y parut sous ces nouveaux habits ; elle effaça un assez grand nombre de belles personnes qui en faisoient tout l'ornement. Qu'elle causa de jalousies et d'infidélités ! Mais plus les yeux des hommes lui furent favorables, plus elle déplut aux femmes, qui lui trouvèrent autant de défauts qu'elle avoit de charmes.

Quoiqu'elle n'ignorât pas l'envie qu'elle leur causoit, elle n'en devenoit pas plus vaine ; au contraire, on eût dit qu'elle en étoit mortifiée ; elle négligeoit jusqu'à sa parure. La reine quelquefois lui en faisoit la guerre, et lui envoyoit tous les jours de nouveaux ajustements, pour l'obliger à prendre plus de soin de sa personne ; elle s'en paroit une fois seulement par complaisance, après quoi elle n'y pensoit plus : ce qui étonnoit tout le monde, c'est qu'elle étoit presque toujours plongée dans une profonde mélancolie que rien ne pouvoit dissiper. Elle se plaisoit à être seule, et le plus souvent on la surprenoit tout en pleurs ; ce qu'on ne manquoit pas d'aller rapporter à la reine, qui en étoit vivement affligée ; cependant cette princesse, croyant qu'elle n'étoit triste qu'à cause qu'elle se voyoit éloignée de ses parents, se flattoit que cette tristesse ne dureroit pas longtemps. D'un autre côté, le roi, pour contribuer au divertissement de son illustre prisonnière et à celui de tant d'officiers qui l'avoient si bien servi dans cette dernière campagne, fit une partie de course de taureaux et de jeux de *Cânas*, ailleurs appelés des Carrousels. Il les publia, pour avertir les cavaliers qui souhaiteroient d'en être, de s'y préparer.

Il est temps que je vous dise la cause de la mélancolie de la belle Maure. Cette dame aimoit un jeune seigneur de Grenade, qui descendoit aussi bien qu'elle des rois maures, et dont la valeur avoit éclaté dans plusieurs occasions : pour les qualités personnelles, il les rassembloit toutes ; en un mot, c'étoit le premier cavalier de la cour de Grenade. On l'appeloit Ozmin. Daraxa et lui s'aimoient dès leur plus tendre enfance, et leurs pères, qui étoient intimes amis, avoient résolu de les unir ensemble pour resserrer encore davantage les nœuds de leur amitié. A la veille de ses noces, dans le temps qu'on n'attendoit plus, pour les célébrer à Baëça, qu'Ozmin qui étoit à Grenade, il arriva que Ferdinand fit tout-à-coup investir cette première place; ce qui fut exécuté avec tant de secret et de diligence, qu'on n'en eut pas le moindre soupçon à la cour du roi Mahomet.

A cette nouvelle si importante pour les Maures, Ozmin, poussé par l'amour et par la gloire, entreprit de se jeter dans Baëça, où il étoit attendu; il se mit à la tête de deux cents cavaliers, la plupart de ses amis ou de ses créatures, qui voulurent suivre sa fortune et servir leur roi. Ils rencontrèrent en moins de trois heures deux partis qu'ils battirent; mais un troisième, composé de six cents hommes, vint à une demi-lieue de la ville leur tomber sur le corps et les envelopper, en leur criant de se rendre, s'ils vouloient qu'on leur fît quartier. Ozmin, sans s'effrayer de l'inégalité du nombre, forma de sa troupe un escadron, au milieu duquel il mit ses blessés; puis, fondant sur les ennemis avec autant de vigueur que s'il n'eût pas eu déjà deux affaires assez vives, il tint pendant plus d'une heure la victoire incertaine; déjà même plus de la moitié du parti chrétien étoit hors de combat, et le reste ébranlé alloit prendre la fuite, sans un nouveau secours de deux cents hommes qui leur arriva fort à propos. Les choses alors changèrent de face, et Ozmin, blessé en trois endroits, ne songea plus qu'à sauver le reste de ses cavaliers en se retirant; ce qu'il fit en si bon ordre et avec des voltes-faces si heureuses, que les chrétiens perdirent bientôt l'envie de le poursuivre. Il entra dans la ville de Grenade avec cent dix hommes, dont douze seulement n'étoient pas blessés.

Ce combat passa pour une des plus rudes rencontres qu'on eût jamais vues, et le nom d'Ozmin devint fameux parmi les troupes chrétiennes. Ce cavalier, en arrivant chez lui, fut obligé de se mettre au lit. Le roi Mahomet, son parent, charmé de la gloire qu'il s'étoit acquise par une si belle action, lui donna mille louanges, et l'honora d'une visite pour récompenser sa valeur; mais ce qui combla de joie ce jeune Maure fut une lettre qu'il reçut de sa chère Daraxa : elle lui mandoit qu'elle prenoit plus de part à ses blessures qu'à l'honneur qu'elles lui faisoient; qu'elle aimoit moins en lui le héros que l'amant, et qu'enfin elle le conjuroit de se ménager davantage à l'avenir : elle accompagnoit cette lettre d'un grand mouchoir en broderie à la façon des Maures, auquel elle avoit travaillé elle-même, et qui devoit être d'autant plus agréable à son amant, que c'étoit la première faveur qu'elle lui eût faite.

Le brave Ozmin avoit une impatience mortelle d'être guéri de ses blessures et de faire une seconde tentative pour s'introduire dans Baëça; il ne pouvoit plus vivre sans sa future épouse; il falloit qu'il fût auprès d'elle, ou qu'il mourût de langueur et de désespoir. Le gouverneur de cette place, ayant été informé de son dessein, trouva moyen de lui faire savoir qu'il ne lui conseilloit pas de s'y prendre par la force des armes, les passages étant trop bien gardés pour qu'il pût passer; que son avis étoit plutôt qu'il s'habillât à l'espagnole, et qu'une nuit, dont ils conviendroient entre eux, il partît pour arriver le lendemain à la pointe du jour auprès de Baëça, où il pourroit entrer à la faveur d'une sortie qui seroit faite exprès pour cela. Le gouverneur se servoit d'un fidèle domestique d'Ozmin pour faire tenir des lettres à Grenade et pour en recevoir. Ce domestique, nommé *Orviedo*, avoit été quatorze ans prisonnier chez les chrétiens; il en avoit pris les manières, et il en parloit si bien la langue, qu'il pouvoit facilement passer pour Espagnol; ajoutez à cela que c'étoit un homme adroit et qui savoit parfaitement les chemins.

Sitôt qu'Ozmin fut en état d'exécuter son projet, il sortit de Grenade la nuit qui lui fut marquée, suivi seulement d'Orviedo, tous deux habillés à l'espagnole. Quoiqu'ils eussent de très-bons chevaux, ils furent obligés de prendre tant de détours pour éviter les partis chrétiens et les passages gardés, qu'ils ne purent arriver avant le jour auprès de Baëça; ils en étoient encore à une lieue quand l'aurore parut. A mesure qu'ils s'avançoient, ils voyoient s'élever de la poussière, et bientôt ils aperçurent les troupes chrétiennes qui faisoient de tous côtés de si grands mouvements, qu'ils jugèrent qu'il y auroit ce jour-là quelque action considérable; comme en effet ce fut dans cette journée que don Alonse enleva la belle Maure. Nos deux Grenadins entrèrent dans un bois, où ils s'arrêtèrent de peur de s'aller jeter dans quelque fâcheux embarras. Orviedo, en homme de guerre accoutumé à trouver des expédients convenables aux conjonctures, dit à son maître : Seigneur, si vous m'en voulez croire, vous demeurerez ici caché, pendant que seul et à pied j'irai reconnoître la disposition des chrétiens, et me couler si je puis dans la place, pour avertir le gouverneur du lieu où vous êtes; si je ne viens pas vous rejoindre dans deux heures, ce sera une marque certaine que je serai entré dans la ville, et que tout sera préparé pour vous y recevoir.

Ozmin approuva ce conseil. Orviedo attacha son cheval à un arbre, et marcha vers Baëça; son maître, malgré toute l'impatience qui l'agitoit, l'attendit plus de deux heures; après quoi, s'imaginant qu'il étoit temps de s'approcher de la place, et que, suivant ce qu'Orviedo lui avoit dit, il trouveroit des gens qui seconderoient ses intentions, il poussa son cheval jusqu'à un quart de lieue de la ville, par le chemin le plus court.

Il découvrit une troupe de cavaliers maures qui venoient de son côté à bride abattue; il crut que c'étoit la sortie qu'on devoit faire pour l'amour de lui; mais ces cavaliers le désabusèrent assez désagréablement : comme ils le prirent pour un chrétien à son habit à l'andalouse, ils tirèrent sur lui, et ils l'auroient tué sans doute, si par bonheur un officier, qui étoit à la tête de la troupe, et qu'il appela, ne l'eût reconnu à la voix. S'ils furent étonnés de le voir, il ne le fut pas moins quand ils lui dirent que toute l'armée des chrétiens, commandée par Ferdinand en personne, étoit venue fondre sur deux ou trois mille hommes sortis de la place; qu'après un rude combat, où la plupart des Maures avoient péri, les ennemis, en pour-suivant le reste jusqu'au faubourg, y étoient en-trés pêle-mêle, et s'en étoient emparés : enfin qu'il ne falloit plus se flatter d'entrer dans la ville; que c'étoit vouloir de gaîté de cœur être prisonnier ou se faire tuer. Ozmin, vivement touché de ce rapport, et plus encore de la nécessité où il se voyoit de se sauver avec les autres, fit un corps de ces fuyards, qui étoient au nombre d'environ trois cents, et s'en retourna avec eux à Grenade, plus mortifié que la première fois de n'avoir pu réussir dans son entreprise.

Ces tristes nouvelles jetèrent la terreur dans l'âme du roi Mahomet, qui, jugeant bien que la garnison de Baëça devoit être fort affoiblie après une pareille action, désespéra de secourir cette place dont la prise lui parut prochaine; ce qui lui causoit d'autant plus d'inquiétude, qu'après cette ville il ne lui en restoit plus qui fussent capables de soutenir un siège, que Grenade, la capitale de son royaume et sa dernière ressource. Toute la cour maure, à l'exemple de son souverain, étoit dans la consternation.

Pour Ozmin, il en pensa mourir de douleur; mais un jour après son retour à Grenade, ayant appris que les chrétiens qui étoient entrés avec les Maures dans le faubourg de Baëça avoient été obligés de l'abandonner, il ne lui en fallut pas davantage pour ranimer son espérance, et le déterminer à se remettre en campagne pour la troisième fois. Comme il se disposoit à partir, Orviedo, son écuyer zélé, revint de cette ville chargé d'un paquet du gouverneur pour le roi, et d'une lettre pour Ozmin, dans laquelle étoit tracé le malheur arrivé à Daraxa.

La lecture de cet événement fut un coup de foudre pour cet amoureux Grenadin : il demeura d'abord immobile; et s'il reprit ensuite ses esprits, ce ne fut que pour se livrer à des fureurs qu'on ne peut exprimer; c'étoient des sanglots, des transports, des convulsions ! Après des mouvements si violents, il tombe dans un état où il ne peut plus se plaindre ni s'affliger : la fièvre le prend, les forces lui manquent, on croit à tout moment qu'il va mourir; mais l'amour, ce grand médecin si habile, surtout pour les maux qu'il a causés lui-même, vient tout-à-coup le rappeler à la vie, en lui inspirant un dessein consolant et facile à exécuter : dès cet instant le malade, changeant à vue d'œil, commença de se mieux porter; il reprit ses forces, et se rétablit en peu de temps.

Baëça s'étoit rendue : on savoit que le roi catholique tenoit déjà sa cour à Séville, et qu'il y devoit passer l'hiver avec la reine. Ozmin, ne doutant point que Daraxa ne fût auprès de cette princesse, résolut d'aller à cette ville avec Orviedo, tous deux déguisés en cavaliers andalous : outre qu'ils parloient l'un et l'autre si bien la langue castillane, qu'il étoit malaisé de les reconnoître pour Maures, il étoit persuadé que dans une ville où la confusion ne pouvoit manquer de régner, on ne prendroit seulement pas garde à eux; il communiqua son nouveau projet à son cher Orviedo, qui ne trouvoit jamais rien de difficile, et dont la belle passion étoit de tenter des aventures. Le maître et l'écuyer sortirent donc secrètement une nuit de Grenade, montés sur des chevaux comparables, pour l'allure et pour la vitesse, aux plus fameux coursiers des paladins, et munis d'une assez grande quantité de pierreries, sans parler de quelques bourses d'or dont ils n'avoient pas oublié de se charger.

Ils s'attendoient à faire quelque mauvaise rencontre en traversant tous les quartiers de chrétiens par où ils devoient passer, et ils ne furent pas trompés dans leur attente. Le lendemain, à une lieue de Loja, ils trouvèrent en leur chemin le grand-prévôt de l'armée avec ses archers qui poursuivoient des déserteurs; il examina nos deux cavaliers, qui ne lui sembloient pas à la vérité avoir l'air de ce qu'il cherchoit; mais ils lui parurent trop bien montés pour des gens qui n'étoient pas richement vêtus, et il les arrêta pour leur demander d'où ils venoient et où ils alloient. Orviedo répondit qu'ils étoient du quartier du marquis d'Astorgas, et que quelques affaires les appeloient à Séville. Là-dessus le prévôt voulut voir leur congé; et comme ils n'en avoient point, il étoit dans la résolution de les conduire au quartier dont ils se disoient. Au défaut du congé, Ozmin tira d'un de ses doigts un fort beau diamant qu'il présenta à M. le prévôt, qui, charmé du présent, leur fit mille excuses de les avoir arrêtés, et voulut absolument les accompagner jusqu'à Loja, pour leur montrer qu'il savoit vivre, et qu'il avoit un cœur très-reconnoissant.

Ils arrivèrent à Séville, sans avoir eu d'autre aventure que celle-là ; ils allèrent loger au faubourg qui est au-delà du Guadalquivir : mais quoique ce quartier soit le plus écarté de la ville et le plus obscur, il étoit alors si plein de monde et d'équipages, qu'à peine y purent-ils trouver un logement ; et il ne faut pas s'en étonner, puisque c'étoit huit jours avant la course des taureaux, dans le temps que chacun s'occupoit des préparatifs superbes qui se faisoient pour cette fête. Nos Maures, pour être bien instruits de tout ce qui se passoit à la cour, n'eurent qu'à écouter les domestiques de divers seigneurs dont leur hôtellerie était pleine, ainsi que celles de la ville.

Ces domestiques en apprirent à Ozmin plus qu'il n'en auroit voulu savoir : ils lui dirent entre autres choses que don Alonse s'appeloit le chevalier de la belle Maure ; qu'elle avoit plusieurs autres amants, mais que celui-ci l'emportoit sur tous ses rivaux ; et que si cette dame, comme il y avoit toute apparence, embrassoit le christianisme, le bruit couroit que Zuniga l'épouseroit. Pour comble de tourments, ils prirent la peine de lui peindre ce cavalier avec des couleurs capables de désoler un galant délicat et aussi passionné que ce malheureux Maure ; il eut besoin d'un confident tel qu'Orviedo, pour l'empêcher de retomber dans les fureurs qui avoient pensé lui causer la mort. Cet adroit écuyer le rassura peu à peu, en lui représentant que ses alarmes offensoient Daraxa, qui l'aimoit trop pour cesser de lui être fidèle ; qu'au reste, il n'étoit pas surprenant qu'une personne si charmante eût inspiré de l'amour dans une cour où régnoit la galanterie. Orviedo acheva de calmer les agitations de son maître, en lui faisant faire réflexion que la fête qui se préparoit lui fourniroit une belle occasion de juger par lui-même du mérite de ses rivaux, comme de l'attention que sa maîtresse pouvoit avoir pour eux, et qu'ensuite il se régleroit sur ses observations. Ozmin se rendit à ses raisons, et principalement à la dernière ; il se promit de bien observer Daraxa : en même temps, pour montrer à cette dame la différence qu'il y avoit de lui à ses rivaux, et faire éclater sa force et son adresse aux yeux de la cour catholique, il résolut de se mettre de la course des taureaux. Il chargea son écuyer du soin de faire préparer tout ce qui leur étoit nécessaire pour cet exercice inventé par les Maures, et pour lequel, sans contredit, Ozmin étoit le premier cavalier de cette nation.

Le jour de la fête enfin arriva : jamais on n'a vu tant de magnificence ; tout étoit en ordre dès le matin ; on ne voyoit que de riches meubles et de belles tapisseries dans les rues par où Ferdinand et Isabelle devoient passer avec leur cour pour aller à la grande place destinée aux jeux de cannes et aux courses de taureaux. Il y avoit dans cette place un nombre prodigieux de toutes sortes de personnes assises sur des amphitéâtres qui régnoient tout autour ; et l'on apercevoit de tous côtés, aux fenêtres et aux balcons, une infinité de dames et de cavaliers habillés si superbement, que les spectateurs formoient un premier spectacle qui charmoit les yeux.

Sur les trois heures après midi, le roi et la reine se rendirent à leur balcon, qui étoit orné magnifiquement ; et, dans un autre à côté, se plaça la belle Maure avec plusieurs dames et quelques vieux seigneurs qui, n'étant plus propres à ces courses, en laissoient à regret aux jeunes tout l'honneur. On commença, suivant la coutume, par le combat des taureaux ; on en lâcha d'abord un qui n'étoit pas des plus terribles : aussi fut-il bientôt terrassé.

Nos deux Maures étoient déjà sur la place ; ils se tenoient hors de la carrière parmi plusieurs autres personnes à cheval, pour voir comment les chrétiens s'y prenoient. Il ne faut pas demander si Ozmin chercha des yeux sa maîtresse : il la démêla facilement ; et sa surprise fut extrême, quand il s'aperçut qu'elle étoit vêtue à l'espagnole ; il en conçut un malheureux présage : cependant, quoiqu'il ne la considérât que de loin, il ne laissa pas de remarquer qu'elle avoit un air triste. En effet elle s'intéressoit si peu à cette fête, qu'il lui avoit fallu un ordre exprès de la reine pour l'obliger à se parer ; encore ne s'en étoit-elle acquittée qu'avec beaucoup de négligence : le coude appuyé sur le balcon, et la tête sur sa main, elle promenoit indifféremment sa vue de toutes parts, ou, pour mieux dire, elle ne voyoit rien, tant elle étoit occupée d'autres choses.

Quoique sa mélancolie fût susceptible de différentes interprétations, Ozmin, par un reste d'espérance, l'expliqua en sa faveur, et en sentit un secret plaisir que les amants délicats sont seuls capables de sentir. Tandis qu'il observoit avec tant d'attention Daraxa, le grand bruit que fit le peuple, en voyant lâcher un second taureau plus fort et plus méchant que le premier, détacha ses yeux et son esprit du balcon qui les occupoit. Il regarda dans la carrière ; il vit que la bête donnoit bien de l'exercice aux cavaliers qui combattoient contre elle : comme il ne vouloit montrer ce qu'il savoit faire qu'après la mort de ce second taureau, il sembloit, quoique Orviedo et lui fussent magnifiquement équipés, qu'ils n'eussent pas dessein de se mettre de la partie; ce qui ne manqua pas d'étonner les spectateurs qui étoient autour d'eux : Pourquoi, se disoient-ils hautement les uns aux autres, ces deux champions demeurent-ils ainsi hors de la barrière? Ne sont-ils donc venus ici que pour voir les courses? N'oseroient-ils entrer? Ont-ils peur de recevoir des coups de cornes? Ne portent-ils une lance que pour la prêter à quelque cavalier plus digne qu'eux de s'en faire honneur !

Ces railleries si ordinaires au peuple, qui n'épargne personne en pareille occasion, étoient entendues du maître et de l'écuyer qui les méprisoient ; ils n'étoient attentifs qu'à l'issue de la course du taureau qu'on voyoit dans la carrière. Ce fier animal avoit déjà mis hors de combat deux cavaliers ; et, devenu plus furieux par deux légères blessures que don Alonse lui avoit faites, il s'en vengea sur son cheval, qu'il jeta roide mort sur la place ; mais alors don Rodrigue de Padilla, l'un des plus forts cavaliers de la troupe, frappa si rudement le taureau, qu'il n'eut pas besoin d'un second coup pour l'achever.

On alloit en lancer un troisième, quand le seigneur maure, qui s'en aperçut, fit signe à Orviedo de marcher et de faire ouvrir la barrière : ils avoient tous deux trop bonne mine pour qu'on leur refusât l'entrée. Ils ne furent pas sitôt dans la carrière, que tout le monde eut les yeux sur eux. Il régna d'abord dans la place un silence applaudissant : chacun prenoit plaisir à considérer la richesse de leurs armes, le goût galant de leur équipage, et plus encore le grand air qu'ils avoient à cheval. Ozmin surtout s'attiroit les regards de l'assemblée par la grâce et la noblesse de son maintien. Ils avoient l'un et l'autre le visage couvert d'un crépon bleu, pour marquer qu'ils ne vouloient pas être connus. L'écuyer portoit la lance de son maître d'une autre manière que les Espagnols, et Ozmin avoit à son bras gauche le mouchoir brodé dont sa maîtresse lui avoit fait présent, et qui n'étoit pas non plus une galanterie à l'usage du pays: ce qui faisoit juger que s'ils n'étoient pas étrangers, ils vouloient du moins le paroître, mais on ne les soupçonnoit nullement d'être Maures. Ferdinand ne fut pas des derniers à jeter la vue sur eux, et il les fit remarquer à la reine, qui ne prit pas moins de plaisir que lui à les regarder. Tous les cavaliers qui étoient dans la carrière se rangèrent pour les laisser passer, et conçurent du maître la plus avantageuse opinion.

Daraxa seule ne prenoit point garde à ces deux nouveaux champions; peut-être même n'auroit-elle pas arrêté ses regards sur eux, si le vieux don Louis, marquis de Padilla, père de don Rodrigue, après lui avoir fait la guerre sur son humeur sombre et rêveuse, ne l'eût pas obligée à tourner en-

fin la tête de leur côté : elle eut d'abord un peu d'émotion, sans savoir pourquoi, en apercevant les deux Grenadins; elle trouvoit en eux un air étranger qui lui donna la curiosité de demander à don Louis qui ils étoient. C'est ce que j'ignore, madame, lui répondit-il; le roi même n'a pu l'apprendre. Cependant Ozmin s'étoit approché du balcon de cette dame : elle attacha sa vue sur le mouchoir qu'il portoit au bras, et dans le moment elle sentit une palpitation de cœur qui lui dit bien des choses. Néanmoins elle ne pouvoit croire encore que ce fût le même mouchoir qu'elle avoit envoyé à son amant lorsqu'il étoit blessé, ni que ce fût ce cher amant lui-même qui se présentât à ses yeux, mais comme il s'arrêta devant le balcon, et qu'elle eut tout le loisir de l'examiner, son cœur lui dit que ce ne pouvoit être un autre.

Elle alloit s'abandonner à la joie, quand le troisième taureau, qui dès sa sortie avoit causé de grands désordres dans la carrière, vint troubler des moments si doux, en s'avançant du côté d'Ozmin. Ce redoutable animal étoit de Tarita; on ne se souvenoit point d'en avoir vu un si monstrueux. Il poussoit des mugissements qui répandoient la terreur dans la place. Quoiqu'il n'eût pas besoin d'être animé, on ne laissoit pas, suivant l'usage, de lui jeter des pieux; ce qui irritoit tellement sa fureur, que don Rodrigue, don Alonse et les autres cavaliers n'osoient se présenter devant lui avec cette intrépidité qu'ils avoient montrée devant les deux autres.

Cette terrible bête couroit donc vers Ozmin, qui ne songeoit alors à rien moins qu'à se mettre en défense ; mais averti du péril par Orviedo, qui lui donna promptement sa lance, et animé de la vue de ce qu'il aimoit, il fit fièrement face au taureau, lui passa sa lance entre le cou et l'épaule avec tant de vigueur, qu'il le cloua à terre, où il demeura comme s'il eût été frappé de la foudre, avec plus de la moitié de la lance dans le corps; après quoi ce brave champion jeta dans la carrière le tronçon qui lui étoit resté dans la main, et se retira.

Une action si hardie et si vigoureuse excita l'admiration de la cour et du peuple; la place retentit de cris de joie et d'acclamation ; on n'entendit partout, pendant un quart d'heure, que *Vive le chevalier à l'écharpe bleue, le plus fort et le plus courageux de son siècle !* Tandis qu'on célébroit ainsi dans la place la valeur d'Ozmin, la timide Daraxa, que la vue du taureau avoit épouvantée pour son amant, étoit encore si hors d'elle-même, qu'elle croyoit voir l'animal en fureur; elle reprit pourtant peu à peu ses esprits au bruit des applaudissements des spectateurs. Elle chercha des yeux dans la carrière son cher Maure, et ne l'y découvrant point, ses sens furent saisis d'un nou-

veau trouble : elle demanda ce qu'il étoit devenu ;
on le lui montra déjà bien loin hors de la barrière,
et suivi d'une foule de peuple, qui ne pouvoit se
lasser de voir un homme qui venoit de faire un si
beau coup de lance.

La nuit étant arrivée pendant ce temps-là, toute
la place en un instant parut éclairée d'une infinité
de flambeaux qui faisoient une fort belle illumina-
tion ; bientôt les jeux de cannes commencèrent :
on vit approcher douze quadrilles, avec leurs trompettes, leurs fifres et leurs timbales ; elles avoient
à leur suite leurs gens de livrée et douze valets
chargés de faisceaux de cannes. Les chevaux de
main des cavaliers avoient des caparaçons de velours, chacun de la couleur de sa quadrille, brodés d'or et d'argent, et les armes de chaque chef
étoient par-dessus ; non seulement ces deux métaux
brilloient dans leurs équipages, mais les pierreries
même n'y étoient point épargnées. Avant que d'entrer dans la place, ils se mirent en marche de la
manière suivante.

Les écuyers de chaque chef de quadrille alloient
les premiers et conduisoient les équipages ; douze
chevaux, qui portoient à l'arçon de devant les armes de ces chevaliers, dont les devises pendoient
à l'arçon de derrière, étoient à la tête des autres,
qui n'avoient que leurs caparaçons avec des sonnettes d'argent qui faisoient grand bruit. Les gens
de livrée marchoient après les chevaux ; ils firent
le tour de la place, et sortirent par une autre porte
que celle par où ils étoient entrés, pour éviter la
confusion. Les quadrilles, conduites par leurs chefs,
commencèrent ensuite leur entrée en deux files avec
tant de grâces et d'adresse, que tous les spectateurs
en furent charmés ; ce qui n'est pas surprenant,
puisque les cavaliers les plus habiles pour ces sortes de jeux sont, sans contredit, ceux de Séville,
de Cordoue et de Xerès de la Frontera. On voit
dans ces villes jusqu'à des enfants de huit à dix
ans manier des chevaux et les pousser d'une façon
admirable.

Lorsque les quadrilles eurent couru quatre fois
par les quatre faces de la place, elles en sortirent
par la même porte que leurs équipages, et y revinrent bientôt avec leurs écus au bras et les cannes
ou roseaux à la main. Elles commencèrent leurs
combats de douze contre douze, c'est-à-dire quadrille contre quadrille. Quand elles avoient combattu un quart d'heure, il en venoit deux autres
de deux côtés différents, lesquelles, sous prétexte
de les séparer, faisoient entre elles un nouveau
combat.

Tandis que cela se passoit, Ozmin et Orviedo,
s'étant démêlés de la foule du peuple qui les suivoit, regagnèrent promptement leur hôtellerie, et
après s'y être désarmés, ils revinrent dans la place,
où l'amoureux Ozmin, traversant la presse, perça
jusque sous le balcon de la belle Maure. Comme
il étoit fort simplement vêtu, on ne pouvoit, malgré sa bonne mine, le prendre pour un homme
de grande importance. Daraxa, qui se doutoit bien
qu'il ne manqueroit pas de paroître encore devant
elle, le cherchoit partout des yeux ; mais quoiqu'il
fût fort proche d'elle, et qu'il la regardât, elle ne
les arrêtoit point sur lui. Elle tenoit un très-beau
bouquet garni de rubans que don Alonse lui avoit
envoyé ce jour-là ; ce bouquet lui échappa des
mains par hasard et tomba justement aux pieds
d'Ozmin, qui s'empressa de le ramasser. Cet incident fut cause que la dame baissa la vue et qu'elle
reconnut son cher Maure ; dès ce moment elle ne
détourna pas les yeux de dessus lui. Comme quelques personnes du peuple dont il étoit environné
vouloient de gaieté de cœur l'obliger à rendre le
bouquet par force, Daraxa leur cria de le lui laisser,
et ajouta même qu'il étoit en bonnes mains : à ces
mots, qui terminèrent le différend, l'heureux Ozmin, devenu possesseur paisible d'une faveur qu'il
croyoit plutôt devoir à l'amour qu'au hasard, l'attacha par galanterie à son chapeau.

Après cela nos deux amants commencèrent à
se faire des signes qui formoient un langage muet
et très-commun entre les Maures ; ce que les Espagnols ont depuis appris d'eux, aussi bien qu'une
infinité d'autres choses qui font passer aujourd'hui
notre nation pour la plus galante de l'Europe.
Ozmin et sa maîtresse s'entretenoient donc de
de cette sorte, sans que personne y prît garde,
tous les spectateurs étant trop attentifs aux combats des quadrilles pour faire une pareille remarque. D'ailleurs, qui pouvait s'imaginer que
la belle Maure, qui se montroit si peu sensible
aux soins des plus aimables seigneurs de la cour,
eût trouvé dans la foule du peuple un objet digne
de l'occuper.

Mais des moments si doux ne durèrent que
jusqu'à la fin des jeux de cannes ; car dès qu'ils
furent achevés, on lâcha, comme on fait ordinairement pour couronner la fête, le dernier
taureau, qui n'étoit pas moins redoutable que
celui qui avoit été tué par Ozmin. L'animal, en
entrant dans la carrière, fit assez connoître par
ses mouvements qu'il vendroit bien cher sa vie.
Don Rodrigue de Padilla, don Juan de Castro,
don Alonse et plusieurs autres chevaliers descen-
dirent de cheval à l'envi, pour combattre à pied
la bête, qui fit bientôt sentir la dureté de ses
cornes à deux ou trois d'entre eux. Il y en eut
même un qu'il fallut emporter, et qui étoit à
demi-mort ; cela ralentit un peu l'ardeur des
autres.

En effet, on ne pouvoit, sans être un véritable

chevalier errant, prendre un fort grand plaisir à se battre contre un taureau dont la vue inspiroit de l'effroi ; il écumoit de rage, grattoit de son pied la terre, et regardoit en face chaque champion, comme s'il eût voulu en choisir un pour se jeter sur lui. Don Alonse, poussé par son amour, souhaitoit néanmoins, au péril de sa vie, de faire quelque action d'éclat aux yeux de sa belle Maure. Dans ce dessein, pour être mieux remarqué d'elle, il s'avança vers son balcon, et là, pendant qu'il attendoit que l'animal vînt de son côté, il aperçut Ozmin qui étoit tout seul en cet endroit, la peur en ayant écarté le peuple qui étoit autour de lui auparavant. Il n'avoit pas tenu à Daraxa que ce jeune Maure n'eût aussi pris la fuite ; mais elle lui avoit vainement fait signe de se retirer, ou du moins de monter sur un échafaud : il ne s'étoit pas laissé vaincre aux alarmes de cette dame ; le vainqueur du taureau de Tarita auroit cru se déshonorer s'il eût paru en appréhender un autre.

Zuniga considéra fort attentivement ce cavalier, ou plutôt le bouquet qu'il avoit sur son chapeau, et qu'il reconnut facilement à la clarté des flambeaux dont toute la place étoit éclairée. Il ne fut pas peu surpris de ce qu'il voyoit ; et pour être encore plus assuré qu'il ne se méprenoit point, il aborda Ozmin, qui ne lui sembla qu'un homme du commun : Mon ami, lui dit-il d'un air fier mêlé de chagrin, qui peut vous avoir donné ce bouquet ? Quoique le Maure jugeât bien de l'intérêt que ce cavalier qui lui parloit y pouvoit prendre, il lui répondit sans s'émouvoir : Il me vient de fort bonne part, mais je ne le dois qu'à la fortune. Je ne sais que trop d'où il vous est venu, répliqua don Alonse d'un ton de voix plus élevé ; rendez-le moi tout à l'heure, il n'a point été fait pour vous. Je n'accorde rien par force, lui repartit Ozmin sans s'échauffer. Encore une fois, dit Zuniga, donnez-moi ce bouquet, ou je vous apprendrai, mon petit compagnon, à qui vous avez affaire. Je suis fâché, lui dit Ozmin avec quelque agitation, que nous soyons ici devant le roi ; si nous étions ailleurs, je ne me contenterois pas de vous refuser le bouquet, je vous arracherois ce nœud de rubans que je vois à votre jupon. C'étoit ce même nœud dont la belle Maure avoit fait présent à don Alonse, en le recevant pour son chevalier, et qu'Ozmin, qui l'avoit envoyé à cette dame, ne reconnoissoit que trop : et ce seigneur Maure voyant par là que le cavalier qui lui parloit devoit être le plus redoutable de ses rivaux, cette découverte le mettoit dans une fureur qu'il n'avoit pas peu de peine à retenir. Don Alonse, encore plus emporté que lui, perdit patience en s'entendant

menacer par un homme qu'il croyoit d'une condition fort au-dessous de la sienne ; il le traita d'insolent, et poussant entre les nœuds des rubans du bouquet un bâton pointu qu'il avoit, et dont les champions se servent pour irriter les taureaux, il alloit enlever le bouquet et le chapeau, si l'adroit et vigoureux Ozmin ne lui eût pas en même temps ôté le bâton comme à un enfant.

Qui pourroit exprimer la rage dont le fier Zuniga fut saisi après avoir reçu un pareil affront aux yeux de sa maîtresse et devant le roi même ? Il ne se posséda plus ; et sans avoir égard à ce qu'il devoit à la présence de leurs majestés, il tira son épée ; mais dans le moment qu'il se préparoit à fondre comme un lion sur son ennemi, qui de son côté l'attendoit sans le craindre, le taureau arriva sur eux et les obligea bien à se séparer. Cet animal attaqua don Alonse, et le jeta d'un coup de corne à quatre ou cinq pas de lui, blessé cruellement à la cuisse ; ce qui excita dans la place un cri général de terreur. Pour comble d'infortune, la bête, plus en furie que jamais, ne s'attachant qu'à ce cavalier, se disposoit à retourner à la charge ; mais Ozmin, par une générosité digne des guerriers de ce temps-là, ne balança point à voler au secours de son rival, malgré ce qui venoit de se passer entre eux. Avec le même bâton qu'il lui avoit arraché, il piqua rudement le taureau, qui, tournant toute sa fureur contre lui, baissa la tête pour lui enfoncer ses cornes dans le corps. Le Maure saisit cet instant pour lui décharger sur le cou un revers de son épée dont il connoissoit la trempe ; et telle fut la force du coup, que l'animal en tomba roide mort sur la place, au grand étonnement de tous les spectateurs.

Ce que le cavalier à l'écharpe bleue avoit fait ne passa plus que pour un petit exploit en comparaison de celui-ci, que le désavantage de combattre à pied rendoit plus glorieux ; aussi les acclamations en durèrent plus long-temps. Ozmin se déroba par une prompte retraite à la curiosité des personnes qui cherchèrent à le connoître. Le roi même eut beau demander à le voir, on fut obligé de lui dire qu'il venoit de disparoître, et qu'on ne savoit qui il étoit.

Parlons à présent de Daraxa. Cette dame, attentive à la querelle des deux rivaux, avoit été sur le point d'en avertir leurs majestés, pour en prévenir les suites, au hasard de faire perdre la liberté à son cher Maure ; mais la frayeur dont elle avoit été tout-à-coup saisie, en voyant le taureau prêt à se jeter sur eux, lui avoit ôté la parole et le sentiment. Cependant les nouvelles acclamations qui se faisoient entendre dans la place la tirèrent peu à peu de cet état ; c'est

ainsi que cette tendre amante passoit successivement de la joie à la douleur, et de la douleur
à la joie. L'amour n'en fait pas d'autres, il se
plaît à faire sentir ses peines aux cœurs qu'il
comble de plaisirs.

Comme l'aventure du bouquet étoit arrivée
presque sous les yeux de la reine, cette princesse y avoit pris garde; et, curieuse d'en savoir
toutes les circonstances, elle en demanda dès le
soir même le détail à la belle Maure et à dona
Elvire de Padilla, qui avoient été toutes deux
l'une auprès de l'autre pendant la fête. Daraxa,
jugeant à propos de laisser parler Elvire, quoiqu'elle eût pu mieux qu'une autre rendre raison
de ce différend, dit qu'elle y avoit fait peu d'attention. Dona Elvire fut donc obligée de raconter
ce qu'elle avoit vu et entendu; mais comme elle
laissoit plus à la reine à souhaiter d'apprendre
qu'elle ne lui en apprenoit, cette princesse,
espérant que don Alonse pourroit entièrement
satisfaire sa curiosité, envoya chez lui le vieux
marquis d'Astorgas, aussitôt que la blessure de
ce jeune seigneur lui permit de voir du monde.
Voici de quelle manière le marquis, homme de
bonne humeur, s'acquitta de sa commission.

Hé bien! seigneur chevalier sans peur, dit-il
à Zuniga en entrant dans sa chambre, que
pensez-vous de ces vilains animaux cornus qui
ont si peu de respect pour les beaux garçons?
Vous m'avouerez qu'il ne fait pas bon d'avoir
affaire à eux. Il y a long-temps, lui répondit
en souriant don Alonse, que vous le savez aussi
bien que moi. Mais, reprit le marquis d'un air
sérieux, ne me direz-vous point qui est le
vaillant homme qui vous a secouru si à propos?
Il est étonnant que de tant de braves qu'on voit à
la cour, aucun ne se soit montré assez de vos
amis pour vouloir lui disputer cet honneur;
cependant on assure que vous étiez prêt à vous
battre contre un cavalier si généreux. Je sais
mieux que personne ce que je lui dois, répondit Zuniga, et le peu de sujet que je lui
avois donné de me tirer d'un si grand péril.
Tout ce qui me fâche, ajouta-t-il, c'est que je
ne le connois point; je suis si charmé de sa
valeur et du procédé qu'il a eu avec moi, que
je ne puis être content que je n'aie trouvé
l'occasion de découvrir qui il est, et de m'acquitter envers lui.

Si vous n'avez pas d'autre chose à m'apprendre, dit alors le marquis, la reine auroit bien
pu se passer de m'envoyer ici, elle n'en sera
pas plus avancée. Elle n'ignore pas le sujet du
démêlé que vous avez eu avec l'inconnu; la belle
Maure et dona Elvire l'en ont instruite : elle
croyoit que vous en saviez davantage, et toute

la cour avec elle est justement étonnée que deux
cavaliers, après avoir fait deux actions si glo-
rieuses, prennent autant de soin de se cacher,
que les autres en ont ordinairement de se faire
connoître. Ferdinand même, qui leur destine
des récompenses, voudroit bien qu'ils se mon-
trassent, et surtout le dernier, qu'on s'imagine
n'être pas un homme d'une condition distinguée.
Non, si l'on en juge par l'habit, s'écria don
Alonse; j'en ai porté d'abord le même jugement, et je suis persuadé que je ne lui ai pas
rendu justice; quoi qu'il en soit, c'est un grand
homme, et c'est tout ce que j'en puis dire. Le
marquis d'Astorgas, ne pouvant tirer de Zuniga
d'autres lumières là-dessus, s'en retourna auprès
de la reine.

On crut à la cour que tout cela n'étoit pas sans
mystère, et que don Alonse, par un retour de générosité, ne vouloit pas déceler un cavalier qui
souhaitoit d'être inconnu. Pour Daraxa, elle ne
fut soupçonnée d'aucune intelligence, et l'on n'attribua le trouble qu'elle avoit fait paroître pendant les courses qu'au seul malheur de don Alonse.
On crut, et l'on trouva cela fort juste, qu'elle avoit
la bonté de s'intéresser pour un jeune seigneur
qui étoit son chevalier, et qui l'aimoit éperdument. Elle jouissoit toute seule du secret plaisir de
savoir ce qui se passoit; mais ce plaisir étoit accompagné d'une inquiétude qui en corrompoit la
douceur. Elle avoit entendu ce qu'Ozmin avoit dit
à son rival au sujet du nœud de rubans : elle connoissoit la délicatesse des Maures sur cette matière, si bien qu'elle se reprochoit l'imprudence
qu'elle avoit eue de donner à Zuniga une chose qui
lui venoit d'une main si chère; elle ne pouvoit se
consoler d'avoir fait cette faute, quoique son cœur
n'y eût eu aucune part. Elle ne pouvoit non plus
écrire à Ozmin, ne sachant où il étoit logé; il falloit bien qu'elle attendît que cet amant trouvât
moyen de lui donner de ses nouvelles. Elle passa
quelques jours dans cette attente si douce et si
cruelle tout ensemble; tantôt pensant avec plaisir
que son futur époux étoit dans la même ville
qu'elle, et tantôt dévorée par des impatiences mortelles de le revoir : mais enfin le temps amène
tout.

Vous avez été apparemment dans les jardins du
palais de Séville, et vous savez ce qu'on appelle
le haut et le bas jardin; ce sont deux jardins l'un
sur l'autre : celui d'en haut, soutenu par des arcades, est au niveau du premier étage, et ne peut
passer que pour un parterre; celui d'en bas, qui
est le plus grand, n'étoit alors ouvert qu'aux
hommes de la cour, qui avoient la liberté d'y entrer à certaines heures. Le haut jardin n'étoit que
pour les dames, qui s'y promenoient pour se faire

voir aux seigneurs, avec qui elles s'entretenoient quelquefois de dessus la balustrade qui règne à hauteur d'appui tout autour de ce jardin ; mais ces conversations n'étoient permises que dans l'absence de leurs majestés ; il falloit dans un autre temps se contenter du langage des signes. Il n'étoit pas défendu aux hommes de chanter, même en présence du roi et de la reine, pourvu que le cavalier qui chantoit eût la voix belle. On y faisoit aussi de petits concerts d'instruments dont l'exécution étoit ordinairement ravissante.

Un soir la belle Maure se promenoit avec dona Elvire son amie ; elles n'eurent pas fait deux tours d'allée, qu'elles entendirent la voix d'un homme, lequel, à ce qu'il leur parut, chantoit assez agréablement pour mériter qu'on l'écoutât. Elles se cachèrent derrière des orangers qui bordoient la balustrade, et de là, se trouvant vis-à-vis du personnage, elles eurent tout le loisir de le considérer. Elvire remarqua qu'il avoit fort bonne mine, et Daraxa reconnut que c'étoit Ozmin. Ce cavalier, assis sur un lit de gazon, et la tête appuyée négligemment contre un arbre, chantoit ces paroles en castillan :

> Voulez-vous me donner la mort,
> Impitoyable jalousie,
> En troublant nuit et jour le repos de ma vie ?
> Je saurai bien sans vous finir mon triste sort.
> L'absence n'est que trop cruelle
> Pour un amant bien enflammé :
> Je mourrai de langueur si j'aime une infidèle,
> Ou je mourrai d'ennui, quand je serois aimé.

Cet illustre Maure, avec toutes ses autres belles qualités, avoit celle de bien chanter ; mais au lieu de s'en faire honneur, il prenoit soin de la cacher. On ne se piquoit pas seulement à la cour de Grenade de parler bon espagnol, on y chantoit aussi en cette langue ; il y avoit même des Maures qui composoient des vers castillans que les poètes espagnols admiroient. Ceux qu'Ozmin venoit de chanter étoient de la composition d'un auteur grenadin, et un musicien de la même nation en avoit fait l'air. Daraxa ne manqua pas de s'appliquer cette chanson ; et voulant profiter de l'occasion pour y répondre, elle tira de sa poche des tablettes dont elle déchira une feuille, après avoir écrit dessus les mots suivants :

« Plus d'inquiétude pour le nœud de rubans ; le don en a été fait sans la participation du cœur. Quand on aime comme Daraxa, on ne peut aimer qu'une fois en sa vie. N'en doutez nullement ; et si vous souhaitez d'en apprendre davantage, Laïda se trouvera demain à neuf heures du matin à la porte du palais. »

Elle roula doucement la feuille et la jeta dans le jardin d'en bas au travers des branches de l'oranger, qui ne la cachoit pas si bien que le seigneur maure ne pût la voir. Il remarqua qu'elle venoit de laisser tomber quelque chose, ce qu'elle avoit fait si adroitement que son amie ne s'en étoit point aperçue. Il est vrai qu'Elvire étoit si attachée à regarder le cavalier et à l'entendre, qu'elle ne songeoit qu'à cela. Il n'eut pas sitôt achevé de chanter son air, qu'elle lui cria de recommencer pour l'amour des dames. Il auroit eu volontiers cette complaisance, si le roi ne fût alors revenu de la chasse ; mais le retour de ce monarque obligea la belle Maure et son amie à rentrer promptement dans le palais, au grand regret de celle-ci, qui auroit bien voulu ne pas sitôt abandonner le terrain.

D'abord que les dames se furent retirées, Ozmin, curieux de savoir ce que sa chère amante avoit jeté dans le jardin bas, alla au-dessous de l'endroit où il avoit remarqué qu'elle s'étoit mise pour l'écouter, et ayant trouvé le billet roulé, il ne s'arrêta pas plus long-temps dans le jardin ; il en sortit avec la joie de n'y être pas venu pour rien, et avec l'envie d'y revenir plus d'une fois.

Le billet de Daraxa rendit la vie à ce tendre Maure, qui ne manqua pas le lendemain d'envoyer Orviedo à la porte du palais. Cet écuyer y trouva Laïda, qui, pour n'être pas connue, s'étoit couverte d'une mante noire des plus épaisses. Dès qu'elle l'aperçut, elle l'aborda et lui remit une lettre de la part de sa maîtresse. Orviedo lui en donna une autre de la part d'Ozmin ; et avant qu'ils se séparassent, ils eurent ensemble une assez longue conversation pour avoir de quoi faire chacun de son côté un rapport très-satisfaisant. La lettre du seigneur maure ne contenoit que des plaintes, et celle de Daraxa, que des protestations d'innocence et de fidélité. Ils furent tous deux bientôt d'accord. Il y a de la volupté dans les querelles amoureuses ; mais il ne faut pas qu'elles durent long-temps ; il est bon encore qu'elles ne soient pas fréquentes, autrement elles peuvent produire de mauvais effets.

Quelle consolation pour nos amants d'avoir trouvé moyen d'établir entre eux un commerce de lettres, et de se voir même quelquefois ! La belle Maure auroit bien voulu se promener toute seule dans les jardins du palais, pour épier l'occasion de parler en liberté à Ozmin, mais c'étoit trop risquer. Ils se seroient perdus l'un et l'autre, si quelque personne de la cour les eût vus s'entretenir ensemble. D'ailleurs Elvire, à qui le seigneur maure avoit donné dans la vue, ne quittoit point son amie, et ne cessoit de lui parler du cavalier à la belle voix. Elle lui proposa même dès le jour suivant d'aller dans les jardins, en lui disant qu'elles pourroient le rencontrer là. Notre complaisante

Maure, qui ne demandoit pas mieux, accepta la proposition.

Les voilà toutes deux dans le jardin haut, d'où elles n'eurent qu'à regarder dans le jardin bas, pour y démêler l'homme qu'elles cherchoient. Il venoit d'arriver, et il étoit assis au même endroit que le jour précédent. Dona Elvire, *qui pouvoit passer pour une des plus charmantes de la cour,* ne se contenta pas de se montrer au cavalier, elle *obligea son amie à suivre son exemple.* Ozmin affecta de paroître surpris de leur vue, et fit semblant de vouloir se retirer par respect; mais Elvire, pour l'arrêter, lui adressa la parole : il répondit, et insensiblement ils s'engagèrent tous trois dans un entretien qui fut vif, et cela sur le pied d'un inconnu avec deux dames inconnues.

Le seigneur maure fit remarquer dans cette occasion qu'il avoit beaucoup d'esprit, et dona Elvire n'y brilla pas moins. Animée des mouvements d'une passion naissante, elle disoit mille jolies choses qu'elle n'auroit pas *dites de sang-froid,* quoiqu'elle fût naturellement très-spirituelle. Pour Daraxa, elle se divertissoit à les écouter, comme une fille *qui avoit son compte.* Enfin chacun étoit fort content, et les moments s'écouloient avec la rapidité dont ils passent ordinairement quand ils sont agréables. S'il parut que le cavalier ne les trouvoit pas longs, les dames, de leur côté, firent assez connoître qu'elles ne s'ennuyoient point avec lui, puisque le roi venoit de rentrer dans le palais, et qu'elles ne songeoient nullement à se retirer. Il fallut que le jardinier vînt avertir Ozmin qu'il étoit temps de sortir : encore Elvire, avant la séparation, voulut-elle s'assurer d'une nouvelle entrevue, *qui fut fixée au premier jour que Ferdinand iroit à la chasse.*

Cette dame, après cette conversation, demeura si charmée d'Ozmin, qu'en le quittant elle ne put s'empêcher de dire à Daraxa qu'elle n'avoit jamais vu de cavalier si parfait. Toute autre que la belle Maure eût été alarmée d'un aveu si franc; mais elle n'en fit que rire, tant elle comptoit sur la fidélité de cet amant. Cependant son amie, qui la croyoit la plus insensible personne de son sexe, loin de lui faire un mystère du goût qu'elle se sentoit pour l'inconnu, lui en parloit à tout moment dans les termes les plus vifs. Oui, lui disoit-elle, je suis touchée du mérite de ce cavalier; mais je voudrois bien savoir qui il est, et pourquoi un homme fait comme lui ne se montre point à la cour : je vous conjure, ma chère Daraxa, de le lui demander vous-même quand nous le reverrons. Ozmin fut bientôt informé de tout cela par sa maîtresse, qui lui manda que la situation ne laissoit pas d'être délicate; qu'il ne devoit point abuser du penchant d'Elvire, et encore moins tra-

hir sa fidèle Daraxa; qu'en amour tout faisoit de la peine, jusqu'aux plus légères apparences; et qu'enfin, lorsqu'on possédoit un cœur, on étoit bien aise d'être l'objet de tous ses désirs.

Il crut de bonne foi que sa dame ne lui écrivoit ainsi que pour se réjouir; et, dans cette opinion, il lui fit une *réponse badine.* Il poussa même la chose plus loin : à la première entrevue, il prodigua les douceurs à dona Elvire, qui les reçut fort bien à bon compte, ou plutôt qui les lui rendit avec usure. La belle Maure, comme son amie l'en avoit priée, interrogea l'inconnu sur son pays, sur sa naissance et sur l'état présent de sa fortune. Il répondit, sans hésiter, qu'il étoit Aragonais, et qu'il se nommoit don Jaymé Vivès; qu'après avoir été pris par les Maures, et remis en liberté par la capitulation de Baëça, il attendoit que sa famille lui envoyât l'argent dont il avoit besoin pour se mettre en état de se produire à la cour. L'histoire étoit simple et vraisemblable. Elvire n'en demanda pas davantage; et s'étant toutefois informée s'il y avoit une maison de Vivès en Aragon, elle apprit avec un extrême plaisir que c'en étoit une des plus nobles.

Ce commerce galant devint peu à peu très-incommode aux deux amants maures. Dona Elvire s'enflamma tout de bon, et son amour les embarrassoit à mesure qu'il prenoit de nouvelles forces. Dès qu'Ozmin s'aperçut que ce n'étoit plus un jeu, il changea de ton : il n'eut plus pour la dame que des manières honnêtes et polies; mais il avoit affaire à une fille qui s'échauffoit d'elle-même. Daraxa, très-satisfaite de la conduite de son amant, avoit pitié de sa rivale, et l'auroit volontiers désabusée, si elle n'eût pas craint de lui donner de la jalousie en faisant cette démarche : ce qu'elle croyoit devoir plus appréhender dans la disposition où étoient les choses, que de hasarder une partie de son bonheur.

Le printemps arriva, pendant que tout cela se passoit, et la cour changea de face. Ferdinand résolut d'ouvrir la campagne par le siége de Grenade; et les Maures, qui s'y attendoient, se préparoient à bien défendre une place si importante. Il y avoit dedans une garnison de quinze mille hommes des meilleures troupes du roi Mahomet; c'est ce que n'ignoroit pas le monarque catholique : aussi avoit-il prudemment fait solliciter, tant par ses ministres que par l'entremise du pape, les autres princes chrétiens, pour qu'ils l'aidassent à exécuter une entreprise où il s'agissoit de chasser d'Espagne tous les infidèles. Plusieurs princes lui avoient promis du secours; et quand il fut assuré que leurs troupes s'avançoient, il se mit lui-même en marche avec le plus de diligence qu'il put, pour surprendre les Maures et ne leur pas donner le loisir de se fortifier davantage.

Comme la reine jugea bien qu'un siége si considérable demandoit beaucoup de temps, elle prit la résolution d'y accompagner le roi, et de faire la campagne avec lui. Le bruit s'en étant répandu, nos deux amants en eurent d'autant plus de joie, qu'ils espéroient que, dans la confusion où seroit l'armée, ils pourroient, avec l'industrie d'Orviedo, trouver jour à se jeter dans Grenade; mais ils comptoient sans la fortune: la reine, la surveille de son départ, dit à Daraxa qu'elle ne seroit pas du voyage. Pour avoir moins d'embarras, ajouta cette princesse; je ne mènerai avec moi que les femmes dont je ne puis absolument me passer. Je prétends laisser mes filles d'honneur à Séville, entre les mains de leurs parents ou de personnes de distinction à qui je les recommanderai. Pour vous, ma chère fille, vous tomberez en partage à don Louis de Padilla. J'ai fait choix de ce seigneur à cause qu'il est père d'Elvire, votre amie; outre cela, je crois que vous serez chez lui plus agréablement qu'ailleurs.

Ozmin fut au désespoir quand sa maîtresse lui manda cet ordre de la reine. Il voyoit par là toutes ses mesures rompues; et son esprit, flottant entre une infinité de pensées et de résolutions différentes que l'amour et la gloire lui inspiroient tour à tour, étoit dans une étrange perplexité. Néanmoins la belle Maure écrivit à cet amant des lettres si tendres et si passionnées, qu'enfin elle fixa ses irrésolutions. Je ne vous rapporterai qu'une de ses lettres, de peur de vous ennuyer. La voici:

« Votre écuyer m'a fait dire que vous vouliez vous laisser mourir de regret de n'être point à Grenade. Partez, Ozmin, partez: votre cœur sacrifie plus à la gloire qu'à l'amour. Je ne vous retiens plus: je sais bien que votre départ me coûtera la vie; mais ma plus grande peine sera de mourir pour un ingrat qui m'abandonne dans le temps que j'ai le plus besoin de lui. Je croyois vous être plus chère que toute chose au monde. Quelle étoit mon erreur! A qui dois-je m'en prendre? Est-ce à moi pour vous avoir cru, ou bien à vous pour me l'avoir persuadé? Si l'amour que j'ai pour vous ne m'aveugle pas, votre vie est à moi: vous me l'avez dit cent fois, vous me l'avez juré. Pourquoi donc, sans mon aveu, voulez-vous disposer de mon bien? Pourquoi songez-vous à l'employer à ce qui ne regarde pas mon service? Ah! Ozmin, que vous savez peu aimer! Que vous êtes encore loin du terme où l'amour a su m'amener! On peut acquérir de la gloire partout, et l'on trouveroit, si l'on vouloit, des gens qui mettroient la leur à partager les peines d'une infortunée plutôt qu'à servir tous les monarques de la terre. »

Il ne fut pas possible à l'amoureux Grenadin de résister à la passion de Daraxa, quelque envie qu'il eût de rendre sa valeur utile à sa patrie; et l'amant, dans cette conjoncture, l'emporta sur le héros. La cour partit donc pour l'armée, et la belle Maure se retira chez le marquis de Padilla, qui la reçut avec tous les honneurs qu'il auroit pu faire à la reine même. Dona Elvire, qui aimoit tendrement son amie, et qu'un intérêt encore plus vif que son amitié obligeoit à se réjouir d'avoir cette dame pour sa compagne inséparable, étoit ravie de ce changement. Daraxa auroit été assez contente de son sort, si elle eût eu dans cette maison un peu plus de liberté; mais on lui en donna beaucoup moins qu'elle n'en avoit eu à la cour. Véritablement elle étoit chez don Louis comme une esclave. Premièrement, il ne falloit pas qu'elle se flattât, non plus qu'Elvire, de sortir jamais, pour quelque raison que ce pût être. Tous leurs passetemps se bornoient à se promener le soir dans un jardin à certaine heure réglée; et comme si cette promenade n'eût pas été un divertissement assez ennuyeux pour elles, le vieux marquis prenoit la peine de les accompagner toujours; ou, si quelquefois il n'avoit pas le temps de les fatiguer de sa fâcheuse compagnie, don Rodrigue son fils se chargeoit de ce soin-là: elles ne gagnoient rien au change. Ce n'est pas tout: les appartements de ces dames n'avoient vue que sur le jardin, aucune fenêtre sur la rue. Ajoutez à cela qu'elles ne voyoient personne du dehors, ni hommes ni femmes; et, des gens même de la maison, il y en avoit très-peu qui eussent le privilége de leur parler.

Tous ces désagréments gâtoient fort les honnêtetés que don Louis faisoit à la belle Maure: cependant, à entendre ce vieux courtisan, il n'en usoit avec elle ainsi que par respect, et que pour lui marquer l'extrême considération qu'il avoit pour elle. Cette dame n'en étoit pas la dupe; et perdant toute espérance d'avoir des nouvelles de son amant, elle alloit s'abandonner à ses chagrins, si dona Elvire ne s'en fût mêlée. Celle-ci, ne pouvant plus vivre sans son cher don Jaymé, dit à Daraxa qu'elle vouloit écrire à ce cavalier. Eh! comment, reprit la belle Maure, lui ferez-vous tenir votre lettre? Une de mes femmes, répliqua Elvire, a trouvé par hasard un homme du dehors qu'elle a gagné. Il assure qu'il connoît parfaitement Vivès, et promet de lui remettre le billet en main propre. La tendre amante d'Ozmin ne manqua pas d'applaudir à cette résolution. Elles composèrent toutes deux une lettre de concert. La fille de don Louis l'écrivit, et la dame maure y ajouta ces mots en sa langue:

« Tout le bonheur des amants consiste à se voir: tout leur malheur est d'être séparés. Je languis dans l'attente de vos nouvelles ; je suis morte si je n'en reçois au plus tôt. »

Elvire demanda ce que signifioient ces paroles, et Daraxa lui répondit : « Je mande à don Jaymé que sa maîtresse ne peut soutenir plus long-temps son absence, et va succomber à ses ennuis, s'il ne trouve moyen de les soulager. » C'est ainsi que deux bonnes amies en usent ordinairement ensemble lorsqu'elles sont rivales.

La lettre fut fidèlement rendue au seigneur maure, qui la lut avec d'autant plus de joie, qu'il avoit inutilement jusque là employé l'adresse de son écuyer pour découvrir ce qui se passoit chez don Louis : comme un bonheur, dit le proverbe, ne vient jamais sans l'autre, il arriva deux jours après qu'Orviedo se présenta devant lui sous un habit d'ouvrier. Ozmin eut d'abord de la peine à le reconnoître, et lui demanda la cause de ce déguisement. C'est ce que je vais vous apprendre, répondit l'écuyer. Je me suis ainsi travesti pour aller rôder aux environs de la maison du marquis de Padilla, dans l'espérance de rencontrer une des femmes maures de Daraxa, ou de faire connoissance avec quelque domestique de don Louis. Je me suis arrêté par hasard devant un endroit du jardin où des ouvriers s'occupent à réparer le mur. Le maître maçon, me voyant attentif à leur travail, s'est mis à me considérer. Il m'a pris pour un homme de son métier : Mon ami, m'a-t-il dit, j'ai besoin de manœuvres pour finir promptement cet ouvrage, voulez-vous me servir ? Je lui ai répondu que j'étois employé ailleurs, mais que j'avois un camarade qui ne cherchoit qu'à vivre, et qui ne demanderoit pas mieux que de lui rendre service. Amenez-le-moi, a répliqué le maître maçon ; quand il ne seroit propre qu'à mener la brouette, il ne me sera pas inutile, et je le paierai bien. Là-dessus je l'ai quitté, ajouta Orviedo en souriant, pour venir vous proposer ce bel emploi, que l'amour, sans doute, vous offre lui-même pour vous faire passer le temps moins désagréablement que vous ne faites.

Toute ridicule que parût une pareille idée au seigneur maure, il étoit trop amoureux pour la rejeter. Il accepta le parti, s'habilla comme un manœuvre, et se laissa conduire par son écuyer, qui dit au maître maçon : *Señor maestro de obra,* voici mon camarade Ambroise, soldat malheureux, qui, après avoir été quatre ans prisonnier chez les Maures, se voit réduit à travailler pour subsister. Le marché fut bientôt fait, et Ambroise arrêté pour commencer le lendemain. Notre nouveau manœuvre, pour montrer qu'il avoit le cœur à la besogne, se rendit de grand matin auprès de son maître, qui le mena dans le jardin, et, lui mettant la brouette entre les mains, l'instruisit de ce qu'il

avoit à faire. De la manière que s'y prit Ambroise, il sembloit qu'il eût fait ce métier toute sa vie ; aussi son maître en fut si content, qu'il lui donna des louanges, et l'assura qu'il seroit un jour un fort bon ouvrier.

Personne ne paroissoit encore dans la maison ; mais sur les dix heures, notre manœuvre remarqua quelques femmes maures aux fenêtres de l'appartement de Daraxa, et, peu de temps après, cette dame elle-même, ainsi que dona Elvire. Dès ce moment, il trouva cette aventure toute réjouissante ; il se fit par avance un plaisir de la surprise où seroient les dames, lorsqu'en se promenant dans le jardin, elle viendroient à le reconnoître et à faire attention à son déguisement ; il espéroit même que sous cette forme il pourroit quelquefois leur parler sans péril : il ne savoit pas quel homme c'étoit que le seigneur don Louis.

Outre que Daraxa lui avoit été recommandée par la reine, d'une manière qu'il auroit cru trahir la confiance que cette princesse avoit en lui s'il n'eût pas veillé jour et nuit sur les actions de cette dame, il n'ignoroit pas qu'elle avoit des amants ; il la croyoit aussi sensible qu'une autre : les femmes maures, en ce temps-là, n'ayant pas la réputation d'être ennemies de l'amour. Mais il craignoit plus les entreprises du dehors que la sensibilité du dedans, les cavaliers amoureux que l'objet aimé. Il appréhendoit principalement don Alonse, qu'il regardoit comme le galant favorisé. Quoique informé que ce jeune seigneur n'étoit point encore en état de sortir, ni par conséquent de songer aux moyens d'entretenir la belle Maure, cela ne le rassuroit point. Un commerce de billets doux ne lui sembloit guère moins dangereux qu'une conversation. Pour se mettre l'esprit en repos là-dessus, il pressoit sans cesse le maître maçon d'achever son ouvrage, de peur que quelqu'un de ses manœuvres n'eût la hardiesse de se charger de quelque commission amoureuse : ce qui l'inquiétoit terriblement, et l'obligeoit à observer tous les ouvriers.

Sur la fin d'une journée, en les voyant travailler, il s'avisa de considérer attentivement Ambroise, auquel il n'avoit pas encore pris garde, et qui lui parut un garçon fort délibéré. Cet examen ne plut guère au jeune Maure, et le fit pâlir de crainte d'être découvert : néanmoins il en fut quitte pour la peur. Tout susceptible que le vieillard étoit de soupçons et de défiances, il ne vit dans Ambroise qu'un manœuvre ; et ce faux maçon, lorsqu'il en fut temps, se retira avec les véritables, n'ayant eu d'autre bonheur dans toute sa journée que de voir passer sa maîtresse avec don Rodrigue qui étoit son rival. Quelle patience il faut avoir quand on aime, quoique l'amour soit la plus violente des passions! Ozmin ne l'avoit déjà que trop éprouvé. Aussi, loin de se rebuter, il se trouvoit assez bien payé de sa peine, puisqu'il avoit vu sa chère amante : cela suffisoit à un Maure, comme à un Castillan, pour s'estimer heureux.

La fortune lui fut bien plus favorable le jour suivant; il revint au travail avec une nouvelle ardeur. Il faisoit rouler sa brouette d'une grande force; et comme en charriant de la pierre il étoit obligé quelquefois de passer sous les fenêtres de l'appartement de Daraxa, il se mit à chanter un air champêtre en langue maure. Les maçons qui le regardoient comme un gaillard qui avoit été long-temps prisonnier chez les infidèles, ne furent pas surpris qu'il eût retenu quelques-unes de leurs chansons; mais Laïda l'entendit de sa chambre; et, curieuse de savoir qui pouvoit être l'homme qui chantoit si bien une chanson de son pays, elle descendit au jardin, où elle reconnut d'abord le personnage.

Elle fit semblant de cueillir des fleurs pour sa maîtresse, ce qu'elle faisoit presque tous les jours; et le Grenadin s'étant aperçu qu'elle l'observoit du coin de l'œil, la première fois qu'il passa près d'elle en poussant sa brouette, il laissa tomber à sa vue une lettre qu'il tenoit toute prête dans son sein, sans s'arrêter ni regarder Laïda, qui courut la ramasser aussitôt et la porter à Daraxa.

Vous vous imaginez bien quelles furent la joie et la surprise de cette dame. Elle étoit encore au lit. Elle se leva et s'habilla promptement pour jouir de sa fenêtre du plaisir de revoir un amant si cher. Elle fut touchée de l'état misérable auquel il n'avoit pas honte de se réduire pour lui marquer l'excès de son amour : et toutefois il y avoit dans cette bizarre mascarade un je ne sais quoi qui la ravissoit. Elle fit à sa lettre une réponse qu'elle remit à l'adroite Laïda, qui sut si bien prendre son temps, qu'elle la rendit sans que personne s'en aperçût. Un commencement si heureux donna du goût au seigneur Ambroise pour le métier de maçon. Effectivement, Daraxa se tint presque tout le jour à sa fenêtre pour le voir passer et repasser; de sorte qu'en allant et en revenant, c'étoit toujours quelques petits signes qui avoient mille charmes pour deux amants si délicats.

Les choses demeurèrent quelques jours dans cette situation; don Louis ne manquoit pas tous les soirs d'aller exciter par sa présence les ouvriers à travailler, et il remarquoit qu'Ambroise étoit celui de tous qui s'épargnoit le moins. Il conçut de l'affection pour lui à cause de cela; et croyant qu'il en feroit un bon valet, il s'approcha du maître maçon pour lui demander qui lui avoit donné ce manœuvre. Un artisan de la ville me l'a

amené, répondit le maître, et j'en suis très-content. Sur ce témoignage, le marquis tirant à part Ambroise, auquel il n'avoit point encore parlé, l'interrogea pour savoir d'où il étoit. Notre manœuvre lui répondit, de l'air le plus grossier qu'il put affecter, qu'il étoit Aragonais d'origine, et lui fit une histoire qui ne démentoit point celle qu'Orviedo avoit déjà faite au maître maçon. Don Louis y trouva beaucoup de vraisemblance, et il lui sembla même que ce garçon avoit pris l'accent de ce pays-là. Qui étoit votre patron à Grenade, lui demanda-t-il encore? et à quoi vous employoit-il! Seigneur, repartit Ambroise, j'y servois un gros marchand qui avoit un fort beau jardin, et j'avois soin de ses fleurs. Vous savez donc cultiver les fleurs? s'écria le marquis, j'en suis ravi. J'ai besoin d'un homme pour les miennes, et il y a plus de trois mois que j'en fais chercher un, attendu que mon jardinier ne s'entend point à cela : ainsi, mon ami, je vous donnerai de bons gages si vous voulez me servir, et j'aurai soin de votre fortune, pourvu que vous soyez fidèle, et que vous remplissiez votre devoir avec exactitude.

A ces mots, notre feint Aragonais témoigna par des démonstrations, plutôt que par des paroles, qu'il étoit très-sensible aux bontés de ce seigneur, et qu'il s'attacheroit à les mériter par sa bonne volonté. Cette affaire fut bientôt conclue, et don Louis dit à son nouveau domestique : Vous n'avez qu'à quitter votre tablier et prendre congé de votre maître; venez ici demain, et l'on vous fournira tout ce qui sera nécessaire pour la culture de mes fleurs.

Ambroise n'est donc plus maçon; il est jardinier du marquis de Padilla, qui ne le vit pas plus tôt arriver le jour suivant, qu'il se mit à lui prescrire la conduite qu'il avoit à tenir pour demeurer long-temps dans sa maison. Il s'étendit particulièrement sur le respect infini qu'il lui recommandoit d'avoir pour les dames, et sur le soin qu'il devoit prendre d'éviter tout commerce avec les femmes de service. Il appuya d'autant plus sur cet article, qu'il trouvoit ce garçon bien fait de sa personne, malgré les mauvais airs qu'il affectoit de se donner.

Le patron, après toutes ces leçons qui ne faisoient que trop connoître qu'il étoit terriblement Espagnol sur le chapitre du beau sexe, fit travailler devant lui son nouveau jardinier, pour juger de sa capacité, étant lui-même assez habile pour cela. Heureusement Ozmin avoit aimé les fleurs, et il savoit aussi bien les cultiver qu'un fleuriste de profession. Don Louis n'eut pas besoin d'un long examen pour être persuadé qu'il avoit fait une bonne acquisition. Il s'en applaudit, et il en demeura si occupé, qu'il ne put s'empêcher d'en parler pendant le dîner. Il dit qu'il étoit charmé d'avoir enfin rencontré un jardinier pour ses fleurs, et que, Dieu merci, son parterre seroit désormais bien entretenu. Rien n'est plus plaisant, ajouta-t-il : je remarque parmi mes ouvriers un jeune gaillard qui mène la brouette, je le questionne, et je découvre que ce manœuvre est un garçon consommé dans l'art de cultiver les fleurs.

Daraxa ne laissa point tomber ce discours ; et ne doutant point que le nouveau jardinier ne fût Ozmin, elle s'en réjouit, dans l'espérance qu'elle auroit occasion de le voir plus souvent et la liberté entière de lui écrire. Après le dîner, cette dame mena dans son appartement Elvire, et se mettant toutes deux à une fenêtre, elles commencèrent à promener leurs regards sur le jardin. Ambroise étoit alors au milieu du grand parterre, vis-à-vis d'elles. La belle Maure l'ayant reconnu, et voulant se divertir, le montra du doigt à son amie : Voilà, lui dit-elle, le jardinier dont votre père a tant vanté l'habileté pendant que nous dînions. Considérez-le bien : votre cœur ne vous dit-il rien pour lui ? ne sentez-vous point quelque émotion ?

Dona Elvire fit un éclat de rire à ces paroles, qui lui parurent échappées par plaisanterie. Mais regardant cet homme à bon compte avec attention, elle soupçonna la vérité. Cependant la crainte de se méprendre, et d'apprêter à rire à ses dépens, l'empêcha de dire ce qu'elle pensoit, jusqu'à ce que Daraxa la pressant de lui répondre, et l'appelant insensible, confirmât ses soupçons. Ce fut alors du côté d'Elvire un emportement de joie, une évaporation qui marqua bien l'excès de son amour pour don Jaymé. La prudente Maure se sut bon gré de ne lui avoir pas fait plus long-temps un mystère de la métamorphose de ce cavalier. Ma chère Elvire, lui dit-elle, j'ai bien fait, comme vous voyez, de vous prévenir. Hélas ! si par malheur don Jaymé se fût présenté devant vous en présence de don Louis ou de don Rodrigue, votre surprise nous auroit tous perdus : mais maintenant que vous êtes préparée à sa vue, j'espère que vous vous ménagerez de façon que vous ne gâterez point nos affaires. Dona Elvire le lui promit ; après quoi ces deux dames s'entretinrent du faux Ambroise.

La fille de don Louis ne pouvoit assez admirer comment il étoit parvenu à tromper son père, le plus défiant de tous les hommes ; et elle lui tenoit un grand compte de s'abaisser pour l'amour d'elle à un si vil emploi. Si elle eût su tout ce que son amie savoit là-dessus, elle auroit bien rabattu de sa reconnoissance.

Dès ce moment les plaisirs et les intrigues commencèrent à régner depuis le matin jusqu'au soir entre ces deux dames et ce galant jardinier. Clarice et Laïda, leurs confidentes, étoient des filles d'esprit, qui les servoient avec autant d'adresse que de zèle. Ambroise, de son côté, ménageoit si adroitement les maîtresses, qu'elles étoient l'une et l'autre très-contentes de lui. Jamais affaire n'a été mieux conduite. Elvire découvroit son cœur à son amie, et son amie lui cachoit le sien avec toute la dissimulation que la conjoncture exigeoit d'elle. Ces rivales avoient chacune leur cache dans le jardin. Les billets alloient et venoient ; c'étoit une poste galante et parfaitement bien réglée. Quand ils en seroient demeurés là, n'auroient-ils pas eu lieu d'être contents d'une vie si agréable ? Mais si l'amour s'arrêtoit lorsqu'il est en si beau chemin, il cesseroit d'être l'amour. Les mêmes plaisirs l'ennuient ; il en veut toujours de nouveaux. L'Espagnole trop passionnée voulut des entretiens, et somma par un billet don Jaymé de se rendre à minuit aux fenêtres de la galerie d'en bas, dont Clarice s'étoit chargée d'avoir une clef. Quoique la belle Maure n'approuvât guère ce rendez-vous nocturne, elle n'eut pas la force de s'y opposer.

Ambroise logeoit chez le jardinier, au fond du jardin, dans une maison dont la porte, par ordre de don Louis, se fermoit à l'entrée de la nuit, et ne s'ouvroit que le matin à l'heure qu'il falloit aller au travail. Cette difficulté n'embarrassa point le cavalier, qui eut bientôt fait une échelle de cordes pour descendre de sa chambre dans le jardin, et pour y monter. Il fit réponse aux dames, et les assura que dès la nuit prochaine il se trouveroit au lieu marqué. Avec quelle impatience n'attendirent-elles pas ce moment ! et quand il fut arrivé, quelle satisfaction pour elles de pouvoir entretenir en liberté leur cher Ambroise ! Elvire surtout laissoit éclater la sienne sans modération, et celle de son amie, pour être secrète, n'en étoit pas moins vive. Les fenêtres de la galerie étoient basses, et l'on pouvoit aisément passer le bras entre les gros barreaux de fer qui les grilloient : l'amoureuse Espagnole, que l'obscurité de la nuit rendoit encore plus hardie, avançoit par là ses mains pour se les faire baiser ; ce qui faisoit grand mal au cœur à Daraxa. Ozmin, qui connoissoit la délicatesse des femmes de son pays sur cette matière, pour consoler cette dame de la nécessité où elle étoit de souffrir ces petites libertés, lui donnoit à la dérobée toutes les marques de tendresse qu'il pouvoit ; de sorte que c'étoit pour la tendre Maure un peu de bien et beaucoup de mal : malgré la possession du cœur de son amant, elle se croyoit fort à plaindre. Elle n'avoit que des plaisirs mêlés ; au lieu que son amie, sans être aimée, goûtoit des plaisirs purs. La première, ne connoissant pas son bonheur, étoit malheureuse ; et l'autre, ignorant son malheur, étoit parfaitement heureuse.

Ils se séparèrent enfin, après deux heures de conversation. Ambroise regagna sa chambre ; et les dames se retirèrent différemment affectées de cette entrevue : si la fille de don Louis en désiroit avec ardeur une seconde, il n'en étoit pas de même de Daraxa. Elle avoit vu sa rivale montrer si peu de retenue dans ce premier entretien, qu'elle avoit raison de craindre que dans la suite cette amante emportée ne poussât les choses encore plus loin ; de manière qu'elle ne put se défendre d'écrire là-dessus à Ozmin. Elle lui manda qu'elle ne souhaitoit plus de lui parler la nuit ; que ce plaisir lui coûtoit trop. Le fidèle Maure, qui auroit mieux aimé mourir que de justifier les alarmes de sa maîtresse, éluda, sous divers prétextes, les nouveaux rendez-vous qui lui furent proposés de la part d'Elvire, qui dans le fond étoit trop aimable pour qu'elle l'agaçât toujours infructueusement.

Cependant les maçons achevèrent leur ouvrage, et don Louis, ayant l'esprit en repos de ce côté-là, permit aux dames de se promener librement dans le jardin. Un jour que don Rodrigue étoit avec elles dans un cabinet de verdure, sa sœur, qui ne gardoit pas de grandes mesures avec lui, et qui vouloit l'accoutumer à la voir parler à Ambroise, appela ce jardinier qui passoit, et lui ordonna de leur aller cueillir des fleurs. Il obéit, et leur en apporta plein une corbeille. Dona Elvire, pour l'arrêter, lui fit des questions sur les ennuis qu'il avoit soufferts dans sa prison de Grenade : ce qui donna envie à don Rodrigue de prier Daraxa de s'entretenir un peu en maure avec lui, pour voir s'il entendoit bien cette langue. La belle Maure accorda volontiers cette satisfaction au fils de don Louis, et lui dit que pour un Espagnol, ce garçon ne la parloit point mal.

Don Rodrigue, qui s'étoit déjà plus d'une fois amusé à discourir avec Ambroise, lui avoit trouvé beaucoup d'esprit, quoiqu'Ozmin eût affecté de ne lui en laisser guère paroître ; et le jugeant fort propre à le servir auprès de la belle étrangère, il résolut de le choisir pour son confident. Dans ce dessein, il étoit le premier à l'appeler sans demander permission aux dames. Il le faisoit entrer dans leurs entretiens, et l'engageoit souvent à parler maure avec Daraxa. Par ce moyen, l'heureux Ambroise, devenu bientôt familier avec son jeune maître, ne le voyoit pas sitôt dans le jardin avec les dames, qu'il couroit les joindre sans façon ; et quand il y manquoit, Elvire se donnoit la peine de l'aller chercher elle-même, et ne revenoit point sans lui. Don Rodrigue, qui n'avoit que ses propres affaires en tête, ne prenoit point seulement garde à ces petits écarts, étant d'ailleurs bien éloigné de penser que sa sœur fût capable d'aimer un domestique. Mais si Elvire ne regardoit que don Jaymé dans Ambroise, Daraxa ne voyoit qu'Ozmin dans don Jaymé ; et cette jalouse Maure souffroit impatiemment tous les témoignages de l'amoureuse fureur qui dominoit son amie.

Tandis que ces choses se passoient chez don Louis, le jeune don Alonse de Zuniga, plus amoureux que jamais, et guéri de sa blessure, commençoit à sortir. Il avoit appris avec douleur que sa maîtresse étoit, par ordre de la reine, entre les mains du marquis de Padilla, tant par rapport à l'aversion qu'il avoit naturellement pour don Rodrigue, qu'à cause de la jalousie qui régnoit depuis long-temps entre leurs maisons. Il sentoit pourtant qu'il falloit pour son repos qu'il reçût des nouvelles de sa dame, et qu'il la vît même, s'il étoit possible. Pour y parvenir, il mit en campagne de très-habiles gens, qui trouvèrent moyen de gagner une femme de dona Elvire pour certaine somme qui lui fut payée d'avance. Cette soubrette obligeante étoit cette même Clarice dont j'ai fait mention, fille née pour les intrigues d'amour, et fort propre à faire prospérer les affaires des amants. Don Alonse, pour son argent, ne lui demandoit qu'un service ; c'étoit de lui procurer par quelque stratagème le plaisir de parler à Daraxa. Clarice lui promit des merveilles ; et, sans que cela fût nécessaire, elle lui fit confidence des amours d'Elvire avec don Jaymé Vivès, qui de seigneur aragonais s'étoit fait jardinier par un excès de passion pour elle.

Cette histoire, que don Alonse écouta de toutes ses oreilles, l'étonna : il en voulut savoir toutes les circonstances. Clarice les lui apprit, à la réserve de celles qu'elle ignoroit. Ainsi elle ne put lui dire la part que la belle Maure avoit à cette aventure. Zuniga cherchoit en vain dans son esprit quel homme c'étoit que ce don Jaymé Vivès, dont il n'avoit jamais entendu parler à la cour non plus qu'à l'armée. Il souhaitoit de le connoître, pour agir de concert avec lui et faire la partie carrée, puisqu'ils avoient tous deux leurs maîtresses dans la même maison. Cette pensée fut la cause d'une infinité d'autres. Il se reprochoit de n'avoir pas autant d'adresse que don Jaymé, pour s'introduire aussi chez don Louis sous quelque forme qui pût lui donner occasion d'entretenir quelquefois Daraxa. Il s'échauffoit sur cela l'imagination, et rouloit dans sa tête mille desseins qui le divertissoient.

Revenons à nos dames. La fille du marquis de

Padilla, persuadée qu'on ne s'aimoit pas pour nourrir son amour d'éternels soupirs, et qu'il y avoit un terme à toutes les choses du monde, prit la résolution de s'unir avec son cher don Jaymé, qui lui paroissoit si digne de la posséder; mais elle sentoit quelque peine à faire elle-même cette proposition : c'étoit une démarche qui blessoit trop la bienséance pour la hasarder. Elle fit réflexion qu'il valoit mieux se servir pour cela de l'entremise de son amie, dont elle se croyoit assez aimée pour attendre d'elle un pareil service. Elle s'adressa donc à la belle Maure, et la pria, dans les termes les plus forts, de vouloir bien se charger de la commission.

Daraxa ne put apprendre qu'Elvire avoit dessein de se faire enlever, et méditoit un mariage clandestin, sans être violemment émue : néanmoins, s'étant remise de son trouble, elle dit à son amie : Je suis disposée à faire ce que vous souhaitez; mais avant que je parle à don Jaymé, je ne puis, sans trahir notre amitié, me dispenser de vous demander si vous avez fait toutes vos réflexions sur ce que vous osez entreprendre? Non, non, ajouta-t-elle, vous n'avez pas songé sans doute à tous les malheurs où vous allez vous jeter : souffrez que je vous représente ce que vous devez à votre famille et à vous-même. Vous voulez vous livrer à un homme dont vous ne connoissez ni le bien ni la naissance. Pouvez-vous prudemment vous y fier jusqu'à lui faire des avances qui ne conviennent point du tout à une fille de qualité? et si par malheur, ce qui n'est pas impossible, elles n'étoient pas reçues de la façon que vous le désirez, quelle honte et quels regrets ne suivroient point cette démarche indiscrète?

Quoique ces remontrances fussent très-judicieuses, la fille de don Louis ne les écouta qu'avec chagrin; et ne pouvant les combattre par de bonnes raisons, elle répondit, en fille qui avoit pris son parti, que l'excès de son amour ne lui permettoit pas de suivre d'autres conseils que ceux de son cœur. Quand Daraxa eut perdu toute espérance de la détourner de son dessein, elle cessa de la contredire, et lui promit que dès cette nuit-là même elle feroit à don Jaymé la proposition dont il s'agissoit. Mais ce qui embarrassa un peu la belle Maure, c'est qu'Elvire, soit par défiance, soit pour juger par elle-même des sentiments de l'objet aimé, dit qu'elle vouloit, à l'insu de ce cavalier, se tenir cachée derrière un rideau pour entendre cet entretien. Il ne fut donc plus question que d'avertir Ambroise de se trouver à minuit aux fenêtres de la galerie d'en bas; ce que les dames firent par une lettre qu'elles lui écrivirent en commun, et par laquelle on lui manda qu'on avoit des choses de la dernière conséquence à lui communiquer.

Il ne manqua pas de s'y rendre à l'heure marquée, et il fut assez surpris de ne point voir là Elvire. Seigneur don Jaymé, lui dit Daraxa, j'ai d'abord une mauvaise nouvelle à vous annoncer, c'est que je suis seule ici : votre maîtresse veut que j'aie avec vous une conversation particulière d'où dépendent votre bonheur et le sien. En parlant de cette sorte, la fine Maure glissa une de ses mains entre les barreaux, et serra fortement une de celles du cavalier, qui comprit aussitôt que ce rendez-vous n'étoit pas sans mystère : peu s'en fallut, même, tant il avoit la pénétration vive, qu'il ne devinât ce que c'étoit ; et dès que Daraxa eut entamé la proposition délicate qu'elle avoit à lui faire, il ne vit que trop de quoi il s'agissoit : mais, loin d'en être embarrassé, il ne fit que tourner en plaisanterie tout ce qui lui fut proposé. La belle Maure eut beau lui protester qu'elle parloit sérieusement, et le presser de répondre de même, il ne quitta point le ton railleur.

Ainsi se termina cette entrevue à la satisfaction de Daraxa, qui auroit été fâchée qu'elle eût fini d'une autre manière, et qui, croyant avoir fait son devoir, s'attendoit à des remercîments de la part de son amie; mais Elvire auroit été plutôt capable de lui faire des reproches. Dans sa mauvaise humeur, elle imputoit à cette Maure toutes les railleries de don Jaymé; d'où concluant qu'en amour il y avoit de l'imprudence à se servir de procureur quand on pouvoit faire ses affaires soi-même, elle résolut de ne se fier désormais à personne, et de tout mettre en usage pour engager Vivès à l'enlever.

Elle n'en fit pourtant pas plus mauvaise mine à Daraxa le lendemain. Elles se revirent comme à l'ordinaire, sans toutefois entrer dans aucun éclaircissement, sans se dire un seul mot sur ce qui s'étoit passé. Le soir elles se promenèrent ensemble, dissimulant toutes deux, et chacune occupée de ses intérêts. Il arriva dans cette promenade une aventure qui eut de grandes suites comme vous allez l'entendre.

J'ai déjà dit que don Rodrigue avoit jeté les yeux sur Ambroise pour en faire son confident auprès de Daraxa, qui, jusqu'à ce jour, n'avoit payé que d'indifférence l'amour que ce seigneur espagnol avoit pour elle. Cela ne le rebutoit point, grâce à la froideur de son tempérament : incapable d'aimer avec violence, il voyoit presque sans chagrin le peu de progrès qu'il faisoit dans le cœur de la belle Maure, ou bien il s'en consoloit par le plaisir de voir et d'entretenir cette dame quand il vouloit, avantage qu'il avoit sur ses rivaux, et qui lui tenoit lieu du bonheur d'être le galant chéri. Comme il ne lui avoit encore fait connoître ses sentiments que par des soins peu empressés, et s'étant aperçu qu'elle se plaisoit à parler maure avec Ambroise, il s'avisa de charger ce jardinier de lui faire, de sa part, une déclaration d'amour en cette langue. Ambroise accepta la commission, en promettant à son jeune maître de s'en acquitter avec tout le zèle imaginable, la première fois que l'occasion s'en présenteroit. Elle s'offrit dès ce jour-là même.

Les dames, après quelques tours d'allées, entrèrent dans le cabinet de verdure où elles avoient coutume de s'arrêter pour se reposer. Ambroise arriva portant une corbeille de fleurs. Don Rodrigue lui ordonna d'en faire des bouquets, et fit signe en même temps à dona Elvire de le suivre, comme s'il eût eu quelque chose de particulier à lui dire. Le frère et la sœur sortirent du cabinet, où Ozmin, se voyant seul avec sa maîtresse, se préparoit à lui parler d'un ton plaisant de la passion de don Rodrigue ; mais il la trouva si triste, qu'il en fut étonné. Qu'avez-vous donc, madame? lui dit-il d'un air attendri. Quoi ! lorsque je m'apprête à vous divertir en jouant avec vous un personnage peu différent de celui que vous avez fait cette nuit au rendez-vous, je vous vois dans un accablement mortel ! Daraxa ne lui répondit que par un soupir, ce qui redoubla l'étonnement du cavalier et lui causa de l'inquiétude. Parlez, ajouta-t-il, parlez, Daraxa, si vous ne voulez me désespérer. Que me présagent votre silence et ce soupir qui vient de vous échapper? Ils semblent m'annoncer plus de malheurs que je n'en ai à craindre. La belle Maure enfin lui répondit que la bizarrerie de leur fortune, et les traverses qu'ils avoient l'un et l'autre à essuyer tous les jours, étoient la cause de cette tristesse où il la voyoit plongée

Il essaya de la consoler, en lui représentant qu'elle ne devoit point manquer de courage après avoir jusque-là soutenu leurs disgrâces avec fermeté ; que véritablement il étoit bien mortifié d'être réduit à payer de quelque complaisance la tendresse aveugle qu'Elvire avoit pour lui. Il n'eut pas achevé ces derniers mots que la belle Maure fondit en pleurs, et lui dit d'une voix entrecoupée de sanglots : Eh ! c'est cela seul qui ébranle ma constance qui est à l'épreuve des autres persécutions. Quel supplice pour un cœur tendre et délicat d'être incessamment en butte à tout ce qui peut le déchirer ! Hélas ! je suis peut-être même à la veille de me reprocher d'avoir eu trop de confiance dans votre fidélité.

L'ai-je bien entendu? reprit Ozmin avec un vif sentiment de douleur. Vous me croyez capable d'aimer une autre que vous! Ah! Daraxa, pouvez-vous me faire cette injustice, vous qui connoissez mon cœur ! vous qui savez que je me pi-

que de quelque vertu, et surtout d'être ennemi de la trahison ! Je veux croire, repartit la dame en essuyant ses larmes, que j'ai tort de m'alarmer ; mais je vous aime, Ozmin, et je ne puis me souvenir tranquillement des complaisances que vous avez eues pour la fille de don Louis ; vous ne les auriez pas poussées si loin si elles vous eussent autant coûté qu'à moi. Quand je pense à l'effet qu'elles ont produit, je fais mille réflexions qui me donnent la mort. Elvire espère plus que jamais qu'elle vaincra par son opiniâtreté votre résistance. Qui me répondra que vous ne vous laisserez pas à la fin toucher de l'excès de sa passion? Moi! s'écria le seigneur maure avec transport ; fiez-vous à l'assurance que je vous..... Il fut interrompu en cet endroit par Elvire, qui rentra tout-à-coup dans le cabinet avec précipitation, et son frère y revint un moment après elle.

Ozmin ne les attendoit pas sitôt ; il avoit compté que don Rodrigue amuseroit plus long-temps sa sœur, sous prétexte d'avoir à lui parler de quelque affaire sérieuse. Le fils de don Louis avoit effectivement eu ce dessein, mais il n'avoit pu retenir dona Elvire, qui s'étoit brusquement échappée de ses mains pour aller troubler la conversation de Daraxa et de don Jaymé. Il se passa entre ces quatre personnes une scène muette qui leur fit penser bien des choses. Don Rodrigue et sa sœur s'aperçurent que la dame maure étoit fort émue : il leur parut même qu'elle avoit répandu des pleurs, et chacun fit sur cela ses réflexions. Pour Ozmin, comme il n'avoit plus rien à faire dans ce cabinet, et qu'il n'y représentoit qu'Ambroise, il lui fut facile en se retirant de sortir d'embarras.

Don Rodrigue le suivit aussitôt ; et plein d'impatience d'apprendre ce qui s'étoit passé entre ce jardinier et Daraxa, qu'il commença de soupçonner d'être d'intelligence ensemble, il lui demanda s'il s'étoit acquitté de sa commission, et s'il avoit de bonnes nouvelles à lui annoncer. Seigneur, lui répondit Ambroise, vous m'avez laissé si peu de temps pour entretenir la dame maure, qu'il ne m'a pas été possible de vous rendre de grands services. Je conviens, reprit le fils de don Louis, que vous n'avez pas eu avec elle une longue conversation ; mais il faut que vous en ayez bien mis à profit tous les moments, puisque j'ai trouvé Daraxa fort agitée de vos discours : je suis même persuadé que vous lui avez fait verser des pleurs. Ces pleurs, repartit le faux jardinier, pourroient être le fruit amer de la liberté que j'ai prise de lui parler de votre passion, qui peut-être n'est pas de son goût.

N'avez-vous pas de meilleures raisons à me dire que celles-là? s'écria don Rodrigue. Non, seigneur, dit Ambroise ; j'ajouterai seulement que cette dame peut avoir déjà le cœur engagé. Une fille qui a été élevée dans une cour aussi galante que celle de Grenade, pourroit fort bien être devenue sensible aux soupirs de quelques seigneurs de ce pays-là. Je le pense comme vous, répliqua brusquement le jaloux don Rodrigue ; et de plus, je crois que vous êtes ici moins pour me servir que pour faire plaisir à cet heureux rival. Vous ne me rendez pas justice, repartit le jardinier ; vous m'outragez en me soupçonnant d'être capable de vous trahir pour un infidèle. Infidèle ou chrétien, interrompit le fils de don Louis avec précipitation, vous m'êtes suspect ; vous en savez un peu trop pour un jardinier ; et quand je me rappelle tous vos petits entretiens maures, cela ne bannit point ma défiance : mais prenez-y garde, poursuivit-il d'un ton menaçant ; vous êtes dans une maison où les friponneries ne demeurent pas long-temps cachées. En achevant ces mots, il retourna au cabinet, où les dames gardoient encore un profond silence. Dès qu'elles le virent arriver, elles se levèrent et se retirèrent dans leurs appartements, pour y rêver en liberté à leurs affaires, chacune en son particulier.

Don Rodrigue, qui n'avoit alors guère d'envie d'entrer en conversation avec elles, les laissa s'éloigner, et se mit à se promener tout seul. Il rencontra son père qui s'amusoit à considérer des fleurs, et il s'arrêta pour lui tenir compagnie. Don Louis, en regardant ces fleurs, s'avisa de parler d'Ambroise, et de témoigner qu'il étoit très-content des soins et de l'habileté de ce valet. Il est peut-être plus habile qu'on ne voudroit, dit don Rodrigue avec un souris forcé ; ce garçon-là, si je ne me trompe, sait plus d'un métier. Le vieux marquis, dont l'esprit et les yeux étoient appliqués à contempler son parterre, ne saisit pas d'abord ce que son fils venoit de lui dire, et répondant avec distraction : Il est vrai, dit-il, qu'Ambroise a de l'esprit, et je suis sûr que j'en serai bien servi. Je doute fort qu'il soit ici pour cela, répliqua don Rodrigue ; du moins suis-je convaincu que d'autres auront plus de raison que nous d'être satisfaits de ses services. Vous le dirai-je ? Je le crois plus attaché aux intérêts de Daraxa qu'aux vôtres, ou bien c'est un agent de quelque amant auprès de cette dame.

Ah ! mon fils, interrompit le père en riant de toute sa force, c'est à présent que je vous connois pour un homme véritablement amoureux. Si je le suis, dit don Rodrigue, je puis vous assurer que mon amour m'éclaire au lieu de m'aveugler : je sais bien ce que j'ai vu. Eh ! qu'avez-vous donc vu ! interrompit le vieillard pour la seconde fois. Parlez-moi plus clairement, car enfin je suis don Louis de Padilla, le fils de don Gaspard, qui pas-

soit pour l'homme de son siècle le moins facile à tromper. On m'a cent fois fait la grâce de me dire que je l'emportois même sur lui pour la prudence et la circonspection. Si le choix que la reine a fait de moi pour la garde de la belle Maure ne suffit pas pour vous rendre tranquille là-dessus, demandez aux personnages de la cour les plus avisés si je suis homme à me laisser surprendre. En un mot, mon fils, j'ai cinquante ans passés ; et si, lorsque je n'en avois que la moitié, on m'eût amené, non pas un Aragonais, mais l'homme de la Grèce le plus fin, je n'aurois eu besoin que de le regarder un moment entre les deux yeux pour deviner ce qu'il auroit eu dans l'âme.

Seigneur, dit don Rodrigue, personne au monde n'est plus persuadé que moi de cette vérité ; mais je ne puis m'empêcher d'en revenir là : je m'imagine que cet Ambroise ne vous sert que pour avoir moyen d'être utile à quelque autre ; il se familiarise un peu trop avec Daraxa : dès qu'il est avec elle il lui parle maure ; la dame lui répond, et elle a pour lui des complaisances qui me font juger qu'ils se connoissent depuis long-temps ; enfin, pour achever de dire tout ce que je pense, je ne voudrois pas jurer qu'Ambroise ne fût toute autre chose qu'un jardinier. Don Louis, au lieu de demeurer d'accord qu'il pouvoit avoir été surpris dans cette occasion, s'échauffa de dépit de se voir soupçonné d'être la dupe de quelqu'un. Vous êtes un homme étrange, dit-il à son fils ; pourquoi avez-vous permis vous-même à ce jardinier ces familiarités dont vous vous plaignez ? Ne savez-vous pas que parmi nous c'est un crime à un domestique de lever les yeux sur sa maîtresse ? Croyez-moi, traitez ce valet comme on traite les autres, et je vous réponds de sa fidélité. A l'égard de Daraxa, reposez-vous sur ma vigilance du soin de la garder. Dormez en repos, je veille sans cesse, et suis informé de tout ce qui se passe chez moi, tant la nuit que le jour. Le respect ferma la bouche à don Rodrigue, qui fut obligé de quitter son père un moment après, parce qu'on vint l'avertir qu'une personne demandoit à lui parler.

Après son départ, le vieux marquis, malgré tout ce qu'il avoit dit, tomba dans une profonde rêverie, et fit mille réflexions chagrinantes qui remplirent son esprit de soupçons. Pour achever de troubler son repos, son maître jardinier vint l'aborder en lui disant : Seigneur, j'ai un avis d'importance à vous donner : j'ai entendu cette nuit dans le jardin certain bruit qui me fait croire qu'il y a des gens qui rôdent autour de cette maison : si j'eusse osé sortir de chez moi contre vos ordres, je serois en état de vous en rendre un meilleur compte. Des gens la nuit dans mon jardin! s'écria don Louis fort étonné : ils venoient donc de chez vous? Non, seigneur, dit le maître jardinier; Ambroise et mon valet ne sauroient sortir de ma maison; j'en ferme la porte moi-même exactement tous les soirs, et j'en garde avec soin la clef que je ne confie à personne.

Ce rapport donna beaucoup à penser au vieux marquis. Qui peut être venu dans mon jardin? disoit-il en lui-même. Et dans quelle intention peut-on s'y être introduit? Je ne crains pas les voleurs, la hauteur des murailles est capable de les effrayer. Seroit-ce quelque amant de Daraxa? C'est ce que je ne puis m'imaginer; il n'en est pas d'assez fou pour vouloir s'exposer à un si grand péril, dans la seule espérance de la voir paroître à une fenêtre. Il faut que mon jardinier se soit mis cela dans la tête, ou bien ce bruit, s'il est réel, a été fait par des domestiques; et si j'en dois soupçonner quelqu'un, c'est ce fripon d'Ambroise, dont mon fils, après tout, peut avoir justement pris ombrage.

Don Louis, furieusement agité de ces pensées, ordonna au jardinier que, sans rien dire ni à son valet ni à Ambroise, il fît bonne garde cette nuit-là; et que si par hasard il entendoit encore du bruit, il ne manquât pas de tirer un coup de fusil et de sortir en même temps bien armé. De mon côté, ajouta le marquis, j'en ferai autant avec tous mes autres domestiques, et les audacieux qui cherchent ou à me voler ou à me déshonorer seront bien fins s'ils nous échappent. Ce vieux seigneur, après avoir donné ses ordres à son jardinier, se retira pour s'aller préparer à faire le grand coup qu'il méditoit.

Si les deux dames, don Louis et don Rodrigue avoient de l'inquiétude, Ozmin de son côté n'étoit pas plus tranquille qu'eux. Ce brave Maure ne s'alarmoit pas aisément; mais les derniers mots que son rival lui avoit dits lui sembloient mériter quelque attention. Il crut prudemment devoir songer à prévenir les malheurs qui pouvoient lui arriver. Il n'avoit pour toute arme qu'un poignard, avec quoi il n'étoit pas possible, supposé qu'on voulût le maltraiter, qu'il se défendît contre trente domestiques qu'il y avoit dans cette maison. Tout lui présageoit quelque disgrâce prochaine : il avoit vu les deux Padilla se parler avec vivacité, et don Louis ensuite en conversation sérieuse avec le maître jardinier; il ne doutoit point qu'il n'eût été question de lui dans ces deux entretiens; de manière qu'ayant tout lieu d'appréhender quelque lâche attentat, il résolut de disparoître aussitôt qu'il auroit communiqué son dessein à Daraxa, et pris des mesures avec elle pour se revoir au retour de la reine.

A peine eut-il formé cette résolution, qu'il alla visiter les endroits où les dames faisoient porter leurs lettres. Il en trouva une dans la cache d'Elvire. Cette vive Espagnole lui mandoit qu'on l'attendoit cette nuit pour lui apprendre des choses de la dernière importance. Il ne devina point qu'Elvire lui donnoit ce rendez-vous à l'insu de la belle Maure, et pour avoir une conversation particulière avec lui; il crut que Daraxa y seroit comme à l'ordinaire, et qu'il pourroit, en présence de son amie, lui dire en maure ce qu'il vouloit qu'elle sût avant leur séparation. Mais laissons Ozmin jusqu'à cette entrevue, et venons aux terribles préparatifs que don Louis faisoit pour la troubler.

Ce vieux seigneur s'étoit fait apporter dans son appartement, par deux fidèles domestiques, toutes les armes offensives et défensives qu'il y avoit dans sa maison, comme mousquets, mousquetons, pistolets, hallebardes, piques, pertuisanes, cuirasses, casques et targues, le tout mangé de la rouille : cependant il ne jugea point à propos de les faire nettoyer; le danger étoit trop pressant pour cela. L'on eût dit, à voir les mouvements qu'il se donnoit, que l'ennemi s'approchoit de sa maison pour la prendre d'assaut. Quoiqu'il n'eût jamais été à la guerre, il ne vouloit pas, étant fils et petit-fils d'officiers-généraux, qu'on dît de lui qu'il en ignoroit le métier. Il envoya un de ses plus zélés serviteurs acheter de la poudre et des balles, pour charger dix-sept à dix-huit armes à feu qu'il avoit, et qu'il destinoit aux plus vaillants de ses domestiques. Il faisoit tous ces apprêts sans bruit, n'ignorant pas que les plus grandes entreprises demandent du secret. Il en déroba surtout si bien la connoissance à son fils et à sa fille, à cause de leur affection pour Daraxa, qu'ils n'en eurent pas le moindre soupçon.

Quand il eut disposé les choses de la façon qu'il les vouloit, et qu'il eut entendu sonner onze heures, ses deux valets affidés lui amenèrent tous ses autres domestiques qu'il posta dans différents endroits, après leur avoir donné des armes, selon qu'il les jugeoit capables de s'en servir. Il en envoya la plus grande partie dans les chambres hautes de sa maison, pour mieux découvrir et pour être moins en vue, et il leur défendit à tous de tirer sans l'avoir auparavant averti de ce qu'ils auroient remarqué. Pour lui, il se mit dans un cabinet vis-à-vis de l'appartement de Daraxa; il se réserva cette place, comme celle qui avoit particulièrement besoin d'un homme aussi vigilant que lui. Il étoit accompagné de son écuyer, vieux domestique dont le courage égaloit le sien, et qui, dans le fond de son âme, donnoit au diable tous les perturbateurs de son repos. Mais enfin le sort en étoit jeté, et puisqu'ils étoient au bivouac, ils ne pouvoient avec honneur se retirer avant que d'être assurés qu'il n'y avoit rien à craindre du côté de l'ennemi.

Le marquis, en robe de chambre, en pantoufles et en bonnet de nuit, avec une lanterne sourde à la main, regardoit de tous ses yeux par la fenêtre. Il faisoit une de ces nuits que, dans les pays chauds, le brillant des étoiles rend si claires, qu'on peut distinguer de deux cents pas l'ombre d'un homme. D'abord que don Louis entendit sonner minuit, se souvenant que son jardinier lui avoit dit que c'étoit à peu près à cette heure-là qu'il avoit ouï du bruit la nuit précédente, il sentit un battement de cœur, et fut saisi d'un frisson violent. Cette émotion, qui répondoit si mal de la fermeté de son âme dans le péril, ne diminua point lorsqu'il lui sembla voir quelqu'un marcher le long du mur du côté de la galerie. Pour être plus sûr qu'il ne se trompoit pas, il le fit remarquer à son écuyer, en lui demandant s'il ne l'apercevoit point; mais celui-ci, soit qu'il n'eût pas la vue aussi bonne que celle de son maître, soit que la peur la lui troublât, lui dit qu'il ne voyoit rien.

Ils furent bientôt tous deux tirés de leur doute par deux de leurs sentinelles qui vinrent les avertir qu'il y avoit un homme qui s'entretenoit à une fenêtre de la galerie avec quelque personne du logis. Le seigneur de Padilla fut d'autant plus étonné de cet avis, qu'il avoit toutes les clefs de sa maison. Tous les soirs, à neuf heures, on ne manquoit pas de les lui apporter : de sorte qu'il n'étoit pas peu en peine de savoir qui pouvoit être l'interlocuteur du dedans ainsi que celui du dehors. Il jugea qu'il falloit que ce fût Daraxa, que quelqu'un de ses amants venoit voir la nuit par l'entremise de quelque valet infidèle qui lui donnoit moyen de s'introduire dans le jardin, et que cette dame eût fait faire une clef de la galerie par le ministère de ce même domestique. Il s'arrête à cette conjecture : il fait dire à tous ses gens de se tenir prêts, et forme le hardi dessein de commencer l'expédition par aller lui-même surprendre la belle Maure, afin qu'elle ne pût désavouer son crime. Il est vrai que, n'osant exécuter tout seul un projet si audacieux, il prit avec lui les deux plus déterminés de ses mousquetaires et son intrépide écuyer.

Pour faire moins de bruit en marchant, le chef ôta ses pantoufles, et les autres leurs souliers. Ils arrivèrent en cet état à la galerie, dont ils trouvèrent la porte ouverte. Don Louis s'avança pas à pas jusqu'à ce qu'il entendît parler. Il fit halte aussitôt pour écouter ce qu'on disoit ; en même temps ses oreilles furent frappées des paroles suivantes : Je vous estime trop pour pouvoir me résoudre à vous rendre malheureuse. Je dois respecter votre naissance, et vous devez considérer l'état de ma fortune. Je suis un cavalier réduit à chercher les moyens de me pousser à la cour ; j'y ai besoin de protecteurs. Eh ! qui voudroit être le mien si j'avois eu le malheur de m'attirer la haine d'un seigneur aussi puissant que votre père ? Croyez-moi, ne nous exposons point à nous repentir l'un et l'autre le reste de nos jours.

Le marquis reconnut la voix du faux Ambroise ; et, malgré le dépit qu'il sentoit d'avoir été la dupe de ce prétendu Aragonais, il ne laissa pas d'admirer sa prudence et sa vertu. Comme il s'imaginoit que ce discours s'adressoit à la belle Maure, il n'étoit pas peu curieux de savoir ce que cette dame y répondroit. Mais que devint-il lorsqu'il entendit sa fille, qu'il ne put méconnoître au son de sa voix, repartir ainsi au cavalier : L'amour fait-il tant de réflexions ? N'avez-vous employé pour tromper mon père un stratagème qui vous assujettit à tant de peines, n'êtes-vous donc venu mettre en danger ici votre vie, que pour perdre un temps si cher à me faire connoître mes devoirs ? Au lieu de vous abandonner à la joie que mes bontés devroient vous inspirer, vous voulez vous-même leur donner des bornes : je n'attendois pas de si froides marques de votre reconnoissance. Quoi ! la considération de votre fortune vous retient quand je fais tout mon bonheur d'être à vous ! Pouvez-vous craindre mon père ? La cour de Ferdinand est-elle votre seule retraite ! En est-il quelqu'une où un homme tel que vous puisse manquer de s'avancer ? Mais je veux que vous soyez assez malheureux pour chercher en vain partout à vous établir avantageusement ; Elvire aimera toujours mieux être avec vous dans l'état le plus obscur, que de vivre avec un autre dans les grandeurs.

La dame alloit continuer lorsqu'un coup de mousquet se fit entendre, et fut suivi dans le moment de dix à douze autres dont toute la galerie retentit. Ce bruit terrible épouvanta si fort la fille de don Louis, que, n'écoutant plus d'autre passion que la crainte, elle prit aussitôt la fuite. Pour comble d'infortune, son père, qui l'attendoit au passage, la saisissant tout-à-coup par le bras, lui dit : Ah ! misérable, c'est donc ainsi que vous déshonorez l'illustre sang de Padilla ! A la voix et à l'action du marquis, dona Elvire, dont les esprits n'étoient déjà que trop troublés de sa première frayeur, poussa un cri et tomba évanouie entre ses bras. Ce vieillard jugea bien qu'elle venoit de perdre le sentiment. Il fit ouvrir la lanterne sourde pour regarder sa fille, qui lui parut dans une situation si déplorable, qu'il en eut pitié. Il l'aimoit ; et ne pouvant la considérer sans en être attendri, il la laissa entre les mains de son écuyer.

Mais plus ce père se sentoit touché de la voir en cet état, plus il avoit envie de se venger du téméraire auteur de ce désordre. Il ne respiroit plus que la mort d'Ambroise, dont un moment auparavant il avoit admiré la sagesse. Il assembla tous ses gens armés, retroussa sa robe de chambre, se fit mettre une cuirasse par-dessus, un casque sur son bonnet de nuit, prit une targue à la main gauche et une longue pique à la droite, et ce brave capitaine, en gantelets et en pantoufles, fit ouvrir la porte du jardin et défiler sa troupe trois à trois. Les mousquetaires marchoient les premiers, et les hallebardiers faisoient l'arrière-garde. Il se mit à la queue de ceux-ci ; et cette petite armée, composée de soldats dignes de leur général, alla chercher l'ennemi. Elle fut renforcée dans sa marche par le jardinier, qui vint la joindre avec une rapière au côté, une escopette sur l'épaule, et deux pistolets à la ceinture. Ce domestique assura qu'il avoit vu les ennemis qui étoient au nombre de deux, et que s'il eût osé tirer sans l'ordre de son maître, il auroit déchargé sur eux ses armes à feu. Don Louis, après avoir écouté ce rapport qui l'étonna, s'informa de quel côté ces deux hommes avoient tourné leurs pas, et fit marcher sa troupe sur leurs traces.

Que faisoit Ozmin pendant ce temps-là ? Dès qu'il s'étoit aperçu qu'Elvire avoit pris la fuite au bruit des coups de mousquet qui avoient interrompu leur conversation, et qui pourtant n'avoient point été tirés sur lui, il s'étoit promptement éloigné de la galerie pour gagner un cabinet, où il espéroit vendre chèrement sa vie si l'on venoit l'y attaquer. Mais un homme qui le suivoit de près l'obligea de s'arrêter avant qu'il y arrivât, en lui disant : Seigneur don Jaymé, vous avez besoin de secours, recevez le mien. C'est vous qu'on cherche. Acceptez sans retardement mes services, si vous ne voulez être assassiné par une troupe de valets qui viendront bientôt fondre sur vous.

Le seigneur maure, aussi surpris de s'entendre nommer don Jaymé, que de rencontrer là un inconnu si obligeant, lui répondit : Je ne sais qui vous êtes, ni pourquoi vous vous intéressez à ce qui me regarde ; mais qui que vous soyez, vous ne pouvez être qu'un cavalier très-généreux. Je ne refuserai pas quelqu'une de vos armes, n'ayant qu'un poignard pour me défendre : c'est toute l'assistance que je puis recevoir de vous sans abuser de votre bonne volonté. Je serois au désespoir qu'un si brave homme exposât sa vie pour moi. Non, non, répliqua l'inconnu ; ne prétendez pas que je vous laisse périr sans vous prêter mon se-

cours. J'ai deux bons pistolets, prenez-en un, et souffrez que je combatte à vos côtés ; ou si vous souhaitez que je me retire, il faut que vous veniez avec moi. Je crois, dit Ozmin, que ce dernier parti seroit le plus sage : c'est faire un mauvais usage de la valeur que de l'employer contre la canaille. Mais comment sortir de ce jardin ? J'en sais le moyen, répondit l'inconnu ; vous n'avez qu'à me suivre.

En même temps ces deux cavaliers commencèrent à courir justement vers l'endroit où l'on avoit réparé le mur, contre lequel étoit dressée une bonne et longue échelle. Il y eut alors entre eux une petite contestation, chacun ne voulant monter que le dernier. Après quelques compliments que deux hommes si courageux ne pouvoient manquer de se faire sur cela, il fallut qu'Ozmin passât le premier, pour couronner le procédé noble de son compagnon. Ils eurent tout le loisir de monter impunément, attendu que la gendarmerie de don Louis avoit pris un chemin opposé à l'endroit où ils étoient ; et ils retirèrent l'échelle pour empêcher ce seigneur de reconnoître par où le faux Ambroise lui étoit échappé. Il y avoit encore une échelle de l'autre côté de la muraille pour descendre dans la rue, où cinq à six grands laquais bien armés faisoient la garde, et se tenoient prêts à se jeter dans le jardin au premier signal. Ozmin, jugeant par là qu'il n'avoit pas obligation à un homme du commun, et souhaitant de savoir qui c'étoit, le pria de le lui apprendre. Mais l'inconnu lui répondit : C'est ce que je vous dirai chez moi ; comme vous êtes étranger, vous ne connoissez pas bien don Louis ; vous ne sauriez trop vous précautionner contre lui. Je vous offre ma maison, où vous serez à couvert de son ressentiment, et vous y demeurerez, s'il vous plaît, jusqu'à ce que nous ayons vu le parti que les Padilla prendront dans cette affaire.

Des manières si nobles et si généreuses charmèrent le seigneur maure, qui, ne pouvant résister aux pressantes instances que ce cavalier lui fit d'accepter un logement dans sa maison, l'y accompagna. Lorsqu'ils se virent l'un et l'autre aux flambeaux, ils se regardèrent avec une attention mêlée de surprise, comme deux personnes qui croyoient se connoître. Le maître du logis fut le premier qui débrouilla l'idée confuse qu'il avoit des traits d'Ozmin ; et quand il fut assuré qu'il ne se méprenoit pas, il l'embrassa avec transport, en lui disant : Quel bonheur pour moi de rencontrer un homme à qui je dois la vie ! Je ne me trompe point, c'est vous qui m'avez sauvé de la fureur d'un taureau le jour des dernières courses. Seigneur, lui répondit le Maure en souriant d'un air modeste, vous venez de bien payer ce service

en me retirant d'un danger où j'aurois infailliblement péri sans votre secours. Non, non, reprit
don Alonse de Zuniga; je suis en reste de générosité avec vous. Dans le temps que vous vîntes
me dérober à une mort certaine, je ne vous avois
pas donné sujet d'exposer vos jours pour conserver
les miens.

Ils passèrent le reste de la nuit à s'entretenir.
Don Alonse, qui s'imaginoit qu'Ozmin s'appeloit
effectivement don Jaymé Vivès, et qu'il étoit amoureux de dona Elvire, lui conta de quelle façon il
avoit appris toutes ses affaires. Cela m'a donné envie, ajouta-t-il, de faire connoissance avec vous;
et pour la commencer, je suis entré cette nuit dans
le jardin de don Louis. De plus, comme j'aime
Daraxa, l'intime amie de votre maîtresse, j'ai pensé
que notre liaison deviendroit utile à nos amours.

Quoique le seigneur maure eût de la répugnance à cacher ses sentiments, il ne voulut point
détromper Zuniga : il crut qu'il étoit de la prudence de passer pour don Jaymé. Après un long
entretien, don Alonse conduisit son hôte à l'appartement qu'il lui avoit fait préparer et l'y laissa reposer; ensuite il se retira dans le sien pour en
faire autant. Mais Ozmin, ne pouvant dormir, envoya chercher Orviedo, quand il fut grand jour,
pour faire part à ce fidèle écuyer de l'aventure de
la dernière nuit, comme aussi pour lui ordonner
de lui apporter des habits plus propres que ceux
d'Ambroise à faire le personnage de don Jaymé.

C'est un malheur attaché aux grandes maisons
où il y a un peuple de valets, que tout ce qu'on y
fait ne demeure pas long-temps secret. On sut dès
le lendemain dans la ville l'histoire du faux Ambroise : on la contoit de diverses façons, mais toutes aux dépens de dona Elvire, ce qui mortifioit
extrêmement Ozmin.

Don Alonse et ce cavalier devinrent en peu de
jours les meilleurs amis du monde, tant il se trouva
de sympathie entre eux, ou, pour mieux dire,
tant ils découvrirent l'un dans l'autre d'aimables
qualités. Ils souhaitoient tous deux ardemment d'ê-
tre informés de ce qui se passoit chez le marquis
de Padilla : c'est ce qu'ils ne pouvoient apprendre que de Clarice, dont ils ne recevoient aucune
nouvelle. Cette suivante, étant connue de don Louis
pour celle qui avoit toute la confiance de dona Elvire, étoit plus observée que les autres. Cependant
dant elle eut l'adresse de tromper ses argus, et de
faire tenir à don Jaymé, chez don Alonse, une lettre qui contenoit un détail tel que ces deux seigneurs pouvoient désirer. Clarice mandoit à Vivès que son vieux patron, au désespoir que le faux
Ambroise lui fût échappé, le faisoit chercher soigneusement dans Séville par dix ou douze hommes, qui jusque-là n'en avoient fait qu'une re-

cherche inutile; qu'Elvire étoit fort malade, et que
Daraxa avoit été aussi très-indisposée, tant elle
avoit pris de part aux peines de son amie; enfin
que don Louis étoit si honteux et si chagrin de
toute cette affaire, qu'il ne vouloit voir personne,
et qu'il devoit incessamment aller demeurer à la
campagne, jusqu'à ce que tous les bruits qui couroient à sa honte fussent dissipés.

La lettre de Clarice fut un nouveau sujet d'entretien pour les deux cavaliers, et divertit particulièrement don Alonse, qui, n'aimant pas la maison des Padilla, ne trouvoit dans cette aventure
qu'un ridicule qui le réjouissoit. Ozmin, ayant
une si belle occasion de donner de ses nouvelles à
Daraxa, lui écrivit en langue maure une longue
lettre qu'il lui fit tenir par Clarice. La dame maure,
qui ne savoit ce qu'étoit devenu son amant, et qui
craignoit qu'il n'eût été blessé la nuit qu'on avoit
tiré tant de coups de mousquet, fut ravie d'apprendre le sort d'une personne qui lui étoit si
chère, et de pouvoir lui faire réponse par la même
voie.

Quelques jours après, le vieux marquis partit
avec sa famille et ses domestiques pour se rendre
à une maison de campagne qu'il avoit à une lieue
de Séville : ce départ auroit fort affligé le seigneur
maure, à cause de l'éloignement de Clarice, dont
l'entremise lui étoit d'un si grand secours, si don
Alonse, pour l'en consoler, ne lui eût dit : Nous
devons être bien aises que don Louis soit à la campagne. A un quart de lieue de sa maison, j'en ai
une assez belle où je vais quelquefois. Il faut que
nous y allions le plus secrètement qu'il nous sera
possible : nous aurons là plus facilement que dans
cette ville des nouvelles de nos dames; nous pourrons même trouver l'occasion de les voir et de leur
parler.

Vivès ne manqua pas d'applaudir à ce projet,
dont ils commencèrent l'exécution, son ami et lui,
dès le lendemain avant le jour. Ils sortirent de Séville avec Orviedo et deux laquais seulement. Sitôt
qu'ils furent arrivés à la maison de campagne de
don Alonse, ce jeune seigneur chargea un paysan
rusé de remettre en main propre à Clarice un billet, par lequel cette fille étoit avertie que le jour
suivant elle rencontreroit dans le bois, qui n'étoit
qu'à deux cents pas de la maison dudit marquis,
deux jeunes bergers qui mouroient d'envie d'avoir
avec elle une petite conversation.

Clarice, qu'on observoit moins à la campagne
qu'à la ville, sut bientôt se dérober du logis pour
courir au rendez-vous. Elle y trouva don Alonse et
don Jaymé habillés en villageois. Elle leur apprit
que les dames étoient toutes deux en bonne santé,
mais si gênées, qu'elles avoient à peine la liberté
de se promener dans le jardin : cependant, ajouta-

t-elle, si le seigneur don Louis alloit demain, comme je n'en doute pas, à une ferme qu'il a à trois lieues d'ici, et où l'appelle une affaire de conséquence, je pourrois bien vous ménager une entrevue avec elles; aussi bien don Rodrigue vient tout-à-l'heure de partir pour Séville, d'où il ne doit revenir que dans deux jours. Si les cavaliers furent charmés de la douce espérance dont Clarice les flatta, cette soubrette ne fut pas moins contente des présents qu'ils lui firent pour reconnoître sa bonne volonté. Cette fille, après avoir pris congé d'eux, regagna promptement la maison de son maître, et alla rendre compte aux dames de l'entretien qu'elle venoit d'avoir avec ces seigneurs.

Le lendemain matin, tout parut seconder les désirs des amants : le marquis partit pour sa ferme, et les dames se disposèrent à profiter d'une conjoncture si favorable. Elles s'habillèrent en paysannes, pour se conformer au déguisement des galants; puis elles sortirent de la maison, suivies de Clarice et de Laïda seulement. Elles furent bientôt dans le bois, où leurs bergers les attendoient pour s'entretenir et se promener avec elles. Ils commencèrent de part et d'autre par laisser éclater une grande joie de se revoir; ensuite, se regardant les uns les autres, travestis comme ils étoient, ils se mirent à rire et à plaisanter. Ces sortes de parties font ordinairement beaucoup de plaisir; mais elles finissent mal quelquefois.

Ces quatre personnes eurent d'abord une conversation générale, et d'autant plus agréable qu'elles étoient avec ce qu'elles aimoient. Elles s'enfonçoient déjà dans les allées de ce bois en se promenant, lorsqu'elles virent entre les arbres deux véritables paysans qui venoient de leur côté. On jugea que c'étoient des habitants d'un bourg voisin dont le marquis étoit seigneur, et l'on ne se trompoit pas. Comme ces villageois passoient auprès des dames, elles leur tournèrent le dos, afin qu'ils ne vissent point leurs visages; ce que Vivès et Zuniga s'avisèrent aussi de faire pour la même raison : mais les paysans, au lieu de continuer leur chemin, s'arrêtèrent tout court et l'un d'entre eux appliqua sur les bras et sur la tête de don Alonse un si furieux coup de bâton, que ce cavalier en fut tout étourdi. Ozmin au bruit de ce coup se retourna aussitôt, et reçut en même temps de l'autre villageois un pareil traitement; avec cette différence, que le Maure par son agilité détourna le coup qu'on lui vouloit porter sur la tête et le fit glisser sur ses reins. Alors ce vigoureux Maure levant un gros bâton qu'il avoit à la main, le laissa tomber d'une si grande roideur sur le visage de son ennemi, qu'il lui abattit la moitié des mâchoires et le coucha par terre sans sentiment. Après

quoi il vola au secours de son ami, qui avoit bon besoin de son assistance, tant il étoit mal mené par son adversaire. Mais ce paysan se garda bien d'attendre un homme qui venoit de faire mordre la poussière à son camarade, et s'enfuit vers le bourg, qu'il ne manqua pas d'alarmer en y semant la nouvelle de la mort de ce villageois, qui pourtant n'étoit que blessé.

Pendant ce combat, les dames prirent très-prudemment la fuite et retournèrent à la maison de don Louis, tout effrayées et fort en peine de savoir quelle en seroit la fin. Leur inquiétude n'étoit pas mal fondée, car les cavaliers, qui auroient bien fait de se retirer chez eux au plus vite, demeurèrent si long-temps sur le champ de bataille à se consulter sur ce qu'ils devoient faire, qu'ils donnèrent le loisir à trois braves du bourg de venir fondre sur eux l'épée à la main. Un de ces vaillants marchoit le premier; il paroissoit le plus considérable des trois, comme le plus animé. Il s'avança d'un air furieux vers Ozmin pour lui passer sa rapière au travers du corps; mais le Maure esquiva le coup adroitement, et frappa de son bâton le spadassin si rudement sur la tête, qu'il l'étendit sans vie sur la place : puis s'étant brusquement saisi de l'épée dont son ennemi avoit fait un si mauvais usage, il se disposa de bonne grâce à recevoir les deux autres braves, qui eurent assez de courage pour se présenter devant lui. Ce nouveau combat fut un peu plus long que les précédents, attendu qu'Ozmin, étant assailli par deux hommes à la fois, avoit assez d'occupation à parer les bottes qu'ils lui portoient. Ils le blessèrent même légèrement à la main : il est vrai que de leur côté ils étoient tous deux, en se battant, fort incommodés par don Alonse, qui faisoit tomber son bâton tantôt sur l'un et tantôt sur l'autre; il en donna un coup si terrible sur le bras droit d'un de ces spadassins, qu'il lui fit voler son épée à terre; ce qui rendit nos cavaliers victorieux. Leurs ennemis abandonnèrent la partie dans le moment, et s'enfuirent vers le bourg d'une grande vitesse, tout blessés qu'ils étoient.

Les vainqueurs ne furent pas contents de les avoir si maltraités; ils eurent l'imprudence de les poursuivre jusqu'à l'entrée du bourg, où ils trouvèrent à qui parler. Tous les habitants, ayant su qu'on avoit tué un paysan dans le bois, s'étoient armés de longs bâtons ferrés et non ferrés, et de vieilles épées, pour venger sa mort. Leur fureur augmenta lorsqu'ils virent arriver les deux spadassins fuyants, et qu'ils apprirent d'eux que le fils du bailli venoit d'avoir le même sort que le villageois. Les voilà qui vont en foule au-devant des meurtriers, qu'ils environnent et chargent de toutes parts. Ozmin, sans s'effrayer, soutient leur furie ; plus il se voit d'ennemis sur les bras, moins sa valeur en est abattue. Il frappe à droite et à gauche, il renverse tout ce qui lui résiste, et modère l'ardeur des plus échauffés. Don Alonse, quoique blessé, faisoit à son exemple de vigoureux exploits avec l'épée d'un des deux braves, de laquelle il s'étoit saisi : néanmoins cela ne l'empêcha pas d'être pris, et bientôt après, son ami, à qui l'on jetoit sans cesse de longs bâtons entre les jambes pour le faire tomber, ayant eu le malheur de faire la culbute, fut accablé de la multitude.

Je vous laisse à penser si, dans la rage où étoit cette canaille, elle auroit épargné ces deux cavaliers infortunés, les voyant à sa merci. Mais il passa par hasard alors deux gentilshommes à cheval qui alloient à Séville avec trois ou quatre laquais, et qui, voulant savoir la cause de cette émotion populaire, fendirent la presse l'épée à la main, et pénétrèrent jusqu'aux deux prisonniers. Ils reconnurent don Alonse, malgré le sang dont il avoit le visage couvert, et malgré son déguisement. Ils l'arrachèrent, non sans beaucoup de peine, des mains des paysans ; ce qui obligea ces derniers à mettre au plus tôt en sûreté son compagnon à qui ils en vouloient particulièrement.

Cependant Zuniga refusoit d'accompagner ses libérateurs, disant qu'il aimoit mieux demeurer avec son ami que de l'abandonner. Mais les deux gentilshommes lui représentèrent qu'il étoit impossible alors d'enlever ce cavalier, que le bailli tenoit enfermé chez lui, et faisoit garder par tous les habitants du bourg, qu'il excitoit à servir sa vengeance ; qu'il étoit plus à propos d'aller assembler tout ce qu'il pourroit trouver de gens de bonne volonté, et de revenir avec eux la nuit le tirer de prison. Don Alonse goûta cet avis, et s'assura en fort peu de temps de quarante personnes, tant maîtres que valets. Un si hardi dessein auroit été sans doute exécuté, si le bailli ne l'eût pas prévenu ; mais ce juge, qui étoit un vieux routier, se doutant bien de cette violence, eut promptement recours à la justice de Séville, qui lui envoya un si grand nombre d'archers et d'autres hommes armés, qu'il n'eut plus rien à craindre pour sa proie.

Les dames n'étoient pas assez éloignées du lieu du combat pour en pouvoir ignorer long-temps les circonstances et l'événement. Elles en furent informées par quelques domestiques du marquis, dont la plupart avoient été par curiosité au bourg, où ils avoient appris tout ce qui s'y étoit passé. Dona Elvire en chargea un d'aller dire au bailli de prendre garde, s'il ne vouloit s'en repentir, au traitement qu'il feroit au cavalier qu'il retenoit chez lui. Cette recommandation ne fut pas inutile ;

on eut plus d'égard qu'on n'en auroit eu sans cela pour don Jaymé, à qui l'on donna, de la part des dames, tout ce qui lui étoit nécessaire pour panser deux ou trois légères blessures qu'il avoit reçues.

Si le bailli voyoit à regret traverser par Elvire le dessein qu'il avoit de venger la mort de son fils, en récompense, dès le soir même, il eut la consolation d'apprendre que le marquis entroit dans son ressentiment. En effet, don Louis, en revenant de sa ferme sur la fin du jour, passa par le bourg, où la plupart des habitants étoient encore sous les armes. Il demanda pourquoi ils s'étoient ainsi assemblés. On lui fit un détail de l'aventure qui étoit arrivée ; et comme il souhaita d'en savoir toutes les particularités, un des plus notables du bourg prit la parole, et lui dit : Tout ce malheur ne vient que d'une méprise du fils de notre bailli. Ce jeune garçon étoit amoureux de la fille de votre concierge, et avoit pour rival le fils d'un gros fermier des environs de ce bourg. Le fils du bailli étoit fort débauché de son naturel, et de plus très-violent : s'étant aperçu qu'on lui préféroit son concurrent, jeune homme plus sage et plus riche que lui, il l'envoya menacer de sa part qu'il le feroit mourir sous le bâton, s'il s'avisoit de paroître auprès de chez vous, et de chercher l'occasion de parler à sa maîtresse. Il le faisoit observer, et sur l'avis qu'on lui a donné ce matin que deux hommes, qui n'avoient point l'air villageois, bien qu'ils fussent habillés en paysans, s'étoient coulés dans le bois comme à la dérobée, il ne douta pas que ce ne fût le fils du fermier avec un garçon de sa connoissance dont il a coutume de se faire accompagner quand il vient voir la fille de votre concierge, et que ces deux hommes ne se fussent travestis de cette sorte pour éviter les coups de bâton : dans cette erreur, il a chargé deux drôles des plus vigoureux de ce bourg d'aller dans le bois exécuter son dessein ; et, pour les soutenir, il les a suivis de près avec deux braves de ses amis.

Ce récit fit connoître au marquis de Padilla que le fils du bailli avoit tout le tort, et que ses meurtriers ne l'avoient tué qu'à leur corps défendant ; mais lorsque le même notable qui venoit de parler lui apprit que ces deux cavaliers étoient don Alonse de Zuniga et le faux Ambroise, et que le bailli tenoit celui-ci en sa puissance, il regarda cette aventure comme un moyen que le ciel lui offroit de se venger du séducteur de sa fille. Il fit appeler le bailli pour l'exciter à poursuivre chaudement cette affaire. Il l'assura de sa protection, de son crédit et de sa bourse. Il lui conseilla d'aller dès le lendemain à Séville se jeter aux pieds de messieurs de la justice avec tous les parents des morts et des blessés : ce que le bailli résolut de faire. Effectivement, il conduisit à la ville, le jour suivant, son prisonnier escorté des archers et des paysans les plus résolus du bourg. Quand le peuple de Séville le vit arriver, et qu'il sut de quoi il s'agissoit, il s'échauffa, et l'on n'eut pas peu de peine à sauver de sa fureur le malheureux Maure, dont il demandoit à haute voix la mort. Outre cela, don Louis retourna dès le même jour à la ville, où il croyoit sa présence nécessaire pour engager les juges à condamner un homme dont il avoit juré la perte.

D'un autre côté, don Alonse se trouvoit si mal de ses blessures, qu'à peine pouvoit-il se tenir à cheval, outre qu'il n'avoit pas encore assez de gens pour entreprendre par la force de délivrer son ami. Ainsi, réduit à solliciter pour lui, il alloit supplier chaque juge de considérer qu'on ne pouvoit, sans injustice, ôter la vie à un homme qui n'avoit fait que se défendre contre des assassins. Mais tous les juges lui disoient qu'il devoit se contenter qu'ils fissent à son égard les aveugles et les sourds; que le sang qui avoit été répandu demandoit justice; et que s'il étoit lui-même à la place du prisonnier, ils ne pourroient le tirer d'affaire. La mort d'Ozmin paroissoit donc inévitable et prochaine; cependant, malgré toutes les mesures que don Louis pouvoit prendre pour la hâter, elle fut suspendue par un incident auquel ce seigneur ne s'étoit nullement attendu. Il reçut un courrier que la reine lui dépêcha. Cette princesse lui mandoit la prise de la ville de Grenade, et lui ordonnoit de partir incessamment lui-même avec Daraxa; que le père de cette dame souhaitoit passionnément de la revoir; que ce seigneur maure étoit dans la résolution de se faire chrétien, et qu'on espéroit que sa fille se détermineroit à suivre son exemple.

Il y avoit aussi un paquet pour Daraxa; mais le marquis se garda bien de le lui remettre. Il ne jugea pas à propos non plus de lui parler des nouvelles que le sien contenoit, de peur qu'impatiente de retourner auprès de ses parents, elle ne l'obligeât à partir dès le lendemain avec elle pour Grenade : il vouloit auparavant voir finir le procès de don Jaymé par une sentence de mort, et assister même à l'exécution avant son départ. Pour cet effet, il redoubla ses efforts et ses sollicitations, ou plutôt il obséda si bien les juges, qu'ils condamnèrent Ozmin, deux jours après, à avoir la tête tranchée, sous le nom de don Jaymé, gentilhomme aragonais.

Zuniga fut averti des premiers de ce sévère jugement; il trouva moyen de le faire savoir aux dames par un billet, et de les assurer qu'il périroit, lui et trois cents hommes qu'il avoit assemblés, plutôt que de souffrir une pareille injustice.

Qui pourroit dire dans quelle affliction ce billet plongea la belle Maure? L'idée du traitement ignominieux qu'on préparoit à son cher Ozmin lui troubla peu à peu l'esprit. Elle entra dans un vif désespoir, alla chercher don Louis; et, le rencontrant à son retour du palais, où il avoit passé toute la matinée, elle lança sur lui un regard furieux, et lui dit avec un transport qui marquoit bien le désordre de son âme : Barbare, êtes-vous satisfait de votre ouvrage? D'injustes et lâches juges n'ont pas eu honte de servir votre ressentiment aux dépens de l'innocence; mais ne croyez pas verser impunément le sang du cavalier que votre crédit opprime : c'est mon amant, c'est mon époux, c'est un parent du roi de Grenade, et non un galant de votre fille : un homme tel que lui n'est pas fait pour elle. Votre tête me répondra de la sienne. Il trouvera des vengeurs parmi ses parents ou parmi les miens; ou, si vous échappez à leurs coups, moi-même je vous percerai le cœur.

A ces emportements qui ne faisoient que trop connoître l'intérêt que Daraxa prenoit à la vie du prisonnier, don Louis demeura tout interdit. Il ne savoit quelle réponse faire à la dame, tant il étoit plein de trouble et de confusion. Il lui dit pourtant qu'elle avoit tort de ne l'avoir pas plus tôt averti de la qualité du faux Ambroise, contre lequel il ne désavouoit point qu'il eût sollicité, s'imaginant qu'il avoit déshonoré sa maison. La belle Maure alloit lui déclarer que ce n'étoit pas la faute d'Ozmin si Elvire avoit conçu pour lui un fol amour; mais, dans ce moment, un domestique vint dire tout bas au marquis qu'il y avoit à la porte des équipages et un grand nombre de Maures qui demandoient à parler à Daraxa. Don Louis, à cette nouvelle, parut un peu embarrassé. Il pria la dame de lui permettre de la quitter pour un instant. Comme elle n'avoit point entendu ce que le domestique avoit dit tout bas, et qu'elle vouloit tout savoir, dans l'inquiétude qui l'agitoit, elle suivit le marquis, et entra dans une salle où, par une jalousie, elle aperçut dans la rue des Maures de sa connoissance, pour la plupart serviteurs de son père. Leur vue enchanta d'abord ses ennuis; la joie s'empara de son cœur, surtout quand un officier de son père se présenta devant elle, conduit par don Louis.

L'officier, après avoir rendu ses devoirs à cette dame, lui annonça la prise de la ville de Grenade, et la fin de la guerre. Il lui apprit en même temps que son père ayant obtenu de leurs majestés catholiques la permission de la rappeler, il lui envoyoit un équipage et une suite de gens convenable à une personne de sa naissance; qu'il ne doutoit pas qu'elle ne fût déjà informée de tout cela par le courrier que la reine avoit dépêché au marquis de Padilla, et par les lettres qu'elle devoit avoir reçues. Ce fut un nouveau sujet de confusion pour ce seigneur de se voir obligé de faire des excuses à Daraxa, de ne les lui avoir pas encore remises.

La joie de la belle Maure ne dura qu'autant de temps que l'on en mit à lui dire des nouvelles de son père. Le souvenir d'Ozmin et du danger où il se trouvoit vint bientôt renouveler sa douleur. Cette amante affligée chargea l'officier et Orviedo, dont il étoit accompagné, d'aller demander de sa part une audience publique aux juges qui s'étoient assemblés de nouveau pour délibérer sur un avis qu'ils avoient eu. On leur étoit venu dire que la maison de don Alonse se remplissoit de cavaliers qui arrivoient de la campagne pour le seconder dans le dessein qu'il avoit de sauver son ami ; de sorte que les juges, pour prévenir cette entreprise, s'étoient déjà comme résolus à faire mourir le coupable cette nuit-là dans la prison.

Ils furent assez surpris de la demande de Daraxa. Il n'y avoit pas d'exemple qu'une femme se fût encore avisée de venir en cérémonie parler publiquement à des juges, et ils ne savoient à quoi se déterminer : les plus vieux ne jugeoient point à propos qu'on écoutât la belle Maure ; mais les jeunes étoient d'un avis contraire. La curiosité de savoir ce qu'elle avoit à leur dire, la considération qu'ils avoient pour une dame que la reine aimoit, et, plus que tout le reste, le plaisir de la voir, ces trois choses prévalurent ; et l'on décida que sur les six heures du soir on lui donneroit audience. Daraxa qui avoit craint qu'on ne la lui refusât, augura bien de ce qu'on la lui accordoit. Elle envoya aussitôt Orviedo avertir don Alonse de la démarche qu'elle vouloit faire, et le prier de l'accompagner au palais, s'il étoit en état de lui faire ce plaisir. Zuniga, charmé de l'honneur que lui faisoit sa chère Maure de le choisir pour son écuyer, n'eut garde de le céder à un autre ; et, tout incommodé qu'il étoit, il ne songea qu'à se préparer à cette cavalcade. Il n'eut pas à chercher bien loin les cavaliers qu'il y vouloit employer, puisqu'ils étoient chez lui, pour la plupart tout disposés à le suivre partout où il auroit envie de les conduire. Il les mena, sur les cinq heures, à la maison de don Louis, lequel voyant à sa porte plus de deux cents cavaliers qui venoient chercher Daraxa, dont il n'ignoroit pas le dessein, alla trouver cette dame, et s'offrit à l'accompagner ; mais elle le remercia en lui disant qu'elle étoit bien aise de lui épargner la mortification de la voir solliciter pour un homme contre lequel il s'étoit déclaré si ouvertement, ou, pour mieux dire, dont il étoit la partie.

Le marquis, piqué jusqu'au vif de ce refus, se seroit volontiers opposé à la résolution de la dame, ou du moins l'auroit rendue inutile, s'il en eût eu le temps et le pouvoir ; mais il étoit trop tard pour y mettre obstacle. Il fut donc obligé de dévorer ses chagrins, qui ne laissoient pas d'être peints sur son visage, quelques efforts qu'il fît pour les cacher. Enfin Daraxa sortit de chez ce seigneur sans s'embarrasser des déplaisirs dont il étoit la proie. Elle trouva don Alonse qui l'attendoit à pied à la porte, avec les plus considérables cavaliers de sa troupe, pour lui faire compliment ; elle s'efforça de leur montrer quelque joie, malgré la profonde tristesse où son âme étoit ensevelie. Elle assura don Alonse qu'elle n'oublieroit jamais l'obligation qu'elle lui avoit ; à quoi Zuniga répondit, en homme amoureux et poli, qu'il ne pouvoit assez la remercier de ce qu'elle vouloit bien se servir de lui et de ses amis pour la conduire au palais, où elle alloit s'immortaliser par une action héroïque. Ce cavalier, de même que les autres, croyoit pieusement que la belle Maure ne s'intéressoit pour le prisonnier que par amitié pour dona Elvire ; de manière qu'il admiroit la générosité de cette démarche.

Après ces compliments, on vit Daraxa monter à cheval avec sa grâce ordinaire. Don Alonse et ceux qui avoient mis pied à terre en firent autant, et la cavalcade commença aussitôt à défiler. Quatre cents Maures bien montés et bien équipés marchoient les premiers, ayant à leur tête Orviedo et l'officier dont j'ai parlé ; la dame les suivoit immédiatement entre don Alonse et don Diego de Castro ; et toute la noblesse venoit ensuite six à six en fort bon ordre. Quoiqu'on eût employé fort peu de temps à préparer cette cavalcade, cela n'empécha pas que le bruit n'en courût par toute la ville. Le peuple, aussi curieux de voir passer la belle Maure que d'apprendre ce qu'elle alloit faire au palais, se répandit à grands flots dans les rues pour se trouver sur son passage. Elle avoit un habit magnifique à la maure, et elle n'avoit rien négligé de tout ce qui pouvoit relever sa beauté dans une occasion si importante. Tous les spectateurs en furent éblouis ; mais ce qui les surprenoit davantage, c'étoit la grâce et la facilité qu'elle montroit à manier son cheval ; ce qui n'étoit pas ordinaire aux dames d'Espagne.

La cavalcade étant arrivée à la place qui est devant le palais, don Alonse rangea ses cavaliers tout autour, et les juges envoyèrent recevoir la belle Maure par deux huissiers, qui la conduisirent jusqu'à la porte de la première salle, où deux magistrats qui l'attendoient lui firent tous les honneurs qu'ils auroient pu faire à une princesse, et la menèrent à l'audience. Don Alonse et tous les principaux cavaliers qui avoient mis pied à terre en même temps que Daraxa, la suivirent, et entrèrent aussi dans la salle où les juges étoient assemblés ; ce qui surprit un peu ceux-ci, et leur causa quelque inquiétude. Néanmoins, faisant bonne contenance, ils parurent donner toute leur attention à la dame maure, qui charma tout le monde par l'air libre et majestueux dont elle se présenta devant le tribunal de la justice. On lui avoit préparé un fauteuil avec un carreau et un tapis de pied. Elle s'assit ; et après avoir attaché sa vue pendant quelques moments sur les juges, elle éleva la voix, et fit entendre ces paroles :

« Messieurs, il n'y a qu'une raison aussi forte que celle qui m'amène ici qui puisse justifier la démarche que je fais. Je sais les règles que la bienséance prescrit aux personnes de mon sexe ; mais il y a des occasions où l'on doit passer par dessus ces règles : telle est la conjoncture où je me trouve. Je viens, messieurs, implorer votre justice contre vous-mêmes. On prétend exécuter demain une sentence de mort que vous avez rendue aujourd'hui contre un homme qui a repoussé la force par la force. Des assassins vouloient lui ôter la vie, il s'est défendu ; voilà tout son crime. C'est un fait constant. J'en ai moi-même été témoin, ainsi que dona Elvire, et deux femmes qui étoient avec nous dans le bois. Quoi ! deux paysans viendront traîtreusement attaquer par derrière, et assommer de coups de bâton deux cavaliers qui ne songent point à eux, et il ne sera pas permis à ces cavaliers de chercher à se garantir par leur courage du sort funeste qu'on leur prépare ? Quand le fils du bailli, avec deux autres armés comme lui de longues épées, est venu fondre sur deux hommes qui n'avoient que de simples bâtons, quels crimes ont commis ces derniers en se mettant en défense contre ces scélérats ? Qui d'entre vous, messieurs, se trouvant dans le même danger, ne feroit pas tous ses efforts pour tuer son ennemi, s'il ne voyoit pas d'autre moyen de conserver sa vie ? Mais pourquoi m'étendre là-dessus ? vous savez mieux que moi que c'est une loi naturelle. On dit que le fils du bailli s'est mépris : eh ! qu'importe ? Sa méprise ne justifie point son action, et ne sauroit rendre coupables les personnes qu'il a voulu assassiner.

» Je ne vous en dirai pas davantage, messieurs, de peur de vous ennuyer. Je vous apprendrai seulement ce qui m'oblige à m'intéresser pour votre prisonnier. Ce n'est pas un gentilhomme d'Aragon, ce n'est pas don Jaymé Vivès ; c'est le brave Ozmin, dont le nom est si connu parmi vos troupes, et qui s'est rendu si recommandable par un grand nombre d'exploits éclatants ; c'est lui qui le jour des courses tua les deux derniers taureaux, et sauva la vie à don Alonse de Zuniga : mais ce qui m'engage plus que toutes ses

grandes qualités à vous venir faire une remontrance en sa faveur, c'est qu'il est mon époux, si j'ose appeler de ce nom un homme qui, de l'aveu de nos parents, m'a donné sa foi et a reçu la mienne. Délibérez présentement, messieurs, avant que vous fassiez exécuter la sentence que vous avez prononcée contre un cavalier du sang du roi Mahomet, et que vous ne deviez pas condamner si légèrement. »

La belle Maure n'eut pas achevé de parler, qu'il s'éleva dans la salle un bruit dont les juges furent effrayés, tout le monde disant à haute voix que le prisonnier étoit innocent, et qu'il falloit le relâcher. Alors le chef de la justice fit faire silence ; puis, adressant la parole à la dame, il lui dit au nom de sa compagnie, « qu'ils pouvoient avoir été mal informés de cette affaire ; qu'ils l'examineroient de nouveau, et lui rendroient réponse dès ce jour-là même. » Mais les assistants se récrièrent sur cela, et demandèrent qu'on remît sur-le-champ le cavalier en liberté, menaçant d'aller enfoncer les portes de la prison, si l'on refusoit de le faire. Le même juge qui avoit parlé répondit aux assistants, « qu'après un jugement rendu il ne dépendoit pas de sa compagnie d'élargir ainsi un prisonnier, et que tout ce qu'elle pouvoit, c'étoit de surseoir l'exécution de la sentence, jusqu'à ce qu'on eût reçu les ordres de leurs majestés, à qui seules appartenoit le droit de détruire son ouvrage. » Là-dessus Daraxa pria les juges de lui permettre de voir Ozmin ; ce qu'elle obtint d'eux sans peine, à condition qu'il n'entreroit avec elle que quatre personnes dans la prison, et qu'elle promettroit qu'il n'y seroit fait aucune violence.

La cavalcade prit le chemin de la prison, dans le même ordre qu'elle étoit venue au palais ; et la belle Maure choisit pour y entrer avec elle don Alonse, don Diego de Castro, Orviedo et l'officier maure. Concevez, s'il est possible, l'agréable surprise d'Ozmin, lorsqu'il vit paroître dans sa chambre don Alonse et Daraxa, et qu'il sut ce que cette dame venoit de faire pour lui. On ne pouvoit mesurer sa joie qu'à celle de son amante, dont le cœur nageoit, pour ainsi dire, dans un ravissement qu'elle faisoit briller dans ses yeux. Zuniga, de son côté, partageoit avec ces amants le plaisir qu'ils avoient de se revoir ; il embrassoit son ami avec des transports de tendresse, comme s'il n'eût plus été son rival : son amour se confondoit avec son amitié. Il ne laissa pas pourtant, en lui donnant des marques de son affection, de lui reprocher le peu de confiance qu'il avoit eu en lui, et de le menacer en souriant d'être toute sa vie amoureux de la belle Maure, pour se venger de la dissimulation dont il avoit payé sa franchise. Ce reproche lui attira des douceurs : Daraxa lui dit qu’après Ozmin il seroit toujours l’homme du monde qui auroit le plus de part à son estime; et Ozmin l’assura qu’après Daraxa il n’aimeroit jamais personne tant que lui. Zuniga ne manqua pas de répliquer à ces discours obligeants; ensuite il présenta son ami don Diègue au seigneur maure, comme un cavalier dont le mérite égaloit la naissance; et là-dessus il se fit des compliments sur nouveaux frais : d’où passant à la chose la plus importante, c’est-à-dire à l’affaire du prisonnier, il fut résolu qu’on enverroit sur-le-champ demander sa grâce à leurs majestés. On dépêcha Orviedo, qui partit pour Grenade avec des lettres pour les parents d’Ozmin et pour ceux de Daraxa.

Orviedo fit une si grande diligence, qu’au bout de trois jours il fut de retour à Séville avec la grâce de son maître, et un ordre aux magistrats de faire à ce seigneur tous les honneurs dus à la noblesse de son sang, et dignes de l’époux de la belle Maure. Aussitôt que cette dame apprit qu’Ozmin étoit libre, elle se rendit à la prison avec un cortége encore plus nombreux que la première fois et bien plus magnifique, attendu que les cavaliers avoient eu un peu plus de temps pour s’y préparer. Tout ce qu’il y avoit d’hommes de distinction dans la ville étoit de la cavalcade. Don Rodrigue de Padilla s’y faisoit remarquer par sa magnificence; il voulut en être. Il s’empressa même de témoigner à Daraxa qu’il étoit ravi de cet événement, malgré le chagrin qu’en pouvoit avoir le vieux marquis, dont il n’approuvoit point la conduite; et quand il vit Ozmin, il lui fit toutes sortes d’honnêtetés.

Ainsi donc le seigneur maure sortit de prison avec autant d’honneur et de joie qu’il avoit eu de honte et de tristesse en y entrant. Le même peuple, qui avoit demandé sa mort quelques jours auparavant, suivoit la cavalcade en remplissant l’air d’acclamations, pour marquer jusqu’à quel point il étoit ravi de voir en liberté le fameux vainqueur des taureaux. Le seul don Louis, gardant son ressentiment et sa fierté, n’alla pas visiter Ozmin, qu’il regardoit toujours comme un homme qui avoit déshonoré sa maison par l’éclat qu’avoit fait l’amour de sa fille pour don Jaymé. Mais ce qui tenoit encore plus au cœur du vieillard, et ce qu’il ne pouvoit pardonner au faux Ambroise, c’étoit de l’avoir dupé, lui qui se croyoit incapable d’être surpris. Il s’attendoit bien qu’à la cour on feroit des railleries sur son compte; ce qui fut cause qu’il feignit d’être malade pour ne point accompagner la belle Maure à Grenade, et qu’il n’osa paroître à Séville qu’après son départ.

Pour Elvire, outre qu’elle eut à essuyer toute la mauvaise humeur de son père, elle ne put se consoler d’avoir été trompée par les deux personnes qu’elle avoit le plus aimées, quoique dans le fond elle dût moins leur imputer son malheur qu’à elle-même. Le regret qu’elle en eut lui causa une langueur qui termina bientôt ses tristes jours. Les chagrins de don Louis et ceux de sa fille n’empêchèrent pas qu’on ne fît de grandes réjouissances dans la maison de don Alonse, où Ozmin et Daraxa allèrent loger jusqu’au lendemain qu’ils prirent le chemin de Grenade avec Zuniga et Castro, qui voulurent absolument les accompagner pour assister à leurs noces. Elles furent d’une magnificence extraordinaire; leurs majestés catholiques les honorèrent de leur présence. Il y eut des tournois et des courses, où les Maures et les chrétiens montrèrent à l’envi leur courage et leur adresse. Enfin les deux époux, pour mieux mériter que le ciel répandît ses grâces sur leur hyménée, embrassèrent notre religion, et devinrent la noble origine d’une des plus illustres maisons qu’il y ait aujourd’hui en Espagne.

L’ecclésiastique qui nous racontoit cette histoire, la finit en cet endroit; après quoi son compagnon et lui commencèrent à s’entretenir des guerres de Grenade. Pendant ce temps-là, mon ânier, voyant que nous étions sur le point d’arriver à Caçalla, voulut avoir une conversation particulière avec moi. Depuis nos dernières aventures il n’avoit pas dit un mot; mais comme nous approchions des portes de la ville, et que nous allions nous séparer pour ne plus nous rejoindre, il rompit le silence, et me demanda trois écus, tant pour m’avoir voituré que pour ma part de la dépense que nous avions faite à l’hôtellerie où nous avions si bien soupé le soir précédent, et déjeûné le matin. Ce fut une autre histoire pour moi que ces trois écus, que je le défiai de me faire payer, n’en ayant pas seulement la moitié dans ma bourse. Nous nous échauffâmes sur cela tous deux de façon que je m’armai de deux cailloux, que je lui aurois fait voler à la tête, si les ecclésiastiques, par pitié, ne m’eussent empêché de me faire battre. Ils prirent connoissance de notre différend, s’érigèrent d’eux-mêmes en juges, et, parties ouïes, me condamnèrent à donner à l’ânier le quart de ce qu’il demandoit. J’obéis à cet arrêt, qui, tout favorable qu’il m’étoit, me mit si bien à sec, qu’à peine me resta-t-il de quoi faire les frais de mon souper et de mon gîte dans une hôtellerie où j’allai loger après avoir pris congé des ecclésiastiques et du malheureux ânier, qui ne sut pas, je crois, trop bon gré de ma rencontre à son étoile.

LIVRE DEUXIÈME.

CHAPITRE PREMIER.

Guzman se fait garçon d'un maître d'hôtellerie.

Me voici donc, ami lecteur, à douze lieues de Séville, dans la meilleure hôtellerie de Caçalla. L'on m'y donna bien à souper pour le reste de mon argent, et l'on me fit coucher dans un bon lit. Cependant, au lieu de dormir d'un sommeil profond, que les vapeurs des viandes et du vin me devoient procurer, j'eus une insomnie cruelle, et qui fut aussi longue que la nuit. L'état de mes affaires vint s'offrir à mon esprit, et lui présenter mille affligeantes images. Jusqu'ici, disois-je, j'ai bu et mangé; mais présentement ce n'est plus cela : on peut avec du pain supporter toutes les afflictions de la vie. Il est bon d'avoir un père, il est bon d'avoir une mère; mais il vaut encore mieux avoir de quoi manger.

Je voyois déjà la Nécessité avec son visage d'excommunié, et elle me faisoit peur. J'aurois volontiers pris le parti de n'aller pas plus avant et de retourner à Séville, si je n'eusse considéré que l'argent ne me manquoit pas moins pour réparer ma sottise que pour la pousser plus loin. Je ressemblois à un pauvre chien étranger, qui, se trouvant au milieu d'une rue, voit devant et derrière lui plusieurs dogues qui aboient après lui. De plus, quelle honte ne m'imaginois-je point que ce seroit pour moi de reparoître comme un misérable chez ma mère, après en être sorti avec tant de résolution. La perte de mon manteau entroit aussi dans mes réflexions; il me sembloit qu'elle donneroit un nouveau ridicule à mon retour. Cette dernière considération acheva de m'ôter l'envie de reprendre la route de Séville.

D'un autre côté encore, il me fâchoit fort de m'arrêter en si beau chemin; et le point d'honneur enfin l'emporta. Je me déterminai à poursuivre mon voyage, en m'abandonnant à la Providence. Je me mis en fantaisie d'aller droit à Madrid, séjour ordinaire de nos monarques, pour y voir un peu la cour, que j'avois ouï dire être très-brillante par le grand nombre de seigneurs qui la composoient, et surtout par la présence d'un jeune roi nouvellement marié. Cela me pa-

roissoit mériter ma curiosité; il me vint même là-dessus de belles idées. Je bâtis des châteaux sur le sable. Je me flattai qu'un garçon de mon air et de ma figure seroit bientôt remarqué dans ce pays-là; qu'il s'y feroit des amis, et ne manqueroit pas de bonnes fortunes. La tête échauffée de ces visions flatteuses, j'avois peu d'envie de dormir, et j'attendis le jour avec impatience pour partir; mais à peine eus-je pris le chemin de Madrid, que toutes mes agréables chimères s'évanouirent. Il ne me resta plus devant les yeux qu'une longue et pénible traite à faire.

Je ne laissai pas de me dire pour m'encourager : Allons, seigneur Guzman, songez que vous êtes embarqué : contre fortune bon cœur, mon ami. Au lieu d'avoir sur vos épaules un manteau qui ne feroit que vous embarrasser dans cette saison, vous avez à la main un bâton qui vous aide à marcher. Je passai la journée entière sans manger, et la nuit je m'étendis sur l'herbe au pied d'un gros arbre qui me couvroit de ses feuilles. J'étois si las, que je m'endormis dans cet endroit, et ne me réveillai qu'au lever du soleil. Je sentis alors que j'aurois fort bien déjeûné si j'eusse eu quelques provisions; mais n'ayant pas seulement un morceau de pain bis, il fallut me remettre en marche à jeun, avec un appétit qui croissoit de moment en moment. Vers le midi, ma faim devint telle, que je ne pouvois plus avancer, tant j'étois foible. Mon ventre avoit beau crier famine, mes jambes ne le portoient qu'à regret.

Heureusement il passa près de moi deux hommes qui avoient l'air d'être de riches marchands. Ils étoient montés sur des mules qui alloient le grand pas. A cette vue, le courage me revint : Dieu soit loué! dis-je en moi-même, voici des cavaliers qui ont bien la mine de me défrayer aujourd'hui. Suivons-les : l'espérance de faire un bon repas à leurs dépens m'inspire une nouvelle vigueur.

Effectivement, un dîner étoit alors pour moi une affaire très-importante : aussi je les suivis de si près, que j'arrivai en même temps qu'eux à l'hôtellerie où ils s'arrêtèrent. J'avois un visage de défunt. Je me mis en devoir de leur rendre service. Je m'empressai à tenir la bride de leurs mules pendant qu'ils en descendoient, et m'offris à porter dans leur chambre leurs valises avec un grand sac où étoient leurs vivres ; mais, soit que mon empressement leur devînt suspect, soit qu'ils fussent naturellement brusques ou défiants, dès que je mis la main sur le sac, l'un des deux me cria d'une voix à me faire trembler : A quartier, l'ami, à quartier. A ces paroles terribles je demeurai tout interdit. J'en conçus pour mon estomac un présage funeste. Cela toutefois ne me rebuta point : je marchai derrière eux jusqu'à leur chambre, et d'un air humble et le chapeau à la main. Ils avoient, suivant l'usage d'Espagne, apporté avec eux de bonnes provisions. Je vis tirer du sac une épaule de mouton rôtie, un morceau de jambon, avec du pain et du vin ; ce qui ne faisoit qu'irriter l'envie que j'avois de les servir pour capter leur bienveillance. Je m'avançai, et pris un verre dans le dessein de le rincer ; mais l'autre marchand qui n'avoit point parlé me l'arracha des mains, en me disant encore plus brusquement que son camarade : Non, non, laisse là ce verre ; nous n'avons pas besoin d'un serviteur comme toi.

O traîtres ! dis-je alors, ennemis de Dieu et du genre humain ! cœurs impitoyables ! Je m'aperçois que je me suis vainement mis hors d'haleine pour vous suivre jusqu'ici. Je m'obstinai pourtant à ne me pas éloigner d'eux. J'espérai qu'ils pourroient devenir plus charitables quand ils seroient bien soûls, et qu'ils me jetteroient par compassion un os à ronger, un morceau de pain, enfin quelque chose à mettre sous la dent. Je me trompai : rien ne vint. Ils mangèrent sans daigner me regarder seulement. J'avois beau les dévorer des yeux, cela ne me rassasioit point. Pour comble d'affliction, je remarquai que ces inhumains renfermèrent dans leur sac tous les restes de leur dîner, jusqu'à un morceau de pain, avec quoi ils s'en allèrent. Quelle barbarie ! Quel spectacle pour un homme que la faim réduisoit aux abois ! J'allois expirer de douleur et d'inanition, lorsqu'il entra dans la même chambre un religieux de Saint-François

A cette vue, je ne conçus pas une fort grande espérance d'être soulagé. Quel secours pouvois-je attendre d'un pauvre moine qui voyageoit à pied ? d'un mendiant qui paroissoit lui-même avoir besoin qu'on l'assistât ? Il suoit à grosses gouttes, et avoit l'air d'être fort fatigué. Cependant il portoit une besace qu'il posa sur la table, et que je considérois avec beaucoup d'attention. J'en aurois pris sur l'autel. Elle me fit venir l'eau à la bouche avant même que je susse ce qu'il y avoit dedans. Quand sa révérence en tira sa provision, qui consistoit en un assez grand pain blanc, avec un morceau de salé qui m'auroit fait envie, même

chez ma mère, j'attachai mes regards dessus, et demeurai la bouche ouverte de ravissement. J'aurois bien voulu être son petit frère. Je croyois avoir dans la gorge chaque morceau qu'il avaloit.

Il jeta les yeux sur moi par hasard pendant qu'il mangeoit, et remarquant que j'avois un visage parlant : Vive Dieu ! s'écria-t-il animé d'une sainte ardeur, approche, mon enfant, je ne te laisserai pas languir dans la nécessité où je te vois ; quand je n'aurois qu'un morceau de pain, il seroit à toi. Tiens, mon fils, ajouta-t-il en me donnant la moitié de son pain et de sa viande, prends un peu de nourriture ; je serois indigne de vivre, si je ne te secourois pas.

O Providence, qui fais subsister des bêtes dans la pierre même, ta bonté divine a soin de tout ! A ce beau trait de charité, je prodiguai les bénédictions à ce bon père, et commençai à lui montrer qu'il n'avoit pas mal jugé de mon air affamé. M'étant un peu remis l'estomac, je rendis grâces au ciel d'une si heureuse rencontre. Qu'il m'eût été doux d'avoir une trentaine de lieues à faire avec ce religieux ! Mon sort eût été digne d'envie ; mais pour mes péchés il alloit à Séville, et nous nous quittâmes après le dîner. Il est vrai qu'avant notre séparation il remit la main dans sa besace, et me donna encore la moitié d'un petit pain qui s'y trouva, pour partager avec moi, disoit-il, tout ce qu'il avoit. J'eus grand soin de serrer dans ma poche cette dernière pièce de pain, après avoir mangé la première avec le morceau de salé ; puis ayant bu de belle eau fraîche, comme j'en avois vu boire au charitable cordelier, je repris gaiement le chemin de Madrid.

Je fis encore trois lieues ce jour-là, et j'arrivai avec la nuit à Campanario, gros village de la Castille nouvelle. J'entrai dans une hôtellerie, où, faute de mieux, je soupai du pain que j'avois dans ma poche. C'étoit la couchée des muletiers de Truxillo ; il en vint plusieurs ce soir-là : tous les lits furent pour ces honnêtes gens. L'hôte m'envoya gîter au grenier, où je montai très-docilement, n'étant pas en état de faire le difficile. Je m'étendis sur la paille et dormis tranquillement jusqu'au jour ; je me levai légèrement en homme qui n'avoit pas l'estomac trop chargé, et j'étois hors de l'hôtellerie, quand le maudit hôte me vint incivilement arrêter pour me demander le paiement de mon gîte. Il s'agissoit de quatre maravédis ; je ne les avois pas, et je me débattois pour m'échapper de ses mains ; mais il me tenoit bien, et s'apercevant que mon habit étoit de bon drap, il se disposoit à me l'ôter pour finir la dispute : il regardoit déjà cela comme une affaire faite, et il en seroit aisément venu à bout, si, par bonheur pour moi, un muletier qui étoit présent n'eût été touché de ma peine : Laissez là ce petit garçon, dit-il à l'hôte, je paierai pour lui; on voit bien que c'est un jeune homme qui a quitté la maison de son père ou celle de son maître. A ces mots, l'hôte me regarda et me proposa de le servir, en disant qu'il avoit besoin d'un valet dans son hôtellerie.

Dans un autre temps, une pareille proposition m'eût paru ridicule, je m'en serois même offensé; mais la misère aplanit les difficultés et lève les scrupules. Après y avoir rêvé quelques moments, l'idée de la faim me détermina ; je répondis que je le voulois bien. Cela étant, me dit-il, tu peux entrer dans cette maison, et je n'exige de toi que deux choses: la première, que tu donnes de la paille et de l'orge aux personnes qui t'en demanderont, et la seconde, que tu m'en tiennes un bon et fidèle compte. Je promis de m'acquitter de ce digne emploi le mieux qu'il me seroit possible. Après cette promesse, me voilà engagé d'une manière à ne pouvoir plus m'en dédire.

Quelque dure que fût la servitude pour moi, qui étois accoutumé à me faire servir, je ne laissai pas d'abord d'être assez content de ma condition : il passoit par là peu de cavaliers dans la journée, de sorte que le plus souvent je ne faisois que boire et manger jusqu'à la nuit, qui étoit le temps où les muletiers arrivoient. J'appris bientôt toutes les manœuvres qui se font dans les hôtelleries; comment avec de l'eau bouillante on fait enfler l'orge d'un tiers, et de quelle façon il faut qu'on la mesure pour que l'hôtelier y trouve son compte. Il ne fallut pas me montrer deux fois la revue des mangeoires, j'en savois ôter un bon tiers de l'orge des passagers et des muletiers même qui nous confioient le soin de leurs montures; mais lorsqu'il nous venoit de ces jeunes cavaliers distingués par leurs moustaches et par leurs jarretières, et qu'ils n'avoient point de valets, c'étoit ceux-là à qui nous en donnions à garder. Nous courions d'abord à eux pour les aider à descendre. Ces messieurs, pour la plupart, faisant les gens d'importance, ne daignoient pas seulement entrer dans l'écurie; ils se contentoient de nous recommander leurs chevaux ou leurs mules : aussi cette recommandation étoit si puissante, que nous menions ces pauvres bêtes dans un endroit où il n'y avoit pas un brin de paille ni un grain d'orge. Nous les attachions au râtelier, où nous les laissions fort bien mâcher à vide; quelquefois pourtant par pitié nous leur donnions, un moment avant leur départ, une poignée d'orge pour leur faire la bonne bouche; encore les poules et les cochons du logis en mangeoient-ils la moitié; la bourrique même quelquefois en attrapoit sa part.

Voilà de quelle manière ces beaux cavaliers qui s'en reposoient sur notre bonne foi étoient servis; et si nous leur faisions bien payer ce que leurs bêtes n'avoient point mangé, juge s'il leur en coûtoit bon pour leur propre dépense. Je triomphois quand c'étoit moi qui allois compter avec eux; je leur disois: Il y a tant de réaux et tant de maravédis: et j'ajoutois à cela d'un air gracieux : *I haga les buen provecho*, compliment ordinaire qu'on fait à la fin des comptes, et qui me valoit toujours quelque chose. Tu t'imagines bien que nous demandions à ces passagers une fois plus qu'ils ne devoient, malgré les réglements de police qu'il y avoit là-dessus : c'étoit de quoi notre maître ne se soucioit guère; quoiqu'ils fussent affichés en divers endroits de la maison, il suffisoit de les avoir et d'en payer exactement les droits à l'alcade et au greffier, pour être dispensé de les observer.

Les habiles voyageurs qui n'ignoroient pas cette pratique, donnoient sans dire mot ce qu'on leur demandoit; mais ceux qui n'en étoient pas instruits s'avisoient souvent de faire du bruit et de vouloir compter avec l'hôte. Alors ils tomboient de fièvre en chaud mal; notre maître, en faisant un nouveau compte, augmentoit, de peur de se méprendre, le prix de chaque chose; et quand une fois il avoit taxé l'écot à une certaine somme, c'étoit une sentence sans appel, il falloit délier la bourse. Malheur à un passager qui, croyant tirer meilleur parti des hôteliers d'Espagne, les menace et fait le méchant avec eux! Comme ils sont presque tous officiers de la sainte Hermandad, ils le font arrêter au premier bourg ou village par où il doit passer; ils l'accusent d'avoir eu dessein de brûler leur maison, de les avoir frappés, ou d'avoir violé leurs femmes ou leurs filles, et il est trop heureux quand il peut sortir d'affaire en payant doublement son écot et en demandant pardon à son hôte.

Nous avions aussi dans notre hôtellerie de jolies servantes; mais il étoit dangereux de s'y amuser. Il étoit bon encore d'avoir l'esprit présent quand on sortoit de cette maison; car tout ce qu'on y pouvoit oublier étoit autant de perdu. Que de friponneries! que d'infamies! que de méchancetés se commettent dans ces lieux-là! L'on n'y craint nullement Dieu, et l'on s'y accommode avec les gens de justice. Dès qu'on est hôtelier, il semble qu'on ait permission de tout faire, et un pouvoir absolu sur le bien ainsi que sur la personne de ceux qui sont obligés de s'y arrêter.

CHAPITRE II.

Il se dégoûte de sa condition, abandonne l'hôte et l'hôtellerie, et se rend à Madrid, où il s'associe avec des gueux.

Outre que j'avois l'esprit trop volage pour aimer long-temps la même vie, je ne trouvois pas celle que je menois convenable à un homme qui n'étoit sorti de la maison maternelle que pour voir le monde. De plus, un valet d'hôtellerie me paroissoit au-dessous même d'un valet d'aveugle. D'ailleurs, il passoit tous les jours devant notre porte des garçons de ma taille et de mon âge; ils demandoient la passade, puis ils continuoient leur chemin d'un air gai. Cela me fit honte un jour. Comment, disois-je, faudra-t-il donc que la crainte de manquer de pain me retienne ici toujours, pendant que ces jeunes gens, qui n'ont pas plus de force que moi, s'exposent courageusement à souffrir la faim et la soif? J'ai peut-être autant d'esprit qu'eux, et je ne dois pas avoir moins de cœur. Ces réflexions m'inspirèrent du courage; et montrant les dents à la mauvaise fortune, je repris la route de Madrid, après avoir demandé mon congé à mon maître, qui me donna trois réaux pour les services que je lui avois rendus.

Avec cet argent et le peu que j'avois reçu de la libéralité des passagers, je ne laissai pas d'avancer chemin jusqu'au fameux pont d'Arcolis sur le Tage, d'où je poursuivis ma route en faisant comme les autres, je veux dire en tendant la main dans les villages, et aux cavaliers que je rencontrois; mais la récolte avoit été si mauvaise cette année-là, que le monde faisoit peu de charités. Je vendis mon habit, de sorte que j'étois dans un fort bel équipage quand j'arrivai à cette célèbre capitale de l'Espagne. Je n'avois plus que le haut-de-chausses avec une chemise noire et déchirée, une paire de bas pleins de trous, et des souliers qui avoient pour semelles la plante de mes pieds. J'avois plus l'air d'un échappé des galères que d'un enfant de famille. Aussi ce fut inutilement que je cherchai à me mettre au service de quelque personne de qualité, ce qui étoit alors la plus haute fortune à laquelle je pusse aspirer. Avec un misérable habillement qui ne prévenoit point en ma faveur, j'avois la mine si friponne, qu'il falloit être bien hardi pour se résoudre à me prendre. On ne pouvoit me regarder attentivement sans dire en soi-même: Voilà un drôle qui fera quelque bon coup dès qu'il en trouvera l'occasion; enfin voyant que ma figure étoit telle, qu'on ne vouloit de moi dans aucune maison, ni pour page, ni pour laquais, pas même pour marmiton, je tournai les yeux vers une troupe de gueux que j'aperçus à la porte d'une église. Je me mis à les considérer; ils me parurent si frais et si gaillards que je crus ne pouvoir mieux faire que de m'enrôler dans leur compagnie. Je me joignis donc à eux, et ils me reçurent comme un sujet dont l'air et l'équipage n'étoient pas indignes de leur société.

Avant que d'arriver à Madrid, j'avois eu la précaution de laisser en chemin la honte, comme une charge trop pesant pour un homme à pied. Si je n'eusse pas encore été défait de cette cruelle ennemie de la faim, je n'aurois pas manqué de la perdre bientôt avec de si honnêtes gens, qui étoient tous des oiseaux de proie fort adroits. Je les suivois partout et leur servois d'assistant, en attendant que j'eusse assez d'expérience pour contribuer à faire bouillir leur marmite, qui ne se renversoit jamais. Ils avoient deux fois le jour une copieuse soupe dont j'étois sûr de manger ma part, pourvu que je me rendisse ponctuellement aux heures du dîner et du souper; autrement, serviteur au festin, je n'aurois plus trouvé que la terrine.

Après le repas nous nous divertissions à jouer; j'appris le quinze, le trente et un, le quinola et la prime, avec mille tours de cartes. J'avois des dispositions si heureuses, que je profitois à vue d'œil sous ces excellents maîtres: je sentois que mon esprit devenoit plus subtil et plus rusé de jour en jour. Tout petit que j'étois, je voulus imiter ceux de mes confrères qui, de peur d'être châtiés comme vagabonds, alloient dans les marchés avec des cabas pour s'offrir à porter les provisions que les bourgeois y achetoient. Cette occupation me parut un peu rude dans les commencements; mais je m'y accoutumai si bien dans la suite, que je ne trouvois point de sort plus doux que le mien. L'agréable chose, disois-je, que d'avoir office et bénéfice, sans être obligé d'employer le fil et l'aiguille, le marteau et le vilebrequin; de n'avoir besoin pour subsister que d'un cabas et d'un peu d'industrie! La vie d'un gueux est un morceau sans os, un enchaînement de plaisirs, un emploi exempt de chagrins. Que mes parents étoient insensés de se donner tant de peines pour vivre misérablement! Dans combien d'embarras se sont-ils jetés pour soutenir leur commerce et leur réputation! O sot honneur du monde, tu n'es qu'un pesant fardeau pour les fous qui veulent se charger de toi!

Je portois un jour dans mon cabas un quartier de mouton que venoit d'acheter un honnête cordonnier qui marchoit devant moi; j'aperçus à mes pieds dans la rue un papier que je ramassai; c'étoient de vieux couplets de chansons: je me mis à les lire et à les chanter tout bas. Le cordonnier, surpris de m'entendre, me dit en souriant: Comment donc, petit mal peigné, tu sais lire? Et encore mieux écrire, lui répondis-je. Est-il possible ! répliqua-t-il d'un air sérieux. Vive Dieu ! mon ami, si tu voulois m'apprendre à signer seulement mon nom, je te paierois bien. Je lui demandai à quoi lui pourroit servir sa signature toute seule ; et il me dit qu'ayant obtenu un emploi par le crédit d'un certain personnage qu'il me nomma, et dont il chaussoit pour rien toute la maison, il étoit bien aise, quand l'occasion se présenteroit de mettre son nom, de n'avoir pas la honte d'être obligé de déclarer qu'il ne savoit pas signer.

Aussitôt que nous fûmes arrivés chez lui, on nous apporta, par son ordre, du papier et de l'encre. Je commençai à trancher du maître écrivain ; je montrai à mon écolier à tenir la plume, et lui conduisant la main, je lui fis tant de fois former les lettres qui composoient son nom, qu'il crut déjà posséder les éléments de l'art d'écrire. Après qu'il eut barbouillé cinq ou six feuilles de papier, il fut si content de moi, qu'il me fit essayer une paire de souliers neufs qui sembloient avoir été faits pour moi et qu'il me laissa. Je pris ensuite congé de lui, en l'assurant que toutes les fois qu'il me faudroit des souliers, je viendrois lui donner de nouvelles leçons pour perfectionner son écriture.

CHAPITRE III.

Il s'engage au service d'un cuisinier.

J'étois fort satisfait de ce nouveau genre de vie ; je jouissois de la liberté si désirée de tant de monde, si vantée par les philosophes et tant de fois chantée par les poètes ; je possédois ce précieux trésor qui est préférable à l'or et à l'argent ; mais, par malheur, je ne le conservai pas longtemps ; un traître de cuisinier me l'enleva bientôt. Ce cuisinier étoit de mes chalands ; il m'avoit souvent employé. Mon ami, me dit-il un jour, tu m'as plu, je veux faire ta fortune ; quitte la fainéantise, et viens remplir une place de marmiton chez le seigneur que je sers ; je t'apprendrai par amitié la cuisine, et te mettrai en état de devenir cuisinier du roi même : en tout cas, le moindre fruit que tu puisses recueillir de ce bel art, c'est de t'en retourner riche dans ton pays. En un mot, il m'enjôla si bien par ses beaux discours, que j'acceptai la proposition.

Il me mena donc à l'hôtel du seigneur qu'il servoit, et là je pris mes grades et le bonnet de marmiton, c'est-à-dire, un bonnet de nuit avec un tablier blanc, et l'on me donna d'abord du persil à hacher, ce qui est comme l'alphabet de ceux qui visent au doctorat de la cuisine. Le cuisinier mon maître étoit marié. Il avoit dans le voisinage une maison où sa femme demeuroit, et où nous allions coucher toutes les nuits ; mais je passois presque toute la journée à l'hôtel, où je m'attachois à rendre service à tout le monde. Je me montrois si officieux et si rempli de bonne volonté, que tous les domestiques, tant mâles que femelles, conçurent de l'amitié pour moi : chacun me chargeoit de quelque commission ; et je m'en acquittois avec tant d'exactitude, de secret et de fidélité, que je m'attirois de petits présents des uns et des autres. Quant à la cuisine, je faisois mon devoir à ravir ; et mon maître étoit si content de moi, qu'il disoit souvent que j'étois né pour marcher sur ses traces.

Je conviens que je n'avois pas peu de peine à servir si bien ; mais si cela me coûtoit, j'en étois assez récompensé par les douceurs dont mes travaux étoient mêlés. Après la gueuserie, qui, sans contredit, est la première condition de la société civile, je ne pouvois être mieux que dans cette maison pour faire grand'chère ; moi principalement qui avois été nourri dans l'abondance, je me sentois là dans mon élément. Il n'y avoit point de plat où je ne misse la main, point de sauce dont je ne goûtasse, et je puis dire que mon maître faisoit des ragoûts exquis. Que les traiteurs de Saint-Gilles, de Saint-Dominique, de la porte du Soleil, de la Grande-Place et de la rue de Tolède me pardonnent si je l'élève au-dessus d'eux, malgré la réputation qu'ils se sont faite par leurs fricassées de foie gras et par leurs tranches de jambon frit.

Mon bonheur auroit été parfait si je ne me fusse point abandonné au jeu ; mais en voyant les pages et les laquais battre la carte toute la journée, je me sentis tenter violemment de me mettre quelquefois de la partie, et je cédai enfin à la tentation. Je ne m'amusois d'abord qu'un quart d'heure ou tout au plus une demi-heure à jouer avec eux ; puis m'abandonnant à cette maudite inclination, et ne pouvant la satisfaire pendant le jour autant que je l'aurois désiré, je me dérobois la nuit de la maison de mon maître, sitôt que je le croyois endormi, pour aller joindre à l'hôtel quelques domestiques de mon humeur, avec lesquels je m'en donnois jusqu'au lever du soleil. Si le cuisinier eût été informé de ma conduite, il m'auroit sans doute étrillé de la bonne façon ; mais personne ne vouloit l'en avertir, de peur de me faire de la peine. Cependant je perdis tout l'argent que j'avois amassé en faisant des commissions, sans perdre le goût du jeu ; au contraire, je n'en eus que plus d'envie de jouer, et cela me jeta dans la nécessité de voler pour avoir des fonds, ce que je n'avois point fait encore, quoique je susse bien qu'à commencer par mon maître, tout le monde à l'hôtel pilloit et saisissoit tout ce qu'il pouvoit attraper : chacun y faisoit ses affaires de son mieux. Ce qu'il y a de plus étonnant, c'est que les uns n'ignoroient pas ce que les autres faisoient, et que tous, par un intérêt commun, se gardoient le secret.

Quand je n'aurois pas été joueur, et que je n'eusse pas eu un penchant naturel à m'approprier le bien d'autrui, je me serois laissé corrompre par les mauvais exemples qu'ils me donnoient. Je commençai donc à hurler avec ces loups ; je regardois, je furetois dans la maison, et tout ce que je pouvois prendre sans qu'on s'en aperçût, étoit autant de raflé ; mais, par malheur pour moi, je n'en avois pas plus tôt fait de l'argent, que j'allois le perdre au jeu.

Outre l'hôtel où j'exerçois la subtilité de mes mains, et qui étoit comme une mer ouverte à tous les pêcheurs, j'avois encore la maison particulière du cuisinier mon maître, laquelle, à la vérité, n'étoit qu'une petite rivière où l'on ne pouvoit pêcher de gros poisson : je ne laissai pas toutefois d'y faire un jour un bon coup de filet. Le cuisinier donna la collation à quelques-uns de ses amis, tous gens gaillards et nés pour la table. Ils mangèrent des andouilles et des tranches de jambon qui les firent boire à triple mesure. Pendant ce temps-là j'étois à l'hôtel, d'où, après avoir achevé ce que j'avois à faire dans la cuisine, je revins au logis, pour voir si l'on n'y auroit pas besoin de moi. Les convives étoient déjà partis. Je trouvai la salle du festin encore échauffée et pleine de poussière, le couvert sur la table, et la terre jonchée de bouteilles vides et cassées pour la plupart. Le patron, qu'on ne voyoit point, mais qui se faisoit entendre, ronfloit sur son lit d'une si grande force, que toute la maison en trembloit ; et la patronne, qui se portoit aussi bien que son mari, dormoit auprès de lui comme un sabot.

Je considérai quelques moments les débris de cette débauche ; ensuite ayant jeté les yeux sur un gobelet d'argent qui étoit sur la table, il me prit envie de le voler. Je fis réflexion que personne ne m'avoit vu entrer, et que je pouvois sortir de même. Il ne m'en fallut pas davantage pour céder au désir qui me pressoit : Allons, monsieur le gobelet, dis-je tout bas en le fourrant dans ma poche, vous paierez, s'il vous plaît, les pots cassés. J'enfilai aussitôt la porte ; et après avoir mis en lieu de sûreté mon larcin, je retournai froidement à l'hôtel. Vers le soir, le cuisinier, après avoir cuvé son vin, arriva dans la cuisine avec une migraine qui le rendoit de si mauvaise humeur, qu'il me fit d'abord une querelle d'Allemand. Il me gronda pour avoir fait un feu où il y avoit peut-être une bûche de trop. Je le laissai dire tout ce qu'il voulut, sans lui répondre ; et je l'accompagnai après le souper, lorsqu'il se retira chez lui. Il se coucha dès que nous fûmes au logis. Pour sa femme, elle s'étoit si bien reposée, qu'il ne sembloit pas qu'elle eût tenu tête à cinq ou six ivrognes ; elle avoit seulement l'air un peu triste et mortifié. Je lui en demandai la cause aussi effrontément que si je l'eusse ignorée : elle m'apprit la perte du gobelet, et me dit qu'elle s'affligeoit moins pour la conséquence de l'argent, que pour le vacarme que son époux feroit lorsqu'il viendroit à s'en apercevoir ; qu'elle n'en seroit pas quitte pour des reproches, ayant affaire, comme il étoit vrai, à un brutal qui ne manqueroit pas de la rouer de coups.

Je la consolai, non du mieux qu'il me fut possible, car personne ne le pouvoit si bien que moi, mais en lui représentant que le gobelet perdu n'étoit pas une pièce si singulière qu'il ne s'en pût trouver une pareille à Madrid ; que la ville étoit bonne, et qu'il n'y avoit, dès le lendemain matin, qu'à faire emplette d'un autre gobelet à peu près de la même façon, et dire à son mari que c'étoit le même qu'elle avoit fait reblanchir, ou bien un neuf qu'elle avoit acheté en donnant avec le vieux quelques réaux de retour. La dame approuva l'invention, et je me chargeai du soin de la faire réussir. En effet, dès le jour suivant, je portai le gobelet volé dans un quartier éloigné du nôtre, et le donnai à blanchir à un orfèvre, qui m'assura qu'il feroit en peu de temps ce que je demandois, et de manière que le gobelet paroîtroit tout neuf.

J'allai porter cette bonne nouvelle à ma maîtresse : Madame, lui dis-je, j'ai eu le bonheur de trouver chez un orfèvre un gobelet qui ressemble parfaitement à celui qu'on vous a pris ; mais le marchand le veut vendre au dernier mot cinquante-six réaux, tant pour la matière que pour la façon. La patronne, impatiente d'avoir de quoi prévenir les coups qui la menaçoient, me compta cette somme sans balancer, et me donna même un demi-réal pour ma peine. Je lui portai sur la fin du jour ledit gobelet, qui lui parut si semblable à l'autre, qu'elle ne doutoit point, disoit-elle, que son époux n'y fût trompé.

L'argent qui me revint de cette aventure me remit en état de jouer sur nouveaux frais. C'étoit effectivement une assez belle ressource pour un marmiton ; mais, hélas ! tous ces réaux allèrent bientôt tomber dans le gouffre qui avoit englouti le produit de mes larcins précédents. Les gens avec qui je m'embarquois au jeu en savoient plus long que moi, quoique j'eusse appris parmi les gueux à filer la carte, à faire de fausses coupes, et plusieurs autres tours de filous.

Il arriva dans ce temps-là qu'il y eut un festin à préparer pour un prince étranger qui étoit depuis peu à Madrid : c'étoit un dîner. La veille du jour de ce repas, le cuisinier me mena de grand matin avec lui dans la cuisine, où le pourvoyeur venoit de faire apporter les viandes destinées pour le festin. Mon maître et moi, pendant que nous étions seuls, nous commençâmes à mettre à part ce que nous jugions devoir nous appartenir pour nos menus droits. Nous remplîmes un grand sac de longes de veaux, de jambons, de langues de bœufs, et de toute sorte de volailles, et nous le cachâmes dans un endroit où il demeura toute la journée. Quand la nuit fut venue, il me le mit sur les épaules, et m'ordonna de le porter secrètement chez lui, ce que je ne fis pas sans suer à grosses gouttes, tant la charge étoit pesante. Je revins ensuite à la cuisine, où il m'occupa jusqu'à minuit à plumer et à larder : alors, me chargeant d'un second sac dans lequel il y avoit quelques levrauts, des faisans et des perdrix, il me dit : Tiens, Guzman, emporte encore cela au logis, et va te reposer, mon ami. Tu diras à ma femme que je ne sais quand je pourrai l'aller trouver. Le menteur ! il savoit bien qu'il devoit passer la nuit à l'hôtel, où sa présence étoit nécessaire, ayant des ordres à donner à tant d'autres cuisiniers qui travailloient sous sa direction ; mais il étoit un peu jaloux, quoique sa femme fût assez laide, et il ne parloit ainsi que pour la tenir en respect. Il craignoit apparemment qu'elle ne laissât remplir sa place par quelque bon voisin ; office que l'on rend quelquefois aux cuisiniers, comme aux autres maris absents.

Étant revenu dans notre maison, j'étalai dans une galerie toutes nos viandes, que je pendis à des clous le long du mur, ce qui formoit une tapisserie très-agréable à la vue ; après cela, je songeai à prendre le repos dont j'avois besoin. Ma maîtresse, qui couchoit dans une salle basse, étoit déjà au lit. Je montai dans mon appartement, qui étoit un grenier où il ne faisoit pas moins chaud la nuit que le jour, à cause que le soleil y donnoit depuis le matin jusqu'au soir. J'ôtai ma chemise pour être plus fraîchement, et je m'étendis tout nu sur mon grabat, où je m'endormis ; mais mon sommeil, quoique des plus profonds, fut dissipé une heure après par un bruit épouvantable de chats qui se battoient à outrance, et il me sembla que la galerie leur servoit de champ de bataille. Cela m'inquiéta. Ce seroit bien le diable, dis-je en moi-même, si ces animaux hargneux en vouloient à notre tapisserie ! il faut que j'aille voir de quoi il s'agit, et quel peut être le sujet de leur différend. Là-dessus me voilà debout ; et, sans perdre un temps si cher à remettre ma chemise, je m'empressai à descendre dans la galerie ; mais à peine eus-je posé le pied sur mon échelle, car je n'avois pas d'autre escalier, que mes yeux furent frappés d'une grande lumière qui me surprit et m'arrêta tout court. Je tournai la tête pour découvrir la cause de cette clarté ; je vis une figure toute nue comme la mienne, et si noire que je m'imaginai que c'étoit le diable : j'en tressaillis de peur. Ce fantôme étoit ma maîtresse, qui, s'étant éveillée au bruit du combat des matous, venoit, avec une lampe à la main, au secours de nos faisans et de nos perdrix. Comme elle s'étoit aussi couchée *in puris naturalibus*, elle avoit, dans son empressement, négligé aussi bien que moi de reprendre sa chemise. Nous croyant l'un et l'autre endormis, cette précaution nous avoit paru superflue. Nous nous aperçûmes tous deux en même temps. Si je la pris pour un démon, elle me prit de son côté pour un lutin. Je poussai un cri horrible ; elle y répondit par un autre de la même force, et s'enfuit dans sa chambre avec effroi. Je voulus, à son exemple, regagner mon galetas ; mais je glissai par malheur le long de l'échelle, et tombai dans la galerie si rudement, que je me fis quelques meurtrissures.

Je me relevai avec assez de peine, et cherchant à tâtons un endroit où je savois bien qu'il y avoit un petit fusil, de la mèche d'Allemagne, des allumettes et plusieurs bouts de chandelles, j'en allumai un, avec quoi je parcourus la galerie, pour voir si les combattants n'y étoient point encore ; mais nos cris les avoient épouvantés et mis en fuite. Nous voyant délivrés de nos ennemis, j'examinai toutes les pièces de notre tapisserie l'une après l'autre, et en ayant fait un exact examen, je trouvai que la bataille sanglante dont le bruit nous avoit réveillés la patronne et moi, venoit de se donner pour un levraut tout lardé, que les chats s'étoient disputé avec tant de rage, qu'il n'en restoit plus que les os.

Cela fut cause que je plaçai nos longes, nos faisans et nos perdrix de manière que, les croyant hors d'insulte, j'allai me recoucher ; mais je ne pus fermer l'œil. Outre que je me sentois incommodé de ma chute, l'image de ma maîtresse s'offroit à mon esprit à chaque instant ; je m'imaginois avoir encore devant les yeux sa peau basanée. L'effroyable créature qu'une pareille femme toute nue ! Enfin, le jour étant venu chasser les ombres d'une si désagréable nuit, et devant être, par ordre de mon maître, de grand matin à la cuisine, je me levai et m'habillai pour m'y rendre. D'abord que j'y fus arrivé, le cuisinier me demanda des nouvelles de sa femme et de sa maison. Je lui dis que la señora se portoit à merveille, et que tout étoit chez lui en bon ordre. Je ne jugeai point à propos de lui parler du démêlé des matous, de peur qu'il ne s'avisât de m'imputer la triste destinée du levraut, et de punir ma négligence

C'étoit un beau tableau à voir que les préparatifs qui se faisoient à l'hôtel pour régaler le prince qu'on y attendoit, et les divers mouvements, tant des gens occupés dans la cuisine, que de ceux qui alloient et venoient. Il n'y avoit qu'à demander tout ce qu'on souhaitoit pour l'avoir ; et c'est ce que tout le monde faisoit fort librement. C'étoit une dissipation de biens qu'on ne peut exprimer ; les provisions fondoient, pour ainsi dire, à vue d'œil. L'un disoit : Donnez-moi du sucre pour les tourtes, et l'autre crioit : A moi pour les tourtes, du sucre ; et ainsi du reste. Il ne falloit seulement que changer un peu la façon de demander quelque chose pour l'obtenir deux ou trois fois. Nous appelions ces grands repas des jubilés, comme si nous eussions cru gagner des indulgences en volant le seigneur dont nous mangions le pain. Il est constant que la rivière débordoit alors de tous côtés, et que les poissons nageoient en grande eau. Pour moi, petit épervier, j'attendois pour jouer de la griffe que les gros milans eussent leurs serres pleines. Je sentis pourtant une si forte démangeaison dans les mains, que je ne pus me défendre de les mettre dans un panier d'œufs, et d'en glisser doucement dans ma poche une demi-douzaine.

Le malheur me suivit encore ce jour-là. Mon maître remarqua cette action, et s'avisant à mes dépens de vouloir faire l'honnête homme et le serviteur zélé, pour jeter de la poudre aux yeux de plusieurs domestiques qui étoient présents, il vint à moi d'un air furieux, et me renversa par terre d'un coup de pied. Je tombai justement du côté de la poche où étoient mes œufs, qui se cassèrent tous, et firent une omelette qu'on vit bientôt couler le long de ma jambe, et qui fournit à la compagnie une occasion de rire. Le cuisinier seul garda son sérieux, et joignant à l'affront qu'il m'avoit fait les injures et les reproches, il me dit qu'il m'apprendroit à voler dans l'hôtel d'un seigneur tel que celui qu'il servoit. Dans la fureur où j'étois contre ce traître de cuisinier, je fus tenté de lui répondre que personne en effet ne pouvoit mieux m'enseigner cela que lui, et que ces œufs pour lesquels il me châtioit, venoient des poules qu'il m'avoit fait porter dans sa maison le soir précédent. Mais je retins ma langue, et par là j'évitai de nouveaux coups de pied, qui n'auroient pas manqué d'être le prix d'une réponse si caustique. Belle leçon pour toi, lecteur, si tu as le bonheur de t'en souvenir, quand tu auras envie de lâcher quel-

que bon mot qui pourroit avoir de mauvaises suites.

Malgré la confusion que me causa ce triste événement, je ne laissai pas de fourrer dans mes chausses deux perdrix, quatre cailles, et la moitié d'un faisan rôti, avec quelques riz de veau ; ce que je fis moins par intérêt que par gaillardise : je ne voulois pas qu'on dît que j'avois été à la cour sans avoir vu le roi, ou bien à la noce sans avoir baisé la mariée. Le banquet fini, comme nous nous en retournions le soir au logis, mon maître et moi, il me dit : Guzman, mon ami, ne sois plus fâché de ce qui s'est passé ce matin dans la cuisine ; oublie le coup que je t'ai donné. Il m'importoit plus que tu ne penses de te maltraiter ; je l'ai dû faire par politique. J'en étois mortifié dans le fond ; mais écoute, mon enfant, pour te consoler de cet accident, je t'achèterai une paire de souliers tout neufs. C'étoit une chose dont j'avois un très-grand besoin ; aussi devins-je si sensible à cette promesse, que je ne gardai plus aucun ressentiment contre lui. Cependant il ne tint pas sa parole. Un incident désagréable pour moi, et que je vais te dire, me priva de ce présent.

Ma maîtresse, ce soir-là, me fit très-mauvaise mine. Je jugeai que depuis l'aventure de la nuit dernière elle m'avoit pris en aversion, et je ne me trompois point dans mes soupçons ; elle n'osoit soutenir mes regards, et il me sembloit qu'elle avoit un air honteux ; mais je suis sûr qu'elle étoit moins piquée de ce que j'avois vu ses secrets appas, que du bel éloge que j'en pouvois faire. Quoi qu'il en soit, je m'allai coucher sans me mettre fort en peine de ses sentiments, et dans la résolution de vendre le jour suivant le gibier et les riz de veau que j'avois escamotés. Je me levai de si bon matin, que mon maître étoit encore au lit quand je sortis. Je courus au marché, comptant que j'aurois tout le loisir de me défaire de ma marchandise, et de me trouver à l'hôtel avant lui. Effectivement, aussitôt que je fus arrivé dans la grande place, un vieil écuyer, que je maudis toutes les fois que j'y pense, se présenta pour acheter tout ce que j'avois à vendre. J'étois si pressé que nous fûmes bientôt d'accord. Je convins de lui donner pour six réaux ce qu'il marchandoit, et je n'attendois que l'argent pour partir de là comme un daim ; mais autant j'avois d'impatience et de vivacité, autant le vieil écuyer montroit de flegme et de lenteur. Il fallut d'abord qu'il mît sous son bras un petit registre qu'il avoit à la main, avec un grand chapelet dont il étoit entortillé ; puis il ôta ses gants crasseux pour les attacher à sa ceinture ; ensuite, ayant tiré ses lunettes, il passa plus d'une demi-heure à les nettoyer, pour mieux voir la monnoie qu'il me donneroit.

J'avois beau le prier de se dépêcher, et lui dire qu'une affaire importante m'appeloit ailleurs, il étoit sourd à ma prière. Combien employa-t-il de temps à délier sa bourse, et quelles pièces en tira-t-il l'une après l'autre! Des quarts, des demi-quarts de réal et même des maravédis; encore les miroit-il deux ou trois fois chacun en me les comptant dans la main. Tout cela me faisoit mourir: Ah! vieux roquentin, disois-je entre mes dents, chien de lambin, veux-tu donc me faire enrager ou m'amuser ici jusqu'à ce que mon maître, qui déjà se défie de moi, et qui peut-être me cherche partout, vienne me surprendre?

C'est ce que je n'avois pas tort d'appréhender. Le cuisinier m'avoit entendu le matin sortir de chez lui; ma diligence lui avoit paru assez extraordinaire; et me soupçonnant d'avoir en tête quelque nouvelle espièglerie, il s'étoit levé et habillé à la hâte pour se mettre à mes trousses, de sorte qu'il se trouva derrière moi dans le moment que le vieil écuyer, après toutes ses lenteurs, achevoit de me payer. Ho! ho! garçon, s'écria mon maître en me saisissant la main et l'argent, quel marché faites-vous donc ici? A ces mots, je demeurai plus sot qu'un contrebandier qui se voit pris sur le fait. Je ne répondis rien, j'eus même la patience d'essuyer un coup de pied au cul avec un million d'injures, et il ne se retira qu'après m'avoir interdit sa maison, et menacé de m'assommer si j'avois la hardiesse de passer jamais devant la porte de l'hôtel. Mon marchand, pour ses péchés, demeura là jusqu'à la fin de la scène, qui ne fut guère moins triste pour lui que pour moi; car, m'en prenant à ce vieux sorcier du mauvais succès qu'avoit eu la vente de ma marchandise, je me jetai sur lui de rage, et lui arrachai mes perdrix et mes cailles, en disant que je voulois avoir mon bien, qu'il n'avoit qu'à courir après le fripon qui emportoit son argent. En même temps je disparus aussi promptement qu'un éclair pour aller vendre mon gibier dans un autre marché, laissant dans celui-là mon flegmatique écuyer penser ce qu'il lui plairoit de cette aventure, qu'il regarda peut-être comme un tour que le cuisinier et moi nous avions concerté tous deux.

CHAPITRE IV.

Du service de cuisinier il repasse au métier de gueux, et vole un apothicaire.

Il vaut mieux posséder un talent utile que des richesses, puisque la fortune n'est qu'une inconstante qui nous donne aujourd'hui une chose qu'elle nous ôtera demain. Pendant le cours de notre vie,

elle nous rend semblables aux comédiens, qui paroissent sans cesse sous de nouvelles figures. Qui m'eût dit qu'après avoir si bien servi le cuisinier, il me chasseroit de chez lui pour une bagatelle? Il est vrai qu'ainsi va le monde, et que les plus honnêtes gens, pour prix d'avoir rendu mille services à de grands seigneurs, sont traités de la même manière à la moindre faute qu'ils font.

Arrête, Guzman, me dira quelqu'un, tu vas te perdre dans tes réflexions morales; où cela nous mènera-t-il? A mon cabas, lui répondrai-je aussitôt; oui, mon ami, à mon cabas, lequel, étant devenu pour moi ce que l'éloquence étoit pour Démosthènes, et les stratagèmes pour Ulysse, m'empêcha de sentir vivement ma situation présente. Vive le cabas! il en est de lui comme des beignets; il faut y revenir quand on en a tâté une fois. J'avouerai qu'en le reprenant je n'étois pas plus riche que quand il m'avoit sottement pris fantaisie de le quitter, car je n'avois pas mis en rente ce que j'avois friponné dans mon emploi de marmiton: tout ce qui m'étoit venu s'en étoit allé, à la réserve d'un habit qui valoit un peu mieux que celui que j'avois auparavant.

Pour qu'on n'eût point à me reprocher que je ne retournois à mon premier métier que par pure fainéantise, avant que d'acheter un nouveau cabas, je crus devoir aller offrir mes services à quelques cuisiniers qui étoient amis de mon maître, et que je connoissois. S'ils les eussent acceptés, j'aurois achevé de me rendre savant dans leur art, dont j'avois déjà de bons principes, et pour lequel je pouvois me vanter d'avoir d'heureuses dispositions; mais ils savoient que j'aimois le jeu, et qu'il n'y avoit chez mes maîtres rien de sacré pour ma griffe lorsque j'étois sans argent. Ainsi, me voyant sans espérance d'entrer dans les cuisines des grandes maisons, je repris mon premier métier; j'endossai le cabas, et recommençai à servir le bourgeois. Si je ne faisois pas si bonne chère avec mes camarades qu'à l'hôtel d'où je venois d'être congédié, je redevenois en récompense indépendant et maître de mes actions; et cette sorte de vie étoit sans doute préférable à l'autre; outre qu'étant naturellement assez sobre, je devois peu regretter une maison où régnoit l'intempérance.

Nous avions dans la place, auprès de Sainte-Croix, une habitation qui nous appartenoit en propre: c'étoit un petit corps-de-logis que nous avions acheté des deniers du public. Nous tenions là nos juntes, et nous y faisions nos festins. Je me levois avec le soleil; je parcourois les boutiques, j'allois chez les boulangers et chez les bouchers; je faisois ma récolte pour toute la journée. Ceux de nos voisins qui n'avoient point de valets pour porter les provisions qu'ils achetoient, prenoient plaisir à m'employer, et je les servois avec une fidélité qui me mit en réputation dans les marchés: c'étoit à qui m'auroit et m'occuperoit.

On donna dans ce temps-là des commissions à quelques officiers pour faire des levées. Quand cela arrive, le bruit s'en répand partout ; le peuple ému s'assemble par pelotons pour raisonner là-dessus, et il n'y a point de maison où il ne se tienne un conseil d'état ; dans la nôtre, comme de raison, l'on ne fut pas muet sur les desseins de la cour. Nous avions parmi nous des spéculatifs dont les conjectures n'étoient pas toujours éloignées de la vérité. Le bon sens est de toute condition. Quand nous étions tous rassemblés le soir, et que chacun rapportoit ce qu'il avoit vu ou entendu pendant la journée dans les principales maisons de la ville, nous nous entretenions de tout cela ; et je t'assure que s'il y en avoit parmi nous qui disoient des impertinences, il y en avoit d'autres qui formoient des raisonnements dont la justesse et la solidité se trouvoient justifiées dans la suite par les événements. Je me souviens que nous avions, entre autres, un certain gueux qui avoit deux jambes de bois, et qui se tenoit tout le jour sur un pont qu'il avoit choisi pour son poste : ce drôle-là raisonnoit d'une manière qui auroit étonné un ministre d'état.

Il fut décidé dans notre conseil que les levées qu'on faisoit, et dont on cachoit la destination, devoient être pour l'Italie ; ce qui se trouva véritable, ainsi que je le dirai ci-après. La première fois que j'entendis parler de ces troupes, cela fit une si forte impression sur mon esprit, que je n'en pus dormir de toute la nuit. Pour comble de tourment, je me remis dans la tête mon voyage de Gênes. Me voilà plus que jamais pressé de l'envie de voir mes parents, auprès de qui je ne doutois pas qu'une fortune brillante ne m'attendît, puisqu'ils étoient tous puissamment riches, et quelques-uns même sans enfants. Je m'imaginois surtout que ces derniers seroient charmés d'avoir un héritier de mon mérite. Il est vrai qu'à cette agréable pensée j'en faisois succéder de tristes: Pourrai-je bien, disois-je, avoir le front de m'aller présenter devant de nobles Génois sous un misérable habillement? et quand je leur apprendrai que je suis leur parent, ajouteront-ils foi à mes discours? Je veux qu'ils soient assez simples pour le croire ; ils ne manqueront pas de me traiter de fourbe et d'imposteur, pour garder le *decorum* de leurs excellences. Peut-être même n'en serois-je pas quitte à si bon marché. Mon père, à qui le génie de sa nation étoit bien connu, disoit souvent qu'on ne devoit point se fier aux Génois quand il s'agissoit de leur intérêt ou de leur réputation. Mais un moment après je jugeois plus favo-

rablement de mes parents : ils me paroissoient d'honnêtes gens comme feu mon père, dont j'étois persuadé que la mémoire leur étoit en trop grande vénération pour me refuser leur assistance dans l'état où ils me verroient. Ils n'oseront dire, ajoutois-je, que je suis un menteur : ils sont trop prudents pour me traiter de la sorte sans m'avoir auparavant interrogé sur les affaires de notre famille, et c'est où je les attends. Je leur en dirai des particularités qui leur feront bien connoître qu'il n'y a qu'un fils de mon père qui puisse les savoir. De plus, ces choses particulières sont telles, qu'il ne seroit pas honorable pour eux que je les allasse rendre publiques; ce qui les obligera sans doute à me ménager.

Je flottois de cette manière entre la crainte et l'espérance: tantôt il me sembloit que je me flattois trop, et tantôt que je m'alarmois mal à propos. Je m'arrêtai à cette dernière pensée, à laquelle mon esprit trouvoit le mieux son compte; et vérifiant le proverbe qui dit: Si tu veux être pape, mets-toi-le bien dans la tête, je résolus de profiter de l'occasion favorable que m'offroient ces nouvelles levées de faire le voyage d'Italie. Un jour que j'étois assis près d'une boutique, dans mon poste ordinaire, et que je rêvois aux plaisirs infinis que j'aurois à Gênes, j'entendis une voix qui me tira de ma rêverie, en m'appelant deux ou trois fois. Je jétai les yeux de toutes parts pour voir qui savoit si bien mon nom, et je remarquai que c'étoit un vénérable apothicaire que j'avois déjà servi. Il me fit signe d'aller à lui ; j'y courus : mais deux de mes camarades, qui en étoient plus proches, me prévinrent et s'empressèrent à lui faire agréer leurs services avant que j'arrivasse. Cependant il les repoussa d'un air brusque, en leur disant : Non, non, tirez, oiseaux de mauvais augure ; ce n'est pas viande pour vous, c'est pour mon fidèle Guzman. Il ne croyoit pas si bien dire. Puis, m'adressant la parole, quand je fus auprès de lui : *Ouvre ton cabas*, ajouta-t-il. Je l'ouvris, et aussitôt il jeta trois sacs d'argent qu'il tenoit enveloppés dans un coin de son manteau. A quel chaudronnier faut-il porter ce cuivre ? lui dis-je alors avec un souris. Ce cuivre, répondit l'apothicaire en souriant à son tour ; voyez ce gueux, qui prend cela pour du cuivre ! Allons, l'ami, continua-t-il, marchons, je suis pressé ; il faut que j'aille payer un marchand étranger qui m'a vendu des drogues.

C'étoit bien là son dessein ; mais j'en formai un autre dès que j'eus entendu prononcer ces mots charmants : *Ouvre ton cabas*. La nouvelle de la naissance d'un fils unique cause moins de joie à un tendre père que je n'en ressentis à ces douces paroles, qui se gravèrent en lettres d'or dans mon cœur, si l'on peut parler ainsi. Je regardai ces trois sacs comme un présent que la fortune me faisoit pour me mettre en état de jouer un beau rôle à Gênes : je croyois déjà les tenir en ma possession. Mon homme, qui ne se défioit point de moi, ayant fait plus d'une épreuve de ma fidélité, prit les devants, et je commençai à le suivre, feignant de temps en temps d'avoir besoin de m'arrêter un instant pour me reposer, comme si j'eusse trouvé la charge un peu trop forte, au lieu que dans le fond je l'aurois voulue encore plus pesante. Je mourois d'envie de rencontrer une foule de peuple ou bien quelque détour qui me donnât moyen de disparoître subitement aux yeux de l'apothicaire, lorsque nous passâmes justement devant une maison que je connoissois, et qui avoit une porte de derrière. J'entrai dedans avec précipitation, et, après l'avoir traversée sans trouver personne sur mon passage, j'enfilai deux ou trois rues en moins d'une minute, avec autant de légèreté que si j'eusse eu des ailes aux pieds ; mais quand je jugeai que mon homme avoit perdu mes traces, je ne marchai plus qu'au petit pas, et d'un air tranquille en apparence, afin de ne donner aucun soupçon du coup que je venois de faire.

J'allai de cette façon jusqu'à la porte *la Vega*, c'est-à-dire de la plaine, d'où, faisant toujours bonne contenance, je gagnai le bord du Mançanarès ; de là, traversant la maison *del Campo*, je fis une bonne lieue au travers des buissons et des ronces. A l'entrée de la nuit je me glissai parmi des peupliers, et m'arrêtai dans un endroit des plus couverts, et fort voisin de la rivière, pour penser mûrement au parti que j'avois à prendre, car il ne suffit pas, disois-je, d'avoir bien commencé, il faut continuer et finir de même. De quoi me serviroit d'avoir fait une si bonne prise, si je ne pouvois la conserver ? Si je venois à être pincé, je serois obligé de rendre gorge et de perdre avec cela mes deux oreilles ; cherchons donc autour d'ici quelque lieu où ma proie puisse être en sûreté.

Après avoir rêvé long-temps à cela, je m'avisai de faire un trou de deux pieds de profondeur au fond de la rivière, et d'y mettre mon cabas avec mes trois sacs dedans ; puis, l'ayant couvert de deux grosses pierres, j'enfonçai tout auprès dans le sable un long bâton, pour mieux me faire reconnoître l'endroit qui recéloit mon cher trésor. Cette grande opération finie, je me couchai au pied d'un arbre, vis-à-vis de la balise, et j'y passai la nuit, non sans inquiétude, quoique fort satisfait de me voir si bien dans mes affaires. Le jour étant venu, je me cachai dans un hallier, où j'eus la patience de demeurer jusqu'au soir. Alors la faim, qui chasse le loup hors du bois, me fit sortir de mon gîte pour aller acheter des vivres, non

dans les villages des environs, où l'apothicaire pouvoit avoir envoyé des alguazils et des archers pour me chercher, mais à Madrid même, comme en effet c'étoit le plus sûr. Indépendamment de mon magot, j'avois dans ma poche assez d'argent pour faire cette dépense. Je retournai donc le long du Mançanarès à la ville, d'où je revins trois heures après par le même chemin, avec un panier où il y avoit des provisions pour huit jours. J'employai, en homme affamé, la meilleure partie de cette nuit à me bourrer l'estomac de pain et de viande, et le reste à dormir.

Le lendemain, en me réveillant au lever de l'aurore, je me sentis violemment agité du désir curieux de savoir ce qu'il y avoit dans les trois sacs. J'eus beau faire réflexion que c'étoit le diable qui me tentoit, et que je ne pouvois contenter ma curiosité sans m'exposer à être vu de quelqu'un, il n'y eut pas moyen d'y résister. J'étois comme cela ; je ne triomphois de mes tentations qu'en m'y abandonnant. Il fallut pour mon repos me donner ce plaisir, qui sans doute étoit le plus grand que j'eusse eu depuis que j'étois au monde. Je m'approchai de la rivière, et, après avoir regardé à droite et à gauche pour voir si je n'apercevrois personne, je tirai de l'eau mon cabas, que j'emportai tout mouillé dans ma cage ; et là j'ouvris mes sacs. Il y avoit dedans deux mille cinq cents réaux, le tout en bon argent, à la réserve de trente pistoles d'or, que je trouvai enveloppées d'un petit linge dans un des sacs. Je passai la journée entière à compter et à recompter mes espèces avec une extrême satisfaction ; et lorsque la nuit fut arrivée, je les remis dans mon cabas, que j'allai reporter dans son trou.

N'ayant pas dessein de faire un journal, je te dirai, lecteur, qu'après avoir été caché de cette sorte dans le bois du *Prado* deux semaines entières, je m'imaginai qu'il n'y avoit plus rien à craindre pour moi, et que tous les lévriers de la justice s'étoient lassés de me poursuivre. J'allai repêcher mes sacs, que je mis au fond de mon panier sous de nouvelles provisions que j'avois été encore acheter à Madrid. Pour mon cabas, je le laissai dans l'eau sous les deux pierres. Je coupai ensuite deux bâtons, dont l'un me servit à porter mon panier sur mon cou, et je fis de l'autre une manière de bourdon, avec quoi, nouveau pèlerin, je pris la route de Tolède tout au travers des champs, croyant devoir par précaution m'éloigner des grands chemins.

CHAPITRE V.

De la rencontre qu'il fit d'un jeune homme en allant à Tolède, et de ce qui se passa entre eux.

J'allois de si bon pied, qu'après une marche de deux nuits je me trouvai le matin au milieu de la *Sagra*, près d'un bois que l'on appelle Açu-queyca, et qui n'est qu'à deux petites lieues de Tolède. J'entrai dans ce bois pour m'y reposer presque toute la journée, ne voulant point arriver dans la ville avant la nuit. Je m'assis à l'ombre d'un arbre fort touffu, et je commençai à rêver aux emplettes que je ferois : il m'eût fallu quatre fois plus d'argent que je n'en avois pour acheter toutes les choses que je me proposois d'avoir. Il me seroit impossible de dire toutes les visions qui me passèrent par l'esprit. Je ne craignois plus de paroître comme un gueux devant mes parents; car je ne songeois uniquement qu'à Gênes, et je ne faisois tant d'achats que pour y briller par ma magnificence.

En me repaissant l'imagination de toutes ces chimères, je ne pus voir couler à mes pieds un ruisseau d'une onde pure et nette, sans être tenté de me rafraîchir un peu; avec cela, comme je commençois à me sentir de l'appétit, je mis la main dans mon panier, et j'étalai sur l'herbe le reste de mes provisions pour déjeûner. A peine eus-je mangé quelques morceaux, que j'entendis du bruit. Je tournai aussitôt la tête, et je vis avec une frayeur mortelle, un homme à quatre pas de moi, appuyé contre un arbre, au pied duquel il étoit assis; mais l'ayant considéré avec attention, je me rassurai : c'étoit un garçon à peu près de mon âge. Il paroissoit si neuf, qu'il avoit encore, comme on dit, le lait sur les lèvres. Quoiqu'il fût fort bien vêtu, et qu'il eût à côté de lui un gros paquet, où j'entrevoyois des habits et du linge, il avoit un air piteux qui ne prévenoit pas les yeux en faveur de sa bourse. Je jugeai que ce devoit être un chevalier errant de mon espèce, lequel avoit aussi fait la sottise de quitter sa famille pour voir le pays. Nous nous envisageâmes l'un l'autre pendant quelques moments sans nous rien dire; mais comme je remarquai qu'il attachoit ses regards sur mes provisions d'une manière à me persuader qu'elles lui faisoient envie, j'eus pitié de ce pauvre enfant. Sa mine me rappela celle que j'avois devant ce moine qui me fit part de son dî-ner dans une hôtellerie, et je ne fus pas moins charitable que sa révérence. Je demandai à ce jeune garçon fort poliment s'il vouloit me faire l'honneur de déjeûner avec moi. La honte l'em-pêcha de se rendre d'abord; cependant, lorsque je l'eus prié une seconde fois de se mettre de la partie, il ne fit plus de façon, et alors il m'avoua

qu'il y avoit près de vingt-quatre heures qu'il n'avoit mangé; ce que je n'eus pas de peine à croire quand je vis de quelle manière il expédioit les morceaux de pain, de viande et de fromage que je lui servois.

Nous nous fîmes pendant le repas des questions réciproques sur nos voyages. Il me dit qu'il venoit de Tolède, et qu'il alloit à Madrid; et moi je lui dis que je venois de Burgos, et que j'allois à Cor-doue. Il me fit un roman du sujet de son pélerl-nage, et je ne fus pas plus sincère que lui. Pour un novice, il savoit assez bien mentir, et il ne dé-mentoit point la réputation que les gens de Tolède ont d'avoir de l'esprit. Je lui demandai pourquoi il se mettoit en chemin sans munitions de bouche; il me répondit qu'il n'avoit pas eu le temps de s'en pourvoir, ayant été obligé de partir avec précipi-tation, et qu'il étoit plus chargé de bagage que d'argent. Tant pis, lui dis-je, tant pis; l'argent est la meilleure pièce du sac d'un voyageur. Quand vous iriez à Saint-Jacques en Galice par dévotion, je ne vous conseillerois pas de compter sur la charité du monde, car elle s'est fort refroi-die : il faut au pélerin une autre ressource que son bourdon. J'en demeure d'accord, repartit le Tolédan : je sais bien que c'est une imprudence que de s'embarquer sans biscuit; mais je n'ai pu faire autrement, et il est inutile de parler de cela davantage.

Il ne tiendra pourtant qu'à vous, repris-je, de réparer votre faute, en vous défaisant d'une partie de vos hardes; aussi bien je crois que ce gros pa-quet doit vous charger : l'argent est plus portatif. J'en conviens, dit le jeune garçon, et vous vous imaginez bien que je vendrai la moitié de mes nippes sitôt que je serai dans un endroit où je pourrai trouver des acheteurs. Peut-être, lui ré-pliquai-je, que, sans aller plus loin, vous avez ren-contré un homme disposé à vous décharger de la meilleure partie, et à vous compter des espèces sonnantes. Montrez-moi ce qu'il y a dans votre paquet, et je mettrai à part ce qui m'accommo-dera. Mon petit homme pâlit à ces paroles. Il me prit pour un fripon qui avoit envie de lui faire payer son écot en lui enlevant quelques-unes de ses hardes, ou du moins pour un gaillard qui vou-loit s'égayer; car mon habit, dont il n'auroit pas donné quatre maravédis, ne lui permettoit pas de croire que j'eusse parlé sérieusement. C'est ainsi que le monde juge aujourd'hui : l'habillement nous fait bien ou mal penser des personnes que nous ne connoissons point. Tel je te vois, tel je te crois.

Je remarquai bien à son trouble, ou pour mieux dire, je lus dans son âme que mes intentions lui étoient suspectes; et comme il ne me répondoit pas, je tirai froidement de mon panier un de mes sacs; je le déliai, mis la main dedans, et faisant briller à ses yeux une poignée de réaux : Mon petit seigneur, lui dis-je, il me semble qu'en voilà bien assez pour payer quelqu'une de vos nippes. Il changea de visage à mon action; il cessa de manger, courut d'un air gai à son paquet, et me l'apporta en me disant que tout ce qu'il avoit étoit à mon service. En même temps il voulut me montrer ses plus belles hardes; mais je m'y opposai. Attendez, lui dis-je, cela ne presse pas; achevons de déjeûner auparavant. Ces mots furent une nouvelle sauce pour son appétit. Il se remit à manger comme s'il n'eût pas déjà fait honneur à mes provisions, et de temps en temps il laissoit éclater des transports de joie qu'il ne pouvoit retenir.

Pour détruire la mauvaise opinion qu'il avoit de ma figure, et l'empêcher de soupçonner que l'argent qu'il venoit de me voir fût un bien mal acquis, je lui tins ce discours : « Seigneur cavalier, tel que je vous parois, je ne laisse pas d'être d'aussi bonne famille que vous. C'est ce que je veux vous apprendre, pour vous faire connoître que les apparences nous trompent souvent. J'avois, en partant de Burgos, un habit et des hardes aussi propres que les vôtres. Je les vendis à la première ville par où je passai, pour me débarrasser d'un fardeau incommode, et je me couvris de ces haillons pour faire peur, ou du moins compassion aux voleurs, qu'un riche habillement auroit tentés. Si je n'eusse pas eu l'esprit d'en user ainsi, j'aurois été volé cent fois pour une, et je serois à l'heure qu'il est sans argent. Comme j'ai dessein de m'arrêter à Tolède, et d'y faire même un assez long séjour avant que de me rendre à Cordoue, j'ai besoin présentement d'un bon habit; et si vous en avez un qui me convienne, je suis prêt à l'acheter. »

Le Tolédan, brûlant d'impatience de faire affaire avec moi, la bouche encore pleine, étala sur le gazon un habit complet avec le manteau d'un bel et bon drap gris-musc, qu'il accompagna de deux chemises fines et d'une paire de bas de soie. J'essayai le tout, qui sembloit avoir été fait pour moi. Le jeune homme ne cessoit de me le dire, pour m'en donner plus d'envie. On eût dit qu'il appréhendoit que mon argent ne lui échappât, ou que je ne vinsse à changer de sentiment; ce qu'il ne devoit pas craindre. Il vouloit vendre, je voulois acheter; notre marché fut bientôt conclu. Il me demanda cent réaux; je les lui comptai. Ensuite nous fîmes un troc. Il me donna pour mon panier un sac de cheval où étoient quelques hardes, et dans lequel je mis mon argent avec les deux chemises et les bas de soie. Pour l'habit, je le laissai sur mon corps, et je pendis le vieux à un arbre

avec tout le reste de mes guenilles, comme un monument de ma gueuserie. Le Tolédan, de son côté, remplit le panier de nippes et des vivres qui restoient; car je les lui donnai de bon cœur. Pendant que nous étions occupés de tous ces soins, le soleil baissoit insensiblement. Enfin l'heure de notre séparation arriva. Nous nous embrassâmes avec mille démonstrations d'amitié; après quoi chacun continua sa route, tous deux également satisfaits de notre rencontre. Nous tournâmes même la tête l'un vers l'autre après nous être quittés, pour nous dire encore adieu par signes, et nous souhaiter un heureux voyage.

CHAPITRE VI.

Il arrive à Tolède. Il y fait le personnage d'un homme à bonnes fortunes. Détail de ses aventures galantes.

Il étoit plus de neuf heures lorsque j'entrai dans la célèbre ville de Tolède. Je me donnai deux coups de peigne, et surtout j'eus grand soin d'essuyer mes pieds poudreux, afin de pouvoir dire effrontément que je venois d'arriver en carrosse. Je me fis enseigner la meilleure hôtellerie, où j'allai demander à souper et à coucher en jeune homme qui paroissoit en état et dans la disposition de faire de la dépense. Voilà les gens qu'on aime dans ces sortes d'endroits. On me donna une belle chambre, où il y avoit un bon lit, et l'on me servit comme un prince. Je soupai parfaitement bien, et dormis encore mieux

Le lendemain, après m'être fait donner mon chocolat, afin que l'on crût par là que je n'étois pas un homme du commun, j'ordonnai qu'on envoyât chercher un chapelier, un cordonnier et un fourbisseur, pour avoir un chapeau, des souliers et une épée qui répondissent au reste de mon équipage. Mais l'essentiel étoit de faire venir un tailleur pour déguiser, autant qu'il seroit possible, l'habit que j'avois acheté, de peur que si par hasard je venois à rencontrer dans la rue quelques parents du jeune garçon qui me l'avoit vendu, je ne donnasse matière à des soupçons dangereux pour moi. Comme en effet je devois craindre que cet habit ne fût reconnu, et que l'on ne m'accusât de l'avoir volé, et peut-être assassiné le jeune homme qui le portoit. La justice sur cela s'en seroit mêlée, et il n'en auroit pas fallu davantage pour me perdre. Je demandai donc un tailleur; on m'en amena un qui me servit à souhait. En moins de quatre ou cinq heures il déguisa si bien l'habit en couvrant les manches de taffetas, en changeant les boutons, et en mettant un collet de velours au manteau, que le diable lui-même y auroit été trompé.

Je contentai mon tailleur; et ravi de pouvoir sortir sans que mon habillement me fît des affaires, j'allai vers le soir me promener au *Zocodover*, où il y a ordinairement de fort beau monde. Tout métamorphosé que j'étois, je ne laissois pas d'appréhender de rencontrer quelqu'un de ma connoissance. Cette crainte toutefois ne m'empêcha pas de prendre plaisir à me voir agacer par de jolies dames de moyenne vertu, qui me regardant comme un jouvenceau qui n'avoit pas encore été à Cythère, vouloient m'en montrer le chemin; mais j'eus la force de me défendre contre leurs œillades séduisantes.

Ce qui m'étonna dans cette promenade, ce fut la propreté des cavaliers. Mon habit, malgré la peine que mon tailleur s'étoit donnée pour l'ajuster et l'enjoliver, paroissoit si vilain en comparaison des leurs, que je résolus d'en avoir un autre. Dans le temps que je formois cette résolution, un gentilhomme, monté sur une belle mule, traversa le *Zocodover*. L'habit qu'il portoit me charma; je le trouvai d'un goût si galant, que je me proposai d'en faire faire un semblable. Peu s'en fallut que, dès le soir même, je n'envoyasse chercher mon tailleur pour cela. Je gagnai pourtant sur mon impatience d'attendre jusqu'au lendemain. Il est vrai que, sans pouvoir fermer l'œil de toute la nuit, je ne fis que penser à la bonne mine que j'aurois sous cet habit nouveau. Néanmoins, quelque envie que j'eusse de m'en voir revêtu, des réflexions sensées venoient la combattre, lorsque je songeois à combien pourroit monter cette dépense.

Hé bien, monsieur Guzman, me disois-je, vous prétendez donc vous habiller magnifiquement, et damer le pion aux galants de Tolède? C'est fort bien fait à vous. Courage, mon ami; dépensez vos réaux sans considérer que vous avez joué gros jeu pour les gagner; cela ne mérite pas votre attention. Vous voulez que votre argent s'en aille; il s'en ira. Faites faire ce bel habit que vous avez dans la tête, et vous jetez dans le commerce des femmes, vous serez bientôt obligé de reprendre le cabas; comptez là-dessus : mais on ne rencontre pas tous les jours des apothicaires qui se laissent purger.

Toutes ces réflexions ne firent que se présenter à mon esprit sans le frapper. Il ne fut pas sitôt jour que j'envoyai chercher mon tailleur, à qui je dis mes intentions, après lui avoir dépeint fidèlement l'habit que j'avois vu, et il promit de m'en faire un tout pareil. Il se chargea du soin d'acheter tout ce qui étoit nécessaire pour cela, m'assurant que je serois servi promptement; car je lui demandai surtout de la diligence, comme si je n'eusse attendu que cet habit pour m'aller marier. Il ne manqua pas de me l'apporter au bout de deux jours. Jamais habit ne fut plus galant ni plus magnifique; l'or y brilloit de toutes parts. Quand je l'eus sur le corps, je fus ébloui de ma bonne mine et de ma taille, qui étoit déjà bien marquée, quoique j'eusse à peine quinze ans. Je crois que j'étois alors la vivante image de mon père dans sa jeunesse, ayant ainsi que lui le teint blanc et vermeil, et les cheveux d'un blond roux. Je me regardois sans cesse dans le miroir, et bientôt il me prit envie de sortir pour aller me faire admirer dans la ville. Il falloit être aussi enchanté que je l'étois de ma figure pour satisfaire mon tailleur sans le chicaner sur son mémoire, que j'aurois pu en conscience réduire aux deux tiers; mais je m'imaginois qu'un habit de si bon goût ne pouvoit trop se payer. Mon hôtesse, me voyant si bien vêtu, me dit qu'il me manquoit tout au moins un laquais. J'en arrêtai sur-le-champ un qui avoit l'air d'un page, et je le fis habiller de neuf, afin qu'il parût plus digne d'un maître tel que moi.

Dès le premier dimanche je me rendis à la grande église avec mon laquais, à qui j'avois donné des leçons sur la manière dont il devoit me suivre pour me faire honneur. J'y trouvai beaucoup d'hommes et de femmes du bel air; je fendis fièrement la presse, et visitai les chapelles l'une après l'autre, ce qui fit penser à bien du monde que ce n'étoit pas sans dessein; et toutefois je n'en avois point d'autre que de me montrer. Je me plaçai entre les deux chœurs, ayant observé que les principales dames se mettoient dans cet endroit.

C'est là que je jouai le rôle que j'avois vu faire à quelques jeunes fous de Madrid, et que j'avois répété vingt fois ce matin-là dans mon miroir. Je choisis d'abord une place d'où je pouvois être examiné depuis les pieds jusqu'à la tête; ensuite j'avançai l'estomac et me soutins sur une jambe, pendant que je tendois l'autre avec tant de roideur qu'elle ne touchoit presque point à terre; affectant avec cela de faire voir que j'étois bien chaussé, et que j'avois des jarretières à la mode de ce temps-là, c'est-à-dire à l'allemande. Comme cette posture me gênoit fort, j'étois obligé d'en changer à tout moment, et je faisois diverses grimaces aux dames qui me regardoient. Je souriois à l'une, j'envisageois l'autre d'un air froid, j'avois des yeux languissants pour celle-ci, et des yeux éblouis pour celle-là. Enfin j'en fis tant, que les femmes et les hommes, dont mon visage inconnu attira les regards, s'en étant aperçus, commencèrent à rire à mes dépens; mais c'est ce que je n'eus garde de remarquer : j'avois trop bonne opinion de moi pour m'imaginer qu'on pût trouver du ridicule dans mes manières.

Cependant toutes les dames ne se moquèrent

point de mes airs extravagants; il y en eut même parmi elles qui en furent charmées; car, sans vouloir offenser les femmes en général, on peut dire qu'il y en a pour qui les hommes les plus impertinents semblent être faits. J'eus, entre autres, le bonheur de plaire à deux jolies personnes qui ne purent se défendre de me le témoigner. La passion de l'une fut l'ouvrage de mes regards et de mes grimaces; mais pour les sentiments de l'autre, je ne les dus qu'à mon étoile. La première de mes deux conquêtes étoit une éveillée qui avoit l'œil fripon et le visage piquant. Je la lorgnai en novice; ce qui ne lui déplut point, les femmes aimant beaucoup mieux les apprentis que les maîtres. Elle répondit à mes mines, et cela me suffit pour me croire en droit de la suivre après la messe, pour savoir sa demeure. Elle marchoit fort lentement, comme pour m'avertir que ce seroit ma faute si elle m'échappoit; j'allois derrière elle du même pas, en lui disant de temps en temps des choses flatteuses, le plus spirituellement que je le pouvois à mon âge. Elle gardoit le silence, et se contentoit de tourner quelquefois la tête pour me regarder d'une façon qui me persuadoit qu'elle n'osoit me rien dire à cause de la duègne dont elle étoit accompagnée.

Nous arrivâmes auprès de Saint-Cyprien, dans une petite rue détournée où elle demeuroit. Elle me fit en entrant chez elle un signe de tête, pour me témoigner qu'elle ne trouvoit pas mauvais que je l'eusse suivie, et elle n'oublia pas de me lancer une œillade qui me remplit d'amour et de joie. Je remarquai bien sa maison; et me proposant de venir dès ce jour-là même me présenter devant ses fenêtres, je repris d'un pied léger le chemin de mon hôtellerie.

Je fus à peine dans une autre rue, qu'une espèce de soubrette, couverte d'une épaisse mante, me dit en passant près de moi assez vite : Seigneur cavalier, je vous prie de vouloir bien suivre mes pas; j'ai à vous parler d'une affaire très-importante. Je ne balançai point; je marchai sur ses talons, et nous nous arrêtâmes tous deux à l'entrée d'une porte cochère que nous rencontrâmes ouverte. Là, voyant que personne ne pouvoit nous entendre, elle m'adressa ce discours : Charmant inconnu, vous êtes si bien fait et si aimable, que vous ne serez pas surpris, sans doute, quand je vous dirai qu'une femme de qualité, qui vient de vous voir dans une église, est enchantée de votre air noble et galant; elle voudroit avoir avec vous un entretien secret. C'est une dame nouvellement mariée, et si belle, que..... Mais, ajouta-t-elle en s'interrompant elle-même, je ne vous en dirai pas davantage; il faut vous laisser le plaisir de la surprise que sa vue doit vous causer.

J'avalois tout cela doux comme lait, et je ne me possédois pas, tant j'étois enivré de mon mérite. J'affectai pourtant de me montrer modeste. Je répondis à cette intrigante que sa maîtresse me faisoit trop d'honneur; que j'en étois confus; que je ne doutois pas que ce ne fût une dame de la première volée; et qu'enfin j'avois une grande impatience d'aller chez elle me jeter à ses genoux pour la remercier de ses bontés. Seigneur, me répliqua la confidente, vous ne sauriez la voir dans sa maison, ce seroit trop risquer; elle a un mari des plus jaloux : mais enseignez-moi où vous logez, et je vous promets que dès demain matin vous aurez avec elle, chez vous, une conversation particulière. Je parus très-sensible à cette promesse; j'appris ma demeure à l'officieuse suivante, qui sur-le-champ me quitta d'un air empressé pour aller rejoindre sa maîtresse, qui l'attendoit impatiemment, disoit-elle, pour savoir si elle avoit des grâces à rendre à l'amour ou des reproches à lui faire.

Me voilà donc occupé de deux affaires; mais je crus devoir donner toute mon attention à la première : ce n'est pas que la seconde ne me fît plaisir; elle flattoit infiniment ma vanité. Qu'il est agréable, disois-je, d'être un joli homme! A peine suis-je arrivé à Tolède, que j'enchante deux femmes, qui, selon toutes les apparences, sont des plus qualifiées : que sera-ce donc si je demeure long-temps dans cette ville? j'y enflammerai toutes les dames. Je retournai à mon hôtellerie l'esprit tout plein de ces charmantes chimères, qui pourtant ne m'empêchèrent pas de bien dîner; après quoi je me remis en campagne, sitôt que je le pus, sans être incommodé du soleil. Je volai vers Saint-Cyprien; je passai et repassai devant les jalousies de la maison où j'avois vu entrer la dame qui m'avoit regardé favorablement; point de nouvelles; aucune femme ne se montra. Cependant je ne me rebutai point; je fis le pied de grue jusqu'au soir, et ma persévérance fut enfin récompensée : une petite fenêtre basse s'entr'ouvrit, je m'en approchai, et, dans une nymphe qui vint s'offrir à mes yeux comme à la dérobée, je reconnus ma princesse, qui me dit d'un air inquiet qu'elle avoit pour voisins des gens fort médisants : qu'elle me prioit de ne plus paroître dans la rue et de me retirer pour quelque temps; que je revinsse dans deux heures; qu'elle étoit seule au logis avec ses domestiques, et que si je voulois nous souperions ensemble. Je fis le pâmé à cette ravissante proposition, que j'acceptai en baisant tendrement une main de la belle; en même temps je demandai qu'il me fût permis de faire apporter mon plat. Cela n'est pas nécessaire, me répondit la dame; mais comme les choses que j'ai à vous donner pourroient n'être pas de votre goût, vous ferez ce qu'il vous plaira.

Dès que nous fûmes convenus de nos faits je disparus, de peur de faire jaser les voisins et d'abuser des bontés qu'on avoit pour moi. Je rejoignis mon page, qui m'attendoit par mon ordre au bout de la rue ; je lui donnai de l'argent pour aller chez un traiteur faire préparer une poularde fine, deux perdreaux, une tourte de lapins, avec quatre bouteilles d'un vin délicieux, du pain et des fruits excellents. Tout cela fut prêt et envoyé à neuf heures précises chez la dame, où je me rendis en même temps. Elle me reçut d'un air gracieux, me prit par la main et me conduisit dans une chambre assez bien meublée. C'étoit là qu'elle couchoit dans un lit de brocart jaune à fleurs d'argent ; et je remarquai que dans la ruelle, sous un pavillon de taffetas couleur de rose, il y avoit une cuve où la *Señora* se baignoit quelquefois. Je trouvai dans cette chambre une table dressée, un couvert propre avec un buffet paré de mes bouteilles et de mes fruits. Je considérai avec plaisir ces préparatifs, qui me promettoient quelques heures agréables ; j'aurois seulement souhaité que mon aimable hôtesse eût paru d'une humeur plus gaie : elle avoit beau s'efforcer de me faire bonne mine, je m'apercevois qu'elle avoit quelque peine secrète.

Mon infante, lui dis-je, souffrez que je m'informe du sujet de cette tristesse qui est peinte sur votre visage, et que vous voulez en vain me cacher. Bel inconnu, me répondit-elle en soupirant, puisque je n'ai pu empêcher ma douleur de se découvrir à vos yeux, je vous avouerai que je suis mortifiée d'un contre-temps qui est arrivé depuis tantôt. Mon frère, de qui je dépends, et que je croyois encore occupé à la cour à solliciter une charge considérable, est de retour à Tolède depuis une heure ; je vous en aurois fait avertir si j'eusse su votre demeure : néanmoins, ajouta-t-elle, comme il est allé souper en ville chez une dame dont il est amoureux, je ne crois pas qu'il revienne au logis avant minuit. Nous aurons du moins la satisfaction de souper et de nous entretenir ensemble ; et ce qui doit achever de nous consoler, c'est qu'il retournera dans deux jours à Madrid, où il demeurera trois mois. Je vous jure que sans cela je serois inconsolable de son arrivée ; c'est un homme des plus violents qu'il y ait au monde, et d'une délicatesse outrée en matière d'honneur. Je ne puis vous dire jusqu'à quel point je suis gênée quand il est ici ; mais nous en serons, s'il plaît à Dieu, bientôt délivrés pour long-temps.

Cette confidence modéra bien ma joie. Le retour imprévu d'un frère, et d'un frère violent, ne présenta pas à mon esprit une image riante ; j'en tirai un très-mauvais augure. J'enrageois entre cuir et chair de n'avoir pas plus tôt reçu cet avis. Quoique je ne fusse pas des plus poltrons, j'aimois mieux me battre dans une rue que dans une maison, où il falloit nécessairement se défendre ou bien se laisser couper les oreilles. Je crus toutefois, puisque le mal étoit sans remède, devoir marquer du courage et de la fermeté. Je priai la dame de faire toujours servir à bon compte, en lui disant d'un air d'intrépidité, que si son frère venoit nous troubler, quelque parti qu'il voulût prendre, il auroit affaire à un gaillard qui lui feroit voir du pays. On apporta les viandes, et nous nous assîmes tous deux à table. Nous n'avions pas encore mis la main au plat, que nous entendîmes frapper rudement à la porte. O ciel ! s'écria la dame en se levant, avec toutes les démonstrations d'une fille éperdue, voici mon frère, que vais-je devenir ?

Tu crois peut-être que, pour soutenir l'opinion de bravoure que ma fanfaronnade pouvoit avoir donnée à la belle, je me préparai à recevoir courageusement le perturbateur de nos plaisirs, comme je m'en étois fait fort ; tout au contraire. Je fus si étourdi, si effrayé de ce qu'il s'avisoit de revenir sitôt, que je ne songeai qu'à chercher un asile contre sa fureur. J'avois envie de me mettre sous le lit ; mais la sœur, jugeant que je serois mieux dans la cuve, m'y fit entrer et me couvrit d'un tapis. Malheureusement pour mon habit doré, la cuve étoit fort sale et encore toute mouillée ; de plus, je n'y étois pas trop à mon aise.

On ouvrit la porte pendant ce temps-là à ce diable de frère, qui ne fut pas sitôt dans la chambre, qu'étonné, ou faisant semblant de l'être, d'y trouver une table et un buffet si bien garnis, il demeura quelques moments sans parler ; puis tout-à-coup rompant le silence : Que vois-je, ma sœur ? dit-il d'un air de maître ; pourquoi toutes ces viandes ? Qui de nous deux se marie aujourd'hui ? Quelle *nouveauté* est-ce donc ceci ? Pour qui ce festin ? Pour vous, répondit la tremblante sœur, je vous attendois. A d'autres, répliqua-t-il ; est-ce que vous avez coutume de me traiter si magnifiquement ? Vous ne sauriez me faire accroire que c'est pour célébrer mon retour de Madrid, puisque je vous ai dit tantôt que je soupois en ville. Je conviens de cela, mon frère, repartit la dame ; mais vous savez bien qu'il vous arrive assez souvent, après m'avoir dit la même chose, de venir me surprendre ; et, s'il vous en souvient, vous vous êtes quelquefois mis en colère contre moi à cause que vous n'avez pas trouvé votre souper prêt. Je ne suis pas satisfait de vos raisons, reprit le frère, et je crains fort que les médisances de nos voisins ne soient que trop bien fondées. Pour une fille de qualité, vous n'avez point assez de circonspection dans vos démarches. Écoutez : vous connoissez ma délicatesse sur la réputation : gardez-vous de faire quelque pas qui puisse la blesser : mais, ajouta-t-il, soupons ; je veux bien, pour ce soir, penser que vous n'avez pas eu de mauvaises intentions.

À ces mots, il se mit à table; sa sœur s'y assit aussi, et ils commencèrent tous deux à manger, à gruger mon pauvre souper. Ce matamore faisoit le grondeur en se bourrant l'estomac à mes dépens. La dame ne disoit pas une parole qu'il ne s'emportât : il juroit, il blasphémoit ; et quand elle osoit le contredire, il se débattoit comme un possédé, l'accabloit d'injures, et sembloit vouloir l'assommer. Je levai doucement deux ou trois fois un coin du tapis qui me cachoit pour voir la mine de ce méchant homme, mais l'appréhension que j'avois qu'il ne m'aperçût ne me permettoit guère de le considérer attentivement.

Le temps lui duroit moins à table qu'à moi dans la cuve. Je ne comprenois pas comment un homme si colère et si emporté pouvoit avoir tant de patience à manger. Il fut plus d'une heure à jouer des mâchoires, et cette heure me parut un siècle. S'il mangeoit bien, il buvoit encore mieux. Il vida trois de mes bouteilles pendant le repas; et quand on eut desservi, il se fit apporter des pipes et du tabac, pour expédier, disoit-il, la quatrième. Alors la dame, pour me persuader qu'elle ne demandoit pas mieux que de se défaire de cet incommode, le pria d'aller fumer dans sa chambre et de la laisser en liberté dans la sienne ; mais il lui répondit brusquement qu'elle n'avoit qu'à se retirer où il lui plairoit ; que pour lui il prétendoit passer la nuit dans l'endroit où il se trouvoit.

Ces terribles et dernières paroles achevèrent de me désoler. Jusque là j'avois compté que cet abominable homme, lorsqu'il auroit bu et mangé tout son soûl, s'en iroit dans sa chambre, et que je demeurerois dans celle de sa sœur à ronger les os qu'il auroit laissés : j'espérois du moins que la fin de la nuit seroit plus agréable pour moi que le commencement ; mais je ne pouvois plus me flatter de cette espérance. La dame, comme si elle eût partagé mes peines, essaya de le détourner de sa résolution, et n'ayant pu en venir à bout par ses prières ni par ses pleurs, elle sortit en faisant toutes les grimaces

d'une personne fort affligée. Elle ne fut pas hors de la chambre, qu'il se mit à faire les actions d'un homme ivre ou privé de jugement. Tantôt il se tenoit assis, et tantôt il se promenoit la pipe à la bouche; ensuite il dansoit; puis prenant son épée, il s'escrimoit contre la muraille. Enfin il siffloit, il chantoit, il parloit tout seul en jurant comme un Juif, en menaçant d'exterminer tous ceux qui oseroient le regarder entre deux yeux.

Après avoir employé la moitié de la nuit à faire ce que je viens de dire, il posa par précaution son épée nue avec deux pistolets auprès du lit, sur lequel il se jeta sans se déshabiller, et s'étendit sur le dos tout de son long. Dieu soit béni! dis-je alors en moi-même; je crois que pour s'endormir il n'a pas besoin qu'on le berce; il va bientôt jouer des narines de la belle manière. Je me trompois encore dans mon calcul : son vin n'étoit pas de la nature des autres. Cet enragé, au lieu de s'abandonner au sommeil, ne fit, pendant deux heures, que s'assoupir et se réveiller de moment en moment, en criant de toute sa force : *Qui va là?* comme s'il eût entendu du bruit dans la chambre. Je n'en faisois pourtant point d'autre dans ma cuve, que celui que je pouvois faire en levant le tapis pour mieux entendre s'il dormoit; ce qui m'arrivoit assez souvent, dans l'impatience où j'étois de sortir de cette maudite maison. Enfin le ciel eut pitié de moi; ce rodomont, à la pointe du jour, se mit à ronfler : alors, m'exposant à tout événement, je sortis de la cuve le plus adroitement qu'il me fut possible; je gagnai la porte de la chambre en marchant sur la pointe du pied et mes souliers à la main; je levai tout doucement le loquet; puis ayant eu le bonheur de trouver la clef attachée à la porte de la rue, je pris le large et me sauvai vers mon hôtellerie.

Tout le monde y dormoit encore, et particulièrement mon page, qui, s'imaginant que je devois passer la nuit dans les bras de l'amour, s'étoit couché tranquillement sans se mettre en peine de moi. Je ne voulus réveiller personne; et, remarquant que l'on ouvroit chez un pâtissier du voisinage, j'entrai dans la boutique en disant au maître qu'il voyoit en moi un gentilhomme mourant de faim, et qu'il me feroit plaisir de me donner quelque chose à manger. Il me répondit qu'il y avoit dans son four des petits pâtés dignes d'être présentés à l'archevêque de Tolède, et qu'ils seroient cuits dans un instant. Je ne jugeai point à propos de perdre une si belle occasion de me refaire un peu : et, en attendant que l'on tirât les pâtés du four, je m'occupai l'esprit de ma cruelle aventure, à laquelle plus je pensois, et plus je m'estimois heureux d'en être quitte à si bon marché.

Le pâtissier n'avoit pas eu tort de me vanter sa marchandise : je trouvai ses pâtés excellents, ou bien mon appétit leur prêta un goût exquis qu'ils n'avoient point. Quand je sortis de la boutique, il étoit jour dans mon hôtellerie; je montai dans ma chambre, et me mis au lit, où je m'endormis profondément, après avoir été plus d'une heure agité du souvenir du frère et de la sœur, et des rôles différents qu'ils avoient joués tous deux.

CHAPITRE VII.

Suite des galanteries de Guzman, et quelle en fut la fin.

J'aurois fort bien dormi la grasse matinée, si deux dames ne me fussent pas venues demander à l'hôtellerie. Il y en avoit une si richement vêtue, que mon laquais, ébloui de la magnificence de ses habits, ne crut pas pouvoir se dispenser de venir troubler mon repos. Il me réveilla donc pour m'annoncer cette visite. Je jugeai bien d'abord que c'étoit la soubrette à qui j'avois parlé le jour précédent, et qui, pour me faire connoître qu'elle aimoit à tenir sa parole, m'amenoit chez moi sa maîtresse.

Je n'eus pas sitôt dit qu'on les fit entrer, que je vis paroître une grande dame fort bien faite, et de très-bon air. A sa démarche noble et à ses manières aisées, je m'imaginai que ce devoit être quelque dame titrée. Elle s'avança aussitôt, et s'assit sur une chaise dans la ruelle de mon lit. Je me mis en mon séant, et, tenant mon bonnet de nuit à la main, je lui fis cinq ou six inclinations de tête très-respectueuses; ensuite je la priai de m'excuser si je la recevois de cette sorte, en lui disant que j'aimois mieux pécher contre la bienséance, que de laisser attendre à une porte une dame de *son mérite et de sa qualité. Passons là-dessus, me répondit-elle, et venons d'abord au fait. Contentez ma curiosité: depuis quand êtes-vous à Tolède? Quelle affaire vous y amène? Y serez-vous longtemps?*

Ces questions n'embarrassèrent point du tout un homme qui savoit composer sur-le-champ des fables; et je lui en fis de si belles sur ma naissance et sur les vues de fortune que j'avois, qu'elle demeura persuadée que j'étois un illustre seigneur : mais il m'échappa une vérité qui gâta tous mes mensonges: au lieu de lui dire que j'étois à Tolède au moins pour trois ou quatre mois, je dis que j'y venois seulement pour me divertir quelques jours. Je m'aperçus que cela ne produisoit pas un fort bon effet. Elle avoit apparemment formé sur moi quelque dessein que ces paroles déconcertoient; et, me regardant comme un oiseau de passage qu'elle alloit incessamment perdre de vue, elle résolut de m'arracher quelques plumes auparavant.

Pour en venir à bout, elle commença par ôter sa mante d'un air libre et gracieux, découvrant un visage d'une beauté parfaite, des mains plus blanches que la neige, avec une partie de sa gorge qui me charma. Elle leva sa robe, qui étoit du plus beau taffetas d'Italie, et sans affectation tira de sa poche un grand rosaire de corail, où étoient attachés quelques reliquaires avec plusieurs croix d'or et autres bijoux. Elle sembloit n'avoir aucun dessein, et badinoit avec ce rosaire en me parlant, comme si elle n'eût pas pris garde à ce qu'elle faisoit, lorsque tout-à-coup elle affecta une extrême surprise en le regardant : elle n'acheva pas un discours qu'elle avoit commencé, et elle se mit à fouiller dans sa poche avec une inquiétude qui augmentoit de moment en moment. Je lui demandai de quoi elle paroissoit être en peine. Au lieu de me répondre, elle ne fit que chercher à terre, devant, derrière et autour d'elle; puis appelant sa suivante qui se tenoit à la porte de la chambre: *Marcie, lui dit-elle, ma chère Marcie, j'ai perdu la grande croix de mon chapelet, cette grande croix que mon mari m'a donnée! Que je suis malheureuse! Il croira que j'en aurai fait présent à quelqu'un.* Madame, répondit la soubrette, vous vous affligez peut-être mal à propos. *Que savez-vous si elle n'est point au logis? Je crois même l'avoir remarquée dans votre cabinet.* C'est de quoi je veux tout à l'heure être éclaircie, reprit la dame. Retournons sur nos pas. Je ne puis vivre dans cette incertitude.

Je fis inutilement tous mes efforts pour la retenir, en lui représentant qu'il y avoit de pareilles croix chez les orfèvres, et que, si elle vouloit bien y consentir, je lui en acheterois une. Elle rejeta mon offre, et me dit d'un air engageant: De grâce, seigneur cavalier, ne vous opposez pas au dessein *que j'ai de m'en aller : que je retrouve au logis ma croix, ou qu'elle soit perdue, je ne manquerai pas de me rendre ici demain à la même heure. En* achevant ces mots, elle sortit de ma chambre, où elle me laissa fort content de sa figure, et fort affligé *de son départ précipité.*

Il n'y eut plus moyen de dormir après cela, je *ne fis que rêver à ma bonne fortune et aux plaisirs qu'elle me promettoit, jusqu'à ce qu'il fût temps de me lever pour dîner. Alors, m'étant habillé, je m'assis à une petite table sur laquelle on me servit plus de mets que six personnes n'en pouvoient manger. Au milieu du repas, je vis revenir Marcie,* qui m'apprit d'un air triste que la croix d'or ne s'étoit point retrouvée. Ce qu'il y a de chagrinant pour moi, ajouta-t-elle, c'est que ma maîtresse m'accuse d'en être la cause; je l'ai, dit-elle, trop pressée ce matin pour l'obliger à s'habiller vite pour venir ici. J'ai été par curiosité chez un orfèvre, pour voir s'il n'auroit point de croix d'or à peu près semblable, et par bonheur il m'en a montré une qui lui ressemble on ne peut pas davantage. Je compris ce que Marcie vouloit dire par là; et, tranchant aussitôt du généreux, je lui dis que si elle avoit le temps d'attendre que j'eusse dîné, j'irois avec elle chez l'orfèvre acheter la croix qu'elle y avoit vue. Comme c'étoit justement ce qu'elle demandoit, elle me répondit qu'elle feroit tout ce qu'il me plairoit; puis se mettant à louer sa maîtresse, elle m'en dit tous les biens du monde.

Après le repas nous allâmes chez l'orfèvre, où je fis l'emplette, que je donnai à la suivante, en la priant de dire à sa dame qu'étant en quelque manière la cause de la perte qu'elle avoit faite, il étoit de mon devoir de la réparer. La soubrette, ravie d'avoir son compte, disparut après m'avoir assuré qu'elle alloit bien faire valoir mon procédé galant, et que sa maîtresse ne manqueroit pas le lendemain de m'en venir témoigner sa reconnoissance.

Lorsque Marcie se fut éloignée de moi, il me prit envie de chercher l'occasion de revoir la dame du quartier Saint-Cyprien. Quoique j'eusse tout lieu de m'imaginer que c'étoit une friponne et son frère un spadassin, j'aimois à me tromper moi-même; et oubliant le tour qu'ils m'avoient joué, je retournai dans leur rue. J'aperçus la dame à une jalousie, et j'en fus bientôt remarqué. Elle me fit signe du doigt qu'elle avoit quelqu'un avec elle, mais que je ne m'en allasse point. Je demeurai, et peut-être un quart d'heure après je la vis sortir de chez elle, je la suivis de loin. Elle se rendit à la grande église, y entra; et l'ayant traversée pour gagner la rue des Patins, et de là celle des Merciers, elle se glissa dans une boutique, d'où elle m'appela par signes. Je m'approchai d'elle et la saluai. Que la matoise joua bien son personnage! Elle fondit tout-à-coup en pleurs de commande; et se plaignant au ciel d'avoir un si méchant frère, elle me témoigna la vive douleur qu'elle avoit eue pour l'amour de moi. Elle me jura cent et cent fois que ce n'étoit pas sa faute s'il m'étoit arrivé une si triste aventure. Elle me dit ensuite que, pour me consoler de la mauvaise nuit que j'avois passée, elle m'en préparoit une meilleure; que son frère alloit partir dans un moment pour la campagne, où il seroit au moins deux jours, et que je n'avois ce soir-là qu'à retourner chez elle; enfin elle me parla de façon qu'elle m'attendrit de nouveau. J'eus la foiblesse de lui promettre que je me rendrois à sa maison d'abord que la nuit seroit venue.

Comme la dame étoit entrée dans cette boutique, elle n'en voulut pas sortir sans marchander quelques bagatelles à l'usage des femmes, et elle en acheta pour cent cinquante réaux; mais lorsqu'il fut question de payer, elle dit au marchand : Voulez-vous bien me laisser emporter cette marchandise et me faire crédit jusqu'à demain; je vous enverrai de l'argent par ma femme de chambre. Le marchand, qui ne la connoissoit point du tout, ou qui peut-être ne la connoissoit que trop, refusa de se fier à elle; sur quoi le seigneur Guzman, prompt à saisir l'occasion de faire plaisir aux dames, dit au marchand : Mon ami, ne voyez-vous pas bien que madame veut rire? elle n'est pas à cette somme près; je porte sa bourse, et j'ai l'honneur d'être son intendant. En achevant ces paroles, je tirai de ma poche, de la meilleure grâce du monde, de beaux et bons écus, et je satisfis le marchand : après cela, nous nous séparâmes, la dame et moi. Adieu, mon poulet, me dit-elle tendrement; souvenez-vous que je vous attends à neuf heures du soir : mais je vous défends absolument de faire préparer à souper; je prétends vous régaler à mon tour.

Après un ennui mortel et de vives impatiences de ma part, l'heure du rendez-vous étant arrivée, je pris le chemin de la maison de cette dame, au hasard d'y passer une seconde nuit dans la cuve. Je m'approchai de la porte avec autant d'empressement que je m'en étois éloigné le matin. Je fais le signal dont nous sommes convenus : point de réponse. Je recommence; je ne vois ni n'entends personne. J'en suis surpris, et je m'imagine que le frère, averti du dessein de sa sœur, n'est point parti pour la campagne. Un moment après, croyant que j'avois mal fait le signal, qui étoit de frapper avec une pierre au-dessous d'une fenêtre basse, je redoublai mes coups, et c'étoit comme si je les eusse donnés au pont d'Alcantara. Je frappai même plusieurs fois à la porte; j'y prêtai l'oreille; et n'entendant pas le moindre bruit dans la maison, je demeurai dans la rue jusqu'à minuit, sans savoir ce que je devois penser d'un silence si extraordinaire.

La patience enfin commençoit à m'échapper, et j'étois prêt à me retirer, quand j'aperçus une troupe de gens armés qui venoient de mon côté. Je gagnai par provision le bout de la rue, et me mis à les observer. Ils s'arrêtèrent à la porte de ma nymphe, y frappèrent rudement; et comme on s'obstinoit dans la maison à ne vouloir pas leur répondre, ils appliquèrent sur la porte de si grands coups de bâtons, qu'ils l'auroient bientôt mise en pièces, s'il n'eût pas paru à une fenêtre une servante qui leur demanda ce qu'ils souhaitoient. Ouvrez, ouvrez, lui répondit un alguazil, c'est la justice. A ce mot terrible, je sentis quelque frayeur, et je fus tenté de prendre la fuite, ne sachant si ce n'étoit pas moi que ces archers cherchoient.

Lorsqu'on se sent coupable, on ne voit pas ces gens-là sans émotion. Je me rassurai toutefois, en faisant réflexion que j'avois bien la mine d'être la dupe de ma princesse et de son prétendu frère, qui, selon toutes les apparences, s'étoient attirés par leur bonne conduite l'attention de la justice.

Je m'avançai même vers la maison dès que l'alguazil et ses archers y furent entrés ; et me mêlant parmi les voisins qui étoient descendus dans la rue pour voir les choses de plus près, j'en entendis un qui disoit aux autres : « Ils se disent frère et sœur ; mais ils ne le sont que du côté d'Adam : c'est un aventurier de Cordoue, qui, depuis quelques mois, tient ménage à Tolède avec une drôlesse de Séville, aux dépens des jeunes sots qu'ils attrapent ; mais, pour leur malheur, ces deux fripons se sont joués à un greffier, qui, pour se venger d'eux, leur fait le tour que vous voyez. »

A ce discours, tous les voisins se mirent à rire aux dépens du greffier, d'autant plus qu'ils le connoissoient pour un homme nouvellement marié ; mais quoiqu'ils fussent bien aises qu'on l'eût dupé, ils ne laissoient pas d'applaudir à sa vengeance : tant il est vrai que personne ne plaint les malhonnêtes gens. On peut même dire que ce fut une comédie pour les témoins de cette aventure, quand ils virent l'alguazil et ses archers mener en prison la dame tout en désordre, avec son galant bien lié et garrotté. Pour moi, malgré le souvenir de la cuve, je pris peu de plaisir à voir cette misérable femme dans l'état où elle se trouvoit. Je fus le seul des spectateurs qui en eût quelque pitié, quoique je fusse celui qui devoit en avoir le moins. Ravi pourtant de n'être plus dans l'erreur sur son compte, je retournai à mon hôtellerie, assez sot encore pour me flatter que l'autre dame étoit de meilleure foi ; mais je l'attendis inutilement le lendemain presque toute la journée. Je ne revis pas même sa suivante ; de sorte que, ne pouvant plus douter que je ne fusse aussi la dupe de ce côté-là, je me promis bien que désormais je serois en garde contre le beau sexe.

CHAPITRE VIII.

Guzman prend une fausse alarme et sort brusquement de Tolède. Autre aventure galante. Origine de ce proverbe : *A Malagon, dans chaque maison un larron, et dans celle de l'alcade le père et le fils.*

Telle fut la fin de mes galanteries de Tolède ; et, pour surcroît d'infortune, je rencontrai, en arrivant dans mon hôtellerie, un alguazil que l'on me dit être de Madrid, et l'on ajouta qu'il s'informoit de l'hôte avec beaucoup de soin d'un certain *quidam* qu'il cherchoit. Je n'appris point cela sans altération : néanmoins, tout troublé que j'étois, je tins une assez bonne contenance ; mais je

fus agité toute la nuit d'une inquiétude qui ne me laissa prendre aucun repos. Je me levai de grand matin, et, l'esprit toujours occupé de ce maudit alguazil, j'allai me promener au *Zocodover*. Je n'eus pas fait le tour de la place, que j'entendis crier : *Deux mules de retour pour Almagro.*

J'employai plus de temps à écouter ce cri qu'à en profiter. Je me déterminai dans le moment à louer ces deux mules, comme si j'eusse pressenti que je trouverois à Almagro une compagnie de soldats prêts à partir pour l'Italie. Je parlai au crieur. Nous convînmes de prix ; après quoi j'envoyai mon laquais payer mon hôte et chercher mon bagage, qui consistoit en une valise, dans laquelle étoit mon habit d'homme à bonnes fortunes, avec de beau linge et le reste de mon argent. Aussitôt qu'il fut venu me rejoindre, je lui donnai une des mules, je montai sur l'autre ; et, charmé de trouver si promptement l'occasion de sortir de Tolède, dont le séjour ne pouvoit plus m'être agréable, je pris la route d'Orgaz, où j'allai coucher ce jour-là.

Il y avoit dans l'hôtellerie une jolie servante qui sembloit s'élever au-dessus de sa condition par son esprit et par des manières gracieuses. Je liai conversation avec elle, et dans cet entretien je sentis naître des désirs que je lui témoignai ; ce qui ne l'effaroucha point : elle eut même la bonté de me promettre qu'elle viendroit me trouver pendant la nuit. Mais, ma mignonne, lui dis-je, ne me trompez-vous point? Puis-je compter sur votre parole? Sans doute, me répondit-elle ; vous êtes un trop joli seigneur pour qu'on vous en fasse accroire. Vous verrez si j'y manque.

On me fit coucher dans une chambre basse où il y avoit de l'orge, et dont j'eus soin de laisser la porte ouverte, afin que la servante y pût entrer à l'heure qu'elle jugeroit la plus commode. Je m'endormis en attendant ma belle, quoiqu'on ne dorme guère ordinairement dans une si agréable attente ; mais l'inquiétude que l'alguazil m'avoit causée la nuit précédente ne m'ayant pas permis de goûter la douceur du sommeil, j'avois encore plus d'envie de me reposer que de faire l'amour. Cependant un petit bruit que j'entendis dans la chambre eut le pouvoir de me réveiller. Je ne doutai point que ce ne fût la servante ; et voulant la recevoir avec toute la reconnoissance que son exactitude à tenir sa parole me sembloit mériter : Venez, lui dis-je tout bas ; approchez, mon aimable ; je vous attends avec impatience. On ne me répondit point. Je m'imaginai que la friponne en usoit ainsi pour mieux irriter mes désirs. Dans cette confiance, la moitié du corps hors du lit, j'étendis mes bras pour la saisir. Je sentis sous ma main quelque chose de douillet, mais d'un douillet qui révolta mon imagination; comme en effet, c'étoit l'oreille d'un âne, lequel étant sorti de l'écurie, avoit été attiré dans ma chambre par l'odeur de l'orge qui y étoit. L'animal qui, dans le temps que je le touchai, avoit la tête baissée, la releva tout-à-coup pour mes péchés, et m'en donna sous le menton un coup qui m'ébranla les mâchoires, et mit ma bouche tout en sang. Je me levai en jurant, et dans l'intention de percer de mon épée les entrailles de cette maudite bête, qui, par bonheur pour elle, fut effrayée du bruit que je fis, et prit aussitôt la fuite. Je me recouchai en pestant contre l'amour, et en renouvelant le serment que j'avois déjà fait de me défier de ses piéges.

Un moment avant le jour, je commençois à m'assoupir; mais le muletier vint m'avertir que le déjeûner étoit prêt, et que, si je voulois arriver ce jour-là de bonne heure à Malagon, je n'avois point de temps à perdre. Je fus bientôt debout, et, après avoir mangé quelques morceaux de ce qu'il plut à l'hôte de me servir, je voulus monter sur ma mule, qui me lança une ruade dont j'aurois peut-être été estropié toute ma vie, si j'eusse reçu le coup de plus loin; mais j'étois si près de la quinteuse bête, qu'elle ne put me faire un grand mal. Au diable toutes sortes de femelles! m'écriai-je dans le moment; je suis né pour en être maltraité. Pour divertir mes compagnons de voyage, et me désennuyer moi-même, je leur contai en chemin toute l'aventure de l'âne : ce qui fut un récit bien intéressant pour le muletier, qui nous dit après avoir ri tout son soûl, que Luzia (c'étoit le nom de la servante) en avoit agi de meilleure foi avec lui; qu'elle lui avoit tenu compagnie une bonne partie de la nuit, et qu'enfin il vouloit bien m'apprendre que les servantes d'hôtelleries appartenoient de droit aux muletiers, pour le bien qu'ils faisoient gagner aux hôtes en leur menant des passagers.

Nous arrivâmes sur le soir à Malagon, d'où, grâces au ciel, je partis le lendemain sans que la fortune m'eût joué quelque nouveau tour, si ce n'est que je m'aperçus, quand nous eûmes fait trois ou quatre lieues, qu'on m'avoit volé une bouteille d'excellent vin. Vive Dieu! dis-je alors en riant, ce vol justifie bien le proverbe qui dit : *A Malagon, dans chaque maison un larron, et dans celle de l'alcade le père et le fils.* Là-dessus le muletier me demanda si je savois l'origine de ce proverbe. Je répondis que non, et qu'il me feroit plaisir de me l'apprendre. La voici, reprit-il, s'il faut en croire un bon vieillard de qui je la tiens.

En 1236, don Fernand, surnommé le Saint, roi de Castille et de Léon, étant à Benevente, eut avis un jour que les chrétiens venoient d'entrer dans Cordoue, et qu'ils s'étoient déjà rendus maîtres du faubourg qu'on appelle Axarquia; mais que les Maures, à qui cette place appartenoit alors, et qui se trouvoient fort supérieurs en nombre, se préparoient à les en chasser. Ce monarque, zélé pour sa religion, résolut de voler au secours des chrétiens. Il manda son dessein à don Alvar Perez de Castro, qui étoit alors à Martos, et à don Ordoño Alvarez. Ces deux seigneurs, des principaux de Castille, se rendirent en diligence auprès du roi, qui se mit aussitôt en chemin avec eux. Comme il n'avoit que cent cavaliers, il envoya ordre à tous ses vassaux et à tous les gens de guerre qui pouvoient être dans les villes, bourgs et villages de sa domination, de marcher vers Cordoue. Ses ordres auroient été suivis d'une prompte exécution si le temps l'eût permis; mais on étoit alors dans le mois de janvier, et les pluies avec la neige avoient partout grossi les ruisseaux et fait déborder les rivières; de manière que les troupes, ne pouvant avancer, se trouvèrent dans la nécessité de s'arrêter tantôt dans un endroit, et tantôt dans un autre.

Il en arriva un si grand nombre à Malagon, que l'on fut obligé de loger un soldat dans chaque maison, et deux chez les bourgeois les plus aisés. Le commandant de ces troupes et son fils, qui en étoit aussi officier, tombèrent en partage à l'alcade. Quoique le bourg fût assez gros, il y avoit tant de monde, que les vivres devinrent d'autant plus chers que le temps continuoit d'être rude. Les soldats, se voyant hors d'état d'en acheter au prix qu'ils se vendoient, commencèrent à voler pour subsister. Tandis que ces choses se passoient, un paysan de bonne humeur allant à Tolède, rencontra près d'Orgaz une troupe de cavaliers qui lui demandèrent d'où il étoit. Il répondit qu'il étoit de Malagon. Sur quoi l'un des cavaliers lui dit : Apprends-nous, mon ami, ce qu'il y a de nouveau à Malagon. Le paysan lui fit cette réponse, qui depuis est devenue un proverbe : *A Malagon, dans chaque maison un larron, et dans celle de l'alcade le père et le fils.*

C'est donc mal à propos, poursuivit le muletier, qu'on explique ce proverbe au désavantage des habitants de Malagon, puisqu'ils furent les volés et non pas les voleurs. On peut dire même à leur gloire, que, depuis Madrid jusqu'à Séville, il n'y a point de gîte, point d'hôtellerie, où l'on soit mieux traité et moins écorché qu'on l'est à Malagon. Au reste, je ne prétends pas soutenir qu'il ne s'y fait point de friponneries comme ailleurs; mais je vous assure que ce ne sont pas les plus malhonnêtes gens de ce pays.

Comme le muletier achevoit ces paroles, il passa près de nous un ânier de sa connoissance, auquel nous demandâmes des nouvelles d'Almagro, d'où il venoit. Il nous dit qu'il y avoit une compagnie de soldats nouvellement levés, et destinés à ce qu'on croyoit pour l'Italie. Je tressaillis de joie à ce rapport, et pardonnai à la fortune tout ce qu'elle m'avoit fait souffrir, en faveur de la belle occasion qu'elle m'offroit de contenter le désir violent que j'avois d'être à Gênes.

CHAPITRE IX.

Guzman se présente pour servir dans une compagnie de nouvelles levées. Comment il est reçu du capitaine, et de quelle façon ils vivent ensemble.

Toute ma crainte étoit que l'ânier n'eût menti; mais je fus persuadé, en entrant dans Almagro, qu'il avoit dit vrai. J'aperçus un drapeau à la fenêtre d'une maison, où je jugeai que le capitaine demeuroit. J'allai descendre à une hôtellerie tout auprès, et je ne songeai qu'à me reposer jusqu'au lendemain matin.

Alors m'étant paré de mon bel habit et de mon linge le plus fin, je me rendis à la première église, où j'entendis la messe, et de là chez le capitaine, que je saluai d'un air à lui faire croire que je ne pouvois être qu'un jeune homme de qualité. Je lui dis que je venois exprès à Almagro pour y prendre parti dans sa compagnie, ne respirant que l'honneur de servir le roi. Mon ajustement ne manqua pas de jeter de la poudre aux yeux de cet officier, qui savoit fort bien vivre. Il me reçut le plus poliment du monde. Il commença par me témoigner la joie qu'il avoit de me voir dans la disposition d'entrer de si bonne heure dans la carrière de la gloire; puis il me remercia de la préférence que je donnois à sa compagnie, qui se trouvoit fort honorée de posséder un cavalier de noble race, comme il étoit aisé de connoître que j'en étois un. Ce qui me fâche, ajouta-t-il, c'est que tous les emplois sont remplis; mais si je ne puis vous en offrir un, du moins je pourrai partager le mien avec vous, et nous vivrons ensemble de même que si vous étiez capitaine comme moi.

Pour me prouver que des discours si honnêtes n'étoient pas des compliments en l'air, il me retint à dîner, et me régala fort bien. Il ne laissa pas, sans faire semblant de rien, de charger un de ses valets de s'informer du mien qui j'étois. Mon page, qui m'avoit entendu dire plus d'une fois que je me nommois don Juan de Guzman, de la maison de Toral, assura que je portois ce nom, avouant au reste qu'il n'en savoit pas davantage. Cela fut rapporté au capitaine, qui crut pieusement que j'étois un jeune cadet de cette illustre race. De mon côté, dès le jour suivant je lui don-

nai à manger dans mon hôtellerie, et je n'épargnai rien pour rendre le repas digne d'un cavalier qui auroit effectivement été ce que mon valet avoit dit que j'étois. Je ne m'en tins pas à ce dîner; j'en donnai tant d'autres au capitaine et aux principaux officiers de la compagnie, que ce n'est pas merveille s'ils m'aimoient tous et me regardoient comme un sujet qui faisoit honneur à leur corps. Le capitaine, surtout, avoit tant d'attention pour moi, que j'en étois quelquefois tout honteux. Il est vrai que pour entretenir son amitié je lui envoyois presque tous les jours, par mon page, quelque petit présent, qu'il vouloit bien recevoir pour me marquer son affection.

Cependant ma bourse, qui n'avoit pas comme la mer un flux et un reflux, se désemplissoit à vue d'œil sans se remplir. J'avois déjà dissipé plus de la moitié de mes réaux, tant en habits, en galanterie et en frais de voyage, qu'en festins et en présents, sans compter ce que j'avois perdu en jouant avec les officiers, dont la plupart savoient encore mieux que moi se rendre au jeu la fortune favorable. J'étois pourtant assez en fonds pour soutenir quelque temps le beau personnage que je faisois, lorsque le temps de nous mettre en marche arriva. Je suivis la compagnie en qualité de volontaire, jusque sur la côte, où elle avoit ordre de s'arrêter, en attendant que les galères, qui devoient la transporter en Italie avec d'autres troupes, fussent arrivées à Barcelonne, où elle alloit s'embarquer; mais il plut à Dieu que cet embarquement ne se fît que trois mois après : ce qui acheva de me ruiner; car voulant continuer de vivre avec le capitaine et les autres officiers ainsi que j'avois commencé, je me trouvai bientôt réduit à me servir de mon corps de réserve, je veux dire de mes trente pistoles d'or, auxquelles je n'avois point touché jusque là, et que je dépensai avec aussi peu de ménagement que mes réaux. Quand je me vis au bout de mes dernières pièces, je vendis mon bel habit, ensuite mon linge; puis je me défis de mon valet, qui alla chercher fortune ailleurs; et n'ayant plus d'argent pour jouer, je cessai de fréquenter les officiers, qui ne devinèrent que trop bien les raisons qui m'obligeoient à changer de conduite.

Les réflexions vinrent alors en foule se présenter à l'enfant prodigue. Si j'étois incapable d'en faire quand j'avois de l'argent, en récompense j'en faisois des millions lorsque je n'avois plus rien. Je rappelai mes folies passées, et je me fis tous les reproches qu'un pédagogue de profession m'auroit pu faire. Je pris la résolution d'être à l'avenir bon ménager, comme si j'eusse encore eu des sacs de réaux dans ma valise. Je me repentois principalement d'avoir donné tant de grands repas au capitaine, qui, remarquant que j'étois mal en espèces, ne m'invitoit plus depuis quelque temps à dîner avec lui. Les autres officiers, jugeant que je n'avois plus rien à perdre, me tournoient le dos. Les sergents, qui venoient auparavant me rendre visite comme à un capitaine en second, et qui se faisoient honneur de mon entretien, ne me recherchoient plus; il n'y avoit pas jusqu'aux soldats qui ne m'évitassent. Je ne sais même si les goujats n'auroient pas dédaigné ma compagnie si j'eusse voulu devenir leur camarade; mais il étoit juste, après avoir tant fait d'extravagances, que j'en fusse si bien puni.

Si quelque chose pouvoit me consoler dans un état si malheureux; c'est que pendant le cours de ma prospérité je n'avois pas fait la moindre friponnerie. Cela donna fort bonne opinion de moi à mon capitaine, qui, me croyant plus que jamais un garçon de naissance, conserva toujours pour moi de l'estime malgré ma misère. Il avoit trop profité de ma mauvaise conduite pour ne me la point pardonner dans le fond de son âme. Il me recevoit assez bien quand je l'allois voir; sans faire semblant de prendre garde à la situation de mes affaires, il ne laissoit pas d'en être touché, et il ne put s'empêcher de me le dire un jour que je lui parus plus triste qu'à l'ordinaire : Mon cher Guzman, il faudroit que je fusse bien dur et bien ingrat si j'étois insensible à vos peines, après tous les témoignages d'amitié que vous m'avez donnés; mais apprenez que ma fortune n'est guère meilleure que la vôtre, et que je suis vivement affligé de ne pouvoir vous marquer par mes actions jusqu'où va pour vous ma bonne volonté : tout ce que je puis vous offrir dans le pressant besoin où vous vous trouvez d'être secouru, c'est un logement dans ma maison, et la table de mes gens; car j'ai cessé par nécessité de manger chez moi, étant dans l'impuissance de recevoir mes amis.

Cette proposition, qu'il ne me fit pas sans rougir, fut accompagnée de tant de manières obligeantes, que je l'acceptai. Il ne sied à personne de faire le fier, encore moins à un homme qui n'a pas le sou et qui ne sait où donner de la tête : c'est un caméléon qui ne se nourrit que de vent. Me voilà donc devenu en quelque sorte domestique du capitaine, après avoir été son compagnon. Mais je lui dois cette justice : bien loin de me traiter comme un valet, il avoit des considérations particulières pour moi. S'agissoit-il de faire quelque chose pour son service, il m'en prioit au lieu de me le commander. De mon côté, pour conserver son amitié, et gagner le pain qu'il me donnoit, je me montrois plus ardent que ses domestiques à le servir; je prévenois ses désirs. Comme il me croyoit autant de discrétion que de fidélité,

et même beaucoup de prudence, quoique j'eusse assez prouvé le contraire par la dissipation que j'avois faite de mon argent, il voulut achever de m'instruire de l'état présent de ses affaires, pour me faire connoître, disoit-il, qu'il avoit une entière confiance en moi.

Il m'apprit donc qu'il étoit tellement à sec, que quelques bijoux qu'il avoit encore faisoient son unique ressource. Savez-vous bien, ajouta-t-il, ce qui m'a réduit à cette extrémité? C'est le temps que j'ai été obligé de consumer à solliciter mon emploi, et les présents qu'il m'a fallu faire pour l'obtenir. Oui, j'y renoncerois si j'étois à recommencer, quelque envie qu'ait naturellement un gentilhomme espagnol d'acquérir de la gloire par la voie des armes. Effectivement, outre l'argent qu'il m'en a coûté pour cela, je ne puis y penser encore sans une extrême confusion, combien ai-je passé de journées, le chapeau à la main, à prier, à flatter, à faire des révérences jusqu'à terre, à traverser des cours, tantôt pour parler à celui-ci, et tantôt en accompagnant celui-là; enfin à valeter, à ramper, à faire mille bassesses. Mais le trait le plus piquant et le plus sensible pour moi, c'est ce qui m'arriva la veille du jour auquel on m'avoit promis ma commission. Après plus de huit mois de sollicitations et de démarches comme celles que je viens de vous dire, j'accompagnois le ministre dont j'avois besoin, et qui sortoit du palais. Je le conduisis avec le plus profond respect jusqu'à son carrosse. Il monta dedans, et je me couvris par malheur un moment devant que le carrosse partît. Le ministre s'en aperçut; il me lança un regard furieux, et me fit bien sentir que mon action lui avoit déplu, puisque ma commission ne me fut délivrée que quatre mois après : je courus même risque d'être renvoyé aux calendes grecques pour ma peine et pour mon argent.

Dieu préserve, continua-t-il en levant les yeux au ciel, Dieu préserve tout honnête homme d'avoir affaire aux personnes qui ont le pouvoir et la mauvaise volonté tout ensemble! dans quel aveuglement sont ces idoles de cour, qui veulent qu'on les adore comme des divinités! Ils ont apparemment oublié qu'ils ne sont que de misérables comédiens qui jouent de beaux rôles, et qu'à la fin de la pièce, c'est-à-dire de leur vie, ils disparoîtront aussi bien que nous.

Mon capitaine m'attendrit par ce discours, et je me sentis plus pénétré de son malheur que du mien. Je lui témoignai, dans les termes les plus forts que mon cœur et mon esprit me purent fournir, qu'il n'y avoit rien que je ne fusse capable d'entreprendre pour le tirer de l'embarras où je le voyois; en un mot, que j'exposerois volontiers ma vie pour son service. Il me remercia de ma bonne volonté. Mais quel secours, poursuivit-il en souriant, puis-je attendre de vous dans la situation où vous êtes? Je verrai ce que je pourrai faire, lui répondis-je. Si je suis jeune, en récompense la nécessité aiguise l'esprit, et peut suppléer à l'expérience : laissez-moi seulement rêver aux moyens de vous faire passer doucement la vie jusqu'à notre embarquement. Le capitaine sourit encore à ces paroles, et, sans me répliquer, branla la tête pour me marquer qu'il faisoit peu de fond sur des discours qu'un zèle indiscret m'inspiroit. S'il eût connu mes talents, il auroit mieux jugé de moi; mais je le forçai bientôt à me rendre justice.

Comme les galères tardoient à venir, nous étions obligés de changer souvent de quartier, et nous logions par étapes dans les villages. A chaque logement, je donnois une douzaine de billets qui nous rapportoient pour le moins douze réaux chacun, et quelques-uns jusqu'à cinquante chez les riches laboureurs. Pour moi, j'avois mon entrée franche dans toutes les maisons, sans loger dans aucune, et il n'y en avoit point où je ne jouasse de la griffe. J'aurois, je crois, emporté de l'eau du puits, plutôt que de sortir sans rien prendre. Par ce moyen je relevai la marmite renversée de mon capitaine. Il se remit à tenir table, et la subtilité de mes mains lui fournissoit abondamment de quoi faire grande chère à bon marché. Les poules, les chapons, les oies, les poulets et les pigeons tomboient dru comme grêle dans sa cuisine, et je ne le laissois point manquer de jambons.

Si par hasard il arrivoit que le maître d'une maison me prît sur le fait, si le vol n'étoit pas considérable, on n'en faisoit que rire; et s'il étoit de conséquence, j'en étois quitte pour être mené devant mon capitaine, qui me reprenoit d'un air sévère, et m'envoyoit en prison dans une chambre, où je recevois par son ordre cent coups de fouet que je ne sentois point, quoique je les accompagnasse de cris si perçants que toute la maison en retentissoit. Il sembloit qu'on me mît en pièces, quoique l'on ne me touchât point du tout. Cela contentoit les personnes volées, et sauvoit l'honneur de l'officier. Quelquefois aussi les plaignants intercédoient eux-mêmes pour moi, et, par pitié, conjuroient le capitaine de me pardonner ma faute.

Du badinage on passe au sérieux. Après ces petits coups, j'en voulus faire de plus importants. Je choisis pour cela cinq ou six déterminés de la compagnie, avec lesquels je me déguisai pour aller exploiter sur les grands chemins. Nous arrêtâmes quelques passants, qui nous donnèrent

leur bourse avec une docilité qui nous épargna des crimes que leur résistance nous auroit pu faire commettre. Mais notre capitaine ne fut pas sitôt informé d'une affaire si délicate, qu'il en craignit les suites tant pour moi que pour lui. Il me défendit ce jeu-là, et il fallut m'en tenir à de plus innocents, comme à trouver des passe-volants quand il étoit question de passer montre. C'est ce que j'entendois à merveille. Je savois si bien faire changer de figure au même soldat, soit par une barbe postiche, soit par un emplâtre sur l'œil, qu'il recevoit trois fois la paie sans que l'on reconnût la supercherie. Enfin je devins si utile au capitaine, qu'il m'avoua que mon industrie lui valoit mieux toute seule que les revenant-bons de la compagnie.

CHAPITRE X.

Guzman se rend avec la compagnie à Barcelonne. Il y joue un tour à un orfèvre, et s'embarque pour l'Italie.

Les galères arrivèrent enfin à Barcelonne. Dès que nous en eûmes avis, nous nous y rendîmes pour nous embarquer; mais le temps ne se trouva point favorable pour cela, et nous fûmes obligés de faire un assez long séjour dans cette ville. Ce n'étoit plus là ce pays de ressource où l'on pouvoit, avec un peu d'adresse, vivre grassement à bon marché. Je vis bientôt mon capitaine tomber dans une mélancolie dont je pénétrai facilement la cause. Je devois bien connoître sa maladie, puisque j'étois le médecin qui l'en avoit déjà guéri.

Pour cette fois-là, je sentois mon habileté en défaut, ignorant la carte de Barcelonne, et le génie de ses habitants. Je ne laissai pas, à tout événement d'offrir mon spécifique à mon malade, qui me dit là-dessus, d'un air très-sérieux, que nous n'avions plus affaire à des paysans, et qu'il falloit aller la sonde à la main. Les difficultés ne firent qu'irriter mon esprit, et il me vint une idée que je résolus de suivre. J'ai déjà dit que le capitaine avoit des bijoux qu'il gardoit comme une poire pour la soif. Parmi ces bijoux étoit un reliquaire d'or, garni de quelques pierreries, et dont il parloit de se défaire pour subsister jusqu'à l'embarquement. Je le priai de me montrer ce bijou, et je lui demandai s'il avoit assez de confiance en moi pour vouloir bien me le laisser entre les mains pendant un jour ou deux, ajoutant que je le lui rendrois avec usure. A ces mots, il prit un air gai, et me répondit en souriant : Oh! oh! mon petit ami Guzman, méditeriez-vous, par hasard, quelqu'un de ces tours de passe-passe que vous savez si bien faire? Vous n'avez seulement, repris-je, qu'à me donner le reliquaire, et tenez-vous gaillard. Si, malgré toutes les mesures que je pourrai prendre pour faire sûrement le coup que j'ai dans la tête, j'ai le malheur d'avoir quelque démêlé avec la justice, du moins je vous promets de sauver votre honneur et de porter toute l'iniquité.

Mon capitaine se rendit à cela; il m'abandonna le reliquaire, en me disant qu'il souhaitoit que je vinsse heureusement à bout de mon entreprise. Personne n'y avoit plus d'intérêt que lui, puisque tout le profit lui en devoit revenir. Je mis le bijou dans une bourse que je cachai dans mon sein, et dont je passai les cordons dans une boutonnière de mon jupon, après quoi j'entrai chez le premier orfèvre qu'on m'enseigna, et qui, par bonheur pour moi, étoit connu dans la ville pour un insigne usurier. Je lui demandai s'il vouloit acheter un beau reliquaire, et en même temps je lui montrai celui que j'avois. Je m'aperçus qu'il en fut très-content, quoiqu'il affectât de ne le point paroître. Je n'attendis pas qu'il me fît des questions; je lui dis que j'étois soldat dans une compagnie de nouvelles levées, laquelle devoit passer en Italie; que j'avois mangé tout l'argent que je possédois, et que, n'en ayant plus, je me trouvois réduit à vendre ce bijou pour n'être pas sans espèces. Allez, poursuivis-je; allez vous informer de mon capitaine, des autres officiers et des soldats même, qui je suis; ils vous apprendront que je me nomme don Juan de Guzman. Sur le rapport qu'ils vous feront de moi, vous verrez si vous pouvez acheter mon reliquaire en sûreté. Pendant que vous ferez vos informations, je vais vous attendre sur le port où une affaire m'appelle.

L'orfèvre, qui ne vouloit pas laisser échapper ce bijou, prit son manteau, et courut sur-le-champ vers le quartier où je lui dis que nous logions. Il ne manqua pas d'interroger quelques officiers et des soldats même pour savoir ce que c'étoit qu'un certain don Juan de Guzman, qui se disoit de leur compagnie. Les uns et les autres (car j'étois généralement aimé) l'assurèrent que j'étois un jeune homme de qualité, qui avoit dessein de passer avec eux en Italie, et qu'ils m'avoient vu faire une figure des plus brillantes; enfin ils lui rendirent un si bon témoignage de moi, qu'il vint promptement me chercher sur le port, où il n'eut garde de ne me pas trouver, puisque je n'étois là que pour l'attendre et le friponner. Il me dit en m'abordant qu'il me prioit de lui faire voir encore le reliquaire, et qu'il l'acheteroit. Je le veux bien, lui répondis-je; mais tirons-nous un peu à l'écart; nous n'avons pas besoin que le monde s'assemble autour de nous.

Je tirai le bijou de la bourse, et le lui donnai à considérer de nouveau. Il le regarda de tous côtés, et, après l'avoir bien examiné, il me demanda ce que j'en voulois. Je lui dis deux cents écus d'or,

et ce n'étoit pas la moitié de ce qu'il valoit. Le vieil usurier feignit d'être étonné de ce prix, et commença de dire que l'or n'étoit pas du plus fin; outre cela, il trouva de grands défauts dans le travail comme dans les pierreries; néanmoins il m'en offrit cent écus. Je fis le surpris à mon tour. Ce n'est pas assez, m'écriai-je; c'est se moquer: vous abusez de ma situation; mais quelque besoin que j'aie d'argent, je vous déclare que vous ne l'aurez pas à moins de cent cinquante écus d'or.

Il fit pourtant si bien encore que j'en rabattis trente; de sorte que le marché fut conclu à cent vingt. Il me pria d'aller avec lui à sa boutique pour les recevoir; ce que je refusai de faire, en lui disant que j'attendois un homme, et que je ne pouvois m'éloigner du port; qu'il n'avoit qu'à retourner chez lui chercher la somme dont nous étions convenus, et qu'il me retrouveroit au même lieu où il me laissoit. L'orfèvre, voyant que je m'obstinois à ne vouloir pas l'accompagner, et craignant que la personne qui devoit me venir joindre ne fût un de ses confrères, auquel j'avois peut-être donné rendez-vous pour le même sujet, courut au logis avec d'autant plus d'empressement, qu'il avoit plus d'envie d'avoir le reliquaire.

J'aperçus bientôt ce vieux fripon qui revenoit tout essoufflé: il portoit dans un petit sac les cent vingt écus d'or, qu'il me compta dans la main. Je lui demandai le petit sac dans lequel je remis l'or, et lui offris à la place la bourse où avoit été le bijou; mais faisant semblant de ne pouvoir défaire les cordons que j'avois exprès bien attachés, je tirai, comme par impatience, d'un étui qu'il avoit à sa ceinture, un couteau pour les couper. Quoique cette action le surprît un peu, il étoit si éloigné d'en pénétrer la cause, qu'il reprit le chemin de sa maison, très-satisfait d'avoir profité d'une bonne occasion, et ne se doutant nullement du piége que je lui avois tendu.

Je le laissai faire quelques pas; puis je fis signe à un de mes camarades, qui ne valoit pas mieux que moi, et que j'avois posté dans un endroit, avec ordre d'accourir quand je l'appellerois. Je le chargeai des écus d'or, que je lui dis de porter à notre capitaine; ensuite, courant après mon orfèvre, que je n'avois pas perdu de vue, je l'atteignis dans un carrefour où il y avoit par hasard une troupe de soldats assemblés; et le montrant du doigt, je me mis à crier: Au voleur, seigneurs soldats, au voleur! Pour l'amour de Dieu, arrêtez ce vieux fripon qui m'a volé! ne le laissez point échapper! Les soldats, dont il y en avoit quelques-uns de notre compagnie, arrêtèrent aussitôt l'orfèvre, en lui demandant pourquoi il me donnoit sujet de me plaindre ainsi de lui. Il fut d'abord si troublé, si saisi de crainte et d'étonnement, qu'il n'eut pas la force de prononcer une parole ; d'ailleurs, quand il auroit parlé, cela eût été inutile, la voix de son accusateur eût étouffé la sienne : on n'entendoit que moi, je criois sans cesse ; et, pour faire plus d'impression sur les soldats, je me jetai à genoux devant eux, en implorant leur secours avec de fausses larmes.

Mes seigneurs, leur disois-je, vous voyez dans ce vieux scélérat le plus grand hypocrite qu'il y ait en Espagne. J'étois tout à l'heure avec lui sur le port. Il a remarqué une bourse dans mon sein ; il m'a demandé ce qu'il y avoit dedans. C'est, lui ai-je répondu, un reliquaire que mon capitaine, mon maître, a oublié ce matin sur le chevet de son lit, et que j'ai pris pour le lui rendre. Ce voleur que vous tenez m'a prié d'un air honnête de le lui montrer, en me disant qu'il étoit orfèvre et qu'il se connoissoit en bijoux. J'ai contenté sa curiosité. Après quoi il m'a proposé de lui vendre ce reliquaire. Cela ne se peut pas, lui ai-je dit, puisqu'il est à mon maître. En même temps je l'ai remis dans ma bourse, qui étoit attachée à mon jupon. Là-dessus mon voleur, en m'amusant de paroles, a tiré de l'étui qu'il porte à sa ceinture un couteau dont il s'est servi pour couper les cordons dont vous pouvez encore voir les bouts. Donnez-vous, s'il vous plaît, la peine de le fouiller, et vous lui trouverez la bourse avec le bijou dont il n'a pas eu le loisir de se défaire, tant je l'ai suivi de près.

Les soldats le fouillèrent aussitôt ; ils tirèrent la bourse et le reliquaire qu'il avoit mis dans son sein ; et s'apercevant qu'en effet les cordons avoient été coupés, ils demeurèrent convaincus que l'orfèvre étoit un fripon. Il avoit beau protester et jurer que je lui avois vendu ce bijou, ils refusèrent de le croire, ne pouvant se persuader qu'un vieil orfèvre eût été capable d'acheter d'un jeune soldat un reliquaire si riche, sans le soupçonner de l'avoir dérobé. Encore une fois, seigneurs soldats, s'écria l'accusé, j'ai payé le reliquaire à ce jeune homme, à telles enseignes qu'il doit avoir actuellement sur lui cent vingt écus d'or que je lui ai comptés dans la main. Vous n'avez qu'à le fouiller à son tour, vous lui trouverez ces pièces d'or, qu'il vient de recevoir de moi il n'y a qu'un moment. Les soldats, pour le contenter, se mirent à me visiter partout, et voyant que je n'avois point d'argent, ils commencèrent à l'accabler d'injures, et même à le battre. Néanmoins, comme il ne cessoit de les prier de nous mener l'un et l'autre devant le juge, ils nous y conduisirent tous deux.

Là, je rapportai l'affaire de la même façon que je l'avois contée aux grivois, lesquels, ayant été interrogés par le juge, en dirent plus qu'il n'en falloit pour faire croire que l'orfèvre m'avoit effectivement pris de force le reliquaire. D'ailleurs ce bourgeois étant connu pour un homme fort intéressé et très-peu scrupuleux, on n'étoit que trop disposé à le croire coupable. Le magistrat toutefois, voulant avoir quelque considération pour sa famille, qui étoit des meilleures de la bourgeoisie, se contenta de lui faire une forte réprimande, et me remit le bijou entre les mains, avec ordre de le reporter à mon maître ; ce qui fut exécuté sur-le-champ.

Le capitaine, quand je lui fis le récit de cette aventure, rendit grâce au ciel dans le fond de son âme de ce qu'elle avoit eu une si heureuse fin. Il avoit craint, avec beaucoup de raison, que je ne me tirasse plus mal d'une affaire si scabreuse, et ma hardiesse le fit trembler. Quoiqu'il eût seul profité de la friponnerie, il résolut de se défaire du fripon ; il eut peur que je ne le perdisse à la fin par quelques-uns de mes tours. Il attendoit avec impatience le jour de notre embarquement.

Ce jour si désiré de lui arriva peu de temps après. Les galères sortirent du port de Barcelonne, et nous transportèrent heureusement à Gênes. Nous n'eûmes pas plus tôt mis pied à terre, que mon capitaine me dit en particulier : Mon cher Guzman, nous voici enfin dans le pays où vous avez tant souhaité d'être ; car je lui avois fait confidence du dessein que j'avois d'aller voir mes parents ; il faut, s'il vous plaît, que nous nous séparions. J'appréhende comme tous les diables vos petits coups de main ; ils pourroient un jour me porter malheur. Adieu, mon ami, poursuivit-il en me mettant dans la main une pistole, je suis fâché de n'être pas en état de mieux reconnoître vos services. En achevant ces paroles, il s'éloigna de moi, me laissant si étourdi du compliment qu'il venoit de me faire, que je ne pus lui dire un seul mot. Mais que lui aurois-je dit ? Falloit-il lui représenter tous les périls que j'avois affrontés pour lui ? Il ne les ignoroit pas : c'étoit même à cause de cela qu'il me chassoit. Je ne devois pas être si surpris de son procédé. J'avois le destin que les méchants ont d'ordinaire. On se sert d'eux tant qu'ils sont utiles ; comme des vipères et des scorpions, on en tire la substance pour en composer des remèdes, et l'on en jette le reste.

LIVRE TROISIÈME.

CHAPITRE PREMIER.

Guzman, arrivé à Gênes, prend la résolution d'aller se présenter devant ses parents. De quelle manière ils le reçoivent

Aussitôt que j'eus quitté mon capitaine, ou, pour mieux dire, quand je vis qu'il m'abandonnoit, je ne songeai qu'à me consoler de ce malheur. Rien n'étoit plus propre à me le faire oublier, que de penser qu'enfin j'étois à Gênes, après avoir si long-temps souhaité de m'y voir. J'allai d'abord faire un tour dans la ville, où je demandai des nouvelles de mes parents. J'appris qu'ils étoient hauts et puissants seigneurs, et des plus riches de la république. Cela me causa bien de la joie, et me fit juger que je recevrois d'eux de grands secours, lorsqu'ils sauroient que j'étois un extrait de leur noble famille.

En attendant que je fusse en état de les aller saluer chez eux, je jugeai à propos de chercher une petite hôtellerie où je pusse vivre à peu de frais. Ma pistole ne pouvoit me mener loin. Encore fallut-il en employer une partie en souliers, dont j'avois un extrême besoin. Mon habit étoit déjà bien usé, aussi bien que mes bas et mon chapeau. Tout mon équipage commençoit à menacer ruine. Tant mieux, disois-je ; mes parents ne souffriront pas que je demeure comme je suis ; ils ne voudront pas que je leur fasse déshonneur. Ne perdons point de temps, hâtons-nous de nous faire connoître, pour sortir promptement de misère.

Me voilà donc à chercher mes parents, et à demander le chemin de leur maison, en me vantant publiquement d'être de leur famille ; ce qui leur fut bientôt rapporté par des gens qui ne les aimoient guère, et qui, jugeant que la vue d'un jeune homme si mal équipé ne leur feroit pas grand plaisir, s'étoient empressés à leur porter cette agréable nouvelle. Mes généreux parents en furent au désespoir. Il leur sembloit que ma pauvreté les couvroit d'infamie ; et je ne voudrois pas jurer que s'ils eussent pu, sans se commettre, me faire poignarder, ils n'y auroient pas manqué ; outre qu'ils n'eussent fait en cela que suivre l'usage de ce pays-là. Mais comme on s'entretenoit déjà de moi dans toute la ville, et que l'on s'y

souvenoit encore de mon père, si l'on m'eût vu tout-à-coup disparoître, on n'en auroit pas demandé la cause.

Ne sois pas scandalisé, lecteur, de la mauvaise opinion que j'ai de mes parents. Je m'imagine qu'à leur place tu ne ferois pas autrement qu'eux. Suppose-toi pour un moment aussi riche qu'ils l'étoient, et me dis de quelle façon tu recevrois un gueux qui, tout-à-coup tombé des nues, viendroit te saluer au milieu d'une rue, en te disant : Bonjour, mon oncle ; je suis fils de votre frère ou de votre mère : tu trouverois cela bien mortifiant. J'eus l'imprudence de me présenter publiquement devant eux ; aussi je n'en abordai pas un qui ne me traitât d'imposteur et de fripon. Ils accompagnèrent même de menaces ces deux épithètes. Croyez-nous, me dirent-ils, ne vous arrêtez point à Gênes, de peur d'y passer fort mal votre temps. J'avois beau nommer mon père, et protester qu'il avoit tenu son rang parmi les nobles Génois, tous ses mauvais parents l'avoient oublié.

Je rencontrai pourtant un soir certain vieillard, qui, sans se découvrir, m'aborda d'un air doux et honnête. Mon fils, me dit-il, n'est-ce pas vous qui avez sujet de vous plaindre de quelques personnes titrées qui ne veulent pas vous reconnoître pour un homme de leur sang ? Je répondis qu'oui, et je lui dis qui étoit mon père. Vous me parlez, reprit le vieillard, d'un noble que j'ai vu autrefois. Il est constant qu'il a dans cette ville des parents qui sont des gens considérables. Je vous dirai même que je connois un banquier qui doit avoir été des amis de votre père, et qui demain, car il est trop tard aujourd'hui, vous mettra au fait de toute votre famille. En attendant que je vous mène chez lui, continua-t-il, venez loger dans ma maison ; je suis indigné de l'accueil que vos cousins vous ont fait ; ils devoient plutôt vous recevoir avec affection. Mais suivez-moi, et comptez que le banquier vous vengera bien de leur dureté.

J'acceptai l'offre que ce bon vieillard me faisoit de me donner un logement, en rendant grâce au ciel d'avoir fait une si heureuse rencontre. Je n'avois garde de me défier d'un pareil personnage. Il avoit l'air grave et débonnaire ; sa tête chauve et sa barbe blanche rendoient sa mine vénérable. Il s'appuyoit sur un bâton, et portoit une longue robe : je le regardois comme un autre saint Paul. Lorsque nous fûmes dans sa maison, qui me parut un hôtel magnifique, il vint un valet qui voulut lui ôter sa robe ; mais le vieillard ne la quitta point, par un excès de politesse, et renvoya le valet, après lui avoir dit quelques paroles italiennes, qui furent pour moi de l'hébreu. Ensuite il me fit entrer dans une salle, où, pendant une heure entière, il m'entretint des affaires d'Espagne ; puis venant insensiblement à celle de ma famille, il me fit force questions, particulièrement sur ma mère, et je n'y répondis point en sot. L'entretien commençoit à m'ennuyer, quand le valet revint. Ils eurent encore ensemble une petite *conversation en italien*, à laquelle *je ne compris rien non plus qu'à la première* ; mais immédiatement après, *le bon homme, s'adressant à moi, me dit en espagnol : Je suppose que vous avez soupé ; il est temps de s'aller coucher ; vous devez avoir besoin de repos. Nous nous reverrons demain.* Puis se tournant vers le domestique : *Antonio Maria, poursuivit-il, conduisez ce gentilhomme au plus bel appartement de ma maison.*

J'avois plus d'envie de manger que de dormir, ou plutôt je mourois de faim, ayant par malheur dîné ce jour-là fort sobrement à mon auberge, pour mieux ménager ma pistole, qui tiroit à sa fin : néanmoins, de peur d'abuser des bontés d'un hôte qui paroissoit si disposé à me rendre service, je suivis son valet, comme si j'eusse eu le ventre plein. Ce domestique me fit d'abord traverser une enfilade de sept à huit pièces pavées d'albâtre, et toutes plus propres les unes que les autres ; de là nous entrâmes dans une galerie pour aller gagner une très-belle chambre, où il y avoit un lit fort riche et bien garni, avec une tapisserie magnifique. *Vous voyez votre chambre*, me dit Antonio Maria, *et le lit qui vous est destiné : il n'y couche jamais que des princes ou des parents de mon maître.*

Ce valet, après m'avoir laissé considérer un peu la richesse des ameublements, s'offrit à me déshabiller ; mais je m'en défendis pour cause : outre que je n'étois pas bien aise qu'il vît une chemise toute déchirée, mon habit avoit besoin d'une main plus intéressée que la sienne à me l'ôter délicatement. Cependant, soit par malice, soit qu'il crût que je ne m'opposois à sa bonne volonté que par politesse, il revint à la charge ; et se mettant en devoir de me servir malgré moi, il me prit et me tira si brusquement une manche, qui si je n'eusse pas eu la précaution de la tenir de l'autre main, il me l'auroit sans doute arrachée. Alors le priant d'un air chagrin de me laisser en repos, j'allois tout de bon me fâcher contre lui, s'il ne se fût

point arrêté pour prévenir ma colère. Je me retirai dans la ruelle, où m'étant promptement défait de mes guenilles qui ne tenoient qu'à deux lacets, je me fourrai vite dans le lit, dont je sentis que les draps étoient propres et parfumés ; après quoi je dis au valet qu'il pouvoit emporter la chandelle. *Je n'ai garde,* me répondit-il ; *ce seroit le moyen de vous faire passer une très-mauvaise nuit. Il se cache dans cette chambre, dont le plafond est fort élevé, de grandes chauves-souris qui sont assez communes dans ce pays-ci, et dont vous seriez incommodé si vous demeuriez sans lumière ; ajoutez à cela,* poursuivit-il, *qu'il revient dans les principales maisons de cette ville certains esprits malfaisants, dont on seroit infailliblement tourmenté si l'on négligeoit d'avoir dans les chambres des chandelles allumées, dont ces lutins, à ce qu'on dit, fuient la clarté.* Il me faisoit tous ces contes d'un air ingénu, et je les écoutois avec toute la crédulité d'un enfant, au lieu de me défier de cet Antonio Maria, dont la mine fourbe me devoit être suspecte.

Il ne fut pas sitôt hors de ma chambre, que je me levai pour aller fermer ma porte aux verrous, moins dans la crainte d'être volé, que dans l'espérance d'empêcher par là les esprits de m'y venir persécuter. Après cela, me croyant en sûreté, je me recouchai, et me mis à faire des réflexions sur les bontés du respectable vieillard chez qui je me trouvois. Bien loin de le soupçonner de quelque mauvais dessein, ce que je n'aurois pas manqué de faire si j'eusse eu un peu plus d'expérience, je me représentai qu'il falloit que ce fût quelqu'un de mes plus proches parents, lequel n'avoit pas voulu se faire connoître ce soir-là, pour me surprendre plus agréablement le lendemain matin. Je gagerois bien, disois-je, qu'à mon réveil je verrai venir un tailleur qui me prendra la mesure d'un habit. Je puis compter que j'aurai bientôt toutes mes petites commodités. Je n'ai pas perdu ma peine d'avoir passé la mer pour venir en Italie. C'est ainsi qu'en me berçant des plus agréables pensées, je livrai peu à peu mes sens au sommeil le plus profond.

Quoique Antonio Maria m'eût dit que les esprits malfaisants étoient ennemis de la lumière, ma chandelle allumée ne put me garantir des persécutions de quatre figures de diables qui entrèrent dans ma chambre. Je n'entendis pas d'abord le bruit que firent ces démons ; mais leur intention n'étant pas de respecter mon repos, ils s'approchèrent de mon lit, tirèrent les rideaux, me saisirent tous quatre, deux par les mains, deux par les pieds, et m'enlevèrent. Je me réveillai enfin, et me voyant suspendu en l'air entre les griffes de ces quatre diables, je demeurai tellement épouvanté, qu'on peut dire que j'étois plus mort que vif. Ils avoient la forme sous laquelle on représente un démon ; de grandes queues, des masques effroyables et des cornes à la tête. Je perdis l'usage de la voix ; à peine me restoit-il quelque sentiment. J'en eus pourtant encore assez pour invoquer quelques saints, dont les noms se présentèrent à mon esprit ; mais quand j'aurois récité des oraisons, c'eût été autant de bien perdu ; je n'aurois pu chasser ces lutins : les exorcismes mêmes auroient été inutiles. J'avois affaire à des diables baptisés. Ils me mirent dans une de mes couvertures, en prirent chacun un coin, et commencèrent à me berner avec tant de vigueur, qu'ils me lançoient jusqu'au plafond, contre lequel je m'imaginois à tout moment que j'allois me casser la tête ou quelqu'un de mes bras. J'en fus quitte toutefois pour des contusions et des meurtrissures. Ils cessèrent enfin de me faire voltiger, soit par fatigue, soit qu'ils sentissent que ma peur étoit laxative. Ils me couchèrent tout rompu ; puis, m'ayant recouvert, ils éteignirent la lumière, et s'en retournèrent par où ils étoient venus.

Je demeurai dans ce pitoyable état jusqu'au lever du soleil ; et la frayeur dont j'avois été saisi m'agitoit encore, lorsque je fis un effort pour me lever, dans le dessein de sortir au plus vite d'une maison où l'on remplissoit si mal les devoirs de l'hospitalité ; mais je ne me levai ni ne m'habillai point sans ressentir de vives douleurs, dont je ne pouvois me rappeler la cause sans donner mille malédictions au vieillard qui m'avoit fait traiter si cruellement. Ce n'étoit plus pour moi ce personnage si digne de vénération, cet homme de bien que je m'applaudissois d'avoir rencontré ; c'étoit alors un vieux sorcier, damné dès ce monde.

Avant que de sortir de la chambre, je fus curieux de savoir par où les malins esprits y étoient entrés. J'examinai d'abord la porte ; et la trouvant au même état où je l'avois laissée en me couchant, c'est-à-dire fermée aux verrous, je ne pouvois croire raisonnablement qu'ils se fussent introduits par là ; mais ayant levé une tapisserie, j'aperçus une grande fenêtre qu'elle couvroit, et qui donnoit sur le corridor. Elle étoit même encore ouverte, les lutins ne s'étant pas mis fort en peine de la fermer. Je ne fis point de bruit, de peur que les battus ne payassent encore l'amende, et je n'aspirois qu'à me tirer de ce maudit endroit. J'étois déjà dans la galerie, lorsque Antonio Maria vint au devant de moi pour me dire que son maître m'attendoit dans une église à deux pas de là. Je ne lui répondis qu'en le priant de me conduire à la porte de la rue ; ce qu'il fit d'un aussi grand sang-froid que s'il n'eût pas été un des démons qui m'avoient si bien berné. Dès que j'eus la clef des champs, je ne demandai pas mon reste ; je

m'enfuis tout-à-coup comme si je n'eusse pas eu le moindre mal. Que la frayeur prête de force ! J'allois comme la pensée.

D'abord que je me vis en liberté, ma faim, que la crainte avoit suspendue, recommença de se faire sentir, et devint telle, qu'il me fallut, pour la satisfaire, acheter un peu de viande cuite et un morceau de pain, que je mangeai en marchant toujours. Je ne m'arrêtai point que je ne fusse hors de la ville ; mais alors apercevant une taverne, j'entrai dedans pour boire un coup. Le vin, que je trouvai bon, ranima mon courage ; de manière qu'après un petit repas je pris la route de Rome en m'occupant du gracieux accueil que mes parents m'avoient fait, et surtout de celui du vieillard. Je fis serment de ne jamais oublier la détestable nuit que ce vieux loup gris m'avoit procurée en me menant loger chez lui, et d'en tirer vengeance si la fortune m'en fournissoit l'occasion.

CHAPITRE II.

Du parti que Guzman prit en sortant de Gênes.

Je m'éloignois de Gênes sans tourner la tête pour regarder cette ville, comme si j'eusse craint d'être changé en pierre. Je ressemblois à un échappé de la bataille de Roncevaux, et je marchois toujours sans tenir de route assurée, quoique j'eusse dessein d'aller à Rome. Enfin j'arrivai à un bourg à dix milles de Gênes, et je m'y arrêtai pour me délasser pendant quelques heures. J'achevai là de dépenser ma pistole ; ensuite m'abandonnant à la Providence, je poursuivis mon chemin.

Je me trouvai bien heureux d'être accoutumé à la mauvaise fortune, et d'avoir déjà quelques principes de l'art de gueuser ; sans cela, que serois-je devenu ? J'aurois été fort à plaindre ; au lieu qu'avec le talent d'exciter la charité du prochain, on peut sans argent voyager en Italie. Il faut rendre cette justice aux Italiens, qu'il n'y a point dans le monde de nation plus charitable que la leur. Pour preuve de cela, c'est que je poussai jusqu'à Rome sans dépenser même un sou de tout l'argent que je reçus en chemin, et que je gardai. On me donnoit dans les villages plus de viande et de pain que je n'en pouvois manger. La gueuserie en ce pays-là est donc d'une grande ressource pour les gens d'esprit malaisés qui veulent sacrifier à la paresse ; aussi je m'accoquinai si fort à ce métier, que je n'en cherchai plus d'autre. Il est vrai que, me voyant dans la capitale du monde catholique, avec assez d'argent pour m'habiller, je fus au commencement un peu tenté de le faire, pour me mettre en état d'aller présenter mes services à quelque grand seigneur ; mais je résistai courageusement à ce désir, qui me parut une tentation du diable.

Oh ! oh ! Guzman, me dis-je à moi-même, avez-vous envie de vous donner ici les mêmes airs qu'à Tolède ? Si, par malheur, quand vous aurez employé tout votre magot à vous habiller, vous ne trouvez point de condition , qui vous nourrira, mon ami ? D'ailleurs pensez-vous qu'un bel habit neuf soit propre à rendre le monde charitable ? Détrompez-vous ; vous ferez beaucoup mieux vos orges vêtu comme vous êtes. Croyez-moi, profitez de vos vieilles folies, au lieu d'en vouloir faire de nouvelles. Demeurez tranquille , et n'ayez point de vanité. En me parlant de cette sorte, je tirai ma bourse et lui fis un nouveau nœud ; puis, apostrophant les espèces qui étoient dedans : Demeurez enfermées là, leur dis-je, jusqu'à ce qu'il s'offre une meilleure occasion de sortir.

Je commençai donc à promener mes haillons dans les rues de Rome, et à demander l'aumône en gueux qui déjà se croyoit un maître, et qui pourtant n'étoit encore qu'un apprenti, en comparaison des mendiants de ce pays-là. Il y en eut, entre autres, un jeune qui, remarquant de quelle façon je m'y prenois, jugea que j'avois besoin de leçons, et voulut bien m'en donner. Nous nous associâmes tous deux ; et, pour me rendre plus utile à la société, il m'apprit les différentes manières et les tons divers dont il falloit demander aux uns et aux autres , sans parler de la variété des discours qu'on leur devoit tenir. Les hommes , me dit-il, ne sont point touchés de ces voix plaintives et lamentables dont les gueux font retentir les airs ; ils mettent plus volontiers la main à la poche quand on leur demande simplement pour l'amour de Dieu. Quant aux femmes , continua-t-il, comme les unes sont dévotes à la Sainte-Vierge, les autres à Notre-Dame du Rosaire , c'est par là que nous les empaumons. Il est bon aussi de leur souhaiter qu'elles soient préservées de tout péché mortel , de faux témoignage, du pouvoir des traîtres et des méchantes langues. Ces sortes de vœux , faits en termes énergiques et d'une voix forte , leur arrachent l'argent du fond de l'âme.

Il m'enseigna de plus de quelle manière on pouvoit inspirer de la compassion aux riches, et, ce qui est encore plus difficile, aux dévots de profession. En un mot, je reçus de lui de si bonnes instructions, que je m'en trouvai fort bien. Je ne savois que faire de tout ce qu'on me donnoit. Je connoissois déjà Rome, depuis le pape jusqu'au dernier de ses marmitons. De peur de fatiguer mes pratiques à force de leur

demander, j'avois divisé la ville en sept quartiers, dont j'en visitois régulièrement un chaque jour. Je n'étois pas moins exact à parcourir les églises , quand on y célébroit des fêtes , et je faisois alors dans ces endroits-là de copieuses recettes de menues monnoies. A l'égard des morceaux de pain qui m'étoient ordinairement donnés aux portes des maisons , j'en vendois le superflu aux pauvres honteux qui, par la secrète assistance des fidèles , étoient en état de les payer comptant. Des villageois , et d'autres gens qui engraissoient de la volaille et des cochons , en achetoient aussi ; mais les faiseurs de pain d'épice étoient ceux de mes chalands avec qui je trouvois le mieux mon compte. Je faisois encore de l'argent de toutes les vieilles hardes que m'apportoient pour me couvrir la peau les personnes charitables, qui ne pouvoient sans pitié voir un garçon de mon âge presque nu, surtout pendant l'hiver.

Depuis ce temps-là, ayant fait connoissance avec les premiers docteurs de notre faculté de gueuserie , j'achevai de me perfectionner par leurs conseils et par leur exemple. J'allois avec eux dans les grandes maisons, quand on y faisoit des aumônes publiques. Un jour que nous étions une trentaine pour le moins à la porte de l'hôtel de l'ambassadeur de France, j'entendis un de mes confrères qui disoit derrière moi : Regardez ce vilain gourmand d'Espagnol, il gâte le métier. S'il arrive le ventre plein dans un endroit où quelqu'un lui présente de la soupe ou de la viande , il n'en veut point. Cela nous perd : on juge par là que les pauvres, pour la plupart, en ont plus qu'il ne leur en faut. Un de nos anciens qui me connoissoit, ayant ouï ces paroles, dit au gueux qui venoit de les prononcer : Paix, camarade. Ne voyez-vous pas bien que c'est un étranger qui n'est pas encore instruit de nos règles. Laissez-moi faire ; je veux l'endoctriner : il n'a pas la tête dure, et je puis vous assurer que dans peu il en vaudra bien un autre.

Après avoir ainsi pris mon parti, il m'appela tout bas, et, me tirant à l'écart, il me fit plusieurs questions. Il me demanda de quel endroit d'Espagne j'étois, comment je me nommois, depuis quel temps je demeurois à Rome ; et quand j'eus répondu à tout cela très-laconiquement, il me représenta, mais avec beaucoup de douceur, les considérations mutuelles que les pauvres se devoient les uns aux autres, pour le *decorum* de la gueuserie ; qu'ils étoient obligés d'être unis et de s'entendre comme des frères en foire. De là, s'engageant dans un grand détail , il me révéla des secrets qui me firent bien connoître que j'étois encore fort au - dessous de ces grands hommes. Il m'apprit, entre autres choses dont je n'avois de ma vie entendu parler, de quelle façon je pouvois élargir mon estomac, et manger quatre fois plus qu'à mon ordinaire sans en être incommodé. Il n'oublia pas de me remontrer que je devois, lorsque je mangerois devant le monde, faire paroître une extrême avidité ; ce qui étoit essentiel, disoit-il, pour persuader que les pauvres mouroient de faim. Après cela, il finit en me disant à quelles heures il falloit que j'eusse soin de me rendre à tels ou tels endroits, dans quelles maisons il m'étoit permis d'entrer dans la cuisine, et même jusque dans la chambre, et il me marqua celles dont il m'étoit défendu de passer la porte.

Je m'imaginois qu'il avoit épuisé la matière, et cependant toutes ces choses n'étoient encore rien au prix des lois de la gueuserie. Il me les fit lire chez lui, où il me mena dès que l'aumône de l'ambassadeur de France eut été distribuée. Il ne se contenta pas de me donner la lecture de ces lois admirables ; il m'en laissa prendre une copie, afin, me dit-il, que, cessant d'y contrevenir par ignorance, je ne commisse plus d'actions scandaleuses. Je n'ai pas cru, lecteur, devoir supprimer ces statuts. Je vais te les rapporter tels qu'ils me furent communiqués. S'il y a des personnes qui n'aiment point les peintures dans les mœurs basses, est-il juste que, pour m'accommoder à l'excès de leur délicatesse, je ne te montre pas un tableau qui peut te faire plaisir ?

CHAPITRE III.

Les lois de la gueuserie.

Comme les gueux de chaque nation se font distinguer par la manière dont ils demandent l'aumône; que les Allemands mendient par troupes et en chantant, les Français en priant, les Flamands en faisant des révérences, les Bohémiens en disant la bonne aventure, les Portugais en pleurant, les Italiens en haranguant, les Anglais en injuriant, et les Espagnols en grondant d'un air orgueilleux : nous leur ordonnons à tous d'observer les statuts suivants , sous peine de désobéissance :

1° Nous défendons à tout mendiant blessé ou estropié, de quelque nation qu'il soit, de paroître dans les endroits où seront d'autres gueux pleins de vigueur et de santé , à cause de l'avantage qu'il auroit sur eux; comme aussi nous faisons défense à ceux qui n'ont aucune incommodité de faire aucune liaison , de quelque façon que ce puisse être, avec des aveugles, diseurs d'oraisons, saltimbanques , poètes , musiciens , captifs rachetés , ni même avec de vieux soldats échappés d'une déroute , non plus qu'avec des matelots sauvés d'un naufrage. Quoiqu'ils demeurent tous d'accord qu'il faut demander la charité pour subsister, leur manière de gueuser étant différente, il est nécessaire que chaque société s'en tienne à ses règlements.

2° Nous ordonnons que dans chaque pays les mendiants aient des tavernes fixes , où puissent présider trois ou quatre de leurs anciens avec leurs bâtons à la main pour marque de leur autorité; auxquels dits anciens nous donnons pouvoir de s'entretenir, dans lesdites tavernes, de toutes les affaires du monde , et de dire avec liberté tout ce qu'ils en pensent : permettons en même temps aux autres gueux de conter leurs faits héroïques, ainsi que les exploits de leurs prédécesseurs , et de parler des batailles où ils ne se seront point trouvés.

3° Que tout pauvre mendiant soit tenu de porter à la main un bâton, ferré même s'il se peut, pour s'en servir dans l'occasion, à peine de s'en repentir.

4° Qu'il prenne garde surtout d'avoir sur lui quelque chose de neuf ; que tous ses vêtements soient usés, déchirés ou rapiécetés ; rien ne produisant un plus mauvais effet que de gueuser avec un habit neuf : bien entendu toutefois que si en demandant l'aumône un mendiant reçoit quelque harde neuve, il pourra s'en parer le jour qu'il l'aura reçue, mais non pas plus long-temps; nous voulons qu'il s'en défasse dès le lendemain.

5° Pour prévenir toute dispute qui pourroit naître entre les confrères pour les postes, nous entendons que l'ancienneté de la possession prévale, et qu'on n'ait aucun égard pour les personnes.

6° Que deux mendiants infirmes ou estropiés gueusent ensemble s'ils veulent, et se traitent de frère ; mais qu'ils affectent de demander l'aumône tour à tour d'un ton de voix différent, et de façon que l'un ne commence que quand l'autre aura fini. Qu'ils marchent sur la même ligne des deux côtés d'une rue, en chantant chacun ses disgrâces, et qu'ils partagent ensuite ce qu'ils auront gagné.

7° Qu'il soit permis à un gueux de porter, pendant l'hiver, un vieux torchon sur sa tête en guise de bonnet, tant pour se garantir du froid que pour faire le malade. De plus, il pourra se servir de deux potences , et avoir un pied attaché au derrière.

8° Tout mendiant peut avoir bourse et bourson ; mais il ne doit recevoir l'aumône que dans son chapeau.

9° Qu'aucun de nos confrères n'ait l'indiscrétion de découvrir les mystères de notre société aux personnes qui n'y seront pas initiées.

10° Si quelqu'un de nos pauvres est assez heureux pour faire une découverte dans l'art de gueuser, il faut qu'il la communique à la compagnie, afin qu'elle puisse s'en servir ; les biens de l'esprit devant être communs entre tous les frères gueusants. Cependant, pour récompenser l'inventeur et mieux exciter son génie à découvrir de nouvelles ruses, nous lui accordons un privilége exclusif pour jouir trois mois de son travail ; et pendant ce temps-là nous défendons à tous ses autres confrères de le contrefaire, à peine de confiscation, à son profit, de tout ce qu'ils pourroient avoir gagné par ce moyen.

11° Nous exhortons les frères à s'indiquer franchement et de bonne foi, les uns aux autres, les maisons où ils auront appris que l'on doit faire la charité publiquement ou en particulier, spécialement les maisons où l'on joue, et celles où les galants vont courtiser leurs dames, les aumônes étant certaines dans ces endroits-là.

12° Que nos gueux soient avertis de ne pas mener avec eux des chiens de chasse, comme chiens couchants et lévriers, ni même des roquets ; les aveugles seuls ayant droit de se faire accompagner dans la ville par un petit chien attaché à une ficelle. Cette défense pourtant ne regarde pas ceux de nos frères qui ont des chiens à talents. Nous permettons à ces derniers de continuer à leur faire faire leurs exercices ordinaires ; qu'ils les fassent danser ou sauter dans des cerceaux ; mais qu'ils ne s'avisent pas de s'arrêter devant la porte d'une église où il y aura d'autres gueux de la société, attendu que cela porteroit à ceux-ci un notable préjudice.

13° Qu'un mendiant se garde bien d'aller acheter au marché de la viande ou du poisson pour son compte, à moins que la nécessité ne l'y oblige ; car cette action est d'une très-dangereuse conséquence.

14° Nous permettons aux gueux qui n'ont point d'enfants d'en louer jusqu'à quatre pour les mener avec eux dans les églises les jours de fêtes, mais qu'ils n'en prennent pas au-dessus de cinq ans, et, s'il se peut, que ces enfants paroissent jumeaux. Si c'est une femme qui les mène, qu'elle ne manque pas d'en avoir un pendu à la mamelle ; et si c'est un homme, qu'il ait soin d'en porter toujours un entre ses bras ; il tiendra les autres par la main.

15° Que ceux qui auront des enfants les dressent, jusqu'à l'âge de six ans, à bien quêter dans les églises ; qu'ils les laissent aller seuls, sans pourtant les perdre de vue, après leur avoir appris à demander l'aumône pour leurs pères et mères qui sont dans leur lit malades à l'extrémité. Mais sitôt que ces mêmes enfants auront attrapé leur septième année, nous ordonnons qu'on les abandonne à leur propre conduite, comme déjà majeurs, et qu'on se contente de les assujettir à se rendre au logis aux heures réglées.

16° Les gueux de la vieille roche, ceux qui se font un point d'honneur de marcher sur les pas de leurs ancêtres qui les ont élevés dans la gueuserie, ne consentiront jamais que leurs enfants embrassent une autre profession que la leur, ni qu'ils s'abaissent à servir quelqu'un ; et si ces enfants veulent se montrer dignes de leurs pères, ils auront en horreur toute autre condition.

17° Quoique la sainte paresse soit la première divinité dont nous encensions les autels, nous jugeons à propos de prescrire à nos mendiants les heures auxquelles ils doivent se lever. Qu'ils soient habillés et même sortis de chez eux à sept heures en hiver, et à cinq en été ; qu'ils se mettent encore plus tôt en campagne s'ils se sentent le cœur au métier ; et qu'ils se retirent dans leurs gîtes une demi-heure avant la nuit, si ce n'est dans les cas extraordinaires, et qui leur seront annoncés par les anciens de la société.

18° Seront déclarés infâmes et bannis de la compagnie tous ceux qui seront assez hardis pour escamoter, recéler, dépouiller les petits enfants, ou faire d'autres friponneries.

19° Voulant traiter favorablement les jeunes gens qui s'engagent avec ferveur dans notre état, nous statuons et ordonnons qu'à l'avenir un frère qui aura douze ans accomplis ne sera plus obligé de faire que trois années de noviciat, au lieu de cinq ; et nous prétendons qu'après ledit temps de trois années il soit tenu pour profès, et reconnu pour un sujet qui a dûment satisfait à l'institution.

20° Nous exigeons en même temps dudit frère qu'il fasse serment d'être fidèle à la société, de ne la point quitter, et de ne songer jamais à se soustraire à notre obéissance sans notre congé spécial, promettant encore de garder religieusement nos statuts, sous les peines portées par eux.

CHAPITRE IV.

De l'aventure désagréable qui arriva au pauvre Guzman, en gueusant dans la ville de Rome pendant le temps de la méridienne.

Outre ces lois, le docteur qui venoit de me les communiquer m'en apprit encore d'autres, qu'il me dit avoir été établies par les plus fameux mendiants d'Italie, et particulièrement par le célèbre Albert, surnommé par excellence Messer Morcon, c'est-à-dire Grand - Boyau, que l'on regardoit à Rome comme le généralissime des gueux. Il méritoit véritablement ce titre, et même celui de prince de la gueuserie, ou, si vous voulez, d'archi-gueux de la chrétienté.

Il étoit digne de gouverner l'empire des fainéants, tant à cause de sa bonne mine, que de ses mœurs et de son esprit. Il mangeoit dans un seul repas deux fressures entières de mouton, avec les pieds, une tétine de vache, et dix livres de pain, sans parler des graillons dont il étoit rarement dépourvu : ajoutez à cela qu'il buvoit à proportion. Il est vrai qu'il recevoit, en récompense, plus d'aumônes lui seul que dix pauvres des plus estropiés : aussi avoit-il besoin d'une plus grande assistance que les autres. Quoiqu'il mangeât toutes les provisions qu'on lui donnoit, et qu'il employât tout son argent à boire, il se trouvoit souvent obligé d'avoir recours à la cuisine des autres gueux, qui, comme ses vassaux, se faisoient un plaisir de contribuer à sa subsistance. Il ne parut jamais soûl ni de vin ni de viande. Il alloit ordinairement, en hiver comme en été, l'estomac et le ventre nus. Point de chemise, point de bas. Il avoit la tête découverte en tout temps, le menton bien rasé, et la peau si luisante, qu'elle sembloit avoir été frottée de lard.

Entre autres réglements que fit ce Messer Morcon pendant son règne, il y en a un qui mérite bien d'être rapporté. Il ordonna aux mendiants de sa société de coucher sur la terre sans matelas ni oreillers, et de cesser de gueuser dans la journée dès qu'ils auroient gagné de quoi vivre tout le jour, disant qu'un véritable gueux devoit être entièrement abandonné à la Providence et ne songer jamais au lendemain.

J'appris par cœur toutes les lois de gueuserie que mon docteur m'avoit enseignées ; mais je me contentois d'observer les plus essentielles. Néanmoins, comme j'avois l'ambition de vouloir me distinguer dans toutes les professions que j'embrassois, il m'arrivoit souvent de hasarder des démarches qui ne tournoient ni à mon honneur, ni à mon profit. Telle fut, entre autres, celle que je fis un jour du mois de septembre. Il faisoit une chaleur excessive ; je m'avisai l'après-dînée, entre une heure et deux, d'aller dans les rues de Rome demander l'aumône de porte en porte. Je m'étois mis dans la tête qu'on ne manqueroit pas de croire qu'il falloit que je fusse bien pressé par la faim pour gueuser à pareille heure par un temps si chaud. Je comptois que ce seroit à qui m'apporteroit des vivres ou de l'argent ; néanmoins je parcourus tout un quartier sans recueillir d'autres fruits des lamentations dont je faisois retentir l'air, que des rebuffades et des injures.

Je gagnai un autre quartier, dans l'espérance d'y trouver des cœurs plus sensibles à mes cris.

Je frappai à une porte avec mon bâton ; personne ne me répondit. Je recommençai jusqu'à trois ou quatre fois très-rudement ; mais dans le temps que je m'obstinois à vouloir que quelqu'un de la maison me fît connoître qu'on m'y entendoit, il parut à une fenêtre un garçon de cuisine qui lavoit apparemment la vaisselle, et qui, pour prix de mon opiniâtreté, me versa sur la tête une chaudronnée d'eau bouillante ; après quoi il se mit à crier : *Gare l'eau là-bas.*

Sitôt que je me sentis baptiser si chaudement, je poussai un cri effroyable et fis mille grimaces, comme si j'eusse souffert de cuisantes douleurs. Dans un moment je me vis entouré d'une grande quantité de monde. Les uns blâmèrent le garçon de cuisine ; mais tous les autres me dirent que j'avois tort d'aller ainsi réveiller les honnêtes gens qui dormoient, et que si je n'avois point envie de prendre du repos, je ne devois pas du moins troubler celui des autres. Il y en eut pourtant quelques-uns qui furent touchés de compassion, et qui, pour me consoler de ce triste accident, me mirent dans la main quelque monnoie, avec quoi je me retirai pour aller m'essuyer au logis. C'est fort bien fait, me disois-je en chemin. Ne te contenteras-tu jamais du nécessaire ? Quel démon t'a trompé en te poussant à faire ce que les autres ne font point ?

J'étois déjà fort près de chez moi, lorsqu'un des plus anciens de notre société, et mon voisin, m'appela ; j'entrai dans une cave où il faisoit sa résidence. Il me présenta un vieux tabouret boiteux, et quand je fus assis il me demanda d'où je venois, de quel bain je sortois, et qui m'avoit si bien ajusté ? Je lui contai mon aventure. Il en rit de tout son cœur. C'étoit un vieillard originaire de Cordoue, né, élevé et destiné à mourir dans la gueuserie. Mon pauvre Guzman, me dit-il, je crains fort que tu ne sois jamais qu'un benêt. Il coule dans tes veines un sang trop chaud. Tu veux être maître avant que d'avoir été disciple. Ne vois-tu pas bien que tu as mal fait de t'écarter de nos coutumes ? Mais puisque nous sommes tous deux du même pays, et que ta jeunesse te rend excusable, je veux t'enseigner tous tes devoirs. Premièrement, mon ami, apprends qu'on ne donne point l'aumône à Rome l'après-midi. Les bourgeois, aussi bien que les personnes de qualité, font, dans ce temps-là, ce que nous appelons la sieste en Espagne ; et c'est leur faire de la peine que de les éveiller ou les empêcher de s'endormir. Quand un pauvre a demandé deux fois d'un ton élevé l'aumône à une porte, et qu'on ne lui répond rien, c'est une marque qu'il n'y a personne au logis, ou qu'on n'y veut pas être ; et par conséquent il doit passer son chemin, sans s'arrêter à perdre là son temps. Ne sois pas assez imprudent pour ouvrir une porte fermée, encore moins pour entrer dans la maison ; demande de la rue, de peur des chiens du logis, qui savent bien nous distinguer des autres hommes, et qui, nous regardant comme leurs rivaux, nous haïssent naturellement.

Un des meilleurs avis que je puisse te donner, poursuivit-il, c'est de t'avertir que tu es Espagnol ; ce qui suppose en toi une disposition prochaine à brusquer ceux qui te refuseront la charité. Ainsi, quand tu t'adresseras à quelqu'un de ces mauvais riches, qui non-seulement ne nous assistent jamais, mais qui nous reprochent même avec aigreur notre fainéantise, songe qu'il ne faut répondre à ces discours durs que par des paroles pleines de douceur et d'humilité. Autre conseil très-important : si, par hasard, ce qui m'est arrivé cent fois en ma vie, tu t'approches d'un cavalier qui, dans le moment que tu lui demandes l'aumône, ôte son gant et met sa main dans sa poche, je ne te défends pas de sentir de la joie à cette action ; mais si tu t'aperçois qu'il n'a fouillé dans sa poche que pour en tirer son mouchoir, n'en témoigne aucun chagrin, et ne gronde pas entre tes dents ; car peut-être a-t-il près de lui un autre cavalier qui veut te faire l'aumône, et que tes murmures détourneroient de son dessein.

Après que le vieux Cordouan m'eut donné ces préceptes politiques, il m'apprit de quelle manière on pouvoit faire naître une fausse lèpre et des ulcères ; comme on faisoit enfler une jambe ; par quelle adresse un bras paroissoit tout disloqué, et avec quoi l'on rendoit un visage plus pâle que celui d'un mort. Il possédoit enfin mille secrets curieux qu'il eut la bonté de me communiquer, tant par amitié pour moi, que de crainte de s'en aller dans l'autre monde sans les avoir laissés à personne. En effet il cessa de vivre peu de jours après.

CHAPITRE V.

De l'agréable vie que Guzman menoit avec ses confrères. Relation du voyage qu'il fit à Gaëte. Histoire d'un gueux qui mourut à Florence.

Malgré la disposition textuelle du dixième statut de la gueuserie, je ne jugeai point à propos de faire part à mes confrères des secrets du Cordouan, qui ne les avoit révélés qu'à moi. Cependant nous vivions tous ensemble dans une union parfaite. Nous nous assemblions quelquefois le soir jusqu'à dix ou douze, et nous passions le temps à disputer sur les exclamations nouvelles que chacun de nous inventoit. Il y avoit même des gueux qui découvroient des manières de bénédictions dont ils faisoient trafic, et qu'ils vendoient aux autres, qui les achetoient à cause de la nouveauté.

Les jours de fêtes nous étions de grand matin dans les églises où il y avoit indulgence plénière. Nous nous empressions à occuper les meilleures places : c'étoit à qui seroit auprès du bénitier, ou à l'entrée de la chapelle de la station. Nous y demeurions toute la matinée, et le plus souvent nous sortions de la ville le soir pour courir les villages des environs, aussi bien que les fermes et les maisons de plaisance, d'où nous ne revenions guère sans être chargés de pièces de lard, de pain, d'œufs et de fromage, quelquefois même de vieilles hardes, tant nous savions exciter la pitié des bonnes gens de la campagne. Si quelque personne de considération venoit à paroître sur notre chemin, du plus loin que nous l'apercevions, nous commencions à former un concert de voix plaintives, et à demander l'aumône, pour lui donner tout le temps de mettre la main à la poche ; autrement, elle auroit pu passer sans vouloir s'arrêter.

Lorsque nous rencontrions plusieurs bourgeois ensemble, et que nous avions le loisir de nous préparer à les aborder, chacun de nous jouoit son rôle : l'un faisoit le boiteux, l'autre l'aveugle ; celui-ci le manchot, celui-là le muet ; un autre se tordoit la bouche, ou marchoit les jambes renversées ; un autre marchoit avec des potences ; nous faisions enfin toutes sortes de figures, ayant soin que les plus habiles de notre bande fussent à la tête, pour rendre la scène plus touchante.

Il falloit entendre les vœux que nous faisions pour tirer la moëlle de leur bourse : nous souhaitions que Dieu leur voulût donner des enfants, bénir leur commerce, et leur conserver la santé ; par de semblables souhaits, nous les engagions à remplir les nôtres. Il ne se faisoit pas une partie de plaisir, pas un festin dont nous ne tirassions pied ou aile : nous étions pour cela des animaux de haut nez. Nous ne manquions pas de nous rendre en petit nombre à l'endroit où se donnoit la fête, et d'y trouver nos franches lippées. Hôtels d'évêques, de cardinaux, d'ambassadeurs, toutes les grandes maisons nous étoient ouvertes ; nous les occupions l'une après l'autre. Ainsi nous possédions tout, quoique nous n'eussions rien.

Je ne sais comment mes camarades se trouvoient affectés quand ils recevoient la charité des mains d'une dame jolie ; pour moi, misérable pécheur, lorsque je me présentois devant une personne qui m'enchantoit par sa figure, je lui demandois l'aumône en face, et la regardois fixement entre deux yeux. Si elle me donnoit elle-même de l'argent, je pressois tendrement sa main entre les miennes, et la baisois avant qu'elle m'échappât.

Mais je faisois cette action téméraire d'un air si respectueux, ou, pour mieux dire, si hypocrite, que la dame, n'étant point en garde contre mon plaisir, prenoit ce trait insolent pour un transport de reconnoissance.

Les plaisirs de la vie, que l'on croit faits pour les grands du monde et pour les riches, sont plutôt le partage des gueux, qui en savourent la douceur avec plus de licence, plus de goût et plus de tranquillité qu'eux. Quand les pauvres n'auroient pas d'autres avantages que celui de pouvoir demander et recevoir sans peine et sans honte, c'est un privilége que le reste des hommes n'a pas, si nous en exceptons les souverains, qui peuvent aussi sans rougir demander à leurs peuples; mais la différence qu'il y a entre les souverains et les gueux, c'est que les premiers demandent souvent de l'argent à des gens pauvres, et qu'au contraire les autres n'en demandent guère qu'à des personnes plus riches qu'eux. Il n'est donc point d'état plus heureux que celui des mendiants; mais tous ne connoissent pas leur bonheur. La plupart, uniquement occupés des délices de la vie animale, ne jouissent que d'une partie de leur félicité; ils ne sentent pas combien il est doux de vivre dans l'indépendance, sans procès, et sans crainte d'avoir mal placé son argent; d'être au-dessus des intrigues d'état, des affaires, du négoce, et de tous les embarras où les autres sont plongés jusqu'à leur mort. Certes, le premier qui embrassa ce genre de vie devoit être un grand philosophe!

Je croirois volontiers les gueux affranchis du pouvoir de la fortune, si de temps en temps cette malicieuse déesse ne prenoit plaisir à l'exercer sur eux, en leur faisant éprouver de petites disgrâces, comme celle qui m'arriva dans la ville de Gaëte, où je voulus aller par curiosité, m'imaginant qu'un homme qui pouvoit déjà se donner pour habile dans le métier ne seroit pas plus tôt dans ce pays-là, qu'il tomberoit sur lui une grêle d'aumônes. Je n'y fus pas sitôt rendu, que me couvrant la tête d'une fausse teigne, que je savois admirablement bien faire, je me plaçai à la porte d'une église. Le gouverneur de la ville passa près de moi par hasard, et, après m'avoir regardé avec quelque attention, me fit la charité. Un assez grand nombre d'habitants des deux sexes suivirent son exemple, et ce fut une bénédiction pendant cinq ou six jours; mais l'avidité, comme l'on dit, fait crever le sac. Un jour de fête, ma teigne me paroissant une invention usée, il me prit envie d'avoir un ulcère à la jambe, et je m'en fis bientôt venir un, en me servant du secret que le vieux Cordouan m'avoit enseigné.

Ayant donc mis ma jambe dans un état à me rapporter, à ce qu'il me sembloit, autant qu'une bonne vigne, j'allai me poster avantageusement à la porte d'une autre église. Là, commençant d'une voix dolente à vouloir exprimer les douleurs que me causoit mon ulcère, je m'attirai les yeux des personnes qui passoient. Il me parut même que j'excitois leur compassion, quoique mon visage vermeil, car j'avois négligé de le rendre pâle, démentît mes plaintes, et dût inspirer de la défiance; mais les bonnes gens n'y regardent pas de si près, et je recevois plus d'aumônes que tous les autres gueux qui étoient là, et qui m'auroient voulu au diable avec mon ulcère.

Le gouverneur, pour mes péchés, s'avisa de venir entendre la messe dans cette église. Il jeta la vue sur moi, et me reconnut à la voix. Il lui auroit été impossible de me démêler autrement, puisque j'avois alors la tête enveloppée d'une serviette qui me descendoit jusque sur le nez. C'étoit un homme qui avoit de l'esprit et beaucoup d'expérience. Dès qu'il m'eut remis, je m'imagine qu'il dit en lui-même : Depuis quatre jours que j'ai vu ce drôle-là, se peut-il qu'il lui soit venu un ulcère à la jambe? Il y a quelque chose là-dessous; approfondissons un peu cela. Mon ami, me dit-il en m'adressant la parole, vous êtes tout nu; votre misère me touche; suivez-moi, je veux vous faire donner une chemise.

J'eus l'imprudence de lui obéir, sans le soupçonner d'aucun mauvais dessein; car, pour peu que je me fusse douté de celui qu'il avoit, je te réponds que, malgré les gens de sa suite, je me serois dérobé au châtiment qu'il me préparoit. Lorsque nous fûmes arrivés chez lui, il m'envisagea d'un air si froid et si sévère, que j'en conçus un malheureux présage; puis il me demanda si ce n'étoit pas moi qu'il avoit vu à la porte d'une église, la tête couverte de teigne. Je pâlis à cette question, et n'eus pas la hardiesse de répondre que non. Là-dessus il voulut voir ma tête; et n'y remarquant pas la moindre apparence de teigne, il me dit : Apprends-moi par quel remède singulier tu t'es guéri si parfaitement du mal que tu avois il y a quatre jours : de plus, ajouta-t-il, je ne conçois pas comment, avec le visage rubicond que je te vois, tu peux avoir un ulcère à la jambe. Seigneur, lui répondis-je, tout déconcerté et ne sachant ce que je disois, je l'ignore... mais c'est Dieu qui le veut ainsi.

Je fus encore plus troublé quand je l'entendis ordonner à un de ses laquais d'aller chercher un chirurgien. Je compris ce que cela signifioit, et j'aurois fait une tentative pour me sauver, si la porte n'eût pas été fermée; mais elle l'étoit, et il n'y avoit pas moyen de m'échapper : enfin le chirurgien arriva. Il examina ma jambe, et, tout habile homme qu'il étoit, il y auroit peut-être été trompé, si le gouverneur ne lui eût dit tout bas les raisons qu'il avoit pour me croire un fourbe. Après cela, le chirurgien eut peu de peine à découvrir la vérité. Il observa de nouveau l'ulcère, et dit d'un air de capacité : Ce mendiant n'a pas plus de mal à la jambe que j'en ai à l'œil : qu'on m'apporte de l'eau chaude, et je vous prouverai ce que j'avance. On fit aussitôt chauffer de l'eau, avec quoi le chirurgien me lava et frotta la jambe, qui devint en un instant si nette et si saine, que je n'eus pas le petit mot à dire pour m'excuser.

Alors le gouverneur, jugeant qu'il étoit de son devoir de récompenser mon adresse, me fit donner la chemise qu'il avoit eu la *bonté de me promettre* ; elle me fut appliquée sur la peau dans le moment par un vigoureux domestique qui me compta trente bons coups de fouet pour les frais de mon voyage ; après quoi l'on me pria de sortir de la ville sur-le-champ, en m'assurant que j'en recevrois bien davantage si je m'avisois d'y revenir. Il y avoit du superflu à me défendre de remettre le pied dans Gaëte ; il suffisoit, pour m'en ôter l'envie, que j'y eusse été si bien traité. Je m'éloignai donc promptement de cette maudite ville en serrant les épaules, et je regagnai le plus tôt qu'il me fut possible les terres du pape. Je donnai mille bénédictions à ma chère Rome, dès que je l'aperçus ; je pleurai de joie en la revoyant, et souhaitai d'avoir les bras assez longs pour l'embrasser.

J'allai rejoindre mes camarades, à qui je me gardai bien de faire part de mon équipée. S'ils l'eussent sue, ils se seroient long-temps moqués de moi, d'avoir été de gaîté de cœur me faire fouetter à Gaëte. Je leur dis seulement que j'avois parcouru par curiosité quelques villages voisins ; mais qu'il me sembloit que hors de Rome il n'y avoit point de salut pour les gens de notre espèce. J'avois effectivement fait une grande folie de quitter cette ville de bénédiction, où nous étions si bien nourris, et où nous recevions tous les jours quelques menues monnoies. Grain à grain la poule remplit son ventre. Nous amassions notre argent, et après l'avoir converti en or, nous le portions cousu à nos vêtements, sous des pièces qui cachoient quelquefois de quoi acheter un habit neuf. On pouvoit dire que nous étions tout cousus d'or. Il y avoit parmi nous de vieux coquins qui portoient sur eux des trésors. Les pauvres sont avares et cruels ; ils possèdent ces deux vices au suprême degré. Je puis te citer un exemple fort singulier de leur avarice et de leur cruauté, en t'apprenant l'histoire d'un gueux que j'ai connu ; elle est assez curieuse pour mériter d'être racontée.

Un pauvre mendiant génois, nommé Pantalon *Castelleto*, s'étant marié à Florence, eut de son mariage un fils qu'il se proposa de mettre en état de vivre sans être obligé de travailler ni de servir. Pour cet effet, abusant de la facilité qu'il y a de disloquer et de rompre les membres délicats d'un enfant nouveau-né, il eut la barbarie d'estropier le sien. Peut-être, lecteur, vas-tu m'arrêter dans cet endroit pour me dire que ce n'est pas une chose fort extraordinaire aux gueux. J'en demeure d'accord : les mendiants de *toutes les nations du monde* sont sujets à cette inhumanité pour exciter la compassion des peuples ; mais notre Pantalon, comme Génois, voulut surpasser tous les pères là-dessus ; il défigura son fils de telle façon, qu'il en fit un monstre sans pareil. Ce malheureux enfant, en qui tout étoit contrefait, à l'exception de la langue et des bras, auxquels on n'avoit pas touché, étant sorti de l'enfance, alloit par les rues, dans une espèce de cage, sur un petit âne qu'il conduisoit lui-même avec ses mains.

Si son corps n'avoit pas la forme humaine, en récompense son esprit étoit excellent. Il en donnoit des marques à mesure qu'il avançoit en âge. Il faisoit surtout des reparties si plaisantes et si spirituelles, que tout le monde en étoit charmé. Il recevoit de grandes aumônes, qu'il ne devoit pas moins à la gentillesse de son esprit qu'à la pitié que sa personne inspiroit. Fait comme il étoit, il ne laissa pas de vivre soixante-douze ans, après lesquels il tomba malade ; et sentant bien qu'il mourroit de sa maladie, il rentra en lui-même, demanda pour confesseur un habile et bon religieux qu'il connoissoit ; et s'étant entretenu avec lui de ses affaires tant spirituelles que temporelles, il fit venir un notaire, et lui dicta son testament dans ces termes : « Je laisse mon âme » à Dieu qui l'a créée, mon corps à la terre, et je » veux être enterré dans ma paroisse. *Item*, j'or-» donne que mon âne soit vendu, et que l'argent » qui proviendra de cette vente soit employé à payer » les frais de mon enterrement. Pour le bât, je le » lègue au grand-duc mon seigneur, à qui il ap-» partient de droit, et que je nomme exécuteur » testamentaire et mon héritier universel. »

Ce gueux mourut peu de jours après, et son testament, rendu public, devint le sujet de tous les entretiens de la ville de Florence. Tout le monde ayant connu le défunt pour un homme qui avoit été toute sa vie un plaisant et un rieur, s'imaginoit qu'il n'avoit fait cet acte, qui paroissoit burlesque, qu'afin de faire encore après sa mort rire le public ; mais le grand-duc en jugea tout autrement. Comme il avoit cent fois entendu parler du testateur et de son bon esprit, il soupçonna que le testament n'étoit pas sans mystère. Pour s'en éclaircir, il se fit apporter dans son palais le bât dont il avoit hérité. Il ordonna qu'on le défît en présence de toute la cour, qui ne fut pas peu surprise d'en voir sortir diverses pièces d'or, jusqu'à la valeur de trois mille six cents écus de quatre cents maravédis chacun. On sut après cela que c'étoit par l'avis de son confesseur qu'il avoit ainsi disposé de son bien, dont le grand-duc, en prince juste et pieux, fit un très-bon usage, puisqu'il l'employa tout entier à fonder quelques messes à perpétuité pour le testateur.

CHAPITRE VI.

De la compassion que Guzman fit à un cardinal, et quelle en fut la suite.

Un beau jour, m'étant levé de grand matin, suivant ma coutume, j'allai m'asseoir à la porte d'un cardinal qui passoit pour un des plus charitables de Rome. J'avois pris la peine de faire enfler une de mes jambes, sur laquelle on voyoit un ulcère à braver l'examen des plus clairvoyants chirurgiens. Je n'avois pas oublié pour le coup de rendre mon visage pâle : je n'aurois pas été excusable de faire deux fois la même faute. Je frappai bientôt l'air des plus tristes accents que ma voix pouvoit former ; et, demandant douloureusement l'aumône, j'attendris plusieurs domestiques qui entrèrent ou sortirent. Ils me donnèrent quelque chose. Mais je ne faisois que peloter en attendant partie. C'étoit au maître que j'en voulois. Il parut enfin. Sitôt que je l'aperçus, je redoublai mes cris, mes plaintes, mes démonstrations de douleur, et je l'apostrophai dans ces termes : « O noble chrétien, ami de Jésus-Christ, ayez pitié de ce pauvre pécheur affligé, qui se trouve estropié à la fleur de son âge : que votre éminence, monseigneur, soit touchée de ma misère, et louée soit la passion de notre Rédempteur. »

Le cardinal, qui étoit un saint homme, s'arrêta devant moi pour m'entendre ; et ne regardant que Jésus-Christ dans ma personne, il dit aux domestiques qui le suivoient : Prenez ce pauvre entre vos bras, emportez-le dans mon appartement : qu'on lui ôte ces vieux haillons qui le couvrent ; qu'on lui donne du linge blanc ; qu'on le mette dans mon propre lit, et qu'on m'en dresse un autre dans la chambre prochaine. Ce qui fut exécuté sur-le-champ. O charité ! qui dois faire honte à tant de prélats, qui croient que le ciel leur doit encore du reste quand ils font la moindre attention à la misère d'un pauvre ! Mon cardinal ne se contenta point de cela ; il fit venir les deux plus fameux chirurgiens de Rome, leur recommanda d'examiner ma jambe, de faire tout leur possible pour me guérir ; et, après leur avoir promis de les bien récompenser, il sortit pour aller où ses affaires l'appeloient.

Sur la foi de cette promesse, les chirurgiens commencèrent à considérer mon ulcère, qui leur parut d'abord un mal incurable. Il sembloit effectivement que la gangrène y fût déjà. Néanmoins, cela n'étoit que l'effet de quelques herbes, et ne duroit qu'un certain espace de temps ; après quoi, si l'on n'avoit soin de renouveler le secret, la jambe redevenoit dans son état naturel. Mes examinateurs quittèrent leurs manteaux, tirèrent leurs étuis, demandèrent du feu dans un réchaud, du linge blanc et fin, du lait et des œufs. Pendant qu'on se disposoit dans la maison à leur donner ce qu'ils souhaitoient, ils se mirent à me questionner sur mon mal, à s'informer depuis quand je l'avois, et si je ne savois point quelle en pouvoit être la cause ; si je buvois du vin, et quelle étoit ma nourriture ordinaire : en un mot, ils me firent toutes les questions que ces gens-là ont coutume de faire en pareille occasion, et auxquelles je ne répondis rien, tant j'avois l'esprit troublé et effrayé du terrible appareil qui se présentoit à ma vue. J'étois dans une grande perplexité, ne sachant à quel saint me vouer ; car je ne croyois pas qu'il y en eût au ciel qui voulussent intercéder pour un fripon. Je me souvins alors de ce qui m'étoit arrivé à Gaëte, et je craignis même de n'en être pas quitte à si bon marché.

Les chirurgiens, après avoir tourné et retourné vingt fois ma jambe, se retirèrent dans une autre chambre pour s'entretenir plus en particulier, et se communiquer leurs observations. J'eus un affreux pressentiment de cet entretien ; j'appréhendai qu'il ne leur prît fantaisie de me couper la jambe. Je sautai du lit en bas pour les suivre et les écouter, bien résolu de confesser la vérité, si je les voyois déterminés à l'amputation. Je me tins donc à la porte ; et, prêtant une oreille très-attentive à leurs discours, j'entendis un de ces messieurs qui disoit à l'autre : Confrère, voilà de quoi nous occuper long-temps, pour peu que nous voulions nous entendre : le feu est à cette jambe, et nous pouvons mener cela bien loin. Vous moquez-vous, répondit l'autre ? Il n'y a non plus de feu que j'en ai sur la main ; c'est un mal que nous emporterions en moins de deux jours. Vous n'y pensez pas, reprit celui qui avoit parlé le premier ; par saint Côme, je me connois en ulcères, et je soutiens qu'en voici un gangrené. Non, non, mon ami, repartit l'autre ; croyez-moi, notre patient est un fourbe ; il n'a point de mal véritable. Je sais bien de quelle façon il s'est fait venir ce faux ulcère. J'en ai déjà vu de semblables, et je connois les herbes dont cet imposteur s'est servi pour se mettre dans l'état où il est.

A ces mots, le chirurgien qui avoit été ma dupe en fut tout honteux ; mais s'imaginant qu'il y alloit de son honneur de persister dans son sentiment, il ne se rendit point à celui de son camarade ; ce qui fit naître entre eux une dispute qui seroit devenue très-vive, si le plus habile des deux n'eût eu l'adresse de la terminer en priant son confrère de vouloir examiner de nouveau ma jambe. Faites-y, lui dit-il, plus d'attention ; vous ne douterez plus de la friponnerie. Très-volontiers, répondit l'autre chirurgien ; je vais y regarder de plus près ; et si je trouve en effet l'ulcère tel que vous le dites, j'en demeurerai d'accord de bonne foi. Ce n'est pas assez, répliqua le premier ; en reconnoissant votre erreur, il faut encore que vous conveniez que je mérite d'avoir un tiers plus que vous. Cela n'est pas juste, s'écria son compagnon ; ne vous applaudissez pas tant d'une pareille découverte, je la pouvois faire aussi bien que vous, et je prétends que nous partagions également l'honoraire que son éminence nous donnera. Ils s'échauffèrent tous deux là-dessus ; et plutôt que de céder l'un à l'autre, ils résolurent de déclarer tout au cardinal.

Quand je vis qu'ils s'arrêtoient à cette résolution, je ne balançai point à prendre la mienne. J'entrai brusquement dans la chambre où ils étoient ; je me jetai à leurs pieds ; et pleurant à chaudes larmes, car j'avois un talent tout particulier pour cela, je leur adressai ces paroles : « Mes chers seigneurs, ayez pitié de votre semblable : je suis un homme comme vos seigneuries. Vous savez qu'aujourd'hui les riches sont si durs, que les pauvres, pour les attendrir, sont obligés de se couvrir le corps de plaies, et de se martyriser : encore nous arrive-t-il souvent de nous mettre sans fruit dans un état de souffrances, ou du moins pour une misérable aumône qui nous en revient. Au reste, que gagnerez-vous à découvrir ma tromperie ? Vous perdrez la récompense qui vous a été promise, et qui ne peut vous échapper si vous voulez que nous agissions tous trois de concert. Vous pouvez hardiment vous fier à moi ; la crainte du châtiment vous répond de ma discrétion. »

Mes chirurgiens, après avoir fait leurs réflexions, se déterminèrent à profiter de l'occasion qui se présentoit d'attraper l'argent du cardinal. Dès que nos flûtes furent d'accord, nous repassâmes dans la chambre de son éminence, où ces deux messieurs m'ayant fait asseoir sur le lit recommencèrent à considérer ma jambe. Ils y mirent des emplâtres avec les drogues qu'ils jugèrent les plus propres à l'entretenir dans l'état où elle étoit. Ils la bandèrent ensuite, l'enveloppèrent d'une serviette, puis voyant revenir le cardinal dans ce moment-là, ils me prirent entre leurs bras, comme si j'eusse été véritablement incommodé, et me

recouchèrent. Son éminence, inquiète et très-impatiente d'apprendre des nouvelles de mon ulcère, qui lui avoit paru fort dangereux, en demanda d'un air empressé. Monseigneur, lui dit gravement un des chirurgiens, ce pauvre garçon est dans une situation déplorable : il a déjà la gangrène à la jambe ; nous espérons pourtant le tirer d'affaire, s'il plaît à Dieu ; mais il nous faudra du temps pour en venir à bout. Il est bien heureux, dit alors l'autre chirurgien, d'être tombé aujourd'hui entre nos mains : un jour plus tard il étoit mort ; et c'est sans doute pour lui sauver la vie que le ciel l'a envoyé à la porte de votre éminence.

Ce rapport fit plaisir à monseigneur, qui leur dit qu'ils pouvoient employer tout le temps qu'ils voudroient, pourvu qu'ils me guérissent. Il les pria de nouveau de ne rien négliger pour y réussir, pendant que de son côté il auroit soin que je fusse bien traité dans sa maison. Ils lui promirent de répondre à la confiance qu'il avoit en eux, et l'assurèrent qu'ils ne manqueroient pas de me venir voir l'un et l'autre deux fois le jour, attendu qu'il leur faudroit, disoient-ils, raisonner ensemble sur chaque observation qu'ils pourroient faire sur mon mal. Ils se retirèrent après avoir parlé de cette sorte, ce qui me rendit l'esprit plus tranquille ; car, jusqu'à ce moment, je m'étois toujours défié de ces deux bourreaux : j'avois craint qu'ils ne découvrissent ma fourberie, quoiqu'ils parussent en vouloir être les complices. Les fripons me firent garder la chambre pendant trois mois, que je trouvai plus longs que trois siècles, tant il est difficile de perdre l'habitude de jouer et de gueuser. J'avois beau être couché et nourri comme monseigneur même, tout cela ne m'empêchoit point de m'ennuyer d'être renfermé. Enfin je pressai, je tourmentai si fort mes chirurgiens pour les obliger à finir cette comédie, qu'ils cédèrent à mes importunités. Ils cessèrent d'entretenir l'ulcère ; et quand ils virent ma jambe dans son état naturel, ils en avertirent le bon cardinal, qui admira une si belle cure, et renvoya ces charlatans après les avoir aussi bien payés que s'ils l'eussent mérité. Son éminence, pendant le cours de ma fausse maladie, m'étoit venue visiter fort souvent. J'avois eu plusieurs entretiens avec ce saint prélat, qui, m'ayant trouvé une sorte d'esprit qui le réjouissoit, m'avoit pris en amitié. Pour m'en donner une marque éclatante, il voulut m'attacher à son service, et me mettre au nombre de ses pages ; honneur dont je fus trop ébloui pour le refuser.

CHAPITRE VII.

Il devient page de son éminence, et fait mille espiègleries.

Me voici donc tout-à-coup devenu page. C'étoit avoir fait un grand saut, quoique de fripon à page il n'y ait que la main, ou pour mieux dire, quoiqu'à l'habit près ce soit la même chose. Mais c'étoit tirer un poisson hors de l'eau que de m'arracher à la mollesse. La gueuserie étoit mon élément. Accoutumé aux soupes d'Égypte, je n'aimois que la taverne; c'étoit là mon centre. Je trouvois bien à déchanter dans une maison où tout ne se faisoit que par compas et par mesure; où tantôt, le flambeau à la main, j'étois occupé à monter ou à descendre pour éclairer les personnes qui entroient ou qui sortoient; et tantôt j'étois obligé de faire le pied de grue dans une chambre, où je demeurois debout deux heures entières en attendant les ordres qu'on me voudroit donner; toujours prêt à suivre les carrosses la nuit comme le jour, ou bien à servir à table et à dévorer des yeux tous les plats que je voyois dessus. En un mot, il falloit que je fusse dans une attention continuelle à rendre toutes sortes de services, et cela depuis le premier jour de janvier jusqu'au dernier de décembre.

Ah! misérable esclave, me diras-tu; quel profit tirois-tu de tant de peines pendant l'année? Hélas! te répondrai-je, j'étois valet de tout le monde; on me donnoit un habit, mais c'étoit moins pour m'en couvrir que pour faire honneur à mon maître. Je ne gagnois que de la gale et des rhumes, avec quelques bouts de bougies que je dérobois et vendois à des savetiers; encore avois-je besoin d'une grande adresse pour faire impunément ces petits larcins. Malheur à nous si nous étions pris sur le fait! nous étions sûrs d'avoir les étrivières. Outre les morceaux de cire que nous détachions des flambeaux, nous mettions quelquefois la main sur des friandises que nous mangions à la dérobée; mais ces sortes de tours demandoient une subtilité que tous mes camarades n'avoient pas; et je me souviens qu'un jour il arriva un accident désagréable à un page des moins déniaisés : le sot, en desservant, s'avisa d'escamoter quelques rayons de miel, qu'il enveloppa dans son mouchoir à la hâte et fourra dans sa poche. Comme il faisoit alors une chaleur excessive, le miel se fondit, et commença de couler le long de la jambe du page. Le hasard voulut que le cardinal s'en aperçût; et, se doutant bien de ce que c'étoit, il se prit à rire de toute sa force; ensuite s'adressant à ce nigaud : Page, lui dit-il, je vois sortir du sang de votre jambe : quelle blessure y avez-vous? A cette

question, tous les convives, qui étoient en assez grand nombre, jetèrent les yeux sur la jambe du voleur, ainsi que les autres domestiques de son éminence, et le pauvre diable de page eut la confusion de remarquer que son crime étoit découvert. Trop heureux s'il en eût été quitte pour la honte d'essuyer toutes les risées qu'il excita; mais il paya bien plus cher ses rayons, dont le miel fut pour lui fort amer.

La plupart de ses confrères étoient aussi neufs que lui quand je fus reçu parmi eux; et comme je ne pouvois m'empêcher de suivre mes anciennes habitudes, je m'occupois à les redresser. Je leur volois ce qu'ils avoient de meilleur, quelque soin qu'ils prissent de se garantir de mes griffes, ce qui les dégourdit en peu de temps. Monseigneur avoit dans un cabinet voisin de sa chambre une grande caisse de bois blanc remplie de toutes sortes de confitures sèches, qu'il aimoit beaucoup. Il y avoit, entre autres choses, de la bergamote d'Aranjuez, des pruneaux de Gênes, des melons de Grenade, des citrons de Séville, des oranges de Placencia, des limons de Murcie, des concombres de Valence, des pommes d'amour de Tolède, des pêches d'Aragon, et des racines de Malaga; en un mot, tout ce qu'il y a de plus exquis et de plus vanté en fait de confitures se trouvoit dans cette bienheureuse caisse, qui me faisoit venir l'eau à la bouche toutes les fois que son éminence m'en donnoit la clef pour en tirer ce qu'elle désiroit. Mais ce qui me fâchoit fort, c'est qu'elle affectoit toujours d'être présente, comme si ma fidélité lui eût été suspecte. Je fus piqué de sa défiance, qui ne manqua pas d'irriter l'envie que j'avois déjà de tâter de ces beaux fruits confits. Enfin la tentation devint telle, que, n'y pouvant plus résister, je ne songeai plus qu'au moyen de me satisfaire. La caisse, large d'une aune et longue de deux et demie, avoit une serrure au milieu. Je m'avisai de me servir d'un bâton plat pour lever un coin du couvercle; puis, fourrant d'autres bâtons plus gros de distance en distance jusqu'à la serrure, je fis de cette manière, au coin par lequel j'avois commencé, une ouverture assez grande pour y passer mon petit bras; mais comme je ne pouvois choisir que jusqu'où ma main s'étendoit, j'eus l'industrie d'attacher un crochet au bout d'un bâton pour attirer à moi les fruits les plus éloignés. C'est ainsi que je me rendis maître de la caisse sans en avoir la clef.

Quoiqu'il y eût dedans une grande quantité de fruits, j'employai si souvent mes bâtons qu'il y parut. Le cardinal aperçut par-ci par-là des creux qui lui donnèrent bien à penser; et un jour, entre autres, qu'il eut envie de goûter d'un très-beau citron de Séville qu'il avoit remarqué la veille, ne l'y trouvant plus, il en fut fort étonné. Il appela ses principaux officiers : il leur dit d'un air irrité qu'il vouloit savoir lequel de ses domestiques avoit eu l'insolence d'ouvrir sa caisse, et de toucher à des fruits qu'il conservoit avec tant de soin. Il chargea le *mayordomo*, qui étoit un prêtre sévère et mélancolique, de faire une exacte recherche de l'auteur d'un coup si hardi. Le majordome fit tomber ses soupçons sur les pages. Il nous ordonna de nous assembler dans une salle pour nous fouiller tous l'un après l'autre ; mais il eut beau visiter nos poches, et nous faire des menaces, il n'en fut pas plus avancé : j'avois mangé et déjà digéré le citron.

Cette affaire enfin s'assoupit ; on n'en parla plus : cependant monseigneur ne l'oublia point ; et moi, de mon côté, je me tins sur mes gardes. Je n'osai, pendant quelques jours, retourner à la caisse, pas même la regarder : cela ne laissoit pas de me faire de la peine. J'avois pris goût aux confitures ; et, loin d'y renoncer, je n'attendois que l'occasion d'en pouvoir dérober encore impunément. Je crus qu'elle s'offroit une après-dînée que mon maître jouoit avec d'autres cardinaux. Je m'imaginai que, tandis qu'il seroit occupé du jeu, j'aurois tout le loisir de faire ce que je désirois. Dans cette confiance, j'allai chercher mes outils, que j'avois bien cachés, et je me glissai dans le cabinet sans que personne m'aperçût. J'avois déjà levé le couvercle, et fourré mon bras dans la caisse, lorsque monseigneur, attiré par un besoin pressant, vint dans la chambre où il couchoit ; et n'y rencontrant aucun page, il prit lui-même un pot de chambre qui étoit sous son lit. Je l'entendis, et, voulant aussitôt retirer mon bras, j'agis avec tant de trouble et de précipitation, que je fis sauter en l'air un de mes bâtons, et tomber le couvercle sur mon bras : de manière que je demeurai pris comme un moineau au trébuchet. Le cardinal, ayant ouï le bruit de la chute du bâton, trembla pour ses confitures. Il entra dans le cabinet, et me trouvant dans l'état où j'étois : Ah ! ah ! mon ami Guzman, s'écria-t-il, c'est donc vous qui volez mes fruits ! Les grimaces que je faisois, et le chagrin que j'avois de me voir surpris, lui donnèrent une si grande envie de rire, qu'il ne put s'empêcher d'éclater. Il appela même les autres cardinaux pour les faire jouir de ma confusion. Ils quittèrent le jeu, accoururent à sa voix ; et après qu'ils se furent bien épanoui la rate à mes dépens, ils le prièrent de me pardonner pour cette fois, en lui disant que je n'y retournerois plus. Mais mon maître fut inexorable ; il accorda seulement à leurs prières, qu'au lieu de vingt-quatre coups de fouet que je lui semblois bien mériter, je n'en recevrois que la moitié. Il en fallut passer par là ; et le do-

mine Nicolao, mon ennemi mortel, ayant été chargé de me les donner dans son appartement, s'acquitta de si bon cœur de cette commission, que je m'en sentois encore quinze jours après.

Mais s'il satisfit en cela sa haine, je te proteste que je contentai bientôt mon ressentiment. Voici de quelle manière. Nous étions alors dans le temps des cousins, et il y en avoit cette année à Rome une prodigieuse quantité. Le majordome, qui aimoit ses aises, se plaignant un jour devant moi de ces maudites bêtes, dit qu'il en étoit fort incommodé dans sa chambre. Sur cela je pris la parole : Seigneur, lui dis-je, il ne tiendra qu'à vous d'en être délivré pour toujours : nous avons en Espagne un secret infaillible pour nous garantir de l'incommodité de ces animaux-là ; je vous l'enseignerai si vous le souhaitez. Vous me ferez plaisir, répondit Nicolao, de m'apprendre ce qu'il faut faire pour cela. Vous n'avez, repris-je froidement, qu'à mettre au chevet de votre lit un gros paquet de persil trempé dans du vinaigre : ils ne l'auront pas sitôt senti, qu'ils viendront se jeter dessus, et un moment après ils tomberont tous roides morts.

Il me crut, et dès la première nuit il voulut faire l'expérience de mon secret ; mais il ne fit par là qu'irriter les cousins, qui l'assaillirent plus cruellement qu'à l'ordinaire. Ils pensèrent lui manger le nez et lui arracher les yeux. Il se donna mille soufflets en voulant tuer ces petites bêtes, à mesure qu'il les sentoit sur son visage. Enfin il combattit contre elles jusqu'au jour, dont la clarté lui fit connoître qu'il n'étoit pas sorti victorieux de son combat, et que ses ennemis, qu'il croyoit avoir écrasés, lui étoient presque tous échappés. Je ne manquai pas de l'aller voir le matin dans son appartement, et je jugeai bien à ses yeux bouffis que les cousins l'avoient tourmenté. Il me l'avoua d'abord, en me disant que mon secret ne valoit rien. Je feignis d'être étonné. Il faut donc, lui répondis-je, que vous n'ayez pas laissé assez long-temps le persil dans le vinaigre, ou que le vinaigre dont vous vous êtes servi n'ait point de force, car je vous assure qu'en portant tous les soirs dans ma chambre un bouquet de persil bien trempé dans le vinaigre, j'en ai chassé les cousins qui y venoient auparavant en très-grand nombre. Le majordome fut assez sot pour me croire encore. Il mit une botte de persil dans le plus fort vinaigre qu'il put trouver. Il l'y laissa tremper pendant six heures entières ; puis il en parsema non-seulement son lit, mais toute sa chambre même ; aussi Dieu sait ce qu'il en arriva : je crois que tous les cousins du voisinage vinrent fondre sur le misérable pour le dévorer. Ils le défigurèrent tellement, qu'il avoit l'air d'un lépreux. Il m'auroit volontiers assommé le jour suivant s'il m'eût rencontré. Mais son éminence, pour prévenir tout accident, nous ayant fait appeler tous deux, lui défendit de me maltraiter, et me fit une légère remontrance, en homme qui avoit plus d'envie de rire du tour que j'avois joué, que de m'en faire un crime. Pourquoi, me dit ce bon prélat, avez-vous fait cette pièce au domine Nicolao? Monseigneur, lui répondis-je, pourquoi, lorsqu'il n'avoit ordre que de me donner douze coups de fouet pour les confitures, m'en a-t-il appliqué plus de vingt pour son compte? J'ai vengé mes meurtrissures par les siennes.

Cela se passa de cette façon. Cependant depuis l'aventure de la caisse, je n'étois plus de la chambre des pages; on n'avoit pas borné au fouet mon châtiment; on m'avoit de plus fait passer au quartier du chambellan, pour y servir parmi les laquais, en attendant qu'on me rappelât à mon premier poste. Le chambellan pouvoit passer pour un bon homme, plein d'honneur et de bonne foi; mais il étoit un peu trop scrupuleux, et même un peu visionnaire. Il avoit aux environs de notre hôtel des parentes qui étoient de très-honnêtes filles, et si pauvres, qu'il leur envoyoit tous les jours les deux tiers de sa portion pour les aider à subsister. Il alloit aussi quelquefois dîner ou souper avec elles; ce qui donnoit souvent occasion aux officiers du logis, et particulièrement au majordome, de le railler devant son éminence pour la divertir.

Un soir le chambellan, étant revenu de chez ses parentes un peu indisposé, se retira dans son appartement, et se coucha. Le cardinal, ne le voyant point paroître au souper, demanda de ses nouvelles. Monseigneur, lui dit un de ses officiers, il ne se porte pas trop bien. Aussitôt son éminence voulut savoir quel mal il pouvoit avoir; et, pour en être instruite, elle ordonna à un de ses gentilshommes de l'aller voir sur-le-champ. L'officier s'acquitta de sa commission fort exactement, et vint dire que l'indisposition du malade étoit si légère, qu'il n'avoit besoin que de repos pour se rétablir. Cela se passa de cette sorte; mais le secrétaire Nicolao, toujours prêt à faire quelque pièce au bon chambellan, ayant appris le lendemain qu'il se portoit beaucoup mieux, et qu'il dormoit, eut la malice d'introduire doucement dans sa chambre, par le ministère d'un laquais qu'il gagna, un de nos pages déguisé en femme. Le page, à qui l'on avoit bien fait sa leçon, se coula dans la ruelle du lit, où il se cacha derrière une tapisserie. Le secrétaire sortit ensuite pour se rendre auprès du cardinal, qui lui demanda des nouvelles du malade. Monseigneur, lui répondit Nicolao, l'on m'a dit qu'il avoit passé la nuit assez

mal, mais qu'il est mieux présentement. Son éminence, qui aimoit tous ses domestiques comme un père aime ses enfants, prit, sur ce rapport, la charitable résolution d'aller visiter notre chambellan, que l'on ne manqua pas de réveiller pour l'avertir de l'honneur que son maître lui vouloit faire.

Monseigneur se rendit donc à la chambre du malade, et s'assit sur une chaise auprès de son lit; mais à peine fut-il assis, qu'on vit tout-à-coup sortir de la ruelle le page travesti, lequel, contrefaisant à merveille une femme embarrassée et qui cherchoit à s'enfuir, se sauva en disant: Ah! bon Dieu, je suis perdue! que va penser de moi son éminence? Le cardinal, qui n'avoit point été préparé à cette scène, et qui croyoit son chambellan un saint personnage, parut extrêmement surpris de cette vue; mais quel que fût son étonnement, il n'approchoit point encore de celui du scrupuleux chambellan, qui, comme frappé d'une horrible vision, s'écria que c'étoit assurément le diable qui étoit venu pour le tenter. Cela lui causa une si grande agitation, que, dans le trouble où étoient ses esprits, peu s'en fallut qu'il ne sortît de son lit tout en chemise devant monseigneur, et ne prît la fuite. Comme tous les domestiques qui étoient présents s'entendoient avec le secrétaire, ils ne purent s'empêcher de rire, ce qui fit juger au cardinal que c'étoit un tour qu'on jouoit au chambellan. Son éminence eut pitié de ce pauvre homme, et se donna la peine elle-même de le désabuser; après quoi elle se retira.

Tout cela venoit de se passer lorsque j'arrivai. Je revenois de faire une commission dont j'avois été chargé dès le grand matin. Je trouvai le chambellan fort triste; je le priai de m'apprendre le sujet de sa tristesse. Il me conta l'aventure, en me disant qu'il ne doutoit point que le domine Nicolao n'en fût l'auteur. Je voudrois, mon cher Guzman, ajouta-t-il, je voudrois, pour un de mes yeux, en tirer vengeance, et faire quelque bon tour au secrétaire; mais j'ai besoin pour cela de tes conseils: un maître espiègle comme toi trouvera bientôt quelque malice qui vaudra bien la sienne. Effectivement, lui répondis-je, si j'étois à votre place, le secrétaire n'iroit point au pape en demander l'absolution; je lui en ferois bien faire pénitence. Mais songez qu'il est mon supérieur, et qu'il ne me convient pas de me mêler des affaires des officiers qui sont au-dessus de moi. Si l'on m'a pardonné la pièce que j'ai faite au domine Nicolao, c'est qu'on a considéré qu'il est naturel de se venger soi-même, et que d'ailleurs il m'avoit traité trop rudement.

J'eus beau représenter au chambellan irrité que je n'osois épouser sa querelle, de peur de m'en repentir, il n'y eut pas moyen de m'en défendre. Ses prières, l'amitié que j'avois pour lui, la haine que je sentois pour Nicolao, et enfin mon penchant à faire le mal, me déterminèrent à servir son ressentiment. Hé bien, lui dis-je, reposez-vous sur moi; je me charge de vous rendre le petit service que vous attendez de mes talents. De mon côté, j'exige de vous que vous viviez avec le secrétaire comme si vous ne le soupçonniez nullement de l'espièglerie qu'il vous a faite. Le chambellan, tout simple qu'il étoit, joua si bien son rôle, que tous les domestiques y furent trompés. On crut qu'il ne se souvenoit plus d'une scène qui avoit été si désagréable pour lui.

Cependant je me préparois secrètement à lui tenir parole; j'achetai de la poix résine, du mastic et de l'encens. Je réduisis le tout en poudre, et le mis dans un papier que je serrai dans ma poche pour l'employer quand j'en trouverois l'occasion. Elle s'offrit peu de temps après telle que je la pouvois désirer. Un jour que la poste partoit pour l'Espagne, et que M. le secrétaire étoit fort occupé, je me rendis le matin à son quartier, et j'entrai dans sa garde-robe où étoit son valet. Jacques, lui dis-je, mon cher ami Jacques, j'ai là-bas du pain et un morceau de jambon grillé; il ne faudroit avec cela qu'une bouteille de bon vin pour bien déjeûner : si tu peux me la fournir, tu seras mon compagnon; autrement, j'en vais chercher un autre. Seigneur Guzman, me répondit aussitôt Jacques, vous avez trouvé votre homme; je sais bien où aller prendre une bouteille d'excellent vin; vous n'avez qu'à m'attendre ici, je serai à vous dans un moment. A ces mots il disparut, et me laissa maître de la garde-robe. Alors cherchant des yeux le haut-de-chausses de Nicolao, car je savois que ce secrétaire n'en mettoit pas le matin, et n'avoit sur sa chemise qu'une robe de chambre légère, pour écrire plus à son aise; cherchant, dis-je, des yeux son haut-de-chausses, je l'aperçus sur une chaise; je le pris, je le retournai; et après en avoir parsemé toute la doublure de la poudre dont j'ai parlé, je le remis à sa place, de manière qu'il ne sembloit pas qu'on y eût touché. Jacques ne tarda guère à revenir avec du vin; mais dans le temps que nous nous disposions à déjeûner, son maître l'appela pour l'aider à s'habiller, et le retint dans sa chambre; de sorte que je fus obligé d'aller vider sa bouteille avec un autre que lui, en attendant que j'eusse le plaisir de voir ma poudre opérer.

Elle fit son effet au dîner du cardinal, où il y avoit un grand nombre de convives. Nous étions alors dans la canicule, et il faisoit une chaleur très-favorable à mon dessein. Le domine Nicolao étoit dans la salle avec les autres officiers. Je re-marquai bientôt à son action qu'il sentoit dans son haut-de-chausses une démangeaison, où par respect il n'osoit porter la main. Il ne savoit quelle contenance tenir; et, par malheur pour lui, à mesure qu'il s'agitoit, il augmentoit son tourment. La poudre, s'attachant au poil et à la peau, l'incommodoit à un point, qu'il lui sembloit sentir mille pointes d'aiguilles. Ce n'est pas tout : le cardinal, ayant quelque ordre à lui donner, l'appela, et pendant qu'il lui parloit à l'oreille, son éminence se boucha le nez tout-à-coup en disant : Qu'avez-vous donc sur vous, domine Nicolao? Vous puez l'encens et la poix résine. Le secrétaire rougit à ces paroles et s'éloigna de monseigneur, qui, s'apercevant que presque tous mes camarades, que le chambellan avoit mis au fait, s'entretenoient tout bas les uns les autres en riant, me soupçonna d'avoir fait quelque nouveau tour. Comme j'étois assez près de lui et que je gardois mon sérieux : Guzman, me dit-il, quel sujet vos confrères ont-ils donc de rire? C'est, lui répondis-je, que M. le secrétaire s'est avisé aujourd'hui de se purger avec de la térébenthine. Le cardinal, à cette réponse, éclata de rire, et toute la table suivit son exemple. Nicolao jugea bien par là qu'on lui avoit fait quelque malice; et, ne pouvant soutenir les ris moqueurs dont toute la salle retentissoit à ses dépens, il s'enfuit avec une précipitation qui redoubla le plaisir de la compagnie. Quand il fut sorti, monseigneur, impatient de savoir quelle pièce avoit été faite au secrétaire, s'adressa au chambellan, qui ne lui en cacha aucune circonstance. Cette dernière aventure acheva de me faire passer dans le palais pour un homme bien redoutable.

Enfin, après deux mois d'exil on me rappela. Je retournai à la chambre des pages, où l'on me rétablit dans mes premières fonctions. Je m'en acquittai avec autant d'effronterie que s'il ne me fût rien arrivé; ce qui me fait souvenir de la fable de la Honte, de l'Air et de l'Eau, qui voyageoient de compagnie. En se séparant, ils se demandèrent où ils pourroient se revoir. L'Air dit : On me trouve toujours sur le sommet des montagnes. Moi, dit l'Eau, on me rencontre à coup sûr dans les entrailles de la terre. Oh! pour moi, dit à son tour la Honte, quand une fois on m'a perdue, on ne peut plus me retrouver. Rien n'est si vrai : je n'étois plus capable d'avoir honte de commettre une mauvaise action; je ne me sentois honteux que d'être pris sur le fait. Enfin j'étois si enclin à la friponnerie, que je me serois, je crois, laissé tomber du haut du château Saint-Ange si j'eusse vu en bas quelque chose à prendre.

Comme le bon cardinal aimoit les confitures, et particulièrement celles qui venoient des Canaries dans des barils, il en faisoit acheter assez souvent;

et lorsque les barils étoient vides, ils appartenoient au premier domestique qui s'en saisissoit. J'en avois un qui m'étoit venu de cette manière, et dans lequel je serrois des mouchoirs, des cartes, des dés, et autres effets d'un pauvre page. On avertit un jour monseigneur qu'il étoit fraîchement arrivé à un marchand douze petits barils de ces sortes de confitures. Son éminence chargea son majordome de les aller acheter pour elle. J'entendis donner cet ordre, et je dis aussitôt en moi-même : Il y aura bien du malheur si je ne me rends pas maître de quelqu'un de ces barils. Je me retirai dans ma chambre pour rêver en liberté aux moyens d'en venir à bout, et je m'arrêtai à celui-ci. Je vidai promptement le baril où étoient mes guenilles ; puis l'ayant rempli de terre et de paille, j'y mis les fonds ainsi que les cerceaux, et le refermai si proprement, que l'on eût dit qu'il étoit tout neuf ; après quoi j'allai attendre dans la cour ceux qu'on devoit apporter. Je ne tardai guère à les voir arriver avec le majordome qui les conduisoit, et qui nous commanda de les porter dans le cabinet où son éminence avoit coutume d'enfermer ses confitures.

Chacun de mes camarades se chargea d'un baril ; j'affectai d'être le dernier à prendre le mien, pour marcher après tous les autres : j'avois mes raisons pour cela. Il falloit passer devant ma chambre ; de sorte que, ne me voyant suivi de personne, j'entrai dedans, et, changeant de baril en un clin d'œil, je portai celui où il n'y avoit que de la terre et de la paille, et le mis effrontément avec les autres en présence de monseigneur, que le plaisir de les voir avoit attiré là. Quand ce prélat les eut regardés, il m'envisagea d'un air railleur, et me dit : Hé bien, Guzman, que penses-tu de ces barils ? On ne peut y fourrer les bras, et les coins me paroissent ici des instruments fort inutiles. Au défaut de coins, lui répondis-je froidement, on peut employer les ongles, et la main fait quelquefois l'office du bras. Oh ! je te défie, répliqua son éminence, de défaire ces barils ; cela n'est pas si aisé qu'un couvercle de caisse à lever. D'accord, lui repartis-je ; mais de grâce, monseigneur, ne me défiez de rien, car le diable pourroit me suggérer l'envie de vous détromper. Ah ! volontiers, mon enfant, s'écria le cardinal, je te permets de voler, si tu le peux, de ces confitures, et je te donne huit jours pour en imaginer le moyen. Si tu es assez subtil pour y réussir, non-seulement je te laisserai les fruits que tu m'auras dérobés ; mais je t'en promets encore autant, à condition que de ton côté tu te soumettras à quelque châtiment, si ton génie est obligé de céder à la difficulté de l'entreprise.

Cela est juste, lui dis-je, monseigneur, et je

tôpe à l'alternative. Oui, si je n'ai pas fait mon coup dans vingt-quatre heures, car je ne demande pas huit jours pour si peu de chose, je veux bien souffrir la peine qu'il plaira au domine Nicolao d'ordonner : vous jugez bien qu'après l'affaire des cousins et celle de la térébenthine, je ne puis avoir en lui un juge trop doux. Le cardinal sourit à ces derniers mots, et enfin il fut arrêté que le jour suivant je serois puni ou récompensé.

Quelles précautions son éminence ne prit-elle pas pour mettre ses barils à couvert de mes griffes ! Outre qu'elle avoit la clef du cabinet où ils étoient, il fit faire la garde à la porte par ceux de ses domestiques qui avoient le plus de part à sa confiance. Le lendemain, à son dîner, ce bon prélat attacha sa vue sur moi, et, me trouvant un peu rêveur, il me dit avec un souris : Guzman, je devine bien le sujet de ta rêverie ; tu songes tristement que tu recevras bientôt cent coups de fouet du bras vigoureux du seigneur Nicolao. C'est à quoi je ne pense nullement, lui répondis-je ; les confitures sont déjà entre mes mains.

Monseigneur, persuadé que personne n'étoit entré dans le cabinet ni ne pouvoit avoir touché aux barils, admiroit mon effronterie. Il me railla sur les étrivières qui m'étoient, disoit-il, si justement dues. Je le laissai s'égayer tant qu'il voulut ; et quand je vis qu'on se disposoit à servir les fruits, je me dérobai subtilement de la salle pour me rendre à ma chambre, où, étant arrivé, je tirai de mon baril des confitures dont je remplis un bassin que j'avois pris au buffet dans cette intention, et que je me hâtai de porter sur la table devant son éminence. Elle fut étrangement surprise de voir ces confitures ; à peine pouvoit-elle croire ses yeux. Tenez, dit-elle au chambellan en lui confiant la clef du cabinet, allez compter les barils et les examinez bien ; il faut qu'il y en ait quelqu'un de défait. Le chambellan, qui les avoit rangés lui-même, les ayant trouvés bien fermés revint et assura qu'ils étoient tous en bon état.

Ah ! voici l'enclouure, dit alors le cardinal ; mon pauvre Guzman, j'ai découvert ta finesse : tu auras sans doute été acheter ces fruits confits chez le même marchand qui m'a vendu mes barils, et tu prétends me faire accroire que tu me les as volés. Oh ! non pas, s'il vous plaît, monsieur Guzman ; il faut que vous ayez l'adresse d'ouvrir ou d'escamoter quelqu'un de mes barils, et d'en ôter des confitures : voilà notre gageure, qu'il vous en souvienne : vous serez châtié. Allons, domine Nicolao, poursuivit-il, saisissez-vous de ce téméraire, et le punissez comme vous le jugerez à propos. Doucement, monseigneur, repris-je à ces dernières paroles ; je conviens que je suis digne de punition si les confitures que je viens de servir

Nap Thomas del.   Oudaille sculp

Il appela même les autres Cardinaux pour les faire jouir
de ma confusion.

sur votre table ne font pas partie de celles que votre éminence fit acheter hier ; mais convenez aussi que j'ai gagné si je vous prouve le contraire, en vous faisant voir que j'ai dans ma chambre, actuellement, un des douze barils qui ont été apportés dans ce palais.

Prenez garde à ce que vous avancez, page, interrompit le chambellan : il y a douze barils dans le cabinet de monseigneur ; je viens de les compter et recompter. Cela se peut, dis-je au chambellan ; mais vous savez que le loup mange les brebis comptées. Le prélat, impatient d'apprendre la vérité du fait, acheva promptement de dîner pour aller au cabinet, où il se rendit avec tous ses convives de ce jour-là, lesquels, à mon air assuré, jugeoient que la chose pourroit bien ne pas tourner à ma confusion.

Son éminence elle-même compta les barils, et trouvant qu'il y en avoit douze : Guzman, me dit-elle, tu vois qu'il n'en manque pas un, et qu'ils sont tous tels que je les ai fait acheter. Monseigneur, lui répondis-je, il y en a là douze assurément, mais ils ne sont pas tous pleins de confitures. Le cardinal, perdant patience, vouloit les faire ouvrir. Non, non, m'écriai-je, il faut que je vous épargne cette peine. En disant ces mots, je montrai le baril que j'avois rempli de terre et de paille, et pendant qu'on le défonçoit, je courus dans ma chambre, d'où je revins avec l'autre, qui étoit à demi-plein de confitures, et je racontai de quelle façon je l'avois escamoté.

Toutes les personnes qui étoient présentes louèrent fort ma subtilité, et rirent bien de l'aventure. Monseigneur, comme sa parole l'y obligeoit, me fit donner un second baril, que j'abandonnai à mes camarades, pour témoigner que ce que j'en faisois n'étoit que pour divertir mon maître. Dans le fond, son éminence, peu contente de mes tours de main et du mauvais exemple que je donnois à toute sa maison, m'auroit indubitablement chassé, si elle n'eût pas considéré que c'étoit m'exposer à faire quelque coup qui me perdroit entièrement. Ainsi ce charitable prélat, ayant pitié de moi, me gardoit chez lui, malgré tous mes défauts, pour m'ôter les occasions de commettre des actions plus criminelles.

CHAPITRE VIII.

Guzman continue de faire des tours de main chez le cardinal, qui lui donne enfin son congé.

On peut dire que ce cardinal étoit le meilleur de tous les maîtres passés, présents et à venir. Que ne fit-il point pour me rendre homme de bien ! Comme les menaces et les châtiments auroient pu m'épouvanter et m'obliger à prendre la fuite, il ne voulut pas les mettre en usage pour me corriger, outre que la douceur de son caractère ne lui permettoit pas de les employer. C'étoit par des remontrances sans aigreur et par des bienfaits même qu'il tâchoit de m'inspirer un peu de goût pour la vertu. Si je faisois une action louable, ce qui m'arrivoit très-rarement, il ne manquoit jamais de m'en bien récompenser. Quand il étoit à table, et qu'il s'imaginoit que j'avois envie de quelque morceau friand, il étoit assez bon pour vouloir m'en faire part ; mais il accompagnoit ordinairement de quelque petite raillerie cette marque de bonté. Un jour, entre autres, en me donnant lui-même un morceau de tourte : Guzman, me dit-il, reçois ceci de ma main comme un tribut que je te paie pour entretenir entre nous la paix. L'exemple du domine Nicolao me fait trembler pour mes confitures.

C'est de cette manière qu'il se familiarisoit avec ses domestiques, qui, charmés d'avoir un pareil seigneur à servir, se seroient tous volontiers sacrifiés pour lui. Si les maîtres qui traitent rudement leurs valets en sont rarement aimés, en récompense les valets chérissent toujours les maîtres qui les aiment. Peu de temps après l'aventure des barils, on envoya de Gênes à son éminence une grande caisse de confitures bien dorées et artistement arrangées dans leurs boîtes. Monseigneur prit d'autant plus de plaisir à les voir, qu'elles lui venoient d'une parente qui lui étoit très-chère, et qui avoit coutume de lui faire chaque année un semblable présent. Les confitures étoient donc parfaitement belles ; mais ayant été mises dans des boîtes peu sèches, elles avoient pris en chemin un peu d'humidité ; de sorte qu'elles avoient besoin d'être exposées au soleil.

Le cardinal parut en peine de savoir dans quel endroit on pourroit les placer pour qu'elles fussent à couvert de mes mains. Chaque domestique dit là-dessus sa pensée, et il n'y en eut pas un assez hardi pour vouloir s'en charger et en répondre. Hé bien ! dit son éminence en me voyant arriver, car j'étois hors du palais pendant cette consultation, voici Guzman qui va nous tirer d'embarras : Mon ami, continua-t-il, nous ne savons dans quel lieu nous devons mettre ces confitures à sécher ; je crains terriblement les rats. Monseigneur, lui répondis-je, il est fort aisé d'empêcher que les rats n'y touchent ; vous n'avez pour cela qu'à les abandonner à mes camarades et à moi. Il est vrai, reprit le prélat en souriant, que c'est un moyen sûr de les préserver des rats ; mais j'en voudrois trouver un autre, et je suis d'avis de te les donner en garde à toi-même. Je te charge du soin de les exposer au soleil tous les jours, et tu m'en rendras compte. Tu vois dans quel état elles sont. Il faut que tu veilles sans cesse à leur conservation, et que tu me les remettes telles que je te les confie, sous peine de perdre mes bonnes grâces.

Ah! monseigneur, m'écriai-je à ces paroles, vous ne songez pas à quelle épreuve vous voulez réduire le fragile Guzman : je vous répondrai bien des rats et de mes camarades les plus fins; mais je ne puis en conscience vous répondre de moi. Hélas! je suis un malheureux fils d'Ève; et si je me vois dans un paradis de confitures, quelque maudit serpent de conserve de Gênes pourra me tenter. Encore passe si votre éminence me disoit : Guzman, je veux bien que tu manges de mes confitures, pourvu qu'il ne paroisse nullement qu'on y ait touché. A cette condition je les prendrois sous ma garde, et nous serions satisfaits l'un et l'autre. J'y consens, répondit le cardinal; si tu es assez adroit pour cela, je te le pardonne; mais je t'assure que tu seras châtié si l'on s'en aperçoit.

J'acceptai donc la commission à ce prix-là. J'ouvris et j'étalai les boîtes l'une après l'autre dans la galerie qui étoit exposée au soleil, et la beauté de ces confitures fit toute l'impression qu'elle devoit faire sur un friand comme moi. Quelque envie pourtant que j'eusse d'en goûter, j'attendis qu'elles fussent un peu sèches; ce qui étant arrivé quelques jours après, je ne pensai p'us qu'au moyen de pouvoir impunément escamoter une partie des plus beaux fruits, et voici comment s'y prit monsieur l'entrepreneur. Je recouvris d'abord les boîtes que je renversai doucement; puis ayant tiré avec la pointe d'un couteau les petits clous qui tenoient les fonds, j'ôtai des confitures de quatre boîtes seulement; ensuite je remplis de papier fort proprement les creux que j'avois faits, et remis les boîtes dans leur premier état. Un soir, tandis que le prélat faisoit collation, car c'étoit un jour de jeûne, je lui dis que je croyois les confitures assez sèches pour être enfermées. Il ne faut pas demander, me repartit-il avec un souris, si tu en as mangé une bonne partie. Du moins, monseigneur, lui repartis-je, il n'y paroît pas. C'est ce que nous allons voir, répliqua-t-il. Que l'on m'en apporte tout à l'heure quelques boîtes. Je menai aussitôt trois de mes camarades dans ma chambre, où elles étoient; je leur en donnai à chacun une à porter, et je me chargeai de la quatrième. Ces quatre boîtes étoient justement celles qui m'avoient passé par les mains. Je les présentai à son éminence, en lui demandant s'il lui sembloit que je les eusse bien conservées. Il les examina fort attentivement, et n'y remarquant rien qui me trahît : Je serai content de tes soins et de ta vigilance, me dit-il, si toutes les autres ont été respectées comme celles-ci. Je suis curieux de savoir cela. On satisfit sa curiosité; il

considéra les boîtes auxquelles je n'avois pas touché; et, après un long examen, il avoua que si je lui avois volé des confitures, il n'y paroissoit point du tout. Là-dessus je courus à ma chambre, je mis dans un plat les fruits confits que j'avois dérobés, et revins les montrer au prélat, en l'assurant que je n'avois pas goûté de ses confitures, quelque envie que j'eusse eu d'en manger; ce qu'il étoit aisé de vérifier. Nouvelle surprise de la part du cardinal et de tous ses domestiques, qui, ne me regardant plus que comme un faiseur de tours de passe-passe, furent encore plus qu'auparavant en garde contre moi.

On nous faisoit étudier quatre heures par jour; on nous enseignoit la langue latine et même la grecque, et nous employions le reste du temps que nous avions à nous à lire des livres d'amusement, et à prendre des leçons de musique et de danse : mais mon divertissement favori étoit le jeu. Quand il nous arrivoit de sortir, ce n'étoit que pour courir chez un marchand de beignets que nous volions comme à l'envi, ou chez un pâtissier qui avoit l'imprudence de nous faire crédit. Nous donnions aussi quelquefois aux dames du voisinage des petits concerts accompagnés de rafraîchissements; mais nous servions un maître dont le caractère nous obligeoit à bien prendre notre temps pour faire ces galanteries. S'il en eût eu le moindre vent, il auroit pu faire maison nette.

Je passois ainsi ma jeunesse chez le cardinal, où l'on peut dire que je jouissois d'un sort très-agréable. Cependant, bien loin d'en être satisfait, je m'imaginois être dans un dur esclavage; j'étois même assez misérable pour regretter vingt fois le jour la vie libre que j'avois menée parmi les gueux. J'avois encore un autre sujet de m'ennuyer d'être page; je me voyois venir de la barbe au menton, et je mourois d'envie de porter l'épée. Il est temps, disois-je que je songe à faire fortune; mais au lieu de penser que je ne pouvois être dans une meilleure maison pour cela, et de tenir une conduite convenable à ce dessein, je m'attachai au jeu si fortement, que j'en négligeai mes devoirs. Ne trouvant point au logis d'assez gros joueurs à mon gré, j'en allois chercher en ville, et je ne revenois point de toute la journée. Enfin je poussai la fureur du jeu si loin, que monseigneur, ne me voyant presque plus, voulut absolument savoir pourquoi j'étois toujours dehors, et l'on fut obligé de le lui apprendre. Il en eut un vrai déplaisir. Il n'épargna rien pour me défaire d'une si mauvaise habitude : remontrances, promesses, prières même, il mit tout en œuvre pour cet effet; mais il ne fit que prendre des peines inutiles.

Un jour qu'il s'entretenoit de moi avec ses principaux officiers, il leur dit : Puisque tous les moyens dont je me suis servi jusqu'ici pour le faire rentrer dans son devoir n'ont pas réussi, j'en veux essayer un nouveau qui me vient dans l'esprit; il faut, à la première faute qu'il fera, que je le chasse de chez moi, pour voir s'il sera plus sensible à ce châtiment qu'il ne l'a été à tous les discours que je lui ai tenus. Je ne prétends point pour cela, continua-t-il, l'abandonner à sa misère : on lui donnera tous les jours sa portion ordinaire, et l'on aura soin de lui dire que je serai toujours prêt à le reprendre à mon service, quand il aura changé de vie. O prélat dont la vertu singulière est digne d'être éternellement louée !

Je ne tardai guère à fournir à son éminence l'occasion d'éprouver le moyen nouveau qu'elle avoit imaginé pour me corriger. Deux ou trois jours après, je me piquai si fort au jeu, que je perdis le reste de mes nippes, et jusqu'à mon manteau de livrée; de sorte que je n'avois plus sur le corps que mon haut-de-chausses de page avec un pourpoint qu'on avoit refusé de me jouer. Je me retirai au palais dans cet état, et je m'enfermai dans ma chambre. Monseigneur, voyant une conduite si déréglée, exécuta sa résolution. Il ordonna au majordome de me faire faire un habit neuf, et de me mettre ensuite à la porte. Le majordome obéit, et me dit, en me donnant mon congé, que son éminence m'aimoit toujours malgré mes défauts; qu'elle avoit commandé qu'on me nourrît au palais comme à l'ordinaire, et qu'enfin elle me recevroit encore parmi ses domestiques, quand elle seroit persuadée que je me repentois véritablement de ma vie passée. Au lieu de me louer des bontés de ce saint cardinal, je fus assez glorieux, ou, pour mieux dire, assez sot pour les mépriser, et je sortis de chez lui en grondant comme si j'eusse eu un grand sujet de me plaindre, et en protestant que je n'y remettrois jamais le pied. Il sembloit, en vérité, qu'il eût tort d'en user ainsi avec moi, et je croyois me venger de lui en me perdant.

CHAPITRE IX.

Il entre au service de l'ambassadeur d'Espagne [1]. Caractère de ce ministre. Nouvelles espiègleries de Guzman.

Mon impertinente fierté m'empêcha long-temps de sentir la sottise que j'avois faite. Je pris plaisir d'abord à battre le pavé de Rome et à manger chez les personnes de ma connoissance ; mais on

[1] L'original dit de l'ambassadeur de France; mais j'ai suivi M. Bremont. J'ai cru, comme lui, qu'il valoit mieux mettre Guzman chez l'ambassadeur de son pays.

se lassa bientôt de me recevoir gracieusement ; on me fit maigre chère, et enfin si mauvais visage, que je n'osai plus aller dîner dans aucun endroit ; ce qui justifie bien le proverbe espagnol qui dit : « Ne sois tout au plus qu'une semaine »chez ton oncle ou ton cousin, qu'un mois chez »ton frère, qu'un an chez ton ami, mais demeure »si tu veux toute ta vie dans la maison de ton »père. »

Quoique je m'aperçusse que c'étoit un vilain métier que celui d'aller piquer les tables, je commençai à me repentir de m'être moi-même interdit celle des pages du cardinal; mais la faute alors étoit irréparable, puisque dans ce temps-là son éminence tomba malade et mourut. Elle laissa, par un bon testament, à tous ses domestiques, de quoi vivre honnêtement le reste de leurs jours ; ce qui me mit au désespoir, ne pouvant me consoler de m'être privé, par ma déplorable conduite, de la part que j'aurois eue à sa succession. Je ne me voyois plus qu'une ressource, qui étoit d'offrir mes services à l'ambassadeur d'Espagne. Ce seigneur avoit été un des meilleurs amis de feu mon maître, et me connoissoit fort ; il m'avoit même témoigné de la bonne volonté dans plus d'une rencontre : si bien que je ne lui eus pas plus tôt dit que je souhaitois de m'attacher à son service, qu'il me reçut chez lui fort volontiers. Il avoit souvent pris plaisir à mes reparties et aux contes qu'il m'avoit entendu faire en présence du cardinal; il me regarda comme un garçon à deux mains, je veux dire comme un homme propre à devenir son bouffon et son Mercure. Il me destina dans son âme à ce dernier emploi, ainsi que tu le verras dans la suite. Il faut que je t'apprenne le caractère de ce ministre

On l'avoit choisi pour l'ambassade de Rome dans une conjoncture délicate, et dans laquelle on avoit besoin d'un esprit insinuant et plein d'adresse; aussi répondit-il parfaitement bien à la confiance que le roi son maître avoit en lui. Mais il avoit un foible assez ordinaire aux grands hommes; il aimoit un peu trop les femmes; sans cela il se seroit fait estimer dans Rome plus qu'aucun autre ambassadeur. M'ayant donc jugé digne de conduire ses intrigues amoureuses, il commença par me déclarer ses honnêtes intentions ; ensuite, pour voir comment je m'y prendrois, il me fit faire quelques messages galants, dont j'eus le bonheur de m'acquitter d'une manière dont il fut très-satisfait. Cet essai fut suivi de deux ou trois négociations de la même nature, mais plus difficiles, et le succès n'en fut pas moins heureux. Il n'en fallut pas davantage pour me gagner sa bienveillance. Il conçut pour moi tant d'amitié, que je devins son page favori. Dès ce moment on ne jura plus dans l'hôtel de son excellence que par le seigneur Guzman. Je me mis à tailler et à rogner à ma fantaisie, et tout ce que je fis fut trouvé fort bien fait. Ma faveur naissante ne manqua pas d'exciter la jalousie des autres domestiques, et principalement des plus anciens, dont les uns m'appeloient le bouffon du maître, et les autres son agent d'amour. Néanmoins, comme les bonnes grâces de l'ambassadeur ne me rendoient pas plus insolent, et que, loin de les desservir auprès de son excellence, je ne cherchois qu'à leur faire plaisir, ils ne me donnoient aucune marque d'inimitié. Nous vivions tous ensemble en assez bonne intelligence.

Je ne démentis point chez l'ambassadeur la réputation que je m'étois acquise dans le palais du cardinal par mes espiègleries; et ne pouvant être dans un endroit où il s'offrît plus d'occasions de faire des pièces que chez mon nouveau maître, je ne m'y épargnai point. Il venoit là des parasites à dîner. Nous savions bien, mes camarades et moi, les distinguer des honnêtes gens que son excellence étoit ravie de voir à sa table. Nous étions fort attentifs à servir ceux-ci; mais pour les écornifleurs, dont la plupart étoient des aventuriers, nous leur en donnions de toutes les façons; et cela divertissoit infiniment l'ambassadeur. Nous laissions l'un demander inutilement à boire pendant tout un repas; il avoit beau nous faire des signes, nous feignions de ne pas les entendre : nous versions à l'autre de petits coups, encore étoit-ce dans des verres faits de façon que la moitié de la liqueur qu'il y avoit dedans y restoit; ce qui ne faisoit qu'irriter sa soif : nous faisions boire chaud à un autre, ou bien nous ne lui présentions que de l'eau rougie. S'il arrivoit qu'on servît à quelqu'un de ces messieurs un bon morceau, nous lui changions si promptement d'assiette, que nous ne lui donnions pas le temps de le manger. En un mot, nous tâchions de les écarter de la table de son excellence, et nous étions quelquefois assez heureux pour en venir à bout.

Parmi ces aventuriers que le fumet de notre cuisine attiroit au logis, il en venoit un que les bords de la Tamise avoient vu naître, et qui surpassoit tous les autres en effronterie. Il se disoit parent de l'ambassadeur, quoiqu'il n'eût point du tout les manières d'un homme de qualité. Il s'étoit produit lui-même par sa hardiesse; et, malgré l'accueil glacé que son excellence lui faisoit, il ne laissoit pas de venir assidûment manger chez elle. Le fatigant mortel! il n'y avoit que pour lui à parler, et tous les jours il ne faisoit que vanter sa nation : tantôt il louoit la politesse des Anglais, leur bonne foi dans leur commerce, et leur désintéressement dans les services qu'ils rendoient aux étrangers; tantôt il s'étendoit sur leur sobriété

et sur leur délicatesse en fait de religion; une autre fois, il les appeloit les premiers peuples de la terre pour avoir de la constance et pour être fidèles, particulièrement à leurs rois. Les dames anglaises n'étoient pas oubliées dans ses éloges : il disoit que toutes les femmes pouvoient passer pour des Lucrèces, et toutes les filles pour des vestales. Je ne finirois point si je voulois répéter toutes les louanges qu'il prodiguoit aux personnes de son pays. Enfin il fatiguoit toute la compagnie de ses sots discours, et principalement mon maître, qui, n'y pouvant plus tenir, me dit un soir en langue castillane, que l'Anglais n'entendoit pas : *Ah! que ce fou m'ennuie!*

Ces paroles de l'ambassadeur ne frappèrent pas en vain les oreilles d'un page qui n'étoit ni sot ni sourd. Je me tins pour dit qu'il falloit absolument nous débarrasser d'un si fastidieux personnage. Pour cet effet, je m'attachai à le servir à table. Dès qu'il demandoit à boire, ce qui lui arrivoit presque à chaque moment, je lui versois dans un grand verre, et jusqu'aux bords, d'un vin qui avoit de la force, et qui ne tarda guère à l'étourdir. Sitôt que je m'en aperçus à ses discours, je liai avec un cordon de soie une de ses jambes à la chaise sur laquelle il étoit assis, sans qu'aucun des convives prît garde à mon action. A la fin du souper, l'ambassadeur se leva, et toute la compagnie suivit son exemple; mais quand mon Anglais voulut faire la même chose, il tomba si rudement avec sa chaise, qu'il se cassa le nez et les mâchoires. Je défis subtilement le cordon en faisant semblant de l'aider à se relever. Néanmoins, malgré tout le vin qu'il avoit bu, il remarqua que tout le monde rioit à ses dépens; et, se doutant bien de la cause de sa chute, il sortit fort en colère, et ne revint plus au logis; ce qui fit un extrême plaisir à son excellence.

Nous étant ainsi défaits de cet écornifleur, nous entreprîmes, mes camarades et moi, de chasser aussi tous les autres; mais nous en trouvâmes quelques-uns qui nous donnèrent bien de la peine; entre autres un certain spadassin espagnol qui se disoit gentilhomme de Cordoue. Il vint un jour saluer son excellence, dans le temps qu'elle alloit se mettre à table pour dîner, en lui disant qu'il étoit dans le besoin, et que la nécessité l'obligeoit à lui découvrir sa situation. Mon maître, comprenant fort bien ce que cela signifioit, tira de sa poche une bourse où il y avoit quelques pistoles, et qu'il lui donna sans l'ouvrir; après quoi il lui fit une inclination de tête, et lui tourna le dos; mais le Cordouan, bien loin de se retirer, le suivit pas à pas, en lui parlant des occasions périlleuses où il s'étoit trouvé, et fut assez effronté pour se mettre à table auprès de lui. Ne vous offensez pas de la liberté que je prends, dit-il à son excellence ; quand je ne serois pas un bon gentilhomme, il suffit d'être soldat pour mériter l'honneur de manger avec des princes. D'ailleurs, ajouta-t-il, la table d'un seigneur de votre caractère doit être ouverte aux officiers dont les services n'ont point encore été récompensés.

En achevant ces paroles, il se jeta sur un plat avec avidité ; il mangea comme un affamé qu'il étoit ; ensuite me regardant, car c'étoit moi qui devois le servir, il me fit signe cinq ou six fois de lui donner à boire. Malheureusement pour mon gentilhomme, au lieu d'obéir à ses signes, je feignis de ne m'en apercevoir nullement ; et pendant ce temps-là il ne buvoit point. S'il crut d'abord que je n'en usois de la sorte avec lui que par négligence ou par bêtise, il ne fut pas long-temps dans cette erreur ; et voyant bien qu'il y avoit de la malice dans mon fait : Page, me dit-il à haute voix, vous a-t-on ordonné de me laisser mourir de soif ? Là-dessus mon maître, qui n'avoit pas peu d'envie de rire de la scène que je lui donnois, me fit signe de la tête de servir cet aventurier ; ce que je fis, Dieu sait de quelle façon. Je lui présentai un verre des plus petits, et je fus même assez cruel pour ne le remplir pas tout-à-fait.

Dans le temps que je venois de lui donner à boire, et que je reportois la soucoupe sur le buffet, il entra dans la salle deux autres parasites que je connoissois pour les avoir vus à la table de l'ambassadeur. Dès qu'ils remarquèrent que les places étoient prises, ils s'attachèrent à considérer les convives, et particulièrement notre prétendu noble de Cordoue ; il me parut, à l'air dont ils le regardèrent, qu'ils avoient du mépris pour lui. Entraîné par un mouvement de curiosité, je m'approchai de ces nouveaux personnages, et je leur demandai si ce gentilhomme, qu'ils sembloient examiner avec attention, étoit de leur connoissance. Bon, me répondit l'un des deux, vous nous faites rire avec votre gentilhomme. Apprenez que ce galant qui occupe à cette table la place d'un honnête homme, et que vous croyez d'un sang noble, est fils d'un père qui m'a souvent fait des bottines, et qui tient boutique auprès de l'église cathédrale de Cordoue. Si je le rencontre en mon chemin, dit l'autre à son tour, je pourrai bien lui dire deux mots. En parlant de cette manière, ces fanfarons retroussèrent fièrement leurs moustaches, relevèrent des plumes de coq qu'ils avoient sur leurs chapeaux, et gagnèrent la cour, où ils s'arrêtèrent pour se consulter sur le parti qu'ils prendroient. Je les y laissai quelque temps ; puis courant les rejoindre : Messieurs, leur dis-je, ce gentilhomme que vous méprisez tant assure que vous êtes des gens de rien. Il vous trouve, dit-il,

bien hardis d'oser vous présenter ici. Si vous voulez attendre qu'il ait dîné, il viendra vous en dire davantage. Il n'a qu'à venir ! s'écrièrent-ils tous deux ensemble ; nous lui apprendrons qui nous sommes. Les ayant animés l'un et l'autre contre l'officier de Cordoue, je revins à celui-ci : Monsieur, lui dis-je à l'oreille, mais d'un ton si bas que tout le monde m'entendit, il y a dans la cour deux gentilshommes qui seroient bien aises de vous entretenir un moment. Qu'ils prennent patience, me répondit-il ; je ne quitterai point son excellence pendant qu'elle sera à table. Ils soutiennent, repris-je, que vous vous donnez faussement pour un cavalier de noble race, et que vous n'êtes que le fils d'un cordonnier. Vive Dieu ! s'écria-t-il d'un air furieux, se peut-il qu'il y ait sur la terre des gens assez las de vivre pour oser tenir de semblables discours d'un homme tel que moi ! Où sont ces faquins ? poursuivit-il en se levant, où sont-ils ? Je veux pour le moins leur couper les oreilles. Vous n'avez, lui dis-je, qu'à me suivre, je vais vous mettre aux mains avec eux. A ces mots, je le pris par le bras et l'emmenai hors de la salle, quoiqu'il n'eût aucune envie d'en sortir.

Aussitôt l'ambassadeur et sa compagnie coururent aux fenêtres qui ouvroient sur la cour, pour voir de quelle façon se termineroit la querelle que je venois de faire naître entre ces trois faux braves. Messieurs, dis-je aux deux qui se promenoient dans la cour, voici ce gentilhomme dont le père, si l'on veut vous en croire, est un cordonnier cordouan. Qu'il rende grâce, s'écrièrent-ils, au respect que nous devons à cet hôtel, que nous regardons comme la maison du roi d'Espagne. Voyant que l'officier de Cordoue étoit si effrayé qu'il n'avoit pas même la force de leur répondre, je portai pour lui la parole : Messieurs, leur dis-je, il va sortir tout à l'heure si vous le souhaitez, et vous viderez votre différend dans la rue. Non, non, me repartirent-ils en se retirant avec un peu de précipitation, nous nous rencontrerons ailleurs. Leur retraite réveilla le courage de mon gentilhomme, qui les traita de poltrons. Il sortit un moment après eux, mais il prit un chemin opposé au leur.

Une si ridicule aventure divertit infiniment l'ambassadeur et ses convives, qui se remirent à table en disant mille choses plaisantes aux dépens de nos trois aventuriers. Après le dîner, chacun prit son parti et se retira, pendant que son excellence entra dans son cabinet pour y faire la sieste.

CHAPITRE X.

De la pièce que fit Guzman à un capitaine et à un avocat qui vinrent un jour dîner chez l'ambassadeur, sans y avoir été invités.

Rien ne faisoit plus plaisir à mon maître que de voir d'honnêtes gens à sa table; il y souffroit même volontiers des parasites, pourvu qu'ils payassent leur écot par quelques bons mots; mais il n'aimoit pas que ces derniers vinssent manger chez lui lorsqu'il régaloit des personnes de considération. Cela étant, tu t'imagines bien qu'un jour, qu'il donnoit à dîner à l'ambassadeur de France et à plusieurs autres seigneurs, il ne vit pas sans peine arriver deux écumeurs de table : c'étoit un capitaine et un avocat, qui ne manquoient pas de mérite chacun dans sa profession; mais ils ne savoient parler que de leur métier, ce qui les rendoit l'un et l'autre fort ennuyeux.

Notre ambassadeur n'étoit pas capable de leur faire un mauvais compliment. Il se contenta de prendre un air chagrin; ce qui me fit connoître qu'il ne voyoit qu'à regret ces deux personnages. S'ils s'aperçurent de la mauvaise humeur de son excellence, du moins ils n'en témoignèrent rien. Il est vrai qu'ils avoient trop bonne opinion d'eux-mêmes pour s'en croire la cause; aussi, bien loin de s'en aller après avoir salué l'ambassadeur, ils demeurèrent et se mêlèrent parmi les autres. Mon maître, dans l'âme de qui je lisois, me regarda, et je n'eus pas besoin d'un second coup-d'œil pour deviner sa pensée. Je compris qu'il exigeoit de moi que je divertisse la compagnie aux dépens du capitaine et de l'avocat. J'en formai dans le moment la résolution, et le moyen en fut bientôt imaginé.

Il faut observer que l'avocat, homme grave et froid, avoit une moustache dont il paroissoit idolâtre. Il n'osoit rire, de peur de lui faire perdre l'équilibre, et il la regardoit souvent dans un petit miroir qu'il tiroit de sa poche avec son mouchoir, dont il faisoit semblant de se servir pour se moucher. Ayant fait cette remarque, j'attendis que l'on fût au fruit, parce que c'est alors que la joie règne dans le repas : comme en effet, toute la compagnie se mit en train, et la conversation devint si enjouée, que je ne pouvois avoir une occasion plus favorable d'exécuter ce que j'avois projeté. Je m'approchai du capitaine, et lui dis à l'oreille quelque chose qui le fit rire. Il crut devoir me répondre sur le même ton, et il m'obligea de baisser la tête pour l'entendre. Je lui répliquai, il me repartit, et toujours en nous entretenant tout bas. Enfin, quand je jugeai qu'il en étoit temps, j'élevai la voix d'un air sérieux, et comme si c'eût été une suite de notre entretien : Je suis votre valet, seigneur capitaine; je n'en ferai rien,

je vous jure. Le respect que j'ai pour M. l'avocat ne me permet pas de prendre une pareille liberté.

Qu'y a-t-il donc, Guzman, s'écria mon maître? Ma foi, monseigneur, lui répondis-je, c'est à M. le capitaine à vous le dire; cela lui convient beaucoup mieux qu'à moi. Il vient de tirer sur la barbe de M. l'avocat, et il me presse de divertir la compagnie, en adoptant les traits railleurs qui lui sont échappés. Mais encore, dit l'ambassadeur de France, apprends-nous quelles sont ces plaisanteries. Puisque vous me le demandez, mon maître et vous, repris-je, il faut que j'obéisse à vos excellences. Monsieur le capitaine en veut à la moustache de Monsieur l'avocat, lequel, dit-il, a grand soin de la teindre tous les matins, afin qu'on ne s'aperçoive pas qu'elle commence à blanchir, et ne dort jamais que sur le dos, de peur de lui faire prendre un mauvais pli. En un mot, il y a un quart d'heure qu'il fait des railleries assez piquantes de Monsieur le docteur en droit, et qu'il me presse de vous en divertir, en vous les disant comme si elles venoient de mon cru. Mais ce n'est point à un garçon de ma sorte à se jouer à un personnage tel que Monsieur l'avocat.

Le capitaine se mit à rire en m'entendant parler dans ces termes, au lieu de me démentir pour se justifier, et toute la compagnie suivit son exemple, sans savoir si je mentois ou si je disois la vérité. Le docteur en droit demeura quelques moments incertain de la manière dont il devoit prendre la chose; mais il ne put tenir contre les ris immodérés du capitaine; et l'apostrophant d'un ton qui marquoit sa colère : Fanfaron, lui dit-il, vous avez bonne grâce vraiment de vous moquer de mon âge, vous qui vous vantez d'avoir été avec Charles-Quint au siége de Tunis. Apprenez, monsieur le mauvais plaisant, que je ne fais point de comparaison avec un homme de votre trempe. Tout beau, monsieur l'avocat, interrompit le capitaine en prenant son sérieux, vous oubliez devant quels seigneurs nous sommes ici. Si je n'étois pas plus raisonnable que vous... Comment, plus raisonnable! interrompit à son tour le docteur en se levant de table d'un air furieux, c'est vous qui êtes le plus grand fou qu'il y ait au monde. Le capitaine, qui commençoit à perdre patience, n'auroit pas manqué de répliquer à l'avocat, en lui jetant peut-être une assiette au visage, si les deux excellences ne les eussent empêchés d'en venir aux voies de fait. On apaisa donc peu à peu ces deux ennemis, et depuis ce temps-là nous ne les revîmes plus. C'est de cette façon que j'écartai de notre hôtel ces deux parasites; ce qui fut très-agréable à mon maître.

CHAPITRE XI.

L'ambassadeur devient amoureux d'une dame romaine. Guzman entreprend de servir son amour. Succès de cette galante entreprise.

Je t'ai déjà dit que le seul défaut de l'ambassadeur étoit d'avoir le cœur un peu trop tendre, ou pour mieux dire libertin. Il avoit vu, je ne sais dans quelle occasion, la femme d'un chevalier romain, et il en étoit devenu passionnément amoureux. Il avoit déjà mis à ses trousses une vieille des plus stylées à séduire les jeunes dames; mais cette agente, tout habile qu'elle étoit, n'avoit encore fait que des démarches inutiles. Il en étoit au désespoir. Il m'ouvrit son cœur un jour, et me dit qu'il s'étonnoit de la résistance de Fabia, d'autant plus que cette dame, à la fleur de son âge, se voyoit pour mari un vieillard désagréable et plein d'infirmités.

Le but de cette confidence étoit de m'engager à me mêler de cette intrigue; ce qui ne fut pas difficile à faire. Je me chargeai donc de l'honorable emploi que mon maître me donna, et je lui fis concevoir les plus flatteuses espérances, en lui apprenant que j'étois en liaison particulière avec la suivante de sa dame. Il m'embrassa de joie quand je lui eus dit cette circonstance, et il demeura persuadé que, nous ayant dans ses intérêts la soubrette et moi, il obtiendroit tôt ou tard, par notre secours, l'accomplissement de ses désirs.

Dès le premier entretien que j'eus avec Nicoleta, c'étoit le nom de la suivante, je la disposai à rendre service à mon patron. Effectivement elle n'épargna rien pour le bien mettre dans l'esprit de sa maîtresse, saisissant toutes les occasions de le louer, et de parler au désavantage du mari. Néanmoins, après avoir perdu plusieurs jours à tenter la vertu de Fabia par tous les discours les plus capables de l'ébranler, elle commençoit à désespérer de la vaincre, lorsqu'un matin cette dame, prenant tout-à-coup un visage riant, lui dit : Ma chère Nicoleta, il faut que je te découvre le fond de mon âme; c'est trop dissimuler avec une fille aussi dévouée que tu l'es à tous mes sentiments. Apprends que l'ambassadeur d'Espagne me paroît l'homme du monde le plus digne d'être aimé d'une femme de qualité. Je ne puis plus longtemps le maltraiter. Mais tu me connois; tu sais que je suis esclave de ma réputation. Cherche quelque moyen de concilier avec ma délicatesse le penchant que j'ai pour lui; et si tu m'en trouves un qui me satisfasse, je ne ferai plus difficulté de me rendre à la passion de cet aimable seigneur. Je te permets de ne rien céler à Guzman, et même de me l'amener, s'il est possible, dès cette nuit.

Tu l'introduiras en secret dans cette maison, et je pourrai l'entretenir impunément.

Nicoleta, transportée de joie de voir sa maîtresse dans la disposition où elle paroissoit être, embrassa ses genoux, lui baisa les mains, et fit devant elle mille folies qui marquoient son ravissement. Ensuite, pour mieux l'affermir dans sa résolution, elle se mit à lui vanter les bonnes qualités de l'ambassadeur, et elle finit en l'assurant que nous conduirions si prudemment cette intrigue, qu'aucune personne dans Rome n'en auroit le moindre soupçon. Sur cette assurance, Fabia dit à sa suivante qu'elle s'abandonnoit entièrement à son zèle et à son adresse.

Là-dessus Nicoleta vint me trouver, et, comme une fille que l'excès de sa joie rendoit presque folle, elle me jeta les bras au cou en s'écriant : Mon ami, mon cher ami, paie-moi l'agréable nouvelle que j'ai à t'annoncer : ma maîtresse ne résiste plus; elle veut rendre ton maître le plus heureux de tous les hommes. Je fus si charmé d'entendre ces paroles, auxquelles je ne m'attendois nullement, que, ne me possédant plus à mon tour, je pris Nicoleta par la main, et la menai comme en triomphe après une victoire dans le cabinet de mon maître, où nous commençâmes tous trois à célébrer joyeusement la métamorphose de Fabia. Son excellence tira de sa poche une petite bourse pleine de pistoles d'Espagne, et en fit présent à la soubrette, qui la reçut de bon cœur, après avoir fait quelques façons, ainsi que cela se pratique en pareil cas.

Cette officieuse agente s'étant ensuite retirée, non sans m'avoir auparavant bien instruit de l'endroit où il falloit que je me trouvasse cette nuit, et de l'heure à laquelle je m'y devois rendre pour pouvoir entrer dans la maison de Fabia, me laissa seul avec l'ambassadeur. Nous passâmes l'après-dînée, lui à me conter où il avoit vu cette dame, et moi à le féliciter d'avoir fait une si belle connoissance. Dès que la nuit fut venue, je courus à l'endroit où l'on m'avoit donné rendez-vous, et j'y attendis l'heure marquée; mais cette soubrette ne parut que pour me dire que sa maîtresse ne pouvoit me parler cette nuit; et il en fut ainsi des trois ou quatre autres suivantes. Nous ne tirâmes pas, le patron et moi, un fort bon augure de cela; néanmoins nous ne perdîmes point toute espérance, et une nuit enfin il arriva que la confidente me dit, par une petite fenêtre basse, que dans quelques moments elle m'introduiroit dans la maison.

Il faut observer que j'étois dans une ruelle toute remplie de boue, et où j'aurois inutilement cherché à me mettre à couvert d'une grosse pluie qui tomboit, et qui perça bientôt mes habits. Je l'essuyai pendant deux heures avec une patience que je n'aurois pas eue, si je n'eusse été là que pour mon compte; mais j'avois pour mon maître un zèle à l'épreuve de tout. J'étois donc mouillé comme un canard, lorsque je m'entendis appeler par Nicoleta; je la joignis promptement, et elle me fit entrer par une petite porte qui fut refermée aussi doucement qu'elle avoit été ouverte. Guzman, me dit la suivante, je vais avertir Fabia, qui va descendre pour te parler. La voix de ma bien-aimée me valut un fagot pour me sécher. Je ne sentois plus que le plaisir de toucher à l'heureux instant de voir la dame dont l'ambassadeur étoit épris, et je goûtois par avance la joie que j'aurois à rapporter à ce seigneur ce qui se seroit passé entre elle et moi. Fabia vint en effet, peu de temps après, avec sa soubrette, à qui elle dit : Nicoleta, tandis que je m'entretiendrai ici avec le seigneur Guzman, remontez dans la chambre de mon mari; observez-le bien; et si par hasard il s'avise de me demander, revenez vite m'en donner avis.

Je ne dirai pas si je trouvai Fabia belle ou laide, car elle avoit jugé à propos de me recevoir sans lumière, de sorte que nous étions dans une obscurité qui ne nous permettoit pas seulement de nous discerner. Cette dame, baissant la voix, commença par s'informer de l'état de ma santé, comme si elle y eût pris un fort grand intérêt. De mon côté je fis la même chose : mais j'ajoutai à ce que je lui dis un beau compliment de ma façon, comme de la part de mon maître, que je lui peignis brûlant d'amour pour elle. Cependant, quoique mon discours fût très-pathétique, elle y fit, à ce qu'il me sembla, fort peu d'attention, puisque m'interrompant dans l'endroit le plus propre à l'attendrir : Seigneur Guzman, me dit-elle, pardonnez, je vous prie, si je ne vous écoute pas de la manière que vous le souhaiteriez; mais je tremble; et, dans la crainte qui trouble mes esprits, je m'imagine que mon époux a ici des espions qui nous écoutent. Marchez tout droit devant vous, poursuivit-elle en parlant encore plus bas; vous allez entrer dans une salle où je vous conjure de m'attendre; je vais faire un tour dans la maison pour me rassurer; je ne tarderai pas à venir vous rejoindre. Ne faites point de bruit.

J'ajoutai foi à ces paroles de Fabia. Je m'avance à tâtons, comme un Colin-Maillard; mais, au lieu de trouver une salle, je sens que je traverse une cour dont le pavé est si sale et si glissant, qu'après avoir fait quelques pas, je tombe dans un tas de boue, d'où, voulant me relever, je vais donner si rudement de la tête contre un mur que je rencontre devant moi, que je demeurai près d'un quart-d'heure tout étourdi. Néanmoins, m'étant

un peu remis de ce coup terrible, je cherchai le long du mur la prétendue salle dont on m'avoit parlé, et je crus enfin y entrer en passant par une petite porte ouverte que je trouvai sous ma main; autre erreur : me voilà, s'il vous plaît, dans une arrière-cour fort étroite, et qui n'avoit pas deux toises de longueur. Pour comble de misère, la pluie continuoit toujours de la même force; et, tombant dans cette arrière-cour par deux gouttières, elle l'avoit inondée, de façon que je me sentis dans l'eau jusqu'aux jarrets. Je reculai aussitôt pour me tirer de là en regagnant la porte; mais elle n'étoit plus ouverte, soit que le vent l'eût fermée, soit que quelqu'un qui me suivoit de près, ce qui est plus vraisemblable, l'eût poussée pour m'enfermer dans ce marais. Je fus donc obligé de me résoudre à passer la nuit dans l'arrière-cour, où, quand je voulois m'éloigner d'une gouttière qui m'incommodoit, je me trouvois sous l'autre : je ne faisois que fuir Charybde pour tomber dans Scylla. O nuit aussi cruelle pour moi que celles de la cuve et du bernement!

Tout désagréable pourtant qu'il m'étoit de me voir dans l'eau, et de me sentir arroser la tête, sans que je pusse m'en défendre, les réflexions que je faisois sur les suites fâcheuses qu'auroit peut-être cette aventure, ne m'affligeoient pas moins que ma situation présente. Misérable Guzman, disois-je, tu te vois donc pris au trébuchet! Le mari de Fabia ne manquera pas de te demander demain ce que tu es venu faire dans sa maison. Que répondre à cela? Si tu dis la vérité, pour la première fois de ta vie que tu l'auras dite, tu rendras ton maître avec toi la fable de Rome. Quelle réponse feras-tu donc? Il faudra que tu dises que c'est Nicoleta qui t'y a fait entrer, et que tu as promis de l'épouser : si l'on veut t'obliger à tenir ta parole, tu sauteras le fossé; il vaut encore mieux que ce malheur t'arrive, que de te faire disloquer les os dans les tourments qu'on te feroit souffrir pour te faire parler. Mais qui sait si l'on se contentera de te donner la question? Peut-être qu'on n'en fera pas à deux fois, et qu'on m'enterrera dans ce vilain cimetière. Je dois tout craindre d'un mari italien.

Je fus agité de ces affreuses imaginations jusqu'à la pointe du jour : alors je crus entendre que l'on ouvroit doucement la porte de l'arrière-cour; et je m'en réjouis d'abord, dans la pensée que c'étoit la soubrette ou sa maîtresse qui venoit par pitié me tirer de ma prison; mais c'est à quoi l'une et l'autre songeoient le moins. Véritablement la porte n'étoit plus fermée; et de quelque côté que je tournasse la vue, je n'apercevois personne. Je me retrouvai dans la cour que j'avois traversée la nuit; et, ayant ouvert une petite porte qui n'étoit que poussée, je me vis dans la rue, ou plutôt dans la même ruelle où la soubrette m'avoit donné rendez-vous; je reconnus aussi la fenêtre par où elle m'avoit parlé; et me représentant alors toute la supercherie qu'on m'avoit faite, je remerciai le ciel de n'avoir pas été plus maltraité. Je retournai promptement vers notre hôtel; je gagnai mon appartement, où, m'étant mis nu comme la main, je me jetai sur mon lit, après m'être enveloppé dans mes couvertures, pour rappeler la chaleur que l'humidité de mes habits m'avoit ôtée.

CHAPITRE XII.

De l'aventure du cochon, et quelle en fut la suite.

J'étois dans une trop grande agitation pour prendre quelque repos; et, ne pouvant dormir, je me mis à rêver à l'aventure qui venoit de m'arriver. Je la regardai comme un trait de vengeance de Fabia. Je jugeai que cette dame avoit de la vertu, et que, pour le faire connoître à l'ambassadeur, elle avoit jugé à propos de recevoir ainsi son envoyé. Mais ce qui me mortifioit plus que tout le reste, c'est que je voyois dans cet événement de quoi donner à tout le monde occasion de rire à mes dépens. J'étois aussi fort en peine de savoir de quelle façon je tournerois la chose à mon maître quand il faudroit la lui conter; car je ne doutois pas que tôt ou tard elle ne vînt à sa connoissance.

Lorsque je me fus un peu réchauffé dans mes couvertures, je me revêtis d'un autre habit aussi propre que celui qui avoit été si bien ajusté par la pluie, et je me mis en état de me présenter devant l'ambassadeur, comme s'il ne me fût rien arrivé. J'attendis qu'il me demandât; ce qu'il ne manqua pas de faire sur la fin de son dîner. Il me fit entrer avec lui dans son cabinet, où il me dit : Pourquoi donc, Guzman, ne vous ai-je point vu ce matin? Je croyois que vous me viendriez rendre compte de ce que vous avez fait cette nuit chez Fabia. Il faut que vous ayez de mauvaises nouvelles à m'apprendre. Monseigneur, lui répondis-je, il est vrai que je n'en ai pas de trop bonnes à vous annoncer. Je ne sais ce que je dois penser de Fabia. J'ai passé la nuit dans la rue sans avoir entendu parler de cette dame, ni même de sa suivante. Plût au ciel que vous n'eussiez jamais conçu le dessein que vous avez formé. D'où vient? me répliqua-t-il; vous vous découragez bien facilement; peut-être quelque contre-temps n'aura pas permis à Fabia de faire ce qu'elle avoit résolu, ni même à sa soubrette de vous en avertir : quoi qu'il en soit, ne vous rebutez point, et retournez dès cette nuit au même endroit où vous avez inutilement attendu Nicoleta.

Je promis à mon maître de n'y pas manquer; et je ne fus pas sitôt sorti de son cabinet, qu'un de nos valets d'écurie vint à moi, et me remit un billet de la part, me dit-il, d'une dame qui l'avoit prié de me le faire tenir. C'étoit la soubrette. Elle me mandoit qu'elle étoit fort surprise que j'eusse négligé dans la matinée de l'informer de ce qui s'étoit passé la nuit entre sa maîtresse et moi; que, pour réparer ma faute, je n'avois qu'à l'aller trouver vers le soir dans la ruelle derrière la maison de Fabia, et que, par la fenêtre basse que je connoissois, nous aurions ensemble une petite conversation. Ce billet ranima mon courage. Je me rendis sur les six heures du soir dans la ruelle, qui, comme on l'a déjà dit, étoit fort étroite, et où il y avoit partout un pied de boue.

La suivante m'attendoit à la fenêtre, et d'abord elle me fit de grands reproches, qui se changèrent ensuite en compliments de condoléance, quand je lui fis un fidèle récit de ce qui m'étoit arrivé. Elle me parut extrêmement surprise du tour que sa maîtresse m'avoit joué; et quoique je fusse en garde contre ses discours, elle ne laissa pas de me persuader qu'elle n'y avoit aucune part.

Il faut observer que, pendant notre entretien, pour tenir une contenance plus galante, j'avois le cou allongé, les jambes ouvertes; et c'étoit, comme tu vas l'entendre, me prêter au nouveau malheur que me préparoit ma mauvaise fortune. Il y avoit à un des bouts de la ruelle une écurie d'où il sortit tout-à-coup un cochon des plus gros, qu'on venoit d'en chasser à coups de bâton. Cet animal irrité, ainsi qu'un taureau furieux à qui l'on a ouvert la barrière, enfila la venelle de mon côté, et, me passant entre les jambes, m'enleva de terre, et m'emporta sur son dos en grognant d'une manière épouvantable. J'embrassai le cou de la bête; et, me tenant à ses soies le mieux qu'il m'étoit possible, de peur de me casser un bras ou une jambe contre le mur, ou bien de tomber dans la boue, j'espérois me tirer d'affaire assez heureusement; mais mon coursier trompa mon attente. Se sentant serrer le cou, il secoua si rudement la tête pour se délivrer de ce qui l'incommodoit, qu'il me jeta justement dans l'endroit de la ruelle le plus bourbeux : c'étoit à l'entrée du côté de la place Navonne. Il y a toujours là du monde, et il y en avoit alors plus qu'à l'ordinaire.

Quel spectacle, particulièrement pour la canaille, de me voir sortir de la ruelle couvert de boue depuis la tête jusqu'aux pieds! On entendit bientôt dans la place des cris et des huées; et dans un moment je fus entouré d'une infinité de toutes sortes de gens qui commencèrent à m'insulter par mille mauvaises plaisanteries, que je dévorai, tant j'étois accablé de honte et de confusion. Je ne songeois uniquement qu'à découvrir quelque maison où je pusse me cacher ; et en ayant remarqué une qui parut m'offrir l'asile que je cherchois, je me hâtai de m'y rendre. J'entrai dedans, et fermai brusquement la porte au nez des marauds qui me poursuivoient. Ceux-ci aussitôt se mirent à crier aux personnes du logis de me faire sortir : et l'on eût dit, en les voyant si ardents à me persécuter, que j'avois commis quelque crime digne d'un châtiment exemplaire.

Pour comble d'infortune, le maître de la maison où je m'étois sauvé ne se trouva pas disposé à prendre mon parti contre une populace insolente. Comme c'étoit un vieux jaloux à qui tout faisoit ombrage, il alla s'imaginer que l'état effroyable où j'étois pouvoit être une ruse dont je me servois pour m'introduire impunément chez lui, et faire un amoureux message. Cette ridicule vision fut cause qu'il vint fondre sur moi avec tous ses domestiques, qui me mirent dehors à grands coups de poing et de pied au cul. Me voilà donc une seconde fois livré à mes railleurs impitoyables, qui, courant après moi à mesure que je m'éloignois d'eux, renouvelèrent leurs railleries et leurs injures. Je ne savois plus à quel saint me vouer, lorsque le ciel, pour ma consolation, me fit rencontrer un jeune Espagnol qui vint m'offrir ses services et ceux de trois ou quatre Italiens qui l'accompagnoient. Avec ce secours, dont j'avois grand besoin, je me dérobai à mes persécuteurs ; tandis que l'Espagnol et ses compagnons les écartoient à coups de plat d'épée, je m'avançois à toutes jambes vers notre hôtel, méprisant les coups de dents que je recevois dans les rues de tous les petits chiens qui se mettoient à mes trousses.

J'arrivai pourtant au logis sain et sauf, à quelques meurtrissures près. J'eus le bonheur de parvenir jusqu'à ma chambre sans avoir rencontré personne ; mais j'eus beau fouiller dans toutes mes poches, je n'y trouvai point ma clef. Je jugeai qu'en tirant mon mouchoir pour m'essuyer le visage, je l'avois laissé tomber dans la maudite maison où je m'étois réfugié si mal à propos. Ah ! misérable, me dis-je alors à moi-même, que te sert-il d'être sorti d'un affreux embarras, si tu n'en peux cacher la connoissance aux domestiques de l'ambassadeur ? Si quelqu'un t'aperçoit dans l'équipage où tu es, il ira le dire aux autres, et voilà des risées sur ton compte pour plus de deux mois.

Après avoir long-temps pensé à ce que je devois faire, je me déterminai à implorer l'assistance d'un de mes camarades dont la chambre étoit voisine de la mienne, et qui, s'il n'étoit pas de mes amis, faisoit du moins semblant de l'être. J'allai frapper à sa porte. Il ouvrit ; et, me voyant si bien ajusté, il fit, sans pouvoir s'en défendre, quelques éclats de rire, qu'il me fallut essuyer patiemment. Mon ami, lui dis-je, quand vous serez las de vous épanouir la rate, je vous prierai de m'aller chercher un serrurier pour ouvrir ma chambre. J'y cours, me répondit-il ; mais contente auparavant ma curiosité : conte-moi l'accident qui t'est arrivé ; je te promets de garder le secret. Pour me débarrasser d'un homme si curieux, je lui fis un détail où il n'y avoit pas un mot de vrai. Après cela, je le pressai de me rendre le service que j'attendois de lui. Ce ne fut pas sans répugnance qu'il me laissa dans sa chambre, tant il appréhendoit que je ne gâtasse ses meubles. Il m'obligea même de lui jurer, tout fatigué que j'étois, que je ne m'en approcherois point, et que je demeurerois debout jusqu'à son retour. Par bonheur pour moi il revint assez promptement avec un serrurier qui ouvrit ma chambre, où, sans perdre de temps, je changeai d'habit et de linge, après m'être bien lavé les mains et le visage.

A peine eus-je changé de décoration, que l'on me vint avertir que l'ambassadeur vouloit me parler. Il savoit déjà l'histoire du cochon. Il y a toujours, dans les grandes maisons, des domestiques qui, pour faire leur cour à leurs maîtres, vont leur rapporter tout ce que les autres ont fait. Mais il n'avoit appris mon aventure que très-imparfaitement ; aussi me demanda-t-il d'abord de quelle façon la chose s'étoit passée ; et si ce n'étoit point une insulte que m'eût fait faire le mari de Fabia. Je fus ravi qu'il me donnât lui-même une si belle occasion de composer une fable. Je lui dis que deux grands laquais m'ayant vu parler dans la ruelle à Nicoleta, s'étoient avisés de me vouloir railler là-dessus ; que je leur avois répondu, et qu'insensiblement nous en étions venus des paroles aux actions ; que, selon toutes les apparences, j'en aurois tué un, si heureusement pour lui un cochon, sortant de la ruelle avec furie, n'eût passé entre nous et ne m'eût fait tomber dans la boue ; et qu'enfin m'étant relevé sur-le-champ pour continuer le combat, j'avois vu mes ennemis prendre lâchement la fuite.

Monseigneur fut la dupe de mon récit fanfaron ; mais si je lui en donnai à garder ce soir-là, dès le lendemain matin, en récompense, il apprit la vérité. Je m'en aperçus bien au dîner ; il me lança quelques traits railleurs sur mon combat contre les deux grands laquais, et m'appela le paladin au cochon. J'aurois ri tout le premier de ses plaisanteries, s'il me les eût faites en particulier ; mais c'étoit en présence des autres domestiques, qui tous étoient charmés de m'entendre ainsi turlupiner par mon maître, et qui jugeoient bien par là que je ne serois pas long-temps son favori.

Ce qu'il y eut encore de plus fâcheux pour moi, c'est qu'un des amis de l'ambassadeur, et par conséquent un de mes ennemis, vint lui faire une visite peu de jours après, et dit à son excellence qu'il avoit quelque chose de très-important à lui communiquer. Mon maître demanda de quoi il s'agissoit, et alors son ami lui parla dans ces termes, ou du moins dans d'autres équivalents : « L'intérêt que je prends à tout ce qui vous regarde ne me permet pas de vous laisser ignorer un bruit qui se répand dans Rome, et qui blesse votre réputation. Guzman, dont la conduite est fort mauvaise, passe pour le ministre de vos plaisirs : on ne s'entretient partout que de l'aventure du cochon ; et si l'on en veut croire la médisance, c'est en ménageant pour vous les bonnes grâces d'une dame que l'officieux Guzman a servi de jouet à la populace. »

Ces paroles firent toute l'impression qu'elles pouvoient faire sur l'esprit d'un homme tel que mon maître, qui savoit bien toutes les mesures qu'une personne de son caractère avoit à garder, tant pour son honneur que pour celui de son prince. Dès ce moment il résolut de se défaire de moi. Il n'en témoigna rien ; mais quoiqu'il affectât de vivre avec moi comme à son ordinaire, je le connoissois trop pour ne pas m'apercevoir de sa dissimulation et de la face nouvelle que mes affaires prenoient auprès de lui.

Le carême, qui arriva dans ce temps-là, lui fournit un beau prétexte pour commencer à exécuter le dessein qu'il avoit de me donner honnêtement mon congé. Il me dit qu'il avoit envie de se retirer du commerce des femmes, et de mener une vie plus réglée. Je t'avouerai même, ajouta-t-il, que je ne suis plus follement épris de Fabia. La raison m'est revenue ; je reconnois que j'ai le plus grand tort du monde d'avoir jeté les yeux sur cette dame. Son époux est un des premiers cavaliers de Rome, et je me reprocherai toute ma vie d'avoir voulu déshonorer sa maison.

Il me tint encore d'autres discours semblables que je feignis de croire pieusement. Je fis plus, j'applaudis à sa résolution ; et, contrefaisant à mon tour le pécheur qui rentre en lui-même, je lui dis que je prétendois suivre son exemple. Je changeai en effet de conduite ; je fis toutes les grimaces hypocrites dont je pus m'aviser pour persuader aux domestiques, et particulièrement à mon maître, que j'avois renoncé pour jamais aux intrigues amoureuses.

LIVRE QUATRIÈME.

CHAPITRE PREMIER.

Guzman prend la résolution de sortir de Rome, et de parcourir toute l'Italie, pour y voir ce qu'il y a de plus curieux.

Je passois presque toutes les journées dans ma chambre, où je m'occupois à lire de bons livres qu'on me prêtoit, et à recevoir quelques amis qui me venoient visiter. Un jour le jeune Espagnol, qui avoit si généreusement pris ma défense dans l'aventure du cochon, me vint voir pour s'informer, me dit-il, de l'état de ma santé. Tu peux bien croire, mon cher lecteur, que je ne manquai pas de faire un gracieux accueil à un homme à qui j'avois tant d'obligation. Je lui fis mille compliments sur le service qu'il m'avoit rendu, et je l'assurai que j'étois très-mortifié de n'avoir pu aller chez lui pour l'en remercier, ignorant sa demeure et son nom. Il me répondit modestement qu'il n'avait rien fait qui méritât tant de reconnaissance ; et qu'étant Espagnol et noble, il s'étoit fait un devoir de courir au secours d'un galant homme insulté par la canaille.

Je ne lui eus pas plus tôt entendu dire qu'il étoit de mon pays, que je lui demandai dans quel endroit d'Espagne il avoit pris naissance. Je suis, me dit-il, d'Andalousie, natif de Séville, et Sayavedra est mon nom. Je redoublai mes civilités quand j'appris qu'il étoit d'une des plus illustres et des plus anciennes familles de notre ville. Il avoit en effet l'accent andalous, et connoissoit aussi bien que moi Séville. Cependant il étoit originaire de Valence ; mais il avoit ses raisons pour ne le pas dire alors. Je lui offris mes services et le crédit de mon maître, s'il en avoit besoin. Il me rendit grâce de ma bonne volonté, me dit que véritablement il avoit une affaire à la chambre apostolique, et qu'il en espéroit un heureux succès ; mais que si les personnes qui s'intéressoient pour lui n'agissoient pas efficacement, il auroit recours à moi.

Comme il m'échappa de dire, dans la suite de

notre conversation, que l'on me trouvoit toujours au logis, et que je me promenois rarement, il en voulut savoir la cause. Je lui avouai de bonne foi que je n'osois me montrer dans les rues depuis l'aventure du cochon, et que j'étois bien aise du moins de donner le temps de l'oublier avant que de reparoître dans le monde ; ce qui lui parut d'un homme prudent et judicieux. Il ne laissa pas de s'offrir à m'accompagner avec ses amis, si quelque affaire indispensable m'obligeoit à sortir. Pénétré de ses offres obligeantes, je lui jetai les bras au cou, et l'accablai de remercîments. De son côté, il ne demeura point en reste de politesse avec moi ; et quoiqu'il approuvât la raison qui me faisoit garder la chambre, il me dit qu'il me plaignoit fort d'être réduit à mener une vie si ennuyeuse ; qu'il me conseilloit plutôt de voyager, d'aller voir Venise, Bologne, Pise et Florence ; que je trouverois dans ces villes de quoi m'amuser agréablement, et qu'enfin je reviendrois à Rome lorsque je le jugerois à propos.

Je fis connoître à Sayavedra qu'il ne pouvoit rien me conseiller qui fût plus de mon goût, et que je ne tarderois guère à suivre son conseil, pourvu que mon maître, sans la permission de qui je ne prétendois rien faire, y consentît. Alors mon Andalous, natif de Valence, et fourbe en diable et demi, me fit une description charmante de toutes ces villes, pour me donner encore plus d'envie de les voir. Il m'en inspira un si grand désir, que dès le lendemain matin, en habillant l'ambassadeur, je lui dis : Je ne sais, monseigneur, si vous approuverez un dessein que j'ai formé sous votre bon plaisir ; je voudrois bien voyager par toute l'Italie : je m'imagine que je ne ferois point mal de m'éloigner de Rome pour quelque temps. Son excellence, à ces paroles, sentit un mouvement de joie qu'elle ne put s'empêcher de laisser paroître. Guzman, s'écria-t-elle, il ne pouvoit te venir une meilleure pensée que celle-là : oui, mon ami, tu feras bien de disparoître, du moins pour quelques mois : cela ne sauroit produire qu'un bon effet pour tous deux ; car je n'ignore pas les bruits qui courent à mon désavantage, surtout depuis ta dernière aventure. On nous accommode l'un et l'autre de toutes pièces ; on m'en a donné charitablement avis. En un mot, nous sommes dans la nécessité de nous séparer. J'ai quelquefois eu envie de te le dire ; mais je n'en ai pas eu la force, et je suis ravi que tu prennes de toi-même le parti de voyager. Au reste, Guzman, poursuivit ce bon maître, tu peux compter que je te mettrai en état de voir agréablement tous les pays où tu voudras aller. Enfin j'en userai avec toi comme avec un serviteur que j'aime, et dont je ne me défais qu'à regret.

Ainsi me parla mon ambassadeur. Je lui rendis un million de grâces des sentiments favorables qu'il venoit de me témoigner ; et je ne fus pas sitôt hors de son appartement, que je chargeai un de nos marmitons de m'aller chercher le messager de Sienne ; ensuite je me retirai dans ma chambre pour m'occuper des préparatifs de mon voyage. Déjà je commençois à serrer proprement mes hardes dans trois coffres qui me servoient de garde-robe, lorsque je reçus une seconde visite de Sayavedra, que je mettois au nombre de mes meilleurs amis. Il fit paroître quelque étonnement à la vue de mes effets étalés dans ma chambre, et des coffres ouverts devant moi. Comment donc, seigneur Guzman, s'écria-t-il, est-ce que vous vous disposeriez à suivre le conseil que je vous ai donné ? Vous l'avez deviné, lui répondis-je ; mon maître, à qui j'ai parlé de mon dessein, m'a permis de l'exécuter. C'en est fait ; je pars dans deux jours pour Sienne, où je me propose de m'arrêter quelque temps chez un marchand de mes amis, appelé Pompée. Je ne le connois point personnellement ; mais c'est un homme à qui j'ai rendu service ici, et qui m'en témoigne par ses lettres tant de reconnoissance, que j'ai tout lieu de penser qu'il sera bien aise de me posséder chez lui : ainsi j'espère que j'aurai du plaisir à Sienne, où je vais dès aujourd'hui envoyer mes hardes à l'adresse de ce Pompée, pour n'en être point embarrassé sur la route.

Si Sayavedra paroissoit attentif à ce que je lui disois, il ne l'étoit pas moins à me voir ranger mes nippes dans les coffres. Il remarquoit bien surtout où je plaçois ce que j'avois de plus précieux, et ce que, par vanité, je n'étois pas fâché qu'il regardât. Il ne manqua donc pas d'observer dans quel endroit je serrai une chaîne d'or avec quelques pierreries, et trois cents bonnes pistoles d'Espagne que j'avois amassées chez mon ambassadeur ; car je ne m'étois point amusé dans cette maison, comme dans les autres, à jouer. J'avois conservé avec beaucoup de soin tous les présents que j'avois reçus ; heureux si c'eût été pour moi et non pour des voleurs que j'eusse pris tant de peine ! Je remplis les deux autres coffres de ce que j'avois de plus commun, et après les avoir bien fermés, j'en laissai sur une table les clefs qui étoient liées ensemble ; puis nous continuâmes à nous entretenir, jusqu'à ce qu'un laquais me vînt dire que l'on me demandoit en bas. Comme ma chambre me parut alors trop malpropre pour y recevoir compagnie, je priai mon nouvel ami de me permettre de le quitter pour un moment, et j'allai voir qui pouvoit être la personne qui vouloit me parler. C'étoit le messager de Sienne, que je ne me souvenois plus d'avoir envoyé chercher.

Je m'informai du jour de son départ; et pour convenir avec lui de ce que je lui donnerois pour le port de mes hardes, je le fis monter dans ma chambre. Pendant ce temps-là Sayavedra fit son coup. Ce fripon, se voyant seul, se servit d'un morceau de cire qu'il avoit mis dans ses poches par précaution, prit les empreintes de mes clefs, et se saisit d'une lettre qu'il trouva sur la même table, et qu'il reconnut être de Pompée.

Je montrai mes coffres au messager, qui les souleva un peu pour pouvoir mieux juger de leur poids; je lui donnai l'argent qu'il me demanda pour les rendre à Sienne chez le seigneur Pompée, et il se retira en me disant qu'il alloit chercher du monde pour l'aider à emporter les coffres, et qu'il partiroit dans trois heures. Un instant après qu'il fut sorti, mon ami l'Espagnol voulut prendre congé de moi, sous prétexte de me laisser plus en liberté d'achever les apprêts de mon voyage. J'eus beau l'assurer qu'il ne m'incommodoit point, et lui offrir même à déjeûner, il n'y eut pas moyen de le retenir, tant il avoit d'impatience de me quitter pour aller faire faire ses fausses clefs. Du moins, lui dis-je, mon cher compatriote, enseignez-moi votre demeure. Il seroit bien malhonnête que je sortisse de Rome sans vous rendre une visite. Là-dessus, après m'avoir répondu qu'il m'en dispensoit, il me fit entendre d'un air mystérieux qu'il logeoit chez une dame, où, pour des raisons qu'un galant homme ne pouvoit dire, il falloit qu'il se privât du plaisir de recevoir ses amis.

N'ayant rien à répliquer à cela, je ne fis plus aucune instance pour arrêter notre prétendu homme à bonnes fortunes, qui courut aussitôt vers ses camarades, pour concerter avec eux la manière dont ils s'y prendroient pour s'emparer de mes coffres. Ses camarades étoient quatre fripons, dont trois reconnoissoient, comme lui, pour chef, un fameux voleur nommé *Alexandre Benti-voglio.* Celui-ci conduisoit les entreprises qu'ils formoient en commun : c'étoit lui qui distribuoit les rôles aux autres, et qui jouoit ordinairement le premier; mais il céda dans cette pièce le principal personnage à Sayavedra, lequel étant Espagnol, lui parut plus propre qu'un autre à représenter un Castillan. Ils s'habillèrent donc tous quatre de la manière qu'il lui plut, ayant des habits de toutes les façons pour déguiser ses gens; et ils se mirent le jour suivant en chemin pour Sienne, où ils arrivèrent le lendemain. Sayavedra, suivi de deux autres qui portoient des casaques de livrée, alla loger dans la meilleure hôtellerie de la ville, se disant gentilhomme de l'ambassadeur d'Espagne. A l'égard d'Alexandre, qui étoit connu dans toute l'Italie pour ce qu'il étoit, il

n'osa faire le troisième laquais; il jugea plus à propos de chercher un gîte dans un endroit moins fréquenté, avec le quatrième cavalier de sa suite.

Sayavedra, parlant d'un ton de maître, se fit donner d'abord la plus belle chambre; puis s'étant un peu ajusté, il envoya un de ses gens dire au seigneur Pompée que don Guzman son ami venoit d'arriver à Sienne par la poste, et qu'il se sentoit si fatigué de sa traite, qu'il le prioit de l'excuser s'il n'alloit pas loger chez lui. Pompée, ravi d'apprendre l'arrivée de don Guzman, abandonna tout pour aller trouver un homme auquel il étoit si redevable. Il vole à l'hôtellerie, et trouve dans une chambre bien éclairée un cavalier couché sur un lit de repos. Celui-ci le voyant entrer se lève avec empressement, et court à lui les bras ouverts, en lui disant : Ah! seigneur Pompée, je me flatte que vous voudrez bien me pardonner la liberté que j'ai prise de vous adresser mes coffres. Ce n'est point là votre plus grande faute, lui répondit en souriant Pompée, et je suis véritablement fâché contre vous de ce que vous n'êtes pas venu descendre chez moi. Rien n'est plus poli, répliqua le faux don Guzman; mais je vous dirai pour me justifier, que je suis si las d'avoir si long-temps couru la poste, que je n'ai pu me résoudre à vous incommoder. Tout au contraire, repartit le marchand, cela devoit vous engager à préférer ma maison à une hôtellerie. Une autre raison encore, lui dit Sayavedra, a prévalu sur l'envie que j'avois d'aller loger chez vous. Je ne fais que passer par Sienne : dès demain je vais à Florence par ordre de l'ambassadeur, mon cher maître, m'acquitter d'une commission dont il m'a chargé; je n'ai pas cru devoir vous embarrasser de moi pour si peu de temps : mais patience, ajouta-t-il avec un souris gracieux, je reviendrai dans huit ou dix jours, et je compte bien de faire quelque séjour dans votre maison.

Pompée ne laissa pas de le presser de venir souper et coucher chez lui, quoique ce ne fût que pour une nuit; mais le faux don Guzman s'en défendit avec tant d'opiniâtreté, que le marchand, craignant de l'importuner par trop d'instances, le laissa se délasser, en l'assurant qu'il ne manqueroit pas de revenir le lendemain matin à l'hôtellerie, pour être présent à son départ et lui souhaiter un bon voyage. Là-dessus Sayavedra dit *tout haut à un de ses valets : Tenez, Gradelin,* voici les clefs de mes coffres; le seigneur Pompée veut bien que j'envoie prendre quelques hardes et le linge dont je puis avoir besoin pendant huit jours. Apporte-moi, poursuivit-il, ma robe de chambre, que tu trouveras dans le plus grand coffre. Il vaut mieux, interrompit Pompée, en s'enferrant de lui-même, il vaut bien mieux faire.

transporter ici vos coffres, et vous en tirerez toutes les choses qui vous sont nécessaires. Vous avez raison, lui dit le faux Guzman ; je ferai un paquet des hardes dont j'ai absolument besoin ; je le mettrai dans le plus petit de mes coffres ; je l'emporterai avec moi à Florence, et je vous renverrai les deux autres, que vous aurez la bonté de garder chez vous jusqu'à mon retour.

Le marchand sortit ensuite de l'hôtellerie, et une demi-heure après on y vit arriver les trois coffres, portés par les compagnons de Sayavedra et par un valet d'écurie. Ils étoient accompagnés d'un homme qui présenta au faux Guzman, de la part de son ami Pompée, une corbeille de fruits excellents avec six bouteilles d'un vin admirable. Ce présent fut reçu avec toutes les démonstrations de la plus vive reconnoissance par Sayavedra, qui, après avoir fait une petite libéralité au domestique du marchand, le chargea de mille compliments pour son maître.

A peine les coffres furent-ils dans l'hôtellerie, qu'Alexandre Bentivoglio, qui savoit déjà l'heureux succès de la fourberie, s'y rendit. On fit l'ouverture des deux dont on avoit les clefs, et l'on crocheta l'autre, qui renfermoit mon argent et mes bijoux, qu'ils partagèrent, ou, pour mieux dire, qu'Alexandre s'appropria ; car c'étoit un rodomont que les autres craignoient, et qui leur faisoit telle part qu'il lui plaisoit des dépouilles volées. Il se contenta de leur donner à chacun trente pistoles et les plus mauvaises nippes ; après quoi il remplit le petit coffre de ce qu'il y avoit de meilleur, et fit mettre dans les autres de la paille et des pierres ; puis, sans perdre de temps, il envoya un homme de la bande retenir des chevaux de poste, pour partir à la pointe du jour, et prendre la route de Florence ; ce qui fut exécuté de point en point par ces honnêtes gens, qui payèrent l'hôte, en lui recommandant de faire reporter dans la matinée chez le marchand les deux coffres qu'ils laissoient dans l'hôtellerie.

Pendant que tout cela se passoit à Sienne, j'étois occupé à Rome à faire mes adieux à mes véritables amis, sans avoir le moindre pressentiment de cette supercherie. Il ne me restoit plus rien à faire qu'à prendre congé de mon maître. J'entrai dans sa chambre un matin d'un air triste ; et, après lui avoir protesté que je n'oublierois jamais les bontés qu'il avoit eues pour moi, je me jetai à ses genoux, et baisant une de ses mains, je la baignai de mes larmes. Il fut attendri de ma douleur, et me fit assez connoître qu'il me perdoit à regret. Ce bon seigneur m'exhorta à la vertu d'une manière aussi tendre que s'il eût parlé à son propre fils ; il m'embrassa même, et me passant au cou une chaîne d'or qu'il portoit ordinai-

rement, il me dit qu'il me la donnoit pour me ressouvenir de lui toutes les fois que je la regarderois. Il ajouta à cette marque d'amitié une bourse de cinquante pistoles, avec un des meilleurs chevaux de ses écuries. Tous ses domestiques, à son exemple, se montrèrent sensibles à mon éloignement. Dans le fond, bien loin de les avoir jamais desservis auprès de mon maître, je leur avois souvent rendu de bons offices, et il n'y en avoit pas un qui eût sujet de se plaindre de moi.

Je ne veux point passer sous silence un étrange événement qui arriva dans Rome la veille de mon départ, quoiqu'il n'ait aucun rapport avec mes aventures. L'ambassadeur achevoit de souper, lorsque nous vîmes entrer dans la salle un gentilhomme napolitain qui venoit souvent à l'hôtel. Il avoit l'air d'un homme qui a l'esprit un peu troublé. Monseigneur, dit-il à son excellence, je viens vous apprendre une nouvelle bien extraordinaire. On vient de me la dire, et vous m'en voyez encore tout ému. Je suis fort curieux de l'entendre, répondit mon maître. Alors, je présentai un siége au Napolitain, qui, s'étant assis, parla de cette sorte.

CHAPITRE II.

Les amours de Dorido et de Clorinia, ou Histoire des mains coupées.

Un cavalier de cette ville, nommé Dorido, jeune homme d'une illustre naissance, fort bien fait et plein de valeur, aimoit Clorinia, fille de seize à dix-sept ans, vertueuse, belle et de bonne famille. Les parents de cette charmante personne l'élevoient avec tant de sévérité, qu'ils ne lui permettoient pas d'avoir des entretiens où sa vertu pût courir le moindre péril. Elle n'avoit même la liberté de se montrer que très-rarement à sa jalousie, tant on appréhendoit que son extrême beauté, que les jeunes gens ne pouvoient voir impunément, ne causât quelque malheur. Son père ou sa mère, ou bien son frère Valerio, attachés à ses pas, étoient témoins de toutes ses actions.

Il y avoit déjà plusieurs mois que Dorido, l'ayant aperçue par hasard à sa jalousie, en étoit devenu éperdument amoureux ; mais il ne lui avoit encore été possible de le lui faire connoître que par des regards passionnés, qu'il ne manquoit pas de lancer toutes les fois qu'il passoit devant sa maison. Si ces œillades, le plus souvent, n'étoient point remarquées de l'objet aimé, du moins elles l'étoient quelquefois, et quand cela arrivoit, elles faisoient un effet terrible. Clorinia se contentoit d'abord de considérer le cavalier sans en être vue ; mais bientôt, sans savoir pourquoi, elle eut envie de se laisser voir ; et peu à peu répondant à ses mines, elle prit enfin de l'amour de la même façon qu'elle en avoit donné, je veux dire en paroissant à sa jalousie.

Dorido jugea bien qu'il avoit fait la conquête qu'il méditoit, et s'accommoda quelque temps, faute de mieux, du plaisir de se croire aimé. Néanmoins, souhaitant de recueillir de sa victoire des fruits plus solides, il en chercha les moyens. Il fit connoissance avec Valerio, et sut si bien gagner son amitié, que Valerio ne pouvoit plus vivre sans lui. Ils étoient tous les jours ensemble, tantôt chez l'un, tantôt chez l'autre; ce qui donnoit quelquefois à Dorido occasion de contempler à son aise les charmes de sa dame, et même de lui parler, mais jamais en particulier. Les yeux de ces deux amants étoient les seuls interprètes de leurs mouvements secrets.

Cependant les choses ne demeurèrent pas toujours dans cet état. Clorinia découvrit sa passion à sa suivante Scintila, qui étoit une vieille fille qui avoit de l'esprit, et qui, voulant servir sa maîtresse, alla trouver Dorido, et lui dit : Beau cavalier, il seroit inutile de vous déguiser avec moi; je sais ce qui se passe dans votre cœur; il brûle pour Clorinia, et je me suis aperçue que vous n'aimez pas tout seul. Vous languissez tous deux dans l'attente d'un tête-à-tête; c'est ce que je ne puis voir sans compassion. Je ne serai pas contente que je n'aie imaginé quelque expédient pour vous procurer à l'un et à l'autre la satisfaction que vous désirez. Le galant, ravi d'entendre ces paroles, remercia la soubrette de sa bonne volonté, et l'assura que si elle pouvoit en venir à bout, elle n'auroit pas affaire à un ingrat. Ensuite, profitant de l'occasion, il écrivit un billet très-passionné, qu'il la conjura de remettre à l'aimable sœur de Valère.

Scintila retourna vers sa maîtresse pour lui rendre compte de la démarche qu'elle avoit faite. Elle lui présenta le billet de Dorido. Clorinia la gronda fort de s'en être chargée, et lui pardonna. Il ne fut plus question que de savoir où les amants pourroient avoir une entrevue. La dame y trouvoit tant de difficultés, qu'elle y auroit renoncé, si la suivante, plus ingénieuse, ne se fût avisée d'un moyen qu'elles approuvèrent toutes deux. Scintila couchoit dans une chambre basse, auprès de laquelle il y en avoit une autre où l'on serroit des meubles inutiles, et qui ne recevoit de jour que par une petite fenêtre grillée de deux barreaux de fer, entre lesquels on ne pouvoit tout au plus passer que la main. Cette fenêtre, qui étoit à hauteur d'homme, donnoit sur une ruelle, ou plutôt un cul-de-sac où il ne demeuroit personne; et cet endroit paroissoit fait exprès pour des amants qui bornoient leur bonheur à des conversations nocturnes.

Sitôt que la vieille vit sa jeune maîtresse disposée à s'entretenir avec Dorido par cette petite fenêtre, elle en avertit ce cavalier, qui se rendit dès la nuit prochaine sur les onze heures dans la ruelle. Il s'approcha des barreaux, où il trouva Scintila, qui l'attendoit pour lui dire de prendre patience jusqu'à ce que tous les domestiques fussent couchés. On ne le fit pas languir long-temps. Bientôt le moment qu'il désiroit arriva. Clorinia vint toute tremblante à la fenêtre, et son amant s'y présenta tout interdit. Comme c'étoit pour la première fois qu'ils aimoient l'un et l'autre, ils se troublèrent en se voyant, et l'excès de leur joie les empêcha d'abord de parler; mais l'amour a plus d'un langage. La dame passa une de ses belles mains entre les barreaux; le galant la saisit avidement, et lui donna mille ardents baisers. Enfin ces deux amants rompirent peu à peu le silence, et se répandirent en discours passionnés. Ils s'abandonnèrent si bien au plaisir d'être ensemble, que le jour les auroit surpris si la vieille suivante n'eût interrompu leur entretien, pour les avertir qu'il étoit temps qu'ils se séparassent. Dorido, avant que de se retirer, pria sa maîtresse de lui permettre de revenir la nuit prochaine à la même heure à la petite fenêtre; ce que la dame n'eut pas la force de lui refuser.

Ils se quittèrent l'un et l'autre également satisfaits de leur conversation, et pleins d'impatience de se revoir. Dorido surtout étoit dans une agitation qui ne lui permit de goûter aucun repos, ou, pour parler plus juste, il souffrit jusqu'au temps qu'il lui fallut retourner à la ruelle. Vous vous imaginez bien qu'il ne fut pas paresseux à s'y rendre. De son côté, la dame, ne trouvant point d'obstacle à son dessein, parut à la petite fenêtre. Ils furent ce soir-là moins timides et moins embarrassés en se saluant. Le cavalier, qui avoit de l'esprit, dit mille jolies choses à sa maîtresse, qui y répondit fort spirituellement. Ils eurent un entretien de trois heures, entremêlé de caresses innocentes; de sorte que la seconde entrevue eut autant de charmes pour eux que la première. La prudente Scintila fut encore obligée de les séparer. Ils l'appelèrent cent fois cruelle, sans songer que si elle troubloit leurs plaisirs, ce n'étoit que pour les rendre plus durables. Comme en effet, ils continuèrent ces passe-temps avec tant de bonheur et de secret, que personne, si vous en exceptez un seul homme et la vieille, ne savoit leur intelligence.

Cet homme étoit un jeune gentilhomme romain, nommé Horace. Il aimoit aussi Clorinia, pour l'avoir vue à sa jalousie. Il lui avoit découvert ses sentiments par des démonstrations; mais, s'apercevant qu'elle recevoit fort mal toutes les marques qu'il lui donnoit de son amour, il jugea qu'il devoit avoir un rival plus heureux que lui, et que sans doute c'étoit Dorido, puisqu'il le voyoit dans une si étroite liaison avec Valère. Pour éclaircir des soupçons si bien fondés, il alla trouver Dorido, qui étoit de ses amis, et lui parla dans ces termes : « Mon cher Dorido, je viens vous demander une grâce que je vous conjure de ne me point refuser ; le repos de ma vie en dépend. Vous êtes sans cesse avec Valère ; vous allez fort souvent chez lui : j'ai dans l'esprit que vous êtes touché de la beauté de sa sœur. Si je ne me trompe point dans ma conjecture, daignez me le déclarer ; vous êtes trop digne de posséder le cœur de cette dame pour que j'entreprenne de vous le disputer. »

Vous êtes donc amoureux de Clorinia? lui dit Dorido un peu troublé. J'en suis charmé, répondit Horace ; mais je me rends justice, et je conviens que vous méritez mieux que moi d'être son époux. Parlons sans flatterie, interrompit Dorido. Je me tiendrois assurément fort honoré d'être le mari de Clorinia ; mais je vous avouerai de bonne foi que je n'ai pas dessein de le devenir. Est-il possible, s'écria brusquement Horace, que vous ne songiez point à épouser cette dame? Ah! mon ami, que mes intentions sont différentes des vôtres! Je n'aspire qu'à lier mon sort au sien. Vos vues doivent céder aux miennes. Sacrifiez-moi les folles espérances que vous avez conçues ; j'attends cet effort de votre amitié et de votre vertu. Vous pourriez ajouter, dit Dorido, que je le dois à la famille de Clorinia. Oui, continua-t-il, je vous laisserai le champ libre, si la sœur de Valère, flattée de votre recherche, consent qu'on vous donne sa main. Je vous débarrasserai d'un rival. Je ferai plus ; je veux parler en votre faveur, et je vous assure qu'il ne tiendra pas à moi que vos souhaits ne soient remplis.

Horace fut si content de ce discours qu'il en témoigna de la reconnoissance à Dorido, sans penser que sa promesse n'étoit que conditionnelle, et qu'il devoit s'en défier. Il ne fit là-dessus aucune réflexion ; il demanda même à Dorido ses bons offices auprès de Clorinia. Celui-ci ne laissa pas d'être touché de la franchise d'Horace ; et se sentant assez généreux pour préférer à ses plaisirs le bonheur d'un ami qui n'avoit que des vues pures, il résolut de faire tout son possible pour se détacher de cette dame. Véritablement, dès la première fois qu'il la revit, il lui tint ce discours : Vous n'ignorez pas, madame, que vous avez mis Horace au rang de vos conquêtes ; mais je doute que vous sachiez jusqu'à quel point il vous aime. Apprenez qu'il vous adore, et que l'honneur de vous épouser fait le plus cher de ses désirs. J'en suis ravie, répondit Clorinia. Vous verrez, par le peu d'attention que je ferai à son amour, si je

prends plaisir à me voir d'autres amants que Dorido. Je connois, répliqua le cavalier, tout le prix d'un sentiment si glorieux pour moi ; mais je croirois abuser de vos bontés si je ne m'y opposois en quelque façon moi-même. Horace a du mérite ; et, quand vous le connoîtrez bien, vous ne serez peut-être pas fâchée que vos parents vous accordent à ses vœux.

Comment donc, s'écria la dame, on diroit, à vous entendre, que vous souhaitez de me perdre : Seriez-vous en effet bien aise que je répondisse à la tendresse d'Horace? Non vraiment, dit Dorido. Ce n'est point là ma pensée ; j'ai voulu seulement vous faire entendre que si vous vous sentiez quelque penchant pour Horace, et que vos parents approuvassent sa recherche, mon cœur auroit beau murmurer, je m'immolerois au bonheur de mon rival, pour vous prouver que je suis dévoué à toutes vos volontés. Je doute fort, reprit-elle, que la victime fût aussi soumise que vous le dites, ou bien vos feux n'ont pas toute la violence que je crois bonnement qu'ils ont. Mais, continua-t-elle, je ne prétends pas vous mettre à cette épreuve. Dorido sera le premier et le dernier de mes amants ; c'est sur quoi vous pouvez compter. Qu'Horace persiste tant qu'il lui plaira dans ses sentiments qu'il a pour moi, il n'en sera jamais plus avancé. Je veux bien vous l'avouer. Je me suis aperçue de sa passion ; il l'a fait assez éclater devant ma jalousie, et je vous jure que j'ai été si mal affectée des marques qu'il m'en a données, que j'ai conçu pour sa personne une aversion qui va jusqu'à l'horreur.

Après ces dernières paroles, Dorido n'osa plus parler d'Horace, dont il jugea bien qu'il seroit inutile de s'entretenir davantage avec Clorinia ; il changea de discours tout le reste du temps qu'ils furent ensemble. Cette nuit se consuma en protestations mutuelles de s'aimer toujours. Le lendemain, Dorido reçut une visite d'Horace. Hé bien! mon ami, lui dit d'abord ce dernier, avez-vous vu Clorinia? vous est-il échappé quelque mot en ma faveur? comment l'a-t-elle reçu? Fort mal, répondit l'autre ; vous ne devez vous flatter d'aucune espérance. Je lui ai vanté votre mérite et votre alliance, je vous ai peint plus amoureux que vous ne l'êtes peut-être : l'inhumaine m'a fermé la bouche, en me disant que vous brûlez en vain pour elle, et que jamais l'hymen ne vous unira tous deux.

A ce discours, Horace pâlit et tomba dans une profonde rêverie, pendant laquelle Dorido, entrant dans sa peine en véritable ami, lui représenta qu'il devoit plutôt se désister de sa poursuite, que de vouloir contraindre une dame à l'aimer ; qu'il y en avoit dans Rome d'autres aussi aimables que

Clorinia, et qui lui rendroient plus de justice. Au reste, mon cher Horace, ajouta-t-il, je ne pense pas que vous ayez sujet de vous plaindre de moi; je vous aurois cédé la sœur de Valère, si j'eusse entrevu en elle le moindre goût pour vous. Mon amitié vous auroit fait ce sacrifice; la vôtre refusera-t-elle d'abandonner une conquête que vous n'êtes pas sûr de m'enlever? Horace alors rompit le silence, et dit à son ami : Bien loin d'avoir des reproches à vous faire, je dois vous tenir compte du service malheureux que vous m'avez rendu en parlant pour moi. Je conviens avec vous qu'il est plus juste que je renonce à une main que je ne puis obtenir, que vous à un cœur que vous possédez. Adieu, je n'épargnerai rien pour profiter du conseil que vous me donnez de m'attacher ailleurs.

En achevant ces paroles, il quitta Dorido d'un air à lui persuader que, frappé de la force de ses raisons, il alloit tout mettre en usage pour secouer le joug d'une ingrate dont il étoit trop épris. Mais il avoit bien d'autres pensées. Dorido lui paroissoit un traître : C'est un ami faux, disoit-il en lui-même; il n'a point fait mon éloge devant Clorinia. Il aura plutôt fait un portrait désavantageux de moi, ou dans son entretien avec elle il n'aura pas été question de mon amour. Quoi qu'il en soit, poussons notre pointe; faisons demander la dame en mariage par mon père; il me servira mieux qu'un rival. Horace prit donc la résolution de découvrir ses sentiments à son père, qui, les ayant approuvés, lui promit son entremise, et se chargea du soin de parler au père de Clorinia; ce qui ne manqua pas d'arriver bientôt. Les deux vieillards eurent une longue conversation sur cette affaire, et le résultat fut qu'elle se feroit, pourvu que la dame, dont on ne vouloit pas contraindre les inclinations, n'eût aucune répugnance pour ce mariage; mais, à la première proposition qu'on lui fit d'épouser Horace, elle témoigna tant d'aversion pour ce cavalier, qu'on désespéra de la voir jamais dans la disposition que l'on désiroit, et sur cela tout se rompit.

C'est ici qu'il faut déplorer le malheur des hommes qui se laissent dominer par l'amour. Horace, voyant sa passion méprisée, son rival triomphant, sentit tout-à-coup changer son amour en haine : il ne regarda plus Clorinia que comme un objet d'horreur; et, cessant d'écouter la raison, il ne songea qu'à trouver un moyen de se venger en même temps et de la dame et de son amant. Il les fit observer tous deux par un fidèle valet, et ayant découvert à quelle heure et dans quel endroit ils avoient presque toutes les nuits des entretiens, il ne lui en fallut pas davantage pour concevoir le dessein le plus cruel et le plus horrible que puisse former un homme possédé d'une fu-

reur infernale. Une nuit, prévenant Dorido, il se rendit dans la ruelle et s'approcha de la petite fenêtre, où la sœur de Valère étoit déjà. Elle le prit dans l'obscurité pour le galant qu'elle attendoit, et lui adressa quelques tendres paroles, qui ne servirent qu'à irriter le ressentiment d'Horace. Le traître garda le silence de peur de se trahir lui-même; et de sa main gauche ayant saisi une de celles de Clorinia, que cette dame, dans son erreur, lui tendit entre les barreaux, il la coupa brusquement avec un couteau bien aiguisé qu'il tenoit dans sa main droite; après quoi il sortit promptement de la ruelle et se retira chez lui, charmé d'avoir fait une si belle opération.

Représentez-vous le pitoyable spectacle dont furent frappés les proches de Clorinia, lorsque, attirés par les cris dont Scintila remplissoit toute la maison, ils vinrent avec un flambeau et presque nus dans la chambre où étoit l'amante infortunée de Dorido, étendue par terre, évanouie et noyée dans son sang. Mais quand ils s'aperçurent qu'elle avoit une main coupée, le père et la mère tombèrent tous deux comme morts sur le plancher, et ce ne fut pas sans peine qu'ils reprirent leurs esprits, à l'aide de Valère et de deux domestiques, qui arrivèrent au bruit qu'ils avoient entendu. Le père et la mère étant revenus à eux se doutoient bien, de même que leur fils, qu'il y avoit là-dedans de la faute de Clorinia; et c'est ce qu'ils auroient pu savoir de Scintila, s'ils n'eussent pas jugé à propos de remettre cet éclaircissement à une autre fois. Ils crurent qu'ils ne devoient alors penser qu'à sauver Clorinia, s'il étoit possible. Valère remonta dans son appartement, où il s'habilla à la hâte pour aller chercher lui-même un habile chirurgien de ses amis, pendant que le vieillard, après avoir exhorté ses domestiques à garder le secret sur cette aventure, pour l'honneur de sa maison, s'efforçoit avec eux d'arrêter le sang de sa fille, en enveloppant de linge le bras dont la main avoit été si cruellement séparée.

Valère fut bientôt habillé. Il sortit, entra d'abord dans la ruelle, pour voir si, à la faveur d'une lanterne qu'il faisoit porter devant lui par un valet, il ne trouveroit point la main coupée; mais Horace l'avoit emportée avec lui, et l'on ne remarquoit rien au bas de la petite fenêtre qu'une raie que le sang avoit faite en coulant le long du mur. Le triste frère de Clorinia en ressentit une nouvelle peine. En continuant son chemin, il rencontra et reconnut Dorido, qui marchoit vers la ruelle en amant content. Il l'appelle d'une voix foible, et lui dit : Ah! cher ami, où allez-vous? On voit bien que vous ne savez pas la tragique scène qui vient de se passer. O malheureuse Clorinia! Juste ciel! s'écria Dorido; quel sujet de douleur la fortune vous a-t-elle donné? Quel malheur est-il arrivé chez vous? Un malheur, répondit Valère, que notre famille doit cacher à tout le genre humain; mais je ne vous en ferai point un mystère : je dois même vous l'apprendre, comme à un ami qui ne refusera point de se joindre à moi pour découvrir l'assassin de ma sœur.

Ces derniers mots troublèrent étrangement Dorido, ou plutôt lui percèrent le cœur. Il demanda d'une voix basse et tremblante de quoi il s'agissoit. Valère le lui dit en peu de paroles, et le pria ensuite de l'accompagner jusque chez le chirurgien; mais Dorido s'en défendit, en lui disant d'un air qui marquoit bien la fureur qui commençoit à l'agiter : Non, non, Valère, employons mieux notre temps. Il ne faut pas nous occuper tous deux d'une même chose, quand nous en avons plusieurs à faire. Chargez-vous tout seul du soin de conduire chez vous le chirurgien, tandis que je vais chercher le barbare qui a pu commettre un crime qu'on ne peut entendre sans frémir. Si je puis déterrer ce perfide, il doit s'attendre à un châtiment digne de sa trahison; en un mot, ajouta-t-il, laissez-moi vous venger : je sens aussi vivement que vous-même l'infortune de Clorinia.

Là-dessus les deux amis se séparèrent. Dorido reprit le chemin de sa maison, en jurant qu'il ne consulteroit que sa colère dans la vengeance qu'il prétendoit tirer d'Horace; car il ne pouvoit soupçonner un autre d'avoir fait le coup. Aussitôt qu'il fut chez lui, il s'enferma dans son appartement pour y pleurer en liberté la perte de sa maîtresse. Ma chère Clorinia, s'écria-t-il, mon rival jaloux de vos bontés pour moi vous a trompée dans les ténèbres de cette nuit funeste. Vous l'avez pris pour Dorido! Je suis donc la cause du malheur qui vous est arrivé! C'est moi qui ai troublé votre repos : sans moi vous vivriez encore chez votre père dans une parfaite tranquillité; c'est moi qui vous assassine. Mais votre mort sera bientôt suivie de la mienne : dès le moment que j'aurai immolé Horace à vos cendres, je vous rejoindrai dans l'éternelle nuit. La seule espérance de vous faire ce sacrifice soutient ma vie. Que ne vous est-il permis dans le sein de la mort de jouir de la juste vengeance que je vous prépare! Que ne pouvez-vous voir tomber les deux mains sacriléges de l'impie qui a coupé une main innocente.

Enfin Dorido étoit encore dans les larmes et les gémissements quand le jour parut. Il sortit et se rendit en diligence chez Clorinia, où il trouva tout le monde dans la consternation. Valère et son père sentirent à sa vue redoubler leur affliction. Les voilà qui s'embrassent les uns les autres en fondant tous en pleurs. O Dorido, mon fils! dit le vieillard; ma fille est entre la vie et la mort. Elle a perdu une si grande quantité de sang, que cela seul suffit pour terminer ses jours. Fut-il jamais un père plus malheureux que moi! Que pensez-vous de l'horrible action qui a été commise? Quel homme peut en avoir été capable? et quelle punition pourra soulager notre douleur? Seigneur, lui répondit Dorido, suspendons pour quelque temps nos regrets, et ne nous occupons que d'une chose qui nous importe à tous. Il faut que l'auteur du forfait périsse. Je me suis chargé de son châtiment; mais, avant que je le punisse d'une manière qui puisse étonner la postérité, il faut que je sois ce que je ne suis point. Recevez-moi pour gendre; il vaut mieux, pour votre honneur et pour le mien, qu'on dise que Clorinia a été vengée par son époux, que par un ami de son père. Accordez-moi donc votre fille, ajouta-t-il, pendant qu'elle respire encore. Par là vous sauverez sa réputation, et vous ne devrez point à un étranger la consolation que je vous aurai procurée.

Le père et le fils acceptèrent fort volontiers la proposition de Dorido. Elle leur parut très-honorable pour eux, et très-nécessaire pour prévenir tous les bruits désavantageux qui pourroient se répandre dans le monde sur cette aventure. Le bon homme alla lui-même annoncer cette nouvelle à Clorinia, qui, tout accablée qu'elle étoit de son mal, répandit des larmes de joie; et tirant des forces de sa foiblesse, elle dit avec transport que, si elle se voyoit femme de Dorido, elle mourroit satisfaite; puis elle demanda si ce cavalier étoit chez elle, et si l'on vouloit bien permettre qu'elle lui parlât un instant. Comme elle n'avoit alors presque point de fièvre, on crut que l'on pouvoit sans péril lui donner ce contentement; néanmoins, dès qu'il se présenta devant son lit, elle fut saisie d'une si grande joie, qu'elle tomba en foiblesse. Cependant cela n'eut pas de suite, on la fit revenir de son évanouissement. Le chirurgien, pour prévenir une seconde défaillance, défendit aux amants de se parler. Ils se contentèrent de s'exprimer par leurs regards tout ce qui se passoit dans leurs âmes. Dorido, remarquant que sa présence sembloit soulager la malade, ne la quitta point de toute la journée. Le soir on fit venir un prêtre et un notaire, et le mariage se fit devant trois parents qu'on avoit envoyé chercher pour en être témoins.

On eût dit les deux jours suivants que Clorinia se portoit beaucoup mieux, et le chirurgien même se flattoit de l'espérance de l'arracher à la mort; mais il se trompa dans ses observations. Le lendemain, il prit une fièvre si violente à la malade, qu'on désespéra de sa vie. Alors Dorido, la comptant pour morte, ne différa plus à la venger de la façon qu'il avoit projeté. Il alla chercher Horace partout où il jugea qu'il pourroit le trouver; et l'ayant rencontré, il lui fit mille caresses; et, comme s'il n'eût rien su de ce qui s'étoit passé, il l'invita à venir souper chez lui. Horace, qui avoit fait fort secrètement son action barbare, et qui d'ailleurs n'en entendoit parler ni dans la ville ni dans le voisinage de Clorinia, s'imagina que Dorido pouvoit l'ignorer encore. Ainsi, ne le soupçonnant d'aucun mauvais dessein, il eut l'imprudence de se rendre chez lui à l'heure du souper; ce qui lui étoit souvent arrivé. Ils s'assirent tous deux à table, et commencèrent à boire et à manger. Dorido avoit fait mettre des drogues assoupissantes dans le vin qu'on servoit à Horace; de sorte que ce cavalier tomba bientôt dans une espèce de léthargie, pendant laquelle Dorido et deux valets qui lui étoient tout dévoués, lui lièrent les pieds et les mains : ensuite ils lui passèrent une corde au cou, puis l'attachèrent par le milieu du corps à un pilier qui étoit dans la salle, après avoir bien fermé toutes les portes de la maison. Lorsqu'il fut dans cet état, ils lui frottèrent le nez avec une pomme de senteur, et dissipèrent son assoupissement.

Quand le malheureux Horace se vit si bien garrotté qu'il ne pouvoit se remuer, il ne lui fut pas difficile de juger du péril qui le menaçoit. Il confessa son crime, et croyant pouvoir fléchir son rival, il implora sa pitié et sa miséricorde dans les termes les plus forts que l'amour de la vie lui put inspirer. Prières inutiles! Il avoit affaire à un ennemi inexorable, à un époux qui avoit sans cesse devant les yeux son épouse mourante. Dorido, bien loin de se laisser attendrir, coupa les deux mains de ce misérable, et le fit étrangler par ses valets, auxquels il ordonna de porter à minuit le cadavre à l'entrée de la ruelle avec ses deux mains pendues à son cou. Pour lui, ne pouvant se consoler de la perte de sa femme, il est sorti ce matin de Rome. On ne sait quelle route il a prise, et l'on vient de m'assurer que Clorinia est morte quelques heures après son départ.

Le gentilhomme napolitain acheva de parler en cet endroit. Une histoire si tragique toucha l'ambassadeur et sa compagnie, qui déplorèrent le sort infortuné de cette dame. Ils plaignirent aussi Dorido; mais ils conclurent, après avoir fait bien des réflexions sur cette aventure, qu'il y avoit dans la conduite de ces deux cavaliers un esprit de vengeance qui ne convenoit guère à des chrétiens.

CHAPITRE III.

Le lendemain de cette triste catastrophe, qui faisoit l'entretien de tout Rome, je sortis de cette ville monté comme un prince, moins riche que je ne pensois, affectant un air galant, et la tête remplie d'idées qui me promettoient beaucoup de plaisir. Je m'avançai vers Sienne, où je m'imaginois mon ami Pompée dans la plus vive impatience de me voir. En arrivant, je demandai où il demeuroit, et je me rendis tout droit chez lui.

Il étoit au logis. Il me reçut assez civilement, et toutefois d'un air embarrassé. Seigneur Pompée, lui dis-je en l'embrassant, vous voulez bien que Guzman votre ami vous témoigne l'extrême joie qu'il a de vous voir, et de vous connoître enfin personnellement. Mon homme ne put sans pâlir entendre prononcer mon nom. Qui? vous, me répondit-il avec surprise, vous seriez ce même Guzman à qui j'ai mille et mille obligations? Je frémis à ces mots, sans savoir pourquoi, et j'en tirai un mauvais augure. D'où vient, repris-je avec émotion, d'où vient cet étonnement que vous faites paroître à ma vue? C'est ce que vous saurez bientôt, repartit le marchand. Je vois bien que j'ai été dupe, et que vous êtes véritablement ce Guzman d'Alfarache que j'attendois.

Je fus frappé de ces paroles comme d'un coup de foudre, et je pressentis dans ce moment qu'il étoit arrivé quelque malheur à mes hardes. Impatient de l'approfondir, je priai Pompée de s'expliquer plus clairement. Hé bien, me dit-il, vous saurez qu'il a passé par Sienne un cavalier, soi-disant gentilhomme de l'ambassadeur d'Espagne, venant de Rome avec deux valets, et allant à Florence par ordre de son maître. Ce cavalier se donnoit pour ce Guzman d'Alfarache qui m'a rendu service dans une affaire que j'ai eue à Rome, et il avoit les clefs de vos coffres. Je pensai tomber en convulsion quand je l'entendis parler de cette sorte; et un détail circonstancié qu'il me fit de toute l'aventure acheva de me mettre au désespoir. Je témoignai au marchand que je souhaitois de voir mes coffres. Aussitôt il me conduisit à l'appartement qu'il m'avoit fait préparer; et là, me montrant mes deux grands coffres : Voilà, me dit-il, ceux qu'ils n'ont point emportés; mais ils les ont eus en leur pouvoir, aussi bien que le troisième. Je soupirai amèrement, en me souvenant que mon or et mes bijoux étoient justement dans celui qui me manquoit. Je ne laissai pas d'ouvrir les autres; et c'eût été pour moi une grande consolation, si les voleurs, satisfaits d'avoir mon argent, n'eussent pas touché à mes habits : je les aurois, je crois, reconnus pour honnêtes gens.

Il faut rendre cette justice à Pompée ; il ne fut pas moins affligé que moi quand je lui appris qu'on m'avoit volé la valeur de deux mille écus. Après tout, son affliction pouvoit être l'effet de la crainte qu'il avoit que je ne l'obligeasse à répondre des effets volés, quelques bonnes raisons qu'il pût alléguer pour sa justification. Cependant c'est ce qu'il ne devoit nullement appréhender. Au lieu de penser à l'inquiéter là-dessus, j'affectois de lui cacher le chagrin qui me dévoroit : il me sembloit qu'un homme qui vouloit trancher du petit seigneur ne devoit pas se montrer fort sensible à la perte de ses hardes. Néanmoins je l'étois infiniment ; et j'avois d'autant plus sujet de l'être, que je n'avois point d'autre habit que celui dont j'étois revêtu, ni d'autre linge que deux chemises qui étoient dans mon porte-manteau.

Je me tourmentois vainement l'esprit pour deviner qui pouvoit avoir pris des empreintes ou des modèles de mes clefs ; je ne savois sur qui je devois faire tomber mes soupçons ; car, pour Sayavedra, je l'estimois trop pour me défier de lui. Ce n'étoit pourtant pas la faute de Pompée si j'avois tant de peine à découvrir l'auteur du larcin, puisqu'en me contant toute l'histoire, lorsqu'il me fit le portrait du faux Guzman, il me dépeignit trait pour trait Sayavedra, sa taille, ses cheveux, son air et sa voix. J'étois si prévenu en sa faveur, que je me serois fait un crime de le soupçonner sur ces ressemblances. Je dirai plus : quoiqu'il me souvînt que je l'avois laissé seul dans ma chambre, le jour que le messager de Sienne y vint voir mes coffres, ma prévention pour Sayavedra fut à l'épreuve de ce souvenir.

Tandis que nous faisions, mon hôte et moi, des réflexions très-inutiles sur ce vol, il arriva un domestique qui nous dit que le souper étoit prêt. Nous descendîmes à l'instant dans une salle où l'on avoit servi, et nous nous mîmes à table sans appétit et d'un air assez triste. Pompée, s'apercevant que les morceaux me demeuroient dans la bouche, me dit : Seigneur Guzman, vos effets ne sont pas si bien perdus qu'ils ne puissent se retrouver. J'ai fait mes diligences. J'ai mis aux trousses de nos voleurs le *bargello,* qui est de mes amis, et je vous avoue que je compte fort sur lui ; il reviendra ce soir ou demain ; j'espère qu'il nous apportera quelque bonne nouvelle. Je le souhaite, lui répondis-je ; mais, entre nous, je ne crois pas qu'il y ait beaucoup de fond à faire sur ces sortes de gens, surtout lorsqu'il s'agit de restitution.

Quoique la table fût couverte de mets délicats, et que nous eussions d'excellent vin, nous étions si peu en humeur de boire et de manger, que nous

eûmes bientôt soupé ; ensuite, comme je fis semblant d'être fatigué, mon hôte me reconduisit à mon appartement, où un instant après il me laissa seul, ce qui me fit plaisir, car sa conversation m'ennuyoit. Je passai une partie de la nuit à me promener dans ma chambre en rêvant, et je ne me mis au lit que vers la pointe du jour. J'avois l'esprit si accablé des pensées différentes qui m'agitoient successivement, que je m'endormis à la fin. Ce ne fut pas pour long-temps. Un grand bruit qui se fit entendre sur l'escalier me réveilla presque dans le moment. J'entendis plusieurs personnes qui crioient à la fois : *Voici le voleur ! voici le voleur !*

Je tirai les rideaux de mon lit, ne pouvant croire les paroles qui frappoient mes oreilles ; et j'allois me lever pour savoir ce que j'en devois penser, lorsque je vis entrer dans ma chambre la femme, les enfants et les domestiques du marchand, lesquels, continuant de parler tous ensemble, me répétèrent ce que j'avois entendu. Je priai la femme de m'expliquer ce que cela signifioit. Cela signifie, me dit-elle, que le *bargello* arrivera ici dans une heure avec un de vos voleurs, et qu'il a envoyé un de ses archers devant pour en avertir Pompée, qui s'habille pour venir vous le présenter. Mon hôte, en effet, ne tarda guère à m'amener cet archer, que j'interrogeai. Il m'apprit que le voleur qui avoit été attrapé étoit celui qui avoit joué le rôle de Guzman.

Cette nouvelle me rafraîchit un peu le sang. Je commençai à me flatter que je pourrois recouvrer du moins une partie de mes effets, puisque nous tenions l'auteur du vol. Mon hôte avoit aussi cette pensée, et tout le monde dans sa maison étoit dans une joie inconcevable de cet heureux événement. Je donnai à l'archer une pistole, pour être venu au grand galop me l'annoncer ; et je m'habillai à la hâte pour aller reconnoître le fripon qui m'avoit représenté. Pompée, de son côté, se disposoit à m'accompagner, pour parler aux juges en ma faveur. Dans le temps que nous raisonnions là-dessus, un valet du logis accourut pour nous dire que le *bargello* à cheval étoit à la porte, tandis que ses archers menoient le voleur en prison. Le marchand envoya son domestique prier de notre part monsieur le prévôt de vouloir bien mettre pied à terre, et monter à mon appartement.

Le *bargello,* fanfaron s'il en fut jamais, y entra comme en triomphe. Il nous conta d'abord de quelle manière intrépide il avoit arrêté le voleur ; et se perdant dans des digressions qui faisoient peu d'honneur à sa modestie, il m'impatienta. J'interrompis son récit héroïque pour lui demander ce qu'il m'importoit le plus de savoir, c'est-à-dire des nouvelles de mon argent. Pour de l'argent, me répondit-il d'un air froid, il n'avoit sur lui que vingt-cinq pistoles, et il ne faut pas s'en étonner. Quoiqu'il ait fait le premier personnage dans cette pièce, il n'est pas le chef de sa bande. C'est un certain Alexandre Benti-voglio, dont je n'ai que trop entendu parler, et qui pourra bien un jour tomber sous ma patte. Néanmoins, poursuivit-il, consolez-vous. Nous avons en notre puissance le misérable qui est cause de votre malheur, et que je promets de faire pendre. A ce discours impertinent, j'eus de la peine à retenir ma colère. J'aurois volontiers été le bourreau de M. le prévôt qui me parloit ainsi, de l'archer pour ma pistole, et du marchand qui, par son imprudence, m'avoit mis dans l'embarras où je me trouvois. J'enrageois de bon cœur. Le *bargello*, s'apercevant du peu de satisfaction que j'avois de sa course, au lieu qu'il attendoit de moi quelque récompense, sortit très-mécontent de ma seigneurie, en disant à mon hôte que, s'il eût cru que je savois si mal reconnoître ce que l'on faisoit pour moi, il ne se seroit pas donné tant de peine.

Après qu'il fut sorti, Pompée demanda son manteau, et me dit qu'il alloit solliciter les juges. Pour moi, curieux de voir le voleur qui étoit en prison, je m'y transportai; et ce ne fut pas sans étonnement que je reconnus en lui Sayavedra, quelque portrait ressemblant qu'on m'eût fait de ce fripon. Sitôt qu'il me vit, il vint se jeter à mes pieds. Il étoit plus pâle que la mort. Il me demanda pardon. Mon cher seigneur don Guzman, me dit-il tout en pleurs, ayez pitié d'un malheureux qui se repent de vous avoir trahi. Il alloit continuer, car il avoit préparé une longue harangue pour m'attendrir; mais je ne lui laissai pas le temps d'en dire davantage. Je l'accablai de reproches; et toutefois en les lui faisant je sentois que ma colère s'affoiblissoit peu à peu. Tous les mouvements d'indignation qui m'agitoient firent place insensiblement à des sentiments de compassion, dont j'aurois eu la foiblesse de donner des marques, si je n'eusse pris le parti de m'éloigner brusquement d'un traître qui auroit été tout au moins envoyé aux galères, si la justice à Sienne eût eu alors des ministres un peu sévères.

Les juges de ce temps-là, tu vas le voir, ami lecteur, firent ce que mille autres avoient fait avant eux, et ce que dix mille autres ont fait après. Ils me députèrent le jour suivant un greffier, pour me proposer de me rendre partie du voleur emprisonné. Je fis réponse que je le voulois bien, pourvu qu'il me fit restituer tout ce qui m'avoit été dérobé, autrement non; que

je ne demandois point la mort du pécheur; que ma bourse, quand on le pendroit, n'en seroit pas en meilleur état; en un mot, que je ne souhaitois rien autre chose que mon argent et mes hardes, et que j'y renonçois, puisque le tout étoit en trop bonnes mains pour que je pusse le rattraper. Le greffier n'eut pas plus tôt fait rapport aux juges de ce que je lui avois dit, que, considérant qu'il n'y avoit point d'autres espèces à prétendre dans ce procès que celles dont on avoit trouvé le voleur nanti, ils se contentèrent de le condamner au carcan pour deux ou trois heures, et à un bannissement perpétuel du territoire de Sienne. Ces magistrats équitables disoient, pour qu'on excusât un châtiment si doux, que le coupable n'ayant aucune marque de feu sur les épaules, c'étoit une preuve qu'il n'avoit jamais été trouvé en faute que cette fois-là, et qu'il méritoit par conséquent quelque indulgence. La bonne raison pour faire grâce à un voleur de profession ! Et n'est-ce pas un jugement bien judicieux que de le bannir d'un pays où il a volé? C'est comme si on lui disoit : Va-t'en, mon ami, on te permet d'aller voler ailleurs.

Je ne savois point encore à quoi les juges avoient condamné Sayavedra, et je dînois chez Pompée, lorsqu'un domestique du logis, qui avoit ouï prononcer la sentence, entra dans la salle tout essoufflé, et d'un air aussi content que s'il m'eût apporté mes effets : De la joie, seigneur don Guzman, s'écria-t-il, de la joie! Votre larron est condamné au carcan, et l'on doit bientôt l'y attacher. Il ne tiendra qu'à vous de voir cette exécution. Dans ce moment, j'aurois voulu que ce sot eût été mon valet, et être dans un endroit où j'eusse pu librement lui casser les dents à coups de poing. Je n'ai de ma vie été si tenté de battre un homme que je le fus dans cette occasion. Cependant il me fallut dévorer mon chagrin, de même que le changement qui se fit dès ce jour-là dans mon hôte. Il passa tout-à-coup d'une extrémité à une autre; il ne me regarda plus que comme un étranger qui l'incommodoit, et dont il auroit souhaité d'être défait.

Est-il possible, me diras-tu? Quoi ! ce Pompée à qui tu avois rendu service, et qui, dans toutes ses lettres, t'avoit paru si pénétré de reconnoissance, ce même Pompée te paya d'ingratitude ? Sans doute. Il prit un air glacé avec moi, et me fit assez voir qu'il m'auroit voulu déjà bien loin. J'y contribuai peut-être, en lui disant indiscrètement que je ne retournois point à Rome, ou du moins de long-temps; ce qui lui faisant juger que j'allois lui devenir inutile, et que, selon toutes les apparences, nous n'aurions plus de commerce ensemble, il ne se soucia plus guère que je fusse content ou mécontent de lui. Il me demanda même sans façon quand je me proposois de partir; je lui répondis que ce seroit dès le lendemain. Il me répliqua froidement qu'il étoit fâché de mon départ, sans me faire aucune instance pour le différer. Enfin je crevois de dépit d'avoir obligé de bonne grâce un homme qui, bien éloigné de m'offrir sa bourse par reconnoissance, ou pour compenser ce qu'il m'avoit fait perdre, étoit assez ingrat pour compter tous les moments que je passois dans sa maison. Aussi la première chose que je fis le jour suivant fut de prendre congé de lui d'une manière qui lui marqua bien ce que je pensois de lui.

CHAPITRE IV.

Guzman, à quelques milles de Sienne, rencontre Sayavedra, le prend à son service, et l'emmène avec lui à Florence.

J'avois tant d'envie de m'éloigner de Sienne, que je donnai d'abord des deux à mon cheval, si bien que je disparus comme un éclair aux yeux de Pompée. Quand j'eus fait quelques milles, j'aperçus de loin un homme à pied, qui me parut avoir toute la figure de mon fripon de Sayavedra. Comme en effet c'étoit lui qui, pour obéir à la sentence qui le condamnoit à un bannissement, se hâtoit de sortir de l'état de Sienne pour aller dans un autre exercer ses talents.

Je ne pus me défendre d'un mouvement de pitié à la vue de ce misérable; et me souvenant moins de la trahison qu'il m'avoit faite, que du service qu'il m'avoit rendu le jour de l'aventure du cochon, je n'eus pas la force de ne vouloir pas lui parler. Il m'avoit aussi reconnu; et, lorsque je passai près de lui, il vint tout-à-coup, le visage baigné de larmes, m'embrasser la botte, en me demandant mille pardons de son ingratitude et de sa perfidie. Il ajouta qu'il souhaiteroit de toute son âme, pour expier sa faute, me servir en esclave toute sa vie; et que, si je voulois le prendre pour mon valet, je pouvois compter sur le serment qu'il me faisoit d'être le serviteur du monde le plus fidèle. Après avoir fait mes réflexions sur ce qu'il me proposoit, il me sembla que je ne ferois point si mal d'accepter sa proposition.

Ne vas-tu pas encore me blâmer de m'être chargé d'un domestique dont je connoissois le caractère, et qui, m'ayant déjà dévalisé, ne pouvoit manquer de récidiver à la première occasion? Je sais, par ma propre expérience, qu'on ne se défait pas aisément de ses mauvaises inclinations. Mais, outre que dans la disette d'espèces où j'étois alors, j'avois peu de chose à perdre, que diable aurois-je fait d'un valet plein de probité? Dans

le métier que je pressentois bien qu'il me faudroit bientôt faire, j'avois besoin d'un *virtuoso*, et je le voyois tout trouvé dans ce garçon-là. Un habile homme doit savoir se servir de tout.

Je pris donc à mon service Sayavedra; et je me louai autant dans la suite d'avoir renoué avec lui, que j'avois eu auparavant de regret de l'avoir connu. Il me fit bien voir, lorsque nous arrivâmes à la couchée, que je n'avois pas fait une mauvaise affaire en l'attachant à moi. Il fut toujours en mouvement pour tâcher de me rendre par ses soins le gîte commode. J'admirois son attention à pourvoir à mes besoins et à prévenir tous mes désirs. En vérité, l'ardeur de son zèle et son bon esprit, dont il me donnoit à tout moment des preuves, me consolèrent de la perte de mes hardes. Le jour suivant, de grand matin, nous nous remîmes en marche, l'un à cheval et l'autre à pied, et nous nous rendîmes enfin à Florence, qu'on m'avoit peinte avec de si belles couleurs. Cependant, quelque éloge qu'on m'en eût fait, elle me surprit par la magnificence de ses édifices. Sayavedra, qui m'observoit, me dit en souriant: Il me semble que la vue de cette ville vous frappe agréablement. J'en suis charmé, lui répondis-je; elle me paroît admirable. Je ne croyois pas qu'il y eût dans le monde une autre Rome. Oh! vraiment, reprit-il, vous n'en voyez que les dehors et la situation, qui véritablement ont de quoi plaire aux yeux; mais c'est le dedans qu'il faut considérer. Les maisons des particuliers, qui pourroient passer pour autant de palais, sont ornées d'une infinité de beaux ouvrages d'architecture. C'est avec raison qu'on appelle Florence la huitième merveille du monde, puisque c'est la fleur des fleurs, et la fleur de toute l'Italie. Là-dessus Sayavedra s'étant mis en train de parler, me conta l'histoire de Florence depuis les guerres civiles de Catilina jusqu'à l'état présent où elle se trouvoit.

Mon écuyer, qui connoissoit parfaitement cette ville pour y avoir demeuré quelque temps, me conduisit à une des plus fameuses hôtelleries, où il lui plut de me faire passer pour un gentilhomme espagnol, nommé don Guzman, neveu de l'ambassadeur d'Espagne à Rome. Il fit effrontément confidence à l'hôte de ma qualité. Comme nous étions sans bagage, et que nous n'avions même qu'un cheval, cela péchoit un peu contre la vraisemblance; mais mon valet, pour ramener la chose au vraisemblable, dit qu'ayant été obligés de partir à la hâte, nous avions chargé une personne de nous envoyer nos ballots par le messager, qui devoit arriver incessamment. Quoique l'hôtellerie fût pleine de cavaliers d'importance, il me fit avoir une des plus belles chambres: il fit accroire à l'hôte que je venois à Florence de la part de l'ambassadeur pour une affaire de conséquence, et que probablement j'y ferois un assez long séjour; ce qui réjouit fort monsieur le maître, et fut cause qu'il eut avec moi des manières très-respectueuses. Le prudent Sayavedra fut d'avis que nous achetassions le lendemain un grand coffre que nous dirions être plein de nos meilleurs effets, et que nous remplirions ensuite de ce qu'il plairoit à la fortune de nous envoyer. J'approuvai sa pensée, et je le chargeai du soin de cette emplette.

CHAPITRE V.

Guzman paroît à la cour du grand-duc. Une dame devient amoureuse de lui [1].

La grande-duchesse, dans ce temps-là, venoit d'accoucher d'un prince, ou plutôt de relever de ses couches; et il y avoit tous les jours au palais quelque fête, où toutes les personnes de distinction de l'un et de l'autre sexe ne manquoient pas de se trouver; et chacun y étoit bien reçu. Les cavaliers qui logeoient dans mon hôtellerie, et qui tous étoient de la meilleure noblesse du pays, n'étant venus à Florence que pour avoir part à ces divertissements, s'y montroient d'autant plus assidus, qu'ils faisoient par là leur cour à leur prince. Mon hôte me demanda le premier soir si je voulois être servi en particulier, ou manger avec ces gentilshommes. Je répondis que j'aurois l'honneur de souper avec eux; et l'heure en étant venue, j'entrai dans la salle où ils se disposoient à se mettre à table. J'y parus d'un air aisé, faisant l'homme de condition, ce que je n'entendois pas trop mal; et, après les avoir salués cavalièrement, j'allai m'asseoir au haut bout sur une chaise qui m'y fut présentée par Sayavedra, qui savoit merveilleusement se prêter aux *lazzis*.

Ce début m'attira les regards de tous ces messieurs, qui, souhaitant d'apprendre qui j'étois, se le demandoient les uns aux autres à l'oreille fort inutilement. Ils avoient une grande impatience de m'entendre parler, pour découvrir, par mon accent, de quelle nation je pouvois être. J'avois la malice de les tenir dans l'incertitude sur cela. Ils avoient beau, par de petites honnêtetés, vouloir me faire entrer en conversation avec eux, je leur répondois moins par des paroles que par des airs de tête et des mines pleines de politesse. Néanmoins, comme je ne pouvois me dispenser de lâcher quelques mots, je passai pour Romain dans leur esprit. Mais ayant donné en espagnol un ordre à Sayave-

dra, je les remis en défaut. Un de ces gentilshommes, plus curieux que tous les autres, se leva de table pour aller questionner l'hôte sur mon chapitre. Quelques instants après étant venu reprendre sa place d'un air content, il parla tout bas à ses voisins, ceux-ci à d'autres, et me voilà reconnu de toute la compagnie pour le neveu de l'ambassadeur d'Espagne.

Le souper fini, tous ces nobles, me regardant comme un jeune seigneur, firent un cercle autour de moi, et l'un des principaux m'adressant la parole, me dit que je ne savois peut-être pas encore qu'il y avoit presque tous les jours bal à la cour pour la naissance du prince; qu'il y en auroit un ce soir-là, et que, si j'avois la moindre envie d'y aller, ces messieurs et lui se feroient un plaisir de m'y conduire. Je répondis à ce gentilhomme qu'une offre si obligeante n'étoit point à rejeter; qu'à la vérité mon habit de voyageur s'opposoit un peu à ma curiosité; que néanmoins, comme je n'étois pas connu à Florence, j'aurois l'honneur d'accompagner ces cavaliers, pour prendre part avec eux à une sorte de divertissement que j'aimois à la fureur. Ils étoient tous habillés magnifiquement. Pour moi, je ne pus faire autre chose que mettre une de mes deux chemises blanches qui étoient dans mon porte-manteau, et me redresser un peu. Cependant, tout mal vêtu que j'étois en comparaison des autres, je vais te dire ce qui m'arriva.

Quand nous entrâmes dans la salle du bal, où le grand-duc étoit déjà, et où il y avoit assez grosse compagnie, ce prince attacha ses yeux sur moi. D'abord j'en fus déconcerté. Je m'imaginai qu'il trouvoit mon habillement trop modeste, ou quelque chose enfin de ridicule en ma personne; et ce qui acheva de me le persuader, c'est qu'il me fit remarquer à un seigneur de sa cour, auquel il parla tout bas, de façon qu'il me sembla qu'il lui donnoit ordre de s'informer qui j'étois. Je ne me trompois point. Le courtisan, que je ne perdois point de vue, perça la foule pour venir joindre un des gentilshommes avec qui j'étois venu, lui dit quelque chose à l'oreille; et, après qu'on lui eut répondu de la même manière, retourna près du grand-duc, à qui je m'aperçus qu'il rendoit compte de sa commission. Tous ces mouvements me paroissoient assez équivoques, et je ne savois encore ce que j'en devois juger, lorsque le même gentilhomme à qui le courtisan avoit parlé s'approcha de moi, et me dit: On vous connoît bien, seigneur cavalier; le grand-duc sait que vous êtes parent de monsieur l'ambassadeur d'Espagne à Rome. Je vous conseille d'aller dès à présent saluer ce prince. Il vous regarde sans cesse et désire apparemment que vous preniez cette liberté.

---

[1] Les aventures de Guzman à la cour du grand-duc sont de l'invention de M. Bremont, qui les a mises dans ce chapitre et dans le suivant, à la place de la description et de l'histoire ennuyeuse que l'auteur espagnol y fait de la ville de Florence. J'ai cru devoir, en cet endroit, préférer le copiste à l'original.

Je suivis le conseil du gentilhomme, croyant ne pouvoir m'en dispenser. Je m'avançai vers le grand-duc, qui, pénétrant mon dessein, eut la bonté de me faire faire place lui-même. Je commençai par une profonde révérence; ensuite je dis en italien à S. A., d'un air libre et respectueux tout ensemble, que je ne faisois que d'arriver à Florence, et que je lui demandois mille pardons si j'osois, dans un bal, lui rendre mes très-humbles respects; mais que, venant d'apprendre qu'elle avoit eu la curiosité de vouloir savoir mon nom, je venois moi-même le lui dire. Je le sais déjà, me répondit ce prince, et je ne suis pas peu surpris d'entendre un Espagnol parler aussi bien l'italien qu'un Romain naturel. Je répliquai à cela, en espagnol, que j'avois fait un assez long séjour à Rome. Il me repartit en langue castillane, qu'il aimoit et ne parloit point mal, que rarement les personnes de mon pays apprenoient à prononcer l'italien si parfaitement. Puis, faisant tomber l'entretien sur mon oncle l'ambassadeur, il me dit qu'il le connoissoit pour avoir eu plus d'une affaire à traiter avec lui; qu'il l'estimoit et souhaitoit d'avoir occasion de le lui témoigner en ma personne. Il eut ensuite la bonté de m'inviter à fréquenter sa cour, et de me dire mille choses obligeantes, auxquelles je ne répondis que par des révérences jusqu'à terre. Ce ne fut pas tout : la grande-duchesse arriva dans ce moment. J'eus l'honneur de la saluer aussi, et de lui être présenté par le prince son époux, qui lui dit qui j'étois. En vérité, je me tirai de ce mauvais pas plus galamment peut-être que ne l'auroit fait à ma place un véritable neveu de l'ambassadeur d'Espagne.

Le bal alors commença. Je me retirai aussitôt à l'écart, de peur d'embarrasser les danseurs. Après trois ou quatre danses, une dame qui alloit danser à son tour, et à qui le duc avoit fait signe de me prendre, vint à moi. Je fis semblant de vouloir me dispenser d'entrer en danse, quoique j'en eusse grande envie; je la priai de considérer que je venois de descendre de cheval, ainsi qu'elle le pouvoit voir à mon affreux négligé. Le prince, qui m'observoit, me cria, pour finir la contestation, que, quand même j'aurois des bottes, il ne faudroit pas que je refusasse de danser avec une dame si aimable. A cet ordre précis, je cessai de faire des façons : j'obéis; et je dansai avec tant de grâce et de noblesse, que je m'attirai les applaudissements de toute l'assemblée. La grande-duchesse surtout, qui préféroit Terpsichore à toutes les autres muses, fut si contente de moi, qu'elle m'obligea de danser plusieurs danses nouvelles, dont je lui parus m'acquitter également bien, ce qui m'agita terriblement, et me rendit si gai, si badin, que j'en contai à toutes les dames. Je te

dirai plus, ami lecteur, dussé-je passer pour un fat dans ton esprit, que les Florentines, qui sont les femmes de l'Italie qui se connoissent le mieux aux bons airs, me trouvèrent très-agréable.

Il y avoit, entre autres, trois jeunes personnes qui faisoient le plus bel ornement du bal; je n'ai jamais vu de beautés plus piquantes. Elles auroient fort embarrassé un honnête homme qui eût eu à choisir entre elles. Je me serois toutefois déterminé en faveur d'une brune, qui me faisoit pencher de son côté par un certain je ne sais quoi que les deux autres n'avoient pas. Aussi je m'attachai particulièrement à danser avec celle-là. Un des gentilshommes qui m'avoient amené au palais s'aperçut que j'en voulois à cette brune; et s'approchant de moi : Seigneur don Guzman, me dit-il avec un souris, vous ferez bien des jaloux si vous continuez; la dame est une riche veuve qui a un grand nombre d'amants. Ce discours flatta ma vanité, et m'inspira le dessein de tenter la conquête d'un cœur disputé par tant de rivaux. Je hasardai quelques douceurs, qui ne furent point mal reçues; mais dans le temps que de favorables apparences m'excitoient à pousser ma pointe, il prit fantaisie à la grande-duchesse, qui n'avoit point encore dansé depuis qu'elle étoit relevée, de vouloir que j'eusse l'honneur de danser avec elle. Pour le coup, prévoyant les conséquences, je fis tout mon possible pour m'en défendre : il fallut pourtant en passer par là. Le grand-duc, quoiqu'il approuvât le respect que je faisois paroître en cela pour la princesse, me témoigna par une inclination de tête, qu'il désiroit que je fisse ce qu'elle souhaitoit; il n'y eut plus moyen de reculer. Je dansai donc, et encore mieux que je n'avois fait; ce qui donna tant de plaisir à la duchesse, qu'elle ne se lassoit point de danser avec moi. Le prince fut obligé de la prier de se ménager, de peur qu'un trop grand mouvement ne l'incommodât; de sorte que le bal finit là.

Leurs altesses se retirèrent. Je les accompagnai jusqu'à leur appartement avec les seigneurs de leur cour, et je revins ensuite d'un air empressé dans la salle du bal, où je trouvai ma belle brune qui étoit prête à sortir. Je savois si bien faire le passionné, que j'eus la satisfaction de remarquer qu'elle ne me quittoit point sans regret. Sitôt que je me vis séparé d'elle, je repris le chemin de l'hôtellerie avec nos gentilshommes, qui me rejoignirent. J'étois si occupé des honneurs que j'avois reçus ce soir-là, que je répondis assez mal aux compliments que ces messieurs me firent sur le talent que j'avois pour la danse. Étant tous arrivés à l'hôtellerie, nous prîmes congé fort poliment les uns des autres, et chacun se retira dans sa chambre.

Lorsque je me vis dans la mienne avec Sayavedra : Mon ami, lui dis-je, la joie me suffoque. J'étoufferois, si je ne déchargeois mon cœur. En même temps je lui détaillai tout ce qui m'étoit arrivé au bal, dont j'avois fait tout le plaisir ; les louanges infinies qui m'avoient été données par la duchesse, et l'accueil obligeant que le duc m'avoit fait. Mon confident n'aimoit que le solide : il regardoit les applaudissements comme de la fumée ; mais l'article de la veuve le frappa. Je vis briller dans ses yeux la joie que lui causa cet endroit de mon récit. Passe pour celui-là, me dit-il ; cela vous peut mener à quelque chose, si vous savez bien profiter de l'heureuse disposition où vos manières ont mis cette dame à votre égard. Nous employâmes, Sayavedra et moi, plus de la moitié de la nuit à bâtir des châteaux là-dessus, et à délibérer sur ce qu'il falloit faire pour conduire cette aventure à une bonne fin. Il fut arrêté dans notre conseil que nous achèterions, dès le jour suivant, le grand coffre dont nous avions déjà parlé, et que je ferois la dépense de l'habit le plus propre que ma bourse le pourroit permettre, pour soutenir à la cour le personnage que j'avois commencé d'y jouer.

Cette résolution prise, je chargeai mon valet de se mettre en campagne de très-grand matin pour l'exécuter ; après quoi je l'envoyai coucher. Pour moi, je ne pus fermer l'œil de tout le reste de la nuit, et il étoit déjà grand jour, lorsque, à force de me bercer de chimères, je m'assoupis un peu. Mon sommeil ne dura pas long-temps. Sayavedra, qui revenoit de faire ses commissions, entra dans ma chambre et me réveilla. Il étoit suivi d'un tailleur, chez lequel il avoit trouvé un habit tout fait, et qui n'avoit jamais été porté. Le tailleur me dit que cet habit lui ayant été commandé par un jeune seigneur qui avoit tout-à-coup disparu de la cour après y avoir perdu au jeu une grosse somme, lui étoit demeuré, et qu'il ne demandoit pas mieux que de s'en défaire à bon marché. Je me levai promptement pour l'essayer, et, par le plus grand bonheur du monde, quand on l'auroit fait exprès pour moi, il n'eût pas été plus juste pour ma taille. Il ne fut plus question que de savoir combien on le vouloit vendre. Nous nous accordâmes là-dessus, après une dispute qui auroit été plus longue, si le tailleur n'avoit pas eu besoin d'argent, et moi une furieuse envie d'avoir cet habit, auquel je fis ajouter quelques passements d'or à ma fantaisie ; ce qui acheva de le rendre magnifique et à la mode de Rome.

Je n'eus pas plus tôt payé et renvoyé le tailleur, que mon hôte monta dans ma chambre pour me dire qu'on m'avoit apporté de la part du grand-duc, pendant que je dormois, un régal de vin, de fruits et de confitures, présent que ce prince avoit coutume de faire aux illustres étrangers qui passoient par sa cour ; mais qu'il n'avoit osé troubler mon repos pour m'en donner avis. Je ne fus point fâché de n'avoir pas vu le gentilhomme que le duc avoit chargé de conduire ce présent ; il m'auroit fallu en payer le port ; et, dans le besoin que j'avois de tout mon argent pour me mettre en état de briller à la cour, je ne pouvois trop le ménager. Je croyois donc qu'il ne m'en coûteroit rien pour cela ; c'est en quoi je me trompois. A peine l'hôte eut-il fait apporter dans ma chambre le vin et les fruits du prince, qu'on vint m'annoncer le même gentilhomme que son altesse m'avoit envoyé. Il fallut essuyer sa harangue banale, qu'il finit en me disant que la duchesse souhaitoit de me voir l'après-dînée. Je fis sur cela de grands compliments au gentilhomme, que Sayavedra, en écuyer bien instruit, attendoit à la porte pour lui glisser dans la main quelques écus. Je m'amusai ensuite à essayer le reste de nos emplettes, comme bas de soie, chapeau fin, rubans, souliers propres, linge, gants, et toutes les autres choses nécessaires pour assortir l'habit. Voyant que rien ne manquoit, je commençai par me raser, peigner, décrasser et poudrer ; puis m'étant habillé en me regardant sans cesse dans un miroir, je me tournai vers mon confident pour lui demander ce qu'il jugeoit qu'on pût ajouter à mon ajustement. Il me répondit qu'il me trouvoit si bien comme j'étois, qu'il seroit fort trompé, si ce jour-là je ne faisois mourir de jalousie tous les galants, et toutes les femmes d'amour. Je ne laissai pas pourtant de me parer de ma belle chaîne d'or, et d'attacher au bas, avec un beau ruban, un portrait en miniature de mon cher maître, qu'il m'avoit aussi donné la veille de mon départ.

J'étois, comme un autre Narcisse, enchanté de moi-même. J'aurois déjà voulu être au palais, tant j'avois d'impatience d'y montrer ma figure. Je crois que j'y aurois été sans prendre aucune nourriture, si Sayavedra ne m'eût représenté qu'on ne devoit pas négliger le dedans ; que le dehors en dépendoit, et qu'un estomac bien bourré étoit plus propre qu'un vide à donner au visage un beau coloris. Quoique je n'eusse point d'appétit, car j'étois rassasié de ma parure, et l'on auroit dit que mon ventre eût été aussi rempli de vent que ma tête, je me laissai persuader. Je mangeai quelques morceaux de ce que mon confident me fit apporter dans ma chambre ; encore eus-je si grand'peur de me salir en mangeant, que ce ne fut pas sans inquiétude que j'achevai de dîner. Je tâtai des fruits du duc, et bus quelques coups d'un verdet dont ce prince les avoit accompagnés. Je trouvai ce vin exquis, et je jugeai qu'il devoit donner du brillant dans la conversation, quand on n'en avoit pris que modérément. Après ce petit repas, je me promenai en me carrant dans ma chambre. Je consultai encore mon écuyer sur ma personne, et il m'assura de nouveau que j'étois un cavalier à peindre. Sur son témoignage, confirmé par mon amour-propre, je sortis pour me rendre au palais avec Sayavedra, qui, pour me faire plus d'honneur, avoit fait aussi quelques achats pour lui aux dépens de ma bourse, qui se ressentoit furieusement des saignées qu'on venoit de lui faire.

Je fus reçu chez le grand-duc avec tous les honneurs qu'auroit pu prétendre mon oncle même l'ambassadeur, s'il eût été à ma place. Le prince me fit d'abord des honnêtetés que je ne dus qu'à ma bonne mine et qu'à ma gentillesse ; et ensuite il mit notre ambassadeur sur le tapis, et me dit des choses dans l'espérance qu'à mon retour à Rome je les rapporterois à son excellence. C'étoit le prince du monde le plus politique. Il ne parloit le plus souvent que pour faire parler. Tantôt par des paroles flatteuses, et tantôt par de petites contradictions, il tâchoit de m'engager à raisonner sur des matières délicates. Il se flattoit qu'il pourroit m'échapper des choses dont il tireroit quelques lumières ; ce qui sans doute seroit arrivé, si j'eusse été capable de trahir mon maître, qui, par complaisance ou par facilité, m'avoit plus d'une fois entretenu des affaires les plus secrètes. Mais je me tenois si bien sur mes gardes avec le grand-duc, qu'il eût beau me retenir auprès de lui deux heures, je ne lui lâchai pas un mot indiscrètement. Il cessa enfin de me tâter ; et changeant de discours, de peur de m'inspirer quelque défiance, il me dit d'aller voir la duchesse, qui m'attendoit impatiemment.

Je fus bien aise qu'il me congédiât, pour rompre un entretien qui me fatiguoit, et je volai chez cette princesse, qui commençoit effectivement à s'impatienter de ce que je tardois tant à me rendre auprès d'elle. Pourquoi donc, me dit son altesse, avez-vous été si long-temps avec le grand-duc ? Madame, lui répondis-je en faisant le discret, il m'a fait plusieurs questions sur les cours de Rome et d'Espagne ; cela nous a menés loin, et m'a empêché de venir plus tôt recevoir vos ordres. Je pris hier au soir, répliqua la duchesse, un fort grand plaisir à vous voir danser, surtout vos deux dernières danses ; j'ai envie de les apprendre, et je veux que vous me les montriez. Je lui répondis que je ne demandois pas mieux que de lui rendre mes très-humbles services. Elle avoit tant de disposition à la danse, qu'en moins d'une heure je la mis en état de les pouvoir danser toutes deux au bal le lendemain au soir, et je

lui promis, pour qu'elle fût plus sûre de ses pas, que je viendrois l'après-dînée lui donner encore une leçon. Elle se faisoit par avance un plaisir extrême de la surprise générale qu'elle causeroit en dansant ces nouvelles danses, et elle me défendit d'en parler à personne.

C'étoit un fort beau concert qui devoit faire ce jour-là le divertissement de la cour ; et je ne manquai pas d'y paroître avec tout mon mérite, après avoir légèrement soupé dans l'hôtellerie. Il n'est pas, je crois, nécessaire de te dire qu'en entrant dans la salle, où tout le monde étoit déjà assemblé, je cherchai des yeux ma charmante veuve. J'eus peu de peine à la démêler. Sa parure riche et brillante, et plus encore ses divins appas, la faisoient aisément distinguer. Je jurerois bien que j'avois un peu de part aux peines qu'elle s'étoit données pour s'ajuster, comme je ne doute pas que, de son côté, en me voyant, elle ne se fît honneur du soin que j'avois pris de m'adoniser. Je m'approchai d'elle avec un empressement qui ne lui déplut point. Nous voilà tous deux à nous regarder, à nous contempler, à nous admirer l'un l'autre, et à nous lancer sans quartier des traits de feu ; c'étoit à qui en décocheroit davantage. Tout cela alloit fort bien. Mais avec toutes ces tendres œillades, je demeurois incertain de mon sort ; et n'ayant pas beaucoup de temps à perdre, je crus devoir m'expliquer plus clairement. J'en avois une belle occasion ce soir-là, puisque j'étois si près d'elle que je pouvois lui parler sans être entendu de personne.

Madame, lui dis-je tout bas d'une voix tremblante et passionnée, à quel châtiment condamneriez-vous un téméraire qui oseroit vous aimer et vous le dire ? La dame rougit un peu de cette question, et me répondit que ce téméraire pourroit être tel qu'on n'auroit pas la force de se résoudre à le punir. Je sentis à cette réponse un transport de joie si vif, que je lui repartis d'un ton animé : Quelle contrainte, madame, après ce que je viens d'entendre, de ne pouvoir me jeter à vos pieds ! Plaignez-moi d'être obligé de sacrifier le plaisir de vous marquer ma reconnoissance au respect que je dois à leurs altesses. Ma veuve jeta sur moi un regard languissant, et ne me dit rien ; il est vrai que c'étoit m'en dire plus que si elle m'eût tenu les discours les plus touchants. Aussi j'en fus si pénétré, si transporté de plaisir, que, ne pouvant plus parler moi-même, je gardai le silence pendant quelques moments, laissant à mes soupirs faire l'office de ma langue.

Je n'étois pas encore bien revenu de ce ravissement qui m'ôtoit l'usage de la parole, quand ma veuve, me poussant le coude, me dit d'un air effrayé : On nous observe. La grande-duchesse nous regarde avec une attention qui m'embarrasse; éloignez-vous un peu de moi, je vous prie. Je me retirai aussitôt, en disant que la princesse étoit bien cruelle de venir troubler les plus doux instants de ma vie. Je m'écartai donc de ma belle veuve, et m'avançai vers la duchesse, pour employer du moins à lui faire ma cour le temps qu'il m'étoit défendu d'être auprès de mon adorable brune. Je me glissai derrière la chaise de son altesse, d'où, comme si j'eusse été jusque là fort attentif au concert, je m'écriai : Il faut avouer qu'on ne peut rien entendre de plus agréable. Dans le fond cela étoit vrai : le grand-duc se piquoit d'avoir les plus habiles joueurs d'instruments et les plus belles voix d'Italie; il n'épargnoit rien pour se contenter là-dessus. Mais c'est de quoi je ne pouvois encore juger; et la duchesse, qui le savoit bien, me dit en me regardant d'un air malicieux : Vous avez vraiment été fort occupé du concert, et vous en pouvez hardiment décider. On vous le pardonne, ajouta-t-elle en souriant; la dame mérite bien qu'on préfère ses charmes à ceux de la musique. Son altesse, remarquant qu'elle m'embarrassoit, changea de ton, et me demanda sérieusement ce que je pensois des voix et de la symphonie. Alors je pris la liberté de dire mon sentiment; et si je ne parlai pas en maître de l'art, du moins je fis connoître que je n'étois pas tout-à-fait ignorant en musique.

Le concert, au bout d'une heure, fut interrompu par une magnifique collation qui servit d'intermède. Je pris ce temps-là pour retourner auprès de ma divinité, que je m'empressai de servir. Je lui donnois de tout ce qu'il y avoit de plus délicat, de préférence aux autres dames, à qui je faisois peu d'attention. J'achevai par là de mettre mes rivaux au désespoir; ils ne doutèrent plus que je ne fusse l'amant favorisé. Néanmoins, quelque dépit qu'ils en eussent tous, il n'y en avoit point d'assez hardis pour oser méditer une vengeance, dont ils étoient persuadés que le duc les feroit repentir. Pour moi, je m'inquiétois si peu de tous leurs chagrins, que je ne songeois uniquement qu'à faire de nouveaux progrès dans le cœur de ma nymphe; et il sembloit que l'amour prît plaisir à m'en fournir des occasions.

Pendant que je faisois le galant auprès d'elle, j'appelai un musicien à voix claire, lequel passoit près de nous : Savez-vous, lui dis-je, les derniers airs qu'on a faits à Rome, et dont il y en a deux ou trois surtout qui sont à la mode? Je les ai reçus aujourd'hui, me répondit-il, mais je n'ai pas eu le loisir de les étudier. Alors les dames me demandèrent si je les savois. Je leur dis qu'oui; et elles ne m'eurent pas plus tôt témoigné qu'elles souhaitoient de les entendre, que, sans me faire

prier comme un musicien de profession, je me mis à les chanter à demi-voix, feignant de ne vouloir pas être ouï de toutes les personnes qui étoient dans la salle. Dès que j'eus commencé, je fus entouré de dames et de cavaliers qui s'approchèrent de moi. Mes sons frappèrent même l'oreille de la duchesse, qui, s'étant informée de ce que c'étoit, me fit appeler, et m'ordonna de chanter en donnant à ma voix toute l'étendue qu'elle avoit.

Je ne dois point oublier une circonstance assez plaisante : cette princesse fit signe à ma veuve et à quelques autres femmes du même rang de venir auprès d'elle, pour avoir part au plaisir que je me préparois à leur faire. Elles accoururent dans le moment; et son altesse, par malice ou par bonté, les plaça de façon que j'avois ma maîtresse en face; après quoi, elle me dit tout bas en riant : Vous voyez que je paie d'avance la complaisance que vous avez pour moi. A ces mots, je lui fis une profonde inclination de tête, et de crainte qu'elle n'en dît davantage, je me hâtai de chanter.

Ami Guzman, me diras-tu, si vous n'y prenez garde, vous allez encore vous louer. Oh! pour cela oui. Puisque je te découvre franchement mes mauvaises qualités, tu dois me pardonner si je ne te cache pas mes bonnes. On trouva ma voix si belle, que tous mes auditeurs, depuis le premier jusqu'au dernier, firent retentir la salle de leurs applaudissements; ce qui ne me surprit en aucune manière. Un homme qui passoit à Rome pour un beau chanteur pouvoit-il déplaire à Florence? Enfin j'amusai l'assemblée jusqu'à la fin du temps prescrit à chaque fête par un règlement qu'il y avoit là-dessus au palais. Nous accompagnâmes, comme à l'ordinaire, le duc et la duchesse jusqu'à leur appartement; ensuite chacun prit son parti. Je retournai dans la salle joindre ma veuve, qui, n'ayant pas voulu se retirer sans me voir encore un moment, m'y attendoit de pied ferme. J'eus le temps de lui tenir quelques discours flatteurs, qui furent payés de sa part avec usure par des reparties qui redoublèrent mon ardeur. Je lui demandai la permission d'aller lui rendre mes devoirs chez elle; ce qui se fait à Florence, et ce qui me fut accordé de la meilleure grâce du monde; on me marqua même une heure pour cela : c'étoit me témoigner qu'elle agréoit ma recherche. Je ne pouvois recevoir de cette dame une plus grande faveur.

CHAPITRE VI.

Suite et dénoûment de cette belle intrigue.

A mon retour chez moi, je fus obligé de faire confidence à mon conseiller Sayavedra de tout ce qui m'étoit arrivé ce jour-là; ce que je fis jusqu'aux moindres particularités. Après m'avoir écouté de toutes ses oreilles, il me dit : Cela va de mieux en mieux ; je ne crois pas que notre proie nous échappe. Il faut douter de tout, lui répondis-je, mon ami. Quand je songe à ma bonne fortune, quand j'en considère tous les avantages, et que je me représente qu'en deux jours je suis presque parvenu au comble de mes vœux, je crains que la fortune ne flatte ma témérité que pour s'en jouer et la confondre par quelque sinistre événement. Il est vrai, reprit mon confident, que les promesses de l'espérance sont fort souvent trompeuses ; mais elles s'accomplissent aussi quelquefois.

Je passai plus tranquillement cette nuit que la précédente ; et le lendemain, d'abord que je fus levé, j'envoyai à ma belle brune tout le régal que j'avois reçu du grand-duc, à quelques fruits et une bouteille de vin près, m'imaginant que je n'en pouvois faire un meilleur usage ; j'ajoutai à cela des gants et toutes sortes de rubans que Sayavedra choisit et acheta. Mon présent fut agréable à la veuve, aussi bien que le billet dont il étoit accompagné, et auquel on me rapporta qu'on feroit réponse de vive voix sur le soir chez la dame, où l'on comptoit de me voir. Malheureusement l'heure qu'on m'avoit donnée pour faire cette visite étoit à peu près la même où j'avois promis d'aller faire répéter à la duchesse les deux danses que je lui avois montrées. Pour concilier ces deux choses, je me rendis chez la princesse plus tôt qu'on ne m'y attendoit, espérant que j'en sortirois assez à temps pour pouvoir me trouver à mon rendez-vous ; je me trompai dans mon calcul. Son altesse, qui avoit à cœur d'apprendre parfaitement ces danses, me les fit tant de fois danser avec elle, qu'il ne me fut pas possible de la quitter avant l'heure du berger, laquelle, se passant à mon grand regret, excitoit en moi les plus vifs mouvements d'impatience.

La duchesse s'en aperçut, malgré tous les efforts que je faisois pour les lui cacher. Qu'avez-vous ? me dit-elle. Vous avez dans l'esprit quelque chose qui vous inquiète. Je vois bien ce que c'est ; votre veuve vous fait paroître notre répétition un peu longue, n'est-il pas vrai ? J'avouai franchement que cela étoit véritable ; je dis de quoi il s'agissoit, croyant l'engager par cet aveu à m'accorder la liberté de me retirer, ce qu'elle ne fit point ; au contraire, elle m'ordonna de demeurer ; mais elle envoya chercher ma veuve, se chargeant de lui faire mes excuses, et de prendre toute la faute sur elle. Je rendis grâce à son altesse dans les termes les plus forts ; et reprenant ma belle humeur, je payai la bonté de cette princesse de mille plaisantes saillies qui la réjouirent. Enfin mon aimable brune arriva, charmée de l'honneur que lui faisoit la grande-duchesse, qui lui dit qu'elle l'avoit fait venir pour compenser le plaisir dont elle l'avoit privée en me retenant ; puis employant pour moi ses bons offices, elle se répandit en discours si flatteurs sur mon compte, que j'en étois tout confus. Nous commençâmes tous trois un petit bal, en attendant l'heure du grand, laquelle ne fut pas sitôt arrivée, que nous nous rendîmes dans la salle où il se donnoit, et, tant qu'il dura, nous ne fîmes que nous trémousser, ma maîtresse et moi, pour faire notre cour à son altesse, qui se plaisoit infiniment à nous voir danser ensemble. Dès ce soir-là nos amours furent connus de tout le monde, qui nous regarda comme deux amants bien assortis. Mes rivaux seuls en jugèrent autrement.

J'allai rendre le lendemain la visite que je n'avois pu faire la veille à ma veuve. Je trouvai cette dame avec deux autres de ses amies, qu'elle avoit par bienséance assemblées chez elle, et qui, connoissant bien nos sentiments, nous laissèrent la liberté de nous entretenir tout bas l'un et l'autre. J'appris de la belle bouche de mon incomparable brune, que du premier moment qu'elle m'avoit vu elle avoit senti pour moi ce que ses autres amants tâchoient en vain de lui inspirer. En un mot, il me fut permis de compter que j'étois tendrement aimé. Il n'y avoit point ce jour-là de fête au palais, leurs altesses devant honorer de leur présence un mariage important qui se faisoit en ville. Ma visite en fut plus longue. Qu'il m'échappa de discours passionnés ! Qu'on m'adressa de paroles obligeantes ! Que nous fûmes contents l'un de l'autre, ma veuve et moi !

Je revins à mon hôtellerie assez tard. J'étois tout confit en amour, et si plein de belles idées, qu'à peine pouvois-je parler. Sayavedra me laissa quelque temps plongé dans une si charmante ivresse ; mais voyant qu'il étoit de mon intérêt de la dissiper, il me dit : Mon cher maître, vous vous endormez un peu dans la prospérité de vos affaires amoureuses. Vous ne faites pas réflexion que nous sommes ici dans une ville de passage. Vous pourrez rencontrer quelqu'un qui reviendra de Rome, et qui vous reconnoîtra ; vous courez risque à chaque instant d'être découvert. Croyez-moi, brusquez l'aventure. Sachez promptement de votre maîtresse jusqu'où votre fortune peut aller, et ne perdez plus de temps à filer l'amour.

La prudence de mon confident me fit rentrer en moi-même, et m'obligea de retourner le jour suivant chez ma veuve, dans la résolution de lui proposer de l'épouser. J'avois peur de gâter tout par trop de précipitation ; et ce ne fut qu'en tremblant que je la pressai de hâter mon bonheur. Cependant, bien loin de se révolter contre le désir impatient que je lui témoignois d'être son époux, elle me dit franchement que ses intentions étant conformes aux miennes, elle n'avoit pas dessein de tirer les choses en longueur. Voyez au plus tôt mes parents, poursuivit-elle ; demandez leur agrément ; et quand vous vous serez acquitté de ce devoir, je ferai le reste. Transporté d'amour et de joie d'avoir son aveu, qui étoit le principal, je me jetai à ses genoux ; et lui prenant une main qui ne se refusa point à mon transport, je la baisai avec ardeur ; ensuite je conjurai la dame d'agréer, comme pour sceller sa promesse, une petite bague que j'avois au doigt : c'étoit un assez joli diamant, fort bien monté. Elle l'accepta en me le laissant mettre à un de ses doigts, à condition que j'en recevrois d'elle un autre qu'elle alla prendre dans son cabinet, et qui étoit d'un plus grand prix que le mien. On eût dit, après cela, que nous étions déjà mariés, tant nous devînmes familiers. Je ne sais pas même si dès ce jour-là je ne me fusse pas rendu maître du logis, si j'eusse été plus hardi ; mais, outre que je craignois de lui déplaire en faisant paroître de coupables désirs, j'avois trop d'amour et trop de respect pour être capable d'une pareille témérité.

Lorsqu'à mon retour de chez ma veuve j'appris à Sayavedra le résultat de mon dernier entretien avec elle, et que je lui montrai le gage qu'elle m'avoit donné de sa parole, il en pleura de joie. Courage, s'écria-t-il ; vous avez le vent en poupe ; vous allez à toutes voiles ; vous entrerez bientôt dans le port. Ne manquez pas dès demain de visiter les parents de cette bonne dame ; je suis persuadé qu'ils vous accorderont leur consentement. C'est à quoi il n'étoit pas nécessaire de m'exhorter. Ma maîtresse m'avoit nommé les plus considérables et bien instruit de leurs caractères, afin que je pusse me régler là-dessus. Il y en avoit deux avec qui j'avois déjà fait connoissance ; ils étoient à peu près de mon âge. J'aurois bien répondu de l'agrément de ceux-là. Je craignois seulement certains barbons graves et flegmatiques, gens qui, ne faisant rien que par compas et par mesure, voudroient me mener par un chemin fort long ; ce qui ne vaudroit pas le diable pour moi, qui avois tant d'intérêt à finir promptement cette affaire. Je vis donc dès le matin les parents en question. Les deux jeunes me dirent sans façon qu'ils approuvoient fort ma recherche, si elle étoit agréable à leur cousine. Il n'en fut pas ainsi des oncles, qui me répondirent que la chose regardoit toute la famille ; qu'ils s'assembleroient au premier jour, et que je ne tarderois guère à savoir ce qu'ils auroient résolu. Rien n'étoit plus prudent, et je ne pouvois trouver ce procédé mauvais, quelque chagrin qu'il me causât.

Je rendis compte l'après-dînée à ma veuve de toutes ces visites. Elle me dit qu'elle s'étoit bien attendue à la réponse qui m'avoit été faite ; et que nous pouvions toujours, par provision, régler toutes les cérémonies de notre mariage, nous promettant de le célébrer avec toute la pompe convenable à des personnes de notre naissance, et ne doutant nullement que leurs altesses ne nous fissent l'honneur d'assister à nos noces. Au bout de trois jours, il vint chez moi deux des principaux parents de ma future, pour m'apprendre le résultat de leur délibération touchant ma recherche. Ils me dirent qu'ils envisageoient le dessein que j'avois sur leur parente comme une chose très-honorable pour leur famille ; qu'ils me prioient toutefois de trouver bon qu'ils exigeassent de moi, seulement pour agir avec plus de bienséance, que je fisse intervenir là dedans M. l'ambassadeur mon oncle ; que son excellence n'avoit qu'à en écrire un mot au grand-duc, et une petite lettre de politesse à toute la famille, pour lui demander son aveu. Je me sentis terriblement ému à ce discours ; et faisant tous mes efforts pour leur cacher le trouble qui m'agitoit, je leur répondis, avec une effronterie sans pareille, que, s'il ne falloit que cela pour les contenter, ils seroient bientôt satisfaits, que je leur promettois des lettres de l'ambassadeur pour tous les parents, tant en général qu'en particulier ; qu'à l'égard du grand-duc, son altesse recevroit par la première poste un paquet par lequel mon oncle, à qui j'avois déjà mandé mes intentions, la supplieroit de les favoriser en m'accordant là-dessus sa protection. Ces messieurs, très-contents de mes promesses, prirent congé de moi en attendant qu'ils en vissent l'effet.

Me voilà bien avec ces lettres et cette entremise de l'ambassadeur ! Je n'aurois eu qu'à le prier par une lettre de vouloir bien faire ma fortune en m'avouant pour son neveu ; Dieu sait de quelle manière son excellence m'eût fait traiter à Florence par le grand-duc, et dans quels beaux termes il m'eût recommandé à son altesse ! Aussi je ne fus nullement tenté de prendre ce parti. J'aimai beaucoup mieux, et c'étoit la seule ressource qui me restoit, faire une dernière tentative auprès de ma maîtresse pour l'engager à m'épouser brusquement. Je courus donc chez elle aussitôt que ses vieux parents m'eurent quitté. Je l'abordai d'un air triste ; et, après lui avoir conté ce qui s'étoit passé entre eux et moi, je lui dis que par là je me voyois condamné à mourir d'impatience et d'ennui. Ce retardement, me dit ma veuve, ne sera pas si considérable que vous vous l'imaginez. Pardonnez-moi, madame, m'écriai-je avec émotion. Je disposerai facilement l'ambassadeur à écrire en ma faveur au grand-duc et à vos parents : j'ose vous assurer qu'il aura cette complaisance pour son neveu; mais, vous le dirai-je, son caractère me fait trembler : c'est un homme trop prudent et trop délicat pour ne vouloir pas auparavant s'informer de votre famille et de vous-même, madame, permettez-moi de vous le dire. Il aura peur que ce ne soit quelque fol amour de jeune homme. Ces sortes d'informations demandent un temps qui me paroît infini; et cela me met au désespoir. Là-dessus, pour l'attendrir, je lui exprimai ma douleur dans des termes dont je ne puis à présent me souvenir; car lorsque le cœur parle, et qu'un amant dit ce qu'il sent, il parle bien mieux que quand il ne fait qu'un récit de ce qu'il a senti.

Je me souviens seulement que ma tendre veuve fut touchée de la peinture que je lui fis des tourments que me faisoit souffrir par avance la longue attente qui me menaçoit. La dame, qui peut-être n'avoit pas moins d'impatience que moi de se voir attachée au joug d'un hymen qui la flattoit, me dit, pour me consoler, qu'elle ne dépendoit point absolument de ses parents; que tout ce qu'elle en avoit fait n'étoit que par pure bienséance. Donnez-moi trois jours, ajouta-t-elle, pour gagner les parents qui se sont montrés favorables; et si par malheur je les trouve tous contraires à mon dessein, nous ne laisserons pas de nous marier, en attendant qu'eux et M. l'ambassadeur aient fait à loisir leurs enquêtes. Pouvois-je entendre des paroles plus douces et plus positives? Tous mes sens en furent enchantés. Enfin, ma sensibilité parut telle, que la dame, se sentant elle-même dans un grand désordre, m'auroit volontiers fait grâce des trois jours dont elle différoit ma félicité.

Qui croiroit qu'un jour si agréable pour moi fut suivi du plus malheureux de ma vie? Le lendemain, m'étant levé pour aller à la messe à l'Annonciade, qui est la plus belle église de la ville et le rendez-vous du beau monde, j'y rencontrai un jeune parent de ma veuve. C'étoit un de ceux qui n'étoient pas difficultueux. Je le saluai, et nous commençâmes insensiblement à nous entretenir de mon mariage futur avec sa cousine. Au milieu de la conversation, un pauvre que j'avois déjà renvoyé deux fois sans le regarder, vint pour la troisième me demander l'aumône. Préoccupé comme je l'étois d'un entretien qui m'intéressoit, je m'impatientai, et donnant assez rudement de mon gant sur le visage de ce mendiant importun : Vilain gueux, lui dis-je, ne veux-tu pas me laisser en repos? Ce pauvre, qui s'attendoit à un autre traitement de ma part, me répondit dans ces termes : « Monsieur Guzman, si tout le monde vous avoit reçu de même lorsque vous étiez mon camarade, vous ne trancheriez pas tant du grand seigneur aujourd'hui. » A la voix de cet homme, dont j'entendis distinctement les paroles, je jetai la vue sur lui, et je le reconnus pour un pauvre qui avoit été un de mes plus chers confrères dans le temps que j'étois à Rome dans la confrérie des gueux. Je rougis, je pâlis dans le moment, et lançai sur lui des regards où ma rage étoit peinte. Bien loin de craindre ma colère, il me rit au nez, me fit la grimace, et se retira en me disant des injures entre ses dents. Quelques cavaliers qui étoient autour de nous, parmi lesquels il y avoit un de mes rivaux, ayant ouï de quelle façon le pauvre m'avoit apostrophé, et remarquant que j'en étois tout déconcerté, en furent extrêmement surpris. Mon rival, qui avoit plus d'intérêt que les autres à approfondir cet incident, suivit le gueux sans faire semblant de rien, et le joignit à la porte de l'église, où il s'étoit arrêté. Il le prit en particulier; et après lui avoir coulé dans la main quelque monnoie, il lui demanda s'il me connoissoit bien pour m'avoir osé dire ce qu'il m'avoit dit. Le pauvre, encore indigné contre moi, lui raconta l'histoire depuis mon entrée dans Rome jusqu'à ma sortie de chez l'ambassadeur d'Espagne.

Quel plaisir pour le cavalier qui l'écoutoit! C'étoit celui de mes rivaux qui étoit le plus en droit de prétendre à la main de ma veuve. Charmé d'avoir appris de si belles choses contre moi, il fit encore quelque libéralité au pauvre, lui dit de le venir trouver l'après-midi pour prendre un habit qu'il lui vouloit donner, et lui conseilla ensuite de se retirer, de crainte que je ne le maltraitasse, pour me venger de l'affront qu'il m'avoit fait en pleine église. Pour lui, il revint auprès du parent de la veuve; et le voyant seul, parce que dans le trouble où étoient mes esprits j'avois jugé à propos de le quitter, il l'aborda, et brûlant d'impatience de lui parler de moi, il ne put s'empêcher de lui faire part du détail dont le mendiant venoit de le régaler. Le parent, fort étourdi de cette nouvelle, se contenta de lui dire qu'il ne pouvoit ajouter foi au récit du pauvre, qui, selon toutes les apparences, me prenoit pour un autre.

Les deux cavaliers sur cela se séparèrent, le parent avec quelque soupçon que je n'étois pas ce que je semblois être, et mon rival triomphant d'avoir fait une découverte qui devoit le débarrasser du plus dangereux de ses compétiteurs. Il étoit alors onze heures et demie, et par conséquent il y avoit beaucoup de monde chez son altesse, qui étoit près de se mettre à table. On y vit bientôt arriver mon rival, qui, se mêlant parmi les courtisans qu'il jugea les plus jaloux de la faveur où j'étois auprès de leurs altesses, leur conta toute l'aventure d'un air mystérieux, les priant de la tenir secrète. Mais ce n'étoit que pour mieux les engager à la répandre; ce qu'ils eurent en effet si grand soin de faire, qu'en moins d'un quart d'heure le grand-duc en fut informé. Ce prince n'en fit que rire d'abord ; et ayant appris que c'étoit un de mes rivaux qui faisoit courir ce bruit, il le regarda comme une fable inventée par un amant jaloux et troublé par son désespoir. Néanmoins, suivant sa prudence ordinaire, il voulut éclaircir le fait. Après toutes les bontés que la princesse et lui avoient eues pour moi, il n'avoit garde de n'y pas prendre un fort grand intérêt. Il ordonna qu'on lui amenât secrètement le gueux qui disoit me connoître, afin qu'il pût l'entendre lui-même. Pour lui obéir, on alla chercher le mendiant, que le duc, caché derrière un paravent, ouït sans être vu. Quand ce prince eut attentivement écouté la belle narration que le pauvre fit de mes aventures, il donna ordre qu'on le mît en prison, et qu'on l'y traitât bien, avec défense de le laisser parler à personne, jusqu'à ce qu'il eût approfondi cette affaire.

Si pendant ce temps-là je n'étois pas tout-à-fait tranquille, du moins je n'avois aucun soupçon de la nouvelle face que prenoit ma fortune. Il est vrai que le cruel événement du matin m'avoit très-mortifié ; mais je comptois qu'en donnant quelque argent au gueux, je l'obligerois à sortir de la ville ou bien à se taire. J'étois même retourné à l'église après la messe, dans l'espérance de le rencontrer ; et ne l'ayant plus retrouvé là, j'avois remis au lendemain à l'apaiser. Pour les paroles qui lui étoient échappées contre moi, j'avois résolu de les tourner en raillerie, si quelqu'un s'avisoit de m'en parler, et de les faire passer pour une insolence qui m'avoit été dite par un misérable que j'avois un peu maltraité ; enfin je n'y songeois déjà presque plus, et je me rendis l'après-dînée au palais à mon heure ordinaire. Je me présente pour voir le duc ; on me dit qu'il est occupé dans son cabinet. Je vais à l'appartement de la duchesse ; j'apprends qu'elle est un peu indisposée ; qu'elle ne verra personne ce jour-là, et que le soir il n'y aura aucune fête. Tout cela me parut si naturel, que je n'y fis aucune réflexion ; et, consolé d'avoir perdu mes pas du côté de leurs altesses, par l'espérance de passer le reste du jour avec ma veuve, je vole chez elle. Je trouve à sa porte les laquais de ses vieux parents. Je juge qu'il y a grande assemblée dans sa maison, et que c'est au sujet de notre mariage. Je n'y veux point entrer de peur de troubler leur conférence. Je passe outre ; et ne sachant que devenir, je retourne à mon hôtellerie. J'attendis là deux heures la fin de ce conseil de famille ; après quoi j'envoyai mon confident chez ma maîtresse pour lui en demander le résultat. On dit à Sayavedra qu'elle étoit sortie. Il y retourna une heure après, et on lui dit qu'elle ne pouvoit parler à personne.

Pour le coup, je tirai de là un fort mauvais augure. Je devins la proie du chagrin et de l'inquiétude. Mon écuyer s'efforçoit en vain de me consoler ; toutes les raisons dont il se servoit pour me rassurer l'esprit cédoient aux réflexions qu'une juste crainte m'inspiroit. Je me couchai ce soir-là sans souper, et je me levai le jour suivant sans avoir pris un moment de repos. J'allois envoyer chez ma veuve pour savoir à quelle heure je pourrois l'entretenir, lorsque mon hôte vint m'annoncer deux cavaliers que je connoissois, et qui souhaitoient, dit-il, de me parler d'une affaire de la dernière conséquence. Je répondis qu'ils pouvoient entrer. Ces messieurs se présentèrent devant moi d'un air très-sérieux ; et l'un des deux, m'adressant la parole, me dit : « Nous venons ici, comme vos amis, vous avertir qu'il s'est répandu, tant à la cour que dans la ville, d'étranges bruits de votre seigneurie. Vous n'êtes, dit-on, rien moins qu'un homme de qualité. On vous accuse d'avoir joué à Rome de très-vilains personnages. En un mot, vous avez été domestique de l'ambassadeur dont vous voulez passer pour parent. Nous ignorons, poursuivit-il, si le grand-duc est informé de tout ce qu'on dit de vous ; mais nous vous conseillons de ne point paroître au palais que vous n'ayez fait vos diligences pour avoir des attestations qui prouvent la fausseté de ces bruits qui vous déshonorent. »

Tandis que ce cavalier me tenoit ce discours mortifiant, j'étois dans un état pitoyable ; je pensai m'évanouir, et la voix me manqua lorsque j'entrepris de faire mon apologie. Je répondis pourtant que je n'aurois jamais cru que mes ennemis eussent poussé si loin la calomnie ; que je prendrois la poste avant la fin de la journée, et que j'irois moi-même chercher à Rome plus de témoignages qu'il n'en falloit pour confondre la malice de mes envieux. Les deux cavaliers applaudirent à ma résolution, et se retirèrent, pour aller rapporter cet entretien au duc ; car c'étoit par ordre de ce prince qu'ils m'étoient venus voir, quoiqu'ils m'eussent témoigné que c'étoit par amitié pour moi. Ils ne furent pas hors de ma chambre que mon confident y entra : il lut sur mon visage les affligeantes nouvelles que j'avois à lui apprendre, et il fut dans la dernière désolation quand je lui contai mon malheur. Cependant, loin de se laisser abattre comme moi à la mauvaise fortune, il se roidit contre elle, et s'armant d'une fermeté qui m'étonna : Mon maître, me dit-il, c'est à présent qu'il faut montrer du courage : devez-vous être surpris qu'en jouant un rôle si délicat aux yeux de tout le monde, il arrive un contre-temps qui rende triste le dénoûment de la comédie ? Pour moi, je m'y suis bien attendu. Mais après tout, notre chute n'est pas si grande que nous ne puissions nous relever : on nous laisse la campagne libre, cela est heureux. Profitons du temps ; sortons promptement de l'État de Florence, et allons faire ailleurs à loisir, sur ce revers de fortune, des réflexions qu'on pourroit nous faire faire ici plus désagréablement.

Ces raisonnements sensés retirèrent mon esprit de l'accablement où il étoit : je pensai qu'en effet j'étois moins malheureux que je ne devois l'être. Je dis à Sayavedra que ses conseils étoient trop prudents pour ne pas les suivre ; et que si nous pouvions partir dans une heure par la poste, nous ferions un coup de partie. La chose est très-possible, me répondit-il ; nous avons vendu votre cheval ; nous ne sommes point sans argent ; il n'y a qu'à louer des chevaux et nous mettre en chemin : reposez-vous sur moi du soin de tout préparer pour notre départ. Hé bien, repris-je, mon ami, fais donc tout ce que tu jugeras à propos de faire. Hélas ! ajoutai-je avec un profond soupir, je partirois content, si je voyois encore une fois ma belle veuve. Je m'attendois à trouver Sayavedra s'opposer fortement à mon envie ; tout au contraire, il eut la complaisance de me dire qu'il me procureroit cette satisfaction, lorsque nous serions prêts à monter à cheval.

Dans le temps que je témoignois à mon confident que j'étois charmé d'avoir en lui un homme tout dévoué à mes volontés, l'hôte monta pour me dire qu'une demoiselle me demandoit. Je fus d'abord effrayé, car tout me faisoit peur dans la situation où j'étois ; cependant je me rassurai en reconnoissant dans cette demoiselle une suivante de ma veuve. Cette fille me remit un billet de sa maîtresse où il n'y avoit que ces mots : *Je vous attends chez ma cousine pour vous communiquer des choses de la dernière importance. Adieu.* Je dis à la soubrette que je serois dans un moment chez la parente en question ; et quand elle fut sortie, me tournant vers Sayavedra : Voilà, m'écriai-je, tout ce que je désirois ! Je sais bien qu'il m'en coûtera cher pour soutenir la conversation d'une dame que j'adore et que je vais quitter pour jamais : il n'importe ; je veux la voir, dussé-je en mourir de douleur. Je chargeai donc de tout mon fidèle écuyer, qui me dit : Soyez tranquille sur les opérations que je dois faire, et soyez assuré que dans une heure et demie, tout au plus tard, je serai avec des chevaux de poste aux environs de la maison où vous allez.

Les choses ainsi réglées entre Sayavedra et moi, je me rendis à l'endroit où ma veuve m'attendoit. Dans quel état s'offrit-elle à ma vue ! dans un déshabillé où il y avoit plus de désordre que de négligence : elle étoit pâle, défaite, et ses yeux paroissoient encore humides des pleurs qu'elle avoit versés ; enfin il sembloit que ce fût une autre personne. De mon côté, je n'étois pas moins changé qu'elle. Aussitôt que sa parente m'aperçut, elle sortit d'un cabinet où ces deux dames s'entretenoient, et se retira dans sa chambre, pour me laisser en liberté avec ma veuve, qui commença par répandre des larmes en me regardant : Savez-vous, me dit-elle, toutes les infamies qu'on fait courir de vous dans Florence ? Oui, madame, lui répondis-je d'un air fort mortifié : les noires calomnies que mes ennemis veulent employer pour me perdre sont venues jusqu'à moi ; et dans une heure je pars pour Rome, d'où je serai de retour dans cinq ou six jours avec des certificats qui confondront ces calomniateurs. Ces paroles la consolèrent un peu. Elle me conta tout ce que ses parents lui avoient dit de ce gueux, les horribles discours qu'il avoit tenus à toutes les personnes qui s'étoient avisées de l'interroger ; et elle finit par la curiosité que le grand-duc avoit eue d'entendre ce malheureux.

Je laissai parler la dame, tant qu'il lui plut, sans l'interrompre ; car j'étois si troublé de cette aventure, que je ne pouvois rien dire que de fort mal à propos. Je levois les épaules, je poussois de longs soupirs en regardant le ciel, et je faisois mille démonstrations qui lui persuadoient mieux la fausseté de ces bruits que toute l'éloquence humaine n'auroit pu faire. Ne vous affligez point ainsi sans modération, me dit-elle tendrement ; je vous ai aimé sans vous connoître ; et quand vous ne seriez pas ce que je crois que vous êtes, je sens que je ne laisserois pas de vous aimer encore. Je n'aurois peut-être pas remarqué dans un homme du commun les agréments qui m'ont frappée en vous ; l'orgueil de ma naissance ne m'auroit pas du moins permis d'y attacher mes regards ; mais puisqu'ils m'ont une fois su toucher, ils ne peuvent plus perdre leur privilége. Enchanté d'un sentiment si généreux, je tombai dans une défaillance qui fit craindre pour ma vie ; et peu s'en fallut que ma tendre veuve ne s'évanouît aussi. A peine eut-elle la force d'appeler sa cousine, qui, se trouvant embarrassée entre nous deux, fut obligée d'emprunter le secours de la suivante de ma maîtresse. Un instant après que ces deux filles m'eurent fait reprendre mes esprits, on m'avertit que mon valet de chambre m'attendoit à la porte, et que les chevaux étoient prêts. Je compris alors ce

que c'est que d'aimer, et de quelle douleur
on est pénétré quand il faut se détacher de
l'objet de son amour. Jamais adieux n'ont été
plus touchants.

Je sortis de chez la cousine de ma veuve si
occupé de mon affliction, que, sans voir Sayavedra, que je rencontrai à la porte, je passai
devant lui sans rien dire. Il me suivit; et,
s'apercevant que je ne savois ce que je faisois
dans l'état où ma passion me réduisoit, il me
parla, me fit un peu rentrer en moi-même, et
me conduisit où nos chevaux nous attendoient.
Je sautai légèrement en selle, et, sans desserrer les dents, je courus la première poste. A
la seconde, mon écuyer me demanda pourquoi
nous enfilions la route de Rome, et si j'avois
envie d'y retourner. Je lui répondis que j'étois
bien aise, et pour cause, qu'on me crût sur
le chemin de cette ville, et qu'à la troisième
poste nous nous arrêterions pour nous consulter
sur ce que nous avions à faire.

CHAPITRE VII.

*Guzman prend le chemin de Bologne, dans l'espérance
de rencontrer dans cette ville Alexandre Bentivoglio,
son voleur, et de le poursuivre en justice.*

Lorsque nous fûmes arrivés à la troisième
poste, nous y fimes une pause pour prendre de
la nourriture et du repos, deux choses dont j'a-
vois un extrême besoin, puisque depuis vingt-
quatre heures je n'avois ni mangé ni dormi.
Après cela nous tînmes conseil, mon confident
et moi, sur ce qu'il nous convenoit de faire.

Il me semble, dis-je à Sayavedra, que nous
devons sans balancer aller à Bologne. J'ai un
pressentiment que nous y rencontrerons Alexandre Bentivoglio; et, si je suis assez heureux
pour le trouver, je ne doute point que, par
accommodement ou par la voie de la justice,
je ne recouvre une bonne partie de mes effets.
J'approuve votre idée, me répondit mon confident; louons des chevaux et partons pour Bologne.
Mais permettez-moi, s'il vous plaît, de vous
représenter les périls où je m'expose en paroissant dans cette ville. Je crois, comme vous,
qu'Alexandre y est; et si, pour mon malheur,
il me voit, il voudra savoir ce qui m'amène à
Bologne. S'il apprend que j'y suis venu avec
vous, il devinera votre dessein et prendra la
fuite, ou bien il pourra me faire assassiner. Ce
n'est pas tout, ajouta-t-il, je ne saurois vous
rendre service dans cette affaire sans courir risque de me perdre, puisqu'il faudra que je me
constitue prisonnier; et quand une fois je serai

en prison, je n'en sortirai jamais peut-être sans
une grâce du ciel *toute particulière.*

J'entrai dans les raisons de Sayavedra, et nous
convînmes qu'il ne se montreroit pas dans les
rues de Bologne; qu'il se tiendroit caché dans
l'hôtellerie où nous serions logés, et ne se mêleroit nullement de mon procès, supposé que
j'en eusse un : aussi bien je ne croyois pas avoir
besoin de lui pour faire condamner mon voleur
à me restituer du moins une partie de mon bien.
Mon confident, rassuré par cette condition, parut tout prêt à me suivre. Nous nous mîmes
aussitôt en chemin sur des chevaux de louage,
et le lendemain, sur la fin du jour, nous arrivâmes à Bologne. Nous descendîmes à une
hôtellerie où il y avoit quelques étrangers que
différentes affaires avoient attirés dans cette ville.
Je soupai avec eux, et je me retirai de bonne
heure dans une chambre assez propre que Sayavedra avoit eu soin de me faire préparer. Je
dormis peu, n'étant occupé que de mon fripon
d'Alexandre, et je me levai de grand matin dans
l'intention de m'informer si par hasard il n'étoit
pas dans le pays. Je sortis donc tout seul, et
je me promenai pendant un quart d'heure dans
les rues. Comme je passois devant la grande
église, je jetai la vue sur cinq ou six jeunes
gens qui étoient à la porte, et j'en remarquai
parmi eux un dont l'habit me fit soupçonner
que le cavalier qui l'avoit sur le corps pouvoit
être l'homme que je cherchois. Je me défiai
d'abord du rapport de mes yeux; mais, après
un long examen, je reconnus, à n'en pouvoir
douter, que cet habit étoit celui dont un officier
napolitain m'avoit fait présent pour quelque service que je lui avois rendu auprès de l'ambassadeur.

Je me sentis alors si transporté de rage de
voir ce voleur paré de mes dépouilles, que je
fus tenté, dans mon premier mouvement, de
le joindre, et de lui passer mon épée au travers du corps. Néanmoins, par bonheur pour
lui, et peut-être encore plus pour moi, il vint
une foule de réflexions judicieuses s'opposer à
ma fureur. Doucement, me dis-je à moi-même,
ne sois pas si violent; laisse vivre ce pendard : s'il
vit, il pourra payer; si tu le tues, ce sera toi
qui paieras. D'ailleurs ces jeunes gens qui sont
avec lui pourroient bien prendre son parti; et,
quand cela n'arriveroit pas, souviens-toi que c'est
un grand spadassin avec qui tu n'aurois pas trop
beau jeu. De demandeur que tu es, ne te rends
pas défendeur. Ayant donc connu la folie que je
voulois faire, en m'exposant à perdre tout le
fruit de mon voyage par mon emportement,
je m'en retournai à l'hôtellerie pour prier mon

hôte de me donner la connoissance de quelque homme intelligent dans la procédure. Il envoya chercher aussitôt un solliciteur de procès qui demeuroit dans son voisinage, et qui, pour un homme de son métier, avoit bien de l'honneur et de la probité. Je demandai d'abord à ce solliciteur s'il connoissoit un certain Alexandre Bentivoglio, fils d'un avocat. Il me répondit qu'il n'y avoit personne dans le territoire de Bologne qui ne connût le père et le fils. N'êtes-vous pas, lui répliquai-je, de leurs parents ou de leurs amis? Non, Dieu merci, me repartit-il avec précipitation; quoiqu'ils soient d'une condition plus relevée que la mienne, je serois bien fâché d'avoir des parents ou des amis de leur caractère.

Après avoir fait ces deux questions, ce me semble assez prudemment, je racontai l'histoire du vol de mes coffres. Le solliciteur m'écouta d'un grand sang-froid, et comme un homme qui n'étoit point du tout surpris de ce que je lui disois. Il m'avoua même que dans Bologne on étoit accoutumé à entendre les exploits du sieur Alexandre, qui n'en faisoit point d'autres qui ne fussent de la nature de celui dont je venois de parler : mais je ne sais, continua-t-il, si, quand vous aurez intenté un procès à votre voleur, vous en serez plus avancé. Il a pour père un terrible mortel, qui s'est mis au-dessus des lois par la méchanceté de son esprit, et que tous les habitants de cette ville craignent comme le feu. Je vous conseillerois plutôt de faire parler secrètement à ce redoutable père, qui peut-être aimera mieux en venir à un accommodement que de souffrir que cette affaire éclate : c'est le meilleur moyen dont vous puissiez vous servir pour rattraper une partie de ce que vous avez perdu. Je répondis au solliciteur que j'étois fort de son avis; et qu'outre l'aversion que j'avois pour les procès, je jugeois bien que je ne gagnerois pas grand'chose à poursuivre un voleur qui se trouvoit fils d'un homme pareil à celui qu'il venoit de me dépeindre. Je le pressai ensuite de se charger de cette commission lui-même; et comme il témoignoit de la répugnance à se mêler d'une affaire désagréable à l'avocat Bentivoglio, je lui promis une bonne récompense s'il pouvoit réussir. Il ne put tenir contre cette promesse, et sur-le-champ il eut le courage d'aller chez le père du sieur Alexandre.

Mon solliciteur ne tarda pas à revenir. Il avoit l'air si peu content, qu'il ne me fut pas difficile de deviner qu'il avoit perdu sa peine. Aussi me dit-il que le superbe avocat l'avoit fort mal reçu; qu'au lieu de vouloir s'accommoder, il avoit pris au point d'honneur la proposition qu'on lui en avoit faite; qu'il s'en tenoit tellement offensé, qu'il

sembloit que je fusse le voleur et son fils le volé; et qu'enfin il avoit vomi feu et flamme contre moi. Je me déterminai donc, puisqu'on m'y forçoit, à implorer le secours de la justice. Le solliciteur me pria de l'excuser s'il refusoit de m'être de quelque utilité dans cette affaire, attendu que le père de ma partie l'avoit menacé de l'envoyer à l'hôpital avec toute sa famille, s'il apprenoit qu'il me rendît directement ou indirectement le moindre service. Du moins, lui dis-je, enseignez-moi le nom et la demeure de quelque bon jurisconsulte. Il balançoit à me faire ce plaisir, tant il craignoit les Bentivoglio; mais remarquant que je tirois de l'argent de ma poche pour payer les pas qu'il avoit faits pour moi, il me nomma un avocat très-habile, honnête homme même, et de plus, ennemi secret de mes parties, en me suppliant de ne dire à personne qu'il me l'eût indiqué.

J'allai trouver cet avocat, à qui je fis aussi un détail du vol fait à Sienne. Il prit la parole lorsque j'eus achevé de parler. Toute la ville de Bologne, me dit-il, sait déjà cette aventure. Alexandre est revenu chargé d'habits qu'il a fait ajuster à sa taille, et qu'il dit avoir gagnés à Rome à un jeune Espagnol. Personne n'ignore à quel jeu. Ne perdez pas de temps, ajouta-t-il; poussez vigoureusement cette affaire : je ne doute pas qu'on ne vous rende justice, quelques mouvements que le père Bentivoglio puisse se donner pour qu'on vous la refuse. Je dis à mon avocat que je le conjurois de prendre mes intérêts en main; que j'avois ouï vanter ses lumières et son intégrité; que j'étois convaincu qu'il n'oublieroit rien de tout ce qu'il falloit faire pour que je n'eusse pas lieu de me repentir d'être venu à Bologne. Il me répondit qu'il y alloit travailler fort sérieusement; que je n'avois qu'à faire un petit tour en ville, et revenir chez lui dans trois heures. Je n'y manquai pas; et il me montra effectivement une requête bien dressée. Mon affaire y étoit exposée en beaux termes, et si clairement que j'en fus très-satisfait.

Nous allâmes tous deux la présenter au magistrat qu'on appelle *el oydor del torron*, l'auditeur de la tour; c'est le juge ou le lieutenant-criminel. Plus j'observois mon avocat, et plus je m'apercevois qu'il s'y portoit de bonne grâce, autant pour soutenir mon droit que pour chagriner son confrère Bentivoglio. Mais soit que celui-ci eût été averti de mon dessein par le solliciteur, soit qu'il fût grand ami de l'auditeur et du greffier, je n'eus pas sitôt donné ma requête qu'il en fut informé, et qu'il porta plainte contre moi devant le même juge, disant que j'attaquois la réputation de son fils et diffamois sa maison; et non-seulement il prétendoit que je lui fisse réparation d'honneur, il demandoit encore que je fusse condamné à une peine afflictive. Ce n'est rien que cela, me dit mon avocat : si Bentivoglio n'a pas d'autre plat de sa façon à nous servir, nous devons peu le craindre. Nous ferons réponse à ses plaintes, quand l'auditeur aura répondu à notre requête. Ce que ce juge fit, de quelle manière, grand Dieu ! en ordonnant que dans trois jours, pour tout délai, je produirois mes preuves du vol dont j'accusois le seigneur Alexandre Bentivoglio.

Quand j'aurois envoyé en poste un homme à Sienne pour y lever les informations qui y avoient été faites, il n'auroit pu être de retour à Bologne en si peu de temps. M. l'auditeur ne pouvoit l'ignorer, puisque j'avois allégué dans ma requête que c'étoit de Sienne que j'attendois mes plus fortes preuves. Mon avocat, pour pousser ce juge, lui remontra, par une seconde requête, qu'il étoit contre l'usage de prescrire un temps au demandeur : et par là du moins il espéroit obtenir un terme plus raisonnable; il fut trompé dans son attente. Ne pouvant plus, après cela, douter de la bonne intelligence qui régnoit entre l'auditeur et l'homme de bien à qui j'avois affaire, il me dit, en rougissant de honte de l'injustice effroyable qu'on me faisoit dans son pays : Je n'ai plus d'autre conseil à vous donner que de vous éloigner de cette ville; il n'y fait pas bon pour vous. Je ne vois que trop, par le tour malin qu'on vous a joué, que vous n'y feriez que perdre du temps, de la peine et de l'argent ; encore ne sais-je, continua-t-il en branlant la tête, si vous en seriez quitte à si bon marché. Vous êtes étranger; et l'on croit ici que tout est permis contre les personnes d'une autre nation que l'italienne.

Cela n'est pas possible, m'écriai-je d'un ton qui ne découvroit que trop l'agitation de mon âme. Sommes-nous donc ici chez des barbares? Encore parmi les barbares, me répondit-il, on suit les lois naturelles; au lieu que dans ce pays-ci l'on n'en connoît aucune. Je vous le répète encore, poursuivit-il, mon avis est que vous ne vous arrêtiez pas plus long-temps dans cet endroit du monde, où les principaux officiers de justice sont si peu scrupuleux, qu'ils peuvent faire passer un coupable pour un innocent, et traiter un innocent comme un coupable. Je promis à mon avocat que dès le jour suivant je ne manquerois pas de faire ce qu'il me conseilloit. Je le remerciai des peines et des soins qu'il avoit bien voulu prendre pour moi, et je tirai ma bourse pour le payer grassement ; mais il me déclara qu'il ne recevroit rien. Vous avez assez perdu, me dit-il. Si j'acceptois quelque argent de vous, je croirois mériter d'être confondu avec ceux dont vous avez sujet de vous plaindre. D'ailleurs, je veux qu'en quittant le séjour de Bologne, vous soyez persuadé que, si les fripons y fourmillent, il ne laisse pas d'y avoir quelques honnêtes gens.

Je m'en retournai chez moi plein d'estime pour mon avocat. Je trouvai Sayavedra, qui n'étoit pas sans inquiétude; il craignoit qu'à la fin je ne le sacrifiasse pour ravoir mes effets. Véritablement je n'avois qu'à le produire en justice, je faisois cesser les chicanes du vieux Bentivoglio. Je n'étois pas capable d'une pareille trahison; je lui avois pardonné la sienne, et il me servoit avec un zèle qui ne me permettoit plus de me souvenir du passé. Je lui dis que notre procès étoit fini, quoiqu'il n'eût pas encore été jugé, et que nous n'avions qu'à chercher fortune ailleurs; que je voulois partir pour Milan le lendemain dès la pointe du jour; qu'il n'avoit qu'à retenir des chevaux de louage et tout mettre en état pour notre départ. A peine eus-je donné ces ordres à Sayavedra, qu'il entra dans l'hôtellerie une troupe de sergents et de recors, métier que le diable auroit honte de faire. Ils vinrent à moi d'abord qu'ils m'aperçurent, et me saisissant brusquement au collet, ils me conduisirent en prison. J'eus beau leur demander quel crime j'avois commis pour être traité si indignement, ils ne me répondirent autre chose, sinon qu'on me le diroit en temps et lieu. On me le dit en effet : j'appris que c'étoit pour avoir été volé; et que je serois bien heureux si je ne sortois de prison que pour aller aux galères; que monsieur l'avocat Bentivoglio, pour punir l'insolence que j'avois eue de me plaindre de son fils, et de présenter deux requêtes, qu'on devoit regarder comme des libelles diffamatoires contre la noblesse de sa race, et en particulier contre le seigneur Alexandre, dont tout le monde connoissoit les bonnes mœurs, avoit obtenu de la justice de monsieur l'auditeur une permission de me faire arrêter, en attendant qu'on me fît subir un châtiment convenable à ma témérité.

C'est ce que contenoit une longue feuille de papier qu'on me fit lire, et que je ne lus pas sans lever cent fois les yeux et les mains au ciel, au grand plaisir de mes sergents et du geôlier, qui étoient présents, et qui rioient sous cape, Dieu sait de quoi ! Je fus là deux ou trois jours sans voir personne que le concierge, ses valets et ses servantes, qui m'insultoient de gaîté de cœur, et se faisoient un jeu de mes souffrances. Ce lieu me parut un vrai tableau de l'enfer; j'y serois mort de faim si je n'eusse pas eu de l'argent. On juge bien que je payois fort cher tout ce que j'étois obligé d'acheter pour vivre; encore falloit-il en rendre grâce au geôlier, qui, par un excès de bonté, venoit me tenir compagnie et manger les deux tiers de ce qu'on m'apportoit ; après quoi il me disoit effrontément qu'il ne faisoit pas cet honneur aux autres prisonniers.

Sayavedra, qui, pour les raisons que j'ai dites, n'osoit paroître en ville et solliciter pour moi, faisoit agir mon hôte. Celui-ci, touché de compassion de me voir si injustement persécuté, alla trouver mon avocat, pour l'engager à ne me point abandonner à la malice de mes ennemis. L'avocat, homme charitable et généreux, indigné de la tyrannie qu'on exerçoit au mépris des lois sur un étranger sans appui, entreprit de me servir encore, et de me tirer du moins des griffes de ces voleurs. Il faut savoir de quelle façon il en vint à bout. Pour prévenir un jugement ignominieux qu'on étoit sur le point de rendre contre moi, il me conseilla de souscrire à un accommodement qui me fut proposé de la part de mes parties, et que je n'ai garde ici de passer sous silence. Ils me firent signer une déclaration en bonne forme comme je reconnoissois le seigneur Alexandre Bentivoglio pour un gentilhomme plein d'honneur et d'une vie irréprochable ; que je lui demandois pardon de l'avoir injustement accusé d'une mauvaise action, ce que je confessois n'avoir fait qu'à la sollicitation de ses ennemis ; enfin, que je n'avois aucun sujet de me plaindre de lui, et que je le priois de m'accorder son amitié.

Voilà le beau tempérament qu'on trouva pour accommoder les parties. Je n'eus pas plus tôt signé cette déclaration contre mon honneur et ma conscience, que je fus élargi. Que n'aurois-je pas écrit ! que n'aurois-je pas fait pour sortir de prison ! Ceux qui savent ce que c'est que d'y être m'excuseront bien d'avoir, pour rattraper ma liberté, reconnu un voleur pour honnête homme. J'aurois, je crois, fait le contraire s'il eût fallu. Je repris le chemin de l'hôtellerie, où Sayavedra étoit dans de mortelles alarmes : il ne savoit si tous les mouvements qu'un homme de bien comme mon avocat pourroit se donner, et le bruit scandaleux que mon emprisonnement faisoit dans la ville, seroient capables de me tirer du labyrinthe où je me trouvois engagé. Ce cher confident fut d'autant plus ravi de me voir libre, qu'il s'y attendoit moins. Tous les messieurs qui logeoient dans l'hôtellerie étoient prêts à se mettre à table pour dîner ; aussitôt qu'ils me virent arriver, ils vinrent m'embrasser, en me félicitant sur ma sortie de prison. Ils me témoignèrent la part qu'ils avoient prise à mon malheur. Pendant tout le repas, on ne s'entretint que de mes juges, et chacun en fit un éloge digne d'eux. Pour moi, je n'en parlai qu'avec beaucoup de retenue, de peur de quelque nouvel accident.

CHAPITRE VIII.

Guzman, se voyant hors de prison, se dispose à partir pour Milan ; mais une occasion de gagner de l'argent lui fait différer son départ.

J'ordonnai l'après-dînée à Sayavedra d'aller louer des chevaux pour le lendemain. Nous partirons, lui dis-je, pour Milan, c'est une chose résolue : après ce qui vient de m'arriver, la ville de Bologne doit me déplaire encore davantage que celle de Florence. Tandis que mon écuyer alla exécuter mes ordres, je me rendis chez mon avocat pour le remercier de ma délivrance et lui offrir ma bourse ; mais poussant la générosité jusqu'au bout, il me dit qu'il ne me demandoit rien autre chose que d'être persuadé qu'il étoit au désespoir de ne m'avoir pu faire tirer raison de mon voleur. Je répondis à mon avocat que je ne lui avois pas moins d'obligation que s'il m'eût fait restituer tout ce qui m'avoit été pris. Je le quittai en lui faisant toutes les protestations imaginables de service et d'amitié.

Étant revenu à l'hôtellerie après cela, et me trouvant fort désœuvré, je m'amusai à voir jouer aux cartes trois de nos messieurs. Je m'assis par hasard auprès de l'un d'entre eux, je m'attachai à voir son jeu ; et par un caprice assez ordinaire à l'esprit humain, je sentis qu'insensiblement je m'intéressois plus pour lui que pour les deux autres. Quand il perdoit je m'affligeois, et lorsqu'il gagnoit j'avois une secrète joie, comme si j'eusse été de moitié avec lui. La fortune balança longtemps entre les trois joueurs : l'argent ne faisoit qu'aller et venir. Ils avoient devant eux chacun trente pistoles pour le moins ; et je remarquai qu'ils jouoient rondement. Celui dont je voyois les cartes n'étoit pas le plus habile ; aussi le malheur tomba-t-il sur lui quand ils vinrent à s'échauffer et qu'il se fit de grands coups. Je mourois d'envie de le conseiller : je savois parfaitement que cela ne se devoit pas faire ; et cependant j'eus bien de la peine à m'en empêcher, surtout lorsque je m'aperçus qu'il jouoit de son reste. Enfin il perdit jusqu'au dernier sou ; après quoi se levant, il dit aux deux autres joueurs qu'il alloit sortir pour chercher de l'argent, et qu'il leur demandoit sa revanche pour l'après-soupée. C'étoit un jeune homme qui venoit d'arriver à Bologne pour s'y faire passer docteur en droit ; ses parents lui avoient donné, pour cet effet, une soixantaine de pistoles dont il fut déchargé sans avoir le bonnet doctoral. L'un des deux cavaliers qui avoient si bien vidé ses poches étoit un de ses compagnons d'étude, gentilhomme de Bologne, et l'autre une manière d'officier français. Ce dernier, qui étoit un peu plus âgé que ses camarades, en savoit plus long qu'eux. Les Français ne sont pas manchots au jeu ; mais ils rencontrent quelquefois des personnes d'une autre nation qui les redressent.

Je me retirai dans ma chambre, d'autant plus fâché d'avoir vu perdre mon docteur *in fieri*, que j'allai m'imaginer que c'étoit moi qui lui avois porté malheur. Prévenu de cette ridicule opinion, je me reprochois de m'être tenu constamment près de lui pendant tout le jeu, et je me regardois comme la cause de sa ruine ; puis blâmant ma sotte sensibilité : Je suis bien fou, disois-je, de me tourmenter l'esprit si mal à propos. Mes propres affaires ne doivent-elles pas assez m'affliger ? Faut-il que je m'occupe du chagrin des autres ? Tandis que je faisois ces réflexions, j'entendis ce jeune homme entrer dans sa chambre, qui n'étoit séparée de la mienne que par une cloison de sapin. Il revenoit de la ville sans avoir pu trouver de l'argent ; et plus piqué contre les gens qui lui en avoient refusé que contre ceux qui lui en avoient gagné : Quelle misère ! s'écrioit-il ; se peut-il que dans Bologne un honnête homme cherche en vain trente pistoles à emprunter ? Les Bolonais ne sont pas des chrétiens, ce sont des Turcs : encore je ne sais si les Turcs ne seroient pas assez humains pour me tirer de l'embarras où je suis. En disant ces paroles il poussoit de gros soupirs, et se promenoit en long et en large dans sa chambre ; ensuite, se mettant en fureur, il mugissoit comme un taureau, donnoit de grands coups sur sa table, et chargeoit de malédictions tous les habitants de la ville. Enfin, las de jurer et de tempêter, il se jeta sur son lit, où, le prenant sur un ton plaintif il renouvela ses lamentations.

J'avois beau faire des efforts pour m'endurcir le cœur, je sentois malgré moi que j'étois fort touché de son infortune. Dans ce temps là mon confident arriva dans ma chambre, pour me dire qu'après avoir bien couru il avoit eu le bonheur de trouver des chevaux de retour pour Milan. Parle bas, mon ami, lui dis-je à l'oreille ; mon voisin est si affligé d'avoir perdu son argent, qu'il me fait pitié : je t'avouerai même que je suis furieusement tenté de le venger. Eh ! que feriez-vous pour y réussir ? me dit-il. Je prendrois ce soir sa place, lui répondis-je, et je m'embarquerois au jeu : c'est le moyen de nous remettre en fonds tout d'un coup, ou d'aller tout droit à l'hôpital. Au bout du compte, l'argent qui nous reste ne sauroit nous mener bien loin. Trente pistoles que nous avons peut-être sont si peu de chose pour des voyageurs qui ne vont point à pied, et qui vivent noblement dans les hôtelleries, qu'il n'y a point, ce me semble, à balancer. Il s'agit de faire deux repas par jour, ou de n'en faire qu'un et de nous coucher sans souper.

Qu'en penses-tu, Sayavedra ? J'attends ton conseil là-dessus. Ne me dis pas que je vais remplir la place d'un homme qui a joué de malheur, et que la mauvaise fortune est contagieuse ; je ne suis point un joueur superstitieux ; et d'ailleurs je puis t'assurer que j'aurai affaire à des gens qui n'en savent pas plus que moi.

Mon confident me répondit qu'il approuveroit toujours ce que je jugerois à propos de faire ; mais qu'il me conseilloit, puisque je voulois bien le consulter sur cela, de ne me fier que de la bonne sorte au hasard, dont je connoissois le caprice, et de prendre des mesures pour me le rendre favorable. Eh ! quelles mesures, lui dis-je ? en feignant d'être neuf dans ce métier. Bon, répliquoit-il ; ignorez-vous que lorsqu'on joue pour gagner on se sert sans façon des moyens les plus sûrs de s'emparer de l'argent du prochain ? Les honnêtes gens d'aujourd'hui ne s'en font pas le moindre scrupule. Si vous m'en croyez, vous ne serez pas plus sot que les autres, et je m'offre à vous aider de mes petites lumières. Sayavedra me ravit par ce discours. J'étois bien aise qu'il me présentât ses services de lui-même ; car j'avois jusque là gardé toujours avec lui le *decorum* de la maitrise ; ce qu'il faut nécessairement faire avec les valets, si vous voulez qu'ils vous servent bien.

Je dis à mon confident que je n'avois envie de jouer que pour gagner, et que s'il savoit quelque infaillible moyen de jouer toujours heureusement, il me feroit plaisir de me l'apprendre ; que, s'il y avoit quelque mal à l'employer, on devoit me le pardonner dans le mauvais état où se trouvoient mes affaires. Il fut charmé à son tour de voir que je me prêtois de si bonne grâce au désir qu'il avoit de m'endoctriner. Je ne veux, me dit-il, que vous donner seulement une leçon pour vous mettre en état de rafler ce soir tout l'argent des autres joueurs. Je ferai dans les bonnes occasions une petite ronde, sous prétexte de moucher les chandelles ou de vous donner à boire. Je verrai d'un coup d'œil les cartes de vos joueurs, et je vous ferai connoître tout leur jeu, tantôt avec mes doigts et les boutons de mon habit, et tantôt en tenant sur ma poitrine la main droite ou la gauche. Lorsque Sayavedra m'eut ainsi parlé, je demeurai d'accord avec lui que je serois bien maladroit si je perdois avec un pareil secours. Nous convînmes donc entre nous de ce que signifieroit chaque signe, et il ne tint qu'à mon pédagogue de s'apercevoir qu'il avoit en moi un sujet des plus disciplinables.

A l'heure du souper je me rendis dans la salle, où les deux joueurs qui avoient gagné étoient déjà. Mon voisin le futur avocat y arriva bientôt ; et nous nous mîmes tous à table. Pendant tout le repas, l'écolier qui avoit perdu, quoiqu'il eût la mort au cœur, fit tous ses efforts pour paroître gai. Il parla beaucoup, porta des brindes à tous les convives, et affecta de faire l'agréable. Après le souper, les deux messieurs qui avoient joué avec lui se disposèrent à recommencer. On apporta des cartes ; et comme on se préparoit à tirer pour les places, mon voisin dit : Messieurs, j'espère que vous ne ferez pas difficulté de jouer trente pistoles sur má parole ; je dois demain sans faute recevoir une somme considérable. A ces mots le Français fit la grimace et ne répondit rien. L'autre joueur, plus hardi, déclara qu'il ne joueroit jamais sur la parole de personne ; que c'étoit un serment qu'il avoit fait, ayant remarqué plus d'une fois que cela lui portoit guignon. Hé bien, messieurs, reprit l'apprenti avocat, je vous demande donc un moment de patience ; je cours chez un marchand que je n'ai pas trouvé tantôt, et qui certainement me prêtera tout ce que je voudrai. Les joueurs lui repartirent qu'il pouvoit aller faire ses affaires et revenir les joindre dans la salle, où ils l'attendroient jusqu'à minuit.

Je pris alors la parole, et m'adressant aux deux cavaliers qui restoient, je leur demandai s'ils vouloient que je fisse le troisième jusqu'au retour de leur camarade ; que je lui céderois volontiers la place, puisque, ayant résolu de partir le lendemain de grand matin, je ne pouvois leur tenir compagnie fort long-temps. Ces messieurs, qui sur ma physionomie jugèrent assez mal de mon adresse au jeu, me répondirent avec joie que je leur ferois bien de l'honneur. Pendant qu'on mettoit les cartes en ordre, j'appelai Sayavedra, et lui dis de me donner quelque argent. Il me jeta sur la table d'un air négligé toutes nos espèces, qui faisoient à peu près une trentaine de pistoles, en me disant qu'il en iroit chercher si j'en souhaitois davantage. Je lui fis réponse que cela suffisoit, et que j'irois me reposer lorsque je l'aurois perdu.

Nous fûmes bientôt en train. Sayavedra s'assit sur une chaise auprès de la cheminée, et se tint là par mon ordre pour être à portée de nous servir. On se ménagea d'abord, comme cela se pratique ; et néanmoins trouvant occasion deux ou trois fois de faire de bons coups sans tricherie, je ne négligeai point d'en profiter. Je gagnai tout au moins cent écus. C'est toujours quelque chose, dis-je en moi-même. Si malheureusement pour moi le jeune homme qui est sorti revient avec de l'argent frais, du moins je n'aurai pas occupé sa place pour rien. Ces coups de bonheur piquèrent ces deux messieurs, qui, craignant que je ne les quittasse, ainsi que je les en menaçois de temps en temps pour mieux les échauffer, me proposèrent de jouer plus gros jeu. Je leur dis que j'y consentois. Un moment après, comme il s'agissoit d'un grand coup, j'apostrophai Sayavedra, Holà, garçon, lui dis-je,

n'es-tu donc ici que pour dormir ? donne-moi à boire. Il se leva de l'air du monde le plus innocent, feignit d'être à moitié endormi, et, en versant du vin dans mon verre, les yeux à demi-fermés, il me fit par ses signes, enlever quinze pistoles à mes deux joueurs. Voilà mes fonds bien augmentés. Mais suivant la politique ordinaire des aigrefins, je perdois quelquefois, quand j'aurois fort bien pu gagner.

Pour dire la vérité, avec mes seuls tours de main, je serois venu à bout de ces messieurs, et je les aurois mis à sec ; car ils n'étoient rien moins que de fins joueurs : cependant il faut convenir que les signes de Sayavedra me faisoient brusquer leur argent, surtout quand ce n'étoit point à moi à battre les cartes ; cela étoit même moins suspect. Ce garçon me fut d'un grand secours pour vider leur bourse. Quand je me vis en possession de toutes les pistoles qu'ils avoient étalées sur la table au commencement du jeu, je leur dis : Messieurs, il est fort tard, et vous savez qu'il m'est permis de me retirer ; néanmoins, pour vous faire voir que je ne veux point emporter votre argent, et que je suis beau joueur, remettons la partie à demain : je ne partirai pas, quoique j'aie fait louer des chevaux pour cet effet. Rien n'étant plus capable de consoler des joueurs qui perdent, que l'espérance d'avoir leur revanche, ceux-ci ne me pressèrent plus de continuer le jeu. Nous nous séparâmes. Chacun prit le chemin de sa chambre, eux dans la crainte que je ne manquasse à ma parole, et moi dans la résolution de la tenir.

La joie d'avoir gagné un peu d'argent, et l'agitation où le jeu avoit mis mes esprits, m'empêchèrent assez long-temps de goûter la douceur du sommeil. Heureusement, dans mon insomnie, je n'avois que d'agréables images. Il n'en étoit pas de même de mon malheureux voisin. Il ne faisoit que de revenir de la ville, et encore sans argent. Il n'avoit osé paroître dans la salle ; et plein de honte et de rage, il s'étoit retiré dans sa chambre. Je l'entendois soupirer amèrement et se tourner dans son lit tantôt d'un côté et tantôt de l'autre. J'étois ravi de l'avoir vengé à mon profit ; et, ce qu'il y a de plaisant, c'est que je ne le plaignois plus : comme s'il eût été moins à plaindre depuis que j'avois son argent ! Nous sommes touchés des malheurs que nous ne causons pas, et insensibles à ceux qui nous sont utiles.

Le jour suivant mes deux joueurs eurent grand soin de s'informer des valets de l'hôtellerie si je n'étois point parti ; et ils furent bien aises quand ils apprirent que j'avois effectivement différé mon départ. Ils avoient peur que je ne leur échappasse, et moi j'aurois été bien fâché de les quitter sans avoir le reste de leur argent. Ils auroient souhaité que nous nous fussions remis au jeu dès le matin; mais pour irriter leur envie, je ne me montrai dans la salle qu'à l'heure du dîner. Je m'aperçus bien à table de l'impatience qu'ils avoient d'en revenir aux prises avec moi; ce que je ne faisois pas semblant de remarquer : j'affectois même un air froid et indolent, pour leur persuader que c'étoit par pure complaisance que je voulois leur donner leur revanche.

Sitôt qu'on eut dîné l'on apporta des cartes. Alors mes deux champions, pour faire connoître qu'ils en vouloient découdre, tirèrent de leurs poches de longues bourses pleines de bonnes pistoles et de doublons d'Espagne. Ils en jetèrent des poignées sur la table, en me disant : Tenez, seigneur cavalier, voilà ce que vous emporterez demain avec vous. Ils ne croyoient pas si bien dire. Nous prîmes donc nos places, et nous commençâmes à jouer. J'avois dessein de perdre dans cette séance; ainsi je n'eus pas besoin de Sayavedra. Je ne prétendois pas non plus qu'ils me gagnassent beaucoup. Je me ménageai de façon que je ne perdis pendant toute l'après-dînée qu'une quarantaine d'écus. L'officier français me croyant en malheur me proposa de jouer plus gros jeu. Non, lui dis-je, il y a long-temps que nous jouons; reposons-nous un peu : nous serons plus propres à passer une partie de la nuit à ce saint exercice, et nous nous contenterons tous à la reprise de ce soir

L'espérance qu'ils avoient de me traiter plus mal, ou, pour mieux dire, de me ruiner, leur fit prendre patience jusqu'après le souper. De mon côté, je n'avois pas une intention plus charitable que la leur; ce que je fis bien voir lorsqu'il fallut recommencer à battre la carte. La fortune me fut d'abord contraire; mais avec mon adresse et le secours de mon fidèle écuyer, je l'obligeai à se déclarer pour moi. Ces messieurs en furent donc pour leurs doublons, qui passèrent de leurs bourses dans la mienne, après quoi, quittant le jeu pour s'en aller dans leurs chambres, ils me dirent que, si j'étois d'humeur à leur donner encore un jour, ils feroient avec moi le lendemain une nouvelle séance. Je leur répondis que je ne demandois pas mieux, et qu'ils me trouveroient toujours disposé à faire ce qu'ils désireroient.

Je me retirai dans ma chambre avec mon confident, qui ne se possédoit pas de joie. Il voulut me déshabiller; je le repoussai. Il n'est pas question de prendre du repos, lui dis-je; il est trop tard pour me coucher entre deux draps. Je prétends partir d'ici dès que je le pourrai faire sans bruit. Sayavedra me répondit que je ne me souvenois déjà plus que je venois de promettre à ces messieurs que je jouerois encore avec eux. Je n'ai

point oublié, repris-je, que je leur ai fait cette promesse; mais je ne suis point assez sot pour m'exposer à quelques nouveaux malheurs en la tenant. Ne conçois-tu pas le danger qu'il y a pour moi à faire un long séjour dans cette ville? Si mes voleurs m'y ont fait emprisonner après s'être saisi de mon bien, que ne dois-je pas craindre des honnêtes gens qui sont en droit de m'accuser de les avoir friponnés? Ne soyons pas insatiables; nous avons plus de six cents écus, contentons-nous de cela, et sauvonsnous au plus vite. N'as-tu pas arrêté des chevaux? Sans doute, me répondit-il; j'en ai payé la journée au maître, qui m'a dit qu'ils seroient prêts à la pointe du jour. Tant mieux, lui répliquai-je, nous ne saurions partir assez tôt; je ne croirai pas ma bourse en sûreté, que je ne sois à dix bonnes lieues d'ici. Mon confident me quitta pour aller se reposer quelques moments, fort satisfait de nous voir chargés d'un butin assez considérable, et se flattant de la douce espérance d'y avoir quelque part. Ce n'est pas qu'il fût sans inquiétude sur ce point quand il se rappeloit l'histoire de mes coffres; histoire qu'il jugeoit encore trop récente pour que j'en eusse perdu le souvenir

Dès qu'il entendit du bruit dans le logis, et qu'il crut les domestiques éveillés, il revint dans ma chambre, où il me trouva en état de partir. Il est vrai que je ne m'étois pas seulement jeté sur mon lit, et que je m'étois agréablement occupé à compter mes espèces, à mettre l'or d'un côté, l'argent de l'autre, et à ranger enfin proprement nos petits effets. Je l'envoyai payer notre hôte; et lorsque cela fut fait, nous sortîmes de l'hôtellerie, et gagnâmes promptement l'endroit où nos chevaux nous attendoient. Jamais départ n'a été si précipité : à peine avoit-on ouvert les portes de la ville, que nous étions déjà dans la campagne. La belle matinée! Dans un autre temps j'en aurois admiré les charmes; mais dans la situation où mon esprit étoit alors, la beauté du jour m'étoit trèsindifférente. Je ne songeois qu'à tirer pays; je m'imaginois que tous les lévriers de la justice devoient courir après moi, pour me ramener dans les prisons de Bologne, et m'obliger à restituer l'argent que j'avois escamoté à mes deux joueurs. Je tournois la tête à tout moment pour voir si quelqu'un ne nous suivoit point; et quand j'apercevois quelque cavalier qui venoit plus vite que nous, le cœur me battoit, je changeois de couleur, je ne me rassurois point qu'il ne fût passé. Tant il est vrai que tout crime porte avec lui son châtiment.

Je devins pourtant peu à peu plus tranquille; et lorsque nous eûmes fait quatre lieues, je ne sentis plus aucune crainte. Alors rompant le silence que j'avois gardé jusque là, aussi bien que mon compagnon : Sayavedra, lui dis-je, n'es-tu pas las de voyager en chartreux? pour moi je le suis de rêver. Parlons; conte-moi quelque histoire qui me réveille et me réjouisse. Seigneur don Guzman, me répondit-il, vous me permettrez de vous dire qu'il ne convient guère aux gens qui n'ont pas le sou de tenir de joyeux propos; il n'appartient qu'à ceux qui ont de l'argent à pleines mains de faire de bons contes. Je t'entends, mon ami, lui répliquai-je en souriant; je t'assure qu'à la dînée nous ferons un compte ensemble, et j'espère que tu seras content. Comme vous saisissez les choses! repartit-il en riant. Je vous proteste que ce n'est point là ma pensée. Je sais bien qu'en vous servant je n'ai fait que mon devoir, et que le plaisir de vous avoir aidé à tirer les doublons de vos deux joueurs me doit tenir lieu de récompense. Le désintéressement vrai ou faux que Sayavedra faisoit paroître me plut infiniment; et mon dessein n'étant pas de le frustrer de la petite rétribution qu'il avoit méritée par ses signes qui m'avoient été si utiles, je lui fis présent de vingt pistoles aussitôt que nous fûmes arrivés à une petite hôtellerie où nous nous arrêtâmes pour dîner.

CHAPITRE IX.

Sayavedra, pour désennuyer Guzman sur la route, lui raconte l'histoire de sa vie.

Nous remontâmes à cheval après avoir fait un assez bon repas, quoiqu'en entrant dans cette taverne je me fusse attendu à faire très-mauvaise chère. Bien loin de garder le silence, comme nous avions fait toute la matinée, nous commençâmes à nous entretenir de diverses choses. Je ne me souviens point à propos de quoi je demandai à Sayavedra comment il étoit devenu aventurier; je me souviens seulement qu'il me répondit que pour satisfaire ma curiosité il falloit donc qu'il me contât l'histoire de sa vie; sur quoi je lui témoignai qu'il me feroit un fort grand plaisir de m'apprendre ses aventures. Alors, sans vouloir s'en défendre, il en fit le récit en ces termes :

* Je ne suis point de Séville, quoique je vous aie dit à Rome que j'en étois. Valence m'a vu naître, ville où il y a peut-être plus de fripons que dans aucun autre endroit d'Espagne, parce que c'est un pays abondant en toutes choses, et qu'ordinairement les bons pays produisent les hommes qui ne valent guère. Mon père n'étoit qu'un bour-

geois à la vérité; mais de cette haute bourgeoisie qui se confond avec la noblesse. Ayant perdu sa femme qu'il aimoit tendrement, il en eut tant de douleur qu'il mourut peu de temps après elle. Il laissa deux fils avec peu de bien; et ces deux fils, dont je suis le plus jeune, vendirent tous ses effets, qu'ils partagèrent entre eux également. Après cela mon frère aîné me demanda quel parti je prétendois prendre. Je lui avouai que j'avois envie de voyager, et que c'étoit là ma passion dominante. C'est la mienne aussi, me dit mon frère. J'ai toujours pris plaisir à entendre parler des pays étrangers : je suis curieux de voir de quelle façon vivent les hommes qui ne sont pas nés en Espagne; et je contenterai incessamment ma curiosité. Entraînés tous deux par la force de notre étoile, ou plutôt par nos mauvaises inclinations, nous partîmes un beau matin de Valence, chacun avec un petit paquet sous le bras.

Nous n'eûmes pas fait une lieue, que mon frère me dit : Il me vient une pensée. Nous allons nous abandonner à la fortune; nous ignorons de quelle sorte elle nous traitera. Peut-être nous trouverons-nous dans quelque embarras où notre plus grande peine sera d'être connus, et de voir nos véritables noms couverts d'infamie. Pour prévenir ce malheur, changeons-les. J'approuvai son idée, et nous voilà tous deux à rêver aux noms que nous emprunterions. Mon frère prit celui de Mateo Lujan; et moi, comme je me souvins d'avoir ouï dire que la maison des Sayavedra étoit une des plus illustres de Séville, je l'adoptai, et je résolus de me faire partout appeler Sayavedra. J'interrompis en cet endroit mon confident : Est-il possible, lui dis-je, que tu n'aies jamais vu cette ville? Cependant tu m'en as parlé à Rome d'une manière à me persuader qu'il falloit que tu la connusses. Bon, répondit-il, j'ai vu tant de gens qui y ont été, et j'en ai lu tant de descriptions, qu'il n'est pas étonnant que j'en aie dans l'esprit un tableau fidèle.

Nous étant donc tous deux parés de ces beaux noms, poursuivit-il, nous ne songeâmes plus qu'à nous déterminer sur la route que nous prendrions. J'avois déclaré que je voulois passer en Italie, et mon frère m'avoit témoigné le même désir ; mais changeant tout-à-coup de sentiment, il lui prit fantaisie d'aller en France. La contestation que nous eûmes là-dessus devint si vive, que, nous trouvant entre deux chemins, dont l'un conduisoit à Saragosse, et l'autre à Barcelonne, il enfila le premier, et moi le second, en nous souhaitant l'un à l'autre toutes sortes de prospérités. Après cette séparation fraternelle, je me rendis à Barcelonne pour m'embarquer sur les galères qu'un grand nombre de personnes y attendoient aussi

* J'ai retranché de l'histoire de Sayavedra les additions de M. Bremont, et entre autres l'épisode du Piémontais qui donne sa femme pour un cheval à un officier napolitain ; cette aventure n'étant qu'une mauvaise copie de l'histoire de madame de Fresne et du capitaine Gendron.

dans le même dessein. Elles n'y arrivèrent qu'un mois après. Pendant tout ce temps-là je m'habillai proprement, je cherchai les plus agréables compagnies ; le jeune seigneur Sayavedra étoit fort bien reçu partout : il jouoit, faisoit bonne chère, et ne refusoit pas quelques-uns de ses moments à l'amour. Enfin, je me réjouis si bien, que les galères venues, mon hôte payé, mes provisions faites, je m'embarquai gaillardement avec six pistoles de reste. Nous arrivâmes heureusement à Gênes, où, trouvant d'abord une felouque qui partoit pour Naples, je n'en voulus pas perdre la commodité. Nous eûmes toujours le vent si favorable, que le voyage fut très-court.

Si d'un côté j'étois bien aise de me voir dans la ville du monde où j'avois le plus souhaité d'être, j'avois de l'autre beaucoup de chagrin quand je considérois l'état de ma bourse, laquelle étoit aussi plate que celle d'un ermite. Naples, disois-je, est sans doute le séjour de tous les plaisirs ; mais les plaisirs y coûtent autant qu'ailleurs. Quiconque est sans argent à Naples n'y peut faire qu'une très-sotte figure. Je jugeai bien qu'il falloit user *d'industrie : je m'adressai pour cela aux maîtres du métier ; je leur fis connoître l'envie et le besoin que j'avois d'être leur confrère.* Mon air de fripon les prévint d'abord en ma faveur ; et, après un petit examen qu'ils me firent subir, ils me trouvèrent assez de disposition à mériter l'honneur d'entrer dans leur corps. Je n'y fus pas sitôt *agrégé, qu'ils me firent commencer par servir de second et de croupier au jeu.* De leur propre aveu, je m'en acquittai comme si j'eusse eu des principes : ce qui fut cause que je ne tardai guère à être employé à la filouterie commune, c'est-à-dire à couper des bourses, à crocheter des portes, à voler la nuit des manteaux ; en un mot, à cent pareils exercices, qui ne sont que l'A, B, C de l'école des filous, et qui élèvent, d'échelon en échelon, un honnête homme à la potence

Mais, sans vanité, j'avois un esprit trop supérieur pour m'en tenir à ces petits tours, et j'en fis deux ou trois qui passèrent pour des coups de maître. Il faut que je vous les rapporte. L'hôtel du connétable est le rendez-vous de toutes les personnes de qualité, qui s'y assemblent tous les soirs pour jouer. J'avois déjà été une fois dans cette maison à l'heure du jeu, et j'avois observé toutes les choses d'un œil curieux ; j'avois surtout pris garde qu'il y avoit sur chaque table de joueurs deux gros flambeaux d'argent avec des bougies ; et cette remarque me fit imaginer un expédient pour m'emparer d'une paire de ces flambeaux. J'en achetai deux d'étain à peu près de la même grandeur, avec deux bougies ; je mis le tout proprement dans mes poches ; et un soir, m'étant

habillé de manière que je pouvois passer pour un garçon qui appartenoit à quelque seigneur de l'assemblée, je me glissai chez le connétable. Je me postai à la porte d'une petite chambre où il y avoit deux jeunes cavaliers qui jouoient. Je m'aperçus avec joie qu'il n'y avoit point là de pages du logis ; ils étoient tous dispersés dans les autres chambres, qui paroissoient pleines de monde. Il y avoit long-temps que mes deux joueurs étoient aux prises, et déjà leurs bougies, presque toutes consumées, commençoient à en demander d'autres. Je saisis ce favorable instant. Je tirai de mes poches mes flambeaux d'étain ; j'y mis mes bougies, que j'allai allumer aux lampions dont l'escalier étoit éclairé ; j'entrai respectueusement dans la chambre des deux cavaliers avec mes flambeaux à la main ; je les posai hardiment sur la table, à la place des deux qui y étoient, et que j'emportai promptement sous mon manteau, après les avoir éteints. Je courus aussitôt à toutes jambes au greffe, je veux dire chez notre capitaine, qui étoit notre receleur ordinaire, un personnage grave, et qui passoit pour un fort honnête homme dans la ville. Il nous servoit de protecteur et d'avocat quand il nous arrivoit d'être pris au trébuchet, et, par reconnoissance, nous lui donnions le cinquième de tous les vols que nous faisions.

Une autre fois je fis un tour encore plus effronté. Je passois dans une grande rue devant une maison qui me parut devoir être la demeure de quelque homme opulent ; comme en effet, j'appris depuis que c'étoit celle d'un riche notaire et greffier. J'entrai dans cette maison, dont la porte étoit ouverte ; j'enfilai deux ou trois pièces de plain-pied sans rencontrer personne, et je vis dans la dernière, sur une table, une robe de femme du plus beau velours de Gênes, et toute neuve. Je la mis sans façon sous mon manteau, et en deux sauts je regagnai le pavé. Malheureusement je trouvai à la porte le maître de la maison, lequel, me voyant sortir de chez lui avec quelque chose de gros sous le bras, m'arrêta brusquement, et me demanda d'un ton de voix terrible ce que je portois sous mon manteau. Plus d'un autre, à ma place, eût été déferré : moi, sans paroître ému du contre-temps, je lui répondis que c'étoit la robe de velours de madame, et que je la remportois pour en raccommoder le collet et démonter une manche. A la bonne heure, reprit-il ; rapportez-la bientôt, car ma femme en aura besoin cette après-midi pour aller rendre visite à une dame de condition de ses amies. Je lui repartis que je n'y manquerois pas, et en disant cela je m'éloignai de lui comme un daim.

Cette aventure se répandit dans la ville, et dès le jour suivant j'entendis dire que le notaire, après m'avoir parlé, rentra chez lui; qu'il trouva sa femme et deux ou trois domestiques qui faisoient autant de bruit qu'on en fait dans une taverne; que la maîtresse crioit à pleine tête : Où est ma robe? elle étoit ici tout à l'heure : vous me la paierez; que les domestiques n'ayant vu entrer ni sortir personne de dehors disoient qu'il falloit que le diable lui-même l'eût emportée; et qu'enfin le mari fit cesser ce vacarme en leur apprenant ce que la robe étoit devenue. On ajoutoit à cela qu'il courut sur-le-champ chez tous les huissiers de Naples; qu'il leur dépeignit à peu près ma figure, et qu'ils me cherchoient actuellement avec tous leurs archers. Pendant qu'ils faisoient des perquisitions inutiles, mon butin étoit en sûreté chez notre protecteur, avec qui nous nous moquions du notaire et des sergents. Cependant ce tour, que j'avois fait avec autant de bonheur que de subtilité, eut des suites qui ne sont pas l'endroit de ma vie qui occupe le plus agréablement ma mémoire. Les voici :

Un jour, me promenant hors de la ville, dans un lieu où coule un assez large ruisseau, je vis sur ses bords de très-beau linge qu'une blanchisseuse venoit de laver et d'étendre sur l'herbe. Les occasions me tentent, c'est mon foible. Je ne pus résister à l'envie de m'approprier ce linge; aussi bien c'étoit une chose dont j'avois alors grand besoin : je n'attendois plus que le moment de pouvoir faire mon coup sans que la lavandière s'en aperçût. Ce moment vint, et je le saisis si prestement, qu'enlever ce qu'il y avoit de meilleur, et reprendre le chemin de la ville, cela fut fait en un clin d'œil. Néanmoins, quoique la femme n'eût pas remarqué mon action, il arriva qu'elle jeta les yeux par hasard du côté de son linge. Étonnée d'y trouver les deux tiers pour le moins à redire, elle regarda de toutes parts, et ne voyant que moi aux environs, elle jugea que je devois être le voleur. Là-dessus elle abandonna tout le reste de son linge, et se mit à courir après moi en criant : *Au voleur! au voleur!* d'une voix qui faisoit retentir toute la campagne. Dans cet embarras, que pouvois-je faire? Je laissai tomber doucement de dessous mon manteau le paquet dont j'étois chargé, en m'imaginant que par là j'apaiserois la blanchisseuse, qui, satisfaite d'avoir rattrapé son linge, retourneroit sur ses pas. Mais, soit qu'elle crût que j'en emportois encore, soit qu'elle eût juré ma perte, elle me poursuivit jusqu'à la porte de la ville, où la sentinelle m'arrêta pour me demander ce que c'étoit. La lavandière arriva aussitôt, et me donna mille gourmades, en disant que j'étois un voleur qui avoit pris tout son linge. On me fouilla partout; et comme on trouva mon manteau et le dessous de mon bras mouillés, on

n'eut pas de peine à deviner que je m'étois défait du paquet pour pouvoir nier que j'eusse volé mon accusatrice. Il ne m'en fallut pas davantage pour mériter et obtenir un logement dans le palais de la justice.

Je fis savoir mon emprisonnement à notre avocat, qui vint en diligence me trouver. Je le mis au fait. Il se rendit chez le lieutenant criminel. Ils eurent ensemble un entretien qui fut tel, que le protecteur obtint que je serois élargi dès ce jour-là. Il m'apporta cette heureuse nouvelle, et je me disposois à sortir. Déjà l'ordre étoit expédié, le concierge satisfait, et déjà j'avois un pied hors de la prison, lorsque, par une malice du diable, le notaire, qui me faisoit chercher, et avoit affaire en ce lieu-là, se présenta devant moi. Il m'envisage, il me reconnoît, il se met en fureur, il me donne un grand coup de poing dans l'estomac et me fait rentrer dans la prison, en criant au geôlier de fermer la porte, attendu, disoit-il, que j'étois un voleur, et qu'il vouloit m'écrouer. Notre avocat, qui étoit présent, n'épargna aucune fleur de rhétorique pour apaiser le notaire; il alla même jusqu'à lui offrir la valeur de la robe; mais ce maudit notaire, aimant mieux se venger de moi que de recouvrer son bien, fut inexorable. Il me fit émoucher les épaules et bannir du royaume.

Après cette petite mortification, que je souffris assez patiemment, mon capitaine, pour m'en consoler, me chargea d'une lettre de recommandation pour un chef de bandits, son ami, qui avoit une retraite dans les montagnes de la Romagne, où je me rendis, ne pouvant faire mieux. Ce chef n'eut pas plus tôt lu ma lettre, qu'il me fit un accueil gracieux. Il me présenta aux cavaliers de sa compagnie. Je n'ai jamais vu des hommes si farouches. Il est vrai que, venant de quitter à Naples des camarades fort civilisés, il étoit impossible que ces montagnards ne me parussent pas grossiers et sauvages : néanmoins, comme on apprend à hurler avec les loups, malgré la terrible vie que ces bandits menoient, je ne laissai pas de m'accoutumer à vivre avec eux. Nous fîmes quelques bons coups, et je me vis en peu de temps le gousset bien garni. Dès que je fus en fonds, il me prit envie d'abandonner ces honnêtes gens. Pour cet effet, je demandai congé à notre chef pour deux mois, sous le prétexte d'une affaire que je lui dis avoir à Rome. Il me permit de faire ce qu'il me plairoit, après m'avoir obligé de lui jurer que je le rejoindrois au bout de ce temps-là. Je lui fis à la vérité ce serment, mais je l'oubliai sitôt que je fus à Rome.

Je m'étois mis dans l'esprit que dans une si belle ville je trouverois à chaque pas des occasions d'exercer mes talents. Cependant, lorsque j'y fus et que j'eus étudié le génie de ses habitants, ils me parurent si déniaisés, que je perdis espérance d'y faire fortune. Je fis quelques coups de si peu d'importance, que vous me dispenserez pour mon honneur de vous les rapporter. Je vous dirai même qu'au dernier de ces misérables tours, je pensai être pris sur le fait ; ce qui fut cause que je sortis brusquement de Rome. Je jugeai à propos de parcourir l'Italie pour la bien connoître, et je dépensai tout mon argent en menant cette vie errante. Enfin, étant à Bologne, le hasard me fit faire connoissance avec Alexandre Bentivoglio, qui me reçut dans sa petite troupe. C'est un garçon fort subtil et né pour la profession dont il se mêle. Sa coutume est de sortir de temps en temps de son pays natal, pour aller tantôt dans une ville et tantôt dans une autre chercher des dupes ; et quand il a fait quelque bon coup de filet, il retourne à Bologne, comme si de rien n'étoit, et il

est là fort en sûreté. Je l'ai accompagné dans quelques-unes de ses courses ; et je travaillois à Rome, sous ses ordres, le jour que je rencontrai votre seigneurie persécutée par la canaille. Je vous allai voir chez votre ambassadeur : vous eûtes l'imprudence d'étaler devant moi toutes vos nippes, et de me conter toutes vos affaires ; j'en rendis compte au capitaine Alexandre, qui sur mon rapport, imagina le tour que nous vous jouâmes. Cette action m'est toujours présente, poursuivit-il ; et l'extrême regret que j'en ai sera éternellement nourri par les bontés que vous avez pour moi.

Sayavedra finit son histoire en cet endroit. Après quoi ses diverses aventures devinrent le sujet de nos entretiens sur la route jusqu'à Milan, où nous arrivâmes tous deux gais et gaillards, avec une disposition prochaine à nous emparer du bien d'autrui.

LIVRE CINQUIÈME.

CHAPITRE PREMIER.

De l'entreprise hardie que formèrent Guzman et Sayavedra dans la ville de Milan.

Nous employâmes les trois premiers jours à nous promener dans les rues, en parcourant des yeux les différentes marchandises dont les boutiques étoient parées, sans songer encore à mettre en œuvre notre génie aventurier : c'étoit autant de bon temps pour les bourgeois de la ville.

Comme nous traversions la place un matin, il vint un jeune homme assez bien vêtu aborder Sayavedra, qui marchoit derrière moi. J'allois toujours devant, et j'avois déjà fait plus de cent pas lorsque je m'en aperçus. Je considérai fort attentivement ce jeune drôle avec qui mon confident s'étoit arrêté, et je lui trouvai un air égrillard qui me donna fort à penser. Ho, ho! dis-je en moi-même, qui peut être ce garçon-là? et que peuvent-ils avoir tous deux à démêler ensemble? C'est ce qu'il m'importe de savoir. Mais comment puis-je en être instruit? Si j'appelle Sayavedra pour lui demander de quoi ils s'entretiennent, il ne manquera pas de composer une fable, et je n'en serai pas plus avancé. Que faut-il donc que je fasse? Me tenir en repos, et leur laisser le

champ libre ; ne témoigner aucune défiance à mon écuyer, et avoir toujours l'œil sur lui.

Leur conversation dura plus d'un quart-d'heure, après quoi le jeune homme prit congé de mon confident, qui vint me rejoindre d'un air rêveur qui ne m'ôta point le soupçon que j'avois déjà. Je me préparois à entendre ce qu'il me diroit de cette rencontre qui m'inquiétoit ; et toutefois, quelque envie que j'eusse de le faire parler là-dessus, il ne dit pas un mot, et demeura plongé dans sa rêverie. Je gardai aussi le silence sur cela jusqu'à l'après-dînée. Alors me voyant seul avec lui dans ma chambre, et ne pouvant plus me contraindre : Monsieur Sayavedra, lui dis-je en souriant, peut-on, sans vous paroître indiscret, vous demander quel homme c'est que ce jeune garçon avec qui vous étiez ce matin en si grande conférence? Il me semble que je l'ai vu à Rome. Ne se nomme-t-il pas Mendoce? Non, monsieur, me répondit-il ; on l'appelle Aguilera, et je puis vous assurer qu'il justifie bien son nom ; car c'est un aigle dans les occasions où il s'agit de jouer de la griffe. C'est un bon compagnon qui a de l'esprit, qui écrit à merveille, qui possède l'arithmétique, et sait faire en perfection des comptes doubles et triples. Il y a long-temps que nous nous connoissons : nous avons voyagé ensemble et mangé de la vache en-

ragée. Il roule actuellement dans sa tête un dessein qui fera sa fortune s'il réussit. Il m'a proposé
d'y entrer, et il m'offre la moitié du profit. Je lui
ai répondu que je ne voulois rien entreprendre
sans vous en avertir : je lui ai dit même que vous
aviez tant de bonté pour moi, que vous ne me
refuseriez pas vos conseils dans une affaire de
cette conséquence. Non sans doute, lui dis-je; au
contraire, mon enfant, je suis disposé à vous y
rendre service à l'un et à l'autre. Apprends-moi
seulement de quoi il est question. Monsieur, reprit-il, Aguilera doit venir ici cette après-midi;
vous lui parlerez. Il vous découvrira tout son projet; et s'il y a quelque chose à corriger dans son
plan, vous le perfectionnerez.

Comme il achevoit ces paroles, on lui vint dire
qu'un jeune homme le demandoit. Nous ne dou-
tâmes point que ce ne fût Aguilera; car nous ne
connoissions personne à Milan. Sayavedra courut
au-devant de lui; et après l'avoir préparé à l'entretien que nous allions avoir ensemble, il me
l'amena. Nous nous saluâmes de part et d'autre
avec beaucoup de civilité. Cet Aguilera étoit un
garçon d'assez bonne mine, et qui me parut avoir
de l'esprit. Il me confirma tout ce que m'avoit
dit mon confident, et me détailla d'une manière
fort plaisante quelques exploits qu'il avoit faits
avec lui. Il m'apprit ensuite qu'étant venu à Milan
dans l'espérance d'y faire quelque grand coup, il
avoit trouvé moyen de se mettre au service d'un
riche banquier, chez lequel il demeuroit depuis
six mois en qualité de commis; qu'il avoit, par
son exactitude et sa fidélité, gagné la confiance
de son patron, en attendant qu'il trouvât l'occasion de le voler; qu'il s'en présentoit une fort
belle, mais qu'il avoit besoin d'un second pour en
pouvoir profiter; et qu'en rencontrant Sayavedra,
il l'avoit regardé comme un homme tombé du
ciel pour cela, le connoissant pour l'avoir vu dans
l'action plus d'une fois. Je lui demandai si son
dessein étoit d'une exécution bien difficile. Pas
trop, me répondit-il; vous en allez juger. Le banquier a mis depuis peu dans son coffre-fort une
grande bourse de chamois, où il y a mille belles
pistoles. Je les enleverai un dimanche au matin
pendant que le patron entendra la messe; j'irai
joindre à la poste Sayavedra, qui aura retenu
deux chevaux; nous partirons dans le moment,
et nous piquerons si vigoureusement nos mazettes,
que nous serons bien loin de la ville avant que le
banquier s'aperçoive de la saignée que j'aurai faite
à son coffre-fort.

Après avoir écouté fort attentivement Aguilera,
je lui dis que son projet étoit diablement délicat;
qu'un garçon connu dans la ville pour le commis
de ce banquier pouvoit rencontrer quelqu'un qui,
surpris de le voir sur un cheval de poste, et le
soupçonnant d'avoir fait quelque mauvais coup,
ne manqueroit pas de courir chez son maître pour
lui en donner avis; que le banquier étant revenu
de la messe découvriroit peut-être d'abord qu'on
l'avoit volé; que le bruit s'en répandroit à l'instant dans la ville, et qu'on sauroit bientôt qu'A-
guilera auroit pris la poste; que sur cela son patron feroit suivre ses traces par des gens bien
montés, et à qui le voleur auroit de la peine à
échapper. Je lui représentai encore d'autres inconvénients qui lui firent voir clairement que son
dessein étoit mal conçu. Il en demeura d'accord
enfin, et cependant il me dit qu'il ne laisseroit
pas de l'exécuter, puisqu'il ne pouvoit faire autrement. J'ai affaire, continua-t-il, à un homme
qui ne sort jamais de chez lui que les fêtes et les
dimanches pour aller à la messe, et qui revient
une demi-heure après se renfermer. Il couche
dans la chambre où sont ses papiers et son argent,
et il n'a point d'autre cabinet.

Quand il seroit encore plus sédentaire et plus
vigilant, lui répliquai-je, on peut lui ravir sa
bourse de chamois sans s'exposer au péril que
vous voulez braver si témérairement. Ma foi,
messieurs, si vous n'en savez pas davantage, vous
n'êtes encore que des apprentis dans votre métier.
Je veux vous montrer qu'un génie supérieur a
bien d'autres lumières que les vôtres. Je me
charge, si vous le souhaitez, de la conduite de
cette entreprise; et, sans vous envelopper dans
le malheur que je puis éprouver si la fortune
m'est contraire, je vous réponds des mille pistoles,
pourvu qu'elles soient dans huit jours dans le
coffre-fort. Sayavedra et son ami se prirent à rire
à ce discours, qui leur causa autant de joie que
s'ils eussent déjà eu entre les mains la bourse de
chamois. Ils me remercièrent de l'offre que je
leur faisois, et me laissèrent volontiers conduire
ce projet d'importance, bien persuadés, particulièrement Sayavedra, que je ne leur parlerois pas
de cette sorte si je n'étois pas comme assuré de
l'événement. Ne vous embarrassez de rien, leur
dis-je, messieurs; vous verrez qu'un homme qui
a été page cinq ou six ans en sait plus long qu'un
bandit de la Romagne. Ils redoublèrent leurs ris
à ce trait railleur, qui regardoit Sayavedra. Ensuite je fis quelques questions au fidèle commis
du banquier.

De quel moyen, lui dis-je, prétendiez-vous
donc vous servir pour tirer la bourse du coffre-
fort? Vous n'en avez pas la clef? Non, certainement, me répondit-il. Le patron ne la confie à
personne. Il me la donne seulement quelquefois,
lorsque je suis avec lui dans son cabinet, et que,
pendant qu'il écrit, quelqu'un vient demander le

paiement d'une lettre de change. Il me jette la clef pour prendre un sac dont il m'indique le *numéro ;* et tandis que je compte l'argent, il a un œil sur ce qu'il écrit et l'autre sur ce que je fais. Cela étant, repris-je, il sera bien difficile de prendre l'empreinte de cette clef. Beaucoup moins que vous ne pensez, repartit Aguilera. J'ai, Dieu merci, la main subtile : je promets de vous apporter l'empreinte de la clef du coffre-fort, et même, si vous le jugez à propos, celle de la clef d'une petite armoire où mon bourgeois serre ses livres de compte et l'argent qu'il emploie à ses dépenses ordinaires. A ces mots, qui me firent tressaillir de joie, je lui dis que s'il pouvoit prendre ces deux empreintes, nous serions encore plus sûrs de notre fait.

Je n'oubliai pas de m'informer de la disposition du cabinet, de la manière dont les sacs étoient faits, des marques qu'ils avoient, en un mot, de toutes les particularités, tant du dedans que du dehors du coffre-fort. J'en fis un mémoire circonstancié, que le commis me dicta ; ensuite je renvoyai Aguilera chez son maître, en lui disant que je l'instruirois, quand il en seroit temps, du personnage qu'il auroit à jouer. Après son départ, je dis à mon confident que je venois de mettre son ami à une grande épreuve ; que je doutois fort qu'il m'apportât les empreintes. Mais Sayavedra, qui avoit une haute opinion de son industrie, m'en fit un nouvel éloge, qui fut justifié deux jours après. Aguilera me tint parole, et m'enseigna où je trouverois un serrurier qui me feroit deux fausses clefs, pourvu qu'il fût payé grassement. Je n'ai plus qu'une question à vous faire, dis-je à notre commis : à quelle heure votre maître est-il dans sa boutique ? car les banquiers ont coutume d'en avoir une en Italie. Aguilera me répondit que son patron s'y tenoit ordinairement le matin, depuis dix heures jusqu'à midi. C'est assez, lui répliquai-je ; retournez chez vous, et retenez bien ce que je vais vous dire : demain je ne manquerai pas d'aller sur les dix heures à la maison du banquier ; faites en sorte que vous y soyez aussi, et ne perdez pas une parole de ce que je lui dirai, afin que vous en puissiez rendre témoignage, s'il le faut.

Tout étant ainsi réglé, je portai sur-le-champ mes empreintes à l'honnête serrurier à qui l'on m'avoit dit de m'adresser ; et il se trouva qu'en effet c'étoit un homme de bonne composition. Il me promit de faire incessamment les deux clefs pour deux pistoles, dont il en toucha une d'avance. Comme je revenois de chez ce bon ouvrier à mon hôtellerie, j'aperçus dans la boutique d'un marchand une espèce de cassette à bijoux fort propre. Il me prit envie de la marchander,

et, après l'avoir bien examinée, je l'achetai. Sayavedra, qui m'accompagnoit, me parut un peu surpris de cette emplette. Je ne pus m'empêcher de rire de son étonnement. Ami, lui dis-je, cette jolie cassette de cuivre doré ne sera pas inutile à notre dessein. Je m'en doute bien, me répondit-il en souriant ; vous ne l'avez pas achetée comme un sot ; vous savez l'usage que vous en ferez, et je m'en rapporte fort à votre seigneurie.

Je me rendis le lendemain, sur les dix heures, à la boutique du banquier. Aguilera y étoit avec deux ou trois messieurs qui étoient là pour affaire. Je saluai en entrant le maître, et lui dis, à haute et intelligible voix, que je venois d'arriver à Milan, dans l'intention de faire des emplettes pour un mariage ; que j'avois une somme assez considérable d'argent, que j'étois bien aise de mettre en sûreté ; qu'au lieu de la laisser dans mon hôtellerie, où il y avoit toutes sortes de gens, j'avois pensé que je ferois beaucoup mieux de la confier à un homme tel que lui, dont j'avois ouï vanter la probité : j'ajoutai que j'avois un petit voyage à faire à Venise, ce qui m'obligeroit à prendre chez lui une lettre de crédit. Le banquier, avide de gain, me fit là-dessus mille offres de service ; accompagnées de profondes révérences, et me demanda combien j'avois d'argent à déposer chez lui. Je lui répondis que j'avois douze mille francs en or, et un sac rempli d'espèces d'argent, que dans une heure je viendrois lui mettre tout cela entre les mains. Il me répliqua que ce seroit quand il me plairoit ; puis ayant tiré son journal de l'armoire où étoient ses livres de compte, il me pria de lui dire mon nom. Je lui dis que je m'appelois don Juan Osorio. Il l'écrivit aussitôt sur son journal, avec la date du jour et du mois, de sorte qu'il ne restoit plus qu'à marquer la somme et les espèces, quand il les auroit reçues, comptées et pesées. Il faisoit ce *lazzi* pour mieux m'engager à ne lui pas manquer de parole.

Après cela, n'ayant plus rien qui m'arrêtât dans sa boutique, j'en sortis, lui faisant des civilités qui furent bien réciproques, et en le priant à haute voix de ne point s'éloigner de sa maison, attendu que j'allois revenir. Cette scène finie, je retournai chez moi, très-content d'avoir si heureusement commencé cette intrigue. Sayavedra, qui m'attendoit avec d'autant plus d'impatience qu'il y étoit plus intéressé, ne fut pas peu étonné quand je lui appris ce que je venois de faire. Mais, monsieur, me dit-il, où prendrez-vous, s'il vous plaît, ces douze mille francs en or que vous devez dans une heure porter à ce banquier ? Je suis en peine de savoir cela. C'est ce qui ne doit point t'inquiéter, lui répondis-je ; il les a déjà. Je sais bien que je te parle hébreu ; j'ai mes raisons pour cela. Dépense-moi de t'en dire davantage présentement, et m'apprends si ton Aguilera compte parmi ses talents celui de contrefaire une écriture. Comment, contrefaire! s'écria-t-il avec transport; il contrefait comme un ange toutes sortes de caractères : c'est son fort. Plût au ciel que j'eusse seulement le tiers de l'argent qu'il a touché sur les fausses lettres de change qu'il a faites. S'il n'excelloit pas dans cet art, il seroit encore à Rome à l'heure qu'il est; mais il a été obligé d'en décamper brusquement, de peur de tomber entre les mains d'un brutal de marchand, lequel ayant eu avis qu'il avoit contrefait sa signature, vouloit le faire arrêter. Puisque cela est ainsi, repris-je, notre entreprise réussira infailliblement.

Le fonds que Sayavedra faisoit sur mon adresse ne lui permettoit pas de douter d'un succès dont je l'assurois, quoiqu'il ne comprît rien encore à mon dessein. Ce qui le fâchoit, c'est que je ne lui donnois aucun rôle à jouer dans cette comédie. Il s'en plaignit à moi, et me demanda s'il n'y feroit qu'un personnage muet. Oh! que si, lui dis-je; et je t'en destine un dont tu t'acquitteras à merveille. En même temps je lui ordonnai de mettre sous son bras la cassette que j'avois achetée et remplie de balles de plomb. Outre cela je le chargeai d'un sac où il y avoit de l'argent. Ce sac étoit lié d'un ruban rouge et taché d'encre au milieu, parce que, suivant mon mémoire, il y en avoit un semblable dans le coffre-fort. Nous sortîmes ensuite tous deux de ma chambre, comme pour aller porter tout cela chez le banquier. Quand nous fûmes dans la rue, je dis à mon écuyer : Entre un moment dans la cuisine, sous prétexte de demander à l'hôte à quelle heure nous dînerons, et ce qu'il nous prépare pour dîner. En un mot, fais si bien que sa femme et lui remarquent et considèrent attentivement cette cassette. Il nous importe fort qu'ils en soient frappés l'un et l'autre; ensuite tu reviendras me joindre ici.

L'homme du monde le plus propre à s'acquitter d'une pareille commission, c'étoit Sayavedra. Il alla dans la cuisine, où, faisant à l'hôte les questions que je l'avois chargé de faire, il lui montra sans affectation la cassette et le sac. L'hôte et l'hôtesse les regardèrent avec de grands yeux. La cassette surtout parut si jolie à la femme, qu'elle ne put s'empêcher de la prendre entre ses mains et de l'examiner. L'hôte fit la même chose à son tour, et s'écria : Vive Dieu! qu'elle est pesante! Elle doit l'être, dit alors Sayavedra, puisqu'elle est toute pleine de pièces d'or, tant d'Espagne que d'Italie. Il y en a là-dedans, ajouta-t-il, pour plus de douze mille francs. Nous allons les déposer, avec ce sac, chez un banquier. Chez un banquier! interrompit l'hôte d'un air brusque; quand

il y en auroit pour cent mille écus, cette cassette et ce sac seroient aussi sûrement dans ma maison que chez le plus riche marchand de la ville. L'hôtesse, aussi chatouilleuse que son mari sur le point d'honneur, dit : Nous avons eu aussi quelquefois des dépôts, et grâces à Dieu et à la sainte Vierge, nous les avons fort bien gardés. J'en suis persuadé, reprit Sayavedra. Si vous n'étiez pas d'honnêtes gens, mon maître ne seroit pas venu loger chez vous avec tant d'argent; ne croyez donc pas qu'il ait mauvaise opinion de votre maison. Il est sur le point de partir pour Venise; il a besoin d'une lettre de crédit pour cette ville, et nous allons mettre en gage ces douze mille francs chez le banquier qui la lui doit fournir.

Cela change la thèse, répliqua l'hôte apaisé; je n'ai plus rien à dire. Eh! comment nommez-vous ce banquier? Jérôme Plati, reprit mon confident. Peste! reprit l'hôte, c'est un Crésus; c'est dommage qu'il soit juif comme un chien. Il vous fera bien payer ce dépôt, sur ma parole. Si vous m'en eussiez seulement dit un mot, je vous aurois enseigné des gens plus raisonnables. Il n'est plus temps, dit Sayavedra; mon maître est déjà convenu de tout avec ce banquier, il en faut passer par là. Mais je ne songe pas, poursuivit-il, que je m'amuse trop avec vous; mon patron m'attend. Je ne suis venu dans la cuisine que pour m'informer si nous aurions le temps de faire notre affaire avant de dîner. L'hôte lui dit qu'il n'étoit pas nécessaire de nous presser, et que nous trouverions toujours dans sa maison de quoi faire bonne chère.

Mon confident vint me rendre compte de cet entretien; puis nous allâmes tous deux nous promener hors de la ville. Nous regagnâmes ensuite l'hôtellerie, où Sayavedra, par mon ordre, entra tout doucement, et alla remettre dans ma chambre la cassette et le sac. On n'étoit point encore à table; l'hôte, par considération pour moi, avoit retardé le dîner, et il fit servir dès qu'il sut mon arrivée. Après un long repas je me retirai dans ma chambre, où l'hôte, averti que je souhaitois de lui parler, accourut, et demanda ce qu'il y avoit pour mon service. Je me plains de vous, lui dis-je : avez-vous pu me croire capable de me défier d'un homme d'honneur comme vous? Pour vous faire connoître l'injustice que vous m'avez faite, je vous conjure de me garder cette bourse de cent pistoles jusqu'à mon départ pour Venise. En achevant ces paroles, je tirai de ma poche une bourse musquée, où il y avoit cette somme en doubles pistoles. Il fut si sensible à cette marque de confiance, qu'il en parut tout transporté de joie.

Sur la fin de ce jour-là le commis du banquier

se déroba de chez son maître pour nous venir trouver. Hé bien, Aguilera, lui dis-je, votre patron n'a-t-il pas été fort surpris de ne m'avoir point revu depuis ce matin? Vous n'en devez pas douter, répondit-il. Après vous avoir attendu jusqu'à une heure, il a commencé de craindre que vous ne revinssiez pas. Comme il ne peut ignorer la mauvaise réputation qu'il a dans Milan, il s'est imaginé que quelqu'un aura été assez charitable pour vous en avertir, et je me suis aperçu, à son air rêveur et chagrin, qu'il en étoit très-mortifié. Apprenez-moi encore, repris-je, si les trois hommes que j'ai vus ce matin dans vôtre boutique y sont demeurés long-temps après moi. Aguilera me repartit que non, et que du reste de la matinée il n'y étoit venu personne. Je fus ravi de savoir cette circonstance, et j'assurai mes associés que dans trois ou quatre jours, tout au plus tard, on verroit le dénoûment de cette pièce. Le commis, charmé de cette assurance, me donna le bonsoir; mais, avant que de nous séparer, je lui défendis de revenir à l'hôtellerie. Je lui en représentai les conséquences; et il fut arrêté entre nous que tous les jours à certaine heure Aguilera se trouveroit dans certain endroit, où Sayavedra lui donneroit ses instructions de ma part.

J'eus mes fausses clefs deux jours après. Notre commis, qui en fut bientôt informé, dit à son ami qu'il pourroit s'en servir dès le dimanche suivant l'après-dînée, tandis que son bourgeois s'amuseroit, selon sa coutume, à jouer aux échecs avec un de ses voisins. J'instruisis alors Sayavedra de tout ce que je prétendois faire, ainsi que de tout ce qu'il avoit à dire au commis; et le samedi au soir je l'envoyai au rendez-vous, chargé des deux fausses clefs avec la cassette, où il y avoit dix quadruples, trente écus romains et trois petits papiers, à la place des balles de plomb qui y étoient auparavant. A l'égard du sac où il y avoit de l'argent, je le gardai : je ne l'avois taché d'encre, et lié d'un ruban rouge, que pour le faire paroître ainsi devant l'hôte et l'hôtesse, afin qu'ils pussent témoigner l'avoir vu, comme je n'avois mis des balles de plomb dans la cassette que pour la rendre pesante, et faire croire à ces bonnes gens qu'elle devoit être pleine d'or.

Dès que mon confident vit Aguilera, il lui dit : Tiens, mon ami, voici de quoi il s'agit; écoute-moi avec toute l'attention dont tu es capable, et retiens bien tout ce que je vais te dire. Demain, lorsque tu auras ouvert le coffre-fort, tu prendras la bourse de chamois qui est dedans, et tu la videras dans cette casette; mais n'oublie pas d'ôter quarante pistoles des mille qui y sont, et de les remplacer par ces dix quadruples. Tu ne manqueras pas non plus d'y mettre ce petit papier, qui est un bordereau de cette somme, et qui déclare qu'elle appartient à don Juan Osorio, dont mon maître emprunte le nom dans cette affaire. Voilà, continua-t-il, un second bordereau que tu fourreras dans le sac où tu dis qu'il y a trois cent trente écus, et qui est taché d'encre et lié avec un ruban rouge; tu tireras en même temps de ce sac trente écus de ceux qui y sont, pour y glisser ces trente écus romains que tu vois. Il ne me reste plus qu'à te recommander une chose, qui n'est pas la moins importante; c'est d'ouvrir la petite armoire où ton patron enferme ses livres de compte, et d'écrire sur son journal les paroles qui sont tracées sur ce troisième papier, bien entendu que tu les mettras après le nom de don Juan Osorio, que tu trouveras marqué dessous; et bien entendu encore que tu emploieras toute la dextérité de ta main à contrefaire l'écriture du sieur Jérôme Plati. Le seigneur don Guzman mon maître, ajouta-t-il, n'exige plus rien de toi qu'une petite chose très-aisée; c'est que lundi, quand il ira fondre la cloche, tu fasses le serviteur zélé, jusqu'à l'accabler d'injures, et le frapper même pour rendre la scène plus naturelle.

Aguilera interrompit en cet endroit son ami. Je comprends fort bien tout ce projet, lui dit-il; et je vois bien que tu sers un maître juré fripon : tu peux l'assurer que je ferai demain tout ce qu'il me prescrit, et que je ne gâterai pas son ouvrage. Là-dessus Sayavedra lui mit entre les mains la cassette, où étoient les trois papiers, les dix quadruples, et les trente écus romains, que le commis emporta chez lui pour les y cacher, jusqu'à ce qu'il fût temps d'en faire l'usage que je souhaitois.

CHAPITRE II.

Quel fut le succès de cette fourberie.

Je ne passai pas le dimanche sans inquiétude : je craignois qu'il n'arrivât quelque contre-temps qui fît échouer notre entreprise; mais mon confident ayant été le soir au rendez-vous, revint plein de joie m'annoncer que tout avoit été fait comme je le désirois, et qu'Aguilera se préparoit à bien jouer son personnage le jour suivant. Ce rapport rendit mon esprit plus tranquille, et me fit attendre plus patiemment l'heure de paroître devant le banquier.

Sitôt qu'elle fut venue, je me rendis chez lui, il étoit seul dans sa boutique. Après l'avoir salué fort poliment, je lui dis que je le priois de me rendre ce que je lui avois apporté quelques jours auparavant. Il me demanda, d'un air étonné, ce que je lui avois apporté. Eh! parbleu, lui dis-je, cet or et cet argent que je vous ai confié. Quel or et quel argent? répondit-il. Oh! oh! repris-je, vous verrez que j'aurai rêvé cela; sur mon âme, celui-là n'est pas mauvais. Celui-ci est encore meilleur, repartit le banquier, de vouloir que je rende ce qu'on ne m'a point donné. Cessons, lui dis-je, s'il vous plaît, cessons de badiner; ce badinage n'est pas de mon goût. C'est vous-même qui vous égayez, me dit-il. Je me souviens que ces jours passés vous vîntes dans ma boutique, et qu'une heure après vous deviez mettre en dépôt chez moi douze mille francs; mais vous m'avez manqué de parole. C'est vous, lui répliquai-je, qui manquez de mémoire : je vous les ai mis entre les mains, et je ne sortirai pas d'ici que vous ne me les ayez rendus dans les mêmes espèces que je vous les ai livrés. Passez votre chemin, s'écria-t-il, vos discours commencent à m'impatienter; je ne vous connois point, et je n'ai jamais rien eu qui fût à vous : allez chercher votre argent où vous l'avez porté.

Comme de moment en moment nous le prenions, le banquier et moi, sur un ton plus haut, tous les voisins prêtoient une oreille attentive à notre contestation, et les passants s'arrêtoient pour nous écouter, se demandant les uns aux autres le sujet de notre dispute. Pour les en instruire je me mis à crier à pleine tête : O traître! ô voleur infâme! que la justice de Dieu et celle des hommes s'unissent pour te punir! Quand je t'ai confié mes pistoles et mes écus tu m'as reçu bien gracieusement; et aujourd'hui que je viens te prier de me les rendre, tu feins de ne savoir qui je suis, et tu prends le parti de nier effrontément le dépôt : fais-le tout à l'heure apporter sur cette table, ou je te l'arracherai de l'âme! Le banquier, de son côté, m'apostrophoit dans les termes que je méritois, et des injures, insensiblement nous en vînmes aux voies de fait. Il voulut me chasser de sa boutique en me poussant rudement par les épaules. Je le repoussai d'une si grande force que je le jetai par terre. Alors Aguilera vint fondre sur moi d'un air furieux, et me donna quelques gourmades, que je lui rendis, de façon que plusieurs spectateurs de notre combat furent obligés d'entrer dans la boutique pour nous séparer. Le commis, se voyant retenu par des personnes qui l'empêchoient de me rejoindre, se débattoit entre leurs mains comme un possédé; et moi, les yeux étincelants de rage et la bouche écumante, je le défiois de m'approcher.

Il y avoit déjà près d'une heure que cela duroit, lorsque le *bargello*, par hasard, ou peut-être parce que quelqu'un l'avoit été avertir de ce qui se passoit, parut, et fendant la presse, arriva dans la boutique. Il demanda d'abord le sujet de notre différend. Je voulus aussitôt le lui conter, et le banquier prit en même temps la parole pour dire aussi ses raisons. Le *bargello* nous fit taire tous deux; puis s'étant informé qui étoit le plaignant, il me dit de parler le premier, et qu'après cela il donneroit audience à mon adversaire. A ces mots, un grand silence succéda au bruit : tous les assistants se préparèrent à m'écouter. Il y a six jours, dis-je au *bargello*, que je vins dans cette boutique sur les dix heures du matin; je priai le seigneur Jérôme Plati de trouver bon que je remisse entre ses mains une somme assez considérable d'argent dont j'étois chargé, et que je ne croyois pas trop en sûreté dans l'hôtellerie où je suis logé. Il me répondit avec beaucoup de politesse que je n'avois qu'à lui faire apporter l'espèce, et qu'il la garderoit aussi long-temps que je le jugerois à propos. Je retournai chez moi sur-le-champ, et je revins ici une heure après avec mon valet, qui portoit dans une cassette de cuivre doré mille pistoles en or, tant d'Espagne que d'Italie, avec un sac taché d'encre et lié d'un ruban rouge, où étoient en argent trois cent trente écus, dont il y en avoit trente de romains. Le banquier compta et pesa les espèces, qu'il remit avec leurs bordereaux dans la cassette et le sac; puis il enferma le tout dans son coffre-fort.

Jusque-là le banquier n'avoit osé m'interrompre, quoique dans la fureur qui le dominoit il eût été tenté vingt fois de le faire; il s'étoit contenté de lever les mains et les yeux au ciel, comme pour le prendre à témoin de mon imposture, et pour obéir au *bargello*, qui lui faisoit signe à tout moment de me laisser achever; mais la patience lui échappa dans cet endroit. Voilà, s'écria-t-il, le plus impudent menteur qu'il y ait jamais eu sur la terre. S'il y a chez moi une cassette pareille à celle dont il vient de parler, je veux perdre la vie avec tout ce que j'ai au monde. Et moi, m'écriai-je à mon tour, si ce que je dis n'est pas véritable, je consens que le banquier jouisse tranquillement de mon bien, et qu'on me coupe les oreilles en présence de toutes les personnes qui nous écoutent, comme à un traître, comme à un voleur audacieux qui ose demander ce qui ne lui appartient pas. Au reste, poursuivis-je, il est bien aisé de découvrir la vérité. Il ne faut qu'ouvrir le coffre-fort, et l'on y trouvera ma cassette et le sac, avec les bordereaux, qui font connoître que c'est mon argent. Ordonnez, seigneur *bargello*, ordonnez tout à l'heure que ma partie nous montre ses livres de compte; vous verrez ce qu'elle y a écrit elle-même le jour qu'elle a reçu le dépôt. Vous avez raison, dit alors le *bargello*; les discours sont ici superflus. Allons, seigneur Plati, s'il vous a donné des espèces, cela doit être marqué sur vos livres. Sans doute, répondit le banquier : je ne crains pas que vous les voyiez ; et s'il est fait mention des douze mille francs en or que cet étranger assure avoir déposés chez moi, je confesserai qu'il dit vrai, et que je suis l'imposteur. En même temps il dit à son commis de tirer de l'armoire son grand livre de compte. Aguilera ne l'eut pas sitôt présenté, que je m'écriai : Ah ! fourbe, ce n'est point celui-là qui rendra témoignage de ta mauvaise foi, c'en est un plus petit et plus large. Le commis dit à son maître : il veut dire apparemment votre journal. Mon journal soit, répondit le banquier, apportez tous les livres qui sont dans ma maison. Enfin Aguilera produisit le journal en me disant : Est-ce celui-ci ? Je répondis qu'oui. Le *bargello* le produisit pour le feuilleter, et y trouvant ce que le commis y avoit écrit par mon ordre, il lut à haute voix les paroles suivantes.

« Aujourd'hui, 13 février 1586, don Juan Oso-
» rio m'a remis neuf cent soixante pistoles en or,
» tant d'Espagne que d'Italie, et dix quadruples,
» qui font ensemble la somme de mille pistoles,
» lesquelles sont, dans mon coffre-fort, dans une
» cassette de cuivre doré. Plus, j'ai reçu dudit don
» Juan, le même jour, un sac lié d'un ruban
» rouge, où il y a trois cent trente écus, dont trente
» sont romains. »

Les assistants n'eurent pas plus tôt entendu lire ces mots qu'ils commencèrent tous à murmurer contre Jérôme Plati, et à me donner gain de cause. Ce qu'il y avoit d'heureux pour moi là-dedans, c'est que ce banquier ne passoit pas dans la ville pour un homme fort scrupuleux ; de sorte que chacun croyoit sans peine qu'il pouvoit m'avoir fait la friponnerie dont je l'accusois. Le *bargello* lui fit lire ces paroles, et lui demanda s'il ne les avoit pas écrites. Le bourgeois, surpris d'une chose qui lui sembloit si extraordinaire, répondit, avec une agitation qui lui ôtoit presque l'usage de la voix, qu'il avoit écrit les premiers mots et non les autres. Cependant, lui répliqua l'officier de justice, tout paroît de la même main. J'en demeure d'accord, repartit le banquier, et toutefois ce n'est point là mon écriture. Il ne suffit pas de la désavouer, dit le *bargello*, il en faut prouver la fausseté.

Une nouvelle scène acheva de persuader au peuple que je n'avois pas tort de me plaindre. Une voix de tonnerre se fit entendre dans la foule, et l'on vit paroître un grand homme en tablier de cuisine, avec un long couteau pendant à sa ceinture. C'étoit mon hôte que Sayavedra avoit été chercher, et qui, ayant appris que le banquier nioit le dépôt, étoit furieusement animé contre lui. Pourquoi, s'écria-t-il en arrivant, ne pend-on point cet archi-juif ? Pourquoi ne met-on pas le feu à sa maison et ne le brûle-t-on pas avec sa race ? Puis apercevant l'officier de justice : Monsieur le *bargello*, lui dit-il, est-ce que vous souffrirez qu'on pille, qu'on ruine et qu'on assomme impunément un brave cavalier, pour avoir confié son bien à un voleur ? Ce bon gentilhomme est logé chez moi ; et je puis vous assurer que j'ai vu et manié la cassette et le sac qu'il a malheureusement confiés à ce banquier, qui n'est que trop connu dans Milan pour ce qu'il est.

Le sieur Jérôme Plati, tout consterné qu'il étoit, se défendoit de son mieux ; mais il avoit la voix si foible, qu'à peine pouvoit-on l'ouïr à deux pas de lui, au lieu qu'on entendoit distinctement mon hôte d'un bout à l'autre de la rue. Aussi le peuple, qui donne toujours raison en pareil cas à ceux qui crient avec le plus de force, ne doutant plus de la justice de mes plaintes, dit hautement qu'il falloit obliger le banquier à rendre gorge sur-le-champ. Le *bargello* se tournant alors vers l'accusé lui représenta qu'il ne devoit point s'obstiner à vouloir garder un argent qui n'étoit pas à lui ; qu'on le forceroit bien à me le restituer, et qu'il alloit lui-même faire dans toute sa maison une exacte recherche de la cassette et du sac. Donnezmoi, ajouta-t-il, la clef de votre coffre-fort. Commençons par le visiter ; aussi bien l'accusateur prétend que c'est là que vous avez mis le dépôt. Plati, craignant quelque pillage dans ce désordre, ne pouvoit se résoudre à livrer la clef ; ce qui fut cause que tout le monde cria que s'il la refusoit il n'y avoit qu'à le mener en prison. Nous allons mieux faire, dit l'officier ; s'il n'obéit pas tout-àl'heure, je vais faire enfoncer son coffre-fort.

Le malheureux banquier, voyant que sa résistance seroit inutile, tira de sa poche la clef que le *bargello* lui demandoit, et la lui remit entre les mains. L'officier, après avoir choisi quatre bourgeois de ceux qui étoient présents pour être témoins de l'opération qu'il méditoit, alla ouvrir le coffre-fort devant eux et Plati, lequel pensa s'évanouir lorsqu'il en vit tirer la cassette de cuivre et le sac. Le *bargello* s'adressant ensuite à ce pauvre diable, lui dit : L'ami, vous vouliez perdre la vie avec tous vos biens, si cette cassette étoit dans votre maison : il n'y a, ma foi, qu'à vous croire sur votre parole. Tudieu ! quel dépositaire ! En achevant ces mots, il referma le coffre, et revint dans la boutique, tenant la cassette d'une main et le sac de l'autre ; ce que les assistants n'eurent pas sitôt remarqué, qu'ils commencèrent, et particulièrement mon hôte, à charger le banquier d'injures et de malédictions. L'officier, pour approfondir encore mieux la chose, dit qu'il falloit ouvrir cette cassette : il me demanda si j'en avois clef ; je la tirai de ma poche, et la lui dounai. La première chose qui s'offrit à ses yeux fut le bordereau, conçu dans ces termes : « Il y a » dans cette cassette neuf cent soixante pistoles d'or, » tant d'Espagne que d'Italie, et dix quadruples ; » le tout faisant mille pistoles, et appartenant à » don Juan Osorio. » Il trouva les quadruples dans un papier à part : il les fit voir au banquier ; après cela, il ouvrit le sac où étoient les trente écus romains avec les autres, et un bordereau.

Les cris du peuple redoublèrent à la lecture des bordereaux et à la vue des espèces qui étoient spécifiées. Chacun pressoit le *bargello* de me donner à l'instant la cassette et le sac ; et cet officier alloit céder à leurs instances, si je n'eusse déclaré que je ne prétendois recevoir mon argent que des mains de la justice, puisque nous étions dans une ville où, grâce à Dieu, il y avoit de bons juges. Le *bargello* somma encore une fois le sieur Jérôme Plati de dire ce qu'il avoit à alléguer contre de si fortes preuves. Le banquier, plus mort que vif, et ne sachant ce qu'il devoit penser d'une aventure qui ne lui paroissoit pas naturelle, répondit qu'il y avoit là-dedans de la magie, et qu'assurément le diable s'en mêloit. Si vous n'avez pas de meilleure raison que celle-là pour confondre votre partie, lui dit l'officier, vous avez bien la mine de perdre votre cause, et même d'être puni sévèrement. Après avoir parlé de cette sorte, il mit la cassette et le sac en dépôt chez un riche marchand du quartier, et alla faire son rapport aux juges, qui nous citèrent, Plati et moi, pour comparoître devant eux le lendemain. Le banquier se trouva si malade, qu'il lui fut impossible d'aller à l'audience ; il se contenta d'y envoyer sa femme et son commis avec quelques-uns de ses amis : pour moi j'y parus hardiment, accompagné de Sayavedra, de mon hôte et de mon hôtesse, qui furent interrogés tous trois l'un après l'autre, et qui en dirent plus, surtout ces deux derniers, qu'ils n'en avoient vu ni entendu. Les juges ouïrent aussi Aguilera et sa maîtresse, qui confessèrent que, n'ayant pas toujours été dans la boutique le jour que je disois avoir porté mon argent au banquier, c'étoit de quoi ils ne pouvoient en conscience rendre témoignage.

Sur toutes ces dépositions, les magistrats condamnèrent ma partie à me restituer mon or et mon argent, aux dépens du procès, avec défense d'ouvrir sa boutique à l'avenir, et d'exercer la profession de banquier dans tout l'état de Milan. Le *bargello*, pour exécuter cette sentence, me mena chez le marchand dépositaire de ma cassette et de mon sac, et, me les ayant remis lui-même entre les mains, il me renvoya triomphant à mon hôtellerie. Lorsque j'y fus arrivé, je n'eus pas peu d'occupation à recevoir les complimens qu'on me fit sur l'heureux succès de mon affaire. L'hôte et sa femme, entre autres, en avoient une joie qu'ils ne pouvoient modérer. Pour leur en marquer ma reconnoissance, je leur fis de petits présents, et tous leurs domestiques eurent sujet de se louer de mon humeur généreuse.

CHAPITRE III.

De la part que Guzman fit de ce vol à ses associés, et de la route qu'il prit en sortant de Milan.

Sitôt que je me vis en possession d'un argent si bien gagné, j'aurois souhaité d'être bien loin de Milan ; mais comme un départ trop précipité auroit pu devenir suspect, je résolus de le différer de quelques jours. Sayavedra ne pouvoit se lasser de toucher nos pistoles ; et les prenant quelquefois pour des pièces d'or qu'on voit en songe, il ne savoit s'il rêvoit ou s'il étoit éveillé ; puis pensant au stratagème que j'avois inventé pour faire un si beau coup, il m'élevoit au-dessus de tous les fripons du monde. Je ne vous croyois pas si grec, me disoit-il, quoique je vous connusse pour un jeune homme des plus adroits ; vous serez long-temps mon maître. Ami Sayavedra, lui dis-je, c'est trop vanter un tour assez commun : ce qui mérite seulement d'être loué, c'est de savoir éviter le péril en volant ; car de s'introduire dans une maison ouverte, y prendre une robe-de-chambre, et recevoir cent coups de fouet, rien n'est plus aisé.

Nous passâmes, mon écuyer et moi, le reste de la journée à nous entretenir dans l'hôtellerie avec beaucoup de gaîté. Quand la nuit fut venue, nous sortîmes tous deux pour aller trouver Aguilera, qui nous attendoit au rendez-vous. Dès qu'il nous vit arriver, il se mit à rire, et nous suivîmes son exemple. Il ne manqua pas ensuite de me complimenter sur mon habileté ; après quoi, il fut question de partager notre butin. Je tirai de ma poche une grande bourse où il y avoit trois cents pistoles que je lui donnai, en lui disant que j'en destinois autant à Sayavedra, et que je garderois le reste pour moi, étant bien juste que celui qui avoit le plus travaillé dans cette affaire et joué le plus gros jeu eût la plus grosse part. Mes deux associés en demeurèrent d'accord et m'assurèrent qu'ils étoient très-contents. Le partage fait, n'ayant plus rien qui nous arrêtât au rendez-vous, nous dîmes adieu au commis, et nous retournâmes au logis, où j'employai l'après-soupée à compter toutes mes espèces. Quel sujet de ravissement pour moi de me trouver en fonds de plus de sept mille francs, sans parler de ce que j'avois gagné à Bologne ! Je ne m'étois jamais vu si riche, et je ne me souvenois plus d'avoir été volé à Sienne.

En me promenant le lendemain dans les rues, ayant jeté les yeux par hasard dans la boutique d'un quincaillier, je remarquai une chaîne de cuivre doré fort bien travaillée, et je la pris pour une chaîne d'or pur; je demandai au marchand combien elle pesoit. Il me répondit en riant que tout ce qui reluisoit n'étoit pas or, et que si j'avois envie d'acheter cette chaîne, il m'en feroit très-bon marché. Je fus tenté de l'avoir; je lui en donnai ce qu'il voulut, et je l'emportai. Sayavedra, qui étoit avec moi, n'avoit pu s'empêcher de rire en me voyant faire cette emplette; et quand nous fûmes sortis de la boutique, il me dit : Seigneur don Juan Osorio, vous avez bien la mine de faire payer cette chaîne à quelqu'un plus cher qu'elle ne vous a coûté. C'est ce qui pourra bien arriver, lui répondis-je; et dans ce louable dessein, je vais la porter chez un orfèvre, pour qu'il m'en fasse une d'or fin de la même grandeur et de la même façon. Je m'adressai à un habile ouvrier qu'on m'enseigna, il m'en fit une si semblable à la mienne, qu'on ne pouvoit les distinguer l'une de l'autre que par le son.

Enfin je partis de Milan avec ces deux bijoux, et toutes les plumes que j'avois tirées de l'aile du sieur Jérôme Plati. Je dis dans l'hôtellerie, avant mon départ, que j'allois à Venise; mais au lieu d'en prendre la route, j'enfilai sans bruit celle de Pavie. Je m'arrêtai quelque temps dans cette dernière ville, pour y faire les préparatifs du voyage que j'avois résolu de faire à Gênes, si jamais je me trouvois dans un état à pouvoir paroître devant mes parents sans les faire rougir : j'y voulois jouer le rôle d'un jeune abbé espagnol revenant de Rome. Pour cet effet, j'achetai des étoffes fines, dont le plus fameux tailleur de Pavie me fit une soutane et un manteau long; je me donnai des souliers de maroquin noir à talons rouges, avec des bas de soie, et tout le reste d'un habillement de prélat. J'ordonnai de plus à Sayavedra de se pourvoir de deux grands coffres de bagage; et lorsque tout fut prêt, je me mis en chemin dans une litière conduite par un muletier, avec mon écuyer à cheval, un nouveau valet à pied, et un autre muletier qui menoit une mule chargée de ballots. Ce fut dans ce bel équipage que Gênes revit ce même Guzman qu'elle avoit vu six ou sept ans auparavant dans une situation bien misérable.

CHAPITRE IV.

De son arrivée à Gênes, et de la gracieuse réception que lui firent ses parents lorsqu'ils apprirent qui il étoit.

Nous allâmes loger à la Croix-Blanche, qui dans ce temps-là étoit la meilleure hôtellerie de la ville.

Il étoit déjà nuit; et comme mon écuyer avoit pris les devants pour disposer l'hôte à recevoir chez lui un abbé de la première qualité, je trouvai tout le monde en mouvement dans la maison : une partie des domestiques étoit à la porte avec des flambeaux; et leur maître, après que Sayavedra m'eut aidé à descendre de ma litière, me conduisit à la chambre d'honneur du logis, de laquelle on fit sortir un cavalier qui méritoit mieux que moi de l'occuper.

L'hôtellerie étoit alors pleine de personnes de considération, lesquelles ne furent pas peu curieuses de savoir qui j'étois; et mon nouveau valet, bien instruit par Sayavedra, disoit à tous les gens qui le questionnoient là-dessus, que je me nommois monseigneur l'abbé don Juan de Guzman, fils d'un noble Génois marié à Séville. Je ne sortis point de ma chambre le premier jour : je l'employai à faire l'abbé d'importance, fatigué de son voyage de Rome, et à préparer tout pour me montrer le lendemain dans la ville de Gênes sous la forme d'un prélat. Tandis que je m'occupois de cette décoration, mon fidèle écuyer, ne sachant point encore le motif de ce changement de figure, me dit : Il faut, mon cher maître, que vous commenciez à vous défier de moi, puisque vous me faites un mystère du dessein que vous méditez présentement. Non, lui répondis-je, mon ami, tu as toujours ma confiance : si pendant notre séjour à Pavie j'ai fait faire ce nouvel habillement sans t'en dire la raison, c'est qu'il n'étoit pas encore temps de te l'apprendre; je puis, à l'heure qu'il est, satisfaire ta curiosité. Bien loin de vouloir te cacher le projet que je roule dans ma tête, je ne saurois l'exécuter sans ton secours, je vais t'en faire confidence.

Je t'ai raconté à Milan comment mon père, noble Génois, épousa à Séville une dame de la maison des Guzman, dont j'ai pris le nom; je t'ai même dit en gros l'histoire de ma vie; mais je ne t'ai point parlé d'une aventure dont le souvenir m'a fait former l'entreprise que je vais te découvrir. Il y a près de sept ans que je partis de Tolède en bon équipage pour venir en Italie voir mes parents; je ne ménageois pas mieux que toi mon argent sur la route; de sorte que j'arrivai à Gênes dans un état misérable. Cela ne m'empêcha pas de me présenter devant quelques personnes de la famille, et, entre autres, devant un de mes oncles, qui me reçut fort mal, ou plutôt me traita si cruellement, que je jurai de m'en venger si jamais la fortune m'en offroit l'occasion : je prétends garder mon serment, puisque je le puis aujourd'hui. Je veux voler mes parents; c'est la seule vengeance que j'ai envie de tirer d'eux. Voilà dans quelle intention j'emprunte ce déguisement qui te surprend si fort : outre qu'il inspire du respect, il me semble plus propre qu'un autre à me rendre méconnoissable à des yeux qui ne m'ont vu qu'en passant, quand le changement qui s'est fait en moi depuis ce temps-là ne m'ôteroit pas la crainte d'en être reconnu. Préparons-nous, cher Sayavedra, à jouer de bons tours dans ma famille ; j'y suis poussé par un juste ressentiment et par l'intérêt. Mon confident me répondit que je n'avois qu'à commander, qu'il suivroit exactement les instructions que je lui donnerois. Nous concertâmes tous deux ce que nous devions faire, et voici la conduite que je tins pour parvenir à mon but.

Je me mis le lendemain, second jour de mon arrivée, en soutane et en manteau long ; et me regardant dans le miroir, je me parus à moi-même tout un autre homme ; sans vanité, je n'avois pas mauvaise mine. Quand je n'aurois pas eu le talent de bien faire toutes sortes de personnages, j'avois vu à Rome tant de beaux modèles d'abbés de conséquence, que je n'eusse pu manquer de les copier. Pour moi, j'attrapois à merveille leurs meilleurs airs : je savois me rengorger, prendre un maintien grave et fier, trousser ma soutane et mon manteau de façon que je laissois voir une jambe qui n'étoit pas mal faite, avec un bas de soie et un soulier mignon ; porter mon chapeau d'une manière aussi galante que modeste ; envisager enfin les gens sans attacher sur eux mes regards, et adoucir ma voix en leur parlant : je possédois parfaitement tout cela par théorie, et je sortis pour aller montrer dans la ville que je le savois aussi bien pratiquer. Sayavedra, mon majordome, me suivoit avec mon laquais, tous deux sur deux lignes, et fort proprement vêtus. On me considéroit avec de grands yeux, comme on a coutume de regarder un étranger ; et chacun me faisoit de profondes révérences, ou, pour mieux dire, à mon habit de soie ; car on est traité dans le monde suivant ce qu'on y paroît : que Cicéron se présente mal habillé, Cicéron passera pour un cuistre.

Je me promenai dans les rues pendant plus d'une heure, répondant aux politesses respectueuses qu'on me faisoit en abbé accoutumé à recevoir des honneurs ; après quoi je retournai à l'hôtellerie, où l'hôte me fit avertir que le dîner étoit prêt, et demander si je trouverois bon que quelques personnes de qualité mangeassent à ma table. Je répondis que cela me feroit plaisir. Un moment après, étant entré dans la salle où je devois dîner, je vis arriver quatre cavaliers qui me saluèrent avec respect. Je leur rendis le salut fort honnêtement ; et remarquant qu'on avoit servi, je m'assis à bon compte à la place d'honneur, ensuite je priai ces messieurs de se mettre à table. La conversation fut d'abord sérieuse à cause de moi : je

m'en aperçus ; et l'égayant moi-même tout le premier, pour faire connoître à ces messieurs que je n'étois pas si diable que j'étois noir, je fis deux ou trois petits contes badins, qui excitèrent quelques personnes de la compagnie à suivre mon exemple.

Ces gentilshommes s'amusoient ordinairement à jouer l'après-dînée, et quelquefois encore l'après-soupée ; ils jouoient assez gros jeu, et même en honnêtes gens. Je passois volontiers une heure à les regarder ; après cela je me retirois. Ils auroient bien souhaité qu'il m'eût pris fantaisie de jouer avec eux, me croyant plus riche abbé qu'habile joueur, quoiqu'ils ne dussent point ignorer qu'il y a de grands filous parmi les petits collets. Je n'eus garde de satisfaire sitôt leur envie, quelque penchant que j'y eusse ; au contraire, je témoignai de la répugnance pour le jeu ; et ce ne fut qu'après nous être un peu plus familiarisés ensemble que je me défendis mollement de faire une reprise. Lorsqu'ils me virent à moitié rendu, ils redoublèrent leurs instances, et je fis semblant de leur céder par complaisance pure. Je ne jouois pas long-temps, et je ne jouois que très-petit jeu, sans employer Sayavedra, ni même tout mon savoir-faire ; ainsi ce que je perdois étoit peu de chose, et je ne voulois rien embourser de ce que je gagnois : tantôt je le laissois pour les cartes, et tantôt j'en faisois présent aux gens de ces messieurs, ou je le donnois aux miens. Je m'acquis par cette conduite la réputation de seigneur généreux ; ce qui faisoit que, lorsqu'il m'arrivoit de me mettre au jeu, les passe-volants, qui s'occupent à voir jouer des après-dînées pour recevoir quelques ducats, venoient tous se placer derrière moi.

Un jour ayant gagné environ quarante pistoles, j'en pris vingt-cinq dans ma main, et j'abandonnai le reste à ceux qui étoient autour de moi, puis, me tournant vers un capitaine de galère, qui étoit du nombre de ces passe-volants, je lui dis tout bas, en lui glissant secrètement dans la main l'argent que j'avois dans la mienne : Vous avez été trop long-temps en Espagne pour ignorer qu'un gentilhomme qui a vu le jeu, et pris part à la fortune d'un joueur, ne refuse point la petite marque de reconnoissance qu'il lui veut donner, vous en pourrez user de même avec moi en pareil cas. Il parut un peu confus de mon action ; mais il y a dans la vie, comme on dit, des temps où une pistole en vaut mille. Mon officier étoit alors si sec, que le plaisir qu'il eut de se voir tout-à-coup arrosé d'une pluie d'or l'emporta sur sa honte. Néanmoins, malgré sa misère, je ne sais s'il fut plus sensible au bienfait qu'à la manière dont je le lui fis. Je lui gagnai l'âme. Il voulut me le témoigner par des discours que j'interrompis pour lui parler de ses courses ; je le priai même de me faire l'honneur de venir tous les jours dîner et souper avec moi ; car il ne mangeoit pas ordinairement dans mon hôtellerie ; et en le quittant, je lui demandai son amitié.

Dans le fond c'étoit un garçon de mérite, fort bien fait de sa personne, et d'un esprit agréable. Comme il étoit connu pour un très-honnête homme, il fréquentoit les nobles, et faisoit la meilleure figure que pouvoient le lui permettre les appointements d'un capitaine de galère, qui sont bien modiques à Gênes. Avec cela il aimoit le jeu ; et, quoiqu'il y fût très-malheureux, il ne pouvoit se défendre de s'y embarquer quand il se sentoit un écu dans sa poche. Cette passion, qui le dominoit, étoit accompagnée d'un penchant pour les femmes, qui seul auroit suffi pour le ruiner s'il eût été riche. Il se nommoit Favello, nom qu'une dame qu'il avoit autrefois aimée lui avoit donné, et qu'il conservoit pour se souvenir d'elle. Il me conta lui-même quelques jours après cette histoire, que je ne pus entendre sans soupirer et m'attendrir, en me rappelant mon intrigue de Florence. Les bonnes qualités de ce capitaine ne furent pas toutefois la seule cause de la petite galanterie et de toutes les honnêtetés que je lui fis. Il faut que je te l'avoue, lecteur, quand je devrois gâter dans ton esprit ce trait généreux. Je savois que les galères devoient bientôt partir pour Barcelonne ; et dans l'intention où j'étois de profiter de cette occasion pour repasser en Espagne, après avoir friponné mes honnêtes parents, l'amitié du capitaine Favello m'étoit trop utile pour négliger de l'acquérir ; aussi tu vois que je m'y pris assez bien, puisque dès le premier jour j'en fis l'acquisition.

Effectivement, le lendemain, à mon lever, il vint me rendre ses devoirs, et m'inviter à me promener sur l'eau ; ce que j'acceptai volontiers. Je me fis conduire l'après-dînée à sa galère, où je fus reçu avec tous les honneurs qu'auroient pu attendre de lui le pape ou le doge de Gênes. Nous sortîmes du port pour considérer les belles maisons de plaisance qui sont le long de la mer, et qui forment le plus charmant spectacle qui puisse s'offrir à la vue. Notre officier, qui étoit Génois d'origine, et qui disoit librement ce qu'il pensoit, ne se contentoit pas de m'en nommer tous les propriétaires, il me faisoit d'eux des portraits fort malins. Parmi les personnes qu'il épargnoit le moins, il s'avisa de citer un de mes parents. Je me mis à rire. Tout beau, lui dis-je, monsieur le capitaine, je vous demande quartier pour celui-là ; savez-vous bien que je suis de sa famille ? De sa famille ! s'écria-t-il avec une surprise mêlée de confusion. Comment donc cela ? Je vais vous l'apprendre, lui répondis-je ; mon père étoit un noble Génois. Une grosse banqueroute qu'on lui fit l'obligea de passer en Espagne. Il alla s'établir à Séville, où il raccom-

moda ses affaires en épousant une dame de la maison des Guzman, dont je porte le nom préférablement au sien, pour deux raisons : la première, pour recueillir une succession qui, sans cela, pourroit m'échapper, et la seconde, parce qu'étant pour le moins autant fils de ma mère que de mon père, j'ai cru pouvoir choisir celui de leurs deux noms qui m'étoit le plus honorable.

Vous vous imaginez, reprit Favello, que vous me parlez là d'une chose dont je n'ai aucune connaissance ; pardonnez-moi, s'il vous plaît. Je connois très-particulièrement deux de vos cousins, qui m'ont plus d'une fois entretenu de monsieur votre père. Ils m'ont dit que c'étoit un homme qui avoit beaucoup d'esprit ; qu'il avoit été pris par un corsaire d'Alger, et qu'après avoir recouvré sa liberté par l'amour que conçut pour lui une Algérienne, il étoit allé à Séville trouver son correspondant, et que là il avoit donné dans la vue d'une dame de qualité qu'il avoit épousée. Vous êtes donc fils de cet illustre esclave ? A votre service, lui repartis-je en riant encore. Savez-vous bien, reprit-il, que le seigneur don Bertrand, frère aîné de votre père, est plein de vie ? C'est un bon vieillard qui ne marche aujourd'hui qu'avec un bâton. Il n'a jamais voulu se marier, et c'est un des nobles de Gênes qui a le plus de bien. Vous m'apprenez ce que j'ignorois, lui dis-je, car je ne l'ai point vu, et ma mère n'a jamais eu de commerce de lettres avec lui. Je m'étonne, ajouta-t-il, que vous ne vous soyez pas déjà fait connoître : vos parents sont assurément de grands seigneurs dans ce pays-ci, et je ne sais ce qui peut vous empêcher de les voir. Que voulez-vous que je fasse ? lui répondis-je. Que j'aille décliner mon nom devant des gens qui ne me connoissent point, et qui se croiront en droit de douter de ce que leur dira un homme qui n'a que sa parole pour garant de sa sincérité ? Non, non, je n'ai pas besoin d'eux, et je ne leur demande rien. Demeurons comme nous sommes. Quand même ils sauroient que je suis dans cette ville, étant étranger, j'attendrois qu'ils fissent la première démarche. Vous auriez raison, dit notre officier ; mais trouvez bon que dès demain matin je leur donne avis de votre arrivée. Je suis persuadé que je ne les en aurai pas plus tôt informés, qu'ils se feront un plaisir d'aller vous rendre ce qu'ils vous doivent. Je repartis au capitaine : Vous êtes un homme d'esprit, et vous avez de la prudence. Je veux bien vous laisser faire ce que vous jugerez à propos ; souvenez-vous seulement qu'il ne faut pas contraindre leurs inclinations : je ne prétends me déclarer de leur famille qu'autant qu'ils me paroîtront en être contents.

Pendant que nous tenions de part et d'autre de pareils discours, Favello me fit servir une collation composée des plus beaux fruits et des meilleures confitures. Il l'avoit fait préparer pour moi, et il y avoit assurément employé une bonne partie des pistoles dont je lui avois fait présent. Nous ne laissâmes pas de continuer notre entretien. L'officier, qui connoissoit parfaitement mon oncle et mes cousins, me mit si bien au fait, que je pouvois me vanter, après cette conversation, de savoir aussi bien les affaires de mes parents que les miennes. La nuit qui s'approchoit nous obligea de rentrer dans le port. Nous sortîmes de la galère, et j'emmenai le capitaine à mon hôtellerie, où nous soupâmes avec les gentilshommes qui y étoient logés. Après le repas, ces messieurs me proposèrent de jouer, en me disant qu'ils avoient sur le cœur les quarante pistoles que je leur avois gagnées le jour précédent, et qu'il étoit juste que je leur donnasse leur revanche. J'y consentis, et me sentant en train de gagner, je dis à Favello : Au moins, monsieur le capitaine, n'oubliez pas que nous sommes de moitié. Il me répondit en souriant qu'il me croyoit si heureux en toutes choses, qu'il s'applaudissoit d'être associé avec moi. La fortune en effet me favorisa depuis le commencement de la reprise jusqu'à la fin. Je gagnai cent pistoles, que je partageai avec notre officier de galère, ce qui lui fit cette fois-là d'autant plus de plaisir, qu'il n'en coûtoit rien à sa fierté. C'est ainsi que je le disposois peu à peu à ne pouvoir refuser de me rendre le service que j'attendois de lui.

Il ne manqua pas, comme il me l'avoit promis, d'aller le lendemain chez mes parents pour les informer de l'arrivée de M. l'abbé don Guzman à Gênes. Tu peux bien t'imaginer qu'il leur fit un beau portrait de ma personne, et qu'il leur vanta mon mérite et ma générosité, puisque dès l'après-midi on les vit venir à mon hôtellerie en fraises bien empesées, avec leurs manteaux de velours noir sur les épaules. Mon majordome, que j'avois instruit de tout ce qu'il devoit faire, les reçut à la porte du logis, et les conduisit dans ma chambre, où je m'avançai gravement jusqu'à l'entrée, en les saluant avec beaucoup de civilité. Il en parut d'abord deux, l'un et l'autre enfants d'un sénateur mort depuis cinq à six ans, et frère de mon père; puis il survint un troisième cousin, fils d'une sœur encore vivante. Ils m'accablèrent de compliments, et m'offrirent leurs maisons, leur crédit et leurs bourses, parce que Favello leur avoit fait entendre que je n'en avois pas besoin. Mais quand il ne m'auroit pas fait passer dans leur esprit

pour un abbé fort opulent, ce qu'ils remarquèrent dans ma chambre eût été capable de leur donner de moi cette opinion : j'avois négligemment étalé sur une table ma chaîne d'or, plusieurs autres bijoux, et tout ce que je possédois de plus précieux, avec la cassette de Milan toute ouverte, et dans laquelle de bons yeux pouvoient apercevoir une partie des pistoles qu'elle renfermoit.

Mon oncle, garçon et chef de la famille, arriva le dernier : c'étoit particulièrement à celui-là que j'en voulois. Il s'appuyoit sur un grand bâton, et marchoit avec peine. Je ne lui trouvai plus cet air vénérable qui m'avoit tant plu la première fois; au contraire, tout mon sang se souleva contre lui. La vue de ce vieux singe plein de malice me fit frémir, comme la présence d'un meurtrier rouvre les blessures de l'homme qu'il a tué : je crus voir avec lui des esprits follets qui s'apprêtoient à me berner. Je ne laissai pas pourtant, malgré la haine que je me sentois pour lui, de le recevoir encore mieux que mes cousins, qui, sortant un moment après qu'il fut entré, lui abandonnèrent par respect la place. Le vieillard commença par me témoigner la joie qu'il avoit de voir le fils d'un frère qui lui avoit toujours été cher; puis, me considérant depuis les pieds jusqu'à la tête, il me dit que je ressemblois beaucoup à mon père, et qu'il étoit bien glorieux pour la famille d'avoir un rejeton si propre à lui faire honneur. Il se plaignit ensuite de ce que je n'avois pas été prendre un logement chez lui, où il y avoit des appartements plus convenables qu'une hôtellerie à un homme de mon caractère et de ma qualité. Je lui prodiguai là-dessus des remercîments accompagnés des plus vives démonstrations de sensibilité; après cela, je lui dis que mes cousins m'avoient offert aussi leurs maisons, ce que je n'avois eu garde d'accepter, ne voulant incommoder aucun de mes parents pour le peu de jours que j'avois à demeurer à Gênes, où je n'étois venu que pour m'informer de l'état de notre famille, tant pour ma satisfaction que pour celle de ma mère, qui m'en avoit chargé.

Ces derniers mots donnèrent occasion au bon homme don Bertrand de me demander des nouvelles de ma mère et de ses enfants. Je répondis que j'étois son fils unique, et peu s'en fallut que, par inadvertance, il ne m'échappât de dire que j'avois deux pères; mais je retins ma langue, et fis un très-bel éloge de ma mère, composé de contre-vérités. Mon oncle, impatient de me conter ce que je savois aussi bien que lui, m'interrompit en me disant : Mon neveu, il faut que je vous détaille une aventure qui nous arriva il y a six ou sept ans. Il parut dans Gênes un petit fripon presque nu; il couroit les rues en disant à tous ceux qui vouloient l'entendre qu'il étoit fils de votre père; et ce gueux, qui avoit bien l'air de ce qu'il étoit, se flattoit que quelqu'un de nos parents seroit assez crédule pour le croire sur sa parole, et assez bon pour avoir pitié de sa misère. Je le cherchai dans l'intention de nous venger tous du déshonneur qu'il nous faisoit, et j'eus le bonheur de le rencontrer. Je l'attirai chez moi par des paroles douces, et surtout par la promesse que je lui fis de lui donner dès le lendemain la connoissance d'un homme qui ne manqueroit pas de lui rendre service. Lorsqu'il fut dans ma maison, je le questionnai, et je jugeai bien, par ses réponses, que c'étoit un petit pendard; aussi paya-t-il le tout ensemble : je m'aperçus qu'il mouroit de faim; je l'envoyai coucher sans souper dans un magnifique appartement, où il fut berné toute la nuit par de grands diables masqués, qui lui en donnèrent de toutes les façons.

En parlant de cette sorte, ce méchant vieillard rioit de toute sa force, tandis qu'au fond de mon âme je sentois que ce récit et le plaisir qu'il prenoit à le faire me mettoient en fureur. Néanmoins je dissimulai, et riant du bout des dents, je lui dis que je trouvois cette aventure fort plaisante. Je suis seulement fâché d'une chose, reprit mon oncle, c'est qu'il disparut le matin et qu'il court encore. Je voudrois avoir poussé la vengeance plus loin, pour mieux punir ce misérable d'avoir osé se dire de nos parents. A ce sentiment génois je changeai de matière, et un quart d'heure après ce maudit barbon se leva pour s'en aller : je l'accompagnai jusqu'à la porte de la rue, en lui faisant tous les honneurs dus au frère aîné de mon père.

CHAPITRE V.

Guzman donne un grand repas à ses parents, et leur fait payer leur écot.

L'après-dînée je chargeai Sayavedra de chercher dans la ville quatre bons coffres de la même grandeur, et de les acheter. Pendant qu'il s'acquittoit de cette commission, Favello vint me voir pour me rendre compte des entretiens qu'il avoit eus avec mes parents sur mon chapitre. Il m'assura que toute la famille étoit charmée de ma personne, surtout le seigneur don Bertrand mon oncle. Ce bon vieillard, poursuivit-il, m'a dit qu'il lui sembloit avoir vu et entendu parler son cher frère, tant il avoit trouvé de ressemblance entre votre père et vous; qu'il vous voyoit à regret embrasser l'état ecclésiastique, et qu'il vous proposeroit de quitter la soutane pour épouser une de ses nièces du côté de sa mère; qu'à la vérité cette fille avoit peu de bien, mais qu'il étoit dans la résolution de lui en laisser, parce qu'il avoit pour elle une amitié toute particulière. Enfin, le capitaine me protesta que mon oncle avoit conçu pour moi beaucoup d'estime et de tendresse. Cependant tout cela ne fit que blanchir contre mon ressentiment, et ne me détourna pas de mon dessein.

J'allai rendre visite le lendemain matin, premièrement à don Bertrand, qui, dans l'entretien que nous eûmes ensemble, me dit qu'étant fils unique comme je l'étois, je devois plutôt songer à soutenir ma maison, qu'à me consacrer à un état qui lui ôteroit une de ses plus belles branches. Je pensai lui répondre qu'ayant toujours gardé le célibat, il avoit fait lui-même autant de tort à sa famille que s'il eût pris le parti de l'église. Ensuite il me nomma la personne qu'il avoit envie de me choisir pour femme. Pour l'amuser, je fis semblant de n'être pas éloigné de faire ce qu'il désiroit, et je finis ma visite en le priant de venir le jour suivant dîner avec moi. Il voulut d'abord s'en défendre et s'excuser sur son grand âge, qui ne lui permettoit pas d'assister à des banquets; néanmoins, lorsque je lui eus représenté qu'il n'y auroit à ce repas que des parents et le capitaine Favello, l'ami commun de toute la famille, il se laissa débaucher, et promit d'être de la partie, pour me marquer, dit-il, l'extrême considération qu'il avoit pour un neveu que le ciel lui envoyoit. Je visitai après cela mes cousins l'un après l'autre, et ils me donnèrent aussi leur parole de venir chez moi. Il ne fut plus question que de leur faire préparer un dîner magnifique. Je m'adressai pour cet effet à mon hôte, qui m'assura que je pouvois me reposer sur lui du soin de régaler mes convives, et qu'il me répondoit d'un festin où l'on verroit également régner l'abondance et la délicatesse.

Mon majordome, qui arriva dans l'hôtellerie pendant que je parlois à l'hôte, me dit qu'il avoit acheté quatre coffres fort propres. Je les voulus voir. Il me conduisit où ils étoient, et j'en fus très-content. Il me demanda ce que j'en prétendois faire. Je lui fis réponse qu'il n'avoit qu'à me suivre, et qu'il en seroit bientôt instruit. Je lui ordonnai de prendre notre cassette sous son bras, et je le menai à la boutique d'un des plus riches orfèvres de Gênes. Je proposai à ce marchand de me prêter pour vingt-quatre heures des plats et des assiettes d'argent, moyennant un honnête profit, et en consignant entre ses mains des espèces pour la valeur de l'argenterie. L'orfèvre accepta la proposition. Nous convînmes de la somme qu'il vouloit pour le prêt, et, choisissant la vaisselle qu'il me plut d'avoir, j'en pris pour neuf à dix mille francs, que je comptai en bonnes pistoles à l'orfèvre pour nantissement. Après quoi je dis à Sayavedra d'aller chercher deux des coffres qu'il savoit, d'y faire mettre lui-même la vaisselle, et de la faire porter au logis ; ce qui fut exécuté avec toute la diligence dont ce fidèle écuyer étoit capable.

Tous mes parents s'assemblèrent donc chez moi le lendemain sur le midi. Mon hôte, qui se piquoit d'être un excellent traiteur, me fit connoître qu'effectivement il étoit consommé dans l'art difficile de faire de bons ragoûts. Il nous en servit de si délicieux, que mes cousins et mon oncle même avouèrent que de leur vie ils n'en avoient mangé de meilleurs. S'ils ne s'étoient pas attendus à faire si bonne chère, ils furent encore bien plus surpris quand ils virent un buffet fort paré d'argenterie, et qu'ils remarquèrent que les plats et les assiettes étoient du même métal. Ils ne purent s'empêcher de me dire qu'un voyageur jouoit gros jeu en portant avec lui une pareille vaisselle, et particulièrement en Italie, où l'on rencontroit des voleurs à chaque pas. Le bon homme don Bertrand, à qui tout cet étalage d'argenterie avoit fait penser la même chose, appuya leur sentiment. « C'est votre faute, mon neveu, s'écria-t-il. Vous pouviez fort bien vous dispenser de loger à l'hôtellerie dans une ville où vous avez des parents comme les vôtres. Je conviens que c'est la plus fameuse hôtellerie de Gênes ; mais la meilleure du monde ne vaut rien. Vous êtes encore jeune ; et je veux vous avertir, en homme qui a de l'expérience, que vous ne devez vous fier qu'à la bonté des serrures et des cadenas de vos coffres, parce que les hôtes, les hôtesses, leurs enfants ou leurs valets ont toujours deux ou trois clefs de chaque appartement. Si vous m'en croyez, continua-t-il, puisque vous refusez de prendre un logement chez moi, envoyez-y du moins dès aujourd'hui votre argenterie et vos bijoux ; ils seront en sûreté dans mon cabinet jusqu'à votre départ, y en eût-il pour un million d'or.

Je rendis grâce à mon oncle de son obligeante inquiétude ; et, feignant de mépriser la crainte d'être volé, je dis qu'en partant de Rome je m'étois contenté de laisser entre les mains de notre ambassadeur ce que j'avois de plus précieux ; et qu'à l'égard de l'argenterie, quoiqu'elle fût embarrassante pour un voyageur, je n'étois pas fâché de l'avoir pour m'en défaire dans un besoin, l'argent étant d'une plus prompte défaite que les pierreries. Toute la famille parut se payer de cette raison ; et comme je venois de nommer notre ambassadeur, mes cousins commencèrent à parler de ce ministre. Ils dirent qu'ils l'avoient vu lorsqu'il avoit passé par Gênes pour se rendre à Rome.

Alors, pour leur prouver que j'étois fort bien avec cette excellence, je leur en fis voir le portrait dont elle m'avoit fait présent ; ce qui leur persuada qu'il falloit en effet que l'ambassadeur eût beaucoup d'estime et d'amitié pour moi.

Don Bertrand, toujours occupé du péril que couroit ma vaisselle dans l'hôtellerie, revint encore une fois à la charge, et je fus obligé de lui dire, pour le contenter, que je ferois porter chez lui après le dîner toute mon argenterie dans deux coffres que je lui montrai du doigt, et dans lesquels je lui dis que j'avois coutume de la serrer. On changea de discours, et la conversation tomba sur le mariage. Là-dessus mon oncle m'adressant la parole me dit que c'étoit à mon âge qu'il falloit se marier, et non dans la vieillesse, où l'on ne faisoit que des orphelins ; puis, il me représenta tous les désagréments des gens d'église, et s'étendit ensuite sur les louanges de la jeune personne qu'il souhaitoit que j'épousasse. Elle est, ajouta-t-il, ma nièce du côté de ma mère ; c'est une fille d'un sang noble, et d'une beauté qui doit lui tenir lieu de bien ; de plus, elle a une mère qui vous chérira comme la prunelle de ses yeux, vous et tous vos enfants.

Comme il me parut que le vieillard désiroit ardemment ce mariage, je fis semblant de n'être pas dans une disposition contraire à ses souhaits. Que vous êtes séduisant, lui dis-je, mon cher oncle ! Je sens que vous me dégoûtez de la vie ecclésiastique, et je suis assuré qu'en recevant une femme de votre main je serai parfaitement heureux. Cependant souffrez, de grâce, que je vous représente que j'ai déjà un bénéfice de dix mille livres de rente, et que j'en attends un autre de quinze mille, que des parents de ma mère, fort puissants à la cour de Rome, me font espérer. Il me seroit bien doux, en changeant d'état, d'avoir ces deux jolis présents à faire aux enfants de mes cousins. Ils applaudirent tous à ma pensée, et me firent par avance de grands remercîments. Sur la fin du repas, qui fut assez long, don Bertrand demanda au capitaine Favello s'il avoit reçu des ordres pour son départ. Oui, lui répondit l'officier, et nous devons partir dans trois jours pour Barcelonne ; on commence même dès à présent à embarquer ce qu'on y veut porter. Je fus ravi d'entendre cette nouvelle, qui me fit connoître que je n'avois pas de temps à perdre. Aussitôt qu'on eut dîné, je commandai à mon majordome d'enfermer mon argenterie et ma cassette dans les deux coffres, et de les faire porter lui-même chez mon oncle. Tout cela fut exécuté en moins d'une heure et devant mes parents, tandis que je m'entretenois avec eux. J'accompagnai mon oncle quand il voulut s'en retourner à son hôtel, et en y arrivant nous y trouvâmes, non les deux coffres où l'on avoit mis l'argenterie, mais les deux autres que nous avions remplis le soir précédent de sacs de sable à peu près du même poids que la vaisselle, et que Sayavedra avoit changés fort subtilement.

Je ne pouvois mieux commencer. Voici comme je continuai : le capitaine Favello revint le soir à l'hôtellerie ; il me témoigna le chagrin qu'il avoit par avance du départ des galères par rapport à moi, dont il étoit sur le point de se séparer. Il n'est pas certain, lui dis-je, que nous nous quittions si tôt ; peut-être nous verrons-nous plus long-temps que vous ne pensez. Il rêva un moment à ce que je venois de lui dire, et me demanda si j'avois envie de repasser en Espagne. C'est ce que je ne veux pas vous céler, lui répondis-je, à vous dont je connois la prudence et la discrétion, à vous enfin que j'aime, et pour qui je n'ai point de secret. Apprenez que le plaisir de voir mes parents m'attire moins à Gênes, que le désir de me venger d'une offense que m'a faite à Rome un Génois que j'avois pour rival. Il n'étoit pas nécessaire d'en dire davantage à Favello pour l'engager à m'offrir ses services. Nommez-moi, dit-il avec agitation, le téméraire qui vous a outragé, et je ne vous demande que vingt-quatre heures pour satisfaire votre ressentiment. Seigneur capitaine, lui répliquai-je, je vous suis redevable d'entrer si vivement dans mes intérêts ; et si je cherchois un vengeur, je suis persuadé que je n'en pourrois trouver un meilleur que vous ; mais vous jugez bien mal de moi, si vous croyez que je manque de force ou de courage pour me venger moi-même ; outre cela, je vous dirai que je sais où mon ennemi demeure, et que je suis sûr de mon coup. La grâce que j'attends de votre seigneurie, c'est de me permettre de faire porter secrètement mon bagage à bord de votre galère, la veille du jour qu'elle sortira du port ; je veux même, pour plus d'une raison, que mes parents ignorent mon départ, et je vous demande le secret.

Pour le secret, me repartit l'officier, je vous le promets. Puis revenant encore à mon affaire d'honneur : Vive Dieu ! poursuivit-il, je suis bien mortifié que dans la seule occasion que j'aurai sans doute de vous marquer mon zèle, vous refusiez de m'employer ! Il me dit ces paroles d'un air si affligé, que je l'embrassai, et lui répondis, pour le consoler, que dans le cours de notre voyage il auroit dans sa galère assez d'occasions de faire éclater son amitié. Nous nous séparâmes sur cela tous deux pénétrés d'affectueux sentiments l'un pour l'autre. Le jour suivant, de grand matin, je renvoyai toute l'argenterie chez l'orfèvre par mes gens, qui me rapportèrent mes pistoles qui étoient en gage. Je les avois à peine remises dans ma cassette, qu'un de mes cousins arriva pour me dire que notre oncle don Bertrand m'attendoit à dîner chez lui le lendemain. Je ne manquai pas d'y aller ; et j'y trouvai toute la famille assemblée. Nous nous mîmes gaiement à table, et nous tînmes des discours joyeux. Au milieu du repas, mon majordome, comme nous en étions convenus tous deux, entra dans la salle, et m'apportant un billet : Le colonel don Antonio, me dit-il, est venu vous chercher à l'hôtellerie, et ne vous ayant pas rencontré, il m'a chargé de vous rendre cette lettre. Je l'ouvris sans façon, et la lus assez haut pour que mon oncle, qui étoit assis près de moi, m'entendît. Elle contenoit les paroles suivantes : « Je me marie après demain. Je compte bien que cette fête ne se fera pas sans vous. Si vous refusez d'en être, je romps pour jamais avec vous. Ce n'est pas tout ; vous m'avez montré de belles pierreries de madame votre mère, je vous conjure de me les prêter. Ma maîtresse n'a osé apporter les siennes dans ce pays-ci. Nous ne retiendrons vos diamants que deux jours, et nous en aurons grand soin. Je me flatte que vous ferez ce plaisir à don Antonio de Mendoce votre ami. »

Après la lecture de ce billet, je pris un air chagrin et embarrassé. Je fis le rêveur. Puis me tournant vers Sayavedra : Tu ne sais pas, lui dis-je, ce que me veut don Antonio. Il me demande mes pierreries pour en parer sa femme le jour et le lendemain de ses noces. Tu n'ignores pas que mes diamants sont à Rome chez M. l'ambassadeur. Va dire au colonel que je ne puis les lui prêter, et que j'en suis au désespoir. Monsieur, me répondit mon majordome, il croira que c'est une défaite, et que vous les lui refusez. Il aura tort, repris-je ; et cependant, plutôt que de lui donner lieu de s'imaginer cela, j'aimerois mieux louer des pierreries : en donnant à un joaillier quelque profit avec des sûretés, il me semble qu'il prêtera volontiers ce qu'on voudra pour deux ou trois jours. Qui en doute ? dit alors mon oncle. Mais pourquoi, continua-t-il, voulez-vous qu'il vous en coûte de l'argent pour emprunter des choses que vous pouvez avoir pour rien ? Est-ce que nous n'avons pas d'aussi belles pierreries que les marchands qui en vendent ? et ne sommes-nous pas disposés à faire tout ce qui peut vous être agréable ? Il suffit que ce cavalier soit votre ami pour que vos parents se fassent un plaisir de l'obliger. Oui, certainement, m'écriai-je, Mendoce est de mes amis. C'est un homme de qualité qui m'a rendu service à Rome, et à qui je dois la connoissance de l'ambassadeur d'Espagne. Ce colonel, dont le régiment est à Milan, s'est fait aimer dans cette ville d'une riche veuve, qui veut l'épouser en dépit de quelques parents qui refusent d'y consentir. Ils sont venus tous deux à Gênes pour y consommer leur mariage avec plus de liberté. C'est un officier plein d'honneur : quand on lui confieroit pour cent mille francs de bijoux, il n'y auroit rien à craindre. Quel qu'il soit, interrompit don Bertrand, puisqu'il veut voir son épouse couverte de pierreries, il aura cette satisfaction.

Charmé de ce qu'il mordoit si bien à l'hameçon, je lui dis avec transport : En vérité, mon cher oncle, vous êtes trop généreux, et je dois appréhender d'abuser de vos bontés. Point de compliment, mon neveu, me répondit-il avec précipitation; c'est de bon cœur que je vous offre mes diamants. Pour vous le prouver, je vais tout à l'heure vous en chercher de beaux. En achevant ces paroles, il se leva de table, alla dans son cabinet, d'où il revint avec un écrin qu'il me mit entre les mains, et dans lequel il y avoit pour sept à huit mille francs de pierreries. Mes trois cousins, voyant que le bon homme en usoit de cette sorte avec moi, ne voulurent pas se montrer moins généreux que lui. Ils promirent tous de m'en prêter, et véritablement le lendemain matin ils m'en apportèrent à mon hôtellerie à peu près pour la même valeur. Le plus avare des trois ne vint que le dernier; et comme nous nous entretînmes assez long-temps, il fit tomber la conversation sur mon bénéfice. Il me dit que si je me trouvois dans le cas de m'en défaire, et que je fusse d'humeur à le résigner à quelqu'un de ses enfants, préférablement à ceux de ses cousins, un présent de mille pistoles accompagneroit ses remercîments. Je lui répondis que son fils aîné, étant le plus âgé de mes neveux, me sembloit le plus propre à posséder mon bénéfice; mais que je n'étois pas homme à le vendre, et que, l'ayant obtenu pour rien, je prétendois le donner de la même façon. Je m'aperçus que ma réponse ne déplut pas au cousin.

Mon majordome arriva dans ce moment. Il avoit sous le bras une petite cassette où étoit ma chaîne d'or. Souhaitez-vous, me dit-il, que j'aille où vous m'avez ordonné d'aller? Tu devrois, lui répondis-je, en être déjà revenu. Souviens-toi seulement, avant que tu t'adresses à un orfèvre, de t'informer dans son voisinage si c'est un homme à qui l'on puisse se fier : si l'on t'assure qu'oui, tu lui feras peser ma chaîne, et tu reviendras me dire ce qu'elle pèse. Quoique mon cousin l'eût déjà vue, il eut envie de la considérer encore, et il l'admira, tant pour le travail que pour la beauté de l'or; puis se tournant vers Sayavedra : Mon ami, poursuivit-il, dites à mon valet que vous trouverez là-bas, qu'il vous mène chez mon orfèvre qui demeure à deux pas d'ici, et qui vous

dira en conscience ce que cette chaîne vaut. Mon écuyer ne tarda pas à revenir. Je lui demandai combien l'orfèvre la prisoit. Six cent cinquante écus, me répondit Sayavedra. Hé bien, lui répliquai-je, tu n'as qu'à retourner chez lui pour le prier de me prêter six cents écus sur ce gage, que je retirerai dans trois jours, en lui payant ce qu'il lui plaira pour l'intérêt. Quoique honnête homme, dit mon cousin, il n'aura pas honte de prendre trois pour cent pour trois jours comme pour six mois, disant que c'est la même chose pour lui. Je suis bien fâché, continua-t-il, de n'être pas à l'heure qu'il est en argent comptant; mais je connois un homme de bien qui se contentera de deux pour cent.

Cet homme de bien étoit lui-même, qui, malgré l'espérance d'avoir mon bénéfice pour rien, étoit bien aise de souffler ce petit profit à l'orfèvre. Je ne laissai pas de témoigner à ce bon cousin qu'il me feroit plaisir de se charger de cette affaire. Ce n'est pas, lui dis-je, que je manque d'espèces, comme vous le pouvez voir. En même temps je tirai de mes poches deux grandes bourses pleines de pistoles, que je lui montrai. C'est uniquement par précaution que je mets ma chaîne en gage : on jouera gros jeu aux noces de mon ami le colonel, je n'aime point à me trouver court d'argent. Mon cousin m'assura que dans deux heures au plus tard les six cents écus seroient chez moi. Alors prenant la cassette des mains de Sayavedra, je l'ouvris un instant, pour faire remarquer à mon parent que la chaîne y étoit, ensuite l'ayant refermée, je la livrai à son valet, qui m'apporta une heure après les six cents écus. Malheureusement pour le cousin, mon majordome, en rapportant de chez l'orfèvre la cassette sous son manteau, en avoit adroitement tiré la chaîne d'or, et mis l'autre à sa place.

Le soir Favello vint souper avec moi. Il me dit qu'il étoit temps que je fisse le coup que je méditois, et qu'il falloit que le lendemain j'allasse coucher à son bord, attendu que les galères devoient partir le jour d'après au lever de l'aurore. Cela suffit, lui répondis-je; mes affaires seront faites en moins de vingt-quatre heures, et je ne manquerai pas de me rendre à votre galère demain au soir. De votre côté, envoyez, s'il vous plaît, chercher mes coffres vers la nuit par vos gens; mon départ en sera plus secret. Le capitaine me le promit, et prit congé de moi peu de temps après le repas, pour aller donner quelques ordres importants pour lui. Nous passâmes presque toute la journée suivante à tout disposer pour notre embarquement. Nous serrâmes nos meilleures hardes dans nos deux plus grands coffres, et nous remplîmes de guenilles les deux pareils à ceux que mon très-honoré oncle conservoit précieusement dans son cabinet. Un quart d'heure avant la nuit, quatre hommes qui servoient dans la galère de Favello, vinrent de la part de cet officier enlever les deux grands coffres. Nous laissâmes les deux autres dans l'hôtellerie pour le paiement de l'hôte, à qui je fis dire, par mon majordome, de n'être point en peine de moi; que j'allois souper ce soir-là chez un colonel de mes amis, où je pourrois jouer, et passer la nuit tout entière. Nous gagnâmes enfin le port et la galère de notre capitaine, lequel m'attendoit avec beaucoup d'inquiétude. Il me demanda d'abord des nouvelles de mon affaire d'honneur. Je suis content, lui répondis-je d'un air gai; tout s'est passé comme je le désirois. J'en ai une extrême joie, me dit-il; car je vous avouerai que j'étois fort inquiet, l'événement des entreprises étant toujours incertain.

Cet officier m'avoit fait préparer une petite chambre dans laquelle il me fit entrer, et où je trouvai mes deux coffres rangés, avec une table couverte de mets délicats. Nous nous y assîmes; et, après avoir bien soupé, nous nous couchâmes pour prendre quelque repos; mais il nous fut impossible de dormir. Les soins divers dont Favello étoit chargé agitoient ses esprits, et la crainte qui troubloit les miens ne me laissoit pas un moment de tranquillité. Je mourois de peur qu'un maudit vent contraire ne nous retînt dans le port, et ne donnât à mes parents tout le loisir d'être informés de ma fuite, et d'obtenir un ordre du sénat pour me faire arrêter. Cependant mes alarmes furent vaines. A la pointe du jour, j'entendis un bruit qui m'annonça le départ des galères. Je regardai par le trou de ma chambre, et j'aperçus avec plaisir toutes les chiourmes qui commencèrent à ramer jusqu'à ce que nous fussions hors du port. Alors, profitant du vent, qui ne pouvoit être plus favorable qu'il l'étoit, nous mîmes à la voile, et fîmes bien du chemin en peu de temps.

CHAPITRE VI.

Guzman, après avoir volé ses parents, s'étant embarqué pour repasser en Espagne, court risque de périr, et a le malheur de perdre Sayavedra.

Nous avions déjà doublé le cap de Noli, quand le capitaine vint m'apprendre cette nouvelle; et il me dit que si le vent ne changeoit point de trois jours, nous ferions un agréable voyage. Nous allâmes mouiller à Monaco; et le lendemain nous étant remis en mer avec un vent qui nous flattoit, nous gagnâmes les îles d'Hières, où nous passâmes la nuit; le troisième jour nous donnâmes fond vers le château d'If, à la vue de Marseille, et le quatrième nous rendîmes le bord à Roses.

Je me réjouissois d'une si heureuse navigation, quand mon valet troubla ma joie en venant m'apprendre que Sayavedra avoit le mal de mer, et se sentoit très-malade. Je courus à lui sur-le-champ, et je le trouvai en effet attaqué d'une fièvre assez violente; j'en fus fort affligé : néanmoins, comme j'espérois que nous serions bientôt à Barcelonne, et que là il recevroit du soulagement, cette espérance me consoloit. Le cinquième jour se montra bien différent des autres; il nous parut couvert, et, pour surcroît de malheur, l'air n'étoit agité que d'un foible vent. Nous comptions toutefois malgré cela d'aller en ramant coucher à Barcelonne; mais nous reconnûmes notre erreur deux heures après. Il survint une bourrasque si furieuse, que nous crûmes tous notre perte inévitable. On s'efforça vainement de vouloir prendre terre, la rame devint inutile; il fallut absolument faire canal cette nuit-là. Qu'elle fut terrible pour nous! Tantôt la mer élevoit ses flots jusqu'aux nues, et tantôt ouvrant son sein, elle nous faisoit voir jusqu'au fond de ses abîmes.

Qui pourroit peindre dans ces horreurs la consternation générale qui régnoit dans la galère, et les diverses marques d'épouvante que l'opinion d'une mort prochaine faisoit éclater? Les uns invoquoient les saints les plus honorés dans leur pays, les autres faisoient des vœux; celui-ci à genoux adressoit au ciel de ferventes prières, et celui-là, confessant à haute voix ses péchés, en demandoit pardon à Dieu. Quelques-uns, quoique la mort s'offrît à leurs yeux, s'informoient du pilote si notre malheur étoit inévitable; il leur répondoit, pour les rassurer, qu'il n'y avoit rien à craindre; et ils ajoutoient foi à ce menteur, comme un père qui, dans l'excès de son affliction, voit son fils unique mourant, croit un médecin qui lui dit qu'il n'en mourra pas. Pour moi, nouveau Jonas, j'étois enseveli dans une profonde rêverie; et me croyant la cause de cette affreuse tempête, je me disois à moi-même : Misérable, te voilà bien avancé d'avoir volé tes parents, et d'être chargé d'or; la mer va t'engloutir avec toutes tes richesses. Tu le mérites bien; et s'il faut plaindre quelqu'un, ce sont ceux qui ont eu le malheur de s'embarquer avec un fripon que le ciel veut punir.

Ne pouvant faire autrement, je me résignai aux volontés célestes, et j'attendis patiemment la mort. Néanmoins, le péril qui nous effrayoit tous ne fut qu'une fausse alarme : le temps changea subitement, et fit succéder l'espérance au désespoir, l'allégresse à la désolation. Cette nuit ne devint funeste qu'au malheureux Sayavedra. Ce pauvre garçon, dont le cerveau étoit déjà troublé par une fièvre dont la violence augmentoit de moment en moment, acheva de perdre la raison en entendant

les cris et les lamentations que la crainte du naufrage excitoit dans la galère. Il se leva dans un
transport qui lui prêta des forces pour se perdre,
et, montant du côté de la poupe, il se précipita
dans les flots, mon valet qui le gardoit n'ayant pu
résister au sommeil. Un soldat qui étoit de garde
entendit tomber quelque chose dans la mer; il en
avertit aussitôt le pilote. Cela fit du bruit dans la
galère; et chacun s'empressant de savoir ce que
c'étoit, on le découvrit après un gros quart-
d'heure de recherche. Lorsque j'appris cet accident, j'en conçus une si vive douleur, qu'il n'est
pas possible d'être plus affligé : on n'a jamais
pleuré plus amèrement un frère que je pleurai
mon cher Sayavedra; j'en étois inconsolable, et
véritablement j'avois bien sujet de le regretter. La joie qu'eut tout le monde le lendemain
matin, de voir la mer aussi tranquille qu'elle avoit
été agitée le jour précédent, ne fit pas sur moi
toute l'impression qu'elle auroit faite, si la mort
ne m'eût point enlevé mon fidèle écuyer.

Nous entrâmes sur le midi dans le port de Barcelonne. J'avois déjà préparé Favello à ne s'attendre pas que je fisse un long séjour dans cette ville,
lui ayant dit, après la tempête, que j'avois fait
vœu d'aller à Notre-Dame de Monserrat, dès le
moment que j'aurois mis pied à terre, et que de
là je me rendrois en Andalousie, auprès de ma
mère. Il n'osa s'opposer à un si juste devoir; et
d'ailleurs, ne pouvant abandonner son bord ce
jour-là, il me dit tristement, quand je voulus prendre congé de lui, que selon toutes les apparences
nous ne nous reverrions plus, à moins que je ne
demeurasse le jour suivant tout entier à Barcelonne. En même temps il me demanda où je me
proposois de loger. Je lui nommai une hôtellerie
que je connoissois; mais j'avois dessein d'en
choisir une autre dans un quartier fort éloigné de
celle-là. Enfin, sensible aux témoignages d'amitié
que j'avois reçus de lui, je l'embrassai tendrement,
et lui fis présent d'une bague de cent pistoles, en
le priant de la porter pour l'amour de moi. Il l'accepta, les larmes aux yeux, comme une preuve
que c'étoit le dernier adieu que je lui disois; et de
mon côté, me sentant trop attendrir, je me hâtai
de le quitter, pour lui épargner la peine de lire dans
mes regards celle que me causoit notre séparation.

Le premier soin dont je m'embarrassai en arrivant à l'hôtellerie où je fis porter mes coffres, fut
de mettre des gens en campagne pour me trouver
trois bonnes mules. Je chargeai de cette commission deux hommes que l'hôte connoissoit pour des
personnes capables de s'en bien acquitter, et qui
m'assurèrent que je serois servi fort promptement :
en effet, quatre heures après ils m'amenèrent trois
mules, qui me parurent telles que je les pouvois
désirer. Tu peux bien penser que je les payai un
peu cher; mais c'est de quoi je ne me souciois
guère dans la situation où je me voyois. Outre la
valeur de vingt-cinq mille francs que je pouvois
me vanter de posséder, je venois encore d'hériter
de quatre mille par la mort de mon compagnon
de fortune. J'arrêtai aussi un muletier qui savoit
bien les chemins, et je partis le jour suivant dès
que les portes de la ville furent ouvertes. L'impatience que j'avois de m'écarter de Barcelonne me
sembloit des mieux fondées : il y pouvoit arriver
une felouque envoyée par mes parents, avec ordre
de me faire pincer; je n'avois pas tort d'user de
diligence. J'ajoutai même à une crainte si prudente la précaution d'éviter les grandes routes,
en disant à mes valets que, ne voyageant que pour
le plaisir de voyager, j'étois bien aise de gagner
au plus tôt l'Èbre, et de parcourir ses bords, pour
voir les paysages charmants qui sont le long de
cette rivière.

LIVRE SIXIÈME.

CHAPITRE PREMIER.

Guzman s'avance vers Saragosse. Il fait connoissance
avec une jeune veuve. Il en devient amoureux. Progrès et fin de cette nouvelle passion [1].

Je m'éloignois donc des grands chemins pour la
raison que j'ai dite; et poussant ma mule de sentier en sentier vers l'Èbre, pour le côtoyer jusqu'à
Saragosse, j'allois avec autant de vitesse que de
peur. Les deux autres mules suivoient de près la
mienne, comme pour me faire voir que j'avois
acheté trois bonnes bêtes. Je me rendis en trois
jours auprès de cette rivière : pour être affranchi

[1] Les aventures qui arrivent à Guzman dans la ville
de Saragosse sont si fades dans l'original que je n'ai
pas jugé à propos de les traduire. J'ai mieux aimé
suivre celles que M. Bremont a imaginées pour les
remplacer.

de toute inquiétude, mon esprit sembloit avoir attendu que je fusse là. Je commençai à me croire à couvert de toute poursuite, et à compter sur mes richesses, sans faire réflexion que je voyageois dans un pays aussi fertile en voleurs que l'Italie. Il est vrai que mon valet et le muletier étoient armés de deux fusils dont je m'étois avisé de faire emplette à Barcelonne; outre cela je portois sur moi mes pierreries si bien cachées, qu'on ne pouvoit les apercevoir sans me mettre tout nu.

Je passe sous silence, ami lecteur, les aventures qui m'arrivèrent le long de l'Èbre, et que je ne juge pas dignes de t'être racontées, pour en venir à celle que la fortune me préparoit entre Ossera et Saragosse. La nuit me surprit dans un endroit où il y a une belle abbaye, que je pris pour un château, et de laquelle je m'approchai dans l'intention d'y demander un logement; mais trouvant au bas un misérable village, je changeai de pensée. Nous nous arrêtâmes devant une chaumière, où pendoit une enseigne de cabaret; tout étoit déjà fermé dans cette excellente hôtellerie. Nous frappâmes rudement à la porte en criant qu'on nous ouvrît; personne ne répondoit; il parut pourtant à la fin un paysan à une fenêtre. C'étoit l'hôte, qui, m'ayant considéré à la lueur d'une grande lampe qu'il avoit à la main, se mit à rire en me disant : Allez, seigneur cavalier, ma maison ne vous convient guère; allez à l'abbaye, on vous y recevra bien, et vous y serez mieux logé que chez moi. Après avoir répondu au paysan que je suivrois son conseil, je le priai de me conduire au couvent, dont j'ignorois le chemin; et pour rendre ma prière efficace, je lui donnai une poignée de réaux.

Le monastère étoit sur une éminence. Nous fûmes près d'une demi-heure à y monter par une route très-rude; ce qui ne laissoit pas d'être pénible pour des gens déjà fatigués. Néanmoins, comme le bien est toujours mêlé de mal, il n'y a pas non plus de mal qui ne soit accompagné de quelque bien. L'hôte m'apprit que cette abbaye étoit un couvent de filles, presque toutes de qualité; que c'étoit un des plus riches d'Espagne, et qu'enfin on y recevoit agréablement toutes les personnes de distinction qui passoient par là. Je sentis, sans savoir pourquoi, que ce rapport me faisoit plaisir, soit qu'il réveillât mon inclination naturelle pour le beau sexe, soit que j'eusse un pressentiment de ce qui devoit m'arriver. Quand nous fûmes parvenus à la grande porte, nous sonnâmes et resonnâmes à plusieurs reprises, avant qu'on nous fît connoître du dedans qu'on nous entendoit. On vint toutefois nous parler par le guichet, et nous demander ce que nous voulions. L'hôte, que le portier connoissoit, lui dit que nous cherchions

un gîte; qu'il n'en avoit point à nous donner, et que par conséquent il nous amenoit à l'abbaye. Le muletier ajouta par mon ordre à ces paroles qu'il s'agissoit de prêter un asile jusqu'au jour à un seigneur étranger qui s'étoit égaré en allant à Saragosse.

Le portier répondit qu'après huit heures on fermoit la porte du couvent, et qu'il en étoit plus de neuf; que néanmoins, quoique ce fût la règle, il alloit, par la considération qu'il avoit naturellement pour les personnes de qualité, informer madame l'abbesse de mon embarras, et qu'il feroit ce qu'elle lui ordonneroit. Il fallut m'armer de patience, et attendre à la porte la réponse qu'on devoit m'apporter; elle fut bien triste pour moi. Le portier revint nous dire que madame l'abbesse refusoit de recevoir à cette heure-là des cavaliers qui lui étoient inconnus. Ce refus m'affligea. Je descendis de ma mule; je m'avançai vers le guichet, et parlant moi-même au portier, je le conjurai, dans les termes les plus capables de le toucher, de retourner vers madame l'abbesse, et de lui dire de ma part que si elle savoit le plaisir qu'elle me feroit en m'accordant une retraite pour cette nuit, elle cesseroit d'être inexorable. Le portier, que je croyois avoir attendri, me répondit qu'il étoit inutile de m'obstiner à vouloir obtenir une chose qu'elle ne permettroit point. Ne pouvant engager ce portier par mes prières à faire ce que je souhaitois, je lui offris de l'argent, qu'il méprisa en me fermant le guichet au nez. Tant de dureté m'ôta l'espérance de pouvoir loger dans ce monastère; et, cédant à la nécessité, je dis à mes valets de mener les trois mules chez le paysan; que pour moi, avant que de m'enfermer dans cette vilaine taverne, j'avois envie de demeurer quelques heures dans l'endroit où j'étois, et d'où j'entendois l'Èbre couler avec un murmure qui suspendoit mes ennuis.

Il faisoit la plus belle nuit du monde. Je me promenai aux environs de la maison, en observant d'un œil curieux tout ce que je discernois à la faveur des étoiles, qui brilloient extraordinairement. Je suivis un sentier en pente, qui me conduisit sous un balcon qui avoit vue sur la rivière. Je m'assis au bord de l'eau au pied d'un arbre, vis-à-vis le balcon, que je regardai attentivement, et que je m'imaginai bien être de l'appartement de l'abbesse. J'aperçus de la lumière en dedans, et bientôt un bruit confus de voix de femmes frappa mon oreille; puis tout-à-coup un profond silence fit taire ce bruit, et ce silence, un moment après, fut à son tour interrompu par une chanson espagnole qu'une voix très-délicate chanta. Si la chanteuse donna du plaisir aux dames qui l'avoient écoutée, elle fut en récompense fort applaudie. Une autre personne chanta ensuite un air italien que je savois, et ne reçut pas moins d'applaudissements. Il me prit alors une si grande démangeaison de faire retentir l'air de ma voix mélodieuse, que je n'y pus résister; je n'avois pas même eu peu de peine à gagner sur mon impatience de laisser finir la seconde chanteuse. Je fus tenté d'abord de chanter ce même air italien, que je venois d'entendre, et qui étoit un de ceux qui m'avoient fait le plus d'honneur à Florence au concert du grand-duc; cependant j'eus la politesse de n'en rien faire, pour épargner à la dame le dépit et la honte de la comparaison. Pour ne rien perdre au change, m'étant souvenu d'un autre air qui avoit charmé la grande-duchesse, je le choisis.

Je me disposai donc à surprendre ces bonnes religieuses autant par la beauté de mon chant que par la singularité de l'aventure. Je chantai; et sitôt que j'eus achevé, ce furent des cris de surprise mêlés d'admiration. Une porte vitrée qui fermoit le balcon s'ouvrit à l'instant, et je vis paroître plusieurs dames, qui s'empressèrent à regarder de toutes parts pour découvrir le personnage qui avoit chanté si agréablement. Je ne fis pas semblant de les remarquer; et, après m'être arrêté un moment, je recommençai mon air. Dès que je l'eus fini, me voilà une seconde fois admiré des dames, qui, dans l'attente d'être régalées d'une nouvelle chanson, suspendirent les louanges pour me prêter silence. Je m'en aperçus bien; et pour irriter l'envie qu'elles avoient que je chantasse encore, je fus assez malin pour me taire, sans bouger de ma place. Une dame, plus impatiente que les autres, m'adressa la parole, et me dit qu'un air seul ne suffisoit pas pour une compagnie qui aimoit passionnément les belles voix. Si c'est peu pour tant de dames, répondis-je en italien, c'est beaucoup pour un pèlerin à qui l'on a cruellement refusé l'hospitalité.

Ma réponse excita de grands éclats de rire, et fit connoître aux religieuses que j'étois l'étranger qui avoit demandé à loger dans l'abbaye. Seigneur cavalier, s'écria l'une d'entre elles, ne trouvez pas, s'il vous plaît, mauvais qu'on en ait usé de cette manière avec votre seigneurie. C'est une loi établie dans ce couvent, de n'y recevoir aucun homme inconnu après huit heures du soir; mais en faveur de votre charmante voix, madame l'abbesse veut bien passer par dessus la règle. Elle va donner ordre qu'on vous ouvre la porte, si vous n'aimez mieux attendre le jour sur les bords de cette rivière, à la façon des chevaliers errants. Je répondis à la personne qui venoit de parler que j'étois ravi d'apprendre que, pour obtenir le couvert de madame l'abbesse, il falloit le demander en musique. A ce petit trait de raillerie, les religieuses re-

commencèrent à rire, d'autant plus que leur abbesse étoit présente, ou plutôt que c'étoit à elle que je parlois. Elles jugèrent par là que j'étois un gaillard, et cela ne leur déplut point. Comme elles souhaitoient de voir de près ma figure, qu'elles n'apercevoient que fort confusément dans l'endroit où j'étois assis, elles me prièrent d'entrer chez elles, en me disant que madame l'abbesse vouloit se réconcilier avec moi.

A ces mots, pour leur témoigner que je ne demandois pas mieux que de m'introduire dans leur monastère, je me levai, et, après avoir salué respectueusement la compagnie en passant devant le balcon, je regagnai la porte à grands pas. Je n'y fus pas sitôt arrivé, que le portier vint me l'ouvrir. Il me dit de prendre la peine de le suivre, et il me conduisit à un vaste parloir, fort propre et bien éclairé. Je trouvai là madame l'abbesse, qui avoit auprès d'elle une dame séculière, toutes deux assises sur des carreaux de damas violet, et six à sept religieuses, qui se tenoient debout derrière elles. Toutes ces dames gardoient le silence, et avoient un air sérieux qui auroit déconcerté un autre que moi; mais j'avois fréquenté la grille à Rome, et mon humeur convenoit aux religieuses. Aussi je les abordai en plaisantant; et, par quelques saillies réjouissantes qui m'échappèrent, je leur fis perdre leur fausse gravité. Je me plaignis d'une façon si divertissante de la règle qui défendoit d'ouvrir la nuit la porte du monastère aux pauvres étrangers, que je les mis en train de rire.

Pendant ce temps-là on dressa une petite table, sur laquelle on servit un gros morceau de pâté de venaison, avec du vin et force confitures. Elles n'eurent pas besoin de me presser de manger et de boire; je m'en acquittai en voyageur qui mouroit de faim et de soif. Je ne laissai pas, en me bourrant l'estomac, de dire à l'abbesse des galanteries, aussi bien qu'à la dame séculière, qui me paroissoit toute jolie. Elle avoit un air de jeunesse et un enjouement qui la rendoient très-piquante. Quelques religieuses remarquant que je la trouvois à mon gré, me demandèrent si leur communauté n'avoit pas raison de s'applaudir de l'acquisition qu'elle alloit faire d'une pareille dame; ce qui m'inspira mille pensées badines, et toutes très-obligeantes pour elle. Je ne parlois qu'en italien; et comme j'étois vêtu à l'italienne, je passai sans peine dans leur esprit pour un homme de cette nation. Celles de ces dames qui savoient cette langue affectoient, pour s'en faire honneur, de ne pas m'entretenir en espagnol. Quand elles virent que je ne mangeois plus, elles firent rouler l'entretien sur la musique, et toutes ensemble me prièrent de payer mon écot de quelque air nouveau d'Italie. J'y consentis de bonne grâce; et peu à peu animé par les éloges qui m'étoient assurés à la fin de chaque couplet, il me prit une si grande fureur de chanter, qu'une chanson n'attendoit pas l'autre. De leur côté les dames, et particulièrement la séculière, emportées par le plaisir de m'entendre, ne songeoient à rien moins qu'à se retirer, quoiqu'il fût déjà plus de minuit. Je crois que le jour nous auroit surpris dans ce parloir, si l'abbesse, pour garder le *decorum* de la vie monastique, n'eût jugé à propos de mettre fin à un passetemps si contraire au recueillement intérieur, en reprochant aux religieuses qu'elles abusoient de ma complaisance. Ce cavalier, leur dit-elle, doit être fatigué. D'ailleurs il faut conserver quelque chose pour demain : il ne partira pas, je pense, sans que nous ayons la satisfaction de le revoir. C'étoit honnêtement me faire taire. Au fond de l'âme j'en fus ravi ; et donnant le bon soir à la compagnie, je joignis le portier, qui m'attendoit à la porte du parloir pour me conduire à l'appartement qui m'étoit destiné.

Je ne fus pas peu étonné en y entrant d'y trouver mes valets, qu'on avoit eu soin d'envoyer chercher avec mon bagage, et de régaler comme moi ; j'appris même que mes trois mules n'avoient pas été oubliées, et que grâce à la belle voix de leur maître, elles avoient, dans les écuries du couvent, de la litière jusqu'au ventre. La chambre où je couchai occupa long-temps mes regards ; elle me parut riche et modeste tout ensemble. Il y avoit dans les ameublements, quoiqu'ils fussent simples, un air de grandeur qui faisoit mépriser le luxe, et mon lit sembloit avoir été préparé pour l'archevêque de Saragosse. M'étant mis entre deux draps des plus fins, je dis à mes gens qu'ils pouvoient aller se reposer où le portier les mèneroit ; mais j'appelai auparavant le muletier, comme le moins sot, et je le chargeai de s'informer adroitement qui étoit cette dame séculière que j'avois vue avec madame l'abbesse. Il s'acquitta bien de cet emploi. Monsieur, me dit-il le lendemain matin à mon lever, j'ai parlé à un laquais de la personne que vous avez envie de connoître, et il m'a conté sans façon toutes les affaires de cette dame. C'est une veuve, m'a-t-il dit, très-riche, et d'une des plus nobles familles de Saragosse. Elle a plusieurs galants qui la recherchent, et, entre autres, un neveu de madame l'abbesse, un garçon de vingt-deux ans tout au plus, fait à peindre, et aussi beau que le jour. C'est dommage que ce n'est qu'une bête ; sans cela il conviendroit fort à ma maîtresse, qui est une femme d'esprit, et qui ne l'aime guère, ou je suis bien trompé. Cependant madame l'abbesse, qui chérit beaucoup ce benêt, voudroit que ce mariage se fît. Voilà, monsieur, poursuivit le muletier, ce que j'ai tiré du laquais ; et le portier

de ce monastère vient de me dire tout à l'heure que cette jeune veuve, qui n'arriva hier dans cette abbaye qu'une heure ou deux avant vous, doit s'en retourner cette après-midi.

Je poussai un profond soupir en entendant prononcer le mot de veuve : il me rappela le souvenir de celle de Florence. Je crus d'abord que je soupirois encore pour elle ; mais à parler sincèrement je sentis bientôt que mon cœur, moins occupé du passé que du présent, s'étoit rendu aux charmes de la veuve de Saragosse. Il n'y eut plus moyen d'en douter, lorsque je la revis au parloir, où l'abbesse, après l'office, m'envoya prier de me rendre. J'y parus avec toute ma bonne humeur du soir précédent. Je n'y retrouvai pas toutes les religieuses que j'y avois vues ; il n'y en avoit alors que trois avec l'abbesse, et le bel objet de mon nouvel amour. La conversation ne tarda guère à devenir galante et badine ; elle s'échauffa, et l'arrivée de quelques dames des plus éveillées du couvent ne la refroidit point. Ma veuve, qui étoit très-spirituelle, y mettoit beaucoup du sien, et Dieu sait si j'applaudissois à chaque trait d'esprit qui lui échappoit. Elle remarquoit bien que j'étois fort content de ce qu'elle disoit, et que je la distinguois des autres personnes de la compagnie ; comme de mon côté, je m'apercevois que cela lui faisoit quelque plaisir.

Nous étions tous bien en train de rire, quand on vint dire à madame l'abbesse que don Antonio de Miras alloit paroître au parloir ; ce qui combla de joie cette dame ; car c'étoit ce cher neveu qu'elle avoit envie que la belle veuve épousât. Il avoit été averti dès le soir précédent, par sa bonne tante, que dona Lucia (ainsi se nommoit la dame séculière) étoit dans cette abbaye, et il n'avoit eu garde de négliger une occasion si favorable de faire sa cour à une personne dont il souhaitoit fort d'être l'époux. Le portrait que mon muletier m'avoit fait de ce jeune gentilhomme n'étoit nullement flatté. Je n'ai jamais vu de cavalier si beau : la femme la plus vaine de sa beauté se seroit fait honneur d'avoir son visage. Ajoutez à cela qu'il étoit parfaitement bien fait, et qu'il avoit tout l'air d'un enfant de qualité. Son habillement, dont j'admirai la richesse et le goût, relevoit encore sa bonne mine. Je crois que je serois mort de jalousie en voyant sa figure, si d'ailleurs je n'eusse pas été prévenu que c'étoit un sot. Mais cette pensée me soutint contre des avantages si redoutables, et je fis une remarque qui acheva de me donner le courage de disputer à ce rival le cœur de dona Lucia : je m'aperçus que cette dame, bien loin de témoigner quelque joie quand il arriva, le vit d'un œil assez indifférent, et répondit avec beaucoup de froideur à ses civilités.

Don Antonio et moi nous nous regardâmes d'abord comme de jeunes coqs : néanmoins, voulant faire connoissance avec lui, je l'accablai d'honnêtetés ; et je lui tins des discours si obligeants, que je le contraignis à s'humaniser avec moi ; en moins d'une heure de temps nous devînmes fort bons amis. Lorsqu'il fallut dîner, l'abbesse fit dresser deux tables dans le parloir, l'une en dehors pour son neveu et pour moi, et l'autre en dedans pour les dames. Le repas, qui pouvoit entrer en comparaison avec ceux des plus grands seigneurs, fut assaisonné de bons mots et de quelques contes qui égayèrent fort la compagnie. Plus de la moitié de l'après-dînée se passa encore très-agréablement : enfin je parlai, je chantai, je ris, je montrai que j'étois homme à tout faire ; aussi les religieuses, quoique accoutumées à recevoir des visites de cavaliers, m'avouèrent qu'elles n'en avoient jamais vu un qui les eût tant diverties. Cependant l'heure de nous séparer approchoit : il étoit temps que la belle veuve partît pour s'en retourner à Saragosse, si elle y vouloit arriver avant la nuit. Elle prit congé de madame l'abbesse et de ses religieuses, et monta dans sa litière, qui l'attendoit à la porte. Mon dessein étant d'accompagner cette dame, j'avois fait préparer mon équipage, je m'élançai promptement sur ma mule qui ne faisoit pas une trop bonne figure auprès du coursier de don Antonio. Outre que ce jeune gentilhomme avoit un des plus beaux chevaux d'Espagne, il savoit bien le manier : il lui faisoit faire cent passades de la meilleure grâce du monde. J'étois furieusement mortifié de ne pouvoir l'imiter avec ma mule pacifique et sans école ; je ne laissai pas toutefois d'essayer de la mettre sur les voltes, mais ce fut seulement pour réjouir les dames, qui nous observoient de leurs fenêtres.

Nous nous emparâmes, mon rival et moi, des deux côtés de la litière, pour entretenir en chemin dona Lucia. Nous commençâmes, ou, pour mieux dire, je commençai à lier conversation avec elle ; car le jeune Miras y eut si peu de part, que ce n'est pas la peine d'en parler. Il se contentoit de se tenir droit sur son cheval en bandant le jarret comme un académiste qu'il étoit, laissant aux agréments de sa personne le soin de prévenir en sa faveur. Connoissant don Antonio pour un petit génie, j'aurois encore été plus sot que lui si je n'eusse pas profité de cette connoissance. Lucie m'en offrit une occasion, que je ne manquai pas de saisir, elle me demanda si je me proposois d'être long-temps à Saragosse. Cela dépendra du plaisir que j'y aurai, lui répondis-je : si quelque chose que je désire arrivoit, j'y ferois un long séjour. J'accompagnai ces paroles d'un si tendre regard, qu'elle n'eut pas besoin, pour m'entendre, que je

m'expliquasse plus clairement. Elle pénétra si bien le sens de ma réponse, qu'elle en rougit tout-à-coup ; et je crus lire dans ses yeux qu'elle ne s'en trouvoit point offensée. Je fus fort content de moi d'avoir hasardé cette déclaration, puisqu'elle ne lui étoit point désagréable, et de l'avoir faite impunément devant Miras, pour qui elle n'avoit été qu'une énigme.

Je m'étonnois, sans en rien témoigner à Lucie, de voir une jeune et charmante personne comme elle sur le grand chemin, à plus d'une lieue de Saragosse, et sans autre suite qu'une duègne, un laquais et un muletier. Je ne savois pas encore les priviléges que les veuves ont dans ce pays-là, où elles jouissent d'une grande liberté. Cependant, lorsqu'elles voyagent avec une si foible escorte, elles s'exposent à rencontrer ce qu'elles ne cherchent pas. Dona Lucia, quoique accompagnée de deux cavaliers et de ses gens, ne laissa pas d'être effrayée d'une petite aventure qui nous arriva sur la route. Nous avions déjà fait la moitié de notre chemin, que nous aperçûmes devant nous un superbe coursier dont l'allure étoit semblable à celle de Bayard ou de Bridedor, et qui, s'avançant vers nous au petit galop, élevoit une si épaisse poussière autour de lui, que nous ne pûmes d'abord bien discerner le cavalier qui le montoit : mais sitôt que nous pûmes le remarquer, je m'imaginai voir Roland le furieux, tant il avoit l'air fier et guerrier.

Lorsqu'il fut à dix ou douze pas de nous, il s'arrêta pour me regarder. L'air étrange de mon habit le frappa, et il me sembla plus surpris encore de l'honneur que j'avois de parler à la belle veuve, que de la nouveauté de mon habillement. C'étoit un des soupirants de cette dame, et celui de tous qui se flattoit le plus de l'obtenir : il comptoit que l'opinion qu'il s'imaginoit que tout le monde avoit de sa bravoure le déferoit de ses rivaux. Nous voyant donc, moi d'un côté et don Antonio de l'autre, il donna des éperons à son cheval, et, le poussant avec fureur entre Miras et Lucie, il pensa renverser en même temps ce jeune cavalier et la litière. La dame fut épouvantée de cette brutale action ; puis se mettant en colère contre le matamore, elle lui dit que le chemin étoit assez large pour le dispenser de faire des extravagances pareilles, et d'insulter des personnes qui méritoient qu'il eût des égards pour elles. Il fit des excuses à Lucie de très-mauvaise grâce, ou plutôt d'un ton railleur et plus insolent que l'action même.

Miras, piqué de l'affront reçu, mit dans son premier mouvement la main sur un de ses pistolets, et ne le tira pourtant pas du fourreau, soit qu'il craignit de manquer son coup, soit que, par un excès de respect pour sa maîtresse, il n'osât en venir à un combat qui lui auroit fait grand'peur. J'eus pitié de ce cavalier, et je me sentis une tentation violente de prendre son parti, jugeant que le spadassin auquel il avoit affaire n'étoit qu'un fanfaron ; néanmoins je fis réflexion que je pouvois me tromper : et d'ailleurs, considérant que la partie intéressée ne se soucioit guère de se venger, je ne fus point assez fou pour épouser sa querelle, qui par conséquent n'eut aucune suite. Tout ce que je pus faire pour lui, fut de le prier de passer de mon côté, et de lui céder ma place, qu'il accepta volontiers, sans s'embarrasser de paroître lâche aux yeux même de Lucie, en abandonnant par crainte le côté qu'il occupoit. Le cavalier qui faisoit tant le rodomont se nommoit don Luc de Ribera. Il avoit appris que la belle veuve étoit partie le soir précédent pour aller coucher au monastère dont j'ai parlé, et qu'elle en devoit revenir ce jour-là. Il étoit sorti de la ville, sachant bien qu'il la rencontreroit, dans l'intention de la ramener et de lui servir d'escorte.

Dès que ce fier-à-bras vit que don Antonio quittoit son poste, au lieu de songer à le conserver, il s'en saisit brusquement, et se prépara d'un air victorieux à s'entretenir avec la dame, qui trompa son attente ; car pour le mortifier elle ne répondit pas un mot à tout ce qu'il lui put dire. Elle ne daigna pas même le regarder une seule fois : elle affecta d'avoir toujours la vue attachée sur Miras et sur moi, et de ne parler qu'à nous. C'est ainsi que nous arrivâmes à Saragosse, et que nous conduisîmes dona Lucia jusque chez elle. Cette dame me remercia de l'honneur que je lui avois fait ; et me dit qu'elle espéroit que cette ville auroit assez de charmes pour m'arrêter du moins quelque temps. A l'égard de ses deux autres conducteurs, elle fit moins de façons avec eux ; elle ne paya leur peine que de deux révérences fort sèches. Je ne dis rien à l'orgueilleux don Luc en me séparant de lui ; mais pour don Antonio, je lui fis mille honnêtetés auxquelles il se montra si sensible, qu'il voulut absolument m'accompagner jusqu'à l'*Ange*, fameuse hôtellerie que j'avois remarquée en entrant dans la ville, et où j'avois dit à mes gens d'aller descendre avec mon bagage. Là, Miras prit congé de moi dans des termes qui me persuadèrent que, bien loin de me soupçonner d'être son rival, il me croyoit un de ses meilleurs amis.

Je trouvai dans l'hôtellerie mon valet et mon muletier occupés à me faire préparer un appartement fort propre, où je soupai à mon petit couvert. L'hôte, qui étoit un de ces mauvais plaisants qui sont remplis de jeux de mots et de quolibets, vint me saluer et me tenir compagnie, s'imaginant que je serois enchanté de son entretien. Il commença par me conter tout ce qui se passoit dans la ville, dont il me vanta les priviléges, sans oublier la hauteur avec laquelle les habitants les soutenoient. Je l'écoutai d'autant plus patiemment, qu'en disant mille impertinences, il lui échappoit de temps en temps de bonnes choses, d'excellents traits de satire, ce qui est assez ordinaire aux babillards. Il cessa pourtant, lorsque j'eus soupé, de me fatiguer de ses discours ; il me fit la révérence, et voulut se retirer. Attendez, lui dis-je, mon ami ; je vous prie de me faire venir demain matin un habile tailleur, je veux lui donner de la besogne. En chargeant mon hôte de cette commission, c'étoit lui fournir une nouvelle matière de parler. Aussi prit-il occasion de là de tomber sur les tailleurs, et de m'en dire tout le mal qu'on en dit ordinairement ; néanmoins, après les avoir déchirés en général, il finit en m'assurant qu'il en connoissoit un qui avoit des mœurs, qui se contentoit de ses façons, sans escamoter le moindre morceau de drap, et qui me serviroit bien.

Il me tint parole. Il vint à mon lever se présenter de sa part un tailleur qui me parut fort raisonnable et bien entendu. Je lui commandai un habit à l'espagnole de la manière que je le souhaitois. Il approuva fort mes idées là-dessus, me dit en s'en allant qu'il les suivroit exactement, et que dans trois jours il m'apporteroit un habit des plus riches, et d'un goût si galant, que tout le monde l'admireroit. En attendant, je me servis de mon habit à l'italienne que j'avois acheté à Florence, et qui me fit assez d'honneur au *Coso*, qui est le cours où se promènent à Saragosse toutes les personnes de distinction. Du moins je parus sans honte parmi les amants de dona Lucia ; mais sitôt que j'eus mon habit neuf, je les effaçai tous par son éclat et par le brillant de quelques-unes de mes pierreries, dont je m'avisai de me parer. On me regarda bientôt comme un homme amoureux de cette dame, dont véritablement je m'attirai l'attention. Soit que je l'accompagnasse à la promenade, soit que je passasse sous son balcon, elle me distinguoit de tous mes rivaux. L'orgueilleux don Luc souffroit impatiemment cette préférence, et les regards qu'il me lançoit étoient pleins de fureur. Je vivois avec les autres en assez bonne intelligence, surtout avec Miras, qui ne me quittoit presque point, et qui me procuroit tous les plaisirs qu'il pouvoit, en me faisant faire connoissance avec les plus honnêtes gens de la ville.

Je me voyois donc estimé et honoré à Saragosse, et je n'étois guère moins bien avec Lucie que je l'avois été avec ma veuve de Florence, lorsqu'un matin mon valet vint me dire qu'un cavalier étoit à la porte de ma chambre, et demandoit à me parler. J'étois encore au lit, et m'imaginant que c'étoit quelque ami de don Antonio, je répondis qu'il pouvoit entrer. Je ne fus pas peu surpris quand j'aperçus le personnage qui s'étoit fait annoncer : c'étoit un grand homme de fort mauvaise mine, et que je n'avois point encore vu. Il portoit une moustache retroussée, un chapeau dont la forme haute et pointue touchoit presque au plafond, avec une longue rapière, dont il affectoit de baisser la poignée par-devant pour en relever la pointe par derrière, en serrant les épaules, et en marchant si pesamment, que ma chambre trembloit à chaque pas que faisoit cet olibrius.

Tu crois sans doute qu'après une entrée si fanfaronne il m'adressa quelques discours orgueilleux, c'est ce qui te trompe : il se mit à parcourir ma chambre d'un bout à l'autre sans dire mot, se contentant de jeter sur moi des regards menaçants. Je me lassai enfin de souffrir ses bravades muettes ; je me levai brusquement, et m'étant saisi de mes deux pistolets, je lui demandai ce qu'il avoit à me dire. Mon action, à ce qu'il me sembla, rabattit sa fierté. Connoissez-vous, s'écria-t-il d'un air troublé, le vaillantissime don Luc de Ribera, la fleur des chevaliers aragonais? Je répondis que je le connoissois de vue, mais qu'il m'importoit peu de le connoître ou non. Je viens, reprit-il en me présentant un papier plié en forme de lettre, vous trouver de sa part; ce billet vous dira le reste. Je pris le billet d'un air assez tranquille, m'apercevant que le porteur étoit plus effrayé que moi; et l'ayant ouvert, j'y lus ces paroles :

« Qui que vous soyez, Italien ou Espagnol, vous êtes bien audacieux de venir dans ce pays nous disputer le cœur de nos dames. Cependant, comme nous vous croyons étranger, nous voulons excuser une si grande témérité, à condition que dans vingt - quatre heures vous serez hors de Saragosse. Que si votre mauvais génie vous fait mépriser notre ressentiment, préparez vos armes pour vous défendre contre don Luc de Ribera, que personne jusqu'ici n'a pu vaincre, et dont il faut que vous soyez vainqueur pour parvenir à la possession de dona Lucia. »

Je ne fus point étonné de ce compliment. J'avois pressenti, en ouvrant le billet, qu'étant de don Luc, il ne pouvoit contenir qu'un appel ou quelque chose d'approchant. Monsieur, dis-je au porteur, dites au cavalier qui vous envoie, qu'Italien ou Espagnol, j'ai deux poi-

gnards à son service ; que je suis prêt à me battre contre lui en chemise, pour éviter toute supercherie : point de cotte de mailles, les véritables braves ne s'en servent pas en combat singulier. Que don Luc se règle là-dessus, et qu'il sache que, pour mériter le cœur de Lucie, je suis homme à braver toutes sortes de périls; voilà quelle est ma réponse. Donnez-la-moi par écrit, répondit le porteur du billet ; je suis bien aise que le régulier don Luc soit assuré que j'ai fait mon message en cavalier d'honneur. Pour contenter ce brave messager, je pris la peine d'écrire ce que je venois de lui dire de vive voix. Il emporta donc ma réponse, en me promettant de revenir l'après-midi avec un autre billet qui régleroit l'heure et le lieu du combat. Quand ce drôle m'eut quitté, je m'applaudis de m'être si bien tiré de cette scène : quoique je n'eusse guère d'envie de me battre, j'étois ravi d'avoir payé d'audace ; et c'est ainsi qu'il en faut user. Il arrive quelquefois qu'on fait peur aux autres par une fausse fermeté. Au pis aller, mes mules étoient prêtes, et je savois parfaitement faire des retraites. Il est vrai que j'aurois eu bien de la peine à m'éloigner de dona Lucia; mais je ne l'aimois point encore assez, pour balancer entre elle et la conservation de ma petite personne.

Cette affaire ne laissoit pas de me causer quelque inquiétude, et j'en avois l'esprit tout occupé, lorsque l'hôte, sans que je m'en aperçusse, entra dans ma chambre pour me demander si je voulois dîner ; et voyant qu'après m'être mouché je regardois dans mon mouchoir, il s'écria d'un ton de voix fort élevé : Ah ! monsieur, prenez garde à vous ! Je tressaillis à ce paroles, qui dans le trouble où j'étois déjà ne manquèrent pas de m'épouvanter. Je crus que c'étoit l'impétueux don Luc qui venoit m'assassiner; et tout-à-coup frappé de cette image, je parus si effrayé, que l'hôte ne put s'empêcher de rire de ma terreur panique. Ses ris me remirent un peu; et ne lui sachant pas trop bon gré d'une pareille surprise, je lui en fis des reproches; ce qui fut pour lui un nouveau sujet de se réjouir à mes dépens. Pourquoi, me dit-il, avez-vous regardé dans votre mouchoir après vous être mouché? Cette action vous rend digne d'entrer dans la confrérie des Innocents, et vous devez payer l'amende, suivant les lois établies contre les sottes coutumes du monde. Alors faisant réflexion que l'hôte étoit un original qui ne cherchoit qu'à se divertir, j'entrai de bonne grâce dans la plaisanterie, et lui demandai de combien étoit l'amende. Elle est arbitraire, me répondit-il, et, si vous voulez, il ne vous en coûtera qu'une réale. Je la lui donnai sur-le-champ : j'en aurois volontiers payé vingt, et n'avoir pas eu la frayeur que le bourreau m'avoit causée. Oh ça, reprit-il, je vous reçois dès ce moment au nombre des confrères, et je promets de vous délivrer une décharge, en vertu de quoi vous serez à couvert de toute poursuite, quelques sottises pareilles qu'il vous arrive de faire.

Il faut, poursuivit-il, lorsque vous aurez dîné, que, pour votre récréation, je vous fasse lire mon sottisier; puisque pour votre réale vous êtes entré dans la grande confrérie des Innocents, il est juste que vous en sachiez les mystères. Je ne faisois que rire de tous ses discours, dans la pensée que c'étoit son humeur bouffonne qui les lui inspiroit. Néanmoins je ne fus pas hors de table, qu'il me fit voir une pancarte scellée d'un sceau de cire jaune, où étoient écrits, me dit-il, les noms des anciens et principaux confrères. La première page étoit ornée d'une estampe, qui représentoit un maître d'école qui donnoit des leçons à des enfants, et on lisoit ces mots tout autour : *A l'école des Innocents.* Les pages suivantes contenoient toutes les sottises dont il falloit faire quelques-unes pour mériter l'honneur d'occuper une place dans la société. Je ne t'en rapporterai seulement que cinq ou six, qui suffiront pour te donner une idée juste de ce bel ouvrage ; et je supprimerai le reste pour t'épargner la lecture d'une infinité de fadaises qu'il renfermoit. Voici donc les articles que tu ne trouveras pas mauvais que je te cite, quoiqu'ils ne valent guère mieux que les autres : «Nous déclarons dignes d'entrer dans la confrérie des Innocents ceux qui ont les mauvaises habitudes suivantes : Celui qui parle seul, soit dans une chambre, soit dans les rues; celui qui, jouant à la boule, court après la sienne, et fait des contorsions pour l'obliger à rouler à son gré; ceux qui ne découvrent leurs cartes que lentement l'une après l'autre, comme s'ils croyoient avoir par là celles qu'ils souhaitent; ceux qui, entendant sonner l'horloge, demandent quelle heure il est; ceux qui, attendant avec impatience un valet qu'ils ont envoyé faire quelque commission, se mettent aux fenêtres, s'imaginant, par cette action, qu'ils hâteront son retour; celui qui, s'étant mouché, regarde dans son mouchoir, comme s'il y devoit trouver des perles, etc. »

J'employai une partie de l'après-dînée à lire cette pancarte extravagante, en attendant des nouvelles de don Luc, pour prendre là-dessus mes mesures. Je commençois à m'ennuyer au logis, et je me disposois à m'aller promener lorsque don Antonio et quelques-uns de ses amis arrivèrent. Ils me dirent qu'ils venoient m'offrir leurs services dans l'affaire d'honneur que j'avois sur les bras. Je niai d'abord la chose, et voulus faire le mystérieux; mais ils m'apprirent que toute la ville savoit que don Luc m'avoit fait un appel, et que les duels étant défendus, la justice venoit déjà de faire arrêter ce cavalier. Je jugeai par là que Miras et ses amis étoient de ces gens qui s'empressent de courir à votre secours quand ils vous voient hors de danger. Je cessai de dissimuler, et je leur contai, fort à mon avantage, ce qui s'étoit passé le matin entre le porteur d'appel et moi. Sur cela don Antonio me représenta que je pourrois aussi être arrêté, et il me conseilla de me retirer chez lui; ce que je ne manquai pas de faire, pour éviter un emprisonnement, que je craignois pour plus d'une raison. Je passai agréablement la journée dans la maison de ce cavalier, qui fit tout son possible pour m'y retenir à coucher. Je m'en défendis à cause de mes coffres, qui m'auroient inquiété toute la nuit, et sur les dix heures du soir je repris le chemin de l'hôtellerie.

Je rencontrai dans les rues deux femmes, précédées d'un valet qui portoit une grande lanterne, à la faveur de laquelle il me fut aisé de remarquer qu'elles étoient très-jolies. Je les abordai poliment en leur disant des choses fort obligeantes. Elles y répondirent avec beaucoup d'esprit; et ne doutant point, à voir l'éclat dont brilloit mon habit, que je ne fusse *una buena ropa,* elles m'agacèrent de façon, qu'elles m'engagèrent à les accompagner jusqu'au détour d'une rue, où, s'étant tout-à-coup arrêtées, celle des deux qui paroissoit la principale me dit : Seigneur cavalier, ne venez pas plus loin, je vous prie; attendez-nous dans cet endroit. Nous allons entrer dans une maison qui est à deux pas d'ici, pour y voir une dame malade; nous en sortirons tout au plus tard dans un quart d'heure, nous viendrons vous rejoindre ici, et peut-être ne serez-vous pas fâché de nous avoir rencontrées cette nuit : vous entendrez chanter et jouer du luth à ravir. En achevant ces mots, elles m'échappèrent toutes deux, et je fus assez sot pour prendre au pied de la lettre ce qu'elles m'avoient dit : j'eus la patience de demeurer dans la rue jusqu'à minuit. Alors je ne fus que trop persuadé que j'étois la dupe de cette aventure, tout déniaisé que je me croyois sur cette matière : j'avouerai même, à ma confusion, que je ne pus sauver ma bourse de la subtilité de ces donzelles.

Comme j'étois obligé, en retournant au logis, de passer devant la maison de ma belle veuve, je ne pus me refuser le plaisir de jeter les yeux sur ce cher domicile de ma reine, et il me sembla voir à sa porte une figure d'homme. Je m'imaginai d'abord que c'étoit don Luc, parce que ce cavalier avoit coutume de faire la ronde toutes les nuits dans cet endroit, et je ne fis pas cette remarque sans sentir une émotion mêlée de frayeur et de jalousie : néanmoins, venant à me souvenir qu'il étoit en prison, je me mis en tête que ce ne pouvoit être lui. Je me rassurai, et, poussé par un mouvement jaloux, je m'approchai de l'objet qui le causoit, et qui, selon toutes les apparences, ayant encore plus peur que moi, disparut à mon approche. Étant arrivé à la porte, j'entendis un bruit sourd de verrou, qui me fit juger qu'on alloit l'ouvrir : je ne me trompai pas tout à fait dans ma conjecture, puisqu'un instant après on l'entr'ouvrit de manière qu'un homme y pouvoit passer. La curiosité d'approfondir cette affaire, où je me croyois plus intéressé que je ne l'étois, m'obligea de me glisser sans bruit en dedans. Je sentis aussitôt une main qui me saisit pour me conduire; car nous étions dans une allée où il n'y avoit point de lumière. Je compris bien qu'on se méprenoit, et je n'en pus douter, lorsque ayant été introduit dans une salle basse, j'y fus brusquement régalé d'une vive accolade, assaisonnée d'une odeur de poivre, d'ail et de safran, qui me fit connoître que l'amante emportée qui me prodiguoit ses faveurs devoit être une cuisinière. Cependant, au milieu de ses transports, en touchant mes habits et mon visage, elle soupçonna que je n'étois point l'amant chéri qu'elle attendoit. Pour expier son erreur, elle lâcha prise subitement, et voulut prendre la fuite; mais je la retins par sa jupe : elle fit tous ses efforts pour se débarrasser de moi; je m'obstinai à les rendre inutiles, et, dans cette espèce de lutte, nous tombâmes tous deux avec bruit; ce qui réveilla deux laquais qui étoient couchés dans un cabinet assez près de là. Ils se levèrent à la hâte, s'armèrent chacun d'une épée, croyant entendre des voleurs, et vinrent tout doucement avec une lampe dans la salle, où ils nous trouvèrent étendus sur le plancher.

Ils me reconnurent dans le moment; et, surpris de voir un cavalier qui aspiroit à la main de leur maîtresse poursuivre avec tant de fureur les bonnes grâces d'une grosse jouflue de cuisinière qui ne les avoit jamais tentés, ils firent des éclats de rire qui me jetèrent dans une étrange confusion. Admire l'insolence de cette créature : elle osa m'accuser d'avoir eu dessein de lui faire violence, et dit que je m'étois caché dans la maison pour cet effet. Au lieu de m'amuser à me justifier, je ramassai promptement mon chapeau qu'elle avoit fait sauter d'un coup de poing; et m'adressant au laquais qui tenoit la lampe, je le priai de m'éclairer jusqu'à la porte de la rue; ce qu'il fit avec des ris qui achevèrent de me désespérer. Je regagnai mon hôtellerie à grands pas, cruellement mortifié d'une si honteuse et si misérable aventure, ne doutant pas que le bruit ne

s'en répandît dans la ville dès le lendemain, et que je ne devinsse la fable de tous les habitants. Cette idée, qui m'affligeoit plus qu'on ne peut se l'imaginer, me fit prendre la résolution de ne demeurer à Saragosse qu'autant de temps qu'il m'en faudroit pour me disposer à m'en éloigner. Mon équipage fut prêt à la pointe du jour, et mes mules, comme si elles eussent partagé l'impatience que j'avois de quitter un séjour où je ne pouvois plus paroître sans honte, se mirent en chemin avec une ardeur qui me fit un extrême plaisir.

CHAPITRE II.

Guzman part pour Madrid, où il s'engage dans une nouvelle galanterie, dont la fin ne fut pas si agréable pour lui que le commencement.

Je pris la route de Madrid, et six jours après mon départ de Saragosse j'arrivai à Alcala de Henarès, ville dont la situation est charmante, et que la beauté de ses bâtiments rend comparable aux plus florissantes capitales du monde. D'ailleurs, ce qui avoit beaucoup de charmes pour moi, c'est que les belles-lettres sembloient y faire leur résidence. Je m'y serois établi certainement, si je n'eusse pas eu la sotte envie de revoir le pré de Saint-Jérôme, et d'aller briller dans un endroit où j'avois fait une figure si misérable.

Je ne m'arrêtai donc que huit jours à Alcala. Je poussai jusqu'à Madrid. Cette célèbre ville vit arriver avec trois mules, dont deux étoient chargées de bons effets, ce même Guzman qui avoit porté le cabas dans son enceinte. Je fus quelques moments en peine de savoir où j'irois loger; mais comme je me souvins d'une hôtellerie qui de mon temps étoit la plus fameuse de la rue de Tolède, j'y allai descendre. J'y trouvai du changement : l'hôte étoit mort, et sa veuve n'avoit pu la soutenir sur le même pied. C'étoit pourtant une habile femme, et qui avoit plus d'une corde à son arc. Je m'aperçus bien de la décadence de cette maison; néanmoins les complaisances et les attentions qu'on y avoit pour moi, qu'on croyoit un riche seigneur, m'empêchèrent de changer de logement.

J'eus soin de m'informer de mon apothicaire aux trois sacs : j'appris qu'il étoit parti pour le pays où ses drogues avoient envoyé bien des malades. J'en eus une secrète joie; car il ne laissoit pas de me causer un peu d'inquiétude, quoique je ne dusse pas craindre qu'on me reconnût. Il y avoit plus de dix ans que j'étois sorti de Madrid; et, outre que ma personne n'étoit plus la même, pour ainsi dire, qui diable eût pu démêler Guzman sous les apparences superbes qui le déguisoient? Je me fis d'abord plaisir d'étaler la magnificence de mes habits, et particulièrement de celui que j'avois fait faire à Saragosse. Je les donnois tour à tour en spectacle, le matin dans les églises, et le soir au Prado.

Une nuit, rentrant au logis pour me coucher, j'entendis en traversant un corridor qui conduisoit à ma chambre, une belle voix qui accompagnoit une harpe touchée délicatement. Je m'arrêtai pour écouter ce petit concert, qui se faisoit dans un appartement fort proche du mien, et je sentis naître en moi un désir violent de voir les personnes qui l'exécutoient. Mon hôtesse, chargée de deux assiettes, l'une de confitures et l'autre de biscuits, qu'elle portoit pour rafraîchir la chanteuse, arriva dans ce temps-là, et satisfit ma curiosité. Elle me dit que c'étoit deux dames de Guadalaxara qui étoient venues loger chez elle ce soir-là même, et qu'un grand procès attiroit à Madrid. Je lui témoignai que je mourois d'envie de les entendre de plus près, et que je lui aurois une obligation dont je me souviendrois toute ma vie, si elle pouvoit obtenir de ces dames que j'eusse l'honneur de les saluer. Elle me répliqua qu'elle leur demanderoit pour moi cette permission, qu'elle n'osoit me promettre, attendu que c'étoit une mère qui menoit une vie retirée avec sa fille, qui étoit très-jolie, et qu'elle ne perdoit point de vue. A ces mots, je redoublai mes prières pour engager l'hôtesse à me procurer la faveur que je souhaitois. Elle m'assura qu'elle n'épargneroit rien pour cela. Sur cette assurance je la laissai entrer dans l'appartement de ces dames, et j'attendis à la porte leur réponse, qui fut qu'elles me prioient de les excuser si elles refusoient à cette heure-là de recevoir la visite d'un cavalier qu'elles ne connoissoient point.

Je feignis d'être vivement affligé de ce refus, qui me piqua véritablement. Si bien que ma bonne hôtesse, de son côté paroissant touchée de ma peine, rentra chez les dames pour faire un dernier effort, et revint enfin m'annoncer qu'elles vouloient bien m'accorder cette grâce, pourvu que je ne fusse qu'un quart d'heure dans leur chambre. Je ne demandois qu'à y être introduit, persuadé que quand j'y serois une fois entré la condition du temps ne s'observeroit pas. Je me présentai donc d'un air d'homme d'importance, et d'abord m'adressant à la mère, je lui fis une révérence très-profonde. Je saluai ensuite la fille, et elles me reçurent toutes deux d'une manière qui me fit connoître qu'elles savoient parfaitement bien vivre. Elles étoient l'une et l'autre si proprement vêtues, pour des dames qui venoient de faire un voyage, que j'en fus fort étonné. La mère pouvoit passer pour une belle femme : tout ce que je trouvois à redire en elle, c'étoit un air fin et hardi. Pour la fille, elle avoit le visage ten-

dre et piquant tout ensemble, et c'étoit une personne de dix-sept à dix-huit ans.

Je remarquai dans leur chambre deux grands flambeaux d'argent sur une table, et deux magnifiques toilettes préparées ; j'y vis aussi trois coffres de bagage, avec un maître valet qui portoit la livrée, et qui, prêt à servir ses maîtresses, se tenoit debout dans un coin, de l'air du monde le plus respectueux. Je ne doutai point que ces dames ne fussent d'une des premières maisons de Guadalaxara : aussi je débutai par de très-humbles excuses de la liberté que j'avois prise, et je leur dis, pour la justifier, que j'avois été si charmé de leur concert, que je n'avois pu résister à l'envie de leur en témoigner ma satisfaction. La mère répondit à mon compliment avec beaucoup d'esprit et de modestie, ce qui nous donna naturellement occasion de nous entretenir de musique. Je leur fis assez comprendre par mes discours que j'étois un peu musicien. Je les priai de recommencer leur concert ; et, pour mieux les y engager, je m'offris à y tenir ma partie. Les dames, curieuses de m'entendre, s'y disposèrent. La mère reprit sa harpe, et la fille se mit à chanter un air que je savois. Je fis en même temps éclater ma voix, qui produisit le même effet qu'à Florence, et qu'à l'abbaye près de Saragosse. Les dames en parurent transportées de plaisir. Elles oublièrent la condition du quart d'heure, et minuit étoit déjà sonné que nous ne songions point encore à nous séparer. La mère toutefois, pour observer les règles de la bienséance, me représenta fort poliment qu'il étoit temps que je me retirasse, en me disant qu'elles seroient ravies de pouvoir souvent s'amuser ainsi avec moi pendant le séjour qu'elles feroient à Madrid. Je pris donc congé d'elles en regardant la fille d'une manière à lui persuader que je n'avois pas vu ses charmes impunément ; ce qui n'étoit dans le fond que trop véritable, puisque de toute la nuit le sommeil ne put fermer ma paupière.

Le lendemain, mon hôtesse, que j'avois accoutumée à venir tous les matins prendre du chocolat avec moi, entra dans ma chambre d'un air riant, et me dit : Je sors de l'appartement de vos voisines. Il n'est pas concevable jusqu'à quel point vous leur avez plu. Outre qu'elles trouvent votre personne tout-à-fait aimable, elles sont charmées de votre esprit badin et amusant. Pour peu que de votre côté vous vous sentiez disposé à pousser votre pointe, je doute fort que vous soyez maltraité. La mère et la fille sont également contentes de vous. J'avalai comme beau miel ces douces paroles ; et ravi d'avoir fait en si peu de temps une si vive impression sur ces dames, je répondis que je n'étois pas moins satisfait d'elles, que la mère me paroissoit encore très-ragoûtante; mais que je ne voyois rien de comparable à la fille, dont j'entreprendrois volontiers la conquête, si quelque femme d'esprit vouloit bien m'aider à réussir dans cette entreprise. Je vous entends, reprit l'hôtesse, vous souhaitez que je vous y rende service; j'y consens. Par où commencerons-nous cette affaire? Je menerai ce soir les dames à la promenade, lui repartis-je, et je leur ferai préparer quelque part une superbe collation. Mauvais début! s'écria ma confidente; cela révolteroit la mère, qui, pénétrant d'abord votre dessein, romproit brusquement avec vous, et ne vous verroit de sa vie. Faisons mieux, poursuivit-elle, après avoir rêvé quelques moments; il faut que cette fête se donne sous mon nom : je ferai apprêter une collation, suivant vos ordres, dans un jardin que j'ai sur les bords du Mançanarès, et j'y menerai les dames passer la soirée. Vous viendrez nous y surprendre, comme si le hasard vous avoit amené là, et nous serons plus librement dans cet endroit que dans aucun autre. J'applaudis à cette idée, et mon hôtesse se chargea du soin d'engager la mère dans cette partie de plaisir.

Ma confidente fut sur-le-champ la proposer dans la chambre des dames, où elle demeura près d'une heure; ce qui me fit juger qu'elle n'avoit pas peu de peine à les persuader : en effet, m'étant revenue joindre, elle me dit que la mère avoit bien fait la difficultueuse. J'ai long-temps, ajouta-t-elle, désespéré de lui faire accepter la proposition; néanmoins j'en suis venue à bout. Nous avons conclu la partie. Tout ce que je vous demande, c'est de vous conduire de façon qu'il ne paroisse pas qu'elle ait été faite de concert avec vous : quand vous viendrez au jardin, faites semblant d'être étonné de nous y rencontrer; en un mot, que votre arrivée semble un effet du hasard. Je lui répondis qu'elle pouvoit compter que je ne gâterois rien. Nous prîmes ensuite toutes les mesures nécessaires pour rendre la fête agréable.

Nous y réussîmes : le repas fut d'un amant qui vouloit plaire, et les convives le reçurent sans s'apercevoir du motif qui l'avoit fait donner, ou du moins sans le témoigner. Nous nous divertîmes parfaitement bien. Comme la mère n'avoit point là sa harpe, nous nous contentâmes, sa fille et moi, de chanter tantôt ensemble et tantôt tour-à-tour, en nous lançant l'un à l'autre, à la dérobée, les plus douces œillades. Les siennes redoubloient mon amour, et les miennes le lui faisoient connoître. La nuit insensiblement nous surprit au jardin, et tandis que l'hôtesse, pour me favoriser, entretenoit la mère, je tenois des discours passionnés à la fille, qui ne les écoutoit pas sans plaisir. Il fallut enfin retourner à la ville. Je con-

duisis les dames jusque dans leur appartement, où, par grâce spéciale, on m'accorda encore une demi-heure d'entretien; après quoi je me retirai plus amoureux, à ce qu'il me sembloit, de ma nouvelle maîtresse, que de toutes ses devancières.

Je fis tenir le jour suivant à cette jeune personne, par mon hôtesse, un billet des plus tendres et des plus galants; mais on n'y fit point de réponse : on crut que l'avoir reçu à l'insu d'une mère, c'étoit une grande faveur pour moi. Je lui en écrivis un second, que je lui glissai dans la main le soir dans l'appartement de ces dames, qui furent encore régalées à mes dépens par l'hôtesse, et cette fois-là on me répondit, fort laconiquement à la vérité, car il n'y avoit que deux lignes, qui ne signifioient rien, et que je ne laissai pourtant pas de trouver très-spirituelles. C'est ainsi qu'on me tenoit la dragée un peu haute pour irriter mes désirs; ou, pour mieux dire, toute cette manœuvre étoit l'ouvrage de notre bonne hôtesse, qui, travaillant pour et contre dans cette intrigue, faisoit jouer des deux côtés à son profit les personnages qu'il lui plaisoit. Je vivois cependant de jour en jour plus familièrement avec ma belle voisine, et je ne sortois presque plus, tant j'étois retenu au logis par l'agrément de la voir presque toute la journée. La mère alloit souvent le matin solliciter, à ce qu'elle disoit, son procès; et lorsque cela arrivoit, mon officieuse confidente venoit m'en avertir, m'introduisoit sans façon chez la fille, que j'entretenois à sa toilette; et de peur que la facilité d'avoir de pareilles conversations ne m'y rendît moins sensible, elle les troubloit quelquefois en venant m'annoncer faussement que la mère revenoit.

Lorsque ma confidente jugea que j'étois fortement épris, elle me proposa d'épouser dona Helena de Melida; c'est ainsi que se nommoit la jeune personne que j'aimois. Cette proposition me tint en garde contre l'hôtesse, dont je pénétrai alors le système. Elle m'avoit si fort vanté les biens et la noblesse de cette dame, que je ne pouvois raisonnablement espérer qu'on voulût la sacrifier à un homme que l'on ne connoissoit point. Ma confidente me devint suspecte, et pour me débarrasser de ses importunités sur ce point, je lui dis franchement que j'avois pris ailleurs des engagements qui ne pouvoient être rompus. Sitôt que j'eus déclaré mes sentiments sur cet article, les dames changèrent de conduite à mon égard : elles avoient jusque là refusé tous les présents que l'hôtesse leur avoit offerts de ma part; elles se mirent sur un autre pied : elles résolurent de plumer l'oiseau, et eurent l'adresse de lui tirer de bonnes plumes de l'aile. Il est vrai qu'à mesure que je me montrois plus généreux, ma belle Hélène devenoit moins réservée; si bien qu'après quelques entretiens familiers que j'eus avec elle, ma passion se ralentit, et il n'y eut plus entre nous qu'un commerce de politesse et d'honnêteté.

Un nouvel incident acheva de me guérir. Un matin je vis sortir de l'église des Dominicains, où j'allois entendre la messe, une dame d'une taille majestueuse et très-richement habillée. Je la pris pour une personne de qualité; et comme elle passa près de moi, si je n'osai la saluer, en récompense je la regardai d'un air si respectueux que je m'attirai son attention. Elle parcourut des yeux toute ma personne; de quoi je me sentis fort honoré, en Espagne un regard qu'une femme fait tomber sur un homme étant une faveur. Je fus curieux d'apprendre qui elle étoit; je la suivis. Elle s'en aperçut, et continua son chemin d'un air toujours grave. Il y avoit derrière elle deux suivantes et un estafier, ce qui me confirmoit dans l'opinion que j'avois qu'elle ne pouvoit être qu'une dame de condition. Quand elle fut au milieu de la grande rue, elle s'arrêta devant une maison parfaitement belle, et y entra. Je ne doutai point qu'elle n'y fît sa demeure; et, après quelques informations, je découvris que c'étoit la fille du seigneur don Andrea, qui prenoit le don en qualité de banquier de la cour, et que cette jeune dame avoit la réputation d'être fort vertueuse.

Je fus occupé de cette rencontre tout le reste du jour, et je ne pus m'empêcher vers le soir d'aller passer et repasser devant les fenêtres du banquier. Je ne pris pas une peine inutile : je vis à loisir ce marchand, qui s'entretenoit avec sa fille sur un balcon; il me parut un homme de très-bonne mine. Pour la dame, je ne puis te dire, sans surfaire, que c'étoit une beauté achevée; elle avoit seulement un air agréable et des manières aisées, qui me prévenoient en faveur de son esprit. Si j'en avois été touché le matin, ce fut bien autre chose le soir. Je m'en retournai chez moi tout brûlant d'amour pour elle, et résolu de faire connoissance avec son père dès le lendemain; ce qui s'exécuta de la façon que je vais te le conter. Depuis mon arrivée à Madrid, j'avois eu soin de faire démonter et employer mes diamants d'une autre sorte qu'ils n'étoient, de peur que si, par hasard, mes parents s'avisoient d'en envoyer un état à leurs correspondants, je ne fusse arrêté. J'avois même risqué beaucoup en les montrant à l'ouvrier. Je portai pour dix à douze mille francs de pierreries au banquier, à qui je dis que j'en avois encore chez moi pour une somme plus considérable. Il les regarda de tous ses yeux, et les estima douze mille livres, qu'il s'offrit à me payer dans six mois, si je voulois les lui laisser trafiquer.

Comme je n'avois pas d'autre intention que d'entrer en commerce avec lui, j'acceptai son offre, et je refusai généreusement un billet qu'il se mit en devoir de me faire de la valeur des pierreries. Je lui dis que je savois trop bien quelle réputation il avoit dans le monde, pour lui demander d'autres sûretés que sa parole. Nous demeurâmes donc d'accord qu'il me compteroit dans trois mois six mille francs, et six mille autres trois mois après. Il fut si charmé de ma franchise et de ma générosité, qu'il m'accabla de compliments : il ne se lassoit point de me remercier de la confiance que je lui témoignois, ni de me faire des protestations de service. Il me fit voir toute sa maison, qui étoit richement meublée. J'y remarquai des équipages pour sa fille et pour lui, avec un grand nombre de domestiques. Tous ces objets me jetèrent de la poudre aux yeux, et je ne fis pas difficulté de croire que ce banquier devoit être un des plus opulents de toute l'Espagne. Si tout ce qui frappoit ma vue me confirmoit dans cette pensée, ses discours étoient encore plus capables de m'éblouir : à l'entendre, il faisoit tous les jours des affaires de deux ou trois millions; c'étoit l'homme dont la cour se servoit pour faire des remises considérables dans les pays étrangers; il avoit son entrée chez les ministres, auxquels il parloit quand il lui plaisoit; les plus grands seigneurs étoient de ses amis, et il n'y en avoit guère qui n'eussent besoin de lui.

Tous ces discours, qu'on appelle en France gasconnades, n'étoient pas néanmoins sans fondement. Il avoit autrefois été sur ce pied-là avec les gens de la cour; mais à force de leur avoir rendu service, il s'étoit si bien ruiné, qu'il ne se soutenoit plus que par son industrie, qui étoit telle, qu'il ne laissoit pas d'avoir encore quelque crédit. Mes diamants lui furent d'un grand secours; il s'en servit pour se tirer d'un embarras où il se trouvoit faute d'argent, et il gagna dessus la moitié, ayant saisi l'occasion de s'en défaire avantageusement au mariage d'une fille du duc de Medina Sidonia. Je fis donc un extrême plaisir à ce banquier, sans le savoir. Comme je ne pouvois alors juger de sa fortune que sur les apparences, je m'estimois trop heureux d'avoir lié connoissance avec lui. Je m'accusois même en secret d'avoir une ambition démesurée, et de former un dessein téméraire en élevant ma pensée jusqu'à sa fille unique, qui me paroissoit un parti digne d'un prince.

D'un autre côté, don Andrea ne pouvoit revenir de la surprise que mon procédé lui causoit. Cela fut cause qu'il chargea un homme de confiance de s'informer adroitement de mon hôtesse qui j'étois, et de quelle manière je vivois à Madrid. On ne lui fit de moi que des rapports très-avantageux; car, quoiqu'on ignorât ma naissance, on ne laissoit pas de me croire un enfant de qualité; et pour ma conduite, je ne donnois aucun sujet de penser que j'eusse de mauvaises mœurs. Sur les bons témoignages qu'on lui rendit de moi, il se mit en tête que j'étois l'homme que le ciel lui destinoit pour gendre. Il en parla à sa fille, qui lui dit que je l'avois suivie dans la rue depuis l'église des Dominicains jusqu'au logis; que je passois incessamment devant leurs fenêtres; en un mot, que toutes mes actions faisoient assez connoître que j'avois des vues sur elle. Le père avoit trop d'expérience pour n'en être pas aussi persuadé; il ne douta plus que la confiance que je lui avois marquée, en lui abandonnant mes pierreries sans billet, ne fût un effet de l'amour que j'avois pour sa fille. Ils s'en réjouirent tous deux, en conférèrent ensemble, et me croyant plus riche qu'un juif, ils résolurent de me ménager si bien, qu'il ne me fût pas possible de leur échapper.

Conformément à cette délibération, le banquier vint me rendre visite à l'hôtellerie. Je m'y étois bien attendu, et j'avois mis en étalage dans ma chambre tous mes bijoux, qui firent sur lui beaucoup d'impression. Il fut principalement frappé de ma chaîne d'or; il en admira le travail, et me dit que si j'étois dans le dessein de la vendre, il me feroit gagner dessus un tiers de ce qu'elle m'avoit coûté. Je le pris au mot, et je la lui lâchai comme j'avois fait de mes pierreries, je veux dire sans billet; il en fut transporté de joie : il me fit mille caresses ; et, me regardant déjà en beau-père, il me donna des conseils pour tirer un gros intérêt de l'argent comptant que je pouvois avoir. Peu de jours après il m'apporta la somme qu'il m'avoit promise pour ma chaîne, ce qui augmenta la confiance que j'avois en lui, et m'obligea de reconnoître ses peines par un présent convenable à une jeune dame, que j'envoyai à sa fille après qu'il me l'eut permis. Ce présent, n'ayant pas été mal reçu d'elle, me rendit assez hardi pour oser lui découvrir mes sentiments à l'usage du pays, c'est-à-dire par des mines, et il me sembla qu'elle ne les désapprouvoit point. A l'égard du père, avec qui je m'entretenois tous les jours, je ne lui parlois que de commerce; et cependant je me proposois de profiter de la première occasion favorable que j'aurois de lui déclarer ma passion.

Ces nouvelles amours refroidirent fort les domestiques. Mes voisines ne s'en aperçurent que trop tôt pour elles : les collations et les présents cessèrent. Je passois les journées hors du logis, et, quand j'y revenois le soir, je rentrois le plus souvent dans ma chambre pour m'y coucher, ou bien, lorsque je n'évitois pas la conversation de ces dames, j'avois avec elles des entretiens si froids, qu'elles comprirent aisément que j'avois secoué

leur joug. Hélène éprouvant que ses bontés, au lieu d'avoir irrité mon ardeur, n'avoient servi qu'à la ralentir, en pleura de dépit. Elle tint un grand conseil avec sa mère et l'hôtesse sur mon changement, qu'elles ne manquèrent pas d'attribuer à un engagement nouveau, et le résultat fut qu'elles mettroient à l'épreuve ma générosité, et que, si elles n'avoient pas lieu d'être contentes de moi, elles auroient recours à quelque artifice pour se venger de mon inconstance. Il se présenta bientôt une conjoncture propre à l'exécution de leur projet. Il vint demeurer dans mon hôtellerie deux jeunes seigneurs qui avoient de l'argent frais. Ils m'engagèrent à jouer avec eux, et je leur gagnai en trois séances deux cent cinquante pistoles; ce que les dames n'eurent pas plus tôt appris, qu'elles m'entraînèrent à la promenade, sans que je pusse m'en défendre. En revenant, nous passâmes devant la boutique d'un marchand d'étoffes d'or et de soie. Notre hôtesse, qui étoit avec nous, m'y voulut faire entrer malgré moi, et m'obliger à faire l'emplette d'un habit pour dona Helena, en me disant que j'avois assez gagné pour lui faire ce petit présent. Je laissai parler l'hôtesse tant qu'il lui plut, et, me moquant de ses instances, je trompai l'attente de ces dames, qui avoient compté qu'elles feroient à ma bourse une copieuse saignée, et cette action acheva de leur persuader que je n'étois plus dans leurs filets.

J'avois un meilleur usage à faire de mon argent. On venoit de bâtir dans le quartier une maison que j'avois vue plusieurs fois en passant, et qui m'avoit paru fort jolie; j'étois tenté de l'acheter. Je consultai sur cela don André, qui approuva cette acquisition. Il se mêla même de cette affaire, et fut cause que j'eus cette maison à bon marché. Elle ne me coûta que trois mille ducats, que je payai devant lui en espèces sonnantes, et d'un air aussi froid que si j'eusse eu cent mille écus dans mon coffre-fort. Tu peux bien t'imaginer que cela produisit un effet admirable chez mon futur beau-père qui étoit un homme fin. Il crut, pour le coup, avoir rencontré le gendre qu'il lui falloit, et ne songea plus qu'à me faire tomber finement dans la nasse. Je fis meubler ma maison assez proprement, et je me disposai à l'aller occuper. Le jour que j'y devois coucher, jugeant que je ne pouvois me dispenser honnêtement de dire adieu à mes voisines, je pris congé d'elles en leur faisant des compliments qu'elles reçurent avec beaucoup de civilité, et d'un air si gai que j'en fus surpris. Je m'adressai ensuite à l'hôtesse pour la remercier de toutes les attentions qu'elle avoit eues pour moi, et l'assurer que je m'en souviendrois jusqu'au dernier moment de ma vie. Elle répondit à mes politesses d'une manière flatteuse, et me pria le plus obligeamment du monde de lui permettre, en quittant sa maison, de me donner à dîner. Connoissant l'hôtesse pour une femme d'un assez mauvais caractère, et voulant me séparer d'elle à l'amiable, je n'osai lui refuser la satisfaction qu'elle me demandoit.

Je dînai donc avec mon hôtesse, qui me fit servir trois plats qu'elle savoit que j'aimois passionnément; mais elle m'en gardoit un autre qui n'étoit nullement de mon goût. Il me fut apporté par un alguazil de la cour et six archers, qui entrèrent dans la salle avec un décret de prise de corps contre moi. A cette apparition, qui me troubla extraordinairement, je ne doutai point que je ne fusse perdu. Tous mes parents s'offrirent à ma mémoire, et je m'attendois à chaque instant à voir paroître quelqu'un de leur part; car je ne croyois pas que d'autres personnes qu'eux pussent avoir à Madrid action contre moi. Je me levai de table sans savoir ce que je faisois : je voulus enfiler la porte, que je trouvai gardée par trois archers : je gagnai ensuite une fenêtre dans le dessein de me sauver par là; mais les trois autres archers m'en empêchèrent. L'alguazil, qui étoit un des plus raisonnables de ses confrères, remarquant le désordre où je me trouvois, s'approcha de moi en souriant, et me dit tout bas : Seigneur cavalier, rassurez-vous; il ne faut pas tant vous effrayer. L'affaire dont il s'agit n'est qu'une bagatelle : vous en sortirez avec honneur pour quelques pistoles. Tenez, ajouta-t-il en me donnant le décret, lisez; vous verrez que vous vous alarmez mal à propos. Ces paroles, qui me parurent d'un railleur qui, bien instruit de mes tours, se divertissoit à me faire prendre le change, ne diminuèrent pas ma crainte. Je m'assis d'un air tremblant, et parcourant des yeux ce papier, j'y lus le nom de dona Helena de Melida. Je respirai un peu, et m'adressant à l'alguazil : Que signifie ceci? lui dis-je. Quoi! c'est cette dame qui me fait arrêter? que lui ai-je donc fait? Elle prétend, me répondit-il en riant encore, que vous avez obtenu d'elle par la force ce que sa vertu refusoit à vos désirs.

Qu'entends-je! m'écriai-je avec une extrême surprise. Hélène seroit-elle assez effrontée pour soutenir que je suis coupable d'un pareil crime? Pourquoi non? repartit l'alguazil. Elle peut avoir ses raisons pour vous accuser de l'avoir commis : il est vrai qu'il faudra qu'elle le prouve, et qu'il vous sera permis de vous défendre. Ce qu'il y a de fâcheux pour vous, continua-t-il, c'est que le devoir de ma charge m'oblige à vous mener en prison. Alors devenu un peu plus tranquille, je lus le décret d'un bout à l'autre; et après avoir rêvé à ce que je devois faire, je me levai, je tirai à part l'alguazil : Monsieur l'officier, lui dis-je, vous me paroissez un très-honnête homme. Con-

sidérez, je vous prie, l'injuste persécution qu'on me fait. Je vous proteste que, bien loin d'avoir employé la violence pour parvenir au comble de mes vœux, la belle Hélène a fait plus de la moitié du chemin. Si vous saviez combien d'argent j'ai dépensé..... Je n'en doute pas, interrompit-il; je ne connois que trop cette nymphe et sa friponne de mère : elles demeurent depuis dix ans à Madrid, où elles ne font pas d'autre métier que celui d'attraper les jeunes étrangers. Vous êtes le troisième à qui elles font le tour dont vous vous plaignez; et, entre nous, je ne crois pas que vous puissiez vous tirer de leurs pattes qu'aux dépens de votre bourse. Je pense comme vous, repris-je, qu'il n'y a pas d'autre moyen de terminer promptement et sans bruit cette affaire. Je vous conjure, ajoutai-je en lui glissant secrètement dans la main une bague de douze à quinze pistoles, de vous mêler de cet accommodement. Il mit la bague à son doigt, et me répondit d'un ton d'alguazil qu'il alloit trouver ces dames, et que si elles refusoient de se désister de leur poursuite contre moi, il les menaceroit de son attention à leur conduite, ce qui ne manqueroit pas de les rendre raisonnables.

En achevant ces mots, il me laissa dans la salle avec ses archers, qui, faisant briller à mes yeux la pointe de leurs hallebardes, me tinrent en respect jusqu'à son retour. Si l'hôtesse, que je regardois avec raison comme l'auteur de cette fourberie, eût été présente, je me serois un peu soulagé en l'apostrophant dans les termes qui lui convenoient; mais pour éviter mes reproches elle avoit pris la fuite à la vue de ces limiers de justice. Je n'étois pas sans inquiétude en attendant le résultat de la conférence qui se tenoit dans l'appartement de mes parties : je n'étois pas assez assuré de la fidélité de mon procureur, pour le croire plus dans mes intérêts que dans ceux de ces créatures. Néanmoins, il agit rondement dans cette occasion. Il les obligea de se contenter de cent pistoles, dont il y en eut vingt pour lui. Je bénis le ciel d'en être quitte à si bon marché. Je sortis de l'hôtellerie pour n'y jamais rentrer, et je me retirai dans ma maison, fort satisfait de voir que cette aventure n'avoit pas fait le moindre bruit.

CHAPITRE III.

Guzman recherche la fille du banquier, et l'épouse. Suites de ce mariage.

Aussitôt que je fus débarrassé d'Hélène, de sa mère et de mon hôtesse, je m'abandonnai entièrement à mon nouvel amour. Je ne songeai plus qu'à devenir gendre de don André, qui, de son côté, craignant que je ne m'embarquasse dans quelque commerce de galanterie, avoit autant d'impatience de me donner sa fille que j'en avois de l'obtenir. J'allai dès le lendemain chez ce banquier, qui me retint à dîner. Sur la fin du repas, ma future parut comme par hasard. Je me levai d'abord pour la saluer et lui témoigner la surprise agréable que son arrivée me causoit. Elle répondit d'un air modeste à mon compliment, et voulut en même temps se retirer. Son père l'arrêta : Eugénie, lui dit-il, demeurez avec nous : ce convive est de mes amis, et je suis bien aise de vous le faire connoître en vous permettant de vous entretenir avec lui. Je ne manquai pas de le remercier d'une si grande faveur, dont je parus charmé, et à laquelle dans le fond j'étois encore plus sensible que je ne le paroissois.

J'entrai donc en conversation avec Eugénie ; et pour comble de joie, don André, sous prétexte d'avoir quelques lettres à lire, se retira dans un coin de la salle où nous étions, pour nous laisser un peu plus libres. S'il en usa de cette sorte pour me faciliter un doux entretien, il ne favorisa pas un sot ; car je profitai de l'occasion, ne croyant pas en trouver jamais une meilleure pour me déclarer. Je mis en œuvre tout mon génie, qui me servit assez bien, et la dame m'enchanta par la délicatesse de son esprit. Pendant ce temps-là, le père, faisant fort l'occupé, me demandoit quelquefois pardon de me tenir si mauvaise compagnie. Je lui rendois alors compliment pour compliment ; et, allant toujours mon train, j'en contois à sa fille d'une voix basse, comme si j'eusse craint de le distraire de sa lecture. Il y avoit déjà près de trois heures que cela duroit, quand le banquier, jugeant à propos de finir notre conversation, vint nous joindre, et Eugénie, après m'avoir fait la révérence, disparut.

J'étois si plein d'estime, ou plutôt si amoureux de cette dame, que je me répandis en louanges sur son compte ; et, parlant de l'abondance du cœur, je dis à don André qu'on ne pouvoit être plus touché que je l'étois du mérite de sa fille. Ce vieux renard m'écouta fort attentivement ; ensuite, pour m'exciter à m'expliquer plus clairement, il me tint de longs discours sur la nécessité où les gens de mon âge étoient de se marier pour éviter les écueils qu'ils avoient à craindre, et sur l'importance de bien choisir une femme, puisque c'étoit elle ordinairement qui faisoit le bonheur ou le malheur de son époux. De là passant aux sentiments favorables qu'il avoit conçus pour moi, il me dit que j'avois gagné son cœur par mes manières honnêtes, et par la confiance que j'avois eue en lui, et que je pouvois compter qu'il n'y avoit rien au monde qu'il ne fût capable de faire pour me le persuader. Je ne demeurai pas court à des paroles si propres à m'obliger de rompre le silence ;

je lui découvris le fond de mon âme, et lui dis qu'il pouvoit me rendre le plus heureux des hommes en m'accordant Eugénie ; il rêva, ou fit semblant de rêver pendant quelques moments, pour me faire croire que je mettois son amitié à une grande épreuve. Nous ne nous séparâmes pourtant pas sans que je susse à quoi m'en tenir. Il m'embrassa tendrement quand je le quittai, et me dit qu'il avoit eu certaines vues pour établir avantageusement sa fille ; mais qu'il me les sacrifioit, pour me marquer jusqu'à quel point il m'avoit pris en affection. A ces mots je saisis une de ses mains, et je la baisai avec un transport qui lui témoigna, mieux que tout ce que j'aurois pu lui dire, la reconnoissance dont j'étois pénétré.

Depuis cet entretien le banquier ne m'appela plus que son fils. Il se mêla de toutes mes affaires, m'avança, pour achever de meubler ma maison, les premiers six mille francs qu'il s'étoit engagé à me payer dans trois mois, et me fit avoir à bon marché quelques meubles magnifiques, qu'une personne qui avoit besoin d'argent se trouva dans la nécessité de vendre. Enfin je mangeois tous les jours avec mon beau-père futur ; je voyois sa fille en toute liberté ; je jouissois de tous les priviléges de gendre, si vous en exceptez celui que la seule qualité d'époux me pouvoit donner. Une chose me surprenoit : c'est que dans les conversations que j'avois eues jusque là avec don André, il ne m'avoit point du tout parlé de dot. Je voulus le sonder sur cela, et voici ce qu'il me dit : Ne vous attendez pas à recevoir beaucoup d'argent le jour de votre mariage : vous ne toucherez que dix mille francs ; mais vous pouvez faire fond sur cinquante mille après ma mort. Cette dot me sembla bien mince pour la fille d'un homme que je croyois bien riche ; néanmoins, faisant réflexion que les marchands n'aimoient point à se dessaisir de leurs espèces, je m'en contentai.

Je pressai don André de ne pas me laisser languir plus long-temps dans l'attente d'être réellement son gendre ; il se rendit à mon impatience, et les noces furent célébrées avec éclat. Mon beau-père me compta les dix mille francs qu'il m'avoit promis, et qui furent bientôt employés. Je fis présent à mon épouse des pierreries que j'avois de reste ; je lui donnai des habits de la dernière magnificence, et je l'emmenai dans ma maison, où nous fîmes des réjouissances pendant quinze jours. Je pris des femmes et des valets pour la servir ; en un mot, je me mis en état de me ruiner en fort peu de temps, si je ne trouvois moyen par mon industrie de gagner autant que je dépenserois. Le banquier, à la vérité, me faisoit espérer des monts d'or, pour peu que la fortune secondât les projets qu'il formoit : c'étoit un homme à grands desseins, et son gendre étoit aussi de ce caractère-là. Nous ne nous proposions pas moins que de mettre en mouvement la cour et la ville, et de faire toutes les affaires du royaume. Malheureusement, pour y réussir, nous comptions, lui sur ma bourse, et moi sur la sienne; ce qui n'étoit que pure illusion, comme nous nous en aperçûmes dès que nous fûmes obligés de nous communiquer l'un à l'autre l'état de nos fonds. Nous nous désabusâmes tous deux sans en venir aux reproches, puisque nous n'avions rien à nous reprocher; au contraire, la mutuelle confidence que nous nous fîmes rendit notre union encore plus étroite; et nous connoissant pour ce que nous étions, nous nous promîmes, à l'exemple des voleurs, de nous être fidèles.

Notre société fit d'abord un très-grand bruit, par le soin que don André prenoit de dire, d'un air mystérieux à tout le monde, qu'il avoit choisi pour gendre un homme qui avoit des richesses immenses. Cela se répandit partout, et nous attira de la pratique. On venoit à nous préférablement à tous les autres banquiers; et nous aurions, par notre seul crédit, augmenté de jour en jour la bonne opinion que l'on avoit de nos biens; si nous nous fussions bornés à vivre avec les marchands, nous aurions infailliblement fait une grosse fortune; mais le foible étonnant que mon beau-père avoit pour les personnes de qualité nous empêchoit de nous enrichir : ce qu'il venoit de recevoir d'une main, il le donnoit de l'autre. Il étoit si entêté d'un comte, d'un marquis, d'un chevalier de Saint-Jacques, qu'il ne pouvoit rien leur refuser, lorsqu'ils s'adressoient à lui pour le prier de leur prêter de l'argent, pour peu qu'ils lui fissent d'honnêtetés; ce qu'ils ne manquoient pas alors de lui prodiguer. Qu'un ministre en passant l'eût regardé d'un air gracieux, il lui faisoit dès le lendemain des présents aussi considérables qu'inutiles. Il vouloit toujours suivre les chimères que son esprit enfantoit; et lorsqu'il m'arrivoit de lui en représenter l'extravagance, il se mettoit à rire, se moquoit de moi, comme si je n'eusse pas eu le sens commun, et me traitoit d'homme neuf en matière d'affaires du grand monde.

Cependant, avec toute son expérience, il dissipoit tout ce que nous avions de plus liquide, et nous étions réduits à nous servir de toutes sortes de moyens pour nous faire de nouveaux fonds. Que ne mettions-nous point en œuvre pour cela! Nous nous mêlions d'acheter et de vendre, nous troquions, nous prêtions à gros intérêts : il n'y avoit aucun commerce que nous ne fissions. Outre ce que je savois déjà, mon industrie, que je raffinois tous les jours en l'exerçant, me fournissoit de nouvelles idées pour le bien de la société.

J'avouerai pourtant qu'avec tout cela je n'étois qu'un ignorant en comparaison du beau-père. Les profits que nous faisions auroient suffi pour nous entretenir agréablement, pour peu que nous eussions été capables d'user d'économie; et nous n'aurions pas été obligés de faire de méchantes affaires, qu'avec toute notre adresse nous avions quelquefois assez de peine à cacher : mais nos dépenses domestiques étoient excessives. Si don André aimoit le luxe et la bonne chère, sa fille le surpassoit encore en cela : elle ne trouvoit rien de trop riche et de trop beau pour elle. Nous avions une table de seigneur, une fois plus de domestiques qu'il ne nous convenoit d'en avoir, et notre maison ne désemplissoit point de parentes et d'amies qu'il falloit régaler à grands frais.

Ce train de vie ne flattoit pas moins mon humeur que celle de ma femme, et je m'en accommodai à merveille, tant que l'état de nos affaires fut florissant. Je ne m'en lassai que deux ou trois années après notre mariage, et lorsque je m'aperçus que notre fortune commençoit à prendre une nouvelle et vilaine face, tant par notre mauvaise conduite, que par quelques coups de malheur qu'il nous fallut essuyer. Frappé du péril de nous voir bientôt à sec, je voulus, d'un air de douceur, représenter ma crainte à Eugénie : Dieu sait de quelle façon elle me reçut, et comme elle me traita! Je m'en plaignis à don André, qui lui fit des reproches; toute sa famille même m'appuya. Cependant mes plus douces paroles, les remontrances de son père, et les prières de ses parents ne servirent qu'à l'aigrir davantage contre moi. En un mot, elle me déclara qu'elle ne prétendoit point que l'on fît la moindre réforme dans notre maison. Après cet arrêt, que le caractère de ma femme rendoit définitif, je pris sagement le parti de ne plus la contredire, et de m'armer d'une nouvelle patience.

Je ne laissois pas pourtant de voir avec une extrême douleur fondre ainsi mon argent d'Italie, et s'en aller au bruit du tambour ce qui m'étoit venu au son de la flûte. Je ne pouvois penser aux suites de mon mariage sans soupirer amèrement de regret d'avoir été assez insensé pour me marier. Quelquefois, pour m'excuser d'avoir fait cette sottise, je me rappelois la figure brillante que faisoit don André lorsque je devins son gendre, et je me disois à moi-même : Qui se seroit jamais imaginé que tu trouverois ta ruine dans un établissement qui sembloit te répondre de la plus solide fortune? Quand je remarquai qu'il n'y avoit plus d'espérance de me soutenir encore long-temps sur le même pied où j'étois, je m'adressai au beau-père pour lui demander conseil dans une conjoncture si délicate.

37.

C'est dans cette occasion qu'il me fit voir qu'il étoit consommé dans toutes sortes de rubriques. Il s'agit ici, me dit-il, de faire ce que j'ai fait moi-même en pareil cas; il s'agit de sauver le bien qui vous reste aux dépens de celui du prochain. Alors, sans perdre de temps, il composa des contre-lettres, des transports, de faux contrats, et je ne sais combien d'autres actes semblables, tous également dignes d'une récompense publique, si l'on rendoit justice aux honnêtes gens qui en font usage. Il n'en demeura pas à ces prudentes précautions : pour remettre en vigueur mon crédit, qui lui étoit nécessaire, il me fit acheter une rente de cinq cents ducats que son frère possédoit : quand je dis acheter, je veux dire en apparence; car nous n'avions pas, le beau-père et moi, à nous deux, la somme d'argent que nous devions montrer au notaire, afin qu'il pût témoigner que la rente avoit été payée. Il ne nous en coûta que cinquante écus d'intérêt pour avoir cette somme, que nous empruntâmes pour un jour seulement, et cette vente se fit par ce moyen : bien entendu qu'en même temps je remis au vendeur un écrit, par lequel je déclarois formellement que ladite rente desdits cinq cents ducats ne m'appartenoit point, et qu'elle étoit réellement à lui, à qui j'en abandonnois la jouissance, comme une chose à laquelle je n'avois aucune prétention. J'étois très-content de ces tours de passe-passe, parce qu'ils m'étoient avantageux. De plus, je savois qu'on les faisoit sans scrupule dans toutes les villes marchandes, et les contre-lettres surtout me paroissoient une belle invention pour le commerce.

Grâce à mon beau-père, je me vis donc assuré de quelque chose, en cas que la fortune me devînt tout-à-fait contraire; et pouvant négocier de nouvel argent sur ces cinq cents ducats de rente, je continuai mon train ordinaire. Malheureusement il n'étoit pas possible que ce fût pour long-temps. Les gens qu'on trompe se désabusent; et d'ailleurs ma femme, dépensant toujours plus que je ne gagnois, me réduisit enfin à la cruelle nécessité de succomber sous le poids dont j'étois chargé. Don André fut encore assez heureux pour se tirer d'intrigue. Pour moi, je ne pus éviter les griffes d'un maudit alguazil, qui m'arrêta de la part de mes créanciers, et me conduisit en prison; mais ils furent bien sots, lorsque, s'apprêtant à se saisir de mes effets, ils apprirent qu'ils étoient à couvert. J'eus pourtant la conscience assez bonne pour ne vouloir pas qu'ils perdissent tout; je leur donnai la dixième partie de leur dû, et je m'engageai à leur payer le reste dans dix ans. C'est ainsi que je me tirai de leurs mains.

L'orgueilleuse Eugénie conçut un si grand déplaisir de mon emprisonnement et de ma banqueroute, dont elle s'imaginoit que toute la honte ne tomboit que sur elle, qu'il n'y eut pas moyen de la consoler. Elle en mourut de chagrin; et comme elle ne laissa point d'enfants, je me trouvai dans l'obligation de rendre sa dot; ce qui, dans l'état où j'étois, ne pouvoit que m'incommoder, ou plutôt achever de m'abîmer. Aussi, pour dire la vérité, les larmes que sa mort me fit répandre ne furent pas l'effet du regret d'avoir perdu ma femme, je ne pleurois que l'argent qu'elle m'avoit dépensé follement, et celui que j'avois à remettre au beau-père. Je ne manquai pas toutefois de faire le bon mari par bienséance, et j'ordonnai des funérailles si superbes, que mes créanciers en murmurèrent. Étant devenu veuf, je ne cessai pas de vivre en bonne intelligence avec don André. Véritablement notre société se rompit, et je rendis à ce banquier ses dix mille francs, sans avoir avec lui la moindre dispute. Outre que je n'aurois pas gagné à le chicaner, c'étoit un homme qui étoit le maître de mes affaires, et dont j'avois encore besoin. Je fis donc fort docilement tout ce qu'il exigea de moi, et il me sut si bon gré de la conduite que j'avois tenue avec lui, qu'il en usa de son côté parfaitement bien avec moi.

CHAPITRE IV.

Guzman, après la mort de sa femme, veut embrasser l'état ecclésiastique. Il va pour cet effet étudier à Alcala de Henarès. Fruit de ses études.

Après avoir rendu les derniers devoirs à ma femme et sa dot à son père, je demeurai dans ma maison, seul reste de tous mes biens. Encore étoit-elle toute nue, à la réserve d'une chambre que don André, par compassion, avoit bien voulu me laisser garnie de quelques meubles de peu de valeur. Là je m'occupois à faire des réflexions sur le passé, et à rêver aux moyens de subsister à l'avenir.

Que faut-il que je fasse? disois-je en moi-même. Il n'y a plus pour moi d'apothicaires, plus de banquiers comme celui de Milan, plus de parents qui veuillent me confier leurs pierreries. Que vais-je devenir? Où êtes-vous, Sayavedra, mon cher confident? Que ne pouvez-vous être témoin de mes peines! vos conseils et votre adresse me seroient ici d'un grand secours. Je pourrois former avec vous quelque entreprise qui me feroit sortir de misère. Mais, hélas! je vous ai perdu. Je ne dois plus compter sur votre assistance, et peut-être en ce moment vous repentez-vous bien de me l'avoir prêtée.

Je m'attendris en m'occupant de cette dernière pensée. Je rentrai en moi-même; et me sentant dégoûté du monde, je résolus de le quitter. Il faut, disois-je, que je me tourne du côté de l'Église. Je pourrai trouver dans cet asile le solide bonheur que j'ai jusqu'ici cherché vainement. Que de fripons ont fait fortune en prenant ce parti! Je veux essayer s'il ne me sera pas aussi favorable qu'à eux. Pourquoi non? Je puis devenir un bon prédicateur; et la chaire est le chemin des évêchés. Au pis aller, avec le peu d'argent que je retirerai de la vente de ma maison, je pourrai acheter quelque bénéfice de hasard; et si je suis assez malheureux pour ne rencontrer aucun bénéficier qui veuille permuter avec moi, je ferai travailler, comme on dit, mes espèces; et si l'intérêt qui m'en reviendra ne me suffit point pour mener une vie tout agréable, j'y saurai bien suppléer en me faisant chapelain dans quelque riche couvent de religieuses. Quoique je sache plus de latin qu'il n'en faut pour remplir une pareille place, je ne laisserai pas d'aller à Alcala faire un cours de philosophie et un autre de théologie, pour m'en rendre plus digne; et si la condition d'écolier me paroît trop pénible pour un homme de mon âge, j'aurai recours aux bons pères de Saint-François. Ce sont les meilleures gens du monde. Quand ils m'auront entendu chanter, ils me recevront chez eux, quand je ne saurois pas lire.

Tu vois, lecteur, mon ami, que les gens d'esprit ne manquent jamais de ressources. La belle ressource! me répondras-tu. Embrasser l'état ecclésiastique, dans la seule vue de s'y procurer toutes les délectations terrestres; c'est n'avoir pas une vocation fort canonique. D'accord. Je ne prétends pas tenir tête aux casuistes sur ce point. J'avoue que je consultois moins les canons que l'usage, et que je ne songeois à me faire prêtre que pour avoir le reste de ma vie toutes mes petites commodités. Je communiquai mon dessein à mon beau-père, en voulant lui persuader que c'étoit l'ouvrage de mille réflexions morales que j'avois faites sur l'instabilité des choses d'ici-bas, ou plutôt que c'étoit le ciel qui me l'avoit inspiré. Comme ce banquier ne valoit guère mieux que moi, il applaudit à ma résolution, qu'il ne pouvoit assez louer, disoit-il, quand je ne l'aurois prise que pour me mettre à l'abri de mes créanciers.

Je ne pensai plus qu'à vendre ma maison; ce qui fut bientôt fait. Il se présenta un homme qui m'en donna presque autant qu'elle m'avoit coûté, attendu que le quartier étoit devenu plus considérable par la grande quantité de maisons qu'on y avoit bâties depuis la mienne. Nous allâmes chez un notaire qui dressa le contrat, et qui

nous dit qu'il falloit, avant que de le signer, nous accommoder avec le seigneur censier pour les lods et ventes. Ce seigneur étoit un vieux conseiller du conseil des Indes, et de plus, grand usurier. Bien loin de rabattre un maravédis seulement de ses droits, il les fit monter trois fois plus haut qu'il ne devoit. Nous eûmes beau lui représenter qu'il avoit affaire à des chrétiens comme lui et non à des Maures, l'acquéreur fut obligé d'en passer par là, parce qu'il vouloit absolument avoir ma maison.

Aussitôt que je la lui eus vendue, je portai l'argent qui m'en revint à la banque. Il ne pouvoit me rapporter que très-peu de chose; mais, outre qu'il étoit en sûreté, j'avois le droit de le retirer quand il me plairoit. Après avoir ainsi placé mes deniers, je fis travailler à mon habillement d'écolier aspirant aux ordres sacrés, lequel consistoit en un manteau long et une soutane; ensuite ayant dit adieu à don André et à mes meilleurs amis, je partis pour la ville d'Alcala, où j'arrivai quelques jours avant l'ouverture des écoles. Je fus d'abord irrésolu sur mon logement : je ne savois si je devois me mettre en pension, ou bien louer un appartement où je ferois mon ordinaire. J'étois accoutumé à jouir d'une entière liberté chez moi, à vivre à ma fantaisie, à manger ce qu'il me plaisoit d'avoir, sans m'assujettir à des heures réglées, comme il faudroit que je le fisse chez un maître de pension, où je dînerois et souperois avec des écoliers, dont la plupart pourroient être mes enfants, et où l'on me feroit mourir de faim pour mon argent. D'un autre côté, lorsque je venois à considérer ce que c'étoit qu'un ménage de garçon; que j'y envisageois une servante voleuse ou galante, ou adonnée au vin, et souvent à ces trois choses ensemble, sans parler des autres incommodités qui sont attachées à la vie libre d'un jeune homme qui est son maître, il me sembloit que je ferois mieux de me mettre dans une pension. C'est à quoi je me déterminai; mais je choisis celle que je jugeai la plus convenable à un garçon de mon âge, et qui vouloit se consacrer à l'église.

Je ne fus pas long-temps sans faire des connoissances. J'eus le bonheur de rencontrer des étudiants aussi vieux que moi. Je me faufilai avec eux; car j'aurois eu honte de me voir lié avec des écoliers sans barbe. Je commençai par m'appliquer à l'étude de la philosophie, et j'ose dire que j'y fis d'assez grands progrès : il est vrai que je joignis à d'heureuses dispositions un travail opiniâtre. Je passai au bout de deux années pour un des meilleurs sujets de notre université. Après avoir fait mon cours de philosophie, je pris mes licences de maître-ès-arts. Quoique j'eusse mérité la première place, je n'obtins que la seconde. On me fit cette injustice en faveur du fils d'un de nos plus respectables professeurs. Je ne m'en plaignis point : au contraire, j'étois plus fier d'entendre dire à tout le monde qu'on m'avoit fait un passe-droit, que je ne l'aurois été si l'on m'eût rendu justice. Je m'attachai ensuite à la théologie; et continuant d'étudier avec la même ardeur, je parvins à me faire un jeu de mes études. Je sentois que de jour en jour je devenois plus savant, ou du moins je me l'imaginois.

Quoique je me fisse un point d'honneur de ne pas manquer une leçon, et que je fusse fort occupé de mes devoirs scolastiques, je ne laissois pas d'avoir des moments à donner à mes plaisirs. Comme j'étois depuis long-temps accoutumé à la bonne chère, et que j'en faisois une très-mauvaise dans ma pension, je me réjouissois deux ou trois fois la semaine avec mon hôte et quelques amis que je régalois; et par tous ces petits repas je m'acquis la réputation d'homme riche et généreux. Ce qui doit te paroître un miracle, c'est que, pendant trois ou quatre années que je vécus de cette sorte, je n'eus aucun commerce avec les femmes, même les plus honnêtes. Je ne m'informois pas s'il y en avoit d'aimables dans la ville : j'évitois toutes les occasions d'en connoître; je m'interdisois jusqu'à la curiosité de les regarder. Je n'avois pas tort de me tenir ainsi en garde contre mon penchant pour le beau sexe; je savois par expérience combien il étoit redoutable pour moi. J'eus donc la force, pendant presque tout le cours de mes études, de m'éloigner de cet écueil : heureux si je les eusse achevées sans y aller échouer.

J'étois sur le point de me faire passer bachelier en théologie; et comme il falloit auparavant prendre les ordres sacrés, qui ne se donnoient qu'à des personnes qui possédoient quelques chapelles ou autres titres, cela me jeta dans un grand embarras; car depuis que j'étudiois à l'université d'Alcala, j'avois mangé plus de la moitié de mon fonds; si bien que ne sachant comment faire pour me tirer de là, je fus obligé d'avoir recours au père des expédients, c'est-à-dire à don André. J'avois eu soin d'entretenir toujours avec lui un commerce de lettres. Je lui avois exactement rendu compte de mes succès dans les écoles, et il m'en avoit témoigné beaucoup de joie. Je lui mandai donc quel obstacle s'opposoit à mon dessein, le priant de m'enseigner le moyen de le lever. Il me fit réponse qu'il ne demandoit pas mieux que de m'obliger; qu'il me feroit un don de l'héritage de ma femme en forme de fondation; et que dans l'acte il seroit stipulé que je

dirois chaque jour de l'année une messe pour le repos de l'âme de la défunte; mais qu'en même temps je déclarerois par un écrit particulier que ce bien n'étoit pas à moi, et que je le remettrois à don André quand il le jugeroit à propos. Une pareille contre-lettre faite pour une œuvre pie, bien loin de me sembler contrevenir aux décrets des saints conciles, ne souleva pas un moment contre elle ma conscience. Je conviens que je n'étois pas un homme à y regarder de si près, non plus que mon beau-père, qui n'avoit peut-être fait de sa vie aucune affaire qui blessât moins que celle-là les canons de l'Église. Quoi qu'il en soit, ne pouvant faire autrement, voilà par quelle porte je me disposai tout de bon à entrer dans le sanctuaire des ministres de la religion.

En attendant que je pusse recevoir les ordres, je commençai à m'écarter de toutes les compagnies, et, pour vivre plus régulièrement, à fréquenter les lieux saints. Un jour qu'il faisoit un très-beau temps pour la promenade, je sortis de la ville pour aller en pélerinage à Sainte-Marie-du-Val, agréable ermitage qui n'en est éloigné que d'un quart de lieue. Je rencontrai en chemin un grand concours de monde, qui avoit entrepris comme moi ce petit voyage par dévotion, et la chapelle de la sainte en étoit si remplie, qu'en y arrivant je ne sus où me placer pour faire ma prière. Une dame, qui n'étoit qu'à deux ou trois pas de moi, remarquant ma peine, se retira promptement en arrière, comme pour m'inviter par cette action à me mettre auprès d'elle. Je fus surpris et touché de cette honnêteté d'une femme qui m'étoit inconnue, et à qui je croyois l'être. Malgré la gravité que j'affectois, je ne pus me défendre d'attacher ma vue sur une personne si polie, et je ne doutai point, à voir la propreté de ses habits, que ce ne fût une dame hors du commun.

Elle me cachoit avec soin son visage, ne me laissant apercevoir qu'un œil, qui me lança une œillade dont je fus percé jusqu'au fond du cœur. Je me glissai tout ému derrière la belle, et, voulant lui témoigner ma reconnoissance par quelques paroles obligeantes, je lui dis tout bas : Que vos politesses sont dangereuses! Je crois que vous ne les craignez guère, me répondit-elle sur le même ton. Je n'osai lui répliquer, de peur d'être entendu de quelques femmes qui étoient autour d'elle, et qui me paroissoient être de sa compagnie. Je les regardai toutes; et m'étant surtout appliqué à en considérer une qui se cachoit moins que les autres, je la reconnus pour la veuve du docteur Gracia, professeur en médecine, femme déjà surannée, et qui tenoit pensionnaires. Je savois qu'elle avoit trois filles, qu'on appeloit par excellence les trois Grâces, à cause du nom de leur père, et qui véritablement passoient pour des personnes charmantes. Je ne doutai point que la dame à qui je venois de parler ne fût une de ces trois illustres sœurs; et comme la renommée vantoit particulièrement la beauté de l'aînée, aussi bien que son bon esprit, je souhaitai que ce fût celle-là : souhait que je ne pus former sans craindre en même temps pour mon cœur. Il faut tout dire : avec la réputation d'être fort jolies, elles avoient celle de n'être pas des vestales; ce qui ne me surprenoit point, le docteur Gracia ayant laissé ses affaires dans un état qui avoit obligé sa veuve à prendre des pensionnaires pour soutenir sa maison. Si la médisance ne respecte pas les filles élevées avec sévérité, comment pouvoit-elle épargner les trois Grâces, qui étoient sans cesse environnées de galants? Elles avoient appris la musique, et leur père, homme de plaisir, s'étoit plus attaché à les rendre propres à la société qu'à les former à la vertu.

J'étois parfaitement instruit de tout cela, comme de leur côté elles n'ignoroient pas qui j'étois. On leur avoit dit que je savois la musique à fond; que l'argent ne me manquoit point, et que j'avois un penchant naturel à le dépenser. Ces bonnes qualités, qu'elles aimoient fort dans un homme, leur donnèrent envie de me connoître, et de m'engager à grossir le nombre de leurs pensionnaires. Elles m'en avoient adroitement fait faire la proposition, que j'avois rejetée, de peur de m'embarquer dans une nouvelle galanterie. J'avois même bien fait serment d'éviter tous les piéges que l'amour me tendroit, et je ne croyois pas que, dans le lieu saint où je me trouvois, je violerois mon serment. Néanmoins je sentis certaine agitation, qui ressembloit si fort aux premiers mouvements d'une passion naissante, que j'en fus alarmé. Guzman, me dis-je à moi-même, prends garde de faire ici une folie. Quel Dieu viens-tu adorer dans cette église? Ne laisse pas surprendre ton cœur. Veux-tu perdre le fruit de tant d'années d'étude?

Dans le temps que ma raison se révoltoit ainsi contre ma foiblesse, les dames ayant fini leurs prières se levèrent pour sortir. Elles étoient au nombre de sept à huit personnes, toutes de la même compagnie. Elles passèrent devant moi. Je me levai aussitôt pour les saluer. Celle qui m'occupoit l'esprit, et qui étoit effectivement l'aînée des trois sœurs, sous prétexte de rajuster sa mante, me fit voir adroitement son visage. J'en fus frappé vivement, et les regards dangereux qu'elle jeta en même temps sur moi achevèrent de me troubler. Peu s'en fallut, dans le désordre où étoient

mes esprits, que je ne la suivisse, entraîné par je ne sais quel charme qu'on ne peut concevoir si on ne l'a éprouvé. Cependant un mouvement, qui ne pouvoit venir que du ciel, me retint tout-à-coup, et me donna la force de résister à un attrait si puissant. Je me représentai dans le moment le péril que je courois, et considérai l'abîme où j'allois me précipiter. Je me remis à genoux pour continuer ma prière, ou plutôt pour la commencer; car j'avois été jusqu'alors si distrait, si ému, qu'il ne m'avoit pas été possible de m'en bien acquitter. Je ne pus même détourner mon esprit de l'image enchanteresse qui l'occupoit; et plus agité qu'un vaisseau qui se trouve sans voiles et sans gouvernail au milieu de la mer, je cédois aux divers mouvements qui s'élevoient dans mon cœur.

L'inquiétude qui me travailloit ne me permettant plus de demeurer dans la chapelle, j'en sortis, non pour marcher sur les traces de la beauté qui avoit fait tant d'impression sur moi, au contraire, je voulois la fuir; et craignant de la rencontrer sur le chemin de la ville, je pris une autre route. Je tournai mes pas du côté de la rivière, dans l'espérance qu'en me promenant le long de ses bords, je perdrois insensiblement le souvenir de cette redoutable personne, dont toute ma philosophie ne pouvoit me détacher. Peut-être serois-je redevenu tranquille à force de réflexions, si mon étoile ne m'eût conduit à ma perte. Une voix que j'entendis à dix ou douze pas de moi me fit tourner la tête du côté qu'elle partoit, et la première chose qui s'offrit à ma vue fut dona Maria Gracia, cette même dame dont j'évitois les charmes avec tant de soin. C'étoit elle qui chantoit, assise sur l'herbe fleurie, tandis que ses sœurs et les autres dames de sa compagnie étendoient auprès d'elle une magnifique collation.

A ce spectacle, je ne fus plus maître de moi, je m'avançai vers elles en les saluant. Convenez, mesdames, leur dis-je, que le destin m'est bien favorable aujourd'hui, puisqu'il veut que je vous rencontre partout; mais, pour être parfaitement heureux, il faudroit que je fusse de votre écot.

Dona Maria me répondit en souriant qu'il ne tiendroit qu'à moi d'en être; qu'aussi bien il étoit juste que tant de bergères eussent du moins un berger pour les défendre des loups. Cette réponse me ravit et m'engagea dans la conversation. Je m'approchai des dames, j'ôtai mon manteau pour être plus à mon aise; et m'étant mis de la partie, je m'abandonnai à toute la gaieté de mon humeur. Animé de la présence de la personne qui me charmoit, je brillai dans cet entretien. La mère et les filles me firent, comme à l'envi, des honnêtetés. Il me sembloit n'avoir jamais passé des moments si agréables. Je me repentois de ne m'être pas plus tôt faufilé avec une famille si charmante, et d'en avoir fui les occasions. Les autres dames étoient aussi fort gracieuses, de sorte que ce qu'il y avoit de plus aimable à Alcala se trouvoit là rassemblé; et c'est ce que je leur dis plus d'une fois. Elles m'en surent bon gré; et, pour me montrer que je leur rendois justice, elles se disposèrent, après avoir fait collation, à former un concert. Deux dames prirent des guitares qu'elles avoient fait apporter, et dona Maria, avec quelques autres qui avoient de la voix, les accompagna. Une guitare me fut ensuite présentée, et l'on me pria de jouer quelques airs à danser; ce que je fis avec moins de plaisir que je n'en eus à voir les danses légères de ces dames, qui paroissoient à mes yeux dans cette prairie autant de nymphes de Diane.

L'aînée des trois sœurs étoit la danseuse qui avoit le plus de part à mes regards. Elle avoit un air de noblesse et des grâces qui la distinguoient de ses compagnes. Tu ne seras pas étonné qu'un homme, qui prenoit feu aussi facilement que moi, ne pût résister à ces belles qualités. Je devins si amoureux de dona Maria, que je ne voyois plus qu'elle. Lorsqu'elle eut cessé de danser, je m'assis à ses pieds, et, lui présentant la guitare que j'avois entre les mains, je la conjurai d'en jouer elle-même, et de chanter en même temps; ce qu'elle ne refusa point de faire, à condition que je l'accompagnerois aussi. Elle avoit ouï parler de ma voix, et elle mouroit d'envie de l'entendre. Comme je n'en avois pas moins de la satisfaire, je fis aussitôt retentir la prairie de cette voix touchante que je ne faisois jamais éclater sans m'attirer des applaudissements. Toute la compagnie en fut si contente, qu'elle ne pouvoit se lasser de me le témoigner.

Nous continuâmes à nous divertir de cette manière jusqu'à la nuit. Alors la veuve du docteur Gracia fit sonner la retraite, et nous commençâmes à défiler tous vers la ville, de façon que dona Maria et moi nous marchions les derniers, comme si, déjà d'intelligence tous deux, nous eussions affecté de demeurer derrière pour nous entretenir en particulier. Il est inutile de dire que notre conversation roula sur l'amour : nous étions l'un et l'autre trop en train de nous agacer, pour nous parler d'autre chose que de tendresse. Nous nous fîmes une déclaration réciproque de nos sentiments, et dès ce jour-là nous aperçûmes que nous étions faits l'un pour l'autre. Comme les autres personnes de la compagnie n'avoient pas ensemble un entretien si amusant que le nôtre, elles alloient plus vite que nous. Dona Maria, voulant les suivre, fit par hasard ou autrement un faux pas, de sorte qu'elle seroit tombée, si je ne l'eusse soutenue. Je la retins entre mes bras, et je fus

assez hardi en la relevant pour lui dérober un baiser. Je n'eus pas sitôt pris cette liberté, que la crainte d'avoir déplu par cette action m'obligea d'en faire des excuses à la dame, qui, bien loin de s'offenser de ma hardiesse, me dit fort spirituellement que j'avois bien fait de me payer par mes propres mains du service que je lui avois rendu, et qu'elle auroit pu négliger de reconnoître.

Quand nous fûmes arrivés à la porte de la maison des trois sœurs, leur mère me pria d'entrer; ce que je fis fort volontiers. On m'y présenta des rafraîchissements, et je m'y arrêtai jusqu'à ce que je jugeai que la bienséance exigeoit que je prisse congé de la compagnie : néanmoins, avant que je me retirasse, je demandai à la veuve la permission de la venir quelquefois assurer de mes respects. Enfin, je quittai dona Maria. J'étois si transporté d'amour, et j'en avois l'esprit si troublé, qu'au lieu de m'en retourner chez moi, je pris le chemin de l'université : je ne reconnus mon erreur que lorsque, étant arrivé à la porte, je me mis en devoir d'y frapper. Tu conçois bien que je ne dormis guère cette nuit, après avoir passé la journée comme je te l'ai raconté.

Je fus le jour suivant aux écoles de l'université, où ma distraction fut telle, qu'en sortant je n'aurois pu dire de quelle matière on y avoit traité. L'après-dînée, sans pouvoir m'en défendre, je me rendis chez dona Maria, que j'écoutois plus attentivement que je n'avois fait mon professeur le matin, et qui me détacha si bien de l'université, que je cessai bientôt d'y aller. Je renonçai aux ordres que j'avois voulu prendre. Je changeai mon habillement ecclésiastique en un habit séculier des plus riches, et, après avoir payé mon hôte, je me mis en pension chez la veuve du docteur Gracia, ou, pour parler plus juste, je m'abandonnai au démon qui m'entraînoit. Tous les gens sensés, et qui étoient dans mes intérêts, déplorèrent mon aveuglement. Le recteur même eut la bonté de me faire une charitable remontrance sur le changement de ma conduite; mais tous ses discours judicieux furent inutiles; il fallut que je subisse mon sort, qui étoit de m'abîmer, ou bien le ciel vouloit peut-être par là dérober un mauvais sujet à l'Église.

CHAPITRE V.

Guzman se remarie à Alcala, et revient peu de temps après demeurer à Madrid, avec sa nouvelle épouse.

Je vivois délicieusement chez mes nouvelles hôtesses : j'y faisois très-bonne chère; elles prévenoient mes désirs; elles ne cherchoient qu'à me plaire en toutes choses; en un mot, j'étois le maître du logis. Une vie si voluptueuse dura trois mois, au bout desquels je parlai de mariage. Nous fûmes bientôt d'accord sur les articles ; et, pour pousser la folie encore plus loin, je fis une grande dépense en habits de noces, tant pour la mariée que pour son prétendu : il sembloit que j'eusse des écus à compter par boisseaux. Cependant, pour dire la vérité, je jouois de mon reste.

Ma belle-mère, qui étoit une bonne femme des plus faciles à éblouir, voyant tout le fracas que je faisois, s'imagina que j'avois des biens considérables ; que la fortune de ses autres filles étoit assurée, et qu'un gendre tel que moi alloit améliorer les affaires de sa maison. Comme il faut qu'un jeune homme s'occupe, elle me proposa de m'appliquer à la médecine, en me disant que c'étoit une profession très-lucrative, et que si son mari eût été plus laborieux, il auroit laissé sa veuve et ses enfants fort à leur aise. Pour mieux m'engager à prendre ce parti, elle m'offrit tous les livres et les mémoires du docteur Gracia, ne doutant pas, disoit-elle, qu'avec ce secours, et l'excellent esprit que j'avois, je ne devinsse en peu de temps un habile médecin. Pour la contenter, j'eus la complaisance de m'assujettir pendant six mois à étudier sous de fameux professeurs en médecine. Leurs leçons ne furent guère de mon goût ; aussi m'ennuyant d'une étude si désagréable, que je n'aimois point, et qui ne pouvoit me donner de quoi vivre que dans ma vieillesse, je m'en dégoûtai. Je feignis d'avoir reçu des lettres d'un de mes amis, qui me mandoit qu'il avoit occasion de me procurer à Madrid un emploi honorable, et où je ne manquerois pas de m'enrichir en très-peu d'années. Je fis part de cette nouvelle à ma belle-mère, qui, la croyant véritable, fut la première à me conseiller d'accepter cet emploi, malgré le regret qu'elle avoit de me perdre.

L'aversion que j'avois pour la médecine n'étoit pas la seule raison que j'eusse de quitter Alcala ; j'en avois encore d'autres. Je me voyois fort court d'argent, et je n'étois pas bien aise de montrer la corde dans une ville où j'avois jusqu'alors passé pour un homme aisé. Outre cela, je te dirai que dona Maria, depuis notre mariage, s'étoit avisée de renouer commerce avec certains écoliers dont elle n'avoit pas dédaigné la tendresse auparavant ; ce qui me déplaisoit d'autant plus, qu'elle ne pouvoit attendre de la reconnoissance de ses galants que des sérénades et des boîtes de confitures. Je n'étois nullement satisfait de ces viandes creuses : il me sembloit qu'un mari qui vouloit bien fermer les yeux sur les galanteries de sa femme méritoit du moins que l'abondance régnât dans sa maison. Je me résolus donc à m'éloigner d'un séjour où mon épouse avoit de si mauvaises

connoissances, et d'aller nous établir à Madrid, où nous pouvions compter d'en faire de meilleures.

Nous étant préparés à ce voyage, nous dîmes adieu à nos amis et à notre famille, et nous nous rendîmes en bon équipage à Madrid, ville appelée à juste titre la ressource des malheureux. Je m'étois brouillé avec le seigneur don André, mon beau-père, à l'occasion de mon second mariage, que j'avois contracté contre son avis : nous avions rompu tout commerce ensemble ; je ne songeois plus à lui. A l'égard de mes créanciers, comme j'avois encore devant moi plus de deux ans, j'étois fort en repos de ce côté-là. J'espérois qu'avant qu'ils fussent en droit de m'inquiéter, je ferois quelque bon coup de ma façon, ou que la beauté de ma femme nous mettroit en état d'aller nous faire loin d'eux un solide établissement.

Un pauvre diable de marchand d'Alicante fut le premier qui donna dans nos filets. Nous l'avions rencontré sur notre route ; il s'étoit joint à nous ; et, pour ses péchés, en voyant dona Maria, il avoit conçu pour elle un amour violent. Nous nous en aperçûmes bien, lorsqu'étant arrivés à Madrid, il nous entraîna, pour ainsi dire, dans son auberge, où il nous assura que nous serions à merveille. L'hôtesse, nous dit-il, est une des meilleures femmes du monde : elle a des chambres de la dernière propreté, et il demeure à deux pas de chez elle un fameux rôtisseur, qui nous fournira tout ce que nous voudrons avoir. Il n'y eut pas moyen de tenir contre la vivacité de ses instances, qui nous déclaroient assez la bonté de ses intentions : nous nous laissâmes persuader et conduire à son auberge. Nous y fûmes parfaitement bien reçus par l'hôtesse, qui nous parut effectivement d'un très-bon caractère, et fort amie du marchand. Elle nous donna la plus belle chambre de sa maison, et s'offrit civilement à nous rendre service dans toutes les occasions où nous pourrions avoir besoin d'elle.

Notre compagnon de voyage nous pria de lui laisser le soin de nous faire apprêter un bon souper ; et il s'en acquitta en homme riche, et qui avoit envie de plaire. Il n'épargna rien, pendant le repas, pour gagner mes bonnes grâces. Il me fit plus d'honnêtetés qu'à ma femme, peut-être parce qu'il me croyoit plus opposé qu'elle à son dessein. Après le souper je demandai à compter, et l'on me dit que tout étoit payé. J'en fus ravi ; mais pour lui faire connoître que je savois régaler aussi bien que lui, je l'invitai à dîner pour le lendemain. J'envoyai chercher le traiteur, ou rôtisseur, car il étoit l'un et l'autre, et je lui ordonnai de préparer un repas délicat pour trois personnes. Il est vrai que je me promettois bien que le marchand en feroit les frais ; et, pour cet effet, aussitôt que nous eûmes dîné, je sortis sous prétexte d'avoir une affaire de conséquence qui m'appeloit dans le quartier de la cour, en le priant de m'excuser, et de vouloir bien tenir compagnie à mon épouse. C'étoit là justement ce qu'il souhaitoit, et moi de même. Dona Maria, quoique assez parée de sa beauté naturelle, avoit passé toute la matinée à y ajouter tous les charmes qu'elle avoit pu emprunter de l'art; de sorte qu'elle avoit un éclat dont il étoit tout ébloui. Elle lui proposa de jouer pour le désennuyer, et lui gagna cent beaux ducats qu'il voulut perdre par galanterie.

Ce ne fut là que le commencement du branle; car, devenant plus libéral à mesure qu'il prenoit plus d'amour, il se jeta dans une dépense effroyable. Il fit présent à ma femme de plusieurs habits magnifiques, et de quantité de bijoux. Il la menoit tantôt à la promenade, tantôt aux spectacles, et nous régaloit, elle et moi, tous les jours à grands frais. Je m'imagine, me diras-tu, que toutes ses générosités n'étoient pas en pure perte pour lui. Je le crois comme toi. Dona Maria étoit naturellement trop reconnoissante pour les payer d'une parfaite ingratitude; mais c'est de quoi je ne me souciois guère. L'époux d'une coquette, quand il est dans l'indigence, et qu'il trouve son compte à laisser sa femme coqueter, doit être complaisant : les sots sont les galants qui achètent chèrement de lui une chose dont il est soûl. Pour moi, je me revis en peu de temps, par ma complaisance, dans une gracieuse situation. Tout ce qui nous chagrinoit, mon épouse et moi, c'est que notre hôtesse faisoit semblant de ne souffrir qu'à regret la bonne intelligence qu'elle voyoit entre ma femme et le marchand. On ne lui avoit fait que de petits présents pour la rendre traitable; elle vouloit de plus grands profits; cela fut cause que nous délogeâmes. Nous louâmes une maison tout entière, pour y vivre en pleine liberté, et nous la garnîmes d'assez beaux meubles, dont le señor Diego, c'est ainsi que se nommoit le marchand, eut la bonté de faire la dépense. O la joyeuse vie que nous menions là-dedans! La bonne chère, l'amour et tous les plaisirs sembloient y faire leur séjour.

Le marchand ne pouvoit être plus satisfait qu'il l'étoit de son sort, et nous n'étions pas moins contents du nôtre. La concorde et la paix régnoient dans notre petit ménage, lorsqu'un jeune seigneur flamand, beau, bien fait et à grand équipage, vit ma femme à la comédie avec le señor Diego, et la trouva si aimable, qu'il eut envie de la connoître. Il ne souhaitoit pas moins de savoir qui étoit l'homme qui l'accompagnoit. La dame lui paroissoit une personne de qualité, tant par ses habits que par son air noble, et le marchand avoit une mine basse, avec un habillement qui ne donnoit pas une idée avantageuse de sa condition. Il ne savoit que penser de ce bizarre assemblage. Il prit d'abord Diego pour un domestique de la dame; mais Diego avoit avec elle un air familier, qui lui fit croire ensuite que c'étoit son mari. Pour être informé de la vérité, il les fit suivre après la comédie par un laquais qui avoit de l'esprit, et ce laquais ayant tout découvert par ses perquisitions, lui en fit un fidèle rapport. Le gentilhomme flamand, ravi d'avoir jeté les yeux sur une personne de bonne composition, se flatta de la souffler au négociant, dont la figure étoit si différente de la sienne.

Pour y parvenir, il eut une secrète conférence avec notre ancienne hôtesse, qu'il mit dans ses intérêts par des présents, et qui, ne demandant pas mieux que d'être employée à de pareilles affaires, promit de le bien servir pour son argent. Cette femme, dont nous nous étions séparés à l'amiable, nous venoit voir quelquefois : elle ménageoit notre connoissance, ou, si vous voulez, celle de mon épouse, pour en profiter dans l'occasion. Un jour, dans un entretien particulier, qu'elle eut avec dona Maria, elle lui fit un portrait flatteur du Flamand, et lui parla de façon qu'elle l'engagea, sans que Diego en sût rien, à une promenade où ce jeune gentilhomme se trouva comme par hasard. Outre qu'il étoit fait à peindre et beau par excellence, il avoit l'esprit agréable et insinuant. Ma femme se sentit d'abord du goût pour lui, et ne le laissa pas long-temps languir. Les marques de reconnoissance de ce galant ne furent pas, comme celles de Diego, des montres de dix à douze pistoles, ni des habits de peu de valeur; ce furent des bourses de cent doublons, des diamants de prix, de superbes tentures de tapisseries et de la vaisselle d'argent. Vive la noblesse! Dès que nous vîmes que ce seigneur répandoit sur nous ses richesses à pleines mains, nous nous attachâmes à lui, et nous commençâmes à négliger furieusement notre bourgeois d'Alicante : plus de complaisance, plus d'attentions pour lui; dona Maria, en sa présence même, favorisoit son rival.

Le señor Diego ne manquoit pas de fierté : c'étoit un de ces riches marchands qui se regardent comme des gens de qualité. Ne pouvant souffrir qu'on lui préférât quelqu'un, après tout ce qu'il avoit fait pour nous, il en murmura; des murmures il passa aux reproches, et des reproches aux menaces. Ses emportements excitèrent mon courroux : je lui parlai en homme qui vouloit être maître dans sa maison; en un mot, je le maltraitai fort, et lui fis même comprendre que, s'il m'échauffoit encore les oreilles, je lui apprendrois à vivre. Dans le fond, je ne lui devois rien; s'il avoit dépensé beaucoup chez moi, on lui en avoit donné quittance. Il ne s'étoit point attendu que je le prendrois sur un ton si haut; et jugeant par là qu'il avoit plutôt été ma dupe que moi la sienne, il prit le parti de se retirer en crevant de rage et de dépit, au lieu de rendre mille grâces au ciel de l'avoir délivré d'une si dangereuse sangsue.

Le gentilhomme flamand, bien loin de diminuer la dépense qu'il faisoit au logis, l'augmentoit de jour en jour; il nous accabloit de présents. Aussi c'étoit une chose à voir que les grands airs que nous nous donnions: j'avois trois laquais, ma femme deux suivantes; nous vivions comme si la prospérité dont nous jouissions eût dû toujours durer. Cependant nous n'étions pas fort éloignés de sa fin. Notre galant s'avisa, pour nos péchés et pour les siens, de vanter sa bonne fortune à un comte de ses amis, jeune seigneur de la cour, et de l'amener chez nous. Celui-ci n'eut pas sitôt vu dona Maria, qu'il devint rival du Flamand. Passe encore pour cela : elle avoit assez d'esprit pour les accorder tous deux. Mais le comte voulant associer à ses plaisirs deux ou trois autres petits-maîtres, les introduisit dans notre maison, où toute cette brillante jeunesse se mit à faire un fracas de tous les diables. On n'entendoit au logis que rire et chanter nuit et jour; on n'y faisoit que jouer et boire; et comme ces jeunes gens n'étoient pas toujours bien en espèces, ils empruntoient, ils pilloient, et tout leur argent venoit fondre chez nous, sans que je m'aperçusse que notre fonds augmentât de beaucoup, quoique nous tirassions journellement un profit certain de leurs débauches : nous dissipions le bien à mesure que nous le gagnions.

Une vie si agitée ne pouvoit manquer de nous attirer quelque malheur. Deux de ces petits-maîtres, déjà désunis par la jalousie, eurent au jeu une dispute, qu'ils poussèrent jusqu'à mettre l'épée à la main. Ils se battirent, et, avant qu'on pût les séparer, il y en eut un qui fut blessé mortellement. Les parents de ces jeunes seigneurs, ayant appris que cet accident étoit arrivé dans ma maison, qui leur parut une source de désordres, m'envoyèrent enlever de mon lit un beau matin par une grosse troupe d'archers, qui me menèrent en prison, après avoir joué de la griffe chez moi et raflé mes meilleurs effets.

Cette subite irruption de la justice réveilla désagréablement ma femme, qui se leva et s'habilla promptement pour aller trouver le principal de mes juges, personnage des plus graves, et aussi respectable par son air prude que par son âge avancé. Elle se jeta les larmes aux yeux à ses pieds, et implora son appui par des paroles très-touchantes. Le vieillard, malgré le froid des années, fut moins attendri par les discours de la solliciteuse, qu'échauffé par les charmes de sa personne. Il la releva, et pour lui donner, disoit-il, une audience particulière, il la fit entrer dans son cabinet, où,

tandis qu'assise auprès de lui elle racontoit son affaire le plus à son avantage qu'elle pouvoit, le vieux satyre, qui ne l'écoutoit point, lui essuyoit les pleurs avec un mouchoir d'une main, et lui passoit l'autre en tremblant sur la gorge. Enfin il consola mon épouse, en lui faisant espérer que la triste aventure arrivée chez elle n'auroit aucune fâcheuse suite, et sur-le-champ il envoya ordonner de sa part au concierge de la prison de m'y faire un bon traitement. C'étoit un magistrat d'une grande autorité, et qui dès ce moment-là auroit pu m'en faire sortir s'il l'eût voulu; mais il avoit encore des audiences à donner à ma femme; comme en effet il lui dit, en la quittant, qu'elle n'avoit qu'à le revenir voir le lendemain à la même heure ; ce qu'elle fit. Il l'attendoit dans son cabinet, où elle le trouva frisé, poudré, musqué, avec une barbe retroussée. Il promit dans cette seconde visite, que je serois élargi le jour suivant, et il fallut encore que ma femme prît la peine de retourner chez lui, pour recevoir de sa main l'ordre de mon élargissement.

Je m'estimai fort heureux de me voir si promptement hors de cette affaire, quoique ce fût aux dépens de la moitié de mes effets. Je me flattois qu'à l'ombre du puissant protecteur que dona Maria venoit de se faire, nous pourrions impunément aller toujours notre train. Dès l'après-dînée je me rendis à son hôtel, où je le remerciai de ses bontés. Il me reçut d'un air honnête, et me témoigna que je lui ferois plaisir de le voir quelquefois et de dîner avec lui. Je parus infiniment sensible à cet honneur, et je le suppliai, en prenant congé de lui, de nous continuer sa protection. Il me protesta que je pouvois compter là-dessus, et pour m'en donner une forte assurance, il nous honora d'une visite dès le soir même. Nous lui fîmes une réception dont il eut tout lieu d'être content. Quand il auroit été le premier ministre de la monarchie d'Espagne, nous ne lui aurions pas marqué plus de respect. Comme il nous dit qu'il aimoit la musique, nous fîmes, mon épouse et moi, un petit concert qui fut fort de son goût, ensuite nous le régalâmes de quelques confitures, qui lui donnèrent occasion de nous en envoyer le lendemain une caisse, dont on lui avoit fait présent.

Ce galant suranné s'accoutuma peu à peu à venir tous les soirs dans une maison où il étoit si bien reçu. Ma présence, pourtant, ne laissoit pas de le gêner; et pour m'écarter, il me dit un jour qu'il m'avoit invité à dîner chez lui, qu'il ne pouvoit plus souffrir qu'un homme qui avoit de l'esprit comme j'en avois, passât sa jeunesse dans l'oisiveté; qu'il avoit dessein de m'occuper, en me faisant avoir un emploi; qu'il en savoit un qui me convenoit, et où je serois bien maladroit si je ne m'enrichissois pas en peu de temps. Je lui répondis que je n'étois oisif que malgré moi ; qu'il m'obligeroit sensiblement s'il me procuroit quelque occupation utile, et que je m'en acquitterois de façon qu'il n'auroit aucun reproche à me faire. Deux jours après il vint au logis, et me mit entre les mains une commission toute prête d'officier receveur des tailles du roi, en me signifiant qu'il falloit que dès le lendemain, pour tout délai, je partisse pour me rendre au quartier de mon département. Quoique je n'aimasse guère cet emploi, je l'acceptai, et j'en fis à mon bienfaiteur les mêmes remercîments que je lui aurois faits s'il m'eût élevé à un des premiers postes du royaume. Ma femme n'en étoit guère plus contente que moi ; néanmoins nous résolûmes, dans notre conseil secret, d'en tâter un peu, et d'éprouver si pendant mon absence notre amoureux barbon seroit assez généreux pour réparer la perte du gentilhomme flamand.

Je m'éloignai donc de dona Maria, laissant le champ libre à son vieil Adonis. J'arrive au lieu de mon *département ; je suis installé dans mon emploi. Je me prépare à l'exercer ;* mais, hélas ! que nous trouvons de près les choses différentes de ce qu'elles paroissent de loin ! Je connus bientôt que mon poste n'étoit pas de ceux où l'argent nous vient en dormant ; et que, pour y gagner seulement ma vie, je devois m'attendre à suer sang et eau, outre qu'en tourmentant les misérables, et en faisant mille violences, on ne s'acquiert point l'amitié du public. En un mot, ce métier me déplut. Je ne sais si je n'eusse pas mieux aimé celui de *voleur de grands chemins.* Aussi me proposois-je, au bout des trois premiers mois, de demander qu'on me rappelât. Ils n'étoient pas encore expirés, que mon patron m'écrivit lui-même de revenir à Madrid. Sa lettre me causa plus de joie que je n'en avois ressenti lorsqu'il m'avoit si charitablement tiré de prison. J'abandonnai de bon cœur mon poste, et m'en retournai vers mon protecteur, fort curieux de savoir pourquoi il s'ennuyoit de mon absence. Je commençai par l'aller voir en arrivant. Il se mit d'abord à se plaindre de l'humeur coquette de dona Maria. Vous avez, me dit-il, une femme qui a un grand défaut ; elle n'aime que les jeunes gens. J'ai eu beau lui représenter que les fréquentes visites qu'ils lui font la perdront infailliblement, jusqu'ici je n'ai pu l'engager à leur rompre en visière. C'est une petite incorrigible.

Je ne vous ai rappelé, poursuivit-il, que pour vous informer de *son indiscrétion,* et vous avertir de prendre garde à sa conduite, de peur qu'il ne se passe encore chez vous une scène pareille à celle que vous savez. On ne trouve pas toujours des protections puissantes et désintéressées. J'entendis bien ce que cela signifioit, et je promis au vieillard d'employer tout le pouvoir que j'avois sur ma femme pour l'obliger de *vivre avec plus de retenue.* Après avoir fait cette promesse, qui réjouit un peu le bon homme, je me rendis chez moi, fort assuré que mon épouse, de son côté, m'en alloit bien conter. Je l'excusois par avance d'avoir fait quelques infidélités au protecteur, qui avoit un vrai visage de vieux, et qui étoit encore plus vieux qu'il ne le paroissoit. Effectivement, à peine eus-je rapporté à ma femme ce qu'il venoit de me dire, qu'elle se déchaîna contre lui, le traitant d'infâme avare, et disant qu'elle n'avoit reçu de lui, *depuis mon départ, que des présents frivoles.*

J'entrai dans le ressentiment qu'elle avoit de l'avarice de ce vilain jaloux, et je laissai venir dans ma maison plus de jeunes gens qu'il n'en venoit auparavant ; ce que notre magistrat ayant remarqué, il me reprocha aigrement que je lui avois manqué de parole ; et, comme s'il eût fait ma fortune, il me dit que je reconnoissois bien mal les bienfaits dont il m'avoit comblé. Je feignis de vouloir m'excuser, mais je n'en fis ni plus ni moins. Il me parla une seconde fois, se plaignant que, pour pouvoir entretenir ma femme en particulier, il étoit obligé de venir chez moi à des heures qui le dérangeoient. Je perdis à la fin patience, et pour nous défaire d'un homme si incommode, je lui fis dire deux ou trois fois qu'il n'y avoit personne au logis, quoiqu'il sût bien que nous y étions.

Dès qu'il s'aperçut que nous cherchions à nous affranchir de sa tyrannie, son amour se convertit en haine, et ce juge passionné, dans sa fureur, nous fit condamner à sortir de Madrid en trois jours, sous peine d'être enfermés pour le reste de notre vie. Il s'imaginoit qu'il nous réduiroit par là sans doute à implorer sa miséricorde, et à faire ce qu'il lui plairoit ; il se trompa. Dès que cette injuste sentence nous fut signifiée, nous devinâmes aisément qui l'avoit fait rendre, et nous prîmes la résolution d'y obéir, ma femme aimant mieux aller *jusqu'au bout du monde, que d'avoir jamais affaire à ce vieux sorcier,* et moi voyant approcher le temps que mes créanciers attendoient peut-être avec impatience pour me faire remettre en prison.

CHAPITRE VI.

Guzman et sa femme, ayant été chassés de Madrid pour *leurs bonne vie et mœurs, vont à Séville. Guzman retrouve là sa mère. Suites de cette rencontre.*

Nous nous défîmes, dès le premier jour, de nos meubles et de tout ce qui auroit pu nous embarrasser dans un voyage. Le second jour nous louâmes quatre mules dont nous avions besoin pour nous voiturer et pour porter notre bagage, et le troisième, d'assez bon matin, nous partîmes sans regret d'une ville où, pour peu que nous eussions encore demeuré, nous aurions été obligés de vendre nos marchandises au rabais.

Nous prîmes le chemin de Séville, autant pour satisfaire le désir que j'avois de revoir ma patrie, que pour contenter dona Maria, qui, sur les merveilles qu'elle m'en avoit ouï raconter, souhaitoit ardemment d'en juger par ses propres yeux. Je lui avois dit, entre autres choses, qu'on voyoit incessamment arriver du Pérou à Séville un grand nombre de marchands chargés d'or, d'argent et de pierreries. Elle brûloit d'impatience d'essayer ses regards sur ces riches mortels, et de remplir ses coffres de leurs dépouilles. Cependant, quelque bon dessein que nous eussions sur eux, nous n'allions qu'à petites journées, de peur de nous fatiguer. J'avois un secret plaisir à considérer les pays par où j'avois passé, quoiqu'ils me rappelassent le souvenir des tristes aventures de ma première jeunesse. Je reconnus le cabaret où j'avois été garçon d'écurie; et à la vue de Cantillana, je m'imaginai sentir encore ces excellents ragoûts de mulet dont on m'y avoit autrefois régalé. Je me souvins aussi, à quelques lieues de là, des coups de bâton que j'avois reçus de deux archers de la Sainte-Hermandad. Je dînai dans cette charmante taverne où l'on mangeoit des poulets en omelette; et le récit que je fis de cette histoire à ma femme la divertit infiniment. Enfin je m'arrêtai à cet ermitage qui m'avoit servi de gîte la première nuit de ma sortie de Séville; et, transporté d'une joie si tendre qu'elle m'arrachoit des pleurs, j'apostrophai le saint dans ces termes : « O grand saint Lazare, quand je m'éloignois des degrés de votre chapelle, j'avois la larme à l'œil, j'étois à pied, misérable, et vous me revoyez aujourd'hui content, bien en fonds et bien monté. »

Il étoit nuit quand nous arrivâmes à la ville. Nous descendîmes à la première hôtellerie que nous rencontrâmes en entrant. Nous y fûmes fort mal; mais le lendemain m'étant levé pour aller chercher un logement plus commode, j'en trouvai un dans le quartier de Saint-Barthélemy, et j'y fis aussitôt porter mes hardes. Je demandai ensuite dans la ville des nouvelles de ma mère, et personne ne put m'en dire; ce qui me fit croire qu'elle n'étoit plus au monde. Prévenu de cette opinion, qui m'affligeoit, je m'en retournai chez moi bien tristement. Néanmoins j'étois dans l'erreur; la bonne femme vivoit encore, et demeuroit à Séville même. Ce fut dona Maria qui fit cette découverte deux mois après, et voici comment. Elle avoit fait connoissance avec quelques jolies dames de son humeur; elle leur parla par hasard de ma mère, et elle fut fort étonnée d'apprendre qu'elle logeoit dans notre voisinage avec une jeune et belle personne qui passoit pour sa fille. Bon sang ne peut mentir. Je ne fus pas sitôt le domicile de ma mère, que j'y volai. Je la vis, je la reconnus; et nous nous embrassâmes de part et d'autre avec une véritable affection.

Nous nous contâmes réciproquement, et en peu de mots, ce qui nous étoit arrivé depuis notre séparation, chacun pourtant de son côté ne disant que ce qu'il jugeoit à propos de dire. Elle voulut, par exemple, me faire entendre qu'elle avoit élevé par pure charité la fille qu'elle avoit auprès d'elle, l'ayant prise en amitié dès sa plus tendre enfance. Je feignis de la croire pieusement sur sa parole, quoique je me doutasse bien qu'en se chargeant d'un si pénible soin, elle avoit eu des vues qu'elle n'osoit m'avouer. Après un assez long entretien sur les affaires de la famille, j'allai rejoindre dona Maria, pour la lui amener : elles s'embrassèrent toutes deux à plusieurs reprises, et avec des témoignages d'amitié que j'admirois dans une belle-mère et dans une bru.

Pour célébrer notre réunion, ma mère nous donna chez elle quelques repas, que nous lui rendîmes chez nous à notre tour. Comme j'avois besoin d'une vieille routière telle qu'elle étoit pour enseigner à ma femme les manières coquettes des dames de Séville, où la galanterie avoit des usages différents de ceux d'Alcala et de Madrid, je lui proposai de venir demeurer avec nous, en lui représentant qu'elle y seroit plus agréablement et plus à son aise qu'elle n'étoit. Elle me fit comprendre par sa réponse qu'elle ne pouvoit se résoudre à quitter sa fille d'adoption; et que d'ailleurs elle appréhendoit de ne pouvoir s'accorder long-temps avec mon épouse. Je levai le premier obstacle en consentant de recevoir aussi chez moi la personne dont elle ne pouvoit se séparer. Vous n'y pensez pas, mon fils, me dit ma mère; vous connoissez encore bien peu les femmes. Croyez-vous que deux créatures aussi vives que Pétronille et dona Maria puissent vivre seulement un mois ensemble sans se brouiller, et même sans mettre le feu de la discorde dans toute la maison?

Je ne laissai pas toutefois de vaincre la répugnance que ma mère avoit à m'accorder la satisfaction que je lui demandois. Il est vrai que je ne l'obtins d'elle que sur l'assurance que je lui donnai, qu'elle trouveroit toujours dans ma femme une fille soumise à ses volontés; encore vint-elle toute seule loger avec nous, aimant mieux que Pétronille demeurât chez elle, que de s'exposer, en l'amenant, à faire naître des divisions dans la

famille. Au commencement, comme on dit, tout
est beau. De l'un et de l'autre côté, c'étoit à qui
feroit paroître plus de complaisance. Si la belle-
fille avoit toutes les attentions du monde pour la
belle-mère, la belle-mère cherchoit à prévenir
les désirs de la belle-fille; elles ne se parloient
toutes deux qu'avec douceur; et si leur bonne intelligence eût duré, il seroit tombé sur nous une
pluie d'or. Mais malheureusement, au bout de
trois mois tout changea de face au logis. Ces mêmes dames, qui s'étoient si bien accordées jusque
là, commencèrent à tenir une autre conduite;
ma mère voulut gouverner despotiquement, ma
femme ne le put souffrir. Elles se brouillèrent, et
leur brouillerie alla si loin, que la paix fut bannie
de la maison. Elles disputoient et se querelloient
à chaque moment du jour. Quelquefois, croyant
rétablir entre elles l'union, je m'érigeois en arbitre de leurs différends, et prenois le parti de
celle qui avoit raison; alors l'autre, quelque tort
qu'elle eût, me sachant très-mauvais gré de la
condamner, m'apostrophoit d'une manière qui
faisoit peu d'honneur à l'arbitrage.

Une chose encore contribuoit à entretenir leurs
dissensions. Les vaisseaux qu'on attendoit des
Indes n'arrivoient point; l'argent devenoit rare,
et par conséquent les profits de galanterie ne
pouvoient être que fort médiocres. Il falloit néanmoins qu'on fît toujours la même dépense dans
notre ménage, dona Maria n'étant pas d'humeur
à entendre parler d'économie; j'étois même
obligé, pour la contenter, de lui acheter des habits tous les jours. Nos fonds diminuoient à vue
d'œil, et nos chagrins augmentoient. Nous avions
compté sur les marchands du Pérou, qui ne venoient pas; et ce n'étoit que dans l'espérance de
disposer de leurs piastres que nous avions pris un
si haut vol. Ma femme, à qui j'avois donné une
grande idée de l'opulence et de la générosité de
ces négociants, n'en pouvoit détacher son esprit;
et, dans l'impatience qu'elle avoit de les voir arriver, elle me reprochoit leur retardement, comme
si j'en eusse été la cause; tout retomboit sur moi.

Pour comble de bonheur, je fis connoissance
avec un Italien, capitaine d'une galère napolitaine.
Il avoit eu ordre de la cour de se rendre à Malaga,
pour transporter l'évêque de cette ville à Naples;
et n'ayant pas trouvé ce prélat prêt à s'embarquer,
il venoit, en attendant, à Séville, chercher des
marchands qui eussent des marchandises de conséquence à faire passer en Italie, ainsi que cela se
pratique. Je le rencontrai par hasard, dès le second jour de son arrivée, chez un négociant; et
comme il ne parloit qu'italien, faute de pouvoir
s'expliquer en espagnol, qu'il entendoit pourtant,
je leur servis de truchement dans l'entretien qu'ils

eurent ensemble. L'officier fut ravi de voir un
homme qui parloit sa langue aussi bien que lui;
et il se faufila si bien avec moi, qu'il ne voulut
plus me quitter. Il avoit de l'esprit, et il étoit très-
agréable de sa personne. Je le menai chez moi,
et le présentai à ma femme, qui ne manqua pas
de le charmer. Il nous fit de petits présents, et
nous en aurions reçu de lui de plus considérables,
s'il eût eu plus de temps à demeurer à Séville; mais
il n'osa y faire un plus long séjour, dans la crainte
de faire attendre l'évêque de Malaga, et de se
gâter dans l'esprit du premier ministre. Ce n'étoit
pas sans peine qu'il se voyoit obligé de s'éloigner
de dona Maria; et je doute qu'il eût pu s'y résoudre, s'il n'eût pas trouvé moyen de concilier son
amour avec son devoir, en engageant ma chaste
épouse à m'abandonner pour le suivre en Italie:
ce qu'il fit fort bien sans truchement.

Après tout, je crois qu'il ne lui fut pas difficile
de la déterminer à faire cette démarche. Outre
que ma femme étoit plus que jamais mécontente
de ma mère, et qu'elle m'avoit pris en aversion,
pour lui avoir le plus souvent donné le tort dans
leurs démêlés, elle aimoit le changement; je suis
persuadé que le capitaine qui l'enleva ne tarda
guère à s'en apercevoir. Quoi qu'il en soit, au
lieu de courir après elle, et de songer à la rattraper, ce que j'aurois pu faire en allant à Malaga, où je serois arrivé avant qu'il eût mis à la
voile pour retourner en Italie, je fis pont d'or à
mon ennemi. Bien fou qui court après sa femme
qui l'a quitté. J'aurois plutôt remercié le ciel de
m'avoir délivré de la mienne, si, pour me rendre
sans doute sensible à son éloignement, elle n'eût
pas emporté avec elle tout ce qu'il y avoit de
meilleur au logis; en quoi le capitaine l'avoit honnêtement aidée, sans que j'y eusse pris garde. Je
n'en avois pas eu le moindre soupçon.

CHAPITRE VII.

Guzman, après la fuite de sa femme, demeure quelque
temps avec sa mère. Par quelle ruse il devient ensuite intendant d'une femme de qualité.

J'eus la prudence de tenir cette affaire secrète,
pour éviter la honte d'un éclat, sans parler des
lardons que les railleurs m'auroient donnés. Je
vendis le reste de mon bien, qui consistoit en
quelques meubles et en quelques hardes que ma
femme n'avoit pas daigné emporter, et j'employai
l'argent qui m'en revint à me divertir avec mes
amis. Ma mère s'accommoda le plus long-temps
qu'il lui fut possible de la vie que je menois; puis
s'en étant enfin lassée, elle se retira dans la maison où elle avoit laissé Pétronille, en me disant

qu'elle vivroit là plus en repos ; et dans le fond cette fille étoit plus propre que moi à servir d'appui à sa vieillesse. Je ne m'opposai pas au dessein de ma mère ; et nous nous séparâmes tous deux sans nous brouiller.

Tu ne seras pas surpris si, en dépensant toujours sans rien gagner, je me trouvai bientôt réduit à mon premier état : mais tu t'étonnerois si je te disois qu'en me revoyant gueux, je sentis un chagrin mortel de n'avoir plus rien. Tu aurois raison. Cela seroit indigne d'un aventurier qui, dans quelque mauvaise situation où le mette la fortune, doit toujours trouver des ressources dans son génie. Aussi le mien ne m'abandonna-t-il pas. J'appris un jour qu'il y avoit dans Séville une riche veuve dont le mari étoit mort dans les Indes gouverneur d'une ville, où il avoit amassé de grands biens, dont elle jouissoit en Andalousie ; que cette dame, qui vivoit dans une haute dévotion, n'avoit point d'enfants, et que ses héritiers étoient tous des personnes de considération ; qu'elle avoit besoin d'un intendant ou homme d'affaires, et qu'elle en faisoit actuellement chercher un qui eût de la probité, n'ignorant pas que ces sortes de places n'étoient pas toujours remplies par d'honnêtes gens.

Ce poste tenta ma cupidité, et je résolus de ne rien épargner pour l'obtenir, comptant ma fortune faite si j'avois le bonheur de l'occuper. Après m'être bien tourmenté l'esprit pour inventer quelque ruse qui pût m'y faire parvenir, je m'arrêtai à celle que je vais te conter. Je découvris que cette dame avoit pour directeur un vieux père de l'ordre de Saint-Dominique. On me dit qu'elle ne faisoit pas la moindre chose sans avoir auparavant consulté ce bon religieux, qui avoit un empire absolu sur ses volontés. Cela me fit songer aux moyens de surprendre l'estime de sa révérence, et c'étoit en effet une voie sûre pour arriver à mon but. Voici donc comme je m'y pris. Ma mère m'avoit donné une bourse assez propre ; j'y mis huit pistoles et vingt écus d'or ; j'y ajoutai une bague de peu de valeur, un cachet d'or et un dé d'argent, dont ma mère avoit fait présent à ma femme le jour qu'elles s'étoient vues pour la première fois ; après quoi j'ôtai mon épée, et pris un habit simple et modeste. J'allai dans cet état au couvent des Dominicains, où je demandai à parler au révérend père dont je viens de faire mention. C'étoit un grand prédicateur et un saint homme, qui avoit fait plusieurs conversions. On crut que je venois le trouver, sur sa réputation, pour me mettre au nombre de ses pénitents ; on me conduisit à sa chambre. J'y entrai d'un air hypocrite, et adressant la parole au religieux, sans oser attacher sur lui ma vue, je lui dis, d'une voix foible

et douce : Mon très-révérend père, je viens de ramasser dans la rue cette bourse, qui paroît pleine de pièces d'or ou d'argent. Quoique je ne sois qu'un pauvre homme, je sais bien qu'il ne m'est pas permis de la retenir ; c'est pourquoi j'ai pris la liberté de vous demander pour la remettre, telle que je l'ai trouvée, entre les mains de votre révérence, pour qu'elle en dispose comme il lui plaira.

Le bon père, à ces mots, ouvrit de grands yeux pour me considérer depuis les pieds jusqu'à la tête ; et aussi charmé de mon action, qu'elle lui auroit paru condamnable s'il en eût pu pénétrer le motif, il loua d'autant plus la délicatesse de ma conscience, qu'elle étoit plus rare dans les hommes indigents. Il ne pouvoit assez m'admirer ; et se sentant en même temps une envie de me rendre service, pour récompenser ma vertu, il me fit des questions sur mon état et sur mes talents, afin qu'il pût savoir de quoi j'étois capable. Mon révérend père, lui dis-je, il y a quelque temps que je suis à Séville, où je ne suis point occupé. J'ai quitté la recette des tailles de Madrid, où j'ai été employé, et où j'ai mieux aimé mettre du mien que de me résoudre à persécuter les pauvres gens. De receveur des tailles je me suis fait intendant d'un grand seigneur, dont les affaires étoient fort dérangées. Néanmoins, avec l'aide de Dieu, je serois venu à bout de les rétablir, s'il ne les eût pas gâtées à mesure que je les raccommodois. Enfin, après l'avoir servi pendant quatre années avec tout le zèle et toute la fidélité que je lui devois, je suis sorti de chez lui plus gueux que je n'y étois entré, et sans avoir été payé de mes gages.

Le révérend père m'écouta jusqu'au bout avec une extrême attention ; et surpris d'entendre parler en si bons termes un homme dont l'habillement ne prévenoit point en faveur de son éducation, il me demanda si j'avois étudié. Je lui répondis que j'avois fait toutes mes études, dans l'intention d'être prêtre ; mais qu'après avoir bien réfléchi sur un dessein qui demandoit tant de vertus que je n'avois pas, je m'étois déterminé à l'abandonner. Il fut curieux de m'interroger sur des matières théologiques, pour voir jusqu'où pouvoit s'étendre ma capacité ; et comme j'avois la mémoire encore toute pleine des leçons de mes professeurs de théologie, je lui répondis d'une manière qui l'étonna. J'eus avec lui un entretien de deux heures, et il parut si content de moi, qu'il me témoigna que j'avois gagné son amitié. Allez, me dit-il ensuite en me congédiant, je dois, demain dimanche, prêcher dans notre église ; j'y publierai la bourse que vous avez trouvée. Revenez ici mardi ; j'espère que j'aurai quelque bonne place à vous offrir.

Après avoir quitté sa révérence, je me rendis chez ma mère. J'ai perdu, lui dis-je, la bourse que vous m'aviez donnée, et dans laquelle sont votre bague, votre cachet et le dé d'argent de dona Maria, avec huit pistoles et vingt écus d'or qui faisoient tout mon bien. Heureusement elle est tombée entre les mains d'un père dominicain, qui doit la publier au sermon qu'il fera demain dans son église : il faut, s'il vous plaît, que vous l'alliez réclamer comme une chose qui vous appartient. Je ne veux pas paroître devant ce bon religieux, pour certaines raisons que je vous dirai dans la suite. J'ajoutai à ce discours quelques instructions, avec quoi la bonne femme ne manqua pas le jour suivant de se rendre à l'église des pères de Saint-Dominique. Elle entendit le moine prêcher. Il employa la plus grande partie de son sermon à louer l'action que j'avois faite. Il ne pouvoit, disoit-il, trouver des termes assez forts pour faire l'éloge d'un pauvre homme, qui, sans avoir égard à sa misère, n'avoit pas voulu retenir un bien qui n'étoit pas à lui. Enfin le prédicateur s'étendit beaucoup là-dessus, et parla d'une façon si pathétique, qu'il fit fondre en pleurs son auditoire. Toute l'assemblée, touchée de mon indigence, en faveur de ma vertu, m'auroit volontiers fait part de ses richesses : il y eut même des personnes qui portèrent au père, après son sermon, de l'argent pour moi. Ma mère se fit connoître à lui pour la maîtresse de la bourse, en spécifiant ce qu'il y avoit dedans ; et lorsque le religieux la lui eut rendue, elle l'ouvrit devant lui, pour en tirer deux pistoles qu'elle lui mit dans la main, en le priant de les donner, comme une marque de sa reconnoissance, à l'honnête homme qui avoit si bien observé les commandements de Dieu. Ce ne fut pas tout encore : pour suivre exactement mes instructions, elle remit une pistole à sa révérence pour faire dire des messes pour les âmes du purgatoire.

Ma bourse ayant donc ainsi passé sans péril par deux mains étrangères, revint entre les miennes comme elle en étoit sortie, à trois pistoles près. Le mardi ne fut pas sitôt arrivé, que je retournai vers le dominicain, qui me reçut avec toutes les marques d'une véritable affection. Mon fils, me dit-il, une bonne vieille, à qui la bourse que vous savez appartient, est venue ici pour la réclamer, et je la lui ai rendue; voici deux pistoles dont elle m'a chargé de vous faire présent de sa part. Je témoignai au religieux que je me faisois un scrupule de les accepter, attendu que je n'avois fait que mon devoir en ne gardant pas le bien d'autrui, et que je ne méritois aucune récompense pour cela. Alors le père me dit que je poussois trop loin ma morale, et il m'obligea de prendre les deux pistoles; ce que je fis seulement par obéissance.

Ensuite ce bon dominicain m'apprit qu'il avoit une autre nouvelle à m'annoncer. Il se présente, me dit-il, un poste qui me paroît vous convenir. Il s'agit d'occuper une place d'intendant chez une dame des plus considérables de Séville. Vous serez heureux dans cette maison, et vous y gagnerez du pain pour le reste de vos jours, si vous remplissez fidèlement votre emploi, comme je n'en doute pas. J'ai conçu pour vous tant d'estime, que je n'ai pas hésité à vous servir de répondant. A des paroles si flatteuses pour un fripon, je me prosternai aux pieds de sa révérence. J'embrassai ses genoux avec un transport qui lui fit assez connoître qu'il me faisoit un grand plaisir de me procurer une pareille place. Il m'aida aussitôt à me relever, et m'assura qu'il me protégeroit toute sa vie; puis il me chargea d'une lettre pour la veuve en question, en me disant qu'il s'étoit entretenu de moi avec cette dame, et l'avoit préparée à me bien recevoir.

J'allai dès ce jour-là lui rendre chez elle mes premiers hommages, et il ne me fut pas difficile de m'apercevoir, par l'accueil qu'elle me fit, que le religieux lui avoit dit des merveilles de moi. Elle me reçut moins comme un garçon qui se présentoit pour être son domestique, que comme une personne de mérite, à qui, par estime, elle auroit donné chez elle un logement. Le révérend père avoit aussi pris soin de régler mes gages et mes profits avec elle. Cependant, dans la crainte que ce règlement ne me satisfît pas, elle eut la bonté de me demander si j'en étois content. Je répondis d'un air modeste qu'on ne pouvoit l'être davantage, et que je ferois tout mon possible pour qu'elle le fût autant de mes services. Ma personne et ma conversation lui plurent infiniment, et elle me témoigna de l'impatience de me voir chargé du soin de ses affaires, qui avoient, disoit-elle, grand besoin d'être mises en ordre. Quoique rien ne m'empêchât de demeurer dans sa maison dès ce moment-là, je ne laissai pas, pour me faire encore plus désirer, de demander deux jours; et le troisième enfin j'y fis porter un coffre où étoient toutes mes hardes, qui consistoient en deux habits assez propres et en quelques nippes.

On me donna un bel appartement, et je remarquai avec plaisir que tous les autres domestiques me regardoient comme un intendant que madame prétendoit qu'on respectât. On me confia tous les papiers, et je m'appliquai avec tant d'ardeur au travail, que je fis plus de besogne en quinze jours, qu'on n'en attendoit de moi dans un an. Ma maîtresse, ravie d'avoir fait l'acquisition d'un homme d'affaires si expéditif, ne voyoit pas le dominicain qu'elle ne lui en fît de nouveaux remercîments ; ce qui causoit une extrême joie à ce bon religieux, qui se remettoit à me louer, et qui me croyoit effectivement un garçon intègre et vertueux, tant il est vrai qu'un saint homme est facile à tromper.

J'étois souvent obligé d'aller demander à la dame des éclaircissements sur des choses dont je ne pouvois être instruit que par elle-même, et cela nous engageoit tous deux dans de longs entretiens. Il falloit me voir alors et m'entendre parler ; j'étois tout sucre et tout miel. Je joignois à l'air du monde le plus respectueux des manières pleines de douceur ; et quand son propre intérêt me forçoit à la contredire, ce qui arrivoit quelquefois, je lui rendois mes contradictions agréables par les tours flatteurs et délicats dont je savois les assaisonner. Il me sembloit que de jour en jour elle prenoit plus de goût à ma conversation. D'abord il y avoit des heures réglées pour nous entretenir de ses affaires domestiques, et c'étoit ordinairement le matin, tandis qu'elle étoit à sa toilette, et le soir après son souper. Elle ne s'en tint pas là : elle se mit sur le pied de venir l'après-dînée dans mon cabinet, tantôt sous un prétexte, tantôt sous un autre, et d'y passer des heures entières à me parler de toute autre chose que de ce qui concernoit l'administration de ses revenus. Elle en fit tant, qu'à la fin je connus les bonnes intentions qu'elle avoit pour moi. Je feignis long-temps de ne les pas pénétrer ; mais quand ces sortes de veuves s'abaissent jusqu'à jeter les yeux sur quelqu'un de leurs domestiques, elles en ont rarement le démenti. Elle fit les trois quarts et demi du chemin, et me dit pour excuser sa foiblesse, que son dessein étoit de m'épouser secrètement. Je m'abandonnai à ma bonne fortune, et certainement j'en aurois tiré de grands avantages, si j'eusse eu assez de prudence pour la conserver.

CHAPITRE VIII.

Pourquoi Guzman perd tout-à-coup l'amitié de sa maîtresse, et pour quelle raison il est condamné aux galères.

Quand j'ai nagé en grande eau, j'ai toujours eu le malheur de m'y noyer. Dès que je me vis aimé de ma maîtresse et considéré des domestiques, comme celui qui faisoit la pluie et le beau temps, je commençai à jouer un autre rôle dans la maison. Je tranchai du maître absolu ; j'achetai de riches habits ; je prodiguai l'argent ; et, pour comble d'extravagance, je pris un sous-intendant, que je chargeai de tout l'embarras des affaires. Madame n'étoit pas plus prudente, et consultant moins sa raison que son amour, elle approuvoit, au lieu de blâmer, ma conduite indiscrète.

Il n'en étoit pas de même de ses parents : comme ils la connoissoient pour une veuve fragile, et qu'ils visoient à sa succession, ils observoient exactement ses démarches et les miennes. Ils ne m'avoient pas déjà regardé de trop bon œil lorsqu'ils m'avoient vu entrer à son service ; ils s'étoient défiés de mon air dévot, et ils furent fort alarmés, quand ils apprirent des gens du logis que j'y taillois et rognois à ma fantaisie. Cela leur fit penser d'étranges choses. Ils ne savoient qui j'étois, et ne me croyant pas marié, ils mouroient de peur que la tendre veuve ne me fît remplir la place du défunt gouverneur, si ce n'étoit pas une affaire déjà faite. Cette crainte leur paroissoit d'autant mieux fondée, que leur parente avoit, quelques années auparavant, contracté un mariage clandestin avec un de mes prédécesseurs, qui, par bonheur pour les héritiers de la dame, étoit mort peu de temps après. J'inquiétois donc ces messieurs, qui tinrent entre eux plusieurs conseils pour délibérer sur les moyens les plus prompts et les plus efficaces de me faire quitter la partie. Ils y auroient néanmoins perdu leur peine, si je ne me fusse pas détruit moi - même dans l'esprit de ma maîtresse, de la façon que je vais te le dire.

Le commerce que j'avois avec elle devenoit moins vif de jour en jour de mon côté, pour deux raisons : la première, c'est que je possédois sans crainte et sans désir ; et la seconde, c'est que la dame n'étoit pas bien ragoûtante. Pour surcroît de malheur pour elle, il arriva que je trouvai une de ses suivantes très-jolie : c'étoit une fille de seize à dix-sept ans, faite à peindre, vive et coquette. Je ne sais qui de nous deux fit les avances, car nous nous sentîmes tout-à-coup de l'inclination l'un pour l'autre, et nous nous le témoignâmes en même temps. Un homme à qui l'argent ne coûtoit rien à répandre, et qui dominoit dans la maison, n'étoit pas, pour une soubrette, une conquête à mépriser. Elle m'écouta, et nous prîmes si bien nos mesures, que nous trompâmes tous les yeux : il y avoit pourtant d'autres femmes au logis. Mais il n'est pas possible que la plus secrète intelligence ne se découvre tôt ou tard. Célie, c'étoit le nom de la suivante, commença à se parer de bijoux, et à montrer de l'argent ; ses compagnes, par jalousie, en avertirent leur maîtresse, qui leur ordonna de veiller sur cette fille, et de ne rien négliger pour apprendre la cause d'une nouveauté qui lui étoit suspecte. La veuve fut bien servie : on m'épia, on m'éclaira de si près, qu'on s'aperçut que j'avois avec Célie des entretiens nocturnes. Quel coup de poignard pour la patronne! Elle fut d'autant plus sensible à cette nouvelle, qu'elle étoit plus prévenue en faveur de ma fidélité. Elle ne pouvoit me croire capable de cette perfidie, et elle voulut savoir la vérité avant que de faire éclater sa vengeance.

Je couchois dans une chambre qui communiquoit à la sienne par un cabinet où il y avoit une petite porte couverte d'une tapisserie. Ce que j'ignorois, c'est qu'il y avoit aussi une ouverture pratiquée dans le mur de ce cabinet, laquelle répondoit au chevet de mon lit, de sorte qu'il étoit aisé d'entendre par là tous les discours que je pouvois tenir dans ma chambre, et particulièrement quand j'étois couché. Cette fatale ouverture fut cause de ma perte. La veuve vint une nuit à cet endroit, d'où prêtant une oreille attentive à la conversation que j'avois alors avec Célie, elle entendit distinctement que nous faisions son éloge dans des termes bien mortifiants pour elle. Quoique nous en disions ordinairement beaucoup de mal, il ne nous étoit encore jamais arrivé d'en dire autant que ce soir-là. Il sembloit que le diable s'en mêlât pour nos péchés. Nous fîmes un sévère examen des défauts que chacun de nous avoit remarqués en elle; en un mot, nous la tournâmes en ridicule depuis la tête jusqu'aux pieds. Tu t'imagines bien la rage dont elle fut saisie, lorsqu'elle ouït que l'on faisoit de si beaux portraits de sa personne. J'ai su depuis que, dans son premier mouvement, elle avoit été tentée d'entrer dans ma chambre pour venir décharger sur nous sa fureur; mais qu'après y avoir fait réflexion, elle avoit mieux aimé se retirer, pour se consulter sur le parti qu'elle devoit prendre, que de faire rire à ses dépens tous ses autres domestiques, en leur donnant une semblable scène.

Elle employa le reste de cette triste nuit à méditer sa vengeance. Il ne fut pas sitôt jour, qu'elle envoya chercher son plus proche parent, pour lui dire que j'étois un parfait fripon; que je n'étois pas content de la voler, de la piller, et de mettre ses affaires en désordre; que j'ajoutois à l'infidèle régie de ses biens l'audacieuse insolence de déshonorer sa maison; enfin, qu'elle me livroit au juste ressentiment qu'il devoit avoir de mes friponneries, et qu'il n'avoit qu'à me faire subir la rigueur des lois. Elle ne pouvoit charger de cette commission un homme plus propre à l'exécuter que ce parent, qui, devant être un jour son légataire universel, avoit plus d'intérêt que personne à m'écarter de la testatrice. Aussi fut-il charmé d'en trouver une si belle occasion, et il se hâta d'en profiter, de peur que la dame ne vînt à changer de sentiment. Il la connoissoit,

et voyoit clairement qu'elle n'agissoit ainsi que par un dépit jaloux. Il usa d'une si grande diligence, qu'il obtint en moins de deux heures un décret de prise de corps contre moi; de manière que je n'étois pas encore levé, qu'un alguazil et six archers vinrent me pincer dans ma chambre, et me traînèrent en prison.

Je crus pour le coup que c'étoit une marque de souvenir que me donnoient mes parents de Gênes ou mes créanciers de Madrid. Je n'appris que deux heures après le sujet de mon emprisonnement. Je n'en fus d'abord guère affligé. Je me mis dans l'esprit que ma maîtresse m'aimoit trop pour vouloir m'abandonner à la sévérité des lois; et j'attendois à tout moment que l'on m'annonçât de sa part que, n'étant plus irritée contre moi, elle venoit d'obtenir des juges mon élargissement. Ainsi je portois, sans impatience et sans chagrin, des fers que l'amour, à ce qu'il me sembloit, se préparoit à briser; et je me regardois moins comme un intendant emprisonné pour ses mauvaises œuvres, que comme un amant dont on punissoit l'infidélité. Cependant je me flattois d'une fausse espérance. On me fit rendre compte de mon administration, qui avoit duré deux ans. Ce fut alors que les douleurs commencèrent à me prendre. La dissipation que j'avois faite des biens de la veuve, desquels j'avois disposé comme s'ils eussent été à moi, laissoit un si grand vide entre la recette et la dépense, que j'aurois défié tous les intendants des grandes maisons de le remplir. J'eus beau travailler d'esprit, inventer des emplois de deniers, faire des parties d'apothicaires; tout compté, tout rabattu, je me trouvai court de quatre mille écus. Pour achever de m'abîmer, l'honnête homme sur qui je me reposois du soin des affaires de la dame, pendant que je ne songeois qu'à mes plaisirs, ne me vit pas plus tôt entre les mains de la justice, que pour se dérober au même sort, qu'il ne méritoit pas moins que moi, il disparut avec tout l'argent comptant qu'il put emporter. Me voilà responsable de sa conduite, et chargé de toute l'iniquité. Comment pouvois-je impunément me tirer de là? Je n'avois ni bien ni caution; et la partie à qui j'avois affaire étoit si puissante, que je ne devois me flatter de sortir de prison que pour aller servir le roi sur mer.

J'étois si persuadé de cela ou de quelque chose d'approchant, que je fis une tentative pour me sauver de prison sous un habillement de femme. J'avois déjà passé deux portes, et j'étois sur le point d'enfiler la dernière, lorsqu'un maudit guichetier borgne, qui y étoit, me reconnut. Je portois sous ma robe un poignard, que je tirai pour lui faire peur ; mais il cria. On accourut à son secours, et l'on m'enferma dans un cachot noir, d'où je ne sortis que pour être conduit aux galères, à quoi je fus condamné seulement pour toute ma vie.

CHAPITRE IX.

Guzman est mené au port Sainte-Marie avec d'autres honnêtes gens comme lui. Ses aventures en chemin et sur les galères.

La chaîne, composée de vingt-six jeunes forçats, tous revêtus du collier de l'ordre, étant prête à marcher, nous partîmes de Séville pour nous rendre au port Sainte-Marie, où étoient alors les galères. Nous étions divisés en quatre bandes, tous enchaînés les uns aux autres ; et notre conducteur, escorté de vingt gardes, nous menoit à petites journées.

La première, nous allâmes coucher à *Cabeças*, village éloigné de Séville de trois lieues. Le lendemain, dès la pointe du jour, nous étant remis en marche, nous rencontrâmes un jeune garçon qui chassoit des petits cochons devant lui. Ce pauvre malheureux, au lieu de faire prendre à ses bêtes une autre route pour nous éviter, eut l'imprudence de les faire passer entre nos bandes, de sorte que nous en enlevâmes la moitié. Il eut beau s'en plaindre à notre conducteur, et le prier d'interposer son autorité pour nous obliger à les rendre, le conducteur, qui se promettoit bien d'en manger sa part, fit la sourde oreille à ses prières. Nous continuâmes notre chemin en nous applaudissant du beau coup que nous venions de faire : nous en eûmes autant de joie que si notre liberté y eût été attachée.

Lorsque nous fûmes arrivés à une hôtellerie où nous nous arrêtâmes pour dîner, je fis présent de mon cochon au conducteur, qui l'accepta volontiers, en me témoignant qu'il m'en savoit bon gré. Il demanda aussitôt à l'hôte et à l'hôtesse s'ils accommoderoient bien ce gibier ; ces bonnes gens lui firent connoître par leur réponse qu'il ne pouvoit s'adresser à de plus mauvais traiteurs. Sur quoi prenant la parole, je lui dis que s'il vouloit me faire détacher de la chaîne pour une heure de temps seulement, je lui servirois de cuisinier, et que j'étois persuadé qu'il seroit content de mon savoir-faire. Il ne balança point à me mettre en état de le lui montrer, et je lui préparai un repas dont il fut très-satisfait ; ce qui l'engagea, pendant le voyage, à me traiter plus doucement que les autres.

Je fis un autre tour de mon métier dans cette hôtellerie, où il y avoit deux marchands qui dînoient. Nous voyant là tous pêle-mêle avec eux, ils avoient une furieuse inquiétude pour leurs har-

des. Un des deux surtout ne perdoit point de vue les siennes, et avoit mis sous la table sa valise, sur laquelle il appuyoit ses pieds. Je me sentis tenté de friponner celui-là. Je me glissai subtilement sous sa chaise, et fendant avec un couteau bien tranchant sa valise, j'en tirai deux paquets, que je fourrai dans mon haut-de-chausse, et dont je chargeai adroitement un de mes camarades, nommé Soto, avec lequel j'avois fait connoissance dans la prison. Lorsque la chaîne fut hors de l'hôtellerie, et qu'elle eut fait un quart de lieue, je dis à Soto de me donner les paquets, pour voir de quelle espèce étoit notre butin, et pour le partager entre nous fraternellement. Soto me répondit qu'il ne savoit de quoi je lui parlois. Je crus d'abord qu'il vouloit rire ; mais c'est à quoi il ne pensoit nullement. Il persista constamment à nier qu'il eût reçu quelque chose de moi. Je pris mon sérieux. Je lui reprochai son ingratitude et sa mauvaise foi. Il se moqua de mes reproches et de mes menaces, et demeura toujours à bon compte saisi des paquets. Son procédé me piqua. Je résolus de m'en venger, de déclarer la chose au conducteur, aimant mieux qu'il profitât du larcin que Soto ; et je ne manquai pas, en arrivant à la couchée, d'exécuter ma résolution.

Je n'eus pas sitôt conté le fait au conducteur, qu'il fit appeler Soto, pour lui demander les deux paquets. Le forçat lui répondit effrontément qu'il ne les avoit pas, et qu'il falloit que je fusse un grand fourbe pour l'accuser de les avoir. Ah ! vous ne voulez donc pas les rendre de bonne grâce ? s'écria le conducteur. Hé bien, mon ami, nous allons en user avec vous comme vous le méritez. En même temps il ordonna aux gardes de lui donner la question avec des cordes. Soto pâlit de frayeur à cet ordre cruel, et craignant pour sa peau, il avoua lâchement que les paquets étoient cachés dans le ventre de son cochon, car il en avoit aussi attrapé un. Véritablement on les y trouva, et quand on les eut défaits, on vit plusieurs chapelets et bracelets de corail garnis d'or et bien travaillés. Notre conducteur, en homme qui entendoit parfaitement son métier, les serra sans façon dans ses poches, en me promettant une récompense, que j'attends encore aujourd'hui ; ce qui prouve bien que ces sortes de gens profitent des mauvaises actions des voleurs, sans avoir part à leur châtiment. Depuis ce jour-là, Soto et moi nous nous jurâmes une haine immortelle.

Nous poursuivîmes notre route, et à notre arrivée au port Sainte-Marie, nous trouvâmes qu'on y espalmoit six galères pour les envoyer en course. On nous laissa reposer pendant quelques jours dans la prison, après quoi nous fûmes partagés en six bandes. Je fus assez malheureux pour être de celle dont étoit Soto, et par conséquent condamné à vivre avec lui dans la même galère. On nous y fit entrer. On me plaça au milieu, vis-à-vis le grand mât ; et, ce qui me causa un véritable chagrin, c'est que Soto fut mis au banc du patron, de manière qu'il étoit fort près de moi. On nous donna deux chemises avec l'habit du roi, deux caleçons de toile, une camisole rouge, un bonnet de la même couleur, et un capot. Après cela, le barbier vint nous raser le menton et la tête. Je ne perdis pas mes cheveux sans regret : quoiqu'ils fussent d'un blond qui tiroit sur le roux, ils ne laissoient pas d'être assez beaux. Me voilà donc forçat dans les formes, et il y avoit assurément long-temps que je méritois bien de l'être.

Comme le comite est un officier qui a un grand pouvoir sur les galériens, et qu'il l'exerce ordinairement avec beaucoup de brutalité, je crus que je ferois une bonne affaire si je pouvois gagner son amitié. Il couchoit et mangeoit auprès de moi ; j'étois à portée de lui rendre de petits services, et je ne manquois pas une occasion. J'allois le servir à table, faire son lit, nettoyer ses habits. J'étois toujours le premier à courir au-devant de ses besoins, et à lui marquer mon zèle. Tant de peines et tant de soins ne demeurèrent pas sans récompenses. Je m'aperçus bientôt qu'il me regardoit d'un œil désarmé de cet air terrible qui fait trembler une chiourme ; ce qui me parut une grâce toute particulière. Aussi, pour m'en rendre encore plus digne, je redoublai mon attention à lui plaire, et j'y réussis si bien, qu'il ne voulut plus employer d'autres que moi à son service. Pour m'y attacher encore davantage, il me fit ôter de mon banc pour me charger de faire son petit ménage, et surtout de lui apprêter à manger, étant très-content de quelques ragoûts que je lui avois déjà faits. Je fus un peu fier de cet honneur, et j'avois sujet d'en être bien aise, attendu que, par cet heureux changement, je devenois exempt de toute fonction de forçat.

Notre galère eut ordre d'aller à Cadix prendre des mâts, des antennes, du goudron et autres choses semblables. Quoique je ne fusse pas obligé de me mettre à la rame, cependant je fis comme les autres, pour ne pas augmenter leur jalousie, qui n'étoit déjà que trop grande de me voir aimé du comite. D'ailleurs, puisque j'étois condamné à cet exercice, il me sembloit que je devois m'y accoutumer. Je ramai donc toute la journée ; mais le soir, en arrivant, je me sentis si fatigué d'un travail si pénible et si nouveau pour moi, qu'après avoir couché mon maître, je m'étendis sur mon capot, où je m'endormis. Mon sommeil fut si profond, que deux de mes camarades me volèrent sans que je me réveillasse. Ils me pri-

rent quelques écus que j'avois cousus à ma camisole. Je m'en aperçus à mon réveil. J'en portai d'abord ma plainte au comite, qui me les fit restituer à bons coups de cerceau ; ensuite il me conseilla, pour m'affranchir de l'inquiétude que la garde de mon trésor me causeroit, de l'employer en marchandises, sur lesquelles je pourrois gagner en les revendant. Je suivis son conseil, et continuant à faire tous mes efforts pour contenter un maître qui avoit tant de bontés pour moi, je puis dire que je menois une vie heureuse, quoique je fusse aux galères.

Sur ces entrefaites, un jeune seigneur, parent de notre capitaine et chevalier de l'ordre de Saint-Jacques, ayant dessein de commencer ses caravanes, vint avec son bagage occuper une place dans notre galère. Il avoit, suivant la coutume de ce temps-là, une chaîne d'or au cou. On lui en vola un beau jour dix-huit chaînons. On soupçonna de ce larcin premièrement ses valets, qu'on voulut adroitement engager à le confesser, et lorsqu'on vit que par douceur on n'y pouvoit réussir, on fit jouer le cerceau. Le capitaine, qui connoissoit ses propres valets pour des fripons capables d'avoir fait le coup, les fit traiter comme ceux de son parent. Tout cela fut inutile ; les chaînons ne se retrouvèrent point. Sur quoi le capitaine lui dit : Mon neveu, il faut que vous vous fassiez servir par un forçat qui ait soin de faire votre chambre, et qui soit responsable de vos hardes. S'il vient à perdre la moindre chose, il sera roué de coups. Le chevalier témoigna qu'il seroit bien aise d'en avoir un qui fût propre à le servir. Il ne s'agissoit plus que de savoir lequel des forçats auroit cet honneur. Plusieurs personnes de la galère lui vantèrent mon adresse et mon esprit, de sorte qu'il souhaita que je fusse auprès de lui. Là-dessus le capitaine fit venir le comite, et lui demanda s'il étoit content de moi. Le comite, ne sachant pourquoi on lui faisoit cette question, s'étendit sur mon mérite, et me loua tant, que le chevalier, dès ce moment-là, se résolut à me choisir. On me fit appeler. Je plus à ce seigneur, qui, m'arrêtant pour son service, m'enleva au comite dont je fus bien regretté.

Me voici donc devenu valet de chambre d'un chevalier de Saint-Jacques. Pour me rendre plus libre et me mettre plus en état de le servir commodément, il obtint du capitaine que je n'aurois que l'anneau au pied. On me donna par compte ses hardes, ses bijoux et sa vaisselle d'argent ; on m'en chargea, en me recommandant, pour mon propre intérêt, d'être fidèle et vigilant. Je rangeai aussitôt les effets de mon nouveau maître, de façon que d'un coup d'œil je les voyois tous. Il fut fait très-expresses défenses à ses valets d'entrer sans ma permission dans sa chambre lorsqu'il n'y seroit pas ; ce qui me dispensoit d'avoir toute l'attention dont j'aurois eu besoin pour veiller sur ces gaillards, qui valoient bien des forçats pour faire des tours de main.

Je m'attachai à étudier l'humeur et le génie du chevalier, et ne tardai guère à m'en faire aimer ; et même estimer, tout galérien que j'étois. Il se plaisoit à m'entretenir, et je lui paroissois homme de bon conseil. Il me consultoit quelquefois sur ses affaires les plus importantes. Comme il arriva un jour qu'il avoit l'air sombre et rêveur : Mon ami, me dit-il, un de mes oncles m'a écrit une lettre qui me chagrine et m'embarrasse. Il souhaite que je me marie ; il m'en presse, si je veux hériter de tous ses biens. C'est un garçon qui a vieilli dans l'oisiveté de la cour, sans avoir jamais pu se résoudre à subir le joug auquel il veut me lier. Je ne sais quelle réponse faire pour m'excuser honnêtement ; je ne me sens aucun penchant pour le mariage. Monsieur, lui dis-je en plaisantant, si j'étois à votre place, je lui manderois que je ne demande pas mieux que de me marier, pourvu que ce soit avec une de ses filles. Mon maître fit un éclat de rire à ce trait plaisant, et me dit qu'il s'en serviroit pour se débarrasser des importunités de son oncle.

CHAPITRE X.

Guzman se trouve dans la plus cruelle situation où il se soit jamais trouvé ; mais le ciel finit tout-à-coup ses peines, et lui fait recouvrer la liberté.

J'étois très-content de mon sort auprès de ce jeune chevalier, qui faisoit si bonne chère, que des restes de sa table j'avois de quoi bien régaler une partie de mes camarades. J'en aurois surtout fait part à Soto, malgré ce qui s'étoit passé entre nous, si ce mauvais homme, que l'envie tenoit toujours armé contre moi, n'eût pris soin de nourrir ma haine par les discours médisants qu'il tenoit de moi, tant aux valets de mon maître qu'à ceux du capitaine. Ces domestiques, qui ne m'aimoient guère ni les uns ni les autres, l'écoutoient avec plaisir, et ne manquoient pas d'aller rapporter à leurs patrons tout le mal qu'ils lui entendoient dire de moi ; et entre autres choses, que je guettois l'occasion de faire un bon coup, et que tôt ou tard le chevalier me connoîtroit pour un fripon.

Quoique tous ces rapports dussent être suspects dans de pareilles bouches, ils ne laissèrent pas de faire quelque impression sur l'esprit de mon maître. Je m'en aperçus bien. Ce seigneur feignoit en vain d'avoir toujours une entière confiance en moi ; je remarquois qu'il prenoit garde, contre sa coutume, à mes actions, et n'étoit pas éloigné de me croire capable de justifier les médisances de Soto. De mon côté, sans faire semblant de pénétrer les soupçons injustes que ce malheureux avoit inspirés, je continuois à servir avec beaucoup de fidélité, ayant sans cesse les yeux ouverts, pour éviter les piéges que mes ennemis me pourroient tendre. Cependant, avec toute ma vigilance, je fus la dupe de la malice de Soto. A l'instigation de ce scélérat, un valet du chevalier se saisit subtilement d'une assiette d'argent, et la cacha sous mon lit entre deux ais, de façon qu'on ne la voyoit point. Je m'aperçus d'abord qu'elle me manquoit ; je le dis à mon maître d'un air qui devoit bien lui persuader qu'elle m'avoit été prise. Néanmoins on ne me crut pas ; on fouilla partout ; et on découvrit enfin où elle étoit. Alors le capitaine, jugeant que j'étois le voleur, malgré ce que je pouvois alléguer pour ma défense, me condamna à cinquante coups de latte. Mon maître fut touché de la douleur que je fis paroître quand j'entendis prononcer cet arrêt ; et s'opposant à l'exécution, il obtint ma grâce, à condition que s'il m'arrivoit une seconde fois de perdre quelque chose, je paierois le tout ensemble.

Comme je vis par cette aventure que j'avois des ennemis secrets qui travailloient sourdement à ma perte, et que j'aurois bien de la peine à me garantir d'une nouvelle surprise, je suppliai très-humblement le capitaine et mon maître de donner mon emploi à un autre. Le chevalier expliqua mal ma prière ; il s'imagina que je ne voulois quitter son service que pour me remettre à celui du comite ; il m'en sut mauvais gré, et refusa pour me mortifier ce que je demandois. Il fallut donc me déterminer à continuer de le servir, et à me tenir nuit et jour sur mes gardes ; ce que je fis pendant quelque temps avec tant de bonheur, que je mis en défaut l'adresse des traîtres conjurés contre moi. Mais il n'étoit pas possible que je fusse toujours assez heureux pour parer leurs coups fourrés. Un soir mon maître, étant revenu de la ville, voulut se déshabiller ; je lui donnai son bonnet et sa robe de chambre ; et tandis que je portois d'une chambre à une autre son épée, ses gants et son chapeau, on m'escamota le cordon. Je ne sais comment se fit un tour si subtil, et je n'ai jamais pu le concevoir ; cependant c'est un fait. Le lendemain, lorsque je pris le chapeau pour le nettoyer, je le trouvai sans cordon. A cette vue, je devins plus pâle que la mort ; je cherchai partout. Peine inutile ; je reconnus qu'il y avoit dans la galère des filous plus fins que moi.

Que faire à cela ? et comment sauver ma peau des coups qui la menaçoient ? Je crus qu'il n'y avoit point pour moi d'autre parti à prendre que celui d'implorer la miséricorde du chevalier. Je m'imaginai qu'au lieu de me faire éprouver le rude châtiment qui m'avoit été promis, il entreroit dans ma peine, et auroit encore la bonté de demander grâce pour moi. C'étoit une fausse espérance dont je me flattois. Quand je contai à mon maître le nouveau malheur qui m'étoit arrivé, j'eus beau lui parler d'une manière pathétique, et lui représenter la malignité de mes ennemis, dont j'assurois que la perte du cordon étoit l'ouvrage, il ne fit que me rire au nez. Monsieur Guzman, me dit-il d'un air moqueur, je suis persuadé que vous êtes un garçon plein d'intégrité, quoique vous n'ayez pas tout-à-fait cette réputation-là dans la galère, et qu'on m'ait dit que j'étois bien hardi d'avoir tant de confiance en vous. Encore une fois, je vous crois un très-honnête homme, et je suis fâché de vous dire que, si vous ne retrouvez pas mon cordon, vous serez livré au sous-comite, qui vous traitera en enfant de bonne maison; c'est sur quoi vous pouvez compter, malgré les assurances que vous me donnez de votre fidélité.

Telle fut la réponse du chevalier. Le capitaine, homme des plus violents, arriva dans ce moment-là. Dès qu'il sut de quoi il s'agissoit, et qu'il vit que je m'obstinois à nier que j'eusse pris le cordon, il se mit en fureur, et me fit battre si cruellement, que je demeurai sur la place à demi-mort. Le barbare m'auroit sans doute fait ôter la vie, s'il n'eût pas craint d'être obligé, comme c'est la coutume en pareil cas, de me remplacer à ses dépens par un autre homme, ou de payer la taxe ordinaire d'un forçat. Pour comble de misère, je fus chassé de la poupe, et envoyé au dernier banc de la proue; c'est l'endroit de la galère le plus incommode, et où il y a le plus à travailler. Ajoutez à cela que le comite eut ordre de ne me point ménager, sous peine de déplaire à la cour. Je crois bien qu'au fond de son âme, ce bon officier me plaignoit; et, quoiqu'on lui eût fort recommandé de me traiter avec une extrême rigueur, il me laissa en repos pendant plus d'un mois, me voyant hors d'état de rendre le moindre service.

Je repris enfin peu à peu mes forces. Déjà même je commençois à faire sur la mer où nous étions alors la rude fonction de rameur, lorsque le ciel, satisfait des peines que j'avois injustement souffertes, eut pitié de moi, et voulut me tirer de l'affreuse situation où je me trouvois; c'est ce que je vais te raconter en peu de mots. Soto, qui méditoit un grand dessein, qu'il ne pouvoit exécuter sans le secours d'un homme qui fût dans le poste où j'étois, c'est-à-dire auprès de la poudre, eut envie de se réconcilier avec moi. Il se servit, pour cet effet, de l'entremise d'un Turc, qui avoit la liberté d'aller d'un bout à l'autre de la galère.

Soto me croyoit avec raison fort irrité contre le capitaine, et ne doutoit point que je n'aimasse autant qu'un autre à me voir libre. Il me fit prier par le Turc d'oublier le passé, et de lui rendre mon amitié, qu'il confessoit avoir justement perdue. Je témoignai ne demander pas mieux que de renouer avec lui; sur quoi le Turc me parla dans ces termes :

« Soto m'a chargé de vous communiquer le projet qu'il a courageusement formé pour nous délivrer tous. Quand nous serons auprès de la côte de Barbarie, où nous allons, et dont nous ne sommes pas fort éloignés, nous devons égorger premièrement le capitaine, ensuite les autres officiers et les soldats, en criant: *Liberté! liberté!* Les forçats se soulèveront aussitôt; nous nous rendrons maîtres de la galère, et nous trouverons un asile chez les Turcs. Il y a plus de deux mois, poursuivit-il, que nous nous préparons à exécuter notre entreprise. Nous avons des armes cachées; toutes nos mesures sont prises, et nous sommes un grand nombre de gens, tant Turcs que chrétiens, qui avons résolu de nous sauver ou de périr tous ensemble. On n'exige de vous qu'une chose; c'est de mettre le feu aux poudres, si par malheur vous remarquez que nous ne soyons pas les plus forts. Tel est notre complot. Après le châtiment inhumain que le capitaine vous a fait souffrir, nous avons cru que vous ne refuseriez pas de vous joindre à nous. »

Je répondis au Turc qu'on avoit eu raison de présumer qu'il n'y avoit rien que je ne fusse capable de faire pour me venger du capitaine, et qu'il pouvoit assurer de ma part tous les conjurés que je ferois ce qu'ils attendoient de moi. J'avois cependant une autre pensée. Lorsque je vis approcher la journée de l'exécution du projet, je dis un matin à un soldat, qui vint par hasard auprès de moi, d'aller dire au capitaine que j'avois un secret de la dernière conséquence à lui révéler. Mais, ajoutai-je, dites-lui qu'il m'envoie chercher tout à l'heure; que la chose presse, et qu'il y va même de sa vie. Le capitaine reçut l'avis que je lui faisois donner comme un artifice dont je me servois pour regagner ses bonnes grâces, et tâcher de rentrer au service de son neveu; et s'il voulut bien m'entendre, ce ne fut que pour me faire encore maltraiter, si ce que j'avois à lui dire ne méritoit point qu'il m'écoutât. Il me fit donc appeler, et je lui découvris tout. Je lui indiquai l'endroit où étoient les armes, et lui nommai les principaux auteurs du complot, à la tête desquels je n'oubliai pas de placer mon bon ami Soto, à qui je me croyois redevable des coups de latte qui m'avoient été donnés avec si peu de justice.

Le capitaine, après avoir ouï mon rapport,

qu'il ne jugea pas indigne de son attention, fit mettre sous les armes fort prudemment tous les soldats le long de la galère. S'étant, par ce moyen, rendu maître des conjurés, il commença par faire visiter les endroits où je lui avois dit que leurs armes étoient cachées. Il les y trouva ; et ne pouvant plus douter de la vérité de la conjuration, il ordonna qu'on se saisît des chefs, à qui les tourments firent tout avouer. Soto fut mis en quatre quartiers par quatre galères, aussi bien qu'un de ses camarades. On décima les autres, dont deux furent pendus, et on coupa le nez à tout le reste. Soto, avant sa mort, confessa que c'étoit lui qui avoit conseillé de cacher l'assiette et volé le cordon du chevalier.

Lorsque les conjurés eurent été punis, le capitaine fit l'éloge de mon zèle et de ma fidélité. Il ne pouvoit assez admirer le généreux sentiment qui m'avoit fait sacrifier le plaisir de la vengeance au service du roi. Ensuite il me demanda publiquement pardon de son injustice ; et m'ayant lui-même ôté mes fers, il me dit que j'étois libre, et que je sortirois de la galère aussitôt qu'il auroit reçu de la cour une réponse à la lettre qu'il y alloit écrire pour en obtenir ma liberté. Il écrivit effectivement en ma faveur, et fit signer sa lettre par tous les officiers, qui furent bien aises de me marquer par là qu'ils sentoient vivement l'obligation qu'ils m'avoient. Je rendis mille et mille grâces au ciel de l'occasion qu'il m'avoit donnée de me tirer de l'état déplorable où je m'étois réduit par ma mauvaise conduite, et je lui promis qu'à l'avenir je mènerois une vie plus raisonnable.

Telles sont, lecteur, mon cher ami, les aventures qui me sont arrivées jusqu'à présent. S'il m'en arrive d'autres dans la suite, tu peux compter que je ne manquerai pas de t'en faire part.

FIN DE GUZMAN D'ALFARACHE.

LE BACHELIER DE SALAMANQUE,

OU

MÉMOIRES ET AVENTURES

DE

DON CHÉRUBIN DE LA RONDA.

CHAPITRE PREMIER.

De la famille et de l'éducation de don Chérubin. A la mort de son père, un de ses parents le reçoit chez lui. Ses progrès dans l'étude. Il part pour Madrid, et fait connoissance avec un curé. Entretien de ce curé sur l'emploi que don Chérubin veut exercer.

Je dois le jour à don Roberto de la Ronda, qui, des environs de Malaga, où il étoit né, alla s'établir dans la province de Léon. Il y devint secrétaire de don Sébastien de Cespedez, corrégidor de Salamanque, qui le fit alcade de Molorido, gros bourg voisin de cette ville.

Mon père, en vertu de sa charge, prit de sa propre autorité le titre de don, et, par bonheur pour lui, personne ne le chicana là-dessus. Comme il avoit toujours été homme de plaisir et fort désintéressé, il amassa si peu de bien, que, lorsqu'une mort prématurée le ravit à sa famille, à peine laissa-t-il de quoi vivre à sa veuve et à trois enfants dont elle demeuroit chargée. J'étudiois alors avec don César, mon frère aîné, à l'université de Salamanque; et je ne sais comment nous aurions pu faire pour continuer nos études, sans le secours du corrégidor; mais ce généreux seigneur eut soin de nous : il n'épargna rien pour nous bien entretenir. Il nous aimoit; et toutes les fois que nous allions lui faire notre cour, il nous disoit qu'il nous regardoit comme ses enfants. Peutêtre l'étions-nous en effet; ce que je ne crois pourtant pas, quoique ma mère ait eu la réputation d'être un peu coquette.

Malheureusement pour nous, notre protecteur mourut avant que nous fussions hors du collége; de manière que, nous voyant réduits à vivre de notre patrimoine, qui ne pouvoit suffire à tous nos besoins, nous fûmes obligés de nous abandonner à la Providence. Don César, se sentant de l'inclination pour les armes, prit parti dans un régiment de cavalerie que la cour envoyoit à Mi-

lan. De mon côté, profitant de l'amitié qu'un vieux parent, docteur de l'université, avoit pour moi, j'acceptai un logement qu'il m'offrit gratuitement chez lui avec sa table. Par ce moyen, ma mère n'ayant sur les bras que dona Francisca, ma sœur, qui n'avoit que sept ans, se vit en état de subsister doucement avec elle.

Je fis de si grands progrès au collége, qu'on n'y parloit plus que de don Chérubin de la Ronda. Je brillai, surtout en philosophie, par le talent extraordinaire qu'on vit en moi pour la dispute. Enfin je travaillai tant, que je parvins à l'honneur d'être bachelier.

Alors mon vieux docteur, qui commençoit peut-être à se lasser de m'avoir pour commensal, car le bonhomme étoit un peu avare, me tint ce discours : Ami don Chérubin, vous êtes présentement en âge de penser à un établissement, et en état de vous soutenir par vous-même en vous faisant précepteur; c'est le meilleur parti que vous puissiez prendre. Vous n'avez qu'à vous rendre à Madrid; vous y trouverez facilement quelque bonne maison, d'où, après avoir élevé l'enfant, vous sortirez avec une pension pour toute votre vie, ou du moins avec un bénéfice. Vous êtes un habile garçon, et vous avez l'air sage; vous êtes né pour exercer le préceptorat.

Comme je voyois à Salamanque deux ou trois précepteurs qui me paroissoient contents de leur condition, je me mis dans l'esprit que leur poste devoit être plein d'agrément. Ainsi le vieux docteur eut peu de peine à me persuader. Je lui dis que j'étois prêt à partir; et, après l'avoir remercié de ses bontés, je me rendis effectivement à Madrid par la voie des muletiers, avec un coffre qui contenoit tous mes effets, c'est-à-dire un peu de linge, mon habit de bachelier, et quelques pistoles que le vieillard n'avoit lâchées malgré son avarice.

Étant arrivé à Madrid, j'allai descendre à un

hôtel garni où l'on donnoit à manger proprement, et où plusieurs honnêtes gens étoient logés. Je fis connoissance avec eux, et je liai, entre autres, un commerce d'amitié avec le curé de Léganez, qu'une affaire importante avoit amené à Madrid. Il me fit confidence du sujet de son voyage, et je lui appris le motif du mien.

Je ne lui eus pas sitôt dit que j'avois envie d'être précepteur, qu'il fit une grimace dont je ris encore toutes les fois que je m'en souviens. Je vous plains, seigneur bachelier, s'écria-t-il. Que voulez-vous faire? Quel genre de vie allez-vous embrasser? Savez-vous bien à quoi il vous engage? A sacrifier votre liberté, vos plaisirs et vos plus belles années à des occupations pénibles, obscures et ennuyeuses. Vous vous chargerez d'un enfant qui, quelque bien né qu'il puisse être, aura toujours des défauts. Il faudra vous appliquer sans relâche à former son esprit aux sciences, et son cœur à la vertu. Vous aurez ses caprices à dompter, sa paresse à vaincre, et son humeur à corriger.

Vous n'en serez pas quitte, poursuivit-il, pour les peines que votre élève vous fera souffrir. Vous serez obligé d'essuyer de la part de ses parents de mauvais procédés, et de dévorer même quelquefois les mortifications les plus humiliantes. Ne pensez donc pas que le préceptorat soit une condition pleine de douceur : c'est plutôt une servitude à laquelle, pour se réduire, il faut, comme pour se faire moine, être quelque chose de plus ou de moins qu'un homme.

Vous pouvez, ajouta le curé de Léganez, vous en rapporter à moi là-dessus. J'ai fait le métier que vous avez envie de faire. Après celui d'un aumônier d'évêque, c'est le plus misérable que je connoisse; je sais ce que c'est. J'ai élevé le fils d'un alcade de cour; je n'ai pas véritablement tout-à-fait perdu mes peines, puisque ma cure en est le fruit; mais je vous proteste qu'elle me coûte bien cher. J'ai passé huit années dans un esclavage plus rude que celui des chrétiens en Barbarie. Mon élève, qui de tous les enfants du monde étoit peut-être le moins propre à recevoir une excellente éducation, joignoit à une stupidité naturelle une aversion parfaite pour tout ce qui s'appelle ordre et devoir; de manière que, pour l'endoctriner, j'avois beau suer sang et eau, je ne faisois que semer sur le sable. Encore aurois-je pris patience, si l'alcade, moins aveuglé par l'amour paternel, eût rendu justice à son fils; mais ne pouvant le croire aussi stupide qu'il étoit, il s'en prenoit à moi. Il me reprochoit l'inutilité de mes leçons; et, ce qui ne m'étoit pas moins sensible que l'injustice de ses reproches, il me les faisoit sans ménager les termes.

J'avois donc, continua le curé, à souffrir également du père et du fils d'une manière différente; j'avois encore, dans les domestiques, des tyrans de mon repos, des espions vigilants, et des inférieurs toujours prêts à me manquer de respect. La vilaine maison! dis-je au curé. Je vous trouve encore bien heureux de n'en être pas sorti sans récompense. Vous avez raison, me répondit-il; encore observerez-vous, s'il vous plaît, qu'il m'est dû près de mille écus d'appointements dont l'alcade ne songe point à me tenir compte, ou plutôt qu'il croit m'avoir bien payés en me faisant obtenir une cure de campagne. Et votre disciple, repris-je, n'est-il pas reconnoissant des peines qu'il vous a données? Ne vous fait-il pas bien des amitiés lorsque vous vous rencontrez tous deux? Je ne le vois point, repartit le curé : à peine a-t-il été dans le monde qu'il a oublié son latin et son précepteur.

Tels furent les discours que me tint le curé de Léganez, pour m'ôter l'envie d'être précepteur. Néanmoins, tout sensés qu'ils étoient, ils ne firent pas plus d'impression sur moi qu'en font sur une fille tendre ceux qu'on lui tient pour la dégoûter du mariage. Il s'en aperçut; et jugeant bien qu'il perdroit le temps à vouloir me détourner de mon dessein, il poursuivit de cette sorte : Je vois bien qu'il est inutile de combattre votre résolution. Vous voulez donc absolument tâter du préceptorat? A la bonne heure. Mais puisque je n'ai point assez d'éloquence pour vous faire changer de sentiment, du moins souvenez-vous d'un avis que j'ai à vous donner : soyez extrêmement sur vos gardes lorsque vous demeurerez dans une maison où il y aura des femmes; le diable aime à tenter les précepteurs; et pour peu que l'instrument qu'il met en œuvre soit joli, ils ne manquent guère de succomber à la tentation.

Je promis au curé de Léganez de suivre exactement son conseil, le beau sexe étant en effet un écueil redoutable pour moi; car je ne sentois déjà que trop que j'avois reçu de la nature un tempérament contre lequel ma vertu auroit bien à lutter.

CHAPITRE II.

De la première maison où don Chérubin fut précepteur. Quels étoient les enfants qu'il avoit à élever. Imprudence d'un père.

Le curé de Léganez, me voyant déterminé à remplir une place de pédagogue, me donna la connoissance du révérend père Thomas de Villaréal, religieux de la Merci, qui avoit un talent tout particulier pour découvrir les maisons où il falloit des précepteurs. Ce bon père m'en eut bientôt enseigné une, ou plutôt il me mena lui-même chez le seigneur Isidore Montanos, riche bourgeois de Madrid, qui, sur le bien que sa révérence lui dit de moi, m'arrêta sur le pied de cinquante pistoles par an. Montanos avoit été marchand, et s'étoit retiré du commerce, tant pour se décrasser, que pour vivre plus tranquillement. Il avoit deux fils, l'un de seize et l'autre de quinze ans, qu'il me présenta, et dont l'air ne me prévint pas en leur faveur : l'aîné étoit bègue, et le cadet bossu. Je leur fis quelques questions pour tâter leur esprit, et j'eus lieu de juger par leurs réponses qu'il ne tiendroit qu'à eux de profiter de mes leçons.

Mon premier soin dans cette maison fut d'observer tout le monde, depuis le chef jusqu'au dernier laquais, et je me proposai de m'y conduire de façon que je ne fisse paroître aucun défaut, ce qui n'étoit guère plus facile que de n'en avoir point du tout. Je connus en peu de temps les caractères, et cette connoissance m'affligea. Le seigneur Isidore étoit un petit génie qui faisoit le plaisant, et qui avoit toujours quelque fade quolibet à vous débiter. Fier de la possession de dix mille ducats de rente, il marchoit les joues enflées d'orgueil, et faisoit le gros dos. Au reste, il étoit grossier, bourru, brutal et capricieux. De leur côté, ses fils avoient de fort mauvaises inclinations. Quoique le temps ne les eût pas encore fait hommes, ils l'étoient déjà par leurs passions : la nature leur avoit donné, pour ainsi dire, une dispense d'âge pour être vicieux. Ils avoient un laquais favori, une espèce de valet de chambre qui possédoit leur confiance, et leur rendoit les mêmes services que s'ils eussent été dans leur majorité. Je me l'imaginai du moins; et les raisons que j'eus de le croire me semblèrent si fortes, que je ne pus m'empêcher d'en avertir leur père.

Je m'attendois, en lui donnant cet avis, qu'il en sentiroit l'importance, et prendroit feu, comme tout autre père eût fait à sa place. Cependant je me trompai : au lieu d'en paroître ému, il me rit au nez, en me disant : Allez, allez, monsieur le bachelier, laissez-les faire; ils s'en lasseront comme moi. J'étois, ajouta-t-il, un égrillard dans ma jeunesse; je faisois trembler les pères et les maris de mon voisinage. Je ne prétends pas que mes enfants vivent autrement que moi. Je ne vous donne pas cinquante pistoles par an pour m'en faire des saints. Enseignez-leur la langue latine et l'histoire; avec cela inspirez-leur l'esprit du monde, c'est tout ce que je vous demande.

Quand je vis que Montanos n'avoit aucune délicatesse sur les mœurs de ses fils, je cessai de me donner la peine de veiller sur leurs actions; et, me renfermant dans les bornes prescrites, je me contentai de remplir les autres devoirs. Je faisois

traduire à mes disciples les auteurs latins en castillan, et mettre en latin de bons auteurs espagnols. Je leur lisois les guerres de Grenade ou d'autres histoires, et j'accompagnois ma lecture de réflexions instructives. Outre cela, quand il leur échappoit de dire ou de faire quelque chose contre la bienséance ou contre la charité, je ne manquois pas de les reprendre. Mais je leur faisois en vain des remontrances; leur père les rendoit infructueuses par ses discours imprudents et dangereux. Étoit-il en belle humeur, il se vantoit devant eux d'avoir été libertin dans sa jeunesse. On eût dit en vérité qu'il leur racontoit exprès ses débauches, pour les porter à suivre son exemple. Il y a comme cela des pères qui ne s'observent point devant leurs enfants, et qui les détournent eux-mêmes du chemin de la vertu.

Après tout, si le seigneur Isidore n'eût eu que ce défaut-là, nous aurions pu vivre long-temps ensemble. J'en aurois même souffert beaucoup d'autres qu'il avoit, à l'exception de sa mauvaise humeur. Il étoit insupportable quand il s'y mettoit; ce qui n'arrivoit que trop souvent. Alors les discours les plus durs et les plus désobligeants ne lui coûtoient rien. Il étoit même assez injuste pour me reprocher jusqu'aux défauts de ses fils. Pourquoi, me disoit-il, n'apprenez-vous pas à mon aîné (c'étoit le bègue) à parler distinctement? D'où vient que le cadet (c'étoit le bossu) se tient si mal? Pourquoi l'un a-t-il le teint si pâle? Pourquoi les habits de l'autre sont-ils pleins de taches et de poussière.

Voilà ce qu'il me disoit. Le moyen de s'entendre de sang-froid faire de pareils reproches! Un matin, n'y pouvant tenir, je sortis de chez Montanos pour n'y plus rentrer, après lui avoir dit que je ne m'accommodois point d'un homme qui vouloit que le précepteur de ses enfants fût en même temps leur médecin, leur maître à danser et leur valet de chambre.

CHAPITRE III.

Don Chérubin va offrir ses services à un conseiller du conseil de Castille. De l'entretien singulier qu'il eut avec ce magistrat. Sa réponse, et ce qu'il fit.

J'allai, dès le même jour, trouver mon religieux de la Merci, qui ne me blâma point d'avoir quitté le seigneur Isidore. Il me dit au contraire qu'il étoit fâché de m'avoir placé dans une si mauvaise maison. Monsieur le bachelier, ajouta-t-il, revenez ici dans trois jours; je vous aurai peut-être déterré une meilleure place.

Effectivement, quand je le revis il m'apprit qu'il en avoit une nouvelle à me proposer. Un conseiller du conseil de Castille, me dit-il, a besoin d'un précepteur pour son fils unique. Vous pouvez aller vous présenter de ma part à ce magistrat; je lui ai parlé de vous, et je crois que vous vous conviendrez l'un à l'autre. Je vous avertis seulement que c'est un homme fier, comme ces messieurs le sont pour la plupart; à cela près, il est aimable, et d'un très-bon caractère, à ce qu'on m'a dit. Je souhaite que vous soyez plus content de lui que du seigneur Montanos.

Je me rendis à l'hôtel du conseiller. Je trouvai ce juge prêt à monter en carrosse pour aller au conseil. Je m'approchai de lui très-respectueusement, et lui dis que j'étois le bachelier dont le père Thomas de Villaréal lui avoit parlé. Vous avez mal pris votre temps, me répondit-il d'un air grave et sec; je ne puis vous donner audience présentement. Revenez sur les six heures du soir.

Me voyant assigné pour être ouï, je ne manquai pas de comparoître devant mon magistrat avant même le temps prescrit. On m'annonce. Je demeure, et j'attends deux grandes heures pour le moins dans l'antichambre, après quoi l'on m'introduit dans un cabinet, où j'aperçois le juge assis dans un fauteuil. Je lui fis une révérence si profonde, que je pensai donner du nez à terre. Il répondit à mon salut par une légère inclination de tête; et, me montrant du doigt un petit tabouret qui ressembloit assez à une sellette, il me fit signe de m'y asseoir.

Je n'ai jamais vu de personnage d'un maintien plus orgueilleux. Il jeta sur moi des regards critiques, et, se disposant à m'interroger sur faits et articles, il m'adressa la parole dans ces termes : Êtes-vous gentilhomme? Je ne croyois pas, lui répondis-je, qu'il fallût l'être pour devenir précepteur. Cela n'est pas, si vous voulez, absolument nécessaire, me répliqua-t-il; mais, outre que cela ne gâte rien, il me semble que le dogme a plus de force dans la bouche d'un maître gentilhomme que dans celle d'un roturier.

Le respect que je devois à un conseiller de Castille m'empêcha de faire un éclat de rire à ces derniers mots, tant ils me parurent ridicules. Cependant, continua le magistrat, quand vous ne seriez pas noble, je veux bien me relâcher là-dessus, pourvu que vous ayez d'ailleurs toutes les qualités du précepteur que je prétends mettre auprès de mon fils, qui pourra bien un jour remplir ma place.

Je demandai au conseiller de quelles qualités il vouloit que ce précepteur fût pourvu, et il me repartit : Je cherche un sujet qui soit un grand homme, un savant homme, un homme de Dieu, et un homme du monde en même temps. Il faut qu'il réunisse tous les talents, qu'il possède toutes les sciences divines et humaines, depuis le caté-chisme jusqu'à la théologie mystique, et depuis le blason jusqu'à l'algèbre. Tel est le maître que je veux; et comme il est juste de faire un sort agréable à une personne de ce mérite, je lui donnerai ma table avec cinquante pistoles d'appointements. Ce n'est pas tout, ajouta-t-il, je pourrai bien, l'éducation finie, lui faire avoir, par mon crédit, un bénéfice, ou bien le gratifier d'une petite pension viagère.

J'admirai la générosité de ce magistrat; et, demeurant d'accord avec moi-même que je n'étois point ce pédagogue dont il s'étoit formé une si parfaite idée, je me levai de dessus la sellette, en disant au juge : Adieu, seigneur, puissiez-vous rencontrer l'homme que vous cherchez; mais franchement je ne le crois pas plus facile à trouver que l'orateur de Cicéron.

CHAPITRE IV

Le père Thomas, religieux de la Merci, place le bachelier chez le marquis de Buendia. Caractère de l'enfant qu'on lui donne à instruire. Il sort de cette maison. Pourquoi.

Je rendis compte de cette conversation au père Thomas : nous rîmes un peu tous deux aux dépens du conseiller, qui nous parut un original. Je ne serai pas content, me dit ensuite le religieux, que je ne vous aie bien placé : plus je vous vois, plus je vous aime. Je vais me donner pour vous de nouveaux mouvements. Il y aura bien du malheur si je ne vous mets pas à la fin dans quelqu'une de ces bonnes maisons où les précepteurs font la pluie et le beau temps.

Véritablement, peu de jours après, s'imaginant avoir fait ma fortune, il vint à mon hôtel garni, et me dit, avec une émotion qui relevoit le prix du service : Enfin, mon cher bachelier, j'ai un poste excellent à vous offrir. Le marquis de Buendia, l'un des principaux seigneurs de la cour, veut vous confier l'éducation de son fils, sur le portrait que je lui ai fait de vous. Venez me prendre demain au matin, je vous mènerai chez lui. Vous verrez un seigneur des plus polis. Vous serez charmé de la réception qu'il vous fera, et je ne doute nullement que vous ne soyez parfaitement bien chez ce courtisan.

Le lendemain le père Thomas me conduisit au lever du marquis; et ce seigneur me reçut d'un air gracieux, en me disant qu'il étoit persuadé que j'avois du mérite, puisque le révérend père, qui étoit son ami, m'avoit choisi pour me mettre auprès du jeune marquis, son fils. Je vous reçois, poursuivit-il, aveuglément de la main de sa révérence. A l'égard de vos honoraires, je vous donnerai cent pistoles tous les ans, et vous ne sortirez de chez moi qu'avec une récompense digne de vos soins, et mesurée à ma reconnoissance.

Je fis porter dès le même jour mon coffre à l'hôtel du marquis, où je trouvai une chambre meublée exprès pour moi. Je vis mon disciple : c'étoit un enfant de sept ans, beau comme le jour, et d'une grande douceur. Il étoit encore entre les mains des femmes; mais il me fut livré sur-le-champ, et l'on nous donna un valet de chambre et un laquais pour nous servir. Comme les enfants naissent ordinairement avec quelques inclinations qui ont besoin d'être corrigées, je m'attachai à étudier les siennes. Je ne lui en remarquai point de mauvaises, tant les femmes qui avoient élevé sa première enfance avoient eu soin de ne souffrir en lui aucun penchant vicieux. Elles lui avoient même appris à lire et à écrire, de façon qu'il ne savoit déjà pas mal former ses lettres.

Je lui achetai un rudiment, et je commençai à lui enseigner les premiers principes de la langue latine. Je mêlois à mes leçons de petites fables propres à lui ouvrir l'esprit en le divertissant. Il les retenoit avec une facilité surprenante; et lorsqu'il les débitoit à son père, il s'en acquittoit de si bonne grâce, que le marquis en pleuroit de joie. Il est constant que ce jeune seigneur promettoit beaucoup. J'étois ravi de ses heureuses dispositions, et fier par avance de l'honneur que son éducation me devoit faire.

J'étois si content de mon état, que je ne pus m'empêcher d'aller voir le religieux de la Merci pour le lui témoigner. Mon révérend père, lui dis-je d'un air de satisfaction qui lui fit deviner d'abord le motif de ma visite, je viens, plein de reconnoissance, vous rendre les grâces que je vous dois. Vous m'avez mis dans une maison où je suis aimé, considéré, respecté. J'ai pour disciple le sujet du monde le plus docile, et qui ne laisse apercevoir en lui aucun défaut : ce n'est pas un enfant, c'est un ange.

A ces mots, le père Thomas m'embrassa de joie, et me dit : Que vous me faites de plaisir en m'apprenant que vous êtes si satisfait de votre disciple! Je ne le suis pas moins de son père, lui répliquai-je avec la même vivacité. Le marquis de Buendia est un aimable seigneur. Quelle politesse! Il a pour moi des attentions dont je suis confus. Bien loin d'avoir l'humeur inégale, et de ces moments de caprice où les personnes de qualité font sentir leur supériorité, il ne me parle jamais que pour me dire des choses obligeantes. Il a même ordonné en ma présence à ses domestiques de m'obéir, si j'avois quelque ordre à leur donner.

Encore une fois, me dit le religieux, vous me

ravissez : vous ferez indubitablement votre fortune chez ce seigneur.

J'étois donc enchanté de mon poste ; et je souhaitois que le curé de Léganez, qui n'étoit plus à Madrid, fût informé de ma situation. Selon lui, disois-je, il n'y a point de précepteur qui ne soit misérable, et cependant je me vois dans un état digne d'envie.

Je jouis tranquillement de ma félicité pendant une année entière. Quoique je ne touchasse pas un sou de mes appointements, j'avois l'esprit en repos là-dessus. Quand je n'aurai plus d'argent, disois-je, don Gabriel Pampano, notre intendant, m'en fournira ; je n'aurai qu'à lui dire deux paroles, et sur-le-champ il me comptera des espèces tant que j'en voudrai.

Dans cette confiance, je laissai couler encore six mois sans m'impatienter ; mais enfin le besoin où je me trouvai insensiblement d'avoir quelques pistoles pour m'entretenir devint si pressant, que ne pouvant plus différer, je m'adressai au seigneur don Gabriel. Je vous prie, lui dis-je, de me donner trente pistoles à compte sur mes appointements. Monsieur le bachelier, me répondit-il en affectant un air chagrin, vous me prenez sans vert, et j'en suis très-mortifié. Soyez persuadé que je vous donnerois cent pistoles au lieu de trente, si j'étois en fonds; mais je vous proteste que je n'ai pas dix écus dans ma caisse. Vieux style d'intendant, m'écriai-je : si vous aviez envie de m'obliger, vous ne me refuseriez pas ce que je vous demande. Il m'est dû plus de cent cinquante pistoles, et j'ai besoin d'argent; entrez, de grâce, dans ma situation. Prière inutile! J'eus beau dire, j'eus beau presser Pampano de m'aider du moins d'une dixaine de pistoles, le bourreau fut inexorable : c'est un caillou que le cœur d'un intendant.

Cependant mes habits s'usoient à vue d'œil, et je ne savois que faire à cela. Un jour je tirai à part le maître à danser qui venoit montrer au logis, et je lui demandai si ses leçons lui étoient bien payées. Pas trop bien, me répondit-il, je ne sais de quelle couleur est l'argent de monsieur le marquis; je viens pourtant ici, depuis six mois, trois fois la semaine. Vous êtes, ajouta-t-il, dans le même cas apparemment? Vous l'avez dit, lui repartis-je ; et malheureusement pour moi, je n'ai pas vos ressources : vous avez vingt écoliers; s'il y en a dix qui ne vous paient point, vous tirez du moins des dix autres de quoi entretenir votre table, et faire rouler votre petit équipage. Je suis, comme vous voyez, plus à plaindre que vous.

Après avoir encore inutilement fait quelques tentatives pour attendrir le barbare Pampano, je pris le parti de faire connoître mes besoins au marquis. J'eus bien de la peine à m'y résoudre; néanmoins la nécessité m'y força. Je représentai à ce seigneur l'embarras où je me trouvois, et les démarches inutiles que j'avois faites auprès de don Gabriel, quoique je n'eusse demandé qu'une très-petite somme en comparaison de celle qui m'étoit due. Le marquis fut, ou, pour parler plus juste, parut fort en colère contre son intendant, dit qu'il lui laveroit la tête, et qu'il prétendoit que je fusse payé régulièrement de quartier en quartier.

Qui n'eût pas cru, après cela, que j'allois toucher pour le moins une cinquantaine de doublons? Je n'en fus pas toutefois plus avancé, soit que Pampano et son maître fussent en effet fort près de leurs pièces; soit que, ce qui est plus vraisemblable, ils s'entendissent tous deux pour me traiter comme leurs autres créanciers.

J'étois dans un état trop violent pour ne pas m'efforcer d'en sortir. J'employai, pour la quatrième fois, le père Thomas, qui, compatissant à mon malheur, me fit entrer chez un contador. Mais, avant que de quitter le marquis, je lui écrivis une lettre, dans laquelle je lui représentois respectueusement que, n'étant pas assez riche pour continuer à lui rendre service sans intérêt, j'étois dans la nécessité de chercher une autre maison que la sienne; ce que je le suppliois très-humblement de ne pas trouver mauvais. Car, quelque juste sujet que puisse avoir un homme du commun de n'être pas content d'une personne de qualité, encore est-il obligé de filer doux avec elle.

CHAPITRE V.

Le bachelier de Salamanque devient le précepteur du fils d'un contador. Sa joie d'entrer dans une aussi bonne maison. Il est payé d'avance. Il devient amoureux d'une jeune suivante. Son rival le fait renvoyer.

Je passai d'une extrémité à l'autre. Si le contador n'avoit pas la politesse du marquis de Buendia, il étoit en récompense beaucoup mieux en espèces. La charmante maison! On y entendoit, depuis le matin jusqu'au soir, compter de l'or et de l'argent; et ce bruit harmonieux m'enchantoit les oreilles.

Le contador étoit un homme qui alloit d'abord au fait. Il voulut savoir quels appointements je gagnois chez le marquis de Buendia. Ce seigneur, lui dis-je, m'avoit promis cent pistoles par an; mais il n'a pas été exact à tenir sa parole. Le contador sourit à ces derniers mots, et me dit : Hé bien, je vous promets, moi, cent cinquante pistoles, que vous toucherez, et même d'avance, si vous le souhaitez. En même temps, il appela son caissier. Raposo, lui dit-il, comptez tout à l'heure à mon-

sieur le bachelier cent pistoles : et toutes les fois qu'il voudra de l'argent ne lui en refusez pas.

Ces paroles me jetèrent de la poudre aux yeux. Comment diable, dis-je, en moi-même, un marquis et un contador sont deux hommes bien différents! L'un ne paie point ce qu'il doit, et l'autre n'attend pas qu'il doive pour payer. Sitôt que le caissier m'eut délivré les espèces, j'envoyai chercher un tailleur, auquel je commandai un habillement complet, et je lui avançai vingt pistoles, pour imiter les manières des contadors.

Me voyant tout-à-coup en argent, je repris ma bonne humeur, que le marquis et son intendant m'avoient fait perdre, et je commençai à m'acquitter de bon cœur des fonctions du préceptorat. Mon nouveau disciple n'étoit pas fort avancé. Quoiqu'il eût déjà dix ans, il ne savoit pas encore lire; j'étois son premier maître. Monsieur le bachelier, me dit son père, je vous abandonne mon fils; je me repose entièrement sur vous de son éducation. Je ne veux pas en faire un docteur ; enseignez-lui seulement un peu de latin. Donnez-lui ce qu'on appelle des manières, et cherchez quelque habile arithméticien qui lui montre à faire toutes sortes de comptes et de calculs. Chargez-vous de ce soin-là.

Je me préparai donc à répondre aux vues du contador, et à lécher le petit ours auquel il vouloit que je fisse prendre une forme. Je n'eus pas peu de peine à faire connoître à mon écolier les lettres de l'alphabet. Il n'avoit pas plus de disposition à devenir savant que l'élève du curé de Léganez. Cependant je m'y pris de tant de façons, que j'eus le bonheur de parvenir à le faire lire couramment toutes sortes de livres espagnols. Je fis part aussitôt de cette grande nouvelle à madame sa mère, qui en fut transportée de joie. Quoiqu'elle aimât tendrement son fils, elle ne laissoit pas de lui rendre justice; et, regardant comme un prodige l'heureux succès de mes leçons, elle m'en fit tout l'honneur. Je gagnai par là son estime et son amitié.

Insensiblement Porcia, c'est ainsi que se nommoit l'épouse du contador, goûta mon esprit, et prit tant de plaisir à ma conversation, que tous les jours, après la sieste, elle m'attiroit dans son appartement, sous prétexte de voir son fils, que je lui menois. C'étoit une femme de trente-cinq ans tout au plus, fort spirituelle, et si réservée, que je me trompe peut-être quand je pense qu'elle avoit quelque goût pour moi. Néanmoins je ne pus m'empêcher de le croire; et le lecteur jugera par ce que je vais rapporter, si je fus un fat de me l'imaginer.

Quelque aimable que fût encore Porcia, et quoi-qu'elle me regardât d'un œil à me faire soupçonner qu'elle avoit quelque dessein sur moi, je ne répondois nullement aux marques de bonté qu'elle me donnoit. Je n'avois des yeux que pour la jeune Nise, sa suivante, qui, de son côté, m'en voulant aussi, m'agaçoit d'une manière plus efficace. Je ne fus point à l'épreuve de son air coquet et piquant, malgré le fonds de morale et de vertu que je m'étois fait à l'université. Nous nous lançâmes de part et d'autre des œillades si significatives, que nous nous entendîmes; et bientôt l'intrigue fut nouée.

Nise ajoutoit à plusieurs autres talents qu'elle possédoit, celui d'être ingénieuse à inventer les moyens d'avoir des entretiens secrets avec ses amants; et c'étoit un art dont elle avoit besoin dans une maison où elle avoit à craindre le ressentiment d'un galant qu'elle vouloit quitter pour moi, ou du moins à qui elle prétendoit donner un associé. Le valet de chambre de mon disciple étoit ce galant sacrifié. Nise apparemment n'ayant pas trouvé dans ses hommages de quoi contenter sa vanité, s'étoit avisée d'aspirer à la conquête de monsieur le précepteur.

Quoi qu'il en soit, triomphant de mon rival, sans savoir que j'en eusse un, je jouissois tranquillement d'un bonheur qu'il n'ignora pas longtemps. Il eut quelque vent des conversations furtives que j'avois avec sa princesse; et, pour s'en venger, il se résolut à nous perdre tous deux. Il n'éclata point d'abord, n'ayant point contre nous de plus fortes armes que des soupçons qui ne prouvoient rien; il s'y prit avec plus de prudence: il mit dans ses intérêts tous les laquais du logis; et cette canaille, ordinairement ennemie des précepteurs, entra sans peine dans le projet de sa vengeance. De sorte que Nise et moi, observés par tant d'espions, nous ne pûmes éviter le malheur d'être surpris dans un tête-à-tête.

Cette aventure fit un éclat terrible dans la maison du contador. Tous les domestiques à l'envi s'égayèrent à mes dépens. Monsieur, contre l'ordinaire de ses confrères, qui se soucient fort peu que ces sortes de scènes se passent chez eux, prit cette affaire au point d'honneur, et se mit dans une colère effroyable. Madame, encore plus scandalisée que monsieur, dit que c'étoit une chose qu'on ne devoit point pardonner. Comment, s'écria-t-elle, un homme à qui je croyois des sentiments, du goût, s'amuser à une suivante! Enfin, le résultat de cela fut que la catastrophe tomba sur moi. Porcia, qui aimoit sa soubrette, ou qui lui avoit peut-être confié des secrets importants, se contenta de la gronder, et moi, je fus honteusement chassé comme un suborneur, à cause que je n'avois pas fait voir des sentiments plus nobles.

CHAPITRE VI.

Ce que devient le bachelier au sortir de chez le contador. Ses réflexions sur sa conduite. Son hôte le fait entrer chez une veuve. Caractère de cette dame. Don Chérubin, de précepteur qu'il étoit, devient intendant. Inclination de cette veuve pour lui. Entretien de la dame Rodriguez. Sujet de cet entretien, et quel en fut le fruit.

Je n'eus garde, en sortant de chez le contador, d'aller trouver le religieux de la Merci, qui m'auroit sans doute fait de justes reproches sur ma sortie, et qui, ne me regardant peut-être plus que comme un misérable qu'il devoit abandonner, se seroit fait un scrupule de me placer dans une nouvelle maison. Je n'osai même retourner à mon hôtel garni, m'imaginant qu'on y savoit mon histoire; car, quand on fait une sottise, on croit que tout le monde en est d'abord informé. Je me retirai dans un quartier éloigné, et j'y louai une chambre garnie, où, n'étant pas sans argent, je demeurai quinze jours à me consulter sur ce que je devois faire.

Je me rappelai plus d'une fois le conseil du curé de Léganez. Je me repentois de l'avoir négligé; et, me reprochant ma foiblesse, je ne pouvois penser à Nise sans rougir de honte. Ah! malheureux, me disois-je, est-ce donc pour faire l'amour à des soubrettes que tu t'es fait précepteur? Au lieu de porter le scandale de maison en maison, renonce à un emploi que tu remplis si mal; ou bien, si tu veux le continuer, purge tes mœurs, et fais tous tes efforts pour acquérir les vertus qui te manquent pour t'en bien acquitter. En un mot, je me repentis de ma faute; et, à force de me promettre d'être plus sage, je conçus l'espérance de le devenir.

Pendant ce temps-là mon nouvel hôte, m'ayant pris en amitié, songeoit à me rendre service. Monsieur le bachelier, me dit-il un jour, j'ai envie de vous procurer une bonne place, en vous mettant chez une veuve de qualité, qui fait élever sous ses yeux son petit-fils. Ce mot de veuve me fit trembler d'abord. N'y auroit-il point ici quelque nouveau précipice, dis-je en moi-même? Le démon n'auroit-il pas encore envie de me tendre un piége? Mais je me rassurai en faisant réflexion que la dame dont il s'agissoit étoit une grand'mère; ce qui supposoit un âge à servir de frein à mon tempérament. Je répondis donc à mon hôte que je lui serois fort obligé s'il pouvoit me faire ce plaisir.

Je vous promets que je le ferai, me répliqua-t-il; c'est de quoi je suis très-assuré. J'ai été domestique de cette dame, j'en suis écouté; dès aujourd'hui je vous proposerai pour précepteur de son petit-fils. Il n'y manqua pas. Il me loua beaucoup : on eut envie de me voir ; je me présentai : je ne déplus point, et je fus arrêté sur-le-champ.

La veuve se nommoit dona Louise de Padilla. Son époux, officier-général, avoit été tué dans les Pays-Bas, en combattant contre les François. Pour une aïeule, je la trouvai fraîche encore, sans pourtant que sa fraîcheur me parût dangereuse. Elle avoit auprès d'elle, par politique ou autrement, deux femmes de chambre décrépites qui lui prêtoient un air de jeunesse. Une de ces suivantes, appelée la dame Rodriguez, possédoit la confiance de sa maîtresse, et s'étoit acquis sur son esprit un grand ascendant. Je me réjouis intérieurement, et remerciai le ciel de ce qu'au lieu de ces antiques confidentes, dona Louise n'avoit pas auprès d'elle deux gentilles soubrettes, qui auroient peut-être encore porté malheur à ma vertu.

Je m'installai donc à mon poste, et tout alla le mieux du monde au commencement. Je m'attachai à mon nouvel écolier, qui, joignant la docilité à la plus heureuse disposition, apprenoit à merveille les éléments de la langue latine. Il n'avoit pas huit ans accomplis. En moins de six mois, il fit des progrès qui surpassèrent mon attente, et m'attirèrent des présents. Dona Louise me donna une montre d'or. Peu de temps après, elle m'envoya un gros paquet de belle toile pour m'en faire faire des chemises, avec une étoffe de la plus fine laine de Ségovie, pour m'habiller. Mais tous ces dons, que je prenois pour des effets d'une pure générosité, venoient d'une autre cause, comme vous allez l'entendre.

On me vint dire un matin, pendant que je donnois leçon à mon disciple, que madame me demandoit. Je volai aussitôt à son appartement, où elle étoit à sa toilette avec ses deux dames d'atour, qui employoient tout leur savoir-faire à rapiécer, pour ainsi dire, ses appas. Elle étoit dans un négligé assez immodeste pour tenter, s'il n'eût pas en même temps laissé entrevoir de quoi préserver de la tentation.

Lorsqu'elle n'eut plus besoin de ses femmes, elle leur fit signe de se retirer ; et m'ayant fait demeurer auprès d'elle d'un air mystérieux : Mettez-vous là, me dit-elle, et m'écoutez : j'ai sur vous des vues que je suis bien aise de vous apprendre. Je ne vous regarde pas comme un homme qui n'est bon qu'à élever des enfants ; je vous crois propre à bien d'autres choses. J'ai résolu de vous confier le soin de mes affaires. Aussi bien Francisco Forteza, mon intendant, commence à vieillir. Je vais le congédier avec une pension, et vous mettre à sa place, que vous remplirez mieux que lui, sans que vous cessiez pour cela d'être pré-

cepteur de mon petit-fils. Vous pouvez fort bien en même temps exercer ces deux emplois.

Je voulus remontrer à la dame que, n'ayant jamais fait le métier d'intendant, je craignois de ne pas bien m'en acquitter. Vous vous moquez, me dit-elle, rien n'est plus aisé : je n'ai point de procès ; je ne dois pas un maravédis ; il ne s'agit que de toucher mes revenus, et de faire la dépense de ma maison. Vous n'aurez, ajouta-t-elle, qu'à venir tous les matins dans mon appartement ; nous travaillerons ensemble une heure ou deux : je vous aurai bientôt mis au fait. J'assurai la dame que j'étois prêt à faire ce qu'elle désiroit ; et, là-dessus je me retirai, non sans remarquer que ma veuve avoit les yeux étincelants et le visage tout en feu.

J'avois déjà trop d'expérience, ou plutôt trop bonne opinion de moi, pour ne pas expliquer ces symptômes à mon avantage. Je soupçonnai la bonne femme de m'en vouloir, et mes soupçons se tournèrent bientôt en certitude. La dame Rodriguez, un matin, vint me trouver dans ma chambre. Elle me salua d'un air riant, et me dit : Le ciel vous conserve, monsieur le bachelier ! Que me donnerez-vous pour la bonne nouvelle que je vous apporte ? Hé ! qu'avez-vous donc, lui répondis-je, de si bon à me dire ? Que vous êtes, reprit-elle, le plus fortuné des précepteurs passés, présents et futurs. Vous avez enflammé ma maîtresse, qui m'a permis de vous révéler ce secret important.

Mais quoi ! poursuivit-elle en s'apercevant que le bonheur qu'elle m'annonçoit ne m'intéressoit guère, vous recevez cette nouvelle d'un air bien indifférent. Que d'honnêtes gens seroient ravis d'être à votre place ! Si madame n'est plus dans sa première jeunesse, elle n'est pas encore, Dieu merci, arrivée au triste temps où les femmes doivent renoncer au commerce des hommes.

Oh ! pour cela non, madame Rodriguez, lui répondis-je ; il faudroit que j'eusse perdu l'esprit si je pensois autrement que vous. Oui, dona Louise a beaucoup de charmes ; elle est tout au plus au commencement de son automne. Néanmoins, je vous l'avouerai, quelque honneur que me fasse son amour, je ne puis en profiter. Un commerce de galanterie ne convient nullement à un homme de mon caractère. Quoique je ne sois pas encore dans les ordres, ajoutai-je d'un air hypocrite, il suffit que je porte un habit d'ecclésiastique pour garder à cet habillement les engagements que je lui dois.

Ah ! que m'osez-vous dire ! interrompit la vieille Rodriguez avec précipitation ; quelle horrible injustice vous faites à madame ! Pourroit-elle être capable d'une intrigue galante, elle que l'ombre même du crime épouvante? Connoissez mieux dona Louise. Si, sans pouvoir s'en défendre, elle cède à l'amour qu'elle a pour vous, ne pensez pas qu'elle ait envie de le satisfaire aux dépens de sa vertu. Vous le dirai-je! elle s'est déterminée à vous épouser.

Je fus un peu ému de ces dernières paroles. Sage et discrète Rodriguez, répliquai-je à la vieille suivante, quand madame voudroit m'honorer de sa main, ses parents ne traverscroient-ils pas ce mariage? Dona Louise, me repartit la vieille, est maîtresse de ses actions. Outre cela, vous êtes, ce me semble, de race noble; et d'ailleurs elle prétend se marier si secrètement, que personne n'en sache rien. Quand je vis que ma veuve étoit assez folle pour vouloir pousser les choses si loin, je ne crus pas devoir être assez fou pour m'y opposer. Je priai Rodriguez de remercier de ma part sa maîtresse de ses bonnes intentions pour moi, et de l'assurer que j'étois disposé à y répondre.

Je donnai à la soubrette le temps de rendre compte de cet entretien à Dona Louise, après quoi j'allai lui confirmer moi-même le rapport qu'elle devoit lui avoir fait. Madame, dis-je à ma tendre veuve en me jetant à ses genoux, est-il possible que vous ayez laissé tomber vos regards sur un homme si peu digne de vous posséder! Je n'ose qu'en tremblant y ajouter foi. Ne me blâmez pas vous-même, répondit la dame, de ce que je veux faire pour vous. Lorsque je ferme les yeux sur ce qu'il y a de plus répréhensible dans mon dessein, est-ce à vous à me les ouvrir! Profitez de ma foiblesse, au lieu de la condamner. Ce que Rodriguez vous a dit est véritable; vous m'avez plu; et bientôt un mariage secret joindra nos destinées, pourvu que vous soyez aussi sensible que vous devez l'être à mes bontés.

Ah! madame, repris-je en baisant avec transport une de ses mains sèches, croyez-vous qu'un homme qui a des sentiments puisse payer d'ingratitude le sort agréable que vous lui réservez? Non, non, soyez bien persuadée que ma reconnoissance égalera l'excès de mon bonheur.

J'accompagnai ces paroles d'un air et d'un ton des plus séduisants; je fis le passionné; mais s'il y avoit de l'art dans mes démonstrations, il y avoit aussi du naturel. Je me sentois si pénétré des bontés de la dame, que mes yeux déjà commençoient à faire grâce à sa vieillesse.

CHAPITRE VII.

Comment don Chérubin, sur le point d'être l'époux de dona Louise de Padilla, perdit tout-à-coup l'espérance de le devenir. Il est arrêté. Sa frayeur de se voir avec des spadassins. Description du souper qu'il fit, et de sa compagnie. Il sort nuitamment de Madrid.

Dona Louise, ravie de me voir dans la disposition où j'étois, ordonna secrètement les apprêts de notre mariage. Mais, le soir du jour qui devoit le précéder, il survint un obstacle qui nous sépara tous deux.

Au moment que j'allois rentrer au logis, quatre *valientes*, qui portoient les plus épouvantables moustaches qu'on ait jamais vues en Espagne, vinrent fondre sur moi tout-à-coup, et me jetèrent brusquement dans un carrosse, où il y avoit deux autres hommes de leur séquelle. Ils me menèrent à l'extrémité d'un faubourg, me firent descendre à la porte d'une maison d'assez mauvaise apparence, et m'introduisirent dans une salle qui ressembloit à un arsenal. On n'y voyoit que des hallebardes, des épées, des coutelas, des escopettes et des pistolets. Dans un autre temps, j'aurois pris plaisir à considérer une salle si singulière; mais j'étois trop occupé du péril dans lequel je croyois être avec des spadassins dont la vue me glaçoit le sang dans les veines.

Un de ces fier-à-bras, remarquant mon embarras, se mit à rire, et m'adressa ces paroles pour me rassurer : Monsieur le bachelier, ne craignez rien; vous êtes ici en bonne compagnie. Vous êtes avec d'honnêtes gens qui font profession de maintenir le bon ordre dans la société, et d'assurer le repos des familles. C'est nous qui sommes les véritables ministres de la justice. Les juges ordinaires se contentent de suivre scrupuleusement les lois, au lieu que nous y ajoutons quelquefois ce qui leur manque. Les lois, par exemple, ne défendent point à une veuve de qualité d'épouser un homme au-dessous d'elle. Cependant c'est une chose diffamante; aussi ne la souffrons-nous point : et c'est pour prévenir la juste douleur qu'auroit la famille de dona Louise de Padilla, si vous deveniez l'époux de cette dame, que nous vous avons enlevé; ce que nous avons fait à la requête d'un de ses neveux, qui nous a promis cent pistoles pour vous écarter d'elle.

C'est à vous de choisir, continua le vaillant. Si vous refusez de vous éloigner de cette veuve et de Madrid, il nous est enjoint de vous tuer; mais il nous est permis de vous laisser la vie, sans même vous donner les étrivières, si vous abandonnez la partie de bonne grâce. Vous n'avez qu'à opter. Qu'appelez-vous opter? lui répondis-je avec précipitation. Me croyez-vous assez sot pour balancer un moment à quitter Madrid, et toutes les dames du monde ? Je voudrois être déjà bien loin d'ici.

Je vous crois, reprit le brave avec un sourire malin, et sur ce pied-là nous sommes d'accord. Vous souperez et passerez la nuit avec nous à table ; et demain à la pointe du jour, deux de mes camarades vous conduiront jusqu'à Léganez, d'où vous vous rendrez à Tolède, où je vous conseille d'aller demeurer. C'est une belle ville, où il y a bien de la noblesse. Vous y trouverez des places de précepteur à choisir.

Là-dessus je dis à ces messieurs, tant j'avois d'impatience d'être dehors de leurs pattes, que, s'ils vouloient me permettre d'aller loger dans une hôtellerie, je leur promettois, sous peine de retomber entre leurs mains, de sortir de Madrid avant le lever de l'aurore.

Cette proposition fit pousser aux spadassins de longs éclats de rire ; et l'un d'entre eux, m'adressant la parole, me dit : Monsieur le bachelier, vous vous ennuyez avec nous, à ce que je vois ; mais prenez patience, il faut s'accommoder au temps. Préparez-vous à souper gaiement. Vous ferez meilleure chère ici qu'à l'hôtellerie ; et parmi les personnes qui seront à table avec nous, il y en aura peut-être quelqu'une qui pourra vous rendre le repas agréable. Je fus donc obligé de faire de nécessité vertu, puisque je ne pouvois m'échapper. J'affectois de paroître résolu, et même de rire avec ces vaillants, dont la bonne humeur excita peu à peu la mienne, ou du moins m'ôta presque toute ma frayeur.

L'heure du souper étant venue, nous passâmes dans une autre salle, où il y avoit un buffet garni de verres et de bouteilles, et une grande table couverte de plats remplis de toutes sortes de viandes. Nous nous y assîmes avec trois dames qui arrivèrent, et qu'on me dit être les épouses de quelques-uns de ces messieurs : ce que je feignis de prendre pour argent comptant, quoique ces femmes eussent l'air trop libre et trop familier pour qu'on n'eût pas d'elles une plus mauvaise opinion.

Elles étoient dans un négligé galant, et qui ne déroboit à la vue que ce qu'on ne peut montrer sans la dernière effronterie. Au reste, elles pouvoient passer pour trois jolies personnes. Il y en avoit une, entre autres, qu'ils appeloient la Gitanilla, sans doute à cause qu'elle étoit de race bohémienne. Je n'ai jamais vu de créature plus piquante : ses yeux étoient si brillants, qu'ils éblouissoient, et la vivacité de son esprit égaloit celle de ses yeux. Il est vrai qu'elle avoit une intempérance de langue qui l'emportoit quelque-

fois trop loin ; mais on en auroit été bien dédommagé par l'abondance des bons mots et des saillies qui lui échappoient, si ses saillies et ses bons mots n'eussent pas été un peu trop gaillards. Enfin, je l'admirois en l'écoutant, et je sentois qu'une soubrette de cette espèce eût été pour moi, dans une maison, une terrible pierre d'achoppement.

La compagnie commençoit à plaire à monsieur le bachelier. Échauffé par les regards de la Gitanilla, et par le vin qu'il étoit obligé de boire à chaque instant, pour répondre aux brindes qu'on lui portoit de toutes parts, il oublioit insensiblement avec quelle sorte de gens il s'enivroit. Nous demeurâmes à table jusqu'à l'approche du jour. Alors, après avoir dit adieu aux spadassins et à leurs nymphes, je sortis de la ville avec deux d'entre eux, et nous prîmes le chemin de Tolède.

CHAPITRE VIII.

De l'arrivée de don Chérubin à Tolède, et de la première éducation qu'il entreprit. Mauvais caractère de son écolier, qui le prend en aversion. Comment il est congédié.

Lorsque nous fumes arrivés à Léganez, un de mes deux compagnons me dit : Ho çà, monsieur le bachelier, en vous accompagnant jusqu'ici, nous avons exécuté l'ordre dont nous étions chargés ; de votre côté, songez à nous tenir parole : que l'on ne vous revoie plus à Madrid ; car, comme on vous l'a déjà dit, si vous y remettez le pied, vous êtes mort. Messieurs, répondis-je, vous pouvez assurer hardiment tous les neveux et arrière-neveux de dona Louise que vous m'avez pour jamais éloigné d'elle. Là-dessus mes alguazils me souhaitèrent un bon voyage, et nous nous séparâmes en nous faisant réciproquement des civilités.

Notre séparation me délivra d'une grande frayeur.

J'avois appréhendé que les braves, en recevant mes adieux, ne vidassent mes poches. Aussi, dès que je les eus perdus tous deux de vue, je tirai ma montre, et la baisant comme une mère baise son fils échappé du naufrage : Ma chère montre, m'écriai-je en l'apostrophant, vous avez été dans un grand péril ! J'ai cru, je l'avoue, que nous n'arriverions point ensemble à Tolède, et que vous alliez reprendre le chemin de Madrid.

J'avois en effet raison d'être surpris que ces vaillants ne m'eussent pas volé, puisque ces fripons ordinairement ne valent pas mieux que les Bohémiens. Outre ma montre, j'avois une bourse pleine de doublons, qu'en qualité d'intendant de dona Louise, j'avois reçus la veille d'un de ses débiteurs ; si bien que les spadassins auroient plus gagné en me dévalisant qu'ils ne firent en m'écartant de Madrid.

Me voyant à Léganez, je n'eus garde de passer outre sans voir monsieur le curé, mon ami. Je me faisois un plaisir de lui conter ma dernière aventure, et de m'arrêter quelques jours chez lui ; car je ne doutois point qu'il ne voulût me retenir. Mais je fus trompé dans mon attente : je ne trouvai point ce bon curé, lequel, étant de ceux qui n'aiment pas plus la résidence que les évêques, étoit absent. On me dit qu'il étoit parti pour Cuença, et qu'on ne savoit pas quand il en reviendroit.

Je continuai ma route jusqu'à Mosiolès, où j'eus le bonheur de rencontrer un muletier de Tolède qui s'en retournoit avec une mule de renvoi. Je la louai, et je poursuivis mon chemin. Nous fûmes joints près d'Illescas par un ecclésiastique, qui, venant après nous, monté sur un bon cheval, s'étoit hâté de nous atteindre pour avoir notre compagnie. Nous nous saluâmes poliment de part et d'autre, et liâmes conversation. L'envie que j'avois de savoir qui il étoit me fit prendre la liberté de le lui demander. Je suis, me répondit-il, un des soixante chanoines de l'église appelée communément le Saint-Siége de Tolède.

A ces mots, je me sentis saisi d'un profond respect, ayant ouï dire plus d'une fois qu'un canonicat de cette église valoit deux évêchés d'Italie. Voyant donc que j'avois l'honneur d'être avec un si gros bénéficier, je le pris sur un ton plus bas avec lui, et je commençai à mesurer mes paroles. Je ne sais s'il le remarqua, mais il n'en parut pas plus vain ni plus fier. Il s'informa à son tour qui j'étois. Je lui répondis que j'étois un bachelier de Salamanque ; que je venois de la cour, où j'avois élevé un jeune seigneur, et que j'allois à Tolède chercher une nouvelle éducation. Vous la trouverez facilement, me répliqua le chanoine, étant, comme vous paroissez l'être, un garçon de mérite.

Nous ne cessâmes de nous entretenir pendant le voyage ; et lorsqu'étant arrivés à Tolède, il fallut nous séparer tous deux, il me tendit la main en me disant : Sans adieu, monsieur le bachelier, je me nomme le licencié don Prosper : venez me voir, je m'intéresse pour vous. Dès demain je me donnerai des mouvements pour découvrir quelque maison où vous soyez bien. Je remerciai le chanoine de la bonté qu'il avoit d'entrer dans mes intérêts, et j'allai loger dans une hôtellerie que le muletier me vanta.

Quatre jours après, m'étant remis en linge, et m'étant fait faire un habit neuf, je me rendis chez le chanoine, qui me dit : J'ai trouvé votre affaire. Don Jérôme de Polan, chevalier de Calatrava, et mon intime ami, a besoin d'un habile homme pour achever l'éducation du jeune don Louis, son fils unique. Je suis maître de cette place, voulez-vous l'accepter ? Je répondis au licencié que je ne demandois pas mieux ; et sur-le-champ il me conduisit à l'hôtel de don Jérôme de Polan.

Ce chevalier ne vit pas plus tôt don Prosper, qu'il courut à lui les bras ouverts, avec des démonstrations d'amitié qui me firent connoître qu'ils vivoient tous deux dans la plus étroite union. Le chanoine, après avoir reçu et rendu cinq ou six accolades, me présenta au seigneur don Jérôme, en lui disant : J'ai appris que don Louis est actuellement sans précepteur ; je vous en amène un dont je vous réponds. C'est un savant bachelier de Salamanque, qui revient de Madrid, où il a élevé un jeune seigneur.

Don Jérôme, tandis que le licencié lui parloit de cette sorte, me regardoit avec attention ; et il me sembloit, soit dit sans vanité, que je subissois heureusement cet examen oculaire ; c'est ce que j'eus lieu de penser par le remercîment que le chevalier fit à don Prosper, de lui procurer un sujet qui portoit avec lui sa recommandation. Il me conduisit à l'appartement de son épouse, où cette dame étoit avec son fils, auquel je trouvai un petit air mutin, et avec une suivante, qui ne me causa point d'alarmes, quoiqu'elle eût à peine vingt ans. Toutes ces personnes m'examinèrent bien, et j'ose dire que ma mine les prévint en ma faveur.

Me voilà donc retenu dans cette maison, où, étant regardé comme un maître donné par le licencié Prosper, j'eus pendant quinze jours tous les agréments dont le préceptorat peut être susceptible. J'étois considéré de don Jérôme et de sa femme, respecté des domestiques, et je me croyois aimé de mon disciple ; mais je ne le connoissois pas encore. Il avoit un valet de chambre qui, m'ayant pris en affection, me dit un jour : Monsieur le bachelier, je vous trouve un si galant homme, que je ne puis m'empêcher de vous apprendre une chose qu'il vous importe de savoir : vous avez pour écolier un très-mauvais sujet. Don Louis est un menteur, un esprit malin et médisant ; il hait surtout ses précepteurs : il ne peut les souffrir, et il n'y a point de stratagème dont il ne s'avise pour s'en défaire. Les deux derniers qu'il a eus étoient des personnes d'un mérite distingué ; cependant il a si bien fait, qu'on les a remerciés. A ce que je vois, dis-je au valet de chambre, le père et la mère idolâtrent leur fils? Oui, me répondit-il, c'est un enfant gâté ; vous aurez bien de la peine à le rendre disciplinable. J'y ferai, repris-je, tout mon possible, et si malgré mes efforts je n'en puis venir à bout, j'irai chercher ailleurs un élève plus digne de mes soins

Pour n'avoir rien à me reprocher, je commençai à remplir mes devoirs essentiels avec une assiduité qui tenoit de l'esclavage. Je mis tout en œuvre pour me faire aimer et craindre en même temps du petit bonhomme. Quoiqu'il eût douze ans accomplis, et qu'il eût eu déjà trois ou quatre maîtres, à peine étoit-il capable des premiers thèmes. Je lui parlois sans cesse, et tâchois de m'en faire écouter. Je m'attachois à prévenir ses fautes autant que je le pouvois; les avoit-il commises, ou je le punissois sans chaleur, ou je les lui pardonnois sans mollesse.

Néanmoins, avec tous ces ménagements, et malgré toute mon adresse, j'éprouvai la vérité de ce que m'avoit dit le valet de chambre. Don Louis me prit en aversion : et sa haine augmentant à mesure que je montrois plus de zèle pour son éducation, il entreprit de me faire donner mon congé. Pour y réussir, il alloit parler de moi en particulier à ses parents : il se plaignoit, il m'accusoit d'être dur et déraisonnable, me prêtoit des ridicules, et déclaroit que si on ne le délivroit pas de son tyran, il ne feroit aucun progrès dans ses études. Il ajoutoit même à cette menace des pleurs de commande. Enfin il joua si bien son rôle, que ses parents, touchés de sa fausse douleur, prirent son parti, et mirent le précepteur à la porte. C'est ainsi que les pères et les mères, par foiblesse pour leurs enfants, congédieront quelquefois un honnête homme qui n'aura que trop bien fait son devoir.

Pour surcroît de chagrin pour moi, en sortant de cette maison j'allai voir le licencié don Prosper, pour l'informer de ce qui s'étoit passé. Je voulus lui représenter les mauvaises qualités du jeune don Louis, et lui détailler la manœuvre qu'il avoit employée pour me faire chasser de chez lui ; mais le chanoine, apparemment prévenu par don Jérôme, au lieu de me plaindre, m'écouta froidement, et me tourna le dos, après m'avoir dit, d'un air sec, qu'il ne se mêleroit plus de présenter des précepteurs, à moins qu'il ne les connût parfaitement.

CHAPITRE IX.

J'avois fait connoissance avec un petit licencié biscayen, qui faisoit, comme moi, le métier de précepteur, et qui étoit alors aussi sur le pavé. Il se nommoit Carambola. Il n'avoit pas la figure désagréable ; mais il étoit si petit, qu'on l'auroit pu prendre pour un nain. Il avoit en récompense beaucoup d'esprit, et l'humeur fort enjouée. Il pensoit plaisamment, s'exprimoit de même, et ses expressions étoient encore relevées par l'accent de son pays.

J'aimois surtout à l'entendre lorsqu'il se mettoit en colère ; et il ne falloit pour l'y mettre que parler devant lui des pères et des mères. Cette matière ne manquoit pas de l'échauffer. Les parents, disoit-il avec emportement, sont presque tous des ingrats. Ecoutez un père de famille : Je suis très-content, dira-t-il, du précepteur de mon fils ; aussi je prétends lui procurer un établissement solide ; mais rien ne presse : il sera temps d'y penser après que j'aurai retiré mon fils d'entre ses mains.

N'est-ce pas, ajoutoit Carambola, de même que s'il disoit : Je ne veux pas encore faire du bien à un honnête homme qui me rend service actuellement, qui a déjà mérité mes bienfaits ; je penserai à sa fortune quand je ne l'aurai plus devant mes yeux, quand je ne songerai plus à lui?

Telles étoient les tirades réjouissantes dont le Biscayen me régaloit de temps en temps, et dont je ne laissois pas de profiter. Je le rencontrai un soir à la promenade. Il vint m'aborder d'un air riant : Qu'avez-vous, lui dis-je, mon ami? A votre air joyeux on diroit que vous avez déterré quelque poste admirable. Il y a quelque chose de cela, me répondit-il : j'ai découvert en effet une place qui me convenoit fort ; mais, par malheur pour moi, on ne m'a pas trouvé convenable à la place. Je ne vous entends point, lui répliquai-je ; parlez-moi plus clairement. Vous saurez donc, reprit-il, qu'ayant appris hier, par la voix publique, qu'une dame cherchoit un précepteur pour commencer son fils, qui n'a que cinq ans, j'ai ce matin été chez elle pour lui offrir mes services, qui ont été rejetés. On m'a dit que j'étois trop petit. Comment donc, interrompis-je en riant, pour entrer chez cette dame faut-il avoir six pieds de haut? Oui, repartit Carambola. La dame veut un garçon de belle taille ; encore demande-t-elle avec cela qu'il soit fort jeune ; car, quoique je n'aie que trente-trois ans, on m'a trouvé trop vieux.

Je redoublai mes ris à ces paroles, et jugeai que la dame en question devoit être une extravagante. Je le dis au licencié, qui me répondit d'un air sérieux : Non, non, c'est une femme de très-bon sens, une prude qui sait concilier le goût des plaisirs avec le soin de sa réputation, et veut se faire un amant du précepteur de son fils. Comment la nommez-vous? dis-je au Biscayen. Elle se fait, dit-il, appeler madame la marquise. Son mari est un capitaine qui sert en Lombardie. C'est tout ce que j'en sais. Au reste, je puis vous assurer que c'est une belle dame, et qui paroît avoir de l'esprit. N'êtes-vous pas curieux de la voir? Vous m'en inspirez l'envie, lui répliquai-je; et je suis d'avis d'aller demain me présenter à cette marquise. Je vous y exhorte, s'écria-t-il; et je suis persuadé que vous êtes le précepteur qu'il lui faut.

Je ne manquai pas de me rendre le jour suivant chez la femme du capitaine, où je me fis annoncer sous le titre de bachelier de Salamanque. Une vieille suivante, qui ressembloit un peu à Rodriguez, m'introduisit dans un cabinet où sa maîtresse s'occupoit à lire. La marquise suspendit sa lecture en me voyant, et me demanda ce que je lui voulois. Madame, lui dis-je, j'ai appris que vous cherchiez un précepteur pour monsieur votre fils, et je prends la liberté de m'offrir à remplir ce poste, si mes services vous sont agréables. La dame, à ces paroles, attacha ses yeux sur moi. Je ne fus pas moins attentivement considéré de la soubrette; et je m'aperçus que ma personne avoit en elles deux juges favorables : je leur parus un tout autre homme que Carambola.

Monsieur le bachelier, me dit la dame, quel âge avez-vous? Comme je me ressouvins qu'elle avoit trouvé le petit licencié trop vieux à trente-trois ans, je répondis effrontément que je n'en avois pas encore vingt-deux, quoique j'en eusse déjà vingt-six. Tant mieux, reprit la marquise, je veux un précepteur qui soit jeune; j'ai cette fantaisie-là. Mais ne mentez point, poursuivit-elle : êtes-vous un garçon bien rangé? Car je vous déclare que je ne m'accommoderois point du tout d'un libertin qui sortiroit tous les jours de chez moi pour aller se divertir en ville. Je veux un homme sédentaire, et qui élève mon fils sous mes yeux.

Je suis donc votre fait, Madame, m'écriai-je. Quoique je sois à l'âge où les passions sont en fougue, ma raison, aidée des bonnes études que j'ai faites, les tient en bride, de façon que je crains peu leurs saillies. Outre cela, je ne connois personne à Tolède, et surtout aucune femme; ainsi, bornant mes plaisirs à l'éducation de monsieur votre fils, je ne m'attacherai qu'à cultiver cette jeune plante, si vous me faites l'honneur de m'en confier le soin

Je serai bien contente de vous, reprit la femme du capitaine, si vous tenez une conduite si sage. Je vous choisis donc pour instruire et gouverner mon fils. A l'égard de vos appointements, ajouta-t-elle, n'en soyez point en peine : je les réglerai sur votre zèle et sur vos services. Elle accompagna ces paroles d'un air si modeste et si réservé, que,

malgré ma vanité, je ne me laissai point prévenir contre sa vertu, ni ne me flattai pas de l'espérance de m'attirer son attention.

Pour raconter les choses en fidèle historien, je fus frappé des appas de la marquise, qui n'avoit pas encore trente-cinq ans. Sa beauté me parut ravissante. Je sentis, sans savoir pourquoi, une secrète joie de me voir arrêté dans cette maison, d'où je sortis avec empressement, pour y faire apporter mes hardes. Je rencontrai dans la rue le petit licencié, qui m'y attendoit par curiosité. Hé bien! mon ami, me dit-il, comment avez-vous été reçu de la marquise? On ne peut pas mieux, lui répondis-je; et je vous apprends que je suis précepteur de son fils.

A ces mots, Carambola fit un éclat de rire. Je me doutois bien, s'écria-t-il, que votre jeunesse et votre figure ne pouvoient manquer de faire leur effet. Que vous aurez d'agrément chez cette dame! Oh! doucement, s'il vous plaît, monsieur le licencié, interrompis-je en pénétrant sa pensée; jugez d'elle plus charitablement. Pour moi, je la crois vertueuse; elle ne montre du moins que de beaux dehors. Pourquoi taxer d'hypocrisie son air sage? S'il ne faut pas se fier aux belles apparences, il ne faut pas non plus les condamner. Vous avez raison, reprit-il, je puis me tromper; mais je gagerois bien que je ne me trompe pas.

Je retournai quelques heures après à l'hôtel de la marquise avec mes hardes, et là je pris possession d'un appartement préparé pour mon écolier et pour moi. Je demandai à voir l'enfant, qui me fut amené par la vieille femme de chambre que j'avois déjà vue, et qui lui servoit de gouvernante. Je le trouvai fort joli. Il étoit à la lisière, et ne faisoit que bégayer. Quel disciple pour un bachelier de Salamanque! A ma place un pédagogue orgueilleux auroit refusé de s'abaisser jusqu'à montrer les lettres de l'alphabet : mais je regardai cela dans un autre point de vue; et comme Aristote se fit honneur d'être le premier maître d'Alexandre, je me fis gloire d'être celui d'un marquis.

Je m'entretins avec la vieille gouvernante, qui se nommoit Séphora : Seigneur bachelier, me dit-elle, je suis bien aise que votre personne ait plu à madame. Il ne falloit pas moins qu'un homme fait comme vous pour lui agréer, tant elle a le goût délicat. Il est venu se présenter ici vingt précepteurs, dont elle n'a pas voulu, quoiqu'il y en eût pourtant parmi eux d'assez agréables. Vous ne serez pas fâché, poursuivit-elle, d'être entré dans cette maison. Madame la marquise est riche et généreuse : en un mot, votre fortune est assurée, pourvu que vous ayez pour ma maîtresse une complaisance aveugle et des attentions infinies; c'est son foible, je veux bien vous le dire : profitez-en; et surtout accommodez-vous, si vous pouvez, au défaut qu'elle a d'aimer les romans de chevalerie à la fureur. Vous sentez-vous capable d'entrer dans ses sentiments? Sans doute, lui répondis-je; il ne me sera pas difficile de flatter son entêtement, puisque j'aime beaucoup moi-même ces sortes de livres. Cela étant, reprit la soubrette, vous la charmerez. C'est sur quoi vous pouvez compter.

Véritablement, dès la première conversation que j'eus avec la marquise, je m'aperçus que c'étoit une personne qui avoit la mémoire farcie de lambeaux romanesques. Elle ne me parla que de Roland l'amoureux, du chevalier du Soleil, d'Amadis de Gaule, d'Amadis de Grèce, et surtout de l'incomparable don Quichotte de la Manche, et de bien d'autres ouvrages semblables dont elle faisoit ses délices, et qui composoient seuls sa bibliothèque. Quoique je ne fusse pas de son sentiment sur ces productions extravagantes, je feignis d'en être, et je mis ces romans au-dessus de tous les livres du monde. Peut-être aussi que j'en fus la dupe, et que la dame n'affectoit de paroître folle de ces sortes d'écrits que pour parvenir à ses fins. Quoi qu'il en soit, si elle eût borné sa folie au plaisir de lire ces impertinences, j'aurois toujours été assez complaisant pour les louer en dépit du bon sens; mais elle la poussa plus loin.

Monsieur le bachelier, me dit-elle un jour que j'entrai dans son appartement dans le temps qu'elle lisoit don Belianis de Grèce, vous voyez une femme enchantée d'un entretien qu'elle vient de lire. Que don Belianis et Florisbelle savent bien filer le parfait amour! Qu'il y a de délicatesse dans leurs sentiments! Que leurs expressions sont touchantes! J'en suis encore tout émue.

Je le crois bien, Madame, lui répondis-je : rien n'est plus propre à remuer les passions. Je suis comme vous, je me sens transporté de plaisir lorsque je lis certaines conversations dans certains livres de chevalerie; elles jettent mon âme dans un désordre, dans un ravissement.... Qu'entends-je! interrompit la marquise d'un air agité. Est-il possible que je rencontre un homme aussi sensible que moi à la lecture des romans, et que cet homme-là soit vous? J'en ai d'autant plus de joie, que je souhaite d'avoir un amant qui me rende des soins, et me serve en chevalier errant. Je fais choix de vous, mon cher bachelier. Métamorphosons-nous tous deux, vous en héros, et moi en héroïne de chevalerie. Prenez-moi pour votre amante, et je vous aimerai comme mon chevalier. Soupirons l'un pour l'autre; brûlons tous deux d'une flamme aussi vive que celle qui consumoit le prince de Grèce et sa maîtresse.

Elle accompagna ce discours de démonstrations si agaçantes, que le pauvre don Chérubin, qui ne trouvoit déjà la dame que trop aimable, en devint éperdûment amoureux. Au lieu de fuir cette dame insensée, j'eus la foiblesse de me prêter à toutes ses folies. Adieu ma raison. Voilà monsieur le bachelier de Salamanque changé en chevalier errant. Nous commençâmes, la marquise et moi, à nous parler en héros romanesques. J'empruntai le style du chevalier du Soleil, et elle celui de la princesse Lindabrides. Nous avions tous les jours des entretiens sur le haut ton; mais il arrivoit quelquefois par malheur que l'héroïne devenoit un peu trop tendre, et le héros trop passionné.

Tandis que je vivois chez la marquise comme Renaud dans le palais d'Armide, j'appris une nouvelle qui détruisit mon enchantement : on me dit que le capitaine Torbellino, époux de ma princesse, étoit sur le point d'arriver de Lombardie, et l'on m'avertit en même temps que c'étoit un homme violent et jaloux. Pour éviter toute discussion, et n'aimant point les combats singuliers, quoique chevalier errant, je pris la sage résolution de m'éloigner de Tolède; ce que je fis avec d'autant plus de raison, qu'il y avoit au logis un vieux domestique tout dévoué à son maître, qui, par les rapports qu'il pouvoit lui faire, m'auroit exposé à devenir la victime du ressentiment du mari, après avoir été le martyr du tempérament de la femme.

CHAPITRE X.

Je partis secrètement de Tolède un matin, avec un muletier qui alloit à Cuença, ville des plus célèbres d'Espagne. Peu de jours après que j'y fus arrivé, le maître de l'hôtellerie où j'étois logé me dit qu'il connoissoit un vieux prêtre qui se mêloit de placer des précepteurs pour certaine somme qu'il exigeoit de leur reconnoissance; et cette somme, selon la place, étoit plus ou moins considérable.

Je m'informai où demeuroit ce prêtre; et l'étant allé trouver, je lui demandai s'il y avoit quelque poste de précepteur vacant. Il me répondit qu'il y en avoit plusieurs; et comme je lui dis que j'étois un bachelier de Salamanque, il s'écria : C'est faire votre éloge en un mot; je n'ai pas besoin d'en savoir davantage. Je vais vous présenter moi-même au seigneur Diego Cintillo, le plus riche et le plus fameux joaillier de Cuença. Il cherche un homme habile et vertueux pour mettre sous sa conduite un neveu dont il est tuteur. Je crois que vous lui conviendrez parfaitement.

Le vieux ecclésiastique me mena sur-le-champ chez Cintillo, auquel il répondit de moi sans me connoître, et qui me reçut dans sa maison sur le pied de cinquante pistoles d'appointements ; ce que je jugeai à propos d'accepter, en attendant une meilleure place. Le joaillier étoit un homme qui faisoit le dévot : il avoit toujours un rosaire à la main, passoit une partie de la journée à l'église, et concilioit avec cela fort bien le métier d'usurier, qu'il exerçoit si secrètement, que personne ne l'ignoroit dans la ville.

Pour plaire à ce personnage, j'eus soin de me parer d'un extérieur pieux ; ce qui s'accordoit à merveille avec son air hypocrite. Il fit appeler son neveu, qui étoit un garçon de dix-sept à dix-huit ans, et me le présentant : Vous voyez, me dit-il, le disciple que j'ai à vous donner : il sait déjà lire et écrire ; il entend même un peu les auteurs latins. Enseignez-lui la philosophie, et surtout attachez-vous à le porter à la vertu, car c'est le principal.

Mon nouvel écolier s'appeloit Chrysostôme. Il avoit l'intelligence si épaisse, que mes premières leçons furent en pure perte pour lui. Je ne pus m'empêcher de dire à son oncle que je ne trouvois dans mon élève aucune disposition à profiter de mes préceptes, et que je désespérois enfin d'en faire un philosophe. Ne vous rebutez pas, monsieur le bachelier, me répondit-il ; je sais bien que Chrysostôme est un sujet pesant : aussi ne serai-je pas assez injuste pour me plaindre de vous, si vous ne pouvez le rendre savant.

Entre nous, continua-t-il, je vous dirai que j'ai dessein d'en faire un moine : je le crois né pour le froc. J'interrompis le joaillier dans cet endroit : Ah ! seigneur Diego, lui dis-je, gardez-vous bien de forcer les inclinations de monsieur votre neveu ; le nombre des mauvais moines n'a pas besoin d'être augmenté. Que dites-vous ? reprit Cintillo d'un air étonné. A Dieu ne plaise que j'aie envie de contraindre Chrysostôme, et d'en faire un religieux malgré lui. Rendez-moi plus de justice : je ne veux que son bien. Ne le croyant pas fait pour le monde, je souhaiterois qu'il embrassât la vie religieuse de son bon gré. Aidez-moi, je vous prie, à le tourner de ce côté-là. Je double vos honoraires pour mieux vous engager à me seconder. Unissons-nous tous deux pour lui faire prendre ce parti, qui dans le fond est le meilleur. Que j'aurois de plaisir à voir mon neveu vivre saintement dans un monastère !

Le bon joaillier ne disoit pas tout : outre le plaisir qu'il se faisoit d'avoir un nouveau saint Chrysostôme dans sa famille, il n'étoit pas fâché de faire moine un riche neveu dont il devoit hériter dans ce cas-là. J'entrai donc dans ses vues, devant être payé pour cela, et je m'érigeai en

prédicateur. Je commençai à déclamer contre le monde, et à vanter à mon disciple les douceurs de l'état monastique. Cintillo, de son côté, lui prêchoit sans cesse la même chose ; de sorte que le pauvre enfant, étourdi de nos sermons, qu'il prenoit sottement au pied de la lettre, entra au bout de dix mois au noviciat du grand couvent des pères de Saint-Dominique, où, persévérant dans sa ferveur, il procura au joaillier, son oncle, le plaisir de le voir profès, et d'hériter de tout son bien. Alors le seigneur Diego, n'ayant plus besoin de moi, me paya mes honoraires, que j'avois si bien gagnés ; car j'avois presque tous les jours été voir Chrysostôme pendant son noviciat, pour l'entretenir dans ses bons sentiments. Si bien que Cintillo et moi nous nous séparâmes également satisfaits l'un de l'autre.

Peu de temps après je quittai le séjour de Cuença, sur un avis qui me fut donné, et que je ne crois pas devoir passer sous silence. Un jour que je marchois en rêvant dans la rue, je me sentis frapper doucement sur l'épaule. Je tournai aussitôt la tête, et j'aperçus un homme que je reconnus pour un des deux braves qui m'avoient conduit de Madrid à Léganez. Je frémis à la vue de cet oiseau de mauvais augure, et je lui dis avec émotion : Comment donc, seigneur spadassin, serois-je encore assez malheureux pour vous avoir à mes trousses ? Est-ce que je n'ai pas gardé mon ban ? Pardonnez-moi, me répondit-il en riant, vous êtes un homme de parole, et nous n'avons plus aucune affaire à démêler ensemble. Je vous déclare même que vous pouvez retourner à Madrid si vous le souhaitez.

Je vous entends, lui répliquai-je, dona Louise est morte, apparemment ? Non, repartit le brave, elle est encore vivante, et vous pouvez renouer avec elle si le cœur vous en dit ; nous ne vous en empêcherons pas. Je vais vous en apprendre la raison : c'est que notre troupe s'est séparée à l'occasion d'un différend survenu entre deux de nos messieurs pour l'amour de la Gitanilla, de cette petite brune avec laquelle vous avez soupé un soir, et qui vous a paru si jolie. Ils se sont battus en duel pour savoir qui des deux la posséderoit seul, et ils ont eu le malheur de s'enfiler l'un l'autre. Cet événement a donné lieu à une séparation générale, et chacun de nous s'est retiré où il a voulu.

Cette nouvelle me causa une joie infinie ; et je ne manquai pas de reprendre bientôt le chemin de Madrid, ayant d'autant plus d'envie de revoir cette ville, qu'il m'avoit été défendu, sous peine de la vie, d'y remettre le pied.

CHAPITRE XI.

Don Chérubin retourne à Madrid, où il rencontre par hasard un homme qui lui dit des nouvelles de dona Louise de Padilla. Cette dame le fait entrer au service du duc d'Uzède en qualité de secrétaire en second. Connoissance qu'il fait de don Juan de Salzedo. Foible de ce don Juan. Description d'un bal où don Chérubin se trouve. Il part pour Naples en qualité de courrier extraordinaire du comte d'Urenna.

Je ne fus pas sitôt à Madrid, que le hasard me fit rencontrer Martin Cinquillo, mon ancien hôte, celui qui m'avoit placé chez dona Louise de Padilla. Nous nous reconnûmes sans peine l'un et l'autre. Monsieur le bachelier, me dit-il d'un air étonné, est-il possible que je vous revoie sain et sauf après l'aventure qui vous est arrivée ? J'ai cru, je vous l'avoue, que les spadassins qui vous enlevèrent vous avoient ôté la vie ; et dona Louise actuellement vous compte parmi les morts. Que je vais lui causer de joie en lui apprenant que vous vivez encore ! Venez demain chez moi, ajouta-t-il, et je vous dirai comment elle aura reçu cette nouvelle.

Curieux de savoir de quelle façon cette dame seroit affectée de mon retour à Madrid, je ne manquai pas le jour suivant de me rendre chez Cinquillo, où je trouvai la dame Rodriguez qui m'attendoit. D'abord que cette bonne vieille m'aperçut, elle vint au-devant de moi, et m'embrassant la larme à l'œil : Soyez le bien revenu, s'écria-t-elle, seigneur don Chérubin. Hélas ! ma maîtresse et moi nous avions perdu l'espérance de vous revoir. Nous nous imaginions que tous les Padilla, irrités contre vous, avoient eu la cruauté de vous sacrifier à leur ressentiment. Que nous nous sommes affligées dans cette erreur ! Que vous avez coûté de pleurs à dona Louise ! Jugez par là de la joie qu'elle a sentie quand elle a su votre retour. Je viens vous la témoigner de sa part, et vous assurer qu'elle est dans la résolution de contribuer à vous faire un sort agréable.

Ce n'est pas, poursuivit Rodriguez, qu'elle soit encore dans le goût de vous épouser : grâce au ciel, elle a ouvert les yeux sur l'extravagance de ce mariage, et sur le ridicule qu'il lui donneroit dans le monde. En un mot, elle n'y pense plus ; mais elle veut, par amitié, vous mettre en état de faire fortune, en vous plaçant chez le duc d'Uzède, son parent, et favori du roi. Elle se flatte d'avoir assez de crédit pour vous faire recevoir parmi les secrétaires de ce ministre. Vous concevez bien l'importance de ce poste ; et je ne doute pas que vous ne soyez bien aise de le remplir, à moins que vous n'ayez dessein de vous consacrer au service de l'église. Non, non, lui répondis-je, ce n'est pas là mon intention : je me sens assez de vertu pour être secrétaire, mais je n'en ai point assez pour devenir un bon prêtre.

Cela étant, reprit Rodriguez, quittez promptement l'habit que vous portez, et prenez-en un de cavalier. C'est ce que je vous promets de faire sans balancer, lui repartis-je : aussi bien je commence à me dégoûter du préceptorat, qui me paroît un métier qu'un honnête homme ne doit faire que par nécessité. Je me fis donc habiller en cavalier, et j'entrai bientôt dans un bureau du ministère, dona Louise n'ayant eu besoin, pour m'y placer, que de dire un mot à sa nièce, dona Marie de Padilla, duchesse d'Uzède.

Dès que je me vis installé dans mon poste, je témoignai à la dame Rodriguez que je serois bien aise d'aller trouver sa maîtresse pour la remercier. Mais cette suivante me dit : Dona Louise vous en dispense. Après ce qui s'est passé entre vous, elle juge à propos de s'interdire votre vue, de peur de vous exposer encore à quelque désagréable traitement : elle veut vous protéger sans vous revoir, ce que ses parents ne sauroient trouver mauvais ; tenez-lui compte de sa prudence. Je n'ai rien à répondre à cela, lui dis-je, ma chère Rodriguez ; et puisqu'il faut que je renonce au plaisir de rendre de vive voix à dona Louise les grâces que je lui dois, assurez-la du moins de ma part que je suis pénétré de ses bontés. Dans le fond, je n'étois point fâché que ma protectrice ne voulût pas me voir ; car si je me fusse mis sur le pied d'aller chez elle, et de lui faire ma cour, j'eusse fort bien pu avoir affaire à de nouveaux spadassins, qui m'auroient peut-être encore plus maltraité que les premiers.

Comme j'avois une assez belle main, ayant appris à écrire à Salamanque, on m'occupa dans mon bureau à mettre au net toutes sortes d'expéditions. Je fis connoissance avec les commis, et même j'eus le bonheur de m'attirer l'amitié de don Juan de Salzedo, premier secrétaire du duc d'Uzède. Ce don Juan ne manquoit pas d'esprit ; mais il avoit le défaut d'aimer trop le latin, et de citer à tout propos des passages d'Horace, d'Ovide ou de Pétrone. Toutes les fois qu'il me voyoit il me parloit en latin, et je lui répondois dans la même langue, pour m'accommoder à son foible. Je le charmai par là ; ce qui prouve bien que pour plaire aux hommes il n'y a qu'à se prêter à leurs inclinations. Don Chérubin, me dit-il un jour, je vous aime, et quand je trouverai l'occasion de vous en donner des marques, je la saisirai *lubenti animo.* Le hasard voulut qu'elle s'offrît bientôt : mais il faut dire avant ce qui la fit naître.

Un soir qu'il y avoit bal chez la duchesse d'Uzède, à son hôtel de la grande place, où se font les courses et les combats de taureaux, il me prit envie d'y aller. Je vis un grand nombre de seigneurs et des plus belles dames de la cour. On eût dit qu'on avoit choisi les personnes les plus aimables de la monarchie pour en former une si charmante assemblée

Avant que le bal commençât, les femmes se disputèrent les regards des hommes ; mais sitôt qu'on vit danser dona Isabelle de Sandoval, fille unique du duc d'Uzède, il n'y eut plus d'œillades que pour elle : chacun admira ses grâces, son air noble et majestueux, la douceur de ses pliés, la liaison de sa tête avec son corps et ses bras, et la finesse de son oreille : aussi, d'abord qu'elle eut achevé de danser, toute la salle retentit du bruit des applaudissements qu'elle reçut. Elle est inimitable ! s'écrioit un marquis. Que ne paroît-il sur nos théâtres une pareille danseuse ! j'en voudrois prendre soin à quelque prix que ce fût. Je la prierois de me ruiner, disoit un comte. Je lui demanderois la préférence, disoit un duc. En un mot, tous les seigneurs furent enchantés de cette nouvelle Terpsichore, et je n'en fus pas moins frappé qu'eux.

On juge bien qu'une si riche et si noble héritière ne manquoit point d'adorateurs. Parmi ceux qui aspiroient à l'honneur de l'épouser, aucun n'étoit plus en droit de se flatter de cette espérance que don Juan Tellès Giron, comte d'Urenna, fils unique du duc d'Ossone, et le plus digne de posséder Isabelle. Ce jeune seigneur exerçoit à la cour la charge de gentilhomme de la chambre du roi pour son père, qui étoit alors à Naples, dont il avoit le gouvernement.

Tandis que les amants de la fille du duc d'Uzède s'efforçoient par leurs soins de se supplanter les uns les autres, ce ministre envoya chercher le comte, et lui dit : Don Juan, vous savez l'étroite amitié qui nous lie, le duc votre père et moi, et l'intérêt que je prends aux affaires de votre maison ; j'ai jugé à propos de vous entretenir en particulier, pour vous représenter que vous devez profiter du temps pendant que la fortune vous rit. Le duc d'Ossone a plus d'envieux et d'ennemis que jamais : ils travaillent sans relâche à le perdre, ils peuvent en venir à bout. Il faut, tandis que son crédit dure, songer à vous établir : vous êtes en âge de vous marier, et de posséder même de grands emplois. Il y a un an, poursuivit-il, que votre père m'écrivit pour me prier de vous chercher une femme. Je lui répondis qu'elle étoit toute trouvée ; mais comme il a cessé de m'en parler depuis ce temps-là, j'ignore s'il est toujours dans le même sentiment. Ne manquez pas, ajouta-t-il de lui mander ce que je viens de vous dire, et de l'assurer que, s'il veut une bru de ma main,

je lui en destine une qui est assez riche, assez belle et assez noble pour mériter d'avoir un beau-père tel que lui.

A ce discours, le comte d'Urenna, jugeant bien qu'Isabelle étoit la bru dont il s'agissoit, fit paroître sur son visage une joie que le duc d'Uzède ne remarqua pas sans plaisir. Ce ministre toutefois ne fit pas semblant de s'en apercevoir, et dit à don Juan : Envoyez donc en diligence un exprès à Naples, et la réponse que vous fera le vice-roi décidera de votre mariage. Le comte, pour marquer au duc d'Uzède l'impatience qu'il avoit d'être son gendre, prit aussitôt congé de son excellence, en lui disant qu'il alloit écrire à son père ; et sur-le-champ il se rendit chez don Juan de Salzedo, qu'il aimoit comme un ancien serviteur de sa maison, et sans le conseil duquel il ne faisoit rien. Il lui fit part de la conversation qu'il venoit d'avoir avec le ministre, et lui dit ensuite : Je ne sais qui je dois envoyer à Naples : j'aurois besoin d'un homme d'esprit et de confiance, qui pût informer mon père de mille choses secrètes que je n'oserois lui écrire.

Alors Salzedo, songeant à moi, et croyant me procurer une bonne aubaine, me proposa comme une personne fort propre à s'acquitter de cette commission, et dont il répondoit. Là-dessus le comte, s'étant déterminé à se servir de moi, voulut m'entretenir. J'eus avec lui une conférence particulière, dans laquelle il me dit toutes les choses qu'il désiroit que son père apprît. Enfin, après avoir reçu de ce jeune seigneur de très-amples instructions, et deux paquets, l'un pour le duc, et l'autre pour la duchesse d'Ossone, avec une bourse de deux cents pistoles, je me disposai à partir pour l'Italie. Mais avant mon départ j'allai prendre congé du secrétaire Salzedo, qui me dit en m'embrassant avec affection : Allez, mon cher don Chérubin, je suis ravi que vous fassiez ce voyage ; il vous en reviendra de bonnes pistoles, *et Lavina videbis littora.* Je partis donc de Madrid ; et suivant de près un courrier que la cour envoyoit par terre à Naples, j'y arrivai presque en même temps que lui.

CHAPITRE XII.

De quelle manière don Chérubin est reçu du vice-roi de Naples, et des entretiens qu'ils eurent ensemble. Il reçoit des présents considérables du duc et de la duchesse, ce qui le met au comble de la joie. Il retourne à Madrid.

Il y avoit déjà trois ans que le duc d'Ossone étoit vice-roi du royaume de Naples, après avoir, pendant quatre années, gouverné la Sicile. J'allai descendre au Palais-Royal, où il demeuroit, et je me fis annoncer à son excellence comme un courrier que le comte d'Urenna, son fils, lui dépêchoit.

Le vice-roi étoit alors dans son cabinet. Il ordonna qu'on me fît entrer. Je lui présentai le paquet qui lui étoit adressé. Il l'ouvrit ; et, après avoir lu ce qu'il contenoit : Voilà, me dit-il, des dépêches qui me sont d'autant plus agréables, qu'elles me sont apportées par un secrétaire même du duc d'Uzède. Mais dites-moi, je vous prie, continua-t-il, si la fille de ce ministre est d'un mérite aussi rare que mon fils me le mande ? Je me défie un peu des portraits que les amants font de leurs maîtresses. Monseigneur, lui répondis-je, avec quelques couleurs que monsieur le comte ait pu vous peindre Isabelle de Sandoval, la copie ne sauroit être qu'au-dessous de l'original. En un mot, quelque image charmante que vous vous fassiez de cette dame, votre imagination ne peut vous tromper : représentez-vous une personne de quinze ans, qui joint à une beauté parfaite un esprit vif et un jugement solide, cette idée ne renfermera qu'une partie des belles qualités d'Isabelle. Il est vrai qu'elle n'a pas l'humeur sérieuse et la gravité qu'ont ordinairement les dames espagnoles ; mais ce défaut, qui n'en est un qu'en Espagne, trouvera grâce auprès de votre excellence. Vous avez raison, interrompit le duc en souriant ; tout Espagnol que je suis, je préférerai toujours un naturel enjoué à un caractère grave.

Dans cet endroit de notre conversation, la duchesse d'Ossone, ayant su qu'il étoit arrivé un courrier dépêché par don Juan Tellès, entra dans le cabinet, fort impatiente d'apprendre des nouvelles de ce cher fils. Madame, lui dit son époux, il se présente un parti très-avantageux pour le comte d'Urenna : le duc d'Uzède veut bien le recevoir pour gendre, préférablement à plusieurs seigneurs qui recherchent Isabelle, sa fille unique. Je remis aussitôt à la vice-reine le paquet dont j'étois chargé pour elle, et qui ne contenoit que les mêmes choses qui étoient dans l'autre. Lorsqu'elle en eut fait la lecture, ils commencèrent tous deux à délibérer, non s'ils consentiroient à ce mariage, mais sur ce qu'ils avoient à faire dans cette occasion. Ils résolurent de me renvoyer à Madrid dès le lendemain, pour témoigner au duc et à la duchesse d'Uzède l'empressement qu'ils avoient d'allier la maison de Giron à celle de Sandoval ; il fut aussi arrêté entre eux qu'ils écriroient au duc de Lerme et à dona Isabelle.

Ils passèrent la journée à faire leurs dépêches ; et, comme don Juan mandoit à son père que je pourrois l'instruire de plusieurs particularités dont il étoit bien aise de l'informer, j'eus le soir avec son excellence un entretien plus long que le premier. Faites-moi, me dit-il, un rapport fidèle de tout ce que le comte, mon fils, vous a chargé de m'apprendre. Vous m'allez parler sans doute de la dernière lettre que j'ai écrite au roi ; vous m'allez dire qu'elle a révolté la plupart des grands. Justement, monseigneur, lui répondis-je, c'est par là que je vais commencer. En proposant de rendre les charges vénales en Espagne, vous avez soulevé contre vous le conseil, lequel, étant composé de seigneurs intéressés à rejeter cette proposition, n'a eu garde de l'accepter. Ce qu'il y a de plus fâcheux, ajoutai-je, c'est que ces seigneurs ne se contentent pas de s'opposer à la vénalité des charges ; ils éclatent en murmures, et, par de secrètes pratiques, s'efforcent de vous faire passer pour ennemi de la nation. Ils sont même secondés par des seigneurs napolitains, qui, d'accord avec eux, écrivent continuellement à la cour des lettres qui tendent à vous rendre suspect.

Le duc d'Ossone, en cet endroit, ne put s'empêcher de m'interrompre. Voilà, s'écria-t-il en soupirant, voilà ces sujets si fidèles et si zélés, qui protestent qu'ils sont tout prêts à prodiguer leur sang et leurs biens pour la gloire de leur souverain ! Si le roi faisoit acheter les charges qu'il donne en pur don, quelle maison y perdroit plus que la mienne ? Je sacrifie au profit du monarque mes parents et mes alliés ; je n'ai en vue que ses intérêts, et l'on m'en fait un crime ! Telle est la récompense des serviteurs trop affectionnés.

Continuez, poursuivit-il ; je suis très-content du choix que mon fils a fait de vous pour m'instruire de ce qui se passe à la cour à mon préjudice : vous vous acquittez de cet emploi d'une manière qui m'est agréable. Continuez donc. Quelle injustice me fait-on encore ? La plus effroyable, repris-je, et la plus sensible qu'on puisse faire à un fidèle sujet de Philippe : vous avez, dit-on, formé l'ambitieux projet de vous faire roi de Naples.

Le duc, à cette accusation, ferma les yeux, haussa les épaules, et me demanda qui pouvoit être assez son ennemi pour lui vouloir imputer un si coupable dessein. C'est le comte de Bénévent, lui répondis-je, et quelques autres seigneurs qui répandent ce bruit, que vos armements, ou, pour parler plus juste, vos belles actions et vos grands services semblent justifier. Il y a dans votre administration, dont ils sont jaloux, de quoi, disent-ils, faire votre procès. J'ai tort, interrompit encore son excellence, j'ai tort, je connois ma faute présentement : je devois suivre l'exemple des vice-rois de Sicile et de Naples, mes prédécesseurs ; je devois laisser ravager par les Turcs ces deux royaumes, m'enrichir aux dépens du roi et de ses sujets, et après cela retourner à la cour pour y recueillir des louanges sur mon sage gouvernement. O malheureuse monarchie ! s'écria-t-il, en levant les yeux au ciel ; faut-il donc que ceux qui te servent avec le plus d'ardeur, et qui ne cherchent qu'à augmenter ta gloire, passent pour tes ennemis !

Après cette apostrophe pleine d'amertume, le duc me fit de nouvelles questions. Apprenez-moi, me dit-il, qui sont les seigneurs qui ont actuellement le plus de part à la confiance du prince d'Espagne? Je lui en nommai plusieurs, et je n'oubliai pas don Gaspard de Guzman, comte d'Olivarès. C'est ce dernier, lui dis-je, qui paroît le plus chéri. Il est vrai que, si l'on en croit la chronique de Madrid, il se sert d'un moyen sûr pour gagner l'amitié du jeune Philippe. Quel est donc ce moyen? répliqua le duc. C'est celui qui fait réussir toutes les entreprises, lui repartis-je; c'est l'argent : on prétend que le comte d'Olivarès, qui a de grands biens, en emploie une bonne partie à procurer des plaisirs à ce prince, que l'avarice du roi réduit à désirer beaucoup de choses inutilement.

Les chroniqueurs, continuai-je, disent peut-être la vérité : du moins sais-je que le prince d'Espagne, lorsqu'il fait des parties de chasse, trouve souvent de superbes collations préparées par les soins et aux frais de don Gaspard. A ces paroles le vice-roi me dit en branlant la tête : D'Olivarès a bien la mine de supplanter le duc de Lerme et son fils. Je souhaite que ma prédiction soit fausse; mais si par malheur il arrive qu'elle s'accomplisse, qu'ils ne s'en prennent qu'à eux-mêmes. Pourquoi souffrent-ils auprès de l'héritier de la couronne un courtisan fin et délié, qui s'empare à leurs yeux du timon de la monarchie ?

Quand le duc d'Ossone n'eut plus rien à me demander, ni moi rien à lui dire, il me livra ses dépêches, en me disant : Allez vous reposer, et demain retournez en Espagne ; mais avant votre départ, voyez mon trésorier, je lui ai donné des ordres qui vous regardent. Je commençai par là le jour suivant. Je vis le trésorier, qui me mit entre les mains, de la part de son excellence, une lettre de change de trois mille écus, tirée sur un fameux banquier de Madrid, et payable à vue. Outre ce présent, j'en reçus un autre que m'envoya la vice-reine par un de ses écuyers : c'étoit une chaîne d'or admirablement bien travaillée, et qui valoit tout au moins deux cents pistoles. Je partis de Naples avec toutes ces richesses, et repris le chemin de Madrid, où j'eus le bonheur d'arriver sans avoir fait aucune mauvaise rencontre.

CHAPITRE XIII.

Don Juan Tellés épouse la fille du duc d'Uzède. Suite de ce mariage. Du nouveau parti que prit don Chérubin.

J'allai d'abord rendre compte de ma commission à don Juan Tellés, qui m'embrassa de joie lorsqu'il eut fait la lecture de la lettre de son père. Ce jeune seigneur, pour me faire connoître jusqu'à quel point il étoit satisfait de moi, ou, pour mieux dire, des nouvelles que je lui apportois, me gratifia d'une bourse dans laquelle il y avoit deux cents doublons.

Il alla promptement communiquer au duc d'Uzède les dépêches du vice-roi ; et, deux jours après, son mariage avec dona Isabelle de Sandoval fut déclaré. On en fit les apprêts avec toute la magnificence convenable à la qualité des époux ; et le duc d'Uzède eut autant d'empressement à le faire consommer, que le duc d'Ossone avoit d'impatience qu'il le fût. Les parents et les amis des maisons de Giron et de Sandoval le célébrèrent avec de grandes démonstrations de joie, et véritablement l'hymen ne pouvoit unir deux personnes mieux assorties.

A peine les réjouissances étoient-elles achevées, que le vice-roi manda au duc d'Uzède que, pour parvenir au comble de ses vœux, il n'en avoit plus qu'un à remplir, qui étoit d'avoir sa belle-fille auprès de lui ; qu'il le prioit de la lui envoyer pour lui faire voir l'Italie, et particulièrement la ville de Naples ; et qu'enfin, pour rendre ce voyage plus agréable à la jeune épouse, il souhaitoit aussi que son époux l'accompagnât, sous le bon plaisir du roi. Le fils du cardinal de Lerme entra dans les sentiments du duc d'Ossone ; et, se prêtant à ses désirs, il obtint de sa majesté la permission d'envoyer sa fille à Naples avec le comte d'Urenna. Les préparatifs du départ de ces époux furent bientôt faits, le vice-roi ayant expressément défendu à son fils d'avoir une nombreuse et fastueuse suite. Ils partirent donc pour se rendre à Barcelonne, où deux galères, envoyées par le duc d'Ossone, les attendoient pour les transporter à Gênes ; et là don Octavio d'Aragon devoit les venir prendre avec huit galères pour les conduire à Naples.

Il est rare qu'un gueux qui s'enrichit ne se laisse point étourdir de la possession de ses richesses. Je ne fus pas à l'épreuve de ces étourdissements. Lorsque je vins à compter mes espèces, et que je vis que j'avois devant moi près de deux mille pistoles, je me dégoûtai de mon poste de commis. Il me sembla qu'un garçon qui possédoit tant de bien devoit mener une vie libre, indépendante, et surtout oisive, telle qu'est ordinairement celle des honnêtes gens en Espagne. Puisque je puis vivre, disois-je, en cavalier noble, et faire le galant dans le monde, je serois un grand fou de demeurer dans les bureaux du ministère, où il faut travailler toute la journée. Il est bien plus gracieux de n'avoir rien à faire qu'à se promener et qu'à se réjouir avec ses amis.

C'est ainsi que, cédant au penchant qui m'entraînoit, je me laissai tout-à-coup aller au libertinage, sans que ma philosophie pût m'en défendre. Au contraire, je ne voulus écouter aucune remontrance de sa part ; et quand je dis adieu au secrétaire Salzedo, tous les discours qu'il me tint pour m'arrêter dans son bureau, quoique remplis de raison et de latin, furent inutiles. Je louai un bel appartement dans un hôtel garni, et je me fis faire deux riches habits, sous lesquels alternativement j'allois me faire voir à la cour et au Prado.

CHAPITRE XIV.

Don Chérubin rencontre le petit licencié Carambola. De l'entretien qu'il eut avec lui. Aventure plaisante arrivée au licencié. Quelle en est la suite.

Un jour que j'étois à la promenade, où je prenois plaisir à lorgner les dames qui passoient auprès de moi, j'aperçus le petit licencié biscayen que j'avois laissé à Tolède. Il ne me reconnut pas d'abord sous mon nouvel habillement ; mais je l'appelai. Il vint à moi, et nous nous embrassâmes. Je suis ravi, lui dis-je, mon ami, que la fortune nous rassemble ici tous deux. Au lieu de me répondre, Carambola ouvrit de grands yeux, et se mit à me considérer depuis les pieds jusqu'à la tête. Ensuite, riant de toute sa force : Quelle métamorphose ! s'écria-t-il. Vous en cavalier ! Qui vous a fait quitter la soutane pour l'épée ? Je m'en doute bien : c'est cette belle marquise chez qui vous avez été précepteur à Tolède ; c'est elle apparemment qui dérobe à l'église le bachelier don Chérubin. Je lui répondis que non. Vous vous êtes donc, reprit-il, faufilé à Madrid avec quelque riche dame qui fait avec vous bourse commune ? Avouez-moi la vérité, vous avez ici quelque bonne fortune.

Si vous voulez, dis-je au Biscayen, m'écouter un moment, je satisferai votre curiosité. Il me laissa parler. Alors je lui racontai ce qui m'étoit arrivé depuis notre séparation. Après cela je le priai de m'apprendre à son tour ce qu'il faisoit actuellement à Madrid. Toujours le métier de précepteur, me répondit-il ; je n'en puis faire un autre : je suis condamné au préceptorat, ou, pour mieux dire, aux galères pour toute ma vie.

Pendant que vous étiez, continua-t-il, chez la marquise de Torbellino, et que vous y passiez le temps plus agréablement que moi, qui me voyois sur le pavé sans argent, ou du moins fort près d'en manquer, j'abandonnai Tolède, comme une ville qui me devenoit de jour en jour plus désagréable. Je vins à Madrid, où je trouvai moyen d'entrer chez un riche bourgeois qui étoit veuf, et qui avoit un fils de douze ans. Ce bourgeois ne mangeoit presque jamais chez lui. Il alloit dîner et souper en ville tous les jours, ce qui ne rendoit pas au logis notre ordinaire meilleur. Une femme de quarante-cinq à cinquante ans, qui gouvernoit sa maison, nous apprêtoit à manger.

La mauvaise cuisinière ! Tantôt elle mettoit trop de sel dans ses ragoûts, et tantôt trop de poivre, de girofle, ou de safran. J'avois beau m'en plaindre, la maudite créature avoit la malice de ne vouloir pas se corriger. Je crois même qu'elle le faisoit exprès pour me dégoûter de cette maison et m'obliger d'en sortir, m'ayant pris en aversion, je ne sais pas pourquoi, si ce n'est à cause que j'avois avec elle un air de Caton.

De mon côté, pour me venger de cette vieille sorcière, je m'obstinai, malgré ses ragoûts épicés, à demeurer chez ce bourgeois, où je serois encore, sans une aventure qui n'est peut-être jamais arrivée à aucun précepteur. Un jour que j'avois reçu vingt pistoles à compte de mes appointements, j'entrai dans un tripot où j'avois la rage d'aller jouer dès que je me sentois un écu. La fortune, qui m'est plus souvent contraire que favorable au jeu, me rit cette fois-là. Je gagnai dix doublons, qui ne furent pas sitôt dans ma poche, qu'il me prit envie de donner à souper à deux dames avec qui j'avois fait connoissance, et qui demeuroient à la porte du Soleil. Je me rendis chez elles dans cette louable intention, après avoir ordonné chez un traiteur un repas bien conditionné.

Je fus reçu de ces dames d'autant plus joyeusement, que j'avois coutume de les régaler dans les visites que je leur faisois. Nous commençâmes à nous entretenir gaiement ; et d'abord qu'on nous eut apporté le souper que j'avois commandé, nous nous assîmes à table. Je m'attendois à me bien réjouir pour mon argent, quand j'entendis ouvrir la porte de la chambre où nous étions, et que, dans un homme qui entra tout-à-coup, je reconnus le bourgeois dont j'élevois le fils, le père de mon écolier. Il me remit aussi dans le moment ; et sa surprise égalant la mienne, nous demeurâmes tous deux interdits et muets, nous regardant l'un l'autre, comme si nous eussions douté du rapport de nos yeux. Mais le désordre où étoient nos esprits ne dura pas long-temps ; nous nous rassurâmes bientôt, et, perdant la honte de nous rencontrer là, nous nous mîmes à faire de si grands éclats

-de rire, que les dames nous prirent pour deux amis qui se trouvoient chez elles par hasard.

A ce que je vois, Messieurs, nous dit l'une de ces nymphes, vous vous connoissez ? Nous devons bien nous connoître, lui répondit le bourgeois, nous nous voyons tous les jours ; nous mangeons quelquefois ensemble, et nous couchons sous le même toit : il ne nous manquoit que d'avoir des amies communes, nous n'avons plus rien à désirer. L'air railleur dont il dit ces paroles me mit en train de plaisanter aussi ; ce que je fis à tout événement, et bien résolu de rompre en visière au bourgeois, s'il s'avisoit de me chicaner sur notre rencontre chez ces dames. Mais au lieu de me témoigner le moindre mécontentement là-dessus, il s'assit à table avec nous, en disant d'un air aisé qu'il ne croyoit pas être de trop dans la compagnie. Véritablement il fut de si belle humeur, qu'il me parut fort agréable. Il me porta des brindes, et me fit mille amitiés. Insensiblement j'oubliai que j'étois avec le père de mon disciple, et nous fîmes ensemble la débauche.

Lorsqu'il fut temps de nous retirer, nous prîmes congé des dames, et retournâmes au logis. Quand nous y fûmes arrivés, le bourgeois me dit : Monsieur le licencié, je ne vous sais point mauvais gré d'aller chez ces femmes que nous venons de voir ; mais gardez-vous bien, je vous prie, d'y mener mon fils avec vous.

Carambola ne put s'empêcher de rire en achevant ces derniers mots, et ses ris furent accompagnés des miens. Voilà, lui dis-je, un père admirable, et une excellente maison pour un précepteur. Je l'ai pourtant quittée, reprit le Biscayen, pour l'honneur de mon caractère : j'ai cru qu'il ne convenoit point à un licencié vicieux de demeurer dans un endroit où il étoit connu. Je suis placé ailleurs. J'élève le fils naturel d'un conseiller du conseil des Indes, et j'espère que son éducation me sera plus utile que celle d'un enfant légitime. Je souhaite, dis-je à Carambola, que vous ne vous flattiez point d'une vaine espérance ; mais, vous me l'avez dit cent fois, il ne faut pas trop compter sur la reconnoissance des parents. Cela n'est que trop vrai, me repartit le petit licencié ; cependant les personnes à qui j'ai affaire me paroissent si généreuses, que je ne puis m'empêcher de faire un grand fonds sur elles.

CHAPITRE XV.

Don Chérubin fait connoissance avec un aimable cavalier, nommé don Manuel de Pedrilla. De quelle façon ils passoient le temps ensemble. De l'agréable surprise où se trouva un soir don Chérubin en soupant avec des dames. Ce qu'elles étoient. Leurs entretiens.

Notre conversation fut troublée par un cavalier avec qui j'avois depuis peu fait connoissance, et qui me vint joindre à la promenade. Sans adieu, me dit aussitôt le Biscayen, nous nous reverrons. En même temps il se retira, me laissant avec mon nouvel ami, qui se nommoit don Manuel de Pedrilla. C'étoit un gentilhomme de la ville d'Alcaraz, sur les confins de la Castille nouvelle, un cavalier à peu près de mon âge, et d'une agréable figure. L'envie de voir la cour l'avoit attiré à Madrid. Il logeoit dans mon hôtel garni, nous mangions ensemble, et nous allions tous les jours aux spectacles ou à la promenade. Enfin nous nous attachâmes l'un à l'autre, et nous devînmes inséparables.

Un matin, pendant que nous nous entretenions dans son appartement, il y entra un petit laquais qui lui remit une lettre. Don Manuel la lut, et dit ensuite au porteur : Mon enfant, tu peux assurer ta maîtresse que je n'y manquerai pas. Ensuite, m'adressant la parole : Seigneur don Chérubin, poursuivit-il, je dois souper ce soir chez deux dames où il m'est permis de mener un ami ; voulez-vous bien m'accompagner ? J'acceptai la proposition, en répondant avec un sourire à don Manuel que je le remerciois de la préférence. Vous avez raison, répliqua-t-il en souriant à son tour ; la partie que je vous propose mérite bien un remercîment. Sachez que vous souperez avec deux dames des plus aimables et des plus amusantes : elles ont des manières aisées ; ce sont deux femmes de qualité, qui demeurent et vivent ensemble à frais communs, et à la française. Leur maison est ouverte aux honnêtes gens, on y joue et l'on y soupe. Et elles s'entretiennent sans doute du profit du jeu ? interrompis-je en riant. C'est ce que je ne sais point, reprit-il. Peut-être ont-elles des amants qui font secrètement leur dépense ; mais elles ne paroissent pas en avoir : on ne voit rien chez elles qui rende leur vertu suspecte.

Je demandai comment ces dames se nommoient. L'une s'appelle Isménie, répondit mon ami, et l'autre Basilisa. Elles se disent veuves de deux gentilshommes grenadins ; et, à les entendre, elles ne sont venues à Madrid que par curiosité. A laquelle des deux, lui dis-je, votre cœur s'est-il rendu ? J'aime Isménie, repartit don Manuel, et j'ai tout lieu de croire que je ne soupire pas pour une ingrate; mais je n'en suis point aimé comme je voudrois l'être : elle n'a pour moi que des demi-bontés. Que j'ai d'impatience, m'écriai-je, de voir cette Isménie; aussi bien que sa compagne! Vous verrez, me dit-il, deux personnes que vous me saurez bon gré de vous avoir fait connoître.

Le soir étant venu, don Manuel me mena chez ces dames, qui logeoient dans une maison assez belle et fort bien meublée. Mesdames, leur dit-il en me présentant à elles, je crois que vous trouverez bon que je vous amène le meilleur de mes amis, qui est un gentilhomme de la province de Léon, et de plus un garçon de mérite. Les dames lui répondirent que ma vue confirmoit le bien qu'il pouvoit leur dire de moi, et elles m'honorèrent de l'accueil le plus gracieux.

Je ne ferai point le portrait de ces dames; je dirai seulement que je fus frappé de leur beauté, et qu'après un quart d'heure de conversation, je me sentis également charmé de l'une et de l'autre, quoiqu'elles fussent d'un caractère différent. Isménie étoit sérieuse, et Basilisa fort enjouée. La première parloit avec autant de dignité que d'élégance, et ne donnoit rien au hasard; et la seconde hasardoit volontiers, mais presque toujours heureusement. Comme don Manuel s'aperçut que je prenois un extrême plaisir à les entendre : Seigneur don Chérubin, me dit-il, avouez que vous ne me savez pas mauvais gré de vous avoir amené ici?

Au nom de don Chérubin, Basilisa me regarda fort attentivement, et me demanda dans quel endroit d'Espagne j'étois né. Madame, lui répondis-je, la province de Léon m'a vu naître. Pourquoi me faites-vous cette question? La dame parut troublée de ma réponse, et me répliqua de cette sorte : Ce n'est pas sans raison que je vous la fais; je connois quelques personnes de Salamanque. Est-ce dans cette ville que vous avez pris naissance? Non, lui repartis-je, mais aux environs. Je suis venu au monde à Molorido, gros bourg, dont mon père étoit alcade. Comment se nommoit-il? dit Basilisa. Il s'appeloit don Roberto de la Ronda. Ah! mon frère, s'écria la dame en se levant pour venir-m'embrasser, mon cher don Chérubin, c'est vous! Est-il possible que la fortune vous rende aujourd'hui à votre sœur Francisca! car c'est elle que vous rencontrez ici sous le nom de Basilisa.

Le sang fit en moi également bien son devoir. J'eus tant de joie d'avoir retrouvé ma sœur, que je la serrai entre mes bras avec un saisissement qui m'empêcha de parler pendant quelques instants. De son côté, pénétrée de l'excès de ma sensibilité, elle devint muette à son tour; de manière que nous ne pûmes d'abord nous exprimer

que par des larmes. Isménie et don Manuel furent attendris de notre reconnoissance, et nous accablèrent d'accolades, pour nous marquer la part qu'ils y prenoient tous deux.

Après tant d'embrassements, nous nous remîmes à table, et nous recommençâmes à nous entretenir avec la même gaîté qu'auparavant. La conversation n'étoit pas toujours générale. De temps en temps Basilisa, que je n'appellerai plus désormais que dona Francisca, me faisoit tout bas des questions sur la famille; et tandis que nous parlions ainsi, don Manuel entretenoit Isménie de la même façon. La nuit étoit fort avancée quand nous prîmes congé de ces dames. Don Chérubin, me dit ma sœur, venez demain dîner avec moi tête-à-tête. Je meurs d'impatience d'apprendre vos aventures, et vous ne devez pas en avoir moins de savoir les miennes.

CHAPITRE XVI.

Don Chérubin de la Ronda va dîner chez sa sœur. Ils se racontent ce qui leur est arrivé depuis leur séparation. Histoire et aventures galantes de dona Francisca.

A mon retour dans mon hôtel garni, j'eus beau vouloir me procurer quelques heures de sommeil, mes esprits étoient dans une si grande agitation, qu'il me fut impossible de m'endormir.

Je n'étois pas peu curieux d'entendre ma sœur conter les événements de sa vie, quoique je ne doutasse nullement qu'elle ne m'en fît un récit tronqué. De son côté, n'ayant pas moins d'envie de me revoir que j'en avois de l'entretenir, elle ne prit pas plus de repos que moi. Si bien que, m'étant rendu chez elle quand je jugeai qu'il y étoit jour, je la trouvai qui m'attendoit tout habillée dans son appartement. Venez, mon frère, me dit-elle, venez satisfaire ma curiosité; après cela je contenterai la vôtre. Hé bien, qu'avez-vous fait depuis que vous avez quitté l'université de Salamanque? Ma chère sœur, lui répondis-je, j'aurai bientôt rempli votre attente. En même temps je lui détaillai fidèlement mes bonnes et mes mauvaises aventures. Lorsque j'eus cessé de parler, dona Francisca me fit compliment sur l'état présent de ma fortune. Ensuite, se disposant à me raconter son histoire, elle la commença dans ces termes :

Après la mort de don Roberto de la Ronda, mon père, ou, pour mieux dire, du corrégidor de Salamanque, vous prîtes, comme vous savez, votre parti, mon frère don César et vous, et je demeurai avec ma mère, à qui la médiocrité de nos biens ne permettoit pas de me donner une belle éducation; ce qui lui causa tant de chagrin, qu'elle en mourut. Heureusement dona Melancia, ma marraine, et don Balthasar de Favanella, son époux, n'en furent pas plus tôt informés, qu'ils vinrent me chercher à Molorido ; et, comme ils n'avoient point d'enfants, ils m'emmenèrent à Salamanque, dans le dessein de m'élever chez eux. Je retrouvai dans ma marraine et dans son mari de nouveaux parents, qui, me donnant tous les jours de nouvelles marques de tendresse, me permettoient peu de sentir le malheur d'être orpheline

Quoique je n'eusse guère alors plus de dix ans, j'étois si avancée pour mon âge, que je m'attirai l'attention de don Fernand de Gamboa, jeune gentilhomme de nos voisins. Il venoit souvent au logis avec son père, qui vivoit dans une liaison si étroite avec don Balthasar, qu'ils étoient presque toujours ensemble. A la faveur de cette union, don Fernand avoit la liberté de me voir et de me parler quand il lui plaisoit. Comme il n'avoit que deux ou trois années plus que moi, on ne croyoit pas devoir encore épier nos petits entretiens : cependant nous méritions déjà d'être observés; et peut-être s'en seroit-on bientôt aperçu, si tout-à-coup on n'eût pas fait disparoître à mes yeux don Fernand. Mais son père l'emmena brusquement à la cour avec lui, pour le mettre dans la garde espagnole, où il venoit d'obtenir une enseigne par le crédit de ses amis. Je fus deux ou trois jours fort affligée de la perte de mon amant; mais enfin je m'en consolai comme une grande fille.

Peu de temps après le départ du jeune Gamboa, je fis naître une nouvelle passion. Don Balthasar, quoique âgé de cinquante et quelques années, prit dans mes yeux un amour auquel je répondis d'abord sans m'en apercevoir, recevant les caresses qu'il me faisoit comme des marques innocentes de l'amitié d'un parrain ; car je l'appelois ainsi. Ce vieux pécheur m'auroit infailliblement séduite, si par bonheur ma marraine n'eût pénétré et fait avorter son dessein, en m'envoyant promptement à Carthagène, dans un couvent dont l'abbesse étoit sa parente. Après avoir évité deux écueils dangereux, j'entrai dans ce monastère comme dans un port où vraisemblablement je devois être à couvert des traits de l'Amour. Mais ce dieu, attaché à sa proie, avoit résolu de me poursuivre partout ; et je ne crois pas qu'il y ait d'asile qui lui soit inaccessible

Madame l'abbesse, à qui dona Melancia m'avoit fortement recommandée, me prit en affection. Elle me mit au nombre des pensionnaires et des jeunes religieuses qui composoient sa cour, et parmi lesquelles il y avoit des personnes d'une beauté parfaite. Toutes ces filles à l'envi s'empres-

soient à la divertir par leurs talents. Celles qui avoient de la voix formoient des concerts avec celles qui savoient jouer de quelque instrument ; et celles qui dansoient avec grâce concouroient aussi au plaisir de l'abbesse, laquelle, environnée de ces gentilles pucelles, ressembloit à Diane au milieu de ses nymphes. Je voyois d'un œil d'envie les efforts que ces filles faisoient pour lui plaire, et j'aurois voulu réunir en moi tous leurs divers talents pour lui devenir plus agréable. Quoique j'eusse des principes de danse, et que je ne manquasse pas de voix, je n'étois qu'une ignorante, ou du moins je n'étois pas encore assez habile pour contribuer au divertissement de notre abbesse, qui, voyant ma bonne volonté, me fit apprendre à danser et à chanter par deux excellents maîtres.

Ils eurent peu de peine à me perfectionner dans ces deux arts, tant j'y avois de disposition. En moins d'une année ils me rendirent la meilleure chanteuse et la plus forte danseuse du couvent. J'appris aussi à pincer un luth avec délicatesse ; de sorte que je devins peu à peu un sujet admirable et universel. Toutes les dames de Carthagène qui venoient prendre part à nos fêtes m'accabloient de compliments, et n'oublioient pas d'en faire à madame l'abbesse sur l'avantage qu'elle avoit de posséder une fille d'un si rare mérite. L'abbesse elle-même se faisoit honneur de mes talents, qu'elle regardoit en quelque façon comme son ouvrage. Néanmoins, au lieu de s'applaudir de me les avoir fait acquérir, elle devoit plutôt se le reprocher. Aussi eut-elle bientôt sujet de s'en repentir. Un de ses neveux, qu'elle aimoit tendrement, et qui se nommoit don Gregorio de Clévillente, vint à Carthagène exprès pour la voir, et pour passer quinze jours avec elle ; ce qu'il avoit coutume de faire une fois tous les ans. Ce cavalier étoit jeune, beau et très-bien fait. Il soupoit tous les soirs au parloir avec sa tante et ses pensionnaires favorites, du nombre desquelles j'avois l'honneur d'être. Les plus spirituelles tenoient pendant le repas des discours réjouissants pour divertir don Gregorio ; et, après le souper, toutes les personnes capables de former un concert s'assembloient, et la fête finissoit toujours par des danses.

Je remarquai le premier jour que Clévillente, charmé de voir tant de belles filles ensemble, promenoit sur elles des regards incertains, sans pouvoir se décider pour aucune. Quand l'une le touchoit par une voix moelleuse, l'autre le ravissoit par une danse remplie de grâces : il étoit aussi embarrassé qu'un sultan qui veut jeter le mouchoir. Il se détermina pourtant, et devint amoureux de ma figure, au préjudice de plusieurs personnes qui valoient mieux que moi. Il me le fit assez connoître par les œillades qu'il me lança le second jour, ou plutôt il n'eut des yeux que pour votre sœur.

Je ne fis pas semblant d'y prendre garde, et je ne répondis point à ses mines ; mais le diable n'y perdit rien. Dès le moment qu'il me parut que je m'étois fait un amant de don Gregorio, je me sentis naître de l'inclination pour ce cavalier, que j'avois auparavant impunément regardé. Quelle joie pour lui s'il eût pu lire sur mon visage ce qui se passoit dans mon cœur ! Mais j'y renfermai si bien mon amour naissant, qu'il n'en eut pas le moindre soupçon. Au contraire, s'imaginant que je n'avois fait aucune attention à ses regards, il entreprit de me déclarer ses sentiments en termes formels ; et voici de quelle manière il réussit dans son entreprise.

Il fit confidence de sa passion à un jeune valet de chambre qu'il avoit, et qui étoit un garçon fort adroit. Brabonel, lui dit-il ensuite, pourrois-tu bien faire tenir secrètement un billet à dona Francisca ? Pourquoi non ? lui répondit Brabonel ; j'ai fait des choses beaucoup plus difficiles. J'ai lié connoissance avec une tourière de ce couvent, et je puis vous assurer que je l'engagerai facilement à vous rendre ce petit service. Donnez-moi seulement votre lettre, et je me charge du reste.

Brabonel ne se vantoit pas sans raison d'être des amis de la tourière, puisque effectivement dès le même jour elle me dit, en me coulant secrètement dans la main un billet de Clévillente : Tenez, belle Francisca, lisez ce papier, vous y verrez quelque chose qui vous fera plaisir. Je lui demandai ce que c'étoit ; mais au lieu de me répondre, elle s'éloigna de moi avec une précipitation qui me fit soupçonner cette bonne tourière d'être un peu trop obligeante.

Je trouvai en effet dans la lettre de don Gregorio une déclaration d'amour des plus vives ; et ce cavalier m'y pressoit, par des instances énergiques, de lui permettre de me parler en particulier. J'aurois dû, je l'avoue, porter d'abord ce billet à madame l'abbesse ; mais c'est ce que je ne fis point, et ce que je ne fus pas même tentée de faire : une fille de treize ans n'a pas tant de prudence. Plus flattée de la conquête d'un amant qui ne me déplaisoit pas, qu'irritée de son audace, je pris le parti de dissimuler, et de voir s'il persisteroit à m'aimer, ou plutôt à vouloir me séduire ; car il n'avoit pas une autre intention. Il fit donc encore agir la tourière, qui ne se contenta pas de me remettre de sa part d'autres billets ; elle eut l'adresse de m'engager à lui faire réponse, et de nous ménager même une entrevue, dans laquelle don Gregorio me fit entendre qu'il avoit résolu de m'épouser ; mais que, pour y parvenir, il falloit qu'il m'en-

levât, attendu que sa tante ne consentiroit point, disoit-il, à notre mariage.

Il eut peu de peine à me persuader ; et, m'imaginant que je suivois un époux, je me laissai docilement conduire sous un habit d'homme au château de Clévillente, où pendant deux mois mon ravisseur eut pour moi de grandes attentions. Il en eut moins dans la suite, et son amour enfin se refroidit. Je lui fis ressouvenir qu'il m'avoit promis de m'épouser, et je le pressai de me tenir parole ; il me paya de défaites. Cela me déplut ; et, piquée de sa mauvaise foi, je commençai à le mépriser. Du mépris je passai à la haine ; et lorsque j'en fus là, j'eus bientôt pris la résolution de quitter le parjure ; ce que j'exécutai courageusement. Un jour qu'il étoit allé à la chasse du côté d'Alicante, je m'échappai sous mon habit d'homme, et marchai vers Origuela, où j'arrivai sur la fin de la journée. J'entrai chez une bonne veuve qui tenoit hôtellerie, et qui jugeant à mon air que je devois être un enfant de famille qui couroit le pays : Mon petit gentilhomme, me dit-elle, que venez-vous faire à Origuela ? Je viens, lui répondis-je, y chercher condition ; je servois à Murcie en qualité de page une dame dont je n'étois pas content ; je l'ai quittée, et j'ai dessein d'aller de ville en ville jusqu'à ce que j'aie trouvé une nouvelle maîtresse, ou quelque seigneur qui veuille me prendre à son service.

Un garçon fait comme vous, me dit la fille de l'hôtesse en se mêlant de notre entretien, ne sera pas long-temps dans la ville sans être bien placé. Je répondis par une révérence à ce gracieux compliment, et je m'aperçus que la personne qui venoit de le faire me considéroit avec une extrême attention. Je remarquai de plus que c'étoit une fille de ving-cinq à trente ans, assez jolie et très-bien faite : observation qu'un cavalier à ma place eût faite peut-être avec plus de plaisir que moi.

Me sentant fort fatiguée d'avoir marché toute la journée, je demandai une chambre pour m'y aller reposer. Juanilla, dit alors l'hôtesse à sa fille, menez ce petit poulet au cabinet qui donne sur le jardin, et où il y a un bon lit. Juanilla m'y conduisit aussitôt, et, lorsque nous y fûmes toutes deux arrivées, elle me dit : Seigneur page, vous serez ici comme un prince. Quand il vient loger dans cette hôtellerie quelque homme d'importance, c'est dans cette chambre que nous le faisons coucher.

Pour mieux contrefaire un cavalier qui se trouve en pareil cas, je crus devoir faire le galant, et prodiguer des douceurs ; ce que je fis pourtant avec beaucoup de prudence, de peur d'allumer un feu que je ne pouvois éteindre. Mais, avec quelque circonspection que j'affectasse de lui parler, tous les mots flatteurs qui m'échappoient étoient autant de flèches qui lui perçoient le cœur. Lorsqu'elle voulut se retirer, je l'embrassai, et cet embrassement acheva de lui faire perdre la raison. Néanmoins elle sortit brusquement de la chambre comme une fille qu'agitent des mouvements trop tendres, et qui craint de succomber à sa foiblesse.

Je fus ravie de sa retraite; et m'étant couchée un moment après, le sommeil s'empara de mes sens. Je me réveillai au milieu de la nuit; et entendant marcher quelqu'un dans la chambre, je demandai qui c'étoit. Aussitôt une voix me répondit d'un ton bas et plein de douceur : Beau page, qui goûtez le repos que vous ôtez aux autres, réveillez-vous pour apprendre votre victoire : vous avez enflammé Juanilla, qui mourra de douleur et de désespoir si vous dédaignez son cœur et sa main.

Je feignis, pour l'amuser, d'être sensible à son amour, croyant que j'en serois quitte pour des discours passionnés; mais elle s'approcha de mon lit, et m'agaça de manière qu'il me fut impossible de la tromper plus long-temps. Ma chère Juanilla, lui dis-je, que ne puis-je sceller votre passion du sceau de l'hyménée! Vous êtes la personne du monde pour qui j'aurois le plus de goût, si le ciel m'eût fait homme au lieu de me faire naître fille comme vous.

Si les ténèbres de la nuit ne m'eussent pas caché son visage, je suis sûre que je l'aurois vue changer de couleur à ces paroles; et quand elle ne put plus douter de ma sincérité, je crois qu'elle fut un peu fâchée d'être détrompée. Néanmoins, prenant en fille d'esprit le parti de rire de son erreur, elle se soumit de bonne grâce à la nécessité. Par ma foi, s'écria-t-elle, je suis plus heureuse que sage, et il faut avouer que je l'ai échappé belle. Quand je songe à la foiblesse que je me sentois pour vous, je frémis d'un péril où je ne me suis point trouvée.

Lorsque je vis que Juanilla le prenoit sur ce ton, je suivis son exemple; et, après nous être toutes deux répandues en plaisanteries sur cette aventure, nous nous vouâmes l'une à l'autre une éternelle amitié. Pour m'engager à lui conter mes affaires, elle me fit confidence des siennes; et j'eus tout lieu de juger par son récit qu'elle n'avoit pas toujours rencontré des filles sous des habits de garçon. La franchise de Juanilla excita la mienne. Je lui fis un détail fidèle de mon enlèvement, et lui appris pourquoi je m'étois séparée de mon ravisseur. Elle me loua d'avoir eu la force de m'éloigner de ce lâche et perfide suborneur; ensuite elle me conseilla de cesser de me travestir, afin,

ajouta-t-elle en souriant, que d'autres filles n'y soient point attrapées.

Je n'ai pas, lui dis-je, une autre intention que celle de me mettre auprès de quelque dame de qualité; et je suis en état d'acheter des habits de fille, en me défaisant d'un gros brillant que je tiens de don Gregorio. Gardez votre diamant, interrompit Juanilla, et me laissez suivre une idée qui me vient. Je suis connue, et j'ose dire aimée, d'une riche et vertueuse dame qui fait son séjour à Origuela depuis la mort de son mari, qui étoit gouverneur de Mayorque. Je ne veux que l'entretenir de vous un moment, et je ne doute pas qu'elle ne veuille vous avoir.

Je laissai agir Juanilla, qui me dit dès le jour suivant : J'ai parlé à la comtesse de Saint-Agni; et, sur le portrait que je lui ai fait de vous, cette dame a témoigné qu'elle seroit bien aise de vous avoir. Je lui ai, à la vérité, raconté votre infortune; pardonnez-moi cette indiscrétion, je ne vous en ai que mieux servie. La comtesse est la meilleure femme que j'aie jamais connue : une jeune fille qui a été séduite lui paroît plus digne de pitié que de mépris. En un mot, elle compatit à votre malheur, et n'impute votre faute qu'au traître qui vous l'a fait commettre.

Vous êtes donc à madame de Saint-Agni, continua la fille de l'hôtesse. Allez la trouver tout à l'heure; elle veut vous voir en page, après quoi elle vous fera donner un autre habillement. Je remerciai Juanilla du service qu'elle m'avoit rendu, et m'étant fait enseigner la demeure de la comtesse, je m'y transportai sur-le-champ.

CHAPITRE XVII.

Dona Francisca va se présenter à la comtesse de Saint-Agni. De la réception gracieuse que cette dame lui fit, et de l'entretien qu'elles eurent ensemble. Caractère de la comtesse. Dona Francisca hérite de mille pistoles. Ses regrets sur la mort de la comtesse. Résolution qu'elle prend avec Damiana.

Vous vous imaginez bien, mon frère, poursuivit ma sœur, que je ne m'offris pas sans rougir à la vue d'une dame qui savoit mon histoire. Je fis plus, je me troublai; et, quoique naturellement assez hardie, je ne m'approchai de la comtesse qu'en tremblant. Elle s'aperçut de mon désordre, et pénétrant ce qui le causoit : Rassurez-vous, me dit-elle, après avoir fait sortir une femme qui étoit dans sa chambre. Juanilla m'a tout dit, et je vous plains. Si votre jeunesse, votre honte et votre repentir ne peuvent rendre votre faute excusable, ils vous attirent du moins ma compassion.

A ces paroles je me laissai tomber aux pieds de la comtesse, et je ne lui répondis que par un torrent de larmes que je ne pus retenir. Mes pleurs produisirent un effet admirable. La dame en fut attendrie ; et me relevant avec bonté : Consolez-vous, ma fille, me dit-elle, il est inutile de vous affliger présentement. Prenez plutôt une ferme résolution d'être désormais toujours en garde contre les hommes : vous ne pouvez trop vous en défier ; vous êtes à peine au printemps de vos jours ; vous êtes jolie, vous devez craindre de nouveaux séducteurs.

La dame de Saint-Agni me tint encore d'autres discours semblables pour me porter à la vertu. Ensuite, voulant savoir de moi-même qui j'étois et m'entendre parler, elle me questionna sur mes parents. Comme je ne suis pas d'une naissance assez basse pour en rougir, je ne me dis point d'une famille au-dessus de la mienne, et je fis des réponses sincères à toutes ses questions. Quelque basse que soit la naissance, on n'en doit pas rougir : la condition ne donne pas des vertus. .

Elle parut assez contente de mon esprit. Francisca, me dit-elle après une longue conversation, je suis ravie que la fortune vous ait adressée à moi. Je conçois de l'affection pour vous, et je veux vous tenir lieu de mère. Je rendis toutes les grâces que je devois à une dame si généreuse ; et, me hâtant de profiter de ses bontés, j'entrai chez elle dès le lendemain, moins sur le pied d'une soubrette, que comme une fille que madame aimoit, et dont elle vouloit prendre un soin particulier.

Je m'étudiai d'abord à connoître ma maîtresse à fond. Que cette étude me fit découvrir en elle de bonnes qualités ! Je la trouvai douce, affable, débonnaire, et d'une humeur égale : elle étoit spirituelle, prudente, vertueuse et même dévote sans affecter de le paroître. Une maîtresse d'un si rare caractère est trop aimable pour n'être pas adorée des personnes qui la servent : aussi la comtesse étoit l'idole de ses domestiques. Pour moi, j'en étois si charmée, que je ne croyois pouvoir apporter assez d'attention à lui plaire. Je ne suis pas maladroite ; et je sus si bien lui faire ma cour, que je gagnai en peu de temps sa confiance, ou du moins que je la partageai avec Damiana, vieille femme de chambre, qui depuis vingt années étoit à son service.

Vous observerez, s'il vous plaît, que madame de Saint-Agni étoit alors sur la fin de son neuvième lustre. Elle avoit passé pour une beauté dans sa jeunesse ; elle étoit même fort belle encore ; mais ses appas commençoient à céder au pouvoir du temps. Je fus assez surprise un matin de l'entendre soupirer tristement à sa toilette, et de remarquer qu'elle avoit les yeux baignés de pleurs. Je pris respectueusement la liberté de lui demander si quelque secret ennui troubloit son repos. Elle

ne me répondit que par un long soupir. Je la pressai de me dire ce qu'elle avoit ; et mes instances furent si fortes, qu'elle n'y put résister. Oui, ma chère Francisca, dit-elle en me regardant d'un air triste, oui, je suis la proie d'un chagrin d'autant plus vif, que je suis obligée de le renfermer au fond de mon âme.

N'en demeurez point là, madame, lui répliquai-je, voyant qu'elle cessoit de parler, ouvrez-moi votre cœur. Ne me cachez pas le sujet de vos peines ; je les partage déjà sans les connoître, et vous les soulagerez en me les apprenant. Je n'ose vous les révéler, repartit ma maîtresse : il y a du ridicule à les sentir, et je ne puis sans confusion vous en faire confidence. Vous me les découvrirez pourtant, ma chère maîtresse, lui dis-je en me jetant à ses genoux, je ne puis vivre sans les savoir. Devez-vous me les laisser ignorer, à moi qui vous suis entièrement dévouée ? Ne me faites plus, de grâce, un mystère de ce qui vous chagrine. S'il ne m'est pas possible de vous consoler, du moins que je m'afflige avec vous.

Je parus prendre tant d'intérêt à la situation dans laquelle madame se trouvoit, que je lui arrachai enfin son secret. Ma fille, me dit-elle, je ne saurois tenir plus long-temps contre votre zèle et votre amitié ; il faut vous avouer ma foiblesse. Apprenez la cause de mon affliction. Je suis sensible à la perte de mes charmes : je les vois tomber peu à peu en ruine, malgré les secours que je puis emprunter de l'art pour les conserver ; cela m'attriste ; que dis-je ! cela me plonge dans une mélancolie qui va si loin quelquefois, que je crains d'en perdre l'esprit. Ce discours vous étonne, poursuivit-elle, en remarquant que j'étois effectivement fort surprise de l'entendre parler ainsi ; mais c'est un foible que j'ai, et dont ma raison ne sauroit triompher.

Permettez-moi, lui dis-je, madame, de vous représenter que vous ne voyez point ce que vous croyez voir. Pourquoi, trop prompte à vous tourmenter, vous imaginez-vous n'être plus ce que vous êtes toujours ? Regardez-vous avec des yeux plus favorables, ou plutôt rapportez-vous-en aux miens. Ils vous diront que le temps n'a point encore flétri vos appas, et que vous jouissez de toute votre beauté. A ces mots, qui suspendirent pour un instant sa douleur, la comtesse répondit en souriant : Que vous êtes flatteuse, Francisca ! mon miroir est plus sincère que vous : il m'annonce chaque jour quelque changement dans ma personne, et mes yeux ne peuvent démentir son témoignage.

Après que la comtesse de Saint-Agni m'eut fait cette confidence singulière, elle ne se contraignit plus devant moi, et laissant éclater librement ses plaintes, elle me donnoit tous les matins la même scène à sa toilette. Je m'entretenois souvent de sa foiblesse avec Damiana, qui ne pouvoit s'empêcher d'en rire. Si madame, disoit-elle, étoit une femme galante, je lui pardonnerois sa tristesse : une vieille coquette s'est fait une si douce habitude d'avoir des amants, qu'elle doit être au désespoir quand elle n'en a plus. Mais ma maîtresse a toujours fui la galanterie. C'est l'intérêt seul de sa propre personne qui la rend si sensible aux outrages des années. Il faut bien s'aimer soi-même pour vieillir de si mauvaise grâce.

Madame de Saint-Agni n'avoit que ce défaut, dont malheureusement on ne pouvoit espérer qu'elle se corrigeroit. Au contraire, se trouvant de jour en jour moins aimable à mesure qu'elle avançoit dans sa carrière, au bout de trois ou quatre ans, elle se parut si changée, qu'elle n'osoit plus se regarder dans son miroir. Francisca, me dit-elle un matin comme en se désespérant, ma chère Francisca, je suis décrépite : on ne peut plus m'envisager sans horreur ; il n'y a plus moyen de me montrer dans le monde. Il faut me cacher au fond d'un cloître : j'aime mieux m'y tenir renfermée le reste de mes jours, que d'offrir aux yeux un objet effroyable.

Nous eûmes beau, Damiana et moi, faire tous nos efforts pour lui remettre l'esprit, et pour l'obliger à considérer son visage avec plus d'indulgence (comme en effet, quoique vieille, elle avoit des restes de beauté, dont une coquette à sa place auroit encore tiré parti), il nous fut impossible de la détourner du dessein de se retirer dans un couvent. Avant que d'exécuter sa résolution, elle me demanda si je la suivrois de bon cœur dans un monastère. Si vous en doutiez, madame, lui répondis-je, vous me feriez une grande injustice. Le couvent, à la vérité, par lui-même ne me plaît guère ; mais il deviendra un séjour agréable pour moi, lorsque j'y vivrai avec vous. La dame fut si satisfaite de ma réponse, qu'elle m'embrassa, en me disant que mon attachement pour elle faisoit toute sa consolation.

Ma maîtresse alla donc s'ensevelir dans un couvent, et nous nous enfermâmes avec elle, Damiana et moi. Nous y aurions pu vivre toutes deux sans ennui, si, pendant six mois entiers, il ne nous eût pas fallu sans cesse exhorter la dame à soutenir avec plus de courage la décadence de ses attraits. Elle ne vouloit point entendre raison là-dessus. Heureusement le ciel s'en mêla. Madame de Saint-Agni rentra peu à peu en elle-même, et triompha insensiblement de sa foiblesse. Quel changement ! cette même femme, qui avoit été si vaine de sa beauté, devint insensible à la perte de ses charmes, et se détacha de la vie.

Cette bonne veuve ne demeura que deux ans dans sa retraite. Elle y tomba malade, et mourut après avoir fait un testament, dans lequel ses suivantes ne furent point oubliées. Elle nous légua mille pistoles à chacune pour nous laisser à toutes deux de quoi vivre honnêtement le reste de nos jours, sans être obligées de nous remettre à servir. Nos sentiments, à quelque chose près, se trouvèrent conformes à l'intention de la comtesse, et Damiana me fit une proposition. Je suis lasse, me dit-elle, d'avoir des maîtresses ; je veux jouer à mon tour dans le monde le rôle d'une dame. Faites comme moi, ma mignonne. Ne nous séparons point ; unissons nos fortunes : allons nous établir dans quelque grande ville d'Espagne ; et là, nous donnant pour des personnes de qualité, nous ferons de bonnes connoissances, et vivrons fort gracieusement. Si j'eusse eu plus d'expérience, je me serois révoltée contre une pareille proposition ; j'aurois pénétré les vues de Damiana, et je l'aurois quittée comme une friponne qui avoit envie de me perdre. Mais, ne voyant rien que d'innocent dans ce qu'elle me proposoit, je liai volontiers mon sort au sien. Nous tînmes conseil sur ce que nous avions à faire, et voici quel en fut le résultat.

CHAPITRE XVIII.

Dans quelle ville Francisca et Damiana résolurent d'aller s'établir, et des aventures qui leur y arrivent. Enlèvement de dona Francisca. Suite de cet enlèvement.

Nous choisîmes Séville pour le lieu de notre résidence, Damiana m'ayant assuré que l'Andalousie étoit l'endroit le plus agréable de toute l'Espagne. Nous résolûmes de nous y rendre par mer, aussitôt que nous aurions touché nos legs.

Effectivement, lorsqu'on nous les eut délivrés, nous allâmes nous embarquer à Carthagène sur un vaisseau de Malaga qui s'en retournoit. Nous fûmes un peu incommodées de la mer ; mais comme nous eûmes toujours le vent favorable, nous arrivâmes bientôt à Malaga, où nous nous arrêtâmes quelques jours, au bout desquels, nous étant déterminées à achever notre voyage par terre, nous partîmes pour Séville, par la voie des muletiers, et nous fûmes assez heureuses pour y arriver sans éprouver le moindre des malheurs que nous avions à craindre.

Nous louâmes d'abord une maison auprès du Change, autrement appelé la Bourse ; nous la fîmes meubler proprement, et nous prîmes à notre service une cuisinière et un laquais, lesquels, ne nous connoissant pas, ne pouvoient apprendre à personne qui nous étions. Ma tante, dis-je à Damiana, car nous étions convenues que je passerois pour sa nièce, il me semble que nous le prenons sur un ton trop haut. Pourrons-nous soutenir toujours la figure que vous voulez que nous fassions? Taisez-vous, ma nièce, me répondit-elle, de quoi vous inquiétez-vous? Laissez-moi le soin de toute la dépense, et vous verrez que nous ne serons jamais à la peine de réformer notre domestique. Nous pourrons bien plutôt l'augmenter dans la suite.

Ma bonne tante, en parlant de cette manière, avoit des vues, qu'elle se promettoit de remplir sans me les communiquer. Elle se flattoit que nous ferions d'utiles connoissances dans une ville où abordent les flottes et les galions des Indes occidentales, chargés de pistoles d'Espagne, de lames d'or et de barres d'argent; elle comptoit que j'enflammerois quelque riche négociant, et que nous ne manquerions pas de nous enrichir de ses dépouilles. C'étoit sur une si belle espérance qu'elle fondoit la durée de notre brillante situation.

Damiana, comme vous voyez, faisoit grand fonds sur ma gentillesse et sur ma docilité. La suite fit connoître qu'elle n'avoit pas tort. Un Mexicain, étant un jour dans l'église de Saint-Sauveur, où j'allois tous les matins entendre la messe, fut frappé de la richesse de ma taille, et encore plus de deux grands yeux noirs que je tournois vers lui de temps en temps comme par hasard. Il m'apprit par ses œillades que je l'avois charmé. Quand je ne m'en serois point aperçue, cela ne seroit point échappé à ma tante, qui étoit au guet là-dessus, et qui remarquoit tout. Nous fîmes donc toutes deux cette observation, et nous jugeâmes que ce galant du Nouveau-Monde chercheroit bientôt à s'introduire dans notre maison.

Notre conjecture ne fut pas fausse. Il écrivit à ma tante pour la prier de lui permettre de l'entretenir. Elle lui en accorda la permission. Il vint au logis, et ils eurent ensemble une longue conversation, dans laquelle, après avoir déclaré qu'il m'aimoit, il proposa de m'épouser et de m'emmener avec lui au Mexique, où il possédoit, disoit-il, des biens immenses. Damiana lui répondit qu'elle me parleroit de l'honneur qu'il me vouloit faire, que dans trois jours elle lui rendroit de ma part une réponse positive.

Ma tante m'ayant informée de cet entretien, me demanda si j'étois curieuse de voir le pays de Montézume. Non vraiment, lui répondis-je : il faudroit, pour consentir à ce voyage, que j'eusse pour mon nouvel amant les yeux que j'avois pour don Gregorio; et c'est de quoi je suis fort éloignée. Je dirai plus, je me sens de l'aversion pour l'Indien sans savoir pourquoi : je lui trouve un air ténébreux qui me prévient contre lui. N'en parlons donc plus, reprit Damiana, je n'ai pas plus

d'envie que vous d'aller aux Indes. Quand notre Mexicain reviendra chercher la réponse promise, je lui donnerai son congé.

Elle n'y manqua pas. Elle lui fit connoître que nos volontés ne s'accordoient pas avec les siennes, et le pria de ne plus remettre le pied au logis. Il ne parut pas fort mortifié de ce compliment; et l'on eût dit, à l'air dont il se retira, qu'il étoit peu sensible au refus qu'il venoit d'essuyer : mais nous étions dans l'erreur. D'autant plus piqué qu'il sembloit moins l'être, au lieu de songer à m'oublier, il ne pensa qu'aux moyens de me posséder malgré moi; et, pour y parvenir, il eut recours à l'expédient de Romulus, c'est-à-dire qu'il résolut de m'enlever. Vous allez entendre quel succès eut son projet.

Un soir, après m'être promenée avec Damiana dans le Jardin-Royal, auprès duquel nous demeurions, j'en sortois pour m'en retourner chez moi, lorsque je me sentis saisir par trois hommes, dont l'intention étoit de me jeter dans un carrosse. Les cris que nous poussâmes, ma tante et moi, avant qu'ils pussent faire leur coup, furent cause qu'ils le manquèrent. Le hasard voulut qu'il se trouvât là deux jeunes cavaliers, qui, voyant la violence qu'on me faisoit, ne balancèrent point à s'y opposer. Ils mirent l'épée à la main, et fondirent impétueusement sur les ravisseurs, qui, désespérant de conserver leur proie, l'abandonnèrent et prirent la fuite.

Mes libérateurs ne firent pas les choses à demi : ils me conduisirent au logis, où nous leur fîmes, Damiana et moi, tous les remercîments que nous leur devions. Nous les invitâmes même à souper; ce qu'ils acceptèrent fort volontiers. Pendant le repas, il ne fut question que de l'aventure qui venoit de m'arriver. Un des deux cavaliers me demanda si je savois qui pouvoit être l'auteur de cet attentat. Je répondis que je soupçonnois un Mexicain de l'avoir formé, pour se venger du refus que je lui avois fait de ma main. Cela suffit, dit l'autre cavalier, avant trois jours nous serons pleinement informés de tout. Je suis fils de don Indico de Mayrenna, corrégidor de cette ville. Il vient tous les matins chez mon père des alguazils; j'en chargerai un de me rendre compte de cette affaire. Ce n'est point assez, ajouta-t-il, d'avoir fait avorter cette entreprise, il faut punir le téméraire qui l'a conçue. C'est à quoi je m'engage, et vous pouvez vous reposer de ce soin-là sur moi.

Il prononça ces paroles avec la vivacité d'un homme dont le cœur commence à s'enflammer, et son compagnon ne se montra pas moins ardent que lui à servir ma vengeance.

Le cavalier qui étoit fils du corrégidor se nommoit don Joseph, et l'autre don Félix de Mendoce. Ils paroissoient tous deux également vifs et petits-maîtres: Je m'attendois à tout moment à quelque brusque et pétulante déclaration d'amour: cependant ils se contentèrent ce soir-là de me lorgner ; ce qu'ils firent d'un air à me persuader que j'avois pris leurs deux cœurs d'un coup de filet. Ils se retirèrent chez eux, en nous assurant de nouveau qu'ils nous feroient avoir raison de la témérité du Mexicain.

Lorsqu'ils furent sortis, je dis à Damiana : Que pensez-vous de ces jeunes seigneurs? Je crains qu'ils ne veuillent me faire payer bien cher le service qu'ils m'ont rendu. C'est ce que j'appréhende aussi, me répondit Damiana : ils sont l'un et l'autre épris de vos charmes, ou je ne m'y connois pas ; ils ne voudront point soupirer pour une ingrate : cela est embarrassant. Nous pouvons nous tromper, ma bonne, lui répliquai-je, et nous prenons peut-être l'alarme mal à propos.

Le jour suivant, nous n'entendîmes point parler de nos libérateurs : ils furent occupés de la recherche de l'Indien, dont ils étoient bien aises d'avoir des nouvelles à m'apprendre en me revoyant. Mais le surlendemain, le fils du corrégidor revint au logis d'un air empressé : Madame, me dit-il, vous êtes vengée; l'audacieux qui a voulu vous enlever est en prison, aussi bien que les trois malheureux qui ont porté sur vous leurs mains hardies. On va faire leur procès, et vous verrez bientôt avec quel zèle je vous ai servie. Je lui répondis qu'on ne pouvoit être plus sensible que je l'étois au plaisir qu'il m'avoit fait, et que je souhaitois de trouver une occasion de le lui témoigner. L'occasion est toute trouvée, me répliqua-t-il : répondez aux sentiments que vous m'avez inspirés, et je serai payé avec usure de tout ce que j'ai fait pour vous.

Ce discours ne fut que le commencement d'une infinité d'autres qu'il me tint, en les accompagnant des plus vives démonstrations de tendresse. A peine fut-il hors de chez moi, que don Félix, son ami, vint prendre sa place, et me dire les mêmes choses. A l'entendre, c'étoit le plus amoureux de tous les hommes. Il ne vouloit vivre, disoit-il, que pour m'adorer, que pour consacrer tous ses moments à mon service. Il faut ajouter à cela que don Félix avoit le débit plus séduisant que don Joseph, et qu'il étoit mieux fait et plus aimable ; néanmoins il ne fit pas sur moi plus d'impression que lui, tant j'étois devenue difficile à persuader.

Quoique je ne fisse concevoir aucune espérance à ces deux seigneurs, je les recevois au logis gracieusement, l'obligation que je leur avois ne me permettant pas d'en user autrement avec eux. Ces rivaux commencèrent à se disputer mon cœur par des soins empressés, sans que l'amitié qui les unis-

soit en parût altérée ; mais insensiblement elle se refroidit, et la jalousie enfin fit naître entre eux une haine qui aboutit à un duel, où don Joseph perdit la vie, et don Félix fut dangereusement blessé. Le corrégidor, informé de la cause de ce combat, fit arrêter la tante et la nièce, et, dans les premiers mouvements de sa colère, les fit enfermer dans la maison des filles pénitentes, comme deux malheureuses aventurières.

Cependant deux jours après, faisant réflexion que tout mon crime étoit d'avoir plu à deux cavaliers, son équité l'emporta sur son ressentiment, il nous remit en liberté, en nous ordonnant de sortir au plus tôt de Séville. Nous nous en serions consolées, si, lorsque nous fûmes hors de prison, nous eussions retrouvé au logis les effets que nous y avions laissés ; mais ils avoient été pillés et emportés par nos deux domestiques ; de sorte qu'il ne nous restoit pour tout bien que soixante pistoles et mon diamant, avec quoi nous nous laissâmes conduire par un muletier à Cordoue le long du Guadalquivir.

CHAPITRE XIX.

Des nouvelles conquêtes que dona Francisca fit à Cordoue. Elle devient infidèle à son premier amant, pour suivre un prétendu valet du commandeur, et part pour Grenade.

Comme nous ne pouvions faire à Cordoue qu'une figure très-modeste, étant aussi mal dans nos affaires que nous l'étions, nous nous mîmes en chambre garnie, et nous commençâmes à vivre avec beaucoup de circonspection. Nous sortions le matin pour aller à l'église, et nous passions au logis le reste de la journée, sans chercher à faire des connoissances. Damiana s'imaginoit qu'une vie si retirée se feroit remarquer, et nous attireroit quelque visite utile. L'événement justifia sa conjecture.

Une vieille femme, nommée la dame Camille, proprement habillée, nous vint voir un jour. Mesdames, nous dit-elle, vous voulez bien qu'une voisine, qui juge à votre air que vous êtes de très-honnêtes gens, vienne vous témoigner l'envie qu'elle a de lier avec vous un petit commerce d'amitié. Nous lui répondîmes poliment qu'elle nous faisoit honneur et plaisir. Ensuite nous eûmes une conversation qui roula sur les mœurs de Cordoue. Il n'y a pas de ville au monde, nous dit cette dame, où la galanterie soit plus à la mode. Les hommes y sont galants jusque dans leur vieillesse ; avec cela, galants et généreux jusqu'à la prodigalité. Làdessus elle nous raconta maintes histoires de filles étrangères qui y avoient fait fortune : ce que nous écoutâmes avec une attention qui lui fit assez voir que nous trouvions ses récits intéressants. Mais si elle s'aperçut que nous mordions à la grappe, nous remarquâmes, de notre côté, que la voisine avoit toute la mine d'être une intrigante.

Nous n'avions pas tort de porter d'elle ce jugement. C'étoit une faiseuse de mariages clandestins, et qui surtout savoit unir des barbons avec des mineures, et des veuves surannées avec des adolescents; c'étoit là son fort. Dès la première fois que nous la revîmes, elle offrit ses talents et ses services à ma tante, en lui disant en particulier qu'elle avoit en main un parti très-avantageux pour moi: c'est, ajouta-t-elle, le commandeur de Montéréal, de la maison de Fonseca. Il n'est pas jeune, à la vérité; mais, à cela près, il n'y a point de seigneur plus aimable; il n'y en a pas du moins qui sache mieux aimer. D'ailleurs, je vous le donne pour un homme magnifique, et qui a un revenu considérable, puisque, sans parler de ses autres biens, sa commanderie lui rapporte dix mille écus de rente.

Cette ouverture de cœur ne déplut point à ma tante, qui, ne demandant pas mieux que d'aider à plumer un oiseau d'un si riche plumage, entra sans façon dans les vues de la dame Camille; et ces deux bonnes pièces se chargèrent, l'une de vanter mes charmes au commandeur, l'autre de me disposer à le regarder d'un œil favorable.

La première fois que je vis ce vieux seigneur, ce fut à l'église où j'étois avec Damiana, qui, considérant fort attentivement tous les cavaliers qui nous environnoient, en démêla un qu'elle jugea devoir être le commandeur. Elle me le fit remarquer; et je crus comme elle que c'étoit lui, au soin qu'il prenoit de me lancer de tendres œillades dont je ne perdois pas une, quoique j'affectasse de les éviter toutes. J'examinai à la dérobée ce galant, qui, s'étant adonisé, me parut jeune encore, bien qu'il eût plus de soixante ans.

Que vous semble de notre commandeur? me dit ma tante quand nous fûmes retournées au logis. Pour moi, je ne le trouve pas trop vieux pour mériter les regards d'une dame. Outre qu'il est bien fait encore, il a un air de propreté qui doit tenir lieu de jeunesse. Qu'en dites-vous, belle Francisca? Ne vous paroît-il pas digne de quelque complaisance? Oui, vraiment, lui répondis-je, il me semble encore de mise; mais nous ne savons pas si l'homme dont nous parlons est le commandeur de Montéréal. C'est ce que nous apprendrons bientôt, répliqua ma tante. Notre vieille voisine viendra nous voir aujourd'hui; elle nous dira si nous avons pris le change.

Véritablement, dès le même jour, la dame Camille vint au logis. Elle nous dit que le commandeur en question avoit été à l'église; qu'il m'y avoit

vue; et nous reconnûmes, au portrait qu'elle nous fit de lui, que nous ne nous étions point trompées. Ce seigneur, ajouta-t-elle, est déjà fort épris de dona Francisca. Qu'elle a l'air noble! m'a-t-il dit. Que son air est majestueux! Si la beauté de son visage répond à cela, voilà une personne que j'aimerai toute ma vie. Là-dessus il m'a fait les plus vives instances pour lui procurer le plaisir d'avoir avec elle un moment d'entretien. Je le lui ai promis, et je dois ce soir vous l'amener ici.

A ces derniers mots, Damiana, s'imaginant être déjà en possession des revenus de la commanderie de Montéréal, ne put s'empêcher de laisser éclater sa joie; et, pour ne vous rien celer, je la partageai avec elle : ce qui m'étoit d'autant plus pardonnable, que nous commencions à tomber dans la misère, ou, pour mieux dire, étant sans cesse exhortée par ma fausse tante à mettre mes appas à profit, il m'étoit impossible de ne pas devenir coquette.

Je me préparai donc à recevoir la visite du commandeur. Je passai quelques heures à ma toilette à consulter mon miroir, et encore plus Damiana, qui prétendoit, ayant autrefois été galante, avoir découvert des airs de visage victorieux. Mais je puis vous assurer que je prenois des soins bien inutiles, puisque, pour faire la conquête que je méditois, ou plutôt pour la conserver, je n'avois besoin que de me montrer telle que j'étois naturellement: ma jeunesse suffisoit pour enflammer un homme du caractère de ce vieux seigneur. D'abord qu'il me vit sans voile, il crut voir le ciel entr'ouvert. Il fit paroître une extrême surprise : on eût dit qu'il n'avoit jamais rien vu de si beau. Ah! Camille, s'écria-t-il comme par enthousiasme, en s'adressant à sa conductrice, vous ne m'avez point surfait! Que dis-je? vous m'avez rabaissé les attraits de la divine Francisca, bien loin de me les avoir exagérés. Qu'elle est aimable! Quel bonheur peut égaler celui de la posséder!

Comme j'avois déjà les oreilles rebattues de discours flatteurs, j'écoutai de sang-froid monsieur le commandeur, qui, jugeant bien qu'il en falloit tenir de plus intéressants pour arriver à son but, poursuivit dans ces termes, en apostrophant Damiana : Madame, j'implore votre protection. Employez, de grâce, tout le pouvoir que vous avez sur votre nièce pour l'engager à souffrir mes soins. Je veux m'attacher à elle, et changer la face de sa fortune, qui ne me paroît pas convenable à son mérite.

Il s'arrêta dans cet endroit pour attendre ma réponse; mais je laissai ma tante répondre pour moi. Je ne me contentai pas même de garder le silence, j'affectai de me montrer honteuse et troublée; ce qui ne fit pas un mauvais effet. Damiana porta donc la parole, et s'en acquitta en femme d'esprit. Si elle remercia le commandeur des bons sentiments qu'il témoignoit avoir pour moi, elle lui fit connoître en même temps que je les méritois : elle lui vanta mon éducation, mes talents, et lui fit un si beau roman de la conduite que j'avois toujours tenue, que ce vieux seigneur me regarda comme la meilleure connoissance qu'il pût jamais faire.

Pour la commencer sous un heureux auspice, il nous fit quitter notre chambre garnie, pour aller occuper un appartement qu'il fit louer et bien meubler dans un hôtel. Il nous donna des domestiques de sa main, et se chargea du soin de faire la dépense. Outre cela, il nous accabla de présents ; de manière que nous nous vîmes bientôt sur un bon pied. Vous vous imaginez bien que je ne payai pas d'ingratitude un procédé si galant et si généreux ; mais vous ne devineriez jamais quelle fut ma reconnoissance.

Dès le premier entretien particulier que j'eus avec ce seigneur, je sus à quoi m'en tenir avec lui. Charmante Francisca, me dit-il, je n'ignore pas que ce seroit une folie à un homme de mon âge de prétendre vous inspirer de l'amour. Je me fais justice ; je n'attends de vous que de l'estime et de l'amitié. Cependant, vous le dirai-je? telle est la passion que j'ai pour vous, que je mourrois de jalousie si je me voyois un rival aimé.

Je vous découvre le fond de mon cœur, ajouta-t-il ; et le vôtre peut-être va se révolter contre le sacrifice que j'ai à vous demander, et qui pourra vous paroître une tyrannie.

Quel est donc ce sacrifice? lui dis-je. Il faudra qu'il soit impossible, si je ne vous l'accorde pas. De quoi s'agit-il? Parlez hardiment. Il s'agit, répondit le vieux commandeur, de borner vos conquêtes à la mienne, et, pour vous accommoder à ma délicatesse, de n'écouter aucun amant que moi. Vous sentez-vous capable d'une si grande complaisance pour un homme qui n'a que de tendres sentiments pour la mériter?

J'affectai de rire à ce discours, quoique dans le fond ce que ce vieux seigneur exigeoit de moi ne fût pas de mon goût ; ensuite, faisant la réservée : Comment donc, m'écriai-je, monsieur le commandeur, est-ce là cet effort pénible que vous attendez de ma reconnoissance pour prix des bontés que vous avez pour moi? Ah ! comptez que j'aurois peu de peine à vous sacrifier tous les hommes ensemble, tant ils me sont indifférents. Mon vieux seigneur pensa mourir de plaisir en entendant prononcer ces paroles. Il me baisa les mains avec transport, en me disant que j'étois née pour faire le bonheur de sa vie.

Je lui promis donc de n'écouter personne que

lui, et je fis cette promesse de bonne foi. Je résolus de lui tenir parole autant que cela me seroit possible ; et, pour preuve de ce que je dis, c'est que, depuis cette singulière conversation, je m'attachai à ne lui donner aucun ombrage. Etois-je à l'église? au lieu de promener ma vue comme auparavant sur les cavaliers qui étoient autour de moi, j'apportois une attention toute particulière à me couvrir le visage, de façon que je mettois leurs yeux en défaut. Si le patron de la case, ce qui arrivoit quelquefois, amenoit au logis quelques-uns de ses amis pour souper, bien loin de les agacer par des œillades coquettes, je détournois d'eux mes regards avec un soin dont le commandeur ne me savoit pas peu de gré. J'étois sûre de recevoir de lui le lendemain quelque beau présent.

Je faisois donc à peu de frais la félicité de mon vieil amant, qui, de son côté, n'épargnoit rien pour rendre la mienne parfaite, lorsque l'amour vint troubler notre innocente union. Le commandeur s'avisa de prendre à son service un jeune et grand garçon, nommé Pompeïo, dont il fit bientôt son laquais favori. Ce jeune homme étoit bien fait, et il avoit tout l'air d'un enfant de famille. Son esprit répondoit à sa bonne mine, et il parloit avec une élégance qui marquoit qu'il avoit été bien élevé. Il venoit tous les matins m'apporter un billet de la part de son maître, et je m'amusois le plus souvent à m'entretenir avec lui. Je ne m'aperçus point d'abord qu'il prenoit plaisir à ma conversation, quoiqu'il ne tînt qu'à moi de le remarquer ; car monsieur Pompeïo, en me parlant, me regardoit d'un air si tendre, que si je n'y prenois pas garde ce n'étoit nullement sa faute. A la fin pourtant j'ouvris les yeux, et je vis mon ouvrage.

Dans cet endroit j'interrompis dona Francisca. Juste ciel ! m'écriai-je, ma sœur, que m'allez-vous dire? Seroit-il possible que ce laquais se fût attiré votre attention? J'en devins folle, me répondit-elle, mais folle à lier. Cependant, mon frère, continua-t-elle, suspendez les reproches que cet aveu semble vous mettre en droit de me faire. Ecoutez-moi jusqu'au bout.

Sitôt que j'eus démêlé mes sentiments, j'en rougis de confusion. J'eus honte d'avoir pour vainqueur un domestique, quoique j'eusse entendu dire que des femmes de meilleure maison que la mienne ne dédaignoient pas quelquefois de brûler d'une pareille ardeur. J'appelai ma fierté à mon secours ; et, voulant étouffer un indigne amour dans sa naissance, je n'eus plus d'entretiens avec Pompeïo. Je recevois froidement de ses mains les lettres qu'il m'apportoit ; je ne lui disois pas une parole ; je m'interdisois jusqu'au plaisir de l'envisager.

Le pauvre garçon fut bien mortifié de ce changement, dont il ne pénétra pas la cause. Il crut que j'avois lu sa témérité dans ses regards, que j'en étois indignée, et que, pour le punir, j'avois cessé de lui parler. Il en eut tant de chagrin, qu'il excita ma pitié. Je recommençai à lier avec lui conversation. Je fis plus, je l'engageai à me découvrir le fond de son âme, ou du moins je me l'imaginai. Pompeïo, lui dis-je un jour, m'aimez-vous? Cette question, à laquelle il ne s'étoit point attendu, le déconcerta. Pour lui donner le temps de se remettre, je poursuivis ainsi mon discours : Si vous m'aimez, vous me ferez une confidence dont je vous promets de ne point abuser. Je vous soupçonne de n'être rien moins que ce que vous paroissez : vos manières vous trahissent. Convenez que vous êtes un homme de condition, et que vous méditez quelque dessein que vous ne pouvez exécuter qu'en prenant la forme d'un laquais.

Pompeïo fut si troublé de ces paroles, qu'il demeura quelques moments sans parler. Votre trouble et votre silence, lui dis-je, m'apprennent que je vous ai pénétré. Révélez-moi tout, et je vous garderai le secret. Madame, répondit Pompeïo, après s'être un peu remis de son désordre, si vous voulez absolument que je satisfasse votre désir curieux, je vous obéirai; mais je vous avertis que je ne l'aurai pas plus tôt contenté, que vous m'en saurez mauvais gré. N'importe, lui répliquai-je avec précipitation, parlez; vous ne faites qu'irriter ma curiosité.

Alors le laquais du commandeur, mettant un genou en terre devant moi, comme un héros de théâtre devant sa princesse, me dit d'un ton de déclamateur : Hé bien! madame, hé bien! je vais donc me découvrir, puisque vous me l'ordonnez. Je ne suis point, il est vrai, un malheureux réduit par la fortune à la servitude, je suis un homme de qualité travesti : je m'appelle don Pompeïo de la Cueva. Je passois par cette ville, où je suis inconnu; le hasard vous a présentée à ma vue, et vous m'avez charmé. J'ai su que le commandeur vous aimoit; et, ne pouvant m'imaginer qu'il fût aimé de vous, je formai le dessein de vous plaire, plus encouragé par son âge que par ma vanité : j'ai eu l'adresse de me faire recevoir à son service, et, par ce stratagème, je me suis introduit chez vous.

Oui, c'est l'amour, adorable Francisca, poursuivit-il d'un ton de voix plein de douceur, c'est l'amour qui m'a inspiré cet artifice pour vous faire connoître mes feux. Si vous les voyez sans colère, rien ne sera comparable à mon bonheur; mais si, trop fidèle à mon rival, vous ne voulez écouter que lui, quelle que soit l'ardeur dont je me sens brûler pour vous, je vais pour jamais m'éloigner de Cordoue.

Si mon cœur n'eût point été prévenu pour ce jeune cavalier, j'aurois été en garde contre ses paroles, et contre l'air de persuasion dont il les assaisonna : je me serois souvenue que don Gregorio de Clévillente m'avoit parlé sur le même ton; au lieu qu'étant enchantée de don Pompeïo de la Cueva, je ne doutai pas un instant de sa sincérité. Je poussai les choses plus loin, j'ajoutai à la foiblesse de le croire celle de lui avouer que j'étois sensible à son amour.

La joie qu'il fit éclater lorsqu'il apprit sa victoire fut excessive, et je n'en eus pas moins à le voir si satisfait. C'est ainsi que je gardai le serment que j'avois fait à mon commandeur, de ne lui donner aucun rival. Mais le moyen de tenir ces sortes de parole à un vieux seigneur? C'est tout ce qu'on peut faire aux galants les plus jeunes et les plus accomplis. Je dirai pourtant à ma louange que je ne lui devins pas infidèle sans remords : je le plaignis; et, ce qu'une friponne à ma place n'eût point fait, je résolus de le quitter, me faisant un scrupule de continuer à recevoir ses présents, et d'avoir deux amants à la fois.

Pour ma tante, elle n'étoit pas si scrupuleuse; et, trouvant la pratique du commandeur plus lucrative que celle de son laquais, elle me conseilloit de donner la préférence au premier, ou du moins de les ménager tous deux, l'un pour l'utile, et l'autre pour l'agréable; ce qui n'auroit pas été sans exemple. Mais j'aimai mieux suivre les conseils de l'amour que les siens, et m'en aller avec don Pompeïo, qui me pressoit de céder à l'envie qu'il avoit de me conduire à Grenade, où nous attendoit, disoit-il, un sort plein de charmes. Je laissai donc là mon vieux soupirant, aussi bien que ma fausse tante, à laquelle j'abandonnai tous nos effets pour la consoler de notre séparation, et la faire rouler jusqu'à ce qu'elle eût une autre nièce; et, n'emportant avec moi, pour ainsi dire, que ma jeunesse et mes appas, je sortis un matin de Cordoue à la dérobée avec mon nouvel amant, et nous nous rendîmes tous deux à Grenade le lendemain.

CHAPITRE XX

Quel homme c'étoit que don Pompeïo. De l'aveu sincère et de la proposition qu'il fit à dona Francisca, lorsqu'il l'eut épousée. Elle se console aisément de la supercherie de son mari. Elle consent à ce qu'il lui propose.

Je n'eus pas besoin de presser don Pompeïo de m'épouser; il en avoit une si grande impatience, qu'il ne s'occupa, en arrivant à Grenade, que des démarches qu'il falloit faire pour y parvenir. Nous nous mariâmes enfin; et le lendemain do nos noces nous eûmes ensemble un plaisant entretien.

Ma chère Francisca, me dit-il en m'embrassant avec tendresse, nous voici donc liés tous deux par les doux nœuds de l'hyménée. C'est à présent, ma mignonne, que nous devons nous parler à cœur ouvert : il n'est permis qu'aux amants de mentir; il faut que les maris soient sincères. Je vais changer de style et ne vous rien celer. Quand je vous dis à Cordoue que j'étois un laquais supposé, et que l'amour m'avoit inspiré cette ruse pour m'introduire auprès de vous, je vous dis la vérité; mais lorsque j'empruntai le nom de don Pompeïo de la Cueva, je vous avouerai que je vous trompois, et que je me parois de ce beau nom pour rendre ma témérité plus excusable. Cependant, ajouta-t-il, si je ne suis pas d'un sang noble, je ne sors pas non plus de la lie du peuple. Je m'appelle Bartolome de Mortero, et je dois le jour à un vénérable apothicaire de la célèbre ville de Saragosse. Ce n'est donc, ma princesse, qu'une petite supercherie que je vous ai faite, et que la fille d'un juge de village doit me pardonner.

Je vous la pardonne volontiers, lui dis-je en souriant, le hasard n'assortit pas toujours si bien les époux. Mais apprenez-moi si vous exercez la pharmacie? Je m'en suis mêlé d'abord, me répondit-il; j'ai fait des décoctions, et cela m'a dégoûté du métier. J'ai senti que j'étois né pour des choses plus élevées. Je me suis fait prince : tantôt je suis un héros maure, et tantôt un prince chrétien. Vous devez voir par là que je fais la comédie : je joue les premiers rôles; c'est mon emploi.

Je doute fort, lui répliquai-je, que le revenu de vos principautés soit bien considérable. Il est vrai, repartit-il, qu'il est un peu mince, à moins que nos pièces nouvelles, bonnes ou mauvaises, ne jettent de la poudre aux yeux du public, et ne l'attirent en foule pendant deux mois; ce qui, je l'avoue, est fort casuel. Pour nos princesses, continua-t-il, elles sont beaucoup plus heureuses que nous : que le théâtre leur rapporte ou non, elles vivent toujours dans l'aise et dans l'abondance; il faut être témoin de leur bonheur pour le croire. Elles sont adorées des seigneurs dans toutes les villes par où nous passons. Par exemple, les actrices de la troupe qui est actuellement dans cette capitale de la province de Grenade sont toutes parfaitement bien établies, depuis la plus belle jusqu'à la plus laide. On diroit que les filles de théâtre ont un talisman pour plaire aux hommes distingués par leur naissance ou par leurs richesses.

Après que mon mari m'eut ainsi vanté le bonheur des comédiennes de Grenade, il me proposa d'en augmenter le nombre, en me disant : Francisca, croyez-moi, embrassez ma profession. Jeune et belle comme vous l'êtes, vous n'y aurez que de l'agrément. Vous vous moquez de moi, lui répondis-je; il faut avoir du talent pour le théâtre, et je n'en ai point. Vous en avez de reste, me dit-il. Je me souviens de vous avoir quelquefois entendue chanter des romances devant le commandeur; je n'étois pas moins enchanté que lui de la douceur et de la force de votre voix : il n'y a pas de serin de Canarie qui ait un plus joli gosier que le vôtre.

Se peut-il, m'écriai-je en riant, que mon chant ait fait sur vous tant d'impression! Que diriez-vous donc si vous m'aviez vue danser? Je suis persuadée que vous seriez encore plus satisfait de mes pas que de ma voix. Cela n'est pas possible, me dit-il avec surprise. Ah! ma reine, de grâce, ayez la complaisance de faire devant moi quelques pas : que je voie de quelle façon vous vous en acquittez. Je dansai aussitôt une sarabande pour le contenter : ce que je fis d'une manière qui l'enleva. Ma chère épouse, s'écria-t-il dans l'excès de son ravissement, quel trésor pour moi d'avoir une femme qui possède deux talents qu'on peut appeler aujourd'hui deux mines d'or et de pierreries! Hâtons-nous de les faire valoir. Dès demain je veux assembler les comédiens, et vous présenter à leur compagnie comme un sujet capable de l'enrichir.

De mon côté, ajouta-t-il, je n'ai qu'à me montrer à ces messieurs pour être reçu parmi eux. Ils connoissent de réputation Bartolome de Mortero; ils seront bien aises de m'avoir. Quand je passai par Cordoue, où votre beauté m'arrêta, je revenois de Séville, où j'ai brillé trois ans; et j'y brillerois encore, si je n'eusse pas été obligé de disparoître brusquement, sur l'avis qu'on me donna que mes créanciers s'impatientoient.

Enfin mon époux me fit envisager tant d'avantages, tant de douceurs, tant de plaisirs dans la vie comique; il me fit tant d'instances pour prendre le parti du théâtre, qu'il vint à bout de m'y déterminer.

CHAPITRE XXI.

Dona Francisca entre dans la troupe des comédiens de Grenade. Comment elle fut reçue du public, et du grand nombre de seigneurs que ses talents et ses appas attachèrent à son char. Son mari lui procure le comte de Cantillana pour amant. Elle le reçoit par obéissance pour son mari.

Quoique mon mari m'eût inspiré quelque confiance par les louanges excessives qu'il m'avoit données, cependant je ne me présentai le lendemain qu'en tremblant à l'hôtel des comédiens, où toute la troupe, curieuse de me voir, ne manqua pas de s'assembler. Les femmes, parmi lesquelles il y en avoit d'assez jolies, me considérèrent avec une attention critique, et me trouvèrent plus de défauts que je n'en avois; et je parus aux hommes plus aimable que je ne l'étois effectivement.

Nous nous fîmes de part et d'autre mille politesses, et les embrassements furent prodigués, comme si nous eussions tous été les meilleurs amis du monde. Après cela il fut question de savoir quel emploi je remplirois. Messieurs, dit alors mon mari, ma femme chante et danse à ravir. Je crois qu'avec ces deux talents elle ne sera pas la moins utile de ses camarades. A l'égard de la déclamation, c'est une actrice à faire; mais outre la disposition que je lui connois à devenir une bonne amoureuse, elle aura pour maître Bartolome de Mortero, qui vous répond d'en faire en six mois une excellente comédienne.

Ils convinrent tous que, si j'étois telle que Bartolome l'assuroit, je leur serois d'un grand secours, puisqu'ils avoient une infinité de pièces d'agrément qu'ils ne pouvoient représenter faute d'avoir une chanteuse et une danseuse. Là-dessus ils me firent chanter; et lorsque j'eus fini, ils me donnèrent comme à l'envi des applaudissements.

Ce n'est rien que cela, messieurs, s'écria mon époux, ravi d'entendre louer ma voix, vous allez voir que ma femme sait encore mieux charmer les yeux que les oreilles. En effet, lorsque j'eus dansé, la compagnie m'honora d'un battement de mains général, et me fit des compliments outrés. Voilà, disoit l'un, comme on doit danser. Voilà, s'écrioit l'autre, ce qu'on appelle des pas. Quelle noblesse! Quel naturel! Ah, bourreau, dit tout bas un comédien à mon mari, en lui donnant un petit coup sur l'épaule, où as-tu été pêcher une pareille femme? Que de pluies de pistoles il va tomber dans ton ménage! En un mot, chacun témoigna que j'étois une bonne acquisition pour la troupe, et j'y fus reçue d'un consentement unanime, aussi bien que Bartolome, qui sans contredit étoit un fort bon acteur.

Nous ne songeâmes plus l'un et l'autre qu'à nous préparer à paroître sur la scène : ce qui ne laissoit pas d'être embarrassant pour nous, qui nous trouvions sans équipage, sans habits, sans linge; nous étions même si mal en espèces, qu'à peine avions-nous de quoi payer la chambre garnie où nous étions logés. Nous aurions donc eu bien de la peine à nous mettre en état de débuter, si je n'eusse pas eu le diamant de don Gregorio; mais par bonheur je l'avois encore. Nous le vendîmes, et nous en donnâmes l'argent à compte à des ouvriers, qui nous firent à chacun un habit de théâtre aussi riche que galant.

Le jour de notre début étant enfin venu, les comédiens, toujours prêts à saisir l'occasion de prendre le double, ne laissèrent point échapper celle-là. Ils nous annoncèrent avec éloge au public dans une affiche, qui portoit que deux incomparables sujets, nouvellement arrivés à Grenade, paroîtroient dans le *Phénix de l'Allemagne,* pièce de don Juan de Matos Fragoso, remise au théâtre. Le public, qui partout est avide de nouveautés, vint en foule à l'hôtel, et fut fort content de mon mari, qui joua le rôle de Ricardo. Pour moi, qui faisois le personnage d'une musicienne au premier acte, je n'eus pas sitôt fait entendre ma voix, que la salle retentit du bruit des applaudissements de toute l'assemblée. Je fus encore mieux reçue au troisième acte, que je finissois par une danse. Quels battements de mains! Quelle fureur! Je ne puis vous dire jusqu'à quel point je plus aux spectateurs, qui demeurèrent une heure entière après le spectacle à s'entretenir de mon mérite. Les uns disoient que je chantois mieux que je ne dansois; les autres mettoient mes pas au-dessus de ma voix; et ce qu'ils admiroient tous, c'étoit de me voir réunir deux talents qui se trouvent si rarement ensemble. Il y en eut aussi qui furent frappés de ma jeunesse et de ma figure, et parmi ceux-ci quelques-uns qui formèrent le dessein de s'attacher à moi.

A la seconde représentation que nous donnâmes de la même comédie, il y eut encore un fort grand monde; et, comme j'avois plus de confiance, je chantai et dansai mieux que la première fois. On ne parla plus dans la ville que de la nouvelle actrice. Avez-vous vu ce prodige? se disoit-on les uns aux autres. Les seigneurs grenadins commencèrent à rechercher mes bonnes grâces par des présents. Je recevois tous les matins à ma toilette quelques bijoux qu'on m'envoyoit sans m'apprendre de quelle part. Tantôt c'étoit une montre d'or, et tantôt un collier de perles avec des boucles d'oreilles; une autre fois c'étoit une pièce d'étoffe riche, ou bien une corbeille remplie de gants, de dentelles, de bas de soie et de rubans.

Les seigneurs qui me faisoient ces petites galanteries sans se découvrir se déclarèrent bientôt, et se mirent à mes trousses. Ce fut alors à qui l'emporteroit sur les autres. Celui-ci me guettoit pour me parler dans les coulisses en passant, et me dire quelque chose de flatteur; celui-là m'écrivoit tous les jours des billets doux, et vouloit filer avec moi le parfait amour, croyant sottement par là parvenir à ses fins; un autre enfin, s'y prenant mieux, engageoit une vieille comédienne de ses amies à m'inviter à souper chez elle, où il ne manquoit pas de se trouver. Mais tous ces galants ne retiroient pas leurs frais. Outre que je devenois plus vaine à mesure que je me voyois plus applaudie du public, mon époux, à qui je ne celois rien, m'exhortoit sans cesse à n'écouter qu'un millionnaire ou qu'un grand seigneur.

Il sembloit qu'il pressentît la bonne fortune qui m'attendoit. Le comte de Cantillana vint à Grenade. A peine y fut-il arrivé, qu'il voulut voir la comédie, sur le bien qu'on lui dit de la troupe, et de moi en particulier. Je paroissois ce soir-là dans la pièce. J'y chantois, mais je n'y dansois pas. Cependant je n'eus besoin que de ma voix pour faire la conquête de ce seigneur; c'est ce que Bartolome m'apprit lui-même deux jours après. Vous avez, me dit-il, mis dans vos chaînes le comte de Cantillana; vous ne pouviez faire un amant d'une plus grande utilité pour vous : il joint à cent mille écus de rente une façon noble de les dépenser. Il est si généreux, qu'il commence, à ce qu'on m'a dit, par enrichir une maîtresse avant que de lui parler; au reste, c'est un seigneur de quarante ans tout au plus, et fort agréable de sa personne.

Comment savez-vous, dis-je à mon mari, que le comte de Cantillana est devenu amoureux de moi? Vous le croyez peut-être parce que vous le souhaitez. Non, non, me répondit-il, je le sais de sa propre bouche; et je vous apprends qu'on meuble actuellement, par son ordre, une belle maison, qu'il a fait louer pour vous à deux cents pas de notre hôtel. Je ne fis que rire de ces paroles, ne pouvant m'imaginer qu'elles lui fussent échappées sérieusement. Cependant il ne badinoit point.

Je vous dirai de plus, continua-t-il, que nous aurons un cuisinier, un aide de cuisine et un marmiton, qui seront aux gages de ce seigneur, et qui, sans que nous soyons obligés de nous embarrasser du moindre soin, feront toute la dépense du logis, et nous entretiendront une table à six couverts. *Item*, il ne prétend pas vous gêner : il ne mettra point auprès de vous de duègne pour veiller sur vos actions et vous observer; il sait trop bien aimer, pour marquer une défiance qui ne laisse pas d'être odieuse, quoi qu'on n'ait aucune envie de la tromper : il se reposera de votre fidélité sur les attentions qu'il aura pour vous.

Item, sans préjudice des présents que vous recevrez de lui tous les jours, vous aurez un bon carrosse, dont les chevaux seront nourris dans ses écuries, et dans lequel vous irez superbement au théâtre, au grand mal de cœur de celles de vos camarades qui ne peuvent s'y rendre qu'à pied ou qu'en carrosse de louage.

A vous entendre, dis-je à Bartolome, on croiroit que vous ne seriez pas fâché que j'eusse sur mon compte le seigneur dont vous parlez. On auroit raison de le croire, me répondit-il; et dans le fond j'aimerois mieux que vous eussiez un si riche et si noble amant, que de vous voir sottement entêtée d'un comédien ou d'un auteur. Je le répète encore, oui, j'en serois ravi. Si je pensois autrement, je serois sifflé de tous les maris de notre compagnie.

Je pris là-dessus mon sérieux, comme si ma vertu se fût fortifiée à la comédie, et je fis des reproches à mon époux, sur ce qu'il vouloit m'engager lui-même dans un commerce galant. Mais il se moqua de mes scrupules, et me dit, pour les lever, qu'une comédienne qui n'avoit qu'un amant à la fois étoit au même degré de sagesse qu'une autre femme qui n'en avoit aucun. Sur ce pied-là, dis-je à Bartolome en riant, je choisis donc pour le mien le comte de Cantillana, que vous me proposez de si bon cœur, et je ratifie, par mon consentement, le traité d'alliance que vous avez fait avec lui.

Quoique je parusse ne pas prononcer ces paroles sérieusement, mon époux ne laissa pas de les prendre au pied de la lettre. Il assura le comte que j'étois dans la disposition qu'il désiroit : ce qui plut si fort à ce seigneur, qu'il m'envoya pour dix mille écus de pierreries, en me demandant la permission de me venir voir dans ma chambre garnie, en attendant que j'allasse demeurer dans ma nouvelle maison. Je reçus donc sa visite, ne pouvant honnêtement m'en dispenser après avoir accepté ses pierreries. Un matin, lorsque j'étois à ma toilette, il arriva conduit par Bartolome, qui, pour mieux nous laisser en liberté de nous entretenir, s'éclipsa, un moment après, en mari qui savoit les règles.

Madame, me dit le comte de Cantillana, je ne vous ferai point d'excuse de venir indiscrètement vous présenter mes hommages à votre toilette. Je sais bien que ce seroit mal prendre mon temps avec la plupart de vos camarades; mais pour vous, belle Francisca, il n'y a pas de moment où vous soyez plus redoutable que dans celui-ci. Après un compliment si flatteur, il se répandit en discours qui ne l'étoient pas moins. Je lui trouvai toute la politesse du commandeur de Monteréal, avec quelque chose de plus, je veux dire une figure si gracieuse, que je me serois applaudie de m'être fait aimer d'un pareil seigneur, quand il n'auroit pas eu toutes les richesses qu'il possédoit.

Après un entretien assez long et très-vif, il se retira fort content de sa visite, à ce qu'il me parut; ce qui me fut confirmé par Bartolome, qui, m'ayant rejointe aussitôt que ce seigneur m'eut quittée, me dit : Le comte sort enchanté·de votre esprit et de vos manières. Il vient de me le dire ; et je gagerois bien que de votre côté vous n'êtes pas mal affectée de lui. J'en suis très-satisfaite, lui répondis-je. Voilà de ces seigneurs avec lesquels une femme fait agréablement sa fortune. Il est vrai, reprit mon mari, qu'il y en a d'autres qui sont si plats et si désagréables, que leurs maîtresses peuvent dire avec raison qu'elles gagnent bien leur argent.

CHAPITRE XXII

Des nouveaux présents que le comte de Cantillana fait à dona Francisca. Des attentions qu'il eut pour elle. Un autre de ses amants lui envoie pour présent des diamants de prix. Elle les refuse. Son amant favori, en reconnoissance de ce refus, lui fait la donation d'un château magnifique. De quelle manière finit un aussi tendre engagement.

Nous allâmes habiter notre nouvelle maison sitôt qu'elle fut en état de nous recevoir. Quand elle auroit été meublée pour une princesse, je ne crois pas qu'elle eût pu l'être plus magnifiquement. La richesse et le bon goût y régnoient également partout. Il y avoit deux appartements séparés, l'un pour mon époux, et l'autre pour moi, le comte l'ayant ainsi voulu par délicatesse. Le mien éblouissoit par l'or et l'argent qu'on y voyoit briller de toutes parts ; et celui de Bartolome, quoique bien plus modeste, auroit fait honneur à un chevalier de Saint-Jacques.

Nous visitâmes la maison depuis le haut jusqu'en bas, et nous n'aperçûmes pas sans plaisir, dans une cuisine garnie de tous les ustensiles nécessaires, trois personnes occupées à préparer notre souper, c'est-à-dire un cuisinier, un aide de cuisine et un fouille-au-pot. Je m'imaginois, en considérant la quantité des mets qu'ils apprêtoient, que nous serions une douzaine de personnes à table ; je croyois du moins que le comte, qui, pour nous installer dans notre nouvelle demeure, devoit venir souper avec nous, amèneroit quelquesuns de ses amis. Cependant il arriva tout seul ; et j'eus avec lui une seconde conversation, dans laquelle je resserrai ses chaînes en exerçant sur lui tous les charmes de ma voix, je veux dire en chantant les morceaux les plus tendres de nos pièces, desquels je lui faisois l'application en le regardant d'un air de langueur qui pénétroit jusqu'au fond de son âme.

Si ce seigneur prit plaisir à cet entretien, il n'en eut pas moins pendant le souper. Je lui fis cent minauderies pour irriter son ardeur ; et je m'en acquittai avec tant de succès, qu'il m'envoya le lendemain pour mille pistoles de vaisselle d'argent. Trois jours après on m'apporta de sa

part deux habits de théâtre superbes. Que vous dirois-je ? cela ne finissoit point ; c'étoit tous les jours quelque nouveau présent.

Tous ces dons, joints aux émoluments que nous tirions, mon époux et moi, de la comédie, qui, grâce à notre début, étoit alors fort fréquentée, nous mirent si bien dans nos affaires, que nous commençâmes à faire une figure plus brillante. Nous prîmes à notre service deux laquais et une femme de chambre ; et je n'allai plus au théâtre que dans un beau carrosse dont j'étois maîtresse, et que je n'entretenois point.

D'abord que ce changement de décoration fut remarqué, il égaya les railleurs de la troupe, et fit bien des envieuses, mais on cessa bientôt d'en parler, et l'on s'y accoutuma. Pour moi, qui ne voyois là-dedans que du gracieux, j'imitois celles de mes camarades qui se trouvoient dans le même cas : bien loin d'en avoir la moindre confusion, je bravois les caquets et les regards malins du public ; et, dans le fond, s'il y avoit du ridicule dans nos équipages, ce n'étoit pas sur nous qu'il tomboit.

Je ne voyois plus qu'au théâtre les autres comédiennes, à l'exception de Manuela, qui faisoit comme moi rouler un carrosse de seigneur. Elle avoit pour amant don Garcie de Padul, gentilhomme grenadin, qui jouissoit d'un revenu considérable, qu'il mangeoit noblement avec elle. Cette fille rechercha mon amitié, et la gagna en me donnant la sienne. Nous nous liâmes si étroitement l'une à l'autre, qu'à peine étions-nous séparées, que nous brûlions d'impatience de nous revoir. Je ne sais si nous n'étions pas plus aises d'être ensemble qu'avec nos amants. Une si forte liaison fut cause que don Garcie et le comte cherchèrent à se connoître ; et quand leur connoissance fut faite, nous formâmes tous quatre une société dans laquelle on vit régner la gaieté, les plaisirs et la bonne chère. Nous soupions tous les soirs chez mon amie ou chez moi. Nous ne respirions que la joie ; et nous vivions tous si familièrement, qu'on n'eût pu dire si c'étoient ces seigneurs qui descendoient jusqu'à nous, ou si c'étoit nous qui nous élevions jusqu'à eux.

Tandis que nous menions une vie si agréable, je faisois ailleurs des malheureux : j'appelle ainsi quelques jeunes gens qui venoient tous les jours au théâtre pour me voir, et qui brûloient d'un feu caché, ou qui, s'ils me le faisoient voir, n'en tiroient aucun fruit. Parmi ceux-là, il y en avoit un qui se faisoit distinguer par sa naissance, et plus encore par son mérite personnel. C'étoit don Guttière d'Albunuelas, fils aîné du gouverneur de Grenade, et le plus beau cavalier de son temps. Il revenoit d'achever ses études à Salamanque. Il n'avoit plus de précepteur ni de gouverneur, et il commençoit à goûter le plaisir d'être maître de ses actions.

Ce jeune seigneur ne manquoit pas une comédie où je devois paroître. Comme un amant regarde autrement qu'un autre, il me fit remarquer sa passion dans ses yeux. Il se contenta long-temps de me lorgner et de m'applaudir sur la scène, soit par timidité, soit qu'il désespérât de supplanter un rival aussi redoutable que le comte de Cantillana. Il se lassa toutefois de garder le silence; et, ne pouvant se résoudre à parler, il prit le parti de me détailler ses souffrances dans une lettre qu'il eut l'adresse de me faire tenir secrètement, et à laquelle vous jugez bien que je ne fis aucune réponse. J'affectai même, pour lui ôter toute espérance, de détourner de lui mes regards toutes les fois que le hasard me fit rencontrer les siens.

Tant de rigueur ne le rebuta point; et s'imaginant que les présents auroient plus de pouvoir sur moi que son amour et sa bonne mine, il m'envoya un écrin, où il y avoit pour plus de quatre mille pistoles en toutes sortes de pierreries, qu'il avoit trouvé le moyen de voler à madame la gouvernante, sa mère. Je consultai Bartolome sur la conduite que je devois tenir dans une conjoncture si délicate. Vous n'avez qu'une chose à faire, me dit-il après avoir rêvé quelques moments, il faut sans différer renvoyer ces pierreries à don Guttière; nous nous perdrions tous deux infailliblement, si nous étions assez imprudents pour les garder. Madame la gouvernante, car je ne doute nullement qu'il ne les ait dérobées, ne tardera guère à s'apercevoir de ce vol; elle en recherchera l'auteur, et à force de perquisitions, le découvrira. Monsieur le gouverneur se mêlera de cette affaire; il voudra tout approfondir, et cela l'indisposera contre vous. Je ne crois pas, ajouta-t-il, qu'il soit nécessaire que je vous en disc davantage. Vous savez que les femmes de théâtre, quelques talents qu'elles puissent avoir, jouent gros jeu quand elles fâchent les personnes qui sont en place. Après le traitement que vous a fait le corrégidor de Séville, vous devez craindre ces messieurs-là.

Votre conseil est trop judicieux pour que je ne le suive pas, répondis-je à Bartolome. Je me suis représenté tous les inconvénients que vous venez de m'exposer, et je ne balance point à rendre les diamants; je suis même persuadée que cela fera le meilleur effet du monde dans l'esprit du comte de Cantillana. N'en doutez pas, reprit mon époux; il vous tiendra compte du sacrifice que vous lui ferez de don Guttière, et vous y gagnerez peut-être plus que vous n'y perdrez. Ne pouvant donc sans péril retenir les pierreries, je les fis remettre au fils du gouverneur, en lui faisant dire poliment de ma part que je les lui renvoyois, ne me sentant pas capable de la reconnoissance dont il faudroit les payer.

Nous n'avions pas tort, Bartolome et moi, de penser que le comte seroit sensible au sacrifice que je lui ferois d'un rival si dangereux. Dès qu'il l'apprit, il en fut transporté de joie. Vous me préférez, me dit-il, au cavalier de Grenade le plus aimable! Ah! charmante Francisca, que ne pouvez-vous lire au fond de mon cœur dans ce moment! vous verriez jusqu'à quel point je suis pénétré de cette glorieuse préférence. Comte, lui répondis-je en le regardant d'un air tendre, je ne prétends pas m'en faire un mérite auprès de vous : un cœur que vous possédez peut-il cesser de vous être fidèle! Non, comte, ajoutai-je d'un air passionné, soyez assuré que don Guttière et tous les hommes du monde ensemble ne sauroient vous l'enlever.

Le comte, à ces paroles flatteuses, se jetant avec transport à mes genoux, se répandit en discours pleins d'amour et de reconnoissance. Après quoi ce seigneur se servit d'un autre style, qui fut plus de mon goût que les lieux communs de la galanterie. Pour vous dédommager, me dit-il, des pierreries que vous avez refusées pour l'amour de moi, je vous fais présent d'un château que j'ai sur les bords du Guadalquivir, entre Jaën et Ubeda. Ce château n'est pas d'un grand revenu; mais un séjour fort agréable. Je remerciai ce généreux seigneur du nouveau présent qu'il me faisoit; et dès le même jour le contrat de donation me fut livré en bonne et due forme.

Rien n'est égal au ravissement où se trouva Bartolome, quand je lui annonçai la nouvelle acquisition que mes charmes venoient de faire. Je savois bien, s'écria-t-il, que vous ne feriez pas pour rien le sacrifice de don Guttière. Comment diable, un château! il faut avouer que le comte a de belles manières. Enfin, mon mari ne pouvoit contenir sa joie; et, cédant à l'impatience de voir ce château qui nous avoit coûté si peu, il s'y rendit en diligence, et en prit possession; puis, en étant revenu peu de jours après : Le comte de Cantillana, me dit-il, vous a fait un présent encore plus beau que vous ne pensez : apprenez ce que c'est que votre château; c'est une maison qui semble avoir été bâtie par les fées. Là-dessus il m'en fit une si magnifique description, que je ne pus m'empêcher cinq ou six fois de l'interrompre, pour lui reprocher qu'il en exagéroit les beautés. Tout au contraire, me répondoit-il toujours, au lieu de l'embellir par mes expressions, j'en affoiblis plutôt les agréments, puisque c'est un chef-d'œuvre de l'art et de la nature.

Outre qu'elle a de quoi charmer la vue, poursuivit-il, elle est affermée trois mille écus au plus riche laboureur du pays : j'en ai lu le bail, c'est un fait constant. Ajoutez à cela que nous sommes, vous et moi, seigneur et dame du village de Caralla, et que nous aurons le pas sur tous les *hidalgos* de la paroisse; ce qui ne laisse pas d'être une belle prérogative. Il est vrai qu'on rira d'abord un peu à nos dépens, à cause de notre profession; mais nous en serons quittes pour cela, et nous jouirons à bon compte de notre revenu et de tous nos droits seigneuriaux. Tournent présentement les affaires du théâtre au gré de la fortune; que nos pièces nouvelles aient le succès qu'il plaira à Dieu, nous avons un asile inaccessible à la faim!

C'est ainsi que mon époux se réjouissoit de nous voir déjà sûrs d'une retraite, qui n'est même que très-rarement le fruit tardif des longs travaux de nos pareils. J'étois aussi contente que lui, et bientôt le public en pâtit. Je commençai à me mettre sur le pied de paroître moins souvent sur la scène, et insensiblement point du tout; et cela à l'exemple de quelques grands acteurs qui, sous prétexte de se ménager, se dispensoient de remplir leur devoir. Il me sembla qu'une dame qui possédoit un fief dominant de trois mille écus de rente pouvoit se donner les mêmes airs. Bartolome, à mon imitation, ne voulut plus jouer que rarement. Cela déplut au reste de nos camarades, qui se liguèrent contre nous, et la discorde se mit dans la troupe.

Me voici arrivée à l'époque d'un événement assez triste pour moi. Le comte de Cantillana reçut alors des dépêches de la cour : le duc de Lerme, dont il étoit aimé, lui mandoit de se rendre incessamment à Madrid, ce ministre ayant jeté les yeux sur lui pour remplacer un conseiller d'état qui venoit de mourir. Quoique le comte fût d'autant plus ravi de cette nouvelle, que son amour commençoit à se ralentir, il ne manqua pas de me témoigner qu'il en étoit au désespoir, et que peu s'en falloit qu'il ne refusât la place qu'on lui offroit; mais en même temps il me représenta que, s'il ne l'acceptoit point, il se brouilleroit avec tous ses parents, et perdroit pour jamais l'amitié du duc de Lerme. Enfin, pour dorer la pilule, il me protesta qu'il se souviendroit toujours de sa chère Francisca. Je fis semblant d'être la dupe de ses protestations; et comme les pleurs de commande ne coûtent rien à une bonne comédienne, j'en répandis en abondance dans nos adieux.

CHAPITRE XXIII.

Ce que fit dona Francisca après le départ du comte de Cantillana. Son mari et elle vont prendre possession de leur château. Aventure singulière qui lui arrive, et quel amant lui fait la cour.

Voilà de quelle façon nous nous séparâmes, le comte et moi. Manuela de son côté, presque dans le même temps, fut abandonnée de don Garcie, les seigneurs n'étant pas plus constants les uns que les autres. Padul, sous prétexte d'aller voir un oncle malade à Badajoz, s'éloigna d'elle et de Grenade. Heureusement nous étions toutes deux bien nippées, et dans un âge à nous consoler de la perte de nos volages amants.

A peine nous eurent-ils quittées, qu'il s'en présenta d'autres pour remplir leurs places; mais, outre que nous aurions été embarrassées sur le choix, les divisions qui régnoient dans la troupe augmentèrent à un point, qu'elles nous dégoûtèrent de la profession comique, et nous firent prendre la résolution d'y renoncer. Ma chère Manuela, dis-je à mon amie, je suis lasse de me donner en spectacle sur un théâtre, et de divertir le public. Je veux me retirer à mon château de Caralla, et faire la dame de paroisse. Puis-je me flatter que vous m'aimez assez pour vouloir m'accompagner?

Ce doute m'outrage, répondit Manuela : vous savez que rien au monde ne m'est si cher que votre amitié; j'en serois indigne si je refusois d'aller partager avec vous les douceurs de votre retraite. Partons, Francisca, partons : je suis prête à vous sacrifier tous les galants de Grenade. Nous sortîmes donc l'une et l'autre de la troupe, aussi bien que Bartolome, qui, préférant le rôle de seigneur de village à celui de prince de théâtre, nous conduisit volontiers à Caralla, où nous arrivâmes gaiement tous trois dans un bon carrosse acheté de nos propres deniers, ou si vous voulez de ceux du comte. Une chaise, où étoient ma suivante et celle de Manuela, nous suivoit, avec six valets, qui menoient autant de mules chargées de notre bagage; après quoi venoient notre cuisinier et le laquais de Bartolome, montés sur d'assez beaux chevaux; ce qui composoit une suite digne de l'admiration des paysans et de l'envie des *hidalgos*.

Je ne trouvai point le château au-dessus de la description que mon mari m'en avoit faite; mais il me parut bien bâti, bien meublé, et même aussi soigneusement entretenu que si le comte y eût fait sa résidence ordinaire. Je fus surtout frappée de la beauté des jardins et des vastes prairies qui s'étendent du côté du septentrion jusqu'aux bords du Guadalquivir. Je ne considérai pas avec moins de satisfaction les bois qui règnent du côté du midi. Bartolome, voyant que j'étois charmée de ce séjour, me dit d'un air triomphant: Hé bien, ma mignonne, vous ai-je trompée en vous vantant votre château? Y en a-t-il un en Espagne où l'on respire un air plus pur, et qui présente à la vue des objets plus riants? Non sans doute, s'écria mon amie, encore plus enchantée que moi des agréments de ma retraite, et il faut avouer que c'est un vrai présent de seigneur. Nous passerons ici nos jours fort agréablement, pour peu que la noblesse du pays soit raisonnable.

Il est vrai, dit Bartolome, que les *hidalgos* sont des gens un peu fiers: lorsqu'ils ont pour seigneur un homme du commun, il ne doit guère attendre d'eux de respect et de considération. Cependant on voit tous les jours de riches marchands, après avoir fait banqueroute, se retirer dans une terre qu'ils achètent aux dépens de leurs créanciers, et même des gens de métier, ainsi que nous: mais notre art étant d'être bons comédiens, nous saurons nous accommoder à leur sotte fierté. Cela ne nous coûtera pas beaucoup; et nous pourrons, en flattant leur orgueil, nous réjouir de leurs différents ridicules. J'ai meilleure opinion que vous de ces messieurs-là, dis-je à mon tour; je crois qu'il y en a parmi eux qui sont d'un bon caractère. Au reste, quels qu'ils puissent être, nous les obligerons, par des manières engageantes et polies, à nous rendre ce qu'ils nous doivent.

Il est certain que nous n'étions pas prévenus en faveur de ces nobles, dont la plupart habitoient des chaumières. Nous nous imaginions qu'ils étoient sots et grossiers; et nous fûmes assez surpris, lorsqu'ils vinrent nous faire visite, de les trouver aussi civilisés qu'ils nous le parurent. Leurs femmes surtout nous firent connoître par leurs compliments qu'elles ne manquoient pas d'esprit; et j'en remarquai parmi elles quelques-unes qui avoient de fort bons airs. Nous leur fîmes à tous un accueil si gracieux, qu'ils eurent sujet d'être contents de nous: aussi nous le témoignèrent-ils en nous protestant qu'ils étoient ravis d'avoir des seigneurs qui sussent si bien recevoir la noblesse.

Nous allâmes les voir à notre tour chez eux; et dans les visites que nous leur rendîmes, nous mîmes toute notre attention à ne rien dire et à ne rien faire qui pût blesser leur vanité. Avec cette circonspection, qui étoit d'une nécessité absolue pour vivre avec eux en bonne intelligence, nous gagnâmes leur amitié. Après cela, il ne fut plus question que de fêtes et de festins. Il venoit, presque tous les soirs, souper au château quatre ou cinq gentilshommes avec leurs épouses et leurs sœurs, et nous formions après le repas une espèce

de bal qui duroit souvent toute la nuit. Je passois ordinairement la journée dans le château à jouer ou à m'entretenir avec les femmes, tandis que mon époux chassoit avec les hommes aux environs. Tels étoient nos amusements, et bientôt il ne tint qu'à moi d'en avoir d'autres.

Parmi ces petits nobles, il y en avoit un qui se nommoit don Dominique Rifador[1]. Il justifioit parfaitement bien son nom par son caractère: c'étoit un contradicteur impoli, un disputeur échauffé, un querelleur, un franc brutal; avec cela, il avoit un orgueil insupportable. Aucune dame jusque-là n'avoit pu vaincre sa fierté; une victoire si difficile m'étoit réservée. Je lui plus; et il me fit l'aveu de sa passion, avec toute la confiance d'un galant qui s'imagine que son amour fait honneur à l'objet aimé. Quelque aversion que j'eusse pour ce personnage, je l'écoutai sans me révolter contre son amour; mais je lui déclarai de sang-froid, en termes clairs et nets, que je ne me sentois aucune disposition à l'aimer; et je le priai de ne plus remettre le pied au château.

Vous croyez peut-être que, mortifié du mauvais succès de sa déclaration, il se retira plein de fureur, et changea son amour en haine? point du tout. Il me rit au nez, en me disant qu'il vouloit persister à m'aimer malgré moi. Je ne suis pas, poursuivit-il, si facile à rebuter. Je connois les femmes, et je ne prends point leurs grimaces pour des marques de vertu. Allons, ma princesse, ajouta-t-il, changez, s'il vous plaît, de langage: laissez-là les façons; elles vous conviennent encore moins qu'à une autre.

A ce discours insolent je ne pus retenir ma colère; et dans mon premier mouvement je traitai Rifador comme un nègre: mais il se moqua de mes invectives, et sortit en n'y répondant que par des ris, qui redoublèrent ma fureur. J'en pleurai de rage; et j'avois encore les yeux baignés de larmes lorsque Manuela survint. Qu'avez-vous? me dit-elle, en s'apercevant de l'état où j'étois. Quel sujet de chagrin pouvez-vous avoir dans un séjour où tout le monde ne songe qu'à vous plaire?

Je lui rendis compte de ce qui venoit de se passer entre don Dominique et moi; et quand je lui eus tout dit, au lieu d'entrer dans mon ressentiment, elle n'en fit que rire. Vous avez tort, me dit-elle, de vous offenser de l'impolitesse et du ridicule d'un amant grossier, vous devez plutôt vous en réjouir; le mépris dont vous payez ses feux vous venge assez de son impertinence. Vous avez raison, répondis-je à mon amie: désormais, bien loin de prendre avec lui mon sérieux, je prétends me divertir de ses extravagances.

[1] Querelleur.

CHAPITRE XXIV.

Du malheur qui arriva dans le château de Caralla, et quelle en fut la suite. Dona Francisca prend la résolution de se retirer à Madrid avec dona Manuela, sa compagne de théâtre. Elles se font passer pour des dames de condition.

Je m'étois donc déterminée à souffrir encore la vue de don Dominique Rifador, sans rien rabattre des sentiments que j'avois pour lui ; mais il cessa de venir au château. Son orgueil se soulevant enfin contre mes rigueurs, lui fit former, pour m'en punir, le dessein de ne plus m'honorer de ses visites.

Il ne borna pas là sa vengeance ; il insulta Bartolome, lequel, étant encore plus que lui d'une humeur spadassine, lui fit tirer l'épée, et le blessa dangereusement. Cependant Rifador n'en mourut point, et cette affaire insensiblement parut assoupie : on n'en parloit plus. Mais six mois après, mon époux étant à la chasse tout seul dans un bois, y rencontra don Dominique, qui lui lâcha traîtreusement un coup de carabine, et le coucha par terre roide mort. Quoique cet assassinat eût été commis sans témoins, son lâche auteur, persuadé que je l'en soupçonnerois, et que je pourrois le faire arrêter, prit la fuite pour se dérober à la rigueur des lois.

Je pleurai amèrement Bartolome ; et j'étois d'autant plus affligée de sa mort, que je ne pouvois la venger. Je m'en consolai pourtant à l'aide de Manuela, qui, toujours prête à m'offrir son assistance, avoit l'art d'adoucir mes peines. Cependant nos plaisirs furent interrompus par ce funeste événement, ou, pour mieux dire, nous nous ennuyâmes de vivre dans la solitude. Je ne sais, dis-je un jour à mon amie, si vous êtes dans la disposition où je me trouve ; je commence à me lasser de la compagnie des gentilshommes de campagne, et de leurs épouses. J'ignore ce qui peut produire en moi ce changement ; si c'est un effet de mon inconstance naturelle, ou de la mort de mon mari. C'est à votre délicatesse seule qu'il faut l'attribuer, répondit Manuela ; une fille accoutumée aux fleurettes des seigneurs doit bientôt se dégoûter du commerce des personnes que nous voyons dans ce pays-ci.

Ne vous imaginez pas, poursuivit-elle, que je suis plus propre que vous à demeurer dans la solitude. Je vous dirai aussi franchement que je m'ennuie dans ce château ; je n'y ai plus que le plaisir d'être avec vous. Les différents originaux qui viennent ici ne me divertissent plus : le ridicule réjouit d'abord ; mais il déplaît ensuite, et devient insupportable. Si vous m'en voulez croire, ajouta-t-elle, nous suivrons une idée qui m'est

venue, et que je ne vous ai point encore communiquée.

Je demandai à mon amie ce que c'étoit que cette idée. C'est, répondit-elle, d'abandonner ce séjour quelques années, et d'aller nous établir à Madrid. Nous sommes assez riches pour y vivre noblement, et nous y passerons sans peine pour des femmes de qualité, puisque nous en avons toutes les manières. Que pensez-vous de ce projet ? a-t-il votre approbation ? N'en doutez pas, lui dis-je, il me flatte infiniment. Que d'images agréables il présente à mon esprit ! Hâtons-nous de l'exécuter. Je suis bien aise, dit Manuela, que vous applaudissiez à ce voyage ; j'ai un pressentiment qu'il ne sera pas malheureux. Préparons-nous donc à partir. Laissez le soin du château à votre fermier, avec ordre de vous en faire toucher le revenu à Madrid. Je joindrai à cela les dépouilles de don Garcie, pour mieux soutenir la figure que nous nous proposons de faire dans cette capitale de la monarchie.

Nous ne fûmes plus occupées que des préparatifs de notre départ, qui ne furent pas plus tôt achevés, que nous nous mîmes en chemin avec nos soubrettes, toutes quatre dans un carrosse ; et nous étions accompagnées de deux valets montés sur des mules, et bien armés. Après une traite aussi pénible que longue, nous arrivâmes heureusement dans cette ville, où nous jugeâmes à propos de changer de nom. Manuela prit celui d'Isménie, moi celui de Basilisa ; et, nous disant deux dames veuves de deux gentilshommes grenadins, nous louâmes cette maison, où nous commençâmes à recevoir compagnie. Nous y attirâmes d'honnêtes gens par nos manières aisées, et nous nous en fîmes estimer par une conduite sage.

Nous voyons, continua-t-elle, un assez grand nombre de cavaliers nobles, et il n'y en a pas un qui n'ait pour nous de l'estime et de la considération. Vous en pouvez juger par don Manuel de Pédrilla, votre ami. J'ignore ce qu'il vous a dit de nous, mais je sais qu'il n'a pas dû vous en dire du mal. Quoique nous lui permettions de nous venir voir librement, nous ne craignons pas les rapports qu'il peut faire. Il n'a rien remarqué qui l'ait pu prévenir contre nos mœurs. Si nous ne suivons pas l'usage austère des dames qui s'interdisent l'entretien des hommes, nous n'en avons pas pour cela moins de vertu.

CHAPITRE XXV.

De la conversation qu'eut dona Francisca avec don Chérubin, après lui avoir raconté son histoire. Elle lui propose de venir demeurer chez elle. Don Chérubin s'y détermine.

Dona Francisca, ma sœur, acheva dans cet endroit le récit de ses aventures, et me dit ensuite en souriant : Hé bien, mon frère, que vous semble de la veuve de Bartolome? Ne vous paroît-elle pas une dame d'importance? Oui, vraiment, lui répondis-je, vous avez fait votre chemin en peu de temps. Je vous en félicite, et je rends grâce au ciel d'avoir une sœur si bien dans ses affaires. Mais j'appréhende une chose. Nous sommes sujets dans notre famille à sacrifier à l'amour. Je crains que, parmi les cavaliers qui viennent chez vous, il ne se trouve quelque aimable fripon qui vous fasse perdre votre château comme vous l'avez gagné. N'ayez pas cette crainte, me repartit Francisca, je suis plus capable d'en acquérir encore un autre que de donner le mien au même prix qu'il m'a coûté.

Mais changeons de matière, poursuivit-elle : puisque j'ai le plaisir de retrouver mon frère, ne nous séparons plus. Je vous offre un logement dans cette maison ; venez-y demeurer avec nous. Isménie n'en sera pas moins ravie que moi. Vous nous aiderez de vos bons conseils. Il pourra se présenter des conjonctures embarrassantes, dans lesquelles votre prudence nous sera d'un grand secours : vous nous sauverez de fausses démarches. Que nous vous ayons cette obligation-là.

La proposition, je l'avouerai, ne me plut pas d'abord. Je me fis un scrupule d'être le conseiller et le guide de deux beautés dont je ne laissois pas de croire la sagesse équivoque, quoi qu'en pût dire ma sœur. Néanmoins je ne pus m'en défendre ; et je m'y déterminai aux dépens de qui il appartiendroit, me réservant au surplus le droit de me séparer d'elles pour peu que je fusse mécontent de leur compagnie.

CHAPITRE XXVI.

Don Chérubin va loger chez sa sœur. Des connoissances nouvelles qu'il y fit, et de l'extrême considération qu'on eut pour lui lorsqu'on sut qu'il avoit l'honneur d'être frère de Basilisa. Don André recherche l'amitié de don Chérubin ; il l'acquiert. Raison pour laquelle il vouloit s'en faire un ami.

Il me fallut donc aller demeurer avec ma sœur et sa bonne amie, qui me donnèrent un petit appartement fort propre, qu'elles avoient de réserve dans leur maison. Dès le soir même je me rendis chez elle avec don Manuel de Pedrilla. Venez, lui dis-je, mon ami, venez m'installer dans mon nouveau domicile, où je vous proteste que mon plus grand plaisir sera d'être à portée de vous servir auprès d'Isménie. Je ne refuse pas vos bons offices, me répondit-il ; mais je ne sais si j'en serai plus heureux. Quoique Isménie paroisse avoir de tendres sentiments pour moi, elle ne veut pas mettre le comble à mon bonheur. Je doute que votre amitié ait plus de pouvoir que mon amour.

Il vint ce soir-là souper chez les dames deux chevaliers de Saint-Jacques, qui me donnèrent mille accolades quand ils apprirent que j'étois frère de Basilisa. Mon gentilhomme, me disoit l'un, que je vous embrasse pour l'amour de votre charmante sœur. Voilà votre vivante image, madame, disoit l'autre à la veuve de Bartolome ; que vous devez avoir de joie de vous revoir tous deux ! Je prends part à votre satisfaction mutuelle.

Ces discours ne firent que précéder une infinité de compliments qu'il me fallut essuyer, et auxquels je répondis sur le ton, comme on dit, de la bonne compagnie, pour montrer à ces messieurs que je n'étois pas embarrassé de ma contenance en pareille occasion. Aussi parurent-ils très-contents des échantillons que je leur laissai voir de mon esprit. Ils le furent encore davantage de quelques heureuses saillies qui m'échappèrent pendant le repas, et qu'ils relevèrent avec éloge.

Ces chevaliers, dont l'un se nommoit don Denis Langaruto, et l'autre don Antoine Peleador, avoient des figures et des caractères bien différents. Don Denis étoit un grand corps sec, et don Antoine un gros petit homme trapu. Le premier, pour trancher de l'érudit, ne parloit que des sciences ; et le second, faisant le guerrier, nous fatiguoit de récits militaires. C'étoit à qui des deux nous ennuieroit davantage. Aussitôt que l'un avoit rapporté un passage d'auteur, l'autre, prenant brusquement la parole, entamoit la relation d'un combat. Pendant ce temps-là, don Manuel et la belle Isménie se lançoient réciproquement des regards qui les consoloient des discours fastidieux de ces deux convives, ou plutôt qui les sauvoient de l'ennui de les entendre. Pour ma sœur et moi, nous eûmes la politesse de n'en perdre pas un mot, et même de paroître y prendre beaucoup de plaisir.

En récompense, lorsque ces messieurs se furent retirés, je ne les épargnai point. Si tous les cavaliers qui viennent chez vous, dis-je à ma sœur, ne sont pas plus amusants que ceux-ci, je ne crois pas qu'en quittant vos *hidalgos* de Caralla, vous ayez gagné au change. Il est vrai, dit Francisca, que voilà deux mortels assommants ; mais vous en verrez d'autres dont vous serez plus satisfait. Cependant je le fus encore moins de deux commis des bureaux du duc de Lerme, qui soupèrent au logis le jour suivant.

Ceux-ci, voulant qu'on eût autant de respect pour eux que pour des secrétaires d'état, affectoient une orgueilleuse gravité. Quand on leur eut dit que j'étois frère de Basilisa, ils ne se répandirent point en éloges, ainsi que les chevaliers de Saint-Jacques, ils se contentèrent de m'honorer d'une simple inclination de tête, comme s'ils eussent été conseillers du conseil de Castille. Quoiqu'ils fussent amoureux de nos dames, ils n'en paroissoient pas plus émus. Bien loin de leur tenir des discours galants, ils gardoient un superbe silence; ou s'ils le rompoient quelquefois, ce n'étoit que par des monosyllabes.

Je m'imaginois que du moins ils rabattroient de leur gravité quand ils seroient à table. Je les attendois là, pour les voir peu à peu changer de maintien, et se livrer au plaisir, comme font en pareil cas tous les graves personnages. Mais ni ma bonne humeur, ni les agaceries des dames, ne purent leur faire perdre leur morgue de bureau, ni leur arracher un souris. Je n'ai jamais vu de gens qui m'aient tant déplu que ceux-là.

Aussi, dès qu'ils furent sortis, je fis de nouveaux reproches à ma sœur. Comment, lui dis-je, pouvez-vous faire de si mauvaises connoissances, vous qui avez de l'esprit et du goût? Ces commis sont encore plus ennuyeux que vos chevaliers d'hier. En vérité, ma sœur, puisque vous vous plaisez à recevoir compagnie chez vous, il me semble que vous devriez mieux choisir votre monde. Donnez-vous patience, répondit Francisca, vous verrez ici plus d'un cavalier dont vous ne serez pas fâché d'acquérir l'amitié.

J'en vis en effet dans la suite plusieurs qui pouvoient passer pour la fleur des galants, et que je ne pus m'empêcher de regarder comme autant de beaux-frères, quoique ma sœur me jurât tous les jours qu'elle leur tenoit à tous la dragée haute. Il y en avoit un, entre autres, nommé don André de Caravajal de Zamora, qui réunissoit en lui toutes les bonnes qualités dont les hommes les mieux nés n'ont ordinairement qu'une partie. Ce cavalier ne sut pas sitôt que j'étois frère de Basilisa, qu'il n'épargna rien pour s'insinuer dans mes bonnes grâces. Il eut peu de peine à y réussir, étant un de ces hommes agréables qui préviennent d'abord en leur faveur. Il ne fut pas plus tôt de mes amis, que, voulant devenir quelque chose de plus, il me fit une confidence. Seigneur don Chérubin, me dit-il, j'aime votre sœur, et ma plus chère envie seroit de l'épouser. Je suis assez riche et d'assez bonne maison pour me flatter qu'elle pourroit agréer ma recherche; mais je

m'aperçois qu'elle a du penchant pour un autre cavalier, et j'ai tout lieu de craindre ce rival.

Je demandai à don André qui étoit le galant qu'il paroissoit tant appréhender. Vous ne le devineriez jamais, répondit-il; et quand je vous l'aurai nommé, vous aurez de la peine à me croire; car enfin ce n'est point don Félix de Mondejar ni don Vincent de Cifuentes; c'est don Pedro Retortillo. Cela n'est pas possible, m'écriai-je avec étonnement. Don Pedro, le plus mal fait de tous les amants de ma sœur, un capricieux, un fat : non, je ne puis penser qu'elle soit d'un goût assez dépravé pour vous le préférer. Vous direz de ce cavalier ce qu'il vous plaira, reprit Caravajal; mais il est aimé de Basilisa, rien n'est plus véritable : elle a les yeux fermés sur ses défauts; elle le trouve fort bien fait; et il a beau parler à tort et à travers, elle admire son esprit.

Je promis à don André de traverser de tout mon pouvoir l'amour de don Pedro; et, pour lui tenir parole, j'eus avec Francisca le lendemain une longue conversation, dont on verra l'effet dans le chapitre suivant.

CHAPITRE XXVII.

Du malheureux succès qu'eut le service que don Chérubin voulut rendre à son ami don André. Il sort de chez sa sœur pour ne la plus revoir. Dona Francisca épouse don Pèdre. Quel est cet homme.

Je ne sais, lui dis-je, ma sœur, si vous vous ressouvenez de m'avoir prié de vous aider de mes conseils. Oui sans doute, mon frère, me répondit-elle; et je vous en prie encore. Hé bien, repris-je, puisque vous le voulez, je vais donc m'ériger en conseiller. Mais faites-moi un aveu sincère auparavant : aimez-vous don Pedro Retortillo?

A cette question, dona Francisca devint plus rouge que le feu, et se troubla. Vous rougissez, poursuivis-je, ma sœur : à ce que je vois, je n'ai pas besoin de votre réponse pour savoir ce que je dois penser, votre trouble ne me l'apprend que trop. Il est donc vrai que vous aimez don Pèdre! O ciel! faut-il que vous ayez jeté les yeux sur celui de vos amants qui me paroît le moins digne de vous posséder!

Qui peut, répondit-elle, vous avoir si bien instruit d'un amour que je ne croyois pas avoir fait éclater? C'est, lui répliquai-je, un rival de don Pèdre qui l'a pénétré. Et ce rival si pénétrant, reprit avec précipitation ma sœur, est apparemment Caravajal, pour qui vous avez la bonté de vous intéresser! Eh bien, puisqu'il a démêlé mes sentiments, je ne les désavouerai point. Oui, don Pèdre m'a su plaire, je ne vous le cèle pas. Je suis fâchée que vous n'estimiez point ce gentilhomme ; mais sachez que je le regarde d'un œil si favorable, que je le préfère à Caravajal, comme à tous ses autres rivaux.

Oh ! pour cela, ma sœur, interrompis-je avec quelque émotion, je ne puis m'accorder avec vous là-dessus. Je ne vois dans don Pèdre, pardonnez-moi ma franchise, qu'un tissu de mauvaises qualités. Il est bourru, emporté, plein de caprices, et je le crois avec cela très-jaloux de son naturel. Qu'il soit tout ce que vous voudrez, interrompit à son tour la veuve de Bartolome d'un air brusque et chagrin ; quelque mal que vous m'en puissiez dire, il sera mon époux ; et c'est vouloir se brouiller avec moi pour jamais que d'entreprendre de me détacher de lui.

Ma sœur prononça ces paroles d'un ton de voix qui m'imposa silence. Je n'osai plus combattre sa sotte tendresse pour Retortillo, ni parler en faveur de Caravajal, qui fut obligé, avec tout son mérite, de céder la place à son indigne rival. J'en fus d'autant plus mortifié, que je sentois augmenter de jour en jour mon amitié pour l'un et mon aversion pour l'autre. Je détestai le caprice de Francisca, et je commençai à craindre que notre union ne fût pas de longue durée.

Effectivement, depuis cet entretien, ma sœur changea de conduite à mon égard ; elle rabattit beaucoup des attentions et des déférences qu'elle avoit eues pour moi jusque-là. Elle affectoit même d'éviter ma conversation ; et quand elle ne le pouvoit, elle me parloit d'un air glacé. Enfin, ne pouvant me pardonner de n'approuver pas le dessein qu'elle avoit d'épouser un homme haïssable, elle ne me regarda plus que comme un censeur incommode et fâcheux dont elle devoit se défaire. Aussitôt que je m'en aperçus je pris mon parti. Je sortis de sa maison, d'où je fis porter mes nippes à l'hôtel garni où j'avois auparavant demeuré, et je rejoignis mon ami don Manuel. Après cela, qu'on me vienne vanter la force du sang ! quelque amitié qu'il y ait entre les frères et sœurs, il faut bien peu de chose pour l'altérer.

Après notre séparation, je cessai de voir Francisca, qui ne tarda guère à lier son sort à celui de don Pèdre par un hymen qui ne produisit pour elle que des fruits très-amers, puisqu'au lieu de trouver dans son second mari l'humeur commode et complaisante du premier, elle reconnut qu'elle étoit tombée entre les mains du plus jaloux de tous les hommes. Dès le lendemain de leurs noces, tout changea de face dans la maison ; l'entrée en fut interdite aux galants. Il n'y eut plus de jeu, plus de soupers. Don Pèdre changea de domestiques, et mit auprès de son épouse la duègne d'Espagne la plus rébarbative. En un mot, il fit une femme misérable de la plus heureuse de toutes

les veuves. J'appris peu de temps après qu'il l'avoit emmenée à la campagne avec Isménie, de manière que don Manuel fut obligé de se consoler de l'éloignement de sa maîtresse, comme moi de celui de ma sœur.

CHAPITRE XXVIII.

Don Manuel de Pedrilla, se voyant dans la nécessité de retourner dans son pays, engage don Chérubin, son ami, à l'accompagner. De leur arrivée à Alcaraz.

Comme on oublie plus facilement une sœur qu'une maîtresse, je ne pensai plus à dona Francisca vingt-quatre heures après que je m'en fus séparé, au lieu que don Manuel eut besoin de huit jours pour chasser de son souvenir sa chère Isménie. Enfin nous ne songions plus à ces dames, lorsque mon ami reçut une lettre d'Alcaraz, par laquelle don Joseph, son père, lui mandoit que, se sentant frappé d'une maladie dont il ne pouvoit revenir, il souhaitoit de mourir dans ses bras. Don Manuel, fort affligé de cette nouvelle, se disposa dans le moment à obéir à son père ; mais voulant en même temps accorder avec son devoir l'amitié qu'il avoit pour moi, il me pria de l'accompagner, et je ne pus m'en défendre.

Nous partîmes de Madrid suivis d'un valet, tous trois montés sur de bonnes mules ; et nous prîmes le chemin d'Alcaraz, où nous arrivâmes en moins de six jours. Nous trouvâmes le bonhomme don Joseph prêt à faire le trajet de ce monde-ci à l'autre. Il y avoit dans sa chambre deux médecins, qui saluèrent don Manuel, en lui disant d'un air gai : Il y a trois jours que votre père devroit être mort ; mais, grâce à la vertu de nos remèdes, et aux soins que nous avons eus de lui, nous avons prolongé sa vie jusqu'à votre retour : il désiroit la satisfaction de vous embrasser ; nous la lui avons procurée. Quand ces docteurs auroient guéri leur malade, ils n'eussent pas paru plus contents. Cependant le vieillard, qui tiroit à sa fin, n'eut pas sitôt vu son cher fils, qu'il expira, et remplit de deuil sa maison.

Il laissoit après lui une vieille sœur, une jeune fille, et don Manuel. Ces trois personnes pleurèrent amèrement son trépas, et lui firent des funérailles dignes d'un gentilhomme qui avoit été officier général dans les armées du roi sous le règne précédent. Lorsqu'ils eurent essuyé leurs pleurs, et que don Manuel se fut mis en possession des biens de son père, il reparut dans le monde, et ne se refusa plus aux plaisirs de la société. Il fit son premier soin de me présenter aux plus honnêtes gens de la ville comme un gentilhomme de ses amis. Voilà le personnage que j'eus à jouer, et dont j'ose dire que je ne m'acquittai point mal. J'étois trop bien en habits et en argent pour faire une triste figure. Je donnois des fêtes aux dames, et, sans vanité, je ne m'attirois pas moins leur attention que mon ami.

On ne peut pas long-temps fréquenter de jolies femmes sans payer le tribut qu'on leur doit. Don Manuel devint amoureux. Dona Clara de Palomar, jeune beauté d'Alcaraz, prit dans son cœur la place qu'Isménie y avoit occupée, et même y alluma une flamme plus vive. Pour moi, je faisois ma cour aux dames en général, sans m'attacher à aucune en particulier ; ce qui étonnoit fort mon ami. Don Chérubin, me disoit-il, toutes les dames d'Alcaraz auront-elles le honteux malheur d'avoir inutilement essayé sur vous leurs regards ? Quelqu'une ne vengera-t-elle pas les autres de votre injurieuse indifférence ?

Je riois des reproches de don Manuel ; mais, hélas ! il ne les auroit pas faits s'il eût pu lire au fond de mon âme. Bien loin d'être insensible, je brûlois des feux les plus ardents pour sa sœur dona Paula : je l'adorois secrètement, comme on adore une divinité. Je n'avois garde de faire confidence à son frère d'une passion si audacieuse : quelque amitié qu'il me témoignât, je m'imaginois que, si je me déclarois, il se révolteroit contre ma témérité.

Je cachois donc bien soigneusement mon amour. Je pris même la vigoureuse résolution de le vaincre, et ce triomphe ne me parut pas impossible ; car, malgré ma préoccupation, je convenois que dona Paula n'étoit pas une beauté parfaite, et qu'il y avoit lieu d'espérer qu'en m'éloignant d'elle, je viendrois à bout de m'en détacher. Ayant donc formé le dessein de tenter le secours de l'absence, pour suivre le conseil d'Ovide, je dis à Pedrilla que je le priois de me permettre de retourner à Madrid ; mais il s'opposa fortement à mon départ.

Est-ce là, me dit-il, cet ami qui me protestoit qu'il vouloit passer sa vie avec moi ? Don Chérubin, ajouta-t-il, vous vous ennuyez dans ce séjour, ou bien je vous ai peut-être, sans y penser, donné quelque sujet de mécontentement. Non, lui répondis-je, mon cher don Manuel, je n'ai jamais été plus content de vous que je le suis. Pourquoi donc, répliqua-t-il, avez-vous envie de m'abandonner ? Là-dessus il me fit de si pressantes instances pour savoir mon secret, que je le lui révélai. Voilà, lui dis-je ensuite, ce qui m'oblige à m'éloigner d'Alcaraz, et vous devez approuver ma résolution

Don Manuel, après m'avoir attentivement écouté, prit un air sombre et chagrin. Je crus que, malgré l'amitié qui nous unissoit, la fierté de ce gentilhomme se révoltoit contre un témé-

raire qui élevoit trop haut sa pensée ; et, dans cette erreur, j'ajoutai qu'il ne devoit pas s'offenser de l'aveu d'une passion que j'avois condamnée au silence, et qu'il auroit toujours ignorée s'il ne m'eût pas forcé de la lui découvrir. En jugeant ainsi de don Manuel, je ne lui rendois pas justice. Don Chérubin, me dit-il, je suis au désespoir que vous ne m'ayez pas plus tôt fait connoître vos sentiments pour ma sœur : je l'ai promise, il y a huit jours, à don Ambroise de Lorca. Que ne l'avez-vous prévenu ? Je n'aurois point donné ma parole à ce gentilhomme, quoique ce soit peut-être le parti le plus avantageux qui puisse se présenter pour ma sœur.

Je fus accablé de cette nouvelle, et don Manuel parut fort touché du saisissement qu'elle me causa. Mais, changeant tout-à-coup de visage : Mon ami, me dit-il d'un air consolant, le mal n'est pas sans remède. Je me souviens qu'il y a dans mon engagement avec Lorca une circonstance qui peut le rendre nul : je ne lui ai promis ma sœur qu'à condition qu'elle souscriroit sans répugnance à ma promesse. Réglez-vous là-dessus. Faites bien votre cour à dona Paula. Je vous fournirai de fréquentes occasions de la voir et de l'entretenir en particulier. Tâchez de lui plaire ; et, si vous en venez à bout, je me charge du reste. Ces paroles me rappelèrent, pour ainsi dire, à la vie. Je commençai à me flatter que je pourrois bien devenir l'époux de dona Paula. Je ne craignois qu'une chose : j'avois peur que cette dame ne fût prévenue en faveur de mon rival ; et c'étoit en effet de là que mon sort dépendoit. Heureusement, dès la première conversation que j'eus avec elle, je perdis ma frayeur ; je remarquai même que don Ambroise étoit haï : ce que j'eus la vanité de regarder comme un présage d'amour pour moi.

CHAPITRE XXIX.

Don Chérubin se fait aimer de dona Paula. Don Ambroise de Lorca, son rival, presse don Manuel de la lui accorder. Il la lui refuse. Suite funeste de ce refus. Don Manuel et don Chérubin vont se battre avec lui. Ils sont les vainqueurs.

Effectivement, je ne me flattai point d'une trompeuse espérance. A force de faire, tantôt le languissant, tantôt le mourant, tantôt le passionné, j'obligeai dona Paula de m'avouer qu'elle étoit sensible à ma tendresse. Il est vrai que le frère et la tante ne contribuèrent pas peu à lui faire agréer mes soins par le bien qu'ils lui disoient de moi tous les jours : de sorte que je me vis bientôt dans cette ravissante situation où se trouve un amant chéri qui est sur le point d'épouser ce qu'il aime.

D'un autre côté, mon rival, aussi amoureux

que moi pour le moins, et comptant sur la promesse de Pedrilla, le pressoit vivement de la tenir. Don Manuel, lui dit-il un jour, il semble que vous ayez perdu l’envie d’être mon beau-frère. Parlez-moi franchement, auriez-vous changé de sentiment, au mépris de votre parole donnée? Non, lui répondit don Manuel; mais ressouvenez-vous qu’en vous promettant ma sœur, je vous déclarai que je ne prétendois pas la marier malgré elle. Vous devez m’entendre. Je suis fâché de vous le dire, son cœur est échappé à vos galanteries.

A d’autres, interrompit don Ambroise en rougissant de honte et de dépit, car c’étoit un noble des plus fiers et des plus glorieux; ce n’est point à moi qu’on en fait accroire: je suis mieux informé que vous ne pensez de ce qui se passe. Je sais tout. Vous voulez préférer à un homme de ma qualité le fils d’un petit juge de village, un bourgeois à qui je ferai donner les étrivières pour punir son audace et son insolence. Ce bourgeois, lui dit Pedrilla, porte une épée, et je vous apprends que ses ennemis sont les miens. Cela étant, reprit Lorca, trouvez-vous demain tous deux, au lever du soleil, à l’entrée des montagnes de Bogarra; vous y verrez un homme disposé à vous faire connoître qu’on ne lui manque pas de parole impunément.

En prononçant ces mots d’un air menaçant, il se retira plein d’impatience d’être au lendemain. Mon ami vint me rendre compte de cette conversation, et ne me fit pas grand plaisir en m’annonçant qu’il falloit nous préparer à nous battre. Il avoit beau se montrer courageux jusqu’à se faire un jeu de cet appel, je ne m’en faisois qu’une image très-désagréable. Néanmoins, quoique je sentisse frémir la nature, je ne laissai pas d’affecter par honneur de paroître résolu. Je pris même un air d’intrépidité, dont je suis sûr que mon ami fut la dupe. Mais tout cela ne me rendoit pas plus vaillant, et, dans le fond de l’âme, j’aurois voulu la partie rompue.

Je dirai plus, pour accommoder les choses, je fis la nuit un plan de pacification, par lequel je cédois de bonne grâce ma maîtresse à mon rival. Véritablement je rejetai ensuite une pensée si lâche: je me représentai le mépris dans lequel je tomberois, si je ne marquois pas de la fermeté dans cette occasion, et qu’enfin je perdrois avec mon honneur l’estime de mon ami, et l’objet de mon amour. Ces réflexions m’échauffèrent peu à peu, et m’inspirèrent tant de courage, que je ne respirai plus que le combat.

Je me levai dans cet accès de bravoure pour voler au rendez-vous avec don Manuel, qui, sans le secours de l’amour, étoit dans la même disposition que moi. Nous montâmes sur nos deux meilleurs chevaux, et nous piquâmes vers Bogarra. Don Ambroise y étoit déjà avec un autre cavalier. Nous nous joignîmes tous quatre; et nous étant salués de part et d’autre, Lorca dit à don Manuel: Êtes-vous toujours dans la résolution de me refuser votre sœur après me l’avoir promise? Oui, lui répondit Pedrilla; et vos menaces m’ont confirmé dans ce dessein, au lieu de m’en détourner. Vous n’avez donc, répliqua don Ambroise, qu’à descendre, votre Chérubin et vous.

Il ne fut point obligé de nous le dire deux fois; nous mîmes pied à terre dans le moment. Nos ennemis firent la même chose. Nous attachâmes nos chevaux à des arbres qui bordoient le grand chemin, et nous nous présentâmes fièrement les uns devant les autres. Don Ambroise attaqua don Manuel, et j’eus affaire à l’autre cavalier, qui joignoit à l’avantage d’être bon escrimeur, celui d’avoir à se battre contre un homme qui ne savoit seulement pas manier une épée. Cependant, je ne sais par quel hasard, je fis sentir à ce spadassin la pointe de ma lame si rudement, que je l’étendis sur le carreau. Dans le temps que mon homme tomba sous mes coups, don Manuel eut aussi le bonheur d’expédier le sien; de sorte que nous demeurâmes maîtres du champ de bataille.

CHAPITRE XXX.

Ce que firent don Manuel et don Chérubin après cette aventure. Ils sont poursuivis par la famille de don Ambroise de Lorca, et sont obligés de se retirer dans un monastère. Rare portrait d’un supérieur de couvent.

La première chose que nous jugeâmes à propos de faire après ce triste événement fut de penser à notre sûreté. Don Ambroise étoit parent du gouverneur d’Alcaraz, et nous pouvions compter que ce gouverneur mettroit la Sainte-Hermandad à nos trousses dès qu’il seroit informé de notre combat. Il faut ajouter à cela que le cavalier qui avoit eu le malheur d’étrenner ma rapière étoit d’une famille qui avoit aussi beaucoup de crédit. D’un autre côté, dans quelque endroit du monde qu’il nous prît envie de nous retirer, il nous falloit de l’argent. Tout cela bien considéré, nous résolûmes de regagner Alcaraz avant qu’on y sût la mort de Lorca, de nous munir d’or et de pierreries, et de nous sauver à Barcelonne pour nous y embarquer sur le premier vaisseau qui mettroit à la voile pour l’Italie.

Sitôt que nous eûmes formé ce dessein, nous retournâmes en toute diligence au logis, où, sans perdre de temps, nous nous chargeâmes de tout ce que nous pûmes emporter de pistoles et de bijoux; ensuite nous dîmes adieu à dona Paula et à sa tante, après être convenus avec elles des moyens d’avoir secrètement ensemble un commerce de lettres. Nous partîmes pour Barcelonne, suivis d’un seul valet; mais ne trouvant point, en arrivant dans cette ville, l’occasion de passer en Italie, nous fûmes obligés, en l’y attendant, de nous arrêter quelques jours.

On ne sauroit s’imaginer ce que je souffris pendant ce temps-là. Il faut avoir fait un mauvais coup pour concevoir les alarmes et les inquiétudes qui troublèrent mon repos. Quoique j’eusse tué mon cavalier en galant homme, je n’avois pas moins de peur de tomber entre les mains de la justice que si j’eusse commis un assassinat. Je croyois voir sans cesse des archers qui venoient fondre sur moi. Quand j’apercevois quelqu’un qui m’envisageoit, je le prenois pour un espion payé pour me suivre. Enfin, j’avois le jour mille frayeurs, et la nuit je faisois des songes funestes.

Outre les craintes continuelles dont j’étois la proie, je ne me souvenois pas sans remords de ce que j’avois fait. Je me repentois d’avoir donné la mort à un cavalier, au lieu d’avoir suivi le plan de pacification qui m’étoit venu dans l’esprit la veille du jour de notre combat. J’en avois d’autant plus de regret, qu’il me sembloit que je n’aimois plus tant dona Paula : ce qu’il falloit attribuer à l’horrible situation où j’étois; l’amour se plaisant à régner seul dans un cœur, et n’y pouvant souffrir que les craintes et les inquiétudes qu’il cause lui-même aux amants.

Tandis que nous étions agités, don Manuel et moi, de toutes les terreurs qui accompagnent un homme que poursuit la justice, Mileno, notre valet, les augmenta un soir, en nous disant qu’il venoit de voir descendre à la porte d’une hôtellerie des gens qui lui étoient suspects, et qu’il croyoit même avoir reconnu parmi eux un alguazil d’Alcaraz. Mais, ajouta-t-il, je puis m’être trompé : pour savoir la vérité, je vais me glisser subtilement dans cette hôtellerie.

Nous laissâmes faire ce garçon, dont nous connoissions l’adresse, et qui, revenant nous joindre deux heures après, nous dit : L’avis que je vous ai donné n’est que trop vrai. Un alguazil et des archers sont à vos trousses; ils vont vous chercher d’hôtellerie en hôtellerie, et vous ne devez pas douter qu’ils ne viennent dans celle-ci : vous n’avez point de temps à perdre si vous voulez leur échapper. Allez vite demander un asile dans quelque monastère : c’est le seul endroit où vous puissiez être en sûreté.

Nous jugeâmes que Mileno avoit raison. Nous nous réfugiâmes chez les carmes déchaussés, dont le supérieur nous reçut à bras ouverts lorsque nous eûmes dit que nous étions deux gentilshommes

qu’une affaire d’honneur obligeoit à se cacher. Il est vrai que, pour mieux l’engager à nous faire l’hospitalité, nous lui laissâmes entrevoir dans nos discours que nous étions en état de la bien payer. Il voulut, avant toutes choses, être informé de l’aventure qui nous réduisoit à la nécessité de chercher une retraite. Nous ne lui célâmes rien; et lorsque nous lui eûmes tout conté, il nous dit : Votre affaire peut s’accommoder; les cavaliers qui ont succombé sous vos coups se sont eux-mêmes attiré leur malheur. Ne songez plus à vous embarquer pour l’Italie. Il n’est pas besoin que vous fassiez ce voyage pour vous mettre en sûreté : demeurez tranquilles dans ce couvent, vous y serez à couvert du ressentiment de vos ennemis; et j’espère que, par le crédit de mes amis, je vous tirerai de l’embarras où vous êtes.

Nous remerciâmes sa révérence de la bonté qu’elle avoit d’entrer ainsi dans nos intérêts; et c’étoit en effet un grand bonheur pour nous. Ce supérieur avoit sous sa direction les premières personnes de la ville, et, entre autres, le gouverneur don Guttière de Terrassa, dont il étoit fort considéré. Le nom du père Théodore emportoit dans Barcelonne une idée d’homme de bien, ou plutôt d’homme de Dieu. Ce carme joignoit à cela beaucoup d’esprit; mais ce qu’il avoit de plus admirable, c’étoit une humeur gaie, qu’il savoit concilier avec une vie dure et mortifiée. Il passoit les trois quarts de la nuit à prier et à méditer; il employoit la matinée à prêter l’oreille aux pécheurs qui vouloient se convertir par son ministère; et l’après-dînée, dans ses heures de récréation, il avoit, avec les honnêtes gens qui le venoient voir, des entretiens dans lesquels il faisoit paroître l’esprit et toute la gaieté d’un homme du monde. De tels religieux sont aujourd’hui bien rares.

Le père Théodore, tel que je viens de le peindre, nous fit donner deux cellules, où il y avoit deux grabats composés chacun d’une paillasse et d’un matelas fort mince, et qui pourtant, tout durs qu’ils étoient, pouvoient passer pour des lits mollets en comparaison de ceux des religieux de ce couvent. Seigneurs cavaliers, nous dit ce saint supérieur, ne vous attendez point à trouver dans cet asile toutes les commodités que vous auriez dans le monde : outre que vous serez ici fort mal couchés, on ne vous y servira que notre pitance, qui n’est propre qu’à ôter la faim sans piquer la sensualité. Mais, ajouta-t-il en souriant, je crois que vous voudrez bien souffrir cette petite mortification pour apaiser le ciel que vous avez irrité contre vous par votre combat. Nous nous soumîmes volontiers à cette légère pénitence. Je dirai même qu’en peu de jours nous nous accoutumâmes à la dureté de nos lits, et à la frugale portion des moines, comme si nous n'eussions jamais été couchés plus mollement ni mieux nourris.

CHAPITRE XXXI.

De quelle façon tourna l'affaire de don Chérubin et de don Manuel, par l'entremise et les protections du père Théodore. De la résolution que prit subitement le premier, et de quelle manière il l'exécuta. Il va entendre l'exhortation d'un religieux à un mourant. Édification de don Chérubin. Il déclare à son ami don Manuel sa résolution, et ils se quittent.

Le père Théodore ne négligea point notre affaire: pour l'accommoder, il eut recours au crédit du gouverneur de la principauté de Barcelonne, son pénitent, qui, voyant que sa révérence y prenoit beaucoup de part, n'épargna rien pour la terminer à l'amiable. Ce seigneur écrivit de la manière du monde la plus forte aux parents de don Ambroise de Lorca, et, entre autres, au gouverneur d'Alcaraz, dont, par bonheur pour nous, il étoit intime ami.

Comme don Ambroise avoit été l'agresseur, ses parents n'étoient pas si animés contre nous qu'ils l'auroient été s'il eût eu raison. Ils sacrifièrent sans peine leur ressentiment à don Guttière, et aux démarches que la famille de don Manuel fit pour les apaiser. Ils cessèrent de nous poursuivre, et cette affaire fut entièrement finie au bout de six mois. Je ne doute point que le lecteur ne s'imagine qu'après cela nous retournâmes gaiement à Alcaraz, mon ami et moi, pour y épouser nos maîtresses; mais il se trompe. Je demeurai à Barcelonne, où il m'arriva ce que je vais raconter.

Pendant qu'on travailloit à notre accommodement, j'avois souvent des entretiens avec le père Théodore; et plus je le voyois, plus j'étois charmé de lui. Il avoit un air de satifaction que j'admirois; je le lui disois souvent, et il me répondoit toujours que si je voulois l'avoir aussi, je n'avois qu'à passer ma vie dans ce monastère. Considérez bien nos religieux, me dit-il un jour, vous lirez sur leur visage la tranquillité qui règne dans leur conscience. Vous êtes, ajouta-t-il, si occupé de vos affaires, que vous n'avez pas encore pris garde à cela, quoique ce soit une chose qui mérite d'être remarquée.

J'y fis attention, et véritablement j'en fus édifié. J'étois étonné de voir des hommes si satisfaits d'un genre de vie si austère. Je commençai à rechercher leur conversation par curiosité. Je les engageois à parler, pour savoir s'ils jouissoient effectivement d'une paix intérieure qu'aucun chagrin ne troubloit. Je trouvai leurs discours d'accord avec leur visage; et j'eus lieu de penser qu'ils étoient aussi contents qu'ils le paroissoient. Cela me fit faire des réflexions qui m'agitèrent terriblement.

Comment donc, dis-je en moi-même, il y a des mortels assez détachés des biens et des plaisirs du monde pour leur préférer la solitude des cloîtres! Que leur bonheur est digne d'envie!

Entre ces vénérables religieux, il y en avoit un qui se distinguoit par un talent aussi rare qu'utile. Il sembloit n'avoir qu'une fonction; et cette fonction consistoit à confesser les malades, et à les exhorter à la mort. On le venoit chercher à toutes les heures du jour et de la nuit pour aller disposer des mourants à faire une fin chrétienne. Ayant entendu dire qu'il s'acquittoit à ravir d'un si triste emploi, il me prit envie d'accompagner ce père une nuit. Il s'agissoit d'engager à se confesser un vieux gentilhomme catalan, qui, pendant quarante ans pour le moins, avoit mené une vie de miquelet. Deux ecclésiastiques y avoient déjà renoncé, n'ayant pu tenir contre les injures dont il les avoit accablés en les voyant seulement paroître dans sa chambre.

Ce pécheur endurci ne fit pas d'abord à notre carme une réception plus gracieuse. Retire-toi, moine, lui cria-t-il, ta figure me déplaît; et ces paroles furent suivies d'une infinité d'autres pleines de fureur. Le religieux, au lieu de se rebuter, répondit avec douceur à ses emportements, et s'arma d'une patience infatigable. Le malade en fut étonné. Que venez-vous faire ici, père? lui dit-il; retirez-vous. Un aussi grand pécheur que moi doit vous épargner des discours superflus : je suis trop coupable pour échapper à la justice divine.

Alors le père Séraphin, c'est ainsi que se nommoit le carme, étendit les bras, et adressa ces paroles au ciel, d'un ton qui émut toutes les personnes qui étoient présentes : O divin Sauveur! père des miséricordes, vous voyez une de vos créatures prête à tomber dans le désespoir. Faites-lui la grâce, par mon organe, de la préserver de ce malheur. Jetez sur elle un œil de pitié. Que votre bonté, Seigneur, la dérobe à votre justice. Le malade fut effrayé de cette apostrophe, et demanda au religieux s'il lui étoit permis de concevoir quelque espérance de salut après avoir commis tant de péchés.

Là-dessus notre saint carme, emporté par son zèle, s'approcha du gentilhomme, et, se répandant en discours sur la miséricorde de Dieu, il lui en tint de si consolants et de si pathétiques, qu'il fit fondre en pleurs tous ceux qui l'écoutoient. Pour rendre son exhortation plus touchante encore et plus efficace, il l'accompagnoit de ses larmes, dont il baignoit les joues du malade en l'embrassant à tout moment. Il y avoit de l'onction dans la manière dont il disoit les choses autant que dans les choses mêmes. Aussi le gentilhomme en fut si pénétré qu'il rentra en lui-même, se repentit de ses fautes, et mourut, du moins en apparence, parfaitement converti.

Je ne regardai plus après cela le père Séraphin qu'avec admiration. Je recherchai son amitié, qu'il ne put refuser à un homme dans lequel il entrevit une disposition prochaine à devenir dévot, comme en effet de jour en jour je me sentois plus de goût pour la retraite ; et les entretiens que j'avois, tantôt avec ce père, et tantôt avec le supérieur, m'inspirèrent insensiblement le désir d'y passer le reste de ma vie ; et ce désir se tourna bientôt en résolution. Je fis confidence d'un si louable dessein au père Théodore, qui le combattit, moins pour m'en détourner que pour éprouver la fermeté de mes sentiments. Mon cher enfant, me dit-il, quand votre affaire sera terminée, vous penserez peut-être autrement que vous ne faites aujourd'hui. Non, mon père, lui répondis-je, non ; je veux mourir dans ce monastère sous votre habit.

Tandis que j'étois dans cette disposition, notre affaire s'accommoda. Le supérieur, après m'avoir annoncé cette nouvelle, me dit d'un air riant : Hé bien, mon fils, qui vit présentement dans votre esprit, du monde ou de la solitude, de l'abondance ou de la pauvreté ? Il ne tient qu'à vous de retourner à Alcaraz, où la main d'une jeune et belle personne vous attend. Pourrez-vous préférer à un sort si charmant les rudes travaux de la pénitence ? Consultez-vous bien avant que vous vous déterminiez.

Je répondis au père Théodore que j'avois fait toutes mes réflexions, et que je souhaitois d'augmenter le nombre de ses religieux. J'ajoutai à cela que je voulois, en prenant l'habit, lui remettre tout le bien que je possédois, et dont je faisois présent à sa communauté ; à quoi d'abord il fit difficulté de consentir, de peur qu'on ne dît dans le monde qu'il m'avoit séduit. Je combattis sa délicatesse, qui résista long-temps à ma pieuse intention ; néanmoins, comme sa révérence vouloit que la volonté du ciel se fît en toutes choses, elle eut la bonté de me sacrifier sa répugnance.

Je n'avois point encore parlé de mon projet à don Manuel, qui étoit fort éloigné de le pénétrer. Il s'apercevoit bien que je devenois dévot à vue d'œil ; mais il ne me croyoit pas homme à pousser la dévotion jusqu'à vouloir prendre le froc. S'imaginant que j'étois toujours épris de sa sœur, comme lui de dona Clara, il ne fut pas peu surpris lorsque, après notre affaire finie, je l'informai du changement qui s'étoit fait en moi, et du dessein que j'avois pris d'entrer dans l'ordre des carmes déchaussés.

J'avois compté, me dit-il, que nous retournerions tous deux à Alcaraz, où vous épouseriez ma sœur ; que nous n'y ferions qu'une famille, et qu'enfin la mort seule nous sépareroit. C'est, lui répondis-je, ce que je me promettois aussi quand nous sommes venus dans ce couvent. Je me faisois une idée charmante de vivre avec vous et dona Paula ; mais le ciel en ordonne autrement. Il m'a parlé du ton dont il parle aux cœurs qu'il veut arracher aux délices du siècle. Je ne me fais plus un plaisir de ceux que l'hymen le plus doux peut offrir à la pensée ; ou plutôt je m'en fais un de les sacrifier tous. Heureux si ce sacrifice peut expier les désordres de ma vie passée.

Je redoublai par ce discours l'étonnement de don Manuel. S'il étoit permis, reprit-il, de murmurer contre le ciel, je lui reprocherois de m'avoir enlevé le plus cher de mes amis. Au lieu de vous plaindre du ciel, lui repartis-je, craignez plutôt qu'il ne mette au nombre de vos plus grandes fautes celle de n'avoir pas profité comme moi des bons exemples que les religieux de ce monastère nous ont donnés. Cependant, mon cher don Manuel, il en est temps encore. Laissez vos biens à votre sœur, et renoncez courageusemet à dona Clara. L'amour n'est pas une passion qui soit invincible, et le souvenir d'une maîtresse ne tiendra pas ici long-temps contre le secours que la grâce vous prêtera pour en triompher. Allons, poursuivis-je, mon ami, faites un effort pour rompre des liens qui vous attachent au monde. Demeurez dans ce couvent pour y partager avec moi les douceurs d'une tranquillité qu'on ne peut trouver que dans la retraite. Quel contentement pour moi, si je vous voyois prendre cette résolution !

Ne l'espérez pas, me dit don Manuel : je vous admire sans pouvoir vous imiter. Nous ne sommes pas tous nés pour le cloître. Il est beau, pour l'honneur du christianisme, qu'il y ait des personnes qui soient détachées de la terre, et qui vivent fort austèrement ; mais on peut faire son salut dans toutes les conditions de la vie, en en remplissant bien les devoirs. Demeurez donc, ajouta-t-il, dans cette sainte solitude, puisque le ciel vous y arrête : mais il a sur moi d'autre vues ; il veut que je retourne à Alcaraz, et que je garde la foi jurée à dona Clara.

Tel fut le dernier entretien que j'eus à Barcelonne avec mon ami, et que nous finîmes par des embrassements mutuels. Adieu, don Chérubin, me dit-il d'un air attendri, puissiez-vous toujours persévérer dans la ferveur qui vous anime ! Je soutins avec plus de fermeté que lui notre séparation ; et à peine fut-il parti, que je commençai à l'oublier : ce qui me fit croire que j'avois de la disposition à me dépouiller de toute affection terrestre, et que je pourrois acquérir avec le temps cette sainte dureté qui rend un religieux insensible à la voix du sang et de l'amitié.

CHAPITRE XXXII.

Comment, après six mois de noviciat, la ferveur de don Chérubin se trouve ralentie. De sa sortie du couvent, et du nouveau parti qu'il prend. Il rencontre par hasard le licencié Carambola. Sa conversation avec lui. Il prend le parti de se mettre encore gouverneur de quelque enfant. Ce qui l'en détourne.

Je portai pendant six mois l'habit de novice avec plaisir, m'acquittant avec ardeur de tous mes devoirs, et comptant bien que je passerois le reste de mes jours dans ce monastère. Malheureusement pour moi, le père Théodore fut obligé de quitter Barcelonne, et de se rendre à Madrid, pour y remplir la place de supérieur dans le grand couvent des carmes déchaussés. Pour surcroît de mortification, je perdis en même temps le père Séraphin, qui mourut d'une pleurésie qu'il avoit gagnée à force de s'échauffer en exhortant un alguazil malade à faire une bonne fin.

Je fus vivement affligé de la perte de ces deux religieux. Privé de ces guides, qui me conduisoient sûrement dans la voie du salut, je demeurai livré à moi-même. Je ne tardai guère à ressentir la tyrannie des passions dont je m'étois cru délivré : elles portèrent de si vives atteintes à ma vocation, qu'elle n'y put toujours résister. Néanmoins, avant qu'elle y succombât, je fis tous mes efforts pour la soutenir. Je cherchai du secours contre ma foiblesse ; et m'imaginant que j'en trouverois dans les conversations de quelques novices qui me paroissoient bien appelés, je dis un jour à l'un d'entre eux : Mon cher frère, que vous êtes heureux d'avoir oublié le monde, et de fournir votre carrière avec tant de courage ! Que ne puis-je vous ressembler !

Le novice me répondit : Si vous lisiez dans mon cœur, vous n'envieriez pas ma situation. Ma famille m'a forcé de me rendre carme, et je suis réduit à faire de nécessité vertu : jugez si je puis être aussi content de mon état que vous le pensez. Un autre novice me dit que, s'étant fait moine de regret d'avoir perdu une dame qu'il aimoit, il sentoit bien qu'il étoit consolé de sa perte ; mais qu'il y avoit des moments où il se repentoit de ne s'être pas servi d'un autre moyen de l'oublier. Je crois que, si j'eusse interrogé tous les novices, j'en aurois encore trouvé plus d'un peu satisfait de sa condition.

Quoi qu'il en soit, je me dégoûtai de la vie monacale ; et, reprenant mon habit séculier, je sortis du couvent comme d'une prison, ravi de me revoir en liberté, quoique sans argent, car j'avois donné tout le mien à ces bons religieux, et c'étoit à quoi il ne falloit plus penser. Je ne laissai pas de me trouver un peu embarrassé, et je ne savois à quoi me déterminer. Je ne pouvois me résoudre à retourner à Alcaraz, ignorant de quel œil dona Paula me regarderoit. J'aimois mieux renoncer au plaisir de la voir que de courir le risque d'en être mal reçu, outre que je n'étois pas trop assuré de retrouver mon ami dans don Manuel marié.

Je ne savois donc ce que je devois faire, lorsque le licencié Carambola, que je ne m'attendois plus à revoir de ma vie, s'offrit tout-à-coup à mes yeux dans la rue. Nous fûmes également étonnés de nous rencontrer tous deux dans la capitale de la Catalogne. Vous à Barcelonne ! lui dis-je en l'embrassant. Vous y êtes bien vous-même, me répondit-il : qu'est-ce que vous y êtes venu faire ? Une sottise, lui repartis-je. En même temps je lui appris ma dernière équipée. Après avoir écouté jusqu'au bout, il me dit que j'avois été bien prompt à me défaire de mon argent, et que je n'aurois dû le livrer qu'à condition qu'il me seroit rendu si je n'achevois pas mon noviciat. La faute en est faite, interrompis-je, mon ami ; n'en parlons plus. Ce qu'il y a de consolant pour moi, c'est que ces bons pères, en me disant adieu, m'ont assuré que j'aurai part aux prières qu'ils feront pour les bienfaiteurs de leur couvent.

Pour obliger le licencié à me raconter à son tour ce qu'il avoit fait depuis notre séparation : Pourquoi, lui dis-je, avez-vous abandonné le séjour de Madrid, et le petit bâtard confié à vos soins ? Le conseiller du conseil des Indes, son père putatif, vous auroit-il congédié par caprice ? Non, me répondit-il, c'est moi qui l'ai quitté par raison. Je vais vous en apprendre le sujet.

Monsieur le licencié, me dit un jour ce magistrat, je suis dans l'habitude de me faire lire pendant la nuit quelque livre pour m'endormir ; sans cela je ne pourrois fermer l'œil. Mon lecteur ordinaire est tombé malade. Voulez-vous bien prendre sa place jusqu'à ce que sa santé soit rétablie ? vous me ferez plaisir. Très-volontiers, monsieur, lui répondis-je, ne sachant pas à quelle peine je m'exposois : et dès le soir même, sitôt qu'il fut au lit, je m'assis à son chevet, ayant devant moi une petite table, sur laquelle il y avoit un vieux bouquin espagnol, qu'on appeloit par excellence au logis le *Pavot du patron*, avec une tranche de jambon, du pain, un verre, et une bouteille de vin pour rafraîchir le lecteur.

Je pris le livre, et j'en eus à peine lu quelques pages, que mon conseiller s'assoupit. Quand je le crus bien endormi, je suspendis ma lecture pour reprendre haleine, ou plutôt pour boire un coup : mais il se réveilla dans le moment ; ce qui fut cause que je me remis promptement à lire. O prodige étonnant! dix lignes de ce livre admirable replongèrent le magistrat dans le sommeil. Alors, saisissant d'une main le verre et de l'autre la bouteille, je sablai un bon coup de vin de Lucène. Je voulus ensuite manger un morceau de jambon, m'imaginant que le juge m'en donneroit le temps ; mais je me trompai : il se réveilla si vite, que je ne pus me satisfaire.

Je reprends aussitôt ma lecture, j'endors mon homme pour la troisième fois ; et pour rendre son sommeil plus profond, je lis jusqu'à trois pages mortelles. Après lui avoir fait avaler une si forte dose d'opium, je crois mon conseiller endormi pour long-temps. Pardonnez-moi, le bourreau se réveille à l'instant ; et, remarquant que j'ai le verre à la bouche, il s'écrie d'un air brusque : Hé, que diable, monsieur le licencié, vous ne faites que boire! Et vous, monsieur, lui répondis-je, vous ne faites que vous endormir et vous réveiller. Vous n'avez, s'il vous plaît, qu'à vous pourvoir dès demain d'un autre lecteur. Je ne veux plus prêter si désagréablement mes poumons, quand vous doubleriez mes honoraires. C'est pourtant, reprit le magistrat, à quoi vous devez vous résoudre, si vous souhaitez de continuer l'éducation de mon fils. Voyant qu'il me mettoit ainsi le marché à la main, vous connoissez la vivacité biscayenne, je lui répondis fièrement. Nous nous brouillâmes là-dessus, et le lendemain nous nous séparâmes.

Quelques jours après, poursuivit le licencié, un de mes amis me proposa d'élever le fils d'un gentilhomme catalan. J'acceptai la proposition. Il me présenta au père, qui m'arrêta, et m'emmena de Madrid à Barcelonne, où je suis depuis six mois. Êtes-vous, lui dis-je, satisfait de votre poste? Très-satisfait, me répondit-il. Les parents de mon disciple sont de bonnes gens. J'ai bien la mine de demeurer long-temps chez eux. L'enfant, qui ne fait que d'entrer dans sa huitième année, est un enfant que le père et la mère idolâtrent, et gâtent par l'aveugle complaisance qu'ils ont pour lui. Quelque espiéglerie qu'il fasse, on n'en fait que rire : on lui passe tout. Il m'est défendu, non-seulement d'en venir avec lui aux voies de fait, mais même de le gronder, de peur de le rendre malade en le chagrinant. Aussi, bien loin de le corriger quand il le mérite, j'applaudis à ses actions. En un mot, j'encense l'idole, et je m'en trouve bien. Par là je me fais aimer de mon élève et de ses parents, qui ont pour moi des considérations infinies.

Je félicitai Carambola sur son heureuse situation ; après quoi, nous étant embrassés réciproquement, nous nous séparâmes tous deux avec promesse de nous revoir. Lorsque je l'eus quitté,

je me replongeai dans les réflexions. Quel parti vais-je prendre, disois-je, pour me tirer de l'indigence où je me trouve? Si j'avois mon habit de bachelier, je me remettrois dans le préceptorat. Mais ne puis-je, sous celui dont je suis revêtu, faire à peu près le même métier? Pourquoi non? Je n'ai qu'à chercher quelque grande maison où l'on ait besoin d'un gouverneur pour conduire un jeune homme qu'on veut mettre dans le monde. Je ferai ce personnage aussi bien que celui de précepteur.

Je m'arrêtai à cet emploi, que je me proposai d'exercer dès que l'occasion s'en présenteroit. Cependant le ciel, qui avoit d'autres vues sur moi, en ordonna autrement, et changea tout-à-coup la face de ma fortune, par un événement auquel je ne me serois jamais attendu, et qui fut précédé d'un songe trop singulier pour n'être pas raconté.

CHAPITRE XXXIII.

Du songe que fit don Chérubin, et du changement subit qui arriva dans sa fortune. Mécontentement qu'il reçoit des religieux. Il devient un riche héritier. Son inclination pour Narcisa.

Je rêvai que j'étois dans la ville de Mexique, dans un superbe appartement, où je voyois mon frère don César en robe de chambre, assis dans un fauteuil, et dictant les articles de son testament à un notaire qui les écrivoit. Il y avoit auprès de lui un coffre-fort, d'où tirant des sacs remplis de pièces d'or, il me les montroit, en me disant : Tiens, don Chérubin, mon cher frère, voilà le fruit de mon voyage et des mouvements que je me suis donnés dans les Indes pour m'enrichir. Je te laisse en mourant tous ces biens ; ils sont à toi. Ensuite il me faisoit manier des doublons, que j'étois si aise de toucher, que je me réveillai de plaisir, croyant en tenir une poignée.

Ce songe fit une si forte impression sur moi que j'en fus tout ému à mon réveil. Au lieu de le regarder comme une chimère, je pensai sérieusement que c'étoit un secret avis que mon bon génie me donnoit de quelque bonheur prochain. Cela se peut, disois-je : après toutes les histoires que j'ai ouï conter là-dessus, je crois qu'il y a des songes mystérieux ; et si cela est, le mien en doit être un certainement. Mon frère est peut-être mort, et laisse après lui des richesses qui m'appartiennent. Je fus surtout si frappé de cette idée, que, si j'eusse été bien en argent, j'aurois, je crois, été assez fou pour aller recueillir sa succession dans la Nouvelle-Espagne. Enfin, sur la foi de ce songe, je me levai plein de joie ; et pressentant une bonne fortune, j'allai me promener dans la ville.

Comme je traversois le marché de Notre-Dame-del-Mar, j'aperçus, à la porte de l'église du même nom, plusieurs personnes qui lisoient attentivement une pancarte qu'on y venoit d'afficher. Curieux de la lire aussi, je fendis la presse pour m'en approcher, et je ne fus pas peu surpris de la trouver conçue en ces termes : « Le public est averti qu'un particulier, nommé don César de la Ronda, venu des Indes occidentales avec de l'argent et des marchandises à Séville, y est mort deux jours après son arrivée. Ceux ou celles qui sont en droit de prétendre à sa succession n'ont qu'à se rendre à Séville avec leurs titres, et on leur délivrera ses effets, suivant l'inventaire qui en a été fait par ordre de nos seigneurs les juges du commerce. »

Je lus jusqu'à quatre fois cette affiche, n'osant me fier tout-à-fait au rapport de mes yeux; néanmoins, ne pouvant plus douter de mon bonheur, j'entrai dans l'église pour en remercier Dieu. Je n'oubliai pas don César dans ma prière. Je pleurai sa mort, mais de manière qu'on n'auroit pu distinguer si mes pleurs étoient des marques de douleur ou de joie. Il ne tiendroit qu'à moi, pour faire honneur à mon naturel, de dire que je ne fus sensible qu'au trépas de mon frère; mais, outre qu'on pourroit douter de ma sincérité, je suis ennemi du mensonge, et j'avouerai franchement que je pleurai don César, comme un bon cadet pleure un aîné qui l'enrichit.

Tout ce qui me faisoit de la peine, c'est qu'il me falloit des espèces pour m'aller mettre en possession des biens que le ciel m'envoyoit si à propos ; et je n'en avois point. J'étois sorti du couvent les poches vides; et, me voyant sans ressource, je me trouvois fort sot, tout riche héritier que j'étois. A force pourtant de rêver, il me vint dans l'esprit un moyen qui me parut sûr pour avoir de quoi faire le voyage de Séville. Les pères Carmes, dis-je en moi-même, me prêteront volontiers une cinquantaine de pistoles. Ce sont de bons religieux, qui ne demanderont pas mieux que d'obliger un homme qui leur a fait un don assez considérable.

Dans cette confiance, je m'adressai au supérieur qui avoit succédé au père Théodore; je lui exposai ma situation, et le priai de me faire donner cinquante pistoles, lui promettant de les lui rendre avec usure, aussitôt que j'aurois recueilli la succession de mon frère. Le bon religieux, après m'avoir écouté avec attention, me répondit froidement qu'il ne pouvoit me faire ce plaisir sans avoir auparavant tenu chapitre sur cela : et là-dessus il me remit à la quinzaine, c'est-à-dire aux calendes grecques. Je ne m'attendois pas à ce refus, après leur avoir fait la donation de ce que

j'avois lorsque je voulois être des leurs. Ce qui me fait dire que tous ceux qui aiment qu'on les oblige n'aiment pas à obliger, et surtout les moines : rien ne se fait chez eux qu'on ne tienne chapitre, paroles dont ils endorment la plupart de ceux qui leur demandent des grâces.

Peu satisfait de la reconnoissance monacale, je retournai tristement à l'hôtellerie où j'étois logé. Mon hôte, qui se nommoit Geronimo Moreno, remarquant que j'avois un air mécontent, m'en demanda le sujet. Je ne lui en fis pas un mystère, et il ne lui en fallut pas davantage pour se déchaîner contre les moines; ce qu'il avoit coutume de faire toutes les fois qu'il entendoit parler d'eux, de quelque ordre qu'ils fussent. A cela près, c'étoit un bon homme, plein de franchise, obligeant et généreux. Seigneur don Chérubin, me dit-il, consolez-vous de l'ingratitude de ces révérends pères. Vous n'avez pas besoin de leur bourse pour faire votre voyage; Geronimo Moreno n'est pas, Dieu merci, hors d'état de prêter de l'argent à un honnête homme. S'il ne vous faut que cinquante pistoles pour aller à Séville, je les ai à votre service. Vous me paroissez un garçon d'honneur; je vous prêterois tout mon bien sur votre parole.

Je remerciai mon hôte de l'offre qu'il me faisoit, et je le pris au mot. Il me compta cinquante pistoles. Je lui en fis mon billet, et deux jours après je m'embarquai sur un vaisseau génois qui alloit à Séville. Il y avoit à bord plusieurs passagers, et entre autres un vieux marchand de Tortose, que l'intérêt de son commerce appeloit en Andalousie. Je liai connoissance avec ce Catalan; et la sympathie qui se trouva entre nous fit naître une amitié qui devint si forte, qu'en arrivant à Séville, il me dit : Ne nous séparons point; je sais une hôtellerie où nous serons bien, et chez de bonnes gens. J'y consentis; et nous allâmes tous deux dans la rue de Lonxa, loger à l'enseigne du Perroquet.

Le maître de cette hôtellerie, sa femme et sa fille, me parurent si joyeux de revoir le marchand de Tortose, que je jugeai bien qu'ils se connoissoient de longue main. Voici, leur dit-il, un cavalier que je vous amène, et que je vous prie de regarder comme un autre moi-même. Il suffit, lui répondit l'hôte fort poliment, que ce gentilhomme soit de vos amis pour mériter toutes nos attentions. L'hôtesse, qui pouvoit avoir quarante ans, et qui ne démentoit point la réputation que les femmes de Séville ont d'être flatteuses et coquettes, ne put s'empêcher d'ajouter à la réponse de son mari, qu'un cavalier fait comme moi devoit être assuré qu'on auroit pour lui tous les égards imaginables.

Le soir, quand il fut temps de souper, l'hôte, appelé maître Gaspard, nous demanda si nous voulions être servis en particulier. Non, non, lui répondit le vieux Catalan, nous mangerons avec vous et votre aimable famille; nous aimons la compagnie. Nous nous mîmes donc à table avec l'hôte, l'hôtesse et la jeune Narcisa, leur fille, qui joignoit au vif éclat de la jeunesse des traits réguliers, un air riant, et des yeux pleins de feu qui invitoient à la regarder. Aussi j'eus souvent la vue sur elle pendant le repas. De son côté, elle ne fut point avare d'œillades, et elle m'en lança quelques-unes qui me donnèrent fort à penser. Je crus y démêler un désir de me plaire, qui fit promptement son effet. Je me troublai. Je me sentis agité de tendres mouvements, et mon cœur, que le séjour du couvent n'avoit fait que rendre plus combustible, s'enflamma tout-à-coup pour la belle Narcisa.

Le marchand de Tortose, qui peut-être s'en aperçut, et voulut servir ma tendresse naissante, en me faisant passer pour un homme opulent, parla de l'affaire qui m'amenoit à Séville. Il éblouit par là le père et la mère, et multiplia les regards favorables que je reçus de la fille. Maître Gaspard m'offrit ses services. Il me proposa de me mener le lendemain chez un jurisconsulte de sa connoissance, dont la principale occupation étoit de faire rendre justice aux étrangers qui venoient à Séville pour des affaires de commerce. Cet homme-là, poursuivit-il, vous apprendra de quelle façon vous devez vous conduire pour n'être pas friponné par les officiers dont vous serez obligé d'employer le ministère; ou plutôt, si vous voulez, il se chargera de tous les soins qu'il faut prendre pour cela, et vous en serez quitte pour une petite marque de reconnoissance; car c'est un homme fort désintéressé.

Le vieux marchand me conseilla d'accepter la proposition de l'hôte; ce que je fis sans hésiter. Après quoi l'heure de nous coucher étant venue, nous nous retirâmes, le Catalan et moi, dans les chambres qui nous avoient été préparées, et qui étoient assez propres pour des chambres d'hôtellerie. Je me mis au lit, où je m'occupai d'abord des charmes de Narcisa, préférablement à la fortune brillante dont j'étois sur le point de jouir; mais l'image de la fille de Gaspard cédant à son tour à l'idée des richesses, je m'endormis sur l'or et sur l'argent.

CHAPITRE XXXIV.

Don Chérubin va à Salamanque, et revient à Séville avec ses papiers. Il reçoit la succession de son frère. Devoirs funèbres qu'il rend à sa mémoire. Suite de son amour pour Narcisa.

Le jour suivant, mon hôte, pour me faire voir qu'il étoit homme de parole, me mena chez le jurisconsulte en question, et me présentant à lui: Seigneur don Mateo, lui dit-il, vous voyez un gentilhomme qui est logé chez moi. Il n'entend pas trop bien les affaires, et il auroit besoin de vos conseils. Là-dessus le docteur me demanda gravement ce qui m'amenoit à Séville. Je le mis au fait. Ensuite il me dit: Il faut, avant toutes choses, avoir votre extrait baptistaire en bonne forme, avec un certificat qui prouve que vous êtes frère dudit César de la Ronda, depuis peu mort à Séville. Ne perdez point de temps. Partez tout à l'heure pour aller chercher ces pièces à Salamanque. Apportez-les-moi; et comptez que je vous ferai remettre aussitôt les effets de votre frère, malgré tous les tours de passe-passe qu'on voudra faire pour en retarder la délivrance.

L'impatience que j'avois d'être muni des papiers qui m'étoient nécessaires pour tirer des griffes de la justice de Séville les biens qui m'appartenoient, ne me permit de différer mon départ que du temps qu'il me falloit pour m'y préparer, et me fit faire tant de diligence, qu'au bout de quinze jours on me vit revenir pourvu de mon extrait baptistaire et de certificats, tant du corrégidor que de tous les autres magistrats de Salamanque; de sorte qu'on ne pouvoit me nier que je fusse fils de mon père, et par conséquent frère dudit don César. Aussi, quand don Mateo eut examiné mes paperasses, il s'écria comme par enthousiasme: Vive Dieu, voilà des pièces victorieuses! De plus, me dit-il, je vous apprends que pendant votre absence j'ai vu les juges du commerce, qui m'ont dit que votre frère a fait un testament la veille de sa mort, et vous a nommé son légataire universel. Ainsi, vous serez en peu de temps maître de ses biens, ou je ne veux jamais me mêler d'aucune affaire, quelque bonne qu'elle puisse me paroître.

Comme ce jurisconsulte me sembla mériter ma confiance, je la lui donnai tout entière; et je n'eus pas sujet de m'en repentir, puisque en trois semaines il me mit en possession de tous les effets de don César, lesquels consistoient en barres d'argent, en pistoles d'Espagne, et en marchandises de défaite. Pour dire les choses comme elles se passèrent, il ne laissa pas de m'en coûter beaucoup pour arracher ces richesses des mains qui les tenoient en dépôt; et elles ne me furent délivrées qu'après tant de formalités, qu'on peut dire que les officiers de la justice furent mes cohéritiers. Néanmoins, malgré le suc que ces frelons tirèrent de mes marchandises, mon jurisconsulte honnêtement récompensé, après une infinité de droits payés, tout compté, tout rabattu, je me trouvai encore de net la valeur de quatre-vingt mille écus.

Quelle bénédiction! Le premier usage que je fis d'une si bonne fortune fut de donner des marques publiques de ma reconnoissance à la mémoire de mon frère. J'ordonnai, pour le repos de son âme, des services solennels dans toutes les églises de Séville. J'occupai pour mon argent le clergé, tant séculier que régulier, à prier Dieu pour lui. Je fis connoître enfin que don César de la Ronda n'avoit pas choisi un mauvais frère pour son héritier. Lorsque je me fus acquitté des soins que je devois à sa cendre, je songeai à mes affaires. Je vendis mes marchandises, et j'en déposai l'argent, par le conseil du marchand de Tortose, entre les mains du seigneur Abel Hazendado, qui avoit la réputation d'être le plus sûr banquier qu'il y eût alors dans Séville.

Tandis que je mettois ainsi mon bien en règle, maître Gaspard, chez qui j'étois toujours logé avec le vieux Catalan, avoit pour moi de grandes considérations, aussi bien que sa femme; et la belle Narcisa me prodiguoit les plus doux regards. Le marchand, de son côté, me vantoit sans cesse le mérite de cette fille. Il louoit son esprit et son bon caractère, sans oublier sa vertu. Je voyois bien où il en vouloit venir : il souhaitoit, autant que l'hôte et l'hôtesse, qu'il me prît envie d'épouser cette aimable personne, dont il étoit le parrain, et peut-être même quelque chose de plus. J'avois assez de disposition à faire cette folie; je crois même que je l'aurois faite, si je n'eusse pas eu le bonheur d'en être préservé par une nouvelle que j'appris, et qu'on lira dans le chapitre suivant.

CHAPITRE XXXV.

Don Chérubin rencontre Mileno. Ce qu'il lui apprend, et de la nouvelle qui l'empêche d'épouser la fille de maître Gaspard; ce qui fut cause qu'il s'éloigna de Séville avec autant de précipitation que s'il eût fait quelque mauvais coup.

Il est constant que j'aimois Narcisa, et que, m'imaginant en être uniquement aimé, j'étois sur le point d'en faire la demande à son père, lorsque le hasard me fit rencontrer Mileno, que je croyois encore au service de Pedrilla. Hé, te voilà, lui dis-je, mon cher Mileno! Don Manuel seroit-il à Séville? Je ne suis plus à lui, répondit-il. Nous

nous sommes séparés tous deux à l'occasion d'un différend que j'ai eu avec son cuisinier pour la soubrette de dona Paula. Le cuisinier et moi, nous étions fort épris de la petite personne; nous devînmes jaloux l'un de l'autre, nous nous battîmes; je blessai mon homme, et je pris aussitôt la fuite. Je suis venu à Séville, où j'ai l'honneur de servir un jeune chanoine qui sait accorder avec son bréviaire le plaisir d'avoir une maîtresse. Il voit secrètement, par le ministère d'une officieuse vieille et par le mien, la fille d'un maître d'hôtellerie.

Ces dernières paroles me firent frémir. Je demandai en tremblant à Mileno s'il savoit le nom de cet hôtelier. Il s'appelle, répondit-il, maître Gaspard, et sa fille se nomme Narcisa. Vous la connoissez apparemment, ajouta-t-il, puisque vous changez de visage en entendant prononcer son nom? Vous prenez quelque intérêt à cette dame? Plus que tu ne peux penser, repris-je, mon enfant. Je suis amoureux de cette beauté perfide; j'allois en faire mon épouse. Tu me rends un bon office en me donnant un avis dont je t'assure que je profiterai.

Si j'eusse su, me dit-il, que vous étiez dans le dessein de lier votre sort à celui de Narcisa, je me serois bien gardé de vous révéler la foiblesse qu'elle a pour le licencié don Blas Mugerillo, mon maître. Il ne faut nuire à personne, et je serois fâché que mon rapport vous empêchât d'épouser une charmante fille qui n'a qu'une petite galanterie sur son compte. Monsieur Mileno, répliquai-je, cessez, s'il vous plaît, de faire avec moi le mauvais plaisant, et continuez de servir si honnêtement votre chaste maître. Apprenez-moi des nouvelles de don Manuel. N'est-il pas l'époux de dona Clara? Non, vraiment, répondit-il. Vous ne savez donc pas qu'à son retour de Barcelonne à Alcaraz, il apprit que cette dame étoit dans un couvent de filles de Ninaterra, et qu'elle y avoit pris le voile; de sorte qu'elle est perdue pour lui, selon toutes les apparences? Hé, dans quelle situation, repris-je, as-tu laissé dona Paula? Dans la situation, repartit-il, d'une fille qui auroit été bien aise de subir avec vous le joug de l'hyménée, et qui, se croyant dans la nécessité de renoncer à cette espérance, a pris le mariage en aversion, et ne veut plus en entendre parler.

Je voulois avoir un plus long entretien avec Mileno; mais il ne me fut pas possible de l'arrêter. Il me quitta tout-à-coup, en me disant : Adieu, seigneur don Chérubin; pardon si je ne demeure pas plus long-temps avec vous. Je suis pressé. Mon maître donne à souper ce soir à cinq ou six de ses confrères : je vais chez le traiteur ordonner un repas digne de leur sensualité.

Après la retraite de Mileno, je fis bien des réflexions. Parbleu, dis-je en moi-même, il y a des physionomies furieusement trompeuses. Qui n'auroit pas cru, comme moi, Narcisa sage et vertueuse? Il faut avouer que mon front vient de l'échapper belle! Ensuite, venant à don Manuel, et le plaignant d'avoir perdu une maîtresse aussi estimable que dona Clara, je partageois sa douleur. Si j'étois, dis-je, à Alcaraz présentement, je lui serois d'un grand secours. Qui m'empêche d'y aller? La consolation d'un ami, l'intérêt de mon repos, tout m'excite à faire ce voyage. Tout indigne que Narcisa est de ma tendresse, je me sens retenir par ses charmes, et j'ai besoin, pour l'oublier, de revoir dona Paula. Enfin toutes mes réflexions aboutirent à me déterminer à prendre au plus tôt le chemin d'Alcaraz. Je sortis secrètement de Séville; mais en partant je fis tenir à la fille de maître Gaspard un billet, par lequel je lui mandois qu'étant obligé de m'écarter d'elle pour quelque temps, j'avois chargé un jeune chanoine de la cathédrale du soin de la consoler pendant mon absence.

CHAPITRE XXXVI.

Don Chérubin se rend à Alcaraz. Dans quel état il y trouva don Manuel de Pedrilla et dona Paula, sa sœur. De l'accueil qu'ils lui firent. Son amour se renouvelle pour la sœur de don Manuel.

Après avoir été mal nourri, mal couché sur la route, et m'être fort ennuyé pendant six jours, j'arrivai à Alcaraz. J'allai descendre chez Pedrilla, qui crut voir un fantôme lorsque je parus devant lui. Est-ce une illusion? s'écria-t-il. Est-ce don Chérubin de la Ronda que je vois?

Oui, lui répondis-je, mon ami, c'est lui-même. C'est moi que vous avez laissé à Barcelonne sous un habit que ma foible vertu ne m'a pas permis de porter jusqu'au bout. En même temps, je lui contai de quelle façon ma ferveur s'étant ralentie, je n'avois pu achever mon noviciat. Et les moines, me dit-il, vous ont-ils du moins rendu une partie de l'argent que vous leur aviez donné en prenant le froc? Non, lui repartis-je, c'est de quoi il n'a pas été question. Mais je serois content d'eux, s'ils n'eussent pas refusé de me prêter cinquante pistoles, que je leur demandai quelques jours après ma sortie. A ces mots, don Manuel haussa les épaules d'une manière qui valoit la plus vive déclamation contre les moines. Souffrez, reprit-il ensuite, que mon amitié vous reproche de ne m'avoir pas mandé l'état où vous étiez : ne savez-vous pas qu'entre Espagnols, c'est offenser un ami que de ne pas recourir à lui quand on a besoin de sa bourse ou de son épée?

Pour réparer votre faute, continua-t-il, vous demeurerez toujours avec moi, et partagerez ma fortune. Tout ce que j'exige de votre reconnoissance, c'est d'être persuadé que votre mauvaise situation ne lassera jamais mon amitié. Je dirai plus, je vous ai promis ma sœur, et je vous renouvelle cette promesse. Elle conserve encore les sentiments qu'elle avoit pour vous avant votre départ pour Barcelonne; car ne vous imaginez pas que, pour l'avoir quittée, vous ayez perdu la place que vous occupiez dans son cœur : elle a pleuré votre inconstance, sans se plaindre de vous.

Je ne pus entendre parler ainsi Pedrilla sans m'attendrir; et le serrant étroitement entre mes bras: Ah! mon cher don Manuel, m'écriai-je, quel bonheur pour moi d'avoir un ami si parfait! et qu'il m'est doux d'apprendre que je puis encore aspirer à la possession de dona Paula! J'en ai d'autant plus de joie, que je ne suis point dans l'état indigent que vous pensez. J'ai quatre-vingt mille écus à lui offrir avec ma foi. Est-il possible, interrompit don Manuel, que la fortune ait répandu tant de biens sur vous en si peu de temps?

Alors je rendis compte à mon ami de ce qui m'étoit arrivé depuis ma sortie du couvent; et mon détail lui fit tant de plaisir, qu'il me conduisit aussitôt à l'appartement de sa sœur, à laquelle il dit en entrant tout transporté de joie : Grande, grande nouvelle! voici don Chérubin de la Ronda, qui revient à vous plus amoureux que jamais. Oui, madame, dis-je à dona Paula, l'amour me ramène à vos pieds. Le ciel, content des efforts que j'ai faits pour me détacher de vos charmes, vous renvoie un amant qu'il n'a pas voulu vous enlever. Je vous pardonne ces efforts, me répondit-elle en souriant; ma fierté n'en est point offensée, et je respecte trop la cause de votre changement pour vous le reprocher.

Que vous êtes heureux l'un et l'autre! s'écria mon ami. Vous touchez au moment qui va combler vos souhaits. Pour moi, misérable jouet de l'amour, j'ai perdu l'espérance de posséder dona Clara : je viens d'apprendre qu'elle a fait profession, et que la cruelle me laisse le pénible emploi de l'oublier. Don Chérubin, ajouta-t-il, vous ne vous attendiez pas à cette nouvelle? Je la savois déjà, lui répondis-je. Mileno, que j'ai rencontré à Séville, m'a tout dit. J'ai ressenti vivement vos peines; mais j'espère qu'en les partageant avec vous, j'aiderai à les adoucir.

Je demeurai donc chargé de deux soins, de consoler le frère, et de faire ma cour à la sœur. Je m'en acquittai si bien, que je diminuai le chagrin de l'un, et que j'augmentai l'amour de l'autre. Il est vrai que si je redoublai les feux de dona Paula, de son côté cette dame irrita les miens, et leur rendit leur première vivacité.

CHAPITRE XXXVII.

Par quel hasard don Chérubin apprend des nouvelles de dona Francisca, sa sœur, et de quelle façon il en fut affecté. Il se marie à dona Paula. Honneurs qu'il reçoit.

Je passois fort agréablement le temps avec la plus brillante jeunesse d'Alcaraz, en attendant que je devinsse l'heureux époux de dona Paula, lorsque, étant un soir dans une des principales maisons de la ville, je vis arriver un grand homme maigre, à qui la compagnie s'empressa de faire beaucoup de civilités. Je considérai ce cavalier, que je reconnus d'abord pour don Denis Langaruto, ce chevalier de Saint-Jacques que j'avois vu chez ma sœur à Madrid. Il me remit aussi; et venant se jeter à mon cou : Le seigneur don Chérubin, me dit-il, veut bien que je l'embrasse? Je suis ravi de le revoir. Pour ne pas demeurer en reste de politesse avec ce gentilhomme, je lui témoignai une joie égale à la sienne ; et Dieu sait pourtant à quel point cette rencontre nous étoit indifférente à tous les deux.

Nous soupâmes ensemble dans cette maison. Comme nous étions dix ou douze à table, la conversation ne pouvoit être toujours générale; chaque convive de temps en temps s'entretenoit tout bas avec son voisin. Ainsi, me trouvant auprès de don Denis, nous nous adressions souvent la parole à demi-voix de part et d'autre. Seigneur don Chérubin, me dit-il, j'ai pris, je vous assure, toute la part possible au triste accident qui est arrivé au mari de votre sœur, don Pedro Retortillo. Je lui demandai d'un air surpris ce que c'étoit que cet accident. Comment donc, reprit-il, vous ignorez que don Pèdre, étant à la chasse il y a trois mois, tomba de cheval, et se blessa ; de façon qu'il ne vécut pas deux heures après sa chute ? Voilà ce que je ne savois pas, lui dis-je, et cela ne doit pas vous étonner : je suis brouillé avec ma sœur depuis son mariage avec don Pèdre, et nous avons rompu tout commerce ensemble. Mais, de grâce, ajoutai-je, seigneur don Denis, apprenez-moi si ce que vous venez de me dire est véritable. Vous n'en devez pas douter, répondit-il : ce malheur est arrivé à votre beau-frère auprès de Cuença, dans son château de Villardesaz, où il s'étoit retiré avec sa femme, quelques jours après l'avoir épousée.

Je fus si ému de cette nouvelle, que j'en eus l'esprit tout occupé le reste de la soirée. Ma sœur, pour qui je ne croyois plus avoir que de l'indifférence, s'offrit à ma pensée d'une manière qui me fit sentir que je m'intéressois encore pour elle : la cause de notre brouillerie ne sub-

sistant plus, le sang reprit aisément ses droits.

Sitôt que je revis don Manuel, je l'informai du funeste accident que don Denis m'avoit appris. Ensuite, je lui témoignai un désir curieux de savoir en quel état pouvoient être alors les affaires de ma sœur. Je n'ai pas moins d'envie que vous d'en être instruit, me répondit mon ami. Nous irons, si vous voulez, au château de Villardesaz consoler cette belle veuve de la mort de son époux, et nous reverrons en même temps Isménie, que je crois toujours avec elle. Mais, ajouta-t-il, je suis d'avis que nous remettions ce voyage après vos noces. Je consentis à ce délai d'autant plus volontiers, que j'avois beaucoup d'impatience d'être beau-frère de don Manuel de Pedrilla.

On fit donc les apprêts de mon mariage avec magnificence, et j'épousai dona Paula, qui lia son sort au mien avec une satisfaction qui rendit mon bonheur parfait. Ce ne fut, pendant quinze jours, que concerts, que bals, que festins : quand j'aurois été un grand seigneur, je ne crois pas que mon hymen eût été célébré par plus de fêtes et de réjouissances.

CHAPITRE XXXVIII.

Avec quel cavalier don Chérubin fit connoissance, et ce qui s'ensuivit. Il part avec don Manuel pour le château de Clévillente. Ce qu'il y reconnut.

Parmi les jeunes gentilshommes qui se trouvèrent à mes noces, il y en eut un surtout qui me frappa par son air noble et agréable. D'abord que je le vis, je demandai à don Manuel qui étoit ce beau cavalier-là. Il s'appelle, me dit-il, don Gregorio de Clévillente.

A ce mot de Clévillente, je changeai de visage et me troublai, ne doutant nullement que ce gentilhomme ne fût le séducteur de ma sœur Francisca. Néanmoins je dérobai mon trouble aux yeux de Pedrilla, qui poursuivit ainsi : Il revient de Calatrave, et passe par Alcaraz pour retourner à son château, qui est auprès d'Alicante. Je me sais très-bon gré d'avoir fait connoissance avec lui ; il me paroît un cavalier accompli.

Si don Gregorio charma don Manuel, don Manuel ne plut pas moins à don Gregorio, qui s'arrêta quinze jours à Alcaraz, pendant lesquels il se forma entre ces deux gentilshommes une amitié si vive, que j'en fus d'abord un peu jaloux. Mais ma jalousie ne put tenir contre les avances que me fit Clévillente pour devenir de mes amis ; de sorte qu'oubliant ce qui pouvoit s'y opposer, je répondis de bonne foi aux sentiments affectueux et sincères qu'il me témoigna. Ce cavalier, la veille de son départ, en nous marquant le regret qu'il avoit de nous quitter, nous proposa de nous mener à son château pour quelques jours; ce qu'il fit avec des instances si pressantes, que nous y consentîmes. Je partis donc pour le château de Clévillente, non que je me fisse un plaisir de voir un séjour que le frère de ma sœur ne pouvoit regarder sans peine, mais entraîné par une secrète inspiration du ciel qui vouloit par mon ministère accomplir ses desseins.

Le premier objet qui frappa ma vue dans le château fut un garçon de dix à douze ans, qui vint se jeter dans les bras de don Gregorio, qui, l'ayant fort caressé, nous le présenta en disant : Vous voyez le fruit de mes premières amours. Nous trouvâmes ce petit garçon fort joli; nous l'embrassâmes, don Manuel et moi, et nous félicitâmes le père d'avoir un fils d'une si belle espérance. Clévillente se montra sensible aux compliments que nous lui fîmes là-dessus, et nous dit : Cet enfant m'est d'autant plus cher, qu'il sort d'une mère que je ne puis me consoler d'avoir perdue.

Il accompagna ces paroles d'un soupir, que je relevai dans l'intention de l'engager à nous raconter une histoire dans laquelle je craignois que ma sœur ne fût intéressée. Seigneur, lui dis-je, il est bien triste de se voir enlever, par une mort prématurée, un objet chéri. La personne dont je pleure la perte, interrompit-il, n'est point morte; je ne le crois pas du moins. Mais il y a dix ans qu'elle disparut subitement de ce château; et, quelques perquisitions que j'en aie pu faire, je ne sais ce qu'elle est devenue.

Vous nous donnez, dit don Manuel, une grande idée des charmes de cette dame : elle devoit être ravissante, puisqu'après dix ans vous prenez encore plaisir à vous souvenir d'elle. Ce n'étoit pas, répondit-il, une beauté achevée; cependant on ne pouvoit la voir sans l'aimer, tant elle avoit l'air gracieux. Vous en allez juger par vous-mêmes, ajouta-t-il, si vous voulez me suivre. A ces mots il nous mena dans son cabinet, où parmi plusieurs portraits étoit celui de ma sœur. Je le reconnus d'abord, tant il étoit ressemblant : toute la différence que j'y trouvois, c'est que la copie avoit un vif éclat de jeunesse que l'original commençoit à n'avoir plus.

Voilà, nous dit Clévillente, en nous montrant du doigt le portrait en question, les traits de la mère de Francillo. N'ai-je pas raison de regretter une si charmante personne? Je ne fis pas semblant de reconnoître Francisca dans ce portrait; cependant je demeurai persuadé que Francillo étoit un enfant de sa façon. Je ne puis, disois-je,

m'empêcher de le croire, quoiqu'elle n'ait fait aucune mention de ce bâtard dans le récit de ses aventures : elle aura jugé à propos de supprimer cette circonstance, croyant par cette suppression rendre son histoire plus innocente. Puis, changeant de pensée : Peut-être aussi, ajoutois-je, que ce fils naturel est de quelque autre dame que Clévillente aura séduite comme dona Francisca.

Pour savoir mieux à quoi m'en tenir en faisant parler don Gregorio, je lui dis : Vous devez en effet être sensible à la perte d'une beauté si touchante : mais comment l'avez-vous perdue? Vous a-t-elle quitté par inconstance, ou si vous lui avez donné sujet de se plaindre de vous? Hélas! me répondit-il tristement, je suis la cause de notre séparation. C'est ma faute, et c'est ce qui me rend inconsolable. Si dona Francisca m'eût abandonné par légèreté, il y a long-temps que je l'aurois oubliée; au lieu que, reconnoissant mon mauvais procédé à son égard, je ne puis l'ôter de mon souvenir. Je l'avoue, poursuivit-il, je ne puis imputer sa faute qu'à mes parjures. Quand je l'enlevai du couvent où elle étoit pensionnaire, je promis, je jurai que je l'épouserois; et elle se rendit moins à la violence de mon amour qu'à ce serment. Cependant, loin de lui tenir parole, je l'amusai, je la trompai, et je lassai enfin sa patience. Après une année de séjour, elle s'échappa de ce château sans pouvoir être retenue par un enfant nouveau-né, qu'elle me laissa pour que sa vue me reprochât sans cesse ma perfidie et ma trahison.

Je fis, continua don Gregorio, chercher partout Francisca sitôt que je sus sa fuite; mais les personnes que je chargeai de ce soin s'en acquittèrent si mal, qu'elles n'en apprirent aucune nouvelle. Depuis ce temps-là, je ne suis pas tranquille : j'ai toujours Francisca dans l'esprit, et son image vengeresse me poursuit la nuit et le jour. Je crois la voir, je crois l'entendre, déplorant sa crédulité, se répandre en imprécations contre moi. Peut-être, dis-je à Clévillente, ne vous la peignez-vous pas telle qu'elle est; peut-être que, n'accusant qu'elle-même de son malheur, le souvenir de ses bontés pour vous ne lui arrache que des larmes. Peut-être enfin régnez-vous encore dans son cœur, malgré votre ingratitude.

Ah! si je le croyois, s'écria-t-il, et que je susse où elle est, j'irois détester à ses pieds l'indigne traitement qu'elle a reçu de moi. Oui, j'irois la trouver, quand elle seroit au bout du monde. Vous n'auriez pas besoin, lui répliquai-je, de l'aller chercher si loin, si vous étiez effectivement dans la disposition d'expier, par un mariage, l'atteinte mortelle que vous avez portée à son honneur, et l'affront que vous avez fait à sa famille. Qu'entends-je ! me dit don Gregorio d'un air étonné. Don Chérubin, seroit-il possible que vous connussiez la dame que représente ce portrait? N'en doutez pas, lui répondis-je, et elle n'est pas inconnue à don Manuel.

A ces paroles, Pedrilla considéra le portrait avec plus d'attention, et démêlant les traits de ma sœur : Qu'est-ce que je vois, mon ami? me dit-il d'un air troublé. Je n'ose vous découvrir ma pensée : j'aime mieux croire que mes yeux me trompent en ce ce moment. Non, non, lui repartis-je, leur rapport est fidèle. Dona Francisca, qui vous est connue sous le nom de Basilisa, est l'original de cette peinture. Clevillente a séduit ma sœur, elle me l'a elle-même avoué. Il l'enleva d'un couvent de Carthagène où elle étoit pensionnaire, et l'amena dans ce château. C'est un rapt dont l'honneur veut que je demande raison ; mais, puisque dona Francisca est veuve, il est un moyen plus doux de contenter l'honneur.

Après les sentiments que don Gregorio vient de faire paroître, dit alors don Manuel, je suis persuadé que sa plus chère envie est d'épouser dona Francisca. Je n'ai pas un autre dessein, s'écria Clevillente ; les remords dont je suis la proie depuis dix ans doivent vous en répondre. Enseignez-moi seulement l'endroit d'Espagne que cette dame habite, et j'y vole à l'instant. Je prétends vous y conduire moi-même, lui dis-je, pour être témoin de la joie que vous aurez tous deux à vous revoir. Je crois que don Manuel ne refusera pas de nous accompagner. Non, sans doute, répondit Pedrilla : j'ai mes raisons aussi pour faire ce voyage, indépendamment de la complaisance que vous êtes en droit d'attendre de mon amitié.

CHAPITRE XXXIX.

Du voyage que ces trois cavaliers firent au château de Villardesaz. Il se travestissent en pèlerins pour entrer dans ce château. De quelle manière ils furent reçus. Entretiens singuliers d'un domestique de dona Francisca. Surprise imprévue de la dernière. Reconnaissance.

Nous prîmes donc tous trois sur-le-champ la résolution d'aller au château de Villardesaz, où je jugeai que ma sœur devoit être encore. Nous nous disposâmes à partir ; et, suivis de trois valets, montés comme nous sur des mules, nous nous mîmes en chemin pour Cuença, où nous nous rendîmes en moins de six jours.

Lorsque nous fûmes arrivés dans cette ville, nous trouvâmes à propos de nous y arrêter pour nous informer de ce que nous voulions savoir, c'est-à-dire de ce qui se passoit au château de Villardesaz, qui n'est qu'à trois quarts de lieue de la ville. Nous apprîmes qu'effectivement le seigneur don Pedro Retordillo s'étoit tué en tombant de cheval dans une chasse, et que sa veuve, encore affligée de sa mort, menoit une vie triste au château, n'ayant avec elle pour toute consolation qu'une dame de ses amies. Quand don Manuel entendit parler de cette amie, il en tressaillit de joie, ne doutant nullement que ce ne fût Isménie, qu'il n'étoit pas moins ravi de revoir, que don Gregorio de retrouver sa chère Francisca.

Comme nous tenions tous trois conseil sur la manière dont nous irions nous présenter à ces deux dames, il me vint une idée folle, que mes camarades approuvèrent, et que nous résolûmes de suivre. Nous fîmes faire trois habits de pèlerins, sous lesquels, après avoir laissé nos valets à Cuença, nous nous rendîmes, à l'entrée de la nuit, auprès du château de Villardesaz. Nous frappâmes à la porte, et nous dîmes à un domestique qui vint nous l'ouvrir que trois pèlerins aragonais, qui alloient à Saint-Jacques en Galice, demandoient la permission de passer la nuit dans les écuries du château. Le domestique rentra pour nous annoncer, et vint nous dire un moment après que sa maîtresse y consentoit ; et là-dessus nous ayant introduits dans le château, il nous conduisit jusqu'au fond d'une salle basse où il y avoit de la paille fraîche, et une lampe attachée au mur dans un coin. Amis, nous dit-il, quand il passe par ici des pèlerins, ce qui arrive assez souvent, c'est dans cette salle que nous les faisons coucher. Vous n'y serez point mal ; et comme vous ne manquez pas, je crois, d'appétit, je vais vous apporter de quoi le satisfaire. Vous verrez qu'on ne fait point dans ce château les choses à demi.

En achevant ces mots, il se retira, nous laissant la liberté dont nous avions besoin pour céder à l'envie qu'il nous prit de rire de l'hospitalité qu'on nous faisoit. Il étoit, en effet, assez plaisant de voir traiter ainsi des pèlerins tels que nous, et cela nous réjouissoit infiniment. Nous attendions que le même domestique revînt ; et nous n'étions pas peu curieux de savoir en quoi consisteroit le soupé dont il nous avoit fait fête, lorsqu'un quart-d'heure après, il rentra dans la salle avec un panier, dans lequel il y avoit du pain, du fromage et des ognons. Il étoit suivi d'un autre valet qui portoit une grande cruche de vin de la Manche ; et s'approchant de nous d'un air gai : Voici, nous dit-il, des rafraîchissements que je vous apporte pour vous donner de nouvelles forces ; bourrez-vous-en bien l'estomac, car c'est lui qui porte les pieds.

Ce garçon nous paroissant un gaillard qui ne demandoit qu'à parler, nous lui fîmes tous trois tour à tour des questions auxquelles il répondit en serviteur discret et affectionné. Nous lui donnâmes occasion de nous conter le malheur de don Pèdre ; ce qu'il nous détailla sans oublier la moindre circonstance. Et madame son épouse, lui dis-je, a-t-elle été fort touchée de sa mort? Elle l'est bien encore, me répondit-il. Je n'aurois jamais cru qu'une femme pût pleurer si long-temps son mari. Don Pèdre, votre maître, lui dit don Gregorio, étoit apparemment un cavalier fort aimable? Pas trop, repartit le domestique : c'étoit un mortel d'un assez mauvais caractère, un jaloux, un grondeur, un homme plein de fantaisies. Cependant, malgré tout cela, il avoit un je ne sais quoi qui le rendoit agréable à Madame. Hé! n'y a-t-il personne qui cherche à consoler cette belle veuve? dit don Manuel. Pardonnez-moi, reprit le domestique : outre que la señora Ismenia, son amie, combat sans cesse sa douleur, il vient ici presque tous les jours, un jeune gentilhomme de Cuença, qui me paroît propre à soulager les ennuis du veuvage.

Ce cavalier, continua-t-il, se nomme don Simon de Romeral. Je ne doute point qu'il n'ait envie de succéder au seigneur don Pèdre, et la chose n'est pas impossible. Depuis quelques jours Madame me paroît un peu moins affligée qu'à son ordinaire, soit que les discours d'Isménie aient opéré, soit que don Simon commence à plaire.

Le rapport de ce valet me fit craindre que nous ne fussions arrivés trop tard, et que ce don Simon ne se fût déjà rendu maître du cœur de Francisca. Si cela est, disois-je en moi-même, ma sœur ne me saura peut-être pas bon gré du soin que je prends de son honneur ; elle ne reverra point avec plaisir son premier amant, si elle est actuellement prévenue en faveur d'un autre. Don Gregorio faisoit à peu près les mêmes réflexions ; et nous commencions l'un et l'autre à douter que notre pèlerinage fût heureux.

A force de faire des questions à ce domestique, qui n'étoit pas sot, nous nous rendîmes suspects. Messieurs, nous dit-il en branlant la tête, vous m'avez bien la mine d'être de fins pèlerins : vous n'êtes pas des *picaros,* comme le sont pour la plupart ceux qui portent votre habit : vous avez tout l'air d'être des gens d'importance. Vous vous êtes déguisés de cette sorte pour jouer quelque comédie ; et peut-être même avez-vous choisi ce château pour le lieu de la scène. Si vous avez besoin, ajouta-t-il, d'un quatrième acteur pour représenter votre pièce, je vous offre mes talents.

Nous le prîmes au mot ; et voyant que c'étoit un homme qui pourroit nous être utile, nous nous découvrîmes à lui ; et pour mieux l'engager à nous rendre service, nous lui donnâmes une trentaine de pistoles. Il connut par là qu'il n'avoit point

mal jugé de nous ; et charmé de nos manières à son égard : Messieurs, nous dit-il, disposez de Clarin, votre serviteur, vous n'avez qu'à commander. Quel est votre dessein? Que puis-je faire pour vous? Nous connoissons, lui dis-je, la maîtresse de ce château et son amie : il y a long-temps que nous ne les avons vues, et nous nous faisons une fête de paroître devant elles, pour voir si elles nous remettront sous cet habillement. Allez, poursuivis-je, allez dire en secret à doña Francisca que, si elle est curieuse d'apprendre des nouvelles de don Chérubin de la Ronda, il y a ici un pèlerin qui pourra satisfaire sa curiosité. Si vous n'exigez que cela de moi, répondit Clarin, c'est peu de chose ; je me serai bientôt acquitté de cette commission.

En effet, nous ayant quittés, il revint à nous quelques moments après. Venez avec moi, me dit-il, Madame veut vous entretenir. En même temps il me conduisit à un fort bel appartement, où ma sœur étoit seule avec Isménie. Elles me reconnurent d'abord toutes deux. Ah! mon frère, s'écria ma sœur, quelle agréable surprise pour moi de vous revoir! Mais pourquoi vous offrir à ma vue sous cet habillement? Ma sœur, lui répondis-je, vous cesserez de vous étonner que je paroisse devant vous sous cette forme, quand vous saurez la cause de mon pèlerinage. Mais permettez auparavant que je vous témoigne la part que j'ai prise à la mort du seigneur don Pèdre. Comme je n'ignore pas que vous êtes très-sensible à la mort de votre époux, je viens ici partager votre affliction.

La veuve, à ce discours, sentit renouveler sa douleur, et ses yeux se couvrirent de larmes. Je crus qu'elle alloit se répandre en nouveaux regrets, et je m'attendois à essuyer la bordée ; mais heureusement Isménie détourna l'orage, en disant à son amie : Ma mignonne, vous avez assez pleuré, il est temps de vous consoler ; votre frère vient ici dans l'intention d'y contribuer. Oh! pour cela oui, dis-je, c'est mon dessein ; et j'ose vous prédire que les choses vont bien changer de face dans ce château : je suis accompagné de deux bons pèlerins qui sont dans la résolution d'y faire succéder la joie à la tristesse. Et qui sont ces pèlerins? dit doña Francisca ; je ne veux pas les voir que je ne le sache. Souffrez, lui repartis-je, que je ne vous les nomme point, pour vous laisser le plaisir de la surprise. Ordonnez qu'on vous les amène. Alors Isménie ayant appelé Clarin, le chargea d'aller chercher les deux autres pèlerins, qui n'avoient pas peu d'impatience de se montrer sur la scène.

Dès qu'ils y parurent, Isménie reconnut don Manuel ; mais ma sœur ne démêla pas dans le moment don Gregorio, qui ne l'eut pas sitôt aperçue, qu'il courut se jeter à ses pieds. Souffrez, madame, lui dit-il, qu'un coupable, entraîné par ses remords, vienne vous demander grâce. Dona Francisca, moins frappée de ces paroles que du son de la voix de Clévillente, se le remit, et s'évanouit aussitôt. Je m'étois bien douté que la vue du père de Francillo la troubleroit; mais je ne m'étois point attendu qu'elle feroit sur elle une si vive impression.

Nous lui donnâmes, Isménie et moi, promptement du secours; et lorsqu'elle eut repris l'usage de ses sens, elle garda quelques moments le silence. Ensuite m'adressant la parole : Mon frère, me dit-elle, vous voyez l'effet de votre imprudence. Ne deviez-vous pas me prévenir avant que d'offrir à mes yeux don Gregorio ? Vous n'ignorez pas les raisons que j'ai d'éviter sa présence. J'ai tort, lui répondis-je, ma sœur; je conviens que j'aurois dû, par un entretien particulier, vous préparer à revoir un amant à qui vous êtes en droit de faire les reproches les plus sanglants, et qui pourtant n'est pas indigne de pardon. Il a reconnu sa faute, et il la pleure depuis dix ans. Permettez-lui de vous exposer ce qu'il a souffert; daignez l'écouter. Je vous réponds de sa sincérité.

Oui, madame, s'écria Clévillente, donnez-moi, de grâce, un moment d'audience; accordez-le aux prières de mon ami don Chérubin. Quelque prévenue que vous puissiez être contre moi, les choses que j'ai à vous apprendre désarmeront votre ressentiment. Hé ! que pouvez-vous dire pour votre justification ? répliqua la veuve de don Pèdre. Plût au ciel que vous ne fussiez pas le plus perfide et le plus ingrat de tous les hommes ! Je demeure d'accord de ma perfidie, lui repartit don Gregorio; mais que n'ai-je point fait pour l'expier ? En même temps il enfila le détail de ses souffrances, que nous lui laissâmes, Isménie et moi, continuer en particulier, et qui ne manqua pas de produire son effet, c'est-à-dire d'attendrir Francisca; d'où il faut conclure, que si les premières passions ne sont pas toutes à l'épreuve du temps, du moins ce sont des feux mal éteints, qui peuvent aisément se rallumer.

Tandis que ces deux amants s'entretenoient tout bas, je les observois, et il me sembloit que la colère de ma sœur s'éteignoit à vue d'œil. Je crois que mon neveu Francillo ne fut pas oublié dans leur conversation, et qu'il ne nuisit point à leur raccommodement. Pendant ce temps-là, don Manuel et moi nous apprîmes à Isménie de quelle façon nous avions fait connoissance avec don Gregorio, et tout ce qui s'étoit passé entre nous et ce cavalier au château de Clévillente.

Vous me ravissez, nous dit Isménie, en m'annonçant le retour d'un parjure, que mon amie n'a jamais pu entièrement bannir de sa mémoire; mais, par ma foi, vous ne pouviez l'amener ici plus à propos : il étoit temps. Un mois plus tard vous auriez trouvé dona Francisca remariée. Elle commençoit à se sentir du goût pour don Simon de Romeral, et je la voyois disposée à l'épouser. Grâces au ciel, m'écriai-je, nous sommes donc arrivés bien heureusement, pourvu que ma sœur ne s'avise pas de vouloir préférer au premier en date le dernier venu. Fi donc, reprit Isménie, rendez plus de justice à dona Francisca. Quand même son penchant l'entraîneroit du côté de don Simon, elle se déclareroit pour Clévillente sans balancer : l'amant offert par l'amour céderoit à l'amant présenté par l'honneur.

Quoi qu'Isménie pût dire pour me rassurer là-dessus, je ne laissai pas de craindre que ma sœur ne pensât autrement qu'elle. Cependant ma crainte fut vaine. Don Gregorio étoit un galant de la première classe. Il possédoit l'heureux talent de persuader les dames : aussi dona Francisca sentit-elle renaître toute la tendresse qu'elle avoit eue pour lui; et comme elle n'étoit pas, de son côté, moins habile que ce cavalier dans l'art de plaire, elle le rendit plus amoureux qu'il ne l'avoit jamais été. Don Manuel ne revit pas non plus Isménie sans reprendre les sentiments qu'il avoit eus pour elle à Madrid; et cette dame lui fit assez connoître, par la manière obligeante dont elle le reçut, que son bonheur ne dépendroit que de lui, s'il l'attachoit au plaisir d'être son époux.

CHAPITRE XL.

Nos trois voyageurs soupent avec dona Francisca et dona Ismenia. Don Chérubin entretient particulièrement sa sœur. Elle épouse don Grégorio, son premier amant. Dona Ismenia épouse aussi don Manuel de Pedrilla. Don Chérubin et don Manuel se retirent du château de Clévillente, et partent avec leurs épouses pour Alcaraz. Convention qu'ils firent.

Ces deux pèlerins, qui ne s'ennuyoient pas avec leurs maîtresses, furent interrompus par l'arrivée d'un domestique qui vint avertir que le soupé étoit prêt. Là-dessus la veuve de don Pèdre nous mena dans une salle où il y avoit une table couverte de toutes sortes de viandes bien apprêtées. A la vue d'un repas où régnoient l'abondance et la propreté, je me ressouvins du fromage et des ognons que Clarin nous avoit apporté dans l'écurie. Je dis à Pedrilla : Beau-frère, voilà des mets qui valent bien ceux qui nous ont été présentés tantôt. Qu'en pensez-vous ?

Cette réflexion excita un éclat de rire général, et nous mit tous en train de nous réjouir. Messieurs, nous dit Isménie, sous votre habillement nous vous avons pris pour trois aventuriers, et nous réglons ici l'hospitalité sur la mine de nos hôtes ; mais des pèlerins tels que vous méritent que nous les recevions comme d'honnêtes gens : aussi sommes-nous, mon amie et moi, très-disposées à vous faire un bon traitement. Je n'ai pas besoin de vous le protester, ajouta-t-elle en regardant avec un sourire mes deux compagnons, vous devez déjà vous en être aperçus. Enfin, notre pèlerinage fit la matière de notre entretien pendant le soupé, et nous fournit mille plaisanteries, qui nous amusèrent agréablement jusqu'au milieu de la nuit. Alors plusieurs domestiques, qui portoient des flambeaux, parurent pour nous conduire aux appartements qui nous avoient été préparés : ainsi les trois pèlerins, au lieu de reprendre le chemin de l'écurie pour y coucher sur la paille, allèrent se reposer, comme des inquisiteurs, dans des lits de duvet.

Le lendemain, dans la matinée, ma sœur m'envoya dire qu'elle vouloit avoir une conversation particulière avec moi. Je me rendis à son appartement, où m'ayant fait asseoir au chevet de son lit : Mon frère, me dit-elle, je suis contente de don Gregorio : il se repent de m'avoir offensée. Il en a, dit-il, depuis dix ans des remords qui le suivent comme autant de furies. Il me cherchoit partout pour expier par le mariage son mauvais procédé. Il me retrouve, il m'offre sa main ; et, plus épris de ma personne que jamais, il me jure un éternel amour. Il a rallumé dans mon cœur tous les feux qu'il y avoit fait naître à Carthagène, et j'accepte son offre avec transport.

J'applaudis à ce discours de ma sœur. Vous faites bien, lui dis-je ; Clévillente est votre premier vainqueur ; et le gage de votre amour doit vous le faire regarder comme un époux qui vous rejoint après avoir été long-temps séparé de vous. Ces paroles firent rougir dona Francisca, qui me dit : Je crois, mon frère, que vous voudrez bien me pardonner de vous avoir fait un mystère de ce gage dont vous parlez ; lorsqu'une fille tendre raconte son histoire, il ne faut pas trouver mauvais qu'elle en supprime quelque circonstance. Ah ! vraiment, lui répondis-je, ma chère sœur, je vous le pardonne volontiers ; mais aussi qu'il me soit permis de vous entretenir aujourd'hui de Francillo. Il n'y a jamais eu d'enfant plus aimable. Quand vous l'aurez vu, vous le plaindrez d'avoir été privé de vos caresses dans sa première enfance, et vous avouerez qu'il mérite bien que son père et sa mère le reconnoissent *pour leur légitime héritier.* Enfin je plaidai si bien la cause de mon neveu, que dona Francisca s'attendrit sur son sort jusqu'à verser des

larmes. Francillo, lui dis-je, n'est plus à plaindre, puisque le ciel rassemble ici ses parents, et que l'hymen va les unir *tous deux* : ils fixeront son état, et par là ils donneront un nouveau membre à la noblesse de Valence.

Après nous être entretenus assez long-temps de Francillo, nous parlâmes de la mort de don César, notre frère, et du riche héritage qu'il m'avoit laissé. Ma sœur (je lui dois cette justice), au lieu de témoigner un avare regret de n'y avoir point eu de part, fut assez généreuse pour m'en féliciter de bonne foi. Il est vrai qu'étant encore mieux que moi dans ses affaires, et sur le point d'épouser un gentilhomme opulent, elle devoit être contente de sa fortune. Notre entretien finit par des questions qu'elle me fit sur mon mariage, et elle eut tout lieu de juger, par mes réponses, que je ne me repentois pas de m'être marié.

Après cette conversation, j'en eus une autre avec don Gregorio, qui, sentant irriter de moment en moment son amour, parut fort impatient de posséder Francisca. Tandis que j'étois avec ce cavalier, don Manuel arriva. Je viens, nous dit-il, de quitter Isménie : j'en suis enchanté ; je meurs d'envie de joindre mon sort au sien. Hé bien, Messieurs, leur dis-je, puisque vous êtes si amoureux, il faut hâter votre bonheur. C'est un soin dont je me charge. Je vais trouver vos dames, et leur marquer l'impatience que vous avez d'être unis avec elles : je doute fort qu'elles aient la cruauté de *vouloir vous faire languir dans cette attente.* Véritablement, dès qu'elles virent que leurs amants se soumettoient de si bonne grâce au joug de l'hyménée, elles se conformèrent, sans hésiter, à leurs intentions.

Quand je vis que les quatre parties intéressées étoient d'accord, nous tînmes un grand conseil sur ce qu'il convenoit de faire, et il fut résolu que ce double mariage seroit célébré au château de Clévillente, pour plus d'une raison. Cela étant arrêté, nous fîmes venir de Cuença nos valets avec notre équipage, et nous nous préparâmes à partir ; ce que nous fûmes bientôt en état de faire. Nous quittâmes nos robes de pèlerins pour reprendre nos habits de cavaliers ; et ma sœur, ayant laissé au fermier le soin du château de Villardesaz, prit avec nous et tous ses domestiques le chemin d'Alicante, où nous n'arrivâmes qu'au bout de huit jours, n'ayant pas voulu faire plus de diligence, de peur d'incommoder nos dames. Nous ne nous arrêtâmes point dans cette ville, et nous gagnâmes promptement le château de Clévillente, où la veuve de don Pèdre, se rappelant les chagrins, ou peut-être les plaisirs qu'elle y avoit eus, ne put retenir ses larmes, qui furent redoublées par la vue de Francillo. Mais cet aimable enfant essuya lui-même les pleurs qu'il faisoit couler, et inspira pour lui tant de tendresse à sa mère, qu'elle en fit son idole : outre qu'elle voyoit en lui sa vivante image, il étoit son fils unique ; car elle n'avoit point eu d'enfants de ses deux maris.

On ne s'occupa dans le château que des apprêts des noces de mes beaux-frères. Tandis qu'on y travailloit, j'allai chercher à Alcaraz dona Paula, ma femme, sans laquelle la fête n'eût pas été complète. Ce ne fut qu'un voyage de six jours, après lesquels le château de Clévillente me revit avec mon épouse, dont l'heureuse arrivée augmenta la joie qui y régnoit. Isménie et dona Francisca lui firent à l'envi des caresses, et trouvèrent en elle une personne disposée à vivre avec ses belles-sœurs en bonne intelligence.

Don Manuel et don Gregorio se donnèrent tant de mouvement pour hâter le jour qui devoit combler leurs vœux, qu'il arriva bientôt. Ils reçurent la bénédiction nuptiale de la main de l'évêque d'Orihuela, parent de Clévillente ; sa grandeur, qui étoit un moine de l'ordre de Saint-Dominique, ayant bien voulu prendre la peine de venir au château pour cet effet.

Voilà de quelle façon Isménie et ma sœur furent mariées. Après s'être donné bien du bon temps, elles eurent le bonheur d'épouser deux gentils-hommes qui, par un excès d'amour pour elles, en firent deux dames d'importance. Que l'amour est admirable ! Il tire le rideau sur la vie passée d'une coquette, quand il veut la marier à un honnête homme.

Ces deux mariages furent suivis de réjouissances, qui durèrent plus de trois semaines. Après quoi don Manuel et moi, nous priâmes don Gregorio et son épouse de nous permettre de nous retirer à Alcaraz ; mais nous eûmes bien de la peine à les y faire consentir. Il y avoit si long-temps que ma sœur vivoit dans une étroite liaison avec Isménie, qu'elle ne pouvoit se résoudre à cette séparation. Cependant elle cessa de s'opposer à notre départ, à condition que, pour être ensemble la moitié de l'année, nous irions, don Manuel et moi, avec nos épouses, passer trois mois de l'été au château de Clévillente, et que don Gregorio et ma sœur viendroient l'hiver demeurer trois autres mois à Alcaraz. Ils nous laissèrent enfin la liberté de les quitter, sur la promesse que nous leur fîmes d'observer exactement la convention.

CHAPITRE XLI.

Après nous être témoigné de part et d'autre, par des caresses mutuelles, combien notre séparation nous étoit sensible, nous partîmes, don Manuel et moi, accompagnés de nos charmantes épouses, laissant don Gregorio et ma sœur, fort tristes de notre départ, dans leur château. Pour nous, la possession de ce que nous avions de plus cher dans le monde nous consola, et nous eûmes un plaisir infini dans notre petit voyage. Comme nous étions obligés de coucher en chemin, nous nous arrêtâmes dans une bourgade, où nous eûmes le divertissement d'une pièce jouée par des bateleurs : ils l'avoient intitulée *Inès de Castro*. Sur la réputation que cette tragédie s'étoit acquise à Madrid, nous procurâmes à nos épouses le plaisir de la voir ; mais nous fûmes bien désolés lorsque nous vîmes paroître, dans une chambre d'auberge, où se donnoit cette comédie, une femme prête d'accoucher ; elle nous débita un galimatias auquel on n'entendoit rien. Ensuite vint un autre acteur, âgé de soixante ans environ : il représentoit *don Pedro*. Enfin, cette pièce, qu'on ne peut nommer comique ni tragique, ne dura qu'un quart-d'heure, au grand contentement des spectateurs. Ils donnoient après un divertissement composé de danses, de sauts et de voltiges ; et, pour terminer le spectacle, celui qui avoit joué le rôle de *don Pedro* se mit à faire des armes avec son pied droit, la tête en bas : comme il s'en tiroit assez bien, il fut fort applaudi. Mais le plus comique de l'aventure, c'est que madame *Inès*, qui, en jouant, avoit fait beaucoup de grimaces, par les douleurs qu'elle sentoit de sa grossesse, accoucha le même soir sur le théâtre presqu'en notre présence. Nous nous retirâmes après cette catastrophe. Les acteurs nous prièrent de les excuser, s'ils ne nous donnoient pas un ballet chinois qui avoit fait beaucoup de bruit à Madrid ; mais que l'événement imprévu de l'actrice accouchée les en empêchoit. Nous eûmes beaucoup plus d'agrément à notre soupé. Le lendemain nous arrivâmes de bonne heure à Alcaraz. Nos épouses avoient besoin de repos, et, de notre côté, nous en avions besoin aussi. Nous jouissions de la félicité la plus parfaite : quoique nous fussions mariés depuis trois mois, nous aimions encore nos femmes plus que jamais. Trop heureux si le bonheur dont je jouissois en mon particulier avoit duré toute ma vie ! Mais il étoit écrit dans la table des destinées, qu'il devoit m'arriver des malheurs plus grands que ceux que j'avois déjà éprouvés. Les aventures de ma sœur me revenoient sans cesse à l'esprit, et j'admirois la Providence qui ne nous a jamais abandonnés. Une femme aussi coquette jouir de la plus brillante fortune, me disois-je, cela est heureux. Que l'on voit de personnes, avec plus de mérite et plus de vertu que ma sœur, dans l'opprobre et dans la misère! Quel est ce monde! Une fille débauchée, comédienne, devenir l'épouse d'un bon gentilhomme! Cela ne se voit pas souvent. L'honneur de ma sœur est réparé par ce moyen. Elle est riche, et son mari ne l'est pas beaucoup : ainsi l'un fait passer l'autre. Puisse la fortune nous laisser jouir longtemps de ses bienfaits! Il ne me prendra plus envie de prendre le froc, et de donner mon bien à des moines : ceux à qui j'ai eu affaire ont été trop reconnoissants des biens que je leur ai laissés malgré moi. Je peux avoir tort de parler ainsi; je dois peut-être ma nouvelle fortune à l'efficacité de leurs prières. Don Manuel vient de mettre le comble à mon bonheur, en me faisant la donation de la moitié de son château; les personnes les plus distinguées d'Alcaraz nous honorent de leurs visites, et la meilleure société est la nôtre : la promenade, la chasse, la pêche, le jeu, la lecture, sont nos occupations et nos amusements.

Nos plaisirs furent troublés par un accident imprévu qui nous arriva. Le feu prit pendant la nuit dans notre château, et consuma presque la moitié de nos effets : heureusement que nous eûmes le temps de faire enlever ce que nous avions de plus précieux, et quelques réparations remirent les choses dans le même état qu'elles étoient avant. Nous nous serions consolés aisément de cette perte, si l'on ne nous avoit pas volé beaucoup d'argenterie et les bijoux de nos épouses, qui ne laissoient pas que de monter à une somme considérable. Nous ne soupçonnions aucun de nos domestiques, et cependant c'en étoit un, qui fut découvert par le marchand à qui ce coquin avoit été pour vendre une partie de ce qu'il avoit pris. Don Manuel vouloit le remettre entre les mains de de la justice; mais, par considération pour moi, il se contenta de le chasser, en lui ordonnant, sous peine de le déclarer, de sortir du royaume en deux tours de soleil. Nous récompensâmes libéralement notre honnête homme de marchand : il est rare d'en voir de son espèce.

Quelques jours après il se présenta pour notre service un jeune garçon dont la physionomie et la taille répondoient pour lui. Il venoit avec une recommandation d'un de nos amis. Nous l'arrêtâmes le même jour. Son nom étoit Alvarès. Sa douceur, sa complaisance et son exactitude à bien remplir ses devoirs, lui attirèrent notre estime. Il avoit un esprit de modestie et d'humilité qui le faisoit aimer de tout le monde; mais, malgré l'excellent caractère qu'il possédoit, il étoit d'une mélancolie affreuse : il soupiroit toujours. Je m'intéressois à son sort. Ce garçon me montroit de l'amitié, et j'y répondois : il suffisoit qu'il fût malheureux pour qu'il me devînt cher.

J'aimois si fort Alvarès, que je me mis dans la tête de dissiper son chagrin : son air sombre et triste m'inquiétoit. Je le fis venir un jour dans l'appartement de don Manuel, pour qu'il me découvrît le sujet de sa douleur. Je commençai par lui demander s'il se déplaisoit avec nous; que nous étions contents de lui, et que la mélancolie qui le rongeoit l'emporteroit tôt ou tard au tombeau. Alvarès m'écoutoit en soupirant, et ne disoit rien. Vous aimez, continuai-je, et on ne répond point à vos désirs. Avouez-le-moi : si la personne qui vous est chère dépend de nous, ou qu'elle habite dans notre voisinage, ne vous contraignez pas; ouvrez-moi votre cœur, je suis assez votre ami pour vous faire obtenir l'objet de vos soupirs. J'aime, il est vrai, me répondit Alvarès, mais sans aucun espoir, quoique je sois aimé de la plus aimable créature que le ciel ait pu former. Ces paroles me surprirent dans la bouche d'un valet. Vos bontés excessives pour moi, continua-t-il, sont si réitérées, que je ne fais aucune difficulté de me confier en vous, et de vous apprendre ce que je suis.

Don Manuel, qui nous écoutoit dans son cabinet, ne pouvant retenir sa curiosité, étant extrêmement gêné, en sortit aussitôt. Alvarès fut surpris de le voir si près de nous, et voulut se retirer. Don Manuel le fit rester, en lui disant qu'il avoit entendu notre conversation, et que la part qu'il y prenoit l'avoit engagé à sortir de son cabinet pour entendre le reste, et qu'il pouvoit ne voir en nous que ses amis. Messieurs, nous dit-il, que je suis confus de vos bienfaits!

Ma famille est noble; mais la noblesse est bien peu de chose quand elle n'est pas soutenue par de grands biens. J'eus une mère qui, par sa coquetterie et les grands airs qu'elle se donnoit, ruina mon père en fort peu de temps; heureusement que je fus le seul fruit de leur hyménée. Mon père, dont le nom étoit don Alvar del Sol, en mourut de chagrin; et ma mère, ne pouvant résister à la perte qu'elle avoit faite, suivit mon père peu de temps après. Quoi! interrompit don Manuel, vous êtes le fils du seigneur don Alvar del Sol? Ah! mon cher don Carlos, que je vous embrasse! Don Manuel se jeta à son cou, et lui rappela qu'ils avoient étudié ensemble à Madrid. Je fus charmé de cette découverte en moi-même, et je priai don Carlos de nous faire part de ses infortunes. Mon ami lui demanda des nouvelles de don Lopez, dont la richesse étoit immense, et qui demeuroit à Madrid. Hélas ! repartit don Carlos, c'est l'auteur de tous mes malheurs : et voici comment.

CHAPITRE XLII.

Histoire tragique de don Carlos et de dona Sophia.

Après la mort de mes père et mère, don Lopez de la Crusca, mon oncle maternel, prit soin de mon enfance, et c'est sous ses yeux que je fis mes études. Malgré son avarice extrême, il m'aimoit, et m'avoit retiré chez lui, où je vivois heureux et sans inquiétude ; mais l'amour vint troubler mon repos. Mon oncle me procuroit tous les plaisirs qui peuvent flatter un jeune homme qui sort du collége : nous allions souvent au Prado ensemble ; et la promenade étoit notre principal amusement. Un jour que nous y étions, mon oncle, se lassant de se promener, voulut s'asseoir ; par bienséance je restai avec lui. Il y avoit vis-à-vis de nous un banc sur lequel étoit assise la plus aimable personne que l'on peut voir. Elle jetoit ses regards de temps en temps sur moi ; et c'étoit autant de traits que l'amour me lançoit. Cependant sa compagne, que je crus sa mère, se leva, et elle la suivit. Voyant qu'elles sortoient de la promenade du côté de notre logis, je feignis de me trouver indisposé, pour obliger mon oncle à rentrer aussi. Mon oncle y consentit, et j'eus le plaisir de suivre de loin la personne du monde qui m'étoit devenue la plus chère. Quelle fut ma surprise de les voir entrer justement vis-à-vis de notre demeure ! Je demandai à mon oncle s'il connoissoit les dames qui demeuroient vis-à-vis sa maison. Il me répondit que, n'ayant jamais voulu voir ses voisins, il ne désiroit pas les connoître. Je lui dis qu'il y avoit cependant un trésor dans cette maison, puisqu'elle renfermoit la plus aimable personne du monde. Cela se peut, me dit mon oncle, et je n'y prends aucun intérêt. Si vous vous intéressiez pour moi, repris-je, mon cher oncle, vous m'introduiriez dans cette maison. Non, mon neveu, me dit-il. J'ai eu soin de vous jusqu'à présent, et je ne m'en repens point, puisque vous m'avez toujours obéi ; croyez-moi, n'allez point dans cette maison : j'ai mes raisons. Ensuite il se retira, et me laissa seul

Je fus sensible à ces paroles : mais l'amour l'emporta ; et, dès le lendemain, j'allai saluer, comme voisin, les parents de la demoiselle que j'avois vue la veille. La réception qu'ils me firent m'enchanta. Je m'aperçus que leur fille, en me regardant, avoit extrêmement rougi ; je crois que je n'étois pas trop bien de mon côté,

sentant un feu qui m'avoit été jusqu'alors inconnu se répandre dans tout mon corps. Les père et mère de dona Sophia, ainsi étoit son nom, sachant que j'étois le neveu de don Lopez de la Crusca, me firent un reproche d'avoir été jusqu'alors sans les venir voir. Je m'en excusai le mieux que je pus, et leur dis que mon oncle étoit un homme si extraordinaire, qu'il ne voyoit personne ; que de mon côté, je me voulois beaucoup de mal de ne leur avoir pas rendu plus tôt ma visite ; et qu'ils pouvoient compter sur moi dorénavant, puisqu'ils me le permettoient. Dona Sophia, pendant que je parlois, ne cessoit de me regarder, et je sortis le plus enflammé de tous les hommes. Je continuai mes visites pendant six mois entiers. Aucun bonheur n'égaloit le mien : j'aimois et j'étois aimé. Je formai le dessein de demander dona Sophia en mariage à ses parents. Ils me l'accordèrent sans hésiter, aux conditions que mon oncle y souscriroit ; que, sans cela, ils retiroient leur parole, attendu que je ne pouvois espérer aucuns biens que de mon oncle. J'allai faire part à dona Sophia de mon bonheur ; elle rougit, et, pour la première fois, j'eus le plaisir de l'embrasser. Je vis dans ses yeux que je ne lui déplaisois pas pour époux. Ses père et mère vinrent nous interrompre : je rentrai chez mon oncle. En arrivant, je me jetai à ses genoux, et je lui avouai que, malgré sa défense, j'avois été voir dona Sophia que j'aimois éperdûment ; que ses parents consentoient à me la donner en mariage, pourvu qu'il ne mît aucun obstacle à ma félicité. Mon neveu, me dit-il, je n'en veux mettre aucun. Épousez votre maîtresse, j'y consens. Je sais qu'il y a six mois que vous la voyez régulièrement, je ne vous en ai jamais parlé ; vous me l'avouez aujourd'hui, soyez heureux ; mais n'espérez jamais, pendant que je vivrai, aucun bien de moi. Ah ! mon oncle, votre consentement me suffit, et je préfère dona Sophia à tous les biens de la terre. Le jour suivant, je fis part à ma maîtresse de la réponse de mon oncle ; elle en instruisit ses père et mère, qui allèrent aussitôt rendre visite à don Lopez, afin de concerter ensemble les arrangements qu'ils prendroient pour notre mariage. Ils me laissèrent avec leur fille, et allèrent chez mon oncle, qui, de son côté, fut très-surpris de leur visite. Il les laissa parler tant qu'ils voulurent, et leur répondit qu'il consentoit fort à l'honneur qu'ils vouloient bien me faire, mais que je n'avois rien à espérer tant qu'il vivroit ; que c'étoient là ses intentions. Ils eurent beau remontrer à mon oncle que je ne méritois point cette injustice, ce vieillard implacable n'en voulut pas démordre, et leur tourna le dos. Les parents de dona Sophia s'en offensèrent cruellement ; et, rentrant chez eux, ils me dirent que mon oncle ne voulant rien faire pour moi, ils me prioient de ne plus mettre le pied dans leur maison, et qu'ils défendoient à leur fille de me voir.

Un criminel à qui on lit sa sentence n'a jamais été plus saisi et plus troublé que je le fus à cette nouvelle accablante. Je me trouvai si mal, que l'on fut obligé de m'emporter chez moi ; je ne revins que long-temps après, et mon oncle, que je peux appeler cruel, eut la barbarie de me laisser seul, et partit pour sa maison de campagne. Je demandai des nouvelles de dona Sophia ; on m'apprit que ses parents l'avoient envoyée à Carthagène, dans un couvent où elle avoit une tante qui en étoit l'abbesse. Quand je fus en état de sortir, j'y portai mes pas ; mais il me fut impossible de voir celle que j'aimois. Désespéré, sans ressource, sans appui, je ne voulus point remettre les pieds chez mon oncle, ni le voir davantage. J'errai pendant deux ans de ville en ville, où, ne sachant que faire, j'ai servi jusqu'à ce qu'il plaise au ciel de me retirer de ma misère. La mort seule peut finir mes malheurs.

Nos épouses vinrent nous interrompre pour nous faire part des nouvelles de Madrid, qui portoient que le seigneur don Lopez de la Crusca étoit mort, et qu'ayant donné à don Carlos del Sol, son neveu, tous ses biens, il eût à se faire connoître. Don Carlos donna des larmes à sa mort ; ce qui marquoit son bon naturel. Nos épouses n'étant pas prévenues du changement d'état d'Alvarès, étoient surprises de le voir pleurer ; nous leur apprîmes ce qu'il étoit. Elles le félicitèrent de son bonheur. Don Carlos, un moment après, s'écria : Que je vais être heureux ! mon oncle n'est plus. Il écrivit sur-le-champ aux parents de dona Sophia cette nouvelle : en attendant leur réponse, il nous quitta pour aller recueillir sa succession. Après nous avoir remerciés et nous avoir embrassés, il partit plus amoureux que jamais. Nous le fîmes accompagner par un de nos valets, qui vint nous éclaircir de son sort. Nous fûmes un mois sans recevoir aucune nouvelle de lui ; cependant il revint. Notre premier mouvement fut de demander des nouvelles de don Carlos. Quel fut notre étonnement d'entendre notre valet nous dire qu'il n'étoit plus ! Il nous apprit qu'étant à la maison de campagne de son oncle pour en prendre possession, il y reçut la nouvelle qu'on lui accordoit dona Sophia en mariage, et qu'il n'avoit qu'à se rendre à Madrid pour l'épouser ; qu'on avoit écrit à Carthagène pour qu'elle revînt du couvent. Cette nouvelle fut si grande pour lui, et la joie qu'il en eut fut si violente, qu'après mille démonstrations et mille extravagances que lui causoit son transport, il

mourut entre les bras de plusieurs amis à qui il avoit fait part de son bonheur.

On m'envoya à Madrid, continua notre valet, pour apprendre cette triste nouvelle aux parents de dona Sophia, qui écrivirent sur-le-champ à l'abbesse du couvent où elle étoit que don Carlos venoit de mourir de joie, et que leur fille pouvoit rester avec elle. On apprit que dona Sophia avoit reçu avec beaucoup d'indifférence la nouvelle qu'elle alloit épouser don Carlos, aimant, disoit-elle, assez la solitude. Cependant quelques jours après, dès qu'elle sut que don Carlos étoit mort, elle tomba évanouie, et si mal, qu'elle resta huit jours sans connoissance. Elle avoit les yeux tournés vers le ciel, et on entendoit qu'elle prononçoit ces paroles : O ciel ! est-il possible ! il n'est plus ! Les soupirs qu'elle faisoit, et les larmes qu'elle versoit en abondance l'empêchoient de continuer. Elle est morte dans cet état, sans vouloir prendre aucune nourriture.

Ces nouvelles nous affligèrent beaucoup, et nous ne pûmes refuser nos pleurs aux malheurs de l'infortuné don Carlos et de dona Sophia. Ce qui nous dissipa fut la visite de don Gregorio, mon beau-frère, avec ma sœur. Ils restèrent avec nous un mois, et prirent beaucoup de part à l'histoire tragique de don Carlos, dont nous leur fîmes le récit. Nous leur procurâmes tous les plaisirs que nous goûtions ci-devant. C'est ainsi que nous entretenions par nos visites réciproques l'amitié qui régnoit entre nous.

CHAPITRE XLIII.

Don Chérubin de la Ronda, quinze mois après son mariage, devient le plus malheureux des époux. Don Gabriel enlève sa femme. Il poursuit inutilement le ravisseur. Son entretien avec son valet. Il cesse de chercher celle qui le fuit, et se résout d'aller au Mexique.

Nous vivions donc de cette sorte avec nos épouses, mes beaux-frères et moi. Don Gregorio et don Manuel me donnoient chaque jour quelque nouvelle marque d'amitié, comme, de mon côté, j'avois pour eux les déférences les plus attentives. Ce qu'il y a d'admirable, c'est que nos dames n'étoient pas moins unies entre elles que nous l'étions entre nous. Quoique nous ne fissions, pour ainsi dire, qu'un ménage des trois, elles s'accordoient merveilleusement bien ensemble. Elles ne se contredisoient presque jamais, et, lorsque cela arrivoit, c'étoit sans aigreur : leurs disputes finissoient toujours par des ris.

Pour comble de bonheur, le ciel nous fit bientôt connoître qu'il bénissoit nos mariages. Isménie, au bout de dix mois, accoucha d'un garçon, dona Paula d'une fille, et dona Francisca, ma sœur, en mit au monde deux à la fois, comme pour réparer, par ce double enfantement, une longue stérilité ; ou, si vous voulez, pour faire voir à Clévillente que lui seul avoit le privilége de la rendre féconde.

Notre société, ravie de ces heureux accouchements, les célébra par des fêtes, qui furent pour toute la ville autant de jours de réjouissance. Enfin, nous n'avions plus de vœux à faire. Dans quelque endroit que nous fussions, la joie régnoit toujours parmi nous ; et quoique nos plaisirs eussent dans notre seule famille une source inépuisable, nous avions encore un grand nombre d'amis qui venoient les augmenter en les partageant. Étions-nous au château de Clévillente, les *hidalgos* des environs nous y tenoient bonne compagnie ; et quand nous faisions notre séjour à Alcaraz, la maison de don Manuel devenoit le rendez-vous de la jeune noblesse de la ville, ainsi que des illustres étrangers qui s'y trouvoient.

Nous goûtions les douceurs de la félicité la plus parfaite, et en mon particulier j'étois fort satisfait de mon sort ; je trouvois dans les bras de dona Paula la source de plaisirs purs et inexprimables ; je l'aimois, quoique marié, encore plus que jamais. Trop heureux si le bonheur dont je jouissois eût duré plus long-temps ! Je croyois avoir atteint le terme de mes infortunes ; mais je n'avois point subi ma destinée : elle me réservoit des malheurs encore plus grands que ceux que j'ai déjà essuyés.

Entre plusieurs cavaliers qui venoient prendre part à nos plaisirs, il y en avoit un qui se faisoit appeler don Gabriel de Monchique. Il se disoit du royaume des Algarves, et se donnoit pour un parent du comte de Villanova. En voyageant en Espagne par curiosité, il s'étoit arrêté à Alcaraz, et nous avions fait connoissance avec lui. Outre qu'il avoit une suite de seigneur, il étoit fait de façon, et il avoit des manières si nobles, qu'on ne pouvoit le soupçonner d'être un homme du commun : on l'auroit plutôt pris pour un jeune prince qui parcouroit *incognito* les provinces de la monarchie espagnole, que pour un simple gentilhomme. Je n'ai jamais vu de cavalier qui eût un meilleur air ni une figure plus gracieuse. D'ailleurs son esprit répondoit à sa bonne mine. Il nous charma, mes beaux-frères et moi, dès la première vue, et nous n'épargnâmes rien pour devenir de ses amis. Nous nous fîmes un plaisir de le présenter à nos dames, qui peut-être en elles-mêmes nous taxèrent d'imprudence de leur faire voir un objet si dangereux. Pour nous autres maris, au lieu d'en craindre les conséquences, nous en usâmes avec lui comme de vrais Fran-

çais, en l'admettant bonnement dans notre société, à nos risques, périls et fortunes.

Il nous fit bientôt connoître que nous avions introduit le loup dans la bergerie ; et, malheureusement pour moi, ma femme fut la brebis qu'il eut envie de dévorer. Je m'aperçus bien qu'elle ne lui déplaisoit pas ; mais cette remarque ne m'alarma point : je n'en fis que rire. Je félicitois même quelquefois en badinant dona Paula d'avoir fait la conquête d'un si joli homme ; et elle me répondoit sur le même ton, qu'elle étoit bien aise d'avoir un sacrifice si flatteur à me faire. Je dirai plus : je me faisois, pour ainsi dire, un jeu de l'amour de Monchique. Bien loin d'en avoir quelque inquiétude, je m'applaudissois en secret de voir un amant si aimable soupirer inutilement : j'en sentois ma vanité flattée. En un mot, je croyois la sœur de don Manuel trop sage pour s'écarter de son devoir : mais je comptois trop sur sa sagesse. Le galant qui avoit formé le dessein de la séduire, n'y réussit que trop par le ministère d'une vieille soubrette, qui avoit grand pouvoir sur l'esprit de ma femme, et dont il trouva moyen de corrompre la fidélité.

Ce qu'il y eut de plus singulier dans cette séduction, c'est qu'elle fut ménagée si secrètement, que je n'en eus pas le moindre soupçon. Ma femme étoit même déjà loin d'Alcaraz, quand j'appris qu'elle avoit disparu avec Antonia, sa suivante, aussi bien que don Gabriel, et que vraisemblablement ce cavalier les avoit enlevées.

Je n'ajoutai aucune foi au premier rapport qu'on me fit de ce ravissement : je n'y trouvois pas de vraisemblance. Non, non, disois-je, il n'est pas possible que mon épouse, dont la vertu jusqu'ici ne s'est point démentie, commence par se porter à cette extrémité. Ce seroit un coup d'essai bien extraordinaire. Je serois moins surpris de cette aventure, si les femmes de mes beaux-frères en étoient les héroïnes : cela leur conviendroit mieux en effet qu'à dona Paula, dont la conduite a toujours été irréprochable. Cependant c'est elle qui, malgré l'excellente éducation qu'elle a reçue, vient de se couvrir d'infamie. Comment cela s'est-il pu faire ? Il faut que don Gabriel ait employé la force pour l'enlever. Mais par quelle adresse a-t-il pu l'arracher du sein de sa famille et des bras d'un époux ? Par quel enchantement a-t-il pu commettre ce crime sans en laisser la moindre trace ? Cet événement me confond.

Clévillente et Pedrilla, ne sachant que penser de ce rapt, n'en étoient pas moins étonnés que moi. Nous n'en demeurâmes pas aux réflexions que nous fîmes là-dessus. Nous nous donnâmes tous trois de grands mouvements pour découvrir la route que le ravisseur pouvoit avoir prise avec sa proie. Nous fîmes, tant du côté de Murcie, que du côté de Valence, les plus exactes perquisitions, qui furent toutes infructueuses. Nous jugeâmes que Monchique avoit gagné la côte de Carthagène, et qu'il s'étoit embarqué là sur un bâtiment préparé par son ordre pour le transporter en Portugal avec son Hélène. Je m'arrêtai à cette conjecture ; et, prenant la résolution de suivre ce nouveau Pâris, je me disposai à l'aller chercher dans le royaume des Algarves, où je me flattois de le trouver.

Don Manuel, ne se croyant pas moins intéressé que moi à tirer raison du procédé de don Gabriel, vouloit absolument m'accompagner, quelque chose que je pusse lui dire pour le détourner de son dessein, ne demandant pas mieux que de me prouver qu'un frère tel que lui n'étoit pas moins sensible qu'un époux à l'affront fait à la famille. Je n'eus pas peu de peine à obtenir de lui qu'il me laissât le soin de notre commune vengeance. Il se rendit pourtant aux opiniâtres instances que je lui en fis, et qui furent appuyées des pleurs de son épouse. Je me disposai donc à courir après Monchique ; mais, avant mon départ, je priai don Manuel de se charger de l'éducation de ma fille, sa nièce, et de l'administration de mes revenus. Puis, m'étant bien muni d'or et de pierreries, comme un homme qui pressentoit qu'il alloit s'éloigner d'Alcaraz pour long-temps, je pris congé de mes beaux-frères et de leurs femmes, que je ne quittai point sans exciter leurs larmes, ni sans en répandre aussi abondamment. Les dames surtout s'attendrirent fort dans nos adieux, soit qu'elles fussent véritablement affligées de mon départ, soit qu'elles fussent encore bonnes comédiennes.

Je me rendis au port de Vera, où je m'embarquai avec un valet dont je connoissois le courage et la fidélité, sur un vaisseau frété pour Lagos, ville qui fait la pointe du royaume des Algarves sur le bord de la mer. Je n'y fus pas sitôt arrivé, que je m'informai de don Gabriel de Monchique ; et, comme on me dit qu'on ne le connoissoit point à Lagos, j'allai de ville en ville en demander des nouvelles. Je parcourus Tavira, Faro, Sagres, en un mot tout le royaume des Algarves, sans recueillir d'autre fruit de mes recherches que le chagrin de les avoir faites inutilement. J'étois au désespoir de ne pas rencontrer mon ennemi : je ne respirois que vengeance.

Quelle rodomontade ! pourront s'écrier en cet endroit les lecteurs qui se rappelleront l'affaire de don Ambroise de Lorca, et la peine que j'eus à me résoudre à un combat de deux contre deux. Cependant il est certain que j'aurois voulu déterrer don Gabriel pour me couper la gorge avec lui. Il

falloit que je fusse effectivement devenu brave depuis ce temps-là, ou que mon honneur offensé m'inspirât un esprit de vengeance qui suppléoit à la valeur.

Quoi qu'il en soit, Toston, mon valet, commençant à se lasser de tant de courses vaines, me dit un jour : Monsieur, nous nous fatiguons tous deux infructueusement. Cessons de courir en Portugal après un homme qui peut avoir pris le chemin de Flandres, ou la route d'Italie. D'ailleurs, savez-vous si la dame enlevée mérite que vous exposiez pour elle votre vie ? Pour moi, si vous me permettez de dire ce que je pense, je doute qu'elle voyage à regret avec don Gabriel, ou, pour parler plus juste, avec un aventurier ; car je me trompe fort si ce galant n'est pas un nouveau Guzman d'Alfarache, ou quelque chose d'approchant. Si cela étoit ainsi, ajouta-t-il, ne seriez-vous pas beaucoup mieux d'abandonner une infidèle épouse à son mauvais destin, que de vouloir vivre encore avec elle ? Assurément, lui répondis-je. Ne t'imagine pas que je pense autrement que toi. Si je savois que son enlèvement fût volontaire, le mépris que je concevrois pour elle m'empêcheroit de la chercher plus long-temps. Que dis-je ? Au lieu d'en continuer la recherche, je la regarderois comme une infâme, dont je croirois ne pouvoir assez m'éloigner. Mais je ne puis la croire si coupable.

Quelle prévention ! reprit mon confident. Est-il possible, Monsieur, que vous vous imaginiez, avec le bon esprit que vous avez, qu'une femme vertueuse ne puisse pas cesser de l'être quand elle est si vivement poursuivie par un joli homme ? Quelle erreur ! Je juge moins favorablement que vous de dona Paula, et j'ai particulièrement raison de douter de sa vertu. Il faut que je vous l'avoue. J'ai vu don Gabriel un jour et la vieille Antonia qui s'entretenoient d'un air mystérieux en particulier. Je suis sûr que vous étiez intéressé dans leur conversation, ou plutôt qu'ils concertoient ensemble l'exécution du projet qu'ils méditoient, et qu'enfin madame étoit d'accord avec eux.

Ce zélé serviteur me dit encore tant d'autres choses, et revint si souvent à la charge, qu'il vint à bout de me persuader que j'avois été trompé par une épouse hypocrite. Je n'en doutai plus ; et, passant d'une extrémité à l'autre : Toston, m'écriai-je, tu me dessilles les yeux. Oui, j'ai été la dupe d'une fausse vertu. Certaines circonstances que tu m'as dites ne me le font que trop connoître. O ciel ! quel aveuglement a été le mien ! Dona Paula est une perfide dont je ne veux plus me souvenir que pour la détester. Je suis ravi, me dit Toston, de vous voir dans ces sentiments. Le ciel en soit loué ! Allons, mon cher maître, ne courons plus après une personne qui s'est rendue digne de votre haine. Retournons à Alcaraz, où les seigneurs don Manuel et don Gregorio, vos beaux-frères, et, qui plus est, vos amis, vous aideront à la bannir de votre mémoire.

Ah! Toston, lui répondis-je, qu'oses-tu me proposer? Tu devrois plutôt me conseiller de passer les colonnes d'Hercule, et d'aller au fond de l'Afrique cacher ma honte et mon nom. Je sens une répugnance invincible à revoir le séjour d'Alcaraz, après le coup mortel que mon honneur y a reçu. J'aime mieux m'en écarter pour jamais, ou du moins pour quelques années. Hé bien, reprit-il, puisque vous vous faites une si grande peine d'aller retrouver vos amis, prenons donc un autre parti. Faisons le voyage des Indes occidentales. Après toutes les merveilles que j'ai ouï raconter du Mexique, je serois bien aise que vous voulussiez voir ce pays charmant, qui mérite qu'on lui donne la préférence sur tous les climats du monde; un pays où règne, à ce qu'on dit, un éternel printemps; où l'on ne voit presque point de malades; où les entrailles de la terre sont d'argent, et où dans mille endroits les rivières roulent leurs eaux sur un sable d'or. C'est là, mon cher patron, c'est là que vous devez aller. Tu m'en inspires l'envie, lui repartis-je, mon enfant. Je le veux bien, partons pour la Nouvelle-Espagne. C'en est fait, je me détermine à faire ce voyage. Peut-être me fera-t-il oublier plus facilement l'indigne sœur de don Manuel.

Je n'eus pas plus tôt formé cette résolution, qui véritablement étoit préférable à celle de m'obstiner à chercher une femme qui me fuyoit, que je me rendis à Cadix, où je n'attendis pas huit jours l'occasion de m'embarquer pour le Mexique. Je trouvai un navire marchand qui se préparoit à mettre à la voile pour Vera-Cruz, et je me hâtai de profiter de cette commodité.

CHAPITRE XLIV.

Don Chérubin de la Ronda part de Cadix, et arrive à la Vera-Cruz, où il loue des mules pour aller par terre au Mexique. Du curieux entretien qu'il eut la première journée sur la route avec son muletier. Histoires singulières racontées par Tobie. Ce qu'il apprend du Mexique lui donne beaucoup d'espérance.

Pour épargner au lecteur un journal ennuyeux de mon passage aux Indes, je me contenterai de dire qu'après avoir couru quelque péril sur la mer, j'arrivai heureusement à Saint-Jean de Ulhua, autrement appelé la Vera-Cruz. Comme on va sur des mules de cette ville à Mexico, je priai le maître de l'hôtellerie où j'étois logé de me donner un muletier de sa main. Il m'en fit venir un, et me le présentant : Seigneur gentilhomme, me dit-il,

vous voyez le meilleur muletier de ce pays-ci, sans contredit. Il vous fournira de très-bonnes mules, et aura un soin tout particulier de vos hardes. Outre cela, c'est un garçon d'esprit et de belle humeur, qui vous réjouira par ses chansons, et par le récit de cent petites histoires dont il a la mémoire farcie. N'est-il pas vrai, maître Tobie? ajouta-t-il en lui adressant la parole.

Oui, seigneur Guttierez, lui répondit le muletier. J'ai, grâces à Dieu, dans mon sac une si copieuse quantité de ces denrées-là, que monsieur n'en manquera pas d'ici à Mexico, bien que nous ayons quatre-vingts bonnes lieues à faire. Il y a deux mois, poursuivit-il, que je menois un gros moine de la Merci : je lui contai sur la route des historiettes qui le firent tant rire, qu'il en pensa crever.

Je jugeai par cette réponse que maître Tobie étoit un babillard, et je n'en fus pas fâché. Il pourra, disois-je, m'étourdir souvent les oreilles de ses chansons et de ses récits; mais quelquefois en récompense il me divertira. Je suis même persuadé qu'il m'apprendra des choses que je serai bien aise de savoir. Pour Toston, il en eut d'autant plus de joie, qu'il espéra qu'un homme de ce caractère l'aideroit à me tirer d'une noire mélancolie dans laquelle je tombois de temps en temps malgré moi, l'image de doña Paula au pouvoir de Monchique me revenant sans cesse dans l'esprit.

Le lendemain, dès la pointe du jour, maître Tobie, suivant l'accord fait entre nous, entra dans la cour de l'hôtellerie avec quatre mules, dont il y en avoit une pour moi, une autre pour lui, la troisième pour mon valet, et la dernière étoit destinée à porter un coffre et une valise qui contenoient tous mes effets. Nous nous mîmes en chemin; et nous eûmes à peine fait un quart de lieue, que voilà maître Tobie qui fait entendre une grosse voix qui auroit pu faire honneur à un chantre de cathédrale. Il entonna des couplets, composés du temps de Charles-Quint, sur la conquête du Mexique. J'aimois trop la gloire de ma nation pour écouter sans plaisir les exploits héroïques du vaillant Cortès et de ses compagnons; mais outre que j'avois entendu raconter mille fois l'histoire incroyable de cette conquête, les vers que chantoit maître Tobie n'en rendoient pas le récit fort agréable à l'oreille : la poésie n'étoit pas mesurée à la dignité du sujet.

Après avoir essuyé une vingtaine de couplets sur le même air, j'interrompis le chanteur, qui m'ennuyoit, quoique ses couplets fussent assez ridicules pour devoir me réjouir. Je m'avisai, pour mes péchés, de lui adresser la parole : Maître Tobie, vous chantez à merveille; mais en voilà assez pour cette fois, mon ami. Le seigneur Guttierez mon hôte m'a dit, comme vous savez, que vous avez la mémoire ornée d'une infinité d'histoires divertissantes ; voulez-vous bien nous en conter quelques-unes ? Très-volontiers, répondit-il, et plutôt dix qu'une, pour vous faire voir que Guttierez vous a dit la vérité. Je veux même, ajouta-t-il en souriant d'un air malin, puisqu'il vous a fait fête des histoires que je sais, commencer par la sienne, qui vous paroîtra peut-être assez plaisante. En même temps il m'en fit le récit à peu près dans ces termes :

Le seigneur Guttierez, natif de Zamora, étant allé faire un voyage en Portugal, y épousa la fille d'un bourgeois de Santarem, jeune et jolie. Un mois après son mariage, il s'embarqua dans le port de Lisbonne avec elle pour la Vera-Cruz, dans le dessein de s'y établir. Se flattant d'y faire fortune, il loua la maison qu'il occupe aujourd'hui, et se mit à tenir hôtellerie. Il s'aperçut bientôt qu'il avoit fait une très-bonne affaire d'être venu à la Vera-Cruz : sa taverne étoit toujours remplie de monde que la gentillesse de sa femme y attiroit. On ne parloit dans la ville que de la belle Portugaise (car elle fut ainsi nommée), et l'on peut dire qu'elle faisoit autant de conquêtes qu'il alloit de jeunes gens dans sa maison. Guttierez, naturellement jaloux, ne put voir sans effroi ce concours de galants; et, pour soustraire sa femme aux yeux des hommes, il la renferma dans une chambre, où il lui faisoit porter à manger par un esclave nègre qui possédoit sa confiance. Vous jugez bien qu'un époux qui traitoit ainsi sa femme, sans avoir sujet de se plaindre d'elle, et seulement par jalousie, ne manqua pas de se rendre odieux à tous ceux qui savoient sa tyrannie, c'est-à-dire à toute la ville, puisqu'il n'y avoit personne qui l'ignorât. Chacun, s'intéressant pour la belle Portugaise, faisoit des vœux au ciel pour qu'elle fût promptement délivrée de son tyran ; et ces vœux furent exaucés. Le nègre, à qui seul il étoit permis d'entrer dans la chambre de cette dame, l'entendant tous les jours gémir et se plaindre, fut touché de ses lamentations ; de sorte qu'une belle nuit il la tira d'esclavage, et disparut avec elle de la Vera-Cruz : on ne les a pas vus depuis l'un et l'autre, ni même appris de leurs nouvelles.

Le muletier, s'étant arrêté dans cet endroit, se mit à faire des éclats de rire aux dépens de Guttierez. Comme j'étois assez sérieux, Tobie crut que cette histoire ne m'avoit pas plu ; et, pour me donner une humeur plus gaie que celle qu'il me voyoit, il commença à nous faire le récit d'un songe qu'avoit fait dernièrement un bon bourgeois de la Vera-Cruz dont la femme étoit extrêmement économe. Elle menoit son mari, et étoit la maîtresse de la maison. Il est vrai qu'elle avoit raison, dit le muletier : cet homme étoit un joueur de profession, qui, n'ayant pas plus tôt de l'argent, alloit le jouer et le perdre ; lorsqu'il revenoit à la maison, ce n'étoit plus un homme, mais un diable ; ce qui avoit fait prendre à sa femme le parti de maîtriser, et de se mettre à la tête des affaires de son commerce, où elle réussissoit fort bien. Si toutes les femmes suivoient ce modèle, que de ménages heureux il y auroit ! Mais il y en a beaucoup où, lorsque le mari ne fait rien, la femme de son côté en fait de même. Et quelles sont les raisons de la plupart des femmes? c'est qu'elles ne prennent de mari que pour s'assurer de quoi vivre : elles ont même la sotte gloire de le dire tout haut. On reconnoît bien les femmes à ce portrait. Mais je m'égare, continua le muletier ; et il reprit ainsi : Une des qualités que possédoit encore cette femme étoit la propreté, qui régnoit dans sa maison depuis la cave jusqu'au grenier.

Un certain jour son mari revint fort tard de l'académie où il avoit coutume d'aller jouer ; et, n'ayant pas un sou, il demanda à sa femme de l'argent pour le lendemain, disant qu'il le devoit, et qu'il avoit donné sa parole d'honneur à celui qui l'avoit gagné ; mais on le refusa selon la coutume. Sa colère fut extrême : il prit les chaises, et les jeta les unes sur les autres ; il accabla sa femme d'injures, et il ne cessa de l'envoyer au diable : je crois que si le diable fût venu dans ce moment, il lui auroit laissé emporter sa femme, tant sa fureur étoit grande. Il vouloit quitter la maison, se promettant bien de ne plus revenir. La femme, accoutumée à cette sorte de vie, se contentoit de préparer son soupé, et laissoit marmotter monsieur son mari tant qu'il vouloit. Le couvert mis, il soupa avec sa femme : soit qu'il oubliât sa colère, ou que le vin dissipât sa fureur, il resta tranquille, et mangea comme quatre ; ensuite il alla se coucher, ruminant toujours dans sa tête comment il auroit de l'argent. Il s'endormit avec tous les projets qu'il faisoit. Sa femme l'entendant ronfler, en fit autant que son mari, et se coucha auprès de lui le plus doucement qu'elle put, dans la crainte qu'elle avoit de le réveiller. Mais notre homme, le cerveau échauffé de l'avidité du gain et de la perte de l'argent qu'il venoit de faire, fit le songe le plus plaisant que j'ai jamais entendu, continua Tobie. Le voici ; et vous en jugerez vous-même : il rêva qu'il sortoit de grand matin de sa maison, et que, ne sachant quel parti prendre pour avoir de l'argent, il se résolut d'en aller emprunter sous le nom de sa femme. Dans son chemin, il rencontra un petit homme mal fait, bossu, et ayant trois jambes, dont une naturelle et deux de bois, qui l'arrêtant : Zador (c'étoit son nom), lui dit-il, où vas-tu si matin ? Je viens de chez toi ; et, ne t'ayant pas trouvé, je suis bien aise de te rencontrer, pour savoir si tu es dans la même intention où tu étois hier. Comment, répondit Zador, et qui êtes-vous ? Je ne vous connois pas, et je ne vous ai jamais vu. Il est vrai, dit l'autre, que je ne te suis pas connu ; mais tu peux avoir entendu parler de moi, ayant déjà fait assez de bruit dans l'Espagne et dans bien des cours étrangères où je brille encore. Je suis *le diable boiteux*, mon nom est *Asmodée*. Quoi ! reprit Zador, c'est vous qui avez rendu tant de services au jeune Cléofas ? Moi-même, repartit le diable ; et comme je veux t'en rendre aussi de fort importants, dis-moi si tu veux me donner ta femme, ainsi que tu l'as fait hier, en l'envoyant au diable. Je mérite bien la préférence ; et, si tu me la donnes, je te ferai présent d'un trésor inépuisable qui est hors de cette ville, et où tu puiseras tout l'or et tout l'argent dont tu pourras avoir besoin pour assouvir ta passion dominante du jeu. Je crois que tu ne peux balancer au change que je te propose ; et, comme je suis un bon diable, ta femme ne peut être en meilleures mains que les miennes. Quoi ! répondit Zador, étonné de ce qu'il venoit d'entendre, vous me donneriez un pareil trésor pour ma femme ? Mais la connoissez-vous bien pour faire une telle proposition ? Si je la connois ! Sans doute, reprit le diable. Mets ta main dans la mienne pour assurance de ta parole, mon trésor est à toi, comme ta femme est à moi. Je le veux, dit Zador, ma femme est à toi, et je te la donne pour ce prix : on ne peut avoir un trésor à meilleur marché, et peut-être bien je t'aurois donné ma femme pour rien. Avec le trésor que tu me donnes, j'en trouverai plus d'une. Je suis persuadé de ta générosité, reprit le diable. Mais fais-moi voir le trésor, reprit Zador, et rends-m'en à cette heure l'unique possesseur. Cela est juste. Suis-moi, dit Asmodée. Il conduisit Zador par delà les portes de la ville jusque dans un pré charmant, dont la verdure enchantoit les yeux, et dont l'étendue étoit immense. Lorsqu'il fut au milieu de ce pré, le diable fit arrêter Zador, qui regardoit de tout côté s'il ne verroit pas son trésor. C'est là, dit Asmodée, où est le trésor que je te donne : tout ce que tu vois couvert de cette verdure est rempli d'or et d'argent ; mais il n'y a que par ce seul endroit où tu puisses en puiser. Regarde bien, continua le diable, ce que je vais faire. Il se baissa ; et, après avoir arraché plusieurs poignées d'herbes, il découvrit la terre, aidé de Zador, qui ne cessoit de regarder le diable. Il lui fit voir de l'or et de l'argent en toutes sortes de monnoies. Ce que tu vois, dit Asmodée, est à toi, et je t'en fais présent.

Adieu, je n'ai plus besoin ici ; maintenant je vais te débarrasser de ta femme. Tu feras bien, dit Zador ; que je ne la trouve pas quand je rentrerai chez moi ; car elle s'empareroit encore de ce trésor. Cela suffit, dit Asmodée, je vais te satisfaire. Si par hasard tu as besoin de moi, tu n'as qu'à m'appeler trois fois, le ventre à terre, par ces mots : *Asmodée, le meilleur des diables, viens à moi ;* tu me verras paroître. Aussitôt il disparut. Zador, à la vue de son trésor, ne se possédoit pas de joie : il remplit ses poches d'or et d'argent, et se chargea comme un mulet. Dès qu'il eut fait, de peur qu'un autre ne s'aperçût du trésor qu'il possédoit, il boucha le trou que le diable avoit fait, et remit les poignées d'herbes par-dessus la terre, afin qu'on ne s'aperçût de rien : il s'en alla. Lorsqu'il fit réflexion que s'il revenoit il auroit bien de la peine à retrouver l'ouverture du trésor, cela l'inquiéta beaucoup ; il se retourna même, et il ne reconnoissoit déjà plus la place que le diable lui avoit indiquée ; il fit beaucoup de chemin dans cette prairie pour retrouver son trésor sans qu'il le pût jamais. Il se ressouvint de ce que le diable lui avoit dit avant que de le quitter ; il se coucha le ventre à terre, et appela par trois fois : *Asmodée, le meilleur des diables, viens à moi.* Le diable apparut tout d'un coup à lui, et lui demanda ce qu'il vouloit. Ah ! reprit Zador, je suis dans un grand embarras : le pré est si vaste, que je ne pourrai jamais trouver le trésor que tu viens de me donner, à cause de la verdure qui le couvre ; je l'ai même déjà perdu. Le diable le conduisit à l'endroit où étoit le trésor ; Zador le reconnut, et exprimoit sa joie au diable par des sauts qu'il faisoit. Mais ce n'est pas encore assez, dit Zador, il faut que tu m'instruises de la façon que je m'y prendrai pour reconnoître mon trésor. S'il n'y a que cela qui t'embarrasse, dit Asmodée, je vais te donner le moyen le plus sûr pour retrouver cette place : mon avis est que tu fasses ton cas dessus l'ouverture même. Ton conseil est fort bon, répondit Zador ; et personne n'osera par ce moyen y mettre la main, encore moins le nez. Asmodée lui dit : Tu n'as plus besoin de moi, adieu. Zador, se voyant seul, se mit en devoir d'exécuter l'avis du diable ; et, après quelques efforts, il fit un cas assez considérable pour reconnoître son trésor. Il s'applaudissoit déjà de sa fortune présente, lorsqu'il se sentit poussé avec tant de force, qu'il tomba ; la frayeur qu'il en eut l'éveilla en sursaut, et sa surprise fut bien grande d'entendre sa femme, qui lui disoit : Que viens-tu de faire, misérable que tu es ? Tu m'empestes, et je ne puis y résister. Comment, dit Zador à demi-éveillé, est-ce que je suis dans mon lit ? Où veux-tu donc être ?

reprit sa femme. Je suis bien malheureux, dit Zador; j'ai fait le plus beau songe qu'on puisse jamais faire. C'est bien le plus puant, répondit la femme. Mais, tiens, dit Zador à sa femme, regarde dans mes poches tout l'argent que je possède, et que j'ai pris dans mon trésor. Va, va, dit-elle, lève-toi, et regarde dans ton lit. Sa surprise fut extrême, en voyant que ce qu'il avoit fait dans un pré pour reconnoître son trésor, il venoit de le faire dans son lit.

On ne m'a pas dit la suite, continua le muletier, qui, ne pouvant s'empêcher de rire avec tant d'éclat, me fit croire qu'il étoufferoit, et qu'il creveroit, comme le gros moine de la Merci qu'il conduisoit avant nous. Pour moi, dans la disposition d'esprit où j'étois, je ne fus pas tenté d'en faire autant, l'histoire d'une femme enlevée, et un songe, n'étant guère propres alors à me divertir. Toston, devinant bien pourquoi je ne riois pas, remarquant même que j'aurois voulu au diable Tobie et ses histoires, dit à ce muletier, pour changer de discours : Ce que vous venez de nous raconter est assez plaisant; mais voulez-vous bien que nous parlions un peu de Mexico? Vous qui connoissez parfaitement cette grande ville, vous êtes en état de nous en dire des particularités intéressantes. Qu'y trouvez-vous de plus beau à voir? Cinq choses, répondit Tobie : les femmes, les habits, les chevaux, les rues et les carrosses de la noblesse, qui surpassent en magnificence et en beauté ceux de toutes les cours de l'Europe sans exception. Il est vrai que pour les orner on n'épargne ni l'or ni l'argent. On y emploie même les pierres précieuses avec les plus belles soies de la Chine. Les chevaux portent des brides enrichies de perles fines : ils ont des fers d'argent; et l'on diroit, à leur allure fière, qu'ils sentent l'avantage qu'ils ont d'être les plus parfaits animaux de leur espèce.

Venons aux rues, poursuivit-il : elles sont presque toutes d'une largeur prodigieuse; ce qui est nécessaire à une ville où quinze mille carrosses roulent tous les jours. Mais il faut admirer en même temps leur propreté : car il n'y a pas de ville au reste du monde où les rues soient si nettes : et ce seroit dommage qu'elles ne le fussent pas, à cause des boutiques, qui offrent aux yeux des passants un air d'opulence qu'on ne voit point ailleurs : celles, entre autres, de la rue des Orfèvres sont remplies de richesses immenses et d'ouvrages merveilleux.

J'attends maître Tobie aux femmes, interrompit Toston. Votre impatience est juste, reprit le muletier. Ce que j'ai à vous dire des femmes mérite assurément d'être entendu. Les dames espagnoles de Mexico sont belles en général, et elles s'habillent d'une manière qui relève encore leur beauté.

Elles ont une si prodigieuse quantité de pierreries, qu'elles paroissent plus brillantes que les étoiles. Quel luxe! quelle magnificence! Il faut les aller voir sur la fin du jour au champ de *la Alomeda*, qui est la promenade des gentilshommes et des principaux bourgeois. C'est là que vous pourrez juger de la dépense excessive qu'elles font en habits. Mais elles ont beau être aimables naturellement, et richement vêtues, elles ne font tout au plus que partager les regards des hommes avec les filles indiennes de leur suite, qu'elles font marcher aux portières de leurs carrosses : ces négresses sont si jolies et si mignonnes, que souvent on les préfère à leurs maîtresses.

Fi donc, maître Tobie, s'écria mon valet en faisant la grimace, ne badinons point : ces faces basanées peuvent-elles être regardées avec quelque plaisir? Avec quelque plaisir! lui repartit le muletier fort sérieusement; ah! que vous parlez bien en homme qui vient d'Espagne, et qui n'a jamais vu ces brunettes! Allez, allez, quand vous les aurez bien considérées, vous ne les trouverez pas si dégoûtantes. Les gentilshommes, ajouta-t-il, et les officiers de la chancellerie, leur rendent plus de justice. Le vice-roi lui-même leur fait fête; et son excellence prend tant de goût à leur conversation, que les railleurs disent que le noir est devenu sa couleur favorite.

Je ne pus me défendre de rire à ces paroles de maître Tobie : et pour l'engager à me dire tout ce qu'il savoit du comte de Gelves, qui étoit alors vice-roi de la Nouvelle-Espagne, je lui fis plusieurs questions sur ce seigneur, auxquelles il répondit d'une façon qui me fit connoître que les vices et les vertus des hommes en place n'échappent point au public. Le comte de Gelves, nous dit le muletier, aime un peu trop l'argent et ces négresses dont je viens de parler. Quoiqu'il ait tous les ans cent mille ducats à prendre dans l'épargne du roi, et qu'il tire un million pour le moins tant des présents qu'il reçoit du pays, que du commerce qu'il fait en Espagne et aux Philippines, tout cet argent ne peut rassasier son appétit pour les richesses. A cela près, c'est un vice-roi parfait : il sait mieux que ses prédécesseurs faire respecter les lois et l'autorité royale; il est si sévère, qu'on l'appelle par excellence *le boucher des brigands.*

Il mérite bien en effet ce surnom, continua Tobie, par le soin qu'il a pris, et qu'il prend encore tous les jours, de nettoyer de voleurs les grands chemins : car, depuis qu'il est vice-roi, il a fait exécuter plus de malfaiteurs et d'assassins qu'on n'en a vu punir depuis que les états du grand Montézume ont changé de maître. Mais il faut tout dire : si le gouvernement du Mexique fait tant d'honneur au comte de Gelves, je crois, entre nous, qu'il en est un peu redevable au seigneur don Juan de Salzedo, son premier secrétaire, qui est un homme de mérite, et sur lequel il a raison de se reposer des plus pénibles soins de la vice-royauté.

J'interrompis Tobie pour lui demander si don Juan de Salzedo, dont il parloit, n'avoit pas été employé dans les bureaux du duc d'Uzède. Oui, vraiment me répondit-il; et il y seroit encore, si, depuis la mort de notre bon roi Philippe III, le duc d'Uzède n'eût point été exilé; mais, immédiatement après la disgrâce de ce ministre, don Juan a quitté la cour pour venir trouver à Mexico le comte de Gelves, qui est de ses anciens amis, et dont il est plutôt le collègue que le secrétaire.

Je fus ravi d'apprendre, par cette nouvelle, que je serois à Mexico en pays de connoissance; car don Juan de Salzedo étoit ce même secrétaire qui m'avoit fait choisir pour aller porter à Naples des dépêches importantes au duc d'Ossone, et qui avoit la mauvaise habitude de citer à tout propos des passages d'auteurs latins. Je dis au muletier que je connoissois ce don Juan de Salzedo, et même que je pouvois me vanter d'avoir autrefois été de ses amis. Ah! seigneur gentilhomme, s'écria là-dessus maître Tobie avec beaucoup de vivacité, que vous êtes heureux d'avoir un ami de cette importance'! J'ignore ce qui vous amène à Mexico; mais, dans quelque dessein que vous y puissiez venir, soyez sûr que vous réussirez, puisque vous connoissez un homme qui dispose de tous les emplois que le vice-roi peut donner, et qui, pour ainsi dire, est la cheville ouvrière du gouvernement.

Lorsque le muletier Tobie eut parlé de cette sorte du comte de Gelves et de son secrétaire, il se remit sur les agréments de Mexico. Quand vous aurez vu, nous dit-il, cette ville et ses environs, vous conviendrez que s'il y a quelque pays sur la terre qui soit comparable au paradis terrestre, c'est celui-là. L'Andalousie et la Lombardie, si vantées par les voyageurs, n'en approchent point; et sur cela maître Tobie nous en fit une description assez intéressante, mais si longue, qu'elle n'étoit pas encore finie quand nous arrivâmes à Xalapa, première bourgade qu'on trouve sur le chemin; et dans laquelle il y a une hôtellerie ordinairement bien pourvue de toutes sortes de provisions.

CHAPITRE XLV.

De la rencontre que don Chérubin fit d'un religieux de l'ordre de Saint-François en entrant dans Xalapa. Suite de cette rencontre. Il soupe avec le gardien du monastère. Portraits des religieux qui se trouvent avec lui. Après le repas il joue, gagne et se retire à minuit du couvent.

Comme nous descendions à la porte de cette hôtellerie, il passa près de nous un religieux de l'ordre de Saint-François, que nous regardâmes, mon valet et moi, avec toute l'attention qu'il parut mériter. Il étoit monté sur un bon cheval, et accompagné de deux esclaves maures qui marchoient à ses étriers. Il portoit une robe de laine brune retroussée et attachée à sa ceinture de soie blanche cordonnée, laissant voir des caleçons de toile de Hollande brodés par le haut, des bas de soie bleus avec des souliers de maroquin à talons rouges. Il avoit sur son froc un chapeau de castor du Canada, dont la coiffe étoit de satin incarnat. Une si grande propreté dans un religieux mendiant me parut un peu scandaleuse; mais ayant appris que dans ce pays-là les yeux y étoient tout accoutumés, je me préparai à voir d'autres choses qui me surprendroient.

On me dit que ce cordelier étoit le gardien du couvent de Xalapa, qui probablement alloit faire quelque visite à l'extrémité de la bourgade. Je le saluai d'un air respectueux, et il me rendit le salut avec beaucoup de civilité. Je ne l'eus pas sitôt perdu de vue, que je ne pensai plus à lui; et j'étois fort éloigné de deviner que nous souperions ensemble ce soir-là, quand, trois heures après, il entra dans l'hôtellerie un petit moine qui demanda le muletier Tobie. Ils se parlèrent un moment en particulier, après quoi ils vinrent me trouver. Seigneur, me dit le muletier en me présentant le moine, voilà un petit frère qui vient ici pour s'acquitter d'une commission que son supérieur lui a donnée. Oui, seigneur cavalier, me dit le moine, notre révérendissime père gardien vous prie de vouloir bien lui faire l'honneur de venir souper avec sa révérence. Je répondis poliment au petit frère que la proposition étoit trop agréable pour ne la pas accepter avec plaisir, et qu'il pouvoit assurer son révérendissime supérieur que je m'allois disposer à me rendre à son monastère; ce que je fis effectivement, laissant Toston et le muletier à l'hôtellerie.

Je trouvai à la porte du couvent le père gardien qui m'attendoit pour me conduire lui-même à son appartement. Seigneur cavalier, me dit-il en me saluant d'un air aisé, pardonnez à un de vos compatriotes d'avoir pris la liberté de vous inviter à souper; mais j'ai coutume d'en user de la sorte avec tous les cavaliers espagnols qui passent par cette bourgade pour aller à Mexico. Je me fais un extrême plaisir de les recevoir, et d'apprendre d'eux des nouvelles de ma patrie : car je suis natif de Bilbao, capitale de la Biscaye, ce que mon accent vous fait assez connoître. Je descends des anciens comtes de Durango, qui se sont tant signalés dans les guerres de Ferdinand contre les Maures, et dans celles de Charles-Quint dans les Pays-Bas.

Je jugeai par ce début que le moine, malgré les vœux qu'il avoit faits, conservoit toujours le caractère biscayen. Aussi lui répondis-je, pour flatter sa vanité, qu'à son air noble et majestueux, je m'étois d'abord bien douté qu'il devoit être un homme de condition; que cela sautoit aux yeux; et qu'enfin je me trouvois bien honoré de l'invitation qu'il m'avoit faite.

Là-dessus ce religieux, qui paroissoit un homme de quarante et quelques années, m'introduisit dans une grande salle décorée de tableaux qui représentoient divers saints de son ordre. De là, m'ayant fait traverser une vaste cour remplie de palmiers et d'orangers, il me mena dans un corps-de-logis isolé où il logeoit. Pour me montrer toutes les pièces de son appartement, il me fit passer par plusieurs chambres tapissées de tapisseries de coton, et parées de buffets garnis de vases de porcelaine. Ce bon père m'ouvrit ensuite un cabinet où il couchoit sur une simple mante de laine, étendue sur une natte. Comment donc, mon révérend père, m'écriai-je, est-ce là-dessus que repose votre révérence? Je vous croyois un lit plus mollet. Que vous êtes bon! me répondit-il avec un sourire. Ne me trouvez-vous pas bien à plaindre? Apprenez que je dors sur cette natte d'un sommeil plus profond que celui des inquisiteurs qui couchent sur du duvet : admirez la force de l'habitude. Je n'ai plus, poursuivit-il, que ma bibliothèque à vous faire voir. En même temps il me fit entrer dans une chambre toute nue, et dans laquelle j'aperçus une vingtaine de vieux bouquins par terre, entassés les uns sur les autres, mal reliés, couverts de poudre et de toiles d'araignées, et sur lesquels il y avoit une guitare, quelques papiers de musique, avec quantité de boîtes de conserves. A cette vue, qui me parut avoir quelque chose de ridicule, je n'eus pas peu de peine à garder mon sérieux. Je résistai pourtant à la tentation de rire; et je fis bien, car le révérend père y alloit de la meilleure foi du monde.

Lorsqu'il fut temps de se mettre à table, nous passâmes dans une salle où il y avoit trois jeunes religieux qui devoient souper avec nous, et qu'il me présenta en faisant leur éloge. Il me vanta leurs talents : l'un, à ce qu'il me dit, avoit la voix belle; l'autre faisoit bien des vers, et le troisième

savoit jouer de toutes sortes d'instruments. C'étoient ses courtisans et ses convives ordinaires quand il régaloit des étrangers. Ces jeunes moines, ce que j'aurois tort d'oublier, étoient vêtus dans le goût de leur supérieur : ils laissoient apercevoir sous leurs larges manches des pourpoints piqués de satin blanc, et les poignets de leurs chemises de toile de Hollande étoient garnis de dentelle. Ce qu'il y a de plus remarquable, c'est qu'à l'exemple de leur gardien ils se disoient tous gentilshommes, soit qu'ils le fussent véritablement, soit que, ne se connoissant pas les uns les autres, chacun crût pouvoir impunément s'agréger à la noblesse. Au reste, ils avoient de l'esprit, et leur manières étoient plus militaires que monacales.

Je fus étonné de l'abondance des mets qui nous furent servis. Il y en auroit eu assez pour rassasier un chapitre général. Toutes sortes de grosse viande, de volaille et de gibier, composèrent le premier service, et le second ne me surprit pas moins par la diversité des fruits et des confitures, tant sèches que liquides, dont la table fut couverte. Je me souviens, entre autres choses, que, trouvant quelques conserves d'un goût exquis, je dis au gardien : Voilà des conserves admirables. Que vous êtes heureux, mon père, d'avoir de si habiles confiseurs dans votre couvent! Ces conserves, me répondit-il, n'ont point été faites dans notre maison : c'est l'ouvrage de quelques bonnes religieuses dont le monastère est dans notre voisinage, et qui se donnent la peine de les faire pour nous.

Pendant le soupé, tous ces moines ne cessèrent de me faire des questions sur la cour d'Espagne. Les uns me demandoient de quel caractère étoit le roi; les autres, si le nouveau ministre, le comte duc d'Olivarès, remplaçoit dignement les ducs de Lerme et d'Uzède; et le gardien surtout, tranchant de l'homme d'importance, s'informoit successivement de tous les grands, se disant de leurs maisons. Il se vanta d'être cousin du duc d'Ossone, neveu des ducs de Frias et d'Albuquerque, allié des marquis de Peñafiel et d'Avila-Fuente. En un mot il fit sa généalogie, dans laquelle il comprit modestement les plus grands noms de la monarchie d'Espagne.

Après le repas, quelques-uns proposèrent de jouer à la prime, et cette proposition fut généralment acceptée. On apporta des cartes. Le premier qui les prit pour les mêler s'en acquitta de bonne grâce, et d'un air qui marquoit bien qu'il étoit dans l'habitude d'en manier. Nous voilà donc engagés au jeu. D'abord la fortune sembla ne vouloir favoriser personne. Tantôt elle flattoit ses compagnons, mais enfin elle se déclara contre deux moines, qui, perdant leur sang-froid avec leur argent, apostrophèrent cette divinité dans des termes peu mesurés pour des religieux, et plus convenables à un tripot qu'à un monastère.

Le petit corps-de-logis du révérend père gardien retentissoit encore de leurs apostrophes, quand j'entendis sonner minuit. Alors m'adressant à ce supérieur, je le priai de me permettre de me retirer, lui représentant que j'avois une grande journée à faire, et que je devois avant l'aurore me remettre en chemin. Il eut la politesse de ne vouloir pas m'arrêter plus long-temps. Je pris congé de sa noble révérence, après l'avoir remerciée de sa gracieuse réception, et je regagnai mon hôtellerie, au grand regret des autres moines, qui m'auroient volontiers retenu toute la nuit, dans l'espérance de rattraper quelques pistoles que je leur emportois malgré leur savoir-faire.

CHAPITRE XLVI.

De l'arrivée de don Chérubin à Mexico, et dans quel endroit il alla loger. Il est charmé de la femme de son hôte, quoique mauricaude.

Dès que je fus de retour à mon hôtellerie, je me couchai pour prendre quelque repos; mais à peine le sommeil se fut-il emparé de mes sens, que la bruyante voix de Tobie me réveilla. Il étoit déjà sur pied, et chantoit à pleine tête en apprêtant ses mules. Je me levai aussitôt; et, comme j'achevois de m'habiller, on m'apporta mon chocolat; après quoi je remontai sur ma mule pour continuer mon voyage.

Le muletier, ennemi du silence, le rompit bientôt. Il chanta ce jour-là des romances sur les guerres de Grenade. Ensuite il nous débita quelques historiettes, les mêmes peut-être qui avoient tant fait rire son gros père de la Merci; mais elles ne firent pas sur nous un si bon effet. Au contraire, elles nous ennuyèrent à un point, que nous trouvâmes le chemin plus long qu'il n'étoit. Aussi j'en ferai grâce au lecteur, de même que de celles qu'il nous fit essuyer les jours suivants. Hâtons-nous d'arriver à Mexico.

En entrant dans cette célèbre ville, je demandai à Tobie à quel endroit il se proposoit de nous conduire. Dans le quartier de la noblesse, me répondit-il; dans une hôtellerie où logent ordinairement les gentilshommes qui viennent d'Espagne, chez un Espagnol natif de Carmona, près de Séville, et qui se nomme maître Jérôme Juan Moralès. Se voyant sans bien dans sa patrie, il la quitta pour venir à Mexico, où il tient hôtellerie avec une jeune Indienne qu'il a épousée, et qui fait tomber des pluies d'or dans sa maison. Gare le Maure! s'écria Toston, en faisant un éclat de

rire. Oh! il n'y a point ici de Maure à craindre, lui repartit le muletier: Moralès, loin de ressembler à votre hôte de la Vera-Cruz, n'est nullement jaloux, quoiqu'il ait pour femme une Indienne des plus appétissantes. Vous avouerez, quand vous l'aurez vue, qu'il y a des faces basanées qu'on peut envisager sans horreur.

Sur ce pied-là, dis-je au muletier, son cabaret ne doit pas être mal achalandé. Il ne l'est pas mal non plus, répondit Tobie. Il y va tous les jours d'honnêtes gens, moins pour boire que pour la voir. Elle les reçoit d'un air si affable, qu'ils en sont enchantés; et les conversations qu'ils ont avec elle ne manquent guère d'être suivies de présents; ce qui plaît fort à Moralès, qui est ravi de posséder une jolie femme, et de voir qu'on la cajole.

Ce discours me frappa, et me fit souhaiter d'être à l'hôtellerie pour le vérifier par mes propres yeux, ne pouvant me mettre dans l'esprit qu'une Indienne fût capable de charmer des Européens. Maître Tobie, secondant l'impatience que je marquois d'arriver chez Moralès, nous fit doubler le pas. Il nous mena dans la rue de l'Aigle, où il ne demeure que des gentilshommes et des officiers de la chancellerie. Nous descendîmes à la porte d'une maison qui avoit pour enseigne un serpent avec ces paroles : *Al Basilico, buena cama,* au Basilic, bon gîte. Parbleu, dis-je en moi-même, cette enseigne me paroît assez plaisante : il semble qu'elle ait été faite pour avertir les étrangers qu'il y a du danger pour eux à loger dans cette hôtellerie. Mais je trouvois le péril trop agréable pour en être effrayé; malgré tout ce que Tobie m'avoit dit de l'hôtesse, au lieu de craindre ce basilic, je m'exposai sans hésiter à ses regards.

Je les soutins d'abord impunément : je dirai plus, son teint basané me déplut. Néanmoins, je m'y accoutumai bientôt. Que dis-je? elle me fascina les yeux insensiblement par des manières aisées et toutes gracieuses; de sorte qu'après un quart-d'heure de conversation je sentis que les cœurs n'étoient pas moins en danger avec de pareilles Indiennes qu'avec les beautés de Madrid les plus redoutables. Elle ressembloit un peu à la Gitanilla, dont j'ai parlé dans le premier volume de ces mémoires; je dis un peu, car l'Indienne étoit encore plus piquante.

Il est vrai que, lorsqu'elle s'offrit à ma vue, elle étoit ajustée d'une façon qui donnoit un grand relief à ses charmes. Elle portoit une jupe de toile de la Chine, chamarrée d'argent, avec un ruban couleur de feu, dont les bouts, ornés d'une frange d'or, descendoient jusqu'en bas devant et derrière. Elle avoit par-dessus une chemisette de la même toile à manches larges, brodée de soie rouge mêlée d'argent, et lacée avec des lacets d'or. Ajoutez à cela une ceinture de soie bleue, et enrichie de pierres précieuses, un collier et des bracelets de perles, avec des boucles d'oreilles de diamants fins.

Il est constant qu'il étoit difficile de la voir dans cet état sans émotion, ou plutôt sans l'aimer. Je pensai m'y laisser prendre moi-même. Du moins il est certain que le premier jour je ne fus occupé que de ses appas, qui s'obstinèrent toute la nuit à se présenter à mon esprit; mais ma raison, plus opiniâtre encore que son image, m'empêcha de céder à mes tendres mouvements. Hé bien, mon ami, dis-je à Toston le lendemain, que penses-tu de notre hôtesse? T'a-t-elle un peu réconcilié avec les Indiennes? Parfaitement, me répondit-il: Tobie avoit bien raison de dire que je jugerois de ces mauricaudes autrement que je ne faisois. Hier au soir je fatiguai les muscles de mes yeux à force de les tendre en contemplant la femme de Moralès. Quelle éveillée! Je ne pouvois me rassasier de sa vue, et l'on peut dire qu'elle a changé mon goût du blanc au noir.

CHAPITRE XLVII.

Don Chérubin va voir le palais du vice-roi. Il y trouve don Juan de Salzedo, qui le reconnoît. Du bon accueil que lui fit ce secrétaire; et de la première conversation qu'ils eurent ensemble et dont Chérubin fut extrêmement flatté.

Je me sentois une si vive impatience de voir la ville, et principalement le palais du vice-roi, que, pour avoir cette satisfaction, je sortis dans la matinée avec mon valet. Moralès voulut absolument m'accompagner pour répondre, disoit-il, aux questions que je pourrois avoir envie de lui faire par curiosité. Je me laissai conduire par un si bon guide. Il me fit traverser le marché, qui est la place la plus considérable de Mexico, et dont tout un côté est bâti en arcades, sous lesquelles on voit des boutiques pleines de toutes sortes de marchandises.

Comme je regardois de toutes parts, j'aperçus une grande maison; je demandai à qui elle appartenoit. C'est le palais du vice-roi, me dit mon hôte; vous le voyez tel que Cortès le fit bâtir sur les ruines de celui de Montézume. Est-il possible, m'écriai-je avec étonnement, que ce soit là ce palais dont j'ai tant de fois entendu vanter la magnificence? Il y a des hôtels aussi beaux dans toutes les grandes villes d'Espagne. Je m'étois attendu à un bâtiment plus superbe. Vous vous trompez, reprit Moralès: ce n'est point de ce palais que les voyageurs font une si belle descrip-

tion, c'est de celui qui a été réduit en cendres: on assure qu'il pouvoit passer pour une nouvelle merveille du monde.

Quelle exagération! m'écriai-je encore. Je veux bien croire que les murs, comme disent ces messieurs, étoient faits d'une maçonnerie mêlée de jaspe, et d'une certaine autre pierre noire, sur laquelle il paroissoit des veines rouges et aussi brillantes que des rubis. Je crois bien encore que les toits pouvoient être parquetés de cèdre et de cyprès; mais je ne puis ajouter foi aux choses extraordinaires qu'ils rapportent de l'empereur Montézume, pour égayer apparemment leurs lecteurs. Ils disent, par exemple, qu'il avoit dans son sérail plus de deux mille femmes, dont il y en avoit toujours pour le moins deux cents enceintes en même temps. Miséricorde! s'écria Toston en éclatant de rire: il en avoit donc encore plus que Salomon! Il n'y a rien là-dedans qui doive vous étonner, dit alors Moralès, puisque Montézume pouvoit en avoir plus de trois mille, étant en droit d'enlever les filles des principaux Indiens quand elles lui plaisoient.

En nous entretenant ainsi, nous nous approchâmes du palais. Il y avoit à la porte quelques soldats, qui laissoient passer librement tout le monde. Nous entrâmes dans une cour spacieuse et carrée pour aller gagner un large escalier qui conduisoit à l'appartement du vice-roi. Nous suivîmes plusieurs cavaliers qui alloient au lever de ce seigneur. Nous traversâmes avec eux trois ou quatre chambres ornées de riches ameublements, et nous parvînmes jusqu'à celle où le comte se faisoit habiller par ses valets de chambre. Nous nous rangeâmes tous trois dans un coin d'où nous pouvions facilement observer tout.

Je m'attachai d'abord à considérer le maître, qui me parut un homme de cinquante ans. Il possédoit au suprême degré la gravité espagnole. Il avoit des cheveux plats, des sourcils noirs et fort épais, l'air farouche et terrible. Néanmoins je fis une remarque assez singulière pendant qu'il s'entretenoit avec des gentilshommes qui lui faisoient leur cour: il sourioit de temps en temps, et, toutes les fois que cela lui arrivoit, il devenoit tout-à-coup si différent de lui-même, qu'il sembloit avoir deux visages. Enfin, lorsqu'il étoit sérieux, il faisoit peur, et dès qu'il prenoit un air riant, il paroissoit tout agréable.

L'entretien qu'il avoit avec ces gentilshommes fut interrompu par l'arrivée de son secrétaire, dans lequel je reconnus don Juan de Salzedo, mon ancien ami. Il tenoit à la main un gros paquet de papiers; vieille politique des ministres d'Espagne, qui, pour paroître accablés d'affaires, se montrent toujours hérissés de paperasses. Le vice-roi ne l'eut pas sitôt aperçu, qu'il alla au-devant de lui. Ils se retirèrent tous deux près d'une fenêtre, et se parlèrent près d'un quart-d'heure en particulier. Pendant ce temps-là, je fis une observation qui s'accordoit avec ce que m'avoit dit Tobie, et qui marquoit bien l'ascendant que Salzedo avoit sur l'esprit du comte : je ne sais de quoi il s'agissoit entre eux; mais il me sembla que son excellence écoutoit son secrétaire avec complaisance, et qu'elle applaudissoit à ses discours.

Je résolus de ne pas sortir du palais sans avoir salué don Juan. Dans ce dessein, j'allai l'attendre sur son passage dans l'antichambre, fort curieux de voir l'accueil qu'il me feroit. Je doutois qu'il reçût affectueusement un homme qui n'avoit pas voulu à Madrid profiter de ses bontés : je doutois même qu'il daignât me reconnoître. Cependant ses yeux ne m'eurent pas plus tôt démêlé dans la foule, qu'il s'approcha de moi, et m'adressant la parole d'un air riant : Je ne crois pas me tromper, me dit-il, vous êtes don Chérubin de la Ronda. Je lui répondis que j'étois charmé qu'il se souvînt encore de moi. Je ne vous ai point banni de ma mémoire, me répliqua-t-il, *tantùm abest!* De votre côté, poursuivit-il, vous ne devez pas avoir oublié que je vous aimois en Espagne. Je me rappelle ce temps avec plaisir, et je sens renaître, en vous revoyant, toute l'amitié que j'avois pour vous.

Touché, pénétré de l'affection qu'il me témoignoit, je voulus me répandre en discours reconnoissants; mais il me coupa la parole, et me tirant à part : Don Chérubin, continua-t-il d'une voix basse, laissons-là les compliments; vous savez bien que je suis homme réel, quoique j'aie été toute ma vie à la cour. Parlez-moi confidemment. Que venez-vous faire à Mexico? Je crois le deviner : *auri sacra fames,* n'est-ce pas? Avouez-le moi hardiment. Je suis en état de vous réconcilier avec la fortune si vous êtes brouillé avec elle. J'ouvris encore la bouche pour remercier le secrétaire de sa générosité, et il me la ferma une seconde fois en me disant : Je ne puis m'arrêter avec vous plus long-temps. J'ai des affaires pressantes qui m'occuperont le reste de la matinée. Venez me revoir tantôt, nous nous entretiendrons à loisir. *Vale.*

En crachant ce mot latin, qu'il accompagna d'une vive accolade, il me quitta pour aller travailler, me laissant transporté de joie de la réception qu'il venoit de me faire. Toutes les personnes qui en avoient été témoins, regardant Salzedo comme un vice-roi en second, envièrent mon bonheur, et jugèrent que je devois être un Espagnol de distinction, puisque le seigneur don Juan m'avoit fait l'honneur de m'embrasser. Mon hôte m'en fit

compliment, et en eut plus de considération pour moi.

A l'égard de Toston, il en étoit dans un ravissement inexprimable. Monsieur, me dit-il en nous en retournant à l'hôtellerie, n'êtes-vous pas bien aise présentement d'être venu aux Indes? Que ne devez-vous pas vous promettre de l'amitié du seigneur don Juan? Vous pouvez vous flatter que par son crédit..... Hé! quelles espérances, interrompis-je, mon ami, veux-tu que je conçoive? Tu sais que je suis assez riche pour devoir me contenter de ce que j'ai. Non, non, me répliqua-t-il : abondance de bien ne nuit pas. D'ailleurs, songez que vous avez une fille : vous ne sauriez amasser trop de richesses pour en faire une grande héritière.

CHAPITRE XLVIII.

De la visite qu'il rendit l'après-dînée à don Juan de Salzedo, et de son second entretien avec lui. Quel en fut le fruit. Don Chérubin de la Ronda est reçu gouverneur de don Alexis, fils du vice-roi. Joie de Toston en apprenant cette agréable nouvelle.

Je ne manquai pas de me rendre au palais du vice-roi l'après-midi. On m'y enseigna le logement du seigneur de Salzedo, et j'allai me présenter à la porte. J'y trouvai un valet de chambre, à qui je n'eus pas plus tôt appris mon nom, qu'il me dit d'un air respectueux : Seigneur, mon maître vous attend dans un cabinet où je vais vous conduire. En même temps il me fit traverser cinq à six chambres pour le moins, toutes plus superbes les unes que les autres; car l'appartement du secrétaire étoit aussi richement meublé que celui du vice-roi, et peut-être même davantage. On y voyoit une infinité de tableaux des meilleurs peintres d'Italie, avec les plus beaux ouvrages de plumes de méchoacan et de poils de lapin.

Enfin mon guide m'ouvrit la porte d'un cabinet où don Juan étoit seul et assis sur un sopha de soie de la Chine. D'abord qu'il me vit, il se leva pour venir m'embrasser, en me disant : Mon cher don Chérubin, je vous attendois avec impatience, pour savoir de vous pourquoi vous êtes venu dans ce pays-ci, et pour vous assurer de nouveau que, si vous êtes mal dans vos affaires, vous ne le serez pas long-temps : en un mot, je me charge de vous faire à Mexico un sort agréable. Je suis, lui répondis-je, aussi sensible que je dois l'être à vos bontés; mais ce seroit en abuser si je vous disois que l'envie de m'enrichir m'amène à Mexico. Non, seigneur : quoique je n'aie qu'une fortune médiocre, j'en suis satisfait; et le seul désir de voir la Nouvelle-Espagne m'en a fait entreprendre le voyage.

Vos sentiments sont un peu trop philosophiques, répliqua don Juan. N'avoir que le bien dont on a précisément besoin pour vivre, ce n'est pas être à son aise; et la nécessité de ne faire qu'une certaine dépense est triste pour un homme du monde, pour peu qu'il soit généreux. Croyez-moi, conservez ce que vous avez déjà, et ne dédaignez pas les nouvelles faveurs que la fortune s'apprête à répandre sur vous par mon ministère. Il m'est venu une idée, ajouta-t-il, qui vous sera très-utile. Je veux vous placer..... Ne me proposez pas, interrompis-je assez brusquement, une place dans vos bureaux. Ma vivacité fit rire Salzedo. Non, non, reprit-il, je sais bien que vous n'aimez point les postes de commis. Je vous en destine un autre qui vous conviendra mieux : c'est celui de gouverneur du jeune don Alexis, fils unique du vice-roi. Laissez-moi vous ménager cela. Dès aujourd'hui je parlerai à son excellence, et j'oserois vous répondre du succès de cette affaire.

Comme je m'étois accoutumé à l'indépendance, et que je me trouvois alors en état de me passer du misérable emploi de gouverneur d'enfant, je ne fus point ébloui du projet de Salzedo. J'allois même lui dire avec franchise quelle étoit ma pensée là-dessus : mais ce qu'il ajouta me fit garder le silence, et me parut mériter quelque attention. Ne vous imaginez pas, me dit-il, que je vous propose un mauvais parti. Je sais comme vous qu'à Madrid et dans les autres villes d'Espagne, ce n'est pas un trop bon métier que celui de gouverneur, et que ces messieurs gagnent à peine de quoi s'entretenir, surtout quand ils ont la folie de vouloir porter de riches habits. A Dieu ne plaise que je sois tenté de vous procurer ici un pareil établissement! Ce ne seroit pas vous rendre un grand service. Mais daignez m'écouter jusqu'au bout. Je prétends, en vous faisant confier la conduite de don Alexis, que vous soyez sur un autre pied chez le vice-roi. Je veux qu'on vous y regarde comme un *Mentor*, et qu'on vous traite avec distinction. En un mot, vous y serez considéré, aimé, respecté, et vous aurez des appointements considérables, sans compter les profits qui vous reviendront tous les ans par mes soins.

Le secrétaire Salzedo m'en dit tant, qu'il me persuada. Je ne puis, lui dis-je, tenir contre de si flatteuses promesses; et ce qui me plaît encore plus que tout le reste, c'est de vous voir prendre tant d'intérêt à ma fortune. Il n'est plus question que de savoir si j'aurai le bonheur de plaire à son excellence. C'est de quoi je ne suis nullement en peine, interrompit don Juan. Le portrait que je lui ferai de vous ne manquera pas de le prévenir en votre faveur; et votre figure ne gâtera rien. Revenez, ajouta-t-il, revenez ici demain, et je vous présenterai à monseigneur après son dîner.

Telle fut la seconde conversation que j'eus avec mon ami Salzedo, qui me dit le jour suivant, quand je l'abordai : Votre affaire est faite; vous êtes gouverneur de don Alexis. Le comte de Gelves vous donne un logement au palais, avec douze cents pistoles tous les ans pour vos honoraires. Outre cela, quand vous voudrez aller en visite ou à la promenade, il y aura toujours deux laquais et un carrosse à vos ordres.

En vérité, seigneur don Juan, m'écriai-je à ces paroles, je suis confus des marques d'amitié que vous me donnez. Oh! ce n'est pas tout encore, reprit-il, je ne serois pas content de moi si je bornois là l'envie que j'ai de vous obliger. Je compte joindre chaque année à vos appointements deux mille écus pour le moins, qui vous reviendront du commerce que nous faisons, son excellence et moi, tant en Espagne qu'aux Philippines, et dans lequel je vous intéresserai. Ah! c'en est trop, lui dis-je. Qu'ai-je fait pour mériter tant de bontés, et comment pourrois-je les reconnoître? En m'aimant autant que je vous aime, répondit-il; c'est tout ce que j'exige de votre reconnoissance. Mais, poursuivit-il en changeant de discours, allons voir monseigneur; il est dans son cabinet, où il doit avoir fait la sieste. Saisissons ce moment.

Il me conduisit aussitôt jusqu'à la porte, et, lorsque nous y fûmes, il me dit : Attendez là un instant. A ces mots, il entra seul dans un cabinet, où il demeura près d'un quart-d'heure; ensuite étant revenu à moi, il me prit par la main, et m'introduisit. Le vice-roi me parcourut des yeux depuis la tête jusqu'aux pieds, et le coup-d'œil me fut favorable. Je crois, me dit son excellence d'un air de bonté, que Salzedo ne m'a point surfait : vous avez une physionomie qui confirme l'éloge qu'il m'a fait de vous. Je vous confie don Alexis. Je suis persuadé qu'il ne sauroit être en de meilleures mains. A l'égard de vos intérêts, ajouta-t-il, don Juan doit vous avoir dit mes intentions; et sur quel pied je prétendois que vous fussiez chez moi. Je répondis à ce seigneur que je mettrois mon attention tout entière à me rendre digne de l'emploi dont il vouloit bien m'honorer.

Là-dessus je sortis avec mon Mécène, qui me mena chez don Alexis, que nous trouvâmes occupé dans son appartement à composer un thème sous les yeux de son précepteur, qui étoit un vieux prêtre galicien, qui avoit, comme on dit, rôti le balai. Mon jeune seigneur, dit Salzedo à don Alexis, voici le gouverneur dont son excellence a fait choix pour vous conduire dans le monde, et vous former à la vertu : je puis vous assurer que vous serez content de lui, et j'espère aussi qu'il le sera de vous. Don Alexis, pour toute réponse, ouvrit de grands yeux pour me considé-ver. Je lui adressai la parole pour le faire parler, et pour sonder son esprit, qui me parut bien enfoncé dans la matière. Tandis que je l'entretenois, son précepteur, qui étoit un homme hérissé de latin, citoit des passages de Virgile et d'Horace; et don Juan, qui ne demandoit pas mieux que d'en faire autant, se répandoit aussi en citations latines. Après qu'ils s'en furent donné tous deux au cœur joie, Salzedo me dit : Seigneur don Chéru-bin, retournez à votre hôtellerie pour vous pré-parer à venir ici demain vous installer dans votre poste : vous y trouverez un appartement conve-nable à la place que vous devez remplir.

Je fis aussitôt la révérence à la compagnie, et regagnai le Basilic, où mon valet m'attendoit avec la dernière impatience pour apprendre le succès de ma visite. Toston, lui dis-je, il faut aller de-meurer au palais du vice-roi. Je suis gouverneur de don Alexis. Je n'eus pas sitôt prononcé ces pa-roles, que, s'abandonnant à une joie immodérée, il se mit à faire des sauts et des bonds devant moi comme un fou. Quand il fut las de sauter, il s'ar-rêta pour prendre haleine, et me dit : Nous voilà donc, Dieu merci, en train, vous de grossir votre fortune, et moi de commencer la mienne; car je compte que l'un n'ira pas sans l'autre. Tu as rai-son, lui répondis-je, mon ami : si j'acquiers dans ce pays-ci des richesses, je t'assure que je t'en fe-rai part. Cette promesse remit Toston en humeur de sauter.

Pendant qu'il faisoit de nouvelles gambades, Moralès, qui survint, demanda pourquoi il se ré-jouissoit tant. Je lui en dis le sujet, et lui fis un détail circonstancié des avantages attachés à mon emploi. Mon hôte en fut ébloui ; et, me regardant déjà comme un haut et puissant seigneur, il me pria de lui accorder ma protection. Ce qu'il y a de plaisant, c'est que je la lui donnai d'un air sé-rieux, en lui faisant de sincères protestations de lui rendre service si j'en trouvois l'occasion. Le jour suivant, après avoir chargé Toston du soin de faire porter mes hardes à ma nouvelle demeure, je dis adieu à ma belle hôtesse, qui me parut un peu mortifiée de notre séparation, quoiqu'elle n'eût pas grand sujet de l'être, ne perdant en moi qu'un homme qui refusoit de sacrifier à ses appas.

CHAPITRE XLIX.

Don Chérubin, gouverneur de don Alexis de Gelves, fils unique du vice-roi, rend une visite à la vice-reine. Conversation qu'il a avec le précepteur de don Alexis. Portrait de ce dernier.

Je retournai au palais, où j'allai d'abord cher-cher Salzedo, qui, pour m'installer dans mon poste, me conduisit lui-même à mon appartement, lequel consistoit en trois petites pièces de plain-pied, meublées fort proprement, avec une garde-robe où il y avoit un lit pour mon valet. Vous ne serez pas mal logé, comme vous le voyez, me dit don Juan, et vous mangerez en particulier avec le docteur Gaspard de Aldaña, précepteur de don Alexis si cela vous est plus agréable que d'être servi tout seul dans votre appartement. Ce docteur est un fort honnête ecclésiastique, d'un très-bon caractère, qui ne manque pas d'esprit, et qui parle latin à ravir. Je répondis que je serois bien aise de dîner et souper avec un pareil collègue, et cela fut ainsi réglé.

La première démarche que je crus devoir faire pour commencer à m'acquitter de mon devoir, fut d'aller saluer la vice-reine. Salzedo me mena chez elle. Je m'attendois à un accueil plein de fierté, m'imaginant que la comtesse étoit une femme or-gueilleuse et enivrée de sa grandeur. Point du tout : la bonne dame, au contraire, me reçut d'autant plus gracieusement, que don Juan lui avoit déjà fait un magnifique éloge de mon mérite. Elle me fit plusieurs questions, pour juger par mes réponses si on ne lui avoit pas trop vanté mon esprit; mais heureusement pour moi elle fut si contente de mon entretien, qu'elle dit en ma pré-sence à Salzedo : Je vous sais bon gré, don Juan, d'avoir fait un pareil choix. Ce gentilhomme me paroît propre à élever un jeune seigneur. Voilà le sujet qu'il faut pour façonner mon fils, qui, je l'a-voue, a peu de disposition à devenir un cavalier parfait. Cela viendra, Madame, dit alors don Juan : don Alexis a un esprit tardif qui se développera peu à peu à l'aide d'un bon gouverneur.

Après avoir eu cette conversation avec la vice-reine, je me rendis auprès de mon élève, avec lequel j'en eus une autre qui m'affligea. Je vis que j'avois affaire à un disciple qui me préparoit bien de l'occupation, à un sujet des plus pesants, à un automate. J'en témoignai mon chagrin au docteur Gaspard, qui n'en devoit pas avoir moins que moi, à ce qu'il me sembloit; cependant il me parut avoir pris son parti là-dessus. Je conviens, me dit-il, qu'il est désagréable pour vous et pour moi d'avoir un écolier imbécille; car don Alexis en est un véritablement. Il est déjà dans sa quinzième année, et il n'est pas capable encore de faire tout seul la plus simple version, quoique, depuis dix-huit mois que je suis son précepteur, je sue sang et eau pour lui enseigner la langue latine. Quel-quefois, las de semer sur le sable, j'ai perdu pa-tience, et demandé mon congé à monsieur le comte; mais il n'a jamais voulu me l'accorder. Seigneur docteur, m'a-t-il toujours dit, de grâce n'abandonnez pas mon fils. Je sais bien que ce n'est pas votre faute si jusqu'à présent il n'a point profité de vos leçons. N'importe, continuez : à force d'entendre répéter les mêmes choses, il pourra bien en retenir quelqu'une, et cela suffira pour lui ; car je ne prétends point en faire un savant. Pour obéir à son excellence, poursuivit le docteur, je demeure donc, et vais toujours mon train. Je donne à mon petit seigneur des thèmes et des versions qu'il fait comme il plaît à Dieu.

Pendant ce temps-là, je fais bonne chère dans ce palais. Mes honoraires, qui sont assez considérables, me sont exactement payés, et j'attraperai peut-être à la fin quelque bon bénéfice ; car quand on est au service des grands, on n'est pas toujours mal récompensé. Imitez-moi, seigneur don Chérubin, continua-t-il. Hé ! pourquoi prendre les choses si fort à cœur ? Conduisez dans le monde don Alexis ; reprenez-le lorsqu'il fera des actions répréhensibles, ou qu'il dira quelque sottise ; et moquez-vous du reste. Si notre élève n'est qu'une bête naturellement, nous n'y saurions que faire. Voyez ses autres maîtres : sont-ils plus avancés que nous ? Non, vraiment. L'un ne peut lui apprendre la musique, ni l'autre les principes de la danse, quoiqu'il y ait quinze mois qu'ils lui montrent. Pensez-vous que cela les chagrine ? Nullement. Ils donnent à tout hasard leurs leçons au sot, et en font une vache à lait.

C'est ainsi que le Galicien m'exhortoit à me consoler des mauvaises dispositions de don Alexis, et je trouvois en effet qu'il avoit raison. Je commençai donc à exercer mon ministère à telle fin que de raison. Je m'attachai, avant toutes choses, à gagner l'amitié de mon petit homme par des manières douces et insinuantes, et j'y réussis en peu de jours. Il est vrai que je ne lui tins que des discours plus propres à le divertir qu'à l'instruire, de peur de lui déplaire en dogmatisant.

CHAPITRE L.

U va se promener avec son disciple au champ appelé *la Alomeda*, qui est la principale promenade de Mexico. Des remarques qu'il fit dans ce champ, et de l'extrême étonnement qu'elles lui causèrent. Événement tragique dont il est témoin.

Je passai trois jours à m'arranger sans sortir du palais ; mais le quatrième, sur les cinq heures du soir, je montai dans un carrosse magnifique avec don Alexis, et nous roulâmes vers le champ de *la Alomeda*, me faisant un grand plaisir de le voir, après ce que le muletier Tobie m'en avoit dit.

Ce champ est d'une vaste étendue. Il contient une grande quantité d'allées bordées d'arbres, et l'on peut s'y promener sans être incommodé du soleil. Le *Zocodover* de Tolède, et le *Prado* même de Madrid, n'approchent point de cette promenade, qui présente aux yeux un spectacle enchanteur. On y voit arriver jusqu'à deux mille carrosses pleins de gentilshommes, de bourgeois et de dames de toute condition. Les gentilshommes, ceux principalement qui se disent descendus des capitaines de Cortès, ont, pour la plupart, des équipages superbes, et sont suivis d'esclaves maures, couverts de riches livrées, en bas de soie, et portant des roses de pierreries à leurs souliers ; outre cela, ces esclaves ont tous l'épée au côté ; de sorte que leurs orgueilleux maîtres peuvent se vanter d'avoir des gardes comme les rois.

Les dames ne se promènent pas d'un air moins fastueux que les hommes. Elles font marcher aux portières de leurs carrosses leur suite, qui est composée de ces gentilles négresses, dont j'ai déjà fait mention, et qui sont ajustées de manière qu'elles dérobent souvent à leurs maîtresses les regards des hommes. Celles-ci pourtant ne négligent rien pour paroître charmantes. Tout ce qu'elles peuvent emprunter de l'art ne manque point à leur parure, et les pierres précieuses y sont employées dans le goût le plus coquet de l'Amérique.

De quelque côté que je tournasse la vue, je n'apercevois que des perles et des diamants : ce qui faisoit pour les femmes un effet si avantageux, qu'elles me sembloient toutes plus belles les unes que les autres. Où suis-je donc ici, disois-je en moi-même ? A voir tant d'objets ravissants, peu s'en faut que je ne me croie dans le paradis de Mahomet.

J'étois en effet ébloui des beautés brillantes qui s'offroient à ma vue de toutes parts. Mais aucune de ces dames ne me faisoit plus d'impression que les autres : car au moment que j'en remarquois une qui me frappoit, il en passoit une nouvelle qui s'attiroit mon attention ; de manière que je vis impunément bien des visages que j'aurois trouvés fort redoutables chacun en particulier.

Le plaisir que je prenois à regarder à droite et à gauche fut troublé par un événement qui n'est que trop ordinaire dans cette promenade, où les amants jaloux, ne pouvant souffrir que leurs rivaux parlent à leurs maîtresses, ni même qu'ils s'approchent d'elles de trop près, vont fondre sur eux le poignard ou l'épée à la main. Je découvris à deux ou trois cents pas de moi, à la portière d'un carrosse, deux cavaliers qui se battoient avec tant de fureur, que j'en vis bientôt tomber un sur le carreau. Dans le moment vingt épées furent tirées, les unes pour venger le vaincu, et les autres pour défendre le vainqueur. Les amis de ce dernier furent les plus forts : ils le délivrèrent des mains de ses ennemis, et l'emmenèrent à la première église, où ils le mirent en sûreté, l'immunité des églises étant inviolable en ces pays-là. Quelque crime qu'un homme puisse avoir commis, s'il est assez heureux pour se sauver dans un de ces asiles sacrés, il échappe à la rigueur des lois, sans que le vice-roi lui-même ait le pouvoir de l'en arracher pour le livrer à la justice.

Après avoir été témoin de cette triste aventure, je continuai de me promener et de lorgner les dames, jusqu'à ce que la nuit vînt soustraire leurs charmes à mes regards. Alors je retournai avec mon élève au palais, fort occupé de ce que j'avois vu, et ne pouvant assez admirer la magnificence des habitants de Mexico. Quand je les mettois en parallèle avec ceux de Madrid, ces derniers ne gagnoient point à la comparaison.

CHAPITRE LI.

Comment l'esprit vient à don Alexis. Entretien de don Chérubin avec son valet. Ce qu'il apprend de son élève l'étonne. Conseils prudents qu'il donne à Toston : il en veut profiter.

Si j'avois un disciple stupide, en récompense il étoit docile et obéissant. S'il ne faisoit pas bien ce que je souhaitois qu'il fît, il tâchoit du moins de le bien faire ; sa bonne volonté suppléa peu à peu aux dispositions qui lui manquoient. Au bout de neuf à dix mois, ce qui m'étonna moi-même, il parut tout autre au comte son père, qui m'en fit des compliments aussi bien que la comtesse. *Macte animo* [1], me dit un matin mon ami le secrétaire : on est très-content de vous. *Perge* [2], et ne vous mettez pas en peine du reste : cela me regarde.

Flatté d'un commencement si heureux, je m'attachai plus que je n'avois fait encore à mon élève ; et ses autres maîtres, me secondant chacun de son côté, nous en fîmes en moins de deux ans un cavalier qui en valoit bien un autre. Il savoit se présenter de bonne grâce, et soutenir la conversation sur le ton de la bonne compagnie mexicaine. C'étoit une vraie métamorphose. Elle me fit beaucoup d'honneur, aussi bien qu'au docteur Gaspard, lequel, à force de rebattre les mêmes choses à don Alexis, étoit enfin parvenu à lui mettre un peu de latin dans la tête.

Nous étions tout fiers l'un et l'autre de l'heureux succès de nos peines. Cependant, quelque sujet que nous eussions tous deux de nous applaudir d'avoir débourré notre disciple, je ne sais si Toston n'y eut pas encore plus de part que nous. Il y contribua du moins autant : ce que ce valet m'apprit un jour que je me vantois en sa présence d'avoir fait de mon élève un fort joli garçon. Monsieur, me dit-il en souriant d'un air malin, vous méritez sans

[1] Courage, courage.
[2] Continuez.

doute des louanges, et j'aurois tort de vous les refuser ; mais qu'il me soit permis, s'il vous plaît, de vous dire que vous ne devez pas seuls, monsieur le docteur Gaspard et vous, vous donner les violons, puisque j'ai travaillé au même ouvrage, ou plutôt apprenez que c'est moi qui ai dégourdi notre jeune seigneur ; ou bien, si vous voulez, c'est un miracle de l'amour.

Parle-moi, lui dis-je, plus clairement : explique-toi. C'est, reprit-il, ce que je vais faire en peu de mots. Il y a parmi les femmes de la vice-reine une créole de dix-sept ans, qui a de l'esprit et de la beauté. C'est cette petite personne qui est le principal auteur du changement dont vous vous attribuez la gloire.

Que dis-tu, Toston, m'écriai-je ? Tu m'annonces une nouvelle qui me cause un extrême étonnement. Hé ! comment don Alexis est-il devenu amoureux de cette créole ? Lui a-t-il fait connoître ses sentiments ? Où en est-il enfin avec elle ? A la queue du roman, repartit mon valet. Je ne puis revenir de ma surprise, lui répliquai-je avec précipitation ; raconte-moi, je te prie, de quelle façon cette intrigue s'est nouée. C'est ce que je vais vous détailler fidèlement, me dit-il ; faites-moi l'honneur de m'écouter.

Vous savez, continua-t-il, que je fais assidûment ma cour à don Alexis, et que nous vivons ensemble assez familièrement. Je ne suis pas moins son valet de chambre que le vôtre, et je possède sa confiance. Blandine, la plus aimable des suivantes de la vice-reine, l'a charmé. Il m'a fait confidence de son amour, et m'a prié d'employer mon adresse pour lui procurer de secrets entretiens avec sa nymphe ; ce que je fais la nuit si heureusement, que personne n'en a le moindre soupçon. Voilà ce que j'avois à vous apprendre. Jugez à présent, ajouta-t-il, si ce sont ces conversations nocturnes ou vos leçons qui ont donné de l'esprit à notre jeune seigneur.

Ainsi parla l'officieux et secret agent de don Alexis. Après quoi je lui dis en branlant la tête : Monsieur Toston, si vous attendez que je vous loue d'avoir contribué de cette sorte au changement de mon élève, vous êtes dans l'erreur. A Dieu ne plaise que j'approuve le coupable moyen dont vous vous êtes servi pour lui faire perdre son imbécillité ! Il auroit mieux valu qu'il l'eût toujours conservée. D'ailleurs, êtes-vous bien assuré que vous ne vous repentirez point d'avoir été si obligeant ? Vous connoissez la sévérité du vice-roi. Il vous saura peut-être mauvais gré de rendre de pareils services à son fils, si par malheur pour vous cela vient à sa connoissance ; et la comtesse aussi pourra ne pas trouver bon que vous débauchiez ses filles. Enfin, mon ami, vous jouez à vous faire enfermer dans un cachot, et à me faire mettre à la porte, moi, pour m'apprendre à choisir des valets moins vicieux que vous. Voyez à quoi vous nous exposez tous deux.

Toston me laissa parler tant qu'il me plut sans m'interrompre; mais, au lieu d'être ému de ce que je lui représentois, il prêtoit une oreille distraite à mes discours; et, lorsque j'eus tout dit, il me répondit dans ces termes en souriant : Rien n'est plus judicieux que ce que vous venez de me remontrer. Vous êtes un homme plein de prudence, mais vous ne savez pas tout. Madame la comtesse n'ignore point ce qui se passe. Je vous dirai même que c'est par son ordre que je conduis cette intrigue.

Qu'entends-je, m'écriai-je à ces paroles! Ne me trompes-tu pas? Dois-je ajouter foi à ton rapport? N'en doutez point, Monsieur, repartit-il, c'est un fait constant. S'il m'échappe quelquefois des mensonges, du moins ce n'est pas avec vous. La vicereine, poursuivit-il, m'ayant un jour envoyé chercher, me dit en particulier : Mon ami, je veux emprunter ton ministère; mais sois discret. Don Alexis n'a plus l'air de stupidité qu'il avoit auparavant. Son esprit se subtilise de jour en jour. Il ne faut plus pour l'achever qu'un peu de commerce avec les femmes. Il m'est venu une idée : fais-lui faire secrètement connoissance avec Blandine, qui est la plus jolie et la plus spirituelle de mes filles. Elle ne manquera pas de lui inspirer de l'amour, et cet amour produira deux bons effets : il perfectionnera le cavalier, et l'empêchera de s'attacher, comme son père, aux négresses; goût détestable, dont je voudrois préserver mon fils, et que je ne puis pardonner aux Espagnols. Au reste, ajouta la comtesse, en faisant la réservée, si je te charge de cette commission, qui te paroît peut-être un peu délicate, c'est que je suis persuadée que Blandine n'a rien à risquer : elle a de la sagesse, et mon fils est trop timide pour être capable d'alarmer sa vertu.

Je ne voulus pas, continua Toston, dire à madame la comtesse que je l'avois prévenue, et que déjà par mon entremise les deux parties intéressées vivoient dans la plus douce union. Pour lui en faire honneur, je lui promis d'exécuter son projet, comme s'il ne l'eût pas encore été. Voilà ce que vous ignoriez, ajouta-t-il: vous ne devez plus trembler ni pour vous ni pour moi. Cela ne me rassure point, lui dis-je: si le vice-roi vient à savoir que tu ménages des tête-à-tête avec Blandine, un triste salaire pourra bien être le prix de tes services; et la vice-reine, quoique ta complice, te laissera dans la nasse au lieu de t'en tirer. Fais là-dessus tes réflexions.

L'avis parut de conséquence à ce monsieur l'intrigant, qui, pour en profiter, résolut de mesurer si bien ses démarches, qu'il pût impunément continuer de servir la passion de don Alexis; ce qu'il fit en effet avec tant d'adresse et de bonheur, que pendant deux années entières personne au palais n'en eut connoissance.

CHAPITRE LII.

Don Chérubin de la Ronda roule dans l'or et dans l'argent. Il les dépense à des parties de plaisir avec des dames qu'il connoît. Il va voir jouer une comédie. Ce que c'étoit que cette pièce, et quelle impression elle fit sur lui.

D'un autre côté, le comte de Gelves, ravi de voir que son fils se polissoit à vue d'œil, et s'imaginant que c'étoit mon ouvrage, ne savoit quel compte m'en tenir. Il ne se contentoit pas, tout avare qu'il étoit, de me faire exactement payer mes honoraires, il m'accabloit de présents. Ajoutez à cela que Salzedo étoit fort ponctuel à tenir les promesses qu'il m'avoit faites, de sorte que je commençai à rouler sur l'or. Pour peu que j'eusse eu de penchant à l'avarice, je serois infailliblement devenu avare dans un poste si lucratif : mais ce n'étoit pas là mon vice; et, bien loin de thésauriser, je dépensois mon argent comme je le gagnois.

Je faisois souvent des parties de plaisir, et donnois des fêtes aux dames avec qui j'avois fait connoissance. J'allois chez elles passer l'après-dînée à jouer; ce qui se fait librement à Mexico, où le jeu est la principale occupation des femmes. Je les menois aussi quelquefois au théâtre des comédiens entretenus par le vice-roi, ou, pour mieux dire, par le public; car son excellence leur donnoit une pension si modique, qu'ils n'en auroient pu subsister. Leur troupe, composée de sujets mexicains, étoit assez bonne. Il y avoit parmi eux cinq à six acteurs excellents; ce qui fait l'éloge d'une troupe comique, qui le plus souvent n'en a pas trois qui méritent des applaudissements.

Un jour que ces comédiens jouoient pour la troisième fois une comédie nouvelle qui avoit été fort bien reçue, je l'allai voir avec don Juan et deux dames de ses amies. Elle étoit d'un auteur estimé. On la vantoit dans la ville, et elle avoit pour titre : *La Nobia sonsacada* [1]. Je m'y laissai entraîner par complaisance, ou plutôt malgré moi, me sentant peu curieux d'entendre une pièce qui me promettoit moins de plaisir que de chagrin. Le rapport que le titre avoit avec mon aventure m'effrayoit, et je ne doutois pas qu'il n'y eût dans cette comédie de quoi faire rire à mes dépens.

[1] La Mariée enlevée.

Néanmoins, quoique frappé d'une crainte si juste, je me mêlai parmi les spectateurs, résolu, puisqu'ils ne savoient pas mon histoire, de faire bonne contenance, et d'applaudir même le premier aux traits railleurs que j'entendrois lancer contre les maris malheureux; mais je ne fus point à la peine de me trahir jusque là, puisqu'il n'y avoit pas le mot pour rire dans la pièce, bien que ce fût une comédie. L'auteur n'étoit pas de ceux qui prennent pour modèles les Plaute et les Térence : au contraire, ennemi juré des ris et du plaisant, il n'admettoit que les soupirs et les pleurs dans ses pièces, qu'il farcissoit de sentences et de tirades de morale rimée, qui plaisoient infiniment à messieurs les Américains.

Mais si mes oreilles ne furent frappées d'aucune raillerie que je pusse m'appliquer, je n'en fus pas pour cela quitte à meilleur marché. Comme il s'agissoit dans cette comédie de l'enlèvement d'une femme, celui de dona Paula, que je commençois à oublier, vint tout-à-coup se retracer vivement à mon souvenir, et me causa un trouble inconcevable. J'eus beau me contraindre, et faire tous mes efforts pour me rendre maître des secrets mouvements qui m'agitoient, il me fut impossible de les cacher à Salzedo, qui, remarquant de l'altération sur mon visage, me dit en souriant : Oh! oh! il me paroît que la pièce vous intéresse. On ne peut pas davantage, lui répondis-je en rougissant. Que l'auteur possède bien l'art de remuer les passions! Mais il faut avouer aussi que voilà d'admirables acteurs. Je suis charmé principalement de celui qui joue le rôle du marié : il représente si parfaitement un tendre époux à qui l'on a enlevé sa femme, qu'il me communique sa douleur. Je me mets à sa place; je m'imagine avoir perdu une épouse chérie : je souffre autant que lui.

Ma réponse fit rire le secrétaire et les deux dames de notre compagnie. Ils se moquèrent tous trois de l'excès de ma sensibilité. Je les laissai s'égayer à mes dépens tant qu'ils voulurent, aimant beaucoup mieux essuyer leurs plaisanteries, que de leur apprendre ce que j'étois bien aise qu'ils ignorassent. M'étant remis du désordre où avoient été mes esprits, je dis à Salzedo, lorsque la pièce fut finie : Je suis satisfait du dénoûment de cette pièce : le marié, au lieu de s'abandonner sottement au désespoir, comme j'ai cru d'abord qu'il alloit faire, prend sagement le parti de se consoler. Il fait bien, répondit don Juan; puisque la mariée paroît être d'accord avec son ravisseur : si j'avois le malheur de me trouver dans ce cas, je ne serois pas, je vous assure, assez sot pour me laisser mourir de chagrin d'avoir perdu une femme qui m'auroit trahi.

Comme je n'étois pas là-dessus d'un autre sentiment que Salzedo, l'impression que la *Nobia sonsacada* venoit de faire sur mon esprit en fut bientôt effacée; ou plutôt je profitai de cette pièce en épousant les sentiments du marié, et en prenant de nouveau la résolution d'oublier dona Paula.

CHAPITRE LIII.

Du plus grand embarras où don Chérubin se soit jamais trouvé. De quelle manière il en sort. Salzedo lui propose sa fille en mariage. Il la refuse. Surprise de son ami.

Dans ce temps-là, Salzedo, qui étoit veuf depuis quelques années, retira Blanche, sa fille, du couvent où il l'avoit mise en arrivant à Mexico. Comme elle avoit déjà quatorze ans, et qu'il songeoit à la marier, il vouloit auparavant qu'elle prît un peu l'air du monde. C'étoit une petite personne éveillée, fort jolie, et dans laquelle on remarquoit assez d'esprit pour juger qu'elle en auroit beaucoup avec le temps.

Pour contribuer de ma part à la former, ou plutôt pour faire ma cour à son père, qui me prioit de la voir et de l'entretenir le plus souvent qu'il me seroit possible, je ne laissois guère passer de jour sans avoir avec elle quelque conversation, dans laquelle je lui donnois des leçons de morale, que j'égayois par des discours assez réjouissants, pour ne les pas rendre ennuyeuses.

Cela alloit le mieux du monde; mais il survint un accident qui gâta tout : le précepteur ne put se défendre d'aimer son écolière. Sitôt que je démêlai mes sentiments, je me les reprochai. Que prétends-tu faire? me dis-je à moi-même. Pour reconnoître les bontés de don Juan, veux-tu séduire sa fille? Je ne me contentai pas de me reprocher une passion si déplacée, je résolus de la combattre; ce que je fis d'abord infructueusement, parce qu'en continuant de voir Blanche, sa vue l'emportoit toujours sur mes réflexions. Si bien que je fus obligé d'employer le remède efficace dont Ovide nous conseille de nous servir en pareille occasion, c'est-à-dire l'absence.

Je cessai donc de rendre à la jeune dame de si fréquentes visites, et encore quand je l'allois voir, je n'avois plus avec elle qu'un moment d'entretien. Piquée du changement qu'elle apercevoit dans ma conduite, elle me dit un jour : Vous vous ennuyez avec moi, je le vois bien; vous me regardez comme une petite fille qui n'est pas digne de vous amuser. Je ne savois que lui répondre, ne pouvant me résoudre à lui dire pourquoi je la fuyois, de peur de me rendre plus coupable en me justifiant.

Enfin Blanche, remarquant que je semblois de

jour en jour prendre plus de soin de l'éviter, s'en plaignit à son père, qui ne manqua pas de m'en faire des reproches. Quoi donc! me dit-il en souriant, Blanche se plaint de son maître. Vous vous lassez, dit-elle, de lui donner des leçons! Se peut-il qu'à mesure qu'elle devient grande vous trouviez sa compagnie moins agréable? Cela m'étonne. Cela seroit en effet fort étonnant, lui répondis-je sur le même ton; mais ne puis-je pas, au contraire, vouloir discontinuer mes leçons, parce que sa compagnie commence à devenir trop dangereuse? Plût au ciel, répliqua don Juan, que ce fût cette raison qui vous fît abandonner votre écolière! Hé! quelle autre raison, lui repartis-je, pourroit me faire éviter les charmes de dona Blanca? Oui, seigneur, si je les fuis, c'est qu'il m'est impossible de les voir impunément. Après cet aveu que vous venez de m'arracher, je crois que vous me louerez du soin que je prends de combattre dans sa naissance un amour qui pourroit en augmentant me faire perdre votre amitié.

Salzedo sourit à ce discours, qui me paroissoit pourtant fort propre à lui faire prendre son sérieux. Don Chérubin, me dit-il, c'est trop vous défier de votre vertu : ayez plus de confiance en elle. Continuez vos leçons. Revoyez ma fille tous les jours : je vous crois incapable d'abuser de la liberté que je vous donne de l'entretenir; je suis sans inquiétude là-dessus. Je ne veux pas vous en dire davantage.

Cette réticence me plongea dans une profonde rêverie. Quelle peut-être la pensée de Salzedo, disois-je quand il m'eut quitté? Auroit-il envie de me faire épouser Blanche? C'est, ce me semble, ce que signifient les derniers mots qui viennent de lui échapper. Son amitié pour moi iroit-elle jusqu'à vouloir m'en donner un semblable témoignage? Quelle folie à moi d'avoir cette pensée! Ce secrétaire est trop riche pour n'avoir pas des vues plus élevées; et sa fille unique n'est pas faite pour un homme tel que moi. Mais, quelle que puisse être son intention en exigeant que je revoie Blanche, il faut le contenter.

Je me déterminai donc à lui obéir, me promettant bien de me tenir en garde contre les appas de sa fille; ce qui étoit plus facile à dire qu'à exécuter, car chaque jour elle devenoit plus redoutable. Comme elle savoit jusqu'à quel point j'étois chéri de son père, elle me recevoit d'une façon si familière et si obligeante, que je n'avois pas moins à craindre des marques d'amitié qu'elle me donnoit que du pouvoir de ses yeux. J'étois dans une situation tout-à-fait embarrassante.

Pour surcroît d'embarras, don Juan me dit un jour : Il est temps que je vous communique un dessein que j'ai conçu. Connoissez toute l'affection que j'ai pour vous. Ma fille est présentement *matura viro*, et c'est vous que j'ai choisi pour mon gendre.

Je ne pus entendre prononcer ces paroles sans en être déconcerté. Salzedo expliqua mal mon trouble. Il crut que la joie en étoit la cause; et dans cette erreur il me dit : Oui, mon cher don Chérubin, je me fais un plaisir extrême de lier votre sort à celui de ma fille, pour vous attacher encore plus étroitement à moi. Il accompagna même ces mots d'une embrassade qui me perça le cœur. Dans le chagrin que je ressentis dans le moment de ne pouvoir être son beau-fils, je laissai tristement échapper un soupir, qu'il n'expliqua pas mieux qu'il avoit fait mon trouble : il s'imagina que Blanche n'étoit pas de mon goût, et qu'enfin j'avois de la répugnance à l'épouser. Il en fut vivement piqué; et, jetant sur moi des yeux où le dépit étoit peint, il m'adressa ces paroles d'un ton ironique : Monsieur le bachelier, je suis fâché que ma fille n'ait pu trouver le chemin de votre cœur : vous n'aimez que les beautés bisaïeules; il faut pour vous plaire une dona Louise de Padilla.

A ce trait railleur, j'envisageai don Juan d'un air si mortifié, que ce secrétaire, jugeant qu'il se passoit alors en moi quelque chose d'extraordinaire, se mit à me considérer avec attention. Ah! Seigneur, lui dis-je, pensez-vous que je ne connoisse pas le prix de l'honneur que vous me voulez faire? Rendez-moi plus de justice. La possession de dona Blanca auroit mille charmes pour moi; mais, hélas! elle m'est interdite; je suis marié. Vous! s'écria Salzedo d'un air surpris, vous, marié! Pourquoi ne me l'avez-vous pas dit? Si je vous en ai fait un mystère, lui répondis-je, c'est qu'en vous parlant de mon mariage, j'aurois été obligé de vous apprendre le malheur qui l'a suivi de près, et que je voudrois pouvoir ensevelir dans un éternel silence. Ne me le celez plus, ce malheur, reprit-il, peut-être vous aiderai-je à le réparer. Il faut donc vous révéler ce secret, lui repartis-je; pardonnez-moi de ne vous l'avoir pas dit plus tôt. En même temps, je lui en fis la confidence entière, et je remarquai en la lui faisant qu'il partageoit mes peines.

Don Chérubin, me dit-il lorsque j'eus achevé mon récit, je suis vivement touché de ce que vous venez de me raconter. Je ne m'étonne plus à présent si vous me parûtes troublé à la comédie de la *Nobia sonsacada*. Cette pièce, sans doute, vous faisoit ressouvenir de votre infortune. Mais que votre raison écarte toujours de votre esprit ces tristes images. A l'égard de ma fille, poursuivit-il, n'en parlons plus : en cessant de la voir, vous cesserez bientôt de l'aimer. J'aurois fort souhaité d'être votre beau-père, et je l'aurois indubitablement été, si la fortune n'y eût pas mis un obstacle insurmontable. Contentons-nous donc d'être unis des nœuds de la plus tendre amitié.

CHAPITRE LIV.

Histoire de don André d'Alvarade et de dona Cinthia de la Carrera. Avis de don Chérubin. Don André le goûte et se résout à le suivre.

Pour oublier plus facilement la fille de Salzedo, je m'attachai plus que jamais à faire ma cour aux dames de Mexico les plus aimables. Je voyois aussi de jeunes gentilshommes avec qui je faisois tous les jours des parties de plaisir. Je formai entre autres une étroite liaison avec don André d'Alvarade, arrière-petit-fils de ce fameux Alvarade dont il est fait une mention si honorable dans l'histoire de la conquête du Mexique : nous devînmes intimes amis.

Un jour, l'étant allé voir, je le trouvai dans sa chambre, étendu sur un sofa de soie de la Chine, et plongé dans une rêverie si profonde, que j'entrai sans qu'il s'en aperçût. Je demeurai quelques moments devant lui; il étoit tellement occupé de ses pensées, qu'il ne me voyoit pas; et, s'imaginant être seul, il prononça ces paroles à haute voix : Oui, je crois que cette créature-là me fera devenir fou. En parlant de cette sorte il sortit de sa rêverie, et se mit à rire en me voyant. Ah! cher ami, me dit-il, vous voilà? Vous me trouvez absorbé dans mes réflexions; et, puisque vous m'avez entendu, je ne vous ferai point un mystère de l'état où je suis. J'aime, ou plutôt j'adore une dame qui me désespère.

Hé! qui est cette cruelle, lui dis-je, cette ingrate dont vous vous plaignez? C'est, répondit-il, dona Cinthia de la Carrera, fille de don Joachim de la Carrera, conseiller de la chancellerie. Vous ne l'avez jamais vue, et c'est une nouvelle connoissance que j'ai faite pour mon malheur. C'est une dame d'une beauté ravissante; mais l'espérance de lui plaire m'est interdite. Elle est recherchée par don Bernard de Orosco et par don Julien de Martara, qui sont deux jeunes seigneurs d'un grand mérite.

Je vous entends, interrompis-je, mon ami; ces concurrents vous font de la peine, leur recherche vous épouvante. Fort peu, répliqua-t-il; tout redoutables qu'ils sont, je les crains moins que l'étrange caractère de Cinthia : elle est si altière et si dédaigneuse, qu'elle ne croit pas qu'il y ait sur la terre un homme qui soit digne de son attention. Elle devient comme une furie dès qu'on lui parle d'amour. Don Joachim, son père, qui voudroit bien la marier, mais qui ne veut pas la con-

traindre, la trouve si opposée à son intention, qu'il n'ose plus la presser de prendre un époux. Croiriez-vous bien que dans l'appartement de cette inhumaine, tout annonce qu'elle est ennemie de l'amour? On n'y voit que des tableaux qui représentent des femmes dont ce dieu n'a pu triompher : ici c'est Daphné qui fuit les embrassements d'Apollon, et là c'est Aréthuse qui aime mieux être changée en fontaine que de se rendre à l'amour d'Alphée. En un mot, toutes les peintures qui s'y présentent aux yeux marquent qu'elle dédaigne les hommes.

Vous me faites là le portrait d'une dame bien extraordinaire, lui dis-je, assez surpris d'apprendre qu'il y en eût une pareille à Mexico, où les femmes naturellement sont moins cruelles qu'en aucun lieu du monde. Elle a donc apparemment fort mal reçu l'aveu de votre passion? Je ne la lui ai point encore déclarée, me répondit-il, et je ne sais entre nous ce que je dois faire. Si je romps le silence, on me fermera la bouche par des discours pleins de fierté; et si je m'obstine à me taire, mon sort demeurera toujours incertain.

Vous voyez mon embarras, poursuivit don André : si vous étiez à ma place, quel parti prendriez-vous? Un extrême, lui répondis-je : au lieu d'encenser l'idole, et de nourrir son orgueil par des flatteries et des soins empressés, j'opposerois à sa fierté une feinte indifférence, j'emploierois dédain pour dédain, j'enchérirois sur l'aversion qu'elle témoigne pour les tendres engagements. C'est ainsi que j'en userois avec une personne si singulière. Que dites-vous de ma façon de penser? Vous la trouverez peut-être extravagante. Point du tout, s'écria don André, je l'approuve fort; et, pour marque de cela, je me détermine à jouer ce personnage auprès de Cinthia. Il me semble que je ne m'en acquitterai point mal, quoique je brûle pour elle de la plus vive ardeur. Nous verrons ce que produira cet artifice. J'irai la voir aujourd'hui, et je vous rendrai compte demain de ce qui se sera passé entre nous.

Nous nous séparâmes là-dessus, et le jour suivant Alvarade vint me trouver de grand matin chez moi. Je n'étois pas moins impatient de savoir ce qu'il avoit fait, que lui de me le raconter. Don Chérubin, me dit-il, d'un air gai, je serai bien trompé si notre stratagème ne réussit pas. Hier, lorsque j'entrai chez Cinthia, je rencontrai Laure, sa suivante, que j'ai déjà su mettre dans mes intérêts. Je lui ai fait confidence de notre projet : je lui ai dit quel rôle je prétendois jouer auprès de sa maîtresse, et rien ne lui a paru plus ingénieusement imaginé. Laure, continua-t-il, ne s'est point contentée d'applaudir à mon dessein, elle m'a promis de le seconder; et je fais grand fonds sur cette promesse, car c'est une fille qui a de l'esprit et qui peut me servir. Mais, dis-je à don André, ne vîtes vous pas hier Cinthia? ne lui parlàtes vous point? Pardonnez-moi, répondit-il: j'entrai dans son appartement, où elle étoit avec quelques dames de ses amies, et don Bernard de Orosco. Je me mêlai à la conversation, qui rouloit sur le mariage. Don Bernard en vantoit les agréments, et faisoit consister le bonheur de la vie dans l'union de deux tendres époux. La fille de Joachim soutenoit, au contraire, qu'il n'y avoit point de condition plus malheureuse que celle de deux personnes attachées au joug de l'hymen. Je suis du sentiment de madame, m'écriai-je sur cela. Je ne crois pas qu'il y ait un sort plus misérable que celui de deux époux : aussi, depuis que j'ai l'âge de raison, je regarde l'hymen avec horreur de même que l'amour; car c'est cette dangereuse passion qui nous conduit ordinairement au mariage.

Toute la compagnie éclata de rire en m'entendant parler de cette sorte. Don André, me dit une dame, vous êtes donc ennemi déclaré de notre sexe? Non, madame, lui répondis-je; ne me faites pas plus coupable que je ne le suis. A Dieu ne plaise que je haïsse les femmes! Je les respecte et les honore infiniment; mais c'est tout ce qu'elles doivent attendre de moi. Je ne veux ni les aimer ni être aimé d'elles. Hé quoi! me dit alors la fille de don Joachim, si quelque belle dame s'avisoit de jeter les yeux sur vous, elle pourroit donc courir risque de ne trouver en vous qu'un ingrat? Oui, madame, n'en doutez pas; elle auroit le chagrin d'aimer toute seule, fût-elle aussi aimable que vous.

Les dames renouvelèrent leurs ris à ces paroles, que je prononçai d'un air très-sérieux, et desquelles Cinthia me parut un peu émue. Mesdames, reprit-elle en s'adressant à ses amies, vous voyez qu'Alvarade ne veut pas nous tromper, puisqu'il nous déclare ses sentiments en termes si clairs. Don André, s'écria une dame qui n'avoit point encore parlé, accordez-vous avec vous-même : on vous a vu donner des fêtes aux dames; ce qui suppose que vous n'êtes pas si insensible que vous le dites à leurs attraits. Cela ne prouve pas que je les aime, lui répondis-je; cela marque seulement que je suis galant, ainsi que tout cavalier le doit être. Je ne m'en défends pas; mais je vois les dames sans m'en laisser charmer, ni sans avoir aucune envie de leur plaire.

Voilà ce qui se passa hier chez la fille de don Joachim, poursuivit don André d'Alvarade; et, pour vous dire ce que je pense, je crus remarquer dans les yeux de Cinthia un secret dépit de rencontrer un homme qui sembloit la défier de le

soumettre à son empire. Je ne sais après tout si je ne me suis point trompé en m'imaginant cela. Je n'en voudrois pas jurer; et l'indifférence que j'affecte pour l'orgueilleuse ne servira peut-être qu'à m'en faire mépriser davantage. Non, lui dis-je, mon ami, je crois plutôt que, pour venger sa vanité blessée, elle voudra tenter de vous mettre dans ses fers.

CHAPITRE LV.

Continuation de l'histoire de don André d'Alvarade et de dona Cinthia de la Carrera. Réussite des avis de don Chérubin. Il en est remercié par don André.

Effectivement, dès ce jour-là même, Alvarade étant allé trouver Laure dans une maison où elle lui avoit donné rendez-vous, il apprit d'elle que sa maîtresse avoit donné dans le piége. Oui, seigneur don André, lui dit la suivante, vous avez soulevé contre vous l'orgueil de la fière Cinthia. Elle ne peut, dit-elle, vous pardonner votre insensibilité; et je vous avertis qu'elle est dans la résolution de ne rien épargner pour en triompher. Elle n'a pas reposé toute la nuit; elle n'a fait que gémir et soupirer de rage que vous braviez le pouvoir de ses yeux. Mais, madame, lui ai-je dit, quel sujet avez-vous de vous plaindre de don André d'Alvarade? Pourrez-vous trouver mauvais qu'il soit en homme ce que vous êtes en femme? Il n'est pas plus blâmable d'être insensible aux charmes des dames, que vous l'êtes de dédaigner les vœux des cavaliers les plus accomplis. Ne prends point son parti, Laure, m'a-t-elle répondu, ne cherche point à l'excuser : je le déteste; et je ne serai pas satisfaite que je ne voie ce sauvage mourir d'amour à mes pieds. Je donnerois toutes les richesses du monde si je les possédois pour avoir ce plaisir-là.

Vous jugez bien par ce que je viens de dire, ajouta la soubrette, que la fille de don Joachim se prépare à mettre tout en œuvre pour vous enflammer. Réglez-vous là-dessus, et soyez persuadé que vous pouvez tout espérer en continuant de feindre comme vous avez commencé. Adieu, seigneur don André, ajouta-t-elle, je vais rejoindre ma maîtresse. Revenez dans cette maison tantôt sur les six heures, j'aurai peut-être quelque chose de nouveau à vous apprendre. En effet, Alvarade s'y étant rendu à l'heure marquée y trouva la suivante, qui lui dit : Tenez-vous bien sur vos gardes; ma maîtresse se prépare à vous attaquer avec ses plus fortes armes : comme nous sommes dans le carnaval, elle veut vous donner demain au soir un *sarao*[1], dans lequel on fera si bien, que

[1] C'est une assemblée qui se fait au carnaval. Elle est composée de jeunes gens de l'un et de l'autre sexe

vous aurez tous deux des ceintures de la même couleur. Elle se promet bien de vous enchanter par les œillades flatteuses qu'elle vous prodiguera. Défiez-vous de cette sirène, qui n'a d'autre but en vous charmant que de vous accabler de mépris, si vous êtes assez foible pour vous démentir. Défiez-vous aussi de vous-même. Je crains que, transporté de joie, et trop plein de votre amour, vous ne vous trahissiez. Non, non, ma chère Laure, lui répondit don André, perdez cette crainte : il suffit que je sois averti du péril pour que je l'évite. Laissez-moi faire, la superbe Cinthia pourra bien elle-même y être attrapée.

Alvarade, après avoir eu cette nouvelle conversation avec Laure, vint m'en rendre compte, et nous nous en réjouîmes tous deux. La fille de don Joachim, de son côté, méditant la conquête d'un homme qui n'étoit que trop épris de sa beauté, faisoit pour le lendemain au soir les apprêts de son *sarao*. Elle envoya des billets aux dames qu'elle vouloit mettre de la fête; et comme don Bernard et don Julien étoient du nombre des cavaliers qui y furent aussi invités, cela plut fort à don Joachim, qui se flatta de l'espérance que l'un ou l'autre de ces deux galants pourroit se rendre agréable à sa fille. Don André, comme on peut bien se l'imaginer, ne fut pas oublié. Il reçut aussi son billet; et le jour suivant, lorsque l'heure de se rendre au *sarao* fut venue, il y alla déguisé fort galamment, et disposé à bien faire son personnage.

Sitôt qu'il fut entré dans la salle, la femme qui tenoit les ceintures destinées pour les hommes, lui en présenta une qui étoit verte. Il s'en ceignit aussitôt; puis, cherchant des yeux la dame qui devoit en avoir une de la même couleur, il la trouva dans la fille de don Joachim. Il s'avança vers elle, et l'abordant d'un air poli : Madame, lui dit-il, je regarde ce jour-ci comme le plus heureux de ma vie, puisque la charmante Cinthia me tombe en partage. Ne vous applaudissez pas tant de votre bonheur, lui répondit-elle, le péril où vous êtes doit plutôt vous faire trembler. Plaignez-vous du hasard qui vous auroit été plus favorable s'il vous eût adressé une autre dame que moi : vous auriez pu lui plaire, au lieu que vous ne tirerez aucun avan-

tage de l'entretien que nous allons avoir ensemble. Je veux bien même vous avertir charitablement que, si vous avez le malheur de devenir amoureux de moi, je vous traiterai avec la dernière rigueur. C'est sur quoi vous pouvez compter.

Vous croyez m'effrayer, reprit mon ami; mais craignez vous-même que votre fierté ne cède à la mienne; car enfin, poursuivit-il en s'attendrissant, pourrez-vous n'être pas touchée de mes peines, quand, profitant de la liberté que le *sarao* me donne de vous parler d'amour, je vous exposerai l'état déplorable où vous m'avez réduit? Oui, belle Cinthia, mon cœur est embrasé de mille feux. En achevant ces mots, il lui baisa la main avec transport. Alvarade, lui dit alors la dame en le repoussant doucement, vous vous démentez : vous vous exprimez d'une manière et dans des termes qui me font croire que vous m'aimez véritablement, quoique vous vous imaginiez que vous ne m'aimez point. Vous ne vous souvenez plus que je vous ai dit que je payerai vos soupirs de mépris et de rigueur. C'est vous, madame, répondit don André, c'est vous qui oubliez que nous sommes dans un *sarao*. Tout ce que j'ai dit n'est qu'une feinte. Quoi! répliqua la dame, vous ne sentez pas ce que vous venez de me dire? Le ciel m'en préserve, repartit le cavalier en changeant de ton. Qui? moi, j'augmenterois le nombre de vos esclaves? Non, madame : quand je serois capable de vous aimer, la honte m'obligeroit à vous le céler.

Vous savez donc bien feindre? dit Cinthia. Parfaitement, répondit Alvarade. J'emprunte quand il me plaît les yeux et le langage de l'amant le plus tendre; par exemple, si je voulois vous faire une déclaration d'amour, je vous dirois : Adorable Cinthia, ce n'est point par galanterie ni pour remplir les devoirs du *sarao* que je vous apprends que mon cœur s'est rendu à vos premiers regards; c'est pour vous découvrir mes secrets sentiments, puisque je puis aujourd'hui vous les faire connoître sans vous révolter contre ma témérité. Et cela n'est qu'une feinte? interrompit avec précipitation la dame. Ne m'en dites pas davantage, Alvarade; j'entrevois votre finesse; vous feignez d'être insensible à la beauté des dames, vous flattant que, par ce moyen, vous pourrez me rendre plus traitable. Je vous pénètre, n'est-ce pas? Avouez-le-moi de bonne grâce, et vous ne vous en repentirez point : fiez-vous à la promesse que je vous en fais.

Don André hésita quelques moments avant que de lui répondre; mais, se déterminant enfin à la satisfaire aux dépens de qui il appartiendroit, il lui avoua tout; après quoi il dit : Madame, j'at-

qui sont déguisés, mais démasqués. Une femme qui tient une corbeille pleine de ceintures de soie de diverses couleurs, en présente une à chaque dame qui entre dans la salle du *sarao*. Une autre femme, chargée de pareilles ceintures, les distribue aux cavaliers. Après quoi, chacun d'eux, reconnoissant à la couleur de sa ceinture la personne qui doit être sa dame ce soir-là, l'aborde, et passe à ses genoux tout le temps que dure le *sarao*. Il lui est permis de lui tenir les plus tendres discours, sans qu'elle puisse s'en offenser : c'est la règle; ce qui occasionne souvent des intrigues. Le *sarao* finit par des danses.

tends présentement mon arrêt; daignez le prononcer, décidez de mon sort. Je pourrois, répondit Cinthia, m'offenser de la supercherie que vous
m'avez faite; et, pour vous en punir, vous traiter comme mes autres amants; mais je vous la
pardonne à cause de l'invention, et vous donne la
préférence sur tous vos rivaux.

Je laisse à concevoir au lecteur le ravissement
que ces derniers mots causèrent à mon ami, qui,
tant que dura le *sarao*, c'est-à-dire jusqu'au
lendemain matin, ne cessa de donner des marques de sa reconnoissance à la fille de don Joachim. A peine eut-il quitté cette dame, qu'il
accourut chez moi pour me faire part de sa joie.
Il me rendit un million de grâces de lui avoir
conseillé de jouer le rôle qu'il avoit fait, en me
disant que j'étois l'auteur de sa félicité. Enfin,
quinze jours après, il épousa sa maîtresse, au
préjudice de ses deux rivaux, qui dans le fond lui
étoient préférables.

CHAPITRE LVI.

Don Chérubin va par curiosité entendre prêcher un
père de l'ordre de Saint-Dominique. Quel homme
c'étoit que ce religieux. Sa surprise en le reconnoissant, et de l'entretien qu'il eut avec lui.

Peu de temps après ce mariage, il arriva qu'un
religieux de l'ordre de Saint-Dominique vint de
Guatimala demeurer à Mexico. Il prêcha d'abord
dans la cathédrale, et fit tant de bruit dès son
premier sermon, qu'il devint le sujet de toutes les
conversations de la ville. Dans quelque maison
que j'allasse, je n'entendois parler que du père
Cyrille : les femmes surtout le vantoient, et le
mettoient au-dessus des plus fameux prédicateurs
de la Merci, de Saint-François, et même des Jésuites, bien que parmi ces derniers il y en eût
alors de très-célèbres. Devoit-il prêcher dans une
maison religieuse, toute la noblesse y couroit en
foule; on augmentoit le prix des places. L'auditoire éclatoit en brouhaha. L'on y battoit même
des mains, et l'on sortoit de l'église en élevant
jusqu'aux nues l'éloquence du prédicateur.

Je ne pus tenir contre la réputation du père
Cyrille, et je voulus juger par moi-même de ses
talents. Ayant appris qu'il devoit prêcher le jour
de l'Assomption dans son couvent, je m'y rendis,
et j'y trouvai une nombreuse et brillante assemblée, quoique ce monastère soit à une lieue de
Mexico. Je m'assis parmi les auditeurs pour mon
argent, et, en attendant le sermon, je m'entretins
avec un cavalier qui étoit auprès de moi. Je lui
demandai s'il avoit déjà entendu le père Cyrille.
Deux fois, me répondit-il; et je vous proteste que

jamais aucun prédicateur ne m'a fait tant de plaisir
que celui-là.

Vous allez, poursuivit-il, être surpris de son
style éblouissant et de la beauté de ses portraits.
Il a un choix de termes et une élégance qui enlèvent; des métaphores heureuses, des allégories
justes et ravissantes, des beautés de détail, des
tours qui lui sont particuliers, et surtout des
transitions de la dernière finesse. Je ne vous en
dis pas davantage pour vous laisser le plaisir de la
surprise. Je vous avertis seulement qu'il faut l'é-
couter avec toute l'attention dont vous êtes capable; car il a une volubilité de langue qu'on a de
la peine à suivre. J'étois à son dernier sermon aux
pères de la Merci : j'eus le malheur d'éternuer, et
mon éternûment me fit perdre une période. Je lui
répondis qu'il y avoit de certains prédicateurs qui
parloient si vite, qu'il ne falloit pas seulement détourner les yeux de dessus eux, à moins que l'on
ne voulût perdre le fil de leurs sermons.

Cependant ce discours redoubloit l'impatience
que j'avois d'entendre ce fameux personnage. Je
le vis paroître dans la chaire, et l'église retentit
aussitôt d'une acclamation générale; ce qui me fit
connoître jusqu'à quel point le public étoit prévenu en sa faveur. Le père Cyrille ne me parut
pas plus grand qu'un nain; et il étoit en effet si
petit, qu'on ne lui voyoit que la tête. Je le regardai attentivement. Ses traits me frappèrent; et à
peine eut-il prononcé le texte de son sermon, que
j'achevai de le reconnoître à sa voix. C'est lui,
dis-je en moi-même. Oui, ma foi, c'est le licencié
Carambola. La plaisante aventure! Il semble que
nous nous suivions l'un l'autre. Nous nous disons
adieu à Tolède, et nous nous revoyons à Madrid.
Là, nous étant quittés, nous nous retrouvons à
Barcelonne. On diroit que la fortune prend plaisir
à nous séparer pour nous rejoindre. Ensuite doutant du rapport de mes yeux et de mes oreilles :
Ne me tromperois-je point aussi, disois-je en me
reprenant? Voilà sa voix et sa figure à la vérité;
mais ne voit-on pas tous les jours des hommes qui
se ressemblent parfaitement? D'ailleurs, se peut-
il que Carambola ait pris le froc, et, ce qui me
passe, qu'il soit devenu un grand prédicateur?
C'est ce que je ne puis concevoir. Cependant plus
j'écoutois et considérois le père Cyrille, et plus je
voulois que ce fût mon licencié biscayen.

En attendant que je pusse convertir mon doute
en certitude, je prêtai une oreille attentive au
religieux, pour juger si le public avoit raison
d'admirer son éloquence; mais il débita son sermon si rapidement, que j'en perdis plus de la
moitié sans éternuer. J'en entendis pourtant assez
pour me consoler de cette perte. Je fis même une
remarque qui ne tournoit point à la gloire du pré-

dicateur : j'observai que les auditeurs n'étoient touchés que de la beauté du style, et que l'orateur visoit moins au cœur qu'à l'esprit.

Quand le sermon fut fini, je me fis conduire à la chambre du père Cyrille, qui me revit avec une surprise égale à celle qu'il m'avoit causée en se montrant dans la chaire. Nous nous embrassâmes tous deux avec affection. Monsieur le licencié, lui dis-je, grâce au ciel nous nous rencontrons donc encore une fois ; mais avouez que cette dernière rencontre est plus surprenante que les autres. Je ne me serois jamais attendu à vous retrouver sous l'habit d'un jacobin. Mon étonnement, répondit-il, est pareil au vôtre, et vous vous imaginez bien que je ne suis pas peu curieux d'apprendre ce que vous faites à Mexico. Je crois que vous ne l'êtes pas moins de savoir comment je suis devenu moine, et, qui plus est, un prédicateur de la première volée. Il faut nous contenter sur l'un et l'autre. Mais remettons, s'il vous plaît, la partie à demain pour deux raisons : outre que je suis fatigué, j'ai un long récit à vous faire. Et moi, lui dis-je, de mon côté j'ai une infinité de choses à vous raconter. Adieu, père Cyrille, reposez-vous. Nous nous reverrons demain.

Je quittai là-dessus mon prédicateur ; et l'étant venu rejoindre le jour suivant l'après-midi, nous nous enfermâmes dans sa chambre, où nous nous préparâmes à nous faire une confidence réciproque de ce qui nous étoit arrivé depuis notre dernière séparation. Je parlai le premier ; et persuadé que je pouvois tout dire à mon ami Carambola, je ne lui déguisai rien. Lorsque j'eus cessé de parler, il prit la parole à son tour, et me conta l'histoire de sa métamorphose avec la même sincérité.

CHAPITRE LVII.

Le licencié Carambola commence à raconter l'histoire de son voyage aux Indes occidentales. Il rencontre un de ses camarades de collége ; ce qu'il étoit. Il prend le parti de le suivre, et se fait religieux.

Vous savez bien, dit-il, que vous me laissâtes à Barcelonne précepteur d'un enfant gâté ; je vous témoignai, s'il vous en souvient, que j'étois fort satisfait de mon poste, que j'y avois tous les agréments qu'un pédagogue puisse trouver dans une maison, et que, selon toutes les apparences, je l'occuperois long-temps. Cependant je fus obligé de le quitter. On me remercia, que dis-je ? on me congédia, même assez malhonnêtement. Voici pourquoi : un jour que j'étois très-mécontent de mon petit gentilhomme, à qui je ne pouvois faire entrer dans la tête un principe de la langue latine, il m'arriva donc d'oublier qu'il m'avoit été défendu de le châtier, de peur de le chagriner et

de le rendre malade ; je lui tirai les oreilles, un peu rudement à la vérité. Il poussa des cris comme si je l'eusse écorché tout vif. Sa mère, qui les entendit, accourut, et, trouvant son fils tout en pleurs, me traita de brutal. Le père, qui n'étoit pas maître chez lui, voulut parler en ma faveur ; mais on le fit taire comme un petit garçon, et l'on me mit à la porte sans autre forme de procès.

Quelques jours après avoir été chassé de la sorte, comme je me promenois tout seul sur le port en rêvant à la mauvaise situation de mes affaires, je rencontrai deux pères de Saint-Dominique, dont je reconnus un pour avoir fait mes études avec lui à l'université d'Alcala. Il me remit aussi dans le moment. Nous nous abordâmes l'un l'autre, et, nous étant cordialement embrassés, nous commençâmes à nous entretenir des petits tours que nous avions faits ensemble au collége à nos professeurs. Après cela il m'apprit qu'il venoit de Solsone, avec son compagnon, pour s'embarquer à Barcelonne sur un vaisseau qui devoit le lendemain prendre la route de Cadix, où ils étoient attendus tous deux dans leur couvent, l'un pour y professer la philosophie, et l'autre la théologie. J'envie votre bonheur, mes pères, leur dis-je en soupirant, et je me repens bien de n'avoir pas embrassé votre état plutôt que de m'être fait galérien ; car c'est ainsi que j'appelle un pauvre diable de précepteur.

Mon camarade d'école se mit à rire en m'entendant parler dans ces termes. Je ne savois pas, me dit-il, que la condition d'un précepteur fût une galère. Je vous l'apprends donc, lui répondis-je, et vous pouvez vous en fier à moi. J'avoue qu'il n'y a point de règles sans exception, et qu'il y a des maisons où l'esclavage des pédagogues est doux, ou du moins supportable. Chez une prude et vieille dévote, par exemple, un précepteur hypocrite n'est pas malheureux : il possède la confiance de la patronne, qui ne voit que par ses yeux, et qui, pour prix des complaisances intéressées qu'il a pour elle, fait quelquefois une généreuse mention de lui dans un testament. Mais de pareilles places sont bien rares, et pour moi jusqu'ici je n'en ai trouvé que de misérables.

Je suis fâché, reprit le même moine, que vous ne soyez pas content de votre sort. Je vous souhaiterois que vous le fussiez autant que je le suis du mien. Si tout le monde savoit jusqu'à quel point nous sommes heureux, nous autres jacobins, nos cloîtres ne pourroient contenir tous les hommes qui s'empresseroient à les venir habiter. Ah ! père, m'écriai-je, vous augmentez par ce discours le regret que j'ai de n'avoir pas pris l'habit fortuné de Saint-Dominique. Si vous parlez sérieusement, me dit-il, je vous le ferai endosser quand il vous plaira. Il en est temps encore. Profitez de l'occasion. Venez avec nous à Cadix; je vous présenterai au révérend père Isidore, prieur de notre maison, et je suis assuré qu'il vous recevra volontiers parmi nous, lorsqu'il apprendra que vous avez fait du bruit dans les écoles d'Alcala, où j'ai été témoin de vos brillantes études. Je me souviens encore qu'on vous appeloit par excellence *aquila theologiœ.*

Oui, seigneur licencié, continua-t-il, le père Isidore vous regardera comme une excellente acquisition pour notre ordre, et me saura bon gré de la lui avoir procurée. Déterminez-vous, voyez ce que vous voulez faire. Je vous prendrois au mot, lui répondis-je, et partirois avec vous pour Cadix, si j'étois assez bien en espèces pour faire les frais du voyage et de ma réception; mais je vous avouerai franchement que je n'ai pour tout bien qu'un doublon, encore en dois-je les trois quarts à l'auberge où je mange depuis que je suis hors de condition.

Vous n'avez pas besoin d'argent avec nous, dit alors l'autre moine, nous sommes en état de vous défrayer sur la route : et quant à votre réception, comptez qu'elle se fera gratuitement en faveur de votre mérite. Hé bien, y a-t-il encore quelque difficulté à lever? Non, lui repartis-je, il n'y en a plus. En vérité, mes pères, vous m'inspirez de la vocation ; je suis prêt à vous suivre.

Mes confrères futurs me parurent charmés de me voir disposé à les accompagner. Sans adieu, frère, me dit mon camarade de classe, nous aurons tout le temps de nous entretenir. Nous vous quittons, ajouta-t-il en me montrant du doigt un bâtiment qui étoit dans le port, pour aller faire porter à bord de ce vaisseau toutes les provisions nécessaires pour notre voyage : car nous ne sommes pas gens à nous embarquer sans biscuit. Venez nous joindre là ce soir : nous partirons demain avant le jour

CHAPITRE LVIII.

Le licencié Carambola s'embarque avec les bons pères de Saint-Dominique. Sa réception au noviciat. Il reçoit les ordres sacrés. De quelle manière il prêcha la première fois. Il remonte une seconde fois en chaire : son succès. Il part pour les Indes. Son admiration en y arrivant.

Ne voulant point sortir de Barcelonne comme un fripon, je retournai à l'auberge, où je payai mon hôte; ensuite reprenant le chemin du port pour me trouver au rendez-vous, j'y arrivai avec une petite valise que je portois sous le bras, et dans laquelle étoient mes hardes. Les religieux s'étoient déjà embarqués, et m'attendoient avec impatience. Ces bons pères, par précaution, s'étoient pourvus d'une grande abondance de vivres et d'une copieuse quantité de bouteilles des meilleurs vins de la Manche, comme s'ils eussent dû aller au bout du monde. Enfin on leva l'ancre le lendemain avant l'aurore, et notre vaisseau s'éloigna du port de Barcelonne. Pendant le cours de la navigation, qui, grâce au ciel, fut très-heureuse, nos religieux se montrèrent de si belle humeur, que, loin de me repentir de m'être enrôlé dans leur compagnie, je ne cessai de m'en applaudir, me persuadant qu'il n'y avoit point de mortels plus heureux. Je vous dirai qu'aujourd'hui je suis encore dans cette opinion.

Étant arrivés à Cadix, nous nous rendîmes au monastère des pères de Saint-Dominique. Le prieur Isidore reçut mes deux compagnons avec distinction, et comme des sujets dont sa maison avoit besoin. Il me fit aussi un accueil favorable, lorsqu'ils lui eurent dit que j'étois un savant licencié qui demandoit l'habit de novice. Il me l'accorda sans peine, sur l'assurance qu'ils lui donnèrent que j'étois né pour vivre avec eux, comme en effet je leur avois assez fait voir sur le vaisseau que je m'accommodois à merveille de leur façon de vivre.

J'entrai donc au noviciat, et, grâce à Dieu, je ne me dégoûtai point de la vie monacale. Après avoir fait profession, l'on me donna le nom de père Cyrille. Je m'attachai à l'étude de la théologie. Je pris ensuite les ordres sacrés ; et, me sentant, à ce qu'il me sembloit, du talent pour la chaire, je composai un sermon que j'eus la hardiesse de vouloir débiter dans la cathédrale de Cadix devant l'évêque et le gouverneur. Mais savez-vous de quelle manière je m'en acquittai? Vous allez l'apprendre ; car ma sincérité doit répondre à la vôtre, et nous devons mutuellement nous raconter nos aventures désagréables avec la même franchise que les autres. L'assemblée étoit nombreuse et remplie de moines de toutes sortes d'ordres. Un auditoire si éclairé, mais en même temps si critique et si jaloux, me troubla de façon que je demeurai court au milieu de mon exorde. Je fatiguai vainement ma mémoire pour pouvoir continuer, la rebelle me refusa constamment son secours, et je fus obligé de m'éclipser. Mais avant que je disparusse, je dis à mes auditeurs : Messieurs, je vous plains, vous perdez un beau sermon.

Vous jugez bien que ces paroles, prononcées par un Biscayen, continua le père Cyrille, ne manquèrent pas d'exciter des ris. L'évêque et le gouverneur en perdirent leur gravité. Tous les moines, si vous en exceptez ceux de notre ordre, sortirent de l'église en étouffant d'envie de rire, et plus satisfaits que si j'eusse parfaitement bien prêché.

Un coup d'essai si malheureux ne me découragea point. Au contraire, pour réparer mon honneur, je m'armai d'audace, et trois mois après je remontai dans la même chaire d'où j'étois si désagréablement descendu. Ceux de mes auditeurs qui avoient été témoins du tour que ma mémoire m'avoit joué la première fois, s'attendoient peut-être encore à me voir demeurer court, et à rire sur nouveaux frais à mes dépens; mais ils furent trompés dans leur attente : ma mémoire me fut fidèle, et je fus également applaudi. Que dis-je? on me trouva toutes les parties de l'orateur ; et dès ce jour-là je fus mis en parallèle avec les plus fameux prédicateurs espagnols : ce qui prouve bien qu'on peut se mettre en réputation à peu de frais. Cela me fit redoubler mes efforts pour mériter les louanges qu'on me donnoit, et que, malgré mon amour-propre, je sentois bien que je ne méritois pas. Je composai d'autres sermons, dont mes auditeurs furent si contents, que mon nom devint plus célèbre de jour en jour.

Je jouissois à Cadix de l'estime générale de ses habitants, lorsque le père Isidore reçut une lettre de l'Amérique. Le prieur de Saint-Jacques de Guatimala le prioit de lui envoyer deux habiles prédicateurs pour soutenir la réputation de notre ordre en ce pays-là. Je souhaitai d'être un des saints ouvriers qu'on y demandoit : ce fut moins à la vérité par un zèle apostolique que par l'envie qu'il me prit de voir ces belles régions conquises par les armes espagnoles. Je puis dire que ce ne fut pas sans répugnance que le père Isidore me permit d'aller aux Indes, n'ayant pas alors dans sa communauté de sujet qui me valût. Cependant il eut la bonté de se rendre à ma prière, à condition que je reviendrois en Espagne après quelques années.

Je sortis donc du port de Cadix avec le père Boniface de Tabara, qui me fut donné pour compagnon. Le vent nous fut toujours favorable jusqu'à la Havane, d'où nous prîmes la route de Carthagène ; de là nous nous rendîmes à Porto-Bello dans le temps de la foire, qui sans contredit doit passer pour la plus belle qu'il y ait au monde. Le concours prodigieux de marchands d'Espagne et du Pérou, dont les uns viennent pour acheter, et les autres pour vendre des marchandises, offre aux yeux un spectacle très-amusant. Pour moi, ce que je trouvai plus digne d'être regardé, fut le nombre de mulets que je vis arriver de Panama, chargés de barres et de lingots d'argent. Dans un seul jour, j'en comptai jusqu'à deux cents qui furent déchargés dans la place publique ; ce qui composoit des monceaux de lingots qui réjouissoient la vue de messieurs les intéressés.

Nous ne nous arrêtâmes pas long-temps à Porto-Bello. Nous remîmes à la voile pour Venta de Cruzez, puis pour Panama, d'où nous gagnâmes le port des Salines, et ensuite Cartago. De là nous allâmes à la ville de Grenade, autrement appelée le Jardin de Mahomet, d'où nous ne tardâmes guère à nous rendre au port de Realejo, sur la mer du Sud ; et, peu de jours après, nous arrivâmes au port de La Trinité.

J'interrompis assez brusquement Carambola dans cet endroit : Ho ! que diable, lui dis-je, monsieur le licencié, vous me faites une relation de voyageur. Ne me nommez pas, je vous prie, tous les lieux par où vous avez passé ; je vous en tiens quitte. Je ne suis curieux que d'entendre vos aventures. Ainsi ne faites, s'il vous plaît, qu'un saut du port de La Trinité à Saint-Jacques de Guatimala ; car, selon toutes les apparences, cette dernière ville est le théâtre des principaux exploits que vous avez à me raconter. Monsieur le bachelier, me répondit-il en souriant, vous avez tort de vous plaindre : pour éviter la prolixité, et pour serrer ma narration, j'ai supprimé les tempêtes et les autres périls que j'ai essuyés. Je vous ai même fait grâce des descriptions que j'aurois pu faire des lieux dont je ne vous ai dit simplement que les noms, et qui seroient peut-être plus intéressantes que mes propres aventures. Allez, vous m'avez interrompu mal à propos.

Mais enfin, poursuivit-il, puisque vous le voulez absolument, je vais vous faire un saut de vingt-cinq lieues en vous transportant tout-à-coup à Guatimala. Permettez-moi seulement auparavant de vous dire une particularité des plus singulières. La voici : Auprès de la ville de La Trinité, on voit dans un endroit fort bas sortir de la terre, sans discontinuation, une épaisse et noire fumée, mêlée quelquefois de soufre et de tourbillons de feu. On dit que quelques voyageurs, curieux d'en découvrir la cause, ayant eu l'imprudence de s'en approcher de trop près, avoient été renversés par terre à demi-morts. Les gens du pays assurent qu'à certaine distance on entend des cris comme de personnes tourmentées, et que ces cris sont accompagnés d'un bruit de chaînes de fer ; ce qui fait donner le nom de bouche d'enfer à cet horrible gouffre.

Venons présentement à Guatimala, continua le père Cyrille : je ne veux pas vous faire languir plus long-temps. Nous y arrivâmes donc, le père Boniface et moi. Ce qu'il y a de plaisant, c'est que nous cherchâmes d'abord la ville dans la ville même. Aucunes murailles, aucunes portes ne s'offrirent à son entrée ; quelques maisons couvertes de chaume ou de tuiles se présentèrent seulement à nos yeux. Surpris de voir une ville qui répondoit si mal à l'idée que je m'en étois formée, je dis à mon camarade : Père, à votre avis, n'avons-nous pas fait une belle équipée d'avoir quitté la ville de Cadix, où nous étions si bien, pour venir prêcher ici? A juger des citoyens par leurs habitations, nous n'allons avoir pour auditeurs que de la canaille. Est-ce là cette célèbre ville de Guatimala? cette capitale d'un pays de trois cents lieues d'étendue, et où il y a, nous a-t-on dit, une audience royale indépendante de celle de Mexico, avec un premier président, qui, sans avoir le titre de vice-roi, en a toute l'autorité? C'est ce que je ne puis concevoir. Ni moi non plus, disoit le père Boniface ; peu s'en faut que je ne croie qu'on s'est moqué de nous.

Notre étonnement toutefois ne fut pas de longue durée. Lorsque nous fûmes au-delà des maisons couvertes de chaume, nous en aperçûmes de plus belles, et entre autres deux superbes édifices, qui sont dans le faubourg Saint-Dominique, c'est-à-dire le couvent des jacobins, et le monastère des filles de la Conception. Ce dernier surtout, entouré de hautes murailles qui forment une enceinte d'une immense étendue, arrêta long-temps nos regards : il nous sembloit voir une ville particulière renfermée dans celle de Guatimala. Aussi compte-t-on dans cette maison jusqu'à mille filles, tant religieuses et pensionnaires, que négresses qui sont à leur service.

A mesure que nous avancions dans cette capitale, nous découvrions des maisons qui lui faisoient plus d'honneur que les premières. Enfin, nous nous présentâmes à la porte du couvent de nos pères, qui nous reçurent comme des personnages dont l'arrivée leur étoit très-agréable. Le père Valentin Traquello, qui en étoit alors prieur, n'eut pas sitôt lu la lettre que je lui remis de la part du père Isidore, qu'il nous fit mille amitiés, et principalement à moi, parce que la dépêche contenoit un magnifique éloge du père Cyrille. On nous régala parfaitement bien, et l'on nous laissa reposer quelques jours.

Pendant ce temps-là le bruit courut dans la ville qu'il venoit d'arriver d'Espagne deux grands prédicateurs. Il n'en fallut pas davantage pour mettre en mouvement toutes les familles espagnoles, et surtout les femmes. Quand les verrons-nous? s'écrioit l'une. Que j'ai d'impatience, disoit l'autre, d'entendre ces nouveaux apôtres ! Père Cyrille, me dit un jour notre prieur, je ne puis résister plus long-temps à la curiosité du public : les gentilhommes, les officiers de l'audience, les bourgeois, toute la ville souhaite avec ardeur de vous voir en chaire, pour juger si vos talents répondent à votre renommée. Ils me pressent de leur accorder cette satisfaction, et je n'ai pu me défendre de leur pro-

mettre qu'ils l'auront incessamment. Je tiendrai votre promesse, lui dis-je, mon révérend père : je prêcherai, si vous voulez, dès demain dans notre église pour les contenter.

<h3 style="text-align:center">CHAPITRE LIX.</h3>

Le père Cyrille prêche au contentement d'un nombreux auditoire. Le lendemain il va dîner chez l'évêque de Guatimala. Il reçoit des honneurs. Sa visite chez plusieurs religieuses. Collations et concerts qu'elles lui donnent. Entretien particulier de l'évêque avec lui. Sujet de cet entretien.

Le prieur, me voyant dans cette disposition, envoya sur-le-champ dans les principales maisons avertir que le révérend père Cyrille débuteroit le lendemain aux Jacobins. Cette nouvelle se répandit aussitôt dans Guatimala ; si bien que notre église se trouva le lendemain remplie de tout ce qu'il y avoit d'honnêtes gens dans la ville. D'un côté, l'auditoire étoit honoré de la vénérable présence de don François de Castro, évêque de Guatimala ; et de l'autre, de tous les officiers de la chancellerie, depuis le premier président jusqu'au greffier, sans parler des principales dames de la ville, qui s'étoient parées magnifiquement. Dès qu'on me vit en chaire, il s'éleva dans l'assemblée un petit murmure qui me parut un effet de ma figure de pygmée; car on prend garde à tout : mais je n'eus pas achevé mon exorde, que ce bruit désagréable fut suivi d'un plus flatteur; et chacun, oubliant, pour ainsi dire, qu'il me voyoit, me prêta son attention.

Si j'avois eu le bonheur de plaire à Cadix, je plus encore davantage à Guatimala. Pour tout dire, en un mot, j'emportai le suffrage de mes auditeurs, et gagnai l'estime de l'évêque, qui m'envoya le lendemain matin inviter à dîner avec le prieur au palais épiscopal.

Ce bon prélat, qui, tout septuagénaire qu'il étoit, n'avoit pas encore un air d'antiquité, m'accabla de compliments. Il félicita le père Valentin d'avoir un sujet aussi capable que je l'étois de faire honneur à l'ordre de Saint-Dominique. Jugez si les louanges de monseigneur chatouilloient un cœur biscayen ! Je les savourois intérieurement; plus je sentois ma vanité flattée, plus j'affectois de paroître modeste, ainsi que font tous les auteurs à qui l'on donne des louanges en face.

Outre l'estime de ce prélat, je m'attirai celle des grands officiers de l'audience, qui me louèrent tous unanimement, de manière qu'il fut décidé que le petit père Cyrille étoit le coryphée des frères prêcheurs dans les Indes. Je ne plus pas seulement aux personnes du monde, ma réputation perça les murs du monastère de la Conception.

Les religieuses voulurent m'entendre, et je les charmai. Quelques-unes d'entre elles m'écrivirent pour me témoigner jusqu'à quel point elles étoient contentes de mon sermon, et pour m'inviter à les aller voir à la grille; ce que je ne manquai pas de faire, lorsqu'on m'eut dit qu'à Guatimala, de même qu'à Mexico, les moines fréquentoient librement les religieuses, qu'elles s'entretenoient avec eux aux parloirs, et leur donnoient quelquefois des collations entremêlées de musique; ce qui m'arriva dès la première visite que je fis à celles de ces dames qui m'avoient écrit des lettres obligeantes. Elles me régalèrent de confitures, et me firent entendre de très-belles voix, entre autres celle de la jeune mère dona Angela de Montalvan, fille d'un officier de l'audience, et la personne du monde peut-être du plus rare mérite.

On voit peu de femmes qui n'aient avec une grande beauté une taille défectueuse, ou bien un esprit borné; mais on peut dire que la nature, en formant dona Angela, en avoit voulu faire un ouvrage parfait. Il est constant que cette religieuse, qui commençoit à peine son cinquième lustre, étoit une fille incomparable. Elle savoit la musique à fond, et joignoit à une voix ravissante un génie supérieur. Elle m'adressa deux ou trois fois la parole si spirituellement et d'un air si gracieux, que je crus entendre et voir un ange. Elle m'enchanta les yeux et les oreilles.

Je sortis du couvent de la Conception, et m'en retournai au nôtre, fort occupé de la politesse des religieuses, et peut-être un peu trop du mérite de la jeune religieuse dont je viens de parler. Hé bien, père Cyrille, me dit notre prieur, êtes-vous content de vos voisines? J'ai sujet de l'être, lui répondis-je. Ces dames m'ont régalé de confitures et d'un concert qui a été merveilleusement bien exécuté. Je n'en doute pas, reprit le père Valentin, surtout si la mère de Montalvan s'en est mêlée. Oui vraiment, lui dis-je, elle y a chanté, et j'ai trouvé sa voix admirable. Vous devez, répliqua-t-il, avoir remarqué aussi que cette fille est pourvue d'une beauté peu commune. C'est à quoi je n'ai pas pris garde, lui répondis-je d'un air hypocrite. Je ne me suis attaché qu'à l'écouter : ce qui n'étoit pas exactement vrai; car sitôt que mes oreilles avoient été frappées des sons touchants de la voix d'Angela, je n'avois plus regardé que cette religieuse; mais je n'osai lui avouer que j'avois fait cette observation, de peur que je ne lui parusse avoir pris trop de plaisir à la faire.

Je suis fâché, reprit le prieur, qui étoit un homme simple et naturel, que vous n'ayez pas considéré avec attention la mère de Montalvan; vous auriez vu un visage céleste. Le seigneur don François de Castro, notre évêque, a pour elle une considération toute particulière. Il va souvent la voir, et il lui envoie tous les jours des présents. On le soupçonneroit d'en être amoureux, si sa vertu consommée et son âge avancé ne mettoient pas sa grandeur à couvert de ce soupçon : mais on rend justice à ce vénérable prélat, et toute la ville est persuadée comme moi qu'il n'a pour cette dame qu'une amitié pure et délicate. Si je n'eusse pas connu le père Valentin comme un homme incapable de médire de son prochain, et surtout de son évêque, j'aurois cru qu'il ne parloit pas sérieusement; néanmoins il pensoit ce qu'il disoit, tant il avoit bonne opinion de la vertu de monseigneur.

Deux jours après avoir été chez les religieuses de la Conception, je vis entrer dans ma chambre un gentilhomme envoyé par le prélat pour me dire que sa grandeur souhaitoit de me parler. Je me rendis d'abord à l'évêché, où le seigneur don François, m'ayant fait entrer dans son cabinet, me tint des discours obligeants et flatteurs; puis tout-à-coup changeant de matière : Père Cyrille, j'ai besoin de vous, me dit-il, pour réussir dans un dessein que je médite. Je me flatte que vous ne me refuserez pas votre secours. Je vais vous dire de quoi il s'agit. Les filles de la Conception, qui depuis quinze jours ont perdu leur supérieure, en vont élire une autre. Je voudrois bien que leur choix tombât sur la mère de Montalvan. Il faut former en sa faveur une faction vigoureuse. J'ai déjà su gagner quelques-unes de ces dames : elles m'ont promis leurs suffrages, et je suis assuré de la pluralité des voix si vous me secondez.

Monseigneur, lui dis-je, vous pouvez disposer de votre serviteur. Commandez, que faut-il que je fasse? Je sais, reprit-il, que vous avez fait connoissance avec plusieurs religieuses de ce monastère, et qu'elles ont conçu pour vous la plus haute estime. Vous me ferez plaisir de leur parler successivement en particulier de la prochaine élection, et d'employer votre éloquence à les mettre dans la disposition où je les voudrois.

Je ne crois pas, lui dis-je, Monseigneur, que j'aie beaucoup de peine à réussir dans cette négociation. Je suis persuadé que toutes les religieuses se conformeront volontiers aux sentiments de votre grandeur. J'en doute, s'écria-t-il : ne nous flattons point. La grande jeunesse d'Angela est un terrible obstacle à surmonter. Il y a dans ce couvent vingt filles de qualité qui ont plus de trente ans de religion, et dont la conduite a toujours été irréprochable. De quel œil celles-là verroient-elles l'autorité entre les mains d'une jeune religieuse? Cependant, ajouta-t-il en poussant un soupir qui me fit voir tout l'intérêt qu'il prenoit à cette affaire, cette religieuse, toute jeune qu'elle est, mérite d'avoir la préférence sur toutes ses compagnes.

Vous l'avez vue, continua-t-il, vous l'avez vue au parloir; mais elle n'a fait que paroître devant vous un instant. Nous ne savez pas tout ce qu'elle vaut : il faut l'avoir entretenue plus d'une fois, il faut la connoître enfin pour la bien apprécier, pour apercevoir son mérite dans toute son étendue. Qu'elle a d'esprit! Ouvre-t-elle la bouche pour parler? c'est un bon mot qui lui échappe. Est-il question de raisonner? ses raisonnements sont justes et solides. Une fille de vingt-deux ans, que cela est aimable! Mais ce qu'on ne peut pas assez louer, et ce qui seul la rend digne d'être supérieure, c'est son extrême douceur. Heureux effet de son tempérament et de sa vertu! Exempte de ces saillies d'humeur que les personnes les plus raisonnables ne peuvent quelquefois retenir, elle conserve une tranquillité d'âme que rien ne peut troubler. En un mot, elle réunit en sa personne toutes les qualités aimables et estimables. C'est ce mérite rare qui m'intéresse pour elle; et, entre nous, je ne pense pas que sa jeunesse doive l'exclure d'un rang pour lequel je la trouve née.

Je vis bien par ce discours que monseigneur se laissoit un peu trop dominer par son amitié pure et délicate pour Angela, et son projet me parut extravagant. Néanmoins, ce que je me reprocherai toute ma vie, au lieu de le combattre, et de lui en représenter le ridicule, je l'approuvai contre ma conscience, pour faire ma cour au prélat, et gagner ses bonnes grâces. C'est ainsi que les grands trouvent presque toujours dans les personnes du commun des ministres tout prêts à servir leurs passions. J'assurai sa grandeur que je lui étois entièrement dévoué, et que j'allois faire tout mon possible pour m'acquitter heureusement de la commission dont elle m'honoroit. Le vieil évêque, ravi du zèle que je marquois pour son service, m'embrassa d'un air affectueux; et par ses caresses, qui flattoient ma vanité, il acheva de me faire épouser sa folle entreprise.

CHAPITRE LX.

Des mouvements que le père Cyrille se donna pour faire réussir la faction de l'évêque. Quel en fut le succès. Il s'élève un bruit inattendu à la porte du couvent. Suite de cet événement.

Pour montrer plus d'empressement, je ne fis qu'un saut du palais épiscopal au monastère de la Conception. J'y vis les religieuses que je connoissois, et je les entretins l'une après l'autre. Je les trouvai très-opposées aux volontés du prélat; mais leurs oppositions furent autant de triomphes pour ma rhétorique. Cela m'encouragea. Je par-

lai à d'autres religieuses encore, et principalement à quelques-unes de celles qui, croyant avec raison mériter la préférence, regardoient comme un passe-droit intolérable qu'on la voulût donner à un sujet de vingt-deux ans. Vous jugez bien que ces vieilles mères ne se rendirent pas aisément. Néanmoins, toutes révoltées qu'elles étoient contre ce que je leur proposois, je vins à bout de le leur faire accepter, comme si j'eusse eu le talent de Carnéadès pour persuader. Enfin je fis si bien, qu'en moins de huit jours je m'assurai du suffrage de la plupart de ces dames.

Je portai cette agréable nouvelle à monseigneur, qui la reçut avec des transports de joie inexprimables, et me fit des remercîments qui partoient du fond du cœur. Il me fit outre cela présent d'une montre d'or qu'il m'obligea d'accepter, et que je reçus, quoique dominicain. Après m'avoir donné mille marques d'affection, il me pria d'aller voir la jeune mère de Montalvan, pour l'informer de l'heureux effet de mes soins; ce que je fis volontiers. Je vole au couvent de la Conception. Je demande la mère Angela; elle vient au parloir, et nous nous entretenons. Je lui rendis compte de ce que j'avois fait pour elle, et je l'assurai que vraisemblablement elle ne pouvoit manquer d'être supérieure. Là-dessus elle me remercia de mes peines, et fit éclater sa reconnoissance dans des termes et d'un air dont je fus enchanté. Que je découvris d'agréments dans sa personne! J'admirai les qualités estimables qui faisoient que monseigneur s'intéressoit tant pour elle.

Cependant le jour de l'élection approchoit, et nous aurions sans doute eu la pluralité des voix, si toutes les anciennes mères de la communauté n'eussent pas réuni leurs suffrages en faveur de la mère Sainte-Brigitte, sœur d'un vieux président de l'audience, et sans contredit le plus digne sujet qu'il y eût parmi elles. Cette réunion, que nous n'avions pas prévue, et qu'après tout nous n'aurions pu prévenir, fit avorter notre entreprise. La discorde se mit dans le couvent; et de plus, le bruit s'étant répandu dans la ville qu'on vouloit élire pour supérieure une religieuse de vingt-deux ans, plusieurs des principaux habitants prirent feu là-dessus. Ils coururent en foule au monastère l'épée à la main, et menaçant d'enfoncer les portes pour aller défendre leurs filles contre la faction suscitée par l'évêque en faveur de la mère de Montalvan. Il fallut, pour détourner les malheurs que ce tumulte pouvoit causer, que le père de cette dame entrât dans le monastère, et qu'il employât le pouvoir qu'il avoit sur sa fille pour l'engager à se désister de ses prétentions : ce qu'elle fit, je crois, à son grand regret; car la petite personne étoit aussi ambitieuse que belle. Par ce moyen, le désordre cessa, et la paix fut rétablie, tant dans la ville que dans le couvent. Ainsi la mère Angela fut obligée de rester simple religieuse, et de se contenter d'être la plus jolie de sa communauté; ce que plus d'une de ses compagnes auroit préféré peut-être à l'honneur d'être supérieure.

CHAPITRE LXI.

Comment, après l'aventure de l'élection, le père Cyrille devint curé de Petapa. Des agréments qu'il trouva dans sa cure. Il apprend avec facilité le proconchi. Nouveau réglement dans son presbytère Éloge de son cuisinier. Singulière façon des Indiens de célébrer le patron de leur église.

Je ne sais qui, de l'évêque ou de moi, demeura le plus sot après cette aventure, qui fit un éclat terrible dans la ville de Guatimala. Ce prélat, que je n'ai pas revu depuis ce temps-là, fut si mortifié d'avoir eu le démenti dans une affaire si intéressante pour sa grandeur, qu'il prit le parti de se tenir enfermé dans son palais pour dérober sa confusion aux regards malins du public. De mon côté, je n'étois guère moins honteux que lui, tout moine que j'étois : je n'osois me montrer; car, comme on me connoissoit dans la ville pour un homme auquel il n'avoit pas tenu que la mère de Montalvan n'eût été supérieure, ma vue m'auroit peut-être attiré des huées. Pour tout l'or du monde, je n'aurois pas voulu prêcher alors à Guatimala, m'imaginant qu'on ne m'y regardoit plus que comme un secret agent du seigneur don François de Castro. Cette pensée me faisoit tant de peine, que je résolus d'abandonner le séjour de cette ville, quelque agréable qu'il fût.

Je communiquai mon dessein au père prieur, qui, jugeant comme moi qu'après ce qui s'étoit passé, j'avois effectivement raison d'avoir envie de m'éloigner de Guatimala, me dit : Père Cyrille, je suis de votre sentiment. Vous ferez bien de disparoître pour quelque temps. Le père Boniface, après vous le meilleur prédicateur de notre ordre, prêchera ici pendant votre absence. J'ai, poursuivit-il, un établissement solide à vous proposer. Vous savez que nous sommes collateurs de presque toutes les cures des environs de Guatimala; je vous offre la plus considérable, qui est celle de Petapa, grosse bourgade à six lieues d'ici. Le père Étienne, un de nos religieux, qui la possède depuis plus de trente années, a besoin de repos, et demande un successeur. Allez le trouver, et servez-lui de coadjuteur jusqu'à ce qu'il vous abandonne sa place; ce qu'il ne manquera pas de faire aussitôt qu'il vous aura enseigné la langue des Indiens. Je vous promets que vous ferez fort bien

vos affaires en ce pays-là, qui d'ailleurs est un des plus délicieux de l'Amérique.

Je partis donc de Guatimala chargé d'une lettre du père Valentin pour le vieux curé de Petapa. J'étois monté sur un mulet des écuries de notre couvent, et un Indien à pied m'accompagnoit. Pour suivre exactement les instructions que le prieur m'avoit données, je m'arrêtai à Mixco, village voisin de Petapa, et j'y demeurai jusqu'au lendemain, pour laisser le temps aux alcades et aux régidors, que je fis avertir de mon arrivée, de se préparer à me recevoir comme ils reçoivent ordinairement les prêtres ou les religieux qui viennent pour être leurs pasteurs; je veux dire, avec une pompe qui marque bien le respect et la considération qu'ils ont pour eux. Ils vinrent donc le jour suivant une lieue au-devant de moi avec des chanteurs, des trompettes et des joueurs de hautbois. Outre cela, je trouvai en entrant dans la bourgade des arcs de triomphe dressés avec des branches d'arbres, et les rues par où je devois passer étoient jonchées de fleurs.

Je fus ainsi conduit en cérémonie jusqu'au presbytère, où le père Étienne, après avoir lu ma lettre de créance, me fit une réception telle que l'auroit pu souhaiter un pasteur plus vain que moi. Ce bon jacobin, quoique dans un âge avancé, paroissoit encore robuste, et jouissoit d'une vieillesse exempte d'infirmités. Avec tout le bon sens qu'il avoit eu dans ses beaux jours, il conservoit une humeur gaie qui le rendoit agréable dans la société. Je vois bien par cette lettre, me dit-il, que le père Valentin me donne un successeur qui fera bientôt oublier ma perte aux habitants de Petapa.

J'en ai bien de la joie, continua-t-il, et je partirois d'ici dès demain pour aller achever ma carrière dans la sainte oisiveté de quelqu'un de nos cloîtres, si vous n'aviez pas besoin de moi; mais je vous suis nécessaire pour vous enseigner le proconchi, qui est le langage des Indiens, et qu'il faut absolument qu'un curé sache dans cette bourgade, où l'on ne parle guère espagnol, les officiers et la noblesse étant presque tous de race indienne. Le talent que vous avez pour prêcher vous sera inutile ici, à moins que vous n'appreniez le proconchi. Est-ce que le père Valentin ne vous l'a pas dit ? Pardonnez-moi vraiment, lui répondis-je, il m'en a représenté la nécessité : mais il m'a dit en même temps que vous me l'enseigneriez en moins de trois mois. Il vous a dit vrai, reprit le frère Étienne. Je possède cet idiome à fond. J'ai même composé une grammaire et un dictionnaire en langue indienne, et ces deux ouvrages ont l'honneur d'avoir l'approbation de l'académie de Petapa.

A ce mot d'académie, je fis un éclat de rire. Comment donc, m'écriai-je, il y a dans cette bourgade une académie? Il n'est donc pas à présent de petite ville qui n'en ait? Celle-ci est très-célèbre, me repartit le père Étienne d'un air très-sérieux; à telles enseignes que je suis un vieux membre de ce respectable corps, dans lequel vous entrerez aussi bientôt : car je prétends vous mettre incessamment en état de prêcher aux Indiens en proconchi, et quand vous saurez bien cette langue, les académiciens de Petapa vous enverront deux députés de leur compagnie pour vous offrir une place parmi eux; c'est de quoi je puis vous assurer.

Sur une si flatteuse assurance, je témoignai au père Étienne tant d'impatience d'apprendre le proconchi, que, sans perdre de temps, il m'enseigna les premiers principes. Je profitai si bien de ses leçons, et m'attachai de manière à l'étude, qu'en trois mois je devins capable de composer en cette langue une exhortation que j'appris par cœur, et que j'osai débiter en public; ce que je fis avec tant de succès, que les Indiens connoisseurs me regardèrent dès ce moment comme un homme qui frappoit à la porte de l'académie.

Si vous me demandez ce que c'est que l'idiome proconchi, je vous répondrai que c'est une langue qui a ses déclinaisons et ses conjugaisons, et qu'on peut apprendre aussi facilement que la grecque et la latine; plus facilement même, puisque c'est une langue vivante qu'on peut posséder en peu de temps en conversant avec les Indiens puristes. Au reste, elle est harmonieuse, et plus chargée de métaphores et de figures outrées que la nôtre même. Qu'un Indien qui se pique de bien parler le proconchi vous fasse un compliment, il n'y emploiera que des pensées bizarres, singulières, et des expressions recherchées. C'est un style obscur, enflé, un verbiage brillant, un pompeux galimatias; mais c'est ce qui en fait l'excellence. C'est le ton de l'académie de Petapa.

J'eus peu de peine à m'y conformer, le génie biscayen étant ami de l'obscurité. Je fis des progrès si rapides dans la langue des Indiens, que le vieux curé, me voyant en état de le remplacer dignement, me mit en possession de sa cure, et partit pour Guatimala pour y aller passer le reste de ses jours.

Après son départ, je demeurai maître du presbytère, où je commençai à vivre en gros bénéficier qui jouissoit des fruits de son bénéfice : car jusqu'alors, soit dit sans offenser personne, le père Étienne, de peur sans doute de me détourner de l'étude du proconchi, avoit pris la peine de toucher lui seul les revenus de la cure, qui ne laissoit pas de rapporter par an deux mille bons

écus monnoie d'Espagne. Ce moine, avec de bonnes qualités, en avoit une fort mauvaise : il étoit avare. Il me l'avoit bien fait connoître par la frugalité que j'avois vu régner dans nos repas, composés presque tous de beurre, de cacao, et de détestables boissons. Aussi le premier soin dont je crus devoir m'embarrasser fut d'avoir une meilleure table, et de grossir mon domestique. Je pris à mon service un nègre qu'un de nos alcades me donna pour un habile cuisinier, et dont je fus en effet très-content.

Ce nègre, nommé Zamor, avoit été marmiton chez le premier président de l'audience de Guatimala, et y avoit appris la cuisine. Il me servoit tous les jours quelque nouveau plat qui rendoit bon témoignage de son savoir-faire, et piquoit ma sensualité. Tantôt il me faisoit manger des boudins faits avec du maïs et de la chair, ou de volaille, ou de pourceau frais, assaisonnés de chilé ou de poivre-long ; et tantôt il me régaloit d'un hérisson à l'étuvée, ou bien d'un ragoût d'une sorte de lézard qu'on appelle iguana, qui a sur le dos des écailles vertes et noires, et qui ressemble à un scorpion.

Le père Carambola, dans cet endroit, remarquant que je faisois la grimace, ne put s'empêcher de rire. Monsieur le bachelier, me dit-il ensuite, il me semble que les mets dont je vous parle ne vous font pas venir l'eau à la bouche. Non, je vous jure, lui répondis-je; ils sont plus propres à faire crever un honnête homme, qu'à flatter son goût : jamais Zamor ne sera mon cuisinier. Cependant, répliqua le père Cyrille, je vous assure que ces ragoûts ne sont pas si mauvais que vous vous l'imaginez; et je suis persuadé que si vous en aviez une fois tâté, vous leur rendriez plus de justice. Un hérisson et un iguana bien cuits et bien épicés sont d'un goût exquis : on croit manger du lapin. Les Espagnols, de même que les Indiens, s'en accommodent fort dans le pays de Guatimala. Les premiers officiers de la chancellerie les préfèrent aux cailles, aux perdrix et aux faisans. A la bonne heure, lui repartis-je ; on a bien raison de dire qu'il ne faut pas disputer des goûts.

Vive Dieu ! s'écria le moine, comme s'il n'eût pas assez vanté ses hérissons et ses lézards, je vous avoue que je trouvois ces viandes délicieuses. Je mangeois aussi avec plaisir des tortues tant d'eau que de terre ; et c'étoit un festin des dieux pour moi, lorsque, avec cette ambroisie, je buvois du nectar, c'est-à-dire d'une boisson appelée par les Indiens le chicha, liqueur composée d'eau et de jus de cannes de sucre avec un peu de miel. Néanmoins, quelque excellent que soit ce breuvage, je m'en dégoûtai quand j'appris que, pour lui donner de la force, on jetoit dans le vaisseau où il se faisoit des feuilles de tabac, quelquefois même un crapaud tout en vie, et que souvent il causoit la mort aux personnes qui en avoient un peu trop bu. Je renonçai donc au chicha sitôt que je sus de quelle manière il se faisoit, et je m'en tins à d'autres boissons, qui véritablement ne valoient pas les vins qu'on boit en Espagne ; mais, grâce au ciel, on s'accoutume à tout.

Avec mon cuisinier Zamor, j'avois encore quatre autres domestiques: un qui me servoit à table, et faisoit mes commissions dans la bourgade; un autre dont l'occupation étoit d'aller recueillir mes dîmes, qui consistoient en œufs, en volaille, et dans une certaine somme d'argent qui m'étoit exactement payée tous les mois par les régidors ; un jardinier, avec un valet d'écurie ; car j'avois une mule pour aller prêcher dans un petit village qui étoit de ma paroisse et à trois lieues de Petapa. Ce petit village, appelé Mixco, m'étoit d'un grand revenu. J'y allois souvent; et je n'y allois jamais que je n'en rapportasse six pièces de volaille pour le moins, avec du cacao pour me faire du chocolat, sans compter l'argent qu'on me donnoit pour ma messe et pour mon sermon : car bien que j'eusse affaire à des auditeurs peu capables de tirer quelque fruit de mes exhortations, je ne laissois pas de monter toujours en chaire, et de prêcher à bon compte; de sorte que mon presbytère étoit bien muni de provisions.

Comme chaque village est dédié à quelque saint dont les habitants célèbrent la fête pendant huit jours, le patron de Mixco est fort honoré durant son octave, et le curé a tout lieu d'être content des offrandes qu'il reçoit. La confrérie de Saint-Hyacinthe fait dans ce temps-là des réjouissances qui me paroissent mériter que je vous en fasse succinctement le détail. Le premier jour, les confrères avec les plus jolies filles du village, s'habillent d'étoffes de soie ou de toile fine, se parent de plumes et de rubans, et forment ensemble des danses bien concertées qu'ils exécutent à ravir. Mais ce que je n'approuve nullement, et ce qu'on ne peut pardonner qu'à des Indiens qui sont encore dans l'idolâtrie, c'est qu'ils commencent la danse dans l'église, et vont la continuer dans le cimetière. Après quoi le reste de l'octave, ce sont des banquets dans lesquels on prodigue le chicha, et d'autres excellents breuvages, dont tous les assistants boivent jusqu'à crever.

CHAPITRE LXII.

Le père Cyrille se fait aimer et estimer des Indiens et des Indiennes. Histoire intéressante de deux frères et d'une sœur. Il prêche en proconchi, et, par la beauté de ses sermons, il obtient une place à l'académie de Petapa.

Je faisois donc bien mes orges, tant à Mixco qu'à Petapa. Quoique je fusse obligé de rendre trois cents écus par an à notre maison de Guatimala, il me restoit encore assez d'argent pour n'avoir pas sujet d'envier le bonheur des religieux du Pérou qui possèdent des bénéfices dans les villages des Indiens, et gardent pour eux tout ce qu'ils peuvent amasser. Je n'étois ni moins riche ni moins heureux. Outre que j'aurois pu donner à mon couvent cinq cents écus au lieu de trois cents, je commençai à me mêler sous main de trafiquer avec des marchands : ce qui, j'en conviens, étoit un peu contre le vœu de pauvreté ; mais que voulez-vous ? j'imitois les autres religieux qui avoient comme moi de bonnes cures. Voilà ce que fait le mauvais exemple.

Les Indiens des environs de Guatimala sont des gens doux et débonnaires. Ils ne demandent qu'à vivre en paix. Ils aimeroient jusqu'aux Espagnols mêmes, si ceux-ci les traitoient avec un peu plus d'humanité. Il faut pourtant en excepter une espèce de nègres esclaves qui demeurent dans les fermes d'indigo. Ces derniers sont des hommes farouches et redoutables. Quoiqu'ils n'aient point d'autres armes qu'une petite lance, ils ont la hardiesse d'affronter un taureau sauvage en furie, ou de joindre dans les rivières des crocodiles, qu'ils ne quittent point qu'ils ne les aient tués. De pareils esclaves font quelquefois trembler leurs maîtres. Pour les Indiens de Petapa, je vous les donne pour les meilleurs de l'Amérique : aussi polis que les autres sont grossiers, ils forment entre eux une douce société, où règne un esprit de concorde et une amitié fraternelle. Mais ce qu'il y a de plus admirable, c'est leur bonne foi et leur intégrité. Je vais vous en rapporter un trait.

Un noble et riche Indien de Petapa mourut, et laissa une assez grosse succession à deux fils et à une fille qu'il avoit. L'aîné des deux frères se chargea du soin de faire trois lots égaux. Lorsqu'il les eut faits, il dit à son cadet et à sa sœur: Choisissez. Vous êtes notre aîné, lui répondirent-ils, c'est à vous de choisir. Non, répliqua-t-il, puisque j'ai fait les lots, il est juste que vous preniez ceux qu'il vous plaira. Le cadet et la sœur choisirent donc chacun son lot, et le troisième fut le partage de l'aîné. Il y avoit dans le lot de celui-ci un coffre épais, au fond duquel on avoit pratiqué une cache, où il se trouva par hasard mille pièces d'or. Le frère aîné en ayant fait la découverte, invita son frère et sa sœur dans un repas, sur la fin duquel il leur fit servir dans un plat toutes les pièces, en leur disant : Voilà ce qui étoit caché, sans que je le susse, dans un coffre de mon lot ; il faut que nous le partagions, la justice le veut.

Je vivois dans une union parfaite avec ces Indiens, qui m'aimoient, tout Espagnol que j'étois. Je me divertissois avec eux tous les jours. Je m'entretenois librement et jouois aux cartes avec leurs femmes, dont ils ne sont point jaloux, et qui, pour la plupart, sont si spirituelles, que c'est un plaisir de les entendre parler proconchi. Aussi les académiciens de Petapa les consultent-ils assez souvent ; et quand dans les conférences de ces messieurs, leurs opinions se trouvent partagées sur un mot, ils disent : Il faut consulter là-dessus les femmes. Ce qui prouve que l'académie est fort galante.

Les dames indiennes décident donc, et leurs décisions sont respectées, même quelquefois au mépris de la grammaire du père Étienne ; j'ai connu entre autres, une dame chez qui les beaux esprits de la bourgade s'assembloient, et qu'on écoutoit comme un oracle : elle s'exprimoit avec une élégance admirable, et jugeoit si sainement des ouvrages d'esprit, que les jugements qu'elle en portoit ne trouvoient point de contradicteurs. Cette dame étoit veuve d'un noble Indien qui lui avoit laissé assez de richesses pour vivre d'une manière convenable à sa qualité. J'allois souvent chez elle, et j'y rencontrois presque toujours des académiciens dont je mettois à profit la conversation. Je retenois ce que je leur entendois dire de singulier. Je prenois garde à leurs tours, à leurs expressions ; et je remarquois que ces hommes-là avoient une façon de penser supérieure à celle des personnes ordinaires. Enfin, j'achevai d'apprendre, en les écoutant, toutes les délicatesses du langage proconchi.

Lorsque je crus en posséder l'esprit et les raffinements, je fus assez téméraire pour vouloir prêcher devant l'académie en corps. Mais pour être plus sûr de plaire à ces maîtres de langue indienne, je m'avisai d'un expédient qui rendit ma témérité heureuse : parmi les livres que le père Étienne, en partant pour s'en retourner à Guatimala, m'avoit laissés pour me perfectionner dans le proconchi, je trouvai, outre son dictionnaire et sa grammaire, un recueil de discours nouvellement prononcés à l'académie de Petapa : je le feuilletai ; et pêchant, pour ainsi dire en eau trouble, j'en tirai les phrases les plus brillantes, les façons de parler les plus nouvelles, et j'en composai un sermon qui frappa tous les académiciens.

Il y a du beau là-dedans, se disoient-ils les uns aux autres ; ce jacobin dit de fort bonnes choses, et a un style marqué à notre coin.

Que vous dirai-je ? Ces messieurs furent si contents du ma diction, ou si vous voulez de la leur, que dans leur première assemblée ils résolurent de m'associer à leurs glorieux travaux. Ils m'envoyèrent annoncer cet honneur par deux députés. J'eus encore recours à mon recueil pour composer un discours ; et le jour de ma réception étant venu, je fis mon remercîment à mes nouveaux confrères, en débitant effrontément à leur barbe leurs propres phrases.

CHAPITRE LXIII.

Des dames indiennes de Petapa. Secret merveilleux pour rendre quelqu'un amoureux, et dont elles se servent quelquefois. De la grande et sainte entreprise que forma le père Cyrille, et quel en fut l'événement.

Le père Cyrille alloit continuer son récit ; mais je lui fis auparavant une question. Vous venez, lui dis-je, de me vanter l'esprit des Indiennes de Petapa, sans faire aucune mention de leur beauté. Cela ne me prévient pas en faveur de leurs charmes. Elles ne sont pas moins jolies que celles de Mexico, répondit le moine, ni vêtues moins proprement ; mais elles sont habillées d'une manière différente.

Elles portent, au lieu de chemise, une espèce de surplis qu'elles appellent guiapil, qui leur descend du haut des épaules jusqu'au-dessous de la ceinture, avec des manches fort larges, et si courtes, qu'elles ne leur couvrent que la moitié du bras. Ce guiapil est orné sur l'estomac de quelque ouvrage de plumes ou de coton, qui sert plus à parer le sein qu'à le cacher. Elles ont avec cela des bracelets et des pendants d'oreilles, point de coiffe sur la tête ; leurs cheveux sont retroussés seulement avec des bandelettes de soie. Elles vont les jambes nues, et portent des souliers noués avec un large ruban.

Je ne vous parle que des femmes riches ou de qualité ; car les autres marchent pieds nus, et n'ont qu'une simple mante de laine, qu'elles lient autour d'elles ; ce qui d'abord n'éblouit pas les yeux. Néanmoins, quoique ces dernières n'aient pas le coup d'œil séduisant, elles ne laissent pas de faire aussi des conquêtes. Il y a des nobles indiens et des Espagnols d'un goût capricieux qui les courent : ils les vont voir secrètement dans leurs cabanes couvertes de chaume, où il n'y a pour tout logement qu'une salle basse, au milieu de laquelle ces Indiennes font du feu pour la cuisson de leurs viandes : et comme il n'y a point de tuyau à la couverture de la cabane, la fumée remplit nécessairement toute la salle ; de sorte qu'on peut dire que ces galants, se trouvant là comme dans un four, étouffent d'amour et de fumée.

Revenons aux femmes des principaux Indiens. Celles-ci habitent des maisons mieux bâties et bien meublées. Lorsqu'elles vont à l'église ou en visite, elles portent un voile de toile de Hollande, d'Espagne ou de la Chine, qui leur couvre la tête et descend jusqu'à terre ; mais sont-elles de retour au logis, elles ôtent sans façon leur guiapil par en haut, si bien qu'elles demeurent la gorge et les épaules nues. Il est vrai que par décence, ou par grimace, elles remettent promptement leur guiapil si quelque homme vient leur rendre visite dans ce temps-là. Je dis par grimace, puisqu'elles ne sont pas cruelles naturellement ni hypocrites. Bien loin de s'armer contre les jeunes gens qui leur font la cour, elles leur donnent beau jeu. Elles sont galantes enfin comme les autres Indiennes ; mais en même temps fort superstitieuses. Quelque goût qu'elles se sentent pour un homme qui les cajole, elles ne se rendront point à ses désirs amoureux, qu'elles n'aient auparavant consulté le vol et le chant des oiseaux, ou bien observé la rencontre des bêtes qui traversent les chemins. Si elles en tirent un augure favorable, le galant peut tout espérer ; au lieu que, si elles n'en conçoivent qu'un malheureux présage, il n'a qu'à chercher fortune ailleurs.

Quelques-unes de ces Indiennes portent plus loin la superstition, et se mêlent de magie pour réussir dans leurs entreprises. Je me souviens qu'une de celles-ci, voulant inspirer de l'amour à un jeune Indien dont elle savoit que le cœur étoit engagé ailleurs, fit un philtre amoureux qui rendit l'Indien infidèle.

Que dites-vous, père Cyrille, interrompis-je en riant? Vous parlez en voyageur, vous contez des fables. On ne dispute point des faits, me dit-il; et ce que je vous raconte en est un, dont j'ai moi-même été témoin. Je vous dirai de plus que le philtre étoit composé de poudre de colibri. Le colibri, ajouta-t-il, est un oiseau d'un plumage brillant et de la grosseur à peu près d'un étourneau. On le met sécher au soleil, puis on le pulvérise ; et cette poudre funeste, mêlée dans du vin ou dans quelque autre liqueur, porte le poison de l'amour dans le cœur qu'on veut enflammer, suivant l'intention de la personne qui fait le charme. N'ajoutez pas foi, si vous voulez, à ce que je vous dis ; mais il est constant que plusieurs Indiens m'ont assuré avoir vu employer ce philtre avec succès. L'Indienne même qui s'en est servie si efficacement me l'a avoué.

Le moine avoit beau me paroître persuadé de ce qu'il disoit, il avoit beau protester que rien n'étoit plus véritable, je ne pouvois le croire. Cependant on verra dans la suite, par une aventure qui m'arriva, que l'histoire de l'amant indien, détaché de sa maîtresse par un sortilége, pouvoit fort bien n'être pas un conte.

Pour achever de vous peindre les Indiennes de Petapa, poursuivit le religieux, je dois vous dire qu'elles ne professent qu'en apparence la religion catholique. Ce qui passe leur entendement ne trouve en elles que de l'incrédulité. Je n'ai fait pour les convertir que des efforts inutiles, quoique pour en venir à bout j'aie épuisé les expressions les plus énergiques du langage proconchi. Ces esprits indociles et superstitieux adorent en secret des idoles de bois ou de pierre. Ils conservent avec un soin religieux, dans leurs maisons, un crapaud, ou quelque autre bête semblable, à la vie de laquelle ils croient fermement que la leur est attachée

Quand je dis qu'ils adorent secrètement leurs idoles, c'est qu'ils n'oseroient leur rendre un culte public. Les Espagnols les en empêchent, et font un mauvais parti à leurs fausses divinités, lorsqu'elles ont le malheur de tomber entre leurs mains. Mais c'est à quoi ces idolâtres prennent bien garde. Ils cachent ordinairement leurs idoles dans quelque caverne dont ils bouchent l'entrée, et dans laquelle ils s'assemblent la nuit comme dans une pagode pour les adorer. Si malheureusement pour eux leur curé est averti de ces assemblées nocturnes, c'est à lui à y mettre ordre ; ce qu'il peut faire en demandant main forte aux alcades et aux régidors, qui, pour faire les catholiques zélés, ne manquent pas de lui donner des soldats espagnols pour l'escorter et pour aller briser les idoles. Mais ces sortes d'expéditions ne sont pas sans péril pour un curé, qui par là s'expose à gagner une couronne de martyr en se faisant mettre en pièces par les Indiens.

Une fin si glorieuse n'est pas du goût de tous les curés. Le père Étienne avoit toujours pris soin de l'éviter. Il s'étoit contenté de prêcher la parole de Dieu à ses paroissiens, sans aller abattre leurs idoles ; et j'aurois, je crois, fort bien fait de suivre son exemple, au lieu de céder à la tentation qui me prit un jour de mériter une place dans le martyrologe. Ayant appris qu'au pied d'une montagne, entre Mixco et Petapa, il y avoit un antre qui recéloit une idole, et dans lequel il se tenoit souvent des assemblées furtives, j'en donnai avis aux alcades, en m'offrant bravement à détruire l'idole. Ces officiers louèrent mon zèle et mon courage, et me fournirent une escorte de vingt Espagnols bien armés, à la tête desquels je marchai fièrement vers la caverne au milieu de la nuit.

Nous trouvâmes l'antre éclairé d'une prodigieuse

quantité de cierges, et nous vîmes environ une cinquantaine d'Indiennes et d'Indiens, dont quelques-uns encensoient l'idole, tandis que les autres dansoient en chantant ses louanges. Cette idole n'étoit rien autre chose qu'un gros dragon de bois peint, et élevé sur un autel de pierre. Notre arrivée troubla la fête; et la vue de mes soldats, qui avoient tous l'épée à la main, épouvanta si fort les idolâtres, que, loin de se mettre en devoir de défendre leur divinité, ils ne songèrent qu'à nous échapper.

J'ordonnai qu'on ne s'opposât point à leur fuite, et qu'on ne leur fît aucun mal. J'abandonnai ensuite le dragon à mon escorte, qui le brisa en mille pièces. Après quoi je retournai triomphant à Petapa, regardant ce bel exploit comme un service très-important rendu à l'église.

CHAPITRE LXIV.

Suite de cette glorieuse expédition. Du danger où se trouva le père Cyrille, et du sage parti qu'il prit de s'en tirer. Il se retire en son monastère. Il reçoit un ordre de son provincial d'aller prêcher à Mexico.

Une si vigoureuse exécution fit grand bruit dans le pays. Les Indiens véritablement convertis ne la désapprouvèrent point; mais les autres, en beaucoup plus grand nombre, la considérant comme un sacrilége, qu'ils ne devoient pas laisser impuni, tinrent entre eux un grand conseil, dans lequel il fut arrêté qu'une belle nuit ils m'assassineroient dans ma maison.

Toutes leurs mesures étoient déjà prises pour faire ce coup, et ma perte étoit infaillible, si le ciel ne s'en fût pas mêlé. Mais les desseins qu'il avoit sur moi intéressant sa bonté à ne me point abandonner, il permit que la veille du jour de l'expédition projetée je reçusse un billet anonyme, par lequel on m'avertissoit du péril où j'étois, sans m'en laisser ignorer la moindre circonstance. Cet avis charitable me venoit d'une Indienne à qui l'un des conjurés avoit révélé la conspiration, et qui, quoique idolâtre, avoit préféré la vie d'un honnête homme à la vengeance de son idole.

Après avoir lu ce billet, qui me parut mériter mon attention, je fis mon paquet, composé de tout mon argent, et, sans dire à mes domestiques un seul mot qui pût leur faire soupçonner mon dessein, je montai sur ma mule, et pris le chemin de Guatimala, sans vouloir être accompagné que de mon ange gardien, qui, s'il me préserva de l'accident dont j'étois menacé, ne me garantit pas de la peur. Je regardai mille fois derrière moi pour voir si quelqu'un ne me poursuivoit point, et je fus enfin assez heureux pour arriver sain et sauf à notre monastère.

Je contai à notre prieur ma sainte prouesse, qu'il loua moins que ma fuite. Père Cyrille, me dit-il, pour vous consoler d'avoir manqué la couronne de martyr que les idolâtres vous destinoient, j'ai une agréable nouvelle à vous annoncer. Il faut à Mexico un religieux de notre ordre qui ait le talent de la prédication : les jésuites et les cordeliers l'emportent actuellement sur nous dans cette ville-là. Nous y avons besoin d'un grand sujet pour les balancer, et nous avons jeté les yeux sur vous. Notre provincial, sur le rapport que je lui ai fait des applaudissements que vos sermons ont reçus à Guatimala, veut vous envoyer à Mexico. J'étois sur le point de vous écrire par son ordre, et de vous rappeler de Petapa. Vous ne pouviez venir ici plus à propos.

Cette nouvelle me fit d'autant plus de plaisir, que je souhaitois de voir Mexico; et le père Cyrille ne se sentoit pas peu flatté du choix qu'on faisoit de lui pour aller dans cette belle ville disputer l'honneur de la chaire à des rivaux si redoutables. Je me préparai donc à obéir au père provincial, qui, dans un entretien que nous eûmes ensemble avant mon départ, m'exhorta particulièrement à travailler pour soutenir par mes sermons la bonne renommée que les prédicateurs de notre ordre ont toujours eue dans les Indes. Ensuite sa révérence m'assura que mes travaux seroient un jour bien récompensés, et joignant à cette assurance une lettre qu'elle écrivoit en ma faveur au père prieur de notre couvent de Mexico, elle me donna sa bénédiction, avec laquelle je pris le chemin de cette grande ville, J'avois pour guide un Indien qui connoissoit parfaitement la route, et qui eut l'adresse de me faire éviter la rencontre des nègres marrons qui habitent les montagnes, et détroussent les voyageurs. Sans lui ces honnêtes gens se seroient peut-être emparés de mes dîmes et de la montre du seigneur don François de Castro; aussi je le payai fort grassement.

Étant arrivé à Mexico, j'allai saluer le prieur, qui se nomme le père Athanase, et je lui remis la dépêche du provincial. Avant qu'il la décachetât, il la baisa très-respectueusement. Il la lut tout bas avec attention, et je remarquai qu'en la lisant il paroissoit surpris et satisfait. Père Cyrille, me dit-il après avoir achevé de la lire, quand cette lettre ne seroit pas du révérend père provincial, elle contient un si bel éloge de votre mérite, que je ne pourrois me dispenser de vous recevoir comme un homme envoyé du ciel pour conserver la gloire de notre ordre. Nous ne pouvons assez nous réjouir de votre arrivée; car enfin, poursuivit-il, les jésuites ont pris à Mexico le haut du pavé : c'est un fait constant. Mais j'espère qu'ils nous le céderont bientôt : si l'on en croit cette lettre, vous allez leur ôter le prix de la prédication.

Je fis à ce compliment une réponse aussi modeste qu'il étoit flatteur ; et après un assez long entretien dans lequel le prieur me marqua une vive impatience de m'entendre prêcher, je me disposai à le contenter. Je montai en chaire au bout de huit jours, et dès mon premier sermon je fis du bruit dans la ville. Que vous dirai-je ? Ce bruit augmente de jour en jour, en dépit des jaloux, et je suis devenu le prédicateur à la mode.

CHAPITRE LXV.

Ce que firent don Chérubin et le père Cyrille après s'être réciproquement conté leurs aventures. Portrait que fait le dernier de son prieur. Don Chérubin est reçu de lui avec plaisir. Ce qui se passe à cette visite.

Lorsque le père Cyrille eut achevé la relation de son voyage, je lui témoignai la joie que j'avois, après une longue absence, de le revoir si honoré et si estimé dans la capitale du Mexique. Je le félicitai sur l'heureux succès de ses sermons, sans lui dire ce que j'en pensois, ou plutôt en lui disant ce que je n'en pensois pas : car je le louai jusqu'à l'appeler l'orateur de Cicéron ; ce que quelque lecteur pourra me reprocher. Monsieur le bachelier, me dira-t-il, on ne doit flatter personne, et surtout ses amis. D'accord : mais je répondrai à cela qu'il ne faut pas être sincère à contre-temps, et qu'il vaut mieux applaudir aux louanges que reçoit notre ami, que de lui dire brutalement qu'il ne les mérite point. D'ailleurs le père Cyrille avoit pris son pli, et ma franchise n'auroit pas été moins inutile qu'indiscrète si j'eusse voulu me mêler de lui donner des avis.

Quand je lui eus fait compliment sur la réputation qu'il avoit d'être un grand prédicateur, je lui demandai s'il étoit content des manières de son prieur à son égard. Est-il bien sensible, lui dis-je, au bonheur qu'il a de vous posséder ? Comment en use-t-il avec vous ? Le mieux du monde, répondit le Biscayen. J'ai tout lieu de me louer du père Athanase : il m'honore de sa confiance ; il me consulte, et me fait entrer dans mille petits détails qui prouvent qu'il a de l'amitié pour moi. Je dirai plus, il ne fait aucune partie que je n'en sois. Régale-t-il des séculiers dans son appartement, il m'appelle pour l'aider à faire les honneurs de sa table par ma conversation, qui, sans vanité, n'est pas des plus pesantes. Va-t-il en visite chez des religieuses, je suis son compagnon. En un mot, je partage tous ses plaisirs.

A ce que je vois, lui répliquai-je, ce père Athanase est apparemment un virtuose ? Sans doute, repartit Carambola. Pour vous en faire le portrait,

je vous dirai premièrement qu'il n'a pas encore quarante-deux ans accomplis. Pour sa personne, c'est un de ces grands moines qu'on ne sauroit voir passer dans les rues sans admirer leur bonne mine. Les dames de Mexico sont ravies quand il va chez elles. Outre qu'il a l'esprit des plus amusants, on peut dire que c'est un religieux qui chante bien, et qui sait la musique à fond. Il a de plus le talent de la poésie ; ce qui ne doit pas être compté pour rien. Il faut, poursuivit-il, que je vous fasse connoître sa révérence. Vous me ferez plaisir, lui dis-je : un pareil religieux me paroît une très-bonne connoissance. Hé bien, je vais vous la donner tout à l'heure. En même temps il me prit par la main, et me conduisit à l'appartement du père Athanase. En y allant, je disois en moi-même : Voyons si le prieur des jacobins de Mexico est aussi bien dans ses meubles que le gardien des cordeliers de Xalapa. J'aurois tort d'en douter : saint Dominique est plus riche que saint François.

En effet, le père Athanase avoit huit à neuf pièces de plain-pied, toutes ornées de tableaux, et magnifiquement meublées. Les plus beaux ouvrages de plumes de Méchoacan y brilloient de toutes parts. On y voyoit des tables couvertes de tapis de soie, et des buffets garnis de vases de la plus belle porcelaine de la Chine et du Japon. Enfin mes yeux furent éblouis de la beauté des choses qui les frappèrent, et qui certainement auroient fait honneur au palais d'un cardinal. Nous trouvâmes le prieur qui s'amusoit à chanter en pinçant les cordes d'un luth. Mon révérend père, lui dit mon conducteur, votre révérence veut bien que je lui présente un de mes meilleurs amis, le seigneur don Chérubin de la Ronda, l'illustre gouverneur du jeune don Alexis de Gelves, fils du vice-roi ? Le père Athanase, par rapport à mon ami Carambola, me fit toutes les politesses imaginables. Il me régala même d'une collation, pendant laquelle il ne parla que de musique et de concerts.

Ce moine me fit connoître par là où le bât le blessoit. J'applaudis à ce qu'il dit ; et le prenant par son foible : Mon révérend père, lui dis-je, mon ami m'a vanté votre voix dans des termes qui m'ont inspiré une violente envie de vous entendre chanter : j'ai de la peine à croire qu'il ne m'ait pas un peu surfait. Vous en allez juger par vous-même, répondit modestement le prieur. Vous avez raison de vous défier du père Cyrille : outre qu'il a beaucoup d'amitié pour moi, il n'est pas fort sensible à l'harmonie. A ces mots, il se leva pour aller prendre son luth, et sans façon se mit à jouer de cet instrument, en chantant une chanson dont il avoit lui-même, nous dit-il, composé l'air et les paroles. Un amant, dans cette chanson, se plaignoit d'une dame cruelle, et tâchoit de l'attendrir par des paroles touchantes. Il falloit voir comme le moine entroit dans la passion, et filoit des sons tendres en roulant les yeux en amant qui succombe à sa langueur; ce qui faisoit avec son froc un contraste fort réjouissant.

Seigneur don Chérubin, me dit le père Cyrille après que le prieur eut chanté, vous voyez les innocentes récréations de sa révérence. Que vous semble de sa voix? Ne la trouvez-vous pas bien moelleuse, et ne seroit-ce point un meurtre qu'elle ne fût point exercée? Je me gardai bien de lui répondre que la voix d'un prêtre et d'un religieux devoit être consacrée aux louanges du Seigneur, car les personnes qui prêchent aux autres n'aiment pas qu'on leur fasse des sermons; au contraire, j'approuvai fort les amusements du père prieur. Je lui fis même répéter sa chanson, en lui disant que j'étois charmé de sa voix, de sa musique et de sa poésie. Je ne laissai pas néanmoins de dire en particulier au père Cyrille ma pensée sur cela. Il prit le parti de son prieur; et, pour faire en même temps l'apologie des moines américains en deux mots, il me dit : Si les religieux de ce pays-ci n'ont pas des visages qui prêchent la mortification, que cela ne vous prévienne point contre eux : pour n'avoir point l'air hypocrite, ils n'en sont pas moins vertueux.

Après avoir passé le reste de la journée avec ces deux moines, je les quittai en leur promettant de les revenir voir quelquefois, et en les priant de m'honorer de leurs visites quand leurs affaires les appelleroient à Mexico.

CHAPITRE LXVI.

Don Chérubin va voir les pénitents du désert, et reconnoît parmi eux don Gabriel de Monchique, le ravisseur de dona Paula sa femme. De la conversation qu'eurent ensemble ces deux cavaliers ennemis, et comment ils se séparèrent. Impression que le récit de l'enlèvement de l'épouse de don Chérubin fit dans son cœur.

Un soir, me trouvant dans une compagnie où l'on s'entretenoit de la beauté des environs de Mexico, j'entendis dire, et chacun en convenoit, que le lieu le plus agréable étoit celui qu'on appelle la Solitude ou le Désert.

Comme je n'y avois point encore été, quoique j'en eusse souvent entendu vanter les agréments, je résolus d'y aller dès le lendemain avec Toston, qui n'étoit pas moins curieux que moi de voir cet endroit. Nous en prîmes le chemin, tous deux montés sur des chevaux des écuries du vice-roi. Nous eûmes fait en peu de temps les trois lieues qu'il y a de la ville à ce séjour solitaire, qui mérite bien une description. C'est une montagne environnée de rochers, et sur laquelle il y a un

couvent que les pères carmes déchaussés ont fait bâtir pour s'y retirer comme dans un ermitage.

On voit au bas et tout autour de cette montagne plusieurs chapelles, qui ont toutes des jardins remplis de fleurs et de fruits. Il sort même des rochers, en plus d'un endroit, des fontaines qui rendent avec l'ombrage des palmiers cette solitude toute charmante. Le dedans de ces chapelles est orné de peintures à fresque, qui représentent les différentes sortes de tourments que les martyrs ont soufferts : et comme si ce n'étoit pas assez d'exposer à la vue du monde des disciplines, des haires, et d'autres instruments de mortification, pour marquer la vie austère et pénitente qu'on mène en ce désert, on voit encore dans chaque chapelle une espèce d'ermite qui se déchire la peau à coups de verges de fer; ce qui attire le peuple mexicain, à qui les spectacles d'horreur font autant de plaisir qu'aux Anglais.

Ces flagellants passent pour des saints. Je les considérois avec admiration. Ayant observé que quelques-uns des spectateurs leur donnoient de l'argent pour avoir part à leurs prières, je voulus les imiter; et, dans cette intention, je m'approchai d'une chapelle pour présenter une pistole au saint personnage qui s'y fouettoit d'une étrange façon : mais imaginez-vous quel fut mon étonnement de reconnoître dans ce misérable ermite, tout défiguré qu'il étoit, don Gabriel de Monchique, le ravisseur de dona Paula ! Je doutai d'abord du rapport de mes yeux, et je dis à Toston : Regarde avec attention ce pénitent : ne démêles-tu pas en lui les traits du perfide don Gabriel? Est-ce une illusion? Non, monsieur, me répondit-il, vous ne vous trompez pas, c'est votre ennemi lui-même : je ne puis le méconnoître, quoiqu'il soit couvert de sang et presque méconnoissable.

Tandis que je parcourois des yeux ce malheureux, dont la vue en réveillant mon ressentiment sembloit me défendre de le satisfaire, il me remit de son côté. Dès qu'il m'eut reconnu, il jeta par terre la discipline dont sa main cruelle étoit armée contre lui; il s'avança vers moi; et me tendant son estomac tout ensanglanté : Don Chérubin, me dit-il, frappe, venge l'outrage que je t'ai fait : bien loin de vouloir me dérober à tes coups, j'en implore la faveur; en me perçant le sein, tu me délivreras des remords qui me déchirent sans relâche, ou plutôt des furies qui me suivent sans cesse depuis deux ans. Eh! qu'as-tu fait de mon épouse, interrompis-je avec précipitation? Qu'est-elle devenue? Parle, scélérat, instruis-moi de son sort. Dona Paula n'est plus, répondit-il : un mois après son enlèvement la mort me l'a ravie. A peine ai-je joui de mon crime que le ciel m'en a puni. Si tu veux en savoir davantage, ajouta-t-il, entre dans ma chapelle, je t'informerai de tout ce que tu souhaites d'apprendre : aussi bien dois-je te faire ce récit pour justifier dona Paula, qui n'est point coupable. En achevant ces paroles, il nous attira dans un coin de la chapelle, Toston et moi, et là il nous tint le discours suivant :

Écoute-moi, don Chérubin, je vais te faire un récit fidèle de la séduction et du ravissement de ton épouse. Quand j'eus formé le dessein de lui plaire, je gagnai par des présents la vieille Antonia, sa suivante, qui m'apprit que dona Paula t'aimoit trop pour être capable de te devenir infidèle. Là-dessus, au lieu de renoncer à mon fol amour, ainsi que je l'aurois dû faire, je m'y abandonnai de telle sorte, que je n'hésitai point à me servir d'un philtre amoureux qui me fut enseigné par un vieil apothicaire d'Alcaraz, et qui étoit, à ce qu'on m'a dit, composé de la poudre d'un certain oiseau dont l'espèce se trouve dans quelques endroits de l'Amérique. Comme je ne donnois pas dans de pareils secrets, que je traitois de chimère, je doutois fort que celui-là réussît ; et toutefois Antonia n'eut pas plus tôt fait prendre de cette poudre à sa maîtresse dans une tasse de chocolat, que le charme opéra.

Dès que j'en fus averti, je pris si bien mon temps et mes mesures, qu'à l'entrée de la nuit des plus obscures je m'éloignai d'Alcaraz avec dona Paula et sa suivante, sans que personne nous aperçût. Nous gagnâmes avant le jour le village de Villa-Verde, qui n'en est éloigné que de deux lieues. Nous nous tînmes cachés dans le château d'un gentilhomme avec lequel j'avois lié amitié, qui étoit parent de don Ambroise de Lorca, et par conséquent ennemi de don Manuel et le tien. Ce gentilhomme se fit un plaisir de nous prêter un asile, et de favoriser une action qui nous déshonoroit tous deux. Nous demeurâmes près de quinze jours dans notre retraite, sans appréhender vos perquisitions, parce que nous étions chez un cavalier qui n'avoit que des domestiques discrets et fidèles. Après cela, nous étant remis en chemin la nuit, pour nous rapprocher de la côte de Carthagène, nous nous rendîmes à un petit port où nous attendoit une barque pour nous conduire à Yviça. Là, nous nous embarquâmes sur un bâtiment que j'avois fait fréter pour Gênes, ma patrie, où je me proposois d'aller cacher ma proie ; le ciel, las des désordres de ma vie, ne voulut pas me le permettre : dona Paula tomba malade, et périt dans le trajet, quoi qu'on pût faire pour la sauver.

Ce funeste événement, continua Monchique, me fit rentrer en moi-même. Je me reprochai mon crime, dont je vis alors toute l'énormité, et je pris la résolution de l'expier, s'il étoit possible, en dé-

vouant le reste de mes jours à la plus rude pénitence. Étant arrivé à Gênes dans ce dessein, je vendis tous mes biens. et voici l'emploi que je fis de l'argent qui m'en revint : j'en donnai une partie à la vieille Antonia pour aller pleurer dans une maison de filles pénitentes la part qu'elle avoit eue à l'enlèvement de sa maîtresse. Je payai et renvoyai mes domestiques ; et, après avoir distribué aux pauvres le reste de mes biens, je sortis de Gênes sous un habit d'ermite, résolu de m'arrêter au premier bois ou dans quelque autre endroit qui me paroîtroit propre à servir de demeure à un anachorète ; ce que je trouvai bientôt.

Mais, don Chérubin, poursuivit-il, je ne crois pas qu'il soit nécessaire que je t'en dise davantage, ni que je te raconte de quelle façon je suis venu d'Italie à Mexico ; cela ne te regarde point ; il suffit de t'avoir appris les faits qui t'intéressent ; et je t'en ai, ce me semble, assez dit pour t'exciter à la vengeance. Plonge donc, ajouta-t-il en me présentant encore sa poitrine, plonge ton épée dans le cœur d'un misérable qui doit paroître un monstre à tes yeux. Non, non, lui répondis-je, quelque offense que tu m'aies faite, je ne puis me résoudre à me venger par un assassinat, j'aime mieux te laisser dans ce désert mériter, par une longue et rigoureuse pénitence, que le ciel ait pitié de toi.

Après avoir prononcé ces paroles, je sortis de la chapelle, et repris le chemin de Mexico, en faisant diverses réflexions sur cette aventure. J'en faisois de tristes quand je me représentois que dona Paula, ne s'étant écartée de son devoir que par un sortilége, étoit excusable ; et il s'élevoit dans mon âme une joie secrète lorsque je pensois que sa mort me mettoit en état d'aspirer à la possession de dona Blanca. Pour Toston, qui ne trouvoit dans cet événement que de quoi se réjouir, il n'avoit que des idées riantes. Sitôt qu'il voyoit que je m'attendrissois sur le sort de dona Paula, il me parloit de la fille de Salzedo ; si bien que, toutes réflexions faites, la joie l'emporta sur la douleur.

CHAPITRE LXVII.

Don Chérubin s'arrête dans un village en revenant du désert. Une rencontre imprévue qu'il y fait. Histoire d'un curé et d'une pèlerine. Quelle étoit cette pèlerine. Admirable effet de la ressemblance, et générosité extraordinaire d'un curé.

Je revenois du désert avec mon valet, et j'avois encore mon esprit occupé de ce que don Gabriel de Monchique m'avoit appris, lorsque je fis une rencontre assez singulière, et qui dissipa pour un temps la tristesse en laquelle je me plongeois de nouveau, en faisant réflexion à la fin tragique de mon épouse infortunée, que je regrettois au fond du cœur. M'arrêtant dans un village, ou plutôt dans une bourgade, pour y faire reposer mes chevaux, je fus tout surpris de voir beaucoup de populace assemblée à la porte du presbytère, à ce que je jugeai, cette maison étant voisine de l'église. J'envoyai Toston pour savoir ce que ce pouvoit être, et la cause de ce tumulte. Il y alla, et revint un moment après en s'écriant comme un extravagant : Ah! monsieur, la plaisante aventure qui se passe ici ! Le curé de ce lieu vient de reconnoître sa femme sous l'habit d'une pèlerine à qui il donnoit l'aumône, et le peuple que vous voyez attend qu'elle sorte de chez monsieur le curé pour la voir. Mon valet se remit à rire avec excès sur cet événement, et il me pria de rester comme les autres pour savoir ce que deviendroit cette aventure. Je le fis taire cependant, ne voulant pas qu'il fît des folies au milieu d'un village où je pouvois être reconnu. Cette catastrophe me fit réfléchir sur la situation du curé, que je mettois en parallèle avec la mienne. Je disois en moi-même : Quelle différence du sort de cet homme avec le mien ! J'ai perdu pour jamais mon épouse sans espoir de la revoir, et le curé retrouve la sienne au moment qu'il s'y attendoit le moins. Curieux de savoir cette histoire plus au long, je perçai la foule, et je demandai à parler à monsieur le curé. On fit d'abord quelques difficultés de me laisser entrer ; mais l'équipage que je faisois paroître, et l'habit que je portois, faisant ouvrir les yeux de ceux qui étoient venus m'ouvrir la porte du presbytère, fit que je ne trouvai aucun obstacle. J'entrai et laissai Toston à notre hôtellerie. J'aperçus dans une salle assez grande les notables du bourg assemblés autour d'un vénérable pasteur, à qui ils persuadoient que la pèlerine n'étoit pas sa femme ; que même elle ne le connoissoit pas, et ne l'avoit jamais vu. Je m'approchai du curé, qui se désoloit de ce que la pèlerine ne vouloit pas le reconnoître. Il se leva dès qu'il m'aperçut ; et, trouvant sans doute ma physionomie revenante, il me pria de vouloir bien l'écouter ; ce que je lui promis, en lui disant quelques mots de consolation et capables de lui donner de l'espérance. Il reçut mon compliment les larmes aux yeux, et me dit : Monsieur, tel est mon malheur ; il y a quinze ans que, voyageant sur mer avec cette femme que vous voyez entourée de mes amis, et qui me méconnoît aujourd'hui, nous eûmes celui d'essuyer une tempête affreuse : notre vaisseau se brisa en mille éclats, et j'aurois succombé moi-même à la fureur des vagues et à celle des flots impétueux, sans un secours parti culier du ciel. Après avoir roulé un temps considérable sur les vagues émues, qui tantôt me fai-

soient voir la profondeur des mers, et tantôt m'élevoient jusqu'aux nues, j'eus le bonheur d'apercevoir une barque vide qui flottoit, comme moi, au gré des flots. J'entrai dedans ; quoique dans l'obscurité, le hasard me fit trouver deux rames, que je saisis aussitôt en rendant mille grâces au ciel ; et sans savoir où j'allois, je ramai deux ou trois heures, jusqu'à ce que je m'aperçus que la mer étoit calme et que ma barque étoit arrêtée. En attendant le jour j'adressois au ciel mille vœux pour mon épouse et deux enfants que j'avois embarqués avec moi. A peine l'aurore se fit-elle apercevoir que ma surprise fut grande de me trouver dans un port rempli de plusieurs vaisseaux : sans doute la Providence avoit conduit ma barque et avoit pris soin de mes jours. Quelques matelots qui m'aperçurent de loin vinrent à mon secours : ils furent extrêmement étonnés de me voir échappé à la furieuse tempête que je venois d'essuyer : ils eurent pitié de mon état, et me prêtèrent un habit complet dont je me vêtis, les miens étant tout mouillés. Sauvé de ce péril affreux, j'allai dans une église, et je me recommandai au Seigneur. Je me promis bien de ne jamais m'embarquer. Mais cependant je regrettois la perte que j'avois faite d'une épouse qui m'étoit chère et de deux enfants que j'aimois tendrement. Après m'être informé de plusieurs passagers s'ils n'avoient eu aucune nouvelle d'un vaisseau appelé l'*Étoile du Berger*, et ayant appris que tout étoit péri, et que j'étois le seul échappé à ce cruel naufrage, je courus de port en port avec de l'argent que je fis de plusieurs bijoux que j'avois avec moi, et de deux anneaux qui m'étoient restés aux doigts. N'entendant parler en aucune façon de mon épouse, je formai la résolution de consacrer ma vie au service de Dieu, ne pouvant trop le remercier de la grâce qu'il m'avoit faite. Je repris mes études, que je n'avois pas encore oubliées, et quelque temps après j'entrai dans un séminaire. Au bout de quatre ans, je reçus les ordres sacrés, à mon parfait contentement ; et, après avoir quelque temps desservi cette cure, j'en fus nommé le pasteur. Voilà déjà plus de six ans que j'y suis, lorsque ce matin, en donnant la charité à cette pélerine, je crus reconnoître dans ses traits ceux de ma femme. La surprise où je fus en cet instant me fit jeter un cri qui fit accourir tous mes gens. La pélerine, effrayée de mon accident, ne sachant à quoi l'attribuer, entra avec moi pour me donner du secours. Revenu à moi, et regardant de plus près cette femme, je fis retirer tous ceux qui étoient présents ; et, me trouvant seul avec elle, je lui demandai si elle n'étoit pas la fille de don Bardo de Mendoce. Elle en convint aussitôt, en me demandant à son tour d'où je pouvois la connoître. Je l'embrassai, et lui appris qu'elle voyoit en moi son infortuné mari don Raxas, échappé à la fureur des eaux par la grâce de Dieu. Mais jugez de mon étonnement, lorsque, se retirant de mes bras, elle me dit que j'extravaguois, qu'elle n'avoit jamais été mariée, et qu'il falloit que je fusse fou. Elle voulut à ces mots sortir, mais je la fis arrêter; et ce sont ses cris réitérés qui ont attiré tout le peuple de cette bourgade à ma porte. Ne suis-je point bien malheureux, continua ce bon prêtre, de n'être pas reconnu de ce qui m'étoit le plus cher au monde! Je vous en fais juges, messieurs. Pour moi, curieux de m'instruire de la suite de cette aventure, je lui dis qu'il étoit de sa prudence de ne pas divulguer une semblable histoire par rapport à son caractère, et qu'il devoit se ménager dans une pareille conjoncture; que s'il me le permettoit j'irois parler à cette pèlerine en particulier, et que je pourrois découvrir par ce moyen ce qu'elle étoit. Il le voulut bien, et commanda qu'on nous laissât seuls. Je m'approchai de cette femme : mais quel fut mon étonnement en reconnoissant, sous l'habit de pèlerine, Nise, ma première inclination! Elle ne fut pas moins troublée à ma vue; et, me demandant par quel hasard je me trouvois-là; je lui contai ce que l'on disoit d'elle, et que la curiosité étoit ce qui m'avoit engagé d'entrer chez ce curé. Je l'exhortai à me dire la vérité. Elle me répondit aussitôt qu'il étoit vrai qu'elle n'avoit jamais été mariée, et qu'elle étoit bien la fille de don Bardo de Mendoce. Je lui demandai son nom de baptême. Elle me dit qu'elle s'appeloit Theresa Nise, et que, devenant sur l'âge, et ne pouvant plus servir à cause d'une infirmité qui la rongeoit depuis long-temps, et qu'elle gagna dans une de ses galanteries, elle avoit pris le parti de demander la charité sous l'habit de pèlerine; qu'elle s'accommodoit assez de son état, et qu'elle y vivoit. Mais n'aviez-vous pas une sœur, lui dis-je? Hélas! oui, me répondit-elle : mais, ayant été séparée d'elle dans ma plus grande enfance parce qu'on la maria, j'ignore si elle vit encore, et le lieu où elle peut être. Comment la nommoit-on? repartis-je. Dona Francisca. C'est bon, lui dis-je en la quittant. Cela me suffisoit; et j'allai retrouver monsieur le curé. Dès qu'il me vit, il s'informa d'abord si cette pèlerine étoit sa femme, comme il n'en doutoit point. Je lui répondis que je ne croyois pas qu'elle le fût, et que la ressemblance de cette femme à la sienne avoit causé sa surprise et avoit frappé son imagination. Comment, lui dis-je, s'appeloit votre épouse? Dona Francisca, me repartit le curé. Eh bien, lui répondis-je en lui donnant la main, venez, et dans cette pèlerine embrassez votre belle-sœur dona Theresa Nise.

Ma belle-sœur! se peut-il, dit le curé en s'élançant vers elle, que vous soyez cette Nise dont me parloit si souvent mon épouse? La pèlerine le lui assura, et, de mon côté, je confirmai qu'elle l'étoit, et que je l'avois connue. Je lui racontai à cet effet l'endroit où je l'avois vue, lui cachant qu'elle avoit été l'objet de mes premières amours. Mais ce qui acheva de le confirmer, c'est que notre pèlerine tira son extrait baptistaire d'une boîte de fer-blanc qu'elle avoit attachée à son côté; et, le montrant à monsieur le curé, il ne put plus douter de la vérité, et embrassa de nouveau sa belle-sœur. Après s'être informé de son état, il l'assura que désormais ils vivroient ensemble, et qu'ils ne se sépareroient qu'au tombeau. Le bruit courut bientôt dans le village que la pèlerine étoit la belle-sœur du curé, et que la ressemblance qu'elle avoit avec sa femme étoit si grande, qu'il y avoit à s'y méprendre.

Cette aventure m'a paru trop singulière pour ne la pas rapporter ici tout au long dans mes mémoires; et je crois que mes lecteurs ne m'en sauront pas mauvais gré. Je quittai le curé, qui ne me laissa point sortir sans que j'eusse accepté une collation frugale qu'il m'offrit : par ce moyen, il me fit témoin de la joie qu'il avoit de voir une sœur qu'il ne connoissoit pas. Il avoit les larmes aux yeux de tendresse, et en regardant Nise il ne cessoit de soupirer, se ressouvenant de son épouse. Ce spectacle m'attendrissoit; et si je fus charmé de voir la chance tournée ainsi, je le fus encore plus de la générosité de ce bon pasteur. Combien y en a-t-il de beaucoup plus riches que celui-ci (son revenu ne se montant qu'à huit cents livres) qui laissent leurs parents dans une misère extrême, tandis qu'ils pourroient les soulager en les retirant chez eux, ou du moins en les aidant à subsister!

Le curé, curieux de savoir à qui il avoit parlé, me demanda ce que j'étois. Je ne le lui cachai pas, et il en marqua plus de considération pour ma personne. Il me pria de lui accorder la permission de venir me voir; ce que je voulus bien. L'action louable de prendre sa sœur chez lui me parut si belle, que, quelque temps après, je lui fis avoir, par le moyen de mon ami don Juan de Salzedo, à quelques lieues de Mexico, du côté de Petapa, un bon bénéfice qui rapportoit deux mille écus de revenu.

Le curé ne cessa de m'en remercier tous les jours, et de m'en témoigner sa reconnoissance. J'ai cité la fin de cette histoire ici, parce qu'il ne sera plus fait mention de lui dans la suite de ces mémoires. Je le quittai, et je m'aperçus bien que la gouvernante du bon curé regardoit d'un mauvais œil sa nouvelle hôtesse. Elle fut la seule que je trouvai fâchée de cet événement. Je revins à Mexico avec Toston. J'avois le cerveau si occupé de cette aventure, que j'en fis part en arrivant à don Juan de Salzedo, et que j'oubliai totalement de lui raconter celle qui m'intéressoit le plus, et dont je me promis bien de lui faire le récit le lendemain.

CHAPITRE LXVIII.

Don Chérubin, de retour à Mexico, rend compte à don Juan de Salzedo de son voyage. De la joie qu'eut ce secrétaire de le voir en état d'être son gendre. Du nouvel emploi qu'il lui fit obtenir, et du bon avis qu'il lui donna.

J'allai avec empressement trouver Salzedo pour l'informer de la rencontre imprévue que j'avois faite, et dont j'avois oublié de lui faire le récit la veille. Je l'abordai avec une agitation qui lui apprit d'avance que j'avois quelque nouvelle intéressante à lui annoncer. Qu'avez-vous, don Chérubin, me dit-il, pour être si ému? Vous seroit-il arrivé quelque chose d'extraordinaire? Oui, seigneur, lui répondis-je, et vous ne vous attendez pas au récit étonnant que j'ai à vous faire. En même temps je lui détaillai ce qui venoit de se passer au désert entre Monchique et moi.

Don Juan m'écouta sans m'interrompre, après quoi m'embrassant avec transport : Que cette nouvelle m'est agréable! s'écria-t-il. L'obstacle qui s'opposoit au repos de ma vie est donc levé! Rien ne peut plus nous empêcher de joindre les liens du sang à ceux de l'amitié. Je suis au comble de mes vœux. En vous parlant de cette sorte, poursuivit-il, je suppose que pour ma fille *tuum semper sauciat pectus amor :* car, si depuis que vous ne la voyez plus votre cœur s'étoit engagé ailleurs, il seroit triste pour elle d'avoir un mari qui ne l'aimât point.

Je protestai à Salzedo que je n'avois point changé de sentiment, et là-dessus il me promit de nouveau la main de dona Blanca. Je fis, comme vous pouvez penser, les remercîments que je devois à un homme qui, pouvant marier sa fille à quelque seigneur de la cour, ou bien à quelque contador mayor, ne dédaignoit pas mon alliance, ou plutôt qui la désiroit avec autant d'ardeur que si elle eût été très-avantageuse pour lui.

Je lui témoignai ma reconnoissance dans des termes qui lui firent connoître que j'étois encore plus touché de l'affection qu'il me marquoit que de la dot de Blanche, quelque considérable qu'elle pût être. Je suis persuadé, me dit-il, de la sincérité de vos sentiments; et si je ne consultois que mes désirs, vous seriez avant huit jours l'époux de ma fille; mais une raison que je vais vous dire m'oblige à différer ce mariage de quelques mois. Don Alexis prendra bientôt la roble virile, je veux

dire qu'il n'aura plus de gouverneur. J'attends ce temps-là pour vous procurer un poste plus important que le vôtre, et, permettez-moi de vous le dire, plus digne d'un cavalier qui doit être mon gendre.

En attendant, ajouta-t-il, je vous permets de revoir ma fille comme auparavant, et d'avoir avec elle des entretiens convenables à deux personnes qui sont à la veille de se lier l'une à l'autre par des nœuds éternels. Je ne négligeai point cette permission. Je revis Blanche, qui, me recevant en amant qui avoit l'aveu de son père, prit un peu d'amour pour moi, en m'en inspirant beaucoup pour elle.

J'étois en peine de savoir quelle nouvelle place mon beau-père futur désiroit que j'eusse pour mériter l'honneur qu'il me vouloit faire, lorsqu'il entra un matin dans ma chambre, en me disant d'un air gai : Mon fils (car il ne m'appeloit plus autrement), *albo dies notanda lapillo!* Vous n'êtes plus gouverneur de don Alexis. Ce jeune seigneur est à présent maître de ses actions, et vous mon collègue. Le vice-roi, pour récompenser les soins que vous avez pris de l'éducation de son fils, consent que je vous associe à mon travail, et que vous partagiez avec moi le titre de premier secrétaire de la vice-royauté. C'est une grâce que je lui ai demandée, et que je viens d'obtenir. Ne me dites point que, vous sentant incapable de vous bien acquitter de mon emploi, vous avez de la répugnance à vous en mêler. Que mes fonctions ne vous épouvantent pas : ce n'est point la magie noire. Il ne faut pour remplir ma place que de l'ordre et du bon sens. Soyez sur cela sans inquiétude. Je vous aurai bientôt mis au fait des affaires les plus difficiles.

Sur cette assurance, je perdis tout-à-coup l'aversion que j'avois eue jusqu'alors pour les bureaux, et je répondis à Salzedo que véritablement mon incapacité me faisoit peur; mais, puisqu'il n'en étoit point effrayé, que je ferois ce qu'il voudroit, comptant bien qu'il m'aideroit de ses conseils, ou, pour parler plus juste, qu'il me meneroit par la lisière. Sitôt qu'il me vit déterminé à faire ce qu'il désiroit, il me conduisit au vice-roi, auquel il me présenta comme son collègue et son gendre. Son excellence approuva le dessein qu'il avoit de m'associer à son ministère, et de me faire épouser Blanche, ne croyant pas, lui dit obligeamment ce seigneur, qu'il pût trouver un sujet plus propre que moi à devenir son gendre et son substitut. Après un discours si flatteur, le comte me dit qu'il m'exhortoit à prendre mon beau-père pour modèle : ce qu'il auroit fort bien pu se dispenser de me recommander, puisqu'il savoit que je connoissois tout le mérite de Salzedo.

Aussi dis-je à ce secrétaire, quand nous eûmes quitté le vice-roi : Monseigneur n'avoit pas besoin de me conseiller de suivre vos traces. Eh ! quel autre que vous pourrois-je me proposer d'imiter ? Quel guide peut mieux que vous me conduire dans la carrière que vous m'ouvrez, et dans laquelle je n'entre qu'en tremblant ? Hélas ! je crains d'avoir l'esprit trop borné pour être capable de remplir votre attente. Je vous le répète encore, me repartit don Juan, ce métier est plus facile que vous ne pensez. J'ai seulement un avis de la dernière conséquence à vous donner. Soyez accessible, honnête, et recevez bien tout le monde. Un air grave, à la vérité, sied bien à un chef de bureau ; mais il ne doit rien avoir d'orgueilleux. La gravité et la sotte fierté, dit un auteur castillan, sont deux sœurs qui se ressemblent beaucoup, et qu'on peut pourtant distinguer : l'une répond aux politesses qu'on lui fait, et l'autre en devient plus insolente.

CHAPITRE LXIX.

Don Chérubin de la Ronda partage les fonctions de Salzedo, et s'en acquitte parfaitement bien. Il épouse dona Blanca. Histoire tragique de trois frères indiens.

Aussitôt que je fus déclaré collègue de don Juan de Salzedo, tous les commis des bureaux de la vice-royauté vinrent avec empressement me saluer comme leur supérieur ; et je reçus bien des visites, la plupart des gentilhommes et des principaux bourgeois de Mexico m'étant venus voir pour faire connoissance avec un homme qu'ils savoient être le meilleur ami de Salzedo, et son gendre désigné.

Dans les commencements je n'allois que pas à pas, et ne faisois rien que je n'eusse auparavant consulté mon oracle, c'est-à-dire mon ancien, qui, prenant à m'instruire un plaisir qui me ravissoit, me donnoit de jour en jour plus de goût pour les affaires. Je m'y appliquai avec tant d'ardeur, que je n'eus pas long-temps besoin d'un guide. Après trois mois d'exercice, on eût dit que je n'avois toute ma vie fait autre chose que ce métier-là. Il est vrai que je mettois toute mon attention à copier mon modèle, et j'y réussis si bien, qu'on me surnomma par excellence dans la ville le singe de Salzedo. Je ne sais pas même si je ne surpassai pas mon original dans l'art de recevoir poliment les personnes qui avoient recours à notre ministère. Il est constant du moins que don Juan n'eut rien à me reprocher sur cet article. Au contraire, il me dit un jour, m'ayant vu faire des politesses à un simple bourgeois : Fort bien, mon fils, fort bien, voilà l'accueil qu'il faut faire à tous les citoyens qui s'adressent à nous. Soit qu'on

leur accorde ou qu'on leur refuse ce qu'ils demandent, nous devons toujours les renvoyer satisfaits de nos manières.

Je n'avois donc pas le défaut qu'ont assez souvent les premiers secrétaires, et quelquefois même les derniers commis : je ne faisois pas le petit ministre. Je dirai plus, je joignois à mon air doux et civil un cœur obligeant. Je rendois tous les services que je pouvois, et principalement aux personnes malheureuses qui venoient implorer mon appui. Par là j'acquis la réputation d'honnête homme, et gagnai l'estime et l'amitié de toute la ville.

Mon collègue s'applaudissoit de son ouvrage. Il étoit ravi de me voir si bien justifier son choix ; et le temps auquel il se proposoit de me donner sa fille étant venu, il me la fit épouser solennellement dans l'église cathédrale de Mexico, en présence du comte et de la comtesse de Gelves, et de tous les officiers de la chancellerie. Les principaux gentilshommes de la ville assistèrent aussi à cette cérémonie, entre autres don André d'Alvarade, mon ami, et don Joseph de Sandoval, tous deux descendus en ligne directe de ces braves capitaines de Cortès qui ont rendu leurs noms si célèbres. On y vit pareillement don Christoval, petit-fils de ce fameux Garcias Holquin, qui se saisit du canot et de la personne du roi Cuahutimoc, successeur de Montézume. En un mot, les cavaliers les plus distingués s'y trouvèrent avec leurs épouses ; ce qui forma une brillante assemblée. Blanche et moi, après avoir reçu la bénédiction nuptiale de la main de l'archevêque, nous retournâmes au palais, où nos noces furent célébrées avec éclat pendant trois jours : festins, bals, concerts et comédies, tout fut mis en œuvre pour les rendre magnifiques.

Quand les réjouissances furent finies, je m'attachai aux affaires encore plus qu'auparavant ; et bientôt monseigneur devint si content de moi, qu'il ne mit presque plus de différence entre le beau-père et le gendre. Il nous consultoit tous deux sur les ordres importants qu'il recevoit de la cour, et quelquefois il arrivoit que mon opinion prévaloit sur celle de don Juan, qui, loin de s'en montrer jaloux, en paroissoit charmé.

Le comte faisoit grand cas de nos avis, mais il ne les suivoit pas toujours ; et quand il s'étoit mis une chose en tête, nous ne pouvions, ni l'un ni l'autre, le détourner de son dessein. Il faut que je rapporte un trait de son opiniâtreté, par lequel on pourra connoître quel homme c'étoit que ce seigneur. Il apprit un jour que dans la province de Méchoacan il y avoit trois frères, gentilshommes indiens, qui demeuroient sur le bord d'une rivière dans laquelle il se trouvoit de l'or en quelques endroits qu'ils n'ignoroient pas, puisqu'on savoit qu'ils avoient trafiqué de la poudre d'or avec un marchand de Séville. Le comte de Gelves, prompt à saisir les occasions d'augmenter ses richesses, envoya dans le pays de Méchoacan des soldats espagnols, avec ordre d'enlever ces trois frères et de les amener à Mexico; ce qui fut exécuté avec autant d'exactitude que de diligence. On mit les Indiens dans la prison du palais. Le vice-roi les interrogea lui-même. Ils nièrent qu'il eussent aucune connoissance des endroits de la rivière où l'on prétendoit qu'il y eût de l'or. Pour les engager à les découvrir, on employa d'abord la douceur et de belles promesses, ensuite les menaces, et même les tourments. Tout cela fut inutile, on ne put leur arracher leur secret.

Si son excellence nous eût voulu croire, Salzedo et moi, elle en seroit demeurée là. Il auroit renvoyé ces malheureux dans leur pays, et se seroit contenté de les avoir inhumainement traités. Tel fut notre avis, qui pourtant ne fut pas suivi, tout judicieux qu'il étoit. Le vice-roi, ne pouvant perdre l'espérance de tirer de l'or de ces prisonniers, prit le parti d'écrire à la cour pour informer le premier ministre de ce qui s'étoit passé, et lui demander ce qu'il devoit faire de ces trois gentilshommes indiens. Le duc d'Olivarès, s'imaginant déjà tenir vingt tonneaux de poudre d'or, fit promptement réponse au comte de Gelves, et lui ordonna de faire sans façon trancher la tête aux trois frères, s'ils s'obstinoient à garder le silence.

Quoique cet ordre parût cruel au vice-roi, il ne laissa pas de se disposer à faire cette sanglante exécution, quelque chose que nous pussions, mon collègue et moi, lui représenter pour l'empêcher de se couvrir du sang de trois hommes qui ne persistoient à se taire que parce qu'ils n'avoient peut-être rien à dire. Il opposoit à nos discours deux raisons auxquelles nous fûmes obligés de nous rendre. Premièrement, il connoissoit le caractère du comte-duc, ministre altier, et qui vouloit qu'on lui obéît sans remontrance : d'ailleurs, il le ménageoit pour se faire continuer dans son poste quelques années au-delà du terme de sa commission, lequel étoit près d'expirer; car il y avoit déjà quatre ans qu'il gouvernoit le Mexique, dont la vice-royauté ne dure que cinq ans, mais qui quelquefois est prolongée jusqu'à dix par le moyen des présents que le vice-roi fait en Espagne, tant au premier ministre qu'au conseiller du conseil des Indes.

Lorsque je vis les trois victimes infortunées de l'avarice du comte-duc et du vice-roi menacées d'une prochaine mort, j'en eus compassion : Monseigneur, dis-je à son excellence, avant qu'on répande le sang de ces Indiens, mettons l'adresse en

usage, puisque la torture a été inutile. Je connois un jacobin qui est fort éloquent, et qui parle parfaitement la langue indienne. Je crois que s'il voyoit les prisonniers, et qu'il eût avec eux plusieurs entretiens, il viendroit à bout de leur faire révéler ce qu'ils cèlent avec tant d'opiniâtreté. J'approuve votre idée, répondit le comte, et rien ne doit nous empêcher de la suivre. Allez tout à l'heure chercher ce religieux, et me l'amenez : s'il peut réussir dans cette affaire, il n'a qu'à compter que je lui ferai avoir un évêché. Je montai aussitôt en carrosse, et me rendis au couvent des jacobins, en disant en moi-même : Vive Dieu! si mon ami Carambola pouvoit devenir évêque, ce seroit fort plaisant.

Qui vous amène ici? s'écria le père Cyrille dès qu'il me vit paroître. Y a-t-il quelque chose pour votre service? Il s'agit plutôt du vôtre, lui répondis-je, puisqu'il est question d'une mitre qu'on veut vous mettre sur la tête. J'espère que vous vous expliquerez, me dit-il; car je ne vous entends point. Je ne crois pas être du bois dont on fait les évêques, quoiqu'on élève tous les jours à l'épiscopat des sujets de notre ordre. J'appris au moine le motif de ma visite, et à quelle condition l'on promettoit de le faire prince de l'église. Oh! je ne tiens pas encore la mitre, reprit-il en branlant la tête : ce qu'on attend de moi n'est pas facile à faire. Vous vous moquez, seigneur Carnéadès, lui répliquai-je en riant : vous qui possédez l'heureux talent de persuader, vous qui parlez si bien le langage proconchi, vous craignez de ne pouvoir engager ces trois prisonniers à répondre aux intentions de la cour, pour sauver leur vie? Oui, repartit le père Cyrille, je crains de n'en pouvoir venir à bout. Vous ne connoissez pas les Indiens. Il y en a qui sont si fermes dans les résolutions qu'ils ont prises, que les supplices les plus cruels ne sauroient les épouvanter. Si ceux-ci sont convenus entre eux de mourir plutôt que de découvrir ce qu'ils veulent cacher, c'est en vain qu'on se flatte de les y contraindre. Je veux bien néanmoins, ajouta-t-il, en faire l'épreuve pour contenter le vice-roi; mais je doute fort que son excellence soit fort satisfaite de l'événement.

Je menai au palais le jacobin, et le présentai à monseigneur, qui lui dit : Père, vous savez de quoi il s'agit. Don Chérubin doit vous avoir mis au fait; et comme il m'a fort vanté votre éloquence, j'ai tout lieu de me flatter que vous engagerez les trois Indiens à rompre un silence qu'ils s'obstinent à garder, et qui leur deviendra funeste s'ils ne se rendent à nos remontrances. Voyez-les, je vous prie; entretenez-les en leur propre langue, et faites en sorte, s'il est possible, qu'ils obéissent aux ordres du roi, en indiquant les endroits de la rivière dans lesquels il y a de l'or. Représentez-leur que, sans cette indication, leur perte est certaine, au lieu que, s'ils la font de bonne grâce, je leur en tiendrai compte, et leur ferai de grands avantages. Quant à vous, père, ajouta-t-il, soyez assuré que si vous réussissez, la cour reconnoîtra ce service. Monseigneur, répondit le père Cyrille, je suis disposé à seconder votre zèle pour le service du roi, et je n'épargnerai rien pour satisfaire votre excellence ; mais, je l'ai déjà dit à don Chérubin, je ne sais si mes exhortations auront le succès que vous vous en promettez.

En même temps notre jacobin, pour montrer qu'il ne demandoit pas mieux que de contribuer à l'accomplissement des désirs du comte, ou plutôt que d'être évêque, se fit conduire à la prison où les trois Indiens étoient enfermés, et demeura quatre heures avec eux. Nous tirions, monseigneur et moi, un augure favorable d'une si longue visite, et nous ne pouvions nous imaginer que les Indiens fussent assez insensés pour vouloir préférer la mort à la vie. Cependant nous nous trompions. L'académicien de Petapa revint nous trouver d'un air mortifié : Ces malheureux, nous dit-il, ne sont pas capables d'entendre raison dans le désespoir qui les possède. Je les ai vainement exhortés à se conformer aux volontés de la cour ; mes discours n'ont fait qu'irriter leur fureur. Ils persistent à soutenir qu'ils ignorent s'il y a de l'or dans cette rivière où l'on prétend qu'il s'en trouve ; et ils ajoutent à cela que, quand ils le sauroient, ils ne l'avoueroient pas, pour punir l'avidité de la cour et du vice-roi. Hé bien, dit alors son excellence irritée de la fermeté des prisonniers, ils périront, puisqu'ils veulent s'approprier des richesses qui appartiennent au roi.

Ces paroles du comte furent suivies d'un arrêt de mort qu'il prononça contre eux, en conformité de l'ordre sanguinaire de la cour, et cela sans opposition de la part des juges de la chancellerie, quoique ces officiers soient en droit de s'opposer aux desseins injustes des vice-rois ; ce qu'il faut sans doute attribuer à la crainte qu'ils avoient de déplaire au ministre, dont ils connoissoient l'esprit vindicatif.

On dressa donc dans la place du marché un échafaud, sur lequel on fit premièrement monter l'aîné des trois frères indiens. Il étoit accompagné du père Cyrille, qui l'exhortoit en proconchi à contenter le vice-roi, tandis que de l'autre l'exécuteur tenoit à la main un large coutelas dont il affectoit de faire briller la lame aux yeux du malheureux qu'elle menaçoit : mais l'Indien, regardant d'un œil intrépide l'appareil de son supplice, et, plus fatigué qu'ébranlé de l'exhortation du

moine, se hâta de tendre la gorge au bourreau, qui lui porta le coup mortel.

On fit aussitôt venir le second frère, à qui le religieux voulut persuader qu'il ne devoit pas suivre l'exemple de son aîné. Discours inutile, lui dit l'Indien, qui parloit un peu la langue espagnole. Mon ami, poursuivit-il en s'adressant à l'exécuteur, fais promptement ton devoir ; consomme l'ouvrage injuste et barbare de tes supérieurs. A ces mots, il pencha la tête sur le billot, et le bourreau la lui trancha.

Il ne restoit plus à expédier que le cadet des trois frères. Celui-ci ne parut pas sitôt sur l'échafaud, qu'on entendit un murmure parmi les assistants, qui étoient en très-grand nombre ; et ce murmure étoit un effet de la compassion générale que sa vue excitoit. Il est constant qu'on ne pouvoit le considérer sans déplorer son malheur. C'étoit un garçon de vingt ans tout au plus, de belle taille et de bonne mine. Les dames, qui sont naturellement pitoyables, plaignoient sa jeunesse, et souhaitoient qu'il n'imitât point ses frères. Tous les spectateurs faisoient des vœux pour lui au ciel. Pour moi, j'espérois, et monseigneur se flattoit aussi de cette espérance, que ce jeune Indien pâliroit en voyant le fer levé sur sa tête, et les corps de ses aînés étendus sur l'échafaud. Le père Cyrille même, malgré la connoissance qu'il avoit de la fermeté des Indiens, ne désespéroit pas d'arracher celui-ci au trépas ; et, pour cet effet, redoublant ses efforts, il épuisa les discours les plus éloquents de son recueil académique : mais il ne fut pas plus heureux dans cette entreprise qu'il l'avoit été à Guatimala dans l'affaire de l'élection d'une supérieure ; car quand le jeune Indien aperçut par terre les têtes de ses frères séparées de leurs troncs, il les ramassa toutes deux en fureur, et les baisant l'une après l'autre avec transport : Attendez, s'écria-t-il en sa langue, attendez, mes chers frères, je vais vous suivre. La mort n'a pour moi que des charmes, puisqu'elle va me rejoindre à vous. Le jacobin, jugeant par ces paroles que ce furieux vouloit périr, cessa de l'exhorter à vivre, et l'abandonna au bourreau, qui lui abattit la tête.

La place du marché retentit aussitôt d'un cri d'horreur. Tout le peuple éclate en murmures confus. On plaint ces trois Indiens, et leurs juges sont accusés d'injustice. Il est certain que cette aventure fit peu d'honneur au comte de Gelves et au premier ministre ; mais je crois que ces deux seigneurs furent moins mortifiés d'avoir fait injustement mourir trois gentilshommes, que d'avoir infructueusement commis une si mauvaise action. Pour don Juan de Salzedo et moi, nous en fûmes véritablement affligés, aussi bien que le petit père

Cyrille, qui s'en retourna tristement à son monastère comme un homme qui perdoit un évêché.

CHAPITRE LXX.

Par quel hasard Toston fit tout-à-coup fortune, et de la louable résolution qu'il prit bientôt après. Don Alexis voit partir sans regret sa créole, épouse de Toston.

Le lendemain de ce tragique événement, il en arriva un plus réjouissant au palais. Blandine s'étant aperçue que don Alexis avoit abusé de la foiblesse qu'elle avoit eue pour lui, fit confidence à Toston de l'état où elle se trouvoit ; et ce domestique aussitôt en avertit la vice-reine.

Cette dame en parut aussi étonnée que si elle n'eût pas dû prévoir cet accident. Ah ! mon ami, lui dit-elle, que viens-tu m'apprendre ! cette nouvelle me perce le cœur. Je n'aurois jamais cru Blandine capable de s'oublier jusque-là. Madame, lui répondit Toston, vous savez qu'un tendre engagement va plus loin qu'on ne pense. Quand la maîtresse est attendrie, et l'amant bien passionné, la raison et la vertu perdent aisément sur eux leur empire.

Ah ! foible Blandine, reprit la comtesse, qu'astu fait ! Devois-tu laisser prendre à mon fils des libertés qu'on ne permet qu'à un époux ? Mais pourquoi te faire ce reproche ? C'est à ma seule imprudence qu'on doit imputer ton malheur. Hélas ! c'est moi qui t'ai perdue, en t'exposant au péril où ta sagesse a succombé. Après cette tirade de démonstration de douleur : Je serois inconsolable, poursuivit-elle en changeant de ton, si le mal étoit sans remède. Heureusement il y en a. Oui, sans doute, il est un moyen sûr de sauver l'honneur de Blandine : il n'y a qu'à la marier promptement à quelque honnête homme, à toi par exemple : tu me parois lui convenir. Madame, lui repartit Toston, je vous remercie de la préférence.

Tu as raison de m'en remercier, s'écria la vice-reine ; apprends, mon ami, que tu ne feras pas une mauvaise affaire en t'unissant avec Blandine. Premièrement, cette créole est fort jolie, et je lui donnerai une grosse dot ; avec cela je te promets un emploi considérable, et, ce qui ne doit pas être compté pour rien, ma protection. Franchement, Madame, dit Toston avec beaucoup de vivacité, vous m'éblouissez : il faudroit que je fusse ennemi de ma fortune si je refusois un pareil établissement. C'en est fait, je suis tout prêt à conserver l'honneur de Blandine aux dépens du mien.

La vice-reine, charmée de voir ce garçon dans ces sentiments, se hâta de lui faire épouser sa créole, dont la réputation, par ce mariage, ne reçut aucune atteinte ; car personne ne fut étonné de voir un valet de chambre de don Alexis se marier à une suivante de la comtesse. Ce qu'il y eut de bon pour l'épouseur dans cet hymen précipité, c'est qu'il toucha mille pistoles d'Espagne que la vice-reine lui fit compter. Ajoutez à cela trois mille écus qu'il reçut de moi pour récompense des services qu'il m'avoit rendus.

Lorsque ce domestique se vit si bien en argent, il lui prit envie de retourner dans son pays et d'y mener sa femme, dont il étoit depuis longtemps amoureux, et plus aimé que don Alexis, de sorte qu'il pouvoit se flatter, aussi bien que ce jeune seigneur, d'être le véritable père de l'enfant qui devoit naître de Blandine. Il me communiqua son dessein. Monsieur, me dit-il, quoique le séjour de Mexico soit peut-être le plus beau qu'il y ait sur la terre habitable, j'ai résolu de le quitter pour aller revoir ma patrie et mes parents. Mon père, qui, comme vous savez, est maître d'école dans la ville d'Alcaraz, vit encore, de même que ma mère, à moins que depuis notre séparation la mort ne me les ait enlevés tous deux. Ils ne sont pas riches, et vous jugez bien que le retour d'un généreux fils qui a fait fortune leur sera fort agréable.

Outre le plaisir que je me fais, poursuivit-il, de rendre leur sort un peu plus doux, je sens que je n'en aurai pas moins à porter de vos nouvelles au seigneur don Manuel de Pedrilla, votre beau-frère et votre ami, qui doit être dans une impatience mortelle d'en recevoir. Il n'en faut pas douter, lui dis-je ; don Manuel m'aime trop pour n'être pas en peine de moi ; et, de mon côté, je serois indigne de son amitié si je tardois plus long-temps à l'informer de l'heureuse situation où je me trouve. Aussi suis-je dans le dessein de la lui faire savoir, le plus tôt qu'il me sera possible, par une lettre qui en contiendra un ample détail.

Non, non, Monsieur, interrompit Toston, c'est un soin dont je me charge. Je l'instruirai mieux de vive voix que vous ne pourriez faire par une lettre, de tout ce qui vous est arrivé depuis votre départ d'Alcaraz. De plus, je serai en état de répondre à toutes les questions qu'il voudra me faire, et vous ne doutez pas qu'il ne m'en fasse une infinité. Il est constant, repris-je, qu'un rapport de ta part seroit préférable à la plus longue dépêche ; mais je crains une chose : don Alexis ne voudra pas consentir à l'éloignement de Blandine. Oh ! que si, repartit Toston ; l'amour de ce seigneur s'est bien ralenti : il commence à se détacher de sa créole ; et, marchant sur les traces de son père, malgré tout ce que nous avons pu faire,

la vice-reine et moi, pour l'empêcher, il s'entête
à vue d'œil d'une Indienne coquette dont un de
ses pages lui a procuré la connoissance. Je suis
ravi qu'il soit devenu volage ; car Blandine a plus
de goût pour moi, sans vanité, que pour lui. Elle
abandonnera volontiers Mexico pour me suivre
dans mon pays, où nous vivrons à notre aise en
élevant honnêtement la petite famille que nous
promet sa fécondité.

Véritablement don Alexis, bien loin de vouloir
retenir sa créole, reçut ses adieux d'un œil sec ;
mais au défaut de la douleur que le petit ingrat
auroit dû avoir de perdre une personne qui avoit
eu de si fortes bontés pour lui, il lui fit présent
de quelques pierreries. Après quoi, Toston s'é-
tant chargé des dépêches que je lui donnai pour
don Manuel et pour ma sœur, il partit avec Blandine pour se rendre à la Vera-Cruz par la voie
des muletiers.

CHAPITRE LXXI.

*De la confidence que don Juan de Salzedo fit à son gen-
dre d'un projet formé par le vice-roi. Ce que c'étoit
que ce projet, et comment il fut exécuté. L'archevêque de Mexico prend le parti du peuple, excom-
munie don Pèdre et le vice-roi. Violence que lui fait
ce dernier pour le faire conduire à la Vera-Cruz.*

Pour peu que mon beau-père eût été envieux
et jaloux, il n'auroit pas vu sans peine les gentilshommes s'empresser, comme ils faisoient, à rechercher mon amitié préférablement à la sienne ;
mais c'étoit un bonhomme qui prenoit plaisir à
me voir estimé et honoré de tout le monde. Peut-
être aussi qu'en lui-même, attribuant à la considération qu'on avoit pour lui celle qu'on me témoignoit, sa vanité y trouvoit son compte. Quoi
qu'il en soit, il m'aimoit autant que si j'eusse été
son propre fils. Il n'avoit point de secrets pour
moi, et quelquefois il me faisoit des confidences
très-importantes. En voici une de celles-là qu'il
me fit un jour.

Le comte de Gelves, me dit-il, commence à
perdre l'espérance de faire prolonger son gouvernement. Un courtisan de ses amis, bien informé
des mouvements que plusieurs seigneurs se donnent à la cour pour obtenir la vice-royauté du
Mexique, lui mande que le comte duc d'Olivarès
paroît avoir envie de faire tomber le choix du roi
sur le marquis de Serralvo. Un autre, moins
avare que le comte de Gelves, continua-t-il, s'en
consoleroit, et s'en retourneroit content à Madrid
avec le poisson qu'il a pris : mais il ne peut se
borner ; il veut faire un bon coup de filet. Il prétend qu'en faisant renchérir le sel il gagnera des
sommes immenses ; et, pour rejeter sur un autre
la haine publique qui est attachée à ce monopole,

il a en main un homme né pour exécuter de semblables entreprises : c'est don Pedro Mexio, gentilhomme des plus riches du Mexique, et des
mortels peut-être le plus audacieux.

J'aime monseigneur, poursuivit don Juan, et
je chéris trop sa gloire et son honneur pour avoir
applaudi à son dessein lorsqu'il me l'a communiqué. Je l'ai combattu en ami sincère, en serviteur zélé : mais, quoique le comte m'écoute ordinairement et suive assez mes avis, je vous dirai
qu'il y a des occasions où, comme dans celle-ci,
il ne veut pas être contredit ; si bien qu'il est
déterminé à faire exécuter son projet, quelque
chose qu'il en puisse arriver. Ainsi parla mon
beau-père, qui me demanda ensuite ce que je disois de ce projet. Je dis, lui répondis-je, qu'il me
fait frémir, et qu'il peut avoir des suites fort désagréables pour son excellence et pour nous. C'est
ce que je crains, répliqua-t-il ; et je suis bien
mortifié de ne pouvoir les prévenir. Nous désap-
prouvions donc cette entreprise, Salzedo et moi,
et nous étions au désespoir de voir que l'on se
préparoit à l'exécuter. Je vais détailler de quelle
façon les entrepreneurs commencèrent cet ouvrage
d'iniquité. Le lecteur verra par l'événement la vérité du proverbe : *la codicia quebra al saco,*
la convoitise rompt le sac.

Don Pedro Mexio, suivant l'accord fait entre le
comte et lui, acheta tout le sel qu'il put trouver
à vendre dans le pays, et en remplit les greniers
qu'il avoit loués dans cette intention. Par ce moyen
le sel devint plus rare, et renchérit de jour en
jour. Alors don Pedro, vendant le sien, en augmenta peu à peu le prix, de manière que les
pauvres commencèrent à se plaindre, et les riches à murmurer, d'autant plus qu'ils savoient
bien les uns et les autres ce qu'ils devoient penser
de cette cherté. Ils ne s'en tinrent pas aux plaintes
et aux murmures. Ils présentèrent, au nom du
peuple en général, une requête aux juges de la
chancellerie, demandant qu'on remît le sel à son
prix ordinaire : mais le vice-roi, qui étoit à la tête
de ces juges, dont la plupart n'osoient être d'une
autre opinion que la sienne, leur fit entendre que
cette cherté ne dureroit pas long-temps, et qu'il
falloit prendre patience. De sorte que personne
n'ayant la hardiesse de s'opposer à son avarice,
on laissa Mexio continuer son brigandage à son
aise.

A la fin, le peuple, las de ne pas voir finir ce
monopole, implora le secours de l'archevêque, en
exposant, dans un mémoire à sa grandeur, qu'elle
devoit interposer son autorité pastorale pour délivrer ses ouailles de la tyrannie de don Pedro. Le
pasteur, touché de leur misère, ou, pour parler
plus juste, poussé par une secrète haine qu'il avoit

pour le vice-roi, saisit cette occasion de le mortifier, sous le spécieux prétexte de les soulager. Il résolut d'employer les censures de l'église contre Mexio, n'ignorant pas que ce seroit attaquer indirectement le comte. Ce prélat passionné se nommoit don Alonso de Zerna. Il étoit fils d'un hidalgo de la Castille vieille. Il avoit obtenu, je ne sais comment, l'archevêché de Mexico, qui vaut soixante mille écus de rente; et, fier de la possession d'un si riche bénéfice, il se croyoit pour le moins égal au vice-roi.

Don Alonso, pour chagriner son ennemi, excommunia don Pedro, et fit afficher son excommunication aux portes de toutes les églises, afin que personne n'en ignorât. Mexio en étant informé, n'en fit que rire. Il se moqua de l'archevêque; et, pour lui montrer le peu de cas qu'il faisoit de son excommunication, il continua de vendre son sel, et même il en haussa le prix. Cette audace ne manqua pas d'irriter l'impétueux prélat, qui, de son côté, n'écoutant et ne suivant que son humeur bouillante, poussa son ressentiment jusqu'à interdire le service divin.

Rien n'est plus considérable dans la Nouvelle-Espagne que cette interdiction. C'est pour ainsi dire sonner le tocsin pour avertir le peuple que le feu est dans la maison du Seigneur : car, dès le moment qu'elle est publiée, on ferme les portes des églises, on n'y dit plus de messes, on n'y fait plus de prières; c'est une suspension générale de toutes les fonctions ecclésiastiques. Pour bien concevoir l'importance de cette redoutable censure, il faut savoir qu'il y a plus de mille prêtres à Mexico, tant séculiers que réguliers, qui ne subsistent que des messes qu'ils disent à un écu chacune, ce qui monte à plus de mille écus par jour, et ce que l'excommunié doit payer.

Don Pedro, jugeant bien que l'archevêque vouloit le ruiner en le rendant odieux au peuple, et d'ailleurs s'apercevant que l'on commençoit à l'insulter dans les rues, perdit une partie de sa fermeté, et se retira au palais du vice-roi pour prier son excellence de le protéger, puisqu'après tout il n'avoit fait que ce qu'elle lui avoit ordonné. Là-dessus le comte de Gelves envoya la plupart de ses domestiques aux portes des églises, arracher les affiches d'excommunication et d'interdiction qui y étoient. Il fit dire ensuite aux supérieurs des couvents qu'il leur commandoit d'ouvrir leurs églises et d'y faire dire des messes, sous peine de désobéissance. Mais les moines répondirent que dans cette occasion il leur sembloit qu'ils devoient plutôt obéir à leur pasteur qu'au vice-roi. Sur leur refus, son excellence m'appela et me dit : Don Chérubin, allez tout à l'heure dire de

ma part à l'archevêque que je lui ordonne de révoquer ses censures.

Je me rendis en diligence au palais archiépiscopal, et j'exposai ma commission au prélat, qui me dit d'un air brusque, qu'il ne pouvoit faire ce que le comte lui commandoit, que Mexio, le perturbateur du repos public, ne se fût préalablement soumis à l'église, et n'eût dédommagé tous les prêtres des sommes qu'il leur avoit fait perdre. Je voulus représenter à sa grandeur irritée qu'elle ne faisoit pas réflexion que c'étoit désobéir au roi que de refuser d'obéir aux ordres de de son ministre; mais le furieux don Alonso m'interrompit avec emportement : Taisez-vous, mon ami, dit-il, je n'ai pas besoin de vos remontrances. Je sais ce que je dois à un vice-roi qui fait un si mauvais usage de son pouvoir, et qui mériteroit d'être traité comme don Pedro. Je ne jugeai point à propos de répliquer, quelque envie que j'en eusse, et je me retirai, de peur d'être aussi excommunié.

Le vice-roi, qui n'étoit guère moins violent que l'archevêque, fut transporté de colère quand je lui eus rapporté ce que le prélat m'avoit dit; et, cédant à son premier mouvement, il fit venir le capitaine de ses gardes : Tirol, lui dit-il, je vous commande d'aller vous saisir de la personne de l'archevêque dans quelque lieu qu'il soit, l'immunité des églises ne devant pas même être respectée dans cette occasion. Conduisez ce prêtre à la Vera-Cruz, et le mettez sous la garde du château, jusqu'à ce qu'on puisse l'embarquer pour le transporter en Espagne.

Tandis que Tirol rassembloit ses gens pour exécuter l'ordre de son excellence, l'archevêque en fut averti. Il sortit aussitôt de la ville, et se réfugia dans le faubourg de Guadaloupe, accompagné de plusieurs ecclésiastiques. Là, il dressa lui-même contre le vice-roi une excommunication qu'il chargea un de ses prêtres de faire afficher à la porte de la cathédrale. Ensuite ayant appris qu'on le poursuivoit, il se sauva dans une église, où il fit allumer des cierges sur l'autel, et se revêtit de ses habits pontificaux, trop persuadé que dans cet état aucun homme n'oseroit mettre la main sur lui. Mais il fut bientôt désabusé. Tirol, à la tête de ses gens, entra dans l'église; et, s'étant respectueusement approché du prélat, le pria d'entendre la lecture d'un ordre du roi qu'il lui apportoit, et de s'y soumettre sans résistance pour éviter le scandale. Sur cela notre archevêque se mit à crier qu'on violoit les priviléges des églises, et prit à témoin tous ses prêtres de la violence qu'on lui faisoit. Néanmoins, après avoir bien déclamé contre le vice-roi, il ôta ses habits, et se rendit docilement à Tirol, qui le mena sur-le-champ à la Vera-Cruz.

CHAPITRE LXXII.

Des tristes et fâcheuses suites qu'eut l'enlèvement de l'archevêque de Mexico. Le vice-roi est obligé de se retirer chez les cordeliers. Don Chérubin, sa femme et son beau-père s'y retirent aussi. Don Chérubin sort de Mexico.

Don Juan et moi, nous fûmes affligés de cet enlèvement, prévoyant bien qu'il auroit de fâcheuses suites. Nous avions des espions qui nous rendoient un compte exact de ce qu'on disoit dans la ville, et nous avions lieu de juger par leurs rapports que les habitants n'approuvoient point la conduite que le comte avoit tenue, et même qu'ils lui donnoient le tort.

Nous apprîmes bientôt que les ecclésiastiques surtout étoient animés contre son excellence; qu'ils inspiroient à la populace un esprit de révolte, et qu'ils excitoient les créoles, les Indiens et les mulâtres, ennemis secrets du gouvernement, à commencer la sédition. Insensiblement le nombre des mécontents grossit à un point, qu'il sembloit que toute la ville eût pris parti contre le vice-roi. Ses domestiques ne pouvoient paroître sans s'exposer à des insultes. Salzedo même et moi, nous fûmes enveloppés dans la haine du peuple, qui s'imaginoit sans doute que nous avions eu part au monopole du sel. Enfin tout annonçoit la prochaine *sédition que le retour de Tirol à Mexico* fit éclater. Le premier qui leva le bouclier fut un prêtre, lequel voyant passer dans la place du marché ce capitaine à cheval, s'avisa de crier : « Voilà » celui qui a osé porter sa main impie sur le mi-» nistre du Seigneur. »

À la voix de ce prêtre la populace s'émeut, s'assemble, et poursuit à coups de pierres jusqu'au palais Tirol, qui, craignant un soulèvement général, fait fermer les portes. La précaution ne fut pas inutile, car l'affaire devint sérieuse. En moins d'un quart d'heure il se trouva dans la place plus de six mille personnes de toutes sortes de conditions, qui, prodiguant des injures à Tirol, se mirent à crier à l'envi qu'il falloit l'exterminer.

Jusque là les séditieux n'avoient encore fait que du bruit; et le vice-roi, croyant que pour les apaiser il n'y avoit qu'à les envoyer prier de sa part de se retirer dans leurs maisons, en les assurant que Tirol s'étoit sauvé du palais par une porte de derrière, me chargea de cette commission, de laquelle j'aurois volontiers cédé l'honneur à un autre, et dont pourtant je m'acquittai d'un air assez hardi pour un homme qui s'exposoit à être lapidé ; ce qui pensa m'arriver : car m'étant montré à un balcon pour parler aux mutins, je vis aussitôt tomber sur moi une grêle de pierres, dont heureusement aucune ne m'atteignit. Comme il n'y avoit que des coups à gagner en voulant faire entendre raison à ces enragés, je me retirai sagement, et, par ma brusque retraite, j'évitai le sort de l'empereur Montézume[1].

Les choses n'en demeurèrent point là. Quelques prêtres, s'étant mis de la partie, irritèrent la fureur des mécontents, dont quelques-uns, s'étant armés de fusils, commencèrent à tirer aux fenêtres, et à faire siffler les balles dans le palais, tandis que d'autres, avec des leviers, s'efforçoient d'abattre la muraille pour y entrer. Pendant cinq ou six heures que dura ce tumulte, un page et deux gardes du comte, qui parurent aux balcons avec des carabines pour riposter aux tireurs du dehors, eurent le malheur de périr, après avoir de leur côté couché par terre quelques *séditieux*. Nous en aurions fait un grand carnage si nous eussions eu quelques pièces de canon; mais il n'y en avoit ni dans le palais ni dans la ville, les Espagnols n'appréhendant point d'être attaqués par des nations étrangères.

Au défaut du canon, le comte de Gelves fit arborer sur ses balcons l'étendard royal, sonner la trompette, pour appeler les habitants au secours de leur roi, dont il représentoit la personne. Ce qui fut encore inutile, puisqu'aucun de ses amis ni des officiers de la chancellerie n'accourut pour le défendre. Cependant la nuit s'approchoit, et les mécontents l'attendoient avec impatience pour augmenter le désordre. Comme ils s'étoient aperçus que la porte de la prison pouvoit aisément être enfoncée, ils l'enfoncèrent, ou plutôt le geolier la leur ouvrit. Ils mirent en liberté les prisonniers, qui, se joignant à eux, les aidèrent à mettre le feu à la prison, et à brûler une partie du palais. Alors les principaux habitants, craignant que la ville ne fût réduite en cendres, sortirent de leurs maisons, et, pour leurs propres *intérêts*, apaisèrent la populace. Ils lui firent éteindre le feu ; sans cela Mexico eût eu le destin de la ville de Troie.

Mais s'ils eurent assez d'autorité pour empêcher que la canaille ne brûlât le palais du vice-roi, ils n'eurent pas le pouvoir de préserver du pillage tous les effets de ce seigneur. Une partie de ses meubles fut enlevée ; et lui-même, pour pourvoir à la sûreté de sa personne, se vit obligé de se réfugier avec son épouse et son fils chez les cordeliers, qui étoient les seuls moines *qui ne fussent pas ses ennemis*. Ces pères lui donnèrent un logement assez commode dans leur couvent, qui

[1] Ce prince fut tué d'un coup de pierre, comme il parloit du haut d'un balcon à ses sujets, pour les engager à mettre les armes bas.

est d'une vaste étendue. Ce logement étoit celui du père provincial de l'ordre, qui n'étoit point alors à Mexico. C'étoit un grand corps-de-logis qui contenoit plusieurs appartements fort petits et très-simplement meublés, à l'exception de celui où couchoit sa révérence. Pour ce dernier, il étoit composé de cinq ou six pièces, et l'on peut dire qu'on n'y vovoit rien qui sentît la pauvreté religieuse.

Salzedo, Blanche et moi, nous allâmes joindre le comte au couvent pendant la nuit. Ses principaux domestiques et les nôtres s'y rendirent aussi, et nous nous trouvâmes enfin tous logés, tant bien que mal. Le lendemain, dès la pointe du jour, monseigneur nous fit appeler, mon beau-père et moi, pour délibérer tous trois sur ce qu'il convenoit de faire dans une si triste conjoncture. Il n'y a point d'autre parti à prendre, dit don Juan, que d'envoyer promptement un homme d'esprit et de confiance au duc d'Olivarès, pour l'informer de cette révolte; et je ne crois pas qu'on puisse choisir un homme plus capable de bien faire cette commission que don Chérubin. Je suis de votre avis, Salzedo, dit le comte; il faut que don Chérubin parte incessamment pour Madrid : on ne peut user de trop de diligence.

Le vice-roi employa toute la journée à faire des dépêches pour la cour et à me donner des instructions, et le surlendemain je pris la route de la Vera-Cruz avec un valet de chambre et un laquais. Je laissai donc son excellence, madame la comtesse, don Juan et ma femme, chez les cordeliers de Mexico; et, faisant toute la diligence possible, je gagnai la Vera-Cruz, où j'appris que l'archevêque don Alonso de Zerna étoit parti pour l'Espagne depuis deux jours. Comme il y a toujours dans le port de cette ville un vaisseau préparé pour le service du vice-roi, je m'embarquai dessus sans perdre de temps, et fis mettre à la voile pour Cadix, où j'arrivai après une heureuse et courte navigation.

CHAPITRE LXXIII.

Don Chérubin étant arrivé à Madrid va voir le duc d'Olivarès, et lui fait un détail du soulèvement de Mexico. Comment ce premier ministre fut affecté de ce rapport, et des résolutions qui furent prises en conséquence dans le conseil de sa majesté catholique. Le vice-roi rentre triomphant dans son palais. Sa disgrâce. Il retourne à Madrid. Don Chérubin et sa famille le suivent.

Je n'eus pas plus tôt mis pied à terre à Cadix, que, me hâtant de traverser l'Andalousie et la Castille nouvelle, je fus bientôt à Madrid. Je volai d'abord chez le premier ministre, qui me donna audience dès que je lui eus fait annoncer mon arrivée. Je lui remis les dépêches dont j'étois chargé. Il les lut avec toute l'attention qu'elles méritoient; et, voyant que le comte de Gelves lui mandoit que je pourrois l'instruire de toutes les circonstances de la sédition, il ne manqua pas de m'en demander un ample détail. Je lui obéis en homme qui étoit bien préparé. J'avouerai de bonne foi que dans ma relation je desservis autant que je le pus l'archevêque don Alonso. Je le peignis avec les couleurs les plus noires, et je finis mon récit en rejetant sur l'orgueil de ce prélat toute la faute de ce funeste événement

Le duc d'Olivarès lut en plein conseil la dépêche du comte de Gelves, et tout le monde trouva cette affaire très-importante. On jugea qu'il étoit absolument nécessaire de punir les plus coupables des séditieux, pour retenir dans le devoir les autres provinces de l'Amérique, lesquelles, ne se voyant qu'à regret sous le joug espagnol, pourroient être tentées de suivre le mauvais exemple des Mexicains. Il fut arrêté dans le conseil qu'on enverroit à Mexico don Martin de Carillo, prêtre et inquisiteur de Valladolid, en qualité de commissaire, pour y faire les informations convenables, avec pouvoir de châtier rigoureusement quelques-uns des principaux habitants, pour n'avoir pas couru au son de la trompette se ranger sous l'étendard royal. On y résolut aussi de changer les officiers de la chancellerie, pour avoir laissé le vice-roi dans le péril, sans se donner le moindre mouvement pour l'en tirer.

A l'égard de l'archevêque don Alonso, il eut beau solliciter à la cour, personne dans le conseil ne voulut entreprendre sa défense, tant on trouva sa conduite digne de blâme. On le dépouilla même de son riche bénéfice, pour le faire évêque de Zamora, petit diocèse de quatre mille écus de rente. C'étoit en quelque façon devenir d'évêque meûnier; mais on trouvoit encore que la cour marquoit assez de considération pour la maison de Zerna.

Le premier ministre, que la sédition des Mexicains inquiétoit, ne me retint pas long-temps à Madrid. Il me renvoya promptement avec une dépêche pour le vice-roi. Je retournai à Mexico avec don Martin de Carillo, dont l'arrivée répandit la terreur dans cette ville. Les citoyens pour la plupart se sentant coupables craignoient d'être punis. Tout le monde jugeoit que la cour vouloit faire un exemple, et chacun trembloit pour lui ou pour ses amis; mais ils en furent quittes pour la peur. Don Martin les rassura, en leur déclarant de la part du roi que sa majesté, aimant mieux écouter sa clémence que sa justice, leur accordoit une amnistie générale.

Cette déclaration produisit un effet admirable.

Le peuple, qui partout change comme le vent, fut touché de la bonté de son souverain, et s'écria : *Vive notre bon roi Philippe ! Vive le comte de Gelves, son ministre !* Alors vous eussiez vu ces mêmes séditieux, qui avoient voulu massacrer ce seigneur, aller en foule aux cordeliers le demander pour le conduire à son palais avec des acclamations et des démonstrations de joie excessives.

Le vice-roi, qui jusque-là n'étoit point sorti du couvent depuis qu'il s'y étoit réfugié, voyant qu'il pouvoit impunément se montrer en public, s'en retourna chez lui, où, ce qui le surprit bien agréablement, il retrouva ses effets tels qu'il les avoit laissés en se sauvant chez les moines ; car, par le plus grand bonheur du monde, les gentilshommes, qui avoient eu assez de pouvoir sur la populace pour calmer sa fureur et lui faire éteindre le feu, avoient eu en même temps la précaution de faire garder les portes du palais par les mutins mêmes, en leur défendant de voler, de peur qu'il ne vînt des ordres de la cour qui les en fissent repentir. Si bien que dans le palais tout reprit sa première face.

J'ai oublié de dire qu'à mon retour d'Espagne, lorsque je rendis compte de mon voyage à monseigneur, il me fit une question. Comment le duc d'Olivarès vous a-t-il reçu ? me dit-il. Dans quels sentiments le croyez-vous pour moi ? Il m'a fait un accueil gracieux, répondis-je à son excellence, et, autant qu'on peut deviner ce que pense le premier ministre, il m'a paru plein d'estime et d'amitié pour vous. Je vous dirai même que je l'ai entendu faire votre éloge dans des termes... Tant pis, interrompit le vice-roi avec précipitation. Cela m'est suspect, aussi bien que la lettre que vous m'avez remise de sa part. Cette lettre est trop flatteuse pour que je n'en doive pas être alarmé. Je ne sais, mais je pressens qu'il veut mettre à ma place le marquis de Serralvo, et je ne crois pas être prévenu d'un faux pressentiment. Vous vous trompez peut-être, lui dis-je ; le duc songe plutôt à prolonger votre gouvernement. Je n'oserois, répondit-il avec un soupir qui lui échappa, je n'oserois me flatter de cette espérance. Je ne m'attends plus qu'à recevoir des ordres qui me rappellent à la cour.

En effet, trois mois après il arriva un courrier de Madrid qui remit au comte de Gelves un paquet de la part du duc d'Olivarès. Ce premier ministre lui mandoit que sa majesté, souhaitant de l'avoir près de sa personne, lui destinoit une des premières charges de sa maison, et qu'elle venoit de nommer le marquis de Serralvo à la vice-royauté de la Nouvelle-Espagne. Le comte de Gelves, perdant alors toute espérance d'être continué dans son poste, prit son parti de bonne grâce. Il ne songea plus qu'à s'en retourner à Madrid avec toutes ses richesses, et qu'à faire les préparatifs de son départ. De notre côté nous nous disposâmes, Salzedo et moi, à le suivre avec nos petits effets, qui valoient bien deux cent mille écus. Jugez par là de ce que son excellence pouvoit emporter. Enfin nous partîmes de Mexico ; et l'on peut dire que ce jour-là nous donnâmes aux Américains un spectacle qui exerça bien leur médisance. Les railleurs, en voyant défiler près de cent mulets chargés de ballots, s'égayèrent un peu à nos dépens, et nous, à bon compte, nous nous rendîmes avec leurs espèces à la Vera-Cruz.

Nous attendîmes dans cette ville l'arrivée du nouveau vice-roi, pour nous embarquer sur le même vaisseau qui devoit l'apporter. Ce seigneur ne fut pas long-temps sans paroître. D'abord qu'il fut débarqué, le comte et lui s'abouchèrent ensemble. Ils eurent pendant deux jours des conférences sur la situation des affaires de la Nouvelle-Espagne ; après quoi ils se séparèrent avec plus de politesse que d'amitié, l'un s'en allant fort maigre à Mexico, et l'autre s'en retournant fort gras à Madrid.

CHAPITRE LXXIV.

De quelle manière le comte de Gelves fut reçu à la cour. Sa visite chez le premier ministre. Le duc d'Olivarès le fait grand écuyer. Du parti que prirent don Salzedo et don Chérubin. Le premier devient intendant, et le second secrétaire du duc de Gelves.

Nous mîmes donc à la voile pour Cadix. Si nous eussions rencontré sur la route quelque gros vaisseau d'Alger ou de Salé, comme il s'en trouve quelquefois, la rencontre eût été bonne pour lui ; mais nous eûmes le bonheur de commencer et d'achever notre navigation sans voir aucun navire de mauvais augure. Étant arrivés à Cadix, nous ne nous y arrêtâmes qu'autant de temps qu'il nous en fallut pour nous mettre en état de prendre le chemin de Madrid, où nous nous rendîmes à petites journées. Nous allâmes descendre à l'hôtel de Gelves, dans la place de la Servada, près de l'église de Notre-Dame de la Paix. Ce n'est pas le plus bel hôtel de la ville ; mais il est commode, et nous nous y trouvâmes mieux logés que nous ne l'avions été chez les cordeliers de Mexico.

Dès le lendemain du jour de notre arrivée, le comte alla voir le premier ministre, qui le reçut avec distinction. Il le fit entrer dans son cabinet, où l'embrassant d'un air qui marquoit beaucoup d'estime et d'affection : Vous croyez sans doute, lui dit-il, que c'est moi qui ai voulu mettre à votre place le marquis de Serralvo ; mais apprenez que vous êtes dans l'erreur. Si vous n'avez pas été continué dans votre poste, vous ne devez vous en prendre qu'à vous; c'est votre faute. Tout le conseil unanimement n'a pas moins blâmé votre conduite que celle de l'archevêque; et comme ce prélat a été puni, on a jugé à propos de vous punir aussi pour contenter les Mexicains, qui ont sur le cœur l'affaire du sel.

Je n'ai point osé, poursuivit le duc, entreprendre de vous justifier; loin d'y réussir, j'aurois révolté le conseil contre vous en cherchant à vous excuser. Mais si je n'ai pu faire prolonger votre gouvernement, j'ai du moins obtenu pour vous l'agrément du roi pour la charge de grand écuyer; ce qui doit vous consoler d'avoir perdu une place que vous n'avez pas infructueusement remplie pendant cinq bonnes années. Le comte de Gelves, tout défiant qu'il étoit naturellement, crut le ministre sur sa parole; et, s'imaginant n'avoir que des grâces à lui rendre, il lui voua un éternel attachement, et devint un de ses meilleurs amis.

Le duc le mena chez le roi, auquel il dit en le lui présentant : Sire, voici un de vos plus zélés serviteurs, et de tous vos vice-rois celui qui peut-être a le mieux su faire respecter votre autorité royale dans les Indes. Il vient remercier votre majesté de l'avoir honoré de la charge de grand écuyer, de laquelle il est d'autant plus satisfait, qu'elle lui procurera le bonheur de voir tous les jours son maître. Le jeune monarque fit au comte de Gelves une réception des plus gracieuses; et, comme il étoit fort curieux, il ne manqua pas de lui faire plusieurs questions sur les Mexicains, et, entre autres, celle que je vais rapporter. Comte, lui dit-il, est-il possible que parmi les Indiennes il s'en trouve d'assez piquantes pour mériter les regards des hommes d'Europe? Notre vice-roi rougit à cette question, croyant que le prince la lui faisoit par malice, et pour lui reprocher son goût pour les négresses. Sire, lui répondit-il un peu troublé, on en voit quelques-unes qu'on peut envisager sans horreur; mais, après tout, la plus jolie ne laisse pas d'être un objet désagréable pour des yeux accoutumés à la beauté des dames de Madrid. Si la comtesse de Gelves eût entendu son époux parler ainsi, je crois qu'elle n'auroit pas répondu de sa sincérité.

Le comte de Gelves ayant pris possession de la charge de grand écuyer, augmenta son domestique de plusieurs officiers, quoiqu'il en eût un assez grand nombre, et n'épargna rien pour faire à la cour une figure convenable à son rang. Pour don Juan de Salzedo et moi, nous le priâmes de nous permettre de le quitter pour nous établir en particulier à Madrid, ayant, grâces à ses bienfaits, assez de bien pour y vivre honorablement; mais

ce seigneur rejetant notre prière : Mes amis, nous dit-il, ne nous séparons point. Je me suis fait une trop douce habitude d'être avec vous pour pouvoir consentir à notre séparation. Ne m'abandonnez pas. Daignez tous deux vous mêler de mes affaires, je vous en conjure. Que l'un se charge d'administrer mes revenus, et que l'autre soit mon secrétaire.

Il n'y eut pas moyen de nous en défendre. Nous nous rendîmes à ses instances. Mon beau-père devint son intendant, et moi le secrétaire de ses commandements. Riche comme je l'étois, je me serois fort bien passé de ce secrétariat; mais je l'acceptai par complaisance pour Salzedo, lequel, étant trop attaché à ce seigneur pour lui refuser ce qu'il lui demandoit, étoit bien aise en même temps d'avoir auprès de lui sa fille et son gendre.

CHAPITRE LXXV.

Don Chérubin rencontre Toston à Madrid. De l'entretien qu'il eut avec lui, et de l'aventure fâcheuse qui arriva à Toston. Don Chérubin lui rend un service important.

Une autre raison encore m'obligea de prendre ce parti : Blanche avoit si bien fait sa cour à la comtesse de Gelves, qu'elle étoit devenue sa favorite. La vice-reine auroit été au désespoir de la perdre; et mon épouse, de son côté, charmée des attentions que cette dame avoit pour elle, les payoit du plus vif et du plus sincère attachement. Voilà ce qui fut principalement cause que je sacrifiai au comte le plaisir de me rendre à moi-même.

Comme mon emploi ne m'occupoit pas beaucoup, je menois une vie assez agréable. J'allois presque tous les matins au lever du roi voir le concours de seigneurs qui s'assemblent là pour faire leur cour au monarque; et tous les soirs, dans les prairies de Saint-Jérôme, j'avois le plaisir de contempler les dames, parmi lesquelles j'en trouvois qui me paroissoient bien valoir celles de Mexico. Un jour, comme je sortois de notre hôtel pour aller à cette promenade, je ne fus pas peu surpris de rencontrer Toston dans la rue. Comment, lui dis-je, c'est toi! Hé! que fais-tu à Madrid? Je te croyois à Alcaraz. Mon cher maître, me répondit-il, vous savez que nos projets ne réussissent pas toujours. Je m'étois proposé de retourner dans mon pays pour y passer le reste de mes jours avec Blandine; mais le ciel n'a pas voulu m'accorder cette satisfaction. J'ai fait rencontre à Cadix d'un Gabriel de Monchique, qui m'a enlevé ma femme, sans qu'il ait été en mon pouvoir de m'y opposer.

Est-il possible, m'écriai-je, que ce malheur te soit arrivé? Raconte-moi, je te prie, de quelle façon Blandine t'a été ravie. C'est, reprit Toston, un récit que je vais vous faire en peu de mots. En débarquant à Cadix, je m'avisai pour mes péchés d'aller loger dans la rue Saint-François, à l'enseigne du Pélican. Il y avoit dans cette hôtellerie un jeune capitaine anglais dont le vaisseau étoit à l'ancre dans le port. Dès que ce fripon vit ma femme, il en fut épris; et formant le dessein de me la souffler, voici de quelle manière il l'exécuta : il se garda bien de faire le passionné, de peur que je ne m'aperçusse de ses intentions, et ne changeasse d'hôtellerie; ce que je n'aurois pas manqué de faire sur-le-champ : il affecta un maintien si sage, que j'en fus étonné. Se peut-il, disois-je en moi-même, qu'un officier de marine de cette nation ait un air si doux, si poli? Ce capitaine, appelé Cope, me fit mille civilités, sans paroître prendre le moindre plaisir à regarder Blandine, et ne la regardant même presque pas. Je fus la dupe de sa manœuvre ; je répondis à ses politesses, et nous soupâmes ensemble le premier jour, aussi familièrement que si nous eussions été les meilleurs amis du monde.

Cope, en soupant, me demanda de quel endroit d'Espagne j'étois. De la ville d'Alcaraz, lui répondis-je, près de la province de Murcie. Cela est heureux, répliqua le capitaine; je dois dans deux jours partir de Cadix pour Alicante. Je vous jetterai, si vous voulez, en passant, à Vera, qui, je crois, n'est pas loin de chez vous. J'acceptai avec joie la proposition, m'imaginant ne pouvoir mieux faire, et rendant grâces au ciel de trouver une si belle occasion de revoir bientôt ma patrie. Je menai donc, deux jours après, Blandine à bord du vaisseau de Cope, qui nous y reçut avec des manières si honnêtes, que je m'applaudissois d'avoir fait une si bonne connoissance. Allons, nous dit-il lorsque nous fûmes en pleine mer, faisons bonne chère. J'ai une ample provision de toutes sortes de viandes et d'excellents vins. Soyons toujours à table, c'est le moyen de ne nous point ennuyer sur la route.

Vous connoissez mon foible, s'écria Toston : j'aime la vie animale. Le capitaine Cope m'engagea sans peine à boire, et je m'enivrai comme un Allemand. Quand je fus dans ce bel état, il me fit porter à terre par ses matelots, qui m'y laissèrent étendu tout de mon long. Là, je dormis d'un profond sommeil: après quoi, m'étant réveillé au lever du soleil, et ne voyant point de navire, j'eus tout le loisir de faire des réflexions sur les politesses de l'Anglais, que je maudis avec d'autant plus de raison, qu'il avoit avec ma femme en son pouvoir un coffre où étoient mes espèces, et qu'il ne me restoit pour tout bien que quelques pistoles que j'avois dans mes poches. Encore fus-je

trop heureux que les matelots ne m'eussent pas volé cet argent pour se payer de la peine de m'avoir mis à terre, et abandonné à la Providence.

Ne sachant dans quel lieu j'étois, ni de quel côté je devois tourner mes pas, je suivis à tout hasard un sentier qui me conduisit au village d'Alzira près de Gibraltar, d'où je gagnai la ville de la Ronda. Je m'y reposai deux ou trois jours. Ensuite, au lieu d'aller trouver mes parents, à qui je n'étois plus en état d'être utile, je pris la route de Séville sur une mule de louage, dans la résolution de me remettre à servir, si je pouvois rencontrer quelque maître qui me convînt. Je n'en trouvai pas; et jugeant que c'étoit à Madrid qu'il en falloit aller chercher, je pris le chemin de cette ville, où je suis redevenu laquais, après avoir été valet de chambre du fils d'un vice-roi.

Je te plains, mon ami, dis-je à Toston, lorsqu'il eut achevé son récit, et je déplore encore davantage le malheur de Blandine. Quelle affreuse aventure pour elle! Je conçois la douleur dont elle a dû être saisie, lorsque le perfide Cope a fait paroître sa trahison. Elle en sera peut-être morte de chagrin. Oh! que non, répondit-il : Blandine n'est pas femme à imiter ces héroïnes de roman, qui, quand elles se trouvoient entre les griffes des corsaires, aimoient mieux mourir que de se rendre à leurs désirs. Je connois mal la créole, ou Cope a eu peu de peine à la persuader ; et je ne crois pas, entre nous, qu'il ait eu besoin de poudre de colibri pour triompher de sa vertu.

Que dis-tu? m'écriai-je. A ce compte-là Blandine seroit donc une coquette? Assurément, repartit Toston. J'en doutois à Mexico : mais elle a tourné mon doute en certitude sur la route de la Vera-Cruz à Cadix. Il y avoit, parmi les passagers, un jeune cavalier qui la lorgnoit, et je remarquai plus d'une fois qu'elle répondoit à ses mines par des regards agaçants. En un mot, c'étoit une petite personne dont la garde m'auroit donné bien de la tablature à Alcaraz, où les jeunes cavaliers sont vifs et galants. Je me console enfin de l'avoir perdue. Je voudrois seulement que le capitaine Cope eût partagé le différend par la moitié, qu'il m'eût rendu mon coffre et retenu ma femme.

Je suis bien aise, lui dis-je, mon enfant, que tu ne sois pas plus affligé de l'enlèvement de ton épouse; et, dans le fond, tu n'as pas sujet de l'être davantage, si Blandine est du caractère que tu dis. A l'égard de ton coffre, dont tu regrettes la perte avec plus de raison, j'en parlerai à madame la comtesse, et j'ose te promettre qu'elle entrera dans tes peines. De ma part, tu peux compter que je ne refuserai pas de contribuer à te remettre en état de faire le voyage d'Alcaraz de la manière que tu le désires. Je suis aussi persuadé que don Alexis ne manquera pas de compatir à ton infortune. Il pourra bien même te reprendre à son service; mais peut-être es-tu trop attaché au maître que tu sers actuellement pour le vouloir quitter. Oh! pour cela non, s'écria-t-il en riant. Mon maître, qui se nomme don Thomas Trasgo, est un original sans copie : c'est un visionnaire qui a une sorte de folie tout-à-fait plaisante. Il dit, et croit effectivement qu'il a, comme Socrate, un esprit familier. Mon ami, me dit-il lorsqu'il m'eut arrêté pour le servir, apprends que j'ai un génie qui s'est donné à moi par prédilection, et qui m'instruit de tout ce que je veux savoir. Je m'entretiens avec lui tous les matins, et je t'avertis de te retirer quand tu nous entendras discourir ensemble; car il aime à me parler sans témoins.

Véritablement, un matin que don Thomas étoit dans son cabinet, poursuivit Toston, je l'entendis parler tout haut. Je crus qu'il y avoit quelqu'un avec lui. Point du tout, il étoit tout seul. Il se parloit et se répondoit à lui-même, croyant converser réellement avec un génie. Je fis un éclat de rire à ce portrait extravagant, et là-dessus je quittai Toston, après lui avoir dit de venir le jour suivant se présenter à l'hôtel; ce qu'il fit, bien persuadé qu'on le retiendroit dans cette maison. Il alla d'abord se faire annoncer à la comtesse, qui ne refusa pas de lui parler. Il lui raconta son malheur. Elle en parut touchée, quoique au fond de son âme elle ne s'en souciât guère. Mon ami, dit-elle à Toston, nous ferons quelque chose pour vous. Il suffit que vous ayez mangé de notre pain pour que nous ne vous laissions pas sur le pavé. Allez voir mon fils; je ne doute point qu'il ne soit disposé à vous faire plaisir.

Don Alexis, que j'avois déjà prévenu et déterminé à le reprendre à son service sur le même pied qu'auparavant, le reçut fort bien. Soyez le bien revenu, seigneur Toston, lui dit-il d'un air railleur; comment gouvernez-vous le capitaine Cope? Il vous a joué, ce me semble, un assez vilain tour; mais donnez-vous patience : il pourra vous renvoyer votre femme et votre argent. Peut-être ne vous a-t-il fait cette pièce que pour badiner, et pour voir comment vous prendriez la chose. Racontez-moi l'aventure : j'aime à vous entendre faire des récits comiques, vous vous en acquittez à merveille.

Hé! monsieur, lui répondit Toston, pourquoi vouloir que je vous conte une histoire que vous savez déjà, et dont je ne puis faire le récit sans renouveler ma douleur? N'importe, répliqua don Alexis, je le veux absolument : un détail de ta bouche me réjouira. Toston, pour le contenter,

fit ce qu'il souhaitoit, et divertit infiniment ce jeune seigneur, qui l'interrompit plus d'une fois pour s'abandonner à des ris immodérés, comme si l'aventure dont il s'agissoit eût été la plus plaisante du monde.

Lorsque don Alexis fut las de s'égayer aux dépens de Toston, il prit son sérieux, et lui dit : Va, mon ami, pour te consoler du malheur qui t'est arrivé, viens reprendre la place que tu avois auprès de moi avant ton mariage. Redeviens mon premier valet de chambre, et le dépositaire de mes secrets. Je te donnerai bientôt de l'occupation, ajouta-t-il. J'ai ébauché une conquête, et j'ai besoin de tes conseils pour l'achever. Ces paroles causèrent une grande joie à Toston, qui, dès ce jour-là même, quitta don Thomas et son génie, pour aller demeurer à l'hôtel de Gelves.

CHAPITRE LXXVI.

Par quel hasard Toston rencontra sa femme, à laquelle il ne pensoit plus. Histoire de son enlèvement, racontée par elle-même. Sa justification. Nouveau changement que ce récit produisit dans son cœur. Ses affaires en vont mieux.

Don Alexis, le jour suivant à son lever, dit à Toston : Apprends, mon ami, que j'ai fait une jolie connoissance. Je te vais dire comment. Un matin je me promenois tout seul au Prado. Je vis sortir d'un jardin une dame voilée, et dont l'air noble et majestueux prévenoit en faveur de sa naissance. Elle fit quelques tours dans la prairie; et s'apercevant que je m'approchais d'elle pour mieux la voir, elle se retira vers le jardin pour y rentrer et tromper ma curiosité; mais, soit que mes pas précipités ne le lui permissent point, soit qu'elle voulût me laisser le temps de la joindre, je me trouvai avant elle à la porte du jardin.

Madame, lui dis-je en la saluant avec une politesse respectueuse, il faudroit que je fusse bien peu galant, si, rencontrant une personne toute charmante, je ne lui témoignois pas le plaisir que me cause sa vue. Seigneur cavalier, répondit la dame, vous êtes prodigue de douceurs. Loin de refuser de l'encens aux dames qui en sont dignes, vous avez bien la mine de l'offrir même à celles qui ne le méritent pas. Là-dessus je répliquai, la dame repartit, et nous nous séparâmes après une assez longue conversation.

Depuis ce temps-là, dit Toston, l'avez-vous revue? Non, répondit le jeune comte, quoique j'aille presque tous les matins au Prado. Si elle n'est pas sortie de son jardin depuis ce jour-là, c'est apparemment qu'elle veut m'éprouver; car, sans vanité, je crois qu'elle est contente de moi. Il n'en faut pas douter, reprit le valet : un cavalier fait comme vous est sûr de plaire. Comment la nommez-vous? Je ne sais point encore son nom, repartit don Alexis. Elle m'a défendu de m'informer qui elle étoit; et de peur de lui déplaire, je n'ai osé faire aucune démarche pour la connoître. Peste! s'écria Toston, vous êtes un rigide observateur des commandements des dames : mais apprenez qu'elles trouvent bon quelquefois qu'on leur désobéisse.

Ma foi, monsieur, continua-t-il, vous êtes encore fort éloigné de votre compte. Je vois bien qu'il faut que je me mêle de cette affaire, autrement elle tournera mal pour vous. Allons tout à l'heure au Prado, et montrez-moi le jardin d'où vous avez vu sortir votre princesse : je ne vous en demande pas davantage. Don Alexis le prit au mot, et le mena jusqu'à la porte du jardin.

Lorsqu'ils y furent arrivés, Toston dit au jeune comte : Laissez-moi seul ici, et retournez au logis; je vous rejoindrai bientôt, et soyez assuré que je vous dirai quelles personnes habitent cette maison. Nous prendrons là-dessus nos mesures. Sur cette assurance, don Alexis reprit le chemin de l'hôtel de Gelves, et son confident s'assit auprès de la porte du jardin, espérant qu'il en pourroit sortir quelque domestique qu'il feroit parler.

Il y avoit déjà plus d'une heure qu'il étoit là, quand tout-à-coup la porte s'ouvrit, et offrit à ses yeux surpris une jeune personne qu'il reconnut pour être Blandine; comme en effet c'étoit elle-même qui se présentoit à sa vue. Elle le remit dans le moment et courut à lui si transportée de joie, qu'elle s'évanouit entre ses bras. La mauvaise opinion qu'il avoit alors de la vertu de son épouse l'empêcha de partager le ravissement où elle étoit de le rencontrer. Il crut que c'étoit une feinte, et que la mignonne étoit peut-être plus fâchée que réjouie de le retrouver. Il ne laissa pourtant pas de la secourir; et quand elle eut repris l'usage de ses sens : Est-ce vous, cher époux, lui dit-elle, est-ce vous que je vois? vous que je croyois au fond de la mer! vous que j'ai compté parmi les morts! En disant ces paroles, elle embrassoit son mari avec des démonstrations de tendresse dont il auroit été fort touché s'il les eût crues sincères; mais, au lieu de s'y prêter de bonne grâce, il repoussa doucement sa femme, et lui dit d'un air sérieux : Point de grimaces, Blandine. Pourquoi tous ces transports de joie, ou plutôt tous ces faux témoignages d'affection? Ne m'allez-vous pas faire un beau roman pour me persuader que Cope a sottement lâché sa proie? Non, non, ne vous flattez point que je sois assez crédule pour vous en croire sur votre parole. Vous vous êtes rendue aux sollicitations de ce capitaine, ou vous avez cédé à sa violence.

Toston, répondit la créole, écoutez-moi sans m'interrompre : je puis sans rougir paroître devant vous. Si mon honneur s'est trouvé dans un grand péril, sachez qu'il n'y a pas succombé. Je vais vous faire un rapport fidèle de ce qui s'est passé entre Cope et moi, et vous verrez qu'au lieu de vous trahir, j'ai poussé la vertu plus loin que Lucrèce.

Rappelez-vous, continua-t-elle, ce souper perfide que cet Anglais nous donna sur son bord. Tandis que vous faisiez la débauche avec lui, je me retirai dans une petite chambre qu'il avoit, disoit-il, fait préparer pour vous et pour moi, et j'y dormis tranquillement jusqu'au lendemain. A mon réveil, ne vous trouvant pas à mon côté, je me levai pour vous aller chercher. Mais dans ce moment Cope entra dans ma chambre, affectant l'air d'un homme désolé. Madame, me dit-il, vous me voyez au désespoir : il est arrivé cette nuit un malheur dont je ne puis me consoler. Le seigneur Toston votre époux, dans son ivresse, ayant été sur le tillac pour quelque besoin, est tombé dans la mer, et s'est noyé. Je ne saurois revenir de ce funeste événement.

A cette triste nouvelle je fis retentir le vaisseau de cris perçants. Je m'arrachai les cheveux; je fus comme une possédée. Pendant ce temps-là, mon capitaine, jouant le rôle d'un homme affligé, soupiroit, gémissoit, et sembloit vouloir enchérir sur ma douleur. Il eut pendant deux jours entiers la patience de m'entendre pousser des plaintes et de voir couler mes pleurs, sans m'oser tenir des discours consolants. Au contraire, le traître irritoit mon affliction par le regret et le déplaisir qu'il me témoignoit de vous avoir engagé à vous embarquer sur son bâtiment. Il s'accusoit avec amertume d'être la cause de votre mort, qu'il ne cessoit de se reprocher.

Mais dès le troisième jour il ne jugea plus à propos de se contraindre; et faisant un autre personnage : Belle Blandine, me dit-il d'un air doux, il est bien douloureux sans doute de perdre ce qu'on aime; cependant, quelque raison qu'on ait de pleurer sa perte, il vaut mieux faire des efforts pour s'en consoler, que de ne vouloir écouter aucune consolation. Après tout, est-ce à votre âge que la mort d'un mari doit faire tant de peine? Jeune et jolie comme vous êtes, vous ne sauriez manquer d'époux : je sens même que j'en ai un à vous proposer; c'est moi : si vous n'avez pas d'aversion pour ma personne, je vous demande la préférence. Je remerciai Cope de l'honneur qu'il s'offroit à me faire, et je rejetai sans hésiter sa proposition. Outre qu'il avoit une figure qui n'étoit nullement de mon goût, j'étois dans une disposition peu favorable pour un amant.

L'Anglais employa cinq ou six jours à me faire

l'amour fort poliment; mais jugeant que pour arriver à son but c'étoit prendre le chemin le plus long, il fit tout-à-coup succéder les airs marins à sa politesse; et je conviens que j'eus besoin alors de toute la force que le ciel me prêta pour résister à sa violence. Heureusement pour moi, ma résistance, au lieu d'irriter sa fureur, la ralentit. Il passa subitement de l'amour au mépris. Il cessa de me tourmenter; et me regardant d'un air dédaigneux : Pour une soubrette, me dit-il, vous faites bien la cruelle. Rassurez-vous, ma mie, je ne veux pas devoir à mes efforts une victoire que je méprise. En même temps il me fit porter à terre avec mes effets par deux matelots, auxquels il ordonna de me conduire jusqu'au premier village, et de m'y laisser. Les matelots n'exécutèrent pas en gens d'honneur l'ordre de notre capitaine. A la vérité ils me menèrent au village, et m'y abandonnèrent; mais, considérant que j'étois une femme qu'ils ne reverroient probablement jamais, ils emportèrent avec eux le coffre où étoit notre argent.

J'avois par bonheur dans ma bourse une trentaine de pistoles d'Espagne, et un gros diamant au doigt. Avec de pareils effets, on trouve de l'assistance partout où il y a des hommes. Le maître et la maîtresse de l'hôtellerie du village où j'étois entrèrent dans mes peines. Je ne leur eus pas sitôt conté mon histoire, qu'ils me plaignirent, et m'offrirent leurs services, en maudissant le capitaine Cope et ses matelots. Je leur demandai dans quel endroit d'Espagne j'étois. Vous êtes ici dans le village de Molina, me répondit l'hôte, sur la côte de Grenade, entre Marbellin et Malaga, à douze lieues de la ville d'Antequerre, où je vous conduirai moi-même si vous le désirez. Vous me ferez plaisir, lui dis-je : mon dessein étant de me remettre au service de quelque personne titrée, je pourrai trouver là quelque condition. Vous n'en devez pas douter, reprit-il : Antequerre est une ville peuplée, où il y a surtout bien de la noblesse. J'y ai des connoissances, ajouta-t-il : je connois, entre autres, une bonne dame qui étoit autrefois duègne dans une maison où je servois; je vous menerai chez elle, et je suis sûr qu'elle vous aura bientôt placée.

Je partis donc avec mon hôte pour Antequerre, et nous y fûmes à peine arrivés, qu'il alla voir cette vieille gouvernante. Il lui raconta mon malheur; et elle en fut tellement attendrie, qu'elle lui dit : Amenez-moi cette femme infortunée, je lui offre un lit et ma table; j'épouse ses intérêts; je la prends sous ma protection. Pour supprimer les circonstances superflues, cette dame me mit auprès de dona Léonore de Pedrera, fille d'un gentilhomme d'Antequerre, avec laquelle, après

la mort de son père, je suis venue demeurer à Madrid, chez dona Helena de Toralva, sa tante, dont elle est unique héritière.

Je n'ai plus rien à vous dire, poursuivit Blandine. Je viens de vous rendre compte de ma conduite, et je crois que vous devez être content de votre épouse. Je le suis parfaitement, s'écria Toston; et les choses étant telles que vous venez de me les rapporter, j'aurois tort de ne l'être pas. Je vous avouerai même, excusez ma sincérité, que je n'aurois pas attendu de vous tant de résistance; mais, entre nous, la délicatesse de Cope m'étonne fort; et voulez-vous bien que je vous dise que si votre rapport est vrai, il n'est guère vraisemblable? J'en demeure d'accord avec vous, reprit l'épouse, je l'ai échappée belle. Je vous en réponds, repartit le mari. Il m'a pris pendant votre récit une sueur froide qui dure encore en ce moment. Outre le danger que vous a fait courir le capitaine anglais, vous n'avez pas été dans un moindre péril avec ces deux fripons de matelots qui vous ont conduite à Molina. Vous êtes bien heureuse qu'ils ne vous aient pris que votre argent.

Oh ça, ma chère femme, continua-t-il, n'en parlons plus. Nous nous retrouvons donc enfin, à nos biens près, dans le même état où nous étions à notre départ de Cadix. Le ciel en soit loué. Ce qui nous doit consoler, mon enfant, c'est que nous allons faire en peu de temps une nouvelle fortune. Le comte de Gelves est revenu des Indes avec d'immenses richesses, et on l'a fait grand écuyer. Don Chérubin de la Ronda, mon ancien maître, est secrétaire de ses commandements, et moi je suis redevenu valet de chambre de don Alexis. A mesure que ce jeune seigneur avance en âge, on lui fournit plus d'argent pour ses menus plaisirs; et comme je suis l'administrateur de ses espèces, mon poste deviendra meilleur de jour en jour.

Don Alexis, dit Blandine, est-il toujours galant? Plus que jamais, répondit Toston; il est actuellement amoureux d'une personne qu'il a vue sortir de ce jardin ces jours passés, et cette personne pourroit bien être Léonore, votre maîtresse. C'est elle-même, reprit la créole; car elle m'a dit qu'un de ces matins un cavalier l'avoit abordée dans cette prairie, et qu'elle s'étoit entretenue assez long-temps avec lui. Eh! comment, dit Toston, vous a-t-elle paru affectée de cet entretien? Pas mal, reprit la suivante. Je vous assure que s'il en avoit encore d'autres avec elle, il pourroit s'en faire aimer. Je vous dirai plus : je ne sais si ma maîtresse ne craint pas de revoir ce cavalier; elle n'est pas sortie du jardin depuis le jour qu'elle lui parla; elle a peut-être peur de le rencontrer.

La bonne nouvelle pour mon maître ! s'écria Toston. Je vais la lui porter tout à l'heure. Avec quelle joie ne l'apprendra-t-il pas ! Sans adieu, ma chère Blandine, mes fidèles amours, nous nous reverrons. Demeurez auprès de Léonore, l'intérêt de don Alexis le demande. Secondez par vos bons offices les mouvements que nous allons nous donner pour lui plaire. Après cette conversation, ces deux époux se séparèrent en protestant de part et d'autre qu'ils pardonnoient à la fortune le tour qu'elle leur avoit joué, en faveur du plaisir qu'elle leur faisoit de les rejoindre.

CHAPITRE LXXVII.

Continuation du chapitre précédent. Blandine présente son mari à ses maîtresses : leur entretien. Ce que résolurent Toston et sa femme en faveur du jeune comte de Gelves.

Toston, avant d'aller retrouver don Alexis, vint m'apprendre qu'il avoit rencontré Blandine; et après m'avoir rapporté toute la conversation qu'il venoit d'avoir avec elle : Hé bien, monsieur, me dit-il, que pensez-vous de tout cela? Croyez-vous que tout ce qu'elle m'a raconté du capitaine Cope soit au pied de la lettre? Pour moi, franchement je n'en crois rien du tout.

Il est vrai, lui répondis-je, qu'on en peut douter, sans passer pour incrédule; cependant ce qu'un mari peut faire de mieux en pareil cas, c'est de s'imaginer que sa femme lui a dit la vérité; c'est le parti que je prendrois à ta place, pour me mettre l'esprit en repos. Mais, poursuivis-je, mon ami, tu n'as fait aucune mention dans ton récit de l'enfant que Blandine doit avoir mis au monde depuis son départ de Mexico. Ah ! vraiment vous m'en faites souvenir, repartit Toston : ma femme a oublié de m'en dire des nouvelles, et moi de lui en demander. Dès que je la reverrai, je ne manquerai pas de m'informer de cet enfant, quoique la nature ne me parle qu'à demi en sa faveur.

A ces mots, Toston prit congé de moi en me disant : Voulez-vous bien, monsieur, que je vous quitte pour me rendre auprès de don Alexis, qui m'attend sans doute avec impatience? Je vais le ravir en lui rapportant ce que Blandine m'a dit de sa maîtresse. Va, cours, lui dis-je, mon garçon : quand on porte aux amants d'agréables nouvelles, on ne sauroit aller trop vite. Je ne doute pas que don Alexis ne mette bientôt au rang de ses conquêtes Léonore de Pedrera, puisqu'il a ton secours et celui de ton épouse.

Aussitôt que don Alexis vit arriver son confident, il s'avança vers lui d'un air empressé. Hé bien, lui dit-il, as-tu découvert qui sont les personnes qui demeurent dans le jardin d'où j'ai vu sortir ma divinité? J'ai plus fait, répondit le valet de chambre, j'ai appris le nom et la qualité de votre déesse. Elle s'appelle dona Léonore de Pedrera. Elle est fille d'un gentilhomme d'Antequerre, après la mort duquel elle est venue à Madrid, et elle loge dans ce jardin, chez dona Helena de Toralva, dont elle est nièce et unique héritière. Te voilà devenu en peu de temps bien savant, lui dit le jeune comte. Et je ne vous ai pas dit encore tout ce que je sais, lui repartit Toston ; je sais de bonne part que Léonore a pris du goût pour vous.

Hé ! comment diable, s'écria don Alexis, as-tu pu découvrir jusqu'aux sentiments de cette dame? Qui t'en a pu instruire? Le hasard, répondit le valet. Il m'a mieux servi que mon adresse, si toutefois c'est m'avoir rendu service que d'avoir inopinément présenté ma femme à mes yeux. Que dis-tu? reprit le jeune seigneur avec surprise; tu as retrouvé Blandine? Oui, monsieur, le ciel a eu la bonté de me la rendre sans que je la lui aie demandée, repartit le confident; et, ce qu'il y a d'heureux pour vous, c'est qu'elle est suivante de Léonore. Tu m'enchantes, reprit avec transport don Alexis, en m'apprenant que Blandine est à portée de me faire plaisir. Je suis persuadé qu'elle ne refusera pas de remettre à Léonore un billet de ma part. Non, je vous en réponds, dit le valet de chambre; et je vous assure que vous pouvez attendre d'elle tous les services qui dépendront de son ministère.

Le jeune comte de Gelves, pour profiter de l'occasion qui se présentoit de déclarer son amour à Léonore, écrivit un billet qu'il chargea Toston de faire tenir à cette dame. Le confident retourna donc le lendemain matin au Prado. Il y trouva son épouse à la porte du jardin. Il l'aborda d'un air galant et affectueux. Ma chère Blandine, lui dit-il, avant que nous parlions des affaires de mon maître, qu'il me soit permis, s'il vous plaît, de vous entretenir un moment des miennes. Hier, s'il vous en souvient, vous ne me dîtes pas le moindre petit mot de l'enfant dont vous étiez enceinte lorsque la fortune nous sépara tous deux près de Gibraltar. Hélas ! répondit-elle en soupirant, la pauvre fille mourut presque en naissant, peu de temps après que je fus entrée au service de dona Léonore ; et sa mort eût infailliblement été suivie de la mienne, si l'on n'eût pas eu de moi un soin tout particulier ; mais ma maîtresse, qui m'avoit prise en amitié, n'épargna rien pour ma conservation. Je lui dois la vie. Aussi, par reconnoissance, lui ai-je voué un attachement à toute épreuve.

Vous avez fort bien fait, reprit Toston : une pareille maîtresse mérite que vous l'aimiez. Sait-elle que vous avez retrouvé votre époux? Je le lui ai appris, repartit Blandine, et elle m'a permis de vous présenter à elle; ce que je veux faire tout à l'heure. Suivez-moi. En achevant ces paroles, elle le fit entrer dans le jardin; et lui montrant deux dames qui s'y promenoient : vous voyez, lui dit-elle, dona Léonore et sa tante. Joignons-les. Que je leur fasse voir que je n'ai point épousé un homme mal fait, et sans mérite.

En parlant de cette sorte, elle le prit par la main, le conduisit à ces dames, et les abordant d'un air badin : Mesdames, leur dit-elle, voilà l'époux que j'ai cru mort, et que j'ai tant pleuré. Regardez-le bien : ne vous paroît-il pas digne des larmes qu'il m'a coûtées? Assurément, répondit dona Helena : on pleure souvent des maris moins agréables. A ces mots, Toston fit une profonde révérence à la dame qui venoit de les prononcer, et baissa modestement les yeux en gardant un respectueux silence. Ils sont bien assortis tous deux, dit alors Léonore, et je suis bien aise que le ciel les ait rassemblés.

Dona Helena voulant faire parler Toston : Vous êtes donc, lui dit-elle, chez le comte de Gelves? Oui, madame, lui répondit-il, j'ai l'honneur d'être le premier valet de chambre du seigneur don Alexis, son fils unique. Et vous êtes, répliqua-t-elle, apparemment satisfait de votre condition? Très-satisfait, madame, repartit-il. Mon maître est un cavalier parfait : je ne lui connois aucun défaut. Quoique jeune, il a une prudence consommée. Il est sage sans faire le Caton, et vif sans être étourdi : c'est un modèle de jeune seigneur.

Outre mille bonnes qualités dont il est doué, continua-t-il, quelque jour il possédera des biens considérables, le comte son père ayant amassé de grandes richesses dans le gouvernement de la Nouvelle-Espagne. Heureuse la fille de qualité à qui sa main est destinée!

En faisant ainsi l'éloge de son maître, Toston, l'adroit Toston, examinoit avec soin Léonore, et il lui sembloit qu'elle prenoit plaisir à l'entendre, quoiqu'elle affectât de l'écouter d'un air indifférent. Cette observation l'engageant à continuer de louer don Alexis, il en fit un portrait si flatteur, que dona Helena ne put s'empêcher de lui dire : Mais, mon ami, vous outrez, vous exagérez. Il n'est pas possible que le jeune comte de Gelves ait tout le mérite que vous lui donnez. Pardonnez-moi, madame, repartit-il effrontément, c'est un sujet accompli, un abrégé de toutes les vertus.

Dans cet endroit de leur entretien, ils furent interrompus par un page qui vint remettre un billet à dona Helena. Elle le lut; et comme il demandoit une prompte réponse, elle rentra pour l'aller faire. Léonore la suivit, laissant sa soubrette avec son mari dans le jardin. Ces deux époux, se voyant seuls, se mirent à rire sans pouvoir s'en défendre. Il faut avouer, dit Blandine à Toston, que vous savez faire de beaux portraits; mais, entre nous, ils ne sont guère ressemblants. Je conviens, répondit-il, que j'ai un peu flatté don Alexis; mais je ne crois pas que cela ait produit un mauvais effet. Je suis sûr que votre maîtresse est charmée de mon maître en ce moment; car, quoique vous ne m'en ayez rien dit, je jurerois que vous avez averti Léonore que don Alexis est le cavalier qui s'est entretenu avec elle un matin dans la prairie. Cela est vrai, reprit Blandine. Je lui parlerai tantôt en particulier de ce jeune seigneur. Je verrai ce qu'elle a dans l'âme, et je vous l'apprendrai demain. Fort bien, dit Toston; et si par hasard vous trouvez la dame disposée à recevoir favorablement une lettre de mon maître, en voici une, ajouta-t-il en lui présentant le billet de don Alexis, dans laquelle il y a une déclaration d'amour des mieux tournées; aussi y ai-je mis la main. Blandine se chargea de la lettre, en disant à son mari qu'il pouvoit assurer son maître de ses bons offices auprès de Léonore. Là-dessus les deux époux se séparèrent, avec promesse de se retrouver au même endroit le lendemain matin.

Ils n'y manquèrent pas. Victoire! s'écria la créole en revoyant Toston, victoire! j'ai entretenu ma maîtresse de don Alexis. Je lui ai fait le portrait de ce cavalier à peu près comme vous le fîtes hier. Elle a d'abord usé de dissimulation; mais je l'ai tournée de tant de façons, qu'elle n'a pu se défendre de me découvrir ses sentiments. Oui, ma chère Blandine, m'a-t-elle dit, j'aime don Alexis; j'en suis occupée depuis le jour que je l'ai vu à la porte de ce jardin, et tout le bien que j'en entends dire achève de m'enflammer pour lui.

Venons au billet de mon maître, interrompit Toston. Léonore l'a-t-elle lu? Avec avidité, répondit la soubrette, et nous l'avons toutes deux admiré. Vous m'aviez bien dit que vous y aviez mis du vôtre : je m'en suis aperçue. Cette lettre a fait une vive impression sur ma maîtresse. *Vivat!* reprit le valet de chambre transporté de joie. Les choses ne peuvent aller mieux. Continuons, ménageons un tête-à-tête nocturne à nos amants. Ils n'ont plus besoin que de cela pour devenir éperdument amoureux l'un de l'autre. Engagez Léonore à se promener cette nuit dans le jardin; j'amenerai don Alexis : ils auront ensemble un long entretien, après lequel ils ne respireront que le mariage.

CHAPITRE LXXVIII.

Entrevue du jeune comte et de dona Léonore. Sa suite. Le comte de Gelves propose un parti avantageux à son fils. Seconde entrevue de nos deux amants. Ce qui s'y passe. Bon avis que donne Blandine. Don Alexis le suit. Quelle étoit la personne qu'on vouloit lui donner en mariage.

Blandine approuva ce dessein, qui fut exécuté. Le jeune comte de Gelves, conduit par son confident, arriva entre onze heures et minuit à la porte du jardin, dans lequel ils furent introduits par Léonore et par sa suivante, qui les attendoient impatiemment. Don Alexis aborda la dame d'un air respectueux. Elle le reçut de même ; et, après quelques compliments de pure politesse de part et d'autre, ils commencèrent à prendre le ton des amants. Toston et sa créole, voyant qu'ils alloient s'engager dans une tendre conversation, se retirèrent pour s'entretenir aussi en particulier de leurs petites affaires.

L'amour, qui rend les heures si longues aux amants, quand ils sont éloignés de ce qu'ils aiment, les fait passer en récompense bien rapidement lorsqu'ils sont ensemble. Il étoit déjà jour, que don Alexis et sa maîtresse ne songeoient point encore à se séparer. Il fallut que les confidents les en avertissent ; soin que prit volontiers Toston, à qui la nuit ne paroissoit pas si courte qu'à son maître. Les deux amants se quittèrent enfin, en se disant adieu jusqu'à la nuit suivante.

Cette entrevue, ainsi que l'avoit prédit l'époux de la créole, irrita leur passion. Dès que don Alexis fut hors du jardin, il se mit à vanter les agréments de Léonore, et principalement son esprit, et il ne fit que rebattre la même chose toute la matinée. Il ne fut occupé pendant le jour que du plaisir que lui promettoit une seconde entrevue ; mais, avant qu'il pût jouir d'un si doux entretien, il fut obligé d'en essuyer un qui lui fit peu de plaisir. Le comte son père, après le soupé, s'étant renfermé avec lui dans son cabinet, lui tint ce discours : Mon fils, j'ai une affaire de la dernière importance à vous communiquer : le premier ministre, pour me prouver qu'il a pour moi une sincère et véritable amitié, m'a dit qu'il vouloit vous marier, et vous donner une femme de sa main.

Don Alexis à ces paroles se troubla, et demeura tout interdit. Comment donc, continua le père, le mariage vous fait-il peur ? Ah ! quand vous saurez quelle personne le ministre propose, je suis persuadé que vous n'aurez point de répugnance à l'épouser. Le jeune comte, s'étant un peu remis de son trouble, lui dit : Seigneur, je suivrai toujours aveuglément vos volontés ; mais daignez me permettre de vous dire que je sens pour le mariage une aversion.....

Vous me trompez, interrompit son excellence, vous dissimulez : je vois bien ce qui vous révolte contre l'hymen dont il s'agit ; votre cœur s'est engagé ailleurs. Follement épris de quelque aventurière, vous voulez vous faire un point d'honneur de lui être fidèle.

Non, seigneur, repartit don Alexis, je ne brûle point d'une honteuse ardeur. J'aime, il est vrai, et je ne m'en défends pas ; mais l'objet de mon amour n'est pas d'une naissance à me faire rougir des sentiments qu'il m'a inspirés. Si vous voulez que je vous apprenne quelle est sa famille.... Je vous en dispense, interrompit le père pour la seconde fois : je ne suis pas curieux de connoître cette dame, et je vous ordonne d'y renoncer. Je ne veux pour belle-fille que celle qui m'est offerte par le ministre ; et sachez que c'est une personne qui joint à la jeunesse et à la beauté une noble origine et de grands biens. Allez, ajouta-t-il, allez consulter là-dessus don Chérubin de la Ronda, votre gouverneur ; je suis persuadé que ses conseils seront conformes à mes intentions.

Le jeune seigneur sortit à l'instant du cabinet sans répliquer ; mais au lieu de me venir chercher, il jugea plus à propos d'aller trouver Toston. Il lui apprit la violence que son père prétendoit faire à ses sentiments ; et après s'être plaint de cette tyrannie : Mon ami, dit-il à ce confident, que faut-il que je fasse pour me conserver à Léonore ? Comment me tirer de cet embarras ? Monsieur, lui répondit Toston, la chose n'est pas facile. Monseigneur votre père, comme vous savez, est diablement opiniâtre : il a résolu que vous épousiez la personne proposée par le ministre ; il n'en démordra point. Mais il n'est pas encore temps de nous désespérer. Employons auparavant la ruse. Feignez, paroissez consentir à ce mariage, pendant que j'imaginerai quelque expédient pour le rompre. Ah ! Toston, s'écria don Alexis à ces paroles, qui sembloient flatter son amour de quelque espérance, si tu peux en venir à bout, il n'y a rien que tu ne doives attendre de ma reconnoissance. Courons, volons au rendez-vous, poursuivit-il ; je veux informer Léonore du malheur qui nous menace, l'assurer que je mettrai tout en usage pour le détourner, et lui renouveler enfin le serment que je lui ai fait de n'être jamais qu'à elle.

Ils retournèrent tous deux au jardin, où Léonore et sa suivante s'entretenoient, en les attendant, des bonnes qualités de don Alexis. Blandine, qui les connoissoit mieux que personne, élevoit jusqu'aux nues ce jeune seigneur. Les amants gagnèrent un cabinet de verdure où ils avoient passé la nuit précédente, et les époux se retirèrent dans un autre endroit, où Toston dit d'abord à Blandine : Mon enfant, la vie est une succession continuelle de bien, de mal, de joie et de chagrin. Hier au soir, par exemple, nous vînmes ici gais comme des pinsons; nous y venons aujourd'hui plus tristes que des hibous! Hé! quel sujet de tristesse pouvez-vous avoir? lui dit sa femme. Vous auroit-on annoncé quelque mauvaise nouvelle? La plus cruelle que nous puissions apprendre, répliqua-t-il : on veut séparer pour jamais don Alexis et Léonore. En même temps il lui raconta ce qui venoit de se passer entre le comte de Gelves et son fils.

Blandine fut pénétrée de douleur à ce récit. Vous avez bien raison, dit-elle à son mari; vous avez bien raison de vous affliger : rien n'est plus mortifiant que ce que vous dites. Malheureuse Léonore, continua-t-elle en apostrophant sa maîtresse, quel coup de foudre pour vous! Mais est-il donc impossible de le parer? Toston, qui a de l'adresse et de l'esprit, ne fera-t-il aucune tentative pour préserver nos amants du sort affreux qu'on leur prépare? Pardonnez-moi, répondit-il : je cherche dans ma tête quelque moyen de le prévenir; mais je vous avouerai qu'il ne me vient point là-dessus d'idée qui me contente. Il s'en offre une en ce moment à mon esprit, reprit la créole, et je ne crois pas qu'elle soit à rejeter : vous n'ignorez pas que la comtesse aime tendrement son fils; pensez-vous qu'il n'y ait rien à faire de ce côté-là? Tout au contraire, vraiment, s'écria Toston, j'épouse cette idée. J'irai demain au lever de la comtesse; je lui demanderai une audience particulière : je lui exposerai pathétiquement la situation de don Alexis, et peut-être l'attendrirai-je de façon qu'elle s'intéressera pour Léonore et pour lui.

Pendant que les confidents tenoient de pareils discours, les deux amants se promettoient, se juroient un amour à l'épreuve de tous les obstacles que la fortune pourroit faire naître pour le traverser. Ils se quittèrent l'un l'autre dans ces sentiments. Le jeune seigneur reprit le chemin de son hôtel avec Toston, qui lui dit le dessein où il étoit d'essayer si par son éloquence il ne pourroit point engager la comtesse, sa mère, à protéger son amour. J'approuve ton projet, lui dit don Alexis, et, pour le rendre plus efficace, je prétends t'accompagner. Je me jetterai aux pieds de ma mère, et j'embrasserai ses genoux tandis que tu plaideras pour moi : je suis assuré que nous la gagnerons.

Dans cette opinion, ils se déterminèrent à faire cette démarche, et ils la firent effectivement le lendemain matin. En voici le détail et le succès. La comtesse de Gelves étoit à sa toilette. Sitôt qu'elle aperçut don Alexis et son confident, elle fit sortir toutes ses femmes; et d'abord adressant la parole à Toston : Mon ami, lui dit-elle, dans quelle disposition vient ici mon fils? A-t-il encore de la répugnance à lier sa destinée à celle d'une aimable personne qui lui est offerte par le premier ministre? Madame, lui répondit Toston, mon maître vous a voué une aveugle obéissance : il est prêt à faire tout ce que vous lui ordonnerez; mais, si vous lui faites épouser la dame qu'on lui propose, vous pouvez compter que vous perdez votre fils unique. Oui, ma mère, dit alors don Alexis en se prosternant devant elle et baisant une de ses mains, Toston vous dit la vérité; si vous me donnez une femme malgré moi, je suis mort. Chose étrange! s'écria la comtesse. Peut-on se laisser prévenir jusque là contre une personne que l'on n'a jamais vue! Attendez qu'on vous ait fait voir la dame dont il est question, et, si vous la trouvez désagréable, je suis assez bonne mère pour m'opposer à une union contraire à votre repos, quoique chez nos pareils la figure ne fasse guère rompre de mariages. Mais, ajouta-t-elle, si je m'en rapporte au portrait qu'on m'a fait de cette dame, c'est une beauté. Fût-elle plus charmante que Vénus, dit Toston, madame, s'il vous plaît, ne nous en parlez pas davantage. L'amour a prévenu le ministre, en présentant à nos yeux une espèce de déesse dont nous sommes enchantés.

Il faut en effet, reprit la comtesse, qu'elle soit pourvue d'une beauté bien rare pour avoir fait sur vous une si forte impression. Sa naissance répond-elle à ses charmes? De ce côté-là, je crains qu'elle n'ait sujet de se plaindre de la nature. Oh! que non, madame, repartit Toston : c'est une fille de qualité. Léonore de Pedrera doit le jour à un gentilhomme d'Antequerre, et, de plus, elle est nièce de dona Helena de Toralva.

La mère de don Alexis n'entendit pas plus tôt prononcer ces derniers mots, qu'elle fit de grands éclats de rire qui déconcertèrent son fils et Toston. Madame, lui dit ce jeune seigneur d'un air étonné, de grâce apprenez-moi la cause de ces ris immodérés; nous soupçonneriez-vous de vouloir vous en imposer sur la condition de Léonore? Laissez-moi donc rire à mon aise, s'écria-t-elle. A ces mots ses ris se renouvelèrent pendant que le maître et le valet, ne sachant ce qu'ils en devoient penser, se regardoient tous deux en gardant un stupide silence.

Il plut enfin au ciel qu'elle cessât de rire; et lorsqu'elle eut repris son sérieux : Don Alexis, dit-elle à son fils, ne vous alarmez plus; vous ne serez point obligé de renoncer à votre chère Léonore, puisque c'est elle-même que le premier ministre vous destine pour épouse. Dona Helena de Toralva est parente de la duchesse d'Olivarès, et ce sont ces deux dames qui ont fait proposer ce mariage au comte de Gelves par le comte-duc. N'ai-je pas eu raison de rire? poursuivit-elle. Ne trouvez-vous pas cette aventure plaisante? En achevant ces paroles, de nouveaux ris lui échappèrent encore; et son fils, suivant son exemple, se mit à rire aussi, de même que Toston. Après quoi le jeune seigneur et son confident se retirèrent transportés de joie, et se rendirent avec empressement chez dona Helena, où ils trouvèrent tout le monde en belle humeur, le bruit du mariage prochain de Léonore avec don Alexis s'y étant déjà répandu. Pour dire le reste en deux mots, les noces se firent peu de temps après, et il y eut de grandes réjouissances, tant à l'hôtel de Gelves qu'à celui de Helena de Toralva.

CHAPITRE LXXIX.

Des choses qui se passèrent après le mariage de don Alexis de Gelves. Du voyage de Toston à Alcaraz, et de son retour à Madrid. Don Chérubin est flatté des nouvelles qu'il apprend de don Manuel et de sa famille.

Dona Helena, chez qui s'étoit fait ce mariage, aimoit sa nièce comme une mère aime sa fille unique; ne voulant point se séparer d'elle, cette bonne tante céda la moitié de son hôtel aux nouveaux époux. Le premier soin de don Alexis fut de récompenser Toston d'avoir contribué à son bonheur. Il ne se contenta pas de lui faire présent de trois cents pistoles, il le fit son intendant : poste moins considérable par ce qu'il valoit alors, que par ce qu'il pourroit valoir un jour. Léonore, de son côté, n'en usa pas moins généreusement avec Blandine, qui, plus sensible à l'amitié que sa maîtresse avoit pour elle qu'à l'intérêt, lui étoit attachée de cœur et d'inclination : ce qu'il faut admirer dans une soubrette.

Un matin Toston, m'étant venu voir, me dit : Seigneur don Chérubin, je viens prendre congé de vous, et recevoir vos ordres. Je partirai dans deux jours pour Alcaraz, pour contenter l'envie que j'ai de revoir les auteurs de ma naissance. Don Alexis, mon maître, me permet de faire ce voyage, à condition que je serai de retour dans deux mois. Mon enfant, lui dis-je, le désir qui te presse est louable, et il est juste que tu le satisfasses; mais quand tu auras passé quelques jours avec des personnes si chères, reviens promptement à Madrid : tu connois l'inconstance des grands seigneurs, tu pourrois perdre ta place, qui ne sauroit manquer de te conduire à une fortune considérable. Oh! ne craignez pas, répliqua-t-il, que je m'amuse à me divertir avec mes anciens amis : j'ai déjà pris l'esprit de la cour; je ne pour-

rois plus vivre en province. Hé! par quelle voiture, lui dis-je, prétends-tu t'en aller? Sur un des meilleurs chevaux de nos écuries, repartit-il, et suivi d'un laquais du logis qui aura la livrée de Gelves, et qui sera aussi bien monté que moi. Un intendant de grande maison ne doit pas voyager en gredin! Véritablement, deux jours après Toston partit sur un superbe cheval, suivi d'un laquais revêtu d'une livrée brillante, et chargé des dépêches que je lui remis pour mes beaux-frères.

Pendant son absence, il arriva des changements heureux pour la maison de Gelves. Don Alexis, s'étant assidûment attaché à faire sa cour au comte-duc d'Olivarès, eut le bonheur de lui plaire à un point, que ce ministre le fit recevoir gentilhomme de la chambre du roi : ce qui étoit le plus sincère témoignage d'affection qu'il pût lui donner, son excellence étant d'un caractère à ne vouloir mettre auprès de la personne du monarque que des hommes affidés. Ce ne fut pas tout : dona Léonore devint en même temps dame du palais de la reine, par le crédit de madame d'Olivarès, qui étoit *camarera mayor;* de sorte que Toston à son retour trouva son maître et sa maîtresse à la cour dans des rangs qu'ils n'y tenoient pas à son départ.

L'impatience que ce nouvel intendant avoit de me rendre compte de son voyage, ne lui permit pas d'aller d'abord se montrer à sa femme, ni même à don Alexis; il vint chez moi avec un empressement qui marquoit bien qu'il m'aimoit. Je ne le vis pas sans émotion paroître dans ma chambre; et, ne sachant ce qu'il venoit m'annoncer, je lui demandai en tremblant si ce qu'il avoit à m'apprendre devoit m'affliger ou me réjouir. Je ne vous apporte que de bonnes nouvelles, me répondit-il : don Manuel et don Gregorio jouissent d'une santé parfaite, aussi bien que leurs épouses. Ces dames, qui sont toujours fort aimables, ont encore grossi la famille depuis votre départ d'Alcaraz : votre sœur, avec Francillo et les deux filles qu'elle avoit, a présentement un autre fils, qui est en nourrice; et sa bonne amie, outre le garçon qu'elle a eu au commencement de son mariage, a donné à don Manuel deux fils en moins de vingt mois. Tous ces enfants, continua-t-il, tant mâles que femelles, se portent à merveille, et sont tous gentils. Votre fille, entre autres, est plus belle que le jour.

Tout cela me fait plaisir, interrompis-je, mon ami : mais dis-moi, je te prie, comment ma sœur et mes beaux-frères ont écouté le récit que tu dois leur avoir fait de mes aventures. T'ont-ils paru prendre beaucoup de part à ma fortune? Assurément, repartit Toston : ils me firent des questions à l'infini, et je n'eus pas peu d'affaire à contenter leur curiosité, chacun m'interrogeant à son tour, et quelquefois tous ensemble. Mais quand je détaillai la rencontre de Monchique, et la manière dont il nous avoit dit avoir séduit dona Paula, mes auditeurs commencèrent à fondre en larmes, et principalement les dames, qui, voyant votre épouse pleinement justifiée, déplorèrent amèrement son malheur. Après cela ils me questionnèrent sur dona Blanca : ils me demandèrent de quel caractère elle étoit; et ils eurent lieu de juger, par le portrait que je leur en fis, que, de tous les bienfaits que vous avez reçus de don Juan de Salzedo, sa fille n'étoit pas le moins considérable.

Il ne me reste plus, ajouta Toston, qu'à vous remettre les dépêches de votre famille : et voulez-vous bien après cela que je vous quitte pour me rendre auprès de mon maître ? Je vais savoir si mon absence ne m'a point fait de tort dans son esprit. Non, mon enfant, lui dis-je : tu retrouveras don Alexis tel que tu l'as laissé. J'ai pris soin pendant ton éloignement de te conserver ses bonnes grâces. J'ai encore une bonne nouvelle à t'annoncer : le roi a honoré ce jeune seigneur d'une charge de gentilhomme de sa chambre; ce qui ne donne pas peu de relief à ton intendance.

J'appris aussi à monsieur l'intendant que dona Léonore étoit dame du palais de la reine. Bon ! s'écria-t-il plein de joie, voilà ma femme à la cour : cela va me fixer à Madrid. Je le souhaite, lui dis-je, et que l'envie de revoir ton pays ne te reprenne jamais. Oh ! monsieur, me répondit-il, c'en est fait, je lui ai dit un éternel adieu. Je n'y ai été, comme vous savez, que pour voir mon père et ma mère. Je les ai trouvés tous les deux morts et enterrés. J'ai répandu sur leur tombeau les pleurs que je leur devois, et je me suis détaché de ma patrie. En achevant ces paroles, il me remit les dépêches dont il étoit chargé, et me quitta.

CHAPITRE LXXX.

De la secrète et curieuse conversation que Don Chérubin eut un jour avec le comte de Gelves. Relation de l'entrée que fit le duc d'Ossone à Madrid; ce qui l'a perdu.

Quoique le comte de Gelves, comme il a été dit, eût rapporté des Indes de grandes richesses, il avoit affecté, par avarice et par politique, de ne pas imiter les vice-rois qui reviennent de leurs gouvernements. Il ne se montroit dans les rues qu'accompagné de peu de monde, et il rendoit ses visites, pour ainsi dire, sans éclat, et dans un équipage trop modeste pour un gouverneur du Mexique. A l'égard des présents qu'il avoit faits, tant au roi qu'aux infants don Ferdinand et don Carlos, ce n'est pas la peine d'en parler, puis-

qu'ils ne consistoient qu'en quelques ouvrages de plumes, et autres semblables bagatelles. Aussi le public, qui censure tout, quelquefois sans examen, ne louoit-il pas son humeur magnifique.

Ce seigneur n'ignoroit pas ce qu'on pensoit de lui dans le monde, et il me dit un jour : J'aime mieux passer pour un avare, que de m'exposer à me perdre par un faste qui ne fait qu'exciter l'envie. L'exemple du duc d'Ossone, qui vient de mourir dans une prison, doit bien instruire les vice-rois. Ce grand homme vivroit peut-être encore, s'il n'eût pas eu l'imprudence de faire son entrée dans Madrid avec une pompe plus convenable à un souverain qu'à un gouverneur qu'on rappeloit pour lui demander compte de son administration, s'il n'eût pas fait de si riches présents à la cour, et s'il n'eût pas enfin étalé ses richesses aux yeux de ses ennemis et de ses envieux. Peut-être n'avez-vous pas entendu parler de cette fastueuse entrée. Il faut que je vous fasse un détail, moins pour vous en faire admirer la magnificence, que pour vous montrer l'ostentation de ce vice-roi de Sicile et de Naples.

Quatre trompettes, avec douze gardes napolitains et douze autres siciliens, commençoient la marche. Le maître-d'hôtel à cheval, et vingt-quatre mulets couverts de housses brodées d'or, conduits par vingt palefreniers, précédoient trois litières et trois superbes carrosses de la duchesse d'Ossone, que son maître d'hôtel et celui de son fils suivoient avec des chevaux de main que menoient vingt palefreniers. Après quoi paroissoit le majordome du duc, accompagné de douze pages à cheval vêtus à l'espagnole, et de douze hallebardiers habillés à l'italienne. Don Juan Tellès venoit ensuite à la tête de trente gentilshommes espagnols, napolitains ou siciliens, tous richement vêtus à la hongroise, et montés sur des chevaux de prix. Après cela le duc, sous le même habillement, paroissoit dans un carrosse de la dernière magnificence, avec dona Isabella de Sandoval, sa belle-fille, ayant quatre estafiers à chaque portière et vingt hallebardiers, suivis de trente carrosses pleins d'amis ou de parents, sans compter six autres de réserve. Enfin cette indiscrète et folle marche étoit fermée par une foule d'officiers, de pages et d'esclaves turcs.

Voilà, poursuivit le comte de Gelves, comme le duc d'Ossone entra dans Madrid aux acclamations d'un concours prodigieux de peuple, accouru de toutes parts pour le voir. Vous jugez bien qu'une pareille entrée ne diminua point le nombre des ennemis secrets qu'il avoit déjà; et, pour surcroît d'indiscrétion, il exposa pendant quinze jours dans son hôtel, à la curiosité du public, les richesses qu'il avoit apportées d'Italie, se faisant un vain plaisir de les montrer aux Espagnols comme des dépouilles des Turcs, et de glorieux monuments des victoires qu'il avoit remportées sur ces infidèles. Je n'ai donc pas mal fait, ajouta le grand écuyer, de tenir une conduite opposée à la sienne, moi surtout qui sors d'un gouvernement où tout le monde me soupçonne d'avoir amassé d'immenses trésors. Par mon entrée modeste, j'ai prévenu l'envie, que je n'aurois pas manqué d'armer contre moi par un plus grand air d'opulence.

CHAPITRE LXXXI.

De l'arrivée de don Manuel à Madrid. De la joie extrême que ce cavalier et don Chérubin eurent de se revoir après si long-temps, et des arrangements qu'ils prirent ensemble pour ne plus se quitter.

Il n'y avoit pas huit jours que Toston étoit de retour d'Alcaraz, lorsqu'un matin, comme je travaillois dans mon cabinet, on vint m'y annoncer don Manuel de Pedrilla. Je me levai dans le moment pour recevoir un homme qui m'étoit si cher. Nous nous tînmes long-temps embrassés tous deux, et nous témoignâmes, par des pleurs, plutôt que par des paroles, la joie que nous avions de nous retrouver. Le souvenir de dona Paula nous attendrit d'abord, et nous ne pûmes refuser des larmes à la mémoire de cette adultère innocente, malgré les chagrins qu'elle nous avoit causés à l'un et à l'autre ; mais nous repassâmes bientôt de la douleur à la joie, en nous entretenant de notre famille. Nous avons d'aimables enfants, me dit don Manuel. Si Toston vous en a fait un portrait fidèle, il doit vous avoir assuré que dona Theresa, votre fille, est toute mignonne, et que don Ignacio, mon fils, est un joli garçon. Pour votre neveu, Francillo, qui s'appelle à présent don Francisco de Clévillente, ce n'est plus un enfant, c'est un cavalier de belle taille, et fort en état de servir le roi.

Après avoir parlé des enfants, continua don Manuel, parlons des mères. Isménie et dona Francisca sont toujours deux jolies femmes. Je suis plus que jamais épris de l'une, et don Gregorio a pour l'autre un attachement dont la vivacité semble augmenter de jour en jour. Vous me ravissez, interrompis-je, mon ami, en m'apprenant que vous vivez tous quatre dans la plus parfaite union. Que ne puis-je aller partager avec vous les douceurs de votre société ? Hé ! qui vous en empêche ? me dit Pedrilla. N'êtes-vous pas maître de vos actions ? Non, lui répondis-je : le comte de Gelves ne veut pas que mon beau-père le quitte ; et mon beau-père, enchaîné à ses volontés, a la complaisance de lui sacrifier l'envie qu'il

auroit de se reposer après ses longs travaux. De mon côté, la reconnoissance et l'amitié me lient si fortement à Salzedo, que je me fais un devoir de ne le pas abandonner. Je vous reconnois à ces sentiments, reprit don Manuel. Ainsi donc, nos dames et moi nous nous sommes en vain flattés de vous posséder avec votre épouse. Je ne demanderois pas mieux, lui répartis-je, que de passer avec elle et avec vous le reste de mes jours ; mais voyez quel obstacle s'y oppose. Hé bien ! dit don Manuel après avoir rêvé quelques moments, puisque je ne puis vous arracher de Madrid, il faut que j'engage nos dames à s'y venir établir : c'est ce que je veux leur proposer, et je crois qu'elles accepteront volontiers la proposition.

J'applaudis à cette idée, dis-je à don Manuel. Puissiez-vous leur faire goûter ce projet ! Si vous êtes assez éloquent pour cela, je me charge d'acheter un grand hôtel pour loger toute notre famille : je suis en état de faire une pareille acquisition, et même toute la dépense du ménage. Retournez donc au plus tôt à la ville d'Alcaraz ; déterminez, s'il se peut, les dames à venir demeurer à Madrid, et nous les amenez. Nous menerons dans notre hôtel une vie délicieuse. On y verra régner la joie, et l'on y trouvera la bonne compagnie.

Don Manuel, impatient de voir arriver un temps si heureux, se hâta de reprendre le chemin de son pays ; mais avant son départ, je le présentai à Salzedo, qui le reçut d'une manière qui le charma. Il ne fut pas moins content des politesses que lui fit mon épouse, qui, le regardant comme mon meilleur ami, crut ne pouvoir lui faire assez de civilités. Aussi me dit-il en partant : En vérité, don Chérubin, j'admire votre bonheur. Vous êtes entré dans une famille bien aimable. Vous avez une femme digne de toute votre tendresse, et un beau-père qui mérite toutes les attentions que vous avez pour lui. Je vais faire de ces deux personnes de si beaux portraits à Clévillente et à nos dames, que cela ne contribuera pas peu à me faire réussir dans mon dessein.

CHAPITRE LXXXII.

Par quel événement le projet de don Manuel et de don Chérubin ne fut point exécuté. Don Juan de Salzedo est fait corrégidor de la ville d'Alcaraz.

J'espérois, ou plutôt je ne doutois nullement que Pedrilla ne vînt à bout de persuader des dames, et déjà je cherchois un bel hôtel qui fût à vendre ; mais c'étoit m'embarrasser d'un soin inutile, comme vous allez l'entendre. Un jour que le comte de Gelves avoit été voir le premier ministre, il s'enferma dans son cabinet avec Salzedo, auquel adressant la parole : Don Juan, lui dit-il, vous allez être surpris de ce que j'ai à vous dire. Je reviens de chez le comte-duc, avec qui j'ai eu un entretien qui a roulé sur vous. Comte, m'a-t-il dit, vous avez auprès de vous un homme qui ne m'est point agréable; c'est don Juan de Salzedo. Il a été secrétaire du duc de Lerme, et ensuite du duc d'Uzède; en un mot, c'est une créature de la maison de Sandoval. Je crois que c'est vous en dire assez pour vous obliger à vous en défaire. Mais comme je sais qu'il vous est cher, et qu'il mérite d'être récompensé des services qu'il a rendus à l'état, le roi le fait corrégidor de la ville d'Alcaraz, dans la Castille nouvelle.

Vous connoissez ce ministre, continua le grand écuyer. Vous savez que c'est un esprit plein de caprices, et qui veut absolument tout ce qu'il veut. Si, ne consultant que mon amitié pour vous, je refusois de le satisfaire, il faudroit me résoudre à me brouiller avec lui pour jamais : ce qui pourroit avoir de fâcheuses suites pour moi; car il est dangereux d'avoir pour ennemi un ministre qui gouverne la monarchie et le monarque.

Je suis fâché de vous perdre, ajouta-t-il, mais il faut que nous nous séparions. Vous le voyez bien, c'est une nécessité. Seigneur, lui dit Salzedo, je n'ai rien à répondre à cela. Il n'est pas juste que vous vous brouilliez pour si peu de chose avec un homme qui peut tout. A l'égard de la charge dont on veut m'honorer, je puis m'en passer, de même que de tout autre poste, étant, grâce à vos bontés, dans une situation qui ne me laisse rien à désirer. Néanmoins, j'ai des raisons pour ne la pas refuser. Alcaraz est une ville fort connue de mon gendre. Il y a sa famille et des amis qui mettront tout en usage pour m'en rendre le séjour agréable. Puisqu'il faut que je m'éloigne de Madrid et de votre excellence, c'est une consolation pour moi qu'on m'envoie dans l'endroit d'Espagne que je choisirois pour ma retraite. Cela me fait plaisir, reprit le comte : si j'ai le chagrin de ne plus vous voir, du moins j'aurai la satisfaction de vous croire heureux.

Après cet entretien, don Juan vint me trouver. Il y a bien des nouvelles, me dit-il. En même temps il me raconta ce que le grand écuyer venoit de lui dire. Ensuite il me demanda ce que j'en pensois. Il me paroît, lui répondis-je, que le comte craint fort de perdre les bonnes grâces du premier ministre, et qu'il seroit homme à sacrifier tout à sa crainte. Au reste, nous devons nous réjouir de cet événement. Il y a long-temps que la seule complaisance nous attache à ce seigneur; et puisqu'il nous donne lui-même une occasion de le quitter avec honneur, saisissons-la brusquement. Partons pour Alcaraz le plus tôt

qu'il nous sera possible. Allons joindre don Gregorio et don Manuel, mes beaux-frères. Ils seront ravis, ainsi que leurs épouses, de voir grossir leur société par trois sujets qui ne la rendront pas plus ennuyeuse. Je vais, si vous le trouvez bon, envoyer dès aujourd'hui un exprès à don Manuel, pour l'avertir qu'ayant été gratifié par le roi de la charge de corrégidor d'Alcaraz, vous vous disposez à partir pour en aller prendre possession. Il sera charmé de cet avis; car je suis assuré qu'il aimera mieux se préparer à nous recevoir dans cette ville, qu'à venir demeurer à Madrid.

Mon beau-père ne m'eut pas plus tôt témoigné qu'il étoit prêt à me suivre, que je dépêchai un courrier à Pedrilla pour l'informer de notre dessein; et, dans la lettre que je lui écrivis, je lui marquois que nous passerions par Cuença.

CHAPITRE LXXXIII.

Don Juan de Salzedo part de Madrid avec sa fille et don Chérubin. De leur arrivée à Alcaraz. De la réception qu'on leur fit. Fin de l'histoire du bachelier de Salamanque.

Don Juan de Salzedo, après avoir été remercier le premier ministre, et prêter entre les mains du roi serment pour sa charge de corrégidor, ordonna les apprêts de son départ, qui furent faits en peu de temps. Notre sortie de Madrid ne fut pas si fastueuse que l'entrée du duc d'Ossone; mais elle ne laissoit pas d'avoir un petit air d'opulence qui nous faisoit honneur. Trois litières, dont l'une étoit remplie de monsieur le corrégidor, *plena ipso*, l'autre de mon épouse et de moi, et la troisième de deux femmes de chambre, suivoient douze mulets chargés de notre bagage, et parés de bruyantes sonnettes. Ajoutez à cela cinq ou six domestiques montés sur de très-beaux chevaux, dont le grand écuyer nous avoit fait présent. En vérité, notre équipage ressembloit un peu à celui d'un vice-roi qui va prendre possession de son gouvernement.

Nous nous rendîmes à petites journées à Cuença, où nous trouvâmes don Manuel, qui nous attendoit depuis deux jours. Après mille embrassades de part et d'autre, ce cavalier nous apprit qu'aussitôt ma lettre reçue il étoit parti pour venir au-devant de nous jusqu'à Cuença, d'où il se proposoit de nous conduire au village de Bonillo, dans une ferme à lui appartenante, et dans laquelle il avoit laissé son épouse avec ma sœur et don Gregorio. Pour arriver plus tôt à cette ferme, nous nous hâtâmes de continuer notre chemin, et nous y trouvâmes effectivement Clévillente et ces deux dames, qui n'avoient pas moins d'impatience de me revoir que j'en avois de les embrasser. C'est là que les accolades et les compliments furent prodigués. Seigneur don Juan, dit ma sœur à Salzedo, quelle joie pour moi de voir un cavalier à qui mon frère a tant d'obligations ! Mais de tous les biens que vous lui avez faits, celui dont je vous tiens le plus de compte, c'est d'avoir lié sa destinée à celle de cette aimable enfant. A ces mots elle jeta ses bras au cou de Blanche, qu'elle avoit déjà plus d'une fois embrassée. Isménie fit aussi bien des caresses à mon épouse, qui, pour ne pas demeurer en reste avec ces deux dames, leur rendit baiser pour baiser.

D'une autre part, don Gregorio, don Manuel, Salzedo et moi, nous fîmes à peu près la même scène. Nous n'eûmes tous quatre, pendant une heure, qu'un entretien confus et entremêlé d'embrassements.

Après cela nous reprîmes notre gravité, et le nouveau corrégidor eut tout lieu d'être satisfait des discours obligeants qui lui furent adressés tant par les dames que par les cavaliers. Aussi me dit-il plus d'une fois en particulier qu'il étoit charmé de mes beaux-frères, et encore plus de leurs femmes, qui lui paroissoient, disoit-il, avoir des manières de princesses. Je ris en moi-même de sa pensée, ou, pour mieux dire, de celle qui me vint là-dessus ; car je songeai dans le moment aux sources où elles avoient puisé leurs grands airs. Nous nous reposâmes quelques jours dans la ferme, où, par la prévoyance de don Manuel, rien ne nous manqua, et nous nous rendîmes enfin à la ville d'Alcaraz, qui n'en est éloignée que de cinq à six lieues.

Notre équipage jeta d'abord de la poudre aux yeux des bourgeois d'Alcaraz. Ce n'est point là,

disoit l'un, notre pauvre défunt corrégidor, don Martin Chinchilla, qui n'avoit pour tout équipage que deux vieilles mules dans son écurie. Non, ma foi, disoit l'autre : ce n'est pas un corrégidor ordinaire, c'est un vice-roi qu'on nous envoie. Le peuple, qui s'étoit mis sous les armes pour recevoir plus honorablement son nouveau magistrat, fit une triple décharge de mousqueterie. Nous allâmes descendre à l'hôtel de Pedrilla, où nous ne fûmes pas sitôt entrés, que tous les supérieurs des ordres religieux vinrent haranguer en latin mon beau-père, qui, pour leur faire voir à qui ils s'adressoient, leur fit à chacun une réponse dans la même langue ; ce qui donna aux auditeurs une haute opinion de lui. Après les moines, la noblesse lui fit son compliment, et il répondit en homme de cour.

Pour dire le reste en peu de mots, il prit possession de sa charge ; et bientôt, par sa prudence, ses soins vigilants, son intégrité, son désintéressement, par ses jugements équitables, et par l'étendue de ses lumières, il fit connoître aux habitants d'Alcaraz qu'ils avoient pour corrégidor un homme capable de gouverner un état. Comme il joignoit au mérite d'un juge toutes les qualités d'un galant homme, il gagna sans peine l'estime et l'amitié de tout le monde.

C'est avec un semblable beau-père que j'ai le bonheur de vivre actuellement, tantôt à Alcaraz chez don Manuel, tantôt au château d'Elche, qui n'est qu'à trois petites lieues de la ville, et duquel nous avons fait acquisition des deniers des Mexicains ; ou bien au château de don Gregorio de Clévillente, dont l'épouse s'accorde à merveille avec la mienne, quoiqu'elles soient toutes deux belles-sœurs.

FIN DU BACHELIER DE SALAMANQUE.

CRISPIN

RIVAL DE SON MAITRE,

COMÉDIE,

Représentée, pour la première fois, le 15 mars 1707.

PERSONNAGES.

· ORONTE, bourgeois de Paris.
Mme ORONTE, sa femme.
ANGÉLIQUE, leur fille, promise à Damis.
VALÈRE, amant d'Angélique.
ORGON, père de Damis.
LISETTE, suivante d'Angélique.
CRISPIN, valet de Valère.
LA BRANCHE, valet de Damis.

La scène est à Paris.

CRISPIN

RIVAL DE SON MAITRE;

COMÉDIE.

SCÈNE PREMIÈRE.

VALÈRE, CRISPIN.

VALÈRE.

Ah! te voilà, bourreau?

CRISPIN.

Parlons sans emportement.

VALÈRE.

Coquin!

CRISPIN.

Laissons-là, je vous prie, nos qualités... De quoi vous plaignez-vous?

VALÈRE.

De quoi je me plains? traître! Tu m'avois demandé congé pour huit jours, et il y a plus d'un mois que je ne t'ai vu. Est-ce ainsi qu'un valet doit servir?

CRISPIN.

Parbleu! monsieur, je vous sers comme vous me payez. Il me semble que l'un n'a pas plus de sujet de se plaindre que l'autre.

VALÈRE.

Je voudrois bien savoir d'où tu peux venir?

CRISPIN.

Je viens de travailler à ma fortune. J'ai été en Touraine, avec un chevalier de mes amis, faire une petite expédition.

VALÈRE.

Quelle expédition?

CRISPIN.

Lever un droit qu'il s'est acquis sur les gens de province par sa manière de jouer.

VALÈRE.

Tu viens donc fort à propos, car je n'ai point d'argent, et tu dois être en état de m'en prêter.

CRISPIN.

Non, monsieur. Nous n'avons pas fait une heureuse pêche. Le poisson a vu l'hameçon; il n'a point voulu mordre à l'appât.

VALÈRE.

Le bon fonds de garçon que voilà! Écoute, Crispin, je veux bien te pardonner le passé; j'ai besoin de ton industrie.

CRISPIN.

Quelle clémence!

VALÈRE.

Je suis dans un grand embarras.

CRISPIN.

Vos créanciers s'impatientent-ils? Ce gros marchand à qui vous avez fait un billet de neuf cents francs pour trente pistoles d'étoffe qu'il vous a fournie, auroit-il obtenu sentence contre vous?

VALÈRE.

Non.

CRISPIN.

Ah! j'entends. Cette généreuse marquise qui alla elle-même payer votre tailleur qui vous avoit fait assigner, a découvert que nous agissions de concert avec lui.

VALÈRE.

Ce n'est point cela, Crispin, je suis devenu amoureux.

CRISPIN.

Oh! oh!... Hé, de qui, par aventure?

VALÈRE.

D'Angélique, fille unique de M. Oronte.

CRISPIN.

Je la connois de vue. Peste! la jolie figure! Son père, si je ne me trompe, est un bourgeois qui demeure en ce logis, et qui est très-riche?

VALÈRE.

Oui; il a trois grandes maisons dans les plus beaux quartiers de Paris.

CRISPIN.

L'adorable personne qu'Angélique!

VALÈRE.

De plus, il passe pour avoir de l'argent comptant.

CRISPIN.

Je connois tout l'excès de votre amour !... Mais où en êtes-vous avec la petite fille ? Elle sait vos sentiments ?

VALÈRE.

Depuis huit jours, que j'ai un libre accès chez son père, j'ai si bien fait, qu'elle me voit d'un œil favorable ; mais Lisette, sa femme de chambre, m'apprit hier une nouvelle qui me met au désespoir.

CRISPIN.

Eh ! que vous a-t-elle dit cette désespérante Lisette ?

VALÈRE.

Que j'ai un rival ; que M. Oronte a donné sa parole à un jeune homme de province, qui doit incessamment arriver à Paris pour épouser Angélique.

CRISPIN.

Eh ! qui est ce rival ?

VALÈRE.

C'est ce que je ne sais point encore. On appela Lisette dans le temps qu'elle me disoit cette fâcheuse nouvelle, et je fus obligé de me retirer sans apprendre son nom.

CRISPIN.

Nous avons bien la mine de n'être pas sitôt propriétaires des trois belles maisons de M. Oronte.

VALÈRE.

Va trouver Lisette de ma part. Parle-lui ; après cela nous prendrons nos mesures.

CRISPIN.

Laissez-moi faire.

VALÈRE.

Je vais t'attendre au logis.   (*Il sort.*)

SCÈNE II.

CRISPIN *seul.*

Que je suis las d'être valet ! Ah ! Crispin, c'est ta faute ! Tu as toujours donné dans la bagatelle ; tu devrois présentement briller dans la finance... Avec l'esprit que j'ai, morbleu ! j'aurois déjà fait plus d'une banqueroute.

SCÈNE III.

LA BRANCHE, CRISPIN.

LA BRANCHE *à part.*

N'est-ce pas là Crispin ?

CRISPIN *à part.*

Est-ce là La Branche que je vois ?

LA BRANCHE *à part.*

C'est Crispin, c'est lui-même.

CRISPIN *à part.*

C'est La Branche, ou je meurs !...... (*A La Branche.*) L'heureuse rencontre ! Que je t'embrasse, mon cher !... (*Ils s'embrassent.*) Franchement, ne te voyant plus paroître à Paris, je craignois que quelque arrêt de la cour ne t'en eût éloigné.

LA BRANCHE.

Ma foi, mon ami, je l'ai échappé belle, depuis que je ne t'ai vu. On m'a voulu donner de l'occupation sur mer ; j'ai pensé être du dernier détachement de la Tournelle.

CRISPIN.

Tudieu !... qu'avois-tu donc fait ?

LA BRANCHE.

Une nuit, je m'avisai d'arrêter, dans une rue détournée, un marchand étranger, pour lui demander par curiosité des nouvelles de son pays. Comme il n'entendoit pas le français, il crut que je lui demandois la bourse. Il crie au voleur. Le guet vient : on me prend pour un fripon ; on me mène au Châtelet. J'y ai demeuré sept semaines.

CRISPIN.

Sept semaines !

LA BRANCHE.

J'y aurois demeuré bien davantage sans la nièce d'une revendeuse à la toilette.

CRISPIN.

Est-il vrai ?

LA BRANCHE.

On étoit furieusement prévenu contre moi ! Mais cette bonne amie se donna tant de mouvement, qu'elle fit connoître mon innocence.

CRISPIN.

Il est bon d'avoir de puissants amis.

LA BRANCHE.

Cette aventure m'a fait faire des réflexions.

CRISPIN.

Je le crois. Tu n'es plus curieux de savoir des nouvelles des pays étrangers ?

LA BRANCHE.

Non, ventrebleu ! Je me suis remis dans le service... Et toi, Crispin, travailles-tu toujours.

CRISPIN.

Non, je suis comme toi, un fripon honoraire. Je suis rentré dans le service aussi ; mais je sers un maître sans biens, ce qui suppose un valet sans gages. Je ne suis pas trop content de ma condition.

LA BRANCHE.

Je le suis assez de la mienne, moi. Je demeure à Chartres ; j'y sers un jeune homme appelé Damis. C'est un aimable garçon : il aime le jeu, le vin, les femmes ; c'est un homme universel. Nous faisons ensemble toutes sortes de débauches. Cela m'amuse; cela me détourne de mal faire.

CRISPIN.

L'innocente vie!

LA BRANCHE.

N'est-il pas vrai?

CRISPIN.

Assurément. Mais, dis-moi, La Branche, qu'es-tu venu faire à Paris? Où vas-tu?

LA BRANCHE *lui montrant la maison de M. Oronte.*

Je vais dans cette maison.

CRISPIN.

Chez M. Oronte?

LA BRANCHE.

Sa fille est promise à Damis.

CRISPIN.

Angélique est promise à ton maître?

LA BRANCHE.

M. Orgon, père de Damis, étoit à Paris il y a quinze jours; j'y étois avec lui. Nous allâmes voir M. Oronte, qui est de ses anciens amis, et ils arrêtèrent entre eux ce mariage.

CRISPIN.

C'est donc une affaire résolue?

LA BRANCHE.

Oui. Le contrat est déjà signé des deux pères et de madame Oronte. La dot, qui est de vingt mille écus, en argent comptant, est toute prête : on n'attend que l'arrivée de Damis pour terminer la chose.

CRISPIN.

Ah! parbleu! cela étant, Valère mon maître n'a donc qu'à chercher fortune ailleurs.

LA BRANCHE.

Quoi! ton maître?...

CRISPIN *l'interrompant.*

Il est amoureux de cette même Angélique; mais puisque Damis...

LA BRANCHE *l'interrompant aussi.*

Oh! Damis n'épousera point Angélique : il y a une petite difficulté.

CRISPIN.

Et quelle?

LA BRANCHE.

Pendant que son père le marioit ici, il s'est marié à Chartres, lui.

CRISPIN.

Comment donc?

LA BRANCHE.

Il aimoit une jeune personne, avec qui il avoit fait les choses de manière qu'au retour du bon homme Orgon il s'est fait en secret une assemblée de parents. La fille est de condition. Damis a été obligé de l'épouser.

CRISPIN.

Oh! cela change la thèse.

LA BRANCHE.

J'ai trouvé les habits de noce de mon maître tout faits. J'ai ordre de les emporter à Chartres, aussitôt que j'aurai vu monsieur et madame Oronte, et retiré la parole de M. Orgon!

CRISPIN.

Retirer la parole de M. Orgon!

LA BRANCHE.

C'est ce qui m'amène à Paris. (*Voulant s'éloigner pour entrer chez M. Oronte.*) Sans adieu, Crispin, nous nous reverrons.

CRISPIN *le retenant.*

Attends, La Branche, attends, mon enfant. Il me vient une idée... Dis-moi un peu : ton maître est-il connu de M. Oronte?

LA BRANCHE.

Ils ne se sont jamais vus.

CRISPIN.

Ventrebleu! si tu voulois, il y auroit un beau coup à faire... Mais, après ton aventure du Châtelet, je crains que tu ne manques de courage.

LA BRANCHE.

Non, non, tu n'as qu'à dire. Une tempête essuyée n'empêche point un bon matelot de se remettre en mer. Parle; de quoi s'agit-il? Est-ce que tu voudrois faire passer ton maître pour Damis, et lui faire épouser?...

CRISPIN *l'interrompant.*

Mon maître? fi donc! voilà un plaisant gueux pour une fille comme Angélique! Je lui destine un meilleur parti.

LA BRANCHE.

Qui donc?

CRISPIN.

Moi.

LA BRANCHE.

Malepeste! tu as raison; cela n'est pas mal imaginé, au moins.

CRISPIN.

Je suis aussi amoureux d'elle.

LA BRANCHE.

J'approuve ton amour.

CRISPIN.

Je prendrai le nom de Damis.

LA BRANCHE.

C'est bien dit.

CRISPIN.

J'épouserai Angélique.

LA BRANCHE.

J'y consens.

CRISPIN.

Je toucherai la dot.

LA BRANCHE.

Fort bien.

CRISPIN.

Et je disparoîtrai avant qu'on en vienne aux éclaircissements.

LA BRANCHE.

Expliquons-nous mieux sur cet article.

CRISPIN.

Pourquoi?

LA BRANCHE.

Tu parles de disparoître avec la dot, sans faire mention de moi. Il y a quelque chose à corriger dans ce plan-là.

CRISPIN.

Oh! nous disparoîtrons ensemble.

LA BRANCHE.

A cette condition-là, je te sers de croupier..... Le coup, je l'avoue, est un peu hardi; mais mon audace se réveille, et je sens que je suis né pour les grandes choses. Où irons-nous cacher la dot?

CRISPIN.

Dans le fond de quelque province éloignée.

LA BRANCHE.

Je crois qu'elle sera mieux hors du royaume. Qu'en dis-tu?

CRISPIN

C'est ce que nous verrons. Apprends-moi de quel caractère est M. Oronte.

LA BRANCHE.

C'est un bourgeois fort simple, un petit génie.

CRISPIN.

Et madame Oronte?

LA BRANCHE.

Une femme de vingt-cinq à soixante ans; une femme qui s'aime, et qui est d'un esprit tellement incertain, qu'elle croit, dans le même moment, le pour et le contre.

CRISPIN.

Cela suffit. Il faut à présent emprunter des habits pour...

LA BRANCHE *l'interrompant.*

Tu peux te servir de ceux de mon maître..... (*Examinant la taille de Crispin.*) Oui, justement, tu es à peu près de sa taille.

CRISPIN.

Peste! il n'est pas mal fait.

LA BRANCHE.

Je vois sortir quelqu'un de chez M. Oronte.... Allons dans mon auberge concerter l'exécution de notre entreprise.

CRISPIN.

Il faut auparavant que je coure au logis parler à Valère, et que je l'engage, par une fausse confidence, à ne point venir de quelques jours chez M. Oronte. Je t'aurai bientôt rejoint.

(*Il sort d'un côté et La Branche de l'autre.*)

SCÈNE IV.

ANGÉLIQUE, LISETTE.

ANGÉLIQUE.

Oui, Lisette, depuis que Valère m'a découvert sa passion, un secret chagrin me dévore, et je sens que si j'épouse Damis, il m'en coûtera le repos de ma vie.

LISETTE.

Voilà un dangereux homme que ce Valère!

ANGÉLIQUE.

Que je suis malheureuse!... Entre dans ma situation, Lisette. Que dois-je faire? Conseille-moi, je t'en conjure.

LISETTE.

Quel conseil pouvez-vous attendre de moi?

ANGÉLIQUE.

Celui que t'inspirera l'intérêt que tu prends à ce qui me touche.

LISETTE.

On ne peut vous donner que deux sortes de conseils; l'un d'oublier Valère, et l'autre de vous roidir contre l'autorité paternelle. Vous avez trop d'amour pour suivre le premier; j'ai la conscience trop délicate pour vous donner le second. Cela est embarrassant, comme vous voyez.

ANGÉLIQUE.

Ah! Lisette, tu me désespères.

LISETTE

Attendez... Il me semble pourtant que l'on peut concilier votre amour et ma conscience..... Oui, allons trouver votre mère.

ANGÉLIQUE.

Que lui dire?

LISETTE.

Avouons-lui tout. Elle aime qu'on la flatte, qu'on la caresse; flattons-la, caressons-la. Dans le fond, elle a de l'amitié pour vous, et elle obligera peut-être M. Oronte à retirer sa parole.

ANGÉLIQUE.

Tu as raison, Lisette; mais je crains...

(*Elle hésite.*)

LISETTE.

Quoi?

ANGÉLIQUE.

Tu connois ma mère : son esprit a si peu de fermeté!

LISETTE.

Il est vrai qu'elle est toujours du sentiment de celui qui lui parle le dernier. N'importe, ne laissons pas de l'attirer dans notre parti... (*Voyant approcher madame Oronte.*) Mais je la vois... Retirez-vous pour un moment; vous reviendrez quand je vous en ferai signe.

(*Angélique se retire au fond du théâtre.*)

SCÈNE V.

Mme ORONTE, ANGÉLIQUE *dans le fond*, **LISETTE**

LISETTE *à part, sans faire semblant de voir madame Oronte.*

Il faut convenir que madame Oronte est une des plus aimables femmes de Paris.

Mme ORONTE.

Vous êtes flatteuse, Lisette !

LISETTE *avec une feinte surprise.*

Ah ! madame, je ne vous voyois pas... Ces paroles que vous venez d'entendre sont la suite d'un entretien que je viens d'avoir avec mademoiselle Angélique, au sujet de son mariage. « Vous » avez, lui disois-je, la plus judicieuse de toutes » les mères, la plus raisonnable. »

Mme ORONTE.

Effectivement, Lisette, je ne ressemble guère aux autres femmes ; c'est toujours la raison qui me détermine.

LISETTE.

Sans doute.

Mme ORONTE.

Je n'ai ni entêtement ni caprice.

LISETTE.

Et, avec cela, vous êtes la meilleure mère du monde. Je mets en fait que si votre fille avoit de la répugnance à épouser Damis, vous ne voudriez pas contraindre là-dessus son inclination.

Mme ORONTE.

Moi, la contraindre ? moi, gêner ma fille ? A Dieu ne plaise que je fasse la moindre violence à ses sentiments ! Dites-moi, Lisette, auroit-elle de l'aversion pour Damis ?

LISETTE.

Eh ! mais.....

(Elle hésite.)

Mme ORONTE.

Ne me cachez rien.

LISETTE.

Puisque vous voulez savoir les choses, madame, je vous dirai qu'elle a de la répugnance pour ce mariage.

Mme ORONTE.

Elle a peut-être une passion dans le cœur ?

LISETTE.

Oh ! madame, c'est la règle. Quand une fille a de l'aversion pour un homme qu'on lui destine pour mari, cela suppose toujours qu'elle a de l'inclination pour un autre. Vous m'avez dit, par exemple, que vous haïssiez M. Oronte la première fois qu'on vous le proposa, parce que vous aimiez un officier qui mourut au siége de Candie.

Mme ORONTE.

Il est vrai ; et si ce pauvre garçon ne fût pas mort, je n'aurois jamais épousé M. Oronte.

LISETTE.

Eh bien ! madame, mademoiselle votre fille est dans la même disposition où vous étiez avant le siége de Candie.

Mme ORONTE.

Eh ! qui est donc le cavalier qui a trouvé le secret de lui plaire ?

LISETTE.

C'est ce jeune gentilhomme qui vient jouer chez vous depuis quelques jours.

Mme ORONTE.

Qui ? Valère ?

LISETTE.

Lui-même.

Mme ORONTE.

A propos, vous m'en faites souvenir ; il nous regardoit hier, Angélique et moi, avec des yeux si passionnés... Êtes-vous bien assurée, Lisette, que c'est de ma fille qu'il est amoureux ?

LISETTE *faisant signe à Angélique de s'approcher.*

Oui, madame, il me l'a dit lui-même, et il m'a chargée de vous prier de sa part de trouver bon qu'il vienne vous en faire la demande.

ANGÉLIQUE *s'approchant, à madame Oronte.*

Pardonnez, madame, si mes sentiments ne sont pas conformes aux vôtres ; mais vous savez...

Mme ORONTE *l'interrompant.*

Je sais bien qu'une fille ne règle pas toujours les mouvements de son cœur sur les vues de ses parents ; mais je suis tendre, je suis bonne, j'entre dans vos peines ; en un mot j'agrée la recherche de Valère.

ANGÉLIQUE.

Je ne puis vous exprimer, madame, tout le ressentiment que j'ai de vos bontés.

LISETTE *à madame Oronte.*

Ce n'est pas assez, madame, M. Oronte est un petit opiniâtre ; si vous ne soutenez pas avec vigueur....

Mme ORONTE *l'interrompant.*

Oh ! n'ayez point d'inquiétude là-dessus ; je prends Valère sous ma protection ; ma fille n'aura point d'autre époux que lui ; c'est moi qui vous le dis... *(Apercevant M. Oronte.)* Mon mari vient. Vous allez voir de quel ton je vais lui parler.

SCÈNE VI.

M. ORONTE, Mme ORONTE, ANGÉLIQUE, LISETTE.

Mme ORONTE *à son mari.*

Vous venez fort à propos, monsieur ; j'ai à vous dire que je ne suis plus dans le dessein de marier ma fille avec Damis.

M. ORONTE.

Ah! ah! peut-on savoir, madame, pourquoi vous avez changé de résolution?

Mme ORONTE.

C'est qu'il se présente un meilleur parti pour Angélique. Valère la demande. Il n'est pas à la vérité si riche que Damis; mais il est gentil-homme; et, en faveur de sa noblesse, nous devons lui passer son peu de bien.

LISETTE *bas.*

Bon !

M. ORONTE *à sa femme.*

J'estime Valère; et sans faire attention à son peu de bien, je lui donnerois très-volontiers ma fille, si je le pouvois avec honneur; mais cela ne se peut pas, madame.

Mme ORONTE.

D'où vient, monsieur?

M. ORONTE.

D'où vient? Voulez-vous que nous manquions de parole à M. Orgon, notre ancien ami? Avez-vous quelque sujet de vous plaindre de lui?

Mme ORONTE.

Non.

LISETTE *bas.*

Courage! ne mollissez point.

M. ORONTE *à sa femme.*

Pourquoi donc lui faire un pareil affront? Songez que le contrat est signé, que tous les prepara-tifs sont faits, et que nous n'attendons que Damis. La chose n'est-elle pas trop avancée pour s'en dédire?

Mme ORONTE.

Effectivement, je n'avois pas fait toutes ces ré-flexions.

LISETTE *à part.*

Adieu, la girouette va tourner.

M. ORONTE *à sa femme.*

Vous êtes trop raisonnable, madame, pour vou-loir vous opposer à ce mariage.

Mme ORONTE.

Oh! je ne m'y oppose pas.

LISETTE *à part.*

Mort de ma vie! Est-ce là une femme? Elle ne contredit point.

Mme ORONTE.

Vous le voyez, Lisette, j'ai fait ce que j'ai pu pour Valère.

LISETTE *ironiquement.*

Oui, vraiment, voilà un amant bien pro-tégé !

M. ORONTE *voyant paroître la Branche.*

J'aperçois le valet de Damis.

SCÈNE VII.

LA BRANCHE, M. ORONTE, Mme ORONTE, ANGÉLIQUE, LISETTE.

LA BRANCHE *à M. et à madame Oronte.*

Très - humble serviteur à monsieur et à ma-dame Oronte... (*A Angélique.*) Serviteur très-humble à mademoiselle Angélique... (*A Lisette.*) Bonjour, Lisette.

M. ORONTE.

Eh bien! La Branche, quelle nouvelle?

LA BRANCHE.

Monsieur Damis, votre gendre et mon maître, vient d'arriver de Chartres. Il marche sur mes pas; j'ai pris les devants pour vous en avertir.

ANGÉLIQUE *à part.*

O ciel !

M. ORONTE *à La Branche.*

Je l'attendois avec impatience... Mais pourquoi n'est-il pas venu tout droit chez moi? Dans les termes où nous en sommes, doit-il faire ces fa-çons-là?

LA BRANCHE.

Oh! monsieur, il sait trop bien vivre pour en user si familièrement avec vous. C'est le garçon de France qui a les meilleures manières; quoique je sois son valet, je n'en puis dire que du bien.

Mme ORONTE.

Est-il poli? est-il sage?

LA BRANCHE.

S'il est sage madame? Il a été élevé avec la plus brillante jeunesse de Paris. Tudieu! c'est une tête bien sensée.

M. ORONTE.

Et M. Orgon, n'est-il pas avec lui?

LA BRANCHE

Non, monsieur. De vives atteintes de goutte l'ont empêché de se mettre en chemin.

M. ORONTE.

Le pauvre bon homme!

LA BRANCHE.

Cela l'a pris subitement la veille de notre dé-part.

(*Il tire une lettre de sa poche et la donne à M. Oronte.*)

M. ORONTE *prenant la lettre et en lisant le dessus.*

« A M. Craquet, médecin, dans la rue du Sé-
» pulcre. »

LA BRANCHE *reprenant la lettre.*

Ce n'est point cela, monsieur.

M. ORONTE *riant.*

Voilà un médecin qui loge dans le quartier de ses malades.

LA BRANCHE *tirant plusieurs lettres de sa poche, et en lisant les adresses.*

J'ai plusieurs lettres que je me suis chargé de rendre à leurs adresses... Voyons celle-ci... (*Il lit.*) « A M. Bredouillet, avocat au parlement, » rue des Mauvaises-Paroles.... » Ce n'est point encore cela, passons à l'autre... (*Il lit.*) « A M. » Gourmandin, chanoine de... » Ouais! je ne trouverai point celle que je cherche?... (*Il lit.*) « A M. Oronte... » Ah! voici la lettre de M. Orgon..... (*Il donne cette dernière lettre à M. Oronte.*) Il l'a écrite d'une main si tremblante, que vous n'en reconnoîtrez pas l'écriture.

M. ORONTE

En effet, elle n'est pas reconnoissable.

LA BRANCHE.

La goutte est un terrible mal!... Le ciel vous en veuille préserver, aussi bien que madame Oronte, mademoiselle Angélique, Lisette et toute la compagnie.

M. ORONTE *ouvrant la lettre et la lisant.*

« Je me disposois à partir avec Damis; mais la » goutte m'en a empêché; néanmoins, comme ma » présence n'est point absolument nécessaire à » Paris, je n'ai pas voulu que mon indisposition » retardât un mariage qui fait ma plus chère envie, » et toute la consolation de ma vieillesse. Je vous » envoie mon fils; servez-lui de père, comme à » votre fille. Je trouverai bon tout ce que vous » ferez. »

« *De Chartres.*

« Votre affectionné serviteur,

« ORGON. »

(*Après avoir lu.*) Que je le plains!.. (*Voyant paroître Crispin, vêtu des habits de Damis.*) Mais, qui est ce jeune homme qui s'a-vance? Ne seroit-ce point Damis?

LA BRANCHE.

C'est lui-même..... (*A madame Oronte.*) Qu'en dites-vous, madame? n'a-t-il pas un air qui prévient en sa faveur?

Mme ORONTE.

Il n'est pas mal fait, vraiment!

SCÈNE VIII.

CRISPIN, M. ORONTE, Mme ORONTE, AN-
GÉLIQUE, LISETTE, LA BRANCHE.

CRISPIN *à La Branche.*

La Branche!

LA BRANCHE.

Monsieur!

CRISPIN *montrant M. Oronte.*

Est-ce là M. Oronte, mon illustre beau-père?

LA BRANCHE.

Oui; vous le voyez, en propre original.

M. ORONTE *à Crispin, en l'embrassant.*

Soyez le bienvenu, mon gendre, embrassez-moi.

CRISPIN *embrassant M. Oronte.*

Ma joie est extrême de pouvoir vous témoigner l'extrême joie que j'ai de vous embrasser...... (*Montrant madame Oronte.*) Voilà, sans doute, l'aimable enfant qui m'est destinée?

M. ORONTE.

Non, mon gendre, c'est ma femme... (*Lui montrant Angélique.*) Voici ma fille Angé-lique.

CRISPIN.

Malepeste! la jolie famille! Je ferois volontiers ma femme de l'une et ma maîtresse de l'autre.

Mme ORONTE.

Cela est trop galant!... (*Bas à Lisette.*) Il paroît avoir de l'esprit, Lisette.

LISETTE *bas.*

Et du goût même!

CRISPIN *à madame Oronte.*

Quel air! quelle grâce! quelle noble fierté! Ventrebleu! madame, vous êtes tout adorable! mon père me le disoit bien : « Tu verras madame Oronte; c'est la beauté la plus piquante! »

Mme ORONTE.

Fi donc!

CRISPIN.

« La plus désag... Je voudrois, disoit-il, qu'elle fût veuve; je l'aurois bientôt épousée. »

M. ORONTE *riant.*

Je lui suis, parbleu, bien obligé.

Mme ORONTE *à Crispin.*

Je l'estime infiniment, monsieur votre père.... Que je suis fâchée qu'il n'ait pu venir avec vous!

CRISPIN.

Qu'il est mortifié de ne pouvoir être de la noce! Il se promettoit bien de danser la bourrée avec madame Oronte.

LA BRANCHE *à M. Oronte.*

Il vous prie d'achever promptement ce mariage,

car il a une furieuse impatience d'avoir sa bru
auprès de lui.

M. ORONTE.

Hé ! mais toutes les conditions sont arrêtées entre nous et signées. Il ne reste plus qu'à terminer
la chose et compter la dot.

CRISPIN.

Compter la dot? Oui, c'est fort bien dit. (*A la
Branche.*) La Branche!.... (*A M. Oronte.*)
Permettez que je donne une commission à mon
valet... (*A La Branche.*) Va chez le marquis....
(*Bas.*) Va-t'en arrêter des chevaux pour cette
nuit.... Tu m'entends?... (*Haut.*) Et tu lui diras
que je lui baise les mains.

LA BRANCHE *sortant.*

J'y vole.

SCÈNE IX.

M. ORONTE, Mme ORONTE, ANGÉLIQUE,
LISETTE, CRISPIN.

M. ORONTE *à Crispin.*

Revenons à votre père. Je suis très-affligé de
son indisposition ; mais satisfaites, je vous prie,
ma curiosité. Dites-moi un peu des nouvelles de
son procès?

CRISPIN *embarrassé et appelant.*

La Branche !

M. ORONTE.

Vous êtes bien ému, qu'avez-vous?

CRISPIN *à part.*

Maugrebleu de la question !... (*A M. Oronte.*)
J'ai oublié de charger La Branche... (*A part.*)
Il devoit bien me parler de ce procès-là !

M. ORONTE.

Il reviendra..... Eh bien ! ce procès a-t-il enfin
été jugé?

CRISPIN.

Oui, Dieu merci, l'affaire en est faite.

M. ORONTE.

Et vous l'avez gagné

CRISPIN.

Avec dépens.

M. ORONTE.

J'en suis ravi, je vous assure !

Mme ORONTE.

Le ciel en soit loué !

CRISPIN.

Mon père avoit cette affaire à cœur ; il auroit
donné tout son bien aux juges plutôt que d'en
avoir le démenti.

M. ORONTE.

Ma foi, cette affaire lui a bien coûté de l'argent,
n'est-ce pas.

CRISPIN.

Je vous en réponds.... Mais la justice est une
si belle chose, qu'on ne sauroit trop l'acheter !

M. ORONTE

J'en conviens. Mais outre cela ce procès lui a
bien donné de la peine.

CRISPIN.

Oh ! cela n'est pas concevable. Il avoit affaire
au plus grand chicaneur, au moins raisonnable
de tous les hommes.

M. ORONTE.

Qu'appelez-vous de tous les hommes ? Il m'a
dit que sa partie étoit une femme.

CRISPIN.

Oui, sa partie étoit une femme, d'accord ; mais
cette femme avoit dans ses intérêts un certain
vieux Normand qui lui donnoit des conseils. C'est
cet homme-là qui a bien fait de la peine à mon
père... Mais changeons de discours ; laissons là les
procès : je ne veux m'occuper que de mon mariage, et que du plaisir de voir madame Oronte.

M. ORONTE.

Eh bien ! allons, mon gendre, entrons : je vais
ordonner les apprêts de vos noces

CRISPIN *à madame Oronte, en lui présentant
la main.*

Madame !

Mme ORONTE *à Angélique.*

Vous n'êtes pas à plaindre, ma fille ; Damis a
du mérite.

(*Monsieur et madame Oronte entrent
chez eux avec Crispin.*)

SCÈNE X.

ANGÉLIQUE, LISETTE.

ANGÉLIQUE.

Hélas ! que vais-je devenir ?

LISETTE.

Vous allez devenir femme de M. Damis ; cela
n'est pas difficile à deviner.

ANGÉLIQUE *pleurant.*

Ah ! Lisette, tu sais mes sentiments, montre-
toi sensible à mes peines.

LISETTE *pleurant aussi.*

La pauvre enfant !

ANGÉLIQUE.

Auras-tu la dureté de m'abandonner à mon
sort ?

LISETTE.

Vous me fendez le cœur.

ANGÉLIQUE.

Lisette, ma chère Lisette !

LISETTE.

Ne m'en dites pas davantage. Je suis si touchée, que je pourrois bien vous donner quelque mauvais conseil; et je vous vois si affligée, que vous ne manqueriez pas de le suivre.

SCÈNE XI.

VALÈRE, ANGÉLIQUE, LISETTE.

VALÈRE *à part, dans le fond, sans voir d'abord Angélique.*

Crispin m'a dit de ne point paroître ici de quelques jours, qu'il méditoit un stratagème; mais il ne m'a point expliqué ce que c'est. Je ne puis vivre dans cette incertitude.

LISETTE *à Angélique, en apercevant Valère.*

Valère vient.

VALÈRE *à part, en apercevant aussi Angélique.*

Je ne me trompe point... C'est elle-même... (*A Angélique.*) Belle Angélique! de grâce, apprenez-moi vous-même ma destinée. Quel sera le fruit..... (*Voyant Angélique et Lisette en pleurs.*) Mais, quoi! vous pleurez l'une et l'autre?

LISETTE.

Eh! oui, monsieur, nous pleurons, nous nous désespérons. Votre rival est arrivé.

VALÈRE.

Qu'est-ce que j'entends?

LISETTE.

Et dès ce soir il épouse ma maîtresse.

VALÈRE.

Juste ciel!

LISETTE.

Si du moins après son mariage elle demeuroit à Paris; passe encore : vous pourriez quelquefois tous deux pleurer vos déplaisirs; mais, pour comble de chagrin, il faudra que vous pleuriez séparément.

VALÈRE.

J'en mourrai..... Mais, Lisette, qui est donc cet heureux rival qui m'enlève ce que j'ai de plus cher au monde?

LISETTE.

On le nomme Damis.

VALÈRE.

Damis?

LISETTE.

C'est un homme de Chartres.

VALÈRE.

Je connois tout ce pays-là, et je ne sache point qu'il y ait un autre Damis que le fils de M. Orgon.

LISETTE.

Justement; c'est le fils de M. Orgon qui est votre rival.

VALÈRE.

Ah! si nous n'avons que ce Damis à craindre, nous devons nous rassurer.

ANGÉLIQUE.

Que dites-vous, Valère?

VALÈRE.

Cessons de nous affliger, charmante Angélique; Damis, depuis huit jours, s'est marié à Chartres.

LISETTE.

Bon!

ANGÉLIQUE *à Valère.*

Vous vous moquez, Valère? Damis est ici, qui s'apprête à recevoir ma main.

LISETTE *à Valère.*

Il est en ce moment au logis avec monsieur et madame Oronte.

VALÈRE.

Damis est de mes amis; et il n'y a pas huit jours qu'il m'a écrit... J'ai sa lettre chez moi.

ANGÉLIQUE.

Que vous mande-t-il?

VALÈRE.

Qu'il s'est marié secrètement à Chartres, avec une fille de condition.

LISETTE.

Marié secrètement?... Oh! oh! approfondissons un peu cette affaire. Il me paroît qu'elle en vaut bien la peine... Allez, monsieur, allez quérir cette lettre, et ne perdez point de temps.

VALÈRE.

Dans un moment je suis de retour. (*Il sort.*)

SCÈNE XII.

ANGÉLIQUE, LISETTE.

LISETTE.

Et nous, ne négligeons point cette nouvelle. Je suis fort trompée si nous n'en tirons pas quelque avantage. Elle nous servira, du moins, à faire suspendre pour quelque temps votre mariage... (*A Angélique, en voyant paroître M. Oronte, qui a aperçu Valère s'éloigner.*) Je vois venir M. Oronte : pendant que je la lui apprendrai, courez en faire part à madame votre mère.

(*Angélique rentre.*)

SCÈNE XIII.

M. ORONTE, LISETTE.

M. ORONTE.

Valère vient de vous quitter, Lisette?

LISETTE.

Oui, monsieur; il vient de nous dire une chose qui vous surprendra, sur ma parole.

M. ORONTE.

Et quoi?

LISETTE.

Par ma foi! Damis est un plaisant homme de vouloir avoir deux femmes, pendant que tant d'honnêtes gens sont si fâchés d'en avoir une.

M. ORONTE.

Explique-toi, Lisette

LISETTE.

Damis est marié : il a épousé secrètement une fille de Chartres, une fille de qualité.

M. ORONTE.

Bon! cela se peut-il, Lisette?

LISETTE.

Il n'y a rien de plus véritable, monsieur; Damis l'a mandé lui-même à Valère, qui est son ami.

M. ORONTE.

Tu me contes une fable, te dis-je.

LISETTE.

Non, monsieur, je vous assure; Valère est allé quérir la lettre : il ne tiendra qu'à vous de la voir.

M. ORONTE

Encore un coup, je ne puis croire ce que tu dis.

LISETTE.

Eh! monsieur, pourquoi ne le croiriez-vous pas? Les jeunes gens ne sont-ils pas aujourd'hui capables de tout?

M. ORONTE.

Il est vrai qu'ils sont plus corrompus qu'ils ne l'étoient de mon temps.

LISETTE.

Que savons-nous si Damis n'est point un de ces petits scélérats qui ne se font point un scrupule de la pluralité des dots? Cependant la personne qu'il a épousée étant de condition, ce mariage clandestin aura des suites qui ne seront pas fort agréables pour vous.

M. ORONTE.

Ce que tu dis ne laisse pas de mériter qu'on y fasse quelque attention.

LISETTE.

Comment! quelque attention? Si j'étois à votre place, avant que de livrer ma fille, je voudrois du moins être éclairci de la chose

M. ORONTE

Tu as raison... (*Apercevant La Branche.*)

Je vois paroître le valet de Damis; il faut que je le sonde finement... Retire-toi, Lisette, et me laisse avec lui.

LISETTE *à part, en s'en allant.*

Si cette nouvelle pouvoit se confirmer!

SCÈNE XIV.

M. ORONTE, LA BRANCHE.

M. ORONTE.

Approche, La Branche; viens çà. Je te trouve une physionomie d'honnête homme.

LA BRANCHE.

Oh! monsieur, sans vanité, je suis encore plus honnête homme que ma physionomie.

M. ORONTE.

J'en suis bien aise... Écoute : ton maître a la mine d'un vert-galant.

LA BRANCHE.

Tudieu! c'est un joli homme. Les femmes en sont folles! Il a un certain air libre qui les charme. M. Orgon, en le mariant, assure le repos de trente familles, pour le moins.

M. ORONTE.

Cela étant, je ne m'étonne point qu'il ait poussé à bout une fille de qualité.

LA BRANCHE.

Que dites-vous?

M. ORONTE.

Il faut, mon ami, que tu me confesses la vérité. Je sais tout : je sais que Damis est marié; qu'il a épousé une fille de Chartres.

LA BRANCHE *à part.*

Ouf!

M. ORONTE.

Tu te troubles..... Je vois qu'on m'a dit vrai : tu es un fripon.

LA BRANCHE.

Moi, monsieur?

M. ORONTE.

Oui, toi, pendard! Je suis instruit de votre dessein, et je prétends te faire punir, comme complice d'un projet si criminel.

LA BRANCHE.

Quel projet, monsieur? Que je meure si je comprends...

M. ORONTE *l'interrompant.*

Tu feins d'ignorer ce que je veux dire, traître! mais si tu ne me fais tout à l'heure un aveu sincère de toutes choses, je vais te mettre entre les mains de la justice.

LA BRANCHE.

Faites tout ce qu'il vous plaira, monsieur; je n'ai rien à vous avouer. J'ai beau donner la torture à mon esprit, je ne devine point le sujet de plaintes que vous pouvez avoir contre moi.

M. ORONTE.

Tu ne veux donc pas parler?... (*Appelant.*) Holà! quelqu'un! Qu'on me fasse venir un commissaire.

LA BRANCHE.

Attendez, monsieur, point de bruit. Tout innocent que je suis, vous le prenez sur un ton qui ne laisse pas d'embarrasser mon innocence. Allons, éclaircissons-nous tous deux de sang-froid. Çà, qui vous a dit que mon maître étoit marié?

M. ORONTE.

Qui? il l'a mandé lui-même à un de ses amis, à Valère.

LA BRANCHE.

A Valère, dites-vous?

M. ORONTE.

A Valère, oui. Que répondras-tu à cela?

LA BRANCHE *riant.*

Rien..... Parbleu! le trait est excellent!... (*A part.*) Ah! ah! M. Valère, vous ne vous y prenez pas mal, ma foi!

M. ORONTE.

Comment! qu'est-ce que cela signifie?

LA BRANCHE *riant.*

On nous l'avoit bien dit qu'il nous régaleroit tôt ou tard d'un plat de sa façon. Il n'y a pas manqué, comme vous voyez.

M. ORONTE.

Je ne vois point cela.

LA BRANCHE.

Vous l'allez voir, vous l'allez voir. Premièrement, ce Valère aime mademoiselle votre fille, je vous en avertis

M. ORONTE.

Je le sais bien.

LA BRANCHE.

Lisette est dans ses intérêts. Elle entre dans toutes les mesures qu'il prend pour faire réussir sa recherche. Je vais parier que c'est elle qui vous aura débité ce mensonge-là.

M. ORONTE.

Il est vrai.

LA BRANCHE.

Dans l'embarras où l'arrivée de mon maître les a jetés tous deux, qu'ont-ils fait? Ils ont fait courir le bruit que Damis étoit marié. Valère même montre une lettre supposée, qu'il dit avoir reçue de mon maître; et tout cela, vous m'entendez bien, pour suspendre le mariage d'Angélique.

M. ORONTE *à part.*

Ce qu'il dit est assez vraisemblable.

LA BRANCHE.

Et pendant que vous approfondirez ce faux bruit, Lisette gagnera l'esprit de sa maîtresse, et lui fera faire quelque mauvais pas; après quoi vous ne pourrez plus la refuser à Valère.

M. ORONTE *à part.*

Hon, hon, ce raisonnement est assez raisonnable.

LA BRANCHE.

Mais ma foi les trompeurs seront trompés. M. Oronte est homme d'esprit, homme de tête; ce n'est point à lui qu'il faut se jouer.

M. ORONTE.

Non, parbleu!

LA BRANCHE.

Vous savez toutes les rubriques du monde, toutes les ruses qu'un amant met en usage pour supplanter son rival.

M ORONTE.

Je t'en réponds... Je vois bien que ton maître n'est point marié... Admirez un peu la fourberie de Valère! Il assure qu'il est intime ami de Damis, et je vais parier qu'ils ne se connoissent seulement pas.

LA BRANCHE.

Sans doute... Malepeste! monsieur, que vous êtes pénétrant! comment! rien ne vous échappe.

M. ORONTE.

Je ne me trompe guère dans mes conjectures... (*Voyant paroître Crispin.*) J'aperçois ton maître, je veux rire avec lui de son prétendu mariage... (*Riant.*) Ah! ah! ah! ah!

LA BRANCHE *riant aussi.*

Hé! hé! hé! hé! hé! hé! hé!

SCÈNE XV.

M. ORONTE, LA BRANCHE, CRISPIN.

M. ORONTE *à Crispin en riant.*

Vous ne savez pas, mon gendre, ce que l'on dit de vous? Que cela est plaisant! On m'est venu donner avis, mais avis comme d'une chose assurée, que vous étiez marié. Vous avez, dit-on, épousé secrètement une fille de Chartres. Ah! ah! ah! ah! est-ce que vous ne trouvez pas cela plaisant?

LA BRANCHE *riant, et faisant des signes à Crispin.*

Hé! hé! hé! hé! il n'y a rien de si plaisant!

CRISPIN.

Ho! ho! ho! ho! cela est tout-à-fait plaisant!

M. ORONTE

Un autre, j'en suis sûr, seroit assez sot pour donner là-dedans; mais moi, serviteur!

LA BRANCHE.

Oh! diable, M. Oronte est un des plus gros génies!

CRISPIN.

Je voudrois savoir qui peut être l'auteur d'un bruit si ridicule.

LA BRANCHE.

Monsieur dit que c'est un gentilhomme appelé Valère.

CRISPIN *faisant l'étonné.*

Valère! qui est cet homme-là?

LA BRANCHE *à M. Oronte.*

Vous voyez bien, monsieur, qu'il ne le connoît pas. (*A Crispin.*) Eh! là, c'est ce jeune homme que tu sais... que vous savez, dis-je... qui est votre rival, à ce qu'on nous a dit.

CRISPIN.

Ah! oui, oui, je m'en souviens; à telles enseignes qu'on nous a dit qu'il a peu de bien, et qu'il doit beaucoup; mais qu'il couche en joue la fille de M. Oronte, et que ses créanciers font des vœux très-ardents pour la prospérité de ce mariage.

M. ORONTE.

Ils n'ont qu'à s'y attendre, vraiment! ils n'ont qu'à s'y attendre!

LA BRANCHE.

Il n'est pas sot, ce Valère, il n'est parbleu pas sot!

M. ORONTE.

Je ne suis pas bête, non plus; je ne suis, palsembleu! pas bête; et pour le lui faire voir, je vais de ce pas chez mon notaire... (*à Damis.*) ou plutôt, Damis, j'ai une proposition à vous faire. Je suis convenu, je l'avoue, avec M. Orgon, de vous donner vingt mille écus en argent comptant; mais voulez-vous prendre, pour cette somme, ma maison du faubourg Saint-Germain? elle m'a coûté plus de quatre-vingt mille francs à bâtir.

CRISPIN.

Je suis homme à tout prendre; mais, entre nous, j'aimerois mieux de l'argent comptant.

LA BRANCHE *à M. Oronte.*

L'argent, comme vous savez, est plus portatif.

M. ORONTE.

Assurément.

CRISPIN.

Oui, cela se met mieux dans une valise. C'est qu'il se vend une terre auprès de Chartres; je voudrois bien l'acheter.

LA BRANCHE *à M. Oronte.*

Ah! monsieur, la belle acquisition! Si vous aviez vu cette terre-là, vous en seriez charmé

CRISPIN *à M. Oronte.*

Je l'aurai pour vingt-cinq mille écus, et je suis assuré qu'elle en vaut bien soixante mille.

LA BRANCHE *à M. Oronte.*

Du moins, monsieur, du moins. Comment! sans parler du reste, il y a deux étangs où l'on pêche chaque année pour deux mille francs de goujons.

M. ORONTE *à Crispin.*

Il ne faut pas laisser échapper une si belle occasion. Écoutez, j'ai chez mon notaire cinquante mille écus que je réservois pour acheter le château d'un certain financier qui va bientôt disparoître; je veux vous en donner la moitié.

CRISPIN *embrassant M. Oronte.*

Ah! quelle bonté, M. Oronte! je n'en perdrai jamais la mémoire; une éternelle reconnoissance... mon cœur... enfin j'en suis tout pénétré!

LA BRANCHE.

M. Oronte est le phénix des beaux-pères.

M. ORONTE.

Je vais vous quérir cet argent... Mais je rentre auparavant, pour donner cet avis à ma femme.

CRISPIN.

Les créanciers de Valère vont se pendre.

M. ORONTE.

Qu'ils se pendent. Je veux que dans une heure vous épousiez ma fille.

CRISPIN.

Ah! ah! ah! que cela sera plaisant!

LA BRANCHE.

Oui, oui, c'est cela qui sera tout-à-fait drôle!

(*M. Oronte sort.*)

SCÈNE XVI.

CRISPIN, LA BRANCHE.

CRISPIN.

Il faut que mon maître ait eu un éclaircissement avec Angélique, et qu'il connoisse Damis.

LA BRANCHE.

Ils se connoissent si bien qu'ils s'écrivent, comme tu vois. Mais, grâce à mes soins, M. Oronte est prévenu contre Valère, et j'espère que nous aurons la dot en croupe, avant qu'il soit désabusé.

CRISPIN *voyant paroître Valère.*

O ciel!

LA BRANCHE.

Qu'as-tu, Crispin?

CRISPIN.

Mon maître vient ici.

LA BRANCHE.

Le fâcheux contre-temps!

SCÈNE XVII.

VALÈRE, CRISPIN, LA BRANCHE.

VALÈRE *à part, dans le fond, et tenant une lettre à la main.*

Je puis, avec cette lettre, entrer chez M. Oronte... (*Apercevant Crispin, qu'il ne reconnoît pas d'abord.*) Mais, je vois un jeune homme. Seroit-ce Damis? Abordons-le; il faut que je m'éclaircisse... (*Reconnoissant Crispin.*) Juste ciel! c'est Crispin.

CRISPIN.

C'est moi-même. Que diable venez-vous faire ici? Ne vous ai-je pas défendu d'approcher de la maison de M. Oronte? Vous allez détruire tout ce que mon industrie a fait pour vous.

VALÈRE.

·Il n'est pas nécessaire d'employer aucun stratagème pour moi, mon cher Crispin.

CRISPIN.

Pourquoi?

VALÈRE.

Je sais le nom de mon rival; il s'appelle Damis. Je n'ai rien à craindre; il est marié.

CRISPIN.

Damis marié?..... (*Montrant La Branche.*) Tenez, monsieur, voilà son valet que j'ai mis dans vos intérêts. Il va vous dire de ses nouvelles.

VALÈRE.

Seroit-il possible que Damis ne m'eût pas mandé une chose véritable? A quel propos m'avoir écrit dans ces termes?

(*Il lit la lettre qu'il tient à la main, et qui est de Damis.*)

« De Chartres.

« Vous saurez, cher ami, que je me suis marié »en cette ville, ces jours passés. J'ai épousé se-»crètement une fille de condition. J'irai bientôt à »Paris, où je prétends vous faire, de vive voix, »tout le détail de ce mariage.

« DAMIS. »

LA BRANCHE.

Ah! monsieur, je suis au fait. Dans le temps que mon maître vous a écrit cette lettre, il avoit effectivement ébauché un mariage; mais M. Orgon, au lieu d'approuver l'ébauche, a donné une grosse somme au père de la fille, et a par ce moyen assoupi la chose.

VALÈRE.

Damis n'est donc pas marié?

LA BRANCHE.

Bon!

CRISPIN *à Valère.*

Eh! non.

VALÈRE.

Ah! mes enfants, j'implore votre secours... (*A Crispin.*) Quelle entreprise as-tu formée, Crispin? Tu n'as pas voulu tantôt m'en instruire. Ne me laisse pas plus long-temps dans l'incertitude. Pourquoi ce déguisement? Que prétends-tu faire en ma faveur.

CRISPIN.

Votre rival n'est point encore à Paris. Il n'y sera que dans deux jours. Je veux, avant ce temps-là, dégoûter monsieur et madame Oronte de son alliance.

VALÈRE.

De quelle manière?

CRISPIN.

En passant pour Damis. J'ai déjà fait beaucoup d'extravagances; je tiens des discours insensés; je fais des actions ridicules qui révoltent à tout moment contre moi le père et la mère d'Angélique. Vous connoissez le caractère de madame Oronte; elle aime les louanges; je lui dis des duretés qu'un petit maître n'oseroit dire à une femme de robe.

VALÈRE.

Eh bien?

CRISPIN.

Eh bien! je ferai et dirai tant de sottises qu'avant la fin du jour je prétends qu'ils me chassent, et qu'ils prennent la résolution de vous donner Angélique.

VALÈRE

Et Lisette, entre-t-elle dans ce stratagème?

CRISPIN.

Oui, monsieur; elle agit de concert avec nous.

VALÈRE.

Ah! Crispin, que ne te dois-je pas?

CRISPIN *lui montrant La Branche.*

Demandez par plaisir, à ce garçon-là, si je joue bien mon rôle.

LA BRANCHE *à Valère.*

Ah! monsieur, que vous avez là un domestique adroit! C'est le plus grand fourbe de Paris! Il m'arrache cet éloge. Je ne le seconde pas mal, à la vérité; et si notre entreprise réussit, vous ne m'en aurez pas moins d'obligation qu'à lui.

VALÈRE.

Vous pouvez compter tous deux sur ma reconnoissance; je vous promets...

CRISPIN *l'interrompant.*

Eh! monsieur, laissez là les promesses. Songez que, si l'on vous voyoit avec nous, tout seroit perdu. Retirez-vous, et ne paroissez point ici d'aujourd'hui.

VALÈRE.

Je me retire donc... Adieu, mes amis ; je me repose sur vos soins.

LA BRANCHE.

Ayez l'esprit tranquille, monsieur. Éloignez-vous vite ; abandonnez-nous votre fortune.

VALÈRE.

Souvenez-vous que mon sort...

CRISPIN *l'interrompant.*

Que de discours !

VALÈRE.

Dépend de vous.

CRISPIN *le repoussant.*

Allez-vous-en, vous dis-je.   *(Valère sort..)*

SCÈNE XVIII.

CRISPIN, LA BRANCHE.

LA BRANCHE.

Enfin, il est parti.

CRISPIN.

Je respire.

LA BRANCHE.

Nous avons eu une alarme assez chaude... Je mourois de peur que M. Oronte ne nous surprît avec ton maître.

CRISPIN.

C'est ce que je craignois aussi. Mais, comme nous n'avions que cela à craindre, nous sommes assurés du succès de notre projet. Nous pouvons à présent choisir la route que nous avons à prendre. As-tu arrêté des chevaux pour cette nuit ?

LA BRANCHE *regardant dans l'éloignement.*

Oui.

CRISPIN.

Bon !... Je suis d'avis que nous prenions le chemin de Flandre.

LA BRANCHE *regardant toujours au loin et avec distraction.*

Le chemin de Flandre ?... Oui, c'est fort bien raisonné. J'opine aussi pour le chemin de Flandre.

CRISPIN.

Que regardes-tu donc avec tant d'attention ?

LA BRANCHE *de même.*

Je regarde..... Oui..... non..... Ventrebleu ! seroit-ce lui ?

CRISPIN.

Qui, lui ?

LA BRANCHE *de même.*

Hélas ! voilà toute sa figure.

CRISPIN.

La figure de qui ?

LA BRANCHE *de même.*

Crispin, mon pauvre Crispin ! c'est M. Orgon.

CRISPIN.

Le père de Damis ?

LA BRANCHE.

Lui-même.

CRISPIN.

Le maudit vieillard !

LA BRANCHE.

Je crois que tous les diables sont déchaînés contre la dot.

CRISPIN *regardant du côté d'où vient M. Orgon.*

Il vient ici... Il va entrer chez M. Oronte, et tout va se découvrir.

LA BRANCHE.

C'est ce qu'il faut empêcher, s'il est possible... Va m'attendre à l'auberge... Ce que je crains le plus, c'est que M. Oronte ne sorte pendant que je lui parlerai.   *(Crispin s'éloigne.)*

SCÈNE XIX.

M. ORGON, LA BRANCHE.

M. ORGON *à part, sans voir d'abord La Branche.*

Je ne sais quel accueil je vais recevoir de M. et de madame Oronte.

LA BRANCHE *à part.*

Vous n'êtes pas encore chez eux... *(A Orgon.)* Serviteur à monsieur Orgon.

M. ORGON.

Ah ! je ne te voyois pas, La Branche.

LA BRANCHE.

Comment ! monsieur, c'est donc ainsi que vous surprenez les gens ? Qui vous croyoit à Paris ?

M. ORGON.

Je suis parti de Chartres peu de temps après toi, parce que j'ai fait réflexion qu'il valoit mieux que je parlasse moi-même à M. Oronte, et qu'il n'étoit pas honnête de retirer ma parole par le ministère d'un valet.

LA BRANCHE.

Vous êtes délicat sur les bienséances, à ce que je vois. Si bien donc que vous allez trouver M. et madame Oronte ?

M. ORGON.

C'est mon dessein.

LA BRANCHE.

Rendez grâces au ciel de me rencontrer ici à propos, pour vous en empêcher.

M. ORGON.

Comment ! les as-tu déjà vus, toi, La Branche ?

LA BRANCHE.

Eh oui, morbleu ! je les ai vus. Je sors de chez

eux. Madame Oronte est dans une colère horrible contre vous.

M. ORGON.

Contre moi?

LA BRANCHE.

Contre vous.... « Eh! quoi! a-t-elle dit, M. Orgon nous manque de parole? Qui l'auroit cru? Ma fille désormais ne doit plus espérer d'établissement. »

M. ORGON.

Quel tort cela peut-il faire à sa fille?

LA BRANCHE.

C'est ce que je lui ai répondu; mais comment voulez-vous qu'une femme en colère entende raison? c'est tout ce qu'elle peut faire de sang-froid. Elle a fait là-dessus des raisonnements bourgeois... On ne croira point dans le monde, a-t-elle dit, que Damis ait été obligé d'épouser une fille de Chartres; on dira plutôt que M. Orgon a approfondi nos biens, et que ne les ayant pas trouvés solides, il a retiré sa parole.

M. ORGON.

Fi donc! peut-elle s'imaginer qu'on dira cela?

LA BRANCHE.

Vous ne sauriez croire jusqu'à quel point la fureur s'est emparée de ses sens!..... Elle a les yeux dans la tête..... Elle ne connoît personne.... Elle m'a pris à la gorge, et j'ai eu toutes les peines du monde à me tirer de ses griffes.

M. ORGON.

Et M. Oronte?

LA BRANCHE.

Oh! pour M. Oronte, je l'ai trouvé plus modéré, lui... Il m'a seulement donné deux soufflets.

M. ORGON

Tu m'étonnes, La Branche. Peuvent-ils être capables d'un pareil emportement, et doivent-ils trouver mauvais que j'aie consenti au mariage de mon fils? Ne leur as-tu pas expliqué toutes les circonstances?

LA BRANCHE.

Pardonnez-moi. Je leur ai dit que monsieur votre fils ayant commencé par où l'on finit d'ordinaire, la famille de votre bru se préparoit à vous faire un procès que vous avez sagement prévenu en unissant les parties.

M. ORGON.

Ils ne se sont pas rendus à cette raison?

LA BRANCHE.

Bon! rendus; ils sont bien en état de se rendre. Si vous m'en croyez, monsieur, vous retournerez à Chartres tout à l'heure.

M. ORGON *voulant entrer chez M. Oronte.*

Non, La Branche, je veux les voir, et leur représenter si bien les choses, que...

LA BRANCHE *l'interrompant et le retenant.*

Vous n'entrerez pas, monsieur, je vous assure. Je ne souffrirai point que vous alliez vous faire dévisager. Si vous leur voulez parler absolument, laissez passer leurs premiers transports.

M. ORGON.

Cela est de bon sens.

LA BRANCHE.

Remettez votre visite à demain. Ils seront plus disposés à vous recevoir.

M. ORGON.

Tu as raison; ils seront dans une situation moins violente. Allons, je veux suivre ton conseil.

LA BRANCHE.

Cependant, monsieur, vous ferez ce qu'il vous plaira; vous êtes le maître.

M. ORGON.

Non, non... Viens, La Branche; je les verrai demain.   *(Il sort.)*

LA BRANCHE.

Je marche sur vos pas...

SCÈNE XX.

LA BRANCHE *seul.*

Ou plutôt je vais trouver Crispin... Nous voilà, pour le coup, au-dessus de toutes les difficultés... Il ne me reste plus qu'un petit scrupule au sujet de la dot. Il me fâche de la partager avec un associé; car enfin, Angélique ne pouvant être à mon maître, il me semble que la dot m'appartient de droit tout entière. Comment tromperai-je Crispin! Il faut que je lui conseille de passer la nuit avec Angélique... Ce sera sa femme, une fois; il l'aime, et il est homme à suivre ce conseil. Pendant qu'il s'amusera à la bagatelle, je déménagerai avec le solide... Mais, non; rejetons cette pensée. Ne nous brouillons point avec un homme qui en sait aussi long que moi. Il pourroit bien, quelque jour, avoir sa revanche; d'ailleurs ce seroit aller contre nos lois. Nous autres gens d'intrigue, nous nous gardons les uns aux autres une fidélité plus exacte que les honnêtes gens..... *(Voyant paroître M. Oronte avec Lisette.)* Voici M. Oronte qui sort de chez lui pour aller chez son notaire... Quel bonheur d'avoir éloigné d'ici M. Orgon!   *(Il sort.)*

SCÈNE XXI.

M. ORONTE, LISETTE.

LISETTE.

Je vous le dis encore, monsieur, Valère est honnête homme, et vous devez approfondir.....

M. ORONTE *l'interrompant.*

Tout n'est que trop approfondi, Lisette. Je sais que vous êtes dans les intérêts de Valère ; et je suis fâché que vous n'ayez pas inventé ensemble un meilleur expédient pour m'obliger à différer le mariage de Damis.

LISETTE.

Quoi ! monsieur, vous vous imaginez...

M. ORONTE *l'interrompant.*

Non, Lisette, je ne m'imagine rien. Je suis facile à tromper. Moi ! je suis le plus pauvre génie du monde... Allez, Lisette, dites à Valère qu'il ne sera jamais mon gendre : c'est de quoi il peut assurer messieurs ses créanciers.   *(Il sort.)*

SCÈNE XXII.

LISETTE *seule.*

Ouais ! que signifie tout ceci ? Il y a quelque chose là-dedans qui passe ma pénétration.

SCÈNE XXIII.

VALÈRE, LISETTE.

VALÈRE *à part, sans voir d'abord Lisette.*

Quoi que m'ait dit Crispin, je ne puis attendre tranquillement le succès de son artifice. Après tout, je ne sais pourquoi il m'a recommandé avec tant de soin de ne point paroître ici ; car enfin, au lieu de détruire son stratagème, je pourrois l'appuyer.

LISETTE.

Ah ! monsieur...

VALÈRE.

Eh bien, Lisette ?

LISETTE.

Vous avez tardé bien long-temps..... Où est la lettre de Damis ?

VALÈRE *tirant une lettre de sa poche, et la lui montrant.*

La voici... Mais elle nous sera inutile. Dis-moi plutôt, Lisette, comment va le stratagème ?

LISETTE.

Quel stratagème ?

VALÈRE.

Celui que Crispin a imaginé pour mon amour.

LISETTE.

Crispin ! Qu'est-ce que c'est que ce Crispin ?

VALÈRE.

Eh ! parbleu ! c'est mon valet.

LISETTE.

Je ne le connois pas.

VALÈRE.

C'est pousser trop loin la dissimulation, Lisette. Crispin m'a dit que vous étiez tous deux d'intelligence.

LISETTE.

Je ne sais ce que vous voulez dire, monsieur.

VALÈRE.

Ah ! c'en est trop ; je perds patience : je suis au désespoir.

SCÈNE XXIV.

Mᵐᵉ ORONTE, ANGÉLIQUE, VALÈRE, LISETTE.

Mᵐᵉ ORONTE *à Valère.*

Je suis bien aise de vous trouver, Valère, pour vous faire des reproches. Un galant homme doit-il supposer des lettres ?

VALÈRE.

Supposer ! moi, madame ? qui peut m'avoir rendu ce mauvais office auprès de vous ?

LISETTE *à madame Oronte.*

Eh ! madame, M. Valère n'a rien supposé. Il y a de la manigance en cette affaire. (*Apercevant venir M. Oronte et M. Orgon.*) Mais voici M. Oronte qui revient. M. Orgon est avec lui. Nous allons tout découvrir.

SCÈNE XXV.

M. ORONTE, M. ORGON, Mᵐᵉ ORONTE, ANGÉLIQUE, VALÈRE, LISETTE.

M. ORONTE *à M. Orgon*

Il y a de la friponnerie là-dedans, M. Orgon.

M. ORGON.

C'est ce qu'il faut éclaircir, M. Oronte.

M. ORONTE *à sa femme.*

Madame, je viens de rencontrer M. Orgon en allant chez mon notaire. Il vient, dit-il, à Paris pour retirer sa parole. Damis est effectivement marié.

ANGÉLIQUE *à part.*

Qu'est-ce que j'entends ?

M. ORGON *à madame Oronte.*

Il est vrai, madame ; et quand vous saurez toutes les circonstances de ce mariage, vous excuserez.....

M. ORONTE *à sa femme.*

M. Orgon n'a pu se dispenser d'y consentir : mais ce que je ne comprends pas, c'est qu'il assure que son fils est actuellement à Chartres.

M. ORGON.

Sans doute.

Mme ORONTE.

Cependant il y a ici un jeune homme qui se dit votre fils.

M. ORGON.

C'est un imposteur.

M. ORONTE.

Et La Branche, ce même valet qui étoit ici avec vous, il y a quinze jours, l'appelle son maître.

M. ORGON.

La Branche, dites-vous ! Ah ! le pendard ! Je ne m'étonne plus s'il m'a, tout à l'heure, empêché d'entrer chez vous. Il m'a dit que vous étiez tous deux dans une colère épouvantable contre moi, et que vous l'aviez maltraité, lui.

Mme ORONTE.

Le menteur !

LISETTE *à part.*

Je vois l'enclouure, ou peu s'en faut.

VALÈRE *à part.*

Mon traître se seroit-il joué de moi ?

M. ORONTE *voyant paroître La Branche et Crispin.*

Nous allons approfondir cela, car les voici tous deux.

SCÈNE XXVI.

M. ORONTE, M. ORGON, Mme ORONTE, ANGÉLIQUE, VALÈRE, LISETTE, CRISPIN, LA BRANCHE.

CRISPIN *à M. Oronte, sans voir d'abord Valère et M. Orgon.*

Eh bien ! monsieur Oronte, tout est-il prêt ?... Notre mariage... (*Apercevant Valère et Orgon.*) Ouf ! Qu'est-ce que je vois ?

LA BRANCHE *bas à Crispin, en apercevant aussi Valère et M. Orgon.*

Aïe ! nous sommes découverts, sauvons-nous !

(*Il veut se sauver avec Crispin, mais Valère court à eux et les arrête.*)

VALÈRE.

Oh ! vous ne nous échapperez pas, messieurs les marauds, et vous serez traités comme vous le méritez

(*Valère prend Crispin au collet ; M. Oron-*

te et M. Orgon se saisissent de La Branche.)

M. ORONTE *à Crispin et à La Branche.*

Ah ! ah ! nous vous tenons, fourbes !

M. ORGON *à La Branche, en montrant Crispin.*

Dis-nous, méchant, qui est cet autre fripon que tu fais passer pour Damis ?

VALÈRE.

C'est mon valet.

Mme ORONTE.

Un valet ? juste ciel ! un valet !

VALÈRE.

Un perfide ! qui me fait accroire qu'il est dans mes intérêts, pendant qu'il emploie, pour me tromper, le plus noir de tous les artifices.

CRISPIN.

Doucement, monsieur, doucement ! ne jugeons point sur les apparences.

M. ORGON *à La Branche.*

Et toi, coquin ! voilà donc comme tu fais les commissions que je te donne ?

LA BRANCHE.

Allons, monsieur, allons, bride en main, s'il vous plaît : ne condamnons point les gens sans les entendre.

M. ORGON.

Quoi ! tu voudrois soutenir que tu n'es pas un maître fripon ?

LA BRANCHE *feignant de pleurer.*

Je suis un fripon, fort bien ; voyez les douceurs qu'on s'attire en servant avec affection !

VALÈRE *à Crispin.*

Tu ne demeureras pas d'accord, non plus, toi, que tu es un fourbe, un scélérat ?

CRISPIN *avec un fort emportement.*

Scélérat ! fourbe ! Que diable, monsieur, vous me prodiguez des épithètes qui ne me conviennent point du tout.

VALÈRE.

Nous aurons encore tort de soupçonner votre fidélité, traîtres ?

M. ORGON *à La Branche et à Crispin.*

Que direz-vous pour vous justifier, misérables ?

LA BRANCHE.

Tenez, voilà Crispin qui va vous tirer d'erreur.

CRISPIN *à M. Oronte.*

La Branche vous expliquera la chose en deux mots.

LA BRANCHE

Parle, Crispin, fais-leur voir notre innocence.

CRISPIN.

Parle toi-même, La Branche : tu les auras bientôt désabusés.

LA BRANCHE.

Non, non, tu débrouilleras mieux le fait.

CRISPIN *à M. Oronte et à Valère.*

Eh bien! messieurs, je vais vous dire la chose tout naturellement. J'ai pris le nom de Damis, pour dégoûter, par mon air ridicule, M. et madame Oronte, de l'alliance de M. Orgon, et les mettre par là dans une disposition favorable pour mon maître; mais, au lieu de les rebuter par mes manières impertinentes, j'ai eu le malheur de leur plaire. Ce n'est pas ma faute, une fois.

M. ORONTE.

Cependant, si on t'avoit laissé faire, tu aurois poussé la feinte jusqu'à épouser ma fille?

CRISPIN.

Non, monsieur; demandez à La Branche : nous venions ici vous découvrir tout.

VALÈRE.

Vous ne sauriez donner à votre perfidie des couleurs qui pussent nous éblouir. Puisque Damis est marié, il étoit inutile que Crispin fît le personnage qu'il a fait.

CRISPIN.

Eh bien, messieurs, puisque vous ne voulez pas nous absoudre comme innocents, faites-nous donc grâce comme à des coupables. Nous implorons votre bonté.

(*Il se jette aux genoux de M. Oronte.*)

LA BRANCHE *se jetant aussi à genoux.*

Oui, nous avons recours à votre clémence.

CRISPIN *à M. Oronte.*

Franchement la dot nous a tentés. Nous sommes accoutumés à faire des fourberies; pardonnez-nous celle-ci à cause de l'habitude.

M. ORONTE.

Non, non, votre audace ne demeurera point impunie.

LA BRANCHE.

Eh! monsieur, laissez-vous toucher. Nous vous en conjurons par les beaux yeux de madame Oronte.

CRISPIN *à M. Oronte.*

Par la tendresse que vous devez avoir pour une femme si charmante!

Mᵐᵉ ORONTE *à son mari.*

Ces pauvres garçons me font pitié! je demande grâce pour eux.

LISETTE *à part.*

Les habiles fripons que voilà!

M. ORGON *à La Branche et à Crispin.*

Vous êtes bien heureux, pendards! que madame Oronte intercède pour vous.

M. ORONTE *à La Branche et à Crispin.*

J'avois grande envie de vous faire punir; mais, puisque ma femme le veut, oublions le passé. Aussi bien je donne aujourd'hui ma fille à Valère, il ne faut songer qu'à se réjouir... On vous pardonne donc; et même, si vous voulez me promettre que vous vous corrigerez, je serai encore assez bon pour me charger de votre fortune.

CRISPIN *se relevant.*

Oh! monsieur, nous vous le promettons.

LA BRANCHE *se relevant aussi.*

Oui monsieur..... nous sommes si mortifiés de n'avoir pas réussi dans notre entreprise, que nous renonçons à toutes les fourberies.

M. ORONTE.

Vous avez de l'esprit; mais il en faut faire un meilleur usage, et pour vous rendre honnêtes gens, je veux vous mettre tous deux dans les affaires... (*A La Branche.*) J'obtiendrai pour toi, La Branche, une bonne commission.

LA BRANCHE.

Je vous réponds, monsieur, de ma bonne volonté.

M. ORONTE *à Crispin.*

Et pour le valet de mon gendre, je lui ferai épouser la filleule d'un sous-fermier de mes amis.

CRISPIN.

Je tâcherai, monsieur, de mériter, par ma complaisance, toutes les bontés du parrain.

M. ORONTE.

Ne demeurons pas ici plus long-temps... Entrons... (*à M. Orgon.*) J'espère que M. Orgon voudra bien honorer de sa présence les noces de ma fille?

M. ORGON.

J'y veux danser avec madame Oronte.

(*Il donne la main à madame Oronte, et Valère à Angélique, pour rentrer chez M. Oronte.*)

FIN DE CRISPIN.

TURCARET,

COMÉDIE,

Représentée, pour la première fois, le 14 février 1700.

PERSONNAGES.

M. TURCARET, traitant, amoureux de la baronne.

Mme TURCARET, épouse de M. Turcaret.

Mme JACOB, revendeuse à la toilette, et sœur de M. Turcaret.

LA BARONNE, jeune veuve coquette.

LE CHEVALIER, } petits-maîtres.
LE MARQUIS,

M. RAFLE, commis de M. Turcaret.

FLAMAND, valet de M. Turcaret.

MARINE, } suivantes de la baronne.
LISETTE,

JASMIN, petit laquais de la baronne.

FRONTIN, valet du chevalier.

M. FURET, fourbe.

La scène est à Paris, chez la baronne.

TURCARET,

COMÉDIE.

ACTE PREMIER.

SCÈNE PREMIÈRE.

LA BARONNE, MARINE.

MARINE.

Encore hier deux cents pistoles?

LA BARONNE.

Cesse de me reprocher....

MARINE *l'interrompant.*

Non, madame, je ne puis me taire; votre conduite est insupportable.

LA BARONNE.

Marine!

MARINE.

Vous mettez ma patience à bout.

LA BARONNE.

Eh! comment veux-tu donc que je fasse? Suis-je femme à thésauriser?

MARINE.

Ce seroit trop exiger de vous; et cependant je vous vois dans la nécessité de le faire.

LA BARONNE.

Pourquoi?

MARINE.

Vous êtes veuve d'un colonel étranger qui a été tué en Flandre, l'année passée. Vous aviez déjà mangé le petit douaire qu'il vous avoit laissé en partant, et il ne vous restoit plus que vos meubles, que vous auriez été obligée de vendre, si la fortune propice ne vous eût fait faire la précieuse conquête de M. Turcaret le traitant. Cela n'est-il pas vrai, madame?

LA BARONNE.

Je ne dis pas le contraire.

MARINE.

Or, ce M. Turcaret, qui n'est pas un homme fort aimable, et qu'aussi vous n'aimez guère, quoique vous ayez dessein de l'épouser, comme il vous l'a promis, M. Turcaret, dis-je, ne se presse pas de vous tenir parole, et vous attendez patiemment qu'il accomplisse sa promesse, parce qu'il vous fait tous les jours quelque présent considérable : je n'ai rien à dire à cela. Mais ce que je ne puis souffrir, c'est que vous soyez coiffée d'un petit chevalier joueur qui va mettre à la réjouissance les dépouilles du traitant. Eh! que prétendez-vous faire de ce chevalier.

LA BARONNE.

Le conserver pour ami. N'est-il pas permis d'avoir des amis?

MARINE.

Sans doute, et de certains amis encore dont on peut faire son pis-aller. Celui-ci, par exemple, vous pourriez fort bien l'épouser, en cas que M. Turcaret vînt à vous manquer; car il n'est pas de ces chevaliers qui sont consacrés au célibat et obligés de courir au secours de Malte. C'est un chevalier de Paris; il fait ses caravanes dans les lansquenets.

LA BARONNE.

Oh! je le crois un fort honnête homme.

MARINE.

J'en juge tout autrement. Avec ses airs passionnés, son ton radouci, sa face minaudière, je le crois un grand comédien; et ce qui me confirme dans mon opinion, c'est que Frontin, son bon valet Frontin, ne m'en a pas dit le moindre mal.

LA BARONNE.

Le préjugé est admirable! et tu conclus de là?

MARINE.

Que le maître et le valet sont deux fourbes qui s'entendent pour vous duper; et vous vous laissez surprendre à leurs artifices, quoiqu'il y ait déjà du temps que vous les connoissiez. Il est vrai que depuis votre veuvage il a été le premier à vous offrir brusquement sa foi; et cette façon de sincérité l'a tellement établi chez vous qu'il dispose de votre bourse comme de la sienne.

LA BARONNE.

Il est vrai que j'ai été sensible aux premiers soins du chevalier. J'aurois dû, je l'avoue, l'éprouver avant que de lui découvrir mes sentiments, et je conviendrai, de bonne foi, que tu as peut-être raison de me reprocher tout ce que je fais pour lui.

MARINE.

Assurément; et je ne cesserai point de vous tourmenter, que vous ne l'ayez çhassé de chez vous; car enfin, si cela continue, savez-vous ce qui en arrivera?

LA BARONNE.

Eh! quoi?

MARINE.

M. Turcaret saura que vous voulez conserver le chevalier pour ami; et il ne croit pas, lui, qu'il soit permis d'avoir des amis. Il cessera de vous faire des présents, il ne vous épousera point; et si vous êtes réduite à épouser le chevalier, ce sera un fort mauvais mariage pour l'un et pour l'autre.

LA BARONNE.

Tes réflexions sont judicieuses, Marine; je veux songer à en profiter.

MARINE.

Vous ferez bien; il faut prévoir l'avenir. Envisagez dès à présent un établissement solide. Profitez des prodigalités de M. Turcaret, en attendant qu'il vous épouse. S'il y manque, à la vérité on en parlera un peu dans le monde; mais vous aurez, pour vous en dédommager, de bons effets, de l'argent comptant, des bijoux, de bons billets au porteur, des contrats de rente, et vous trouverez alors quelque gentilhomme capricieux, ou malaisé, qui réhabilitera votre réputation par un bon mariage.

LA BARONNE.

Je cède à tes raisons, Marine; je veux me détacher du chevalier, avec qui je sens bien que je me ruinerois à la fin.

MARINE.

Vous commencez à entendre raison. C'est là le bon parti. Il faut s'attacher à M. Turcaret, pour l'épouser, ou pour le ruiner. Vous tirerez du moins, des débris de sa fortune, de quoi vous mettre en équipage, de quoi soutenir dans le monde une figure brillante, et quoi que l'on puisse dire, vous lasserez les caquets, vous fatiguerez la médisance, et l'on s'accoutumera insensiblement à vous confondre avec les femmes de qualité.

LA BARONNE.

Ma résolution est prise, je veux bannir de mon cœur le chevalier. C'en est fait, je ne prends plus de part à sa fortune, je ne réparerai plus ses pertes, il ne recevra plus rien de moi.

MARINE *voyant paroître Frontin.*

Son valet vient; faites-lui un accueil glacé Commencez par là ce grand ouvrage que vous méditez.

LA BARONNE.

Laisse-moi faire.

SCÈNE II.

LA BARONNE, MARINE, FRONTIN.

FRONTIN *à la baronne.*

Je viens de la part de mon maître et de la mienne, madame, vous donner le bonjour.

LA BARONNE *d'un air froid.*

Je vous en suis obligé, Frontin.

FRONTIN *à Marine.*

Et mademoiselle Marine veut bien aussi qu'on prenne la liberté de la saluer?

MARINE *d'un air brusque.*

Bonjour et bon an.

FRONTIN *à la baronne, en lui présentant un billet.*

Ce billet que M. le chevalier vous écrit vous instruira, madame, de certaine aventure...

MARINE *bas à la baronne.*

Ne le recevez pas.

LA BARONNE *prenant le billet des mains de Frontin*

Cela n'engage à rien, Marine...... Voyons, voyons ce qu'il me mande.

MARINE *à part.*

Sotte curiosité!

LA BARONNE *lisant.*

« Je viens de recevoir le portrait d'une com-
» tesse. Je vous l'envoie et vous le sacrifie; mais
» vous ne devez point me tenir compte de ce sa-
» crifice, ma chère baronne. Je suis si occupé, si
» possédé de vos charmes, que je n'ai pas la liberté
» de vous être infidèle. Pardonnez, mon adorable,
» si je ne vous en dis pas davantage; j'ai l'esprit
» dans un accablement mortel. J'ai perdu cette
» nuit tout mon argent, et Frontin vous dira le
» reste. LE CHEVALIER. »

MARINE *à Frontin.*

Puisqu'il a perdu tout son argent, je ne vois pas qu'il y ait du reste à cela.

FRONTIN.

Pardonnez-moi. Outre les deux cents pistoles que madame eut la bonté de lui prêter hier, et le peu d'argent qu'il avoit d'ailleurs, il a encore perdu mille écus sur parole; voilà le reste. Oh! diable, il n'y a pas un mot inutile dans les billets de mon maître.

LA BARONNE.

Où est le portrait?

FRONTIN *lui donnant un portrait.*

Le voici.

LA BARONNE *examinant le portrait.*

Il ne m'a point parlé de cette comtesse-là, Frontin.

FRONTIN.

C'est une conquête, madame, que nous avons faite sans y penser. Nous rencontrâmes l'autre jour cette comtesse dans un lansquenet.

MARINE.

Une comtesse de lansquenet?

FRONTIN *à la baronne.*

Elle agaça mon maître. Il répondit, pour rire, à ses minauderies. Elle, qui aime le sérieux, a pris la chose fort sérieusement. Elle nous a, ce matin, envoyé son portrait. Nous ne savons pas seulement son nom.

MARINE.

Je vais parier que cette comtesse-là est quelque dame normande. Toute sa famille bourgeoise se cotise pour lui faire tenir à Paris une petite pension, que les caprices du jeu augmentent ou diminuent.

FRONTIN.

C'est ce que nous ignorons.

MARINE.

Oh! que non, vous ne l'ignorez pas. Peste! vous n'êtes pas gens à faire sottement des sacrifices. Vous en connoissez bien le prix.

FRONTIN *à la baronne.*

Savez-vous bien, madame, que cette dernière nuit a pensé être une nuit éternelle pour monsieur le chevalier? En arrivant au logis il se jette dans un fauteuil; il commence par se rappeler les plus malheureux coups du jeu, assaisonnant ses réflexions d'épithètes et d'apostrophes énergiques.

LA BARONNE *regardant le portrait.*

Tu as vu cette comtesse, Frontin? N'est-elle pas plus belle que son portrait?

FRONTIN.

Non, madame; et ce n'est pas, comme vous voyez, une beauté régulière; mais elle est assez piquante, ma foi, elle est assez piquante.... Or, je voulus d'abord représenter à mon maître que tous ces juremens étoient des paroles perdues; mais, considérant que cela soulage un joueur désespéré, je le laissai s'égayer dans ses apostrophes.

LA BARONNE *regardant toujours le portrait.*

Quel âge a-t-elle, Frontin?

FRONTIN

C'est ce que je ne sais pas trop bien; car elle a le teint si beau que je pourrois m'y tromper d'une bonne vingtaine d'années.

MARINE.

C'est-à-dire qu'elle a pour le moins cinquante ans?

FRONTIN.

Je le croirois bien, car elle en paroît trente.... (*A la baronne.*) Mon maître donc, après avoir bien réfléchi, s'abandonne à la rage; il demande ses pistolets.

LA BARONNE *à Marine.*

Ses pistolets, Marine, ses pistolets!

MARINE.

Il ne se tuera point, madame, il ne se tuera point.

FRONTIN *à la baronne.*

Je les lui refuse; aussitôt il tire brusquement son épée.

LA BARONNE *à Marine.*

Ah! il s'est blessé, Marine, assurément!

MARINE.

Eh! non, non, Frontin l'en aura empêché.

FRONTIN *à la baronne.*

Oui..... Je me jette sur lui à corps perdu..... « Monsieur le chevalier, lui dis-je, qu'allez-vous »faire? Vous passez les bornes de la douleur du »lansquenet. Si votre malheur vous fait haïr le »jour, conservez-vous du moins, vivez pour votre »aimable baronne. Elle vous a jusqu'ici tiré géné-»reusement de tous vos embarras; et soyez sûr, »ai-je ajouté, seulement pour calmer sa fureur, »qu'elle ne vous laissera point dans celui-ci. »

MARINE *bas à la baronne.*

L'entend-il, le maraud!

FRONTIN *à la baronne.*

«Il ne s'agit que de mille écus, une fois. M. Tur-»caret a bon dos: il portera bien encore cette »charge-là. »

LA BARONNE

Eh bien, Frontin?

FRONTIN.

Eh bien! madame, à ces mots, admirez le pouvoir de l'espérance, il s'est laissé désarmer comme un enfant, il s'est couché et s'est endormi.

MARINE *ironiquement.*

Le pauvre chevalier!

FRONTIN *à la baronne.*

Mais ce matin, à son réveil, il a senti renaître ses chagrins; le portrait de la comtesse ne les a point dissipés. Il m'a fait partir sur-le-champ pour venir ici, et il attend mon retour pour disposer de son sort. Que lui dirai-je, madame?

LA BARONNE.

Tu lui diras, Frontin, qu'il peut toujours faire

fond sur moi, et que, n'étant point en argent comptant....

(Elle veut tirer son diamant de son doigt pour le lui donner.)

MARINE *la retenant.*

Eh! madame, y songez-vous?

LA BARONNE *à Frontin, en remettant son diamant.*

Tu lui diras que je suis touchée de son malheur.

MARINE *à Frontin, ironiquement.*

Et que je suis, de mon côté, très-fâchée de son infortune.

FRONTIN *à la baronne.*

Ah! qu'il sera fâché, lui... (*A part.*) Maugrebleu de la soubrette!

LA BARONNE.

Dis-lui bien, Frontin, que je suis sensible à ses peines.

MARINE *à Frontin, ironiquement.*

Que je sens vivement son affliction, Frontin.

FRONTIN *à la baronne.*

C'en est donc fait, madame, vous ne verrez plus monsieur le chevalier. La honte de ne pouvoir payer ses dettes va l'écarter de vous pour jamais; car rien n'est plus sensible pour un enfant de famille. Nous allons tout à l'heure prendre la poste.

LA BARONNE *bas à Marine.*

Prendre la poste, Marine!

MARINE.

Ils n'ont pas de quoi la payer.

FRONTIN *à la baronne.*

Adieu, madame.

LA BARONNE *tirant son diamant de son doigt.*

Attends, Frontin.

MARINE *à Frontin.*

Non, non, va-t-en vite lui faire réponse.

LA BARONNE *à Marine.*

Oh! je ne puis me résoudre à l'abandonner.....
(*A Frontin, en lui donnant son diamant.*) Tiens, voilà un diamant de cinq cents pistoles que M. Turcaret m'a donné; va le mettre en gage, et tire ton maître de l'affreuse situation où il se trouve.

FRONTIN.

Je vais le rappeler à la vie..... (*A Marine avec ironie.*) Je lui rendrai compte, Marine, de l'excès de ton affliction.

MARINE

Ah! que vous êtes tous deux bien ensemble, messieurs les fripons!   (*Frontin sort.*)

SCÈNE III.

LA BARONNE, MARINE.

LA BARONNE.

Tu vas te déchaîner contre moi, Marine, t'emporter?

MARINE.

Non, madame, je ne m'en donnerai pas la peine, je vous assure. Eh! que m'importe, après tout, que votre bien s'en aille comme il vient? Ce sont vos affaires, madame, ce sont vos affaires.

LA BARONNE.

Hélas! je suis plus à plaindre qu'à blâmer; ce que tu me vois faire n'est point l'effet d'une volonté libre: je suis entraînée par un penchant si tendre, que je ne puis y résister.

MARINE.

Un penchant tendre? Ces foiblesses vous conviennent-elles? Eh! fi! vous aimez comme une vieille bourgeoise.

LA BARONNE.

Que tu es injuste, Marine! puis-je ne pas savoir gré au chevalier du sacrifice qu'il me fait?

MARINE.

Le plaisant sacrifice!... Que vous êtes facile à tromper! Mort de ma vie! c'est quelque vieux portrait de famille; que sait-on? de sa grand'mère, peut-être.

LA BARONNE *regardant le portrait.*

Non, j'ai quelque idée de ce visage-là, et une idée récente.

MARINE *prenant le portrait et l'examinant à son tour.*

Attendez... Ah! justement, c'est ce colosse de provinciale que nous vîmes au bal il y a trois jours, qui se fit tant prier pour ôter son masque, et que personne ne connut quand elle fut démasquée.

LA BARONNE.

Tu as raison, Marine... Cette comtesse-là n'est pas mal faite.

MARINE *rendant le portrait à la baronne.*

A peu près comme M. Turcaret. Mais, si la comtesse étoit femme d'affaires, on ne vous la sacrifieroit pas, sur ma parole.

LA BARONNE *voyant paroître Flamand.*

Tais-toi, Marine; j'aperçois le laquais de M. Turcaret.

MARINE.

Oh! pour celui-ci, passe: il ne nous apporte que de bonnes nouvelles... (*Regardant venir Flamand, et le voyant chargé d'un petit coffre.*) Il tient quelque chose; c'est sans doute un nouveau présent que son maître vous fait.

SCÈNE IV.

LA BARONNE, MARINE, FLAMAND.

FLAMAND *à la baronne, en lui présentant un petit coffre.*

M. Turcaret, madame, vous prie d'agréer ce petit présent. (*A Marine.*) Serviteur, Marine.

MARINE.

Tu sois le bien venu, Flamand. J'aime mieux te voir que ce vilain Frontin.

LA BARONNE *à Marine, en lui montrant le coffre.*

Considère, Marine; admire le travail de ce petit coffre : as-tu rien vu de plus délicat?

MARINE.

Ouvrez, ouvrez; je réserve mon admiration pour le dedans. Le cœur me dit que nous en serons plus charmées que du dehors.

LA BARONNE *ouvrant le coffret.*

Que vois-je? un billet au porteur! L'affaire est sérieuse.

MARINE.

De combien, madame?

LA BARONNE *examinant le billet.*

De dix mille écus.

MARINE *bas.*

Bon! voilà la faute du diamant réparée.

LA BARONNE *regardant dans le coffret.*

Je vois un autre billet.

MARINE.

Encore au porteur?

LA BARONNE *examinant le second billet.*

Non, ce sont des vers que M. Turcaret m'adresse.

MARINE.

Des vers de M. Turcaret!

LA BARONNE *lisant.*

A Philis... Quatrain.., (*Interrompant sa lecture.*) Je suis la Philis, et il me prie, en vers, de recevoir son billet en prose.

MARINE.

Je suis fort curieuse d'entendre des vers d'un auteur qui envoie de si bonne prose.

LA BARONNE.

Les voici; écoute : (*Elle lit.*)

« Recevez ce billet, charmante Philis,
» Et soyez assurée que mon âme
» Conservera toujours une éternelle flamme,
» Comme il est certain que trois et trois font six. »

MARINE.

Que cela est finement pensé!

LA BARONNE.

Et noblement exprimé! Les auteurs se peignent dans leurs ouvrages... Allez porter ce coffre dans mon cabinet, Marine.   (*Marine sort.*)

SCÈNE V.

LA BARONNE, FLAMAND.

LA BARONNE.

Il faut que je te donne quelque chose, à toi, Flamand. Je veux que tu boives à ma santé.

FLAMAND.

Je n'y manquerai pas, madame, et du bon encore.

LA BARONNE.

Je t'y convie.

FLAMAND.

Quand j'étois chez ce conseiller que j'ai servi ci-devant, je m'accommodois de tout; mais depuis que je suis chez M. Turcaret, je suis devenu délicat, oui !

LA BARONNE.

Rien n'est tel que la maison d'un homme d'affaires pour perfectionner le goût.

FLAMAND *voyant paroître M. Turcaret.*

Le voici, madame, le voici.   (*Il sort.*)

SCÈNE VI.

LA BARONNE, M. TURCARET, MARINE.

LA BARONNE.

Je suis ravie de vous voir, monsieur Turcaret, pour vous faire des compliments sur les vers que vous m'avez envoyés.

M. TURCARET *riant.*

Oh! oh!

LA BARONNE.

Savez-vous bien qu'ils sont du dernier galant? Jamais les Voiture, ni les Pavillon n'en ont fait de pareils.

M. TURCARET.

Vous plaisantez, apparemment.

LA BARONNE.

Point du tout.

M. TURCARET.

Sérieusement, madame, les trouvez-vous bien tournés?

LA BARONNE.

Le plus spirituellement du monde.

M. TURCARET.

Ce sont pourtant les premiers vers que j'aie faits de ma vie.

LA BARONNE.

On ne le diroit pas.

M. TURCARET.

Je n'ai pas voulu emprunter le secours de quelque auteur, comme cela se pratique.

LA BARONNE

On le voit bien. Les auteurs de profession ne pensent et ne s’expriment pas ainsi : on ne sauroit les soupçonner de les avoir faits.

M. TURCARET.

J’ai voulu voir, par curiosité, si je serois capable d’en composer, et l’amour m’a ouvert l’esprit.

LA BARONNE.

Vous êtes capable de tout, monsieur; il n’y a rien d’impossible pour vous.

MARINE *à M. Turcaret.*

Votre prose, monsieur, mérite aussi des compliments : elle vaut bien votre poésie, au moins.

M. TURCARET.

Il est vrai que ma prose a son mérite; elle est signée et approuvée par quatre fermiers-généraux.

MARINE.

Cette approbation vaut mieux que celle de l’Académie.

LA BARONNE *à M. Turcaret.*

Pour moi, je n’approuve point votre prose, monsieur; et il me prend envie de vous quereller.

M. TURCARET.

D’où vient?

LA BARONNE.

Avez-vous perdu la raison de m’envoyer un billet au porteur? Vous faites tous les jours quelque folie comme cela.

M. TURCARET.

Vous vous moquez?

LA BARONNE.

De combien est-il ce billet? Je n’ai pas pris garde à la somme, tant j’étois en colère contre vous !

M. TURCARET.

Bon ! il n’est que de dix mille écus.

LA BARONNE.

Comment! de dix mille écus? Ah ! si j’avois su cela, je vous l’aurois renvoyé sur-le-champ.

M. TURCARET.

Fi donc !

LA BARONNE.

Mais je vous le renverrai.

M. TURCARET.

Oh ! vous l’avez reçu, vous ne le rendrez point.

MARINE *à part.*

Oh ! pour cela, non.

LA BARONNE *à M. Turcaret.*

Je suis plus offensée du motif que de la chose même.

M. TURCARET.

Eh ! pourquoi?

LA BARONNE.

En m’accablant tous les jours de présents, il semble que vous vous imaginiez avoir besoin de ces liens-là pour m’attacher à vous.

M. TURCARET.

Quelle pensée ! Non, madame, ce n’est point dans cette vue que....

LA BARONNE *l’interrompant.*

Mais vous vous trompez, monsieur; je ne vous en aime point davantage pour cela.

M. TURCARET *à part.*

Qu’elle est franche ! qu’elle est sincère !

LA BARONNE.

Je ne suis sensible qu’à vos empressements, qu’à vos soins.

M. TURCARET *à part.*

Quel bon cœur !

LA BARONNE.

Qu’au seul plaisir de vous voir.

M. TURCARET *à part.*

Elle me charme... (*A la baronne.*) Adieu, charmante Philis.

LA BARONNE.

Quoi ! vous sortez sitôt?

M. TURCARET.

Oui, ma reine. Je ne viens ici que pour vous saluer en passant. Je vais à une de nos assemblées, pour m’opposer à la réception d’un pied-plat, d’un homme de rien, qu’on veut faire entrer dans notre compagnie. Je reviendrai dès que je pourrai m’échapper. (*Il lui baise la main.*)

LA BARONNE.

Fussiez-vous déjà de retour !

MARINE *à M. Turcaret, en lui faisant la révérence.*

Adieu, monsieur. Je suis votre très-humble servante.

M. TURCARET.

A propos, Marine, il me semble qu’il y a long-temps que je ne t’ai rien donné... (*Il lui donne une poignée d’argent.*) Tiens, je donne sans compter, moi.

MARINE *prenant l’argent.*

Et moi, je reçois de même, monsieur. Oh! nous sommes tous deux des gens de bonne foi.

(*M. Turcaret sort.*)

SCÈNE VII.

LA BARONNE, MARINE.

LA BARONNE.

Il s’en va fort satisfait de nous, Marine.

MARINE.

Et nous demeurons fort contentes de lui, madame. L'excellent sujet! il a de l'argent, il est prodigue et crédule; c'est un homme fait pour les coquettes.

LA BARONNE.

J'en fais assez ce que je veux, comme tu vois.

MARINE *apercevant le chevalier et Frontin.*

Oui; mais, par malheur, je vois arriver ici des gens qui vengent bien M. Turcaret.

SCÈNE VIII.

LA BARONNE, LE CHEVALIER, MARINE, FRONTIN.

LE CHEVALIER *à la baronne.*

Je viens, madame, vous témoigner ma reconnoissance. Sans vous j'aurois violé la foi des joueurs : ma parole perdoit tout son crédit, et je tombois dans le mépris des honnêtes gens.

LA BARONNE.

Je suis bien aise, chevalier, de vous avoir fait ce plaisir

LE CHEVALIER.

Ah! qu'il est doux de voir sauver son honneur par l'objet même de son amour!

MARINE *à part.*

Qu'il est tendre et passionné. Le moyen de lui refuser quelque chose!

LE CHEVALIER.

Bonjour, Marine. (*A la baronne, avec ironie.*) Madame, j'ai aussi quelques grâces à lui rendre. Frontin m'a dit qu'elle s'est intéressée à ma douleur.

MARINE.

Eh! oui, merci de ma vie, je m'y suis intéressée; elle nous coûte assez pour cela.

LA BARONNE.

Taisez-vous, Marine. Vous avez des vivacités qui ne me plaisent pas.

LE CHEVALIER.

Eh! madame, laissez-la parler; j'aime les gens francs et sincères.

MARINE.

Et moi, je hais ceux qui ne le sont pas.

LE CHEVALIER *à la baronne; ironiquement.*

Elle est toute spirituelle dans ses mauvaises humeurs; elle a des reparties brillantes qui m'enlèvent... (*A Marine, ironiquement.*) Marine, au moins, j'ai pour vous ce qui s'appelle une véritable amitié; et je veux vous en donner des marques.... (*Il fait semblant de fouiller dans ses poches. A Frontin, ironiquement.*) Frontin, la première fois que je gagnerai, faism'en ressouvenir.

FRONTIN *à Marine, ironiquement.*

C'est de l'argent comptant.

MARINE.

J'ai bien affaire de son argent... Eh! qu'il ne vienne pas ici piller le nôtre.

LA BARONNE.

Prenez garde à ce que vous dites, Marine.

MARINE.

C'est voler au coin d'un bois.

LA BARONNE.

Vous perdez le respect.

LE CHEVALIER.

Ne prenez point la chose sérieusement.

MARINE *à la baronne.*

Je ne puis me contraindre, madame; je ne puis voir tranquillement que vous soyez la dupe de monsieur, et que M. Turcaret soit la vôtre.

LA BARONNE.

Marine!...

MARINE *l'interrompant.*

Eh! fi, fi, madame, c'est se moquer de recevoir d'une main pour dissiper de l'autre; la belle conduite! Nous en aurons toute la honte, et M. le chevalier tout le profit.

LA BARONNE.

Oh! pour cela, vous êtes trop insolente; je n'y puis plus tenir.

MARINE.

Ni moi non plus.

LA BARONNE.

Je vous chasserai.

MARINE.

Vous n'aurez pas cette peine-là, madame. Je me donne mon congé moi-même; je ne veux pas que l'on dise dans le monde que je suis infructueusement complice de la ruine d'un financier.

LA BARONNE.

Retirez-vous, impudente, et ne paroissez jamais devant moi que pour me rendre vos comptes.

MARINE.

Je les rendrai à M. Turcaret, madame; et, s'il est assez sage pour m'en croire, vous compterez aussi tous deux ensemble.

(*Elle sort.*)

SCÈNE IX.

LA BARONNE, LE CHEVALIER, FRONTIN.

LE CHEVALIER *à la baronne.*

Voilà, je l'avoue, une créature impertinente! Vous avez eu raison de la chasser.

FRONTIN *à la baronne.*

Oui, madame, vous avez eu raison. Comment

donc ! mais c'est une espèce de mère que cette servante-là.

LA BARONNE.

C'est un pédant éternel que j'avois aux oreilles.

FRONTIN

Elle se mêloit de vous donner des conseils ; elle vous auroit gâtée à la fin

LA BARONNE.

Je n'avois que trop d'envie de m'en défaire ; mais je suis femme d'habitude, et je n'aime point les nouveaux visages.

LE CHEVALIER.

Il seroit pourtant fâcheux que, dans le premier mouvement de sa colère, elle allât donner à M. Turcaret des impressions qui ne conviendroient ni à vous ni à moi.

FRONTIN *à la baronne.*

Oh ! diable, elle n'y manquera pas. Les soubrettes sont comme les bigotes, elles font des actions charitables pour se venger.

LA BARONNE.

De quoi s'inquiéter ? Je ne la crains point. J'ai de l'esprit, et M. Turcaret n'en a guère. Je ne l'aime point, et il est amoureux : je saurai me faire auprès de lui un mérite de l'avoir chassée.

FRONTIN.

Fort bien, madame, il faut tout mettre à profit.

LA BARONNE.

Mais je songe que ce n'est point assez de nous être débarrassés de Marine, il faut encore exécuter une idée qui me vient dans l'esprit.

LE CHEVALIER.

Quelle idée, madame ?

LA BARONNE.

Le laquais de M. Turcaret est un sot, un benêt, dont on ne peut tirer le moindre service ; et je voudrois mettre à sa place quelque habile homme, quelqu'un de ces génies supérieurs qui sont faits pour gouverner les esprits médiocres, et les tenir toujours dans la situation dont on a besoin.

FRONTIN.

Quelqu'un de ces génies supérieurs ?... Je vous vois venir, madame ; cela me regarde.

LE CHEVALIER *à la baronne.*

Mais, en effet, Frontin ne nous sera pas inutile auprès de notre traitant.

LA BARONNE.

Je veux l'y placer

LE CHEVALIER.

Il nous en rendra bon compte... (*A Frontin.*) N'est-ce pas ?

FRONTIN.

Je suis jaloux de l'invention. On ne pouvoit rien imaginer de mieux... (*A part.*) Par ma foi,

monsieur Turcaret, je vous ferai bien voir du pays, sur ma parole.

LA BARONNE *au chevalier.*

Il m'a fait présent d'un billet au porteur, de dix mille écus ; je veux changer cet effet-là de nature : il en faut faire de l'argent. Je ne connois personne pour cela. Chevalier, chargez-vous de ce soin. Je vais vous remettre le billet ; retirez ma bague : je suis bien aise de l'avoir, et vous me tiendrez compte du surplus.

FRONTIN.

Cela est trop juste, madame ; et vous n'avez rien à craindre de notre probité.

LE CHEVALIER *à la baronne.*

Je ne perdrai point de temps, madame ; et vous aurez cet argent incessamment.

LA BARONNE.

Attendez un moment, je vais vous donner le billet.

_(*Elle passe dans son cabinet.*)

SCÈNE X.

LE CHEVALIER, FRONTIN.

FRONTIN.

Un billet de dix mille écus ! La bonne aubaine et la bonne femme ! Il faut être aussi heureux que vous l'êtes pour en rencontrer de pareilles : savez-vous que je la trouve un peu trop crédule pour une coquette ?

LE CHEVALIER.

Tu as raison.

FRONTIN.

Ce n'est pas mal payer le sacrifice de notre vieille folle de comtesse, qui n'a pas le sou.

LE CHEVALIER.

Il est vrai.

FRONTIN.

Madame la baronne est persuadée que vous avez perdu mille écus sur votre parole, et que son diamant est en gage. Le lui rendrez-vous, monsieur, avec le reste du billet ?

LE CHEVALIER.

Si je le lui rendrai ?

FRONTIN.

Quoi ! tout entier, sans quelque nouvel article de dépense ?

LE CHEVALIER.

Assurément, je me garderai bien d'y manquer.

FRONTIN.

Vous avez des moments d'équité... Je ne m'y attendois pas.

LE CHEVALIER.

Je serois un grand malheureux de m'exposer à rompre avec elle à si bon marché !

FRONTIN

Ah ! je vous demande pardon, j'ai fait un jugement téméraire ; je croyois que vous vouliez faire les choses à demi.

LE CHEVALIER.

Oh ! non. Si jamais je me brouille, ce ne sera qu'après la ruine totale de M. Turcaret.

FRONTIN.

Qu'après sa destruction, là, son anéantissement.

LE CHEVALIER.

Je ne rends des soins à la coquette que pour l'aider à ruiner le traitant.

FRONTIN.

Fort bien ! A ces sentiments généreux je reconnois mon maître.

LE CHEVALIER *voyant revenir la baronne.*

Paix, Frontin ; voici la baronne.

SCÈNE XI.

LA BARONNE, LE CHEVALIER, FRONTIN.

LA BARONNE *au chevalier, en lui donnant le billet au porteur.*

Allez, chevalier, allez, sans tarder davantage,

négocier ce billet, et me rendez ma bague, le plus tôt que vous pourrez.

LE CHEVALIER.

Frontin, madame, va vous la rapporter incessamment... Mais, avant que je vous quitte, souffrez que, charmé de vos manières généreuses, je vous fasse connoître que....

LA BARONNE *l'interrompant.*

Non, je vous le défends : ne parlons point de cela.

LE CHEVALIER.

Quelle contrainte pour un cœur aussi reconnoissant que le mien !

LA BARONNE *en s'en allant.*

Sans adieu, chevalier. Je crois que nous nous reverrons tantôt.

LE CHEVALIER *en s'en allant aussi.*

Pourrois-je m'éloigner de vous sans une si douce espérance ?

SCÈNE XII.

FRONTIN *seul.*

J'admire le train de la vie humaine ! Nous plumons une coquette, la coquette mange un homme d'affaires ; l'homme d'affaires en pille d'autres : cela fait un ricochet de fourberies le plus plaisant du monde.

ACTE DEUXIÈME.

SCÈNE PREMIÈRE.

LA BARONNE, FRONTIN.

FRONTIN *donnant le diamant a la baronne.*

Je n'ai pas perdu de temps, comme vous voyez, madame ; voilà votre diamant. L'homme qui l'avoit en gage me l'a remis entre les mains, dès qu'il a vu briller le billet au porteur, qu'il veut escompter moyennant un très-honnête profit. Mon maître, que j'ai laissé avec lui, va venir vous en rendre compte.

LA BARONNE.

Je suis enfin débarrassée de Marine ; elle a sérieusement pris son parti. J'appréhendois que ce ne fût qu'une feinte : elle est sortie. Ainsi, Fron-

tin, j'ai besoin d'une femme de chambre ; je te charge de m'en chercher une autre.

FRONTIN.

J'ai votre affaire en main. C'est une jeune personne, douce, complaisante, comme il vous la faut. Elle verroit tout aller sens dessus dessous dans votre maison sans dire une syllabe.

LA BARONNE.

J'aime ces caractères-là. Tu la connois particulièrement ?

FRONTIN.

Très-particulièrement. Nous sommes même un peu parents.

LA BARONNE.

C'est-à-dire que l'on peut s'y fier ?

FRONTIN.

Comme à moi-même. Elle est sous ma tutelle : j'ai l'administration de ses gages et de ses profits, et j'ai soin de lui fournir tous ses petits besoins.

LA BARONNE

Elle sert sans doute actuellement?

FRONTIN.

Non; elle est sortie de condition depuis quelques jours.

LA BARONNE.

Eh! pour quel sujet?

FRONTIN.

Elle servoit des personnes qui mènent une vie retirée, qui ne reçoivent que des visites sérieuses; un mari et une femme qui s'aiment; des gens extraordinaires. Enfin c'est une maison triste : ma pupille s'y est ennuyée.

LA BARONNE.

Où est-elle donc à l'heure qu'il est?

FRONTIN.

Elle est logée chez une vieille prude de ma connoissance qui, par charité, retire des femmes de chambre hors de condition, pour savoir ce qui se passe dans les familles.

LA BARONNE.

Je la voudrois avoir dès aujourd'hui. Je ne puis me passer de fille.

FRONTIN.

Je vais vous l'envoyer, madame, ou vous l'amener moi-même; vous en serez contente. Je ne vous ai pas dit toutes ses bonnes qualités : elle chante et joue à ravir de toutes sortes d'instruments.

LA BARONNE.

Mais, Frontin, vous me parlez là d'un fort joli sujet.

FRONTIN.

Je vous en réponds : aussi je la destine pour l'Opéra; mais je veux auparavant qu'elle se fasse dans le monde, car il n'en faut là que de toutes faites.

LA BARONNE.

Je l'attends avec impatience.

(Frontin sort.)

SCÈNE II.

LA BARONNE *seule.*

Cette fille-là me sera d'un grand agrément : elle me divertira par ses chansons, au lieu que l'autre ne faisoit que me chagriner par sa morale... (*Voyant entrer M. Turcaret, qui paroît en colère.*) Mais je vois M. Turcaret... Ah! qu'il paroît agité! Marine l'aura été trouver.

SCÈNE III.

M. TURCARET, LA BARONNE.

M. TURCARET *tout essoufflé.*

Ouf! je ne sais par où commencer, perfide.

LA BARONNE *à part.*

Elle lui a parlé.

M. TURCARET.

J'ai appris de vos nouvelles, déloyale! j'ai appris de vos nouvelles! On vient de me rendre compte de vos perfidies, de votre dérangement.

LA BARONNE.

Le début est agréable, et vous employez de fort jolis termes, monsieur.

M. TURCARET.

Laissez-moi parler; je veux vous dire vos vérités... Marine me les a dites... Ce beau chevalier, qui vient ici à toute heure, et qui ne m'étoit pas suspect sans raison, n'est pas votre cousin, comme vous me l'avez fait accroire. Vous avez des vues pour l'épouser et pour me planter là, moi, quand j'aurai fait votre fortune.

LA BARONNE.

Moi, monsieur, j'aimerois le chevalier?

M. TURCARET.

Marine me l'a assuré, et qu'il ne faisoit figure dans le monde qu'aux dépens de votre bourse et de la mienne, et que vous lui sacrifiez tous les présents que je vous fais.

LA BARONNE.

Marine est une fort jolie personne!... Ne vous a-t-elle dit que cela, monsieur.

M. TURCARET

Ne me répondez point, félonne! j'ai de quoi vous confondre; ne me répondez point... Parlez, qu'est devenu, par exemple, ce gros brillant que je vous donnai l'autre jour? Montrez-le tout à l'heure, montrez-le-moi.

LA BARONNE,

Puisque vous le prenez sur ce ton-là, monsieur, je ne veux pas vous le montrer.

M. TURCARET.

Eh! sur quel ton, morbleu! prétendez-vous donc que je le prenne? Oh! vous n'en serez pas quitte pour des reproches. Ne croyez pas que je sois assez sot pour rompre avec vous sans bruit, pour me retirer sans éclat; je veux laisser ici des marques de mon ressentiment. Je suis honnête homme : j'aime de bonne foi, je n'ai que des vues légitimes : je ne crains pas le scandale, moi. Ah! vous n'avez pas affaire à un abbé, je vous en avertis.

(Il entre dans la chambre de la baronne.)

SCÈNE IV.

LA BARONNE *seule*.

Non, j'ai affaire à un extravagant, à un possédé... Oh bien! faites, monsieur, faites tout ce qu'il vous plaira; je ne m'y opposerai point, je vous assure... Mais... qu'entends-je?... Ciel! quel désordre! Il est effectivement devenu fou... Monsieur Turcaret, monsieur Turcaret, je vous ferai bien expier vos emportements.

SCÈNE V.

M. TURCARET, LA BARONNE.

M. TURCARET.

Me voilà à demi soulagé. J'ai déjà cassé la grande glace et les plus belles porcelaines.

LA BARONNE.

Achevez, monsieur, que ne continuez-vous?

M. TURCARET.

Je continuerai quand il me plaira, madame... je vous apprendrai à vous jouer à un homme comme moi... Allons, ce billet au porteur, que je vous ai tantôt envoyé, qu'on me le rende.

LA BARONNE.

Que je vous le rende? et si je l'ai aussi donné au chevalier.

M. TURCARET.

Ah! si je le croyois!

LA BARONNE.

Que vous êtes fou! En vérité vous me faites pitié.

M. TURCARET.

Comment donc! au lieu de se jeter à mes genoux et de me demander grâce, encore dit-elle que j'ai tort, encore dit-elle que j'ai tort!

LA BARONNE.

Sans doute.

M. TURCARET.

Ah! vraiment, je voudrois bien, par plaisir, que vous entreprissiez de me persuader cela.

LA BARONNE.

Je le ferois, si vous étiez en état d'entendre raison.

M. TURCARET.

Eh! que me pourriez-vous dire, traîtresse?

LA BARONNE.

Je ne vous dirai rien... Ah! quelle fureur!

M. TURCARET *essayant de se modérer*.

Eh bien! parlez, madame, parlez, je suis de sang-froid.

LA BARONNE.

Écoutez-moi donc... Toutes les extravagances que vous venez de faire sont fondées sur un faux rapport que Marine...

M. TURCARET *l'interrompant*.

Un faux rapport? Ventrebleu! ce n'est point...

LA BARONNE *l'interrompant à son tour*.

Ne jurez pas, monsieur; ne m'interrompez pas : songez que vous êtes de sang-froid.

M. TURCARET.

Je me tais... Il faut que je me contraigne.

LA BARONNE.

Savez-vous bien pourquoi je viens de chasser Marine?

M. TURCARET.

Oui; pour avoir pris trop chaudement mes intérêts.

LA BARONNE.

Tout au contraire; c'est à cause qu'elle me reprochoit sans cesse l'inclination que j'avois pour vous. « Est-il rien de si ridicule, me disoit-elle à » tous moments, que de voir la veuve d'un colonel » songer à épouser un M. Turcaret, un homme » sans naissance, sans esprit, de la mine la plus » basse... »

M. TURCARET.

Passons, s'il vous plaît, sur les qualités; cette Marine-là est une impudente.

LA BARONNE.

« Pendant que vous pouvez choisir un époux » entre vingt personnes de la première qualité, » lorsque vous refusez votre aveu même aux pres-» santes instances de toute la famille d'un marquis » dont vous êtes adorée, et que vous avez la foi-» blesse de sacrifier à ce M. Turcaret. »

M. TURCARET.

Cela n'est pas possible.

LA BARONNE.

Je ne prétends pas m'en faire un mérite, monsieur. Ce marquis est un jeune homme, fort agréable de sa personne, mais dont les mœurs et la conduite ne me conviennent point. Il vient ici quelquefois avec mon cousin le chevalier, son ami. J'ai découvert qu'il avoit gagné Marine, et c'est pour cela que je l'ai congédiée. Elle a été vous débiter mille impostures pour se venger, et vous êtes assez crédule pour y ajouter foi. Ne deviez-vous pas, dans le moment, faire réflexion que c'étoit une servante passionnée qui vous parloit; et que, si j'avois eu quelque chose à me reprocher, je n'aurois pas été assez imprudente pour chasser une fille dont j'avois à craindre l'indiscrétion? Cette pensée, dites-moi, ne se présente-t-elle pas naturellement à l'esprit?

M. TURCARET.

J'en demeure d'accord; mais...

LA BARONNE *l'interrompant.*

Mais, mais vous avez tort... Elle vous a donc dit, entre autres choses, que je n'avois plus ce gros brillant qu'en badinant vous me mîtes l'autre jour au doigt, et que vous me forçâtes d'accepter?

M. TURCARET.

Oh! oui, elle m'a juré que vous l'aviez donné aujourd'hui au chevalier, qui est, dit-elle, votre parent comme Jean-de-Vert.

LA BARONNE.

Et, si je vous le montrois tout à l'heure ce même diamant, que diriez-vous?

M. TURCARET.

Oh! je dirois en ce cas-là que... Mais cela ne se peut pas.

LA BARONNE *lui montrant son diamant.*

Le voilà, monsieur. Le reconnoissez-vous? Voyez le fond que l'on doit faire sur le rapport de certains valets.

M. TURCARET.

Ah! que cette Marine-là est une grande scélérate! Je reconnois sa friponnerie et mon injustice. Pardonnez-moi, madame, d'avoir soupçonné votre bonne foi.

LA BARONNE.

Non, vos fureurs ne sont point excusables : allez, vous êtes indigne de pardon.

M. TURCARET.

Je l'avoue.

LA BARONNE.

Falloit-il vous laisser si facilement prévenir contre une femme qui vous aime avec trop de tendresse?

M. TURCARET.

Hélas! non... Que je suis malheureux!

A BARONNE.

Convenez que vous êtes un homme bien foible.

M. TURCARET.

Oui, madame.

LA BARONNE.

Une franche dupe.

M. TURCARET.

J'en conviens... (*A part.*) Ah! Marine, coquine de Marine!... (*A la baronne.*) Vous ne sauriez vous imaginer tous les mensonges que cette pendarde-là m'est venue conter... Elle m'a dit que vous et M. le chevalier, vous me regardiez comme votre vache à lait; et que, si aujourd'hui pour demain je vous avois tout donné, vous me feriez fermer votre porte au nez.

LA BARONNE.

La malheureuse!

M. TURCARET.

Elle me l'a dit; c'est un fait constant : je n'invente rien, moi.

LA BARONNE.

Et vous avez eu la foiblesse de la croire un seul moment?

M. TURCARET.

Oui, madame; j'ai donné là-dedans comme un franc sot... Où diable avois-je l'esprit?

LA BARONNE.

Vous repentez-vous de votre crédulité?

M. TURCARET *se jetant à genoux.*

Si je m'en repens?... Je vous demande mille pardons de ma colère.

LA BARONNE *le relevant.*

On vous la pardonne. Levez-vous, monsieur. Vous auriez moins de jalousie si vous aviez moins d'amour, et l'excès de l'un fait oublier la violence de l'autre.

M. TURCARET.

Quelle bonté!.... Il faut avouer que je suis un grand brutal!

LA BARONNE.

Mais, sérieusement, monsieur, croyez-vous qu'un cœur puisse balancer un instant entre vous et le chevalier?

M. TURCARET.

Non, madame, je ne le crois pas; mais je le crains.

LA BARONNE.

Que faut-il faire pour dissiper vos craintes?

M. TURCARET.

Éloigner d'ici cette homme-là; consentez-y, madame; j'en sais les moyens.

LA BARONNE.

Eh! quels sont-ils?

M. TURCARET.

Je lui donnerai une direction en province.

LA BARONNE.

Une direction?

M. TURCARET.

C'est ma manière d'écarter les incommodes.... Ah! combien de cousins, d'oncles et de maris j'ai fait directeurs en ma vie! J'en ai envoyé jusqu'en Canada.

LA BARONNE.

Mais, vous ne songez pas que mon cousin le chevalier est homme de condition, et que ces sortes d'emplois ne lui conviennent pas..... Allez, sans vous mettre en peine de l'éloigner de Paris, je vous jure que c'est l'homme du monde qui doit vous causer le moins d'inquiétude.

M. TURCARET.

Ouf! j'étouffe d'amour et de joie. Vous me dites cela d'une manière si naïve que vous me le persuadez..... Adieu, mon adorable, mon tout, ma déesse....... Allez, allez, je vais bien réparer la sottise que je viens de faire. Votre grande glace

n'étoit pas tout-à-fait nette, au moins, et je trouvois vos porcelaines assez communes.

LA BARONNE.

Il est vrai.

M. TURCARET.

Je vais vous en chercher d'autres.

LA BARONNE.

Voilà ce que vous coûtent vos folies.

M. TURCARET.

Bagatelle !....... Tout ce que j'ai cassé ne valoit
pas plus de trois cents pistoles.

(*Il veut s'en aller, et la baronne l'arrête.*)

LA BARONNE.

Attendez, monsieur, il faut que je vous fasse
une prière auparavant.

M. TURCARET.

Une prière? Oh! donnez vos ordres.

LA BARONNE.

Faites avoir une commission, pour l'amour de
moi, à ce pauvre Flamand, votre laquais. C'est
un garçon pour qui j'ai pris de l'amitié.

M. TURCARET.

Je l'aurois déjà poussé si je lui avois trouvé
quelque disposition ; mais il a l'esprit trop bonace :
cela ne vaut rien pour les affaires.

LA BARONNE.

Donnez-lui un emploi qui ne soit pas difficile à
exercer.

M. TURCARET.

Il en aura un dès aujourd'hui ; cela vaut fait.

LA BARONNE.

Ce n'est pas tout. Je veux mettre auprès de vous
Frontin, le laquais de mon cousin le chevalier ;
c'est aussi un très-bon enfant.

M. TURCARET.

Je le prends, madame ; et vous promets de le
faire commis au premier jour.

SCÈNE VI.

LA BARONNE, M. TURCARET, FRONTIN.

FRONTIN *à la baronne.*

Madame, vous allez bientôt avoir la fille dont
je vous ai parlé.

LA BARONNE *à M. Turcaret.*

Monsieur, voilà le garçon que je veux vous
donner.

M. TURCARET.

Il paroît un peu innocent.

LA BARONNE.

Que vous vous connoissez bien en physionomies !

M. TURCARET.

J'ai le coup d'œil infaillible...... (*à Frontin.*)

Approche, mon ami. Dis-moi un peu, as-tu déjà
quelques principes?

FRONTIN.

Qu'appelez-vous des principes?

M. TURCARET.

Des principes de commis ; c'est-à-dire si tu sais
comment on peut empêcher les fraudes ou les
favoriser?

FRONTIN.

Pas encore, monsieur, mais je sens que j'apprendrai cela fort facilement.

M. TURCARET.

Tu sais du moins l'arithmétique? tu sais faire
des comptes à parties simples?

FRONTIN.

Oh! oui, monsieur; je sais même faire des
parties doubles. J'écris aussi de deux écritures,
tantôt de l'une et tantôt de l'autre.

M. TURCARET.

De la ronde, n'est-ce pas?

FRONTIN.

De la ronde, de l'oblique.

M. TURCARET.

Comment, de l'oblique?

FRONTIN.

Eh! oui, d'une écriture que vous connoissez...
là... d'une certaine écriture qui n'est pas légitime.

M. TURCARET *à la baronne.*

Il veut dire de la bâtarde

FRONTIN.

Justement ; c'est ce mot-là que je cherchois.

M. TURCARET *à la baronne.*

Quelle ingénuité! Ce garçon-là, madame, est
bien niais.

LA BARONNE.

Il se déniaisera dans vos bureaux.

M. TURCARET.

Oh! qu'oui, madame, oh! qu'oui. D'ailleurs
un bel esprit n'est pas nécessaire pour faire son
chemin. Hors moi et deux ou trois autres, il n'y
a parmi nous que des génies assez communs. Il
suffit d'un certain usage, d'une routine que l'on
ne manque guère d'attraper. Nous voyons tant de
gens! nous nous étudions à prendre ce que le
monde a de meilleur ; voilà toute notre science.

LA BARONNE.

Ce n'est pas la plus inutile de toutes.

M. TURCARET *à Frontin.*

Oh! çà, mon ami, tu es à moi, et les gages
courent dès ce moment.

FRONTIN.

Je vous regarde donc, monsieur, comme mon
nouveau maître..... Mais, en qualité d'ancien laquais de M. le chevalier, il faut que je m'acquitte
d'une commission dont il m'a chargé ; il vous

donne, et à madame sa cousine, à souper ici ce soir.

M. TURCARET.

Très-volontiers.

FRONTIN.

Je vais ordonner chez Fite [1] toutes sortes de ragoûts, avec vingt-quatre bouteilles de vin de Champagne; et, pour égayer le repas, vous aurez des voix et des instruments.

LA BARONNE.

De la musique, Frontin?

FRONTIN.

Oui, madame; à telles enseignes que j'ai ordre de commander cent bouteilles de Surène, pour abreuver la symphonie.

LA BARONNE.

Cent bouteilles?

FRONTIN.

Ce n'est pas trop, madame. Il y aura huit concertants, quatre Italiens de Paris, trois chanteuses et deux gros chantres.

M. TURCARET.

Il a, ma foi, raison; ce n'est pas trop. Ce repas sera fort joli.

FRONTIN.

Oh, diable! quand M. le chevalier donne des soupers comme cela, il n'épargne rien, monsieur.

M. TURCARET.

J'en suis persuadé.

FRONTIN.

Il semble qu'il ait à sa disposition la bourse d'un partisan.

LA BARONNE *à M. Turcaret.*

Il veut dire qu'il fait les choses fort magnifiquement.

M. TURCARET.

Qu'il est ingénu!...... (*A Frontin.*) Eh bien! nous verrons cela tantôt... (*A la baronne.*) Et, pour surcroît de réjouissance, j'amènerai ici M. Gloutonneau le poète: aussi bien je ne saurois manger si je n'ai quelque bel esprit à ma table.

LA BARONNE.

Vous me ferez plaisir. Cet auteur apparemment est fort brillant dans la conversation?

M. TURCARET.

Il ne dit pas quatre paroles dans un repas; mais il mange et pense beaucoup. Peste! c'est un homme bien agréable.... Oh! çà, je cours chez Dautel [2] vous acheter....

LA BARONNE *l'interrompant.*

Prenez garde à ce que vous ferez, je vous en prie; ne vous jetez point dans une dépense...

[1] Traiteur célèbre du temps.
[2] Fameux bijoutier d'alors.

M. TURCARET *l'interrompant à son tour.*

Eh! fi! madame, fi! vous vous arrêtez à des minuties. Sans adieu, ma reine.

LA BARONNE.

J'attends votre retour impatiemment.

(*M. Turcaret sort.*)

SCÈNE VII.

LA BARONNE, FRONTIN.

LA BARONNE.

Enfin te voilà en train de faire ta fortune.

FRONTIN.

Oui, madame; et en état de ne pas nuire à la vôtre.

LA BARONNE.

C'est à présent, Frontin, qu'il faut donner l'essor à ce génie supérieur.

FRONTIN.

On tâchera de vous prouver qu'il n'est pas médiocre.

LA BARONNE.

Quand m'amènera-t-on cette fille?

FRONTIN.

Je l'attends; je lui ai donné rendez-vous ici.

LA BARONNE.

Tu m'avertiras quand elle sera venue.

(*Elle passe dans sa chambre.*)

SCÈNE VIII.

FRONTIN *seul.*

Courage! Frontin, courage! mon ami; la fortune t'appelle. Te voilà placé chez un homme d'affaires, par le canal d'une coquette. Quelle joie! l'agréable perspective! Je m'imagine que toutes les choses que je vais toucher vont se convertir en or... (*Voyant paroître Lisette.*) Mais j'aperçois ma pupille.

SCÈNE IX.

FRONTIN, LISETTE.

FRONTIN.

Tu sois la bienvenue, Lisette! On t'attend avec impatience dans cette maison.

LISETTE.

J'y entre avec une satisfaction dont je tire un bon augure.

FRONTIN.

Je t'ai mise au fait sur tout ce qui s'y passe, et sur tout ce qui s'y doit passer; tu n'as qu'à te régler là-dessus. Souviens-toi seulement qu'il faut avoir une complaisance infatigable.

LISETTE.

Il n'est pas besoin de me recommander cela.

FRONTIN.

Flatte sans cesse l'entêtement que la baronne a pour le chevalier; c'est là le point.

LISETTE.

Tu me fatigues de leçons inutiles.

FRONTIN *voyant arriver le chevalier.*

Le voici qui vient.

LISETTE *examinant le chevalier.*

Je ne l'avois point encore vu... Ah! qu'il est bien fait, Frontin!

FRONTIN.

Il ne faut pas être mal bâti pour donner de l'amour à une coquette.

SCÈNE X.

LE CHEVALIER, FRONTIN, LISETTE.

LE CHEVALIER *à Frontin, sans voir d'abord Lisette.*

Je te rencontre à propos, Frontin, pour t'apprendre..... (*Apercevant Lisette.*) Mais que vois-je? quelle est cette beauté brillante?

FRONTIN.

C'est une fille que je donne à madame la baronne pour remplacer Marine.

LE CHEVALIER.

Et c'est sans doute une de tes amies?

FRONTIN.

Oui, monsieur; il y a long-temps que nous nous connoissons. Je suis son répondant.

LE CHEVALIER.

Bonne caution! c'est faire son éloge en un mot. Elle est, parbleu! charmante... Monsieur le répondant, je me plains de vous.

FRONTIN.

D'où vient?

LE CHEVALIER.

Je me plains de vous, vous dis-je. Vous savez toutes mes affaires, et vous me cachez les vôtres. Vous n'êtes pas un ami sincère.

FRONTIN.

Je n'ai pas voulu, monsieur...

LE CHEVALIER *l'interrompant.*

La confiance pourtant doit être réciproque. Pourquoi m'avoir fait mystère d'une si belle découverte?

FRONTIN.

Ma foi! monsieur, je craignois...

LE CHEVALIER *l'interrompant.*

Quoi?

FRONTIN.

Oh! monsieur, que diable! vous m'entendez de reste.

LE CHEVALIER *à part.*

Le maraud! où a-t-il été déterrer ce petit minois-là?... (*A Frontin.*) Frontin, M. Frontin, vous avez le discernement fin et délicat quand vous faites un choix pour vous-même; mais vous n'avez pas le goût si bon pour vos amis... Ah! la piquante représentation! l'adorable grisette!

LISETTE *à part.*

Que les jeunes seigneurs sont honnêtes!

LE CHEVALIER.

Non, je n'ai jamais rien vu de si beau que cette créature-là.

LISETTE *à part.*

Que leurs expressions sont flatteuses!... Je ne m'étonne plus que les femmes les courent.

LE CHEVALIER *à Frontin.*

Faisons un troc, Frontin; cède-moi cette fille-là, et je t'abandonne ma vieille comtesse.

FRONTIN.

Non, monsieur; j'ai les inclinations roturières; je m'en tiens à Lisette, à qui j'ai donné ma foi.

LE CHEVALIER.

Va, tu peux te vanter d'être le plus heureux faquin!... (*A Lisette.*) Oui, belle Lisette, vous méritez.....

LISETTE *l'interrompant.*

Trève de douceurs, monsieur le chevalier. Je vais me présenter à ma maîtresse, qui ne m'a point encore vue; vous pouvez venir, si vous voulez, continuer devant elle la conversation.

(*Elle passe dans la chambre de la baronne.*)

SCÈNE XI.

LE CHEVALIER, FRONTIN.

LE CHEVALIER.

Parlons de choses sérieuses, Frontin. Je n'apporte point à la baronne l'argent de son billet.

FRONTIN.

Tant pis.

LE CHEVALIER.

J'ai été chercher un usurier qui m'a déjà prêté de l'argent, mais il n'est plus à Paris. Des affaires, qui lui sont survenues, l'ont obligé d'en sortir brusquement; ainsi je vais te charger du billet.

FRONTIN.

Pourquoi?

LE CHEVALIER.

Ne m'as-tu pas dit que tu connoissois un agent de change, qui te donneroit de l'argent à l'heure même?

FRONTIN.

Cela est vrai ; mais que direz-vous à madame la baronne ? Si vous lui dites que vous avez encore son billet, elle verra bien que nous n'avions pas mis son brillant en gage ; car enfin elle n'ignore pas qu'un homme qui prête ne se dessaisit pas pour rien de son nantissement.

LE CHEVALIER.

Tu as raison ; aussi suis-je d'avis de lui dire que j'ai touché l'argent, qu'il est chez moi, et que demain matin tu le feras apporter ici. Pendant ce temps-là, cours chez ton agent de change, et fais porter au logis l'argent que tu en recevras. Je vais t'y attendre aussitôt que j'aurai parlé à la baronne.

(*Il entre dans la chambre de la baronne.*)

SCÈNE XII.

FRONTIN *seul.*

Je ne manque pas d'occupation, Dieu merci ! Il faut que j'aille chez le traiteur, de là chez l'agent de change, de chez l'agent de change au logis, et puis il faudra que je revienne ici joindre M. Turcaret. Cela s'appelle, ce me semble, une vie assez agissante... Mais, patience ! après quelque temps de fatigue et de peine, je parviendrai enfin à un état d'aise. Alors quelle satisfaction ! quelle tranquillité d'esprit !.... Je n'aurai plus à mettre en repos que ma conscience.

ACTE TROISIÈME.

SCÈNE PREMIÈRE.

LA BARONNE, FRONTIN, LISETTE.

LA BARONNE.

Eh bien ! Frontin, as-tu commandé le soupé ? fera-t-on grand'chère?

FRONTIN.

Je vous en réponds, madame ; demandez à Lisette de quelle manière je régale pour mon compte, et jugez par là de ce que je sais faire lorsque je régale aux dépens des autres.

LISETTE *à la baronne.*

Il est vrai, madame ; vous pouvez vous en fier à lui.

FRONTIN *à la baronne.*

M. le chevalier m'attend. Je vais lui rendre compte de l'arrangement de son repas, et puis je viendrai ici prendre possession de M. Turcaret, mon nouveau maître.　　　　(*Il sort.*)

SCÈNE II.

LA BARONNE, LISETTE.

LISETTE.

Ce garçon-là est un garçon de mérite, madame.

LA BARONNE.

Il me paroît que vous n'en manquez pas, vous, Lisette

LISETTE.

Il a beaucoup de savoir-faire.

LA BARONNE.

Je ne vous crois pas moins habile.

LISETTE.

Je serois bien heureuse, madame, si mes petits talents pouvoient vous être utiles.

LA BARONNE.

Je suis contente de vous.... Mais j'ai un avis à vous donner ; je ne veux pas qu'on me flatte.

LISETTE.

Je suis ennemie de la flatterie.

LA BARONNE.

Surtout, quand je vous consulterai sur des choses qui me regarderont, soyez sincère.

LISETTE.

Je n'y manquerai pas.

LA BARONNE.

Je vous trouve pourtant trop de complaisance.

LISETTE.

A moi, madame ?

LA BARONNE.

Oui ; vous ne combattez pas assez les sentiments que j'ai pour le chevalier.

LISETTE.

Et pourquoi les combattre ? ils sont si raisonnables !

LA BARONNE.

J'avoue que le chevalier me paroît digne de toute ma tendresse.

LISETTE.

J'en fais le même jugement.

LA BARONNE.

Il a pour moi une passion véritable et constante.

LISETTE.

Un chevalier fidèle et sincère ; on n'en voit guère comme cela.

LA BARONNE.

Aujourd'hui même encore il m'a sacrifié une comtesse.

LISETTE.

Une comtesse ?

LA BARONNE.

Elle n'est pas, à la vérité, dans la première jeunesse.

LISETTE.

C'est ce qui rend le sacrifice plus beau. Je connois messieurs les chevaliers ; une vieille dame leur coûte plus qu'une autre à sacrifier.

LA BARONNE.

Il vient de me rendre compte d'un billet que je lui ai confié. Que je lui trouve de bonne foi !

LISETTE.

Cela est admirable !

LA BARONNE.

Il a une probité qui va jusqu'au scrupule.

LISETTE.

Mais, mais voilà un chevalier unique en son espèce !

LA BARONNE.

Taisons-nous ; j'aperçois M. Turcaret.

SCÈNE III.

M. TURCARET, LA BARONNE, LISETTE.

M. TURCARET *à la baronne.*

Je viens, madame.... (*Apercevant Lisette.*) Oh ! oh ! vous avez une nouvelle femme de chambre ?

LA BARONNE.

Oui, monsieur. Que vous semble de celle-ci ?

M. TURCARET *examinant Lisette.*

Ce qu'il m'en semble ? elle me revient assez ; il faudra que nous fassions connoissance.

LISETTE.

La connoissance sera bientôt faite, monsieur.

LA BARONNE *à Lisette.*

Vous savez qu'on soupe ici ? Donnez ordre que nous ayons un couvert propre, et que l'appartement soit bien éclairé.   (*Lisette sort.*)

SCÈNE IV.

M. TURCARET, LA BARONNE.

M. TURCARET.

Je crois cette fille-là fort raisonnable.

LA BARONNE.

Elle est fort dans vos intérêts, du moins.

M. TURCARET.

Je lui en sais bon gré.... Je viens, madame, de vous acheter pour dix mille francs de glaces, de porcelaines et de bureaux. Ils sont d'un goût exquis ; je les ai choisis moi-même.

LA BARONNE.

Vous êtes universel, monsieur, vous vous connoissez à tout.

M. TURCARET.

Oui ! grâce au ciel, et surtout en bâtiment. Vous verrez, vous verrez l'hôtel que je vais faire bâtir.

LA BARONNE.

Quoi ! vous allez faire bâtir un hôtel ?

M. TURCARET.

J'ai déjà acheté la place, qui contient quatre arpents, six perches, neuf toises, trois pieds et onze pouces. N'est-ce pas là une belle étendue ?

LA BARONNE.

Fort belle !

M. TURCARET.

Le logis sera magnifique. Je ne veux pas qu'il y manque un zéro ; je le ferois plutôt abattre deux ou trois fois.

LA BARONNE.

Je n'en doute pas.

M. TURCARET.

Malepeste ! je n'ai garde de faire quelque chose de commun, je me ferois siffler de tous les gens d'affaires.

LA BARONNE.

Assurément.

M. TURCARET *voyant entrer le marquis.*

Quel homme entre ici ?

LA BARONNE.

C'est ce jeune marquis dont je vous ai dit que Marine avoit épousé les intérêts. Je me passerois bien de ses visites ; elles ne me font aucun plaisir.

SCÈNE V.

LE MARQUIS, TURCARET, LA BARONNE.

LE MARQUIS *à part.*

Je parie que je ne trouverai point encore ici le chevalier.

M. TURCARET *à part.*

Ah ! morbleu ! c'est le marquis de La Tribaudière. La fâcheuse rencontre !

LE MARQUIS *à part.*

Il y a près de deux jours que je le cherche.... (*Apercevant M. Turcaret.*) Eh ! que vois-je ?... Oui.... Non.... Pardonnez-moi.... Justement.... c'est lui-même, c'est monsieur Turcaret... (*A la baronne.*) Que faites-vous de cet homme-là, madame ? Vous le connoissez.... Vous empruntez sur gages ? Palsembleu ! il vous ruinera.

LA BARONNE.

Monsieur le marquis !

LE MARQUIS *l'interrompant.*

Il vous pillera, il vous écorchera, je vous en avertis. C'est l'usurier le plus juif : il vend son argent au poids de l'or.

M. TURCARET *à part.*

J'aurois mieux fait de m'en aller ?

LA BARONNE *au marquis.*

Vous vous méprenez, monsieur le marquis. M. Turcaret passe dans le monde pour homme de bien et d'honneur.

LE MARQUIS.

Aussi l'est-il, madame, aussi l'est-il. Il aime le bien des hommes et l'honneur des femmes : il a cette réputation-là.

M. TURCARET.

Vous aimez à plaisanter ! monsieur le marquis.... (*A la baronne.*) Il est badin, madame, il est badin. Ne le connoissez-vous pas sur ce pied-là ?

LA BARONNE.

Oui ; je comprends bien qu'il badine, ou qu'il est mal informé.

LE MARQUIS.

Mal informé ? morbleu ! madame, personne ne sauroit vous en parler mieux que moi : il a de mes nippes actuellement.

M. TURCARET.

De vos nippes, monsieur ? Oh ! je ferois bien serment du contraire.

LE MARQUIS.

Ah ! parbleu, vous avez raison. Le diamant est à vous à l'heure qu'il est, selon nos conventions ; j'ai laissé passer le terme.

LA BARONNE.

Expliquez-moi tous deux toute cette énigme.

M. TURCARET.

Il n'y a point d'énigme là-dedans, madame. Je ne sais ce que c'est.

LE MARQUIS *à la baronne.*

Il a raison : cela est fort clair ; il n'y a point d'énigme. J'eus besoin d'argent il y a quinze mois. J'avois un brillant de cinq cents louis ; on m'adressa à M. Turcaret. M. Turcaret me renvoya à un de ses commis, à un certain M. Ra... Ra... Rafle. C'est celui qui tient son bureau d'usure. Cet honnête M. Rafle me prêta, sur ma bague, onze cent trente-deux livres six sous huit deniers. Il me prescrivit un temps pour la retirer. Je ne suis pas fort exact, moi : le temps est passé ; mon diamant est perdu.

M. TURCARET.

Monsieur le marquis, monsieur le marquis, ne me confondez point avec ce M. Rafle, je vous prie. C'est un fripon que j'ai chassé de chez moi. S'il a fait quelque mauvaise manœuvre, vous avez la voie de la justice. Je ne sais ce que c'est que votre brillant : je ne l'ai jamais vu ni manié.

LE MARQUIS.

Il me venoit de ma tante. C'étoit un des plus beaux brillants. Il étoit d'une netteté, d'une forme, d'une grosseur, à peu près comme.... (*Regardant le diamant de la baronne.*) Eh !.... le voilà, madame. Vous vous en êtes accommodée avec M. Turcaret, apparemment ?

LA BARONNE.

Autre méprise, monsieur. Je l'ai acheté, assez cher même, d'une revendeuse à la toilette.

LE MARQUIS.

Cela vient de lui, madame. Il a des revendeuses à sa disposition, et, à ce qu'on dit même, dans sa famille.

M. TURCARET.

Monsieur ! monsieur !....

LA BARONNE *au marquis.*

Vous êtes insultant, monsieur le marquis.

LE MARQUIS.

Non, madame ; mon dessein n'est pas d'insulter : je suis trop serviteur de M. Turcaret, quoiqu'il me traite durement. Nous avons eu autrefois ensemble un petit commerce d'amitié. Il étoit laquais de mon grand-père ; il me portoit sur ses bras. Nous jouions tous les jours ensemble ; nous ne nous quittions presque point. Le petit ingrat ne s'en souvient plus.

M. TURCARET.

Je me souviens.... je me souviens.... Le passé est passé ; je ne songe qu'au présent.

LA BARONNE *au marquis.*

De grâce, monsieur le marquis, changeons de discours. Vous cherchez M. le chevalier.

LE MARQUIS.

Je le cherche partout, madame; aux spectacles, au cabaret, au bal, au lansquenet : je ne le trouve nulle part. Ce coquin-là se débauche ; il devient libertin.

LA BARONNE.

Je lui en ferai des reproches.

LE MARQUIS.

Je vous en prie.... Pour moi, je ne change point : je mène une vie réglée; je suis toujours à table, et l'on me fait crédit chez Fite et chez Lamorlière [1], parce que l'on sait que je dois bientôt hériter d'une vieille tante, et qu'on me voit une disposition plus que prochaine à manger sa succession.

LA BARONNE.

Vous n'êtes pas une mauvaise pratique pour les traiteurs.

LE MARQUIS.

Non, madame, ni pour les traitants. N'est-ce pas, monsieur Turcaret? Ma tante, pourtant, veut que je me corrige ; et, pour lui faire accroire qu'il y a déjà du changement dans ma conduite, je vais la voir dans l'état où je suis. Elle sera tout étonnée de me trouver si raisonnable, car elle m'a presque toujours vu ivre.

LA BARONNE.

Effectivement, monsieur le marquis, c'est une nouveauté que de vous voir autrement. Vous avez fait aujourd'hui un excès de sobriété.

LE MARQUIS.

J'ai soupé hier avec trois des plus jolies femmes de Paris. Nous avons bu jusqu'au jour ; et j'ai été faire un petit somme chez moi, afin de pouvoir me présenter à jeun devant ma tante.

LA BARONNE.

Vous avez bien de la prudence.

LE MARQUIS.

Adieu, ma tout aimable !... Dites au chevalier qu'il se rende un peu à ses amis. Prêtez-le-nous quelquefois, ou je viendrai si souvent ici que je l'y trouverai. Adieu, monsieur Turcaret. Je n'ai point de rancune, au moins. (*Lui présentant la main.*) Touchez-là : renouvelons notre ancienne amitié. Mais dites un peu à votre âme damnée, à ce M. Rafle, qu'il me traite plus humainement la première fois que j'aurai besoin de lui.   (*Il sort.*)

[1] Traiteur du temps.

SCÈNE VI.

M. TURCARET. LA BARONNE.

M. TURCARET.

Voilà une mauvaise connoissance, madame : c'est le plus grand fou et le plus grand menteur que je connoisse.

LA BARONNE.

C'est en dire beaucoup.

M. TURCARET.

Que j'ai souffert pendant cet entretien !

LA BARONNE.

Je m'en suis aperçue.

M. TURCARET.

Je n'aime point les malhonnêtes gens.

LA BARONNE.

Vous avez bien raison.

M. TURCARET.

J'ai été si surpris d'entendre les choses qu'il a dites, que je n'ai pas eu la force de répondre. Ne l'avez-vous pas remarqué?

LA BARONNE.

Vous en avez usé sagement. J'ai admiré votre modération.

M. TURCARET.

Moi, usurier? quelle calomnie !

LA BARONNE.

Cela regarde plus M. Rafle que vous.

M. TURCARET.

Vouloir faire aux gens un crime de leur prêter sur gages !... Il vaut mieux prêter sur gages que prêter sur rien.

LA BARONNE.

Assurément.

M. TURCARET.

Me venir dire au nez que j'ai été laquais de son grand père ! rien n'est plus faux : je n'ai jamais été que son homme d'affaires.

LA BARONNE.

Quand cela seroit vrai! le beau reproche ! il y a si long-temps... cela est prescrit.

M. TURCARET.

Oui, sans doute.

LA BARONNE.

Ces sortes de mauvais contes ne font aucune impression sur mon esprit; vous êtes trop bien établi dans mon cœur.

M. TURCARET.

C'est trop de grâce que vous me faites.

LA BARONNE.

Vous êtes un homme de mérite.

M. TURCARET.

Vous vous moquez.

LA BARONNE.

Un vrai homme d'honneur.

M. TURCARET.

Oh ! point du tout.

LA BARONNE.

Et vous avez trop l'air et les manières d'une personne de condition pour pouvoir être soupçonné de ne l'être pas.

SCÈNE VII

LA BARONNE, M. TURCARET, FLAMAND.

FLAMAND à *M. Turcaret.*

Monsieur...

M. TURCARET.

Que me veux-tu ?

FLAMAND.

Il est là-bas, qui vous demande.

M. TURCARET.

Qui ? butor !

FLAMAND.

Ce monsieur que vous savez... là, ce monsieur... monsieur... chose...

M. TURCARET.

Monsieur chose ?

FLAMAND.

Eh ! oui, ce commis que vous aimez tant. Dès qu'il vient pour deviser avec vous, tout aussitôt vous faites sortir tout le monde, et ne voulez pas que personne vous écoute.

M. TURCARET.

C'est M. Rafle, apparemment ?

FLAMAND.

Oui, tout fin dret, monsieur ; c'est lui-même.

M. TURCARET.

Je vais le trouver ; qu'il m'attende.

LA BARONNE.

Ne disiez-vous pas que vous l'aviez chassé ?

M. TURCARET.

Oui ; et c'est pour cela qu'il vient ici. Il cherche à se raccommoder. Dans le fond, c'est un assez bon homme, homme de confiance. Je vais savoir ce qu'il me veut.

LA BARONNE.

Eh ! non, non... (*A Flamand.*) Faites-le monter, Flamand. (*Flamand sort.*)

SCÈNE VIII.

M. TURCARET, LA BARONNE.

LA BARONNE.

Monsieur, vous lui parlerez dans cette salle. N'êtes-vous pas ici chez vous ?

M. TURCARET.

Vous êtes bien honnête, madame.

LA BARONNE.

Je ne veux point troubler votre conversation. Je vous laisse... N'oubliez pas la prière que je vous ai faite en faveur de Flamand.

M. TURCARET.

Mes ordres sont déjà donnés pour cela : vous serez contente.

(*La baronne entre dans sa chambre.*)

SCÈNE IX.

M. TURCARET, M. RAFLE.

M. TURCARET.

De quoi est-il question, monsieur Rafle ? Pourquoi me venir chercher jusqu'ici ? Ne savez-vous pas bien que quand on vient chez les dames, ce n'est pas pour y entendre parler d'affaires ?

M. RAFLE.

L'importance de celles que j'ai à vous communiquer doit me servir d'excuse.

M. TURCARET.

Qu'est-ce que c'est donc que ces choses d'importance ?

M. RAFLE.

Peut-on parler ici librement ?

M. TURCARET.

Oui, vous le pouvez ; je suis le maître : parlez.

M. RAFLE *tirant des papiers de sa poche et regardant dans un bordereau.*

Premièrement, cet enfant de famille à qui nous prêtâmes l'année passée trois mille livres, et à qui je fis faire un billet de neuf par votre ordre, se voyant sur le point d'être inquiété pour le paiement, a déclaré la chose à son oncle le président, qui, de concert avec toute la famille, travaille actuellement à vous perdre.

M. TURCARET.

Peine perdue que ce travail-là... Laissons-les venir ; je ne prends pas facilement l'épouvante.

M. RAFLE *après avoir regardé de nouveau dans son bordereau.*

Ce caissier que vous avez cautionné, et qui vient de faire banqueroute de deux cent mille écus...

M. TURCARET *l'interrompant.*

C'est par mon ordre qu'il... Je sais où il est.

M. RAFLE.

Mais les procédures se font contre vous. L'affaire est sérieuse et pressante.

M. TURCARET.

On l'accommodera. J'ai pris mes mesures : cela sera réglé demain

M. RAFLE.

J'ai peur que ce ne soit trop tard.

M. TURCARET.

Vous êtes trop timide... Avez-vous passé chez ce jeune homme de la rue Quincampoix, à qui j'ai fait avoir une caisse?

M. RAFLE.

Oui, monsieur. Il veut bien vous prêter vingt mille francs des premiers deniers qu'il touchera, à condition qu'il fera valoir à son profit ce qui pourra lui rester à la compagnie, et que vous prendrez son parti si l'on vient à s'apercevoir de la manœuvre.

M. TURCARET.

Cela est dans les règles ; il n'y a rien de plus juste : voilà un garçon raisonnable. Vous lui direz, monsieur Rafle, que je le protégerai dans toutes ses affaires... Y a-t-il encore quelque chose?

M. RAFLE *après avoir encore regardé dans le bordereau.*

Ce grand homme sec qui vous donna, il y a deux mois, deux mille francs pour une direction que vous lui avez fait avoir à Valogne...

M. TURCARET *l'interrompant.*

Eh bien?

M. RAFLE.

Il lui est arrivé un malheur

M. TURCARET.

Quoi?

M. RAFLE.

On a surpris sa bonne foi ; on lui a volé quinze mille francs... Dans le fond, il est trop bon.

M. TURCARET.

Trop bon ! trop bon ! Eh ! pourquoi diable s'est-il donc mis dans les affaires?..... Trop bon ! trop bon !

M. RAFLE.

Il m'a écrit une lettre fort touchante, par laquelle il vous prie d'avoir pitié de lui.....

M. TURCARET.

Papier perdu, lettre inutile.

M. RAFLE.

Et de faire en sorte qu'il ne soit point révoqué.

M. TURCARET.

Je ferai plutôt en sorte qu'il le soit : l'emploi me reviendra ; je le donnerai à un autre pour le même prix.

M. RAFLE.

C'est ce que j'ai pensé comme vous.

M. TURCARET.

J'agirois contre mes intérêts ; je mériterois d'être cassé à la tête de la compagnie.

M. RAFLE.

Je ne suis pas plus sensible que vous aux plaintes des sots... Je lui ai déjà fait réponse, et lui ai mandé tout net qu'il ne devoit point compter sur vous.

M. TURCARET.

Non, parbleu.

M. RAFLE *regardant pour la dernière fois dans son bordereau.*

Voulez-vous prendre, au denier quatorze, cinq mille francs qu'un honnête serrurier de ma connoissance a amassés par son travail et par ses épargnes?

M. TURCARET.

Oui, oui, cela est bon : je lui ferai ce plaisir-là. Allez me le chercher ; je serai au logis dans un quart d'heure. Qu'il apporte l'espèce. Allez, allez.

M. RAFLE *faisant quelques pas pour sortir et revenant.*

J'oubliois la principale affaire : je ne l'ai pas mise sur mon agenda.

M. TURCARET.

Qu'est-ce que c'est que cette principale affaire?

M. RAFLE.

Une nouvelle qui vous surprendra fort. Madame Turcaret est à Paris.

M. TURCARET *à demi-voix.*

Parlez bas, monsieur Rafle, parlez bas.

M. RAFLE *à demi-voix.*

Je la rencontrai hier dans un fiacre avec une manière de jeune seigneur, dont le visage ne m'est pas tout-à-fait inconnu, et que je viens de trouver dans cette rue-ci en arrivant.

M. TURCARET *à demi-voix.*

Vous ne lui parlâtes point?

M. RAFLE *à demi-voix.*

Non ; mais elle m'a fait prier ce matin de ne vous en rien dire, et de vous faire souvenir seulement qu'il lui est dû quinze mois de la pension de quatre mille livres que vous lui donnez pour la tenir en province : elle ne s'en retournera point qu'elle ne soit payée.

M. TURCARET *à demi-voix.*

Oh ! ventrebleu ! monsieur Rafle, qu'elle le soit. Défaisons-nous promptement de cette créature-là. Vous lui porterez dès aujourd'hui les cinq cents pistoles du serrurier ; mais qu'elle parte dès demain.

M. RAFLE *à demi-voix.*

Oh ! elle ne demandera pas mieux. Je vais chercher le bourgeois et le mener chez vous.

M. TURCARET *à demi-voix.*

Vous m'y trouverez.

(M. Rafle sort.)

SCÈNE X.

M. TURCARET *seul.*

Malepeste ! ce seroit une sotte aventure si madame Turcaret s'avisoit de venir en cette maison : elle me perdroit dans l'esprit de ma baronne, à qui j'ai fait accroire que j'étois veuf.

SCÈNE XI.

LISETTE, M. TURCARET.

LISETTE.

Madame m'a envoyée savoir, monsieur, si vous étiez encore ici en affaire.

M. TURCARET.

Je n'en avois point, mon enfant. Ce sont des bagatelles dont de pauvres diables de commis s'embarrassent la tête, parce qu'ils ne sont pas faits pour les grandes choses.

SCÈNE XII.

M. TURCARET, LISETTE, FRONTIN.

FRONTIN à *M. Turcaret.*

Je suis ravi, monsieur, de vous trouver en conversation avec cette aimable personne. Quelque intérêt que j'y prenne, je me garderai bien de troubler un si doux entretien.

M. TURCARET.

Tu ne seras point de trop. Approche, Frontin, je te regarde comme un homme tout à moi, et je veux que tu m'aides à gagner l'amitié de cette fille-là.

LISETTE.

Cela ne sera pas bien difficile.

FRONTIN à *M. Turcaret.*

Oh ! pour cela non. Je ne sais pas, monsieur, sous quelle heureuse étoile vous êtes né ; mais tout le monde a naturellement un grand foible pour vous.

M. TURCARET.

Cela ne vient point de l'étoile, cela vient des manières.

LISETTE.

Vous les avez si belles, si prévenantes.

M. TURCARET.

Comment le sais-tu ?

LISETTE.

Depuis le temps que je suis ici, je n'entends dire autre chose à madame la baronne.

M. TURCARET.

Tout de bon ?

FRONTIN.

Cette femme-là ne sauroit cacher sa foiblesse : elle vous aime si tendrement !... Demandez, demandez à Lisette.

LISETTE.

Oh ! c'est vous qu'il faut en croire, M. Frontin.

FRONTIN

Non, je ne comprends pas moi-même tout ce que je sais là-dessus ; et ce qui m'étonne davantage, c'est l'excès où cette passion est parvenue, sans pourtant que M. Turcaret se soit donné beaucoup de peine pour chercher à la mériter.

M. TURCARET.

Comment, comment l'entends-tu ?

FRONTIN.

Je vous ai vu vingt fois, monsieur, manquer d'attention pour certaines choses...

M. TURCARET *l'interrompant.*

Oh ! parbleu ! je n'ai rien à me reprocher làdessus.

LISETTE.

Oh ! non : je suis sûre que monsieur n'est pas homme à laisser échapper la moindre occasion de faire plaisir aux personnes qu'il aime. Ce n'est que par là qu'on mérite d'être aimé.

FRONTIN à *M. Turcaret.*

Cependant, monsieur ne le mérite pas autant que je le voudrois.

M. TURCARET.

Explique-toi donc.

FRONTIN.

Oui ; mais ne trouvez-vous point mauvais qu'en serviteur fidèle et sincère je prenne la liberté de vous parler à cœur ouvert ?

M. TURCARET.

Parle.

FRONTIN.

Vous ne répondez pas assez à l'amour que madame la baronne a pour vous.

M. TURCARET.

Je n'y réponds pas ?

FRONTIN.

Non, monsieur.... (*A Lisette.*) Je t'en fais juge, Lisette. Monsieur, avec tout son esprit, fait des fautes d'attention.

M. TURCARET.

Qu'appelles-tu donc des fautes d'attention ?

FRONTIN.

Un certain oubli, certaine négligence...,

M. TURCARET.

Mais encore ?

FRONTIN.

, Mais, par exemple, n'est-ce pas une chose honteuse que vous n'ayez pas encore songé à lui faire présent d'un équipage?

LISETTE *à M. Turcaret.*

Ah! pour cela, monsieur, il a raison. Vos commis en donnent bien à leurs maîtresses.

M. TURCARET.

A quoi bon un équipage? N'a-t-elle pas le mien dont elle dispose quand il lui plaît?

FRONTIN.

Oh! monsieur, avoir un carrosse à soi, ou être obligé d'emprunter ceux de ses amis, cela est bien différent.

LISETTE *à M. Turcaret*

Vous êtes trop dans le monde pour ne le pas connoître. La plupart des femmes sont plus sensibles à la vanité d'avoir un équipage qu'au plaisir même de s'en servir.

M. TURCARET.

Oui, je comprends cela.

FRONTIN.

Cette fille-là, monsieur, est de fort bon sens. Elle ne parle pas mal, au moins.

M. TURCARET.

Je ne te trouve pas si sot, non plus, que je t'ai cru d'abord, toi, Frontin.

FRONTIN.

Depuis que j'ai l'honneur d'être à votre service, je sens, de moment en moment, que l'esprit me vient. Oh! je prévois que je profiterai beaucoup avec vous.

M. TURCARET.

Il ne tiendra qu'à toi.

FRONTIN.

Je vous proteste, monsieur, que je ne manque pas de bonne volonté. Je donnerois donc à madame la baronne un bon grand carrosse, bien étoffé.

M. TURCARET.

Elle en aura un. Vos réflexions sont justes : elles me déterminent.

FRONTIN.

Je savois bien que ce n'étoit qu'une faute d'attention.

M. TURCARET.

Sans doute; et, pour marque de cela, je vais de ce pas commander un carrosse.

FRONTIN.

Fi donc! monsieur, il ne faut pas que vous paroissiez là-dedans, vous; il ne seroit pas honnête que l'on sût dans le monde que vous donnez un carrosse à madame la baronne. Servez-vous d'un tiers, d'une main étrangère, mais fidèle. Je connois deux ou trois selliers qui ne savent point en-

core que je suis à vous; si vous voulez, je me chargerai du soin....

M. TURCARET *l'interrompant.*

Volontiers. Tu me parois assez entendu; je m'en rapporte à toi.... (*Lui donnant sa bourse.*) Voilà soixante pistoles que j'ai de reste dans ma bourse, tu les donneras à compte.

FRONTIN *prenant la bourse.*

Je n'y manquerai pas, monsieur. A l'égard des chevaux, j'ai un maître maquignon, qui est mon neveu à la mode de Bretagne; il vous en fournira de fort beaux.

M. TURCARET.

Qu'il me vendra bien cher, n'est-ce pas?

FRONTIN.

Non, monsieur; il vous les vendra en conscience.

M. TURCARET.

La conscience d'un maquignon!

FRONTIN.

Oh! je vous en réponds comme de la mienne.

M. TURCARET.

Sur ce pied-là, je me servirai de lui.

FRONTIN.

Autre faute d'attention...

M. TURCARET *l'interrompant.*

Oh! va te promener avec tes fautes d'attention... Ce coquin-là me ruineroit à la fin... Tu diras, de ma part, à madame la baronne, qu'une affaire, qui sera bientôt terminée, m'appelle au logis.

(*Il sort.*)

SCÈNE XIII.

FRONTIN, LISETTE.

FRONTIN.

Cela ne commence pas mal.

LISETTE.

Non, pour madame la baronne; mais pour nous?

FRONTIN.

Voilà toujours soixante pistoles que nous pouvons garder. Je les gagnerai bien sur l'équipage; serre-les : ce sont les premiers fondements de notre communauté.

LISETTE.

Oui; mais il faut promptement bâtir sur ces fondements-là; car je fais des réflexions morales, je t'en avertis.

FRONTIN.

Peut-on les savoir?

LISETTE.

Je m'ennuie d'être soubrette.

FRONTIN.

Comment, diable! tu deviens ambitieuse?

LISETTE.

Oui, mon enfant. Il faut que l'air qu'on respire dans une maison fréquentée par un financier soit contraire à la modestie; car, depuis le peu de temps que j'y suis, il me vient des idées de grandeur que je n'ai jamais eues. Hâte-toi d'amasser du bien, autrement, quelque engagement que nous ayons ensemble, le premier riche faquin qui viendra pour m'épouser...

FRONTIN.

Mais donne-moi donc le temps de m'enrichir.

LISETTE.

Je te donne trois ans; c'est assez pour un homme d'esprit.

FRONTIN.

Je ne te demande pas davantage... C'est assez, ma princesse. Je vais ne rien épargner pour vous mériter; et, si je manque d'y réussir, ce ne sera pas faute d'attention.

SCÈNE XIV.

LISETTE *seule.*

Je ne saurois m'empêcher d'aimer ce Frontin : c'est mon chevalier, à moi; et, au train que je lui vois prendre, j'ai un secret pressentiment qu'avec ce garçon-là je deviendrai quelque jour femme de qualité.

ACTE QUATRIÈME.

SCÈNE PREMIÈRE.

LE CHEVALIER, FRONTIN.

LE CHEVALIER.

Que fais-tu ici? Ne m'avois-tu pas dit que tu retournerois chez ton agent de change? Est-ce que tu ne l'aurois pas encore trouvé au logis?

FRONTIN.

Pardonnez-moi, monsieur ; mais il n'étoit pas en fonds : il n'avoit pas chez lui toute la somme. Il m'a dit de retourner ce soir. Je vais vous rendre le billet, si vous voulez.

LE CHEVALIER.

Eh! garde-le; que veux-tu que j'en fasse?... La baronne est là-dedans? Que fait-elle?

FRONTIN.

Elle s'entretient avec Lisette d'un carrosse que je vais ordonner pour elle, et d'une certaine maison de campagne qui lui plaît, et qu'elle veut louer, en attendant que je lui en fasse faire l'acquisition.

LE CHEVALIER.

Un carrosse, une maison de campagne? Quelle folie!

FRONTIN.

Oui; mais tout cela se doit faire aux dépens de M. Turcaret. Quelle sagesse!

LE CHEVALIER.

Cela change la thèse.

FRONTIN.

Il n'y a qu'une chose qui l'embarrassoit.

LE CHEVALIER.

Eh! quoi?

FRONTIN.

Une petite bagatelle.

LE CHEVALIER.

Dis-moi donc ce que c'est?

FRONTIN.

Il faut meubler cette maison de campagne. Elle ne savoit comment engager à cela M. Turcaret; mais le génie supérieur qu'elle a placé auprès de lui s'est chargé de ce soin-là.

LE CHEVALIER.

De quelle manière t'y prendras-tu ?

FRONTIN.

Je vais chercher un vieux coquin de ma connoissance, qui nous aidera à tirer dix mille francs dont nous avons besoin pour nous meubler.

LE CHEVALIER.

As-tu bien fait attention à ton stratagème?

FRONTIN

Oh! que oui, monsieur; c'est mon fort que l'attention. J'ai tout cela dans ma tête; ne vous mettez pas en peine. Un petit acte supposé... un faux exploit...

LE CHEVALIER *l'interrompant.*

Mais, prends-y garde, Frontin ; M. Turcaret sait les affaires.

FRONTIN.

Mon vieux coquin les sait encore mieux que lui. C'est le plus habile, le plus intelligent écrivain !...

LE CHEVALIER.

C'est une autre chose.

FRONTIN.

Il a presque toujours eu son logement dans le maisons du roi, à cause de ses écritures.

LE CHEVALIER.

Je n'ai plus rien à te dire.

FRONTIN.

Je sais où le trouver, à coup sûr ; et nos machines seront bientôt prêtes... Adieu ; voilà M. le marquis qui vous cherche.   (*Il sort.*)

SCÈNE II.

LE MARQUIS, LE CHEVALIER.

LE MARQUIS.

Ah ! palsembleu ! chevalier, tu deviens bien rare. On ne te trouve nulle part. Il y a vingt-quatre heures que je te cherche, pour te consulter sur une affaire de cœur.

LE CHEVALIER.

Eh ! depuis quand te mêles-tu de ces sortes d'affaires, toi ?

LE MARQUIS.

Depuis trois ou quatre jours.

LE CHEVALIER.

Et tu m'en fais aujourd'hui la première confidence ? Tu deviens bien discret.

LE MARQUIS.

Je me donne au diable si j'y ai songé. Une affaire de cœur ne me tient au cœur que très-foiblement, comme tu sais. C'est une conquête que j'ai faite par hasard, que je conserve par amusement, et dont je me déferai par caprice, ou par raison, peut-être.

LE CHEVALIER.

Voilà un bel attachement !

LE MARQUIS.

Il ne faut pas que les plaisirs de la vie nous occupent trop sérieusement. Je ne m'embarrasse de rien, moi.... Elle m'avoit donné son portrait ; je l'ai perdu. Un autre s'en pendroit : (*faisant le geste de montrer quelque chose qui n'a nulle valeur*) je m'en soucie comme de cela.

LE CHEVALIER.

Avec de pareils sentiments tu dois te faire ado-

rer.... Mais, dis-moi un peu, qu'est-ce que cette femme-là ?

LE MARQUIS.

C'est une femme de qualité, une comtesse de province ; car elle me l'a dit.

LE CHEVALIER.

Eh ! quel temps as-tu pris pour faire cette conquête-là ? Tu dors tout le jour et bois toute la nuit ordinairement.

LE MARQUIS.

Oh ! non pas, non pas, s'il vous plaît ; dans ce temps-ci il y a des heures de bal : c'est là qu'on trouve de bonnes occasions.

LE CHEVALIER.

C'est-à-dire que c'est une connoissance de bal ?

LE MARQUIS.

Justement. J'y allai l'autre jour, un peu chaud de vin : j'étois en pointe ; j'agaçois les jolis masques. J'aperçois une taille, un air de gorge, une tournure de hanches.... J'aborde, je prie, je presse, j'obtiens qu'on se démasque ; je vois une personne....

LE CHEVALIER *l'interrompant.*

Jeune, sans doute ?

LE MARQUIS.

Non, assez vieille.

LE CHEVALIER.

Mais belle encore, et des plus agréables ?

LE MARQUIS.

Pas trop belle.

LE CHEVALIER.

L'amour, à ce que je vois, ne t'aveugle pas.

LE MARQUIS.

Je rends justice à l'objet aimé.

LE CHEVALIER.

Elle a donc de l'esprit ?

LE MARQUIS.

Oh ! pour de l'esprit, c'est un prodige ! Quel flux de pensées ! quelle imagination ! Elle me dit cent extravagances qui me charmèrent.

LE CHEVALIER.

Quel fut le résultat de la conversation ?

LE MARQUIS

Le résultat ? je la ramenai chez elle avec sa compagnie : je lui offris mes services ; et la vieille folle les accepta.

LE CHEVALIER.

Tu l'as revue depuis ?

LE MARQUIS.

Le lendemain au soir, dès que je fus levé, je me rendis à son hôtel.

LE CHEVALIER.

Hôtel garni, apparemment ?

LE MARQUIS.

Oui, hôtel garni.

LE CHEVALIER.

Eh bien?

LE MARQUIS.

Eh bien! autre vivacité de conversation; nouvelles folies, tendres protestations de ma part, vives reparties de la sienne. Elle me donna ce maudit portrait que j'ai perdu avant-hier; je ne l'ai pas revue depuis. Elle m'a écrit; je lui ai fait réponse : elle m'attend aujourd'hui; mais je ne sais ce que je dois faire. Irai-je, ou n'irai-je pas? Que me conseilles-tu? C'est pour cela que je te cherche.

LE CHEVALIER.

Si tu n'y vas pas, cela sera malhonnête.

LE MARQUIS.

Oui; mais si j'y vais aussi, cela paroîtra bien empressé. La conjoncture est délicate. Marquer tant d'empressement, c'est courir après une femme; cela est bien bourgeois! qu'en dis-tu?

LE CHEVALIER.

Pour te donner conseil là-dessus, il faudroit connoître cette personne-là.

LE MARQUIS.

Il faut te la faire connoître. Je veux te donner ce soir à souper chez elle avec ta baronne.

LE CHEVALIER.

Cela ne se peut pas pour ce soir; car je donne à souper ici.

LE MARQUIS.

A souper ici? je t'amène ma conquête.

LE CHEVALIER.

Mais la baronne...

LE MARQUIS *l'interrompant.*

Oh! la baronne s'accommodera fort de cette femme-là; il est bon même qu'elles fassent connoissance : nous ferons quelquefois de petites parties carrées.

LE CHEVALIER.

Mais ta comtesse ne fera-t-elle pas difficulté de venir avec toi, tête à tête, dans une maison?

LE MARQUIS *l'interrompant.*

Des difficultés, oh! ma comtesse n'est point difficultueuse; c'est une personne qui sait vivre, une femme revenue des préjugés de l'éducation.

LE CHEVALIER.

Eh bien! amène-la, tu nous feras plaisir.

LE MARQUIS.

Tu en seras charmé, toi. Les jolies manières! Tu verras une femme vive, pétulante, distraite, étourdie, dissipée, et toujours barbouillée de tabac. On ne la prendroit pas pour une femme de province.

LE CHEVALIER.

Tu en fais un beau portrait! Nous verrons si tu n'es pas un peintre flatteur.

LE MARQUIS.

Je vais la chercher. Sans adieu, chevalier.

LE CHEVALIER.

Serviteur, marquis.

(*Le marquis sort.*)

SCÈNE III.

LE CHEVALIER *seul.*

Cette charmante conquête du marquis est apparemment une comtesse comme celle que j'ai sacrifiée à la baronne.

SCÈNE IV.

LA BARONNE, LE CHEVALIER.

LA BARONNE.

Que faites-vous donc là seul, chevalier? Je croyois que le marquis étoit avec vous.

LE CHEVALIER *riant.*

Il sort dans le moment, madame!.... Ah! ah! ah!

LA BARONNE.

De quoi riez-vous donc?

LE CHEVALIER.

Ce fou de marquis est amoureux d'une femme de province, d'une comtesse qui loge en chambre garnie. Il est allé la prendre chez elle pour l'amener ici. Nous en aurons le divertissement.

LA BARONNE.

Mais, dites-moi, chevalier, les avez-vous priés à souper?

LE CHEVALIER.

Oui, madame : augmentation de convives, surcroît de plaisir. Il faut amuser M. Turcaret, le dissiper.

LA BARONNE.

La présence du marquis le divertira mal. Vous ne savez pas qu'ils se connoissent. Ils ne s'aiment point. Il s'est passé tantôt entre eux une scène ici....

LE CHEVALIER *l'interrompant.*

Le plaisir de la table raccommode tout. Ils ne sont peut-être pas si mal ensemble qu'il soit impossible de les réconcilier. Je me charge de cela : reposez-vous sur moi. M. Turcaret est un bon sot.

LA BARONNE *voyant entrer M. Turcaret.*

Taisez-vous; je crois que le voici... Je crains qu'il ne vous ait entendu.

SCÈNE V.

**M. TURCARET, LA BARONNE,
LE CHEVALIER.**

LE CHEVALIER *à M. Turcaret,
en l'embrassant.*

M. Turcaret veut bien permettre qu'on l'embrasse, et qu'on lui témoigne la vivacité du plaisir qu'on aura tantôt de se trouver avec lui le verre à la main?

M. TURCARET *avec embarras.*

Le plaisir de cette vivacité-là...., monsieur, sera.... bien réciproque. L'honneur que je reçois d'une part, joint à... la satisfaction que... l'on trouve de l'autre... (*montrant la baronne*) avec madame, fait en vérité que... je vous assure... que... je suis fort aise de cette partie-là.

LA BARONNE.

Vous allez, monsieur, vous engager dans des compliments qui embarrasseront aussi M. le chevalier ; vous ne finirez ni l'un ni l'autre.

LE CHEVALIER *à M. Turcaret.*

Ma cousine a raison ; supprimons la cérémonie, et ne songeons qu'à nous réjouir. Vous aimez la musique?

M. TURCARET.

Si je l'aime? malepeste! Je suis abonné à l'Opéra.

LE CHEVALIER.

C'est la passion dominante des gens du beau monde.

M. TURCARET.

C'est la mienne.

LE CHEVALIER.

La musique remue les passions.

M. TURCARET.

Terriblement! Une belle voix soutenue d'une trompette, cela jette dans une douce rêverie.

LA BARONNE.

Que vous avez le goût bon !

LE CHEVALIER *à M. Turcaret.*

Oui, vraiment... Que je suis un grand sot de n'avoir pas songé à cet instrument-là !... (*Voulant sortir.*) Oh! parbleu! puisque vous êtes dans le goût des trompettes, je vais moi-même donner ordre...

M. TURCARET *l'arrêtant.*

Je ne souffrirai point cela, monsieur le chevalier. Je ne prétends point que pour une trompette...

LA BARONNE *bas à M. Turcaret.*

Laissez-le aller, monsieur.

(*Le chevalier sort.*)

SCÈNE VI

M. TURCARET, LA BARONNE.

LA BARONNE.

Et quand nous pouvons être seuls quelques moments ensemble, épargnons-nous, autant qu'il nous sera possible, la présence des importuns.

M. TURCARET.

Vous m'aimez plus que je ne mérite, madame.

LA BARONNE.

Qui ne vous aimeroit pas? Mon cousin le chevalier lui-même a toujours eu un attachement pour vous...

M. TURCARET *l'interrompant.*

Je lui suis bien obligé.

LA BARONNE.

Une attention pour tout ce qui peut vous plaire...

M. TURCARET *l'interrompant.*

Il me paroît fort bon garçon.

SCÈNE VII.

LA BARONNE, M. TURCARET, LISETTE.

LA BARONNE *à Lisette.*

Qu'y a-t-il, Lisette?

LISETTE.

Un homme vêtu de gris-noir, avec un rabat sale et une vieille perruque.... (*Bas.*) Ce sont les meubles de la maison de campagne.

LA BARONNE.

Qu'on fasse entrer.

SCÈNE VIII

**M. TURCARET, LA BARONNE, FRONTIN,
LISETTE, M. FURET.**

M. FURET *à la baronne et à Lisette.*

Qui de vous deux, mesdames, est la maîtresse de céans?

LA BARONNE.

C'est moi. Que voulez-vous?

M. FURET.

Je ne répondrai point qu'au préalable je ne me sois donné l'honneur de vous saluer, vous, madame, et toute l'honorable compagnie, avec tout le respect dû et requis.

M. TURCARET *à part.*

Voilà un plaisant original !

LISETTE *à M. Furet.*

Sans tant de façons, monsieur, dites-nous au préalable qui vous êtes.

M. FURET.

Je suis huissier à verge, à votre service; et je me nomme M. Furet.

LA BARONNE.

Chez moi un huissier!

FRONTIN.

Cela est bien insolent.

M. TURCARET *à la baronne.*

Voulez-vous, madame, que je jette ce drôle-là par les fenêtres? Ce n'est pas le premier coquin que...

M. FURET *l'interrompant.*

Tout beau, monsieur! D'honnêtes huissiers comme moi ne sont point exposés à de pareilles aventures. J'exerce mon petit ministère d'une façon si obligeante, que toutes les personnes de qualité se font un plaisir de recevoir un exploit de ma main. (*Tirant un papier de sa poche.*) En voici un que j'aurai, s'il vous plaît, l'honneur (avec votre permission, monsieur), que j'aurai l'honneur de présenter respectueusement à madame... sous votre bon plaisir, monsieur.

LA BARONNE.

Un exploit à moi?... (*A Lisette.*) Voyez ce que c'est, Lisette !

LISETTE.

Moi, madame, je n'y connois rien : je ne sais lire que des billets doux..... (*A Frontin.*) Regarde, toi, Frontin.

FRONTIN.

Je n'entends pas encore les affaires.

M. FURET *à la baronne.*

C'est pour une obligation que défunt M. le baron de Porcandorf, votre époux...

LA BARONNE *l'interrompant.*

Feu mon époux, monsieur? Cela ne me regarde point; j'ai renoncé à la communauté.

M. TURCARET.

Sur ce pied-là, on n'a rien à vous demander.

M. FURET.

Pardonnez-moi, monsieur, l'acte étant signé par madame.

M. TURCARET *l'interrompant.*

L'acte est donc solidaire?

M. FURET.

Oui, monsieur, très-solidaire, et même avec déclaration d'emploi... Je vais vous en lire les termes; ils sont énoncés dans l'exploit.

M. TURCARET.

Voyons si l'acte est en bonne forme.

M. FURET *après avoir mis des lunettes, lisant son exploit.*

« Par devant, etc., furent présents, en leurs

»personnes, haut et puissant seigneur George-»Guillaume de Porcandorf, et dame Agnès-Ilde-»gonde de La Dolinvillière, son épouse, de lui » dûment autorisée à l'effet des présentes, lesquels »ont reconnu devoir à Éloi-Jérôme Poussif, mar-»chand de chevaux, la somme de dix mille li-»vres... »

LA BARONNE *l'interrompant.*

Dix mille livres!

LISETTE.

La maudite obligation !

M. FURET *continuant à lire son exploit.*

« Pour un équipage fourni par ledit Poussif, »consistant en douze mulets, quinze chevaux nor-»mands sous poil roux, et trois bardeaux d'Au-» vergne, ayant tous crins, queues et oreilles, et »garnis de leurs bâts, selles, brides et licols... »

LISETTE *l'interrompant.*

Brides et licols! Est-ce à une femme à payer ces sortes de nippes-là?

M. TURCARET.

Ne l'interrompons point... (*A M. Furet.*) Achevez, mon ami.

M. FURET *achevant de lire son exploit.*

« Au paiement desquelles dix mille livres les-»dits débiteurs ont obligé, affecté et hypothéqué »généralement tous leurs biens présents et à ve-»nir, sans division ni discussion, renonçant aux-»dits droits; et pour l'exécution des présentes, »ont élu domicile chez Innocent-Blaise Le Juste, »ancien procureur au Châtelet, demeurant rue »du Bout-du-Monde. Fait et passé, etc. »

FRONTIN *à M. Turcaret.*

L'acte est-il en bonne forme, monsieur?

M. TURCARET.

Je n'y trouve rien à redire que la somme.

M. FURET.

Que la somme, monsieur? Oh! il n'y a rien à redire à la somme; elle est fort bien énoncée.

M. TURCARET *à la baronne.*

Cela est chagrinant.

LA BARONNE.

Comment! chagrinant? Est-ce qu'il faudra qu'il m'en coûte sérieusement dix mille livres pour avoir signé?

LISETTE.

Voilà ce que c'est que d'avoir trop de complaisance pour un mari! Les femmes ne se corrigeront-elles jamais de ce défaut-là ?

LA BARONNE.

Quelle injustice!... (*A M. Turcaret.*) N'y a-t-il pas moyen de revenir contre cet acte-là, monsieur Turcaret?

M. TURCARET.

Je n'y vois point d'apparence. Si dans l'acte vous n'aviez pas expressément renoncé aux droits

M. Tiret après avoir mis des lunettes, lit. Par devant, &c...

de division et de discussion, nous pourrions chicaner ledit Poussif.

LA BARONNE.

Il faut donc se résoudre à payer, puisque vous m'y condamnez, monsieur. Je n'appelle pas de vos décisions.

FRONTIN *bas à M. Turcaret.*

Quelle déférence on a pour vos sentiments !

LA BARONNE *bas à M. Turcaret.*

Cela m'incommodera un peu ; cela dérangera la destination que j'avois faite de certain billet au porteur que vous savez.

LISETTE.

Il n'importe, payons, madame : ne soutenons pas un procès contre l'avis de M. Turcaret.

LA BARONNE.

Le ciel m'en préserve ! Je vendrois plutôt mes bijoux, mes meubles.

FRONTIN *bas à M. Turcaret.*

Vendre ses meubles, ses bijoux, et pour l'équipage d'un mari, encore ! La pauvre femme !

M. TURCARET *à la baronne.*

Non, madame, vous ne vendrez rien. Je me charge de cette dette-là ; j'en fais mon affaire.

LA BARONNE.

Vous vous moquez. Je me servirai de ce billet, vous dis-je.

M. TURCARET.

Il faut le garder pour un autre usage.

LA BARONNE.

Non, monsieur, non ; la noblesse de votre procédé m'embarrasse plus que l'affaire même.

M. TURCARET.

N'en parlons plus, madame ; je vais, tout de ce pas, y mettre ordre.

FRONTIN.

La belle âme !... (*A M. Furet.*) Suis-nous, sergent : on va te payer.

LA BARONNE *à M. Turcaret.*

Ne tardez pas, au moins. Songez que l'on vous attend.

M. TURCARET.

J'aurai promptement terminé cela ; et puis je reviendrai des affaires aux plaisirs.

(*Il sort avec M. Furet et Frontin.*)

SCÈNE IX.

LA BARONNE, LISETTE.

LISETTE *à part.*

Et nous vous renverrons des plaisirs aux affaires, sur ma parole ! Les habiles fripons que messieurs Furet et Frontin ! et la bonne dupe que M. Turcaret !

LA BARONNE.

Il me paroît qu'il l'est trop, Lisette.

LISETTE.

Effectivement, on n'a point assez de mérite à le faire donner dans le panneau.

LA BARONNE.

Sais-tu bien que je commence à le plaindre ?

LISETTE.

Mort de ma vie ! point de pitié indiscrète ! Ne plaignons point un homme qui ne plaint personne.

LA BARONNE.

Je sens naître, malgré moi, des scrupules.

LISETTE.

Il faut les étouffer.

LA BARONNE.

J'ai peine à les vaincre.

LISETTE.

Il n'est pas encore temps d'en avoir ; et il vaut mieux sentir quelque jour des remords pour avoir ruiné un homme d'affaires que le regret d'en avoir manqué l'occasion.

SCÈNE X.

LA BARONNE, LISETTE, JASMIN.

JASMIN *à la baronne.*

C'est de la part de madame Dorimène.

LA BARONNE.

Faites entrer.

(*Frontin sort.*)

SCÈNE XI.

LA BARONNE, LISETTE.

LA BARONNE.

Elle m'envoie peut-être proposer une partie de plaisir ; mais...

SCÈNE XII.

LA BARONNE, LISETTE, Mme JACOB.

Mme JACOB *à la baronne.*

Je vous demande pardon, madame, de la liberté que je prends. Je revends à la toilette, et je me nomme madame Jacob. J'ai l'honneur de vendre quelquefois des dentelles et toutes sortes de pommades à madame Dorimène. Je viens de l'avertir que j'aurai tantôt un bon hasard ; mais elle n’est point en argent, et elle m’a dit que vous pourriez vous en accommoder.

LA BARONNE.

Qu’est-ce que c’est?

Mme JACOB.

Une garniture de quinze cents livres, que veut revendre une fermière des regrats. Elle ne l’a mise que deux fois. La dame en est dégoûtée : elle la trouve trop commune ; elle veut s’en défaire.

LA BARONNE.

Je ne serois pas fâchée de voir cette coiffure.

Mme JACOB.

Je vous l’apporterai dès que je l’aurai, madame ; je vous en ferai avoir bon marché.

LISETTE.

Vous n’y perdrez pas, madame est généreuse.

Mme JACOB.

Ce n’est pas l’intérêt qui me gouverne ; et j’ai, Dieu merci, d’autres talents que de revendre à la toilette.

LA BARONNE.

J’en suis persuadée.

LISETTE *à madame Jacob.*

Vous en avez bien la mine.

Mme JACOB.

Eh! vraiment, si je n’avois pas d’autres ressources, comment pourrois-je élever mes enfants aussi honnêtement que je le fais ! J’ai un mari, à la vérité, mais il ne sert qu’à faire grossir ma famille, sans m’aider à l’entretenir.

LISETTE.

Il y a bien des maris qui font tout le contraire.

LA BARONNE.

Eh! que faites-vous donc, madame Jacob, pour fournir ainsi toute seule aux dépenses de votre famille?

Mme JACOB.

Je fais des mariages, ma bonne dame. Il est vrai que ce sont des mariages légitimes : ils ne produisent pas tant que les autres ; mais, voyez-vous, je ne veux rien avoir à me reprocher.

LISETTE.

C’est fort bien fait.

Mme JACOB.

J’ai marié, depuis quatre mois, un jeune mousquetaire avec la veuve d’un auditeur des comptes. La belle union ! ils tiennent tous les jours table ouverte ; ils mangent la succession de l’auditeur le plus agréablement du monde.

LISETTE.

Ces deux personnes-là sont bien assorties.

Mme JACOB.

Oh! tous mes mariages sont heureux... (*A la baronne.*) Et si madame étoit dans le goût de se marier, j’ai en main le plus excellent sujet.

LA BARONNE.

Pour moi, madame Jacob?

Mme JACOB.

C’est un gentilhomme limousin. La bonne pâte de mari! il se laissera mener par une femme comme un Parisien.

LISETTE *à la baronne.*

Voilà encore un bon hasard, madame.

LA BARONNE.

Je ne me sens point en disposition d’en profiter ; je ne veux pas sitôt me marier ; je ne suis point encore dégoûtée du monde.

LISETTE *à madame Jacob.*

Oh bien! je le suis, moi, madame Jacob. Mettez-moi sur vos tablettes.

Mme JACOB.

J’ai votre affaire. C’est un gros commis qui a déjà quelque bien, mais peu de protection. Il cherche une jolie femme pour s’en faire.

LISETTE.

Le bon parti! voilà mon fait.

LA BARONNE *à madame Jacob.*

Vous devez être riche, madame Jacob?

Mme Jacob.

Hélas! hélas! je devrois faire dans Paris une autre figure.... je devrois rouler carrosse, ma chère dame, ayant un frère comme j’en ai un dans les affaires.

LA BARONNE.

Vous avez un frère dans les affaires?

Mme JACOB.

Et dans les grandes affaires encore! Je suis sœur de M. Turcaret, puisqu’il faut vous le dire... Il n’est pas que vous n’en ayez ouï parler?

LA BARONNE *avec étonnement.*

Vous êtes sœur de M. Turcaret?

Mme JACOB.

Oui, madame, je suis sa sœur de père et de mère même.

LISETTE *étonnée aussi.*

M. Turcaret est votre frère, madame Jacob?

Mme JACOB.

Oui, mon frère, mademoiselle, mon propre frère, et je n’en suis pas plus grande dame pour cela.... Je vous vois toutes deux bien étonnées ; c’est sans doute à cause qu’il me laisse prendre toute la peine que je me donne?

LISETTE.

Eh! oui ; c’est ce qui fait le sujet de notre étonnement.

Mme JACOB.

Il fait bien pis, le dénaturé qu’il est! il m’a défendu l’entrée de sa maison, et il n’a pas le cœur d’employer mon époux.

LA BARONNE.

Cela crie vengeance.

LISETTE *à madame Jacob.*

Ah ! le mauvais frère !

Mme JACOB.

Aussi mauvais frère que mauvais mari. N'a-t-il pas chassé sa femme de chez lui !

LA BARONNE.

Ils faisoient donc mauvais ménage ?

Mme JACOB.

Ils le font encore, madame : ils n'ont ensemble aucun commerce; et ma belle-sœur est en province.

LA BARONNE.

Quoi ! M. Turcaret n'est pas veuf?

Mme JACOB.

Bon ! il y a dix ans qu'il est séparé de sa femme, à qui il fait tenir une pension à Valogne, afin de l'empêcher de venir à Paris.

LA BARONNE *bas à Lisette.*

Lisette !

LISETTE *bas.*

Par ma foi, madame, voilà un méchant homme !

Mme JACOB.

Oh ! le ciel le punira tôt ou tard ; cela ne lui peut manquer. J'ai déjà ouï dire dans une maison qu'il y avoit du dérangement dans ses affaires.

LA BARONNE.

Du dérangement dans ses affaires?

Mme JACOB.

Eh ! le moyen qu'il n'y en ait pas : c'est un vieux fou, qui a toujours aimé toutes les femmes, hors la sienne. Il jette tout par les fenêtres, dès qu'il est amoureux; c'est un panier percé.

LISETTE *bas à la baronne.*

A qui le dit-elle, qui le sait mieux que nous?

Mme JACOB *à la baronne.*

Je ne sais à quoi il est attaché présentement; mais il a toujours quelques demoiselles qui le plument, qui l'attrapent, et il s'imagine les attraper, lui, parce qu'il leur promet de les épouser. N'est-ce pas là un grand sot? qu'en dites-vous, madame?

LA BARONNE *déconcertée.*

Oui; cela n'est pas tout-à-fait.....

Mme JACOB *l'interrompant.*

Oh ! que j'en suis aise! Il le mérite bien, le malheureux ! il le mérite bien. Si je connoissois sa maîtresse, j'irois lui conseiller de le piller, de le manger, de le ronger, de l'abîmer. (*A Lisette.*) N'en feriez-vous pas autant, mademoiselle?

LISETTE.

Je n'y manquerois pas, madame Jacob.

Mme JACOB *à la baronne.*

Je vous demande pardon de vous étourdir ainsi de mes chagrins; mais quand il m'arrive d'y faire réflexion, je me sens si pénétrée, que je ne puis me taire... Adieu, madame ; sitôt que j'aurai la garniture, je ne manquerai pas de vous l'apporter

LA BARONNE.

Cela ne presse pas, madame, cela ne presse pas.   (*Madame Jacob sort.*)

SCÈNE XIII.

LA BARONNE, LISETTE.

LA BARONNE.

Eh bien ! Lisette?

LISETTE.

Eh bien ! madame?

LA BARONNE.

Aurois-tu deviné que M. Turcaret eût une sœur revendeuse à la toilette?

LISETTE.

Auriez-vous cru, vous, qu'il eût une vraie femme en province?

LA BARONNE.

Le traître ! il m'avait assuré qu'il étoit veuf, et je le croyois de bonne foi.

LISETTE.

Ah ! le vieux fourbe !.... (*Voyant rêver la baronne.*) Mais, qu'est-ce donc que cela?..... Qu'avez-vous?... Je vous vois toute chagrine. Merci de ma vie ! vous prenez la chose aussi sérieusement que si vous étiez amoureuse de M. Turcaret.

LA BARONNE.

Quoique je ne l'aime pas, puis-je perdre sans chagrin l'espérance de l'épouser? Le scélérat ! il a une femme ; il faut que je rompe avec lui.

LISETTE.

Oui; mais l'intérêt de votre fortune veut que vous le ruiniez auparavant. Allons, madame, pendant que nous le tenons, brusquons son coffre-fort, saisissons ses billets; mettons M. Turcaret à feu et à sang ; rendons-le enfin si misérable, qu'il puisse un jour faire pitié, même à sa femme, et redevenir frère de madame Jacob.

ACTE CINQUIÈME.

SCÈNE PREMIÈRE.

LISETTE *seule*.

La bonne maison que celle-ci pour Frontin et pour moi! Nous avons déjà soixante pistoles, et il nous en reviendra peut-être autant de l'acte solidaire. Courage! si nous gagnons souvent de ces petites sommes-là, nous en aurons à la fin une raisonnable.

SCÈNE II

LA BARONNE, LISETTE.

LA BARONNE.
Il me semble que M. Turcaret devroit bien être de retour, Lisette.

LISETTE.
Il faut qu'il lui soit survenu quelque nouvelle affaire... (*Voyant entrer Flamand, sans le reconnoître d'abord, parce qu'il n'est plus en livrée.*) Mais, que veut ce monsieur?

SCÈNE III.

LA BARONNE, LISETTE, FLAMAND.

LA BARONNE *à Lisette*.
Pourquoi laisse-t-on entrer sans avertir?

FLAMAND.
Il n'y a pas de mal à cela, madame; c'est moi.

LISETTE *à la baronne, en reconnoissant Flamand*.
Eh! c'est Flamand, madame; Flamand sans livrée! Flamand, l'épée au côté! quelle métamorphose!

FLAMAND.
Doucement, mademoiselle, doucement! on ne doit pas, s'il vous plaît, m'appeler Flamand tout court. Je ne suis plus laquais de M. Turcaret, non, il vient de me faire donner un bon emploi,

oui. Je suis présentement dans les affaires, dà! et, par ainsi, il faut m'appeler monsieur Flamand; entendez-vous?

LISETTE.
Vous avez raison, monsieur Flamand; puisque vous êtes devenu commis, on ne doit plus vous traiter comme un laquais.

FLAMAND *montrant la baronne*.
C'est à madame que j'en ai l'obligation; et je viens ici tout exprès pour la remercier. C'est une bonne dame qui a bien de la bonté pour moi de m'avoir fait bailler une bonne commission, qui me vaudra cent bons écus par chacun an, et qui est dans un bon pays encore; car c'est à Falaise, qui est une si bonne ville, et où il y a, dit-on, de si bonnes gens.

LISETTE.
Il y a du bon dans tout cela, monsieur Flamand.

FLAMAND.
Je suis capitaine-concierge de la porte de Guibrai. J'aurai les clefs, et pourrai faire entrer et sortir tout ce qu'il me plaira. L'on m'a dit que c'étoit un bon droit que celui-là.

LISETTE.
Peste!

FLAMAND.
Oh! ce qu'il y a de meilleur, c'est que cet emploi-là porte bonheur à ceux qui l'ont; car ils s'y enrichissent tretous. M. Turcaret a, dit-on, commencé par là.

LA BARONNE.
Cela est bien glorieux pour vous, monsieur Flamand, de marcher ainsi sur les pas de votre maître!

LISETTE *à Flamand*.
Et nous vous exhortons, pour votre bien, à être honnête comme lui.

FLAMAND *à la baronne*.
Je vous enverrai, madame, de petits présents, de fois à autres.

LA BARONNE.
Non, mon pauvre Flamand, je ne te demande rien.

FLAMAND.
Oh! que si fait. Je sais bien comme les comnuis

en usent avec les demoiselles qui les placent.....
Mais tout ce que je crains, c'est d'être révoqué;
car, dans les commissions, on est grandement
sujet à ça, voyez-vous!

LISETTE.

Cela est désagréable.

FLAMAND *à la baronne.*

Par exemple, le commis que l'on révoque aujourd'hui, pour me mettre à sa place, a eu cet
emploi-là par le moyen d'une certaine dame que
M. Turcaret a aimée et qu'il n'aime plus. Prenez
bien garde, madame, de me faire révoquer aussi.

LA BARONNE.

J'y donnerai toute mon attention, monsieur
Flamand.

FLAMAND.

Je vous prie de plaire toujours à M. Turcaret,
madame.

LA BARONNE.

J'y ferai tout mon possible, puisque vous y
êtes intéressé.

FLAMAND *s'approchant de la baronne.*

Mettez toujours de ce beau rouge, pour lui
donner dans la vue...

LISETTE *le repoussant.*

Allez, monsieur le capitaine-concierge; allez à
votre porte de Guibrai. Nous savons ce que nous
avons à faire... Oui; nous n'avons pas besoin de
vos conseils... Non; vous ne serez jamais qu'un
sot. C'est moi qui vous le dis, dà! entendez-vous?

(*Flamand sort.*)

SCÈNE IV.

LA BARONNE, LISETTE.

LA BARONNE.

Voilà le garçon le plus ingénu...

LISETTE *l'interrompant.*

Il y a pourtant long-temps qu'il est laquais; il
devroit bien être déniaisé.

SCÈNE V.

LA BARONNE, LISETTE, JASMIN.

JASMIN *à la baronne.*

C'est M. le marquis avec une grosse et grande
madame.　　　　　　　(*Il sort.*)

SCÈNE VI.

LA BARONNE, LISETTE.

LA BARONNE.

C'est sa belle conquête. Je suis curieuse de la
voir.

LISETTE.

Je n'en ai pas moins d'envie que vous; je m'en
fais une plaisante image.

SCÈNE VII.

LA BARONNE, LE MARQUIS, Mᵐᵉ TURCARET, LISETTE.

LE MARQUIS *à la baronne.*

Je viens, ma charmante baronne, vous présenter une aimable dame; la plus spirituelle, la
plus galante, la plus amusante personne... Tant
de bonnes qualités, qui vous sont communes,
doivent vous lier d'estime et d'amitié.

LA BARONNE.

Je suis très-disposée à cette union... (*Bas à
Lisette.*) C'est l'original du portrait que le chevalier m'a sacrifié.

Mᵐᵉ TURCARET.

Je crains, madame, que vous ne perdiez bientôt ces bons sentiments. Une personne du grand
monde, du monde brillant, comme vous, trouvera peu d'agrément dans le commerce d'une
femme de province.

LA BARONNE.

Ah! vous n'avez point l'air provincial, madame;
et nos dames le plus de mode n'ont pas des manières plus agréables que les vôtres.

LE MARQUIS *en montrant madame Turcaret.*

Ah! palsembleu! non. Je m'y connois, madame; et vous conviendrez avec moi, en voyant
cette taille et ce visage-là, que je suis le seigneur
de France du meilleur goût.

Mᵐᵉ TURCARET.

Vous êtes trop poli, monsieur le marquis. Ces
flatteries-là pourroient me convenir en province,
où je brille assez, sans vanité. J'y suis toujours
à l'affût des modes; on me les envoie toutes dès
le moment qu'elles sont inventées, et je puis me
vanter d'être la première qui ait porté des pre-
tintailles dans la ville de Valogne.

LISETTE *à part.*

Quelle folle!

LA BARONNE.

Il est beau de servir de modèle à une ville comme celle-là.

Mme TURCARET.

Je l'ai mise sur un pied! j'en ai fait un petit Paris, par la belle jeunesse que j'y attire.

LE MARQUIS *avec ironie.*

Comment, un petit Paris? Savez-vous bien qu'il faut trois mois de Valogne pour achever un homme de cour?

Mme TURCARET *à la baronne.*

Oh! je ne vis pas comme une dame de campagne, au moins. Je ne me tiens point enfermée dans un château; je suis trop faite pour la société. Je demeure en ville; et j'ose dire que ma maison est une école de politesse et de galanterie pour les jeunes gens.

LISETTE.

C'est une façon de collége pour toute la Basse-Normandie.

Mme TURCARET *à la baronne.*

On joue chez moi, on s'y rassemble pour médire; on y lit tous les ouvrages d'esprit qui se font à Cherbourg, à Saint-Lô, à Coutances, et qui valent bien les ouvrages de Vire et de Caen. J'y donne aussi quelquefois des fêtes galantes, des soupés-collations. Nous avons des cuisiniers qui ne savent faire aucun ragoût, à la vérité; mais ils tirent les viandes si à propos, qu'un tour de broche de plus ou de moins, elles seroient gâtées.

LE MARQUIS.

C'est l'essentiel de la bonne chère... Ma foi, vive Valogne pour le rôti!

Mme TURCARET.

Et pour les bals, nous en donnons souvent. Que l'on s'y divertit! Cela est d'une propreté! les dames de Valogne sont les premières dames du monde pour savoir l'art de se bien masquer, et chacune a son déguisement favori. Devinez quel est le mien.

LISETTE.

Madame se déguise en Amour, peut-être?

Mme TURCARET.

Oh! pour cela, non.

LA BARONNE.

Vous vous mettez en déesse apparemment, en Grâce?

Mme TURCARET.

En Vénus, ma chère, en Vénus.

LE MARQUIS *ironiquement.*

En Vénus? Ah! madame, que vous êtes bien déguisée!

LISETTE *à madame Turcaret.*

On ne peut pas mieux.

SCÈNE VIII.

LA BARONNE, LE MARQUIS, Mme TURCARET, LE CHEVALIER, LISETTE.

LE CHEVALIER *à la baronne.*

Madame, nous aurons tantôt le plus ravissant concert... (*A part, apercevant madame Turcaret.*) Mais, que vois-je?

Mme TURCARET *à part.*

O ciel!

LA BARONNE *à Lisette.*

Je m'en doutois bien.

LE CHEVALIER *au marquis.*

Est-ce là cette dame dont tu m'as parlé, marquis?

LE MARQUIS.

Oui, c'est ma comtesse. Pourquoi cet étonnement?

LE CHEVALIER.

Oh! parbleu! je ne m'attendois pas à celui-là.

Mme TURCARET *à part.*

Quel contre-temps!

LE MARQUIS *au chevalier.*

Explique-toi, chevalier. Est-ce que tu connoîtrois ma comtesse.

LE CHEVALIER.

Sans doute; il y a huit jours que je suis en liaison avec elle.

LE MARQUIS.

Qu'entends-je! Ah! l'infidèle! l'ingrate!

LE CHEVALIER.

Et ce matin même, elle a eu la bonté de m'envoyer son portrait

LE MARQUIS.

Comment diable! elle a donc des portraits à donner à tout le monde?

SCÈNE IX.

LA BARONNE, LE MARQUIS, Mme TURCARET, LE CHEVALIER, Mme JACOB, LISETTE.

Mme JACOB *à la baronne.*

Madame, je vous apporte la garniture que j'ai promis de vous faire voir.

LA BARONNE.

Que vous prenez mal votre temps, madame Jacob! Vous me voyez en compagnie.

Mme JACOB.

Je vous demande pardon, madame; je reviendrai une autre fois... (*Apercevant madame*

Turcaret.) Mais, qu'est-ce que je vois? Ma belle-sœur ici! Madame Turcaret!

LE CHEVALIER.

Madame Turcaret!

LA BARONNE *à madame Jacob.*

Madame Turcaret!

LISETTE *à madame Jacob.*

Madame Turcaret!

LE MARQUIS *à part.*

Le plaisant incident!

Mme JACOB *à madame Turcaret.*

Par quelle aventure, madame, vous rencontré-je en cette maison?

Mme TURCARET *à part.*

Payons de hardiesse... (*A madame Jacob.*) Je ne vous connois pas, ma bonne.

Mme JACOB.

Vous ne connoissez pas madame Jacob?... Tredame! est-ce à cause que depuis dix ans vous êtes séparée de mon frère, qui n'a pu vivre avec vous, que vous feignez de ne me pas connoître?

LE MARQUIS.

Vous n'y pensez pas, madame Jacob; savez-vous bien que vous parlez à une comtesse?

Mme JACOB.

A une comtesse? Eh! dans quel lieu, s'il vous plaît, est sa comté? Ah! vraiment, j'aime assez ces gros airs-là.

Mme TURCARET.

Vous êtes une insolente, ma mie.

Mme JACOB.

Une insolente! moi! je suis une insolente!.... Jour de Dieu! ne vous y jouez pas! S'il ne tient qu'à dire des injures, je m'en acquitterai aussi bien que vous.

Mme TURCARET.

Oh! je n'en doute pas : la fille d'un maréchal de Domfront ne doit point demeurer en reste de sottises.

Mme JACOB.

La fille d'un maréchal? Pardi! voilà une dame bien relevée pour venir me reprocher ma naissance? Vous avez apparemment oublié que M. Briochais, votre père, étoit pâtissier dans la ville de Falaise. Allez, madame la comtesse, puisque comtesse y a, nous nous connoissons toutes deux... Mon frère rira bien quand il saura que vous avez pris ce nom burlesque, pour venir vous requinquer à Paris. Je voudrois, par plaisir, qu'il vînt ici tout à l'heure.

LE CHEVALIER.

Vous pourrez avoir ce plaisir-là, madame; nous attendons, à souper, M. Turcaret.

Mme TURCARET *à part.*

Aïe!

LE MARQUIS *à madame Jacob.*

Et vous souperez aussi avec nous, madame Jacob, car j'aime les soupers de famille.

Mme TURCARET *à part.*

Je suis au désespoir d'avoir mis le pied dans cette maison.

LISETTE *à part.*

Je le crois bien.

Mme TURCARET *à part, voulant sortir.*

J'en vais sortir tout à l'heure.

LE MARQUIS *l'arrêtant.*

Vous ne vous en irez pas, s'il vous plaît, que vous n'ayez vu M. Turcaret.

Mme TURCARET.

Ne me retenez point, monsieur le marquis, ne me retenez point.

LE MARQUIS.

Oh! palsembleu! mademoiselle Briochais, vous ne sortirez point, comptez là-dessus.

LE CHEVALIER.

Eh! marquis, cesse de l'arrêter.

LE MARQUIS.

Je n'en ferai rien. Pour la punir de nous avoir trompés tous deux, je la veux mettre aux prises avec son mari.

LA BARONNE.

Non, marquis, de grâce, laissez-la sortir.

LE MARQUIS.

Prière inutile : tout ce que je puis faire pour vous, madame, c'est de lui permettre de se déguiser en Vénus, afin que son mari ne la reconnoisse pas.

LISETTE *voyant arriver M. Turcaret.*

Ah! par ma foi, voici M. Turcaret.

Mme JACOB *à part.*

J'en suis ravie.

Mme TURCARET *à part.*

La malheureuse journée!

LA BARONNE *à part.*

Pourquoi faut-il que cette scène se passe chez moi?

LE MARQUIS *à part.*

Je suis au comble de la joie.

SCÈNE X.

LA BARONNE, LE MARQUIS, Mme TURCARET, LE CHEVALIER, M. TURCARET, Mme JACOB, LISETTE.

M. TURCARET *à la baronne.*

J'ai renvoyé l'huissier, madame, et terminé... (*A part, apercevant sa sœur.*) Ah! en croirai-je mes yeux? Ma sœur ici!... (*Apercevant sa femme.*) et, qui pis est, ma femme!

LE MARQUIS.

Vous voilà en pays de connoissance, M. Turcaret... (*Montrant madame Turcaret.*) Vous voyez une belle comtesse dont je porte les chaînes; vous voulez bien que je vous la présente, sans oublier madame Jacob?

Mme JACOB *à M. Turcaret.*

Ah! mon frère!

M. TURCARET.

Ah! ma sœur!... (*A part.*) Qui diable les a amenées ici?

LE MARQUIS.

C'est moi, M. Turcaret; vous m'avez cette obligation-là. Embrassez ces deux objets chéris... Ah! qu'il paroît ému! J'admire la force du sang et de l'amour conjugal.

M. TURCARET *à part.*

Je n'ose la regarder; je crois voir mon mauvais génie.

Mme TURCARET *à part.*

Je ne puis l'envisager sans horreur.

LE MARQUIS *à M. et à madame Turcaret.*

Ne vous contraignez point, tendres époux; laissez éclater toute la joie que vous devez sentir de vous revoir après dix années de séparation.

LA BARONNE *à M. Turcaret.*

Vous ne vous attendiez pas, monsieur, à rencontrer ici madame Turcaret; et je conçois bien l'embarras où vous êtes. Mais pourquoi m'avoir dit que vous étiez veuf?

LE MARQUIS.

Il vous a dit qu'il étoit veuf? Eh! parbleu! sa femme m'a dit aussi qu'elle étoit veuve. Ils ont la rage tous deux de vouloir être veufs.

LA BARONNE *à M. Turcaret.*

Parlez, pourquoi m'avez-vous trompée?

M. TURCARET *interdit.*

J'ai cru, madame... qu'en vous faisant accroire que... je croyois être veuf... vous croiriez que... je n'aurois point de femme... (*A part.*) J'ai l'esprit troublé, je ne sais ce que je dis.

LA BARONNE.

Je devine votre pensée, monsieur, et je vous pardonne une tromperie que vous avez cruc nécessaire pour vous faire écouter. Je passerai même plus avant. Au lieu d'en venir aux reproches, je veux vous raccommoder avec madame Turcaret.

M. TURCARET.

Qui? moi! madame. Oh! pour cela non. Vous ne la connoissez pas; c'est un démon. J'aimerois mieux vivre avec la femme du Grand-Mogol.

Mme TURCARET.

Oh! monsieur, ne vous en défendez pas tant.

Je n'en ai pas plus d'envie que vous au moins; et je ne viendrois point à Paris troubler vos plaisirs, si vous étiez plus exact à payer la pension que vous me faites pour me tenir en province.

LE MARQUIS *à M. Turcaret.*

Pour la tenir en province!... Ah! monsieur Turcaret, vous avez tort; madame mérite qu'on lui paie les quartiers d'avance.

Mme TURCARET.

Il m'en est dû cinq. S'il ne me les donne pas, je ne pars point; je demeure à Paris, pour le faire enrager. J'irai chez ses maîtresses faire un charivari; et je commencerai par cette maison-ci, je vous en avertis.

M. TURCARET *à part.*

Ah! l'insolente!

LISETTE *à part.*

La conversation finira mal.

LA BARONNE *à madame Turcaret.*

Vous m'insultez, madame.

Mme TURCARET.

J'ai des yeux, dieu merci, j'ai des yeux; je vois bien tout ce qui se passe en cette maison. Mon mari est la plus grande dupe...

M. TURCARET *l'interrompant.*

Quelle impudence! Ah! ventrebleu! coquine! sans le respect que j'ai pour la compagnie...

LE MARQUIS *l'interrompant.*

Qu'on ne vous gêne point, monsieur Turcaret. Vous êtes avec vos amis, usez-en librement.

LE CHEVALIER *à M. Turcaret, en se mettant entre lui et sa femme.*

Monsieur...

LA BARONNE *à madame Turcaret.*

Songez que vous êtes chez moi.

SCÈNE XI.

LA BARONNE, LE MARQUIS, Mme TURCARET, LE CHEVALIER, M. TURCARET, Mme JACOB, LISETTE, JASMIN.

JASMIN *à M. Turcaret.*

Il y a, dans un carrosse qui vient de s'arrêter à la porte, deux gentilshommes qui se disent de vos associés: ils veulent vous parler d'une affaire importante.					(*Il sort.*)

SCÈNE XII.

LA BARONNE, LE MARQUIS, Mᵐᵉ TURCARET, LE CHEVALIER, M. TURCARET, Mᵐᵉ JACOB, LISETTE

M. TURCARET *à madame Turcaret.*
Ah! je vais revenir... Je vous apprendrai, impudente, à respecter une maison...

Mᵐᵉ TURCARET *l'interrompant.*
Je crains peu vos menaces.

(*M. Turcaret sort.*)

SCENE XIII.

LA BARONNE, LE MARQUIS, Mᵐᵉ TURCARET, LE CHEVALIER, Mᵐᵉ JACOB, LISETTE.

LE CHEVALIER *à madame Turcaret.*
Calmez votre esprit agité, madame; que M. Turcaret vous retrouve adoucie.

Mᵐᵉ TURCARET.
Oh! tous ses emportements ne m'épouvantent point.

LA BARONNE.
Nous allons l'apaiser en votre faveur.

Mᵐᵉ TURCARET.
Je vous entends, madame. Vous voulez me réconcilier avec mon mari, afin que, par reconnoissance, je souffre qu'il continue à vous rendre des soins.

LA BARONNE.
La colère vous aveugle. Je n'ai pour objet que la réunion de vos cœurs : je vous abandonne M. Turcaret; je ne veux le revoir de ma vie.

Mᵐᵉ TURCARET.
Cela est trop généreux.

LE MARQUIS *au chevalier en montrant la baronne.*
Puisque madame renonce au mari, de mon côté je renonce à la femme. Allons, renonces-y aussi, chevalier. Il est beau de se vaincre soi-même.

SCÈNE XIV.

LA BARONNE, LE MARQUIS, Mᵐᵉ TURCARET, LE CHEVALIER, Mᵐᵉ JACOB, LISETTE, FRONTIN.

FRONTIN *à part.*
O malheur imprévu! ô disgrâce cruelle!

LE CHEVALIER.
Qu'y a-t-il, Frontin?

FRONTIN.
Les associés de M. Turcaret ont mis garnison chez lui, pour deux cent mille écus que leur emporte un caissier qu'il a cautionné... Je venois ici en diligence, pour l'avertir de se sauver; mais je suis arrivé trop tard : ses créanciers se sont déjà assurés de sa personne.

Mᵐᵉ JACOB *à part.*
Mon frère entre les mains de ses créanciers!... Tout dénaturé qu'il est, je suis touchée de son malheur. Je vais employer pour lui tout mon crédit; je sens que je suis sa sœur.

(*Elle sort.*)

SCÈNE XV.

LA BARONNE, LE MARQUIS, Mᵐᵉ TURCARET, LE CHEVALIER, LISETTE, FRONTIN.

Mᵐᵉ TURCARET *à part.*
Et moi je vais le chercher pour l'accabler d'injures; je sens que je suis sa femme.

(*Elle sort.*)

SCÈNE XVI.

LA BARONNE, LE MARQUIS, LE CHEVALIER, LISETTE, FRONTIN.

FRONTIN *au chevalier.*
Nous envisagions le plaisir de le ruiner; mais la justice est jalouse de ce plaisir-là : elle nous a prévenus.

LE MARQUIS.
Bon! bon! il a de l'argent de reste pour se tirer d'affaire.

FRONTIN.
J'en doute. On dit qu'il a follement dissipé des biens immenses; mais ce n'est point ce qui m'embarrasse à présent : ce qui m'afflige, c'est que

j’étois chez lui quand ses associés y sont venus mettre garnison.

LE CHEVALIER.

Eh bien!

FRONTIN.

Eh bien, monsieur, ils m’ont aussi arrêté et fouillé, pour voir si par hasard je ne serois point chargé de quelque papier qui pût tourner au profit des créanciers... (*Montrant la baronne.*) Ils se sont saisis, à telle fin que de raison, du billet de madame, que vous m’avez confié tantôt.

LE CHEVALIER.

Qu’entends-je? juste ciel!

FRONTIN.

Ils m’en ont pris encore un autre de dix mille francs, que M. Turcaret avoit donné pour l’acte solidaire, et que M. Furet venoit de me remettre entre les mains.

LE CHEVALIER.

Eh! pourquoi, maraud! n’as-tu pas dit que tu étois à moi?

FRONTIN.

Oh! vraiment, monsieur, je n’y ai pas manqué. J’ai dit que j’appartenois à un chevalier; mais, quand ils ont vu les billets, ils n’ont pas voulu me croire.

LE CHEVALIER.

Je ne me possède plus; je suis au désespoir!

LA BARONNE.

Et moi, j’ouvre les yeux. Vous m’avez dit que vous aviez chez vous l’argent de mon billet. Je vois par là que mon brillant n’a point été mis en gage; et je sais ce que je dois penser du beau récit que Frontin m’a fait de votre fureur d’hier au soir. Ah! chevalier, je ne vous aurois pas cru capable d’un pareil procédé... (*Regardant Lisette.*) J’ai chassé Marine parce qu’elle n’étoit pas dans vos intérêts, et je chasse Lisette parce qu’elle y est... Adieu; je ne veux de ma vie entendre parler de vous.

(*Elle se retire dans l’intérieur de son appartement.*)

SCÈNE XVII.

LE MARQUIS, LE CHEVALIER, FRONTIN, LISETTE.

LE MARQUIS *riant, au chevalier, qui a l’air tout déconcerté.*

Ah! ah! ma foi, chevalier, tu me fais rire. Ta consternation me divertit... Allons souper chez le traiteur, et passer la nuit à boire.

FRONTIN *au chevalier.*

Vous suivrai-je, Monsieur?

LE CHEVALIER.

Non, je te donne ton congé. Ne t’offre jamais à mes yeux.

(*Il sort avec le marquis.*)

SCÈNE XVIII ET DERNIÈRE.

FRONTIN, LISETTE.

LISETTE

Et nous, Frontin, quel parti prendrons-nous?

FRONTIN.

J’en ai un à te proposer. Vive l’esprit, mon enfant! je viens de payer d’audace; je n’ai point été fouillé.

LISETTE.

Tu as les billets?

FRONTIN.

J’en ai déjà touché l’argent; il est en sûreté: j’ai quarante mille francs. Si ton ambition veut se borner à cette petite fortune, nous allons faire souche d’honnêtes gens.

LISETTE.

J’y consens.

FRONTIN.

Voilà le règne de M. Turcaret fini; le mien va commencer.

FIN DE TURCARET.

TABLE GÉNÉRALE DES MATIÈRES.

Histoire de Guzman d'Alfarache.

———⚬⚬⚬———

Le Bachelier de Salamanque.

Théâtre.

FIN DE LA TABLE.